历代雅词大观

第一册

车乘轨　编注

江苏大学出版社
JIANGSU UNIVERSITY PRESS
镇　江

图书在版编目(CIP)数据

历代雅词大观/车乘轨编注.—镇江:江苏大学出版社,2020.4
ISBN 978-7-5684-1059-5

Ⅰ.①历… Ⅱ.①车… Ⅲ.①词(文学)-作品集-中国 Ⅳ.①I22

中国版本图书馆 CIP 数据核字(2020)第 063005 号

历代雅词大观
Lidai Yaci Daguan

编　　注/车乘轨
责任编辑/董国军
出版发行/江苏大学出版社
地　　址/江苏省镇江市梦溪园巷 30 号(邮编:212003)
电　　话/0511-84446464(传真)
网　　址/http://press.ujs.edu.cn
排　　版/镇江文苑制版印刷有限责任公司
印　　刷/镇江文苑制版印刷有限责任公司
开　　本/890 mm×1 240 mm　1/32
总 印 张/68.625
总 字 数/2 600 千字
版　　次/2020 年 4 月第 1 版　2020 年 4 月第 1 次印刷
书　　号/ISBN 978-7-5684-1059-5
定　　价/480.00 元(全四册)

编者与其女儿像,2009 年 1 月 20 日摄于嘉兴电力博物馆

序

昆阳子

吾华诗邦，可考诸文字者，弹歌击壤，几与一部文明史相同步。数千年间，正变嬗递，绵延不绝。诗变而为骚，再变而为汉魏古诗乐府，为唐诗宋词元曲。虽一代有一代之文学，然新体立而旧体不废，至清乃集其大成。五四运动，首倡白话，文化革命，破除“四旧”，千年传统，涤荡殆尽。及春风化雨，万物复苏，改革开放三十年，国家强盛，百姓安乐，科技进步，文化繁荣，诗词一道，亦渐有止寒回暖之势。嗟夫，吾华诗邦，源远流长，岂至吾辈而绝种乎？岂待吾辈而发扬光大乎？

然欲待振其绪，必先导其源，察其流，得正大一途。余曰，雅者正大之途也。何哉？《诗》三百篇，选集初肇，即以风雅颂类分之，而后两千余年间，诗人诗事诗集无不以风雅、骚雅自谓。虽才情有高下之别，而皆必涤污浊，息浮躁，发本心，明天道，然后有所吟，体情言志，期垂世教。

雅者正也，其论如一，而诗道汤汤，雅之内涵又常易常新，诗学之发展，故亦能浪迭云涌，代有高峰，而吾华亦遂能以诗国立面目。约略言之，三百篇中，风为地方民歌，雅为王畿乐歌，是知孔子之前，风原近俗，本不雅属。然三百篇，乃孔子删订，风与雅颂并列入诗，而数量为多。《花间集》选诗客曲子词五百首，以资西园英哲羽盖之欢，其着意处亦在一个“雅”字。故其视南朝宫体、北里倡风为“言之不文”“秀而不实”，亦有令“南国婵娟休唱莲舟之引”语。然南朝乐府实为词体之滥觞，唐、五代敦煌曲子词亦发柳词、范词之先声，足与花间同尊而尤有过之者。诗词一道，大抵皆由民间兴发，至文人而成熟，再由民间而广大之、发展之。孔子云：“诗三百，一言以蔽之，曰思无邪。”故知雅之所归，非人也，实心也；雅之所对，非俗也，实邪也。心正则辞雅，此于诗词作者不能不知也。

清初嘉兴朱彝尊，师法姜张，以醇雅清空为指归，编《词综》，录唐、五代、宋、金、元词作两千二百余首，作者六百五十九人，遂开浙西词派之宗，家白石而户玉田，亦为清词三百年复兴之奠基。车乘轨先生绍继乡贤遗绪，于长夜深冰中，笔耕不辍，至今已五十余载。搜罗杂史，采撷英华，汇成《历代雅词大观》一书，崇尚婉约，不废豪放，少枯寂之弊，存雅正之旨。是书所选上始南北朝，下迄当代，得词家三千八百余人，词作一万余阕。规模之大，既超迈前贤，恐亦难有后继之者。书之体例，参照《御选历代诗余》，以词调为纲目，而又能明辨词体，细分声韵，详作诠注，编列词人小传及词牌索引于其后，极尽翻检查证之妙。余谓是书也，校前贤之偏，补近代之遗，既可替代词谱作填词者工具之书，又可为诗词爱好者通览吟诵之用，大抵雅俗共赏，通专俱用，真真为词家选本之集大成者。

先生甘守清贫，淡泊名利，五十年如一日，其节堪表。而其小女一家，倾力支持，分工协作，不厌烦苦，承欢孝顺之心，亦可鉴焉。余与先生素未谋面，偶结诗缘，遂成忘年之交，诗鸿往来十余载，对成书之艰难，故略知之。先生穷全家半世之力，成此巨书，嘉惠词林，由是而知吾华诗道之不绝也，而知吾华诗道之复兴可指日而待也！

先生不以余年少名微，示余将成之稿，嘱为之序。余览之慨然，惟期先生健康长寿，《大观》早日付梓而已，余复何言哉，余复何言哉！戊子年冬月，昆阳子于子不语斋序之。

又逾五载，车老历经老妻瘫痪、病故和自己数次患病住院等困难，而能夜以继日，坚持进行《大观》最后校订工作。天佑此老，前后六十年，至其九十余岁，终得脱稿竣编。其间种种困难，有常人可以想见者，又岂常人皆可以想见者！

江苏大学出版社李锦飞社长、芮月英总编珍视《大观》文化价值，感佩先生治学精神，同意出版此书。天若有情，终成其美，昆阳子复记于甲午流火之月。

前　言

甲　词的概况

一、词由诗演变而来，故又称诗余，如清康熙四十六年（1707）编成的词选，叫《御选历代诗余》；又因词由长短不一的句子组成，故又叫长短句，如宋人辛弃疾的词集，叫《稼轩长短句》。

二、词有调名（即词牌），如《浣溪沙》《蝶恋花》等。有的调还分体。每调（体）各有自己特定的格律。作词必须依照格律填制，故称填词；又须与声韵协调，所以也叫倚声。作品的计量单位称阕，也可叫首。

三、词调（体）很多，《康熙钦定词谱》所收的竟有826调，2306体之多。宋无名氏《草堂诗余》将词分为小令、中调、长调三类。旧谱据以为例，遂以14—58字为小令，59—90字为中调，91—240字为长调。但清万树《词律》、清徐釚《词苑丛谈》等并不认同此说法，录之备作参考。

四、词的格律很严，几乎每个字都有严格的平仄声韵，尤其是句末一字的韵脚，更不能含糊，因此词要比诗繁难，但词句长长短短，比起单纯五字、七字的诗句，就显得活泼多姿，更惹人喜爱。

五、词的起源，一般认为始于唐人李白的《菩萨蛮》。但据明人杨慎的《词品》说："大率六朝人诗，风华精致，若作长短句，即是词也。"清人徐釚的《词苑丛谈》也说："词原本乐府，自《菩萨蛮》以前，追而溯之，梁武帝的《江南弄》、沈约的《六忆诗》皆词之祖，前人言之详也。"其他如谢无量的《词学指南》等词论中，也论及词实始于南北朝。综上所述，词在南北朝时代已具雏形是无疑的。

乙　本书编辑经过

一、本书在上世纪五十年代初，已着手酝酿，开始搜集摘录，后由于

"文革"干扰,暂行中断。"文革"后,文艺复兴,始得继续编辑。在词的采选、作者的查考中,广泛搜阅了历代词人的词集、选者的词选、评者的词话,并旁及正史、野史、笔记、小说、词刊、词典等资料,经过精选、考证后,共收词调 1000 多调,1300 多体,作品 11600 多阕;所收词调(体)字数,最短仅 14 字,最长有 240 字。

二、在编辑中发现有些作品,句末押韵有错(可能传抄失误),姑仍照录,但在"注"中点明,并假设另一押韵之字,以正格律。

丙　入选范围

本书入选之词,基本上属婉约、风雅一类,阅之赏心怡神,颇饶趣味;但也包括豪放一类,如宋人岳飞、清人秋瑾等所作的《满江红》等词,读之荡气回肠,平添爱国情绪;另对冶艳类词,为披露无聊文人在词领域上的侵蚀,也酌量收入。

丁　本书编辑要点

一、纲目安排:

一般词选的编排,大都以作者为纲,作品为目(即在作者名下录其各调作品),但这势必随着作者的更换,而轮番出现相同词调(体),致读者难以记住众多调(体)的格律,不利于研读词学。故本书改以词调(体)为纲,作品为目,把同调(体)的作品,按照时代和作者在世先后,依次汇集一起。读者在连续研读众多同一调(体)的作品之后,该调(体)的格律,就易被吸收牢记,起到"多读自通"的作用,从而引发初学读者的兴趣,对普及词学,起到启蒙作用;更由于既系同一调(体),对各作者的用字造句,可以对比参酌,还能从中了解各时代风貌。本书另附"词人小传""词调索引"。

二、正文编排程式,分四组:

第一组,词调(体)部分:字数(用中文字)→调名(括号内注明异名)→分体(标明区别之处)→备注。

第二组,作者部分:姓名→归属朝代→词人编号→阕数→词题或序言

→备注。

第三组，作品部分：每句后用特定的声韵符号（具体代号见丁之九）代替标点符号，以便于对照格律。

第四组，词意注解部分：须注解处标列①②③……以便于依次对照。

三、词调分体：

调本代表一组词的格律。只因前人作品中，出现调名虽同，但格律稍有出入的情况，《词律》《词谱》就只好采用调中分体，以又一体或第几体来加以区分弥补。这对全词字数相同者尚属可行，不同者就不恰当了。如24字的《三台》与171字的《三台》差别很大，作为同调分体，就完全失去了代表格律的意义，甚至反而导致误解，产生不必要的差错。本书有鉴于此，对调名虽同而全词字数不同者先予脱钩，视作他调对待，只对调名和全词字数均同，而分句字数互有上下，或句末韵脚有异者方予调中分体。至于句间各字的平仄声或有不一致者，就不再区分，以免过于复杂。尽管如此，调中分体仍多，这或因版本传抄错误，一时难以考证，也只得先分后纠了。

四、词调（体）与格律关系：

由于调或体均代表一组词的格律，作用完全一样，故本书对调或体等同对待，以明确每一调或体即是又一种不同的格律。

五、词调（体）字数：

全词字数对区分调（体）和汇集同调（体）的作品，都起到重大作用，故本书以先导地位，将字数标明在每一调（体）之前，并依字数多少来编排调（体）次序。

六、词调名称：

由于历来某些作者好“标新立异”，造成了一调多名的后遗症，如《念奴娇》调，竟有《百字令》《酹江月》等二十多个异名，给词学上带来了不必要的麻烦。为此本书将异名加以归纳，择一常见之名作为该调的统一调名，但考虑到要与他书对照，故把主要的异名，加括号注明在统一名之后，以供查考。

七、词调次序：

为便于查阅，本书对词调的排列次序，一律按其字数（全词字数），由少及多定其先后；在字数相同时，则以调名第一字笔画（繁体字），由少及多而定先后。

八、词调分段：

每一词调（体）除字数较少者不分阕外，大都分上、下两阕，个别有分三阕、四阕者，分阕处以分段换行为记。

九、平仄声韵代号：

格律在词作上的地位极为重要，声韵更是重中之重。为了熟悉格律，识别声韵，增添阅读兴趣，本书特制定声韵符号，代替词作每句末的标点符号，代号如下：以“△”代表平声韵，以“▲”代表仄声韵；以“△△”代表换第二种平声韵，以“▲▲”代表换第二种仄声韵，并以次类推。以“，”代表不叶韵；以“、”代表顿而不断，词学上叫“逗”。

十、词意解释：

为了帮助领会词意，本书对作品中的冷字、僻句、典故、传说、俚语、专用名词等难解不明处，尽量给以简注，实在难以理解的，只好付阙待考。对全首词意，因限于篇幅，不再注释；题意也碍多难注。由于典故杂有神话，传说也无确据，本书所注，仅供参考，不能据以为凭；更由于古人早逝，作品缺乏原注，本书仅凭个人心得解释，难免有违原意之处，故也只能作为参考。

十一、地名对照：

由于历代行政区域的更动，或纪念某一人物、事物等原因，地名随之不断变换。本书所标地名，以保留作品当时的原地名为主，另加括号尽量注出今名或近代名；对注释中所用的地名，则直接采用后者。

十二、纪年换算：

由于古代纪年，采用帝王年号（如万历十五年），或以干支来代表（如光绪庚子），给阅读带来不便，本书特在括号内注出公元年份；凡在人名后加注的阿拉伯字，就是该人的生卒年份。但古人的生卒年月，多依农历，换算时遇到年头岁尾，可能会出现一年上下之差。

十三、词人小传：

了解作者的简历（包括生卒年），对更好地领会词意和时代风貌，具有重要作用。本书的编排方式是以词调（体）为纲，作品为目（即在词调体后分录各作者作品），故将各作者简历汇编成“词人小传”专册附后。为便于查阅，特对各作者分时代进行编号；另在《大观》中每次出现的作者名下将其编号加括号标明，如陆游（宋330），杨慎（明157），劳纺（女）（清184），读者即可按号在“词人小传”中找到该作品的作者简历。

本书所收词人，上自南北朝，下至现当代（包括当代健在者），跨时一千五百余年，囊括帝王、国家领导人、官吏，进士、举人、秀才，文豪、学者、平民，妇女、僧尼、道士、仙鬼，华侨、外国人等共3807人，其中女词人875人。

小传除供《大观》查阅外，因搜集广泛，词人众多，且多数考有生卒年份，故也可作其他词学上参考。

绍兴　车乘轨　谨识

2014年7月28日于浙江省嘉兴市石榴坊新居

时年九十二虚岁

目　录

十四字　巴渝辞（又名竹枝）　第一体，平韵。

皇甫松（唐 36）三首　注：句中“竹枝”句末“女儿”均是和声，非词。

（1）芙蓉并蒂（竹枝）一心连△（女儿）花侵槅子（竹枝）眼应穿△（女儿）①

（2）槟榔花发（竹枝）鹧鸪啼△（女儿）雄飞烟瘴（竹枝）雌亦飞△（女儿）

（3）木棉花尽（竹枝）荔枝垂△（女儿）千花万花（竹枝）待郎归△（女儿）

注：① 槅子：窗也。

十四字　巴渝辞　第二体，仄韵。

皇甫松（唐 36）一首

山头桃花（竹枝）谷底杏▲（女儿）两花窈窕（竹枝）遥相应▲（女儿）

十六字　十六字令（又名苍梧谣、归字谣）　第一体，起句一字。

蔡伸（宋 222）一首

天△休使圆蟾照客眠△①人何在，桂影自婵娟△②

注：① 圆蟾：指月。② 桂影：月宫中桂树。

袁去华（宋 311）一首

归△目断吾庐小翠微△①斜阳外，白鸟傍山飞△

注：① 翠微：山未及顶，近旁陂陀之处，泛指青山。

张孝祥（宋 357）一首　注：调名原作苍梧谣。

归△猎猎熏风卷绣旗△①拦教住，重举送行杯△

注：① 猎猎：形容风声或风吹动旗子的声音；熏风：和暖的南风或东南风。

周玉晨（元 7）一首

眠△月影穿窗白玉钱△无人弄，移过枕函边△①

注：① 枕函：枕套。

商景兰（女）（明 424）一首　题：怀远，代人作。

瓜△今岁须教早吐花△圆如月，郎马定归家△

彭孙贻（明 504）一首　题：春睡。

残△①梦尾何人念小名△鹦鹉唤，红雨落朱樱△

注：① 残：寒韵，作宽叶。

曹溶（清 48）一首　题：闺情。

轻△认得伊家画屧声△①花边绕，蛱蝶不曾惊△

注：① 画屧：绣花鞋。

仲恒（清 177）一首　题：鸿影。

鸿△影度南楼月暗中△声声唤，已过画桥东△

殷玉贞（女）（清224）一首

轻△怯怯浑如花底莺△声细细，恩怨不分明△

朱彝尊（清288）二首

（1）繁△一树丁香花压栏△心怜惜，不向发边看△

（2）寻△帘外无端堕玉簪△笼灯去，休待落花深△

魏坤（清590）一首

眠△一枕花香篆影圆△[1]微风入，吹梦到莺边△

注：① 篆：篆烟。喻烟如篆体字般圆或曲。

许尚质（清620）二首　题：湖上杂咏。

（1）行△踏遍羊桥与马塍△[1]深深巷，逗出卖花声△[2]

注：① 马塍：地名，在浙江余杭西，宋代以产花著名，杭州武林门外有马塍村。② 逗：曲行也。

（2）风△何事吹来只向东△栏杆外，细雨又濛濛△

堵霞（女）（清631）一首

愁△几片飞花过小楼△春归后，尚在柳梢头△

汪灏（清722）一首　题：黎阳观灯。　注：调名原作苍梧谣

游△十万笙箫斗火球△香车散，魂为遗钗钩△

张荣（清752）一首　题：山庄。

摇△两岸金拖柳树梢△[1]疏篱下，斜坐看春潮△

注：① 金：金黄色。

王策（清860）一首

愁△草际凄凄诉不休△良夜永，[1]织就一庭秋△

注：① 永：长也。

李调元（清1026）一首

清△柳际秋蝉不断声△无人听，又向别枝鸣△

孙云凤（女）（清1188）一首

明△雨过南轩月影横△珠帘卷，灭烛坐调笙△

马汾（清1201）一首

凉△独坐空庭卸晚妆△梧桐露，风起滴衣裳△

杨继端（女）（清1239）一首

春△懊恼春闺客里身△难排遣，落絮况愁人△

张珊英（女）（清 1446）一首

楼△自倚栏杆忆旧游△湘帘上，①闲挂小银钩△

注：① 湘帘：斑竹帘。

黄位清（清 1466）一首

凭△亚字栏杆第几层△回头望，如豆读书灯△

吴藻（女）（清 1484）一首

寒△人立西风翠袖单△斜阳暮，花影上栏杆△

顾春（女）（清 1488）一首　题：正月三日，自题墨牡丹扇。

侬△①淡扫花枝待好风△瑶台种，②不作可怜红△

注：① 侬：吴语，你也。② 瑶台种：仙种。

周诒蘩（女）（清 1517）二首

（1）惊△午梦初回淅沥声△①钩帘望，花困不胜情△

注：① 淅沥：雨声。

（2）寒△雪影霏霏怕倚栏△①梅花好，要我卷帘看△

注：① 霏霏：雪甚貌。

赵我佩（女）（清 1557）一首

凉△如水春阴压画廊△秋千罢，无力倚银床△

潘曾莹（清 1567）　一首

丝△一缕春风绾别离△①深深拜，多谢绿杨枝△

注：① 绾：钩系。

高佩华（女）（清 1627）一首　题：春暮。

痴△累我栏杆立几时△花飞去，蜂蝶已先知△

勒方锜（清 1639）一首

欢△花月笙歌绕画栏△泥金帖，①传与细君看△②

注：① 泥金帖：涂屑金之简帖。② 细君：妻之称。

翁端恩（女）（清 1671）一首

山△晓起开门雪里看△苍松影，装点翠云鬟△

陈静英（女）（清 1674）一首

春△浅绿零红别样新△风光好，愁杀客中人△

潘钟瑞（清 1692）一首

归△扶醉迎郎入翠帏△宽心待，今夜酒醒时△

丁淑媛（女）（清 1699）一首

听△窗外如何月有声△寒无寐，风雪正三更△

朱冠瀛（清1748）一首

痴△立尽栏杆冷不知△深闺静，欹枕故眠迟△①

注：① 欹：侧靠。

陈尔苐（清1753）一首

鲜△树上谁抛遍地钱△①无人用，飘泊晚风前△

注：① 钱：喻榆荚，因形状若钱。

沈景修（清1768）一首

愁△剪剪金风瑟瑟秋△①纱橱掩，②无意待牵牛△③

注：① 金风：秋风。② 纱橱：纱帐。③ 牵牛：牛郎星，此处指丈夫或情人。

王远甫（现当49）一首

烟△塘满柳丝碧映船△①涟漪静，②霭浮遮远天△③

注：① 柳：此处不宜用仄声，若改平声"杨"字于词律较妥。② 涟漪：水纹。③ 霭：云气。

十六字　十六字令（又名绛州春、花娇女）　第二体，起句三字。

黄德贞（女）（明413）一首　题：送皆令妹之西泠。①　注：调名原作花娇女。

芳草织，前溪去路迷△②丝丝柳，难系片帆西△

注：① 西泠：在杭州西湖白堤上。之，作动词，到也。② 此依《林下词选》，而《众香词》第一、二句作："溪草绿，花飞前路迷。"

蒋平阶（明559）一首　注：调名原作绛州春。

天外柳，三星泛玉河△①银沙净，深夜织龙梭△②

注：① 玉河：即银河、天河。② 龙梭：天梭。

郭士璟（清9）一首　题：乳燕　注：调名原作绛州春。

新燕羽，春风掠短墙△①能觅食，谁点旧泥香△

注：① 掠：斜飞而过。

仲恒（清177）二首　题：第一首，秋月。
第二首，春暮。

（1）帘卷月，光束疑是霜△呼童扫，倏已过西厢△

（2）疏雨过，斜阳入画楼△风影里，双燕搅帘钩△

王倩（清193）二首　题：第一首，山庄。第二首，睡起。

（1）何处住，山庄第一家△休来问，只记刺桐花△

（2）人睡起，碧纱橱半开△①回身坐，去换牡丹鞋△

注：① 碧纱橱：绿纱帐也。

佟世南（清 300）一首　题：秋水。

秋水影，溶溶夜月中△①明如练，②裁剪有西风△

注：① 溶溶：喻景象深广。② 练：白绢。

陆次云（清 437）一首　题：不寐。①

明月影，徐徐上碧纱△②闲窗静，斜映一枝花△

注：① 不寐：不睡。② 碧纱：绿纱窗。

姜垚（清 478）一首　题：新月。

纤巧月，天边玉一钩△栏杆外，花影接重楼△

周纶（清 493）一首　题：咏月。

山寺静，推起一轮高△①钟声断，疑是髻珠逃△②

注：① 一轮：喻月。② 髻珠：梵语，国王发髻中的明珠。

十七字　金雀鬟

吉珠（女）（清 889）一首　题：闺情。

庭院春深好▲牡丹开遍了▲不分是双鬟，①偷拗▲

注：① 双鬟：指婢女。

十八字　闲中好　第一体，一三句不叶韵，二四句平韵。

张希复（唐 31）一首

闲中好，幽磬度钟迟△卷上论题肇，①画中僧姓支△②

注：① 肇：开始。② 僧姓支：晋时僧支遁，人称支郎。后世因以为僧之代称。

段成式（唐 32）一首

闲中好，尘务不萦心△坐对当窗木，看移三面阴△

韩偓（五代十国 2）二首

(1) 忆眠时，春梦困腾腾△辗转不能起，玉钗垂枕稜△②

注：① 枕稜：旧式枕头两边的棱角，亦谓枕边。

(2) 忆去时，向月迟迟行△①强语戏同伴，图郎闻笑声△②

注：① 迟迟：徐行貌。② 图：博取之意。

徐士俊（明 397）一首　题：春闺。

春消息，独坐最关情△两颊桃花晕，①相思镜里生△

注：① 晕：光气。

史鉴宗（清 141）二首

(1) 帘帏静，好鸟动金钩△生怕惊他去，偷看不回头△

(2) 香阶永，[1]花落袭人衣△不忍轻吹下，待他还自飞△

注：① 永：长也。

史惟圆(清 221)二首　题：本意。

(1) 青团扇，风动砑罗衣△[1]莫打花蝴蝶，由他各处飞△

注：① 砑罗衣：砑光之罗衣。砑光，即磨光。

(2) 垂杨岸，贪看鹭鸶飞△忘却回船去，丝丝雨湿衣△

何采(清 251)一首　题：元日偶成。

闲中好，最是岁除闲△[1]爆竹声中醉，薰笼暖处眠△[2]

注：① 岁除：除夕。② 薰笼：古时取暖之具。

刘壮国(清 409)一首　题：春。

闲中好，正是养花天△[1]处处园林碧，东皋有旧田△[2]

注：① 养花天：牡丹开日，多有轻云微雨，谓之养花天。② 东皋：水边向阳高地，也泛指田园、原野。

曹良武(清 462)一首　题：本意。

双飞蝶，栩栩欲寻春△[1]闲趁花阴扑，描他上绣裙△

注：① 栩栩：活泼生动的样子，《庄子》："栩栩然蝴蝶也。"

小轴上无名氏(清 1744)一首　题：无锡丁绍仪见于楚北小溪旅舍壁悬小轴所题。

风过去，习习野花香△[1]独立溪桥望，云随流水忙△

注：① 习习：和舒貌。

车乘轨(现当 88)一首　题：高甜度西瓜。　注：2007 年 6 月 25 日作。

西瓜好，红玉拔头尖△[1]肉蜜皮糖味，汁多高度甜△

注：① 红玉：西瓜商标名，全名为"早春红玉"；拔头尖：拔尖，第一之意。

十八字　闲中好　第二体，一二句不叶韵，三四句平韵。

张宗孟(女)(明 568)一首

春来到，尽日深深坐，掩上碧窗纱△羞看红杏花△

董元恺(清 422)一首　题：别意。

闲中好，春信吹芳草，[1]裙带绿于烟△东风又几年△

注：① 春信：春天花信风，每五天以一花应之。

彭贞隐(女)(清 1052)一首　题：本意。

闲中好，诗索檀郎改，[1]春色点苦荄△[2]颜随笑口开△

注：① 檀郎：晋潘岳，小字檀奴，后因以檀郎为对所爱男子之昵称，② 苦荄：枯草根也。

十八字　闲中好　第三体，一、三句不叶韵，二、四句仄韵。

郑符（唐 35）一首

闲中好，尽日松为侣▲此趣人不知，轻风度僧语▲

韩偓（五代十国 2）一首

忆行时，背手挼金雀▲[1]敛笑慢回头，步转栏杆角▲

注：① 挼金雀：金质雀形首饰。挼，揉搓。

十八字　渔父

戴复古（宋 432）二首

（1）渔父饮，不须钱△柳枝斜贯锦鳞鲜△换酒却归船△

（2）渔父醉，钓竿闲△柳下呼儿牢系船△高眠风月天△

十八字　渔父引

顾况（唐 11）一首

新妇矶边月明△[1]女儿浦口潮平△[2]沙头露宿鱼惊△

注：① 新妇矶：即新妇港，一名新裕河，在安徽和县长江边，② 女儿浦：一名女儿港，在江西九江长江口。

二十字　十香词

靖宁无名氏（辽 2）

注：此词为佞臣耶律乙辛雇人所作，以陷害辽后萧观音，后果得逞。共十首，录四。

（1）蝤蛴那足并，[1]长须学凤凰△昨宵欢臂上，应惹领边香△

注：① 蝤蛴：喻女子粉颈。

（2）既摘上林蕊，[1]还亲御苑桑△归来便携手，纤纤春笋香△[2]

注：① 上林：上林苑。② 春笋：喻女子纤手。

（3）解带色已战，触手心愈忙△那识罗裙内，消魂别有香△

（4）青丝七尺长，[1]挽出内家妆△[2]不知眠枕上，倍觉绿云香△

注：① 青丝：头发美称。② 内家妆：即宫妆。

二十字　拜新月

李端（唐 18）一首

开帘见新月，便即下阶拜▲细语人不闻，北风吹裙带▲

二十字　纥那曲

刘禹锡(唐20)一首

杨柳郁青青△竹枝无限情△同郎一回顾，听唱纥那声△

二十字　明月斜(又名梧桐影)

吕岩(唐30)一首　题：景德寺僧房。　注：调名原作梧桐影。

落日斜，秋风冷▲今夜故人来不来，教人立尽梧桐影▲

王曼容(女)(明234)一首　题：远寄。

半尺绡，回文绣▲交颈鸳鸯绣上头，郎心莫学他人负▲

张宗孟(女)(明567)一首

明月斜，黄昏后▲帐暖芙蓉冷玉钩，香消瑞脑闲金兽▲①

注：①瑞脑：龙脑香美称；金兽：兽形铜香炉。

吴绮(清90)一首

月华春，风光夜▲乳燕寻花不肯归，玉奴背面珠帘下▲①

注：①玉奴：女子也。唐杨玉环自称玉奴，

李怀(女)(清137)一首　题：本意。

晚风轻，清凉界▲宝匣羞将半镜遮，云帘卷尽蟾钩挂▲

徐孝钧(清176)一首　题：汉阳夜泊。

雨生毛，月生耳▲一点樯灯泊汉阳，①隔江钟打湘宫寺▲

注：①樯灯：船桅灯；汉阳：今武汉。

花妥(女)(清259)一首　题：画眉。

柳丝长，蟾钩曲▲①携得钿奁螺子香，②玉台学写双蛾绿▲

注：①蟾钩：指弯月。②钿奁：嵌蚌壳之镜具。

刘壮国(清409)一首　题：春日郊行。　注：调名原作梧桐影。

景物妍，时光透▲芳陌春风催玉骢，①算今已在花开后▲

注：①芳，香也；陌：田间道路；玉骢：马也。

薛琼(女)(清844)一首　注：调名原作梧桐影。

月欲斜，风偏冷▲秋思邻家分得来，隔墙移过梧桐影▲

王元勋(清1001)一首

露叶明，风檐静▲残月五更人倚楼，开窗犹望秋河影▲

车乘轨　(现当88)一首　题：本意。　注：2002年8月28日作。

夜色沉，星光晦▲明月渐斜人倚楼，梧桐树下蟾影碎▲①

注：①蟾影：月影。

二十字　采莲曲　第一体，平韵。

孙一元（明149）一首

越女颜如玉，①和歌行晚风△举头乍相识，棹入莲叶中△②

注：① 越女：绍兴一带女子。② 棹：船桨。

二十字　采莲曲　第二体，仄韵。

孙一元（明149）一首

莲叶翻乱红，正在若耶曲▲①愿见隔溪上，对坐斗眉绿▲

注：① 若耶：溪名，在绍兴市东郭门外。

二十字　啰唝曲（又名望夫歌、一片子）

刘采春（女）（唐24）三首

（1）借问东园柳，枯来得几年△自无枝叶分，莫怨太阳偏△

（2）莫作商人妇，金钗当卜钱△朝朝江上望，错认几人船△

（3）不喜秦淮水，①生憎江上船△②载儿夫婿去，③经岁又经年△

注：① 秦淮：河名，在今南京市。② 生憎：最厌恶。③ 儿：古代女子自称。

无名氏（唐45）一首　注：调名原作一片子。

柳色春山映，梨花雪鸟藏△绿窗桃李下，闲坐叹春芳△

二十一字　二十一字令

毛先舒（清104）一首

年岁，浅深深，学画眉△瞥然手把绿杨枝△①弄游丝△真痴△

注：① 瞥然：忽然；迅速地。

二十二字　单调清平乐

施岳（宋558）一首

水遥花暝▲隔岸炊烟冷▲十里垂杨摇嫩影▲宿酒和愁都醒▲①

注：① 宿酒：隔夜所饮酒。

二十二字　单调菩萨蛮　注：实为菩萨蛮回文。

李晏（金6）二首

（1）断肠人去春将半，归客倦花飞△小窗寒梦晓，谁与画双眉△

（2）断肠人恨余香换，尘暗琐窗春△①小花檐月晓，屏掩半山青△

注：① 琐窗：镂有花纹之窗。

二十二字　庆宣和

张可久(元56)一首

云影天光乍有无△老树扶疏△[1]万柄高荷小西湖△听雨▲听雨▲

注：① 扶疏：茂盛貌。

二十二字　醉妆词

王衍(五代十国17)一首

者边走▲那边走▲只自寻花柳▲那边走▲者边走▲莫厌金杯酒▲

二十三字　西楼梦

吴绮(清90)一首　题：明月。

明月，明月，一片多情影▲当楼照入碧纱橱，[1]美人微醉才微醒▲

注：① 碧纱橱：绿纱帐。

二十三字　南歌子(又名南柯子、春宵曲)

温庭筠(唐34)七首

(1) 手里金鹦鹉，胸前绣凤凰△偷眼暗形相△不如从嫁与，作鸳鸯△

(2) 似带如丝柳，团酥握雪花△帘卷玉钩斜△九衢尘欲暮，[1]逐香车△

注：① 九衢：四通八达之街。

(3) 倭堕低梳髻，[1]连娟细扫眉△[2]终日两相思△为君憔悴尽，百花时△

注：① 倭堕：斜垂之髻。② 连娟：曲细纤弱之眉。

(4) 脸上金霞细，[1]眉间翠钿生△敧枕覆鸳衾△隔帘莺百啭，感君心△

注：① 金霞：汉成帝之后赵飞燕有金霞帐，帐中常若满月。喻脸如满月也。

(5) 扑蕊添黄子，[1]呵花满翠鬟△鸳枕映屏山△月明三五夜，[2]对芳颜△

注：① 黄子：古时女子额上贴黄。② 三五：十五也，即月半。

(6) 转眄如波眼，[1]娉婷似柳腰△[2]花里暗相招△忆君肠欲断，恨春宵△

注：① 转眄：转眼斜视。② 娉婷：美貌。

(7) 懒拂鸳鸯枕，休缝翡翠裙△罗帐罢炉薰△近来心更切，为思君△

杨慎(明157)三首

(1) 丝品娟娟玉，[1]钗梁灼灼花△妙语似雏鸦△有心来恼我，莫应他△

注：① 丝品：吹萧也；娟娟：美好。

(2) 片玉连城价，[1]千金一刻宵△[2]仙梦隔蓝桥△[3]意中人不见，为谁娇△

注：① 连城价：价值连城，喻贵重。② 千金一刻：喻时间宝贵。③ 蓝桥：在陕西蓝田县，相传其地有仙窟。

(3) 红叶随流水，青梅出短墙△雅意语檀郎△可怜人二八，[①]好风光△

注：① 二八：十六岁也。

彭孙贻（明 504）一首　题：怀信弦弟客五羊。[①]

踏月还珠浦，[②]观潮祭鳄州△[③]独客海南头△宁知深闺里，倚西楼△

注：① 五羊：广州别称。② 还珠浦：合浦还珠故事。③ 祭鳄州：韩愈潮州祭鳄鱼故事。

蒋平阶（明 559）一首

暂脱盘螭髻，[①]闲停小犊车△[②]同去浣溪纱△溪边栀子树，认侬家△[③]

注：① 盘螭髻：发髻式样名。螭，音痴，传系似龙无角动物。② 犊：牛。③ 侬：吴语，既可作你，也可作我。此处指我。

周积贤（明 640）一首

细织鸳鸯锦，新妆蝴蝶钗△还约沈郎来△[①]小帘风影动，牡丹开△

注：① 沈郎：对恋人的泛称。

史鉴宗（清 141）一首

桂棹花间发，[①]莲歌水际闻△娇袅不胜春△为他飞不去，半江云△

注：① 桂棹：即兰舟。精致之船。

陆进（清 198）一首

绿映盘槐树，香生荳蔻花△门外小溪斜△溪边春色里，是儿家△[①]

注：① 儿家：即我家。儿，古代妇女自称儿。

朱彝尊（清 288）一首

忍泪潜窥镜，催归懒下阶△临去不胜怀△为郎回一盼，强兜鞋△

王毓贞（女）（清 307）一首

浴罢明肌雪，妆残亸鬓鸦△[①]娇怯欲扶花△花枝扶不得，倚风斜△

注：① 亸：垂下貌。鬓鸦：鬓边发髻。鸦，喻乌黑色。

宋俊（清 348）二首　题：漳南春兴。

(1) 仙掌穿篱密，[①]官梅插鬓稀△三五踏香泥△矮墙纤指滑，晒春衣△

注：① 仙掌：仙人掌，花草名，福建人多用以护篱。

(2) 小榼红兰酒，[①]双蓬白板船△家住大溪边△早来鱼市里，趁潮还△

注：① 榼：酒器。

钱方标（清 512）一首

添麝更衣后，[①]挑朱对镜时△[②]故故弄妆迟△[③]日高牵女伴，折花枝△

注：① 添麝：薰香。② 挑朱：抹胭脂。③ 故故：屡屡也。

陈玉堪(清 529)一首

手打同心结，针穿并蒂花△风月谢娘家△[1]碧窗遮几许，便天涯△

注：① 谢娘：泛指妓女。

狄亿(清 747)二首　题：春游。

(1) 暖日娇晴柳，轻风恋落花△摇荡酒帘斜△孤村流水绕，有人家△

(2) 细草粘烟密，垂杨饮露稀△延步日迟迟△[1]几经花里过，带春归△

注：① 迟迟：徐行貌。

吉珠(女)(清 889)一首　题：送别。　注：调名原作春宵曲。

鸭绿春波暖，莺黄柳色新△别路醉芳樽△[1]送君南浦去，[2]欲消魂△

注：① 樽：酒器也。② 南浦：水名，在武昌境内。《楚辞》："送美人兮南浦。"后人遂沿用为送别处。

史承谦(清 951)二首

(1) 月上轻罗扇，凉生小画衣△玉腕又重携△曲池风不定，水萤飞△

(2) 茜袖凝香重，[1]银灯照影娇△人去月痕消△画堂空似水，可怜宵△

注：① 茜袖：绛红色袖子。

王启曾(清 1123)一首

点点飞红雨，双双浴翠禽△无限绿波深△东风吹又晚，草堂阴△

杨继端(女)(清 1239)一首

澹荡和云上，[1]光明劈雾开△蓦地透窗来△入帏惊梦醒，起徘徊△

注：① 澹荡：恬静也。

苏穆(女)(清 1592)四首

(1) 社燕归来后，[1]春争宿雨多△[2]水面荡新荷△晚风吹不起，奈愁何△

注：① 社燕：春燕。② 争：助辞，怎、如何之意。

(2) 竟日帘高卷，[1]轻寒似早秋△天际暮云稠△有人犹独立，小层楼△

注：① 竟日：整日。

(3) 莫向高楼望，东风去不归△小雨又丝丝△[1]怎禁魂断也，正灯时△

注：① 丝丝：形容纤细成线状。

(4) 隔岸流萤小，时时度碧纱△柳影漫相遮△[1]怕随风直去，极天涯△[2]

注：① 漫：助辞，随意也。② 极天涯：至天涯海角。

蒋春霖(清 1651)一首

烛穗残蛾绿，[1]钗花独茧红△[2]无意向春风△不堪双语燕，画梁中△

注：① 烛穗：即灯花；蛾：喻女子眉。② 钗花：金钗上花纹；茧：指茧眉，即蛾眉。

劳纺（女）（清 1883）四首　题：第一首，春日。
第二、三首，夏夜。
第四首，秋日。

（1）暖日移花影，和风拂柳丝△春色最佳时△碧栏干外立，意迟迟△①

注：① 迟迟：从容不迫之意。

（2）解渴烹佳茗，消闲读古诗△微雨乍晴时△几竿修竹影，①上阶墀△②

注：① 修竹：修长之竹。② 阶墀：台阶，阶石。

（3）深院槐阴静，虚堂夜气清△①凭槛看流星△手持团扇小，觉风轻△

注：① 虚堂：所居之堂屋。

（4）帘卷延朝爽，衣添怯晚凉△闲步绕池塘△芰荷零落尽，①有余香△

注：① 芰荷：菱荷也。芰，四角菱也。

车乘轨（现当 88）一首　题：春日登南湖烟雨楼。①　注：1991 年 3 月 15 日作。

丽日烘桃艳，和风拂柳娇△春色向人撩△嬉游雏女乐，髻花摇△②

注：① 南湖烟雨楼：南湖，在嘉兴城东南，湖心有岛，岛上有烟雨楼，为嘉兴名胜。四面环水，风光秀美。② 髻花：发上所插之花。

张振维（现当 99）一首　题：为车乘轨兄题《蠡湖水榭》图。①　注：1975 年 5 月作。

浪迹三吴客，②怡情五色螺△③水榭听渔歌△荷花无限好，柳婆娑△

注：① 蠡湖：范蠡湖，嘉兴名胜。② 三吴：指嘉兴。③ 五色螺：传西施洗妆水，倾于范蠡湖，螺成五色。

汪玢（现当 106）一首

杨柳青青媚，梨花淡淡鲜△小小鸭头船△①溪南溪北雨，绿痕添△

注：① 鸭头船：太傅诸葛恪制。见《三国志》。

二十三字　荷叶杯　第一体，第一二句仄韵，三六句平韵，四五句换第二种仄韵。

温庭筠（唐 34）三首

（1）镜水夜来秋月▲如雪▲采莲时△小娘红粉对寒浪▲▲惆怅▲▲正思惟△

（2）一点露珠凝冷▲波影▲满池塘△绿茎红艳两相乱▲▲肠断▲▲水风凉△

（3）楚女欲归南浦▲①朝雨▲湿愁红△小船摇漾入花里▲▲波起▲▲隔西风△

注：① 南浦：水名，在武昌南郊。《楚辞》有“送美人兮南浦”句。

彭孙贻（明 504）二首　第一首，春雨。

第二首，玩月。

（1）花涩黄鹂无语▲春雨▲雨丝丝△丝丝连夕客头白▲▲愁织▲▲巧催诗△

（2）庭院梨花非雪▲明月▲月何如△月痕如水浸罗幌▲▲帘上▲▲独窥书△

缪永谋（明 560）一首

闲试碧筒新酿▲①湖上▲采莲归△鸳鸯惊入落花去▲▲何处▲▲又双飞△

注：① 新酿：指新酿之酒。

毛奇龄（清 161）一首

五月南塘水满▲吹断▲鲤鱼风△①小娘停棹濯纤指▲▲②水底▲▲见花红△

注：① 鲤鱼风：本指九月风，后泛指河风。② 棹：船桨。

王士禄（清 212）一首　题：忆鲁泉山居。

忆待石桥金鲫▲山夕▲渌波凉△①小亭红杏几枝侧▲▲斜日▲▲扑衣香△

注：① 渌：水清也。

陆鸿图（清 440）一首　题：晚泊。

桂雨滴残香陌▲①风息▲画船双△小姑窥客夕阳里▲▲花底▲▲隔秋窗△

注：① 桂雨：桂花吹落如雨；陌：田间道路。

汪森（清 668）一首

江上藕花微浪▲荡桨▲入红云△①小娃十五弄潮惯▲▲风乱▲▲藕丝裙△

注：① 红云：喻藕花，即荷花。

郑文焯（清 1846）一首　题：西湖残雪和温庭筠。

笛外柳色烟浦▲①花雨▲旧衫红△画船明镜里湖里▲▲②歌起▲▲怨东风△

注：① 浦：大水有小口别通曰浦。② 里湖：西湖白堤以北为里湖。

钱世明（现当 233）一首

小院初晴雪满▲吹面▲卷西风△堆成傻大群见笑▲▲①唱跳▲▲两腮红△

注：① 傻大：指雪人。

二十三字　荷叶杯　第二体，一二四五句仄韵，三六句平韵。

陆进（清 198）二首　题：第一首，无题。

第二首，荷花。

（1）记得踏青南陌▲①春色▲见吴娃△半妆宫粉点黄额▲②衫窄▲剪轻纱△

注：① 陌：田间道路。②黄额：古时女子额上涂黄以为美观。

（2）一阵雨过凉透▲清昼▲小池塘△翠蛾袅袅曳罗袖▲垂手▲水云乡△

郭麐(清1208)一首

两扇绿窗开了▲含笑▲独凭栏△罗衫花影两相照▲知道▲月华寒△

二十三字　荷叶杯　第三体，一二四句仄韵，五句仄声不叶韵，三六句平韵。

冯梦祖(清153)一首　题：春晓。

晓幕燕飞低舞▲喧语▲透帘栊△[①]隔窗忙起突烟缕▲[②]缭绕，入花丛△

注：① 帘栊：垂帘窗户。② 突：烟囱。

陈维崧(清196)一首

突遇荼蘼绝艳▲幽店▲早炉边△春城特筑花坛坫▲[①]丽煞，酒旗天△

注：① 坫：音店，盛物之具，此处指花坛。

二十三字　荷叶杯　第四体，一二句仄韵，三六句平韵，四五句仄声不叶韵。

胡介(明515)一首　题：河渚吟。

短棹芦花港口▲[①]沽酒▲[②]三两舟△东西欸乃穿林去，[③]明月，正当秋△

注：① 棹：船桨。② 沽酒：买酒。③ 欸乃：行船时橹桨声。

彭桂(清308)一首　题：踏青。

花下柳边无奈▲郊外▲蹴香泥△[①]娇慵不禁鞋帮怯，和笑，褪些儿△

注：① 蹴：踢也。

二十三字　荷叶杯　第五体，第三六句平韵，其他各句仄声，不叶韵。

蒋平阶(明559)一首

桃叶渡头风起，飞雪，浪花寒△绿萍双桨棹歌急，[①]隔岸，谢娘船△[②]

注：① 棹歌：船歌也。② 谢娘：后唐李德裕有歌妓谢秋娘，泛指妓女。

张宗孟(女)(明567)一首

正是恼人天气，蓦过，[①]小亭前△满径落花红似锦，生怕，被他怜△

注：① 蓦：忽地。

周积贤(明640)一首

陇头暮云千里，何处，望长安△戍楼秋老白榆落，[①]风急，角声寒△[②]

注：① 戍楼：边防军之瞭望楼。② 角：号角。

葛宜(女)(清419)一首　题：晚凉纳坐。

微雨初消残暑，正及，晚凉时△荷芰一池相映绿，[①]风起，乱鹭鹚△

注：① 芰：四角菱也。

二十四字　一点春

侯玦（女）（隋 2）二首

（1）砌雪消无日，[1]卷帘时自颦△[2]庭梅对我有怜意，先露枝头一点春△

注：① 砌雪：阶上之雪。② 颦：皱眉。

（2）香清寒艳好，谁识是天真△玉梅谢后阳和至，[1]散与群芳自在春△

注：① 阳和：阳春。

二十四字　三台令（又名三台、开元乐）

韦应物（唐 14）一首

冰泮寒塘水渌，[1]雨余百草皆生△朝来门巷无事，晚下高斋有情△

注：① 水渌：水清。

王建（唐 19）四首

（1）鱼藻池边射鸭，[1]芙蓉苑里看花△日色赭袍相似，[2]不着红鸾扇遮△

注：① 射鸭：古代一种水嬉娱乐。② 赭袍：赤色袍。赭，音者。

（2）池北池南草绿，殿前殿后花红△天子千秋万岁，未央明月清风△[1]

注：① 未央：汉有未央宫，此处指皇宫。

（3）扬州池边少妇，长干市里商人△[1]三年不得消息，各自拜鬼求神△

注：① 长干：地名，在南京中华门外。

（4）青草台边草色，飞猿岭上猿声△万里三湘客到，有风有雨人行△

沈括（宋 72）二首　注：调名原作开元乐。

（1）殿后春旗簇仗，楼前御队穿花△一片红云闹处，外人遥认官家△[1]

注：① 官家：指皇帝。此一称呼，盛于宋代。

（2）楼上正临宫外，人间不见仙家△寒食轻烟薄雾，[1]满城明月梨花△

注：① 寒食：古节日名，古代不同时期，在清明前一日或二日，是日禁烟火。

胡俨（明 30）一首

一阵霜风乍起，[1]半窗月影初斜△宝鸭烧残香篆，[2]银釭落尽灯花△[3]

注：① 霜风：秋风也。农历七月称霜月，九月交霜降节。② 宝鸭：指香炉。香篆：香烟弯曲如篆体字。③ 银釭：油灯盏。

毛伯温（明 142）一首　题：过鲁桥。

风静鸦栖村树，水平鹭集沙洲△何处一声画角，黄昏吹动离愁△

夏言（明 143）一首

犹是西泠桥畔，①难寻春柳春花△只有婆娑老树，夕阳依旧栖鸦△

注：① 西泠桥：座落在杭州西湖白堤。

冯鼎位（明407）一首

山北山南多雨，窗前窗后微寒△莺嫩新来唤柳，错将好梦惊残△

朱一是（明454）一首　题：春闺怨。

香垒红襟对对，①芳枝粉翅双双△装束无人唤好，②独步盈盈画廊△③

注：① 红襟：指燕子。② 装束：打扮也。③ 盈盈：谓女貌轻盈也。

申涵光（明555）三首

（1）帘下科头散帙，①雨余赤脚疏泉△鸡犬无声高卧，夕阳满树鸣蝉△

注：① 科头：不戴冠帽，裸露头髻；散帙：打开书帙，亦借指读书。

（2）荻路赊通远圃，①茅堂俯对高城△昨晚西山雨黑，夜添枕畔泉声△

注：① 荻：草名，与芦类似，生水边；赊：长、远之意。

（3）小榻凉生细簟，①遥村雨隔疏钟△②怪底香风不断，③池塘开满芙蓉△④

注：① 簟：席子。② 遥村：远村。③ 怪底：缘何，何故之意。④ 芙蓉：荷花别称。

蒋平阶（明559）二首

（1）笼鸟莫笼怜妇，①斗花莫斗宜男△②怪杀朱樱帐暖，一春长是孤眠△

注：① 怜妇：鸟名。② 宜男：草名。

（2）玉案浅浮朱李，①银瓶斜插红莲△不向天孙乞巧，②只愿郎常少年△

注：① 案：几，桌也。这句说案几上放着水果；朱李：果名，李子的一种。② 天孙：织女星也。

沈忆年（明641）二首

（1）红藕晚花对镜，白蘋小蕊胜簪△两种助妆颜色，莫夸妾貌自妍△

（2）罗裙舞扇娼家，回首关河日斜△①青楼画帘半卷，楼头少妇如花△

注：① 关河：江山之意。

陆进（清198）一首

金井蝉嘶梧叶，①银塘鸭睡萍花△秋色满庭如绣，人语烟中碧纱△

注：① 金井：井之美称，因古代井栏饰以雕刻。

邹祗谟（清312）一首　题：赋丽。

苏样轻衫淡紫，①宫妆小袖微红△②郎住温柔乡里，③妾家娉婷市中△④

注：① 苏样：苏州式样。② 宫妆：皇宫妆扮。③ 温柔乡：靡靡之境。语见《飞燕外传》。④ 妾：女子自称；娉婷：美貌。

郑景会（清 620）一首　题：夜半。

翡翠楼中锁月，芙蓉帐里薰香△爱杀画栏吹笛，夜半花飞柳狂△

潘谦（清 881）三首

（1）茅屋炊烟笼竹，板桥流水横溪△逐客隔花吠犬，催耕当午有鸡△

（2）户外垂垂丝柳，枝头语语流莺△扑葚村童争拾，[1]采桑邻女徐行△

注：① 葚：桑实也。

（3）高垅风掀麦浪，[1]平畴水透秧针△天气半晴半雨，风光宜讨宜寻△

注：① 麦浪：风吹麦摇如浪。

杨继端（女）（清 1239）一首　注：调名原作开元乐。

惆怅阶前梅树，今年几度春花△犹带别时泪影，郎行何日还家△

二十四字　甘露歌

王安石（宋 57）二首　题：咏梅。

（1）折得一枝香在手▲人间应未有▲疑是经春雪未消△今日是何朝△

（2）天寒日暮山谷里▲的砾愁成水▲[1]地上渐多枝上稀△唯有故人知△

注：① 的砾：鲜明貌。

二十四字　白鼻騧

李白（唐 7）一首

银鞍白鼻騧，[1]绿地障泥锦▲[2]细雨春风花落时，挥鞭且就胡姬饮▲[3]

注：① 騧：黄毛黑口之马。② 障泥：马鞍两旁下垂者，用以挡泥。③ 胡姬：西域女子。

二十四字　单调山花子　第一体，第一二四句平韵，三句不叶韵。

吴赞（清 1502）二首

（1）寂寞东篱菊已残△芙蓉独自倚江干△红树斜阳无限好，当花看△

（2）蝶梦惊回夜向阑△鹧鸪啼彻晓窗寒△梳罢云鬟频照镜，入时难△

二十四字　单调山花子　第二体，第二四句平韵，一三句不叶韵。

吴赞（清 1502）二首

（1）锦帐眠云嫌波垂，珠帘立月怯衣单△天气两般浑不定，暖还寒△

（2）柳渚鱼喧迎玉饵，芦滩雁惊避金丸△[1]日坐江头帆过尽，不开船△

注：① 金丸：金制的弹丸。

二十四字　晴偏好

李霜崖（宋 495）一首　注：《山居新话》：宋嘉熙庚子（1240）岁大旱，杭州西湖为平陆，茂草生焉。李霜崖作此谑词。

平湖千顷生芳草▲芙蓉不照红颠倒▲东坡道▲波光潋滟晴偏好▲

二十四字　踏阳春

无名氏（唐 45）一首

踏阳春△[①]人间二月雨和尘△阳春踏尽秋风起，肠断人间鹤发人△[②]

注：① 踏阳春：春日踏青。② 鹤发：即白发，因鹤色白。

二十四字　凭栏人

邵亨贞（元 86）一首

谁写江南一段秋△妆点钱塘苏小楼△[①]楼中多少愁△楚山无尽头△[②]

注：① 苏小：五代南齐杭州名妓苏小小，今其墓尚在杭州西湖畔。② 楚：杭州在战国时曾为楚国辖地。

叶文（女）（清 685）一首

渺渺春风忆瘦腰△空见垂杨踠地飘△[①]凭栏魂欲销△长条复短条△

注：① 踠：音宛，弯屈。

二十四字　潇湘神

赵尔秀（女）（清 814）一首

湖水流△蓼花蘋叶总成秋△隔岸珠帘闲不卷，细风吹雨入窗楼△

二十四字　樱桃歌

元稹（唐 28）一首

樱桃花，一枝二枝千万朵▲花砖曾立采花人，窣破罗裙红似火▲[①]

注：① 窣：突然，急促之意。

二十五字　西地锦

王尚（女）（明 357）一首

信手旋拈柳线，侧身已过花丛△杜鹃几点花梢雨，春衫乍湿潜融△

葛嫩（女）（明 488）二首

（1）人在重帘深处，日移危坐席间△[①]一双海燕栖华栋，呢喃春堕花筵△[②]

注：① 危坐：端坐也。② 呢喃：燕语也。

（2）轻透描鸾绣裤，微挑刺凤金莲△罗衣试减寒犹在，临轩翠袖低偏△

董白（女）（明 621）一首

玉束霞衣川锦，[1]金盘云髻宫妆△凌波微步铺红湿，[2]风回阵阵花香△

注：① 川锦：即蜀锦，四川产锦缎。② 凌波微步：喻美人步履轻逸也。《曹植赋》："凌波微步，罗袜生尘。"

尹春（女）（明624）一首

云母屏中玉骨，珊瑚枕上香腮△梦酣春透犹耽怯，不胜天外飞来△

梁善娘（女）（清321）一首

绿试朝烟新柳，红添宿雨含桃△桄榔树下春风急，一枝独笑妖娆△

二十五字　渔歌子（又名渔父、渔父乐）

李珣（五代十国5）二首

（1）柳垂丝，花满树▲莺啼楚岸春天暮▲棹轻舟，出深浦▲[1]缓唱渔歌归去▲

（2）罢垂纶，[1]还酌醑▲孤村遥指云遮处▲下长江，临浅渡▲惊起一行沙鹭▲

注：① 纶：钓鱼丝也。

二十五字　凭栏人

倪瓒（元82）一首

客有吴郎吹洞箫△明月沉江春雾晓▲湘灵不可招△[1]水云中，环佩摇△

注：① 湘灵：湘水之神。

吴绮（清90）一首　题：陌上。[1]

陌上花开烟景稠△[2]折得花枝红在手▲将花却自羞△[3]惹东风，吹不休△△

注：① 陌上：田间道路。② 稠：多也。③ 将：持也。

二十六字　花非花

白居易（唐21）一首

花非花，雾非雾▲夜半来，天明去▲来如春梦不多时，去似朝云无觅处▲

计南阳（明587）一首

同心花，合欢树▲四更风，五更雨▲画眉山上鹧鸪啼，[1]画眉山下郎行去▲

注：①鹧鸪：鸟名。形似鹑，稍大，背灰苍色，有紫赤色斑点，其鸣声如曰："行不得也哥哥"。古诗中常用之。

李渔（清31）一首　题：书所见。

花非花，是人面▲不教亲，只容见▲有钱难觅再来红，销魂始觉黄金贱▲

二十六字　迎客曲

徐勉（南北朝3）一首

丝管列，舞曲陈△含羞未奏，待嘉宾△罗丝管，陈舞席▲敛袖嘿唇，[1]迎上客▲

注：① 嘿唇：魏晋南北朝女子的一种唇妆。多以红色丹脂点唇，亦称"朱唇"。

二十六字　南歌子(又名南柯子、碧窗纱)　第一体，第四句六字，第五句三字。

欧阳炯(五代十国 11)一首

锦帐银灯影，纱窗玉漏声△①迢迢永夜梦难成△②愁时小庭秋色，月空明△

注：① 漏：滴漏为古代计时之具。② 迢迢：长远也；永夜：长夜也。

张泌(五代十国 33)三首

(1) 柳色遮楼暗，桐花落砌香△①画堂开处远风凉△②高卷水精帘额，③衬斜阳△

注：① 砌：台阶。② 画堂：雕绘图画之精致厅堂。③ 水精：即水晶；帘额：帘之高处也。

(2) 岸柳拖烟绿，庭花照日红△数声蜀魂入帘栊△①惊断碧窗残梦，画屏空△

注：① 蜀魂：谓杜鹃。《成都纪》："望帝魂化为鸟，名杜鹃。"帘栊：有帘之窗。

(3) 锦荐红鸂鶒，①罗衣绣凤凰△绮疏飘雪北风狂△②帘幕尽垂无事，郁金香△③

注：① 荐：卧席也；鸂鶒：又名紫鸳鸯，水鸟也。② 绮疏：镂有图文之窗。③ 郁金香：花草名。

沈自炳(明 348)一首

翠榭沾纤雨，朱楼满夕阳△玉栏杆绕曲池塘△莲叶小蜓飞贴，水鸳鸯△

彭孙贻(明 504)一首　题：闺情。　注：调名原作南柯子。

戴胜蚕儿月，①荼蘼燕子家△朱门昼掩即天涯△空锁晓开晚合，合欢花△

注：① 戴胜：鸟名，状似鹊，头有冠五色，如方胜，故名；蚕儿月：喻春天。

屠瑶芳(女)(明 629)一首　题：夏景。

待月调莺槛，①乘风斗鸭栏△②妆成茉莉与珠兰△簪向鬓边香发，③拨冰纨△④

注：① 调莺槛：宋张炎词《水龙吟·春晚留别故人》："倚槛调莺，卷帘收燕，故园空杏。"② 斗鸭栏：斗鸭，使鸭相斗的搏戏。《三国志·吴志·陆逊传》："时建昌侯虑于堂前作斗鸭栏，颇施小巧"。③ 簪：插戴。④ 冰纨：凉扇。典故出自《琅嬛记》。

周积贤(明 640)一首

玉篆沈枭永，①金铺小凤斜△②杜娘无力绣春纱△③闲倚绿萍池畔，数杨花△

注：① 篆：指炉烟；永：长也。② 金铺：门镮垫板。小凤：凤形门镮。

③ 杜娘：古有杜韦娘，杜秋娘均系知名女子，后泛称名女为杜娘。

九蓉楼主人（明650）一首　注：调名原作碧窗纱。

面带三分色，含情袅娜来△青丝挽就俏身材△①淡妆一天丰韵，笑颜开△

注：① 青丝：头发之美称。

程康庄（清4）一首　题：春郊。　注：调名原作南柯子。

岸草低新涨，山花压短墙△行逢满担冷淘香△安得炉火沽酒，①醉斜阳△

注：① 安得：怎得；沽酒：买酒。

毛奇龄（清161）一首

掬溜愁蘋卷，①投竿喜藻开△莲舟棹女夜归来△②争照水中髻子，落金钗△

注：① 掬溜：两手掬取流水。溜，与流通。② 棹女：划船女子。

郑重（清164）一首　题：初夏。

燕子呢喃语，东君已别离△①柳梢深处又黄鹂△②今日不知春去，几多时△

注：① 东君：司春之神，此处指春天。② 黄鹂：即黄莺。

仲恒（清177）一首　题：春闺。

燕掠晴波远，①莺啼柳色新△晚风吹送落红轻△②愁看夕阳西堕，掩帘旌△③

注：① 掠：斜拂而过。② 落红：落花。③ 帘旌：即帘幕。

尹琼华（女）（清256）一首　题：夜坐。

清漏莲花静，①寒灯荷叶明△小楼罢绣坐含情△可笑小鬟偷睡，倚银屏△

注：① 漏：古代计时器。

张渊懿（清293）一首

篆冷香魂去，①花轻月影添△夜阑寒色满重檐△②刚是小鬟低语，③下珠帘△

注：① 此句说香炉内篆烟已熄。② 夜阑：夜深也。③ 小鬟：指婢女。

彭桂（清308）一首　题：当时两小无嫌猜。

恰共乌衣住，曾同竹马游△并肩花下每抛球△①偏是今春低唤，不回头△

注：① 前三句谓小儿女两小无猜、共同生活。乌衣：燕子也；竹马：以竹代马，小儿女之游戏。

董元恺（清422）二首　题：第一首，闺绣。

第二首，别况。

（1）螺笔描新样，①金针倚绣床△深情却悔绣鸳鸯△绣出无情蛱蝶，又成双△

注：① 螺笔：即墨笔，墨锭叫螺。

（2）泪落吹成絮，愁多乱似丝△假人刚道莫相思△却是相思此夜，起头时△

朱衣（女）（清586）一首　题：夏日。

树故遮帘暗，花偏落砌妍△玉楼深处理冰弦△正是睡魔频扰，困人天△

杜诏（清805）一首

相见抛红豆，[①]何以乞紫云△[②]淡妆浓抹细能分△第一藕丝衫子，柳花裙△

注：① 红豆：树名，又名相思子，遂为相思代名词。② 紫云：名歌姬。一为唐代李愿姬，诗人杜牧慕名乞取之。另一为明末清初冒襄姬童紫云，词人陈维崧跪求冒母，一夕间咏梅百首而得之。此处喻美女。

华浣芳（女）（清908）一首　题：望远。

春色横空乱，薰风别有香△[①]登楼一望海天长△仰见燕飞天杪，[②]掠斜阳△[③]

注：① 薰风：南风也。② 天杪：天末端。③ 掠：斜飞而过。

朱屿（女）（清1689）一首　题：春日怀人。

细雨开新霁，春风送嫩寒△[①]画楼徙倚思漫漫△[②]正是怀人时候，杏花天△

注：① 嫩寒：薄寒也。② 徙倚：低徊也；漫漫：无边际也。

庄一拂（现当53）一首　题：壬戌（1982年）。

锦带霞流水，[①]屏山路点苔△[②]杏花无主恼人开△正是绿窗人去，燕飞来△

注：① 锦带：嘉兴河名，现已填没，建成紫阳路。② 屏山：即瓶山，为嘉兴八景之一，在市区中山路。

车乘轨（现当88）一首　题：绍兴太平桥。　注：2001年11月30日作。

运水东西过，[①]张祠北堍交△[②]拱梁九孔太平桥△[③]经历明清风雨，岁时遥△[④]

注：① 运水：指萧绍运河。② 张祠：即张帝祠，今称殿，北有殿后村。③ 拱梁：即拱式、梁式，桥型也。④ 岁时遥：桥建于天启二年（1622），已历三百余年，全长约四十米，为浙江省重点文物保护单位。

二十六字　南歌子　第二体，第四句四字，第五句五字。

吴棠桢（清200）一首

山色晴还好，蝉声夕未凉△兰闺新浴理红妆△笑请郎君，今夜暂分床△

侯晰（清689）一首

花密金铺暗，[①]香残玉漏清△[②]小庭檐马夜琮琤△[③]唤起个人，[④]阶下看双星△[⑤]

注：① 金铺：门窗镮钮。② 玉漏：计时器也。③ 檐马：檐角悬铃。④ 个人：即他。⑤ 双星：牛郎、织女两颗星。

林企俊（清699）一首

昼静花迎槛，窗清月入帘△香薰绣被袅微烟△好梦安排，今夜到谁边△

缪珠孙（女）（清1804）一首　题：折枝梅纨扇。

冷倚团团月，晴烘薄薄霞△烟鬟恰称一枝斜△[①]簪向东风，还认小桃花△

注：① 烟鬟：与雾鬟同义，喻发之美也。

二十六字　荷叶杯

顾敻（五代十国15）四首

（1）弱柳好花尽坼▲[①]晴陌▲陌上少年郎△满身兰麝扑鼻香△狂么狂△狂么狂△

注：① 坼：裂开，即绽。

（2）记得那时相见▲胆战▲鬓乱四肢柔△泥人无语不抬头△[①]羞么羞△羞么羞△

注：① 泥人：缠人，要求人。

（3）金鸭香浓鸳被▲[①]枕腻▲小髻簇花钿△[②]腰如细柳脸如莲△怜么怜△怜么怜△

注：① 金鸭：鸭形铜香炉。② 花钿：嵌有金花纹之首饰。

（4）一去又乖期信▲[①]春尽▲满院长莓苔△手挼裙带独徘徊△[②]来么来△来么来△

注：① 乖：违背也。② 挼：抚摩也。

汤显祖（明236）一首　注：套顾敻词句，只略有变动。

枕席夜来初荐▲胆颤▲鬓乱四肢柔△泥人无语怎抬头△羞么羞△羞么羞△

陈梅龛（女）（明342）一首

不料檀郎欲去▲[①]私语▲[②]愿作燕双飞△他生与尔画梁栖△痴么痴△痴么痴△

注：① 檀郎：古代妇女对情人爱称。② 私语：《众香词》作私期，不符格律，故改。

石庞（明452）一首　题：风情。

一把纤腰轻抱▲微笑▲偎脸粉腮黏△满口涎香引舌尖△甜么甜△甜么甜△

钱理（明586）一首　题：美人藏钩。[①]

好把绿珠相拟▲[②]莲子▲纤手握将来△笑问檀郎是几枚△猜么猜△猜么猜△

注：① 藏钩：古人一种猜迷性游戏。② 绿珠：晋人石崇宠姬。

袁于伶（清2）一首

鹦鹉檐前娇唱▲花放▲绿萼傍东墙△搴帘果见一枝芳△[①]香么香△香么香△

注：① 搴帘：掀帘子。

曹溶（清48）二首　题：怨思。

（1）细雨江边春缆▲绿暗▲玉箸湿罗巾△[①]佳期定约藕花新△真么真△真么真△

注：① 玉箸：泪也。《六帖》："魏甄后面白，泪双垂如玉箸。"

（2）乳燕衔泥飞过▲独坐▲邂逅盼郎游△①捧觞含笑拨箜篌△②留么留△留么留△

注：① 邂逅：不期而会。② 箜篌：古乐器名。

陈沅（女）（清158）一首　题：有所思。

自笑愁多欢少▲痴了▲底事倩传杯△①酒一巡时肠九回△②推不开△推不开△

注：① 底事：何事。② 一巡：一遍也。

陆次云（清437）一首　题：闺意。

折得一枝在手▲杨柳▲时节近清明△①好邀女伴踏莎行△②晴么晴△晴么晴△

注：① 清明：二十四节气之一，在公历四月五日左右。② 踏莎行：踏青也。莎，一年生草名。

朱樟（清755）一首　题：立春前一日。

前院欵冬花发▲①残腊▲②历日换星辰△遍将彩胜问傍人△③几时春△几时春△

注：① 欵：留也。② 腊：腊月，即农历十二月。③ 彩胜：剪彩为小幡，谓之春胜，或悬于头，或缀于花枝下以迎春。

高鹗（清1068）一首

盼断嫦娥佳信▲①更尽▲小玉忽惊人△②门外传来一纸新△真么真△真么真△

注：① 嫦娥：泛指美人。② 小玉：指婢女。

王倩（女）（清1235）四首　题：闲情。

（1）小雨嫩晴天气▲①门闭▲响屧近妆台△②相依隔院送花来△开么开△开么开△

注：①.嫩晴：雨初晴也。② 响屧：脚步声。屧，鞋也。

（2）彩凤欲添红咮▲①催绣▲一笑失金针△无端翻动砑罗裙△②寻么寻△寻么寻△

注：① 咮：音昼，鸟口也。② 无端：无因也；砑罗裙：砑光之罗裙。

（3）相唤合欢树下▲生怕▲不好伴郎行△罗衣双带有金铃△听么听△听么听△

（4）好是问伊真假▲闲耍▲手挽郁金囊△①悄笼双袖向檀郎△香么香△香么香△

注：① 郁金囊：装有郁金香之袋。

二十六字　摘得新

皇甫松（唐 36）一首

摘得新△枝枝叶叶春△管弦兼美酒，最关人△平生那得几十度，展香茵△①

注：① 茵：与裀通，席子，褥子也。

金堡（明 499）一首　题：送瑞长北上。

折一枝△垂杨染绿丝△金鞭斜袅处，①看花时△玉骢惯得春风醉，②放娇嘶△③

注：① 金鞭：马鞭美称。② 玉骢：青白色之马。③ 嘶：马叫曰嘶。

吕福生（明 532）一首

夜合花△①连枝插鬓鸦△②绣窗人独倚，婿天涯△③夜来妒杀花枝合，碎揉他△

注：① 夜合花：即合欢花，至夜自合。② 鬓鸦：妇人美发黑如乌鸦。③ 婿：夫婿，指丈夫。

蒋平阶（明 559）一首

陌上桑△归来满玉筐△①新丝今夜浴，②锦梭忙△织成一匹光州绿，称郎长△

注：① 玉筐：竹筐之美称。② 浴：指浴蚕。蚕种须盐水浴之，以汰弱留强。

沈忆年（明 641）一首

卷画帘△春风斜日天△垂杨新叶小，碧于烟△背人无语匀妆面，小山前△①

注：① 小山：指屏山。

何采（清 251）一首　题：小圃种蔬。

老圃家△青蔬间绿芽△刘郎何必去，①看桃花△兔葵燕麦春风里，②尽繁华△

注：① 刘郎：指唐代诗人刘禹锡，借他看桃花的故事。② 兔葵：草名，《刘禹锡诗序》："惟兔葵燕麦，动摇春风耳。"

汪灏（清 722）一首　题：疑美人摘茉莉。

照碧窗△珍珠颗颗双△玉盘纤指掐，①戴鬟傍△今宵搅动鸳鸯梦，异香香△

注：① 纤指：形容美人手指纤细。

吴藻（女）（清 1484）一首　题：初夏至滋伯园中摘蚕豆，滋伯媵以词，遂和之。

翠一畦△吴蚕作茧时△谢君分绿玉，①写乌丝△江乡风味闲消领，读新词△

注：① 绿玉：指蚕豆。

车乘轨（现当 88）一首　题：薹心菜提前上市。　注：薹心菜：为嘉兴特产。春分季节，青菜心肥，专采其心，称薹心菜或头薹，周边之叶及根仍留土中，以后又会抽生新心，称二薹。薹心菜嫩而鲜，滋味胜于整株之菜。2007 年 2 月 15 日（除夕前二日）作。

腊暖晴△[1]油菜叶叶青△春分时节景，岁终生△薹心露面迎风笑，摘归烹△

注：① 腊：指农历十二月。

二十七字　步虚词

李德裕（唐29）一首　注：一作李白《桂殿秋》词。

仙女下，董双成△[1]汉殿夜凉吹玉笙△曲终却从仙官去，万户千门惟月明△

注：① 董双成：传系西王母侍女。

二十七字　赤枣子

欧阳炯（五代十国11）一首

夜悄悄，烛荧荧△金炉香尽酒初醒△春睡起来回雪面，[1]含羞不语倚云屏△

注：① 雪面：雪白的脸面。

邹祇谟（清312）一首　题：忆旧。

红窈窕，[1]绿参差△[2]小鬟调笑绾青丝△[3]花醉锦屏香雨湿，画桥归去紫箫迟△

注：① 窈窕：妖冶貌。② 参差：不齐貌。③ 青丝：女子头发美称。

纳兰性德（清693）一首

惊晓漏，[1]护春眠△格外娇慵只自怜△[2]寄语酿花风日好，[3]绿窗来与上琴弦△

注：① 漏：古计时器。② 娇慵：软洋洋也。慵，懒也。③ 酿花：醖酿开花。

赵式（清789）一首

深院静，夕阳斜△鸳鸯倦绣倚窗纱△名园空好无人到，一架秋千卧落花△

朱彝爵（清829）一首　题：春夜。

灯影小，月迷津△[1]楼前芳草绿如髠△[2]冬冬画鼓催人睡，梦不成时空断魂△

注：① 迷津：迷路之意。② 髠：秃也。

吴堦（清1157）一首

新月上，夕阳明△晚风无力柳烟轻△啼尽杜鹃春不管，杨花如雪扑帘旌△[1]

注：① 帘旌：帘幔，喻帘垂下如旗。旌，旗也。

僧绣铁（清1158）一首　题：汾水道中。[1]

烟外雨，雨边山△啼尽莺声二月残△青粉墙阴人独立，茜红衫映杏花寒△[2]

注：① 汾水：水名，在山西。② 茜红：绛色也，即正赤色。

二十七字　法曲献仙音

毛晋（明386）一首

弱水渡，[1]尚带蕊珠香△八翼摩空霞照灼，只轮入座雪飞翔△矜愿逗丹房△[2]

注：① 弱水：即甘肃之张掖河。喻西方极乐世界。② 此句意谓发愿留居仙

境。矜，坚决也；丹房，炼丹修行之所。

二十七字　南乡子（又名蕉叶怨）　第一体，首句四字。

欧阳炯（五代十国 11）二首

（1）画舸停桡△[1]槿花篱外竹横桥△水上游人沙上女▲回顾▲笑指芭蕉林里住▲

注：① 画舸：绘画华丽之大船；桡：船桨也。

（2）岸远沙平△日斜归路晚霞明△孔雀自怜金翠尾▲临水▲认得行人惊不起▲

冯鼎位（明 407）一首　题：花朝。[1]

晓雾如烟△轻寒细雨嫩晴天△[2]红杏枝头莺对语▲飞去▲昨夜玉人春梦处▲[3]

注：① 花朝：古俗以农历二月十二日为百花生日，称花朝。② 嫩晴：雨过初晴天。③ 玉人：指美人。

彭孙贻（明 504）一首　题：春暮。

蛾绿成绵△马头娘赛浴蚕天△[1]蚕豆花开香一面▲惊电▲霍闪流光红一线▲[2]

注：① 浴蚕天：注见二十六字《摘得新》蒋平阶词。俗以农历二月十二日为浴蚕天，举行迎蚕花娘娘赛会，有骑马扮戏剧人物。② 霍闪：闪电。

田茂遇（清 130）一首　题：春郊。

细草平沙△行春缓缓七香车△[1]翠羽双双花外起▲[2]花里▲倒影红楼斜照水▲

注：① 行春：谓春天出游；七香车：言车之华贵。源出魏武帝（曹操）赠杨彪七香车二乘。② 翠羽：翡翠鸟也。

史鉴宗（清 141）二首　题：第一首，江南。

第二首，枫桥。　注：枫桥，镇名，属苏州。

（1）江雨江云△山川不减帝乡春△[1]试望广陵南下路▲[2]瓜步▲[3]两点金焦扬子渡▲[4]

注：① 帝乡：指北京。② 广陵：即扬州。③ 瓜步：此处指瓜州渡。④ 金焦：镇江之金山、焦山。

（2）风月吴侬△[1]绿杨门巷小桥通△一叶兰舟随处舣▲[2]烟里▲落日楼台歌管起▲

注：① 吴侬：指苏州。苏州古为吴郡，称人曰侬。② 兰舟：木兰舟，船之美称；舣：停舟也。

朱彝尊（清 288）一首

拜客庭阴△眼波容易逗人心△纵得相逢无一语▲临去▲鬓滑落花黏不住▲

季振宜（清 314）一首　注：见《国朝词综》。此首除第二句稍有变动外，其他与明冯鼎位词相同。疑《国朝词综》有误。

晓雾如烟△轻寒细雨困人天△红杏枝头莺对语▲飞去▲昨夜工人春梦处▲

钱载（清 936）一首

雨歇禽鸣△竹梧疏处假山青△剩有寂廖人独对▲红翠▲点点秋花风影碎▲

王昶（清 988）一首　题：豆花。

溪雨初肥△几簇疏花绕竹篱△满地秋阴清露下▲良夜▲好约邻翁相对话▲

沈传桂（清 1429）一首　题：久雨放晴，词以志喜。

柳外烟平△湿云如絮远天青△草际蜻蜓飞不起▲晴矣▲楼角曝衣人到未▲

张祥龄（清 1836）一首

唤酒兰桡△青墩十里曲通桥△楼上青筝双髻女▲频顾▲愿筑香巢和燕住▲

沈一良（现当 193）一首　题：描春。

绿草增芳△桃花烂漫百花香△送暖和风推柳浪▲[1]飘荡▲燕剪莺梭飞陌上▲[2]

注：① 柳浪：柳丝飘荡似浪。② 陌上：田间道路。

二十七字　南乡子　第二体，首句三字。

张瓒（清 294）一首　题：春雨。

红杏乱，碧桃残△潇潇风雨又春阑△[1]推窗喜见遥山媚▲[2]画出美人双黛翠▲

注：① 春阑：春深，春残。② 遥山：远山也。

二十七字　南歌子

李穆宣（清 1860）一首

碧纱题凤字，[1]疏竹度流萤△三更画舫藕花馨△[2]料有玉人摇橹过，[3]惜娉婷△[4]

注：① 凤字：龙飞凤舞，喻好书法。② 画舫：装饰华丽之大船。③ 玉人：美人。④ 娉婷：美貌也。

二十七字　春晓曲（又名西楼月）　第一体，第二句六字。

朱敦儒（宋 180）一首

西楼月落鸡声急▲依约疏桐淅沥▲[1]玉人酒渴嚼春冰，晓色入帘横宝瑟▲[2]

注：① 依约：大约之意；淅沥：风声。② 瑟：古乐器，类琴，古为五十弦，后改二十五弦，每弦一柱。

二十七字　春晓曲　第二体，第二句分三字二句。

张元祥（宋 605）一首

瑶轩绮槛春风度▲[1]柳垂烟，花带露▲半闲鸳被怯余寒，燕子时来窥绣户▲

注：① 瑶轩绮槛：言轩、槛之华丽。轩，长廊之有窗者。

二十七字　桂殿秋

李白（唐7）一首[1]

河汉女，[2]玉炼颜△[3]云軿往往在人间△[4]九霄有路去无迹，[5]袅袅香风生珮环△[6]

注：① 河汉：指天河。② 玉炼：玉琢也。此句言面颜如玉琢成。③ 云軿：仙女所乘之车。④ 九霄：天上也。⑤ 珮环：妇女饰物。

向子諲（宋218）一首

秋色里，月明中△红旌翠节下蓬宫△[1]蟠桃已结瑶池露，[2]桂子初开玉殿风△[3]

注：① 旌节：古代天子使者（即钦差）所持之旗幡；蓬宫：指仙境。② 蟠桃：西王母所种之仙桃，三千年一结子。③ 桂子：桂花别称。

范文光（明362）二首　题：第一首，赠金陵刘姬。

第二首，春日过宝瓶寺。

（1）不在艳，不须多△尊前一掷与横波△[1]梨花着雨春容洽，[2]应唤金陵小素娥△[3]

注：① 尊前：酒席前。尊，通"樽"，酒具也；横波：言目邪视如水之横流。② 洽：欢洽也，喻其容貌可爱。③ 素娥：即嫦娥，喻美女。

（2）一溪水，满山云△空林花放寂无人△不堪茅屋稀烟火，处处春风尽掩门△

朔朝霞（女）（明412）一首　题：中秋。

秦淮渡，[1]碧波流△一轮皓月照琼楼△仙人掌满金茎露，桂子香飘玉殿秋△[2]

注：① 秦淮渡：秦淮河，在江苏南京境。② 桂子：桂花别称。

陈维崧（清196）二首　题：第一首，淮河夜泊。

第二首，偶记。

（1）夜淼淼，[1]月胧胧△神巫争赛禹王宫△[2]船头水笛吹晴碧，樯尾风灯飐夜红△[3]

注：① 淼淼：水大貌。② 神巫：称神附其身，为人祈祷者；赛：赛会；禹王：夏禹王，治水有功。③ 樯：船帆之柱；飐：动貌。

（2）春漠漠，雨疏疏△绮窗偷访薛涛居△[1]凝情低咏年时句，[2]人在东风二月初△

注：① 绮窗：蒙上绫罗之窗；薛涛：唐时名妓，晚年居四川成都浣花溪，今墓犹在该处。此处泛指名妓。② 年时：那时，当时也。

朱彝尊（清288）一首

思往事，渡江干△①青蛾低映越山看△②共眠一舸听秋雨，小簟轻衾各自寒△

注：① 江干：江边、江岸。② 青蛾：形容山美如黛；暗指其恋人（妻妹）马寿贞。

刘壮国（清409）一首　题：归里。

松径曲，柴门通△闲云颍水夕阳中△①非关此际风光美，月到家园更不同△

注：① 颍水：作者系颍川（河南许昌）人，言其家乡也。

葛秀英（女）（清1213）一首　题：听雨。

衣袂冷，上高楼△繁云遮断碧山头△小窗独坐听秋雨，荷叶芭蕉各自愁△

王嘉福（清1347）一首

新水碧，落花红△吹残春事几番风△①舟移稚柳娇莺外，人在珠帘细雨中△

注：① 春事：即农事。

周诒蘩（女）（清1517）一首

朝雨过，晚赮烘△①虫声断续小庭空△疏帘远映三更月，石砌惊飞一叶桐△②

注：① 赮：与霞通。② 石砌：石阶。

高佩华（女）（清1627）一首　题：秋夜。

宵未半，月刚圆△罗衫新觉嫩凉添△①秋心合并成愁字，风弄芭蕉不许眠△

注：① 嫩凉：薄寒也。

丁淑媛（女）（清1699）一首　题：冬月有怀兄妹。

鱼信断，雁行疏△①腊梅香里岁将徂△②停针自起推窗望，寒照亭亭恰午余△③

注：① 鱼信，雁行：古人曾以鱼腹藏信，雁足传书，皆喻书信传递。此处雁行亦兼具兄妹意。② 徂：往也。③ 亭亭：挺立貌，引伸直射。

唐韫贞（女）（清1787）一首　题：晚眺。

帆影去，绿潺湲△①鸬鹚飞破白芦烟△闲云来去浑无定，山影依稀日半衔△

注：① 潺湲：音馋员，水流貌。

牛蔚堂（清1903）一首　题：夏夜。

红菡萏，①碧琅玕△②水边亭子趁溪湾△嫦娥夜夜来相共，应是人间胜广寒△③

注：① 菡萏：荷花别名。② 琅玕：似玉之石。③ 广寒：月宫也。

谭恩闿（现当18）一首

秋正好，日初融△钿车经处瑞香浓△①夭桃花始瑶台露，②丛桂馨时玉殿风△

注：① 钿车：镶嵌螺钿之车。② 瑶台：西王母居所。

顾绍钧（现当28）一首　题：赏桂。

朱庵里，①桂花黄△②来时半路已闻香△层层华盖今犹昔，③无许吴刚一斧伤△④

注：① 朱庵：庵名，在嘉兴南门外三华里朱庵村。② 桂花：庵内有二株桂树，碑载为明初永乐年间所植。③ 吴刚：传说职司月宫伐桂。

车乘轨（现当 88）一首　题：小园花开。　注：2002 年 9 月 28 日作。

秋季半，小园中△①双花次第放从容△月红昨夕含苞绽，②桂子今晨结蕊丰△③

注：① 小园：作者绍兴东双桥西河沿故居后园。② 月红：花名，即月月红。③ 桂子：桂花。

二十七字　章台柳（又名妾十九）　第一体，首句即叶韵。

韩翃（唐 15）一首

章台柳▲①章台柳▲昔日青青今在否▲②纵使长条似旧垂，也应攀折他人手▲③

注：① 章台：长安（今西安）街名；柳：兼指其妾柳氏。② 青青：《词综》作"依依"。③ 他人手：柳氏曾为蕃将沙咤利所占，后由虞侯许俊夺归。

蒲松龄（清 524）一首　题：王子巽续弦，即事戏赠。　注：调名原作妾十九。

妾十九▲妾十九▲郎二九时妾始有▲①月老当年早记名，②赤绳系定鸳鸯偶▲

注：① 二九：十八岁。此句说新郎比新娘大十八岁。② 月老：月下老人，即媒人。

汪玢（现当 106）一首

垂杨树▲垂杨树▲袅袅风前江浦路▲莺燕飞来又一年，遥山远水牵长肚▲

二十七字　章台柳　第二体，首句不叶韵。

柳氏（女）（唐 16）一首　题：答韩员外。①

杨柳枝，芳菲节▲可恨年年赠离别▲②一叶随风忽报秋，纵使君来岂堪折▲

注：① 韩员外：即其夫韩翃。此词系接其夫词后所答。韩翃官驾部员外郎，故称韩员外。② 赠离别：故人离别时惯折柳枝相赠。

二十七字　喜春来（又名阳春曲）

吴绮（清 90）一首　题：有见。

一湾绿水花遮路，朱栏人倚楼△娇憨不肯下帘钩△莫转头△新月半天愁△

二十七字　单调浪淘沙

周用（明 130）一首

一曲浪淘沙△写入琵琶△新红开遍海棠花△花影不知人意懒，移入窗纱△

吴脉鬯（明 422）一首

五九半阑珊△①细雪轻寒△毡裘欲解换春衫△腊醅熟矣堪入榨，潦倒新年△

注：① 五九：冬至起第五个九天，即四十五日。

二十七字　画舸

丁炜（清356）一首　题：偶成。

楼鼓三通△淡月初破月朦胧△风定曲栏蕉影飐▲①门掩▲小语红窗灯一点▲

注：① 飐：受风。

二十七字　捣练子（又名捣练子令、杵声齐、深院月）　第一体，平韵。

李煜（五代十国34）二首

（1）深院静，小庭空△断续寒砧断续风△①无奈夜长人不寐，数声和月到帘栊△②

注：① 寒砧：寒冷的捣衣石。② 帘栊：有帘之窗。栊，窗户。

（2）云鬟乱，晚妆残△带恨眉儿远岫攒△①斜把香腮春笋嫩，②为谁和泪依栏杆△

注：① 远岫攒：喻眉峰聚紧。岫，云雾缭绕的山峰，喻眉峰。② 春笋：喻妇女手指。

黄庭坚（宋101）一首　题：春词。

梅凋粉，柳摇金△微雨轻风敛陌尘△①厚约深盟何处诉，除非重见那人人△②

注：① 陌尘：路上灰尘。② 人人：指所爱之人。

王之望（宋278）二首

（1）捣练子，赋梅青△①休共檀梨取次争△②叶底青青如豆小，已知金鼎待和羹△③

注：① 梅青：青梅。② 檀：浅赭色；取次争：争次序、争高低。③ 金鼎：铜鼎之美称。

（2）捣练子，赋梅妆△①镜里佳人傅粉忙△②额子画成终未是，更须插向鬓云旁△

注：① 梅妆：梅花妆也。宋武帝女寿阳公主所创。② 傅粉：抹粉也。

无名氏（宋565）二首

（1）偏耍戏，最风流△斗帐金猊暖不收△①一阵蜜蜂狂絮里，酒酣眠折玉搔头△

注：① 金猊：狮形铜炉。猊，狻猊，狮也。

（2）初酒醒，乍衣单△褪着裙儿侧着冠△门外小桥寒食夜，月明人去杏花残△

刘基（明7）一首　题：客中。

烟漠漠，日阴阴△山色苍茫草色深△客里不知春又半，倚栏无语听鸣禽△

杨士奇(明31)一首　题：题梅。

竹君子，松大夫△梅花何独无称呼△田头试问松和竹，也有调羹手段无△[1]

注：① 此句说梅能调和羹汤，喻安邦治世的手段，而竹、松不能。

夏旸(明107)一首

烟漠漠，草萋萋△落尽红英粉蝶稀△为惜韶光留不住，休教虚度少年时△

杨慎(明157)二首　题：第一首，伤乱。

(1) 花亚朵，[1]柳垂丝△楼上风和玉漏迟△[2]春困苦多无处卖，日长唯与睡相宜△

注：① 亚：压也。② 玉漏：古计时器。

(2) 春梦残，夜筹添△[1]懒唱新翻阿鹊盐△[2]黛角歌眉颦翠滴，绣尖绒吐唾红酣△

注：① 夜筹：指更鼓。② 翻：谱制。阿鹊盐：曲名。

吴子孝(明162)一首

春欲去，雨初晴△堤上毵毵柳色明△[1]弄水泛舟山影丽，游人到处管弦声△

注：① 毵毵：细长貌。

朱翊鈏(明218)一首　题：春晚。

春簇簇，[1]雨淋淋△绿叶红花寒不禁△刚到清明春又去，寂寥枝上看花心△

注：① 簇簇：丛列貌。

马朴(明233)一首　题：春闺。

莺恰恰，[1]燕飞飞△淑气条风趁晚晖△[2]梦草池边春骀荡，[3]千红万紫斗芳菲△

注：① 恰恰：鸟声。② 淑气：温和之气也；条风：东北风也。③ 骀荡：景色舒放之貌。

谢肇淛(明271)二首　题：第一首，秋夜。

第二首，闺意。

(1) 银蜡换，篆香添△凉月窥窗过短檐△玉簟沁肌金剪冷，霜花偷入夜明帘△

(2) 红玉腻，绿云香△月眼星帘百宝妆△眉角枕痕娇不洗，远山一线挂斜阳△

葛一龙(明272)一首　题：春别。

才欲去，且逡巡△[1]耐雨经风一日春△桥上飞花桥下水，断肠人是过桥人△

注：① 逡巡：行不进也。

沈纫兰(女)(明293)一首　题：咏团扇。

团扇白，皎如霜△转动微风翠袖凉△闲扑花间双蛱蝶，落花飞瓣点红妆△

范文光(明362)一首　题：赠金陵杨姬。

曲儿高，月儿斜△春风场上说杨家△自是调高难得和，误将人面比桃花△①

注：① 人面桃花：崔护诗："人面桃花相映红。"此句意谓桃花怎比得上杨姬。

喻樧(女)(明375)一首

香欲冷，雨初残△春事无多怕绕栏△侍女不知愁绝处，却将花片向人看△

徐士俊(明397)一首

施广幔，着铢衣△①松鬓迎风似欲飞△兰气薰人新浴罢，流萤暗度小朱扉△

注：① 铢衣：轻薄之衣。

钱继振(明399)一首

春睡足，落花平△草架荼蘼送晚晴△梅子弄黄茶剪翠，柳梢犹剩一声莺△

商景兰(女)(明424)一首　题：春日舟中见月。

烟漠漠，路茫茫△桃李无言万树旁△百啭黄鹂催日暮，白云深处透微光△

陈孝逸(明449)一首　题：佳人屐。①

知是小，不关轻△尖侧香凹一弹零△莲步最宜石上听，②响廊敲得紧丁丁△③

注：① 佳人屐：美女木屐鞋。② 莲步：喻美女行路。③ 响廊：西施居所馆娃馆有响屧廊，行时发声。

黄媛介(女)(明495)一首　题：送姊皆德。

人楚楚，①草青青△望出墙东月半亭△纸帐梅花香入梦，满窗风露数残星△

注：① 楚楚：鲜明貌。

叶小鸾(女)(明514)一首

春寂寂，月溶溶△①落尽红香剩绿浓△明月清风同翠幕，夜深人静小窗中△

注：① 月溶溶：形容月色深广。

李因(女)(明518)一首　题：秋夜。

何处戍，①一更更△风送檐铃梦又惊△自是恼人愁里听，怪他偏会弄秋声△

注：① 戍：戍楼，更楼也。

程䎃(明534)一首　题：美人头。

云髻溜，凤钗轻△髻溜钗轻百媚情△滑眼青丝油滴滴，不知何处跕苍蝇△①

注：① 跕：跌落之意。

徐震(明609)一首

烟片片，雨丝丝△帘里春风帘外吹△芳草不愁人已远，泪痕先教杜鹃知△

董如兰(女)(明636)二首　题：第一首，春。

第二首，冬。

（1）花寂寂，昼阴阴△枕上朦胧听晓禽△病里不知春又半，连天草色雨中深△

（2）初肥兔，①照寒窗△窥探离愁眉锁双△灯火连宵金穗垂，②从今不信谎银釭△③

注：① 兔：玉兔，月亮也。② 金穗：灯花也。③ 银釭：油灯盏。此句说灯花报喜未准，从今不信其谎报。

李元鼎（清5）二首　题：第一首，晚眺秋汀。

第二首，晓看春色。

（1）檐雨滴，岫云浓△溶溶碧水映愁容△底事芙蓉羞不解，①满头钗钿怨飞蓬△

注：① 底事：何事。

（2）妆乍洗，露芳容△杨柳腰轻不耐风△遥望桥西桃李色，一江春水驾双虹△

徐籀（清26）一首　题：上巳。①

蜂作伴，燕成双△竹下花头着甚忙△②春到清明强过半，③柳垂新带又拖黄△

注：① 上巳：古节日，农历三月初三。② 花头：指鸡。③ 强过半：已过一半有余。

李渔（清31）二首　题：第一首，早春。

第二首，无题。　注：词见《风筝误》第二十六出詹淑娟唱词。

（1）花学笑，柳含颦△半面寒飔半面春△绣阁珠帘频上下，娇羞亦似未全匀△

（2）长夏静，小庭空△扇小罗轻却受风△一枕早凉初睡起，簟痕犹印海棠红△

曹尔堪（清69）三首　题：第一首，春思。

第二首，乙亥（1635）冬暮晓行。

第三首，甲辰（1664）庐州广华寺旅怀。

（1）人正倦，昼偏长△梦醒微闻绣阁香△花径寻芳谁是伴，金衣公子雪衣娘△①

注：① 金衣公子：黄莺也；雪衣娘：白鹦鹉也。

（2）风欲静，冻交加△冰啮霜痕阁岸斜△流水无声波不起，冷烟微月写轻霞△

（3）江北路，廨东头△①白帢青骡伴客愁△②梧雨滴残蛩语咽，③他乡明日是中秋△

注：① 廨：官舍也。② 白帢：白色便帽，曹操制，以色辨贵贱。③ 蛩：蟋蟀。

余缙（清74）二首

（1）云正淡，月初朦△斜风清露滴帘栊△梦入春山忘近远，依稀人在老年峰△

（2）舫儿小，浪天高△小桥烟雨只峰梢△①欲探渔村花满屋，闲看溪女泛莲桡△②

注：①峰梢：峰顶。②桡：本系船桨，此处引申为船。

吴绮（清90）一首　题：离绪。

秋渐晚，不归家△又见青天月一牙△愁煞银筝无意绪，有人和泪剪灯花△

周季琬（清100）二首　题：第一首，秋夜。

第二首，晚行。

（1）山斗碧，叶飘红△破帽重新侧晚风△①坐看秋砧敲月起，②十分秋色上帘栊△

注：①侧：侧帽也。典出《周书·独孤信传》。②秋砧：秋天的捣衣石。

（2）云淡淡，草凄凄△古道长林日已西△点点飞红成阵去，①春山欲暮乳鸦啼△

注：①飞红：飘舞的落花。

朱中楣（女）（清140）一首　题：晓看春色。

春睡起，懒为容△①淡淡衫儿怯晓风△林外乍闻莺语嫩，烟销细柳挂残红△

注：①懒为容：懒于整容打扮。

郑重（清164）一首　题：春游。

红窈窕，①绿参差△②绣阁庭前草自肥△曲径寻芳谁是伴，金衣公子绿衣随△③

注：①窈窕：妖冶貌。②参差：不齐貌。③金衣公子：黄莺也；绿衣：绿衣使者，鹦鹉也。

顾之琼（女）（清185）一首　题：春闺。

雷殷殷，①雨潺潺△②帘卷春风拂面寒△开遍梨花归梦杳，和衣睡起月阑珊△③

注：①殷殷：雷盛貌。②潺潺：水流声。③阑珊：衰落也。

陆进（清198）二首

（1）秋寂寂，恨悠悠△新月凄清照画楼△几处砧声催夜冷，怕将帘子上金钩△

（2）斜日下，小庭闲△静掩纱窗独自眠△莺语一声惊觉了，背人池上洗花钿△

沈丰垣（清201）一首　题：池上。

攲小扇，步横塘△风动罗衣飘暗香△临水只看花艳冶，不知花底宿鸳鸯△

严琼琼（女）（清216）一首

星耿耿，[1]石悠悠△小梦依依鹦鹉洲△菡萏水河通绣帐，[2]玲珑碧月下金钩△

注：① 耿耿：光明。② 菡萏：荷花别名。

韩珮（女）（清219）一首

愁默默，恨恹恹△恼杀游蜂不卷帘△桃李自遭春雨露，却从阶下笑宜男△[1]

注：① 宜男：即萱草。

朱彝尊（清288）一首

烟袅袅，雨绵绵△花外东风冷杜鹃△独上小楼人不见，断肠春色又今年△

董以宁（清311）一首

金作勒，[1]玉为羁△[2]小马惊香何处嘶△红板桥头扉半掩，几丝杨柳挂黄鹂△

注：① 勒：有嚼口之马络头。② 羁：无嚼口之马络头。

巢振林（清333）一首　题：忆旧。

人在否，恨何如△可得分香再捉裾△[1]曾记去年春欲尽，倒入怀抱月来初△

注：① 裾：俗称大襟。

彭孙遹（清342）一首　题：送春。

啼鸟歇，小庭空△几阵廉纤几阵风△[1]独倚危栏闲闭目，[2]子城一带绿阴中△[3]

注：① 廉纤：微雨貌。② 危栏：高栏杆。③ 子城：即内城，如附郭之月城。

沈榛（女）（清352）一首　题：客中。

花破萼，柳垂丝△客梦惊回独语时△听彻子规肠欲断，[1]故园频望数归期△

注：① 子规：即杜鹃鸟。

荆揩（清365）一首　题：花月词。

香细细，影双双△浪泻明河浸绮窗△[1]私语却忘听玉漏，[2]解衣原不藉银釭△

注：① 明河：即银河；绮窗：贴有绫罗之窗。② 玉漏：计时之器。

李淑昭（女）（清406）二首　题：第二首，秋景。

（1）桃似锦，柳如烟△莺不停梭蝶不闲△[1]妨却绣窗多少事，尽抛针黹到花前△[2]

注：① 梭：喻莺飞如织梭也。② 针黹：针线女活也。黹，音指。

（2）枫叶落，菊枝垂△无奈金风次第吹△[1]索性吹霜吹雪到，冲寒早放一枝梅△

注：① 金风：即秋风。

李淑慧（女）（清407）一首

收晓雾，散朝烟△邃阁忙人到此闲△[1]绣线未抛针插髻，脚跟早已到花前△

注：① 邃阁：即深闺。

束蘅(女)(清 480)一首　题：新燕。

掀帘看，乱红飘△①新燕衔泥补旧巢△私语侍儿还记得，去年曾否立花梢△

注：① 乱红：指飞花。

金烺(清 534)一首　题：秦淮。

芳草岸，小楼前△寒食秦淮荡碧烟△几处酒旗红杏馆，万家疏雨绿杨船△

石洴(清 537)一首　题：秋闺。

衣楚楚，①步珊珊△②粉褪脂销倚玉栏△贪看秋千窗下影，露华湿透不知寒△

注：① 楚楚：鲜明貌。② 珊珊：缓慢移动貌，常以形容好步态。

纪松实(女)(清 613)一首　题：春寒。

花渐放，睡初浓△啼鸟枝头啄小红△①拈笔欲消春昼永，②冰花还在石虚中△③

注：① 小红：指红花或红果实。② 昼永：昼长也。③ 虚中：原注，砚名。

丁济美(清 622)一首

残腊尽，①暖风吹△山县迎春锦作堆△路阻香车行不得，莲钩自踏麹尘来△②

注：① 腊：农历十二月。② 莲钩：喻妇女小足；麹尘：淡黄色尘土。

俞溲(女)(清 625)一首　题：夏夜闻箫。

荷露冷，竹风凉△小扇轻罗坐石床△何处凤箫吹不断，夜深明月转回廊△

张潮(清 637)一首　题：忆别。

更楼悄，月华明△坐对兰釭睡不成△①郎若梦中归故里，也应认得剪刀声△②

注：① 兰釭：灯之美称。② 剪刀声：喻做女红。

侯承恩(女)(清 645)二首

(1) 春梦杳，晚秋凉△零落芙蕖尚有香△①人远天涯红日近，断魂无语立斜阳△

注：① 芙蕖：荷花别称。

(2) 情脉脉，①思悠悠△花自纷飞水自流△青鸟不来春又尽，②含愁无那倚妆楼△

注：① 脉脉：含情欲吐貌。② 青鸟：一称三足鸟，西王母使之取食，后人借指使者。

蔡璨(清 678)一首　题：问月宵早起，为个人赋。①

香冉冉，②雨霏霏△③草色笼烟绿上衣△生怕春光易飘泊，重重屈戌锁朱扉△④

注：① 个人：那人。② 冉冉：行貌。③ 霏霏：雨甚也。④ 屈戌：门窗交连也，用以上锁。

周禹吉(清 710)一首

青雀舫，[1]锦云帆△[2]小泊河桥酒半酣△人在烟波云水外，杏花风雨湿春衫△

注：① 青雀舫：画了青雀之大船。② 锦云帆：锦制船帆。

吴秉钧(清720)一首　题：夜雨。

风飒飒，雨濛濛△枕上愁听午夜钟△[1]明灭红灯时厌剪，[2]半和残梦绕梧桐△

注：① 午夜：夜半。② 剪：古时油灯盏，所用灯芯时常要修剪。

程凤娥(女)(清734)一首

腊未尽，[1]柝逾长△[2]匆匆岁暮最凄凉△庭梅窗外飘残雪，何事良人滞远方△[3]

注：① 腊：腊月，农历十二月。② 柝：音托，木梆也，敲更用。③ 良人：丈夫尊称。

沈珮(女)(清782)一首　题：春晓。

花露重，莫凭栏△楼上新妆怯晓寒△啼鸟数声惊梦破，却教愁思上眉端△

黄鸿(清808)一首

风点点，雨丝丝△搅乱芭蕉和竹枝△隔个窗儿听不得，凄凉又是上灯时△

冯体婧(女)(清834)一首　题：端午。

争竞渡，正喧哗△忆我西湖何处家△细切菖蒲浮琥珀，[1]一樽相对石榴花△[2]

注：① 琥珀：指琥珀酒。② 樽：酒具。

李调元(清1026)一首

风过处，雨初收△柳外烟汀荡小舟△一曲采莲归去晚，夕阳犹在水西楼△

高鹗(清1068)一首

风似剪，雨如油△撩拨闲人费酒筹△[1]才过半塘烟柳外，青帘摇飏小红楼△[2]

注：① 酒筹：酒资也；筹，筹码，代价券也。② 青帘：指酒旗。

陈银(女)(清1073)一首　题：即事。

添沉水，[1]理瑶笙△[2]宝帘摇曳细风生△偷将离恨花前诉，只恐鹦哥浪学声△[3]

注：① 沉水：沉香别名。② 瑶笙：以玉装饰之笙。笙，古乐器名。③ 浪：放纵之意。

徐绍芬(女)(清1111)一首　题：秋夜。

垂罗幌，[1]拥香衾△银釭明灭夜沉沉△[2]无端铁马声频送，[3]幽梦惊残月半林△

注：① 罗幌：罗制帏幔。② 明灭：时明时暗。③ 铁马：檐角上所悬挂之铃。

李孅(女)(清1182)一首　题：春闺，同清溪作。

春悄悄，病恹恹△愁到眉峰两碧尖△妒杀呢喃双燕子，寻巢依旧入风帘△

吴会(清1379)一首　题：春暮。　注：调名原作深院月。

春事晚，客愁闲△乳燕归来上巳天△[1]闻道落红鸳甃满，[2]海棠花雨湿秋千△

注：① 上巳：农历三月初三，称上巳节。② 鸳甃：双井，或有两个井圈之井。

赵棻（女）（清1402）一首

情脉脉，[1]思悠悠△霜满闲庭月满楼△[2]何处歌声风送到，隔邻亲按小梁州△[3]

注：① 脉脉：含情欲吐貌。② 闲庭：空庭。③ 小梁州：曲名。

郭慧媖（女）（清1455）一首　题：晓从圣因寺入钱塘门。[1]

残月白，早霞红△岸柳依依战晓风△傍水人家门未启，隔湖吹堕一声钟△

注：① 圣因寺：在浙江杭州钱塘门外西湖边。

周诒蘩（女）（清1517）二首　题：第一首，春晚。

第二首，冬闺。

（1）烟漠漠，雨丝丝△小院春寒步起迟△杏脸羞人红半瘦，今年又是落花时△

（2）愁黯黯，病渰渰△[1]寒透纱窗晓更添△天又不晴风又紧，梅花香里暂开帘△

注：① 渰渰：音淹，通恹恹，病貌。

杨懋麐（清1543）一首

人倦后，燕来初△芳草如烟疑有无△蛎粉墙阴蛛网颤，[1]落花声细梦模糊△

注：① 蛎：牡砺也，一名蠔，软体动物，壳烧灰后叫蛎粉，功用与石粉同。

吴承勋（清1547）二首

（1）风信紧，[1]浪花匀△一湖春水自温存△采莼歌好无心学，熨贴红笺写洛神△[2]

注：① 三月花开时，风名花信风。② 洛神：宓妃也，本宓牺氏之女，溺死洛水为神。魏曹植有《洛神赋》，又传系甄后。

（2）帘半卷，梦初醒△煮茶声里过清明△梅花雪后梨花月，澹得春光不近情△[1]

注：① 澹：恬静。

查慧（女）（清1548）一首

香黯黯，漏盈盈△[1]水仙风里试春灯△[2]翠帘卷后珊窗掩，不怕今宵月太明△

注：① 漏盈盈：漏，计时器；盈盈，满也。此句说夜已深矣。② 水仙风：花信风之小寒节第三候（约公历1月16日－20日）。

潘曾莹（清1567）一首

烟漾绿，雨霏红△好鸟声声隔画栊△[①]却怪芳园春太懒，柳眠花睡夕阳中△

注：① 画栊：绘有图画窗户。

岳照（女）（清 1635）二首　题：第一首，立夏前三日题新城县壁。

第二首，立夏。

（1）春色暮，客程遥△杜鹃声里促归轺△[①]心期一寸难成梦，[②]月落垂杨过灞桥△[③]

注：① 轺：马车也。② 心期：两心相期许也。③ 灞桥：在陕西西安东，故人送客至灞桥，折柳相别。后泛指送别地。

（2）心耿耿，漏迟迟△月窗梅影弄参差△悄语灯花休浪结，明朝还不是归期△

何佩芬（女）（清 1760）一首

烟漠漠，雾霏霁△[①]啄遍香芹燕子肥△绣阁雨余帘乍卷，桃花红上美人衣△

注：① 霏霁：重雾消释。

李曾裕（清 1771）一首　题：野眺。

寒食后，柳丝丝△满路桃花踏作泥△野草春晴香不断，一双蝴蝶过桥西△

郑文焯（清 1846）一首

帘影近，粉香和△淡淡妆眉细细歌△今夜海棠花下酒，为谁风露得愁多△

冯江（清 1898）二首　题：第一首，秋日江上即景。

第二首，游多宝寺。

（1）风袅袅，水悠悠△雨霁归船晚渡头△一路斜阳疏柳外，曝衣谁立小红楼△

（2）人迹杳，梵音沉△[①]古寺清幽耐客寻△雨意刚晴云意晚，数声风磬出疏林△[②]

注：① 梵音：诵佛声。② 磬：打击器，念佛时用。

车乘轨（现当 88）一首　题：参加嘉兴电视台座谈会纪要。　注：2007 年 3 月 23 日作。

传赞语，起欢歌△嘉视劲宣大运河△[①]唤醒国人齐爱护，振兴河务建功多△

注：① 大运河：京杭大运河，嘉兴电视台于 2006 年 6 月起全程采访，实地拍摄，历时半年完成，以申请“世界文化遗产”。是日召开座谈会暨新闻专辑、百米签名长卷赠送“嘉兴船文化博物馆”仪式，作者应邀参加。

黄辅之（现当 169）一首　题：向阳湖泛舟。

风荡绿，水清悠△一叶扁舟湖上游△朵朵荷花香扑鼻，迷人情色笔中收△

钱世明（现当 233）一首　注：调名原作捣练子令。

波光闹，柳惺忪△①昨夜相逢又梦中△今日西窗双谑语，②一窗柳色半窗风△

注：① 惺忪：动摇不定貌。② 谑语：戏言。

二十七字　捣练子　第二体，仄韵。

商景兰（女）（明424）一首

长相思，又离别▲为谁憔悴凭谁说▲卷帘贪看月明多，斜风却打银釭灭▲

王嫩（女）（明428）一首

心缕缕，①愁踽踽▲②红颜可逐春归去▲③梦中犹殢惜花心，醒来又听催花雨▲

注：① 缕缕：纤细也。② 踽踽：无所亲傍也。③ 红颜：美人。

二十七字　落梅风（又名寿阳曲）　注：三四五句须借仄声叶第二句平韵。

张可久（元56）一首　注：调名原作寿阳曲。

东风景，西子湖△①湿冥冥、柳烟花雾▲②黄莺乱啼蝴蝶舞▲几秋千、打将春去▲

注：① 西子湖：杭州西湖。② 湿冥冥：潮湿晦暗。

车乘轨（现当88）一首　题：黄梅天感怀。　注：1997年7月14日作。

黄梅候，晴雨天△①大江南、闷热难遣▲池蛙乱鸣青草畔▲黑蜘蛛、网虫庭院▲

注：① 晴雨：忽雨忽晴。

二十七字　解红

和凝（五代十国16）一首

百戏罢，五音清△解红一曲新教成△①两个瑶池小仙子，②此时夺却柘枝名△③

注：① 解红：曲名。② 瑶池：传为西王母所居宫阙。③ 柘枝：歌舞名。此句言歌舞精妙。

二十七字　渔歌子（又名渔父、渔父词、渔父乐、乐游曲）

张志和（唐12）三首

（1）西塞山前白鹭飞△①桃花流水鳜鱼肥△青箬笠，②绿蓑衣△斜风细雨不须归△

注：① 西塞山：山名，在浙江湖州。② 箬笠：蒲叶斗笠。

（2）松江蟹舍主人欢△①菰饭莼羹亦共餐△②枫叶落，荻花干△醉宿渔舟不觉寒△

注：① 松江：地名，今属上海市。② 菰：六谷之一，结实如米；莼：产于江浙湖中。

（3）青草湖中月正圆△①巴陵渔父棹歌连△②钓车子，③橛头船△④乐在风波不觉寒△

注：① 青草湖：在洞庭湖之南涘，接湘阴县界。② 巴陵：今湖南岳阳市。③ 钓车子：渔具。④ 橛头船：尖头船。

陈金凤(女)(五代十国10)二首　注：调名原作乐游曲。

(1) 龙身摇曳东复东△①采莲湖上红更红△波淡淡，水溶溶△②奴隔荷花路不通△③

注：① 龙身：指龙舟。② 溶溶：水盛貌。③ 奴：妇女自称。

(2) 西湖南湖斗彩舟△青蒲紫蓼满中洲△波渺渺，水悠悠△长奉君王万岁游△

欧阳炯(五代十国11)一首

风浩寒溪照胆明△小君山上玉蟾生△①荷垂露，翠烟轻△泼刺游鱼几个惊△②

注：① 小君山：在洞庭湖中；玉蟾：喻明月。② 泼刺：鱼跃水之声。

和凝(五代十国16)一首　注：调名原作渔父。

白沚汀寒立鹭鸶△①蘋风轻剪浪花时△②烟幂幂，③日迟迟△④香引芙蓉愁钓丝△

注：① 白沚：野生草，根可入药，叶可作香料。② 蘋风：掠过蘋草之风。源出《宋玉赋》。③ 幂幂：读觅觅，覆盖也。④ 迟迟：徐行也。

李煜(五代十国34)一首　注：调名原作渔父。

一棹春风一叶舟△①一纶茧缕一轻钩△②花满渚，酒满瓯△万顷波中寻自由△

注：① 棹：船桨。② 一纶茧缕：一竿钓鱼丝。

徐积(宋65)一首　注：调名原作渔父乐。

水曲山限四五家△①夕阳烟火隔芦花△渔唱歇，②醉眼斜△纶竿蓑笠是生涯△③

注：① 山限：山曲处。② 渔唱：渔歌。③ 纶：钓鱼丝也。蓑笠：蓑衣笠帽，雨具也。生涯：指职业。

赵构(宋284)三首　注：调名原作渔父词。

(1) 水涵微雨湛虚明△①小笠轻蓑未要晴△明镜里，②縠纹生△③白鹭飞来空外声△

注：① 水涵：蓄水池；湛：澄清也。② 明镜：喻水面清明如镜。③ 縠纹：绉纱纹，指水纹。

(2) 青草开时已过船△锦鳞跃处浪痕圆△①竹叶酒，②柳花毡△③有意沙鸥傍我眠△

注：① 锦鳞：鱼之美称。② 竹叶酒：竹叶青酒。③ 柳花毡：以柳絮作地毯也。

(3) 鱼信还催花信开△光风得得为谁来△①舒柳眼，②落梅腮△浪暖桃花夜

转雷△

注：① 光风：即春风。语出《楚辞》"光风转蕙"。② 柳眼：柳叶初生，细长如眼。

陆游(宋330)二首　题：灯下读玄真子渔歌，因怀山阴故隐追拟。　注：调名原作渔父。

(1) 晴山滴翠水拖蓝△聚散渔翁两复三△横埭北，①断桥南△侧起船篷便作帆△

注：① 埭：土坝也。

(2) 长安拜免几公卿△①渔父横眠醉未醒△烟艇小，钓车腥△遥指梅山一点春△②

注：① 长安：原为唐朝都城，此处以帝都借指朝廷；拜免：封官曰拜，此处说有升官的，也有罢免的。指官场变化无常。② 梅山：在绍兴昌安门外。

薛师石(宋441)一首

邻家船上小姑儿△相问如何是别离△双坠髻，一弯眉△爱看红鲜比目鱼△①

注：① 比目鱼：鱼目比连于上面之鱼，如鲽鱼、王余鱼等。凡男女恩爱者，人称比目鱼。此处指小姑儿怀春。鱼字不叶韵，作宽叶。

王湛(宋493)一首　题：嘉熙戊戌(1238)春一日，画溪吟客王子信为亚愚诗禅上人作渔父词七首。

兰芷流来水亦香△①满汀鸥鹭动斜阳△声欸乃，②间鸣榔△③侬家只合岸两傍△④

注：① 兰芷：香草名，一名白芷，根可入药，叶可作香料。② 欸乃：船橹声。③ 鸣榔：榔为船后横木，击之发声以捕鱼。④ 合：应也。

完颜琦(金22)二首

(1) 杨柳风前白板扉△①荷花雨里绿蓑衣△红稻美，锦鳞肥△②渔笛闲拈月下吹△

注：① 白板扉：未油漆过的白板门。② 锦鳞：鱼之美称。

(2) 钓得鱼来卧看书△船头稳置酒葫芦△烟际柳，雨中浦△乞与人间作画图△

赵孟頫(元33)一首

侬在东南震泽州△①烟波日日钓鱼舟△山似翠，酒如油△醉眼看山百自由△

注：① 侬：即我。吴语称侬；震泽：属江苏省苏州市，在太湖边。

管道升(女)(元43)三首

（1）身在燕山近帝居△[1]归心日夜忆东吴△[2]斟美酒，脍新鱼△除却清闲总不如△

注：① 燕山：指元都城大都（今北京）。② 东吴：作者家乡在浙江吴兴，古属东吴。

（2）遥想山堂数树梅△凌寒玉蕊发南枝△[2]山月照，晚风吹△只为清香苦欲归△

注：① 凌寒：冰寒也。② 南枝：南方之梅。

（3）南望吴兴路数千△[1]几时回去霅溪边△[2]名与利，付之天△笑把渔竿上钓船△

注：① 吴兴：今属浙江湖州市。② 霅溪：水名，在吴兴县南。

吴镇（元61）二首　题：第二首，思麟溪沈彦士处士画册。

（1）轻风细浪漾渔船△碧水斜阳欲暮天△看白鸟，[1]下长川△点破潇湘万里烟△[2]

注：① 白鸟：指白鹭，水鸟也。② 潇湘：潇水与湘水合称，在湖南。

（2）红叶村西日影余△黄芦滩畔月痕初△轻拨棹，且归与△挂起鱼竿不钓鱼△

刘基（明7）三首

（1）二月桃花紫锦香△一声啼鴂百蜂忙△[1]歌欸乃，[2]濯沧浪△[3]有酒无辞醉不妨△

注：① 鴂：鶗鴂，即杜鹃。② 欸乃：摇橹声。③ 沧浪：借指青苍色的水。浪，读平声。

（2）烟雨楼前溪水生△[1]少微山下杂花明△[2]杨柳岸，小舟横△绿杨如幄听啼莺△

注：① 烟雨楼：名胜古迹，在浙江嘉兴南湖中。② 少微山：一名大括山，在浙江丽水市东南。

（3）采石矶头煮酒香△[1]长干桥畔柳阴凉△[2]歌欸乃，濯沧浪△来往烟波送夕阳△

注：① 采石矶：在安徽当涂县牛渚山下长江边。② 长干桥：在江苏南京市。

陈献章（明72）一首

红蕖风起白鸥飞△[1]大网拦江鱼正肥△微雨过，又斜晖△[2]村北村南买醉归△

注：① 红蕖：荷花别名。红蕖风，指农历六月时风。② 斜晖：傍晚日光也。

文彭(明169)二首　题：余有别业在笠泽之上，常课耕于此，偶阅黄太史渔父词，喜而继作。　注：调名原作渔父词。

(1) 吴淞江上是侬家△①每到秋来爱荻花△眠未足，日先斜△妻笑船头看落霞△

注：① 吴淞江：俗称苏州河，太湖支流。流经吴江、松江等地，汇合黄浦江入海。

(2) 夜深结网一灯红△吹笛邻舟搅睡浓△云夜月，雨晴风△都在渔家烂醉中△

王祖嫡(明212)一首　题：元辅郭公为方塘翁作《渔父词》……因如其韵和之，俾童子和舷歌焉。　注：调名原作渔父词。

柴门斜逐蓼花湾△江上悠然见远山△餐紫翠，枕潺湲△①一叶烟波自往还△②

注：① 潺湲：水流貌。此句说家临水。② 一叶：一叶扁舟。

吴兖(明281)一首

千顷蒹葭一钓翁△①家居南浦小桥东△桃花水，鲤鱼风△②短笛横吹细雨中△

注：① 千顷：形容水面辽阔；蒹葭：芦苇也。② 鲤鱼风：《提要录》："九月鲤鱼风。"此处指秋天。上句桃花水指春天。

曹勋(明328)一首　题：本意。

雨破萍痕趁晚烟△风翻柳影蔽渔船△春酒熟，锦鳞鲜△①唤起群雏烂漫眠△②

注：① 锦鳞：鱼之美称。② 烂漫：熟眠貌。

蒋平阶(明559)一首

青筰船轻白浪高△①船头水滑不留篙△芦叶低，蓼花梢△探钩起候夜来潮△

注：① 筰：音昨，竹索也。此处引伸为竹编的简易舟，俗称竹排。

屈大均(明638)一首

夹浦夭桃树树斜△①一湾不见一湾花△云带岸，水侵沙△白鸥多处有人家△

注：① 夹浦，浦之两岸。

梁清远(清23)二首　题：杂兴。

(1) 留云亭子柳成围△白鸟穿花故故飞△青莲浦，绿苔矶△满村风雨钓船归△

(2) 绿树遮门掩西扉△①青衣稚子立斜晖△骑驴客，醉扶归△怪问吾家是也非△

注：① 西扉：西门。

陆求可(清70)一首　题：石榴。　注：调名原作渔父。

照眼分明五月天△①红芳初日淡笼烟△依翠钿，近朱颜△不怕烧残少女鬟△②

注：① 五月天：石榴花开于农历五月。② 最后三句指花插在少女发上。

冯梦祖（清153）一首　注：调名原作渔父。

欸乃声悠着雨微△①轻舟丝絓绿杨肥△②风阵息，浪花稀△棹得鲜鳞载月归△③

注：① 欸乃声：摇橹声。② 丝絓：即丝绸。絓，音瓜。③ 棹：舟之泛称。引伸作捕。

徐淑秀（女）（清167）一首　题：秋夜。

露滴花寒入夜深△多情明月向愁人△灯隐隐，漏沉沉△断续钟声断续砧△①

注：① 砧：捣衣石。指捣衣声。

仲恒（清177）一首　题：春雨。　注：调名原作渔父。

骤雨疏风做晓寒△揉花摧柳几人怜△莺语涩，燕拖烟△云锁溪山水满田△

丁炜（清357）一首　题：本意。　注：调名原作渔父。

坐占鸥沙香饵垂△①一竿春水碧琉璃△风澹澹，日迟迟△闲看蜻蜓立钓丝△

注：① 鸥沙：白鸥出没之沙滩。

王度（清532）二首　题：第一首，题秋江烟艇图。

第二首，题深山读书图。

（1）警听西风飐荻芦△①飞泉和雨没阶除△②村酿熟，爨烟虚△③呼童且去网鲈鱼△

注：① 飐：摇动。② 阶除：阶砌也。③ 爨：音窜，炊也。

（2）风送钟声搅塔铃△斜阳微衬乱山青△樵径窄，板桥横△柴关独掩读黄庭△①

注：① 柴关：柴门；黄庭：经书名。

曹章（清604）一首　题：采莲。　注：调名原作渔父。

翠盖高张胜似蓬△①荷衣轻剪不须缝△绿阴下，红瓣中△扁舟飞棹驾长风△②

注：① 翠盖：指荷叶。② 扁舟：小船；飞棹：快速划桨。

李兴祖（清671）一首　题：本意。　注：调名原作渔父。

妇执炊烟子采蕖△①夕阳晒网柳阴疏△蒲作菜，芡为糈△②携酒人来要换鱼△

注：① 蕖：荷花别称。② 糈：粮也。

纳兰性德（清694）一首　题：为徐釚题枫江渔父图。①

收却纶竿落照红△②秋风宁为剪芙蓉△人淡淡，水濛濛△吹入芦花短笛中△

注：① 徐釚：吴江人，见《词人小传》。② 纶竿：钓鱼丝竿；落照：落霞。

张令仪（女）（清831）二首　题：夏夜。　注：调名原作渔父。

(1) 茉莉香浮茗碗清△芭蕉雨过晚凉生△新浴罢，葛衣轻△[1]隐隐雷车天外鸣△[2]

注：① 葛衣：夏衣。② 雷车：雷声。

(2) 露湿新荷香满庭△匡床闲卧数流萤△[1]风细细，夜冥冥△一笛吹残鸟梦醒△

注：① 匡床：安适的床。

周道昱(清937)一首　题：雨过。

料峭东风织嫩寒△深深庭院绽春兰△烟漠漠，露团团△谱就新词调紫鸾△

朱宗淑(女)(清956)一首

黄叶秋风稻蟹肥△[1]鹭鸶晒翅立渔矶△[2]山翠湿，野花低△沽酒归来月满衣△[3]

注：① 稻蟹：稻熟时蟹。② 矶：江中突出之石山。③ 沽酒：买酒。

郭麐(清1208)一首　题：有纪。　注：调名原作渔父词。

四角红罗窣地垂△[1]银钩不动篆烟微△[2]灯澹澹，[3]月丝丝△[4]笑问郎来是几时△

注：① 红罗：指帐子；窣地：及地也。② 银钩：银制帐钩；篆烟：如篆体字般弯曲之烟。③ 澹澹：恬静貌。④ 丝丝：纤细貌。

陈文述(清1260)四首　注：调名原作渔父词。

(1) 打浆湖边问酒家△青山澹冶隔明霞△[1]风过处，縠纹斜△蓑衣吹满碧桃花△

注：① 澹冶：恬静而美丽；明霞：明亮的霞光。

(2) 雨后蜻蜓散夕阳△晚来水碧似清湘△明镜里，[1]月华凉△荷花世界藕丝乡△

注：① 明镜：指水明如镜。

(3) 枫叶潇潇几点秋△芦碕曲曲漾清流△[1]随处好，舣扁舟△[2]水蕻花下一双鸥△[3]

注：① 碕：曲岸也。② 舣：泊舟也。③ 水蕻：水草名，一名空心菜，可食。

(4) 涧曲桥低路几重△[1]渔庄隐约暮烟中△携瘦鹤，送飞鸿△万梅花下一孤篷△[2]

注：① 涧：两山隔水也；重：重叠。② 篷：喻舟。

蔡廷弼(清1612)一首　题：邗上杂咏。[1]

万树垂杨斗舞腰△隔江山色是南朝△[2]风袅袅，雨潇潇△十里珠帘廿四桥△

注：① 邗上：江苏扬州。② 南朝：喻江南。

郑文焯(清1846)一首　题：山塘斟酌桥晚泊△[1]　注：调名原作渔父。

岚影分江带雨飞△菰蒲秋阔雁奴肥△[2]蕉叶扇，芰荷衣△扁舟凉夜醉忘归△

注：① 山塘：地名，在苏州阊门外。② 雁奴：雁群夜宿，小者围于外，曰奴。

车乘轨(现当88)三首　题：第一首，带子虾。　注：1998年7月2日作。

第二首，麻鸭。　注：1998年7月2日作。

第三首，丙戌除夕，重品正宗黄鱼鲞。　注：2007年2月17日(除夕)作。

(1) 盐水烧红带子虾△佳肴鲜美乐无涯△珠鉴货，[1]满篓爬△今年大大饱馋牙△[2]

注：① 珠鉴：指广东珠江和绍兴鉴湖。② 今年：指1998年。

(2) 乡里池河养鸭麻△[1]丰肌精肉嫩皮遮△汤水煮，桂皮加△香浓色雅味儿佳△

注：① 鸭麻：即麻鸭，鸭毛上有斑点。

(3) 除夕佳肴白鲞鱼△[1]堪叹渔滥正宗无△[2]多岁怨，狗年舒△重寻口福似当初△

注：① 白鲞鱼：即黄鱼鲞，因质佳者色白，遂称白鲞。② 渔滥：捕鱼作业过滥；正宗无：市场上所谓黄鱼鲞，多系他鱼冒名。

张振维(现当99)一首　题：南湖渔唱，步张子和韵。　注：1980年作。

湖上鸳鸯相并飞△湖中鱼蟹一时肥△云为笠，雾为衣△长耕细雨不须归△

涂复华(女)(现当183)一首　题：渔村夜月。

月淡云清柳岸朦△渔舟欸乃棹从容△清如水，灿若灯△萤流鱼跃共长空△

董国军(现当278)二首　注：调名原作渔父。

(1) 蓑笠渔舟星点雨，[1]湖光山色可怜春△杯儿酒，浪游身△笑他城里看花人△

注：① 首句不叶韵，用李煜词韵。

(2) 春回天地晚回舟△一路溪山月似钩△花两岸，酒满瓯△乐得今生作许由△[1]

注：① 许由：帝尧时高士，隐于箕山。

二十七字　忆江南(又名望江南、江南好、梦江南、谢秋娘、春去也、梦仙游、滇春好)

崔怀宝(唐10)

平生愿，原作乐中筝△得近玉人纤手子，研罗裙上放娇声△便死也为荣△

刘禹锡(唐20)一首　注：调名原作春去也。

春去也，多谢洛城人△[1]弱柳从风疑举袂，丛兰浥露似沾巾△[2]独坐亦含颦△

注：① 洛城：指河南洛阳。② 浥：沾湿也。

白居易(唐21)三首

(1) 江南好，风景旧曾谙△日出江花红胜火，春来江水绿如蓝△能不忆江南△

(2) 江南忆，最忆是杭州△山寺月中寻桂子，[1]郡亭枕上看潮头△何日更重游△

注：① 桂子：即桂花。

(3) 江南忆，其次忆吴宫△[1]吴酒一杯春竹叶，[2]吴娃双舞醉芙蓉△早晚得相逢△

注：① 吴宫：吴，指江苏苏州，苏州有吴王宫遗址。② 竹叶：竹叶青，酒名。

温庭筠(唐34)一首　注：调名原作梦江南。

梳洗罢，独倚望江楼△过尽千帆皆不是，斜晖脉脉水悠悠△[1]肠断白蘋洲△

注：① 斜晖：西斜时日光，即晚霞。

皇甫松(唐36)二首　注：调名原作梦江南。

(1) 兰烬落，[1]屏上暗红蕉△[2]闲梦江南梅熟日，夜船吹笛雨潇潇△人语驿边桥△[3]

注：① 兰：指兰草伴制之香；烬：烧残之意。② 红蕉：屏上之画。③ 驿：古时传达公文之所，也可作招待过往官员之旅所。

(2) 楼上寝，残月下帘旌△[1]梦见秣陵惆怅事，[2]桃花柳絮梦江城△双髻坐吹笙△[3]

注：① 旌：旗也。② 秣陵：今南京市。③ 双髻：喻女子。

牛峤(五代十国3)二首　注：调名原作梦江南。

(1) 衔泥燕，飞到画堂前△占得杏梁安稳处，[1]体轻唯有主人怜△堪羡好姻缘△

注：① 杏梁：银杏木制成之屋梁。

(2) 红绣被，两两间鸳鸯△不是鸟中偏爱尔，[1]为缘交颈睡南塘△全胜薄情郎△

注：① 尔：你也。

黄损(五代十国21)一首　注：与唐崔怀宝词近似，并录之。

无所愿，愿作乐中筝△得近佳人纤纤手，研罗裙上放娇声△便死也为荣△

李煜(五代十国34)二首　注：调名原作望江南。

(1) 多少恨，昨夜梦魂中△还似旧时游上苑，①车如流水马如龙△花月正春风△

注：① 上苑：上林苑，帝王之花园。

(2) 闲梦远，南国正芳春△船上管弦江面绿，满城飞絮辊轻尘△忙杀看花人△

郭皇后(宋43)一首　注：此词据电视剧《范仲淹》第10集所录，调名原作望江南。此词或改自《敦煌曲子词》，附原词："天上月，遥望似一团银。夜久更阑风渐紧，为奴吹散月边云。照见负心人。"姑且存之。

下弦月，①遥望淡如银△长夜更阑风渐紧，②为奴驱散月边云△③照见心上人△④

注：① 下弦月：农历每月二十二、三日之月。② 更阑：更深。③ 奴：古代女子自称。④ 心上人：指其夫宋仁宗。

邵伯温(宋129)一首　题：金泉山。　注：调名原作望江南。

充城好，①最好金泉山△百尺长藤垂到地，千株乔木密参天△只在郡城边△

注：① 充城：四川南充。

赵构(宋284)一首　题：赐小刘妃。

江南柳，嫩绿未成阴△攀折尚怜枝叶小，①黄鹂飞上力难禁△留取待春深△

注：① 枝叶小：小刘妃入宫时年纪尚幼。

金德淑(女)(宋585)一首　题：赠汪水云。①　注：调名原作望江南。

春睡起，积雪满燕山△②万里长城横缟带，六街灯火已阑珊△人在玉楼间△

注：① 汪水云：即汪元量(1241—1313)，元兵破宋都(杭州)，被掳至元大都(北京)，后获释，被俘之宋宫嫔皆赠词，见《词人小传》。② 燕山：指北京。

方国珍(元96)一首　注：调名原作望江南。

江南竹，①巧匠织成笼△好与吾师藏法体，碧波深处伴蛟龙△方知色是空△②

注：① 竹：指僧竺月华。因竺悦女子柳含春，以词戏之，涉讼于方，方以竹笼盛竺，将沉江，作此词送行。② 色：女色。

竺月华(元104)一首　注：调名原作望江南。

江南月，①如镜亦如钩△如镜未临红粉面，②如钩不展翠帏羞△空自照东流△

注：① 月：指竺月华自己。② 红粉：指所爱女子柳含春。③ 方国珍欲沉之，因作此词辩之，竟获释。

瞿祐（明22）四首　题：西湖景。　注：调名原作望江南。

（1）西湖景，春日最宜晴△花底管弦公子宴，水边罗绮丽人行△十里按歌声△

（2）西湖景，夏日正堪游△金勒马嘶垂柳岸，[①]红妆人泛采莲舟△惊起水中鸥△

注：① 勒：马络头也；嘶：马鸣曰嘶。

（3）西湖景，秋日更宜观△桂子冈峦金粟富，[①]芙蓉洲渚彩云间△[②]爽气满山前△

注：① 金粟：桂花别名。② 洲渚：水中陆地。大者曰岛，中者曰洲，小者曰渚。

（4）西湖景，冬日转清奇△赏雪楼台评酒价，观梅园圃订春期△[①]共醉太平时△

注：① 春期：春游之期。

商辂（明59）一首

微雨过，何处不催耕△百舌无言桃李尽，[①]柘枝深处鹁鸠鸣△[②]春色属芜菁△[③]

注：① 百舌：鸟名，似伯劳而微小，善鸣。② 鹁鸠：鸟名，阴天逐其配，晴则呼之。③ 芜菁：俗名大头芥，春天开黄花。

杨慎（明157）五首　注：调名第一首原作望江南，其他均原作滇春好。

（1）梅蕊好，冰雪出烟尘△袅袅孤芳尘外色，[①]盈盈一朵掌中春△[②]只少似花人△[③]

注：① 袅袅：缭绕貌。② 盈盈：轻盈也。③ 似花人：指少女。

（2）滇春好，[①]韶景媚游人△[②]拾翠东郊风袅袅，[③]采芳南浦水粼粼△[④]能不忆滇春△

注：① 当时作者被谪在滇（即云南）。② 韶景：即春景。③ 拾翠：采百草，古时妇女以此为娱乐。④ 粼粼：水清澈貌。

（3）滇春好，百卉让山茶△[①]海上千株光照水，城西十里暖烘霞△能不忆滇花△

注：① 卉：百草总名。

（4）滇春好，翠袖拂云和△[①]雅淡梳妆堪入画，等闲言语胜听歌△[②]能不忆滇娥△[③]

注：① 云和：云鬟和顺也。② 等闲：一般之意。③ 滇娥：云南女子。

（5）滇春好，最忆海边楼△渔火夜星明北渚，酒旗风影荡东流△早晚复同游△

周复俊（明 164）三首

（1）滇南好，所忆忆澄潭△①金马楼船春载汛，②碧鸡歌舞月方圆△③能不忆滇南△

注：① 澄潭：疑指云南昆明滇池。②③ 金马、碧鸡：山谷名，东西对峙，中间即滇池。

（2）滇南乐，常记在滇中△三春麰麦家家熟①，十月桃花树树红△何日更相逢△

注：① 麰：大麦也。

（3）滇南忆，佳丽属昆明△垂杨影边飞棹影①，卖花声里杂莺声△是处有吹笙△②

注：① 棹：船桨。② 是处：此地之意；笙：古乐器名。

王世贞（明 207）四首　题：第一首，梦故乡作。

第二首，晚步。

（1）无个事，湘枕睡初酣△青织晚潮萦似带，碧攒春树小于簪△遮莫是江南△①

注：① 遮莫：俚语，尽教也。

（2）随意步，芒屦破苍苔△①半壁雨收残日去，满江风送晚潮来△此景亦优哉△

注：① 芒屦：麻鞋也。

（3）回首处，薄业太湖中△①半艇春舟芦笋绿，一楼风雨杏花寒△此景教谁看△

注：① 薄业：薄薄产业。

（4）欲起处，斜日半江红△柔绿篙添梅子雨，淡黄衫对藕丝风△家在五湖东△①

注：① 五湖：太湖别名。作者家住江苏太仓，在太湖东面。

吕坤（明 217）一首　题：示儿。　注：调名原作望江南。

贫贱易，富贵良独难△一分有利一分害，半生不足半生安△留福与曾玄△①

注：① 曾玄：曾孙与玄孙，子子孙孙之意。

薄少君（女）（明 246）一首　注：调名原作望江南。

愁如雨，珠泪逐行倾△惯上眉头常蹙蹙，便来眼底落纷纷△泪眼不曾晴△

魏浣初（明 294）一首　注：调名原作望江南。

江南忆，佳味忆江鲜△刀鲚霜鳞娄水簖，[1]河豚雪乳福山船△[2]齐到试灯前△[3]

注：① 娄水：即娄江，太湖支流，流经苏州、昆山、太仓，东入长江；簖：音断，编竹水中以取鱼。② 福山，在张家港，通长江。③ 试灯：指元宵节。

施绍莘（明309）四首　题：秋思。　注：调名原作梦江南。

（1）人何处，人在夜香亭△茉莉暗香缠秀发，研罗文袋捉新萤△[1]应是卧深更△

注：① 研罗文袋：研光罗质招文袋。

（2）人何处，人在藕花居△小榻对风香到枕，乱花平岸色连裾△[1]应是飏罗襦△[2]

注：① 裾：衣襟。② 罗襦：罗制短衣。

（3）人何处，人在月明村△小犬吠花嗔影乱，[1]鸦鬟惊魇背灯昏△[2]应是正离魂△

注：① 嗔：薄怒也，多用于女性。② 鸦鬟：即婢女；惊魇：梦惊也。

（4）人何处，人在暮烟中△树里人家秋色闹，[1]水边槅子夜灯红△[2]应是被初烘△

注：① 闹：热闹也。② 槅子：指窗。

顾同应（明320）一首　题：别怨。　注：调名原作望江南。

人别后，刚有梦儿归△私语花阴猥一晌，[1]幽欢屏曲颤多时△明日费寻思△

注：① 私语：即小语；猥：猥亵。

莫秉清（明323）三首　题：江南。　注：调名原作望江南。

（1）湖上路，风婉柳丝低△乳燕不离纨扇语，玉骢常傍画楼嘶△日日软香泥△

注：① 玉骢：青、白色马。

（2）出郭外，[1]疏雨亦空濛△远浦烟添潮水阔，酒旗春湿杏花浓△人在画图中△

注：① 郭外：城外。

（3）三九月，风景旧三吴△[1]山寺留宾朝约妓，画船听雨夜呼庐△[2]归路倩人扶△[3]

注：① 三吴：据《水经》：以吴兴（浙江湖州）、吴郡（江苏苏州）、会稽（浙江嘉兴、杭州、绍兴）为三吴。② 呼庐：呼庐喝雉，掷骰戏也。③ 倩：请也。

黄淑贞（女）（明339）一首　题：送春。　注：调名原作谢秋娘。

春去也，绿树唤班鸠△[1]唤出桑间村妇摘，唤回陌上丽人游△[2]飞絮扑楼头△

注：① 班鸠：鸟名。② 陌上：田间道路；丽人：美丽女子。

齐景云(女)(明343)一首　题：怀婢。　注：调名原作望江南。

思昔日，披发亸香肩△帘外落花浓似雾，枕边飞絮软于绵△斜日照雕栏△

徐尔铉(明363)二首　题：第一首，忆梦。

第二首，忆闲。　注：两首调名原作望江南。

(1) 忆梦时，香雾拥花枝△睡去好无春管束，觉来犹自怕人知△枕上小相思△

(2) 忆闲时，空庭日影迟△细拾落花投曲水，漫绣鹦鹉弄新词△①淡里避相思△②

注：① 漫：随意也。② 淡里：淡薄之中。

王屋(明364)二首　题：和夏雪子。　注：调名原作梦仙游。

(1) 云雨散，颠倒怕人知△双手引郎花外避，独来花底立多时△发影落清池△

(2) 发影乱，溜却紫金钗△不遣侍儿欢处问，自笼灯火出深阶△花露湿珠鞋△

吴熙(明366)一首　题：春词。　注：调名原作望江南。

江南好，逐路柳条青△①村店杏花频贳酒，②画楼飞燕巧梳翎△红袖舞娉婷△③

注：① 逐路：随着道路。② 贳酒：赊酒也。贳，记账而不付现金。③ 红袖：喻女子；娉婷：美貌也。

钱继章(明367)一首

江南忆，四月住山家△坠粉乱堆新笋箨，①燉泥细壅建兰芽△②松下焙新茶△③

注：① 笋箨：笋壳也。② 细壅：仔细培育；建兰：福建兰花。③ 焙：缓火炒制。

曹堪(明369)一首　题：江南曲。　注：调名原作望江南。

江南水，深巷曲通潮△倒映碧桃花片片，横拖垂柳线条条△轻浪得风高△

陆钰(明384)二首　题：神姬曲，和近思。　注：调名原作望江南。

(1) 相忆处，鬒发绿云偏△①爱拂乱鬟梳堕马，好遮红晕掠鸣蝉△②宫样不胜怜△③

注：① 鬒发：发黑而美也。② 墮马、鸣蝉：皆发之式样。③ 宫样：皇宫内家发式。

(2) 相忆处，罗袜两纤纤△偶印香尘留月影，为勾裙带露弓尖△争得片时拈△

宋存标(明391)一首　注：调名原作望江梅。

柳眉黄，红杏映新妆△却忆曲池空有信，愁看绣枕自成双△弹指向纱窗△

徐士俊(明397)一首　题：本意。　注：调名原作望江南。

江南好，屈指是嘉禾△①烟雨楼深情意敛，②鸳鸯湖阔浪花多△③月下见湘娥△④

注：① 屈指：扳指头，第一之意；嘉禾：即嘉兴。② 烟雨楼：南湖名楼。

③ 鸳鸯湖：即南湖。④ 湘娥：喻美女。

吴娟(女)(明 426)四首　题：四时词。　注：调名原作望江南。

(1) 江南好，柳色绿如烟△处处芳菲都是锦，① 村村红紫漫争妍△② 春暖艳阳天△

注：① 芳菲：花草香美貌。② 漫：助辞，随意之意。

(2) 江南好，十里芰荷风△雪藕冰桃凉彻骨，珠兰茉莉沁酥胸△竹簟睡朦胧△

(3) 江南好，丛桂小山多△香气袭人题锦字，清光良夜照银河△① 乞巧待如何△②

注：① 银河：即传说中的天河。② 乞巧：农历七月七日，牛郎织女相会，妇女多在庭中乞巧。

(4) 江南好，酿雪映梳妆△小阁衣寒煨野栗，重帏被冷爇沈香△① 兽炭暖牙床△②

注：① 爇：烧也。② 兽炭：即骨炭，多孔；牙床：象牙床。

范路(明 434)二首

(1) 情何已，山寺正逢秋△霜叶芦花明远水，竹魂蕉魄暗荒楼△残月挂山头△

(2) 春如梦，记得在江南△满眼山花鲜似锦，半帘江水绿于蓝△今日路漫漫△

陈子龙(明 441)一首　注：调名原作望江南。

思往事，花月正朦胧△玉燕风斜云鬓上，① 金猊香尽画屏中△② 半醉倚轻红△

注：① 玉燕：发上所插燕形饰物。汉宫有玉燕钗。② 金猊：指香炉。

石庞(明 452)一首　题：踏青。　注：调名原作谢秋娘。

青郊好，踏踏醉迎风△芳草池塘来梦绿，桃花人面斗春红△① 笑过小桥东△

注：① 人面：美人面庞。语出唐崔护诗："人面桃花相映红。"

朱一是(明 454)三首　题：纪游，步曹顾庵。　注：调名原作望江南。

(1) 芜城好，① 烟月满隋宫△城北游桡浮酒白，② 关南女市闹灯红△③ 河下遍歌钟△

注：① 芜城：即扬州。② 游桡：游船；浮酒：饮酒。③ 女市：指妓院。

(2) 西湖好，① 翠峤落红泉△② 公子翩翩三月马，③ 佳人队队六桥船△④ 买笑不论钱△

注：① 西湖：在浙江杭州。② 峤：山锐而高者。③ 翩翩：喻风流。④ 六桥：西湖苏堤有六座桥。

(3) 姑苏好，① 妆束样翻新△舆马春风朝万笏，② 笙歌秋月坐千人△雀舫接

通津△[3]

注：① 姑苏：即苏州。② 舆马：轿马；万笏：喻群山。笏，音忽，古时官员朝帝时手执之板。此处喻山峰似朝笏。③ 雀舫：指画舫。

钱谷（明459）一首　注：调名原作望江梅。

春睡足，梦绕玉楼中△[1]一转秋波回绣幕，[2]半垂春笋映朱栊△[3]恰是乍相逢△

注：① 玉楼：闺楼之美称。② 秋波：秋水，喻女子目光。③ 春笋：喻女子纤指；朱栊：红色窗户。

顾炎武（明485）一首　题：忆庐山。

庐山忆，却忆访仙亭△竹寺烟萝留翡翠，香山庭树弄丹青△岩壑培多情△

陈子升（明496）一首　题：初秋夜坐。　注：调名原作望江南。

炎夏过，夜坐对凄清△个个竹风摇草阁，团团桂魄浸桃笙△[1]多少玉关情△[2]

注：① 桂魄：指月；桃笙：凉席也。② 玉关：玉门关，指边关亲人。

彭孙贻（明504）一首　题：闺思。　注：调名原作望江南。

春眠起，余梦满天涯△[1]柳絮飞残夫婿粉，[2]棠梨落尽女儿花△[3]无奈不思家△

注：① 天涯：极远之地。② 夫婿粉：待考。疑与何晏傅粉郎典故有关。③ 女儿花：即凤仙花。

胡介（明515）一首　题：湖上同万年少（即万寿祺）联句。　注：调名原作望江南。

残炤里，[1]归去独登楼△短笛杏花看过马，红衫窄袖控吴钩△[2]风景似徐州△

注：① 炤：与照同。② 红衫：喻女子。

余怀（明520）四首　注：调名原作望江南。

（1）秦淮好，[1]桃叶渡头船△[2]飞絮一帘山入户，落花三径水连天△柳下有人眠△

注：① 秦淮：河名，在江苏南京。② 桃叶渡：渡口名，在秦淮河。

（2）苏台[1]好，花发美人家△树底流莺啼玉案，[2]堤边骏马傍香车△芳草最天斜△

注：① 苏台：指江苏苏州。② 案：食器也。

（3）吴兴好，[1]处处有桑蚕△洲上蘋花白胜雪，溪边苔叶绿于蓝△风景压江南△

注：① 吴兴：浙江湖州。

（4）禾城好，[1]最好是南湖△[2]烟雨一楼开玉镜，[3]鸳鸯双翅洗春芜△[4]舟子任招呼△

注：① 禾城：指浙江嘉兴。② 南湖：嘉兴南湖，风景极佳。③ 烟雨：楼名，在南湖，四周环水。④ 鸳鸯：湖名，即南湖。

柳如是（女）（明538）三首　注：调名原作梦江南。

（1）人何在，人在木兰舟△①总见各时常独语，更无知处在梳头△天艳更风流△

注：① 木兰舟：舟之美称也。

（2）人何在，人在雨烟湖△②篙水月明春腻滑，舵楼风满睡香多△杨柳落微波△

注：① 湖字不叶韵。

（3）人去也，人去梦偏多△③忆昔见时多不语，而今偷悔更生疏△云髻懒妆梳△

注：① 多字不叶韵。

蒋平阶（明559）一首　注：调名原作望江南。

歌舞罢，齐上内人斜△①洗却残妆成暮雨，御沟红粉落桃花△流向阮郎家△②

注：① 内人斜：秦朝咸阳旧墙内埋葬宫女的地方。② 后两句亦用典，唐僖宗宫女韩氏红叶题诗放于御沟中流出，得嫁于祐故事。阮郎，本指后汉时阮肇入天台山遇仙女配婚故事，后泛指有奇遇郎君。

缪永谋（明560）一首　注：调名原作梦江南。

湖上路，信步不知还△①淡日笼烟迷小径，片云催雨过前山△苍翠有无间△②

注：① 信步：随意游逛行。② 有无间：若有若无之间。

陆嘉淑（明574）一首　题：送钱连江。　注：调名原作望江南。

江南好，最是绿浓时△光福杨梅堆火齐①，湘湖莼菜剪银丝△②能不系人思△

注：① 光福：镇名，在苏州胥门外，光福邓尉山盛产杨梅；火齐：色黄赤似金，据《左思赋》。② 湘湖：在浙江萧山。湘湖莼菜为萧山特产。

吴骐（明575）一首　题：闺情。　注：调名原作望江南。

人何在，人在碧纱窗△绣得鸳鸯翻锦浪，陡抛针线细思量△怪道是成双△

徐震（明609）二首　注：调名原作望江南。

（1）回首处，风暖杏花天△记得月移花影下，翠罗同绾踏青烟△心事泪痕边△

（2）香影处，风弄小池波△不卷绣帘看燕子，满盘珠露落新荷△无奈睡情多△

屈大均（明638）一首　注：调名原作梦江南。

红茉莉，穿作一花梳△金缕抽残蝴蝶茧，钗头立尽凤凰雏△肯忆故人珠△

周积贤（明640）二首　注：调名原作望江南。

(1) 银箭落，[1]梦断越山高△[2]依旧当年欢笑处，桃花流水画栏桥△暮雨又潇潇△

注：① 银箭：刻漏之箭，古计时器也。② 越山：浙江绍兴之山。

(2) 遥相忆，残泪湿轻纱△斜倚画楼帘半卷，东风微雨落杨花△肠断七香车△[1]

注：① 七香车：喻华丽之车。

徐籀(清26)一首

花事好，还又怯春寒△桃杏嫩分眉黛色，青芹尖整碧于簪△应教谁共看△

吴伟业(清28)三首　注：调名原作望江南。

(1) 江南好，聚石更穿池△水槛玲珑帘幕隐，杉斋精丽缭垣低△[1]木榻纸窗西△

注：① 杉斋：杉木书斋；缭垣：围墙也。

(2) 江南好，艳饰绮罗仙△百裥细裙金线柳，半装高屧玉台莲△[1]故故立风前△[2]

注：① 屧：木屐也。② 故故：屡屡。

(3) 江南好，翠翰木兰舟△[1]窄袖衩衣持楫女，[2]短箫急鼓采菱讴△[3]逆桨打潮头△

注：① 木兰舟：舟之美称。② 持楫：打桨。③ 讴：歌也。

曹忱(清29)一首　注：调名原作望江南。

江南忆，五日住金山△[1]竞渡锦标夸水戏，[2]满城红袖泊船湾△[3]归去落珠环△

注：① 五日：五月五日，端午节也；金山：在江苏镇江市。② 此句说端午节赛龙船。③ 红袖：喻妇女。

曹溶(清48)一首　题：本意。　注：调名原作望江南。

江南恨，亭榭少人看△[1]醉里不堪啼鴂早，[2]梦余初觉卖花寒△风雨又漫漫△

注：① 榭：音谢，台有屋者。② 啼鴂：鸣叫之杜鹃。

宋琬(清49)一首　题：湖上早春。　注：调名原作望江南。

郎有约，草草画双蛾△[1]行到西陵松柏下，游人争似蜜蜂多△偷眼送春波△[2]

注：① 双蛾：双眉。② 春波：疑为秋波。

曹尔堪(清69)三首　注：调名原作望江南。

(1) 初夏好，门外嫩凉吹△[1]笋点斑痕抽玳瑁，[2]水添绿晕涨玻璃△[3]新结竹边篱△

注：① 嫩：微也。② 此句说笋壳斑痕似龟背纹。③ 玻璃：喻水面。

（2）西湖好，①镇日冶游天△②青雀暮还菱作镜，③紫骝春竞柳飞绵△④莺语画帘前△

注：① 西湖：杭州名胜。② 镇日：常日；冶游天：适合旅游天气。③ 菱作镜：指菱花镜。④ 骝：指马。

（3）兰亭好，①箫鼓越中行△②石马古苔南镇庙，③卧龙新柳夏王城△④流水十分清△

注：① 兰亭：绍兴名胜。② 越：绍兴古称越。③ 南镇庙：在绍兴禹陵。④ 夏王：即夏禹王。

吴秉仁（清 83）一首　注：调名原作望江南。

三月暮，风雨一春休△①蝴蝶梦迷杨柳岸，鹧鸪声暗杏花楼△②红日上帘钩△

注：① 一春休：一个春天过去了。② 鹧鸪：鸟名。形似鹑，稍大。

吴绮（清 90）二首　题：第一首，扬州。

第二首，溪南高雨阁。　注：调名原作望江南。

（1）扬州路，人醉竹西亭△画桨船头荷叶大，玉箫桥上柳花轻△山送过江青△

（2）溪南好，①水阁对斜曛△滩响声流三伏雪，②画栏闲倚一秋云△客到可论文△

注：① 溪南：镇名，在福建霞浦县。② 三伏：有初、中、末三伏，持续四十天，为一年中最热天气；雪：喻瀑布。

梁清标（清 105）四首　注：调名原作望江南。

（1）银灯剪，杂坐漏偏迟△①欲写乌丝嗔燕子，②将输楸局倩猧儿△③芗泽乍闻时△④

注：① 漏：古时滴漏以计时。② 乌丝：书册有墨线格子者，称乌丝栏。③ 楸局：棋局也。猧儿：狗也。④ 芗泽：香气也。

（2）清明后，细雨晓风和△树里青帘春醞美，①水边红袖丽人多△处处醉颜酡△②

注：① 春醞：春酒也。醞，酿酒也。② 酡：酒醉面红。

（3）东郊外，暖日水粼粼△①一路杏花寻幕燕，几行杨柳渡溪人△沙细碾车轮△

注：① 粼粼：水清澈貌。

（4）踏青去，遥指绿阴村△斜袅金鞭晴试马，①高烧红烛夜开尊△②芳草滞王孙△③

注：① 褭金鞭：马鞭丝缭绕。② 开尊：开宴。尊，酒具。③ 滞：留；王孙：富贵家公子。

赵进美（清 106）一首　题：四时闺词之夏。　注：调名原作望江南。

新浴后，帘卷簟纹柔△①金井风微摇凤尾，②玉盘冰满荐鸡头△③荷露碎难收△

注：① 簟：席也。② 金井：井之美称。③ 玉盘：谓月也；冰满：满月也；鸡头：芡实也。

沈永禋（清 109）一首　题：南村词。

江柳好，消夏纳新凉△麻叶雨肥村舍绿，楝花风软水亭香△①闲坐桔槔旁△②

注：① 楝：落叶亚乔木，高丈余。② 桔槔：汲水之具。

史鉴宗（清 141）一首　注：调名原作望江南。

江南忆，山净水波明△雀舫人如天上坐，①篮舆身在画中行△②游赏自春生△

注：① 雀舫：画雀之游船。② 篮舆：竹轿也。

丁澎（清 145）二首　题：第一首，白门漫兴。①

第二首，姑苏。　注：调名原作望江南。

（1）停桡处，桐树石桥湾△淡淡鸦藏烟柳外，田田鱼戏露荷间△②一抹蒋陵山△③

注：① 白门：南京别名。② 田田：莲叶浮水貌。③ 蒋陵山：即蒋山、钟山，在南京东北郊。

（2）横塘去，①红杏驿边亭△估客长须牵马渡，②吴侬细语隔船听△③那不动乡情△

注：① 横塘：在苏州西郊。② 估客：商人。③ 吴侬：苏州人。

邹宏志（清 148）八首　注：调名原作望江南。

（1）江南好，春到柳吹绵△浴茧风轻调鹤地，①焙茶烟暗卖饧天△②无事日如年△

注：① 浴茧：蚕种须以盐水浴之，以汰弱留强。② 饧：饴糖，即麦芽糖。上两句均指春天景象。

（2）江南好，销夏尽风流△净扫烟窗烹雀舌，①平铺冰簟剥鸡头△新竹响飕飕△

注：① 雀舌：茶叶名。

（3）江南好，秋老拾松钗△①拥几堆盘夸佛手，②沿篱绽菊号僧鞋△③却称坐幽斋△

注：① 松钗：即松叶，因其双股似钗形。② 佛手：果名。③ 僧鞋：菊名，因状如僧鞋。又名鹦哥菊。

(4) 江南好，冬暖爱农家△村店板桥烧竹叶，纸窗茅屋种梅花△枯树乱栖鸦△

(5) 江南好，堤树不离莺△万寿亭边喧晚渡，千人石畔殢春情△[1]麦陇又新晴△

注：① 殢：困也。

(6) 江南好，元夕踏灯时△[1]四处楼台人影乱，满城歌管漏声迟△惭愧闹蛾儿△[2]

注：① 元夕：即元宵。② 闹蛾儿：剪纸为蛱蝶，旁施柏叶，元夕冶游，缀于巾帽，谓闹蛾儿。

(7) 江南好，桑柘好斜阳△携榼平畴荆布艳，[1]簪花曲巷绮罗香△[2]问渡入金阊△[3]

注：① 荆布：荆钗布裙，喻农妇。② 曲巷：喻富贵人家。③ 金阊：苏州金门、阊门。

(8) 江南好，百里芰荷风△浴罢兰汤簪茉莉，[1]拨残茗火洗梧桐△[2]灯影夕阳中△

注：① 兰汤：香汤，洗浴水之美称。② 茗火：煮茶之火。

李昌垣(清 151)一首　题：夏夜。　注：调名原作望江南。

闲无暑，湘簟水纹平△[1]曲槛时听蕉雨骤，[2]小塘微度藕风轻△花下逐流萤△

注：① 湘簟：竹席。② 蕉雨：雨打芭蕉声。

董汉策(清 157)一首　注：调名原作望江南。

江南好，潋滟圣湖中△[1]不住松涛山色晓，新径烟雨小桃红△堤柳拂春风△

注：① 潋滟：水波相连貌；圣湖：明圣湖，即杭州西湖。

顾贞立(女)(清 159)三首　题：东亭(江苏无锡镇名)好。　注：调名原作望江南。

(1) 东亭好，疏雨逗庭梧△小西阁前山水画，晚妆楼外辋川图△[1]燕子引新雏△

注：① 辋川：唐王维(699－759)别墅，借喻精雅。

(2) 东亭好，青粉薜萝墙△梅子乍圆莺语滑，杏花微雨燕泥香△小立傍斜阳△

(3) 东亭好，梅子乍圆时△碧玉邻家催斗草，[1]青溪小妹解弹棋△吟就护窗诗△

注：① 碧玉：小家碧玉，即普通家庭之女；斗草：古代女子之游戏。

严绳孙(清 160)二首　注：调名原作江南好。

(1) 江南好，最好石头城△[1]细雨湿回矶燕小，[2]暖风扶上纸鸢轻△遮莫近

清明△③

注：① 石头城：江苏南京别名。② 矶：指燕子矶，在南京北郊长江边。③ 遮莫：遮，这也；莫，莫非。

(2) 江南好，蟹浦画难如△①春酒连船浮竹叶，②春厨三月有鲥鱼△只合浦边居△

注：① 蟹浦：在浙江镇海。② 竹叶：酒名，即竹叶青。

彭师度(清 173)三首　题：春闺。

(1) 江南好，最忆是春光△绿柳烟浓莺语乱，碧窗人静燕泥香△白袷丽青阳△①

注：① 袷：夹衣也。

(2) 江南好，最忆是春溪△桂楫半摇佳丽影，①柳枝初拂短长堤△风雨渍花泥△②

注：① 桂楫：楫之美称；佳丽：美女。② 渍：涌也。

(3) 江南好，最忆是春船△几幅蒲帆过柳岸，半篙流水杂渔烟△到处有婵娟△

仲恒(清 177)一首　题：湖上。　注：调名原作望江南。

闲散步，曳杖过桥东△半壁晴云衔落日，一群归鸟趁西风△人在绿阴中△

许定需(女)(清 186)一首　注：调名原作望江南。

山塘好，①秋到更魂销△花市天香来簇马，②酒帘斜照引吹箫△月挂望山桥△③

注：① 山塘：河名，沿河有街，在苏州阊门外，长七里。② 簇马：马群集，形容游人多。③ 望山桥：山塘河上之桥。

陈维崧(清 196)十首　题：第一至四首，岁暮杂记。

第五至八首，五日追次旧游漫成。

第九至十首，寄东皋冒巢民(襄)先生并一二旧友。

(1) 江南忆，忆得上元时△①人斗南唐金叶子，②街飞北宋闹蛾儿△③此夜不胜思△

注：① 上元：农历正月十五日，即元宵节。② 叶子：即纸牌，南唐朝奢靡，多用金叶为牌。③ 闹蛾儿：乌金纸剪成蛱蝶之头饰。

(2) 江南忆，少小住长洲△①夜火千家红杏幕，春衫十里绿杨楼△头白想重游△②

注：① 长洲：清代县名，即苏州。② 头白：喻老年。

(3) 江南忆，更忆是芜城△①兰叶寒塘盘马路，梨花微雨筑球声△风景逼

清明△②

注：① 芜城：今江苏扬州。② 逼：近也。

(4) 江南忆，罨画最风流△①白屋山腰烟内市，红栏水面雨中楼△楼上漾帘钩△

注：① 罨画：溪名，在浙江长兴县西，风景如画，离作者家乡宜兴近。

(5) 重五节，①记得在金陵△②绿水没腰连夜雨，锦帆衔尾半河灯△③往事思腾腾△

注：① 重五节：即端午节。② 金陵：南京别名。③ 锦帆衔尾：形容龙舟众多。

(6) 重五节，记得在南徐△①红板闸喧停画鹢，②翠花瓷湿贮黄鱼△踏浪最怜渠△③

注：① 南徐：镇江别名。② 闸：镇江有京口闸。③ 渠：它也，指黄鱼。

(7) 重五节，记得在吴门△①北寺墙头兰叶鬓，②洞桥船里墨花裙△③那许不销魂△

注：① 吴门：指苏州。② 北寺：在今人民路北首；兰叶鬓：兰叶状之鬓发。③ 桐桥：在山塘。

(8) 重五节，记得在嘉兴△也共朱郎湖上饮，①菖蒲花底醉难胜△别后思何曾△②

注：① 朱郎：作者原注是朱子蓉茂晭。朱茂晭，嘉兴人，见《词人小传》；湖上：指嘉兴南湖。② 思何曾：何尝不思念。

(9) 如皋忆，①最忆小三吾△②隔水红墙春冉冉，③拍波绿箬雨丝丝△隐几一愁无△④

注：① 如皋：江苏县名。②小三吾：冒襄家水绘园中亭名。③ 冉冉：前行貌。④ 隐几：坐具，此处作坐意。

(10) 如皋忆，忆看小桃花△水绘园门通小寺，①春堤一道不曾斜△千树烂晴霞△

注：① 水绘园：冒襄家别墅。

陆进(清198)二首　题：第一首，元夕。　注：调名原作望江南。

(1) 乘醉去，携手步春风△月暗始知双脸白，灯明才见小衫红△夕看画楼中△

(2) 初相见，移步出花庵△新绿绕篱钩带子，落红满径衬鞋尖△莺燕莫猜嫌△

严琼琼(女)(清216)一首　题：暮景。　注：调名原作梦江南。《全明词》作吴琪著。

深院静，漠漠晚云生△远树星底萤火乱，画帘风淡燕飞轻△楼外坐调筝△

吴绡(女)(清 235)四首

(1) 江南忆，风暖换春衣△如画楼台花夹路，香街人醉玉骢肥△年少踏青归△

(2) 江南忆，女伴采莲期△水似玻璃人似玉，薄妆偏称晚凉时△兰桨日迟迟△

(3) 江南秋，秋气夜方清△鲈鲙鲜肥莼菜滑，千人石上月亭亭△①到处按歌声△

注：① 千人石：名胜，在苏州虎丘；亭亭：即玉立亭亭，美好貌。

(4) 江南忆，地暖早梅香△长夜不禁朝起早，一枝如玉鬓云旁△呵手试新妆△

王士禧(清 248)一首　题：惜春。　注：调名原作望江南。

春光媚，绿草可为茵△①拂槛花枝留醉客，隔林啼鸟唤归人△异地又逢春△

注：① 茵：重席也，褥也。

何采(清 251)一首　注：调名原作望江南。

江南好，衣绣夜行春△①红黑帽儿黄伞队，②翠盖翎子绿旗军△③趁看走桥人△④

注：① 衣绣：指官服。② 红黑帽儿：指衙役。③ 绿旗军：请收降改编的明士兵。④ 趁：追逐也。

张我朴(清 265)二首　题：郊游。　注：调名原作望江南。

(1) 选胜处，草际半堆红△避钓鱼贪萍叶浪，归巢燕语荳花风△应是禁烟终△①

注：① 禁烟：寒食节例禁烟。此句意为时节在清明。

(2) 行春遍，舞蝶试香衣△竹径绿深云欲聚，花间红湿雨初肥△何处踏春归△

安致远(清 277)一首　题：寓姑孰(安徽当涂)作。　注：调名原作望江南。

太平好，最好是楚山△画舫沿溪尖似履，①小松簪岫绿于鬟△②人在翠萝间△

注：① 履：鞋也。② 小松簪岫：小松植在山峰上。

赵吉士(清 279)二首　题：第一首，无题。

第二首，元夕感旧。　注：调名原作望江南。

(1) 思卿处，①独立小房栊△一带花阴深巷口，满庭槐影夕阳中△蓦地讶相逢△②

注：① 卿：夫妻或恋人间的昵称。② 讶：疑怪也。

(2) 元宵节，记得在扬州△百样灯屏新盛市，十番箫鼓竹西头△踏月醉青楼△①

注：① 青楼：即妓院。

朱彝尊（清288）一首　注：调名原作江南好。

江南好，旧事试重论△平底画船桃叶渡，①小楼疏雨杏花村△何处不销魂△

注：① 桃叶渡：在南京秦淮河，此处为泛指，下句杏花村亦为泛指。

钱慧贞（女）（清291）一首　题：咏雪。

帘外雪，密洒似银沙△飞去隋堤疑柳絮，①飘来庾岭认梅花△②春思落谁家△

注：① 隋堤：在扬州，多柳树。② 庾岭：又名梅岭，在广东韶州。

张星耀（清299）一首　题：避人。　注：调名原作望江南。

十四五，初学避人时△碧玉屏边飘带子，红丝帘底露鞋儿△莺语出花迟△

佟世南（清300）二首　题：闺情。　注：调名原作望江南。

（1）闲倚槛，螺翠淡眉尖△满院落花春昼静，一窗疏雨暮寒添△不病也恹恹△①

注：① 恹恹：病态。

（2）天乍晚，才欲下帘栊△转侧自怜娇影好，一灯微映小窗红△细雨碧纱中△

彭桂（清308）一首　题：本意。

江南好，最好忆金陵△①水阁绿杨三月绕，河房翠袖两边凭△②箫鼓画船灯△

注：① 金陵：南京别称。② 河房：临水精舍，多在秦淮河两傍；翠袖：指女子。

万树（清316）一首　题：寒食。

轻棹发，①路转石桥西△嫩草娇花三月节，淡烟残照五云溪△上冢几人归△

注：① 棹：船桨，此处指船。

钟筠（女）（清322）一首　题：偶作。　注：调名原作望江南。

罗袖动，香雾霭房栊△①千尺游丝疏树外，一泓秋水镜屏中△花影月朦胧△

注：① 霭：盛貌；房栊：房和窗也。

宋俊（清349）四首　题：春夏秋冬景。　注：调名原作望江南。

（1）江南好，最好是春天△绿树黄鹂开画阁，碧云红雨暗秋千△到处荡湖船△

（2）江南好，最好夏来时△竹影交窗看斗茗，蕉影满地坐弹棋△风向芰荷吹△

（3）江南好，最好是三秋△①红蓼花开鱼满市，白蘋风起雁当楼△浦溆远山浮△②

注：① 三秋：秋季三个月。② 浦溆：水浦也。

（4）江南好，最好是冬初△小墅探梅先载酒，横桥待雪漫骑驴△①冷韵袭衣裾△②

注：① 漫：随意也。② 衣裾：衣之前襟也。

吴月娥（女）（清 368）一首　注：调名原作谢秋娘。

春已暮，何处最关情△满地绿阴飞燕子，半窗花影闹蜂声△闲杀个中人△[1]

注：① 个中人：即此中人也。

顾正阳（清 384）一首　题：西湖词。　注：调名原作谢秋娘。

春光暮，秾绿压轻红△[1]水满西湖频放棹，[2]日斜山寺听疏钟△云里出双峰△[3]

注：① 秾：花木稠多貌。② 放棹：放船。③ 双峰：杭州南高峰和北高峰。

王士禛（清 397）二首　注：调名原作望江南。

（1）江南好，春暮雨廉纤△[1]鱼子天晴初出水，[2]鼠姑风细不钩帘△[3]底事恼江淹△[4]

注：① 廉纤：细雨状。② 鱼子：小鱼。③ 鼠姑：牡丹别名。④ 底事：何事；江淹：南梁考城人，少年文思敏捷，但晚年渐退，所谓“江郎才尽”。此处作者自谦。

（2）江南好，画舫听吴歌△[1]万树垂杨青似黛，一湾春水碧于罗△恼杀是横波△[2]

注：① 吴歌：苏州地方歌。② 横波：喻吴娘眼光，如水之横流。

吴琪（女）（清 400）一首　题：晚妆。　注：调名原作梦江南。

垂云幕，柳外玉波明△[1]纨扇初停看燕语，犀梳缓掠听蝉鸣△[2]纤手摘花铃△[3]

注：① 玉波：美人眼波。② 犀梳：犀牛骨制梳子。③ 花铃：花蕾。

董元恺（清 423）二首　题：第一首，啜茶。

第二首，红桥春游。　注：调名原作望江南。

（1）茶舍小，石径卧云斜△斑驳苔生青嶂影，婆娑树老绿影遮△竹里看煎茶△

（2）红桥好，画舫树中移△万缕轻黄珠户映，半篙柔绿绣帘垂△春昼日迟迟△

陶孚尹（清 428）一首

中秋忆，忆得在嘉禾△[1]三塔寺边清露冷，[2]五龙桥畔白云孤△[3]浩淼水平湖△

注：① 嘉禾：即浙江嘉兴。② 三塔：在西丽桥外运河大拐湾处，旁有茶禅寺。③ 五龙桥：在南门外，今称神龙桥。

张学典（女）（清 434）一首　注：调名原作望江南。

风又雨，黯黯暮春时△紫燕低飞还掠水，绿杨凝眼乱垂丝△红绽小桃枝△

沈时栋（清 444）一首　题：姑苏杂词。　注：调名原作梦仙游。

姑苏好，[1]宫样斗新妆△百裥榴裙莲屧稳，[2]数层兰鬓柳眉长△佳丽属金阊△[3]

注：① 姑苏：即苏州。② 百裥榴裙：有很多皱裥的（大红裙）；莲屧：女子

弓鞋。③ 金阊：苏州金门和阊门。

王晫(清 445)二首　题：西湖杂咏。　注：调名原作望江南。

(1) 西湖好，最喜是新晴△潋滟波光摇荇藻，菁葱树色映山城△啼鸟试娇声△

(2) 西湖好，阴雨总堪游△天水空濛山欲暝，烟云弥漫雾初收△钟声隔林幽△

孙琮(清 446)一首　题：怀旧。　注：调名原作梦江南。

思当日，晚步木香亭△弓样鞋跟沾细草，斩新罗扇扑流萤△①误动护花铃△

注：① 斩新：同崭新。

钟娘(女)(清 475)一首　题：病中望信。　注：调名原作望江南。

春将尽，闺阁未开怀△①阵阵落花随水去，声声啼鸟唤愁来△怕上最高台△

注：① 闺阁：女子所居处。引伸为女子。

陈珏(清 489)一首　题：春暮。　注：调名原作望江南。

浓睡醒，无力却凭栏△花片斗风红雨堕，①草痕沾雾绿云攒△②揉眼觉春残△

注：① 红雨：喻落花。② 绿云：喻叶丛。

计善(清 490)一首　题：建业(江苏南京)。　注：调名原作望江南。

台城柳，①依旧锁春风△马去绿莎迷晋渡，②燕来芳草没吴宫△③山寺夕阳红△

注：① 台城：在南京城内鸡鸣山。③ 晋渡：指桃叶渡，东晋王献之送爱妾桃叶处。③ 吴宫：三国吴建都南京。

何鼎(清 514)一首

春风暖，南镇好烧香△①夹竹平桥行紫马，卖兰新店立红妆△②清兴不能忘△

注：① 南镇：地名，在绍兴香炉峰麓。② 红妆：女子的妆扮，代指美女。

周在浚(清 521)一首　题：清明即事。①

江南好，最好是清明△白面素裙坟上哭，②金鹅绿酒路傍倾△缓步看盈盈△③

注：① 即事：就眼前之事物而言。② 白面素裙：抹粉着白裙女子。③ 盈盈：轻盈，指女子。

陈玉璂(清 530)二首　题：楼头女。　注：调名原作望江南。

(1) 东郊外，闲泛木兰船△①花鸟未分村坞里，人家不断子城边△②二月夕阳天△

注：① 木兰船：船之美称。② 子城：附属于大城之小城、内城、月城。

(2) 芳堤畔，双跨小溪桥△矮树一林遮塔影，短墙三尺露花梢△一径转渔樵△

王度(清 532)一首　题：清源元夜。

清源好，①最好是元宵△夹道红灯围大寺，千行绿鬓过天桥△②歌吹响如潮△

注：① 清源：即福建仙游。② 绿鬓：指妇女。

徐允哲(清 538)一首　题：春。　注：调名原作望江南。

江南好，时节近清明△芳草淡烟游骑暖，绿杨春水画船轻△山郭卖花声△

傅燮诇(清 558)三首　题：第一首，忆家。　注：调名原作望江南。

(1) 家山好，最好是春初△细雨霏微红杏笑，①和风淡荡柳条苏△春色满平芜△②

注：① 霏微：微雨貌。② 平芜：平原上众草茂生处。

(2) 山居乐，云里结茅庐△闲看山妻经布轴，①坐教稚子读农书△除此事无余△

注：① 山妻：隐士之妻，后亦作对外介绍时的谦称；经布轴：经线织布轴。

(3) 山居乐，得意在三秋△①佐醉釜中烹紫蟹，②罢耕栏里卧黄牛△治乱不关忧△

注：① 三秋：秋季三月也。② 佐醉：辅助饮酒，即菜肴。

查士英(女)(清 583)一首　题：咏竹。　注：调名原作望江南。

窗外响，绿竹雨潇潇△一片空心清似水，听来幽趣不能描△坐久绝尘嚣△①

注：① 尘嚣：尘世喧嚣之地。

蒋景祁(清 590)一首　题：癸亥(1683 年)长安踏灯词。

春灯好，促队趁风流△海子桥边驮细马，火蛾光里簇花球△年小富平侯△①

注：① 富平侯：汉张安世封富平侯，子延寿、孙放皆袭爵。唐李商隐诗："十三身袭富平侯。"指张放十三岁即袭爵，喻一家得宠。

顾汧(清 592)一首　题：风池。　注：调名原作望江南。

池上雨，错落蕊珠盘△①曲径蛙鸣春草碧，方塘鱼唼荇丝残△②石砌茁芝兰△③

注：① 错落：杂乱也。② 唼：鱼食也；荇：水草名，平贴水面。③ 茁：草初生貌。

沈朝初(清 634)八首

(1) 苏州好，到处庆新年△北寺笙歌声似沸，①玄都士女拥如烟△②衣服尽鲜妍△

注：① 北寺：在今人民路北段，寺内有塔。② 玄都：即玄妙观，在观前街。

(2) 苏州好，节序届清明△郡庙旌旗坛里盛，①十乡台阁半塘迎△②看会遍苏城△

注：① 郡庙：指府城隍庙；坛：祭神场所，虎丘山前有厉坛。② 台阁：赛会时神像座台；半塘：山塘街一半处有半塘桥。

（3）苏州好，城北菜花黄△①齐女门边脂粉腻，②桃花坞口酒脂香△③处处弄笙簧△

注：① 菜花黄：阊门内后板厂有北园，即苏家园，为郡中菜花最盛处。② 齐女门：疑即齐门。③ 桃花坞：在北寺西面。

（4）苏州好，载酒卷艄船△①几上博山香篆细，②筵前冰碗五侯鲜△③稳坐到山前△

注：① 卷艄船：卷起帘子之船。② 几：茶几；博山：博山香炉。③ 五侯鲜：即五侯鲭，汉元帝封王潭兄弟五人为侯，世称五侯。娄护将五侯所赠之鱼肉等物合而烩之，名五侯鲭，即今之杂烩也。

（5）苏州好，酒肆半朱楼△①迟日芳樽开槛畔，②月明街火照街头△雅坐列珍馐△③

注：① 酒肆：即酒店。② 迟日：春日也，也可作近午解；芳樽：指筵席。樽，酒具也。③ 珍馐：珍贵的酒菜。

（6）苏州好，豆荚唤新蚕△①花底摘来和笋嫩，僧房煮后伴茶鲜△团坐牡丹前△

注：① 此句说苏州人称豆荚为新蚕豆。

（7）苏州好，夏月食冰鲜△石首带黄荷叶裹，①鲥鱼似雪柳条穿△到处接鲜船△

注：① 石首：即黄鱼。

（8）苏州好，廿四赏荷花△①黄石彩桥停画鹢，②水晶冰窨劈西瓜△痛饮对流霞△③

注：① 荷花：俗传农历六月二十四日为荷花生日。② 画鹢：船首画有鹢鸟。③ 流霞：仙酒也，此处喻美酒。

汪森（清669）三首　注：调名原作江南好。

（1）采莲去，南下葑溪塘△独树湖堧莲并蒂，金鸡堰外鸟成双△①花覆紫鸳鸯△

注：① 原注：独树湖、金鸡堰，皆苏州葑门外三十里，其旁多种荷花。

（2）荷花荡，载酒画船香△六月今朝才廿四，一年好景信端阳△湖内各乘凉△

（3）采莲罢，水面绿云收△①蟹簖半湾黄叶寺，②渔村一带水蒹洲△烟锁石湖秋△③

注：① 绿云：指采莲女。② 蟹簖：编竹水中以养蟹。簖，音断。③ 石

湖：苏州名湖，宋范成大曾居此。

纳兰性德（清694）二首　题：第二首，咏弦月。　注：调名原作望江南。

（1）江南好，怀古意谁传△燕子矶头红蓼月，[1]乌衣巷口绿杨烟△[2]风景忆当年△

注：① 燕子矶：南京名胜，濒临长江。② 乌衣巷：南京巷名，在秦淮河边。东晋贵族王导、谢安居处。

（2）初八月，半镜上青霄△[1]斜倚画栏娇不语，暗移梅影过红桥△裙带北风飘△

注：① 半镜：指半圆月。

路念祖（清702）一首　题：山居。　注：调名原作望江南。

山中好，约略似仙家△木榻晏眠听夜雨，[1]板窗低亚坐梅花△[2]茶熟饭胡麻△[3]

注：① 晏眠：迟睡。② 亚：压也。③ 胡麻：即芝麻。

叶宏缃（女）（清732）二首　题：和篆鸿弟端午词。　注：调名原作望江南。

（1）端午节，少女爱嬉游△臂缚彩丝祈续命，鬓簪萱草要忘忧△妆得也风流△

（2）端午节，白纻试新衣△百草收看邻女闹，龙舟独放小儿嬉△扇底汗频挥△

吴启元（清746）二首　注：调名原作江南好。

（1）江南好，箫鼓上元灯△[1]风递口脂闻笑语，月穿帘箔透衣棱△[2]闹里坠钗声△

注：① 上元：即元宵。② 帘箔：竹帘；衣棱：衣之棱角。

（2）江南好，九日记田家△[1]香稻熟时烹紫蟹，矮篱低处见黄花△[2]醉帽任攲斜△

注：① 九日：指重阳节。② 黄花：指菊花。

盛禾（清778）一首　注：调名原作望江南。

江南忆，忆得绿纱窗△长巷东西连绣陌，[1]小楼前后点银釭△楼上语双双△

注：① 绣陌：街巷之美称。

陈王猷（清785）一首　题：山斋夜坐。　注：调名原作梦江南。

因风起，断续远山钟△半榻幽窗梅影瘦，一帘疏月茗烟浓△人语隔墙东△

邵锡荣（清788）一首　题：吴门杂咏。　注：调名原作望江南。

江南艇，大小尽堪遊△曲槛雕窗青绢缦，[1]古瓶花几白瓷瓯△[2]春在后梢头△[3]

注：① 绢缦：无文饰之绢。② 几：茶几。③ 春：指船娘。

罗文颉（清790）一首　注：调名原作望江南。

山阴好，[1]人在镜中行△[2]禊集兰亭溪语细，[3]丛林梅墅晚钟清△[4]山色秀崚嶒△[5]

注：① 山阴：今之绍兴。② 镜中行：指名湖鉴湖，水明似镜。③ 禊集兰亭：指上巳节修禊兰亭故事。④ 丛林：寺也；梅墅：绍兴村名。⑤ 崚嶒：山高貌。

柯煜（清 804）一首　注：调名原作望江南。

江南好，灵隐寺门前△①萧四娘家沽酒去，②数钱才罢倚栏杆△春在翠眉边△

注：① 灵隐寺：杭州名寺。② 沽酒：买酒。

荣涟（女）（清 806）八首　题：第一至三首，柳枝曲。
第四至八首，江南词。

（1）池上柳，风袅早春时△向晓烟拖花外绿，美人临水折轻丝△红袖打莺儿△①

注：① 红袖：喻女子。

（2）楼外柳，南陌好风吹△①是处征人归未得，②谁家少妇蹙双眉△权把画帘垂△③

注：① 南陌：南郊。② 征人：外出之人，此处指丈夫。③ 权：姑且之意。

（3）湖畔柳，一抹碧苕苕△①画桨轻摇春水曲，②微风低度玉人箫△③烟外酒旗飘△

注：① 苕苕：高貌。② 画桨：船桨之美称。③ 玉人：美人。

（4）江南好，绿水傍红桥△钓艇移来垂柳岸，风筝系住杏花梢△一带酒旗飘△

（5）江南好，载酒听啼莺△金碧楼台花里寺，悠扬弦管水中亭△最喜一春晴△

（6）江南好，烟雨暗春山△市上樱桃红带露，开园嫩笋绿堆盘△柳拂画栏干△

（7）江南好，红粉斗轻盈△①覆额香云簪抹丽，②泥金小扇写回文△③宫样碧纱裙△

注：① 红粉：指女子。② 香云：发之美称；抹丽：茉莉花。③ 泥金：洒屑金之扇；回文：可顺读或倒读之诗文。

（8）江南好，牛背唱斜晖△红叶村深香稻秀，平湖秋老鲤鱼肥△灯火夜船归△

华文炳（清 809）一首　注：调名原作望江南。

睢阳庙，①鱼贯进香船△②石竹衫儿单半臂，③墨花裙子凭双鬟△照水愈加妍△

注：① 睢阳庙：纪念守睢阳殉国之唐将张巡庙。② 鱼贯：言相续而进。③ 半臂：即背心。

秦清芬（女）（清 824）一首　题：闺情。　注：调名原作望江南。

人静也，独自怯凭栏△戏剥瓜仁排梵字，闲将笺底印连环△无事上眉弯△[①]

注：① 此句说：无故眉头紧锁。

陈祥裔（清 828）二首　题：春游即事。　注：调名原作望江南。

（1）春光好，缓辔问田畴△风动菜花香扑鼻，日暄麦浪绿凝眸△蓦听一声鸠△

（2）春光好，更好是山场△竹里流泉声欲碎，花间啼鸟语皆香△人影乱斜阳△

朱彝爵（清 829）三首　注：调名第一二首原作春去也，第三首原作望江南。

（1）春去也，望望更依依△烟锁绿杨迷草径，风翻红雨点鱼衣△燕子一双飞△

（2）春去也，敢是不曾留△刚见小桃红入萼，俄惊芳草绿盈眸△白了几人头△

（3）清明后，百卉尽含春△杨柳拂人情缱绻，桃花映水意温存△游女暗销魂△

张令仪（女）（清 831）一首　题：元夕。

看灯节，惨绝是今年△何处青燐粘碁草，多时白骨冷荒烟△灯火自依然△

姚士陛（清 837）二首　题：真州舟次。　注：调名原作江南好。

（1）风不起，荡桨镜光圆△残月明边垂柳岸，晓风香过卖花船△自在枕书眠△

（2）前路远，水泊绿杨桥△花港月明人影乱，玉楼风细笛声高△独客夜无聊△

薛琼（女）（清 844）二首　注：调名原作望江南。

（1）消溽暑，修竹荫轩楹△[①]梅雨水烹荼嫩白，[②]破砻米煮粥香清△调养避浑腥△

注：① 修竹：长竹。② 梅雨：梅熟时雨；荼：即苦菜，茎叶皆有白汁。

（2）无个事，随意遣闲情△细织麦柴裁画扇，巧镂鹅卵制萤灯△[①]稚子戏相争△

注：① 鹅卵：鹅蛋也。

陆震（清 847）六首

（1）清明节，春色满江城△卖酒楼边红杏放，游人头上柳枝青△都道过清明△

（2）清明节，僻县也人忙△十里红裙山子庙，一船春酒郭家庄△处处菜花香△

（3）清明节，天意晓来和△正喜乍晴晴不久，愁他欲雨雨偏多△佳节惜虚过△

（4）清明节，记得在西园△都是桃花都是柳，半含朝雨半含烟△人在画图边△

（5）端阳节，照眼石榴红△艾虎朱符儿女意，[①]香蒲角黍岁时风△[②]小扇午窗中△

注：① 艾虎：艾扎老虎；朱符：朱砂画符咒。② 角黍：即米粽；风：风俗。

（6）蚕忙日，豆熟已离离△[①]摘入蟹筐全类茧，缫于女手本无丝△笑杀采桑儿△[②]

注：① 离离：纷披繁盛貌。② 后三句说：豆名蚕豆，也像蚕，但究竟是

豆，不是蚕。

冒德娟（女）（清849）一首　题：晚步。　注：调名原作望江南。

闲晚步，綦迹印苔深△①蕉响疏风来别院，烟迷宿鸟语幽林△明月出花阴△

注：①綦：麻鞋带也。此处指鞋。

邹天嘉（清857）一首　题：村舍春日。　注：调名原作望江南。

春光好，绕屋长桑麻△斗草童挑畦畔荠，①闹妆女插鬓边花△笑语夕阳斜△

注：①斗草：游戏名；挑：挑选采摘。

吴森札（女）（清862）一首　题：有怀。　注：调名原作望江南。

人去也，晚霁送行舟△①欲倩远山留落日，②待登高阁怯新秋△满目是离愁△

注：①晚霁：晚晴也。②倩：代也，请也。

雷维馨（清872）二首　题：青溪即事。　注：调名原作望江南。

(1) 探芳信，①雨霁紧东风△北郭人游梅雪坠，②东皋雨泊柳烟浓△③诗思夕阳中△

注：①芳信：香花草的消息。②北郭：北门外城；梅雪：梅花如雪。③皋：即泽，水汇之处，指青溪。

(2) 寻春去，好趁冶游天△①真净庵边芳草路，生春堂外菜花田△流水小桥边△

注：①冶游：原意是挟妓游乐，此处泛指旅游。

姜汝彨（清878）一首　题：春泛。　注：调名原作江南好。

春日好，麦雨涨晴川△绮陌桃花红动水，画桥芦笋绿梢天△同泛木兰船△

邵崐（清885）二首　注：调名原作望江南。

(1) 青溪好，小暖及春晴△社鼓远敲村里寺，纸鸢斜飏夜深灯△天气未清明△

(2) 青溪好，雨过晚凉移△末丽花球簪绿鬓，①芭蕉扇子缚红丝△闲立后门时△

注：①末丽花：即茉莉花。

郭蕙（女）（清887）三首　题：西湖。　注：调名原作望江南。

(1) 西湖好，南北插高峰△①石佛寺前寻玛瑙，水仙祠畔弄芙蓉△花港夜灯红△②

注：①杭州西湖周边有南北二高峰，景名双峰插云。②花港：在西湖苏堤畔，景名花港观鱼。

(2) 西湖好，草长乱莺啼△油壁香车苏小墓，①露桃烟柳白公堤△②歌舞断桥西△③

注：① 苏小：南齐名妓苏小小，出入乘油壁香车，墓在西冷桥畔。② 白公堤：即白堤。③ 断桥：在白堤上，景名断桥残雪。

（3）西湖好，秋色满南屏△ 净慈钟鼓霜月白，①雷峰塔挂夕阳青△ ②红叶乱春星△

注：① 净慈：南屏山麓有净慈寺，景名南屏晚钟。② 雷峰塔：景名雷峰夕照。

华浣芳（女）（清 908）一首　题：佘山忆。　注：调名原作望江南。佘山为松江（今属上海）名胜。

佘山忆，百卉吐芳菲△ 曲涧泛花花识路，斜桥引犬犬知归△ 夹岸绿萋迷△

金肇銮（清 911）一首　题：游苕溪道场山。　注：调名原作望江南。苕溪：水名，在浙江湖州；道场山：在湖州南郊。

道场寺，夹道竹林遮△ 好向山家挑晚笋，漫随僧舍试新茶△ 微雨泛轻槎△

恽氏（女）（清 1022）一首　题：秋怀。　注：调名原作望江南。

秋来也，罗带不胜腰△ 绿暗红稀芳信改，只余怨种与愁苗△ 常伴可怜宵△

蒋元龙（清 1029）一首　序：敬堂旧有"楼冷一灯红"句，迄未成诗，予心赏有年，因补成是阕。

深院静，帘外雨濛濛△ ①梦到江城人悄悄，酸鸡啼断五更风△ ②楼冷一灯红△

注：① 濛濛：微雨貌。② 酸鸡：昆虫名。又名莎鸡，即纺织娘（络纬）。

倪象占（清 1048）一首　注：调名原作望江南。

春光好，静夜可怜生△ ①万点香泥围燕梦，②一枝灯穗聚蛙声△ ③斜月又三更△

注：① 可怜：可爱也。② 此句说：燕子在万点芹泥筑成的香巢中睡着了。③ 灯穗：灯芯。

彭贞隐（女）（清 1052）一首　题：夏景。　注：调名原作望江南。

长夏近，天气渐融融△ ①树上谘诹批颊鸟，②窗间逼剥叩头虫△ ③细雨落梅风△ ④

注：① 融融：和乐也。② 批颊鸟：鸟名，即鹎鵯也，催明之鸟。谘诹，其叫声也。③ 逼剥：弹跳之声；叩头虫：又称跳搏虫。④ 落梅风：农历五月发生，黄梅季节信风也。

赵怀玉（清 1097）一首　注：调名原作望江南。

停桨处，依旧柳藏鸦△ 碧草几丛蝴蝶绕，荼蘼开后已无花△ 深巷夕阳斜△

王昙（清 1209）一首　题：有寄。　注：调名原作望江南。

章台路，回首忆卿卿△ ①宝屧轻飞双翡翠，②香云低簇小蜻蜓△ ③娇语学新莺△

注：① 卿卿：对所爱者昵称。② 屧：鞋也。③ 香云：发之美称，此句说发上簪一玉蜻蜓。

陆瑛（女）（清1243）一首　题：忆婉兮嫂（李孅）。　注：调名原作望江南。

寒成阵，风露逼帘旌△今夜栏杆人独倚，去年小阁记同登△往事不胜情△

马汾（清1261）二首

（1）南湖好，[1]春水绿波生△两岸菜花风里蝶，一堤杨柳雨中莺△佳节正清明△

注：① 南湖：浙江嘉兴名胜。

（2）南湖好，才过熟梅天△[1]水满荷塘飞白鹭，日斜秧陇叱乌犍△[2]销夏北窗眠△

注：① 梅天：黄梅天，在农历五月间。② 叱：驱赶也；乌犍：黑水牛。

孙云鹤（女）（清1262）三首　题：寄答碧梧姊。　注：碧梧：即孙云凤，见《词人小传》。调名原作望江南。

（1）相辞去，去伴得同踪△联袂月阶听蟋蟀，卷帘风槛对芙蓉△夜语一灯红△

（2）追随处，幽事夏来多△芳径凌晨收草露，画檐将雨看风荷△凉思逼衣罗△

（3）追随处，拈笔写无聊△残帖春风摹蛱蝶，小窗秋雨谱芭蕉△剪烛话长宵△

蒋徵蔚（清1266）一首　题：青溪一曲。　注：调名原作江南好。

青溪好，一曲淀湖开△[1]芦叶田荒明蟹簖，[2]柳枝船小贯鲈腮△[3]烟水小潆洄△

注：① 淀湖：淀山湖，在今上海青浦区境。② 蟹簖：编竹置水中以围蟹。簖，音断。③ 贯：穿也。

方桂（清1284）三首　题：画舫录并序。　注：调名原作望江南。

（1）扬州好，旧梦几经年△隔岸笙歌红药院，半篷诗酒绿杨船△来值暮春天△

（2）扬州好，池馆昔繁华△烟雨迷楼巢燕子，[1]春风隋苑种桃花△魂断玉钩斜△[2]

注：① 迷楼：隋炀帝曾在扬州筑迷楼。② 玉钩斜：地名，扬州戏马台下之路，号玉钩斜。

（3）扬州好，夜月泛虹桥△[1]兰麝衣香飘绿绮，[2]珍珠帘影映红潮△[3]何处玉人箫△[4]

注：① 虹桥：即红桥，扬州著名风景处。② 绿绮：喻衣服。③ 红潮：喻红颜女子。④ 玉人箫：唐杜牧诗有“二十四桥明月夜，玉人何处教吹箫”。

王倩（女）（清1285）三首　题：第一首，春景。

第二首，夏景。

第三首，冬景。　注：三首调名原作望江南。

（1）江南好，烟雨结重台△二月街头挑菜去，[①]百花深处打鱼来△惠水几瓶开△

注：① 挑菜：剪挑野菜。二月二日为挑菜节。

（2）江南好，绿树接红桥△桃叶渡江人似雪，明珠溅雨酒如潮△清暑一帘消△

（3）江南好，花障十三楼△[①]卖酒厨娘红半臂，[②]坐船商妇锦缠头△[③]尽日雪中游△

注：① 障：遮也。② 半臂：无袖背心。③ 缠头：包头。

顾翎（女）（清1356）三首　注：调名原作望江南。

（1）江南好，记得冶游朝△[①]杨柳阴中骑细马，藕花香里泛兰桡△[②]烟晚水平桥△

注：① 冶游朝：旅游天。冶游，也作狎妓。② 兰桡：船之美称。

（2）江南好，最爱晚晴时△一缕断红收宿雨，半湖新绿漾菱丝△谱入竹枝词△[①]

注：① 竹枝词：词调名。

（3）蓉湖畔，楼阁是谁家△翠箔低窥银蒜露，[①]红栏曲护绿窗斜△一树刺桐花△

注：① 箔：指帘；银蒜：银质蒜形帘押也。

严廷中（清1495）二首　注：调名原作望江南。

（1）扬州好，池馆闹春分△蝶影衣香团作阵，湖光花气酿成阴△[①]画桨荡斜曛△

注：① 阴：侵韵，作宽叶。

（2）扬州好，午倦教场行△[①]三尺布棚谈命理，[②]四围洋镜觑春情△[③]笼鸟赛新声△

注：① 教场：讲武阅兵场地。因占地广阔，被利用作游乐场。② 谈命理：指算命。③ 洋镜：俗称西洋镜，通过放大镜观画片。

奕绘（清1483）一首　题：九月三日作。

人去也，风雨近重阳△菊有黄花惊岁晚，梧添闰叶觉秋长△[①]静坐一丸香△[②]

注：① 闰叶：闰月所生叶子。② 丸香：盘香也。

吴藻（女）（清1484）一首　题：寄怀云裳妹。

江南忆，最忆夜连床△读曲帘栊花气暖，[①]吹箫庭榭月华凉△[②]残烛剪西窗△

注：① 帘栊：有帘窗户。② 榭：台有屋称榭。

沈善宝(女)(清1498)一首　题：早春。

风一阵，渐渐扇微和△杨柳烟开青似染，池塘水暖绿生波△疑是镜新磨△①

注：① 镜新磨：古时铜镜常须磨光。

黄曾(清1559)二首

(1) 清宵永，蜡炬灺迟迟△①六尺屏窝藏密语，一枝箫孔漏相思△背地有人知△

注：① 永：长也。② 灺：音卸，烛余也。

(2) 妆台畔，絮语阿鬟亲△①戏放兰花烧榄核，巧排梅瓣斗瓜仁△闲事最宜人△

注：① 絮语：语多而连续。

潘遵祁(清1568)二首　题：叶渔庄五湖渔庄图。

(1) 渔庄好，一带绿阴遮△絮影搓烟摇水阁，莼丝涨雨腻春艖△①香国白鸥家△②

注：① 艖：小舟也。② 香国：指花草场地。

(2) 渔庄好，镜槛照湖心△几树疏罾斜日挂，①一枝横笛晚凉吟△人住碧云深△

注：① 疏罾：网眼疏松之渔网。

徐灏(清1580)二首　序：宦游八载，奉檄暂归，感事怀人，抚今追昔，寄声短调，以写幽思。

(1) 长相忆，修禊到芳津△①驿路桃花南北岸，②野航春水两三人△上巳往来频△

注：① 修禊：上巳日采兰水上，以去不祥。② 驿路：今之邮路。

(2) 长相忆，避乱隐横溪△①百顷波光分野岸，万重松影护沙堤△家住水田西△

注：① 横溪：地名，在广州乡间。

顾文彬(清1595)八首　题：怡园好。①　注：调名原作望江南。

(1) 怡园好，水槛倚斜曛△一镜池塘楼蜃气，②万家屋宇瓦鱼鳞△高阁俯千邻△

注：① 怡园：在苏州护龙街(今人民路)，作者耗银二十万两，历时七年而成。② 楼蜃气：喻其池景之变幻莫测。

(2) 怡园好，幽草闭闲门△隔院静听棋落子，绕篱细数竹生孙△新绿半

成�△[1]

注：① 筠：即竹。

(3) 怡园好，隔断市声哗△海客到门双屐响，[1]园奴修树一梯斜△无地不栽花△

注：① 屐：音击，鞋也。

(4) 怡园好，莲屧步回廊△[1]风弄竹如环珮响，[2]日曛花作绮罗香△池水照红妆△

注：① 莲屧：小脚鞋也。② 环珮：女子身上所挂饰物。

(5) 怡园好，人立小桥西△新雨池塘鱼极乐，斜阳帘幕燕初归△烟柳媚游丝△

(6) 怡园好，荒圃待春锄△时鸟声欢栽树后，[1]游人影散上灯初△留客荐园蔬△[2]

注：① 时鸟：应时之鸟。② 荐：献也。

(7) 怡园好，檐角倚修桐△[1]铁马千声深夜雨，[2]纸鸢一线小楼风△拍手笑儿童△

注：① 修桐：长而直的梧桐树。② 铁马：檐角所悬之铃。

(8) 怡园好，习静卧云庵△风卷市声摇午枕，雨蒸花气入丁帘△[1]春暖蝶蜂酣△

注：① 丁帘：下垂之帘子。

吴尚熹(女)(清 1654)二首　题：第一首，秋闺。

第二首，美人眉。

(1) 梧桐落，瞬息又经秋△几阵清风花满径，一帘斜照月当楼△往事任悠悠△

(2) 横玉面，未语意含颦△一带远山增妩媚，[1]半弯新月暗消魂△[2]淡扫更宜人△[3]

注：① 远山：喻眉峰。② 新月：喻眉。③ 淡扫：淡描也。

范锴(清 1656)一首　注：调名原作忆江南。

江南柳，乍见弄春柔△细缕难禁栖紫燕，[1]轻明不解护红楼△惆怅踏青游△

注：① 难禁：禁受不起。

边浴礼(清 1666)一首　题：忆津门旧游。　注：调名原作望江南。

津门忆，[1]小巷枕官河△漆砑板扉青悄悄，烟皴瓦屋翠罗罗△[2]门内丽人多△

注：① 津门：即天津。② 皴：皴法，钩画之法，此处解作画也。皴，音村。

翁端恩(女)(清 1671)二首　题：春日苦雨。　注：调名原作望江南。

(1) 春光好，杨柳画楼西△帘外鹦哥初解语，檐前燕子乍衔泥△风雨又凄凄△

(2) 春光好，桃李半开时△倦倚绣床添弱线，①闲抛书卷写新词△可惜雨如丝△

注：① 弱线：柔线也。

吴昌炽（清1685）三首

(1) 香闺忆，忆昔乍亲卿△锦帐甫垂参喜惧，①宝钗乱颤忍嘤鸣△此刻不胜情△

注：① 参喜惧：半喜半惧。

(2) 香闺忆，忆昔就萧郎△①欲避羞难遮绮扇，最销魂处卸华妆△共入黑甜乡△②

注：① 萧郎：美男泛称。② 黑甜乡：熟睡入梦也。

(3) 香闺忆，腼腆忆初朝△①艳夺小桃嗔婢昵，②样留新月倩郎描△③另有一番娇△

注：① 腼腆：含羞之意。② 嗔：薄怒也。③ 新月：喻眉。

关锳（女）（清1687）一首

长相忆，相忆在河干△过尽归舟人不见，晚潮初落柳毵毵△①何处望江南△

注：① 毵毵：细长貌。

潘钟瑞（清1692）一首　题：瀛市杂记。　注：调名原作望江南。

瀛市忆，何处钿车停△②曲院深携歌扇月，明灯高闪酒旗星△楼阁第三层△

注：① 瀛市：瀛州，即河北河间县。② 钿车：嵌螺钿之车，妇人所乘。

高望曾（清1696）一首

春昼永，柳外夕阳趖△②玉管蘸香图凤子，③银团搓粉打鹦哥△④一笑晕情波△⑤

注：① 永：长也。② 趖：日落也。③ 凤子：大蛱蝶也。④ 银团搓粉：搓粉成团子也。⑤ 情波：含情眼波。

程鸿诏（清1704）一首　题：浣花溪。

溪水绿，修竹正相迎△①鸾鹤无声秋影淡，夕阳西下晚风生△佛火一灯青△②

注：① 修竹：细长而直之竹。② 佛火：菩萨前所燃之灯。

阮绵审（清1707）三首　题：悼亡。①　注：调名原作望江南。

(1) 堪忆处，晓日听啼莺△百裥细裙偎草坐，②半装高屧踏花行△③风景近清明△

注：① 悼亡：悼念亡故之妻。② 百裥裙：皱裥很多之裙。③ 半装高屧：半高跟鞋子。

(2) 堪忆处，兰桨泛湖船△荷叶罗裙秋一色，月华粉靥夜双圆△清唱想夫怜△

(3) 堪忆处，小阁画帘垂△杨柳扑窗风剪剪，[1]荼蘼绕架雨丝丝△春思压双眉△

注：① 剪剪：风寒貌。

周星誉（清 1709）三首

(1) 重九节，[1]记得住蟠门△[2]红柏晚风深巷笛，黄花细雨矮窗灯△小院对窗人△

注：① 重九节：即重阳节。② 蟠门：即苏州盘门。

(2) 重九节，记得在山塘△[1]水阁月晴歌板脆，画船风细绣鞋香△鬓弹菊钗黄△

注：① 山塘：在苏州阊门外。

(3) 重九节，记返越溪边△[1]十里青山堆稻路，一湖纤月卖菱船△画出暮秋天△

注：① 越溪：在苏州古城区西南部。

李慈铭（清 1735）三首　题：清明忆乡居风景。　注：调名原作望江南。

(1) 清明忆，老屋傍霞川△[1]十里酒香村店笛，半城花影估人船△[2]水阁枕书眠△

注：① 霞川：绍兴水名。② 估人：商人也。

(2) 清明忆，晴日跨湖桥△[1]堰下田家分翠麦，柳边亭子上红箫△到处好停桡△[2]

注：① 跨湖桥：在绍兴偏门外。② 停桡：停船。

(3) 清明忆，小隐在柯山△[1]豆荚湾头携榼渡，[2]桃花水口抱琴还△暂伴鹭鸶闲△

注：① 柯山：在绍兴西郭门外。② 榼：酒器也。

庄棫（清 1740）一首　注：调名原作梦江南。

芳草岸，岸上玉骢嘶△[1]红袖满楼招不见，[2]桥边杨柳细如丝△春雨杏花时△

注：① 玉骢：马之美称。② 红袖：指女子。

王星諴（清 1752）二首　题：念西凫山居作。　注：调名原作望江南。

(1) 山居好，时节又梅黄△[1]醉觋解谈钟进士，[2]水村多唱蔡中郎△[3]踏月下前冈△

注：① 梅黄：黄梅天气，在农历五月间。② 觋：音檄，弄神作鬼祷祝者。男曰觋，女曰巫；钟进士：唐时钟馗，中进士后因面丑被斥而

自杀，死后成鬼王，专降鬼辟邪。③ 蔡中郎：东汉人蔡邕，官中郎将。传奇《琵琶记》中男主角。

(2) 山居好，几处负暄同△[①]矮屋书声开小学，地炉闲话就村翁△[②]余味耐冬烘△[③]

注：① 负暄：曝晒背部。② 就：跟从之意。③ 冬烘：本指乡村塾师，后泛指头脑陈腐者。

谭献（清1756）一首　注：调名原作望江南。

东风起，如画是家山△草色却随流水绿，夕阳只在有无间△燕子话春寒△

诸可宝（清1801）三首

(1) 江南梦，梦泊子陵滩△[①]一路画眉啼不断，松花藤叶白云干△前曲水漫漫△[②]

注：① 子陵滩：东汉严子陵钓台，在浙江富春江。② 漫漫：形容水之辽阔。

(2) 江南梦，梦正过兰江△[①]远岫几弯螺子碧，斜阳十里茧儿黄△橹背水云凉△

注：① 兰江：兰溪江，在浙江兰溪。

(3) 江南梦，梦坐袖山楼△春雨秋风俱入画，菜花村落藕花洲△[①]日日听吴讴△[②]

注：① 村落：村庄；藕花：即荷花。② 吴讴：江南民歌。讴，齐声而歌也。

吕采芝（女）（清1803）四首　题：四时幽居即景。

(1) 江村好，柳眼乍舒青△[①]小涨红桥浮嫩鸭，阴浓绿树听啼莺△游赏及时新△

注：① 柳眼：柳叶初生，细长如眼。

(2) 江村好，小阁数间宽△曲沼荷香清十里，[①]夜窗竹影上千竿△新葛称轻纨△[②]

注：① 曲沼：即曲池。② 葛：夏布、夏衣；轻纨：即轻纱。

(3) 江村好，秋气入幽居△篱畔菊花香对酒，楼头皓月坐观书△风急雁来初△

(4) 江村好，集霰景偏佳△[①]松径风寒堆白玉，纸窗梦冷绽梅花△扫雪烹新茶△

注：① 霰：雪珠也。

张慎仪(女)(清 1807)三首

(1) 建南好，[1]危阁绿阴中△[2]浅水稻田寻蛤菜，夕阳山路采鸡塅△[3]载酒醉秋风△

注：① 建南：镇名，在湖北利川县西北，与四川接近。② 危阁：高阁。③ 鸡塅：蕈名。

(2) 渔家乐，远住碧云村△千顷荷香薰午梦，一绳棕网挂当门△菰饭聚儿孙△[1]

注：① 菰饭：六谷之一，结实如米，俗称谷米。

(3) 田家乐，日日饱三餐△缫茧车翻收麦后，薅秧鼓打落梅天△[1]无事不平安△

注：① 薅秧：拔秧也。薅，音蒿；落梅天：黄梅天。

曾懿(女)(清 1833)八首

(1) 家乡好，花市闹青羊△[1]淡沱春阴连竹屿，[2]酥红腻粉醉斜阳△车碾曲尘香△[3]

注：① 青羊：成都市青羊宫，名胜区。② 淡沱：随波逐流之意；屿：水中小山。③ 曲尘：即麹尘，此处指落花所伴尘土。

(2) 家乡好，家住浣花溪△[1]锦树琪花春妩媚，月台风榭水涟漪△诗梦草堂西△[2]

注：① 浣花溪：水名，在成都市。② 草堂：指杜甫所居草堂，在成都市。

(3) 家乡好，烟雨暮春天△万里桥西啼杜宇，[1]落花糁径柳拖烟△无恨也缠绵△

注：① 万里桥：在成都市。

(4) 家乡好，云拥草堂深△一带寺墙红应水，蔽天高竹昼阴阴△秋月冷诗心△

(5) 家乡好，池馆晚凉时△[1]菡萏扶风香潋滟，[2]霞光红衬柳丝丝△花底坐寻诗△

注：① 池馆：指花园。② 菡萏：荷花别名；潋滟：水相连盈满貌。

(6) 家乡好，锦水接沧浪△[1]白石粼粼清见底，[2]冰丝浣得縠纹香△浪影荡斜阳△

注：① 锦水：即锦江，过四川成都境，俗名府河；沧浪：水名，即汉水。浪，此处读平声。② 粼粼：水清激貌。

(7) 家乡好，避暑水心亭△池草春深藏晚鸭，素馨香扑隔溪人△倚槛钓游鳞△

(8) 家乡好，城外碧鸡坊△①玉树围春歌管脆，西郊旖旎马蹄忙△②花放白云香△

注：① 碧鸡坊：地名，在成都市西南。② 旖旎：柔弱也。

郑文焯(清 1846)一首　题：戏柬笃闇见饷梁溪(江苏无锡)佳果。　注：调名原作望江南。

芙蓉水，碧浸石塘瓜△玉手金刀初破月，①冰心银液胜餐霞△②甜雪雪儿家△

注：① 月：指瓜，是圆瓜。② 餐霞：吸取日月精华。

李穆宣(清 1928)一首　注：调名原作谢秋娘。

春去也，愁杀卷帘人△芍药倚窗风韵减，杨花落水黛眉颦△无语暗伤神△

劳纺(女)(清 1860)八首　题：第一至五首，四时景。

第六至八首，节园景。　注：节园：花园名，在甘肃兰州清甘肃巡抚署内。八首调名原作江南好。

(1) 江南好，三月豆花肥△竹长新枝生笋后，桑抽嫩叶饲蚕时△春暖鹧鸪啼△

(2) 江南好，春色正芳菲△浅粉夭桃初放萼，嫩黄新柳乍垂丝△小圃菜花肥△

(3) 江南好，盛夏日方长△微雨过时蕉叶展，轻风凉处藕花香△紫燕哺雏忙△

(4) 江南好，八月暑才收△叶坠桐阴疏漏月，风鸣竹径爽宜秋△丹桂暗香浮△

(5) 江南好，梅花早春先△几树疏花微雪映，一庭香雾晚风寒△清景小窗前△

(6) 幽亭畔，①春色最暄妍△②一树梨花堆白雪，千条杨柳幂春烟△③正好倚栏干△

注：① 亭：原注：一系亭。② 暄妍：景物鲜明佳丽也。③ 幂：覆盖也。

(7) 莲龛供，①高阁号慈云△②遥望晚山青霭涤，近看春树碧桃新△芳墅更为邻△③

注：① 莲龛：即佛龛，供佛之小室。② 慈云：佛家语，犹慈荫也。③ 芳墅：别墅之美称。

(8) 楼百尺，①缥缈接青冥△②翠嶂重重群岫列，黄流滚滚大河横△六月觉寒生△

注：① 楼：原注：拂云楼。② 青冥：天也。

罗振常(清 1912)一首　题：效苇间居士边寿民体。　注：调名原作望江南。

苇间好，高隐乐无涯△笑开山妻供笋蕨，①闲逢野叟话桑麻△对景写蒹葭△②

注：① 蕨：植物名，叶嫩时可食。② 蒹葭：芦苇也。

郭则沄（现当15）四首　题：水香洲杂咏。

（1）芳洲好，[1]八里古台边△渔笛吹来青箬雨，游船摇过绿杨烟△人影镜中天△

注：① 芳洲：指水香洲。芳，美称也。

（2）芳洲好，临水小柴门△莲渚窥人鱼最乐，竹篱迎客鸭能言△船系碧芦根△

（3）芳洲好，曲径罨清溪△[1]花影不离桥上下，柳影微界水东西△一带短长堤△

注：① 罨：音奄，彩色画，此处作如画解。

（4）芳洲好，最好一沤亭△[1]药径引泉通石井，花塍觅路出烟汀△处处碓车声△[2]

注：① 一沤亭：水香洲中亭名。② 碓车：以水力推动舂米之木车。

溥濡（现当27）二首　题：山居二阕。　注：调名原作望江南。

（1）清磬远，[1]萧寺在云端△[2]翠竹含烟侵佛座，碧松飞雪落神坛△流水石幢寒△[3]

注：① 磬：僧人所用响器，以铜制成，状如钵盂。② 萧寺：梁武帝萧衍造寺，大书一个萧字，后人因称古寺为萧寺。③ 石幢：石制标识。

（2）斜日落，十里晚枫林△秋色夜生千嶂雨，[1]露华寒点万家砧△[2]凉意润丝琴△

注：① 嶂：山峰如屏障者。② 砧：捣衣石。

丰子恺（现当31）四首　题：逃难。　注：调名原作望江南。原注：第一首，在浙江舟中。第二首，在桂林。第三首，在汉口。

（1）逃难也，万事不周全△袍子脱来权作枕，[1]洋火用后当牙签△[2]剩有半枝烟△

注：① 权：变通之意。② 洋火：即火柴。

（2）逃难也，逃到桂林西△[1]独秀峰前谈艺术，[2]七星岩下躲飞机△[3]何日更东归△

注：① 桂林：广西市名。② 独秀峰：桂林名胜，在城内北隅。③ 七星岩：桂林名胜，在漓江以东。

（3）闻警报，[1]逃到酒楼中△击落敌机三十架，花雕美酒饮千盅△[2]谈话有威风△

注：① 警报：防空报警。② 花雕：黄酒名。

（4）防空也，日夜暗惊魂△明月清风非美景，倾盆大雨是良辰△苦煞战时民△

陈毅（现当36）二首　题：莫干山纪游。　注：1952年7月作。

（1）莫干好，遍地是修篁△①夹道万竿成绿海，风来凤尾罗拜忙△②小窗排队长△

注：①修篁：长长竹竿。②凤尾：竹名，竿细，高约二米；罗拜：围着叩拜。

（2）莫干好，大雾常弥天△①时晴时雨浑难定，迷失楼台咫尺间△夜来喜睡酣△②

注：①弥天：满天也。②酣：覃韵，作宽叶。

丁宁（女）（现当39）二首　题：题山水画册。　注：调名原作望江南。

（1）江南好，春色最相思△十里绿杨摇翡翠，一溪香雾湿燕支△①细雨杏花时△

注：①燕支：即胭脂。

（2）江南好，清景胜桃源△①几叠云峦分远市，一宵梅雨涨新泉△②闲上钓鱼船△

注：①桃源：即桃花源，在湖南省桃源县。晋人陶潜有《桃花源记》，极言其风物古朴清幽。②梅雨：黄梅雨。

许白凤（现当58）十二首　题：第一首，湖上。
第二首，郊行。　注：调名第一至二首原作望江南，其他原作江南好。

（1）回首望，杨柳小桥边△未免有情成一笑，似曾相识十年前△湖上看划船△

（2）村店酒，薄醉遣愁梅△跨水一桥分二路，牧童东去我西归△牛背夕阳随△

（3）元宵月，挂在柳梢头△花市无心寻旧约，玉箫何处引春愁△帘影小红楼△

（4）墙篱畔，早晚见邻翁△无地可容移上屋，数盆大蒜数盆葱△横咬旱烟筒△

（5）春光好，晴日趁郊游△芳草绿迷青埂岸，菜花黄缀紫云英△色彩信鲜明△

（6）春光好，耳目骋吟怀△黄鸟歌时蝴蝶舞，荼蘼谢后牡丹开△帘卷燕归来△

（7）春光好，园径绿阴齐△薄暮暖云微过雨，晓来新笋竞抽泥△万物跃生机△

（8）春光好，分惠到柴门△时有香风来触鼻，纵然不酒也迷人△沉醉过三春△

（9）春光好，好鸟语枝头△秋色难同春色比，老年抵作少年游△明日上湖楼△

（10）乡居好，山产数奇珍△花露层岩滋宿雨，野生鲜簟茁深林△松下有人寻△

（11）平湖好，①盘馔及时烹△②海味春鲻夏箬鳎，③桃花土蚨菜花蛏△④早晚听潮声△

注：① 平湖：浙江县名，属嘉兴。② 盘馔：盘中饮食。③ 鲻：海鱼名；箬鳎：海鱼名。④ 土蛈：即黄泥螺；蛏：与文蛤同类异种，产海边泥中。

(12) 平湖好，农技着新花△都道南门曹兑港，[①]改良品种马铃瓜△[②]采购竞舟车△

注：① 曹兑港：地名，盛产西瓜。② 马铃瓜：西瓜品种之一，皮薄味甜，优良品种也。

陈从周（现当67）一首　题：水绘园。[①]

如皋好，信步冒家桥△[②]流水几湾萦客梦，楼台隔院似闻箫△往事溯前朝△

注：① 水绘园：在如皋城北，明末冒襄（1611—1693）别业。② 冒家桥：过桥经冒家巷，可入水绘园。

林国桢（现当72）一首　题：花深处·夏。

花深处，三五采莲娃△翠叶层层张碧伞，红英密密起丹霞△人语笑喧哗△

周星初（现当75）一首　题：四时景·春。　注：调名原作望江南。

春光美，粉蝶舞翩跹△细雨梨花娇欲滴，桃舒笑靥柳含烟△双燕语梁间△

车乘轨（现当88）十三首　题：第一至十二首，童年记趣。　注：1991 年3 月15 日作。

第十三首，北京路销亡有感。　注：2003 年5 月22 日作。

(1) 童年乐，正月接元春△[①]击鼓敲锣燃爆竹，拜年祭像会亲人△[②]衣着一身新△[③]

注：① 正月：农历一月，以下月份均指农历。② 祭像：绍兴风俗，自除夕起至正月十八止，家家悬挂祖先遗像祭之。③ 一身新：绍俗新年要换穿新衣。有“年三十吃，年初一穿”之说。

(2) 童年乐，二月贺花生△[①]云淡风轻飞蛱蝶，傍兄随姊放鸣筝△[②]天半响铃声△

注：① 花生：农历二月十二日为百花生日。② 鸣筝：挂有小铃的风筝。

(3) 童年乐，三月爱清明△结队联舟同扫墓，[①]庖人鼓手伴春行△[②]桃柳夹溪迎△[③]

注：① 扫墓：指祭扫车氏始祖墓，全族男子参与，人众舟多。② 庖人鼓手：船队中有伙食船和乐队船。③ 溪：即若耶溪。

(4) 童年乐，四月悦清和。[1]碧草环池垂钓静，麦虾怀子上钩多。[2]篓满笑呵呵。

注：① 清和：四月为清和月，草木葱茏。② 麦虾：农历四月，江南麦初熟，时河虾怀子，味美，称麦头虾。

(5) 童年乐，五月闹端阳。[1]门插菖蒲焚艾叶，人尝黍角饮雄黄。[2]河上竞舟狂。

注：① 端阳：即端午节。② 黍角：即粽子，是日吃粽，纪念屈原也；雄黄：雄黄酒，可避邪。

(6) 童年乐，六月喜池清。洗澡泳游无约束，涌波翻浪任纵横。汗去觉身轻。

(7) 童年乐，七月祝双星。[1]天上架桥飞喜鹊，[2]人间乞巧集娉婷。[3]跑奔扑流萤。

注：① 双星：牛郎星和织女星。② 此句说鹊桥相会。③ 乞巧：七夕，妇女集庭中结彩缕，穿七孔针，向天孙（即织女）乞巧。娉婷：指妇女。

(8) 童年乐，八月赏中秋。皓月团圞欣啖饼，[1]金桂怒放喜香幽。[2]结伴恣嬉游。

注：① 啖饼：吃月饼。② 金桂：桂花品种之一，花黄金色；怒放：花盛开也。

(9) 童年乐，九月度重阳。[1]气爽天高心境好，登山望远菊花黄。[2]喜把栗糕尝。[3]

注：① 重阳：农历九月初九。② 登山：重阳日，有登高风俗。③ 栗糕：绍俗，重阳日须吃栗子糖糕。

(10) 童年乐，十月羡阳春。[1]日暖风和宜远足，[2]爬山涉水笑声频。一味弄天真。[3]

注：① 阳春：十月气候如春，称小阳春。② 远足：学校组织旅游，称远足。③ 天真：人之本性也。

(11) 童年乐，子月庆丰收。[1]伴母烧香庵庙内，偕朋观戏树梢头。[2]快活不知愁。

注：① 子月：十一月，见欧阳修《渔家傲》词。② 此句说孩子身矮，就爬上树梢，居高临下。

(12) 童年乐，腊月乐过年。[1]包粽打糕多趣味，浸鸡冻鲞诱馋涎。[2]辞岁得

银钱△[③]

注：① 腊月：即十二月。② 浸鸡：绍兴特菜，以咸鱼汁浸鸡，味极鲜美。冻鲞：绍兴特菜，以黄鱼鲞烧肉。③ 辞岁：除夕拜岁。

（13）运河畔，桥北路知名△商肆繁荣通北丽，[①]交通要道接杉青△[②]今日叹凋零△[③]

注：① 北丽：桥名，跨大运河（兼护城河）。② 杉青：杉青闸。“杉闸风帆”为清代嘉禾八景之一。③ 此句说，昔日繁荣又是要道的北京路（原塘湾街），自改为商场后，路断凋零了。

韩西雅（现当94）二首　题：二十年后返故乡（嘉兴王店镇）。　注：调名原作江南好。

（1）江南好，风月水乡娇△两岸比邻皆水阁，[①]出门三步两爿桥△[②]窗外见船摇△

注：① 水阁：河上凌空之阁。② 爿：土语，座之意。

（2）江南好，春暮雨潇潇△驳岸落花随逝水，[①]梅溪柔柳舞纤腰△[②]燕子筑新巢△

注：① 驳岸：护河岸之石坎。② 梅溪：水名，在嘉兴王店镇。

张振维（现当99）一首　题：为车乘轨兄题《春波河房图》。

春波好，[①]风细绿粼粼△[②]纵有鉴湖萦客梦，[③]还依秀水结芳邻△[④]轩外紫桃新△[⑤]

注：① 春波：指春波桥。时车乘轨住嘉兴解放路（前西河街），屋后枕河，通春波桥。② 粼粼：水清激貌。③ 鉴湖：系绍兴名湖。④ 秀水：嘉兴别名。⑤ 紫桃：明李日华（1585—1636）故居轩名。

刘天宇（现当101）一首　题：春光好。

春光好，万物换新容△杨柳烟笼春树绿，桃花日映半江红△紫燕舞东风△

石村人（现当104）一首　题：春。　注：调名原作江南好。

春天好，日暖又风和△园里喜逢蜂采蜜，梁间初见燕泥窠△杜宇放声歌△

余良瑛（女）（现当136）一首　题：丹江口四时即景·春。

丹江好，[①]江水碧如蓝△日丽憩园飞彩蝶，风和绿柳拂春潭△紫燕竞穿帘△

注：① 丹江：水名，流经贵州。

时先德（现当148）一首　题：家乡好。

家乡好，鹅鸭唱丰年△满目青山田野绿，麦菜沉沉正待镰△物阜话新篇△[①]

注：① 阜：多也。

饶宜（女）（现当155）一首　题：深夜思故乡。

春来也，云麓雾氤氲△阵阵惊露苏万物，声声布谷促耕耘△雏鸭戏新萍△

龚子夫（现当 170）一首　题：四季风光好·夏。

夏季好，莲藕满池塘△绿树成荫宜避暑，农田一片稻花香△原野正风光△

萧开熿（现当 171）一首　题：芷江恋。

芷江恋，[1]抗战实难忘△盟国空军基地建，湘西会战国威扬△日寇乞求降△[2]

注：① 芷江：地名，在湖南省。② 求降：抗日胜利后，芷江为指定受降地之一。

刘生忠（现当 186）一首　题：农家四时乐·春。

山花灿，紫燕剪新杨△杜宇声声催布谷，蚕桑未了又栽秧△姑嫂采茶忙△

薛青萍（现当 189）一首　题：夏。

江南好，长夏最清幽△雨过丛林青似靛，风来水面碧如油△人在画中游△

张维琳（女）（现当 192）二首　题：忆家乡。　注：调名原作梦江南。

（1）家乡燕，二月绣帘穿△曾记儿时相伴舞，不知今夕可回还△梦里听呢喃△

（2）家乡草，一望碧芊芊△曾伴草丛蝴蝶舞，又携伙伴绿茵眠△卧听鸟声妍△

钱世明（现当 233）二首　题：第二首，庚申（1980 年）春暮游五台山次林初公韵。

注：调名第一首原作望江南，第二首原作忆江南。

（1）山如画，未画寺和僧△几片茅篱遮树色，一声水鸟伴泉音△出岫望浮云△

（2）名胜地，劫后见新天△残殿重辉欣有日，老僧多感话当年△临别意留连△

王玉湘（女）（现当 266）一首　题：偶成。

长相忆，盛夏到苏杭△碧水兰舟堤岸柳，清荷细语晚风凉△处处好风光△

章潇溟（女）（现当 271）一首

江南好，竹外两三枝△雪后花红香更好，汀前舟渡暮声迟△云淡歇相思△

张永霞（女）（现当 272）一首　题：怀人。

长相忆，梦落小桥边△细雨纤纤滋柳叶，闲愁淡淡上窗帘△点点湿诗笺△

董国军（现当 278）二首

（1）天上月，苦雨未遮晴△别后人间鱼雁寂，[1]西窗烛冷看卿卿△[2]和泪也晶莹△

注：① 鱼雁：喻书信。② 卿卿：指月。

（2）天上月，愁损又盈盈△梦里柳梢三五夜，[1]离人枕上十分明△为照那边行△

注：① 三五：指农历十五日。

二十七字　潇湘神

刘禹锡(唐 20)一首

斑竹枝△①斑竹枝△泪痕点点寄相思△楚客欲听瑶瑟怨，潇湘深夜月明时△

注：① 斑竹：有斑纹之竹，又名湘妃竹，相传帝舜死于苍梧(今湖南宁远县九疑山)，两妃哀苦，泪痕斑斑染以竹，故名。

黄公绍(宋 567)三首　题：竞渡棹歌。

(1) 望湖天△望湖天△绿杨深处鼓䶮䶮△①好是年年二三月，湖边日日看划船△

注：① 䶮䶮：音渊渊，鼓声也。

(2) 斗轻桡△①斗轻桡△雪中花卷棹声摇△②天与玻璃三万顷，③尽教看得几点舠△④

注：① 桡：船桨也。② 雪中花卷：形容浪花似雪。③ 此句形容水面辽阔，每顷折合一百亩。④ 舠：小船。

(3) 踏青青△①踏青青△西泠桥畔草连汀△②扑得龙船儿一对，画栏倚遍看游人△③

注：① 踏青青：即踏青，游春也。② 西泠桥：桥名，在杭州西湖。③ 人字韵作宽叶。

范文光(明 362)一首　题：月夜箐江。

旅魂惊△旅魂惊△空山独卧倍伤情△月到纸窗才一线，梦回草阁恰三更△

毛奇龄(清 161)一首

丛峰迷△青草凄△黄陵朝暮鹧鸪啼△①神女不知何处去，行行渺渺数峰西△

注：① 黄陵：黄帝陵，在陕西黄陵县北；鹧鸪：鸟名，古诗词中常出现。

唐埙(清 1497)一首　题：和刘梦得。

潇水流△①湘水流△②水流并作洞庭秋△漫道楚江情不尽，乱烟声里鹧鸪愁△

注：① 潇水：源出湖南宁远九嶷山，北流至道县、零陵入湘水。② 湘水：源出广西兴安阳海山，东北流入湖南，入洞庭湖。

二十八字　八拍蛮　第一体，首句起韵。

孙光宪(五代十国 24)一首

孔雀尾拖金绒长△怕人飞起入丁香△①越女沙头争拾翠，②相呼归去背斜阳△

注：① 丁香：一名鸡舌香，可作香料、香药。② 越：百越，此处指其中的南越，即广东；拾翠：即拾百草。

二十八字　八拍蛮　第二体，首句不韵。

阎选（五代十国14）二首

（1）云锁嫩黄烟柳细，风吹红蒂雪梅残△光景不胜闺阁恨，行行坐坐黛眉攒△

（2）愁锁黛眉烟易惨，泪飘红脸粉难匀△憔悴不知缘底事，遇人推道不宜春△

二十八字　十样花

李弥逊（宋233）四首　注：原作十首，分咏十种花，故名十样花。

（1）陌上风光浓处▲①第一寒梅先吐▲待得春也，香消减，态凝伫▲②百花休漫妒▲③

注：① 陌上：田间道路。② 凝伫：端庄持久。③ 漫妒：随便去妒忌。

（2）陌上风光浓处▲繁杏枝头春聚▲艳态最娇娆，再比并，东邻女▲红梅何足数▲①

注：① 何足数：无法相比。

（3）陌上风光浓处▲日暖小樱红露▲结子点朱唇，花谢后，君看取▲流莺偏嘱付▲

（4）陌上风光浓处▲自有花王为主▲富艳压群芳，蜂蝶戏，燕莺语▲东君都付与▲

二十八字　小秦王

盛小丛（女）（唐43）一首

雁门山上雁初飞△①马邑栏中马正肥△②陌上朝来逢驿使，殷勤南北送征衣△

注：① 雁门山：在山西代县西北约十七公里。② 马邑：即山西朔县。

无名氏（宋565）一首

柳叶金嫩不胜鸦△①青粉墙头道韫家△②燕子不来春寂寂，小窗和雨梦梨花△

注：① 此句说：柳枝尚嫩，不能承受鸦的停栖。② 道韫：东晋才女谢道韫。

仇远（元22）二首

（1）眼波秋潢脸晕霞△①宝钗斜压两盘鸦△②分明认得萧郎是，③佯凭栏干唤卖花△

注：① 眼波秋潢：目光流盼如秋水般清澈；晕霞：焕发出光霞。② 鸦：乌鸦，喻黑髻。③ 萧郎：对男子爱称。

（2）水拍长堤没软沙△菰蒲深处钓鱼家△①罾头免得粘风絮，②船尾依然带

落花△

注：① 菰蒲：即茭白。② 罾：音增，鱼网也。

杨慎（明157）一首

红穗金花落绛台△①画楼银烛晓光催△②钗梁小燕双双颤，③春自玉人头上来△④

注：① 红穗金花：指烛花。穗，音岁；绛台：红色烛台。② 银烛：烛光皎洁如银。③ 钗梁小燕：指燕钗。④ 玉人：美人。

徐渭（明203）一首

风前烛焰片时红△马首西时马尾东△两只鸳鸯睡不醒，一双相思愁杀侬△

曹堪（明369）一首　题：宫词。

东风隐约上窗纱△曲曲深宫引御车△昨夜君王才幸罢，鬓边早插凤枝花△

张星耀（清299）一首　题：即事。

绮陌香风拂画楼△①珠帘十里上银钩△玉骢行惯花间路，②闻着莺声便欲留△

注：① 绮陌：里巷之美称。② 玉骢：马之美称；花间：这里指妓院。

赵家璧（女）（清553）一首　题：赠邻姬。

水剪双眸衣剪云△莺声小语可人闻△见郎故尔生娇态，笑骂东风起绣裙△

吴沄（女）（清863）一首　题：蔷薇。

粉墙高处遍蔷薇△烂漫红英映夕晖△①月下朦胧疑覆锦，赚郎收拾刺郎衣△②

注：① 红英：红花。② 收拾：采摘也。

吴湘（女）（清865）一首　题：柳浪闻莺。①

香雾濛濛不肯休△丝丝垂柳绾春愁△②玉骢也解游人意，却听莺声便欲留△

注：① 柳浪闻莺：杭州西湖十景之一。② 绾：钩系也。

二十八字　女冠子

汤显祖（明236）一首　注：词见杂剧《南柯记》。

彩云乍展▲下妆台、回眸低盼▲才离月殿▲试临朱户，知为谁绻缱▲①教人腼腆▲②

注：① 绻缱：同缱绻。② 腼腆：羞惭也。

二十八字　六忆辞　第一体，平韵。

沈约（南北朝1）三首

（1）忆来时，灼灼上阶墀△①勤勤叙别离，慊慊道相思△②相看常不足，相见乃忘饥△

注：① 灼灼：明亮也，喻光艳。墀：阶上地也。② 慊慊：不满意貌。

（2）忆坐时，黯黯罗帐前△①或歌四五曲，或弄两三弦△笑时应无比，嗔时更可怜△②

注：① 黯黯：冷淡也。② 嗔：怒也；可怜：可爱。

（3）忆眠时，人眠强未眠△解罗不待劝，①就被更须牵△复恐旁人笑，娇羞在烛前△

注：① 罗：指罗衣。

杨广（隋 1）一首

忆睡时，待来刚不来△卸妆仍索伴，解珮更相催△①博山思结萝，②沉水未成灰△

注：① 珮：玉珮，饰物也。② 博山：香炉也；结萝：结丝萝，指婚配。

柳如是（明 538）一首

忆来时，金剪阁妆台△渐听玉摇近，①遥知绣帘开△步难花砌稳，②香隔翠屏猜△

注：① 玉摇：玉步摇，即玉首饰，因行动时颤动，故称步摇。② 花砌：堆满落花之阶砌。

二十八字　六忆辞　第二体，仄韵。

沈约（南北朝 1）一首

忆食时，临盘动容色▲欲坐复羞坐，欲食复羞食▲含哺不如饥，①擎瓯似无力▲②

注：① 含哺：喂食也。② 擎瓯：举碗也。瓯，杯或小盆。

杨广（隋 1）一首

忆起时，投签初报晓▲①被惹香黛残，枕隐金钗袅▲笑动上林中，除却司晨鸟▲②

注：① 投签：谓帝王勤于政事。语出《陈书·世祖纪》：“每鸡人伺漏，传更签于殿中，乃勅送者必投签于阶石上，合枪然有声，云：‘吾虽眠，亦令惊觉也。’”② 司晨鸟：鸡也。

二十八字　天净沙　第一体，平韵。

马致远（元 28）一首

平沙细草斑斑△曲溪流水潺潺△塞上清秋早寒△一声新燕，黄云红叶满山△①

注：① 黄云：飞沙上扬，遮云成黄色。

乔吉（元 60）一首

一从鞍马西东△几番衾枕朦胧△薄倖虽来梦中△①争如无梦，那时真个相逢△

注：① 薄倖：薄情、无情，这里是对情人的昵称。

二十八字　天净沙　第二体，平仄两韵。

马致远（元 28）一首

枯藤老树昏鸦△小桥流水平沙△古道凄风瘦马▲夕阳西下▲断肠人在天涯△

孟昉(元100)四首　题：乐词：第一首，正月。第二首，三月。第三首，七月。第四首，八月。

(1) 上楼迎得春归△暗蕉着柳依依△①弄野轻寒似水▲锦床鸳被▲梦回初日迟迟△②

注：① 依依：依恋也。② 迟迟：徐行也。

(2) 夹城曲水飘香△扫蛾云髻新妆△①落尽梨花欲赏▲不胜惆怅▲东风萦损愁肠△

注：① 扫蛾：画眉也。云髻：头发如云也。

(3) 星依云渚溅溅△①露零玉叶娟娟△②宝砌衰兰剪剪▲③碧天如练▲④光摇北斗栏干△⑤

注：① 云渚：(指银河)；溅溅：疾流貌。② 娟娟：美好貌。③ 砌：阶砌也；剪剪：风寒貌。④ 如练：如白绢。⑤ 北斗：星名，座落北方。此句说月光照在北面栏杆。

(4) 吴姬鬓拥双鸦△①玉人梦里归家△②风弄虚檐铁马▲③天高露下▲月明丹桂生华△

注：① 吴姬：指江南女子。此句说吴姬两鬓乌黑如鸦。② 玉人：指吴姬。③ 此句说风吹檐角悬铃。虚檐：空檐。

杨慎(明157)二首　题：题画。

(1) 霜天晓角声残△①霞绡雪缕衣单△依约宫黄画浅▲②小梅开遍▲咏花人倚栏干△

注：① 晓角：早上号角。② 宫黄：古代女子额上涂黄以增美。

(2) 晓风香露楼台△长红小白齐开△笑整鲛绡双带▲①拈来慵戴▲满怀蜂蝶争来△

注：① 鲛绡：据《述异记》记载："南海出鲛绡，一名龙纱，入水不濡"。此处指丝绢，薄纱。

龚翔麟(清745)一首

草芽径浅春还△海棠风信犹寒△①香雪飘时红染▲一双轻燕▲穿花只管呢喃△②

注：① 海棠风信：花信风分二十四候，春分节第一候(公历3月21日－25日)为海棠信风。② 喃：是咸韵，属借叶。

车乘轨(现当88)一首　题：镶牙记。　注：2007年4月7日作。

耄年怕起风波△①偏生折断遭磨△②血压偏高忌血▲齿根难拔▲权宜终去沉疴△③

注：① 耄年：八九十岁年纪。② 磨：折磨、磨难。③ 权宜：根据实际情况，作出适宜处理，即带齿根镶牙；沉疴：难症也。

罗夫猷（现当134）一首　题：暮春。

瓜秧爬上篱笆△垅头飘落桐花△水响鱼儿泼刺▲春山如画▲村姑忙采新茶△

张世模（女）（现当142）一首　题：北京厂甸庙会。

春联美食窗花△龙灯彩锦红霞△社戏评书杂耍▲古玩诗画▲涌人潮绽心花△

罗征祥（女）（现当144）一首　题：春。

长空淡抹红霞△香樟冒出新芽△叶落摇青入画▲永丰桥下▲小船竹篓鱼虾△

尹慎吾（女）（现当156）一首　题：湘江秋色。

云霞柳岸青松△百舸争渡江中△堤外麓山半耸▲[1]和风轻送▲洲头橘子秋红△[2]

注：① 麓山：岳麓山，在长沙市湘江以西。② 洲头橘子：即橘子洲头，在湘江中。

二十八字　字字双

王丽真（女）（唐44）一首

床头锦衾斑复斑△[1]架上朱衣殷复殷△[2]空庭明月闲复闲△夜长路远山复山△

注：① 斑：杂色，指有多种色彩。② 殷：赤黑色。

徐士俊（明397）一首　题：感春。

枝头落红年复年△陌上垂杨绵复绵△风流骏马鞭复鞭△凄凉画楼眠复眠△

江士式（清182）一首　题：闺怨。

彩机锦字题复题△寒衣欲寄西复西△晓乌哑哑啼复啼△深闺残梦迷复迷△

焦袁熹（清773）一首

三春好花红复红△[1]蛱蝶飞来空复空△秋千架底慵复慵△[2]画裙腰衩松复松△

注：① 三春：春季三个月，即孟春、仲春、暮春。② 慵：懒也。

二十八字　甘州曲

王衍（五代十国17）一首

画罗裙△能结束，[1]称腰身△柳眉桃脸不胜春△[2]薄媚足精神△可惜沦落在风尘△[3]

注：① 结束：《词律》作解束。② 不胜春：如春般非常娇媚。不胜，非常也。③ 风尘：指妓院。

二十八字　回心院　第一体，平韵。

萧观音（女）（辽1）一首

张鸣筝△恰恰语娇莺△①一从弹作房中曲，常和窗前风雨声△张鸣筝△待君听△

注：① 恰恰：鸟声也。② 作者系辽道宗皇后，因进谏忤帝，因作《回心院》十首，希帝回心。

二十八字　回心院　第二体，仄韵。

萧观音（女）（辽 1）一首

铺翠被▲羞杀鸳鸯对▲犹忆当时叫合欢，而今独覆相思袂▲铺翠被▲待君睡▲

二十八字　竹枝（又名浪淘沙、遣队）

刘禹锡（唐 20）六首　注：第五、六两首调名原作浪淘沙。

（1）江上朱楼新雨晴△瀼西春水縠纹生△①桥东桥西好杨柳，人来人去唱歌行△

注：① 瀼西：即四川奉节县，在瀼水西。

（2）两岸山花似雪开△家家春酒满银杯△昭君坊中多女伴，①永安宫外踏青来△②

注：① 昭君坊：在瀼西。② 永安宫：在瀼西，为刘备临终托孤之处。

（3）山桃红花满上头△蜀江春水拍水流△花红易衰似郎意，水流无限似侬愁△

（4）山上层层桃李花△云间烟火是人家△银钏金钗来负水，①长刀短笠去烧畬△②

注：① 银钏金钗：本女子饰物，此处喻女子；负水：背着容器取水。② 长刀：指以刀耕地；畬：音奢，焚烧田地里的草木，用草木灰做肥料耕种。

（5）洛水桥边春日斜△碧流清浅见琼沙△①无端陌上狂风急，②惊起鸳鸯出浪花△

注：① 琼沙：琼，美玉也，形容沙美如琼。② 无端：无因也。

（6）濯锦江边两岸花△①春风吹浪正淘沙△②女郎剪下鸳鸯锦，将向中流匹晚霞△③

注：① 濯锦江：又名浣花溪，在四川成都。② 淘沙：在河底砂砾中淘取金粒。③ 匹：配也。

白居易（唐 21）一首　注：调名原作浪淘沙。

青草湖中万里程△①黄梅雨里一人行△②愁见滩头夜泊处，风翻暗浪打船声△

注：① 青草湖：有两处，一在岳阳，另一在安徽望江县东北二十公里，此处

疑为后者。② 黄梅：湖北县名，在青草湖西。

孙光宪（五代十国24）一首

门前春水白蘋花△岸上无人小艇斜△商女经过江欲暮，[1]散抛残食饲神鸦△[2]

注：① 商女：指歌女。② 神鸦：《岳阳风土记》：“巴陵鸦多，土人谓之神鸦。”

毛滂（宋143）一首　注：调名原作遣队。

歌长渐落杏梁尘△[1]舞罢香风拂绣茵△[2]更似绿云弄清切，[3]尊前恐是断肠人△[4]

注：① 杏梁：银杏木屋梁。② 绣茵：绣花的茵褥。③ 清切：清贵而切近之意。杜甫诗：“绿云清切歌声上。”④ 尊前：酒席前。

熊进德（宋581）一首　题：西湖。

销金窝边玛瑙坡△[1]争似侬家春最多△蝴蝶满院飞不去，好花红到剪春罗△[2]

注：① 销金窝：消耗金钱之处，指妓院；玛瑙坡：南宋时杭州地名，为妓院丛集之处。② 剪春罗：草名，一名剪红罗。

萨都刺（元57）一首　　题：西湖。

湖上美人弹玉筝△小莺飞度绿窗楞△沈郎虽病多情在，倦倚屏山不厌听△

杨维祯（元76）一首

苏小门前花满株△[1]苏公堤上女当垆△[2]南官北使须到此，江南西湖天下无△

注：① 苏小：苏小小。南齐时钱塘（杭州）名妓。② 苏公堤：即苏堤，在杭州西湖；当垆：卖酒。

阿鲁温掌机沙（元91）一首

南北峰头春色多△湖山堂下来棹歌△美人荡桨过湖去，小雨细生寒绿波△

曹妙清（女）（元109）一首

美人绝似董娇娆△[1]家住南山第一桥△不肯随人过湖去，月明夜夜自吹箫△

注：① 董娇娆：古代美人。

张妙净（女）（元110）一首

忆把明珠买妾时△[1]妾起梳头郎画眉△郎今何处妾独在，惟见花间双蝶飞△

注：① 明珠：喻重价；妾：古代妇女自称。

宋濂（明6）二首

（1）溪头送郎上兰舟△独宿春风燕子楼△溪水有时干到底，不如侬泪四时流△

（2）恋郎思郎非一朝△好似并州花剪刀△[1]一股在南一股北，几时裁得合欢袍△

注：① 并州：即山西太原，所产剪刀非常锋利。

杨基（明 12）二首　题：西湖。

(1) 采莲女郎莲花腮△藕丝衣轻难剪裁△①瞥然一见唱歌去，②荷叶满湖风雨来△

注：① 藕丝衣：言其轻也。② 瞥然：短暂偶然之意。

(2) 春来芳草踏成蹊△半是车轮半马蹄△多谢清明三日雨，旧痕新绿一般齐△

黎贞（明 27）一首

湘江女儿单纻衣△①娥皇庙前歌竹枝△②春声只会闲相恼，不管人间有别离△

注：① 湘江：在湖南境；纻衣：夏衣，麻织物。② 娥皇：舜帝之妃，庙在岳阳洞庭湖。

朱有燉（明 42）一首

春风满山花正开△春衫女儿红杏腮△侬家荡桨过江去，为问阿郎来不来△

王洪（明 44）一首　题：舟人。

前年粜米上瞿塘△①今岁装盐过岳阳△②伴侣相逢终日醉，有钱不似在他乡△

注：① 粜米：卖米也。粜，音跳；瞿塘：峡名，长江三峡之一。② 岳阳：地名，在湖南省。

张楷（明 51）一首

浮云日日蜀山头△石濑年年蜀水流△家住瞿塘三峡下，惯经风浪不知愁△

朱仲娴（女）（明 81）一首　题：西湖。

西子湖头卖酒家△①春风摇荡酒旗斜△行人沽酒唱歌去，②踏碎满街山杏花△

注：① 西子湖：即杭州西湖。② 沽酒：买酒。

王廷相（明 123）一首

郎在荆门妾在家△①年年江上望归槎△②荼蘼种得高如妾，纵有春风枉着花△

注：① 荆门：湖北县名。② 归槎：归舟也。

何景明（明 145）一首

十二峰头秋草荒△①冷烟寒月过瞿塘△②青枫江上孤舟客，不听猿声亦断肠△③

注：① 十二峰：巫山十二峰，在三峡。② 瞿塘：峡名，长江三峡之一。③ 猿声：李白有诗句："两岸猿声啼不住，轻舟已过万重山。"

孙一元（明 149）一首

湖日初明湖水涯△门前鹊噪郎到家△折得草花还自喜，插向阿奴双髻丫△①

注：① 阿奴：女子自称。

徐渭（明203）一首

越女红裙娇石榴△双双荡桨在中流△憨态又怕旁人笑，一柄荷花遮满头△

田艺蘅（明220）二首　题：本意。

（1）阿娘拘束好心痴△白玉栏干护竹枝△春色到来抽乱笋，石头缝里迸芽儿△

（2）若个郎来讨竹秧△[1]雌雄须得要成双△明年此日春来发，管取婴儿脱锦腔△[2]

注：① 若个：那个。② 此句说：新笋破土而出。

徐媛（女）（明254）一首

红袖随风紫陌东△[1]门前斜插碧芙蓉△妾从江上报鱼信，[2]郎在潇湘暮雨中△

注：① 紫陌：古文人泛称京师郊野为紫陌。② 鱼信：即书信。

袁宏道（明273）二首　题：第一首，阻风安乡河中。[1]

（1）侬家生长在河干△[2]夫婿如鱼不去滩△[3]冬夜趁霜春趁水，芦花被底一生寒△

注：① 安乡：湖南县名。② 河干：河边。③ 夫婿：即丈夫。

（2）雪里山茶取次红△[1]白头孀妇哭春风△自从貂虎横行后，[2]十室金钱九室空△

注：① 取次：次第也。② 貂虎：指宦官。

钟惺（明287）二首

（1）覆舟春半望鸡笼△[1]玄武青青隔江红△[2]古寺夕阳流水外，游人不信是城中△

注：① 覆舟：南京山名；鸡笼：南京山名，今名鸡鸣山。② 玄武：南京湖名。

（2）女儿十五未知羞△市上门前作伴游△今日相邀佯不出，[1]郎家昨送玉搔头△[2]

注：① 佯：假意。② 玉搔头：头饰名。

钱谦益（明312）一首

离别经春又隔年△摇青漾碧有谁怜△春来羞共东风语，背却桃花独自眠△

徐士俊（明397）三首　题：西湖。

（1）南屏一带烟柳疏△[1]家住西湖十载余△爱向雷峰看夕照，[2]画船撑过藕花居△

注：① 南屏：杭州山名。② 雷峰：杭州塔名。雷峰夕照，为西湖十景

之一。

(2) 新月眉儿新样妆△西泠桥畔踏春阳△[1]青鬟笑指前头去，箫鼓声中拜岳王△[2]

注：① 西泠桥：在西湖白堤上。② 岳王：即岳鄂王岳飞，抗金名将，墓在西湖边。

(3) 度得昆腔合凤箫△[1]香喉啭处逐风飘△[2]只愁地僻无人听，[3]移向苏堤第一桥△

注：① 度：谱写；昆腔：即昆曲。② 逐：追也。③ 地僻：地在冷落处。

卜舜年（明482）一首

秋香满院不曾过△日锁朱扉长薜萝△[1]愁见野花赚秋蝶，未知郎意近如何△

注：① 薜萝：蔓生植物。

李文清（明491）一首

村姬不学天自娇△醡醡压酒云髻摇△[1]倩姑卷袖向姑笑，门外酤客魂欲销△[2]

注：① 醡：压酒具也。② 酤客：买酒客人。

僧仲光（明580）二首　题：渔家。

(1) 沿湖一带住渔家△破壁风窗旧网遮△一夜桃花春水发，天明灶底拾鱼虾△

(2) 鳑皮钱蟹漾沙盆△[1]小篮挑入涌金门△[2]白衫穿得斑斓色，总是六桥风雨痕△

注：① 鳑皮：小鱼名；钱蟹：小蟹名。② 涌金门：杭州西城门。

郭士璟（清9）二首　题：第一首，燕山（北京）竹枝。

第二首，广陵（江苏扬州）竹枝。

(1) 短襟驴背挽丝缰△半老佳人学淡妆△高髻峨峨吹不断，[1]满头竟插白丁香△

注：① 峨峨：高貌。

(2) 竹笛吹余泊小沟△隋堤上下绿盈畴△荷锄小妇闲闲立，墙角桃花卧水牛△

李渔（清31）一首　题：春游。

新裁罗縠试春三△[1]欲称蛾眉不染蓝△[2]自是淡人浓不得，非关爱着杏黄衫△

注：① 春三：春天三月。② 称蛾眉：适应女妆。

严景安（清34）一首　题：辛丑（1661年）夏与曹溶等在西湖昭庆寺。

湖中女儿不解愁△三五荡桨百花洲△贪看花间双蛱蝶，不知飞上玉搔头△

浦映渌(女)(清 64)二首　题：采莲。

(1) 荷叶田田水满矶△①荡舟惊湿女儿衣△阿侬今夜浑忘却，②唤取西风送月归△

注：① 田田：荷叶浮在水上的状态；矶：江边突出之石。② 阿侬：吴语，女子自称。

(2) 半溪柳色碧于烟△叶叶低枝绾钓船△①岐路忽忘羞借问，②且随蝴蝶过花前△

注：① 绾：钩系也。② 岐路：岔路。

毛奇龄(清 161)一首　注：调名原作浪淘沙。

杉木为簰竹为檐△①江潮能苦雨能甜△连朝只饮檐头雨，翻道江潮错着盐△

注：① 簰：音牌，编木代舟，俗称木排。

路遴(清 191)一首

石榴裙子曳斜晖△①闲弄荷珠水满衣△一曲夜歌风正起，木兰舟上采莲归△②

注：① 石榴裙：大红裙；斜晖：日西斜时光辉。② 木兰舟：船之美称。

王度(清 532)一首　题：虎丘中秋①。

一尺乌云压翠钿△②新妆真羡薄于蝉△巫山为问峰多少，③尽在吴侬两鬓边△④

注：① 虎丘：山名，苏州名胜。② 乌云：黑发也；翠钿：头饰也。③ 巫山：在四川长江三峡，有神女。④ 吴侬：指苏州女子。

僧元璟(清 696)一首　题：西湖。

段桥一段可怜春△①草似裙腰柳麹尘△②明镜不流山色去，③画船多载醉归人△

注：① 段桥：段家桥，即断桥。② 麹尘：淡黄色。③ 明镜：指湖水。

赵承光(女)(清 845)一首　题：虎丘四时词·夏。

薰风池馆绿阴中△①隔断尘嚣逸兴浓△②茉莉珠兰香径曲，涤烦时送一声钟△

注：① 薰风：南风。② 尘嚣：凡尘喧嚣。

陈撰(清 947)三首

(1) 三月莺花拨面风△鹢头争入里湖中△①篷窗哄得烟波惯，②一路沿堤赶落红△

注：① 鹢头：船头上画有鹢鸟。② 篷窗：指船窗。

(2) 中元放灯湖水深△①湖灯浮动塔灯沉△妾意尚思填鹊尾，②愿郎勿起断桥心△

注：① 中元：农历七月十五日。② 填鹊尾：鹊桥相会故事。

(3) 飘尽斜阳酒店旗△晚风微雨掠轻丝△平山堂下数株树，①绿似去年三

月时△

注：① 平山堂：在江苏扬州。

李调元(清1026)四首　题：在广东作。

(1) 槿花篱外竹横桥△日日溪边荡小桡△[1]借问侬家住何处，[2]蛎墙低处认红蕉△[3]

注：① 桡：船桨。② 侬家：吴语，你家。③ 蛎墙：牡蛎粉涂刷之墙。

(2) 耳穿瑟瑟脸如莲△[1]翠袖红妆半在船△细嚼槟榔赧两颊，[2]笑招行客吃潮烟△[3]

注：① 瑟瑟：宝石名，指耳镮。② 槟榔：果名，产于南方热地；赧：面惭而赤。③ 潮烟：潮州产烟丝。

(3) 秋入南天暑未收△[1]桄榔叶暗蓼花愁△[2]家家结伴收红豆，[3]未解相思已解羞△

注：① 南天：南方，指岭南。② 桄榔：南方树木。③ 红豆：一名相思子，产于广东。

(4) 袖敛鲛绡窈窕娘△[1]采香人晚但闻香△椰子内边有佳酒，笑铺葵席倩人尝△

注：① 窈窕娘：妖冶女子。

吴好山(清1089)五首

(1) 城中妇女不知耕△种植谁家妾有情△细竹竿儿亲手插，牵藤引上落花生△

(2) 锦绣丛中困小哥△十余岁不知蚕禾△偶来麦陇舒双眼，笑说人家韭菜多△

(3) 春罗衫子凤头鞋△借踏青名一遣怀△惹得菜花裙脚满，阴将绣帕背人揩△

(4) 微和澹荡锦官城△[1]柳色青青天气晴△三较场中宽敞好，[2]儿童逐队斗风筝△

注：① 锦官：成都别名。② 三较场：即三校场，练兵演武广场。

(5) 满城城在府西头△[1]特为旗人发帑修△[2]仿佛营规何日起，康熙五十七年秋△

注：① 满城：满族人群居之城。② 旗人：满族人分八旗，故又称旗人。

王志熙(清1160)一首　题：吴谚二月。

竹枪篱傍矮脚腰△[①]不共邻娃野菜挑△[②]灯下忽裁缯五色，[③]报郎明日是花朝△

注：① 竹枪篱：竹竿编成篱笆。② 挑：剪采也。③ 缯：丝织物。

刘沅(清 1221)二首

(1) 整顿冠裳色色新△[①]年糕年酒馈亲邻△[②]贫家也有娇儿女，乞得花枝当宝珍△

注：① 冠裳：帽和衣。② 馈：以食物赠人。

(2) 烧香幸得占头香△[①]又听旁人话吉祥△米价平常蚕市好，今年喜事在江乡△

注：① 头香：大年初一凌晨第一个进寺庙烧香者谓头香，云神会降之以福。

王倩(清 1235)一首 题：西湖。

不知谁在画船招△白马红靴过段桥△苏小墓前歌一曲，春风三月卖樱桃△

杨燮(清 1286)十首 注：嘉庆八年(1803 年)成都院试竹枝词，作者时为县教谕，应试作竹枝词 103 首。

(1) 鼓楼西望满城宽△[①]鼓楼南望王城蟠△[②]鼓楼东望人烟密，鼓楼北望号营盘△[③]

注：① 鼓楼：成都鼓楼，在街心十字路口；满城：满族人群居之城。② 王城蟠：王府墙垣围绕。③ 营盘：军队驻地。

(2) 城中上冢趁晴天△[①]女轿兮多走接肩△[②]穿过街坊来狭陌，[③]菜花黄到绣裙边△

注：① 上冢：扫墓。② 接肩：形容女轿之多。③ 狭陌：小巷。

(3) 毛毛雨过踏青来△[①]软土红香有落梅△万里桥边花似火，[②]杜鹃鸟叫杜鹃开△[③]

注：① 毛毛雨：濛濛细雨；踏青：游春。② 万里桥：在成都城南锦江上，是古时乘舟东航起程处。③ 杜鹃：花名。

(4) 戏演春台总喜欢△沿街妇女两傍观△蝶鬓鸦鬟楼檐下，便益优人高处看△[①]

注：① 此句说优人(即演员)在台上凭高望下，便于觑观妇女。

(5) 个个花园好卖茶△牡丹园子数汤家△满城关庙荷池放，[①]绿树红桥一径斜△

注：① 满城关庙：满族城内的关帝庙。

(6) 水东门里铁桥横△①红布街前机子鸣△①日午天青风雨响，②缫丝听似下滩声△③

注：① 机子：机器。② 风雨响：指机器开动声响。③ 下滩声：大江顺水波涛声。

(7) 庙中都拜盂兰盆△①迎得城隍第二翻△②夜化纸钱红远近，已关街栅尚开门△

注：① 盂兰盆：佛家语。农历七月十五日延僧结盂兰盆会，诵经施食于鬼，又称放焰口。② 城隍：管理府、县之神；翻：元韵，作宽叶。

(8) 康熙移住旗人来△①嘉庆八年旗学开△满汉四书念时艺，蓝衫骑马泮游回△②

注：① 旗人：即满族人。② 蓝衫：秀才服；泮：音判，学宫之水池，考中秀才叫入泮。

(9) 精做年糕细磨磨△①巧翻面果下油锅△②米花糖并兰花豆，③费得闺人十指多△④

注：① 磨磨：第一个磨是动词，第二个磨是石磨。② 巧翻面果：即巧果，松脆可口。③ 米花糖：糖煎爆米；兰花豆：剪开豆壳，油炸后形似兰花。④ 此句意为多亏妇女巧手。

(10) 迎晖门内土牛过△①旌旗飞扬笑语和△人似山来春似海，高妆女戏踏空过△②

注：① 土牛：古时立春前一日，地方官主持迎春典礼，装饰土牛游行，以祈农事丰稔。② 此句说女子高跷队游行。

彭懋琪(清1287)四首

(1) 抱城十里绿阴长△①半种芙蓉半种桑△驷马桥边送客地，②碧鸡坊外斗鸡场△③

注：① 抱城：环城。② 驷马桥：在成都郊区。③ 碧鸡坊：街坊名，在成都城西南。

(2) 百花潭对百花庄△①小小朱楼隐绿杨△听得门前花担过，隔帘呼卖夜来香△②

注：① 百花潭：又名浣花溪，在成都城西五华里。② 夜来香：花名。

(3) 长槐疏柳一家家△竹院柴扉取径斜△门外草深多不薙，①墙头时见牵牛花△

注：① 薙：除草也。

（4）白华津上酒船回△①玉女溪头夕阳开△②小立青羊宫外路，③车声络绎过桥来△

注：①② 白华津、玉女溪：皆成都水名。③ 青羊宫：又名青羊观，在成都城西隅，始建于唐，每年农历二月有花会。

王再咸（清 1722）三首

（1）踏青时节巧安排△绣幕围香姐妹偕△五日东风十日雨，落花红上凤头鞋△

（2）轧轧机声小阁忙△①飞花吹满绣衣裳△青闺醉围豳风意，②不种芙蓉只种桑△

注：① 机声：指织布机声。② 豳风：凡周公所作之诗称豳风，其诗意多言庄稼勤劳。

（3）青羊小市卖花天△①何惜腰缠十万钱△一夜闺中嘱夫婿，明朝多买并头莲△

注：① 此句说成都青羊宫农历二月有花会。

徐寿兹（清 1831）一首　题：实话棹歌。

垂柳垂杨踠地遮△①上方山畔是侬家△②阿侬生长烟波惯，③荡桨归来月已斜△

注：① 踠地：着地。② 上方山：即楞伽山，在苏州市西南；侬：即我。③ 烟波：喻湖面。

冯誉骧（清 1878）四首　题：第一首，药王庙。

（1）花飞草长雨初晴△游女如云数不清△一辆笋舆隔纱幔，钗光鬓影未分明△

（2）浓妆淡抹费安排△姐妹相邀步履偕△珍重街头须缓缓，恐他泥污踏青鞋△

（3）春铙喧处是春台△①为避游人去复回△欲买碧桃偏碍口，②低声告母且呼回△

注：① 铙：金属打击乐器；春台：谓春景融和。② 碧桃：桃花生有重瓣，有成双意，故难以出口。

（4）薰风遥巷市声哗△①入夜灯光望眼赊△②更比上元春意好，③家家门巷看莲花△

注：① 薰风：南风；遥巷：深巷。② 赊：长也，远也。③ 上元：农历正月十五，即元宵。

赵熙（清 1886）一首

青羊一带野人家△[①]稚女茅檐学煮茶△[②]笼竹绿于诸葛庙，[③]海棠红艳放翁花△[④]

注：① 青羊：青羊宫，成都名胜古迹。② 稚女：幼女。③ 笼竹：竹名。此竹竹节间隔有八九市寸；诸葛庙：即成都武侯祠。④ 放翁：指陆游，其曾官于成都。

二十八字　阿那曲（又名鸡叫子）

杨玉环（女）（唐 8）一首

罗袖动香香不已▲[①]红蕖袅袅秋烟里▲[②]轻云岭下乍摇风，嫩柳池塘初拂水▲

注：① 罗袖：指女子衣袖。② 红蕖：红荷花；袅袅：缭绕状。

姚月华（女）（唐 42）一首

银烛清尊久延伫▲[①]出门入门天欲曙▲月落星稀竟不来，烟柳曈昽鹊飞去▲[②]

注：① 此句说烛光下备着酒久候。尊，酒杯也。② 曈昽：浩渺无涯也。

顾谏（明 83）一首　题：夏夜。

浅夜月明新雨后▲[①]乍风飘得罗衫皱▲[②]个人斜傍不支持，[③]几回欲趁凉时候▲

注：① 浅夜：深夜之相反，即刚入夜。② 乍风：突来之风。③ 个人：那个人，指恋人。

李淑媛（女）（明 224）一首　题：春烟。注：调名原作鸡叫子。

带雾连云轻冉冉▲朦胧浮翠深还浅▲若非淡扫柳梢头，定教浓抹桃花面▲

李明岳（女）（明 589）一首

我家闲夜停机杼▲[①]支枕蓬窗风许许▲[②]吹尽蘋香不见人，绕塘寒月鸡鹕语▲[③]

注：① 机杼：指织机。② 许许：读虎虎，呼呼也。③ 鸡鹕：水鸟，大如凫。

二十八字　南乡子（又名蕉叶怨）　第一体，首句四字。

欧阳炯（五代十国 11）五首

（1）路入南中△[①]桄榔叶暗蓼花红△[②]两岸人家微雨后▲收红豆▲树底纤纤抬素手▲

注：① 南中：指南方。② 桄榔：常绿乔木，产于南方，高可达二十米；蓼：草名，多生于水边。

（2）嫩草如烟△石榴花发海南天△[①]日暮江亭春影渌▲[②]鸳鸯浴▲水远山长看不足▲

注：① 海南天：指海南岛。② 渌：音陆，水清也。

（3）洞口谁家△木兰船系木兰花△[①]红袖女郎相引去▲游南浦▲笑倚春风相

对语▲

注：① 木兰船：精致之船，船之美称。

(4) 二八花钿△①胸前如雪脸如莲△耳坠银镮穿瑟瑟▲②霞衣窄▲③笑倚江头招远客▲

注：① 此句说：十六岁女子头上戴着花钿。② 瑟瑟：绿宝石也。③ 霞衣：发光彩之衣。

(5) 翡翠鵁鶄△①白蘋香里小沙汀△岛上阴阴秋雨色▲芦花扑▲数只渔船何处宿▲

注：① 翡翠：鸟名，产于南方。

陈冉(女)(明418)一首　题：寄冒起宗。

独自思量△倚栏端待可憎郎△日暖园庭芳草绿▲莺啼足▲啼足莺声春去促▲

朱一是(明454)一首　题：早春。

檐鸟啼晴△梅溪正月占先春△①花信微香衣带袭▲②凭栏立▲一蜂画壁离房出▲

注：① 梅溪：水名，在嘉兴王店镇，故王店一名梅溪；晴、春作宽叶。② 花信：花信风，依季节分二十四候，每候五日，以一花应之。

田茂遇(清130)一首

花湿莺唇△小风压麦浪鳞鳞△①西去青青官柳路▲扃朱户▲一任啼红催日暮▲②

注：① 麦浪鳞鳞：风吹麦浪如鳞。② 啼红：指杜鹃鸣叫。

陈维崧(清196)二首　题：清明后一日吴阊道中作。①

(1) 才过清明△东风怯舞不胜情△红袖楼头遥徙倚▲②垂杨里▲阵阵纸鸢扶不起▲

注：① 吴阊：苏州城阊门。② 红袖：喻女子；徙倚：徘徊也。

(2) 卷絮搓绵△雪满山头是纸钱△①门外桃花墙外女▲寻春路▲昨日子规啼血处▲②

注：① 此句形容扫墓纸钱灰飞舞。② 子规：即杜鹃鸟。

朱彝尊(清288)一首　题：度甓社湖。　注：此词系作者集缀古人诗句而成，每句末括号内即古诗句作者名。甓社湖：一名珠湖，在江苏高邮县西北。

柳拂浮桥(韩偓)△青山隐隐水迢迢(杜牧)△行尽江南数千里(岑参)▲莲风起(李贺)▲罗袖动香香不已(杨玉环)▲

邹祗谟(清312)一首　题：春晚。

暝色摇人△金铃小犬吠花阴△香气冷侵帘不卷▲红云暖▲宛转春风归路缓▲

彭孙遹（清 343）一首　题：采桑。

花草暄妍△[①]江南三月浴蚕天△[②]陌上罗敷纷采摘▲[③]提笼立▲柔桑阴里迟迟回▲[④]

注：① 暄妍：谓景物鲜明而佳丽。② 浴蚕：以盐水浴蚕种，留强汰弱。③ 罗敷：人名，喻采桑女。④ 迟迟：徐行也。

钱芳标（清 513）一首

月暗风阑△晚凉浴罢挽云鬟△悄向曲廊闲倚遍▲图郎见▲举袂背花摇小扇▲

汪灏（清 723）一首　题：舟行。

烟水濛濛△春申城上夕阳红△[①]强楚旌旗何处舞▲波平浦▲两岸桑阴秋社鼓▲[②]

注：① 春申：春申浦，即黄浦江，在上海境。② 秋社：立秋后五个戊日为秋社，祀后土神。

狄忆（清 747）一首　题：本意。

碎踏春风△香尘微印小鞋弓△[①]结队嬉游喧语笑▲寻芳草▲一路杏花明晚照▲

注：① 小鞋弓：弓形小鞋。古代女子缠足成弓形，美称三寸金莲。

王策（清 860）一首

日影红檐△蜻蜓翼薄柳花粘△隔院鹦哥眠白昼▲东风瘦▲时节落花人病酒▲

徐怀仁（清 871）一首　题：宫词。

亸袖红兜△[①]蜻蜓飞上玉搔头△太液池中波潋滟▲[②]看飞燕▲无情有恨何人见▲

注：① 亸袖：垂袖。兜：妇女头上之冠。② 太液池：皇宫池名。

吴琼仙（女）（清 1216）一首　题：题廖织云女士画。

烟锁云平△依稀此景昔曾经△鸡犬人家都不管▲山花乱▲屋角斜阳红一段▲

蒋春霖（清 1651）一首

燕麦青青△[①]大河西畔短长亭△日落子规啼不住▲征帆去▲蜀水秦山无尽处▲[②]

注：① 燕麦：俗称野麦，秸可织帽，北方多种之。② 秦山：陕西之山。

张祥龄（清 1836）一首

嫩绿摇烟△绣帘又到好春天△翠刷蛾弯蝉鬓绿▲如新浴▲镇日相看犹未足▲

车乘轨（现当 88）一首　题：丁亥端阳。　注：2007 年 6 月 19 日（端阳）作

丁亥端阳△和风淡日暖还凉△角黍飘香人竞享▲龙舟荡▲国节增添民想望▲[①]

注：① 据浙江电视台民意调查：绝大多数赞成将这传统节日列入国定假

日，以利团聚。

二十八字　南乡子　第二体，首句五字，多一字，第四句二字，少一字。

朱彝尊（清288）一首

斗帐杏梁西△①不许花蚊见并栖△分与罗衾香缭绕▲遮了▲一剪微风纨扇小▲

注：① 斗帐：形如覆斗之小帐，即圆顶帐；杏梁：银杏木制之屋梁。

郭麐（清1208）一首　题：折枝蕙草。

庭院转光风△①不省帘前开几丛△只向谢娘头上见▲一剪▲拢鬓玉钗颜色浅▲

注：① 光风：雨住日出而风，草木皆有光。

二十八字　南乡子　第三体，第二句分两句。格律也不同。

陈世祥（清53）一首　题：倦。

重门深闭▲细草如烟△烟满砌▲日长睡起独凭栏△看鸳鸯，双双飞起又飞还△

二十八字　春莺啭

王诜（宋114）一首

佳人已属沙咤利，义士曾无古押衙△①回首音尘两沉寂，春莺休啭上林花△②

注：① 两句说唐人韩翃之姬曾被蕃将沙咤利所占，后由押衙许俊夺归。

② 上林：指帝王花园上林苑。

马福娥（女）（清780）一首　题：寄外。①

懒将纤指剔银釭△②翡翠金针剩一双△独倚黄昏春寂寞，梅花和月到纱窗△

注：① 外：指丈夫。② 釭：此句叶韵，与上一首有异，不单列。

二十八字　送春曲

吴嘉枚（清363）一首

春已暮，碧草正芊芊△①一阵花飞去，香染绿杨烟△采桑逢游女，陌上好思眠△②

注：① 芊芊：草盛貌。② 陌上：田间道路。

二十八字　欸乃曲　第一体，平韵。

元结（唐9）二首

（1）千里枫林烟雨深△无朝无暮有猿吟△①停桡静听曲子意，②好似云山韶濩音△③

注：① 无朝无暮：不分朝晚。② 桡：桨。③ 韶：舜、禹时古乐；濩：音护，商、汤时古乐。

（2）湘江二月春水平△①满月乘风宜夜行△唱桡欲过平阳戍，②守吏相呼问姓名△

注：① 湘江：水名，在湖南省境内。② 唱桡：唱着船歌；平阳：地名，有六处。临近湘江者，疑为今之湖南桂阳；戍：设卡守备之处。

顾绍钧（现当28）一首　题：渡河。

一叶扁舟借渡河△清流似镜静秋波△阿谁击楫胸怀壮，① 且效朱翁唱棹歌△②

注：① 阿谁：是谁；击楫：晋祖逖渡江，中流击楫而誓曰："祖逖不能清中原而复济者，有如此江。"② 朱翁：指朱彝尊，他创有《鸳鸯湖棹歌》。朱熹也有武夷山棹歌

二十八字　欸乃曲　第二体，仄韵。

柳宗元（唐23）一首

渔翁夜傍西岩宿▲晓汲清湘燃楚竹▲烟消日出不见人，欸乃一声山水绿▲

二十八字　采莲子

皇甫松（唐36）二首　注：句后之"举棹"、"年少"乃和声，非词。

（1）菡萏香连十顷陂△（举棹）① 小姑贪戏采莲迟△（年少）晚来弄水船头湿，（举棹）更脱红裙裹鸭儿△（年少）

注：① 菡萏：荷花别名；十顷：一千市亩，言其阔广；陂：蓄水之处。

（2）船动湖光滟滟秋△（举棹）① 贪看年少信船流△（年少）② 无端隔水抛莲子，（举棹）遥被人知半日羞△（年少）

注：① 滟滟：水光也。② 信船流：随水淌流也。信，随意之意。

二十八字　清平调

李白（唐7）三首

（1）云想衣裳花想容△春风拂槛露华浓△若非群玉山头见，① 会向瑶台月下逢△②

注：① 群玉山：谓西王母所居地。② 瑶台：泛称神仙所居地。

（2）一枝红滟露凝香△云雨巫山枉断肠△① 借问汉宫谁得似，② 可怜飞燕倚新妆△③

注：① 云雨巫山：楚襄王会神女故事。② 汉宫：汉成帝后宫。③ 飞燕：汉成帝皇后赵飞燕。

（3）名花倾国两相欢△① 常得君王带笑看△解释春风无限恨，沉香亭北倚栏干△②

注：① 倾国：喻绝色美人。汉李延年歌："一顾倾人城，再顾倾人国。"② 沉香亭：唐宫内亭名。

二十八字　阳关曲

王维（唐6）一首　题：送王二使安西。

渭城朝雨浥轻尘△①客舍青青柳色新△劝君更尽一杯酒，西出阳关无故人△②

注：① 渭城：故城在今陕西咸阳；浥：湿也。② 阳关：在今甘肃敦煌县西南，为出塞必经之地。

苏轼（宋80）一首　题：答李公择。

济南春好雪初晴△行到龙山马足轻△①使君莫忘霅溪女，②时作阳关肠断声△

注：① 龙山：在济南东。② 霅溪：水名，在浙江吴兴。

王潞卿（女）（明596）一首　题：舟前落花。

青草河头花正妍△绿莎汀畔水连天△扁舟载得春多少，无数轻红画桨边△

二十八字　杨柳枝（又名柳枝、折杨柳、柳枝词）

贺知章（唐3）一首

碧玉妆成一树高△①万条垂下绿丝绦△②不知细叶谁裁出，二月春风似剪刀△

注：① 碧玉：形容柳叶翠绿。② 绦：音韬，编丝为绳也。

刘禹锡（唐20）四首

（1）金谷园中莺乱飞△①铜驼陌上好风吹△②城中桃李须臾尽，争似垂杨无限时△

注：① 金谷园：晋石崇别墅，在河南洛阳西。② 铜驼陌：即铜驼街，在洛阳市内。

（2）炀帝行宫汴水滨△①数株残柳不胜春△晚来风起花如雪，飞入宫墙不见人△

注：① 炀帝：隋炀帝杨广；行宫：天子出巡时的临时宫室；汴水：水名，在洛阳、开封一带。

（3）城外春风吹酒旗△行人挥袂日西时△①长安陌上无穷树，②唯有垂杨绾别离△③

注：① 袂：衣袖也。② 陌上：街上或田间道路。③ 绾：勾系也。

（4）迎得春光先到来△浅黄轻绿映楼台△只缘袅娜多情思，便被春风长挫摧△

白居易（唐21）三首

（1）柳老春深日又斜△任他飞向别人家△谁能更学孩童戏，寻逐春风捉柳花△

（2）苏州扬州任君夸△更有钱塘胜馆娃△[1]若解多情寻小小，[2]绿杨深处是苏家△

注：① 钱塘：今浙江杭州；馆娃：吴王夫差在苏州灵岩山上筑馆娃宫居西施。② 小小：南齐时钱塘名妓苏小小。

（3）一树春风万万枝△嫩于金色软于丝△永丰西角荒园里，[1]尽日无人属阿谁△[2]

注：① 永丰：唐西京（今长安）坊名。② 阿谁：即谁。

卢贞（唐25）一首

一树依依在永丰△[1]两枝飞去杳无踪△玉皇曾采人间曲，[2]应逐歌声入九重△[3]

注：① 永丰：唐西京坊名。白居易《杨柳枝》词有“永丰西角荒园里，尽日无人属阿谁”句，唐宣宗命取永丰柳两枝，植于禁中。② 玉皇：指唐宣宗。③ 九重：皇帝居处也。

段成式（唐32）一首

水殿年年占早芳△[1]柔条偏惹御炉香△而今万乘多巡狩，[2]辇路无阴绿草长△[3]

注：① 早芳：早春之意。② 万乘：周制“天子地方千里，出兵车万乘”，故称天子为万乘。③ 辇：天子所乘之车。

温庭筠（唐34）三首

（1）两两黄鹂色似金△[1]袅枝啼露动芳音△春来幸自长如线，可惜牵缠荡子心△[2]

注：① 黄鹂：即黄莺。② 荡子：流浪在外者。

（2）御柳如丝映九重△[1]凤凰窗映绣芙蓉△[2]景阳楼畔千条路，[3]一面新妆待晓风△

注：① 九重：皇帝居所。② 凤凰窗：皇后寝宫之窗。③ 景阳楼：宫名。

（3）金缕毵毵碧瓦沟△[1]六宫眉黛惹春愁△[2]晚来更带龙池雨，[3]半拂栏干半入楼△

注：① 金缕：喻柳条；毵毵：细长也。② 六宫：后妃所居寝宫，分六宫，此处指所有宫女。③ 龙池：原为唐玄宗李隆基为临淄王时故宅之井，此处泛指宫内池塘。

司空图（唐37）二首

（1）絮惹轻枝雪未飘△[1]小溪烟束带危桥△[2]邻家女伴频攀折，不觉回身罥翠翘△[3]

注：① 雪：喻飞絮。② 危桥：高桥。③ 罥：钩挂；翠翘：女子头饰。

(2) 稻畦分影向江村△憔悴经霜只半存△昨日流莺今不见，乱萤飞出照黄昏△

薛能（唐38）一首

暖梳馨朵事登楼△[1]困挂垂杨立地愁△牵断绿丝攀不及，半空悬着玉搔头△[2]

注：① 馨朵：带香花朵。② 玉搔头：女子头饰，即玉簪。

顾云（唐40）一首

灞岸晴来送别频△[1]相偎相倚不胜春△自家飞絮犹无定，争把长条绊得人△[2]

注：① 灞岸：灞桥岸边，在陕西长安（今西安），为送别之所。② 争把：怎把之意。

牛峤（五代十国3）一首　注：调名原作柳枝。

狂雪随风扑马飞△[1]惹烟无力被春欺△莫交移入灵和殿，[2]宫女三千又妒伊△

注：① 狂雪：喻纷飞之柳絮。② 灵和殿：南齐宫殿名，齐武帝将益州献来之蜀柳植于灵和殿前。

和凝（五代十国16）二首

(1) 瑟瑟罗裙金缕腰△[1]黛眉偎破未重描△醉来咬损新花子，[2]拽住仙郎尽放娇△

注：① 瑟瑟：珍宝名；金缕腰：即柳腰。② 花子：古代女子面饰。

(2) 鹊桥初就咽银河△[1]今夜仙郎自姓和△[2]不是昔年攀桂树，[3]岂能月里索姮娥△[4]

注：① 此句喻牛郎织女相会。② 姓和：作者之姓也。③ 攀桂：言已得功名。④ 姮娥：即嫦娥，喻新娘。

孙光宪（五代十国24）一首

阊门风暖落花干△[1]飞遍江城雪不寒△[2]独有晚来临水驿，闲人多凭赤栏杆△

注：① 阊门：江苏苏州城门名。② 江城：水乡，指苏州；雪：喻柳絮。

徐弦（五代十国29）二首　注：调名原作柳枝词。

(1) 夹岸朱栏柳映楼△绿波平幔带花流△歌声不出长条密，忽地风回见彩舟△

(2) 濛濛堤畔柳含烟△疑是阳和二月天△醉里不知时节改，漫随儿女打秋千△

成彦雄（五代十国30）二首

(1) 鹅黄剪出小花钿△缀上芳枝色转鲜△饮散无人收拾得，月明阶下伴

秋千△

(2) 绿杨移傍小亭栽△便拥浓阴拨不开△谁把金刀为删掠，放教明月入窗来△

杨基(明12)一首　注：调名原作柳枝。

千枝万缕软婆娑△倩得东风着雨挼△昨夜鹅黄变新绿，比郎衫色争不多△

胡俨(明30)二首

(1) 罨画楼前雨歇时△千丝万缕绿垂垂△无端却被风吹起，撩乱春心不自持△

(2) 画帘风动影丝丝△曳绿摇金昼景迟△睡起倚栏看蛱蝶，莺声只在最高枝△

李祯(明38)二首　题：题喜鹊图。

(1) 一双飞下立斜晖△特地喳喳近绣帏△笑倚绿窗听未了，小鬟低语报郎归△

(2) 对立梅梢似欲鸣△含情倾听却无声△摩挲醉眼行前看，不是生成是画成△

谢五娘(女)(明284)一首　注：调名原作柳枝。

近水千条拂画桡△[1]六桥风雨正潇潇△[2]枝枝叶叶皆离思，添得莺啼更寂寥△

注：① 画桡：精致游船。② 六桥：杭州西湖苏堤上有六座桥梁。

纪映淮(女)(明461)一首　注：调名原作柳枝。

栖鸦流水点秋光△爱此萧疏树几行△不与行人绾离别，[1]赋成谢女雪飞香△[2]

注：① 绾：钩系也。② 谢女：东晋才女谢道韫曾吟雪诗云："未若柳絮因风起。"

顾樵(明492)一首　题：虎丘。[1]

莺语东风二月过△山中花少市中多△桑畦尽作栽花地，那得缫丝有绮罗△

注：① 虎丘：苏州名山。

徐孝钧(清176)二首

(1) 丝丝绪绪怯纤纤△记得飞花扑绣帘△燕子衔将归画栋，惜伊飘泊不曾嫌△

(2) 枯条老叶不藏鸦△带水双扉认妾家△写罢远山刚趓午，[1]添些日影上窗纱△

注：① 趓午：过午也。

吴绡(女)(清235)二首

（1）宫柳初开一抹眉△①武昌城下乍逢时△春来树树烟条绿，欲认何枝是旧枝△

注：① 此句说初生之柳叶，如妇人所画之眉。

（2）寒食东风已满城△小枝纤弱拂啼莺△东君不惜离人苦，又向前年折取生△

万树（清316）二首

（1）不合临池起画楼△断烟疏雨叶飕飕△谁能数得垂杨叶，一叶垂杨一点愁△

（2）垂虹春水下前溪△①谷雨天寒麦穗齐△②一带绿杨村店口，小桃花里鹁鸠啼△③

注：① 垂虹：桥名，亦名长桥，有七十二孔，在江苏吴江县东。② 谷雨：季节名，在公历4月20日左右。③ 鹁鸠：鸟名，阴天逐其配偶，晴呼之。

江淑兰（女）（清586）一首　题：和戴颖表弟。

浅绿深红二月天△十分春色簇晴川△看花不觉归来晚，香满春衫月满船△

王鹏运（清1819）一首

飞絮空濛锁画楼△①年年寒食听离留△②争信龙池三二月，③片风丝雨欲惊秋△

注：① 空濛：雨气也。② 寒食：古时季节名，在清明节前二天，是日禁烟火。③ 龙池：唐玄宗为临淄王时宅中有井，水溢成池，后称龙池。

郑文焯（清1846）一首

拂水飘绵糁麴尘△①濛濛三月雪迷津△②东风到此浑轻薄，入户穿帘不避人△

注：① 绵：指柳絮；麴尘：淡黄色细尘。② 雪：柳絮如雪；津：渡口。

二十九字　九张机

绍兴无名氏（宋302）一首　注：词见《乐府雅词》。

轻丝△象床玉手出新奇△千花万草光凝碧，裁缝衣著，春天歌舞，飞蝶语黄鹂△

二十九字　四块玉

何顺才（现当249）一首

绿水笑▲白云绕▲十里芙蓉艳阳照▲画船逐浪惊鸥鸟▲莲子香，笛韵娇人醉了▲

二十九字　南乡子

朱彝尊（清388）一首

明日别离人△未恋今宵月似银△只愿五更风又雨▲飞到暮▲啼杀杜鹃催不去▲

二十九字　清江引

杨慎（明157）一首

口儿喷香话儿乖▲①庞儿兜人爱▲②双声白纻歌，③一夜红莲债▲④千金春宵须再买▲

注：① 乖：平声，借叶，乖巧也。② 庞儿：面庞。③ 白纻歌：吴之舞曲。④ 红莲债：宋高僧五戒犯色戒，淫孤女红莲，身败名裂。

赵时春（明188）一首

晴堂负暄冬自暖▲①室迩人仍远▲②香鸭次第消，③檐马丁当转▲④修髯临风随意捻▲⑤

注：① 负暄：晒背也。② 迩：音尔，近也。③ 香鸭：鸭形香炉；次第：依次。④ 檐马：屋角风铃。⑤ 修髯：长须也。

二十九字　喜春来（又名阳春曲）　第一体，平韵。

张雨（元63）一首

江梅的的依茅舍，①石濑溅溅漱玉沙△②瓦瓯篷底送年华△问暮鸦△何处阿戎家△③

注：① 江梅：水乡梅花；的的：明貌。② 石濑：水势湍急处；溅溅：水疾流貌。③ 阿戎：晋唐时人多呼从弟为阿昌戎。

二十九字　喜春来　第二体，平仄两韵。

车乘轨（现当88）一首　题：喜公园免费开放。　注：2005年10月7日作。

公园绿化空气爽▲柳绿桃红桂子香△自然风景供人赏▲免费享▲群众乐洋洋△

二十九字　干荷叶

刘秉忠（元5）一首

干荷叶，色苍苍△老柄风摇荡▲减清香△越添黄△都因昨夜一番霜△寂寞秋江上▲

二十九字　落梅风（又名寿阳曲）

谢缙（明34）一首　题：中秋望月应制。①

嫦娥面▲②今夜圆△下云帘△不著群仙见▲拼今宵、倚栏不去眠△看谁过，广寒宫殿▲③

注：① 应制：奉和帝韵或奉帝命所作诗词。② 嫦娥面：指月亮。③ 广寒宫殿：月宫也。

三十字　九张机

绍兴无名氏(宋302)三首

(1) 一张机△采桑陌上试春衣△风晴日暖慵无力，桃花枝上，啼莺言语，不肯放人归△

(2) 二张机△行人立马意迟迟△深心未忍轻分付，回头一笑，花间归去，只恐被花知△

(3) 三张机△吴蚕已老燕雏飞△①东风宴罢长洲苑，②轻绡催趁，③馆娃宫女，④要换舞时衣△

注：① 吴：指苏州。② 长洲苑：春秋时吴王游猎之花园，在苏州市西南。③ 趁：赶早也。④ 馆娃宫：西施居所，在苏州灵岩山。

陈聂恒(清756)一首

荡帘钩△东风唤起翠蛾愁△牡丹亭外蔷薇架，蝶深深舞，燕生生语，各自逞风流△

张仲炘(清1834)二首

(1) 一张机△女桑叶老乳莺飞△①春丝更比荑荑白，②簇新机杼，无边光景，不似旧年时△

注：① 女桑：桑树小而条长者。② 荑荑：即柔荑，茅始生，柔而白，以喻女手。

(2) 二张机△织花先选好花枝△寻常卉叶难相称，①兰花嫌俊，梅花嫌瘦，宜配要花儿△②

注：① 卉叶：指花。② 要花儿：有趣可玩赏之花。

三十字　子夜歌

吴筠(女)(清1366)一首

薰风一夜散，①菡萏馥横塘△②小溪月初上，烟艇趁新凉△歌声人不见，惊见双鸳鸯△

注：① 薰风：即南风。② 菡萏：荷花别称；馥：香气也；横塘：在苏州西南五公里。风景极佳，诗词中泛指名胜。

三十字　江南弄

唐枢(明166)一首　题：酬主人慎氏。

香拨飞云出绮屏△①六幺春软转关轻△②房晖远对不堪情△江月明△人不见，数峰青△

注：① 绮屏：锦绮屏风。② 六幺：曲名。白居易诗："先为霓裳后六幺。"

三十字 江南春

寇准（宋4）一首

波渺渺，[1]柳依依△[2]孤村芳草远，斜日杏花飞△江南春尽离肠断，蘋满汀洲人未归△[3]

注：① 渺渺：辽阔苍茫的样子。② 依依：柔弱貌。③ 汀洲：水中小洲也。

郭士璟（清9）二首

（1）山淡淡，水溶溶△[1]人家浓树里，渔子小桥东△江南暖入春波皱，斜影帘竿插水红△

注：① 溶溶：水盛貌。

（2）烟漠漠，日迟迟△[1]影来城堞外，[2]香在石桥西△江南幼女春情好，手撮花囊和面脂△[3]

注：① 迟迟：徐行貌。② 城堞：城上女墙，即城垣，城墙也。③ 撮：以指取物也。

陆瑶林（清62）一首 题：山行。

峰已峻，径偏长△山莺如旧识，野卉尽幽香△[1]潺湲涧水流云影，[2]玉勒嘶马追夕阳△[3]

注：① 卉：百草总称。② 潺湲：水流貌。③ 勒：马络头也。

顾之琼（女）（清185）一首

风袅袅，日迟迟△莺声杂玉管，花片没芳堤△江南春色深如海，何事游人去不归△

僧大山（清379）一首 题：西郊春日。

春婉婉，[1]燕差池△[2]木棉红炙日，[3]芳草绿沉堤△黄莺深有怜春意，镇日桃花枝上啼△[4]

注：① 婉婉：和顺貌。② 差池：不齐貌，指其尾分歧如剪。③ 木棉：乔木名。④ 镇日：整天。

李瑸（女）（清453）一首

风习习，[1]水漪漪△[2]燕来春意足，蝶舞落花迟△碧天斜日横云断，自在娇莺深树啼△

注：① 习习：和舒貌。② 漪漪：微波貌。

陆敏（女）（清482）一首 题：春草。

风欲偃，[1]路愁遥△枝头莺语滑，柳下马嘶骄△堤边嫩绿年年长，几换游人过

画桥△

注：① 偃：休止也。

傅燮调(清558)一首　题：郊外。

烟漠漠，草萋萋△莺啼垂柳浪，马践落花泥△残春细雨孤村远，一缕斜风扬酒旗△

周在建(清693)一首　题：许子韶画扇。

花艳艳，燕啾啾△雨余苔似发，池满水如油△江南春在园林内，吹落胭脂蝶也愁△

任观(清722)一首　题：暮春。

春雨细，晚香微△垂杨深院静，满地海棠飞△娇红弱紫情何限，日日开帘看燕归△

彭贞隐(女)(清1052)一首　题：送春。

水东去，日西斜△垂阳供策马，[1]芳草碾香车△[2]江南春尽无人惜，独遣蜘蛛绾落花△[3]

注：① 策马：鞭马也。② 碾：压也，此处说被压。③ 绾：钩系。

冯煦(清1793)一首

春寂寂，思厌厌△薄寒人中酒，[1]微雨燕归帘△庭阴竟日东风峭，[2]吹满樱桃花一奁△[3]

注：① 中酒：醉酒也。② 竟日：整日。③ 奁：镜奁。

劳纺(女)(清1883)一首　题：偶集词题名。

珠帘卷，燕归梁△小庭花自落，深院月当窗△望江南忆江南好，南浦西湖柳色黄△

戚卓人(现当84)一首

风袅袅，雨霏霏△溪流青玉带，山展黛蛾眉△江南千里莺啼早，新燕呢喃花伴飞△

车乘轨(现当88)一首　题：丙戌仲春扫墓。　注：2007年4月9日作。

山妩媚，[1]草芳菲△[2]春光笼大地，蜂蝶绕花飞△年年游子先茔扫，[3]今岁新添双墓碑△

注：① 妩媚：姿态可爱之意。② 芳菲：花草香美貌。③ 游子：客居他乡者，指作者。

三十字　抛球乐

徐铉(五代十国29)一首

歌舞送飞球△金觥碧玉筹△[1]管弦桃李月，帘幕凤凰楼△一笑千场醉，浮生任白头△

注：① 觥：酒器；筹：计数物也，指酒筹。

三十字　法驾导引

陈与义（宋232）一首

东风起，东风起，海上百花摇△十八风鬟云半动，[①]飞花和雨着轻绡△归路碧迢迢△

注：① 十八风鬟：指十八岁少女。

上清蔡真人（宋267）一首

栏杆曲，栏杆曲，红飐绣帘旌△[①]花嫩不禁纤手捻，[②]被风吹去意还惊△眉恨蹙山青△

注：① 帘旌：垂悬之帘。旌，旗也，帘垂状如旗。② 纤手：喻女子之手。

杨仪（明175）一首

行舟转，行舟转，风静水粼粼△西岭清光迎过客，东林喜气送行人△天地一番新△

李元鼎（清5）一首　题：暮冬，送裕儿公车过秦淮，[①]和远山原韵。[②]

垂杨柳，垂杨柳，莫漫系归船△[③]绣户香生莺唤枕，玉阶浪暖马嘶鞭△夜梦几回旋△

注：① 公车：清时举人入京会试，称公车；秦淮：河名，在南京。② 远山：其妻朱中楣，号远山夫人。③ 漫：助词，随意也。

钟恒（清177）二首　题：第一首，夏。
第二首，冬。

（1）薰风剪，[①]薰风剪，沼上芰荷香△[②]点点飞萤墙外渡，半帘新月映茅堂△修竹响西廊△[③]

注：① 薰风：南风。② 沼：曲池。③ 修竹：长而直之竹。

（2）天垂霰，[①]天垂霰，万里尽同云△[②]岭上寒梅刚半吐，涧边流水尚粼粼△[③]征雁宿河滨△

注：① 垂霰：下雪珠也。② 同云：雪云。③ 粼粼：水清激貌。

陆进（清198）一首　题：别内子之新安。[①]

扬帆去，扬帆去，明日过严滩△[②]回首落霞红树外，玉人闲倚玉栏杆△[③]秋冷莫衣单△

注：① 之；到也；新安：安徽县名。② 严滩：在浙江桐庐境。③ 玉人：美人也。

周金然（清336）三首　题：山塘路。[①]

（1）山塘路，山塘路，处处画船横△斜倚娉婷齐度曲，②细调弦索合吹笙△③一路啭流莺△④

注：① 山塘：在苏州阊门外，长七华里。② 娉婷：貌美女子；度曲：唱曲也。③ 合：原注，音阁。④ 啭流莺：喻音美如莺语。

（2）山塘路，山塘路，曲岸小桥通△舴艋舟携宵月白，①胭脂水泼夕阳红△澹荡晚来风△②

注：① 舴艋：小舟也。② 澹荡：恬静也。

（3）山塘路，山塘路，忽转薄阴天△明灭远山春树里，①微茫古塔晓钟边△平望半寒烟△

注：① 明灭：忽现忽隐之意。

宋俊（清 349）一首　题：感春。

疏雨后，疏雨后，斜日淡帘栊△燕子不知春信老，衔泥飞过粉墙东△满院落花风△

车乘轨（现当 88）一首　题：上巳有感。　注：2007 年 4 月 19 日（上巳）作。

重三日，①重三日，上巳百花稠△②曲水流觞修禊会，③湔裙临水下闺楼△④古风解人愁△

注：① 重三日：农历三月初三，即上巳。② 稠：盛也。③ 修禊：上巳日，采兰水上，以祓除不祥，谓之修禊，事后列坐于曲溪两岸，酒杯浮于水，顺流而下，杯停处，旁坐者须饮酒吟诗，谓之曲水流觞。④ 湔裙：即洗裳。是日湔裙，可祓除不祥。

三十字　南乡子（又名蕉叶怨）

李珣（五代十国 5）八首

（1）兰棹举，①水纹开△竞携藤笼采莲来△回塘深处遥相见▲邀同宴▲渌酒一卮红上面▲②

注：① 兰棹：船桨之美称。② 渌酒：清净酒；一卮：一杯。

（2）乘彩舫，过莲塘△棹歌惊起睡鸳鸯△游女带香偎伴笑▲争窈窕▲竞折团荷遮晚照▲

（3）倾渌蚁，①泛红螺△②闲邀女伴簇笙歌△避暑信船轻浪里▲③闲游戏▲夹岸荔枝红蘸水▲④

注：① 渌蚁：清净之酒。蚁，酒滓也。② 螺：酒杯也。《清异录》以螺为杯。③ 信：随意、放任。④ 蘸水：贴近水面。

(4) 沙月静，水烟轻△芰荷香里夜船行△绿鬟红脸谁家女▲遥相顾▲缓唱棹歌极浦去▲

(5) 拢云髻，①背犀梳△②焦红衫映绿罗裾△越王台下春风暖▲③花盈岸▲游赏每邀邻女伴▲

注：① 云髻：如云般发髻。② 犀梳：犀牛角制成之梳。③ 越王台：汉南越王赵佗所筑，在今广州越秀山上。

(6) 携笼去，采菱归△碧波风起雨霏霏△趁岸小船齐棹急▲罗衣湿▲出向桄榔树下立▲①

注：① 桄榔：常绿乔木，产于我国南方，大者高五六丈。

(7) 山果熟，水花香△家家风景有池塘△木兰舟上珠帘卷▲歌声远▲椰子酒倾鹦鹉盏▲①

注：① 鹦鹉盏：鹦鹉状的酒具。

(8) 新月上，远烟开△惯随湖水采珠来△棹穿花过归溪口▲①沽春酒▲②小艇缆牵垂杨柳▲③

注：① 棹：船桨也。② 沽：买也。③ 艇：船之狭小而长者。

金是瀛(明 481)一首　题：闺情。

揽翠袖，解明珰△①紫罗帏满郁金香△②玉腕枕郎春睡美▲兰窗里▲③新月一钩天似水▲

注：① 明珰：用珠玉串成的耳饰。② 郁金香：花名。③ 兰窗：窗之美称。

徐允贞(清 125)一首

风剪剪，①雨微微△鹧鸪啼处草烟低△②只有垂杨春未老▲芳尘杳▲③依旧轻绵吹古道▲

注：① 剪剪：风寒貌。② 草烟：草经雾露，望去如烟。③ 芳尘：《拾遗记》"石虎起楼四十丈，异香为屑，风起则扬之，名芳尘。"

毛奇龄(清 161)一首

藤菜暖，①荔枝干△青岭河畔碧鱼餐△愿绞桄榔皮里肉▲炊乌木▲②暂与小郎充晚腹▲

注：① 藤菜：蔓延植物名，产于我国南方。② 乌木：常绿亚齐木名，一名角乌，产于海南岛。

仲恒(清 177)一首　题：采桑女。

携曲箔，①荷筐箱△相将女伴摘青桑△②瞥见隔溪红满树▲行复住▲笑道东君

犹未去▲③

注：① 筵：古容器，以竹编成。② 相将：相偕。③ 东君：司春之神。

葛宜（女）（清420）一首　题：怀远。

春澹澹，①柳依依△②黄鹂声里落花时△③暮雨纱窗人寂寞▲愁无托▲万里相思重叠叠▲

注：① 澹澹：恬静貌。② 依依：柔弱貌。③ 黄鹂：黄莺。

黄鸿（清808）一首

蝶褪粉，燕争泥△绿阴庭院鹧鸪啼△闷倚高楼春欲暮▲愁无数▲青山遮断天涯路▲

林蕃钟（清1078）一首

芳草碧，岸花香△江南离恨漾波长△归鸦飞尽西风急▲人独立▲霜冷画桥闻夜笛▲

洪亮吉（清1086）一首　题：自云溪放舟至青山庄。

药王庙，晏公祠△北关刚值午晴时△①三折水程欣已到▲②都赞好▲门外水田门内沼▲③

注：① 刚值：刚逢也。② 三折：三湾。③ 沼：曲池。

沈清瑞（清1144）一首

春水绿，白蘋香△兰桡梦渡弄珠江△江上青山连夕照▲愁芳草▲日暮鹧鸪啼未了▲

朱铉（清1448）一首

情脉脉，①梦迢迢△②玉炉香烬篆烟消△风过回廊停绣屧▲③愁千叠▲窗外梧桐秋一叶▲④

注：① 脉脉：含情欲吐也。② 迢迢：远也。③ 屧：屐也，泛指鞋。④ 秋一叶：即一叶知秋，唐人诗，有“一叶落知天下秋”之句。

唐埙（清1497）一首　题：和李珣。

屠坟鸟，①范湖螺△②鸣榔齐听打鱼歌△③瞥见吴娘扁艇里▲④贪郎戏▲双桨迎郎郎隔水▲

注：① 屠坟：嘉兴地名。② 范湖螺：范蠡湖，在嘉兴城西南角。湖有五色螺，传系范蠡偕西施曾寓此，湖螺食西施洗妆水成五彩色。③ 鸣榔：船后近舵处横木，击之如鸣鼓，以惊鱼儿入网。④ 扁艇：小舟也。

郑文焯（清1846）一首　题：行春桥回棹，和《花间集》李珣。

林雨散，渚烟凄△乱山晴翠画眉啼△小市归渔喧晚渡▲鸣榔处▲凉月一湖花

气暮▲

朱孝臧(清 1849)二首

(1) 云磴滑,①雾花晞△②西樵山上拣茶归△山下行人偏借问▲朦胧应▲③半晌脸潮红不定▲

注：① 云磴：高山石级也。② 晞：平也。③ 朦胧应：含糊答应。

(2) 乌石渡,数家横△今年雨少误秋耕△瘦日沈溪饥犊卧▲①无功课▲夜半烧畬岩际火▲②

注：① 瘦日：即薄日,淡日也;犊：小牛也。② 烧畬：烧草根以肥田。畬,音奢,以火种田。

三十字　清江引

黎贞(明 27)一首　题：至青溪走笔和刘河泊。

草堂帘卷花月小▲归梦常时到▲黄金柳色新,红雨飞花落,这山庄、几时归去了▲

三十字　黄金缕

苏小小(女)(南北朝 4)一首

妾本钱塘江上住▲①花开花落,不管流年度▲燕子衔将春色去▲纱窗几阵黄昏雨▲

注：① 钱塘江：指浙江杭州。② 此词一说系是宋秦觏作。

韩缜姬(女)(宋 58)一首

香作风光浓着露▲正恁双栖,①又遣分飞去▲密诉东君应不许▲泪波一洒奴衷素▲②

注：① 恁：如此之意。② 衷素：心中如旧。

张红桥(女)(明 20)一首

记得红桥西畔路▲郎马来时,系在垂杨树▲漠漠梨云和梦度▲锦屏翠幕留春住▲

柳依依(女)(明 633)一首　　注：此首作宽叶。

身裹絮绵难着枕▲淡月铺窗,乱写飞花影▲莫怪青春归步紧▲枝头杜宇声声请▲①

注：① 杜宇：即杜鹃鸟。

三十字　踏歌辞

崔液(唐 4)二首

(1) 彩女迎金屋,仙姬出画堂△鸳鸯裁锦袖,翡翠贴花黄△歌响舞分行△艳色

动流光△

（2）庭际花微落，楼前汉已横△①金壶催夜尽，②罗绣舞寒轻△调笑畅欢情△未半看天明△

注：① 汉：指银河、天河；横：旁侧也，指夜已深。② 金壶：即铜壶，漏刻器也，用以计时。

毛奇龄（清161）一首

园里花成子，梁间絮作泥△风鸢移柱线，云母贴窗衣△漫摘鬓边篦△①上有闹蛾儿△②

注：① 漫：随意也；篦：篦箕，梳头具也。② 闹蛾儿：头饰，蛱蝶状。

焦循（清1176）一首

莺老春谁妒，鸿孤夜莫怜△裙垂扃绣袜，①钗弹压花肩△但愿长如缣△②上绣并头莲△

注：① 扃：从外面关门的闩，钩等；上闩，关门，申引为遮盖之意。② 缣：绢织物。

三十一字　一叶落

李存勖（五代十国8）一首

一叶落▲搴珠箔▲①此时景物正萧索▲画楼月影寒，西风吹罗幕▲吹罗幕▲往事思量着▲

注：① 搴珠箔：扯取珠帘。

朱彝尊（清288）一首

泪眼注▲临当去▲此时欲住已难住▲下楼复上楼，楼头风吹雨▲风吹雨▲草草离人语▲

三十一字　四块玉

杨慎（明157）一首　题：高峣水泛夜归。①

远水明如镜▲流萤点似星△②喜吾庐、地僻人静▲趁渔灯、归来风露冷▲听农谈、四邻相应▲

注：① 高峣：山名，在云南昆明，山下有作者住宅。② 星字平声通叶。

三十一字　玉连环影　第一体，结尾两句，二字、三字。

纳兰性德（清694）一首

何处▲几叶潇潇雨▲湿尽檐花，花底人无语▲掩屏山△玉炉寒△谁见两眉，愁聚▲倚栏杆△

三十一字　玉连环影　第二体，结尾一句，五字。

王策（清860）一首　题：雨。

丝雨▲日日愁千缕▲湿尽栏杆，又湿笼莺羽▲翠帘斜△绣床遮△香腻轻绡，人懒似杨花△

李叔同（现当9）一首　题：题陈师曾为夏丏尊题《小梅花屋图》。[1]

屋老▲一树梅花小▲住个诗人，添个新诗料▲爱清闲△爱天然△城外西湖，湖上有青山△

注：① 夏丏尊：浙江两级师范高材生，李叔同得意门生，曾任教于上虞春晖中学。

三十一字　西地锦

胡莲（女）（明336）一首

深院啼莺寂寞，空庭飞絮飘摇△尘暗绮疏人自静，[1]翠减流苏春欲消△[2]天台路自遥△[3]

注：① 绮疏：镂为绮文之窗。② 流苏：帐幕下垂之饰物。③ 天台：山名，喻仙山。

三十一字　金字经　第一体，第四句一字，第五句五字，第六句叶仄声韵。

张可久（元56）一首

水冷溪鱼贵，酒香霜蟹肥△[1]环绿亭深掩翠微△[2]梅△落花浮玉杯△山翁醉▲[3]笑随明月归△

注：① 霜蟹：霜降节前后之蟹。② 翠微：此处指园中假山。③ 醉字仄声

李祯（明38）二首　题：喜舍弟昌明至。

（1）雨意斑鸠唤，春光杜宇催△刚得相逢怎便回△陪△旋刍新酿醅△[1]同欢会▲饮干休厮催△[2]

注：① 刍：草料也，喻制酒原料；醅：酒也。② 厮催：催赶之意。

（2）门掩斜阳暝，帘垂静夜长△儿女灯前笑捧觞△尝△酒杯清更香△怀宜放▲醉呵能几场△

杨慎（明157）一首　题：江上晚泊。

璧月寒生晕，[1]银河凉欲冰△[2]稳坐篮舆酒半醒△[3]登△渔舟红蓼汀△醮楼暝▲鼕鼕初起更△

注：① 晕：月亮四周之光气。② 银河：天河。③ 篮舆：竹轿也。

三十一字 金字经 第二体，第四五两句各三字，第六句不叶韵。

沈榛（女）（清 353）一首

云横迷远岫，波净趁轻鸥△江边傍晚一归舟△垂杨岸，蓼花洲△天欲暝，载月任遨游△

三十一字 忆王孙（又名忆君王、怨王孙、豆叶黄、阑干万里心）第一体，平韵。

谢克家（宋 166）一首 题：徽宗北行，[1]作此。 注：调名原作忆君王。

依依宫柳拂宫墙△楼殿无人春昼长△燕子归来依旧忙△忆君王△月照黄昏人断肠△

注：① 徽宗北行：宋徽宗赵佶被金兵掳往满洲五国城。

李甲（宋 167）四首 题：第一首，春词。

第二首，夏词。

第三首，秋词。

第四首，冬词。注：此组词《词律》作李重元著。

（1）萋萋芳草忆王孙△柳外楼高空断魂△杜宇声声不忍闻△欲黄昏△雨打梨花深闭门△

（2）风蒲猎猎小池塘△过雨荷花满院香△沉李浮瓜冰雪凉△竹方床△针线慵拈午梦长△

（3）飕飕风冷荻花秋△明月斜侵独倚楼△十二珠帘不上钩△[1]暗凝眸△一点渔灯古渡头△

注：① 不上钩：垂帘也。

（4）彤云风扫雪初晴△[1]天外孤鸿三两声△独拥寒衾不忍听△月笼明△窗外梅花瘦影横△

注：① 彤云：即同云，雪云也。

陈克（宋 179）三首 注：第一首《词综》作赵彦端著。

（1）粉墙丹槛柳阴中△[1]帘箔轻明花影重△午醉醒来一面风△绿葱葱△几颗樱桃叶底红△

注：① 槛：《乐府雅词》作柱。

（2）树头初日鹁鸪鸣△野店山桥新雨晴△短褐无泥竹杖轻△[1]水泠泠△梅片飞时春草青△

注：① 短褐：毛布短衣。

(3) 秋千人散小庭空△麝冷灯昏愁杀侬△①独有闲阶两袖风△月朦胧△一树梨花细雨中△

注：① 麝冷：炉中麝香已灭。

张元幹(宋243)二首　题：第一首，为伯南赋早梅复和韵。　注：调名原作豆叶黄。

(1) 疏枝冷蕊忽惊春△一点芳心入鬓云△风韵情知似玉人△笑迎门△香暖红炉酒未温△

(2) 轻罗团扇掩微羞△酒满玻璃花满头△小板齐声唱石州△①月如钩△一寸横波入鬓流△②

注：① 石州：曲名。② 横波：目斜视如水波，形容美人之目光。

吕渭老(宋259)三首　注：调名原作豆叶黄。

(1) 芰荷香外一声蝉△风撼琅玕惊昼眠△①刻烛题诗花满笺△小神仙△对倚栏杆月正圆△

注：① 琅玕：石似玉者。

(2) 晚妆新试碧衫凉△金鸭犹残昨夜香△柳际风来月满廊△一双双△人对鸳鸯浴小塘△

(3) 林花著雨褪胭脂△叶底双桃结子迟△对镜凭郎略皱眉△笑微微△燕子羞人必懒归△

姚宽(宋279)一首

毵毵杨柳绿初低△①淡淡梨花开未齐△楼上情人听马嘶△忆郎归△细雨春风湿酒旗△

注：① 毵毵：细长貌。

陆游(宋330)一首　注：调名原作豆叶黄。

春风楼上柳腰肢△初试花前金缕衣△①袅袅娉娉不自持△②晚妆迟△画得蛾眉胜旧时△

注：① 金缕衣：金线织成之衣。② 袅袅娉娉：悠扬美貌。

程垓(宋368)一首

潇潇梅雨断人行△门掩残春绿荫生△翠被寒灯枕自横△梦初惊△窗外啼鹃催五更△

张辑(宋429)一首　注：调名原作豆叶黄。

清明小院杏花开△半启朱扉燕子来△①晓起梳头对玉台△②照香腮△羞睹惊鸿瘦影回△③

注：① 朱扉：朱红漆之门。② 玉台：梳妆台之美称。③ 惊鸿：喻美人体态轻盈。

刘基（明 7）一首

乱山凝黛色高低△江雨霏霏江草齐△闭户无人鸟自啼△绿杨堤△笑杀山翁醉似泥△

祝允明（明 102）一首　题：春睡美人图。

梨花蒸透锦堂云△堆下巫山一段春△①化作辽西身外身△②忆王孙△枝上流莺休要闻△

注：① 巫山：楚襄王会巫山神女故事，此处喻美人春睡。② 辽西：喻边远。

夏旸（明 107）一首　题：集古秋意。①

木鱼金钥锁重城△②风透疏帘月满庭△卧看牵牛织女星△暗伤情△冰簟银床梦不成△③

注：① 集古秋意：古人咏秋诗词集句。② 重城：一重重城门。③ 冰簟：凉席。

蒋冕（明 109）一首　题：寿俞甥珍。　注：调名原作豆叶黄。

湖海遨游岁月赊△①归来不觉鬓双华△②寿筵贺客半乌纱△③饮流霞△④朝朝欢到日西斜△

注：① 赊：远也。② 华：发白也。③ 乌纱：乌纱帽，喻官。④ 流霞：仙酒也。

陈铎（明 155）一首

章台狂柳系王孙△①金屋重衾役梦魂△②啼鸟春来最怕闻△近黄昏△犹有浓妆笑倚门△

注：① 章台狂柳：指妓女；王孙：富贵家公子。② 金屋：形容屋之华丽，语出“金屋藏娇”。

杨慎（明 157）一首

谁家红袖倚江楼△①手卷珠帘上玉钩△眼波娇流满眶秋△笑抬头△头上花枝颤未休△

注：① 红袖：喻女子；江楼：临江之楼。

吴子孝（明 162）一首

梨花乱落柳阴稠△①昼永人闲舣小舟△②柳外新波不断流△雨初收△芳草如烟日色浮△

注：① 稠：密也。② 永：长也；舣：将舟靠岸。

苏世让（明 167）一首　题：残春。

无端花絮晓随风△①送尽春归我又东△雨后岚光翠欲浓△②寄征鸿△③家在千山万柳中△

注：① 无端：无故。② 岚光：山雾经日照而发出的光彩。③ 征鸿：飞鸿。

张鸿逑（女）（明257）一首　题：闻卖木樨。①

隔墙何处卖花声△偷却嫦娥一片情△无奈仙郎偿价轻△②且休惊△留取高枝陪月明△

注：① 木樨：桂花别称。② 仙郎：郎君之美称。

葛一龙（明272）一首

东风吹后满天涯△系马高楼春日斜△归梦离披隔柳花△不如他△一路青青直到家△

沈宜修（女）（明329）二首

（1）芳笺题罢困红绡△①小梦无端过断桥△②月影江声送去潮△漫魂劳△③帘外轻风到柳条△

注：① 红绡：指女子。② 无端：无故。③ 魂劳：悬念之意。

（2）云屏寂寂锁残春△①锦瑟年华已半尘△②芳草留香燕语新△绣苔茵△金钿琼箫总殢人△③

注：① 云屏：似云屏风。② 锦瑟：乐器名，有五十弦；半尘：半个尘世，即百年之半。此句说年已半百。③ 殢人：困人。

王屋（明384）一首

闲扶小婢立花丛△偷弄琼箫调未工△①恰好莺啼绿树中△隔帘栊△飞尽蔷薇一架红△

注：① 琼箫：即玉箫，箫之美称也；未工：未善，未巧。

杨宛（女）（明429）一首　题：本意。

野塘风雨暗凄然△陇稻青青春暮天△十二栏杆怕卷帘△只思眠△一任游丝着梦牵△

李玉照（女）（明522）一首

幽闺深闭日如年△临镜无心整翠钿△赢得愁肠两处牵△①思淹淹△裙带闲拈花柳边△

注：① 赢得：剩得。

程孱（明534）一首　题：春暮。

踏青晓日压檐牙△睡起空庭槐荫斜△何事王孙不忆家△且由他△闲看狸奴扑落花△①

注：① 狸奴：猫也。

董如兰(女)(明636)一首

庭前新水色如蓝△谷雨初晴共浴蚕△[①]山家少妇指纤纤△各携篮△日照柔桑露叶含△

注：① 浴蚕：以盐水浴蚕，以汰弱留强。

夏完淳(明639)一首

珠帘斜卷翠鬟垂△晚日重楼人未归△[①]细按红牙懒画眉△[②]影徘徊△一种东风几样吹△

注：① 重楼：深楼、后楼。② 红牙：击拍之红色牙板。

烟霞逸士(明652)一首

小风吹雨湿蔷薇△雨后残红风上飞△满路莺声春半稀△送人归△匹马轻裘伴落晖△

王庭(清21)一首

才寻南陌又西洲△野草桥边看水流△一树斜阳对小楼△忆同游△白发重来人在否△

汪价(清30)一首　题：夏景。

柳坞阴浓竹坞长△荷花隔院送清香△出浴临风早卸妆△好乘凉△闲看萤飞度短墙△

李渔(清31)一首

似侬才可住蒿莱△[①]四壁萧然雪满腮△[②]夜夜柴门对贼开△贼偏乖△道是才人必少财△

注：① 蒿莱：野草、杂草，语出《韩书外传》"原宪居鲁，环堵之室，茨以蒿莱。" ② 萧然：寂寥貌，无物也；雪：此处指白胡须。

宋琬(清49)三首

(1) 丝丝娇柳逐风斜△晓日曈昽掩碧纱△[①]强起还慵理鬓鸦△[②]白杨花△犹自多情入妾家△

注：① 曈昽：日初出，将明未明貌。② 鬓鸦：如乌鸦般黑的头发。

(2) 越来溪上采莲舟△偷照蛾眉向浅流△女伴相呼怕举头△羡沙鸥△飞去飞来只自由△

(3) 儿家门对白蘋洲△[①]夫婿经年事远游△杨柳青青古渡头△恨轻舟△不载郎归载妾愁△

注：① 儿：古时女子自称。

曹尔堪（清 69）一首

侍儿新沐避芳丛△①整理簪花笑语工△②为爱新晴垂柳浓△挂帘栊△风搅山茶满地红△

注：① 侍儿：即婢女。② 工：巧也。

于成龙（清 71）一首

黄昏独自听乌啼△芳草楼前渐满堤△寄语王孙莫意迷△早须归△花影将斜月欲西△

余缙（清 84）一首

谁家寒食荐樱桃△紫燕飞飞语渐高△又是河村月满宵△望青郊△今夜楼头孰度箫△

尤侗（清 81）一首　题：闺情。

一春心事付眉尖△小院无人风雨纤△①落尽桃花倚绣奁△思淹淹△②燕子归来不卷帘△

注：① 纤：细小。② 淹淹：沉思也。

吴绮（清 90）一首　题：白蘋香。

白蘋香里鹭鹚飞△一片青帘挂夕晖△江上西风客未归△小蛾眉△倚遍栏杆紫袖垂△

田茂遇（清 130）一首　题：春闺。

桃腮柳眼媚春情△无限风光宛转轻△花里红楼花外莺△一声声△吹入空闺不耐听△

董文骥（清 155）一首　题：春闺。

空庭芳草忆王孙△高院梅花早闭门△欲报私书带泪痕△正消魂△春风春雨又黄昏△

毛奇龄（清 161）一首　题：红楼。

东风吹柳覆金堤△①夹岸红楼望处迷△日映游丝卷幔低△画桥西△一树娇花鸟自啼△

注：① 金堤：坚固之堤。

吴棠桢（清 200）二首　题：第一首，春夜有感。

第二首，美人指甲。

（1）半梳月到杏花门△①细腻脂香久未闻△何日重游西子村△恰灯昏△瘦影知消前日魂△

注：① 半梳月：即蛾眉月，月只一弯。

(2) 翠楼雨过晓生凉△凤女花开满曲廊△[1]红沁佳人玉甲香△[2]怪周郎△只说麻姑指爪长△[3]

注：① 凤女花：即凤仙花。② 玉甲：指甲之美称。③ 麻姑：仙女名。指如鸟爪。

冷士嵋(清215)二首　题：第一首，东皋晚眺。

第二首，闺情。

(1) 霞明风静落花稀△薄雾凝空云脚垂△月上山头树影肥△炊烟微△稚子前村沽酒归△

(2) 微微红日射窗纱△锦帐虚悬春思赊△[1]曲巷声声叫卖花△怨韶华△[2]懒对青鸾整鬓鸦△[3]

注：① 赊：远也。② 韶华：即韶光，春景也。③ 青鸾：镜也。

吴绡(女)(清235)一首

湘帘月上正黄昏△[1]消息沉沉暗断魂△拜月无心私语温△忆王孙△[2]深院凄凉独掩门△

注：① 湘帘：斑竹帘也。② 王孙：指其夫。

朱彝尊(清288)二首　题：第二首，饮酒肆。　注：此词系集古人诗句而成。

(1) 黄芦红蓼白蘋洲△一水东西南北流△旧日秋娘尚在否△石桥头△柳外斜阳花外楼△

(2) 花南水北雨濛濛(卢纶)△十里莺啼绿映红(杜牧)△叶叶春衣杨柳风(韩翃)△出城东(王维)△笑入胡姬酒肆中(李白)△[1]

注：① 胡姬：西北少数民族女子。

季娴(女)(清289)一首　题：本意。

青梅如豆压枝低△淡绿轻红映钓矶△柳花如雪漫天飞△笋初肥△莲叶如钱浮小池△

周金然(清336)一首　题：晚渡。

断霞微抹远天低△[1]一带平沙落雁齐△野渡苍茫水啮堤△[2]路东西△渔火分明近转迷△

注：① 断霞：即残霞。② 啮堤：侵蚀堤。

彭孙遹(清343)一首　题：寒食。

梨云婀娜柳云斜△闲倚高楼数乱鸦△惆怅王孙天一涯△不归家△风雨年年葬落花△

沈榛(女)(清353)一首　题：春暮。

繁红落尽绿阴稠△几度寻芳泛小舟△九十春光逐水流△白蘋洲△点点杨花波面浮△

陆次云(清438)一首　题：春闺。

晓莺新燕语青阳△[1]芳气氤氲透绿窗△[2]忽听清音哢画廊△雪衣娘△[3]报导花开满院香△

注：① 青阳：春为青阳，见《尔雅》。② 氤氲：天地合气也。③ 雪衣娘：白鹦鹉也。

李天馥(清466)一首　题：春望。

妒春良夜爱春朝△花外红楼卷绛绡△[1]极目香尘旧板桥△路迢迢△不见归鞍见柳条△

注：① 绛绡：赤色之丝织物。

唐元观(女)(清511)一首　题：春花月夜。

月上妆楼花影偏△花浓月淡映湘帘△爱月怜花人未眠△整花钿△学拜深深花月前△

叶映榴(女)(清545)一首　题：夏闺。

楼头雨过晚凉生△浴罢纤腰倦不胜△[1]欹枕无聊待月明△梦难成△起去闲庭摘素馨△[2]

注：① 不胜：不能胜任，喻无力。② 闲庭：空庭；素馨：花名，状似茉莉。

钱贞嘉(女)(清573)一首

朱栏匀粉镜奁斜△蛛网丝丝罩碧纱△墙外荼蘼日影遮△曲篱笆△邻女携香换杏花△

钱凤纶(女)(清650)一首　题：与仲棡对弈。

青梅如豆又春残△燕啄飞花到画栏△午梦初回清昼闲△爇沉檀△红子轻敲赌凤团△[1]

注：① 红子：红色棋子；凤团：茶名。

纳兰性德(清694)一首

刺桐花下是儿家△已拆秋千未采茶△睡起重寻好梦赊△忆交加△倚着闲窗数落花△

任观(清722)一首　题：闺情。

粉痕蹙损绮罗香△犹自娇痴倚绣床△春归恁道不思量△强开窗△一片飞花惹恨长△

叶宏缃(女)(清 732)一首　题：春闺。

画楼杨柳碧初匀△春入庭枝乱乳莺△宝鼎香销午睡醒△最关情△窗外轻风送落英△

华文炳(清 809)一首　题：垂虹桥。①

垂虹垂柳正如丝△油碧春江二月时△酒旆临风映水湄△②比红儿△③十五吴娃唱竹枝△

注：① 垂虹桥：在江苏吴江市东郊。② 酒旆：酒旗也；水湄：水边。③ 红儿：即小红，宋范成大赠与姜夔之婢，姜夔曾偕其舟过垂虹桥。有"小红唱歌我吹箫"之诗句。

林绿(女)(清 866)一首　题：本意。

花阴月色共霏微△澹冶春风拂绣帷△①独倚画楼吹玉笛△②盼人归△梅落空阶肠断时△

注：① 澹冶：恬静也。② 吹玉笛：不符格律，疑为"玉笛吹"之误。

袁寒篁(女)(清 867)一首　题：晓景。

一钩残月怯莹莹△斜照窗纱梦欲醒△好花凝露护流莺△一声声△城头画角晓风轻△

孔传商(清 917)一首

无端春色锁闲庭△柳困花慵薄雾轻△傍着栏杆悄地行△月三更△隔院谁家笑语声△

曹去晶(清 931)一首

堆金积玉费辛勤△美酒羊羔日夕亲△绣榻罗帷佳丽呈△任强横△无奈时光不让人△

陶元藻(清 961)一首　题：樗里夜泊。

烟光澹与水沉浮△①转入芦湾境便幽△白酒黄鸡饭舵楼△②晚风秋△月照鸬鹚梦里舟△③

注：① 澹与：恬静貌。② 舵楼：船尾舱棚。③ 鸬鹚：水禽名，能助渔夫捕鱼。

杨抡(清 1072)一首　题：和郯城旅店壁间韵。

乱山无主隔前溪△水自东流我自西△柳外桥边住马蹄△意凄迷△芳草连天一望低△

洪亮吉(清 1086)二首

(1) 两重门内忽相逢△一串花香出袖浓△刚赌秋千气力慵△且从容△眼角回

青颊转红△

（2）伤春长自下帘钩△杏叶扶疏柳叶柔△①三月花前雨不休△没来由△②私语催人上小楼△

注：① 扶疏：繁茂也。② 没来由：没来历、无原故之意。

方彦珍（女）（清 1105）二首　题：第一首，仲夏即事。

第二首，新秋即事。

（1）堂空红白暑增炎△小艇深湾清沼边△女伴相将戏采莲△味偏妍△一半清心一半甜△

（2）疏帘花影月光笼△暑退凉生诗意浓△忽讶鏦铮响远空△戛梧桐△①一半砧声一半风△②

注：① 戛：敲击也。② 砧声：捣衣声。砧，捣衣石。

陈素安（女）（清 1112）一首　题：春夕。

花梢斜挂月纤纤△①绣线才抛玉指尖△燕子嗔人不下帘△闷恹恹△翠黛愁多不用添△

注：① 月纤纤：指眉月。

沈清瑞（清 1144）一首

棠棣花谢絮濛濛△①一径青苔衬落红△亚字栏杆东又东△晚来风△画阁春寒细雨中△

注：① 棠棣：落叶亚乔木，一名甘棠，春初开小白花；濛濛：微雨貌。

钱枚（清 1171）一首

短长亭子短长桥△桥外垂杨一万条△那回临别两魂销△恨迢迢△双桨春风打暮潮△

郭麐（清 1208）一首　题：自题浮眉楼图。　注：调名原作阑干万里心。

濛濛丝柳不藏秋△隐隐疏帘半上钩△见说年年爱远游△一重楼△两点眉山相对愁△

范玉（女）（清 1212）一首　题：和题浮眉楼图。

春山平远不宜秋△①新月弯弯只似钩△说与萧郎莫浪游△②怕登楼△一曲栏杆一曲愁△

注：① 春山：形容女子之眉。② 萧郎：对丈夫之昵称。

张维屏（清 1326）一首　题：九江阻风，赋此拨闷。　注：调名原作阑干万里心。

九江城外雨如烟△①九派茫茫送客船△②不听琵琶已黯然△③水连天△一夜江

声人未眠△

注：① 九江：今江西九江市。② 九派：指长江。③ 琵琶：引用唐白居易故事；黯然：伤感貌。

王嘉福（清 1347）一首

垂杨亭外晚烟笼△十二栏杆卍字空△檐马声声细雨中△[1]一帘风△花在苔衣绿上红△

注：① 檐马：檐角悬挂之风铃。

陈珍瑶（女）（清 1454）一首　题：端午。

香醪蒲王百花杯△[1]绣帘朱符巧剪裁△[2]偶簪艾叶傍妆台△小窗开△一带红榴照眼来△

注：① 香醪：雄黄酒；蒲：菖蒲；王：用雄黄在额上画王字。② 朱符：用朱砂画符。

奕绘（清 1483）三首　题：连雨遣闷。　注：调名原作阑干万里心。

（1）秋声一叶是芭蕉△细雨斜风夕复朝△梦到江南红板桥△画兰桡△人在荷花深处招△

（2）雨丝风片易黄昏△洗盏挑灯深闭门△[1]梦到西山黄叶村△[2]最销魂△松桧前朝皇帝坟△[3]

注：① 洗盏挑灯：洗净油灯盏，挑高灯芯。② 西山：在北京西郊。③ 皇帝坟：指明朝十三陵。

（3）绿窗三日雨霏微△[1]深院蛙鸣新笋肥△梦到阴山雪打围△[2]草依依△[3]千里黄云孤雁飞△[4]

注：① 雨霏微：细雨连绵。② 阴山：在宁夏、内蒙古一带；打围：围猎。③ 依依：柔弱貌。④ 黄云：黄沙蔽云。

丁善仪（女）（清 1494）一首

梧桐分绿上雕栏△幕卷帘垂夜未阑△[1]玉骨珊珊惯耐寒△[2]掩青鸾△[3]绝代蛾眉称意难△[4]

注：① 夜未阑：夜未深。② 珊珊：轻盈、舒缓的样子。③ 青鸾：铜镜。④ 绝代蛾眉：绝色女子。

张鸿卓（清 1212）一首　题：初秋即景。　注：调名原作豆叶黄。

水云凉护白鸥眠△野渚无风堕碧莲△欸乃一声何处船△板桥边△独树斜阳引暮蝉△

许希琼（女）（清 1532）一首　题：山居。　注：调名原作阑干万里心。

几点青山翠抹烟△移家相傍水云边△日长无事枕书眠△听流泉△半是闲人半是仙△

金濂（清 1583）一首　注：调名原作豆叶黄。

落花流出小桥红△桥下春波双桨通△恼杀门前杨柳浓△翠濛濛△知道栏杆深几重△

潘曾玮（清 1653）一首

疏蝉声里一丝秋△不到西风先是愁△锦色华年如水流△恨悠悠△月照黄昏人倚楼△

濮文绮（女）（清 1731）一首

朝寒未定夜寒生△冷雨幽窗滴到明△风曳帘钩三两声△暗惊人△侬不知愁也断魂△

钱令芬（女）（清 1770）一首

风疏雨细鸟声阑△花信频催到牡丹△几回斜倚玉栏杆△怯衣单△不分春阴如许寒△

萧恒贞（女）（清 1798）一首　题：听秋阁坐雨赏荷，新凉可喜。　注：调名原作阑干万里心。

藕花都向晚凉开△小扇单衫香满怀△水阁栏杆凭几回△听秋来△万叶跳珠雨过才△

马如郧（清 1926）一首　题：龙沙早春。

春光疑不到龙沙△[1]二月枝头未茁芽△儿女阶前笑语哗△唤阿爷△误拈飞絮当杨花△

注：① 龙沙：泛指边关塞外之地。

周守瑜（清 1927）一首　题：冬景。　注：调名原作阑干万里心。

窗间斜挂月如钩△阵阵风来人倚楼△一片河山眼底收△曲江头△点点梅花香欲流△

车乘轨（现当 88）二首　题：第一首，壬午端午。　注：2002 年 6 月 15 日作。
第二首，癸未怨夏早。　注：2003 年 6 月 30 日作。
调名原作怨王孙。

（1）岁时容易又端阳△酒菜家家总带黄△[1]佳节欣逢暑转凉△放晴光△不似蛇年风雨狂△

注：① 带黄：指饮雄黄酒、食黄鱼等。

(2) 平生最怕暑来磨△今岁偏生盛夏多△半月提前早到禾△[①]怨凶魔△[②]酷热难熬无奈何△

注：① 禾：嘉兴简称禾。② 凶魔：指盛夏。

三十一字　忆王孙　第二体，仄韵

吕岩（唐30）一首

二月江南山水路▲李花零落春无主▲一个鱼儿无觅处▲风和雨▲玉龙生甲归天去▲

三十一字　蕃女怨

温庭筠（唐34）一首

万枝香雪开已遍▲[①]细雨双燕▲钿蝉筝，[②]金雀扇▲画梁相见▲雁门消息不归来△又飞回△

注：① 香雪：指梨花。② 钿蝉筝：蝉形嵌金之筝。

何月儿（女）（清670）一首

前年屏后犹相见▲薄鬓如蝉▲翠眉颦，[①]微语颤▲相思无限▲西行如隔万重山△恨绵绵△

注：① 蝉字此处平声，借銑韵作宽叶。

三十二字　后庭花（又名玉树后庭花、后庭花破子）

王恽（元9）一首　题：晚眺临武堂。　注：调名原作后庭花破子。

绿树远连洲△青山压树头△[①]落日高城望，烟霏翠满楼△[②]木兰舟△彼汾一曲，[③]春风佳可游△

注：① 此句说树后紧靠青山，有如压之势。② 烟霏：烟雾甚盛貌。③ 汾：汾河，在山西境。

邵亨贞（元86）一首

铜壶更漏残△红妆春梦阑△江上花无语，天涯人未还△倚楼闲△月明千里，隔江何处山△

叶小鸾（女）（明514）一首　题：夜思。

朝来烟雨繁△金炉香缕翻△坐久还慵立，眠多愁梦烦△掩重门△落花流水，依稀随断魂△

三十二字　思帝乡

张星耀（清299）一首　题：幽期。

问欢期△含羞无一词△掷个同心方胜，[①]与郎知△明夜酒阑人静时△[②]独立花

阴下，扣钗儿△

注：① 方胜：首饰。② 酒阑：酒残。

三十二字　清江引

西周生（清525）一首　题意：见《醒世姻缘》吴推官嘲薛素姐盲一目。

金莲踏动秋千板▲[1]彩索随风转▲红裙绿袄新，乍看神魂撼▲[2]细端详，却原来少一个眼▲

注：① 金莲：形容脚小。② 撼：属感韵，借叶。

三十二字　杨花曲　第一体，平仄韵通叶。

吴筠（女）（清1366）一首

杨花飘，杨花飘上天△深房女儿收作线▲春衫细叠寄遥边△[1]遥边人不返▲一院啼春鹃△

注：① 遥边：遥远边境。

三十二字　杨花曲　第二体，仄韵。

吴筠（女）（清1366）一首

杨花飘，杨花飘不已▲踏作春泥魂不死▲燕来衔入芳窝里▲双燕栖雕梁，新雏又添矣▲

三十二字　遐方怨

温庭筠（唐34）二首

（1）凭绣槛，解罗帏△未得君书，断肠潇湘春雁飞△不知征马几时归△海棠花谢也，雨霏霏△

（2）花半坼，[1]雨初晴△未卷珠帘，梦残惆怅闻晓莺△宿妆眉残粉山横△[2]约鬟鸾镜里，[3]绣罗轻△

注：① 坼：音彻，裂也，指花初绽。② 宿妆：隔夜梳妆；山横：喻眉峰如远山横。③ 约鬟：缠束发鬟。

沈贞永（女）（明630）一首

穿柳陌，踏芳丛△一片春风，杏花消息枝上红△晓来人倦翠屏空△小诗裁就也，寄吴侬△

纳兰性德（清694）一首

欹角枕，掩红窗△梦到江南，伊家博山沉水香△[1]湔裙归晚坐思量△[2]轻烟笼翠黛，[3]月茫茫△

注：① 博山：香炉；沉水香：即沉香。② 湔裙：洗衣裳。③ 翠黛：指青山。

蒋春霖(清 1651)一首

片叶乱，枣花零△送客江南，画船无风春水轻△①断肠何处踏歌声△②淡烟斜日里，闭孤城△

注：① 画船：绘画精美之船。② 踏歌：边舞边歌。

三十二字　劈瑶钗　第一体，最后两句换第二种平韵。

徐梗(明 398)一首　题：春陌。

晓烟清△晓风轻△浅绿柔柔润远汀△春意苗条先到柳▲未久▲新莺语涩似娇羞△△唤人愁△△

三十二字　劈瑶钗　第二体，最后两句不换第二种平韵。

吉珠(女)(清 889)一首

懒画眉△自颦眉△一晌相思一晌悲△昨夜梦郎郎似旧▲携手▲醒来无计挽郎衣△晓莺啼△

三十二字　调笑令(又名调笑、古调笑、宫中调笑、调笑词、转应曲、转应词、三台令)　第一体，用二种仄韵一种平韵。

戴叔伦(唐 13)一首　注：调名原作转应曲。

边草▲边草▲边草尽来兵老▲山南山北雪晴△千里万里月明△明月▲▲明月▲▲胡笳一声愁绝▲▲①

注：① 胡笳：北方少数民族军乐。

王建(唐 19)二首　注：调名原作调笑。

(1) 杨柳▲杨柳▲日暮白沙渡口▲船头江水茫茫△商人少妇断肠△肠断▲▲肠断▲▲鹧鸪夜飞失伴▲▲

(2) 蝴蝶▲蝴蝶▲飞上金枝玉叶▲君前对舞春风△百叶桃花树红△红树▲▲红树▲▲燕语莺啼日暮▲▲

冯延巳(五代十国 26)二首　注：调名原作三台令。

(1) 明月▲明月▲照得离人愁绝▲更深影入空床△不道帏屏夜长△长夜▲▲长夜▲▲梦到庭花阴下▲▲

(2) 春色▲春色▲依旧青山紫陌▲①日斜柳暗花蔫△②醉卧春风少年△③年少▲▲年少▲▲行乐直须及早▲▲

注：① 陌：田间道路。② 花蔫：花不鲜明也。③ 春风：一作谁家。

吕南公(宋 105)一首

华草▲①华草▲秀发乘春更好▲②深心密竹纷纷△妖韶随处动人△③人动▲▲人

动▲▲王孙公子情重▲▲

注：① 华草：同花草。② 秀发：英秀发越也。③ 妖韶：妖美也。

邵亨贞(元 86)一首　题：暮春。　注：调名原作古调笑令。

双燕▲双燕▲飞过柳梢不见▲旧时王谢堂前△回首斜阳暮烟△烟暮▲▲烟暮▲▲芳草落花满路▲▲

姚广孝(明 15)二首　注：调名原作转应曲。

(1) 新柳▲新柳▲掩映溪头渡口▲长条未绊游人△正是江南早春△春早▲▲春早▲▲风雨独行古道▲▲

(2) 斜日▲斜日▲门外马蹄声疾▲林栖鸟尽飞还△霞彩红衔远山△山远▲▲山远▲▲莫怪行人归晚▲▲

高启(明 16)一首　注：调名原作转应曲。

双燕▲双燕▲去岁今年相见▲往来东舍西家△衔得泥中落花△花落▲▲花落▲▲人在暮寒池阁▲▲

吴桢(明 56)一首　题：夏日和王孝仪。　注：调名原作转应曲。

红瘦▲红瘦▲转眼端阳还又▲如钱荷叶成行△买断北窗午凉△凉午▲▲凉午▲▲且学东山闲睹▲▲[1]

注：① 东山：山名，在今浙江上虞，东晋谢安携妓游乐处。

杨慎(明 157)三首　注：调名原作转应曲。

(1) 双燕▲双燕▲金屋往来长见▲珠帘尘卷风斜△何处衔来落花△花落▲▲花落▲▲日暮长门寂寞▲▲

(2) 黄鸟▲[1]黄鸟▲飞过花丛袅袅▲绿阴青子初新△流水斜阳晚春△春晚▲▲春晚▲▲望断东城上苑▲▲[2]

注：① 黄鸟：即黄莺。② 上苑：上林苑，皇家花园，此处泛指精美花园。

(3) 银烛▲银烛▲锦帐罗帏影独▲离人无语销魂△细雨斜风掩门△门掩▲▲门掩▲▲数尽寒城更点▲▲

陈士元(明 199)二首　题：第一首，爱月夜眠迟。

第二首，弄花香满衣。

(1) 云散▲云散▲万里银蟾璀璨▲[1]梧桐院宇沉沉△独坐浑忘夜深△[2]深夜▲▲深夜▲▲北斗转临茅舍▲▲[3]

注：① 银蟾璀璨：月光如玉光。② 浑忘：全忘。③ 北斗：星名。

（2）春昼▲春昼▲妖紫艳红如绣▲戏将芳蕊摩挲△香袭遍身绮罗△[①]罗绮▲▲[②]罗绮▲▲惹得游蜂纷坠▲▲

注：① 绮罗：指丝织品衣服。② 罗绮：喻丝织品柔美。

朱泰玉（女）（明 230）一首

午梦▲午梦▲忽到桃花玉洞▲洞边不见渔舟△流水人家小楼△楼小▲▲楼小▲▲五色流云缥缈▲▲

汤显祖（明 236）一首　注：调名原作古调笑。

时节▲时节▲过了春三二月▲乍晴膏雨烟浓△[①]太守春深重农△[②]农重▲▲农重▲▲缓理征徭词讼▲▲[③]

注：① 膏雨：犹言甘霖、及时雨。② 太守：指《牡丹亭》中南安太守杜宝。③ 征徭：征集人夫服役。

呼举（女）（明 346）一首　题：蝴蝶。　注：调名原作转应曲。

蝴蝶▲蝴蝶▲偏爱风花露叶▲日长芳草青青△飞去飞来画屏△屏画▲▲屏画▲▲何处香留粉托▲▲[①]

注：① 托字系药韵，作宽叶。

徐士俊（明 397）一首　题：咏草。　注：调名原作转应曲。

春草▲春草▲陌上铺来自好▲佳人新试青鞋△拖地裙花剪裁△裁剪▲▲裁剪▲▲踏处怜他娇软▲▲

许云飞（女）（明 409）一首　题：送春。　注：调名原作宫中调笑。

春去▲春去▲满院落花飞絮▲多情燕子衔将△[①]惹得离人断肠△肠断▲▲肠断▲▲绿树天涯撩乱▲▲

注：① 衔将：衔去。

余怀（明 520）二首

（1）刺绣▲刺绣▲刺出鸳鸯荳蔻▲美人无语停针△却忆天涯远人△人远▲▲人远▲▲急把珠帘重卷▲▲

（2）艇子▲艇子▲载得一湖春水▲女儿十五娇痴△乌桕花间手垂△垂手▲▲垂手▲▲休折门前杨柳▲▲

潘廷璋（明 583）一首　题：南湖采白蘋。

烟暖▲烟暖▲江上荇丝香软▲晚来荡桨湖中△杨柳桥边起风△风起▲▲风起▲▲打入荷花西渚▲▲

沈华蔓（女）（明 594）一首

杜宇▲杜宇▲日夜催春归去▲问春还去谁家△满地纷纷落花△花落▲▲花落▲▲

闲倚晚妆楼阁▲▲

周积贤(明640)一首　注：调名原作转应曲。

游子▲游子▲远客他乡千里▲昔来才见花新△今日归家暮春△春暮▲▲春暮▲▲回首残阳歧路▲▲

沈忆年(明641)一首　注：调名原作古调笑。

春水▲春水▲江北江南千里▲绿烟遍染蘼芜△①一望垂杨露多△②多露▲▲多露▲▲正是梨花日暮▲▲

注：① 蘼芜：野草名。② 多字系歌韵，作宽叶。

烟霞逸士(明652)一首　注：调名原作转应曲。

明月▲明月▲摇出一片江色▲清辉万里孤灯△潭影花阴闷人△人闷▲▲人闷▲▲撇下许多秋韵▲▲

徐籀(清26)一首　题：闺情。　注：调名原作转应曲。

桃叶▲①桃叶▲渡口双双绣屧▲②霞明日暮平西△几阵东风絮飞△飞絮▲▲飞絮▲▲归去独眠情绪▲▲

注：① 桃叶：南京秦淮河上渡口名。② 屧：鞋，音燮。

陈沅(女)(清158)一首　题：送人南还。

堤柳▲堤柳▲不系东行马首▲空余千里秋霜△凝泪思君断肠△肠断▲▲肠断▲▲又听催归声唤▲▲

陈见鑨(清179)二首　注：调名原作转应曲。

(1) 杨柳▲杨柳▲绿遍春江渡口▲风前旋舞腰肢△管尽人间别离△离别▲▲离别▲▲飞絮满天如雪▲▲

(2) 百舌▲①百舌▲飞上花梢啼急▲一声声是多情△搅得鸳衾梦惊△惊梦▲▲惊梦▲▲鸟也把人调弄▲▲

注：① 百舌：鸣禽名，一名反舌，似伯劳而小。人或蓄之，至冬则死。

陆进(清198)一首　注：调名原作转应曲。

晴未▲晴未▲隔水流萤飞起▲少年谁解闲愁△欲卸残妆上楼△楼上▲▲楼上▲▲寂寂风吹罗帐▲▲

钟筠(女)(清322)一首　题：杜宇。

杜宇▲杜宇▲日夜催春归去▲问春还去谁家△满院纷纷落花△花落▲▲花落▲▲闲倚晚风楼阁▲▲

葛宜(女)(清420)一首　注：调名原作转应曲。

归燕▲归燕▲飞到画梁深院▲肯寄相思玉人△杨柳依依望春△春望▲▲春望▲▲

杜宇声声江上▲▲

沈时栋(清444)一首　题：秋月。　注：调名原作宫中调笑。

秋月▲秋月▲永与春花迥别▲春花百和生香△秋月梧桐夜凉△凉夜▲▲凉夜▲▲天淡银河遥泻▲▲

王晫(清445)一首　题：嘲姗姗。

桃叶▲[①]桃叶▲忽被风姨催别▲[②]抛残无限风光△枉对花枝断肠△肠断▲▲肠断▲▲小玉时常误唤▲▲

注：① 桃叶：借东晋王献之送别爱妾桃叶故事，喻比姗姗。② 风姨：指姗姗主母。据《词苑丛谈》，钱塘卢生爱婢姗姗，年十五，姿容韶秀，为嫡所妒，不得已遣去，其友王晫赋《调笑令》嘲之。

孙琮(清446)一首　题：春日南湖。　注：调名原作转应曲。

春半▲春半▲长日暖风人倦▲黄鹂啰彻枝头△柳外桥斜水流△流水▲▲流水▲▲放艇正当烟雨▲▲[①]

注：① 艇：船之狭小而长者；烟雨：雨字不叶水字韵，改“起”字较妥。

张淑(女)(清454)一首　题：春晚。　注：调名原作古调笑。

春晚▲春晚▲人与燕莺同懒▲小庭昨夜风过△红紫还怜谢多△[①]多谢▲▲多谢▲▲剩有荼蘼迟嫁▲▲[②]

注：① 谢多：指花多萎谢。② 嫁：花谢之意。

姜垚(清479)一首　题：采莲。　注：调名原作宫中调笑。

香馥▲香馥▲隔浦鸳鸯相逐▲翠鬟低唱兰舟△爱折莲花小楼△楼小▲▲楼小▲▲水浸簟纹侵晓▲▲

钱芳标(清513)一首　注：调名原作转应曲。

杨柳▲杨柳▲影蘸灞桥别酒▲平明小雨霏微△那更离亭絮飞△飞絮▲▲飞絮▲▲人与春光俱去▲▲

金烺(清535)一首　题：夜半。

夜半▲夜半▲城头鼓角声断▲帐垂百宝流苏△不寐频呼小姑△姑小▲▲姑小▲▲多是无心睡早▲▲

许田(清807)一首

红袖▲红袖▲记否玉楼垂手▲花颜旖旎生香△秋水明眸断肠△肠断▲▲肠断▲▲衣上湿痕犹茜▲▲[①]

注：① 茜：绛色也，即赤色。

边寿民(清883)一首　题：自题芦雁画稿。　注：调名原作转应曲。

秋浦▲秋浦▲塞雁南归乐土▲潮来午夜风生△一片空心月明△明月▲▲明月▲▲嘹唳一声凄绝▲▲

丁芸（清 1110）一首　题：春日。

烦恼▲烦恼▲蝴蝶南园芳草▲纱窗独坐依依△忽见窗前燕飞△飞燕▲▲飞燕▲▲衔过小桃花片▲▲

陈素安（女）（清 1112）一首　题：咏蝶，示舍妹慕洁。

蝴蝶▲蝴蝶▲记取花香时节▲双双舞白翻黄△影弄帘帷日长△长日▲▲长日▲▲飞上个人裙褶▲▲[①]

注：① 个人：犹言彼人，即他也。

刘嗣绾（清 1174）一首　注：调名原作三台令。

无语▲无语▲门掩一庭春雨▲峭寒帘幕沉沉△银烛烧时夜深△深夜▲▲深夜▲▲又是海棠花谢▲▲

王倩（女）（清 1235）一首

明月▲明月▲底事总圆便缺▲斜晖一片无情△流照罗帏冷清△清冷▲▲清冷▲▲梦醒半床花影▲▲

张缙英（女）（清 1428）二首　注：调名原作转应曲。

（1）飞絮▲飞絮▲只解催将春去▲池塘芳草芊芊△燕子归来卷帘△帘卷▲▲帘卷▲▲花影斜欹一半▲▲

（2）春半▲春半▲窗外落红不断▲空阶独立微吟△云掩重门院深△深院▲▲深院▲▲绣阁画帘高卷▲▲

龚自珍（清 1431）一首

花下▲花下▲金碧朝阳亭榭▲独游无味春时△恨杀佳人起迟△迟起▲▲迟起▲▲孤负江山清绮▲▲

陈裴之（清 1442）一首　题：朗玉山房对月，寄紫湘。　注：调名原作三台令。

明月▲明月▲记照乍逢时节▲二分淡写眉山△消受香温夜寒△寒夜▲▲寒夜▲▲俊语玉梅花下▲▲[①]

注：① 俊语：俊秀之语。

何绍基（清 1486）一首　题：即事。

渔父▲渔父▲破笠冲风冒雨▲雪花飞满簑衣△无计得鱼暮归△归暮▲▲归暮▲▲灯火上元何处▲▲[①]

注：① 上元：农历正月十五日谓上元，即元宵节。

陶淑（女）（清 1629）一首　题：春雨，柬陈淑芬杏。　注：调名原作三台令。

微雨▲微雨▲添得薄寒如许▲金猊几缕香沉△银蜡双台夜深△深夜▲▲深夜▲▲
又怕荼蘼花谢▲▲

蒋春霖(清 1651)一首

银烛▲银烛▲楼上美人独宿▲雪花飞满千山△绣被熏炉夜寒△寒夜▲▲寒夜▲▲
笳鼓征帆未卸▲▲①

注：① 笳鼓：吹笳、击鼓，军中号令也；征帆：指战马。

唐韫贞(女)(清 1787)一首　注：调名原作转应曲。

芳草▲芳草▲绿遍西陵古道▲小楼生怕登临△况值江南暮春△春暮▲▲春暮▲▲
帘幕家家飞絮▲▲

缪珠孙(女)(清 1804)一首　注：调名原作转应曲。

春色▲春色▲自向枝头攀得▲东风昨夜红匀△一剪罗浮晓春△①春晓▲▲春晓▲▲不为惜花起早▲▲

注：① 罗浮：山名，在广东增城境，相传晋葛洪得仙术于此，被喻为仙山。此处指花中仙品。

乔曾劬(现当 21)一首　注：调名原作调笑。

南陌▲①南陌▲何处风靴行迹▲②钿车碾碎香尘△③试望平原暮春△春暮▲▲春暮▲▲细雨濛濛如雾▲▲

注：① 南陌：南郊道路。② 凤靴：喻女鞋。③ 钿车：嵌镶螺钿之车，妇女所乘。

车乘轨(现当 88)二首　题：第一首，赞绍兴市区禁驶电瓶三轮车。　注：2002 年 11 月 1 日作。
第二首，嘲行业排位。　注：2003 年 6 月 14 日作。

(1) 车祸▲车祸▲害得人亡家破▲实行摩禁心安△尚剩三轮未严△严未▲▲严未▲▲今起认真整治▲▲

(2) 排位▲排位▲历代轻商重士▲人民政府改观△代以工农领先△先领▲▲先领▲▲不及财香贾馨▲▲①

注：① 贾：商人。馨：仄声《通雅》云：向有平去二声，可平可仄，古人多假借字也。

江希明(现当 172)一首　题：春早。

春早▲春早▲南国风光正好▲黄鹂婉啭唱歌△灿烂阳光暖和△和暖▲▲和暖▲▲
一路飞花扑面▲▲

卢熙斌(现当 240)一首

山影▲山影▲碧波涟涟万顷▲河上河下秋风△江北江南染红△红染▲▲红染▲▲

遥望朝霞吐焰▲▲

陈宗辉（现当 267）一首　题：送友人。

春草▲春草▲杨柳暖风来早▲蜂飞蝶舞花香△蛙鼓莺啼燕忙△忙燕▲▲忙燕▲▲喜筑新巢欢恋▲▲

三十二字　调笑令　第二体，用一种仄韵一种平韵，即后段仄韵不换第二种。

苏辙（宋 84）一首　题：效韦苏州（韦应物）。　注：调名原作调笑词。

渔父▲渔父▲水上微风细雨▲青蓑黄箬裳衣△[①]红酒白鱼暮归△归暮▲归暮▲长笛一声何处▲

注：① 箬：竹皮，此处指笠帽。

刘基（明 7）一首

沙燕▲沙燕▲别去几时重见▲汀洲芳草纤纤△细雨微风卷帘△帘卷▲帘卷▲人与碧梧俱晚▲

董俞（清 335）一首　题：春日。

银蒜▲[①]银蒜▲遮了东风一半▲门前日影初残△犹见微峰远山△山远▲山远▲风送残红片片▲[②]

注：① 银蒜：蒜形银帘押。② 残红：零星落花。

钱斐仲（女）（清 1575）一首

云散▲云散▲斜阳又来深院▲轻风频弄花枝△蛱蝶团如绾丝△丝绾▲丝绾▲刚被卷帘人见▲

三十二字　调笑令　第三体，首起两句不叠，第六七两句不转应第五句。

李穆宣（清 1860）一首　题：丰亭赠香。

名香，一瓣▲笑向蕉阴庭院▲吹来一缕清芬△笔端五色如云△香气▲▲云气▲▲红杏春深得意▲▲

三十二字　拨不断

许白风（现当 58）一首

过城东△访田翁△田翁为我开春瓮△两盏三杯话岁丰△前朝快雪消残冻▲正绿苗狂纵△

三十二字　归字谣

傅燮诇（清 558）一首　题：初夏。

花事罢▲蕉卷才舒新绿亚▲[1]团扇摇来乍▲悠悠午梦南窗下▲帘钩挂▲学飞乳燕栖帘架▲

注：① 亚：压也。

三十三字　一半儿　注：最后一韵用同韵部仄韵。

朱意园（清 1291）一首

席边眉语背银灯△云雨巫山为定情△潜系罗带出画屏△挽乌云△一半儿欹斜一半儿整▲

王元童（现当 159）一首　题：清明。

山花烂漫草头青△青蛙打鼓闹田塍△[1]前山老林布谷声△闹盈盈△一半儿诗意一半儿景▲

注：① 打鼓：形容蛙鸣。

三十三字　天仙子

严怀熊（女）（清 728）一首　题：拟艳。

娇似翠衣浑未吐▲画裙幺凤金缕▲[1]含香荳蔻欲生香，离绣户▲移莲步▲瞥见秋千墙外露▲

注：① 幺凤：鸟名，即桐花凤。此句说画裙上绣着金丝幺凤。

三十三字　甘州子（又名甘州曲）

顾敻（五代十国 15）三首

（1）红炉深夜醉调笙△敲拍处，[1]玉纤轻△[2]小屏古画岸低平△烟月满闲庭△[3]山枕上，[4]灯背脸波横△[5]

注：① 敲拍：唱曲时击拍子。② 玉纤：形容女子纤细手指。③ 闲庭：空庭。④ 山枕：高耸之枕。⑤ 脸波：犹眼波也。

（2）一炉龙麝锦帏傍△[1]屏掩映，烛荧煌△禁楼刁斗喜初长△[2]罗荐绣鸳鸯△[3]山枕上，私语口脂香△

注：① 龙麝：龙涎香与麝香。② 刁斗：古代军中用具，犹更鼓也。③ 荐：献也。

（3）曾为刘阮访仙踪△[1]深洞客，此时逢△绮筵散后绣衾同△款曲见韶容△[2]山枕上，长是怯晨钟△

注：① 刘阮：汉刘晨与阮肇入天台山采药，遇两仙女迎入洞中成夫妇。② 款曲：殷勤也；韶容：美容也。

吴骐（明 575）二首　题：题情。

（1）含羞不肯解罗衣△红玉软，翠鬟低△那教容易贴香肌△软昵耐心偎△鸾枕畔，几度撒娇痴△

（2）钿蝉金缕脱轻妆△[1]垂宝帐，掩银釭△醉酣锦荐暖鸳鸯△[2]红晕脸朝香△鸾枕畔，星眼昵檀郎△[3]

注：① 钿蝉金缕：蝉形金丝头饰。② 锦荐：华美被褥。荐：献也。③ 星眼：喻美目；檀郎：对男子的爱称。

田茂遇（清 130）一首　题：春雨。

浓云漠漠锁江城△寒食路，少人行△海棠含泪听无声△花外湿雏莺△湘帘卷，无语坐调筝△

陈维崧（清 196）二首　题：新霁，同南耕散步潘原白园亭，主人不在，题壁而去。

（1）沁园春在画桥西△[1]花月价，贱如泥△碧城高与粉墙齐△[2]拟把数行题△[3]题未了，斜日乱莺啼△

注：① 沁园：汉窦宪夺沁水公主园田。此处美称潘原白园亭。② 碧城：原始天尊居碧霞之城，此处美称潘原白园亭。③ 数行：指诗。

（2）铜镮半面涩虾蟆△[1]鹦鹉睡，懒呼茶△胭脂新湿小窗纱△柳线渐胜鸦△[2]无人到，开遍一园花△

注：① 虾蟆：蛙类。此句说虾蟆形门镮半面已生锈。② 此句说柳枝已承受得住乌鸦停栖。

吴棠桢（清 200）一首

鸦啼露井玉楼寒△[1]梳绿鬓，整青鬟△斗将蟋蟀凭栏干△[2]桐子堕未圆△银甲细，[3]剥与小姑看△

注：① 露井：露天之井。② 将：偕同，携带。③ 银甲：银制指甲套。

王策（清 860）一首

画眉才了换花冠△帘雨细，篆香残△雀钗金腻湿烟鬟△风勒柳丝寒△青一把，搭在小栏干△

注：① 烟鬟：形容发髻如烟似雾。

王愫（清 964）一首

楚山无限楚天秋△红叶落，碧云浮△凉风袅袅思难收△杜若采芳洲△[1]凭谁赠，渺渺夕阳愁△

注：① 杜若：香草名。《楚辞》："采芳洲兮杜若。"

李调元（清 1026）二首

（1）梦回午枕画帘前△拈翠管，写银笺△惜红词就日痕偏△①换袷艳阳天△春渐暖，团扇一番圆△

注：① 惜红词：可惜落花之词。

（2）踏青时节放风鸢△①绳断也，倩谁牵△②盼郎心逐半空悬△何日续胶弦△③春渐暖，又近麦秋天△④

注：① 风鸢：风筝也。② 倩：请之意。③ 胶弦：指婚配。④ 麦秋天：指农历四月。因初夏麦始熟，对麦来说，四月为秋也。

恽珠（女）（清 1257）一首　题：晓妆。

菱花乍启觑分明△①云鬟拢，玉钗横△茜衣新试越罗轻△②何事最关情△深巷里，风送卖花声△

注：① 菱花：指镜。② 茜衣：绛红色衣。

陶梁（清 1270）一首　题：春暮游归田王氏园。

兽镮门掩石桥斜△①旧池馆，种桑麻△溪流分出小人家△柳线渐胜鸦△断墙隙，开落一年花△

注：① 兽镮：兽形门镮。

许白凤（现当 58）四首　题：田头杂写。

（1）东皋游罢又西畴△桥断处，只无舟△牧童过渡会骑牛△水面两三鸥△如笑我，近路远浜兜△

（2）浓香阵阵稻花稠△蜂几个，与同游△不贪春色爱寻秋△小树岸边头△扶一把，跨过水田沟△

（3）荻芦瑟瑟似汀洲△谁画就，几分秋△夕阳归去采菱舟△满满水红浮△呼小买，为我且停留△

（4）农村八月最清幽△双季稻，已丰收△偶来子舍驻吟眸△①野老意绸缪△相见语，多得几天留△

注：① 子舍：儿子农村插队之住所。

车乘轨（现当 88）一首　题：西瓜。　注：2003 年 7 月 2 日作。

炎炎夏日口干巴△欲解渴，赖西瓜△黑皮红肉味甜牙△价贱货多夸△回首忆，凭券限购嗟△①

注：① 此句说，计划经济时代，西瓜凭券配售，每人限购数斤，不过一只，大小之选，权在卖方，出现“西瓜人情”，令人哭笑不得。

三十三字 如梦令（又名无梦令、忆仙姿、宴桃源、古记） 第一体，仄韵。

白居易（唐 21）二首 注：调名原作宴桃源。

（1）前度小花静苑▲[①]不比寻常时见▲见了又还休，愁却等闲分散▲[②]肠断▲肠断▲记取钗横鬓乱▲

注：① 苑：花园也。② 等闲：无端也。

（2）频日雅欢幽会▲[①]打得来来越晒▲[②]说着暂分飞，[③]蹙损一双眉黛▲[④]无奈▲无奈▲两个心儿总待▲[⑤]

注：① 频日：连日。② 此句说打得来火热。③ 分飞：分离之意。④ 眉黛：涂画着深青色的眉。⑤ 待：等待。

李存勗（五代十国 8）一首 注：调名原作忆仙姿。

曾宴桃源深洞▲一曲舞鸾歌凤▲长记别伊时，和泪出门相送▲如梦▲如梦▲残月落花烟重▲

苏轼（宋 80）一首 题：有寄。

为向东坡传语▲人在画堂深处▲别后有谁来，雪压小桥无路▲归去▲归去▲江上一犁春雨▲

黄庭坚（宋 101）一首 题：书赵伯充家小姬领巾。 注：调名原作宴桃源。

天气把人僝僽▲[①]落絮游丝时候▲茶饭可曾炊，赢得镜中消瘦▲生受▲[②]生受▲更被养娘催绣▲

注：① 僝僽：音孱骤，折磨。② 生受：犹言难禁。

李之仪（宋 102）一首

回首芜城旧苑▲[①]还是翠深红浅▲春意已无多，斜日满帘飞燕▲不见▲不见▲门掩落花庭院▲

注：① 芜城：即邗沟城。在江苏江都境，此处指扬州；旧苑：旧花园。

秦观（宋 116）五首

（1）门外鸦啼杨柳▲春色着人如酒▲[①]睡起熨沉香，玉腕不胜金斗▲[②]消瘦▲消瘦▲还是褪花时候▲[③]

注：① 如酒：如醉之意。② 金斗：铜熨斗。③ 褪花：落花。

（2）遥夜月明如水▲风紧驿亭深闭▲梦破鼠窥灯，霜送晓寒侵被▲无寐▲无寐▲门外马嘶人起▲

（3）池上春归何处▲满目落花飞絮▲孤馆悄无人，梦断月堤归路▲无绪▲无

绪▲帘外五更风雨▲

(4) 莺嘴啄花红溜▲燕尾点破绿皱▲指冷玉笙寒，吹彻小梅春透▲[①]依旧▲依旧▲人与绿杨俱瘦▲

注：① 小梅：小梅花，乐曲名。

(5) 楼外残阳红满▲春入柳条将半▲桃李不禁风，回首落英无限▲肠断▲肠断▲人与楚天俱远▲

贺铸（宋121）三首　注：调名原作忆仙姿。

(1) 雨后一分春减▲深院落红如糁▲柳外出秋千，度日彩旗风飐▲销暗▲销暗▲门共宝奁长掩▲[①]

注：① 宝奁：梳妆匣。

(2) 莲叶初生南浦▲两岸绿杨飞絮▲向晚鲤鱼风，[①]断送彩帆何处▲凝伫▲凝伫▲楼外一江烟雨▲

注：① 鲤鱼风：九月之风，此处泛指江风。

(3) 彩舫解维官柳▲[①]楼上谁家红袖▲[②]团扇弄微风，如为行人招手▲回首▲回首▲云断武陵溪口▲[③]

注：① 维：系也。② 红袖：指女子。③ 武陵：在湖南常德市；溪口：指桃花源。

沈蔚（宋138）一首

日过重帘未卷▲[①]袅袅欲残香线▲[②]午醉却醒来，柳外一声莺啭▲不见▲不见▲门掩落花深院▲

注：① 重帘：多道帘子。② 袅袅：缭绕貌。

谢逸（宋144）二首

(1) 花落莺啼春暮▲陌上绿杨飞絮▲[①]金鸭晚香寒，[②]人在洞房深处▲[③]无语▲无语▲叶上数声疏雨▲

注：① 陌上：田间道路或城市里巷。② 金鸭：鸭形铜香炉。③ 洞房：深幽之室。

(2) 门外落花流水▲日暖杜鹃声碎▲蕃马小屏风，[①]一枕画堂春睡▲如醉▲如醉▲正是困人天气▲

注：① 蕃马：古代称新疆、蒙古等地为蕃。此句说画着蕃马之小屏风。

米友仁（宋166）一首　注：调名原作宴桃源。

蝶梦初回栩栩▲[①]柳岸几声莺语▲蘋末起微风，[②]山外一川烟雨▲凝顾▲凝

顾▲人在玉壶深处▲[3]

注：① 蝶梦：喻幻觉之梦。昔者庄周梦为蝴蝶，语出《庄子》。② 蘋末：大萍曰蘋，《宋玉赋》："夫风生于地，起于青蘋之末。"③ 玉壶：形容高洁。

曹组（宋 170）一首

门外绿阴千顷▲两两黄鹂相应▲睡起不胜情，行到碧梧金井▲人静▲人静▲风弄一枝花影▲

周紫芝（宋 201）二首　注：调名原作宴桃源。

（1）林外野塘烟腻▲[1]衣上落梅香细▲瘦马步凌竞，[2]人在乱山丛里▲憔悴▲憔悴▲回望小楼千里▲

注：① 腻：肥厚。② 凌竞：寒冻战栗也。

（2）绿尽小池芳草▲[1]门外垂柳春昼▲花上雨廉纤，[2]帘幕燕来时候▲消瘦▲消瘦▲依约粉香襟袖▲[3]

注：① 草：草字不叶韵，作宽叶。② 廉纤：微雨貌。③ 依约：仿佛也。

吕本中（宋 205）一首　题：忆旧。

海雁桥边春苦▲几见落花飞絮▲重到柳行西，懒问画楼何处▲凝伫▲凝伫▲十顷荷花风雨▲

李清照（女）（宋 207）二首　题：第一首，酒兴。

第二首，春晚。

（1）常记溪亭日暮▲沉醉不知归路▲兴尽晚回舟，[1]误入藕花深处▲[2]争渡▲争渡▲惊起一滩鸥鹭▲[3]

注：① 晚：一作欲。② 藕花：一作芙蕖。③ 滩：一作行。

（2）昨夜雨疏风骤▲浓睡不消残酒▲试问卷帘人，却道海棠依旧▲知否▲知否▲应是绿肥红瘦▲

晁冲之（宋 214）三首

（1）门在垂杨影里▲楼枕曲江春水▲一阵牡丹风，[1]香压满院花气▲沉醉▲沉醉▲不记绿窗先睡▲

注：① 牡丹风：按二十四番花信风，当在谷雨节起五天内。

（2）帘外新来双燕▲珠阁琼楼穿遍▲香径得泥归，飞触池塘波面▲谁见▲谁见▲春晚昭阳宫殿▲[1]

注：① 昭阳宫：汉成帝宠赵飞燕，为其建昭阳宫。

（3）墙外辘轳金井▲[1]惊梦瞢腾初省▲深院闭斜阳，误入阴阴帘影▲人静▲人

静▲花落鸟啼飞定▲

注：① 辘轳金井：配有吊水架之井。金井，井栏之美称也。

向滈（宋 230）一首　题：书弋阳楼。

楼上千峰翠巘▲[①]楼下一湾清浅▲宝簟酒醒时，[②]枕上月华如练▲留恋▲留恋▲明日水村烟岸▲

注：① 巘：山峰也。② 宝簟：竹席之美称。

陈与义（宋 232）一首　注：调名原作宴桃源。《全宋词》为无名氏作。

落日霞消一缕▲素月棱棱微吐▲[①]何处夜归人，呕哑几声柔橹▲[②]归去▲归去▲家在烟波深处▲

注：① 素月：洁白月色；棱棱：严寒貌。② 呕哑：橹声。

张元幹（宋 243）一首

卧看西湖烟渚▲绿盖红妆无数▲[①]帘卷曲栏风，拂面荷花吹雨▲归去▲归去▲笑损花边鸥鹭▲

注：① 绿盖：指荷叶；红妆：指荷花。

王之道（宋 248）一首　题：江上对雨。

一晌凝情无语▲手撚梅花何处▲倚竹不胜愁，暗向江头归路▲东去▲东去▲短艇淡烟疏雨▲

李祁（宋 258）一首

春水湖塘深处▲竹暗沙洲无路▲闲伴落梅来，却信东风归去▲日伫▲日伫▲细看西山烟雨▲

吕渭老（宋 259）一首

百和宝钗香佩▲[①]短短同心霞带▲[②]清镜照新妆，巧画一双眉黛▲多态▲多态▲偷觑榴花窗外▲

注：① 百和：香料名；佩：古代女子襟带饰物。② 霞带：发光彩之腰带。

胡铨（宋 273）一首

谁念新州人老▲[①]几度斜阳芳草▲眼雨欲晴时，[②]梅雨故来相恼▲休恼▲休恼▲今岁荔子能好▲[③]

注：① 新州：即广东新兴县。作者反对与金议和，在绍兴八年（1138）上书请斩秦桧，被贬新州。② 眼雨：眼泪似雨。③ 荔子：新州盛产荔子。

孙道绚（女）（宋 289）一首　题：宫词。

翠擘红蕉影乱▲月上朱栏一半▲风自碧空来，吹落歌珠一串▲不见▲不见▲人被绣帘遮断▲

石孝友（宋 299）一首

折寄陇头春信▲①香浅绿柔红嫩▲插向鬓云边，添得几多风韵▲但问▲但问▲管与玉容相称▲

注：① 春信：指梅花，因梅开于早春。

赵彦端（宋 314）一首

嫩柳眉梢轻蹙▲细草烟凝堪掬▲①争似小桃秾，酒入香肌红玉▲清馥▲②清馥▲不觉花阑漏促▲③

注：① 掬：掬取，形容烟浓。② 馥：香气也。③ 花阑：花谢、花残也。

甄龙友（宋 324）一首　题：嘲人娶不贞之妇。

今夜盛排筵宴▲准拟寻芳一遍▲春去已多时，问甚红深红浅▲不见▲不见▲还你一方白绢▲

陆游（宋 330）一首　题：闺思。

独倚博山峰小▲①翠雾满身飞绕▲只恐学行云，去作阳台春晓▲春晓▲春晓▲满院绿杨芳草▲

注：① 博山：雕刻有山形之香炉。

朱雍（宋 335）一首

池上数枝开遍▲临水幽香清浅▲楼上欲黄昏，吹彻一声晴管▲①零乱▲零乱▲衣上残英都满▲

注：① 晴管：清朗的箫管声。

范成大（宋 339）一首

罨画屏中客住▲①水色山光无数▲斜日满江声，何处撑来小渡▲休去▲休去▲惊散一洲鸥鹭▲

注：① 罨画：杂彩色画。

辛弃疾（宋 370）一首　题：赠歌者。

韵胜仙风缥缈▲①的砾娇波宜笑▲②串玉一声歌，占断多情风调▲③清妙▲清妙▲留住飞云多少▲④

注：① 韵：风韵；缥缈：高远貌。② 的砾：鲜明貌；娇波：娇美眼波。③ 占断：占取。④ 飞云：用响遏行云意。

沈端节（宋 385）一首

雨后轻寒天气▲玉酒中人欲醉▲①乍报一番秋，晚簟清凉如水▲②忺睡▲③忺睡▲窗在芭蕉叶底▲

注：① 玉酒：美酒也。② 簟：席也。③ 忺睡：睡得舒适。

赵长卿（宋 389）一首　题：汉上晚步。

何处一声鸣橹▲惊起满川寒鹭▲一著画难成，雪霁乱山无数▲且住▲且住▲数遍溪南烟树▲

严蕊（女）（宋 395）一首　题：应天台太守唐仲友命，作红白桃花。　注：调名原作忆仙姿。

道是梨花不是▲道是杏花不是▲白白与红红，别是东风情味▲曾记▲曾记▲人在武陵微醉▲

注：① 武陵：晋陶潜《桃花源记》，曾描述湖南武陵桃花源故事。此处借以应题。

汪晫（宋 425）一首　题：饯春，次韵吴郎子。

几点弄晴微雨▲翳日薄云未去▲[①]断送一番春，满径杨花飞絮▲无语▲无语▲还是旧时院宇▲

注：① 翳：遮蔽之意。

吴潜（宋 461）四首

（1）昨夜春衫初试▲今日春寒犹殢▲待得晚风收，独上危楼闲倚▲闲倚▲闲倚▲目断半空烟水▲

（2）一晌园林绿就▲[①]柳外莺声初透▲轻暖与轻寒，又是牡丹花候▲[②]花候▲花候▲岁岁年年人瘦▲

注：① 一晌：一会儿。② 花候：二十四番花信风。

（3）雨过远山如洗▲云散落霞如绮▲[①]嫩绿与残红，又是一般春意▲春意▲春意▲只怕杜鹃催里▲

注：① 落霞：夕阳光辉；绮：绫罗之类，言其美丽。

（4）江上绿杨芳草▲想见故园春好▲一树海棠花，昨夜梦魂飞绕▲惊晓▲惊晓▲窗外一声啼鸟▲

方岳（宋 470）一首　题：海棠。

雨洗海棠如雪▲又是清明时节▲燕子几时来，只了为花愁绝▲愁绝▲愁绝▲枉与春风分说▲

吴文英（宋 476）一首

春在绿窗杨柳▲人与流莺俱瘦▲眉底暮寒生，帘额时翻波皱▲[①]风骤▲风骤▲花径啼红满袖▲[②]

注：① 帘额：帘上端，此处泛指帘。② 啼红：落花也。

陈允平（宋 556）一首

闲倚琐窗工绣▲①春困两眉频皱▲独自下香街，②攀折画桥烟柳▲晴昼▲晴昼▲偏称玉楼歌酒▲③

注：① 琐窗：镂花纹之窗。② 香街：即香阶。③ 称：称心之意。

张炎（宋572）一首　题：处梅列芍药于几上酌余，不觉醉酒，陶然有感。

隐隐烟痕轻注▲拂拂脂香微度▲①十二小红楼，人与玉箫何处▲归去▲归去▲醉插一枝风露▲

注：① 拂拂：形容风轻轻吹过。

刘景翔（元45）一首

独立荷汀烟暮▲①一霎锦云香雨▲似为我无情，惊起鸳鸯飞去▲飞去▲飞去▲却在绿杨深处▲

注：① 荷汀：种植荷花的小洲。

王逢（元97）一首　题：菰村赋赠。

檐耸数株松子▲村绕一湾菰米▲①鸥外迥闻鸡，②望望云山烟水▲多此▲多此▲酒进玉盘双鲤▲

注：① 菰米：即茭白。② 迥：远远。

刘基（明7）二首　题：第一首，题画。　注：两首词内容相近，或为版本差异，俱录之。

（1）草际斜阳红委▲①林表晴岚绿靡▲②何许一渔舟，摇动半江秋水▲风起▲风起▲棹入白蘋花里▲③

注：① 委：委顿，堕落之意。② 林表：林外；岚：山气；靡：美好。

（2）一抹斜阳沙嘴▲①几点闲鸥草际▲乌榜小渔舟，②摇过半江秋水▲风起▲风起▲棹入白蘋花里▲

注：① 沙嘴：沙滩角。② 乌榜：乌篷击榜渔舟。

杨基（明12）四首　题：第一首，春晓。
第二首，江舡听雨。
第三首，春风。
第四首，春雪。

（1）昨夜雪晴风小▲罗幕嫩寒犹峭▲①天气近花朝，②江上燕儿来了▲催晓▲催晓▲隔树数声啼鸟▲

注：① 嫩寒：薄寒。② 花朝：即百花生日，在农历二月十二日。

（2）篷上雨声初罢▲①舡尾绿蓑齐挂▲②添却几重泉，都向松梢飞下▲如画▲

如画▲山与白云齐亚▲[3]

注：① 篷：指船篷。② 舡：即船。③ 亚：与“压”通。

（3）银渚拂波轻度▲罗幄送寒低护▲催得百花开，又与百花相妒▲无数▲无数▲吹过画栏西去▲

（4）点缀落梅秾李▲[1]埋没苍苔芳芷▲[2]楼上倚栏人，立在玉屏风里▲风起▲风起▲都做一江春水▲

注：① 秾：花木稠多貌。② 芷：草名，一名白芷。

王行（明14）一首　题：惜春。

一日寻芳一度▲一树繁花一步▲回首又何时，流水乱红无数▲春暮▲春暮▲幽草绿阴庭户▲

徐有贞（明54）一首

春意欲透未透▲闷把野梅频嗅▲正自不禁寒，那堪风僝雨僽▲[1]将就▲将就▲还有清明时候▲

注：① 风僝雨僽：恶风苦雨之意。

张舜美（明57）二首　题：上元出游。

（1）明月娟娟筛柳▲[1]春色溶溶如酒▲今夕试华灯，约伴六桥闲走▲[2]回首▲回首▲楼上玉人知否▲

注：① 娟娟：美好貌。② 六桥：杭州西湖苏堤上有六座桥。

（2）燕赏良宵无寐▲笑倚东风残醉▲未审那人儿，[1]今夜玩游何地▲留意▲留意▲几度欲回又滞▲

注：① 未审：未知之意。

刘素香（女）（明58）一首　题意：答张舜美。

邂逅相逢如故▲引起春心追慕▲高挂彩鸾灯，正是儿家庭户▲挪步▲挪步▲千万来宵垂顾▲

姚绶（明64）一首　题：忆往。

秦女吹箫引凤▲去访碧纱仙洞▲一去杳无踪，细雨春寒花冻▲如梦▲如梦▲总有佳期何用▲

符俊（明66）一首　题：题打鱼舟。

春水半溪浮玉▲[1]烟柳万丝摇绿▲[2]一叶打鱼舟，撑过杏花村北▲三复▲[3]三复▲歌彻太平新曲▲

注：① 浮玉：如玉般洁净。② 烟柳：柳含烟之意。③ 三复：三遍也。

吴宽（明78）一首　题：玉延亭午坐。

午枕莫教重睡▲亭上老槐垂翠▲暑气此间消，一阵好风随至▲多事▲多事▲又过菜畦行水▲[①]

注：① 行水：河渠流注。

桑悦（明85）一首　题：过废宅有感。

高阁平临松岛▲曲榭低环荷沼▲[①]侍女卷珠帘，倦把落花闲扫▲过了▲过了▲基地交还芳草▲[②]

注：① 沼：曲池也。② 基地：宅基地，房屋倒塌后之土地。

李梦阳（明121）二首

（1）昨夜洞房春暖▲烛尽琵琶声缓▲闲步倚栏杆，人在天涯近远▲影转▲影转▲月压海棠枝软▲

（2）不信园林春早▲一夜偏生芳草▲说与小童知，池上落红休扫▲休扫▲休扫▲花外斜阳更好▲

顾鼎臣（明122）一首　题：小词奉候台临。[①]

云物迥开晴昊▲[②]骤雪满阶频扫▲灯火画堂春，莫惜玉尊倾倒▲[③]安道▲[④]安道▲颙迓剡溪仙棹▲[⑤]

注：① 台临：光临也。② 云物：云色也。③ 尊：酒具。④ 安道：何道。⑤ 颙迓：欢迎之意；剡溪：水名，源出浙江天台山，曹娥江之上游。此处借晋王子猷雪夜乘舟访戴逵于剡县（今浙江嵊州）的故事。

王廷相（明123）一首

风外花枝袅袅▲闲上玉楼高眺▲来日是清明，处处秋千热闹▲说道▲说道▲燕子来时春好▲

夏言（明143）二首　题：第一首，和浚川韵。

第二首，惜花春起早。

（1）楼外绿杨袅袅▲[①]楼上有人闲眺▲细雨燕初飞，水满渌池蛙闹▲[②]报道▲报道▲又是一年春好▲

注：① 袅袅：风动貌。② 渌：水清也。

（2）门外东风何早▲一夜海棠开了▲料峭五更寒，人倚栏杆清晓▲鸦噪▲鸦噪▲忙问落花多少▲

陈淳（明146）二首　题：第一首，春景。

第二首，秋月。

（1）从自海棠开后▲泪湿香罗衫袖▲何事不归来，平地把人消瘦▲低首▲低

首▲怕见陌头杨柳▲

（2）秋院凉风缥缈▲试看庭花犹小▲新月上东墙，花月相辉人悄▲烦恼▲烦恼▲谁识别离怀抱▲

陈铎（明 155）二首

（1）一剪小园风快▲春困此时方解▲含笑上秋千，再束绣鸳罗带▲墙外▲墙外▲料得那人先在▲

（2）日宴绣帘初挂▲[1]雪满小楼鸳瓦▲[2]睡起觉寒轻，坐近玉梅窗下▲妆罢▲妆罢▲眉黛倩谁重画▲[3]

注：① 日宴：日迟。宴，晚也。② 鸳瓦：瓦之成偶者。③ 倩：请之雅称。

杨慎（明 157）一首　题：秋闺。

云影月华穿过▲雨意钟声敲破▲洞户卷帘时，飞透流萤一个▲孤坐▲孤坐▲白雪金徽谁和▲[1]

注：① 白雪：阳春白雪；金徽：琴名。

吴承恩（明 183）一首

柳外数声啼鴂▲[1]风舞隔帘香雪▲[2]睡起没心情，又过牡丹时节▲伤别▲伤别▲碧草暖烟飞蝶▲

注：① 鴂：鶗鴂，即杜鹃。② 香雪：喻白花。

陈士元（明 199）一首　题：夏云多奇峰。

炎暑云生天表▲[1]幻出奇峰不少▲彷彿茂林开，勾引斜阳归鸟▲差了▲差了▲顷刻云收峰倒▲

注：① 天表：犹言天外。

张凤翼（明 209）一首　题：春雨。

满院桃花几树▲墙角海棠千缕▲正好斗芳菲，[1]奈何妒花风雨▲睡起▲[2]睡起▲脉脉小窗无语▲

注：① 芳菲：花草鲜美貌。② 起：此字出韵，作宽叶。

王世懋（明 216）一首　题：病起。

枝上子规犹闹▲[1]门外碧梧谁扫▲病起不经秋，倚尽小楼残照▲寒峭▲[2]寒峭▲一夜白蘋天老▲

注：① 子规：即杜鹃鸟。② 寒峭：微寒貌。

马守真（女）（明 228）一首

雨过花枝红倦▲日照绣帏刚半▲半睡半醒时，谁向耳边低唤▲魂断▲魂断▲花也为人长叹▲

冯琦（明 250）一首　题：梅雪双栖图。

竹外瑶华千顷▲①更与素梅掩映▲双鹊噪寒枝，蹴落飞花无影▲②相并▲相并▲明月惊栖不定▲

注：① 瑶华：仙花、好花。② 蹴：音促，以足踢物。

吴敬所（明 263）二首　题意：第一首，《寻芳雅集》王娇鸾怀念吴廷璋。

第二首，《刘生觅莲记》刘一春词挑孙碧莲。

（1）正好欢娱彩幔▲何事赤绳缘断▲①步月散幽怀，又被琴声撩乱▲情愿▲情愿▲孤枕与君分半▲

注：① 赤绳：传说月下老人以赤绳系合男女婚姻。

（2）日暖风和时候▲玉女花前邂逅▲①漫赋启朱唇，②轻递脂香未透▲欣骤▲欣骤▲有日相如琴奏▲③

注：① 邂逅：不期而遇也。② 漫赋：随意吟诗。③ 相如：汉司马相如，卓文君闻其琴声而私奔嫁之。

王衡（明 267）一首　题：芦雁。

风起芦花如醉▲历历雁行成字▲一点一声寒，霜重晓枫群碎▲知未▲知未▲只在浅深沙际▲

沈麐（明 276）一首　题：醉后题画兰赠陈姬。

月枕纱笼酒后▲打点玉容柔瘦▲洒墨乱春妆，香雨沾人衣袖▲成就▲成就▲今夜风情消受▲

冯梦龙（明 288）一首　题意：惜顾阿秀被骗失身。　注：见《古今小说·陈御史巧勘金钗钿》。

可惜名花一朵▲①绣幕深闺藏护▲不遇探花郎，陡被狂蜂残破▲错误▲错误▲怨杀东风分付▲②

注：① 名花：指顾阿秀。② 东风：指母亲。因母命与未婚夫相会，不料遇假冒。

施绍莘（明 309）一首

日约楼阴初整▲风暖烟消人静▲早起未梳头，闲扫小院芳径▲清净▲清净▲只剩数枝花影▲

武氏（女）（明 316）一首

画阁闲吟玉案▲①寂寂薰风庭院▲②微闷坐花前，独把栏杆倚遍▲帘卷▲帘

卷▲秋花桐阴一半▲

注：① 玉案：几桌之美称。② 寂寂：静貌；薰风：南风。

沈自徵（明330）一首　题：琴生绻一，周子，苏人，以货线为生。

怕看鸳鸯簇秀▲验取石榴裙皱▲怨杀小罗巾，偏抱相思积受▲分剖▲分剖▲停半粘新带旧▲

戴娇凤（女）（明335）一首　题：答生。

爱杀玉人丰韵▲岂索珍珠为聘▲赚入绣衾窝，顿作鸳鸯相并▲痴甚▲痴甚▲直到月残灯尽▲

李应升（明349）一首

庭院紫薇谁伴▲树上鸟啼声乱▲昼长人正眠，又被鸣蝉惊断▲长叹▲长叹▲初放芙蓉满岸▲

王屋（明364）一首

采得明珠如豆▲挂向流苏帐后▲[①]夜半吐幽光，扶起玉钗低溜▲推就▲推就▲枕上野鸳谁绣▲

注：① 流苏：帐饰也。

吴熙（明366）一首　题：春情。

已见飞红如许▲[①]嫩绿一条溪水▲结伴向花间，步步钩簪摘珥▲随喜▲[②]随喜▲来到谢娘家里▲[③]

注：① 许：此字出韵，作宽叶。② 随喜：本佛家语，游玩也。③ 谢娘：指歌女、妓女。

杨琰（女）（明374）一首

新绿酿成杨柳▲帘卷和风微透▲独坐抱云和，[①]香篆暗消金兽▲回首▲回首▲花事春光依旧▲

注：① 云和：琴瑟等乐器。

张婉（女）（明377）二首　题：春暮。

（1）陌上莺啼绿柳▲[①]楼上花飞宝甃▲[②]晴日晚春天，画箧香消荳蔻▲消瘦▲消瘦▲又到断肠时候▲

注：① 陌上：田间道路。② 甃：音骤。凡砖砌之物称甃，引申为花瓶。

（2）花落莺啼清昼▲枝上青梅如豆▲排遣暮春天，奈得几多僝僽▲消瘦▲消瘦▲又是断肠时候▲

崔嫣然（女）（明388）一首

窗外晓莺唧溜▲[①]俏向耳朵轻逗▲推枕坐罗帏，细认鞋尖越瘦▲僝僽▲[②]僝

僽▲端为那人消受▲

注：① 唧溜：敏捷也，此处作其声脆滑。② 僝僽：伤感。

宋存标（明391）一首　题：和湘真词。　注：调名原作宴桃源。

为逐莲舟风送▲菡萏香生衣缝▲[①]行到锦帆泾，月照吴江烟动▲如梦▲如梦▲畏听子规啼重▲[②]

注：① 菡萏：荷花别名。② 子规：即杜鹃。

许云飞（女）（明409）一首　题：初夏怀陈玉环表妹。

柳絮方塘绿涨▲燕子香泥红酿▲晓起试风光，改却春天模样▲遥望▲遥望▲暗祝征车无恙▲[①]

注：① 征车：远行之车；无恙：无病。

支如增（明417）一首

又见东风吹遍▲岁岁扰侬庭院▲皱了绿萍纹，又皱却桃花面▲埋怨▲埋怨▲忽地暗将人换▲

商景兰（女）（明424）一首　题：寓园有感。

此地春光如绣▲画槛名花依旧▲独立悄无言，梅比腰肢还瘦▲僝僽▲僝僽▲林外鸟声迤逗▲[①]

注：① 迤逗：引逗。

王嫰（女）（明428）一首　题：梦到旧居。

月到闲庭如昼▲修竹长廊依旧▲对影黯无言，欲道别来消瘦▲春骤▲春骤▲风底落花僝僽▲

杨宛（女）（明429）一首　题：新岁。

酒暂将人圆溜▲梦却将人僝僽▲不见去年人，又是去年时候▲搔首▲搔首▲一派春光消瘦▲

钱肃乐（明432）一首　题：舟中感怀。

道是渔郎不是▲道是泉翁不是▲雨雨又风风，尝尽水中滋味▲全未▲全未▲还向烟波沉醉▲

贺贻孙（明433）一首　题：渔梦。

春夜蓑寒风紧▲[①]洞口人家孤迥▲[②]如梦入渔舟，鸡犬无边声近▲惊醒▲惊醒▲鸟犯桃花红影▲

注：① 蓑：指蓑衣。② 迥：远也。

陈子龙（明441）一首

红烛逢迎何处▲[1]笑倚玉人私语▲莫上软金钩，[2]留取水沉浓雾▲[3]难去▲难去▲门外尺深花雨▲

注：① 逢迎：接待也。② 软金钩：挂帘子之钩子。此处说不要把帘子卷起。③ 水沉：水沉香，即沉香。

卓发之（明 448）一首　题：艳情。

柳眼欲开波溜▲鸾鬓乍翻风透▲倦体怯罗襦，却与春趺俱瘦▲知否▲知否▲昨夜双蛾半皱▲

钱谷（明 459）一首　注：调名原作宴桃源。

雨过采莲香动▲绿水青蛾烟共▲[1]踏尽紫金坡，队队玉骢娇送▲[2]如梦▲如梦▲依旧云山四拥▲

注：① 青蛾：即黛眉，喻女子。② 玉骢：马之美称。

金堡（明 499）一首

月下采莲船上▲深掩花衾叶帐▲旧梦忽翻新，十里香波摇荡▲一向▲一向▲不听吴侬渔唱▲[1]

注：① 吴侬：指苏州人。

刘云琼（女）（明 506）一首

山树重重鸦裹▲[1]石窦微微云躲▲[2]细雨湿篷窗，红洗秋棠半朵▲[3]萤火▲萤火▲飞去飞来伴我▲

注：① 鸦裹：鸦聚之意。② 石窦：石孔也。③ 秋棠：秋海棠。

沈龙（明 509）一首　题：秋思。

又是秋风冉冉▲吹皱小池月面▲亲手揭帘衣，烟水天南一雁▲重见▲重见▲翻出旧时情案▲[1]

注：① 情案：情事。

叶小鸾（女）（明 514）一首　题：辛未（1631）除夕。

风雨帘前初动▲早又黄昏催送▲明日纵然来，一岁空怜如梦▲如梦▲如梦▲唯有一宵相共▲

胡介（明 515）一首　题：二月十三日作。

花雨寒鸦唱早▲处处绿杨天晓▲节候近花朝，人到春风难老▲恰好▲恰好▲雨过一声啼鸟▲

周贞媛（女）（明 541）一首　题：送铭九三弟。

雁阵惊寒未落▲飞向天涯海角▲休再唱骊歌，[1]去路迢迢萧索▲[2]风恶▲风恶▲不管离人衫薄▲

注：① 骊歌：离别之歌。② 萧索：萧条、寂寞也。

王夫之（明557）一首　题：本意。

花影红摇帘缝▲苔影绿浮波动▲风雨霎时生，寒透碧纱烟重▲[1]如梦▲如梦▲忒杀春光调弄▲[2]

注：① 碧纱：指窗户。② 忒杀：太甚也。

陈玉娟（女）（明563）一首

喜杀功名成就▲准备玉箫双奏▲拟定夜深时，相与从容话旧▲非谬▲非谬▲月上柳梢时候▲

汤传楹（明571）一首　题：秋日晓行。

露薄芙蓉消瘦▲早又黄花如绣▲水面野风来，卷起深萍堆皱▲罗袖▲罗袖▲不道晓寒湿透▲

严燉（明590）一首　题：夏寒。

雨滴新桐欲溜▲恰是麦秋时候▲[1]白发已盈头，怕照镜中消瘦▲清昼▲清昼▲窗外薄寒纱透▲

注：① 麦秋：指农历四月。《礼》："孟夏之月，麦秋至。"

时娴（女）（明599）一首

春色初归禁柳▲[1]嫩绿淡黄微透▲随伴戏秋千，试舞腰肢谁瘦▲眉皱▲眉皱▲空忆承恩时候▲[2]

注：① 禁柳：皇宫之柳。② 承恩：得帝宠爱。

李玉照（女）（明605）一首　题：春闺。

宝凤斜飞慵整▲[1]一种闲愁孟省▲[2]红抹小栏杆，扶住一枝花影▲花影▲花影▲泪眼且看春景▲

注：① 宝凤：宝石凤头钗；慵整：懒于整理。② 孟省：突然察觉。

归淑芬（女）（明631）一首　题：春闺。

数日珠帘慵卷▲[1]槛外初来新燕▲[2]绣袂倚朱栏，[3]春暖风吹人倦▲人倦▲人倦▲且向海棠消遣▲

注：① 慵：懒也。② 槛：窗槛。③ 袂：衣袖。

彭氏（女）（明635）一首

几欲探春无计▲长想那人佳丽▲羡杀石榴裙，轻罩双鸳绕地▲[1]留意▲留意▲芍药栏边游戏▲

注：① 双鸳：双足之美称。

李元鼎（清5）一首　题：和怀旧。

庭苑晓风吹透▲正是明月时候▲行过碧栏杆，一带绿波常皱▲消瘦▲消瘦▲那得容颜如旧▲

徐灿(女)(清20)二首　题：第二首，垂丝海棠。

(1) 花似离颜红少▲梅学愁心酸早▲生怕子规声，[1]啼绿庭前芳草▲春老▲春老▲几树垂杨还袅▲[2]

(2) 昨夜雨添春重▲滴润小梅愁动▲剪剪海棠风，[1]一点残灯红弄▲如梦▲如梦▲梦断五更风送▲

注：① 剪剪：风寒貌。

徐籀(清26)一首　题：秋霁。[1]

帘上几回疏雨▲净把芭蕉重洗▲阵阵远闻香，莺啄小橙花底▲清霁▲清霁▲风定竹梢重起▲

注：① 秋霁：秋天雨止。

吴伟业(清28)一首

整日莺愁燕懒▲遍地落红谁管▲[1]睡起爇沉香，[2]小饮碧罗春碗▲[3]帘卷▲帘卷▲一若柳丝风软▲

注：① 落红：落花。② 爇：烧也。③ 碧罗春：茶名，产于太湖洞庭山。

汪价(清30)一首　题：咏美人口。

一颗樱桃较小▲[1]未语先含波俏▲[2]不待启朱唇，瓠齿自然皎好▲还早▲还早▲留取嫣然一笑▲[3]

注：① 樱桃：喻小口。② 波俏：妍美可意。③ 嫣然：巧笑貌。

王岱(清52)一首　题：纪梦。

密约眼波清溜▲私语口脂香透▲把袂不胜羞，[1]绀碧石花衣袖▲[2]如昼▲如昼▲梅影月香时候▲

注：① 把袂：即握手。② 绀：音甘，天青色也。

谢良琦(清58)一首　题：赠情。

半夜开帘偷觑▲刚得拥衾私语▲能勾几多时，槛外星河欲曙▲起去▲起去▲今夕云雨何处▲

严沆(清68)一首　题：池上。

绕遍绿池无绪▲[1]却被黄莺留住▲两两怨东风，杨柳千条西去▲疏雨▲疏雨▲花外一亭人语▲

注：① 无绪：无情绪。

曹尔堪(清69)一首　题：初寒即事。

溪畔蘋花开小▲墙角低垂红枣▲深夜卷西风，床下莎鸡来早▲[1]倾倒▲倾倒▲秋社新醅正好▲[2]

注：① 莎鸡：虫名，即纺织娘。② 秋社：在立秋后五个戊日。社，祭后土神也；醅：指酒。此句说祭社后父老聚宴饮酒。

于成龙（清71）一首

赤壁莺啼岸柳▲[1]岐镇雨肥园韭▲[2]忆别若为情，且看燕飞红瘦▲回首▲回首▲谷雨清明时候▲

注：① 赤壁：在湖北蒲圻。② 岐镇：岐亭镇，在湖北麻城西南七十华里。

尤侗（清81）二首　题：第一首，戏赠小伶。

第二首，春梦。

（1）六幅裙儿半挂▲八字眉儿半画▲笑问若耶人，[1]何事西施未嫁▲[2]长夜▲长夜▲为语新妆休卸▲

注：① 若耶：溪名，在浙江绍兴。② 西施：古代四大美人之一，越（绍兴诸暨）人。此处喻小伶（今演员）。

（2）春梦偶然失晓▲催起数声娇鸟▲软立倚郎肩，宿黛无心重扫▲[1]罢了▲罢了▲粗服乱头都好▲[2]

注：① 宿黛：隔夜所画之眉。② 粗服乱头：形容未打扮。

吴绮（清90）一首　题：金陵感旧。[1]

杨柳白门春树▲燕子满城风絮▲看尽六朝花，人在画楼深处▲烟雨▲烟雨▲萧瑟江关如许▲[2]

注：① 金陵：今江苏南京市。② 江关：长江边城关。

周季琬（清100）一首　题：山楼暮望。

风送落红成路▲又见鸣鸠拖雨▲[1]睡起小寒清，试取沉烟再炷▲[2]春暮▲春暮▲垂柳夕阳喧渡▲

注：① 鸠拖雨：鸠呼则天欲雨，陆游诗有"正厌鸠呼雨"句。② 沉烟再炷：再烧沉香。

梁清标（清105）一首　题：题画扇。

一夜西风轻剪▲小院幽花初绽▲芳沼立蜻蜓，掠水飞来庭畔▲闲盼▲闲盼▲秋到江南深浅▲

黄云（清108）一首　题：望人。

船系白沙官柳▲日日邮亭贯酒▲[1]帆影趁西风，暗数当归八九▲[2]来否▲来

否▲人立夕阳江口▲

注：① 贳酒：赊酒也。② 八九：十之八九，很大可能之意。

庞蕙纕（女）（清112）一首　题：春闺。

春到韶华堪恋▲妒杀画梁双燕▲妆罢卷珠帘，迟日和风吹面▲人倦▲人倦▲无数落花庭院▲

任绳隗（清133）一首

何处笛声高啭▲[①]吹落岭南寒片▲[②]淡扫着微脂，[③]恰似桃花人面▲[④]归燕▲归燕▲衔剩春光半院▲

注：① 啭：本鸟声，喻笛声优美如鸟鸣。② 岭南：广东也。③ 淡扫：指淡扫蛾眉。④ 桃花人面：崔护诗有“人面桃花相映红”之句。

朱中楣（女）（清140）二首　题：第一首，怀旧。

（1）桂子香飘暗透▲[①]又是中秋时候▲带月卷帘窥，眉映碧波纹皱▲消受▲消受▲惟有燕山作旧▲[②]

注：① 桂子：桂花也。② 燕山：指北京。作者曾随夫居京。

（2）天与湖光一派▲惟有青山稍碍▲水落岸浪深，还恐鱼龙嗔怪▲欸乃▲[①]欸乃▲个个菰菱满载▲

注：① 欸乃：橹声。

丁澎（清145）一首　题：闺词。

悄过碧栏干外▲风动花间裙带▲纤手被郎牵，不管燕窥莺睬▲无奈▲无奈▲尽着教他怜爱▲

顾贞立（女）（清159）一首　题：冬夜。

闲拨玉炉烟篆▲[①]阵阵北风吹幔▲淅沥响难休，长共淋铃凄断▲[②]宵短▲宵短▲不抵离愁一半▲

注：① 玉炉：香炉美称。② 淋铃：雨淋铃，曲名，一作雨霖铃。

周琫（女）（清169）一首　题：早春。

报道东风已到▲雾散烟沉晴晓▲红日照梅梢，新柳枝头丝袅▲春早▲春早▲窗外一声啼鸟▲

钟青（女）（清184）一首　题：五月十五夜。

皓月柳梢堪恋▲风散榴花片片▲总是一情痴，可惜流光如电▲倚遍▲倚遍▲花影遮人半面▲

陆进（清198）二首　题：第一首，烟湖。

第二首，醉后书邮亭壁。

（1）四望远山都失▲冷浸满湖空碧▲一雁度西泠，①冲破溟濛烟色▲吹笛▲吹笛▲人在断桥西侧▲②

注：① 西泠：桥名，在杭州西湖白堤上。② 断桥：桥名，在西湖白堤上。

（2）秋夜月明如昼▲驿外马嘶衰柳▲①村酒且留残，还向风尘奔走▲②回首▲回首▲明日故园重九▲③

注：① 驿：古代接待官员之所，兼作邮亭。② 风尘：奔驰道路也。③ 重九：九月九日重阳节。

杨毓贞（女）（清208）一首　题：题羊留村壁。

不事胭脂粉腻▲不寐锦衾绣被▲强笑并追欢，偷得片时无备▲①魂去▲②魂去▲随着故乡夫婿▲

注：① 无备：作者遭闽乱被掳，防备甚严。偶得无备，遂作此词题壁。② 去：此字出韵，作宽叶。

钟韫（女）（清229）一首　题：春暮。

揽镜朝来无绪▲①帘外飞花如许▲林际子规鸣，又见荼蘼细雨▲春去▲春去▲欲问春归何处▲

注：① 无绪：无情绪。

丘瑟如（女）（清231）一首　题：元宵。

明月柳梢堪恋▲①灯放九枝一串▲又是上元时，②可惜流光如电▲看遍▲看遍▲月影灯光尽暗▲

注：① 明月柳梢：欧阳修《生查子·元夕》词有"月上柳梢头，人约黄昏后"之句。② 上元：农历正月十五日。

王昊（清242）一首　题：无题。

翠幌暖香犹在▲①枝上流莺堪怪▲卯酒不曾醒，②小立柳边花外▲无赖▲③无赖▲消得个人眉黛▲④

注：① 幌：帏幔也。② 卯酒：晨饮之酒。③ 无赖：百无聊赖也。④ 个人：那人。

陆堃（清244）一首　注：调名原作忆仙姿。

柳曳斜阳春暮▲满地落红迷路▲①草没小桥低，犹记那年游处▲休度▲②休度▲恐散绿波双鹭▲

注：① 落红：落花。② 度：与"渡"通。

冯云骧（清254）一首　题：春词。

烟袅春枝红颤▲杨柳垂垂金线▲蛛网软留香，小语梁间双燕▲花片▲花片▲赵女秋千庭院▲

姜楷（清275）一首　题：六月二十四日侍先大人观荷。

翠盖亭亭承露▲[1]一点晓红初破▲[2]风送满溪香，隔岸兰桡无数▲[3]何故▲何故▲不见凌波微步▲[4]

注：① 亭亭：挺立貌。② 破：此字出韵，作宽叶。③ 兰桡：舟之美称。④ 凌波微步：指女子。

朱彝尊（清288）二首　题：第一首，七夕。

第二首，飞花。　注：调名原作无梦令。

（1）记摘小园瓜李▲七夕年时花底▲[1]骙女嫁痴牛，[2]嫁到良宵十四▲弹指▲[3]弹指▲好事已成虚事▲[4]

注：① 七夕：农历七月初七夜。② 骙女：指织女；痴牛：指牛郎。③ 弹指：极短时间。④ 虚：空也。

（2）鱼浪飘香千点▲燕尾分烟一剪▲已是出墙东，又被轻风吹转▲吹转▲吹转▲刚逗卷帘人面▲

徐江嚚（清297）一首

何事一春多病▲冷落小院芳径▲帘卷倚窗开，浅白深红相映▲风静▲风静▲燕子旧巢还定▲

王毓贞（女）（清307）一首

月影被花摇碎▲掩映隔帘红袂▲倚醉殢春娇，仿佛满头珠翠▲难记▲难记▲人在画屏秋水▲

彭淑（女）（清308）一首　题：闺怨。　注：调名原作宴桃源。

香烬金猊冷被▲睡起腰肢软醉▲敧倚对菱花，不觉海棠羞避▲惭愧▲惭愧▲绣甚鸳鸯翡翠▲

归湘（女）（清328）一首　题：咏瓶梅。

春色江南才逗▲芳信铜瓶先漏▲纸帐拥孤衾，[1]梦惹罗浮香透▲[2]消受▲消受▲最是月斜时候▲

注：① 纸帐：用藤皮茧纸制成之帐。② 罗浮：山名，在广东，喻岭南梅。

巢振林（清333）一首

艳曲背人偷和▲[1]小叠云笺粉涴▲[2]窗下理春衣，重认石华新唾▲[3]无那▲无那▲绣被半温愁卧▲

注：① 和：唱和也。② 涴：污也。③ 石华新唾：《飞燕外传》中，赵飞燕与

妹坐，误唾其衣。妹曰："姊唾染人衣，正似石上华。"华，即花。

沈榛（女）（清 353）一首

袅袅垂杨临水▲[1]庭下杏花开未▲明月蓦移来，逗破玉床绣被▲[2]无寐▲无寐▲又被鸟声惊起▲

注：① 袅袅：缭绕貌。② 逗：挑逗。

吴永汝（女）（清 369）一首

帘外一枝花影▲月到花梢影冷▲夜坐穗灯销，[1]寂寂小窗寒寝▲梦醒▲梦醒▲重把离愁细整▲

注：① 穗灯：灯花也。

沈树荣（女）（清 375）一首　题：秋月。

小院西风初透▲一霎凉生双袖▲几日怕关情，犹道芳菲时候▲是否▲是否▲添得镜中消瘦▲

杨大鲲（清 412）一首

晓日和莺催曙▲卷起一帘风絮▲无语暗低徊，悄立落花深处▲丝雨▲丝雨▲又送一年春去▲

蔡捷（女）（清 422）一首

方把银釭吹隐▲绣幕风欹不定▲好梦总难成，月上花枝交映▲深省▲深省▲枕上独怜清冷▲

董元恺（清 423）一首

枝上啼鹃如诉▲唤起离愁无数▲曲径古云深，隔断梦中来路▲回顾▲回顾▲月约花阴西度▲

陶孚尹（清 428）一首　题：春暮。

澹荡烟光欲暮▲[1]睍睆流莺深树▲[2]春事半阑珊，满地落花飞絮▲归去▲归去▲又在溪山深处▲

注：① 澹荡：恬静也。② 睍睆：清和圆转之意。

张学贤（女）（清 437）一首　题：冬景。

一夜瑶花开绽▲玉宇琼楼妆遍▲娇舞怯寒生，赐得锦袍归院▲游玩▲游玩▲笑折冰簪闲捻▲

王晫（清 445）一首　题意：作者少时，有章进士欲妻以女，因章将赴远任，议遂不谐。

记得那时相见▲正似芙蓉初艳▲生小两情浓，不料红丝错绾▲谁怨▲谁怨▲悔却当初一面▲

周霱（清 459）一首

不见花飞何处▲早见绿杨飘絮▲帘外午风斜，枝上莺啼不住▲春去▲春去▲整顿竹床清暑▲

徐郙（清 465）一首　题：春冷。

耐过一番春冷▲闪烁数枝花影▲日日懒妆梳，闲却银床金井▲烟凝▲烟凝▲柳外睡莺初醒▲

邵长蘅（清 468）一首

轻暖轻寒时序▲①憎暖憎寒情绪▲日晏未梳头，②脉脉倚栏无语▲无语▲无语▲风送一帘红雨▲

注：① 时序：季节也。② 日晏：时已迟。

贺洁（女）（清 505）一首　题：秋宵。　注：此词与明李玉照词基本相同，但稍有出入。并录。

宝风斜飞慵整▲一种闲愁谁省▲红压小栏干，扶住一枝花影▲花影▲花影▲泪眼直看秋景▲

沈岸登（清 509）一首

才见绿杨飘絮▲又见赪桐垂乳▲三十六鸳鸯，尽在藕花深处▲飞去▲飞去▲生怕晚来烟雨▲

周铭（清 534）一首　题：秋夜。

点点金风初绽▲①吹去秋光一片▲午夜梦难圆，②叶响蛩吟相乱▲③经惯▲经惯▲岁岁此时肠断▲

注：① 金风：秋风也。② 午夜：夜半也。③ 蛩：蟋蟀。

汤思孝（清 539）一首　题：蝉。

薄鬓淡笼烟晓▲轻试铢衣纤缟▲①衰柳送行人，吟断夕阳天杪▲②知了▲③知了▲说是秋风易老▲

注：① 铢衣：言衣之轻；纤缟：细薄也。② 天杪：天之末端也。③ 知了：即蝉，此为双关语。

丁瑜（女）（清 574）一首　题：春闺。

卷幔难消长昼▲花落鸟啼时候▲罗绮试新妆，剪剪轻烟香瘦▲纤手▲纤手▲笑指鸳鸯佳偶▲

沈朝初（清 634）一首

花里莺声歌溜▲帘外海棠红瘦▲寂寞倚栏干，摘得青梅如豆▲低嗅▲低嗅▲又是酸心时候▲

顾彩（清 638）一首　题：夜宿富阳观山楼。

月堕一江烟溟▲风细雨跳声静▲孤馆独推窗，起看渔舟灯影▲无定▲无定▲移过沙洲相并▲

张曾禔（清670）一首　题：送春。

冉冉夕阳西下▲[1]忆得明朝新夏▲[2]无计可留春，说是千金无价▲丢罢▲丢罢▲此事谁真谁假▲

注：① 冉冉：慢慢地。② 新夏：立夏节。

吴永和（女）（清692）一首　题：立秋后一日。

一夜西风穿牖▲枕簟轻寒初透▲片雨隔疏帘，零落海棠铺绣▲僝僽▲僝僽▲又近黄昏时候▲

陈书（清715）一首　题：秋闺。

一盏孤灯独坐▲万点砧声碎剁▲[1]左右掩愁容，不教侍儿瞧破▲[2]无那▲[3]无那▲打叠鸳鸯且卧▲[4]

注：① 砧声：捣衣声。砧，捣衣石。② 侍儿：婢女。③ 无那：即无奈。④ 鸳鸯：指枕被。

程凤娥（女）（清734）一首　题：春闺。

竟日湘帘慵卷▲窗外已来新燕▲双袖倚雕栏，日暖风和人倦▲人倦▲人倦▲独上画楼排遣▲

吴启元（清746）一首　题：春闺。

双腕荡将罗袖▲髽着鬟儿一绺▲[1]低首听黄鹂，含笑戏抛红豆▲年幼▲年幼▲正是娇憨时候▲

注：① 髽：音抓，结也；一绺：一束也。

李端生（女）（清775）一首　题：秋露。

晓起画栏濡透▲[1]叶叶枝枝如豆▲风过碧梧摇，滴滴绿珠齐溜▲重九▲[2]重九▲酿与江枫为酒▲

注：① 濡；音儒，湿也。② 重九：农历九月初九，重阳节。

江兰（女）（清776）一首　题：早起。

漠漠春光如雾▲好鸟声声啼树▲早起未梳头，缓步小园看去▲何处▲何处▲只见落花无数▲

吴瑗（女）（清803）一首

何处仙车缥缈▲[1]枝上莺传花老▲会晤有今朝，莫道相逢迟早▲留笑▲留笑▲误认天台休恼▲[2]

注：① 缥缈：高远貌。② 天台：山名。汉刘晨、阮肇误入天台山遇二仙女

成婚故事。

柯煜(清804)一首　注：调名原作古记。

遮个齐纨小扇▲[1]早已偷窥半面▲侧径巧相逢，蓦地全身俱现▲方便▲方便▲一笑木樨屏畔▲[2]

注：① 齐纨小扇：绢制团扇也。② 木樨：桂花别名。

许田(清807)一首

春夜小楼寒重▲花插胆瓶香冻▲[1]烛泪串红珠，透入月痕窗缝▲如梦▲如梦▲何处晓钟吹送▲

注：① 胆瓶：长颈大腹，如悬胆之瓶。

纳兰常安(清836)一首　题：秋夜。

帘外月明谁共▲池上败荷烟重▲何处作秋声，深巷疏砧风送▲吹动▲吹动▲惊破栖鸦寒梦▲

邓繁祯(女)(清850)一首　题：初春。

陌上绿杨如旧▲人共梅花俱瘦▲病起已无聊，又是困人时候▲长昼▲长昼▲风送隔帘香透▲

金大海(清886)一首　题：题美人春睡图。

昨夜海棠经雨▲乍怯晓寒慵起▲帘外又狂风，多少惜花心绪▲春去▲春去▲梦逐满庭飞絮▲

顾诒禄(清919)一首　题：晓起。

昨夜雨声成阵▲一霎小园红褪▲[1]晓起不胜寒，薄病和花俱困▲休恨▲休恨▲帘外绿杨风定▲

注：① 红褪：褪字不叶韵，疑为红殒。

曹雪芹(清959)一首　题意：史湘云咏柳花。

岂是绣线才吐▲卷起半帘香雾▲纤手自拈来，空使鹃啼燕妒▲且住▲且住▲莫使春光别去▲

薛廷文(清990)一首　题：题文朴《云亭清晓图》。

残月半衔西岭▲啼鸟梦儿初醒▲曙色溢平林，[1]渐见隔溪山影▲清景▲清景▲人与小亭分领▲

注：① 平林：平原树林。

李调元(清1026)一首

草草长亭鞍马▲[1]系在绿杨桥下▲此地一分襟，[2]回首斜阳高挂▲休怕▲休怕▲到处云山如画▲

注：① 草草：简单也。此处说把马简单地系在长亭桥下。② 分襟：分别也。

浦安(女)(清 1039)一首

几日嫩寒轻暖▲又听雏莺学啭▲妆罢倚雕栏，心与芭蕉同卷▲人远▲人远▲况是宵长梦短▲

杨逢时(清 1044)一首　题：新柳。

几日春风摇漾▲淡碧便生微浪▲带得晓烟浓，犹怯雏莺啭响▲楼上▲楼上▲早怕陌头遥望▲①

注：① 陌头：田野也。此句说怕望田野杨柳，从而勾起春思。

高鹗(清 1068)一首　题：初秋。

几霎金风不大▲①千片晚霞吹破▲倚枕半窗闲，暂学陶公高卧▲②一个▲一个▲数尽鸦儿飞过▲

注：① 金风：即秋风。② 陶公：指东晋陶潜。

陈银(女)(清 1073)一首　题：春晓。

唤梦莺声惊早▲睡觉余寒料峭▲黛减鬓斜时，密绪有梅知道▲休笑▲休笑▲你也怜春瘦了▲

顾敏恒(清 1100)一首

长日东风院宇▲又变轻阴欲雨▲倦倚小栏干，满地落花飞絮▲飞絮▲飞絮▲正是艳阳时序▲①

注：① 时序：即时节。

叶俊杰(女)(清 1185)一首

篱畔红梅香透▲又是赏春时候▲不见咏诗人，辜负艳阳清昼▲①僝僽▲僝僽▲病骨畏寒花瘦▲②

注：① 清昼：清静白天。② 病骨：即病体。

许淑慧(女)(清 1187)一首　题：画竹。

石罅新篁半吐▲①帘底绿云微度▲昨夜小窗纱，添得嫩凉如许▲②听取▲听取▲可似潇湘秋雨▲

注：① 石罅：石上裂缝；新篁：新竹。② 如许：如此。

崔景侃(清 1246)一首　题：红叶。

为爱吴江晚景▲①渡口斜阳相映▲点水似桃花，无边游鱼唼影▲②风定▲风定▲一样落红堆径▲

注：① 吴江：今吴江县，属江苏苏州市。② 唼：音霎，鱼吞食也。

孙荪意(女)(清1277)一首

又见东风欲暮▲阵阵扑帘飞絮▲一夜替花愁，人在小楼听雨▲无绪▲无绪▲只得任它春去▲

杨芸(女)(清1294)一首　题：春闺。

隔院黄鹂声近▲[1]午梦瞢腾初醒▲[2]放下水晶帘，[3]一灯明波相映▲无定▲无定▲飞絮游丝交影▲

注：① 黄鹂：即黄莺。② 瞢腾：醉态。③ 水晶帘：透明帘子。

徐茝(女)(清1325)二首　题：第一首，送春。

第二首，初夏。

(1) 小圃绿肥红瘦▲[1]又到送春时候▲意懒不关情，一任花飞帘牖▲[2]长昼▲长昼▲紫燕双双依旧▲

注：① 圃：种植蔬菜花果之园。② 帘牖：窗帘。

(2) 燕语莺啼清昼▲[1]帘卷薰风初透▲[2]烦恼自年年，情绪那堪回首▲辜负▲辜负▲窗外蔷薇开又▲

注：① 清昼：清静之白昼。② 薰风：南风也。

李佩金(女)(清1336)一首　题：春暮。

梦觉绿窗天曙▲[1]燕子帘钩私语▲报与惜花人，一院落红飞去▲[2]春去▲春去▲九十韶光无据▲[3]

注：① 绿窗：绿纱窗。② 落红：落花。③ 九十：春季三个月，共九十天。

周佩荪(女)(清1393)一首

楼外垂杨无数▲不系春光少驻▲清梦却惊回，叵耐半帘花雨▲[1]飞舞▲飞舞▲究向天涯何处▲

注：① 叵耐：不可耐也。

赵棻(女)(清1402)一首

昨夜霜浓风骤▲只恐梅花僝僽▲晓起探园林，却喜寒香依旧▲知否▲知否▲欲折还怜纤手▲

熊琏(女)(清1410)一首　题：髫年就塾纪事。

转瞬白头人老▲曾记双丫髫小▲抛绣学寻师，花里莺声缥缈▲情悄▲情悄▲帘卷书堂春晓▲

江介(清1427)一首　题：暮春湖上。

春在柳花飞处▲人在柳花深处▲翠袖不禁寒，又被柳丝牵住▲休误▲休误▲且与东风归去▲

吴藻（女）（清1484）一首

燕子未随春去▲飞到绣帘深处▲软语话多时，莫是要和侬住▲①延伫▲②延伫▲含笑回他不许▲

注：① 侬：吴语，我也。② 延伫：久立也。

唐埙（清1497）一首　题：癸酉（1873）上巳。

盼到踏青时节▲①冷了旧时吟屧▲②莺语一天晴，卷起杨花如雪▲消歇▲消歇▲梦也有谁知得▲

注：① 踏青：清明出游曰踏青。② 吟屧：吟诗之足迹。屧，鞋也。

沈善宝（女）（清1498）一首　题：春暮。

才罢杜鹃啼血▲①又见杨花飞雪▲碧藓绣柴门，亏得落红点缀▲休说▲休说▲好鸟枝头惜别▲

注：① 啼血：形容杜鹃鸣声凄厉。

周诒蘩（女）（清1517）一首　题：蝶。

两两同披罗绮▲款款来寻红紫▲①宛转不胜风，②飞入碧纱窗里▲堪喜▲堪喜▲捉上小鬟纤指▲

注：① 款款：和缓貌。② 宛转：委屈随和之意；不胜：禁受不起。

张逸藻（女）（清1537）一首

愁比乱丝常伴▲心共芭蕉不展▲屈指几分秋，落叶又惊秋晚▲休算▲休算▲秋不抵愁一半▲

查慧（女）（清1548）一首

篱外一痕残雪▲池上一丸明月▲①新种白藤花，不许小鬟轻折▲休折▲休折▲个个养成蝴蝶▲

注：① 一丸：一轮也。丸，圆也。

姚若蘅（女）（清1556）一首

一夜小庭疏雨▲添得绿苔如许▲①晓起自凭栏，几簇玉簪才吐▲②无语▲无语▲闲看虫丝一缕▲

注：① 如许：如此也。② 玉簪：花名，色洁白如玉，含蕊如簪头，故名。

黄衡（清1601）一首

满院浓阴似雾▲一线斜阳欲暮▲乳燕宿雕梁，不管乱红飘去▲飘去▲飘去▲还仗东风吹聚▲

龙启瑞（清1623）一首

寒食清明都过▲微雨小窗花亸▲慵起不胜春，人倚画屏清坐▲无那▲无那▲楼

外柳堤烟锁▲

戴青(女)(清1647)一首

风弄一池波皱▲香溢小炉烟瘦▲月上海棠梢,烂漫芳春时候▲休负▲休负▲人与东风如旧▲

翁端恩(女)(清1671)一首　题：雪霁小园探梅。

晓日半窗晴照▲积雪满庭寒峭▲呵手试新妆,慵把眉痕重扫▲休笑▲休笑▲为探小园梅早▲

潘钟瑞(清1692)一首

枝上乱莺啼晓▲人影蝶衣芳草▲[①]立遍玉阶头,[②]几许翠苔慵扫▲春早▲春早▲墙外碧桃开了▲

注：① 蝶衣：指蝶翅。② 玉阶：白石阶砌。

沈珂(女)(清1698)一首　题：仲夏渐暑,有以纨扇乞画梅,即题扇后。

玉笛江城频奏▲[①]又是熟黄时候▲[②]扇底墨花开,似有暗香盈袖▲知否▲知否▲挥去春风如旧▲

注：① 江城：即江城梅花引,乐曲名。② 熟黄时候：即黄梅天。

赵友兰(女)(清1746)一首　题：寒食前一日,见邻家有作秋千戏者。

节近清明时候▲烟柳丝丝绿瘦▲女伴戏秋千,玉臂半揎罗袖▲生受▲生受▲斗草喃喃频咒▲

戴锦(女)(清1798)一首

波弄一池风皱▲香滞小馌烟瘦▲[①]月上半栏杆,夜静只闻更漏▲[②]依旧▲依旧▲人立黄昏时候▲

注：① 滞：迟留也;馌：饷田食也,即送往田头之饭食。② 更漏：计时器。

宗婉(女)(清1799)二首

(1) 彩笔闲题团扇▲小院日长门掩▲不写古人诗,须要别开生面▲翻遍▲翻遍▲几曲小词香艳▲

(2) 手弄生绡团扇▲风动藕花香遍▲病后减容光,羞说芙蓉娇面▲斜掩▲斜掩▲恐被采莲人见▲

袁子芳(女)(清1818)一首

梦压鸾衾初醒▲[①]睡起玉钗慵整▲[②]门掩篆香残,[③]长日画堂人静▲风紧▲风紧▲吹皱一帘花影▲

注：① 鸾衾：鸳鸯被也。② 慵整：懒于整理。③ 篆香：弯曲如篆体字的香烟。

曾懿(女)(清1833)三首

（1）红绽海棠刚吐▲寂寂春阴庭庑▲[①]新痕上眉端，忽地声遥莺度▲无语▲无语▲红豆拈来细数▲

注：① 庑：廊也。

（2）一片竹声敲碎▲不管离人憔悴▲断梦渺于烟，灯影隔纱红脆▲[①]无寐▲[②]无寐▲香烬寒生半背▲[③]

注：① 脆：脆弱。② 无寐：未曾卧息。③ 烬：火余也。

（3）春水粼粼波皱▲南浦消魂时候▲风雨阻归期，隔住行人那岫▲消瘦▲消瘦▲镇日帘垂永昼▲

金芳荃（女）（清 1864）一首　题：絮影，应东湖消夏社作。

楼外夕阳红暝▲[①]晴雪乱飞花径▲[②]纤手误拈来，隐约暗随风尽▲香影▲香影▲飘泊东风无定▲

注：① 暝：暗淡也。② 晴雪：指飞舞的柳絮。

劳纺（女）（清 1883）三首　题：第一首，光绪戊戌（1898）暮春离禾去兰州。

第二首，春日微雪。

第三首，大风，盆中碧桃初开，花无零落。

（1）芳草闲阶绿遍▲窗外柳絮低绾▲连日作轻阴，枝上海棠红绽▲春晚▲春晚▲不觉画屏寒浅▲

（2）薄暝清阴庭院▲[①]扑面东风如剪▲曲径湿微尘，数点飘来银霰▲[②]春浅▲春浅▲未见画梁归燕▲[③]

注：① 薄暝：稍微暗淡。② 银霰：雪珠。③ 画梁：有绘画之梁。

（3）将暖犹寒时候▲料峭东风吹骤▲只恐歇芳菲，点地落英如绣▲依旧▲依旧▲莫认绿肥红瘦▲

罗振常（清 1912）一首

曲罢乍低眉妩▲惹得周郎频顾▲待去觅伊行，烛暗画堂深处▲无绪▲无绪▲枕上啼痕如雨▲

黄衍昌（清 1914）一首　注：调名原作忆仙姿。

满袖压来金线▲[①]行共花枝摇颤▲倦倚玉栏杆，桃影艳输人面▲谁见▲谁见▲都让燕莺窥遍▲

注：① 压来金线：嵌着金色绣线。

高浣花（女）（清 1923）一首　题：秋思。

蓦地重帏寒透▲[①]又是去年时候▲凉雨昨宵深，有梦也难成就▲消瘦▲消瘦▲

争把词填红豆▲[2]

注：① 重帏：多重帏幕。② 红豆：一名相思子，此处借喻相思。

陈芸（女）（清 1924）一首　题：落花。

几日阴晴寒燠▲[1]满地落花枯槁▲狼藉不成春，[2]春绪乱如春草▲[3]烦恼▲烦恼▲欲倩柳丝轻扫▲

注：① 燠：暖热也。② 狼藉：散乱不堪。③ 春绪：春天情绪。

周守瑜（清 1927）二首　题：第一首，望月。

第二首，摘兰。

（1）缕缕轻烟如线▲曲曲栏杆倚遍▲好一掬冰轮，倒挂银河西畔▲不见▲不见▲又被云遮过半▲

（2）听得两三女夥▲[1]细语低言娇娜▲[2]来到画屏峰，隔着窗儿唤我▲否可▲否可▲摘耍兰花两朵▲

注：① 女夥：女伴。② 娇娜：娇而婀娜，喻其美。

张恂子（现当 23）二首　题意：隋宫西苑隆冬剪彩作花。

（1）莫道繁华如梦▲几夜剪刀声送▲晓起锦堆枝，笑杀春风无用▲莫颂▲莫颂▲真是蓬莱仙洞▲

（2）帝女天孙游戏▲[1]细把锦云裁碎▲[2]几夜巧铺春，尽向枝头点缀▲奇瑞▲奇瑞▲现出皇家富贵▲

注：① 天孙：指织女。② 锦云：美丽之云。此句指剪彩。

罗庄（现当 25）一首

深院游丝飞满▲[1]花外艳阳迟转▲正是困人天，[2]何处频调玉琯▲[3]风暖▲风暖▲卷上珠帘一半▲

注：① 游丝：蜘蛛或青虫所吐之丝。② 困人天：清明前后，春暖花开，人经陶醉易倦，诗人称困人天气。③ 玉琯：古乐器。

许白凤（现当 58）二首　题：第一首，祝捷。

第二首，灯下思亡妻在日。

（1）月照红蕖半面▲风度流萤数点▲团扇趁玲珑，一个兜身如燕▲寻遍▲寻遍▲扑落墙边不见▲

（2）磨夜沉酣诗味▲[1]呵欠频频而起▲快早息灯眠，已是这般年纪▲[2]知未▲知未▲还有谁来催你▲

注：① 磨夜：消磨夜里时光。② 这般年纪：时作者已八十二高龄。

车乘轨（现当 88）二首　题：第一首，次韵许白凤《灯下思亡妻在日》，三悼许白凤先生。 注：1997 年 4 月 20 日作。

第二首，嘉兴绢纺厂兴衰记。 注：2003 年 6 月 24 日作。

（1）重品许君词味▲哀悼自然而起▲去岁访探时，已是耄期年纪▲[1]知未▲知未▲从此没门寻你▲

注：① 耄期：八九十岁年纪。

（2）老厂百年嘉绢▲[1]纺织业中名显▲福利奖金优，社会誉论夸羡▲堪叹▲堪叹▲产破厂停人散▲[2]

注：① 百年：厂建于民国十年（1921 年）。② 产破：厂于 2002 年 1 月 15 日破产。

翁月卿（女）（现当 97）一首 题：春雨放晴。

春雨如烟撩乱▲远眺山川迷漫▲暮色晚霞明，浅映小窗容淡▲无憾▲无憾▲健步斜阳高岸▲

张维琳（女）（现当 192）一首 题：月影。

道是一轮飞镜▲高阁田园皆映▲且看疏篱边，投下参差疏影▲花影▲花影▲斑驳飘摇不定▲

郭维荷（女）（现当 199）一首 题：夏趣。

耳际弦歌萦绕▲塘里青蛙鸣叫▲树上又吱吱，细听竟非啼鸟▲知了▲知了▲协奏如斯奇妙▲

钱世明（现当 233）一首 题：戊申（1968 年）。

常记群芳谑浪▲太液穿舟云上▲[1]击桨水湔裙，[2]闹得水摇天晃▲欢畅▲欢畅▲白塔斜阳惆怅▲

注：① 太液：指池。② 湔裙：即洗裳。

三十三字 如梦令 第二体，同第一体，但第四句仄声不叶。

柳永（宋 14）一首

郊外绿阴千里▲掩映红裙十队▲[1]惜别语方长，车马催人速去，偷泪▲偷泪▲那得分身应你▲

注：① 掩映：若隐若现；红裙十队：喻妓女众多。《古今小说》：“柳永离汴京（河南开封），众名妓前来送别。”

美奴（女）（宋 194）一首 题：送别。

日暮马嘶人去▲船逐清波东注▲后夜最高楼，还肯思量人后，无绪▲无绪▲生

怕黄昏疏雨▲

夏言(明 143)一首　题：落花香满衣。

花覆秋千影里▲翠袖雕栏斜倚▲纤手探花枝，弄落一天红雨，香气▲香气▲熏透遍身罗绮▲

吴熙(明 366)一首　题：春情。

每向花前早起▲缓缓风吹罗绮▲九十好春光，又是一番风雨，欢喜▲欢喜▲昨夜荼蘼开矣▲

朱一是(明 454)一首　题：采桑。

十五小名呼妹▲玉质双鬟清丽▲若个巧寻春，[①]缓步隔墙来去，回避▲回避▲半面桑阴偷觑▲

注：① 若个：即那个。

严燉(明 590)一首　题：虎丘山塘。[①]

乍出阊关未暮▲[②]河里游船无数▲[③]却又半塘桥，隐隐菱歌唱和，缓步▲缓步▲行过五人之墓▲[④]

注：① 虎丘山塘：苏州著名景点。② 阊关：即阊门。③ 河：指山塘河，长七华里。④ 五人之墓：天启五年(1625 年)，因反抗锦衣卫被杀的颜佩韦、马杰、沈扬、杨念如、周文元等五位先贤之墓。

三十三字　如梦令　第三体，同第一体，但第二四句换第二种仄韵。

朱柔英(女)(明 210)一首

小阁曲栏慵步▲[①]尽日绿窗酣卧▲▲[②]帘外竹敲风，午梦一时惊破▲▲深户▲深户▲满院芰荷香度▲[③]

注：① 慵步：懒行也。② 绿窗：绿纱窗。③ 芰荷：芰，四角菱也，但诗词中乃荷之饰词。

谢小媚(女)(明 430)一首　题：舟过青浦。[①]

雨后烟光如雾▲九面云峰如坐▲▲绿涨几浮天，飞破轻鸥一个▲▲无数▲无数▲青鬓年华虚度▲

注：① 青浦：县名，明属江苏省，今属上海市。

三十三字　如梦令　第四体，同第一体，但第一二句用第二种仄韵。

张凤翼(明 209)一首　题：七夕风雨

收拾穿针处处▲▲一夜满城风雨▲▲七夕作重阳，颠倒九秋首尾▲晓起▲晓起▲试看曲池新水▲

三十三字　如梦令　第五体，平韵。

吴文英（宋476）一首

秋千争闹粉墙△闲看燕紫莺黄△啼到绿阴处，唤回浪子闲忙△①春光△春光△正是拾翠寻芳△②

注：① 浪子：游浪子弟。② 拾翠：拣拾翠鸟羽毛以为妆饰，后多指妇女游春。

无名氏（清1930）一首　题：艳婢。

淡罗衫子娇妆△石榴裙下莲藏△①杏脸露春意，堆鸦云髻乌光△②丫娘△丫娘△袅袅行动生香△

注：① 莲藏：指藏有金莲小足。② 此句说一堆发髻乌黑发光。

三十三字　江南弄

萧衍（南北朝2）一首

众花杂色满上林△①舒芳曜彩垂轻阴△②连手躞蹀舞，③舞春心△临步腴△△中人望，独踟蹰△△

注：① 上林：上林苑，皇家花园。② 舒芳：伸展芳香；曜彩：照耀光彩。③ 躞蹀：小步行走。

三十三字　西溪子　第一体，第一二句仄韵，第四五六句换第二种仄韵，第七八句平韵。

牛峤（五代十国3）一首

捍拨双盘金凤▲①蝉鬓玉钗摇动▲②画堂前，人不语▲▲弦解语▲▲弹到昭君怨处▲▲③翠蛾愁△④不抬头△

注：① 捍拨：以金护弦也，宋叶廷珪《海录碎事》："金捍拨在琵琶面上当弦，或以金涂为饰，所以捍护其拨。" ② 蝉鬓：蝉翼形发鬓。③ 昭君怨：曲名。④ 翠蛾：指女子。

三十三字　西溪子　第二体，同第一体，但第四五六句仄韵不换第二种仄韵。

李兴祖（清687）一首　题：春景。

杨柳溪边浮翠▲掩映百花争媚▲①袅晴空，风筝起▲儿童喜▲引得秋千院里▲笑语声△啭流莺△②

注：① 掩映：若隐若现。② 啭：鸟鸣也。后两句说，笑语声似黄莺鸣叫般好听。

三十三字　后庭花（又名后庭花破子）

赵孟頫（元33）一首　注：调名原作后庭花破子。

清溪一叶舟△芙蓉两岸秋△采菱谁家女▲歌声起暮鸥△乱云愁△满头风雨▲载荷叶，归去休△

车乘轨（现当88）一首　题：见黄瓜怀旧。　注：1998年5月30日（端午）作。

长长细细瓜△身黄带痣麻△①老妻无心买▲余神返故家△②嫩黄瓜△后园鲜采▲夕阳里，篱影斜△

注：① 带痣麻：身上有斑点。② 故家：指绍兴白果弄故居。

三十三字　思帝乡

韦庄（五代十国1）一首

云髻坠，凤钗垂△髻重钗坠无力，枕函攲△①翡翠屏深月落、漏依依△②说尽人间天上，两心知△

注：① 枕函：枕套；攲：斜侧。② 漏依依：依恋良宵也。

郭瑀（女）（明458）一首　题：有怀。

红烛冷，玉钗留△烛冷钗留人去，恨悠悠△①捐得一分憔悴、一分秋△②试问眉间心上，几多愁。

注：① 悠悠：深长也。② 捐：弃也。

三十三字　湘灵瑟

洪迈（宋321）一首　题意：鬼作词。①

霜风摧兰△②银屏生晓寒△淡扫眉山△脸红殷△③潇湘浦，芙蓉湾△相思数声哀叹△画楼尊酒闲△④

注：① 鬼作词：此词见洪迈著《夷坚志》。② 霜风：农历七月称霜月。③ 殷：赤黑色。④ 尊：酒杯。

刘埙（元16）一首

酸风泠泠△①哀笳吹数声△②碎雨冥冥△泣瑶英△花心路，芙蓉城△相思几回魂惊△肠断坟草青△

注：① 酸风：悲凄之风；泠泠：风雨声。② 笳：乐器名，匈奴人卷芦叶而吹之。

三十三字　诉衷情（又名花间诉衷情）　第一体，首起两句均二字，第五六两句三字二字。

温庭筠（唐34）一首

莺语▲花舞▲春昼午▲雨霏微△①金带枕▲▲②宫锦▲▲凤凰帷△③柳弱燕交飞△依依△辽阳音信稀△④梦中归△

注：① 雨霏微：密集小雨。② 金带枕：嵌金线枕头。③ 凤凰帷：绣着凤凰的帷幕。④ 辽阳：属辽宁，边境也。

万树(清 316)一首　题：燕。

深院▲新燕▲衔杏片▲逗帘衣△寻牖户▲▲①将住▲▲又还飞△重入海棠枝△频啼△呼他同伴归△要双栖△

注：① 牖户：窗户。

李继燕(清 699)一首　题：苦竹渡渔者。

双桨▲江上▲闲怅望▲柳烟疏△秋晚雨▲▲渔父▲▲泊菰蒲△举网得溪鲈△提壶△空山闻鹧鸪△断肠无△

刘毓盘(清 1885)一首

芳序▲①分取▲千百绪▲付残红△风乍起▲▲花气▲▲扑青骢△②春在雨声中△渠侬△③夜寒衾半空△两边同△

注：① 芳序：春天节序。② 青骢：青白色马。③ 渠侬：渠，他也；侬，我也。

三十三字　诉衷情　第二体，同第一体，但第五六两句并成五字一句，不叶韵。

邵亨贞(元 86)二首　注：调名原作花间诉衷情。

(1) 昼永▲人静▲花弄影▲小红妆△斜倚画栏畔，看鸳鸯△风暖思悠扬△横塘△桃花流水香△盼刘郎△

(2) 深院▲人倦▲春去远▲绿阴寒△宿酒睡初醒，凭栏杆△梅子翠团团△小鬟△试攀荐雕盘△爱微酸△

三十三字　诉衷情　第三体，首句七字，第三四句仄韵。

韦庄(五代十国 1)一首

碧沼红芳烟雨静，①倚兰桡△②垂玉佩▲交带▲袅纤腰△鸳梦隔星桥△③迢迢△④越罗香暗销△坠花翘△⑤

注：① 沼：曲池。② 兰桡：船桨美称。③ 星桥：指双星相会之鹊桥。④ 迢迢：远貌。⑤ 花翘：首饰也。

孟称舜(清 14)一首

午夜沉沉更漏永，月三更△人语寞▲舞弱▲步尘轻△酒晕脸花明△盈盈△春愁蓦地生△背银筝△

三十三字　诉衷情　第四体，同第三体，但第三四句不叶韵。

孙兰媛（女）（明 595）一首　题：闲情。

纨扇轻裁双蛱蝶，[1]倚银屏△风渐引，低语，细闲评△小婢笑相迎△盈盈△[2]画帘香影清△不胜情△

注：① 纨扇：即团扇，用轻细之绢制成。② 盈盈：形容举止、仪态美好。

朱彝尊（清 288）一首

记得钩帘深夜起，小庭中△人不语，豆叶，响秋虫△月底粉光融△[1]弓弓△[2]锁莲双瓣红△[3]满衣风△

注：① 融：融和。② 弓弓：形容小足如弓形。③ 此句说双足如莲瓣。

顾贞观（清 471）一首

已是夜深罗荐展，[1]约停筝△催解佩，[2]休负，月华明△软语莫纵横△轻轻△似闻娇颤声△可怜生△[3]

注：① 罗荐展：罗制卧席已展开。② 佩：女子身上饰物。③ 可怜生：生出可爱之态。

纳兰性德（清 694）一首

冷落绣衾谁与伴，侍香篝△[1]春睡起，斜日，照梳头△欲写两眉愁△休休△远山残黛收△[2]莫登楼△

注：① 篝：取暖用熏笼。② 此句说眉峰上所画黛青已经残褪。

李调元（清 1026）一首

无主落花春已去，雨霏霏△芳草湿，风起，杏花飞△满地蝶蜂稀△依依△玉门人未归△寄春衣△

三十四字　天仙子　第一体，仄韵。

皇甫松（唐 36）一首

晴野鹭鸶飞一只▲[1]水葓花发秋江碧▲[2]刘郎此日别天仙，[3]登绮席▲珠泪滴▲十二晚峰青历历▲[4]

注：① 鹭鸶：水鸟名，捕食鱼类。② 水葓：水草名。③ 刘郎：指东汉刘晨，曾与阮肇误入天台山遇仙女成婚。④ 历历：分明也。

和凝（五代十国 16）一首

柳色披衫金缕凤▲[1]纤手亲拈红豆弄▲[2]翠蛾双脸正含情，[3]桃花洞▲瑶台梦▲一片春愁谁与共▲

注：① 柳色：青绿色；金缕凤：绣着金线的凤凰。② 红豆：一名相思子。

③ 翠蛾：喻女子眉峰。

黄德贞(女)(明 413)一首　题：偕女伴游鸳湖。[1]

湖上鸳鸯双比翼▲秋水与芙蓉凝碧▲好偕知己泛银塘，携翰墨▲吟佳什▲[2]谁草兰亭学飞白▲[3]

注：① 鸳湖：鸳鸯湖，即南湖，在浙江嘉兴。② 佳什：美好之诗文。④ 兰亭：东晋王羲之《兰亭序》；飞白：飞白书，东汉蔡邕曾以此体书写《圣皇篇》。

缪永谋(明 560)一首

溪上桃花红一树▲小桥流水来时路▲翠钿云鬓踏春回，[1]芳草渡▲临日暮▲底事流莺啼不住▲[2]

注：① 翠钿：妇女首饰；云鬓：耳际之发，如云也。② 底事：何事。

陆进(清 198)一首

阵阵秋声鸣过雁▲画梁飞去双双燕▲晚来独立最伤情，难消遣▲闲凝盼▲西风落叶和烟卷▲

吴棠桢(清 200)一首

霜落荆门乌柏树▲楚王宫殿知何处▲舟人指点古阳台，巫山女▲曾行雨▲十二峰高云不去▲

朱彝尊(清 288)一首

小棹若耶乘晓入▲[1]苎萝人已当风立▲[2]好春不雨但浓阴，铅水急▲[3]溪沙湿▲丽草云根香暗入▲[4]

注：① 若耶：溪名，在绍兴。② 苎萝人：指西施系苎萝村人，此处喻美人。③ 铅水：灰白色水。④ 云根：古代诗人称山石为云根。

顾贞观(清 471)一首

密密濛濛春几许▲[1]斜阳忽送廉纤雨▲[2]柳烟深锁怯凭栏，[3]千万缕▲飘轻絮▲薄倖不归双燕语▲[4]

注：① 濛濛：微雨貌；几许：知多少。② 廉纤雨：微雨。③ 柳烟：形容柳丝密集如烟。④ 薄倖：指负心汉子。

钱芳标(清 513)一首

开罢荼蘼春寂寞▲后园初拆秋千索▲不知何事转娇慵，钩帘幕▲倚香阁▲风起杨花无数落▲

侯文曜(清 622)一首

浅淡梳妆疑入画▲红香半露垂杨下▲[1]更多笑脸胜人歌，如簧话▲[2]真无价▲悄向小窗占一卦▲[3]

注：① 红香：指足。② 如簧：喻好听悦耳。③ 卦：占卜吉凶也。

纳兰性德（清694）一首　题：渌水亭秋夜。

梦里蘼芜青一剪▲[1]玉郎经岁音书远▲[2]暗钟明月不归来，梁上燕▲轻罗扇▲好风又落桃花片▲

注：① 蘼芜：草名，野生。② 玉郎：夫或恋人之爱称。

王策（清860）一首　题：晓发尚湖。[1]

远树惊乌飞不定▲烟中渐吐青山影▲犬声荒店未开门，西风紧▲霜华凝▲半湖残月芦花冷▲

注：① 尚湖：在江苏常熟。

高文照（清1053）一首

踪迹年来何处认▲狂如凤子穿花径▲[1]见人窣地背春风，[2]娇眼凝▲栏干凭▲[3]斜日池光看不定▲

注：① 凤子：大蛱蝶。② 窣地：突然。③ 凭：依也。

郭麐（清1208）二首

（1）难得一春常是雨▲东皇也解留人住▲[1]刍尼何苦报新晴，[2]帘卷处▲横波语▲[3]回身且过秋千去▲

注：① 东皇：或称东君，司春之神也。② 刍尼：梵语，鹊也。③ 横波：目斜视如水横流。

（2）小亭开宴梨花白▲钗痕衫影湘屏隔▲[1]众中欲避暗中来，仍小立▲眼波瞥▲[2]有人见了红双颊▲

注：① 湘屏：湘妃竹屏风。② 瞥：短暂之见。

曹言纯（清1209）一首

渺渺菰蒲秋几许▲荡舟相遇银塘浦▲残荷犹有两三枝，休折取▲好留与▲遮盖鸳鸯来睡雨▲

徐灏（清1580）一首

细雨如尘飞乳燕▲杨花扑地和烟软▲粉墙东去隔帘栊，深竹院▲横塘畔▲春风一展桃花面▲

许白凤（现当58）三首　题：第一、二首，过小吴家。
第三首，邻媪。

(1) 耕读吴郎家白沵▲[1]港流绿水环村绕▲为侬撑只罱泥船，[2]行行到▲临门靠▲跳上岸头同一笑▲

注：① 白沵：平湖村名。② 罱泥船：取河泥船。

(2) 妈妈泡茶留客饮▲点心厨下亲端整▲白糖馅钓黑芝麻，应时品▲香瓜饼▲吃了还须包扎赠▲

(3) 好个新天佳话遍▲太婆百岁还清健▲日长何事作消闲，铺鞋面▲穿针线▲走过西街时一见▲[1]

注：① 西街：作者住在平湖乍浦镇西大街。

车乘轨(现当88)二首　题：第一首，己卯重阳，游苏州。　注：1999 年 10 月 17 日(重阳)作。

第二首，外孙女陆晖自题婴照"憨睡图"。　注：2007 年 11 月 16 日作。

(1) 九九欣逢双节日▲[1]归途权作苏州客▲[2]观前街口立牌楼，观两侧▲[3]殿新辟▲[4]枣饼豆干名点吃▲

注：① 九九：农历九月初九；双节日：指重阳节和老人节。② 归途：从镇江回嘉兴。③ 观前街：观指玄妙观，观前街为苏州街道名。④ 殿：新辟文昌、寿星、斗姆、财神四殿。

(2) 廿七年前陈照片▲今日无意初相见▲外孙女诞月刚逾，神态倦▲闭双眼▲"憨睡图"名龙活现▲[1]

注：① 是日作者女儿寄来外孙女陆晖自己收藏的出生甫 36 天的睡照，反面有晖稍长大后自题"小晖酣睡图"五字，非常真实贴切，且具有诗情画意。

三十四字　天仙子　第二体，平韵。

韦庄(五代十国1)一首

怅望前回梦里期△看花不语苦寻思△露桃花里小腰肢△眉眼细，鬓云垂△[1]惟有多情宋玉知△[2]

注：① 鬓云：鬓发如云。② 宋玉：人名，战国时楚大夫，因作《神女》《高唐》二赋，被喻作多情人物。

高濂(明223)一首　题：种花。

嫩白娇红手自栽△枝枝叶叶满庭台△怜香蜂蝶为飞来△看竹牖，覆苔阶△一花零落一花开△

张畹香（女）（清 1345）一首

雨雨风风日几巡△[1]乱莺啼处又残春△蘼芜绿满短长亭△[2]休凝睇，暗含颦△减尽遥山一抹青△

注：① 几巡：几遍。② 蘼芜：草名，野生。

丁芒（现当 113）一首　题：空军。

朝出巡天雾为裳△暮回基地月添光△欲知两翼何芬芳△白灿灿，亮芒芒△载满山川万里霜△

三十四字　天仙子　第三体，仄平两韵。

张维屏（清 1327）一首　题：春暮出游。

黄屋英魂犹在否▲[1]清明寒食无杯酒▲[2]夕阳红上越王台△[3]携翠榼，[4]整金钗△人自百花坟上来△

注：① 黄屋：黄土之屋，指坟墓。② 寒食：古节名，在清明前二日。③ 越王台：越王勾践故宫遗址，在绍兴市龙山上。④ 榼：盛食之筐。

车乘轨（现当 88）一首　题：夸武警浙江总队医院护士长费忠英。　注：2009 年 4 月 6 日作。

除痛治伤夸护长▲白衣天使福音降▲惜残怜老爱慈倾△频问候，笑相迎△心理抚平病能轻△

三十四字　思帝乡

韦庄（五代十国 1）一首

春日游△杏花吹满头△陌上谁家年少，足风流△妾拟将身嫁与，一生休△终被无情弃，不能羞△

赵炳龙（明 490）一首　题：秋闺。

秋日晴△纤体怯罗轻△渐觉晓妆楼外，早寒生△楼下玉簪初放，露香清△折取簪云鬓，独含情△

史可程（清 19）一首　题：夏夜。

嗟尔萤△[1]幻成思妇灯△[2]乱点帘衣镜匣，总难凭△倩取花前照影，太惺惺△[3]又怕勾香梦，慢腾腾△

注：① 嗟尔：叹你。② 思妇：相思之妇。③ 惺惺：惺惺作态。

赵吉士（清 293）一首　题：登交城城楼。[1]

秋欲残△西风吹鬓斑△愁杀年年此际，雁行单△独上层楼眺远，倚危栏△南指云深处，是家山△

注：① 交城：县名，属山西太原市。

王昙影（女）（清532）一首　题：独夜闻箫。

睡初醒△起来天未明△独拥寒衾偏自，梦难成△帘外冷风斜月，透银屏△何处箫呜咽，不堪听△

三十四字　风流子（又名内家娇）

孙光宪（五代十国24）三首

（1）楼倚长衢欲暮▲①瞥见神仙伴侣▲微傅粉，②拢梳头，隐约画帘开处▲无语▲无绪▲③慢曳罗裙归去▲

注：① 衢：四通之路。② 傅粉：搽粉。③ 无绪：无情绪。

（2）金络玉衔嘶马▲①系向绿杨荫下▲朱户掩，绣帘垂，曲院水流花谢▲欢罢▲归也▲犹在九衢深夜▲②

注：① 络：马笼头；衔：马嚼口。② 九衢：九面可通之路。

（3）茅舍槿篱溪曲▲①鸡犬自南而北▲菰叶长，水葓开，门外春波涨绿▲听织▲声促▲轧轧鸣梭穿屋▲

注：① 槿：小灌木，高二米余，人家多种之作篱笆。

李渔（清33）一首　题：春闺。

爱向花前小立▲又怕苔侵鞋湿▲方徙倚，①正踌躇，早被东风偷识▲绿密▲红集▲铺作芳毡容舄▲②

注：① 徙倚：低徊也。② 芳毡：花草之毡；舄：音细，鞋也。

车乘轨（现当86）一首　题：杭州湾跨海大桥。　注：2007年6月26日作。

跨海贯通南北▲①公里全长卅六▲夸第一，赞无双，天堑凌空桥矗▲强国▲民福▲伟大工程醒目▲

注：① 跨海：杭州湾北岸为沪南、浙北地区，南岸为浙东地区。

三十四字　风情蝶意

赵云琼（女）（明26）一首　题意：完婚。

翠荷花里鸳鸯浴▲碧滩枝上流莺宿▲花烂枝尚柔△俄惊一夜秋△①百岁共谐和△△相看奈汝何△△

注：① 俄：俄顷，一霎时也。

三十四字　归自谣　注：《词律》编入《归国谣》，实误。

冯延巳（五代十国26）一首　注：此词《六一词》《御选历代诗余》均作欧阳修作。

春滟滟▲①江上晚峰三四点▲柳丝如剪花如染▲

香闺家家门半掩▲②愁眉敛▲泪珠滴破胭脂脸▲

注：① 滟滟：水光也。此句说春日水光波动。② 香闺：女子卧室美称。

朱谏（明106）一首

溪边石▲两股谽谺生绣涩▲①春光点点苍苔湿▲②

天孙戏把金刀掷▲③无人识▲请君试问并州客▲④

注：① 谽谺：音含霞，谷中空大貌。② 苍苔：深青色苔。③ 天孙：即织女。④ 并州：指山西太原。并州剪刀非常锋利。

余怀（明520）一首　题：写怀。

昨夜雨▲碎滴蓬窗声几许▲①梦中唧唧闻儿女▲

残灯无焰敲寒杵▲②人何处▲一花半叶随流去▲

注：① 几许：多少。② 杵：指捣衣棒。

王庭（清21）二首　题：第一首，夕望。

第二首，访俞亦伶在董庵。①

（1）添水足▲新见溪边渔艇集▲秋风林里蛛丝织▲

村烟欲歇知将夕▲踌躇立▲闲门不闭蛩声入▲

（2）苔径寂▲尼去庵空谁履迹▲②飘桐风里秋来客▲

南窗一榻才容膝▲③留朝夕▲相寻多有人如织▲

注：① 董庵：即伏狮院，在嘉兴梅里（今王店镇）板桥北。明末里人李公之第三女，适南浔董氏，及笄志不嫁，买宅改庵，俗称董庵。② 履迹：喻探访，旅游。③ 容膝：形容小。

柯耸（清84）一首　题：秋夜。

秋树下▲月耿林椒观弈罢▲①柳烟深处渔罾挂▲②

晚波蘸碧层层泻▲无人画▲板桥一线溪痕跨▲

注：① 月耿林椒：月明林高也；弈：弈棋。② 渔罾：渔网也。

魏际瑞（清108）一首

娇欲滴▲江上晚山青历历▲①清风明月人吹笛▲

愿为水上双鸂鶒▲②恁双翼▲飞来得共相怜惜▲

注：① 历历：分明。② 鸂鶒：水鸟名，一名紫鸳鸯，古诗词中常用之。

刘壮国（清410）一首　题：溪边闲步。

云影霭▲①一片闲情尘俗外▲孤村酒市邻人待▲

清溪流水斜阳盖▲乘风迈▲②几家渔网船头晒▲

注：① 霭：云盛貌。② 迈：勇往力行之意。

陈玉瑾（清 530）一首　题：月下舟发吴江。[①]

月如洗▲一叶轻帆明镜里▲[②]子规叫断吴江水▲[③]

水容频换山频徙▲渔歌起▲前边说到姑苏矣▲[④]

注：① 吴江：江苏县名，在苏州南。② 明镜：喻水平如镜。③ 子规：即杜鹃。④ 姑苏：即江苏苏州。

陈珍瑶（女）（清 1454）一首　题：月夜。

行曲径▲凝望碧天星耿耿▲风摇墙角梨花影▲

一钩月照银屏冷▲黄昏近▲香残漏永虚廊静▲

阮绵审（清 1707）一首

溪畔路▲去岁停桡溪上渡▲[①]攀花共绕溪前树▲

重来风景全未故▲[②]伤心处▲绿波春草黄昏雨▲

注：① 停桡：停航也。桡，船桨，借喻舟船。② 未故：不是从前。

三十五字　四时乐

李公麟（宋 117）二首　题：第一首，夏。

第二首，秋。

（1）火云蔽日当空浮△田头耨草汗欲流△[①]绿竹人寂鸟声休△暂来歇午乘清幽△[②]山妻送饷扇遮头△[③]

注：① 耨草：除草。② 歇午：午间休息。③ 送饷：送饭。

（2）黄云万里秋有成△[①]村村酒熟家家迎△刲羊赛社人不醒△[②]醉后鼓腹歌升平△[③]欣然同乐仓满盈△

注：① 黄云：田上金黄如云，喻稻成熟。② 刲羊赛社：宰羊赛神迎会。刲，音亏，刺杀；社，指土地神；不醒：指酒醉。③ 升平：太平也。

三十五字　江城子（又名江神子、水晶帘）

韦庄（五代十国 1）二首

（1）恩重娇多情易伤△漏更长△解鸳鸯△[①]朱唇未动，先觉口脂香△缓揭绣衾抽皓腕，[②]移凤枕，枕潘郎△[③]

注：① 鸳鸯：鸳鸯扣。② 皓腕：雪白手腕。③ 潘郎：晋潘岳，美男子。此处喻恋人。

（2）髻鬟狼藉黛眉长△[①]出兰房△[②]别檀郎△[③]角声呜咽，[④]星斗渐微茫△[⑤]露冷月残人未起，留不住，泪千行△

注：① 狼藉：杂乱也。② 兰房：香房，喻女子卧室。③ 檀郎：潘岳小

字檀奴，故亦称檀郎。④ 角声：守城兵卒号角。⑤ 星斗：指北斗星。

牛峤（五代十国 3）一首

鵁鶄飞起郡城东△①碧江空△半滩风△越王宫殿，②蘋叶藕花中△帘卷水楼鱼浪起，千片雪，③雨濛濛△

注：① 鵁鶄：水鸟名，大如凫。② 越王宫殿：在绍兴龙山上。③ 雪：喻浪花。

和凝（五代十国 16）三首

（1）初夜含娇入洞房△理残妆△柳眉长△翡翠屏中，亲爇玉炉香△①整顿金钿呼小玉，②排红烛，③待潘郎△

注：① 亲爇：亲自点烧。② 金钿：发上首饰；小玉：指婢女。③ 排：安排。

（2）斗转星移玉漏频△已三更△对栖莺△历历花间，似有马蹄声△含笑整衣开绣户，斜敛手，①下阶迎△

注：① 敛手：即敛衽，古时女子行礼。

（3）帐里鸳鸯交颈情△恨鸡声△天已明△愁见街前，还是说归程△临上马时期后会，待梅绽，月初生△

张泌（五代十国 33）三首

（1）窄罗衫子薄罗裙△小腰身△晚妆新△每到花时，长是不宜春△早是自家无气力，更被伊，恶怜人△①

注：① 恶：恶作剧，戏弄之意。

（2）碧阑干外小中庭△雨初晴△晓莺声△飞絮落花，时节近清明△睡起卷帘无一事，匀面了，没心情△

（3）浣花溪上见卿卿△①脸波明△②黛眉轻△高绾绿云，③金簇小蜻蜓△④好是问他来得么，和笑道，莫多情△

注：① 卿卿：对恋人之昵称。② 脸波：即眼波。③ 高绾绿云：高挽发髻。④ 金簇：一丛金首饰小蜻蜓。

张先（宋 18）一首

镂牙歌板齿如犀△①串珠齐△②画桥西△杂花池院，风幕卷金泥△③酒入四肢波入鬓，娇不尽，翠眉低△

注：① 镂牙歌板：雕刻的象牙歌板；犀：锋利。② 串珠：喻歌声如一串珠

子。③ 金泥：即泥金的纸帖，以金粉饰物。

高启（明 16）一首

芙蓉裙钗最宜秋△①柳边头△自撑舟△一道眼波，斜共晚波流△蓦地逢人回首笑，不识恨，却知羞△

注：① 裙钗：指女子。

曹月士（女）（明 423）一首

卸却蝉钗𩯭翠鬟△①戴黄冠△②拜蕉团△③一卷黄庭，④长跪叩香龛△愿作瑶台双桂树，朝集凤，暮栖鸾△

注：① 蝉钗：蝉翼形钗；𩯭：垂下貌。② 黄冠：道士帽。③ 蕉团：芭蕉叶蒲团。④ 黄庭：道经名。

杨宛（女）（明 429）二首　题：第一首，病中寄外。①
第二首，采莲。

（1）晚妆才罢月初生△淡云轻△拜双星△②怕人偷觑，佯做数流萤△又到愁来无意绪，人不见，露泠泠△③

注：① 寄外：寄夫。② 双星：牛郎星和织女星。③ 泠泠：清和意。

（2）月光如水正盈盈△与波平△棹声轻△刚到莲香，深处见郎迎△忍笑佯羞防后伴，无一语，两含情△

郭士璟（清 9）一首　题：高邮道上。　注：调名原作水晶帘。高邮，在长江以北，属江苏省。

大堤杨柳为谁花△荡浮艖△①尽天涯△傍河蓬屋，风急岸流斜△日暮寒烟吹不断，饿朝食，②莫咨嗟△③

注：① 浮艖：小舟也。② 饿朝食：未吃早餐。③ 咨嗟：叹也。

史鉴宗（清 141）一首　题：本意。

一川帆乱藕丝风△①夕阳东△晚潮通△回首孤城，玉笛画楼中△梦里北门无锁钥，②街月白，寺灯红△

注：① 藕丝风：喻风之轻细。② 无锁钥：未上锁。

陆进（清 198）一首

绿杨枝上坐黄鹂△刷金衣△①弄声低△不管落花，分水去东西△听得绮窗人语响，烟影里，又惊飞△

注：① 刷金衣：清洁羽毛。

冯弦（女）（清 234）一首　题：读毛大可（毛奇龄）翰林新词有感。　注：调名原作水晶帘。

绿阴何处晓莺声△弄新声△最关情△一夜寒花，吹落满江城△读得断碑黄绢字，[1]人未渡，暮潮横△

注：① 断碑黄绢：绝妙好辞，典出《世说新语》，魏武（即曹操）尝过曹娥碑下，杨修从。石碑上题“黄绢幼妇，外孙齑臼”八字。魏武问修解否？修曰：黄绢，色丝也，于字为“绝”；幼妇，少女也，于字为“妙”；外孙，女子也，于字为“好”；齑臼，受辛也，于字为“辞”，所为“绝妙好辞”也。

赵吉士（清279）一首　题：秦淮河水阁。　注：调名原作水晶帘。

秦淮河上木兰舟△[1]漾春流△发清讴△[2]桃叶桃根，[3]隔岸是红楼△斜倚栏杆人似玉，帘卷处，眼波秋△

注：① 秦淮河：在南京市。② 讴：歌也。③ 桃叶桃根：两人均为晋王献之爱妾。秦淮河上有桃叶渡，乃王献之送别桃叶之处。

华长发（清386）一首

水涨烟汀碧似罗△[1]夜船过△听吴歌△[2]竹枝一曲，[3]写寄托江波△说与侬如天上月，圆日少，缺时多△

注：① 烟汀：如烟似雾般的汀洲。② 吴歌：苏州地方歌。③ 竹枝：曲名。

钱芳标（清513）一首　题：戊申（1668）秋送陈维崧还阳羡。

谢家池阁罩垂阳△水风凉△藕花香△象梳拢鬓，[1]初卸晚来妆△正是画帘明月午，[2]罗帐底，影双双△

注：① 象梳：象牙梳子。② 午：指午夜，即半夜。

龙光（清515）一首　题：秦淮纪事。

小舠频出禁城东△[1]过帘栊△锦成丛△绰约凝眸，[2]槛外涌芙蓉△无计随他流水去，愿化作，藕花风△

注：① 舠：音刀，刀形小船；禁城：皇城。② 绰约：柔弱貌。

王芑孙（清1131）一首　注：此首用韵多宽叶。

一栏红雨画清明△是东君△[1]作阴晴△偏教落花，多处著侬身△[2]唾尽绣线看燕子，[3]双絮聒，[4]不中听△

注：① 东君：司春之神。② 侬：吴语，我也。③ 唾尽绣线：绣花娘把含在口中的残线吐去。④ 絮聒：喧噪也。

赵棻（女）（清1402）一首

小阁寒生夜有霜△掩纱窗△对银釭△闲拂花笺，细意谱新腔△[1]多病多愁还自笑，文字癖，[2]总难忘△

注：① 新腔：新词。② 癖：嗜好之病也。

徐其志（清1477）一首

花阴月暗小庭幽△乍回眸△却回头△回廊东畔，细步越勾留△退定不甘前不敢，问此际，与谁谋△

车乘轨（现当88）一首　题：赞绍兴恒盛厂真空包装熟盐蛋。　注：2002年7月3日作。

高温消毒带芳香△核红黄△滴油藏△蛋种精选，麻鸭有名望△①产品参销农博会，优质奖，美名扬△

注：① 麻鸭：即草鸭，毛带斑点，皮薄肉嫩。

三十五字　西溪子

李珣（五代十国5））二首

（1）马上见时如梦▲认得脸波相送▲①柳堤长，无限意▲▲夕阳里▲▲醉把金鞭欲坠▲▲②归去想娇娆△③暗魂销△

注：① 脸波：眼波。② 把：把持；金鞭：华丽的马鞭。③ 妖娆：指美女。

（2）金缕翠钿浮动▲①妆罢小窗圆梦▲日高时，春已老▲▲人未到▲▲满地落花慵扫▲▲②无语倚屏风△泣残红△③

注：① 金缕翠钿：金线翡翠首饰。② 慵扫：懒扫。③ 残红：落花。

毛文锡（五代十国12）一首

昨日西溪游赏▲芳树奇花千样▲锁春光，金尊满▲▲听弦管▲▲娇妓舞衫香暖▲▲不觉到斜晖△马驮归△

杨宛（女）（明429）一首　题：梦外。①

一片绿阴深处▲搅睡满帘花雨▲正朦胧，人静悄▲▲他来到▲▲才把名儿厮叫▲▲②鹦鹉报人来△又惊回△

注：① 外：即夫。② 厮叫：相叫。

朱彝尊（清288）一首

那日樽前同坐▲①刚值上元灯火▲②引杯深，赌叶子▲▲③抛骰子▲▲④醉里交呼小字▲▲⑤旧事暗沉吟△到而今△

注：① 樽前：酒席前。② 上元：即元宵。③ ④ 叶子、骰子：均系赌具。⑤ 交呼小字：互呼乳名。

三十五字　定西番　第一体，用仄平两韵。

温庭筠（唐34）一首

海燕欲飞调羽▲萱草绿，杏花红△隔帘栊△

双鬓翠霞金缕▲[1]一枝春艳浓△楼上月明三五▲[2]琐窗中△

注：① 翠霞：翡翠钗光；金缕：金线织成钗穗。② 三五：阴历十五。

三十五字　定西番　第二体，同第一体，但后段第三句不叶韵。

温庭筠（唐 34）一首

细雨晓莺春晚▲人似玉，柳如眉△正相思△

罗幕翠帘初卷▲镜中花一枝△肠断塞门消息，雁来稀△

沈忆年（明 641）一首　题：春色。

眉黛暗随春色▲[1]新月小，柳芽轻△梦断成△[2]

一夜枕香啼湿▲愁多梦未醒△错认黄鹂声里，唤卿卿△[3]

注：① 黛：深青色。② 梦断成：梦时断时续。③ 卿卿：对恋人的昵称。

彭贞隐（女）（清 1052）一首　题：雨中忆外。

一霎画帘春雨▲霏柳叶，拂花梢△响潇潇△

小阁乍添愁绪▲何况客程遥△寂寞酒香茅店，听今宵△

三十五字　定西番　第三体，同第一体，但前段第一句不叶韵。

韦庄（五代十国 1）一首

挑尽金灯红烬，[1]人灼灼，[2]漏迟迟△[3]未眠时△

斜倚银屏无语▲闲愁上翠眉△闷杀梧桐残雨▲滴相思△

注：① 金灯：铜灯美称；红烬：火余也。② 灼灼：盛貌。③ 漏迟迟：更漏声从容不迫。

三十五字　定西番　第四体，平韵同第一体，但不用仄韵。

毛熙震（五代十国 23）一首

苍翠浓阴满院，莺对语，蝶交飞△戏蔷薇△

斜日倚栏风好，余香出绣衣△未得玉郎消息，[1]几时归△

注：① 玉郎：对夫之爱称。

赵吉士（清 227）二首　题：第一首，思归。

（1）去岁落花时节，春欲去，乍离家△向京华△[1]

不道今年秋暮，思归路尚赊△[2]惟有旧欢新梦，绕窗纱△

注：① 京华：即京都，指北京。② 赊：远也。

（2）记得那时郎去，秋暮也，语叮咛△问归程△

道是春浓天气，海棠花正盈△不道荼蘼都谢，尚京城△[1]

注：① 尚：尚在。

三十五字　望江怨

牛峤（五代十国3）一首

东风急▲惜别花时手频执▲罗帏愁独入▲马嘶残雨春芜湿▲[1]倚门立▲寄语薄情郎，[2]粉香和泪泣▲

注：① 春芜：春草茂生处。② 薄情郎：即负心人，指其恋人。

范汭（明317）一首

兰房晓▲络纬缫丝声未了▲一霎愁多少▲桐阴斜压栏干小▲人悄悄▲罗幕手慵开，惟恐惊栖鸟▲

孙蕙媛（女）（明628）一首

深闺悄▲叶落梧桐秋欲老▲揽镜愁多少▲栏干凭遍西风扫▲情渺渺▲试问菊花期，还是霜前好▲

仲恒（清177）一首　题：西湖春晓。

寻春早▲处处莺花趁晴晓▲红楼人语悄▲柳烟垂地迎风袅▲波渺渺▲画舫望中开，堤上人多少▲

侯文曜（清622）一首

欢情误▲今夕应将何夕补▲鸳被凉生露▲摇红烛影香还吐▲向谁诉▲妾命薄于萍，郎踪轻似雾▲

吴秉钧（清720）一首　题：绾柳丝作同心结。

东风袅▲嫩绿低迷烟雾扫▲攀条双缔巧▲结成罗带鸳鸯好▲人归了▲重问旧西泠，堤边苏小小▲

焦袁熹（清773）一首

花枝亚▲[1]小立娉婷好描画▲[2]香风吹近也▲罗裙欲飏低低骂▲凭栏罢▲半晌没心情，[3]柳丝挼一把▲[4]

注：① 亚：压也。② 娉婷：指美貌女子。③ 半晌：片时也。④ 挼：揉搓也。

三十五字　清江引

冯梦龙（明288）一首

谁家女儿，委实的好▲[1]赛过西施貌▲[2]面如白粉团，鬓似乌云绕▲若得她近身时，魂灵儿都掉了▲

注：① 委实：确实也。② 西施：战国时越人，中国古代四大美女之一。

三十五字　连理枝(又名小桃红、灼灼花)

李白(唐 7)二首

(1) 浅画云垂帔▲[①]点滴昭阳泪▲[②]咫尺宸居，[③]君恩断绝，似遥千里▲望水晶帘外竹枝寒，守羊车未至▲[④]

注：① 帔：音披。披也，只及肩背。② 昭阳：殿名。③ 宸居：即帝所居。④ 羊车：喻帝所乘之车。源出汉武帝幸宫人任羊车所之。

(2) 雪盖宫楼闭▲罗幕昏金翠▲[①]斗鸭栏杆，[②]香心淡薄，梅梢轻倚▲喷宝猊香烬麝烟浓，[③]馥红绡翠被▲

注：① 此句说罗幕上金色丝和翡翠都昏暗了。② 斗鸭：古时以斗鸭为游戏。③ 此句说狮形炉所喷麝香已焚成灰，其烟尚浓。

三十五字　新水令

顾贞立(女)(清 159)一首

斗窗晴日杏花天△殢东风、柳丝娇软▲分题拈翡翠，折简寄婵娟△[①]绿映平川△踏青时、燕来庭院▲

注：① 折简：裁纸为书也，即写信。

三十六字　江城子(又名江神子、水晶帘)　第一体，与三十五字江城子同，只第七句多一字。

欧阳炯(五代十国 11)一首

晚日金陵岸草平△[①]落霞明△[②]水无情△六代繁华，暗逐逝波声△空有姑苏台上月，[③]如西子镜，[④]照江城△

注：① 金陵：今江苏南京市。② 落霞：晚霞。③ 姑苏台：今江苏苏州市姑苏山(即今之灵岩山)上，相传为吴王夫差所筑。越国美女入吴国，曾居于灵岩山上馆娃宫。④ 西子：指西施。

屈凤辉(女)(清 1108)一首　注：调名原作水晶帘。

春雨濛濛草色齐△绣帘垂△暮云低△愁听林中，时有一声鹂△无奈落花留不住，乱红飞过，小桥西△

三十六字　江城子　第二体，首起三字两句，第二句五字。

尹鹗(五代十国 18)一首

裙拖碧，步飘香△纤腰束素长△[①]鬓云光△拂面璁珑，[②]腻玉碎凝妆△宝柱秦筝弹向晚，[③]弦促雁，[④]更思量△

注：① 束素：系上白色生绢裙。素，洁白生绢。② 璁珑：明洁貌。③ 柱：

乐器系弦索之柱。④ 雁：雁能传书，此处引伸为书信。

三十六字　步步娇

顾贞立(女)(清 169)一首

却又早，绿叶成阴深深院▲偏小窗纱流莺哢▲问可是、城东第一妍△词章禁苑▲①传谪仙△②才人争羡▲

注：① 禁苑：皇家御花园。② 谪仙：誉人之辞，谓神仙下凡。此两句喻李白入御花园沉香亭作《清平调》词。

三十六字　宛转歌

林俊(明 101)一首　题：用唐人郎大家宋氏韵。

秋夜清△络纬墙下鸣△①细写离人恨，霜空断续声△②歌宛转▲③宛转歌思长△△不及帘前燕▲社日归双翔△△④

注：① 络纬：昆虫名，即纺织娘。② 霜空：霜天长空之意。③ 宛转：委屈随和之意。④ 社日：祭后土神之日，有春社、秋社二次。

三十六字　河满子(又名何满子)

毛文锡(五代十国 12)一首

红粉楼前月照，碧纱窗外莺啼△梦断辽阳音信，①那堪独守空闺△②恨对百花时节，③王孙绿草萋萋△④

注：① 辽阳：在我国辽宁省，言地远也。② 闺：妇女寝室。③ 百花时节：指春天。④ 王孙：富贵家子弟；萋萋：草盛貌。

和凝(五代十国 16)一首

写得鱼笺无限，①其如花锁春辉△②目断巫山云雨，③空教残梦依依△④却爱薰香小鸭，⑤羡他长在屏帏△

注：① 鱼笺：即书信。② 其如：奈何之意；春辉：春光也。③ 巫山云雨：楚襄王梦会巫山神女故事。④ 依依：依恋。⑤ 鸭：鸭形香炉。

三十六字　长相思(又名山渐青、双红豆、相思令、越山青、吴山青)

第一体，全平韵。

白居易(唐 21)一首

汴水流△①泗水流△②流到瓜洲古渡头△③吴山点点愁△

思悠悠△④恨悠悠△恨到归时方始休△月明人依楼△

注：① 汴水：在河南境。② 泗水：在山东、江苏境。③ 瓜洲：在江苏江都境，隔长江与镇江相望。④ 悠悠：深远之意。

冯延巳（五代十国26）一首

红满枝△绿满枝△宿雨厌厌睡起迟△闲庭花影移△

忆归期△数归期△梦见虽多相见稀△相逢知几时△

林逋（宋8）一首　题：惜别。

吴山青△越山青△两岸青山相送迎△谁知离别情△

君泪盈△妾泪盈△罗带同心结未成△江头潮已平△

张先（宋18）二首　注：第二首，一作欧阳修词，又作黄庭坚词。

（1）粉艳明△秋水盈△①柳样纤柔花样轻△笑前双靥生△②

寒江平△江橹鸣△谁道潮沟非远行△③回头千里情△

注：① 秋水：喻眼波。② 双靥：两颊上酒窝。③ 潮沟：地名，在南京西。

（2）蘋满溪△柳绕堤△相送行人溪水西△回时陇月低△①

烟霏霏△②风凄凄△重倚朱门听马嘶△③寒鸥相对飞△

注：① 陇月：陇亩上月亮。② 霏霏：飘扬。③ 朱门：红漆门，喻豪门。

欧阳修（宋33）一首

深花枝△浅花枝△深浅花枝相并时△花枝谁似伊△①

玉如肌△柳如眉△爱着鹅黄金缕衣△②啼妆更为谁△③

注：① 伊：即她。② 金缕衣：嵌金线之衣。③ 啼妆：《后汉书》桓帝元嘉中，京都妇女作愁眉啼妆。

杨适（宋85）一首　题：题长亭馆。

南山明△北山明△中有长亭号丈亭△①沙边供送迎△

东江清△西江清△海上潮来两岸平△行人分棹行△

注：① 丈亭：在浙江慈溪县西，作者家乡也。今属余姚县。

万俟咏（宋191）一首　题：雨。

一声声△一更更△窗外芭蕉窗里灯△此时无限情△

梦难成△恨难平△不道愁人不喜听△空阶滴到明△

蔡伸（宋222）一首

村姑儿△红袖衣△初发黄梅插稻时△①双双女伴随△

长歌诗△短歌诗△歌里真情恨别离△休言伊不知△②

注：① 黄梅：梅熟时候，在农历五月。② 伊：她也。

邓肃（宋242）一首

一重溪△二重溪△溪转山回路欲迷△朱栏出翠微△

梅花飞△雪花飞△醉卧幽亭不掩扉△冷香寻梦归△

康与之（宋281）一首

南高峰△北高峰△一片湖光烟霭中△春来愁杀侬△

郎意浓△妾意浓△油壁轻车郎马骢△[①]相逢九里松△[②]

注：① 油壁轻车：南齐名妓苏小小常乘此车出游。② 九里松：地名，在西湖。

李石（宋293）二首　题：第一首，佳人。

第二首，暮春。

（1）花深红△花浅红△桃李深浅花不同△年年吹暖风△

莺语中△燕语中△唤起碧窗春睡浓△日高花影重△

（2）花飞飞△絮飞飞△三月江南烟雨时△楼台春树迷△

双莺儿△双燕儿△桥北桥南相对啼△行人犹未归△

陆游（宋330）二首

（1）桥如虹△水如空△一叶飘然烟雨中△[①]天教称放翁△[②]

侧船篷△使江风△蟹舍参差渔市东△[③]到时闻暮钟△

注：① 一叶：形容船小如叶片。② 放翁：作者号放翁。③ 蟹舍：养蟹人守望之小房舍；参差：不齐貌。

（2）暮山青△暮霞明△梦笔桥头艇子横△[①]蘋风吹酒醒△

看潮生△看潮平△小住西陵莫较程△[②]莼丝初可烹△[③]

注：① 梦笔桥：在浙江萧山；艇子：船之狭长者。② 西陵：地名，在萧山。③ 莼：产于湖泽中。因有黏液，可为羹。

张孝祥（宋357）一首

小楼重△下帘栊△[①]万点芳心绿间红△秋千图画中△

草茸茸△[②]柳松松△细卷玻璃水面风△春寒依旧浓△

注：① 帘栊：窗帘。② 茸茸：草发生貌。

程垓（宋368）二首

（1）风敲窗△雨敲窗△窗外芭蕉雨作幢△[①]声声愁对床△

对银釭△[②]点银釭△梦采芙蓉隔一江△[③]几时蝴蝶双△

注：① 幢：旌旗之属。② 银釭：灯盏也。③ 芙蓉：荷花别名。

（2）对重阳△[①]感重阳△身在西风天一方△年年人断肠△

景凄凉△客凄凉△纵有黄花只异乡△[2]晚云连梦长△

注：① 重阳：节日名，在农历九月初九。② 黄花：菊花。

吴淑姬（女）（宋396）一首　题意：狱中应郡僚命赋梅。

烟霏霏△雪霏霏△雪向梅花枝上堆△春从何处回△

醉眼开△睡眼开△疏影横斜安在哉△凭教塞管催△

吕胜己（宋400）一首

展翠蛾△[1]抹流波△[2]并插玲珑碧玉梭△[3]松分两髻螺△

晓霜和△冻轻呵△拍罢阳春白雪歌△偎人春意多△

注：① 翠蛾：即黛眉。② 流波：即眼波，眼光也。③ 碧玉梭：即碧玉发簪。

刘过（宋411）一首　题：赠吴盼儿。　注：一作南唐李煜词。

云一窝△[1]玉一梭△[2]淡淡衫儿薄薄罗△轻颦双黛蛾△

风声多△雨声和△帘外芭蕉三两窠△夜长人奈何△

注：① 云一窝：如云般一堆发髻。② 玉一梭：玉制一支发簪。

张辑（宋429）一首

山无情△水无情△杨柳飞花春雨晴△征衫长短亭△[1]

拟行行△重行行△行到江南第几程△江南山渐青△

注：① 征衫：旅途中所换衣衫，喻行程；长短亭：十里一长亭，五里一短亭。

刘克庄（宋451）二首

（1）寒相催△暖相催△催了开时催谢时△叮咛花放迟△

角声吹△笛声吹△吹了南枝吹北枝△明朝成雪飞△

（2）风潇潇△雨潇潇△相送津亭折柳条△[1]春愁不自聊△

烟迢迢△水迢迢△准拟江边驻画桡△舟人频报潮△

注：① 津亭：渡口边路亭。

韩疁（宋453）一首

杜娘家△谢娘家△楼压官桥柳半遮△帘波漾彩霞△

拾飞花△怨飞花△望断郎来日又斜△东风吹鬓鸦△

吴潜（宋461）二首

（1）要相逢△恰相逢△画舫朱帘脉脉中△[1]霎时烟霭重△[2]

怨东风△笑东风△落花飞絮两无踪△吩咐与眉峰△

注：① 画舫：精美之船；脉脉：含情欲吐之意。② 烟霭：烟氛。

（2）燕高飞△燕低飞△正是黄梅青杏时△榴花开数枝△

梦归期△数归期△想见画楼天四垂△[1]有人攒翠眉△[2]

注：① 画楼：精致之楼。② 攒翠眉：黛眉聚簇不舒也。

黄升（宋507）三首　题：第一首，夏夜。

第二首，秋夜。

第三首，贾似道遭贬。

（1）惜春归△爱春归△脱了罗衣着苎衣△①绿阴黄鸟啼△②

酒醒时△梦醒时△清簟疏帘一局棋△③丁冬风马儿△④

注：① 苎衣：麻织品衣服。② 黄鸟：指黄莺。③ 簟：竹席也。④ 风马儿：即檐角所挂风铃。

（2）砧声齐△①杵声齐△②金井栏边败叶飞△③夜寒鸟不栖△

风凄凄△露凄凄△影转梧桐月已西△花冠窗外啼△④

注：① 砧：捣衣石。② 杵：捣衣棒。③ 金井栏：井栏之美称。④ 花冠：雄鸡也。

（3）去年秋△今年秋△湖上人家乐复忧△西湖依旧流△

吴循州△①贾循州△②十五年间一转头△人生放下休△

注：①② 吴循州：指左丞相吴潜遭贾似道害，被贬循州安置。贾循州：指右丞相贾似道，十五年后也被贬置循州。循州，今广东龙川县。

谭宣子（宋509）一首

身亭亭△①步盈盈△②蝉影明绡傅体轻△③水边无限情△

翠尊倾△④翠鬟倾△归去如何睡得成△西风吹酒醒△

注：① 亭亭：玉立亭亭，挺立貌。② 盈盈：轻盈。③ 蝉影：指蝉翼形鬓影；明绡：透明丝织衣。④ 翠尊：翡翠酒杯。

徐霖（宋530）一首

听莺声△惜莺声△客里莺声最有情△家山何处青△

问归程△数归程△行尽长亭又短亭△征衫脱未成△

欧良（宋566）二首

（1）云垂垂△雨霏霏△只恐今年花事迟△不然孤负伊△

燕飞飞△柳依依△有个人人依翠扉△愁横双黛眉△

（2）燕成双△蝶成双△飞去飞来杨柳旁△问伊因底忙△①

绿纱窗△篆炉香△②午梦惊回书满床△棋声春昼长△

注：① 伊：指燕、蝶；因底：因何。② 篆炉：指香炉。

章丽真（女）（宋584）一首　题：送汪水云归吴。①

吴山秋△越山秋△吴越两山相对愁△长江不尽流△

风飕飕△雨飕飕△万里归人空白头△南冠泣楚囚△[②]

注：① 题意：汪水云，名元量，宋亡，随三宫被掳至大都（北京）后放归。临行，被掳各宫女皆赋诗词送别。② 南冠泣楚囚：喻俘虏之悲哀，语出《左传》。

袁正真（女）（宋588）一首　题：送汪水云归吴。

南高峰△北高峰△南北高峰云淡浓△湖山画图中△

采芙蓉△赏芙蓉△小小红船西复东△相思无路通△

仇远（元22）一首　注：调名原作越山青。

四月时△五月时△柳絮无风不肯飞△卷帘看燕归△

雨凄凄△草凄凄△及早关门睡起迟△省人多少诗△

刘基（明7）二首　题：第一首，嘉兴道中。

（1）草青青△麦青青△草穗高低麦穗平△黄花相间明△

山禽鸣△水禽鸣△禽鸟与人同有情△不堪闻此声△

（2）桃花开△李花开△小白长红越女腮△春风巧剪裁△

蜂徘徊△蝶徘徊△饮遍清香未肯回△莫教飘绿苔△

李祯（明38）三首　题：第一、二首，春雨。

第三首，春日郊外。

（1）朝淋漓△暮淋漓△到处墙头土屋欹△放晴知几时△

湿花枝△洗花枝△平地弥漫浸作池△簑衣终日披△

（2）怕倾盆△要倾盆△伞笠都无强出门△满身泥水痕△

行厌闻△坐厌闻△溜响从朝达夜分△聒聋双耳根△

（3）桃未红△杏未红△近社郊原尚似冬△[①]连朝频括风△

麦茸茸△草茸茸△菜吐黄花三两丛△春光何处浓△

注：① 近社：指春社已近。春社，定在立春后第五个戊日。

叶盛（明63）一首　题：忆弟妹嫁娶。

才杀羊△又杀羊△丈人劝酒我敲糖△[①]木瓜的六郎△[②]

酒也香△菜也香△须劝哥哥醉一场△竹墩的小娘△[③]

注：① 敲糖：敲饴糖。② 此句说新郎拘谨如木瓜。③ 此句说新娘玉立亭亭似修竹。

张旭（明90）一首　题：四月九日先君忌日，寓南京。

柳阴阴△昼阴阴△客邸俄惊忌日临△[①]伤心自不禁△[②]

风满襟△泪满襟△家山回首白云深△椿庭何处寻△[③]

注：① 客邸：客寓；忌日：逝世日。② 不禁：禁受不住。③ 椿庭：父也。

夏旸（明107）一首

梅又黄△麦又黄△蚕老秋丛农事忙△雨余清昼长△

午风凉△晚风凉△满了蛙声青草塘△葵花正向阳△

王凤娴（女）（明159）一首　题：寄孟端夫子。[①]

桃花飘△杏花飘△争奈王孙去路遥△谁将眉叶描△

莺语娇△燕语娇△昼永闲庭锁寂寥△此时魂暗销△

注：① 孟端夫子：指夫张孟端。

吴子孝（明162）一首　题：春思。

雨霏霏△草离离△花落江南燕子飞△片时千万思△

漏频移△枕频攲△水远山长无梦归△两情应自知△

李攀龙（明194）一首　题：秋夜咏怀。

秋风清△秋月明△秋雨梧桐枕上惊△秋梦不分明△

秋蛩鸣△秋鸟鸣△秋雁行行天际横△秋思最伤情△

朱柔英（女）（明210）一首

麦风秋△梅雨收△新月溶溶映小楼△闲庭花气浮△

恨悠悠△信难投△故里还期昼锦游△[①]茱萸插满头△

注：① 昼锦：白昼衣锦，荣归之意。

郑妥（女）（明231）一首　题：寄期连生。

去悠悠△思悠悠△水远山高无尽头△相思何日休△

见春愁△对春愁△日日春江认去舟△含情空忆楼△

林章（明238）一首

江南头△江北头△水满花湾花满洲△花间是妾楼△

郎东头△妾西头△妾处春波郎处流△劝郎休荡舟△

田玉燕（女）（明259）一首

喜春光△爱罗裳△为君情自缕丝长△绣鸳鸯一双△

喜春光△怕春光△袅袅腰肢眉倦扬△画眉久在傍△

吴敬所（明263）一首　题意：《刘生觅莲记》刘一春倚花偷望孙碧莲，羡艳而作。

花满枝△蝶满枝△恋恋迷香不忍归△迎暄晒粉衣△[①]

盼佳期△算佳期△尽付书斋懒睡时△春情许梦知△

注：① 粉衣：指蝶翅。

陈尔善(明 274)一首

梦频频△泪频频△忆到家园醒后惊△血泪染啼痕△

寒又更△暑又更△目断江天烟水横△遥山点点青△

董斯张(明 322)一首

酒阑珊△兴阑珊△裹袖摩琴不敢弹△一灯相对寒△

握云鬟△理云鬟△低背屏风卸玉环△影儿还好看△

莫秉清(明 323)一首　题：闺况。

吴山高△楚山高△茅店无情路更遥△归舟阻落潮△

夜迢迢△路迢迢△细雨微风湿画桥△倚楼魂暗销△

沈宜修(女)(明 329)一首

风潇潇△雨潇潇△四壁吟蛩入梦遥△愁肠酒不消△

灯影摇△帐影遥△听尽窗前一夜蕉△断魂难自招△

曾异撰(明 331)一首　题：题画。

风潇潇△鬓萧萧△无米吟诗过雪朝△梅花隔板桥△

好推敲△罢推敲△借得前村米一瓢△寒山何处樵△

顾若璞(女)(明 341)一首

梅子青△豆子青△飞絮飘飘扑短亭△风寒罗袖轻△

送芳辰△惜芳辰△春事支离些个情△眉峰恨几层△

沈静专(女)(明 344)一首

春未盈△[1]蝶睡轻△柳外东风吹恨生△日长花气清△

瘦魂惊△一声莺△羁住愁魔不放行△遥山翠半醒△[2]

注：① 未盈：未深、未满也。② 遥山：喻女子眉。

王屋(明 364)一首　题：春日村居。

花盈村△柳盈村△花柳村深日易昏△雨余溪水浑△

莺儿喧△燕儿喧△莺燕生雏子又孙△一春常闭门△

曹堪(明 369)二首　题：第一首，春景。

第二首，秋深即事。

(1) 溪云长△野云长△无限行云过东墙△游蜂花底忙△

杨条黄△柳条黄△鸭绿春波浮野塘△沿村荠菜香△

(2) 庭松长△野梧凉△一夜浮萍遍野塘△微风吹稻香△

溪云荒△晚烟苍△远远秋林欲染黄△时闻啼小螀△①

注：① 螀：寒螀，即寒蝉。蝉的一种，秋季鸣于日暮，其声幽抑，至天寒则不鸣。

徐士俊(明 397)二首　题：第一首，晓起望雨中山色。

第二首，庚辰(1640 年)闰元宵作。

(1) 烟如罗△雨如梭△山似潇湘裙子拖△①米家笔意多△②

春如何△梦如何△花影迷离罩远波△侬家诗意多△③

注：① 潇湘：潇湘仙子。② 米家：指大画家米芾。③ 侬：我也。

(2) 正元宵△闰元宵△总是东皇着意描△①更将红蜡烧△

送元宵△近元宵△总是东皇岁月遥△多将白堕浇△②

注：① 东皇：司春之神也。② 白堕：刘白堕，古之善酿酒者。后称良酒为白堕。

顾士林(明 401)一首　题：秋闺。

忆重阳△近重阳△雪藕香丝菊吐黄△蒹葭水白苍△

各一方△独一方△帘午犹擎昨日妆△疏疏云鬓荒△

商景兰(女)(明 424)三首

(1) 过桥西△花满堤△步印香泥小径归△烟笼万户低△

月初辉△星渐稀△光到窗前知未知△夜乌何处啼△

(2) 水绕溪△花满堤△鹦鹉声高烟柳迷△愁多恨鸟啼△

香霏霏△泪凄凄△坐看西山虹影低△诗成雪乱飞△

(3) 花影圆△月正妍△隔林啼鸟夜声传△相看情倍牵△

整翠钿△拂朱弦△薰尽罗帏未肯眠△庭前霜满天△

杨宛(女)(明 429)一首　题：微山湖道中即事。

土如山△土如山△山上人家白日闲△秋天短树边△

水如天△水如天△无数渔人稳昼眠△秃鹙飞过船△①

注：① 秃鹙：水禽名，头项皆无毛。

谢小湄(女)(明 430)一首　题：送别蔗园。

花满丘△月满楼△漏鼓催人事远游△心情不自由△

泪未休△盟未休△絮絮教郎珍重周△归鸿须在秋△

颜绣琴(女)(明 438)一首　题：忆叶昭齐(叶纨纨)表妹。

思漫漫△恨漫漫△春色芳菲取次看△闲庭花影寒△

绕栏杆△倚栏杆△梦见虽多相见难△红香泣夜残△

朱一是(明454)一首

农相投△鱼也投△坐坐行行溪上头△不知明日忧△

乘舟游△策蹇游△水水山山倦即休△小窗归卧幽△

胡介(明515)一首

杨花天△杏花天△几处笙歌上画船△侬来楼上眠△

花含烟△月含烟△燕燕莺莺醉醒边△生生过少年△

李因(女)(明518)四首　题：第一首，春闺。

第二首，春雨。

第三首，春游。

第四首，春思。

(1) 晓莺啼△暮莺啼△啼得花开春半归△流光又早催△

桃花飞△李花飞△阵阵随风逐马蹄△红稀绿渐肥△

(2) 草初齐△燕初归△水涨平桥花绕堤△寻芳香径迷△

风凄凄△雨霏霏△紫陌垂杨系马嘶△留春酒满卮△

(3) 晓风凄△晓烟迷△丽景融和睡起迟△魂惊蝴蝶飞△

试春衣△步花溪△恰恰流莺不住啼△东皇且莫归△

(4) 柳丝丝△雨丝丝△织就园林花满枝△春游乏酒赀△

惜花诗△饯花词△为问繁华能几时△低头无限思△

赵彩姬(女)(明551)一首　题：春恨。　注：此词与郑妥基本相同，姑并录备考。

去悠悠△意悠悠△水远山长无尽头△相思何日休△

见春愁△对春羞△日日春江认去舟△含情空忆楼△

缪永谋(明560)一首

吴山寒△越山寒△南浦秋风送画船△夕阳山外山△

荻花残△蓼花残△渺渺江波接远天△小楼人倚栏△

张煌言(明572)一首　题：中夜闻筝。

炙凤笙△弹鹍筝△弄入阳关第几情△铜壶滴漏明△

一更更△一星星△都是商声与羽声△离人不忍听△

计南阳(明687)一首　题：闻笛。

柳烟青△草痕平△只听行人玉笛声△花飞满敬亭△

山青青△水盈盈△无限江南梦不成△一帘风雨横△

倪小(女)(明608)一首

花也新△柳也新△昨夜南楼梦踏春△朝来记不真△

歌几巡△[1]笑几巡△日日寻芳泗水滨△[2]由他姊妹嗔△[3]

注：① 巡：遍也。② 泗水：起自山东，流经江苏入海。③ 嗔：薄怒也。

方汝浩（明620）一首　题意：《禅真逸史》张善相寄段琳瑛词。

喜相逢△喜相逢△美人深沉绣阁中△眉梢两意浓△

彼心同△此心同△见处虽亲会处空△愁闻野寺钟△[1]

注：① 寺钟：暮鼓晨钟。钟响喻天明。

彭孙倩（女）（明625）一首

漏沉沉△睡沉沉△相思欲寄断肠吟△寂寞暗伤心△

卧松阴△伴花阴△扫石焚香理素琴△花间月满林△

李眺（女）（明627）一首　题：秋思。

雨阑珊△酒阑珊△风起芦花菊又残△相思烟水寒△

倚栏杆△拍栏杆△此夜知他有泪弹△凭谁整翠鬟△

董如兰（女）（明636）一首

心迢迢△路迢迢△万木经霜色渐凋△秋容是画描△

卯时潮△[1]酉时潮△[2]不见归帆傍小桥△愁魂销未销△

注：① 卯时：早上五时至七时。② 酉时：傍晚五时至七时。

屈大均（明638）一首

采莲泾△[1]锦帆泾△[2]几曲横穿花里城△鸳鸯处处迎△

蛾眉桥△白头桥△风流那得几春朝△临风且玉箫△

注：① 采莲泾：在苏州灵岩山下，相传西施采莲于此。② 锦帆泾：在苏州盘门，相传吴王锦帆以游。

王庭（清21）一首　题：新晴。

雪飞轻△日微晴△十度东风暖未成△徐看春草生△

暮云平△有烟横△又听鸣鸠唤雨声△夜来星乍明△

李雯（清22）一首　题：咏秋风。

枫叶飞△柳叶飞△飞向空闺无尽时△摇摇千里思△

西风吹△北风吹△吹入君衣知不知△香帏薄暮垂△

周茂源（清47）一首　题：农山南村别墅。

辋川庄△[1]午桥庄△[2]昔日留侯过此乡△[3]赤松祠宇凉△

菊丛香△桂丛香△池上闲吟绕画廊△看浴紫鸳鸯△

注：① 辋川：在陕西蓝田县，唐王维别墅。② 午桥庄：在河南洛阳市，唐裴

度别墅。③ 留侯：汉张良功封留侯。

曹尔堪（清 69）一首

朝来晴△晚来晴△罩屋桑阴分外清△短檐鸠妇声△[①]

云须耕△雨须耕△新织蓑衣掩骭轻△[②]竹枝歌太平△[③]

注：① 鸠妇：天晴鸣鸠唤妇。② 骭：胫骨也。③ 竹枝：曲名。

余缙（清 74）一首

灯已昏△月又昏△暮雨春江酒一尊△樵钟远寺闻△

花影深△柳影深△欸乃轻讴总断魂△前路鹧鸪村△

尤侗（清 81）二首　题：第一首，卷帘。

第二首，春闺。

（1）朝卷帘△暮卷帘△帘卷西风风卷烟△烟寒风雨寒△

倚栏杆△泪栏杆△听尽哀鸿听怨蝉△愁魂飞暮天△

（2）花飞飞△絮飞飞△绿上眉山红上衣△[①]妆楼日又西△

蝶飞飞△燕飞飞△飞向雕檐寻伴栖△吹箫人不归△

注：① 眉山：即眉峰、眉尖也。

王荪（女）（清 95）一首　题：寄外。

见人羞△别时羞△两次三番不自由△教侬怎罢休△

倦梳头△怕凝眸△明月光中上小楼△摄山红叶秋△[①]

注：① 摄山：即栖霞山，在南京市东北。

瞿寄安（女）（清 118）一首　题：寄夫人于氏。

朝含颦△暮含颦△风动疏帘疑是君△相思欲断魂△

试罗裙△褪罗裙△鸳瓦霜飞病又新△[①]天涯两地人△

注：① 鸳瓦：瓦之成对偶者。

戈元颖（清 126）一首　题：春日村居。

祝春晴△踏春晴△缝剪春衫件件轻△新红骂早莺△

晓山青△晚山青△蝶翅拖香过短棂△花时懒入城△

杜溎（清 143）一首　题：夏日。

桐花风△藕花风△一阵香来小帐中△屏山两相通△

朝雨濛△夜雨濛△锦蝶飞来曲槛空△石榴依旧红△

丁澎（清 145）一首　题：采花。

郎采花△妾采花△郎指阶前姊妹花△道侬强似他△

红薇花△白薇花△一村开来两样花△劝郎莫似他△

陆进（清 198）二首　题：第一首，归棹。

第二首，雨阻新城官阁。

（1）秋风凉△秋夜长△明月空江泛野航△严陵枫叶黄△[①]

诗满囊△酒满觞△雁影初来带早霜△归程寸寸量△

注：① 严陵：严子陵钓台，在浙江桐庐境。

（2）桃花开△杏花开△桃杏纷纷点砌苔△山城夜雨来△

卧空斋△坐空斋△酒力难将诗兴排△归期莫浪猜△

沈丰恒（清 201）一首　题：夜思。

晚风清△乱蛩鸣△一点银釭亮到明△衾单梦不成△

忆卿卿△态盈盈△楚楚腰肢淡淡情△相逢足一生△

翁与淑（女）（清 204）一首　题：深秋。

书满床△月满床△天气秋来夜渐凉△微闻桂蕊香△

钟声长△漏声长△露冷单衣独绕廊△蛩吟却断肠△

杨琇（女）（清 206）一首　题：寄外。　注：此词与王荪词大同小异，姑并录之。

见时羞△别时愁△百转千回不自由△教人怎罢休△

懒梳头△怕凝眸△明月光中上小楼△思君枫叶秋△

朱澜（女）（清 227）一首　题：春闺。

烟霏霏△雨霏霏△细雨浓烟莺自啼△空阶草色肥△

解寒衣△换春衣△轻暖轻寒人不归△画梁双燕栖△

钟韫（女）（清 229）一首　题：扇面。

针懒拈△香懒添△仲春天气喜游园△相呼杨柳边△

爱春妍△惜春旋△一夜催残风雨天△飞花满画帘△

冯云骧（清 254）一首

倚红楼△思悠悠△十二栏杆无限愁△黄花满地秋△

微雨收△白云流△记别当时古渡头△垂杨送远舟△

张星耀（清 299）一首　题：别情。

晚云晴△晚风生△柳絮桃花飞满城△此时无限情△

树层层△草青青△马又频嘶酒又醒△教人怎么行△

贲琮（清 315）一首　题：鳌阳道中。　注：调名原作山渐青。

山渐青△水渐青△山水青青送我行△春风真有情△

花一层△柳一层△花柳层层映旆旌△[①]扬鞭游帝京△

注：① 旆旌：镶边旗帜。

万树（清316）一首　题：夜行吴江道中。

苏州城△秀州城△[①]鸭嘴船儿叶样轻△往来多月明△

一条浜△[②]两条浜△夜半歌声逐橹声△客愁无数生△

注：① 秀州：浙江嘉兴。② 浜：断港也，李翊《俗呼小录》“绝潢断港谓之浜”。

徐长龄（清319）一首　题：春游。

花盈溪△柳盈堤△几度轻风送马蹄△行行路转迷△

莺儿啼△燕儿飞△草色四看一抹齐△谁留香印泥△[①]

注：① 香印泥：泥中弓鞋印。

彭孙遹（清343）一首　题：目成。

启围屏△下重旌△[①]解意银釭故不明△[②]今宵始目成△[③]

夜香清△坠钗横△灯下频频相唤声△教人待怎生△[④]

注：① 重旌：一重重帏幕。② 此句说知意之灯故意不明。③ 目成：以目通意。④ 怎生：犹言如何样也。

赵文素（女）（清372）一首　题意：送别吴采臣观察。　注：词中用韵多宽叶。

花有情△月有情△花月多情两地分△断肠直至今△

听君行△怕君行△来问君家果否行△传闻未必真△

吴文柔（女）（清373）一首

吴山秋△故山秋△叶落庭槐起暮愁△新凉作意收△

蓼花洲△荻花洲△分付蛩吟且暂休△断肠人倚楼△

陆次云（清438）二首　题：西湖杂咏。

（1）苏公堤△白公堤△苏白堤边漾酒旗△当垆拥翠眉△

莺已飞△燕已飞△土鲋鱼儿春正肥△[①]松醪醉竹篱△[②]

注：① 土鲋鱼：步鱼，又叫土部鱼、菜花鱼等。但我国古代文学上指鲫鱼。② 松醪：酒名，以松膏酿之，见《酒史》。

（2）南峰高△北峰高△南北双峰近碧霄△垂云映断桥△

访僧寮△卧僧寮△[①]一枕松风天籁飘△尘襟尽欲消△[②]

注：① 僧寮：僧舍。② 尘襟：尘俗之胸襟。

黄墺（清543）一首　题：闺怨。

一树梅△两树梅△树树皆郎亲手栽△东风着意催△

朝徘徊△暮徘徊△郎去梅花依旧开△梅开郎未来△

王项龄（清550）一首　题：孤馆。

风凄凄△雨凄凄△彻夜愁人听未稀△前村闻曙鸡△

花飞飞△柳依依△惆怅春归人未归△落红渐渐微△

张振（清675）一首　题：闺夜。

花满溪△月满溪△月影花香炊未宜△隔溪闻马嘶△

烟丝丝△柳丝丝△柳色烟光望处迷△愁深眉黛低△

吴秉钧（清720）一首　题：离别。

南山青△北山青△两岸猿声送客行△难禁离别情△

露珠明△泪珠明△风促征帆留不成△疏林日已平△

吴启元（清746）一首　注：词中用韵多宽叶。

花成阴△柳成阴△不道浓情是薄情△春风竟闪人△[①]

莺一声△燕一声△斜也横窗梦乍醒△愁人怎么听△

注：① 闪人：薄情之意。闪，一霎，暂时也。

蒋纫兰（女）（清813）一首

思悬悬△[①]望悬悬△人去天涯欲见难△音书更杳然△

愁恹恹△[②]病恹恹△愁病支离葬玉颜△[③]问君怜不怜△

注：① 悬悬：心不安也，② 恹恹：病貌。③ 支离：形体不全貌；玉颜：皎洁容颜。

左臣（清874）一首　题意：《女开科传》余梦白怀念倚妆所作。

茶满匙△酒满匙△架上图书几上诗△[①]昏昏睡起迟△

花一枝△月一池△梦到关情人不知△相思知几时△[②]

注：① 几：几案。② 几时：何时。

姜汝彨（清878）一首　题：春游。　注：调名原作吴山青。

花满堤△草满堤△一带斜桥树影齐△春山淡画眉△[①]

莺儿飞△蝶儿飞△郭外经风飏酒旗△[②]月明人始归△

注：① 春山：翠峰也，即黛眉。② 郭外：城门外，即郊外。

吴翌凤（清1071）一首

花半墙△月半墙△花月疏疏满院凉△帘开闻暗香△

宵初长△梦初长△梦倚红红曲槛房△风前小影双△

叶景星（清1084）一首　题：秋郊晚行。

暮云重△①暮烟浓△牧竖归村一笛风△②夕阳牛背红△

思无穷△景朦胧△秋草凄凄听乱蛩△灯悬茅店中△

注：① 重：重复。② 牧竖：即牧童。

洪亮吉（清 1086）一首

风潇潇△雨潇潇△窗里无人响玉箫△纱灯壁上摇△

梦无聊△醒无聊△窗外荷珠落乱跳△游鱼蹴浪高△

吴宝书（清 1136）一首

对春山△画春山△淡淡眉痕着笔难△新愁聚两弯△

燕双还△蝶双还△红上纱窗绿上栏△杏花飞又残△

沈纕（女）（清 1179）一首

风凄清△雨凄清△秋在梧桐叶上鸣△一声和两声△

思频盈△泪频盈△不是愁人不要听△愁人无那情△

马汾（清 1200）一首　题：送金馨吾旋里。①馨吾，陕西长安人，幕游山右任书启十余年矣。②每岁主人封篆后还家，开篆前至幕。③

出潼关△④入潼关△行李萧萧岁又阑△⑤长途风雪寒△

面南山△⑥背南山△腊尾春头去复还△⑦问君何日闲△

注：① 旋里：归故乡。② 幕游：作师爷。③ 篆：官印也。开篆，即开印办公；封篆，即封印休假。④ 潼关：关名，进出陕西门户。在陕西、河南交界处。⑤ 萧萧：单薄之意。⑥ 南山：在陕西境。⑦ 腊尾：十二月底。

王倩（女）（清 1235）一首　题：雨夜。

风潇潇△雨潇潇△灯晕红星不耐挑△梦儿和泪抛△

醒无聊△醉无聊△似恐离人魂未销△隔窗多种蕉△

朱鉴（清 1251）一首　题：黔中。

晓云生△暮云生△淅淅骚骚风雨声△天无三日晴△

远山横△近山横△叠叠重重离别情△地无三里平△

赵庆熺（清 1433）一首

苏公堤△白公堤△十里亭台高复低△断桥流水西△

杜鹃啼△鹧鸪啼△楼外斜阳一酒旗△杨花不住飞△

汪适孙（清 1459）一首　注：调名原作双红豆。

住可怜△去可怜△燕子楼台寒食前△桃花红接天△

里湖船△外湖船△只隔湖堤杨柳烟△绿波平两边△

汪士进（清 1463）一首　题：山阴道中。　注：山阴：即浙江绍兴。

烟濛濛△水濛濛△尽日舟行图画中△青山露短篷△

吴山重△越山重△一路枫林夕照红△离情今夜浓△

赵我佩(女)(清1557)一首　题：秋晚。

芦花边△蓼花边△曾记横塘唱采莲△秋风年复年△

暮云天△暮湖天△柳外轻丝荡细烟△沙鸥和月眠△

陈嘉(女)(清1697)一首　题：春日湖上。

苏堤长△白堤长△百卉齐开斗艳阳△莺莺燕燕忙△

桃花香△柳花香△画舫笙歌满岸傍△销金锅未荒。[①]

注：① 销金锅：杭谚语，喻游西湖耗资如销金。见《武林旧事》。

小轴上无名氏(清1744)一首　题：河南郭店驿题壁(丁绍仪所见)。

小楼西△小桥西△千缕垂杨绿未齐△画眉枝畔啼△

草盈堤△水平堤△拾翠人归夕照低△春衫湿燕泥△

许禧身(女)(清1844)一首　题：感怀。

风飕飕△雨飕飕△桐叶凋零已入秋△凄凉人倚楼△

山悠悠△水悠悠△催动归心不自由△梦随江水流△

文廷式(清1845)一首

钿篸篌△纤指柔△一曲吴歌不上喉△时时飏倦眸△

锦缠头△金带钩△细喘轻颦博得否△谁知离别愁△

冯江(清1898)二首

(1) 近山青△远山青△四面青山列画屏△傍山开小亭△

睡半醒△酒半醒△闲看垂杨袅碧汀△杨花欲化萍△

(2) 夜云生△暮烟横△一点疏红小店明△酒家初上灯△

风乍轻△雨乍晴△最爱宵来带醉听△小桥流水声△

车乘轨(现当88)一首　题：悼念岳父母夏明润(1901—1957)、王秀珠(1904—1983)。　注：1997年10月14日作。

绍大明△嘉永明△[①]立业安家逾半生△孟梁有美名△[②]

蒙垂青△招馆甥△[③]待若亲儿慈爱倾△长思知遇恩△[④]

注：① 此二句说作者岳父曾任绍兴大明电灯公司、嘉兴永明电灯公司(后改称嘉兴电厂)总工程师兼工务课长。② 孟梁：东汉贤女孟光。配夫梁鸿，一生互敬互爱，传为佳话。③ 馆甥：女婿，语出《孟子》。④ 知遇：赏识宠遇之意。恩：元韵，作宽叶。

南韬(现当147)一首　题：游雁荡一帆峰。[①]

剪刀峰△一帆峰△本是天生同一峰△步移形不同△
雾浓浓△雨朦朦△怪石奇峰变无穷△身在图画中△
注：① 雁荡：山名，在浙江乐清市境。

钱世明（现当 233）一首

榴花红△荷花红△怎比湖天照影鸿△垂杨摇晓风△
笑玲珑△盼玲珑△泣自斜阳雨霁虹△虹桥何日逢△

俞涌（现当 246）一首　题：漳州答台北次高诸兄。

聚也思△别也思△欲诉相思乱似丝△此情明月知△
远也思△近也思△最忆江南细雨时△春来谁赋诗△

龚正春（现当 258）一首　题：与袁秋莲春游。

南郊游△北郊游△日暖风和杨柳柔△鸳鸯舞不休△
景悠悠△情悠悠△海誓山盟合影留△好花开并头△

三十六字　长相思　第二体，同第一体，但后段第一句不叶韵。

吴二娘（女）（唐 22）一首

深画眉△浅画眉△蝉鬓鬅鬙云满衣△[1]阳台行云回△[2]
巫山高，巫山低△暮雨潇潇郎不归△空房独守时△
注：① 蝉鬓：蝉翼形发鬓；鬅鬙：音朋僧，发乱也。② 阳台行云：楚襄王与神女在巫山阳台幽会故事。

李煜（五代十国 34）一首

一重山△两重山△山远天高烟水寒△相思枫叶丹△
菊花开，菊花残△塞雁高飞人未还△一帘风月闲△

欧阳修（宋 33）一首

花似伊△[1]柳似伊△花柳春来人别离△[2]低头双泪垂△
长江东，长江西△两岸鸳鸯两处飞△相逢知几时△
注：① 伊：她也。② 春来：一本作青春。

王之道（宋 248）一首

吴江风△吴江枫△索索秋声飞乱红△晚来归意浓△
淮山西，淮山东△明月今宵何处同△相寻魂梦中△

赵长卿（宋 389）一首　题：春浓。

花飞飞△柳依依△帘卷东风日正迟△社前双燕归△[1]
药栏东，药栏西△记得当时素手携△[2]弯弯月似眉△
注：① 社：祭祀后土神之日，此处为春社，在立春后第五个戊日。② 素手：

指女子洁白之手。

佟国器（清129）一首　题：春情。

春日暖△杏花浓△燕语莺啼听不穷△人家香雾中△

深夜静，小楼空△淡淡银蟾细细风△映花春酒红△

苏清月（女）（清405）一首　题：秋兴。

晓风生△晚烟深△几树丹枫点翠屏△钟声处处闻△

零白露，罨青云△征雁萧萧下远汀△斜阳照短亭△

三十六字　长相思　第三体，下片换韵，或用韵不规则。

杨韶父（宋499）一首

溪水清，溪水浑△溪上人家数亩园△垂杨深闭门△

青罗裙△白罗裙△采尽青蘩到白蘋△江南三月春△

陈允平（宋556）一首

风萧萧△雨骚骚△风雨萧骚梧叶飘△潇湘江畔楼△△

云迢迢△△水遥遥△云水迢遥天尽头△△相思心上秋△△

沈兰（女）（明603）一首　题：夜落金钱。[①]

思无端△闷凭栏△怜惜苔阶夜落钱△秋风帘外寒△

欲题诗△偶成词△蓦忆当年暗卜时△闲愁惟自知△

注：① 夜落钱：即金钱花。因午开子落，故名。

陈世祥（清53）一首　题：郊行。

开花风△落花风△酒旗安顿小桥东△教人驻玉骢△

一重溪△△两重溪△△弱柳遮藏曲曲篱△△黄莺独自啼△△

徐籀（清26）一首　题：山居感旧。

朝阴阴△暮阴阴△槐柳分烟随处青△△风光阴又晴△△

一朝人△两朝人△去岁尝樱忆故京△△城春草木深△△

葛宜（女）（清420）一首

雨声频△雨声沉△雨涨溪头溪水深△情牵绿柳阴△

春色寒△△春色阑△△静倚东风不忍看△△一天雁影还△△

三十六字　思帝乡（又名万斯年曲）

温庭筠（唐34）一首

花花△满枝红似霞△罗袖画帘肠断，[①]卓香车△[②]四面共人闲语，战篦金凤斜△[③]惟有阮郎春尽，[④]不归家△

注：① 罗袖：喻女子。② 卓：立也。此句言女子驻车而观。③ 此句说颤动发梳及金凤钗致斜。篦，梳之紧密者。④ 阮郎：指阮肇入天台山遇仙女成婚故事。

孙光宪(五代十国24)一首

如何△遣情情更多△永日水堂帘下，[1]敛秋蛾△[2]六幅罗裙窣地，[3]微行曳碧波△看尽满地疏雨，打团荷△[4]

注：① 水堂：犹水阁。② 蛾：喻女子眉也。③ 窣地：曳地、拖地。④ 打团荷：打在圆圆荷叶上。

陈世祥(清53)二首　题：第一首，春雨。
第二首，归思。

(1) 都休△留春春也羞△树树花花落尽，似清秋△怕向楼前望见，休教上玉钩△又是垂杨影里，叫鸣鸠△

(2) 归休△百花香欲流△正是浅红柔白，满汀洲△好去周旋芳草，风光到处收△莫待落花庭院，恼斑鸠△

吴棠桢(清200)一首

登台△望人人未来△昨夜夜寒夜坐，溜金钗△今日贪看归客，清晨立翠苔△忘了珠帘不卷，燕飞回△

蒲松龄(清524)一首

闲阶△桃花取次开△[1]昨日踏青小约，未应乖△[2]咐嘱东邻女伴，少待莫相催△着得凤头鞋子，即当来△

注：① 取次：次第也。② 乖：不顺从。

三十六字　相见欢(又名乌夜啼、西楼子、上西楼)　第一体，用平仄两韵。

薛绍蕴(五代十国4)一首

罗襦绣袂香红△[1]画堂中△细草平沙蕃马，[2]小屏风△
卷罗幕▲凭妆阁▲思无穷△暮雨轻烟魂断，隔帘栊△

注：① 襦：短衣也；袂：袖也。② 蕃马：外邦之马，指小屏风画着外邦马。

李煜(五代十国34)二首　注：调名原作乌夜啼。

(1) 无言独上西楼△月如钩△寂寞梧桐深院，锁清秋△
剪不断▲理还乱▲是离愁△别是一番滋味，在心头△

(2) 林花谢了春红△太匆匆△常恨朝来寒雨，晚来风△

胭脂泪▲留人醉▲[1]几时重△自是人生长恨，水长东△

注：① 留人：《词综》作相留。

蒋元龙（宋169）一首　题：春。　注：调名原作乌夜啼。

小桃落尽残红△夜来风△又是一番春事，不从容△

翠屏掩▲[1]芳信断▲转愁浓△可惜日长闲暇，小帘栊△

注：① 翠屏：画着翡翠鸟的屏风。

朱敦儒（宋180）一首

东风吹尽江梅△桔花开△旧日吴王宫殿，[1]长青苔△

今古事▲英雄泪▲老相催△常恨夕阳西下，晚潮回△

注：① 吴王：指春秋时吴王夫差，其宫殿在江苏苏州。

向子諲（宋218）二首

（1）亭亭秋水芙蓉△[1]翠团中△又是一年风露，笑相逢△

天机畔▲[2]云锦乱▲[3]思无穷△路隔银河犹解，[4]嫁西风△[5]

注：① 亭亭：挺立貌。② 天机：天仙织女之织机。③ 云锦：这里指云霞。④ 银河：天河。⑤ 嫁：相随之意，诗词中多用之。

（2）腰肢一缕纤长△是垂杨△泥泥风中衣袖，[1]冷沉香△

花如颊▲眉如叶▲语如簧△微笑微颦相恼，过回廊△

注：① 泥泥：露浓貌。

陆游（宋330）一首　注：调名原作上西楼。

江头绿暗红稀△燕交飞△忽到当年行处，恨依依△

洒清泪▲叹人事▲与心违△满酌玉壶花露，送春归△

辛弃疾（宋370）一首　题：戏赠籍中人。　注：调名原作乌夜啼。籍中人，歌妓也。

江头三月清明△柳风轻△巴峡谁知还是，[1]洛阳城△

春寂寂▲娇滴滴▲笑盈盈△一段乌丝栏上，记多情△

注：① 巴峡：在湖北巴东县境，巫峡以东。

潘牥（宋490）一首　注：调名原作乌夜啼。

无端小雪廉纤△[1]入平檐△金鸭旋添龙饼，[2]莫开帘△

寻梅约▲开还落▲可曾忺△[3]合作一年春恨，上眉尖△

注：① 无端：无故；廉纤：本微雨貌，借喻微雪。② 金鸭：指鸭形铜香炉；龙饼：龙涎饼，香料也。③ 忺：意所欲也。

康仲伯（宋578）一首

匆匆一望关河△[①]听骊歌△[②]艇子急催双桨，[③]下清波△

淋浪醉▲[④]阑干泪▲奈情何△明日画桥西畔，暮云多△

注：① 关河：边关河道。② 骊歌：告别之歌。③ 艇子：狭长小舟。④ 淋浪：酣饮貌。王安石《信州回车馆中作》："山木漂摇卧弋阳，因恩太白夜淋浪。"

刘铉（元 47）一首　题：石榴。　注：调名原作乌夜啼。

垂杨影里残红△甚匆匆△只有榴花全不，怨东风△

暮雨急▲晓霞湿▲绿玲珑△比似茜裙初染，一回红△

杨慎（明 165）一首　题：梅雨。[①]

雨来江涨波浑△没沙痕△掩过竹桥莎径，[②]到柴门△

孤烟起▲千树里▲几家村△牛背一声长笛，报黄昏△

注：① 梅雨：初夏乍晴乍雨之雨，称黄梅雨。② 莎径：草路也。莎，草名，其根称香附子。

汤显祖（明 236）一首　注：调名原作乌夜啼，见《牡丹亭·游园》。

晓来望断梅关△[①]宿妆残△侧着宜春髻子，恰凭栏△

剪不断▲理还乱▲闷无端△分付催花莺燕，借春看△

注：① 梅关：古关名，在广东、江西两省交界处大庾岭上。时《牡丹亭》女主角杜丽娘之父任南安府太守，地近梅关。

卓人月（明 408）一首　题：即事。　注：调名原作乌夜啼。

亭亭花畔娇娘△可怜妆△但觉氤氲花气，杂肌香△

自多闷▲自多恨▲不关郎△试问花枝憔悴，为谁行△

易震吉（明 444）一首　题：门前。　注：调名原作乌夜啼。

门前流水浮花△带晴沙△试看垂杨烟里，半藏鸦△

微雨后▲新竹茂▲笋还芽△似觉春风长在，野人家△

张纲孙（明 556）一首　题：越中感怀。　注：调名原作乌夜啼。

扁舟又渡江东△正西风△旧日越王栖处，草连空△

兴亡事▲千年里▲恨无穷△偏是若耶溪畔，蓼花红△

卢纮（清 44）一首　题：眺远。　注：调名原作上西楼。

凭高纵目郊西△柳沿堤△一望平畴芳草，色萋萋△

荒郊外▲暮烟起▲日斜低△只见落花飞絮，逐轮蹄△

陈世祥（清 53）一首　题：再晤西若。

轻轻飏起娇红△小春风△迎到栏杆侧畔，出帘栊△

敛眉语▲携手步▲意无穷△那时去也魂断，画堂中△

顾贞立（女）（清 159）一首　题：戏问灯花。　注：调名原作西楼子。

晚来邀影为俦△伴清幽△不管闲庭风雾，素娥愁△

缘底事▲频相戏▲结双头△[1]笑我几番欲剪，又还留△

注：① 双头：指双灯花。

毛奇龄（清 161）二首

（1）倚床还绣芙蓉△对花丛△牵得丝丝柳线，翠烟笼△[1]

愁思远▲抛金剪▲唾残绒△羞杀鸳鸯衔去，一丝红△

注：① 翠烟：喻柳丝密集如绿烟。

（2）花前顾影粼粼△[1]水中人△水面残花片片，绕人身△

私自整▲红斜领▲茜儿巾△[2]却讶领间巾里，刺花新△

注：① 粼粼：水清澈貌。② 茜儿巾：绛红色巾。

仲恒（清 177）一首　题：春晴。　注：调名原作乌夜啼。

春朝喜见新晴△听流莺△对对翻飞枝上，两和鸣△

香馥郁▲花如簇▲柳梢青△楼上有人倦倚，不胜情△

朱茂晭（清 211）一首　题：春游。

杏花浅衬桃花△柳丝斜△委宛桥连朱户，[1]一人家△

腰束素▲[2]脸含露▲鬓堆鸦△不信一般流浪，在天涯△

注：① 委宛：曲折随和；朱户：红漆门户，喻富贵人家。② 束素：系着洁白绢带。

丁澻（清 260）一首　题：湖上偶见。

轻风吹动罗裙△水边人△堪恨湖波如镜，不留春△

临欲去▲还又住▲尽销魂△愿作路傍柳絮，逐香轮△

钟筠（女）（清 322）一首　题：春日同六嫂游西园。　注：调名原作乌夜啼。

花间相拉闲行△喜新晴△手撚一枝红杏，笑相迎△

人如玉▲花初馥▲正盈盈△却被子规催去，不停声△

万锦雯（女）（清 330）一首　题：春闺。

新来燕子呢喃△睡难酣△又被邻姑催起，着春衫△

娇欲颤▲行还倦▲笑相搀△同上小楼闲倚，望归帆△

龙辅（女）（清 351）一首

黄鹂啄下红樱△曲栏晴△笑取泥金小扇，扑蜻蜓△

牵得住▲推不去▲是春情△多少愁肠嘱付，护花铃△①

注：① 护花铃：缀金铃于花梢以惊鸟扰。见《开元遗事》。

范荃（清378）一首　题：题李炯臣美人晚妆图。

晚来梳裹匆匆△①鬓云松△爱着薄罗衫子，出帘栊△②

簪玉蕊▲呼小婢▲对青铜△③正似一枝临水，玉芙蓉△

注：① 梳裹：梳头裹足。② 帘栊：指闺阁。③ 青铜：指铜镜。

陈维岳（清429）一首　题：本意。

个人傍晚来家△①谢灯花△②多少春情话到，月儿斜△

听银漏▲停对酒▲兴心加△着意双鬟料理，③碧厨纱△

注：① 个人：那人，即他。② 谢：落也。③ 双鬟：丫鬟。

陆次云（清438）一首　题：游丝。

晴空吹落游丝△①意迟迟△细似篆烟一缕，②弄柔姿△

临欲去▲还绊住▲在花枝△正是冶情摇漾，暮春时△

注：① 游丝：飞扬于空中之蛛丝或青虫丝。② 篆烟：曲曲如篆体字之烟。

李天馥（清466）一首　题：采莲。　注：调名原作乌夜啼。

远山渐隐斜阳△低横塘△行到绿杨深处，画桡香△

芙蕖畔▲红坡乱▲溅罗裳△怕摘青青莲子，有空房△

黄塽（清508）一首　题：晚归。

垆头有酒堪赊△①酌山花△三五田翁醉后，话桑麻△

日已暮▲寻归路▲晚云遮△遥望前村灯火，几人家△

注：① 堪赊：可欠帐。

邹溶（清560）一首

软红还衬霜蹄△①杏花飞△薄醉摇鞭人背，夕阳西△

江南路▲山无数▲接青溪△流水人家朱户，竹帘低△

注：① 软红：指红花；霜蹄：白马蹄。

许田（清807）一首　注：调名原作乌夜啼。

清明小雨如丝△姊归啼△①不道落红如许，踏成泥△

塔影湿▲树阴碧▲倚楼时△细细一湾流水，曲通池△

注：① 姊归：鸟名，即子规、杜鹃。

薛琼（女）（清844）一首　题：赠吹箫女子。

花枝灼灼难描△①正垂髫△②家住绿杨津畔，跨红桥△

眉峰秀▲莺声溜▲试琼箫△最爱猩唇轻破，小樱桃△

注：① 灼灼：花盛貌，喻女子如盛开花朵。② 垂髫：年幼。髫，音迢。

孔传志（清 875）一首

曲屏雨过微凉△自生香△今夜簟纹萤影，似潇湘△

银露冷▲池荷静▲睡鸳鸯△谁伴月明如昼，有啼螀△

淩绪（女）（清 891）一首　题：山中。　注：调名原作乌夜啼。

山中八月堪游△九峰幽△风在芭蕉声里，做深秋△

秋滋味▲天付与▲没人收△剩得许多寂寞，在山头△

王庆澜（清 1049）一首　题：用李煜韵。

误入帘幕当楼△下金钩△猜道暮春天气，不如秋△

炉烟断▲杨丝乱▲总添愁△最是梦回时节，怕梳头△

王昙（清 1150）一首

不知谁倚栏杆△月弯弯△能道嫦娥仙子，怕风寒△

明于素▲轻于絮▲好云端△又是瑶台无故，下青鸾△

孙云凤（女）（清 1188）一首

年时小立苔茵△[1]燕依人△记得柳花如雪，正残春△

砧声急▲[2]蛩声咽▲[3]忍教闻△又是梧桐深院，月黄昏△

注：① 年时：那年。② 砧：捣衣石。③ 蛩：蟋蟀，一名吟蛩。

钱季重（清 1267）一首

林间多少嫣红△[1]总成空△但识三眠杨柳，[2]廿番风△[3]

黄昏近▲春宵冷▲意倥偬△[4]梦到谁家深院，笛声中△

注：① 嫣红：红色中之娇艳者。② 三眠：蚕须三眠后结茧。指农历三月。③ 廿番风：花信风，共廿四番，第廿番在清明。④ 倥偬：不得志也。

曹慎仪（女）（清 1266）一首　注：调名原作乌夜啼。

曲栏一抹斜晖△暮云微△又见柳梢晴影，燕双飞△

梨香院▲寄芳倦▲绣帘垂△生怕絮风花雨，送春归△

王嘉福（清 1347）一首

兰舟夜泛红桥△醉停桡△忘却楼边灯火，已深宵△

玉漏静▲绣衾冷▲尽无聊△只隔一重窗子，够魂销△

周济（清 1355）二首　题：第一首，题紫云出浴图。

第二首，采莲。

(1) 晶帘不漾微风△[1]露光融△薄薄淡罗衫子，映肌红△

梅花落▲琼箫阁▲梦无踪△化作梨云何处，[2]认玲珑△

注：① 晶帘：水晶帘子。② 梨云：白云。

(2) 湖光不浸山容△翠阴重△许搦桂枝双桨，到花丛△

文鸳睡▲游鱼戏▲语才通△莫载满船明月，又相逢△

谢昌霖(清1389)一首

庭花不耐东风△小流红△只有蘼芜绿遍，大堤东△

轻离别▲音尘绝▲[①]几时逢△恨杀云山千叠，树千重△

注：① 音尘：消息也。

戈载(清1391)一首　题：舟泛横塘，有感旧游。

兰桡一棹横塘△拂垂杨△依旧楼阴斜枕，绿波长△

梦痕远▲歌声断▲恼人肠△只有落花流水，冷残阳△

陈珍瑶(女)(清1454)一首　题：春日。

柳丝摇曳帘前△乍晴天△小坐茜纱窗下，整花钿△[①]

啜香茗▲心寂静▲也悠然△笑立曲栏杆外，听啼鹃△

注：① 整花钿：整理花钿。钿，头饰也。

唐埙(清1497)四首　题：第一首，髫

第二、三首，和黄子鸿棲云山馆词。

第四首，和薛绍蕴。

(1) 女儿娇似吴娃△手拈花△刚是垂髫年纪，[①]略差些△

眉痕皱▲春光透▲恨无家△偷向镜台小立，赌盘鸦△[②]

注：① 垂髫：披发未束，谓幼童也。② 盘鸦：妇女一盘发髻。

(2) 宵来新月如钩△钩侬愁△[①]只有自携针线，强登楼△

春更短▲参星转▲[②]梦扬州△[③]收拾离情万斛，付潮流△

注：① 侬：吴语，我也。② 参星：星名，居西方，喻夜已深。③ 梦扬州：杜牧诗句"十年一觉扬州梦"。

(3) 山花红似春鹃△下重帘△一尺鬟云懒整，怯寒天△

东方晓▲月犹峭▲惜残年△赢得人如飞雪，梦如烟△

(4) 落花飞尽残红△小庭中△遥听玉骢嘶断，陌头风△

猩猩幕▲围高阁▲兴奚穷△且放一钩新月，入帘栊△

庄士彦(清1520)二首　题：蝴蝶，和丁小若。

(1) 撩人春色今年△意缠绵△飞向钗头相对，抱花眠△

梅花月▲梨花雪▲总堪怜△最好一城丝雨，杏花天△

（2）春来芳序匆匆△落花红△可惜年年三月，病愁中△

深院静▲绣帘冷▲画屏空△无奈斜阳飞絮，又东风△

汤成烈（清1541）二首

（1）东风吹送行舟△暮云收△一任万丝烟柳，弄轻舟△

花无主▲春无据▲使人愁△莫似无情江水，向东流△

（2）别时作意匆匆△各西东△蓦地相逢一笑，脸波红△

杨柳岸▲春将半▲碧烟笼△衬得夕阳明灭，乱流中△

潘钟瑞（清1692）一首　序：晓渡浒墅关，①绕虎丘而过，②一路画船群舣。③知访桂豪俦，④近日鹜集矣！⑤

垂杨清瘦梢头△翠烟柔△重认几分妍媚，故乡秋△

珠箔卷▲⑥云窗展▲⑦载花舟△⑧早有衣香人影，漾中流△

注：① 浒墅关：地名，在苏州境。② 虎丘：山名，在苏州山塘。③ 舣：音蚁，将舟靠岸也。④ 豪俦：富贵之辈。⑤ 鹜集：如野鸭般群集。鹜，野鸭。⑥ 珠箔：即珠帘。⑦ 云窗：即嵌有云母片之窗。⑧ 花：喻妇女。

秦光第（清1714）一首　题：剪秋罗。①

满阶碎锦零香△②画栏旁△好共褪红罗袖，话风凉△

胭脂片▲③零星溅▲晒斜阳△留与秋虫寒蝶，作衣裳△

注：① 剪秋罗：草名，一名汉宫秋，夏季开花，色深红。② 碎锦零香：喻其落花。③ 胭脂片：红色花片。

庄棫（清1740）一首

深林几处啼鹃△梦如烟△直到梦难寻处，信缠绵△

蝶自舞▲莺自语▲总凄然△明月空庭如水，似华年△

王诒寿（清1741）一首

芙蓉江上人家△掩文纱△依旧一层秋水，一层花△

人何处▲花无语▲夕阳斜△却羡征鸿飞得，到天涯△

张祥龄（清1836）一首　题：矩斋新得丽娃，次韵调之。

眼波密约尊前△靥窝圆△锦帏背灯调笑，压香肩△

莺且住▲蝶还去▲掌中仙△①撩乱鬓云扶起，觅钗钿△

注：① 掌中仙：汉成帝皇后赵飞燕能掌上舞，喻其轻盈如仙。

冯江（清1898）一首　题：赠闺人。

等闲过了三春△①笑和颦△②称个破瓜时节，③绮罗身△

终日睡▲长如醉▲爱依人△教买樱桃几颗，与尝新△

注：① 等闲：不留意。② 颦：皱眉貌。③ 破瓜：女年十六岁。

夏敬观（清1909）一首　注：调名原作乌夜啼。

玉绳初挂墙东△①去花丛△遮莫圆如秋扇，②感西风△

银汉转▲③众星见▲暗帘栊△无奈寒蛩三两，露华中△

注：① 玉绳：星名，此处指月亮。② 遮莫：俚语，尽教也。③ 银汉：即银河、天河。

王迈常（现当5）一首

何如小巷楼居△雁音疏△愁见梁间燕子，故园芜△①

酒尊倒▲②烟丝袅▲老髭须△③倦听子规啼歇，又啼鸪△

注：① 芜：荒芜。② 酒尊：酒杯。③ 髭须：口毛也，上曰髭，下曰须。

车乘轨（现当88）三首　题：第一首，题孝服美人图。　注：1996年4月2日作。
第二首，沪宁高速公路。　注：1999年10月6日作。
第三首，喜秋月。　注：2002年9月1日作。

（1）迎风袅娜行来△素裳开△①丽质何须妆饰，艳由胎△②

肌本白▲唇原赤▲美人材△恍若观音菩萨，下莲台△③

注：① 素裳：素服。② 胎：娘胎。③ 莲台：观音座台，此句喻下凡。

（2）女家徙住新楼△①远奔游△进入沪宁高速，乐悠悠△

路面好▲车身巧▲疾如流△别有一番滋味，赏新秋△

注：① 女家：女儿小静家。

（3）秋来月色溶溶△乐融融△一样人间天上，喜相同△

玉兔右▲①吴刚后▲②桂香浓△恐是嫦娥仙子，出蟾宫△③

注：① 玉兔：月宫中兔，司捣臼。② 吴刚：月宫中人物，司伐桂。③ 蟾宫：月宫。

三十六字　相见欢　第二体，同第一体，但后段第一二句仄声不叶韵。

辛弃疾（宋370）一首。注：调名原作乌夜啼。

晚花露叶风条△燕飞高△行过长廊西畔，小红桥△

歌再唱，人再舞，酒才消△更把一杯重劝，摘樱桃△

王虞凤（女）（明247）二首

(1) 新兴蛾髻如盂△①插金鹅△②点缀蔷薇香露，沁牙梳△
匀面罢，呼女伴，坐氍毹△③又向绿窗深处，暗摴蒱△④
注：① 盂：盛饮食之具，如碗，有两耳。② 鹅：歌韵，不符格律，或系“凫”字之误。③ 氍毹：地毯之类。④ 摴蒱：赌戏也。

(2) 雕栏笼鸟无声△酕窗明△①两两黄蜂抱蕊，刺窗棂△
凭湘几，②匀银管，③画绡屏△印出些些花样，粟纹轻△
注：① 酕：安乐貌。② 湘几：湘妃竹几案。③ 银管：笔之美称。

黄双蕙（女）（明387）一首

多情有信春风△①到时同△每向花前花后，落成空△
邮亭路，阳台畔，影无踪△吹送高楼玉笛，月明中△
注：① 有信春风：《演繁露》载“三月花开时，风名花信风。初而泛观，则似谓此风来报花之消息耳”。

彭孙贻（明504）一首　题：得日南书信。　注：调名原作上西楼。

海天椰实初肥△①荔枝稀△料得鹧鸪啼处，客沾衣△
作书就，无来雁，向南飞△寄语陇头春色，带人归△
注：① 海天：喻近海地区。

余怀（明520）一首　题：端午。

满船绿鬓红妆△午阴凉△何处五丝系粽，①吊沅湘△②
潇潇雨，盈盈水，看人忙△长带菖蒲艾叶，过端阳△
注：① 五丝系粽：五彩线缚包粽子。② 沅湘：指沅水、湘水，均在湖南省境，与屈原投水之汨罗江通。

万惟檀（明530）一首　题：秋意。　注：调名原作上西楼。

禁城摇落丹枫△①罢晨钟△收拾薄衾还睡，意忡忡△②
无端惹，起归兴，听秋风△一曲雁行凄楚，小楼东△
注：① 禁城：指皇城。② 忡忡：心忧貌。

魏学渠（清10）一首　题：过皖口。①

皖江又值深秋△看吴钩△②烟水连天孤蓬，挂浪头△
天黯黯，风瑟瑟，棹迟留△疏柳斜阳笛里，出红楼△
注：① 皖口：地名，在安徽怀宁县境，皖水入江之口。② 吴钩：刀名也，此处指弦月。

徐简（女）（清168）一首　注：调名原作西楼子。

下楼半坠金蝉△画屏前△笑倩檀郎斜插，鬓云边△

桃闪日，杏飘露，草拖烟△细嚼花边和露，唾红绵△

龙辅（女）（清351）一首　注：一作清周稚廉词。

小鬟衫着轻罗△发如螺△睡起钗偏髻倒，唤娘梳△[①]

心上事，春前景，闷中过△打叠闲情别绪，教鹦哥△

注：① 梳：鱼韵，与格律不符，疑有误。若用"挼"字较妥。

胡荣（清382）一首　题：山溪酒家所见。

桃花竞飐春光△浊醪香△何处黄鹂娇语，一双双△

盈盈女，纤素手，酒垆旁△笑指郎君曾坠，玉鞭缰△

查士英（女）（清583）一首　题：初夏即事。　注：调名原作上西楼。

三春落尽繁红△[①]水流中△又到清和时候，[②]麦秋风△[③]

开书帙，[④]翻新韵，思无穷△桐下临池青影，扑帘栊△

注：① 三春：春天三个月，故称三春。② 清和：农历四月为清和月。③ 麦秋：麦以初夏始熟，农历四月，于麦来说，是秋也。④ 帙：书衣也。

纳兰性德（清694）一首

落花如梦凄迷△麝烟迷△又是夕阳潜下，小楼西△

愁无限，消瘦尽，又谁知△闲教五笼鹦鹉，念郎诗△

朱樟（清755）一首　题：乡村。　注：调名原作乌夜啼。

玉壶美酒能赊△[①]醉为家△记得竹溪春雨，板桥花△

槐阴下，疏复密，短篱笆△正是一村蚕屋，响缫车△[②]

注：① 赊：欠帐。② 缫车：缫丝之车。

三十六字　相见欢（又名秋夜月）　第三体，同第一体，但前后段最后二句均为四字五字句。

袁寒篁（女）（清967）一首　题：咏月。　注：调名原作秋夜月。

一轮月吐清光△夜茫茫△映柳穿花，仿佛画文窗△[①]

香雾里▲霓裳细▲[②]照残妆△影动冰帘，[③]疑是织流黄△[④]

注：① 文窗：写有诗画之窗。② 霓裳：杨贵妃入月宫，归作《霓裳羽衣曲》。此处喻月影。③ 冰帘：清冷之窗帘。④ 流黄：绢也。

曹玉雨（女）（清1166）一首

夜阑玉篆香消△漏声遥△独自钩帘，新月上花梢△

乡梦断▲春灯暗▲镇无聊△闲叠红笺，小字赋樱桃△

张惠言（清1170）一首

枝头觅遍残红△更无踪△春在斜阳，荒草野花中△

溪边树▲堤间路▲几时逢△昨夜梦魂，飞过小桥东△

祝百五（清 1247）一首　题：题刘子霞蝴蝶便面。①

双双飞去花丛△戏春红△知否有人，无语立东风△

香同宿▲枝同逐▲太惺忪△却笑无端，身入画图中△

注：① 便面：即扇面。

孙荪意（女）（清 1277）一首

娇莺啄响花铃△①梦频惊△又是困人，时节近清明△

杨花白▲梨花雪▲正新晴△睡起春风，别院簸钱声△②

注：① 花铃：护花之铃（防鸟铃）。② 簸钱：以掷钱赌戏也。

陆循应（清 1423）一首

林花一半春休△趁清游△愿作轻阴，日夕傍朱楼△

秋千影▲胭脂冷▲几多愁△只恐残红，扶不上枝头△

缪珠孙（女）（清 1804）一首

惺忪雾影迷离△①可怜伊△无奈春寒，消瘦一分肌△

螺峰意▲②秋波媚▲个侬知△③试问卿卿，④斜掠鬓丝丝△

注：① 惺忪：动摇不定也。② 螺峰：画螺子黛眉峰。③ 个侬：他也。④ 卿卿：对恋人爱称。

文廷式（清 1845）一首　注：调名原作上西楼。

红愁绿愁怨谁家△夕阳斜△青草池塘，阁阁数声蛙△①

揽清镜▲理残鬓▲别情赊△②此夜月明，霜信到天涯△③

注：① 阁阁：即咯咯，蛙声。② 赊：远也。③ 霜信：雁之别名。

易孺（现当 4）一首

相逢漫说销魂△几黄昏△依旧江南，愁畔酒边人△

软红里▲繁声起▲总思君△一样衾前，冻了旧啼痕△

三十六字　风光好　第一体，用平仄两韵。

陶谷（五代十国 27）一首　题意：赠歌妓秦弱兰。

好姻缘△恶姻缘△只得邮亭一夜眠△①会神仙△

琵琶拨尽相思调▲知多少▲安得鸾胶续断弦△②是何年△

注：① 邮亭：招待官员之驿馆，似今之招待所，兼作邮递之所。② 续断弦：前妻去世后再娶。

无名氏（宋614）一首

柳阴阴△水深深△风约双凫不自禁△①碧波心△

孤村断桥人迷路▲舟横渡▲旋买村醪浅浅斟△更微吟△

注：① 约：约束；凫：水鸟，俗称野鸭。

徐旭旦（清753）一首　题：有赠。

意中人△梦中人△今夜相逢才是真△要销魂△

芙蓉帐里春刚透▲①花开骤▲一晌无言眉略颦△费温存△

注：① 芙蓉帐：白居易《长恨歌》有"芙蓉帐暖度春宵"句。

汪玉轸（女）（清1093）一首

掩花关△①启花关△看遍春光春又残△遣愁难△②

空庭雨过苔痕碧▲又寥寂▲短短廊廊曲曲栏△且盘桓△③

注：① 花关：花园门。② 遣愁：送愁。③ 盘桓：留恋不去。

马汾（清1201）一首　题：江头晚步。

怕秋风△爱秋风△吹老江边一树枫△比春红△①

烟梢帆影西兴渡▲②山山暮▲打破胸头恨万重△有霜钟△③

注：① 比春红：深秋枫叶色红。② 西兴渡：渡口名，在浙江萧山钱塘江边。
③ 霜钟：喻秋天钟声。

顾春（女）（清1488）一首　题：春日。

好时光△恁天长△①正月游蜂出蜜房△为人忙△

探春最是沿河好▲烟丝袅▲②谁把柔丝染嫩黄△大文章△

注：① 恁：如此之意。② 烟丝袅：柳丝似烟般缭绕。

冯江（清1898）一首　题：秋夜。

初雨晴△夜微明△起视银河转玉绳△①近三更△②

背人悄立梧桐井▲③花遮影▲遥认红窗一点灯△读书声△

注：① 玉绳：星名，喻月。② 三更：半夜。③ 梧桐井：井边梧桐树下。

三十六字　风光好　第二体，同第一体，但后段第三四句换第二种平声韵。

王越（明65）一首　题：看花。

桃花红△杏花红△消得东君一夜风△树头空△

春愁万点伤心处▲莺飞去▲飞去不知何日来△△等花开△△

三十六字　杨白花词

柳宗元（唐 23）一首　题：春思。

杨白花，风吹渡江水▲使我宫树无颜色，摇荡春光千万里▲茫茫晓日下长秋，哀歌未断城鸦起▲

三十七字　河满子

和凝（五代十国 16）一首

正是破瓜年纪，①含情惯得人饶△②桃李精神鹦鹉舌，可堪虚度良宵△③却爱蓝罗裙子，羡他长束纤腰△

注：① 破瓜年纪：俗以十六为破瓜之年。② 饶：宽恕。③ 可堪：何堪。

杨慎（明 165）一首

通海梅梁寒峭，①藏鸦啼暗春阴△南国春风偏到早，香销昼漏沉沉△②红满试灯庭院，青回斗草园林△

注：① 通海：作者长期谪居云南永昌卫（今保山县），在怒江边，夸大为通海。② 昼漏：白天的时间。

金是瀛（明 481）一首　题：春残。

寂寞春残深院，东风一片花飞△多少佳期浑负却，①画栏见面还稀△愿作一双蝴蝶，凭伊绣在罗衣△②

注：① 浑：完全。② 伊：她也。

孙兰媛（女）（明 593）一首

罗扇半遮粉颊，宝钗长坠香肩△十二栏杆凭曲处，敛眉此际堪怜△却管绿窗睡重，羡他红抹生妍△

李渔（清 31）一首　题：感旧夏词·忆乔姬在时。①

记得流萤天气，有人爱拍轻罗△月下吹箫忘夜短，晏眠好梦无多△②红日三竿补漏，清风一觉成魔△

注：① 乔姬：系李渔爱姬，也是李渔所办戏班之主角。时乔姬已亡。② 晏眠：晚睡、迟睡。

陆瑶林（清 62）一首　题：春情。

解语绿鹦呼我，双飞粉蝶迎人△柳外行云开艳色，花丛姿意探春△金勒暂停嘶骑，①秋千觑遍芳尘△②

注：① 金勒：马络头也。② 芳尘：芳草尘土。

吴秉仁（清 83）一首　题：睡起。

枕上梦回人倦，只疑身在天涯△几处绿杨流水隔，画桥朱户谁家△记得别离时节，微风细雨桃花△

三十七字　春日吟

岳照（女）（清1635）一首　题：题画扇。

桃渐谢，柳初齐△燕莺互相语，蜂蝶乱离迷△满地梨花归信杳，连天草色雨凄凄△画眉偏对晓窗啼△

三十七字　春光好（又名愁倚栏令）

唐埙（清1497）一首　题：题画扇。　注：调名原作愁倚栏令。

云补黛，雨催妆△一路垂垂新柳，是渔乡△

只鹭山前破暝，老渔波际嬉凉△我欲将家同小住，买陂塘△[1]

注：① 陂塘：即池塘。

三十七字　风入松

杨慎（明157）三首

（1）喷香瑞兽小妆台△[1]咫尺天台△[2]芭蕉不展丁香结，[3]闭春心、眉锁难开△[4]银烛烧灯过后，金钗斗草归来△[5]

注：① 瑞兽：兽形香炉。② 咫尺：逼近也；天台：天台山，喻仙境。③ 丁香结：古诗词用作固结不解之意。④ 眉锁：眉结，喻心事。⑤ 金钗：指女郎；斗草：古时女子的一种游戏。

（2）月窗花院好风光△谢女檀郎△[1]朝朝暮暮遥相望，殢人娇、罗带留香△[2]青鸟解传消息，[3]银河不隔红墙△[4]

注：① 谢女檀郎：泛指少女少男。② 殢：软绵困乏。③ 青鸟：语出《史记》，主为西王母取食，被喻作使者。④ 银河：即天河。

（3）山风吹尽桂花枝△好梦醒时△玉童报道黄芽熟，唤邻翁、一笑伸眉△绿水青山闲话，清风明月佳期△

三十八字　沉醉东风

胡紫山（元31）一首　题：赠名妓朱帘秀。[1]

锦织江边翠竹，线穿海上明珠△月淡时，风清起，都隔断、软红尘土▲[2]一片闲情任卷舒△挂尽朝云暮雨▲

注：① 朱帘秀：元大都（今北京）名妓，与戏曲家关汉卿交好。② 软红尘土：落花和泥土。

三十八字　捣练子

李石（宋293）一首

腰束素，①鬓垂鸦△②无情笑面醉犹遮△扇儿扇，瞥见些△

双凤小，③玉钗斜△芙蓉衫子藕花纱△戴一枝，檐葡花△

注：① 束素：系洁白绢带。② 鸦：乌鸦，喻黑发。③ 凤：喻女子足。

三十八字　望梅花　第一体，前后段各十九字，全仄韵。

王屋（明364）二首　题：第一首，即景。①

第二首，秋日小村客至。

（1）枫树西边樵路▲去我溪堂百步▲时有野人来问渡▲②

惊起眠鸥无数▲飞入青冥遥不顾▲③撇下雏儿谁哺▲

注：① 即景：就眼前之景而言。② 野人：庶民，即老百姓。③ 青冥：天也。

（2）松下石边潇洒▲茅屋一区如画▲恰好不宽更不隘▲

有客晚来寻话▲衰柳数行檐外挂▲却喜小凉风快▲

吴熙（明366）一首　题：柳下偶成。

柳线垂垂平岸▲去水无多一箭▲①我欲穿鱼愁易断▲

风卷白绵成片▲②飞过邻墙看不见▲烟锁渔舟刚半▲

注：① 一箭：里程，约一百五十步。② 白绵：指柳絮。

冷士嵋（清215）一首　题：闺中七夕。

凉月绪风初改▲①一道明河斜界▲②今夜却逢牛女会▲

天上佳期还再▲乞巧楼中深下拜▲此际此情无奈▲

注：① 绪风：即余风。《楚辞》："款秋冬之绪风。"② 明河：即银河。

三十八字　望梅花　第二体，前段二十一字，后段十七字，全平韵。

钟清（女）（清476）一首

玉枝疏影暗闻香△高轩过、东风初降△芳草情多门巷长△

楼外雪欹墙△①点额仙姝绿萼裳△联句复连床△

注：① 雪：喻梅花。

三十八字　庆东原

杨慎（明157）一首　题：柳浪喜春。

柳叶描青黛▲①梨花腻粉腮△②莺期燕约鸳鸯债▲歌儿溜钗△舞姬脱鞋△醉归来△灯柱剪华烛，③酒瓮爬银蟹▲④

注：① 此句说眉描得如柳叶。② 此句说腮粉白如梨花。③ 灯柱：高灯座；华烛：即花烛。④ 银蟹：淡青色蟹。

三十八字　调笑令（又名调笑、古调笑、三台令）

郑仅（宋107）六首　题：第一首，罗敷。
第二首，莫愁。
第三首，卓文君。
第四首，武陵。
第五首，冯子都。
第六首，越贾。

（1）归去▲携笼女▲[①]南陌柔桑三月暮▲[②]使君春思如飞絮▲[③]五马徘徊频驻▲香肌日晚空留顾▲笑指秦楼归去▲[④]

注：① 携笼女：指罗敷。姓秦，战国时赵国邯郸人，王仁妻。采桑陌上，赵王见而悦之，欲夺焉。罗敷弹筝作《陌上桑》，以自明有夫，赵王乃止。② 南陌：南郊田野。③ 使君：指赵王。④ 秦楼：罗敷姓秦，指回家。

（2）双桨▲小舟荡▲唤取莫愁迎叠浪▲[①]五陵豪客青楼上▲[②]不道风高江广▲千金难买倾城样▲[③]那边绕梁清唱▲

注：① 莫愁：洛阳人嫁金陵（今南京）卢家。《梁武帝歌》："河中之水向东流，洛阳女儿名莫愁。十五嫁为卢家妇，十六生儿字阿侯。"今南京水西门莫愁湖，传系其故居。② 五陵豪客：喻卢家也。五陵，谓汉五帝坟。③ 倾城：谓美人也。《李延年歌》："一顾倾人城，再顾倾人国。"

（3）草草▲最年少▲绣户银屏人窈窕▲[①]瑶琴暗写相思调▲一曲关心多少▲临邛客舍成都道▲苦恨相逢不早▲

注：① 人窈窕：指卓文君，汉四川临邛人，富商卓王孙女，新寡。司马相如以琴挑之，遂夜奔相如，甘在成都营酒肆，文君当垆。窈窕，艳冶貌。

（4）烟暖▲武陵晚▲[①]洞里春长花烂漫▲[②]红英满地溪流浅▲[③]渐听云中鸡犬▲[④]刘郎迷路香风远▲[⑤]误到蓬莱仙馆▲[⑥]

注：① 武陵：在今湖南常德，晋陶潜有《桃花源记》，言武陵渔人误入桃花源遇秦时避乱者后裔，恍若仙境，归后路失。② 烂漫：光彩分

布貌。③ 红英：红花也。④ 云中鸡犬：形容鸡犬声出自高山云中。⑤ 刘郎：原为东汉刘晨，误入天台山遇仙女故事，此处指渔翁。⑥ 蓬莱：岛名，在山东渤海中，一向被认为仙境。

（5）相慕▲酒家女▲巧笑明眸年十五▲当垆春永寻芳去▲①门外落花飞絮▲银鞍白马金吾子▲②多谢结裙情素▲

注：① 当垆：卖酒也；春永：春天日长；寻芳：寻香访艳。② 金吾子：指冯子都，系汉大将军霍光宠奴，骄横淫奢，市民侧目。尝入酒肆调戏酒家女。后人有语曰："昔有霍家奴，姓冯名子都，依仗将军势，调笑酒家妇"。金吾：执金吾，官名，帝之侍卫，此处喻冯子都；子：此字系纸韵，与格律不符，作宽叶。

（6）肠断▲浙江岸▲楼上青帘新酒软▲吴姬绰约开金盏▲的的娇波流盼▲采菱歌罢行云散▲望断侬家心眼▲

秦观（宋 116）二首　题：第一首，崔莺莺。①

第二首，采莲。

（1）春梦▲神仙洞▲冉冉拂墙花树动▲②西厢待月知谁共▲更觉玉人情重▲红娘深夜行云送▲③困亸钗横金凤▲④

附词言：

崔家有女名莺莺△未识春光先有情△河桥兵乱依萧寺，⑤红愁绿惨见张生△⑥

张生一见春情重▲明月拂墙花影动▲夜半红娘拥抱来，脉脉惊魂若春梦▲

注：① 崔莺莺：唐博陵（今河北定县）人，崔相国女。《西厢记》中，描述与张君瑞之爱情故事。② 冉冉：慢慢地行貌。③ 红娘：莺莺侍婢，崔、张之牵线人；行云：巫山云雨。④ 此句说：困倦而金凤钗也横倒垂下了。⑤ 萧寺：指山西普救寺。⑥ 张生：张君瑞。

（2）柳岸▲水清浅▲笑折荷花呼女伴▲盈盈日照新妆面▲①水调空传幽怨▲②扁舟日暮笑声远▲③对此令人肠断▲

附词言：

若耶溪边天气秋△④采莲女儿溪岸头△笑隔荷花共人语，烟波渺渺荡轻舟△

数声水调红桥晚▲棹转舟回笑人远▲肠断谁家游冶郎，尽日踌躇临

柳岸▲

注：① 盈盈：女貌轻盈。② 水调：词曲名。③ 扁舟：小船。④ 若耶溪：水名，在浙江绍兴东郭门外。

晁补之（宋 123）二首　题：第一首，西子。①

第二首，大堤。

（1）肠断▲越江岸▲越女江头纱自浣▲②天然玉貌铅红浅▲自弄芙蓉日晚▲紫骝嘶去又回盼▲③笑入荷花不见▲

注：① 西子：即西施，战国时越（今浙江诸暨）人，古四大美女之一。献身于吴王，忍辱报国。② 浣：涤洗也。③ 紫骝：紫色马。

（2）波恶▲倚江阁▲大艑轲峨帆夜落▲①横塘朱户多行乐▲②大堤花容绰约▲③宜城春酒郎同酌▲醉倒银缸罗幕▲

注：① 艑：音匾，舟也；轲峨：高貌。② 横塘：地名，在苏州胥门外，后泛指风景佳地；朱户：富贵人家。③ 绰约：柔弱貌。

毛滂（宋 143）二首　题：第一首，盼盼。　注：盼盼：唐徐州人，姓关，张尚书妾。尚书卒，独居彭城（徐州）故燕子楼，历十五年不再嫁。

第二首，苕子。　注：苕子：唐杜牧游湖州，遇垂髫女，因其年幼，约十年内娶之，十四年后再至湖，女已嫁夫生子。杜牧作怅别诗："自是寻春去较迟。不须惆怅怨芳时。狂风吹尽深红色，绿叶成阴子满枝。"苕水，为湖州主要河流。苕子，即杜牧所遇之女。

（1）无力▲倚瑶瑟▲①罢舞霓裳今几日▲②楼空雨小春寒碧▲钿晕罗衫烟色▲③帘前归燕看人立▲却趁落花飞入▲

注：① 瑟：乐器。② 霓裳：舞曲名。③ 钿晕：喻钿已光气模糊。钿，嵌介壳之头饰。

（2）芳草▲恨春老▲自是寻春来不早▲落花风起红多少▲记得一枝春小▲绿阴青子空相恼▲此恨平生怀抱▲

曾慥（宋 297）一首　题：梅。　注：调名原作调笑。

清友▲①群芳右▲②万缟纷披兹独秀▲③天寒月薄黄昏后▲缟袂亭亭招手▲④故山千树连云岫▲⑤借问如今安否▲

注：① 友：梅为岁寒三友之一。② 右：上方，喻群花之上。③ 缟：喻白色；兹：此也。④ 缟袂：白色绢袖；亭亭：挺立貌。⑤ 岫：峰峦也。

李继燕(清 699)一首　题：响水塘早行。

峦石▲清溪侧▲马上青山寒恻恻▲模糊一片烟光白▲浅水淙淙数尺▲小桥尽处青山隔▲惊起鹧鸪千百▲

三十八字　醉太平(又名醉思凡、四字令、凌波曲)

刘过(宋 411)一首　题：闺情。

情高意真△眉长鬓青△小楼明月调筝△写春风数声△
思君忆君△魂牵梦萦△翠销香暖银屏△更那堪酒醒△

戴复古(宋 432)一首

长亭短亭△①春风酒醒△无端惹起离情△有黄鹂数声△
芙蓉绣裀△②江山画屏△梦中昨夜分明△悔先行一程△

注：① 长亭短亭：五里为一短亭、十里为一长亭。② 裀：加于褥上之毯子。

孙惟信(宋 444)一首　注：调名原作醉思凡。

吹箫跨鸾△①香销夜阑△杏花楼上春残△绣罗衾半闲△
衣宽带宽△千山万山△断肠十二栏杆△更斜阳暮寒△

注：① 吹箫跨鸾：指秦穆公女弄玉公主与萧史吹箫跨鸾故事。

李彭老(宋 519)一首　注：调名原作四字令。

兰汤晚凉△①鸾钗半妆△红巾腻雪吹香△②擘莲房赌双△③
罗纨素珰△④冰壶露床△月移花影西厢△数流萤过墙△

注：① 兰汤：香汤，指沐浴。② 腻雪：细腻雪白。③ 擘：分劈也。④ 罗纨：罗扇；素珰：素色耳珮。

周密(宋 541)一首　题：访友不遇。　注：调名原作四字令。

残月半篱△残雪半枝△孤吟自款柴扉△①听猿啼鸟啼△
人归未归△有诗无诗△水边伫立多时△②问梅花便知△

注：① 款：叩击也；柴扉：柴门。② 伫立：久立。

张炎(宋 572)一首　注：调名原作四字令。

莺吟翠屏△帘吹絮云△东风也怕花嗔△带飞花赶春△
邻娃笑迎△嬉游趁晴△明朝何处相寻△那人家柳阴△

徐士俊(明 397)一首　题：庚辰(1640)闰元宵作。　注：调名原作凌波曲。

前宵雪遮△今宵月赊△①但分人面桃花△看春光渐加△
辚辚骑哗△②逢逢鼓挝△③再添柳眼烟衙△④看风光信奢△

注：① 赊：远也。② 辚辚：车声，引伸为马蹄声。③ 逢逢：读蓬蓬，鼓声。

④ 柳眼烟衙：柳叶初生似眼，柳树远望如烟，排列成行，故称柳眼烟衙。

陆陛（明 558）一首　题：夜行。

山明水明△风清月清△短亭又早长亭△①照花星酒星△

鱼游鸟鸣△蒲青柳青△闲情引动诗情△咏含英落英△②

注：① 短亭：间隔五里；长亭：间隔十里。② 含英：卷叶。

郭士璟（清 9）一首　题：秋郊。

烟收一堆△萍收一隈△①小舟泊在河埃△②唤渔人几回△

檐前细梅△篱前细苔△一帘早挂谁来△看蓬门渐开△③

注：① 隈：水曲也。② 河埃：河滩。③ 蓬门：喻简陋之门。

沈永令（清 51）一首

亭亭笑迎△①盈盈目成△②照人风格花明△待双鸳梦醒△

莺莺乍惊△③娉娉再生△④枕函初唤卿卿△⑤听双文小名△⑥

注：① 亭亭：挺立貌。② 目成：以目成情。③ 莺莺：崔莺莺，喻美女。④ 娉娉：喻美女。⑤ 枕函：意即枕畔；卿卿：对恋人的昵称。⑥ 双文：崔莺莺小名。此两句表示爱之升格。

陈世祥（清 53）一首　题：偶见。

珊珊玉钩△①飘飘翠帱△②倚栏细雨温柔△是谁家画楼△③

欲窥又羞△欲行又留△盼人频转香眸△④怎教人不愁△

注：① 珊珊：佩玉声。② 翠帱：绿蚊帐。③ 画楼：精致楼房。④ 香眸：眼之美称。

仲恒（清 177）一首　题：山居。

青青古松△亭亭峭峰△①闲来徙倚溪东△②听嘤嘤草虫△③

登高短筇△提壶小童△疏林曲径斜通△又悠扬晚钟△

注：① 亭亭：挺立貌。② 徙倚：低徊也，即留恋。③ 嘤嘤：虫鸣声。

查容（清 448）一首　题：贺江右人纳双姬。

章江贡江△①蜂狂蝶忙△桃根桃叶相当△②弄明珠一双△

深妆浅妆△莺商燕量△巫山巫峡中央△③锁芙蓉一双△

注：① 章江：即章水，乃赣江之西源；贡江：即贡水，乃赣江之东源。两水流至江西赣县，会为赣江。此处喻两姬归一。② 桃根桃叶：人名，姊妹二人均为东晋王献之爱妾，仍喻两姬归一。③ 巫山巫峡：指巫山神女会楚襄王故事。

傅燮词(清 558)三首　题：第一首，春景。
第二首，冬景。
第三首，闲意。

(1) 涓涓水流△森森树稠△①喈喈莺哢娇喉△②更花香柳柔△
遥山霭浮△孤村景幽△酒旗高卷檐头△引轮归胜游△
注：① 森森：树木茂盛貌。② 喈喈：鸟鸣声众且和；哢：鸟吟。

(2) 红炉乍烧△六花乍飘△①野梅开遍林皋△②引诗人兴豪△
忘形故交△遮寒布袍△奚童酒具须挑△③度横斜小桥△
注：① 六花：即雪。② 皋：泽也。③ 奚童：童仆、书童也。

(3) 寻山卜居△①依山结庐△②时时邻叟相呼△角棋枰共娱△③
酒徒狂徒△④荣无辱无△闲来小立阶除△⑤听儿曹读书△⑥
注：① 卜居：择居。② 结庐：即建屋。③ 角棋枰：弈棋也。角，角逐。棋枰，即棋盘。④ 酒徒：嗜酒之人；狂徒：狂妄之人。⑤ 阶除：阶沿、石级。⑥ 儿曹：儿辈也。

查慎行(清 639)二首　题：第一首，船溪驿。
第二首，甲申(1704 年)元夕，西苑观灯，赐宴归，同揆恺功院长赋。

(1) 山行涧行△风程雨程△红榴小驿初晴△①报前冈路平△
溪田碓声△②畬田火声△③烦他布谷催耕△④指烟绵草青△
注：① 驿：古时接待过往官员之所。② 碓：音对，舂米之具。③ 畬：音奢，耕田用刀耕火种法。④ 布谷：鸟名。

(2) 西山雪融△西湖镜融△①一天明月清风△庆时和岁丰△
尊中酒红△②怀中桔红△醉归街鼓鼕鼕△报三霄露浓△③
注：① 镜：喻冰。② 尊：酒杯。③ 三霄：中天也。按九霄为高天。

李兴祖(清 671)一首　题：田家乐。

云行雨施△苗芃秀歧△①山妻鬓满花枝△绕儿童笑嬉△
牛牵犊随△②鹅繁鸭孳△③瓮头酿熟才酾△④恰亲朋过时△
注：① 芃：音篷，长盛貌；秀歧：开花结双穗。② 犊：小牛。③ 孳：音资，繁盛也。④ 酾：音师，用筐滤酒。

盛本柟(清 786)一首　题：春闺。

繁花满枝△群莺乱飞△画楼轻卷罗帏△数蜂儿蝶儿△

雕梁燕归△山衔夕晖△有人斜倚楼西△对东风敛眉△

杜韶（清805）一首　题：戏示侯斯华。　注：调名原作四字令。

春风谢娘△①双眉斗长△脸霞微晕残妆△倩人扶海棠△②

搴帘画廊△③搴衣绣房△最怜浴罢兰汤△④压梨花象床△⑤

注：①谢娘：此处泛称妓女。②海棠：喻其娇柔。③搴：音千，拉取也。④兰汤：香汤。⑤梨花：指妓女；象床：象牙床。

秦昙（女）（清823）一首

寒梅暗香△良宵漏长△①何妨痛饮千觞△②写黄庭数行△③

亭前晓霜△床前月凉△风敲铁马丁当△④最撩人断肠△

注：①良宵：良夜；漏长：夜深，漏指更漏。②觞：酒器总名，此处指酒杯。③黄庭：道经名。④铁马：屋檐角所悬铁铃。

邹天嘉（清857）一首　题：苏堤闲步。①

堤连六桥△②湖平半篙△东风草妒裙腰△看扬鞭意骄△③

花枝正娇△柳绵未飘△④青旗斜飐塘坳△⑤借垆边酒瓢△

注：①苏堤：在杭州西湖。②六桥：苏堤上有六座桥。③扬鞭：骑马者。④柳绵：柳絮。⑤飐：摇动。

马汾（清1201）一首

罗帏梦醒△纱窗绣停△落花庭院风轻△弄冰弦数声△①

昨宵恨平△今朝怨盈△玉纤写出分明△②要檀郎细听△

注：①冰弦：丝弦也。《太真外传》开元中，中官白秀贞自蜀回，得琵琶以献。弦乃拘弥国所贡，绿冰蚕丝也。②玉纤：喻美人指。

郭麐（清1208）一首

竹风韵长△荷风气香△待他月上回廊△再围棋不妨△

竹风一窗△荷风半床△凭肩笑问檀郎△是今凉昨凉△

梁德绳（女）（清1261）一首　题：月湖秋泛。①

云散银鳞△山围翠屏△兰桡画碎波纹△②闪渔灯一星△

弦调素琴△杯斟绿醽△③人行桥上三更△遍乾坤月明△

注：①月湖：在浙江宁波城内。②画碎：划碎。③绿醽：一作绿酃，酒名，泛指美酒。《湘州记》："湘州临水县有酃湖，取水为酒，名曰酃酒。"

叶申芗（清1326）一首

春风柳花△残阳乱鸦△山村临水人家△问谁曾浣纱△

溪桥径斜△柴门树遮△酒帘招客停车△岂仙源路赊△

李贻德(清 1367)一首　题：旅枕。

风声隔床△雨声隔窗△不情不绪时光△只离人惯尝△

庭柯叶忙△①邻箫怨长△垂垂纸帐冰凉△②正梦花梦香△

注：① 柯：草木之枝茎皆曰柯。② 纸帐：用藤皮茧纸缠于木上而成之帐，取其清凉也。

李畹(女)(清 1370)一首

绿波半篙△绿杨几条△二分春色初娇△奈风潇雨潇△

赤栏板桥△青棠燕梢△天涯暮暮朝朝△怨山遥水遥△

黄士珣(清 1378)一首　题：湖上新柳。

兰桡画桥△①红箫绮寮△②东风着意来描△有长条短条△

歌腰舞腰△眉梢眼梢△一般斗取妖娆△溜莺声更娇△

注：① 兰桡：船桨之美称。桡，引伸为船。② 绮寮：绫纱窗。

张应昌(清 1418)一首　注：调名原作四字令。

蝉云翅低△①螺山黛微△②阿娘家住耶溪△③在萝村正西△④

红楼梦迷△乌丝字题△通心一点灵犀△⑤量明珠换伊△

注：① 蝉云翅：蝉翼形发髻。② 螺山：画螺子黛眉峰。③ 阿娘：姑娘。④ 萝村：诸暨苎萝村。⑤ 灵犀：犀牛角两头通，喻两心相通。

沈传桂(清 1429)一首　题：题明人《金阊晓月》画扇。①

垂杨画楼△香魂翠柔△碧华凉侵衣篝△②趁飞琼梦游△③

将秋未秋△弯弯半钩△夜乌啼向城头△照梧宫旧愁△④

注：① 金阊：苏州城有金门、阊门。② 衣篝：衣熏笼。③ 飞琼：许飞琼，西王母侍女。④ 梧宫：战国齐宫殿名，借指皇宫或寝宫。

吴藻(女)(清 1484)一首　题：舟中口占。

东风太狂△梅花正香△远山青似眉长△胜侬家晓妆△①

红炉酒铛△②乌篷水窗△是谁消领春光△两三人野航△

注：① 侬家：吴语，即我家。② 酒铛：温酒器。铛，音当。

顾春(女)(清 1488)一首　题：枸杞。　注：调名原作凌波曲。

深丛浅丛△天高露浓△仙人杖引灵风△挂星星碎红△

花砖细封△苍苔细茸△狸奴巧俟游蜂△费丹青画工△

唐埙(清 1497)一首　题：查筠长新纳姬人戏赠。

月来画廊△云深曲房△今宵占得春光△料灯前话长△

犀帘炷香△鸳衾叠床△啼痕损了新妆△是暂离阿娘△

周诒蘩（女）（清1517）一首　题：偶成。

枝头鸟鸣△梁间燕声△一般都是闲情△动愁怀怎生△①

茶烟细萦△窗纱半扃△昼长清兴堪乘△谱新词谩成△②

注：① 怎生：如何也。② 谱：编制也。

赵我佩（女）（清1557）一首　序：四壁秋声一灯，人景拥衾不寐，闷谱成腔，用独木桥体。

严城角声△①荒街柝声△②梧桐叶上秋声△是风声雨声△

穿云雁声△窥灯鼠声△玉葱弹泪无声△③只微闻钏声△

注：① 严城：戒备森严的城池。② 柝声：打更梆子声。③ 玉葱：喻女子手。

钱斐仲（女）（清1575）一首　题：题自画绿牡丹。

琐窗半开△①湘帘半垂△②雨丝风片楼台△映翠云一堆△③

烟迷雾催△蜂疑蝶猜△④曲栏杆外飞来△绕罗裙数回△

注：① 琐窗：窗之镂花纹者。② 湘帘：斑竹帘。③ 翠云：指所画绿牡丹。④ 此句说蜂蝶把画疑作真花。

钱清婉（女）（清1608）一首

凉云影疏△新蟾影浮△有人今夜红楼△唱纤纤两头△

吟灯早收△吟毫尚留△要人眉影重修△学弯弯一钩△

周寿昌（清1625）一首　注：调名原作四字令。

波寒似水△灯残似萤△江村野柝无凭△①是三更四更△

推衾梦醒△敲篷雨零△②潇潇滴到天明△③更风声浪声△

注：① 柝：敲更之器，即梆子。② 零：零落。③ 潇潇：风雨暴疾貌。

陶淑（女）（清1629）二首　题：第一首，西湖夜望。
第二首，柳影。

（1）湖光似秋△月光如钩△是谁开放扁舟△在湖中夜游△

萧萧寺楼△濛濛渡头△西风黄叶悠悠△六如亭上愁△

（2）前溪后溪△长堤短堤△栏杆半角迷离△是斜阳下时△

望来似丝△画来似眉△解人惟有黄鹂△向烟中一啼△

岳照（女）（清1635）一首　注：调名原作四字令。

风轻雨轻△花娇柳颦△倚栏小立残曛△[1]望螺峰又青△
莺声燕声△离人怅春△那堪草绿如裙△更瘦侬几分△
注：① 残曛：黄昏时也。曛，日没时的余光。

潘钟瑞（清 1692）一首　题：晚泊奔牛。[1]
波澄镜明△风微镜平△渐看水面烟生△乱归鸦去程△
灯稀岸横△灯摇岸行△碎光闪出窗棂△近前村市声△
注：① 奔牛：镇名，在江苏常州西十五公里。

沈允慎（女）（清 1729）一首
微风画廊△斜阳绣窗△欲临金镜慵妆△[1]对花枝忖量△[2]
青笺半方△[3]乌阑数行△[4]情丝还比春长△写东风太忙△
注：① 慵：懒。② 忖量：思量。③ 青笺：喻信纸。④ 乌阑：格子黑字。

程淑（女）（清 1853）一首
梅香一屏△芸香一庭△绣窗梦不分明△听流莺一声△
池波半清△帘波半停△醉怀无奈懵腾△[1]倚春风半醒△
注：① 懵腾：心不明也。

诸可宝（清 1902）一首　题：柳。
章台泪淋△[1]燕台梦醒△[2]梢头晓色青青△系离情未禁△
香堤软尘△雏鸦乱莺△轻绵已觉飘零△况湖边碎萍△
注：① 章台：唐人韩翃《章台柳》词，言其妾柳氏被蕃将沙吒利所夺事。
② 燕台：即黄金台。唐李白诗："谬忝燕台召。"

车乘轨（现当 88）二首　题：第一首，嘉兴南门变迁。　注：1998 年 9 月 24 日作。第二首，谢南湖街道、农翔社区上门慰问。注：2014 年 5 月 23 日作。

（1）东边米棚△西边米棚△[1]中间一水盈盈△又墙银瓦青△[2]
旧城喜兴△[3]新桥赞宏△[4]贯通市县行程△[5]却河房梦萦△[6]
注：① 米棚：地名。全名为东米棚下、西米棚下。② 墙银瓦青：即白墙青瓦，古典风味。③ 兴：振兴。④ 新桥：南湖大桥。⑤ 市县：市区与郊区。⑥ 河房梦萦：怀念原来夹河房舍景观。

（2）高年迈龄△同林逝莺△[1]鳏居寂寞孤零△似星稀月暝△
南湖爱倾△农翔热情△联翩慰问门登△重神舒眼明△
注：① 同林：谚曰："夫妻本是同林鸟。"；逝莺：指今春丧妻。

朱建敏（现当 269）一首　题：鹉湖吟唱。序：平湖鹉湖诗社成立十五周年，填此阕以贺。

东湖弄珠△①亭桥问鱼△②几声吴语如初△更霓裳舞裾△③

荷风自娱△吟诗续觚△④数年风月成书△揽一湖入图△

注：① 东湖：平湖市湖名。② 亭桥：平湖乍浦镇桥名。③ 裾：衣服前后襟。④ 觚：可作酒瓢，指饮酒。

三十九字　六幺令

凌濛初（明303）一首

笙歌院落，煞是撩人，一曲魂销△君王宠贮多娇△①灯光映，月轮高△画栏十二珠帘悄▲画栏十二珠帘悄▲

注：① 君王：指宋徽宗；多娇：指名妓李师师。

三十九字　长命女（又名薄命女）

和凝（五代十国16）一首　注：调名原作薄命女。

天欲晓▲宫漏穿花声缭绕▲窗里星光少▲

冷霞寒侵帐额，①残月光沉树杪▲梦断锦帏空悄悄▲强起愁眉小▲

注：① 帐额：帐檐也。

冯延巳（五代十国26）一首

春日宴▲绿酒一杯歌一遍▲①再拜陈三愿▲

一愿郎君千岁，二愿妾身常健▲②三愿如同梁上燕▲岁岁长相见▲

注：① 绿酒：古人称酒为绿蚁，故即酒也。② 妾身：古代妇女自称。

吴鼎芳（明310）一首　题：题情。　注：调名原作薄命女。

心怯怯▲就影潜来花底月▲还了风流业▲

悄声珠帘慢揭，认得湘波裙褶▲敛笑凝眸红两颊▲故把灯吹灭▲

程康庄（清4）一首　题：咏燕。

天欲晓▲待卷珠帘飞去小▲碧瓦参差皎▲①

看窗前人睡起，细雨檐前声悄▲等得双飞双去杳▲绰约风光早▲②

注：① 参差：不齐貌。② 绰约：柔弱貌。

王庭（清21）一首　题：有见。

云一缕▲昨夜东风湖上雨▲疑是巫阳女▲①

陌上寻花浅笑，②树底闻莺窃语▲③一夜春情争看取▲画鹢催人去▲④

注：① 巫阳女：巫山阳台女，楚襄王梦与巫山神女阳台幽会故事。② 陌上：田野道路。③ 窃语：私语。④ 画鹢：船首画有鹢鸟之船。

顾之琼（女）（清 185）一首　注：调名原作薄命女。

深夜悄▲女使催眠还恨早▲[1]遣情浑不了▲

问君几许春愁，遥忆当年娇小▲绣到鸳鸯思缭绕▲钟声惊曙晓▲

注：① 女使：即使女。

杨琇（女）（清 206）一首　注：调名原作薄命女。

深院寂▲晓帐寒生眠不得▲眼底行云隔▲

坐久绿鬟狼藉，[1]小婢再三催逼▲半尺荧荧妆镜碧▲[2]不知无气力▲

注：① 狼藉：散乱貌。② 荧荧：谓镜光。杜牧赋："明星荧荧，开妆镜也。"

董元恺（清 423）一首　题：有约。　注：调名原作薄命女。

花阴悄▲罗袜潜移芳径小▲惊起枝头鸟▲

几遍画栏闲倚，无数心烟空袅▲只恐星光天欲晓▲旋把灯吹了▲

沈宛（女）（清 704）一首

黄昏后▲打窗风雨停还骤▲不寐仍眠久▲

渐渐寒侵锦被，细细香销金兽▲添段新愁和感旧▲拼却红颜瘦▲

吴榴阁（女）（清 766）一首　题：春日闲吟。

东风峭▲[1]女伴秋千双拜巧▲花落春应少▲

意倦思归画阁，扑蝶轻纨力小▲[2]额上梅花妆谢了▲[3]眉淡呼郎扫▲

注：① 峭：寒貌。② 纨：纨扇。③ 梅花妆：《初学记》宋武帝女寿阳宫主，人日卧檐下，梅花落于额上，成五出之花，号为梅花妆。

华浣芳（女）（清 908）一首　题：步月。　注：调名原作薄命女。

风袅袅▲炉内沉檀香缭绕▲烟弄灯光小▲

斜倚栏杆远望，团月初生树杪▲踏遍锦砧看碧草▲印得弓痕悄▲

江瑛（女）（清 1217）一首　题：病起。

斜日后▲犹倚曲栏痴望久▲风铃罗衫袖▲

小园蝉声凄咽，暮霭低笼衰柳▲春去秋来还似旧▲只是人消瘦▲

车乘轨（现当 88）一首　题：庆贺继室黄彩娥七十初度。[1]　注：1996 年 2 月 6 日作。初度：语出《离骚》。为虚岁生日。

冬已暮▲腊鼓声中天赐女▲丁未为余妇▲

七十高龄长寿，今日欣逢初度▲[3]但愿百年常伴侣▲康乐无忧虑▲

三十九字　杨柳枝

顾绍钧（现当 28）一首　题：商途。

杨柳湾，[①]折几枝△正途歧△[②]向东大路乏人知△向南宜△

庙貌庄严碉堡藐▲[③]真如小▲[④]一湖秀水绿侵衣△鹜鸟飞△[⑤]

注：① 杨柳湾：嘉兴路名，在南大街。② 途歧：岔路口。③ 藐：喻小。④ 真如：指真如教寺，在南门外真如村。⑤ 鹜鸟：即鸭。

三十九字　感恩多　第一体，用平仄两韵。

牛峤（五代十国3）一首

两条红粉泪▲多少香闺意▲强攀桃李枝△敛愁眉△

陌上莺啼蝶舞，柳花飞△柳花飞△愿得郎心，忆家还早归△

张粲（女）（清392）一首　题：送漱雪夫子。[①]

捧卮河畔立▲[②]草软斑骓急▲[③]问郎几时归△月圆时△

堤上轻绵吹屑，拂征衣△拂征衣△须信侬心，绊郎如柳丝△

注：① 漱雪夫子：指其夫许承钦。② 卮：酒器也。③ 斑骓：即斑马。

三十九字　感恩多　第二体，同第一体，但后段换第二种平韵。

吴绮（清99）一首　题：看美人卧。

霞敛红窗晓▲屈戌黄金小▲[①]鹦鹉莫惊猜△报人来△

偷觑屏山深处，[②]有人眠△△有人眠△△倦眼惺忪，[③]压衾花半边△△

注：① 屈戌：即环纽、绞链。② 屏山：折叠式屏风，形似山峰。③ 惺忪：动摇不定。

四十字　太平时（又名太平春、贺圣朝、贺圣朝影、贺圣朝引、柳枝、杨柳枝）

欧阳修（宋33）一首　注：调名原作贺圣朝影。

白雪梨花红粉桃△露华高△垂杨慢舞绿丝绦△草如袍△

风过小池轻浪起，似江皋△千金莫惜买香醪△且陶陶△

贺铸（宋121）三首

（1）蜀锦尘香生袜罗△小婆娑△个侬无赖动人多△具横波△[①]

案角云开风卷幕，月侵河△纤纤持酒艳声歌△奈情何△

注：① 横波：目斜视如水之横流。

（2）秋尽江南草未凋△晚云高△青山隐隐水迢迢△接亭皋△[②]

二十四桥明月夜，弭兰桡△[③]玉人何处教吹箫△可怜宵△

注：① 此词套杜牧诗，每句后加三字而成词。② 亭皋：亭边水泽。③ 弭兰桡：停船也。弭，止也。

(3) 九曲瓷头三月三△柳毵毵△[1]香尘扑马喷衔△[2]涴春衫△[3]

苦笋鲥鱼乡味美，梦江南△阊门烟水晓风恬△[4]落归帆△

注：① 毵毵：音三三，细长貌。② 衔：马勒口也。③ 涴：即污。④ 阊门：苏州北门；恬：安静也。

陆游(宋330)一首

竹里房栊一径深△静愔愔△乱红飞尽绿成阴△有鸣禽△

临罢兰亭无一事，自修琴△铜炉袅袅海南沉△[1]洗尘襟△

注：① 海南沉：香名。

陈妙常(女)(宋358)一首　注：作者系临江女贞庵尼，张孝祥(1132—1169)曾挑逗之，作者作此词拒之。

清静堂前不卷帘△景悠然△闲花野草漫连天△莫胡言△

独坐洞房谁是伴，[1]一炉烟△闲来窗下理琴弦△小神仙△

注：① 洞房：此处为深邃之室，非新婚房。

郑妥(女)(明231)一首　题：游王隐园。

水涨池塘春草生△喜新晴△麦苗风急纸鸢轻△过清明△

柳丝帘外飘摇起，乱芳英△[1]戏拈红豆打黄莺△费幽情△

注：① 芳英：香叶也，叶之美称。

王虞凤(女)(明247)一首　注：调名原作贺圣朝。一本作周稚廉著。

彩线抛残金剪慵△[1]绿鬟松△些些香唾湿残绒△小窗中△[2]

阿母拾花翻绣架，脸霞红△低垂凤颈剔春葱△[3]意惺忪△[4]

注：① 金剪慵：懒拿剪刀。② 这二句说吐点口水沾湿绒线头，吐向窗中。③ 凤颈：颈之美称；春葱：喻手指甲。④ 惺忪：动摇不定貌。

徐梗(明398)一首　题：春别。　注：调名原作贺圣朝影。

芳草离离梦去劳△[1]遍江皋△清江花雨送春潮△燕莺交△

往事伤心空怨别，又今朝△东风吹泪湿花梢△带香飘△

注：① 离离：纷披繁盛貌；去劳：远去之意。劳，通辽，远也。《诗·小雅·渐渐之石》，孔颖达疏云"当从辽远之辽，而作劳字者，以古之字少，多极假借"。

郭士璟(清9)一首　题：元夕。　注：调名原作太平春。

市锦桥花落彩红△[1]夜晴空△有人偷觑面低红△两芙蓉△[2]

风递脂香人背处，影重重△楼头明月紫烟浓△有无中△

注：① 市锦桥：桥名。② 两芙蓉：喻两颊红如荷花。芙蓉，荷花别名。

吴洪化（清36）一首　题：颦美人。[①]　注：调名原作柳枝。

小玉妆成新破瓜△[②]髻堆鸦△[③]娇羞双颊泪生花△晕朝霞△

明知不是檀郎错，恼相加△低蹙眉山面向斜△[④]越怜他△

注：① 颦：皱眉也。② 小玉：指美人；破瓜：十六岁。③ 髻堆鸦：发髻如乌鸦般黑。④ 眉山：眉峰。

韩珮（女）（清219）一首　注：调名原作贺圣朝影。

帘外桐阴日影移△绿漪漪△纨扇闲挥白雪词△[①]学临池△

荷芰珠擎流翠盖，[②]雨丝丝△涤除烦恼试轻絺△[③]好风迟△

注：① 纨扇：团扇。② 此句说翠绿荷叶上水珠流动。③ 絺：音痴，细葛布也。

丁炜（清357）一首　序：辛酉（1681）九月六日，余以洪州（江西南昌）回虔（江西赣县），泊庐陵（江西吉安）张家渡……苏公东坡追送江浒……勉填小令一阕奉酬，醒后朦胧追忆，不遗一字……

烟雨微茫二月天△水连山△征人晓立瘴江边△[①]默无言△

十里长亭新柳色，旅情牵△客中为客最堪怜△别坡仙△

注：① 瘴江：指广西全州。

查慎行（清639）一首　题：奉和圣制，[①]立春。

淑气初回景色佳△[②]一天霞△人间何物报春华△[③]有梅花△

已觉冰池鳞甲动，[④]浪淘沙△满城柳意待风斜△万人家△

注：① 圣制：皇帝著作。② 淑气：温和之气。③ 报春华：即报春花。④ 鳞甲：代指鱼、龙。

冯挹芳（女）（清735）一首　题：清明。　注：调名原作杨柳枝。

杏子花残嫩叶生△几朝晴△东风吹散晓烟轻△是清明△

雨洗落红芳径软，落花英△柳眠不起咽啼莺△绾游情△

施世纶（清754）一首

绿暗红愁尽掩扉△惜春稀△空从曲径觅芳菲△草芽肥△

风过小窗又欲雨，换春衣△垂杨影里燕交飞△定巢归△

汪灏（清770）一首　题：立春应制。[①]

五彩春幡天上吹△[②]晓莺知△春风昨夜到瑶池△[③]动梅枝△

丽日吹开冰雪影，爱迟迟△云霄笙管最相宜△太平时△

注：① 应制：受皇命而作。② 春幡：立春之日剪彩为小幡，悬于头上或花枝上。③ 瑶池：西王母居所，此处指皇宫。

车乘轨（现当88）二首　题：第一首，念太平佛。　注：2001年4月13日作。
第二首，宣卷。　注：2001年12月9日作。

（1）越俗三月探祖茔△[①]拜神明△民间群祀颇流行△[②]受欢迎△
近百妪婆齐念佛，木鱼声△千元一掷太平经△驱幽灵△

注：① 越俗：绍兴风俗。② 群祀：每逢农历三月，民间分地段念太平佛。

（2）昨日街邻喜气生△[①]烛通明△张神纸袍挂中庭△[②]显威灵△
不念佛经宣宝卷，[③]喇叭鸣△家家户户享斋羹△保安宁△

注：① 街邻：作者绍兴故居北邻姚家弄。② 张神纸袍：纸扎张神菩萨。③ 宣宝卷：演唱者四人，宣唱一卷故事，乐器伴奏。

四十字　生查子　第一体，共八句，每句五字，用仄韵。

韩偓（五代十国2）一首

侍女动妆奁，故故惊人睡▲[①]那知本来晓，背面偷垂泪▲
懒卸凤凰衣，羞入鸳鸯被▲时复见残灯，和烟坠金穗▲[②]

注：① 故故：屡屡。② 金穗：灯花。金，美称也。

牛希济（五代十国7）一首

新月曲如眉，未有团圞意▲红豆不堪看，[①]满眼相思泪▲
终日劈桃穰，[②]人在心儿里▲[③]两朵隔墙花，早晚成连理▲[④]

注：① 红豆：又名相思子。② 桃穰：桃茎也。③ 人：谐音仁，说桃仁在心里。④ 成连理：成双也。

欧阳修（宋33）一首　注：此词作者有争议，《词品》作朱淑真著，《续选草堂诗余》作秦观著，此依欧阳修《六一词》。

去年元夜时，花市灯如昼▲月上柳梢头，人约黄昏后▲
今年元夜时，月与灯依旧▲不见去年人，泪湿春衫袖▲

晏几道（宋71）一首

春从何处归，试向溪边问▲岸柳弄娇黄，陇麦回青润▲
多情美少年，屈指芳菲近▲[①]谁寄岭头梅，[②]来报江南信▲

注：① 屈指：扳着指头计算。② 岭头梅：《六帖》："庾岭上梅花，南枝已

落，北枝方开。”

朱淑真(女)(宋140)一首

寒食不多时，几日东风恶▲无绪倦寻芳，闲却秋千索▲

瘦减翠裙腰，病怯罗衣薄▲不忍卷帘看，寂寞梨花落▲

紫竹(女)(宋197)一首

晨莺不住啼，故唤愁人起▲无力晓妆慵，闲养荷钱水▲

欲呼女伴来，斗草花阴里▲娇极不成狂，更向屏山倚▲

周紫芝(宋201)一首

春寒入翠帏，[1]月淡云来去▲院落半晴天，风撼梨花树▲

人醉掩金铺，[2]闲倚秋千柱▲满眼是相思，无说相思处▲

注：① 翠帏：绣有翡翠鸟之帘幕。② 金铺：镀金之门铺，用以衔镮，此处指门。

向子諲(宋218)一首

娟娟月入眉，[1]整整月归鬓▲[2]镜里弄妆迟，帘外花移影▲

斜窥秋水长，软语春莺近▲无计奈情何，只有相思分▲[3]

注：① 娟娟：美好貌。② 整整：整齐。③ 分：去声，位分、名分也。

杨无咎(宋254)二首

(1) 秋深郎来归，月上人初静▲无语意迟迟，步转梧桐影▲

罗衣宽莫裁，云鬟松还整▲谁与问相思，立尽清宵永▲

(2) 妖娆百种宜，总在春风面▲含笑又和嗔，[1]莫作丹青现▲[2]

问着郎无言，觑了还回盼▲底处奈思量，[3]倦了还辗转▲[4]

注：① 嗔：怒也。② 丹青：画也。③ 底处：何处。④ 辗转：无定也。

吕渭老(宋259)一首

裙长步渐迟，扇薄羞难掩▲鞋褪倚郎肩，问路眉先敛▲

踏青南陌田，倚醉开娇靥▲今夜更同行，忍笑匀妆脸▲

李石(宋293)一首

荷花人面红，月影波心见▲扇子倒拈来，敲落红香片▲

窗下剪灯花，今日眉深浅▲留得镜中看，蹙破春山远▲[1]

注：① 春山：喻眉峰。

陆游(宋330)一首

梁空燕委巢，[1]院静鸠催雨▲香润上朝衣，客少闲谈麈▲[2]

鬓边千缕丝，不是吴蚕吐▲孤梦泛潇湘，月落闻柔橹▲

注：① 委：随也。② 谈麈：晋人清谈时执麈尾，后指清谈。

管鉴（宋364）一首

天教百媚生，赋得多情怨▲背整玉搔头，[1]宽了黄金钏▲[2]

情随歌意深，故故回娇眄▲不是不相知，只为难相见▲

注：① 玉搔头：即玉簪。② 黄金钏：即黄金手镯。

程垓（宋368）一首

溪光曲曲村，花影重重树▲风物小桃源，春事还如许▲

情知送客来，有作寻芳去▲可惜一春诗，总为闲愁赋▲

陆游妾（女）（宋382）一首　注：作者被夫人所逐，临别赋词。

只知眉上愁，不识愁来路▲窗外有芭蕉，阵阵黄昏雨▲

晓起理残妆，整顿教愁去▲不合画春山，[1]依旧留愁住▲

注：① 画春山：喻画眉。

赵师侠（宋390）一首

迟迟春昼长，冉冉东风软▲寒食乍晴天，红紫芳菲遍▲

前峰积翠横，新涨挼蓝远▲[1]向晚淡烟迷，一段屏山枕▲

注：① 新涨：指春水。

岳珂（宋448）一首

芙蓉清夜游，杨柳黄昏约▲[1]小院碧苔深，润透双鸳薄▲

暖玉惯春娇，簌簌花钿落▲[2]缺月故窥人，影转栏杆角▲

注：① 欧阳修词："月上柳梢头，人约黄昏后。"② 花钿：如螺钿般花瓣。

李彭老（宋519）一首

罗襦隐绣茸，[1]玉合销红豆▲深院落梅钿，[2]寒峭收灯后▲

心事卜金钱，[3]月上鹅黄柳▲拜了夜香休，翠被听春漏▲

注：① 绣茸：绣花用绒线。② 梅钿：如螺钿般梅花。③ 卜金钱：用金钱占卜吉凶。

李莱老（宋531）一首

妾情歌柳枝，郎意怜桃叶▲罗带绾同心，[1]谁信愁千结▲

楼上数残更，马上看新月▲绣被怨春寒，怕学鸳鸯叠▲

无名氏（宋614）一首

闲倚曲屏风，试写相思字▲不道极多情，却是浑无思▲[1]

笑近短墙阴，抛个青梅子▲苔上印钩弯，[2]邂逅难忘此▲[3]

注：① 思：音伺，去声。② 印钩弯：喻女人小足弓鞋之印。③ 邂逅：不期而遇也。

完颜璟（金19）一首　题：劈橙。

风流紫府郎，[1]痛饮乌纱岸▲柔软九曲肠，冷却玻璃碗▲

纤纤白玉葱，[2]分破黄金弹▲[3]借取洞庭春，飞上桃花面▲

注：① 紫府：古时贵官衣紫色，喻贵族人家。② 此句形容女子手指白如玉、纤细如春葱。③ 黄金弹：喻黄橙。

韩玉（金20）一首　注：此词与牛希济词大同小异，姑录之。

裙拖簇石榴，[1]髻绾偏荷叶▲[2]头上短金钗，轻重还相压▲

轻颦月入眉，浅笑花生颊▲夫婿不风流，取次看承别▲[3]

注：① 此句说穿着大红裙子。② 此句说梳着荷叶形发髻。③ 取次：即次第。

王予可（金23）一首

夜色静明河，风好来千里▲水殿谪仙人，[1]皓齿清歌起▲[2]

前声金斝中，[3]后调银河底▲一夜岭头云，绕遍楼前水▲

注：① 谪仙：喻神仙下凡。② 皓齿：形容齿之光白。③ 斝：音假，酒具。

仇远（元22）一首

钗头缀玉蚕，耿耿东窗晓▲[1]京洛少年游，[2]犹恨归来早▲

寒食正梨花，古道多芳草▲今夜试青灯，依旧双花小▲

注：① 耿耿：小明也。② 京洛：河南洛阳。因东周、东汉均都于洛阳，故称京洛。

瞿祐（明23）一首　题：春词。

东风何处来，满地梨花谢▲燕子不知愁，并立秋千架▲

无人独倚栏，胆小多惊怕▲兜上凤头鞋，掉下鲛绡帕▲[1]

注：① 鲛绡：《述异记》“南海出鲛绡，一名龙纱，以为服，入水不濡”。

马洪（明59）一首　题：春夜。

烧罢夜香时，独立帘儿下▲真个可怜宵，[1]一刻千金价▲

啼痕不记行，[2]暗满鲛绡帕▲蝶宿牡丹丛，月转秋千架▲

注：① 可怜：可爱也。② 行：音杭，行列也。

杨慎（明167）一首　题：春日席上口占。

两朵活莲花，一对相思挂▲裙底耍鸳鸯，巧笔难描画▲

春困步苍苔，背立秋千下▲心事倩谁传，花落西厢夜▲

董份（明191）一首　题：赠山人。

秋来看雁飞，春到听莺语▲无历笑山家，凭禽识寒暑▲

富贵要奔忙，贫贱多辛苦▲闻尔北窗眠，云起南山坞▲

曹堪（明369）一首　题：春日江村杂兴。

春风一夜高，绿尽桥边水▲白蚬入庖鲜，①芹菜樽前美▲

贴岸钓鱼船，隐现疏杨里▲一半钓丝浮，蘸却微波起▲

注：① 蚬：软体水中动物，与蛤同类异种；庖：厨也。

顾士林（明401）一首　题：秋过回家。

梧桐叶叶飞，刈获家家早▲新酒试田翁，我愿从之老▲

携杖入门来，呼帚供洒扫▲删得芋荠泥，渡口渔先到▲

张草（明406）一首　题：秋怨。

寒井下梧桐，叶叶秋风绕▲没法寄相思，月落灯残了▲

啼破脸梢红，梦怪巫山杳▲记得别郎时，鸡唱千林晓▲

易震吉（明444）二首　题：第一首，春。

第二首，夏。

（1）新出小莺儿，袅袅娇音至▲①安得下枝来，缚住他双翅▲

晓起试罗衣，走向花间试▲簪罥木香枝，②裙惹蔷薇刺▲③

注：① 袅袅：悠扬貌。② 罥：挂也。③ 惹：逗也。

（2）戴上石榴花，自爱晨妆靓▲纤手剥新菱，红白交相映▲

风揭小楼帘，水面晴开镜▲贪看画船人，不识人儿姓▲

叶小鸾（明514）一首

风飘万点红，零落胭脂色▲柳絮入帘栊，似问人愁绝▲

凭栏望远山，芳草连天碧▲深院锁春光，去尽无寻觅▲

寇皑如（女）（明544）一首

绣带结新词，两两同心字▲有处系心情，无处论心事▲

刚向月中来，又向人前避▲多谢烛花明，隔个帘儿觑▲①

注：① 觑：此字不叶韵，作宽叶。

周积贤（明640）一首

长安市上儿，①白面如春雪▲一卖绣鸳鸯，二卖花蝴蝶▲

十二小胡姬，②漫学同心结▲③回眼入琼房，④独拜中秋月▲

注：① 长安：地名，今陕西西安。② 胡姬：新疆、蒙古一带之女子。③ 漫：随意之意。④ 琼房：喻女子闺房。琼，美玉也。

李渔（清 31）一首　题：春游书所见。

谁家窈窕儿，面色芙蓉腻▲游伴偶相同，越显眉峰翠▲

忽地遇鸳鸯，羞怯思回避▲无数好儿郎，妒杀他家婿▲

宋琬（清 49）二首　题：第一首，秋千。

第二首，暮春将半，桃花始开。

（1）仙仙蝴蝶衣，[①]窄窄檀香板▲纤体欲飞飏，只恨春风软▲

春葱玉指柔，香汗罗襦满▲侍女笑相扶，倩他云鬟挽▲

注：① 仙仙：舞举之状。

（2）梅花开已迟，却恨桃花晚▲把酒问花神，何事今春懒▲

春风如画工，粉黛凭深浅▲花是女儿家，迟早由他遣▲

陆进（清 198）一首

春光不肯留，留也浑无计▲袅袅飏游丝，春去何曾系▲

紫燕掠波轻，黄鸟穿林戏▲风景苦催人，花落空存蒂▲

柏叶（女）（清 209）一首

停绣唤双鬟，随我园林耍▲为折海棠花，行遇秋千架▲

墙外少年郎，潜驻青骢马▲欲觑又含羞，躲入花阴下▲

戴淑贞（女）（清 235）一首　题：赠闺友。

去年相逢时，渡口杨花扑▲今日曲江头，泪添江水绿▲

屈指春又来，花开白如玉▲不见去年人，花亦笑依独▲

朱彝尊（清 288）二首　题：第一首，晓行鄮州（今浙江鄞县）。

（1）密树引长堤，重露微涓坠▲[①]惟听浦禽喧，[②]渐入行人队▲

隐隐望高城，路出高城外▲初日未侵衣，先闪寒鸦背▲

注：① 涓：小流貌。② 浦禽：水鸟。

（2）刺绣在深闺，总是愁滋味▲方便借人看，不把帘垂地▲

弱线手频挑，碧绿青红异▲若遣绣鸳鸯，但绣鸳鸯睡▲

王毓贞（女）（清 307）一首　题：拟艳。

鸂鶒翠钿飞，[①]翡翠榴裙嵌▲[②]含笑入罗帏，人影灯光蘸▲[③]

昵睡听晨鸡，点点铜壶勘▲[④]亏得种芭蕉，日闪红窗暗▲

注：① 鸂鶒，水鸟名。此处指头上鸂鶒形绿头饰。② 此句说身系嵌翡翠鸟石榴裙。③ 蘸：沾也。④ 铜壶：计时器；勘：核实、确定时间。

钟筠(女)清 322)一首　题：和钱淑宜查夫人。

斜月逗湘帘，卷映银河浅▲翠幕暮寒生，阵阵西风剪▲

蟋蟀入床头，似诉幽人怨▲清影到梧桐，寂寞闲庭院▲

周积忠(清 329)一首

昔年君在时，两两飞春蝶▲同倚玉纱窗，不道还离别▲

今年君去时，杨柳花如雪▲酒后忆前情，那忍看明月▲

金烺(清 535)一首　题：元宵。

小姑年十三，斜倚门前看▲去买闹蛾儿，[①]花蹴灯球乱▲

仰面见银蟾，暗把嫂相唤▲今夜月团圆，如何说月半▲

注：① 闹蛾儿：冶游者迎春插于巾帽之饰物，蛱蝶状，以乌金纸剪成。

龚祥麟(清 745)一首　题：吴江遇风，舟中望震泽。　注：震泽，镇名，属吴江。

风急布帆偏，半幅撑秋雨▲乍听榜人喧，已失前村树▲

渺渺望湖波，万顷迷烟雾▲犹自有渔舟，烟里飞来去▲

黄幼藻(女)(清 826)一首

楼外日初斜，镜里人犹倦▲双指玉纤纤，强把乌丝挽▲

小语出帘栊，一似春莺哢▲近日忒风流，粉褪梨花面▲

王仙媛(女)(清 846)一首　题：秋闺。

花香爱卷帘，月淡多清暇▲独自倚红楼，片片霞光射▲

暮雀乱深林，昏霭愁长夜▲霜冷玉琴收，小胆空房怕▲

陶元藻(清 961)一首　题：泛鉴湖。[①]

平湖八百开，[②]面面青山聚▲山影落清流，流下三江去▲[③]

黄冠人已遥，[④]一曲亭何处▲行尽柳丝乡，只有黄鹂语▲

注：① 鉴湖：湖名，在浙江绍兴境。② 八百开：相传原湖面开阔八百里。
　③ 三江：曹娥江、钱塘江、浦阳江。④ 黄冠：即道士，指唐贺知章。

钱孟钿(女)(清 1061)一首

春山落翠微，柳色开青眼▲小立背东风，燕子穿花转▲

揉碎碧桃花，团作相思茧▲芳草满天涯，此意凭谁遣▲

胡金题(清 1272)一首

深院草虫鸣，独坐看牛女▲[①]荧荧闪星星，照见人私语▲

角枕绿云香，[②]斗帐清无暑▲凉露滴风帘，月白天疑曙▲

注：① 牛女：牛郎、织女双星，指七夕。② 绿云：喻发。

胡金胜(清 1311)一首

铜壶漏箭稀，[①]灯灺炉香烬▲[②]翠被夜寒多，好梦无凭准▲

秋气入蛾眉，秋色欺蝉鬓▲雁字满天涯，不带天涯信▲

注：① 铜壶漏箭：以水滴漏计时，壶上为铜人抱漏箭。② 灺：烛余也。

周济（清1355）一首

花房晓露凉，似有廉纤雨▲[①]新梦觉来轻，攲枕翻无语▲[②]

娇娃十四五，临镜贪眉妩▲不忆画眉人，[③]自把遥山谱▲[④]

注：① 廉纤雨：微雨。② 攲枕：倾侧于枕。③ 画眉人：指夫，源出张敞画眉故事。④ 遥山：即远峰，喻眉；谱：画也。

龚自珍（清1431）一首　题：即事。

关了绿纱窗，松了湘裙衩▲言病复言愁，絮絮云屏下▲[①]

我已厌言愁，不理伤心话▲翻愿得娇嗔，故惹莺喉骂▲

注：① 絮絮：语多不绝之意。

周寿昌（清1625）一首　题：舟中饯春。

春至带愁来，春去愁难去▲愁过一春期，莫觅春归处▲

风暖系行舟，强欲留春住▲合与载将愁，篷背三更雨▲

劳纺（女）（清1883）一首　题：省亲吴桥，[①]同五妹步月有感，时将赴兰州。

幽境晚风轻，小院春寒浅▲行处月随人，顿起愁无限▲

今夜月团圞，共喜清辉满▲待得再圆时，旅馆成凄惋▲

注：① 吴桥：河北县名。光绪二十四年（1898）作者随夫陶葆廉由浙江嘉兴去吴桥探翁（公爹）。

冯江（清1898）一首

湖水软于罗，湖艇轻于叶▲一阵棹歌声，惊起鸳鸯歇▲

花映锦裙红，水溅罗衫碧▲寻得并头莲，笑向邻舟摘▲

罗振常（清1912）一首

低髻绿窗前，灯灺垂烟蕊▲双燕媚雕梁，独影教谁慰▲

凉月解窥人，照我弹珠泪▲翠袖不知寒，冷杀鸳鸯被▲

许白凤（现当58）二首　题：第一首，王老四得鱼招饮。

第二首，归途。

（1）黄梅雨水多，浅岸鱼浮藻▲邻叟过田沟，捧着鱼儿笑▲

床头老酒壶，携向前村挎▲[①]要我来几杯，隔个篱笆叫▲

注：① 挎：吴语，打酒，买酒也。

（2）灌道过河浜，一线横穿堑▲归路必经由，人老行尤险▲
轻灵鸭子船，坐底安柴垫▲借重舅甥情，①划到黄泥堰▲
注：①舅甥情：船主乃作者外甥，故云。

四十字　生查子　第二体，前后段均第一二句六字，第三句五字，第四句三字。用仄平四种韵。

赵进美（清106）一首　题：秋夜。

昨夜秋声不住▲今夜秋声还去▲月色上窗痕△老黄昏△
坐久不禁露冷▲▲爱看空庭疏影▲▲细细画秋容△△是梧桐△△

四十字　抛球乐

冯延巳（五代十国26）二首

（1）梅落新春入后庭△眼前风物可无情△曲池波晚冰还合，芳草迎船绿未成△且上高楼望，相共凭栏看月生△

（2）逐胜归来雨未晴△①楼前风重草烟轻△谷莺语软花边过，水调声长醉里听△款举金觥动，谁是当年最有情△

注：①逐胜：追逐名胜。

李从周（宋446）一首

风罥蔫红雨易晴△①病花中酒过清明△②绮窗幽梦乱于柳，罗袖泪痕凝似饧△
冷地思量着，春色三停早二停△③

注：①罥：挂也；蔫：不鲜也。②中酒：醉酒。③三停：三分。

梁德绳（女）（清1261）一首

小雨吹凉湿桂林△画帘不卷足秋阴△吟边意共青山远，闲处愁随绿酒深△日暮空庭里，北雁飞来动远音△

郑文焯（清1846）一首　题：角山南榭纳凉。

鸡瘫肥香泛翠萍△①微波帘下画船停△尊前帆影隔城见，花外笛声和水听△
一雨新凉足，醉里看山眼更青△

注：①鸡瘫：水生植物，俗叫鸡头子，芡之别名。

朱孝臧（清1849）一首　题：鹿步书所见。①

照水孤坊出瘴林△②人家三五荔枝阴△网师午散市声减，③樵侣夜谈山理深△
一叶拏音过，④惊起沙头墨色禽△

注：①鹿步：地名，在广州东，东江与珠江会合处。②瘴：山川湿热蒸发之气。③网师：渔夫。④拏：渔船声，语出《庄子》。

潘飞声(清1856)一首　题：傍晚移尊猗园赏荷。

满镜红蕖展簟宽△移尊重拾旧清欢△寻香裙衩隔花见，糁玉琴丝和水弹△[1]便托微波语，何必题诗上画栏△

注：① 糁玉琴丝：如糁入玉般琴丝。

袁小帆(现当141)一首　题：田家小酌。

篱菊经霜分外黄△谁家酿酒满村香△鲈鱼正美天留客，疏雨黄昏入醉乡△夜静尽欢散，归路犹闻说小康△

四十字　春光好

和凝(五代十国16)一首

纱窗暖，画屏闲△亸云鬟△睡起四肢无力，半春闲△

玉指剪裁罗胜，[1]金盘点缀酥山△窥宋深心无限事，[2]小眉弯△

注：① 罗胜：罗制方胜。胜，首饰。② 窥宋：宋玉，战国时楚人，美男子。有邻女悦而墙头窥之。

汤显祖(明236)一首　题意：《紫钗记》霍小玉浣纱游花园。

纱窗里，画屏深△意沉沉△春着裙腰无力，暗知音△[1]

燕尾剪裁罗胜，翠茸点缀花簪△一点春攒无限事，[2]小眉心△

注：① 知音：即知己。② 攒：攒眉，即蹙眉也。

钱理(明586)一首　题：妆罢。

云影薄，月痕轻△晓妆成△刚喜春风吹送，卖花声△

绮户珠帘乍卷，瑶阶罗袜微行△坐爱小庭新绿覆，听流莺△

吴绮(清90)一首　题：迎春。

春来也，是何时△没人知△先到玉儿头上，[1]袅花枝△[2]

十二画楼帘卷，红妆笑语参差△[3]争向彩幡成队处，[4]看朱衣△

注：① 玉儿：指女娃。② 袅：缭绕貌。③ 参差：不齐貌。④ 彩幡：彩旗。

宗元鼎(清107)一首　题：题扇，寄王阮亭先生。[1]

扬州好，[2]绿杨城△画桥横△城外桥边池馆，[3]短长亭△[4]

亭上倚栏按板，[5]亭前摇舫吹笙△都唱淡烟芳草句，浣纱声△[6]

注：① 王阮亭：王士禛号。② 扬州：地名，属江苏省。③ 池馆：花园也。④ 短长亭：五里一短亭，十里一长亭。⑤ 按板：拍板唱曲。⑥ 浣：洗涤也。

姜楷(清275)一首　题：游河北园亭。

红日丽，绿波新△问津人△[1]一带云林图画，沁园春△[2]

点点梅花坠粉，丝丝柳曲拖尘△踏遍青山河畔草，负花茵△[3]

注：① 问津：指探春。② 沁园：汉沁水公主园林。喻其华美。③ 负花茵：原注："是日无酒，故云。"

车乘轨（现当88）一首　题：本意。　注：1994年3月31日作。

风澹荡，[1]日飘金△[2]燕飞临△又近清明天气，绿园林△

蛱蝶不离桃蕊，村姑叫卖薹心△[3]点缀三春时节景，好光阴△

注：① 澹荡：轻轻摇动。② 飘金：飘洒金黄色。③ 薹心：薹心菜，即青菜心，嘉兴特产。

四十字　昭君怨（又名一痕沙、宴西园）　第一体，用仄平两韵，后段换第二种仄平韵。

苏轼（宋80）一首

谁作桓伊三弄▲[1]惊破绿窗晓梦▲新月与愁烟△满江天△

欲去又还不去▲▲明日落花飞絮▲▲飞絮送行舟△△水东流△△

注：① 桓伊三弄：桓伊，东晋人，官拜右将军，曾为王徽之吹笛三弄。弄，乐曲也。

万俟咏（宋191）一首

春到南楼雪尽▲惊动灯期花信▲小雨一番寒△倚栏杆△

莫把栏杆频倚▲▲一望几重烟水▲▲何处是京华△△[2]暮云遮△△

侯寘（宋263）一首

晴日烘香花睡▲花艳浮杯人醉▲杨柳绿丝风△水溶溶△

留恋芳丛深处▲▲懒上锦鞯归去▲▲[1]待得牡丹开△△更回来△△

注：① 锦鞯：精致的马鞍具，此处喻马。

杨万里（宋346）一首　题：咏荷上雨。

午梦扁舟花底▲香满西湖烟水▲急雨打篷声△梦初醒△

却是池荷跳雨▲▲散了珍珠还聚▲▲聚作水银窝△△泻清波△△

张镃（宋410）一首　题：园池夜泛。

月在碧虚中住▲人向乱荷中去▲花气杂风凉△满船香△

云被歌声摇动▲▲酒被诗词掇送▲▲醉里卧花心△△拥红衾△△

郑域（宋416）一首　题：咏梅。

道是春来花未▲道是雪来香异▲水外一枝斜△野人家△[1]

冷淡竹篱茅舍▲▲富贵玉堂琼榭▲▲[2]两地不同栽△△一般开△△

注：① 野人家：野外人家。② 玉堂琼榭：形容华美房舍。榭，台有屋也。

完颜亮（金 5）一首　题：雪。

昨日樵村雨浦▲今日琼川银渚▲山色卷帘看△老峰峦△

锦帐美人贪睡▲▲不觉天孙剪水▲▲①惊问是杨花△△是芦花△△

注：① 天孙：星名，即织女星。

王从叔（元 52）一首　题：春夜。

门外春风几度▲马上行人何处▲休更卷珠帘△草连天△

立尽海棠花月▲▲飞到荼蘼香雪▲▲莫恨梦难成△△梦无凭△△

张翥（元 69）一首　序：晋人赋昭君词，多写其红悲绿怨，作此解之。

队队毡车细马▲簇拥阏氏如画▲①却胜汉宫人△闭长门△②

看取蛾眉妬宠▲▲身后谁知遗冢▲▲千载草青青△△有芳名△△③

注：① 阏氏：读燕支，汉时匈奴皇后称号。② 闭长门：汉武帝皇后陈阿娇失宠，作《长门怨》。借喻昭君在汉宫时未得幸。③ 最后三句说，昭君死后葬在内蒙呼和浩特，其墓名青冢，至今犹存。

杨慎（明 157）一首

楼外东风到早▲染得柳条黄了▲低拂玉栏杆△怯春寒△

正是困人时候▲▲午睡浓于中酒▲▲①好梦是谁惊△△一声莺△△

注：① 中酒：醉酒也。中，读去声。

胡文焕（明 282）一首　题：本意。

马上琵琶弹泪▲①怨杀生来娇媚▲回首隔风沙△枉思家△

多少文材武略▲▲一旦不将用着▲▲用着妾和亲△△②好羞人△△

注：① 琵琶：王昭君出塞时弹琵琶一曲以别。② 妾：古代女子自称；和亲：汉以公主下嫁匈奴单于，以联姻求和。

钱继登（明 356）一首

曾记曲栏高处▲缥缈眼波深注▲柳外笑吟声△打流莺△

月下梨香暗散▲▲雪后兰芽肥绽▲▲更欲比妍华△△雨余花△△

王屋（明 364）一首　题：为小宗书止仲词。

秋晚渔村风味▲约略米家山意▲①远树抹归云△蔼沉沉△②

江上一凫新浴▲▲野老荷蓑驱犊▲▲③何处语音喳△△卖鱼家△△

注：① 约略：大概；米家：指米芾，宋代大画家。② 蔼：音霭，树繁茂貌。③ 荷蓑：肩披蓑衣；犊：小牛。

吴熙（明 366）二首　题：第一首，春景。
第二首，秋日村居。

（1）池上鹣鹣相并▲[1]燕子惊飞不定▲落日影残花△柳阴斜△
临水几竿修竹▲▲[2]映柳一堤新绿▲▲红浪拍天高△△放夭桃△△[3]
注：① 鹣鹣：古称比翼鸟。② 修竹：形容竹长而直。③ 夭桃：《诗》“桃之夭夭。”喻桃之少好貌。

（2）爱杀晚秋风景▲露点芙蓉花冷▲墙角一支红△锦西风△[1]
破网无鱼高挂▲▲下映小舟如画▲▲篱菊早流黄△△小重阳△△[2]
注：① 锦西风：西风之美称。② 小重阳：近重阳节。

曹堪（明 369）一首　题：春晚村居。
门外风光如洗▲移酒紫藤花底▲赴约荷归锄△一农夫△
二顷新秧种绿▲▲喜得平畦水足▲▲榆荫草芊芊△△鹧鸪天△△

金是瀛（明 481）一首　题：本意。
多少离宫深院▲[1]独有明妃嫔远▲[2]一别凤城春△[3]异乡人△
晚色祁连飞雪▲▲[4]夜景燕支明月▲▲[5]归国路偏长△△忆君王△△
注：① 离宫：行宫也。② 明妃：即王昭君；嫔：嫔妃。③ 凤城：喻皇城，指长安。④ 祁连：山名，在甘肃境。⑤ 燕支：山名，在甘肃山丹县东。

彭孙贻（明 504）一首　题：春前三日作。
两扇板扉深掩▲八尺湘帘自卷▲并没客儿来△水仙开△
花下拥炉清坐▲▲只有闲人一个▲▲[1]独身据胡床△△[2]一炉香△△
注：① 闲人：指自己。② 胡床：即绳床。

徐籀（清 26）一首　题：春雨。
挟雨东风飞飏▲新筑小堤初涨▲携杖过山溪△步徐徐△
花事清明才到▲▲雌蝶雄蜂都闹▲▲昨夜五更风△△一池红△△

周亮工（清 38）一首　题：清昼。
团扇摇摇清昼▲人坐小窗消受▲消受一瓶花△一杯茶△
静坐不分喧寂▲▲一日便如二日▲▲无奈又喧何△△引愁多△△

曹尔堪（清 69）一首　序：乙卯（1675 年）二月……魏子一于雨中为余画扇，因题小词其上。
日暮画船微雨▲图取春阴缕缕▲烟气散江湄△柳痕垂△
一笔远村如抹▲▲望去胭脂欲泼▲▲屋角有桃花△△是谁家△△

邓汉仪（清73）一首　题：春情。

几日娇容全褪▲蓦地恼人方寸▲①无计遣东风△绣帘中△

闲制新词未了▲▲偷看夕阳多少▲▲毕竟是销魂△△月儿痕△△

注：① 蓦地：突然；方寸：心也。

吴绮（清90）一首　题：惠山有见。　注：调名原作一痕沙。惠山：山名，在江苏无锡境。

可是天台伴侣▲①家住碧云深处▲一笑出鸾纱△认桃花△

怕被罡风吹着▲▲②仙帔香笼红药▲▲郎是几时来△△绣帘开△△

注：① 天台：指刘晨、阮肇二人入天台山采药，遇二仙女成婚故事。② 罡风：道家指高空之风。

周斑（清127）一首　题：春闺。

帘卷芳菲春晓▲又是闲情多少▲昨夜梦郎还△理云鬟△

临镜流霞翠黛▲▲①却整薄罗裙带▲▲欲折海棠花△△出窗纱△△

注：① 翠黛：深青色，指眉。

田茂遇（清130）一首　题：送春。

花外晴丝轻飏▲紫燕双飞梁上▲桃李逐东风△衬阶红△

啼鸟落花春去▲▲欲挽东风难住▲▲无语立妆楼△△上帘钩△△

沈丰垣（清201）一首　题：客途有感。

桃叶湾头花烂▲客路春情撩乱▲跃马过平康△①少年场△

楼上谁家娇女▲▲笑指柳边人去▲▲却倚碧窗纱△△数飞花△△

注：① 平康：《开天遗事》：“长安有平康坊，妓女所居之地。”此处喻妓院。

姜楷（清275）一首　题：和杜湘草。　注：调名原作一痕沙。

饭后偶然闲步▲便上扁舟一渡▲到了杜家园△笑声喧△

说道风光可意▲▲却有新词相寄▲▲春兴果然同△△到园中△△

沈榛（女）（清353）一首　题：春闺。

春色今年偏早▲帘外杏花开了▲无语倚栏杆△怯轻寒△

可奈愁人时候▲▲情绪浑如中酒▲▲午梦蓦然惊△△恨啼莺△△

周琼（女）（清402）一首　题：咏镜。

一片青铜如月▲①照出妾颜如雪▲雪月两堪夸△胜如花△

背地檀郎情顾▲▲恰似鸳鸯两个▲▲含笑倚郎肩△△月中仙△△

注：① 青铜：青铜镜。

顾贞观（清471）一首

残雪斑斑归路▲的的玉人风度▲①拥袖障清寒△恣他看△②

闻道昔游如昨▲▲添个洗红池阁▲▲掩冉压墙花△△③是谁家△△

注：① 的的：明艳貌。② 恣：任意。③ 掩冉：遮掩之意。

钱嫌（清 512）一首

簌簌风敲帘箔▲①庭角梧桐愁落▲花影半窗横△月三更△

金鸭微微香冷▲▲②半睡又还惊醒▲▲无赖数声钟△△③小墙东△△

注：① 帘箔：竹帘。② 金鸭：鸭形铜香炉。③ 无赖：百无聊赖也。

丁瑜（清 574）一首　题：秋闺。

帘外秋声何早▲染得叶儿黄了▲泪湿倚栏杆△怯衣单△

正是伤情时候▲▲新恨浓浓如酒▲▲好梦忽然惊△△梦中莺△△

查士英（女）（清 583）一首　注：调名原作一痕沙。

报道赤栏桥畔▲嫩柳新莺春半▲桃李烂如霞△野人家△

今日绿蘋红蓼▲▲冷露淡烟衰草▲▲何事景难留△△又深秋△△

纳兰性德（清 694）一首

深禁好春谁惜▲①薄暮瑶阶伫立▲②别院管弦声△不分明△

又是梨花欲谢▲▲绣被春寒今夜▲▲寂寂锁朱门△△梦承恩△△③

注：① 深禁：深宫。禁，皇城也。② 瑶阶：阶砌之美称。③ 承恩：皇帝召幸。

李继燕（清 699）一首　题：艻竹城。①

百叠溪山重复▲翠染半村茅屋▲一半润泥沙△野棠花△

花底人家红夕▲▲返照山烟斜入▲▲小市集屠酤△△②醉当垆△△

注：① 艻竹城：地名，在广东境。艻，音勒。② 屠酤：屠户、酒家。

吴秉钧（清 720）一首　题：山阴故里。①

朝住兰亭舒啸▲②暮返鉴湖垂钓▲③日落晚霞生△远山平△

月映小舟如鹜▲▲欲向酒家留宿▲▲更喜摘清波△△④晚菱多△△

注：① 山阴：清县名，今浙江绍兴。② 兰亭：绍兴名胜。③ 鉴湖：绍兴名湖。④ 摘清波：即采菱。

赵式（清 789）一首　题：晚霁。

花落一春无主▲又值黄梅苦雨▲雨后步山亭△远山青△

隐隐渔舟唱罢▲▲村村野烟如画▲▲茅屋两三家△△夕阳斜△△

毛健（清 941）一首

帘底烛花销尽▲惹得春痕春闷▲初月乍朦胧△①杏花风△

绣帐文鸾半卷▲▲②人在画屏前面▲▲道是没心情△△理银筝△△

注：① 初月：新月，也指初升的月亮。② 绣帐文鸾：绣有字画和鸾凤的帐帷。

张礼(清1290)一首　题：烟村杳霭。　注：调名原作一痕沙。

隔水人家何处▲门外绿杨红树▲遮断路三叉△小篱笆△

袅袅炊烟茅屋▲▲料是香秔初熟▲▲①荷插一翁归△△②背斜晖△△

注：① 秔：通粳，晚稻也。② 荷插：肩担铁锹。

杨夔生(清1308)一首

记得罗裙翻酒▲①暖傍香篝熏透▲②容易夕阳斜△泰娘家△③

几日薄阴愁闷▲▲不是新晴清润▲▲秋锦小房栊△△④雁来红△△

注：① 翻：翩翻，飞貌。② 篝：笼也。③ 泰娘：唐韦尚书家歌妓。后人以此喻歌妓。④ 锦：锦绣。房栊：房窗。

陆蒨(女)(清1531)一首　注：调名原作宴西园。

一院小桃红软▲长昼春明人倦▲香逗绿窗纱△压兰花△

翠锁庭前芳草▲▲梦破帘前啼鸟▲▲醉后怪销魂△△月黄昏△△

蒋敦复(清1568)一首　题：明妃出塞图。①

身在燕支山外▲②心在琵琶声内▲青冢是何人△汉功臣△③

万里胡天冰雪▲▲④千古蛾眉奇绝▲▲有女更仳离△△⑤蔡文姬△△⑥

注：① 明妃：即王昭君。② 燕支山：在甘肃山丹县东。③ 汉功臣：因昭君和番，汉朝得以平安。④ 胡：古称匈奴为胡。⑤ 仳离：即离别。⑥ 蔡文姬：蔡邕女，被掳入匈奴，后被曹操赎回。

徐楙(清1579)一首　题：梅。

莫道南枝开早▲①莫道北枝开少▲②总被占春先△岁寒天△

疑是小窗残月▲▲疑是夜窗残雪▲▲不有暗香来△△③费人猜△△

注：① ②南枝北枝：均指梅。《白帖》“大庾岭上梅，南枝落，北枝开”。大庾岭，又名梅岭，在广东韶州境，与江西交界。③ 暗香：喻梅花香。源出王安石《梅花》诗，有“雪送回舆认暗香”句。

戈成杰(清1599)一首

垂柳丝丝烟袅▲①风里絮云飞绕▲②小雨湿栏杆△正春寒△

朱户铜龙深闭▲▲③莫把纹帘钩起▲▲帘外即天涯△△况飞花△△

注：① 烟袅：如烟般缭绕。② 絮云：连绵不断之云。③ 铜龙：铜铸龙头门镮。

徐本立（清1684）一首

昨夜�屏春满▲①此夜绮窗天远▲有梦也难寻△系人心△

笛韵楼头呜咽▲▲别语邻舟凄绝▲▲一样可怜生△△不堪听△△

注：① 筠屏：竹屏风。

秋瑾（清1908）一首

恨杀回天无力▲只学子规啼血▲愁恨感千端△拍危栏△

枉把栏杆拍遍▲▲难诉一腔幽怨▲▲残雨一声声△△不堪听△△

车乘轨（现当88）二首　题：第一首，曹王庙。　注：1998年10月5日（中秋）作。曹王庙：在嘉兴南郊。为纪念北宋爱民名将武惠王曹彬（931—999）而建。

第二首，癸未初夏。　注：2003年5月18日作。

（1）拜佛烧香烟绕▲人满小城隍庙▲①月半必来求△②况中秋△

庙隐乌湾村里▲▲紧贴旧城鸳水▲▲③新路筑门前△△大桥连△△④

注：① 小城隍庙：即曹王庙，土人误作曹皇庙，又以讹传为小城隍庙。② 此句说每逢农历初一、十五，香客云集。③ 鸳水：鸳鸯湖，即南湖。④ 大桥：新建中之南湖大桥。

（2）九十春光少赏▲①四月清和补访▲②数度到林园△觅余妍△

草木依然葱翠▲▲可惜莺飞渐逝▲▲迎面拂熏风△△夏初浓△△

注：① 九十春光：春天三个月，约九十天，故言九十春光。② 四月清和：农历四月为清和月。

张振维（现当99）一首　题：过千亩塘，小轮中口占。　注：1985年作。千亩塘：在嘉兴油车港镇附近。

千亩塘边步月▲风送寒涛如雪▲蟹舍一灯红△照秋空△

明日晴霞万里▲▲短棹长歌人远▲▲②稻熟话丰年△△喜新天△△

注：① 远：远字与里字不叶韵。作者嗜酒，疑为醉字之误。

四十字　昭君怨　第二体，同第一体，但后段用韵同前段，与第一体换韵不同。

陆游（宋330）一首

昼永蝉声庭院▲①人倦懒摇团扇▲小景写潇湘△②自生凉△

帘外蹴花双燕▲帘下有人同见▲宝篆拆官黄△炷熏香△

注：① 昼永：昼长。② 潇湘：潇水与湘水，俱在湖南境。

蒋捷(宋580)一首

担子挑春虽小▲白白红红都好▲卖过巷东家△巷西家△

帘外一声声叫▲帘里丫鬟入报▲问道卖梅花△卖桃花△

徐士俊(明397)一首　题：西湖暑游，同陈白庵先生。

昨日南屏萧寺▲[①]今日西泠梅屿▲[②]销夏柳阴边△小篷船△

才买旗亭茶醉▲又趁莲塘香睡▲白雪映清涟△鹭鹚肩△

注：① 南屏萧寺：指南屏山净慈寺。② 西泠梅屿：西泠桥孤山梅林。

江广(明460)一首　题：杨柳烟。

低映垂帘庭院▲蝉语不知深浅▲断续好风牵△几曾闲△

侵晚翠筠同茜▲[①]浑了一山云片▲欹影几条妍△夕阳边△

注：① 侵晚：天渐晚；翠筠：翠竹也；同茜：同呈绛赤色。这句说，在夕阳下翠竹也呈绛色了。

彭孙贻(明504)一首　题：中秋。

记得去年时候▲双眼醉扶红袖▲[①]待月正当潮△[②]鲍家桥△

夜静露浓如酒▲潮满银河斗口▲弹尽郁轮袍△[③]月儿高△

注：① 红袖：指女子。② 潮：作者家在海盐，杭州湾边，有海潮。③ 郁轮袍：曲名。

缪永谋(明560)一首　注：调名原作一痕沙。

春泛碧溪水满▲叶叶渚蒲犹短▲独树老藤花△落晴沙△

行过石栏桥畔▲闲趁绿莎南岸▲桥外两三家△酒旗斜△

孙云鹤(女)(清1202)一首　题：即景。

风起满庭飞絮▲花落一帘春雨▲芳草似离情△逐时生△

昔日天涯归路▲欹枕屏山无数▲故里又清明△语流莺△

四十字　昭君怨　第三体，同第一体，但后段第三四句用韵同前段，不换第二种平韵。

施绍莘(明309)一首

欲雨却晴天气▲柳絮模糊雪霁▲一点杏红纱△隔篱笆△

淡淡夕阳春树▲▲莺啭送春名句▲▲何处吃新茶△就藤花△

易震吉(明444)二首　题：第一首，到眼。

第二首，河间道上。　注：调名原作一痕沙。河间：地名，今属河北省沧州市。

（1）到眼秋光都媚▲路枣垂垂红醉▲澹翠点遥空△认山容△
一路几多行客▲▲踏破平沙落叶▲▲野老坐溪东△剥莲蓬△

（2）村市初商麦价▲人在日中骑马▲杨柳路傍家△卖王瓜△①
沙雨尘风相送▲▲甚处今宵做梦▲▲古渡又斜阳△暮鸦忙△

注：① 王瓜：即黄瓜。

彭孙贻（明504）一首　题：秋日荡舟南山下。

绿涨长川西坝▲①荡桨半山脚下▲深水蓼花滩△把船弯△
折苇烹茶烟起▲▲惊觉鹭鹚沙嘴▲▲路断问鱼蛮△②出前山△

注：① 长川西坝：地名，属浙江海盐县，近海。② 鱼蛮：即渔夫。苏轼《鱼蛮子诗》："不如鱼蛮子，驾浪浮虚空。"

四十字　昭君怨　第四体，同第一体，但后段第一二句用韵同前段，不换第二种仄韵。

孙原湘（清1151）一首

花里一丝云影▲花外一声清磬▲晓露滴衣裳△满身香△
折得幽兰谁赠▲弹出瑶琴谁听▲一蝶绕人飞△△自依依△△

四十字　酒泉子　第一体，首句即平韵。

温庭筠（唐34）二首

（1）楚女不归△①楼枕小河春水▲月孤明，风又起▲杏花稀△
玉钗斜簪云鬟重▲▲裙上金缕凤▲▲②八行书，③千里梦▲▲雁南飞△

注：① 楚女：湘、鄂一带女子，指恋人。② 金缕凤：金线所绣凤凰。③ 八行书：指信。

（2）花映柳条△闲向绿萍池上▲凭栏杆，窥细浪▲雨潇潇△
近来音信两疏索▲▲洞房空寂寞▲▲掩银屏，垂翠箔▲▲度春宵△

毛熙震（五代十国23）一首

钿匣舞鸾△①隐映艳红修碧▲②月梳斜，云鬓腻▲粉香寒△
晓花微敛轻呵展▲▲袅钗金燕软▲▲③日初升，帘半掩▲▲对妆残△

注：① 此句说，钿匣上雕刻鸾舞。② 碧："碧"字与"腻"字不叶韵，作宽叶。③ 此句说燕形金钗柔软缭绕。

周积贤（明640）二首

（1）寒食风寒△谁倚画楼独望▲杏花堤，桃叶浪▲接长安△
玉关三月无春色▲▲月晚天山白▲▲小胡琴，番马笛▲▲恨漫漫△

（2）春到襄阳△①又唱铜鞮新曲▲②宝鞭斜，③银瓮熟▲④唤寻香△

相逢误结同心苣▲▲⑤变作相思缕▲▲柳梢烟，花叶雨▲▲望潘郎△⑥

注：① 襄阳：地名，属湖北省。② 铜鞮：曲名，又称襄阳白铜鞮。③ 宝鞭：指马鞭。④ 银瓮：酒瓮美称，此处指酒。⑤ 苣：蔬菜名，莴苣。⑥ 潘郎：本美男子潘安，后对恋人的泛称。

四十字　酒泉子　第二体，与第一体同，但首句不叶韵。

孙光宪（五代十国 24）一首

敛态窗前，袅袅雀钗抛颈▲①燕成双，鸾对影▲偶新知△②

玉纤淡拂眉山小▲▲③镜中嗔共照▲▲④翠连娟，⑤红缥缈▲▲早妆时△

注：① 此句说：将缭绕雀形钗抛丢于颈。② 偶：匹配。③ 玉纤：形容女子手指纤细。④ 嗔：薄怒。⑤ 连娟：细曲貌，指画眉。

四十字　酒泉子　第三体，同第一体，但前段第三四句并成六字一句，且不叶韵。

卞赛（明 542）一首　题：咏镜。

拭却轻尘△掩映玉台辉发▲一轮蟾蜍同影，①最宜人△

春纤巧试调金粉▲▲②窗外花影近▲▲绾巫云，③描黛韵▲▲④好传神△△

注：① 蟾蜍：即月。② 春纤：指女子纤指。③ 巫云：喻发。④ 黛韵：喻眉。

四十字　添字杨柳枝　第一体，用平仄两韵，前后段均第一三句七字，二四句三字。

顾夐（五代十国 15）一首

秋夜香闺思寂寥△漏迢迢△鸳帏罗幌麝烟销△烛光摇△

正忆玉郎游荡去▲无寻处▲更闻帘外雨潇潇△滴芭蕉△

张泌（五代十国 33）一首

腻粉琼妆透碧纱△雪休夸△金凤搔头堕鬓斜△发交加△

倚着云屏新睡觉▲思梦笑▲红腮隐出枕函花△有些些△

李渔（清 31）一首　题：春恨。

草色青青柳色黄△学浓妆△桃花历乱李花香△①为春忙△

东风不为吹愁去▲空飞絮▲春日偏能惹恨长△闰思量△③

注：① 历乱：杂乱。② 惹：招引。③ 闰：多也。

仲恒（清 177）一首　题：闺情。

风送幽香微逗帘△袭春衫△闲闻新燕语呢喃△恨新添△

槛外萱花开更好▲女奴笑▲摘来强亚鬓云簪△[1]道宜男△[2]

注：① 亚：压也。② 宜男：多子也。

陈维崧（清 196）二首　题：人日过畹仙校书家。[1]

（1）几阵帘风漾雪肤△正春初△小姑年小理清歈△[2]怯氍毹△[3]

浅道胜常钗胜转▲[4]红幡软▲[5]笼中鹦鹉为谁呼△似留予△

注：① 人日：农历正月初七称人日；校书：此指妓女。② 歈：吴歌也。③ 氍毹：音瞿输，毛织物，地毯也。④ 胜常：古代妇人见面吉祥语，即万福。⑤ 幡：旗帜。

（2）兰焰平明一缕微△[1]弄余辉△含娇和梦换春衣△傍床帏△

手拈红绶通眉语▲[2]凭郎主▲郎看筝雁会翻飞△[3]便须归△

注：① 兰焰：蓝色火苗。② 绶：丝绦也。③ 筝：风筝。

史惟圆（清 221）一首　题：妓馆。

曳地蓝罗裙上花△[1]几枝斜△小姑闲坐理筝琶△隔窗纱△

六尺湘帘晴不卷▲[2]春寒浅▲嫩苔新绿长兰芽△认卿家△[3]

注：① 曳地：拖地。② 湘帘：斑竹帘。③ 卿：对恋人的昵称。

朱澜（女）（清 227）一首

雨酥云淡日迟迟△[1]小春时△红红绿绿上新枝△一丝丝△

可可妙人亲觌面▲天怜见▲三条弦上合新词△[2]挂枝儿△[3]

注：① 酥：萧疏。② 此句说，在三弦上谱新词。③ 挂枝儿：词曲名。

朱彝尊（清 288）一首　题：会稽春游。　注：此词系集前人之句缀成，括号内为原作者姓名。

渠柳条长水面齐（王建）△燕衔泥（韦应物）△光潭竹屿傍幽溪（储光羲）△草萋萋（岑参）△

油壁车轻苏小小（罗隐）▲向君笑（李白）▲玉堂春酒正堪携（岑参）△若耶溪（杜甫）△

黄琬璚（女）（清 1474）一首

寂寞闲阶夜悄时△漏迟迟△传秋一叶井桐知△雨如丝△

残梦阑珊人倚醉▲钗斜缀▲香销瑞脑冷金猊△[1]画帘垂△

注：① 瑞脑：龙脑香；金猊：狮形香炉。

赵我佩（女）（清 1557）一首

半卷香帘烛影摇△夜迢迢△此时情绪已魂销△掩轻绡△

人瘦花残秋去了▲愁多少▲芭蕉窗外更无聊△雨潇潇△

四十字　添字杨柳枝　第二体，前后段均四句五字，全用平韵。

王偁（明35）一首

春光晓渐饶△[1]杨柳暗宫桥△[2]嫩叶凝愁黛，[3]纤衣倦舞腰△

只应悲成笛，那解窣兰桡△[4]更待花如霰，[5]红颜为尔凋△

注：① 饶：多也、丰厚也。② 宫桥：皇宫中桥。③ 黛：黛眉。④ 兰桡，精致船桨。⑤ 霰：雪珠，喻散落。

四十字　蝴蝶儿

张泌（五代十国33）一首

蝴蝶儿△晚春时△阿娇初着淡黄衣△[1]倚窗学画伊△

还似花间见，双双对对飞△无端和泪拭胭脂△惹教双翅垂△

注：① 阿娇：指蝴蝶。

陈士祥（清53）一首　题：春词。

蝴蝶儿△拂花枝△纱窗小女学新诗△拈来微咏之△

倦则和花睡，双双似有私△相看陡地动人思△[1]停毫不语时△[2]

注：① 陡地：突然。② 毫：毛笔也。

董元恺（清423）一首　题：本意，和张泌韵。

蝴蝶儿△绣窗时△怪他轻薄上郎衣△停针试觑伊△

且把罗帏扑，休教捉对飞△褪残香粉画胭脂△依然双翅垂△

叶寻源（清769）一首

蝴蝶儿△粉墙西△一双高下逐晴丝△日长舞影迟△

思妇含颦绣，丫鬟扑扇随△两股情绪落花时△笑啼争为伊△

郭麐（清1208）一首

蝴蝶儿△早凉时△秋阴篱落数花须△[1]暂来粉翅垂△

宵梦惊风露，含情故故飞△[2]花前拍板对斜晖△别离知未知△

注：① 篱落：即篱笆。② 故故：屡屡。

赵起（清1421）一首

蝴蝶儿△晚风吹△恋他芳草不多时△阿侬心下知△[1]

才见轻轻别，还来故故飞△[2]怜侬尚未卜归期△[3]几回停舞衣△

注：① 阿侬：自称，即我。② 故故：屡屡。③ 侬：此处指蝴蝶；卜：问卜。

车乘轨（现当88）一首　题：本意。　注：1998年5月20日作。

蝴蝶儿△夏初时△越墙飘进我家嬉△石榴花上栖△

结对成双舞，高低左右飞△自由来去趁芳菲△①蝶痴人亦迷△

注：① 芳菲：花草香美也。作者绍兴故居有后园，内植水杉六株，石榴一枝，还有野草闲花。故蝴蝶不请自来。

四十字　踏歌词

谢偃（唐2）二首

（1）春景娇春台，新露泣新梅△春叶参差吐，①新花重叠开△

花影飞莺去，歌声度鸟来△倩看飘鹞雪，②何如舞袖回△

注：① 参差：不齐貌。② 鹞：鸟名，似鹰较小，腹白。

（2）夜久星沉没，更深月影斜△裙轻才动佩，①鬟薄不胜花△

细风吹宝袂，②轻露湿红纱△相看乐未已，兰灯照九华△③

注：① 佩：女子身上所挂饰物。② 袂：衣袖也。③ 兰灯：灯之美称；九华：以华彩为器物之饰，谓之九华。此处指九华帐。

四十字　醉公子（又名四换头）　第一体，用二仄韵，二平韵。

薛绍蕴（五代十国4）一首

慢绾青丝发▲①光研罗绫袜▲②床上小熏笼△韶州新退红△③

叵耐无端处▲▲④捻得从头污▲▲恼得眼慵开△△问人闲事来△△

注：① 绾：钩系也。② 光研：即研光、磨光也。③ 新退红：染料名，广东韶州产，又名韶红。④ 叵耐：不可耐也，叵，音颇。

顾夐（五代十国15）二首

（1）漠漠秋云淡▲①红藕香侵槛▲枕倚小山屏△金铺向晚扃△②

睡起横波慢▲▲独望情何限▲▲衰柳数声蝉△△魂销似去年△△

注：① 漠漠：广阔、迷蒙貌。② 金铺：铺，置于门上用以衔镮者。

（2）岸柳垂金线▲①雨晴莺百啭▲家住绿杨边△往来多少年△

马嘶芳草远▲▲高楼帘半卷▲▲敛袖翠蛾攒△△②相逢尔许难△△③

注：① 金线：喻柳丝。② 翠蛾：女子眉。③ 尔许：即如许、如此也。

董斯张（明322）一首　题：除夜。

守得伊先寝▲商量明日怎▲柏子扎花新△小姑专学人△

霎地今年旧▲▲五更三点溜▲▲一见一回鲜△△何妨又一年△△

蒋平阶（明559）一首

指甲榴花色▲捻得朝霞额▲露底采檀心△游蜂惯妒人△

宠爱分明见▲▲只在朝阳殿▲▲[1]醉醒眼笼开△△羊车来不来△△[2]

注：① 朝阳殿：皇后寝宫。② 羊车：指君王。《晋书》武帝掖庭，并宠者众，莫知所适，乘羊车恣其所之。

周积贤（明 640）二首

（1）小雨疏南陌▲[1]陌上香车湿▲归去倚青楼△[2]双蛾满镜愁△[3]

燕子飞来晚▲▲寂寞芳春短▲▲却怪额山黄△△[4]朝朝催晓妆△△

注：① 南陌：南郊。② 青楼：妓馆。③ 双蛾：双眉。④ 额山黄：古代女子额上涂黄色，以增美观。

（2）江水乘春涨▲渡口寒云浪▲片片客帆回△知郎来未来△

独卷明珠箔▲▲[1]又怨春山薄▲▲楼外小桃花△△枝枝交影斜△△

注：① 明珠箔：即珠帘。

龚翔麟（清 745）一首

马首山无数▲绿绕仙源去▲花外雨如丝△青青湿酒旗△

笑指垂阳碧▲▲未把红楼隔▲▲树杪有双鬟△△春风小画栏△△

四十字　醉公子　第二体，同第一体，但前段第一二句不叶韵。

尤侗（清 81）一首

何处贪杯酒▲愁杀闺中妇▲尚喜晚归家△刚留一盏茶△

扶得和衣睡▲▲冷却鸳鸯被▲▲不敢骂檀郎△△[1]喃喃咒杜康△△[2]

注：① 檀郎：对丈夫之昵称。② 杜康：人名。《博物志》杜康造酒。此处指酒。

四十字　醉公子　第三体，同第一体，但后段第一二句不叶韵。

秦昙（女）（清 823）一首

香囊垂绣凤▲是妾儿时弄▲微物讵堪珍△[1]怜他伴妾身△

红绵着花里，扣上同心缕，一缕一相思△△数来千万丝△△

注：① 讵：岂也。“讵堪珍”《众香词》作“何足珍”。

四十字　醉公子　第四体，同第一体，但后段第一二句同前段韵，不换韵。

庄盘珠（女）（清 1268）一首　题：寒食。　注：调名原作四换头。

日炙花鬟卷▲风筛花影乱▲燕子闹雕梁△春泥一夜香△

帘声知近远▲香闺惊梦短▲明日又清明△△杨枝插户青△△

四十字　醉公子　第五体，前段用仄韵，后段用平韵。

无名氏（唐 45）一首

门外猧儿吠▲[①]知是萧郎至▲[②]刬袜下香阶，[③]冤家今夜醉▲[④]

扶得入罗帏△不肯脱罗衣△醉倒从他醉，还胜独睡时△

注：① 猧儿：即犬。② 萧郎：对恋人之泛称。③ 刬袜：袜着地而行，即不穿鞋。④ 冤家：对所爱者嗔怒时所称。

四十一字　一井金

李鼐（宋 333）一首

绿阴清昼▲两茸茸，[①]梅子黄时候▲[②]华堂金兽▲[③]香润炉烟透▲舞燕回轻袖▲[④]歌风翻新奏▲院静人稀，永日迟迟花漏▲

注：① 茸茸：草发生貌。② 此句说：农历五月。③ 金兽：兽形铜香炉。④ 舞燕：舞时如燕轻盈。

四十一字　女冠子

温庭筠（唐 34）一首

含娇含笑▲宿翠残红窈窕▲鬓如蝉△[①]寒玉簪秋水，轻纱卷碧烟△

雪胸鸾镜里，[②]琪树凤楼前△[③]寄语青蛾伴，[④]早求仙△

注：① 鬓如蝉：鬓如蝉翼轻盈。② 雪胸：言其胸白如雪。③ 琪树：即玉树。玉树临风，喻其美而轻盈。④ 青蛾：喻少女。

韦庄（五代十国 1）二首

（1）四月十七▲正是去年今日▲别君时△忍泪佯低面，含羞半敛眉△

不知魂已断，空有梦相随△除却天边月，没人知△

（2）昨夜夜半▲枕上分明梦见▲语多时△依旧桃花面，频低柳叶眉△

半羞还半喜，欲去又依依△觉来知是梦，不胜悲△

牛峤（五代十国 3）二首

（1）绿云高髻▲[①]点翠匀红时世▲[②]月如眉△浅笑含双靥，[③]低声唱小词△

眼看惟恐化，魂荡欲相随△玉趾回娇步[④]，约佳期△

注：① 绿云：喻头发。② 时世：时代。此句说红绿妆饰入时。③ 靥：面颊微涡也，俗称酒窝。④ 玉趾：足之美称。

（2）星冠霞帔▲[①]住在蕊珠宫里▲[②]佩玎珰△明翠摇蝉翼，[③]纤珪理宿妆△[④]

醮坛春草绿，[⑤]药院杏花香△青鸟传心事，[⑥]寄刘郎△

注：① 星冠：道士帽；霞帔：发光道家披肩。② 蕊珠宫：上清境宫阙名，喻神仙居所。③ 蝉翼：蝉翼形发髻。④ 纤珪：喻女子细白如玉之手。⑤ 醮坛：道士设坛祈祷场所。⑥ 青鸟：西王母使者，喻

传递书信。

李珣(五代十国5)一首

春山夜静▲愁闻洞天疏磬▲[1]玉堂虚△细雾垂珠佩，轻烟曳翠裾△

对花情脉脉，望月步徐徐△刘阮今何处，[2]绝来书△

注：①洞天：神仙居所，喻观、庵。②刘阮：汉刘晨、阮肇入天台采药遇两仙女成婚故事。

欧阳炯(五代十国11)一首

秋宵秋月▲一朵荷花初发▲照前池△摇曳薰香夜，婵娟对镜时△[1]

蕊中千点泪，[2]心里万条丝△[3]恰似轻盈女，好风姿△

注：①婵娟：指女子。②蕊中：指荷花蕊。③心里：指蕊心。按此词系咏荷。

毛熙震(五代十国23)一首

修蛾慢脸▲[1]不语檀心一点▲[2]小山妆△蝉鬓低含绿，[3]罗衣淡拂黄△

闷来深院里，闲步落花傍△纤手轻轻整，玉炉香△

注：①修蛾：细长眉毛。②檀心：犹芳心。③蝉鬓：蝉翼形鬓发。

孙光宪(五代十国24)一首

淡花瘦玉▲依约神仙妆束▲[1]佩琼文△[2]瑞露通宵储，[3]幽香尽日焚△

碧纱笼绛节，[4]黄藕冠浓云△[5]勿以吹箫伴，不同群△

注：①依约：好似。②琼文：经文。③瑞露：瑞祥露水。④绛节：赤色符节。⑤这句说藕黄色道帽覆发。

姚青娥(女)(明258)一首

玉窗珠阁▲雾锁烟笼漠漠▲晓妆迟△遮雨檀心小，偎人星靥微△

黄莺沿水浴，锦雉啄花飞△多少伤春意，侍儿知△

朱一是(明454)一首　题：初夏。

绿阴郊外▲树树遮炎如盖▲揽芳华△梅脆才如豆，谷甜乍发芽△

轻刀挑嫩笋，缓火焙新茶△眼底乡风好，羡家家△

曹尔堪(清69)一首　题：秋日述怀。

淡烟浓水▲正值江南秋美▲力田嘉△[1]小巷晴收秫，[2]山厨晚煮瓜△

鹅黄家酿酒，[3]猩赤手栽花△一雨重阳近，觉寒些△

注：①力田嘉：勤于农事美好。②秫：音熟，禾稷之粘者，可酿酒，如粳米、高粱等。③鹅黄：娇美之黄色。

赵维烈(清99)一首　题：雏妓。[1]

蛾眉蝉鬓▲正是破瓜时近▲[2]最可怜△口脂鲜红润，腰疑柳态绵△

昵人佯冷落，欲语故迁延△暂作天边月，此时圆△

注：① 雏妓：小妓。② 破瓜：十六岁。

徐元美（清131）一首　题：山居。

碧云深处▲我欲移家来住▲爱清幽△山色横窗入，泉声傍枕流△

钟鸣云外寺，树影雨中楼△更有携琴客，与绸缪△

朱彝尊（清288）一首

莺篁软语▲小店槐阴无暑▲索寒浆△一笑千金值，双蛾半额长△

爱他黄竹子，织就女儿箱△那得银钉下，卷衣裳△

王初桐（清1015）一首

霁痕清润▲[1]睡觉满帘花影▲竹梧旁△龟甲屏双扇，鱼鳞簟一床△

砚开莲叶小，纸劈柳芽黄△新试簪花格，[2]十三行△

注：① 霁：雨雪止曰霁。② 簪花格：书法名，言书法便娟有余也。

郭麐（清1208）一首　题：赠双修庵女尼韵香，一号清微。

清宵更永▲[1]微月度云无影▲踏苍苔△试问三生事，[2]谁修双笑来△

房深香似雾，人澹韵如梅△[3]记取栏杆外，玉簪开△[4]

注：① 更永：更鼓长。② 三生：三世转世之意。③ 澹：恬静也。④ 玉簪：花名，因含蕊如簪头，故名。秋后开花。

车乘轨（现当88）一首　题：暮春绍兴九里村览景。　注：2002年5月12日作。九里村在绍兴稽山门外九华里。

惠风和畅▲九里桑园宽广▲树成行△翠叶盈盈茂，红椹累累藏△[1]

云端斜日赤，山麓寺墙黄△[2]佛号钟声里，女僧忙△[3]

注：① 红椹：红紫色桑实。② 寺：法印寺，在桑园东山麓。③ 女僧：法印寺现有僧尼7人，住持月华。

四十一字　中兴乐（又名西兴乐）　第一体，用平仄两韵。

毛文锡（五代十国12）一首

豆蔻花繁烟艳深△丁香软结同心△翠鬟女，相与共淘金△

红蕉叶里猩猩语▲鸳鸯浦▲镜中鸾舞▲丝雨隔，荔枝阴△

四十一字　中兴乐　第二体，同第一体，但后段第三四句换第二种仄韵。

陆求可（清70）一首　题：立春。

宝骑迎来日载阳△东郊瑞绾晴光△①土牛畔，②野老话农桑△

洞庭春色黄柑子▲梅园里▲五辛盘举▲▲③斟酌处▲▲景初长△

注：① 绾：钩系。② 土牛：即春牛，旧俗，立春日牵土牛迎春。③ 五辛：《风土记》元旦，楚人上五辛盘。《本草》以葱、蒜、韭、芥、蓼蒿等五辛味组成之盘。

四十一字　玉蝴蝶

姚青娥（女）（明258）一首

越罗初绣双鸾△①臂小绾猫环△②试点郁金油，③花酥腻粉山△

昵人红玉软，④娇妒翠眉攒△半醉带郎冠△⑤暗中试小鬟△

注：① 越罗：绍兴一带生产之丝罗。② 绾：钩系也。③ 郁金油：郁金香油。④ 昵人：缠人。⑤ 冠：帽子。

四十一字　生查子

牛希济（五代十国7）一首

春山烟欲收，天淡稀星小▲残月脸边明，别泪临清晓▲

语已多，情未了▲回首又重道▲记得绿罗裙，处处怜芳草▲

孙光宪（五代十国24）一首

寂寞掩朱门，正是天将暮▲暗淡小庭中，滴滴梧桐雨▲

绣工夫，牵心绪▲配尽鸳鸯缕▲待得没人时，偎倚论私语▲

张一鹄（清383）一首　题：春闺。

愁生芳草烟，不共飞花扫▲雏鸟试春娇，睡起添烦恼▲

妆已成，香未了▲帘卷晴光好▲一望柳条新，遮住斜阳道▲

四十一字　春光好　第一体，用六句平韵。

欧阳炯（五代十国11）一首

垂绣幔，掩云屏△思盈盈△双枕珊瑚无限情△翠钗横△

几见纤纤动处，①时闻款款娇声△②却出锦屏妆面了，理秦筝△③

注：① 纤纤：指女人指。② 款款：缓缓也。③ 秦筝：筝，乐器也。因筝系秦将蒙恬所创，故冠以秦字。

和凝（五代十国16）一首

蘋叶软，杏花明△画船轻△双浴鸳鸯出绿汀△棹歌声△①

春水无风无浪，春天半雨半晴△红粉相随南浦晚，②几含情△

注：① 棹歌：船歌。棹，船桨也。② 红粉：指女郎；南浦：古诗词中常以南

浦泛指送别之处。

马朴(明233)一首　题：立春。

迎旭日，对条风△①看郊东△淑气韶光处处同△②喜春融△

彩仗土牛农事，③罗幡钗燕女工△④腊酒辛盘看社鼓，庆年丰△

注：① 条风：本东北风，后多指春风。② 淑气：温和之气；韶光：美丽风光，即春景。③ 此句说排彩仗，牵春牛，迎接耕种。④ 罗幡：罗制春幡；钗燕：燕形钗；女工：女子活计。

吴敬所(明263)一首

春已矣，树浮青△少啼莺△数点催花雨弄声△不可听△

心事千头千脑，幽斋孤影孤形△试问玉人曾约否，半应承△

商景兰(女)(明424)一首　题：坐河桥新楼。

山色秀，水纹清△落花轻△沙上鸳鸯泛绿汀△棹归声△

小鸟如啼如话，春光乍雨乍晴△一派霞光催日暮，月东升△

彭孙贻(明504)一首　题：花烛词。

朱户启，绣帘开△美人来△徐上香车傍玉阶△颤金钗△

春夜不晴不雨，香云非雾非埃△此夕飞琼寻伴侣，①会瑶台△②

注：① 飞琼：许飞琼，西王母侍女，此处喻美人。② 瑶台：西王母居所。

万惟檀(明530)一首

柳线舞，杏花开△燕飞来△公子游春兴未衰△笑登台△

墙内秋千高揭，花间蛱蝶无猜△九十韶光休负也，尽诗才△

李妍(女)(明599)一首　题：送别。　注：一作葛宜著。

梅叶放，桃花明△正啼莺△无奈扁舟君欲行△几含情△

愁深不日不月，春寒乍雨乍晴△南北东西芳草路，忍青青△

烟霞逸士(明652)一首　题：舟中美人。　注：《巧联珠》闻友咏方小姐。

花乱雨，柳初晴△木兰轻△①香拥仙娃水面行△盼卿卿△

眼角不离秋水，眉边犹带春颦△②身影自怜波影瘦，忒多情△

注：① 木兰：木兰舟。② 春颦：含有春意的眉蹙。

王庭(清21)一首　题：本意。

晴日丽，雨花新△正当春△船小清波陌上尘△逐情人△

轻踏枝边莺路，徐看水面鸳纹△舞欲随风歌遏云，有红裙△

王士禄(清214)一首　题：秋千。

红索软，锦旗平△蝶裙轻△①一倍春光照眼明△殢初莺△②

人是如云如月，天看非雨非晴△仿佛似闻花影里，坠钗声△

注：① 蝶裙：形容裙之轻薄。② 殢：留恋。

史惟圆（清 221）一首　题：本意。

珠露滴，锦云遮△①翠烟斜△粉痕轻污碧桃花△一些些△

画桨船通何处，茜裙人是谁家△②只有红襟双燕子，到窗纱△

注：① 锦云：美云。② 茜裙：绛赤色裙。

吴绡（女）（清 235）一首

风力软，新晴天△柳如烟△水满平湖看画船△簇神仙△①

百舌黄鹂交语，②一声一啭堪怜△③好花多在鬓云边，晓妆鲜△

注：① 神仙：喻美女。② 百舌：鸟名，伯劳之一种。③ 啭：鸟鸣也。

赵吉士（清 279）一首　题：栾枝。①

攒碎锦，斗芳容△画楼东△剪出娇枝别样工△一丛丛△

浅晕临风灼灼，②粉腮着雨濛濛△戏向花神呼小字，小桃红△

注：① 栾枝：原注：一名小桃红。② 灼灼：明也。

王晫（清 445）一首　题：春游即事。①

催梦醒，鸟声柔△唤人游△烟外垂杨绿影浮△雨初收△

似趁东风吹去，穿花渐近高楼△翠幕忽搴人面露，②惹春愁△

注：① 即事：就眼前事物而言。② 搴：音牵，拉开也。

余光耿（清 652）一首

东风歇，雨痕收△曙光游△鸟语玲珑上玉钩△唤春游△

春水春山烟嫩，春光春酒香柔△陌上谁家春馌女，①尽风流△

注：① 春馌：春天送田食也。

曹士勋（清 843）一首　题：春恨。

桐花节，①杏花天△柳如烟△燕子双将帘幕穿△舞蹁跹△②

画阁游丝袅袅，③锦江流水潺潺△④空抱春风无限恨，倩谁怜△

注：① 桐花节：暮春时节。② 蹁跹：形容优美的舞姿。③ 游丝：指蛛丝、青虫丝；袅袅：缭绕貌。④ 锦江：江之美称；潺潺：水声。

薛琼（女）（清 844）一首

抛菱镜，①罢晨妆△倚南窗△风洒桐花点笔床△②彩毫香△③

梦里曾拈佳句，醒来更费思量△一半模糊思不起，系人肠△

注：① 菱镜：菱花宝镜。② 笔床：笔架。③ 毫：笔也。

杨汝燮（清1278）一首

蛾黛皱，①怯春风△下帘栊△②鸾钗斜亸鬓云松△③脸霞红△

早是恹恹仍睡，④小鬟未解愁衷△却道困人天气暖，晓妆慵△

注：① 蛾黛：喻眉。② 帘栊：窗帘。③ 斜亸：斜垂。④ 恹恹：病态。

冯江（清1898）一首

人倦绣，月初明△启窗棂△①和花私语怕人听△不闻声△

背却银釭独睡，②揭开罗帐轻轻△推枕故教金钏响，③搅郎醒△

注：① 窗棂：方格窗。② 银釭：灯也。③ 钏：臂镮也，即手镯。

四十一字　春光好　第二体，同第一体，但前段第四句不叶韵。

欧阳炯（五代十国11）三首

（1）天初暖，日初长△好春光△万汇此时皆得意，①竞芬芳△

笋迸苔钱嫩绿，花限雪坞浓香△②谁把金丝裁剪却，③挂斜阳△

注：① 汇：类也。② 花限：边侧地花丛；雪坞：雪堆成之小堡。③ 金丝：喻柳丝。

（2）花滴露，柳摇烟△艳阳天△①雨霁山樱红欲烂，②谷莺迁△③

饮处交飞玉斝，④游时倒把金鞭△⑤风飐九衢榆叶动，⑥簇青钱△⑦

注：① 艳阳天：风景佳丽之春天。② 雨霁：雨止也。③ 谷莺：山谷中莺。④ 斝：音假，酒器也。⑤ 金鞭：马鞭也。⑥ 飐：风吹摇动的样子；九衢：九达之衢道。⑦ 青钱：榆叶似钱。

（3）胸铺雪，脸分莲△理繁弦△纤指飞翻金凤语，转婵娟△

嘈囋如敲玉珮，①清泠似滴香泉△②曲罢问郎名个甚，③想夫怜△④

注：① 嘈囋：嘈杂声。② 清泠：清之甚也。③ 个甚：是什么也。④ 想夫怜：曲名。

王凤娴（女）（明159）一首　题：立春。

香径软，万山明△试罗轻△碧草萌芽遍远河，殢游情△①

好鸟调歌弄舌，鸣鸠呼雨呼晴△②十二珠楼帘尽卷，按新声△③

注：① 殢：音替，困极也，也可解作留恋。② 鸠：鸟名，对晴雨极敏感，常事先呼鸣，且晴雨鸣声不同。③ 按新声：击拍新词曲。

沈忆年（明641）一首

春光好，小楼晴△画筵明△①帘外海棠花影，自相迎△

燕子双飞何处，玉人头上风轻△笑倚新妆寻阿母，眼潮生△[2]

注：① 画筵：绘画竹席。筵，竹席也。② 眼潮：眼泪如潮。

李渔（清31）一首

春光好，画船多△泛晴河△试问几家船上，没娇娥△

香雾喷来红袖，娇情透出轻罗△酒后不堪重覆饮，奈他何△

陆求可（清70）一首　题：佳人折花。

妆初罢，鸟关关△[1]倚栏杆△怪杀无端蜂蝶，扇驱还△

一架蔷薇娇艳，金莲移向花间△[2]折得小枝香在手，插云鬟△

注：① 关关：鸟声和也。② 金莲：喻古代女子小足。

杜首昌（清360）一首　题：河北行春。

莺睍睆，[1]鸟钩辀△[2]叫人游△信步踏将青去，草温柔△

烟衬柳芽增媚，春悭梅蕊含愁△总是东皇留意处，做风流△

注：① 睍睆：清和圆转之意。② 钩辀：象声词，鸟叫也。

傅燮詷（清558）一首　题：春游。

杨柳绿，海棠开△锦成堆△[1]簇簇游人坐碧苔，[2]笑传杯△[3]

淑气尽催寒去，[4]轻风暗行香来△拼得接篱颠倒着，[5]醉扶归△

注：① 锦：喻美。② 簇簇：丛聚也。③ 传杯：传递酒杯。④ 淑气：温和气氛。⑤ 接篱：头巾。

四十一字　春光好　第三体，同第二体，但后段第一句平韵。

张元幹（宋243）二首

（1）疏雨洗，细风吹△淡黄时△不分小亭芳草绿，映帘低△

楼下十二层梯，日长影里莺啼△倚遍栏杆看尽柳，忆腰肢△

（2）吴绫窄，[1]藕丝重△[2]一钩红△[3]翠被眠时要人暖，着怀中△

六幅裙褶轻风△见人遮尽行踪△正是踏青天气好，[4]忆弓弓△[5]

注：① 吴绫：吴地所产之绫。② 藕丝：藕色衫。③ 一钩红：指红弓鞋。④ 踏青：清明游春。⑤ 弓弓：女子弓鞋。

潘钟瑞（清1692）一首　题：何长庚（元熙）画蔬果卷，分余樱桃梅子。

流齿涩，点肤浓△占熏风△[1]小摘筠篮珠露湿，[2]出花丛△

夏头春尾相逢△[3]艳情牵引吴侬△[4]刚替方回添个伴[5]，是红红△[6]

注：① 熏风：即南风。② 筠篮：竹篮。③ 夏头春尾：指立夏时节，立夏例吃樱桃。④ 吴侬：指苏州人。⑤ 方回：贺铸，字方回，人称贺梅子，这

里指梅子。⑥ 红红：唐代元和间歌妓，因总穿红色衣裙，所以人称"红红"，这里指樱桃。

四十一字　春光好　第四体，同第三体，但后段第二句分三字二句，平韵。

张才翁（宋70）一首

烟澹澹，雨濛濛△水溶溶△贴水落花飞不起，小桥东△

翩翩怨蝶愁蜂△绕芳丛△恋余红△不恨无情桥下，恨东风△

周寿昌（清1625）一首　题：柳絮。

飘月晓，荡春柔△趁烟浮△飞过小桥更飞上，画桥头△

衔来双燕啁啾△绕高楼△逐扁舟△不怨东风吹作雪，怨东流△

四十一字　春光好（又名愁倚阑令）　第五体，同第三体，但后段第二句为七字，第三句为六字。

程垓（宋368）一首　题：三荣道上赋。　注：调名原作愁倚阑令。

山无数，雨潇潇△路迢迢△不似芙蓉城下去，柳如腰△

梦随春絮飘飘△知他在、第几朱桥△说与杜鹃休唤，怕魂销△

汤显祖（明236）一首　注：调名原作愁倚阑令，见《紫箫记》第十一出。

云花落，雨香飘△索春饶△①皱蹙柳丝吹不断，翠条条△

银蟾暗咽春朝△②知他在、第几朱桥△说与晓莺休唤，怕魂销△

注：① 索春饶：求取春天宽容。② 银蟾：指月。

四十一字　纱窗恨

毛文锡（五代十国12）一首

新春燕子还未至▲一双飞△垒巢泥湿时时坠▲涴人衣△①

后园里看百花发，香风拂、绣户金扉△②月照纱窗，恨依依△

注：① 涴：即污。② 金扉：门之美称。

四十一字　酒泉子　第一体，用平仄两韵，后段换第二种仄韵。

温庭筠（唐34）一首

罗带惹香△犹系别时红豆▲泪痕新，金缕旧▲断愁肠△

一双娇燕语雕梁△还是去年时节▲▲绿阴浓，芳草歇▲▲柳花狂△

顾敻（五代十国15）一首

杨柳舞风△轻惹春烟残雨▲杏花愁，莺正语▲画楼东△

锦屏寂寞思无穷△还是不知消息▲▲镜尘生，泪珠滴▲▲损仪容△

冯延巳（五代十国 26）一首

楚女不归△楼枕小河春水▲月孤明，风又起▲杏花稀△

玉钗斜插鬓云垂△裙上缕金双凤▲▲八行书，千里梦▲▲雁南飞△

四十一字　酒泉子　第二体，同第一体，但后段第一句换第二种仄韵。

韦庄（五代十国 1）一首

月落星沉△楼上美人春睡▲绿云倾，①金枕腻▲画屏深△

子规啼破相思梦▲▲②曙色东方才动▲▲柳烟轻，花露重▲▲思难任△

注：① 绿云：指发髻。② 子规：即杜鹃。

曹溶（清 48）一首　题：春情。

翠陌人遥△和泪银泥欲滴▲帐中香，墙外笛▲冷春宵△

画裙空绾鸳鸯带▲▲梦去重帘相碍▲▲月嫌明，花倦戴▲▲待归桡△

冯梦祖（清 153）一首　题：春。

日暖风柔△吹动陌头春色▲①杏花红，桃蕊碧▲入重楼△

画屏开幰秋千架▲▲②绿鬓赤绳齐下▲▲宝钗垂，金舄挂▲▲③好风流△

注：① 陌头：田间道路。② 幰：帏也。③ 舄：鞋也。

四十一字　诉衷情（又名桃花水）　**第一体，平韵。**

魏承班（五代十国 6）二首

（1）高歌宴罢月初盈△①诗情引恨情△烟露冷，水流轻△思想梦难成△

罗帐袅香平△恨频生△思君无计睡还醒△隔层城△

注：① 初盈：初满、初圆。

（2）银汉云晴玉漏长△蛩声悄画堂△筠簟冷，碧窗凉△红蜡泪飘香△

皓月泻寒光△割人肠△那堪独自步池塘△对鸳鸯△

毛文锡（五代十国 12）一首

鸳鸯交颈绣衣轻△碧沼藕花馨△偎藻荇，映兰汀△和雨浴浮萍△

思妇对心惊△想边庭△何时解佩掩文屏△诉衷情△

郭士璟（清 9）一首　题：舟泛。　注：调名原作桃花水。

鱼吹花逐袅舟△①树影任中流△长堤下，短篱头△觑下紫色钩△②

来往镜中流△古扬州△小桥低日醉朱楼△转吴讴△

注：① 逐袅舟：追逐迂回之舟。② 紫色钩：指钓钩。

四十一字　诉衷情　第二体，同第一体，但后段第三句不叶韵。

汤显祖（明 236）一首　注：见《紫箫记》第三出。

红梅高簇小楼台△风和锦绣开△新睡觉，报春回△山枕映红腮△①

罗袖裛香媒△②步芳阶△从今蝶暖花融昼，几回来△

注：① 山枕：高枕也。② 裛：音邑，香袭衣也。

四十一字　诉衷情　第三体，结构与一二体迥异。

李应策（明 253）一首

杏红傅粉柳垂丝△芳径雨初滋△万叠呈岚吐翠△牧儿牛背嬉△

披青霭，①听黄鹂△踏遍东麓，转回南亩，看麦两歧△②

注：① 披青霭：身披青云。② 麦两歧：麦秀两歧，即麦生双穗。

四十一字　新荷叶

赵彦端（宋 314）二首　题：第二首，秀州（今浙江嘉兴）作。①

（1）雨细梅黄，去年双燕还归△多少繁红，尽随蝶舞蜂飞△

阴浓绿暗，正麦秋，①犹衣罗衣△香凝沉水，雅宜帘幕重围△

注：① 麦秋：农历四月。《礼》："孟夏之月……麦秋至。"按麦在孟夏（四月）始熟，犹稻之秋熟。

（2）玉井冰壶，人间有此清秋△笑语雍容，令从庭户初修△

迎风待月，香凝处，四卷帘钩△月波奇观，①未饶当日南楼△

注：① 月波：月波楼，嘉兴名胜。

四十一字　醉花间　第一体，后段第一句不叶韵。

毛文锡（五代十国 12）一首

休相问▲怕向问▲相问还添恨▲春水满塘生，鸂鶒还相趁▲

昨日雨霏霏，临明寒一阵▲偏忆戍楼人，久绝边庭信▲

方凤（明 126）一首　题：太湖。季五山及儿子筑同游，借一小舟。

闻湖好▲爱湖好▲权借渔船小▲摇过野山边，还许梅花早▲

把酒折梅枝，开襟眠细草▲残日唤人归，恍似游仙岛▲

尤侗（清 81）一首　题：春闺。

兰汤沐▲湘裙束▲懒把秋千蹴▲侬自理秦筝，郎自歌吴曲▲

花冠一笑偏，翠袖三熏足▲芙蓉帐底眠，春梦同郎续▲

张学仪（女）（清 433）一首　题：春闺。

兰闺静▲慵临镜▲燕语如相问▲春色有时消，幽恨何由尽▲

万点絮花飘，一江烟水暝▲流水共飞花，难比柔肠闷▲

李穆宣（清 1860）一首　题：春晓。

春风好▲春光老▲陌花花骢绕▲杨柳眼青青，盼到春归了▲

花落蝶未稀，波恬鱼跃早▲杜宇莫相催，省得侬烦恼▲

四十一字　醉花间　第二体，同第二体，但后段第一句叶仄韵。

毛文锡（五代十国 12）一首

深相忆▲莫相忆▲相忆情难极▲银汉是红墙，一带遥相隔▲

金盘珠露滴▲两岸榆花白▲风摇玉佩清，今夕为何夕▲

吴绮（清 90）一首

思时候▲忆时候▲时与春相凑▲把酒祝东风，种出双红豆▲

鸦啼门外柳▲逐渐教人瘦▲花影暗窗纱，最怕黄昏又▲

四十一字　醉花间　第三体，同第二体，但后段换第二种仄韵。

周积贤（明 640）一首

郎何处▲知何处▲何处留郎住▲春雨越罗寒，莫向成都去▲

珊瑚帘额小▲▲鹦鹉催妆早▲▲牛郎不解人，织女愁春老▲▲

四十一字　点绛唇（又名沙头雨、点樱桃、南浦月）　**第一体，除前后段首句外全叶仄韵。**

冯延巳（五代十国 26）一首

荫绿围红，梦琼家在桃源住▲画桥当路▲临水开朱户▲

柳径春深，行到关情处▲颦不语▲意凭风絮▲吹向郎边去▲

王禹偁（宋 1）一首

雨恨云愁，江南依旧称佳丽▲水村渔市▲一缕孤烟细▲

天际征鸿，遥认行如缀▲平生事▲此时凝睇▲谁会凭栏意▲

寇准（宋 4）一首

小陌轻寒，[1]社公雨足东风慢▲[2]定巢新燕▲湿雨穿花转▲

象尺熏炉，[3]拂晓停针线▲愁蛾浅▲飞红零乱▲侧卧朱帘卷▲

注：① 陌：田间道路。② 社公：土地神。③ 象尺：象牙尺。

林逋（宋 8）一首

金谷年年，[1]乱生春色谁为主▲余花落处▲满地和烟雨▲

又是离歌，一阕长亭暮▲王孙去▲萋萋无数▲南北东西路▲

注：① 金谷：园名，晋石崇有别墅金谷园，极华丽，后遂泛指花园。

韩琦（宋37）一首

病起恹恹，庭前花影添憔悴▲乱红飘砌▲滴尽真珠泪▲

惆怅前春，谁向花前醉▲愁无际▲武陵凝睇▲①人远波空翠▲

注：① 武陵：属湖南常德，有桃花源。

晏几道（宋71）一首

妆席相逢，①旋匀红泪歌金缕▲②意中曾许▲欲共吹花去▲

长爱荷香，柳色殷桥路▲③留人住▲淡烟微雨▲好个双栖处▲

注：① 妆席：有歌女陪酒的宴会。② 金缕：曲名。③ 殷桥：桥因洗红而来。李贺《休洗红》诗："卿卿骋少年，昨日殷桥见。"

魏玩（女）（宋87）一首

波上清风，画船明月人归后▲渐消残酒▲独自凭栏久▲

聚散匆匆，此恨年年有▲重回首▲淡烟疏柳▲隐隐芜城漏▲①

宝月禅师（宋90）一首

赋雪归来，绿窗一夜霜风紧▲也知春信▲消息南枝近▲

隐映斜阳，玉暖香成阵▲西湖景▲繁英有限▲只向东风尽▲

黄庭坚（宋101）一首

罗带双垂，妙香长恁携纤手▲①半妆红豆▲各自相思瘦▲

闻道伊家，终日眉儿皱▲不能勾▲泪珠轻溜▲裛损揉蓝袖▲②

注：① 妙香：喻女子；恁：即如此。② 裛：沾湿也；揉蓝：颜色名。

舒氏（女）（宋109）一首

独自临流，闷来强把栏杆凭▲旧仇新恨▲耗却来时兴▲

鹭散鱼潜，烟敛风初定▲波心静▲照人如镜▲少个年时影▲

注：① 作者为王彦龄妻，因不悦于翁，被休回娘家，因怀夫而作此词。

秦观（宋116）一首

醉漾轻舟，信流引到花深处▲①尘缘相误▲无计花间住▲

烟水茫茫，回首斜阳暮▲山无数▲乱红如雨▲不记来时路▲

注：① 信流：任其自流。

贺铸（宋121）三首

（1）红杏飘香，柳含烟翠拖金缕▲①水边朱户▲门掩黄昏雨▲

烛影摇红，一枕伤情绪▲归不去▲秦楼何处▲②芳草迷归路▲

注：① 金缕：金线，指柳丝。② 秦楼：指妓馆。

（2）见面无多，坐来百媚生余态▲后庭春在▲折取残红戴▲

小小兰舟，荡桨东风快▲和愁载▲缠绵难解▲不似罗裙带▲

（3）一幅霜绡，麝煤重腻纹丝缕▲掩妆无语▲的是销凝处▲

薄暮兰桡，漾下蘋花渚▲风留住▲绿杨归路▲燕子西飞去▲

周邦彦（宋128）一首

台上披襟，快风一霎收残雨▲柳丝轻举▲蛛网粘飞絮▲

极目平芜，应是春归处▲愁凝伫▲楚歌声苦▲村落黄昏鼓▲

方千里（宋133）一首

闲荡兰舟，翠娥仙袂风中举▲鸳鸯深浦▲绿暗曾来路▲

留恋荷香，薄晚慵归去▲还相顾▲练波澄素▲月上潮生处▲

朱淑真（女）（宋140）一首

风劲云浓，暮寒无奈侵罗幕▲髻鬟斜掠▲[①]呵手梅妆薄▲[②]

少饮清欢，银烛花频落▲恁萧索▲[③]春工已觉▲[④]点破梅香萼▲

注：① 掠：梳掠。② 梅妆：梳妆名。《初学记》宋武帝女寿阳宫主，人日（正月初七）卧檐下，梅花落于额上，成五出之花，号为梅花妆。③ 恁：如此。④ 春工：司春之神。

苏过（宋158）一首

高柳蝉嘶，采菱歌断秋风起▲晚云如髻▲湖上山横翠▲

帘卷西楼，过雨凉生袂▲天如水▲画栏十二▲少个人同倚▲

葛胜仲（宋159）一首　题：县斋愁坐。[①]

秋晚寒斋，藜床香篆横轻雾▲[②]闲愁几许▲梦逐芭蕉雨▲

云外哀鸿，似替幽人语▲[③]归不去▲乱山无数▲斜日荒城鼓▲[④]

注：① 斋：书房。② 藜床：藜木床。③ 幽人：隐居者。④ 鼓：更鼓。

曹组（宋170）二首

（1）小小朱桥，柳边人过横塘路▲[①]细风时度▲碧浪痕痕去▲

草软沙平，稳衬寻幽步▲花深处▲乱红飞舞▲回首春城暮▲

注：① 横塘：在苏州西南十里，塘上有桥，桥有亭，风景极佳。后泛指风景地。

（2）沉醉归来，洞房灯火闲相照▲[①]夜寒犹峭▲[②]信意和衣倒▲[③]

春梦虽多，好梦常常少▲纱窗晓▲风帏人悄▲花外空啼鸟▲

注：① 洞房：深邃之室。② 峭：薄寒也。③ 信意：随意。

叶梦得（宋174）一首　题：丙辰（1136）八月二十七日雨中与何咸亨小饮。

山上飞泉，漫留水下知何处▲乱云无数▲留得幽人住▲

深闭柴门，听尽空檐雨▲秋还暮▲小窗低户▲惟有寒蛩语▲

王庭珪（宋178）一首　题：上元鼓子词。

玉漏春迟，铁关金锁星桥夜▲暗尘随马▲明月应无价▲

天半朱楼，银汉星光射▲更深也▲翠蛾如画▲犹在凉蟾下▲

陈克（宋179）一首

曲陌春风，①谁家姐妹同墙看▲映花烘暖▲困入茸茸眼▲②

细马轻衫，倚醉偷回面▲垂杨转▲坠鞭却扇▲③白地肝肠断▲④

注：① 曲陌：曲折街巷。② 茸茸：指眉毛。③ 却扇：以扇掩面。④ 白地：无故。

朱敦儒（宋180）一首

客梦初回，卧听吴语开帆索▲①护霜云薄▲淡淡芙蓉落▲

画航无情，②人去天涯角▲③思量着▲翠蝉金雀▲④别后新梳掠▲

注：① 吴语：苏州一带方言；索：船缆。② 画航：船之美称。③ 天涯角：天涯海角，喻极远之地。④ 翠蝉金雀：皆首饰。

何籀（宋187）一首

春雨濛濛，淡烟深锁垂杨院▲暖风轻扇▲落尽桃花片▲

薄倖不来，①前事思量遍▲无由见▲泪痕如线▲界破残妆面▲②

注：① 薄倖：即无情，喻负心汉。② 界破：划破。

李清照（女）（宋207）二首

（1）蹴罢秋千，起来慵整纤纤手▲露浓花瘦▲薄汗轻衣透▲

见有人来，袜刬金钗溜▲①和羞走▲倚门回首▲却把青梅嗅▲

注：① 袜刬：袜着地也，即未穿鞋，形容慌急。

（2）寂寞深闺，柔肠一寸愁千缕▲惜春春去▲几点催花雨▲

倚遍栏杆，只是无情绪▲人何处▲连天芳树▲①望断归来路▲

注：① 连天：形容无边际；芳树：树之美称。

赵鼎（宋209）一首

香冷金猊，①梦回鸳帐余香嫩▲更无人问▲一枕江南恨▲②

消瘦休文，③顿觉春衫褪▲清明近▲杏花吹尽▲薄暮东风紧▲

注：① 金猊：狮形铜香炉。猊，狻猊，即狮。② 江南恨：作者对南宋偏居江

南不满。③ 休文：沈约，字休文。

向子諲(宋218)一首

冰雪肌肤，靓妆喜作梅花面▲[1]寄情高远▲不与凡情染▲

玉立风前，[2]闲把经珠转▲秋风便▲露收云卷▲水月光中见▲

注：① 靓妆：以粉黛妆饰，即打扮；梅花面：寿阳宫主人日卧檐下，梅花落于额上，成五出之花，号梅花妆。② 玉立：言人风标之美。

蔡伸(宋222)二首　题：第一首，丙寅(1146年)。

(1) 香雪飘零，[1]暖风着柳笼丝雨▲恼人情绪▲春事还如许▲[2]

宝勒朱轮，[3]共结寻芳侣▲东郊路▲乱红深处▲醉拍黄金缕▲

注：① 香雪：指梅花。② 春事：春景；如许：如此。③ 宝勒朱轮：骑马乘车。勒，马络头也。

(2) 梅雨初晴，画栏开遍忘忧草▲兰堂清窈▲高柳新蝉噪▲

枕上芙蓉，如梦还惊觉▲匀妆了▲背人微笑▲风入玲珑罩▲

陈与义(宋232)一首　题：紫阳寒食。[1]

寒食今年，[2]紫阳山下蛮江左▲竹篱烟锁▲何处求新火▲[3]

不解乡音，只怕人嫌我▲愁无那▲短歌谁和▲风动梨花朵▲

注：① 寒食：古节名，在清明前一日或二日。② 紫阳山：在湖南武冈县东七十五公里；蛮江：今资水，少数民族(当时称"蛮人")居地。③ 新火：寒食禁烟火，之后再乞新火。

申纯(宋234)一首

庭院深沉，迟迟日上荼蘼架▲芳丛潇洒▲妆点春无价▲

玉体香肌，好手应难画▲还惊讶▲春心荡也▲谁共游蜂话▲

张元幹(宋243)一首

小雨吹晴，坐来池上荷珠碎▲掉眉浓翠▲怎不教人醉▲

美盼流觞，[1]白鹭窥秋水▲天然媚▲大家休睡▲笑倚西风里▲

注：① 眄：斜着眼看，窥视

朱翌(宋256)一首　题：梅。

流水泠泠，[1]断桥横路梅枝亚▲[2]雪花飞下▲浑似江南画▲

白璧青钱，欲买春无价▲归来也▲风吹平野▲一点香随马▲

注：① 泠泠：水声。② 亚：压也。

侯寘(宋263)一首　题：金陵府会鼓子词。[1]

春日迟迟，[②]柳丝金淡东风软▲绿娇红浅▲帘幕飞新燕▲

玉帐优游，[③]赢得花间宴▲香尘远▲暂停歌扇▲沉醉深深院▲

注：① 鼓子词：杂剧歌词也。② 迟迟：徐行。③ 玉帐：美人之帐。

冯时行（宋 282）一首

江上新晴，闲撑小艇寻梅去▲自知梅处▲香满渔家路▲

路近疏篱，一树开如许▲留人住▲留人不住▲黯淡黄昏雨▲

张抡（宋 292）一首　题：咏春。

春入山家，杖藜独步登岩岫▲野花争秀▲弄蕊香盈袖▲

对景开怀，莫遣双眉皱▲春难久▲乱红飞后▲留得韶光否▲

曾觌（宋 296）一首

璧月香风，[①]万家帘幕烟如昼▲闹蛾雪柳▲[②]人似梅花瘦▲

行乐清时，莫惜笙歌奏▲更阑后▲满斟金斗▲且醉厌厌酒▲

注：① 璧月：月圆如璧玉。② 闹蛾：头饰也，蛱蝶状，所谓闹蛾儿也。

石孝友（宋 299）一首

霁景澄秋，[①]晚风吹尽朝来雨▲夕阳烟树▲万里山光暮▲

一带长川，自在流今古▲人何处▲月波横素▲[②]冷浸蒹葭浦▲[③]

注：① 霁景：雨止天晴景致；澄秋：清静秋天。② 月波横素：月光一片洁白。③ 蒹葭：芦苇也。

王十朋（宋 305）一首　题：咏荼蘼。

野态芳姿，枝头占得春长久▲怕钩衣袖▲不放攀花手▲

试问东风，花似当时否▲还依旧▲谪仙去后▲风月今难有▲

赵彦端（宋 314）一首

护雨烘晴，紫云缥缈来深院▲晚寒谁见▲红杏梢头怨▲

绝代佳人，万里沉香殿▲[①]光风转▲[②]梦余千片▲犹恨相逢浅▲

注：① 沉香殿：唐明皇与杨贵妃游乐之所。② 光风：谓雨已，日出而风，草木皆有光也。语出《楚辞》："光风转蕙。"

方有开（宋 327）一首　题：秋社。[①]

燕子依依，[②]晓来匆为谁归去▲澹云生处▲已觉宾鸿度▲

浅笑深颦，便面机中素▲乘鸾女▲琐窗琼宇▲会有明年暑▲

注：① 秋社：秋季祭后土神，合村同乐。② 依依：依恋。斯时燕将南去。

王千秋（宋 332）一首

何处春来，试烦君向钗头看▲舞翻飞燕▲①已拂春风面▲

白玉圆钿，②酌酒殷勤劝▲深深愿▲愿君长健▲岁与春共见▲

注：① 飞燕：指燕形钗，首饰也。② 钿：嵌金、玉，或蚌壳之饰物。

周必大（宋 339）一首　题：赠歌者小琼。

秋夜乘槎，①客星容到天孙渚▲②眼波微注▲待许牵牛渡▲

见了还非，重理霓裳谱▲③期无误▲几年一遇▲莫许周郎顾▲④

注：① 槎：竹木编成之舟。② 客星：听客；天孙：即织女星，喻小琼。此句说允许听客到小琼居所。③ 霓裳谱：曲名。④ 周郎顾：三国时周瑜，善音律。谚曰："曲有误，周郎顾。"

丘密（宋 361）一首　序：戊子（1168 年）之春……盖三月九日也，是日杨花甚盛。

花落花开，等闲不管流年度▲①旧游何处▲浅立空凝伫▲②

惊拍栏杆，忍见春将暮▲③凭风絮▲为人飞去▲散作愁无数▲

注：① 等闲：一般也。② 凝伫：聚精会神久立。③ 忍见：怎忍见也。

王炎（宋 365）一首　题：崇阳野火。①

雨湿东风，谁家燕子穿庭户▲孤村薄暮▲花落春归去▲

浪走天涯，②归思萦心绪▲家何处▲乱山无数▲不记来时路▲

注：① 崇阳：县名，在湖北武汉市西南。② 浪：流浪。

程垓（宋 368）一首

梅雨收黄，①暑风依旧闲庭院▲②露荷轻颤▲只有香浮面▲

挂起西窗，月淡无人见▲幽情远▲堕钗低扇▲好个凉方便▲

注：① 此句说黄梅雨已结束。② 暑风：热风；闲：即空。

赵长卿（宋 389）二首　题：第一首，柳。

第二首，春半。

（1） 春到垂杨，嫩黄染就金丝软▲丽晴新暖▲涌翠千山远▲

为甚年年，眉向东风展▲闲消遣▲欲归犹懒▲渔笛天将晚▲

（2） 轻暖轻寒，赏花天气春将半▲柳摇金线▲求友莺相唤▲

玉腕蛾眉，意眼频频眄▲歌喉软▲玉卮受劝▲一醉应相伴▲

赵师侠（宋 390）二首　题：第一首，观尤赛娘弈棋。

（1） 袅袅娉娉，①可人尤赛娘风韵▲②花娇玉润▲一捻春期近▲③

占路藏机，④已向棋中进▲都休闻▲酒旗花阵▲早晚争先胜▲

注：① 袅袅娉娉：宛转美貌。② 可人：爱人、意中人。③ 春期：男女

约会之期。④ 占路藏机：弈棋技巧。

（2）漠漠春阴，[1]褪花时候余寒峭▲[2]数声幽鸟▲[3]唤起帘栊晓▲

云鬓慵梳，淡拂春山小▲[4]情多少▲乱萦愁抱▲风里垂杨袅▲

注：① 漠漠：茂盛貌。② 褪花：花谢落也；峭：微寒。③ 幽鸟：幽隐之鸟。幽，隐也。④ 春山：指眉。

杨炎正（宋 398）一首

邂逅开尊，[1]眼前有个人纤软▲袖罗轻转▲[2]玉腕回春暖▲

韵处会多，只恼人肠断▲词将半▲近前相劝▲扑扑清香满▲

注：① 邂逅：不期而会。② 袖罗：罗袖，因平仄关系而颠倒。

俞灏（宋 408）一首

欲问东君，为谁重到江头路▲断桥薄暮▲香透溪云渡▲

细草平沙，愁入凌波步▲今何许▲愁春无语▲片片随流水▲[1]

注：① 水：此字不叶韵，若改“去”字较妥。

姜夔（宋 417）一首

燕雁无心，太湖西畔随云去▲[1]数峰清苦▲商略黄昏雨▲[2]

第四桥边，拟共天随住▲今何许▲[3]凭栏怀古▲残柳参差舞▲[4]

注：① 太湖：我国五大淡水湖之一，在浙北、苏南间。② 商略：筹划。③ 何许：不知何处。④ 参差：不齐貌。

宋自道（宋 454）一首

山雨初晴，余寒犹在东风软▲满庭苔藓▲青子无人见▲

好客不来，门外芳菲遍▲难消遣▲流莺声啭▲坐看芭蕉展▲

吴文英（宋 476）一首　题：试灯夜初晴。[1]

卷尽愁云，素娥临夜新梳洗▲[2]暗尘不起▲酥润凌波地▲

辇路重来，[2]仿佛灯前事▲情如水▲小楼熏被▲春梦笙歌里▲

注：① 试灯夜：即元宵。② 素娥：即嫦娥，此处泛指美人。③ 辇路：天子所经之路，指京城。

周晋（宋 480）一首　题：访牟存叟南漪钓隐。[1]

午梦初回，卷帘尽放春愁去▲昼长无侣▲自对黄鹂语▲

絮影蘋香，春在无人处▲移舟去▲未成新句▲一砚梨花雨▲

注：① 牟存叟：牟子才，字存斋，井研人，嘉定进士，爱吴兴山水，因家湖州之南门。叟，时牟年已迈。

萧允之(宋485)一首　题：记梦。

花径相逢，眼期心诺情如昨▲[①]怕人疑着▲佯弄秋千索▲[②]

知有而今，何以当初莫▲[③]愁难托▲雨铃风铎▲[④]梦断灯花落▲

注：① 眼期心诺：眼约心许之意。② 佯：假装。③ 莫：不可。④ 铎：大铃也。

朱埴(宋529)一首

绣被鸳鸯，宝香熏透蔷薇水▲枕边一纸▲明月人千里▲

宿酒初醒，[①]全不忺梳洗▲[②]抬纤指▲微签玉指▲[③]百色思量起▲[④]

注：① 宿酒：隔夜所饮酒。② 不忺：无兴趣欲也。③ 此句说：轻戴玉指环。签，贯也。④ 百色：各种各样。

李莱老(宋531)一首

绿染春波，袖罗金缕双鸂鶒▲[①]小桃匀碧▲香衬蝉云湿▲[②]

舞带歌钿，闲傍秋千立▲情何极▲燕莺尘迹▲芳草斜阳笛▲

注：① 鸂鶒：即紫鸳鸯。② 蝉云：蝉翼形发髻。

王茂孙(宋561)一首　题：莲房。

折断烟痕，翠莲初离鸳鸯浦▲玉纤相妒▲翻被专房误▲[①]

乍脱青衣，犹着轻罗护▲多情处▲芳心一缕▲都为相思苦▲

注：① 专房：特别宠爱也，指莲房。

徐瑞(宋599)一首

多事春风，年年绿遍江南草▲罗裙色好▲莫把相如恼▲

梦入瑶台，搔背麻姑爪▲[①]正惊觉▲杜鹃啼早▲一夜相思老▲

注：① 麻姑：仙女，手似鸟爪。见《神仙传》。

无名氏(宋614)一首

万木凋残，早梅独占孤根暖▲前村雪满▲昨夜南枝绽▲[①]

堪恨倚栏，容易吹羌管▲[②]飘琼片▲[③]翠蛾争选▲贴向桃花面▲

注：① 南枝：喻梅。《白帖》："大庾岭上梅，南枝落，北枝开。"② 羌管：西北少数民族乐器。③ 琼片：喻梅花。

王寂(金8)一首

疏雨池塘，一番雨过香成阵▲海榴红褪▲[①]燕语低声问▲

冰簟纱橱，[②]玉骨凉生润▲[③]沉烟喷▲[④]日长人困▲枕印斜红晕▲

注：① 海榴：即石榴，因来自外国，故名。② 冰簟纱橱：凉席蚊帐也。③ 玉骨：美人骨。④ 沉烟：沉香之烟。

元好问(金27)一首

十六芳年，锦儿娇小琼儿瘦▲[1]海棠红皱▲[2]却到愁时候▲[3]

天上歌声，未省人间有▲休回首▲渭城烟柳▲[4]肠断离亭酒▲

注：① 锦儿、琼儿：实指美人。② 海棠：形容脸美。③ 愁时候：喻妙龄怀春。④ 渭城：在陕西咸阳东。唐人王维有《渭城曲》，乃送别名诗。

张弘范(元12)一首

独上高楼，恨随春草连天去▲乱山无数▲隔断巫阳路▲[1]

信断梅花，惆怅人何处▲愁无语▲野鸦烟树▲一点斜阳暮▲

注：① 巫阳路：楚襄王梦与神女在巫山阳台欢会故事。

刘敏中(元19)一首　题：寄程雪楼。[1]

短梦惊回，北窗一阵芭蕉雨▲雨声还住▲斜日明高树▲

远望行云，送雨前山去▲山如雾▲断虹犹怒▲直入山深处▲

注：① 程雪楼：程钜夫号。

曾允元(元21)一首

一夜东风，枕边吹散愁多少▲数声啼鸟▲梦转纱窗晓▲

来时春初，去时春将老▲长亭道▲一般芳草▲只有归时好▲

程钜夫(元24)一首　题：送王荩臣。

绿鬓青云，王郎故是乘骢侣▲[1]阿龙风度▲[2]想在乌衣住▲[3]

带得春来，又共春归去▲江头路▲美人何处▲官柳吹风絮▲

注：① 乘骢侣：骑马客。② 此句说：高贵风格。③ 乌衣：乌衣巷，在南京秦淮河畔，东晋贵族王导居所。王荩臣姓王，故云。

蒲道元(元40)一首　题：赋野荼蘼。

玉蕊璁珑，[1]绕篱盈树知谁种▲碧云堆重▲化作飞琼洞▲[2]

勾挽春衫，袅袅珠缨弄▲[3]风微动▲行人飞控▲更着清香送▲

注：① 璁珑：明洁貌。② 飞琼：许飞琼，西王母侍女。③ 袅袅：音鸟，风动貌。

张翥(元69)一首　题：舟行书见。

风起云飞，兰舟竞入横塘住▲[1]恼人何处▲隔岸花弄雾▲

一水盈盈，[2]难送凌波步▲[3]空相觑▲正如牛女▲[4]隔断银河路▲

注：① 兰舟：舟之美称。② 盈盈：水清浅也。③ 凌波步：步履轻盈。④ 牛女：牛郎、织女。

邵亨贞(元86)一首

极目平芜，[1]渚寒烟暝秋波远▲凫鹭散乱▲[2]黯黯天涯晚▲

蟹壮莼香，村瓮家家满▲频相见▲幽怀共展▲剪烛巴山馆▲[3]

注：① 芜：荒草杂乱。② 鹭：水鸟名，即鸥。③ 剪烛：喻夜话。

杨基（明 12）二首　题：第一首，咏柳。

第二首，咏莺。

（1）袅袅婷婷，[1]为谁僝僽腰如把▲[2]小桃相亚▲[3]低拂前檐瓦▲

深处莺藏，不怕金丸打▲[4]章台下▲几株如画▲系着青骢马▲

注：① 婷婷：美好貌。② 僝僽：烦恼，此处作怨苦。③ 亚：即压。④ 金丸：铅弹。

（2）何处飞来，梅梢一点黄金小▲哢晴催晓▲[1]喉舌如簧巧▲

春梦须臾，[2]正绕江南道▲空相恼▲被他惊觉▲绿遍池塘草▲

注：① 哢：鸟鸣也。② 须臾：片刻。

董纪（明 29）一首

睡起鸳帏，绿纱窗外莺声晓▲海棠开了▲帘幕春寒峭▲

谁在秋千，却是风来袅▲眉慵扫▲情怀不好▲斗甚闲花草▲

董宁（明 88）一首　题：送别。

月影沉沉，何郎倦甚才酣寝▲[1]晨光俄顷▲[2]不去而今怎▲

生怕晓寒，温着衣裳等▲呼郎醒▲出门霜紧▲几度心儿忖▲

注：① 何郎：三国时何晏，体白多姿，人称何郎。后人遂对恋人之昵称。② 俄顷：瞬时也。

张旭（明 90）一首

卜尽金钱，闲愁暗逐游丝起▲云松螺髻▲眉减春山翠▲

试卷珠帘，风香生袂▲凉如水▲惜花心碎▲忍把栏杆倚▲

陆深（明 134）一首　题：送张八峰行取赴都。

县绕清江，桃花红处春波绿▲画栏曲曲▲风动帘纹蹙▲

镇日鸣琴，[1]有个人如玉▲[2]烦推毂▲[3]鹤书高束▲[4]选入黄金屋▲[5]

注：① 镇日：整天也。② 人如玉：指美女。③ 毂：音谷，车轮中心圆木（即轴承），喻车。④ 鹤书：鹤头书，用以招隐士。⑤ 黄金屋：富贵人家富丽堂皇的屋子。

姚惟芹（明 137）一首　题：旅邸作。

寒勒貂裘，[1]恼人风信来何早▲[2]归心扰扰▲偏恨音书杳▲

撚指光阴，[3]又见阳生了▲[4]邻砧捣▲[5]花残岁老▲断送愁多少▲

注：① 貂裘：貂皮衣。② 风信：花信风，风应花期，其来有信，自小寒至谷雨，每一候（五天）以应一花期，如第一候为梅花。见《书肆说铃》。③ 撚指光阴：扳指计算光阴。④ 阳生：冬至为白天最短的一天，之后，白天变长。称，“一阳生”。⑤ 砧：捣衣石。

朱让栩（明 148）一首　题：春。

丽日迟迟，午风披拂侵衣袖▲暄和清昼▲嫩柳堤边秀▲

倦倚雕栏，静看云飞岫▲斯时候▲繁华锦绣▲触目春光富▲

杨慎（明 157）一首　题：旅思。

雪暗江郊，小灯孤馆长宵半▲[1]真珠酒艳▲[2]冻作红冰片▲[3]

晓梦惊日，画角声初断▲[4]南枝畔▲[5]梅花开遍▲谁见春风面▲

注：① 长宵：长夜。② 真珠酒：真珠入药之酒。③ 冰片：药名，一名龙脑。④ 画角：古代军中乐器。⑤ 南枝：指庾岭南侧。时作者谪戍云南，在庾岭南。故有下句“谁见春风面”之感叹。

吴子孝（明 162）二首　题：春情，二月八日夜泛射渎，归自阳山。

（1）几日微寒，霏霏小雨初晴霁▲[1]青山迢递▲[2]杖屦沾岚翠▲[3]

才试春衣，暖日醺人醉▲禽声碎▲草痕都细▲官柳黄金缀▲

注：① 霏霏：雨甚，连续也；晴霁：雨止转晴。② 迢递：即迢遥，绵邈长远也。③ 杖屦：竹杖麻鞋。屦，音句。

（2）花信风轻，为花日日芳游早▲曲溪缭绕▲归棹情多少▲

月映清波，良夜春寒小▲长空皎▲歌声缥缈▲醉里愁如扫▲

吴承恩（明 183）一首

小小楼居，琐窗暖觉东风早▲[1]数声啼鸟▲报道花开了▲

沉水飞烟，[2]细逐游丝袅▲[3]闲凝眺▲碧波云渺▲天际连芳草▲

注：① 琐窗：镂有花纹之窗。② 沉水：即沉香。③ 游丝袅：蛛丝缭绕。

王慎中（明 187）一首　题：光泽道中憩古寺作。[1]

门掩青山，空庭竹影风长扫▲一溪斜绕▲水气香花草▲

木石幽殊，[2]禽鸟传昏晓▲谁知道▲白云锁了▲也有人来到▲

注：① 光泽：县名，属福建省。② 幽殊：特殊清幽。

张引元（女）（明 195）一首　题：答母。[1]

细雨初晴，暖风已入芭蕉院▲归期日盼▲松尽黄金钏▲[2]

病起南楼，愁睹将雏燕▲[3]无由见▲白云何幻▲十二栏杆遍▲

注：① 母：即王凤娴。② 钏：即手镯。③ 将雏燕：老燕带领小燕。将，带也。

王好问（明200）一首　题：春愁。

九十春光，[1]可怜长日空辜负▲别离情绪▲最怕黄昏雨▲

倚遍楼台，望断春归去▲人无语▲落花飞絮▲又过秋千去▲

注：① 九十：指春季九十天。

陈继儒（明251）三首　题：第一首，修孅访余白石山寮。　注：王孅，字修孅。晚年为尼，号草衣道人。

第二首，过泖桥澄鉴寺。　注：泖桥，通泖湖之桥，湖在松江西。

第三首，天池。

（1）凉雨初晴，放舟独往游三泖▲[1]寺门僧少▲一点鸥来搅▲

返入空山，竹底柴门小▲杯儿倒▲灯前句好▲雪里留鸿爪▲

注：① 三泖：即泖湖。

（2）烟水茫茫，溪云半卷埋僧屋▲栏杆数曲▲窈窕藏花木▲[2]

三渡风吹，送我来投宿▲西窗竹▲月明茶熟▲桔柚墙头绿▲

（3）钟鼓沉沉，寺门落叶归僧独▲晚鸦初宿▲影乱墙头竹▲

长啸风前，清籁飞空谷▲松如木▲炊烟断续▲杯底秋山绿▲

张鸿逑（女）（明257）一首　题：午日寄袁半禅。

疏雨泠泠，剩寒犹在轻衫挂▲海榴花下▲[1]莺燕争新价▲

臂缕钗符，若个传佳话▲妆成也▲蒲葵满把▲取醉消长夏▲

注：① 海榴：即石榴，因产自国外，故名。

王衡（明267）一首　题：阊门夜泊叙怀。[1]

刻烛呼庐，[2]西风乍急檐头铁▲[3]故人凉热▲依旧朦胧别▲

山淡云浓，渐短憨儿发▲[4]杨花月▲[5]溪桥雨滑▲坐到微钟歇▲[6]

注：① 阊门：苏州北城门。② 刻烛：喻诗会。《南史》王僧孺尝夜集学士，刻烛为诗，四韵者则刻一寸；呼庐：赌博也。③ 铁：铁马，屋角风铃。④ 憨儿：痴儿。⑤ 杨花月：农历三月。⑥ 微钟：疏钟。

施绍莘（明309）二首　题：第一首，泖桥次眉公韵。[1]

第二首，题雪图。

（1）寺枕荒塘，[2]时时白浪吞僧屋▲桥头路曲▲废井当枯木▲

如此幽闲，恰好闲人宿▲窗敲竹▲酒醒茶熟▲无水鹦哥绿▲

注：① 眉公：陈继儒。② 枕：逼近也。

（2）水墨江天，濛濛野色微微树▲[1]尽堪题句▲风雪溪桥路▲

一点人行，正在模糊处▲冲寒去▲打头狂絮▲[2]人远天涯暮▲

注：① 濛濛：微雨貌，引伸为模糊。② 絮：喻雪。

吴熙（明366）一首　题：农家。

榆柳千株，浓阴一带藏茅屋▲野童休牧▲[1]纵却双黄犊▲[2]

萍浅风高，阵阵吹纹縠▲摇新绿▲满林修竹▲倚杖看鸥浴▲

注：① 休牧：牧牛结束。② 黄犊：小黄牛。

僧止岩（明380）一首　题：湖上。[1]

来往烟波，此生自号西湖长▲[2]轻风小桨▲荡出芦花港▲

得意高歌，夜静声偏朗▲无人赏▲自家拍掌▲唱得千山响▲

注：① 湖上：指杭州西湖。② 长：读上声，生长。

徐士俊（明397）一首　题：初春。

暖少寒多，乍晴间着连朝雨▲[1]玉梅如洗▲倦把栏杆倚▲

不似红桃，正放娇羞意▲莺来矣▲绿衣黄里▲影在垂杨底▲

注：① 雨：此字不叶韵，作宽叶。

陈洁（女）（明419）一首

春色撩人，闷来闲步苍苔径▲花阴踏尽▲倦向栏杆凭▲

试看雕梁，紫燕时相并▲教人恨▲飞花成阵▲又惹芳心困▲

商景兰（女）（明424）一首　题：暮景。

时候黄昏，兰房独坐愁多少▲寒云缥缈▲深把梅枝绕▲

海月初升，远寺钟声早▲炉烟袅▲离情未了▲步却兰池小▲

杨宛（女）（明429）一首　题：春闺。

春暖微微，杏花深锁重门院▲闲遮轻扇▲怕见残红片▲

语燕双双，相遇回廊遍▲人难见▲柳条如线▲相映初妆面▲

陈子龙（明441）一首　题：春日风雨有感。

满眼韶华，[1]东风惯是吹红去▲[2]几番烟雾▲只有花难护▲

梦里相思，故国王孙路▲[3]春无主▲杜鹃啼处▲泪染胭脂雨▲

注：① 韶华：春景也。② 红：落花。③ 故国：即祖国，时清兵已南下。

吴拱宸（明457）一首　注：此词为《鸳鸯针》第三回词序。

蝶舞蜂狂，相思带绾西陵下▲[1]燕语莺娅▲[2]早把风情扯▲

玉腕酥胸，满斟明珠泻▲真潇洒▲梦里真假▲添入新图画▲

注：① 绾：钩系也；西陵：峡名，紧连巫峡，借喻巫山阳台故事。② 娅：妖娆。

金堡（明 499）一首　题：次觉范梅花韵。[①]

流水平桥，竹篱傍路花低亚▲冻云不下▲烟薄香难画▲

尽日无言，一笑难酬价▲飞来也▲横波疏野▲未许斜拢马▲

注：① 题解：次韵觉范僧梅花词。觉范，即宋僧惠洪，见《词人小传》。

叶小鸾（女）（明 514）四首　题：第一首，戏为一闺人代作春愁。

第二首，咏采莲女。

第三首，暮春。

第四首，夏日雨景。

（1）新柳垂条，困人天气帘慵卷▲瘦宽金钏▲珠泪流妆面▲

凝伫凭栏，忽睹双飞燕▲闲愁倦▲黛眉浅淡▲谁画青山远▲

（2）粉面新妆，淡红衫子轻罗扇▲昨宵邻伴▲来约莲塘玩▲

棹泛扁舟，影共莲花乱▲深深见▲绿杨风晚▲空载闲愁返▲

（3）薄卷红绡，断霞西角斜阳远▲昼长无伴▲闲去题花扇▲

独倚栏杆，看尽归鸦遍▲轻云乱▲凉风吹散▲新月中天见▲

（4）竹径深深，流云晓度罗帏静▲雨丝几阵▲满地桐花冷▲

湿翠侵苔，纤晕苍苔影▲看无尽▲绮屏人映▲一片潇湘景▲

胡介（明 515）一首　题：河渚吟。

花浪虫丝，[①]草堂初暖春来处▲定香半炷▲几阵廉纤雨▲[②]

槛外新晴，一鸟啼高树▲天又暮▲牧牛归去▲山下残阳路▲

注：① 花浪：花摇动如浪；虫丝：游丝。② 廉纤：微雨貌。

李因（女）（明 518）一首　题：暮春。

暖日薰风，双柑斗酒听黄鸟▲荼蘼开早▲花落休教扫▲

拾翠寻芳，美景晴时少▲青梅小▲柳绵飞绕▲春色催人老▲

陈璘（女）（明 545）一首　题：题便面杏花燕子。[①]

一夜东风，雨霏烟澹催芳草▲春光渐好▲红杏枝头早▲

燕子归来，香径芹泥小▲营巢了▲昼梁晴晓▲对语呢喃巧▲

注：①便面：即扇子。

顿文（女）（明 548）一首　题：送春。

柳絮轻飘，落花万点春归去▲声声杜宇▲不解留春住▲

欲问春光，此日归何处▲春无语▲花娇柳弹，▲明岁还相遇▲

王赛玉（女）（明 550）一首　注：此词据《众香词》，但《明词综》稍有不同，见注。

浴罢妆残，[1]桐阴满地新凉夜▲湘帘轻下▲门掩重重打▲[2]

渐近黄昏，明月移花榭▲人来也▲佩环休卸▲[3]绣鸭熏香麝▲[4]

注：① 浴罢：《明词综》作"小院"。② 此句《明词综》作"墙角疏更打"。③ 佩环：女子身上所挂饰物。④ 鸭：鸭形香炉。

沈宪英（女）（明 553）一首　题：早春。

翠幕轻寒，断肠渐入东风片▲[1]游丝千线▲难挽离愁半▲

小立回廊，划损雕栏面▲春谁见▲梅花开遍▲烟锁深深院▲

注：① 风片：汤显祖《牡丹亭·游园》有"雨丝风片"句，谓雨若丝，风成片也。

沈谦（明 573）一首　题：夏日闺情。

小院无人，罗窗玉枕清如水▲鬓横钗坠▲汗透酥胸腻▲

疏雨凄风，翠竹琅玕碎▲俄惊起▲定睛斜睨▲寂寂帘垂地▲

郭士璟（清 9）一首　题：夏闺。

浴罢妆残，半开茉莉淫香惹▲[1]玉搔头下▲[2]花影重重打▲[3]

逼近栏杆，私语唇喷麝▲[4]人来也▲兜鞋忙下▲惊扰鹦哥架▲

注：① 淫香：过甚香气、奇香也。② 玉搔头：首饰，即玉簪。③ 打：打扮。④ 私语：小语、轻声而语；喷麝：喷香也。

李渔（清 31）一首　题：闺情。

小立花前，哝哝唧唧同谁语▲万声千句▲同病怜红雨▲

见有人听，一半留将住▲佯推故▲连花带土▲逐瓣将来数▲

许之渐（清 46）一首　题：题画。

万丈飞空，素虹垂饮青山足▲涧琴相续▲一片流寒玉▲[1]

峭壁云开，匹练天如束▲[2]凭吾目▲乾坤一幅▲[3]不碍飞鸿鹄▲[4]

注：① 寒玉：玉质清冷。② 匹练：如成匹之白练，喻瀑布。③ 乾坤：天地也。④ 鸿鹄：大鸟也。

顾信芳（女）（清 54）一首

天澹云闲，[1]雨余芳草平如剪▲柳眉初展▲[2]春色和烟远▲

斜日西楼，人倚东风倦▲莺声懒▲一庭花片▲绿满香痕浅▲

注：① 澹：恬静也。② 柳眉：柳叶初生如眉眼，喻其嫩也。

龚鼎孳（清59）一首　题：咏草，和林和靖韵。[1]

帘外河桥，绿围裙带无人主▲绣鞯行处▲[2]踏碎梨花雨▲

目送春山，南浦烟光暮▲牵春去▲柔肠无数▲苏小门前路▲[3]

注：① 林和靖：即林逋，见《词人小传》。② 鞯：音笺，马鞍具也，喻马。③ 苏小：苏小小，南齐杭州名妓；门前路：指西湖白堤。

黄永（清59）一首　题：小阁。

夏日方长，科头羽扇频来往▲[1]小亭幽敞▲茶沸松风响▲

隔岸垂杨，对坐黄鹂讲▲还堪赏▲帘钩初上▲欸乃渔翁桨▲

注：① 科头：不戴帽。

陆瑶林（清62）一首　题：晚凉即事。

新雨生凉，荷亭袒裼轻风起▲[1]芙蕖清致▲[2]弥望花如绮▲[3]

翠羽蹁跹，[4]娇啭松阴里▲良朋会▲幕天席地▲[5]村酿休辞醉▲[6]

注：① 袒裼：裸露，无遮拦。② 芙蕖：即荷花。③ 弥望：远望也。④ 翠羽：指鸟。⑤ 幕天席地：露天。⑥ 村酿：村酒。

曹尔堪（清69）三首　题：第一首，夏日山中。
第二首，丙子（1636）夏日村墅。
第三首，江村。

（1）夏日初长，园林新摘枇杷熟▲晓莺寻宿▲爱我垂杨绿▲
小小江村，芳草眠黄犊▲溪流曲▲客来茅屋▲索酒忙童仆▲

（2）长昼方炎，画梁归喘寻泥燕▲[1]桔槔声断▲[2]露稻幽香遍▲
倚树当风，欲比闲云倦▲蘋花院▲小池波浅▲绿上窗纱半▲
注：① 归喘：归来喘气。② 桔槔：木制水车。

（3）苦是春阴，桃花半落江村暮▲垂杨千树▲缥缈渔船渡▲
青满田畴，难认牛羊路▲溪边步▲野鸭飞去▲只爱无人处▲

宋徵舆（清77）一首　题：闺词。

雨雨风风，轻寒半入纱窗里▲薰笼斜倚▲不卷鸳鸯被▲

碧玉阶前，无复闲桃李▲随春水▲一江潮起▲已是飘千里▲

黄蓼鸿（女）（清115）一首　题：戏六姑春睡。

绣帐风开，见牙床有人如雪▲[1]鲛绡半覆▲[2]纤手持蕉叶▲

碧玉花簪，斜坠珊瑚侧▲春光溢▲睡情方熟▲梦入巫山月▲[3]

注：① 牙床：象牙床。② 鲛绡：一名龙纱，产于南海，入水不濡。③ 巫山：

楚襄王会神女处，喻梦境。

徐喈凤（清 146）一首　题：春雨。

紫媚红嫣，园林正好春如绣▲夜半雨骤▲孤枕惊檐溜▲

晓起凭栏，寒气侵衫袖▲阴云厚▲沉沉长昼▲花与人同瘦▲

毛奇龄（清 161）一首　题：采莲曲。

南浦风微，画桡已到深深处▲藕花遮住▲不许穿花去▲

隔藕丛丛，似有人言语▲难寻诉▲乱红无主▲一望斜阳暮▲

东鲁古狂生（清 172）一首　题：咏穆琼琼，见《醉醒石》第十三回。

杏子裁衫，一枝袅袅腰身窄▲鬓鸦流碧▲斜点金钗赤▲

玉暗珊瑚，指向樱唇逼▲情脉脉▲轻吁淡啧▲暗里移人魄▲

徐孝钧（清 176）一首　题：春阴。

玉笛丁宁，落梅满地愁无主▲连宵风雨▲魂梦都无绪▲

野水平桥，岸柳迷烟缕▲莺无语▲花廊月庑▲一幅春寒谱▲

柴静仪（女）（清 187）一首　题：六桥舫集，①同林亚倩、钱云仪、顾仲楣、启姬、冯又令、李端明诸闺友。

堤柳依才，湘帘画舫明湖泛▲②桃花开遍▲共试春衫练▲③

雨丝风片，暗扑游人面▲春方半▲韶华荏苒▲分付莺和燕▲

注：① 六桥：杭州西湖苏堤上六座桥；舫集：画舫集合。② 明湖：指西湖。③ 练：洁白之绢。

陈维崧（清 196）一首　题：咏枕。

忆得年时，①红锦妆叠红蕤艳▲②笙囊绿掩▲浓笑钗痕闪▲

说尽山盟，不料巫云敛▲③残荷焰▲④斜铺楚簟▲多了啼红点▲

注：① 年时：那年。② 红蕤：红蕤枕，传说中的仙枕。见唐张读《宣室志》。③ 巫云敛：无男女欢爱。敛，收敛。④ 荷：金荷，烛檠也。

陆进（清 198）三首　题：第二首，雨中登巢青阁，怀沈遹声（丰垣）。第三首，雨窗不寐。

（1）一曲清池，昼帘半卷斜阳暮▲风声烟渚▲荷叶翻珠露▲
庭院无人，新月还窥户▲愁难语▲坐看芳树▲几点流萤度▲

（2）睡起钩帘，远山一望烟横翠▲西风卷地▲细雨想难霁▲
垂柳丝丝，不把归舟系▲人千里▲江天无际▲寂寞寒潮起▲

（3）飒沓秋声，①小窗密洒轻寒透▲②画檐急溜▲铁马西风骤▲③

雨过云收，天色青如旧▲还怜否▲满城重九▲只有黄花瘦▲

注：① 飒沓：象声词。② 密洒：指下雨。③ 铁马：屋角风铃。

朱茂晭（清211）一首　题：高更生新婚，夜放爆竹，戏题。

鸳被红翻，惯顽惹勾檀郎调▲柳梢春报▲怯胆花房小▲

焰暖烟浓，月转纱窗照▲香肩倒▲恼还含笑▲惊起相思鸟▲

史惟圆（清221）一首　题：夏夜。

舞罢歌停，个人约在黄昏后▲[①]更深坐久▲正是愁时候▲

门掩双环，屈戌频摇叩▲[②]携衫袖▲薄罗香透▲人影灯前瘦▲

注：① 个人：那个人。② 屈戌：即环纽。

董含（清270）一首　题：晚秋。

燕语莺啼，困人天气当初夏▲斜阳欲下▲楼上闲妆罢▲

渐渐黄昏，霜冷鸳鸯瓦▲[①]冰蟾挂▲[②]浓熏兰麝▲笑撚冰绡帕▲[③]

注：① 鸳鸯瓦：瓦片成偶者。② 冰蟾：皎洁月亮。③ 冰绡帕：洁白丝帕。

赵吉士（清279）一首　题：丹阳道上。

一角孤城，迢迢驿路春江尾▲吴音满耳▲渐到乡关矣▲

卖酒人家，远近多临水▲船初系▲栖鸟惊起▲烟树微茫里▲

刘霖恒（清282）一首　题：七夕。

暮霭晴霞，银河碧影长空泻▲鹊桥低亚▲影影鸾初驾▲

叙少离多，此会应无价▲还惊讶▲人间妒也▲不把钟声假▲[①]

注：① 假：借也。

梁佩兰（女）（清285）一首　题：送友人。

蓟北归帆，[①]江乡直溯秋潮去▲玉鲈肥处▲[②]饱听菰蒲雨▲[③]

一度春来，邓尉山中住▲[④]梅花侣▲吴姬笑许▲[⑤]斜倚吴箫语▲

注：① 蓟北：指关外。② 鲈：鱼名。③ 菰：即茭白。④ 邓尉山：在苏州光福镇境，梅甚盛。⑤ 吴姬：苏州女子。

朱彝尊（清288）三首　题：第一首，九日同顾宁人、陆翼玉登孙氏古台赋呈退翁少宰。

第三首，秋千。

（1）花径登台，旧时此地重阳宴▲天涯相见▲最喜翁犹健▲

望极疏林，瑟瑟金风剪▲凭栏遍▲夕阳一片▲送尽南飞雁▲

（2）小院珠帘，酒边最忆年时事▲[①]个人纤丽▲合唤轻轻字▲[②]

堕叶飘花，再见浑无计▲兰灯翳▲那日微醉▲悔不香肩倚▲

注：① 年时：那年。② 原注：向子諲有席上赠轻轻词。

(3) 香袂飘空，①为谁一笑穿花径▲有时花顶▲罗袜纤纤并▲

飞去飞来，不许惊鸿定▲②重门静▲粉墙深映▲留取春风影▲

注：① 袂：袖也。② 惊鸿：言美人体态轻盈如受惊之鸿，后遂为美人之代名词。

张星耀(清 299)一首　题：忆见。

窄袖长裙，妖娆十五谁家女▲低头无语▲行过垂杨去▲

水远山长，不见苏堤路▲归何处▲绣帘朱户▲隐隐迷春雾▲

沈尔燝(清 310)一首　题：咏莺。

画阁轻霞，池塘晚映风帘绣▲金衣刷透▲①一串歌珠溜▲

小语低声，似把春光咒▲慵时候▲绿阴依旧▲影入清波皱▲

注：① 金衣：莺也。《开天遗事》明皇于禁苑中见黄莺，呼为金衣公子。

钟筠(女)(清 322)一首　题：秋闺。

万籁无声，小园恰是深心静▲惜花人病▲懒向雕栏凭▲

月上高枝，枕弄芭蕉影▲帘栊扃▲西风才定▲挑落灯花冷▲

宋俊(清 369)一首　题：庄家。

绿水平桥，柴门乱糁梨花粉▲①旧畦重浚▲②带雨移新笋▲

补葺疏篱，断处还添槿▲春刍嫩▲前村沽尽▲有个人来问▲

注：① 糁：搀和。② 畦：田塍、田亩也；重浚：重新整治。

沈榛(女)(清 373)一首　题：旅思。

孤馆清幽，一年又是春将半▲野花矜艳▲梅落随风片▲

好梦谁惊，黄鸟啼还断▲纱窗畔▲斜阳无限▲愁见春光面▲

王士祜(清 356)一首　题：春词，和漱玉(李清照词集)韵。

水满春塘，柳绵又醮黄金缕▲燕儿来去▲阵阵梨花雨▲

情似黄丝，历乱难成绪▲凝眸处▲白蘋红树▲不见西洲路▲

虞兆淑(女)(清 374)一首

梅绽芳菲，垂杨烟外低金缕▲韶华小住▲生怕廉纤雨▲

绣户凄凉，蝴蝶双飞去▲愁如许▲梦魂无据▲还在秋千路▲

沈树荣(女)(清 375)一首　题：怀吴夫人庞小畹(庞蕙孃)。

隔个墙头，①几番同听黄昏雨▲别来情绪▲向北看春树▲②

一院藤花，底是临书处▲还记取▲绿窗朱户▲袅袅茶烟缕▲

注：① 作者与庞小畹在吴江比邻而居。② 向北：作此词时作者移居嘉善汾湖，在吴江以南。

高层云（清393）一首　题：立夏。

绿遍芳郊，小窗昨夜春归去▲落花深处▲梦断闻莺语▲

紫笋朱樱，不分江南住▲愁千缕▲倚栏凝伫▲怕见风前絮▲

曹济（清409）一首　题：春暮。

细雨微风，杜鹃飞过花残了▲萋萋芳草▲春色如今老▲

绿树溪头，独把轻舟棹▲青山杳▲波痕淼淼▲流去春多少▲

刘壮国（清410）一首　题：东皋即事。

此际韶光，①举尊便向花间倒▲②雨催风扰▲明日知多少▲

身在西村，却爱东村好▲斜阳照▲春深林杪▲③林外人分晓▲

注：① 韶光：春景。② 尊：酒杯。③ 林杪：林梢。

王显祚（清415）一首　题：秋千。

青粉墙高，是谁红索中摇曳▲窄衫初试▲转觉腰肢细▲

冷笑江南，不省春游戏▲①层檐底▲画裙窣地▲②生怕风扶起▲

注：① 省：省悟，觉悟。② 窣地：急遽着地。

陆繁弨（清417）一首　题：题陈君迦陵。①

没处相逢，谁知相见丹青里▲②含毫拂纸▲多少闲情事▲

荷雨初凉，湛湛吴江水▲栏杆倚▲暗添愁意▲问有来鸿未▲

注：① 陈迦陵：即陈维崧，见《词人小传》。② 丹青：图画。

张学象（女）（清435）一首

斗帐春寒，梦回隔院鸡声报▲晓妆初了▲眉蹙吴山小▲

楚瑟秦筝，拔尽凄凉调▲伤怀抱▲落花休扫▲可惜春光老▲

曹湖（清439）一首　题：春行。

自绣罗裙，行来风转香无迹▲双双飞蝶▲误惹湘纹褶▲

翠带轻飘，稳称垂珠衱▲①春将别▲花花叶叶▲未许轻相折▲

注：① 衱：衣后襟也。

姜垚（清479）一首　题：桃源阻雨。①

茅店轻寒，湿云飞上青山杪▲②马嘶芳草▲满径春泉倒▲

润逼衣香，③拨尽炉烟袅▲归鸿杳▲绿杨舟小▲渡口行人少▲

注：① 桃源：县名，属湖南省。② 青山杪：顶峰也。③ 润：水气滋润。

陆真（女）（清 483）一首

春已无多，杜鹃又欲催归去▲落红如许▲一夜风和雨▲

独倚楼头，望里斜阳暮▲情难诉▲绿芜深处▲可是春归路▲

钱廷枚（清 495）一首　题：杨柳。

冷落垂杨，那堪折尽无人惜▲露痕长滴▲都为谁狼藉▲

走马章台，日暮归南陌▲浑无力▲寒烟摇曳▲犹见青青色▲

沈岸登（清 509）一首　题：红桥。

红板桥头，酒旗摇曳花村里▲绿杨如荠▲两岸疏篱缀▲

罗袖生凉，帘影荷风细▲清歌起▲半篙秋水▲一抹平山翠▲

徐允哲（清 538）一首　题：春行。

燕剪波纹，游丝几缕牵飞絮▲绿阴深处▲茅屋幽人住▲

行过平桥，芳草沿溪路▲斜日暮▲归禽无数▲啼过林塘去▲

汤思孝（清 539）一首

柳晕新眉，浅痕匀绿和烟晓▲海棠红了▲早怕东风夭▲

淡霁轻阴，暖梦惊寒峭▲莺儿小▲不知人恼▲怪底纱窗搅▲

王项龄（清 550）一首　题：春闺。

日暖风和，满园桃杏都开了▲一声啼鸟▲愁入眉间小▲

斗卷珠帘，[①]极目春光老▲长亭道▲马嘶残照▲十里青青草▲

注：① 斗：与“陡”通，突然也。

王辂（清 561）一首

粉絮濛濛，西园落尽无人管▲翠楼新怨▲偏向东风满▲

暖日烘花，深静闲庭院▲屏山掩▲春融梦远▲人似晴丝软▲

潘眉（清 564）一首

非病非愁，年来只恁耽消瘦▲梦中携手▲却怪郎如旧▲

一叶惊秋，道是人归候▲[①]慵挑绣▲早来妆就▲盼到黄昏后▲

注：① 归候：归来时候。

查士英（女）（清 583）一首　题：题画雪景。　注：调名原作沙头雨。

水墨江天，彤云一带濛濛树▲[①]正堪题处▲篱畔溪桥路▲

石径人行，策杖冲寒去▲[②]吟诗句▲打头飞絮▲[③]风雪归来暮▲

注：① 彤云：又作同云，雪云也。② 策杖：扶杖也。③ 飞絮：喻雪花。

曹鉴平（清 612）一首　题：秋雨。

蝉噪蛩鸣，[①]金风几阵拖烟雾▲[②]芭蕉响处▲谁解相思苦▲

绮阁寒玉，[③]半染秋林树▲愁无语▲暗伤情绪▲细雨东西路▲

注：① 蛩鸣：蟋蟀叫。② 金风：秋风。③ 绮阁：锦绣之阁；玉：喻美女。

姚倩奴（女）（清 627）一首　题：春闺。

粉绽梅梢，落灯时节风微暖▲春衫慵剪▲早约寻春伴▲

转眼韶华，已绿垂杨线▲情难遣▲东君情短▲人比前春懒▲

何月儿（女）（清 631）一首

种得梧桐，秋声提起相思也▲小窗低亚▲[①]璧月流深夜▲[②]

恼杀双鸳，早把榴裙卸▲[③]罗帏下▲梦儿相惹▲[④]一点灯花谢▲[⑤]

注：① 低亚：低压也。② 璧月：月圆如璧。③ 榴裙：石榴裙、大红裙。
④ 惹：招引。⑤ 谢：残落。

沈朝初（清 634）一首

薄病恹恹，红窗欲绣愁添线▲桃花人面▲[①]深锁垂杨院▲

不是伤春，一种闲情倦▲凭谁倩▲珠帘斜卷▲放入双归燕▲

注：① 人面：喻女貌。唐人崔护诗："桃花人面相映红。"

查慎行（清 639）二首　题：第一首，雷雨初过，小轩睡觉，归思忽生。
第二首，乙未（1715 年）寒食，铅山道中遇雨。

(1) 雨过空城，轻雷薄霭千山暝▲飞蚊绕鬓▲睡美轩窗静▲
江上黄鱼，忽引东归兴▲红榴褪▲八番花信▲[②]报道端阳近▲

(2) 行过川程，[①]篮舆轧轧穿林去▲[②]乱鸦啼处▲衣湿梨花雨▲
儿女青红，不踏城西路▲山无数▲丁丁樵斧▲[③]知是谁家墓▲

注：① 川程：水路。② 篮舆：竹轿。③ 丁丁：斧斫墓树声。

徐元端（女）（清 645）一首　题：沐发。

鹤唳晴空，[①]月明不着朦胧睡▲绿窗惊起▲小立苍苔砌▲[②]

自解香云，[③]挽手临空篦▲[④]花阴碎▲枝枝斜坠▲薄露浸罗袂▲

注：① 唳：鸟鸣也。② 砌：台阶。③ 香云：喻头发。④ 篦：梳也。

钱琰（清 666）一首　题：秋千，和朱彝尊韵。

小院层栏，下临一道蘼芜径▲柳梢花顶▲飞燕差堪并▲

袅娜春风，不放游丝定▲金铃静▲翠遮红映▲忍露全身影▲

储右文（清 668）一首

憔悴心情，春衫试着腰围剩▲栏杆闲凭▲一碧疏帘静▲

那更东风，落尽残红径▲波光映▲空明如镜▲絮拂娉婷影▲

邵瑸(清672)一首　题：忆园西精舍。

一览落西，东风留我花间住▲吹香醉舞▲小径春如许▲

燕燕莺莺，三月闲情绪▲愁吟处▲乱飘红雨▲芳草江南路▲

居友月(女)(清686)一首　题：咏雪。

冷气侵衣，卷帘疑是蟾光皓▲①青山顿老▲惟有梅花笑▲

镂玉雕琼，②谁信天孙巧▲③幽兰调▲瑶琴慵操▲④欲泛山阴棹▲⑤

注：① 蟾光：月亮。② 镂玉雕琼：喻雪。③ 天孙：织女星。④ 慵操：懒弹。⑤ 山阴棹：王子猷雪夜访戴逵之故事。

徐逢吉(清698)一首　题：同樊榭作。①

似箭流光，梅花雪后樱桃雨▲匆匆离绪▲春要平分去▲

记得年时，②共赋销魂句▲今何苦▲落英无数▲人隔春城暮▲

注：① 樊榭：即厉鹗，见《词人小传》。② 年时：那年。

宫鸿历(清713)一首　题：立春，和家七兄韵。

彩胜花盘，①禁寒不识东风曙▲华年如许▲锦瑟殷勤语▲

未伴春游，先结伤心绪▲长堤路▲浅香无数▲吹上梅梢去▲

注：① 彩胜：指首饰。

叶宏缃(女)(清732)二首　题：第一首，立春。

第二首，丙园观荷，步王介亭妹倩韵。

(1) 帘外东风，起看梅蕊开多少▲疏香缥缈▲春在枝头早▲

金剪试将，彩胜新裁巧▲韶光悄▲燕娇莺小▲一夜生芳草▲

(2) 闻说城东，辋川别业莲香透▲①方塘约亩▲点缀皆如绣▲

欲乞一枝，贮向屏山右▲时时嗅▲风来南牖▲正是芬芳候▲

注：① 辋川别业：唐人王维有辋川别业。此借指丙园。

蔡婉罗(女)(清740)一首　题：对灯。

帘外无风，芭蕉尚滴朝来雨▲寒生金缕▲①灯欲和人语▲

剔去灯花，红泪休教觑▲②还留住▲影儿相顾▲同在屏山路▲

注：① 金缕：金缕衣，金丝线织成之衣。② 红泪：指烛泪。

狄亿(清747)一首　题：晚至荆溪。

柳岸谁家，窗前曲曲清溪抱▲漏深人悄▲逗得灯火小▲

拟泛轻舟，咫尺山阴道▲①青春老▲杜鹃啼了▲客梦随芳草▲

注：① 山阴道：指浙江绍兴鉴湖畔，风光极佳。

徐旭旦（清753）一首　题：送春。

一派轻烟，远山黯淡云迷树▲莺啼燕语▲都是愁春去▲

踏遍芳堤，没个留春计▲天涯暮▲落花无主▲几点黄昏雨▲

沈珮（女）（清782）一首　题：萤火。

素影翩翩，池塘雨过明如雾▲乱飘香砌▲几点星光细▲[1]

露冷风轻，寂寂重门闭▲更深矣▲照人无寐▲独伴寒蛩语▲[2]

注：① 星光：喻萤光。② 蛩：蟋蟀；语：此字不叶韵，作宽叶。

蒋纫兰（女）（清813）一首　题：秋晚。

雾敛云收，乱风拂拂生杨柳▲鸟啼莺奏▲帘幕寒垂逗▲

镜里稜稜，自觉新来瘦▲双眉皱▲鞾残翠袖▲玉貌难如旧▲

纳兰常安（清836）一首　落花。

春老园林，乱红阵阵飘晴昼▲巧莺声溜▲日日将花咒▲

枝上稀疏，雨打风吹又▲胭脂透▲玉阶苔厚▲嫩绿铺红绣▲

程梦星（清880）一首　题：和漱玉词。

风飐湘帘，[1]水沉萦碧流烟缕▲[2]静中春去▲楼阁深深雨▲

却倚雕栏，脉脉无情绪▲凝眸处▲粉云香雾▲遮断天涯路▲

注：① 风飐：风动。② 水沉：香名，即沉香。

杨恒（清913）一首

红紫争妍，画帘开处香成阵▲暖风吹鬓▲罗绮春肌困▲

十二楼前，望断天涯信▲无人问▲燕泥衔尽▲花落黄昏近▲

吴檠（清924）一首

萧局烟寒，[1]梦魂无主如飞絮▲残红一树▲几点黄梅雨▲

屈戍重重，[2]偏放愁来路▲啼鹃住▲王孙何处▲芳草连天暮▲

注：① 萧局：薰笼别名。② 屈戍：门窗镙纽。

薛廷文（清990）一首　题：秋千，和香蘅。

颤蹙修眉，[1]彩绳摇曳荼蘼径▲凤钗斜顶▲画板双莲并▲[2]

钗燕翻风，[3]高下浑难定▲东风静▲柳遮花映▲抛碎红裙影▲

注：① 修眉：细长之眉。② 双莲：一双金莲，喻小足。③ 钗燕：发上燕形钗。

徐映玉（女）（清999）一首

独倚薰笼，①旧友谁是关情处▲霜清月午▲②香雪孤山路▲③

春到吴阊，④却被东风误▲纱窗暮▲收灯院宇▲拥髻潇潇雨▲

注：① 薰笼：取暖笼。② 月午：月半。③ 香雪：喻梅花；孤山：在杭州西湖苏堤边，以林逋植梅著称。④ 吴阊：苏州阊门。

陆锡熊（清 1025）一首

长短亭边，榕阴无际天涯路▲乱山欲暮▲门掩荒虫语▲

望断高楼，纨扇流萤度▲空凝伫▲梦飞不去▲月桂愁生处▲

储秘书（清 1035）一首

好个凉天，碧湘楼外云千里▲木犀风起▲①人在秋香里▲

几夜姮娥，②盼取团圞意▲愁无际▲雁声嘹唳▲③芳讯何曾寄▲

注：① 木犀：桂花别名。② 姮娥：指月。③ 嘹唳：鸟声。

高鹗（清 1068）一首

傅粉披香，几番闻说金闺彦▲①粉廊西畔▲一霎东风面▲

遣婢调花，小立从伊看▲鹦哥唤▲陡然惊散▲半晌心儿颤▲

注：① 彦：美也。

凌廷堪（清 1140）一首　题：春眺。

青粉墙西，紫骝嘶过垂杨道▲①画楼春早▲一树桃花笑▲

前梦迷离，②人远波声小▲年时到▲③越溪云杳▲风雨连天草▲

注：① 紫骝：紫红色马。② 迷离：模糊。③ 年时：那年。

刘琬怀（女）（清 1216）一首　题：重阳后二日。

落帽题糕，①萧萧又是重阳后▲将开笑口▲几阵寒香逗▲

遥望疏林，隐隐南山透▲须携酒▲西风来骤▲转眼秋容瘦▲

注：① 落帽：指重阳。《晋书》孟嘉为桓温参军。九月九日温游龙山，僚佐毕集。有风至吹帽堕落；题糕：亦指重阳节。

杨英灿（清 1175）一首

寂寞春闺，含情斜凭栏杆亚▲燕归芳榭▲故把珠帘下▲

银鸭烟销，懒得添沉麝▲妆初卸▲海棠香谢▲又是黄昏也▲

尤澹仙（女）（清 1184）一首　题：春晚，和陆素窗（即陆瑛）姊韵。

昼静帘垂，落花满地莺无语▲乱愁如许▲不共春归去▲

伫望天涯，一带云连树▲人何处▲相思难诉▲分付风前絮▲

孙云凤（女）（清 1188）一首　题：春草。

翠倚珠帘，昨宵梦冷池塘雨▲天涯离绪▲岁岁和春住▲

又是年时，烟锁垂杨渡▲斜阳暮▲片帆何处▲绿遍归来路▲

孙云鹤（女）（清 1202）六首　题：第一首，草。

第二首，秋千。

第三首，杨花。

第四首，晚泛。

（1）酥雨匀来，萋萋先遍江南地▲杏花风细▲漠漠和烟翠▲

燕子归时，休向高楼倚▲斜阳里▲天涯无际▲离恨年年起▲

（2）杏字寒轻，西楼人怯慵梳掠▲[1]钗头金雀▲[2]斗草还输却▲[3]

红袖花前，[4]扶上秋千索▲闻清角▲[5]灯残月落▲蓦地思量着▲

注：① 慵梳掠：懒梳妆。② 钗头金雀：雀形金钗。③ 斗草：古代女子游戏。④ 红袖：指少女。⑤ 角：城头军号。

（3）啼老莺声，乱飘晴雪无人径▲[1]小栏闲凭▲扑袖东风冷▲

冉冉濛濛，昼永垂帘静▲慵难整▲雨余烟暝▲一片春愁影▲

注：① 晴雪：指杨花。

（4）欸乃声来，一行惊起冲破鹭▲柳边柔舻▲落日人争渡▲

水色山光，载得归南浦▲天将暮▲残钟何处▲却指烟中树▲

（5）昼漏沉沉，[1]绿阴转午人初醒▲小栏风定▲点点杨花影▲

一缕游丝，[2]趁暖索芳径▲香消鼎▲[3]画堂巢冷▲燕去帘钩静▲

注：① 昼漏：白天更漏。② 游丝：蛛丝。③ 香消鼎：应为鼎香消，因鼎字叶韵，故颠倒。

（6）村柝声寒，[1]乡关梦断三更过▲纸窗风破▲一点残灯堕▲[2]

静院无人，独自开帘坐▲重门锁▲[3]梅花和我▲对月成三个▲

注：① 柝：打更梆子。② 残灯：指灯花。③ 重门：一重重门。

郭麐（清 1208）一首

雀舫青帘，[1]放船最好葑门路▲[2]藕花香处▲[3]凉露多如雨▲

既是吴侬，[4]只合吴城住▲[5]君休误▲玉环人去▲[6]锦瑟华年暮▲

注：① 雀舫：画有雀之船。② 葑门：苏州东城门。③ 藕花：即荷花，葑门外有荷花塘。④ 吴侬：苏州人。⑤ 合：应该。⑥ 玉环：杨贵妃。

戴敦元（清 1220）一首　题：与梦燕话春燕楼旧事。

玉砌生寒，旧游已落东风后▲露香盈手▲花与人争秀▲

闻说而今，更比年时瘦▲欢难偶▲碧云停否▲梁月低徊久▲

彭兆荪（清 1226）一首

一径蘼芜，绝无人处栏杆亚▲重帘不挂▲漠漠落花惹▲

生爱闲行，生怕闲庭榭▲消魂乍▲碧梧桐下▲残月黄昏夜▲

恽珠（女）（清 1257）一首　题：秋夜。

夜静天空，西风料峭愁声老▲浮云如扫▲月到天心小▲

一卷南华，解却愁多少▲香闺悄▲炉烟细袅▲锦帐罗衾好▲

严元照（清 1277）一首

曲沼蒲深，①水杨低映红窗远▲绣巾香扇▲人隔春风岸▲

波面纹生，衣上飞花满▲寻常见▲好山青遍▲未较双蛾浅▲②

注：① 曲沼：即曲池。② 蛾：喻女子眉毛。

孙荪意（女）（清 1277）一首　题：冬夜不寐。

闭却纱窗，月儿斜透窗儿缝▲夜深寒重▲懒卸钗头凤▲

数尽更声，底事难成梦▲愁千种▲慵拈新咏▲只把灯花弄▲

杨芸（女）（清 1294）一首　题：乙未（1835 年）清明前一日，寄顾羽素表妹。①

画阁无人，深深窣地筠帘下▲②烛花红卸▲万醒春寒夜▲

远道缄书，③空把离愁写▲更深也▲④月来窗罅▲⑤一树梨花谢▲

注：① 顾羽素：即顾翎。② 窣地：垂地；筠帘：竹帘。③ 缄书：封书、寄信。④ 更：更鼓、更漏。⑤ 罅：缝隙。

孔昭虔（清 1299）一首　题：初赴省试途中作。①

月淡星沉，马头几点青山小▲柳摇波老▲鸦背孤村晓▲②

昨夜西风，梦隔长堤草▲平陵道▲③一鞭凉早▲④分得秋多少▲

注：① 省试：到省城济南应试举人。② 鸦背：即鸦去。日暮鸦归，天晓鸦去。背，逆向也。③ 平陵：地名，在山东济南东。④ 一鞭：指乘马。

叶申芗（清 1326）一首

绕屋青山，屏风十二周遭绿▲①峰重岭复▲拄笏闲延瞩▲②

最是宜人，雨后山如沐▲新装束▲岚光翠扑▲③个个云鬟簇▲

注：① 周遭：周围。② 笏：上朝朝板，喻拐杖。③ 岚光：山气。

冯登府（清 1398）一首　题：和李篁园咏小云。

杨柳腰身，钱塘门外乡亲是▲①无多眉子▲②错认乔家姊▲③

怜也横陈，④娇也偏纤细▲芳名记▲青溪年纪▲⑤有个郎还未▲

注：① 钱塘门：杭州北门；乡亲：同乡。作者是嘉兴人，同属浙北人。② 眉子：边侧也，引伸为距离。③ 乔家：三国东吴，有姊妹花大乔、小乔。④ 横陈：玉体横陈，喻睡姿。⑤ 青溪：青春也。

管绳莱（清 1371）一首

几日春晴，陌头芳草青痕暖▲①谁家池馆▲②风信番番换▲

帘里生香，帘外花须短▲③斜阳转▲一声春唤▲浓绿何人管▲

注：① 陌头：田间道路。② 池馆：喻花园。③ 花须：花蕊。

熊琏（女）（清 1410）三首　题：第一首，花堤。

第二首，曲榭。

第三首，江村。

（1）万紫千红，垂杨影里春风度▲绣裙微露▲拾翠人无数▲①

隐隐楼高，蛱蝶双飞去▲帘开处▲谁家别墅▲指点春游路▲

注：① 拾翠：摘百草。古代妇女借以娱乐。

（2）隔岸香飘，周围一带珠帘卷▲①画楼深馆▲四望春山远▲

十二栏杆，谁把琼箫按▲②清辉满▲行吟绕遍▲月向花阴转▲

注：① 周围：《众香词》作周回。② 琼箫：即玉箫。

（3）近水人家，芦花掩映黄茅屋▲临流濯足▲①惊起双鸳浴▲

沽酒归来，②唱个吴江曲▲③吹横竹▲④鲈鱼正熟▲醉看秋山绿▲

注：① 濯足：洗足。② 沽酒：买酒。③ 吴江曲：即吴歌。吴江，江苏县名，属苏州。④ 横竹：笛也。

龚自珍（清 1431）一首　题：补记四月之游。

典却珠衩，①高楼特启樱桃宴▲江风吹楝▲②恰喜鲥鱼荐▲③

不许偎红，只许深杯劝▲窗三面▲推开一扇▲故使雏鬟见▲④

注：① 典：典当。② 楝：树名，春月开花。③ 荐：献也、上市也。④ 雏鬟：幼婢。

朱紫贵（清 1445）一首　题：武林金氏寓园，同徐咏梅作。

一片秋声，断无人处闲庭榭▲①画栏低亚▲②丝影青虫挂▲③

漠漠苔钱，④绿近藤花架▲魂销乍▲⑤翠衫凉惹▲眉月前廊下▲

注：① 榭：台上有屋曰榭。② 亚：亚字形栏杆。③ 此句说挂着青虫所吐之丝。④ 苔钱：苔叶似钱。⑤ 魂销乍：正销魂。乍，正也、恰也。

叶英华（清 1482）一首　题：夏日即事。

老树当檐，夕阳影里鸣蝉闹▲柴门却扫▲静觉清风到▲

睡醒呼童，竹坞支竹灶▲幽香窈▲①绿胎含笑▲②夜合花开了▲

注：① 窈：深远也。② 绿胎：花苞也。

吴藻（女）（清 1484）一首

倚竹拈花，生寒翠袖无人问▲一天风紧▲雁字来成阵▲

画角城楼，①又早催霜信▲②凭栏认▲乱山隐隐▲只与斜阳近▲

注：① 画角：城楼上戍卒所用号角。② 霜信：霜降节将至。

顾春（女）（清 1488）一首　题：题朱葆瑜女史《锄月种梅图》。

月满风清，暗香乍试花心净▲①荷锄幽径▲②疏密安排定▲

花压栏杆，翠袖和香凭▲天如镜▲横斜掩映▲有个人相称▲

注：① 暗香：梅有暗香，后遂成梅之别名。② 荷：音贺，肩负也。

唐埙（清 1497）一首　题：竹林女。

隔竹窥郎，鞋尖巧斗猫头细▲①绿云铺地▲②双袖笼寒翠▲

面似桃花，猜到鬟痕腻▲扶鸦婢▲③人来偏避▲佯示嗔人意▲④

注：① 猫头：明崇祯初，宫眷每绣兽头于鞋上，以辟不祥，呼为猫头鞋。

② 绿云：喻发。③ 鸦婢：即丫头。④ 嗔：怒。

沈善宝（女）（清 1498）一首　题：早春寄步珊姊。

帘卷东风，数声花外闻啼鸟▲此时怀抱▲知有愁多少▲

离恨年年，应被青山笑▲春还早▲凄凄芳草▲绿遍长亭道▲

杨琬（女）（清 1513）一首

小雨初收，野波清浅明如镜▲荻花千顷▲细响穿幽境▲

半杵晨钟，①欲被风吹冷▲听来近▲寺藏松顶▲玉塔玲珑影▲②

注：① 杵：撞钟棒也。② 玉塔：石塔之美称。

张逸藻（女）（清 1537）一首

枝上俱空，堆阶重叠花无数▲榆钱满树▲难买春光住▲

杜宇频啼，乱舞长空絮▲风和雨▲送春归去▲毕竟归何处▲

吴承勋（清 1547）一首

市色岚光，①卸帆眼熟兰陵路▲②黛梅欲吐▲③巧应收灯鼓▲④

拟趁新晴，又被江风阻▲斜阳渡▲画楼无数▲雪绣春寒谱▲

注：① 岚光：山气也。② 兰陵路：山东峄县、滕县一带。③ 黛梅：青梅。

④ 收灯鼓：在元宵后三天，灯事已完。

蒋英(女)(清 1550)一首　题：题《落花人独立图》。

轻启菱花，[①]蛾眉淡扫青山远▲[②]花容月面▲鬓上双珠钿▲[③]

悄倚雕栏，且把闲愁散▲春不见▲落花成片▲飞过斜阳院▲

注：① 菱花：即镜。② 此句说画眉。③ 珠钿：嵌珠首饰。

赵我佩(女)(清 1557)二首　题：第一首，对镜。

(1) 多谢菱花，[①]照侬眉黛青于柳▲[②]美人消瘦▲明月团圞否▲[③]

顾影含情，秋水神初逗▲[④]黄昏后▲眼波斜溜▲灯火屏山逗▲

注：① 菱花：镜也。② 侬：吴语，即我。③ 团圞：即团圆。④ 秋水神：喻神色之清澈。杜甫《徐清卿二子歌》："大二九龄色清澈，秋水为神玉为骨。"

(2) 帘箔双钩，晓妆才罢闲庭宇▲倚栏无语▲独自伤情绪▲

燕子归来，不解留春住▲春将去▲乱红如絮▲一阵催花雨▲

徐灏(清 1580)一首　题：藤县。[①]

渺渺镡江，[②]孤城一角青山断▲荒凉远岸▲白屋茅茨短▲

碧树寒烟，旧日浮槎馆▲[③]歌声缓▲海棠亭畔▲唱到沧波晚▲

注：① 藤县：广西县名。② 镡江：藤水与绣水合流称镡江，经广东入海。③ 浮槎：行槎。编竹木为船曰槎；馆：旅馆。

谈印梅(清 1588)一首　题：寒夜感怀。

寂寞深闺，当窗月色凉如水▲夜阑无睡▲湿透重重泪▲

辗转匡床，[①]只有兰釭对▲闲庭内▲虫鸣鹤唳▲搅得心儿碎▲

注：① 匡床：安稳之床，一说方正之床。《商君书·画策》："人主处匡床之上，听丝竹之声，而天下治。"

汪曰桢(清 1617)一首　题：春草。

十里芊绵，[①]暖风吹出芳菲景▲[②]翠茵铺径▲不许游骢骋▲[③]

舞蝶南园，畅好嬉春兴▲斜阳暝▲踏青人静▲留得弓鞋印▲[④]

注：① 芊绵：草木繁衍貌。② 芳菲：花草香美。③ 这句说：不许骑马来弛骋。④ 弓鞋：古时缠足女子之弓形小鞋。

勒方锜(清 1639)一首　题：舟行晚霁，光景极佳，词以写之。

溪雨收寒，断霞红浅飘鱼尾▲[①]树簪山髻▲村坞斜阳醉▲[②]

数点渔舟，随意横沙嘴▲东风细▲棹歌声里▲[③]一镜春烟翠▲[④]

注：① 鱼尾：喻纹路。云现鱼尾纹，晴兆也。② 村坞：村庄也。③ 棹歌：

船歌。④ 镜：指水平如镜。

陈静英（女）（清 1674）一首　题：春暮。

午漏迟迟，①绿窗人倦春将过▲留春无那▲②看满庭光堕▲

新绿帘栊，③长日薰香坐▲微风簸▲燕子营窠▲④栏角香泥涴▲⑤

注：① 午漏：中午滴漏计时；迟迟：徐行。② 无那：无奈何。③ 帘栊：窗帘。④ 窠：平声，借叶仄韵。⑤ 涴：同“污”。

潘钟瑞（清 1692）一首　题：踏雪村路，早梅尽冻。

雪淡梅浓，黯然一帧云林画▲①水边篱下▲租个闲驴跨▲

傅粉山妆，②渐对斜阳卸▲前村舍▲闭门深夜▲不管花开谢▲

注：① 云林：元大画家倪瓒，号云林子，世称倪云林。② 傅粉：搽粉，比喻雪。

许德蘋（女）（清 1708）二首　题：第二首，暮春感赋。

（1） 一曲瑶琴，泠泠谱出柔荑手▲①雪肥梅瘦▲春色重帘逗▲②

仔细端详，两眼星星溜▲回廊走▲咏诗千首▲攀得高花嗅▲

注：① 柔荑：柔而白也，喻女子手。② 逗：逗留。

（2） 花落花开，恨春作弄千般巧▲此情谁晓▲都是催人老▲

杜宇声声，偏向楼头叫▲春归了▲飞花料峭▲有个蜂儿抱▲

江风笙（清 1715）一首

不为春愁，只愁人似春将老▲繁华多少▲花事匆匆了▲

几叠屏山，①几折红墙绕▲凭栏眺▲依依斜照▲②镇日无人到▲③

注：① 屏山：即屏风。② 依依：柔弱貌。③ 镇日：整天。

瑞璸（清 1776）一首　题：春宵。

沉醉初醒，宦情似水飞云软▲①柳枝花片▲帘外春风卷▲

一树桃花，飘落闲庭院▲无人管▲沾泥贴藓▲②点点春愁散▲

注：① 宦情：官场情绪。② 藓：隐花地衣植物，苔类。

陈寿祺（清 1734）一首　题：春日书所见。　注：调名原作点樱桃。

何处娇娃，亸肩小立桃花底▲①腰肢春细▲正是愁年纪▲②

蓦见侬来，无计相回避▲垂头戏▲柳枝知未▲圈个团圞意▲

注：① 亸肩：垂肩。② 愁年纪：怀春年龄。

李慈铭（清 1735）一首　题：两日轻阴，柳花如雪，写以小词。

过了花时，垂杨满院飞晴雪▲①绿阴如幂▲②点点东风迹▲

午梦初回，却道余寒积▲茶烟直▲湘波帘隙▲暂放斜阳碧▲

注：① 晴雪：喻柳絮。② 幂：音觅，覆盖物也。

沈景修（清 1768）一首　题：紫藤。

一架秋千，罗裙姹紫随风袅▲①坼苞船小▲②糁地呼童扫▲③

屈曲虬蟠，④翠幄浓阴罩▲炎天好▲蕉衫客到▲⑤暂立清烦恼▲

注：① 罗裙：紫藤春暮开蝶形花，故以罗裙喻之；姹紫：喻娇艳。② 坼苞：花苞裂开。③ 糁地：纷散于地面。④ 虬蟠：紫藤茎如龙蛇般缠络于他物。⑤ 蕉衫客：着蕉布衫之客。

李曾裕（清 1771）一首

两岸垂杨，门前流水明如镜▲宵来人静▲露立秋衫冷▲

水上红楼，楼上红灯暝▲西风定▲碧纱窗映▲约略钗鬟影▲

张祖同（清 1777）一首

风雨连朝，深深碧涨迷南浦▲①画船无数▲撑过红桥路▲

可惜离人，犹在长干住▲②伤情处▲草痕春暮▲绿到天边去▲

注：① 南浦：在湖北武昌县南。《楚辞》："送美人兮南浦"，后人遂泛指送别之处。② 长干：地名，在南京中华门外。

陈宝琛（清 1814）一首　题：泛舟八里台观荷，次子有韵。

一舸清渠，①曙风障断尘阛暑▲②过云行处▲不带些儿雨▲

本是浮家，③花欲留人住▲无多路▲便随香去▲收取荷盘露▲

注：① 舸：大船。② 曙风：晓风；尘阛暑：尘世间街垣炎暑。③ 浮家：指泛舟。

叶大壮（清 1817）一首

一派红荷，前头一派黄金柳▲梅炎难受▲①又试轻纨手▲②

六柱油篷，写入图中否▲家居久▲雨声穿牖▲③梦在吴淞口▲④

注：① 梅炎：黄梅炎热天。② 轻纨：纨扇。③ 牖：窗也。④ 吴淞口：海口，在上海宝山境。

王鹏运（清 1819）一首　题：饯春。①

抛尽榆钱，②依然难买春光驻▲饯春无语▲肠断春归路▲

春去春来，人去能来否▲长亭暮▲乱山无数▲只有鹃声苦▲③

注：① 饯春：送春也。② 榆钱：榆荚扁圆似铜钱。③ 鹃：杜鹃。

文廷式（清 1845）一首

水际春回，曲栏环合庭阴翠▲縠纹波细▲石罅看鱼戏▲

宛宛韶光，着处偎人腻▲春知未▲青芜满地▲易惹天涯思▲

程淑（女）（清 1853）一首　题：新燕。

春社年年，[1]燕归犹把雕梁认▲[2]似通芳讯▲软语呢喃问▲[3]

历遍天涯，莫诉飘流恨▲芹泥润▲[4]补巢功尽▲视尔双栖稳▲

注：① 春社：立春后第五个戊日为春社，以祀后土神。时燕子飞归江南。② 雕梁：屋梁之美称，指归巢。③ 呢喃：燕语。④ 芹泥：筑巢材料。

陈夔（清 1873）一首　题：壬子（1912 年）。

花满春城，袷衣初试清明雨▲闹红深处▲笑指湖边路▲

隔岸楼台，似约游人处▲公无渡▲夕阳烟树▲又是春将暮▲

劳纺（女）（清 1983）三首　题：第一首，舟中即景。

第二首，春暮。

第三首，秋夜。

（1）将近黄昏，乍停柔橹轻舟舣▲薄寒侵袂▲独向篷窗倚▲

一带村居，茅屋临流水▲霞如绮▲暮烟凝紫▲画本疏林里▲

（2）轻暖轻寒，单衣未试春将去▲满庭飞絮▲草色青如许▲

目送征鸿，愁绪萦千缕▲闲凝伫▲凭栏无语▲芳树斜阳暮▲

（3）蟾魄窥檐，[1]沉沉院语初更后▲林疏星漏▲隐隐看南斗▲[2]

点缀秋光，槛外秋光瘦▲西风骤▲嫩寒时候▲[3]落叶将飞又▲

注：① 蟾魄：指月亮。② 南斗：星名。③ 嫩寒：薄寒。

沈德麟（清 1911）一首　题：题闺人花影独立小影。[1]

小院春深，昼长人静眠初醒▲落红成阵▲怪底东风紧▲

何事恹恹，道病偏非病▲花如锦▲含颦对影▲独立斜阳冷▲

注：① 闺人：女子也，一般指妻。

罗振常（清 1912）一首

鹢首徐回，[1]避人白鹭冲霄去▲葭蒲无数▲[2]不见舟行路▲

浅屿洄汀，昔日同游处▲秋如许▲风莲自舞▲向我娇无语▲

注：① 鹢首：船头也。鹢，水鸟名，常被绘于船头。② 葭蒲：芦苇、蒲柳。

周守瑜（清 1927）一首　题：春游。

日转西斜，长堤缓步鸦归后▲几枝垂柳▲乱拂行人首▲

云雨悠悠，野寺钟鸣久▲溪边叟▲得鱼沽酒▲还向杏花走▲

罗庄（女）（现当25）二首

（1）蓦地东风，吹来惊断流莺语▲分明告与▲春去难留住▲

杨柳楼台，雪絮参差舞▲[1]云天暮▲乱山无数▲青入闲庭户▲

注：① 雪絮：柳絮如雪；参差：不齐貌。

（2）残暑初消，梧桐叶落惊秋早▲气澄地表▲[1]万壑烟云扫▲

场圃当门，燕雀争遗稻▲闲凭眺▲半山残照▲陌上行人少▲

注：① 气澄地表：天气清，地明。表，明也。

王沂暖（现当51）一首

野态村情，芭蕉倾盖荆花老▲零虫碎草▲秋也如春好▲

水外斜阳，红遍千林杪▲西风扫▲荒凉石道▲容我吟哦饱▲

郑寿岩（现当87）一首　题：春游。注：调名原作南浦月。

红淡苔浓，暖塘鸭逐微波皱▲踏青春瘦▲人约花期后▲

风忒多情，轻拂胸怀透▲蜂儿逗▲问桃寻柳▲疏影莺声骤▲

车乘轨（现当88）一首　题：游园疗病。　注：1998 年 12 月 3 日作。

春夏秋冬，湖东四所园林景▲解忧消病▲缓步花砖径▲

隔水楼台，双塔斜阳影▲梆声猛▲一棹渔艇▲绕岸鱼虾打▲[1]

注：① 打：梗韵，滴耿切，义同马韵。

方书隆（现当117）一首　题：初冬。

云暗霜寒，平林漠漠千山瘦▲苍松独秀▲正小春时候▲

人寿年丰，处处笙歌奏▲街衢走▲老翁携幼▲珍品相争购▲

伍影（女）（现当214）一首　题：幼女。

思女回乡，两年不见生疏样▲妈妈何相▲门后偷偷望▲

花布一方，挂在光身上▲随地躺▲眼睛明亮▲小嘴成天唱▲

四十一字　点绛唇　第二体，同第一体，但后段第四句不叶韵。

吴潜（宋461）一首

禁鼓三敲，[1]参旗初挂栏杆角▲[2]浅屏疏箔▲[3]夜气侵衣薄▲[4]

欸乃吴歌，[5]艇子当溪泊▲[6]休休莫▲[7]五湖烟浪，不是鸱夷错▲[8]

注：① 禁鼓：皇城更鼓。② 参旗：参，星名，属毕宿，共九星，在参星西。又名“天旗”“天弓”。③ 箔：竹帘。④ 薄：逼近也。⑤ 欸乃：船橹声。⑥ 艇子：狭长小舟。⑦ 休休莫：即休休莫莫，语见宋李吕《醉落

魄》："休休莫莫，当年不负西湖约"。⑧ 鸱夷：盛酒革囊，此处指饮酒。鸱，音蚩。

冯湘（女）（明 222）一首

岸柳舒青，墙桃着露烟如织▲香消南国▲使我无颜色▲

玉笛声飞，梅落空相忆▲知时节▲杏衫初试，陡觉腰儿窄▲

陆人龙（明 308）一首　题意：《型世言》第三十八回，咏熊文姬。

一段盈盈，①妖红腻白多姣丽▲晚山烟起▲②雨点眉痕细▲

斜蝉乌云，③映得庞儿媚▲④声儿美▲低低悄悄，莺啭花影里▲

注：① 盈盈：谓女之轻盈也。② 晚山：喻晚上眉峰。③ 此句说斜垂黑发。④ 庞儿：面庞。

彭孙贻（明 504）一首　题：折花有感作。

折得榴花，繁英簌簌红窗雨▲①种花人去▲花尚留侬住▲②

行遍雕栏，旧痕无寻处▲伤心句▲银钩小字，题傍庭前树▲

注：① 英：树叶：簌簌：茂密貌。② 侬：吴语，我也。

郭辅畿（明 508）二首　题：第一首，春怨。

第二首，离思。

（1）宿粉啼残，①梦儿踏遍桥东草▲误奴多少▲②薄倖春风老▲③

窗外花枝，谁比郎时好▲刍尼巧④▲几回偷唤，赚得人颠倒▲

注：① 宿粉：隔夜所搽之粉。② 奴：古代女子自称。③ 薄倖：负心。④ 刍尼：即鹊。

（2）鬓绾乌云，脸痕薄带阴山雪▲黛飘柳叶▲眼溜秋波列▲

袅袅腰身，不够些儿捻▲初生月▲画裙深掩，一瓣莲新折▲

高珩（清 40）一首　题：姪辈城下旧书舍。

曲径幽斋，晚春犹觉春风骤▲落红铺绣▲杏子青如豆▲

院静无人，瘦竹穿窗牖▲泉声溜▲细草平池，点点波纹皱▲

贺裳（清 98）一首　题：秋夜。

浴罢将还，亭梧已转栖鸦影▲月窥衾枕▲今夜秋初冷▲

席卷龙须，①缛换芙蓉锦▲呼郎寝▲薰笼移过，②先卸花冠等▲③

注：① 龙须：草名，可织席，此处指席。② 薰笼：取暖工具。③ 花冠：插花帽子。

庞蕙纕（女）（清 112）一首　题：次沈素嘉（沈树荣）韵。

十载芳邻，①自怜一别还如雨▲看云愁绪▲隔个江天树▲

佳句曾题，小楷红笺处▲频看取▲相思何限，一瞬情千缕▲

注：① 十载芳邻：作者曾与沈素嘉比邻十载。

吴绡（女）（清235）一首　题：春思。

春雨春风，□□睡起花飞霰▲①无心匀面▲②闷倚栏杆遍▲

自卷珠帘，放出双双燕▲垂杨院▲宇下葳蕤，③光景浑如电▲

注：① 飞霰：飞雪珠，喻花飞散也。② 匀面：整面。③ 葳蕤：叶下垂貌。

贺禄（女）（清531）一首　题：舟中即事。

堤柳含烟，①流莺何处绵蛮语▲②为谁留住▲想在花深处▲

剪掠轻波，紫燕拖红缕▲③难凭处▲再来重见，都振风前羽▲

注：① 含烟：柳丝濛濛，似含烟雾。② 绵蛮：鸟声。③ 缕：丝线。

四十一字　点绛唇　第三体，同第一体，但各句用韵稍有不同。

汪莘（宋418）一首

晓角霜天，①画帘却是春天气▲小园行处▲▲双蝶相随至▲

恰向梅边，又向桃边觑▲▲孜孜地▲②访兰寻蕙▲谁会幽人意▲

注：① 晓角：早晨号角声。② 孜孜：不倦也。

兰陵笑笑生（明213）一首　注：此词为《金瓶梅》第二十九回词序。

新凉睡起，兰汤试浴郎偷戏▲①去曾嗔怒，来便生欢喜▲

奴道无心，郎道奴如此▲情如水▲易开难断，若个知生死▲②

注：① 兰汤：指洗浴水。② 若个：那个也。

焦竑（明226）一首　题：寿徐松山。

轩冕文章，①肯教换却尊前醉▲②脚跟如系▲不到长安市▲③

若问生涯，④笑指山深处▲▲云铺翠▲▲虬龙满地▲⑤有个松千树▲▲

注：① 轩冕：贵显者通称。② 尊前：酒席前。③ 长安市：喻京都或城市。

④ 生涯：生活境况。⑤ 虬龙：喻树根。

沈麐（明276）一首　题：秋闺怨。

风剪芭蕉，纷纷开时侬心碎▲①枕儿不睡▲挨入衾儿内▲

兜住鞋尖，只索通宵耐▲▲②星灯债▲▲③夜长夜快▲▲滴尽相思泪▲

注：① 侬：吴语，即我。② 只索：只好之意。③ 星灯债：喻夜债。

王庭（清21）一首　题：同人访张深之于贺桥别墅。①

曲巷屏开，轻舟缓动微风起▲人家能几▲②一半萦流水▲③

树倚危桥，④带得昏鸦语▲▲⑤情何许▲▲淡烟如雨▲▲秋在斜阳里▲

注：① 同人：即同事。② 几：有多少。③ 萦流水：环绕河边。萦，旋绕也。④ 危桥：高桥。⑤ 昏鸦：黄昏时归巢之鸦。

刘体仁（清39）一首　题：题姬人画安石榴。

秋老园林，海榴累累垂芳树▲①丹青闺里，描写晴和雨▲

惺䙰罗裙，②久罢薰风舞▲③幡铃护▲石家醋醋▲④笑把明珠吐▲

注：① 海榴：即石榴，因来自海外，故称。② 惺䙰：静叠也。③ 薰风：南风也。④ 石家醋醋：指石榴。清厉荃《事物异名录·花卉·石榴》引《博物志》："崔玄微遇数美人李氏、陶氏……皆众花之精，有绯衣少女曰石醋醋，乃石榴也。"

宋琬（清49）一首　题：席上听女郎度曲。

子夜清歌，隔帘疑在青天外▲琼箫玉管，莫把莺喉碍▲①

纱帽笼头，卸却残妆戴▲娇羞坏▲广场无奈▲初学男儿拜▲②

注：① 莺喉：喻女声似莺啭。② 后段五句谓其女扮男角演唱。

吕熊（清399）一首　注：此词见《女仙外史》第六回。

轻解绡裙，小怜玉体横陈夜▲①脸晕潮红，不禁双鬟卸▲

活现春宫，颠倒谁能画▲娇羞怕▲香魂欲化▲滚滚情波泻▲

注：① 小怜：人名，北魏冯淑妃也。此处借古喻今。

沈珮（女）（清782）一首　题：寒食。

柳外莺啼，帘垂满地梨花碎▲东风无赖▲吹得人憔悴▲

村含烟稀，草色青青路▲▲寻芳去▲▲子规声沸▲却被愁牵住▲▲

四十一字　点绛唇　第四体，用平韵。

周守瑜（清2022）一首　题：愁怨。

庭帏寂寞，夜夜添来多少愁△月光清幽△惆怅怕登楼△

轻寒溅骨，砧声动远秋△萤火流△烟落风收△屈指到瓜洲△

四十一字　点绛唇　第五体，同第四体，但前后段第一句起韵，前段第三句不叶韵。

宋存标（明391）一首　题：春闺。

烟雨茫茫△伤春时节怨春光△船头苔滑，花底屐痕长△①

几宿春庄△田水满芳塘△促行装△玉笛声扬△吹恨到斜阳△

注：① 屐：音基，木屐鞋。

四十二字　中兴乐　（又名西兴乐、湿罗衣）

牛希济（五代十国 7）一首　注：调名原作湿罗衣。

池塘暖碧浸晴晖△濛濛柳絮轻飞△红蕊凋来，醉梦还稀△

春云空有雁归△珠帘垂△东风寂寞，恨郎抛掷，泪湿罗衣△

陈维崧（清 196）一首　题：秋夜。

水边小弄靠烟廊△秋窗正掩书窗△忽有人声，飘来画墙△

不辨衣香水香△太微茫△分明有个，玉簪花底，暗舀新凉△

赵吉士（清 279）二首　题：第一首，思归。

第二首，晓行。注：调名原作湿罗衣。

（1）连宵风雨酿秋容△微霜渐染丹枫△雁字初来，[①]阵阵书空△[②]

迢迢乡梦难通△恨千重△江南此际，芳塘如镜，开遍芙蓉△

注：① 雁字：雁飞行时，排成一字或人字形。② 书空：雁在空中成列而飞，其形如字，故称。

（2）隔林晓色未蒸霞△[①]残星数点横斜△席帽寒侵，断岭云遮△

马蹄踏碎荒沙△苦思家△相看只有，平原衰草，满地霜华△

注：① 未蒸霞：未露霞光。

李良年（清 426）一首　题：追忆。　注：调名原作西兴乐。

天街灯火绣帘重△[①]去年今日曾逢△斜蹙纤罗，[②]相思暗通△

别后云山数峰△怅离踪△旧游不再，梦中芳草，春雨茸茸△[③]

注：① 天街：皇都中街道。② 纤罗：纤细罗裙。③ 茸茸：草发生貌。

李贻德（清 1367）一首　题：泊西兴。　注：调名原作西兴乐。

轻桡初歇日初斜△水声惊起栖鸦△一夜春归，东风剪花△

翠影分从远沙△上窗纱△隔溪画阁，低悬绣箔，红杏谁家△

车乘轨（现当 88）一首　题：丙戌上元。　注：2006 年 2 月 12 日作。

严冬一去又孟春△元宵美景良辰△火树银花，五彩缤纷△

欣逢圆月嫩云△更销魂△观灯品茗，进汤团点，享鸭馄饨△[①]

注：① 鸭馄饨：即经过哺化之鸭蛋，加桂皮等香料烧制而成，为嘉兴特产。此名始见于宋人周密之《癸辛杂识》。方万里有诗曰："跳上岸头须记取，秀州城外鸭馄饨。"

四十二字　平湖乐　（又名小桃红）

王恽（元 9）二首

（1）采莲人语隔秋烟△波静如横练▲①入手风光莫流转▲共留连△
画船一笑春风面▲江山信美，②终非吾土，何日是归年△
注：① 练：熟绢也，洁白不染色。② 信美：果真美。

（2）安仁双鬓已惊秋△①更甚眉头皱▲一笑相逢且开口▲玉为舟△
新词淡似鹅黄酒▲归扶路，竹西歌吹，②人道是扬州△
注：① 安仁：晋人潘岳，字安仁，貌美，后遂借喻美男子。② 竹西歌吹：杜牧《题扬州禅智寺》诗：“谁知竹西路，歌吹是扬州。”

倪瓒（元82）一首　注：调名原作小桃红。

一江秋水洗寒烟△水影明如练▲眼底离愁数行雁▲雪晴天△
绿萍红蓼参差见▲吴歌荡桨，一声哀怨，惊起白鸥眠△

四十二字　生查子

孙光宪（五代十国24）一首

暖日策花骢，①亸鞚垂杨陌▲②芳草惹烟青，落絮随风白▲
谁家绣毂动香尘，隐映神仙客▲狂杀玉鞭郎，咫尺音容隔▲
注：① 花骢：五色马。② 亸鞚：垂下马勒。

陈亚（宋12）一首

相思意已深，白纸书难足▲字字苦参商，①故要檀郎读▲②
分明记得约当归，远至樱桃熟▲何事菊花时，犹未回乡曲▲③
注：① 参商：两星名，位置相背，喻别离也。② 檀郎：对情人之爱称。③ 乡曲：穷乡偏僻之地，此处喻家乡。④ 后段四句，各嵌一药品，第四句回乡，喻茴香。

四十二字　玉蝴蝶

孙光宪（五代十国24）一首

春欲尽，景仍长△满园花正黄▲粉翅两悠飏△翩翩过短墙△
鲜飚暖▲牵游伴▲飞去立残芳△无语对萧娘△舞衫沉麝香△

四十二字　抛球乐

无名氏（唐45）一首

宝髻钗横坠鬓斜△殊容绝胜上阳家△蛾眉不扫天生绿，莲脸能匀似朝霞△无端略入后园看，羞杀庭中数树花△

四十二字　后庭花

李调元（清1026）一首　题：听王四儿歌扑蝴蝶。

日长金缕垂深院▲[①]满庭花片▲一双蝴蝶南园见▲溜波偷眄▲[②]

和身倒扑去、轻罗扇▲腕露黄金钏▲才得又飞情犹恋▲

注：① 金缕：金丝线，指珠帘。② 眄：音面，即眯眼，目斜窥而不闭。

四十二字　春光好（又名愁倚阑、愁倚阑令）　**第一体，首句不叶韵。**

蔡伸（宋222）三首

（1）伤春晚，送春归△步云溪△绿叶同心双小字，[①]记曾题△

楼外红日平西△长亭路、烟草萋萋△云雨不成新梦后，倚栏时△

注：① 双小字：两个字的小名。

（2）天如水，月如钩△正新秋△月影参差人窈窕，[①]小红楼△

如今往事悠悠△楼前水、肠断东流△旧物忍看金钩腕，[②]玉搔头△

注：① 窈窕：妖冶貌。② 忍看：不忍看；金钩腕：金手镯。

（3）一番雨，一番凉△夜初长△满院蛩鸣人不寐，[①]月侵廊△

木樨微绽幽芳△[②]西风透、窈窕红窗△恰似个人鸳被里，玉肌香△

注：① 蛩：蟋蟀。② 木樨：桂花别名。

张元幹（宋243）一首

寒食近，踏青时△画堂西△可是春来偏倦绣，乍生儿△[①]

香锦轻拂胭脂△加文褓、初试斑衣△[②]悄没功夫存问我，且怜伊△

注：① 乍生儿：初生婴儿。② 文褓：绣文之襁褓，即裹缚小孩之衣被；斑衣：斑斓彩衣。

曾觌（宋296）二首

（1）胭脂腻，粉光轻△正新晴△枝上闹红无处着，[①]近清明△

仙娥进酒多情△[②]向花下、相劝盈盈△[③]不惜十分倾玉斝，[④]惜凋零△

注：① 着：着落。② 仙娥：喻美女。③ 盈盈：女貌轻盈。④ 玉斝：玉制酒杯。

（2）槐阴蜜，蔗浆寒△荔枝丹△[①]珍重主人怜客意，荐雕盘△[②]

多情翠袖凭栏△[③]晚妆罢、谁与同欢△帘卷玉钩风细细，敛眉山△[④]

注：① 丹：红也。② 荐：献也。③ 翠袖：喻女子。④ 眉山：眉峰。

程垓（宋368）一首

春犹浅，柳初芽△杏初花△杨柳杏花交映处，有人家△

玉窗明暖烘霞△小屏上、水远山斜△昨夜酒多春睡重，莫惊他△

曹堪（明369）一首　题：村居即事。　注：调名原作愁倚栏令。

春光转，绿蒿芽△吐兰花△倦后瓦瓯亲自煮，一杯茶△

晴看碧水流霞△夕阳照、疏树横斜△屋角钓筒高挂起，卖鱼家△

钱凤纶（女）（清650）一首　题：哭柔嘉姊（黄双蕙）。　注：调名原作愁倚栏令。

凭栏久，觅芳踪△思无穷△记得玉钩微步处，①印残红△

小园花醉春浓△香馥馥、带惹春风△悔杀从前欢宴处，总匆匆△

注：① 玉钩：喻弓鞋。

赵彦俞（清1506）一首　题：晚泊茱萸湾。　注：调名原作愁倚栏令。茱萸湾：又名茱萸沟，在江苏扬州东北，运河分流处。

东风起，水悠悠△古湾头△尚有旧时残垒在，使人愁△

黄昏细雨扁舟△垂杨外、来往群鸥△灯火寂寥三两处，是扬州△

姚燮（清1529）一首　注：调名原作倚栏令。

垂茜袖①，侧金钗△立苍苔△昨夜阴阴微弄雨，海棠开△

羁人无限春怀△②歌声隔、杨柳池台△帘幕疏疏风恻恻，③燕飞来△

注：① 茜袖：绛红袖。② 羁人：离人。③ 恻恻：凄凉貌。

张启涵（现当130）一首　题：牛年（1997年）春节。

六九头，看梅花△到山家△燃爆竹桃符换旧，好年华△

灯火红透窗纱△屠苏酒、筹觥交加△肯与邻翁拼一醉，兴犹赊△

四十二字　春光好　第二体，首句即起韵。

卢祖皋（宋445）一首

惜春心△步花阴△怕春深△风飏游丝吹落絮，①满园林△

日长帘幕沉沉△朱栏畔、斜亸琼簪△②笑折梨花闲照水，贴眉心△

注：① 游丝：蜘蛛丝之类。② 斜亸琼簪：斜垂玉簪。

四十二字　浣溪沙　（又名小庭花）　第一体，后段首句不叶韵。

张氏（女）（唐17）一首　题：郊行。

新篁曲径野花香△闪闪随风蝶翅忙△柳絮飞堕点衣裳△

人在景中怜日永，燕翻波面舞春长△野桥古渡半斜阳△

张曙（唐41）一首　注：此词《花间集》作张泌撰。

枕障薰炉隔绣帏△①二年终日两相思△杏花明月始应知△

天上人间何处去，旧欢新梦觉来时△黄昏微雨画帘垂△

注：① 障：障碍，隔之意。

韦庄（五代十国1）三首

（1）清晓妆成寒食天△柳毬斜袅间花钿△①卷帘直出画堂前△

指点牡丹初绽朵，日高犹自凭朱栏△含颦不语恨春残△

注：① 柳毬：柳絮。

（2）欲上秋千四体慵△①拟交人送又心忪△②画堂帘幕月明风△

此夜有恨谁不极，③隔墙梨雪又玲珑△④玉容憔悴惹微红△

注：① 慵：懒也。② 忪：惊也。③ 极：极点。④ 梨雪：梨花如雪。

（3）绿树藏莺莺正啼△柳丝斜拂白铜堤△①弄珠江上草萋萋△②

日暮欲归何处客，绣鞍骢马一声嘶△满身兰麝醉如泥△

注：① 白铜堤：地名，在今湖北襄阳境。② 弄珠：《韩诗外传》："郑交甫在湖北汉皋台下遇两女佩两珠，交甫目而挑之，二女解佩赠之。"

韩偓（五代十国2）一首

拢鬓新收玉步摇△①背灯初解绣裙腰△枕寒衾冷异香焦△②

深院下关春寂寂，③落花和雨夜迢迢△④恨情残醉却无聊△

注：① 玉步摇：玉制步摇，首饰也。随步走而摇动，故名。② 焦：燃烧也。③ 下关：关闭门户。④ 迢迢：长远也。

薛绍蕴（五代十国4）二首

（1）粉上依稀有泪痕△郡庭花落欲黄昏△①远情深恨与谁论△

记得去年寒食日，延秋门外卓金轮△②日斜人散暗销魂△

注：① 郡庭：府衙庭院。② 延秋门：唐长安（今西安）城南门；卓金轮：停车也。

（2）帘外三间出寺墙△①满街垂柳绿阴长△嫩红轻翠间浓妆△

瞥地见时犹可可，②却来闲处暗思量△如今情事隔仙乡△

注：① 寺：官舍。② 瞥地：暂见也；可可：赞许之意。

欧阳炯（五代十国11）一首

天碧罗衣拂地垂△美人初著更相宜△宛风如舞透香肌△①

独坐含颦吹凤竹，②园中缓步折花枝△有情无力泥人时△③

注：① 宛风：小风也。② 含颦：蹙眉。③ 泥人：软绵缠人也。

顾敻（五代十国15）一首

春色迷人恨正赊△①可堪荡子不还家△②细风轻露着梨花△

帘外有情双燕飏，槛前无力绿杨斜△小屏狂梦极天涯△

注：① 赊：长也、远也。② 荡子：游荡忘家之人。

毛熙震（五代十国 23）二首

（1）春暮黄莺下砌前△水晶帘影露珠悬△绮霞低映晚晴天△
弱柳千条垂翠带，残红满地碎香钿△蕙风飘荡散轻烟△

（2）云薄罗裙绶带长△[①]满身新裛瑞龙香△[②]翠钿斜映艳梅妆△[③]
佯不觑人空婉约，笑和娇语太猖狂△忍教牵恨暗形相△[④]

注：① 绶带：即丝绦。② 裛：熏染也；瑞龙：香名。③ 梅妆：人日（正月初七）宋寿阳宫主卧檐下，梅花落于额上，成五出之花，号梅花妆。④ 形相：相度也。

孙光宪（五代十国 24）二首

（1）兰沐初休曲槛前△[①]暖风迟日洗头天△[②]湿云新敛未梳蝉△[③]
翠袂半将遮粉臆，宝钗长欲坠香肩△此时模样不禁怜△

注：① 兰沐：兰汤沐洗。② 迟日：缓行之日。③ 云：指发；蝉：指蝉翼形发髻。

（2）轻打银筝坠燕泥△断丝高罥画楼西△[①]花冠闲上午墙啼△[②]
粉箨半开新竹径，[③]红苞尽落旧桃蹊△[④]不堪终日闭深闺△

注：① 高罥：高挂。② 花冠：喻雄鸡。③ 箨：竹皮也。④ 桃蹊：即桃径。

冯延巳（五代十国 26）一首

春到青门柳色黄△一梢红杏出低墙△莺窗人起未梳妆△[①]
绣帐已阑离别梦，[②]玉炉空袅寂寥香△[③]闺中红日奈何长△

注：① 莺窗：窗外有莺鸣叫。② 阑：阑珊，即衰迟。③ 袅：缭绕。

李璟（五代十国 28）一首

风压轻云贴水飞△乍晴池馆燕争泥△沈郎多病不胜衣△
沙上未闻鸿雁信，竹间时听鹧鸪啼△此情惟有落花知△

张泌（五代十国 33）三首

（1）钿毂香车过柳堤△[①]桦烟分处马频嘶△[②]为他沉醉不成泥△
花满驿亭香露细，[③]杜鹃声断玉绳低△[④]含情无语倚楼西△

注：① 钿毂：嵌螺钿之车。② 桦烟：桦树叶茂密如烟。③ 驿亭：传递公文、休止之所。④ 玉绳：月也。

（2）翡翠屏开绣幄红△[①]谢娥无力晓妆慵△[②]锦帏鸳被宿香浓△[③]

微雨小亭春寂寞，燕飞莺语隔帘栊△杏花凝恨倚东风△④

注：① 幄：帐幕也。② 谢娥：泛指妓女。③ 宿香：隔夜余香。④ 凝恨：恨之不已。

（3）小市东门欲雪天△众中依约见神仙△①蕊黄香画贴金蝉△②

饮散黄昏人草草，醉容无语立门前△马嘶尘烘一街烟△

注：① 神仙：指美女。② 贴金蝉：插戴蝉形金钗。

张先（宋 18）二首

（1）楼倚春江百尺高△烟中还未见归桡△几时期信似江潮△

花片片飞风弄蝶，柳阴阴下水平桥△日长才过又今宵△

（2）水满池塘花满枝△乱香深处语黄鹂△东风轻软弄帘帏△

日正长时春梦短，燕交飞处柳烟低△玉窗红子斗棋时△

晏殊（宋 20）三首

（1）一曲新词酒一杯△去年天气旧亭台△夕阳西下几时回△

无可奈何花落去，似曾相识燕归来△小园香径独徘徊△

（2）小阁重帘有燕过△晚花红片落庭莎△曲栏杆影入凉波△

一霎好风生翠幕，几回疏雨滴圆荷△酒醒人散得愁多△

（3）红蓼花香夹岸稠△绿波春水向东流△小船轻舫好追游△

渔父酒醒重拨棹，鸳鸯飞去却回头△一杯销尽两眉愁△

欧阳修（宋 33）三首

（1）堤上游人逐画船△拍堤春水四垂天△①绿杨楼外出秋千△

白发戴花君莫笑，六幺催拍盏频传△②人生何处似尊前△

注：① 四垂天：天幕四面垂地，水天相接。② 六幺：曲名。

（2）青杏园林煮酒香△佳人初试薄罗裳△柳丝摇曳燕飞忙△

乍雨乍晴花自落，闲愁闲闷昼偏长△为谁消瘦损容光△

（3）湖上朱桥响画轮△溶溶春水浸春云△碧琉璃滑净无尘△

当路游丝萦客醉，④隔花啼鸟唤行人△日斜归去奈何春△

王安石（宋 57）一首

百亩中庭半是苔△门前白道水萦回△爱闲能有几人来△

小院回廊春寂寂，山桃溪杏两三栽△为谁零落为谁开△

晏几道（宋 71）三首

（1）二月和风到碧城△万条千缕绿相迎△舞烟弄日过清明△

妆镜巧眉偷叶样，①歌台妍曲借枝名△②晚秋霜雪莫无情△

注：① 此句说画成柳叶眉。② 枝：柳枝，曲名也。

(2) 卧鸭池头小苑开△暄风吹尽北枝梅△长莎软路几萦回△
静选绿阴莺有意，漫随游骑絮多才△去年今日忆同来△

(3) 白纻春衫杨柳鞭△①碧蹄骄马杏花鞯△②落英飞絮冶游天△
南陌暖风吹舞榭，东城凉月照歌筵△赏心多是酒中仙△

注：① 白纻：夏布之细而洁白者。② 鞯：音笺，马鞍具也。

苏轼(宋 80)六首　题：第一至四首，徐门(即江苏徐州)石潭谢雨道上作。
第五首，端午。
第六首，新秋。

(1) 照日深红暖见鱼△连村绿暗晚藏乌△①黄童白叟聚睢盱△②
麋鹿逢人虽未惯，③猿猱闻鼓不须呼△④归来说与采桑姑△

注：① 乌：乌鸦。② 睢盱：音虽须，喜悦貌。③ 麋鹿：一名沙鹿，似鹿而大。④ 猱：音挠，即猿。

(2) 麻叶层层苘叶光△①谁家煮茧一村香△隔篱娇语络丝娘△
垂白杖藜抬醉眼，②捋青捣炒软饥肠△③问言豆叶几时黄△

注：① 苘：音顷，即白麻。② 垂白：喻老人；杖藜：拄着藜杖。③ 捋青：采摘新麦；捣炒：炒麦粉。

(3) 旋抹红妆看使君△①三三五五棘篱门△②相排踏破蒨罗裙△③
老幼扶携收麦社，乌鸢翔舞赛神村△④道逢醉叟卧黄昏△

注：① 使君：指州官，作者自称。② 棘篱门：枣树枝编的篱笆门。③ 蒨：通茜，绛红色。④ 乌鸢：乌鸦、鹞鹰；赛神：迎神赛会。

(4) 簌簌衣巾落枣花△①村南村北响缫车△②牛衣古柳卖黄瓜△③
酒困路长惟欲睡，日高人渴漫思茶△敲门试问野人家△

注：① 簌簌：茂密貌。② 缫车：缫丝车。③ 牛衣：编乱麻而成，语出《汉王章传》。

(5) 轻寒微微透碧纨△①明朝端午浴芳兰△②流香涨腻满晴川△
彩线轻缠红玉臂，小符斜挂绿云鬟△佳人相见一千年△③

注：① 碧纨：青绿色熟绢团扇。② 浴芳兰：香汤沐浴。③ 佳人：美人；一千年：端午与纪念屈原有关，时隔已一千三百余年。

(6) 风卷珠帘自上钩△萧萧乱叶报新秋△①独携纤手上高楼△
缺月向人舒窈窕，②三星当户照绸缪△③香生雾縠见纤柔△④

注：① 萧萧：风声。② 窈窕：妖冶貌。③ 三星：谓心星也，嫁娶者以为适宜；绸缪：犹缠绵恩爱也。④ 縠：皱纱。

黄庭坚（宋 101）二首　题意：第一首，上段套取唐人顾况《渔父词》；下段套取唐人张志和《渔父词》。

第二首，作者过四川泸州，赠官妓盼盼。

（1）新妇矶头眉黛愁△①女儿浦口眼波秋△②惊鱼错认月沉钩△
青箬笠前无限事，绿蓑衣底一时休△斜风细雨转船头△

注：① 新妇矶：即新裕河，又名新妇港。起自安徽巢县，流经含山县、和县，入长江。② 女儿浦：又名女儿港，在江西彭蠡湖大孤山侧。

（2）脚上鞋儿四寸罗△①唇边朱麝一樱多△②见人无语但回波△③
料得有心怜宋玉，④低徊无奈楚襄何△今生有分向伊么△

注：① 四寸罗：四寸长罗鞋。② 一樱多：比一粒樱桃大一点。③ 波：眼波。④ 宋玉：战国楚人，才貌双全。

李之仪（宋 102）一首

昨日霜风入绛帏△①曲房深院绣帘垂△屏风几曲画生枝△②
酒韵渐浓欢渐密，罗衣初试漏初迟△已凉天气未寒时△

注：① 霜风：霜降节时之风；绛帏：绛红色帷幕。② 几曲：几折。

秦观（宋 116）二首

（1）漠漠轻寒上小楼△晓阴无赖似穷秋△淡烟流水画屏幽△
自在飞花轻似梦，无边丝雨细如愁△宝帘闲挂小银钩△

（2）锦帐重重卷暮霞△①屏风曲曲斗红牙△②恨人何事苦离家△
枕上梦魂飞不去，觉来红日又西斜△满庭芳草衬残花△

注：① 锦帐：帐之美称。② 红牙：红色象牙板，用以击拍。

米芾（宋 119）一首

日射平溪玉宇中△云横远渚岫重重△野花犹向涧边红△
静看沙头鱼入网，闲支藜杖醉迎风△①小春天气恼人浓△②

注：① 支藜杖：拄着藜制手杖。② 小春：农历十月称小阳春。

贺铸（宋 121）四首

（1）云母窗前歇绣针△①低鬟凝思坐调琴△②玉纤纤按十三金△③
归卧文园犹带酒，④柳花飞度画堂阴△只凭双燕话春心△

注：① 云母窗：云母片嵌成之窗，半透明。② 凝思：聚精会神而思。

③ 十三金：金为金徽，琴节也，全弦共十三徽。④ 文园：喻书房。

（2）落日逢迎朱雀街△①共乘青舫度秦淮△②笑拈飞絮罥金钗△
洞户华灯归别馆，③碧梧红药掩萧斋△④愿随明月入君怀△
注：① 朱雀街：在南京秦淮河附近。② 秦淮：河名，为南京名胜。③ 洞户：即洞房，深邃之房。④ 萧斋：书斋也。语出《国史补》。

（3）楼角初销一缕霞△淡黄杨柳暗藏鸦△玉人和月摘梅花△
笑撚粉香归绣户，更垂帘幕护窗纱△东风寒似夜来些△

（4）鹦鹉无言理翠衿△①杏花零落昼阴阴△画桥流水半篙深△
芳径与谁同斗草，②绣床终日罢拈针△小笺香管写春心△③
注：① 翠衿：绿衣，指羽毛。② 斗草：古代妇女的一种游戏。③ 香管：笔之美称。

周邦彦（宋128）三首

（1）水涨鱼天拍柳桥△云鸠拖雨过江皋△①一番春信入东郊△
闲碾凤团消短梦，②静看燕子垒新巢△又移日影上花梢△
注：① 江皋：江河泽地。② 凤团：茶名。

（2）翠葆参差竹径成△①新荷跳雨碎珠倾△曲栏斜枕小池亭△
风约帘衣为燕急，②水摇扇影戏鱼惊△柳梢残日弄微晴△
注：① 葆：草木丛生貌；参差：不齐貌。② 风约帘衣：风约束帘子。

（3）薄薄纱厨望似空△①簟纹如水浸芙蓉△②起来娇眼未惺忪△③
强整罗衣抬皓腕，更将纨扇掩酥胸△羞郎何事面微红△
注：① 纱厨：即蚊帐。② 簟：竹席。③ 惺忪：清醒。

方千里（宋133）一首　题：和清真（周邦彦）词。

面面虚堂水照空△①天然一朵玉芙蓉△千娇百媚语惺忪△②
未散娇云轻亸鬓，③欲融轻雪乍凝胸△石榴裙衩为谁红△④
注：① 虚堂：空堂。② 惺忪：不清醒。③ 云：喻发。④ 石榴裙：大红裙。

李新（宋135）一首

雨霁笼山碧破赊△①小园围屋粉墙斜△朱门闲掩那人家△
素腕拨香临宝砌，②层波窥客擘轻纱△③隔窗隐隐见簪花△④
注：① 赊：远也。② 砌：阶砌。③ 波：指眼波；擘：分也。④ 簪花：戴花。

杨延龄（宋137）一首

北固江头浪拍空△归帆一夜趁秋风△月明初上荻花丛△

渐入三吴烟景好，此身将过浙江东△梦魂先在鉴湖中△

朱淑真（女）（宋 140）二首　题：第一首，清明。

第二首，春夜。

（1）春巷夭桃吐绛英△[1]春衣初试薄罗轻△风和烟暖燕巢成△

小院湘帘闲不卷，[2]曲房朱户门长扃△[3]恼人光景又清明△

注：① 夭桃：鲜嫩小桃；绛英：红花。② 湘帘：竹帘。③扃：关闭。

（2）玉体金钗一样娇△背灯初解绣裙腰△衾寒枕冷夜香消△

深院重关春寂寂，[1]落花和雨夜迢迢△[2]恨情和梦更无聊△

注：① 重关：重重门户。② 迢迢：长远也。

赵令畤（宋 141）一首

槐柳春余绿涨天△酒旗高插夕阳边△谁家墙里笑秋千△

往事不堪楼上看，新愁多向曲中传△此情销得是何年△

毛滂（宋 143）二首　题：第一首，寒食初晴，[1]东堂对酒。[2]

第二首，寒食初晴，桃杏皆已零落，独牡丹欲开。

（1）小雨初收蝶做团△和风轻拂燕泥干△秋千院落落花寒△

莫对清尊追往事，更催新火续余欢△一春心事倚栏杆△

注：① 寒食：古节名，是日禁烟火。② 东堂：作者书斋名。

（2）魏紫姚黄欲占春△不教桃杏见清明△残红吹尽却才晴△

芳草池塘新涨绿，官桥杨柳半拖青△秋千院落管弦声△

谢逸（宋 144）一首

楼角帘垂乳燕飞△圆荷细细点清溪△薰风破闷晚凉时△[1]

玉轸琴边兰思远，[2]霜纨扇里翠眉低△[3]柔蓝扇子闹蜂儿△[4]

注：① 薰风：南风。② 轸：琴下转弦也。③ 霜纨扇：白色熟绢制成之扇。④ 柔蓝：浅蓝。

王寀（宋 151）一首

珠箔随檐一桁垂△[1]绣帘遮枕四边移△春归人懒日迟迟△

旧事只将云入梦，新欢重谐月为期△晚来花动隔墙枝△

注：① 珠箔：珠帘；桁：音衡，屋横木。

慕容岩卿妻（女）（宋 164）一首

满目江山忆旧游△汀花汀草弄春柔△长亭舣住木兰舟△

好梦易随流水去，芳心犹逐晓云愁△行人莫上望京楼△

孙觌（宋181）一首　题：梅。

弱骨轻肌不耐春△一枝江路玉梅新△巡檐索笑为何人△

素影徘徊波上月，醉香摇荡竹间云△酒醒人散梦仙村△

周紫芝（宋199）一首　题：端午。

醽醁新翻碧玉壶△①水精钗袅绛纱符△②吴姬亲手碎菖蒲△③

彩索系时新睡起，榴花剪处要人扶△心情还是去年无△

注：① 醽醁：酒名。醽，音灵。② 水精：即水晶；绛纱符：红纱符箓，云可避邪。③ 吴姬：苏州一带妇人；菖蒲：云可去毒。

李清照（女）（宋205）五首　题：第一首，春景。

第二首，闺情。

（1）小院闲窗春色深△重帘未卷影沉沉△倚楼无语理瑶琴△

远岫出山催薄暮，细风吹雨弄轻阴△梨花欲谢恐难禁△

（2）绣幕芙蓉一笑开△斜偎宝鸭衬香腮△眼波才动被人猜△

一面风情深有韵，半笺娇眼寄幽怀△月移花影约重来△

（3）澹荡春光寒食天△①玉炉沉水袅残烟△②梦回山枕隐花钿△③

海燕未来人斗草，④江梅已过柳生绵△⑤黄昏疏雨湿秋千△

注：① 澹荡：恬静貌。② 沉水：香名，即沉香。③ 山枕：形容枕高；钿：首饰。④ 斗草：古代妇女游戏。⑤ 绵：柳絮。

（4）楼上晴天碧四垂△楼前芳草接天涯△劝君莫上最高梯△

新笋已成堂下竹，落花都入燕巢泥△忍听林表杜鹃啼△

（5）髻子伤春懒更梳△晚风庭院落梅初△淡云来往月疏疏△

玉鸭熏炉闲瑞脑，①朱缨斗帐掩流苏△②通犀还解辟寒无△③

注：① 瑞脑：香名。② 朱缨：红色彩缕；流苏：悬于帐下之须状饰物。③ 通犀：珍宝名，色白两头通；辟寒：避寒。

沈与求（宋215）一首

花信催春入帝关△①玉霙争腊去留间△②不禁风力又吹残△

客舍不眠清夜冷，萦愁一缕袅栴檀△③空庭月落斗栏杆△

注：① 帝关：皇城。② 玉霙：即雪花；腊：腊月，十二月。③ 栴檀：檀香，常绿小乔木。

向子谭（宋216）一首

冰雪肌肤不受尘△脸桃眉柳已生春△手搓梅子笑迎人△

欲语又休无限思，①暂来还去不胜颦△②梦随蝴蝶过东邻△

注：① 思：名词，读去声。② 颦：皱眉貌。

蔡伸（宋 220）三首　题：第一首，壬寅（1120 年）五月西湖。

（1）双佩雷文拂手香△①青纱衫子淡梳妆△冰姿绰约自生凉△②

虚掉玉钗惊翡翠，缓移兰棹趁鸳鸯△③鬓鬟风乱绿云长△

注：① 雷文：避邪符箓。② 绰约：柔弱貌。③ 兰棹：船之美称。

（2）玉趾弯弯一折弓△①秋波剪碧艳双瞳△②浅颦轻笑意无穷△

夜静拥炉熏鹊脑，③月明飞棹采芙蓉△别来欢事少人同△

注：① 弓：指弓鞋，即小足鞋。② 秋波：喻女子眼波。③ 鹊脑：香料名。

（3）漠漠新田绿未齐△柳阴阴下水平堤△竹间时有乳鸦啼△

云敛屏山横枕畔，夜阑碧月转林西△玉芝香里彩鸳栖△

张元幹（宋 243）一首　题：武林送李似表。①

燕掠风樯款款飞△②艳桃秾李闹长堤△骑鲸人去晓莺啼△③

可意湖山留我住，断肠烟水送君归△三春不是别离时△④

注：① 武林：即今浙江杭州。② 风樯：船桅；款款：和缓貌。③ 骑鲸：唐人李白自号海上骑鲸客。④ 三春：春季三个月。

吕渭老（宋 259）一首

烟柳濛濛鹊做巢△青青弱草带斜桥△莺声多在杏花梢△

逐伴不知春路远，见人时着小词招△阿谁有分伴吹箫△①

注：① 此句说：有谁能像萧史那样娶秦穆公女弄玉为妻，伴她吹箫仙去。

李氏（女）（宋 276）一首

无力蔷薇带雨低△多情蝴蝶趁花飞△流水飘香乳莺啼△

南浦魂销春不管，东阳衣减镜先知△小楼今夜月依依△

曾觌（宋 296）一首

一扇薰风入座凉△轻云微雨弄晴光△绿团梅子未成黄△

渐近日长愁闷处，更堪羁旅送归程△乱山重叠水茫茫△

洪适（宋 310）一首　题：以鸳鸯梅送曾守，①是日曾守携家游南园。

报道倾城出洞房△②水边疏影弄清香△③风流更有小鸳鸯△④

蝉鬓半含花下笑，蛾眉相映醉时妆△梦魂不到白云乡△

注：① 曾守：曾姓太守。② 洞房：深邃之房。③ 疏影：指梅。④ 小鸳鸯：即所送鸳鸯梅。

赵彦端（宋 314）一首

花下凭肩月下迎△避人私语脸霞生△画堂红烛意盈盈△

病酒一春愁与睡，倚栏终日雨还晴△强移心绪作清明△

程大昌（宋 320）一首

始待空冬岁不华△还教呈瑞怨贫家△若为高下终无嗟△

日照华檐晴后雨，风吹飞絮腊前花△天公何事不由他△

何自明（宋 322）一首

草草杯盘访玉人△①灯花呈客座添春△邀郎觅句要清新△

黛浅波娇情脉脉，②云轻柳弱意真真△从今风月属闲人△

注：① 玉人：喻美人，指孙姓娼。宋绍兴年间作者与洪迈等六人同过抱剑街孙氏小楼，应孙乞请，遂赋此词。② 情脉脉：含情欲吐。

吴儆（宋 328）一首　题：上巳。①

软翠冠儿簇海棠△②研罗衫子绣丁香△③闲来水上踏青阳△④

风暖有人能作伴，日长无事可思量△水流花落任匆忙△

注：① 上巳：古节名，在农历三月三日。② 冠儿：帽子。③ 研罗衫子：碾光罗衫。④ 青阳：春气也。

陆游（宋 330）一首　题：南郑席上。①

浴罢华清第二汤△②红绵扑粉玉肌凉△娉婷初试藕丝裳△③

凤尺裁成猩血色，螭奁熏透麝脐香△④水亭幽处捧霞觞△⑤

注：① 南郑：陕西县名。② 第二汤：温泉也。临潼骊山有华清池，南郑则为第二矣。③ 藕丝裳：轻细之衣。④ 螭奁：雕有螭形镜匣。螭，音痴，似龙无角；麝脐香：即麝香，因此香取自麝脐。⑤ 霞觞：明丽之酒杯。

王千秋（宋 332）一首　题：白纻衫子。

叠雪裁霜越纻匀△①美人亲剪称腰身△暑天宁数越罗春△②

两臂轻笼燕玉腻，③一胸斜露塞酥温△④不教香汗湿歌尘△

注：① 越纻：绍兴一带所产之细麻布。② 越春罗：织物名，即越纻。③ 燕玉腻：形容细腻。④ 塞酥温：形容胸温滑。

范成大（宋 338）二首　题：第一首，江村道中。

（1）十里西畴稻熟香△槿花篱落竹丝长△①垂垂山果挂青黄△

浓雾知秋景气润，薄云遮日午阴凉△不须飞盖护戎装△②

注：① 篱落：即篱笆。② 飞盖：遮伞等仪仗；戎装：武装。

（2）红绵障泥杏叶韉△①解鞍呼渡忆当年△马骄不肯上航船△

茅店竹篱开蔗市，绛裙青袂斫姜田△②临平风物故依然△③

注：① 障泥：马韉旁下垂者，用以挡泥；韉：音笺，马鞍具也。② 绛裙青袂：红裙青袖也。③ 临平：镇名，今浙江余杭县城。

陈三聘（宋340）一首

不怕春寒更出游△兰桡飞动却惊鸥△①烟火佳处辄迟留△②

屏曲未曾歌醉梦，③眉间空自锁闲愁△从教丝柳绊行舟△④

注：① 兰桡：船桨之美称。② 辄：每也；迟留：徐行停留。③ 屏曲：曲折屏风。④ 从：从而，遂也。

朱熹（宋351）一首　题：荼蘼。

压架年来雪作堆△珍丛也是近移栽△①肯令容易放春回△

却恐阴晴无定度，从教红白一时开△多情蜂蝶早飞来△

注：① 珍丛：珍贵花丛，指荼蘼。

张孝祥（宋357）一首

日暖帘帏春昼长△纤纤玉指动枰床△①低头佯不顾檀郎△②

豆蔻枝头双蛱蝶，芙蓉花下两鸳鸯△③壁间闻得唾茸香△④

注：① 枰床：棋局枱板。② 檀郎：女子对恋人之昵称。③ 芙蓉：荷花别名。④ 唾茸：女子刺绣时嚼吐之绒线头。

程垓（宋368）一首

闲倚前堂小扇车△①晚妆无力亸云鸦△②凝情看落一庭花△

笑挽清风归玉枕，懒随缺月傍窗纱△羞红两脸上娇霞△

注：① 扇车：扇风之车。② 亸云鸦：发髻下垂貌。云鸦，指乌黑头发。

辛弃疾（宋370）二首　题：第二首，常山道中即事。①

（1）父老争言雨水匀△①眉头不似去年颦△②殷勤谢却甑中尘△③

啼鸟有时能动容，小桃无赖已撩人△④梨花也作白头新△

注：① 父老：乡农尊称。② 颦：皱眉也。③ 甑：炊具。这句说丰收后炊具不会搁着蒙尘了。④ 无赖：喻顽皮。

（2）北陇田高踏水频△②西溪禾早已尝新△阁墙沽酒煮纤鳞△③

忽有微凉何处雨，更无留影霎时云△卖瓜人过竹边村△

注：① 常山：县名，在浙江西南。② 陇：田之高处也；踏水：踏车取水。③ 纤鳞：指鱼。

赵长卿（宋389）二首　题：第一首，赋梅。

（1）雪后前村曲径迷△万山寒立玉参差△[1]孤舟独钓一蓑归△[2]

别坞时听风折竹，[3]断桥闲看小流澌△一枝冻蕊出疏篱△

注：① 玉：万山著雪后如玉琢；参差：山峰不齐貌。② 一蓑：一个渔翁。③ 坞：山中凹处。

（2）一味风流一味香△十分浓艳十分妆△自然娇态自然芳△

楼上好风楼下水，雪前栏槛竹前窗△也宜单着也宜双△

赵师侠（宋390）二首　题：第一首，癸巳（1173年）豫章（江西南昌）。

第二首，鸣山驿（在江西乐平县西南）道中。

（1）日丽风和春昼长△杏花枝上正芬芳△无情社雨亦何狂△[1]

一洗娇红啼嫩脸，半开新绿映残妆△画梁空有燕泥香△

注：① 社雨：春社前后之雨。春社日，定为立春后第五个戊日。

（2）松雪纷纷落冻泥△栖禽犹困傍枝低△茅檐冰柱玉鞭垂△

流水溅溅春意动，群山灿灿晓光迷△朔风寒日度云迟△

姜夔（宋417）一首　题：辛亥（1191年）正月二十四日发合肥。[1]

钗燕笼云晚不忺△[2]拟将裙带系郎船△别离滋味又今年△

杨柳夜寒犹自舞，鸳鸯风急不成眠△些儿闲事莫萦牵△

注：① 合肥：今安徽省会。② 钗燕：燕形发钗；不忺：不欲也。

李璧（宋422）一首　题：人日过灵泉寺，[1]次韵少壮。

只记梅花破腊前△[2]恼人春色又薰然△山头井似陆公泉△[3]

上客长谣追楚些，[4]娇娃短舞看胡旋△[5]崇桃积李自年年△[6]

注：① 人日：农历正月初七日。② 腊：农历十二月称腊月。③ 陆公泉：泉以陆藻得名，称陆公泉，在江西瑞金境。④ 楚些：《梦溪笔谈》凡楚人招魂，禁咒尾句皆用"些"字。⑤ 胡：指西北少数民族；旋：旋转，指跳舞。⑥ 崇桃积李：累累堆积的桃花、李花。

韩淲（宋423）一首

芍药荼蘼满院春△门前杨柳媚晴曛△重帘双燕语沉沉△

花映绿娇初日懒，叶栖红小晚烟昏△轻雷不觉送微阴△

赵扩（宋434）一首　题：看杏花。

花似醺容上玉肌△方论时事却嫔妃△[1]芳阴人醉漏声迟△[2]

珠箔半钩风乍暖，雕梁新语燕初飞△斜阳犹送水晶卮△

注：① 却：推却、摈退也。② 漏：计时滴漏。

黄机（宋 449）一首

墨绿衫儿窄窄裁△翠荷斜䙚领云堆△①几时踪迹下阳台△②

歌罢樱桃和露小，③舞余杨柳趁风回△④唤人休诉十分杯△

注：① 斜䙚：斜垂；领云：领际头发。② 阳台：楚襄王梦神女处，喻下凡。③ 樱桃：喻小嘴。④ 杨柳：喻纤腰。

吴文英（宋 476）一首

门隔花深梦旧游△夕阳无语燕归愁△玉纤香动小帘钩△①

落絮无声春堕泪，行云有影月含羞△东风临夜冷于秋△

注：① 玉纤：指美人手指。

李昴英（宋 478）一首

笋玉纤纤拍扇纨△①戏拈荷叶起文鸳△水亭初试小龙团△②

拜月深深频祝愿，花枝低压髻云偏△倩人解梦语喧喧△

注：① 扇纨：即纨扇，绢制团扇也。② 龙团：茶叶名。

郭世模（宋 489）一首

几点胭脂印指红△一双蛾绿敛眉浓△①夜寒绡帐烛花融△

剩炷龙涎熏骨冷，②旋调银液镇心忪△③整鬟羞顾半娇慵△

注：① 蛾绿：据《大业拾遗记》载，隋炀帝幸江都，殿脚女争效长蛾眉，日给螺子黛五斛，号蛾绿。② 龙涎：香名。③ 忪：惊也。

江开（宋 513）一首

手撚花枝忆小蘋△绿窗空锁旧时春△满楼飞絮一筝尘△

素约未传双燕语，离愁还入卖花声△十分春事倩行云△

李彭老（宋 519）一首　题：题《蘋洲渔笛谱》。①

玉雪庭心夜色空△移花小槛斗春红△轻衫短帽醉歌重△

彩扇旧题烟雨外，玉箫新谱燕莺中△栏杆到处是春风△

注：①《蘋洲渔笛谱》：宋周密词集。

薛梦桂（宋 520）一首

柳映疏帘花映林△春光一半几销魂△新诗未了枕先温△

燕子说将千万恨，海棠开到二三分△小窗银烛又黄昏△

周密（宋 541）一首　题：春忆。

不下珠帘怕燕嗔△①旋移芳槛引流莺△春光却早又中分△

杏火无烟燃绿暗，②梨云有雪冷清明△③冶游天气冶游心△④

注：① 嗔：怒也。② 杏火无烟：谓寒食节禁烟火。③ 梨云有雪：梨花似白雪。④ 冶游：游荡。

赵汝茪（宋 544）一首

笑摘青梅傍绮疏△[1]数枝花影漾前除△[2]太湖石畔看金鱼△

笋指晓寒慵出袖，[3]翠鬟春懒不成梳△为君缝夹绣罗襦△

注：① 绮疏：有雕纹的窗户。② 前除：庭前阶下。③ 笋指：手指美称。

刘辰翁（宋 546）一首　题：春日即事。

远远游蜂不记家△数行新柳自啼鸦△寻思旧事即天涯△

睡起有情和画卷，燕归无语傍人斜△晚风吹落小瓶花△

陈允平（宋 556）一首

斗鸭栏杆燕子飞△[1]一堤春水漾晴晖△女郎何处踏青归△

生色鞋儿绡风稳，[2]碧罗衫子唾花微△[3]后期应待牡丹时△

注：① 斗鸭栏杆：据《三国志》："吴建昌侯孙虑，于堂前作斗鸭栏……以观鸭斗。"② 生色：生香活色。③ 唾花：吐口沫之美称。

张淑芳（女）（宋 563）一首

散步山前春草香△朱栏绿水绕吟廊△花枝惊堕绣衣裳△

或定或摇江上柳，为鸾为凤月中篁△为谁掩却锁云窗△

张磐（宋 592）一首

习习清风破海棠△秋千移影上回廊△昼长蝴蝶为谁忙△

度柳早莺分暖绿，过花小燕带春香△满庭芳草又斜阳△

朱端朝（宋 606）一首　题意：此乃作者调解妻妾争宠之词，后妻妾和睦如初。事见瞿祐《剪灯新话》。

梅正开时雪正狂△[1]两般幽韵孰优长△且宜持酒细端详△

梅比雪花输一白，雪如梅蕊少些香△天公非是不思量△[2]

注：① 梅：喻妾马琼琼；雪：喻其妻。② 天公：喻作者自己。

珍娘（女）（宋 613）一首

溪雾溪烟溪景新△溶溶春水浸春云△碧琉璃底静无尘△

风扬游丝重蝶翅，雨飘飞絮湿莺唇△桃花片片送残春△

无名氏（宋 614）一首　题：蔡州瓜陂铺（今属河南汝南）题壁。　注：见《能改斋漫录》。

剪碎香罗浥泪痕△[2]鹧鸪声断不堪闻△马嘶人去近黄昏△

整整斜斜杨柳陌，疏疏密密杏花村△一番风月更销魂△

刘仲尹(金 10)一首　题：春情。

绣馆人人倦踏青△[1]粉垣深处簸钱声△[2]卖花门外绿阴清△

帘幕风柔飞燕燕，池塘花暖语莺莺△有谁知道一春情△

注：① 踏青：清明日出游谓踏青。后泛指春日出游。② 粉垣：白粉短墙。

王硐(金 18)一首　题：梦中作。

林樾人家急暮砧△[1]夕阳人影入江深△倚栏疏快北风襟△

雨自北山明处黑，云从白鸟去边阴△几多秋思乱乡心△

注：① 樾：音越，两木交阴也；砧：捣衣石，指捣衣声。

詹正(元 27)一首　题：赠粉儿。[1]

淡淡春山两点青△[2]娇羞一点口儿樱△[3]一梭儿玉一緺云△[4]

白藕香中见西子，玉梅花下遇昭君△不曾真个也销魂△

注：① 粉儿：《丽情集》故宋驸马杨震有姬名粉儿，绝色也，一日招詹饮，詹属意粉儿，口占上词，杨遂以粉儿赠之。② 春山：指眉。③ 樱：樱桃小嘴。④ 一緺云：喻发美。

洪希文(元 62)一首

丈室萧条似病禅△[1]打窗风雨罢吟笺△归心一点落灯前△

犹有十三楼上酒，可无三百杖头钱△[2]一年心老一年年△

注：① 丈室：陋室、小室也。② 杖头钱：买酒之钱。古人出行，杖头悬钱。

赵雍(元 70)一首

翠锁蛾眉别恨浓△罗衣初试怯春风△相思只为两西东△

帘卷玉钩云淡淡，香销金鸭雨濛濛△此情都在不言中△

宋褧(元 75)一首　题：昆山州城西小寺。[1]

落日吴江驻画桡△[2]招提佳处暂逍遥△[3]海风吹面酒全消△

曲沼芙蓉秋的的，[4]小山丛桂晚萧萧△[5]几时容我夜吹箫△

注：① 昆山：今江苏昆山市，属苏州。② 吴江：江苏市名，属苏州；画桡：喻船。③ 招提：即寺。④ 沼：曲池；的的：明净貌。⑤ 萧萧：风声。

倪瓒(元 82)一首　题：冬景。

锦树分明上苑花△[1]晴光宜日又宜霞△碧烟横处有人家△

绿似鸭头松下水，白于鱼腹柳边沙△一溪云影雁飞斜△

注：① 锦树：树之美称。锦，美物也；上苑：上林苑，皇帝花园。

邵亨贞(元 86)二首　题：第一首，早春。

(1) 残雪楼台试晚晴△锁香帘幕酿微酲△[①]浅寒灯市有人行△
别院金刀裁白纻，[②]谁家银烛度瑶筝△早春天气已关情△
注：① 酲：病酒也。② 金刀：剪刀美称；白纻：白麻也，可制夏衣。
(2) 西子湖头三月天△[①]半篙新涨柳如烟△[②]十年不上断桥船△[③]
百媚燕姬红锦瑟，[④]五花宛马紫丝鞭△[⑤]年年春色暗相牵△
注：① 西子湖：即杭州西湖。② 柳如烟：柳絮浓密如烟。③ 断桥船：指游船。断桥，西湖十景之一。④ 燕姬：北方姑娘；锦瑟：乐器名。⑤ 宛马：大宛马。大宛，古国名，今属俄国，其马优良。

刘基(明7)三首
(1) 语燕鸣鸠白昼长△黄蜂紫蝶草花香△沧江依旧绕斜阳△
泛水浮萍随处满，舞风轻絮霎时狂△清和院宇麦秋凉△[①]
注：① 麦秋：农历四月，麦初长始熟，于麦为秋也。
(2) 细草垂杨村巷幽△白沙素石引溪流△[①]青苔矶上有扁舟△[②]
门外好山开罨画，[③]屋头新月学帘钩△窗风一榻似新秋△
注：① 素石：白石。② 矶：水中突出之石。③ 罨画：杂彩色画。
(3) 云压斜曛照树黄△[①]风生水榭绿阴凉△[②]渴蛙得雨闹池塘△
红焰射人榴火炫，[③]青丝匝地柳条长△[④]卷帘明月满回廊△
注：① 曛：日入余光也。② 榭：台上有屋曰榭。水榭，临水之榭。③ 榴火：石榴果实红如火。④ 青丝：喻柳丝；匝：满、环绕。

杨基(明12)五首　题：第一首，元夕。
第二首，花朝。
第四、五首，清和。
(1) 云母玲珑七宝屏△玻璃潋滟百花棚△笙箫罗绮一层层△
信手摘将金荔掷，[①]教人扶下彩车行△六街明月万家灯△
注：① 金荔：荔子美称。
(2) 鸾股先寻斗草钗△[①]凤头新绣踏青鞋△[②]衣裳宫样不须裁△[③]
软玉镂成鹦鹉架，泥金镌就牡丹牌△[④]明朝相约看花来△
注：① 此句说，先寻鸾股钗斗草。斗草，古代妇女的一种游戏。② 此句说：穿着新绣凤头鞋踏青。踏青，春日旅游。③ 宫样：皇宫宫人装束。④ 泥金：屑金。
(3) 晓雨香云百五天△[①]玉纤银甲十三弦△[②]笑携罗幕上红船△

照水再簪珠络索，③背人重贴翠团圆△安排花里蹴秋千△

注：① 百五天：自冬至至清明，计一百零五天。② 玉纤：喻女子手指；银甲：银指甲套，弹琴弦用。③ 簪：插戴。

（4）小院回廊曲更深△一重杨柳一重阴△夜长人静漏沉沉△①

雪白梨花千瓣玉，雨黄梅子万丸金△②清和天气夏初临△③

注：① 漏：古计时器。② 雨黄：黄梅雨；丸：圆形颗粒。③ 清和：农历四月称清和月。

（5）几卷斜封出旧窠△①藕丝柔梗上新荷△衣裳轻薄试单罗△

烟淡淡中青草合，②雨丝丝里绿阴多△园林佳处是清和△

注：① 封：土堆，指燕窠。② 合：喻茂密。

铁铉（明32）一首

晚出闲庭看海棠△①风流学得内家妆△②小钗横戴一枝芳△③

削玉梳斜云鬓腻，缕金衣透雪肌香△④暗思何事立斜阳△

注：① 闲庭：空庭。② 内家妆：宫妆。③ 芳：香花。④ 缕金：金丝线。

倪谦（明60）一首　题：夏景。

紫燕营巢语画梁△海榴喷火散清香△①困人天气日偏长△

夹道槐阴张翠幄，②满池莲艳斗红妆△薰风殿角送微凉△

注：① 海榴：即石榴。因来自海外，故名。② 幄：帏幕也。

汤允绩（明71）一首

燕垒雏空日正长△一川残雨映斜阳△鸬鹚晒翅满鱼梁△①

榴叶拥花当北户，竹根抽笋出东墙△小庭孤坐懒衣裳△

注：① 鸬鹚：水鸟名，即鱼鹰，能潜水捕鱼；鱼梁：取鱼之梁，即鸬鹚休息站立之竹竿。

吴宽（明78）一首　题：苦雨。

几阵南风夹雨飘△霎时窗外过春潮△端愁西郊众山漂△

翠绕玉荷牵荇菜，绿摇金水舞兰苕△①田中宿麦恐无苗△②

注：① 金水：水之美称。② 宿麦：隔年所种之麦。

储巏（明98）一首　题：复至固安。①

柳下篮舆咏落晖△②风前团扇障尘霏△今朝初解簿书围△③

归思正如花乱发，年光长与燕争飞△到家犹及授春衣△④

注：① 固安：河北省县名。② 篮舆：轿之别称。③ 簿书围：文书簿册之困

围。④ 授：付也，此处作穿解。

夏旸（明 107）二首

（1）杨柳花飞笋上林△绿阴门巷尽沉沉△海棠开处思难禁△
荷叶正生新水满，雏莺学语画堂深△锦葵又展向阳心△

（2）竹树阴森护院墙△虚檐静坐纳新凉△南风时送藕花香△
解闷难求千日酒，多愁空结九回肠△鸣蝉声里易斜阳△

王九思（明 111）一首　题：戏张亳州。

百尺高楼起暮烟△春风历历听鸣弦△碧纱低护两婵娟△①
红烛光中蝉影动，清歌声里蕙心传△海枯石烂是何年△

注：① 碧纱：碧纱帐；婵娟：喻美女，即新娶两妾。

陈霆（明 131）一首　题：春日郊行。

花气薰人似酒浓△野桥东畔草茸茸△①睡余无事踏芳丛△②
弱柳撚成长短线，小桃添注浅深红△最多情思是东风△

注：① 茸茸：草发生貌。② 踏芳丛：即踏青、旅游。

储氏（明 132）一首

紫燕双双绕画梁△重重朱户锁斜阳△①闲来独坐绣鸳鸯△
芳草盈阶侵砌绿，②落花满院隔帘香△空庭寂寞日偏长△

注：① 朱户：红漆门户；锁：挡住也。② 盈阶侵砌：布满阶砌。

夏言（明 143）一首

庭院沉沉白日斜△绿阴满地又飞花△岑岑春梦绕天涯△①
帘幕受风低乳燕，池塘过雨急鸣蛙△酒醒明月照窗纱△

注：① 岑岑：昏闷状。

陈铎（明 155）一首

波映横塘柳映桥△冷烟疏雨暗亭皋△①春城风景胜江郊△
花蕊暗随蜂作蜜，溪云还伴鹤归巢△草堂新竹两三梢△

注：① 亭皋：泽地上所筑之亭。

杨慎（明 157）二首　题：第一首，丙午（1546 年）十二月碧鸡关路旁梅。

（1）为访寒梅过野塘△一枝斜出宋家墙△团情团思媚韶光△①
游女弄珠临汉水，画师绰绰学吴妆△②新词休咏旧昏黄△

注：① 韶光：喻春景。② 绰绰：宽裕貌。

（2）首夏偏宜淡薄妆△①铜青衫子紫香囊△②清歌一曲送霞觞△③
罗袜凌波回洛浦，④轻云淡雨拂高唐△⑤纱橱今夜贺新凉△

注：① 首夏：初夏。② 铜青：青黄色。③ 霞觞：酒杯之美称。④ 洛浦：地名，在洛水之滨。此句喻洛神。⑤ 高唐：楚台观名，楚襄王与神女相会处。

王凤娴（女）（明159）一首　题：郊行。

曲径新篁野草香△随风闪闪蝶衣忙△柳绵飞堕点衣裳△

人在镜中怜影瘦，燕翻波面舞春长△小桥古渡半斜阳△

吴承恩（明183）一首

粉沁芙蓉衬额黄△[1]金盘翡翠帖钗梁△新来偏学内家妆△[2]

忽地见人刚匿笑，[3]回身帘下半遮藏△好风吹过绣裙香△

注：① 芙蓉：喻面颊。② 内家妆：宫妆。③ 匿笑：偷笑。

王立道（明189）一首　题：顾隆吉索寿周君六十。

杨柳风柔燕子斜△江南春色正繁华△画楼弦管是谁家△

冉冉歌声迎落日，[1]盈盈舞影乱流霞△[2]千年重见碧桃花△

注：① 冉冉：行貌。② 盈盈：女态轻盈；流霞：霞气纷散。

徐渭（明203）一首　题：鉴湖。[1]

浅碧平铺万顷罗△越台南去水天多△[2]幽人爱占白鸥莎△

十里荷花迷水镜，一行游女惜颜酡△看谁钗子落清波△

注：① 鉴湖：绍兴名湖。② 越台：越王台。

王世贞（明207）二首　题：第二首，江南词。

（1）窗外闲丝自在游△隔花山鸟弄軥辀△[1]一庭芳草怨清幽△

权把束书勾午梦，起沽村酿泼春愁△放教残日过墙头△

注：① 軥辀：象声词，鸟叫也。

（2）一夜春波酿作蓝△晓桑柔叶绿髿髿△[1]鸦鬟十五太骄憨△[2]

织就双鱼成比目，[3]偷将百草斗宜男△[4]更无心绪喂春蚕△

注：① 髿髿：音杉杉，垂也。② 鸦鬟：丫鬟。③ 比目：鱼名。④ 宜男：草名。此两句喻丫鬟已怀春心。

汤显祖（明236）一首

轻打银筝落燕泥△暖丝高罥画楼西△[1]花冠闲上午墙啼△[2]

眉色暗深芳草径，靥花轻绽碧桃溪△个人何事闭深闺△

注：① 高罥：高挂。② 花冠：雄鸡也。

程可中（明239）一首　题：来青阁。

复道悬空踏翠微△[①]芳林过雨湿胭脂△卷帘岚气扑人衣△[②]

半榻午阴销剩暑，一窗寒碧送斜晖△曲栏十二绿成围△

注：① 复道：楼阁上下各有道；翠微：青缥色山气。② 岚气：山气。

彭绍贤（明 241）一首　题：途次有感。

晓发离亭春日迟△暖风阵阵弄游丝△嫩黄吹上去年枝△

别恨徙随芳草远，归心先被杜鹃知△落花无赖点征衣△

翁孺安（女）（明 256）一首　题：秋日。

碧天沉影散秋光△雁阵初过列字行△凉风徐沁白罗裳△

堕叶井梧堆静砌，含英篱菊护低墙△声声何处捣衣忙△

吴敬所（明 263）一首

云淡风轻午漏迟△[①]画余乘兴作归时△忽惊仙子下瑶池△[②]

有意鲽鹣窗下语，[③]无端百舌树梢啼△[④]教人如梦又如痴△

注：① 漏：滴漏，计时也。② 瑶池：西王母所居。③ 鲽鹣：《尔雅》："东方有比目鱼焉，不比不行，其名谓之鲽；南方有比翼鸟焉，不比不飞，其名谓之鹣鹣。"后因以喻夫妇恩爱。④ 百舌：鸣鸟，伯劳之一。

孙承宗（明 265）一首

谁写南溟玉一湾△[①]诸峰罗列小庭间△画屏十二斗烟鬟△

彩笔欲描风骀荡，[②]锦囊不贮雨潺湲△[③]日来心事与俱闲△

注：① 南溟：即南冥，南海也。② 骀荡：景色舒放貌。③ 潺湲：小流貌。

张仲立（明 266）一首　题：题情。

浅束深妆最可怜△明眸玉立更娟娟△撩人多在夜灯前△

旖旎海棠初着雨，飘萧红柳乍含烟△倚窗一样受春妍△

茅维（明 280）一首　题：顾默孙纳姬。

四月陂塘水半扉△[①]姬人梳裹入罗帏△佛楼先礼六铢衣△[②]

花午枕抛红印起，月斜炉绕篆烟微△[③]百花深处玉郎归△

注：① 陂塘：山旁水塘。② 六铢衣：二十四铢为一市两，六铢仅四分之一两。极言其轻薄也。③ 篆烟：烟曲弯如篆体字。

赵昭（女）（明 299）一首　题：红槿花。

攲侧墙东隐士家△时将孤艳斗轻霞△可怜迎送夕阳斜△

曾忆明皇亲度曲，[①]偏将牙帽久簪花△那堪零落绿苔遮△

注：① 明皇：唐明皇，即玄宗，擅长音律。

施绍莘（明309）二首　题：第一首，村中初夏。

第二首，写所见。

（1）却好温和晒麦天△村墟一簇焙茶烟△①老人檐下拆裘绵△

葽秀野田红泼泼，②菜肥篱落绿娟娟△③瘦鞋纤步拾花钿△

注：① 村墟：村集。② 葽：音腰，草盛貌。③ 篱落：即篱笆。

（2）浪漱沙根绿半篙△蓼花泼泼上浮桥△①桥头高阁靠春娇△②

渐入绿杨看不见，却牵烟线暗偷瞧△酒旗风飐总魂销△

注：①泼泼：抛弃水。②春娇：喻美人。

叶绍袁（明326）一首　题意：和三女小鸾咏侍女随春词。

红袖垂鬟旖旎轻△①栏杆闲倚杏花屏△半将嗔语寄深情△②

金钏粉痕香画凤，③玉钗脂腻滑流莺△坐来帘下即弹筝△

注：① 旖旎：柔弱貌。② 嗔：怒也。③ 金钏：金手镯。

沈宜修（女）（明329）三首　题：第一首，戏咏侍女随春。

第二首，仲夏即事。

（1）春满帘栊不耐愁△蔚蓝衫子趁身柔△楚台风月那禁留△

画扇半遮微赤面，薄鬟堆掠只低头△觑人偷自溜双眸△

（2）喜得新来几日闲△半晴梅雨绿窗间△小池初涨碧湾湾△

处处鸠啼帘不卷，时时花落草成斑△轻云飞去隔青山△

（3）淡薄轻阴拾翠天△细腰柔似柳飞绵△吹箫闲向画屏前△

诗句半缘芳草断，鸟啼多为杏花残△夜寒红露湿秋千△

顾若璞（女）（明341）一首

嫩柳牵丝覆绮窗△①起来无绪理明珰△②恼人最是日初长△

三尺乌云随意挽，③两条却月待萧郎△④胡琴闲放竹方床△

注：① 绮窗：窗之美称。② 无绪：无情绪；明珰：以明珠为耳饰。③ 乌云：喻黑发。④ 却月：即眉；萧郎：泛指恋人。

齐景云（女）（明343）一首

晓起无人上玉钩△①迟迟日午怯梳头△②罗衣绣帕冷香篝△③

满眼落红粘别泪，一天疏雨织春愁△倚栏无语暗凝眸△

注：① 玉钩：玉帘钩。② 迟迟：徐行；③ 香篝：薰笼。

周兰秀（女）（明353）一首

雨过池塘万绿生△微风吹满绣帘轻△远山一角夕阳明△

静里荷香来扇底，梦余蕉影依窗横△关情何处玉箫声△

张倩倩（女）（明354）一首

几日轻阴冷翠绡△起来慵把柳眉描△①春晴无奈困人娇△

帘外杜鹃啼血恨，天边征雁寄书劳△②小窗闲拨篆烟烧△③

注：①慵：懒也。②征雁：远行之雁。③篆烟：香烟弯曲如篆体字。

毛莹（明355）一首　题：艳情。

绮阁春深夜未央△①青衣十五发初长△②博山炉暖惯司香△③

暗约芳心瞒小妹，故拈闲语恼檀郎△④唤伊翻自背灯光△

注：①绮阁：锦绣之阁；未央：未半也。②青衣：婢女。③博山炉：刻山形之香炉；司香：主持烧香事。④檀郎：女子对恋人之昵称。

钱继登（明356）一首

蝉避浓炎静不哗△东邻伊轧缲丝车△豆棚瓜架野人家△

翠荚嫩堪浮茗气，黄鸡肥欲待姜芽△④闲搔短发日西斜△

江西野人（明358）一首

花样妖娆月样柔△含情俊眼逞风流△对人斜整玉搔头△

斜倚翠屏娇又怯，艳妆初试控帘钩△依前春恨锁重楼△

钱继章（明367）一首

睡损眉黄淡未添△①凤屏残麝透花尖△②下阶幽梦背人占△

柳外疏莺声睍睆，③竹边归燕语呢喃△斜风细雨隔重帘△

注：①眉黄：古代妇女眉心涂黄，以为美观。②凤屏：画有凤凰屏风。③睍睆：音现缓，清和圆转之意。

曹堪（明369）一首　题：田家。

隔浦千丝荇藻苍△前墟一缕野烟长△村翁植杖坐斜阳△

湖蟹刚肥占壳紫，晚粱初绽看皮黄△吹来烟里草粳香△

花梦月（女）（明372）二首　注：此二首前段相异，但后段全同，姑并收录之。

（1）舞镜和云向晓披△①画眉声浅倩谁知△水香风暖护罘罳△②

只说频来桃叶渡，不期犹隔柳花堤△数声风外啭黄鹂△

注：①云：喻发。②罘罳：音浮思，以竹木片交义而成之屏障。

（2）梳罢鸣蝉浅画眉△①习池香鸭篆烟迟△②一窗日影到罘罳△

只说频来桃叶渡，不期犹隔柳花堤△数声风外啭黄鹂△

注：①鸣蝉：指蝉翼形发髻。②习池：学习书法也；香鸭：鸭形香炉。

单恂（明 395）二首　题：第二首，美人纳凉桥上。

（1）荳蔻花红满眼明△小帘贴燕雨如尘△踏青时节又因循△①

倦眼有情随鬓亸，②远山无赖学眉颦△③冷清清地奈何春△

注：① 因循：迟疑不决而失误。② 亸：下垂貌。③ 远山：眉峰；无赖：百无聊赖；颦：皱眉貌。

（2）雪白菱花水拍塘△绿杨风起唱蝉忙△赤栏桥上泻初凉△

轻曳秃衫余月影，倒携团扇舀荷香△小萤飞坠玉簪傍△

徐梗（明 398）一首

十二珠楼列绣屏△绿杨红杏暖风轻△春愁一缕细调筝△

暮篆绕帘香寝燕，①晴花灼树暖留莺△无言独自展桃笙△②

注：① 篆：篆烟，因烟弯曲如篆体字。② 桃笙：席子。

张杞（明 404）一首

芳草无人半入泥△妒风狂雨绿窗西△闲来梦断苦莺啼△

蝶媚常粘飞絮浦，燕娇惯舞落花溪△晓天深夜冷幽闺△

江膺（明 405）一首

薄薄香云稳称肩△①风头刚衬小红笺△②去来堤畔踏轻烟△

鸟学新声窥翠幰，③蝶知芳气上花钿△④个人何处不堪怜△⑤

注：① 香云：喻头发。② 凤头：凤头鞋。③ 幰：车幔。④ 花钿：头饰。⑤ 个人：那个人。

冯鼎位（明 407）二首

（1）轻暖轻寒日易斜△半山半水路方赊△春深无影倩谁遮。

客路萧萧无好梦，故园日日想开花△去年双燕已还家△

（2）绿满池塘春渐轻△恼人天气过清明△腰肢瘦损转娉婷△

唤雨唤晴鸠不歇，无拘无束梦难凭△闲愁毕竟几时停△

王媺（女）（明 428）一首　题：春日。

春浓陌上暗飞香△①个个情痴似蝶忙△梨花初懒不胜妆△

簇簇海棠云外月，趁风轻飏扑鸳鸯△小湾曲曲足行觞△②

注：① 陌上：郊野道路。② 觞：酒杯。

魏学濂（明 440）一首　题：画美人。

漠漠微寒到水滨△半秋无恙似初春△鸳鸯来啄影中人△

柳拂浪痕轻似梦，苔沿依步细于尘△养成闲恨为谁颦△

陈子龙（明 441）二首　题：第一首，杨花。

第二首，五更。

（1）百尺章台撩乱飞△重重帘幕弄春晖△怜他飘泊奈他飞△

淡日滚残花影下，软风吹送玉楼西△天涯心事少人知△

（2）半枕轻寒泪暗流△愁时如梦梦时愁△角声初到小红楼△

风动残竹摇绣幕，花笼微月淡帘钩△陡然旧恨上心头△

易震吉（明 444）二首　题：第一首，春日。

第二首，清明郊行。

（1）午日烘园发众花△春光偏闹野人家△①寻巢双燕趁风斜△

室至便谋邻妇笋，②山行还吃野僧茶△草池蛙鼓数声挝△③

注：① 野人家：郊野人家。② 室至：挨家挨户去，语出《孝经》。谋：营求。③ 蛙鼓：形容蛙声如擂鼓。挝：音抓，击鼓也。

（2）壶榼提携祭扫行△①山桥骑马午风轻△百年能有几清明△

桃李不言非不笑，春天时雨又时晴△黄鹂还叫两三声△

注：① 榼：酒器也。

叶纨纨（女）（明 453）四首　题：第一首，同两妹戏赠母婢随春。

第二、三、四首，春恨。

（1）翠黛新描柱叶轻△柳枝婀娜倚莲屏△风前闲立不胜情△

细语娇喃嗔乱蝶，清瞳泪粉怨残莺△日长深院闹秦筝△①

注：① 秦筝：即筝，乐器也。因筝系秦声，或言秦将蒙恬所造。

（2）几日轻寒懒上楼△重帘低控小银钩△东风深锁一窗幽△

昼永半消春寂寂，梦残独语思悠悠△近来长自只知愁△

（3）清昼沉沉掩碧纱△因慵梳洗髻松鸦△蕙炉闲袅篆烟斜△

剪剪轻寒生绣户，霏霏细雨著庭花△一窗新梦晚风赊△

（4）憔悴东风鬓影轻△年年春色苦关情△销魂无奈酒初醒△

啼鸟书声人睡起，催花一霎雨还晴△断肠时节正清明△

朱一是（明 454）一首　题：山居。

松子松花饱腹枵△①掬泉漱齿不须瓢△厨烧落叶几曾樵△

乳鹊翻风低扑地，饥鼯跃树倒垂梢△②山头闲坐看终朝△

注：① 腹枵：腹空也。② 鼯：音吾，鼠类，能飞行树上，又名飞鼠。

杜浚（明 466）二首　题：红桥怀古，①和王阮亭韵。②

(1) 曲曲红桥涨碧流△荷花荷叶几经秋△谁翻小调唱凉州△[3]

更欲放船何处去，平山堂下古今愁△[4]不如歌笑十三楼△

注：① 红桥：即虹桥，扬州名胜。② 王阮亭：即王士禛，见《词人小传》。③ 凉州：曲名。④ 平山堂：扬州名胜。

(2) 缭绕旗亭五六家△[1]桥头争看使君车△[2]待留佳句亟笼纱△[3]

楚客座欣风北至，[4]吴侬狂到日西斜△[5]醉归终不折荷花△

注：① 旗亭：市楼、酒楼。② 使君：指太守。③ 笼纱：用纱罩起来，表示珍重。④ 楚客：湖北人。⑤ 吴侬：苏州人。

叶小纨(女)(明484)二首　题：第一首，新月。

第二首，赠女婢随春。

(1) 纤影黄昏到小楼△弱云扶住柳梢头△卷帘依约见银钩△[1]

妆镜始开微露匣，蛾眉学画半含愁△清光自有映波流△

注：① 银钩：指新月。

(2) 袅娜随风通体轻△临风无语暗伤情△疑来洛浦不分明△[1]

惯把白团兜粉蝶，[2]戏将红豆弹流莺△见人故意反生嗔△[3]

注：① 洛浦：喻洛神、仙女也。② 白团：白团扇。③ 嗔：怒也。

郭辅畿(明508)一首

海比相思尚有涯△轻寒蓦地恼情怀△羞看孤影镜慵揩△

戏向海棠花下过，惹他珠露湿罗鞋△摘双梅子戴金钗△

沈龙(明509)一首　题：春思。

正是花朝二月天△[1]柳丝风折软于绵△有人潮晕立花间△

节近踏青风力小，[2]弓弯衬草没红尘△[3]杏花零乱扑珠帘△

注：① 花朝：农历二月十二日，传为百花生日，又称花朝。② 踏青：即清明节。③ 弓弯：喻女子弓鞋。

邵梅芳(明511)一首

水殿凉生咽暮蝉△[1]亭台百尺映清泉△数声雨过小荷钱△[2]

纨扇轻摇圆似月，[3]冰绡斜映薄如烟△鬓云撩乱堕香肩△

注：① 咽：停歇鸣叫。② 小荷钱：小荷叶似钱。③ 纨扇：绢制团扇。

叶小鸾(女)(明514)四首　题：第一首，早春。

第二首，春暮。

第三首，秋夕。

第四首，小窗即事。

(1) 灯夕初过冷未平△乍看今日试微晴△东风已解向人迎△
梨蕊几时飘弱韵，柳条如欲荡春情△隔墙何处按歌声△

(2) 曲曲栏杆绕树遮△半庭花影带帘斜△又看暝色入窗纱△
楼外远山横宝髻，天边明月伴菱花△空教芳草怨年华△

(3) 风透疏棂景色清△①凄凄四壁怨蛩鸣△夜深微湿露无声△
砌上落花和月落，帘前明月近花阴△又看河汉半斜倾△
注：① 疏棂：疏窗。

(4) 竹径烟迷薜荔墙△①好风摇曳弄垂杨△无情啼鸟向人忙△
一曲瑶琴消午梦，半炉沉水爇春香△②倚栏无语又斜阳△
注：① 薜荔：即木莲。② 沉水：即沉香；爇：烧也。

李因(女)(明518)一首　题：送春。

黄褪游蜂蝶粉消△一庭新绿展芭蕉△留春无计只今宵△
独对残灯愁夜短，起看晓月过林梢△荐新又说进樱桃△

余怀(明520)一首　题：芜城感旧。①

燕子含春入画桡△②蜀冈杨柳拂西桥△③隋家宫殿久湮销△④
绿酒细斟人脉脉，红帘吹送影迢迢△莫愁双桨带江潮△
注：① 芜城：即江苏扬州。② 画桡：船之美称。③ 蜀冈：扬州地名。
④ 隋家：指隋炀帝。

于儒颖(明533)一首　题：闺情。

一片心情眼底柔△倦容疏态越风流△未经惆怅不知愁△
鸳谱怪来针线减，功夫强半为梳头△①日西初见下妆楼△
注：① 强半：一大半，超过一半之意，

陈璘(女)(明545)一首　题：金凤花。

妆晚云鬟短短梳△小庭凉胜碧窗多△摘来娇瓣簇轻罗△①
夜月捣残红玉杵，②春纤并缀紫珊瑚△试簪茉莉点猩无△③
注：① 簇：丛聚也；轻罗：指衣。“罗”字与上句“多”字出韵，作宽叶。②
此句说：月宫捣臼。玉杵，捣臼之棒。③ 簪：戴也；猩：红色。

顿文(女)(明548)一首　题：桃叶渡泛舟。

东风无复扫余英△花屿轻舟荡晚晴△别绪重重芳草生△
翠幕帘垂迟燕子，红楼笛响恼流莺△一番惆怅一番惊△

钱棅（明 554）一首　题：秋思。

小立幽阶数绿苔△鸳鸯未绣怕人催△深秋帘幕几曾开△

霜叶半随溪鸟去，寒烟独裹暮钟来△羞言荳蔻尚含胎△

王月（女）（明 568）一首　注：调名原作小庭花。

何处逢春不可怜△板桥柳色覆晴川△莺啼新水满塘烟△

舞蝶尽随歌扇下，落花偏逐舞裙前△楼台灯火一更天△

钟举（女）（明 569）一首　题：夏夜。

扇剪轻纨素月光△湘纹簟展石床凉△①碧纱风透玉肌香△②

清水鱼梁窥翡翠，③绿荷花沼戏鸳鸯△④小屏斜掩试兰汤△⑤

注：① 簟：竹席。② 碧纱：碧纱帐。③ 鱼梁：取鱼之梁；翡翠：鸟名。④ 沼：曲池。⑤ 兰汤：香汤，洗沐也。

沈谦（明 573）一首

绣领垂髫不解愁△①小眉如画眼波秋△②翠球风定袅香球△

窗下悔棋曾握臂，帐前临镜看梳头△粉云今日障红楼△

注：① 垂髫：不束发，年幼也。② 眼波秋：眼光似秋水。

王璐卿（女）（明 596）一首

风落残红兰槛多△①墙阴袅娜紫骝过△②牡丹和露湿轻罗△③

闲把鸳针穿蝶翅，戏抛蝇拂引狸奴△④昼长捱得绣工夫△

注：① 残红：落花；兰槛：窗槛之美称。② 紫骝：紫色马。③ 轻罗：罗衣。④ 蝇拂：驱蝇拂帚；狸奴：猫之别称。

吴莫胜（明 611）一首

午梦谁惊树荫摇△玉楼人倦倚红绡△游丝系满杏花梢△

蜂逐窗棂迷去路，燕争垒草未归巢△风筝线断傍云高△

蒋尔屿（明 612）一首

剪剪轻云片片霞△①玉钩鲜月短屏遮△②黄昏风飐绣帘斜△③

花蕊半含多抱蝶，柳条犹软不胜鸦△④一番春梦落天涯△

注：① 剪剪：剪成片片之意。② 玉钩：如钩弦月。③ 飐：风动物也。④ 不胜鸦：禁受不住鸦来栖息。

梁希声（明 618）一首

满径残花衬履行△暖风吹飐薄罗轻△绿杨拖覆小桥横△

日午绣帘酣睡燕，雨余芳树啭流莺△暮春天气更关情△

袁于伶（清 2）一首

郭外红桥半酒家△柳阴阴下有停车△笙歌隐隐小窗纱△

曲水已无黄篦舫,①夕阳何处玉钩斜△②绿荷开遍旧时花△

注：① 曲水：即曲江,指江苏扬州曲江;黄篦舫：黄竹篦为篷之画舫。② 玉钩斜：地名。《陈无己诗话》:"广陵(扬州)亦有马戏台下路,号玉钩斜。"

徐灿(女)(清 20)一首　题：春归。

金斗香生绕画帘△①细风时拂两眉尖△绣床针绣几曾添△

数点落花红寂寂,一庭芳草雨纤纤△不须春病也恹恹△②

注：① 金斗：熨斗也。② 恹恹：病貌。

吴伟业(清 28)一首

断颊微红眼半醒△背人蓦地下阶行△摘花高处赌身轻△

细拨熏炉香缭绕,嫩涂吟纸墨欹倾△惯猜闲事为聪明△

丁彦(清 45)一首　题：梅花。

日尽苍寒引翠尊△①一行江树绕山村△②轻花著处晕无痕△

全付春心愁白雪,半笼淡月到黄昏△碎风零雨暗销魂△

注：① 尊：酒杯。② 江树：江边之树,指梅树。

宋琬(清 49)一首　题：芳草。

乍暖犹寒二月天△玉楼长傍博山眠△①沉香火冷少人添△②

残雪才消春鸟哢,③画栏杆外草芊绵△④几时青得到郎边△

注：① 博山：香炉也。② 沉香：香名。③ 哢：鸟鸣唱也。④ 芊绵：茂密貌。

陈世祥(清 53)一首　题：午泛归西园。①

蝶子寻花日日忙△②一溪春水腻归航△杏烟深处读书庄△③

织柳欲成莺衬贴,垒巢未就燕商量△迎人小犬出东墙△

注：① 泛：指泛舟。② 蝶子：大蝴蝶。③ 烟：喻茂密,如柳烟。

顾信芳(女)(清 54)一首

嫩绿新红映碧池△纤纤弱柳斗腰肢△一枝和恨寄相思△

微雨燕归春寂寂,暖香花睡日迟迟△小楼人懒似游丝△

黄永(清 59)一首　题：幼女曜贞生日。

初着红衫穿薄绡△爷前万福出帘腰△①道儿生日是今朝△

杜老瘦妻谁耐学,左家小女恁般娇△看爷白发早飘萧△

注：① 万福：古代女子行礼。

陆瑶林(清 62)一首　题：斗草。

芳径腥红浥露浓△[1]芊芊绀碧醉薰风△[2]佳人喧笑绿阴中△

偷背小姑先拾翠，花茵深处恰相逢△兜花盈袖鬓微鬔△[3]

注：① 浥：沾湿也。② 芊芊：草盛貌；绀碧：天青色。绀，音甘；薰风：南风。③ 鬔：音蓬，发乱也。

曹尔堪(清69)二首　题：第一首，晓起。

第二首，过灵塔庵。

(1) 乐事贫家竟不贪△疏风斜雨过城南△单纱消受嫩凉甘△

宿砚频催童子涤，[1]好花颁与侍儿簪△[2]暗将私语赌宜男△[3]

注：① 宿砚：隔夜用过砚台；童子：书童。② 侍儿：婢女；簪：插戴。③ 宜男：即萱草，借喻育男。

(2) 棘刺杉针墓外田△[1]鸭头匀绿泻堂前△[2]山僧拥纳只高眠△[3]

粉蝶影深垂柳畔，石桥路窄野凫边△斜日踏破草芊芊△[4]

注：① 棘：音集，荆棘。② 鸭头绿：颜色名。③ 纳：布袍。④ 芊芊：草茂密貌。

龚贤(清80)一首

红藕花残柳叶黄△东湖水浅夜来霜△低低拍拍野鸳鸯△

可惜村头年少女，随船把柁嫁渔郎△一生踪迹托沧浪△[1]

注：① 浪：读平声，阳韵，水流貌。

尤侗(清81)一首　题：春闺。

日影笼烟小阁明△侍儿初掠晚妆成△画楼何处又歌声△

故掩珠帘惊燕燕，戏抛红豆打莺莺△晚来独傍落花行△

陈允衡(清82)一首　题：红桥感旧，[1]和阮亭。[2]

隐隐萧声送画桡△[3]迷楼无影见平桥△[4]不须指点已魂销△

港口荷花红冉冉，岸边野草碧迢迢△游人依旧弄新潮△

注：① 红桥：扬州名胜。② 阮亭：王士禛号。③ 画桡：即画船。④ 迷楼：当年隋炀帝行宫；平桥：指红桥。

吴秉仁(清83)二首　题：春情。

(1) 雪沁寒消杏蕊红△小桥酒旆揖春风△[1]人家篱落画图中△[2]

嫩草钿车遗彩胜，[3]平堤宝马试雕弓△归来才只悔相逢△

注：① 旆：镶边旗子。② 篱落：篱笆。③ 彩胜：首饰。

(2) 剪剪轻寒似暮秋△兰芽初醒尚含羞△伤春半是怕登楼△

照水莺穿杨柳絮，回风燕舞牡丹球△日长人静响帘钩△

贺裳（清98）二首　题：第一首，春景。

第二首，仲园水亭。

（1）一地残梅渗绿苔△紫荆花下板扉开△小园斗草恰归来△

潜别邻娃趋僻径，遥窥狂客避当街△笑拈红杏掩香腮△

（2）行过山楼到水亭△隔帘香气暗撩人△遥闻相唤出银屏△

敛拜深深笼素笋，[①]问年浅浅破朱樱△[②]不图亲遇洛川神△[③]

注：① 敛拜：即敛衽，古代女子行礼；素笋：喻女子手指。② 朱樱：喻红唇。③ 洛川神：即洛神，仙女也。

张养重（清102）一首　题：红桥即事，同阮亭作。

狭巷朱楼认妾家△卷帘初下碧油车△[①]东风翠袖曳轻纱△

岸上莺歌随柳弱，水边燕尾掠波斜△春江流落可怜花△

注：① 碧油车：绿漆车。

庞蕙纕（女）（清112）一首　题：夏日。

绿映亭台薄暮天△薰风寂静小庭前△晴香浮动一池莲△

柳絮纷纷飘画槛，桐花点点堕香帘△纱窗雨过却慵眠△

周蕉（女）（清119）一首　题：春半。

燕尾翻风双剪轻△柳眼惊觉乱啼莺△四旬有五半分春△

窗外三更寒食雨，梦中一个惜花人△此时不怕不销魂△

贺元瑛（女）（清139）一首　题：秋夜。

一片闲云自在流△篆烟相逐去悠悠△梧桐和月上帘钩△

砧杵远敲千里梦，荻花低衬半江秋△暮霞飞尽许多愁△

金镇（清144）一首　题：红桥。

小阁垂帘卖酒家△游人爱驻碧油车△鹅黄酒映绿窗纱△

细径靡芜新雨软，轻条杨柳薄风斜△棹歌声满藕塘花△

顾贞立（女）（清159）四首　题：第四首，和王夫人仲英韵。

（1）不道韶光二月中△深深庭院护春慵△未消残雪月朦胧△

二十四番花有信，最凄凉是杏花风△霏烟霏雾满帘栊△

（2）春事消磨雨雪中△怯寒衫子未曾缝△春分寒食去匆匆△

风颈灯摇珠箔卷，[①]玉帘声远画楼空△落花还是旧东风△

注：① 凤颈灯：灯名；珠箔：即珠帘。

（3）晓日迟妆上翠楼△恼人春色遍枝头△湘帘风细荡银钩△

燕子未归寒恻恻，梅花初落恨悠悠△重门深锁一天愁△

(4) 百啭娇莺唤独眠△①起来慵自整花钿△②浣花风日试衣单△③

几日不曾楼上望，粉红香白已争妍△④柳条含嫩带春烟△

注：① 百啭：喻鸣叫声久。② 花钿：首饰也。③ 浣花风日：农历四月十九日，谓之浣花日。见《陆游笔记》；试春衣：试穿单衣。④ 粉红香白：指百花。

蒋永修(清 162)一首　题：晓发，①见微雪。

侵晓匆匆策骑先△②怪他山色淡于烟△一鞭寒透五更天△

高拂柳丝凝玉屑，③轻拈草甲碎花钿△④暗传春色到梅边△

注：① 晓发：早晨出发上路。② 策马：鞭马。③ 玉屑：喻雪。④ 草甲：草之萌芽。

华慧空(女)(清 170)一首　题：清明携儿妇踏青，过浦静来表姊斋头，阅其所填新词，欣然继作。

寒食初过报好晨△①踏青携伴访佳人△②吟窗艳思坐生春△③

曲里燕莺歌宛转，④毫端花草斗新鲜△⑤底须绮陌趁香尘△⑥

注：① 寒食：古节日，在清明前二日。② 踏青：游春。③ 吟窗：书斋窗前。④ 曲里：词曲里。⑤ 毫端：笔尖。⑥ 底须：何必。

沈荃(清 175)一首　题：题画。

夏木阴阴绕碧溪△人家流水小桥西△斜阳寂寞远天低△

系棹柳边看白鸟，①放船花底听黄鹂△②辋川一幅好重题△③

注：① 系棹：缆船；白鸟：指白鹭、白鸥。② 黄鹂：黄莺。③ 辋川：唐人王维在陕西蓝田县有辋川别业，景极佳。

仲恒(清 177)一首　题：冬日晚眺。

月白风严数九天△①飘飘残雪下溪田△孤村未暮起炊烟△

断雁哀鸣云烟外，老僧担月过前湾△隔篱灯火映前川△

注：① 数九天：冬至(公历 12 月 22 日左右)为一九天，以后每隔九天为二九、三九……直至九九。其中三九天最为严寒。

顾之琼(女)(清 185)一首　题：春游。

腰肢瘦损不胜罗△①无那春来病染多△②含情未语照晴波△

金约腕垂纤笋丽，③玉搔头亸醉颜酡△④小桥归艇起渔歌△

注：① 不胜罗：不称衣。② 无那：即无奈。③ 金约腕：金手镯；纤笋：喻

女子手指。④ 玉搔头：即玉簪；亸：下垂貌；颜酡：饮酒而面红。

路遴（清 191）一首　题：春闺。

日薄云林乳燕忙△①拍堤流水绿垂扬△一丝丝似个情长△②

卷幔放将香入户，倚栏看到月侵廊△春来恁事费思量△③

注：① 薄：读博，迫近也。② 个：个人，他也。③ 恁：如此也。

陈维崧（清 196）五首　题：第一首，癸丑（1673）东溪雨中修禊。

第二首，山塘即事。

第三首，雨中由枫桥至齐门。

第四首，月夜虎丘记所见。

第五首，陆上慎移居东邻。

（1）春水拖蓝接远汀△晚山愁黛矗银屏△绿杨城外画船停△

燕剪轻阴拖水榭，莺翻嫩雨湿兰亭△半溪灯火酒微醒△

（2）窈窕山塘半酒家△浣衣归去笑吴娃△东风吹得绣裙斜△

琴几研光麈绿竹，楸枰敲落水仙花△①碧纱窗影浸山茶△

注：① 楸枰：围棋棋盘，古时多用楸木制作，故名。

（3）料峭春寒却未消△鹁鸪啼急水迢迢△半船微雨过枫桥△

荠菜绿平齐女墓，梨花雪压伍胥潮△①柳枝和恨一条条△

注：① 伍胥潮：伍胥，春秋时吴国首相伍子胥。传说伍子胥因谏吴王被赐死，抛尸江中，死后成潮神。

（4）小立山塘玩暝烟△市楼灯火未阑珊△暗中依约遇婵娟△

风里绣裙吹浪皱，雨余红屐印泥圆△一钩春月寺门前△

（5）背郭沿溪路不遥△杏花春里菜花桥△故人和燕定新巢△

药里暖分花影晒，渔蓑闲受柳绵飘△小楼长听雨潇潇△

陆进（清 198）一首

归路迢遥趁夕阳△东风细细粉脂香△谁家窈窕络丝娘△

笑指隔墙红杏好，年年结子却成双△见人还又掩纱窗△

吴棠桢（清 200）一首

雨歇江虹山翠鲜△周娘明媚得人怜△晚来心绪只贪眠△

双腕低横郎臂上，一灯爱近妾衣前△香娇花倦画楼边△

姜光被（清 203）一首

十二峰前是妾家△青墙宛转曲栏斜△暖风时放小桃花△

楼外朝云疑梦里，门前春草接天涯△妆成独自浣溪纱△

王士禄（清212）一首　题：闺情。

金井风微响辘轳△①桐阴漏日晓妆初△薄寒犹怯玉肌肤△

帘幕絮萦双紫燕，②盆池花衬小红鱼△昼长耽搁绣工夫△

注：① 金井：有雕饰的井栏；辘轳：汲水用具。② 絮萦：絮语萦绕。

韩琬（女）（清220）一首　题：午睡。

珊枕欹斜睡思浓△①乌云娇压髻花红△②流莺惊醒眼朦胧△

香汗微生肌肉润，翠蛾淡扫曲如弓△③轻摇纨扇倚薰风△④

注：① 珊枕：珊瑚枕。② 乌云：黑发。③ 翠蛾：黛眉。④ 薰风：南风。

冯弦（女）（清234）一首

庭院幽深夏日长△绿槐清影覆纱窗△沉沉珠箔锁斜阳△①

苔向雨中生嫩绿，风从花里弄清香△游蜂浪蝶总茫茫△

注：① 珠箔：珠帘；锁：挡也。

倪灿（清246）一首　题：暮抵香城寺。

逐水寻幽路不穷△溪声一径入空濛△疏钟遥度古城东△

野菊背开崩石下，①归云横卷乱流中△夕阳将近佛灯红△②

注：① 崩石：坏石、裂石。② 佛灯：佛前琉璃灯。

唐梦赉（清250）一首

愚谷山头放画桡△①谁家茅屋出林皋△②一溪流水绕红桥△

衔尾草边翻蝶梦，将雏花外挂莺巢△③东风镇日绿杨梢△

注：① 愚谷山：在山东临淄西。② 皋：泽也。③ 将雏：带领小鸟。

叶燮（清253）一首　题：秋林晚眺。

帘卷回廊挂玉弓△①草根切切响吟虫△②前林黄叶起西风△

桔刺牵衣花絮碍，菱丝织水画桥通△钓鱼船尾小灯红△

注：① 玉弓：形容月如弓钩，即眉月也。② 吟虫：指蟋蟀，鸣唱如吟诗。

姜培颖（清262）一首　题：闺情。

小苑春深怨落英△①曲池风细绿波平△一帘疏雨近清明△

可恨杏梁栖燕燕，②那堪柳浪坐莺莺△③午余残梦最关情△

注：① 小苑：小花园；落英：落花。② 杏梁：银杏木屋梁。③ 柳浪：柳絮被风吹拂，摇摆如浪。此两句喻妒燕莺成双。

赵吉士（清279）四首　题：第一首，过蓼庄野店。

第二首，春霁，山溪小憩。

第三、四首，无题。

(1) 负郭村庄水一湾△[1]板桥隐隐绿杨间△更无人到似深山△

春雨桑麻欢妇子，夕阳鹅鸭乱沙滩△隔溪遥见荷锄还△[2]

注：① 负郭：背倚外城。② 荷锄：肩担锄头。荷，肩负也。

(2) 偶逐春光上小亭△半帘微雨鹁鸪声△一溪新涨绿芜平△

疏树淡浓残照紫，远山明灭乱烟青△断肠天气又清明△

(3) 帘影重重年正长△冰肌刚称薄罗裳△[1]葡萄架下坐追凉△

那得身如双蛱蝶，趁他茉莉上钗梁△[2]尽侬消受美人香△[3]

注：① 冰肌：形容肌滑；称：合身。② 钗梁：钗尖。③ 侬：吴语：我也。

(4) 斜月溶溶半上楼△早凉天气恰新秋△堕钗声里是温柔△

暗递脂香闻絮语，为羞灯影怯回眸△褪鞋故故倩郎兜△

朱彝尊(清 288)一首　题：山塘夜泊。　注：此词系集前人诗句成词，每句括号内即原作者姓名。

月挂西弓霭霭明(陆龟蒙)△[1]春风倚棹阖闾城(李嘉祐)△[2]酒旗歌扇正相迎(陶岘)△

碧幌青灯风艳艳(元稹)，紫槽红拨夜丁丁(许浑)△[3]一更更尽到三更(杜荀鹤)△

注：① 西弓：西边眉月。② 棹：船桨；阖闾城：苏州城。③ 紫槽：指琵琶；丁丁：象声词。

沈尔燝(清 310)一首　题：过安隐寺。

夹径松阴入碧霄△[1]青烟一点出林杪△[2]梵宫隐隐隔红桥△[3]

樵路踪稀霜尚在，饭僧钟动日初高△[4]门前清涧可容舠△[5]

注：① 碧霄：青天。② 林杪：树林梢。③ 梵宫：指安隐寺。④ 饭僧钟动：僧人早餐打钟。⑤ 舠：音刀，刀形小船。

陈维嵋(清 313)一首

绿剪堤边杨柳丝△红堆门外小桃枝△一春人在谢家池△[1]

事去已荒前日梦，情多犹忆少年时△江南红豆最相思△[2]

注：① 谢家：古人常指妓院。② 红豆：产于南方，一名相思子，借喻相思。

万树(清 316)二首　题：第一首，夜景。

(1) 浴起新围宝袜轻△鸟栖人静夜无声△手携金鸭下阶行△

榆荚柔风熏佩带，桐花斜月晒帘旌△谁人能遣此时情△

(2) 鱼子兰香晓露滋△起来移近绣帘丝△嫩黄初剪两三枝△

唤得雪儿教捧去，葵花小合豆青瓷△谢娘刚好晓妆迟△

钟筠(女)(清322)一首　题：初夏。

开到荼蘼花已残△垂帘犹自怯春寒△困人时候雨连纤△①

燕子将雏声细细，②荷钱虽小叶团团△③一庭芳草绿如烟△

注：① 连纤：即廉纤，微雨貌。② 将：带领。③ 团团：喻圆。

张回(女)(清323)一首

乳燕交飞绕画梁△新兴翠钿郁金香△①戏抛棋子打鸳鸯△

宝鸭烟笼蝉翼鬓，②玉琴弦润锦云囊△荼蘼深处日偏长△

注：① 翠钿：头饰；郁金香：花名。② 宝鸭：鸭形香炉。

陆宛棂(女)(清327)一首　题：采莲。

窄袖轻衫试薄罗△鉴湖如镜映青螺△①兰舟宛转荡微波△②

日落溪头归去晚，隔舟越女歇清歌△③莲花欲采刺愁多△

注：① 鉴湖：绍兴名湖；青螺：即黛眉。② 兰舟：舟之美称。③ 越女：绍兴女子。

朱克生(清339)一首　题：红桥即事。①

一曲红桥三两家△门前过尽七香车△②碧杨深处拓轻纱△③

疏雨撩风偏细细，晴波受月故斜斜△无情有思隔溪花△

注：① 红桥：即虹桥，扬州名胜。② 七香车：妇女乘坐豪华车。③ 拓：手推物也，喻拔。

彭孙遹(清343)二首　题：第一首，客中小寒食作。①

第二首，闺情。

(1) 客里佳辰只自怜△白榆初改汉宫烟△②覆堤柳色正三眠△③

芳树乍闻花气息，小楼几见月团圆△教人无奈暮春天△

注：① 寒食：古节日，在清明前一日或二日，是日禁烟火。② 汉宫烟：韩翃《寒食诗》有"日暮汉宫传蜡烛，轻烟散入五侯家"句。③ 三眠：蚕须三眠始结茧，指暮春天气。

(2) 翠浪生纹点曲池△春深闺阁弄妆迟△弓鞋罗袜踏青时△①

鸦鬓轻分金缕缕，②燕钗低颤玉差差△③杏花春雨细如丝△

注：① 踏青：春游。② 鸦鬟：黑发；金缕缕：金缕线，即金丝线。③ 玉差差：玉参差。参差，不齐貌。

丘象随（清 355）一首　题：红桥怀古，① 和阮亭韵。②

清浅雷塘水不流△③几声寒笛画城秋△红桥犹自倚扬州△
五夜香昏残月梦，六宫钗落晓风愁△④多情烟树恋红楼△⑤

注：① 红桥：即虹桥，扬州名胜。② 阮亭：王士禛号。③ 雷塘：地名，在扬州北。④ 六宫：指隋炀帝六宫嫔妃。⑤ 红楼：指隋炀帝迷楼。

刘梁嵩（清 385）一首　题：红桥即事，同阮亭作。

绿树阴浓露酒家△小廊回合引停车△①银筝娇倚杏儿纱△
水调歌头声未了，③曲栏杆外月光斜△声声渡口卖荷花△

注：① 回合：环绕也。② 水调歌头：词曲名。

华长发（清 386）一首

照水新妆带梦催△懒拈针线下层台△小庭扶倦摘青梅△
愁听娇莺穿树去，怕看燕栖入帘来△雏鬟空自报花开△

王摅（清 394）一首

纨扇轻罗趁晚凉△①盈盈十里藕花香△②玉钗微亸倦来妆△③
曲槛风多铺枕簟，④小池水皱戏鸳鸯△凭栏无语暗思量△

注：① 纨扇：绢制团扇。② 盈盈：轻盈。③ 亸：下垂。④ 簟：席也。

曹贞吉（清 396）二首　题：第一首，红桥怀古。
第二首，偶成。

（1）几曲清溪泛画桡△绿杨深处见红桥△酒帘歌扇暗香销△
白雨跳波红冉冉，青山拥髻水迢迢△三生如梦广陵潮△①

注：① 广陵潮：广陵，扬州别名。旧为入海口，唐代以前，广陵潮波澜壮阔，诗文多有描写。

（2）飞凤将雏紫玉钗△①双鸾小样合欢鞋△卓金车子响铜街△②
濯锦江头朝复暮，③踏青陌上去还来△④红楼斜日费安排△

注：① 将雏：带领幼凤。② 卓金：植金、镀金；铜街：洛阳有铜驼街，简称铜街。③ 濯锦江：在成都。④ 陌上：田间道路。

王士禛（清 397）四首

（1）北郭清溪一带流△红桥风物眼中秋△①绿杨城郭是扬州△
西望雷塘何处是，②香魂零乱使人愁△淡烟芳草旧迷楼△③

注：① 红桥：即虹桥，扬州名胜。此词有丘象随等多人和之。② 雷塘：地名，在扬州西，隋炀帝陵墓在此。③ 迷楼：当年隋炀帝行宫。

(2) 雨后虫丝罥碧纱△朝来鹊语斗檐牙△日痕红曙一栏花△
残梦未遥犹眷恋，篆烟初袅半夭斜△销魂应忆泰娘家△

(3) 绿树横塘第几家△曲栏杆外卓金车△渠侬独浣越溪纱△[1]
浦口雨来虹断续，桥边人归月横斜△棹歌声里采菱花△[2]

注：① 渠侬：他也。② 棹歌：船歌。

(4) 小院蘼芜欲作丛△[1]秋千池畔画堂东△日斜莺啭谢娘慵△[2]
情思昵人何处去，[3]碧桐阴里下帘栊△玉钗微堕髻鬟松△

注：① 蘼芜：众草茂生处。② 谢娘：泛指妓女。③ 昵人：亲近人。

吴琪(女)(清400)一首　题：夜愁。

烟景蕤蕤锁夕阳△[1]宿鸦啼断暮钟长△[2]夜深轻卷玉钩凉△
月上梨枝猧睡暖，[3]风吹兰幄燕飞忙△不禁花底画衣香△

注：① 蕤蕤：草木下垂貌。② 宿鸦：夜鸦。③ 猧：犬。

范姝(女)(清401)一首　题：月夜怀延公夫子。[1]

庭竹萧萧弄晚风△[2]月光如洗露华浓△瑶阶花影自重重△[3]
非爱良宵清不寐，因怜归燕思无穷△夜深独倚画楼东△

注：① 延公夫子：指其夫李延公。② 萧萧：风声。③ 瑶阶：石阶之美称。

周琼(女)(清402)一首　题：纤手。

嫩玉纤纤整素弦△惯弹别鹄最堪怜△几回私语把衣牵△
爱插鲜花时掠鬓，怕沾飞絮故掀帘△漫笼双袖倚栏杆△

陶孚尹(清428)一首　题：清明。

匝地垂杨飏麹尘△[1]暖云如粉草如茵△恼人天气又清明△
南陌踏青油幕稳，[2]西园扑蝶舞衣轻△淡红香白一群群△

注：① 匝地：遍地；麹尘：淡黄色尘土。② 南陌：南郊；油幕：油壁车。

陈维岳(清429)二首　题：第一首，倦绣。
第二首：癸丑(1673年)上巳。[1]

(1) 燕语呢喃曲院中△莺啼睍睆画楼东△[1]日长无事绣偏慵△
杨柳风眠当户绿，樱桃雨熟亚墙红△[2]午窗残梦髻鬟松△

注：① 睍睆：清和圆转之意。② 亚：压也。

(2) 春水挼蓝接远汀△[2]晚山愁黛矗银屏△绿杨城外画船停△

燕剪轻阴拖水榭，莺翻嫩雨湿兰亭△半溪烟火酒微醒△

注：① 上巳：古节日，在农历三月初三。② 挼：揉也。

张学雅（女）（清 431）一首　题：春日。

向晚妆成懒出帷△徘徊对镜蹙愁眉△自怜欢少只多悲△

花弄影成亭正午，鸟惊啼处日西垂△觉来幽梦已难追△

张学象（女）（清 435）一首　题：春日。

莺踏残花曲水浮△寻春偏爱上层楼△罗帏轻卷挂玉钩△

自有游丝长惹闷，①谁言萱草可忘忧△②任他岁月暗中流△

注：① 惹：招引。② 萱草：又名忘忧草。

陆次云（清 438）一首　题：集字。

花发棠梨遍野香△客怀谁要听莺簧△枝头偏自语双双△

昨日尚看榆荚小，今朝愈觉柳丝长△艳阳天气在他乡△

周霈（清 459）一首　题：山行。

古木丛丛路几重△支筇欲上最高峰△①好花飞作映山红△②

遥听前溪流水急，徐徐风起响青松△日斜林外一声钟△

注：① 支筇：拄杖。② 映山红：即杜鹃花。

顾贞观（清 471）一首　题：记康熙元年禁裹足事。

闺阁争传捧贴黄△①九霄雨露润莲塘△②锦靴新学内家妆△③

六寸圆肤原有致，④一钩纤影待重量△⑤春愁稳载莫轻飏△

注：① 贴黄：黄榜招贴。② 九霄：指康熙帝。③ 内家妆：皇宫妆束，指不裹足。④ 六寸圆肤：指天然足。⑤ 一钩纤影：指裹足。

僧济日（清 485）一首　题：雨后郊行。

草满郊原水满川△携筇正值雨余天△数声啼鸟落花前△

小艇渔船归远浦，野桥杨柳舞轻烟△青山依旧白云边△

张道介（女）（清 502）一首　题：夏闺。

开遍蘼花一院香△困人天气日初长△池塘深浅浴鸳鸯△

禊帖午临欹枕倦，①玉琴晚奏短襟凉△登楼惆怅又斜阳△

注：① 禊帖：即《兰亭帖》，王羲之上巳修禊所书；临：学习，指习写禊帖。

汪娴（女）（清 504）一首　题：春日闲步。

漠漠春阴锁翠苔△蜂忙蝶乱自安排△燕泥轻湿凤头鞋△

石险更嫌花露滑，砌荒犹让竹阴开△落花有意扑人来△

蒲松龄（清 524）一首　题：秋柳。

旧向长堤缆画桡△[①]秋来秋色倍萧萧△[②]空垂烟雨拂横桥△
斜倚西风无限恨，懒将憔悴舞纤腰△[③]离思别绪一条条△

注：① 缆画桡：系船。画，美称也。② 萧萧：萧条。③ 纤腰：形容柔弱。

贺对达（清528）二首　题：第一首，秋怀。

（1）杨柳丝丝已半黄△芙蓉如面映朝阳△小桥流水绕门墙△
雨后远山晴色好，霜边征雁怨声长△一年愁绪到秋凉△

（2）景物当年自足夸△绿杨红杏是侬家△石栏杆护四时花△
零落只今争似旧，小楼虚受夕阳斜△夕阳影里数归鸦△

王度（清532）一首　题：槜李。[①]

烟雨楼头桂子秋△[②]鸳鸯湖畔木兰舟△[③]廿年前共故人游△
何似女桑芽作剪，况兼新竹笋初抽△桃花簇锦水如油△

注：① 槜李：地名，即浙江嘉兴。② 烟雨楼：嘉兴名胜古迹。③ 鸳鸯湖：即南湖，嘉兴名胜。

徐允哲（清538）一首　题：春景。

一缕烟丝蘸绿波△乍晴天气正微和△春来心事费腾那△[①]
花砌绣泥装燕垒，柳抛金缕织莺梭△[②]夕阳芳草奈愁何△

注：① 腾那：跳荡。② 莺梭：莺飞来飞去，如同织梭。

孙致弥（清548）一首

千顷云边笑语来△苔痕偷染踏青鞋△相扶红袖下瑶阶△[①]
画扇戏粘蝴蝶粉，花栏赌记牡丹牌△祝他嬉子上金钗△[②]

注：① 红袖：指女郎。② 嬉子：昆虫名，形似蜘蛛，谐音喜也。

傅燮诇（清558）一首　题：清明。

三月初头花草芳△清明时节好风光△薄罗初换夹衣裳△
径草铺平阶砌绿，瓶花落满砚池香△闲看小燕补巢忙△

叶舒崇（清576）一首　题：孤山别墅有感。[①]

仿佛清溪似若耶△[②]底须惆怅怨天涯△[③]青骢系处是侬家△[④]
生小画眉分细茧，[⑤]近来绾髻学灵蛇△[⑥]妆成不耐合欢花△

注：① 孤山：在杭州西湖边。② 若耶：溪名，在浙江绍兴。③ 底须：何须。④ 青骢：指马；侬：吴语，我也。⑤ 茧：喻蛾眉也。⑥ 绾髻：盘髻；灵蛇：髻式样名。《采兰杂志》：甑后入魏宫，宫有一绿蛇……每日后梳妆，蛇则盘结一髻形于后前，后效之为髻。

冒褒（清580）一首　题：春寒。

翠被生寒宝篆斜△[1]银荷半炷透窗纱△[2]旧时闲事记些些△

懒向重帏松扣领，谁来隔院理琵琶△自携残蜡照梅花△[3]

注：① 宝篆：香炉烟弯曲如篆体字。② 银荷：灯盏也。③ 蜡：蜡烛。

顾长任（女）（清588）一首

燕引新雏傍画帘△蝶飘残粉扑重檐△小池夜涨绿浪添△

半雨半晴天黯黯，乍寒乍暖病恹恹△霏霏花雾锁香帘△

周文（女）（清597）一首

深锁云窗万斛愁△[1]最怜春去不能留△沿堤新绿柳烟稠△

泪逐落花红点点，魂同飞絮散悠悠△海棠树下看梳头△

注：① 万斛愁：极言愁多。斛，容器。

王元珠（女）（清600）一首　题：送外。[1]

清夜张灯话别愁△蕙兰花发怨经秋△君行不敢苦攀留△

曙色催人情脉脉，[2]烛花凝泪意悠悠△[3]梦魂万里隔并州△[4]

注：① 外：指夫。② 脉脉：含情欲吐貌。③ 悠悠：深思。④ 并州：山西太原。

蒋英（女）（清601）一首　题：午睡。

珊枕斜欹睡思浓△[1]鬓云娇压髻花红△[2]流莺惊醒眼朦胧△

香汗微生肌玉润，翠蛾重扫曲如弓△[3]轻摇纨扇倚薰笼△[4]

注：① 珊枕：珊瑚枕。② 鬓云：鬓发。③ 翠蛾：喻眉。④ 纨扇：绢制团扇；薰笼：有笼覆盖之薰炉。

黄泰来（清613）一首　题：闺情。

淡淡衫儿叶叶青△踏青鞋子昨初成△妆完无语立中庭△

夜半小楼吹杏雨，晓来深院卖花声△无端莺语闹清明△

马翀（清633）一首

绿遍青山响杜鹃△柳枝低亚燕蹁跹△[1]几曾风雨似今年△

莲瓣一钩春印浅，菱花七出晓妆研△[2]半垂红袖拨沉烟△

注：① 低亚：低压；蹁跹：旋行。② 菱花：镜子。

张潮（清637）一首　题：晓妆。

日影罘罳罢晓眠△[1]虾须帘卷嫩凉偏△[2]工夫拼得费周旋△

玉腕半抬钗上臬，星眸频转镜中传△妆成应得个人怜△

注：① 罘罳：帏幕也。② 虾须：即帘。

沈圣昭（清 643）一首　题：闺情。

枕畔堆云小髻松△无人幽梦自惺忪△起来闲倚玉屏风△
暗水漫漫芳草绿，残莺频睍熟梅红△日斜帘影恨重重△

徐元端（女）（清 645）一首　题：赠美人。

袅娜风前翠袖偏△①宫鞋三寸绣双莲△朱唇新点内家圆△②
紫燕偷睛窥粉靥，③绿杨留意挽香肩△无情花鸟亦相怜△

注：① 袅娜：姿态优美。② 内家：皇家，指宫妆。③ 粉靥：粉白面孔上的酒窝。

唐榛（女）（清 647）一首

深掩重门白昼清△①东风午院落花轻△碧纱窗外雨新晴△
烟锁垂杨愁欲结，梦回香阁恨初生△枝头黄鸟一声声△②

注：① 重门：一重重门。② 黄鸟：黄莺。

钱凤纶（女）（清 650）一首　题：偶题。

渌水萦回石径斜△绕溪一带种梅花△万花深处是侬家△
自写闲情依翠竹，爱看春景浣溪纱△小庭风静稳栖鸦△

佟世思（清 651）一首　题：闺情。

燕子偏来花底飞△却教别后惹相思△去年曾是踏青时△
灯火满阶人散后，柳梢月上正依依△香车醉拥玉人归△

顾姒（女）（清 680）一首　题：花影。

一带斜横窗户幽△婷婷袅袅映香篝△窥人晓镜学梳头△
翡翠帘前吹欲散，鸳鸯屏上拂还留△何须解语恁娇柔△

韩智玥（女）（清 688）一首　题：柬瞿夫人。

玉箸双垂薄袖寒△①十离诗就背人看△②闲愁赢得许多般△③
月转空阶天欲曙，香萦倦枕梦初阑△相思一夜小梅残△

注：① 玉箸：泪也。② 十离：诗名。③ 赢得：剩得。

纳兰性德（清 694）二首

（1）十里湖光载酒游△青帘低映白蘋洲△西风听彻采莲讴△
沙岸有时双袖拥，画船何处一竿收△归来无语晚妆楼△

（2）五月江南麦已稀△黄梅时节雨霏微△①闲看燕子教雏飞△
一水浓阴如罨画，②数峰无恙又晴晖△浣裙谁独上渔矶△③

注：① 霏微：雨多而微。② 罨画：杂彩色画。③ 浣裙：即洗衣裳。

吴秉钧(清720)一首　题：闺词。

年少谁家骋紫骝△①渴浆偏到柳边楼△②向人蓦地话春愁△

不应那禁微露齿，无情因甚屡回头△怪他故意弄风流△

注：①紫骝：紫红马。②渴浆：见崔护乞浆遇村女故事。

叶宏缃(女)(清732)一首　题：初夏。

开遍蔷薇小院香△乍晴梅雨蝶飞忙△一溪新碧浸鸳鸯△

古帖午睡欹枕倦，①瑶琴晚奏短襟凉△倚栏远望又斜阳△

注：①帖：字帖，习字样本。

曹寅(清742)一首

曲曲蚕池数里香△玉梭纤手度流黄△①天孙无暇管凄凉△②

一自昭阳新纳锦，③边衣常碎几秋霜△④夕阳冷落出高墙△

注：①流黄：绢也。②天孙：即织女星。③昭阳：喻皇后。④边衣：边疆守卒军衣。

卓灿(女)(清750)一首　题：咏美人蕉。

寒绿梢头簇绛纱△晚晴庭院落红霞△倚栏无语一枝斜△

艳质不随桃杏偶，芳名偏占女儿家△①本来何意学轩华△②

注：①此句说：花名美人蕉，带有女意。②轩华：即轩花。轩，长廊之有窗者。

徐旭旦(清753)二首　题：第一首，新婚。

第二首，初夏偶见。

(1) 娇晕潮红怕见郎△丫鬟簇送入兰房△掩门代解妾衣裳△

羞卸罗襦先灭烛，①怯除玉珥后登床△②檀郎待久事匆忙△③

注：①襦：短衫。②珥：耳环。③檀郎：对恋人之昵称。

(2) 九十春光好梦空△①单衫初试小楼风△偶然瞧着面微红△

故把画帘钩玉手，轻将罗扇扑酥胸△生憎双燕掠西东△②

注：①九十：春天九十天。②生憎：最厌恶。

林瑛佩(女)(清759)一首　题：睡起。

槛外槐阴护碧纱△①半帘风雨篆烟斜△②梦回无语数归鸦△

绿水新荷摇蝶影，朱栏残照倚榴花△他乡客思总无涯△③

注：①槛外：窗槛外。②篆烟：香烟曲折如篆体字。③无涯：无穷尽。

孙在中(清760)一首　题：村庄冬景。

冽冽寒风酿雪天△①村墟簇簇午炊烟△②老人檐下晒黄绵△

四望天垂云叆叆，③一溪水净碧田田△小桥斜泊卖鱼船△

注：① 冽冽：寒貌。② 村墟：村集。③ 天垂：天边；叆叆：云盛貌。

赵执信（清 777）一首

寒雨声声滴小窗△清宵偏是到秋长△愁人犹是滞江乡△①

宿酒醒来难续梦，②孤衾薄处早惊霜△此时争道不思量△

注：① 滞：滞留。② 宿酒：隔夜所饮酒。

盛禾（清 778）一首

似墨浓云雨脚斜△参差蝉雀掩轻纱△①水亭今夜觉凉些△

皓月依微开玉镜，明河清浅泛银沙△②小窗风细落灯花△

注：① 参差：不齐貌。② 明河：即天河、银河。

马福娥（女）（清 780）一首　题：上答宏略。①

腊尽寒消暖欲回△帘前重见早梅开△无人知我倚妆台△

香墨尚留墙上迹，断钗犹堕砌间苔△白云飞去更飞来△

注：① 宏略：指其夫沈宏略。

沈珮（女）（清 782）一首　题：春去。

杨柳丝丝系玉骢△杜鹃啼处晚烟浓△春光遍逐水流东△

满院落花愁寂寂，一帘飞絮恨匆匆△无聊最是月明中△

陈鹏年（清 784）一首　题：戏赠李裕之。

昨日九衢春正妍△①卖花声里雨如烟△避人时拂小桃笺△

郎去马嘶芳春路，侬归门掩绿杨边△②免教辜负艳阳天△

注：① 九衢：九达之衢道。② 侬：吴语，我也。

黄御袍（女）（清 791）一首

卍字栏杆青粉墙△满头珠翠隔花香△草烟铺绿衬鸳鸯△

竹径萧萧人不到，①娇羞频绾越罗裳△②云鬟映水额山黄△③

注：① 萧萧：风声。② 绾：钩系也。③ 额山黄：古代女子额上涂黄，以为美观。山，喻眉峰。

乔容（女）（清 799）一首

曲栏杆外雨余凉△绿映纱窗日正长△石榴花下试新妆△

人去天涯留不住，柳阴庭院占风光△关情最是燕飞翔△

柯煜（清 804）一首

烟外飞丝送伯劳△[1]玉窗人倦昼无聊△微风吹梦过平桥△

芳草一堤嘶绿耳，[2]画船双桨趁红潮△醒来斜日杏花梢△

注：① 伯劳：鸣鸟名。② 绿耳：喻马。周穆王骏马名绿耳。

杜诏（清805）一首　题：元日闺中晓起次韵。

珠箔飘灯烛影斜△[1]试将金斗熨轻纱△[2]似侬妆束是谁家△

未上玉钗罗胜子，[3]先簪双鬓水仙花△爱他闲谈谢春华△[4]

注：① 珠箔：珠帘。② 金斗：即熨斗。③ 罗胜子：罗彩结，首饰也。④ 春华：即春花。

张兰（女）（清811）一首　题：秋怀。

脉脉幽怀只自筹△几回无语独凭楼△断肠时节又深秋△

铜漏雁鸣情似别，月沉杨柳意还浮△是真是假暂贮愁△

姜遴（清816）一首

描黛无心锁镜鸾△雀钗斜压鬓云残△重门人静意阑珊△

菡萏风来金屈戌，芭蕉雨过玉栏杆△虚廊小立乍微寒△

钱彻（女）（清821）一首　题：鱼攒花影。

夹岸芳菲映钓丝△[1]谁传疏影入涟漪△[2]蝶冲返照落清池△

似合俄分群鼓鬣，[3]欲疑还信共横鳍△争看红雨暮春时△

注：① 芳菲：花草香美。② 涟漪：如锦文之水波。③ 俄：俄倾，随即之意；鼓：鼓动；鬣：音猎，鱼类颌边之鳍。

黄幼藻（女）（清826）一首

晓起临妆弄粉脂△纤纤玉手画蛾眉△妆成槛外折梅枝△

杏脸娇生西子靥，柳腰轻舞楚宫肢△容颜减瘦却因谁△

王敬铭（清820）一首　题：闺人指甲。

懒上笔弦罢拂衾△袖梢频裹闷恹恹△夜来因甚损纤纤△

悔不商量围翠管，[1]任将收拾蜕香尖△[2]自余葱碧莫偷拈△

注：① 围翠管：装一个指甲套。② 蜕：蜕化。

张令仪（女）（清831）一首　题：杏花。

小砌残梅雪未消△暖风催放杏花梢△几枝斜傍绿杨腰△

薄衬晴光疑半醉，淡笼烟雨不胜娇△只愁深巷到明朝△[1]

注：① 陆游有诗句："小楼一夜听风雨，深巷明朝卖杏花。"此句意即愁被采卖。

冒德娟(女)(清 849)一首　题：春雨。

帘外东风带晓烟△湿云酿雨做春天△余寒未退小窗前△
初润花梢知节候，助人娇困耐人怜△鸳鸯波上羽纤纤△

王时翔(清 859)一首

半是含娇半自慵△①宝钗欲堕翠鬟松△锦窝情态为谁浓△②
春浅花招新蛱蝶，夜寒香烬绣芙蓉△一弯愁思驻螺峰△③

注：① 慵：懒也。② 锦窝：被窝之美称也。③ 螺峰：眉峰也。螺，螺子黛，点眉用，因而延伸为眉。

王策(清 860)二首　题：玉山道中。①

(1) 绿叶莺啼卵色天△②柳丝金老漾残烟△遥峰缺处乱云联△
山脚草香低蝶翅，滩头风紧闹渔船△小桥茅店酒旗偏△

注：① 玉山：江西县名，近浙江。② 卵色天：乳白色天。

(2) 野堠斜明远树间△①几家村屋嵌孱颜△②笋舆看近小城湾△③
苦竹鸟声流水寺，短芦牛背夕阳山△天公着意做荒寒△

注：① 堠：土堡也。② 孱颜：参差不齐貌。③ 笋舆：竹轿也。

陈闻(清 870)一首

地僻村深竹影斜△小池新雨涨春沙△散分泉石到邻家△
一曲晚风张绪柳，①半溪残月杜陵花△②晓莺啼梦破窗纱△

注：① 张绪柳：张绪，南齐吴郡人，风致清雅，武帝植蜀柳于灵和殿前，尝曰“此柳风流可爱，似张绪当年”。② 杜陵：汉宣帝陵墓，在长安。

陈荣杰(清 897)一首

卷起珠帘懒上钩△鹦哥无赖唤梳头△天涯人远倚层楼△
燕尾剪春寒雨细，莺歌溜日晓风柔△卖花声里梦扬州△

厉鹗(清 900)一首

数到湘琴未满弦△春残过了摘樱天△①芳时卯饮最思眠△②
八字眉痕刚半画，二分月影却重圆△第三桥外见飞仙△

注：① 摘樱天：樱桃成熟可摘，指初夏。② 卯饮：晨起饮酒。

张四科(清 923)一首　题：题玉石谷水村图。

一片青山枕水斜△绿阴阴里两三家△江南春在玉鸦叉△①
杨柳东风飞燕子，柴门夜雨涨桃花△②篱根系个钓鱼查△③

注：① 玉鸦叉：玉发叉也，此可引申为发上花朵。② 涨桃花：春天桃花汛水。③ 查：同槎，水中浮木，即木筏，指船。

曹去晶（清931）一首

紫玉风流白玉身△嫣然一笑欲倾城△[①]淡妆浓抹总宜人△

密意难窥吞吐语，[②]柔情易觉浅深缨△[③]不须回头已牵情△

注：① 嫣然：巧笑态；倾城：其美能倾倒全城人。汉李延年歌："一顾倾人城，再顾倾人国。"② 吞吐：言词不直截。③ 缨：妇人所系彩缕也。

蒋元益（清935）一首

日射桐阴桐色鲜△桐花吹落小窗边△闺中闲趣自年年△

刺绣恁般针脚细，[①]拈词好个笔头尖△[②]错教夫婿认神仙△[③]

注：① 恁般：这般。② 拈词：作词。③ 神仙：喻美女。

陈沆（清942）一首

斜挂桐梢月一弓△[①]碧云高洗暮天空△疏萤无力点帘栊△

凉意嫩侵团扇低，[②]秋心微袅篆烟中△小鬟催着越罗重△

注：① 一弓：喻弦月弯弯如弓。② 嫩侵：微侵。

邵玘（清943）一首　题：秋闺。

策策初飘金井桐△[①]西风依约到帘栊△[②]晚妆情态尽春容△[③]

鬟湿露华云细腻，[④]裙扶花影月朦胧△小栏杆外闹秋虫△

注：① 策策：落叶声；金井：井栏之美称。② 依约：大约。③ 春容：从容。④ 华：即花。

杨度汪（清950）一首

袖底红巾裹指尖△不弹珠泪向花前△怕花憔悴损花颜△

满院尚留香宛宛，[①]隔帘初住雨纤纤△[②]苔痕青到茜裙边△[③]

注：① 宛宛：柔弱貌。② 纤纤：微细貌。③ 茜裙：绛红色裙。

任曾贻（清953）一首

蕙帐轻盈薄似烟△[①]淡匀颜色弄鲜妍△绿窗深处掩婵娟△[②]

微笑记来还昔昔，[③]密盟事往又年年△暖香惹梦阿谁边△

注：① 蕙：形容其香。② 婵娟：美女。③ 昔昔：夜夜。

朱云翔（清954）一首　题：桃源早发。[①]

淡月微黄雨乍晴△征衫初试马蹄轻△关情柳絮舞邮亭△

芳草已非裙带绿，远山犹是黛眉青△故园冷落木香屏△

注：① 桃源：湖南西部县名；早发：早上出发。

贺双卿（女）（清957）一首　题意：婆母及夫百般虐待，述其生活之苦。

暖雨无晴漏几丝△牧童斜插嫩花枝△小田新麦上场时△

汲水种瓜偏怒早，忍烟炊黍又嗔迟△①日长酸透软腰肢△

注：① 炊黍：指烧饭；嗔：怒也。

吴烺（清 989）一首　题：新晴。

独倚危楼望晓天△①雨余风景剧堪怜△②马嘶深巷草芊芊△③

几点浓愁山染黛，一行香梦柳梳烟△④断肠春色又今年△

注：① 危楼：高楼。② 剧：甚也。③ 芊芊：草盛貌。④ 柳梳烟：柳丝濛濛如烟。

周天度（清 997）一首　题：新秋。

丁字帘帏控玉钩△嫩晴天气入清秋△①画屏无睡待牵牛△②

暮雨自归人悄悄，落花无际恨悠悠△凉风只在院西头△

注：① 嫩晴：即微晴，少云到多云也。② 牵牛：牛郎星，喻恋人。

许玉晨（女）（清 998）一首

翠竹阴深暑半消△玉荷池畔暗香飘△半规月影上梧梢△①

团扇倩人涂蛱蝶，②画叉唤婢卷蟏蛸△③小屏风底换轻绡△

注：① 半规：半圆。规，正圆也。② 倩：雇代，即请也。③ 蟏蛸：即喜蛛，似蜘蛛而脚长。

朱泽生（清 1009）二首

（1）细雨霏霏逼禁烟△①风光百五最堪怜△△②绿杨阴里影秋千△

斗草踏青人去后，③伤春中酒燕来天△一番花事又经年△

注：① 逼禁烟：逼近寒食节。② 百五：冬至后一百零五日，即寒食节。③ 斗草：古代妇女之游戏。④ 中酒：即酒醉。

（2）银鸭香消宝篆轻△①青罗衫子薄寒生△画楼低按小秦筝△②

杨柳帘开新雨后，杏花门掩晓莺声△春风无处不关情△

注：① 银鸭：鸭形香炉；宝篆：名贵篆烟。② 秦筝：即筝，乐器也。传筝系秦时蒙恬所造，故称秦筝。

李调元（清 1026）一首

滴滴花光润欲酥△①迷迷草色浅成铺△②一年好事在春初△

树听鹁鸠呼妇侣，③巢看燕子试新雏△薄情一去肯归无△④

注：① 滴滴：娇滴滴。② 铺：铺陈，布也。③ 鹁鸠：鸟名，谚曰："天欲雨，鸠逐妇，晴则呼之。"④ 薄情：指恋人。

钱塘（清 1028）一首

一阵荷香递笑声△绿阴帘幕晚凉生△秃襟小袖绛纱轻△①

闲把宿茶浇茉莉，②戏缝罗袋捉流萤△水晶帘外月初明△

注：① 秃襟：无领衣襟；绛纱：红纱。② 宿茶：隔夜茶水。

王开沃（清 1063）一首

倒插犀梳辫翠鬟△①吹来芳气细如兰△春情不断似连环△

蛱蝶双双图出易，鸳鸯一对绣成难△杏花微雨琐窗寒△②

注：① 犀梳：犀牛角簪。② 琐窗：镂连琐文之窗。

高鹗（清 1068）一首

燕燕莺莺认归巢△风风雨雨湿芳郊△落花溪畔小平桥△

浅绿嫩面裙草色，淡黄轻染柳眉梢△日斜独自一停桡△

杨抡（清 1072）一首

路转峰回石径斜△小桥流水那人家△满身香雾点松花△

柳弱正眠蚕正起，笋尖初出韭初芽△离愁如许绕天涯△

洪亮吉（清 1086）一首

一晌花枝欲上楼△东风先为揭帘钩△秋烟和露搭床头△

百五时光容易过，十三年纪不知愁△初阳篱落悄凝眸△

张云璈（清 1098）一首　题：三影阁小坐。

昨夜春寒减一分△画罗屏敞坐凌晨△①隔帘新绿正当门△

紫燕回廊风似剪，红薇小院雨如尘△养花天气护花人△②

注：① 画罗屏：绘画罗屏风。② 养花天气：《花品》牡丹开时，多有轻云微雨，谓之养花天。牡丹，夏初开花。

许肇封（清 1101）一首　题：鸳湖舟中作。①

杏子轻衫鬓贴钿△②鞋头新凤裹金莲△③妆成背镜怨春天△

杨柳千条郎马上，桃花一村妾门前△④小桥流水夕阳边△

注：① 鸳湖：鸳鸯湖，即嘉兴南湖。② 钿：头饰。③ 这句说：脚穿凤头弓鞋。金莲：喻女子裹足。④ 妾：古代女子自称。

施源（清 1104）一首　题：春暖。

锦帐新闲旧鸭炉△①暗尘香送午晴初△杏衫不解称身无△②

绿草斗完双脸晕，③翠云洗罢小蝉梳△④更开筠扇索人书△⑤

注：① 鸭炉：鸭形香炉。② 称身无：合身否。③ 绿草斗完：斗草，古代妇

女的一种游戏；晕：潮红。④ 翠云：喻发。小蝉梳：梳成蝉形髻子。
⑤ 筠扇：竹扇；索：索取。

杨芳灿（清1128）一首

宿雨初晴度泄云△[1]流莺犹自惜余春△楝花落尽闭闲门△[2]
小市酒旗风帖帖，[3]横塘鱼网水粼粼△[4]垂杨影里浣衣人△

注：① 宿雨：隔夜雨；泄云：飘散的云。② 楝花：楝树花，为二十四番花信中最后一种。③ 此句说：街市酒旗被风吹，帖帖而垂。④ 粼粼：水清澈貌。

孙尔思（清1138）一首　题：春日游黄公柳堤。

来往朱轮碾画桥△[1]春云霭霭水迢迢△[2]浪花深带酒旗摇△
青帝郊中烟一缕，[3]黄公堤上柳千条△莺儿又作殢人娇△[4]

注：① 朱轮：朱漆车轮。② 霭霭：云盛貌。③ 青帝：春神。④ 殢：困倦。

恽敬（清1141）一首　题：白门春望和张平伯。[1]

桃树遮门柳拂堤△春光多在石城西△[2]胭脂井畔晓莺啼△
不见美人青玉案，[3]空闻游女白铜蹄△[4]画轮归去草萋萋△

注：① 白门：在南京。② 石城：石头城，在南京。③ 青玉案：词曲名。④ 白铜蹄：词曲名，梁武帝所谱。

汪世隽（清1145）二首

（1）新草初生一蝶飞△惊回晓梦雨霏微△[1]薄寒未拟换罗衣△[2]
祓禊晨光山染黛，[3]踏青时节水平堤△[4]游人多在画桥西△

注：① 霏微：雨甚而微。② 薄寒：微寒。③ 祓禊晨光：指农历三月初三，上巳节日。④ 踏青时节：指清明节日。

（2）碧水回澜卷浪花△画桥几处跨流霞△[1]东风吹入锦帆斜△[2]
乍见条条垂柳色，[3]照人新透绿窗纱△小堤风景胜侬家△

注：① 流霞：流光，即波光。② 锦帆：船帆之美称。③ 乍见：忽见。

詹应甲（清1147）一首

花外楼台一角红△绣帘不卷暗香通△十分春色镜当中△
铁马敲残深巷月，[1]纸鸢吹落隔墙风△[2]此时抛枕倚薰笼△[3]

注：① 铁马：屋檐角所挂之响铃。② 纸鸢：风筝。③ 薰笼：覆有笼子之薰炉。

杨揆（清1148）一首　题：水榭即事。[1]

槛外春流长暮潮△石城艇子不须招△[2]相逢同到赤栏桥△

帘影自明波瑟瑟，[3]茶烟低飏雨潇潇△水天长夜听吹箫△

注：① 即事：就眼前事物而言。② 石城：石头城，指南京。③ 瑟瑟：风声。

刘畹怀（女）（清 1164）二首　题：第一首，听雨。

第二首，看花。

（1）坐对银釭细细挑△[1]停针忽听雨潇潇△几声风骤打窗寮△

多事檐前悬铁马，无端亭畔种红蕉△总拼不寐到明朝△

注：① 银釭：即灯盏；挑：挑剪灯芯。

（2）消遣闲愁百卉中△金铃小宕语丁冬△[1]海棠红暖一帘风△[2]

漫学唐宫传鼓促，[3]未烦隋院剪刀工△[4]轻衫薄袖倚栏东△

注：① 宕：动荡也。② 帘：帏幔也。③ 唐宫传鼓：唐明皇曾在宫中击鼓传花。④ 隋院剪刀：隋炀帝十六院在冬天剪彩为花。

张惠言（清 1170）一首　题：旅途。

山气清人远梦苏△海天摇白转空虚△马蹄不碍怜云孤△

杨柳官桥通碧水，桃花小市卖黄鱼△东风未起早阴初△

孙云凤（女）（清 1188）一首

十二珠帘掩碧窗△懒吟慵绣不成妆△困人时节日初长△

湖水雨余浮鸭绿，柳丝风暖漾鹅黄△画船犹记落花香△

马汾（清 1201）二首　题：第一首，七夕。

第二首，寒夜街行书所见。

（1）络纬萧萧堕井梧△[1]一天风露碧窗虚△微云淡月影模糊△

茉莉香簪新浴后，[2]凤仙红捣嫩凉初△[3]人间今夜更何如△

注：① 络纬：虫名，即纺织娘；萧萧：风声；井梧：井边梧桐叶。② 簪：插戴。③ 凤仙红捣：凤仙花捣成汁；嫩凉：微凉。

（2）玉宇高寒朔吹凌△[1]石桥磳磴暗霜凝△[2]夜深归去酒初醒△

吠巷犬惊敲月柝，[3]卖饧人担闪风灯△[4]几家楼上剪刀声△[5]

注：① 玉宇：指天空；朔：指朔风，即北风。② 磳磴：石磴也。③ 吠：犬叫。④ 饧：饴糖，即麦芽糖；担：挑。⑤ 剪刀声：妇女裁衣声。

孙云鹤（女）（清 1202）三首　题：第一首，忆龙井扫墓所见。

（1）箬笠鬟遮映粉腮△[1]竹篮腰束绝纤埃△[2]小姑相伴采茶回△

花气半萦岚翠里，[3]露痕微湿笋衣鞋△[4]见人和笑入堂来△

注：① 粉腮：粉白面腮。② 纤埃：即细尘，喻其步轻盈，细尘不起。

③ 岚翠：山间青绿色雾气。④ 笋衣鞋：竹皮鞋。

（2）帘卷虚堂夜气清△①梅花风里嫩凉生△②罗衣团扇数流萤△
蟋蟀闲阶秋一片，芙蓉小院月三更△倚栏无限十年情△
注：① 虚堂：空堂。② 嫩凉：微凉。

（3）一抹青山晓雾遮△①半塘春水画桥斜△垂鞭无语听啼鸦△②
玉笛声中飞燕子，秋千影里出桃花△绿杨门巷是谁家△
注：① 一抹：一带。② 鞭：指马鞭。

江沅（清 1210）一首

雨雨风风未肯休△轻寒轻暖误春留△一春心事似凉秋△
飞絮天涯寻远梦，落花水面漾春愁△杜鹃声里怕登楼△

彭兆荪（清 1285－3）一首

云鬓花钿颤步摇△①采兰时候荡轻桡△关心一带小红桥△
飞雁传书香宛宛，惊鸿留影梦迢迢△困人天气可怜宵△
注：① 云鬓：指发；花钿：头饰也；步摇：以金银丝盘成花朵插于发，行步颤摇也。白居易《长恨歌》："云鬓花颜金步摇。"

曾煜（清 1243）一首

临水南枝暖欲花△①探春踏遍曲塘沙△枳篱茅舍几人家△②
野店风微晴放鸽，浅滩潮落晚捞虾△残阳红涨一天霞△
注：① 南枝：指梅花。② 枳篱：枳编之篱笆。枳，常绿灌木，枝多刺。

曹慎仪（女）（清 1266）三首

（1）春到洞庭风信知△①一帘细雨养花时△嫩寒纸帐梦回迟△②
柳线织来莺尚小，芹泥掠处燕初归△寻芳又近踏青期△③
注：① 风信：花信风，共二十四番，每番五天，以一花应之。② 纸帐：用藤皮茧纸制成之帐。③ 踏青期：指清明。

（2）杏半含红柳半烟△①迟迟晓日压雕栏△梦回斗室篆香残△②
乍暖乍寒初永昼，③忽阴忽霁困人天△④东风料峭懒钩帘△
注：① 柳半烟，柳叶尚未舒展得开。② 斗室：形容室小。③ 永昼：昼长也。④ 霁：雨止。

（3）料峭春寒透素绡△①困人天气正无聊△小窗一缕篆烟消△②
出谷莺儿频唤梦，窥帘燕子又营巢△廉纤细雨近花朝△③
注：① 素绡：白色生丝裳。② 篆烟：香烟曲折如篆体字。③ 廉纤：微雨貌；花朝：农历二月十二日，百花生日。

胡金题(清1272)一首

杨柳风多卷绣帏△杏花雨重湿铢衣△[①]等闲看尽燕双归△[②]

腾帐猊儿翻白雪，[③]网檐蟢子罥红丝△日长无事画眉迟△

注：① 铢衣：形容衣轻薄。② 等闲：无端也。③ 猊儿：狻猊，狮也。此处指雪狮儿，白猫也。

董国华(清1276)一首

小病恹恹掩镜台△药炉烟里送春回△小园一月未曾开△

蝴蝶那知人意懒，扑帘犹是舞低徊△薰篝闲了踏青鞋△

杨芸(女)(清1294)二首　题：第一首，春闺。

第二首，题吴兰雪新田十忆图之拓塘春步。

(1) 双燕归来语不休△风前柳絮弄轻柔△梨花更作十分愁△

斗草池塘何寂寞，伤春人倦懒梳头△任他红日上帘钩△

(2) 微步方塘印浅泥△软风吹皱碧颇黎△[①]苔痕延绿上渔矶△

蘋叶凉生春渚静，芹丝香润水云低△俊游曾到若耶溪△[②]

注：① 颇黎：即玻璃，形容水面光滑。② 俊游：谓胜侣也。《陆游诗》："绍兴人物嗟谁在，空记当年接俊游。"若耶溪：水名，在浙江绍兴。

顾翎(女)(清1312)二首

(1) 秋到梧桐小院凉△晚烟消尽立残阳△湔裙浅水上银塘△

草梦冷迷青蛱蝶，花光暖覆紫鸳鸯△几多往来费思量△

(2) 鱼子衫轻无限娇△澹妆和泪湿红绡△起来无力整珠翘△[①]

铃阁翠分湘女竹，绣床香影美人蕉△冷风凄雨过花朝△[②]

注：① 珠翘：头饰。② 花朝：即百花生日，在农历二月十二日。

汤贻汾(清1313)一首

燕垒雏空日正长△一川残雨映斜阳△鸬鹚晒翅满鱼梁△[①]

榴叶拥花当北户，竹根抽笋出东墙△小庭孤坐懒衣裳△

注：① 鸬鹚：即鱼鹰，能潜水捕鱼；鱼梁：取鱼之梁，即鸬鹚停憩之竹竿。

金衍宗(清1328)一首　题：七夕有感。[①]

檐外纤纤月子临△金风瑟瑟院深深△[②]画屏银烛嫩凉侵△

痴想鹊桥填就否，穿针人立藕花阴△[③]十年前事费思寻△

注：① 七夕：七月初七夜，传牛郎织女相会于鹊桥。② 金风：秋风；瑟瑟：风声。③ 穿针：七夕，妇女穿针乞巧。

沈璧琏(清 1332)一首

芳草临风一道斜△夕阳尽处有人家△玉骢何事向天涯△

水远暮帆分树去，山平孤店被楼遮△依然门外落桃花△

顾翰(清 1369)一首　题：题西湖载酒图。

百顷风漪镜明宽△①水心亭子曲栏杆△花时细雨不多寒△

昔日湖山如画里，而今真向画中看△何年重上四宜船△②

注：① 百顷：言其广大；镜：水波似镜面。② 四宜船：西湖游船名。

袁宬(清 1382)一首

剪剪轻寒似暮秋△①丝丝细雨织春愁△朝来生怕上帘钩△

又是去年时节近，落花飞絮满汀洲△②凭栏目断小红楼△

注：① 剪剪：风寒貌。② 汀洲：水中陆地。

丁榕(清 1390)一首

才过清明上巳天△①莺喉渐老柳飞绵△东风吹送雨廉纤△②

懊恼一春愁里过，未曾把酒杏花前△江干闲杀木兰船△③

注：① 上巳：在农历三月初三。② 廉纤：微雨。③ 江干：江畔。

孔广廉(清 1396)一首　题：大通桥泛舟。

通惠河中鼓枻行△①红船白板水盈盈△茶烟半缕飏波轻△

两岸风摇芦荻影，一篷雨结鹭鸥盟△②槐村树色暮云横△

注：①通惠河：即大通河，在北京市；鼓枻：犹击楫，把桨行船。② 篷：指船。

夏宝晋(清 1404)一首

小阁通桥槛倚河△一层帘子一层波△碧栏杆外画船过△

柳色浓时朝雨细，桃花开后夕阳多△留春不住奈春何△

吴嘉淦(清 1417)一首

一阵归鸦向晚飞△苍然暮色到前堤△家家篱落乱烟迷△

人语白云深树外，秋心黄叶夕阳西△寒风吹碧下荒溪△

龚自珍(清 1431)一首

香雾无情作薄寒△银河吹处气如兰△①凭肩人爱夜阑珊△②

花语绿窗凉月听，云敧文枕画鸾看△③钏声未戛梦儿难△④

注：① 银河：指牛郎、织女相会，喻下句“凭肩人”；吹气如兰：谓美人口中香气。《洞冥记》帝(汉武帝)宫人名丽娟……吹气如兰。② 凭肩人：

指恋人；夜阑珊：夜深。③ 云：喻发。④ 钏：即手镯；戛：敲击声也。

于凤阳（清 1461）一首　题：春归。

一线东风飏鬓丝△小窗斜日倦眠时△闲愁未许杜鹃知△

香草斗成离恨谱，①落花排就送春词△红泥小印署情痴△②

注：① 香草斗成：斗草，乃古代妇女一种游戏。② 署：署名。

严适（清 1478）一首

不饮分明有醉容△个人生小性娇慵△①无聊睡起鬓云松△

镇日无人庭院静，②碧阴如水泻帘栊△落花别是一般红△

注：① 个人：那人；生小：从小生来。② 镇日：整日。

项鸿祚（清 1481）三首　题：第一首，红桥，步衍波（王士禛）词韵。

第二首，拟薛绍蕴。

（1）水近雷塘缓缓流△①绿杨风软不知秋△教人无赖是扬州△②

画舫载来歌舞梦，玉箫吹破古今愁△旧时明月照迷楼△③

注：① 雷塘：扬州地名，隋炀帝葬处。② 无赖：无所聊赖。③ 迷楼：隋炀帝扬州行宫。

（2）荇带牵风作晚凉△柳丝拖水湿斜阳△平林漠漠远烟黄△

双桨送人何处去，最无情是棹船郎△儿家不合近横塘△

（3）青松墙低柳依门△疏帘斜日燕寻人△最难消遣是深春△

闲凭绣床思梦笑，怕翻萧谱见啼痕△樱桃花下又黄昏△

吴藻（女）（清 1484）一首　题：湖心亭。

杨柳如丝织万条△山风四面不通桥△红泥一角绿周遭△

此地未经嘶宝马，居人疑是踏金鳌△①东西南北倚兰桡△②

注：① 鳌：海中大龟。踏金鳌，中状元也。② 兰桡：船之美称。

唐埙（清 1497）二首　题：第一首，秧田女。

第二首，咏西施。

（1）十五轻盈未有郎△懒拈针线刺鸳鸯△野田生计惯随娘△①

杏脸涂脂红着雨，莲趺出水白凌霜△②多收几斛待添妆△③

注：① 生计：生活。② 莲趺：小足。③ 斛：量具，一斛折合五斗。

（2）百褶晴漪照冶容△①夕阳都向水西红△苎萝风送到吴宫△②

学绣塘前妆镜罨，③采香泾畔画船空△④五湖春色不关侬△⑤

注：① 百褶：百裥裙。② 苎萝：村名。西施，诸暨苎萝村人；吴宫：吴

王宫，在今苏州。③ 学绣：西施去吴途中，在嘉兴学吴绣；罨：掩也。④ 采香泾：在苏州灵岩山下，西施采菱之河。⑤ 五湖：即太湖。相传西施后随范蠡泛舟五湖。

戴熙（清1499）一首　题：星斋桃花便面。[1]

记得年时忽地逢△粉墙西畔画楼东△一春无雨又无风△

印枕霞痕撩鬓角，背灯酒晕上眉峰△那回曾觑可怜红△

注：① 星斋：可能指潘曾莹，字星斋，见《词人小传》；便面：扇面。

庄缙度（清1503）一首

云母窗前识面初△[1]盈盈十五对门居△才华清水出芙蕖△[2]

暖玉双涡红上颊，[3]春云一握绿匀梳△[4]手携团扇倩郎书△

注：① 云母窗：嵌云母之窗。② 芙蕖：荷花别名。③ 涡：此指面颊上酒涡。④ 春云：喻发。

张金镛（清1527）一首

萝屋西风暮雨天△[1]料量岁晚典钗钿△[2]一裙凄黯十余年△

篝火替儿裁越纻，倚妆催我换吴绵△不曾自制研罗鲜△[3]

注：① 萝屋：草屋。② 料量：预料；典钗钿：典当头饰。③ 研罗：研罗裙也。

阮恩滦（女）（清1533）一首　题：吴江舟次。[1]

江北江南暮霭平△濛濛烟树雨初晴△万家灯火隔湖明△

风送归云栖断岭，星连寒月带孤城△轻帆一刻过松陵△[2]

注：① 吴江：江苏县名，在苏州南；舟次：行舟途中。② 松陵：镇名，指吴江。

张逸藻（女）（清1537）一首

倦眼慵开半未醒△云鬟低压玉钗横△朦胧扶枕不分明△

破梦有声风着力，惜花留影月多情△夜深无语立银屏△

蒋英（女）（清1550）一首　题：花溪归棹。

澹艳山光似画屏△[1]一峰才过一峰迎△短篷斜挂晚风轻△[2]

山路远迷芳草影，沿堤时听嫩莺声△淡黄杨柳送人行△

注：① 澹艳：恬静而艳丽。② 篷：船上篷窗。

赵我佩（女）（清1557）三首

（1）尖月眉儿斗晚妆△悄来帘底自薰香△薄寒新试碧罗裳△

桐叶萧疏秋意老，豆花零落雨声凉△恼人天气近重阳△

（2）漠漠春阴绣户低△悄来花下掩双扉△生憎蝴蝶傍人飞△

绿曲栏边红芍药，秋千架上绿蔷薇△踏青时节雨霏霏△

（3）斗草归来拾翠钿△①日长深院罢秋千△绣床斜倚只思眠△

流水光阴春似梦，落花时节雨如烟△十分无赖困人天△

注：① 翠钿：头饰。

汪蘅（女）（清 1558）一首

唾碧衫娇腻泪痕△①衍波笺赠咏花人△②心头滋味剩酸辛△

闷倚玉栏思甚事，只因春去欲销魂△夕阳红上画罗裙△

注：① 唾碧：嚼吐绒线头。② 衍波笺：《直方诗话》韦贯梦至宫中，有妇人授以笺曰：此衍波笺，烦赋宫中晓寒歌。

潘曾莹（清 1567）二首　题：第一首，山塘晚归。

第二首，题柳堤秋泛图。

（1）一队鸳鸯照影明△秋风吹送画船轻△晚凉水阁护红灯△

纨扇风来香绰约，①罗衣月上影娉婷△②桂花浓处玉箫声△

注：① 绰约：柔弱貌。② 娉婷：美貌。

（2）一树垂杨浅浅遮△渡头闲杀小渔娃△半湖烟雨半湖花△

三十六陂秋色好，①乱蝉声里夕阳斜△水天凉到鸬鹚家△②

注：① 陂：阪也，山傍曰陂。② 鸬鹚家：渔家也。鸬鹚，能潜水捕鱼的鸟。

赵韵卿（女）（清 1570）一首　题：秋夜待月。

秋到深闺夜气凉△卷帘徐步绕回廊△隔墙吹过木樨香△①

月影婵娟花渐瘦，②蛩声啾唧漏偏长△③露华如水浸罗裳△④

注：① 木樨：桂花别名。② 婵娟：喻女子。③ 蛩声：蟋蟀声；漏：更漏，计时也。④ 露华：露之美称。华，光华也。

潘曾绶（清 1582）一首

背倚妆台懒画眉△绿阴如水雨如丝△新愁只许侍儿知△①

刺绣余闲兼写韵，②挑灯近课是吟诗△③小楼春到卖花时△

注：① 侍儿：婢女。② 写韵：作词。③ 挑灯：剪灯花。

沈世良（清 1584）一首　题：郊行。

草露生烟晒午晴△黄鹂飞过一身轻△①薰花炙柳作清明△

场角雉媒骄脱翳，[2]溪头鱼子碎黏萍△[3]半春幽事足柴荆△

注：① 黄鹂：即黄莺。② 雉媒：猎人养雉之子，子长后能招引他雉而猎取，故曰雉媒；翳：隐蔽羽毛。③ 鱼子：鱼卵。

朱屿（女）（清1589）一首　题：春日书怀。

小阁晴窗烟篆轻△[1]檐前海燕弄新声△[2]倚栏无语自含情△

杨柳初垂逢社日，[3]杏花欲放近清明△思乡可奈又愁生△

注：① 烟篆：即篆烟。香烟曲折如篆字。② 海燕：即燕子，因燕来自南海。③ 社日：此处指春社，在立春后第五个戊日。

莫友芝（清1594）一首　题：书别。

雪意盘风掣皂雕△[1]寒云冱日冷萧萧△[2]暮烟山店一灯遥△

去路直随黄蘗浦，[3]前山犹见绿杨桥△水衾孤枕自今宵△

注：① 皂雕：大黑鹰。② 冱：寒冷凝结。③ 黄蘗：树名，俗称黄柏。

戈坚（清1598）一首

炉鸭香烟黯碧纱△[1]娇莺啭处绿阴遮△[2]风飘萝磴又飞花△[3]

绣榻倦挑枝上蝶，歌筵醉亸鬓边鸦△[4]翠楼消受好年华△[5]

注：① 碧纱：碧纱窗。② 啭：鸟鸣。③ 萝磴：有草假山也。萝，草名；磴，岩石。④ 亸：下垂也；鸦：乌鸦，引申为黑发。⑤ 年华：犹言光阴。

汪曰桢（清1617）一首

绿腻红娇别样春△杏花斜插鬓边云△[1]也宜含笑也宜颦△[2]

刬袜香尘微有迹，[3]钩帘新月悄无人△轻寒轻暖俊黄昏△[4]

注：① 云：喻发。② 颦：蹙眉也。③ 刬袜：光着袜子走路。④ 俊：杰出、极好也。

龙启瑞（清1623）一首

客路光阴燕子家△小桥经雨涨平沙△野田三日尽黄花△

挑菜河滨人影聚，[1]卖饧村市语声哗△[2]水乡风物未应差△

注：① 挑菜：挑剪野菜。② 卖饧：卖麦芽糖，即饴糖。

周寿昌（清1623）一首

绿水生烟漾碧津△柳绵如雪荡芳尘△和风拦路逐游人△

燕子飞来波有影，梨花落尽月无痕△倩他留住一分春△

王拯（清1630）一首

路入吴枫第几桥△[1]垂杨垂柳一千条△等闲消受试今宵△

山寺晓钟偏到枕，[2]水乡残月又归潮△夜深何处玉人箫△

注：① 吴枫：苏州枫桥镇。② 山寺：寒山寺。

端木埰(清1640)一首　题：雨后即景，待幼霞不至。

绿树阴浓锁翠烟△小庭清润雨余天△绕阶初息溜涓涓△[1]

有约不来人欲倦，喜晴相噪鹊争喧△趁凉移坐小窗前△

注：① 涓涓：水小流貌。

许兰身(清1643)一首

浅画蛾眉澹欲仙△[1]素馨花重鬓云偏△[2]晓妆才罢又思眠△

酒后心情嫌我怯，病余意态要人怜△昨宵残梦落谁边△

注：① 澹：恬静也。② 素馨：花名，似茉莉；鬓云偏：鬓发歪也。

金楹(清1645)一首

松髻横钗浴后妆△白荷花满小池塘△迎凉坐近水边窗△

月上渐过麋绿竹，[1]琴余添爇鹧斑香△[2]昨宵残梦费思量△

注：① 麋绿竹：喻竹枝。麋，似鹿而大，雄者角有枝。② 鹧斑香：香名。

潘曾玮(清1653)一首　题：题胡骏声画梨花仕女图扇。

寂寞春人倚画楼△罗帷闲挂小银钩△冷香吹上玉搔头△[1]

花影如云刚梦醒，月华似水有波流△[2]夜凉无睡不胜愁△[3]

注：① 玉搔头：首饰名，即玉簪。② 月华：月光。③ 不胜：禁不起。

何慧生(女)(清1163)一首　题：七夕。

帘卷西风月似钩△数声征雁度妆楼△[1]身如弱柳岂禁愁△

几片轻云犹带雨，半庭黄叶乍惊秋△[2]画屏闲倚望牵牛△[3]

注：① 征雁：远飞之雁；度：经过。② 乍：忽也。③ 牵牛：星名，喻恋人。

陆长春(清1667)一首

小镜菱花对舞鸾△[1]晓妆楼上怯衣单△一帘微雨作秋寒△

锁梦暗通金屈戍，[2]倚娇斜亸玉栏杆△[3]长眉画了倩人看△

注：① 菱花：镜名。② 金屈戍：铜绞连。③ 斜亸：斜靠。

应宝时(清1682)一首

芳草重门曲径通△[1]桐华吹满碧池风△[2]玉人睡起出帘栊△[3]

几叶罗衫弹淡墨，[4]一緺绿发挽春葱△[5]夕阳庭院晚妆慵△

注：① 重门：一重重门。② 桐华：即桐花。③ 玉人：美人；帘栊：窗帘。
④ 叶：形容轻薄。⑤ 一緺：一股。此句说纤手挽发；春葱：喻纤手。

孙麟趾（清 1689）一首

掩扇羞看小蝶双△彩云零乱别愁长△点灯时候尽思量△

闲觅袖香凭画槛，细寻屧响度回廊△最繁华地最凄凉△

潘钟瑞（清 1692）一首　题：初夏即目。①

杵罢墙东晓寺钟△②一痕春色换帘栊△③垣衣织遍绿濛濛△④

梅子酸含无限恨，樱桃小滴可怜红△街头唤卖忒匆匆△

注：① 即目：就眼前所见命题也。② 杵罢：敲罢。杵，撞钟棒也。③ 帘栊：挂有窗帘之窗。④ 垣衣：苔藓之类，生于墙垣。

高望曾（清 1696）一首

十二栏杆曲曲横△小楼梦醒唤啼莺△①夕阳门巷卖花声△

压槛绿云迷宿霭，②扑帘红雨逗新晴△困人天气又清明△

注：① 这句意为：啼莺唤醒了小楼春梦。② 绿云：喻叶盛如云。

许德蘋（女）（清 1698）一首　题：寄怀崔小莺姊。

驻拍停歌冷夕阳△①浓烟深锁倒垂杨△无聊独自咏河梁△②

双鬓浑忘施黛绿，③满头犹自插花黄△闲庭寂寞晚风凉△

注：① 驻拍：停打拍子。② 河梁：诗名，见《吴越春秋》。③ 浑忘：全忘。

刘履芬（清 1718）一首　题：春倦图帧。

冰簟平铺日影迟△①鬓云无力压花枝△②和风倦倚绣栏时△

心字香烧酬薄命，③眉痕春皱托微词△④休将好梦与人知△

注：① 冰簟：冰凉竹席。② 鬓云：鬓发。③ 心字香：香名，以素馨、茉莉等花酿和。④ 微词：即微辞，《公羊传》：“不欲显著其失，而微其见意也。

凌祉媛（女）（清 1732）一首

柳絮飘零满径飞△荼蘼落尽雪霏霏△①一年花事又即离△

坐树啼莺窥镜槛，②衔泥飞燕蹴帘衣△③无人庭花绿阴肥△

注：① 雪霏霏：雪甚貌，此处喻白花。② 镜槛：镜旁窗槛。③ 蹴：踢也。

翁同龢（清 1743）一首　题：谢桥小泊待潮。

错认秦淮夜顶潮△①牵船辛苦且停桡△②水花风柳谢家桥△③

病骨不禁春后冷，愁怀难向酒边消△却怜燕子未归巢△

注：① 秦淮：河名，在南京。② 牵船：人力挽牵行船；停桡：停船。③ 谢家桥：镇名，今江苏张家港福山以西，近长江。

谭献（清 1756）一首

是处楼台是处风△夕阳欲下可怜红△水晶帘外望玲珑△

芳草生时人似雁，镜奁掩处鬓如蓬△不成将息只匆匆△

百保（女）（清 1762）一首　题：春夜即事。

梨影溶溶小院幽△秋千闲挂绿杨稠△微风轻曳绣帘钩△

月色冷临金屈戌，①花枝低拂玉搔头△②紫箫闲按小扬州△③

注：① 金屈戌：铜绞连。④ 玉搔头：首饰名，即玉簪。⑤ 小扬州：曲名。

张杲（清 1776）一首　题：和归舟韵。

柳外萧萧控玉骢△①早霞低衬片帆红△挂帆一阵鲤鱼风△②

渔子系舟来补网，榜人过江暗推篷△③客程都在蓼花中△

注：① 萧萧：马鸣声。② 鲤鱼风：九月之风。③ 榜人：即船夫。

唐韫贞（女）（清 1787）一首　题：秋千。

一簇娇红一缕烟△东风妆点杏花天△垂杨影里架秋千△

素绮衫飘蝉翼薄，①红罗鞋绣凤头尖△踏青偏有许多闲△

注：① 素绮：素白色绫罗；蝉翼：形容其薄。

叶璧华（女）（清 1794）一首　题：新秋。

梧院凉痕澹欲流△①单衣乍换怯登楼△垂杨影瘦不禁秋△

小步清溪歌略彴，②轻波片片逐闲鸥△蓼花红上钓鱼钩△

注：① 澹：恬静也。② 略彴：小木桥也。《苏轼诗》："略彴横秋水。"

萧恒贞（女）（清 1798）一首　题：春晓。

一桁帘波画不成△①嫩凉天气半阴晴△②隔墙风送卖花声△

红杏雨香融乳燕，绿杨烟澹护啼莺△玉钩春影欠分明△③

注：① 桁：音衡，屋横木也。② 嫩凉：微凉。③ 玉钩：指弯月。

张百熙（清 1809）一首　题：过国大夫词。①

斜日鞭丝过洧川△②舆人犹诵大夫贤△③访碑东里踏秋烟△

芍药洲边喧社鼓，④李桃花下奏神弦△灵祠香火亦千年△

注：① 国大夫：即国侨，一称公孙侨，春秋时郑国大夫。② 鞭丝：指骑马；
　　洧川：河南县名。③ 舆人：抬轿夫。④ 社鼓：庆社日鼓声。

陶牧（清 1826）一首　题：和夏敬观词。

小院深沉月上迟△背人剪灯意多痴△翻新巧样画双眉△

燕子殷勤娇欲语，鹦哥调笑学吟诗△妆成背镜费矜持△

文廷式（清 1845）一首

小醉归来夜已分△①新茶泼乳捧殷勤△梦回初觉发香熏△
昵枕低帏千种态，②向时矜重要时亲△③细看浓翠拂轻颦△
注：① 夜已分：半夜也。② 昵：亲近。③ 矜重：庄重。

郑文焯（清 1846）二首　题：第一首，从石楼石壁，往来邓尉山中。①
第二首，春雨渡江有忆。

（1）一半梅黄杂雨晴△②虚岚浮翠带湖明△闲云高鸟共身轻△
山果打头休论价，野花盈手不知名△烟峦直是画中行△
注：① 邓尉山：在苏州光福镇。② 梅黄：黄梅天。

（2）一雨春江遍绿莎△①去帆风疾晚生波△乱流欲渡奈愁何△
长是人情不如鸟，青禽填海鹊填河△②纵成遗恨也情多△
注：① 莎：野草，多生于路旁。② 青禽：指精卫填海；鹊填河：指七夕，鹊为牛郎织女搭桥。

劳纺（女）（清 1883）五首　题：第一首，句句叠字。
第二首，道中见溪边浣衣。
第三首，即景。
第四首，途中。
第五首，寒江晚眺。

（1）片片花心春梦时△翩翩蝴蝶共花飞△花前小立思依依△
莺语乍停帘悄悄，柳眼初起昼迟迟△①淡烟漠漠雨丝丝△
注：① 柳眼：柳叶初生似眼；迟迟：徐行也。

（2）晓发征途别思添△①年来此味记曾谙△②眼前风景似江南△
几树垂杨晴袅碧，一湾流水净拖蓝△临流村女浣春衫△③
注：① 征途：行程也。② 谙：熟悉也。③ 浣：洗也。

（3）画阁疏帘对翠微△①饱看山色俗氛稀△驯禽来去尽忘机△②
风定闲阶花自落，雨余幽砌草初肥△③游蜂蝴蝶作群飞△
注：① 翠微：山气青缥色也。② 忘机：忘却真性。③ 砌：台阶也。

（4）几叠浮云作薄阴△疏林红敛夕阳沉△眼前佳景付清吟△
浅水粼粼波皱碧，①低枝熠熠柿垂金△②未凉天气已秋深△
注：①粼粼：水清激貌。②熠熠：鲜明貌；金：金黄色。

（5）云敛晴空露蔚蓝△余霞红映晚峰尖△岚光翠欲扑衣衫△
远树高低皆入画，小舟来往尽张帆△一襟幽思此时添△

耆龄（清 1887）一首

天接平芜水蔚蓝△闹晴双燕正沉酣△晓风时节似江南△

萦柳断烟仍漠漠，隔花新月自纤纤△有人楼上怕钩帘△

冒广生（清 1895）一首

记得麻姑降蔡家△[1]偶因眉语脸生霞△却将纤手绿橙夸△

几阵落梧风飐飐，[2]一条芳草路斜斜△这回望断七香车△

注：① 麻姑：古之仙女，建昌人。宋政和中（1111—1117）封真人。降蔡家：《神仙传》："王方平降蔡经家，召麻姑至。"② 飐飐：风吹物貌。

罗振常（清 1912）一首　题：去沪，别辛园，[1]时园将易主。

几树垂杨一幄春△[2]三年于此遣芳辰△[3]踏青游女正如云△

此去莺花应怜我，再来亭榭属何人△斜风细雨立黄昏△

注：① 辛园：作者家乡上虞花园。② 幄：帐幕也。③ 遣芳辰：消遣光阴。

俞陛云（现当 1）三首　题：忆苕溪旧游。[1]

（1）偃月桥西曲巷通△贪看山色屡支篷△[2]轻衫凉约野塘风△

菜陇割苗环稚子，蔗田舞杖醉村翁△近乡人语乐年丰△

注：① 苕溪：水名，始自天目山，其中东苕流经作者家乡德清。② 支篷：支起船篷。

（2）数点蘋花映钓矶△[1]几弯桑径隐柴扉△溪中云影逐帆飞△

秋水黄欹渔簖竹，[2]朝阳红晒舵楼衣△[3]乡园风物总依依△

注：① 矶：水中突出之石。② 簖竹：编竹水中以养鱼。③ 舵楼：船舵架。

（3）薄晚轻舟任所之△[1]沿流村屋上灯迟△归鸦占尽绿杨枝△

芳草久荒高士宅，残花犹发女郎祠△夕阳凝望自移时△[2]

注：① 薄晚：黄昏；所之：所往也。② 凝望：注目而望。

林思进（现当 3）一首　题：花朝忆往。

宿雨初晴花雾销△[1]十年前事忆花朝△[2]酒楼斜矗酒旗招△

莺坐绿阴啼不断，马嘶红勒故生骄△[3]青阳宫外望仙桥△[4]

注：① 宿雨：夜雨。② 花朝：即百花生日，在农历二月十二日。③ 勒：有嚼口之马络头。④ 青阳宫：道观名，成都名胜；望仙桥：成都桥名。

张尔田（现当 5）一首

著意人前晕翠螺△[1]娇多贪要不成歌△长裙出水碾新荷△

斗帐罢熏添古刺，[2]香轮催发响摩托△月明归路奈君何△

注：① 晕：光气也；翠螺：绿螺钿，首饰也。② 斗帐：圆顶帐。

吕湘（女）（现当11）一首

忍俊难禁几日晴△[1]吴绵齐脱越罗轻△嬉游天气快心情△

二月东风如梦软，一城春柳插天青△落梅无语下风亭△

注：① 忍俊难禁：忍不住笑容。忍俊，含笑也。

罗庄（女）（现当25）四首

（1）风扫秋云散薄罗△纤纤眉月照银河△针楼帘卷笑声和△

绣户此时同引线，璇宫今夜暂停梭△[1]不知巧思付谁多△

注：① 璇宫：仙宫也。《白帝子歌》："璇宫夜静当轩织。"此句说七夕织女会牛郎，天宫停织。

（2）初日侵檐破晓光△丝丝帘额漏金黄△[1]晴窗梳洗一时忙△

开足瓶花连夜露，写余砚墨染衣香△昨宵词稿再商量△[2]

注：① 帘额：帘子上方。② 再商量：再推敲修改。

（3）半卷虾须控玉钩△迎凉又倚最高楼△薄罗双袖早知秋△

树影山光青霭霭，天容水色澹悠悠△登临一晌豁明眸△

（4）秋入高楼霁色晴△[1]长空寥落片云行△[2]丹枫黄叶满山城△

漠漠野烟开远树，潺潺流水绕柴荆△[3]西风庭院乱虫鸣△

注：① 霁色：雨止景色。② 寥落：稀疏貌。③ 柴荆：即篷门，简陋门户也。

郑冰心（现当34）一首　题：初夏。

转绿回黄又一春△嫣红姹紫总成尘△[1]更从何处唤真真△[2]

贴水荷钱初跳雨，[3]悬天柳线欲穿云△日长无梦也醺醺△[4]

注：① 嫣红姹紫：即姹紫嫣红，形容娇艳。② 真真：画中女仙也。③ 荷钱：荷叶如钱；跳雨：指水珠乱滚。④ 醺醺：醉貌。

龙沐勋（现当38）一首　题：清明后四日离湖上，[1]宿嘉禾旅舍。[2]

三宿湖滨未避嚣△[3]软波轻送木兰桡△[4]梦回西子太妖娆△[5]

客馆孤衾寒恻恻，败窗疏雨夜迢迢△不成小别也魂销△

注：① 湖上：指杭州西湖。② 嘉禾：即嘉兴。③ 湖滨：指杭州西湖滨；嚣：音消，喧哗也。④ 木兰桡：船之美称。⑤ 西子：西子湖，即杭州西湖。

沈祖棻（女）（现当54）一首

芳草年年纪胜游△[1]江山依旧豁吟眸△[2]鼓鼙声里思悠悠△[3]

三月莺花谁作赋，一天风絮独登楼△有斜阳处有春愁△

注：① 胜游：快意游览。② 吟眸：吟诗眼光。③ 鼓鼙：军乐也。

朱生豪（现当 57）一首　题：偶成

珍重年时霅画溪△①水云滟漾石桥低△燕归芳草碧凄凄△

莫道无情相望久，一汪儿泪没人知△落花深处暗褰衣△

注：① 年时：那年；霅画溪：在浙江长兴。诗人多泛指风景秀丽处。

许白凤（现当 58）二首　题：第一首，桃源村金氏分赠两小猫，取名腊腊、冬冬。

第二首，东湖晚眺。

（1）喜极开笼拍手呼△一双活泼小狸奴△①不知还念阿娘无△

好好替侬驱硕鼠，②朝朝为汝买鲜鱼△莫嫌陋室且安居△

注：① 狸奴：猫之别名。② 侬：我也；硕鼠：大鼠。

（2）谁写东湖晚景图△①夕阳红到有还无△渡舟隔岸几人呼△

野老归挑青竹担，柳条斜贯菜花鲈△一头挂个酒葫芦△

注：① 东湖：在浙江平湖城东。

车乘轨（现当 88）三首　题：第一首，女儿小静四十六岁诞日感怀。　注：1997 年 7 月 31 日作。

第二首，咏电扇。　注：2003 年 5 月 23 日作。

第三首，庆嘉兴电视台摄制《我们的大运河》成功。注：2006 年 12 月 4 日作。

（1）女诞人间似宝珍△每逢生日倍相亲△必为留影纪青春△

岁岁他乡谁著意，年年故里父伤神△唯求愉快度良辰△

（2）习习凉生电扇良△降温减暑退炎量△和风转页睡无伤△①

前岁货稀难出手，今年廉售莫彷徨△空调虽好价钱昂△

注：转页：转页式风扇。

（3）大运河悠百世年△二千公里北南连△明清时代万漕船△①

陆上交通虽重要，水途货运更占先△喜看嘉视劲宣传△

注：① 漕船：即运粮船。

袁第锐（现当 93）一首　题：杏花。

骀荡东风似往年△①白头人醉杏花天△一枝红透小楼前△

赵佶燕山萦梦寐，②放翁深巷惜婵娟△③沉思往事总情牵△

注：① 骀荡：广大之意。② 赵佶：即宋徽宗；燕山：指今北京，赵佶曾被金兵掳至北京，后转东北。③ 放翁：陆游，号放翁，有“深巷明朝卖杏花”

诗句。

汪玢（现当106）一首　序：金陵，歌舞之地……余深爱城西之莫愁湖……别具一番天趣耳。

一角红楼罨画图△①几株青柳淡妆梳△水西门外莫愁湖△②

艇子系归人散后，波光凉起月明初△莫愁真个有愁无△

注：① 罨画：彩色画也，喻风光秀美。② 莫愁：南北朝时女子名，后人以其居处为湖名，在南京水西门外，今已辟为公园。

欧阳介（现当133）一首　题：夜宿南康隆木新村。①

日色西沉映暮鸦△石桥翠岭月朦纱△溪边香绽过墙花△

大姉宰鸡斟美酒，幼童洗盏沏新茶△融融笑语话桑麻△②

注：① 南康：江西县名。② 融融：和乐也。

吴纯一（现当137）一首　题：月夜思乡。

玉兔东升挂绿杨△①清光一片白如霜△教人怀想是家乡△

茅舍竹篱曾会友，小桥流水也飞觞△②而今劳燕各他方△③

注：① 玉兔：喻月。② 觞：指酒杯。③ 劳燕：劳燕分飞。

侯续冬（现当241）一首　题：故乡庭院。

庭院深深花径斜△牵牛爬满绿窗纱△①蝶蜂采蜜醉朝霞△

柳绿花红莺婉转，姚黄魏紫燕叽喳△②满园春色咏桑麻△

注：① 牵牛：花名。② 姚黄魏紫：指牡丹花。

朱建敏（现当269）一首　题：平湖雅集，步永祥先生韵。①

翠柳白莲馥郁香△弄珠亭外闻宫商△鱼罾西浦泛波光△

谁遣秋风邀作客，闲看塔影掩经幢△②勾连湖景恰流芳△

注：① 永祥：陆永祥，见《词人小传》。② 塔：报本塔，在平湖南门外。

董国军（现当278）一首　序：车老乘轨《越秀诗词二集》辑成赠予，读之一月余，而无回奉，心甚惶恐。昨夜小雨，天明赶路，见人家樱花已开。春天消息，因来诗感，调寄《浣溪沙》，并呈车老。

越秀文章古已夸△仙翁诗兴杖前赊△好山水更好生涯△

细雨赶明酥客路，春风趁黑到人家△村边老树又新花△

四十二字　浣溪沙　第二体，前后段首句均不叶韵。

薛绍蕴（五代十国4）二首

（1）红蓼渡头秋正雨，印沙鸥迹自成行△整鬟飘袖野风香△
不语含颦深浦里，①几回愁杀棹船郎△②燕归帆静水茫茫△
注：① 颦：皱眉；② 棹船郎：即船夫。

（2）越女淘金春水上，步摇云鬟佩鸣珰△①渚风江草又清香△
不为远人凝翠黛，只应含恨向斜阳△碧桃花谢忆刘郎△②
注：① 步摇：古代妇女的首饰。② 刘郎：指刘禹锡。刘有"玄都观里桃千树，尽是刘郎去后栽"及"前度刘郎今又来"诗句。

四十二字　浣溪沙　第三体，仄韵。

李煜（五代十国 34）一首

红日已高三丈透▲金炉次第添香兽▲①红锦地衣随步皱▲②
佳人舞点金钗溜▲酒恶时拈花蕊嗅▲别殿遥闻箫鼓奏▲
注：① 兽：指兽炭，兽形之炭也。② 地衣：地毯之类。

四十二字　纱窗恨

毛文锡（五代十国 12）一首　题：蝴蝶。

双双蝶翅涂铅粉，咂花心△绮窗绣户飞来稳，画堂阴△
二三月爱随风絮，伴落花、来拂衣襟△更剪轻罗片、傅黄金△①
注：① 傅：涂也。

陈维崧（清 196）一首　题：蝴蝶，和毛文锡韵。

闹红咂翠何时了，漾春心△一生轻薄谁拘管，粉墙阴△
花架底潜防纨扇，①画梁前、巧斗红襟△②描上鸳裙褶、费泥金△③
注：① 纨扇：绢制团扇。② 红襟：喻燕。③ 泥金：屑金。

四十二字　酒泉子

牛峤（五代十国 3）一首

记得去年，烟暖杏园花正发，①雪飘香△②江草绿，柳丝长△
钿车纤手卷帘望▲眉学春山样▲凤钗低袅翠鬟上▲落梅妆△
注：① 杏园：在长安（今西安），唐时新进士均游宴于此。② 雪：指白色花。

屈大均（明 638）一首

犹记踏青，①烟暖三原春正艳，喜泾阳△人尽至，又频阳△②
二城南北花相向▲总是姑苏样▲③眼纱不戴香鞯上▲④任端相△⑤
注：① 踏青：春游也。② 三原、泾阳、频阳：均陕西县名。③ 姑苏：即苏州。④ 眼纱：纱布眼罩；鞯：马鞍具也。⑤ 端相：细看也。

四十二字　诉衷情

吴子孝(明162)一首　题：二月十一日夜。

良宵喜见月华明△风和雨又晴△层云如洗，万里湛空青△[1]

人已静，睡初醒△酒初行△玉炉香暖，宝槛花鲜，[2]春满帘旌△[3]

注：①湛：澄清也。②槛：窗槛。③帘旌：如旗帘子。

四十二字　醉垂鞭

张先(宋18)一首　题：赠年十二琵琶娘。

朱粉不须施△花枝小▲春偏好▲娇妙近胜衣△轻罗红雾垂△

琵琶金画凤▲▲双绦重▲▲[1]倦眉低△啄木细声迟△[2]黄蜂花上飞△

注：①绦：编丝绳也。②啄木：说琵琶声如啄木鸟啄木。

陈元鼎(清1648)一首　题：湖舫即事。

翠湿柳丝低△湖云冷▲湖烟静▲秋水没渔矶△蓼花红上堤△

清尊携艳赏▲▲笙歌舫▲▲画桥西△归路夕阳微△昏钟鸦外飞△[1]

注：①昏钟：黄昏钟声。

四十二字　赞浦子

毛文锡(五代十国12)一首

锦帐添香睡，金炉换夕熏△懒结芙蓉带，慵拖翡翠裙△[1]

正是桃夭柳媚，[2]那堪暮雨朝云△宋玉高唐意，[3]裁琼欲赠君△[4]

注：①慵：懒。②夭：少好貌。③宋玉《高唐赋》述楚襄王会神女故事。④裁琼：写书信。

陆求可(清70)一首　题：秋景。

白鹭点红衣，轻云隔陇飞△[1]寂寂梧桐院，遥遥杨柳溪△

看罢落霞孤鹜，[2]立残秋水长堤△回首柴门外，蝉声落翠微△

注：①陇：田中高处。②落霞：夕阳；鹜：鸭也。

四十二字　归国谣(又名归字谣)　第一体，各句全叶仄韵。

温庭筠(唐34)一首

双脸▲[1]小凤战篦金飐艳▲[2]舞衣无力风软▲藕丝秋色染▲

锦帐绣帏斜掩▲露珠清晓簟▲[3]粉心黄蕊花靥▲[4]黛眉山两点▲[5]

注：①双脸：左右两颊。②此句说：梳篦上所饰小凤颤动时金光灿烂。战，颤也。③簟：竹席。④靥：颊上酒窝。⑤山：喻眉峰。

蒋春霖(清1651)一首

残烛▲光乱画屏金屈戌▲[①]起来双脸红玉▲酒情春睡足▲

月过杏花斜屋▲燕梁何处宿▲[②]夜寒微雨飘竹▲晓阴窗影绿▲

注：① 金屈戌：铜绞连。② 燕梁：梁上燕子。

车乘轨（现当88）一首　题：喜迎香港回归祖国。　注：1997年6月21日作。

香港▲疆土历来中国掌▲咎由昏帝懦将▲[①]媚英轻割让▲

宝岛百年伤怆▲港胞权益丧▲迎归期近心爽▲笑填词曲唱▲

注：① 咎：罪责也；昏帝：指清帝道光；懦将：指《江宁条约》（又称《南京条约》），签订者钦差伊里布、杭州将军耆英、两江总督牛鉴。

四十二字　归国谣　第二体，同第一体，但首句不叶韵。

颜奎（元44）一首

春风，拂拂檐花双燕入▲[①]少年湖上风日▲问天何处觅▲

湖上画屏晴碧▲梦华知夙昔▲[②]东风忘了前迹▲上青芜半壁▲

注：① 拂拂：斜掠而过。② 梦华：梦游华胥之园，谓梦境；夙昔：旧时。

四十二字　恋情深

毛文锡（五代十国12）一首

滴滴铜壶寒漏咽▲[①]醉红楼月▲宴余香殿会鸳衾△荡春心△

真珠帘下晓光侵△莺语隔琼林△[②]宝帐欲开慵起，恋情深△

注：① 此句说：铜壶滴漏报时。② 琼林：苑名，在开封府城西，宋宴进士于此。

彭孙贻（明504）一首

作恶东风轻薄絮▲送教春去▲斜红绕脸思淹淹△[①]在眉尖△

女郎花谢粉廉纤△[②]侧帽闯疏帘△虽则个侬亡赖，[③]不曾嫌△

注：① 淹淹：久留之意。② 女郎花：辛荑别名；粉廉纤：粉如微雨状。③ 个侬：他也；亡赖：即无赖，古文亡与无通。

马汾（清1201）一首　题：雨中送春。

岁岁销魂无处说▲奈芳菲歇▲[①]酒醒休去倚栏杆△雨声寒△

韶华如水复如烟△[②]镜里换朱颜△小径卧红堆翠，忍回看△

注：① 芳菲：指花草。② 韶华：喻春景，好光阴。

车乘轨（现当88）一首　题：观秋瑾殡葬照片有感。[①]　注：2006年7月7日作。

先烈秋瑾成仁逝▲有余波起▲忠骸殡葬费安排△有清灾△[②]

依从遗愿近湖埋△桥上见棺抬△数度建茔营墓，立亭碑△

注：① 秋瑾：见《词人小传》，反清被捕杀，其义姊吴兴徐自华（1873—1935）、桐城吴芝瑛（1862—1933）依烈士遗愿，将遗骸运至杭州西湖西泠桥畔安葬，不久即被清政府拆毁，一度被移往湖南湘潭。民国建立，终于迁回西泠桥畔。②有清灾：指清政府毁其墓。

四十三字　小桃红　第一体，后段第二三句不叶仄韵。

王恽（元 9）一首

采莲人语隔秋烟△波静如横练▲[1]入手风光莫留转▲共留连△

画船一笑春风面▲江山信美，[2]终非吾土，问何日、是归年△

注：① 练：洁白熟绢。谢眺诗："澄江静如练。"② 信美：真美。

四十三字　小桃红　第二体，同第一体，但后段第二三句叶仄韵。

张可久（元 56）一首

一汀烟柳索春饶△[1]添得杨花闹▲盼杀归舟木兰桡▲[2]水迢迢△

画楼明月空相照▲今番瘦了▲多情知道▲宽褪了、翠裙腰△

注：① 饶：额外增加之意。② 木兰桡：船桨之美称。桡，引伸为船。

四十三字　酒泉子

张泌（五代十国 33）一首

春雨打窗△惊觉梦来天气晓▲画堂深，红焰小▲背兰釭△[1]

酒香喷鼻懒开缸△惆怅更无人共醉▲▲旧巢中，新燕子▲▲语双双△

注：① 兰釭：灯之美称。

四十三字　喜长新

王益柔（宋 46）一首

秋云朔吹晓徘徊△[1]雪照楼台△宴召邹枚△[2]相如独逞雄才△[3]

明烛熏炉香暖，深劝金杯△庭前粉艳有寒梅△昨夜一枝开△

注：① 朔吹：朔风（即西北风）吹也。② 邹枚：指邹阳与枚乘。两人皆汉代人，皆以文辩知名。③ 相如：指司马相如，汉代大文学家。

四十三字　伤春怨

王安石（宋 57）一首　题：梦中作。

雨打江南树▲一夜花开无数▲绿叶渐成阴，下有游人归路▲

与君相逢处▲不道春将暮▲把酒祝东风，且莫恁、匆匆去▲

四十三字　驻云飞

黄峨（女）（明 168）二首

（1）叠雪香罗△窄窄弓鞋玉一窝△①凤嘴穿花破▲龙脑浓薰过▲②

嗏，洛浦去凌波△③笑杀齐奴，枉把香尘涴▲④掌上擎来暖气呵△

注：① 此句形容古代妇女小足。② 龙脑：香名。③ 洛浦：洛水之滨；凌波：喻美人步履轻盈，指洛神。④ 涴：即污。

（2）戏蕊金莲△一点灵犀夜不眠△①鸡吐花冠艳▲蜂抱花须颤▲

嗏，玉软又香甜△神水华池，②只许神仙占▲夜夜栽培火里莲△

注：① 灵犀：犀牛角两头相通。李商隐诗："心有灵犀一点通。"② 华池：在昆仑山上。

四十三字　霜天晓角（又名月当窗）　第一体，后段第一句五字。

赵长卿（宋389）一首

玉清冰洁▲几夜相思切▲谁料浓云遮涌，同心带、甚时结▲

匆匆休惜别▲还有来时节▲记取江阴归路，须共踏、夜深月▲

张辑（宋）429）一首　注：调名原作月当窗。

看朱成碧▲曾醉梅花侧▲相遇匆匆相别，又争似、不相识▲①

南北千里隔▲几时重见得▲最苦子规啼处，②一片月、当窗白▲

注：① 争似：怎似。② 子规：即杜鹃。

刘圻父（宋462）一首　题：春愁。

横阴漠漠▲似觉罗衣薄▲正是海棠时候，①纱窗外、东风恶▲

惜春春寂寞▲寻花花冷落▲不会这些情味，原不是、念离索▲

注：① 海棠时候：指春分。海棠春分时开花。

徐媛（女）（明254）一首　题：采石矶蛾眉亭。①

双峦斗碧▲寒玉雕秋碧▲两道凝螺天半，②横无限、清清色▲

拍岸涛声急▲似鼓临邛瑟▲③窗下镜台鸾去，空留得、春山迹▲

注：① 采石矶：在安徽省当涂县长江边。② 螺：喻眉，指蛾眉亭。③ 临邛：即邛崃，四川县名；瑟：琴瑟，指司马相如在临邛卓文君家操琴故事。

陈廷敬（清523）一首　题：集字送友。

城中禁漏▲①点点催分手▲愁绝隔年春树，东门外、青杨柳▲

送行将岁酒▲②美人于我厚▲寄语岭猿江雁，池草句、余家有▲

注：① 禁漏：皇宫中更漏。② 将：携带；岁酒：年酒。

毛健（清941）一首　题：邻女小名三三。　注：调名原作月当窗。

非莺未燕▲邀月底佳伴▲[①]何处梅花频弄，[②]巫山惊、梦分断▲
上巳春步缓▲[③]湘波裙摺散▲谁成双文新句，[④]张家影、柳家变▲[⑤]

注：① 邀月：取李白"对影成三人"诗意。② 梅花：梅花三弄，曲名。③ 上巳：古节日，在三月初三。④ 双文：双关意。词中多含三字，故言。⑤ 张家影：宋张先，人称张三影；柳家：宋柳永，原名柳三变。

薛廷文（清1990）一首　题：题友人濯足。[①]

春茵如沐▲[②]天淡空江绿▲人坐柳花风里，听啼鸟、濯双足▲
野花簪一簇▲[③]沧浪歌一曲▲[④]家在夕阳明处，碧桃下、青茅屋▲

注：① 濯足：洗足。② 茵：草名，产于河边沙地。③ 簪：插戴。④沧浪：曲名。

车乘轨（现当88）二首　题：第一首，戊寅中秋。　注：1998年10月5日作，调名原作月当窗。
第二首，闲话《枫桥夜泊》诗。　注：2007年10月31日作。

（1）金风送爽▲[①]桂子公园放▲[②]迎迓中秋佳节，人欢笑、景堪赏▲
浮云尽散让▲月儿圆且朗▲《花好月圆》歌带，[③]重捡出、应时唱▲

注：① 金风：即秋风。② 桂子：即桂花。③ 花好月圆：本为《月圆花好》，乃三十年代电影《西厢记》插曲，原由周璇演唱，曲词均佳，有唱片、音带传世。

（2）枫桥夜泊▲张继名诗作▲[①]渔火江枫幽雅，钟声到、绕人魄▲
乌鸦何夜愕▲[②]月儿近晓落▲暮鼓晨钟规律，[③]虽名句、待斟酌▲

注：① 张继：唐玄宗天宝十二年（753）进士，诗人。② 夜愕：夜惊，③ 此句说：暮鼓晨钟是寺庙规律，张诗写夜半钟声，也与实际不符。

四十三字　霜天晓角　第二体，同第一体，但后段起句改二字三字两句。

林逋（宋8）一首　题：梅。

冰清霜洁▲昨夜梅花发▲甚处玉龙三弄，[①]声摇动、枝头月▲
梦绝▲金兽热▲[②]晓寒兰烬灭▲[③]要卷珠帘清赏，且莫扫、阶前雪▲

注：① 玉龙：谓梅林积雪如龙；玉龙三弄：即梅花三弄，曲名。② 金兽：兽形铜香炉。③ 兰烬：兰，指香草灯芯。烬，烧余也。

范成大（宋338）一首　题：梅。

晚晴风歇▲一夜春堪折▲脉脉花疏天淡，云来去、数枝雪▲

胜绝▲愁更绝▲此情谁与说▲惟有两行低雁，知人倚、画楼月▲

吴礼之（宋415）一首　题：秋景。

西风又急▲细雨黄花湿▲[1]楼枕一篙烟水，兰舟漾、画桥侧▲

念昔▲空泪滴▲故人何处觅▲魂断菱歌凄怨，疏帘外、暮山碧▲

注：① 黄花：指菊花。

王澡（宋430）一首　题：梅。

疏明瘦直▲不受东皇识▲[1]留取伴春应肯，万红里、怎着得▲[2]

夜色▲何处笛▲晓寒无奈力▲若在寿阳宫里，[3]一点点、有人惜▲

注：① 东皇：司春之神。② 万红里：指花丛中；怎着得：怎有着落。③ 寿阳：指刘宋武帝女寿阳宫主，人日（正月初七）卧檐下，梅花落于额上，号为梅花妆，宫人多效之。

高观国（宋431）一首

春云粉色▲春水和烟湿▲试问西湖杨柳，东风外、几丝碧▲

望绝▲连翠陌▲[1]兰桡双桨急▲[2]欲访莫愁何处，[3]旗亭在、画桥侧▲[4]

注：① 翠陌：绿色郊野。② 兰桡：船之美称。桡，船桨也。③ 莫愁：南齐时女子，嫁南京卢家，今水西门外有莫愁湖。④ 旗亭：市楼也，指酒店。

朱彝尊（清288）一首　题：早秋，放鹤洲池上作。[1]

清桐垂乳▲[2]容易凝珠露▲一缕金风飘落，[3]添几点、豆花雨▲[4]

帘户▲剪灯语▲草虫飞不去▲坐爱水亭香气，是藕叶、最多处▲

注：① 放鹤洲：在嘉兴南门外西南湖，是作者别墅。② 垂乳：结花蕾。③ 金风：秋风。④ 豆花雨：八月雨。

凌廷堪（清1140）一首　序：丙午（1786年）六月二日晚凉，偕张鄂楼、牛次原，闲步陶然亭遇雨。[1]

暮天岑寂▲[2]远岫凉烟幂▲[3]曲榭凭栏闲话，[4]听细雨、响芦荻▲

淅沥▲[5]地上滴▲芙蕖野紫药▲[6]触起故山情思，风柳外、数声笛▲

注：① 陶然亭：在北京。② 岑寂：僻静也。③ 岫：峰峦；幂：覆也。④ 榭：台有屋曰榭。⑤ 淅沥：雨声。⑥ 芙蕖：荷花别名；紫药：即莲子。

四十三字　霜天晓角　第三体，同第二体，但用平韵。

蒋捷（宋580）一首　题：折花。

人影窗纱△是谁来折花△折则从他折去，知折去、向谁家△

檐牙△枝最佳△折时高折些△说与折花人道，须插向、鬓边斜△

彭孙贻（明 504）一首　题：卖花。

睡起煎茶△听低声卖花△留住卖花人问，红杏下、是谁家△

儿家△①花肯赊△②却怜花瘦些△花瘦关卿何事，③且插朵、玉搔斜△

注：① 儿：古时妇女自称。② 赊：借送意，即不需买。③ 卿：你之爱称。

朱彝尊（清 288）一首　题：晚次东阿。①

鞭影匆匆△②又铜城驿东△③过雨碧罗天净，才八月、响初鸿△④

微风△何寺钟△夕曛岚翠重△十里鱼山断处，留一抹、枣林红△⑤

注：① 次：抵达也；东阿：山东县名。② 鞭：马鞭。③ 铜城驿：在东阿县北四十华里。④ 初鸿：第一批鸿。⑤ 一抹：一带也。

赵函（清 1318）一首　题：西泠寓楼。①

浮黛如眉△②对它空百杯△可惜湖光如镜，只少个、小妆台△

徘徊△烟水限△③乍闻秋雁来△露底一丛寒菊，争得向、鬓边开△④

注：① 西泠：桥名，在杭州西湖白堤；寓楼：居楼。② 黛：指青山。③ 限：水曲处。④ 争得：怎得。

唐埙（清 1497）一首

静掩蝉纱△①认红墙那家△门外一群娇鸟，贪好梦、去寻花△

寻花△春事赊△②风来吹柳衙△③刚把莺儿打起，听阵阵、噪归鸦△

注：① 蝉纱：言纱之薄如蝉翼。② 赊：远也。③ 柳衙：言柳成行。排列如衙役站队排班。

四十三字　霜天晓角　第四体，用平、仄韵。

徐复祚（明 255）一首　题：潜窥。①

双眉暗锁▲心事谁知我▲旧恨而今较可▲新愁去后如何△

园庭芳草多△不见王孙过△②澹月才临青琐▲③轻风暗动红罗△

注：① 潜窥：此词乃杂剧《红梨记》第七出标题。② 王孙：富贵家公子。③ 澹月：恬静月光；青琐：涂青琐文门户。

四十三字　归国谣

韦庄（五代十国 1）一首

春欲晚▲戏蝶游蜂花烂漫▲日落谢家池馆▲①柳丝金缕断▲②

睡觉绿鬓风乱▲画屏云雨散▲闲倚博山长叹▲③泪流枕皓腕▲

注：① 谢家：泛指妓家。② 缕：线也，喻柳丝。③ 博山：香炉也。

李端卿（女）（明592）一首

朱楼晓▲燕拂画帘金额小▲[1]宝鼎兽尊铜爪▲[2]沉沉罗帐杳▲

几度痴眼不觉▲腻香红玉悄▲杏吐芳菲缭绕▲绿遍门前草▲

注：① 额：榜于门屏之上匾额。② 宝鼎兽尊：一座兽形香炉。

魏学渠（清10）一首　题：霍丘道中。[1]

风初肃▲早辞村店鸡声逐▲人语听来初旭▲小桥流水渌▲[2]

十亩闲闲修竹▲[3]远山青断续▲茫茫古道眠犊▲[4]黄粱炊已熟▲[5]

注：① 霍丘：安徽县名。② 渌：水清。③ 修竹：细直之竹。④ 茫茫：广大也；犊：小牛。⑤ 黄粱：喻梦。

顾贞立（女）（清159）一首　题：四姑约归雨阻。

分飞久▲相约相逢舒黛皱▲[1]昨夜梦中携手▲诉愁还是旧▲

怅望晓妆时候▲怪花钿翠袖▲此恨卿卿知否▲[2]满庭花雾透▲

注：① 黛：眉。② 卿卿：对人爱称。

顾贞观（清471）一首

呼女伴▲斗草斗花轮日换▲相约罗衣同浣▲[1]略嫌天气暖▲

几摺才开�扇▲[2]莫教题便满▲[3]空却回文一半▲有人亲落款▲[4]

注：① 浣：洗。② �：竹。③ 题便：扇上题诗文也。摺叠扇称便面。④ 落款：署名。

四十三字　关河令

赵师侠（宋390）一首　题：己亥（1179年）宜春舟中。[1]

江头伊轧动柔橹▲[2]渐楚天欲暮▲[3]浩荡轻鸥，[4]波间自容与▲[5]

岸蓼汀蘋无绪▲更满目萧疏红树▲此意何穷，凭谁画图取▲

注：① 宜春：江西县名。② 伊轧：橹声。③ 楚天：宜春古属楚国。④ 轻鸥：喻轻舟。⑤ 容与：悠闲自得貌。

四十四字　一落索

周纯（宋149）一首

腊后东风微透▲[1]越梅时候▲[2]一枝芳信到江南，来报先春秀▲

宿醉频拈轻嗅▲[3]堪醒残酒▲笛声容易莫相催，留待纤纤手▲

注：① 腊：农历十二月。② 此句说：江南梅开时候。

四十四字　卜算子(又名眉峰碧、百尺楼)

王观(宋76)一首　题：送鲍浩然之浙东。[1]

水是眼波横，山是眉峰聚▲欲问行人去那边，眉眼盈盈处▲

才始送春归，又送君归去▲若到江南赶上春，千万和春住▲

注：① 之：往也。

苏轼(宋80)一首

缺月挂疏桐，[1]漏断人初定▲[2]时见幽人独往来，[3]缥缈孤鸿影▲

惊起却回头，有恨无人省▲拣尽寒枝不肯栖，寂寞沙洲冷▲

注：① 缺月：不是满月。② 定：安定，一本作静。③ 幽人：隐居者。

舒亶(宋88)一首　题：咏苔。

池台小雨干，门巷香轮少▲[1]谁把青钱衬落红，[2]满地无人扫▲

何时斗草归，[3]几处寻花了▲留得佳人莲步痕，[4]宫样鞋儿小▲

注：① 香轮：指女人乘车。② 青钱：喻榆荚；落红：落花。③ 斗草：古代妇女一种游戏。④ 佳人：指好女子；莲步：女子小足称金莲。

陈师道(宋122)一首

纤软小腰身，明秀天真面▲淡画秀眉小作春，中有相思怨▲

背立向人羞，颜破因谁倩▲[1]不比阳台梦里逢，[2]亲向尊前见▲

注：① 颜破：喻笑。② 阳台：楚襄王与神女梦会于巫山阳台，喻梦会。

秦湛(宋154)一首

春透水波明，寒峭花枝瘦▲[1]极目烟中百尺楼，人在楼中否▲

四和裊金凫，[2]双陆思纤手▲[3]拟倩东风浣此情，情更浓于酒▲

注：① 寒峭：微寒貌。② 四和：香名；金凫：鸭形香炉。③ 双陆：古赌戏。

王安中(宋172)一首　题：往道山道中作。[1]

客舍两三花，并脸开清晓▲一朵娟娟韵已高[2]，一朵纤纤袅▲

谁与插斜红，拥髻争春好▲此意遥知梦已传，月落前村悄▲

注：① 道山：在湖南宁乡县东三十华里，时作者贬官去象州(广西柳州)路过。② 娟娟：美好貌。

徐俯(宋173)一首

清池过雨凉，暗有清香度▲缥缈娉婷绝代歌，[1]翠袖风中举▲

忽敛双眉去，[2]总是关情处▲一段江山一片云，又下阳台雨▲

注：① 娉婷：美好貌。② 此句不收，平仄稍异。

叶梦得（宋174）一首　题：三月八日夜，凤凰亭纳凉。

新月挂林梢，暗水鸣枯沼▲[1]时见疏星落画檐，几点流萤小▲

归意了无多，[2]故作连环绕▲欲寄新声问采菱，[3]水阔烟波渺▲

注：① 沼：曲池。② 了：了然。③ 新声：新作词曲。

朱敦儒（宋180）一首

碧瓦小红楼，芳草江南岸▲雨后纱窗几阵寒，零乱梨花晚▲

看到水如云，送尽鸦成点▲南北东西处处愁，独倚栏杆遍▲

美奴（女）（宋194）一首

送我出东门，乍别长安道▲[1]两岸垂杨锁暮烟，正是秋色老▲

一曲古阳关，[2]莫惜金尊倒▲[3]君向潇湘我向秦，[4]鱼雁何时到▲[5]

注：① 长安：今陕西西安。② 阳关：曲名。③ 金尊：指酒杯。④ 潇湘：指湖南；秦：指陕西。⑤ 鱼雁：指书信。相传鱼、雁均能传书。

紫竹（女）（宋197）一首　题：致方斋词。

绣阁锁重门，携手终非易▲墙外凭他花影摇，那得疑郎至▲

合眼想郎君，别久难相似▲昨夜如何会枕边，梦见分明是▲

王娇（女）（宋235）一首　题：致申纯。

君去有归期，千里须回首▲休道三年绿叶阴，[1]五载花依旧▲

莫怨好春迟，两下坚心守▲三只骰儿十九窝，没个须教有▲

注：① 绿叶阴：唐人杜牧游湖州，遇垂髫女，约以十年后来娶。后逾期到湖，女已嫁人三年，生二子。牧赋诗，有“绿叶成阴子满枝”句。

葛立方（宋253）一首　题：赏荷席间再作。

袅袅水芝红，[1]脉脉蒹葭浦▲[2]淅淅西风淡淡烟，几点疏疏雨▲

草草展杯觞，对此盈盈女▲叶叶红衣当酒船，细细流霞举▲[3]

注：① 水芝：即荷花。② 蒹葭：芦苇之类。③ 流霞：喻仙酒。

魏杞（宋313）一首　题：夜泛镜湖。[1]

一叶镜中来，两岸青山起▲送我红蕖万柄香，疑在蓬壶里▲[2]

天地莹无尘，巾袂凉如水▲白浪无声月自高，不是人间世▲

注：① 镜湖：鉴湖，在绍兴。② 蓬壶：即蓬莱，喻仙境。

陆游（宋330）一首　题：咏梅。

驿外断桥边，寂寞开无主▲已是黄昏独自愁，更著风和雨▲

无意苦争春，一任群芳妒▲零落成泥碾作尘，只有香如故▲

张孝祥（宋357）一首

风送杜若洲，[①]日暮垂杨浦▲行到田田乱叶边，[②]不见凌波女▲[③]

独自倚危栏，[④]欲向荷花语▲无奈荷花不应人，背立泣红雨▲

注：① 杜若：草名，产于林野阴地。《楚辞》："采芳洲兮杜若。"② 田田：荷叶浮水貌。③ 凌波：喻洛神、仙女。④ 危栏：高栏。

王炎（宋365）一首

散策问芳菲，[①]春斗花犹未▲[②]蓓蕾枝上怯苦寒，却似人憔悴▲

人莫恨花迟，天自催寒去▲[③]雨意才收日气浓，玉靥红如醉▲[④]

注：① 策：马鞭也；芳菲：花草香美也。② 春斗：春天斗草之游戏。③ 去：此字不叶韵，作宽叶。④ 玉靥：面颊之美称。

辛弃疾（宋370）一首　题：荷。

红粉靓梳妆，[①]翠盖低风雨▲[②]占断人间六月凉，[③]明月鸳鸯浦▲

根底藕丝长，花里莲心苦▲只为风流有许愁，[④]更衬佳人步▲

注：① 靓：漂亮好看。② 翠盖：绿荷叶。③ 占断：占领、夺取之意。④ 许：几许。

赵长卿（宋389）一首　题：四明别周德远。[①]

闲路踏花来，闲逐清和去▲[②]来去虽然总是闲，多少伤心处▲

红碧好池塘，朱绿深庭院▲随分山歌社舞中，[③]且乐陶陶处▲[④]

注：① 四明：地名，今浙江宁波。② 清和：农历四月称清和月，是时草木葱翠。③ 随分：当然、照样之意；社舞：社日歌舞。④ 陶陶：和乐貌。

赵师侠（宋390）二首　题：第一首，立石（在四川泸县东百华里）道中。
第二首，丙午（1186年）春即席和从善。

（1）晴日敛春泥，陌上东风软▲料峭寒禁花柳闲，枉恨春工浅▲[①]

绿涨一江深，黛泼千山远▲目端平芜无际愁，数尽征鸿点▲

注：① 春工：春景。

（2）杨柳褪金丝，艳杏摇红影▲欲雨还晴二月天，春色浑无定▲

晓梦不堪惊，午睡新来永▲一掬归心万叠愁，空惹长亭恨▲[①]

注：① 恨：愿韵，作宽叶。

严蕊（女）（宋395）一首　题意：作者系天台营妓，与太守唐与正交往，被节度使朱熹诬与唐滥，后朱调走，岳霖继任，乃作此词得释。
注：此词下片第一句仄声叶韵，不单列。

不是爱风尘，似被前缘误▲花落花开自有时，总赖东风主▲

去也总须去，住也如何住▲若得山花插满头，莫问奴归处▲

郭应祥（宋419）一首

春事到清明，过了三之二▲秾李夭桃委路尘，[1]大半成泥滓▲

只有海棠花，恰似杨妃醉▲[2]折向铜壶把烛看，且莫教渠睡▲[3]

注：① 委：委弃也。② 杨妃醉：杨贵妃尝妒梅妃而对月醉酒。③ 渠：他也。

高观国（宋431）一首　题：春晚。

屈指数春来，[1]弹指惊春去▲[2]檐外蛛丝网落花，[3]也要留春住▲

几日喜春晴，几夜愁春雨▲十二雕窗六曲屏，题遍伤春句▲

注：① 屈指：扳着手指。此句喻春来之慢。② 弹指：此句喻春去之快。③ 网：动词，捕捉也。

刘克庄（宋451）一首　题：海棠为风雨所损。

片片蝶衣轻，点点猩红小▲道是天公不惜花，百种千般巧▲

朝原树头繁，暮见枝头少▲道是天公果惜花，雨洗风吹了▲

罗惜惜（女）（宋551）一首

幸得那人归，怎便教来也▲一日相思十二时，真是情难舍▲

本是好姻缘，又怕姻缘假▲若是教随别个人，相见黄泉下▲

僧皎如（宋611）一首

有意送春归，无计留春住▲毕竟年年用着来，何似休归去▲

目断楚天遥，不见春归路▲风急桃花也是愁，点点飞红雨▲

刘基（明7）一首

春去蝶先知，花落蜂难缀▲[1]草绿庭空不见人，愁共天无际▲

凿沼种荷看，[2]水浅荷钱细▲惟有青苔最可爱，欲上人衣袂▲[3]

注：① 缀：连也，此处作停栖。② 沼：曲池。③ 袂：袖也。

瞿祐（明22）一首　题：雨后凉意。

龙挂北山云，虹截西村雨▲雨后斜阳弄晚晴，幻出霞千缕▲

开户纳新凉，把扇驱残暑▲骨冷魂清梦寐安，睡到东方曙▲

王洪（明44）三首　第一首，西山晚翠。　注：西山：指杭州西湖以西山峰。

第二首，半道春红。　注：半道红：在杭州武林门外。

第三首，白荡烟村。　注：白荡：在杭州武林门夹城巷。

(1) 斜日照疏帘，雨歇青山暮▲白马湖边一半开，香霭和烟度▲

楼上见平湖，影隔青林雾▲吹断鸾箫兴未阑，[1]月照芙蓉露▲

注：① 鸾箫：秦穆公女弄玉与夫萧史乘鸾吹箫仙去故事，后遂为吹箫美称；未阑：未衰也。

（2）宿雨涨春流，[1]晓日红千树▲几度寻芳载酒来，自与春风遇▲

弱水与桃源，[2]有路从教去▲不见西湖柳万丝，满地飞风絮▲

注：① 宿雨：隔夜雨。② 弱水：在甘肃；桃源：在湖南。此句与下句意谓不怕路远。

（3）绿竹绕清流，草舍人家远▲几处牛羊晚下来，烟外闻鸡犬▲

禾稼满秋原，路向桑麻转▲箫鼓从教乐社神，岁岁常相见▲

聂大年（明52）一首　题：闺怨。

粉泪湿鲛绡，只怨郎情薄▲梦到巫山第几峰，酒醒灯花落▲

数日尚春寒，未把罗衣着▲眉黛含颦为阿谁，但悔从前错▲

马洪（明55）一首　题：和聂大年词。

花压鬓云低，风透罗衫薄▲残梦懵腾下翠楼，[1]不觉金钗落▲

几许别离愁，犹自思量着▲欲寄萧郎一纸书，[2]又怕归鸿错▲

注：① 懵腾：昏腾也。② 萧郎：对情郎之泛称。

程敏政（明84）一首　题：题汪汝温便面。[1]

草长沙露尖，风急波生皱▲两个渔郎任意行，不问谁先后▲

纶竿腥乍收，[2]饭甑香初透▲[3]回首相呼好放船，正是潮生后▲

注：① 便面：扇面。② 纶竿：钓丝、钓竿。③ 甑：炊具。

文徵明（明117）一首　题：秋思。

酒醒夜堂凉，雨过湘帘卷▲时见流萤度短墙，乍近依然远▲

欲睡更迟回，徙倚栏杆遍▲不觉西楼缺月斜，寂寞桐阴转▲

朱泰玉（女）（明230）一首　题：秋思。

梧叶荐新凉，[1]好梦欺人短▲数尽铜壶漏更长，[2]天半征鸿远▲[3]

疏雨滴芭蕉，肠被秋风断▲细聒莎鸡簟不温，[4]攲枕腰肢软▲

注：① 荐：献也。② 铜壶漏：铜壶贮水滴漏，计时也。③ 征鸿：远飞之鸿。④ 莎鸡：昆虫名，即纺织娘。

吴敬所（明263）一首　题意：《刘生觅莲记》刘一春与孙碧莲洞房联词。

君有题柱才，[1]卿比生香玉▲[2]乐意相牵丝幕红，万愿今宵足▲

桂榜喜书名，[3]洞房谐花烛▲并弹香肩入绣帏，两两鸳鸯逐▲

注：① 题柱：《成都纪》司马相如初西去，过升仙桥，题柱曰："不乘高车驷马，不过此桥。"② 卿：对人之爱称。③ 桂榜：乡试中举叫乙榜，放榜时正值桂花飘香，故又称桂榜。

吴栻妻(女)(明 300)一首

杨柳弄轻柔，花落人消瘦▲杜宇声声听已愁，[①]况是黄昏候▲

新月自娟娟，[②]不似眉痕皱▲晓起临妆学画伊，[③]得展愁容否▲

注：① 杜宇：即杜鹃鸟。② 娟娟：美好貌。③ 伊：他也。

商景兰(女)(明 424)二首　题：春日寓山看花。

(1) 春半绿茵齐，处处香风透▲满目青山点翠苔，景色依然秀▲

尽道柳丝黄，不解梅花瘦▲回首莺啼深树时，正是秋千候▲

(2) 烟暖碧云楼，楼迥春山秀▲[①]风落残红水面飘，[②]池内清波皱▲

柳外小莺啼，花鸟声相斗▲唤起当年万种愁，泪湿青衫袖▲

注：① 迥：寥远也。② 红：指落花。

陆世仪(明 464)一首　题：题杨柳美人图。

人道柳如眉，妾道眉输柳▲柳叶逢春却肯舒，眉只时时皱▲

风懒燕葳蕤，[①]花落春消瘦▲望断无涯芳草深，[②]人在天涯否▲

注：① 葳蕤：草木叶下垂貌，喻草盛。② 无涯：无穷尽。

李无尘(女)(明 476)一首

花信几番催，李白桃红绚▲不敢频来倚画栏，怕与春相见▲

才弄玉琴弦，又觉心儿倦▲侍儿蓦地卷湘帘，撚出双双燕▲[①]

注：① 撚出：赶出。

徐震(明 609)一首　题意：《快心编》兰英婢风姿。

眉点远山轻，发绾乌云亸▲[①]秋水凝眸玉作肌，腰只些儿可▲[②]

翠袖曳春情，莲步趋停妥▲[③]肯令常人半面窥，怜惜偏归我▲

注：① 乌云亸：黑发下垂。② 些儿可：一些些。③ 趋停：行走与停步。

归淑芬(女)(明 631)一首　题：惜花，和黄月辉韵。

睡起卷疏帘，春帚还停扫▲细细苍草片片红，燕觅香泥绕▲

新绿满枝头，蜂蝶无端闹▲有意随流却送春，风雨摧残早▲

夏完淳(明 639)一首

秋色到空闺，夜扫疏桐叶▲谁料同心结不成，翻就相思结▲

十二玉栏杆，风影灯明灭▲立尽黄昏泪几行，一片鸦啼月▲

无名氏（明 643）一首　词引：《巫梦缘》第十一回引头。

春困懒梳头，拈取瓶花嗅▲做暖翻寒弄雨天，啼得黄鹂瘦▲

休嫌春意阑，还把春光扣▲几度为欢未了情，片刻全消受▲

王庭（清 21）一首　题：初夏。

入夏逐春过，闭户人常静▲日日闲来只看天，阅尽浮云影▲

小睡倚栏时，又被莺啼醒▲怪是寒衣脱未能，向晚东风冷▲

张怡（清 25）一首　题：题王子京画。

冉冉绿阴中，[1]位置层轩好▲[2]松外亭空天更空，天阔孤亭小▲

石壁绝攀跻，[3]可有幽人到▲壁后还藏千万峰，峰际闲云绕▲

注：① 冉冉：慢行。② 轩：长廊之有窗者。③ 攀跻：攀爬上升。

谢良琦（清 58）一首　题：江村。

江上万山青，山缺茅檐补▲[1]酒帘斜挂绿杨津，人在桃花坞▲

渡口却回船，刚是归云处▲柴门曲曲斜阳开，多半江边树▲

注：① 山缺：山缺口处。

陆求可（清 70）一首　题：立秋。

暗里送秋光，不管愁人怕▲偶向梧桐树底行，一叶当头下▲

风起小池寒，露湿莲房卸▲引动当年旧性情，无数悲秋话▲

沈湛（清 128）一首　题：见采莲人。

秋水浸芙蕖，[1]的砾西湖畔▲[2]何处佳人入采莲，刚放船头半▲

生小未离闺，[3]突地防人见▲故把荷花傍玉颜，乱却春风面▲

注：① 芙蕖：即荷花。② 的砾：鲜明貌；西湖：杭州名湖。③ 生小：生来、从小至今之意。

顾贞立（女）（清 159）一首　题：夜雨。

蛩语杂寒碪，[1]欲睡如何睡▲翠冷芙蓉小帐空，慵整余香被▲[2]

无赖依熏笼，[3]多少思乡意▲滴沥芭蕉一夜声，尽是愁人泪▲

注：① 蛩：即蟋蟀；碪：即砧，捣衣石。② 此句说：懒整熏过香之被。③ 无赖：无所聊赖；熏笼：覆有笼子之薰炉。

徐孝钧（清 176）一首　题：睡起。

睡起唤炊茶，无事消长夏▲闲倚津亭看捕鱼，渔网烟林挂▲

波影碧于油，山色青于帕▲黄鸟声中白鹭飞，村舍栽田罢▲

陈维崧（清 196）一首　题：阻风瓜步。

风急楚天秋，日落吴山暮▲乌桕红梨树树霜，船在霜中住▲

极目落帆亭，侧听催船鼓▲[4]闻道长江日夜流，何不流侬去▲

项景襄（清 272）一首　题：送春，追步皎然韵。[1]

人尽惜春归，我不留春住▲春去明年春又来，且任春归去▲

春去自何方，还向春来路▲春欲辞花花送春，香卸春阑雨▲[2]

注：① 皎然：即宋僧皎如。② 春阑：春残。

朱彝尊（清 288）一首

残梦绕屏山，[1]小篆消香雾▲[2]镇日帘栊一片垂，[3]燕语人无语▲

庭草已含烟，[4]门柳将飘絮▲听遍梨花昨夜风，[5]今夜黄昏雨▲

注：① 屏山：绘有山峦图形的屏风。② 篆：指弯曲香烟。③ 镇日：常日也。④ 此句说：庭草已繁茂如烟雾。⑤ 梨花风：指春分时候。

沈尔燝（清 310）一首　题：新城晓发。[1]

远楚带平畴，仄径临官道▲迤逦东风是禁烟，麦陇青青草▲

梦觉晓寒收，辔缓轻尘绕▲[2]野外芳塘雁鹜群，浮动春波小▲

注：① 新城：江西县名。② 辔缓：缓缓骑马。辔，马缰。

龚静照（女）（清 326）一首　题：春归值雨。

风片雨丝丝，暗送韶光别▲不辞芳菲去不回，杜宇啼声切▲

泪眼问花时，不使肠儿热▲自入春来日日愁，春去愁仍结▲

彭孙遹（清 343）一首　题：夏至日。

才过困人天，[1]又把黄梅做▲[2]试卷疏帘一倚栏，小雨吹红醋▲[3]

草草百年身，[4]悔杀从前错▲来日还如去日长，没个安排处▲

注：① 困人天：暮春天气。② 黄梅：农历五月，正梅熟时候，天乍晴乍雨，称黄梅天。③ 红醋：指红醋栗，落叶灌木，生赤色果。④ 草草：简单、平平生活。

江皋（清 430）一首　题：晓行。

悬空月半钩，影落乌桕树▲晓露如珠的的圆，湿透征衫处▲

冲烟闻马嘶，隔水惊人语▲望里遥山不断青，遮住还家路▲

徐釚（清 451）一首　题：春恨。

满院碧桃花，半为东风瘦▲恼杀梁间燕子飞，有个人来否▲

簪柳过清明，[1]斜插凭纤手▲烟锁楼台翠锁眉，薄恨浓于酒▲

注：① 簪柳：发上插戴柳条。

胡应宸（清 527）一首　题：寄西雯村居。

水竹护吾庐，花鹤时时伴▲[①]一线茶烟出杏梢，蝶梦随深浅▲[②]

隙地不须租[③]，松菊栽教满▲随意邻翁拄杖来，闲个柴门犬▲

注：① 花鹤：花与鹤。② 蝶梦：《庄子》庄周梦为蝴蝶。喻梦幻也。③ 隙地：空地。

王辂（清 561）一首

低髻晚来妆，袖卷金镮露▲[①]闲展霜纨试彩毫，[②]偷写萧郎句▲

薄汗不沾衣，玉骨偏消暑▲茉莉花前坐晚风，细数流萤度▲

注：① 金镮：金手镯。② 霜纨：洁白绢团扇；彩毫：彩笔。

吴雯（清 565）一首　题：槛竹。

何处玉玲珑，槛外清阴护▲带露和烟似有情，写出离骚谱▲

屈曲箨龙根，直上青云去▲惊醒幽人卧北窗，一阵潇潇雨▲

堵霞（女）（清 632）一首

划袜坠金菱，[①]髻溜琼妆辫▲[②]为爱鹦哥抛豆红，[③]莫认东边果▲

曲槛小屏山，月淡花如雾▲倦倚檀肩数乱星，[④]数到牵牛住▲[⑤]

注：① 划袜：光着袜子，未穿鞋也；金菱：铜镜也。菱花即镜。② 此句谓髻散发垂。琼妆，妆之美称。③ 豆红：应为红豆，因平仄而颠倒。④ 檀肩：檀郎肩。⑤ 牵牛：星名，即牛郎星。

徐元端（女）（清 645）一首　题：春情。　注：与明李无尘词大同小异，姑并录之。

不信几番催，桃李争秾艳▲不敢烦来倚画楼，怕与春相见▲

才把绣针拈，又觉心儿倦▲试唤青鬟卷翠帘，撚出双双燕▲

侯晰（清 690）一首　题：楚江舟次。[①]

一带白沙滩，几个黄茅店▲[②]屋角青青簇酒旗，渔唱江村晚▲

小鸟掠晴波，[③]低树迷荒岸▲争向篷窗数戍楼，[④]忘却家山远▲

注：① 舟次：行舟途中。② 黄茅店：茅草搭建之店。③ 掠：斜飞而过。④ 篷窗：船篷窗；戍楼：兵卒了望楼。

纳兰性德（清 694）一首　题：五日。[①]

村静午鸡啼，绿暗新阴覆▲一展轻帘出画墙，[②]道是端阳酒▲

早晚夕阳蝉，又噪长堤柳▲青鬓长青自古谁，弹指黄花九▲[③]

注：① 五日：即端午，又称端阳。② 轻帘：指酒旗。③ 黄花九，指九月九日，重阳节。

王一元（清739）一首

无计遣春愁，[1]帘外红成阵▲[2]绣对鸳鸯配并头，花下长交颈▲

欲绣漫停针，[3]心上还重省▲[4]数尽归期又不归，绣着鸳鸯恁▲[5]

注：① 遣：排遣。② 红：指红花。③ 漫：随意。④ 省：反省。⑤ 恁：如此，作甚之意。

沈珮（女）（清782）一首　题：元夜。[1]

台馆遍笙歌，又是黄昏后▲寂寂梅花小院开，报道春依旧▲

梦断月初斜，素影清如昼▲[2]光景年年一样新，且放眉间皱▲

注：① 元夜：即正月十五，元宵节。② 素影：指月光。

顾瑶华（女）（清792）一首　题：题画梅。

残雪压南枝，[1]月上黄昏静▲疑是林逋处士家，[2]清浅溪边影▲

寂寂暗香浮，幽意无人省▲为占江南最早春，耐尽风霜冷▲

注：① 南枝：指梅。② 林逋：爱梅，有"梅妻鹤子"之称，见《词人小传》；处士：未出仕为官。

刘仙（女）（清801）一首

傍水袂俱香，侵柳眉俱翠▲小月纤纤傍画楼，照破相思罪▲

不倚二分痴，不用三分醉▲娇态如风不自持，倒在人怀内▲

华侗（清810）一首　题：秋窗。

暑去渐凉生，小室宜深邃▲[1]卷起帘儿对好山，墙角幽花媚▲[2]

静夜怯灯昏，无酒难成寐▲风惹芭蕉雨又来，[3]点滴惊心碎▲

注：① 深邃：深远也。邃，音隧。② 幽花：幽雅之花。③ 惹：招惹、挑逗之意。

曹学诗（清910）一首　题：都中漫兴。[1]

春向故乡来，人向他乡住▲纵使留春不放归，毕竟无情绪▲

柳眼向谁开，[2]花病凭谁诉▲料得春应替客愁，杜宇分明语▲

注：① 兴：情之感物而发者曰兴。② 柳眼：柳叶初生，细长如眼。

钱孟钿（女）（清1061）一首　题：新秋。

新月挂高楼，一点窥人小▲是处帘栊是处风，惟觉今宵好▲

天淡失明河，[1]片片凉云悄▲屈指星河几日通，[2]报道秋期早▲[3]

注：① 明河：银河也。② 屈指：扳着手指计数。③ 秋期：指七月七日，即七夕。

秦恩复（清1155）一首

料峭怯残寒，花事全无据▲零云斜风断送春，隔住前溪路▲

金兽爇沉檀，镇日重帘护▲青眼逢迎是柳条，绿暗莺啼处▲

郭麐（清 1208）二首　题：第一首，题王朗亭半舫斋。

（1）蠡壳短窗儿，[1]斑竹疏帘子▲绝似春江桃叶舟，细雨溟濛里▲[2]

安把木兰桡，[3]便好浮家去▲[4]少个低低小舵楼，少个人双髻▲[5]

注：① 蠡壳：云母片，半透明。② 溟濛：微雨貌。③ 安：怎得之意。④ 去：此字不叶韵，作宽叶。⑤ 人双髻：喻美人。

（2）帘外雨如烟，柳外花如雪▲已是恹恹薄病天，又作清明节▲

昔日结如心，今日心如结▲心里重重叠叠愁，愁里山重叠▲

王贞仪（女）（清 1215）一首　题：夏晚。

雨后晚凉多，衫葛含风钿▲[1]小摘庭前茉莉花，弱缕穿连蒂▲[2]

团扇叶裁蕉，闲坐荷塘砌▲剥取池荷带湿看，莲子生还未▲

注：① 衫葛：葛衫，因平仄关系颠倒。葛，可织夏布。② 弱缕：细线也。

孙尔准（清 1238）一首　题：红花埠道中。[1]

古道骤骄骢，[2]一望平如砥▲[3]荞麦茫茫绿未齐，春在溟濛里▲[4]

茸帽曳轻裘，[5]斜日寒如水▲回首江南正落花，香上红襟嘴▲[6]

注：① 红花埠：地名，在山东郯城县南四十华里。② 骤：驰骤；骄骢：指马。③ 砥：平也。④ 溟濛：微雨貌。⑤ 茸：散乱貌；裘：皮衣也。⑥ 红襟：燕也。

庄盘珠（女）（清 1268）一首　题：春游。

晓雨弄新晴，蝶梦花梢醒▲一路垂杨到画桥，过尽春衫影▲

日暮却归来，风约虚帘定▲花顶泠泠月一痕，还怯黄昏冷▲

杨夔生（清 1308）一首　题：画眉关。　注：调名原作眉峰碧。

笋轿梭云滑，[1]骢马穿松匝▲行行巉过画眉关，[2]又听啼孤鹘▲[3]

一线凉天狭，万仞僵峰插▲[4]半空人语出丛杉，凿石僧镌塔▲

注：① 笋轿：竹轿也。② 巉：喻山险。③ 鹘：鸷鸟也。④ 万仞：形容高也。每仞为八周尺。

丁子复（清 1316）一首　题：柳腰。

袅袅倚东风，带缓湘裙皱▲[1]只为从来管别离，[2]一搦生消受▲[3]

莫是楚宫人，[4]舞罢低垂手▲抱月飘烟细可怜，影亦和烟瘦▲

注：① 缓：宽也，喻消瘦。② 管别离：古人离别时往往折柳相送。③ 一

搦：一握。④ 楚宫人：楚王好细腰。喻细腰，即柳腰。

庄焘（女）（清 1335）一首

积雨喜新晴，小院风初定▲月满瑶阶露气浮，花动雕栏影▲

宝鼎篆烟微，幽梦残灯省▲忽逐钟声度小桥，不管春衣冷▲

周济（清 1355）一首

山远树横烟，云净波涵镜▲①卍字栏杆八字桥，坐久衣裳冷▲

乘月却归来，小院人初静▲漠漠帘波淡淡风，过了梧桐影▲

注：① 涵：包容也；波涵镜：即波被包容，就波平似镜了。

董琬贞（女）（清 1360）一首　题：写梅寄外，①时在粤东。

折得岭头梅，忆着江南雪▲君到江南雪一鞭，可是梅时节▲

画了一枝成，没个人评说▲抵得家书寄与看，瘦似人今日▲

注：① 寄外：寄给夫君。

李贻德（清 1367）一首　题：寄畹芬。

一座小红楼，蠡壳窗儿里▲镇日恹恹镇日慵，可略梳鸦髻▲

闻说准归期，定向楼头倚▲恻恻轻寒掠鬓多，漫立当风地▲

徐球（清 1381）一首　题：题画。

画栋燕归时，①灭烛房栊静▲②蟾影迟迟上海棠，③留得惊鸿影▲④

别思易经年，纨袖琴边冷▲⑤明日花阴拾翠翘，⑥露湿苍苔径▲

注：① 画栋：绘画之栋梁。② 房栊：门窗。③ 蟾影：月影。④ 惊鸿：喻美人。⑤ 纨：熟丝织物。⑥ 翠翘：头饰。

张祥河（清 1387）一首　序：出德胜门，①沿堤过雨，轻尘不飞，新绿在树，淡以夕照，纵辔丛薄间，极潇爽之至。

纵马去何之，②独自鞭丝飏▲狼籍秋阴滴晚凉，③几点轻衫上▲

何处远香归，堤畔么禽唱▲④碧受风斜不见花，⑤簌簌枯荷响▲⑥

注：① 德胜门：北京北门。② 之：往也。③ 狼籍：散乱不整。④ 么禽：小鸟。⑤ 碧：指序中新绿。⑥ 簌簌：风声。

龚自珍（清 1431）一首

曾在曲栏杆，瞥见纱裙傍▲①花影濛松细步回，②月底帘钩上▲

重到曲栏杆，记起人模样▲万劫千生再见难，小影心头葬▲③

注：① 瞥见：瞬时暂见。② 濛松：模糊之意。③ 葬：埋也。

陈珍瑶（女）（清 1454）一首　题：初秋夜景。

雨霁碧天清，①暑退新凉足▲高卷风廊十二帘，烟袅茶刚熟▲②

翻阅白云篇，③得意从头读▲蓦见西窗竹影斜，④月转栏杆曲▲

注：① 雨霁：雨停天晴。② 烟袅：烟缭绕。③ 白云篇：书名。④ 蓦见：忽见。

许赓皞（清1476）一首　题：新燕。

门巷尚依稀，①满地芹泥润▲②旧梦卢家记不真，③飞向帘栊认▲④

花影掠红襟，⑤已是黄昏近▲不见楼前翠袖人，⑥楼外红成阵▲⑦

注：① 依稀：模糊。② 芹泥：燕子衔芹及泥以筑窝。③ 卢家：《沈佺期诗》："卢家少妇郁金堂，海燕双栖玳瑁梁"。④ 帘栊：有帘之窗。⑤ 掠：斜飞而过；红襟：指燕。⑥ 翠袖人：女主人。⑦ 红：指红花。

吴藻（女）（清1484）一首

一幅小帘栊，①四面明窗格▲屋里莺花门外山，忙了春风笔▲

薄雾笼轻阴，细雨催寒食▲独上湖楼看六桥，②杨柳无人碧▲

注：① 帘栊：挂有窗帘之窗。② 六桥：杭州西湖苏堤上有六座桥。

赵我佩（女）（清1557）一首

一样雨和风，各样愁人听▲楼外垂杨楼上人，同是恹恹病▲①

低掩水文窗，②莫把栏杆凭▲昨夜西风今夜寒，瘦却釭花影▲③

注：① 恹恹：病貌。② 水文窗：写有水彩画和文字之窗。③ 釭花：即灯花。釭，灯也。

黄曾（清1559）一首

道是采芳来，①倏过春时节▲②阵阵东风阵阵愁，吹得花如雪▲

瞥见玉钗摇，③又背银屏立▲④笑谜佳期故不言，⑤手作团圞月▲

注：① 采芳：采花草。② 倏：很快。③ 瞥见：瞬时暂见。④ 屏：屏风。⑤ 谜：隐也。

赵韵卿（女）（清1570）一首　题：春暮。

门掩绿杨风，静听梨花雨▲芳草池塘涨碧波，点点沾飞絮▲

双燕语呢喃，①似惜春归去▲小立帘钩蹴落红，②衔入香巢里▲③

注：① 呢喃：燕语。② 蹴：踢。③ 里：此字不叶韵，作宽叶。

高佩华（女）（清1627）一首　题：己亥（1839年）元日。①

万象尽更新，消息东风里▲吹出梅花几阵香，春至人间矣▲

郎谱合欢词，②侬剪宜春纸▲③依旧今年似去年，七事从头起▲④

注：① 元日：正月初一。② 谱：谱写。③ 侬：吴语，即我。④ 七事：开门

七件事：柴、米、油、盐、酱、醋、茶。

陶淑(女)(清 1629)一首　题：舟行。

云重压篷低，[①]沙积拦篙住▲雨后山光绿不分，送入天边去▲

岸阔见长芦，村远惟疏树▲薄暮渔人泛艇归，[②]泊向荒烟际▲[③]

注：① 篷：船上篷窗。② 薄暮：黄昏时候；泛：泛舟。③ 际：边也。

杜文澜(清 1631)一首　题：残月。

花影漾帘波，[①]夜久春痕薄▲试问姮娥瘦几分，[②]只有栏杆觉▲

陌上玉骢嘶，[③]唤起双栖鹊▲杨柳梢头挂晓星，又下西楼角▲

注：① 漾：荡漾。② 姮娥：即嫦娥，月也。③ 陌上：郊野；玉骢：马也。

孙廷璋(清 1703)一首

又是夕阳边，目断烟中树▲树外寒山山外云，云外鸿飞处▲

回首几长亭，数了还重数▲今日星辰昨夜霜，切莫明朝雨▲

赵友兰(女)(清 1746)一首　题：小园饯春感赋。[①]

燕子逐春来，杜宇催春去▲[②]剪就垂杨绿万丝，难绾韶光住▲[③]

花事已飘零，风雨还相妒▲山寺西南草似烟，梦断春归路▲

注：① 饯春：送春、别春。② 杜宇：即杜鹃。③ 绾：钩系。

徐廷模(清 1750)一首

帘外海棠娇，帘内胭脂妒▲昨梦依稀记未真，芳草斜阳路▲

燕子却归来，梁角呢喃语▲不说新巢旧主情，似说春迟暮▲

陆志渊(清 1764)一首

新月理残妆，帘外凉如雪▲薄薄罗衣薄薄风，半晌闲蕉箑▲[①]

斜阳又黄昏，都是愁时节▲清浅银河黯淡星，不见玲珑月▲

注：① 半晌：片时、一会儿；蕉箑：即芭蕉扇。

沈景修(清 1768)一首　题：燕。

双燕入帘栊，掠碎花梢影▲几度飞回相画梁，[①]软语商量定▲

辛苦觅芹泥，[②]垒就栖香稳▲[③]瞥眼西风是去时，明岁重来认▲

注：① 相：看也。② 芹泥：燕子筑巢料。③ 栖香稳：喻好巢。

赵庆澜(清 1772)二首

(1) 一角小红楼，四面珧窗子▲[①]窗外疏帘帘外山，山外人千里▲

妾是岭头云，[②]郎是江心水▲云自缠绵水自流，梦也常回避▲

注：① 珧：音姚，玉名。② 妾：古代女子自称。

(2) 懒画镜中蛾，①羞敛钗头凤▲折得花枝助晚妆，香压鬓云重▲

坐久夹衣凉，梦断纱橱空▲②独上琼楼倚玉箫，③和月和愁弄▲

注：① 蛾：指眉。② 纱橱：床帐。③ 琼楼：精美之楼。琼，美玉也。

张祖同（清 1777）一首　题：舟行。

暮色挂征帆，帆外云梦剪▲芦荻萧萧乍感秋，便把西风恋▲

旧约负闲鸥，作客天涯惯▲才是离家第一程，别意荒江满▲

沈昌宇（清 1781）一首

梁上燕将归，相送殷勤语▲闻道天涯冰雪多，珍重双飞羽▲

明岁早归来，心事缠红缕▲莫羡他家玳瑁梁，①只有侬怜汝▲②

注：① 玳瑁梁：梁间有玳瑁斑纹，喻富贵家。② 侬：吴语，我也。

文廷式（清 1845）一首　题：新柳。

雪儿化春云，池水生新皱▲一样眉痕两样描，月影初三瘦▲

莫到短长亭，未是愁时候▲惆怅黄昏抵死催，春思浓如酒▲

李穆宣（清 1860）一首　题：春兴。

树底流莺歇，箫吹深巷陌▲雨丝风片杏花天，淡抹胭脂色▲

人对东风立，轻寒生恻恻▲远山眉黛有无间，酝酿芳菲节▲

劳纺（女）（清 1883）一首　题：春雨。

昨夜画楼中，枕上听疏雨▲花事关心盼晓晴，依旧愁云聚▲

人未脱重绵，柳未飘香絮▲新绿初生燕未来，春色刚如许▲

冯江（清 1898）二首　题：闺情。

(1) 春晓不胜寒，只把罗襦着▲①特地催将半臂添，②翻笑郎轻薄▲

对镜理云鬟，娇腕可怜弱▲忘却妆台金凤钗，佯怒向郎索▲

注：① 襦：短衫。② 半臂：背心。

(2) 停却绣鸳鸯，人静花影午▲倒影池塘映鬓花，鱼唼时吞吐▲①

日暖爱微风，故故穿梅坞▲②折得梅花两袖寒，尚带朝来雨▲

注：① 唼：音霎，鱼食也。② 故故：屡屡。

沈以淑（女）（清 1922）一首　题：秋夜。

花落雨初来，雨过花如旧▲桐叶萧疏坠地轻，正是新秋后▲

不耐树阴凉，频裣罗衫袖▲①此夕何须五夜灯，②明月珠帘透▲

注：① 频裣：时时拢袖行礼。② 五夜灯：指正月十四至十八日，元宵放灯五夜。

毛泽东（现当 22）一首　题：咏梅，读陆游咏梅词，反其意而用之。

风雨送春归，飞雪迎春到▲已是悬崖百丈冰，犹有花枝俏▲

俏也不争春，只把春来报▲待到山花烂漫时，她在丛中笑▲

瞿秋白（现当 33）一首

寂寞此人间，且喜身无主▲眼底云烟过尽时，正我逍遥处▲

花落知春残，一任风和雨▲信是明年春再来，应有春如故▲

许白凤（现当 58）四首　题：第一首，咏梅。

第二首，七十生朝，值孙女满月。

第三首，辛未（1991 年）花朝即事。

第四首，酬和车乘轨先生过访，见赠原玉。

（1）腊酒引春回，[①]笔底春先到▲管领东风第一枝，[②]人比花还俏▲

添作岁寒图，驿使争传报▲六十论交最少年，[③]松竹梅同笑▲

注：① 腊：农历十二月称腊月。② 第一枝：指梅。③ 六十：时作者六十岁。

（2）不厌女孙多，接二连三四▲又听今朝弄瓦声，[①]笑痛爷爷嘴▲

阿妹善诙谐，比喻真相似▲手捧蟠桃献寿翁，七个天仙子▲

注：① 弄瓦：喻生女也。

（3）倚杖小篱边，听得邻翁道▲红杏枝头一半春，几朵花开了▲

人老惜芳菲，能得知多少▲蜂蝶寻春著意忙，处处声喧闹▲

（4）白首始为朋，谈笑多真趣▲记得南湖识面初，握手今重聚▲

结习老难除，声气相通处▲词苑花枝郁古香，着意同攀取▲[①]

注：① 同攀取：作者原注：君正搜辑《历代雅词》，余有《古锦别裁》《集宋人词句》《清当湖词系》《亭桥词话》等将付梓。

车乘轨（现当 88）一首　题：访许白凤先生。注：1996 年 5 月 29 日作。

乍浦访词仙，[①]古镇多幽趣▲久仰亭桥丁卯庐，[②]有幸登堂聚▲

问候病床前，[③]叙旧书斋处▲只是相交恨太迟，难把真经取▲

注：① 乍浦：镇名，属浙江平湖市；词仙：著名学者钱钟书誉许白凤为“词仙”。② 亭桥：桥名，在乍浦西大街，紧邻许老家；丁卯庐：许白凤书斋名。③ 病床前：时许老患前列腺结石症，卧床不起。

刘恋祺（女）（现当 187）一首　题：扶病送征人。[①]

秋水恨疏林，遮住伊人影▲[②]方寸随君赴远征，[③]魂梦相依定▲

社教振乾坤，[④]叹未长缨请▲[⑤]明媚春光有几时，偏陷沉疴病▲[⑥]

注：① 征人：远行之人。② 伊人：即他。③ 方寸：心也。④ 社教：社会主义教育。⑤ 请缨：本为投效军营，引申作请求参加。⑥ 沉疴：重病也。

骆昌（现当212）一首　题：重阳雨。

才见红花开，又见黄花笑▲疑是春光去又来，不觉秋光到▲

秋雨润新愁，秋风添旧恼▲到是重阳未见阳，不若春光好▲

王漱居（现当236）一首　题：郊游小饮。

雪拥坐樱花，[①]昨夜飞千片▲剪刀轻盈贴水飞，翻去池中燕▲

日软被风欺，又睹晴阴变▲杏店寻来杜牧之，[②]醉里闻莺唤▲

注：① 雪：喻花片。② 杏店：喻杏花村；杜牧之：唐诗人杜牧也，有"借问酒家何处有，牧童遥指杏花村"诗句。

四十四字　水仙子

倪瓒（元82）一首

东风花外小红楼△南浦山横眉黛愁△春寒不管花枝瘦▲无情水自流△

檐间燕语娇柔△惊回幽梦，难寻旧游△落日帘钩△

董国军（现当278）一首

风撩竹叶鸟关关△[①]连日温情似满园△梅花红闹鹅溪畔▲遥岑几树烟△

小楼听雨阑珊△幽然春梦，醒成倒寒△无语栏杆△

注：① 关关：喻鸟声和悦。

四十四字　朝天子

关汉卿（元11）一首　题意：作者尝见一从嫁婢，作一小令。见杨慎《词品》。

鬓鸦△[①]脸霞△屈杀了将陪嫁▲规模全似大人家△[②]不在红娘下▲[③]

巧笑迎人，文谈回话▲[④]真如解语花△若咱得他，倒了蒲桃架▲[⑤]

注：① 鬓鸦：鬓发如乌鸦般黑。② 大人家：大家闺秀。③ 红娘：《西厢记》中名婢。④ 文谈：谈吐文雅。⑤ 此句意为狂欢。

四十四字　生查子

蒋冕（明109）一首　题：春日席上口占。[①]

莺啭绿杨中，[②]人醉红花里▲况是今朝日又晴，云淡和风起▲

华筵列绮罗，[③]小苑盈桃李▲对景令人逸兴生，一曲生查子▲[④]

注：① 口占：随口而作。此调颇似卜算子，但原作如此，谨注。② 莺啭：莺啼。③ 绮罗：喻女子。④ 生查子：词曲名。

四十四字　巫山一段云　第一体，前后段首句不叶韵。

李珣（五代十国5）一首

古庙依青嶂，[①]行宫枕碧流△[②]水声山色锁妆楼△往事思悠悠△[③]

云雨朝还暮，烟花春复秋△啼猿何必近孤舟△行客自多愁△

注：① 嶂：山峰如屏障。② 行宫：帝出巡时居所。③ 悠悠：深思也。

毛文锡（五代十国12）一首

雨霁巫山上，[①]云轻映碧天△远风吹散又相连△十二晚峰前△[②]

暗湿啼猿树，高笼过客船△朝朝暮暮楚江边△几度降神仙△[③]

注：① 巫山：山名，属四川省，在长江边。② 十二峰：指巫山十二峰。③ 神仙：指神女，楚襄王梦会神女于巫山。

赵孟頫（元33）一首　题：集仙峰。[①]

雨过蘋汀远，云深水国遥△渡头齐举木兰桡△[②]纤细楚宫腰△

映水匀红脸，偎花整翠翘△[③]行人倚棹正无聊△一望一魂销△

注：① 集仙峰：巫山十二峰之一。② 木兰桡：船桨之美称。③ 翠翘：头饰也。

李齐贤（元67）二首　题：第一首，青郊送客。

第二首，潇湘八景之一，远浦归帆。

（1）芳草城东路，疏林野外坡△春风是处别离多△祖帐簇鸣珂△[①]

村暖鸡呼屋，沙晴燕掠波△临分立马更婆娑△一曲渭城歌△[②]

注：① 祖帐：饯行也；珂：似玉之石，即白玛瑙，用以饰马勒。② 渭城歌：别歌也。

（2）南浦寒潮急，西岑落日催△云帆片片趁风开△远映碧山来△

出没轻鸥舞，奔腾阵马回△船头浪吐雪花堆△画鼓殷春雷△[①]

注：① 殷：雷声。此句谓鼓声如同雷声。

瞿祐（明22）一首　题：夏景。

阵阵荷盘雨，丝丝柳线风△石榴颠倒落残红△萱草绿成丛△[①]

蚱蜢双跳远，螳螂独步雄△翩翻蝴蝶喜相逢△飞过画栏东△

注：① 萱草：一名忘忧草，又名宜男草。晒干成蔬菜，俗称金针菜。

方凤（明126）一首

宝刹高僧住，[①]能令鸟献花△锦囊曾见佛留牙△[②]千载旧袈裟△

竹径行呼酒，蒲团坐啜茶△[③]诗成策马兴偏赊△一路数归鸦△

注：① 宝刹：名寺。② 佛留牙：佛牙，即舍利子。③ 啜茶：饮茶。

杨慎（明 157）一首　题：美人。

背壁羞娇影，回灯脱薄妆△暗中惟觉绣鞋香△解珮玉叮当△

好梦云将结，幽欢夜正长△迟迟懒上郁金床△①故意恼檀郎△②

注：① 郁金床：喻床香。郁金，香草名。② 檀郎：美男子，对恋人之爱称。

黄峨（女）（明 168）一首　题：寄外。①

巫女朝朝艳，②杨妃夜夜娇△③行云无力困纤腰△④媚眼晕红潮△

阿母梳云髻，檀郎整翠翘△⑤起来罗袜步兰苕△⑥一见又魂销△

注：① 寄外：寄给丈夫，即杨慎。② 巫女：指巫山神女。③ 杨妃：唐明皇贵妃杨玉环。④ 行云：喻男女欢会。⑤ 檀郎：对夫昵称。⑥ 兰苕：香草。

马朴（明 233）一首　题：夏日偶成。

竹院晨游倦，槐庭午梦长△迟迟花影动南窗△①睡起浴兰汤△②

簟卷龙须冷，③茶烹雀舌香△④风摇纨扇过池塘△⑤骤雨送新凉△

注：① 迟迟：徐行也。② 兰汤：香汤。③ 龙须：席名。④ 雀舌：茶名。⑤ 纨扇：熟丝织物制成之团扇。

张鸿逑（女）（明 257）一首

野鸟衔春呩，①晴云带日流△绣帘风细锁妆楼△燕子最先愁△

春意行三月，闺心静九秋△谁怜无语玉搔头△②花下话淹留△③

注：① 呩：鸟吟也。② 玉搔头：首饰名，即玉簪。③ 淹留：留连。

单恂（明 395）一首　题：舟次邂逅沈慧姝作。①

画舫烟波腻，红灯泥月斜△②果然猜道是伊家△③窄窄试蝉纱△④

脸玉侵眉叶，歌珠络鬓鸦△⑤匆匆还隔闹芦花△蓦地便寒些△

注：① 舟次：行舟途中；邂逅：无意中相会。② 泥：软缠。③ 伊：她也。④ 蝉纱：蝉翼纱，喻其薄也。⑤ 鬓鸦：黑发。

计南阳（明 587）一首　题：冬闺。

妾梦帆山路，君行九曲池△茱萸湾上正相思△三五月明时△①

小幕会灯影，疏棂网碧丝△②天寒今夜剪刀迟△③霜弄玉虬枝△④

注：① 三五：喻十五。② 网碧丝：蒙上绿丝线。③ 剪刀：指裁衣服。④ 虬枝：盘曲树枝。

陆求可（清 70）一首　题：佳人笑。

皓齿全看白，①朱唇一点轻△逢人常自笑盈盈△那得不关情△

秋水随眸转，②桃花满颊生△回鬟百媚怕倾城△③掩袖不闻声△

注：① 皓齿：洁白牙齿。② 秋水：喻眼波。③ 倾城：汉李延年歌："一顾倾人城，再顾倾人国"。

陆进（清 198）一首　题：余杭钱塘观暮雨。

嫩柳含烟碧，夭桃映水红△秦亭咫尺有无中△①何处问双峰△

欸乃归舟急，②潺湲曲涧通△③歌声遥度隔溪风△箬笠老渔翁△

注：① 秦亭：亭名；咫尺：逼近之意；有无中：若有若无。② 欸乃：橹声。③ 潺湲：水流貌。

沈榛（女）（清 353）二首　题：第一首，暑夕。

第二首，美人。

（1）微汗凝赧脸，①轻风逗宝鬘△②徐徐散步月弯环△时听竹珊珊△③

自觉罗衣厚，唯将纨扇闲△榴花含露色斑斑△烟雾迷远山△

注：① 赧：赤色。② 鬘：发好貌。③ 珊珊：佩玉声。此处喻竹摇动声。

（2）睡起云鬟乱，行来莲步娇△①风前旖旎亸纤腰△②腻脸晕红潮△

欲舞垂罗袖，临妆整玉翘△③踏青携伴摘兰苕△④远望已魂销△

注：① 莲步：形容足小。② 旖旎：柔弱貌。③ 玉翘：头饰也。④ 兰苕：香草。

沈栗（女）（清 354）一首　题：梨花。

腻粉匀梅白，凝脂分杏红△盈盈神女下巫峰△①院落自溶溶△

淡淡黄昏月，轻轻杨柳风△一枝带雨逗娇容△多被晓烟笼△

注：① 巫峰：巫山有十二峰，神女峰其一也。

褚人获（清 427）一首　题意：《隋唐演义》文安院夫人狄玄蕊亭珍作词。

时雨山塘润，卿云水殿幽△①花花草草过春秋△何处是瀛洲△②

翠袖承恩遍，③朱弦度曲稠△④御香深惹薄言愁△⑤天子趁风流△⑥

注：① 卿云：祥云。② 瀛洲：传系东海中仙岛，神仙居所。③ 承恩：承受皇帝恩宠。④ 稠：多也。⑤ 御香：皇帝所用之香。⑥ 天子：即皇帝。

查容（清 448）一首　题：水槛。

拂槛鹅黄袅，侵窗鸭绿流△一双鸂鶒对沉浮△①妆罢却凝眸△②

燕尾斜分带，虾须半上钩△③蜻蜓飞上玉搔头△④当得喜蛛否△

注：① 鸂鶒：水鸟名，似鸳鸯稍大，又名紫鸳鸯。② 凝眸：注目而视。③ 虾须：即帘子。④ 玉搔头：首饰也，即玉簪。

周纶(清494)一首　题：次平望驿。[1]

水市新蒭熟，[2]维舟落照前△[3]一行雁影白于烟△渔艇细黏天△[4]

倦拭征人目，[5]闲消壮士年△秋光似亦解相怜△故逗月光妍△[6]

注：① 次：到也；平望：江苏吴江镇名。② 新蒭：新酒。③ 维舟：系舟；落照：夕阳。④ 黏天：形容水天相接。⑤ 征人：远行之人。⑥ 逗：引也。

金烺(清535)一首　题：春景。

柳色侵书翠，花香入梦幽△玉炉宫篆碧烟流△嫩绿衬帘钩△

舞蝶穿芳径，新莺啭画楼△斜阳堤畔泛轻舟△疏雨湿城头△

归允肃(清596)一首

香气帘前出，秾妆画里娇△玉人清吹曳红绡△缥缈下灵璈△[1]

艳拂珊瑚树，光凝鹈鹕膏△[2]琼筵宛转看回腰△休负可怜宵△

注：① 璈：乐器。② 鹈鹕膏：《本草》鹈鹕，水鸟，其膏涂刀剑不锈。

汪森(清669)一首　题：春雨。

野雾沉山廓，[1]春潮撼浦沙△隔江一带好人家△烟暝柳旗斜△[2]

细语明双燕，相看冷暮鸦△冥冥风急落庭花△[3]吹影过窗纱△

注：① 山廓：山之外部。② 柳旗：指酒旗。③ 冥冥：远空也。

郑熙绩(清676)一首

石径穿云入，溪流映日斜△翠微深处访烟霞△[1]犬吠到人家△

树积千年藓，藤悬百丈花△山僧汲水漱壶沙△[2]留试雨前茶△[3]

注：① 翠微：山气也。② 漱壶沙：以沙刷壶。③ 雨前茶：谷雨前采摘之茶叶。

徐旭旦(清753)一首　题：游九疑观。　注：此词与上一首郑熙绩词大同小异，姑并录之。

云径穿青矶，溪流映白沙△翠微深处访烟霞△犬吠到仙家△

树积千年藓，藤悬百丈花△山僧汲水夕阳斜△留试雨前茶△

江兰(女)(清776)一首　题：送春。

乳燕毛犹湿，黄鹂声渐稀△鸣蛙两部响香溪△春去几多时△

雪散荼蘼架，香披锦带堤△送春诗句不堪题△独立小窗西△

徐如蕙(女)(清779)一首　题：奉和嫡夫人送春原韵。[1]

春至花如锦，春归蝶也稀△留春不住过前溪△寂寞绣帏时△

韵士埋芳土，[2]妖姬葬柳堤△落红飞絮总休题△肠断月楼西△

注：① 嫡夫人：指江兰。② 韵士：风雅之人。

沈珮(女)(清782)一首　题：春闺。

烟柳迷深院，春风袅翠鬟△锁窗人静意阑珊△①飞絮满雕栏△

几点黄昏雨，吹残竹影寒△停针无语又更阑△独自倚楼看△

注：① 锁窗：窗作连锁文者，即琐窗。

商彩(女)(清796)一首　题：陈素素像。

玉佩笼金锁，①云鬟压翠钿△②蛾眉若个斗芳妍△③只许镜中看△

艳句人争咏，柔情我亦怜△还疑香骨更翩翻△未倩画图传△

注：① 玉佩：妇女身上佩带物。② 翠钿：头饰。③ 蛾眉：指女子。

左臣(清874)一首　题意：《女开科传》余梦白去杭州途中有感。

非为秋风瘦，春心意不收△黄昏有月破云头△青光到处幽△

罗帏应有梦，梦里亦知秋△巫山有路觉来愁△无语一扁舟△

杨度汪(清950)一首

窗外莺声碎，池边草色新△一弯淡抹远山痕△低敛似眉颦△

插鬓花愁瘦，熏衣麝怕温△东风吹老眼前春△肠断倚楼人△

吴堦(清157)一首

蓄意眉频敛，回眸笑亦嫣△①近来情熟转多嫌△②无语最堪怜△

步怯腮微晕，③钗分髻小偏△香魂消尽又缠绵△嗔喜说欢颠△④

注：① 嫣：巧笑貌。② 嫌：受嫌疑。③ 晕：晕红。④ 嗔：怒也。

金望欣(清1425)一首

柳弱摇春水，花娇倚暮烟△软风吹老嫩晴天△①一带夕阳鲜△

紫陌初调马，②红楼半卷帘△山如出浴女儿妍△螺黛湿眉尖△

注：① 嫩晴：微晴。② 紫陌：京师郊野。紫，喻皇都。

车乘轨(现当88)一首　题：雨过温降。　注：2003年7月6日作。

夭折黄梅去，①提前盛夏跟△天公何故乱规循△季节不均匀△②

七日高温苦，今朝阵雨亲△凉生炎退度黄昏△全仗起乌云△

注：① 此句说：黄梅天提前于6月30日骤然夭折。② 此句说：盛夏来早，提前达半月之多，季节紊乱。

四十四字　巫山一段云　第二体，各句均押平韵。

张娴倩(明489)一首

柳色镜中明△花香暗袭人△春归故作不关情△恐教愁着心△

闻起逐苔行△幽禽隔竹鸣△[①]忽闻花径小鬟声△[②]可知斗草赢△[③]

注：① 幽禽：小鸟。② 小鬟：指婢女。③ 斗草：古代妇女之游戏。

四十四字　后庭花（又名玉树后庭花）　**第一体**。

毛熙震（五代十国23）一首

越罗小袖新香蒨▲[①]薄笼金钏▲[②]倚栏无语摇轻扇▲半遮匀面▲[③]

春残日暖莺娇懒▲满庭花片▲争不教人长相见▲[④]画堂深院▲

注：① 蒨：同茜，绛红色。② 笼：圈戴也。③ 匀面：整面。④ 争：即怎。

许棐（宋473）一首

一春不识西湖面▲翠羞红倦▲雨窗和泪摇湘管▲意长笺短▲

知心惟有雕梁燕▲自来相伴▲东风不管琵琶怨▲落花吹遍▲

钱继章（明367）一首　题：初夏。

大堤高柳蝉声促▲芰荷深绿▲新买白鹇初试浴▲[①]乱萍相逐▲

棹船争向鸳湖曲▲[②]采莲时局▲小袖凝香香未足▲缕金花木▲

注：① 白鹇：鸟名，似山鸡而色白。② 棹船：划船。鸳湖：即嘉兴南湖。

吴秉仁（清83）一首　题：春闺。

小窗露湿花如糁▲[①]翠消香暖▲蝶婚蜂嫁团成片▲又将春晚▲

懵腾天气催人懒▲[②]黛眉红浅▲愁恨怕教斜阳见▲绣帏遮断▲

注：① 糁：米粒和羹也。② 懵腾：晦也、昏暝也。

朱彝尊（清288）一首

低鬟敛尽云欹侧▲[①]粉香都拭▲生憎桂帐秋虫入▲[②]教郎轻擘▲

红藤细织暹罗席▲[③]方花盈尺▲冷波一任鸳鸯拍▲残梦无力▲

注：① 云：乌云，喻黑发。② 桂帐：秋天蚊帐。③ 暹罗：即今泰国。

四十四字　后庭花　第二体前后段第三句六字不叶韵，前后段末句五字。

张先（宋18）一首　题：上元[①]。注：调名原作玉树后庭花。

华灯火树红相斗▲[②]往来如昼▲河桥水白天青，讶别生星斗▲[③]

落梅秾李还依旧▲宝钗沽酒▲[④]晓蟾残漏心情，[⑤]恨雕鞍归后▲

注：① 上元：即元宵。② 火树：鳌山上张灯如树林。③ 讶：惊疑。④ 宝钗沽酒：典卖了宝钗买酒。⑤ 蟾：月亮；漏：更漏，计时器也。

四十四字　思越人

冯延巳（五代十国26）一首

酒醒情怀恶▲金缕褪、玉肌如削▲[1]寒食过却▲海棠零落▲

乍倚遍、栏杆烟淡薄▲翠幕帘卷画阁▲春睡着▲觉来失、秋千期约▲[2]

注：① 金缕：金缕衣，嵌金线之衣。② 秋千期：打秋千季节，指春天。

四十四字　采桑子（又名丑奴儿、丑奴儿令、罗敷媚、罗敷艳歌、罗敷令）　第一体，用平韵。

和凝（五代十国16）一首

蝤蛴领上诃梨子，[1]绣带双垂△椒户闲时△[2]竞学樗蒲赌荔枝△[3]

从头鞋子红编细，[4]裙窣金丝△[5]无事颦眉△春思翻教阿母疑△

注：① 蝤蛴：天牛幼虫，白而丰洁，喻女郎之颈；诃梨子：即云肩，肩饰也，如四垂云，嵌金。② 椒户：以椒涂屋，香而温暖，喻富贵人家。③ 樗蒲：赌博也。④ 此句说鞋头绣着一丛红花。⑤ 窣：窸窣，拟声词，细小的摩擦声。

冯延巳（五代十国26）三首　注：调名原作罗敷艳歌。

（1）马嘶人语春风岸，芳草绵绵△杨柳桥边△落日高楼酒旆悬△[1]

旧愁新恨知多少，目断遥天△[2]独立花前△更听笙歌满画船△

注：① 酒旆：缀杂色边之酒旗。旆，音沛。② 目断：竭目而望。

（2）小堂深静无人到，满院春风△惆怅墙东△一树樱花带雨红△

愁心如醉兼如病，欲语还慵△日暮疏钟△双燕归来画阁中△

（3）花前失却游春侣，独自寻芳△[1]满目悲凉。纵有笙歌亦断肠△

林间戏蝶梁间燕，各自双双△忍更思量△[2]绿树青苔半夕阳△

注：① 芳：喻花草。② 忍：怎忍。

花蕊夫人（五代十国32）一首　题意：蜀亡入汴，[1]道经葭萌关题驿壁。[2]

注：调名原作丑奴儿。

初离蜀道心将碎，离恨绵绵△春日如年△马上时时闻杜鹃△

三千宫女皆花貌，妾最婵娟△[3]此去朝天△[4]只恐君王宠爱偏△

注：① 蜀亡入汴：后蜀国破，随蜀主孟昶被俘去宋都汴京。② 葭萌关：在四川昭化县东南五十华里；驿：接待官员之招待所。③ 婵娟：美女。④ 朝天：见宋皇赵匡胤。

晏殊（宋20）二首

（1）阳和二月芳菲遍，暖景溶溶△戏蝶游蜂△深入千花粉艳中△

何人解系天边日，占取春风△免使繁红△一片西飞一片东△

(2) 林间摘遍双双叶，寄与相思△朱槿开时△[1]尚有山榴一两枝△
荷花欲绽金莲子，半落红衣△晚雨微微△待得空梁双燕归△
注：① 朱槿：树名，夏末开花。

欧阳修(宋33)五首　题：西湖好。

(1) 轻舟短棹西湖好，[1]绿水逶迤[2]芳草长堤△隐隐笙歌处处随△
无风水面琉璃滑，不觉船移△微动涟漪△惊起沙禽掠岸飞△
注：① 西湖：指安徽颍州(今阜阳)西湖。② 逶迤：弯曲而长。

(2) 春深雨过西湖好，百卉争妍△蝶乱蜂喧△晴日催花暖欲燃△
兰桡画舸悠悠去，疑是神仙△返照波间△水阔风高飏管弦△

(3) 群芳过后西湖好，狼籍残红△飞絮濛濛△垂柳栏杆尽日风△
笙歌散尽游人去，始觉春空△垂下帘栊△双燕归来细雨中△

(4) 清明上巳西湖好，[1]满目繁华△争道谁家△绿柳朱轮走钿车△[2]
游人日暮相将去，[3]醒醉喧哗△路转堤斜△直到城头总是花△
注：① 上巳：古节日名，在三月初三。② 钿车：螺钿相嵌之车，妇女乘坐。③ 相将：相携。

(5) 荷花开后西湖好，载酒来时△不用旌旗△前后红幢绿盖随△
画船撑入花深处，香泛金卮△烟雨微微△一片笙歌醉里归△

晏几道(宋71)二首

(1) 湘妃浦口莲开盛，[1]昨夜红稀△懒过前溪△闲舣扁舟看雁飞△[2]
去年谢女池边醉，[3]晚雨霏微△记得归时△旋折新荷盖舞衣△
注：① 湘妃：尧女，舜妻。庙在湖南洞庭湖。② 舣：整舟向岸也，即停舟；扁舟：小舟。③ 谢女：泛指妓女。

(2) 非花非雾前时见，满眼娇春△浅笑微颦△恨隔重帘看未真△[1]
殷勤借问家何处，不在红尘△[2]若是朝云△[3]宜作今宵梦里人△
注：① 重帘：几重帘子。② 红尘：凡尘也。③ 朝云：即巫山神女。

苏轼(宋80)一首　题：润州多景楼与孙巨源相遇。[1]

多情多感仍多病，多景楼中△樽酒相逢△乐事回头一笑空△
停杯且听琵琶语，细撚轻拢△醉脸春融△斜照江天一抹红△
注：① 润州：即今江苏镇江市；多景楼：在镇江北固山上。

黄庭坚(宋101)一首

城南城北看桃李，依倚年华△杨柳藏鸦△又是无言飐落花△

春风一面长含笑，偷顾羞遮△分付谁家△把酒花前试问他△

李之仪（宋 102）一首　题：谢人寄腊梅。　注：调名原作丑奴儿。

春风似有灯前约，先报佳期△点缀相宜△天气犹寒蝶未知△

懒黄染就蜂须巧，香压团枝△淡注仙衣△方士临门未起时△①

注：① 方士：方术之士。

周邦彦（宋 128）一首　题：梅。　注：调名原作丑奴儿。

肌肤绰约真仙子，①来伴冰霜△洗尽铅黄△素面初无一点妆△

寻花不用持银烛，暗里闻香△零落池塘△分付余妍与寿阳△②

注：① 绰约：柔美貌。② 寿阳：寿阳宫主，刘宋武帝之女。人日（正月初七）卧檐下，梅花落于额上，成梅妆。

方千里（宋 133）一首　题：梅，和周邦彦。

凌波台畔花如剪，几点吴霜△烟淡云黄△东阁何人见晚妆△

江南春尽书千里，谁寄清香△别墅横塘△鼓角声中又夕阳△

李纲（宋 202）一首　题：木樨。①

幽芳不为春光发，直待秋风△直待秋风△香比余花分外浓△

步摇金翠人如玉，②吹动珑璁△吹动珑璁△恰是瑶台月下逢△③

注：① 木樨：桂花别名。② 步摇：头饰名，行时颤摇。③ 瑶台：西王母居处。

吕本中（宋 205）一首

乱红夭绿风吹尽，小市疏楼△细雨轻鸥△总向离人恨里收△

年年春好年年病，妾自西游△水自东流△不似残花一样愁△

李清照（女）（宋 207）一首　题：夏意。　注：调名原作丑奴儿。

晚来一阵风兼雨，洗尽炎光△理罢笙簧△却对菱花淡淡妆△①

绛绡缕薄冰肌莹，雪腻酥香△笑语檀郎△②今夜纱橱枕簟凉△③

注：① 菱花：即镜。② 檀郎：对恋人之昵称。③ 纱橱：纱帐，即蚊帐。

向子諲（宋 218）一首

人如濯濯春杨柳，彻骨风流△①脱体温柔△牵系多情尽未休△

最怜恰恰新眠起，云雨初收△斜倚琼楼△叶叶眉心一样愁△

注：① 彻骨：透入骨中也，喻深。

何楠（宋 223）一首

烟笼淡月寒宵永，①悄悄帘栊△②微度香风△几点梅开小院中△

拥衾欲枕难成寐，萧寺初钟△③雁响遥空△家在青山千万重△

注：① 寒宵永：寒夜长。② 帘栊：有帘之窗。③ 萧寺：泛称寺。语出梁武帝萧衍建寺。

康与之（宋281）二首　题：第一首，咏雪。

第二首，自岭表（即岭南）还。①

（1）冯夷剪破澄溪练，①飞下同云△②着地无痕△柳絮梅花处处春△

山阴此夜明如昼，③月满前村△莫掩溪门△恐有扁舟乘兴人△

注：① 冯夷：天神也；澄：水静而清；练：形容水清无杂色，如白绢。② 同云：雪云，《诗·小雅·信南山》："上天同云，两雪雰雰。"③ 山阴：今浙江绍兴。后段四句，指王子猷乘舟雪夜访戴逵故事。

（2）红楼紫陌青春路，②柳色皇州△③月淡烟柔△袅袅亭亭不自由△④

旧时扶上雕鞍处，此地重游△总是新愁△柳自轻盈水自流△

注：① 岭表：即岭南，今广东。② 紫陌：京都郊野。紫，紫禁城。③ 皇州：即京都。④ 此句指柳。

曾觌（宋296）一首　题：清明临安作。①

清明池馆晴还雨，②绿涨溶溶△花里游蜂△宿粉栖香锦绣中△

玉箫声断人何处，依旧春风△万点愁红△乱逐烟波总向东△

注：① 临安：今浙江杭州，南宋京都。② 池馆：花园也。

赵君举（宋307）一首

春蚕昨夜眠方起，①闲了罗机△②共采柔枝△桑柘阴阴三月时△

背人佯笑移金钏，③惆怅花期△故故留迟△独自归来雨满衣△

注：① 眠：蚕有三眠，眠时不吃不动。② 罗机：织绸机。③ 金钏：金镯。

陆游（宋330）一首

宝钗楼上梳妆晚，懒上秋千△闲拨沉烟△①金缕衣宽睡髻偏△

鳞鸿不寄辽东信，②又是经年△弹泪花前△愁入春风十四弦△

注：① 沉烟：即沉香。② 鳞鸿：指鲤鱼和雁；辽东：今东北，喻路远。

朱藻（宋350）一首

障泥油壁人归后，①满院花阴△楼影沉沉△中有伤春一片心△

闲穿绿树寻梅子，斜日笼明△团扇风轻△一径杨花不避人△

注：① 障泥：车旁挡泥之具。

辛弃疾（宋370）一首　题：书博山道中壁。　注：调名原作丑奴儿。

少年不识愁滋味，爱上层楼△爱上层楼△为赋新词强说愁△

而今识尽愁滋味，欲说还休△欲说还休△却道天凉好个秋△

注：① 博山：山东县名。

赵长卿（宋389）一首　题：春残。　注：调名原作丑奴儿。

牡丹已过荼蘼谢，飞尽繁花△浓翠号鸦△[1]绿水桥边卖酒家△

年时携手寻春去，[2]满引流霞△[3]往事堪嗟△犹喜潘郎鬓未华△[4]

注：① 号：此处平声。② 年时：当年。③ 流霞：仙酒名。④ 潘郎：泛指美男；鬓未华：发未花白。

陈亮（宋393）一首　题：咏梅。

黄昏山驿消魂处，[1]枝亚疏篱△[2]枝亚疏篱△酝藉香风蜜打围△[3]

隔篱鸡犬谁家舍，门掩斜晖△门掩斜晖△花落花开总不知。

注：① 驿：接待过路官员之所。② 亚：压也。③ 酝藉：即酝酿。

韩淲（宋423）一首

华灯自是年年好，[1]月淡烟空△依旧东风△箫鼓吹香醉脸融△

谢他诗侣还相觅，雨迹云踪△不分情浓△柳浅梅深鬓影松△

注：① 华灯：指元宵放灯。

黄机（宋449）一首

绿阴窗儿明如雪，粉黛初匀△无限芳心△翻动牙签却殢人△[1]

多娇爱学秋来曲，微颤珠唇△别后销魂△字底依稀记指痕△

注：① 牙签：指书写曲调的象牙板片；殢人：留恋人。

无名氏（宋614）一首

年年才到花时候，风雨成旬△[1]不肯开晴△误却寻花陌上人△[2]

今日报道天晴也，花也成尘△[3]寄语花神△何似当初莫做春△

注：① 成旬：即十天。② 陌上：田间道路。③ 尘：泥也。

吴元可（元46）一首

江南二月春深浅，芳草青时△燕子来迟△剪剪轻寒不满衣△[1]

清宵欲寐还无寐，顾影颦眉△[2]整带心思△[3]一样东风两样吹△

注：① 剪剪：风寒貌。② 颦眉：皱眉。③ 整带：拈弄裙带。

梁寅（明4）一首　题：孟夏。[1]

舍南舍北多桃李，子满青枝△曲径冥迷△[2]新竹增高旧竹低△

扫苔坐石何妨久，行步常迟△伫立多时△[3]云起东风日坠西△

注：① 孟夏：即初夏。② 冥迷：幽迷。③ 伫立：久立。

吴宽(明 78)一首

纤云卷尽天如水，①芦荻风残△松竹霜寒△更看前溪月满山△

画船红映金尊酒，②子夜歌阑△③缓吹轻弹△得意人生且寻欢△

注：① 纤云：细薄云。② 金尊：酒杯之美称。③ 子夜：夜半子时。

顾璘(明 129)一首　题：甲戌(1514 年)正月十三日夜风雨作。

春城箫鼓无端闹，说近元宵△华灯高烧△偏对良辰更寂寥△

斜风细雨敲窗户，又送萧条△愁病无聊△何日行歌白下桥△①

注：① 白下桥：在南京城南。

王世贞(明 207)一首　题：春情。　注：调名原作丑奴儿令。

落英堆砌无人管，①几点蔫红△②偷入帘栊△要与多情诉晚风△

鸳鸯被冷惊春睡，羞把菱铜△③蹙损眉峰△不为风狂也似侬△④

注：① 落英：落花。② 蔫；萎缩；红：指花。③ 把菱铜：持铜镜。④ 侬：我也。

吴敏道(明 219)一首　注：调名原作丑奴儿令。

山人只在山中住，①又近东湖△又近西湖△湖上风来暑也无△

盆池满贮湖中水，半种茨菇△半种芙蕖△②池上风生浪也无△

注：① 山人：隐士也。② 芙蕖：荷花。

吴山(明 361)一首　题：夏夜湖中咏荷。注：调名原作罗敷令。

湖莲十里清人魄，香汎衣罗△①棹破烟波△碧汉迢迢淡玉河△

清凉人在双峰底，翠景婆娑△风月如何△夜色平分月较多△

注：① 汎：与“泛”通，浮也。

杨士聪(明 379)一首　注：调名原作丑奴儿令。

花飞絮舞春归去，绿叶交森△①日日浓阴△万里江天水气侵△

廉纤晓夕无休歇，②山暝云沉△③滴碎愁心△户掩香苔一径深△

注：① 交森：树叶茂盛貌。② 廉纤：微雨貌；晓夕：朝暮。③ 山暝：山昏暝。

单恂(明 395)一首

画帘微雨春风暮，最苦今番△罗袖痕斑△留待归时逐点看△

桃花门巷无人到，蹙损蛾弯△①手约云鬟△②斜倚残红第几栏△

注：① 蛾弯：喻眉。② 约：约束。

朱一是(明 454)一首　题：迎春。　注：调名原作丑奴儿令。

湘帘风暖柔吹面，人喜逢春△又怕逢春△午枕沉沉暗损神△

倦针抛去休添线，小坐庭中△小立庭中△墙角梅花一瓣红△

余怀（明 520）一首　题：新燕。

百花深处呢喃语，紫燕双双△似醉如狂△爱尔低飞近绿窗△

春游不觉归来晚，又扑秋江△庭院微凉△也学衔泥入画梁△

陆嘉淑（明 574）一首

年光冉冉如何挽，[1]燕语莺啼△草长花飞△着意欢娱莫负伊△[2]

封侯只是寻常事，[3]那抵春闺△镇日追随△[4]玉镜台前笑画眉△[5]

注：① 冉冉：行貌。② 伊：它也。③ 封侯：喻做官。④ 镇日：整天。⑤ 画眉：指替妻画眉。

李元鼎（清 5）一首　题：和雨后听琴。　注：调名原作丑奴儿令。

稀疏红翠檐前滴，叶上珠圆△墙外声喧△爱听新凉起乱蝉△

逃名疑在青山麓，[1]消受凉天△一曲游仙△拨碎西风指上弦△

注：① 逃名：喻隐士。

王庭（清 21）一首　题：秋怀。　注：调名原作罗敷令。

悲秋每怕秋来早，昨日西风△一叶飘桐△倏忽流光似梦中△

行吟自到穷途返，[1]乱草丛丛△处处鸣蛩△[2]烟暝前溪又暮钟△[3]

注：① 行吟：边行边吟诗。② 蛩：蟋蟀也。③ 暝：昏也。

吴伟业（清 30）一首　题：村居。　注：调名原作丑奴儿令。

溪桥雨过看新涨，高柳鸣蝉△荷叶田田△指点儿童放鸭船△

前村浊酒沽来醉，今夜凉天△明月初圆△一枕西窗自在眠△

汪价（清 30）一首　题：咏秋千。　注：调名原作丑奴儿令。

海棠飞落沉沉院，画架高悬△翠络斜穿△[1]欲把佳人送上天△

遗钿坠粉娇无力，[2]喘定风前△笑倒花边△浑似蟾宫谪下仙△

注：① 翠络：绿丝索也。② 钿：头饰。

曹溶（清 48）一首　题：姑苏顾氏席上小鬟。[1]

踏歌未晓歌中意，[2]荳蔻初含△荳蔻初含△[3]飞到杨花便不堪△

罗巾欲乞题红句，眉语相探△眉语相探△懊恼檀郎梦已酣△

注：① 姑苏：即今苏州。② 踏歌：歌舞。③ 荳蔻：花紧含未大开，喻处女也。

龚鼎孳（清 55）二首　题：第一首，五月十四偕顾媚月夜游西湖。[1]

第二首，戏和友人，席上有赠。

（1）一湖风飏当楼月，凉满人间△我与青山△冷澹相看不等闲△[②]

藕花社榜疏狂约，[③]绿酒朱颜△放进婵娟△[④]今夜纱窗可忍关△[⑤]

注：① 顾媚（1619—1664），作者继妻，封一品夫人。② 澹：恬静；等闲：一般。③ 藕花社：诗社名。④ 婵娟：喻月。⑤ 忍：怎忍。

（2）镜台谁写西湖影，淡抹浓妆△步屧生香△[①]秋水亭亭玉一行△[②]

青溪烟雨青山画，金粉鸳鸯△醉是何乡△花月须排一万场△

注：① 屧：鞋也。② 亭亭：挺立貌；玉：指玉人，即美人。

黄永（清59）一首　题：溪边小阁听雨。　注：调名原作丑奴儿令。

溪边三尺翻盆雨，阁下滩声△阁上风声△那管愁人彻夜听△

想来溪水添多少，昨阻舟行△今送人行△安稳西翁挂绿罾△[①]

注：① 罾：可扳渔网。

曹尔堪（清69）二首　题：第一首，晓妆。

第二首，闺思。

（1）晓风吹破流苏暖，[①]花满香奁△[②]蝶满湘帘△[③]拾起残红玉笋尖△[④]

未梳蝉鬓如云压，膏沐微沾△[⑤]宫粉轻拈△十样新眉懒去添△

注：① 流苏：帐幕上所缀下垂之丝缕。② 奁：镜匣。③ 湘帘：竹帘。④ 玉笋：喻女子手指。⑤ 膏沐：妇人泽发者；泽，光润之意。

（2）远山凝黛帘初卷，新月微笼△[①]薄雾轻笼△只许巫山入梦中△[②]

晓妆惆怅无人见，杏样衫红△茜样鞋红△半臂殷勤护守宫△[③]

注：① 笼：笼罩。② 巫山：楚襄王与神女梦会于巫山故事。③ 守宫：壁虎也，伴朱砂捣烂涂于女子手臂，呈赤色者为处女。

陆求可（清70）一首　题：夜景。　注：调名原作丑奴儿令。

丝丝水树南村外，[①]望眼迷离△[②]新月来时△画得仙娥半额眉△[③]

蹁跹红袖香风细，[④]笑语声低△纨扇初持△教卷珠帘放燕儿△

注：① 水树：水杉树。② 迷离：模糊。③ 仙娥：喻女子。④ 蹁跹：旋行貌；红袖：指妇女。

吴秉仁（清83）一首　题：忆别。

扁舟风送芙蓉老，雁唤平沙△雪认梅花△道是元宵准到家△

而今寒食清明也，蝶阵蜂衙△雨打窗纱△立尽雕栏月影斜△

吴规臣（女）（清97）一首

昨宵星月今宵雨，首似春蓬△心似秋虫△毕竟情怀那样同△

小楼深闺愁无那，才听疏钟△又听征鸿△莫道吴侬不懊侬△

贺裳（清98）一首　题：夜景。

朱扉轻启人初静，花雾笼墙△月影横窗△忍笑含羞过画堂△

朦胧惊起天将曙，离恨彷徨△归思匆忙△忘却金钗坠枕傍△

孙枝蔚（清103）一首　题：题焦山僧房。①

老僧头白焦山顶，不管兴亡△安稳禅床△卧对江南古战场△②

客来坐久浑无语，③饭熟茶香△归路茫茫△水打空船月照廊△

注：① 焦山：古时在江苏镇江长江中。② 古战场：如南宋名将韩世忠、梁红玉夫妇大破金兵于焦山一带。③ 浑：完全。

杜濬（清143）二首　题：西湖。①寄子昭二兄，并写归怀之意，用欧阳文忠公韵。②

（1）常思郭外西村好，沙径逶迤△松罩长堤△弟舞兄歌步步随△

青鞋趁日沙头晒，坐席频移△绿藻清漪△隔岸桃花片片飞△

注：① 西湖：指安徽颍州（今阜阳）西湖。② 欧阳文忠：即欧阳修。

（2）春游共道南村好，杏子青时△佳客相追△绿野为裀倒酒卮△①

花边跃马过阡陌，②楼外斜晖△芳草微微△欲趁冥鸿作队飞△③

注：① 裀：音因，即今之毯子；酒卮：酒杯。② 阡陌：田间小路，南北曰阡，东西曰陌。③ 冥鸿：高飞远行之鸿雁。

陈沅（女）（清158）一首　题：梅落。　注：调名原作丑奴儿令。

满溪绿涨春将去，马踏星沙△①雨打梨花△又有香风透碧纱△

声声羌笛吹杨柳，②月映官衙△懒赋梅花△帘里人儿学唤茶△

注：① 星沙：星光下沙路。② 羌笛：乐器名，出于羌族；杨柳：杨柳枝，曲名。

徐淑秀（女）（清167）一首　题：有怀。　注：调名原作丑奴儿令。

自从别后长相忆，慵整新妆△瘦却春裳△怕见庭前芍药芳△

停针不语愁无限，蜂闹纱窗△燕语雕梁△独倚栏杆欲断肠△

江尚质（清183）一首　题序：乙丑（1685年）春暮，曹秋岳夫子，①沈偶僧等同游纪胜堂赏牡丹，②分赋。　注：调名原作罗敷媚。

幄笼长日轻云护，③春最繁华△人最清华△邀倖吟成傍绛纱△④

只余蜂蝶乜斜性，黄间棠花△紫间藤花△共闹姚黄魏紫家△⑤

注：① 曹秋岳：即曹溶，见《词人小传》。② 沈偶僧：即沈雄，见《词人小

传》。③ 幄：帐幕也。④ 邀倖：即侥幸。⑤ 姚黄魏紫：牡丹名。

吴碧(女)(清230)一首

晓来惟有相思恨，独步中庭△漫整罗裙△①袅袅腰肢欲断魂△②

落红满地疑铺绣，③愤着人人△④恨着人人△说道春归又不真△

注：① 漫：随意之意。② 袅袅：风动貌。③ 落红：落花。④ 人人：指他。

陆堃(清244)一首　注：调名原作丑奴儿令。

东风几阵纱窗透，吹送春光△莺语如簧△恼乱深闺促晓妆△

晴烟漠漠笼堤树，到处飞香△低语留郎△只恐罗衣薄暮凉△

何采(清251)一首　题：题画。

东风吹遍青无数，花意嫣然△①松意翛然△②衬出朝烟与暮烟△

人家住在幽篁里，③山到窗前△水到门前△不是樊川即辋川△④

注：① 嫣然：巧笑貌。② 翛然：飞疾貌。《文研斋笔记》载：吴循吾，歙县人，晚年落拓寄居武林吴山，松关竹屋，翛然如在尘外。③ 篁：即竹。④ 樊川：在陕西西安南，唐诗人杜牧家乡；辋川：在陕西蓝田县，唐诗人王维别墅。

魏允札(清287)一首　题：咏燕。　注：调名原作丑奴儿。

才过社日双双至，①筑垒檐牙△飏入窗纱△软语参差不甚哗△②

晓风吹出红楼去，穿尽溪花△小立晴沙△拖剪归来带晚霞△③

注：① 社日：指春社日，在立春后第五个戊日。② 参差：不齐貌。③ 剪：燕之双尾如剪刀。

朱彝尊(清288)一首　题：梧宫咏古。①

何年越客千丝网，②网住西施△③看杀吴儿△④贮馆娃宫得几时△⑤

离筵白纻歌才罢，⑥抛了西施△远去黄池△⑦冷笑夫差真个痴△

注：① 梧宫：在山东临淄县西北。传西施被勾践妻沉江死，一说越灭吴后随范蠡去山东。② 越客：指范蠡。③ 西施：越国美人。④ 吴儿：指吴王夫差。⑤ 馆娃宫：吴王夫差得西施后在灵岩山筑馆娃宫以贮之。⑥ 白纻：曲名。⑦ 黄池：在今河南封丘西南，夫差为争霸会诸侯于此。

宋大麓(清295)一首　题：幽情。　注：调名原作丑奴儿令。

纱橱如雾人如雪，①初解罗衣△乍掩金扉△②今夜灯前细看伊△

月华已到深深处，莫说相思△零乱胭脂△应被窗前夜合知△③

注：① 纱橱：床帐也。② 金扉：华丽门户。③ 夜合：花名。

万树（清 316）一首　题：午梦。

午眠忽到溪山路，绿柳藏鸦△青草鸣蛙△个是村南处士家△[1]

桥边故友欢相遇，便煮新茶△更摘枇杷△共看邻园芍药花△

注：① 处士：不做官的读书人。

沈榛（女）（清 353）一首　题：春情。　注：调名原作丑奴儿。

芳菲落尽春将暮，[1]片片飞红△[2]穿逗帘栊△[3]几度莺声向晓风△

雕栏徙倚情无极，[4]睡醒朦胧△暗锁眉峰△撩乱情丝拂槛慵△

注：① 芳菲：指花草。② 飞红：飞花。③ 穿逗：穿过或逗留。④ 徙倚：低徊。

陈维岳（清 429）一首

他乡此日惊人日，[1]客鬓飞蓬△[2]簪燕钗虫△[3]辜负年光丽景中△

故园兄弟飘零甚，回首东风△小阁笺红△春草题诗忆昔同△

注：① 人日：农历正月初七。② 飞蓬：形容发散乱。③ 簪燕钗虫：指妇女首饰。

曹亮武（清 463）一首　题：闺词。

梨花落处逢寒食，[1]细雨如愁△轻冷如秋△香袅金猊一缕柔△[2]

踏青辜负邻家约，谁劝梳头△不印莲钩△[3]锁住闲情十二楼△

注：① 寒食：古节日，清明前二日。② 袅：缭绕貌；金猊：铜狮形香炉。猊，狻猊，即狮子。③ 莲钩：喻小足。此句说不去踏青。

顾衡（清 464）一首　题：泖上村居。[1]

沿堤蟹舍临长泖，万顷烟波△[2]几个渔鬟△鸭咀船轻似掷梭△

青螺九点浮岚小，[3]云影模糊△树影扶疏△[4]一幅荆关得意图△[5]

注：① 泖：水名，在江苏松江，源出太湖，流入吴淞江。② 万顷：形容广阔。③ 此句说：水中有九处小岛。④ 扶疏：繁茂也。⑤ 荆关：后梁时两大画家。河南荆浩与其徒长安关仝，皆善画山水。世称荆关。

李天馥（清 466）一首　题：雨霁。　注：调名原作丑奴儿。

彤云收拾斜阳去，几点峰青△数曲池澄△新助骄蛙一部声△

松风庭院凉如洗，远寺钟轻△隔户砧清△坐久东楼月自生△

江闿（清 497）一首　题：咏半面美人。　注：调名原作罗敷媚。

春光故故撩人意，欲露仙姿△又匿仙姿△应是含羞未定时△

最怜浅笑匀红晕，对一边儿△背一边儿△留与相逢去后思△

沈岸登（清 509）一首

桃花马首桃花放，小雨初收△草绿山邮△①春色年年独自愁△

东风一带河桥柳，柳外朱楼△不上帘钩△定有愁人楼上头△

注：① 山邮：山村邮亭，传递书信，招待过路官员之所。

西周生（清 525）一首　题意：《醒世姻缘传》吴推官嘲薛素姐没鼻少眼。

注：调名原作丑奴儿令。

喜杀俺东邻娇艳，淡抹浓妆△丰韵悠扬△远远飘来粉泽香△

刚好墙头来往看，不耐端详△空有红颜△面部中间止鼻梁△

毛媞（女）（清 544）一首　题：春闺。　注：调名原作丑奴儿令。

不知春色今几许，乱杀啼莺△酥雨浓晴△芳草茸茸隔夜生△①

锁窗深处无人见，②别是幽情△此际心情△翻怪桃片照眼明△

注：① 茸茸：草发生貌。② 锁窗：即琐窗，镂有花纹之窗。

王辂（清 561）一首　题：艳雪轩作。

春光欲别园林去，落尽残红△①烟柳濛濛△小鸟梳翎细雨中△②

芸窗静寂摊书好，③一盏茶浓△潇洒谁同△暗递清琴隔院风△

注：① 残红：指落花。② 梳翎：梳理羽毛。③ 芸窗：书斋也。

查士英（女）（清 583）一首　题：夏日山庄。　注：调名原作丑奴儿。

浓阴一带真潇洒，青满苔墙△树密山庄△无限幽清到竹房△

微吟且起闲抛卷，缓步长廊△渐觉生凉△冉冉风过茉莉香△

陈枋（清 714）一首　题：即事。

江南三月春如醉，蝶舞蜂狂△樱笋时光△陌上声声唱采桑△

吴蚕似我眠还起，眠也凄凉△起也彷徨△吐尽柔丝合断肠△

徐旭旦（清 753）一首　题：瞥见。　注：调名原作罗敷媚。

赤栏杆外芙蓉里，立个人人△立个人人△窄窄红鞋浅浅裙△

不情不绪难为伴，欲笑还颦△欲笑还颦△略见娇羞认不真△

邵锡荣（清 788）一首　题：秋千。　注：调名原作丑奴儿令。

红红白白深深院，彩索初悬△裙衩新穿△摆蹴莲钩直上天△①

身轻泼掠随风去，②燕后莺前△墙内楼边△蓦地云中一个仙△

注：① 莲钩：形容小足。② 掠：斜飞貌。

许田（清 807）一首

缕金绣带同心结，系在罗裙△稳称腰身△蓦过花阴不动尘△①

来禽枝上鹂黄语，②听得销魂△又近斜曛△燕子归时早闭门△

注：① 蓦：突然。② 来禽：果树名；黧黄：指黄莺，色黧黑而黄。

冯体婧（女）（清 834）一首　题：本意。

乡村四月柴门闭，桑树鸣鸠△玉笋枝头△月下提筐采不休△

乌云懒整金钗坠，①陌上含羞△②莲步轻兜△③天气温和绿正稠△

注：① 乌云：喻黑发。② 陌上：田间道路。③ 莲：金莲，喻小足。

王时翔（清 859）二首　题：第一首，九日行。①

（1）凉波倒浸层楼影，疏林寒塘△帘里重阳△一朵秋花点鬓黄△

无端惹起离人恨，②不住回肠△约略新妆△③曾把茱萸酒数行△④

注：① 九日：九月九日，重阳节也。② 无端：无故；惹：招引。③ 约略：大概。④ 茱萸：古人在重阳节饮茱萸酒或插茱萸。

（2）梨花小院东风谢，无主残春△燕子寻人△巷口斜阳记不真△

个侬背面罗窗下，①粉泪偷匀△立到黄昏△淡月微风上绣裙△

注：① 个侬：吴语，那个人也。

张彦瑗（女）（清 896）一首　题：新燕。

一双乳燕新成羽，初试乌衣△便解依依△①日傍雕梁学母飞△

他时刀剪裁帘影，②掠尽晴晖△衔尽芳菲△③秋社辞人春社归△④

注：① 依依：依恋不舍。② 刀剪：喻尾似剪。③ 芳菲：指花草。④ 秋社：立秋后五个戊日；春社：立春后五个戊日。

陈荣杰（清 897）一首　题：春日。　注：调名原作罗敷媚。

琐窗窗外辛夷下，①记得罗襟△带绾同心△②低躲花枝罥凤簪△③

如今花发春风冷，庭院深深△莲漏沉沉△④明月无端照玉琴△

注：① 琐窗：镂花纹之窗；辛夷：树名，花可入药。② 绾：钩系也。③ 罥：挂也；凤簪：凤头簪。④ 莲漏：莲花形铜漏（计时器）。

陶元藻（清 961）一首　题：桐庐舟中。①

浮家不畏风兼浪，才罢炊烟△又袅茶烟△②闲对沙鸥枕手眠△

晚来人静禽鱼聚，月上江边△缆系滩边△山影松声关一船△

注：① 桐庐：浙江县名。② 袅：缭绕貌。

徐映玉（女）（清 999）一首　题：题画。

仙山楼阁空中住，不坐云车△便上灵槎△①又跨青鸾弄彩霞△②

苍苔白石岩扉静，烟水生涯△③风月年华△爱伴双成扫落花△④

注：① 槎：竹木编成之舟，俗称竹排或木排。② 青鸾：仙鸟也。③ 生涯：

生活。④ 双成：指董双成，西王母侍女。

杨逢春(清1043)一首　题：秋闺。

秋草夜色凉如许，[①]灯火星星△萤火星星△明月窥人到画屏△

梧桐叶已喧金井，[②]砧又声声△[③]蛩又声声△孤枕凄凉梦不成△

注：① 如许：如此。② 金井：喻雕刻的井栏。③ 砧：捣衣石。

潘奕隽(清1065)一首　题：题冒巢民姬人董小宛墨菊。[①]　注：调名原作罗敷媚。

染香小阁秋光里，帘卷波纹△貌取烟痕△人影如花瘦几分△

西风画卷余香在，雅淡轻匀△仿佛丰神△合配眉楼九畹春△[②]

注：① 冒巢民：即如皋冒襄(1611—1693)。② 眉楼：指顾媚，见《词人小传》；九畹：喻兰花，顾媚有《兰册》。

吴翌凤(清1071)一首　题：武昌城东看桃花。[①]

小桃开遍城东路，红满墙头△坊陌通幽△[②]宝马当当去未休△[③]

禁烟过了寒初敛，[④]吹面风柔△卷上帘钩△一簇朝霞拥画楼△

注：① 武昌：今武汉市。② 坊陌：街坊里巷。③ 当当：马铃声。④ 禁烟：寒食节禁烟。

吴锡祺(清1088)一首　题：马兰头。[①]

江南草长莺飞熟，荠换花残△芹杂泥衔△野绿肥挑雨一篮△[②]

田家滋味朝炊早，略糁吴盐△[③]也趁时鲜△持赛花猪分外甜△[④]

注：① 马兰头：江南野菜，春季丛生于屋角、田头，味美。② 挑：采摘马兰头曰"挑"，挑选之意。③ 糁：搀和。④ 此句说：比猪肉还可口。

赵怀玉(清1097)一首　题：本意。

塘湾桥畔停舟晚，日落金乌△[①]水浴春凫△[②]陌上桑阴入画图△

携筐谁把柔枝采，云作衣裾△[③]玉是肌肤△可惜罗敷已有夫△[④]

注：① 金乌：日。② 凫：水鸟，野鸭。③ 裾：衣襟。④ 罗敷：战国时邯郸女子，采桑陌上，赵王见而悦之，欲夺焉，罗敷弹筝作《陌上桑》，以自明有夫，赵王乃止。见《古今注》。

郭麐(清1208)一首　注：调名原作丑奴儿令。

五三六点微微雨，开了梨花△谢了梅花△才拓濛濛一面纱△[①]

玉阶独立思闲事，[②]花在邻家△吹落侬家△[③]今日东风较大些△

注：① 拓：手推物也。② 玉阶：白石台阶。③ 侬：吴语，我也。

王倩(女)(清1235)一首

妆成池馆薰香坐，[1]何处飞花△吹落窗纱△不信春归燕子家△

猛然记起宵来事，为惜韶华△[2]梦到天涯△听遍村村唱采茶△

注：① 池馆：指花园。② 韶华：喻春景。

杨芸（女）（清 1294）二首　题：四时词。

（1）银塘一带盈盈水，浅映红霞△柳影风斜△鸂鶒飞烟落藕花△[1]

帘影小坐回团扇，翠剪双钗△凉晕单纱△晓试新妆玉辟邪△[2]

注：① 鸂鶒：水鸟名，即紫鸳鸯。② 玉辟邪：玉雕饰品。辟邪，兽名。

（2）瑶阶露湿香兰瘦，今夜新凉△闲凭回廊△数尽秋更细细长△[1]

竹梢晓挂西南月，疏影扑窗△烟澹潇湘△[2]小梦随风度画廊△

注：① 秋更：秋天更鼓。② 澹：恬静也。

许庭珠（女）（清 1324）一首　注：《小檀栾室汇刻闺秀词》作李佩金著。

红樱斗帐愁难寝，[1]明日花朝△[2]准备无聊△春过江南第几桥△

碧天如水横珠斗，[3]荳蔻香烧△韵字纱挑△月写花枝上绮寮△[4]

注：① 斗帐：圆顶帐或形容小帐。② 花朝：农历二月十二日，百花生日，称花朝。③ 珠斗：即星斗。④ 绮寮：绣窗。

张维屏（清 1327）一首　题：题画。　注：调名原作丑奴儿令。

疏林昨夜新霜透，天正寥寥△[1]风又刁刁△[2]只有丹枫醉未消△

一条拄杖如人瘦，两鬓萧萧△[3]两袖飘飘△又被青山引过桥△

注：① 寥寥：寂寞也。② 刁刁：动摇貌。③ 萧萧：萧条也。

王淑（女）（清 1337）一首　题：春闺。

流莺唤起纱窗梦，暖日晴融△花气迷濛△粉蝶寻香罥落红△[1]

诉愁燕子梁间语，寂寂帘栊△[2]澹月烟笼△[3]瘦尽梨花昨夜风△

注：① 罥：挂也。② 帘栊：挂有窗帘之窗。③ 澹月：恬静月光。

王岳莲（女）（清 1344）一首

一犁雨足清溪涨，几处蛙声△几树蝉声△菡萏风吹暑气消△[1]

石床卧觉松涛静，懒谱棋经△[2]试补茶经△月影今宵分外明△

注：① 菡萏：荷花别名。② 谱：谱写。

李贻德（清 1367）一首　题：春寒。　注：调名原作丑奴儿令。

今年二月轻寒峭，[1]才放梅花△便忆桃花△人面依稀是那家△[2]

深沉殿宇轻如水，裁就轻纱△补好窗纱△刺骨春风略住些△

注：① 峭：微寒貌。② 人面：指少女面。唐崔护诗："人面桃花相映红。"

吴兰修(清 1374)一首　注：调名原作罗敷媚。

轻阴著意催寒食，风也纤纤△雨也纤纤△半臂吴绵昨夜添△[①]

海棠过了梨花病，春也厌厌△人也厌厌△不耐伤心怕卷帘△

注：① 半臂吴绵：指丝棉背心。

管贻葄(清 1405)二首　题：拟五代冯正中(冯延巳)作。　注：调名原作罗敷艳歌。

(1) 宿妆懒试金鸂鶒，[①]春恨绵绵△春色芊芊△[②]燕子分飞掠翠烟△

红心绿遍原头草，[③]残月帘前△斜日桥边△画出伤离望远天△

注：① 金鸂鶒：首饰。② 芊芊：草盛貌。③ 红心：草名；原头：原野。

(2) 金明池上三更雨，[①]红绽林梢△绿满芳郊△催长晴江万里潮△

画眉窗下娇无语，[②]已过花朝△好趁春宵△梦到杨州廿四桥△

注：① 金明池：在河南开封。② 画眉：描眉。

赵起(清 1421)一首　题：庚戌(1850 年)初冬，拟赴朐阳，在黄河西坝小住。

薄寒天气江南好，[①]紫蟹初肥△[②]载酒东篱△[③]小集樗蒱带月归△[④]

年来裙屐都星散，[⑤]剩几相知△形影相随△我又东风逐燕飞△[⑥]

注：① 薄寒：轻寒。② 紫蟹：即河蟹。③ 东篱：引用陶潜隐居故事。④ 小集：小集镇；樗蒱：赌博也。⑤ 裙屐：指少年。北朝邢峦曰："萧深藻是裙屐少年。"⑥ 此句说作者将赴朐阳。

袁绶(女)(清 1457)一首　题：闰中秋即事。[①]

百年难得中秋闰，月又团圞△人又团圞△一碧长空转玉盘△

重阳二八婵娟面，[②]倦倚雕栏△醉倚雕栏△金粟香中笑语欢△[③]

注：① 即事：就眼前景物而言也。② 二八婵娟：十六岁少女，喻月亮。③ 金粟：桂花别名。

陈珍瑶(女)(清 1454)一首　题：夜坐偶成。

香温茶热清宵静，试理琴囊△又点书囊△小院无人怯嫩凉△

裁将半幅泥金纸，[①]写了云章△[②]印了琼章△[③]拟贴风轩与月廊△

注：① 泥金纸：洒屑金之纸。② 云章：君主御笔手迹。③ 琼章：美玉印章。

唐埙(清 1497)一首

东边日出西边雨，道是黄梅△[①]不是黄梅△预报秋来溽暑摧△[②]

卷帘贪趁金天爽，[③]款步阶苔△[④]漫步阶苔△花外晴轰一道雷△

注：① 黄梅：指黄梅天，忽晴忽雨。② 溽暑：湿暑；摧：摧折。③ 金天：秋天。④ 款步：缓步。

沈善宝（女）（清 1498）一首　题：秋夜不寐。

桑花香静宵初永，露冷无声△月澹无声△月露无声伴有声△
声声只向疏窗度，四壁虫声△万树秋声△来助楼头夜读声△

庄缙度（清 1503）一首　题：题绂庭（潘曾绶）画册。

惜春无计留春住，衣冷香篝△①花扑帘钩△万种新红裹乱愁△
漂零不信随流水，飞上钗头△点入茶瓯△②梦里斜阳隔画楼△

注：① 篝：笼也。② 点：使茶叶浮起曰点茶。

陆麟书（清 1545）一首

水晶帘卷棠梨院，①曲折房栊△②浅淡芳丛△过雨桃花满地红△
宿酲未醒春情倦，③昨夜晨钟△飘冷东风△梦到银墙第几重△④

注：① 棠梨：俗称野梨。② 房栊：房窗。③ 宿酲：夜酒。④ 银墙：白墙。

赵我佩（女）（清 1557）二首

（1）桃笙八尺清如水，①寒到衾边△意软鬟偏△一样釭花瘦可怜△②
近来侬也销魂惯，长夜如年△只是无眠△心似香烧欲化烟△

注：① 桃笙：即凉席。② 釭花：灯花。

（2）绿苔深院帘垂地，风落榆钱△①戏罢秋千△花径人来拾翠钿△②
锦屏绣谱闲抛却，长日如年△断续炉烟△学写黄庭又几篇△③

注：① 榆钱：指榆荚。② 钿：嵌金或蚌壳之头饰。③ 黄庭：经名。

徐灏（清 1580）一首　注：调名原作罗敷艳。

十年一梦繁华地，衰草粘堤△老柳成围△酒肆歌楼剩钓矶△①
扁舟夜棹知何处，②山影高低△月色依稀△一点渔灯远岸微△

注：① 酒肆：酒店。② 扁舟：轻小之舟；夜棹：夜航。棹，船桨也。

顾文彬（清 1595）一首　题：采莲曲。

采莲人隔荷花语，水底斜阳△倒影新妆△两袂风飘夹岸香△①
谁家游冶郎三五，②乌帽丝缰△掩映垂杨△花落人归空断肠△

注：① 两袂：两袖。② 游冶郎：好声色娱乐之男子。

周翼杶（女）（清 1636）一首　题：初夏。

阑珊花事春初去，①雨过园林△翠竹阴森△尚有轻寒透薄襟△
绿窗日永人声静，②曲罢瑶琴△宝鸭香沉△③小立阶前谩短吟△④

注：① 阑珊：衰残。② 永：长也。③ 宝鸭：鸭形香炉。④ 谩：通“漫”，不切实，散漫。

潘钟瑞（清 1692）一首　注：调名原作罗敷媚。

红楼三面依稀见，一面疏窗△一面雕墙△一面回栏故故长△

栏前花压楼阴遍，花外垂阳△花里斜阳△人在花边语亦香△

陈嘉（女）（清 1697）一首　题：丁巳（1857年）寒食。

饧箫声里逢寒食，[1]花映重帘△柳插高檐△芳草萋萋绿似烟△

踏青怕上西湖路，莺语堤边△鹃泣山前△麦饭家家扫墓田△[2]

注：① 饧箫：吹箫卖麦芽糖（饴糖）。② 麦饭：麦皮粗粝的饭。

潘介繁（清 1721）一首　注：调名原作丑奴儿。

人生不合江南住，[1]才听莺啼△又见花飞△小院东风尽日吹△

旧家燕子谁相识，梦也迷离△信也依稀△闷过轻阴上巳时△[2]

注：① 不合：不该。② 上巳：农历三月初三日。

王闿运（清 1760）一首　注：调名原作丑奴儿。

西湖千古多情地，画舫红灯△宝钿香尘△流水年年照丽人△

休提倚翠偎红事，细数青春△瘦尽吟身△三十看花是老人△

赵庆澜（清 1772）一首

垂阳不放秋千影，飞絮回塘△落日斜廊△何处箫声送隔墙△

笑桃门巷重来换，[1]老了秋娘△瘦了冬郎△[2]如梦春阴又海棠△

注：① 笑桃：唐崔护诗：“桃花依旧笑春风”。② 冬郎：唐代诗人韩偓的小名。

竹秋氏（清 1805）二首　题：第一首，祝登云咏广陵。

第二首，江汉槎贺王兰纳姬。　注：二首均见《红闺春梦》。

（1）珠帘十里春如海，人艳花娇△声啭莺娇△一曲当筵谱六么△[1]

阿侬家住荷香里，[2]水绕红桥△[3]路隔蓝桥△[4]不许东风背地瞧△

注：① 六么：曲名。② 阿侬：女子自称，即我。③ 红桥：即虹桥，扬州名胜。④ 蓝桥：在陕西蓝田，裴航遇仙处。

（2）三生石上姻缘结，天也安排△人也安排△好事今宵顿永谐△

海棠沉醉风前懒，郎亦多才△女亦多才△漫教花阴晓漏催△

王鹏运（清 1819）一首

栏杆曲曲闲凝伫，[1]日影东廊△月影西廊△一霎寒温值底忙△[2]
小园贮得春多少，花要生香△叶要生香△那禁东风柳絮狂△
注：① 凝伫：久立也。② 底：何事也。

曾懿（女）（清1833）六首　序：甲辰（1904年）秋七月邀旭初二哥，静宜二嫂游秦淮，[1]并饯振华女侄沪滨游学。

（1）追凉避暑秦淮好，柳拂纤枝△水皱风漪△[2]一阵新凉透玉肌△
双双画桨任游移，藕雪冰丝△酒泛琼卮△四面有花醉不知△
注：① 秦淮：秦淮河，南京名胜。② 漪：水波如锦纹也。

（2）湖上罨画秦淮好，[1]王谢台前△[2]双燕呢喃△[3]芳草斜阳水拍天△
六朝金粉销魂地，桃叶溪边△[4]抚景流连△亚字栏杆丁字帘△[5]
注：① 罨画：彩色画。② 王谢：东晋王、谢两贵族住秦淮河畔乌衣巷。③ 双燕：唐刘禹锡《乌衣巷》诗有"旧时王谢堂前燕"句。④ 桃叶溪：指桃叶渡，在秦淮河南门段。⑤ 丁字帘：巷名，在秦淮河畔，多妓院。

（3）青溪雨霁秦淮好，云散天空△晚照铺红△[1]聒耳笙歌映水中△[2]
凉波漾绿侵衣润，燕榭莺栊△恍似珠宫△罗幕沉沉花气浓△
注：① 这句说晚上店铺灯火通红。② 聒：音杂声嚣也。

（4）轻阴漠漠秦淮好，掩映垂杨△烟水微茫△断续蝉声噪夕阳△
柔情十里春波处，倩影红妆△腻水流香△三两婵娟笑倚窗△

（5）流觞曲水秦淮好，[1]妙舞清歌△酒醉颜酡△[2]翠妬红娇画舫多△
烟沙篆袅风儿细，人隐帘波△扇掩秦娥△[3]茉莉香浓吹过河△
注：① 流觞曲水：酒杯浮在曲折水中，顺流而下，停杯处，旁坐者须吟诗或罚酒。② 颜酡：面红。③ 秦娥：指秦淮女子。

（6）秋宵朗彻秦淮好，曲罢峰青△绿酒频倾△水阁迤逦初上灯△[1]
穿花小艇如梭急，锦瑟泠泠△[2]燕语莺嗔△闲杀天街月一轮△
注：① 迤逦：连延、陆续之意。② 锦瑟：乐器名。

张謇（清1837）一首　题：菊会。　注：调名原作罗敷媚。

秋花艳向秋风冷，羞斗春秾△爱为霜容△根性天生众不同△
同时都道芙蓉好，脂粉嫌浓△罗绮嫌重△[1]相称瑶台月下逢△[2]
注：① 重：轻重之意。② 瑶台：仙境，西王母居处。

劳纺（女）（清1883）一首　题：初夏。

清和已过端阳近，①草色青青△绿树阴成△初听流莺第一声△

半庭澹日笼花影，②梅雨新晴△枕簟凉生△如扇薰风拂袂轻△③

注：① 清和：农历四月称清和月。② 澹：恬静。③ 薰风：南风。

徐珂(清 1892)一首

黄昏几阵潇潇雨，历乱风铃△①料峭寒更△付与春窗各自听△

红鹃啼瘦清明节，絮落还萦△枝嫩才青△一样东风两样声△

注：① 风铃：挂在檐角之铃。

梁启超(清 1893)一首

沉沉一枝扶头睡，①直到黄昏△犹掩重门△门外梨花有湿痕△

薰篝萧瑟炉烟少，②不道衣单△却道春寒△丝雨濛濛独倚栏△

注：① 扶头：指扶头酒，一种易醉之酒。② 薰篝：薰笼。

冯江(清 1970)一首　题：赠内。①

兰闺日暮花丛里，种罢兰芽△闲斗新茶△赢得檀郎玉画叉△②

晚来薄醉娇无力，掩却窗纱△剔了灯花△学得宫词字半斜△

注：① 内：指妻子。② 檀郎：对夫之爱称；玉画叉：白玉叉。《图画见闻录》张文懿画叉以白玉为之。

罗振常(清 1912)二首

(1) 晴鞭影共游丝袅，①逐队春骢△②一路香风△十里桃花断续红△

夕阳渐促笙歌散，归去匆匆△野色朦胧△不管游人兴未终△

注：① 鞭：指马鞭。② 骢：青白色马。

(2) 晴江四面山如画，空外笙箫△水面兰桡△①一曲云璈酒意消△②

采莲未识谁家女，眉黛烟描△翠盖风摇△③人映荷花分外娇△

注：① 兰桡：船桨美称。② 云璈：又名云锣，乐器名。③ 翠盖：指荷叶。

马汝邺(清 1926)二首　题：第一首，夏。

第二首，冬。

(1) 愁红惨绿春事了，十里荷香△十里荷香△携手池傍纳晚凉△

浮瓜沉李心偏冷，炎暑都忘△炎暑都忘△隔墙风送笛声长△

(2) 檐溜凝冰霜积瓦，彻骨奇寒△①彻骨奇寒△重裘犹觉客衣单△②

顷刻装成银世界，悄倚栏杆△悄倚栏杆△梅花不到几分残△

注：① 彻骨：透入骨内。② 重裘：厚皮衣。

毛泽东（现当22）一首　题：重阳。　注：1929年10月作。

人生易老天难老，岁岁重阳△今又重阳△战地黄花分外香△

一年一度秋风劲，不似春光△胜似春光△寥廓江天万里霜△

罗庄（女）（现当25）二首　题：第一首，已末（1919年）中秋。

第二首，戊辰（1928年）春暮，侍两大人赴杭作湖上游。

（1）西风有意迎佳节，特地新凉△净扫秋光△不放姮娥倩影藏△[①]

繁弦急管谁家院，催动黄昏△高阁人忙△齐卷珠帘送夕阳△

注：①姮娥：即嫦娥；倩影：丽影。

（2）春深雨过西湖好，可惜来迟△绿暗红稀△粉蝶黄蜂亦懒飞△

孤山梅子青如豆，[①]剩有蔷薇△密刺攒篱△[②]风劲浓香尚袭衣△

注：①孤山：在杭州西湖白堤边。②攒篱：聚成篱笆。

唐圭璋（现当37）一首　题：远游。

飙轮日夜飞千驿，[①]人在天涯△轻负韶华△杨柳青青梦到家△

暮春三月犹萧索，无鸟无花△满目风沙△衰草连天夕阳斜△

注：①飙轮：御风之轮，喻火车。

罗长铭（现当47）一首　注：调名原作丑奴儿。

相逢挟瑟弹筝夜，泥饮炉前△[①]醉倒裙前△酒晕双红玉颜妍△

归来只有灯依旧，客舍萧然△[②]梦醒凄然△未解衣裳枕手眠△

注：①泥饮：极意招饮。②萧然：萧条。

谭任杰（现当64）一首　题：广州烈士陵园迎春花会。[①]

陵园春满招游侣，轻踏香尘△照眼花芬△人赏花来花恋人△

轻舟泛向湖心好，几阵波纹△随合随分△柳媚风轻鸟语频△

注：①广州烈士陵园：即黄花岗七二烈士陵园。

车乘轨（现当88）三首　题：第一首，话词婆。　注：1998年7月18日作。绍兴古曲艺，名话词，演唱者皆盲女，人称话词婆。

第二首，阴沟盖屡遭窃。　注：2003年5月21日作，调名原作丑奴儿。

第三首，日寇暴行录——张四官事件。　注：张四官事件：1937年11月，日寇陷嘉兴，东栅街精神病患者张四官，疯癫至日军驻地，胡说东栅有中国兵，日军即前往搜捕，杀死平民三人，烧毁民房一间，并扬言要火焚全镇。2003年6月4日作，调名原作丑奴儿。

（1）艳妆墨镜盲伶女，一杖攀牵△搭背扶肩△①丽质珠喉伴管弦△

话词源久音腔美，古越流传△②经历千年△忍教销声化作烟△③

注：① 此二句说，演出时前面一杂工以一杖引路，后面诸盲女搭扶鱼贯而行。② 古越：指绍兴。③ 忍：怎忍。

（2）沥青马路阴沟盖，嵌配舒齐△人走车弛△坚固安全本不危△

为因铁质风波起，窃贼营私△不翼而飞△补了重偷叹法治△

（3）无端日寇施凶暴，东栅遭殃△百姓身亡△火毁民房吓一场△

重提往事多凄惨，牢记胸腔△不可遗忘△警惕东条余孽狂△①

注：① 东条：即东条英机，日寇侵华元凶，甲级战犯，虽已伏法，但其灵位一直被供奉在东京靖国神社，受余孽参拜祭吊。

李栋材（现当96）一首　题：钟山春色。①

晴烘雨洗风吹暖，芳草芊绵△碧叶骈阗△②莽莽钟山锁绿烟△

清明过后风光好，蝶舞花间△燕语檐边△春意盎然万物妍△

注：① 钟山：山名，在南京。② 骈阗：聚会连属之意。骈，音便。

项亚平（现当132）二首　题：与友话童年。

（1）当年北港鱼肥跃，下水中央△屁股光光△惊喊皮肤挂蚂蟥△

那时西垅青青草，放得牛羊△伙伴牛郎△倒骑横吹下夕阳△

（2）三三两两山冈上，爬树攀藤△捕蝶追莺△竹海青梅笑语频△

沿溪野菜寻常挖，细雨纷纷△斗笠遮身△人吃菜苗猪吃根△

宋耘（女）（现当138）一首　题：金婚有赠。①

当年绛帐英姿爽，不似潘郎△②信是才郎△羡煞周边窈窕娘△

韶光易逝催人老，历尽风霜△不改衷肠△一片冰心对夕阳△

注：① 金婚：结婚满六十年称金婚。② 潘郎：指潘安，美男子也。

李娥（女）（现当198）一首　题：大雨初晴。

倾盆雨后骄阳丽，景色清新△大地清新△欣喜人间去俗尘△

湖清水满鱼儿跃，田野茵茵△绿树茵茵△如画江山美羡人△

李志田（现当237）一首。

天公又展丹青卷，彩羽翔空△蝶闹千红△扑面温柔杨柳风△

村姑采叶纤纤手，挖菜顽童△牧鸭衰翁△都入盎然春意中△

时永春（现当247）一首　题：水乡即景。

芙蓉水碧蝉声噪，半夏江南△白鹭翩跹△小麦金黄红杏鲜△

斜飞细雨听蛙唱，绿树含烟△河上篷船△断续村歌云外传△

丁玉群（现当 265）一首　题：赴安阳经长垣晤友人。

驱车日夜安阳道，来也匆匆△晤也匆匆△梦里相思一笑逢△

路旁杨柳垂青眼，春意融融△心意融融△分袂犹留不了情△①

注：① 情：此字不叶韵，作宽叶。

黄小甜（女）（现当 268）一首　题：听雨。

倾盆大雨连窗下，窗外筠摇△帘内灯摇△不尽遐思锁寂寥△

倚床掩卷欣听雨，既似怒潮△又似心潮△诗又不成心又焦△

四十四字　采桑子　第二体，前段同第一体，但后段换第二种平韵。

徐茝（女）（清 1325）二首　题：春日。

（1）艳阳天气新晴后，嫩柳拖烟△①碧水湾环△隐见轻帆转远山△②

郊原处处明如昼，翠霭浮空△△晕紫酣红△△尽入诗人好句中△△

注：① 拖烟：即含烟，喻柳丝浓密如烟。② 轻帆：喻船。

（2）晴光一片春风里，才见梅花△又是桃花△开遍天涯无数花△

出门随意行将去，闲伫溪边△△小憩亭边△△细听莺声到柳边△△

四十四字　添字昭君怨

汤显祖（明 236）一首　题意：《牡丹亭》杜丽娘魂回花园。

昔日千金小姐▲①今日水流花谢▲淹淹惜惜杜陵花△太亏他△

生性独行无那▲▲此夜星前一个▲▲生生死死为情多△△奈情何△△

注：① 千金小姐：杜丽娘乃南安太守杜宝之女。

徐简（女）（清 168）一首

斗帐朝搴银蒜▲①绣幕夜燃兰焰▲②戏扪红豆唤郎猜△笑郎呆△

看遍狼朱籍粉▲▲③无奈杏残梅褪▲▲倚栏故意教鹦哥△△骂儿夫△△④

注：① 银蒜：蒜形押帘坠子。② 焰：此字不叶韵，作宽叶。③ 狼朱籍粉：即朱粉狼籍。狼籍，杂乱也。④ 夫：此字不叶韵，作宽叶。

葛筠（清 359）一首　题：春郊闲步。

此日春光明媚▲闲把平湖踏碎▲双双燕子蹴飞花△①到谁家△

水上楼台如画▲▲弱柳金丝低亚▲▲②青山点点映斜阳△△断人肠△△

注：① 蹴：足踢。② 金丝：喻柳丝；低亚：低压。

顾衡（清 464）一首

柳絮搓绵时候▲[①]满院绿苔铺绣▲秋千刚下笑兜鞋△堕金钗△

撩乱云鬟重整▲▲[②]宛转画栏斜凭▲▲[③]成团蝴蝶斗花忙△△一双双△△

注：① 搓绵时候：飘落时候。② 云鬟：喻发髻。③ 宛转：委屈随和之意。

杨大章（清1047）一首　题：夏晚遣怀。

林外斜移云脚▲云耸一峰如削▲怕因望月又思家△任云遮△

烟重小庭窗暝▲▲[①]且喜愁人无影▲▲呼童迟上读书灯△△[②]看流萤△△

注：① 暝：日落黄昏。② 童：指书童、小厮。

四十四字　减字木兰花　第一体，用平仄两韵，后段换第二种平仄韵。

张先（宋18）一首

垂螺近额▲[①]走上红裀初趁拍▲[②]只恐轻飞△[③]拟倩游丝惹住伊△

文鸳绣履▲▲去似杨花尘不起▲▲舞彻梁州△△[④]头上宫花颤未休△△

注：① 螺：螺髻。② 裀：毯子；趁拍：跟着拍子。③ 轻飞：极言其娇小。④ 梁州：舞曲名。

欧阳修（宋33）一首

楼台向晓▲淡月低云天气好▲翠幕风微△宛转梁州入破时△[①]

香生舞袂▲▲楚女腰肢天与细▲▲[②]汗粉重匀△△酒后轻寒不着人△△

注：① 宛转：委曲随和之意；梁州：舞曲名；入破：乐曲将终而合奏。② 楚女腰肢：楚王好细腰，因而楚女皆效学细腰。

王安国（宋63）一首　题：春情。

画桥流水▲雨湿落红飞不起▲月破黄昏△帘里余香马上闻△

徘徊不语▲▲今夜梦魂何处去▲▲不似垂杨△△犹解飞花入洞房△△

陈汝羲（宋69）一首　题意：《岁时广记》熙宁八年（1075）十二月立春日，杨绘（1017—1088）在翰林院，肆筵设滴酥花，陈汝羲即席赋此词。

纤纤素手▲盘里酥花新点就▲[①]对叶双心△别有东风意思深△

琼霑粉缀▲▲消得玉堂留客醉▲▲[②]试嗅清芳△△别有红萼巧袖香△△

注：① 酥花：肴点名。② 玉堂：翰林院署称玉堂。

韦骧（宋75）一首

人生可意▲只说功名贪富贵▲遇景开怀△且尽生前有限杯△

韶华几许▲▲鹍鸠声残无觅处▲▲莫自因循△△一片飞花减却春△△

苏轼（宋 80）二首　题：第一首，赠小鬟琵琶。

第二首，己卯（1099 年）儋耳春词。①

（1）琵琶绝艺▲年纪都未十一二▲拨弄幺弦△①未解将心指下传△

主人嗔小▲▲②欲向东风先醉倒▲▲已属君家△△且更从容等待他△△

注：① 幺弦：琵琶上细弦。② 嗔：怒也。

（2）春牛春仗▲无限春风来海上▲便与春工△染得桃花似肉红△

春幡春胜▲▲②一阵春风吹酒醒▲▲不似天涯△△③卷起杨花似雪花△△

注：① 儋耳：县名，今属海南岛，苏轼被贬之处。② 春幡：立春日，士大夫之家，剪彩为小旛，悬于家人头上或花枝下；春胜：剪彩为方胜，悬于发上作首饰。③ 天涯：天涯海角，喻极远之地。

魏玩（女）（宋 87）一首。

西楼明月▲掩映梨花千树雪▲①楼上人归△愁听孤城一雁飞△

玉人何处▲▲②又见江南春色暮▲▲芳信难寻△△去后桃花流水深△△

注：① 掩映：若隐若现；雪：指梨花。② 玉人：喻美人。

僧仲殊（宋 89）一首　题：钱江潮。

谁将妙笔▲写就素缣三百匹▲①天下应无△此是钱塘江上图△②

一般奇绝▲▲云淡天低秋夜月▲▲费尽丹青△△只这些儿画不成△△

注：① 素缣：白绢绸，喻潮水。② 钱塘江：在浙江杭州一带。

陈师道（宋 122）一首　题：晁无咎出小鬟佐饮。

娉娉袅袅▲①芍药枝头红样小▲舞袖低回△心到郎边客已知△

金尊玉酒▲▲劝我花前千万寿▲▲莫莫休休△△②白发簪花我自羞△△③

注：① 娉娉袅袅：轻盈柔美。② 莫莫：不要之意。③ 此句说：年老由小婢陪酒，自感羞耻。

周邦彦（宋 128）一首

风鬟雾鬓▲便觉蓬莱三岛近▲①水秀山明△缥缈仙姿画不成△②

广寒丹桂▲▲③岂是夭桃尘俗世▲▲只恐乘风△△飞上琼楼玉宇中△△④

注：① 蓬莱：传系仙人居处。② 缥缈：高远貌。③ 广寒：月宫。④ 琼楼玉宇：喻仙境。

谢逸（宋 144）一首　题：七夕。①

荷花风细▲乞巧楼中凉似水▲②天幕低垂△③新月弯弯浅晕眉△

桥横乌鹊▲▲不负年年云外约▲▲残漏疏钟△△④肠断朝霞一缕红△△

注：① 七夕：农历七月初七夜，相传是夜牛郎、织女相会于鹊桥。② 乞巧：妇女向牛郎织女乞求好运。③ 天幕：即天空。④ 漏：更漏。

李清照(女)(宋 207)一首

卖花担上▲买得一枝春欲放▲泪点轻匀△犹带彤霞晓露痕△

怕郎猜道▲▲奴面不如花面好▲▲云鬓斜簪△△徒要教郎比并看△△

申纯(宋 234)一首　题意：思王娇。

春宵陪宴▲歌罢酒阑人正倦▲①危坐中堂△②倏见仙娥出洞房△③

博山香烬▲▲④素手重添银漏永▲▲⑤织女斜河△△月白风清良夜何△△

注：① 酒阑：酒残。② 危坐：高坐。③ 仙娥：指王娇。④ 博山：香炉；烬：火余也。⑤ 永：长也。

蒋兴祖女(女)(宋 268)一首　题：题雄州驿。　注：作者父为阳武(河南原阳)县令，城破死节。女因貌美，被金兵掳往北方，路过雄州(河南雄县)题词于驿站壁上。

朝云横渡▲辘辘车声如水去▲白草黄沙△月照孤村三两家△

飞鸿过也▲▲百结愁肠无昼夜▲▲渐近燕山△△回首乡关归路难△△

马琼琼(女)(宋 288)一首　题意：因正妻妒，致词于夫朱端朝。

雪梅妒色▲①雪把梅花相抑勒▲梅性温柔△雪压梅花怎起头△

芳心欲诉▲▲全仗东君来作主▲▲传语东君△△②早与梅花作主人△△

注：① 雪：喻正妻；梅：比自己。② 东君：司春之神，此处指夫君。

石孝友(宋 299)一首　题：赠何藻。

新荷小小▲①比目鱼儿翻翠藻▲②小小新荷△点破清光景趣多△

青青半卷▲▲一寸芳心浑未展▲▲③待得圆时△△罩定鸳鸯一对儿△△

注：① 荷：喻何。② 藻：喻藻。③ 浑：完全。

洪惠英(女)(宋 325)一首　注：此词与马琼琼词基本相同，姑并录之。

梅花似雪▲刚被雪来相挫折▲雪里梅花△无限精神总属他△

梅花无语▲▲只有东风来作主▲▲传语东君△△且与梅花作主人△△

王灼(宋 353)一首

飞霞半缕▲①收尽一天风和雨▲可惜黄昏△残角疏钟要断魂△②

双鱼传信▲▲③只道横塘消息近▲▲心事悠悠△△同向东风各自愁△△

注：① 飞霞：指日光。② 角：画角，黄昏时守城兵卒吹之。

卢炳(宋460)一首

莎衫�笠▲①正是村村农务急▲绿水千畦△②惭愧秧针出得齐△③

风斜雨细▲▲麦欲黄时寒又至▲▲馌妇耕夫△△④画作今年稔岁图△△⑤

注：① 莎衫筠笠：草衫竹笠。② 畦：田五十亩为一畦。③ 惭愧：本羞惭意，此处作侥幸。④ 馌妇：农妇送饭至田头。⑤ 稔岁：丰年。

马公祖(宋479)一首　题意：作者为开封府尹时，有士偷室女，作者令士作诗，称其意，遂以该女配之，判词如下。

多情多爱▲还了平生花柳债▲①好个檀郎△②室女为妻也不妨△③

杰才高作▲▲聊赠青蚨三百索▲▲④烛影摇红△△记取媒人是马公△△

注：① 花柳债：风流债。② 檀郎：喻美男子。源出美男潘安，小字檀奴，后人遂称美男子为檀郎。③ 室女：未嫁之女。④ 青蚨：铜钱也；三百索：三百串，每串钱一千文。

高士谈(金3)一首

西湖睡起▲飞絮游丝春老矣▲涨绿涵空△十倾玻璃四面风△

平时事少▲▲天与湖山供坐啸▲▲他日西州△△①却怕羊昙感旧游△△②

注：① 西州：东晋地名，今南京市江宁。② 羊昙：东晋谢安甥，安死，行不经西州(南京)路。

冯琛(明21)一首　题意：作者与赵云琼新婚即景。

调云弄雨▲迤逦罗帏同笑语▲①春透花枝△一日偎倚十二时△

相怜相爱▲▲还了平生憔悴债▲▲鱼水欢情△△剪下青丝结誓盟△△

注：① 迤逦：曲折连绵意。

孟淑卿(女)(明96)一首

银河如昼▲料峭黄花寒欲瘦▲小立栏杆△满砌花阴怯步还△

当年刘阮▲▲①天台重访桃花乱▲▲怪道而今△△眼底眉头剩月明△△

注：① 刘阮：指刘晨与阮肇，入天台山采药遇两仙女成婚故事。明，与今字宽叶。

赵宽(明97)一首　题：姚江阻雨。①

寒风吹水▲微波皱作雨鳞起▲白雨横秋△秋色萧条动客舟△

疏钟何处▲▲知在前村黄叶树▲▲茅屋谁家△△荒径无人菊自花△△

注：① 姚江：水名，在浙江余姚。

蒋冕(明109)一首　题：寿赵希尹母。

秀溪溪上▲四面青山排画障▲高下亭台△花竹轩窗旁水开△

筠帘半卷▲▲①琥珀杯浓红不浅▲▲②词扫千篇△△歌一篇来庆一年△△

注：① 筠帘：竹帘。② 琥珀：指酒，因此酒色红如琥珀，故名琥珀酒。琥珀，矿物，产于南海及印度洋各岛。

顾璘（明129）二首　题：第一首，春昼。

第二首，春晴。

（1）绿阴庭沼▲天南二月春归早▲起觅残红△万点随风西复东△

檐牙乳雀▲▲啄破苔花新试角▲▲柳外黄鹂△△欲弄新声不住啼△△

（2）柔萱如带▲轻风粉蝶狂无奈▲院静人闲△坐数行云度远山△

惊心节序▲▲满庭忽见吹飞絮▲▲莫忆家乡△△碧水无情千里长△△

陆深（明134）一首　题：新居雨后。

疏窗小阁▲银烛摇红帘影薄▲院宇深沉△雨送新凉抵万金△

休休莫莫▲▲①一任那知身是客▲▲②茗碗炉薰△△云里更筹次第闻△△③

注：① 休休莫莫：不要、不可之意。② 一任：一次任职。③ 更筹：更鼓。

夏言（明143）一首　题：题俞生谔夫扇面画。

瑶峰如矗▲①楼观夕阳明落木▲草阁临流△占断溪水千里秋△

林回路转▲▲野客扶筇归去晚▲▲②好段风光△△画出青山绿野堂△△

注：① 瑶峰：形容山峰美如玉石。② 筇：拐杖。

陈如纶（明170）二首　题：南庄即事。

（1）春眠初起▲寻常僻性慵梳洗▲①过客敲门△留坐东窗共酒尊△

桑麻白话▲▲②那问城中柴米价▲▲隔竹鸡声△△风飏茶烟缕缕青△△

注：① 僻性：怪僻性格；慵：懒也。② 白话：吴语，谈话也。

（2）观耕初罢▲隔溪又见牛羊下▲踏过溪桥△杨柳飞花粘鬓毛△

临江问渡▲▲中流欸乃声无数▲▲①归去黄昏△△灯火人家半掩门△△

注：① 中流：河流中央；欸乃：摇橹声。

任环（明201）一首　题：道中。

孤云野水▲一声长笛芦花里▲明月江天△搔首西风懒待眠△

萍踪何处▲▲片蓬飞下沧浪去▲▲子夜吴歌△△万里征夫奈若何△△

瞿汝稷（明222）一首　题：归途对月。

碧天收雨▲一时明月佳如许▲①处处清辉△恰似山阴雪后归△②

休嫌未满▲▲冰轮未满偏堪玩▲▲③试看人间△△万物多从满处残△△

注：① 如许：如此。② 山阴雪后归：东晋王徽之(王羲之之子)，居山阴，夜雪初霁，乘月访戴逵于剡溪。③ 冰轮：喻月亮。

吴敬所(明 263)一首　题意：《刘生觅莲记》孙碧莲闺怨。

芳心荡漾▲夜来愁拥梅花帐▲风送香清△薰彻孤衾梦不成△

隔檐莺闹▲▲为人鼓出相思调▲▲①休怯轻寒△△连理羞将病眼看△△②

注：① 鼓：弹也。② 连理：两树相合，喻男女相爱也。

黄修娟(女)(明 300)一首　题：秋夜吹箫，答顾和知夫人。①

篆沉香细▲②银汉无声天如洗▲③黄菊垂头△如向离人诉别愁△

帘灯交映▲▲日上粉墙枝头影▲▲罗袖凉轻△△深院黄昏钥自扃△△④

注：① 顾和知夫人：即顾若璞，见《词人小传》。② 篆：篆烟，因烟弯曲如篆体字。③ 银汉：即银河。④ 扃：闭也。

阮大铖(明 324)一首

春光渐老▲流莺不管人烦恼▲细雨窗纱△深巷清晨卖杏花△①

眉峰似蹙▲▲画中有个人如玉▲▲小立檐前△△待燕归来始下帘△△

注：① 此两句借用陆游"小楼一夜听春雨，深巷明朝卖杏花"诗意。

顾若璞(女)(明 341)一首　题：月下闻沈媚清夫人吹箫。

雨收风细▲一片清光疑是洗▲秦女楼头△①吹出柔肠几许愁△

花枝掩映▲▲②素腕金镮频弄影▲▲香软寒轻△△寂寂帘帏夜不扃△△

注：① 秦女：秦穆公女弄玉吹箫乘鸾仙去故事。② 掩映：若隐若现。

周兰秀(女)(明 353)一首

晨妆草草▲绾髻慵梳新样巧▲卷起帘栊△远见荷开满沼红△

轻摇团扇▲▲薰风阵阵轻吹面▲▲堤柳条条△△带雨拖烟拂板桥△△

朱一是(明 454)一首　题：灵谷寺。①

声传空谷▲五里松阴风肃肃▲今日红楼△尚有山僧指旧游△

浮图宝志▲▲②名冠南朝四百寺▲▲③苇白茅黄△△三两樵夫担夕阳△△

注：① 灵谷寺：在南京中山陵旁。② 浮图：塔之别名。③ 南朝：指梁武帝萧衍时代。

许承钦(明 471)一首　题：旅行东阿。①

穿桥依磴▲贪看好山行僻径▲后骑休驱△分付黄鹂趁小车△②

旗亭遮道▲▲③压酒村姬迎客笑▲▲④多掷青钱△△莫负槐阴绿可怜△△

注：① 东阿：山东县名。② 黄鹂：即黄莺；车：音居，车马之车。③ 旗亭：

市楼也，指酒店。④ 压酒：米酒酿制将熟时，压榨取酒。

钱光绣（明 497）一首

诗魂字影▲绘出江山无数景▲夜月春花△半在孤舟半在家△

陶然醉了▲▲①梦破渔歌声渐杳▲▲何处疏钟△△又促征人趁晓风△△②

注：① 陶然：和乐貌。② 征人：远行之人。

陈大成（明 500）一首

楼前鹊喜▲为报楼中人睡起▲弱线慵拈△①半面分明映绣帘△

骄骢却过▲▲②赚得金鞭浑欲堕▲▲③万里蓬山△△④只在红墙咫尺间△△⑤

注：① 慵拈：懒拈。② 骄骢：指骏马。③ 金鞭：马鞭之美称。④ 蓬山：喻仙境。⑤ 咫尺：逼近也。

张乔（女）（明 503）一首

盈盈泪眼▲往日青楼天样远▲①秋月春花△输与寻常姐妹家△

水村山驿▲▲日暮行云无气力▲▲锦字偷裁△△②立尽西风雁不来△△

注：① 青楼：妓院，作者曾为妓女。② 锦字：织锦为回文诗，此处喻书信；裁：写作也。

叶小鸾（女）（明 514）一首　题：秋思。

暮虫凄切▲①独倚疏帘清夜月▲怅望瑶台△②不见飞琼步月来△③

秋光如练▲▲④江上芙蓉开欲遍▲▲流水残霞△△断送西风入鬓华△△⑤

注：① 暮虫：指蟋蟀。② 瑶台：西王母居处，仙境也。③ 飞琼：许飞琼，西王母侍女。④ 练：喻洁白。⑤ 鬓华：即鬓上所带之花。华，通花。

余怀（明 520）一首　题：初夏游灵岩山下俞氏庵。①

天堆浓绿▲新笋抽篁如碧玉▲②小圃人归△压架蔷薇蝶乱飞△

木鱼声缓▲▲③碎鼓零钟山色晚▲▲髻拥青莲△△梦到三更杜宇边△△④

注：① 灵岩山：在苏州西南。② 篁：竹别名。③ 木鱼：敲击器，念经佛用之。④ 杜宇：鸟名，即杜鹃。

李素（女）（明 552）一首　题：月夜。

黄昏过了▲一天月色多清皎▲倚着围屏△寂寂挑残半夜灯△①

帘钩风拍▲▲叮咛蓦地人惊吓▲▲月转西廊△△瘦影分开再不双△△

注：① 挑：古时用油灯盏，时时须剪挑灯花。

申涵光（明 555）一首　题：经别墅。

香巢燕乳▲玉树堂前相对语▲开到蔷薇△有客关情独掩扉△

石床依旧▲▲曾记童年拈草斗▲▲不觉眉攒△△①往事诗镌竹几竿△△②

注：① 眉攒：眉聚。② 镌：雕刻也。

钱珵(明586)一首　题：白云闲钓。

云溪闲钓▲一带春山如欲笑▲傍水篱门△杨柳人家燕子村△

青旆飘飏▲▲①恰有银鲦堪佐酿▲▲②醉便归休△△放桨随流月满舟△△

注：① 旆：镶杂色边如鸟尾之旗。② 银鲦：鱼名，即白鲦；佐酿：佐酒，作下酒之菜。

沈华蔓(女)(明594)一首　题：题画梅。

明窗净洁▲点染数枝花似雪▲疏影横斜△诗思孤山处士家△①

纱厨方曙▲▲②白鹤双双栖竹里▲▲一阵幽香△△六尺溪藤发墨光△△

注：① 孤山处士家：指宋人林逋，见《词人小传》。② 纱厨：即蚊帐；曙：此字与下句"里"字不叶韵，若改"启"字较妥。

江左淮庵(明646)一首　题意：《醉春风》第六四词引。

良宵清昼▲酒浅情深孤影瘦▲花绕栏杆△不醉人儿倚笑看△

我非刘阮▲▲①桃源有路曾迷乱▲▲写到惺忪△△绿发红颜半幅中△△

注：① 刘阮：东晋人刘晨、阮肇，曾入天台山采药遇二仙女成婚。

丁耀亢(清8)一首　注：词见《续金瓶梅》。

桃源惧入▲①春在落花流水处▲洞转花溪△未到春归路已迷△

乱红深浅▲▲欲听啼莺声更缓▲▲暮雨云横△△但听花间滴露声△△

注：① 入：此字与下句"处"字不叶韵，作宽叶。

王崇简(清12)一首　题：题画。

萍浮翠带▲奁镜波明鸥岸外▲欸乃声低△①几叠遥山远影迷△

峰回路转▲▲烟火霏微村巷远▲▲一抹沙尖△△鸡犬声中出酒帘△△

注：① 欸乃：摇橹声。

李渔(清31)一首　题：田家乐。

黄茅盖屋▲每到秋来增几束▲增过三年△只戴黄茅不戴天△

邻居盖瓦▲▲三岁两遭冰雹打▲▲争似侬家△△风雨酣眠夜不哗△

吴亮中(清37)一首　题：舟行。

荫溪乔木▲无限清阴涵水绿▲一树丹枫△墙角遥分落照红△

炊烟四野▲▲秋雁一行飞欲下▲▲点点霜花△夹岸芙蓉直到家△△

陈世祥(清53)一首　题：独坐。

曲栏新竹▲一碧碾成千个玉▲[①]静掩篱门△野鸟声声乱唤人△

绿阴如许▲▲小袂轻凉疑坠雨▲▲闲谱诗余△△遍向芭蕉叶上书△△

注：① 碾成：造就，产生之意；玉：指笋尖。

黄永（清 59）一首　题：生日。

当年四十▲走马长安冲雨雪▲[①]又五年来△寥落柴门酒一杯△

从今日后▲▲樵斧渔罾都制就▲▲[②]三两渔翁△△快活青山绿水中△△

注：① 长安：唐代京都，借喻清都北京。② 渔罾：渔网。

曹尔堪（清 69）一首　题：夏日杂咏。

幽兰欲吐▲移进栏杆看愈妩▲散发当风△上有千寻绿阴浓△[①]

纳凉池阁▲▲衫影波中鱼戏乐▲▲芳饵刚垂△△一尺黄鱼上钩丝△△

注：① 寻：每寻为八尺，此处形容其高。

邓汉仪（清 73）一首　题：续忆蕙轩词稿，奉赠汤夫人莱生。[①]

旧家楼阁▲流莺啼过秋千索▲好个书生△[②]绿鬟红妆惯避人△

蛮笺一束▲▲[③]写就新词浑漱玉▲▲[④]故故凭栏△△[⑤]小咏东风半面寒△△

注：① 汤夫人莱生：即女词人汤莱，《忆蕙轩词》是其词集。② 书生：喻读书人，指汤莱生。③ 蛮笺：即蜀笺。④ 漱玉：著名女词人李清照词集。⑤ 故故：屡屡。

吴秉仁（清 83）一首　题：春去。

轻寒乍暖▲挨过荼蘼春色浅▲蝶阵蜂衙△[①]又送春归到那家△

杨花千缕▲▲榆荚飘残三月雨▲▲刮尽东风△△剩却樱桃照眼红△△

注：① 蜂衙：众蜂环绕，如衙役排班参见官员。

汤莱（女）（清 92）一首　题：丙辰（1676 年）冬日，奉和孝威先生见赠。[①]

昔年闺阁▲而今半是成萧索▲陡觉愁生△小立闲阶畏语人△

囊琴未束▲▲好句忽传声戛玉▲▲[②]且向凭栏△△展读频惊风雨寒△△

注：① 孝威先生：即邓汉仪，见《词人小传》。② 戛玉：击玉声。喻其声清。

杜漪兰（女）（清 96）一首　题：咏茉莉。

花开长夏▲点点珠凝清泪夜▲玉凤团成△好待黄昏伴美人△

半姿素质▲▲无限芳心堪爱惜▲▲半吐幽香△△笑插云鬟助晚妆△△

魏际端（清 101）一首

曲房深院▲桃叶杏花低见面▲还隔帘栊△燕子飞来柳絮风△

午烟轻破▲▲绿鬟佳人春睡可▲▲鸟语花香△△日影当庭蝴蝶忙△△

梁清标（清 105）一首　题：夕阳。

风吹禾黍▲几阵潇潇山寺雨▲①秋色三分△让与渔家水竹村△

藓阶独立▲▲②万户声催双杵急▲▲③柳外寒塘△△牛背归来正夕阳△△

注：① 潇潇：雨暴疾貌。② 藓阶：生有苔藓之阶砌。③ 杵：捣衣棒。

严绳孙（清 160）一首

春融几日▲雪尽遥峰看愈碧▲细草东西△一路晴丝罥马蹄△①

青青杨柳▲▲沽酒人家犹在否▲▲②杨柳青青△△依旧长亭接短亭△△

注：① 晴丝：晴天游丝；罥：挂也。② 沽酒：卖酒。

徐孝钧（清 176）一首　题：梁湖舟中送春。

柳绵飞了▲梅子仁生鹃舌老▲①渡口人家△茜紫沿篱豌豆花△②

春归何处▲▲小桨轻帆追不住▲▲趱到家山△△③月下烧灯看药栏△△

注：① 仁：果核中实；鹃舌老：杜鹃声老。② 茜：茜草。③ 趱：走也。

仲恒（清 177）一首　题：月下。

晴空眺远▲烟树苍茫连腹断▲回首溪东△渔火参差映水红△

前村犬吠▲▲声在月光云影里▲▲人语稀微△△隔岸茅庐未掩扉△△

张芸（女）（清 188）一首

稠红嫩绿▲尽日枝头看不足▲懒倚窗纱△尽把闲愁付落霞△

乡关遥念▲▲隔断千山云万点▲▲乳燕交飞△△三径荒芜何日归△△

贺宽（清 240）一首　题：和汤莱生自寿韵。

清和令月▲①梅子黄时松子结▲为祝斯年△有酒如淮泻碧涟△②

春光恁速▲▲碧野盈盈千顷绿▲▲小院轻风△△芍药深深一捻红△△

注：① 清和：农历四月为清和月；令月：吉月。② 有酒如淮：典见《左传·昭公十二年》："晋侯以齐侯宴，中行穆子相。投壶，晋侯先，穆子曰：'有酒如淮，有肉如坻。寡君中此，为诸侯师。'中之。齐侯举矢，曰：'有酒如渑，有肉如陵。寡人中此，与君代兴。'亦中之。"

王曜升（清 255）一首　题：春风何处。

春风何处▲燕隔珠帘啼小树▲晓日侯家△①犬带金铃卧落花△

打围郊外▲▲②曲室红妆灯底待▲▲③索酒桥头△△④别馆青衣马上留△△⑤

注：① 侯家：即侯门，富贵人家。② 打围：打猎。③ 红妆：喻女子。④ 索：讨取。⑤ 青衣：指丫鬟。

赵吉士（清 279）一首　题：新乐道中。

燕南赵北▲①却指京华能几日▲②狼藉春光△③作意杨花打面狂△

野花香暖▲▲得得马蹄沙轻软▲▲④明天烟青△△白板桥边古驿亭△△⑤

注：① 燕：指北京；赵：指邯郸。② 京华：清都城北京。③ 狼藉：杂乱。④ 得得：马蹄声。⑤ 驿亭：古代传递书信，招待官员之所。

朱彝尊（清288）一首　题意：疑作者与妻妹冯寿恋爱故事。

犀梳在手▲①逋发未撩匀面后▲②眉语心知△引过闲房步步随△

颓香暖玉▲▲③牵拂腰巾带重束▲▲一段归云△△谁验蛇医臂上痕△△④

注：① 犀梳：犀牛角梳。② 逋发：发散乱未整理。③ 颓香：疑为"颊香"之误。④ 蛇医：即壁虎，又名守宫，喂以朱砂，捣烂后涂于女臂，以验贞节。

章有娴（女）（清303）一首

睡花蝴蝶▲枕上梦魂轻似叶▲几许秋声△恼乱琴心病茂陵△①

云横雾敛▲▲天外青山何处远▲▲蕉雨萧萧△△不管人愁只乱敲△△

注：① 茂陵：汉武帝陵墓。此处指司马相如以琴挑逗卓文君故事。

董以宁（清311）一首　题：春落。

柴门傍岸▲白板双桥连曲簖▲①小涨花溪△一夜东风没钓矶△②

渔童叉髻▲▲待攀细柳穿双鲤▲▲细柳条条△△拖得黄鹂拂板桥△△③

注：① 簖：植竹于水面，以拦养鱼蟹。② 没：淹没。③ 黄鹂：即黄莺。

徐长龄（清319）一首　题：戊寅（1698年）除夕。

岭南名胜▲①陟险临流探欲尽▲几拟言旋△②不道淹留又五年△

梅花香老▲▲依旧东风桃李笑▲▲畅饮屠苏△△③饮到更阑醉也无△△④

注：① 岭南：指广东。② 言旋：说归去。③ 屠苏：酒名，相传为华陀之方，元日饮之，以辟邪。④ 更阑：更残、夜尽。

钟筠（女）（清322）二首　题：第一首，春宵。

第二首，读余夫人兰馨集，偶摘佳句填词寄怀。

（1）晓莺破梦▲九十春光谁与共▲①望眼迷离△②粉蝶梨花一处飞△

东风无力▲▲小院回廊春寂寂▲▲悄傍妆台△△明镜无端引恨来△△③

注：① 九十：指春季九十天。② 迷离：模糊。③ 无端：无故。

（2）风来水面▲片片落花随涧转▲莺语垂杨△佳句题成吐异香△

曈曈旭日▲▲①惆怅春风空独立▲▲嫩绿残红△△人在芙蓉水阁中△△

注：① 曈曈：日初出状。

叶舒颖（清 377）一首　题：红桥观荷。①

荷花无数▲艇子缘溪随意住▲一带斜阳△衬出红绡向晚妆△

宜开笑口▲▲折取碧筒分劝酒▲▲②指点平山△△③若个风流载酒还△△

注：① 红桥：即虹桥，扬州名胜。② 碧筒：指莲蓬，代酒杯。③ 平山：平山堂，扬州名胜。

陈恭尹（清 344）一首　题：送钱紫华。

黄梅过了▲①满树荔枝红尚小▲何事回舟△两岸榴花客不留△

京华此去▲▲②放棹长江知不暑▲▲③相见秋风△△鸡声人迹月明中△△

注：① 黄梅：农历五月。② 京华：指北京。③ 放棹长江：舟经过长江。

杜首昌（清 360）一首　题：同蔡玑先游湖心寺。

夕阳无奈▲挂在小桥秋水外▲细数归鸦△一半留栖古佛家△①

香清钟静▲▲闲倚山门鸥鹭近▲▲②记得花开△△拄杖同君缓步来△△

注：① 佛家：指寺庙。② 山门：寺院头门。

吴兴祚（清 361）一首　题：雪夜泊虎丘。①

寒塘如带▲②渔父参差烟柳外▲③山寺钟声△唤醒骚人半世名△④

暂停游屐▲▲⑤北海尊前留一席▲▲雪压诗魂△△高卧梅花不出门△△

注：① 虎丘：苏州名胜。② 塘：指山塘，有河傍街，自虎丘至阊门，长七华里。③ 参差：不齐貌。④ 骚人：诗人。⑤ 游屐：游足。屐，鞋也。

沈友琴（女）（清 388）一首　题：风前杨柳。

池塘楼外▲漾尽眉峰多少翠▲飘泊游丝△却似章台系马时△①

凝烟凝雨▲▲留得莺声三月住▲▲唱彻阳关△△②断送离人不忍看△△

注：① 章台：指词调名《章台柳》，柳树可系马。② 唱彻：唱尽、唱透；阳关：曲名，离别送行之曲。

王素音（女）（清 404）一首

尘沙障眼▲细计来程家渐远▲野草闲花△不见当年阿母家△

诗题古驿▲▲①鸡骨柔情无笔力▲▲②锦字偷裁△△③立到黄昏雁不来△△

注：① 驿：驿亭，招待来往官员、传递书信之所。② 鸡骨：喻骨瘦。③ 锦字：原为织锦回文诗，此处为诗文之美称；裁：写作也。

魏勷（清 458）一首　题：花前。

莺啼处处▲似惜春光留欲住▲啼向花深△作伴花间醉酒人△

花飞不定▲▲几尺落红迷曲径▲▲①漫放尊空△△②一晌春光夕照中△△③

注：① 落红：落花。② 漫：助辞，不、莫之意。③ 一晌：片时之意。

姜垚（清 479）一首　题：舟回邗上，①始见桃花。

春寒江上▲留着桃花归始放▲歌吹扬州△犹带轻红上玉钩△

珠帘慵卷▲▲画阁蛾眉莺语剪▲▲②十幅归帆△△潮落湖上点点添△△

注：① 邗上：地名，即扬州。② 蛾眉：喻女子；莺语剪：莺声呖呖之意，喻语音好听。

郁承烈（清 487）一首　题：春雨。

梨花门闭▲宛宛烟丝愁挂住▲殢得春闲△独有娇红酿暮寒△

檐铃续断▲▲一夜新添南浦怨▲▲细湿流光△△偏禁杨花几处狂△△

沈岸登（清 509）一首

峰盘十八▲①翠盖阴连苔蹬滑▲②人影西东△杖底香云木末钟△③

绣幢斜矗▲▲初日高林红未足▲▲倚定层栏△△圆殿无尘佛火寒△△

注：① 峰盘：山峰盘旋。② 苔蹬：生苔石级。③ 杖底香云：云在杖底，喻其高；木末：树梢。

闵怀英（女）（清 517）一首　题：忆杭。

春寒惊梦▲被拥巫山谁与共▲①望眼迷离△粉蝶杨花一片飞△

倚栏无力▲▲深掩重门人寂寂▲▲儿女牵怀△△目断西泠雁不来△△

注：① 被拥：即拥被；巫山：楚襄王梦会神女于巫山故事。

汪懋麟（清 519）一首　题：闺情。

女儿情性▲不似杨花飞不定▲端坐窗纱△无闷无愁学绣花△

忽闻春鸟▲▲衫线金针都撇了▲▲心若游丝△△牵惹春风别院飞△△

尤珍（清 608）一首　题：晓行。

鼾眠未已▲①旅店张灯催客起▲上马匆匆△一抹关山睡梦中△②

晓风残月▲▲浓雾如烟霜似雪▲▲旭日初暾△△③村落人家尚闭门△△

注：① 鼾眠：喻熟睡。② 一抹：一带。③ 旭日：初出之日；暾：日初出。

查慎行（清 639）一首　题：卖花词。

吹花风起▲二十四番多到耳▲①紫陌红尘△②楼上新妆担上春△③

朱门谁主▲▲旧日园丁今卖汝▲▲入市人看△△西子才堪博一钱△△④

注：① 二十四番：指二十四番花信风，每番风，有一花应之。② 紫陌红尘：喻街巷。③ 担上春：花担上春花。④ 西子：喻美人；博：博取。

夏九叙（清 673）一首　题：闺晓。

巫山梦醒▲咿哑辘轳春院井▲①红透窗纱△枕畔声声唤卖花△

金猊香起▲▲②六幅湘裙慵不理▲▲③小喜催妆△△④点额檐梅学寿阳△△

注：① 辘轳：汲水之工具。② 金猊：狮形铜香炉。狻猊，即狮子。③ 湘裙：湘绣裙；慵不理：懒整理。④ 小喜：指婢女。

纳兰性德（清694）一首

相逢不语▲一朵芙蓉着秋雨▲小晕红潮△斜溜鬟心只凤翘△①

待将低唤▲▲直为凝情恐人见▲▲欲诉幽怀△△转过回廊叩玉钗△△②

注：① 只：单只也；凤翘：首饰。② 叩：敲击。

程茯娥（女）（清733）一首　题：新月。

浮云散尽▲一丝露出银塘冷▲①照上妆台△羞染春山弄玉钗△②

波光透入▲▲金仙肯受虾蟆蚀▲▲③雁影楼西△△认作弓弯不敢飞△△④

注：① 银塘：即银河。② 春山：喻女子眉。③ 虾蟆：即月亮。④ 弓弯：指弦月、弯月。

张阿钱（女）（清738）一首　题：寄姊。

离怀谁诉▲手摘莲花心自苦▲别恨还多△长日无心画翠蛾△①

绮窗自省▲▲②蝴蝶蹁跹交扑影▲▲③寄语闺妆△△不独薰风断我肠△△

注：① 翠蛾：喻女眉。② 绮窗：锦绮所蒙之窗。③ 蹁跹：飞旋。

吴启元（清746）一首　题：戏填赏鬟儿小桃。

小桃十二▲一种娇憨无比拟▲双颊如花△笑语盈盈立绛纱△①

些愁不解▲▲才学梳头妆阁外▲▲也爱裙簪△△偷对菱花画远山△△②

注：① 盈盈：女貌轻盈。② 菱花：镜也；远山：喻眉。

陈聂恒（清756）一首　题：晚眺。

城东归路▲菱港人来酤酒去▲①欸乃渔舟△②一叶芦花满地秋△③

繁华何在▲▲难问离宫烟草外▲▲④老尽垂杨△△犹有寒鸦送夕阳△△

注：① 酤酒：买酒。② 欸乃：摇橹声。③ 一叶：出自成语“一叶知秋”。④ 离宫：皇帝出巡行宫。

唐祖命（清781）一首　题：红桥即事。①

酒旗一片▲傍花村里花如练▲春路条条△十里垂杨廿四桥△

香泥满地▲▲宝马连钱阴处系▲▲②歌板游船△△风景依稀似旧年△△

注：① 红桥：即虹桥，扬州名胜。② 连钱：连钱骢，一种毛色斑驳如钱相连的良马。

孟湛(女)(清 783)一首　题：题便面兰花。[1]

深藏丛谷▲载向盆中香更馥▲别有幽清△占得花间君子名△

贞心一点▲▲袅袅亭亭尘不染▲▲静对无穷△△写入丹青分外工△△

注：① 便面：扇面。

赵式(清 789)一首　题：秋况。

青山红树▲曳杖逍遥行且住▲江上谁家△曲径芳堂菊有花△

主人难得▲▲酒美菱香真爱客▲▲扶醉归来△△犬吠柴门月满怀△△

蒋修(女)(清 801)一首

月明如昼▲屋绕梅花香暗透▲鹤啄苍苔△玉笛悠扬刮耳来△

缓歌水调▲▲[1]倚遍栏杆情悄悄▲▲别浦云深△△灯火楼台正二更△△

注：① 水调：曲名。

袁寒篁(女)(清 867)一首　序：忆自己亥至甲辰(1719—1724 年)，五六年来，播迁不一，于乙巳岁(1725 年)返故居，其间室庐荒废，花木凋零，不胜怆感哀怀。

碧梧桐树▲昔日匆匆离别去▲今日重来△事事俱非实可哀△

荒烟蔓草▲▲草更荒烟烟更草▲▲惟尔阴阴△△[1]好伴闲窗取次吟△△[2]

注：① 阴阴：指树木遮阴。② 取次：即次第。

史承谦(清 951)一首

燕台四月▲[1]处处园林花事歇▲卯酒初醒△[2]卖过樱桃听卖冰△

日迟风暖▲▲一握榴巾香汗满▲▲[3]尺素谁题△△[4]昨夜柔魂过画溪△△

注：① 燕台：黄金台，指北京。② 卯酒：即晨酒。③ 一握：一把。④ 尺素：书信。

王初桐(清 1015)一首　题：夏日村居。

豪风猛雨▲共入孤村喧竹树▲一霎晴云△隐隐残雷细似蚊△

水车斜阁▲▲柳下黄牛闲弄角▲▲月上凉天△△今夜西窗自在眠△△

高鹗(清 1068)一首　题：燕。

泥融芹软▲[1]银蒜低垂帘半卷▲[2]梨院归来△两两衔花雪满腮△[3]

玉钩款弄▲▲[4]绣枕海棠惊午梦▲▲飞上雕梁△△私语喃喃话短长△△[5]

注：① 此句指燕巢材料。② 银蒜：蒜形银帘押。③ 雪：指柳絮等白色材料。④ 款：缓也。⑤ 喃喃：燕语。

曹言纯(清 1209)一首　题：杂记读书旧踪杨庵墩。

小桃源水▲略彴横桥成野市▲①打麦千场△满地风吹饼饵香△

行窝行去▲▲②门在荷花花闹处▲▲小雨归时△△不避船头白鹭鹚△△

注：① 略彴：小木桥也。② 行窝：外地临时住所。

朱为弼(清1259)一首　题：题李增厚双香小景，①和兰雪同年韵△

亭亭湘竹▲宜伴一枝仙萼绿▲双香拈花△日暮偏禁翠袖斜△

节清香妙▲▲寒翠图中寒玉照▲▲雪月前缘△△同蒂连枝不羡仙△△

注：① 双香：园名。

杨夔生(清1308)一首　题：蓉湖泛舟。

芙蓉湖口▲①凉浅渌波蘋叶瘦▲②渚尾停桡△风飐飞花出画桥△

晚晴天气▲▲竹漏新蟾明湿翠▲▲③霞罨楼阴△△④小玉开帘按碧筝△△

注：① 芙蓉湖：在常州、无锡、江阴之间。② 凉浅：初凉。③ 新蟾：新月。④ 罨：掩覆。

叶申芗(清1326)一首

秋光冷澹▲①已过重阳花始绽▲雨后离披△②犹有霜枝护短篱△

花前对酒▲▲争道黄花人比瘦▲▲③人隔天涯△△④憔悴西风鬓影斜△△

注：① 澹：恬静。② 离披：零落分散的样子。③ 此句套用李清照《醉花阴》词句："帘卷西风，人比黄花瘦。"④ 天涯：极远之地。

孙灏元(清1348)一首　题：清明日湖上即事。

红楼小小▲日落纱窗匀面了▲催上兰舟△薄鬓春衫约共游△

落花风软▲▲花外游丝吹不转▲▲堤柳笼烟△△画出清明雨后天△△

吴兰修(清1374)一首　题：过秦淮作。①

春衫乍换▲几日渡江风力软▲眉月三分△又听箫声过白门△②

红楼十里▲▲柳絮濛濛飞不起▲▲莫问南朝△△燕子桃花旧板桥△△

注：① 秦淮：水名，在南京。② 白门：南京地名，代指南京。

程恩泽(清1383)一首　题：牵牛花。

柔蓝一架▲小摘银河秋影下▲莫是黄姑△①配得匏瓜独处无△②

金铃鼓子▲▲③唤尽芳名浑不是▲▲④输与郎夸△△世上原无织女花△△

注：① 黄姑：即牵牛。② 匏瓜：蔬菜名，即葫芦。③ 鼓子：鼓子词，杂剧说唱，如大鼓。④ 浑：完全也。

龚自珍(清1431)一首

鬻鱼桥下▲①片片桃花春已谢▲不怨桥长△行近伊家土亦香△②

茶瓯香炷▲▲多谢小鬟传好语▲▲昨夜罗帏△△银烛花明嬉子飞△△③

注：① 鲨鱼：即鲚鱼。② 伊家：她家。③ 嬉子：昆虫名，蜘蛛之类，喻喜事。

陈珍瑶（女）（清 1454）一首　题：初夏。

朦胧睡起▲绿暗红稀初夏矣▲乍换罗裳△整罢云鬟倚绣床△

雨晴深院▲▲柳外雏莺新学啭▲▲竹径风来△△吹落桐花点碧苔△△

顾蕙（女）（清 1472）一首　题：题香花馆图。

筼筜夹路▲①如向潇湘深处住▲小筑三楹△②翠绕庭前画不成△

彩毫春暖▲▲③顷刻围屏花集满▲▲茶熟重看△△窈窕灵妃秀许餐△△④

注：① 筼筜：音允当，竹之最大者。② 楹：屋柱也。此处喻三间。③ 毫：指笔。④ 灵妃：仙女也。《述异记》湘中有灵妃步。步同埠；秀许餐：秀色可餐。

唐埙（清 1497）一首　题：和周星诒司马重过山塘有感。①

垂杨柳色▲七里吹香人异昔▲②棹过渔船△③似听捞虾唱晚烟△

可中人静▲▲疑是春残花事尽▲▲塔影红尖△△④记得生公说法严△△⑤

注：① 山塘：地名，有河，有街，在苏州。② 七里：山塘全长七华里。③ 棹：指船桨。④ 塔：指虎丘塔。⑤ 生公：梁时高僧，曾讲经于山塘虎丘寺。

谈沄（清 1519）一首　题：纨扇美人。

晚风吹透▲薄薄罗衫新浴后▲扇动齐纨△①好当团圞明月看△②

池荷开了▲▲花底鸳鸯偏睡早▲▲好梦如何△△但觉今宵凉意多△△

注：① 齐纨：指纨扇，即团扇、圆扇。② 团圞：即团圆。

曹楙坚（清 1563）一首　题：闺情。

兰愁压镜▲鹊锁沉烟和瘦影▲细数花期△一剪春阴护蝶衣△

深深庭院▲▲绿绣苔铺榆荚满▲▲人正垂帘△△燕子归来绕画檐△△

徐灏（清 1580）一首　题：花幔。①

牵萝补屋▲裁剪东风花一幅▲深柳堂前△燕子归来认去年△

春阴如醉▲▲细雨惺忪花欲睡▲▲②隔断蓬山△△③只有刘郎不许看△△④

注：① 花幔：遮花之幕。② 惺忪：动摇不定貌。③ 蓬山：蓬莱山，喻仙境。言花被隔断，似隔仙凡。④ 刘郎：指刘禹锡，其有玄都看桃花之诗。

谢质卿（清 1613）一首

晴绵擘柳▲①花影扶春如殢酒▲②燕侣莺俦△③不到春深不解愁△

花醒人醉▲▲一剪斜风铃语碎▲▲④莫卷珠帘△△帘下狸奴自在眠△△⑤

注：① 晴绵：晴天柳絮。② 殢酒：困于酒。③ 俦：友也。④ 铃语：檐角铃声。⑤ 狸奴：即猫。

周翼杶(女)(清 1636)一首　题：晚望。

绣床初下▲觅句闲行来晚榭▲①玉露金风△②几树疏黄闲老红△

夕阳林际▲▲数遍归鸦还小憩▲▲拂面香来△△篱畔秋花次第开△△

注：① 榭：台上有屋者。② 玉露：露之美称，喻其如玉液；金风：秋风也。

勒方锜(清 1639)一首　题：旅怀。

清明过了▲紫艳红芳争窈窕▲①可惜东风△弄影吹香客邸中△②

月轮重满▲▲③照彻离愁春不管▲▲对月伤春△△一树桃花冷笑人△△

注：① 窈窕：妖冶貌。② 客邸：旅馆。③ 月轮：圆月。

姚辉第(清 1665)一首　题：吴江晓行。①

垂虹灯火▲②夜色冥濛迷画舸▲③廿五秋钲△④欹枕篷窗听到明△⑤

邮签漫散▲▲⑥晓梦摇摇随橹雁▲▲红叶飘萧△△水阔烟寒十四桥△△

注：① 吴江：江苏县名，今属苏州市。② 垂虹：吴江名桥。③ 画舸：精致大船。舸，大船。④ 廿五铁钲：钲，乐器名，长约廿五寸。⑤ 蓬窗：竹篷船窗。⑥ 邮签：驿馆(古邮递及招待来往官员)更筹。

阙凤楼(清 1681)一首　题：醉后踏雪夜归。

琼瑶碎踏▲①碎踏琼瑶疑是月▲细碾琼瑶△洒入东风软更骄△

春城夜悄▲▲醉笠笼头天压小▲▲②魄化冰壶△△③装入冰壶好画图△△

注：① 琼瑶：喻雪。② 醉笠：醉戴笠帽。③ 冰壶：喻心之清。

应宝时(清 1682)一首　题：初发永康口占。①

一程小雨▲穿入深林深处去▲屈曲弯环△老树根盘大道边△

青山四面▲▲遮住西湖山不见▲▲终胜他乡△△一片平沙万里黄△△

注：① 永康：浙江县名，今属金华市。

李慈铭(清 1735)四首　题：余家自乱后移居柯山，①岩壑清深，益萦寝梦，偶拈四解。②

(1) 柯山东道▲埭上人家临水好▲③曲曲朱栏△低映垂杨几转湾△

陈湾丁港▲▲小艇时时乘月上▲▲十里吹箫△△直度烟波晾网桥△△④

注：① 柯山：地名，在浙江绍兴西南。② 四解：乐曲以一章为一解。即四首词。③ 埭：土壩也，此处作村庄。④ 晾网桥：原注：晾网

桥跨鲁墟大湖，自柯山返西郊，必出此桥。

(2) 柯山南畔▲最爱绿萝行脚院▲①三面花光△一面湖光衬夕阳△

闲携茶具▲▲岩下清泉亲手注▲▲尽日莺啼△△闲覆僧窗一局棋△△

注：① 行脚院：僧人游行十方，谓之行脚。院，即其留居处。

(3) 柯山西去▲第五桥边芳草路▲山下人家△长日松风度麦花△

鸳鸯渡口▲▲十顷湖光全上柳▲▲画舫斜阳△△团扇风前一水香△△

(4) 柯山向北▲隐隐云藏岩下屋▲洞口桃红△春在溪声石影中△

绕篱调鹤▲▲月磴云亭随处乐▲▲林断桥开△△更约观鱼渡水来△△

周星诒(清 1759)一首　题：金陵乱后重过山塘感赋。

山光水色▲风景依稀浑是昔▲少了灯船△闲杀山塘七里烟△

屋荒人静▲▲歌板酒旗零落尽▲▲月黑风尖△△小队银刀结束严△△

唐韫贞(女)(清 1787)一首　题：舟中晚眺。

盈盈一水▲淡绿浓青分燕尾▲天际苍茫△不是征人不断肠△

夕阳倒影▲▲风定波平船自稳▲▲碧草苕苕△△过了长桥又短桥△△

樊增祥(清 1808)一首　题：感旧。

红蘼谢了▲锦鸩衔花啼到晓▲①窄窄莲鞠△②小影凌波故未消△③

东风瘦燕▲▲病过荷花秋未健▲▲红泪盈襜△△④不化鸳鸯化杜鹃△△

注：① 锦鸩：即杜鹃。② 莲鞠：喻女子小足靴。③ 凌波：喻美人步履轻盈。④ 襜：衣掖下，即袖。

徐寿兹(清 1831)一首　题：于役泌阳，①欲归未得，赋寄玉姬。②

花前笑语▲记得香肩同并处▲客邸春残△帘外飞鸿不忍看△

虚名负我▲▲可惜韶光愁里过▲▲独夜清吟△△料汝伤春恨更深△△

注：① 于役泌阳：任职河南泌阳知县。② 玉姬：指其妾卢玉贞。十四岁来徐家，通晓文义，多病不孕。

潘飞声(清 1856)一首　题：寇白门小传。①

情波半剪▲②柳下词笺花小扇▲明月金尊△③谁识当年寇白门△

明珠无价▲▲却笑蘼芜轻一嫁▲▲④漫诉南朝△△⑤零落秦淮旧板桥△△

注：① 寇白门：名湄，明末清初南京秦淮名妓。② 波：眼波。③ 尊：酒杯。④ 蘼芜：野草名；轻一嫁：寇白门初嫁朱国弼，再嫁某举人，不得志，复为妓。⑤ 南朝：指明末时南京。

汪律本(清 1888)一首　题：题风柳寒蝉图。

白门何有▲[1]无情遍地垂杨柳▲未到深秋△吹起西风却是愁△

树犹如此▲▲黯然一晌斜阳里▲▲[2]噤若寒蝉△△[3]也是萧疏向晚天△△

注：① 白门：南京别名，作者曾执教于南京两江师范学堂。② 一晌：片时。③ 噤若寒蝉：喻不敢开口。

蔡宝善（清 1897）一首　题：沈定九鸳社证盟图。

寻春虎阜▲[1]七里山塘花似绣▲[2]塔影如绳△[3]曾记鸿光倩证盟△[4]

卅年容易▲▲重逢金阊风景地▲▲[5]双笑含饴△△[6]看到桐外第八枝△△

注：① 虎阜：即苏州虎丘山。② 山塘：河名，旁有街，虎丘通往阊门之道，长七华里。③ 塔：指虎丘塔。④ 鸿光：指梁鸿和孟光，夫妇和美。⑤ 金阊：苏州金门、阊门一带。⑥ 含饴：年老者自求恬适。

罗庄（女）（现当 25）一首　题：甲寅（1914 年）中秋。

冰奁乍揭▲[1]玉宇尘消香雾歇▲[2]绮陌光浮△[3]争道轻车似水流△

衣香鬓影▲▲斗尽繁华浑不省▲▲[4]试望京华△△[5]冷雾无声斗柄斜△△[6]

注：① 冰奁：喻月。② 玉宇：玉帝居处，喻天空。③ 绮陌：美丽街巷。④ 浑：完全。⑤ 京华：指北京。⑥ 斗柄：北斗星。

溥濡（现当 27）一首

一溪春水▲着雨杨花飞不起▲寂寞黄昏△年年芳草忆黄昏△

碧云吹断▲▲几处朱楼莺语乱▲▲不似残秋△△衰草斜阳易惹愁△△

庄一拂（现当 57）一首　题：次宛春韵。[1]

文心秀貌▲小住花间莺畴巧▲断颊红消△犹认脸涡晕酒潮△

新词赌罢▲▲强把零脂金凤写▲▲隔一重帘△△密意沉沉款款添△△

注：① 次韵：和人诗词，依原作韵脚，次第用之。

许白凤（现当 58）三首　题：第一首，1972 年 6 月 12 日早起。

第二首，读报，简金山彭松庵。　注：1985 年作。

第三首，海宁爱墨轩诗画社创社一周年，集会嘉兴，病榻答寄。　注：1993 年作。

（1）倦伸呵欠▲入夜飞蚊侵枕簟▲[1]辟恶香烧△[2]安稳眠床又一宵△

黄昏灯畔▲▲忘却南窗关半扇▲▲满案书摊△△[3]风也寻来历乱翻△△

注：① 簟：竹席。② 辟恶：驱恶。③ 案：几桌。

（2）浦江桥畔▲小店新开鱼味馆▲撒网姑娘△洗手调羹请客尝△

何时放棹▲▲跳上岸头成一笑▲▲沽酒烹鳞△△破费君家作主人△△

（3）春来都道▲词苑艺林光景好▲笑指那边△门榜谁题爱墨轩△

一年又是▲▲日丽风和新上巳▲▲①放棹南湖△△②不用流觞酒百壶△△

注：① 上巳：古节日，在农历三月初三日。② 放棹：放船。棹，船桨。

袁慧珍（女）（现当65）一首　题：春游桃柳堤。

桃花园畔▲柳绿花红春意乱▲河水长流△涤去千丝万缕愁△

循栏稳步▲▲昔日乾隆登岸处▲▲碑竖龙亭△△洞口迎春庆日升△△

丁量（现当68）一首　题：寄怀。

当年初见▲粉黛妆成娇倩倩▲相偎心怦△腮晕殷红无限情△

轻声细语▲▲愁态醉人魂断处▲▲一代风流△△海誓山盟千载俦△△

车乘轨（现当88）一首　题：绍兴环山河新景。①　注：1999 年 9 月 3 日作。

故乡多彩▲市内青山连秀水▲越国遗宫△②重筑城墙矗卧龙△③

宝珠两岸▲▲④屋宇枕河皆古建▲▲⑤临水傍山△△社戏新台助景观△△

注：① 环山河：在绍兴卧龙山东麓。② 越国遗宫：春秋时越王勾践王宫，在卧龙山上。③ 重筑城墙：新城墙共 210 米，设城门二座。④ 宝珠：古桥名。⑤ 枕河：房屋紧傍河道，无河沿。

陆永祥（现当259）一首　序：癸巳（2013 年）十月一日，于杭州半山公园参加省之江诗社理事会。此处皋亭山即文天祥于德佑二年正月二十日出使北营，被伯颜扣留之地。并读《指南录》感赋。①

商声满目▲恍作兵声秋意肃▲苦胆谁知△单骑堂堂竟不归△

吴霜楚月▲▲要做瓦全心似铁▲▲我仰皋亭△△晓雨连山色更青△△

注：① 原注：文天祥《赴阙》诗云："苦胆为忧天""悠悠叹瓦全"。

四十四字　减字木兰花　第二体，同第一体，但后段第一二两句仍叶前段仄韵，不换韵。

苏小小（女）（南北朝4）一首　题意：作者在杭州与阮郁成婚，郁父不许，迫令郁离去，郁归去后自杀。作者不知，作词怀念。

别情离绪▲万里关山如底数▲①遣妾伤悲△未必郎家知不知△

自从君去▲数尽残冬春又暮▲音信全乖△△②等到花开不见来△△

注：① 如底数：如何数。② 乖：背也、无也。

张耒（宋 128）一首　题：题梅。

鹅黄初吐▲无数蜂儿飞不去▲别有香风△不与南枝斗浅红△

凭谁折取▲拟把玉人分付与▲碧玉搔头△△淡淡霓裳人倚楼△△

谢逸（宋 168）一首　题：赠奕妓宋瑶。

风篁度曲▲①倦倚银屏初睡足▲清簟疏帘△金鸭香消懒去添△②

纤纤露玉▲③风雹纵横飞钿局▲④频敛双蛾△△凝伫无言密意多△△

注：① 风篁：风吹篁竹。② 金鸭：鸭形铜香炉。③ 玉：指手指。④ 此句指弈棋。

向子諲（宋 218）一首　题：梅花盛开，走笔戏呈韩璜。

腊前雪里▲①几次梅梢初破蕊▲年晚江边△是处花开晚更妍△

绝知春意▲不耐愁何心与醉▲更有难忘△△宋玉墙头婉婉香△△②

注：① 腊：农历十二月称腊月。② 宋玉墙头：美男子宋玉东墙，有女窥其三年；婉婉：和顺貌。

周珊珊（女）（清 70）一首　题：和别。

梅花何意▲开落从君君曰未▲收拾韶光△消得天公几度霜△

心魂安在▲花欲诉人人似醉▲月底惺忪△△忍听明朝马上钟△△

朱中楣（女）（清 140）一首　题：次康小范夫人韵。①

杏园春暮▲艳夺朝霞沾雨露▲翠黛痕收△②笑对桃花小槛幽△

雕梁燕语▲草长蘩芜知几处▲③彤管轻描△△④和罢阳春柳絮飘△△⑤

注：① 康小范夫人：即丘瑟如。② 翠黛：指眉。③ 蘩芜：杂草丛生处。④ 彤管：赤笔管。⑤ 阳春：阳春白雪。喻康夫人原词幽雅。

丘瑟如（女）（清 231）一首　题：春游，呈李司马朱远山夫人。①

寻春迟暮▲尘软香车帷着露▲芳甸云收△②新月如钩归路幽△

侍儿私语▲尽到花源最深处▲好景难描△△万绿迷烟红雨飘△△

注：① 朱远山夫人：即朱中楣。② 芳甸：芳，长满芳草的郊野。

沈榛（女）（清 353）一首　题：杨花。

芳踪何处▲撩乱随风还怯雨▲轻拂雕鞍△回首长亭带雪看△①

飘飘难住▲落尽已知春色暮▲几度妆台△△帘卷虾须逐燕来△△②

注：① 雪：喻杨花。② 虾须：即帘。

王士祜（清 356）一首　题：留别阮亭家第。①

去年今月▲三日严寒天欲雪▲不惮冲寒△②旧约重来白板船△

今年今月▲回首西陵人又别▲无限离思△△车马风帆各自知△△

注：① 阮亭：即王士禛。② 不惮：不怕。

储福宗(清 472)一首　题：东望。

乍晴还雨▲薄暮东皋闲望处▲一抹斜阳△隔岸闻人唤插秧△

野航横渡▲青草池塘蛙几部▲黄犊拖泥△△嫩绿沾蓑水一犁△△

吴贯勉(清 758)一首　题：过水晶庵瞰甓湖。①

面河对岸▲舟渡茅庵堤一半▲古佛云堂△细柳荒蒲作道场△②

风柔浪软▲个个渔舠归唱晚▲③贱卖鱼虾△△饱看湖光浴绮霞△△

注：① 甓湖：即甓社湖，在江苏高邮县西北，与高邮湖相连。② 道场：诵经礼拜之处。③ 舠：音刀，小船也。

李调元(清 1026)一首　题：为含笑娘作。

聚来浓雨▲满地芳菲谁作主▲①托与东风△莫遣杨花入绮笼△②

蝶残风去▲毕竟春光留不住▲卷尽余花△△梁燕喃喃也咒他△△

注：① 芳菲：香美花草，喻众妓。② 杨花：喻含笑娘；绮笼：锦绣笼子，喻金屋藏娇。

丰子恺(现当 31)一首

他乡作客▲每到春来愁如织▲怕上层楼△柳暗花明处处愁△

伤心春色▲独自垂帘长寂寂▲多事黄莺△△百啭高枝梦不成△△

许白凤(现当 58)一首　题：小弟邀集去戴家浜欢度国庆，作酒边词。　注：1972 年作。

弟兄姊妹▲渐老离怀都体会▲假日安排△团聚青溪大姊家△

水乡便菜▲不用呼儿街市买▲小桨随波△△一网鲜鱼十尾多△△

四十四字　减字木兰花　第三体，同第一体，但后段第三四句仍叶前段平韵，不换韵。

钟筠(女)(清 322)一首　题：夜景。

碧天飞镜▲①乍掩乍明浑不定▲忽堕窗前△花影参差满画帘△

兽炉香袅▲▲薄雾轻云风缭绕▲▲玉漏声残△疏雨萧萧送晓寒△

注：① 飞镜：喻月。

杨守知(清 840)一首　题：题壁，和越溪女子宛云。

素芳谁识▲不似渡头根与叶▲①飘泊偏怜△飞了杨花又一年△

听残夜雨▲▲十斛离愁方寸贮▲▲②只隔花关△一片痴云万叠山△

注：① 根与叶：指桃叶、桃根，两人均为东晋王献之妾，曾送行于南京秦淮河桃叶渡口。② 斛：五斗为一斛，喻其多也；方寸：即心。

罗庄（女）（现当25）二首

（1）蓬壶小住▲[①]不觉春回寒渐去▲冰雪消残△水面风吹细细澜△
晴光送暖▲▲一片平芜生意满▲▲睡醒青山△又理晨妆染绿鬟△
注：① 蓬壶：蓬莱海中有三山，其一名蓬壶。

（2）舍南舍北▲夜雨新添无限绿▲春色周遮△[①]不放浓阴空一些△
小楼独上▲▲试向晴空明处望▲▲烂漫天涯△野杏山桃乱着花△
注：① 周遮：周密遮盖。

许白凤（现当58）一首　题：乳舟招游图泽村。[①]

镰刀飞割▲忙过江南秋九月▲喜庆丰穰△[②]社鼓声中米酒香△[③]
水乡信美▲▲紫蟹登舟邀共醉▲▲料得篱旁△菊芋花开朵朵黄△[④]
注：① 乳舟：人名。② 丰穰：禾稻丰收。③ 社鼓：古代村庄有春秋两社日，鼓吹筵宴。④ 菊芋：原注：俗名洋芋。

四十四字　减字木兰花　第四体，同第一体，但后段均叶前段，不换韵。

康与之（宋281）一首　题：春。

杨花飘尽▲云压绿阴风乍定▲帘幕闲垂△弄语千般燕子飞△
小楼深静▲睡起残妆犹未整▲梦不成归△泪滴斑斑金缕衣△[①]
注：① 金缕衣：金线织成之衣，喻其华贵。

仲恒（清177）一首　题：和友人青字韵。

桐阴初直▲针线慵拈花底立▲[①]戏打流莺△梅子斜抛触小棂△[②]
薰风藉藉▲[③]脸晕红潮情脉脉▲笑指中庭△垂柳如何眼底青△
注：① 慵拈：懒拿。② 棂：窗格也。③ 薰风：即南风；藉藉：杂乱而众多。

罗庄（女）（现当25）一首

小痕绿涨▲二月江南花正放▲刻翠裁红△费尽东皇点缀功△[①]
枝头叶上▲几日轻阴加酝酿▲不卷帘栊△[②]人在香城锦国中△
注：① 东皇：司春之神。② 帘栊：窗帘。

四十四字　菩萨蛮（又名重叠金、子夜歌、花间意）　第一体。

温庭筠（唐34）二首

（1）小山重叠金明灭▲[①]鬓云欲度香腮雪▲懒起画蛾眉△弄妆梳洗迟△

照光前后镜▲▲②花面交相映▲▲新贴绣罗襦△△③双双金鹧鸪△△

注：① 小山：喻发髻高耸；金明灭：髻上首饰金光闪闪，忽明忽灭。② 前后镜：用前后两面镜梳妆。③ 罗襦：罗短衫。

（2）南国满地堆轻絮▲愁闻一霎清明雨▲雨后却斜阳△杏花零落香△

无言匀睡脸▲▲①枕上屏山掩▲▲②时节欲黄昏△△无聊独倚门△△

注：① 匀：整容。② 屏山：屏风折曲如山。

李晔（唐 39）二首

（1）登楼遥望秦宫殿▲茫茫只见双飞燕▲渭水一条流△千山与万丘△

远烟笼碧树▲▲陌上行人去▲▲安得有英雄△△迎归大内中△△

（2）飘摇且在三峰下▲秋风往往堪沾洒▲肠断忆仙宫△朦胧烟雾中△

思梦时时睡▲▲不语常如醉▲▲早晚是归期△△穹苍知不知△△

无名氏（唐 45）二首

（1）清明节近千山绿▲轻盈士女腰如束▲①九陌正花旁△②少年骑马郎△

罗衫香袖薄▲▲佯醉抛鞭落▲▲何用更回头△△漫添春夜愁△△

注：① 腰如束：喻腰细。② 九陌：皇都街道。

（2）清明时节樱桃熟▲卷帘嫩笋初成竹▲小玉莫添香△①正嫌红日长△

四肢无气力▲▲鹊语虚消息▲▲②愁对牡丹花△△不曾君在家△△

注：① 小玉：指婢女。② 此句说：喜鹊报喜音，不足信。

韦庄（五代十国 1）二首

（1）红楼别夜堪惆怅▲①香灯半掩流苏帐▲②残月出门时△美人和泪辞△

琵琶金翠羽▲▲③弦上黄莺语▲▲④劝我早回家△△绿窗人似花△△

注：① 别夜：分别之夜。② 流苏帐：垂穗之帐。③ 金翠羽：琵琶上饰物。④ 此句说：弦声如同莺语。

（2）人人尽说江南好▲①游人只合江南老▲②春水碧于天△画船听雨眠△

炉边人似月▲▲皓腕凝双雪▲▲③未老莫还乡△△还乡须断肠△△

注：① 江南：长江以南苏、浙地区。② 只合：只应。③ 双雪：左右两手腕洁白如雪。

牛峤（五代十国 3）一首

玉钗风动春幡急▲①交枝红杏笼烟泣▲楼上望卿卿△②寒窗新雨晴△

薰笼蒙翠被▲▲③绣帐鸳鸯睡▲▲何处有相知△△羡他初画眉△△④

注：① 春幡：剪彩为幡，悬于头上或树枝上，即春胜。② 卿卿：对异性之昵

称。③ 薰笼：烘衣之具。④ 画眉：替妇人画眉。

李珣（五代十国 5）一首

回塘风起波纹细▲刺桐花里门斜闭▲残日照平芜△双双飞鹧鸪△

征帆何处客▲▲相见还相隔▲▲不语欲魂销△△望中烟水遥△△

魏承班（五代十国 6）一首

罗裾薄薄秋波染▲①眉间画得山两点▲②相见绮筵时△③深情暗共知△

翠翘云鬓动▲▲④敛态弹金凤▲▲⑤宴罢入兰房△△邀人解珮珰△△⑥

注：① 裾：衣前襟，即大襟。② 山：指眉峰。③ 绮筵：华贵筵席。④ 翠翘：即钗。⑤ 金凤：琵琶头上饰物。⑥ 珮珰：饰物。珰，耳珠。

欧阳炯（五代十国 11）一首

红炉暖阁佳人睡▲隔帘飞雪添寒气▲小院奏笙歌△香风簇绮罗△①

酒倾金盏满▲▲兰烛重开宴▲▲②公子醉如泥△△天街闻马嘶△△③

注：① 绮罗：喻女子。② 兰烛：香烛。③ 天街：皇城中街市。

尹鹗（五代十国 18）一首

陇云暗合秋天白▲俯窗独坐窥烟陌▲楼际角重吹△黄昏方醉归△

荒唐谁共语▲▲明日还应去▲▲上马出门时△△金鞭莫与伊△△

林楚翘（五代十国 20）一首

画堂春昼垂珠箔▲卧来揉惹金钗落▲簟滑枕头移△鬓蝉狂欲飞△

笑拖娇眼慢▲▲罗袖笼花面▲▲重道好郎君△△人前莫恼人△△

毛熙震（五代十国 23）一首

绣帘高轴临塘看▲①雨翻荷芰真珠散▲②残暑晚初凉△轻风渡水香△

无聊悲往事▲▲怎那牵情思▲▲光景暗相催△△等闲秋又来△△③

注：① 轴：帘轴。② 荷芰：指荷叶；真珠：雨滴如珠。③ 等闲：不留意也。

孙光宪（五代十国 24）二首

（1）花冠频鼓墙头翼▲①东方淡白连窗色▲门外早莺声△背楼残月明△②

薄寒笼醉态▲▲依旧铅华在▲▲③握手送人归△△半途金缕衣△△

注：① 花冠：指雄鸡。② 背楼：北楼。③ 铅华：铅粉，喻打粉。

（2）木棉花映丛祠小▲①越禽声里春光晓▲②铜鼓与蛮歌△③南人祈赛多△④

客帆风正急▲▲茜袖偎樯立▲▲⑤极浦几回头△△烟波无限愁△△

注：① 丛祠：荒祠。② 越：指百越，即闽粤之地。③ 蛮歌：指南方少数民族之歌。④ 祈赛：祈神赛会。⑤ 茜袖：即红袖，指女子；偎

樯：即依樯。樯，船帆柱也，即桅竿。

冯延巳（五代十国26）一首

欹鬟堕髻摇双桨▲采莲晚出清江上▲顾影约流萍△楚歌娇未成△

相逢颦翠黛▲▲笑把珠珰解▲▲家住柳阴中△△画楼东复东△△

李煜（五代十国34）二首　题意：作者与其妻妹（小周后）偷情故事。

（1）蓬莱院闭天台女▲[1]画堂昼寝无人语▲抛枕翠云光△[2]绣衣闻异香△

潜来珠锁动▲▲[3]惊觉银屏梦▲▲脸慢笑盈盈△△相看无限情△△

注：① 蓬莱：喻仙境；天台女：喻仙女，指妻妹。② 翠云：喻发。③ 珠锁：饰物。

（2）花明月暗飞轻雾▲今朝好向郎边去▲刬袜步香阶△[1]手提金缕鞋△[2]

画堂南畔见▲▲一晌偎人颤▲▲[3]奴为出来难△△[4]教君恣意怜△△

注：① 刬袜：光着袜子不穿鞋。② 金缕鞋：绣嵌金线之鞋。③ 一晌：片时；偎：依傍。④ 奴：古代女子自称。

耿玉真（女）（五代十国35）一首　故事：卢绛病将死，夜梦白衣女子歌下词劝酒，说："妾耿玉京也……"。

玉京人去秋萧索▲[1]画檐鹊起梧桐落▲欹枕悄无言△月和清梦圆△

背灯惟暗泣▲▲何处砧声急▲▲[2]眉黛远山攒△△[3]芭蕉生暮寒△△

注：① 玉京：指皇都。② 砧：捣衣石。③ 远山：喻眉峰；攒：聚也。

张先（宋18）二首

（1）忆郎还上层楼曲▲楼前芳草年年绿▲绿似去时袍△回头风袖飘△

郎袍应已旧▲▲颜色未长久▲▲惜恐镜中春△△不如花草新△△

（2）牡丹含露真珠颗▲美人折向帘前过▲[1]含笑问檀郎△[2]花强妾貌强△

檀郎故相恼▲▲刚道花枝好▲▲花若胜如奴△△花还解语无△△

注：① 折：转也。② 檀郎：对恋人昵称。美男子潘安，小字檀奴，故称。

谢绛（宋24）一首

娟娟侵发妆痕浅▲[1]双眸相媚弯如剪▲一瞬百般宜△无端笑与啼△[2]

酒阑思翠被▲▲[3]特故瞢腾地▲▲[4]生怕促归轮△△微波先注人△△

注：① 娟娟：美好貌。② 无端：无故。③ 阑：残也；思翠被：思睡。④ 瞢腾：昏沉沉。

李师中（宋45）一首　题意：《过庭录》李师中帅桂罢归，一词题别。[1]

子规啼破城楼月▲画船晓载笙歌发▲两岸荔子红△万家烟雨中△

佳人相对泣▲▲②泪下罗衣湿▲▲从此音信稀△△岭南无雁飞△△③

注：① 帅桂：管理广西军政。② 佳人：美人。③ 岭南：指广东、广西；无雁飞：喻无信可通。古人以为雁能传书。

王安石(宋 57)一首

数家茅屋闲临水▲轻衫短帽垂杨里▲今日是何朝△看余度石桥△

梢梢新月偃▲▲午醉醒来晚▲▲何物最关情△△黄鹂一两声△△

苏轼(宋 80)二首　注：第二首系回文。

(1) 玉镮坠耳黄金饰▲轻衫罩体香罗碧▲缓步困春醪△①春融脸上桃△②

花钿从委地▲▲③谁与郎为意▲▲长爱月华清△△④此时憎月明△△

注：① 醪：浊酒也。② 脸上桃：脸红。③ 花钿：头饰；委地：抛于地。④ 月华：月光。

(2) 落花闲院春衫薄▲薄衫春院闲花落▲迟日恨依依△依依恨日迟△

梦回莺舌哢▲▲哢舌莺回梦▲▲邮便问人羞△△羞人问便邮△△

魏玩(女)(宋 87)二首

(1) 溪水掩映斜阳里▲楼台影动鸳鸯起▲隔岸两三家△出墙红杏花△

绿杨堤下路▲▲早晚溪边去▲▲三见柳绵飞△△离人犹未归△△

(2) 红楼斜倚连溪曲▲楼前溪水凝寒玉▲荡漾木兰船△①船中人少年△

荷花娇欲语▲▲笑入鸳鸯浦▲▲②波上暝烟低△△③菱歌月下归△△

注：① 木兰船：船之美称。② 鸳鸯浦：鸳鸯栖息的兴滨。③ 暝烟：晚烟。

舒亶(宋 88)一首

绿窗酒醒春如梦▲小池犹见红云动▲露湿井梧桐△翠阴生细风△

雨过芳塘净▲▲清昼闲中永▲▲①门外立双旌△△②隔花闻笑声△△

注：① 永：长也。② 旌：旗也。

孙觌(宋 97)一首　题：落梅词。

一声羌管吹呜咽▲①玉溪半夜梅翻雪▲②江月正茫茫△断桥流水香△

含章春欲暮▲▲③落日千山雨▲▲一点着枝酸△△吴姬先齿寒△△④

注：① 羌管：即羌笛，乐器名。羌，少数民族名，在青海一带。② 梅翻雪：梅落如雪。③ 含章：殿阁名。④ 吴姬：苏州一带妇女。

陈师道(宋 122)二首　题：第一首，七夕。①

（1）绮楼小小穿针女▲②秋光点点蛛丝雨▲今夕是何宵△龙车乌鹊桥△
经年谋一笑▲▲岂解令人巧▲▲③不用问如何△△人间巧更多△△
注：① 七夕：农历七月初七夜，传为牛郎织女一年一度相会之期。② 穿针：乞巧形式。③ 此二句说：牛郎织女一年才得一会，无暇来顾及人间乞巧。
（2）晓来误入桃源洞▲①恰见佳人春睡重▲②玉腕枕香腮△荷花藕上开△③
一扇俄惊起▲▲④敛黛凝秋水▲▲⑤笑倩整金衣△△问郎来几时△△
注：① 桃源洞：喻闺房。② 佳人：美人。③ 荷花：喻上句香腮；藕：喻上句玉腕。④ 俄：俄倾、即刻也。⑤ 黛：喻眉；秋水：喻眼。
朱淑真（女）（宋 140）二首
（1）山亭水榭秋方半▲①凤帏寂寞无人伴▲②愁闷一番新△双蛾只暗颦△
起来临绣户▲▲时有流萤度▲▲多谢月相怜△△今宵不忍圆△△
注：① 水榭：临水之榭。榭，台上有屋曰榭。② 凤帏：女子床帐。
（2）湿云不渡溪桥冷▲嫩寒初破东风影▲桥下水声长△一枝和月香△
人怜花似旧▲▲花不知人瘦▲▲独自倚栏杆△△夜深花正寒△△
赵令畤（宋 141）一首
轻鸥欲下春塘浴▲双双飞破春烟绿▲两岸野蔷薇△翠笼薰绣衣△
凭船闲弄水▲▲中有相思意▲▲忆得去年时△△水边初别离△△
谢逸（宋 144）二首
（1）縠纹波面浮鸂鶒▲①蒲芽出水参差碧▲②满院落花香△柳梢初弄黄△
衣轻红袖皱▲▲春困花枝瘦▲▲睡起玉钗横△△隔帘闻晓莺△△
注：① 縠纹：皱纹；鸂鶒：水鸟名，一名紫鸳鸯。② 参差：不齐貌。
（2）暄风迟日春光闹▲①蒲萄水绿摇轻棹▲②两岸草烟低△青山子规啼△③
归来愁未寝▲▲黛浅眉痕沁▲▲④花影转廊腰△△红添酒面潮△△
注：① 暄风：即春风。② 棹：船桨。③ 子规：即杜鹃。④ 黛：画眉用。
苏庠（宋 146）一首　题：自宜兴还西冈作。①
园林寂寞春归去▲濛濛柳下飘香絮▲野水接云横△绿烟啼晓莺△
江南鶗鴂梦▲▲②山色朝来重▲▲小艇小湾头△△蘋花蘋叶洲△△
注：① 宜兴：江苏县名。② 鶗鴂：即杜鹃。
李元膺（宋 148）一首　题：荡秋千。

彩旗画柱清明后▲花前姐妹争携手▲先紧绣罗裙△轻衫束领巾△

琐绳金钏响▲▲①渐出花梢上▲▲笑里问高低△△盘云辫玉螭△△②

注：① 琐绳：即锁绳，链条也；金钏：金手镯。② 盘云：指发髻；辫：下垂；玉螭：首饰，龙形无角。

曾纡（宋 171）一首　题：月夜。

山光冷浸清溪底▲溪光直到柴门里▲卧对白蘋洲△欹眠数钓舟△①

溪山无限好▲▲恨不相逢早▲▲老病独醒多△△如斯良夜何△△②

注：① 欹眠：侧卧。② 如斯：即如此。

陈克（宋 179）二首

（1）池塘淡淡浮鸂鶒▲①杏花吹尽垂杨碧▲天气度清明△小园新雨晴△

绿窗描绣罢▲▲②笑语荼蘼下▲▲围坐赌青梅△△困从双脸来△△

注：① 鸂鶒：水鸟名，又名紫鸳鸯。② 绿窗：绿纱窗。

（2）绿阴寂寂樱桃下▲盆地静照蔷薇架▲帘影假山前△映阶红叶翻△

芭蕉笼碧砌▲▲①猧子中庭睡▲▲②香径没人来△△拂墙花又开△△

注：①碧砌：生苔阶砌。②猧子：犬也。

方乔（宋 196）一首　题意：覆紫竹。见《情史》。

秋风只拟同衾枕▲春归依旧成孤寝▲爽约不思量△①翻言要打郎△

鸳鸯如共耍▲▲玉手何辞打▲▲若再负佳期△△还应我打伊△△②

注：① 爽约：失约也。② 伊：她也，指紫竹。

紫竹（女）（宋 197）一首　题意：致方乔。见《情史》。

约郎共会西廊下▲娇羞竟负从前话▲不道一睽违△①佳期难更期△

郎君知我愧▲▲故把书相诋▲▲寄语不须慌△△见时须打郎△△

注：① 睽违：隔离也。

朱秋娘（女）（宋 199）一首

湿云不渡溪桥冷▲嫩寒初透东风景▲①桥下水声长△一枝和雪香△②

人怜花似旧▲▲花比人应瘦▲▲莫凭小栏杆△△夜深花正寒△△

注：① 嫩寒：微寒。② 一枝：指梅花。

周紫芝（宋 201）一首

翠蛾懒画妆痕浅▲①香肌得酒花柔软▲粉汗湿吴绫△②玉钗敲枕稜△③

鬓绿云衔腻▲▲罗带还重系▲▲含笑出房栊△△羞随脸上红△△

注：① 翠蛾：指眉。② 吴绫：苏州产绫罗。③ 枕稜：枕角。

李清照(女)(宋207)一首

风柔日薄春犹早▲夹衫乍着心情好▲睡起觉微寒△梅花鬓上残△

故乡何处是▲▲忘了除非醉▲▲沉水卧时烧△△香消酒未消△△

向子谭(宋218)一首

天仙醉把真珠掷▲荷翻泻入玻璃碧▲雨过酒尊凉△①红蕖冉冉香△②

飞来双白鹭▲▲屡作傲傲舞▲▲③山鸟起清歌△△晚来情更多△△

注：① 酒尊：酒杯。② 红蕖：红荷花；冉冉：慢慢地。③ 僛僛：醉舞欹斜貌。

蔡伸(宋222)一首

杏花零落清明雨▲卷帘双燕来还去▲枕上玉芙蓉△①暖香堆锦红△

翠翘金钿雀▲▲②蝉鬓慵梳掠▲▲③心事一春闲△△黛眉颦远山△△④

注：① 玉芙蓉：喻美人脸。② 此句说：嵌螺钿雀形翠钗。③ 蝉鬓：蝉翼形鬓髻；慵梳掠：懒梳理。④ 颦远山：皱眉峰。

陈与义(宋232)一首　题：荷花。

南轩面对芙蓉浦▲①宜风宜月还宜雨▲红少绿多时△帘前光景奇△

绳床乌木几▲▲②尽日繁香里▲▲睡起一篇新△△与花为主人△△

注：① 芙蓉：即荷花；② 绳床：坐具，椅之前身也；几：案几也，如茶几。

张元幹(宋243)一首　题：政和壬辰(1112年)东都作。①

黄莺啼破纱窗晓▲兰釭一点窥人小▲②春浅锦屏寒△麝煤金博山△③

梦回无处觅▲▲细雨梨花湿▲▲正是踏青时△△眼前偏少伊△△

注：① 东都：即宋东京，今河南开封。② 兰釭：灯也。③ 金博山：铜香炉。

王之道(宋248)一首　题：采莲女。　注：此词一作张先作。

藕丝衫剪猩红窄▲衫轻不碍琼肤白▲缦鬓小横波△①花楼东是家△

上湖闲荡桨▲▲粉艳芙蓉榜▲▲②湖水亦多情△△照妆天底清△△

注：① 缦鬓：无妆饰之鬓。鬓，耳际之发也；横波：即眼波。"波"字与下句"家"字不叶韵，作宽叶。② 榜：船也。此句喻船女美艳。

阮华(宋250)一首　题意：忆陈玉兰。见《情史》。

玉箫一曲无心度▲谁知引入桃源路▲邂逅曲栏边△①匆忙欲并肩△

一时风雨急▲▲忽而分双翼▲▲②回首洛川人△△③翻疑化作云△△

注：① 邂逅：不期而遇。② 分双翼：即分飞、分离。③ 洛川人：本指洛神，此处喻陈玉兰。

李元卓（宋 261）一首

一枝绛蜡香梅软▲①宜春小胜玲珑剪▲②拂晓上瑶钗△春从鬓底来△

菱花频自照▲▲③粉面惊春早▲▲淡拂远山眉△△为谁今日宜△△

注：① 绛：红。② 胜：首饰也。剪彩为胜，插于头上。③ 菱花：指镜。

侯寘（宋 263）一首　题：小女淑君索赋晚春词。

东风吹梦春醒恶▲琐窗淡淡花阴薄▲①一夜曲池平△小窗云样明△

绿轻眉懒晕▲▲②香浅罗衣润▲▲未见海棠开△△卷帘双燕来△△

注：① 琐窗：镂花纹之窗。② 眉懒晕：懒于画眉生光。晕，光气也。

张抡（宋 292）一首　题：咏酒。

人间何处难忘酒▲山村野店清明后▲满路野花红△一帘杨柳风△

田家春最好▲▲箫鼓春村闹▲▲一盏此时辞△△将何乐圣时△△

黄公度（宋 294）一首　题意：怀念已卒侍儿倩倩。

眉尖早识愁滋味▲娇羞未解论心事▲试问忆人不△①无言但点头△

嗔人归不早▲▲②故把金杯恼▲▲醉开舞时腰△△还如旧时娇△△

注：① 不：平声，作否解。② 嗔：即怒。

曾觌（宋 296）一首　题：次韵龙深甫春日即事。①

杏花寒食佳期近▲一帘烟雨琴书润▲砌下水潺潺△玉笙吹暮寒△

阳台云易散▲▲往事寻思懒▲▲花底醉相扶△△当时人在无△△

注：① 次韵：依原作押韵次序用韵；即事：就眼前事物而言。

汤思退（宋 309）一首　题：小月寺。

画船横绝湖波练▲①更上雕鞍穷翠巘▲②霜菊半垂黄△征衣尽日香△③

钟声云外听▲▲金界青松映▲▲何处是华山△△④峰峦杳霭间△△⑤

注：① 练：喻洁白。② 此句说：骑马踏遍青山。穷，极也；巘，山峰也。
③ 征衣：远行之衣。④ 华山：在陕西境。⑤ 杳：无影无声。

赵彦端（宋 314）一首

倚栏闲撚生绡扇▲①新凉庭户微风转▲疏雨断檐声△淡云开晚晴△

蔗浆寒浸齿▲▲枕簟清如水▲▲②相忆不胜愁△△月来帘上钩△△

注：① 生绡：生丝绸。② 枕簟：枕席。

范成大（宋 338）一首

雪林一夜寒收了▲东风却向灯前到▲今夕是何年△新春新月圆△

绮丛香雾隔▲▲①犹记疏狂客▲▲留取缕金幡△△②夜蛾相并看△△③

注：① 绮丛：绮罗丛中，指女群。② 缕金幡：金线彩胜。③ 蛾：喻美人。

张孝祥（宋 357）一首

丝金缕翠幡儿小▲①裁罗撚线花枝袅▲明日是立春△春风生鬓云△②

吴霜看点染▲▲③愁里春来浅▲▲只愿此花枝△△年年常戴伊△△④

注：① 此句说金丝线幡儿。幡，即春胜，剪彩而成，头饰也。② 鬓云：指发。③ 吴霜：吴地之霜，比喻白发。④ 伊：她也，指花枝。

程垓（宋 368）四首　题：第一首，访江东外家作。

（1）画桥拍拍春江绿▲①行人正在春江曲▲花润接平川△②有人花底眠△

东风原自好▲▲只怕催花老▲▲安得万垂杨△△③系交春日长△△

注：① 拍拍：水声。② 平川：平原江河。③ 安得：怎得。

（2）春日绿杨烟光薄▲低花矮柳田家乐▲陇麦又青青△喧蜂闲趁人△①

野翁忘近远▲▲怪识刘郎面▲▲②断却小桥溪△△怕人溪外知△△

注：① 趁人：追赶人。人与青作宽叶。② 刘郎：本指唐刘禹锡，此处指闲人。

（3）晓烟笼日浮山翠▲春风着水回川媚▲①远近碧重重△人家山色中△

野花香自度▲▲②似识幽人处▲▲③安得着三间△△④与山终日闲△△

注：① 回川：迂回之水。② 度：过也，送也。③ 幽人：隐士。④ 安得：怎得。此句说怎得着落三间房舍。

（4）扶犁野老田东睡▲插花山女田西醉▲醉眼眩东西△看看桃满溪△

耕桑山下足▲▲纨绮人间俗▲▲①莫管旧东风△△从教吹软红△△②

注：① 纨绮：丝绸织物，喻穿着华丽。② 软红：软红香尘。《直方诗话》："西湖风月，不如东路软红香尘。"

辛弃疾（宋 370）二首　题：第一首，书江西造口壁。①

第二首，赠周国辅侍儿。

（1）郁孤台下清江水▲②中间多少行人泪▲西北望长安△③可怜无数山△

青山遮不住▲▲毕竟东流去▲▲江晚正愁余△△山深闻鹧鸪△△

注：① 造口：在江西万安县西南六十华里。② 郁古台：在江西赣县西南。③ 长安：本为唐都城，此处借喻宋都汴京（今河南开封）。

（2）画楼影蘸清溪水▲歌声响彻行云里▲①帘幕燕双双△绿杨低映窗△

曲中特地误▲▲要试周郎顾▲▲②醉里客魂销△△春风大小乔△△③

注：① 彻：达也。② 周郎顾：周郎，指三国时周瑜，少精音乐，闻人唱

曲有误，必回顾。③ 大小乔：东吴乔玄两女，皆绝色。

赵善扛(宋 371)一首　题：春游。

楚宫杨柳依依碧▲遥山翠影横波溢▲绝艳照秾春△春光欲醉人△
纤纤芳草嫩▲▲微步轻罗衬▲▲花戴满头归△△游蜂花上飞△△

刘仙伦(宋 380)一首

东风去了秦楼畔▲①一川烟草无人管▲芳树雨初晴△黄鹂两三声△
海棠花已谢▲▲春事无多也▲▲只有牡丹时△△②知他归不归△△

注：① 东风：喻丈夫；秦楼：喻妓院。② 牡丹时：指谷雨时候，在公历四月二十左右。

赵长卿(宋 389)三首

(1) 梅花枝上东风软▲朝来吹散真香远▲雅淡有余清△客心和泪倾△
美人临别夜▲▲月晃灯初灺▲▲①玉枕小屏山△△②眉尖曾细看△△

注：① 灺：烛余也。② 屏山：屏风，因其曲折如山峰。

(2) 方池新涨葡萄绿▲晓来雨过花如浴▲测测杏园风△①梢头一片红△
危楼愁独倚▲▲②一寸心千里▲▲宿酒尚微醺△△③懒妆堆髻云△△

注：① 测测：尖利也。② 危楼：高楼。③ 宿酒：醉酒隔夜仍未清醒。

(3) 新晴庭户春阴薄▲东风不度重帘幕▲第几小兰房△雏莺初弄簧△①
峭寒初未透▲▲不解寻花柳▲▲只恐渐春深△△愁生求友心△△

注：① 弄簧：喻调舌。

赵师侠(宋 390)一首　题：玉山道中。①

霜风落叶千山远▲护霜云散晴曦暖▲潇洒小旗亭△山花照眼明△
粉妆匀未了▲▲一捻春风小▲▲把酒恨匆匆△△深情眉媚中△△

注：① 玉山：江西县名，邻近浙江。

赵蕃(宋 394)一首　题：送游季仙归东阳。①

鸡声茅店炊残月▲板桥人迹霜如雪▲此是古人诗△身经老忘之△
君行当此境▲▲今我昏成醒▲▲乘月犯霜来△△②诗真误尔哉△△③

注：① 东阳：浙江县名。② 犯霜：冲着霜。③ 尔：你也。

萧淑兰(女)(宋 397)二首　故事：张世英馆于萧公让家，萧妹淑兰挑之，张拒不纳。萧妹遂作第一首词，张辞归。萧妹又作第二词。后萧兄知之，以妹许张。

(1) 天教刘阮迷蓬岛▲①桃花片片依芳草▲芳草惹春思△②王孙知不知△③

红颜轻似叶▲▲④薄倖坚如铁▲▲⑤妾意为君多△△君心弃妾那△△

注：① 刘阮：刘晨、阮肇二人入天台山遇仙女成婚故事。② 惹：招引。③ 王孙：富贵家子弟，此处喻张。④ 红颜：喻作者自己。⑤ 薄倖：喻张。

（2）有情潮落西陵浦▲①无情人向西陵去▲去也不教知△怕人留恋伊△

忆了千千万▲▲恨了千千万▲▲毕竟忆时多△△恨时无奈何△△

注：① 西陵：地名，属湖北宜昌，作者居地。西陵浦即西陵渡。

郭某（宋421）一首

卖饧天气箫声软▲①午院沉水烟未断▲②睡起补残眉△红绵入镜迟△③

霎时开笑靥▲▲花上看双蝶▲▲新月上帘钩△△相思不断头△△

注：① 饧：即饴糖、麦芽糖。卖饧时吹箫招揽顾客。② 沉水：即沉香。③ 红棉：红丝棉的粉扑，妇女化妆用品。

高观国（宋431）一首

春风吹绿湖边草▲春光依旧湖边道▲玉勒锦障泥△①少年游冶时△

烟明花似绣▲▲且醉旗亭酒▲▲斜日照花西△△归鸦花外啼△△

注：① 勒：马络头也；障泥：马鞯两旁下垂者，以挡泥土。

华岳（宋438）一首

玉纤倒把罗纨扇▲①屏山半倚羞人见▲②回首忽相逢△桃花生嫩红△③

见了娇无语▲▲还向屏山去▲▲略略转秋波△△客愁无奈何△△

注：① 倒把：倒执。② 屏山：折叠式屏风。③ 此句谓脸上泛红。

卢祖皋（宋445）一首 题：春思。

翠楼十二栏杆曲▲雨痕新染葡萄绿▲时节又黄昏△东风深闭门△

玉箫吹未彻▲▲①窗影梅花月▲▲无语只低眉△△闲拈双荔枝△△

注：① 彻：彻底，结束也。

黄机（宋449）一首

惜山不嫌山行远▲山中禽鸟频经见▲小雨似怜春△霏霏容易晴△

青裙田舍妇▲▲①馌饷前村去▲▲②溪水想平腰△△唤船依断桥△△

注：① 田舍妇：农家妇。② 馌饷：盛饭菜于篮，送往田头。

卢炳（宋460）一首

石榴裙束纤腰袅▲①金莲稳衬弓靴小▲②娇騃羞见人△③伞低半遮身△

恩情如纸薄▲▲方信当初错▲▲邂逅若匆匆△△④还疑是梦中△△

注：① 石榴裙：大红裙。② 金莲：喻女子裹小脚；弓靴：弓形鞋。③ 娇騃：

娇痴。④ 邂逅：不期而遇。

赵崇嶓（宋468）一首

桃花相向东风笑▲桃花忍放东风老▲细草碧如烟△薄寒轻暖天△

拆钗鸾作股▲▲①镜里参差舞▲▲②破碎玉连环△△③卷帘春睡残△△

注：① 钗鸾：鸾形钗，首饰也；作股：分股。② 参差：不齐貌。③ 玉连环：饰物名。

翁元龙（宋482）一首

玉纤闲拈花间集▲①赤栏杆对芭蕉立▲薤叶晚生凉△②竹径移小床△

拗莲牵藕线▲▲藕断丝难断▲▲弹水没鸳鸯△△教行波底香△△

注：① 玉纤：喻女子手指；花间集：词选名，选收唐、五代词。② 薤：音谢，似韭而中空。

楼扶（宋492）一首

丝丝杨柳莺声近▲晚风吹过秋千影▲寒色一帘轻△灯残梦不成△

耳边消息在▲▲笑指花梢待▲▲又是不归来△△满庭花自开△△

黄升（宋507）一首　题：除日立春。①　注：调名原作重叠金。

银幡彩胜参差见▲②东风吹上钗头燕▲一笑绕花身△小桃先报春△

新春今日是▲▲明日新年至▲▲擘笺莫探官△△③人间行路难△△

注：① 除日：即除夕。② 银幡彩胜：皆迎春饰物。或插于头发，或悬于树枝。③ 擘笺：裁纸也，喻写贺年帖。

江开（宋513）一首　题：商妇怨。①

春时江上廉纤雨▲②张帆打鼓开船去▲秋晚却归来△③看看船又开△

嫁郎如未嫁▲▲长是凄凉夜▲▲情少利心多△△郎如年少何△△

注：① 此词描写商人重利轻别离，耽误青春年少。② 廉纤雨：微雨貌。③ 秋晚：即暮秋、深秋。

张熙妻王氏（宋553）一首　题：西湖曲。

横湖十顷琉璃碧▲画桥百步通南北▲沙暖睡鸳鸯△春风花草香△

闲来撑小艇▲▲划破楼台影▲▲四面望青山△△浑如蓬莱间△△

张桂（宋600）一首

东风忽骤无人见▲玉塘烟浪浮花片▲①步湿下香阶△苔粘金凤鞋△②

翠鬟愁不整▲▲③临水闲窥影▲▲摘得野蔷薇△△游蜂相趁归△△④

注：① 玉塘：池塘之美称；烟浪：即烟波。② 金凤鞋：即凤头鞋。③ 翠鬟：

喻发；不整：不整齐。④ 相趁：相追逐。

宋褧（元 75）一首　题：丹阳道中。①

西风落日丹阳道▲竹冈松阪相环抱▲何处最多情△练湖秋水明△②

驿城那惮远▲▲佳句初开卷▲▲寒雁任相呼△△羁愁一点无△△

注：① 丹阳：江苏地名，今属镇江。② 练湖：今名开家湖，在丹阳西北。

拜住（元 79）一首　故事：作者过杏园，见诸女玩秋千，一女甚美，归告父求婚，女父令赋秋千词，遂许婚。

红绳画板柔荑指▲①东南燕子双双起▲夸俊与争高△更将裙系牢△

牙床和困睡▲▲②一任金钗坠▲▲推枕起来迟△△纱窗月上时△△

注：① 柔荑指：形容手指柔嫩。荑，草木始生。② 牙床：嵌象牙之床。

杨基（明 12）一首　题：花边夜宿。

潇湘门外春江水▲小红楼子临江起▲楼下是谁家△一株含笑花△

兰舟休远去▲▲①只就花边住▲▲花影上牙樯△△②梦魂今夜香△△

注：① 兰舟：舟之美称。② 牙樯：挂月牙旗船桅。樯，船桅也。

丘濬（明 61）一首

销魂处处何寥寂▲感情含思愁生极▲倦睡困方深△更阑夜正沉△

沉檀烧细炷▲▲香冷帏空处▲▲寒光月影斜△△横透碧窗纱△△

桂华（明 117）一首

帝城三月莺花绕▲笙歌沸彻千家晓▲①半壁夕阳明△醉眠人未醒△

城头鸣金铎▲▲②惊起南飞鹊▲▲回首上林枝△△③行人肠断时△△

注：① 沸彻：热闹之极。② 金铎：铎，大铃也。③ 上林枝：上林苑树枝。上林苑，皇家花园。

顾璘（明 129）二首　题：舟雨。

（1）青山雨洗精神出▲趁得帘开飞送入▲鸂鶒逞毛衣△①船来故不飞△

落絮生萍叶▲▲水面留轻蝶▲▲沿溪菜吐花△△池塘鸣乱蛙△△

注：① 鸂鶒：水鸟名，又名紫鸳鸯；逞毛衣：开放羽毛。

（2）溪行五百逢城廓▲耳听愁闻喧鼓角▲到岸喜新晴△登台却趁情△

杜宇无幽绪▲▲唤得春归去▲▲春归了不闻△△花开无耐春△△

顾应祥（明 147）一首

横溪一带烟凝碧▲晴峰远映槐庭日▲村径曲穿林△芳塘夕度阴△

轻凉微动竹▲▲隔圃幽鸣玉▲▲①乱风吟午松△△疏雨过亭空△△

注：① 鸣玉：指妇女身上玉佩之声。

杨慎（明 157）一首　题：楚雄春归。①

来来去去无千里▲②屏风万叠青山里▲③流水赛流霞△④桃花夹杏花△

平芜荒草短▲▲一望春如剪▲▲回磴是回程△△⑤莺声报一声△△

注：① 楚雄：云南县名。② 此句说：作者家乡四川新都至被谪处云南不足千里。③ 屏风：指山峰。④ 流霞：指仙酒。⑤ 磴：山石、石级。

苏志皋（明 173）一首　题：游女图。

画桥西去垂杨陌▲①桃花嫩染胭脂色▲花下见娉婷△②双眸带晓星△③

欲去重回首▲▲背立斜阳久▲▲含笑折花枝△△芳心不自持△△

注：① 陌：田间道路或里巷。② 娉婷：美貌女子。③ 眸：即眼；带晓星：如灿烂晨星。

赵大佑（明 190）一首

画梁双燕春江曲▲翠楼掩映垂杨绿▲①往事几凭栏△②关山风露寒△③

彩云无觅处▲▲回首桃源路▲▲④惆怅月华明△△⑤新欢旧恨平△△

注：① 掩映：若隐若现。② 几：几次。③ 关山：喻旅途。④ 桃源路：世外桃源，喻其美也。⑤ 月华：月光。

徐渭（明 203）一首　题：闺人纤趾。　注：调名原作重叠金。

千娇更是罗袜浅▲有时立在千秋板▲板已窄棱棱△①犹余三四分△

红绒刚半索▲▲绣满帮儿雀▲▲②莫去踏香堤△△游人量印泥△△③

注：① 窄棱棱：犹窄兮兮，语助词也。② 此句说：鞋帮绣满雀儿。③ 量印泥：测量泥土上鞋印。

朱柔英（女）（明 210）一首　题：端午。注：调名原作重叠金。

沉湘佳节怀荆楚▲①翡翠钗头悬艾虎▲②笑语泛蒲觞△榴花满院芳△

彩丝笼玉臂▲▲团扇双鸳戏▲▲偷试守宫鲜△△③冰肌一点妍△△

注：① 沉湘佳节：即端午节，纪念屈原投湘之汨罗江；荆楚：即湖北、湖南，指楚国。② 艾虎：艾扎成之虎。③ 守宫：即壁虎，食以朱砂，捣烂后涂于臂以验贞节。

王锡爵（明 214）一首

翠屏叠叠知多少▲小桥斜去西流绕▲茅屋几人家△桃花和李花△

疏篱遮短短▲▲扑鼻香醪满▲▲燕子一双低△△尊前坠湿泥△△

焦竑（明 226）一首

锦书曾记相思恨▲①书中说着来期近▲红藕几回开△②扁舟犹未来△③

栏杆凝望处▲▲一带山无数▲▲可是不禁愁△△西风桂子秋△△④

注：① 锦书：书信之美称。② 红藕：荷花。③ 扁舟：小舟，指悬念之人。④ 桂子：即桂花。说明已由夏盼到秋也。

赵燕（女）（明 229）一首　题：晴眉阁晚眺。

云山叠叠联如带▲晚烟漠漠青天外▲长笛一声幽△有人独倚楼△

鹦哥传语俏▲▲枝上青梅小▲▲且自下帘帏△△怕他双燕飞△△

汤显祖（明 236）一首　题意：《紫箫记》第二十出“幽思”。

玉钗风动春幡急▲①海棠浓露胭脂泣▲香阁掩芙蓉△画屏山几重△

照花前后镜▲▲②花面红相映▲▲何处最相知△△羡他初画眉△△③

注：① 春幡：剪彩为幡，插于发上。② 前后镜：用前后两面镜。③ 画眉：张敞替妻画眉故事。

贺彦登（明 261）一首

绿窗拥被莺呼醒▲红云微皱愁难整▲檀炷袅薰笼△①罗衣三两重△

流苏休便揭▲▲②欲起愁无力▲▲杨柳小腰肢△△春来瘦不支△△

注：① 檀炷：烧檀香；炷：量词，指线香，一炷香；薰笼：烘衣器具，此处指焚香炉。② 流苏：床帐上所缀挂之穗，此处喻床帐。

吴敬所（明 263）一首　题意：《钟情丽集》辜辂与黎瑜娘欢会后口占。①

春风桃李花开夜▲烛烧凤蜡香燃麝▲鱼水喜相逢△犹疑是梦中△

感情良不少▲▲②报德何时了▲▲细语问黄莺△△③何人解此情△△

注：① 口占：不打草稿，随口吟咏。② 良不少：果然很多。③ 黄莺：此处指黎瑜娘。

成岫（女）（明 270）一首

绿杨深处黄鹂坐▲①苍苔门巷无人过▲帘卷接湖光△六桥车马忙△②

锦塘花历乱▲▲③云拥雷峰暗▲▲④触绪抚瑶琴△△澄怀一寄心△△

注：① 黄鹂：即黄莺。② 六桥：杭州西湖苏堤上有六座桥。③ 锦塘：锦绣池塘，指西湖。④ 雷峰：塔名，在西湖。

薛素素（女）（明 295）一首　题：春日过影云楼。

绣帘细细香风入▲满庭芳草罗裙色▲小立日初斜△一枝红杏花△

过墙双蛱蝶▲▲乍见心愁绝▲▲正是好年光△△学人浅淡妆△△

施绍莘（明 309）一首　题：昆陵归路纪怀。①

船头一点粘无锡▲锡山当窗浑如墨▲②何处是苏州△苏州更树头△③

计程今夜宿▲▲应在寒山北▲▲④钟杳隔江云△△⑤愁眼愁杀人△△

注：① 毘陵：即江苏常州。② 锡山：在江苏无锡境内。③ 树头：树外，喻共远。④ 寒山：寒山寺，在苏州西郊。⑤ 钟杳：钟声停歇。

沈宜修（女）（明 329）一首　题：春雪。

彤云吹作东风雪▲①海棠枝上分梨颊▲堤柳乍含烟△忽惊飞絮天△②

秋千庭院白▲▲独照梨园客▲▲细草玉茏葱△△③寒花蝶粉融△△

注：① 彤云：雪云也。② 飞絮：喻雪花。③ 玉茏葱：指雪盛缀草上。

毛莹（明 355）一首　题：泛太湖。①

平波尽处山浮碧▲碧山断处云凝白▲忽地野花香△扁舟棹晚凉△

汀芦横十里▲▲②半入斜阳里▲▲何处佐欢呼△△③尊中酒有无△△④

注：① 太湖：位于浙北、苏南之间，为我国五大淡水湖之一；泛：航行也。② 汀芦：汀边芦苇。③ 佐：辅也、助也。④ 尊：酒杯。

王屋（明 364）一首　题：初夏。

新篁脱粉枝枝肃▲①楝花风里樱桃熟▲②草长欲栏杆△犹余罂粟寒△

单衣裁越素▲▲③着体如轻雾▲▲闲看绿阴齐△△隔墙闻午鸡△△

注：① 新篁：新竹；肃：肃立也。② 楝花风：在农历五月初。③ 越素：杭州、绍兴一带所产之洁白生绢。

吴熙（明 366）一首　题：野兴。

一区茅屋临秋水▲①行云点点孤村里▲飞燕入帘栊△②难禁黄雀风△③

青山遥入望▲▲伫立平桥上▲▲④何处可徜徉△△⑤壁邻新酒香△△⑥

注：① 区：小屋也。② 帘栊：有帘之窗。③ 黄雀风：农历五月常有东南风，名黄雀风。④ 伫立：久立。⑤ 徜徉：自由自在地来回行走。⑥ 壁邻：隔壁邻居。

胡玉莺（女）（明 376）一首　题：咏发。

春风料峭孤帏冷▲郁金油腻鸳鸯枕▲慵整绿鬟偏△鹦哥唤槛前△

朝来新沐溜▲▲懒学宫装斗▲▲随意插花枝△△芳菲只自知△△

陈洪绶（明 385）二首　题：第一首，即景。①

（1）今年不见梅花月▲黄昏喜见梅花雪▲三盏立寒风△②风回小院中△

敲冰洗古砚▲▲呵冻图纨扇▲▲③老树点槎枒△△④茅庵看几家△△

注：① 即景：就眼前景物而言。② 三盏：三杯酒也。③ 图：画。

④ 槎枒：树枝纵横杂出。

（2）小姑居处朱楼起▲乌啼声隐杨花里▲香气出罗衣△能留蝴蝶飞△

远山青可见▲▲绣领遮团扇▲▲小立看鸳鸯△△心怜浴故双△△

宋存标（明391）一首　题：春晓。

曲栏杆外花事泣▲罗幕风轻燕飞入▲杨柳暗沙汀△愁连芳草生△

游人墙外笑▲▲春过知多少▲▲池满落花平△△晨星照晓晴△△

徐咸清（明400）一首　题：题陈迦陵填词图。①

长卿文赋江郎笔▲②词源一泻洮湖碧▲③笔底灿朝霞△争如解语花△

还将明玉管▲▲④描出春山远▲▲曲曲播新声△△⑤春风满洛城△△

注：① 陈迦陵：即陈维崧，见《词人小传》。② 长卿：即司马相如；江郎：即南梁江淹。③ 洮湖：在江苏宜兴西北九十华里，陈维崧家乡。④ 玉管：笔之美称。⑤ 新声：新作之词曲。

沈寀（明403）一首

朦胧倦蝶和花睡▲一钩新月衔山翠▲鹦鹉梦偏惊△小鬟帘外灯△

画图披粉墨▲▲树树留春色▲▲忽忆旧时情△△双眉柳样青△△

陈洁（明419）一首　题：山居（回文）。①

乱流溪村烟横岸▲岸横烟村溪流乱▲桥断接峰遥△遥峰接断桥△②

焙茶山雨细▲▲③细雨山茶焙▲▲秋到等闲鸥△△④鸥闲等到秋△△

注：① 回文：前句顺读，后句依前句倒读。② 遥：远。③ 焙茶：烘炒茶叶。④ 等：等待。

来集之（明421）二首　题：第一首，咏美人食樱桃。

第二首，咏美人食梅。

（1）佳人本是樱桃口▲①樱桃入口相涵受▲②一破一完全△两红相斗妍△③

半觉珊瑚脆▲▲又如珠欲碎▲▲吹气胜于兰△△④流红绕齿间△△

注：① 樱桃口：喻口小。② 涵受：容纳。③ 两红：指佳人嘴唇和樱桃。④ 兰：喻香。

（2）雕盘堆满青梅颗▲拈来信手两三个▲①惯的把眉攒△②贪他一点酸△

倚栏闲坐久▲▲渐觉香生手▲▲枝上有啼鸠△△将来作弹丢△△③

注：① 信手：随手。② 惯的：习惯。③ 作弹丢：作弹抛打。

王媺（女）（明428）一首　题：春日。

杨柳风吹春涨急▲桃花雨洗苍苔泣▲此际若为情△残膏灭复明△

生怕鸳鸯被▲▲便染相思泪▲▲卷起待君归△△归看架上衣△△

贺贻孙(明 433)一首　题：游塔。

支提影插江峰外▲①虚檐翠滴浮烟霭▲②落雁避寒空△金轮四面风△③

香随秋气上▲▲幡动光零乱▲▲俯看一天霜△△钟迟晓听长△△

注：① 支提：塔之别名。② 虚：空；烟霭：云气也。③ 金轮：指月。

商景徽(女)(明 439)一首　题：法华经题辞。

篆烟吹过花深处▲①几丛叶底垂甘露▲何处见如来△②青莲笔下开△③

朝朝研黛碗▲▲④不画春山远▲▲但写妙莲华△△⑤香风遍若耶△△⑥

注：① 篆烟：曲曲之烟。② 如来：即释迦牟尼。③ 青莲：指莲花佛座。④ 黛碗：调色之碗。⑤妙莲华：经名，妙法莲华经。⑥ 若耶：溪名，在绍兴境内。

卓发之(明 448)一首　题：落花。

小玉楼前风雨急▲春光一霎都狼藉▲①桃叶与桃根△谁家最断魂△

尊前回首望▲▲②昨夜花成浪▲▲总是雨收时△△月明空满枝△△

注：① 狼藉：散乱。② 尊：酒杯。

叶纨纨(女)(明 453)一首　题：春闺。

轻风庭院将寒食▲海棠雨过娇无力▲春思暗萦人△春愁更断魂△

梦迷芳草远▲▲殢酒屏山掩▲▲①蝴蝶扑花忙△△深闺日正长△△

注：① 殢酒：醉困于酒。

朱一是(明 454)一首　题：清明。

老红嫩绿东风软▲晴光乍觉罗衣暖▲烟景几时开△高坟飞纸灰△

春游郊外女▲▲落汗挥香雨▲▲斜日画桥边△△争看竞渡船△△

梁孟昭(女)(明 462)一首　题：八月十六喜月。　注：此词与王芳与《菩萨蛮》词大同小异，故并录之待考。

嫦娥岂是无情种▲①昨宵偶被云遮拥▲今夜好青天△清光端正圆△

欢然重庆赏▲▲人月同盈望▲▲多少个中情△△三思到此生△△

注：① 嫦娥：月宫仙女。

陆幽光(女)(明 474)一首　题：秋恨。　注：调名原作重叠金。

爽气西山来画栋▲①檐马丁当惊午梦▲②高揭起湘帘△③晚霞拥玉蟾△④

蛩声鸣断续▲▲⑤雁字排长幅▲▲欲诉可怜秋△△秋深日日愁△△

注：① 爽气：爽快天气。② 檐马：檐角所悬风铃，一称铁马。③ 湘帘：斑

竹帘。④ 玉蟾：月亮。⑤ 蛩：即蟋蟀。

张娴倩(女)(明 489)一首　注：调名原作子夜歌。

落花风卷愁难歇▲枝头燕剪裁桃叶▲花气沁兰香△游丝挂绿窗△①

蕉青鸾翅影▲▲②草碧龙须冷▲▲③无语倚瑶琴△△闲花在胆瓶△△④

注：① 游丝：蛛丝。② 鸾翅：喻蕉叶形状。③ 龙须：喻草之形状。④ 胆瓶：长颈大腹之瓶，因其状若悬胆也。琴字侵韵，瓶字青韵，作宽叶。

陈大成(明 500)一首

越罗衾暖盘双凤▲①玉人和醉淹香梦▲②日午乍梳头△东风转翠楼△

松鬟撩易乱▲▲卷得珠帘半▲▲花尽草萋萋△△③紫骝何处嘶△△④

注：① 越罗：绍兴一带所产之丝绸；盘双凤：指罗衾上绣有双凤。② 淹：久留也。③ 萋萋：草盛貌。④ 紫骝：紫色马。

叶小鸾(女)(明 514)一首　题：元宵无月。

画楼春弄东风软▲灯山处处笙歌满▲几点落梅花△侯家醉丽华△①

歌声还唤酒▲▲夜色频催漏▲▲②云幕掩嫦娥△△③清光不放多△△

注：① 侯家：指富贵人家；丽华：张丽华，陈后主宠妃。此处指美人。② 漏：更漏，计时器也。③ 嫦娥：指月，此句说被云遮。

李因(女)(明 518)一首

莺声渐老春归去▲游丝着意留花住▲①独自忆空楼△珠帘懒上钩△

妒他双宿燕▲▲故把重门键▲▲②月照小栏杆△△罗衣怯暮寒△△

注：① 游丝：蛛丝。② 键：此处作动词，喻锁住。

余怀(明 520)二首　题：第一首，松江春望。①

第二首，春游。

(1) 春风春雨何曾免▲斜阳芳草情无限▲燕子又来归△门前双柳垂△

江桥携手上▲▲共向江头望▲▲帆影过长空△△人飞软浪中△△

注：① 松江：江苏县名，今属上海市。

(2) 春幡摇曳蘼芜浅▲①玉钗横落平山远▲画舫镜中行△②双飞燕燕莺△

柳丝偏袅袅▲▲枝上青梅小▲▲细雨正黄昏△△隔花人叩门△△

注：① 春幡：春日剪彩为幡，悬于头上或树枝；蘼芜：野生草名，夏日开花，故此处言其尚浅。② 镜中行：喻水面平静如镜。

陈璘(女)(明 545)一首　题：秋溪返棹。

芦花漾白波浪浅▲秋鸿斜带秋云展▲竹里隐茅堂△篱边晚菊黄△

野烟添树色▲▲叶叶红如拭▲▲①处处砻歌声△△②霜清月倍明△△

注：① 红：指深秋枫叶色红；拭：涂上去。② 砻歌声：秋收后砻米歌声。砻，去谷成米之器具。

缪永谋（明 560）一首

海棠和雨胭脂湿▲绣帏斜卷东风急▲春色掩芳菲△①一双蝴蝶飞△

马嘶声欲断▲▲人在江南岸▲▲佯整玉搔头△△②泪珠凝不流△△

注：① 芳菲：花草香美。② 佯：假装；玉搔头：首饰名，即玉簪。

沈谦（明 573）二首　题：第一首，戏和王阮亭使君题青溪遗事画册。①

（1）回塘水绿春如画▲怪人游戏鹦哥骂▲楼背捉迷藏△寻踪只认香△

花间还再探▲▲花重帘栊暗▲▲②轻唤要郎知△△潜身窥户时△△

注：① 王阮亭：即王士禛。② 花重：花重叠，喻其多。

（2）相携斗草长春洞▲①垂鬟覆额眉痕重▲②惯会发娇嗔△③自输翻打人△

玉栏今再见▲▲④熟面如生面▲▲低唤小时名△△回身不肯应△△

注：① 斗草：古代女子之游戏。② 垂鬟覆额：喻幼小女子。③ 嗔：怒。④ 玉栏：白石栏杆。

钱理（明 586）二首　题：第一首，闺情。

第二首，邻女。

（1）飞蝉娇颤钗梁上▲①修蛾浅扫文殊样▲②妆罢日迟迟△③绿窗花影移△

亭前看芍药▲▲邻女来相约▲▲斗草藉苔茵△△④幽香惹绣裙△△

注：① 飞蝉：飞蝉形钗。② 修蛾：细长眉毛；浅扫：淡画；文殊：菩萨名。③ 日迟迟：日徐行。④ 藉苔茵：依仗如毯子青苔。

（2）梅花初着轻轻雪▲梨花更带娟娟月▲①雪月与花枝△依然逊可儿△②

韶年如碧玉▲▲③不解双眉蹙▲▲香径捉迷藏△△抓斜金凤凰△△④

注：① 娟娟：美好貌。② 可儿：指邻女。③ 韶年：犹妙龄。④ 金凤凰：金凤钗。

徐震（明 609）二首　题：第一首，石榴花，《女才子书》娄子拱词挑张畹香。

第二首，《快心编》李丽娟闺怨。

（1）绛英似火枝头拥▲①无言有意含情重▲相妒是红裙△还怜照眼明△②

轻盈宜带雨▲▲繁艳能禁暑▲▲若隔珠帘猜△△依稀是杏腮△△③

注：① 绛英：红花。② 裙字文韵，明字庚韵，作宽叶。③ 杏腮：形容好白里偷红的脸。

（2）绿窗红粉幽怀结▲[①]一腔愁绪凭谁说▲新月上帘钩△支颐泪暗流△[②]

鹦哥催早起▲▲妆罢拈针黹▲▲[③]挑动可怜情△△春宵梦未成△△

注：① 红粉：指李丽娟。② 支颐：手托面颊。③ 针黹：针线。

归淑芬（女）（明631）一首　题：秋水。

湖光万顷澄如镜▲白蘋荡漾菱花盛▲一色映长天△峰青江上烟△

鸳鸯相对浴▲▲鱼跃溪边曲▲▲不碍木兰舟△△枫飘万点秋△△

程康庄（清4）二首　题：第一首，乍遇，咏青溪遗事画册，和阮亭、程村作。[①]

第二首，迷藏。

（1）小姑居处朱楼起▲鸟啼声隐杨花里▲香气出罗衣△能留蛺蝶飞△

远山青可见▲▲绣领遮团扇▲▲小立看鸳鸯△△心怜浴故双△△

注：① 阮亭：即王士禛；程村：即邹祗谟。俱见《词人小传》。

（2）踏青已谢园林近▲新妆自饰鸦雏鬓▲[①]女伴自迷藏△轻衫逐吹凉△[②]

衣香防巧逻▲▲[③]暗向蔷薇躲▲▲窥丛见好枝△△矜新插鬓丝△△[④]

注：① 鸦：乌鸦，喻黑。② 逐：追。③ 巧逻：能干巡逻卒，指捉迷藏者。④ 矜新：怜惜新。

孟称舜（清14）一首　题意：《娇红记》第十齣引词。

小庭花落无人扫▲疏香满地东风老▲燕语自双双△锦屏春昼长△

愁匀红粉泪▲▲眉染春山翠▲▲[①]独坐对花枝△△忆郎郎不知△△

注：① 春山：喻眉峰。

徐灿（女）（清20）一首

困花压蕊丝丝雨▲不堪只供愁人语▲斗帐抱春寒△[①]梦中何处山△

卷帘风雨恶▲▲泪与残花落▲▲羡杀是杨花△△输他先到家△△[②]

注：① 斗帐：小帐，形如覆斗，即圆顶帐。② 输：输送。

王庭（清21）一首　题：乍见。

谁家女子当门立▲含颦不语啼痕湿▲倚盼欲怀春△[①]垂帘却避人△

帘疏遮不断▲▲转面还偷见▲▲莫道偶关情△△深知巧笑名△△

注：① 倚盼：倚门盼望；怀春：思念异性。

李雯（清22）一首　题：忆未来人。

蔷薇未洗胭脂雨▲东风不合催人去▲心事两朦胧△玉箫春梦中△

斜阳芳草隔▲▲满目伤心碧▲▲不语问青山△△青山响杜鹃△△

周茂源（清47）一首　题：初霁出城看赛会。[①]

花冠催起天方曙▲②今朝稳逐香车去▲遮莫卷帘栊△③云开阁外峰△

金丸如火色▲▲④乱撒城南陌▲▲⑤何处六铢衣△△⑥高楼半掩扉△△

注：① 赛会：迎神赛会。② 花冠：雄鸡。③ 遮莫：尽教也；帘栊：窗帘。④ 金丸：开道之流星。⑤ 陌：街巷。⑥ 六铢衣：极薄之衣。

龚鼎孳（清 55）二首　题：第一首，同韶九西郊马氏园看海棠。

第二首，西郊海棠已放，风复大作，对花怅然。

（1） 年年岁岁花间坐▲今来却向花间卧▲卧倚璧人肩△①人花并可怜△

轻阴风日好▲▲蕊吐红珠小▲▲醉插帽檐斜△△更怜人胜花△△

注：① 璧人：美人。

（2） 爱花岁岁看花早▲今年花较去年老▲生怕近帘钩△红颜人白头△

那禁风似箭▲▲更打残花片▲▲莫便踏花归△△留它缓缓飞△△

周肇（清 57）一首　题：即事。①

鼓声催发真须去▲留连杯酒思还住▲毕竟上兰舟△②江潮和泪流△

江流曲似带▲▲芳草轻烟外▲▲离梦不清圆△△花寒月午天△△③

注：① 即事：就眼前事物而言。② 兰舟：舟之美称。③ 月午：即夜半。

卢元昌（清 61）一首　题：谯楼曲。①

凄清客枕谯楼鼓▲更更打出征人苦▲②不待晓莺催△秦关夜半开△

一钩茅店月▲▲③又是河桥别▲▲残梦马头多△△谯楼鼓奈何△△

注：① 谯楼：即更鼓楼，报时之所。② 征人：远行之人。③ 茅店：茅屋小旅店。

王宗蔚（清 63）一首　题：闺词（回文）。①

小楼春梦啼莺晓▲晓莺啼梦春楼小▲斜影日移花△花移日影斜△

雀屏金尾掠▲▲②掠尾金屏雀▲▲门掩草亭深△△深亭草掩门△△③

注：① 回文：下句依上句倒读。② 雀屏：画有孔雀之屏风；掠：斜拂而过也。③ 深字侵韵，门字元韵，作宽叶。

王芳与（女）（清 66）一首　题：八月十六日夜月。　注：此词与明梁孟昭《菩萨蛮》词大同小异，姑并录之待考。

嫦娥岂是无情种▲①昨宵偶被云遮拥▲今夜好晴天△蟾光端正圆△②

欣然重庆赏▲▲人月同盈望▲▲③多少个中情△△④三更坐到明△△

注：① 嫦娥：指月宫仙女。② 蟾光：月光。③ 盈：满也。④ 个中情：此中情。

陆求可（清 70）一首　题：夏雨。

远山沉沉阴云起▲芭蕉声碎愁人耳▲阁外小溪平△溪头罢采菱△

碧山空对面▲▲白鸟飞还见▲▲恼乱野人家△△风吹处处蛙△△

尤侗(清81)二首　题：第一首，午日。①

(1) 彩丝斜袅金跳脱▲②篆符戏绾同心结▲酌酒劝檀郎△③蒲花衬口香△

兰汤初罢浴▲▲④窗外调鸲鹆▲▲⑤刚抹守宫斑△△⑥明朝点点残△△

注：① 午日：即端午。② 金跳脱：金手镯。③ 檀郎：古代女子对恋人之昵称。④ 兰汤：香汤。⑤ 鸲鹆：即八哥，能学人语。⑥ 守宫：即壁虎，食以朱砂，捣烂涂臂，以验女子贞节。

(2) 花台日暮莺飞去▲暖风吹散胭脂雨▲春困晚梳头△珠帘不上钩△

乱红随地扫▲▲又见宜男草▲▲半醉依残妆△△花间待阮郎△△

贺裳(98)一首　题：寻凉。

寻凉棹入芙蓉港▲①绿杨深处停双桨▲徐步赤栏桥△②微风吹翠翘△③

玉搔临水坠▲▲④恰打鸳鸯背▲▲飞去动浮萍△△波心红脸明△△⑤

注：① 棹：船桨，引伸为划船。② 赤栏桥：红栏杆之桥。③ 翘：首饰也。④ 玉搔：玉搔头，即玉簪。⑤ 红脸：喻女子。

梁清标(清105)一首　故事：尤侗尝客梁家，梁出家妓佐酒，侗于座上演清平调杂剧，小鬟歌之，梁赋此词。

尊前若个歌金缕▲盈盈十五芳如许▲笑靥半含羞△娇憨不解愁△

眉痕青尚浅▲▲秋水双眸剪▲▲何处耐人思△△歌停掩袖时△△

赵进美(清106)一首　题：闺情。

兽香不断红茵暖▲①绣筐彩线香中展▲银尺隔窗声△②莺啼小院晴△

吴纨轻似雪▲▲③玉手还同洁▲▲④何处最宜时△△沉吟落剪迟△△

注：① 兽香：兽形香炉之香烟；茵：垫毯，垫席。② 银尺：喻量衣。③ 吴纨：苏州一带所产熟丝织物。④ 玉手：喻女手。

许传妫(女)(清117)一首　题：元宵雪夜有怀。①

连宵冻透鸳鸯瓦▲②花放几枝不易谢▲云髻巧妆梳△缠头细马驮△③

六街如鼎沸▲▲④明月团圞里▲▲不肯下楼台△△笙歌处处催△△

注：① 元宵：节日名，在农历正月十五日。② 鸳鸯瓦：双层瓦。③ 缠头：赏给歌舞人之彩物；细马：小马；驮：此字不叶韵，作宽叶。④ 六街：各条街之意，源出唐京都长安(今西安)中有左右六街；鼎沸：喻声势汹涌如鼎中煮水之沸腾也。

黄之柔（女）（清 136）一首　题：贺元士侄新婚。

香风一夜催云辂▲①吹下嫦娥饮仙露▲宫烛两行新△风流赋洛神△②

同心私自绾▲▲罗帕含笑暖▲▲裙鸟绣双双△△箫声引凤凰△△

注：① 云辂：婚车也。此处指迎亲之彩轿。② 洛神：仙女也，喻新娘。

朱中楣（女）（清 140）一首　题：立秋赠梅召。

凉风款款惊愁客▲①萧萧短发衣衫窄▲秋色入园林△新蛩鸣夕阴△②

江南莼正美▲▲③欲趁芦花水▲▲帘卷月痕收△△砧声隔画楼△△

注：① 款款：和缓。② 新蛩：新生蟋蟀。③ 莼：莼菜，味美。

张锡怿（清 147）一首　题：泊虎丘。①

一湾水抱人家曲▲半塘疏柳和烟绿▲山市卖花声△垆头酒更清△

停舟春正暮▲▲闲倚千人坐▲▲②塔影挂斜阳△△笙歌出上方△△

注：① 虎丘：苏州名胜。② 千人：千人石，虎丘山景点；坐：此字与上句“暮”字不叶韵，作宽叶。

顾贞立（女）（清 159）一首　题：病中不寐。

绿杨烟锁深深院▲流莺惊起花翻乱▲无处不堪怜△春三二月天△

愁来无计却▲▲腰瘦浑如削▲▲①爇尽鹊炉香△△②难销此夜长△△

注：① 浑如：全如。② 爇尽：烧尽；鹊炉：鹊形香炉。

顾諟（女）（清 165）一首　题：春思。

江南风景春光好▲江南愁女他乡老▲柳罨旧湖堤△①行人路转迷△

山花红映绿▲▲沙鸟飞相逐▲▲凝伫盼斜阳△△②浮云何处藏△△

注：① 罨：掩覆也。② 凝伫：注目久立。

张芸（女）（清 188）一首

朱垣曲曲遮人面▲①烟林漠漠风光暗▲②涧水响潺湲△③山深觉鸟喧△④

轻风来叶底▲▲⑤几点催花雨▲▲阵阵落残红△△苍苔路未通△△

注：① 朱垣：红墙。② 烟林：形容林密如烟。③ 湲：此字不叶韵，作宽叶，水声也。④ 喧：声大也。⑤ 底：此字与下句“雨”字不叶韵，作宽叶。

孙允恭（清 192）一首　题：新柳。

眉痕淡蹙娇无力▲依依欲向愁边说▲①腰细不胜春△东风愁杀人△

隋堤人去后▲▲②秀色还依旧▲▲倦起倩谁怜△△风风雨雨天△△

注：① 依依：柔弱貌。② 隋堤：隋炀帝所筑；去后：指已死去。

丁一揆（女）（清 194）一首　题：冬日写梅作。

素梅点点铺香雪▲①疏篁渐长凌云节▲②同结岁寒盟△③冰霜不易心△
罗浮当日种▲▲④翠羽双栖共▲▲看取绿盈枝△△和羹结子时△△

注：① 素梅：白梅；香雪：喻梅花香白。② 凌云：凌空。③ 此句说：松、竹、梅被称“岁寒三友”。盟与下句心作宽叶。④ 罗浮：被誉为仙山，在广东增城。

陈维崧（清196）三首　题：第一首，弈棋。
第二首，迷藏。
第三首，潜窥。

（1）象牙局上金星吐▲①香闺戏博红鹦鹉▲深院对挑棋△厌厌春昼迟△②
娘输笼玉手▲▲③佯靠纱窗口▲▲细撚柳绵儿△△花冠报午时△△④

注：① 金星：喻棋子。② 厌厌：安静也。③ 笼：喻双手相叠。④ 花冠：雄鸡。

（2）后堂却与中门近▲①当时日傍飞蝉鬓▲犹记捉迷藏△水晶庭院凉△
侍儿前后逻▲▲②何计将他躲▲▲匿笑颤花枝△△③鞋尖露一丝△△

注：① 中门：前后堂中间之门，以区分内外。② 侍儿：婢女；逻：巡逻、搜逻。③ 匿笑：暗笑。

（3）梨花簌簌飞红雪▲①狸奴夜扑氍毹月▲②物也解雄雌△教奴恣意窥△③
潜踪殊未惯▲▲猛被萧郎看▲▲④羞走晕春潮△△门边落翠翘△△⑤

注：① 红雪：喻红梨花。② 狸奴：即猫；氍毹：即地毯。③ 奴：古时妇女自称。④ 萧郎：对丈夫或恋人之泛称。⑤ 翠翘：首饰。

陆进（清198）一首　题：冬寒晓发。

村鸡夜半啼寒月▲闲阶竹影如堆雪▲错道已天明△板桥人未行△
暗尘迷驿路▲▲①匹马嘶风去▲▲回望小楼东△△纱窗灯影红△△

注：① 暗尘：马后尘土；驿路：邮路。

韩纯玉（清199）一首　题：春日同夏竹孙散步。

山塍麦浪烟如织▲①村村细路谁能识▲②各处映山红△③春游无定踪△
新晴天忽暖▲▲信步行来缓▲▲④淑景亦酣人△△⑤风前岸葛巾△△⑥

注：① 山塍：山坡田塍。② 细路：小路。③ 映山红：即杜鹃花。④ 信步：随意而行。⑤ 淑景：即美景；酣人：醉人。⑥ 岸：露额也；葛巾：葛布帽。这句说风前帽被吹歪露额。

严琼琼（女）（清216）一首　题：晚沐。①　注：此词《林下词选》作吴森札著。

晚风乍引新凉入▲卷帘慵向妆台立▲[2]日影下西廊△一池菡萏香△[3]

解鬟轻贴地▲▲兰沐香萦臂▲▲[4]莫使弃残膏△△[5]还将润玉搔△△[6]

注：① 晚沐：晚洗。② 慵：懒也。③ 菡萏：荷花别名。④ 兰沐：香汤沐洗；萦：绕也。⑤ 膏：即脂。⑥ 玉搔：玉搔头，即玉簪。

王士禧（清 248）一首　题：过露筋祠。[1]

女郎遗迹秦邮路▲[2]晚凉门外青枫树▲石竹响空祠△萧萧三两枝△

可怜呜咽水▲▲斜日西风里▲▲那更感人情△△估船吹笛声△△[3]

注：① 露筋祠：据米芾《露筋祠碑》有女子露处于野，义不寄宿田家，为蚊所叮，露筋而死。② 秦邮路：陕西驿路。③ 估船：卖货船。

张渊懿（清 293）一首　题：闺绣。

鸦翎剪掠新梳就▲[1]越罗细拭纤纤手▲[2]悄地启窗纱△避人学绣花△

蓦来诸女伴▲▲捡起从头看▲▲一霎锁春山△△[3]佯嗔怨小鬟△△[4]

注：① 鸦翎：乌鸦羽毛也，喻黑发；剪掠：梳理。② 越罗：绍兴一带所产罗帕。③ 锁春山：皱眉峰。④ 佯嗔：假怒；小鬟：婢女。

佟世南（清 300）一首　题：春闺。

暖风轻扇游丝袅▲绿窗睡起闻啼鸟▲何处认伊家△隔墙无数花△

小庭春欲暮▲▲满地飘红雨▲▲晓踏翠苔看△△双鸳香露寒△△

储欣（清 347）一首　题：甲子（1684 年）闱中不寐感赋。[1]

韶年怕对潇潇雨▲[2]衰年又听韶年雨▲[3]风雨叠相催△何曾怀抱开△

再来真下下▲▲[4]老泪瞒人泻▲▲此地十铺茵△△[5]寒蛩应笑人△△

注：① 闱中：考场。② 韶年：少年。韶，美也。③ 衰年：老年，时作者五十四岁。④ 下下：下下策。⑤ 十铺茵：原注“余十困场屋矣！”

沈榛（女）（清 353）一首　题：越城晚眺。[1]

茫茫薄霭横如雨▲[2]高低弘照穿芳树▲[3]红蓼映清波△渔人挂网多△

雪鸥堤畔起▲▲[4]几点孤舟里▲▲明月忽飞来△△悠扬画角吹△△[5]

注：① 越城：浙江绍兴城。② 茫茫：广大貌；霭：气氛也。③ 弘：扩大。④ 雪鸥：水鸟名，羽白。⑤ 画角：城头守卒号角。

贺国璘（清 358）一首　题：舟抵永兴，将由陆入郴，郴水绕山迂曲，西流过城下，纪以此词。[1]

郴阳高踞衡阳路▲[2]乱峰簇簇斜川渡▲漫道楚天低△[3]楚江高转西△[4]

山迎人面峙▲▲[5]人望山头指▲▲水也不东流△△奈何行未休△△

注：① 永兴、郴：皆湖南县名。② 郴阳、衡阳：皆湖南县名。③ 楚：湖北湖南，此处指湖南。④ 一般是水向东流，但楚江高转西，则是西流了。⑤ 峙：屹立，耸立也。

王士禛（清 397）一首　题：迷藏。

玉兰花发清明近▲花间小蝶粘香鬓▲邀伴捉迷藏△露微花气凉△

花深防暗逻▲▲潜向花阴躲▲▲蝉翼惹花枝△△[1]背人扶鬓丝△△

注：① 蝉翼：指鬓。

冒禾书（清 416）一首　题：闺怨。

蝉筝雀扇香尘细▲柳丝多被春烟醉▲新恨上眉尖△妆成不卷帘△

庭前莺未老▲▲[1]花片微风扫▲▲妾貌果如花△△[2]凝眸觑绛纱△△[3]

注：① 莺未老：指莺声未老。② 妾：古代女子自称。③ 凝眸：注目而视。

刘榛（清 424）一首　题：闻子昭纳妾戏赠。

燕姬十五春风面▲[1]隔墙宋玉初相见▲[2]不解是佳期△羞推合卺卮△[3]

才从银汉渡▲▲[4]定傍薇垣怖▲▲[5]珍重近黄昏△△恐还向月奔△△[6]

注：① 燕姬：北京姑娘。② 宋玉：战国楚人，美男子，有东邻女窥墙三年。此处喻子昭。③ 合卺：即交杯。④ 银汉：即银河；渡：喻牛郎织女鹊桥相会。⑤薇：原注：子昭官中书省。按中书省，唐天宝时改紫薇省；垣：墙也。⑥ 月奔：即嫦娥奔月，戏称其妾恐也效嫦娥仙去。

张学典（女）（清 434）一首

远烟笼罩舒新柳▲春光暗向楼中逗▲莫把绣帘开△东风引恨来△

遥山云一带▲▲人在云山外▲▲芳草似离情△△逢春处处生△△

支隆求（清 443）一首

空濛雨后晴峦晓▲[1]悬岩上下行人少▲香冷扑生衣△落花随处飞△

青峰看点点▲▲树影参差掩▲▲[2]古刹隐中林△△[3]暮钟林外深△△

注：① 空濛：雨气也。② 参差：不齐貌。③ 古刹：古寺。

查容（清 448）二首　题：第一首，午睡。

第二首，晚浴。

（1）画屏昼锁巫山色▲[1]柳眠花醉春无力▲百舌五更头△[2]撩人半日愁△

侍儿娇养就▲▲[3]偷眼还催绣▲▲莫学绣鸳鸯△△鸳鸯他自双△△

注：① 巫山：楚襄王梦会神女于巫山故事，引伸为梦。② 百舌：鸟名。③ 侍儿：婢女。

(2) 墙头月上梧桐树▲解衣欲试蔷薇露▲[1]屏障护重重△月光偷照侬△[2]

含羞频顾影▲▲[3]鬓乱钗梁整▲▲金饼约双鬟△△[4]多时郎还来△△

注：① 蔷薇露：喻香汤，即浴水。② 侬：吴语，我也。③ 顾影：回视身影。④ 金饼：喻金钱、铜钱；约双鬟：约定，买嘱婢女，阻夫入内。

顾衡（清 464）一首　题：裙。

冰纨六幅初裁就▲[1]墨花淡洒湘波皱▲小立下阶迟△晚风偷揭时△

花枝轻薄甚▲▲[2]密刺兜难禁▲▲[3]划袜逗鞋弓△△[4]云遮一点红△△[5]

注：① 冰纨：轻细熟绢。② 轻薄：浮滑不老实。③ 兜：女帽。④ 划袜：光着袜下地；鞋弓：即弓鞋。⑤ 红：指红鞋。

李天馥（清 466）一首　题：纪游，和龚芝麓尚书。[1]

落红万片花如雨▲[2]子规声里啼春去▲[3]春去有人愁△鸣筝懒下楼△

伴羞娇掩袖▲▲知否情依旧▲▲小立怕催归△△贪看双燕飞△△

注：① 龚芝麓：即龚鼎孳。② 落红：落花。③ 子规：即杜鹃。

顾贞观（清 471）二首

(1) 乱红新碧阴如幕▲夹罗初换单绡薄▲曲栏沸春声△卷帘无数莺△

花丛双蛱蝶▲▲颤向钗丛贴▲▲和笑弄青梅△△是伊亲摘来△△

(2) 隔花谁撼金铃索▲东风无赖搴珠箔▲[1]小胆不成欢△麝衾空昼寒△[2]

娇多抬腕怯▲▲薄晕偎双颊▲▲[3]半晌费矜持△△[4]赠君千日思△△

注：① 无赖：不老实；搴珠箔：揭珠帘。② 麝衾：香衾。③ 晕：光气也。④ 半晌：片时。

僧原诘（清 473）一首　题：桂花下。

前年丛桂花开日▲酒阑两两争相摘▲寻发结花球△花间笑语柔△

如今花满树▲▲知道人何处▲▲索性不思量△△思量空断肠△△

钟清（清 476）一首　题：新城泛棹。[1]

江水不知留雁处▲江枫似欲催秋去▲落叶满孤城△烟光漾镜明△

青山浮缥缈▲▲[2]碧潋芙蓉老▲▲荡破一溪云△△惊飞鹭几群△△

注：① 新城：县名，有六处；泛棹：行船也。② 缥缈：高远貌。

郁大山（女）（清 484）一首　题：西山即景。[1]

西山晴翠苍茫里▲[2]杏花枝上莺飞起▲飞起带春愁△送来楼上头△

栏杆十二曲▲▲曲曲穿修竹▲▲[3]愿把屋边霞△△倩人拿到家△△

注：① 即景：就眼前景物而言。② 苍茫：无涯貌。③ 修竹：长而直之竹。

僧济日（清 485）一首　题：幽居。

无能只合栖茅屋▲①春来喜发千竿竹▲翠竹绕山房△藤床午梦凉△

素琴闲不理▲▲②茶灶松烟细▲▲坐看日将斜△△庭风扫落花△△

注：① 只合：只应该。② 不理：不理会、不弹之意。

周清源（清 488）一首

画帘风袅茶烟细▲频呼金雀煎匀未▲①指约玉彄寒△②轻分小凤团△③

槐阴低散处▲▲叶隐黄鹂语▲▲返照上窗纱△△棋声点落花△△

注：① 金雀：茶名。② 指约：戒指；玉彄：环属，即戒指一类。③ 凤团：茶名。

邵笠（女）（清 499）一首

乱莺啼破流苏梦▲①樱桃露湿花梢重▲小婢促梳头△开奁满镜愁△②

画眉人不在▲▲③蹙损双螺黛▲▲④淡日上红纱△△轻蝉鬓边斜△△⑤

注：① 流苏：帐穗，喻帐。② 奁：梳妆匣。③ 画眉人：指其夫。④ 螺黛：喻眉。⑤ 蝉：蝉翼形钗。

冒丹书（清 507）一首

金铃送响秋风至▲来鸿淡写长天字▲字写不成书△空劳度碧虚△①

井梧飘断梗▲▲②素月横清影▲▲③照影可成双△△含羞掩绿窗△△

注：① 碧虚：碧空，即青天。② 井梧：井边梧桐。③ 素月：淡月也。

蒲松龄（清 524）三首　题：戏柬孙给谏姬人。①

晓窗细画远山黛▲②不知何处郎心在▲插罢凤纹钗△返身对镜台△

履依新样做▲▲③着出恐招妒▲▲留待夜中穿△△与郎细细看△△

注：① 给谏：官名。即给事中，隶属都察院，司检察。② 远山黛：喻眉。③ 履：鞋。

周铭（清 534）一首　题：晚沐。

水晶帘卷凉飔入▲①个人独傍栏杆立▲②犹隔一重厢△③遥闻发送香△

乱云时委地▲▲④斜约香露臂▲▲⑤晚沐惯临风△△倒嫌兰泽浓△△⑥

注：① 飔：音思，凉风也。② 个人：那个人。③ 厢：即廊。④ 乱云：乱发；委地：拖地。⑤ 约：缠束也。露字当平声，或有误。⑥ 兰泽：即兰香。

许心榛（女）（清 551）一首

数声渔笛斜阳里▲离愁生怕寒风起▲烟树几人家△冬残犹试花△

昔时欢笑处▲▲各自东西去▲▲盼到断鸿飞△△①霜帆独棹归△△

注：① 断鸿：古人认为鸿能传书。断鸿，即书信中断；飞：喻又有转机。

李莲（女）（清 569）一首

东风吹遍枝头碧▲花落无声春寂寂▲庭院日初长△交飞双燕忙△

愁怀何处诉▲▲假寐图良晤▲▲窗外忽闻莺△△惊回午梦醒△△

余兰硕（清 611）一首　题：美人秋浴。　注：此词《众香词》作许冰玉著。

葛衫微汗妆初卸▲[1]天然玉质真无价▲惊却两鸳鸯△荷花雨后香△

含羞含笑起▲▲对我盈盈语▲▲到底是秋波△△[2]春波不及他△△

注：① 葛衫：夏布衫。② 秋波：形容女子之眼光，清如秋水也。

郑景会（清 621）一首　题：出浴。

芭蕉掩映纱窗绿▲呼鬟笑点兰汤浴▲腰细不胜春△迟迟着茜裙△

薄罗香汗湿▲▲缓步娇无力▲▲斜倚画屏风△△湘帘月影重△△

吴瑛（女）（清 629）一首

律回春暖梅开早▲[1]垂垂一树亭亭袅▲[2]折去手生香△携来锦瑟傍△[3]

淡罗衫子浅▲▲螺黛描山远▲▲[4]湘水与湘烟△△都来小阁前△△

注：① 律回：规律性季节已回来，此处指春回。② 亭亭：挺立貌。③ 锦瑟：指乐器。④ 山远：喻眉长。

堵霞（女）（清 632）一首　题：仿王嫩（回文）。[1]

镜开羞学新妆靓▲[2]靓妆新学羞开镜▲离别怕迟归△归迟怕别离△

绿痕螺黛促▲▲[3]促黛螺痕绿▲▲千万约来年△△年来约万千△△

注：① 回文：前句顺读，后句依前句倒读。② 靓：粉黛妆饰也。③ 螺黛：螺子黛，画眉之颜料，青绿色。

徐元端（女）（清 645）一首　题：睡鹦鹉。　注：调名原作重叠金。

雪衣巧舌花棚外▲[1]修翎立向斜阳晒▲[2]半晌不闻言△[3]惊寻到翠轩△

笑声嗔小婢▲▲[4]不要惊他睡▲▲风响绿窗纱△△醒来抖落花△△

注：① 雪衣：即白鹦鹉。② 修：长而直。③ 半晌：片时。④ 此句说：嗔怒小婢发出笑声。

钱凤纶（女）（清 650）一首　题：早春湖头扫墓。

六桥积雪清光射▲[1]萧疏疑是云林画▲[2]几处云山横△一湖春水平△

墓门斜日静▲▲翠竹迎人冷▲▲极目总销魂△△罗巾揾泪痕△△

注：① 六桥：杭州西湖苏堤上有六座桥。② 萧疏：错落有清致也；云林：指大画家倪瓒。

钱肇修（清660）一首　题：杂忆，十二首录一。

青枫十里临荒岸▲云淡屈曲帆随转▲楚火夕阳红△楼船罨画中△
越娥临水语▲▲笑入红墙去▲▲胡雁正南飞△△孤村闻捣衣△△

夏九叙（清673）一首　题：夜景。

桃笙六尺如冰雪▲[①]晚凉静拭看秋月▲小扇扑流萤△纤纤玉手轻△
懒妆时髻好▲▲淡扫蛾眉巧▲▲侍女进新茶△△[②]还簪茉莉花△△[③]

注：① 桃笙：即竹簟。② 侍女：婢女。③ 簪：插戴。

吴永和（女）（清692）一首　题：看扑蝶。

避人偷转湖山侧▲攀花惊起枝头蝶▲娇小不知愁△寻欢恣未休△
笑呼诸女伴▲▲索取生绡扇▲▲[①]趁蝶过雕墙△△[②]春衫花气香△△

注：① 生绡扇：生丝织物制成之扇。② 趁：追逐；雕墙：雕刻有字画之墙。

纳兰性德（清694）二首

（1）春云吹散湘帘雨▲[①]絮粘蝴蝶飞还住▲人在玉楼中△楼高四面风△
柳烟丝一把▲▲[②]暝色笼鸳瓦▲▲[③]休近小栏杆△△夕阳无限山△△

注：① 湘帘：竹帘。② 柳烟丝：形容柳丝如烟。③ 鸳瓦：鸳鸯瓦，即双层瓦。

（2）为春憔悴留春住▲那禁半霎催归雨▲[①]深巷卖樱桃△雨余红更娇△
黄昏清泪阁▲▲[②]忍便花飘泊▲▲[③]消得一声莺△△东风三月情△△

注：① 半霎：片时。② 清泪阁：在阁上流泪。③ 忍：怎忍。

吴秉钧（清720）一首　题：赋得春江花月夜。[①]

锦江波起千堆雪▲[②]绿杨巧唤雏莺色▲斜日子规啼△落花衣上飞△
归来沙路黑▲▲还向秋千立▲▲隔岸美人楼△△笛声月半钩△△

注：① 赋得：摘取古人成句为题，题首多冠以“赋得”二字。春江花月夜：所分得之词题。② 锦江：水名，在四川成都，此处指春江。

叶弘缃（女）（清732）二首　题：第一首，元夕。[①]
第二首，立春。

（1）柳梢初送团圆月▲还疑昨夜纱窗雪▲独立小栏杆△今宵为甚寒△
愁看灯似昼▲▲但听催银漏▲▲[②]匆匆过黄昏△△梅花伴闭门△△

注：① 元夕：即元宵。② 银漏：计时更漏。

（2）娇莺弄影初黄柳▲韶光似线穿窗牖▲[①]昨夜雪飞残△菱花逗晓寒△
妆成剪彩簇▲▲斜挂钗头玉▲▲[②]试探小庭梅△△[③]春催一半开△△

注：① 窗牖：窗户。② 钗头玉：玉钗。③ 探：访赏也。

张阿钱(女)(清 738)一首　题：冬闺。

酸风冷炕催人起▲①六花乱撒香闺里▲②阵阵打房檐△愁心不敢嫌△

临妆呵素手▲▲③梅蕊还依旧▲▲插向鬓边斜△△丰姿争似他△△

注：① 酸风：刺骨的寒风；炕：炕床。② 六花：雪也。③ 呵：吁气使暖也。

王一元(清 739)一首　题：旅思。

江南二月春如画▲游人共跃青骢马▲买醉向前村△①吴姬含笑迎△②

只今江上渡▲▲芳草斜阳路▲▲何处寄归思△△长亭折柳时△△③

注：① 买醉：即买酒、饮酒。② 吴姬：江南女子，指酒店女店员。村、迎二字作宽叶。③ 折柳：喻送别，是古人习俗。

蔡婉罗(女)(清 740)一首　题：虞山晚眺。①

茫茫暮霭横如雨▲高低夕照穿芳树▲红蓼映清波△渔人挂网多△

白鸥堤畔起▲▲几点沙汀里▲▲明月忽飞来△△悠扬画角吹△△

注：① 虞山：山名，在江苏常熟县城西隅。

狄亿(清 747)一首　题：春游。

轻衫时样新裁就▲雕鞍玉勒争驰骤▲陌上暗垂杨△马嘶春草香△

城南寻窄路▲▲直到山深处▲▲不放眼前空△△莺花十万重△△

徐旭旦(清 753)一首　题：即事。①

昨宵水涨金塘雨▲愁来也觉添如许▲②庭院近斜阳△双飞燕子忙△

兰亭仍未醉▲▲③早识乡心碎▲▲天暖试轻衫△△东风正满帆△△

注：① 即事：就眼前事物而言。② 如许：如此。③ 兰亭：绍兴名胜。指上巳修禊故事。

焦袁熹(清 773)一首

盈盈步袜花阴里▲低头不省钗儿坠▲记得别伊时△柳条千万丝△

天涯知甚处▲▲飞絮狂如许▲▲昨梦已朦胧△△一年春又空△△

沈珮(女)(清 782)一首　题：晓妆。

迟迟日影穿窗罅▲晓帘人在重帘下▲临镜独徘徊△低头学画眉△

钗横双燕小▲▲蝉鬓云缥缈▲▲妆罢步闲阶△△海棠开未开△△

孟湛(女)(清 783)一首　题：忆夫子。①

兰闺日永花慵绣▲纱窗独倚垂罗袖▲燕子做巢忙△诗成难寄郎△

新篁窥绿水▲▲荷叶情无比▲▲风暖不知吹△△游丝自在飞△△

注：① 夫子：指丈夫钱岳。

许冰玉(女)(清797)一首　题：美人午睡。

绿云撩乱堆红袖▲粉香零落胭脂瘦▲鹦鹉唤声频△回头错应人△

近前情脉脉▲▲试把香肩拍▲▲双手约金钗△△朦胧眼难开△△

陈祥裔(清828)一首　题：晚泊。

蛾眉新月山头挂▲①孤舟泊在青山下▲古寺暮云边△钟声出野烟△

一灯明灭处▲▲②树里窥人户▲▲江上客如何△△愁多景倍多△△

注：① 蛾眉新月：指上弦月。② 明灭：忽隐忽现。

张埙(清841)一首

青山别后还依旧▲看花归去香盈袖▲温梦怕人知△①挑灯不语时△②

浓春偏酿恨▲▲风雨还成阵▲▲多事鸟双来△△衔红落碧苔△△③

注：① 温梦：回忆前梦。② 挑灯：挑动油灯灯芯。③ 红：指红花。

曹士勋(清843)一首　题：斜阳。

翻云卷雪西风恶▲蒲帆一片沙头落▲①古渡正斜阳△青帘酒店长△

银塘波不断▲▲萍叶粘渔簖▲▲②缥缈牧童箫△△骑牛过板桥△△

注：① 蒲帆：蒲叶编成的帆。李端《送路司谏侍从叔赴洪州》诗"蒲帆轻似叶"。② 渔簖：编竹植于水中以蓄鱼。

柳声(女)(清855)一首　注：调名原作花间意。

藕花深处亭亭月▲①香腮隐几红春雪▲②飞梦正茫茫△风来翡翠床△③

悄然成一笑▲▲恰恰双鸳觉▲▲着意妒伊时△△伊还知不知△△

注：① 藕花：即荷花；亭亭：亭亭玉立，喻其风标之美。② 隐几：倚于几桌。此句说面颊倚靠几桌红白相映。③ 翡翠床：镶有翡翠玉之床。

吴森札(女)(清862)一首　题：晓妆。

罗帏梦觅孤袆冷▲①绿云斜拥珊瑚枕▲②强起翠鬟偏△梅花点额前△③

堆鸦香泽溜▲▲④双燕枝头斗▲▲影破海棠枝△△蜂窥蝶又知△△

注：① 罗帏：罗帐；袆：香缨也。② 绿云：喻发。③ 梅花：宋武帝女寿阳宫主人日卧檐下，梅花落于额上，遂成梅花妆。④ 堆鸦：黑发髻。鸦，乌鸦，喻黑也。

吴湘(女)(清865)一首　题：咏菊。

寂寂空庭寒料峭▲黄花开遍秋光老▲朔雁正南飞△东篱剩数枝△

玉人妆未竟▲▲漫摘簪云鬓▲▲纤指抹霜痕△△人还瘦几分△△

郑燮(清 906)二首　题：第一首，留春。

第二首，宿千棵柳。

(1) 留春不住由春去▲春归毕竟归何处▲明岁早些来△烟花待剪裁△

雪消春又到▲▲春到人偏老▲▲切莫怨东风△△东风正怨侬△△

(2) 渔家泊在清淮口▲西风稻熟千棵柳▲[①]茅店挂新红△[②]酒旗青更浓△

买酒将鱼换▲▲得酒船头转▲▲岸上打场声△△[③]渔歌水上清△△

注：① 千棵柳：村镇名。② 挂新红：指灯笼火光。③ 打场：打稻麦。

张载华(清 915)一首　注：调名原作巫山一片云。

重帘不卷重门静▲[①]绿阴满地苍云影▲无事日偏长△金猊渐吐香△[②]

展书闲坐久▲▲觅句时叉手▲▲何处一蝉鸣△△雨余分外清△△

注：① 重帘：一层层帘子。② 金猊：狮形铜香炉。猊，狻猊，狮之别名。

任曾贻(清 953)一首

濛濛香雪尊前落▲[①]画檐一半纱窗拓▲[②]容易见云英△[③]魂销目乍成△

弓弯红一捻▲▲[④]立向兰阶怯▲▲月色满栏杆△△春衫寒不寒△△

注：① 濛濛：微雨貌；香雪：喻梅花；尊：酒杯。② 拓：开扩也。③ 云英：喻仙女。④ 弓弯：喻弓鞋；捻：此处音捏，一点点，形容脚的纤小。

程晋芳(清 963)一首　题：题对琴词。

缃梅多处安琴荐▲[①]玉炉袅碧烟如线▲[②]流响两三声△山空秋月清△

闲中编小史▲▲次地传宫徵▲▲[③]微意少人知△△[④]谭禅兼说诗△△[⑤]

注：① 琴荐：琴席也。② 此句说：炉内焚香烟袅。③ 宫徵：泛指宫、商、角、徵、羽五音。④ 微意：隐意。⑤ 谭禅：谈佛学。谭同谈。

江声(清 974)一首　注：回文体。

月斜穿牖疏帘隔▲[①]隔帘疏牖穿斜月▲长夜怯空床△床空怯夜长△

影孤嫌被冷▲▲冷被嫌孤影▲▲清漏滴声声△△声声滴漏清△△[②]

注：① 牖：窗户也。② 滴漏：计时器。

李调元(清 1026)一首

天晴田野烟光媚▲两行柳色浓阴翠▲麦浪不多翻△[①]趁人蜂尚喧△[②]

野翁溪上住▲▲绕舍桃花树▲▲[③]疑有武林春△△[④]更无人问津△△[⑤]

注：① 麦浪：麦被风吹，摇曳如浪。② 趁人：追赶人。③ 绕舍：绕屋。④ 武林：即杭州，但从词意来看，疑为陶潜《桃花源记》之武陵(今湖南常德)所误。⑤ 问津：顾问之意。

杨大章(清 1147)一首　题：木香棚。

峰回路转浓阴结▲疏篱一带花如雪▲绕屋散余芳△[1]居人魂梦香△

红尘飞不到▲▲何用呼童扫▲▲小径碧苔稀△△新来经雨肥△△[2]

注：① 余芳：余香。② 新来：近来。

沈起凤(清 1067)一首

小屏山外春云晚▲[1]柳丝无力东风软▲花气冷于秋△画栏听雨愁△

楼头沉暮霭▲▲[2]不尽前山翠▲▲夜色动帘衣△△[3]卧看双燕归△△

注：① 屏山：折叠式屏风。② 霭：气氛。③ 帘衣：即帘。

高鹗(清 1068)一首　题：调徐春圃。

眉儿逗起春多少▲[1]娇嗔故故将人恼▲[2]拼把旧情休△[3]回眸笑点头△

牙床偎一晌▲▲[4]又是频抢攘▲▲[5]切莫苦纠缠△△提防鹦鹉传△△

注：① 春：指春情。② 嗔：怒；故故：屡次。③ 拼：豁出去。④ 牙床：象牙床。床之美称；一晌：片时。⑤ 抢攘：侵夺。

叶景星(清 1084)一首　题：舟行即事。

微云漠漠笼春色▲沿溪一带湖光碧▲薄暮散轻烟△清明寒食天△

扁舟来曲岸▲▲弱柳丝丝乱▲▲惊起白鸥飞△△杏花斜点衣△△

奚冈(清 1085)一首　题：题郭频伽盟鸥图。[1]

遥知白石寻盟处▲萧疏杨柳垂烟暮▲[2]分得白鸥沙△一溪红蓼花△

输君携野艇▲▲[3]幽梦知秋迥▲▲[4]随意与题诗△△雨斜风细时△△

注：① 郭频伽：即郭麐，见《词人小传》。② 萧疏：错落有清致。③ 输君：送君。④ 迥：远也。

赵怀玉(清 1097)一首　题：烧香。

蛾眉淡扫娇妆束▲倾城共向三天竺▲[1]稽首礼慈云△[2]私言众不闻△

桃花双颊晕▲▲[3]心事嗔人闻▲▲[4]女伴急催归△△前山隐落晖△△

注：① 倾城：喻人多；三天竺：杭州寺名，有上、中、下三所天竺寺。② 稽首：即叩头；慈云：指菩萨。③ 此句说：脸颊发红。④ 嗔：怒也。闻：此处作去声。

熊德庆(清 1117)一首

珠帘半卷银钩控▲流莺唤醒残春梦▲细雨锁轻烟△落花红可怜△

凭栏人寂寞▲▲愁入秋千索▲▲蝴蝶一双飞△△因风吹上衣△△

马公仪(清 1118)一首

珧窗花气烘初日▲①绿云低挽娇无力▲②不许敞银屏△粉脂红未匀△

新梳翻燕尾▲▲③春在菱花里▲▲④倒影闪金钗△△妒伊双凤开△△⑤

注：① 珧窗：镶嵌蚌壳之窗，使窗半透明。珧，即江珧，蚌类。② 绿云：喻发。③ 燕尾：指发式。④ 菱花：镜也。⑤ 双凤：钗头之凤。

袁通（清 1121）一首

可怜九月初三夜▲月痕又到犀帘下▲①没个卷帘人△蛛丝网细尘△

沉沉更漏永▲▲薄薄罗衾冷▲▲只此惹魂销△△今宵第几宵△△

注：① 犀帘：以犀骨穿制之帘，喻帘之精美。

左辅（清 1124）一首　题：萤。

残阳送雨疏犹落▲烟痕已上潇潇竹▲深院点灯时△卷帘初见伊△

秋风能否耐▲▲旧梦池塘在▲▲魂小不禁吹△△月残星又稀△△

侯士骧（清 1126）一首

含情悄倚屏山立▲①清宵怕见如眉月▲眉似月纤纤△愁痕夜夜添△

两枝红烛映▲▲浓淡人双影▲▲蓦地眼波回△△②相看转自猜△△

注：① 屏山：即屏风。② 蓦地：突然。

沈清瑞（清 1144）一首

鹧鸪啼绿湘南草▲①人家处处湔裙早▲②柳色溟如秋△燕归江上楼△

画船愁问渡▲▲梦绕扬州路▲▲春雨碧潇潇△△晚寒小谢桥△△③

注：① 鹧鸪：鸟名。② 湔裙：洗裳也。《玉烛宝典》：元旦至月晦，士女悉湔裳。酹酒于水湄，以为度厄。③ 小谢桥：在常熟长江边。

袁棠（清 1149）一首

薄云流过疏疏雨▲乱蛩堆里寻秋去▲茅屋半依村△夕阳红到门△

不知岚翠积▲▲只觉蕉衫湿▲▲如此好烟萝△△昏鸦寒奈何△△

孙云凤（女）（清 1188）一首

华堂宴罢笙歌歇▲夜深香袅炉烟碧▲酒醒小屏风△烛花相对红△

玉钗金翠钿▲▲柳叶双蛾浅▲▲日午未成妆△△绣裙双凤凰△△

张琦（清 1190）一首

横塘日日风吹雨▲隔帘却望江南路▲蝴蝶惯轻盈△风前魂屡惊△

栏杆人似玉▲▲黛影分窗绿▲▲斜日照屏山△△相思罗袖寒△△

乐钧（清 1199）一首

西家蝴蝶东家燕▲绛桃花里迷茫见▲①晓起自钩帘△春寒冻指尖△

廉纤针样雨▲▲②吹上屏风去▲▲屏上画仙姝△△③仙裙湿也无△△

注：① 绛桃：红桃；迷茫：不清楚。② 廉纤：微雨貌。③ 仙姝：仙女。

孙云鹤（女）（清1202）二首

（1）霞光敛尽山光暝▲橹声歇巡江声静▲新月照菰蒲△渔灯时有无△

背屏银烛短▲▲帘外风如剪▲▲离梦绕汀州△△有人欹枕愁△△

（2）绣帘风定炉烟直▲碧纱窗外垂杨色▲微雨杏花残△小庭生薄寒△

天涯幽思远▲▲双燕归来晚▲▲烟草满平芜△△春山闻鹧鸪△△

郭麐（清1208）四首　题：第一首，何梦华半塘春泛图。①

（1）青丝缆细兰桡舣▲②濛濛人立垂杨里▲三十六鸳鸯△一堤春水香△

半塘春好处▲▲总是藏鸦树▲▲③树下记儿家△△④出墙姊妹花△△

注：① 半塘：疑指苏州山塘河之半塘。② 兰桡：船之美称；舣：停靠。③ 藏鸦：栖鸦。④ 儿：古时妇女自称。

（2）新桐院落愔愔地▲①断无人到阴天气▲手切绿沉瓜△一重方空纱△

藕花开一半▲▲红影摇人面▲▲只解绕栏行△△隔帘闻笑声△△

注：① 愔愔：安和也。

（3）金蟾啮锁金梯滑▲①一重门外银河阔▲犹恐魂未销△夜深闻剪刀△

朝来妆未就▲▲见了佯回首▲▲回首莫嫣然△△镜中双靥圆△△

注：① 金蟾啮锁：蟾善闭气，古人用以饰锁。李商隐诗：“金蟾饰锁烧香入”。

（4）嬉春女伴嫌春早▲乍晴时候游人少▲喜来拆轻绵△晚风一阵寒△

玉梅花下立▲▲点得春衣白▲▲小妹笑人痴△△满身蝴蝶儿△△

陈鸿寿（清1218）一首　题：题郭频伽（郭麐）盟鸥图。

凉蝉疏柳江南路▲烟深认是秋生处▲一片掠微波△①夕阳影外过△

扁舟寻旧约▲▲②梦破溪云薄▲▲船尾问樵青△△③西风恐不禁△△

注：① 掠：斜拂而过，指鸥。② 扁舟：小舟。③ 樵青：《唐书·张志和传》“帝赐奴婢各一，志和配为夫妇，奴曰渔童，婢名樵青。”后以指女婢。

李兆洛（清1227）一首

海棠低护行云径▲画楼西畔分明影▲不为见时难△忍扶罗袖看△

撩人回面语▲▲颤袅钗翘舞▲▲花气泛红螺△△①横飞出茧蛾△△②

注：① 红螺：指发髻。② 茧蛾：即蛾眉。

陆姮（女）（清1233）二首　题：寄外。①

(1) 小楼昨夜春寒渐▲绿筠帘子何曾卷▲[②]帘外又斜阳△一溪新水香△
已教人远别▲▲更把青山隔▲▲人自不思归△△布帆空解飞△△[③]
注：① 外：指丈夫张诩。② 筠帘子：竹帘。③ 布帆：指船帆。

(2) 酿花天气春愁重▲[①]淡云微雨都如梦▲金斗熨沉香△[②]夜来针线忙△
踏青浑懒去▲▲女伴空拾取▲▲多事是黄昏△△替人催泪痕△△
注：① 酿花天气：指春天。② 金斗：铜熨斗。

王倩(女)(清 1235)一首

午窗人起桐阴转▲绿云覆满深深院▲隔水一枝低△待它幺凤栖△[①]
小红呼不应▲▲[②]知去催春茗▲▲最好晚凉生△△玉箫吹一声△△
注：① 幺凤：指小鸟。② 小红：婢女名。

丁履恒(清 1237)一首　题：哀武林女樱兰为妾。[①]

樱桃谢了春将近▲柳丝一桁参差暝▲湖水碧于油△流春复漾愁△
兰船人似玉▲▲惆怅前溪曲▲▲忽地惹相思△△香深蝶暗迷△△
注：① 武林：即浙江杭州；樱："樱"与后段第一字"兰"，相联为"樱兰"，即武林女。

奚疑(清 1262)一首　题：张大吟楼属题仕女。[①]

梧桐院寂秋如许▲[②]黄昏忽听潇潇雨▲独自倚栏杆△罗襟生薄寒△
一灯红似豆▲▲展卷消残漏▲▲何处送新愁△△雁声楼上头△△
注：① 张大吟楼：张吟楼，排行老大，故称张大；属：即嘱。② 如许：如此。

庄盘珠(女)(清 1268)二首　题：第一首，社日。[①]
第二首，酒家。

(1) 溟濛雨歇云犹聚▲[②]杏花红过秋千去▲闲立又闲行△香闺针线停△
鬓丝钗影乱▲▲午梦风吹转▲▲燕子到帘前△△绿拖叶柘烟△△[③]
注：① 社日：此处指春社日，在立春后第五个戊日。② 溟濛：小雨也。③ 叶柘烟：柘叶浓密如烟。柘，音蔗，树名。

(2) 雪消来问旗亭价▲[①]踏青人立秋千下▲珠溅腊糟香△[②]春风引梦长△
茅盖三间屋▲▲门对青溪曲▲▲帘影半低遮△△绕村红杏家△△
注：① 旗亭：指酒家。② 腊糟：酒品种。

孙荪意(女)(清 1277)三首　题：第一首，绣球花。

(1) 丛丛晴雪栏杆曲▲[①]东风翠剪玲珑玉▲蝴蝶打成团△梅花一蒂攒△[②]
昨宵林影白▲▲错认团圞月▲▲晓起卷帘看△△罗衣生薄寒△△
注：① 晴雪：喻绣球花。② 蒂：花叶与枝茎相连处；攒：聚也。

(2) 沉沉漏箭催清晓▲①鸭炉犹剩余香袅▲②吹灭小银灯△半窗斜月明△

绣衾金压凤▲▲③好梦同郎共▲▲含笑语檀郎△△④何须更断肠△△

注：① 漏箭：古计时器。② 鸭炉：鸭形香炉；袅：缭绕。③ 金压凤：金线凤凰。④ 檀郎：对夫或恋人之爱称。

(3) 枝头杜宇啼声急▲一帘丝雨和愁织▲花事太匆匆△苔阶飘落红△

昼长春绣懒▲▲偏髻拖残线▲▲斜倚小屏山△△含情忆去年△△

改琦(清 1280)一首

画船来往虹桥路▲①依依垂柳濛濛絮▲②化作白蘋花△花开傍那家△

流萤三五点▲▲摇曳冰纨扇▲▲③扇底一分人△△和它月二分△△

注：① 虹桥：即红桥，扬州名胜。② 依依：柔弱貌。③ 冰纨扇：熟绢扇。

张礼(清 1290)一首

庚庚瘦石穿林表▲①绿杨风里晴丝袅▲②雁齿小桥横△③飞泉漱玉鸣△

云根随意坐▲▲④静督奚童课▲▲⑤侧耳笛声幽△△夕阳山外楼△△

注：① 庚庚：横貌；林表：林外。② 晴丝袅：晴天蛛丝缭绕。③ 雁齿：即雁行，平列也。④ 云根：石也。⑤ 奚童：童奴也。

杨芸(女)(清 1294)二首　题：第一首，春闺。

第二首，书示浣芗大弟。

(1) 东风何事多轻薄▲梨花又逐桃花落▲①小步下兰阶△②红沾金缕鞋△③

雨丝吹袖湿▲▲窗外春云黑▲▲莫劝饯春杯△△④荼蘼尚未开△△

注：① 逐：追。② 兰阶：香阶砌。③ 金缕鞋：金线绣鞋。④ 饯春：送别春天。

(2) 嫩凉天气新晴后▲①深夜月上疏堤柳▲久病未开帘△新秋一雁边△

海棠花自好▲▲人怨西风早▲▲敧枕数寒更△△②薄帏灯半明△△

注：① 嫩凉：微凉。② 敧枕：倚枕、歪向枕边。

周青(清 1320)一首

春光又是江南早▲新来梦也连宵好▲酒醒暗香生△①隔花啼乳莺△

黄昏深院里▲▲袅袅清歌起▲▲②歌罢月栏杆△△③月高罗袖寒△△

注：① 暗香：指梅花香。② 袅袅：缭绕貌。③ 月栏杆：月上栏杆。

徐茝(女)(清 1325)一首　题：题踏青美人。

出门人说清明路▲香车停稳花深处▲携伴笑相呼△青还踏尽无△

行来春色满▲▲怕看斜阳晚▲▲桃浪柳丝风△△沿溪绿间红△△

吴存楷（清 1331）一首

缬衣帘软东风紧▲①复衾吹皱鸳鸯影▲②远梦落春江△灯花昨夜双△

相思花上鸟▲▲啼破梨园晓▲▲小妹看梳头△△难藏满镜愁△△

注：① 缬衣：有花纹绸衣。② 复衾：夹被。

李佩金（女）（清 1336）一首　题：题吴兰雪新田十忆图之草堂觅句。

绿芜春远裙腰衬▲寻诗天气新晴稳▲池草梦初醒△窗纱镂翠痕△

小庭人静处▲▲两两幽禽语▲▲犹记擘吟笺△△闲凭卍字栏△△

孙若霖（清 1339）一首　题：和南唐后主韵。①

深沉院落霏香雾▲②背人转过秋千去▲清夜立瑶阶△③露凉侵凤鞋△④

花阴阴处见▲▲小语还惊颤▲▲会面后应难△△尽伊心上怜△△

注：① 南唐后主：即李煜，见《词人小传》。② 霏：飘扬。③ 瑶阶：阶砌之美称。④ 凤鞋：凤头鞋。

邵广铨（清 1352）一首

镜湖记得春风好▲①兰桡泊向西陵道▲②香雾绕罗衣△双双蝴蝶飞△

杨丝千万缕▲▲不绾韶华住▲▲③忍见绿波斜△△回环苏小家△△④

注：① 镜湖：喻湖平如镜。② 兰桡：喻船；西陵：从末句"苏小家"看，应为杭州西湖之西泠。③ 这句说：留不住春景。④ 苏小：指南齐名妓苏小小，家在杭州西湖西泠桥垸。

周济（清 1355）一首

娇憨未识相思苦▲盈盈漫捉风前絮▲①春去绣帘闲△黛痕轻上山△②

残棋抛更着▲▲女伴娇难约▲▲特地唾绒窗△△为添晴昼长△△

注：① 盈盈：指女态轻盈；漫：随意。② 黛痕：画眉痕迹；山：喻眉峰。

陈彬华（清 1357）一首

蘼芜小院城东路▲①弓鞋浅印苍苔步▲②虚掩旧房栊△③乱花无数红△

秋潮江上暮▲▲桃叶兰桡渡▲▲④新燕啄泥香△△断桥流水长△△

注：① 蘼芜：野生草名。② 弓鞋：缠足女子之鞋。③ 房栊：房窗。④ 桃叶：渡口名，在南京秦淮河；兰桡：船之美称。桡，船桨也。

马洵（清 1363）一首

银河只隔红墙右▲画船行处金钗溜▲蓦地小回身△影儿如有人△

海棠花下路▲▲罗袜轻尘步▲▲今夜月明多△△月明寒奈何△△

江义田（清 1377）一首　题：偕胡渔溪司业、胡兰川太守坐杨存斋园中忆事。①

花花日午迷风蝶▲垂杨费尽东风力▲香气入帘栊△幽兰三两丛△
绮窗风细细▲▲昼暖莺声腻▲▲人意正无聊△△谁家吹玉箫△△
注：① 司业：官名，国子监副主管；太守：知府。

汪菊孙（女）（清1395）一首　题：纳凉。

黄昏雨过流云急▲寻凉闲凭雕栏立▲呼婢卷帘看△池荷香未残△
闲庭蝉唱罢▲▲月照梧桐上▲▲花外数流萤△△晚风团扇轻△△

季士訢（清1398）一首　题：姜白石遗像。[1]

扬州荠麦春风老▲[2]合肥巷陌秋风早▲[3]楚尾更吴头△[4]扁舟只载愁△
新词歌一曲▲▲[5]艳倚人似玉▲▲[6]花发马塍西△△[7]山禽不住啼△△
注：① 姜白石：即姜夔，见《词人小传》。② 扬州：江苏市名。③ 合肥：安徽市名。④ 楚：合肥古属楚；吴：扬州古属吴。两地相近，头尾相接。⑤ 此句说：姜夔善词曲。⑥ 此句说：姜夔有艳婢小红。⑦ 马塍：地名，在杭州钱塘门外。

管贻葄（清1405）一首

侬家家住横塘曲▲[1]桃花水暖鸳鸯浴▲门外小红桥△好风闲画桡△[2]
玉梭双凤影▲▲自织葡萄锦▲▲娇梦懒如云△△和春浓十分△△
注：① 侬：吴语，我也；横塘：在苏州胥门外。② 画桡：精美之船。

熊琏（女）（清1410）一首　题：看花美人。　注：调名原作重叠金。

海棠枝上莺啼巧▲声声唤起春暝早▲[1]红露湿弓鞋△[2]亭亭下玉阶△
千株开遍处▲▲纤手还重数▲▲蛱蝶绕钗梁△△[3]归来两鬓香△△
注：① 春暝：春夜。② 弓鞋：古代缠足女子之鞋。③ 钗梁：妇女首饰。

董基诚（清1413）一首

屏开雀尾拖金线▲[1]隔屏暗识春风面▲[2]仙佩解明珠△彩云留得无△
雏莺弦外语▲▲幺凤钗头舞▲▲[3]新月上帘迟△△隔帘花倦时△△
注：① 屏开雀尾：孔雀开屏也，此处指屏风上画图。② 春风面：喻美人面。③ 幺凤钗头：指钗头上小凤凰，首饰也。

张绍英（女）（清1428）二首

（1）双双蝴蝶阶前舞▲落红乱逐东风去▲花影动斜阳△隔帘风送香△
卷帘芳草绿▲▲燕语栏杆曲▲▲池上柳绵飞△△画屏香缕微△△

（2）荒村一带垂杨陌▲[1]断桥曲岸无行客▲斜日片帆轻△[2]春风樵子声△
暮山青草遍▲▲烟里双飞燕▲▲江上卷帘愁△△蘋开见水流△△

注：① 陌：田间道路。② 片帆：即一只船。

陈裴之（清 1442）二首

（1）翠芜烟霭香兰径▲①粉墙闲煞秋千影▲新绣折枝花△绿窗蝉翼纱△②
榴裙娇使酒▲▲③曾系红绡否▲▲明日是花朝△△④夜深开剪刀△△⑤

注：① 芜：杂草丛生处。② 蝉翼纱：喻极薄之纱。③ 榴裙：大红裙。④ 花朝：农历二月十二日为百花生日，称花朝。⑤ 开剪刀：花朝节，姑娘们剪五色彩纸粘在花枝上，称为“赏红”。

（2）闲看鬓影薰香坐▲弹琴未了添新课▲雪碗斗清茶△①冰绡拓画叉△②
湘筠裁凤纸▲▲③笑仿鸳鸯字▲▲屧响近回廊△△④罗巾蓦地藏△△

注：① 雪碗：洁白碗。② 冰绡：喻女子；拓：手推物也；画叉：挂画之钩叉。③ 湘筠：斑竹，指湘帘。④ 屧：木屐鞋。

张姗英（女）（清 1446）一首

柳丝窈窕栏杆曲▲①微风吹送蔷薇落▲蝴蝶一双飞△阶前碧草迷△
雕梁双燕舞▲▲窗外黄鹂语▲▲②花暝正寒时△△开帘折一枝△△

注：① 窈窕：妖冶貌。② 黄鹂：即黄莺。

袁绶（女）（清 1451）一首　题：春日偶成。

海棠枝上莺声软▲轻衫乍试春寒浅▲风撼护花铃△惊它蝶梦醒△
昼长深院静▲▲弹指清明近▲▲芳径燕泥香△△新愁上绿杨△△

陆珊（女）（清 1453）一首　题：簪茉莉夫人。

画眉才了临妆镜▲一枝斜飐生娇韵▲①倦压鬓云偏△呼鬟整翠钿△
夜香烧月下▲▲细步吹兰麝▲▲卸下枕函旁△△②凉宵梦亦香△△

注：① 飐：物受风摇动。② 枕函：枕套也。

余鼎（清 1462）一首

宝檀阁上开晴旭▲①雕棂掩映玻璃绿▲②长日绣罗襦△③一双明月珠△
院深行迹杳▲▲④风落榆钱小▲▲⑤未肯学秋千△△防人拾翠钿△△

注：① 宝檀：名贵檀木；晴旭：晴天红日。② 棂：窗上格子。③ 长日：昼长也；襦：短衫。④ 杳：无声息。⑤ 榆钱：指榆荚，因似铜钱状。

汪士进（清 1463）一首

荼蘼满架春将老▲风狂雨横应多少▲蛱蝶过东墙△知它为底忙△①
垂杨遮不住▲▲又向西家去▲▲西去有回栏△△栖香仔细看△△②

注：① 为底：即为何。② 栖香：停栖、安居也。

王嘉禄（清 1468）一首　题：寒食出游。

粉墙红界秋千影▲水窗一带无人凭▲空翠画桥边△丝丝杨柳烟△

今年花事早▲▲寒食风光好▲▲花外夕阳多△△好春人奈何△△

项鸿祚（清 1481）一首　题：春静。

春寒不度垂杨树▲风帘澹澹吹香絮▲霏雨午天晴△隔花闻笑声△

嫩篁微解箨▲▲①镜槛新阴薄▲▲断续水沉烟△△②燕窥人昼眠△△

注：① 解箨：脱壳。

吴藻（女）（清 1484）二首

（1）雨晴天气秋如画▲屏山几曲垂帘亚▲花径为谁开△美人来未来△

日斜阶下立▲▲不耐西风急▲▲靠住小栏杆△△一双罗袖单△△

（2）夕阳庭角归鸦噪▲银屏翠幕生寒峭▲暝色上花枝△曲终人去时△

黄昏深院锁▲▲只是薰香坐▲▲一夜雨和风△△小窗灯不红△△

程应权（清 1501）一首

隔窗柳絮阴阴过▲妆成独自垂帘坐▲几载学眉痕△①眉痕生就颦△②

梁间双燕语▲▲苦劝寻芳去▲▲③不是不游春△△春阴重十分△△

注：① 几载：即几年。② 颦：蹙眉貌。③ 寻芳：即寻香、踏青。

费丹旭（清 1504）一首

画罗裙换秋纹裥▲齐纨扇低秋痕浅▲①归梦卜秋期△②钗头燕子飞△

瘦鞋弓窄窄▲▲③立近栏杆侧▲▲惆怅晚来风△△海棠花未红△△

注：① 齐纨扇：山东绢团扇。② 卜：预兆。③ 弓：弓形鞋，即缠足女鞋。

张秀端（女）（清 1516）一首

碧茵绣幔重重锦▲流苏五彩鸳鸯枕▲匝地簟纹凉△氤氲来异香△

敲棋声定后▲▲笑语闲清昼▲▲六幅画屏风△△夜阑灯烛红△△

周诒蘩（女）（清 1517）二首　题：第一首，冬夜。

第二首，对雪。

（1）书帏灯影微微飐▲①林梢澹月濛濛上▲②寒气逼窗纱△风声老岁华△③

更深莲漏静▲▲绣被侵人冷▲▲雪意已安排△△梅花开未开△△

注：① 书帏：书房帏幕。② 澹：恬静。③ 岁华：岁时也。

（2）几枝瘦菊摇残绿▲一帘雪影辉金谷▲①爱上小楼看△群峰展玉颜△

云开风色缓▲▲薄酒浮杯暖▲▲入暮冻痕融△△②微阳屋角红△△

注：① 金谷：晋人石崇别墅，此处喻房舍。② 融：融销。

张金镛（清 1527）一首

压帘飞絮和烟重▲蛛丝网得愁无缝▲了鸟戛朱门△①昼长春笑人△

梦怀蝴蝶写▲▲小雨莺声哑▲▲芳意乍阑珊△△②一花红半阑△△

注：① 了鸟：绞钮也；戛：敲击也。② 芳意：春意；阑珊：衰残也。

汤湘芷（女）（清 1535）一首　题：题雨生叔父画梅楼图。①

冰肌压骨神仙貌▲画梅却与梅同调▲心迹喜双清△瑶台坐月明△②

仙姝分列院▲▲③下笔开生面▲▲④软语替商量△△浓妆还淡妆△△

注：① 雨生叔父：即汤贻汾，见《词人小传》。② 瑶台：西王母居所，指仙宫。③ 仙姝：仙女。④ 下笔开生面：杜甫诗"将军下笔开生面"，言写生者能使面目精神皆显也。

吴承勋（清 1547）一首

乍接音书浑似梦▲①几回瞪视鞋尖凤▲②惹得小鬟猜△③抬簪代拆开△

书中无别语▲▲只说凉州住▲▲④新种绿葡萄△△春来一丈高△△

注：① 浑：完全也。② 鞋尖凤：喻凤头鞋也。③ 小鬟：婢女。④ 凉州：甘肃府名。

赵我佩（女）（清 1557）一首

罗帷昨夜秋先逗▲①银釭一点红如豆▲②无力卸残妆△桐阴月转廊△

愁多偏易醉▲▲闷拥香衾睡▲▲不道梦难成△△酒醒愁又生△△

注：① 逗：到也。② 银釭：油灯盏。

钱斐仲（女）（清 1575）一首

流莺日日催芳草▲越罗妥帖余寒小▲粉蝶一双飞△春风香满衣△

藤阴遮翠幔▲▲容易窗纱暗▲▲细雨压花低△△迷藏人不知△△

程兆和（清 1586）二首　序：自道光丙申（1835 年）至丁未（1846 年）应春官者五荐不售，有感填此。①

（1）虫声断续还如诉▲蕉窗一夜廉纤雨▲②幽咽不分明△红楼向晓听△

起来匀粉额▲▲眉晕春山碧▲▲③深浅自商量△△羞窥邻女妆△△④

注：① 春官：指春试，即考进士；五荐不售：五次赴考落第。② 蕉窗：芭蕉旁窗户。③ 春山：喻眉峰。④ 邻女：喻春试及第者。

（2）邻家姐妹夸罗绮▲①金龟艳说风流婿▲②侬却暗踌躇△③檀郎嫁得无△④

幽闺空谷老▲▲九畹开宜早▲▲⑤莫再误春风△△风吹桃李红△△

注：① 罗绮：丝织品衣服，喻富贵。② 金龟：唐三品以上官员，可以佩

金龟。③ 侬：我也。④ 檀郎：喻如意郎君。⑤ 九畹：兰也，语出《楚辞》。此处喻及第。

苏穆（女）（清 1592）二首

（1）瑶阶怅望春将暮▲[1]幽兰欲倩东风护▲已是不胜愁△更堪明月楼△
断肠谁忍见▲▲梁上双燕燕▲▲莫诉向蝉娟△△[2]夜来初学圆△△
注：① 瑶阶：白石阶也。② 蝉娟：指月宫嫦娥。

（2）栏杆十二春光遍▲芳香暗减吹箫院▲最惜故园枝△断红还自持△
佯羞娇欲语▲▲说被东风误▲▲夜久月生寒△△绣帘相对闲△△

汪曰桢（清 1617）一首

盈盈十二三年纪▲春来未解愁滋味▲谁与斗腰肢△迎风杨柳枝△
妆成脂粉湿▲▲肩亚门前立▲▲纤手一时招△△卖花人过桥△△

承龄（清 1624）一首

双双锦绶衔金凤▲流苏香暖摇残梦▲蝴蝶抱花枝△夜深风定迟△
重帘低窣地▲▲鸳牒分明记▲▲四月熟梅天△△画楼听雨眠△△

高佩华（女）（清 1627）一首

沉沉帘幕霏霏雾▲[1]濛濛细雨连朝暮▲[2]终日掩柴扉△[3]燕儿犹未归△
栏边花事了▲▲谁惜春光老▲▲明月几时来△△湿云吹不开△△
注：① 霏霏：飘扬貌。② 濛濛：微雨貌。③ 柴扉：柴门、简陋之门。

郑莲（女）（清 1628）一首

春风二月江南路▲春山如画春光妒▲绿幔卷高楼△黛痕眉上愁△
薄烟团几里▲▲拾翠人归矣▲▲[1]又听子规啼△△[2]如丝雨下时△△
注：① 拾翠：古时妇女采百草以作娱乐。② 子规：即杜鹃。

陶淑（女）（清 1629）二首　题：第一首，冬夜。
第二首，除夕同外（夫周炳如）戏作。

（1）女红夜半忙无了▲[1]北风冷逗灯光小▲几缕擘红丝△[2]芙蓉穿一枝△
三更窗乍白▲▲莫是天将雪▲▲呼婢卷帘看△△满阶清月寒△△
注：① 女红：即女工，女子针线工作。② 擘：分裂。

（2）六街爆竹三更柝▲[1]桃符写就新年乐▲[2]听说喜神来△家家门大开△
明朝如岁始▲▲相见都恭喜▲▲糕果送来多△△无如邻佑何△△[3]
注：① 柝：音托，梆也，指巡夜打更。② 桃符：门上设两桃木板，画神以避邪。也可泛指春联。③ 邻佑：也作邻右，邻居也。《元典章·刑部十八·阑遗》："如有隐藏或违限不解赴官，许邻佑诸人者告得

实，将犯人痛行断罪告人。”

汤光启（清 1634）二首

（1）杨丝力弱游丝乱▲退红帘子垂刚半▲香断水云沉△画屏深更深△
东风时做冷▲▲瘦尽春人影▲▲蝴蝶不归来△△樱桃花又开△△

（2）重门深掩秋千院▲葳蕤锁住江楼畔▲①铃语度回廊△②惊他午梦凉△
闲来慵对镜▲▲怕见纤纤影▲▲蹙损两眉尖△△描来剧可怜△△
注：① 葳蕤：草木茂盛的样子。② 铃语：檐角铃声。

周翼杶（女）（清 1636）一首　题：晚眺。

绣余闲步青苔院▲暖风微拂珠帘卷▲斜日下回廊△梨花澹澹香△①
高楼闲自上▲▲静倚朱栏望▲▲片片晚霞新△△盈盈月近人△△②
注：① 澹澹：恬静貌。② 盈盈：圆满貌。

端木埰（清 1640）一首　序：十六夜，月大好，独坐至四更，即事书。①

中庭夜色清于水▲玉轮高揭天心里▲②月白露华生△秋蛩时一声△③
空阶和月坐▲▲坐久深望我▲▲凉思澹萧萧△△④悄然双白猫△△
注：① 即事书：就眼前事物而写。② 玉轮：指月。③ 秋蛩：秋天蟋蟀。
④ 萧萧：冷落。

王梦兰（女）（清 1646）一首　题：春晚口占。①

一声百舌啼金井▲②海棠枝上燕支冷▲③小院燕双飞△湘帘镇日垂△④
薄寒轻似水▲▲慵把栏杆倚▲▲墙角杏花残△△临风翠袖单△△
注：① 口占：随口而吟。② 百舌：鸟名；金井：有雕饰之井栏，此处指井傍梧桐树。③ 燕支：即胭脂，喻红。④ 湘帘：斑竹帘；镇日：整天。

蒋春霖（清 1651）一首

青溪流水宵呜咽▲①青溪杨柳无枝叶▲远客莫相思△江南春信迟△
迟君堤上道▲▲②堤下多荒草▲▲布谷雨声中△△③野花肠断红△△
注：① 宵：夜也。② 迟：等待也。③ 布谷：鸟名，鸣声如呼“割麦插禾”。

陆蓉佩（女）（清 1673）二首　题：第一首，画蝶。
第二首，帘影。

（1）轻躯摇飏群芳腻▲可怜难画腰肢细▲一捻太轻盈△描来魂欲惊△
疏帘风力软▲▲点笔春应卷▲▲半幅看依稀△△回眸恐欲飞△△

（2）撩人花气浓如露▲风回蓦地留香住▲深院昼垂垂△妨他燕子归△
游丝闲未定▲▲似识回文影▲▲蝴蝶忽飞来△△波浪荡飏开△△

左白玉（女）（清1675）一首　题：白莲。

翠云重叠烟明灭▲胭脂洗尽团香雪▲已是厌红妆△还愁似六郎△①

无情天欲曙▲▲啼尽清江露▲▲幽恨竟谁知△△月明香满池△△

注：① 六郎：张昌宗别号，因美白多姿，得宠于武则天。第二句至第四句均含“白”意。

关锳（女）（清1687）一首　题：喜蔼卿自毘陵归。①

小楼一夜东风骤▲一春花事阑珊够▲斜月绿窗低△梦回闻马嘶△

梨花明似雪▲▲含笑开门说▲▲昨夜结灯花△△②今朝直到家△△

注：① 蔼卿：即其夫蒋坦；毘陵：今江苏常州。② 结灯花：古人认为油灯结灯花是喜报。

陈嘉（女）（清1697）四首　题：闺中四时词。

（1）绿杨踠地春愁重▲①流莺啼破红闺梦▲睡起悄凭栏△罗襦怯晓寒△②

卖花声渐近▲▲催把云鬟整▲▲对镜画双蛾△△③远山眉样多△△

注：① 踠地：弯曲至地。② 罗襦：罗衫。③ 蛾：指眉。

（2）梧桐渐长芭蕉大▲愔愔庭院清阴锁▲①曲槛绕芳塘△风来荷叶香△

昼长人意懒▲▲盼煞斜阳晚▲▲粉汗湿鲛绡△△②休将纨扇抛△△

注：① 愔愔：安和貌。② 鲛绡：《述异记》：“南海出鲛绡，入水不濡。”喻其名贵。

（3）万花开瘦红衣落▲金风袭体罗衫薄▲①屈指数星期△②神仙还别离△

玉阶鸣促织▲▲③砧杵万家急▲▲④枕簟爱新凉△△⑤梦似莲漏长△△⑥

注：① 金风：即秋风。② 屈指：扳着指头计数；星期：七夕，牛郎、织女双星相聚之期。③ 促织：蟋蟀别名。④ 砧杵：喻捣衣也。⑤ 枕簟：枕头、竹席。⑥ 莲漏：莲花形滴漏器，指滴漏计时。

（4）日高犹恋重衾卧▲①葱纤冷怯慵梳裹▲②帘外暗香来△③早梅开未开△

同云天欲雪▲▲④鸦阵盘空黑▲▲数九约围炉△△⑤先将窗纸糊△△

注：① 重衾：两条被。② 葱纤：喻女指。③ 暗香：喻梅香。④ 同云：雪云。⑤ 数九：冬至后数个九天，其中以三九、四九最冷。

孙廷樟（清1703）一首

钿筝拥髻秋灯驿▲①蜡烟纸缭春眉碧▲众里最盈盈△②十三弦语轻△③

妾如泥着雨▲▲④郎似风吹絮▲▲吹絮着春泥△△相逢难别离△△

注：① 钿筝：筝形嵌金首饰；驿：犹今之招待所。② 盈盈：女貌轻盈。

③ 十三弦：筝有十三弦柱。④ 妾：古代女子自称。

金绳武(清 1711)一首

几天不到闲池阁▲①东风摇弄秋千索▲莫是个侬来△②红窗分付开△

绣帷飘不定▲▲满簟梨花影▲▲③等到月痕斜△△影儿无半些△△

注：① 闲池阁：指空闲花园。② 个侬：那个人，即他。③ 簟：竹席；梨花影：指月光。

左锡璇(女)(清 1716)一首

蕉窗夜夜风兼雨▲①一灯瘦影愁为侣▲检点别时裙△空余旧泪痕△

晨妆慵览镜▲▲②积思多成恨▲▲翠黛待重描△△③怜无惜日娇△△

注：① 蕉窗：近芭蕉树窗户。② 慵揽镜：懒对镜。③ 翠黛：喻眉。

刘履芬(清 1718)一首

一行凉雁横秋碧▲西山犹有怜人色▲折起月华裙△幅中多画云△

丁丁敧了鸟▲▲①鸾使何时到▲▲②金井夜啼鸦△△③无心数落花△△

注：① 丁丁：环佩声；敧：倾侧；了鸟：环钮也。② 鸾使：喻音信。③ 金井：雕饰之井栏，此处指井旁梧桐树。

汪承庆(清 1720)一首

东风吹醒芳堤绿▲吴侬齐唱蘼芜曲▲①粉蝶抱花飞△乱红香满衣△②

春波平似掌▲▲欸乃闻兰桨▲▲烟雨一丝丝△△去年人别时△△

注：① 吴侬：苏州一带之人；蘼芜曲：指《古诗十八首》其一："上山采蘼芜，下山逢故夫……"。② 乱红：落花。

蒋曰豫(清 1738)一首

何时再问吴趋道▲①旭华依旧山题照▲②选句故山萝△长浓劝酒螺△

韶年消绮怨▲▲③篆瓣香凫眷▲▲④只要慰素怀△△秋纨弃亦佳△△⑤

注：① 吴趋道：苏州城内有吴趋坊街。② 旭华：喻阳光。③ 韶年：美妙年华。④ 篆瓣：曲折花瓣；凫：野鸭。⑤ 秋纨：秋天团扇。

吴兰畹(女)(清 1747)一首

丁香双绾同心缕▲①绿窗燕子呢喃语▲萱草满庭芳△②难将忧暂忘△

绣带垂永昼▲▲③篆缕消金兽▲▲④残梦记难真△△匆匆日又曛△△

注：① 丁香：树名，此处指其枝叶；缕：线也。② 萱草：名宜男草，又称忘忧草。③ 永昼：长日。④ 金兽：兽形铜香炉。

朱冠瀛(清 1748)四首

（1）栏杆日午花枝亚▲①隔帘有个人如画▲瘦影太阑珊△②东风吹鬓寒△
吴侬年纪小▲▲③手把相思草▲▲无语锁双眉△△知她心恨谁△△
注：① 亚：压也。② 阑珊：衰残。③ 吴侬：指苏州一带人。

（2）银釭微炧铜壶静▲①残妆半面胭脂冷▲絮语小楼阴△②夜来风露深△
芳年含豆蔻▲▲③正是愁时候▲▲④故意放娇痴△△试郎知不知△△
注：① 银釭：灯盏也；铜壶：滴漏计时器。② 絮语：语多而连续。③ 豆蔻：豆蔻年华，妙龄也。④ 愁时候：多愁善感，喻怀春时候。

（3）洞房人静催莲漏▲①灯花红颤春寒透▲不肯小回身△近前佯带嗔△②
和衣推醉卧▲▲枕上金钗堕▲▲低下绣罗帏△△梦酣蝴蝶飞△△
注：① 洞房：深邃之房；莲漏：莲花形滴漏器。② 佯带嗔：假怒。

（4）杨花扑面梨花雪▲①浅寒又过清明节▲南陌踏春归△②东风香满衣△
倚衾佯醉卧▲▲③愁黛娇颦锁▲▲④斜日上帘钩△△无人深掩楼△△
注：① 雪：喻白。② 南陌：南郊。③ 佯醉：假醉。④ 黛：喻眉。

陶景羲（清1749）一首

雕鞍夜走章台路▲①花枝娇小留人住▲②潮晕涨霞腮△③新声入破才△④
三条弦子涩▲▲暖炙银簧舌▲▲⑤一曲断人肠△△柳花满店香△△
注：① 章台：指妓院。② 花枝：喻妓女。③ 此句说：腮颊潮润生光。④ 入破：乐曲将终而合奏；才：刚才。⑤ 银簧舌：舌如簧片奏乐。

余一鳌（清1758）一首

柳丝浓护秋千索▲柳絮飞趁池塘角▲①去去作青萍△鸳鸯傍一生△
清明春有限▲▲错怪东风剪▲▲飞燕惜残红△△②衔来似告侬△△
注：① 趁：追逐也。② 残红：落花。

叶澹宜（女）（清1796）一首　题：春晓。

卖花声早惊残梦▲妆台闲理衔珠凤▲窗透曙光红△吹来杨柳风△
隔帘鸠唤雨▲▲①紫燕穿帘舞▲▲春去尚余寒△△春衫白袷单△△②
注：① 鸠唤雨：鸠，鸟名。天欲雨，其呼声如“渴杀苦”。② 袷：夹衣也；单：单薄也。

陶方琦（清1800）一首

湔裙香侣无寻处▲①笛床又检红绒去▲②日日绣芙蓉△谁人怜绣工△
宫妆褰紫凤▲▲③百幅香锦重▲▲春暖复春寒△△侬心两样看△△
注：① 湔裙：古代风俗，正月中妇女去河溪洗衣裙，洒酒于滩，云可解厄。

② 笛床：笛套。③ 宫妆：宫女妆，一称内家妆；紫凤：衣裙上所绣紫色凤凰。

曾懿（女）（清 1833）三首

（1）玉楼听雨侬心碎▲①杏花零乱娇如醉▲小婢不知愁△折花泥上头△②

珠帘垂悄悄▲▲一缕炉烟袅▲▲眉黛不胜春△△输他柳色新△△

注：① 玉楼：即闺楼，女子寝楼；侬：吴语，我也。② 泥：涂也、插也。

（2）碧天一抹连芳草▲①落英满地愁慵扫▲燕子惜残红△争衔上绮栊△②

昼长无意绪▲▲绿写蕉笺句▲▲莫诵葬花诗△△③玉笼鹦鹉知△△

注：① 一抹：一带。② 绮栊：窗户之美称。③ 葬花诗：《红楼梦》林黛玉作。

（3）珠帘垂地帘钩控▲枣花香腻诗人梦▲杜宇一声声△①教人不耐听△

倚栏闲试茗▲▲酒醒愁难醒▲▲莫道歇群芳△△②荼蘼满架香△△

注：① 杜宇：即杜鹃，其声悲切。② 歇群芳：众花萎谢之意。

萧道管（女）（清 1842）一首　题：钱塘江上事，代石遗赋。①

玉骢误却湖边路▲②无端侥幸钱塘住▲③明日富春江△④那人开晓窗△

镜台刚草草▲▲⑤结束凌波好▲▲⑥仔细觑宠儿△△⑦遗巾佯不知△△

注：① 钱塘江：在浙江杭州一带；石遗：即陈衍，作者之夫。② 玉骢：指马。③ 钱塘：今杭州。④ 富春江：钱塘江下游。⑤ 镜台：喻梳妆；草草：简单马虎之意。⑥ 凌波：步履轻逸貌。⑦ 宠儿：指作者自己，因此词代夫所作，描写夫意。

程淑（女）（清 1853）一首

妆楼晓起慵梳掠▲绿鬓斜亸香云薄▲①薄病意恹恹△东风不卷帘△

余寒侵绣户▲▲重把薰篝炷▲▲②双燕话喃喃△△③春愁转不堪△△

注：① 香云：喻发。② 薰篝：即薰笼。③ 喃喃：小声唠叨。

梁鼎芬（清 1858）一首　题：和南雪丈甲午（1894 年）感事。

霜天翠照横晨夕▲流杯巧镂桃花石▲①亭馆极婵嫣△②清风也费钱△

西园莺燕好▲▲拾翠春争道▲▲③杨柳袅千丝△△谁言非盛时△△

注：① 镂：刻也。② 婵嫣：相连貌。③ 拾翠：妇女拾百草以娱乐。

江标（清 1861）一首

玉馊飞凤银屏小▲①画罗帐卷春云晓▲②缭乱海棠丝△③还移明镜迟△

无言成独坐▲▲底事重梳裹▲▲④帘外鹧鸪啼△△泥金裙舞衣△△⑤

注：① 镂：镂刻；银屏：屏风美称。② 春云：喻发。③ 海棠丝：喻发。
④ 底事：何事；梳裹：梳妆。⑤ 泥金：屑金以为物饰，指舞衣。

汪鸣琼（女）（清1862）一首

夕阳红瘦高楼影▲西风吹就秋花病▲独自卷帘看△罗裳怯嫩寒△

愁多人更懒▲▲燕语雕梁怨▲▲冷煞小池塘△△鸳鸯梦一双△△

薛绍徽（女）（清1874）一首　题：题画。

红闺不识天涯路▲画图先拟描红树▲野渡泊溪湾△秋声何处山△

纸长描不得▲▲尽染黄沙色▲▲衰草玉关阴△△[1]迢迢万里心△△

注：① 玉关：玉门关，在甘肃，西界新疆。

劳纺（女）（清1883）八首　题：第一首，病起见秋海棠作。

第二首，雨后。

第三首，书所见。

第四首，登楼见红叶。兰州（时作者之翁陶模官甘肃巡抚，作者随夫侍奉在任）无枫，不知其何树也。

第五、六两首，泾州（甘肃泾县）道中。

第七首，老河口（在湖北光化县南，汉水之东。南下者皆于此过渡。时陶模调任两广总督，由长安去广州路过）市集长十里，渡舟多女郎执棹。

第八首，辛丑（1901年）春日初晴，登楼望粤秀山（在广州城内）。

（1）小庭几日无人到▲数番雨过苔难扫▲病起倚窗看△秋光正可怜△[1]

海棠娇无比▲▲艳绝西风里▲▲红萼缀疏疏△△[2]枝枝瘦欲扶△△

注：① 可怜：可怜爱。② 缀：连也、挂也。

（2）辞巢紫燕将归去▲[1]画檐几日潇潇雨▲[2]篱豆荚初肥△绕篱蝴蝶飞△

残云犹未敛▲▲缺处斜阳闪▲▲开遍小蕻花△△[3]秋来更忆家△△

注：① 紫燕：即燕子。② 潇潇雨：雨暴疾貌。③ 蕻：水草名，亦称空心菜。

（3）红遮翠掩穿幽径▲花光人面交相映▲小立态珊珊△[1]徘徊复倚栏△

日斜归去也▲▲联步芳亭下▲▲[2]应怯晚风尖△△鹅黄半臂添△△[3]

注：① 珊珊：幽娴貌。② 芳亭：花草香美之亭。③ 鹅黄：极娇艳之黄

色；半臂：即背心。

(4) 疏林一带留残碧▲林间点染胭脂色▲烂漫几枝斜△真如二月花△

寒波浮桂棹▲▲①却忆江南好▲▲望里尽霜枫△△落霞相映红△△

注：① 桂棹：船桨之美称。

(5) 阴阴欲酿催花雨▲①轻云淡薄铺如絮▲客里过清明△匆匆时序更△

芳郊春尚浅▲▲覆垄新苗短▲▲不见酒旗斜△△满山开杏花△△

注：① 催花雨：喻春雨。

(6) 薄暖轻寒无凭准▲吹来料峭东风紧▲时听野禽啼△避人何处飞△

绿肥红未瘦▲▲春色方如绣▲▲几日到长安△△①莫愁行路难△△

注：① 长安：即今陕西西安。时作者之公爹陶模升任陕甘总督，督署在长安。

(7) 盈盈十五年方绮▲①湖光照影花输媚▲纤手袖微揎△②玲珑约指环△③

慢摇双桨去▲▲翩若惊鸿舞▲▲④生小弄扁舟△△⑤风波不解愁△△

注：① 年方绮：即年少妙龄也。② 揎：钩袖出臂也。③ 约指环：即戒指。④ 惊鸿：喻美人体态轻盈。⑤ 生小：从小生来。

(8) 新晴霁色明清巘▲①朱楼画阁参差见▲②莫厌倚栏杆△攀枝花正妍△③

翩翻双燕舞▲▲④百啭呢喃语▲▲⑤惆怅忆江南△△⑥音书滞一缄△△⑦

注：① 巘：音砚，山峰也。② 参差：不齐貌。③ 攀枝花：即木棉树。④ 翩：飞貌。⑤ 啭：鸟鸣；呢喃：燕语。⑥ 惆怅：伤感也。⑦ 滞：滞留；一缄：一封，指书信。

续廉（清 1889）一首　题：上巳游蟠桃宫。①

长堤一线偎春水▲②香车宝马人如织▲③隔岸两三家△墙头红杏花△

旗亭斟绿酒▲▲④恰遇兰言友▲▲⑤好去强追欢△△年年三月三△△

注：① 上巳：古节日，在农历三月初三。② 偎：紧靠。③ 织：音志，去声，喻稠密。④ 旗亭：市楼，指酒家。⑤ 兰言：言气味相投。

桂念祖（清 1891）一首　题：读小山调。①

才华已为情销损▲那堪又被多情困▲珠玉女儿喉△新词懒入眸△

清愁消不得▲▲梦入莲花国▲▲方信断肠痴△△断肠天不知△△

注：① 小山：即宋晏几道，见《词人小传》。

冯江（清 1898）二首　题：第一首，闺情。

第二首，春郊即目。

(1) 帘波漾碎花阴月▲沉檀半炷炉烟歇▲①风飐锦裙斜△花间课碾茶△②

不嫌春夜冷▲▲故故偎梅影▲▲③瞥眼见檀郎△△④笑从花外藏△△

注：① 沉檀：香名。② 课：试也。③ 故故：屡屡；偎：亲近也。④ 瞥眼：偶见也；檀郎：对丈夫或恋人之爱称。

(2) 梨花一树无人路▲依稀梦里曾游处▲记得那人家△去年无此花△

折花人不管▲▲惊吠篱边犬▲▲蓦地有人窥△△墙头小女儿△△

罗庄(女)(现当25)一首

春风乍起春云展▲寻春只道春犹浅▲倚槛漫低回△飞花入领围△

愿栽千顷树▲▲遮断春归路▲▲还向绿阴中△△留他一点红△△

庄一拂(现当53)一首

春衫初试纤纤手▲腰肢不为伤春瘦▲有恨莫低头△低头转自愁△

相思天地阔▲▲那有长圆月▲▲依旧好花开△△东风送笑来△△

许白风(现当58)四首　题：第一首，立夏。

第二首，村姑。　注：调名原作重叠金，1963年作。

第三首，无题。　注：1964年作。

第四首，灵隐有见。　注：1979年作。

(1) 算来立夏今年早▲①樱桃红熟青梅小▲微雨客来稀△帘前燕子飞△

习俗沿相尚▲▲麦饼新甜酿▲▲日午看秤人△△②邻家笑语闻△△

注：① 立夏：二十四节气之一，在公历五月五日左右。② 秤人：嘉兴习俗，立夏日秤人重量。

(2) 棉花采摘忙初罢▲田头姊妹多情话▲赶制北京鞋△①明朝登市街△

灯芯绒最好▲▲颜色红尤俏▲▲情意比工农△△心花红更红△△

注：① 北京鞋：鞋式样，来自北京，故名。

(3) 筋酸骨痛应时节▲恰如破屋遭风雪▲药酒百杯尝△糊泥补坏墙△

秋霜连夜堕▲▲老伴深怜我▲▲布袄替装棉△△围炉过冬天△△

(4) 一千年外云林寺▲②就中几换人间世▲殿宇上新装△金生佛面光△

蒲团陈设处▲▲③膜拜痴男女▲▲老衲出禅关△△④摆开香烛摊△△

注：① 云林寺：即灵隐寺。② 蒲团：跪拜用垫。③ 老衲：即老僧。

车乘轨(现当88)二首　题：第一首，重建嘉兴精严寺大殿上梁。　注：1999年9月13日作。

第二首，腊八粥。　注：2007年1月16日作。

(1) 梵宫百尺凌空起▲①大雄宝殿装梁喜▲香客集如云△高僧祈祷勤△

迎神三匝绕▲▲②祥吉时辰到▲▲天半响鞭炮△△工竣福食抛△△③

注：① 梵宫：指大殿。该工程于4月13日破土，今日上午10时上梁。② 迎神：寺僧九人率善男信女绕殿三匝恭迎，并向旁观者施洒杨枝净水。③ 福食抛：糕粽、水果、粒糖等供品纷纷从梁上抛撒而下，观众竞拾之，云能增福。

(2) 年年腊月逢初八▲寺庵供粥人争吃▲①百果伴熬粘△补身热又甜△

释迦成道日▲▲借佛叨光吉▲▲今岁更奇新△△药商来效颦△△②

注：① 腊月(十二月)初八，传为佛祖释迦牟尼成道之日。因他成道前，牧女曾献乳糜，用香谷、果实等煮粥供佛，故佛寺于是日效法熬粥，称腊八粥。并免费供人尝吃，祈求吉祥。是年嘉兴精严寺、觉海寺照例供粥，杭州净慈寺发粥竟达二万五千份。② 效颦：语出"东施效颦"。是年杭州胡庆余堂药号，嘉兴兰台药房，均以药膳保健为由参与免费供粥。

董国军(现当278)一首　题：步韦端己韵。①

江南夏日风光好▲行行渐觉春心老▲荷叶碧连天△系舟过午眠△

残霞林岫月▲▲②鸥鹭翩如雪▲▲住惯在鲈乡△△③客愁谁断肠△△

注：① 韦端己：即韦庄，见《词人小传》。② 岫：峰峦也。③ 鲈乡：产鲈鱼之乡。源出晋张翰"莼羹鲈脍"。

四十四字　菩萨蛮　　第二体，同第一体，但后段第一、二句仄韵同前段，不换第二种仄韵。

李白(唐7)一首

平林漠漠烟如织▲①寒山一带伤心碧▲暝色入高楼△②有人楼上愁△

玉阶空伫立▲③宿鸟归飞急▲④何处是归程△△长亭连短亭△△⑤

注：① 漠漠：布列貌。② 暝色：昏暗色，即黄昏时。③ 玉阶：白石阶砌；伫立：久立。④ 宿鸟：投宿之鸟。⑤ 长亭连短亭：古代设在路边供人休歇的亭舍，间隔十里为长亭，五里为短亭。

韦庄(五代十国1)一首

如今却忆江南乐▲①当时年少春衫薄▲骑马倚斜桥△满楼红袖招△②

翠屏金屈曲▲③醉入花丛宿▲此度见花枝△△④白头誓不归△△

注：① 江南：长江以南地域，一般指苏南、皖南、浙北。② 红袖：喻女子。

③ 此句说：金光闪闪折式翡翠屏风。④ 花枝：喻美女。

欧阳炯(五代十国11)一首

晓来中酒和春睡▲①四肢无力云鬟坠▲斜卧脸波春△玉郎休恼人△

日高犹未起▲为恋鸳鸯被▲鹦鹉语金笼△△道儿还是慵△△②

注：① 中酒：醉酒。② 儿：古代妇女自称；慵：懒也。

孙洙(宋73)一首　题：记恨。

楼头尚有三通鼓▲①何须抵死催人去▲上马苦匆匆△琵琶曲未终△

回头凝望处▲那更廉纤雨▲②漫道玉为堂△△玉堂今夜长△△③

注：① 三通鼓：即三更。时作者宴于李端愿家，李新纳妾，善琵琶，颇着迷。忽有帝命，宣其入翰林院，时交二鼓，恨帝命早，故作此词。② 廉纤雨：微雨。③ 玉堂：指翰林院。

朱淑真(女)(宋140)一首

秋声乍起梧桐落▲蛩吟唧唧听萧索▲①欹枕背灯眠△月和残梦圆△

起来钩翠箔▲②何处寒砧作▲③重倚小栏杆△△逼人风露寒△△

注：① 蛩吟：蟋蟀吟唱。② 翠箔：绿色斑竹帘。③ 寒砧：凄凉捣衣声。

僧祖可(宋147)一首

谁能画取沙边雨▲和烟澹扫蒹葭渚▲①别岸却斜晖△采莲人未归△

鸳鸯如解语▲对浴红衣去▲去了更回头△△教侬特地愁△△②

注：① 蒹葭：芦荻也。② 侬：吴语，即我。

陈克(宋179)一首

绿芜墙绕青苔院▲中庭日淡芭蕉卷▲蝴蝶上阶飞△风帘自在垂△

玉钩双语燕▲宝甃杨花转▲①几处簸钱声△△②绿窗春梦轻△△

注：① 甃：砖砌物，如花坛、井壁。② 簸钱：掷钱赌胜负，妇女一种游戏。

姚宽(宋279)一首　题：春怨。

斜阳山下明金碧▲画楼返照融春色▲睡起揭帘旌△①玉人蝉鬓轻△②

无言空伫立▲花落东风急▲燕子引愁来△△眉愁那得开△△

注：① 帘旌：即帘。旌，旗也，帘如旗，故称帘旌。② 玉人：喻美人。

黄永(清59)一首　题：小女。

左家织素年还未▲①采花自插如九髻▲②采罢怕娘嗔△③拈花却避人△

小窗陪绣婢▲有事心头记▲要拌雪猧餐△△④溪边弄钓竿△△

注：① 年还未：未成年。② 九髻：疑束髻之误。③ 嗔：怒也。④ 雪猧：白狗。

董汉策（清 157）一首　题：淤溪归路。

似雨如晴犹未雨▲风光摇漾愁千缕▲铁笛破苍烟△天边一鹤还△

秋生云外树▲信步随波去▲①牛背曲声新△△南阳高卧人△△②

注：① 信步：随意而行。② 南阳高卧人：指诸葛亮，此处喻隐士。

蒲松龄（清 524）一首　题：留秋。

留春不住留秋住▲篱菊丛丛霜下护▲佳节入重阳△持螯切嫩姜△

江上山无数▲何处登高去▲松径小山头△△夕阳新酒楼△△

张潮（清 637）一首　题：秋雨。

雨丝风片交相织▲青天失却柴窑碧▲①不忍上高楼△楼高剧惹愁△②

瑶阶时独立▲③怕听蛩声急▲莫更问前程△△纱窗闭小亭△△

注：① 柴窑碧：窑乃五代周朝柴世宗御造，故称柴窑。御批"雨过天青色"，即碧。② 剧惹愁：甚易招愁。③ 瑶阶：白玉石台阶。

吴玙（清 709）一首

石华罗袖双弯起▲①微波半溜清于水▲②藕雪映琅玕△③金鳞脍玉盘△

桶裙拖着地▲④小立双肩倚▲画图到燕然△△⑤输他十万钱△△

注：① 石华罗袖：即袖也，见《飞燕传》。② 微波：喻眼波。③ 藕雪：喻雪白手臂；琅玕：石而似玉者。④ 桶裙：无裥直通之裙。⑤ 燕然：即今中蒙边境之杭爱山。末两句借昭君出塞和亲故事。

冯挹芳（女）（清 735）一首　题：雨窗对菊。

绣衣风透余香织▲玲珑嫩叶凝眸碧▲①花影半帘秋△箫声起画楼△

夜深人独立▲风雨潇潇急▲烛炧闪虚棂△△②疏枝映素屏△△④

注：① 凝眸：注目而视。② 虚棂：窗格子。③ 素屏：洁白生绢屏风。

卓灿（女）（清 750）一首　题：九日即事。①

西楼才过中秋月▲东篱又是黄花节▲②人事笑颦多△③愁还奈景何△

故园情最切▲梦绕慈亲膝▲醒后两模糊△△登高望见么△△④

注：① 九日：九月初九，重阳节；即事：就眼前事物而言。② 东篱：引用陶潜诗："采菊东篱下"；黄花节：即重阳节。黄花，指菊花。③ 笑颦：笑与皱眉。④ "糊""么"不同韵部，作宽叶。

查为仁（清 905）一首

长红小白花如织▲春光荏苒成抛掷▲①燕语似叮咛△芹泥污砚屏△②

美人期未得▲镇日空相忆▲③极目板桥西△△④垂杨莺乱啼△△

注：① 荏苒：时光展转也。② 芹泥：筑燕巢材料。③ 镇日：整日。④ 极目：竭尽目力。

李佩金（女）（清 1336）一首　题：题吴兰雪新田十忆图之柘塘春步。

野塘缓趁清游屐▲垂阳瘦到无聊碧▲风皱水粼粼△回旋荡縠纹△

莺梭花底织▲燕剪澄波色▲红雨半溪烟△△人家画里山△△

吴藻（女）（清 1484）一首　题：春日偕鲍漱石晴峰兄过湖上。

晴丝袅袅飞难定▲[①]烟花三月撩人兴▲帘影柳梢南△村墟酒半酣△

峰峦波底净▲风软湖开镜▲怀古上金堂△△[②]惊闻苏合香△△[③]

注：① 晴丝：晴天游丝。② 金堂：华丽之堂。③ 苏合香：香名，产于伊朗等国。

程应权（清 1501）一首

十三年纪垂髫额▲深闺生长无人识▲未解怨东风△春情一味慵△

偶来花底立▲花笑侬颜色▲无语下秋千△△背人临镜边△△

于晓霞（女）（清 1534）一首

雨纤风软春将半▲春愁空逐游丝乱▲孤负踏青期△游踪因病辞△

画梁双燕懒▲花落闲庭晚▲金鸭篆烟残△△罗衣怯暮寒△△

钱斐仲（女）（清 1575）一首

趁晴预约嬉游伴▲晓妆多谢莺声唤▲春水一篙深△画船垂柳阴△

罗绡携小扇▲[①]障日非遮面▲怕到斜阳斜△△暖烘双脸霞△△

注：① 此句说：携带着罗绡小扇。

孙宗礼（清 1602）一首

春风不肯随人去▲江南三月初飞絮▲飞絮已无多△相思奈若何△

含情浑不语▲眉月纤纤吐▲对此莫生愁△△团圞在后头△△

叶衍兰（清 1694）一首

遥山黯淡春阴满▲[①]游丝飞遍梨花院▲野草罥闲庭△[②]红棠睡未醒△[③]

华筵歌舞倦▲帘外流莺唤▲锦帐醉芙蓉△△[④]边书不启封△△[⑤]

注：① 遥山：远山。② 罥闲庭：挂于空庭。③ 红棠：指海棠。④ 芙蓉：喻美人。⑤ 边书：边关来书；不启封：不拆阅。

宗婉（女）（清 1799）一首　题：闻桂花香偶成。

秋闺寂寂秋风入▲徘徊独倚栏杆立▲香忽逐风来△桂花何处开△

小鬟刚欲摘▲却与雕栏隔▲墙外是邻家△△邻家有此花△△

四十四字　菩萨蛮　第三体，同第一体，但后段第三四句平韵同前段，不换第二种平韵。

温庭筠（唐34）一首

满宫明月梨花白▲故人万里关山隔▲金雁一双飞△泪痕沾绣衣△

小园芳草绿▲▲家住越溪曲▲▲杨柳色依依△燕归君不归△

韦庄（五代十国1）一首

洛阳城里春光好▲洛阳才子他乡老▲①柳暗魏王堤△②此时心转迷△

桃花春水渌▲▲水上鸳鸯浴▲▲凝恨对斜晖△忆君知不知△

注：① 洛阳才子：指曹操第三子曹植。② 魏王：指曹操。

倪小（女）（明650）一首　题：秋夜独坐。

兰闺幽静纤尘绝▲博山香炷挑灯爇▲①何处弄哀筝△凄凉独自听△

银河清似水▲▲②人坐秋声里▲▲窗外月华生△③粉墙花阴明△

注：① 博山：香炉也；爇：烧也。② 银河：即天河。③ 月华：月光。

沈友琴（女）（清388）一首　注：调名原作子夜歌。

鸣鸠柳外催新雨▲韶华一息浑难驻▲①小燕舞檐前△衔花堕画帘△

春晴花自爱▲▲春闷花难解▲▲春意怯风顽△春寒冷佩环△②

注：① 韶华：春景。② 佩环：女子身上饰物。

何鼎（清514）一首　题：春闺。

小庭澹澹梨花雪▲①乍寒乍暖青阳节▲②憔悴整春衣△绣领金雁飞△

画屏山水碧▲▲人在吴江侧▲▲云树正迷离△绿窗魂断时△

注：① 梨花雪：梨花白如雪。② 青阳：春为青阳，见《尔雅》。

任曾贻（清953）一首

云屏曲曲围金屋▲谢娘睡起新装束▲花影上春衣△天然画折枝△①

轻纨霜一面▲▲瞥向花阴见▲▲生小爱双栖△妒他蝴蝶儿△

注：① 折枝：画花卉法。《韩偓诗》"猩色屏风画折枝。"

俞德渊（清1397）一首　题：题春闺倦绣图。

琐窗戏线粘红唾▲①香巢双燕窥人坐▲风景尚如前△春归又一年△

杨花吹似雪▲▲故故穿帘入▲▲倚遍碧栏杆△谁怜翠袖单△

注：① 琐窗：窗之镂花纹者。此句说：戏把红线吐粘窗上。

凌祉媛（女）（清1732）一首

檐铃惊破红闺梦▲①晓妆人怯余寒重▲纤手卷帘衣△②风前放燕飞△

落红纷似雪▲▲倦了寻香蝶▲▲楼外易斜晖△春归人未归△

注：① 檐铃：檐角悬挂之铃，俗称铁马。② 帘衣：即窗帘、门帘。

徐廷模（清1750）一首

晓妆浓抹遭花妒▲花残剩有相思树▲莫自卷帘看△妨他玉指寒△

鸳鸯金缕绣▲▲[1]幅幅罗裙皱▲▲约略步生莲△[2]香尘到处怜△

注：① 金缕：金线。② 约略：大约；莲：金莲，喻缠足小脚印。

四十四字　菩萨蛮　第四体，同第一体，但后段用韵同前段，不换第二种仄、平韵

无名氏（唐45）一首

霏霏点点回塘雨▲[1]双双只只鸳鸯语▲灼灼野花香△[2]依依金缕黄△[3]

盈盈江上女▲两两溪边舞▲皎皎绮罗光△轻轻云粉妆△

注：① 回塘：曲塘。② 灼灼：花盛貌。③ 依依：柔弱貌；金缕：金线。

贺铸（宋121）一首

朱甍碧树莺声晓▲[1]残醺残梦犹相恼▲[2]薄雨隔轻帘△寒侵白纻衫△[3]

锦屏人起早▲惟见余妆好▲眉样学新蟾△[4]春愁入翠尖△[5]

注：① 朱甍：红色屋栋。② 残醺：残醉。③ 白纻：白麻。④ 蟾：月亮。⑤ 翠尖：黛眉峰。

沈蔚（宋138）一首

春城迤逦层阴绕▲[1]青梅竞弄枝头小▲江色雨和烟△行人江那边△

好花都过了▲满地空芳草▲落日醉醒间△一春无此寒△

注：① 迤逦：旁行连延也。

周紫芝（宋201）一首　题：赋梅香。

宝薰拂拂浓如雾▲[1]暗惊梅蕊风前度▲依约似江村△[2]余香马上闻△

画桥风雨暮▲零落知无数▲收拾小窗春△金炉檀炷深△[3]

注：① 宝薰：名贵之香；拂拂：斜掠而过。② 依约：仿佛。③ 檀炷：烧檀香。

钱娟（女）（明473）一首　题：蜂蝶。

窥红惹绿身儿小▲飞飞惯入芳林扰▲个个忒轻狂△[1]纷纷过短墙△

树头春色闹▲翻逐邻家悄▲风度远花香△知他飞那厢△

注：① 忒：太也；轻狂：不稳重。

四十四字　菩萨蛮　第五体，前段全平韵，后段全仄韵

欧阳铉（明 472）一首　题：春情。

垂垂弱柳拂春烟△邀得醉人柳下眠△报道酒盈尊△△有约在黄昏△△

披繻出新浴▲芳肌微馥馥▲笑入罗帐缩▲娇羞带半束▲

四十四字　诉衷情（又名画楼空）

晏殊（宋 20）三首

（1）青梅煮酒斗时新△①天气欲残春△东城南陌花下，逢着意中人△

回绣袂，②展香茵△③叙情亲△此时拚作，千尺游丝，惹住朝云△④

注：① 青梅煮酒：喻暮春天气。② 袂：袖。③ 茵：毯、席之类。④ 后三句说：拼着性命去作游丝，网住朝云，即意中人。

（2）东风杨柳欲青青△烟淡雨初晴△恼他香阁浓睡，撩乱有啼莺△①

眉叶细，舞腰轻△宿妆成△②一春芳意，三月和风，牵系人情△

注：① 撩乱：纷乱。② 宿妆：晚妆。

（3）芙蓉金菊斗馨香△天气欲重阳△①远树秋色如画，红树间疏黄△②

流水淡，碧天长△路茫茫△凭高目断，鸿雁来时，无限思量△

注：① 重阳：二十四节日之一，在农历九月初九。② 黄：一本作篁。

王益（宋 22）一首

烧残绛蜡泪成痕△①街鼓报黄昏△碧云又阻来信，廊上月侵门△

愁永夜，②拂香裀△③待谁温△梦兰憔悴，④掷果凄凉，⑤两处销魂△

注：① 绛蜡：红蜡烛；泪：指烛泪。② 永夜：长夜。③ 裀：毯子。④ 梦兰：喻妇人怀孕。⑤ 掷果：指美男子潘岳。每出，妇人争向其掷果。

苏轼（宋 80）一首　题：琵琶女。

小莲初上琵琶弦△①弹破碧云天△分明绣阁幽恨，都向曲中传△

肤莹玉，鬓梳蝉△②绮窗前△素娥今夜，③故故随人，④似斗婵娟△⑤

注：① 小莲：指琵琶女。② 梳蝉：梳成蝉翼形。③ 素娥：即嫦娥，喻月。④ 故故：屡屡。⑤ 婵娟：美也。

僧仲殊（宋 89）三首　题：第一首，宝月寺作。①

第二首，春词。

第三首，寒食。

（1）清波门外拥轻衣△②杨柳相送飞△西湖又还春晚，水树乱莺啼△

闲院宇，小帘帏△晚初归△钟声已过，篆香才点，③月到门时△

注：① 宝月寺：在杭州，作者在此为僧。② 清波门：杭州西门，面临西湖。③ 篆香：形容香烟弯曲如篆体字。

（2）长桥春水拍堤沙△疏雨带残霞△几声脆管何处，①桥下有人家△

宫树绿，晚烟斜△噪闲鸦△山光无尽，水风长在，满面杨花△

注：① 脆管：清脆之箫、笛。

（3）涌金门外小瀛洲△①寒食更风流△红船满湖歌吹，花外有高楼△

晴日暖，淡烟浮△恣嬉游△三千粉黛，十二栏杆，一片云头△

注：① 涌金门：也是杭州西门，在清波门以北；瀛洲：喻仙岛，指西湖中湖心亭。

黄庭坚（宋101）一首

小桃灼灼柳鬖鬖△①春色满江南△雨晴风暖烟淡，天气正醺酣△②

山泼黛，水挼蓝△③翠相搀△歌楼酒旆，④故故招人，⑤权典青衫△⑥

注：① 灼灼：花盛貌；鬖鬖：音三三，下垂貌。② 醺酣：陶醉也。③ 挼：揉也。④ 酒旆：酒旗。⑤ 故故：屡屡。⑥ 权典：暂且典当。

贺铸（宋121）二首　注：调名原作画楼空。

（1）吴门春水雪初融△①触处小桡通△②满城弄黄杨柳，着意恼春风△

弦管闹，绮罗丛△③月明中△不堪回首，双板桥东，④罨画楼空△⑤

注：① 吴门：即江苏苏州。② 通：喻河网密布，到处可通舟。③ 绮罗丛：喻妇女群。④ 双板桥：据《吴郡志》在乐桥之东北。本句按律不叶韵，但“东”实叶韵。⑤ 罨画楼：指画室。罨画：颜色画。

（2）彩山涌起翠楼空△①箫鼓拂春风△桂娥唤回清昼，②夹路宝芙蓉△③

长步障，④小纱笼△偶相逢△艳妆宜笑，隐语传情，半醉醒中△

注：① 彩山：灯彩棚楼。② 桂娥：指月宫嫦娥。③ 宝芙蓉：指莲花灯。④ 步障：张幕为障。

晁补之（宋123）一首　题：送春。

东城南陌路岐斜△芳草遍藏遮△黄鹂自是来晚，莫恨海棠花△

惊雪絮，满天涯△送春赊△问春莫是，忆着东君，自去还家△

方千里（宋133）一首　题：旅思。

一钩新月淡于霜△杨柳渐分行△征尘灰堆襟袂，鸡唱促晨装△

淮水阔，楚山长△暗悲伤△重阳天气，杯酒黄花，还寄他乡△

沈蔚（宋138）一首

深深院宇小池塘△一径碧梧长△青春又归何处，新笋绿成行△

多少事，恼人肠△懒思量△香消一炷，睡起霎时，日过东窗△

毛滂（宋 143）一首　题：三月八日，仲存席上，见吴家歌舞。

花阴柳影映帘栊△①罗幕绣重重△行云自随语燕，回雪趁惊鸿△②

银字歇，③玉杯空△蕙烟中△④桃花鬓暖，杏叶眉弯，一片春风△

注：① 帘栊：挂有窗帘之窗。② 回雪：舞态。谓如雪之因风回翔；惊鸿：喻女态轻盈。③ 银字：乐器名，管笛之类。④ 蕙烟：即香烟。

唐庚（宋 156）一首　题：旅愁。

平生不会敛眉头△诸事等闲休△原来却到愁处，须着与他愁△

残照外，大江流△去悠悠△风悲兰若，①烟淡沧浪，何处扁舟△

注：① 兰若：寺院或空净闲静的地方。

万俟咏（宋 191）一首　题：送春。

一鞭清晓喜还家△①宿醉困流霞△②夜来小雨新霁，双燕舞风斜△

山不尽，水无涯△③望中赊△送春滋味，念远情怀，分付杨花△

注：① 一鞭：喻骑马。② 宿醉：隔夜酒醉；流霞：仙酒。③ 无涯：无穷尽。

李弥逊（宋 233）一首　题：次韵李伯纪桃花。①

小桃初破两三花△深浅散余霞△东君也解人意，②次第到山家△③

临水岸，一枝斜△照笼纱△可怜何事，苦爱施朱，④减尽容华△

注：① 次韵：依次和韵。② 东君：司春之神。③ 次第：依次。④ 施朱：涂红也。

张元干（宋 243）一首　序：余儿时，不知有荔枝，自呼为红蕊……星球红，鹤顶红，皆佳品，海舫便风，数日可到。

儿时初未识方红△①学语问西东△对客呼为红蕊，此兴已偏浓△

嗟白首，抗尘容△②费牢笼△星球何在，鹤顶长丹，③谁寄南风△

注：① 方红：荔枝。② 尘容：出俗的容态。③ 星球、鹤顶：皆荔枝佳品。

曾惇（宋 266）一首　题：别意。

鄞江云气近蓬莱△①花柳满城隈△②风流谢守相遇，③应覆故人杯△

烟浪暖，锦帆回△莫徘徊△玉宵亭下，芍药荼蘼，都望归来△

注：① 鄞江：即甬江，在浙江宁波境；蓬莱：在山东，喻仙境。② 城隈：城角落处。③ 谢守：谢太守，应是以谢灵运比人。

曾觌（宋 296）一首

晚妆初试蕊珠宫△①随步异香浓△檀槽缓垂鸾带，②纤指撚春葱△③

莺语巧，上林中△④正娇慵△暂教花下，帘影微开，多谢东风△

注：① 蕊珠宫：喻仙境。② 檀槽：喻琵琶。③ 春葱：喻妇女手指。④ 上林：上林院，皇家花园。

刘仙抡(宋380)一首

征衣薄薄不禁风△①长日雨丝中△又是一年春事，花信到梧桐△②

云漠漠，水溶溶△去匆匆△客怀今夜，家在江西，③身在江东△④

注：① 征衣：旅途之衣。②梧桐：花信风至梧桐花为第十九番，即清明时候。③ 江西：宋时以江西全省为江南西路，作者家乡为江西庐陵，即今吉安。④ 江东：宋时以金陵(南京)、太平、宁国、广德为江南东路。

赵师侠(宋390)一首　题：初夏。

清和时候雨初晴△①密树翠阴成△新篁嫩摇碧玉，②芳径绿苔生△

雏燕语，乱莺声△暑风轻△③帘旌微动，④沉篆烟消，⑤午枕除清△⑥

注：① 清和：农历四月称清和月。② 新篁：新竹。③ 暑风：南风。④ 帘旌：如旗帘子。⑤ 沉篆：沉烟弯曲如篆体字。⑥ 除：门、屏之间也。

陈亮(宋393)一首

独凭江槛思悠悠△①斜日坠林丘△②鸳鸯属玉飞处，③急桨荡轻舟△

红蓼岸，白蘋洲△夜来秋△数声渔父，一曲水仙，④歌断还愁△

注：① 江槛：临江窗槛。② 林丘：树林、小山。③ 属玉：水鸟名，似鸭而大。④ 渔父、水仙：皆词曲名。

姜夔(宋417)一首　题端午宿合路。

石榴一树浸溪红△零落小桥东△五日凄凉心事，①山雨打船篷△

谙世味，楚人弓△②莫忡忡△③白头行客，不采蘋花，孤负薰风△④

注：① 五日：五月五日，即端午节。② 楚人弓：《孔子家语》"楚恭王出游，亡乌皞之弓，左右请求之。"楚王曰："楚之亡弓，楚人得之，又何求之。"③ 忡忡：心忧貌。④ 薰风：即南风。

杨妹子(女)(宋426)一首　题：题马远《松院鸣琴》小轴。

闲中一弄七弦琴△此曲少知音△多因淡然无味，不比郑声淫△

松院静，竹楼深△也沉沉△清风拂枕，明月当轩，谁会幽心△

严仁(宋505)一首　题：章贡别怀。①

一声水调解兰舟△②人间无比愁△无情江水东去，与我泪争流△

人已远，更回头△苦凝眸△断魂何处，梅花岸曲，小小红楼△

注：① 章贡：章水、贡水。两水汇合于江西赣县，为赣江。② 水调：曲名。

郑楷（宋 512）一首

酒旗摇曳柳花天△莺语软于绵△碎绿未盈芳沼，[1]倒影蘸秋千△

交玉燕，[2]套金蝉△[3]负华年△[4]试问归期，是荼蘼后，[5]是牡丹前△

注：① 未盈：未满。② 玉燕：首饰也。③ 金蝉：首饰也。④ 负年华：错过光阴。⑤ 荼蘼：公历四月下旬花开，比牡丹迟五天左右。

吴激（金 2）一首

夜寒茅店不成眠△残月照吟鞭△[1]黄花细雨时候，[2]催上渡头船△

鸥似雪，[3]水如天△[4]忆当年△到家应是，童稚牵衣，[5]笑我华颠△[6]

注：① 吟鞭：诗人所用之马鞭。② 黄花：指菊花，喻深秋。③ 鸥：水鸟名，羽白。④ 水如天：喻水天一色。⑤ 童稚：指幼儿孙。⑥ 华颠：白首。

王庭筠（金 14）一首

夜夜清露滴梧桐△庭树又西风△薰笼旧香犹在，[1]晓帐暖芙蓉△

云淡薄，月朦胧△小帘栊△[2]江湖残梦，半在南楼，画角声中△[3]

注：① 薰笼：焚香炉。② 帘栊：有帘之窗。③ 画角：守城士卒号角。

梁寅（明 4）一首

李花当户闲桃花△妍景雪兼霞△[1]春风送将春色，照耀野人家△[2]

回蝶使，罢蜂衙△[3]日初斜△双莺窗外，双燕帘间△共惜秾华△[4]

注：① 雪兼霞：喻李花似雪，桃花生光。② 野人家：野外人家。③ 蜂衙：蜂环绕蜂王，似衙役排班。④ 秾华：花木稠多貌，喻春景。

周用（明 130）一首　题：寄友。

人间何处有丹丘△[1]曾到太湖头△日高主人犹卧，花影满重楼△

寻画史，接诗流△老沧洲△一村烟树，数家茅屋，几个渔舟△

注：① 丹丘：海外仙境，尽夜长明。

吴子孝（明 162）一首　题：忆往。

韶光都过乱离中△[1]登眺觉心慵△[2]青山城外望断，愁绝黛痕浓△

闲把酒，[3]倚楼东△小梅红△馆娃烟草，[4]香径风兰，[5]长寄游踪△

注：① 韶光：春景也，此处指光阴。② 慵：懒也。③ 把酒：持酒杯。④ 馆娃：馆娃宫，吴国宫殿，为西施所居处，在苏州灵岩山上。⑤ 香径：采香径，在灵岩山下。

朱柔英（女）（明210）一首

晚妆初试紫兰汤△[①]微觉玉肌凉△槛外芰荷争发，[②]香袭藕丝裳△[③]

绛帏轻，冰簟软△[④]月斜窗△酒冷金卮，歌停扇底，无限思量△

注：① 兰汤：香汤，喻洗浴水。② 芰：两角之菱，但诗词中芰荷，即荷花也。③ 藕丝裳：喻轻薄之衣。④ 软：此字不符格律，疑为凉字之误。

吴纫兰（女）（明318）一首　题：题情。

流莺啼断绿枝头△端的是离愁△[①]可怜偷送时候，撩乱各凝眸△[②]

驾小艇，[③]傍高楼△思悠悠△两般情绪，铁管怎钩，[④]都在河洲△

注：① 端的：果然之意。② 撩乱：纷乱。③ 艇：狭小而长之船。④ 钩字：按格律此处不叶韵，"钩"字实叶韵。

宋存标（明391）一首

红云飞逐断帆西△露湿晓烟迷△惊入西陵旧路，愁听子规啼△

看蝶舞，又花飞△着春衣△云开花径，雨洗苔痕，月映前溪△

陈子龙（明441）一首　题：春游。

小桃枝下试罗裳△蝶粉斗遗香△玉轮碾平芳草，[①]半面恼红妆△

风乍暖，日初长△袅垂杨△一双舞燕，万点飞花，满地斜阳△

注：① 玉轮：车轮之美称。

易震吉（明444）一首　题：来日清明。

今朝斗草我偏赢△[①]来日又清明△必然妆就桃杏，去与那花争△

杨柳外，玉骢行△[②]笑歌声△秋千高打，锦瑟轻拢，[③]都要天晴△

注：① 赢：胜。② 玉骢：马之美称。③ 锦瑟：乐器名；拢：击也。

叶小鸾（女）（明514）一首

剪刀初放夜将阑△[①]花落一灯残△多情明月相映，一似伴人闲△

珠箔掩，翠衾单△透轻寒△萧萧瑟瑟，恻恻凄凄，落叶声干△

注：① 剪刀初放：喻女工生活初停。

夏云弱（女）（明546）一首　题：赠荀宣子。

潭水清泓客斗茶△[①]草阁月初斜△二月中旨春好，[②]开遍碧桃花△

闲题句，乱涂鸦△[③]泛流霞△[④]暗思往事，绿云冉冉，梦绕天涯△

注：① 泓：水深广。② 旨：美也。③ 涂鸦：自谦书法低劣。④ 泛流霞：饮酒也。

魏学渠（清10）一首　题：芝麻港泊舟闲步。

一行垂柳住人家△小妇鬓堆鸦△①挑起酒帘还坐，菱角杂鱼虾△

沿绿岸，数云帆△②话桑麻△③秋声淅沥，④秋意悲凉，无限芦花△

注：① 鬓堆鸦：喻黑发髻。② 云帆：喻船帆飘荡如云。③ 话桑麻：谈农事。④ 淅沥：雨声。

孟称舜（清 14）一首　题意：《娇红记》王娇闺怨。

迷人春色透帘栊△长日雨丝中△又是一年花信，点点落残红△

云淡淡，水溶溶△去匆匆△作宵今夜，万怨千愁，都付东风△

王庭（清 21）一首　题：同徐文果、李子维过弥陀庵凉坐。①

前溪日日水增波△门前秋草多△深堂背竹阴满，凉昼客欣过△

邻院磬，隔村歌△奈人何△披襟共快，诗将发我，棋却输他△

注：① 弥陀庵：在嘉兴王店镇石佛庵之西，又名东林精舍，清乾隆三十三年（1768）毁于火。

徐籀（清 26）一首　题：野步。

一山秋色一秋风△涛起听寒松△①霜余满林金碧，垂暮更携筇△②

来日事，且从容△莫匆匆△贫囊尽办，野簌村酤，乐与邻翁△

注：① 涛：指松涛。② 筇：拐杖也。

谢良琦（清 58）一首　题：渔家。

隔江幽径草青青△小艇系柴门△岸上落花深处，树杪见鱼罾△①

沽美酒，倒金尊△②煮鱼羹△江上风波，望中烟雾，眼底浮沉△③

注：① 树杪：树梢头；罾：鱼网也。② 金尊：酒杯之美称也。③ 浮沉：指钓鱼景象，暗喻世态。

宋思玉（清 76）一首　题：春游。

杏黄衫子薄罗裳△眉黛点鸦黄△①盼煞王孙去路，②着意掩红妆△

莲步稳，③过芳塘△燕莺忙△翠钿欹卸，④斜背秋千，偷觑鸳鸯△

注：① 鸦黄：鬓额边涂黄。隋虞思南嘲袁宝儿诗："学画鸦黄半未成"。② 王孙：富贵子弟。③ 莲步：喻小足女子行走。④ 翠钿：首饰。

赵进美（清 106）一首　题：采莲。

杏衫小桨縠纹长△①斜日半横塘△折花比人双靥，②浅笑并生香△

沙鹭静，水风凉△损红妆△叶倾碎玉，③藕系柔丝，粉坠空房△④

注：① 縠纹：皱纹。② 双靥：两颊酒窝。③ 碎玉：喻荷叶上水珠。④ 房：莲房。

丁澎(清 145)一首　题：春游，和仲殊韵。

谁家绮阁傍芳洲△渌水绕门流△罗衣暗香微度，归到小红楼△

金钿落，翠鬟浮△折花游△一回含笑，半晌沉吟，几步回头△

季开生(清 241)一首

高楼日日见青山△无语独盘桓△[1]西风吹遍歧路，一雁度天南△

花尽老，叶凋残△做轻寒△啼痕尚在，旧日罗衣，不忍重看△

注：① 盘桓：不进貌。

冯云骧(清 254)一首　题：夏景。

晴江浓绿满平洲△澹澹暖波流△[1]佳人明妆罗带，缥缈水边楼△[2]

微雨过，彩云浮△好清游△蜻蜓燕子，荷叶香中，杨柳枝头△

注：① 澹澹：恬静貌。② 缥缈：高远貌。

王晫(清 445)一首　题：自述。

何年觅得小山庄△堆石傍池塘△闭门读尽经史，[1]醉拥百花香△

乔木影，列成行△竹阴凉△佳人解事，午梦初回，笑点梅汤△[2]

注：① 经史：喻书籍。按书籍类别分经、史、子、集四部。② 梅汤：酸梅汤。

严曾相(清 555)一首　题：虹桥即事。[1]

芳菲自古说邗沟△[2]晴日柳烟浮△[3]楼台望中缥缈，虹挂竹西流△

花影碎，鸟声柔△少年游△几船箫鼓，数点青山，一片离愁△

注：① 虹桥：即红桥，扬州名胜。② 芳菲：花草香美，此处指风景；邗沟：指扬州。③ 柳烟：柳丝浓密如烟，即柳含烟。

徐潮(清 607)一首　题：立夏。

黄云如缕杂青烟△[1]夏气入春天△虽少日高花影，莺语尚清圆△

芳溪畔，漫迁延△[2]最堪怜△梅丸累累，[3]樱珠的的，[4]交挂檐前△

注：① 如缕：如线。② 漫迁延：随意散步。③ 梅丸：梅子。④ 樱珠：喻樱桃；的的：明貌。

赵执信(清 777)一首　题：莲浦双鸳。

荷香一带趁风斜△极浦浸明霞△鸳鸯沙际双立，影也解耽花△

微雨过，澹明遮△许谁夸△荡舟游女，垂钓渔翁，临水人家△

李修行(清 898)一首　题意：《梦中缘》金抚院择佳婿，巧配旧西宾吴瑞生。

姻缘如线绾成双△[1]欲整旧鸳鸯△看来都由天定，成就也寻常△

休疑猜，莫彷徨△免思量△今朝新婿，昔日西宾，[2]旧日情郎△

注：① 绾：钩系。② 西宾：东家之对称，即所请宾客。此处指教书先生。

曹去晶（清 931）一首　题：奢。　注：见《姑妄言》。

挥金似玉逞豪强△宝马尽银妆△俊仆豪奴罗侍，①美艳列成行△②

衣锦绣，食馨香△卧牙床△③百年岁月，三万时光，④瞬息无常△⑤

注：① 罗侍：罗列侍候。② 美艳：指婢妾。③ 牙床：象牙床。④ 三万：指日数，约百年。⑤ 无常：喻死去。

顾春（女）（清 1488）一首　题：春日。

忙中已过早春时△病困强支持△东风簸弄花事，①细柳袅游丝△

深院宇，日迟迟△②绣帘垂△杏花消息，乍暖微寒，燕子先知△

注：① 簸弄：反复玩弄也。② 迟迟：徐行也。

潘曾玮（清 1653）一首　题：七夕，和恩竹樵方伯。①

耕慵织懒此时情△②银汉鹊桥平△③世间竞设瓜果，乞巧向中庭△④

新月瘦，彩云停△碧天澄△合欢楼上，戏赌穿针，⑤若个聪明△⑥

注：① 方伯：官名，即布政使。② 此句说：牛郎织女此时懒于耕织。③ 银汉：银河。④ 乞巧：向天乞取巧宗。⑤ 穿针：乞巧方式。⑥ 若个：那个。

车乘轨（现当 88）五首　题：第一首，悼张振维兄。　注：1992 年 12 月 12 日作。

第二、三首，悼许白凤先生。　注：1997 年 4 月 18 日、1997 年 4 月 20 日作。

第四首，悼老友周毓鉴。　注：2002 年 10 月 3 日作。

第五首，悼老友章承祖。　注：2002 年 11 月 12 日作。

（1）禾城午夜卷西风△①凄楚殒张翁△②满城飘舞黄叶，天蔽月朦胧△

追往事，小楼东△诉情衷△瀹茗温酒，③挥笔填词，欢乐今空△

注：① 禾城：即嘉兴。② 张振维于 1992 年 12 月 12 日零时 15 分病逝。③ 瀹茗：即煮茶。瀹，音越。

（2）惊闻噩耗殒词仙△①哀悼不堪言△虽曾送方赠药，无奈命难延△

才识面，即情坚△作忘年△②禾城初会，乍镇重逢，追忆难眠△

注：① 许白凤于 1997 年 4 月 11 日病逝。② 忘年：即忘年之交，指双方年龄相距较远。

（3）亭桥隐逸许词仙△佳作近千篇△行文活泼如话，风格向天然△

前列石，②把君缠△致长眠△文坛栋折，③益友销亡，此恨绵绵△

注：① 亭桥：乍浦镇桥名，座落在西大街，许老家于桥堍。② 前列石：许老亡于前列腺积石症。③ 文坛：文人集会之所，即文化界。

（4）由嘉到绍访周郎△①惊悉脑颅创△病房探问声噤，心底暗悲伤△

犹记得，学同窗△住同堂△②少年欢聚，垂老重逢，哀悼遽亡△

注：① 周郎：周毓鉴（1922—2002），浙江绍兴人，离休干部，2002年7月10日15时45分患脑溢血卒。谚曰："曲有误，周郎顾"，言周瑜知音。作者与周毓鉴知交，借喻之。② 堂：指百岁堂，周氏堂名，即周恩来祖居，亦周毓鉴故居，作者曾寓居半载。

（5）少壮一别六旬春△垂老又逢君△①絮絮重话当岁，②往事记犹新△

荣禄馆，③宴生辰△④两相亲△重阳闻病，隔月惊亡，何处招魂△

注：① 君：章承祖（1920—2002），浙江绍兴人，小学教员，2002年11月8日病亡。② 絮絮：语多也。③ 荣禄馆：荣禄春菜馆。④ 生辰：是年为余八十大寿。

胡竞发（现当140）一首　题：晚晴乐。

且喜晚晴乐趣多△富贵又如何△弄孙访友浇菜，安乐而详和△

闲无事，伴小河△逐流波△风和日丽，燕舞莺歌，即兴吟哦△

四十四字　殿前欢

钱彩（清718）一首　题意：《岳传》牛皋招亲。

这香醪△①调和曲蘖多加料▲②须知不饮旁人笑▲杯翻罍倒▲③醉酣破番獠△④

飞虎梦，⑤卜英豪△⑥一霎时，百年随唱，⑦一旦成交好▲

注：① 醪：浊酒也。② 曲蘖：音曲聂，酒母也。③ 罍：音雷，注酒器也。④ 番獠：指金兵。⑤ 虎梦：藕塘关总兵金节妻妹戚赛玉梦黑虎来抱。⑥ 卜：预兆也。⑦ 随唱：即妇随夫唱，喻夫妇恩爱。

四十四字　归洞仙

兰陵笑笑生（明213）一首　注：《金瓶梅》第二十回引词。曲韵，平仄互叶。

步花轻，栏杆狭▲防人觑，常惊吓▲荆棘抓裙钗△倒闪在荼蘼架▲

钩引嫩枝咿哑▲讨归路，寻空罅▲被归家巢燕，引入窗纱△

四十五字　一落索

吕渭老（宋259）一首

宫锦裁书寄远▲①意长辞短▲香兰泣露雨催莲，暑气昏池馆▲②

向晚小园行遍▲石榴红满▲花花叶叶尽成双，浑似我，[3]梁间燕▲

注：①裁书：即作书。②池馆：庭院、花园。③浑：完全。

四十五字　卜算子

徐俯（宋173）一首

胸中千种愁，挂在斜阳树▲绿叶阴阴自得春，草满莺啼处▲

不见凌波步▲[1]空想如簧语▲[2]门外重重叠叠山，遮不断、愁来路▲

注：①凌波步：喻步履轻盈也，指美女。②如簧语：喻莺声，也指美女。

赵长卿（宋389）一首

春水满江南，三月多芳草▲幽鸟衔将远恨来，一一都啼了▲

不学鸳鸯老▲回首临平道▲[1]人道长眉似远山，山不似、长眉好▲

注：①临平：浙江镇名，今为余杭县所在地。

朱彝尊（清288）一首

留赠镜湖纱，[1]浣女机中织▲[2]裁作轻衫稳称身，更染葡萄色▲

松叶颇黎碧▲[3]劝饮春纤执▲本向人前欲避嫌，禁不住、心怜惜▲

注：①镜湖：即鉴湖，在绍兴。②浣女：浣纱女。③颇黎：玻璃。

郭麐（清1208）一首　题：寒食出游。

一只小瓜皮，[1]两岸垂杨树▲指点停船宛转桥，[2]曲曲曲弯弯处▲

定不留春住▲那不愁春去▲过了今年三月三，又几点、清明雨▲

注：①瓜皮：瓜皮船，一种简陋小船。②宛转桥：桥名。

四十五字　太平年

无名氏（宋614）一首

皇州春满群芳丽▲[1]散异香旖旎▲鳌宫开宴赏佳致▲[2]举笙歌鼎沸▲

永日迟迟和风媚▲柳色烟凝翠▲惟恐日西坠▲且乐欢醉▲

注：①皇州：指京都；群芳：喻美人群。②鳌宫：龙王宫殿，喻皇宫。

四十五字　好女儿

曾觌（宋296）一首

潇洒陇头春△[1]取次一枝新△[2]还是东风来也，犹作未归人△

微月淡烟村△漫伫立、惆怅黄昏△暮寒香细，疏英几点，尽奈销魂△

注：①陇头：田头。②取次：次第。

车乘轨（现当88）一首　题：女儿为拙作《越秀诗词集》电脑打印。　注：1997年8月23日作。

心爱读诗词△写作更神怡△希冀汇编成集，留付后人知△

亏得女娇儿△体父意、打印微机△[1]样张初出，完工有日，不计时迟△[2]

四十五字　好事近（又名钓船笛）　第一体，前、后段均第二、四句仄韵，第一、三句不叶韵。

宋祁（宋26）一首

睡起玉屏风，吹去乱红犹落▲天气骤生轻暖，衬沉香帷箔▲

珠帘约住海棠风，愁拖两眉角▲昨夜一庭明月，冷秋千红索▲

蔡襄（宋44）一首

瑞雪满京都，宫殿尽成银阙▲常对素光遥望，是江梅时节▲

如今江上见寒梅，幽香自清绝▲重看落英残艳，想飘零如雪▲

郑獬（宋59）一首　题：初春。

江上探春回，正值早梅时节▲两行小槽双凤，[1]按凉州初彻▲[2]

谢娘扶下绣鞍来，红靴踏残雪▲归去不须银烛，有山头明月▲

注：① 小槽双凤：饰有双凤的琵琶。② 凉州：曲名；彻：终也。

李之仪（宋102）一首

春到雨初晴，正在小楼时节▲柳眼向人微笑，[1]傍栏杆堪折▲

暮山浓淡锁烟霏，[2]梅杏半明灭▲[3]玉斝莫辞沉醉，[4]待归时斜月▲

注：① 柳眼：柳叶初生，细长如眼。② 霏：飘扬。③ 明灭：忽隐忽现。④ 斝：酒器。

曾肇（宋106）一首　题：亳州秩满归江南，别诸僚旧。[1]

岁晚凤山阴，[2]看尽楚天冰雪▲[3]不待牡丹时候，[4]又使人轻别▲

如今归去老江南，扁舟追风月▲不似画梁双燕，有重来时节▲

注：① 亳州：安徽县名，属凤阳府；秩满：任满；僚旧：旧同事。② 凤山：凤阳山。③ 楚天：亳州古属楚国。④ 此句说：等不到春天。

蒋元龙（宋169）一首　题：春晚。

雨暗乳鸦啼，风定乱红犹落▲[1]蝴蝶不随春去，入薰风池阁▲[2]

休歌金缕劝金卮，[3]酒病煞如昨▲帘卷日长人静，任杨花飘泊▲

注：① 乱红：落花。② 薰风：即南风。③ 金缕：曲名。

朱敦儒（宋180）一首

春雨细如尘，楼外柳丝黄湿▲风约绣帘斜去，[1]透窗纱寒碧▲

美人慵剪上元灯，[2]弹泪倚瑶瑟▲[3]却卜紫姑香火，[4]问辽东消息▲

注：① 约：约束。② 慵剪：懒剪；上元灯：元宵之灯。③ 瑶瑟：乐器。④ 卜：卜问；紫姑：厕神（女）。⑤ 辽东：今东北，指夫旅地。

周紫芝（宋 201）一首　题：青阳道中见梅花。[①]

江路绕青山，山翠扑衣青湿▲谁酿晚来云意，做一天愁色▲

竹溪斜渡尽篮舆，[①]疏影暗香入▲何处最关心事，恨落梅风急▲

注：① 青阳：安徽县名。

张纲（宋 204）一首　题：梅柳。

梅柳约东风，迎腊暗传消息▲[①]粉面翠眉偷笑，似欣逢佳客▲

晚来歌管破余寒，[②]沉烟袅轻碧▲[③]老去不禁卮酒，[④]奈尊前春色▲[⑤]

注：① 腊：指农历十二月；消息：指梅。② 管：箫、笛等乐器。③ 沉烟：沉香之烟；袅：缭绕状。④ 卮：酒杯。⑤ 尊前：通樽，酒席前。

向子諲（宋 218）一首　题：答邓端友使君。

风劲入平林，[①]扫尽一川黄叶▲惟有长松千丈，挂娟娟霜月▲[②]

使君和气动江城，[③]疑是芳菲节▲[④]忽到小园游戏，见南枝如雪▲[⑤]

注：① 平林：平原树林。② 娟娟：美好貌。③ 使君：指邓端友。④ 芳菲节：花草香美时节。⑤ 南枝：指梅花。《白帖》："大庾岭上梅，南枝落北枝开。"

王昂（宋 231）一首　故事：王昂中状元，始婿礼夕，妇家立需催妆词，昂走笔赋《好事近》词。

喜气拥门栏，光动绮罗香陌▲[①]行到紫薇花下，[②]悟身非凡客▲

不须朱粉污天真，嫌怕太红白▲留取黛眉浅处，画章台春色▲[③]

注：① 陌：街巷。② 紫薇花：白居易有诗"紫薇花对紫薇郎"。此处喻状元郎。③ 章台：喻侯门。

张元幹（宋 243）一首

春色到花房，芳信一枝偏好▲勾引万红千紫，为化工呈巧▲[①]

花姑玉貌笑东风，今朝放春早▲看取鬓边幡胜，[②]永宜春难老▲

注：① 化工：即天工。② 幡胜：剪彩为幡，插于鬓上，即春胜。

葛立方（宋 253）一首　题：和子直惜春。

归日指清明，肯把话言轻食▲[①]已是飞花时候，赖东风无力▲[②]

青帘沽酒送春归，[③]莫惜万金掷▲屈指明年春事，[④]有江梅消息▲

注：① 食：指食言。此处谓说话怎能不算数。② 赖：依赖。③ 沽酒：买

酒。④ 屈指：扳着指头计算。

廖世美（宋260）一首　题：夕景。

落日水熔金，天淡暮烟凝碧▲楼上谁家红袖，[①]靠栏杆无力▲

鸳鸯相对浴红衣，短棹弄长笛▲[②]惊起一双飞去，听波声拍拍▲

注：① 红袖：喻妇女。② 短棹：短桨。

郑意娘（女）（宋275）一首　故事：意娘，杨思厚妻，在盱眙被金将撒八太尉掳去，不辱死，鬼常出游。思厚奉使燕山，访其葬处相见。意娘作此词。

往事与谁论，无语暗弹清血▲何处最堪肠断，是黄昏时节▲

倚楼凝望又徘徊，谁解此情切▲何计可同归雁，趁江南春色▲

石孝友（宋299）一首

微雨洒芳尘，酝造可人春色▲[①]闻道梦云楼外，正小桃花发▲

殷勤留取最繁枝，尊前待闲折▲[②]准宜乱红深处，[③]化一双蝴蝶▲

注：① 酝造：酝酿创造；可人：受人欢迎。② 尊前：酒席前。③乱红：落花也。

韩元吉（宋312）一首　题：汴京赐宴，闻教坊乐，有感。[①]

凝碧旧池头，[②]一听管弦凄切▲多少梨园声在，[③]总不堪华发▲[④]

杏花无处避春愁，也傍野烟发▲惟有御沟声断，[⑤]似知人呜咽▲

注：① 汴京：北宋都城，即今河南开封；教坊：官妓院。② 凝碧池：皇家池苑。③ 梨园：犹今剧团。④ 华发：白发。⑤ 御沟：皇宫中水沟。

赵彦端（宋314）一首

朱户闭东风，春在小红纤雪▲[①]门外未寒犹暖，怪有花堪折▲

梨花菊蕊不相饶，[②]娇黄带轻白▲莫厌醉歌相恼，是中原乡客▲

注：① 纤雪：纤白。② 相饶：宽容也。

姚述尧（宋326）一首　题：重午前三日。[①]

梅子欲黄时，霖雨晚来初歇▲[②]谁在绿窗深处，把彩丝双结▲

浅斟低唱笑相偎，[③]映一团香雪▲[④]笑指墙头榴火，[⑤]倩王郎轻折▲

注：① 重午：即端午。② 霖雨：大雨。③ 斟：斟酒。④ 香雪：喻肤白如雪。⑤ 榴火：红石榴。

范成大（宋338）一首

昨夜报春来，的砾岭梅开雪▲[①]携手玉人同赏，[②]比看谁奇绝▲

栏杆倚遍忆多情，怕角声呜咽▲[③]与折一枝斜戴，衬发边梳月▲[③]

注：① 的砾：鲜明貌；岭梅：庾岭梅；开雪：喻梅开如雪。② 玉人：美人。③ 角声：城头守卒号角声。④ 梳月：即弦月。

杨万里（宋346）一首

月未到诚斋，[1]先到万花川谷▲不是诚斋无月，隔一庭修竹▲[2]

如今才是十三夜，月色已如玉▲未是秋光奇绝，有十五十六▲

注：① 诚斋：作者书斋名。② 修竹：长而直之竹。

程垓（宋368）一首

烟尽戍楼空，[1]又是一帘佳月▲何事山城留滞，负好花时节▲

烧灯剪彩没心情，[2]应有翠娥说▲[3]欲解好风吹恨，奈乱云稠叠▲

注：① 戍楼：守军哨所、城楼。② 烧灯剪彩：即张灯结彩。③ 翠娥：指月宫嫦娥。

辛弃疾（宋370）二首　题：第一首，春日郊游。

第二首，故事：作者在上饶，妻病，呼医对脉。吹笛婢整整在侧，乃指以谓医曰："老妻病愈，以此人为赠"，后践约，口占此词。

（1）春动酒旗风，野店芳醪留客▲[1]系马水边幽寺，有梨花如雪▲

山僧欲看醉魂醒，茗碗泛香白▲[2]微记碧苔归路，袅一鞭春色▲[3]

注：① 芳醪：即香酒。② 茗盌：茶盏。③ 鞭：马鞭。喻骑马。

（2）医者索酬劳，那得许多钱物▲只有一个整整，[1]也盒盘盛得▲[2]

下官歌舞转凄惶，[3]剩得几枝笛▲觑着这般火色，[4]告妈妈将息▲[5]

注：① 整整：婢名。② 此处意为可作酬劳。③ 下官：作者自称。④ 火色：火候、面色，喻症状。⑤ 妈妈：指其妻。将息：大病初愈，调养生息。

赵师侠（宋390）一首　题：癸巳（1173年）催妆。[1]

云度鹊成桥，[2]青翼已传消息▲[3]彩仗蕊宫初下，[4]应人间佳夕▲

龙烟飘渺散妆楼，[5]香雾拥瑶席▲[6]准拟洞房披肩，[7]看仙家春色▲[8]

注：① 催妆：成婚之夕，新郎须作词催妆。② 鹊成桥：借牛郎织女鹊桥相会故事。③ 青翼：指青鸟，传青鸟能传书。④ 蕊宫：即蕊珠宫，仙境也。⑤ 龙烟：龙涎香之烟。⑥ 瑶席：珍贵之宴席。⑦ 披肩：即却扇，成婚也。⑧ 此句说：看新娘美容。

陈亮（宋393）二首

（1）篱菊吐寒花，香弄小园秋色▲携手画栏西畔，忆去年同摘▲
小亭依旧锁春风，往事已无迹▲懒向碧云深处，问征鸿消息▲[1]
注：① 征鸿：飞行之鸿，传鸿能传书。

（2）横玉叫清宵，[1]帘外月侵残烛▲人在画楼高处，倚栏杆几曲▲
穿云裂石韵悠扬，风细断还续▲惊落小梅香粉，点一庭苔绿▲[3]
注：① 横玉：指玉笛。

刘翰（宋401）一首

花底一声莺，花外半钩斜月▲月落乌啼何处，[1]照飞英如雪▲[2]
东风吹尽去年愁，解放丁香结▲[3]惊动小庭红雨，舞双双金蝶▲
注：① 乌：指乌鸦。② 飞英：飞絮。③ 丁香结：丁香花之花蕾也。

蔡幼学（宋413）一首　题：送春。

日日惜春残，春去更无明日▲拟把醉同春住，又醒来岑寂▲[1]
明年不怕不逢春，娇春怕无力▲待向灯前休睡，与留连今夕▲
注：① 岑寂：僻静也。

韩淲（宋423）一首

春色入芳梢，[1]点缀万枝红玉▲[2]莫道怕愁贪睡，倚新妆如束▲
纷纷桃李太妖娆，相对夜阑烛▲[3]记取疏花横处，有暗香飘馥▲[4]
注：① 芳梢：花梢。② 红玉：指红花。③ 夜阑：夜残、夜深。④ 暗香：本喻梅花，但此处似指幽香；馥：香气也。

洪咨夔（宋440）一首　题：次曹提管春行。[1]

二十四番风，[2]才见一番花鸟▲已是有人春瘦，正远山横峭▲[3]
踏青底用十分晴，[4]半阴晴方好▲深院日长睡起，又海棠开了▲
注：① 次：次韵，即依次和原作者韵；提管：官名。② 二十四番风：即花信风，自小寒起至谷雨，每五日为一番，有一花应之，共计二十四番。③ 峭：峻拔也。④ 底用：即何用。

雷应春（宋459）一首

梅片作团飞，雨外柳丝含湿▲客子短篷无据，[1]倚长风挂席▲[2]
回头流水小桥东，烟扫画楼出▲楼上有人凝伫，似旧家曾识▲
注：① 客子：游子，客居他乡者；短篷：指船。② 挂席：挂帆。

楼采（宋466）一首

人去玉屏闲，[1]逗晓柳丝风急▲[2]帘外杏花微雨，罩春红愁湿▲

单衣初试麹尘罗，[③]中酒病无力▲[④]应是绣床慵困，[⑤]倚秋千斜立▲

注：① 玉屏：屏风之美称。② 逗：挑逗。③ 麹尘罗：淡黄色罗衣。④ 中酒：醉酒。中，读去声。⑤ 慵困：娇懒。

严仁（宋505）一首　题：舟行。

晓色未分明，敲动月边鼍鼓▲[①]卯酒一杯径醉，[②]又别君南浦▲[③]

春江如席照晴空，大舶夹双橹▲[④]肠断斜阳渡口，正落红如雨▲

注：① 鼍鼓：鼍皮所蒙之鼓。鼍音驮，鳄鱼之一种。② 卯酒：早酒。卯，指卯时。③南浦：泛指送别之处。④ 大舶：大海船。

周密（宋541）一首　题：拟东泽。

新雨洗花尘，扑扑小庭香湿▲早是垂杨烟老，渐嫩黄成碧▲

晚帘都卷看青山，山外更山色▲一色梨花新月，伴夜窗吹笛▲

赵与仁（宋545）一首

春色醉荼蘼，昼永篆烟初绝▲[①]临水杨花千树，尽一时飞雪▲[②]

穿庭度竹弄轻盈，东风老犹劣▲睡起凭栏无绪，[③]听几声啼鴂▲[④]

注：① 昼永：白昼长；篆烟：香烟弯曲如篆体字。② 雪：指柳絮。③ 无绪：无情绪。④ 鴂：指鶗鴂，即杜鹃。

张炎（宋572）一首　题：赠笑倩。

愁倩满身云，[①]酒晕浅触双颊▲水调数声娴雅，[②]把芳心偷说▲[③]

风吹裙带下阶迟，惊散双蝴蝶▲佯拈花枝微笑，溜睛波一瞥▲[④]

注：① 倩：标出笑倩之名。② 水调：曲名；娴雅：静雅。③ 芳心：美人心。④ 睛波：即眼波；一瞥：注目一霎间。

苏道春（元101）一首　注：词见《金谷怀春》第三回。

夜色映帘栊，[①]梅影半横斜月▲闲把素琴消遣，[②]这芳心难说▲[③]

高山流水遇知音，[④]石鼎分香雪▲[⑤]一般须分七碗，[⑥]喜衷肠清绝▲

注：① 帘栊：窗帘。② 素琴：生丝为弦之琴。③ 芳心：美人心。④ 高山流水：喻知音。语出《列子》伯牙鼓琴。⑤ 香雪：喻梅花。⑥ 七碗：卢仝《谢孟谏议茶歌》“七碗吃不得也，惟觉两腋习习清风生”。此处喻琴声清越。

罗杞（明87）一首

昨夜山头明，月照四郊如昼▲晚来车骑如云，[①]向邮亭分手▲

飘飘两袖天风醉，类明春宫柳▲定留金鼎调羹，[②]肯南天回首▲

注：① 车骑：乘车、骑马者。② 金鼎：指铜鼎，喻锅子；调羹：喻煮食。

吴敬所（明263）一首　题意：《三奇合传》柳巫云挑吴廷璋词。

好梦久飘摇，一柬将人轻撩▲①准拟月儿高，莫把幽情负了▲②

曲房深幕护鲛绡，留待多情到▲此际殷勤还须，要轻轻悄悄▲

注：① 一柬：一封书信。② 第三、四句按格律应为六字、五字。

董斯张（明322）一首　题：竹溪寒泛。①

一棹夕阳天，②招取水云同宿▲③压遍短桥衰柳，雪颤化成六▲④

斫将湿苇着红炉，杯写三蕉绿▲⑤摇碎断冰回去，有渔蓑相逐▲

注：① 泛：浮也，喻行舟。② 棹：船桨。③ 水云：即水天。④ 六：六出花，即雪。⑤ 三蕉：三蕉叶，喻酒杯之极浅者，语出《东坡题跋》。

易震吉（明444）一首　题：清明。

桃李媚佳晨，妆点无妨脂粉▲游女出门时候，把阴晴犹审▲①

邻娃相约恁匆匆，②未向娘行禀▲③何事归来头上，插花枝如锦▲

注：① 审：审查。② 恁：如此也。③ 娘行：此处指母亲。

王庭（清21）一首　题：复晴。

不雨怪晴长，昨日雨才晴又▲①处处渡边沟畔，桔槔声如旧▲②

农夫费苦日千钱，只溉田三亩▲③不待逾期还涸，④那望看苗秀▲

注：① 雨才：雨少。② 桔槔：木制水车。③ 溉田：灌溉禾田。④ 不待逾期：不等过期，即短期；还涸：又干涸。

邵斯贞（女）（清210）一首　题：咏盆中莲花。

病起正新晴，窗上一弯微月▲遥盼白莲开了，似满盆堆雪▲

暗香曲砌立多时，①羽扇除残热▲②只见绿阴深处，有飞萤明灭▲③

注：① 曲砌：曲折台阶。② 羽扇：鹅毛扇。③ 明灭：忽隐忽现。

朱彝尊（清288）一首　题：效朱希真渔父词。①

新月下瓜洲，②重露渐成涓滴▲③船尾渔灯红逗，映萧萧芦荻▲

偶然鼓枻度金山，④夜久梵钟寂▲⑤一缕朝痕吹送，报隔江风笛▲

注：① 朱希真：即宋朱敦儒，只《词人小传》。② 瓜洲：长江古渡口，在江苏镇江对岸。③ 重露：浓露；涓滴：小流滴水。④ 鼓枻：鼓动船桨；金山：长江南岸小山，在江苏镇江。⑤ 梵钟：寺钟。

万锦雯（清330）一首　题：闺情。

忍泪送君时，江上青山斜矗▲别酒一杯还暖，恨风帆催促▲①

无情画舸疾于飞，[2]一水渐拖绿▲欲上小楼凝望，[3]又垂杨遮目▲

注：① 风帆：指舟船。② 画舸：绘有图画之大船。③ 凝望：注目而望。

江闿（清497）一首　题：过张鹿床纳凉处赋和。　注：调名原作钓船笛。

小阁倚层城，[1]占尽湖光多少▲一片清波如练，[2]螺黛还如扫▲[3]

滩头雨笠杂烟蓑，不把薰风到▲[4]晚浴鸳鸯个个，[5]总是新诗稿▲[6]

注：① 层城：复城。② 如练：洁白熟绢。③ 螺黛：眉也，喻远山。④ 薰风：南风。⑤ 个个：即只只。⑥ 此句说：总是作诗材料。

李符（清506）一首　注：调名原作钓船笛。

春涨一溪浑，来往紫萍飘处▲撑过桃花树底，满青蓑红雨▲[1]

小桥平溜总无波，船尾不须橹▲随意溪南溪北，任香风吹处▲

注：① 红雨：喻落花飘洒如雨。

张劭（清642）一首　题意：《平山冷燕》第十回词引。

只怕不春光，若是春光自媚▲试看莺莺燕燕，来去浑如醉▲[1]

饶他金屋好花枝，[2]莫不恹恹睡▲[3]但愿群芳香艳，填满河洲内▲

注：① 浑：完全也。② 金屋好花枝：喻深闺美女。③ 恹恹：病态。

江森（清669）一首　注：调名原作钓船笛。

浅水漾鱼鳞，春到小桥疏竹▲溪上一堤芳草，任东风吹绿▲

花边随处飐青旗，[1]倚棹买醽醁▲[2]最好荻芽新长，有轻鸥双宿▲

注：① 飐青旗：风动酒旗也。② 倚棹：倚船；醽醁：酒名。

王昶（清988）一首　题：题张柳州侍御《罗浮梦》画册。

溪外小梅花，初破一林残雪▲最好酒家门掩，映疏林微月▲

夜深皴玉为谁温，[1]相对正佳绝▲不奈翠禽朝语，[2]又梦中人别▲

注：① 皴玉：即荔枝酒。② 不奈：无奈。

许玉晨（女）（清998）一首

春小碧漪漪，[1]鸂鶒下来双浴▲[2]恰被落红惊去，[3]剩浮萍新绿▲

小栏花韵信嫣然，[4]香睡午晴足▲困倚画屏深处，又风敲修竹▲[5]

注：① 漪漪：水波如锦文。② 鸂鶒：水鸟名，又名紫鸳鸯。③ 落红：落花。④ 信：确实之意；嫣然：巧笑貌。⑤ 修竹：细长之竹。

杨揆（清1148）一首　题：雨中过豳风阁。

高阁倚危崖，俯瞰众峰迴抱▲欲借层梯径上，把浓阴轻扫▲

流光日月正清和，[1]夹道女桑小▲[2]风景却宜秋尽，看千林红枣▲

注：① 清和：农历四月为清和月。② 女桑：桑树小而条长者。

郭麐（清1208）二首　题：第一首，题何梦华《西湖买春》卷。

(1) 何处好寻春，春在段家桥侧▲[1]试看门前流水，有桃花颜色▲

镜中照出四围山，[2]眉黛一时碧▲笑指桨牙相趁，[3]尽鸳鸯鸂鶒▲

注：① 段家桥：即杭州西湖断桥。② 镜：喻西湖水。③ 桨牙：船桨片片如牙；趁：追逐。

(2) 一月不曾晴，早晚鹁鸪啼急▲[1]刚是绵衣换了，却轻寒恻恻▲

年年羁旅送生涯，[2]遮莫又寒食▲[3]试向雨声多处，问杏花消息▲

注：① 鹁鸪：鸟名，天欲雨，啼声若"渴杀苦"。② 羁旅：客居他乡；生涯：言事业。③ 遮莫：尽教也。

汤贻汾（清1313）一首

绣罢踏青鞋，历日呼郎替拣▲又怕阴晴未准，见阶前蚁乱▲

几回裙带荼蘼罥，[1]扑蝶凭栏看▲还向花边轻放，念一生双惯▲[2]

注：① 罥：挂住。② 双惯：指蝴蝶一生成双成习惯。

周济（清1355）一首　题：代答。

宝镜隔宵圆，刚被远山愁绿▲[1]敢道不胜罗绮，[2]奈夜来新浴▲

红窗女伴见还怜，相携画栏曲▲共报宜秋两字，是东君亲祝▲[3]

注：① 远山：喻眉峰。② 罗绮：喻轻薄之衣。③ 东君：因日出东方，喻太阳神；也可解作司春之神。此处指前者。

周之琦（清1362）一首　题：舆中杂书所见。[1]

峻坂怯肩舆，[2]引絙两行犹弱▲[3]几日牵船岸上，[4]只蒲帆难着▲

一声碧月大堤头，[5]旧梦定难托▲何似春风天半，换秋千红索▲

注：① 舆：轿也。② 峻坂：山路斜而陡。③ 引絙：原注，入太行道中，舆前以索挽之。絙，绳也。④ 牵船：拉纤行船。⑤ 一声：疑为一弯之误。

李贻德（清1367）一首

隔岸依楼人，笛里梅花吹落▲多谢孟婆方便，[1]恰好揭帘幕▲

彩云堆里见天孙，[2]一勺银河薄▲笑倩掠波乳燕，替驾桥灵鹊▲[3]

注：① 孟婆：风神也。② 天孙：织女星。③ 替：代替；桥：鹊桥，喻牛郎织女鹊桥相会故事。

龚自珍（清1431）一首　题：录言。

细语道家常，生小不矜珠翠▲[1]他日郎家消受，愿青裙缟袂▲[2]

画梁燕子已无家，那有五侯第▲[3]等到岁寒时候，折黄梅簪髻▲[4]

注：① 矜：骄傲也。② 缟袂：白袖。③ 五侯：汉元帝封王家五舅为侯，喻贵族也；第：宅第。④ 黄梅：指腊梅；簪髻：插戴于髻。

姚燮（清 1529）二首

（1）四渚柳稀疏，柳外画城云漠▲城上一眉山影，挂新蟾一角▲

扶肩醉向酒家归，霜径踏黄萚▲四五点灯明处，是谁家水阁▲

（2）几日不登楼，未识春光多少▲才到春风一夜，见满城芳草▲

楼头日日锁春阴，楼外春声悄▲才放春晴一面，听满山啼鸟▲

沈世良（清 1584）一首　序：黄耳不至，绿阴渐深，望远伤春，黯然怀抱。寄三斋弟。[1]

愁剧反无书，怜尔客怀萧索▲[2]三十六鳞充使，[3]总江头闲着▲

绿僝红僽晚春时，[4]帘外雨声作▲才到上灯天气，[5]又城楼吹角▲[6]

注：① 黄耳：晋陆机之犬名，能寄家书，代指书信。② 尔：指三斋弟。③ 三十六鳞：指鲤鱼，鲤有三十六鳞片；充使：传鲤能传书。④ 僝僽：憔悴、烦恼。⑤ 上灯天气：黄昏时候。⑥ 城楼吹角：城上守军吹号角。

许光治（清 1591）一首　题：咏鬓边花，同张子祥韵。

腻雪拥银翘，[1]恰爱晚来香透▲玉镜台边初整，压双鬟云覆▲[2]

醉来山枕小横陈，[3]钗重半边溜▲可惜夜阑开尽，又卸妆时候▲

注：① 腻雪：肌肤白腻。② 云覆：喻发盖。③ 山枕：高枕；横陈：卧也。

蒋春霖（清 1651）一首

吹遍野塘风，顰翠倦红都歇▲寂寞斜阳墙角，见春前蝴蝶▲

篱根露滴海棠疏，虫影颤秋叶▲犹有一分花意，媚空阶凉月▲

潘钟瑞（清 1692）二首　题：第一首，娄塘舟次杂记。[1]

（1）涵水影双双，[2]恰值宾鸿来日▲[3]好倩绿波如画，泛鸳鸯齐翼▲[4]

参差蟹簖聚萍窠，[5]粘上翠云湿▲为爱水窗山影，放斜阳红入▲

注：① 娄塘：在上海嘉定南门外。② 涵水：涵洞水。③ 宾鸿：候鸟也。宾，即客。④ 泛：喻游水。⑤ 参差：不齐貌；簖：水上篱笆。

（2）晓日挂铜钲，[1]淡浸波光微白▲依约市声飞近，[2]指人烟攒密▲[3]

弇州城外踏尘泥，[4]鸿爪偶留迹▲[5]沙上采棉红女，惜余花犹拾▲

注：① 钲：乐器，形如盘，喻晓日。② 依约：仿佛也。③ 攒密：聚集稠密。④ 弇州：山西地名。⑤ 鸿爪：即雪泥鸿爪，喻往事留下的痕迹。

张祖同（清 1777）一首

斜照也多情，来照旧家池阁▲曾是下阶时节，听玉钗声落▲

粉衣蝴蝶两三飞，香腰瘦如削▲只在红墙低处，学杨花飘泊▲

劳纺（女）（清 1883）一首　序：春雪初晴，登楼远眺南山积雪与日光相映，射眩人目，景色清绝，不让雪月交辉时也。漫作小令。

斜日下林端，①相映数峰残雪▲清致宛然图画，②更何消明月▲

碧天如水喜初晴，几缕淡云林▲小院泥融苔润，恰种花时节▲

注：① 林端：树林梢头。② 宛然：依然、仿佛。

吕湘（女）（现当 11）二首

（1）残雪寄崖阴，浅碧已生纤草▲三两幽花谁见，有诗人能道▲

春寒犹锁玉楼人，①寻芳喜侬早▲②偏有小黄蝴蝶，更比侬先到▲

注：① 锁：锁住、不出行；玉楼人：指妇人。② 芳：指花草；侬：即我。

（2）满袖落梅风，吹笛石头城下▲①杨柳小于娇女，倚赤栏低亚▲②

六朝金粉尽飘零，③燕子伤心话▲剩有齐梁夕照，罨青山如画▲④

注：① 石头城：指南京。② 赤栏：红栏杆；低亚：低压。③ 六朝：指吴、东晋、宋、齐、梁、陈六个朝代；金粉：美人。④ 罨：覆盖。

许白凤（现当 58）一首　题：题朱大可先生《莼留馆》图。①

莼味近如何，②莫问白头词客▲我亦婿乡情系，③在春波桥侧▲④

棹歌惊起旧鸳鸯，⑤采采乐晨夕▲⑥当日君家门馆，只不曾相识▲

注：① 朱大可：即朱奇，见《词人小传》。② 莼：莼菜，水产植物，味美。③ 婿乡：作者妻于爵，嘉兴人。④ 春波桥：在嘉兴人民公园侧。⑤ 棹歌：船歌；鸳鸯：指朱彝尊《鸳鸯湖棹歌诗》。⑥ 采采：草木茂盛貌。

车乘轨（现当 88）二首　题：第一首，嘉兴南湖大桥落成。　注：1999 年 9 月 26 日作。

第二首，赞秀州区消协周宇生同志。　注：2006 年 5 月 15 日作。

（1）时节何匆匆，又是桂秋佳节▲犹忆去年今日，正大桥论说▲①

眼前跨路复穿湖，②垂虹自天崛▲③连结城郊南北，过古曹王刹▲④

注：① 论说：讨论建大桥。② 跨路：跨越沪杭铁路；穿湖：跨穿南湖。③ 垂虹：形容桥如天上垂下之虹；崛：突也。④ 曹王刹：即曹王庙，为纪念北宋爱民将军曹彬而建。

（2）民以食为天，最怕米粮污染▲不幸拆包淘洗，有青莲斑点▲

辖区有别困难多，①牵连厂和店▲消协周君调解，按三保承担▲

注：① 辖区有别：米厂属秀州区，而米店却属南湖区，按投诉规定应向售出米店交涉，但南湖消协调解失败。

陆永祥（现当 259）一首　序：癸巳（2013 年）十月初二夜听“平湖派琵琶音乐会”，感赋，寄姚国权吟友。

柘上唱繁华，一片蕊宫天籁▲直叫望云停鼓，①是琵琶流派▲

阳春古曲郁轮袍，孤雁叫寒塞▲认得旧时明月，照祈塘浜濑▲②

注：① 原注：见宋王辟之《渑水燕谈录》。② 原注：朱英先生故宅原在平湖祈塘浜十号。

四十五字　好事近　第二体，同第一体，但前、后段第三句也叶仄韵。

陆游（宋 330）一首　题：次宇文卷臣韵。①

客路苦思归，愁似茧丝千绪▲②梦里镜湖烟雨▲③看山无重数▲

尊前消尽少年狂，④慵著送春语▲⑤花落燕子庭户▲叹年老如许▲

注：① 次韵：依次和韵；宇文卷臣：宇文绍奕，南宋成都双流人，魏了翁与张栻外弟。② 绪：头绪。③ 镜湖：即绍兴鉴湖，作者家乡。④ 尊前：酒席前。⑤ 慵著：懒于著作。

汪莘（宋 418）一首　题：季春。①

风雨打黄昏，啼煞满山杜宇▲②到得人间春去▲问春归何处▲

桃红李白竞春光，谁共残妆语▲最是梨花一树▲照谁家庭户▲

注：① 季春：即暮春。② 杜宇：即杜鹃。

四十五字　好时光

李隆基（唐 5）一首

宝髻偏宜宫样，①莲脸嫩、体红香△眉黛不须张敞画，②天教入鬓长△

莫倚倾国貌，③嫁取个、有情郎△彼此当年少，莫负好时光△

注：① 髻：挽发而束之于头顶；宫样：宫女妆束式样。② 张敞画：汉张敞常为妻画眉。③ 倚：倚仗；倾国：喻女子色美。

李渔（清 31）三首　题：第一首，春灯。

第二首，春声。

第三首，春畴。

（1）午夜翻成白昼，①陆地遍走龙蛇△②艳李秾桃争烂漫，③徐观不是花△④

漫言灯火盛，乐事遍满千家△[⑤]翠被难温处，未必少人嗟△[⑥]

注：① 午夜：半夜。② 龙蛇：指春灯。此句按格律，此句应作三四句式，稍异。下二首同。③ 烂漫：光彩分布也。④ 不是花：即是灯。⑤ 此句按格律，第三四字间应加"、"号，稍异。下二首同。⑥ 嗟：赞美辞。

(2) 梦醒全亏啼鸟，春至何暇酣眠△到处缠头声悦耳，[①]听来不费钱△

花间无笑语，谁识墙内秋千△圆转箫音内，画出指纤纤△[②]

注：① 缠头：给歌舞人之赏钱。② 指纤纤：喻女子指纤巧。

(3) 疏雨一犁刚足，野老肯放牛闲△耕破绿痕才入画，平铺不耐看△

菜花千万顷，薰透满路衣冠△归去能招蝶，香在有无间△

何采（清 251）二首　题：第一首，春声。

第二首，春牧。

(1) 听罢村南田鼓，村北去、听缫车△[①]今夜小楼曾听雨，明朝听卖花△

晓听莺百啭，[②]晚听到、后栖鸦△还听秋千院，笑斗郁金芽△[③]

注：① 缫车：缫丝车。② 啭：鸟鸣也。③ 郁金芽：郁金香之芽。

(2) 遥指杏花村去，[①]云淡淡、雨霏霏△[②]横笛短箫齐挂角，[③]无腔信口吹△[④]

同类相鼓舞，齐抚掌、跨牛归△青草青山里，一笠一蓑衣△

注：① 此句套杜牧诗"牧童遥指杏花村"。② 霏霏：飘扬。③ 角：指牛角。④ 无腔：无调；信口：随口。

金烺（清 535）一首　题：鉴湖晚归。[①]

绿柳垂堤醉雨，红杏歌、岸迎风△八百湖光画图里，[②]云桡入镜中△[③]

不觉归棹远，[④]村舍杳、淡烟笼△[⑤]一带松杉外，鸦背夕阳红△

注：① 鉴湖：绍兴名湖。② 八百：鉴湖面积早期有八百亩。③ 桡：船桨，喻船；镜：喻湖面。④ 归棹；归船也。⑤ 杳：无影踪。

车乘轨（现当 88）一首　题：石塘千禧年元旦。　注：2000 年 1 月 1 日作。

百岁千年元旦，天作美、雾收藏△红日涌升初照地，天定在石塘△[①]

小小渔海镇，一眨眼、盛名扬△不惜千金宿，[③]肯负好时光△[④]

注：① 石塘：浙江省温岭市镇名。据天文台预测，2000 年元旦中国大陆日出最早地为石塘镇，时间在 6：40。③ 千金宿：是日去石塘观日出者多达数万人，住宿紧张。据说最前沿雷公岛千丈崖上，房租每天最高达 1500 元。④ 肯负：怎肯错过。

四十五字　杏园芳

尹鹗（五代十国18）一首

严妆嫩脸花明△教人见了关情△含羞举步越罗青△称娉婷△

终朝咫尺窥香阁，迢遥似隔层城△何时休遣梦相萦△入云屏△

金是瀛（明481）一首　题：本意。

春寒料峭晴余△①嫣红似密还疏△开时绝胜曲江隅△②在皇都△

佳人插鬓窥朝镜，韶容掩映何如△③清明才过燕来初△卖饧无△④

注：① 料峭：寒风着肌寒慄貌。② 开时：指杏花；曲江：在陕西长安（今西安）西，有杏园，唐新进士多游宴于此。③ 韶容：美丽容貌；掩映：若隐若现。④ 卖饧：卖饴糖。古时在清明前后，常有吹箫卖饧小贩。

吴秉仁（清83）一首　题：小鬟。①

鸦鬟翠髻朱唇△②含羞未解伤春△簪花悄试越罗新△③尽温存△

偷窥粉蝶携歌扇，飞来又过东邻△潜行带笑倚重门△④怕人嗔△

注：① 小鬟：指婢女。② 鸦鬟：黑发。鬟，环行的发结；髻：束发于头顶。③ 越罗：绍兴一带所产之丝绸罗缎。④ 重门：一重重门户。

缪谟（清815）一首　题：晓妆。

春山催泛兰舟△①菱花霍霍妆楼△②小姑先自起梳头△烛光幽△

谅他未醒鸳鸯梦，向人尚敛星眸△钗梁插得正还否△③又重抽△

注：① 泛兰舟：行船。② 菱花：镜也；霍霍：闪光也。③ 钗梁：首饰。

车乘轨（现当88）一首　题：癸未上元。　注：2003年2月15日（元宵）作。

元宵紧跟新年△团圞喜食汤圆△银花火树不眠天△①鳌山连△②

端门宋帝同民乐，③佳人窃盏词填△④余姚里巷彩灯悬△⑤妇偷搴△⑥

注：① 银花火树：喻灯彩；不眠天：即不夜天。② 鳌山：张灯演杂技之台。③ 端门：皇宫之正门；宋帝：宋徽宗；同民乐：即与民同乐。④ 此句据《宣和遗事》：宣和间（1119—1125）上元张灯，许士女纵观，各赐酒一杯，一女窃所饮金杯，卫士见之，押至御前，女诵《鹧鸪天》词，委婉辩之。帝大喜，遂以金杯相送。⑤ 余姚：浙江市名。是年元宵，余姚某社区悬挂之灯彩，被数女窃去，虽被追回，竟却辩称“雨淋可惜”。以上二则均系元宵张灯，妇女行窃，且有辩词，录之以博一笑。⑥ 搴：拔取。

四十五字　沉醉东风

锁懋坚（明82）一首　题：假山。

风过处，香生院宇▲雨收时，翠湿琴书△移来小朵峰，[①]幻出天然趣▲

倚栏杆，尽日披图△[②]谩说蓬莱本是虚△[③]只此是、神仙洞府▲

注：① 小朵峰：指假山。② 披图：翻阅图书。③ 蓬莱：传说中仙境。

许白凤(现当 58)一首

红芍药，催开雨后▲野蔷薇，满缀墙头△纷张蝶翅忙，倾折蜂腰瘦▲

小园庭，也算清幽△遮莫诗翁爱远游△[①]看最好、花枝自有▲

注：① 遮莫：犹言尽教也。

车乘轨(现当 88)一首　题：赞嘉兴月河历史街区。[①]　注：2008 年 5 月 18 日作。

坛弄雅，书场旧有▲[②]大运河，北丽桥头△清民老式街，[③]深巷风情秀▲

月河区，复古重修△[④]凿水添桥景更幽△[⑤]莫怪他、人烟辐辏▲[⑥]

注：① 月河历史街区：在绍兴，东邻建国北路，南濒京杭大运河(兼北城河)，西接禾兴北路，北至同乐路，占地面积约九万平方米。② 书场：坛弄 16 号旧有珊凤书场，其墙界石碑仍在。③ 清民：指清朝末、民国初。④ 复古重修：新区于 2003 年起动工，建筑面积达八万八千平方米，一律马头墙石库门民居，木板排门店面；更有嘉禾水驿、江西会馆、高公陛百年老酱园等深宅层楼。⑤ 凿水：开挖延伸月河及秀水兜两河，直至廊桥式的北丽桥畔；添桥：新建跨大运河之三孔荷花堤大石桥及其他数座小石桥。⑥ 人烟辐辏：喻游人众多。

四十五字　金衣公子

杨慎(明 157)一首

丰韵海棠娇△占花营夺锦标△[①]凌波罗袜天然俏▲[②]绿杨舞腰△[③]朱樱品箫△[④]

东君不管花枝小▲[⑤]索春饶△[⑥]千金买笑▲驻马在皋桥△

注：① 花营：指妓院。② 凌波：喻步履轻盈。③ 绿杨腰：即柳腰，喻腰细软如柳。④ 朱樱：喻唇。⑤ 东君：司春之神。⑥ 饶：怜惜。

徐旭旦(清 753)一首　题：风情。

云雨下阳台△一窝丝凤髻歪△[①]轻拈螺笔修眉黛▲[②]亲添玉钗△亲分绣鞋△

盈盈笑绾同心带▲偎香腮△许多恩爱▲携手步瑶阶△

注：① 一窝：一盘、一堆之意。② 螺笔：指画笔。螺，螺子黛，画眉料。

四十五字　柳含烟

毛文锡(五代十国 12)二首

(1) 隋堤柳，[①]汴河旁△[②]夹岸绿阴千里，龙舟凤舸木兰香△[③]锦帆张△

因梦江南春景好▲一路流苏羽葆▲④笙歌未尽起横流△△⑤锁春愁△△

注：① 隋堤：隋炀帝开通济渠，沿河筑堤种柳，西起洛阳，东至扬州。② 汴河：指通济渠故道。③ 舸：大舟也。④ 流苏羽葆：指隋炀帝出巡仪仗，华盖以鸟羽为饰。⑤ 起横流：指政变，隋炀帝被缢死。

(2) 御沟柳，①占春多△半出宫墙婀娜，②有时倒影蘸罗△麴尘波△③

昨日金銮巡上苑▲④风亚舞腰轻软▲⑤栽培得地近皇宫△△瑞烟浓△△

注：① 御沟：皇宫内水沟。② 婀娜：美貌。③ 麴尘：喻淡黄色。④ 金銮：指皇帝；上苑：上林苑，即御花园也。⑤ 亚：压也。

王璐卿(女)(明596)一首　题：本意。

容婀娜，①意轻盈△一抹淡烟深锁，②灞桥攀尽又还生△③惹离情△

东风吹得春无主▲搅乱半天飞絮▲王孙马上不思家△△奈何他△△

注：① 婀娜：美貌。② 一抹：一带。③ 灞桥：桥名，在陕西长安(今西安)东郊，唐人送友至此，常折柳告别。

王士禛(清397)一首

销魂树，①曲江边△②移自永丰坊里，③东风吹雪又吹绵△艳阳天△

何处行人歌水调▲④极目粘天芳草▲锦帆曾此向天涯△△落谁家△△

注：① 销魂树：指杨柳。谓折柳告别，令人魂销。② 曲江：在长安(今西安)，多柳树。③ 永丰坊：长安街坊名。白居易《杨柳词》："永丰两角荒园里。"④ 水调：曲名。

江兰(女)(清776)一首　题：夏景。

黄梅过，①建兰香△②鹦鹉声声唤道，西堂茉莉又芬芳△去迎凉△

一路槐阴轻扫地▲遥望前山耸翠▲池头荷盖喜初张△△好时光△△

注：① 黄梅：黄梅天，在农历五月。② 建兰：即福建兰，淡黄绿色。

车乘轨(现当88)一首　题：癸未(2003年)清明。　注：2003年4月5日作。

桃吐艳，柳含烟△织就清明佳节，踏青赏景且偷闲△喜晴天△

无数风筝云际舞▲士女纷纷扫墓▲同胞万里谒黄陵△△①祖孙情△△

注：① 黄陵：陕西县名，有黄帝陵墓。今日清明，荧屏上有华侨及港澳台同胞不远万里前往谒陵盛况。

钱世明(现当233)一首

听春雨，倚楼时△喜见柳梢烟绿，含羞流盼向人垂△惹情痴△

难怪隋堤风色好▲拚把江山换了▲那堪惆怅数兴亡△△费思量△△

四十五字　酒泉子

司空图(唐 37)一首

买得杏花，十载归来方始坼，假山西畔药栏东△满枝红△

旋开旋落旋成空△白发多情人更惜，黄昏把酒祝东风△且从容△

毛文锡(五代十国 12)一首

绿树春深，燕语莺啼声断续，蕙风飘荡入芳丛△①惹残红△②

柳丝无力袅烟空△金盏不辞须满酌，海棠花下思朦胧△醉东风△

注：① 蕙风：暮春之风，亦解作香风。② 惹残红：招引落花。

晁补之(宋 123)一首

萱草丛葵，松菊堂深犹畏暑，①晚云催雨霭帘栊△②满楼风△

池边翻倒小莲红△③看扫鉴天青似水，④一轮明月却当空△画栏中△

注：① 松菊：堂名。② 霭：云盛貌。③ 莲：即荷花。④ 扫鉴：抹镜子。

四十五字　荆州梦

李月儿(女)(清 238)一首　题：闺情。

芍药栏边花少▲渐觉薰风未了▲①姑恶一声声，②到月沉天晓▲

拾得红笺微笑▲轻掏一痕弯小▲抛与玉堂人，③可识麻姑仙爪▲④

注：① 薰风：南风。② 姑恶：鸟名，其鸣声如“姑恶”。③ 玉堂人：富贵人，此处指其夫。④ 麻姑：仙女名，其手如鸟爪。

四十五字　散余霞

毛滂(宋 143)一首

墙头花蕊寒犹噤▲①放绣帘昼静▲帘外时有风儿，趁杨花不定▲②

栏杆又还独凭▲念翠低眉晕▲③春梦枉断人肠，更恹恹酒病▲④

注：① 噤：口闭也。② 趁：追逐也。③ 翠：黛也，喻眉。④ 恹恹：病貌。

储慧娥(女)(清 1515)一首　题：七夕。①

粉墙低亚重重影▲②渐玉阶人静▲道是天上良宵，正秋清夜永▲③

人间曲栏独凭▲引迢迢离恨▲④举酒暗祝双星，⑤愿团圞共证▲

注：① 七夕：七月初七夜，传牛郎织女鹊桥相会。② 亚：压也。③ 夜永：夜长。④ 迢迢：遥远。⑤ 双星：指牛郎织女两星。

四十五字　诉衷情

欧阳修(宋 33)一首

清晨帘幕卷轻霜△呵手试梅妆△①都缘自有离恨，故画作、远山长△②

思往事，惜流光△易成伤△拟歌先敛，欲笑还颦，③最断人肠△

注：① 梅妆：梅花妆，源出宋寿阳宫主，人日卧檐下，梅花落于额上，成梅花妆。② 远山：喻眉峰。③ 颦：皱眉也。

徐喈凤（清146）一首　题：偶见

临河楼上绣帘开△帘底一仙来△垂杨粉面相映，疑此地、是瑶台△

凭画槛，托香腮△眼频回△未言先敛，欲笑还颦，此意难猜△

孙云凤（女）（清1188）一首

红楼梦断晓啼莺△绣幕峭寒生△三月江南春晚，深巷里、卖花声△

苔藓薄，柳烟轻△最凄清△昨夜风雨，今朝寒食，来日清明△

四十五字　黄莺儿　第一体，后段第五句叶仄韵。

杨慎（明157）一首

丝雨湿流光△爱青苔、绣粉墙△鸳鸯浦外清波涨▲

新篁送凉△①幽芳弄香△云廊水榭堪游赏▲倒金觞△形骸放浪▲③到处是家乡△

注：① 新篁：新竹。② 榭：台有屋者。③ 形骸：身体形象。

四十五字　黄莺儿　第二体，后段第五句不叶韵。

汤显祖（明236）一首　题意：《牡丹亭》柳梦梅拾画观画。

空影落纤娥△动春蕉、散绮罗△春心只在眉间锁▲

春山翠拖△①春烟淡和△相看四目谁轻可▲②逐横波△③来回顾影，不住眼儿睃△④

注：① 春山：喻眉峰。② 四目：指观画人自己和画中人杜丽娘四目相对。③ 横波：喻眼波。④ 睃：斜视也。

顾石城（明610）一首　题意：《吴江雪》嘲柳弄儿与夫弟丘石公偷情。

时刻不曾饶△恨当年、枉打熬△昔时抛掷青春好▲

芳心似胶△芳魂暗销△巫峰痴梦知多少▲阵云高△将军战马，几断小蛮腰△

烟霞逸士（明610）一首　题意：《巧连珠》点秀女家家拉郎配。

鼓乐夜喧天△做新娘、不论年△十三十四成欢燕▲①

喜筵接连△花灯不全△②媒婆昼夜奔波懒▲最堪怜△村村俏俏，③错配了姻缘△

注：① 欢燕：即欢乐燕好，喻结婚。② 花灯不全：指来不及办花烛。③ 村：喻粗野、丑陋；俏：喻娇好。

曹去晶（清931）一首　题意：《姑妄言》咏钱贵。

举止甚蹁跹△①体飘飘、态若仙△妖娆不亚娇飞燕▲②

梅妆淡添△③潘妃两弯△④嫌污轻扫梨花面▲⑤羡婵娟△秋波紧闭，恰似玉环眠△⑥

注：① 举止：即行动；蹁跹：旋行貌。② 飞燕：汉成帝后赵飞燕。③ 梅妆：源出宋寿阳宫主，人日卧檐下，梅花落于额上成梅花妆。人争效之。④ 潘妃：南齐东昏帝妃名玉儿，举步生莲；两弯：弯弯两足，指弓鞋。⑤ 此句套张祜诗《集灵台》："却嫌脂粉污颜色，淡扫蛾眉朝至尊。"⑥ 玉环：即杨贵妃。

四十五字　渔父家风

徐旭旦（清 753）一首　题：本意。

洞庭清浅聚渔舟△①妇子任嬉游△红裙绿袄春光好，击榜唱吴讴△②

新柳下，白沙洲△且垂钩△得鱼沽酒，③好拉同伴，共醉拍浮△

注：① 洞庭：山名，在太湖中，此处指太湖。② 榜：船尾之木，击之发声以捕鱼；吴讴：苏州一带之歌。③ 沽酒：买酒。

朱昂之（清 1123）一首　题：题五湖渔庄图。

五湖烟水碧迢迢△小阁压波涛△斜阳红到垂杨岸，渔艇聚溪桥△

枫叶堕，荻花飘△两峰遥△扁舟何处，月冷风寒，鸥鹭如招△

四十五字　彩鸾归（又名彩鸾归令）

张元幹（宋 243）一首　题：为张子安舞姬作。

珠履争围△①小立春风趁拍低△②态闲不管乐催伊△整朱衣△

粉融香润随人劝，玉困花娇越样宜△凤城灯下旧家时△③数他谁△

注：① 珠履：缀珠之鞋。② 趁拍：跟随拍曲。③ 凤城：喻京城；旧家：指妓院。

吴棠桢（清 200）一首　题：忆旧。注：调名原作彩鸾归令。

近水妆楼△影浸香波腻不流△当年帘箔小窗幽△①看梳头△

别时粉泪零星滴，梦处弓鞋约略兜△②最难忘是送登舟△避人羞△

注：① 帘箔：即帘子。② 弓鞋：缠足女子之鞋；约略：大约。

四十五字　醉太平

辛弃疾（宋 370）一首　题：春晚。

态浓意远▲眉黛笑浅▲薄罗衣窄絮风软▲鬓云欺翠卷▲

南国花树春光暖▲香径里、榆钱满▲欲上秋千又惊懒▲且归休怕晚▲

徐灏（清 1580）一首

盈盈杏脸▲①微微笑靥▲新装倭堕翠云偃▲②鬓边花自贴▲③

白罗衫子轻还软▲红袖里、春纤染▲④一曲琵琶儿弹撚▲卸桃花万点▲

注：① 盈盈：轻盈；杏脸：形容脸美。② 倭堕：即髻；翠云：喻发；偃：倒也。③ 飐：颤动。④ 春纤：喻手指。

四十五字　谒金门（又名垂杨碧、花自落）　第一体，用一种仄韵。

韦庄（五代十国1）三首

（1）空相忆▲无计得传消息▲天上嫦娥人不识▲寄书何处觅▲
新睡觉来无力▲不忍看伊书迹▲满院落花春寂寂▲断肠芳草碧▲

（2）春雨足▲染就一溪新绿▲柳外飞来双羽玉▲①弄晴相对浴▲
楼外翠帘高轴▲②倚遍栏杆几曲▲云淡水平烟树簇▲寸心千里目▲

注：① 羽玉：指鸳鸯。② 高轴：挂翠帘之轴心。

（3）春漏促▲①金烬暗挑残烛▲②一夜帘前风撼竹▲梦魂相断续▲
有个娇娆如玉▲③夜夜绣屏孤宿▲闲抱琵琶寻旧曲▲远山眉黛绿▲④

注：① 漏：铜壶滴漏，计时也。② 金烬：铜炉香烬。③ 娇娆：喻美女。④ 远山：喻眉峰。

薛绍蕴（五代十国4）一首

春满院▲叠损罗衣金线▲睡觉水晶帘未卷▲檐前双语燕▲
斜掩金铺一扇▲①满地落花千片▲早是相思肠欲断▲忍教频梦见▲②

注：① 金铺：门上之铜铺首，即贴片，用以衔镮钮。② 忍教：怎忍也。

魏承班（五代十国6）一首

春欲半▲堆砌落花千片▲①早是潘郎长不见▲②忍听双语燕▲③
飞絮晴空飏远▲风送谁家弦管▲愁倚画屏凡事懒▲泪沾金缕线▲④

注：① 堆砌：堆在阶砌上。② 潘郎：晋潘岳，美男子。此处喻恋人。③ 忍：怎忍。④ 金缕线：指金丝线衣服。

牛希济（五代十国7）一首

秋已暮▲重叠关山歧路▲①嘶马摇鞭何处去▲②晓禽霜满树▲
梦断禁城钟鼓▲③泪满枕檀无数▲④一点凝红和薄雾▲翠娥愁不语▲⑤

注：① 关山：城关山河。② 嘶马：马鸣。③ 禁城：皇城。④ 枕檀：喻香枕。⑤ 翠娥：喻女子。

冯延巳（五代十国26）一首

风乍起▲吹皱一池春水▲闲引鸳鸯芳径里▲手挼红杏蕊▲①
斗鸭栏杆独倚▲②碧玉搔头斜坠▲③终日望君君不至▲举头闻鹊喜▲

注：① 挼：揉也。② 斗鸭：古时一种游戏。③ 搔头：即簪，首饰也。

吴泳（宋 54）一首　题：温州鹿鸣宴。[①]

金榜揭▲[②]都是鹿鸣仙客▲手援玉笙寒尚怯▲倚梅歌一阕▲

柳拂御街明月▲莺扑上林残雪▲[③]前岁杏花原一色▲马蹄归路滑▲

注：① 鹿鸣宴：古代地方官祝贺考中贡生或举人的“乡饮酒”宴会。② 金榜：即皇榜。③ 上林：上林苑，皇家花园。

苏轼（宋 80）一首　题：秋夜。

秋帷里▲长漏伴人无寐▲低玉枕凉轻皱被▲一番秋气味▲

晓色又侵窗纸▲窗外鸡声初起▲声断几声还到耳▲已明声未己 ▲

朱淑真（女）（宋 140）一首

春已半▲触目此情无限▲十二栏杆闲倚遍▲愁来天不管▲

好是风和日暖▲输与莺莺燕燕▲[①]满院落花帘不卷▲断肠芳草远▲

注：① 输与：送与。

谢逸（宋 144）一首

帘外雨▲洗尽楚山残暑▲白露影边霞一缕▲绀碧江天暮▲[①]

沉水烟横香雾▲[②]茗碗残浮琼乳▲卧听鹧鸪啼竹坞▲竹风清院宇▲

注：① 绀碧：天青色。② 沉水：即沉香。

秦湛（宋 154）一首　题：春恨。注：此词《芦川词》作张元幹著。

鸳鸯浦▲[①]春涨一池花雨▲隔岸数声初过橹▲晚风生碧树▲

舟子相呼相语▲[②]载取暮愁归去▲寒食江村芳草路▲[③]愁来无着处▲

注：① 浦：大水有小支流者。② 舟子：船夫。③ 寒食：古节日名，在清明前二日。

陈克（宋 179）一首　题：寒食。

柳丝碧▲柳下人家寒食▲莺语匆匆花寂寂▲玉阶春藓湿▲[①]

闲凭薰笼无力▲[②]心事有谁知得▲檀炷绕窗灯背壁▲[③]画檐残雨滴▲

注：① 藓：与苔类似。② 薰笼：有罩盖香炉。③ 檀炷：烧檀香。

周紫芝（宋 201）一首

春雨细▲开尽一番桃李▲柳暗曲栏花满地▲日高人睡起▲

绿浸小池春水▲沙暖鸳鸯双戏▲薄倖更无书一纸▲画楼愁独倚▲

康与之（宋 281）一首　题：暮春。

春又晚▲风劲落红如剪▲睡起绣床飞絮满▲日长门半掩▲

不管离肠欲断▲听尽梁间双燕▲试上小楼还不见▲楼前芳草远▲

李石(宋293)一首　题：夜梦一女子引扇求词，为书小阕。

花树树▲吹碎胭脂红雨▲将谓郎来推绣户▲暖风摇竹坞▲①

睡起栏杆凝伫▲②漠漠红楼飞絮▲划踏袜儿垂手处▲③隔溪莺对语▲

注：① 坞：周围高，中央低、凹处。② 凝伫：聚精久立。③ 划袜：光着袜儿，即不穿鞋。

袁去华(宋311)一首

深院闭▲漫漫东风桃李▲芳草凄迷烟雨细▲秦楼何处是▲

还是伤春意味▲闲却踏青天气▲折得海棠双蒂子▲无言还自喜▲

韩元吉(宋312)一首　题：春雪。

春尚浅▲谁把玉英裁剪▲①尽道梅梢开未遍▲卷帘花满院▲②

楼上酒融歌暖▲③楼下水平烟远▲却似涌金门外见▲④絮飞波影乱▲

注：① 玉英：喻雪。② 花：指雪花。③ 融：融和。④ 涌金门：杭州西城门，濒临西湖。

赵彦端(宋314)一首

春似绣▲不是别离时候▲滴尽黄昏残刻漏▲①月高花影昼▲

好在画屏金兽▲②深锁粉窗兰牖▲溪水南来堪问否▲几时离渡口▲

注：① 滴漏：古时计时器。②金兽：兽形铜香炉。

李流谦(宋319)一首

山数尺▲江草江波同碧▲晚雨吹风才数滴▲行人心更急▲

漠漠疏烟如织▲遮断客愁不得▲肠断故园无信息▲灯花闲手剔▲

朱雍(宋335)一首

春太早▲十二玉楼初晓▲半额试妆深院悄▲①相逢何草草▲②

临水幽香飘渺▲仿佛淡妆窥照▲恰值日边人未到▲③纷纷索古道▲

注：① 半额：喻眉之广也。《后汉书》长安语曰："城中好高髻，四方高一尺；城中好广眉，四方且半额。"② 草草：简单也。③ 日边：皇城。

范成大(宋338)一首　题：宜春道中野塘春水可喜，有怀旧隐。①

塘水碧▲仍带麹尘颜色▲②泥泥縠纹无气力▲③东风如爱惜▲

恰是越来溪侧▲④也有一双鸂鶒▲⑤只欠柳丝千百尺▲系船春弄笛▲

注：① 宜春：江西县名；旧隐：作者曾隐居于苏州石湖。② 麹尘：淡黄色。③ 泥泥：露浓貌；縠纹：喻塘水皱纹。④ 越来溪：在苏州西南，通石湖。⑤ 鸂鶒：水鸟名，似鸳鸯稍大，故又名紫鸳鸯。

毛幵(宋343)一首

春已遍▲芳草池塘绿遍▲山北山南花烂漫▲[1]日长蜂蝶乱▲

闲掩屏山六扇▲[2]好梦强教惊断▲愁对画梁双语燕▲故心人不见▲[3]

注：① 烂漫：光彩分布。② 屏山：即屏风，因其曲折如山。③ 此句一本作："故人心不见"。

徐珌(宋356)二首　故事：《云谷杂记》：沅州道间有古驿曰幽兰铺，有徐珌者，凡两经过，书二词其壁。[1]

(1) 秋欲暮▲路入乱山深处▲扑面西风吹雾雨▲驿亭欣暂驻▲

可惜国香风度▲[2]空谷寂寥谁顾▲已作竹枝传楚女▲[3]客愁推不去▲

注：① 沅州：今湖南芷江县；驿：接待路过官员之招待所。② 国香：指兰。③ 竹枝：诗歌名。

(2) 春欲半▲重到寂寥山馆▲[1]修竹连山青不断▲[2]谁家门可款▲[3]

红晕花梢未半▲绿蘸柳芽犹短▲金缕香消春不管▲[4]素蟾光又满▲[5]

注：① 山馆：指幽兰铺驿亭。② 修竹：形容竹之长而直。③ 款：叩击、敲打。④ 金缕：喻柳丝。⑤ 素蟾：喻月。

程垓(宋368)三首　题：第一首，题荼蘼。

第二首，陪诸友饮东山。

(1) 花簇簇▲触眼万条垂绿▲小楼春深琐窗绿▲[1]水沉风断续▲[2]

明月又侵楼曲▲羞向枕囊拘束▲[3]只待夜深清影足▲醉来花底宿▲

注：① 琐窗：镂有花纹之窗。② 水沉：即沉香。③ 枕囊：枕套。此句说不受睡眠约束。

(2) 乌帽侧▲[1]行遍杏花春色▲野意青青分陇麦▲人家烟柳隔▲[2]

春事莫催行客▲弹指青梅堪摘▲[3]醉倚暮天江拍拍▲[4]雨晴沙路白▲

注：① 乌帽：隐者之帽。② 烟柳：喻柳丝密如烟。③ 弹指：霎时。④ 拍拍：喻江水拍岸。

(3) 春夜雨▲催润柳塘花坞▲小院重门深几许▲画帘香一缕▲

独立晚亭凝伫▲细把花枝闲数▲燕子不来天欲暮▲说愁无处诉▲

赵善扛(宋371)一首

新雨霁▲开遍满园桃李▲波暖池塘风细细▲一双花鸭戏▲

唤起春融睡美▲[1]扶醉宿妆慵理▲[2]移步避人花影里▲绣裙低窣地▲[3]

注：① 春融：春日和美。② 宿妆：隔夜妆束。③ 窣地：垂地。

李师愈（宋 376）一首　题：怀故居。

花遇雨▲又是一番红素▲[1]燕子归来衔绣幕▲归巢无觅处▲

谁在玉楼歌舞▲谁在玉关辛苦▲[2]若使胡尘吹得去▲[3]东风侯万户▲[4]

注：① 红素：落花与飞絮。② 玉关：玉门关，在甘肃敦煌。喻边关。③ 胡尘：指金兵。④ 侯：爵名；万户：官名。

沈端节（宋 385）一首

寻胜去▲湖色净涵疏树▲欸乃一声何处起▲风铃相应语▲

目送遥林修渚▲画出江南烟雨▲山水照人人楚楚▲锦肠生绣句▲

赵师侠（宋 890）三首　题：第一首，迓陆尉。

第二首，丁酉（1177 年）冬昌山渡。　注：昌山渡：在江西分宜县境。

（1）沙畔路▲记得旧时行处▲霭霭疏烟迷远树▲[1]野航横不渡▲

竹里疏梅花吐▲照眼一川鸥鹭▲家在清江江上住▲[2]水流愁不去▲

注：① 霭霭：云盛貌。② 清江：江西水名。

（2）江水绿▲江上数峰如簇▲唤渡小舟来南北▲笋舆行太速▲[1]

素艳窗纱笼玉▲[2]不负看花心目▲近夜知他何处宿▲断魂沙路曲▲

注：① 笋舆：竹轿也。② 笼玉：藏着美人。

（3）风雨急▲红紫又还狼藉▲[1]嫩烟团枝苔径湿▲帘开双燕入▲

院静昼闲人寂▲一缕水沉烟直▲[2]心事有谁能会得▲阶前芳草绿▲

注：① 红紫：指花；狼藉：散乱貌。② 水沉：香名，即沉香。

吕胜己（宋 400）一首

天气暖▲开了荼蘼一半▲红日迟迟风拂面▲阶前花影乱▲

俊逸风神不见▲定被莺花留恋▲千尺游丝舒又罥▲系人心上线▲

刘过（宋 411）一首　题：京口赋与歌者侑尊。[1]

归不去▲船泊早春梅渚▲试听玉人歌白苎▲[2]行云无觅处▲

剪烛写诗无语▲漠漠寒生窗户▲明日短篷眠夜雨▲宝钗空半股▲

注：① 京口：即江苏镇江；侑尊：助酒。尊，酒杯也。② 白苎：歌曲名。

吴礼之（宋 415）一首　题：春晚。

风乍扇▲[1]帘外落红千片▲飞尽落花春不管▲斗忙莺与燕▲

往事上心撩乱▲[2]睡起日高犹倦▲料得伊家情眷眷▲[3]近来长梦见▲

注：① 扇：作动词。② 撩乱：纷乱。③ 伊家：指恋人；情眷眷：心向往貌。

韩淲(宋423)一首

花影半▲春色乍开云卷▲择胜寻春愁日短▲[①]雨余山路晚▲

涧底桃深红满▲人意不禁闲远▲蝴蝶绕枝啼鸟怨▲东风吹酒面▲

注：① 择胜：选择名胜。

张辑(宋429)一首

花半湿▲睡起一帘晴色▲千里江南真咫尺▲[①]醉中归梦直▲

前度兰舟送客▲[②]双鲤沉沉消息▲[③]楼外垂杨如此碧▲问春来几日▲

注：① 咫尺：逼近也。② 兰舟：舟之美称。③ 双鲤：指书信。

洪咨夔(宋440)二首　题：第一首，寿梦祥。

第二首，九日。

(1) 春正美▲满眼万红千紫▲收拾群香归瓮蚁▲长年花信里▲

深院帘栊如水▲[④]双燕呢喃芳垒▲唾碧轻衫人送喜▲梅梢新结子▲

(2) 开口笑▲又是茱萸重九▲好水佳山长似旧▲健如黄犊走▲

菊蕊峥峥如豆▲风雨轻寒初透▲檐外鹊声谁送酒▲莫闲金碗手▲

卢祖皋(宋445)三首　题：第一首，惜别。

第二首，春思。

第三首，采莲。

(1) 兰棹举▲[①]相趁落红飞去▲[②]一隙轻帘凝睇处▲[③]柳丝牵不住▲

昨日翠娥金缕▲[④]今夜碧波烟渚▲好梦无凭窗又雨▲天涯知几许▲

注：① 兰棹：船桨之美称。② 趁：追逐；红：花。③ 一隙轻帘：帘子空隙处；凝睇：注目小视。④ 翠娥：喻女子；金缕：金线也。

(2) 闲院宇▲独自行来行去▲花片无声帘外雨▲峭寒生碧树▲

做弄清明时序▲料理春醒情绪▲忆得归时停棹处▲画桥看落絮▲

(3) 香漠漠▲低卷水风池阁▲玉腕笼纱金半约▲[①]睡浓团扇落▲

雨过凉生云薄▲女伴棹歌声乐▲采得双莲迎笑剥▲柳阴多处泊▲

注：① 金半约：指腕上半褪着金镯。

黄机(宋449)一首

秋向晚▲秋晚蕙根犹暖▲碧染罗裙湘水浅▲羞红微到脸▲

窣窣绣帘围遍▲[①]月落霜明庭院▲妆罢宝奁慵不掩▲[②]无风香自满▲

注：① 窣窣：垂地。② 宝奁：指镜匣；慵：懒也。

卢炳(宋460)二首

(1) 春寂寂▲节物又催寒食▲楼上卷帘双燕入▲断魂愁似织▲

门外雨余风急▲满地落英红湿▲好梦惊回无处觅▲天涯芳草碧▲

(2) 春事寂▲苦笋鲥鱼初食▲[1]风卷绣帘飞絮入▲柳丝萦似织▲

迅速韶光去急▲[2]雨过绿阴尤湿▲回首旧游何处觅▲远山空伫碧▲

注：① 苦笋：即苦竹，农历四月间生笋；鲥鱼：形扁而长夏季产于长江中。② 韶光：春景也。

姚镛（宋464）一首

吟院静▲[1]迟日自行花影▲[2]薰透水沉云满鼎▲[3]晚妆窥露井▲

飞絮游丝无定▲误了莺莺相等▲欲唤海棠教睡醒▲奈何春不肯▲

注：① 吟院：诗人庭院。② 迟日：徐行之日。③ 云：喻香烟；鼎：指香炉。

许棐（宋473）一首

微雨后▲染得杏腮红透▲[1]春色好时人却瘦▲镜寒妆不就▲

柳外一声啼昼▲约略情怀中酒▲[2]困起半弯眉印袖▲[3]髻松簪玉溜▲[4]

注：① 杏腮：腮之美称。② 约略：大约；中酒：醉酒也。中字应读去声。③ 眉印袖：眉痕印在袖中。④ 簪玉：即玉簪。

翁元龙（宋482）一首

莺树暖▲弱絮欲成芳茧▲[1]流水惜花流不远▲小桥红欲满▲[2]

原上草迷离苑▲[3]金勒晚风嘶断▲[4]等得日长春又短▲愁深山翠浅▲[5]

注：① 絮：指柳絮，喻柳丝。② 红：指落花。③ 离苑：犹今别墅。④ 金勒：马勒头，喻马。⑤ 山翠：喻黛眉。山，喻眉峰。

赵与御（宋491）一首

归去去▲风急兰舟不住▲[1]梦里海棠花下语▲醒来无觅处▲

薄倖心情似絮▲[2]长是轻分轻聚▲待得来时春几许▲绿阴三月暮▲

注：① 兰舟：舟之美称。② 似絮：似柳絮，谓其飘荡不定。

杜龙沙（宋497）一首

阶露重▲浥透寻花双凤▲[1]天色晴明风不动▲薄衫金络缝▲[2]

午枕高云斜纵▲[3]一觉风流春梦▲起看翩翻帘影弄▲夕阳归燕共▲

注：① 浥：湿也。② 金络：金丝线。③ 午枕：午睡；云：喻发髻。

黄升（宋507）一首　题：初春。

花事浅▲方费化工匀染▲[1]墙角红梅开未遍▲小桃才数点▲

人在暮寒庭院▲闲读茶经香传▲[2]酒思如冰诗思懒▲雨声帘不卷▲

注：① 化工：天工也。② 茶经：书名，唐人陆羽著。

谭宣子（宋508）一首

人病酒▲[1]生怕日高催绣▲昨夜新翻花样瘦▲旋描双蝶凑▲[2]

闲凭绣床呵手▲却说春愁还又▲门外东风吹绽柳▲海棠花厮勾▲[3]

注：① 病酒：即酒醉。② 旋：随即。③ 厮勾：接续之意。

张枢（宋510）一首

春梦怯▲人静玉闺平帖▲[1]睡起眉心端正贴▲绰枝双杏叶▲[2]

重整金泥蹀躞▲[3]红皱石榴裙褶▲[4]款步花阴寻蛱蝶▲玉纤和粉捻▲[5]

注：① 玉闺：闺房美称。② 绰枝：柔枝。③ 金泥：即泥金，屑金也；蹀躞：带上饰物。④ 石榴裙：大红裙。⑤ 玉纤：纤指。

李莱老（宋531）一首

春意态▲闲却远山横黛▲[1]香径莓苔嗟粉坏▲[2]凤靴双斗彩▲[3]

折得花枝懒戴▲犹恋鸳鸯飞盖▲[4]旧恨新愁都只在▲东风吹柳带▲[5]

注：① 远山横黛：喻眉峰上黛绿。② 嗟：叹也。③ 凤靴：凤头鞋。④ 飞盖：高高的车篷，亦指东。⑤ 柳带：柳丝，柳叶也。

周密（宋541）一首　题：次西麓韵。[1]

芳事晚▲[2]数点杏钿香浅▲侧侧轻寒风剪剪▲[3]锦屏春梦远▲

稚柳掩烟娇软▲花影暗藏深院▲初试轻衫并画扇▲牡丹红未展▲

注：① 次西麓韵：依次和西麓（人名）之韵。② 芳事：花事。③ 杏钿：以杏花为钿首饰也。③ 侧侧：浅寒貌；剪剪：风寒貌。

赵汝茪（宋544）一首

休说起▲嚼破白桃花蕊▲人在夕阳深巷里▲燕儿来也未▲

一样半红半紫▲双凤同心结子▲分在郎边郎不记▲为郎今折碎▲

刘辰翁（宋546）一首　题：风乍起，约巽吾同赋海棠。[1]

娇点点▲[2]困倚春光欲软▲滴尽守宫难可染▲[3]浓期红烛艳▲

寂寂露珠啼脸▲翠袖不禁风飐▲芳径相逢惊笑靥▲日长初睡转▲

注：① 巽吾：即彭元逊，见《词人小传》。② 娇点点：即娇滴滴。③ 守宫：即壁虎，食以朱砂，体尽赤。捣烂，点于女臂，以验贞节。

陈允平（宋556）一首

春又晚▲枝上绿深红浅▲燕语呢喃明似剪▲采香人渐远▲

草色池塘碧软▲丝竹谁家坊院▲[1]拂拂和风初着扇▲[2]蜂情愁不展▲[3]

注：① 丝竹：乐器，琴箫之类。② 拂拂：斜掠而过。③ 蜂情：犹春情也。

张炎(宋572)一首

晚晴薄▲一片杏花零落▲纵是东风浑未恶▲二分春过却▲

可怪寒生池阁▲下了重重帘幕▲忽见旧巢还是错▲燕归何处着▲

何光大(宋595)一首

天似水▲池上藕花风起▲①隔岸垂杨青到地▲乱萤飞又止▲

露湿玉栏闲倚▲人静自生凉意▲泛碧沉朱供晚醉▲②月斜才去睡▲

注：① 藕花风：即夏风。② 泛碧：即浮绿。

李俊民(金24)一首　题：探梅。

谁便道▲昨夜雪中开了▲次第不将消息报▲①探芳人草草▲

宜在嫩寒清晓▲兴比孤山更好▲②篱落逢花须醉倒▲惜花人易老▲

注：① 次第：次序。② 孤山：在杭州西湖，林逋曾隐居植梅。

刘诜(元59)一首

春睡倦▲自拣花枝行遍▲昨日新红今日变▲细挼将袖染▲

翠扇迎风扑面▲飞起晴丝还转▲帘外杨花帘里燕▲相逢如未见▲

张翥(元69)二首　题：第一首，寒食临川平塘道中。①

第二首，酒后偶忆。

(1) 溪水漫▲岸口小桥冲断▲沽酒人家门巷短▲柳阴旗一半▲

细雨鸣鸠相唤▲曲巷落花流满▲两两睡红鸂鶒暖▲恼人春不管▲

(2) 春几许▲红透数枝花雨▲管领风光谁是主▲酒边人楚楚▲①

好与写将乐府▲②剩与画教眉妩▲③醉后不知庭院午▲隔帘双燕语▲

注：① 人楚楚：人物鲜明貌。② 乐府：属于弦歌一类者，如歌曲、词章。③ 眉妩：画眉也。

玄妙洞天少女(女)(明24)一首　故事：《词统》玄之梦游仙词，序云：夏夜倦寝，神游异境，榜曰“玄妙洞天”，见少女独立，朗然歌此词。

真堪惜▲锦帐夜长虚掷▲①挑尽银灯情脉脉▲②绣花无气力▲

女伴声停刀尺▲③蟋蟀争啼四壁▲自起卷帘窥夜色▲天青星欲滴▲

注：① 锦帐：帐之美称。② 挑：剪油盏灯花。③ 刀尺：指制衣。

权贤妃(女)(明41)一首　注：此词与上首玄妙洞天少女词大同小异，姑并录之。

真堪惜▲锦帐夜长虚掷▲挑尽银灯情脉脉▲描龙无气力▲

宫女声停刀尺▲百和御香扑鼻▲①帘卷西宫窥夜色▲②天青星欲滴▲

注：① 百和：香名；御香：皇宫所用之香。② 西宫：皇妃寝宫。

张宁(明67)一首　题：送李掌史。①

禾黍熟▲②秋满江南江北▲日照东厅人似玉▲早西风黄菊▲

天路云程太促▲③去时行忙更速▲何夜画船何处宿▲枫叶吴江曲▲④

注：① 掌史：官名。② 禾黍：禾稻。③ 天路：指京都。④ 吴江：江苏县名。

夏旸(明107)一首

通宵雨▲①骤涨一江新水▲顺下兰舟如弩矢▲②瞬中三百里▲

正是半晴天气▲厌听鸠啼树里▲③午梦初回人倦起▲举头闻鹊喜▲

注：① 通宵：整夜。② 弩矢：弓箭，喻快速。③ 鸠啼：喻将雨。

赵金(明161)一首

湖天渺▲一片水云沙鸟▲俯景茫茫空懊恼▲孤吟秋色老▲

自爱琅玕芝草▲①茅屋碧山环绕▲高卧长松心尽了▲年来机事少▲

注：① 琅玕：石而似玉。《山海经》："昆仑山有琅玕树。"；芝草：灵芝草。皆喻深山。

赵时春(明188)一首

春寒峭▲轻雨又含初照▲想是花朝应未料▲故把碧纱罩▲

忽听一声莺叫▲万紫千红争笑▲暗里韶华闲破调▲可惜人年少▲

邵圭洁(明204)一首

江草碧▲又见一年寒食▲风雨落花春可惜▲卷帘人独立▲

十里青山咫尺▲两岸绿杨如织▲酌酒赋诗俱未得▲浪将光阴掷▲

谢肇淛(明271)一首　题：溪上。

溪水碧▲倒浸一天秋色▲隔岸芙蓉香欲滴▲半醉娇无力▲

人倚栏杆叹息▲惊起一双鸂鶒▲望断彩云愁脉脉▲横塘霜月白▲

马如玉(女)(明285)一首　题：落花。

风正陡▲①枝上乍惊消瘦▲寂寂长门空自守▲②东皇还顾否▲③

无那莺啼长昼▲苦是将春拖逗▲④片片胭脂零落后▲歌喉招舞袖▲

注：① 陡：峻也，喻紧。② 长门：汉武帝之后陈阿娇失宠于长门宫。③ 东皇：司春之神。④ 拖逗：拖延逗留。

齐东野人(明290)一首　题意：隋炀帝梦遇张丽华。①

真无价▲不倩烟描月画▲白白青青娇欲化▲燕妒莺儿怕▲

不独欺班羞谢▲[2]别有文情蕴藉▲[3]一曲后庭犹未罢▲[4]已成亡国话▲

注：① 张丽华：南朝陈后主宠妃，国破被隋兵所杀。② 班：指东汉班昭；谢：指东晋谢道蕴，两人皆著名才女。③ 蕴藉：深奥也。④ 后庭：即后庭花，词曲名，陈后主常令人唱之。

施绍莘（明 309）一首

春欲去▲如梦一庭空絮▲墙里秋千人笑语▲花飞撩乱处▲

无计可留春住▲只有断肠诗句▲万种销魂多寄与▲斜阳天外树▲

陈梅龛（女）（明 342）一首　题：春情。

春欲暮▲帘外落红无数▲斜倚曲栏浑不语▲笑看双燕舞▲

惆怅夜来风雨▲吹散满城花絮▲一段夕阳留不住▲马嘶芳草去▲

钱继章（明 367）一首

斜阳促▲弥望暮烟修竹▲弱柳堤边芳草屋▲一汀云影簇▲

趁取晚凉新浴▲碧槛薄无冰縠▲小院落花香断续▲月明风簌簌▲

徐士俊（明 397）一首　题：山居，次珂月韵。[1]

山意好▲长就乱烟瑶草▲幽涧淙淙纤韵袅▲落花流未了▲

白日人声静悄▲深夜柴门月小▲高枕不知春色恼▲鹧鸪啼太早▲

注：① 珂月：即卓人月，见《词人小传》。

许云飞（女）（明 409）一首　题：花朝。[1]

春光好▲满院杏花开了▲犹忆数株江畔绕▲倚栏眉淡扫▲

惆怅碧山云杳▲[2]辜负镜中人老▲燕子一双归恁早▲[3]画梁昏又晓▲

注：① 花朝：在农历二月十二日。② 惆怅：伤感。③ 恁早：如此早。

陈子龙（明 441）一首　题：五月雨。

莺啼处▲摇荡一天疏雨▲极目平芜人尽去▲断红明碧树▲

费得炉烟无数▲只有轻寒难度▲忽见西楼花影露▲弄晴催薄暮▲

晁四娘（女）（明 451）一首

嗟命薄▲[1]马上乌云羞掠▲[2]细认鞋间腰带削▲始信从军恶▲

不道六幺催拍▲[3]低唱浅斟毳幕▲[4]小绿猩红随处落▲此身轻又弱▲

注：① 嗟：叹。② 乌云：喻黑发。③ 六幺：曲名。④ 毳幕：即毡帐。

顾樵（明 492）一首　题：夏日曹石仓先生斋中尝鲜荔枝。

凉荫日▲累累荔香垂实▲[1]白玉为肤襦绛色▲[2]水晶萦沁密▲

昔日华清献入▲③蜀道年年置驿▲④名种枫亭称第一▲太真应未识▲⑤

注：① 累累：串连貌。② 此句说：白肉赤壳。襦：短衣也，喻壳。③ 唐杨贵妃喜食鲜荔，远路快马送入。华清：宫名，在骊山。④ 驿：驿站。⑤ 太真：即杨贵妃。

彭孙贻（明504）一首　题：怨情。

孤枕上▲月透一分罗帐▲直送花阴高几丈▲卷帘钩荡漾▲

昨日鹊儿相诳▲①添得今宵惆怅▲恰恰难胜金锁项▲②可怜花一样▲

注：① 诳：欺骗也。此句说喜鹊报喜不准。② 此句说：项上禁受不起金锁重量。

沈龙（明509）一首　题：闺情。

闻郎道▲帘外花开鲜好▲急急梳头亲手拗▲①今朝起得早▲

新绣弓鞋绝小▲②竟被阮郎偷了▲③故意要人一味笑▲惹人半日恼▲④

注：① 拗：折也。② 弓鞋：缠足妇女小鞋。③ 阮郎：泛指恋人。④ 惹：招引。

叶小鸾（女）（明514）一首　题：秋晚忆两姊。

情脉脉▲帘卷西风争入▲漫倚危楼窥远色▲晚山留落日▲

芳树重重凝碧▲影浸清波欲湿▲人向暮烟深处忆▲绣裙愁独立▲

柳如是（女）（明538）一首　注：调名原作垂杨碧。

空回首▲筠管柳笺依旧▲①裂却紫箫愁最陡▲②颠倒鸾钗久▲③

羡杀枝头豆蔻▲闷杀风前杨柳▲一夜金沟催叶走▲细腰空自守▲

注：① 筠管：喻笔。筠，竹也。② 陡：突然。③ 鸾钗：首饰。

李端卿（女）（明592）一首　题：春暮。

风乍暖▲树底莺声欲啭▲①窗外小梅香数点▲枝头春意浅▲

尽日画屏独掩▲废却绣床金剪▲宝篆慵添清梦远▲②燕来帘不卷▲

注：① 啭：鸟鸣也。② 宝篆：指焚香。篆，喻香烟弯曲如篆体字。

徐籀（清26）二首　题：第一首，上元。①

第二首，初夏。

（1）元宵好▲是处灯花明绕▲一片笙歌吹未了▲鸟啼鸡报晓▲

席上青娥还小▲②树上春花还早▲莹月晶霜寒悄悄▲东风吹百草▲

注：① 上元：即元宵。② 青娥：指女子。

（2）春又夏▲秾绿淡红交卸▲欲买春光难作价▲柳金枝上挂▲①

花到荼蘼将罢▲笼簿春蚕将化▲②一夜殷红风雨叱▲③飘零兰共麝▲④

注：① 柳金：喻柳叶已黄。② 笼簿：育蚕之具，俗称蚕帘。簿，即箔，帘也；化：指蚕将化成茧。③ 殷红：喻落花。④ 麝：喻香。

吴伟业（清 28）一首　题：题美人图。

人离别▲屏上小山凄绝▲欲寄相思教谁说▲梧桐初下叶▲

窗外绿鬟轻撇▲①立尽闲阶周折▲②慢把罗帏向前揭▲早是愁时节▲③

注：① 绿鬟：指婢女。② 闲阶：空阶砌。③ 愁时节：指怀春时节。

宋徵舆（清 77）一首　题：晚晴。

风着力▲吹散暮天云碧▲树杪未收残雨滴▲斜阳光几尺▲

归燕空梁对立▲自说晴春消息▲不卷一帘芳草色▲香阶人断绝▲

吴绮（清 90）一首　题：雨后。

朝雨沐▲①小阁翠阴如幄▲②阁外白云飞去速▲乱峰随意绿▲

灵鹊喜声相续▲③新笋看看成竹▲满径落红无管束▲燕儿衔补屋▲

注：① 沐：润泽也。② 幄：即帐幕。③ 灵鹊：指喜鹊。

梁清标（清 105）一首　题：新浴。　注：调名原作垂杨碧。

人新沐▲波溅一枝寒玉▲①半着轻罗香馥馥▲②妆残重结束▲③

桃簟凉生绣褥▲④小立漏声偏速▲换緉鞋儿刚一掬▲⑤奈何郎又促▲

注：① 寒玉：即冰肌。② 馥馥：香气也。③ 结束：装束。④ 桃簟：即席子。⑤ 緉：一双（鞋）；一掬：即一捻，喻瘦小。

仲恒（清 177）一首　题：花自落。　注：调名原作花自落。

花自落▲人道好花情薄▲才见粉香舒绿萼▲飞红还绕幄▲

倚遍雕栏画阁▲盼断前溪后壑▲若使人情还如昨▲明年花自落▲

吴之柔（女）（清 373）一首　题：寄汉槎兄塞外。①

情恻恻▲②谁遣雁行南北▲惨淡云迷关塞黑▲那知春草色▲

细雨花飞绣陌▲③又是去年寒食▲啼断子规无气力▲欲归归未得▲

注：① 题解：作者兄吴兆骞，见《词人小传》，因科场案发配东北宁古塔，即塞外。② 恻恻：怆痛貌。③ 绣陌：锦绣郊野。

毛际可（清 380）一首　题：夏闺。

雏莺啭▲①雨过绿槐如染▲小径行来莲印浅▲②新苔添数点▲

帘上虾须半卷▲③瓯内凤团初碾▲④瞥见回廊羞自掩▲衫轻微露腕▲

注：① 啭：鸟鸣也。② 莲印：喻缠足女子鞋印。③ 虾须：即帘。④ 凤团：茶名；碾：喻旋转。

高层云（清393）一首　题：桐轩花下。

揩愁目▲桐叶乍抽新绿▲白氎青丝寻杜曲▲①胜游今再续▲

叶底粉香蝶扑▲枝上软红莺蹴▲清荫昵人帘半轴▲②微闻花气扑▲

注：①氎：细毛布也；杜曲：地名，在长安（今西安）南，名胜之地。②昵人：亲近人。

周琼（女）（清402）一首

风屑屑▲①吹冷一帘新月▲深院蔷薇和影折▲兜裙红刺密▲

昨夜露浓苔滑▲早又残花浓叶▲闲倚红窗寻绿蝶▲掀帘银蒜揭▲②

注：①屑屑：象声词。②银蒜：银制帘押，即帘坠。

张学象（女）（清435）一首　题：春雨。

花落遍▲风雨逐春飘乱▲多少莺愁和蝶怨▲伤心帘不卷▲

遥想故园堤畔▲应是残红如霰▲幽梦欲成幽鸟唤▲隔窗声近远▲

郑梁（清488）一首　题：春思。

春倦了▲愁杀笑花歌鸟▲昼永人闲情绪少▲①游丝帘外绕▲②

可奈鳞沉雁杳▲③恼着萋萋芳草▲且认金针拈又倒▲罗衣寒料峭▲

注：①昼永：日长。②游丝：蛛丝。③此句说：无奈书信断绝。

王琛（女）（清510）一首　题：遥青阁春晚。

春正好▲桃李满园开了▲草色青青帘逼绕▲落红童未扫▲

一望云迷山杳▲嗔杀巷中人老▲燕子双双归恁早▲卷帘月挂小▲

范玑（女）清572）一首

情索莫▲①肠断江南江北▲惆怅王孙归未得▲②歌喉无气力▲

试问繁华消息▲正是清明时节▲油壁香车杨柳陌▲平山开霁色▲

注：①索莫：萧索、寂寞。②惆怅：伤感；王孙：富贵家公子，喻恋人。

堵霞（女）（清632）一首　题：舟行，遥望先姑旧园。①

垂杨左▲隐隐重门烟锁▲风舞樱桃墙外簸▲②遥看红似火▲

瞥见双鬟袅娜▲③笑折荼蘼花朵▲生怕刺儿衫袖裹▲回身频觑我▲④

注：①先姑：已亡姑母。②簸：舞动也。③双鬟：喻婢女；④觑：偷看。

吴雯炯（女）（清631）一首　题：秋夜。

秋已半▲好梦被风吹散▲叠叠岭云东去雁▲几经离别惯▲

此夜不禁魂断▲寂寞江潭小苑▲孤月也应无可遣▲各分愁一段▲

马福娥（女）（清780）一首　题：归舟小景。

渔唱起▲烟蘸半江风细▲尘世茫茫何日已▲野鸥浑得意▲

归棹蔚蓝天里▲舟稳却如平地▲月射浮萍金锁碎▲一声鱼跳水▲

曹士勋(清 843)一首　题：秋景。

烟水碧▲倒浸一天风色▲萍老蓼红菰叶白▲画船撑雨出▲

何处桂花消息▲央及西风寻觅▲细草孤云秋寂寞▲一行归雁直▲

厉鹗(清 900)一首　题：七月既望，①湖上雨后作。

凭画槛▲雨洗秋浓人淡▲隔水残霞明冉冉▲小山三四点▲

艇子几时同泛▲②倚折荷花临鉴▲日日绿盘疏粉艳▲③西风无处减▲

注：① 望：月半、十五日。② 泛：浮也，喻行船。③ 绿盘：喻荷叶。

史承谦(清 951)一首

凉满院▲雨后碧云齐卷▲莲叶东西飞月浅▲红妆窥半面▲

香气因人近远▲随意曲栏凭遍▲团扇先秋生薄怨▲小池风不断▲

董潮(清 1010)一首

东风早▲吹绿一庭芳草▲寒拥香篝深阁悄▲梦和烟飘渺▲

昨夜雨声催晓▲试问乱红多少▲二十四番花信了▲蝶痴莺已老▲

李调元(清 1026)二首

(1) 春雨细▲满院梨花深闭▲黯黯帘栊慵不起▲①睡拥倭堕髻▲②

已听莺声学语▲又见燕来凝睇▲③看看穿帘飞尽絮▲尚无归信递▲

注：① 帘栊：窗帘。② 倭堕：髻名。③ 凝睇：注视也。

(2) 风过处▲吹落一庭轻絮▲几阵廉纤窗外雨▲绿迷芳草渡▲

才见蜂酣蝶舞▲又早燕来鸿去▲试问落花谁作主▲流莺娇不语▲

孙尔准(清 1238)一首

寒恻恻▲①极目半空云湿▲②雨态横斜烟态直▲做春阴天色▲

路转垂杨巷陌▲③沽酒溪村南北▲帘皱波痕翻未得▲东风初着力▲

注：① 寒恻恻：轻寒貌。② 极目：极尽目力。③ 巷陌：街巷也。

谢应芝(清 1292)一首

庭草绿▲粘惹翠罗裙幅▲夕照也怜人影独▲依依留屋角▲

昨夜海棠睡足▲今日红飞扑簌▲不许东风开绣幄▲梁间双燕宿▲

胡金胜(清 1311)一首　题：舟次临平。①

风起处▲吹落寒香万树▲帆脚如飞留不住▲雁背斜阳暮▲

投暝长桥问渡▲②山店寥寥四五▲③新月高悬烟外树▲张灯渔子语▲④

注：① 舟次：舟至；临平：杭州镇名，今为余杭县治。② 投暝：天将暗也。③ 寥寥：稀少貌。④ 渔子：捕鱼人。

管贻葄（清1405）一首　题：若士丈嘱题江干送别图。[1]

烟柳碧▲欲挽东风无力▲花外游丝高百尺▲卷帘何处觅▲

眼底翠酣红湿▲做尽春残消息▲人也如春留不得▲晚潮江上急▲

注：① 若士：人名；丈：对老人尊称。

袁绶（女）（清1451）一首

微雨歇▲正是晚凉时节▲午睡起来人寂寂▲无聊闲伫立▲

柳外轻雷才息▲花上夕阳明灭▲独上小楼情脉脉▲远山青欲滴▲

陆珊（女）（清1453）一首　题：题芳草蝴蝶便面。[1]

春欲去▲不管落红如雨▲[2]蝴蝶留春春不住▲依依芳草路▲[3]

写上滕王图谱▲[4]锦翼对飞双舞▲爱傍画裙香重处▲夜来仙梦度▲

注：① 便面：新扇。② 落红：指落花。③ 依依：依恋。④ 滕王：指唐宗室滕王李元婴，善画蝶。

张积中（清1457）一首

烟雨碧▲染就一湖春色▲倒影绿杨今几尺▲隔楼人语寂▲

满地春阴渐密▲几日落红如积▲看见荼蘼心暗惜▲记簪云鬓侧▲[1]

注：① 簪：动作词，插戴也；云鬓：耳际之发。

唐埙（清1497）一首

蛩语悄▲[1]秋意被他偷报▲碧泻银河流到晓▲牵牛花放了▲

一径梧阴难扫▲月底玉箫声杳▲[2]帘卷西风人怕老▲暗将鸾镜照▲[3]

注：① 蛩语：蟋蟀鸣声。② 杳：无影无声。③ 鸾镜：镜之美称。出自《异苑》。

姚燮（清1529）一首　题：题韵仙女士枕函残梦图。[1]

花压臂▲懒把断云扶起▲[2]一发东风知其意▲[3]更吹来细细▲

怯怯恹恹天气▲了了昏昏情味▲眼底绿芜千万里▲[4]是烟还是水▲

注：① 枕函：即枕套。② 云：喻发。③ 发：指头发。④ 绿芜：杂草丛生之处。

查慧（女）（清1548）一首

莺去矣▲抛下青梅又几▲试语小鬟来拾起▲晶盘同燕喜▲

远在秋千架底▲那在牡丹丛里▲半晌工夫寻见未▲拈毫闲画你▲

蒋英（女）（清1550）一首　题：偶题。

花事半▲山郭酒旗风暖▲[1]草色青青帘半卷▲倚楼闲自看▲

楼下春波风战▲[2]陌上闲花开满▲[3]忽有卖花舟近岸▲隔窗香不断▲

注：① 山郭：山外也。② 战：颤动也。③ 陌上：郊野。

陶淑(女)(清 1629)一首　题：帘,同响甫二兄作。

游丝袅▲[1]隔住绿窗初晓▲一桁波纹青未了▲[2]雨余凉更好▲

几缕篆烟低绕▲映上半阶芳草▲十二栏杆遮不少▲燕来休又早▲

注：① 游丝袅：蛛丝缭绕。② 桁：与航同,浮桥也。

蒋春霖(清 1651)一首

春雨足▲栏外半池新绿▲风聚落花一簇▲水摇楼阴蹙▲[1]

江上征帆去速▲[2]鸂鶒飞来自浴▲[3]独下晶帘翻象局▲[4]昼长香篆促▲[5]

注：① 蹙：愁貌。② 征帆：远行船。③ 鸂鶒：水鸟名,又称紫鸳鸯。④ 晶帘：水晶帘;象局：象棋谱。⑤ 香篆：喻香烟。

谢章铤(清 1678)一首

风渐暖▲花下春忙人懒▲无数绿阴吹欲满▲流莺浑不管▲

叠叠梧桐似伞▲罨碧纱窗易晚▲昨夜梦中双鬓短▲闲愁思酒盏▲

钱念生(女)(清 1730)一首　题：早春。

春一线▲几点梅花新绽▲残雪初融莺未啭▲[1]青归杨柳眼▲[2]

几缕轻风剪剪▲[3]怕杀寒生庭院▲依旧小楼帘半卷▲待他双燕转▲

注：① 啭：鸟鸣也。② 杨柳眼：柳叶初生细长如眼。③ 剪剪：风寒貌。

李慈铭(清 1735)一首　题：己未(1859 年)春晚,舟行吴淞江中。[1]

江上道▲临水画楼春早▲迟日养蚕帘影俏▲隔帘闻语笑▲

朝暮蒲帆征棹▲[2]愁见滞人芳草▲[3]烟陌青青同一稿▲[4]夕阳无限好▲

注：① 吴淞江：在上海市境内。② 蒲帆：编蒲成帆。李端诗："蒲帆轻似叶";征棹：远行之舟。③ 滞人：留人。④ 烟：喻杨柳;陌：郊野。

张祖同(清 1777)一首

帘影动▲一桁玉钩低控▲[1]今夜东风花外送▲月斜寒较重▲

懒把吴弦清弄▲[2]云髻独眠偏拥▲绣被半床笼着梦▲半空仍是空▲

注：① 桁：屋之横木;玉钩：帘钩之美称。② 吴弦：江南弦索,喻琴、琵琶。

史念祖(清 1191)一首

人影外▲诗思被莺啼坏▲风聚残红斜日晒▲[1]绿肥花径隘▲[2]

烟老柳输画黛▲[3]风急蝶荒舞态▲[4]也算春光填夙债▲[5]杏花和雨卖▲

注：① 残红：落花。② 隘：狭窄也。③ 画黛：即画眉。④ 荒：与"慌"通。

⑤ 夙债：旧债。夙，音宿。

王曾祺（清1811）一首　题：扬州粉。[1]

扬州粉▲抹上腮涡红晕▲[2]到得檀奴交颈▲[3]赚他推枕认▲[4]

可是花香暗衬▲却又无花插鬓▲笑掩娇姿纤爪近▲掐将妃子印▲[5]

注：① 扬州粉：江苏扬州所产之香粉。② 腮涡：俗称酒窝。③ 檀奴：美男子潘安，小字檀奴。借喻夫或恋人。④ 赚：骗也。⑤ 妃子印：淡红色印。

曾懿（女）（清1833）一首　题：寄季章四弟。

春欲半▲领略春愁何限▲寂寞梨花已开遍▲镇日无人管▲[1]

正是草芳梦暖▲[2]诗系红襟双燕▲[3]一缕情丝和泪卷▲魂飞边塞远▲[4]

注：① 镇日：整天。② 草芳：草香。③ 红襟：指燕。④ 边塞：边疆。季章四弟居处。

郑文焯（清1846）一首

花窣地▲[1]红玉枕山云腻▲[2]良夜好天浓睡里▲蜡盘空转泪▲[3]

妾似杨花飘坠▲[4]郎是一江春水▲容易东风无好计▲少年须着意▲

注：① 窣地：落地。② 红玉：喻女脸如红玉；枕山：高枕；云：喻发。③ 蜡盘：烛盘。④ 妾：妇女自称。

沈惟贤（清1880）一首　题：和冯延巳。[1]

推枕起▲衣上月痕如水▲微嗔薰风帘影里▲[2]晚香初破蕊▲

自爇炉薰暂倚▲[3]笑扑流萤看坠▲屡卜归期浑不至▲[4]灯花犹送喜▲

注：① 冯延巳：见《词人小传》。② 微嗔：薄怒；薰风：南风。③ 爇：烧也；薰：薰香。④ 卜：问兆；浑：完全。

潘炎珍（女）（现当73）一首　题：春晨见闻。

晨星杳▲楼外画眉声闹▲拂晓晨光初映照▲惜春长梦绕▲

一晌弄晴天好▲碧柳丝丝轻袅▲满地落红犹未扫▲练拳人起早▲

车乘轨（现当88）一首　题：追忆戊申（1968年）上巳。　注：1999年11月13日作。

逢上巳▲[1]闲走临潼街市▲[2]赶集嬉游人拥挤▲古风依旧是▲[3]

漫步华清宫址▲[4]想及杨妃遗事▲[5]沐浴汤池亲自试▲[6]果然温滑水▲[7]

注：① 上巳：古节日名，在农历三月初三。② 临潼：陕西县名。③ 古风：唐时每逢上巳，长安士女嬉游临潼。④ 华清宫：唐明皇行宫，在骊山。

⑤ 杨妃：即唐明皇妃杨玉环。⑥ 汤池：温泉别称。⑦ 温滑水：白居易《长恨歌》："温泉水滑洗凝脂。"

王维宜（现当 196）一首　题：早春。

夜渐短▲黄雀初鸣春暖▲郊外花径泥路软▲游步舒款款▲

绿水东流不断▲小舟轻棹徐缓▲桃杏飞红园地满▲东风为我伴▲

四十五字　谒金门　第二体，后段换第二种仄韵。

杨士云（明 135）一首　题：贺丁酉（1537 年）魁选。[1]

花生笔▲[2]五色光连奎璧▲[3]四十名中标第一▲丹桂飘仙籍▲[4]

画鼓红旗风细▲▲绿酒金花如醉▲▲试看南宫还得意▲▲[5]胪句传枫陛▲▲[6]

注：① 魁选：中进士第一名。② 花生笔：应为笔生花，因用韵而颠倒。③ 奎：即魁。④ 丹桂：蟾宫折桂，喻中进士。⑤ 南宫：汉宫名，喻金銮殿。⑥ 胪句：殿试后得中唱名称传胪；枫陛：即丹陛，宫殿阶砌。

四十五字　谒金门　第三体，二种仄韵交错使用。

杨芝（女）（清 725）一首　题：春闺。

春色丽▲翠柳烟笼莺语▲▲[1]睡怯红妆菱镜里▲楚腰看更细▲[2]

画阁炉肴香炷▲▲[3]绣罢曲栏闲倚▲粉蝶惜花枝上戏▲▲几回飞不去▲▲

注：① 烟笼：喻柳丝茂密笼罩。② 楚腰：喻细腰，源出楚王好细腰。③ 肴：此字不可解，疑"薰"字之误。

四十五字　忆秦娥

欧阳修（宋 33）一首

十五六▲脱罗裳，长恁黛眉蹙▲[1]红玉暖，[2]人人怀，春困熟▲

展香裀，[3]帐前明画烛▲眼波长，斜浸鬓云绿▲看不足▲苦残宵，更漏促▲

注：① 长恁：长是如此。② 红玉：喻肌肤。③ 裀：褥、毯之类。

四十六字　一落索

朱敦儒（宋 180）一首

惯被好花留住▲蝶飞莺语▲少年场上醉乡中，容易放春归去▲[1]

今日江南春暮▲朱颜何处▲莫将愁绪比飞花，花有数、愁无数▲

注：① 此句按词律应在第 3、4 字间加逗号，稍异。

辛弃疾（宋 370）一首　题：闺思。

羞见鉴鸾孤却▲[1]倩人梳掠▲一春长是为花愁，甚夜夜、东风恶▲

行绕翠帘珠箔▲[2]锦笺谁托▲[3]玉觞泪满却停觞，怕酒似、郎情薄▲

注：① 鉴鸾：即鸾镜，镜之美称。② 珠箔：珠帘。③ 锦笺：信笺之美称。

严元照（清 1271）一首

一片落花飞絮▲送将春去▲东风吹断杨柳丝，断不得、潇潇雨▲①

回首高楼欲暮▲远山无数▲短长亭隔短长桥，②甚处是、愁来路▲

注：① 潇潇雨：雨暴疾貌。② 短长亭：隔五里为短亭，十里为长亭。

姚燮（清 1529）一首

独立乱红深处▲背风无语▲怪伊蝴蝶绕人飞，却不向、花边去▲

重上画楼日暮▲江烟催雨▲帆来帆去总依稀，恼多种、垂杨树▲

李超琼（清 1810）二首　题：第一首，喜雨。

（1）涤尽炎敲溽苦▲①顽云来去▲梦回檐溜尚潇潇，②更喜听、蕉窗雨▲③

想象溪桥竹树▲堪描绢素▲④新秧插遍绿盈畦，⑤料定有、欢歌处▲

注：① 溽：溽暑。② 潇潇：雨暴疾貌。③ 蕉窗：近芭蕉之窗。④ 绢素：白绢。⑤ 畦：田塍，指田亩。

（2）节候瓜生菜苦▲燕飞来去▲鸠声唤破隔林烟，正酿足、黄梅雨▲①

满郭青心碧树▲②谁传尺素▲③招邀笠屐看溪云，④共立向、横桥处▲

注：① 黄梅雨：江南一带，在农历五月时乍晴乍雨，正梅熟时候。② 郭：指城外。③ 尺素：书信也。④ 笠屐：戴笠帽，穿木鞋。

车乘轨（现当 88）一首　题：公害车辆有感。①　注：2001 年 2 月 18 日作。

铁骑满街驰撞▲路人惊让▲祸从天降难逃跑，王理发、遭横丧▲②

更有气污排放▲致癌罹恙▲妨交之辆害环车，盼政府、严除荡▲

注：① 公害车辆：指摩托车等。② 王理发：理发师王陆如，数月前被摩托车撞死。

四十六字　卜算子

无名氏（宋 215）一首

垂螺近额时，①只怕莺声老▲尽日贪花斗草忙，不信有、闲烦恼▲

凤髻已胜钗，②恨别王孙早▲若把芳心说与伊，道绿遍、池塘草▲

注：① 螺：螺髻。② 此句说：发髻上已能插凤头钗，喻已长大。

四十六字　占春芳

苏轼（宋 80）一首

红杏了，夭桃尽，独自占春芳△不比人间兰麝，自然透骨生香△

对酒莫相忘△似佳人、兼合明光△只忧长笛吹花落，除是宁王△

吴棠桢(清200)一首

却画扇，还珠串，微笑向郎前△含口宜藏鸡舌，①薰衣须经龙涎△②

覆火隔金钱△愿书窗、分惠残烟△博山炉上春风动，③绿雾香天△

注：① 鸡舌：即丁香，含之生香。② 龙涎：香名。③ 博山：刻有山形之香炉。

车乘轨(现当88)一首　题：庚寅元宵。　注：2010年2月28日作。

牛岁去，①虎年到，②节序逢元宵△玉茗昆腔教唱，③唱余共享元宵△④

入夜月儿高△似嫦娥、含笑相招△⑤远近灯火银花灿，鞭炮声嚣△

注：① 牛岁：即2009年。② 虎年；即2010年。③ 玉茗：嘉兴昆曲社名；教唱：是日教唱《浣纱记·寄子》和《牡丹亭·游园》。④ 元宵：汤圆别名，由朱培林社长和高建栋社员馈赠。⑤ 嫦娥：月宫仙子。据气象台测定，是年元宵月亮较往年圆大。

四十六字　巫山一段云　第一体，用平、仄两韵

李存勖(五代十国8)一首

缥缈云间质，①盈盈池上身△②袖罗斜举动埃尘△③明艳不胜春△

翠鬓晚妆烟重▲寂寂阳台一梦▲④冰眸莲脸见长新△巫峡更何人△⑤

注：① 缥缈：高远貌；云间：喻天上。② 盈盈：女貌轻盈。③ 袖罗：即罗袖。④ 阳台：楚襄王梦与神女相会于巫山故事。⑤ 巫峡：指巫山。

四十六字　巫山一段云　第二体，同第一体，但后段平韵换第二种平韵。

李存勖(五代十国8)一首　题：题宝鸡驿壁。①

蝶舞梨园雪，莺啼柳带烟△小池残日艳阳天△苎萝山又山△②

青鸟不来愁绝▲③忍看鸳鸯双结▲春风一等少年心△△闲情恨不禁△△

注：① 宝鸡：陕西县名；驿壁：驿站(招待所)壁上。② 苎萝山：在浙江诸暨，西施故里，喻远也。③ 青鸟：传递书信的神鸟，喻书信。

文廷式(清1845)一首

系肘香囊在，同心彩胜遥△①东风吹满绿杨桥△离魂一度销△

记得星眸宝靥▲②醉里花枝微颤▲③明灯回照下帏羞△△随郎不自由△△

注：① 彩胜：剪彩为方胜，首饰也。② 星眸：如星眼光；宝靥：面颊上笑窝，俗称酒窝。③ 花枝：头上插戴花朵。

历代雅词大观

第四册

车乘轨　编注

江苏大学出版社
JIANGSU UNIVERSITY PRESS
镇　江

九十六字　烛影摇红（又名玉珥坠金环、秋色横空）

郑文妻孙氏（女）（宋 41）一首

乳燕穿帘，乱莺啼树清明近▲隔帘时度柳花飞，犹觉寒成阵▲长记眉峰偷隐▲脸桃红、犹藏酒晕▲[①]背人微笑，半亸鸾钗，[②]轻拢蝉鬓▲

别久啼多，眼应不似当年俊▲满园珠翠逞春娇，没个他风韵▲若见宾鸿试问▲[③]待相将、彩笺寄恨▲几时得见，斗草归来，[④]双鸳微润▲[⑤]

注：① 酒晕：红光圈。② 亸：下垂。③ 宾鸿：客鸿。鸿雁是候鸟，故称宾。④ 斗草：古代妇女一种游戏。⑤ 双鸳：指双足。

湘江妓（女）（宋 104）一首　题：侑舒信道。[①]

绿净湖光，浅寒先到芙蓉岛▲谢池幽梦属才郎，几度生春草▲尘世多情易老▲更那堪、秋风袅袅▲晚来羞对，香芷汀洲，枯荷池沼▲

银锁横波，远山浅黛无心扫▲[②]湘江人去叹无依，此意从谁表▲喜趁良宵月皎▲况难逢、人间两好▲莫辞沉醉，醉入屏山，吴歌天晓▲

注：① 侑：陪酒；舒信道：即舒亶，见《词人小传》。② 远山：指眉峰。

周邦彦（宋 128）一首

芳脸轻匀，黛眉巧画宫妆浅▲[①]风流天付与精神，全在娇波转▲[②]早是萦心可惯▲向尊前、频频顾盼▲几回相见，见了还休，争如不见▲

烛影摇红，夜阑饮散春宵短▲当时谁会唱阳关，离恨天涯远▲争奈云收雨散▲凭栏杆、东风泪眼▲海棠开后，燕子来时，黄昏庭院▲

注：① 宫妆：宫女装饰。② 娇波：眼光。

吴忆（宋 291）一首　题：元夕。[①]

楼雪初消，丽谯吹罢芦笳晚▲[②]使君千炬起班春，[③]歌吹香风暖▲十里珠帘尽卷▲人正在、蓬壶阆苑▲[④]卖薪买酒，立马传觞，升平重见▲[⑤]

谁识鳌头，[⑥]去年曾侍传柑宴▲[⑦]至今衣袖带天香，行处氤氲满▲已是春宵苦短▲更莫遣、欢游意懒▲细听归路，璧月光中，玉箫声远▲

注：① 元夕：元宵。② 丽谯：华丽的高楼。③ 班春：颁布春令，指古代地方官督导农耕之政令。④ 此句喻仙境。⑤ 升平：太平。⑥ 鳌头：指状元。⑦ 传柑：《岁时记》上元贵戚例以黄柑相赠。

赵长卿（宋 389）一首

梅雪飘香，杏花开艳燃春昼▲铜驼烟淡晓风轻，[①]摇曳青青柳▲海燕归来未久▲[②]向雕梁、初成对偶▲日长人困，绿水池塘，清明时候▲

帘幕低垂，麝煤烟喷黄金兽▲[3]天涯人去杳无凭，不念东阳瘦▲眉上新愁压旧▲要消遣、除非殢酒▲[4]酒醒人静，月满南楼，相思还又▲

注：① 铜驼：汉在洛阳宫门外铸有铜驼。② 海燕：指燕，因是候鸟，春由南海归来。③ 黄金兽：兽形铜香炉。④ 殢酒：困于酒。

孙惟信（宋 444）一首　题：见牡丹忆旧。

一朵鞓红，[1]宝钗压髻东风溜▲年时也是牡丹时，相见花边酒▲初试夹纱半袖▲[2]与花枝、盈盈斗秀▲对花临景，为景牵情，因花感旧▲

题叶无凭，曲沟流水空回首▲梦云不到小山屏，真个欢难偶▲别后知他安否▲软红街、清明还又▲絮飞春尽，天远书沉，日长人瘦▲

注：① 鞓红：牡丹别名。② 半袖：短袖。

张炎（宋 572）一首

舟舣鸥波，[1]访寻邻里愁都散▲老来犹是柳风流，先露看花眼▲闲把花枝细采▲笑盈盈、和香待剪▲也应回首，紫曲门荒，当年游惯▲

箫鼓黄昏，动人心处情无限▲锦街不甚月明多，[2]早已骄尘满▲才过风柔夜暖▲渐迤逦、[3]芳程递趱▲[4]向西湖去，那里人家，依然莺燕▲

注：① 舣：停船。② 锦街：锦绣街坊。③ 迤逦：旁行连延。④ 递趱：绕行。

袁易（元 42）一首

日日春阴，瑞香亭畔寒成阵▲凤靴频误踏青期，[1]寂寞墙阴冷▲翠被堆床未整▲睡初酣、风篁唤醒▲[2]几多心绪，鹊语难凭，[3]灯花无准▲[4]

得酒浇愁，旧愁不去添新病▲吴绫题满断肠词，歌罢何人听▲宝篆香消昼永▲[5]袅余烟、萧萧鬓影▲出门长啸，白鹭双飞，清江千顷▲

注：① 凤靴：凤头鞋，指女子。② 风篁：风吹竹。③ 鹊语：指喜鹊报喜。④ 灯花：也指报喜。⑤ 篆香：弯曲香烟；昼永：日长。

赵雍（元 70）一首　注：调名原作玉珥坠金环。

乳燕交飞，晓莺轻啭花深处▲画堂帘幕卷东风，晴雪飘香絮▲[1]犹记当时院宇▲悄寒轻、梨花暮雨▲绣衾同梦，鸳枕双欹，绿窗低语▲

春已阑珊，落红飘满西园路▲强拈针线解春愁，只是无情绪▲无奈年华暗度▲黛眉颦、愁肠万缕▲章台人远，芳草和烟，萋萋南浦▲

注：① 晴雪：指柳絮。

杨基（明 12）一首　题：帘。

花影重重，乱纹匝地无人卷▲[1]有谁惆怅立黄昏，[2]疏映宫妆浅▲只有杨花得见▲解匆匆、寻芳觅便▲多情长在，暮雨回廊，夜香庭院▲

曾记扬州，红楼十里东风软▲腰肢半露玉娉婷，[3]犹恨蓬山远▲[4]闲闷如今怎遣▲看草色、青青如剪▲且教高揭，[5]放数点春，一双新燕▲

注：① 匝地：满地。② 惆怅：伤感。③ 玉娉婷：喻妇女美貌。④ 蓬山：仙境，喻红楼。⑤ 高揭：指帘。

王廷相（明 123）一首　题：元宵。[1]

良夜迢迢，[2]凤城十二蟾华吐▲[3]更怜人世太平时，佳节逢三五▲处处珠楼洞府▲有天上、霓裳羯鼓▲[4]王孙公子，宝马雕舆，往来如雨▲

好景堪怜，帝京乐事尤难睹▲鳌山千丈引飞虹，火树成花雾▲云里灯球无数▲恐神仙、来游下土▲请君归早，防备麻姑，[5]浑将人去▲

注：① 元宵：正月十五夜，例放灯。② 迢迢：长远。③ 凤城：京城，指北京；蟾华：月光。④ 霓裳：舞曲；羯鼓：状如漆桶，下承牙床，唐明皇曾用之。⑤ 麻姑：女仙，手如鸟爪。

徐媛（女）（明 254）一首　题：望遥[1]

一上高楼，夕阳影里无穷路▲冷烟衰草送秋时，曾记临歧语▲[2]归信莫教轻误▲恨西风、偏成间阻▲虚窗促织，[3]别院寒砧，[4]总添愁苦▲

过尽征鸿，[5]踌躇没计传衷素▲[6]织将锦字又模糊，[7]颠倒难重数▲小月花梢微露▲镜台前、暗窥眉妩▲玉箫声断，金鸭香寒，[8]梦回谁诉▲

注：① 望遥：望远。② 临歧：临别。③ 促织：蟋蟀别名。④ 砧：捣衣石。⑤ 征鸿：飞行之鸿雁。⑥ 衷素：本为素衷，因平仄而颠倒。素来诚心之意。⑦ 锦字：前秦苏蕙织锦为回文诗故事。⑧ 金鸭：鸭形铜香炉。

彭孙贻（明 504）一首　题：春闺，次子黄韵。

风软游丝，绣衾无力支春暖▲多愁不为落花多，忒煞残红遍▲[1]且闭海棠深院▲把十二、屏山半掩▲[2]难销颦黛，[3]易减铅华，桃花人面▲[4]

闷摆帘钩，一钩新月弦初满▲春深尚道怯余寒，双颊垂红断▲并宿红襟小燕▲[5]怕空梁、月斜梦远▲镜潮镜汐，[6]三眠三起，[7]香篝屡换▲[8]

注：① 忒煞：太也。② 屏山：屏风似山。③ 颦黛：皱眉。④ 人面：美人面。崔护诗："人面桃花相映红"。⑤ 红襟：燕胸毛红色。⑥ 汐：夜潮。⑦ 三眠三起：汉苑中有柳，状如人形，每日三起三倒，见《漫叟诗话》。⑧ 香篝：香笼。

曹尔堪(清 69)一首　题：闺情。

杏花春娇，薄寒犹禁梨花信▲①踏青时节做轻阴，芳径苔生晕▲②轻曳弓鞋未稳▲③殢游心、芹泥未润▲④鸳鸯成对，游戏波心，双双相近▲

闲闷侵寻，泪痕犹带红潮印▲生憎燕子入空梁，⑤似说离人恨▲金鸭篆烟方烬▲照流黄、晚风成阵▲十三楼畔，廿四桥边，归期偷问▲

注：① 梨花信：据花信风，梨花在春分后五日开放。② 晕：光圈。③ 弓鞋：缠足女鞋。④ 殢：困也；芹泥：喻燕巢。⑤ 生憎：最恶。

陆求可(清 70)一首　题：夏日采莲。

雨洒横塘，芙蕖朵朵娇含露▲①轻衫窄袖上兰舟，②摇荡花深处▲翠盖相牵休住▲③听歌声、更寻前路▲风生柳下，日落溪头，红妆徐步▲④

撩乱心情，对花攀折都成误▲碧天新月动波光，恰似催归去▲手把碧筒四顾▲⑤酒须沽、酒家难遇▲船头斜转，拨剌一声，⑥鸳鸯飞过▲

注：① 芙蕖：荷花别名。② 兰舟：香舟。③ 翠盖：指荷叶。④ 红妆：女子。⑤ 碧筒：指莲蓬。⑥ 拨剌：鸳鸯飞翔声。

陆埜(清 244)一首　题：忆融谷，兼寄羡门。①

花落苔浓，槐阴日永飞雏燕▲柴门长闭绝人踪，薜荔缘墙遍▲②何事春风不转▲却随那、故人日远▲吴山澹澹，楚水茫茫，晚霞一片▲

夏景初长，青衫随意眠芳甸▲③十千沽酒不消愁，何用山花劝▲林外鸣禽又变▲趁新晴、早持团扇▲布帆无恙，④松径依然，几时重见▲

注：① 融谷：沈皞日，见《词人小传》；羡门：彭孙遹，见《词人小传》。② 薜荔：爬蔓灌木；缘墙：沿墙。③ 芳甸：芳草茂盛的原野。④ 布帆无恙：乘船旅行途中，布帆完好无损，喻旅途平安。

张学雅(女)(清 431)一首　题：秋思。　注：上下片第六句非上三下四句式，稍异。

摇落江天，一庭淡日闲清昼▲素衣时怯晓风侵，①睡起笼金兽▲②病后东阳消瘦▲凭高几度空回首▲篱边疏菊，天际孤鸿，年光依旧▲

不解双蛾，③偏将恼恨深深覆▲莲房泣露粉香愁，池水风吹皱▲昨夜雨轻寒骤▲海棠满砌胭脂透▲暮蝉疏柳，黄叶堆阶，断肠时候▲

注：① 素：绢也。② 笼金兽：有笼罩之铜香炉。③ 双蛾：双眉。

赵氏(女)(清 452)一首

瑶瑟声悲，①洞庭落木秋风急▲②兰旌桂棹水中央，③渺渺烟波隔▲独倚危楼

百尺▲[4]正黄昏、长天一色▲汀沙月淡，野戍烽高，[5]寒山凝碧▲

双鲤沉浮，[6]锦书三载无消息▲江南江北折垂杨，历乱愁如织▲岁暮虚传画鹢▲[7]浪花残、莲歌寂寂▲云迷翠羽，露冷琼枝，流光暗掷▲

注：① 瑶瑟：用玉装饰的琴瑟。② 洞庭：我国五大淡水湖之一，在湖南岳阳。③ 兰旌：用兰草编织的旗子，语出屈原《九歌》“荪桡兰旌”。桂棹：用桂木制成的划船工具。语出屈原《九歌》“桂櫂兮兰枻”。④ 危楼：高楼，指岳阳楼。⑤ 戍烽：关隘烽烟。⑥ 鲤：喻书信，传说鲤鱼能传书。⑦ 画鹢：绘有鹢鸟之船。

周铭（清534）一首　题：除夕，和韵。

四序周回，[1]三阳欲转年华换▲[2]香焚柏子翠烟斜，水阁红炉暖▲户外宜春贴遍▲[3]拥神傩、笑歌渐远▲[4]病妻煨芋，弱女簪花，娇儿埋砚▲

逝水时光，一年只剩今宵半▲明朝三十却平头，[5]暗地客颜变▲黑漆前程休算▲[6]且开怀、椒觞斟满▲[7]安排送腊，[8]检点迎春，听残银箭▲[9]

注：① 四序：四个时序，即春夏秋冬。② 三阳：指春正月。③ 宜春：指春联。④ 神傩：神像。⑤ 此句指十二月小，只二十九天。⑥ 黑漆前程：指功名无望。⑦ 椒觞：元旦例饮椒酒。⑧ 送腊：送走十二月。⑨ 银箭：更筹。

翁嵩（清567）一首　题：石鱼泾观鱼。

怪底春寒，腻云酿出连宵雨▲一溪新水几多宽，绕遍青山路▲着个中流钓侣▲映蓑衣、添来翠缕▲绿杨低蘸，白鹭斜窥，晴曦刚午▲[1]

试望云庄，碧波镜样环门户▲红虾青鲫不论钱，尽足供樽俎▲[2]遥想风流太傅▲[3]到今朝、沧桑几度▲这般波阔，如许风清，被谁留住▲

注：① 晴曦：晴天日色。② 樽俎：盛酒食之器。③ 风流太傅：指东晋谢安，隐居东山，携妓游乐。

任淑仪（女）（清585）一首　题：丰台看芍药。[1]

流转韶光，早红药翻阶时节▲名花盛处说丰台，竟游人如织▲因见和风丽日▲也乘闲兴寻芳陌▲[2]看来铺锦，望去蒸云，花光欲滴▲

羡煞轻盈，嫣红嫩紫同娇白▲逡巡小步绕雕栏，衣袂幽香袭▲随宦喜依亲膝▲[3]得高赏、暮春城色▲故园此际，绮阁分披，还堪遥忆▲

注：① 丰台：北京镇名。② 此句按格律应为第三、四字间有顿号，稍异。③ 随宦：跟随其父为官赴任所。

夏敬渠（清 932）一首　故事《野叟曝言》第四十八回，桂叶思念金成之。

雁字南来，[1]带将秋意过南井▲[2]曲栏斜日上秋棠，怕到黄昏静▲睡起残妆倦整▲靠菱花、伶仃瘦影▲一丝两缕，旧恨新愁，都将眉并▲

烧尽沉檀，总难温热心儿冷▲几声清漏过墙东，又是更初永▲怯怯孤灯独凭▲听风飔、魂痴欲应▲半垂绣幕，宵冷衾寒，梦来还醒▲

注：① 雁字：雁群也，因雁群飞，排成一字或人字形。② 井：市井，即集市。

吴尚熹（女）（清 1654）一首　题：寒夜舟中作。

桃李催人，禁烟时候春寒浅▲佳节好况逼清明，嫩柳垂金线▲何处留人顾盼▲听枝头、流莺啼遍▲关山满目，绿水新波，壮游未倦▲

如此春风，重阴叠翠斜阳岸▲新红一片水苕苕，望处如银汉▲雨过平沙零乱▲更犹疑、画屏深远▲鹃啼芳草，鹭宿前滩，轻帆几转▲

车乘轨（现当 88）一首　题：记柯岩、鉴湖、香林二日游。[1]注：2001 年 10 月 3 日作，调名原作秋色横空。

秋色横空，水光山影添娇媚▲鉴湖柯石景多姿，高手难描绘▲乌篷画舫竞驶▲[2]更菱船、[3]游人自采▲大佛池异，[4]云骨岩奇，[5]钟楼声美▲

西路香林，[6]木樨怒放金银蕊▲[7]株多冠大树龄长，[8]可算江南最▲佳节风和日丽▲桂丛阴、缠绵欲醉▲品茶尝膳，蔬笋家鸡，[9]仿农滋味▲

注：① 柯岩、鉴湖、香林：皆绍兴名胜。② 乌篷：小划桨船。③ 菱船：采菱、莲专用，形如大浴盆，木质。④ 大佛池：古采石遗留之石柱，经隋、唐三代巧匠雕刻成大佛像，又挖大池将石佛围在中央。⑤ 云骨：亦隋唐采石所遗，高三十米，如耸入云端之骨。⑥ 西路：村名，属湖塘镇；香林：全称香林花雨，乃桂花林也。⑦ 木樨：桂花别名；金银蕊：金桂、银桂花。⑧ 冠大：桂树冠直径多在十米以上；龄长：桂龄多在百年以上，其中“桂王”竟达七百余年。⑨ 家鸡：放养鸡。

九十六字　声声慢

王沂孙（宋 560）一首

迎门高髻，倚扇清吭，[1]娉婷未数西洲△[2]浅拂朱唇，春风二月梢头△相逢靓妆俊语，[3]有旧家、京洛风流△断肠句，试重拈彩笔，与赋闲愁△

记凌波去后，[4]问明珰、罗袜却为谁留△[5]枉梦相思，几回南浦行舟△[6]莫辞玉尊起舞，怕重来、燕子空楼△漫惆怅，抱琵琶、闲过此秋△

注：① 清吭：清脆声音。吭，喉也。② 娉婷：美貌；未数：未算、不输于；西

洲：指长安、洛阳。③ 靓妆：粉黛妆饰。④ 凌波：喻女郎。⑤ 明珰：耳佩。⑥ 南浦：喻离别之处。源出江淹《别赋》。

九十六字　双双燕

吴文英（宋 476）一首　题：本意。

小桃谢后，双双燕飞来，几家庭户▲轻烟晓暝，[1]湘水暮天遥度▲帘外余香未卷，共斜入、红楼深处▲相将占得雕梁，[2]似约韶光留住▲

堪举▲翩翩翠羽▲杨柳岸泥香，[3]半知梅雨▲落花风软，戏逐乱红飞舞▲多少呢喃意绪▲尽日向流莺分诉▲还过短墙，谁会万千言语▲

注：① 晓暝：朝暮。② 相将：相携。③ 岸泥：喻燕巢。

九十六字　潇潇雨

孙原湘（清 1151）一首　题：秋怀。

满天风雨意、一分秋△便作一分愁△任帘栊荡扬，[1]湘云一片，不上琼钩△深院晚凉先到，梧叶自飕飕△[2]不是斜阳里，也怕登楼△

休想芙蓉采采，[3]料红衣落尽，与水东流△剩菰蒲凉梦，枕上唤闲鸥△约秋江芦花片月，待明朝、散发棹扁舟△[4]惆怅冥冥鸿雁，[5]叫过楼头△

注：① 帘栊：窗帘。② 飕飕：风声。③ 芙蓉：荷花别名；采采：喻华丽。④ 棹扁舟：划小船。⑤ 惆怅：伤感貌。

九十七字　八声甘州（又名甘州）

柳永（宋 14）一首

对潇潇暮雨洒江天，[1]一番洗清秋△渐霜风凄紧，关河冷落，[2]残照当楼△是处红衰绿减，苒苒物华休△[3]惟有长江水，无语东流△

不忍登高临远，望故乡渺邈，[4]归思难收△叹年来踪迹，何事苦淹留△想佳人、妆楼颙望，误几回、天际识归舟△争知我、倚栏杆处，正恁凝愁△[5]

注：① 潇潇：雨暴疾貌。② 关河：关隘山河。③ 苒苒：荏苒，时间渐渐过去；物华：时光。④ 渺邈：长远。⑤ 凝：集中精力。

晁补之（宋 123）一首　题：历下（今山东济南）立春。

谓东风定是海东来，海上最春先△乍微阳破腊，[1]梅心已省，[2]柳意都还△雪后南山耸翠，平野欲生烟△记得相逢日，如上林边△

莫叹春光易老，算今年春老，还有明年△叹人生难得，常好是朱颜△[3]有随轩、金钗十二，[4]为娇啼、一曲踏珠筵△功名事、算何如此，花下尊前△

注：① 微阳：初春；腊：十二月。② 省：知觉。③ 朱颜：红颜，喻美女。

④ 金钗：指美人。

汪莘(宋 418)一首

惜余春蛱蝶引春来，杜鹃趣春归△[1]算何如桃李，浑无言说，开落忘机△[2]多谢黄鹂旧友，[3]相逐落花飞△芳草连天远，愁杀斜晖△

谁向西南湖畔，问亭台在否，花木应非△看孤山山下，[4]谁说隐君扉△[5]想钱塘、春游依旧，[6]到梨花、寒食鹢舟矶△寻常事、不须惆怅，暮雨沾衣△

注：① 趣：音促，催促。② 忘机：没有巧诈的心思，与世无争。③ 黄鹂：黄莺。④ 孤山：山名，在杭州西湖边。⑤ 隐君：指林逋，见《词人小传》。⑥ 钱塘：代指杭州。

周密(宋 541)一首　题：灯夕，[1]寄二隐。

渐萋萋芳草绿江南，轻晖弄春容△记少年游处，箫声巷陌，灯影帘栊△[2]月暖烘炉戏鼓，十里步香红△欹枕听新雨，往事朦胧△

还是春江梦晓，怕等闲愁见，雁影西东△喜故人好在，水驿寄诗筒△数芳程、渐催芳信，[3]送归帆、知第几番风△空吟想、梅花千树，人在其中△

注：① 灯夕：即元宵。② 帘栊：有帘之窗。③ 芳信：花信风，自小寒至谷雨，有二十四番，每番有一花应之。

魏裔介(清 60)一首　题：和乔文衣雪中遣怀。

甚帝城一夜北风来，[1]琼瑶满阶飞△[2]正孤灯明灭，[3]炉烟缥缈，[4]万籁俱微△[5]叹息人间万事，转眼便成非△尚有春衣在，何用言归△

记得四扬桥畔，正松寥昼静，[6]花雨霏霏△奈江南江北，握手与君稀△况今朝、鬖鬖两鬓，[7]念向平、初愿久相违△松醪美、隔邻呼取，[8]敲送柴扉△

注：① 帝城：指北京。② 琼瑶：美玉，喻雪。③ 明灭：忽明忽暗。④ 缥缈：高远。⑤ 万籁：自然界万物发出的声音。⑥ 松寥：空虚。⑦ 鬖鬖：发垂貌。⑧ 松醪：松酿之酒。

查礼(清 960)一首　题：沧州舟中与黄木先生话旧。[1]

渐青青弱柳绕长堤，村落夕阳红△听咿哑柔橹，高低渔唱，[2]嘹亮哀鸿△[3]晚过沧州城外，烟景正溟濛△[4]却喜故人至，同趁春风△

一瓮麻姑陈酿，[5]向吟边细酌，共醉乌篷△[6]话十年往事，如梦去匆匆△有几番、天涯聚首，有几番、弹泪别西东△孤灯下、笔床茶灶，月色朦胧△

注：① 沧州：河北县名。② 渔唱：渔歌。③ 嘹亮：声清远也。④ 溟濛：小雨貌。⑤ 麻姑：酒名。⑥ 乌篷：喻船。

钱塘(清 1028)一首

际长空草色渐如烟，社燕又双归△[①]正柳云婀娜，梨云明媚，江水初肥△阴雨逡巡不下，[②]也解惜芳菲△惹起闲情绪，蛱蝶飞飞△

客里堂深昼永，叹采兰挑笋，事事都非△奈暖风迟日，如此好春时△想幽闺、垂帘人静，更近来、瘦损不胜衣△尽日在、栏杆深处，吟对蔷薇△

注：① 社燕：春社时燕子。春社，立春后第五个戊日。② 逡巡：欲进又退。

劳纺(女)(清 1883)一首　题：丙申(1896 年)立春前三日作，时拙存随君舅度天山至哈密。　注：调名原作甘州。拙存：即其夫陶葆廉；君舅：指其公爹陶模，时任新疆巡抚。

算何消几日好春来，春色总暄妍△[①]渐韶华似锦，绯桃欲吐，[②]红杏将繁△是处蜂喧蝶舞，芳草锁晴烟△曲径寻幽地，踏碎苔斑△

遥忆天涯行旅，[③]正寒威料峭，未解征鞍△更荒城古驿，风雪扑尘颜△也应念、故园花信，问何时、花向故园看△沉吟久、漫裁新句，[④]空望鱼笺△[⑤]

注：① 暄妍：天气暖和，景色明媚。② 绯桃：红桃；欲吐：含苞欲绽。③ 天涯：极远之地，指新疆。④ 裁新句：填新词。⑤ 鱼笺：指书信。

九十七字　月下笛

詹正(元 27)一首

江上行人，竹间茅屋，下临深窈▲春风袅袅▲翠鬟窥树犹小▲遥吟近倚归还顾，分付横枝未了▲扁舟却去，中流回首，惊散飞鸟▲

重踏新亭屐齿，看山抱孤城，月来华表▲鸡声人语，隔江相伴欹笑▲壮游历历同高李，未拟诗成草草▲长桥外、有醒人吹笛，并在霜晓▲

九十七字　西子妆

吴文英(宋 476)一首

流水麹尘，[①]艳阳沽酒，画舸游情如雾▲笑拈芳草不知名，乍凌波、断桥西堍▲[②]垂杨误舞▲总不解、将春系住▲燕归来，问彩绳纤手，如今何许▲

欢盟误▲一箭流光，又趁寒食去▲不堪衰鬓着飞花，傍绿阴、冷烟深树▲玄都秀句▲记前度、刘郎曾赋▲最伤心，一片孤山烟雨▲[③]

注：① 麹尘：淡黄色尘土。② 断桥：杭州西湖桥名。③ 孤山：山名，在西湖边。

任曾贻(清 953)一首　题："春尽絮飞留不住，因风好去落谁家"，刘梦得句也。[①]偶忆是诗，感而赋此。

紫燕初飞，朱樱乍熟，小院浓阴深护▲飞来点点是杨花，趁夭斜、[2]拂帘穿户▲从风漫舞▲知踪迹、飘零何许▲记春前，道不堪攀折，别来无据▲

长亭路▲九十韶光，[3]蓦地又将暮▲相思一点在谁家，叹匆匆、欲留难住▲刘郎秀句▲[4]吟未了、红牙重谱▲[5]最关情，一夜蘋洲细雨▲

注：① 刘梦得：即刘禹锡。② 夭斜：不正。③ 九十韶光：九十天春光。④ 刘郎：刘梦得。⑤ 红牙：红象牙拍板。

张熙纯（清 985）一首　题：苏堤看芙蓉。

柳叶阴疏，藕花香褪，木末遥怜秋爽▲平堤斜耸赤栏桥，钿车来、拒霜初放▲盈盈翠浪▲浸一片、明霞荡漾▲似仙姝，把粉痕匀罢，镜奁低向▲

呼兰桨▲几处吴娃，拥楫遥凝望▲深红浅白娇如许，倚兰尊、莫辞清赏▲金波又上▲把芳影、描归罗帐▲怕重来，闲却西泠画舫▲

计光炘（清 1509）一首　序：丙午（1846 年）四月十四夜，醉后偕相柏、子宣泛舟雁湖，[1]登冠鳌亭，人影寂寥，酒怀枨触，[2]相与徘徊久，不自知感之，何从也。

碧宇销云，金波绉月，一棹空明摇荡▲萧条浑不似春余，听菰蒲、早惊秋响▲丝杨系榜▲[3]问一角、荒亭无恙▲更谁来，剩堤边鸥鹭，依依三两▲

烟波旷▲以似西湖，也算无多让▲生怜睡起苎萝人，[4]未梳鬟、镜台羞傍▲休携画舫▲付渔艇、餐风眠浪▲又残宵，酒醒还添怅惘▲

注：① 雁湖：在浙江乐清雁荡山中。② 枨触：感触。③ 系榜：缆船。④ 苎萝人：指西施。即西子西湖，又称西子湖，切合调名西子妆。

九十七字　卓牌子

万俟咏（宋 191）一首　题：春晚。

东风绿杨天，如画出清明院宇▲玉艳淡泊，[1]梨花带月，胭脂零落，海棠经雨▲单衣怯黄昏，人正在、珠帘笑语▲相并戏蹴秋千，共携手、同倚栏杆，暗香时度▲

翠窗绣户▲路缭绕、潜通幽处▲断魂凝伫▲嗟不似飞絮▲闲闷闲愁，难消遣、此日年年意绪▲无据▲奈酒醒春去▲

注：① 玉艳：容光也。李商隐诗："衣薄临醒玉艳寒"。

九十七字　孤鸾

无名氏（明 643）一首　题：闺情。

虾须初揭▲[1]正寺日停钟，窗风鸣铁▲[2]懒自梳妆，乱挽鬟几非滑▲追想昨宵

瞥见，有多少、动情难说▲杆在屏风背后，立歪罗袜▲

听玉人言去苦难泄▲任树上黄莺，歌道离别▲强欲排余恨，反寸肠悲裂▲试唤侍儿挽住，想未离、画桥东折▲传道行踪已远，但垂杨烟结▲

注：① 虾须：即帘。② 鸣铁：檐铁风铎。

九十七字　雨中花慢

邹祗谟（清 312）一首　题：忆旧。

软玉风情，弄环年纪，①曾看柳叶新颦△②恰半梳鸦髻，③斜插犀簪△④曲本偷藏花样，饼茶细啮纤痕△正暂离鸳枕，桃花粉颊，细印红纹△

曲栏低衬，锁帐氤氲△⑤花神轻护芳魂△整云纨海棠满绣，豆蔻初熏△莲瓣凤头三寸，⑥菱花螺黛双分△⑦相看无语，徐笼小袖，自整长裙△

注：① 弄环年纪：喻少女。② 柳叶：喻眉。③ 鸦髻：黑发结。鸦，乌鸦，喻黑。④ 犀簪：犀角簪，首饰也。⑤ 氤氲：指香气弥漫。⑥ 莲瓣：喻弓形小足；凤头：鞋也。⑦ 菱花：镜子；螺黛：喻眉。

九十七字　长亭怨

叶绍楏（清 1142）一首　题：纸鸢。①

雕檐外、嫩晴如拭▲燕子风轻，谁家巷陌▲彩绳低曳▲绿杨影里袅空碧▲暮霞断处，闪几点、斜阳明灭▲②欲堕还飞，好认取、惊鸿标格▲③

清绝▲更冰弦斜挂，④依约玉筝声咽▲闲情似诉，逗几处、晶帘微揭▲度楼阴、一缕春痕，早报与、踏青消息▲怕冷雨黄昏，误了饧箫时节▲

注：① 纸鸢：风筝。② 明灭：忽明忽暗。③ 惊鸿：喻轻盈；标格：风格。④ 冰弦：指纸鸢线。

九十七字　长亭怨慢

魏谦升（清 1470）一首　题：清明怀小园花事。

问何故、春风暖骤▲道已清明，一番寒透▲细啄芹泥，①邻家燕子语长昼▲故人归矣，来踏破、苔痕绣▲寂寞禁烟中，②听巷陌、饧箫吹又▲

似旧▲想家山龙井，正是采茶时候▲塍西花事，恐容易、绿肥红瘦▲昨梦见、小院藤阴，已芝盖、香云浓覆▲斜镜里眉痕，应与遥峰竞秀▲

注：① 芹泥：燕巢材料。② 禁烟：清明前二日为寒食，是日禁烟火。

钱符祚（清 1471）一首　题：送韵甫之皖，①且以志别。

更多少、离怀难诉▲事过中年，总伤迟暮▲絮卷花飞，一江春影载愁去▲者番挥手，②判独自、成凄楚▲待上倚晴楼，③共指点、斜阳门户▲

□□凝伫▲算幽兰可佩，[4]只有同心能素▲无聊慰藉，转不似、寻常情语▲剩两岸蘼芜▲尽留与、劳人重赋▲倘写到龙眠，[5]休忘西山曾住▲

注：① 韵甫：即黄燮清，见《词人小传》；之皖：去安徽。② 者番：这次。③ 倚晴楼：原注：为韵甫家楼名。④ 幽兰：原注：时以漳兰四盆赠行。⑤ 龙眠：原注：龙眠山在皖省桐城。

九十七字　倦寻芳

卢祖皋（宋 445）一首

香泥垒燕，密叶巢莺，春晴寒浅▲花径风柔，著地舞裀红软▲斗草烟欺罗袂薄，秋千影落春游倦▲醉归来，记宝帐歌慵，锦屏香暖▲

别来怅光阴容易，还又荼蘼，牡丹开遍▲妒恨疏狂，那更柳花迎面▲鸿羽难凭芳信短▲[1]长安犹近归期远▲[2]倚危楼，[3]但镇日、绣帘高卷▲

注：① 鸿羽：传说鸿雁能传书；短：此字叶韵，稍异。② 长安：汉、唐京都，借指南宋临安（今杭州）。③ 危楼：高楼。

汤恢（宋 577）一首

饧箫吹暖，腊烛分烟，春思无限▲风到楝花，二十四番吹遍▲烟湿浓堆杨柳色，昼长闲坠梨花片▲悄帘栊，听幽禽对语，分明如剪▲

记旧日西湖行乐，载酒寻春，十里尘软▲背后腰肢，仿佛画图曾见▲宿粉残香随梦冷，落花流水和天远▲但如今，病恹恹、海棠池馆▲

彭孙贻（明 504）一首　题：咏燕子，次子黄韵。

画巢香乳，藻井泥融，[1]梨花深院▲到处双飞，红雨不教吹散▲[2]掠镜频窥钗钿小，穿帘低入楼台遍▲是谁家，□乌衣人物，[3]依稀曾见▲

听玉树庭花歌断，[4]水榭矶寒，[5]平芜烟暖▲[6]金粉六朝，东去伯劳非远▲[7]细雨斜飞金剪下，轻风巧避晴丝卷▲乍归来，午眠时、海棠春倦▲

注：① 藻井：天花板上方块画。② 红雨：落花。③ □：乌字上漏一字，疑为“有”字；乌衣人物：指王导、谢安。④ 玉树庭花：玉树后庭花，歌曲名。⑤ 榭：台上有屋称榭；矶：江河中突出石滩。⑥ 平芜：平原乱草。⑦ 伯劳：鸟名，喻分离。

张我朴（清 265）一首　题：田家乐。

小桃深处，高柳成阴，暗藏茅屋▲万顷千畴，[1]碧玉黄金分筑▲[2]欸乃农歌闹野烟，[3]倦时常伴鹅雏宿▲归来暮，问老妻稚子，曾修新竹▲

听邻家牧笛悲天，瓮头余粒，今宵堪粥▲田蔬村酒，享尽人间其福▲隔篱燕子

话斜阳，声声报道今年熟▲欣然喜，打点新场、堆早谷▲[4]

注：① 万顷：喻广阔；畴：田也。② 碧玉：喻蔬菜；黄金：喻稻麦。③ 欸乃：船橹声。④ 此句四字、三字分句，与词律三字、四字分句稍异。

王时翔（清 859）一首　题：立夏日。

画梁乳燕，飞下银屏，偷说春去▲晓起余寒，犹卷一帘残絮▲闲倚桐阴簪杏子，簇盘樱笋初尝处▲早思量，整轻纨月扇，单绡烟缕▲

被东皇裁花剪柳，[1]惹得人儿，消瘦如许▲暗祝熏风，[2]吹展两蛾愁聚▲[3]嫩绿新遮芳草陌，落红净洗香林雨▲又生憎，[4]昼厌厌、绣针慵度▲

注：① 东皇：司春之神。② 熏风：南风。③ 蛾：指眉。④ 生憎：最厌恶。

张熙纯（清 985）一首　题：送春。

絮飞翠陌，花乱红亭，芳信吹晚▲[1]开到荼蘼，几度嫩寒轻暖▲碧水如云环绣谷，绿阴似幄遮兰院▲记垂鞭，过琼楼十二，画帘齐卷▲

又争奈雨疏风软，落蕊零香，鱼浪吹远▲采绿人归，取次踏青情懒▲[2]杜牧长吟禅榻句，[3]崔徽空寄重门怨▲[4]更何堪，梦醒时、晓莺犹唤▲

注：① 芳信：花信风。② 取次：次第。③ 禅榻句：杜牧《题禅院》诗“今日鬓丝禅榻畔，茶烟轻飏落花风。”④ 崔徽：唐河中妓，与裴敬中一段恋爱恩怨。

杨英灿（清 1175）一首　题：洛阳道中清明日作。[1]

出山泉浊，离岫云轻，[2]飘流堪叹▲役役程途，[3]节序偏惊频换▲归燕引雏飞不定，迁莺求友声相唤▲最难禁，是清明今日，短长亭畔▲[4]

更吹到纷纷细雨，点点桃花，春风撩乱▲好景蹉跎，直教行人肠断▲村外帘静争卖酒，客中釜热呼炊饭▲据征鞍，[5]望江南、故乡天远▲

注：① 洛阳：河南地名。② 岫：远山。③ 役役：劳貌。④ 短长亭：亭间相隔五里为短亭，十里称长亭。⑤ 征鞍：行路中马。

九十七字　夏初临　第一体，用平韵。

刘泾（宋 93）一首　题：本意。

泛水新荷，舞风轻燕，园林夏日初长△庭树阴浓，雏莺学弄新簧△[1]小桥飞入横塘△跨青蘋、绿藻幽香△朱栏斜倚，霜纨未摇，[2]衣袂先凉△[3]

欢歌稀遏，怨别多同，路遥水远，烟淡梅黄△轻衫短帽，相携洞府流觞△[4]况有红妆△[5]醉归来、宝蜡成行△[6]拂牙床△[7]纱厨半开，[8]月在回廊△

注：① 簧：喻巧舌。② 霜纨：白团扇。③ 衣袂：衣袖。④ 洞府：喻神仙居

所；流觞：饮酒。⑤ 红妆：女娘。⑥ 宝蜡：蜡烛的美称。⑦ 牙床：象牙床。⑧ 纱厨：纱帐。

杨基（明 12）一首　题：本意。

瘦绿添肥，病红催老，园林昨夜春归△深院东风，轻男试着单衣△雨余门掩斜晖△①看梅梁、乳燕初飞△荷钱犹小，②芭蕉渐长，新竹成围△

何郎粉淡，③荀令香销，④紫鸾梦远，⑤青鸟渐稀△⑥新愁旧恨，在他红药栏西△记得当时△水晶帘、一架蔷薇△有谁知△千山杜鹃，无数莺啼△

注：① 斜晖：斜阳。② 荷钱：初生荷叶似钱。③ 何郎：傅粉何郎，指美男子三国魏驸马何晏。④ 荀令香：指东汉荀彧，李商隐诗："桥南荀令过，十里送衣香。⑤ 紫鸾：秦穆公女弄玉，乘鸾吹箫仙去。⑥ 青鸟：西王母传书使女，喻书信。

汪森（清 669）一首　题：本意。

暗柳吹绵，①香醾照雪，②并将滉漾晨光△③澹旭移檐，④竹风弄影偏长△昨来种藕池塘△叶田田、早杂蘋香△⑤闲门掩处，屐声新雨，⑥不到虚堂△

堤平帖石，槛曲通流，紫鳞一跃，⑦翠羽双翔△⑧高桐覆井，飘花多在回廊△解带微凉△挂絺衣、萝月疑霜△⑨且吟商△⑩琴丝乍停，人倚银床△

注：① 吹绵：飘絮。② 醾：荼醾，夏初开白色重瓣花。③ 滉漾：摇荡。④ 澹旭：恬静初生日光。⑤ 田田：荷叶浮水貌。⑥ 屐声：鞋声。屐，木鞋。⑦ 紫鳞：指鱼。⑧ 翠羽：指鸟。⑨ 絺衣：细葛布衣，即夏衣。⑩ 商：五音之一，喻歌曲。

吴藻（女）（清 1484）一首　题：初夏苦雨，追忆湖上旧友，①用樊榭韵。②

梦雨飘帘，痴云压屋，吴绵欲卸还迟△③新绿溪桥，花香洗净明漪△玉笙寒了休吹△亸鬓鸦、钗燕参差△④单衣轻舸，依依饯春，⑤除是当时△

故园樱笋，芳事阑珊，湿烟锁断，酒市青旗△垂杨自碧，红楼觅句人非△烟草凄迷△钿车尘、不到湖西△短长堤△催归杜鹃，啼老深枝△

注：① 湖上：指杭州西湖。② 樊榭：即厉鹗，见《词人小传》。③ 吴绵：南方丝绵衣。④ 钗燕：首饰；参差：不齐貌。⑤ 饯春：饮酒送别春光。

车乘轨（现当 88）一首　题：夏初濮院怀旧。　注：濮院：宋著作郎濮凤居此，理宗赐地曰濮院，镇以此得名，在嘉兴西南十七公里，本属嘉兴县，现划给桐乡市。1997 年 5 月 24 日作。

孟夏来临，①三春潜逝，②清和四月犹凉△③郊树葱茏，莺雏依母调簧△④女娃

采桑盈筐△喜蚕眠、结茧安详△[⑤]池塘虾孕，禾田麦熟，农事欢忙△

适逢云淡，又遇风和，偶思濮院，重起游肠△轻车就道，横穿砌断机场△[⑥]一路寻芳△兴冲冲、早抵绸乡△[⑦]日初长△从容探旧，信步街坊△[⑧]

注：① 孟夏：农历四月。② 三春：春季三个月。③ 清和：农历四月称清和月。④ 簧：乐器中薄片，吹之能发声，喻莺歌。⑤ 蚕眠：蚕须经三至四眠方结茧，眠时不吃不动。⑥ 砌断机场：飞机场将生活区砌墙分隔，辟通公路。⑦ 绸乡：濮院盛产绸。⑧ 信步：任意而行。

九十七字　夏初临　第二体，用仄韵。句法亦与第一体异。

王沂孙（宋560）一首

疏帘蝶粉，幽径燕泥，花间小雨初足▲又是禁城寒食，轻舟泛晴渌▲寻芳地、来去熟▲尚仿佛、大地南北▲望杨柳，一片阴阴，摇曳新绿▲

重访艳歌人，听取春声，犹是杜郎曲▲[①]荡漾去年春色，深深杏花屋▲东风曾共宿▲记小刻、近窗新竹▲旧游远，沉醉归来，满院银烛▲

注：① 杜郎：指杜牧，见《词人小传》。

九十七字　留客住

邵瑸（清672）一首　题：当垆。[①]

杏堤软▲爱红桥垂杨一路，寻花买醉，溪外村帘斜展▲东风怪底邀住，瞥见绰约吴娘，春半面▲[②]轻衫小袖，听乡音、个里几声莺啭▲[③]

鸦鬓浅▲疑是文君，[④]波横峰远▲试问琴心，可许相如情倦▲[⑤]纤手调羹最美，赢得多情，骰盘官家盏▲[⑥]酒钱付与，肯匆匆、去了惜寻春晚▲

注：① 当垆：指卖酒女。② 吴娘：江南女子。③ 莺啭：喻声美如莺啼。④ 文君：卓文君，曾在酒肆当垆。⑤ 相如：文君夫司马相如。⑥ 骰：骰子，一种赌具。

九十七字　扬州慢

曾燠（清1154）一首　题：题汪对琴松溪渔唱卷。

镜影澄空，[①]波光荡碧，春风过了还晴△恰溪边小筑，见山色松明△[②]一自渔歌欹后，鸣榔极浦，[③]冷月无声△忆年来、云深黄海，几误归程△

邗江风雨，[④]看寓公、载酒频经△[⑤]有白石新词，[⑥]碧山旧句，自炙银笙△老去风怀未减，微吟倦、十里春城△记虹桥、佳话待君，[⑦]重谱鸥盟△

注：① 澄：水静而清。② 松明：《燕闲录》"深山老松之心，有油如蜡，以代烛，谓之松明"。③ 鸣榔：敲击船尾木梆，发声捕鱼。④ 邗江：扬州水

名。⑤ 寓公：士大夫寄寓他乡者之称。⑥ 白石：即姜夔，见《词人小传》。⑦ 虹桥：一作红桥，扬州名胜。

劳乃宣(清1792)一首　题：虎丘感旧。①

暮棹寻烟，春衣试暖，夕阳红过桥东△望巍然一塔，正独倚晴空△旧日楼台何在，画船箫鼓，梦影朦胧△剩真娘、墓草萋萋，②绿遍东风△

坠欢渺渺③，算闲鸥、曾识游踪△甚紫塞餐霜，④燕然踏雪，⑤辜负吟筇△⑥陌上翠钿谁拾，垂杨外、油壁希逢△⑨送归艎、流水栖鸦，几杵疏钟△

注：① 虎丘：苏州名山，在阊门外七华里。② 真娘：唐名妓，墓在虎丘山剑池西。③ 坠欢：失去宠爱。④ 紫塞：北方边塞。⑤ 燕然：古山名，在今蒙古国境内，泛指边塞。⑥ 吟筇：诗翁竹杖。⑦ 油壁：妇女乘车。

九十七字　暗香

三多(清1906)一首　题：自题苏堤试马图。

一鞭得得，①趁柳枝绀翠，②桃花红白▲笑拂五云，③惊起浮沉两鸂鶒▲④怪底联翩凤子，⑤紧随着、锦鞯金勒▲⑥似指引、有个当垆，还在画桥北▲

闲立看春色▲把芳草缓寻，落英争惜▲风流帽侧▲湖上谁人不相识▲驴背清凉居士，应少我、疏狂标格▲行乐耳、莫信道，百年驹隙▲

注：① 得得：马蹄声。② 绀翠：红青色。③ 五云：五色云。④ 鸂鶒：水鸟名，又名紫鸳鸯。⑤ 凤子：大蝴蝶。⑥ 锦鞯：喻马鞍；金勒：马笼头。

九十七字　梦芙蓉

劳纺(女)(清1883)一首　题：嘉兴春日忆三姐致妹。①

重帘垂永昼▲正迟迟暖日，影移芳甃▲韶光自好，别恨酽如酒▲倚窗延伫久▲泪痕点点盈袖▲北望凝眸，念天涯雁侣，同我此情否▲

惆怅春来依旧▲曾记年时，绿遍庭前柳▲探幽选胜，花底更携手▲一朝分袂后▲惟有愁思僝僽▲何日相逢，共挑灯笑语，乐事喜还又▲

注：① 三姐致妹：劳缜，远嫁江苏宝应，为作者妹妹，排行第三。

九十七字　瑶台第一层

赵仲御(宋120)一首　题：上元扈跸。①

嶰管声催△②人报道嫦娥步月来△凤灯鸾炬，寒轻帘箔，光泛楼台△万年春未老，更帝乡、日月蓬莱△③从仙仗、看星河银界，锦绣天街△④

欢陪，千官万骑，九宵人在五云堆△紫袍光里，星球宛转，花影徘徊△未央宫漏永，⑤散异香、龙阙崔嵬△⑥翠舆回△⑦奏仙歌韶吹，宝殿尊垒△

注：① 扈跸：随从帝车出行。② 嶰管：即竹管，指箫笛。嶰，嶰谷，昆仑山之北谷也。③ 帝乡：指北宋京都汴京（今开封）。④ 仙仗：皇宫仪仗。⑤ 未央宫：汉宫殿，借喻宋宫。⑥ 龙阙：宫殿。⑦ 翠舆：帝轿。

九十七字　庆清朝　第一体，前段第四句六字，第五句四字；后段起句三字两句。

李清照（女）（宋 207）一首

禁幄低张，①雕栏巧护，就中独占残春△容华澹泞绰约，②俱见天真△待得群花过后，一番风露晓妆新△妖娆态、东风笑月，长殢东君△③

东城边，南陌上，正日烘池馆，④竞走香轮△⑤绮筵散日，谁人可继芳尘△更好明光宫里，几枝先向日边匀△⑥金尊倒，⑦拚了画烛，不管黄昏△

注：① 禁幄：护花帏幕。② 澹泞绰约：恬静柔弱。③ 殢：依恋。④ 池馆：花园。⑤ 轮：指车。⑥ 日边：喻君皇。⑦ 金尊：金杯。

周诒蘩（女）（清 1517）一首　题：春晴。

帘卷虾须，①檐喧鹊语，云师昨夜初还△②东风送将红旭，③碾破春悭△昼永不禁绣倦，抛针闲步问花栏△晴光嫩、绿杨影下，犹有轻寒△

莺与燕，蜂共蝶，只自向花柳，径里盘桓△安知萍踪，未定人事多端△苦是骎骎隙影，④芳菲能得几旬看△韶华好，且须玩乐，休待阑珊△

注：① 虾须：即帘。② 云师：云神。③ 红旭：初生太阳。④ 骎骎：马快，喻光阴迅速。

九十七字　庆清朝　第二体，前段第四句四字，第五句六字；后段起句六字一句。

袁绶（女）（清 1451）一首　题：春光明媚，抚景怀人，偶倚此解。

新柳搓烟，暖风熨草，东皇著意安排△①莺啼燕语，小园红紫催开△又是花朝近也，②秋千双索影徘徊△轻尘外、谁家冶伴，③戏蝶归来△

惆怅锁窗朱户，自挂帆人去，蛛罥尘埃△眉山一角，翠颦多少愁怀△向晚薄寒料峭，半帘疏雨润窗苔△凝情处，栏杆十二，敲遍鸾钗△

注：① 东皇：司春之神。② 花朝：农历正月十二日，又称百花生日。③ 冶伴：旅游伴侣。

朱奇（现当 32）一首　题：甲戌（1934 年）上巳。①

桐乳初垂，柳绵乍褪，春光数到重三△浮杯曲水，②汉家故事谁谙△③料理轻衫纨扇，寻芳试与过城南△留恋处、落英如雨，乱扑征骖△④

回首十年尘梦，早红消翠殒，谢了优昙△[5]旧时燕子，向人犹是呢喃△莫讶风情渐减，鬓丝奈已许鬖鬖△[6]归来晚，一尊花底，愁听何勘△[7]

注：① 上巳：古节日，在农历三月初三。② 此句指修禊后曲水流觞。③ 汉家故事：汉人风俗。④ 征骖：行进中马。⑤ 优昙：优昙钵花，如莲花十二瓣，一开即敛。比喻事物景象稍现即失。⑥ 鬖鬖：发垂也。⑦ 何勘：唐代歌人。喻歌曲。

九十七字　醉蓬莱

万俟咏（宋191）一首　题：上元。

正波翻银汉，漏滴铜壶，上元佳致▲绛烛银灯，若繁星连缀▲明月逐人，暗尘随马，尽五陵豪贵▲[1]鬓惹乌云，裙拖湘水，谁家姝丽▲[2]

金阙南边，[3]彩山北面，[4]接地绮罗，[5]沸天歌吹▲六曲屏开，拥三千珠翠▲[6]帝乐夜深，凤炉烟喷，望舜颜瞻礼▲[7]太平无事，君臣宴乐，黎民欢醉▲

注：① 五陵：汉朝五个皇帝墓，徐陵文："五陵豪族，充选掖庭"。② 姝丽：美人。③ 金阙：皇宫宫殿。④ 彩山：即鳌山，乃张灯演杂技之台。⑤ 绮罗：喻妇女。⑥ 珠翠：喻宫女。⑦ 舜颜：喻帝面。

赵长卿（宋389）一首　题：端午。

见浴兰才罢，拂掠新妆，巧梳云髻▲初试生衣，恰三裁贴体▲艾虎宜男，[1]朱符辟恶，[2]好储祥纳吉▲金凤钗头，应时戴了，千般忔喜▲[3]

那更殷勤，再三祝愿，斗巧合欢，彩丝缠臂▲刻玉香蒲，泛金觥迎醉▲午日熏风，[4]楚词高咏，[5]度遏云声脆▲[6]赤口白舌，从今消灭，诸余可意▲

注：① 艾虎：端午节习俗，用艾草编制而成，或剪彩而成粘以艾叶，虎形驱邪辟祟，佩于发际身畔。② 朱符：朱笔画符。③ 忔喜：可喜。④ 午日：五日。⑤ 楚词：即楚辞，指屈原的著作。⑥ 遏云：喻其声可使行云都停。

朱茂晭（清211）一首　题：正月十三日迎春作。

喜迎春东郭，[1]画阁朱帘，彩云移驻▲翠陌花街，走深村儿女▲后日元宵，明朝腊尽，[2]风景匆匆度▲爆竹惊雷，华灯竞月，满城箫鼓▲

笑掷泥牛，[3]戏粘春燕，永夜骈喧，[4]六么轰注▲[5]梅绽新香，照酒人阑语▲[6]九十风光，踏青斗草，莫使轻归去▲扫取闲愁，除将白发，吟残飞絮▲

注：① 东郭：东城。② 腊尽：冬尽。③ 泥牛：泥塑之牛，用以催耕。④ 永夜：长夜、整夜；骈喧：并马喧哗。⑤ 六么：曲名，喻歌曲。⑥ 阑语：

醉语。

罗振常(清1912)一首

看夭桃绽蕊，弱柳垂丝，山城春早▲绮陌游人，共盈盈欢笑▲说道新晴，草薰烟暖，正踏青时到▲宝马香车，清歌曼舞，蝶围蜂绕▲

料得而今，故园三径，台榭依然，蓬蒿荒了▲雨夕风晨，知落英多少▲借问流莺，连年花坞，是有无人扫▲狼藉残红，只教肠断，不看也好▲

九十七字　燕山亭

王策(清860)一首　题：喜晴。

过了春分，酒幔香篝，①总被雨工缠绕▲②落尽樱桃，湿尽棠梨，天也没些分晓▲③听雨听风，忽听到弄晴啼鸟▲遥眺▲见塔碧空烟，楼红晚照▲

从此蝶暮莺朝，把月怨花愁，一齐都扫▲柳巷吹箫，绣野呼鹰，换却他乡怀抱▲鸭绿痕深，放得故塘归棹▲更竹篱外，小桃绽了▲

注：① 酒幔：酒旗，喻饮酒；香篝：香笼，喻烧香。② 雨工：雨神。③ 没分晓：糊涂。

九十七字　燕春台

张先(宋18)一首

丽日千门，紫烟双阙，琼林又报春回△①殿南风微，当时去燕还来△五侯池馆屏开△②探芳菲走马，重帘人语，辚辚车幰，远近轻雷△③

雕觞霞滟，④翠幕云飞，楚腰舞柳，宫面妆梅△⑤金猊夜暖，⑥罗衣暗裛香煤△⑦洞府人归，⑧笙歌院落，灯火楼台△下蓬莱△犹有花上月，清影徘徊△

注：① 琼林：在开封，宋时宴新进士于此。② 五侯：汉元帝舅五人，尽封为侯，喻贵族；池馆：花园。③ 轻雷：喻车声。④ 雕觞：雕刻酒杯；霞滟：酒流动。⑤ 妆梅：梅花妆。⑥ 金猊：狮形铜香炉。猊，狻猊，狮别名。⑦ 裛：香袭衣。⑧ 洞府：神仙、高士居所。

顾姒(女)(清682)一首　题：赠薛媛。

水剪明眸，山横浅黛，①衣飘一缕轻霞△薄鬓低鬟，不梳高髻堆鸦△②妆成别是风华△纵苎萝村里，③金谷园中，④携来相并，也逊些些△

画堂前度，绮席初逢，雨余翠竹，雪压黄花△西风一曲，隔帘谁弄琵琶△红袖相扶，金尊未尽，漏尽惊挝△⑤怪香车△催人分手去，桐月西斜△

注：① 山：喻眉峰。② 堆鸦：形容女子发黑而美。③ 苎萝村：西施故里。④ 金谷园：石崇别墅，有爱姬绿珠。⑤ 挝：打更。

九十七字　声声慢　第一体，用平韵。

赵佶（宋 200）一首　题：正月十五，①驾诣上清宫，②至晚还内，③御制。

宫梅粉澹，岸柳金匀，皇州乍庆春回△④凤阙端门，⑤鳌山彩缔蓬莱△⑥沉沉洞天向晚，⑦宝舆还、花满钧台△轻烟里，算谁将金莲，⑧陆地齐开△

是处笙歌鼎沸，雕鞍趁金轮，隐隐轻雷△万家罗幕，千步锦绣相挨△银蟾夜色如昼，⑨共乘欢、怎忍归来△疏钟断，听行歌，犹在锦街△

注：① 正月十五：即元宵。② 上清宫：道观名。③ 内：指皇宫。④ 皇州：指京城汴京（今开封）。⑤ 凤阙：宫殿；端门：午门，宫殿正门。⑥ 鳌山：张灯演杂技之台。⑦ 洞天：指上清宫。⑧ 金莲：喻灯。⑨ 银蟾：月光。

张枢密（宋 511）一首　故事：一道士与歌女宋英奴私会，被捉到府庭，时张枢密出为留守，竟判道士还俗，将英奴与为妻，并作词，见《事林广记》。

星冠懒带，①鹤氅慵披，②色心顿起兰房△离了三清，③归去作个新郎△良宵自有佳景，更烧甚、清香德香△瑶台上，便玉皇亲诏，也则寻常△

常观里孤孤零零，④争如赴鸳帏，夜夜成双△救苦天尊，你且远离他方△更深酒阑歌罢，殢玉人、云雨交相△⑤问怎甚，咱们这里拜章△⑥

注：① 星冠：道士帽。② 鹤氅：道士衣。③ 三清：道教三位至高神，代指道观。④ 此句较词律多一字，结尾两句并一句，少一字，因仅此一首，不另分体。⑤ 玉人：指英奴。⑥ 拜章：对鬼神的祈祷文。

沈宜修（女）（明 329）一首　题：仿旧人作韵，用八声字。

春光难问，烟草忘情，凭将彩管新声△宫额初消，①雕梁紫燕声声△湘管半卷碧云，②画栏杆、几树鹃声△箱花下，把琼箫低按，试学秦声△③

绮陌香车竞艳，听清歌缓缓，是处春声△小院人闲，飞花悄悄无声△松风忽来绣户，韵初凉、吹作涛声△更有那，杨柳外，莺语数声△

注：① 宫额：宫女额上涂黄增美。② 湘管：竹管，喻笔。③ 秦声：秦穆公女弄玉善吹箫。

徐喈凤（清 146）一首　题：清明后二日，游支硎山。①

枫江西去，②十里芳菲，两堤分砌游船△翠陌香尘，纷纷油壁雕鞍△锦桃玉李相映，更菜畦、花耀金钿△风日暖，正单衣初试，窈窕如仙△

共入观音绀殿，③恍芙蓉馆阁，队队婵娟△就里双鬟，痴小偷笑嫣然△游冶三五年少，故追随、掷果并肩△。④只怕是，乍相逢，又别花前△。

注：① 支硎山：在苏州西南郊。② 枫江：苏州至枫桥镇水名。③ 绀殿：佛殿。④ 掷果：向人抛果，以示爱幕。源出美男子潘安，妇女争向其掷果。

朱彝尊(清 288)一首　题：七夕。

桐阴重碧，豆叶轻黄，溪沙过雨无泥△。尽卷纤云，一钩凉月楼西△。寻思昔游历历，①记回廊、纤手曾携△。好风度，爱吹衣香细，点屐声低△。②

谁道离多会少，比露蛩秋蟀，③只解凝啼△。恨别江淹，旧时南浦都迷△。④输他双星岁岁，⑤料红墙、银汉难跻△。孤梦远，尚牵人，横阁小梯△。

注：① 历历：分明。② 屐：木鞋，指鞋。③ 露蛩：露天蟋蟀。④ 这两句谓江淹作《别赋》"送君南浦"。⑤ 双星：牛郎、织女两星。

华侗(清 810)一首　题：晓霁，①山中送甥女葬。

烟拖松顶，风漱山腰，晴光乍转芳蘋△。卧石桥边，游情不为寻春△。伤心素车丹旐，②向幽溪、古涧篱门△。人不见，只茶芽饧粥，寒食孤坟△。

几树岭梅如画，伴疏香冷艳，也似含颦△。一曲山松，禽声相和遥闻△。休论玉鱼金碗，为悲来、一飨沾巾△。③叹自古，感凄凉，春草暮云△。

注：① 晓霁：早上雨停日出。② 素车：白色车；丹旐：红色全幅，长八尺之布旗，用以避凶。③ 飨：待以酒食。

高鹗(清 1068)一首　题：同积轩过长河堤旧所见处。

乍晴天气，随分衣裳，①乘间且便招游△。②绮树虹桥，天然位置芳洲△。却问桃花小洞，悄开帘、认阮窥刘△。③佯羞也，更回波一笑，依旧风流△。

记起少时酒伴，黄金丸买破，杏怨梨愁△。趁蝶随蜂，浪赢两袖香留△。④今日鬓丝憔悴，任闲情、却付秦讴△。吹铁笛，数声林外欲惊秋△。⑤

注：① 随分：应景。② 乘间：趁机。③ 阮、刘：东汉阮肇、刘晨，在天台山遇两仙女故事。④ 浪：放纵；赢：取得。⑤ 此句按格律应分三字、四字两句，稍异。

杨芸(女)(清 1294)一首　题：三月望前二日，①纫兰妹招同雪兰大姐、蘅芳三妹、暨畹兰五妹，海棠赋此索和。

明波皱碧，纤雨飘香，佳游好是今朝△。腻粉嫣红，闲园共斗春娇△。朦胧海棠睡醒，试新妆、艳态难描△。帘影外，看几丛垂柳，绿到无聊△。

知否韶华畹晚，②怕流莺憔悴，坐老花梢△。昨夜栏杆，厌厌瘦尽香桃△。相看共

饶相思，话家山、烟小迢遥△风正紧，任飞红，吹过小桥△

注：① 望前二日：即十三。望，十五也。② 晼晚：太阳落山的样子。

章黼（清 1388）一首　题：咏春声。

红襟试剪，①锦羽调簧，②耳边乍觉春生△一缕东风，惯吹云外瑶筝△香街卖花低唤，料红楼、晓梦初惊△西泠路，③止钿车歌舫，送暖吹晴△

如此融和天气，听饧箫隔巷，也逗芳情△墙里秋千，玉人笑语偏轻△还怜子规啼处，剩残英、堕砌无声△吟未了，卷帘看，千树翠横△

注：① 红襟：指燕；试剪：试飞。剪，指其尾羽如剪刀。② 锦羽：指莺；调簧：唱歌。簧，喻其巧舌。③ 西泠：桥名，在杭州西湖。

徐灏（清 1580）一首　题：题杏林庄。

万松深处，一水回旋，柴门近接田家△小筑园林，尘外鸡犬桑麻△移来数株红杏，更安排、杂树奇花△经行处，有朱栏迤逦，①碧草鬖髿△②

问讯长眉道叟，便同倾竹叶，③共饭桃花△天与人间，几生修到烟霞△④近闻白云采药，讶安期、枣大如瓜△⑤愿分我，老松根，黄独野芽△⑥

注：① 迤逦：旁行连延。② 鬖髿：杂乱。③ 竹叶：竹叶青，酒名。④ 烟霞：喻成仙。⑤ 安期：安期生，秦人，号抱朴子，汉武帝时，少君游海上，见其食红枣，大如瓜。⑥ 黄独：别名黄药，状如芋子，肉白皮黄。杜甫诗："黄独无苗山雪盛"。

张鸣珂（清 1736）一首　题：春声嬉春，词社分赋。

饧箫宛转，社鼓喧阗，①匆匆节近清明△燕妒莺娇，朝来似报新晴△街头卖花人到，唤梨云、残梦忪惺△卷帘看，怕生红飞堕，系个金铃△

记否寻芳陌上，共个侬斗草，②钏触玐琤△③天半鸣弦，谁家稳放风筝△新词柳枝春唱，④隔花阴、防有人听△愁又是，替催归，鹊语未停△

注：① 社：指春社，在立春后第五个戊日，祭后土神，聚饮。② 斗草：古代妇女一种游戏。③ 玐琤：玉石相击声。④ 柳枝：曲名。

九十七字　声声慢　第二体，用仄韵，后段分句字数与第一体异。

刘泾（宋 93）一首　题：夏景。

梅黄金重，雨细丝轻，园林烟雾如织▲殿角风微，帘外燕喧莺寂▲池塘鸳鸯戏水，露荷翻、千点珠滴▲闲昼永，称潇湘竿叟，烂柯仙客▲①

日午槐阴低转，茶瓯罢、清风顿生月夜▲碾玉盘深，朱李静沉寒碧▲②朋侪闲歌白雪，③卸纱巾、尊俎狼藉▲④有皓月，照黄昏，眠又未得▲

注：① 烂柯：晋王质入山采樵，观两童子对弈，局终柯已烂。② 沉寒碧：浸入井水中。③ 白雪：曲名。④ 尊俎：盛酒食之器；狼藉：散乱貌。

李清照（女）（宋207）一首

寻寻觅觅，冷冷清清，凄凄惨惨戚戚▲①乍暖还寒时候，最难将息▲②三杯两盏淡酒，怎敌他、晚来风急▲雁过也，正伤心，却是旧时相识▲③

满地黄花堆积，憔悴损、如今有谁堪摘▲守着窗儿，独自怎生得黑▲梧桐更兼细雨，到黄昏、点点滴滴▲这次第，怎一个，愁字了得▲

注：① 戚戚：悲切。② 此两句六字、四字，与刘泾词四字、六字不同。③ 此两句三字、六字与刘泾词五字、四字不同。

九十八字　八声甘州（又名甘州）

注：收三家词，排列稍异。前段第七句罗词比周词、张词各多一字，后段首句周词比罗词、张词各多一字，后段第七句张词比罗词、周词各多一字。

罗椅（宋527）一首　题：孤山有感。①

甚匆匆岁月，又人家、插柳记清明△正南北高峰，②风传笑响，如泛箫声△吹散楼台烟雨，莺语啐也春晴△③何所无芳草，惟此青青△

谁管孤山山下，任种梅月冷，荐菊泉清△看人情如此，沉醉不须醒△问何时、樊川归去，④叹故乡、七十五长亭△君知否，洞云溪月，笑我飘零△

注：① 孤山：山名，在杭州西湖边。② 南北高峰：在西湖南北两方。"双峰插云"为西湖十景之一。③ 啐：用力发声。④ 樊川：即杜牧。

周密（宋541）一首　题：灯夕，书寄二隐。注：调名原作甘州。

渐萋萋芳草，绿江南、轻晖弄春容△记少年游处，箫声巷陌，灯影帘栊△月暖烘炉戏鼓，十里步香红△欹枕听新雨，往事朦胧△

还是江南春梦晓，怕等闲愁见，雁影西东△喜故人好在，水驿寄诗筒△①数芳程、渐催花信，送归帆、知第几番风△空吟想，梅花千树，人在山中△

注：① 诗筒：以筒盛诗投递，源出白居易。

张郁珍（女）（现当203）一首　题：中国第一水乡周庄（在江苏昆山市西南）。

恰四河贯市，四湖环、市井八街长△看清流穿巷，粉墙依水，绿柳临窗△人在双桥闲步，远眺叶舟行△①处处如诗画，第一水乡△

步入明清古宅，有小桥流水，家内船航△更前厅后院，绕曲径回廊△蠡窗嵌、

雕梁画栋，[2]锦绣纬、占尽古色古香△人文景、发幽思古，人醉周庄△

注：① 叶舟：小船。② 蠡窗：半透明贝壳所嵌之窗。

九十八字　六桥行

周端臣（宋 303）一首　题：西湖。

苏堤路▲正密柳烘烟，嫩莎收雨▲野芳竞吐山如画，隐隐云藏山坞▲六桥徙倚喧，[1]处处行春箫鼓▲鸥影外，一片湖光，夷犹彩舟来去▲[2]

凝想禊饮花前，爱裙幄围香，款留莲步▲旧踪未改，还曾揽结，亭边芳树▲愁情几许▲更多似、一天飞絮▲空有花畔黄鹂，知人笑语▲

注：① 徙倚：低徊。② 夷犹：迟疑不决。

九十八字　孤鸾

朱敦儒（宋 180）一首　题：早梅。

天然标格▲[1]是小萼堆红，芳姿凝白▲淡伫新装，[2]浅点寿阳宫额▲[3]东君想留厚意，[4]借年年、与传消息▲昨日前村雪里，有一枝先折▲

念故人、何处水云隔▲纵驿使相逢，难寄春色▲试问丹青，手是怎生描得▲晓来一翻雨过，更那堪、数声羌笛▲归去和羹未晚，劝行人休摘▲

注：① 标格：风范。② 淡伫：淡薄。③ 寿阳：宋武帝女寿阳宫主人日（大年初七）卧檐下，梅花落于额上，成梅花妆。④ 东君：司春之神。

马庄父（宋 523）一首

沙堤香软▲正宿雨初收，[1]落梅飘满▲可奈东风，暗逐马蹄轻卷▲湖波又还涨绿，粉墙阴、日融烟暖▲蓦地刺桐枝上，有一声春唤▲

任酒帘、飞动画楼晚▲便指数烧灯，[2]时节非远▲陌上叫声，好是卖花行院▲玉梅对妆雪柳，闹蛾儿、象生娇颤▲[3]归去争先戴取，倚宝钗双燕▲

注：① 宿雨：经夜的雨水。② 指数：用指头计算；烧灯：指元宵放灯。③ 闹蛾儿：用铜丝扎纸蝶插于头上。

贺双卿（女）（清 957）一首　题：病中。

午寒偏准▲[1]早疟意初来，碧衫添衬▲宿髻慵梳，[2]乱裹帕罗齐鬓▲[3]忙中素裙未浣，[4]折痕边、断丝双损▲玉腕近看如茧，[5]可香腮还嫩▲

算一生、凄楚也拚忍▲[6]便化粉成灰，嫁时先忖▲锦思花情，敢被爨烟熏尽▲[7]东菑却嫌饷缓，[8]冷潮回、热潮谁问▲[9]归去将棉晒取，又晚炊相近▲

注：① 偏准：患疟疾者每天准时发冷、发热。② 慵：懒。③ 帕罗：应为罗帕，因用韵而颠倒。④ 未浣：未洗。⑤ 此句谓作者手腕已如结茧般厚

皱。⑥ 一生凄楚：作者婆母及夫均凶狠，受尽虐待。⑦ 爨：灶也，烧饭。⑧ 此句谓忙于东田耕作还嫌收成少。⑨ 冷热潮：忽冷忽热。

九十八字　芰荷香

万俟咏(宋191)一首　题：本意。

小潇湘△①正天影倒碧，波面容光△水仙朝罢，间立绿盖红幢△②和风细雨，荡十顷浥浥清香△③人在水精中央△④霜绡雾縠，襟袂收凉△

款放轻舟闹红里，有蜻蜓点水，交颈鸳鸯△翠阴密处，曾觅相并青房△⑤晚霞散绮，泛远净、一叶鸣榔△⑥拟去尽促雕觞△歌云未断，月上飞梁△⑦

注：① 潇湘：湖南水名，有潇湘八景。② 绿盖：指荷叶；红幢：指荷花丛。③ 浥浥：香气浸润。④ 水精：即水晶。⑤ 相并青房：并蒂莲。⑥ 一叶：小舟；鸣榔：敲击发声以捕鱼。⑦ 梁：指鱼梁。

九十八字　雨中花慢

苏轼(宋80)一首

今岁花时深院，尽日东风，荡扬茶烟△但有绿苔芳草，柳絮榆钱△①闻道城西，长林古寺，甲第名园△②有国艳带酒，天香染袂，为我留连△

清明过了，残红无处，对此泪洒尊前△秋向晚，一枝何事，向我依然△高会聊追短景，清商不暇余妍△不如留取，十分春态，付与明年△

注：① 榆钱：指榆荚，因其状如钱。② 甲第：权贵的宅院。

九十八字　珍珠帘

顾春(女)(清1488)一首　题：本意。

濛濛未许斜阳透▲荡参差、一片縠纹皱▲①闲煞小银钩，度困人长昼，落花飞尽絮，任几处、莺声轻溜▲依旧▲此好景良辰，也能消瘦▲

多少苦雨酸风，障游蜂不入，晴丝难逗▲云暗曲房深，听辘轳银甃▲②隔住红灯花外影，清露下、香浓金兽▲③偏又▲到月照流黄，④夜凉时候▲

注：① 縠纹：皱纹。② 银甃：井的美称。③ 金兽：兽形铜香炉。④ 流黄：绢也，指织机。

九十八字　玲珑玉

劳纺(女)(清1883)一首　题：冰箸。①

积雪才消，又朔风、料峭吹寒△垂檐宛似，素琴瑶轸低悬△②深夜忽惊吹折，误林中片玉，清籁遥传△铿然△梦初醒、莲漏未残△

满地霜华乍晓，听儿童喧语，帘卷争看△暖意方回，渐疏泉、屋角潺潺△黄昏

夕阳红堕，千个琅玕△[3]玲珑甚，映清辉、月上画栏△

注：① 冰箸：冰柱，因寒所结檐上者。② 素琴瑶轸：素琴是无弦的空琴，瑶轸是玉制的琴轸，指有弦的琴。③ 琅玕：似珠美石。

九十八字　昼夜乐　第一体，前后段第五、六两句共十四字，每句七字。

柳永（宋 14）一首　题：赠妓。

秀香家住桃花径▲[1]算神仙、才堪并▲层波细剪明眸，[2]腻玉团搓素颈▲爱把歌喉当筵逞▲遏天边乱云愁凝▲言语似娇莺，一声声堪听▲

洞房饮散帘帏静▲拥香衾、欢心称▲金炉麝袅轻烟，凤帐烛摇红影▲无限狂心乘酒兴▲这欢娱、渐入佳境▲犹自怨邻鸡，道秋宵不永▲

注：① 秀香：妓名。② 层波：喻眼光。

九十八字　昼夜乐　第二体，前、后段第五、六、七三句共十四字，第五、六句各四字，第七句六字。

吴敬所（明 263）一首　故事：《刘生觅莲记》第四回，孙碧莲题《美女怯春图》。

春山愁厌慵临镜▲[1]忆芳菲、嗟薄命▲[2]望中烟袅连天，座里花荫斜映▲空度流年，浪虚美景▲谁把佳期来订▲[3]对景怨东风，无语垂帘静▲

狂蜂浪蝶多情性▲争抱一枝红杏▲鹧鸪隔树喧声，唤动惜春心性▲燕子双双，莺儿对对，花也枝枝交并▲百物总关情，何事人孤零▲

注：① 春山：喻眉峰。② 芳菲：花草香美，喻妙龄。③ 佳期：指婚期。

九十八字　扬州慢　第一体，前段结尾两句作五字、六字。

汪如洋（清 1120）一首　题：咏芍药，用樊榭山房韵。[1]

门掩梨云，径吹蘼雪，轻寒九十都销△[2]对莺忙蝶懒，强与殿芳韶△[3]想侵晓、丰台露泣，[4]个人珠泪，染遍鲛绡△怕仙郎薇省，[5]吟成也只无聊△

春嬉南浦，记盈盈儿女情苗△叹玉镜台边，红栏砌畔，水远山迢△赢得胆瓶斜插，银灯畔、酒晕偷描△任浓斟蓝尾，[6]来朝绿暗平桥△

注：① 樊榭山房：厉鹗，见《词人小传》。② 九十：春季九十天。③ 殿芳韶：排在春景末期。④ 丰台：地名，在北京以南，盛产芍药。⑤ 薇省：紫薇省，机要官员。⑥ 蓝尾：大年初一饮屠苏酒，从小者至老人，谓之蓝尾酒。

张诩（清 1232）一首　题：扬州感旧。

朱鸟窗前，[1]玉梅花下，背人含笑相迎△倚东风立稳，镇小胆频惊△惯怜我、伤心断句，绣床闲寂，掩袖偷吟△怨子规声急，催教飞絮飘零△

再来暗访，锁西风门巷愔愔△但社燕窥棂，[2]疏花送影，似认王孙△旧时嫩条飘尽，何堪渐、绿叶成阴△料今宵虚搁，相思魂颤秋灯△

注：① 朱鸟：朱雀。② 社燕：燕子春社时来，秋社时去，故有社燕之称。

九十八字　扬州慢　第二体，前段结尾两句作七字、四字。

车乘轨（现当88）一首　题：纪扬州，次韵和冬草。[1]注：1999年11月17日作。

街市繁华，景观佳丽，古今盛赞扬州△看骚人墨客，[2]尽仰慕来游△自炀帝、[3]开河到此，誉声传世，千百春秋△[4]绿杨湾、画船丝竹，[5]歌舞红楼△

女随婿伴，去名城横渡江流△纵再换班车，长途跋涉，岂肯停休△二十四桥闲步，波光荡、日午箫收△[6]瘦西湖明媚，桥边合影容留△

注：① 冬草：董国军（见《词人小传》）早期笔名。② 骚人：诗人。③ 炀帝：隋炀帝杨广。④ 此句喻历史悠久。⑤ 绿杨湾：在虹桥以东，清李斗《扬州画舫录》题词中罗亨麐有："画桥摇过绿杨湾，水净花明两岸间"之诗句。⑥ 箫：杜牧诗句："二十四桥明月夜，玉人何处教吹箫"。

董国军（现当278）一首

明月笙箫，绿杨城郭，八年梦里扬州△得洛阳阮老，并岳丈携游△喜来此、凭栏望远，湖山影瘦，木叶清秋△漫寻赏、廿四桥边，红药亭楼△

平山堂上，想当时雅士风流△看江北江南，繁华未减，人物都休△鸿雁一声归去，斜阳外、目断难收△被二翁呼我，此间佳处堪留△

九十八字　碧芙蓉

叶小鸾（女）（明514）一首　题：秋思。

曲径绕苍苔，秋意平铺▲萧散无路▲淡日移阶，几度寻花误▲西风怨、露草寒蛩，[1]夜天凄、霜林烟树▲隔桥杨柳，翠减长条，犹自依依故▲

青山云去杳，红楼日又催暮▲罗簟生寒，漫引新桐句▲池塘映、芙蓉一叶，帘幕惊、海棠疏雨▲栏杆凭遍，妆台渐冷，黯黯无语凝伫▲

注：① 寒蛩：深秋的蟋蟀。

九十八字　闺怨无闷

陈维崧（清196）一首　题：春日见城上游女甚盛，戏作此词。

绮陌芊眠，[1]上日妖冶，[2]弥望玉楼金埒▲[3]正挑菜年光，湔裙时节▲[4]阵阵内家车子，[5]漾绡纬、吹乱千堆雪▲[6]无人处、悄把春纤小揭，[7]都无分别▲

络绎▲碾香尘，铺玉席▲总向子城斜处，[8]女墙弯里，[9]惹人怜惜▲此际春心愁绝▲愁九十春光如过隙▲[10]那堪轻暝轻寒，朝来想作寒食▲

注：① 绮陌：锦绣田垅；芊眠：草木繁盛。② 上日：上巳日，即农历三月初三。③ 弥望：目所望见，皆弥满也。潘岳赋："沃野弥望"；金埒：土垣，指女墙。④ 此两句均指农历春三月。⑤ 内家：皇家。⑥ 漾绡纬：车帏幕荡涤；雪：喻白肌肤。⑦ 春纤：形容女指纤细。⑧ 子城：内城或月城。⑨ 女墙：城上垣也。⑩ 过隙：喻光阴迅速。

九十八字　燕山亭

朱彝尊（清288）一首　序：清明日王湛求方伯招同津逮、赵秋水、毛子霞、孔子威饮金粟园杏花下。[1]

钟鼓新晴，立马斜阳，满树胭脂透▲深映短墙，曲护回栏，更缀数行风柳▲燕外游丝，惹多少粉香红溜▲依旧▲正一笑风前，去年时候▲

况值寒食佳辰，问挑菜何人，[2]斗鸡曾否▲春衫试罢，玉笛吹残▲须尽百壶清酒▲刚得黄昏，又疏影月明如昼▲搔首▲向来岁故园渡口▲

注：① 方伯：官名，即布政使，又称藩台。② 挑菜：剪采野菜。

九十八字　应天长

周邦彦（宋128）一首　题：寒食。

条风布暖，[1]霏雾弄晴，[2]池台遍满春色▲正是夜堂无月，沉沉暗寒食▲梁间燕，社前客▲[3]似笑我、闭门愁绝▲乱花过，隔苑芸香，满地狼藉▲[4]

长记那回时，邂逅相逢，[5]郊外驻油壁▲[6]又见汉宫传烛，飞燕五侯宅▲[7]青青草，迷路陌▲强载酒、细寻前迹▲市桥远，柳下人家，犹自相识▲

注：① 条风：东北风。② 霏雾：飘拂的云雾。③ 社：指春社，在立春后第五个戊日。④ 狼藉：纷乱。⑤ 邂逅：不约会而遇。⑥ 油壁：妇女车乘。⑦ 此两句套韩翃《寒食》诗："日暮汉宫传蜡烛，轻烟散入五侯家"。

方千里（宋133）一首　题：寒食，次周美成（即周邦彦）韵。

嫩黄上柳，新绿涨池，东风艳冶天色▲又见乍晴还雨，年华傍寒食▲春依旧，身是客▲对丽景、易伤岑寂▲怅凝望，一带平芜，[1]剪就茵藉▲

前度少年场，醉记旗亭，联句遍窗壁▲调笑映墙红粉，参差水边宅▲芦鞭懒，过故陌▲恨未老、渐成陈迹▲漫无语，立尽斜阳，怀抱谁识▲

注：① 平芜：草木丛生的平旷原野。

王沂孙（宋560）一首

疏帘蝶粉，幽径燕泥，花间小雨初足▲又是禁城寒食，[1]轻舟泛晴渌▲[2]寻芳

地，来去熟▲尚仿佛、大地南北▲望杨柳，一片阴阴，摇曳新绿▲

重访艳歌人，听取春声，犹是杜郎曲▲[③]荡漾去年春色，深深杏花屋▲东风里，曾共宿▲记小刻、近窗新竹▲旧游远，沉醉归来，满院银烛▲

注：① 禁城：指南宋京城临安（今杭州）。② 晴渌：晴日水波。③ 杜郎：指杜牧。

九十八字　双双燕

史达祖（宋424）一首　题：春燕。

过春社了，度帘幕中间，去年尘冷▲差池欲住，试入旧巢相并▲还相雕梁藻井▲又软语、商量不定▲飘然快拂花梢，翠尾分开红影▲[①]

芳径▲芹泥雨润▲[②]爱贴地争飞，竞夸轻俊▲红楼归晚，看足柳昏花暝▲应自栖香正稳▲便忘了、天涯芳信▲愁损翠黛双蛾，日日画栏独凭▲

注：① 红影：指燕，燕襟红色。② 芹泥：燕巢材料。

张琨（明614）一首

披蓬探隐，[①]到幽草溪头，碧阴山曲▲竹韵松姿，媚却吟眸诗腹▲是处翠峰成簇▲更秋新、雨凉如沐▲深林宛转芳禽，浅涧琤瑽漱玉▲[②]

孤独▲简编娱目▲有纫佩芳兰，供餐茂菊▲藤床闲想，梦入华胥仙国▲[③]应是月明帘轴▲恰一枕、清酣睡足▲小小花童低报，瓦鼎烹茶刚熟▲

注：① 披蓬：钻入蓬草中。② 琤瑽：佩玉声，此处借指水声。③ 华胥国：喻入梦。

陆求可（清70）一首　题：燕。

社翁雨过，[①]正绿水人家，珠帘高卷▲一双上下，隔岁从未相见▲画栋朱栱游遍▲[②]乍欲去、几番缱绻▲[③]呢喃细语无多，似说旧巢堪恋▲

小苑▲春光初暖▲便过柳穿桃，翅轻风软▲差池久出，衔得香泥才转▲又见微沾花片▲试问尔、于飞近远▲玉京相待楼头，莫忘故人情款▲

注：① 社翁：指土谷神。② 栱：斗栱，承载屋檐。③ 缱绻：情意缠绵。

唐韫贞（女）（清1787）一首　题：归燕。

花朝过了，看帘幕深深，乍寒还冷▲雕梁似昨，寂寂绣窗人静▲且向花间问讯▲恁花亦、无言似恨▲飘然渡过前轩，忙煞秋千月影▲

斜趁▲东风去迅▲正结伴归来，夕阳红尽▲似曾相识，暗把乌衣重认▲[①]认是江山粉本▲[②]又无奈、黄昏时近▲愁损曲曲柔肠，化作相思寸寸▲

注：① 乌衣：燕子羽黑，故称乌衣。② 粉本：样本。

车乘轨(现当 88)一首　序：燕乃受人喜爱之禽，历来诗人多有赞美之辞，一九三二年电影《芸兰姑娘》有插曲《燕双飞》，词曲均美，陈玉梅演唱，百代公司灌有唱片，风靡一时。余绍兴故居，梁间有燕巢，年年双燕飞临，春来秋去，颇增情趣。后客居嘉兴，与燕久违。今岁暮春迄秋，返绍小住，又见呢喃双燕，数度来绕梁觅窠，勾起余怀旧情绪，爰效史达祖体填词遣怀。　注：2000 年 11 月 12 日作。

离乡背井，却游子心情，故乡犹眷▲春分节起，隔岁别离乌燕▲千里迢迢返转▲又软语、梁间爱恋▲翩翩觅取芹泥，快乐修巢无倦▲

庭院▲风和日软▲且掠屋双飞，踞窠欢啭▲栖居香稳，唧唧乳雏娇唤▲摇曳差池尾剪▲捉虫豸、来回如箭▲秋半结伴南迁，避冷越冬就暖▲

九十九字　丁香结

史震林(清 901)一首　题：与梦观入南山访友未遇，借宿村舍。

犬吠疏篱，雀喧深筱，[1]漠漠水村烟墅▲望暮云凝处，断雁外、草色如土▲连冈痕尚黑，残燎在、石棱尽露▲[2]柴门还有，未掩破屋，茅茨新补▲[3]

仙路▲指直北峰头，一线迂回难度▲月冷霜浓，幽人好在，[4]定添新句▲长是寒夜酒醒，更觉离情苦▲待春回重见，心与梅花并吐▲

注：① 深筱：竹林。② 残燎：火烧遗痕；石棱：多棱的山石。③ 茅茨：茅屋。④ 幽人：隐士。

九十九字　二郎神

钱谷(明 184)一首　题：清明感旧。

绿杨千缕▲弄尽轻烟弱雨▲一棹绕芳堤，极目惹人，延伫贪夸停午▲[1]藉草穿花方未已，[2]朱霞渐送残阳去▲空指点、千山万壑，何处是伊归路▲

回顾▲那时拥着，雕栏绣户▲怯东风、懒将红幕卷，看玉管、樱桃微露▲[3]并泛宜春摇烛影，且莫问、星飞月度▲算弹指韶光，落花无数▲

注：① 停午：正午。② 藉草：坐卧在草上。③ 玉管：箫也；樱桃：喻小嘴。

九十九字　三姝媚

陈维崧(清 196)一首　题：纪半塘所见，[1]同纬云弟，[2]次山侄，用湘瑟词韵。

重来偏寂寂▲算珠阁轻尘，粉腻都拭▲两两雏鬟，记茜衫小露，[3]水边门侧▲弄影凝妆，谁耐理绣床刀尺▲闲盼山塘，[4]细犊金舆，[5]往来得得▲[6]

再向桥阴系席，只半艇烟昏，千檐雨滴▲此际兰闺，定双拥金凫，[7]换吹钿笛▲眼底吴娃，枉自诩娇红腻白▲其奈又经过处，断无消息▲

注：① 半塘：桥名，在苏州阊门外山塘街之半。② 纬云弟：即陈维岳，见《词人小传》。③ 茜衫：绛红衫。④ 山塘：街名，长七华里。⑤ 细犊：小黄牛；金舆：轿之美称。⑥ 得得：犊牛行路声。⑦ 金凫：鸭形铜香炉。

朱彝尊（清 288）一首

湾头登小艓▲[1]惯风生衣香，水湔裙褶▲待到重门，纵教携玉腕，尚羞红颊▲月姐窥侬，也劝饮深杯稠叠▲织女机边，一线秋河，夜凉人涉▲

早是含情迎接▲怕峡雨他山，易露桃叶▲第一相思。是床东袜刬▲[2]暗尘潜蹑▲旧事凄凉，仅梦里双飞蝴蝶▲剩有轻绡十幅，曾围秀靥▲

注：① 小艓：小船。② 袜刬：光脚不着鞋。

九十九字　月华清

张昌衢（清 1424）一首　题：上元观灯。[1]

火树摇红，星桥晕碧，东风灯市如昼▲况复冰丸，[2]拥出绛霄圆透▲买金钱、锁闹琼楼，[3]弛鱼钥、滴迟铜漏▲[4]回首▲看钿车宝马，六街烟绣▲

仿佛春城燕九▲[5]惯兜惹童心，闹蛾依旧▲[6]一片笙簧，悠处，仙音齐奏▲踏歌行、花影弄人，扶醉去、香尘盈袖▲携手▲笑归来茅屋，短檠似豆▲[7]

注：① 上元：即元宵。② 冰丸：喻圆月。③ 买金钱：掷赏钱。④ 驰鱼钥：松门禁。鱼钥，指城门钥匙。⑤ 春城燕九：全京都在正月十九日纪念真人邱处机，致浆祠下，游冶纷沓，谓之燕九节。⑥ 闹蛾：首饰。⑦ 短檠：代指油灯，檠为灯柱，以其长短分短檠和长檠。

九十九字　玉蝴蝶　第一体，前段第四句六字，第五句四字。

柳永（宋 14）一首

渐觉芳郊明媚，夜来膏雨，[1]一洒尘埃△满目浅桃深杏，露染烟栽△银塘静、鱼鳞簟展，[2]烟岫翠、龟甲屏开△[3]殷晴雷△云中鼓吹，游遍蓬莱△

徘徊△隼舆前后，[4]三千珠履，十二金钗△雅俗熙熙，下车成宴尽春台△[5]好雍容、东山妓女，堪笑傲、北海尊罍△[6]且追陪△凤池归去，[7]那更重来△

注：① 膏雨：润雨。② 鱼鳞：形容簟席纹路如鱼鳞形状。③ 龟甲：形容屏风的花纹像龟甲。④ 隼舆：笋舆，竹轿也。⑤ 春台：指礼部衙门，喻官员。⑥ 尊罍：酒杯、酒器。⑦ 凤池：古代禁苑中的池沼，为中书省所在

地，喻做官。

晁冲之（宋 214）一首　题：春思。

目断江南千里，灞桥一望，烟水微茫△帘锁重门人去，暗惜流光△雨轻轻、梨花院落，风澹澹、杨柳池塘△恨偏长△佩沉湘浦，云散高唐△

清狂△重来一梦，手搓梅子，煮酒新尝△寂寞经春，小桥依旧燕飞忙△玉钩栏、凭多渐暖，金缕枕、别久犹香△最难忘△看花南陌，待月西厢△

徐㶿（明 340）一首　题：初夏，答孟麐招饮。

初夏麦风乍起，杏花零落，柳阴重檐△遥望台南台北，草绿纤纤△展桃笙、凉飙微入，[1]试絺绤、赤日方炎△[2]最堪嫌△哺雏燕子，泥污疏帘△

厌厌△日长人困，香酣宝鼎，慵理牙签△忽见花开，故人折简命长髯△[3]初报道、正瓜新摘，更夸说、苦菜初腌△不须寻，[4]垆头绿蚁，[5]野店青帘△

注：① 桃笙：席子。凉飙：凉风。② 絺绤：细葛布，即夏布。③ 折简：写书。④ 此句不押韵，稍异。⑤ 绿蚁：酒也。

黄永（清 59）一首　题：当年。

记得当年此夜，读书知倦，小阁知秋△随意画栏小饮，月挂新钩△喜新词、绣香题集，耽佳话、箫风名楼△[1]最风流△小鬟低报，暖熨香裯△

绸缪△离披斜倚，玉山无力，[2]欲去还愁△戏问檀郎，[3]醉乡何处觅温柔△暗香迷、花间蛱蝶，清露滴、梦里蜉蝣△[4]尽迟留△三更梧雨，一枕飕飕△

注：① 箫风名楼：指秦楼，秦穆公女弄玉乘鸾吹箫仙去故事。② 玉山：躯体美称。③ 檀郎：对恋人及喜欢的人的爱称。④ 蜉蝣：虫名，头似蜻蜓略小。

张锡怿（清 147）一首　题：春思。

乍暖乍寒天气，登楼送目，芳草萋萋△百丈游丝绕树，杏花槐溪△绿初匀、雨梳弱柳，青不断、烟锁长堤△日迟迟△双眉慵展，悄地相思△

凄其△[1]旧欢如梦，筝调银甲，[2]酒泛酴醾△[3]试卜金钱，[4]未知何日是归期△坐黄昏、燕归藻井，临曲槛、花隐罘罳△[5]信音稀△凭谁堪寄，有泪空垂△

注：① 凄其：状风之寒也。② 银甲：银指甲套。③ 酴醾：酒名。④ 卜金钱：以金钱卜问心事。⑤ 罘罳：疏通透明之木屏幛。

高鹗（清 1068）一首　题：咏蝶。

苦爱斜阳短草，双双舞袖，作弄翩翻△勾引罗浮旧侣，[1]打簇成团△尽张狂、菜花曲径，添妩媚、杏子单衫△叹韩郎，[2]芳魂碎也，零雨飘烟△

无端△芙蓉亭畔，凤鞋轻蹴，纨扇偷拈△欲扑还休，有多少旧恨重牵△小垂手、画栏凝睇，俏低头、绣带并撚△却怜人△偎香傍玉，飞上花钿△[③]

注：① 罗浮旧侣：隋开皇中，赵师雄迁罗浮，于酒肆傍会见一女子，相与饮，顷醉寝，久之，东方已白，师雄起视，乃在大梅花树下。② 韩郎：指韩寿偷香，郎字不叶韵，稍异。③ 花钿：首饰。

九十九字　玉蝴蝶　第二体，同第一体，但前段第四句四字，第五句六字。

陆游（宋330）一首　题：王忠州家席上作。

倦客平生行处，坠鞭京洛，[①]解佩潇湘△[②]此夕何年，来赋宋玉高唐△绣帘开、香尘乍起，莲步稳、银烛分行△暗端相△燕羞莺妒，蝶扰蜂忙△

难忘△芳尊频劝，峭寒新退，玉漏犹长△几许幽情，只愁歌罢月侵廊△欲归时、司空笑问，微近处、丞相嗔狂△断人肠△假饶相送，上马何妨△

注：① 京洛：汴京（今开封）、洛阳。② 解佩：郑交甫在汉皋台下遇二女索佩，女解佩与之。

尹济翁（元51）一首

几许暮春清思，未知芍药，先拟荼蘼△老却东风，此去不与人期△似情多、何曾荀倩，[①]便梦断、不为崔薇△[②]且衔杯△暖风寂寂，淡日晖晖△

怎知△怀芳心在，树花露泣，竹叶烟啼△满目残红，新愁成阵怅成围△画帘空、龙媒独倚，[③]午阴静、燕子双飞△任春归△寻人柳下，梦过堂西△

注：① 荀倩：荀彧之子荀粲。其妻早亡，悲伤不已，以至殒命。② 崔薇：唐妓，与裴敬中相恋。③ 龙媒：骏马。

叶纨纨（女）（明453）二首　题：感春。

（1）窗外晓莺初啭，柳黄条上，声过西楼△好梦惊回，深院帘卷虾钩△[①]雾濛濛、杏花无语，人寂寂、芳草如羞△怅绸缪△[②]谢娘慵舞，[③]斜倚箜篌△[④]

熏篝△[⑤]新妆镜里，东风无计，吹破春愁△粉褪香消，长门花月半沉浮△[⑥]问年年、恼人红绿，看日日、伴我帏帱△锁眉头△黄昏疏雨，胜似悲秋△

注：① 虾钩：帘钩。② 绸缪：缠绵。③ 谢娘：舞女泛称。④ 箜篌：乐器名。⑤ 熏篝：有罩盖之熏炉。⑥ 长门：宫名，汉武帝后陈阿娇贬所。

（2）天气困人时节，寒轻暖浅，烟袅云流△十里春风，消瘦酒殢花忧△倚横

栏、断魂难续，问锦带、春去谁留△锁闲愁△重门昼永，花落庭幽△

风流△凝妆絜伴，寻香拾翠，何处堪游△一片闲情，无端都上两眉头△问庭花、飞成黯黯，随去蝶、梦冷幽幽△纵休休△韶华易老，好景难酬△

顾贞立（女）（清159）一首　题：苕溪署中。①

一抹晴空无际，烟光澹荡，微月当楼△点缀平芜，树色暮霭初收△断霞边、慈乌千点，②看反哺、争择枝头△漫凝眸△亲帏何处，③旅梦难留△

飕飕△风吹鬓影，寒生肌栗，唤起千愁△不堪回望，旧家庭院早惊秋△忆当初、栖迟三楚，今日个、落拓湖州△愿难酬△聊凭斑管，④写我心忧△

注：①苕溪：指浙江湖州；署：衙门，时其夫侯晋任湖州同知。②慈乌：乌鸦能反哺，故称慈。③亲帏：指父母。④斑管：笔也。

江声（清974）一首　题：蝶。

消息园林春遍，玉腰粉翅，三径寻芳△栩栩翩翩，消受几许春光△漾轻烟、飞随柳絮，避细雨、宿向花房△漫悠扬△三三两两，滚过东墙△

情长△锦云深处，困酣还恋，款舞傍徨△缥缈芳魂，知他梦里也迷香△问何似、娇娃妩媚，料未输、荡子轻狂△暗形相△被谁偷得，绣上罗裳△

九十九字　夜合花

童观观（女）（明606）一首

花锁风低，柳梳月晓，银钩稳控晶帘△眉峰未画，侍儿初整香奁△①妆掠罢，性多嫌△对菱花、②几度偷瞻△罗衣欲换，熏笼频启，③兰麝仍添△

杏梁双燕呢喃△生妒双飞双舞，把泥衔擎妆，独坐小窗，针绵重拈△愁漠漠，闷恹恹△取金刀、细劈黄柑△心酸似妾，不胜齿软，更点吴盐△

注：①侍儿：婢女。②菱花：镜子。③熏笼：有笼覆盖之香炉。

九十九字　念奴娇

张孝纯（宋150）一首　故事：《二刻拍案惊奇》第七卷词引，作者出使金国，在大将粘罕席上遇吹笛侑酒女，乃宋朝宗姬，伤感而作。　注：此词李谊《历代蜀词全辑》作宇文虚中著。

疏眉秀盼，向春风、还是宣和装束▲①贵气盈盈姿态巧，举止况非凡俗▲宋室宗姬，②秦王幼女，曾嫁钦慈族▲③干戈横荡，④事随天地翻覆▲

一笑邂逅相逢，⑤劝人满饮，旋吹横竹▲流落天涯俱是客，何必平生相熟▲旧日荣华，如今憔悴，付与杯中醁▲⑥兴亡休问，为伊且尽船玉▲⑦

注：① 宣和：宋徽宗年号。② 宗姬：皇子之女。③ 钦慈族：宋钦宗母舅家。④ 干戈：指金兵陷京师。⑤ 邂逅：偶然。⑥ 醁：即酒。⑦ 船玉：杯中美酒。

窃杯女子（女）（宋239）一首　故事：元夕汴京宣德楼放灯，徽宗与民同乐，每人赐一金杯酒，有妇人酒毕窃杯被捉，妇吟《鹧鸪天》词，徽宗览毕，将金杯赐与。有人恐妇人早有预谋，须再面试，帝准奏并命将金盏为题，《念奴娇》为调，女即口占之。

桂魄澄辉，①禁城内、万盏华灯罗列▲②无限佳人穿绣径，几多妖艳奇绝▲凤烛交光，银灯相射，奏箫韶初歇▲③鸣梢响处，④万民瞻仰宫阙▲

妾自闺门给假，⑤与夫携手，共赏元夕▲误到玉皇金殿砌，赐酒金杯满设▲量窄从来，红凝粉面，尊见无凭说▲⑥假王金盏，免公婆责臣妾▲

注：① 桂魄：指月光。② 禁城：皇城。③ 箫韶：舜乐也。④ 鸣梢：净鞭，即皇帝临幸信号。⑤ 妾：妇女自称。⑥ 尊见：公婆相见。

欧良（宋566）一首

日长晴昼，厌厌地、懒向窗前絣绣▲①困倚屏风无意绪，把眉儿双皱▲②似醉还醒，才眠又起，频撚花枝嗅▲看他儿女，闲寻百草来斗▲③

相思能几何时，料归期不到，有恁时候▲生怕鸳鸯香被冷，旋爇沉檀熏透▲欲把单衣，鼎新裁剪，④又怕伊春瘦▲试看今夜，孤灯还有花否▲⑤

注：① 厌厌：懒倦无聊状；絣：纺绩。② 此句较上首张孝纯词少一字，而后段第句多一字。③ 斗百草：古代妇女一种游戏。④ 鼎新：取新、革新。⑤ 花：指灯花。

李雯（清22）一首　题：端午，兰溪即事。①

兰溪新涨，看金塘、几曲画楼临水▲不卷湘帘人影动，水戏鱼龙起▲②朱果雕蒲，粉盘绣虎，③长缕飘香细▲云鬟著雨，更索一川烟翠▲

回想家在东吴，彩衣联臂，今日人千里▲有个凭栏凝望处，茧彩香囊谁寄▲草长宜男，④花开夜合，⑤都是伤心地▲双双碧鸭，几回惊起沙际▲

注：① 兰溪：江名，在浙江兰溪县。② 此句较张孝纯词少一字，而后段第三句多一字，稍异。③ 绣虎：刺绣老虎，端午佩带可辟邪。④ 宜男：草名。⑤ 夜合：花名。

九十九字　芳草

韩缜（宋 52）一首

锁离愁、连绵无际，来时陌上初熏△绣帏人念远，暗垂珠露，泣送征轮△长行长在眼，更重重、远水孤村△但望极楼高，尽日目断王孙△

消魂△池塘别后，曾行处、绿妒轻裙△恁时携素手，乱红飞絮里，缓步香茵△朱颜空自改，向年年、芳意长新△遍绿野、嬉游醉眼，莫负青春△

苏穆（女）（清 1592）一首　题：送夫子（周济）薄游皖上。

海棠酣、丁香还结，空教屋角亭亭△绣帘高卷处，暗香盈袖，怎逐江程△莺声啼满树，想遥遥、远隔烟汀△待随风随他，形势梦里逢迎△

清明△池塘水碧，新月影、乱惹波轻△竹阴闲素鹤，落花千片里，倦舞还停△新来双语燕，忆年时、梁上经营△喜新巢、依然画阁，不负初盟△

九十九字　垂杨

朱冠瀛（清 1748）一首　题：水村即景。

三三两两，有几家短屋，一村萦抱▲野景无边，夕阳桑柘柴门悄▲溪痕浅皱春风袅▲又撑出、罱泥舟小▲①板桥东、疏柳摇烟，映绿蓑垂钓▲

疑是徐熙画稿▲②看雏鸭唼花，戏浮萍藻▲买得湖田，薄还租税归来早▲渔娃田叟新知好▲③避移檄、北山讪笑▲④清幽不隔桃源，仙境杳▲

注：① 罱泥舟：河中取泥船。② 徐熙：南唐钟陵人，善画花果。③ 新知：新结交的朋友。④ 移檄：古代官方文书移和檄的并称；北山讪笑：南北朝时孔稚珪作《北山移文》，旨在揭露和讽刺那些伪装隐居以求利禄的文人。

九十九字　金菊对芙蓉

康与之（宋 281）一首

梧叶飘黄，万山空翠，断霞流水争辉△正金风西起，①海燕东归△②凭栏不见南来雁，望故人、消息迟迟△木樨开后，③不应误我，好景良辰△

只念独守孤帏△把枕前嘱咐，一旦分飞△上秦楼游赏，酒殢花迷△谁知别后相思苦，情为伊、瘦损香肌△花前月下，黄昏院落，珠泪偷垂△

注：① 金风：秋风。② 海燕：即燕子，因是候鸟，春天来自海外。③ 木樨：桂花别名。

沈宜修（女）（明 329）一首　题：暮秋。

凉雨人清，悄寒夜静，片霞无际斜飞△看青烟萦树，白月侵衣△松梢露滴摧残

叶，碧苔上、花影参差△雁应来早，怨虫喧砌，[1]绣幕低垂△

自念独锁愁眉△渐画栏影转，斗柄初迟△[2]又重阳去远，菊冷东篱△芙蓉寂寞澄江晚，问姮娥、乍耐凄其△秋光又老，难留好景，莫误良时△

注：① 怨虫：秋虫，因去日无多，故称。② 斗柄：北斗七星之五、六、七三星。

沈时栋（清 444）一首　题：冬闺。

翠落庭梧，香残篱菊，珊钩斜拂金奁△正寒侵绣幌，[1]霜压雕檐△晓来倦起临鸾镜，云垂绿、宝枕鬖鬖△[2]日长只是，粉消脸际，黛减眉尖△

锦帐不耐孤谙△把檀郎踪迹，着意猜嫌△爱小窗分茗，共赌牙签△尤云殢雨心常怯，娇无力、似醉如憨△今宵试把，凤箫重品，犀管同拈△

注：① 幌：帐幔、帘帷。② 云：喻发；鬖鬖：发垂貌。

九十九字　陌上花

吴藻（女）（清 1484）一首　题：风日清美，游氛扑人，屏居不出，殊惬幽意。

游尘扑扑，东风吹醉，乱丝丛笛▲小住西湖，怕见一湖春色▲玉骢嘶过红墙外，多少香车油壁▲想凝妆绣阁，探芳起早，几曾将息▲

绕长堤是柳，相逢半面，青眼愁侬不识▲[1]除却梅花，只有月轮知得▲移家人画神仙福，翻把画中人隔▲任窗儿，帘子重重遮断，四围空碧▲

注：① 青眼：初生柳叶似眼。青眼看人表示对人喜爱或尊重，与白眼相对。

九十九字　玲珑四犯

周密（宋 541）一首　题：戏调梦窗。[1]

波暖尘香，正嫩日轻阴，摇荡清昼▲几日新晴，初展绮窗纹绣▲年少忍负才华，尽占断、艳歌芳酒▲奈翠帘、蝶舞蜂喧，催趁禁烟时候▲[2]

杏腮红透梅钿皱▲燕归时、海棠厮勾▲[3]寻芳较晚东风约，还约刘郎归后▲[4]凭问柳陌情人，比似垂杨谁瘦▲倚画栏无语，春恨远，频回首▲

注：① 梦窗：即吴文英，见《词人小传》。② 禁烟：寒食节禁烟火，称禁烟。③ 厮勾：相接。④ 刘郎：指东汉刘晨，相传其和阮肇入天台山采药，遇仙女。

陆费瑔（清 1373）一首　题：竹帘。

织雨筛烟，记剪断湘波，清泪盈把▲一桁疏帘，[1]恰恰曲栏低亚▲[2]早是午梦初回，刚扶起、梳头才罢▲怎被他、正面偷窥，悄立刺桐花下▲

碧阴阴地无重数，[3]认依稀、红嫣紫姹▲[4]珊钩不动钗声颤，微动晚风兰麝▲

好待乳燕归来，准拟玉纤亲挂▲[5]有半窥斜月，曾照彻，玲珑罅▲

注：① 桁：挂帘之横木。② 低亚：低压。③ 数：此字不叶韵，与格律稍异。④ 红嫣紫姹：即姹紫嫣红，娇艳貌。⑤ 玉纤：指纤纤女指。

九十九字　高阳台

僧仲殊（宋 89）一首

红入桃腮，香回柳眼，韶华已破三分△人人归来，空教草怨王孙△平明几点催花雨，梦半阑、欹枕初闻△问东君、因甚将春，老却闲人△

东郊十里香尘△旋安排玉勒，整顿雕轮△趁取芳时，去寻岛上红云△朱衣引马黄金带，算到头、总是虚名△莫闲愁、一半悲秋，一半伤春△

邵圭洁（明 204）一首　题：新夏。

新竹含苍，新蕉分绿，新荷渐缀池塘△新葛初裁，[1]怀中新茗生香△端阳细饮新蒲酒，听新莺、啼过东墙△好时光、许多新景，付恁徜徉△[2]

那堪新绪苍茫△更新愁连旧，牵系人肠△新蛙聒耳，新诗懒入奚囊△[3]几番睡起新梳掠，看镜中、鬓有新霜△问天公、新欢何处，待要商量△

注：① 葛：夏衣。② 恁：如此。③ 奚囊：奚，书童也。《唐书》：李贺使小奚奴背古锦囊而从，得诗，则投囊中。

曹尔堪（清 76）一首　题：观女伶。[1]

莺舌新调，[2]鸦鬟犹亸，[3]湘裙欲整还拖△懒散心情，朝来愁画双蛾△[4]风约绣帘摇桦烛，[5]对菱花、倦眼生波△[6]尽娇憨、动人些子，原不争多△

魂消一曲清歌△欲似曾相识，无可如何△影好难描，空劳石墨三螺△灯前小立红妆换，笑还嗔、唤弟称哥△暗相怜、细腰无力，又著蛮靴△[7]

注：① 女伶：女演员。② 莺舌：喻其歌喉如莺啭。③ 鸦鬟：黑发结；亸：下垂。④ 双蛾：喻眉。⑤ 桦烛：以桦皮卷蜡之烛。⑥ 菱花：指镜。⑦ 蛮靴：舞鞋也。

九十九字　无闷

朱彝尊（清 288）一首　题：雨夜。

密雨垂丝，细细晚风，约尽浮萍池水▲乍一霎黄昏，小门深闭▲作弄新凉天气▲怕早有、井梧飘阶砌▲正楚筠簟冷香篝，简点旧时鸳被▲

无计▲才独眠、更坐起▲恁说愁边滋味▲翠蛾别久，远信莫致▲纵有梦魂能记▲寻不到、长安三千里▲料此夜、一点孤灯，知他睡也不睡▲

九十九字　聒龙谣

朱彝尊(清288)一首　题：雪。

密比花繁，轻嫌絮重，一半斜侵帘户▲淡抹墙腰，似月棱初吐▲[1]才飘堕、冻雀声中，又压倒、早梅开处▲纵旗亭、腊酿堪沽，[2]已迷却、板桥路▲

飕风紧，乱云低，见泼墨点点，[3]林鸦催暮▲一丝渔艇，料今番归去▲讶光寒、入夜反明，渐洒急、听窗如雨▲问隔江、桃叶桃根，[4]尚能来否▲

注：① 月棱：即月牙儿。② 旗亭：酒店。腊酿：腊月酿制的酒。③ 泼墨点点：形容林鸦。④ 桃叶桃根：姐妹俩，皆晋王献之爱姬。

九十九字　催雪

周闲(清1676)一首　题：富阳道中。[1]

烟净平川，湖敛古津，[2]历历行舟似豆▲[3]正掠水帆双，试霜秋九▲[4]稳数征帆百里，看夹岸，西风吹乌桕▲[5]远天若拭，群飞野鸭，鼓鸣孤喉▲

回首▲凭眺久▲只此日江山，未应非旧▲叹霸业销沉，伯符何有▲[6]留得赤亭一片，尚照我、篷窗盈尊酒▲问过客，来往停桡，识取少年曾否▲

注：① 富阳：浙江县名。② 古津：古渡。③ 历历：分明。④ 秋九：九月的秋日。⑤ 乌桕：树名。⑥ 伯符：即孙策，东汉末，开创霸业于富阳。

九十九字　琐窗寒

周邦彦(宋128)一首　题：寒食。

暗柳啼鸦，单衣伫立，小帘朱户▲桐阴半亩，静锁一庭愁雨▲洒空阶、夜阑未休，故人剪烛西窗语▲似楚江暝宿，风灯零乱，少年羁旅▲

迟暮▲栖游处▲正店舍无烟，禁城百五▲旗亭唤酒，付与高阳俦侣▲想东园、桃李自春，小唇秀靥今在否▲到归时、定有残英，待客携尊俎▲

萧允之(宋485)一首

细雨收尘，轻阴弄日，柳丝掠道▲[1]桃边杏处，犹记玉骢曾到▲[2]对东风、回首旧游，香消艳歇无音耗▲怅佳人有约，难来绿遍，满庭芳草▲

愁抱▲沉吟久，[3]问翠珥金钿，为何人好▲回文细字，[4]暗尘当年纤稿▲倚栏杆、斜阳又西，欢期易失春易老▲待何时、再觅珍丛，共把清尊倒▲[5]

注：① 掠道：斜拂道路。② 玉骢：白马，指骑马人。③ 久：此字不叶韵，与格律异。④ 回文：可顺读、倒读之诗文。⑤ 清尊：指酒杯。

赵必瑑(宋568)一首　题：春暮。

乳燕双飞，黄莺百啭，深深庭户▲海棠开遍，零乱一帘红雨▲[1]绣帏低、卷起春

风，香肩倦倚娇无语▲叹玉堂底事，[2]匆匆聚散，又江南旅▲

春暮▲又何处▲想歌馆睡浓，日高丈五▲[3]旧迷未醒，莫负孤眠凤侣▲[4]长安道、载酒寻芳，[5]故园桃李还忆否▲早归来、转过栏杆，花下携春俎▲[6]

注：① 红雨：落花如雨。② 底事：何事。③ 日高丈五：即日高三竿，喻天色不早。④ 凤侣：女伴。⑤ 长安：汉、唐京都，借喻南宋京都临安（今杭州）。⑥ 俎：酒食具。

严曾榘（清 508）一首　题：山居。

曲径柴扉，青山当户，闲窗清晓▲深林翠竹，时有幽禽好鸟▲科头坐、[1]看碧云天，焚香自咏山居草▲向溪边微步，溪流清浅，溪声静悄▲

缥缈▲[2]风来处，[3]墟里上孤烟，斜阳相照▲牛羊欲下，村店酒帘收了▲有携筐、浣女初归，头簪野菊容偏好▲想山村、乐事原多，安得移家老▲

注：① 科头：光着头不戴帽。② 缥缈：高远貌。③ 处：此字不叶韵，与格律异。

王铬（清 561）一首　题：春阴。

云叶烟丝，鸣鸠催做，[1]一番春暝▲沉沉帘幕，怎唤纱幮梦醒▲[2]掩金铺、东风料峭，[3]残红乱落空闺冷▲奈江头挑菜，人归无雨，翠衣留润▲

况近▲催花信▲怕燕迷旧垒，蝶销新粉▲春绡殢剪，针线绣窗重整▲误踏青、佳约又过，烛花暗占晴未准▲倚红楼、满眼冥濛，柳绵飞隐隐▲

注：① 鸣鸠：《埤雅》鸠，阴则屏逐其妇，晴则呼之。语曰：天欲雨，鸠逐妇，既雨，鸠呼妇。② 纱幮：床帐。③ 金铺：门环垫铁，代指门。

高不骞（清 877）一首　题：清明已逝，庭杏未花，为赋此词，以怀乡墅。

社公雨过，[1]禁烟看近，落花歌断▲南皋此际，开到满林红艳▲挂方塘、砺粉墙腰，[2]一枝影动柔蓝浅▲胜竹篱门巷，几枝斜映，酒旗风闪▲

吟馆▲[3]西园畔▲认瘦影离离，午阴庭院▲绕树千回，芳意那随春转▲记冶游、伴侣自夸，曲江尽日香雾卷▲[4]恁而今、双燕飞来，绣帘空翠剪▲

注：① 社公：社神，这里代指春社，在立春后第五个戊日。② 砺粉：贝壳粉，可代石灰刷墙。③ 吟馆：书馆。④ 曲江：汉、唐京都长安游赏地，借喻清都北京。

张熙纯（清 985）一首　题：园居对雨。

柳幕藏莺，花房隐蝶，碧阴笼院▲林柯润雨，[1]是处绿酣红泫▲[2]轻舟漾、垂杨画桥，縠纹轻涨银塘满▲[3]忆越溪前度，孤篷摇夜，不胜清怨▲

折简▲④呼吟伴▲试尽卷湘帘，共飞翠盏▲沉沉深酌，一任檐花零乱▲怕明朝、轻暖弄晴，禁烟百五春又晚▲⑤听呢喃、诉尽新愁，有栖香双燕▲

注：① 柯：草木之枝或茎。② 泫：露光也。③ 縠纹：皱纹。④ 折简：寄信。⑤ 禁烟百五：冬至至禁烟节（即寒食）共一百零五天。

李宗昉（1315）一首　题：端午前一日槜李旅次，①雨中寄意。

两日扁舟，②一天凉雨，顿生秋意▲明湖隔梦，③待把锦鸳书寄▲听沉沉、漏声乍停，丁冬小院花铃碎▲想妆台眉妩，剪榴贴艾，者番情事▲④

相忆▲兰闺閟▲⑤有碧盛葡萄，红栏茉莉▲轻罗叠了，莫遣峭凉生臂▲缀银符、髻云样新，岁华暗转明镜里▲定朝来、敛却桃笙，⑥绣茵眠未起▲

注：① 槜李：嘉兴别名；旅次：途中。② 扁舟：小舟。③ 明湖：指嘉兴南湖。④ 者番：这番。⑤ 閟：幽深。⑥ 桃笙：席子。

石赞清（清1541）一首　题：晴丝。①

袅袅飞来，新晴正放，海棠庭宇▲空中软绕，丽景绣成千缕▲趁东风、送来画楼，帘腰乱扑轻于絮▲更柳丝织遍，花心穿定，非烟非雾▲

机杼▲②留何处▲怎落得香魂，悠扬如许▲墙头马上，③惹起纷纷情绪▲最撩人、春痕二分，凭他系得韶光住▲又愁伊、旧梦牵线，搅作黄昏雨▲

注：① 晴丝：晴天游丝。② 机杼：织机杼子。③ 墙头马上：昆剧名，叙少女在墙头折花，少男在墙外马上，邂逅相遇故事。

陈山寿（清1597）一首　题：帘波。

细织千丝，低垂一桁，①小楼深处▲轻飔乍起，②吹皱縠纹缕缕▲③荡春光、微茫可怜，燕掠莺窥几回误▲似盈盈隔水，飞花飞絮，溅来无数▲

流去▲闲庭宇▲正月影中央，冥濛隔住▲是谁剪出，半幅吴淞如许▲④听声声、迎风佩珊，⑤隐约帘波见微步▲泻苔阶、一片空明，不管吟蛩苦▲⑥

注：① 桁：挂帘横木。② 轻飔：清凉的风。③ 縠纹：皱纹。④ 吴淞：吴淞江，水名，在江苏、上海一带。⑤ 佩珊：襟带上所挂饰物。⑥ 吟蛩：蟋蟀。

九十九字　舞杨花

康与之（宋281）一首　故事：宋高宗慈宁寺赏牡丹，时椒房受册，三殿极吹，高宗洞达音律，自制曲，赐名舞杨花，命小臣赋词，康与之赋之。

牡丹半坼初经雨，①雕栏翠幕朝阳△娇困倚东风，羞谢了群芳△洗烟凝露向清

晓，步瑶台月底霓裳△轻笑淡拂宫黄△[②]浅拟飞燕新妆△[③]

杨柳啼鸦昼永，[④]正秋千庭馆，风絮池塘△三十六宫，簪艳粉浓香△慈宁玉殿庆清赏，占东君谁比花王△[⑤]良夜万烛荧煌△影里留住年光△

注：① 坼：裂开。② 宫黄：宫女额上涂黄，以增妍。③ 飞燕：汉成帝后赵飞燕。④ 昼永：日长。⑤ 东君：司春之神。

九十九字　燕山亭（又名宴山亭）

赵佶（宋200）一首　题：北行见杏花作。[①]

裁剪冰绡，轻叠数重，冷淡胭脂匀注▲新样靓妆，艳溢香融，羞煞蕊珠宫女▲[②]易得凋零，更多少、无情风雨▲愁苦▲闲院落凄凉，几番春暮▲

凭寄离恨重重，这双燕何曾，会人言语▲天遥地远，万水千山，知他故宫何处▲[③]怎不思量，除梦里、有时曾去▲无据▲和梦也、新来不做▲[④]

注：① 北行：被金兵俘掳北去，有感而作。② 蕊珠：仙宫，指宋宫女。③ 故宫：指汴京（今河南开封）。④ 做：俗作字，读去声遇韵。

曾觌（宋296）一首　题：中秋，诸王席上作。

河汉风清，[①]庭户夜凉，皓月澄秋时候▲冰鉴乍开，[②]跨海飞来，[③]光掩满天星斗▲四卷珠帘，渐移影、宝阶鸳甃▲还又▲看岁岁婵娟，向人依旧▲

朱邸高宴簪缨，[④]正歌吹瑶台，舞翻宫袖▲银管竞酬，棣萼相辉，[⑤]风流古来谁有▲玉笛横空，更听彻、霓裳三奏▲[⑥]难偶▲拼醉倒、参横晓漏▲

注：① 河汉：银河。② 冰鉴：喻月如镜。③ 跨海：月生于海面。④ 朱邸：王侯府第；簪缨：贵族冠饰。⑤ 棣萼：喻兄弟，指诸王。⑥ 霓裳：霓裳羽衣曲。

吴秉仁（清83）一首　题：初夏。　注：调名原作宴山亭。

娇谢荼蘼，憨慵芍药，转是东风吹尽▲庭堕柳绵，水涨荷衣，墙角海榴红褪▲[①]燕子莺儿，频商量、年时芳信▲难稳▲全不管楼头，有人愁闷▲

刚才过了残春，这梅雨黄昏，何曾一瞬▲浓阴渐暖，翠逼霜纨，[②]重经几番蚊阵▲试立西窗，预验取、银潢秋近▲[③]微哂▲还只怕、梧桐叶嫩▲

注：① 海榴：即石榴，因其来自海外。② 霜纨：喻白团扇。③ 银潢：即银河。

郑虎文（清955）一首　题：夜寒不寐。

月行霜钟，二十五更，敲遍不胜凄紧▲无限羁愁，一处都来，合眼几番惊醒▲铁马檐前，[①]又送得、西风到枕▲还试问▲若个司寒，[②]恁般作准▲

回头依约家园，正蟹美禾肥，小春光景▲桐桐娄被，昔昔苏床，乡心那堪重省▲破帽残衫，阘著甚、冲寒耐冷▲最稳▲算只有、樵门渔艇▲

注：① 铁马：檐前风铎、风铃。② 此两句上句较词律多一字，下句少一字。

一百字　八节长欢

吴子孝（明 162）一首　题：中秋。

吴国中秋△爱黄金地广，白玉台幽△望东溟不远，浮云来往漠然收△素涛汹涌珠宫静，青林暗、飞上银球△①万里尘光如洗，境旷香浮△

鸣箫闹鼓，浅妆还淡服，万人携手嬉游△仙客自三茅，②飚轮到，③烟霞犹染衣裘△酣歌处，神清甚、露冷风遒△层霄畔、楼台灯火，何似在瀛洲△④

注：① 银球：喻月亮。② 三茅：茅山三兄弟，为道教茅山派创教祖师。③ 飚轮：神仙御风之车。④ 瀛洲：渤海中有蓬莱、方丈、瀛洲三岛，喻仙境。

一百字　八音谐

曹勋（宋 257）一首

芳草到横塘，宫柳阴低覆，新过疏雨▲望处藕花密，映烟汀沙渚▲波静翠痕琉璃，似伫立、飘飘川上女▲弄晓色、正鲜妆▲照影，幽香潜度▲

水阁熏风对万姝，共泛泛红绿，闹花深处▲移棹采初开，嗅金缨留取▲趁时凝赏池边，预后约、淡云低护▲来饮且凭栏，更待满荷珠露▲

一百字　五福降中天

陈维崧（清 196）一首　题：甲寅（1674 年）元日。①

五更爆竹千门响▲轰醒阳乌春睡▲②早涌雕轮，竞开朱户，恰对南山晴翠▲桃符荔粉，③喜街影暄妍，帘痕韶丽▲多少轻烟嫩霭，做就好天气▲

磨彻菱花双蒂，④绣奁争早贴，宜春字▲画粉幡儿，⑤银泥胜子▲⑥带笑上人头髻▲年光已在，墙外花须，桥边兰蕊▲拜罢胜常，⑦脸潮红似醉▲

注：① 元日：大年初一。② 阳乌：即太阳。③ 桃符：春联。④ 菱花：指镜子。⑤ 幡儿：春幡，长方形小旗。⑥ 胜：春胜、方胜，首饰也。⑦ 胜常：即裣衽，妇女行礼形式。

一百字　四代好

程垓（宋 368）一首

翠幕东风早▲兰蕙梦、又被莺声惊觉▲起来空对，平阶弱絮，满庭芳草▲厌厌未忺怀抱▲记柳外、人家曾到▲凭画栏、那更春好▲花好酒好人好▲

春好尚恐阑珊，花好又怕，飘零难保▲直饶酒好，[①]未抵意中人好▲相逢尽拚醉倒▲况才与、才情未老▲又岂因春去春来，花愁花恼▲

注：① 直饶：尽管。

一百字　玉蝴蝶

王世贞（明207）一首

记得秋娘，[①]家住皋桥西弄，[②]疏柳藏鸦△翠袖初翻金缕，[③]钩月晕红牙△启朱唇、含风桂子，唤残醉、微雨梨花△最堪夸，玉纤亲自，[④]浓点新茶△[⑤]

嗟呀△颠风妒雨，落英千片，断送年华△海角山尖，不应飘向那人家△惹新愁、高楼燕子，赚人泪、芳草天涯△况浔阳，偶然江上，一曲琵琶△

注：① 秋娘：歌女名。② 皋桥：江苏无锡镇名。③ 金缕：金线。④ 玉纤：女子纤手。⑤ 点茶：泡茶。

一百字　折桂令

白无咎（元107）一首

敝裘尘土压征尘，[①]鞭丝倦袅芦花△弓剑萧萧，[②]一径入烟霞△动羁怀、西风木叶，[③]秋水蒹葭△[④]千点万点，老树昏鸦△三行两行写长空，哑哑雁落平沙△

曲岸两边近水湾，渔网纶竿钓槎△[⑤]断桥东壁傍溪山，竹篱茅舍人家△满山满谷，红叶黄花△正是凄凉时候，离人又在天涯△

注：① 敝裘：陈旧皮衣。② 萧萧：马鸣声。③ 羁怀：旅怀。④ 蒹葭：荻草与芦苇。⑤ 纶竿：钓鱼竿；钓槎：钓鱼船筏。

车乘轨（现当88）一首　题：贺外孙女陆晖考取大学。　注：1998年9月13日作。

夏来春去暑期临，高中毕业应闱△[①]参试人多，录取额偏稀△女外孙、寒窗苦读，从不知疲△三载大港，[②]进步如飞△雄才施展趁今朝，文场拼搏争辉△

妙绝提前绽木樨，[③]天颁祥兆陆晖△月宫攀桂定成功，[④]理工大学扬眉△本科计系，[⑤]精育深培△正是前程无限，还须爱惜时机△

注：① 应闱：参加考试。② 大港：丹徒县中学名。③ 木樨：桂花别名。④ 攀桂：蟾宫折桂，喻录取。⑤ 计系：计算机系。

一百字　垂杨

陈允平（宋556）一首　题：怀古。

银屏梦觉▲渐浅黄嫩绿，一声莺小▲细雨轻尘，建章初闭东风悄▲[①]依然千树长安道▲翠云锁、玉窗深窈▲断肠人、空倚斜阳，带旧愁多少▲

还是清明过了▲任烟缕露条，碧纤青袅▲恨隔天涯，几回惆怅苏堤晓▲飞花满地谁为扫▲甚薄倖、随波飘渺▲②纵啼鹃、不唤春归，人自老▲

注：① 建章：西汉宫名，在未央宫西。② 薄倖：薄情。

一百字　夜合花

高观国（宋431）一首

班驳云开，濛松雨过，海棠花外寒轻△湖山翠暖，东风正要新晴△又唤醒、旧时情△记年时、今日清明△隔花阴浅，香随笑语，特地逢迎△

人生好景难并△依旧秋千巷陌，花月蓬瀛△春衫抖擞，余香半染芳尘△念欢约、杳难凭△被几声、啼乌惊心△一庭芳草，危栏晚日，无限销凝△

一百字　念奴娇（又名壶中天、酹江月、百字令）

僧仲殊（宋89）一首　题：避暑。

故园避暑，爱繁阴翳日，①流霞供酌▲②竹影筛金泉漱玉，③红映薇花帘箔▲④素质生风，香肌无汗，绣肩长闲却▲双鸾栖处，绿云时下风箨▲⑤

吹断舞影歌声，阳台人去，有当年池阁▲佩结兰英凝念久，⑥言语精神依约▲燕别雕梁，鸿归紫塞，音信凭谁托▲争如好景，为君长是萧索▲

注：① 翳日：遮日。② 流霞：形容仙酒。③ 筛金：漏出阳光。④ 帘箔：珠帘。⑤ 箨：笋壳。⑥ 兰英：兰花。

朱淑真（女）（宋140）一首　题：雪。

鹅毛细剪，①是琼珠密洒，②一时堆积▲斜倚东风浑漫漫，③顷刻也须盈尺▲玉作楼台，铅熔天地，不见遥岑碧▲④佳人作戏，揉碎些子抛掷▲

争奈好景难留，⑤风僝雨僽，⑥打碎光凝色▲纵有十分轻妙态，谁似旧时怜惜▲担阁梁吟，寂寥楚舞，笑捏狮儿只▲⑦梅花依旧，岁寒松竹三益▲

注：① 鹅毛：喻大雪。② 琼珠：喻雪。③ 浑漫漫：全满满。④ 遥岑：远方小高山。⑤ 争奈：怎奈。⑥ 僝僽：伤感。⑦ 狮儿：雪堆狮子。

连仲宣（宋190）一首　故事：宣和间作者客京师，适遇元宵，宋徽宗御宣德楼赐宴近臣，与民同乐，作者进《念奴娇》词，称旨。见《岁时广记》。

暗黄著柳，渐寒威收敛，日和风细▲喜幸端门初锡宴，①郁郁葱葱佳气▲太一行春，②青藜照夜，夜色明如水▲鳌山彩结，恍然移在平地▲

曲盖初展湘罗，玉皇香案，③近雕杆十二▲夹道红帘齐卷上，两行绝新珠翠▲清跸声干，④传柑宴罢，⑤闪闪星球坠▲下楼归去，觚稜月衔龙尾▲⑥

注：① 端门：皇宫正门，即宣德楼；锡宴：赐宴。② 太一：神名，即天帝。③ 玉皇：指徽宗。④ 清跸：皇帝出行清道。⑤ 传柑：《岁时记》上元夜贵戚例以黄柑相赠，谓之传柑。⑥ 觚棱：堂殿上最高转角处。

李清照(女)(宋 207)一首　题：春情。　注：调名原作壶中天。

萧条庭院，又斜风细雨，重门须闭▲宠柳娇花寒食近，种种恼人天气▲险韵诗成，扶头酒醒，[1]别是闲滋味▲征鸿过尽，[2]万千心事难寄▲

楼上几日春寒，帘垂四面，玉栏杆慵倚▲[3]被冷香消新梦觉，不许愁人不起▲清露晨流，新桐初引，多少游春意▲日高烟敛，更看今日晴未▲

注：① 扶头酒：一种醒酒用的淡酒，也泛指淡酒。② 征鸿：行进中鸿雁。因系候鸟，飞往南方越冬。③ 慵倚：懒凭。

沈瀛(宋 349)一首　题：白下寒食。[1]

郊原浩荡，正夺目花光，动人春色▲白下长干佳丽最，[2]寒食嬉游人物▲露卷香轮，[3]风嘶宝骑，[4]云表歌声遏▲归来灯火，不知斗柄西揭▲[5]

六代当日繁华，幕天席地，醉拍江流窄▲游女人人争唱道，缓缓踏青阡陌▲乐事何穷，赏心无限，可惜年光迫▲须臾聚散，[6]人生真信如客▲

注：① 白下：江苏南京别名。② 长干：里名，在南京南门(中华门)外。③ 香轮：女车。④ 宝骑：男马。⑤ 斗柄：指北斗星；西揭：西斜。⑥ 须臾：顷刻。

王炎(宋 365)一首　题：海棠。

晓来雨过，偏海棠枝上，胭脂如滴▲桃杏不堪来比并，信是倾城倾国▲藏韵收香，谁能描貌，搁尽诗人笔▲从教睡去，为留银烛终夕▲

不待过了清明，绿阴结子，无处争春色▲簌簌轻红飞一片，[1]便觉临风凄恻▲莫道无情，嫣然一笑，也是曾相识▲惜花无主，堪怜身是行客▲

注：① 簌簌：纷纷落下的样子。元稹诗："风动落花红簌簌"。

辛弃疾(宋 370)一首　题：书东流村壁。[1]

野棠花落，又匆匆过了，清明时节▲刬地东风欺客梦，[2]一夜云屏寒怯▲曲岸持觞，垂阳系马，此地曾轻别▲楼空人去，旧游飞燕能说▲

闻道绮陌东头，行人曾见，帘底纤纤月▲旧恨春江流不断，新恨云山千叠▲料得明朝，尊前重见，[3]镜里花难折▲也应惊问，近来多少华发▲[4]

注：① 东流：安徽县名。② 刬地：无端。③ 尊前：酒席前。④ 华发：白发。

吴琚(宋381)一首　题：观潮应制。① 注：调名原作酹江月。

玉烛遥挂，望青山隐隐，有如一抹▲忽觉天风吹海立，好似春霆初发▲②白马凌空，琼鳌驾水，③日夜朝天阙▲④飞龙舞凤，郁葱环拱吴越▲⑤

此景天下应无，东南形胜，伟观真奇绝▲好是吴儿飞彩帜，⑥蹴起一江秋雪▲黄屋天临，⑦水犀云拥，看击中流楫▲晚来波静，海门飞上明月▲

注：① 应制：应对皇帝旨意。② 春霆：春雷。③ 琼鳌：玉鳌，传说中海上的大龟。④ 日夜：潮生日夜两次；天阙：玉帝宫殿。⑤ 吴越：指江南。⑥ 吴儿：江南人。⑦ 黄屋：天子车。

胡与可(女)(宋399)一首　故事：作者尝因其几上凝尘，戏画梅一枝，并题《百字令》词。　注：调名原作百字令。

小斋幽僻，久无人到此，满地狼藉▲①几案尘生多少恨，②玉指亲传踪迹▲画出南枝，③正开侧面，花蕊俱端的▲④可怜风韵，故人难寄消息▲

非共雪月交光，这般造化，岂费东君力▲⑤只欠清香来扑身，亦有天然标格▲⑥不上寒窗，不随流水，应不钿宫额▲⑦不愁三弄，⑧只愁罗袖轻拂▲

注：① 狼藉：纷乱。② 几案：茶几、桌子。③ 南枝：指梅花。源出《白帖》。④ 端的：真的，确实。⑤ 东君：司春之神。⑥ 标格：风标。⑦ 此句谓不作妆饰。⑧ 三弄：曲名，即《梅花三弄》。

张镃(宋410)一首　题：宜雨亭咏千叶海棠。

绿云影里，把明霞织就，千重文绣▲紫腻红娇扶不起，好是未开时候▲半怯春寒，半便晴色，弄得胭脂透▲小亭人静，嫩莺啼破春昼▲

犹记携手芳阴，一枝斜戴，娇艳波双秀▲小语轻怜花总见，争得似尖长久▲醉浅休归，夜深同睡，明日还相守▲免教春去，断肠空叹诗瘦▲

汪晫(宋425)一首　题：清明。

谁家野菜，饭炊香正是，江南寒食▲试问春光今几许，犹有三分之一▲枝上花稀，柳间莺老，是处春狼藉▲新来燕子，犹有晋苑消息▲

应记往日西湖，万家罗绮，①见满城争出▲急管繁弦嘈杂处，宝马香车如织▲猛省狂游，恍如昨梦，何日重寻觅▲杜鹃声里，桂轮挂上空碧▲②

注：① 罗绮：喻繁华。② 桂轮：指圆月。

柴望(宋526)一首

春来多困，正晷移帘影，银屏深闭▲唤梦幽禽烟柳外，惊断巫山十二▲①宿雨初醒，②新愁半解，恼得成憔悴▲鬓松云鬓，不饮鸾镜梳洗▲③

门外满地香风，残梅零落，玉糁苍苔碎▲乍暖乍寒浑莫似，欲试罗衣犹未▲斗草雕栏，买花深院，做踏青天气▲晴鸠鸣处，[4]一池昨夜春水▲

注：① 巫山十二：巫山十二峰，喻梦。② 宿雨：隔夜雨。③ 不忺：不欲。④ 晴鸠：鸠鸣可知晴雨。

张炎（宋572）一首　题：冬晚山阴溪上。[1]

行行且止，把乾坤收入，[2]蓬窗深里▲[3]星散白鸥三四点，数笔横塘清意▲岸嘴冲波，篱根受月，野径通村市▲疏风迎面，湿衣原是空翠▲[4]

堪叹敲雪门荒，争棋墅冷，苦竹鸣山鬼▲纵使如今犹有晋，[5]无复清游如此▲落日沙黄，远天云淡，弄影芦花外▲几时归去，剪取一半烟水▲

注：① 山阴：县名，今浙江绍兴。② 乾坤：世界。③ 蓬窗：船窗。④ 空翠：浓翠的山色，王维《山中》诗“山中元无雨，空翠湿人衣”。⑤ 晋：晋人陶潜有《桃花源记》，乃清游佳地。

德佑太学生（宋582）一首　题：德佑乙亥（1275年）。故事：是年元军逼近宋都临安（今杭州）太学生上书斥贾似道并赋此词。注：调名原作百字令。

半堤花雨，对芳辰消遣，无奈情绪▲春色尚堪描画在，万紫千红尘土▲[1]鹃促归期，[2]莺收佞舌，[3]燕作留人语▲[4]绕栏红药，韶华留此孤主▲[5]

真个恨杀东风，[6]几番过了，不似今番苦▲乐事赏心磨灭净，忽见飞书传羽▲[7]湖水湖烟，峰南峰北，总是堪伤处▲新塘杨柳，[8]小腰犹自歌舞▲

注：① 据《湖海新闻》：此两句谓众宫女行。② 此句谓朝士去。③ 此句谓台官默。④ 此句谓太学生上书。⑤ 此两句谓只陈宜中（人名）在。以上几条是原注，意为时元兵将至，宫女逃散，官员默默无言，只太学生上书，还有陈宜中不走。⑥ 东风：指奸相贾似道。⑦ 飞书传羽：谓元兵至也。⑧ 新塘杨柳：指贾似道群妾。

王庭筠（金14）一首　题：小雪家集作。

山堂晚色，满疏篱寒雀，烟横高树▲小雪轻盈如解舞，故故穿帘入户▲[1]扫地烧香，团圞一笑，不道因风絮▲冰澌生砚，[2]问谁先得佳句▲

有梦不到长安，此心安稳，只有归耕去▲试问雪溪无恙否，十里琪园佳处▲[3]修竹林边，[4]寒梅树底，准拟全家住▲柴门新月，小桥谁扫归路▲

注：① 故故：屡屡。② 冰澌：冰尽。冰化散声。③ 琪园：园之美称。④ 修竹：长而直之竹。

鲜于枢(元35)一首　题：八咏楼。[1]

长溪西注，似延平双剑，[2]千年初合▲溪上千峰明紫翠，放出群龙头角▲潇洒云林，微茫烟草，极目春洲阔▲城高楼迴，恍然身在廖廓▲

我来阴雨兼旬，滩声怒起，日日东风恶▲须待青天明月夜，一试严维佳作▲[3]风景不殊，溪山信美，处处堪行乐▲休文何事，[4]年年多病如削▲

注：① 八咏楼：浙江金华市名胜，南朝齐隆昌元年(494年)沈约为东阳太守时建。② 延平双剑：延平，福建县名，晋广武侯张华令雷焕在丰城掘地五丈得双剑，曰龙泉、太阿。华、焕各得一，后华诛，失剑所在；焕卒，子持剑行至延平津，剑忽跃入水中，但见两龙各数丈。③ 严维：唐校书郎，曾登八咏楼并赋佳作。④ 休文：即沈约。

萨都剌(元57)二首　题：第一首，石头城，用东坡赤壁韵。

(1) 石头城上，望天低吴楚，眼空无物▲指点六朝形胜地，惟有青山如壁▲蔽日旌旗，连云樯橹，白骨纷如雪▲一江南北，消磨多少豪杰▲

寂寞避暑离宫，[1]东风辇路，[2]芳草年年发▲落日无人松径冷，鬼火高低明灭▲[3]歌舞尊前，[4]繁华镜里，暗换青青发▲伤心千古，秦淮一片明月▲[5]

注：① 离宫：皇帝行宫。② 辇路：皇帝车驾经行的道路。③ 明灭：忽明忽暗。④ 尊前：酒席前。⑤ 秦淮：南京河名，两岸古来繁华。

(2) 秦淮晓发，[1]挂云帆十丈，天风如箭▲一碧湖光三十里，落日水平天远▲系马维舟，[2]买鱼沽酒，[3]杨柳人家店▲轻寒袭袂，淮南春色犹浅▲

几度暮鼓晨钟，南来北去，游子心无倦▲芳草萋萋天际绿，怅望故人应转▲翠袖偎香，锦筝弹月，何处相留恋▲有人独自，烛花深夜频剪▲

注：① 秦淮：南京河名。② 维舟：缆舟、停船。③ 沽酒：买酒。

李孝光(元78)一首　题：次东坡韵。

江南春意，看麦枯蚕老，故乡风物▲缟袂青裙桑下路，[1]笑动斜阳村壁▲鹅鸭比邻，牛羊日夕，父老头如雪▲桑麻旧语，宁论汉室人杰▲

谁办草草杯盘，朱樱绿笋，逸兴尊前发▲冉冉年华行过也，目送孤云明灭▲拾穗行歌，[2]摘瓜抱蔓，此事真毫发▲[3]逢君轰饮，[4]与吾唤取明月▲

注：① 缟袂：白袖。② 穗：稻麦穗。③ 毫发：喻精细。④ 轰饮：畅饮。

刘云寰(元108)一首　题：郡城元夜。[1]

景龙天气，[2]正余寒料峭，轻风帘幕▲万斛金莲光不夜，[3]香满云间楼阁▲金

镫频敲，[4]绣帘高揭，应为黄昏约▲霜娥无恙，[5]唤人依旧飘泊▲

却恨乌兔无情，[6]把人青鬓，白毰星星却▲千古繁华行乐地，谁笑谁歌谁酌▲北海尊垒，东山丝竹，梦里扬州鹤▲[7]客窗无味，故人谁念萧索▲

注：① 郡城：府城，相当于今之地级市；元夜：即元宵。② 景龙：喻瑞祥。③ 金莲：喻灯。④ 金镫：喻马。⑤ 霜娥：指月。⑥ 乌：金乌，喻日；兔：玉兔，喻月。⑦ 扬州鹤：典出《商芸小说》，"有客相从，各言所志，或愿为扬州刺使，或愿多资财，或愿骑鹤上升；其一人曰：'腰缠十万贯，骑鹤上扬州'，欲兼三者，喻梦想也。"

杨基(明12)一首　题：夜泊大孤庙下，[1]风雨无眠，赋以感怀。

一天风雨，奈无情误我，匆匆行色▲龙女祠前三日住，可是东君留客▲梦里家山，灯前儿女，几处烟波隔▲数茎愁鬓，看来今又添白▲

遥想小小宫桃，盈盈娇杏，都被轻寒勒▲[2]只有春江如得意，添却葡萄三尺▲莺燕休嗔，凫鹭莫笑，[3]行止非人力▲明朝西去，布帆高挂晴碧▲

注：① 大孤庙：在大孤山中，山在九江市东南鄱阳湖中。② 勒：束缚。③ 凫：野鸭。

张红桥(女)(明20)一首　题：次韵林鸿之金陵。[1]

凤凰山下，恨声声玉漏，今宵易歇▲三叠阳关歌未竟，[2]哑哑栖乌催别▲含怨吞声，两行清泪，渍透千重铁▲柔情一缕，不知多少根节▲

还忆浴罢描眉，梦回携手，踏碎花间月▲漫道胸前怀豆蔻，今日总成虚设▲桃叶津头，[3]莫愁湖畔，[4]远树云烟叠▲寒灯旅邸，荧荧与谁闲说▲

注：① 林鸿：作者恋人；之金陵：去南京。② 阳关：离别歌曲；未竟：未尽。③ 桃叶津头：南京秦淮河渡口，王献之送别爱妾桃叶处。④ 莫愁湖：在南京。

马洪(明55)一首　题：杭州西湖。

东风轻软，把绿波吹作，縠纹微皱▲[1]彩舫亭亭宽比屋，[2]载得玉壶芳酒▲胜景天开，佳朋云集，乐继兰亭后▲[3]珍禽两两，惊飞犹自回首▲

学士港口桃花，南屏松色，[4]苏小门前柳▲[5]冷翠柔金红绮幔，掩映水明山秀▲闲试评量，总宜图画，无此丹青手▲归时侵夜，[6]香街华月如昼▲

注：① 縠纹：皱纹。② 彩舫：大游船；亭亭：挺立貌。③ 兰亭：绍兴名胜，晋永和九年王羲之等在此上巳修禊故事。④ 南屏：南屏晚钟，为西湖十景之一。⑤ 苏小：名妓苏小小，住西湖西泠桥畔。⑥ 侵夜：临夜。

顾恂(明 62)一首　题：元夕即景。注：调名原作壶中天。

揭天箫鼓，闹元宵正遇，太平时节▲锦绣成对春似海，几处彩楼高结▲火树争妍，星桥斗巧，移下蓬莱阙▲香生罗绮，堪夸风景奇绝▲

更好车马骈阗，游人如蚁，不放歌声歇▲十二楼头喧笑语，齐唱落梅初阕▲幸得身闲，留连诗酒，醉厌波心凸▲年年今夜，愿祈长见灯月▲

徐燉(明 340)一首　题：春情。

深闺睡好，听帘外又叫，卖花声早▲昨夜东园新雨霁，红杏枝头啼鸟▲绣幕香酣，绮窗风暖，春去知多少▲寻芳拾翠，[1]此行莫教迟了▲

招邀女伴闲游，轻盈莲步，[2]罗袜临波小▲蝴蝶双双飞不定，铃索护花轻袅▲墙北秋千，墙东蹴踘，[3]行乐俱年少▲脉脉芳情，阿谁堪共欢笑▲[4]

注：① 拾翠：古代妇女春游。② 莲步：喻缠足女行路。③ 蹴踘：踢球。④ 阿谁：有谁。

于玉班(明 368)一首　题：茉莉。

帘栊午寂，正阴阴窥见，后堂芳树▲绿遍长丛花阵杳，忽见琼花半度▲艳雪肌肤，蕊珠标格，消尽人间暑▲还忧风日，曲屏罗幕遮护▲

长记歌酒阑珊，微闻暗麝，笑觅衣沾露▲月没栏杆天似水，相伴谢娘窗户▲[1]浴后轻鬟，凉生滑簟，无限风流处▲惹人幽梦，枕边零乱如许▲

注：① 谢娘：对妇女泛称。

张岱(明 381)一首　题：丁亥(1647 年)中秋，寓项里作。[1]

雨余乍霁，见重云堆垛，天无罅隙▲[2]一阵风来光透处，露出半空鸾翮▲[3]凉冽无翳，[4]玲珑晶沁，[5]人在玻璃国▲空明如水，阶前藻荇历历▲

叹我家国飘流，水萍山鸟，到处皆成客▲对影婆娑回首问，何夕可如今夕▲想起当年，虎丘胜会，[6]真是销魂魄▲生公台上，[7]几声冰裂危石▲

注：① 项里：山阴(今浙江绍兴)镇名。② 罅隙：缝隙。③ 鸾翮：鸾羽，指云片。④ 翳：遮盖。⑤ 晶沁：光滑。⑥ 虎丘：苏州名胜。⑦ 生公台：虎丘山景点。

宫伟镠(明 536)一首　题：别意，用辛稼轩韵。[1]

萧娘楼畔，[2]恰匆匆过了，菊花时节▲帆影拖霜逢小至，[3]画舫水嬉微怯▲绣阁春心，芳洲密约，抓手何曾别▲玉楼人去，此情传与谁说▲

漫道青邸朱帘，[4]彩毫长擅，[5]对引金波月▲旧梦燕山看不尽，[6]新梦涛声千叠▲喜得今宵，锦屏瞥见，展放双眉折▲悄声低问，多情付于华发▲

注：① 辛稼轩：即辛弃疾，见《词人小传》。② 萧娘：妇女泛称。③ 小至：立冬。④ 邸：官员宅第，宅之美称。⑤ 彩毫：画笔。⑥ 燕山：指明都北京。

徐震（明 609）一首　题：元宵，见《灯月缘》第一回。

煌煌火树，正金吾弛禁，[1]玉漏休促▲月照六街人似蚁，多少紫骝雕壳▲[2]红袖妖姬，双双来去，妖冶浑如玉▲坠钗欲觅，见人羞避银烛▲

但见回首低呼，上元佳胜，[3]只有今朝独▲一派笙歌何处起，笑语渐归华屋▲斗转参横，[4]暗尘随马，醉唱升平曲▲归来倦倚，梅花影里芬馥▲

注：① 金吾：官衔名，类如今之公安局。② 紫骝：指马；雕壳：指油壁香车。③ 上元：即正月十五日，元宵节。④ 斗、参：皆星也，此句喻已半夜。

田茂遇（清 130）一首　题：忆旧。

乱红如雨，正芳菲二月，清明时节▲肯教风光忙里过，半枕新莺啼怯▲绿皱池塘，青摇帘幕，篆烟名香爇▲碧纱人悄，只愁鹦鹉能说▲

记得弄玉楼台，[1]秋千院落，架底纤纤月▲笑语声娇听不了，只隔屏山几叠▲[2]露湿桐花，云封柳线，檀板歌新阕▲迎风低语，难将好景轻别▲

注：① 弄玉：秦穆公女。② 屏山：画有山形的屏风。

顾贞立（女）（清 159）一首　注：调名原作百字令。

文窗潇洒，青梅小，正是牡丹时节▲[1]珠箔低垂微雨过，[2]险韵词成新阕▲[3]轻拂乌栏，横陈绿绮，[4]燕子香泥湿▲[5]朱樱初熟，熏炉茗碗清绝▲

消受几日韶华，几番风雨，杜宇声声泣▲门外絮飞花落尽，春天谁能留得▲绿叶成阴，荷钱渐长，[6]多少闲踪迹▲两眉余恨，至今犹是堆积▲

注：① 此两句一般是五字、四字分句，但也可三字、六字分句。② 珠箔：珠帘。③ 险韵：冷僻词韵。④ 绿绮：琴名。⑤ 香泥：芳香的泥土，做燕巢材料。⑥ 荷钱：荷叶初生似钱。

朱彝尊（清 288）一首　题：偶忆。　注：调名原作百字令。

横街南巷，记钿车小小，[1]翠帘徐揭▲绿酒分曹人散后，[2]心事低徊潜说▲莲子湖头，枇杷花下，绾就同心结▲明珠未斛，[3]朔风千里催别▲[4]

同时沦落天涯，青青柳色，争忍先攀折▲[5]红浪香温围夜玉，堕我怀中明月▲暮雨空归，秋河不动，虬箭丁丁咽▲[6]十年一梦，鬓丝今已如雪▲

注：① 钿车：嵌金属或贝壳之女车。②分曹：分对，犹两两，是指大家两两

分组行酒令。③ 斛：量珠为聘之意，此两句谓虽两人同心，但未聘婚。④ 朔风：北风，喻凄冷。⑤ 攀折：折取。⑥ 虬箭：更漏，壶中计时用的箭。

吴兆骞（清341）一首　题：家信至有感。

牧羝沙迹，[1]待风鬟唤作，雨工行雨▲不是垂虹亭子上，[2]休盼绿杨烟缕▲白苇烧残，黄榆吹落，也算相思树▲空题裂帛，迢迢南北无路▲

消受水驿山程，灯昏被冷，梦里偏叨絮▲儿女心肠英雄泪，抵死偏萦离绪▲锦字闺中，琼枝海上，辛苦随穷戍▲柴车冰雪，七香金犊何处▲

注：① 牧羝：牧羊，羝，公羊也；沙迹：沙漠。时作者因科场案被流放东北宁古塔。② 垂虹亭：在江苏吴江县，乃作者家乡。

刘榛（清424）一首　题：游识舟亭，步周雪客韵。

草茵花径，莫匆匆踏破，人间车马▲触处风光争媚客，引惹胸怀潇洒▲应接春山，凭临烟水，一笠亭如画▲倚栏收尽，棹歌多少咿哑▲

眼见今古销糜，长江不返，何论闲台榭▲好景撩人偏爱惜，酒盏花筹齐下▲哀雁横来，嫩莺低出，若逗兴亡话▲有人能赋，定知含恨多者▲

孙琮（清446）一首　题：江上晚归。

凄迷晚棹，[1]把布帆悬起，趁些风色▲几只钓船横极浦，船上炊烟生碧▲枫着红衣，芦摇雪帽，好景奚囊得▲[2]桥头老鹤，遥看疑是人立▲

行尽渔水樵村，溅溅绿水，云雾奇峰劈▲古寺荒林僧不见，一片钟声何急▲归路无多，柴荆月掩，[3]鹤踏松花迹▲残灯寒警，新词填就合拍▲

注：① 晚棹：夜行船。② 奚囊：诗囊，典出《全唐文》李贺小传。③ 柴荆：篱笆。

邵长蘅（清468）一首　题：端午前一日，山塘录别。　注：山塘：苏州名胜地，在阊门外，长七里。调名原作百字令。

懊侬情绪，[1]更生憎明日，恰逢佳节▲彩鹢中流箫鼓沸，辜负欢娱风日▲栀子香浓，石榴花艳，都作伤心色▲黯然无语，不禁清泪频滴▲

尊前咫尺天涯，夕阳远岸，芳草连天碧▲一舸烟江轻似叶，恁载离愁千石▲翠袖藏钩，[2]红牙按拍，事事增凄咽▲后期珍重，相逢应话今夕▲

注：① 懊侬：懊恼。② 藏钩：酒席前游戏。

杜致远（清492）一首　题：登金明寺佛阁。[1]

城嵎南去，有高阁嵯峨，[2]平窥飞鸟▲望尽云天可惜是，满目哀湍废沼▲[3]苔

径萧疏，寺门零落，一片西风道▲蠡湖风物，[4]重来暗伤怀抱▲

因忆少伯当年，[5]吴宫一烬，去后征鸿杳▲欲访扁舟何处是，惟有渚蘋寒草▲槛外重湖，楼前平楚，[6]落日余烟袅▲江上如旧，依然水流远绕▲[6]

注：① 金明寺：座落在嘉兴南门，今范蠡湖公园。② 嵯峨：高峻貌。③ 哀湍：水流如哀愁之音；废沼：废弃的曲池。④ 蠡湖：范蠡湖，范蠡送西施入吴曾寓此。⑤ 少伯：即范蠡。⑥ 后段谓范蠡火焚吴宫后即归隐山东，但寺却长存。⑥ 平楚：丛木也，见《天禄识余》。

黄垍（清566）一首　题：乙未（1715年）除夕。　注：调名原作百字令。

一年三百，有六旬六日，止余今夕▲星历渐新身渐老，真觉流光可惜▲残腊无多，[1]剩年堪赏，那得轻抛掷▲梅花香里，呼童为我浮白▲[2]

一门喜笑迎春，谁怜老叟，转畏青阳逼▲[3]七十二番事物变，过眼都成陈迹▲今日今宵，三更三点，[4]马齿渐增益▲[5]儿童何事，欣欣还索芋栗▲

注：① 残腊：腊月将尽。② 浮白：浮，罚人饮酒；白，专指用来罚酒的大杯。浮白后来泛指饮酒干杯。③ 青阳：即春天。④ 三更三点：过了半夜。⑤ 马齿：喻年纪。

顾姒（女）（清680）一首　题：戏拟幼舆春游湖上。

湖山新霁，渐轻风剪剪，催开桃李▲陌上争看寒食近，[1]都是雕鞍金辔▲[2]柳眼舒青，[3]梨花飞白，人在桃花源里▲连天芳草，望中无限烟翠▲

知否因甚东君，[4]今年春早，为王孙归矣▲[5]十五当垆新酿熟，[6]肯使萧郎不醉▲[7]莲脸凝娇，蛾眉含媚，多少撩人意▲斜阳欲暮，独知须立花底▲

注：① 陌上：郊野。② 雕鞍金辔：指豪华宝马。③ 柳眼：柳叶初生似眼。④ 东君：司春之神。⑤ 王孙：富贵家子弟。⑥ 十五：十五岁；当垆：卖酒女。⑦ 萧郎：美男泛称。

王允持（清767）一首　题：京江清明。[1]

阑风伏雨，[2]甚春光能到，倦游人眼▲纵是清明天气好，阁过闲情一半▲店舍饧香，山厨余暖，遮莫流年换▲[3]数声啼鴂，落红飞绕千点▲

听得箫鼓迎神，定波门外，百戏堪留恋▲十里钿车芳草路，早又夕阳人散▲燕燕催来，莺莺教去，仿佛钩帘畔▲新愁旧恨，销磨风骨何限▲

注：① 京江：即京口，今江苏镇江。② 阑风伏雨：凄风苦雨之意。杜子美秋雨叹云：“阑风伏雨秋纷纷”。③ 遮莫：尽教。

马曰琯（清894）一首　题：环溪紫藤。　注：调名原作壶中天。

一湾流水，架小桥三折，濛濛花坞▲翠幄阴垂香不散，[1]透入春衫如雾▲密叶蜂寻，瘦条蝶抱，到此刚停午▲[2]暖风轻扬，年年花下题句▲

况是栏角欹红，苔阶偎绿，满眼飞晴絮▲宿酒朝来还未醒，[3]几个瞢腾春去▲[4]雨后曼陀，[5]现兹璎珞，[6]天也留人住▲听残啼鸟，斜阳遥挂高树▲

注：① 翠幄：绿幕。② 停午：中午。③ 宿酒：隔夜酒。④ 瞢腾：糊涂。⑤ 曼陀：曼陀罗，为佛教四大名花。⑥ 璎珞：原为古代印度佛像问的一种装饰，此处为璎珞藤，一种植物，因子粒形似璎珞，故名。

郑燮（清906）一首　题：金陵怀古，[1]长干里。[2]

逶迤曲巷，在春城斜角，绿杨阴里▲赭白青黄墙砌石，门映碧溪流水▲细雨饧箫，斜阳牧笛，一径穿桃李▲风吹花落，落花风又吹起▲

更兼处处缫车，家家社燕，江介风光美▲[3]四月樱桃红满市，雪片鲥鱼刀鮆▲[4]淮水秋青，[5]钟山暮紫，[6]老马耕闲地▲一丘一壑，吾将终老于此▲

注：① 金陵：即今南京。② 长干里：在南京中华门外。③ 江介：江界，沿江一带。④ 刀鮆：鱼名，见《山海经》。⑤ 淮水：指秦淮河。⑥ 钟山：即紫金山。

王文治（清1013）一首　注：调名原作酹江月。

春将归去，问若个留得，[1]春光且住▲天纵怜春怎能禁，一片催花风雨▲把酒临风，拈毫对月，有个商量处▲才人补恨，舫斋为制新句▲[2]

试看舫外烟波，舫中书画，常得春来处▲论世怀人瞬息耳，阅尽无端今古▲春鸟喈喈，[3]春溪活活，[4]似对春风语▲扁舟任意，柳阴撑出前渚▲

注：① 若个：那个。② 舫斋：船中书室。③ 喈喈：鸟声。④ 活活：溪声。

朱彭（清1018）一首 序：晓过长桥，荷风扇凉，清芬袭人，遥望烟村，颇羡湖居之乐，作此寄兴。

棕鞋桐帽，向湖湾散步，蔚蓝天朗▲旧有濂溪祠宇在，门外芙蕖正放▲[1]千柄摇风，鱼惊燕避，翠盖圆珠荡▲[2]披襟散带，水边容我萧爽▲

隔浦网户渔村，绿杨影里，有烟蓑来往▲[3]如此幽居良不恶，忽动水天闲想▲放鸭莎汀，[4]捞虾荻渚，合作西湖长▲[5]移家何日，撇波柔橹遥响▲

注：① 芙蕖：荷花别名。② 翠盖：绿荷叶。③ 烟蓑：指渔翁。④ 莎汀：水中小块草地。⑤ 长：读仄声，优越也。

李调元（清1026）一首　注：调名原作百字令。

路平沙轻，正芳郊雨过，绿阴初满▲无奈东风吹落絮，细逐马蹄轻卷▲墙外秋

千，桥边碌碡，[1]又是谁家院▲垂杨枝上，一声蓦地莺啭▲

且向野店青帘，无心更去，趁蜂狂蝶恋▲宦海风尘知负了，多少良宵欢宴▲两鬓堆霜，双眸笼雾，忍使芳菲晚▲遥村何处，卖花声里人远▲

注：① 碌碡：石压土机。

杨瑾华（女）（清1030）一首　题：草堂春社，[1]旧燕重来。　注：调名原作百字令。

几番花信，[2]又匆匆春社，廉纤微雨▲[3]岑寂草堂春梦醒，袅尽沈烟篆缕▲斗草心慵，停针意倦，旧燕来庭户▲雕梁栖稳，呢喃似话离绪▲

对此佳景良辰，开筵相赏，醉后联新句▲九十韶光春正媚，姹紫嫣红无数▲波暖银塘，草熏绮陌，又近清明序▲萍踪才定，客尘今喜浣去▲

注：① 春社：立春后第五个戊日，祭后土神，聚宴。② 花信：花信风，共二十四番，每番五天，有一花应之。③ 廉纤：微雨貌。

徐大榕（清1095）一首

乍暖还寒，正熟梅天气，[1]浴兰时节▲[2]快雨田家占岁稔，[3]一任沾花溅叶▲结网蛛潜，冲泥燕怯，鸠妇偏饶舌▲[4]珠飞玉洒，西风未许催歇▲

始信造物无私，千林如沐，甘露郊原浥▲想见一篙新涨满，夹岸流泉声咽▲蒲绿方滋，榴红未褪，好试冲泥屐▲[5]桔槔停灌，[6]畦蔬客到堪撷▲

注：① 熟梅天气：黄梅天气。② 浴兰：《大戴礼》："五月五日，蓄兰为沐浴"。③ 岁稔：丰年。④ 饶舌：多嘴。⑤ 泥屐：木鞋，雨时穿之以避泥。⑥ 桔槔：木汲水器。

阮元（清1193）一首　题：重葺曝书亭，[1]为图以纪，即和竹垞集中竹垞图韵。[2]

宦三年矣，[3]幸旧时方句，[4]宅今犹泊▲[5]静志斋荒秋叶冷，[6]此际琴丝谁托▲铏轴都消，舫醧难同，[7]付与啼乌乐▲草堂碑在，夕阳无语西落▲

又见联屐吟诗，篷筒载酒，画里闲商酌▲依约垞南三径好，染笔曾题虚幕▲竹树重栽，菊泉堪荐，何用寻幽壑▲秋灯书罢，数声城上清角▲

注：① 曝书亭：在嘉兴市王店镇，为朱彝尊（见《词人小传》）别墅。② 竹垞：朱彝尊号。③ 此句谓在浙江为官三年。④ 方句：宋人，著有《泊宅编》，所叙皆北宋元祐迄政和年间朝野旧事。⑤ 此句谓曝书亭旧事亦如《泊宅编》般有书纪载。⑥ 静志斋：曝书亭中一书斋。⑦ 舫醧：船上饮酒。

曹慎仪（女）（清1266）一首　题：陶然亭秋望。[1]

雷声车走，②访城南胜地，正逢佳日▲瑟瑟凉飔天末起，③几点鸿声嘹呖▲④曲径通幽，危亭孤耸，⑤独向疏窗立▲萧然晚景，惟余枫色凝赤▲

一带遥堞弯环，⑥斜阳西下，暮霭晴峰碧▲冷澹芦花明远水，飞起半天晴雪▲⑦雅称秋深，偏宜雨后，砌菊香轻袭▲可堪凭眺，临风吹彻长笛▲

注：① 陶然亭：在北京城南。② 雷声：喻车轮声。③ 凉飔：凉风。④ 嘹呖：鸿啼声。⑤ 危亭：高亭。⑥ 堞：城上女墙。⑦ 晴雪：喻芦花。

孙苏意（女）（清 1277）一首　题：杭州西湖。　注：调名原作百字令。

清明近也，听饧箫隔巷，吹来庭户▲初试罗衣风尚峭，小立曲栏凝伫▲柳学颦眉，花含笑靥，又见春如许▲昼长人静，画梁新燕双语▲

正值轻暖轻寒，酿花天气，一霎晴兼雨▲对此韶光须痛饮，莫说闲愁闲绪▲三竺云峰，①六桥烟水，②结伴嬉游去▲藏鸦门外，③一枝摇漾柔橹▲

注：① 三竺：西湖有上、中、下三座天竺寺。② 六桥：西湖苏堤有六座桥。③ 藏鸦门外：罗虬《比红儿》诗"藏鸦门外诸年少，未识红儿未是狂"。

沈濂（清 1432）一首　题：芸台学使重摹竹垞图，①用原题韵。　注：调名原作百字令。

梅花溪畔，麦滩连绣鸭，②钓船闲泊▲老矣抽簪归卧稳，③有竹千竿徒托▲倦觅筠床，④闲携蜡屐，共羡幽居乐▲垞南垞北，春光占断篱落▲

最是荷雨摧凉，茶烟弄暝，池上堪清酌▲八万卷书皆著录，深护芸窗帘幕▲三径非芜，六峰环翠，别自成丘壑▲凭栏吟望，夕阳疏逗林角▲

注：① 芸台：即阮元；竹垞：朱彝尊。俱见《词人小传》。② 绣鸭：麻鸭。③ 抽簪：弃官归隐也。④ 筠床：竹床。

袁绶（女）（清 1451）一首　题：双湖垂钓。　注：调名原作百字令。

湖亭幽绝，爱邀凉，最好曲栏同凭▲①煮茗翻书消永昼，②遣兴钓竿闲整▲缓勒轻桴，③徐安香饵，界破琉璃莹▲绕堤垂柳，阴阴一碧清润▲

向晚雨滴银塘，波纹圆处，叠出连环印▲隐约游鱼浮水面，来唼鬓边花影▲④软曳蘋衣，低牵荷盖，⑤风袅丝难定▲金鳞获得，隔窗彩伴争问▲

注：① 此两句三字、六字分句，与格律五字、四字分句不同。② 永昼：长日。③ 桴：木筏。④ 唼：鱼吞食声。⑤ 荷盖：荷叶。

项鸿祚（清 1481）一首　题：将游鸳湖，①作此留别。

啼莺催去，便轻帆东下，居然游子▲我似春风无管束，何必扬舲千里▲官柳初垂，野棠未落，才近清明耳▲归期自问，也应芍药开矣▲

且去范蠡桥边，[2]试盟鸥鹭，领略江湖味▲须信西泠难梦到，[3]相隔几重烟水▲剪烛窗前，吹箫楼上，明日思量起▲津亭四望，夕阳红在船尾▲

注：① 鸳湖：即嘉兴名胜南湖。② 范蠡桥：在嘉兴南门。③ 西泠：桥名，在杭州西湖白堤上。

齐学裘（清1508）一首　题：同秋谷、伯宏大观楼作。　注：调名原作百字令。

双溪放棹，晚凉天，到处沙明鸥静▲[1]平远山如人蕴藉，云气平铺千顷▲古木乌栖，荒芦雁宿，画意都无尽▲凭窗小语，墙头时落帆影▲

记得梅雨初晴，熏风送暖，小蝶衣濡粉▲几度淹留终日坐，领略此间灵境▲湖山依然，湖云不改，换作凄凉境▲夕阳西下，棹船微觉秋冷▲

注：① 此两句三字、六字分句，与格律五字、四字分句稍异。

陆蒨（女）（清1531）一首　题：别感。注：调名原作百字令。

娇柔懒起，正飞花如雪，江南春老▲记得邻家诸女伴，争绣踏青鞋小▲梅雨淹魂，梨云殢梦，试换棉罗袄▲东风无赖，卷帘惊堕啼鸟▲

争奈好事将阑，韶华暗度，离恨知多少▲绿树成阴莺燕瘦，絮果兰因潦草▲[1]肠断长亭，韵销别浦，来岁归须早▲闲愁脉脉，落红平砌休扫▲

注：① 絮果兰因：谓因缘遇合之近于香艳者。

吴尚熹（女）（清1654）二首　题：第一首，乙巳（1845年）除夕行抵湘潭，[1]舟中感赋。

第二首，丙午（1846年）初春舟中作。

（1）三湘风景，[2]看桃符乍换，[3]鼓箫声续▲爆竹频催莲漏短，[4]堪惜韶华迅速▲欢向春回，愁随腊去，[5]数语遥相祝▲心香一炷，[6]孤舟犹守银烛▲

遥念娇小依亲，高堂膝下，笑饮尊浮绿▲[7]镜里宜春银绾髻，彩胜红绒斜束▲今日天涯，当年闺内，心似弹棋局▲旅怀转切，金钱频向神卜▲

注：① 湘潭：县名，今湖南湘潭市。② 三湘：湘潭、湘乡、湘阴，指湖南省。③ 桃符：可避邪的桃木板，后泛指春联。④ 莲漏：指更漏计时。⑤ 腊：十二月。⑥ 心香：谓心中虔诚如上香。⑦ 浮绿：饮酒。

（2）春来几日，怎东风已换，余寒犹峭▲转眼烧灯时节过，[1]碧尽天涯芳草▲两岸烟浓，半篙新涨，日向溪山绕▲嫩黄吹绽，数枝杨柳丝袅▲

遥听何处渔歌，几声柔橹，日暮孤村渺▲对景消愁愁欲破，怎奈更增怀抱▲懒擘鱼笺，[2]聊欹凤枕，闷倚篷窗悄▲侍儿遥指，梅花今又开了▲

注：① 烧灯：指元宵放灯。② 擘：拆也；鱼笺：书信。

伍宗仪（女）（清1680）一首　题：送春。注：调名原作壶中天。

帘前鸟语，正景色融和，乍晴天气▲柳绿桃残春已暮，惆怅人生如寄▲匣里珠玑，囊中锦绣，一旦皆捐弃▲浮云过尽，尘缘回想无味▲

堪叹粉蝶寻香，游蜂酿蜜，也被韶光饵▲转瞬落花红满地，犹是相偎相倚▲万种凄凉，千般懊恼，终日如沉醉▲无情风雨，韶光一霎更易▲

凌祉媛（女）（清1732）一首　序：季夏泛舟湖上，三潭荷花方盛，柳阴小泊，花枝压船，远处绿阴摇动，时露靓妆，带笑含颦，仿佛浣纱西子也。

绿云迷望，系吟舟人在，藕花香里▲摇曳舞衣浑不定，[1]挹取满襟凉意▲[2]素影凌波，清芬入梦，都把铅华洗▲千枝玉立，四围烟水无际▲

当此小集裙衩，[3]碧筒唤饮，[4]几度吟笺里▲[5]世外软红吹不到，消受湖天风味▲瑟瑟惊秋，[6]亭亭写照，[7]送到斜阳未▲渔舟归晚，沙边鸥鹭飞起▲

注：① 浑不定：一点也不能停下来。② 挹取：汲引。③ 裙衩：喻妇女。④ 碧筒：莲蓬。⑤ 吟笺：诗书。⑥ 瑟瑟：风声。⑦ 亭亭：挺立貌。

王颂蔚（清1812）一首　序：庚午（1870年）秋，就试白门，[1]道大功坊南，有“顾楼”二字高揭，知为眉娘故居也，[2]谱此志感。

板桥西畔，有蛾眉淡扫，遥山一碧▲[3]酒市红灯无恙在，[4]丝管春风非昔▲九畹重兰，[5]衍波笺上，[6]画本今狼藉▲迷楼何处，[7]白门秋柳无色▲[8]

当日南部烟花，[9]翩翩文酒，名士多于鲫▲[10]声价青溪如此贵，彩凤随鸦应惜▲[11]碧玉华筵，紫丝步障，一笑归禅寂▲[12]儿家门巷，[13]寄声飞燕来觅▲

注：① 白门：南京别名。② 眉娘：指顾湄，字眉生，秦淮歌妓，后嫁龚鼎孳为妻。③ 遥山：喻眉峰。④ 无恙：无病，喻无问题。⑤ 九畹：喻种兰。原注：眉娘善画兰。⑥ 衍波笺：书笺之美称，见《直方诗话》。⑦ 迷楼：原注，余澹心戏呼为迷楼。⑧ 白门柳：原注，合肥尚书（指李鸿章）作《白门柳》传奇。⑨ 烟花：喻名妓。⑩ 此两句谓：倾倒于眉娘的名士极多。⑪ 此句谓可惜沦为歌妓。⑫ 禅寂：原注，眉娘临殁，现老僧相。⑬ 儿家：古代妇女自称。

许白凤（现当58）一首　题：蔷薇开后作。　注：1980年作，调名原作百字令。

小窗开处，又芳菲照眼，蔷薇压架▲九十韶光过尽了，细雨时闻飘瓦▲天气弄人，寒温不定，未敢吴绵卸▲生涯老去，最难调护初夏▲

倦则欹枕抛书，疑真疑幻，蝶梦蘧蘧化▲[①]一寸眉峰常自敛，只为闲多愁惹▲新样浓妆，陈年怨怕，可与谁同话▲儿童忽报，敲门有客来也▲

注：① 蝶梦：庄子梦蝶故事；蘧蘧：有形貌。

车乘轨（现当88）一首　题：南湖渡口变迁记。　注：2003年4月20日作。

南湖烟雨，[①]历一千余载，名闻遐尔▲[②]水榭楼台孤岛里，[③]天堑还须舟济▲[④]小艇浏览，丝网游赏，[⑤]舱内吴歌起▲晨烟暮雨，又添多少诗意▲

沧海演变桑田，三迁渡口，[⑥]旧地输新址▲迎宾桥西兴土木，亭阁轩廊雄峙▲花草扶疏，[⑦]假山掩映，船码兼休憩▲巧工能匠，绘成霅画图纸▲[⑧]

注：① 南湖烟雨：为嘉兴八景之一。② 遐尔：远近也。③ 楼台：湖心岛有烟雨楼，乃五代吴越王钱璙始建于公元940年左右。④ 济：渡也。⑤ 丝网：船名，旧时南湖游船也。⑥ 三迁渡口：解放前在东门狮子汇，后迁大盐仓桥北堍，现址在迎宾桥（后改会景桥）西堍。⑦ 扶疏：繁茂。⑧ 霅画：长兴溪名，以风景如画得名。

罗炳汉（现当123）一首　题：悄自寻春。

郊原绿遍，正红铺绮陌，风光娇艳▲序近清明春偏好，裘絮衣衫初换▲车马扬尘，人欢鸟叫，春绿江南岸▲紫阡翠陌，江头苑囿行遍▲

偏怜堤畔夭桃，红蕊初绽，娇艳羞人见▲汗散尘扬湖畔路，缕缕花香不断▲扑蝶追蜂，拈花惹草，不羡双飞燕▲夜深难寐，漏残星移斗转▲

一百字　东风第一枝

赵崇霄（宋467）一首

妒雪梅苏，迷烟柳醒，游丝轻飏新霁▲卷帘看燕初归，步屧为花早起▲[①]春来犹浅，便做出、十分春意▲喜风钗、才卸珠幡，[②]早换巧梳描翠▲

着数点、催花雨腻▲更一阵、递香风细▲小莺忺暖调声，[③]嫩蝶试晴舞翅▲清欢遗失，怕轻负、年芳流水▲好趁闲、共整吟鞯，[④]日日访桃寻李▲

注：① 步屧：行路。屧，鞋。② 幡：长条形旗。③ 忺：高兴。④ 吟鞯：骑马吟诗。

周密（宋541）一首　题：早春赋。

草梦初回，柳眠未起，新阴才试花讯▲雏莺迎晓偎香，小蝶舞晴弄影▲飞梭庭院，[①]早已觉、日迟人静▲昼帘轻、不隔春寒，旋减酒红香晕▲

吟欲就、远烟催暝▲人欲醉、晚风吹醒▲瘦肌羞怯金宽，[②]笑靥暖融粉沁▲珠歌缓引，更巧试、杏妆梅鬓▲怕等闲、虚度芳朝，[③]老却翠娇红嫩▲

注：① 飞梭：指流莺。② 金：金手镯。③ 等闲：轻易。

周贺（清156）一首　题：游峡山。

六寺烟深，双峰黛冷，嬉游时际暄暖▲曲塘画鹢参差，[1]舣来荻芽沙浅▲娇春罗绮，映绿净、波纹吹软▲尽瘦生、掌上谁擎，漫认倚风轻燕▲

帘乍卷、垂杨拂眼▲门半掩、小桃窥面▲歌云日趁新妆，泪竹几巡古苑▲[2]微茫林角，挂一抹、斜阳如线▲怕后游、晴雨无凭，有约也应难见▲

注：① 画鹢：画有鹢鸟之游船。② 泪竹：斑竹。

陈维崧（清196）一首　题：踏青，和蘧庵先生原韵。

檐溜才停，街泥乍涴，[1]花梢日影摇午▲陌头霁景增妍，水边烟光添妩▲茜衫笑检，[2]忆春在、谢桥深处▲正沿堤、絮燕吟莺，[3]吹满一天风絮▲

篱杏糁、如尘鬓缕▲溪柳罨、带烟朱户▲画完江左亭台，酿成花朝节序▲[4]为欢并日，况渐逼、韶光百五▲[5]约钿车、来日重游，又听小楼宵雨▲[6]

注：① 涴：弄脏。② 茜衫：红衫。③ 絮燕：燕语多也。④ 花朝：二月十二日为百花生日，称花朝。⑤ 韶光百五：春光一百另五天。⑥ 宵雨：夜雨。

沈进（清274）一首　题：游峡山，用宋人韵。

曲水移舟，官桥问柳，禁烟已过初暖▲人家未放花深，春山尚着草浅▲平堤十里，踏遍好、青鞋沙软▲怅去年、巷陌东风，又是垒泥新燕▲

盼不到、空回醉眼▲愁欲绝、难忘娇面▲断肠惯是浓春，消魂更来故苑▲香闻何处，怅万缕、窗纱银线▲待到家、烬了孤灯，梦去夜深重见▲

朱彝尊（清288）一首　题：杏花。

渡柳初眠，[1]官梅已褪，又看春色如许▲[2]水村山郭残阳，立马乱红无数▲仙人此住，也怜取、满林香雾▲酒旗风、摇曳黄昏，开遍冷烟疏雨▲

休忘了、曲江归路▲试说与、游冶伴侣▲最愁零落芹泥，半教燕飞啄去▲卖花声远，料深巷、明朝何处▲请个侬、晓日新妆，[3]插向鬓云斜吐▲[4]

注：① 柳眠：汉苑中有柳状如人形，一日三起三眠，见《漫叟诗话》。② 如许：如此。③ 个侬：那个人。④ 鬓云：形容妇女鬓发美如乌云。

孙致弥（清548）一首　题：丁未（1667年）试灯日立春。[1]

柳眼偷窥，[2]兰心暗动，珠帘深处寒浅▲小楼昨夜东风，彩胜宜春乍剪▲[3]星桥火树，恰映着、粘鸡贴燕▲喜扶头、婪尾初醒，[4]几处街灯影乱▲

才逗得、春光一点▲早圆了、银塘一半▲裁红晕碧心情，明月暗尘庭院▲酒旗

鼓板，把两样、风光齐占▲还准备、挑菜青鞋，过了烧灯消遣▲

注：① 试灯日：阴历十五日元宵节，十四日张灯预赏，谓试灯日。② 柳眼：柳叶初生似眼。③ 彩胜：首饰。④ 扶头：酒名；婪尾：以酒巡匝，至末坐者连饮三杯，为婪尾酒。见《仇池笔记》。

顾文渊（清 603）一首　题：游峡山，用史梅溪韵。[①]

蔗雨晴初，[②]榆烟禁后，[③]晨光渐变妍暖▲客边些子闲愁，[④]似比春情较浅▲看人笑语，喜路匝、蘼芜青软▲[⑤]仗兴来、陟遍层冈，迨暮棹回欢燕▲[⑥]

百五日、早惊转眼▲[⑦]山水趣、旋开生面▲柳条远带鸥沙，竹径暗通鹿苑▲花梢零乱，瞥罥了、风鸢残线▲莫近前、翠匐罗衣，[⑧]浓态隔林遥见▲

注：① 史梅溪：即史达祖，见《词人小传》。② 蔗雨：春雨。③ 烟禁：指寒食节。④ 些子：一点点。⑤ 路匝：路周。⑥ 迨暮：到晚；欢燕：欢宴。⑦ 百五日：指春天一百零五日。⑧ 匐：《玉篇》"匐彩，妇女头花髻饰"。

汪文桢（清 764）一首　题：春日游峡山。

鸭绿平桥，猩红夹岸，波光树色交暖▲禁烟时节才过，春事二分尚浅▲轻桡不点，但稳坐、半帆风软▲望阴阴、柳畔妆楼，尽卷湘帘招燕▲

系艇处、晴峰照眼▲扑蝶去、游丝吹面▲秋千彩索闲来，邻女共寻晓苑▲争新裙袜，费多少、纤针柔线▲尽夜归、分付清吟，影倦一灯谁见▲

俞旸（清 818）一首　题：偕友游峡山，次宋人韵。

柔橹冲烟，晴波生縠，轻风一路催暖▲晓客隐约双鬟，指点两山黛浅▲平芜渺渺，也都似、锦茵铺软▲问踏青、女伴谁家，半亸鬓边飞燕▲

逢胜侣、暂舒青眼▲[①]更缓步、轻携便面▲[②]夹纱衫子新裁，曾记杏花池苑▲春光秾冶，偏系遍、垂杨如线▲向酒阑、检点闲情，早梅陌头初见▲

注：① 胜侣：良伴；青眼：赏识。② 便面：古代用以遮雨的扇状物。

储秘书（清 1035）一首　题：绿阴。

乳燕交飞，流莺渐杳，绿阴门巷如许▲[①]邻墙竹翠新添，曲槛茶烟欲聚▲疏帘清簟，[②]又听过、几番梅雨▲[③]剩海榴、数点红鲜，[④]开向愔愔深处▲

疏更密、亚枝交路▲[⑤]眠乍起、引筇闲步▲[⑥]单衣此日重来，蝴蝶满园飞去▲摇天涨地，却不解、将春遮住▲逗微凉、三径沉沉，一派乱蝉催暮▲

注：① 如许：如此。② 簟：竹席。③ 梅雨：农历五月梅熟时雨。④ 海榴：即石榴。⑤ 亚枝：压枝。⑥ 引筇：拖着拐杖。

周发春(清1054)一首　题：落花。

一雨宵浓，卷将帘看，胭脂零乱如许▲[1]春其有脚归耶，几度问花无语▲青鸾落翮，[2]休比作、美人黄土▲好月来、卷上瑶京，[3]片刻彩云千缕▲

蝶傍着、雕栏不去▲燕倚着、玉栊犹觑▲那人步下秋千，到此也还凝伫▲呼朋小聚，莫便把、金尊愁举▲指庭前、碎锦重茵，[4]是我酒阑眠处▲

注：①如许；如此。②翮：翅膀。③瑶京：玉京，天帝所居，泛指神仙世界。④碎锦重茵：指成堆落花。

魏谦升(清1470)一首　题：元宵。

爆竹晴喧，檐梅雪聚，[1]上元灯事方盛▲[2]闹蛾初出宵分，[3]浴鸟乍知昼永▲三姝孰媚，更助了、嬉春佳兴▲向众中、争数伊人，聪艳问谁能并▲

香来袭、卷帘便省▲声愈熟、转喉可证▲理将清曲珠圆，见来淡妆黛靓▲堂深暝早，恐火树、难同蟾镜▲[4]怅暮寒、城角催归，此境最难清领▲

注：①雪聚：喻梅花如雪。②上元：正月十五。③闹蛾：扎成蝴蝶形首饰；宵分：半夜。④蟾镜：指圆月。

陈元鼎(清1648)一首　题：戊戌(1838年)吴门元夕。[1]

挝鼓重门，试灯小舫，东风吹软吴语▲嫩寒蛾袖微添，[2]轻尘凤钩乍污▲今宵酒残，[3]第一度、月华圆处▲便明朝、斗草筹花，[4]应动俊游芳绪▲

翻艳曲、惜香院宇▲题锦字、买春伴侣▲客中未减闲情，银筝自寻断谱▲梅边静瘦，浑忘却、绮窗无主▲听钟声、响彻枫桥，[5]分付醉魂归去▲

注：①吴门元夕：苏州元宵。②蛾袖：女袖。③酒残：酒尽。④斗草：古代妇女一种游戏。⑤枫桥：苏州寒山寺外古桥名。

薛时雨(清1652)一首　题：章江新年。[1]

彩换桃符，[2]声喧爆竹，曈曈日射朱户▲[3]兰闺喜溢芳期，花市袂联姹女▲[4]香车扶上，看月里、杨枝如舞▲最怜他、血色罗裙，付与九衢尘土▲[5]

池洗马、艳名自古▲椿系马、旧游记取▲临街新绣春灯，隔江罢闻战鼓▲韶华却好，偏十日、九逢风雨▲倚绿窗、新按红牙，[6]补入竹枝新谱▲

注：①章江：江西水名，指赣州。②桃符：春联。③曈曈：日初出时。④袂联：联接；姹女：少女。⑤九衢：纵横交叉的大道，繁华的街市。⑥按牙：拍板。牙，象牙。

车乘轨(现当88)一首　题：春游。　注：2003年4月15日作。

习习东风，[1]融融丽日，莳花天气和煦▲[2]夭桃红绽枝头，弱柳绿垂袅舞▲莺

啼燕哢，育儿女、修巢栖住▲采蕊忙、蜂蝶纷飞，春色袭人如许▲[3]

沈氏宅、仰瞻吊古▲[4]揽秀苑、俯望凝伫▲[5]小街黛瓦银墙，石桥百年济渡▲[6]河东绿化，旧村杳、新添千树▲叶片儿、光若涂油，景妙不思离去▲

注：① 习习：和煦貌。② 莳花天气：指仲春。莳花：种花。③ 如许：如此。④ 沈氏宅：嘉兴名人沈增植故居，在姚家埭。⑤ 揽秀苑：揽秀园，公园名，在鸳湖路上；凝伫：凝神久立。⑥ 石桥：揽秀园畔文星桥。

一百字　芳草

奚淢（宋 532）一首

笑湖山、纷纷歌舞，花边如梦如熏△芗烟禁落日，[1]长桥芳草外，客愁醒△天风吹送远，向西山、唤醒痴云△犹自有、迷林吉鸟，不信黄昏△

销凝△油车归后，[2]一眉新月，独印湖心△蕊宫相答处，[3]空岩虚谷应，猿语香林△正酣红梦紫，便市朝、有耳谁听△怪玉兔、金乌不换，[4]只换愁人△

注：① 芗烟：即香烟，烧香的烟雾。② 油车：油壁车，妇女乘车。③ 蕊宫：蕊珠宫，仙宫也。④ 玉兔：喻月；金乌：喻日。

奕绘（清 1483）一首　题：赋踏青。

数良辰、又逢春晚，茸茸嫩碧初齐△[1]前年南浦别，[2]去年南浦别，怕重提△今年南浦上，惹离情、锦字重题△杨柳外、山羊暖卧，骏马娇嘶△

萋萋△[3]谁家姐妹，闲衬莲步，[4]绿软红低△桃花人面好，杏花云髻重，踏遍长堤△俊游应记取，[5]占芳踪、十里香泥△归来梦、谢家池畔，宋玉墙西△

注：① 茸茸：草初生貌。② 南浦：指离别处。源出江淹《别赋》。③ 萋萋：草盛貌。④ 莲步：小足女走貌。⑤ 俊游：即胜侣，旅游良伴。

一百字　雨中花慢

马文升（明 68）一首　题：成化丁酉（1477 年）被谗下狱作。

三十年间，云萍踪迹，真是一梦黄梁△想瓯闽，[1]思秦晋，[2]更忆湖湘△[3]千里霜蹄驰骤，九霄九凤翱翔△圣恩广大，许归田地，永别岩廊△[4]

更可喜青山绿水，花圃莲塘△惟愿蒲质长健，[5]永祝天寿无疆△[6]绵绵国祚，边尘不起，将相贤良△寻故友，话旧事，闲来诗酒徜徉△

注：① 瓯闽：福建建瓯县。② 秦晋：陕西、山西。③ 湖湘：湖南，以上几处地方作者均任职为官。④ 岩廊：殿屋，即衙门。⑤ 蒲质：身体自歉语。⑥ 天寿：指帝寿。

一百字　长寿仙

赵孟頫(元 33)一首

瑞日当天△对绛阙蓬莱，①非雾非烟△翠光飞禁苑▲②正淑景芳妍△③彩仗和风细转▲④御香飘满黄金殿▲万国会朝，喜千官拜舞，亿兆同欢△⑤

福祉如山如川△应玉渚流虹，璇枢飞电▲⑥八音奏舜韶，⑦庆玉烛调元△⑧岁岁龙舆凤辇▲九重春醉蟠桃宴▲天下太平，祝吾皇、寿与天地齐年△

注：① 绛阙：红殿；蓬莱：喻仙境。② 禁苑：皇家花园。③ 淑景：美景。④ 彩仗：彩饰的仪仗。⑤ 亿兆：普天下。⑥ 璇枢：皇宫美称。⑦ 舜韶：古乐曲。⑧ 玉烛：谓四时之气皆和也。见《尔雅》。

车乘轫(现当 88)三首　题：第一首，贱降八十周年。　注：2003 年 5 月 2 日作。
第二首，迎牛年有感。　注：2009 年 1 月 26 日作。
第三首，预祝九十大寿。　注：2011 年 2 月 5 日作。

(1) 似电人生△又八十周年，长寿高龄△老来无大病▲耄耋幸康宁△①摒酒除烟自警▲曲词诗赋常吟咏▲今日贱降，②喜天公作美，雨霁天晴△

不买鸡鱼荤腥△鲜豆荚尝新，杏仁茶馨▲野园效踏春，内室观荧屏△外地文坛柬请▲③滥竽充数惭侥幸▲《历代雅词》，正收编、莫忘挥发余能△

注：① 耄耋：八十岁。② 贱降：诞生。③ 此句谓近有"赤壁文学院诗词楹联研究所"等数家文艺单位前来约稿。

(2) 爆竹连绵△听劈拍轰隆，响彻中天△火花红绿替▲正腊尽春妍△①又换人间景致▲吉祥钟撞三更寺▲②善女信男，尽开颜拜舞，万众同欢△

马齿徒增耄年△③感迅速人生，光阴流水▲故交半入坟，④往事已如烟△乍悉东翁谢世▲又惊西姬仙游逝▲哀死悼亡，剩顽老、寿永攀比南山△⑤

注：① 腊：十二月。② 吉祥钟：除旧迎新钟声。③ 马齿徒增：喻空增年纪无用；耄年：八、九十岁。④ 去泉：去世。⑤ 顽老：指余；寿永：寿长；南山："寿比南山"谚语。

(3) 八载之前△早自赞词夸，八十周年△转眸登望九▲①所幸健如先△老伴瘫床病久▲护看还作青壮凑▲忙里挤闲，更烦中执笔，《大观》精编△②

婿女孙辈情牵△专道奔禾来，③替余延寿▲蛋糕共祷祈，雅座设家筵△寿面桃糕馈友▲共迎长寿同华首▲九十不稀，再攀争、百岁真作人仙△

注：① 望九：近九十岁。预祝九十大寿，俗称做九，即提前一年做寿，故云。② 大观：指拙选《历代雅词大观》。③ 禾：嘉兴简称。

一百字　高阳台（又名庆春泽）

刘镇（宋 306）一首　题：丙子（1156 年）元夕。　注：调名原作庆春泽。

灯火烘春，楼台浸月，良宵一刻千金△锦步承尘，①彩云簇仗难寻△莲壶影动星球转，映两行、宝珥瑶簪△②恣嬉游、玉漏声催，③未歇芳心△

笙歌十里夸张地，记年时行乐，④憔悴而今△客里情怀，伴人闲笑闲吟△小桃未尽刘郎老，⑤把相思、细写瑶琴△怕归来、红紫欺风，三径成阴△

注：① 锦步：锦制步障，即幕幔。② 珥：耳环；簪：钗也。③ 玉漏：更漏。④ 年时：当年。⑤ 刘郎：用刘禹锡玄都观看桃事。

王沂孙（宋 560）一首

残萼梅酸，新沟水绿，东风节序暄妍△独立雕栏，谁怜枉度华年△朝朝准拟清明近，料燕翎、须寄银笺△又争知、一字相思，不到吟边△

双蛾不拂青鸾冷，任花阴寂寂，掩户闲眠△屡卜佳期，无凭却怨金钱△何人寄与天涯信，趁东风、急整归船△纵飘零、满院杨花，犹是春前△

王茂孙（宋 561）一首　题：春梦。

迟日烘晴，①轻烟缕昼，②琐窗雕户慵开△③人独春阑，金猊暖透兰煤△④山屏缓倚珊瑚畔，⑤任翠阴、移过瑶阶△⑥悄无声、彩翅翩翩，⑦何处飞来△

片时千里江南路，被东风误引，还近阳台△腻雨娇云，多情恰喜徘徊△无端枝上啼鸠唤，便等闲、孤枕惊回△恶情怀、一院杨花，一径苍苔△

注：① 迟日：徐行之日。② 烟缕：烟线。③ 慵开：懒开。④ 金猊：铜狮形炉。狻猊，狮之别名。⑤ 山屏：画有山形的屏风。⑥ 翠阴：树影。⑦ 彩翅：指蝴蝶。

王亿之（宋 564）一首　题：西湖晓渡。

双桨敲冰，低篷护冷，①扁舟晓渡西泠△②回首吴山，③微茫遥带重城△堤边几树垂杨柳，早嫩黄、摇动春情△问孤鸿、何处飞来，共唤飘零△

轻帆初落沙洲暝，渐潮痕雨渍，面色风皴△④旅思羁愁，偏能老大行人△姮娥不管征途苦，甚夜深、尽照孤衾△想玉楼、犹凭栏杆，为我销凝△

注：① 低篷：船篷、篷窗。② 西泠：杭州西湖桥名。③ 吴山：又名城隍山，在杭州城南隅。④ 风皴：风吹而干裂。

张炎（宋 572）一首　题：西湖春感。

接叶巢莺，平波卷絮，断桥斜日归船△①能几番游，看花又是明年△东风且伴蔷薇住，到蔷薇、春已堪怜△更凄然、不绿西泠，一抹荒烟△②

当年燕子知何处，但苔深韦曲，[3]草暗斜川△[4]见说春愁，如今也到鸥边△无人再续笙歌梦，掩重门、浅醉闲眠△莫开帘、怕见飞花，怕听啼鹃△

注：① 断桥：西湖桥名，在白堤上。② 一抹：一带。③ 韦曲：在陕西长安，唐时名胜地。④ 斜川：陶潜曾游处，在江西省星子，都昌二县县境。

僧皎如（宋 611）一首

红入桃腮，青回柳眼，韶华已破三分△人不归来，空教草怨王孙△平明几点催花雨，梦半阑、欹枕初闻△问东君、因甚将春，老却闲人△

东郊十里香尘软，旋安排玉勒，整顿雕轮△趁取芳时，去寻岛上红云△朱衣引马黄金带，算到头、总是虚名△莫闲愁、一半悲秋，一半伤春△

杨慎（明 157）一首　题：安宁元夕。　注：安宁：云南县名，时作者被贬居此。调名原作庆春泽。

鱼市笙歌，螳川灯火，[1]又看滇海元宵△[2]剪剪轻风，绮罗十里香飘△彩云影照冰壶地，人家在、月户星桥△恣经过、一刻千金，玉漏迢迢△

柳金梨雪催春早，叹他乡异节，回首魂销△今夜相思，玉人何处吹箫△[3]锦江烟水迷归望，[4]绿琴心、愁恨慵调△梦回时、酒醒灯昏，月转梅梢△

注：① 螳川：安宁水名。② 滇海：滇池，亦称昆明湖，在昆明市西南。③ 玉人：指其妻黄娥。④ 锦江：四川成都水名。

杨绛子（女）（明 539）一首　题：春柳，寄爱姐。[1]

过雨含愁，因风助态，江南二月春时△少妇登楼，怜他几许相思△流莺处处啼声巧，织柔条、摇曳丝丝△散黄金、持赠旗亭，[2]劳燕东西△[3]

逢人莫便纤腰舞，纵青垂若辈，浊世谁知△[4]张绪风流，灵和情更依依△[5]天涯一霎花飞候，也应嗟、堕溷沾泥△[6]想东风、吹醒芳魂，吹老芳姿△

注：① 爱姐：即其姐杨爱，即柳如是，见《词人小传》。② 旗亭：酒店。③ 劳燕：喻别离。④ 此三句意为不满其姐嫁钱谦益。⑤ 此两句指齐武帝植蜀柳于灵和殿前，尝曰"此柳风流可爱，似张绪当年"。⑥ 溷：肮脏。

陈维崧（清 196）一首　题：春衫。　注：调名原作庆春泽。

已近花朝，[1]未过春社，[2]小楼尽日沉沉△暝色连朝，江南倦客难禁△门前绿水昏如梦，粉云遮、失却遥岑△[3]恁湔裙、不到溪边，[4]佳约空寻△

年时恰是莺花候，[5]正黄归柳靥，红入桃心△舞扇歌衫，参差十里园林△[6]东风吹织丝丝满，做半寒、半暖光阴△问何时、日上花梢，细弄鸣禽△

注：① 花朝：即百花生日，在二月十二日。② 春社：在立春后第五个戊日，是日祭后土神，聚饮。③ 岑：小而高之山。④ 湔裙：洗裳。⑤ 年时：当年。⑥ 参差：不齐貌。

王策（清860）一首　题：舟中，用张玉田韵。[1]

远缕鹅黄，短篙鸭绿，东风稳放吴船△十里山光，诗情又入今年△桃溪竹坞谁家住，也莺声、一样堪怜△簇青红、塔影春城，半裹青烟△

行行渐隔乡关路，但天低短草，霞没长川△知道来宵孤帆，更落谁边△且凭问梦随轻橹，水云中、半晌清眠△[2]莫伤心、纵有飞花，绝少啼鹃△

注：① 张玉田：即张炎，见《词人小传》。② 半晌：片刻。

任曾贻（清953）二首

（1）薄雨催晴，轻阴弄晚，峭寒未觉春赊△[1]行过红桥，匆匆鞭影横斜△门前无数垂杨柳，任翠阴、一半低遮△最怜他、照影清溪，独浣春纱△

重来人面知何处，[2]总相思梦稳，难到天涯△陌上花开，枉教盼断香车△何因得似红襟燕，[3]认朱楼、飞入伊家△感年华、开过樱桃，又到梨花△

注：① 赊：远也。② 人面：指美女。崔护诗："人面桃花相映红。"③ 红襟燕：燕颈羽红色。

（2）稚柳搓黄，夭桃破碧，最无聊赖春晴△客里流光，匆匆又过清明△寻香小蝶频来去，恋芳丛、几点飞英△[1]昼沉沉、一桁珠帘，[2]数折银屏△

无端睡醒春窗梦，[3]怅云疏雨隔，踪迹飘零△花影栏杆，难忘翠袖双凭△伤心红缕书难寄，燕呢喃、空满江城△黯消凝、目断天涯，长短邮亭△

注：① 飞英：飞花。② 桁：挂帘横木。③ 无端：无故。

储秘书（清1035）一首　题：舟中立春。

雪净林腰，冰融水面，吟边几对轻鸥△脉脉东风，依然吹醒闲愁△多情只有湖边草，早星星、绿满汀洲△最怜他、不衬罗裙，长傍行舟△

年时记得红楼畔，正小篮挑菜，纤手藏钩△[1]纸帐熏炉，清寒渐入温柔△春心不在梅梢上，在玉人、双燕钗头△暗销凝、悔把飘零，换却风流△

注：① 藏钩：酒席中一种游戏。

凌廷堪（清1140）一首　题：庚子（1780年）清明日同方竹楼、赵雪篷、邬觉庵诸君，饮郎鉏月城西园亭。

社鼓调莺，饧箫惊燕，清明人在天涯△赖有吟朋，寻芳约到山家△春痕几日无消息，伴小红、潜上桃花△透柴扉、一缕新烟，应是烹茶△

相逢尽道郊原好，有争驰绣鞚，疾走钿车△十丈香尘，愔愔吹满晴沙△何如小坐维摩室，[①]引翠尊、同酌流霞△[②]醉归来、微垫乌巾，雨细风斜△

注：① 维摩：维摩诘的简称。② 流霞：喻仙酒。

顾莼（清1196）一首　题：庚申（1800年）九日游归田园作。[①]

门掩苔深，林欹石瘦，登临又是斜阳△裙屐招邀，重寻径草都荒△堂空燕子飞何处，漫回头、一例苍凉△凭高城、吹满西风，换了垂杨△

繁华驹隙匆匆过，[②]想花围酒阵，舞榭歌廊△提笔题糕，[③]他时应说清狂△生平不解愁何事，笑黄花、瘦不成妆△[④]奈明年、醉把茱萸，[⑤]人隔他乡△

注：① 九日：即九月九日，重阳节。② 驹隙：成语"白驹过隙"，喻光阴迅速。③ 题糕：源出刘禹锡作《九日》诗，欲用"糕"字，思六经中无此字，遂辍之。④ 黄花：菊花。⑤ 茱萸：古人在重阳节有插茱萸风俗。

李福（清1264）一首　题：三月三日，追和玉田春感之作。[①]

昨日清明，今朝上巳，[②]胜游趁着东风△绿水人家，珠帘卷起重重△湔裙女伴花前拜，[③]愿年年、常似花红△最多情、贴地飞来，燕燕双逢△

画船晚向西泠去，[④]剩平湖春色，都付诗翁△如许风光，苦无佳客相从△独怀千古兴亡事，有青山、倒影波中△溯平波、一片斜阳，[⑤]几杵疏钟△

注：① 玉田：即张炎，见《词人小传》。② 上巳：农历三月三日。③ 湔裙：即洗裳。上巳湔裙能祛不祥。④ 西泠：杭州西湖桥名。⑤ 溯：逆着水流方向。

邓廷桢（清1285）一首　题：玉泉山宴集。[①]

径转疏花，畦冻寒菜，篮舆一路秋光△[②]琴筑声清，[③]冷泉缓泻鸳梁，凭高莫向栏杆倚，倚栏杆、容易斜阳△写闲情、细把金英，[④]浅醉瑶觞△

搀枪未扫铙歌唱，[⑤]叹军符憔悴，战垒苍凉△饮至筵开，愁听满耳伊凉△却怜老圃霜华重，怕孤他、晚节幽香△乍归来、灯火城南，淡月昏黄△

注：① 玉泉山：福建连江玉泉山，作者曾任闽浙总督。② 篮舆：竹轿。③ 筑：古乐器，琴类。④ 金英：花也。⑤ 搀枪：乌烟（鸦片）枪。

杨芸（女）（清1294）一首　题：晓起书怀。

乍试生衣，犹欹单枕，晓窗春梦初残△香篆萦青，重扉静掩双镮△娇痴鹦鹉玲珑语，唤云英、移近栏杆△[①]卷疏帘、翠雨如烟，一片迷漫△

瘦人天气人憔悴，任脂零粉腻，明镜慵看△燕子来迟，小楼空贮春寒△闲愁只在垂杨里，被东风、吹上眉端△凭妆台、细字蚕眠，[②]写遍冰纨△

注：① 云英：仙女。② 蚕眠：像卧蚕。李商隐《海上谣》："云孙帖帖卧秋烟，上元细字如蚕眠。"

汪潮生（清1304）一首　题：鸳鸯湖春感，用玉田生西湖春感韵。①

浪蹙鳞圆，裙拖鸭裹，②春心荡起潮船△六柱窗低，愁风愁水年年△来时笑指垂杨问，问而今、芳草谁怜△意茫然、梦醒高楼，一碧如烟△

相思最是东风薄，共倾脂河水，③流下晴川△镜里双禽，几时飞去湖边△蘋花拂破空留影，误佳期、只剩鸥眠△卷晴帘、才听流莺，又唤愁鹃△

注：① 鸳鸯湖：嘉兴南湖；玉田：张炎，号玉田。② 鸭裹：脚裹。③ 倾脂河水：西施去苏州居嘉兴时，脂粉水常倾于妆台下水中。

朱紫贵（清1445）一首　题：雨声满院，春事阑珊，拈是调谱之。

倦柳颦眉，娇花泫颊，三分画出春愁△才放些晴，浓阴又度墙头△一春纵使无风雨，算几番、自舫清游△更何堪、风也难休，雨也难休△

自从燕子归来后，便疏疏碎点，夜夜高楼△赖有莺声，不曾认作残秋△池塘绿染罗裙水，剩飞红、带恨还流△最无聊、院宇黄昏，独下帘钩△

蒋志凝（清1406）一首　序：张君荔门背临李易安小影，①风鬟雾鬓，恨雨颦烟，真能写出《醉花阴》《声声慢》两词……余读而爱之，倚声为和。

笳拍文姬，②琴心卓女，③并来愁艳惺忪△柳月梢头，应输漱玉词工△④伤春髫子慵梳久，又重阳、帘卷西风△恁销魂、满地黄花，窗黑梧桐△⑤

当时眷属神仙似，想烹茶刻竹，静治堂中△被冷香销，几番吹梦无踪△劫余书画云烟散，忆秦楼、弹泪征鸿△算难摹、一寸柔肠，瘦损秋容△⑥

注：① 李易安：即李清照，见《词人小传》。② 笳拍：《胡笳十八拍》，乃蔡文姬所作。③ 琴心卓女：卓文君识琴音，闻司马相如琴声而相许之。④ 漱玉：李清照词集名。⑤ 此四句乃李清照词意境。⑥ 后段第四句起指李清照晚年凄凉。

吴藻（女）（清1484）一首　题：平湖秋月亭故址重新，①游者云集，舟过不得上，沿堤自断桥入里湖。②

山远浮烟，湖圆抱玉，丝丝杨柳轻柔△未老游情，累人催上兰舟△香尘漠漠西泠路，③占红栏、笑语临流△一篷幽、摇碧谁来，第二桥头△

自从不作伤心句，负夕阳芳草，满地闲愁△寂寂寥寥，襟期澹过眠鸥△④东风几阵回桡急，峭寒生、欲裹重裘△⑤懒句留、花似浓春，雨似凉秋△

注：① 平湖秋月：杭州西湖十景之一。② 断桥：在平湖秋月以东。③ 西泠；桥名，在平湖秋月以西。④ 襟期：胸襟、抱负。⑤ 重裘：厚毛皮衣。

杨琬(女)(清1513)一首　题：题顾羽素绿梅影楼填词图。[1]

画阁连云，疏帘隔梦，人间无此高寒△石瘦苔荒，一轮冻月团圞△悄然万籁声俱寂，[2]凭烟痕、绿上毫端△[3]对横枝、依约微吟，[4]画损栏杆△

深宵不用银釭照，[5]爱横斜疏影，[6]写向冰纨△仿佛瑶妃，半鬟香雾初干△披图忍读琴清句，侍慈帏、画卷曾看△[7]听烟梢、翠羽飞来，同话辛酸△

注：① 顾羽素：即顾翎，见《词人小传》。② 籁：自然空穴里所发之声。③ 毫端：笔端。④ 横枝：梅枝。⑤ 银釭：灯也。⑥ 疏影：指梅影。⑦ 慈帏：指母。

陈澧(清1581)一首　序：元日独游丰湖，湖边有张氏园林，叩门若无人者，遂过黄塘寺，啜茗而返。忆去年此日，游南昌螺墩，可知明年此日又在何处也。

新曙湖山，酽寒城郭，钓船犹阁圆沙△短策行吟，何曾负了韶华△虚亭四面春光入，爱瑶峰、绿到檐牙△欠些些、几缕垂杨，几点桃花△

去年今日螺墩醉，记石苔留墨，窗竹摇纱△底事年年，清游多在天涯△平生最识闲中味，觅山僧、同说烟霞△却输他、斜日吴门，近水人家△

范锴(清1656)一首　题：辛酉(1861年)张秋水明经计偕入都，刘疏雨饯饮山塘，[1]各赋《高阳台》一阕，以纪其事。

日影摇波，烟痕散渚，晴光正照楼阴△山叶霜红，十分染得秋深△骊歌未唱先留醉，[2]倚玉杯、几度芳斟△[3]更销魂、蝶梦化寒，曲罢湘琴△

画船次第倾城出，看珠钿露翠，宝钏流金△凤管鸾箫，人间一片仙音△卷帘报道灯齐上，便任他、落月横参△[4]问檀奴、如此江南，[5]忍赋离吟△

注：① 山塘：苏州名胜，在阊门外。② 骊歌：离别之歌。③ 芳斟：喻酒。多指女性所斟者。④ 横参：喻夜深；参：星名，居西方。⑤ 檀奴：美男子潘岳小名。对恋人之爱称。

徐士烝(清1751)一首

雪谢荼蘼，[1]香飘杜若，[2]者番花事将阑△[3]倚遍红楼，好春犹觉堪怜△关情只有双飞燕，恋残英、犹自蹁跹△[4]漫消凝、几树垂杨，几曲栏杆△

佳期空费前宵梦，盼伊人消息，杳隔重山△记得灯昏，绿窗同话春寒△无端吹作天涯絮，[5]会萍踪、甚日吹圆△[6]蓦惊心、纤月窥帘，误认眉弯△

注：① 荼蘼：花名。② 杜若：草名，皆生长于暮春。③ 者番：这番。④ 残英：残花。⑤ 无端：无故。⑥ 萍踪：飘流踪迹。

黄侃（现当 17）一首　题：二月二十六日清明薄游。

深巷饧箫，[①]连村社鼓，[②]禊游节物天涯△[③]南国旌旗，[④]未妨春到人家△崇桃积李看难倦，[⑤]又轻飔、吹绽桐花△[⑥]问几人、曲水浮觞，[⑦]新火煎茶△[⑧]

韶光在处都堪赏，[⑨]况红楼翠幕，紫陌钿车△最称双鸳，相携细履晴沙△流莺劝酒休醉满，更徘徊、澹日残霞△醉归来、插帽繁枝，一任横斜△

注：① 饧箫：吹箫卖饧，多在清明节前后。饧，即饴糖。② 社：指春社，祭后土神，聚饮。③ 禊：上巳（三月初三）修禊。④ 南国：指作者家乡湖北蕲水。⑤ 崇桃积李：聚桃集李，喻多。⑥ 飔：凉风。⑦ 曲水浮觞：上巳诗人雅集时一种游戏。⑧ 新火：寒食节禁烟后新生烟火。⑨ 韶光：春光。

车乘轨（现当 88）一首　题：新添设备有感。　注：2004 年 10 月 7 日作。

年岁如飞，流光似电，人生苦短难羁△[①]欢度残年，先须健体强肢△家家设备跟时代，兴趣多、行乐情怡△畅心胸、祛病消患，减免求医△

因循马虎多年过，叹家无好物，敝旧寒微△趁此良机，[②]补装尚不嫌迟△空调电话阳台闭，[③]未半年、宿愿三归△赶新潮、享受新禧，喜写新词△

注：① 羁：留也。② 良机：过去因故乡绍兴尚有老宅，回绍时空关浪费。今年五月老宅拆迁，定居嘉兴，别无牵挂矣。③ 此句指装起空调，接通电话，封闭阳台。

关一（现当 190）一首　题：游西湖。[①]

西子湖边，[②]苏堤柳浪，[③]丝丝摇曳蝉鸣△曲院风荷，[④]雨吹十里花馨△三潭印月蓝天湛，[⑤]岛中湖、水抱舟横△断桥长、[⑥]素裹红妆，碧落华灯△

南屏漫步钟声晚，[⑦]醉林岚香绕，竹翠泉清△西泠桥栖，丹心侠女秋茔△[⑧]长江错认烟霞远，是钱塘、[⑨]潮涌滩惊△白娘魂、夕照雷峰，[⑩]塔厚诗情△

注：① 西湖：指杭州西湖。② 西子湖：即西湖。③ 苏堤：苏堤春晓；柳浪：柳浪闻莺，皆西湖十景之一。④ 曲院风荷：西湖十景之一。⑤ 三潭印月：西湖十景之一，在湖心岛中。⑥ 断桥：断桥残雪，西湖十景之一。⑦ 南屏：南屏晚钟，西湖十景之一。⑧ 这两句谓西泠桥畔，有辛亥先烈秋瑾女侠坟墓。⑨ 钱塘：江名。⑩ 雷峰夕照：西湖十景之一，有《白蛇传》故事。

一百字　彩云归

柳永(宋 14)一首

蘅皋向晚舣轻航△[1]卸云帆、水驿鱼乡△[2]当暮天、霁色如晴昼，江练静、[3]皎月飞花△那堪听、远村羌管，[4]引离人断肠△此际浪萍风梗，[5]度岁茫茫△

堪伤△朝欢暮散，被多情、赋与凄凉△别来最苦襟袖，依约尚有余香△算得伊、鸳衾凤枕，夜永争不思量△[6]牵情处，惟有临歧，[7]一句难忘△

注：① 蘅皋：长有香草的沼泽；舣：泊船。② 水驿：水路驿站。③ 练：白绢，喻江水。④ 羌管：少数民族乐器。⑤ 此句喻飘流。⑥ 夜永：夜长。⑦ 临歧：临别。

陈维崧(清 196)一首　题：簸钱。[1]

买花归倚绣帘前△问侍儿、剩否金钱△[2]邀隔垣、女伴消闲昼，还趁取、苔石幽鲜△轻轻簸、青蚨不定，[3]怕撩人鬓蝉△竞负闺中刘毅，[4]喝雉喧阗△[5]

琅然△滚归墙隙，与柳绵、一样匀圆△恼他邻女娇小，赢处惯倚轻儇△[6]唤重来、频呼不应，走弄墙畔秋千△无聊甚，闲掷五铢，[7]暗卜归船△

注：① 簸钱：掷钱，古代少女一种赌戏。② 侍儿：婢女。③ 青蚨：即钱。④ 刘毅：此辞难解，待考。⑤ 喝雉：呼卢喝雉，赌博之声。⑥ 轻儇：轻佻，不庄重。⑦ 五铢：五铢钱，古代一种用重量作为货币单位的铜币，铸有“五珠”二字，故称。

一百字　御带花

欧阳修(宋 33)一首　题：元夕。

青春何处风光好，帝里偏爱元夕▲[1]万里缯彩，构一屏峰岭，半空金碧▲宝檠银釭，耀绛幕、龙虎腾掷▲[2]沙堤远、雕轮绣毂，争走五王宅▲[3]

雍雍熙熙，作昼会，乐府神姬，海洞仙客▲曳香摇翠，称执手行歌，锦街天陌▲月淡寒轻，渐向晓、漏声寂寂▲当年少、狂心未已，不醉怎归得▲

注：① 帝里：京城，指汴京(今开封)。② 此五句描写鳌山灯球光耀；宝檠：灯台；银釭：灯盏。③ 五王宅：喻贵族门第。

一百字　惜花春起早慢

无名氏(辽 3)一首

向春来，睹园林、绣出满槛鲜萼▲流莺海棠枝上弄舌，紫燕飞绕池阁▲三眠细柳，[1]垂万条、罗带柔弱▲为思量、昨夜去看花，犹自斑驳▲

须拚尽日尊前，[2]当媚景良辰，且恁欢谑▲更阑夜深秉烛，[3]对花酌、莫孤轻

诺▲[④]邻鸡唱晓，惊觉来、连忙梳掠▲向西园、惜群花，恐怕狂风吹落▲

注：① 柳三眠：《漫叟诗话》注："汉苑中有柳，状如人形，一日三起三眠"。② 尽日尊前：整天酒席前。③ 秉烛：持烛。④ 莫孤：莫辜负。

一百字　换巢鸾凤

陈维崧（清 196）一首　题：春感。

日暖丝柔，正花枝绿薮，[①]鸟语钩辀△[②]斜桥云如粉，台涧水如油△临风却忆少年游△闲踪迹遍、旗亭酒楼△[③]如今也，只浅淡、眉痕相斗▲

知否▲人感旧▲满砌靡芜，[④]糁绿窗清昼▲记得年时，[⑤]暗曾经处，深巷红栏弱柳▲飘尽杨花雨偏肥，摘来梅子春先瘦▲怅风光，更消人、几番回首▲

注：① 绿薮：绿油油。② 钩辀：鹧鸪鸣叫，象声词。③ 旗亭：即酒楼。④ 蘼芜：草名，野生植物。⑤ 年时：当年。

梅戀（清 835）一首　题：上巳感怀。[①]

日暖丝飘，正花开艳冶，莺语妖娆△年辰传社鼓，[②]巷陌度饧箫△[③]虞山芳草绿裙腰△[④]泛将画船，长桥短桥△看无数，红袖影、春潭低照▲

情悄▲曾经到▲曲水短墙，静掩桃门小▲手撚残枝，沉吟往事，空把回廊循绕▲寂寂谁招丽人遥，堂堂恐负春光好▲又新蟾，[⑤]映梨云、愁绪多少▲

注：① 上巳：三月初三，古节日名。② 社鼓：春社击鼓祭后土神。③ 饧箫：吹箫卖饧。饧，即饴糖。④ 虞山：江苏常熟名山。⑤ 新蟾：新月。

车乘轨（现当 88）一首　题：祖坟迁葬记。　注：2014 年 5 月 6 日作。

父母长兄，六家岙卜葬，并列双茔△虽山低路辟，却有一溪澄△周围垂柳树青青△叹文革时，桌碑被征△[①]邪风去，[②]法制健、后来无恙▲

殃降▲新建厂▲[③]土木大兴，废土朝沟放▲[④]路堵溪平，水流返涌，坟地洪波荡漾▲开掘迁尸雇工难，巨金求援愿方偿▲官山岙，[⑤]再埋葬、满腹舒畅▲

注：① 桌碑：祭桌和墓碑；征：因桌碑均系石材，被公家征用。② 邪风：指"文革"。③ 厂：绍兴迪华针纺厂。④ 废土：建筑垃圾。⑤ 官山岙：绍兴公墓地址。

一百字　湘月

闵华（清 1114）一首　题：平山堂探梅。[①]

早梅放未，已安排笔砚，料理茶具▲雪后湖天且唤得，一叶扁舟容与▲水暝松寒，花明月暗，记取佳游处▲谁家玉邃，[②]数声竹外吹去▲

好是渺渺禅栖，[③]无人静夜，有冷香遥度▲暗染春衫总莫辨，空里和烟和雾▲

苑树悬灯，伶歌送酒，[4]却又银蟾吐▲[5]不愁花落，但愁有客行路▲

注：① 平山堂：扬州名胜。② 玉邃：喻箫声。③ 禅栖：寺宇。④ 伶：歌唱者。⑤ 银蟾：喻月光。

一百字　琵琶仙

杨穉云（清 1426）一首　序：丙子（1816 年）中秋，将客南沙，[1]同人饯于山塘，[2]诘朝始发，晚过泖湖，[3]残月照篷，沧波无极，黯然有寄。

凉意涵空，暮天远、一雁惊飞残月▲双桨浅掠轻波，苍茫入斜碧▲寒潮外、风声棹语，犹道是、歌筵呜咽▲两岸芦花，满村树影，相对清绝▲

记昨夜、梦醒湖楼，正隔舫、分灯送归客▲劝得玉娥起舞，[4]又橹声催别▲叹那日、只须沉醉，便重来、谁更相识▲但看地下垂杨，青青非昔▲

注：① 南沙：指南汇县，今属上海。② 山塘：苏州地名。③ 泖湖：青浦湖名，今属上海。④ 玉娥：指舞女。

朱紫贵（清 1445）一首　题：雨后北园晚步，至老君堂小憩。

丝雨初收，夕阳外、一片烟痕犹湿▲扶醉人送飞红，东风听残笛▲禁几度、晨钟暮鼓，渐零落、钿车金勒▲趁蝶寻香，随莺选梦，幽趣还得▲

算才过、寒食清明，早初夏、园林逗消息▲无数柳花如絮，糁单衫零白▲休更向、妆楼细诉，怕月眉、瘦损疏碧▲便有盈架荼蘼，不成春色▲

苏穆（女）（清 1592）一首　题：寄姐。

时节黄昏，月儿起、乍透西园芳树▲连袂初试轻罗，闲阶共冰伫▲[1]春正好、千红万紫，总输却、绿窗眉妩▲廿四桥边，[2]十三楼畔，争便离阻▲[3]

荡兰桨、箫鼓喧阗，算难把、清游共邻女▲多少不情言味，付庭前莺语▲吹尽了、游丝万丈，怎便能、绾得飞絮▲莫损镜里朱颜，渡江迎汝▲[4]

注：① 共冰伫：对月久立。冰，冰蟾，喻月光。② 廿四桥：扬州名胜。③ 争：怎也。此句指姐妹家乡是扬州山阳（今淮安），作者却远嫁宜兴。④ 渡江：扬州、宜兴同属江苏省，但分在长江北南。

一百字　绛都春

朱淑真（女）（宋 140）一首　题：梅。

寒阴渐晓▲[1]报驿使探春，南枝开早▲[2]粉蕊弄香，芳脸凝酥，琼枝小▲雪天分外精神好▲向白玉、堂前应到▲化工不管，朱门闭也，暗传音耗▲

轻渺▲盈盈笑靥，称娇面、爱学宫妆新巧▲[3]几度醉吟，独倚栏杆，黄昏后，月

笼疏影横斜照▲④更莫待、笛声吹老▲便须折取归来，胆瓶插了▲⑤

注：① 晓：此字叶韵，与下二首稍异。② 南枝：喻梅，见《白帖》。③ 宫妆：皇家宫女妆束。④ 疏影：喻梅枝影。⑤ 胆瓶：大肚小口瓶。

吴文英（宋476）一首　题：元夕。①

融和又报，乍瑞霭霁色，②皇都春早▲③翠幰竞飞，④玉勒争驰，⑤都门道▲鳌山彩结蓬莱岛▲⑥向晚景、双龙衔照▲绛绡楼上，彤芝盖底，仰瞻天表▲⑦

缥缈▲⑧风传帝乐，庆三殿、共赏群仙同到▲迤逦御香，飘满人间，闻嬉笑▲⑨须臾一点星球小▲渐隐隐、鸣鞘声杳▲⑩游人月下归来，洞天未晓▲

注：① 元夕：元宵。② 瑞霭：瑞祥云气。③ 皇都：指南宋京城临安（今杭州）。④ 幰：车上的帷帐。⑤ 玉勒：指马。⑥ 鳌山：张灯演杂技之台。⑦ 天表：皇帝容貌。⑧ 缥缈：高远貌。⑨ 笑：此字叶韵，稍异。⑩ 鸣鞘：即净鞭，帝出来前挥响清道。

沈宜修（女）（明329）一首　题：上元夜。

轻烟逗雨，把阵阵柔风，低萦庭树▲草色乍芳，梅影初斜，消几许▲春光早暗惊时序▲上元也、无端来去▲鸭香熏翠，鹊声弄喜，画栏私语▲

渐近▲①飞花引燕，帘前舞、又惹人添离句▲铁锁星残，玉胆瓶欹，银屏晚，松梢月冷浮清露▲浅寒淡、碧云横暮▲只见红绿争妍，总堪愁处▲

注：① 近：此字不叶韵，疑为“曙”字之误。

一百字　万年欢

胡浩然（宋402）一首

灯月交光，渐轻风布暖，先到南国▲①罗绮娇容，②十里绛纱笼烛▲花艳惊郎醒目▲有多少、佳人如玉▲春衫袂、整整齐齐，内家新样妆束▲③

欢情更阑未足▲④误勾牵旧恨，萦乱心曲▲怅望归期，应是紫姑频卜▲⑤暗想双眉对蹙▲断弦待、鸾胶重续▲⑥休迷恋、野草闲花，凤箫人在金谷▲⑦

注：① 南国：南方。指南宋临安（今杭州）。② 罗绮：指妇女。③ 内家：皇室。④ 更阑：更尽天明。⑤ 紫姑：厕神。⑥ 断弦：丧妻。⑦ 金谷：园名，石崇别墅。

一百字　渡江云

华文裕（清819）一首　题：云川阁坐雨，同杜紫纶、徐鸣皋作。

一村烟水上，城南杜曲，①有个看山楼△恍如图画里，随意狂吟，尽可当闲游△十年此地，常消受、窗儿清幽△况更有几人同调，小语豆棚秋△

飕飕△几丝秋雨，密密疏疏，做晚凉时候△[2]新浴罢、单衣乍冷，休上帘钩△就中谁忆繁华梦，且占取、绣被香篝△犹未老，多情杜牧风流△

注：① 杜曲：唐时长安（今西安）城南名胜地。② 候：此字仄声，借叶。

毕沅（清 1012）一首　题：送严道甫归金陵。[1]

十年三话别，灞陵踏雪，[2]才过落灯时△[3]拥炉寒料峭，欲去频留，屋后马长嘶△离愁饱惯，到今宵、怕说将离△谁遣此金尊红烛，双鬓已成丝△

垂垂△秦淮柳色，[4]绿似青门，任春风自吹△待再来、环香吟阁，秋以为期△几曾同掬天池水，怎回头、仙梦都非△人去远，莲花共予相思△

注：① 金陵：今南京。② 灞陵：在长安（今西安），喻离别处。③ 落灯时：过了元宵节。④ 秦淮：南京河名。

一百字　解语花

周邦彦（宋 128）一首　题：元宵。

风销焰腊，露浥烘炉，[1]花市光相射▲桂华流瓦▲[2]纤云散、耿耿素娥欲下▲[3]衣裳淡雅▲看楚女、纤腰一把▲箫鼓喧，人影参差，[4]满路飘香麝▲

因念帝城放夜▲[5]望午门如昼，[6]嬉笑游冶▲钿车罗帕▲相逢处、自有暗尘随马▲年光是也▲惟只见、旧情衰谢▲清漏移，[7]飞盖归来，[8]从舞林歌罢▲

注：① 浥：沾湿。② 桂华：月光。③ 耿耿：小明也；素娥：嫦娥。④ 参差：不齐貌。⑤ 帝城：指汴京皇城。⑥ 午门：皇宫正门。⑦ 清漏：喻时光。⑧ 飞盖：指仪仗。

陈允平（宋 556）一首　题：上元，次周美成韵。[1]

鳌峰溯碧，[2]贝阙缘云，[3]桂魄寒光射▲[4]风檐鸳瓦▲星河际、[5]缥缈绣帘高下▲[6]笙箫奏雅▲爱雪柳、蛾儿笑把▲[7]琼佩摇，珠翠盈盈，迤逦飘兰麝▲

陆地金莲照夜▲[8]富绮罗妆艳，春态容冶▲笼纱暗帕▲香尘过、禁陌宝车轿马▲[9]游人静也▲东风里、万红初谢▲沉醉归，残角霜天，渐落梅声罢▲

注：① 上元：元宵；周美成：周邦彦字美成。② 鳌峰：即鳌山，张灯演杂技之台；溯碧：向着碧天。③ 贝阙：宫殿；缘云：沿云。④ 桂魄：月光。⑤ 星河际：天边。⑥ 缥缈：高远貌。⑦ 雪柳、闹蛾儿：皆庆元宵妆饰。⑧ 金莲：喻灯。⑨ 禁陌：京城街巷。

王世贞（明 207）一首　题：美人捧茶。

中泠乍汲，[1]谷雨初收，[2]宝鼎松声细▲纤腰娇倚▲熏笼畔、斗把碧旗碾试▲[3]兰芽玉蕊▲勾引出、清风一缕▲颦翠蛾，斜捧金瓯，暗送春山意▲

微袅露鬟云髻▲瑞龙涎犹自，[4]沾恋纤指▲流莺新脆▲低低道、卯酒可醒还起▲[5]双鬟小婢▲越显得、那人清丽▲临饮时，须索先尝，添取樱桃味▲[6]

注：① 中泠：中泠泉在江苏镇江，唐刘伯刍推其为第一等泉，故又名天下第一泉。② 谷雨：节日名，在公历四月二十日左右，指雨前茶。③ 碧旗：旗枪，茶名。④ 龙涎：茶名。⑤ 卯酒：晨酒。⑥ 樱桃：喻美人小口。

王世懋（明216）一首　题：美人捧茶，次王世贞韵。

春光欲醉，午睡难醒，金鸭沉烟细▲[1]画屏斜倚▲销魂处、漫把凤团剖试▲[2]云翻露蕊▲早碾破、愁肠万缕▲倾玉瓯，徐上闲阶，有个人如意▲

堪爱素鬟小髻▲向瑶草相映，寒透纤指▲柔莺声脆▲香飘动、唤却玉山扶起▲[3]银瓶小婢▲偏点缀、几般佳丽▲凭陆生，[4]空说茶经，何似侬家味▲

注：① 金鸭：鸭形铜香炉。② 凤团：茶名。③ 玉山：身躯美称。④ 陆生：指陆羽，著有《茶经》。

徐震（明609）一首　故事：《快心编》第五回，石佩珩与裘翘喜结良缘。

和风丽昼，露浥夭桃，[1]正是婚姻候▲华堂春满▲烧灯夜、馥馥沉烟笼袖▲[2]兰房闺秀▲看解语、亭亭玉瘦▲[3]歌再闰，[4]唱彻良宵，喜道添更漏▲

因念萍踪邂逅▲露英雄本色，拔刀相救▲[5]知恩报德，[6]缘合处、却是天公成就▲云翻雨覆▲会楚襄、巫山神靓▲人尽称，豪士红颜，匹配无差谬▲

注：① 浥：沾湿；夭桃：嫩桃。② 烧灯夜：元宵。③ 解语：善解人意；亭亭：亭亭玉立。④ 再闰：再次、重复。⑤ 相救：新郎曾救过新娘。⑥ 德：此字不叶韵，稍异。

浦映渌（女）（清64）一首　题：题宝镫侍儿扫镜图。

天然艳冶，生小婵娟，[1]也解怜春意▲画阁斜倚▲双蛾皱、可是郑康成婢▲[2]偏松丫髻▲堪爱处、几般佳丽▲拂牙笺，故送秋波，无限愁如缕▲

金鸭慢调香细▲又烹茶洗砚，种种佳美▲低鬟偷喜▲销魂也、还抱琵琶花底▲轻弹玉指▲端的是、绿衣仙史▲试看来，一点檀心，岂是凡桃李▲

注：① 婵娟：美女。② 郑康成：东汉学者郑玄字康成。

毛重倬（清72）一首　题：乙巳（1665年）中秋。

烟消桂苑，露滴兰阶，佳节刚三五▲[1]玉蟾方吐▲[2]金波上、潋滟鱼云似雾▲[3]关山修阻▲相望处、风尖月午▲[4]看夜阑，林影萧森，秋上闲田圃▲

回首凤城箫鼓▲记沉香亭畔，曾按新谱▲纤歌妙舞▲[5]都何在、只有断垣荒础▲凄凉今古▲更历乱、武昌楼橹▲嗟百年，强半蹉跎，[6]此恨凭谁语▲

注：① 三五：八月十五中秋。② 玉蟾：月亮。③ 鱼云：鱼鳞云。④ 月午：月上中天，半夜也。⑤ 此四句指唐明皇、杨贵妃沉醉歌舞故事。⑥ 强半：大半。

陈维崧（清196）一首　题：咏美人捧茶，和王元美韵。①

蕃马屏风，②雏莺庭院，竹下茶声细▲妆楼小倚▲栏杆外、汲取春流浅试▲乳花银蕊▲烟袅上、绿鬟千缕▲溜横波，炉火初上，尽带娇憨意▲

捧处轻摇蝉髻▲③问阿谁年少，消受纤指▲珠鲜玉脆▲语笑处、故惹檀郎惊起▲④沉香亭婢▲只领略、凝酥佳丽▲怎知伊，生小江南，偏解旗枪味▲

注：① 王元美：王世贞字元美。② 此句谓画有外邦马的屏风。蕃，外邦。③ 蝉髻：蝉翼形发结。④ 檀郎：对恋人或喜欢的人的爱称。

劳纺（女）（清1883）一首　题：春日曹氏园看花。

纤云阁雨，丽日烘晴，游赏花深处▲蜂喧蝶舞▲疏檐外、呖呖山禽相语▲寻幽款步▲①更弱蔓、低枝遮路▲恰吹来，花片粘衣，零乱飘香雨▲②

楼外峰峦无数▲看遥凝黛色，澹掩烟缕▲桃红李白，③争烂漫、明媚春光如许▲沉吟久伫▲念甚日、故乡归去▲筑三楹，④栽竹千竿，种寒梅百树▲

注：① 款步：缓步。② 香雨：指花落如雨。③ 白：此字不叶韵，稍异。④ 楹：房柱。三楹，喻三间房。

车乘轨（现当88）一首　题：悼亡。　注:2014年5月4日作。

黄家彩娥，乙丑诞生，①丁未为余妇▲②待人和煦▲无欺诈、老实诚恳胸腑▲勤俭朴素▲精整理、操劳家务▲奉佛教，香烛诵经，长拒荤茹素▲

生活和谐共处▲已相依为命，休退回寓▲晚年安度▲奈己丑、不幸疯瘫遭遇▲③多年痛苦▲伊忍受、坚强抗御▲延至今，高寿归天，④丧葬依遗语▲

注：① 乙丑：1925年。② 丁未：1967年。③ 己丑：2009年。④ 至今：2014年4月10日。

一百零一字　山亭宴

张先（宋18）一首　题：有美堂赠彦犹主人。

宴亭永昼喧箫鼓▲①倚青空、画栏红柱▲玉莹紫薇人，②霭和气、春融日煦▲旧宫池馆更楼台，约风月、今宵何处▲湖水动鲜衣，竞拾翠、③湖边路▲

落花荡漾愁空树▲晓山静、数声杜宇▲天意送芳菲，④正黯淡、疏烟逗雨▲新欢宁似旧欢长，此会散、几时还聚▲试为挹飞云，问解相思否▲

注：① 永昼：长日。② 紫薇：紫薇省，即中书省。此处喻为官。③ 拾翠：

古代妇女春游。④ 芳菲：花草香美。

顾春(女)(清 1488)一首　题：立秋。

井梧一叶银床早▲[1]碧云天、画楼秋到▲竹外澹烟霏，障满地、斜阳最好▲豆花凉蔓战西风，浑不似、春寒料峭▲高树晚蝉鸣，特诉出、凄凉调▲

荷花半倚闲池沼▲想岩壑、桂花香渺▲天意谢繁华，怕白露、暗催秋老▲[2]罗衾不奈乍凉宵，有花底、乱虫啼晓▲清梦醒来时，一点残灯袅▲

注：① 一叶：一叶知秋，谓秋到了。② 白露：节气名，在公历九月八日左右。

一百零一字　木兰花慢　第一体，后段首起十二字分二字、四字、六字三句。

柳永(宋 14)一首　题：清明。

坼桐花烂漫，[1]乍疏雨、洗清明△正艳杏烧林，缃桃绣野，[2]芳景如屏△倾城△[3]尽寻胜赏，骤雕鞍、绀幰出郊坰△[4]风紧繁弦脆管，万家竞赛新声△

盈盈△[5]斗草踏青△人艳冶、递逢迎△[6]向路旁往往，遗簪坠珥，[7]珠翠纵横△欢情△对佳丽地，任金罍、罄竭玉山倾△[8]拚却明朝永日，[9]画堂一枕春酲△[10]

注：① 坼：绽开。② 缃桃：红桃。③ 倾城：全城而出之意。④ 雕鞍：喻骑马；绀幰：带微红的车幔；郊坰：远郊。⑤ 盈盈：喻美人轻盈。⑥ 逢迎：迎合、接待。⑦ 珥：耳环。⑧ 金罍：喻酒器；玉山：身躯美称。⑨ 永日：长日、整日。⑩ 酲：醉酒。

周端臣(宋 303)一首　题：送人之九华。[1]

霭芳阴未解，乍天气、过元宵△讶客袖犹寒，吟窗易晓，春色无聊△梅梢△尚留顾藉，[2]滞东风、未肯雪轻飘△知道诗翁欲去，递香要送兰桡△

清标△会上崇霄△千里阻、九华遥△料今朝别后，他时有梦，应梦今朝△河桥△柳愁未醒，赠行人、又恐越魂销△留取归来系马，翠长千里柔条△

注：① 九华：山名，在安徽，为佛教四大名山之一。② 顾藉：顾念，顾惜。

李彭老(宋 519)一首

正千门系柳，赐宫烛、散青烟△看香靥芳唇，涂妆晕色，试尽春妍△田田△[1]满阶榆荚，弄轻阴、浅冷似秋天△随处饧香杏暖，[2]燕飞斜亸秋千△[3]

朱弦△几换华年△扶醉向、落红前△记旧时游冶，灯楼倚扇，水院移船△吟边△梦云飞远，有题红、都在薛涛笺△[4]听绝残箫倦笛，夜堂明月窥帘△

注：① 田田：叶叶相连貌。② 饧：即饴糖，古时在清明前后，多有吹箫卖饧者。③ 斜亸：斜垂。④ 薛涛笺：唐蜀妓薛涛善制书笺。

周密(宋541)二首　题：第一首曲院风荷。　注：曲院风荷：西湖十景之一。
第二首，南屏晚钟。　注：南屏晚钟：西湖十景之一。

(1) 软尘飞不到，过微雨、锦机张△正绿荫池幽，交枝径窄，临水追凉△宫妆△盖罗障暑，[1]泛青蘋、乱舞五云裳△迷眼红绡绛彩，翠深偷见鸳鸯△

湖光△两岸潇湘△[2]风荐爽、扇摇香△算恼人偏是，萦丝露藕，连理秋房△涉江△采芳旧恨，怕红衣、夜冷落横塘△折得荷花忘却，棹歌唱入斜阳△

注：① 盖罗：喻荷叶。② 潇湘：喻景美。

(2) 疏钟敲暝色，正远树、绿愔愔△看渡水僧归，投林鸟聚，烟冷秋屏△[1]孤云△渐沉鸿影，尚残箫、倦鼓别游人△宫柳栖鸦未稳，露梢已挂疏星△

重城△禁鼓催更△罗袖怯、暮寒轻△想绮疏空掩，[2]鸾绡翳绵，鱼钥收银△[3]兰灯△伴人夜语，怕香消、漏永著温存△犹忆回廊待月，画栏倚遍桐阴△

注：① 秋屏：指秋天的南屏山。② 绮疏：有花纹的窗也。③ 鱼钥：城门锁匙。

彭贞隐(女)(清1052)一首　题：病起。

今朝黄道日，[1]起梳洗、整花钿△惊镜里朱颜，腰有一捻，瘦耸双肩△堪怜△蝶翻飞处，又海棠、红悴绣帘前△细算人生无病，多愁也是神仙△

翩翩△长袖轻环△梭样似、蹴金莲△[2]记尽日寻春，何曾娇困，佳兴年年△今焉△侍儿扶紧，尚凌波、微步不能圆△犹爱看苔砖景，绝胜熏药炉烟△

注：① 黄道日：吉日。② 梭样：梭子形，喻弓鞋。

吴藻(女)(清1484)一首　题：拟草窗。[1]

明湖千万顷，正春晓、镜奁张△看日脚烟浮，鱼天涨碧，鸥梦迷香△横塘△钿车绣幄，趁流苏、髻子郁金裳△[2]空翠遥分鬟影，乱红低飐钗梁△[3]

垂杨△嫩绿回黄△开燕剪、弄莺簧△认第三桥外，花骢惯识，酒市深藏△匆忙△画船去也，渐钟催、暝色入斜阳△银钥重关乍掩，[4]半山皓月飞光△

注：① 草窗：周密号草窗，见《词人小传》。② 流苏：帏帐上装饰品。③ 飐：吹动。④ 银钥：锁匙；重关：城门。

杨尚观(清1546)一首

高梧刚退暑，乍秋雨、又秋风△向小院追凉，堆篱败叶，沿砌初蛩△[1]空空△水晶帘子，待良宵、界月望玲珑△[2]衣袂凉沾露气，桂花低散香丛△

堂东△夜气冥濛△歌素女、舞金童△算只应天上，霓裳按谱，[3]一曲才终△珠宫△[4]步虚声远，隔芙蓉、似有路斜通△惊醒游仙梦好，绮寮递过疏钟△[5]

注：① 蛩：蟋蟀。② 界月：月也。界即空界，本佛教语，为六界之五。③ 霓裳：霓裳羽衣曲，舞曲名。④ 珠宫：蕊珠宫，仙宫也。⑤ 寮：小窗、小屋。

一百零一字　木兰花慢　第二体，同第一体，但后段首起十二字分二字、五字、五字三句。

吕胜己（宋400）一首

残红吹尽了，换新绿、染疏林△正杜宇催归，行人贪路，天气轻阴△江亭△旧游宴处，但遥山、数叠晚云深△犹忆佳人敛黛，为予别泪盈襟△

而今△旅况苦难禁△逢胜懒登临△念景熟难忘，情多易感，取次关心△①平明△又西去也，望关山、古道马骎骎△②回首当年一梦，笑将浊酒重斟△

注：① 取次：次第。② 骎骎：马行疾也。

彭孙贻（明504）一首　题：新月。

唤双鬟低问，是初月、是帘钩△正犀梳斜吐，①菱花半掩，②银甲微彄△③搔头△④晚妆拜起，恰下阶、私祷见人羞△三点香烧心事，一痕侧近牵牛△⑤

登楼△纤掐照箜篌△⑥陡的上眉兜△忆相期小尽，⑦刀环破镜，天际孤舟△还愁△团圆不够，把分钿、剖玦笔儿勾△弓样鞋帮瘦减，弯弯寄与风流△

注：① 犀梳：犀角梳，喻眉月。② 菱花：喻镜。③ 银甲：银指甲套。④ 搔头：簪也，首饰。⑤ 牵牛：星名。⑥ 箜篌：古乐器名。⑦ 小尽：农历小月月末，即农历二十九。

朱彝尊（清288）一首　题：上元。①

今年风月好，正雪霁、凤城时△②把鱼钥都开，钿车溢巷，火树交枝△参差△闹蛾歌后，③听笛家、齐和落梅词△翠幌低悬罘罳，④红梅不闭葳蕤△

蛾眉△帘卷再休垂△众里被人窥△乍含羞一晌，眼波又掷，鬟影相随△腰肢△风前转侧，却并肩、回睇似沉思△料是金钗溜也，不知兜上鞋儿△

注：① 上元：即元宵。② 凤城：指京城北京。③ 闹蛾：蝶形首饰。④ 罘罳：流苏。

沈时栋（清444）一首　题：秋夜纳凉。

炎光犹未谢，报凉信、暗中惊△正簟展鳞波，①肩摇蟾影，②月上疏棂△③盈盈△④玉绳低挂，⑤倩银涛、洗出晚峰青△桐叶摧残酷暑，荷香老尽秋声△

水萤△⑥明灭往来轻△天淡斗初横△看竹韵悠扬，花阴寂静，人境双清△无情△满庭秋色，怪年光、常向此中更△一枕松风袅袅，⑦数声残涧泠泠△⑧

注：① 簟：竹席。② 蟾影：月影。③ 棂：窗格子。④ 盈盈：满也。⑤ 玉

绳：星名。⑥ 水萤：水面上飞萤。⑦ 袭袭：侵袭。⑧ 泠泠：水清貌。

王曙（清1033）一首　题：白门秋柳。①

听寒蝉一树，青溪外、暮潮收△记花落板桥，春深南院，烟锁红楼△风流△几番回首，便乱鸦、啼断六朝秋△②衰草西风邀笛，阿谁宝马重游△

眉头△不似旧温柔△老去见应羞△更龙江夜雨，石城晓月，③送尽兰舟△须留△旧时燕子，共乌衣、古巷夕阳愁△④何处重逢桃叶，⑤澹烟凝雨芳洲△

注：① 白门：南京别名。② 六朝：指吴、东晋、宋、齐、梁、陈六个朝代，皆建都南京。③ 石城：石头城，指南京。④ 乌衣：巷名，在南京。刘禹锡《乌衣巷》诗有"旧时王谢堂前燕"句。⑤ 桃叶：晋王献之之爱姬。

车乘轨（现当88）一首　题：晚年生活写照。　注：仄韵，只此一首，不单列。2014年9月28日作。

已期年耄纪，①老无力、弱酸腰▲②大事仗儿辈，日常家务，保姆操劳▲③真侥▲④五官未败，有优盘、电视解无聊▲手揖词书出版，⑤字斟句酌推敲▲

逍遥▲日啖瓜桃▲⑥汤赤豆、美佳肴▲⑦遇四季时鲜，供奉故偶，像挂魂招▲专邀▲中秋十五，节团圆、祭奠烛香烧▲扶杖公园赏桂，⑧剩存岁月须饶▲⑨

注：① 期年，一百岁；耄纪：九十岁。② 老无力：始自今春。去岁尚步履娇健，行路不用筇杖。③ 保姆：王贺玲，乃护理作者亡妻之旧人，来家已三年半矣。④ 真侥：很侥幸。指精力未减，依旧脑清、耳聪、目明。⑤ 词书：指《历代雅词大观》。⑥ 瓜桃：夏日每天吃半只西瓜，有时加食水密桃。⑦ 汤赤豆：入秋日饮赤豆汤一碗；美佳肴：作者搜求童年时代故乡绍兴特菜。⑧ 赏桂：人民公园有桂林，乃赏桂佳处，作者年年躬逢其盛，是年亦不例外，时在9月28日。⑨ 饶：丰富。

一百零一字　木兰花慢　第三体，同第一体，但后段首起十二字分七字、五字两句；又前后段第六句为六字，与第一体分二字、四字两句不同。

京镗（宋363）一首　题：重九。

算秋来景物，皆胜赏、况重阳△正露冷欲霜，烟轻不雨，玉宇开张△蜀人从来好事，遇良辰、不肯负时光△药市家家帘幕，酒楼处处丝簧△

婆娑老子兴难忘△聊复与平章△①也随分登高，茱萸缀席，菊蕊浮觞△明年未知谁健，笑杜陵、底事独凄凉△②不道频开笑口，年年落帽何妨△③

注：① 平章：品评也。② 杜陵：指杜甫，自称杜陵布衣；底事：何事。③ 落

帽：指孟嘉重阳风吹帽落故事。

卫芳华(女)(宋554)一首

记前朝旧事，[1]曾此地、会神仙△向月地云阶，重携翠袖，来拾花钿△繁华总随流水，叹一场、春梦总难圆△废港芙蓉滴露，断堤杨柳垂烟△

两峰南北只依然△[2]辇路草芊芊△[3]恨别馆离宫，[4]烟销风盖，波没龙船△平生玉屏金屋，对漆灯、无焰夜如年△[5]落日牛羊垅上，西风燕雀林边△

注：① 前朝：指南宋理宗朝。② 两峰：南高峰与北高峰，"双峰插云"乃杭州西湖十景之一。③ 辇：帝车；芊芊：草盛貌。④ 离宫：行宫。⑤ 漆灯：沈彬葬处是古冢，有古灯台及漆盒，见《江南野史》。

郑禧(宋596)一首

望斜阳袅翠，帘试卷、小红楼△想鸾佩敲琼，[1]鸾妆沁粉，[2]越样风流△吟怀自怜豪健，洒云笺、醉里度春愁△有唱还应有和，纤纤玉映银钩△[3]

犀心一点暗香投△[4]好事莫悠悠△便有约寻芳，蜂媒才到，蝶使重游△梅花故园憔悴，揖东风、让与杏梢头△况是梅花无语，杏花好好相留△

注：① 鸾佩：雕有鸾鸟的玉佩。② 鸾妆：盛妆。③ 纤纤玉：喻女子手指。④ 犀心：犀角中空，喻两心相通。

郑禧妻吴氏(女)(宋597)一首　题：和郑禧。

看红笺写恨，人倚醉、夕阳楼△正故里梅花，才传春信，先认儒流△此生料应缘浅，绮窗下、雨怨共云愁△如今杏花娇艳，珠帘懒下银钩△

丝萝香树欲依投△此景两悠悠△恐莺老花残，翠蔫红减，辜负春游△蝶蜂问人情思，总无言、应只是低头△梦断东风路远，柔情犹为迟留△

梁曾(元18)一首　题：西湖送春。

问花花不语，为谁落、为谁开△算春色三分，半随流水，半随尘埃△人生能几欢笑，但相逢、尊酒莫相推△千古幕天席地，一春翠绕珠围△

彩云回首暗高台△烟树渺吟怀△拚一醉留春，留春不住，醉里春归△西楼半帘斜日，怪衔春、燕子却飞来△一枕青楼好梦，又教风云惊回△

张振维(现当99)一首　序：和老友庄南村先生《寄赠和辛稼轩木兰花慢》。先生今墓已宿草，余亦病肺在床，因依其稿更正。抚今思昔，尚思奋飞也。乘轨学长斧正，张振维拜稿。壬申(1992年)8月。

圣湖东畔路，[1]缀旧梦、是耶非△纪过雨楼台，迎风巷陌，曾与同归△缁尘暗、

双鬓白，②正繁花、落絮满征衣△③回首莼鲈未老，④堆盘苜蓿空肥△⑤
薄书丛里有吾师△看到水流西△问屠狗功名，雕龙事业，都付青旗△⑥君尚忆、离别意，⑦正开元、桥下叶初飞△⑧莫道流光转瞬，夜寒长被愁围△

注：① 圣湖：指杭州西湖。② 缁尘：黑尘。③ 征衣：远行之人所穿的衣服或军衣。④ 莼鲈：莼菜、鲈鱼。喻故乡特产。⑤ 苜蓿：野生蔬菜。⑥ 青旗：酒旗。⑦ 此句及前段第六句均在三至四字间加顿号，与格律稍异。⑧ 开元桥：杭州桥名。

一百零一字　玉烛新

赵文（元14）一首　题：次清真韵。①

梅花新霁后▲正锦样华堂，一时妆就▲洞房花烛，深深处、漫转铜壶银漏▲新妆未了，奈浩荡、春心相候▲香篆里、几簇笙歌，微寒半侵罗袖▲
侵晨浅捧兰汤，问堂上萱花，夜来安否▲功名漫斗▲漫赢得、万里相思清瘦▲蓝袍俊秀▲②便胜却、登科龙首▲③春昼永、帘幕重重，箫声缓奏▲

注：① 清真：周邦彦号清真居士。② 蓝袍：蓝衫，明清生员所穿服装。③ 龙首：状元。

赵用贤（明215）一首　题：盛敏叔馆兄新婚，①寄此为贺。

梅柳窥春早▲见晓帐芙蓉，鸳鸯娇小▲洞房昨夜，香云暖、花烛分阶缭绕▲风流潇洒，想跨凤、乘龙恰好▲分明是、弄玉秦楼，萧史双双蓬岛▲②
绛纱斜拥星娥，③转绿绶窥郎，色欺芳草▲佳人窈窕▲相辉映、乔木丝萝袅袅▲④百年偕老▲更桂子、兰孙不少▲须记取、彤管他年，⑤梁鸿德曜▲⑥

注：① 馆兄：同学。② 此两句用秦穆公女弄玉与萧史跨鸾仙去典故。③ 星娥：喻新娘。④ 丝萝：兔丝、松萝，喻婚姻。⑤彤管：朱笔，点状元用。⑥ 梁鸿德曜：一对贤夫妇，德曜即孟光。

一百零一字　曲江秋

杨无咎（宋254）一首

前山雨歇，爱竹树低阴，轩窗无热▲琳箔半垂，清风细绕，萧萧吹华发▲珍簟灿枕设▲珊瑚瘦，琉璃滑▲永日欹冠，知谁是伴，旧书重揭▲
清绝轻云淡月，梦同泛、苍波万叠▲杯盘狼藉处，相扶就枕，欢笑歌翻雪▲转棹小溪湾▲人家烟火都明灭▲正携手，无端惊回，槛外数声鶗鴂▲

一百零一字　曲游春

陈维崧（清195）一首　题：上巳，招同诸子修禊。①

昨夜风吹雨，恰晴光早绣，正好修禊▲弄碧垂杨，倚斜桥招呼，邀人水戏▲洛浦风光丽▲[②]况满座、安期千里▲[③]一尊故国心情，三月丽人天气▲[④]

小苑，露桃开未▲正红萼犹含，枝上轻缀▲几度花前，趁闲身正健，只须沉醉▲莫管金鞭坠▲酩酊也、斜阳归骑▲尚遇无数罗裙，盈盈挑荠▲

注：① 修禊：三月三，古上巳节，采兰水上，以祓除不祥。② 洛浦：洛水之滨。③ 安期：王承字安期，在西晋中叶出任骠骑参军；千里，阮瞻字千里，西晋时任太子舍人，受司徒五戎推重。《世说新语：轻诋》："王丞相轻蔡公，曰：'我与安期千里共游洛水边，何处闻有蔡充儿！'"④ 丽人：美人也。杜甫《丽人行》诗："三月三日天气新，长安水边多丽人。"

一百零一字　西平乐

柳永（宋 14）一首

尽日凭高寓目，脉脉春情绪▲嘉景清明渐近，时节轻寒乍暖，天气才晴又雨▲烟花淡荡，装点平芜远树▲暗凝伫▲

台榭好，莺燕语▲正是和风丽日，几许繁红嫩绿，雅称嬉游去▲奈阻隔、寻芳伴侣▲秦楼凤吹，[①]楚台云约，[②]空怅望，在何处▲寂寞韶光度▲可堪向晚，[③]村落声声杜宇▲

注：① 秦楼：秦穆公女弄玉妆楼。② 楚台：楚襄王会神女于阳台。③ 可堪：怎堪。

一百零一字　芳草（又名凤箫吟）

晁补之（宋 123）一首　注：调名原作凤箫吟。

晓曈昽、风和雨细，[①]南国次第春融△岭梅犹妒雪，露桃云杏，已绽碧成红△一年春正好，劝人狂、飞燕游蜂△更吉梦良辰，对花忍负金钟△[②]

香浓△博山沉水，[③]小楼清旦佳气葱葱△旧游应未改，武陵花似锦，[④]笑语相逢△蕊宫传妙诀，[⑤]小金丹、同换冰容△芝田旧约，[⑥]归去双峰△

注：① 曈昽：日初出，将明未明时。② 忍：怎忍；金钟：喻酒杯。③ 博山：指香炉；沉水：香料名。④ 武陵：指桃花源。⑤ 蕊宫：蕊珠宫，仙境。⑥ 芝田：《拾遗记》："昆仑山第九层……下有芝田蕙圃……群仙种耨焉。"

一百零一字　真珠帘（又名珍珠帘）

朱孱孙（宋 407）一首

青云做冷春知未▲春愁在、碎雨敲花声里▲海燕已寻踪，[①]到画院沙际▲院落

秋千杨柳外，待天气、十分新霁▲春市▲又春帘巷陌，红芳歌吹▲

须信处处东风，又何妨对此，笼香觅醉▲曲尽索余情，奈夜航催离▲梦满冰衾身似燕，[2]笑几度、吴乡烟水▲无寐▲试明朝说与，西园桃李▲

注：① 海燕：即燕，候鸟，因来自南海外，故名。②冰衾：冷被。

孙旸（清 214）一首　题：送钱庸亭归里。

庭飐昨夜吟芳树▲做轻寒、几点芭蕉新雨▲故故乱乡愁，[1]向金门延伫▲见说三江鲈正美，早斜舣、扁舟南浦▲去去▲趁月满潮生，布帆休住▲

相送潞水桥边，[2]恨萧疏杨柳，又遮前路▲计日到吴趋，[3]正黄花堪数▲应有床头新醅熟，羡举案、双眉犹妩▲楚楚▲听剪烛西窗，画屏人语▲

注：① 故故：屡屡。② 潞水：山西水名。《北河纪余·卷四》载明皇甫汸诗："莫将潞水桥边柳，看作玄都观里花"。③ 吴趋：犹吴门，指吴地。

王辂（清 561）一首　注：调名原作珍珠帘。

王昌旧住东墙畔▲[1]偷窥处、曾识香红半面▲隔断小妆楼，怅春风庭院▲盼得落残红杏树，渐露出、窗纱几扇▲谁见▲偏新寒料峭，重帘未卷▲

最是闲处关心，听花间弄佩，宵深放剪▲斜月瞰云屏，妒栖香双燕▲绿叶成阴能几日，数咫尺、依然银汉▲犹恋▲倘梦感樱桃，忍教轻断▲

注：① 王昌：传说中美男子，唐人李商隐等诗中多用之。

王又曾（清 933）一首　注：上片首句不叶韵，下片首句叶韵，稍异。

槐花小店鞭丝堕，感芳菲、炉畔盈盈三五▲[1]乍握苗荑早，[2]自暗通眉语▲镜里芙蓉描不得，但细看、绿娇红妩▲行旅▲惜刘郎归后，[3]芳菲无主▲

惆怅寻春迟暮▲悔扁舟不载，五湖烟雨▲莫要泣春风，把年华轻误▲一梦三生今十载，更愁记、夜凉风露▲休顾▲怕寄将红豆，赚伊凄楚▲

注：① 炉畔：指当垆卖酒女；三五：十五岁。② 苗荑：苗条纤手。③ 刘郎：指东汉刘晨、阮肇入天台山遇两仙女成婚故事。

徐柱臣（清 962）一首　题：折花。

游丝袅袅春光暮▲晓莺声、啼到绿纱深处▲凭遍曲栏杆，见落红无数▲砌外残枝开正好，眺望久、缓移莲步▲还住▲怕摘得花来，送将春去▲

须是素手轻拈，好斜簪鬓侧，半添眉妩▲细把又重看，渐暗香微吐▲憔悴玉肌娇渐减，更说甚、此花能助▲延伫▲听隔巷饧箫，濛濛酥雨▲

屠倬（清 1354）一首　序：寓秦淮水阁旬日矣，高飚送秋，残暑渐退，夕阳箫鼓，阗咽清溪，赋小词题壁。

凉云绿浸帘波腻▲满雕栏、添了斜阳烟水▲一桁六朝山，[1]尚远横眉翠▲不是垂阳容易瘦，又早是、新秋天气▲闲憩▲看灯火星星，画船衔尾▲[2]

依旧一角红楼，记前番小住，银筝闲理▲荡漾软玻璃，[3]把月光摇碎▲梁燕笑人栖未稳，却几度、误他归来▲迢递▲[4]正梦绕乡园，紫燕花底▲

注：① 一桁：一排。桁，横木。② 画船：精致游船。③ 软玻璃：指秦淮河水。④ 迢递：遥远。

王闿运(清1760)一首　题：壬午(1882年)送灶。[1]

糕甜粥嫩催年事▲年刚被、爆竹今宵催起▲夜雪悄生寒，趁壶觞先醉▲里巷人家争节物，[2]早厨办、一杯香水▲迎岁▲便狮头腊鼓，牛鞭春意▲[3]

犹念暮景团圞，自寒扉掩后，铫烟冷腻▲[4]语笑旧儿童，悔枣梨嬉戏▲镜听无人重跪拜，[5]但老去、菱花羞对▲憔悴▲更凭谁说与，那时情味▲

注：① 送灶：农历十二月二十三日，传为灶神上天述职日，主人饯行，谓之送灶。② 争节物：争办应节之物。③ 牛：土牛，号春牛，催耕之意。④ 铫：土铫，炊具，犹今之砂锅。⑤ 镜听：占卜法之一个。于除夕或岁首，怀镜胸前，出门听人言，以占吉凶。

一百零一字　桂枝香　第一体，前段第四句六字，第五句四字。

王安石(宋57)一首

登临送目▲正故国晚秋，天气初肃▲千里澄江似练，翠峰如簇▲征帆去棹残阳里，背西风、酒旗斜矗▲彩舟云淡，星河鹭起，画图难足▲

念自昔、豪华竞逐▲叹门外楼头，悲恨相续▲千古凭高，对此漫嗟荣辱▲六朝旧事随流水，但寒烟、衰草凝绿▲至今商女，时时犹唱，后庭遗曲▲

唐珏(宋570)一首　题：蟹。

松江舍北▲[1]正水落晚汀，霜老枯荻▲还见青筐似绣，[2]绀螯如戟▲[3]西风有限无肠断，[4]怅东流、几番潮汐▲夜灯争聚，微光挂影，误投帘隙▲[5]

更喜荐、新笃玉液▲[6]正半壳含黄，[7]一醉秋色▲纤手香橙，风味有人相忆▲江湖岁晚听飞雪，但沙痕、空记行迹▲至今茶鼎，时时犹记，眼波愁碧▲

注：① 松江：今上海松江。② 青筐：喻蟹壳。③ 绀螯：黄蟹钳。④ 无肠：蟹称无肠公子。⑤ 此三句谓捕蟹人利用灯光捕蟹。⑥ 荐：献也；新笃：新酿；玉液：喻酒。⑦ 黄：脂膏。

唐艺孙(宋598)一首

收帆渡口▲认远岸夜篝，松炬如昼▲还见沙痕雪外，水纹霜后▲秦宫梦到无肠

断，[①]望明河、月残疏柳▲琐窗相对，茶边犹记，眼波频溜▲

渐嫩菊、初篘绿酒▲叹风味尊前，潇洒如旧▲几度金橙，香雾玉盘纤手▲清愁小醉凄凉里，拚今生、容易消瘦▲草心春浅，年年相忆，看灯时候▲

注：① 无肠：蟹称无肠公子。

张逸（明613）一首　题：寄友村店。

天高气肃▲正一派秋声，悲吟万木▲潇洒远山林翠，澄溪漾玉▲故人家住残阳外，小枫村、低低茅屋▲烟生芦渚，霜沾菊浦，酒香茶熟▲

疏篱畔、山中野服▲想竹栏秦韵，松窗棋局▲四壁清幽，爱挂云林几幅▲[①]鲤鱼风起天横雁，[②]待一叶、寻他剡曲▲[③]开尊长笑，池边蟹紫，墙头桔绿▲

注：① 云林：即大画家倪瓒，见《词人小传》。② 鲤鱼风：九月风。③ 剡曲：东晋王子猷雪夜剡溪访戴逵故事。剡溪，绍兴嵊县水名。

顾景文（清338）一首　题：香眉亭看桂。

小山横簇▲看淡日烘云，堆满金粟▲[①]闲倚青红庭院，晴飘轻馥▲深丛占断三秋景，倒芳尊、细倾千斛▲零蝉犹咽，啼蛩乍起，晚风摇绿▲

更旖旎、睡魂初足▲共兔影蟾光，[②]一生相逐▲袖满天香，肯把翠眉微蹙▲红牙小板凉州管，[③]且偷翻、桂枝新曲▲露浓人悄，玉京吹下，向花间宿▲

注：① 金粟：桂花别名。② 兔影蟾光：均喻月。③ 凉州管：羌笛。

唐仲冕（清1129）一首　题：长清旅舍中秋。[①]

山城斗大▲[②]正墟散斜阳，[③]樵归残霭▲[④]客子双轮初息，[⑤]一轮先待▲[⑥]清光随我初圆夜，恰茅屋、草窗无碍▲当头几见，众峰低处，白云天外▲

举酒向、云阶再拜▲见丹桂有花，素娥长艾▲[⑦]老矣吴刚，[⑧]当日斧剑犹在▲儿曹解事方年少，[⑨]便折取、一枝为快▲今夕何夕，露凉如水，树阴如盖▲

注：① 长清：山东县名。② 斗大：喻小。③ 墟：村庄、集市。④ 霭：云气。⑤ 双轮：指车。⑥ 一轮：指月。⑦ 长艾：年老。⑧ 吴刚：月宫中伐桂人。⑨ 儿曹：儿辈。

一百零一字　桂枝香　第二体，同第一体，但前段第四句四字，第五句六字。

叶小鸾（女）（明514）一首　题：秋夜。

纱窗欲暮▲渐冥色朦胧，暗迷平楚▲[①]断雁凄凉，点点远天无数▲苍烟染遍西风路，剪红枫、飘红荻浦▲画栏东角，疏帘底畔，徘徊延伫▲[②]

漫占得、长宵如许▲[③]又锦屏香冷，绣帏寒据▲满耳秋声，长向林梢来去▲萧

萧竹响还疑雨，悄窥人、嫦娥寒兔▲壁摇灯影，空阶雾结，怨虫相语▲[4]

注：① 平楚：平野。谢玄晖诗："寒城一以比，平楚正苍然"，诗见《韵府引文录》。② 延伫：久立。③ 长宵：长夜。④ 怨虫：指蟋蟀。

叶映榴（清545）一首　题：同人宴集退谷园紫藤花下，各赋词。余不及与，因遥和之。

园名退谷▲忆独乐午桥，[1]风流堪续▲看过三春，桃杏紫藤开足▲石家锦障繁华处，[2]问何如、天然花屋▲交枝红颤，软梢绿弹，一庭芳馥▲[3]

羡君辈、周旋茂叔▲[4]有绣幕当头，霞光娱目▲长夜清尊，谱出开元新曲▲[5]惭余未到东山麓，[6]但沉吟、谢傅丝竹▲[7]卷帘凝望，燕掠香来，破人尘俗▲

注：① 午桥：唐裴度午桥别墅。② 石家：指晋石崇，有金谷园。③ 芳馥：香气。④ 茂叔：人名。⑤ 开元：唐明皇年号，当年歌舞盛行。⑥ 东山：晋谢安归隐游乐处，借指退谷园。⑦ 谢傅：即谢安，官太傅。

一百零一字　喜迁莺

蒲松龄（清524）一首　题：岁暮作。

藜烟袅袅，正浓点茶汤，热制馎饦▲[1]官租不催，宿粮未尽，又喜妻孥安乐▲[2]终岁不知肉味，岁暮安思尝嚼▲鸡甫缚、儿童欢喜，磨刀霍霍▲[3]

一噱▲[4]红烛下，浊酒新篘，[5]喧笑盈帘幕▲娇女携壶，老荆涤盏，[6]痒处倩儿抓着▲稚子看灯不寐，榻上瓶瓯乱攫▲[7]此时料销金帐里，低斟浅酌▲

注：① 馎饦：古时点心名。② 妻孥：妻儿。③ 霍霍：磨刀声。④ 一噱：一笑。⑤ 浊酒：粗酒；篘：漉取。⑥ 老荆：老妻。⑦ 攫：用爪抓取。

一百零一字　湘春夜月

左辅（清1124）一首　题：戊申（1788年）元夕泊沙市。[1]

正停桡△冰轮涌出层霄△[2]沙市却对荆门，[3]灯影满江抛△隐隐箫声吹起，又银花迸出，[4]转过林坳△想闹蛾门巷，[5]传柑儿女，[6]笑语声娇△

沈吟暗想，华年电掣，旧梦烟销△又向三千里外，看今年初度，三五良宵△低徊孤影，共婵娟、冷荡寒涛△谁把我、春魂钩转，趁些风信，[7]吹上梅梢△

注：① 沙市：湖北地名，在江陵县南十五华里。② 冰轮：圆月。③ 荆门：荆州。④ 银花：烟花爆竹。⑤ 闹蛾：蝶形首饰。⑥ 传柑：《岁时记》上元夜，贵戚例以黄柑相赠。⑦ 风信：指花信风。

一百零一字　寿楼春

吴藻（女）（清1484）一首　题：新岁。

惊东风吹来△有红情绿意，缀上瑶钗△[1]恰喜椒盘颂好，[2]画堂筵开△残腊

尽，[3]韶光回△[4]费一番、天工安排△正彩燕翩翩，新莺呖呖，笑语到妆台△

鳌山结，[5]嬉游才△又试灯天气，纵酒襟怀△几处银花影合，玉梅香猜△城不夜，[6]春无涯△趁踏歌、铜壶休催△但明月随人，人间暗尘飞六街△[7]

注：① 瑶钗：玉钗。② 椒盘：正月初一，拜君亲，以盘进椒酒，号椒盘。③ 残腊：农历年底。④ 韶光：春光。⑤ 鳌山：张灯、演杂技之台。⑥ 城不夜：喻日夜繁华。⑦ 六街：街市。

一百零一字　翠楼吟

郭麐（清1208）一首　序：山行幽绝，临水数家，门外木芙蓉正花，烂漫无次，殊惬幽情，纪以此词。

湿翠霑衣，暗苔粘屐，[1]幽寻最爱清晓▲峰回刚路转，恰对面、数峰清峭▲[2]似依曾到▲[3]只三两人家，看来都好▲柴门小▲芙蓉无数，一时红了▲

谁料▲随意闲行，有芳塘花鸭，徐熙画稿▲[4]水边同照影，定见我、风前侧帽▲[5]也应含笑▲怕青鸟叮咛，玉容易老▲寻芳草▲向人山色，一眉新扫▲

注：① 屐：木鞋，泛指鞋。② 峭：高又陡。③ 侬：我也。④ 徐熙：南唐画家，善画花草、林果、草虫。⑤ 侧帽：北周独孤信曾因风侧帽，吏人咸效之。

黄兰雪（女）（清1346）一首　题：丙寅（1806年）仲秋登舣舟亭赏桂，外子索赋。[1]

洗砚池边，舣舟亭畔，[2]秋光乍晴堪掬▲幽情无限好，正开遍、一林金粟▲[3]栏杆曲录▲[4]见隔坞回廊，临流修竹▲[5]香何酷▲[6]午风轻散，俊游云属▲

满目▲看尽繁华，宛画图新展，十洲横幅▲[7]斜阳金碧里，爱行遍、陂塘林麓▲[8]丰碑高矗▲缅一代英才，千秋英躅▲[9]吟情触▲远天忽送，数峰浓绿▲

注：① 外子：指夫伍嗣兴。② 舣舟：系舟。③ 金粟：桂花别名。④ 曲录：屈曲貌。⑤ 修竹：长而直之竹。⑥ 酷：极顶。⑦ 十洲：即明大画家仇英。⑧ 陂塘：池塘。⑨ 英躅：英雄。

董恂（清1562）一首　题：南楼春晓。[1]

柳上青归，梅边白破，东风已减寒峭▲画楼高百尺，耸天半、韶华先到▲亭台多少▲看树树芳生，花花香绕▲风光好▲向阳门地，得春偏早▲

倾倒▲诗伯词仙，料剪红浮白，醉吟酣笑▲鸾闺还结伴，也油壁、香车侵晓▲莺喧蝶闹▲想尽卷虾帘，[2]齐开了鸟▲[3]栏杆外▲更看明月，一峰烟罩▲

注：① 南楼：原注：楼在家（即本族）绍闻园中，园有明月峰，高二丈余。

② 虾帘：帘又称虾须。③ 了鸟：门窗搭扣。

章溥(清 1585)一首　题：绿阴。

红黯残花,绿团丛叶,石栏幽荫葱蒨▲柳塘烟霞锁,酿天气、嫩寒轻暖▲[1]湿痕一片▲看密缀苔衣,浓侵蕉扇▲春人远▲[2]踏青路杳,碧云遮断▲

夏浅▲将近蚕眠,[3]作谷雨温风,阴晴刚半▲午鸠啼破暝,[4]罨翠羽、满身凉溅▲[5]笋肥梅绽▲正画榻琴眠,幽窗棋倦▲迷归燕▲濛濛花雾,误他双剪▲[6]

注：① 酿天气：酿花天气。② 春人：春天游人。③ 蚕眠：蚕在谷雨前后不食不动,三眠后结茧。④ 鸠：鸣禽名。⑤ 罨：覆盖。⑥ 双剪：双翼。

一百零一字　台城路

顾春(女)(清 1488)一首　题：四月廿四城东泛舟。

清溪一带台城路,新蜩乍眠高柳▲[1]五里蒹葭,[2]数声啼鸟,正是熏风时候▲将船载酒▲感卅载重来,光阴回首▲蟹罟鱼罾,小楼临水尚依旧▲

天光水影荡漾,看翩翩巧燕,波面飞逗▲绿树成阴,红栏倒影,夜色暗侵襟袖▲维舟渡口▲[5]听萧寺钟声,[6]楚宫轻扣▲留客殷勤,再来秋雨后▲

注：① 蜩：即蝉。② 蒹葭：芦苇。③ 熏风：东风或东南风,指已入夏。④ 罟、罾：皆渔具。⑤ 维舟：系舟。⑥ 萧寺：即寺。梁武帝萧衍造寺,大书一"萧"字,后寺毁而独存"萧"字。

一百零一字　霓裳中序第一

沈兆霖(清 1500)一首　题：南湖早夏。[1]

方池水正满▲一绿连天人不管▲沙岸紫蒲尚短▲尽凉蛤乱鸣,[2]荒鸠闲唤▲[3]陂塘见惯▲[4]叹物华、[5]俄倾催换▲梅黄近、郁蒸天气,[6]白夹已嫌暖▲[7]

湖畔▲宋时亭馆▲剩玉照、犹题旧款,青山曾否识面▲百本梅阴,[8]闭户衔怨▲菜畦谁氏灌▲但露薤烟苔长遍▲沈吟久、晶宫无恙,[9]濯影自清浅▲

注：① 南湖：嘉兴名湖。② 蛤：蛤蟆。③ 鸠：鸣禽。④ 陂塘：池塘。⑤ 物华：景物光阴。⑥ 梅黄：指黄梅天。⑦ 夹：夹衣。⑧ 百本：百株。⑨ 晶宫：指南湖;无恙：无事故。

一百零二字　上林春慢

晁冲之(宋 214)一首　题：上元。

帽落宫花,衣惹御香,凤辇晚来初过▲[1]鹤降诏飞,[2]龙衔烛戏,端门万枝灯火▲[3]满城车马,对明月、有谁闲坐▲任狂游,更许傍禁街,[4]不扃金锁▲

玉楼人、暗中掷果▲[5]珠帘下,笑着春衫袅娜▲素娥绕钗,轻蝉扑鬓,垂垂柳丝

梅朵▲夜阑饮散，但赢得、翠翘双亸▲[6]醉归来，又重向、晓窗梳裹▲[7]

注：① 凤辇：皇帝坐车。② 诏：圣旨。③ 端门：皇宫正门。④ 禁街：皇城内街。⑤ 掷果：美男子潘岳外出，众妇女争相掷果。⑥ 赢得：剩得；⑥ 亸：下垂。⑦ 梳裹：打扮。

一百零二字　水龙吟　第一体，前段首起两句六字七字，后段首句叶韵。

秦观（宋116）一首

小楼连苑横空，[1]下窥绣毂雕鞍骤▲[2]疏帘半卷，单衣初试，清明时候▲破暖轻风，弄晴微雨，欲无还有▲卖花声过尽，垂杨院落，红成阵、飞鸳甃▲[3]

玉佩丁东别后▲[4]怅佳期、参差难又▲[5]名缰利锁，天还知道，和天也瘦▲花下重门，柳边深巷，不堪回首▲念多情但有，当时皓月，照人依旧▲

注：① 连苑：一个个连着的花园。② 毂：车也。③ 鸳甃：双重屋瓦。④ 玉佩：妇女襟带饰物。⑤ 参差：不齐貌。

向子諲（宋217）一首　题：绍兴甲子（1144年）上元，有怀京师。[1]

华灯明月光中，绮罗弦管春风路▲[2]龙如金马，车如流水，[3]软红成雾▲太乙池边，葆真宫里，[4]玉楼珠树▲见飞琼伴花，[5]霓裳飘渺，[6]星回眼、莲微步▲[7]

笑入彩云深处▲更冥冥、一阵花雨▲金钿半落，宝钗斜坠，乘鸾归去▲醉失桃源，梦回蓬岛，[8]满身风露▲到而今江上，愁山万叠，鬓丝千缕▲

注：① 京师：指北宋京城汴京（今开封）。② 绮罗：喻妇女。③ 此两句即“车如流水马如龙”。④ 太乙池、葆真宫：皆皇宫内建筑。⑤ 飞琼：许飞琼，仙女也。⑥ 霓裳：舞曲名。⑦ 莲：喻妇女小足。⑧ 此两处皆喻仙境。

文徵明（明117）一首

依依落日平西，正池上晚凉初足▲太湖石畔，[1]丝丝疏雨，芭蕉簇簇▲院落深沉，帘栊静悄，[2]栏杆幽曲▲猛然间何处，玉箫声起，满地月明人独▲[3]

风约轻纱透肉▲掩酥胸、盈盈新月▲一段风情，满身娇怯，恍然寒玉▲青团扇子，欲举还垂，几番虚扑▲向夜阑独笑，红裆自解，灭银屏烛▲

注：① 太湖石：太湖中一种石料，可堆假山。② 帘栊：有帘之窗。③ 此句三、四字间不用顿号，与格律稍异。

黄锡朋（清24）一首　题：春思。

一竿红日催人，起来百舌枝头闹▲[1]韶光初媚，花朝将届，条风先报▲[2]垂柳

含娇，平莎带嫩，[3]正堪游眺▲叹黄尘紫陌，兰台走马，知辜负、春多少▲

犹是轻寒料峭▲问良辰、芳菲渐到▲江汀烟霭，红桥画舫，几人欢笑▲靓女明妆，踏青归晚，不胜窈窕▲未多时又是，双双紫燕，穿帘斗巧▲

注：①百舌：鸟名，善鸣。②条风：东北风。③平莎：平原野草。

孙云凤(女)(清1188)一首　题：游丝。[1]

雨晴乍暖犹寒，清明时节闲庭院▲飞花帘幕，轻阴池馆，[2]绣床针线▲曲曲回肠，悠悠愁绪，随伊萦转▲飏芳郊翠陌，流云去水，浑无着、教谁管▲[3]

九十韶华过半▲[4]记南国、踏青归晚▲[5]红香影里，绿阴疏处，飘扬近远▲摇漾吟魂，[6]懵腾午梦，[7]顿成春懒▲但垂垂斜日，小栏人静，画东风软▲

注：①游丝：蛛丝。②池馆：花园。③浑：全也。④九十韶华：九十天春光。⑤南国：喻南方。⑥吟魂：诗人影子。⑦懵腾：糊涂。

李慈铭(清1735)一首　题：乙卯(1855年)春日坐后圃柳下作。

小园遍是杨花，濛濛做尽东风色▲几回酩酊，雨丝如梦，已过寒食▲选石安琴，芟枝布几，[1]暂消迟日▲看缃桃落处，[2]苔钱满地，[3]刚绣出、春愁迹▲

可叹年年华发▲且连朝、玉钉狼藉▲溪唇挑菜，[4]墙头度馔，[5]漫通残客▲一觉斜阳，风前酒醒，解衣吹笛▲又黄昏近也，梨花月底，衬栏杆雪▲

注：①芟枝：删除杂枝。②缃桃：红桃。③苔钱：苔形似钱。④溪唇：溪口。⑤度馔：吃喝。

一百零二字　水龙吟　第二体，同第一体，但后段首句不叶韵。

章楶(宋62)一首　题：柳花。

燕忙莺懒芳残，正堤上柳花飘坠▲轻飞乱舞，点画青林，全无才思▲闲趁游丝，静临深院，日长门闭▲傍珠帘散漫，垂垂欲下，依前被、风扶起▲

兰帐玉人睡觉，怪春衣、雪沾琼缀▲绣床渐满，香球无数，才圆却碎▲时见蜂儿，仰粘轻粉，鱼吞池水▲望章台路杳，金鞍游荡，有盈盈泪▲

李纲(宋202)一首　题：柳花，和质夫韵。[1]

晚春天气融和，乍惊密雪烟空坠▲[2]因风飘荡，千门万户，牵情惹思▲青眼初开，[3]翠眉才展，小院长闭▲又谁知化作，琼花玉屑，共榆荚、漫天起▲

深院美人慵困，乱云鬟、尽从妆缀▲小廊回处，氍毹重叠，[4]轻拈即碎▲飞入楼台，舞穿帘幕，总归流水▲怅青春又过，年年此恨，满车风泪▲

注：①质夫：即章楶，见《词人小传》。②雪：喻柳花。③青眼：柳叶初生似眼。④氍毹：毛织地毯。

阎苍舒(宋341)一首　题意：前段叙金兵入城前北宋汴京上元夜繁华景象，后段叙沦陷后故都一片凄怆，并愿早复国土。

少年闻说京华，[1]上元景色烘晴昼▲朱轮画毂，雕鞍玉勒，金衢争骤▲[2]春满鳌山，夜沉陆海，一天星斗▲正红球过了，鸣鞘声断，[3]回鸾驭、钧天奏▲

谁料此生亲到，五十年、都城如旧▲而今但有，伤心烟雾，萦愁杨柳▲宝箓宫前，[4]绛霄楼下，[5]不堪回首▲愿黄图早复，[6]端门灯火，[7]照人还又▲

注：① 京华：指北宋京城汴京(今开封)。② 金衢：皇城街道。③ 鸣鞘：即净鞭，皇帝临近信号。④ 宝箓宫　⑤ 绛霄楼：皆北宋故宫殿。⑥ 黄图：黄帝版图，即国土。⑦ 端门：皇宫正门。

陈以庄(宋428)一首　题意：记宋亡，宫嫔被掳之恨。

晚来江阔潮平，越船吴榜催人去▲[1]稽山滴翠，[2]胥涛溅恨，[3]一襟离绪▲访柳章台，问桃仙圃，物华如故▲向秋娘渡口，泰娘桥畔，[4]依稀是、相逢处▲

窈窕青门紫曲，旧罗衣、新翻金缕▲[5]仙音恍记，轻拢漫拈，哀弦危柱▲[6]金屋虽成，阿娇已远，不堪春暮▲听一声杜宇，红殷丝老，雨花风絮▲

注：① 榜：指船。② 稽山：会稽山，绍兴山名，南宋国土。③ 胥涛：指钱江潮，亦南宋区域。④ 秋娘、泰娘：皆唐歌妓名，喻被掳宫嫔沦落如妓。⑤ 金缕：曲名。⑥ 哀弦危柱：凄绝的琴声，指亡国之悲歌。

钱继章(明367)一首　题：杨花，和质夫韵。

细风锯似吴刀，剪成了冰花吹坠▲[1]但看花落，不睹花开，怎生情思▲十五佳人，凝妆未了，纸窗深闭▲听侍儿传语，[2]漫天飞絮，今年又、春愁起▲

乍向碧空飘下，问长条、可容重缀▲芳心无奈，紫骝声疾，[3]黄莺声碎▲谁伴游踪，朱樱古陌，碧桃新水▲料南来、几树柔枝，博尽了、行人泪▲[4]

注：① 冰花：喻杨花。② 侍儿：婢女。③ 紫骝：马名。④ 行人泪：因折柳赠别，故行人下泪，结尾作七字、六字两句，与上作五字、四字、四字异。

叶小鸾(女)(明514)一首　题：荷花，次父六月二十四日作。[1]

昼长人静沉沉，绿杨正袅袅深院▲画帘低映，薄罗无暑，汗消珠钏▲[2]兰畹香清，[3]湘筠影瘦，[4]翠阴遮遍▲听莲歌处处，悠扬逸韵，半入水风烟片▲[5]

一霎雨余明净，晚云如黛花如钿▲[6]舟移萍乱，芳香袖惹，媚风轻扇▲一色红妆，[6]千重翠盖，[7]参差江面▲[8]更堪怜归路，平波杳杳，夕阳斜见▲

注：① 六月二十四日：传为荷花生日。② 珠钏：珠手镯。③ 兰畹：兰圃。④ 湘筠：斑竹。⑤ 此句中间不用顿号，稍异。⑥ 此句中间不用顿号，

稍异。红妆：指荷花。⑦ 翠盖：指荷叶。⑧ 参差：不齐貌。

沈宪英(女)(明553)一首 题：胥江竞渡。①

熏风池馆新篁，②荼蘼香尽惊梅雨▲③纨扇初裁，罗衣乍试，又逢重午▲④万户千门，游人争出，俱悬艾虎▲看碧蒲萦恨，朱榴沾醉，似续离骚旧谱▲⑤

惆怅韶华易换，最关心、画船箫鼓▲当年沉水，⑥今朝竞渡，依然荆楚▲抉目城边，⑦捧心台畔，⑧恨垂千古▲霎时间惟有，清江一曲，绿蓑渔父▲

注：① 胥江：苏州水名；竞渡：赛龙船。② 熏风：南风；池馆：花园。③ 此句谓荼蘼开花后即入黄梅天。④ 重午：端午。⑤ 此句中间不用顿号，稍异。⑥ 沉水：指屈原投汨罗江自尽。⑦ 抉目：伍子胥临刑自挖目，并嘱将目悬挂城上，以睹越军入城。⑧ 捧心：指西施。

潘高(清174)一首 题：酬雪晴寄画。

怪来日晚昽昽，①云山飘渺当窗起▲分明却是，雨生春嶂，②烟横秋水▲梦断西陵，③酒醒南国，④一时情思▲念短篱斜插，双扉空掩，却珍重、遥相寄▲

为画南村野老，手扶犁、华阳山底▲故人知我，平生清兴，由来如此▲孤艇潮平，大儿收网，小儿垂饵▲看登盘缕鲙，⑤盈尊浊酒，⑥向江天醉▲

注：① 昽昽：明貌。② 嶂：似屏风山峰。③ 西陵：长江西陵峡。④ 南国：南方，疑指湖北。⑤ 缕鲙：切丝鲙鱼。⑥ 盈尊：满杯；浊酒：村酒。

沈树荣(女)(清375)一首 题：初夏避兵惠思三妗母栖凤馆，有感追和外祖母忆旧原韵。①

谁知到处徘徊，谢庭风景都非旧▲②画堂尘掩，蓬生三径，门垂疏柳▲白昼初长，清风自至，流年空又▲看多情燕子，飞来飞去，真个不堪回首▲③

昔日娇随阿母，④学拈针、临窗挑绣▲斜阳楼外，熨残铜斗，线纹浑皱▲⑤蚕欲三眠，⑥莺犹百啭，落花时候▲问重来、应否销魂，试听江城笳奏▲⑦

注：① 惠思三妗母：指叶燮妻。妗母：舅母；外祖母：指沈宜修；避兵：清兵南下，叶燮家住嘉善，在作者家乡吴江以南。② 谢庭：晋才女谢道韫庭院，喻其家和外祖母家均系书香门第，现家乡已被清兵占领，风景非旧矣。③ 此句中间应用顿号，稍异。④ 阿母：即叶小纨。⑤ 浑：完全。⑥ 蚕眠：蚕须三眠方结茧，时在初夏。⑦ 江城：指吴江；笳：清兵军号。结尾两句七字、六字，与分三句用五字、四字、四字异。

许田(清807)一首 题：清明。

乍浓乍淡烟光，晓笼芳草迷香陌▲微微泼火，①家家插柳，东风无力▲白打球

场，红箫饧市，[2]踏青人密▲看绿杨影里，秋千架上，轻翻起、裙千折▲
又向南塘东去，听莺簧、几声娇涩▲[3]玉鞭策骑，[4]银罂泻满，[5]繁华如昔▲旧燕寻巢，穿花蘸水，杏梁双立▲把闲愁摒挡，[6]歌楼买笑，倩红牙拍▲[7]

注：① 泼火：指清明桃花雨。② 饧市：清明前后之吹箫卖饧。③ 莺簧：喻莺舌如簧。④ 策骑：鞭马。⑤ 罂：酒器。⑥ 摒挡：料理检点。⑦ 红牙拍：红象牙板打拍，即拍板唱曲。

沈大成(清920)一首　题：癸未(1763年)长至前五日，[1]杉亭、春农、藕生同集对琴草堂，因谱此阕。

巷南别馆清幽，[2]小帘细雨阴阴地▲薄绵犹卸，生衣未试，[3]熟梅天气▲近局相招，良辰可爱，褰裳同至▲正戎葵开尽，[4]高梧新竹，栏杆外、堆浓翠▲
京洛积年别久，[5]数前游、心头眼底▲风吹叠鼓，龙舟午闹，转添吟意▲活蕈穿莎，[6]鲜鳞透网，江乡佳味▲夜何其、真管严城柝急，[7]为公沉醉▲[8]

注：① 长至：即夏至。② 别馆：别墅。③ 生衣：夏衣。④ 戎葵：即蜀葵。⑤ 京洛：即河南洛阳。⑥ 蕈：菌类植物；莎：野草。⑦ 柝：巡夜木梆声。⑧ 结尾两句九字、四字与上首三句五字、四字、四字异。

尤维熊(清1198)一首　题：吴歌。[1]

五湖烟水空濛，[2]一枝柔橹冲烟破▲声声断续，三高祠下，[3]垂虹亭左▲[4]棹入前溪，三三两两，菱歌相和▲正圆沙清浅，凫飞拍拍，[5]笑脱下、红裙裹▲
最是晚风残月，剩微茫、一星渔火▲遥闻断港，才从浦转，又穿桥过▲水国阴晴，江乡儿女，尽伊烦琐▲怕惊他孤客，篷窗梦醒，又还重做▲

注：① 吴歌：苏州一带歌曲。② 五湖：即太湖。③ 三高祠：苏州古迹。④ 垂虹亭：吴江名胜。⑤ 凫：野鸭。

张姗英(女)(清1446)一首　题：纳凉。

垂杨低蘸银塘，浮萍乍碎波纹细▲一庭明月，满园清景，晚凉天气▲石隙流泉，林梢坠鹊，微风徐起▲有回廊曲曲，萧萧竹影，[1]更深后、还凭倚▲
团扇罗衣自乐，卷湘帘、画栏十二▲[2]水映疏星，阶凝白露，暗蛩鸣砌▲[3]银汉西斜，[4]浮云渐远，碧天如洗▲掩重门、小径归来，试问夕花开未▲[5]

注：① 萧萧：风声。② 湘帘：斑竹帘。③ 蛩：蟋蟀；砌：阶沿。④ 银汉：银河。⑤ 结尾为七字、六字两句，与三句五字、四字、四字异。

叶圣陶(现当24)一首　题：武昌东湖。

净蓝最爱东湖，西湖虽好输明艳▲沿堤信步，绿阴筛日，水天平远▲怀屈行

吟，[1]念周奋笔，[2]阁高场坦▲[3]遗墩九女，[4]丰碑耸峙，沉埋久、今方显▲[5]
遥见浓烟云起，倚长江、武钢雄占▲人言到夜，烟红景异，半天霞焕▲跃进宏规，清游佳概，一时帘卷▲偶凭栏看钓，浑忘诸想，候垂丝颤▲

注：① 屈：爱国诗人屈原。② 周：疑指周恩来，1937～1938 年间，曾住东湖珞珈山，谈判国共合作事宜。③ 阁高场坦：原注：有行吟阁、鲁迅广场。④ 九女墩：原注：太平军中女兵九人牺牲在此，民众埋之，谓之九女墩。⑤ 此三句原注：口头相传，不见记载，解放后始立碑而表之。

一百零二字　水龙吟　第三体，同第一体，但前段首起两句为七字、六字。

晁端礼（宋 102）一首　题：桃花。

岭梅香雪飘零后，[1]红杏枝头犹未▲小桃一种，妖娆偏占，春工用意▲[2]微赏丹砂，[3]半含朝雾，粉墙低倚▲正春寒露井，高楼帘外，争凝睇、东风里▲[4]
好似佳人半醉▲近横波、一枝娇媚▲玄都观里，[5]武陵溪上，[6]空随流水▲惆怅妖红，雨风不定，五更天气▲念当年门里，如今陌上，洒离人泪▲

注：① 岭梅：大庾岭梅；香雪：喻花香色白。② 春工：春景。③ 丹砂：指红色。④ 凝睇：注目斜视。⑤ 玄都观：指刘禹锡观桃事。⑥ 武陵：指桃花源。

刘镇（宋 306）一首　题：丙戌（1166 年）清明，和章质夫。[1]

弄晴台馆收烟候，时有燕泥香坠▲宿酲未解，[2]单衣初试，腾腾春思▲前度桃花，[3]去年人面，[4]重门深闭▲记彩鸾别后，青骢归去，长亭路、芳尘起▲
十二屏山遍倚▲任苍苔、夭红如缀▲黄昏人静，暖香吹月，一帘花碎▲芳意婆娑，绿阴风雨，画桥烟水▲笑多情司马，留春无计，湿青衫泪▲[5]

注：① 章质夫：即章楶，见《词人小传》。② 宿酲：隔夜酒醉。③ 此句化用刘禹锡观桃诗句："前度刘郎又重来"。④ 此句化用崔护诗句："桃花人面相映红"。⑤ 结尾三句化用白居易《琵琶行》诗句。

陆游（宋 330）一首　题：春日游摩诃池。[1]

摩诃池上追游路，红绿参差春晚▲[2]韶光妍媚，[3]海棠如醉，桃花欲暖▲挑菜初闲，禁烟将近，[4]一城丝管▲[5]看金鞍争道，香车飞盖，争先占、新亭馆▲
惆怅年华暗换▲黯销魂、雨收云散▲镜奁掩月，钗梁折凤，秦筝斜雁▲[6]身在天涯，乱山孤垒，危楼飞观▲叹春来只有，杨花和恨，向东风满▲

注：① 摩诃池：池名，在四川成都城内。② 参差：不齐貌。③ 韶光：春光。

④ 禁烟：寒食节，在清明前二日，是日禁烟火。⑤ 丝：琴、琵琶之类；管：笛、箫之类。⑥ 秦筝：筝系秦人蒙恬首创，故名；斜雁：弦柱似人字形雁阵。

一百零二字　水龙吟　第四体，同第三体，但后段首句不叶韵。

晁端礼（宋103）一首　题：桃花。

小桃零落春将半，双燕却来池馆▲[1]名园相倚，初开繁杏，一枝遥见▲竹外斜穿，柳间深映，粉愁香怨▲任红敧宋玉，[2]墙头十里，曾牵惹、人肠断▲

曾记山城斜路，喷清香、日迟风暖▲[3]春阴到后，马前惆怅，[4]满枝红浅▲深院帘垂，雨愁人处，碎红千片▲到明年更发，多应更好，约邻翁看▲

注：① 池馆：花园。② 宋玉：战国时美男子，有东邻女，曾窥墙三年。

胡仔（宋298）一首　题：以李长吉美人梳头歌填。[1]

梦寒销帐春风暖，[2]檀枕半堆香髻▲[3]辘轳初转，[4]栏杆鸣玉，[5]咿哑声起▲眠鸭凝烟，[6]舞鸾翻镜，影开秋水▲解低鬟试整，牙床对立，香丝乱、云撒地▲

纤手犀梳落处，[7]腻无声、重盘鸦翠▲[8]兰膏匀渍，冷光欲溜，鸾钗易坠▲年少偏娇，髻多无力，恼人风味▲甚含情不语，下阶漫自，折花枝戏▲

注：① 李长吉：唐诗人李贺。② 销帐：销金帐。③ 檀枕：香枕。④ 辘轳：汲水器。⑤ 鸣玉：鸟鸣。⑥ 眠鸭：鸭形香炉。⑦ 犀梳：犀牛角梳。⑧ 鸦翠：黑发结。

胡天游（清909）一首　题：春感。

晴熏瑶岛凌波路，[1]芳景参差凝媚▲[2]朱楼绣岭，[3]生香不断，花粘雪嫩▲眠损长条，[4]几回刚被，春风扶起▲正暖云如梦，暖烟如醉，厮和着、成天气▲[5]

早怕禁烟将过，[6]暗飘残、柳绵千里▲重来但有，盈盈鸭渌，[7]无人拾翠▲[8]满地春愁，笼鞭归去，[9]难凭料理▲拚付他蜂蝶，纷纷成阵，剪斜阳碎▲

注：① 瑶岛：岛之美称。② 参差：不齐貌，喻多样。③ 绣岭：锦绣山岭。④ 长条：指柳丝；眠：柳有三眠。⑤ 厮和：烘趁。⑥ 禁烟：寒食节禁烟火，节在清明前二日。⑦ 渌：水清。⑧ 拾翠：拾百草，妇女一种娱乐。⑨ 笼鞭：收鞭，指下马。

一百零二字　氐州第一

方千里（宋133）一首　题：次周美成韵。[1]

朝日融怡，天气艳冶，桃英杏萼犹小▲[2]燕垒初营，蜂衙乍散，[3]池面烟光缥缈▲芳草如熏，更潋滟波光相照▲[4]锦绣萦回，丹青映发，未容春老▲

倦客自叹清兴少▲念归计、梦魂飞绕▲浪阔鱼沉，云高雁阻，睽日添愁抱▲[5]
忆香闺，临丽景，无人伴、轻颦浅笑▲想像销魂，怨东风孤衾独晓▲

注：① 周美成：周邦彦字美成，见《词人小传》。② 桃英：桃花。③ 蜂衙：蜂群环绕如衙吏参官。④ 潋滟：波光相连。⑤ 睽日：分隔日。

一百零二字　石州慢（又名柳色黄）

张翥（元 69）一首　题：春日雨中。

烟雨轻阴，庭院峭寒，情意难准▲社前燕子归来，[1]却换一番花信▲[2]春光全在，杏花红闹枝头，双鸾衔上金钗鬓▲待到尽开时，又胭脂成粉▲
堪恨▲西园扑蝶，人间芳径，踏青鞋润▲帘影愔愔，竟日懵腾如困▲[3]惜花中酒，[4]寻常过了年年，情多那得离愁尽▲翠被不成温，满熏篝兰烬▲[5]

注：① 社：指春社，在立春后第五个戊日。② 花信：花信风，自小寒起有二十四番花信风，每番五天，有一花应之。③ 懵腾：糊涂。④ 中酒：病酒。⑤ 熏篝：有罩盖炉子。

高启（明 16）一首　题：春感。

落了辛夷，[1]风雨频催，庭院潇洒▲春来长恁，乐章懒按，酒筹慵把▲[2]辞莺谢燕，十年梦断青楼，情在柳絮犹萦惹▲难觅旧知音，把琴心重写▲[3]
夭冶▲忆曾携手，斗草栏边，买花帘下▲试看辘轳低转，秋千高打▲[4]如今何处，纵有团扇轻衫，与谁更走章台马▲回首暮山青，又离愁来也▲

注：① 辛夷：花名。② 此四字三句与格律六字两句异。③ 琴心：以琴声达意。④ 此两句六字、四字，与格律四字、六字异。

陈维崧（清 196）一首　题：冬日舟过亳村旧居有感。

黄叶村中，绿水湾头，帆影零乱▲小桥夹浦依稀，认有旧时庭院▲小楼还在，记得人在楼中，而今凝望如天远▲烟里欹吴舲，[1]似迷巢林燕▲
凄恋▲闲敲画榜，[2]遥指红墙，百端思遍▲可惜满园槲叶，半河菱蔓▲[3]负暄邻叟，[4]两两私语茅檐，[5]料他也为王孙叹▲[6]摇橹过前汀，惊水禽飞散▲

注：① 舲：有窗户的小船。② 画榜：船桨也。③ 此两句六字、四字，与格律四六字异。④ 负暄：背暖，即晒背。⑤ 私语：窃语。⑥ 王孙：指作者。

朱彝尊（清 288）一首　题：对雨。　注：调名原作柳色黄。

岸侧榆钱，[1]墙角楝花，吹已将尽▲渐添绿叶阴浓，转觉晚来风紧▲丝丝缕缕，界开密雾低烟，暗催栏药红尖润▲怕风子衣单，[2]把柔黄都褪▲

休问▲钿车骢马，③纵约归期，料应难准▲最忆江南，屐齿满街声趁▲④吴歌几曲，⑤稳坐细浪鱼天，落帆笑指柴门近▲任踏破苔痕，数小园新笋▲

注：① 榆钱：指榆荚，因其状如钱。② 凤子：大蛱蝶。③ 钿车：嵌金属或蚌壳之车壁，指妇女车。④ 屐齿：钉鞋；趁：追逐。⑤ 吴歌：吴地一带歌曲。

曹贞吉（清396）一首　题：对雨和竹垞。①　注：调名原作柳色黄。

柳絮为萍，梅子渐黄，天气如许▲溪云乍起遮山，酿做几丝微雨▲东西不定，摇曳淡雾轻烟，荷钱一一跳珠露▲②庭树碧参差，③荫青苔无数▲

平楚▲④断塘遥指，如发秧针，绿迷南浦▲暗想空江，轧轧唯闻柔橹▲乱红无影，寂寞静掩疏篱，铜街湿糁香尘路▲倩斗帐高眠，⑤小窗边听去▲

注：① 竹垞：即朱彝尊。② 荷钱：荷叶初生似钱。③ 参差：不齐貌。④ 平楚：楚天平原。楚，指江南，战国时属楚国。⑤ 斗帐：覆斗形小帐。

姚燮（清1529）一首　题：残村。

四五人家，临水背山，荒草犹剩▲斜阳多少颓垣，①缭着沙墟芜井▲②炊烟几缕，恰带断叶零鸦，随风作弄空中暝▲③沽店已无帘，④况墙头红杏▲

近省▲东邻田叟，西泊渔庄，北湾樵艇▲兵火遭残，⑤散处何方难定▲霜更月晓，尚有犬独鸡单，萧寒点缀柴门景▲奈杜老归来，⑥正儿饥妻病▲

注：① 颓垣：坏墙。② 缭：绕也。③ 暝：昏暗。④ 沽店：酒店；无帘：无酒旗。⑤ 兵火：指太平军。⑥ 杜老：指杜甫。

一百零二字　曲游春　第一体，后段起句不叶韵。

赵功可（元54）一首

千树笼芳草，正蒲风微过，梅雨新霁▲客里幽窗，算无春可到，和愁都闭▲万种人生计▲应不是、午天闲睡▲起来时、踏碎松阴，萧萧欲动疑水▲

借问，归舟归未▲望柳色烟光，何处明媚▲抖擞人间，除离情别恨，乾坤余几▲一笑晴凫起▲酒醒后、栏杆独倚▲时见双燕飞来，斜阳满地▲

一百零二字　曲游春　第二体，同第一体，但后段起句叶韵。

汪孟鋗（清971）一首　题：匏亭招同踏春郊外，以雨不果，晚命酒小酌。

帝里春如海，①问愔愔门巷，②春到何处▲酒旆茶帘，③引东风吹绿，连天无路▲冉冉斜阳暮▲④怕明日、寻春春去▲数游车、齐转天坛，⑤酿出一城酥雨▲

唤侣▲壶觞谁主▲快美醖频倾，高唱交吐▲莫说江南，正清明上冢，断肠儿

女▲孤艇空横渡▲算千里、青袍应误▲[6]只办醉月题花，闲情再赋▲

注：① 帝里：指北京。② 愔愔：安静和悦。③ 酒旆：酒旗。④ 冉冉：日行进貌。⑤ 天坛：北京古迹，皇帝祈年处。⑥ 青袍：青色长袍。小官员穿春袍。

朱绶（清 1408）一首

草长湖堤翠，渐暖风初飏，春动芳陌▲[1]似水年华，趁梨花沽酒，[2]未成萧寂▲几日轻烟积▲早晴艳、数枝红坼▲[3]正画楼、半卷珠帘，人倚露栏吹笛▲

小立▲官桥路直▲对金缕丝杨，[4]飞梦窗隙▲莺燕芳期，恁钿车去后，更无消息▲十载青袍湿▲漫分付、钗丛怜惜▲向晚一曲山香，无花帽侧▲

注：① 陌：里巷或田间小路。② 沽：买。③ 红坼：红花绽裂。④ 金缕丝杨：杨柳丝。

曹佩英（女）（清 1473）一首　题：题顾畹芳夫人画海棠花。[1]

小院春阴里，正绣床人倦，闲放刀尺▲杀粉调铅，写烟愁依约，海红帘隙▲[2]细雨胭脂湿▲[3]恰才展、绛绡轻裹▲[4]料夜深、唤起华清，娇堕翠鬟无力▲

艳绝▲雕栏春色▲记聘到梅花，开过寒食▲银烛黄昏，怕红成瘦损，绿催消息▲斜倚秋千侧▲试添个、春人吹笛▲更著一幅新词，锦心细织▲

注：① 顾畹芳：即顾蕙，见《词人小传》。② 海红：红海棠花。③ 胭脂：指海棠花红色。④ 绛绡：红衣，指海棠花。

陆永祥（现当 259）一首　序：癸巳（2013 年）小雪后一日与平湖、桐乡诗词楹联学会部分诗友乌镇采风活动。赋此。[1]

兰棹悬青镜，尽枕河楼阁，千顷飞翠▲过了东栅，恍年光倒转，吴宫西子▲萧鼓虹桥底▲沸百里、塔浮云际▲觅遗台、博采修文，梁苑读书官第▲

绮丽▲冰轮风细▲渐夜入蓬壶，花锦堆砌▲淡笑廊棚，喜归真美味，万方冠履▲香市呈祥瑞▲举绣幕、阑干十二▲料得诗梦今宵，沉酣共醉▲

注：① 原注：调见宋周密《武林旧事》记说。乌镇香市：茅盾先生称之为“中国农村的狂欢节”。乌镇，浙江桐乡镇名，著名风景区。

一百零二字　安公子

董以宁（清 311）一首　题：无题。

茉莉香偏促▲蝉纱帘内窥初浴▲乱绾青螺，[1]才系着、冰纱裙幅▲小骂流萤，暗处偏携烛▲还频见、秋水时时绿▲怕轻摇团扇，人到粉栏杆曲▲

一带朱衣竹▲萧萧影里惊如玉▲[2]浓笑前来，手指道、银河似沐▲恰好幽期，

欲趁花神福▲响金镮、吠动猧儿熟▲[3]恐小鬟知道，两点檀蛾轻蹙▲[4]

注：① 青螺：指发髻。② 萧萧：风声。③ 猧儿：即犬。④ 蛾：指眉。

马汾（清1201）一首　题：题胡春如“金勒马嘶芳草地，玉楼人醉杏花天”卷子。

扑面东风暖▲玉骢缓踏香茵软▲[1]红杏楼边，看掷果、虾须齐卷▲[2]帽影鞭丝，掩映垂杨岸▲寒食近、画出春魂艳▲笑杜郎何事，但说芳辰销黯▲

酒旆斜阳闪▲泥人光景吟怀乱▲[3]蠡粉墙阴，[4]应羡煞、穿花双燕▲归去匆匆，一路饧箫远▲[5]峦翠重、暮霭轻衫染▲待曲江题句，[6]那日招堤游遍▲[7]

注：① 玉骢：指马。② 掷果：美男子潘岳外出，众妇人卷帘争向其掷果；虾须：即帘。③ 泥人：缠人。④ 蠡粉：贝壳粉，代石灰用。⑤ 饧箫：清代在清明前后有吹箫卖饧人。⑥ 曲江：在陕西西安东南，唐进士登第，赐宴题诗于此。⑦ 招堤：即寺。

一百零二字　西平乐

柳永（宋14）一首

尽日凭高寓目，脉脉春情绪▲嘉景清明渐近，时节轻寒乍暖，天气才晴又雨▲烟光淡荡，装点平芜远树▲黯凝伫▲台榭好，莺燕语▲

正是和风丽日，几许繁红嫩绿，雅称嬉游去▲奈阻隔、寻芳伴侣▲秦楼风吹，楚台云约，空怅望，在何处▲寂寞韶光暗度▲可堪向晚，村落声声杜宇▲

一百零二字　金盏子

无名氏（辽3）一首

丽日舒长，正葱葱瑞气，遍满神京▲[1]九重天上，五云开处，丹楼碧阁峥嵘▲盛宴初开，锦帐绣幕光横▲应上元佳节，[2]君臣际会，共乐升平▲

广庭罗绮纷盈▲[3]动一部笙歌尽新声▲蓬莱宫殿神仙眷，浩荡春光，逦迤玉城▲[4]烟收雨歇，天色夜更澄清▲又千寻、火树灯山，[5]参差带月鲜明▲

注：① 神京：指辽都城临潢（热河境内）。② 上元：即元宵节。③ 罗绮：指妇女。④ 逦迤：连延。⑤ 千寻：喻高大，每寻长八尺。

一百零二字　南浦

谢良琦（清58）一首　题：寒食。

梨花杏叶，当寒食、开遍向江村▲南陌谁家油壁，[1]花下倒金尊▲[2]好是良辰美景，怪天公、何事雨纷纷▲看几处归鞍，香泥踏破，烟柳暗东门▲

惟有牛羊山陂，[3]离离草、何处不销魂▲遥想松楸故国，襟袖染啼痕▲谁捧一杯麦饭也，泪洒遍、败垅荒坟▲且归去，数声啼乌，榆火已黄昏▲

注：① 油壁：妇女车乘。② 金尊：酒杯。③ 山陂：山坡。

傅燮詷(清 558)一首　题：春暮。

艳阳时候，遍郊原、丽色弄芳春▲细草闲花侵路，蜂逐马蹄尘▲茅店酒旗斜矗，问朝朝、沉醉几游人▲爱绿杨影里，秋千高蹴，飞燕惹红裙▲

莫把韶华轻掷，趁花前、欢笑倒金尊▲况是嫣红欲老，千片舞缤纷▲远树鹃愁杜宇魄，小池萍聚柳绵魂▲看流香，南浦夜来，新雨涨波痕▲

一百零二字　拜新月慢

王士禛(清 397)一首　题：踏青。

雨晕红酥，波酣碧酝，乍是清明百五▲[①]花信风轻，[②]拂绣帘珠户▲人初起，慵向镜台匀面，何处隔窗低语▲青雀传书，[③]约踏青同去▲

乐游原、一片香车度▲[④]玉津园、十里烟花路▲[⑤]无恙往岁春光，又匆匆相遇▲倩游丝、牵惹东君住▲[⑥]销魂也、几阵棠梨雨▲呼女伴归去▲琼阁掩、漫天飞絮▲

注：① 清明百五：冬至至清明计一百零五天。② 花信风：小寒起有二十四番花信风，每番五天，有一花应之。③ 青雀：系西王母传书使者。④ 乐游原：在陕西长安(今西安)，为汉、唐时风景地。⑤ 玉津园：在河南汴京(今开封)，北宋诸帝常游临。⑥ 东君：司春之神。

一百零二字　瑞鹤仙

康与之(宋 281)一首　题：上元。

瑞烟浮禁苑▲[①]正绛阙春回，[②]新正方半▲冰轮桂华满▲[③]溢花街歌市，芙蓉开遍▲龙楼西观▲见银烛、星球有烂▲卷珠帘、尽日笙歌，盛集宝钗金钏▲[④]

堪羡▲绮罗丛里，[⑤]兰麝香中，正宜游玩▲风柔夜暖▲花影乱，笑声喧▲闹蛾儿满路，[⑥]成团打块，簇着冠儿兜转▲喜皇都、旧日风光，太平再见▲

注：① 禁苑：皇家花园。② 绛阙：红色宫殿。③ 冰轮桂华：月光。④ 宝钗金钏：喻妇女。⑤ 绮罗：喻宫女。⑥ 闹蛾儿：蝶形首饰。

袁去华(宋 311)一首

郊原初过雨▲见败叶零乱，风定犹舞▲斜阳挂深树▲映浓愁浅黛，遥山媚妩▲[①]来时旧路▲尚岩花、娇黄半吐▲到尔今、唯有溪边，流水见人如故▲

无语▲邮亭深静，[②]下马还寻，旧曾题处▲[③]无聊倦旅▲伤离恨，最愁苦▲纵收香藏镜，他年重到，人面桃花在否▲[④]念沉沉、小阁幽窗，有时梦去▲

注：① 遥山：远山。② 邮亭：驿站。③ 题：题壁，古时文人常在酒店壁上

题诗。④ 人面桃花：指美人。源出崔护诗："人面桃花相映红"。

楼采(宋466)一首

冻痕销梦草▲又招得春归、旧家池沼▲园扉掩寒峭▲倩谁将花信，遍传深窈▲追游须早▲便裁却、轻衫短帽，任残梅、飞满溪桥，和月醉眠清晓▲

年小▲青丝纤手，彩胜娇鬟，[1]赋情谁表▲南楼信杳▲江云重，雁归少▲记冲香嘶马，流红回岸，几度绿杨残照▲想暗黄依旧，东风灞陵古道▲[2]

注：① 彩胜：首饰。② 灞陵：在长安(今西安)，喻离别处。

李昂英(宋478)一首　题：甲辰(1244年)灯夕。[1]

玉城春不夜▲[2]映月璧寒流，烛蕖光射▲[3]鳌山海云驾▲[4]拥遨头箫鼓，[5]锦旗红亚▲[6]东风近也▲趁乐岁、良辰多暇▲想阳和、早遍南州，暖得柳娇桃冶▲

堪画▲纱笼夹道，露重花珠，尘吹兰麝▲歌朋舞社▲玉梅转，闹蛾耍▲[7]且茧占先探，[8]芋郎戏巧▲[9]又卜紫姑灯下▲[10]听欢声、犹自未归，钿车宝马▲

注：① 灯夕：元宵。② 玉城：指南宋京城临安(今杭州)。③ 烛蕖：荷花灯。④ 鳌山：张灯、演杂技之台。⑤ 遨头：正月二日出游，谓之遨头。⑥ 亚：压也。⑦ 闹蛾：蝶形首饰。⑧ 茧占：即以茧占卜。宋杨万里：上元夜，里俗粉末为茧，书吉言置其中，以占一岁之祸福。⑨ 芋郎：《云仙杂记》："洛阳人家上元，以影灯多者为上，其相胜之词曰：'千影万影，又各家遥语芋郎君，食之宜男女。'"⑩ 紫姑：厕神也。

丁宥妾周氏(女)(宋496)一首　题：和丁基仲。[1]

画楼帘卷翠▲正柳约东风，摇荡春霁▲[2]缃桃雨才洗▲[3]似临妆宝镜，脂凝铅水▲云偏髻子▲[4]坠钗梁、羞看燕垒▲最堪怜、锦绣香中，早有片红飘砌▲

闲记▲琴弹古调，曲按清商，[5]旧年时事▲屏山画里▲江南信，梦中寄▲感春浓怀抱，午酲初醒，[6]浅酌依然又醉▲倚栏杆、犹怯余寒，倦和袖倚▲

注：① 丁基仲：即作者夫丁宥。② 春霁：春雨初晴。③ 缃桃：红桃。④ 云：发之美称。⑤ 商：五音之一。⑥ 酲：醉酒。

赵文(元14)一首　题：西湖柳。[1]

绿杨深似雨▲西湖上、旧日愁丝恨缕▲风流似张绪▲[2]羡春风依旧，年年眉妩▲宫腰楚楚▲[3]倚画栏、曾斗妙舞▲想而今、似我零落，天涯却悔枉妒▲

痛绝，[4]长堤别后，杨白花飞，旧腔谁谱▲年光暗度▲凄凉事，不堪诉▲记菩提寺路，段家桥水，[5]何时重到梦处▲况柔条老去，争奈系春不住▲[6]

注：① 张绪：南朝齐武帝曾曰："灵和殿前柳，风流可爱，似当年张绪。

③ 宫腰：楚宫人细腰似柳。④ 绝字不叶韵，稍异。⑤ 段家桥：即西湖断桥。⑥ 争奈；怎奈。

郑燮（清906）二首　题：第一首，渔家。第二首，田家。

（1）风波江上起▲系扁舟绿杨，红杏村里▲羡渔娘风味▲总不施脂粉，略加梳洗▲野花插髻▲便胜似、宝钗香珥▲[1] 乍呼郎、撒网鸣榔，[2] 一棹水天无际▲

美利▲蒲筐包蟹，竹笼装虾，柳条穿鲤▲市城不远，[3] 朝日去，午归矣▲并携来一瓮，谁家美酝，[4] 又与沙鸥同醉▲卧芦花、一片茫茫，夕阳千里▲

注：① 珥：玉石耳环。② 鸣榔：敲击船尾木梆，以响声惊鱼入网。③ 远：此字不叶韵，稍异。④ 美酝：即美酿、美酒。

（2）江天春雨后▲傍山下人家，野花如绣▲平田大江口▲喜潮来夜半，土膏浸透▲青秧绺绺▲埂岸上、撒麻种豆▲放小桥、曲港春船，布谷烟中杨柳▲

株守▲[1] 最嫌吏扰，[2] 怕少官钱，谁知农友▲匏尊瓦缶▲[3] 村酿熟，[4] 拉邻叟▲每长吁稚女，童孙长大，婚嫁也须成就▲到冬来、新妇家家，情亲姑舅▲

注：① 株守：坐等。② 吏：官吏。③ 匏：葫芦酒杯；瓦缶：瓦酒杯。④ 村酿：自酿之酒。

一百零二字　瑶华

朱彝尊（清288）一首　题：午梦。

日长院宇▲针线慵拈，况倚栏无绪▲翡帏翠幄，看尽展、忘却东风帘户▲芳魂摇漾，渐听不分明莺语▲[1] 逗红蕉、叶底微凉，几点绿天疏雨▲

画屏遮遍遥山，知一缕巫云，[2] 吹堕何处▲愁春未醒，定化作凤子，[3] 寻香留住▲相思人并，料此际、惊回最苦▲亟丁宁、池上杨花，莫便枕边飞去▲

注：① 此句句式稍异。② 巫云：指楚襄王梦会神女于巫山故事。③ 凤子：大蝴蝶，指庄周梦蝶。

朱芳霭（清972）一首　序：壬申（1702年）元夕，同恂堂泛湖，[1] 烟水苍茫，……相与沽酒堤边，陶然共醉，因成此曲，以志清游。

烧灯时节▲[2] 酿雪天光，觉春寒倍作▲西南湖寺，都换了、十里湿银楼阁▲清游正好，忍堤畔、画船闲却▲随冷鸥、飞渡平波，直到段家桥泊▲[3]

况逢茅店青旗，拚踏冻沽春，[4] 同罄杯酌▲层峦远树，吟望里最忆，孤山篱落▲[5] 苔痕半涩，料未得、齐开红萼▲[6] 待暖风、吹遍南枝，[7] 好试寻芳芒屩▲[8]

注：① 湖：指杭州西湖。② 烧灯时节：元宵节放灯。③ 段家桥：即白堤上断桥。④ 沽春：买春酒。⑤ 孤山：白堤边山名，多梅花；篱落：篱笆。⑥ 红萼：红梅蕊。⑦ 南枝：大庾岭梅。⑧ 芒屩：芒草编的鞋。

吴翌凤（清1071）一首　序：翠鸳堂桃树一株，鲜丽可爱，年时载酒，作洗花之宴，忽忽不知其乐也。步履重来，东风非昔，感而成此。

疏花散雾，[①]小雨收灯，过禁城寒食▲[②]寻春归晚，谁念我、重上吹香巷陌▲年芳轻别，早梦断、谢桥春色▲但盼到、垂柳阴中，一片池塘自碧▲

玉笙声里残寒，想燕子归来，东风犹识▲彩云飞过，斜阳外闲却，红栏几尺▲苔阴小立，试重问、玉钿遗迹▲[③]算惟有、冷月笼烟，照我夜分吹笛▲

注：① 首句不叶韵，稍异。② 禁城：皇城，指北京；寒食：古节日名。③ 玉钿遗迹：当年曾为此桃树载酒作洗花之宴；玉钿：指有美人同宴。

一百零二字　齐天乐（又名台城路）　第一体，后段首句不叶韵。

杨无咎（宋254）一首　端午。

疏疏数点黄梅雨，[①]殊方又逢重午▲[②]角黍包金，[③]菖蒲泛玉，风物依然荆楚▲[④]衫裁艾虎▲更钗袅朱符▲[⑤]臂缠红缕▲[⑥]扑粉香绵，唤风绫扇小窗午▲

沉湘人去已远，[⑦]劝君休对景，感旧怀古▲慢转莺喉，轻敲象板，胜读离骚章句▲荷香暗度▲渐引入酶酶，[⑧]醉乡深处▲卧听江头，画船喧叠鼓▲

注：① 黄梅雨：梅黄时雨。② 殊方：异乡。③ 角黍：米粽。④ 荆楚：湖北荆州，古楚国都城。⑤ 符：符咒，可避邪。"符"字叶韵，稍异。⑥ 红缕：红丝线，臂缠红缕可长寿。⑦ 沉湘：指屈原投入湖南汨罗江。⑧ 酶酶：大醉也。

翁孟寅（宋498）一首　题：元夕。

红香十里铜驼梦，[①]如今旧游重省▲节序飘零，欢娱老大，慵立灯光蟾影▲[②]伤心对景▲怕回首东风，雨晴难准▲曲巷幽坊，管弦一片笑相近▲

飞棚浮动翠葆，看金钗半溜，春炉红粉▲凤辇鳌山，云收雾敛，迤逦铜壶漏迥▲霜风渐紧▲展一幅青绡，净悬孤镜▲带醉扶归，晓酲春梦稳▲

注：① 铜驼：指河南洛阳。《洛阳记》："汉铸铜驼三枚在宫西。"② 蟾影：指月。

刘澜（宋543）一首　题：吴兴郡宴遇旧人。[①]

玉钗分向金华后，回头路迷仙苑▲落翠惊风，流红逐水，谁信人间重见▲花深

半面▲尚歌得新词，柳家三变▲②绿叶阴阴，可怜不似那时看▲

刘郎今度更老，雅怀都不到，书带题扇▲花信风高，苕溪月冷，③明月云帆天远▲尘缘较短▲怪一梦轻回，酒阑歌散▲别鹤惊心，④感时花泪溅▲

注：① 吴兴郡：即今湖州市。② 三变：柳永原名三变。③ 苕溪：湖州水名。④ 别鹤：《别鹤赋》，乐府琴曲，指分离。

文天祥（宋 552）一首　题：灯屏。

夜来早得东风信，潇湘一川新绿▲①柳色含晴，梅心沁暖，春浅午梦如束▲银蝉乍浴▲正沙雁将还，海鳌初矗▲②云拥旌旗，笑声人在画栏曲▲

星虹瑶树缥缈，③环佩鸣碧客，瑞笼华屋▲霞耿铜虬，冰翻铁马，④帘幕光摇金粟▲⑤迟迟倚竹▲更归托瑶尊，⑥满斟醽醁▲⑦回首宫莲，⑧夜深幽院烛▲

注：① 潇湘：湖南水名。② 海鳌：大海鳌。③ 瑶树：天上玉树；缥缈：高远貌。④ 铁马：檐角风铃。⑤ 金粟：桂花别名。⑥ 瑶尊：玉杯。⑦ 醽醁：酒名。⑧宫莲：宫烛。

赵必瑑（宋 568）一首　题：簿厅壁灯。①

红粉绿闹东风透，暖得枳花香也▲雪柳燃金，玉梅铺粉，妆点春光无价▲鳌篷如画▲②簇万顷芙蓉，桂华相谢▲绝冶逢迎，香尘满路飘兰麝▲

人生行乐聊尔，况良辰美景，好天晴夜▲茧帖争先，③芋郎卜巧，细说成都旧话▲传觞立马▲看翠阵珠围，歌棚舞社▲酒尽更阑，月在葡萄架▲

注：① 簿厅：主簿（即县尉）衙门，作者曾任广东高要尉。② 鳌篷：即鳌山。③ 茧帖：丝织书笺。

储泳（宋 569）一首

东风一夜吹寒食，红片枝头犹恋▲宿酒初醒，新吟未稳，凭久栏杆留暖▲将春买断▲恨苔侵榆阶，翠钱难绾▲陌上秋千，相逢难认旧时伴▲

轻衫粉痕褪了，丝缘余梦在，良宵偏短▲柳线轻烟，莺梭织雾，一片旧愁新怨▲慵拈象管▲待寄与深情，怎凭双燕▲不似杨花，解随人去远▲

陈维崧（清 176）一首　题：绿水亭观荷。

分明一幅江南景，恰是风城深处▲①野草罗罗，②嫩晴历历，③扑到生香万缕▲隔花人语▲认双桨堤边，采菱儿女▲稻叶菱丝，隔纱长作打窗雨▲

亭亭波面斜袅，西洲都盖满，睡鸭新乳▲碧甃回廊，④黄泥小灶，几斛冷泉亲煮▲⑤倚栏凝伫▲记罨画东头，⑥旧寻诗路▲招个烟樯，飘侬溪畔去▲

注：① 风城：京城，指北京。② 罗罗：清疏貌。③ 历历：分明貌。④ 碧

甃：青绿色的井壁，借指井。⑤ 斛：容器，每斛折合五斗。⑥ 霅画：溪名，在浙江长兴，景绝佳。

钱大昕（清 1000）一首　题：蝉。

新霜才到萧萧叶，[1]林间便闻清语▲急杵敲残，[2]寒蛩吟后，[3]递出新声无数▲依依似诉▲记低伴银茄，[4]戏粘樱树▲断续余音，向人如按玉筝柱▲

桃笙正酣午梦，[5]被伊频唤醒，[6]惹起凄楚▲衰柳斜阳，疏桐淡月，消受西风几许▲世间儿女▲爱画屏罗衫，簇成花谱▲懒听蕉琴，怕他惊又去▲

注：① 萧萧：风声。② 杵：指捣衣棒。③ 寒蛩：衰残蟋蟀。此两句均喻入秋凄凉景象。④ 茄：乐器。⑤ 桃笙：凉席。⑥ 伊：指蝉。

吴省钦（清 1014）一首　题：山塘舟中。[1]　注：调名原作台城路。

白公堤畔春如海，[2]吴娘画船挨遍▲[3]鬓影云交，粉香风递，第一盈盈娇面▲芳心自软▲况桃叶桃根，[4]隔舟相见▲欲却还前，殢人无语掩歌扇▲[5]

横波摇共烛影，想故人天末，泪痕红溅▲绮席传觞，翠罗投帕，[6]偏是马卿游倦▲[1]囊琴匣砚▲笑绣被堆来，更谁同荐▲[7]情话丛残，绿杨风絮转▲

注：① 山塘：苏州河名，在阊门外，长七里，很繁华。② 白公堤：应在杭州西湖，此处借指山塘街。③ 吴娘：苏州船娘。④ 桃叶、桃根：皆晋王献之爱姬，此处借指苏州船娘。⑤ 殢人：恋人。⑥ 罗：罗袖。⑦ 马卿：司马相如字长卿，故称。⑧ 荐：献也，指献身陪寝。

杨瓒华（女）（清 1031）一首　题：蓬山秋夜。　注：调名原作台城路。

小园一夜西风急，羁怀更添寂寞▲败叶敲窗，清寒惊梦，顿起闲愁万斛▲鸥盟摇落▲况雁序无多，[1]又分南北▲自拥罗衾，静看冷月透帘幕▲

霜毫写就新句，[2]但知音别后，谁和新曲▲灯暗砧残，天空籁静，听尽千山落木▲柔情难托▲怅拾翠吟红，旧时行乐▲回首前游，几人能再续▲

注：① 雁序：雁群。② 霜毫：白色笔、新笔。

吴蔚光（清 1076）一首　题：新市舟中纪遇。　注：调名原作台城路。新市：浙江清德县一镇名。

鹁鸠呼梦东风软，船唇系来芳树▲[1]沙市烟暝，江楼日润，落入湘帘钩处▲云鬟浅露▲正粉面初匀，海棠含雨▲倚槛盈盈，华年数到玉筝柱▲[2]

横波无限春思，恨锦帆荏苒，[3]不教人住▲一抹遥峰，半钩早月，依约绛仙眉妩▲[4]柔情万缕▲只泪逐杨花，暗潮流去▲六六赪鳞，[5]玉笺谁寄与▲

注：① 船唇：船头。② 华年：美妙年龄；筝柱：有十三弦柱，喻十三岁。

③ 荏苒：时间展转。④ 绛仙：吴绛仙，因画黛眉得宠于隋炀帝。⑤ 赪鳞：红鲤有鳞三十六，见《埤雅》，传说中鱼能传书。

吴锡麒（清 1088）一首　题：春晓登吴山，见炊烟四起。　注：调名原作台城路。吴山：又名城隍山，在杭城西南隅。

绿杨城郭春如画，濛濛万家烟起▲雨后偏迟，晴边较淡，都化江湖寒翠▲清明过未▲换禁火光阴，一枚新试▲①悄地风回，市声飞出白云里▲

凭高还动远目，看朝暾四晃，②摇荡如水▲歌板楼台，饧箫巷陌，唤醒黄粱残睡▲余痕袅细▲渐半沍山腰，③半屯林尾▲飏到花梢，者番红雨腻▲④

注：① 枚：同锹，农具，方头。② 朝暾：朝日初出。③ 沍：凝结。④ 者番：这番。

吴廷采（清 1113）一首　题：七夕红桥看荷花。①

夕阳明灭红桥外，②亭林乍过丝雨▲一点秋心，十分凉气，都在荷花深处▲清游试数▲算几度星期，③不同尊俎▲④莫负良宵，半篙新涨漫容与▲⑤

湖天容易作暝，看两三星火，远移前渚▲银浦流云，碧筒泻月，⑥消得一襟风露▲盈盈笑语▲是乞巧人归，采香人去▲惊起眠鸥，远钟闻数杵▲⑦

注：① 红桥：扬州名胜。② 明灭：忽明忽暗。③ 星期：指七夕。④ 尊俎：酒具。⑤ 容与：闲暇自得貌。⑥ 碧筒：莲蓬头。⑦ 杵：敲钟棒。

孙云鹤（女）（清 1202）一首　题：午日怀家大人游闽。①

乡关又是端阳宴，琴尊正游天际▲②艾虎悬丝，桃人对酒，风味他乡同否▲梅黄雨细▲任遍拂南薰，未消寒意▲院宇阴阴，纻衣葵扇尚慵试▲③

芳辰今日共赏，客中看竞渡，天气晴未▲乳燕帘栊，新槐池馆，谁结蒲符为佩▲栏杆闲倚▲漫极目云山，午余人醉▲昼永香微，髻榴红欲坠▲④

注：① 午日：端午节；家大人：指其父孙春岩。② 琴尊：琴与酒杯，古时文人消遣之具；天际：指闽，即福建。③ 纻衣：夏衣。④ 髻榴：发插榴花。

沈彦曾（清 1440）一首　题：宿韬光寺。①

看山看竹深无路，阴阴四围浓绿▲雨气侵衣，泉声引屐，中有三椽茅屋▲②登高望独▲指一线湖光，卸回帆幅▲夕起天风，半空钟磬堕林谷▲

闲来探胜自往，怪松梢野鹤，相见都熟▲虚影笼灯，轻尘扫榻，好与闲云同宿▲前缘梦续▲想昨夜霜飞，半林红足▲欲问苍猿，亲书容借读▲

注：① 韬光寺：杭州西湖寺名，在灵隐寺后山。② 三椽：三间。

袁绶（女）（清 1451）一首　题：园中春日来游者丽人甚多，偶拟此解。　注：调名原作台城路。

园林风景疑蓬岛，[①]莫辞长日闲伫▲[②]柳罨溪桥，[③]花迷楼阁，谁在栏杆笑语▲嬉春好女▲指影转斜廊，怯迟纤步▲半晌低徊，被人偷认靓妆去▲

斜阳红挂树杪，怪游丝无力，难绾春住▲[④]屐印明量，[⑤]衣香暗袭，多是丽人情处▲新词漫赋▲待说与姮娥，[⑥]又防相妒▲不放清光，照伊愁独语▲

注：① 蓬岛：蓬莱岛，喻仙境。② 伫：久立。③ 罨：覆盖。④ 绾：系、留也。⑤ 屐：指鞋。⑥ 姮娥：嫦娥。

吴藻（女）（清 1484）一首　序：积雨初收，嫩晴未稳，皋亭桃花盛开，游舫群集，……此中幽景，别有天地，非人间矣。　注：调名原作台城路。

晓莺啼破纱窗梦，东风又吹华舫▲水傍花流，花围水住，春水桃花新涨▲兰桡画桨▲有人影如云，坐来天上▲认得仙源，一襟芳思幻霞想▲[①]

清游放舟最小，苇绡千万树，都在幽港▲饮渌开尊，吹香试笛，不尽浅酌低唱▲芦芽渐长▲看鸭鸭栏边，白鸥三两▲落日柴门，老渔闲晒网▲

注：① 霞想：遐想。唐李白《秋夕书怀》："海怀结沧洲，霞想游赤城"。

吴存义（清 1508）一首　题：忆金陵。[①]注：调名原作台城路。

十年不踏青溪路，昔游梦痕重历▲吹絮楼台，藏乌杨柳，[②]多少六朝香迹▲[③]艳歌数叠▲有镜槛摇波，[④]灯船荡夕▲滴尽莲花，[⑤]水边犹响隔帘笛▲

寒潮飘折铁锁，[⑥]剩石城艇子，[⑦]萧瑟秋荻▲灰冷红羊，[⑧]桁抛朱雀，谁问渡旁桃叶▲[⑨]蒋山晕碧▲[⑩]怕日照斜阳，都迷巷陌▲算是无愁，女墙深夜月▲

注：① 金陵：今江苏南京。② 藏乌：栖息乌鸦。③ 六朝：东吴、东晋、宋、齐、梁、陈六个朝代，皆建都南京。④ 镜槛：沿河窗槛。⑤ 莲花：喻烛。⑥ 铁锁：前朝东吴、东晋均封锁长江拒敌。⑦ 石城：石头城，南京。⑧ 红羊：谐音洪杨，指太平天国。⑨ 桃叶：秦淮河渡口。⑩ 蒋山：即钟山。

苏穆（女）（清 1592）一首

一番花信东风里，匆匆落梅多少▲日暖烟轻，池清水皱，海月初生林杪▲西窗夜悄▲怪竟日飞英，尚萦怀抱▲野寺钟声，暗催前梦过琼岛▲

天涯谁念倦旅，料婵娟万里，堪共吟啸▲镜里溶云，帘前点雪，几度栏杆低绕▲莺声弄巧▲甚絮絮深情，向人频道▲总惜春归，奈春归自好▲

许兰身（清 1643）一首　题：雨霁东园晚眺，约谱香、笛楼同赋。[1]

石栏一带溪流水，溪边翠匀蘋藻▲唤酒虚村，[2]评花小市，谁是渔樵终老▲垂杨瘦了▲想半恨斜阳，半愁衰草▲回首南朝，故宫何处付凭吊▲

清游正逢雨后，豆篱和菜圃，幽境都妙▲春月鹃声，秋风雁字，并作销魂词稿▲凉生树杪▲听敲断疏钟，野僧归早▲又是黄昏，晚炊烟自袅▲

注：① 谱香、笛楼：皆人名。② 虚村：墟村，集市。

叶璧华（女）（清 1794）一首　题：蛱蝶。[1]　注：调名原作台城路。

绿阴不锁晴红路，斜阳乍催春晚▲玉甃回廊，[2]金铺绕砌，[3]栩栩任伊游遍▲[4]庭花暗颤▲有翠袖盈盈，[5]扑来纨扇▲采得彩香，又随飞絮度邻院▲

罗浮底径小谪，[6]问王孙碧草，[7]尚留旧怨▲粉翅牵黄，绡衣曳紫，[8]倦绣幽闺人懒▲滕王画卷▲[9]试认取前身，双飞犹惯▲影入湘帘，梦魂悽欲断▲

注：① 蛱蝶：大蝴蝶，但古诗词中常作普通蝴蝶。② 甃：砖砌物。③ 金铺：铜铺。铺，衔门镮铜垫板。④ 栩栩：欢喜、自得。⑤ 翠袖：喻妇女。⑥ 罗浮：喻仙山；谪：贬谪。⑦ 王孙：草名。⑧ 此两句喻蝶形。⑨ 滕王：唐宗室滕王元婴喜画蝶。

徐寿兹（清 1831）一首　题：调曹易亭新婚，丁酉（1897）年。

鸳鸯社结同心伴，洞房今夕春到▲醉艳情怀，清和天气，[1]此际如何才好▲青庐梦绕▲看捧出婵娟，[2]顿惊窈窕▲妆阁安排，彩鸾镜里坐双照▲

画眉仙笔未放，[3]又诗题却扇，[4]催写新稿▲盼到黄昏，帏低烛背，未许轻狂绝倒▲鸡鸣报晓▲说明日官衙，应许放早▲一事思量，香衾辜负了▲[5]

注：① 清和：四月称清和月。② 婵娟：美女，指新娘。③ 画眉：张敞替新妇画眉故事。④ 却扇：即新婚。⑤ 香衾辜负：语见李商隐诗“辜负香衾事早朝”。

车乘轨（现当 88）一首　题：秋分喜凉。　注：2005 年 9 月 23 日作。

鸡年夏旱秋偏热，[1]骄阳袭人如虎▲已过中秋，炎威未退，佳节良辰虚度▲涔涔汗注▲此长久高温，百年难遇▲昼夜煎熬，忧情愁绪向谁诉▲

风云天有不测，喜秋分一到，凉意顿聚▲[2]碧水轻柔，金风送爽，桂子含苞初吐▲蜂飞蝶舞▲更月皎星亮，砌蛩欢语▲[3]满眼秋光，带来无限趣▲

注：① 鸡年：指 2005 年。② 凉意：是日北风骤起，气温下降 8 度。③ 砌蛩：指蟋蟀。

一百零二字　齐天乐　第二体，但后段起句叶韵。

张炎(宋572)一首　题：抵越，杭友遇鉴曲渔舍会饮。[①]

春风不暖垂杨树，吹却絮云多少▲[②]燕子人家，夕阳巷陌，行入野畦深坳▲筹花斗草▲记小舫寻芳，[③]断桥初晓▲那日心情，几人同向近来老▲

消忧何处最好▲夜游频秉烛，[④]犹是迟了▲南浦歌阑，东林社冷，[⑤]赢得如今怀抱▲[⑥]吟踪暗恼▲待醉也慵听，劝归啼鸟▲怕搅离愁，乱红休去扫▲

注：① 越：浙江绍兴；鉴曲：鉴湖角。② 絮：柳絮。③ 小舫：小游船。④ 秉烛：持烛。⑤ 社：诗社。⑥ 赢得：剩得。

王易简(宋591)一首　题：客长安赋。[①]

宫烟晓散春如雾，参差护晴窗户▲[②]柳色初分，饧香未冷，[③]正是清明百五▲[④]临流笑语▲映十二栏杆，翠颊红炉▲短帽轻鞯，倦游曾遍断桥路▲[⑤]

东风为谁媚妩▲岁华频感慨，双鬓何许▲前度刘郎，[⑥]三生杜牧，赢得征衫尘土▲心期暗数▲总寂寞当年，酒筹花谱▲付与春愁，小楼今夜雨▲

注：① 长安：借指南宋临安(今杭州)。② 参差：不齐貌。③ 饧：即饴糖。④ 百五：冬至至清明，计一百另五天，此三句指清明景象。⑤ 断桥：杭州西湖桥名。⑥ 刘郎：刘禹锡。

姚云文(元20)一首

柳花引过横塘路，萦回曲折通圃▲插槿编篱，挨梅砌石，次地海棠成坞▲吟筇独拄▲待寻芳斜桥，水边窥户▲已约青山，云深不碍客来处▲

繁华阅人无数▲问旧日平原，君还知否▲啼鸟窗幽，昼阴人寂，慵困不如飞絮▲匆匆燕语▲似迎得春来，且留春住▲惜取名花，一枝堪寄与▲

邵亨贞(元86)一首　题：甲午(1354年)清明雨中。

离歌一曲江南暮，依稀灞桥回首▲[①]立马东风，送人南浦，[②]认得当年杨柳▲[③]梨花过后▲悄不见邻墙，弄梅纤手▲绮陌东头，个人还似旧时否▲

相如近来病久▲[④]纵腰围暗减，犹未全瘦▲宿酒昏灯，重门夜雨，寒食清明依旧▲新愁漫有▲第一是伤心，粉销红溜▲待约明朝，问舟官渡口▲

注：① 灞桥：在长安(今陕西西安)，喻离别处。② 南浦：在福建浦城，也喻离别处。③ 杨柳：古人在离别时常折柳相赠。④ 相如：汉司马相如，喻自己。

储秘书(清1035)一首　题：春日游平山堂，同石亭叔赋。注：调名原作台城路。

嬉春试踏平山路，生衣乍逢新暖▲柳态笼烟，梅妆敷粉，倦客顿舒心眼▲凭高

眺远▲恰槛外春山，绿云图展▲雉堞参差，[1]江流隐隐树中见▲
芳堤游骑渐满▲向当垆唤酒，争占亭馆▲幔卷轻红，波摇嫩碧，风色着人都软▲清尊共款▲听一曲琼箫，醉歌缓缓▲笑指迷楼，[2]夕阳明废苑▲

注：① 雉堞：城上女墙；参差：不齐貌。② 迷楼：隋炀帝行宫。

徐芗波（清 1038）一首　题：妙香亭。

凌波仿佛湘妃影，[1]蹁跹袜罗微步▲[2]翠盖低擎，[3]碧筒斜卷，[4]一剪轻飙徐度▲[5]平铺浅渚▲正细叶田田，[6]绿阴浓护▲滴沥菰蒲，玉池千柄响疏雨▲[7]
采莲旧曲堪谱▲爱水槛风棂，[8]嫩凉涤暑▲葵箑挥残，[9]桃笙梦断，[10]吹送晚香几缕▲闹红深处▲认点点荷钱，圆珠泻露▲碎蹴宾痕，藕丝搴浴鹭▲[11]

注：① 凌波：美人微步；湘妃：洞庭湖女神。② 蹁跹：旋舞貌；袜罗：罗袜，因用韵而颠倒。③ 翠盖：绿荷叶。④ 碧筒：绿莲蓬。⑤ 飚：凉风。⑥ 田田：形容荷叶相连的样子。⑦ 千柄：指荷叶。⑧ 棂：窗格。⑨ 葵箑：葵扇。⑩ 桃笙：凉席。⑪ 搴：扯也。

黄易（清 1080）一首　题：题艺圃执经图。　注：调名原作台城路。

几年书剑随征雁，[1]家园梦中春草▲陌上鞭丝，江头帆影，水驿山程不了▲[2]开图一笑▲羡静立闲锄，秫田青绕▲[3]分馌人携，[4]一经奇字问多少▲
欢游长记岭表▲[5]越王台上望，[6]珠浦花草▲荔子红娇，素馨雪艳，不数山阴古道▲[7]孤云缥缈▲[8]又上谷香尘，暗飘吟帽▲无恙柴门，也思归去好▲

注：① 书剑：古诗人出行，常携带书、剑；征雁：喻远行。② 此三句谓水陆行程不断。鞭喻骑马，帆喻行舟。③ 秫：高粱。④ 馌：送饭食具。⑤ 岭表：指广东。⑥ 越王台：指广州越王台。⑦ 山阴：今浙江绍兴，也有越王台，在府山上。⑧ 缥缈：高远貌。

赵庆熺（清 1433）一首　序：三月中旬……约同人作皋亭之游。　注：调名原作台城路。

一春好似黄梅雨，今朝嫩晴天气▲橹响离城，云移出树，拂面牵丝风细▲[1]船头船尾▲看水碧罗罗，[2]野塘十里▲一路桃花，浅深红到半山里▲
年来花事有几▲再消停数日，枝上如洗▲欢喜桥边，甘墩村外，都是曾经游地▲寻春倦矣▲问前度刘郎，[3]鬓霜添未▲有约重游，酒杯还自理▲

注：① 牵丝风：船风。② 罗罗：清疏貌。③ 前度刘郎：刘禹锡有："前度刘郎又重来"诗句，此处指作者自己。

孙锵鸣（清 1650）一首　题：麈尾。[1]

绳床竹簟偕消夏，当筵倍添闲雅▲香饰沉檀，②白垂霜缕，③玳瑁屏前低挂▲④闲时惯把▲爱玉柄团圞，午凉同话▲剪剪风生，红尘那到绿窗下▲

空庭秋意如泻▲趁茶边棋外，商量琴价▲最爱谈禅，⑤偏宜涤暑，胜比松枝潇洒▲藤扉竹舍▲忆此物重来，旧家王谢▲⑥坐久桃笙，⑦语兰香未灺▲⑧

注：① 麈尾：即拂尘掸子。② 沉檀：香名。③ 霜缕：白线。④ 玳瑁：龟类动物，此处指其壳。⑤ 禅：僧人，此处指佛学。⑥ 王谢：东晋贵族王导、谢安。此两句谓尘拂由王导、谢安始用。⑦ 桃笙：竹席。⑧ 未灺：未烧尽。

一百零二字　庆春宫

钱聚朝（清 1539）一首　题：春雨遣怀。

山影沈烟，湖云罨树，①晓窗人起帘卷▲中酒情怀，②惜花天气，者番愁绪难遣▲③微吟拥被，奈翠袖、楼头寒浅▲思量不信，逝水年华，梦长春短▲

却教错怨东风，故故吹来，④雨丝难断▲低徊延伫，⑤雕栏频倚，待约寻芳尤懒▲⑥散花人去，只一日、回肠千转▲流莺催瞑，便过今朝，已愁今晚▲

注：① 罨：覆盖。② 中酒：醉酒。③ 者番：这番。④ 故故：屡屡。⑤ 延伫：久立。⑥ 寻芳：寻香、寻春。

一百零二字　忆旧游

沈宜修（女）（明 329）一首　题：感怀，思张倩倩表妹。①

叹无边景色，绿遍垂杨，红褪蔷薇△寂寞湘帘晚，是东风过尽，燕子还飞△画栏几曲慵倚，②清露半烟肥△怅旧恨惊心，闲愁蹙黛，带减罗衣△

云迷△望何处，有宝镜银奁，③筝雁依依△④想杏花梢下，把红桃玉笛，风月初吹△故人别后深怨，螺冷绛仙眉△⑤更粉蝶双翻，阶前懒自纤履移△

注：① 张倩倩：见《词人小传》。② 慵：懒散状。③ 银奁：镜匣。④ 筝雁：筝弦柱，似雁行排列。⑤ 螺：画眉螺子黛；绛仙：吴绛仙，以画眉得宠于隋炀帝。

张四科（清 923）一首　题：过邻家旧园有感。

问当年杨柳，因甚而今，减了风流△柳下秋千在，记悠扬月影，送过墙头△隔着一池春碧，终日见凝眸△①况帘底看灯，阶前斗草，生小同游△②

难留△自人去，任双燕梁间，话尽春愁△见底新安水，③甚翩然照影，天际归舟△十载西庄空锁，玉笛暗惊秋△但五树桃花，无人独倚花外楼△

注：① 凝眸：注目而视。② 生小：生来从小。③ 新安水：疑指新安江，发

源于安徽，流经浙江。

朱有源(清 1518)一首　题：本意。

记琼楼夜饮，①画舫秋歌，粉黛神仙△忽共流光去，正湖云缥缈，②凉月侵筵△梦魂似识帘影，垂柳舞蹁跹△③爱一径香花，双鬟绰约，④茉莉阶前△

缠绵△系情处，有月下调琴，花下裁笺△⑤爱听池塘雨，置芭蕉百本，⑥还种秋莲△镜中影彻银汉，⑦微语鹊桥边△⑧笑粉蝶光阴，栏杆倚遍人未眠△

注：① 琼楼：玉楼、闺楼美称。② 缥缈：高远貌。③ 蹁跹：旋舞貌。④ 绰约：柔弱貌。⑤ 裁笺：写书。⑥ 本：株。⑦ 银汉：银河。⑧ 鹊桥：鹊连成桥，以渡牛郎、织女相会。

劳纺(女)(清 1883)一首　题：孟春寓西安府考院偶作，①时将东行。

正轻寒轻暖，浅沼消冰，迟日烘春△屈指花朝近，②算韶光九十，过了三分△③雕梁未来双燕，帘幕卷黄昏△听檐底疏铃，琤瑽风触，④清籁时闻△

幽芬△最堪惜，已落近梅英，香委埃尘△次第行装理，料此番归路，春色宜人△村村杏花开也，芳草碧于云△更野店溪桥，嫩黄丝柳垂画轮△

注：① 孟春：早春。② 花朝：农历二月十二。③ 三分：三分之一，指一个月。④ 琤瑽：铃声。

车乘轨(现当 88)一首　题：重游栖霞小学有感。①　注:2001 年 4 月 30 日作。

忆虚龄十七，六十年前，执教栖霞△校舍庄园第，②宋家捐办学，当地精华△老师五人和睦，膳宿堪称佳△记庆贺中秋，乡绅设宴，鸡蟹鱼虾△

天涯△各南北，已耋耄残年，③重访原家△④景物全非旧，老翁无相识，何况童娃△最是断肠悲处，房拆树藏鸦△纵剩有门墙，荒芜野草长叹嗟△

注：① 栖霞小学：在绍兴宋家溇，1939 年下半年作者曾任教于此。② 校舍：系宋氏祠堂庄园。③ 耋耄：八十岁。④ 原家：时余父母已亡，而兄在同校，故已以校为家。

一百零二字　霓裳中序第一

施燕辰(清 1614)一首　题：重泊惠山寄友。①

溪花罥翠甃▲②艳照行人亭上酒▲见说东君去后▲③更蛱蝶双飞，④软帘风昼▲珠宫似旧▲问彩鸾、⑤幽韵谁偶▲春归也，为他愁损，一片冶城柳▲⑥

青逗▲远峰回九▲任镜里、眉痕争秀▲离怀应是僝僽▲⑦叹绣阁灯闲，画云衣皱▲槛寒花影瘦▲却燕子、清风近候▲蓬山晚，⑧落英无数，⑨梦雨慢回首▲

注：① 惠山：江苏无锡山名，名胜。② 罥：挂钩；甃：砖砌建筑。③ 东君：

司春之神。④ 蛱蝶：大蝴蝶，但古诗词中仍作蝴蝶。⑤ 彩鸾：喻镜。⑥ 冶城：旅游城。⑦ 僝僽：烦恼。⑧ 蓬山：喻仙山。⑨ 落英：落花。

一百零二字　恋芳春慢

万俟咏（宋191）一首

蜂蕊分香，燕泥破润，暂寒天气清新△帝里繁华，[1]昨夜细雨初匀△万品花藏四苑，望一带、柳接重津△寒食近、蹴踘秋千，[2]又是无限游人△

红妆趁戏，绮罗夹道，青帘黄酒，台榭侵云△[3]处处笙歌，不负治世良辰△共见西城路好，翠华定、将出严宸△[4]谁知道、仁主祈禅为民，[5]非是行春△

注：① 帝里：指北宋京城汴京（今开封）。② 蹴踘：踢球。③ 侵云：形容高。④ 翠华：皇帝仪仗；严宸：皇帝。⑤ 仁主：指宋徽宗赵佶。

一百零三字　水龙吟

刘褒（宋392）一首　题：桂林元夕呈张帅座。[1]

东风起，縠纹皱，[2]轻阴未放游丝堕▲新春歌管，丰年笑语，六街灯火▲绣毂雕鞍，[3]飞尘卷雾，冰流云过▲恍扬州十里，三生梦觉▲[4]卷朱箔，[5]映青琐▲[6]

金猊戏掣星桥锁▲[7]博山香烟浓百和▲[8]使君行乐，绛纱万炬，[9]雪梅千朵▲羯鼓喧空，鹍弦沸晓，樱梢微破▲想明年更好，传柑宴罢，[10]醉扶狨座▲[11]

注：① 桂林：广西市名，宋时为省会；元夕：即元宵。② 縠纹：皱纹。③ 毂：喻车；鞍：喻马。④ 此二句套杜牧"十年一觉扬州梦"诗句意境。⑤ 朱箔：红色的帘子。⑥ 青琐：装饰门窗的青色连环花纹，借指窗户。⑦ 金猊：铜狮。⑧ 博山：喻香炉。⑨ 绛纱：红纱，指灯笼。⑩ 传柑：《岁时记》"元夜贵戚例以黄柑相赠"。⑪ 狨座：指张帅，因将军以上可坐狨皮座。

一百零三字　曲游春

周密（宋541）一首　序：禁烟湖上薄游，[1]……盖平时游舫至午后则尽入里湖，抵暮始出断桥[2]小驻而归。……

禁苑东风外，飏暖丝晴絮，春思如织▲燕约莺期，恼芳情偏在，翠深红隙▲漠漠香尘隔▲沸十里、乱弦丛笛▲看画船，尽入西泠，[3]闲却半湖春色▲

柳陌▲新烟凝碧▲映帘底宫眉，堤上游勒▲[4]轻暝弄寒，怕梨云梦冷，[5]杏香愁幂▲歌管酬寒食▲奈蝶怨、良宵岑寂▲正满湖、碎月摇花，怎生去得▲

注：① 禁烟：指寒食节；湖上：指杭州西湖。② 断桥：西湖白堤上桥名。③ 西泠：西湖白堤上桥名。④ 游勒：游骑。⑤ 梨云：白云。

施岳（宋558）一首　题：清明，湖上次周草窗韵。[1]

画舸西泠路，[2]占柳阴花影，芳意如织▲小楫冲波，[3]度麹尘扇底，[4]粉香帘隙▲岸转斜阳隔▲又过尽、别船箫笛▲傍断桥，[5]翠绕红围，相对半篙晴色▲
顷刻▲千山暮碧▲向沽酒楼前，[6]犹系金勒▲乘月归来，正梨花夜缟，[7]海棠烟幂▲[8]院宇明寒食▲醉乍醒、一庭春寂▲任满身、露湿东风，欲眠未得▲

注：① 周草窗：即周密，见《词人小传》。② 西泠：西湖白堤上桥名。③ 楫：船桨。④ 麹尘：淡黄色尘土。⑤ 断桥：白堤桥名。⑥ 沽酒：卖酒，酒店。⑦ 缟：素白。⑧ 幂：覆盖。

张梁（清731）一首　题：栏杆。

曲曲花梢亚，[1]便绮窗临槛，深院幽静▲一片芳心，任周遮不住，日长闲凭▲屧响回廊迴▲[2]认半晌、玉纤扶定▲[3]想晓来，未卷湘帘，百折画裙先映▲
雅称▲比肩人并▲记鹦鹉笼边，私语曾听▲六六回环，共巫云惝恍，[4]望中愁凝▲过尽梧桐影▲爱一段、月华犹剩▲甚爪痕、细掐重重，遍敲不应▲

注：① 亚：压也。② 屧：木鞋，泛指鞋。③ 半晌：一会儿；玉纤：喻女手。④ 巫云：喻梦；惝恍：失意不悦貌。

一百零三字　安平乐慢

万俟咏（宋191）一首

瑞日初迟，[1]绪风乍暖，[2]千花百草争香△瑶池路稳，阆苑春深，[3]云树水殿相望△柳曲沙平，看尘随青盖，絮惹红妆△卖酒绿阴傍△无人不醉春光△
有十里笙歌，万家罗绮，[4]身世疑在仙乡△行乐知无禁，五侯半隐少年场△[5]
舞妙歌妍，空妒得、莺娇燕忙△念芳菲都来几日，不堪风雨疏狂△

注：①迟：缓行。② 绪风：余风。③ 瑶池、阆苑：皆喻仙境。④ 罗绮：喻妇女。⑤五侯：喻富贵家。汉元帝舅王氏五兄弟同日封侯。

一百零三字　西湖月

黄子行（元48）一首

湖光冷浸玻璃，[1]荡一晌薰风，[2]小舟如叶▲藕花十丈，云梳雾洗，翠娇红怯▲壶觞围坐处，正酒渌吹波、潮晕颊▲[3]尚记得、玉臂生凉，不放汗香轻浃▲[4]
殢人小摘墙榴，[5]为碎掐腥红，细认裙褶▲旧游如梦，新愁似织▲泪珠盈睫▲[6]秋娘风味在，怎得对、银釭生笑靥▲消瘦沈约诗腰，[7]仿佛堪捻▲

注：① 玻璃：喻平滑。② 薰风：南风。③ 酒渌：酒清；潮晕颊：面生红光。④ 浃：湿透。⑤ 殢人：恋人。⑥ 盈睫：满眼。⑦ 沈约：见《词人小

传》，喻腰瘦。

一百零三字　秋霁(又名春霁)

陈叔宝(南北朝7)一首　题：秋晴。

虹影侵阶，乍雨歇长空，万里凝碧▲孤鹜高飞，①落霞相映，远状水乡秋色▲黯然望绝▲动人无限愁如织▲又听得、数声新雁正嘹呖▲②

当此暗想，画阁轻抛，杳然殊无，些个消息▲漏声稀、银屏冷落▲那堪残月照窗白▲衣带顿宽犹阻隔▲算此情苦，除非宋玉风流，③共怀伤感，有谁知得▲

注：① 鹜：野鸭。② 嘹呖：雁鸣声。③ 宋玉：战国时楚人，有东邻女窥墙三年未之许。

胡浩然(宋402)一首　题：春晴。　注：调名原作春霁。

迟日融和，①乍雨歇东郊，嫩草凝碧▲紫燕双飞，海棠相衬，妆点上林春色▲②黯人望绝▲困人天气浑无力▲③又听得、数声莺啭柳阴直▲

当此暗想，故国繁华，④俨然游人，依旧南陌▲院深沉、梨花乱落▲那堪如练点衣白▲酒量顿宽溪量窄▲算此情景，除非殢酒狂欢，⑤恣歌沉醉，有谁知得▲

注：① 迟日：春日。② 上林：上林苑，皇家园林。③ 浑：完全。④ 故国：指南宋京都临安(今杭州)。⑤ 殢酒：沉绵于酒。

一百零三字　探春慢

杨芸(女)(清1294)一首　题：春晓赋春声。

漏箭初残，①芸窗渐晓，②春声百种先应▲瑶鼎香消，画楼人倦，睡起峭寒犹凝▲③回廊帘尽卷，听穿绿、雏莺声近▲草芽青遍芳郊，春归几番花信▲④

脉脉闲愁无据，⑤更谁倚玉箫，谁递吟兴▲栏畔娇莺，梁间憨燕，软语商量不定▲一树香桃艳，乍仿佛、明妆端正▲戛触金铃，⑥却愁薄暮风紧▲

注：① 漏箭：滴漏筹。② 芸窗：书斋。③ 峭寒：料峭的寒意，形容微寒。④ 花信：春季有二十四番花信风。⑤ 脉脉：含情貌。⑥ 金铃：护花铃。

顾春(女)(清1488)一首　题：春阴。

九十韶光，①清明过了，一年春色将尽▲雨洒芳田，烟霏深院，②偏是轻阴惹困▲燕子来时候，已辜负、几番花信▲海棠零落闲庭，风飘万点成阵▲

懊恼留春不住，算只有陌头，杨柳勾引▲漠漠情怀，恹恹天气，况又阴晴无准▲多少伤心处，奈岁月、暗催双鬓▲对酒当歌，回头往事休论▲

注：① 九十韶光：九十天春景。② 烟霏：烟云飘扬。

孙鼎臣（清 1664）一首　题：春烟。注：此首赖、菜、解、霭、黛五字均谐音借叶。

夹水楼台，峭寒城郭，平林浅蘸如画▲似有还无，欲开仍合，腻住垂杨无赖▲微雨空濛里，便忘了、踏青挑菜▲酿成十日春阴，牡丹芳意偷解▲

迢递板桥西畔，卷一桁碧波，①银蒜高挂▲②雁趁疏钟，鸦抛残墨，盈望乱山暮霭▲好是愁人也，渐暝入、碧纱窗外▲甚日归来，淡痕扫上眉黛▲

注：① 桁：横木，指板桥。② 银蒜：帘押。

李煊（清 1775）一首　题：春暮。

白纻征歌，黄柑劝酒，冶游过了寒食▲斗草闲门，卖花深巷，一片绿芜斜日▲愁绪纷无数，剪不断、柳丝千尺▲怪他双燕归迟，小窗谁伴岑寂▲①

几阵黄昏疏雨，又满地梨云，春去无迹▲短烛烧红，曲屏掩翠，吹冷画楼横笛▲梦到江南岸，但桥外、烟波凝碧▲送客明朝，落红应惹吟屐▲②

注：① 岑寂：高而静，清冷。② 吟屐：诗人游踪。

陈家庆（女）（现当 44）一首　题：郊游过棣华园，见牡丹盛开。

芳草迷烟，暖风吹梦，缓缓闲寻郊野▲十里晴蓝，一篙浅碧，景物似秋潇洒▲始信东皇好，①尚留得、春色艳冶▲牡丹乍展芳心，国色倩谁描下▲

携手芳园小憩，喜诗庆棣萼，②芸窗共话▲③织树莺梭，④摇天柳浪，大块文章无价▲幽径正徘徊，又横笛、牧童归也▲如画▲各自睡来，绿阴初夏▲⑤

注：① 东皇：司春之神。② 棣萼：三兄弟联中进士，号棣萼榜，喻三人联诗。③ 芸窗：书斋。④ 莺梭：流莺飞来飞去如织梭。⑤ 结尾用二字、四字、四字三句，与格律用四字、六字二句异。

一百零三字　喜迁莺

黄裳（宋 95）一首　题：端午。　注：《御选历代诗余》作吴礼之著。

梅霖初歇▲①乍绛蕊海榴，②争开时节▲角黍包金，③香蒲切玉，④是处玳筵罗列▲斗巧尽输少年，玉腕彩丝双结▲舣彩舫，⑤看龙舟两两，波心齐发▲

奇绝▲难画处、激起浪花，飞作湖间雪▲画鼓喧雷，红旗闪电，夺罢锦标方彻▲⑥望中水天日暮，犹见朱帘高揭▲归棹晚，载荷花十里，一钩新月▲

注：① 梅霖：久下不停黄梅雨，指出农历五月。② 绛蕊海榴：红蕊石榴。也指出端午时节。③ 角黍：粽子，纪念屈原。④ 香蒲：菖蒲，避邪消毒。⑤ 舣：停泊；舫：游船。⑥ 彻：彻底、结束。

申纯（宋 234）一首

园林过雨▲问满目媚景，是谁为主▲翠柳舒眉，黄鹂调舌，①镇日恣狂歌舞▲②

金衣公子何事，[3]牵惹万千愁绪▲芳草地，有香车宝马，骈阗几许▲[4]

无据▲行乐处、好景良辰，休把空辜负▲一种春风，几多图画，听取绵蛮簧语▲[5]又向暗巢偷眼，欲琢花心无路▲短墙外，待放伊飞过，傍人低诉▲

注：① 黄鹂：黄莺；调舌：喻鸣叫。② 镇日：整天。③ 金衣公子：黄莺别名。④ 骈阗：聚会连属之意。⑤ 绵蛮簧语：喻莺语。

曹冠（宋 334）一首

艳阳时序▲[1]向祓禊芳辰，[2]登临仙府▲碧水澄虚，修篁耸翠，[3]夹径兰蕙香吐▲春晚巧莺声碎，风卷飞红无数▲凝望处，见桑村麦陇，竹溪烟浦▲[4]

欢聚▲须信道、游宦东西，[5]易得成离阻▲北海开尊，东山乘兴，回乐偷闲赢取▲棋战新来常胜，诗瘦只因吟苦▲心湛静，[6]笑白云多事，等闲为雨▲[7]

注：① 艳阳时序：喻三月。② 祓禊：指三月三，上巳节修禊。③ 修篁：长而直之竹。④ 烟浦：云雾迷漫的水滨。⑤ 游宦：到处为官。⑥ 湛静：清静。⑦ 等闲：轻易。

沈端节（宋 385）一首

冰池轻皱▲喜寒律乍回，[1]微阳初透▲岁晚云黄，日晴烟暖，昼刻暗添宫漏▲[2]山色岸容都变，春意欲传宫柳▲最好处，正酥融粉薄，一枝梅瘦▲

行乐，[3]春渐近、景胜欢长，窈渺丝簧奏▲[4]鸣玉鹓行，[5]退朝花院，犹有御香露袖▲试问西邻虽富，何比东皋依旧▲[6]趁未老，便优游林壑，[7]围棋把酒▲

注：① 寒律：指冬令。② 漏：滴漏，计时器也。③ 乐：此字不叶韵，与格律异。④ 窈渺：深远。⑤ 鹓行：朝班、上朝。⑥ 东皋：东岸。⑦ 壑：山沟。

胡浩然（宋 402）一首　题：立春。

谯门残月▲[1]听画角晓寒，梅花吹彻▲瑞日祥云，和风解冻，青帝乍临东阙▲[2]暖向土牛箫鼓，天路珠帘高揭▲最好是，戴彩幡方胜，[3]披头双结▲

奇绝▲开宴处、珠履玳簪，[4]俎豆半罗列▲[5]舞袖蹁跹，歌喉缥缈，[6]压倒柳腰莺舌▲劝我应时纳祜，[7]还把金炉香爇▲愿岁岁，这一卮春酒，长陪佳节▲

注：① 谯门：建有瞭望楼的城门。② 青帝：春帝。③ 彩幡：长条形彩旗；方胜：首饰。④ 玳簪：玳瑁簪。⑤ 俎豆：祭器。⑥ 缥缈：高远貌。⑦ 纳祜：纳福。

易祓（宋 403）一首　题：春感。

帝城春昼▲[1]见杏脸桃腮，胭脂微透▲一霎儿晴，一霎儿雨，正是催花时候▲

淡烟细柳如画，雅称踏青携手▲[2]怎知道，那人人独倚，[3]栏杆消瘦▲
别后▲音信断、应是泪珠，滴遍香罗袖▲记得年时，[4]胆瓶儿畔，[5]曾把牡丹同嗅▲故乡水遥山远，怎得新欢如旧▲强消遣，把闲愁推入，花前杯酒▲

注：① 帝城：指南宋京都临安(今杭州)。② 称：适合。③ 人人：那个人。④ 年时：当年。⑤ 胆瓶：大肚小口瓶，插花用瓶。

吴礼之(宋415)一首　题：闰元宵。[1]

银蟾光采▲[2]喜稔岁闰正，[3]元宵还再▲乐事难并，佳时罕遇，依旧试灯何碍▲花市人移星汉，[4]莲炬重芳人海▲[5]尽勾引，遍嬉游宝马，香车喧隘▲[6]
晴快▲天意教、人月更圆，偿足风流债▲媚柳烟浓，夭桃红小，[7]景物迥然可爱▲[8]巷陌笑声不断，[9]襟袖余香仍在▲待归也，便相期明日，踏青挑菜▲

注：① 闰元宵：闰年元宵。② 银蟾：月亮。③ 稔岁：丰年；闰正：闰正月。④ 星汉：银河。⑤ 莲炬：荷花灯。⑥ 隘：显要处。⑦ 夭桃：艳丽的桃花。⑧ 迥然：显然。⑨ 巷陌：街巷。

黄机(宋449)一首　题：香风亭上。

平湖百亩▲种满湖莲叶，绕堤杨柳▲冉冉波光，[1]辉辉烟影，[2]空翠湿沾襟袖▲静惬邻鸡啼午，暖逼沙鸥眠昼▲西园路，更红尘不断，蝶酣蜂瘦▲
知否▲堪画处、野荠芜菁，罥地铺茵绣▲桃李阴边，桑麻丛里，斜矗酒帘夸酒▲竹寺小依山趾，[3]茅店半窥津口▲[4]春又晚，正香风有客，倚栏搔首▲

注：① 冉冉：渐进地、慢慢地。② 辉辉：光耀。③ 山趾：山脚。④ 津口：渡口。

陈维崧(清196)一首　题：雪后立春，用梅溪词体。[1]

飘絮揉绵，正六花罢舞，[2]晴光初绣▲冻解蛾融，雨收鸳润，暖被笑声烘就▲尽红情绿意，倩钗上彩幡轻逗▲[3]春信浅，似才青燕尾，欲黄莺脰▲[4]
俯首▲空感旧、暗省年时，[5]有个人清秀▲帕裹柑儿，衫笼松子，浅立粘鸡屏后▲别来情事改，恹恹也浑如殢酒▲[6]剩倦影，与野塘小寺，早梅争瘦▲

注：① 梅溪：史达祖，见《词人小传》；词与格律稍异，首句不用韵；前后段第七句均五字，第八句均七字。② 六花：雪也。③ 彩幡：首饰。④ 脰：颈项。⑤ 年时：当年。⑥ 恹恹：病态；殢酒：困于酒。

一百零三字　爱月夜眠迟

仇远(元22)一首

小市收灯，渐柝声隐隐，[1]人语沉沉△月华如水，香街尘冷，栏杆琐碎花阴△罗

帏不隔婵娟，[2]多情伴人，孤枕最分明△见屏山翠叠，[3]遮断行云△

因记款曲西厢，[4]趁凌波步影，[5]笑拾遗簪△[6]元宵相次近也，沙河箫鼓，恰是如今△行行舞袖歌裙△归还不管更深△黯无言，新愁旧月，空照黄昏△

注：① 柝声：巡夜敲梆声。② 婵娟：指月。③ 屏山：画有山形的屏风。④ 款曲：犹言细诉。⑤ 凌波：微步。⑥ 遗簪：失落首饰。

一百零三字　绮罗香

俞汝言（明498）一首　题：送樵云携偶北上。

丽锦披花，轻烟着柳，千里笙歌莺啭▲画舫生春，第一风开宝扇▲兰渚暖、宫袖香飘，[1]金勒骄、远山翠展▲[2]最堪矜、盈路芳尘，[3]蓝桥昨夜云英见▲[4]

乍听津钟渡角，已趁江潮急，早移乡县▲共抚支机，[5]往溯迢遥银汉▲箫隐隐、楼头飞凤，水溶溶、池边浴燕▲料他日、粉署鸡鸣，[6]早到含香院▲

注：① 兰渚：渚之美称。② 金勒：马头带嚼笼头。③ 矜：自夸。④ 蓝桥：裴航在蓝桥遇云英成婚故事，喻携偶。⑤ 支机：支机石，乃银河中织女之织具，见《集林》。⑥ 粉署：又名粉省，尚书省的别称。

李符（清506）一首　题：春游。

屏山翠远，镜槛红深，好在一旬无雨▲结伴携筇，[1]爱煞踏青柔路▲正花底、梦蝶飞来，又溪上、盟鸥招去▲隔垂杨、水曲桥横，晴丝引入断魂处▲

画楼谁弄凤竹，[2]碍闲云一朵，欲飞还住▲几树斜阳，啼过乱莺无数▲最难禁、片霎欢游，重唤起、那回愁绪▲待重寻、含笑桃门，冷烟迷断浦▲

注：① 筇：拐杖。② 凤竹：喻箫。

一百零三字　齐天乐　第一体，后段第三句六字，第四句四字。

陆游（宋330）一首　题：三莱人日游龙洞作。[1]

客中随处闲消闷，来寻啸台龙岫▲路敛春泥，山开翠雾，行乐年年依旧▲天工妙手▲放轻绿萱芽，淡黄杨柳▲笑问东君，[2]为人能染鬓丝否▲[3]

西州催去近也，帽檐风软，且看市楼沽酒▲宛转巴歌，凄凉塞管，[4]携客何妨频奏▲征尘暗袖▲漫禁得梅花，伴人疏瘦▲几日东归，画船平放溜▲

注：① 三莱：四川地名；人日：大年初七。② 东君：司春之神。③ 此句指白发染黑，返老还童之意。④ 塞管：羌管，边疆少数民族乐器。

吴子孝（明162）一首　题：午日。[1]

几人得在家乡老，蒲觞再逢重午▲[2]榴火烘人，榆钱满地，[3]竹院梧垣无暑▲[4]莺声未歇▲况细雨初晴，疏帘乍举▲角黍筵前，[5]试看画扇长生缕▲

常忆蒙恩赐宴，[⑥]忧心对酒，[⑦]不似而今无苦▲彩笔词新，朱弦歌妙，何异神仙俦侣▲溪山有主▲喜川竞舟龙，[⑧]门悬艾虎▲寄与良朋，年年常似许▲

注：① 午日：端午节。② 蒲觞：菖蒲酒，可去邪毒；重午：即端午。③ 榆钱：榆荚，状似钱。④ 梧垣：梧桐似墙。⑤ 角黍：粽子，纪念屈原。⑥ 蒙恩：皇帝开恩赐酒。⑦ 此句谓谨慎饮酒，恐失礼致祸。⑧ 舟龙：即龙舟。

寇湄（女）（明543）一首　题：夏日。

画楼高处蝉嘶柳，几曲危栏同倚▲[①]映日冰心，迎风雪态，清彻香肌无暑▲南窗雨洗▲乍云隐轻雷，晚凉如水▲扇引合欢，斜侵明月枕初欹▲

闲庭起来携手，[②]渐黄昏院落，明河低坠▲[③]浴罢妆残，钗偏髻堕，两点春山余翠▲[④]轻绡卸体▲[⑤]怕一捻烟轻，不禁清吹▲簟展湘纹，别有一腔秋思▲[⑥]

注：① 危栏：高栏。② 闲庭：空庭。③ 此二句为五字、四字，比格律四字、六字少一字，稍异。④ 春山：喻眉峰。⑤ 体：此字作宽叶。⑥ 此句比格律多一字。

一百零三字　齐天乐　第二体，同第一体，但后段第三、四句各五字。

李端卿（女）（明592）一首

洞房昨夜春风起，不道珠帘仍隔▲绛幕烟轻，[①]碧纱雾暖，香散锦裀稠叠▲[②]帘开绣额▲渐日影重檐，花枝低亚▲[③]十二雕栏，纱厨宝枕留春色▲[④]

一幅屏山萦绕，[⑤]帐起流苏，[⑥]双绾鸳鸯结▲忽鬓乱乌云，被翻红浪，梦断高唐情怯▲花钿罢贴▲倚新妆初醒，春娇无力▲宛转柔情，环佩迎风戛▲[⑦]

注：① 绛幕：红幕。② 裀：褥子；稠：多也。③ 亚：压也。④ 纱厨：纱帐。⑤ 屏山：屏风似山。⑥ 流苏：帐穗。⑦ 环佩：襟带饰物；戛：环佩声。

卞氏（女）（清114）一首　题：湖上午日。

彩云拥退千峰雨，日月并当双五▲[①]蒲泛琼卮，[②]丝缠玉臂，竞渡遥同荆楚▲[③]门悬艾虎▲愿兵避灵符，[④]尘清烽缕▲天台路近，采药人归时正午▲

风度歌声何许，试问湖山，今可还如古▲看小燕新蝉，穿红掠碧，都向景中添句▲柳阴低妩▲好放艇邀凉，水香凝处▲选韵题觞，[⑤]删去繁箫鼓▲

注：① 双五：五月五日，端午节。② 蒲：菖蒲酒；琼卮：玉杯。③ 荆楚：湖北荆州，楚国都城，指屈原故国。④ 符：符箓，端午佩符，本用以避邪，因时逢明末清初，干戈四起，故亦以避兵。⑤ 选韵：吟诗填词。

一百零三字　忆旧游

汪淑娟(女)(清1712)一首　序：薄冷初除，芳菲未晚，春人约我，画舫迎人。柳依依以可怜，花嫣嫣而欲笑。晚钟催黑，被酒忘归，独立苍茫，不知此身犹在尘世也。同游者姑母纫茝，三妹雯卿。

恁水涵愁影，烟锁愁容，山掩愁妆△更听声声橹，作声声欸乃，[1]折尽愁肠△一春花事消歇，归路忒微茫△[2]有几点饥鸦，行行疏柳淡斜阳△

花香△陌头未问，当日骈车，[3]谁嫁钱王△[4]回首登临处，只荒陵水碧，[5]断塔泥黄△荼蘼可怜春暮，风雨苦收场△怕明日西湖，[6]匆匆谢了兰蕙芳△

注：① 欸乃：橹声。② 忒：太。③ 骈车：双马车。④ 钱王：吴越王钱镠，杭州有钱王祠。⑤ 陵：指钱王陵墓。⑥ 西湖：钱王祠西滨西湖。

一百零三字　澡兰香

王嵩(清940)一首　题：重午，用吴梦窗韵。[1]

笼鹦剪舌▲[2]艾叶粘扉，[3]时序侵人乍觉▲红榴泼火，琼藕铺钿，[4]已过莺期燕约▲料几家小阁深深，都应缠丝绣萼▲绀玉波宽，[5]翠拂画船烟蒻▲[6]

十里湖光旧路，黯黯魂销，总迷愁魄▲钗符鬓缕，[7]水阁红栏，错认几番帘幕▲但归来恨此湘累，[8]闷把香蒲自酌▲[9]念澡兰院落无人，[10]愁添眉角▲

注：① 重午：即端午；吴梦窗：即吴文英，见《词人小传》。② 剪舌：鸣叫。③ 艾叶：用以解毒。④ 琼藕：藕之美称。⑤ 绀玉：天青色。⑥ ：蒻：蒲席。⑦ 钗符：钗上插符。⑧ 湘累：指屈原投江。诸不以罪死曰累……屈原赴湘死，故曰湘累。⑨ 香蒲：指菖蒲酒。⑩ 澡兰：洗兰。

一百零四字　二郎神　第一体，用一种仄韵。

柳永(宋14)一首　题：七夕。

炎光谢▲过暮雨、芳尘潇洒▲乍露冷、风清庭户爽，天如水、玉钩遥挂▲[1]应是星娥嗟久阻，[2]叙旧约、飙轮欲驾▲[3]极目处、微云暗度，耿耿银河高泻▲[4]

闲雅▲须知此景，古今无价▲运巧思、穿针楼上女，[5]抬粉面、云鬟相亚▲[6]钿盒金钗私语处，[7]算谁在、回廊影下▲愿天上人间，占得欢娱，年年今夜▲

注：① 玉钩：上弦月。② 星娥：指织女星。③ 飙轮：御风之车。④ 耿耿：明亮，鲜明。⑤ 穿针：指乞巧。⑥ 亚：压也。⑦ 此句乃唐明皇、杨贵妃七夕密誓故事。

一百零四字　二郎神　第二体，改用二种仄韵，排列亦异。

杨基（明12）一首　题：旅中春晓。

野棠风急，又过了、一番花信▲①想芍药犹香，荼蘼将谢，春色匆匆欲尽▲自叠笺题芳字，写不就、闲愁闲闷▲能几度、寻思镜中，添了许多愁鬓▲

休恨▲▲清明已过，清和相近▲②渐藕叶初圆，樱桃红小，新竹娟娟绿嫩▲▲疏雨池塘，绿阴亭馆▲▲别是一番风韵▲▲记珍簟湘帘，葛巾纨扇▲▲③晚凉时分▲▲

注：① 花信：春季有二十四番花信风，此指第二十三番，即公历四月底。② 清和：农历四月称清和月。③ 葛巾：古代用葛布做的头巾。

一百零四字　二郎神　第三体，用一种仄韵，但与第一体异。

钱谷（明459）一首　题：清明感旧。

绿杨千缕▲弄尽轻烟弱雨▲一棹绕芳堤，①极目惹人延伫▲②贪夸停午，③藉草穿花方未已，④朱霞渐送残阳去▲空指点、千山万壑，何处是伊归路▲

回顾▲那时拥著，雕栏绣户▲怯东风、懒将红幕卷，看玉管、樱桃微露▲⑤并泛宜春摇烛影，且莫问、星飞月度▲算弹指韶光，⑥携手重来，落花无数▲

注：① 棹：船桨。② 延伫：久立。③ 停午：中午。④ 藉草：坐卧于草上。⑤ 玉管：指箫、笛；樱桃：喻小口。⑥ 弹指：喻快；韶光：春光。

一百零四字　永遇乐

解昉（宋99）一首

风暖莺娇，露浓花重，天气和煦▲院落烟收，垂杨舞困，无奈堆金缕▲①谁家巧纵，青楼弦管，惹起梦云情绪▲②忆当时、文衾粲枕，③未尝暂孤鸳侣▲

芳菲易老，④故人难聚▲⑤到此翻成轻误▲阆苑仙遥，⑥蛮笺纵写，⑦何计传深诉▲青山绿水，古今长在，惟有旧欢何处▲空赢得、斜阳暮草，⑧淡烟细雨▲

注：① 金缕：金线，喻柳丝。② 梦云：梦入巫山。③ 粲：鲜明。《诗》："角枕粲兮。"④ 芳菲：喻花草。⑤ 聚：此字叶韵，稍异。⑥ 阆苑：仙境。⑦ 蛮笺：蜀笺。源出蜀妓薛涛笺。⑧ 赢得：剩得。

晁补之（宋123）一首　题：东皋寓居。①

松菊堂深，芰荷池小，②长夏清暑▲燕引雏还，鸠呼妇往，人静郊原趣▲麦天已过，③薄衣轻扇，试起绕园徐步▲听衡宅、欣欣童稚，④共说夜来初雨▲

苍菅径里，紫葳枝上，数点幽花重露▲东里催锄，西邻劝饷，相戒清晨去▲斜川归兴，翛然满目，⑤回首帝乡何处▲⑥只愁恐、轻鞭犯夜，灞陵旧路▲

注：① 东皋：东岸。② 芰荷：菱荷，但古诗词中仍作荷。③ 麦天：农历五月。④ 衡宅：宅第之谦称。⑤ 翛然：潇洒。⑥ 帝乡：指汴京(今开封)。

李清照(女)(宋 207)一首　题：元宵。

落日熔金，暮云合璧，人在何处▲染柳烟浓，吹梅笛怨，[1]春意知几许▲元宵佳节，融和天气，次第岂无风雨▲来相招、香车宝马，谢他酒朋诗侣▲

中州盛日，[2]闺门多暇，记得偏重三五▲[3]铺翠冠儿，撚金雪柳，[4]簇带争济楚▲[5]如今憔悴，风鬟雾鬓，怕见夜间出去▲不如向、帘儿底下，听人笑语▲

注：① 吹梅笛怨：笛吹奏出《梅花落》。② 中州：指汴京(今河南开封)，作者原居处。③ 三五：指正月十五，元宵节。④ 雪柳：首饰名。⑤ 簇带：打扮；济楚：整齐鲜明。

杨无咎(宋 254)一首　题：梅子。

风褪柔英，[1]雨肥繁实，又还如豆▲玉核初成，细腮尚浅，齿软酸凝透▲粉墙低亚，[2]佳人惊起，不管露沾襟袖▲折一枝、钗头来插，应把手搓频嗅▲

相如病久，[3]只因思此，免使文君眉皱▲[4]入鼎调羹，攀林止渴，[5]功业还依旧▲看看飞燕，衔将春去，又是欲黄时候▲[6]争如向、金盘满捧，共君对酒▲

注：① 英：即梅花。② 亚：压也。③ 相如：司马相如。④ 文君：卓文君，司马相如妻。⑤ 止渴：望梅止渴。源出曹操行军故事。⑥ 黄：梅黄，即黄梅天气。

赵以夫(宋 455)一首　题：七夕，和刘随如。[1]

云雁将秋，露萤照夜，凉透窗户▲星网珠疏，月奁金小，[2]清绝无点暑▲天孙河鼓，[3]东西相望，隐隐光流华渚▲[4]妆楼上、青瓜玉果，多少騃儿痴女▲[5]

金针暗度▲蛛丝密结，便有系人心处▲经岁离思，[7]霎时欢爱，愁绪空万缕▲人间天上，一般情味，枉了锦笺嘱咐▲又何似、吹笙仙子，跨黄鹤去▲[8]

注：① 刘随如：即刘镇，见《词人小传》。② 月奁：月镜。③ 天孙：即织女星。④ 华渚：古代传说中的地名，此为泛指。⑤ 此二句谓人们陈列瓜果乞巧；騃：痴呆。⑥ 度：此字叶韵，稍异。⑦ 经岁：经过一年，指牛郎、织女一年一会。⑧ 黄鹤：费文袆登仙故事。

危复之(元 29)一首

早叶初莺，晚风孤蝶，幽思何限▲檐角萦云，阶痕积雨，一夜苔生遍▲玉窗闲掩，瑶琴慵理，寂寞水沉烟断▲[1]悄无言、春归无觅，卷帘见双飞燕▲

风亭泉石，烟林薇蕨，梦绕旧时曾见▲江上闲鸥，心盟犹在，分得眠沙畔▲引

觞浮月，飞谈卷雾，莫管愁深欢浅▲起来倚栏杆，拾得残红一片▲[②]

注：① 水沉：沉水，香名。② 结尾两句五字、六字，与格律七字、四字不同，稍异。

李祯（明 38）一首　故事：《剪灯余话》卷五，庆贾云华还魂嫁魏鹏。

倾国名姝，[①]出尘才子，[②]真个佳丽▲鱼水姻缘，鸾凤契合，事如人意▲[③]贝阙烟花，[④]龙宫风月，漫托传书柳毅▲想传奇、又添一段，勾栏里做还魂记▲[⑤]

稀稀罕罕，奇奇怪怪，凑得完完备备▲梦叶神言，[⑥]婚谐腹偶，[⑦]两姓非容易▲牙床儿上，绣衾儿里，浑似牡丹双蒂▲问这番、怎如前度，一般滋味▲

注：① 倾国：喻美貌可倾国。② 出尘：喻才学超出凡人。③ 此句较格律少一字，稍异。④ 贝阙：以紫贝作宫阙，河伯居所也。⑤ 此句较格律多一字，稍异。⑥ 神言：魏鹏曾在伍员祠求签，签语已有透露。⑦ 腹偶：两人曾由父母指腹为婚。

钱谦益（明 312）一首　题：中秋大雨。

三五中秋，一场败兴，雨淋风裂▲问讯嫦娥，今宵此夜，幽闷如何说▲辉寒玉臂，光凝翠黛，长是孤眠时节▲任凄凉、兔掩蟾遮，[①]免照半床愁发▲

晚来妆了，插花看镜，恍是身临瑶阙▲[②]烛灭香残，暗风吹雨，魂梦空凄切▲月宫深锁，桂轮何处，[③]莫被愁人攀折▲应自恨、青天碧海，芒芒奔月▲[④]

注：① 兔：玉兔，喻月；蟾：玉蟾，也喻月。② 瑶阙：仙宫。③ 桂轮：圆月。④ 芒芒：远貌；奔月：嫦娥奔月。

汤寅（清 372）一首　题：元旦迎春，大雪新霁。

银烛舒红，金尊拈碧，[①]锦帷寒少▲彩胜齐簪，[②]宝笙微暖，处处辛盘早▲[③]试寻山馆，重来竹阴，满径梅花初老▲尽春城、珠帘十里，尽说丰年佳兆▲

东邻队子，吴国妖艳，[④]百戏鱼龙争巧▲过处楼台，担头花柳，[⑤]笳鼓移三岛▲[⑥]从今细数，红肥绿暗，随着东风都到▲又赢得、儿童笑语，今年春好▲

注：① 尊：酒杯。② 彩胜：首饰；簪：插戴。③ 辛盘：元旦以葱、蒜、韭、蓼、蒿、芥杂和而食，谓五辛盘，迎春之意。④ 吴国：吴地。⑤ 担头：卖花担头。⑥ 三岛：指蓬莱、瀛州、方丈三岛，喻仙境。

许德蘋（女）（清 1708）一首　题：元宵。

月浸春城，花明灯市，游冶佳处▲桥畔云迷，楼头采结，仙阙应也许▲[①]翠影丛中，艳歌声里，最怕霎时微雨▲还端整、靓妆簇簇，好挈凤俦鸳侣▲

千门如昼，六街闲步，不觉签声催五▲[②]宝马尘飞，钿车香惹，群屧争楚鱼▲龙

游因戏，风容急撼，势若凌空飞去▲叫邻女、月地花天，从头细语▲

注：① 此句谓楼头如仙宫。② 签声：报时更漏声。签，更筹。

一百零四字　百宜娇

张熙纯（清985）一首　题：山塘微步有见。①

草衬柔英，②柳垂深幕，闲趁群堤游衍▲③波影摇晴，烟光弄暖，脉脉芳情谁遣▲④命俦啸侣，早目送、飞琼游伴▲⑤尽盈盈、悄立风前，鬓云偏障纨扇▲

凌波步、穿花缓缓▲⑥只隔小红桥，便如天远▲遮莫无愁，⑦不应有恨▲何事双蛾颦浅▲钿车去也，但约略、娇莺低唤▲扰吟魂、倚遍斜阳，欲归犹懒▲

注：① 山塘：苏州阊门外街名。② 柔英：初开之花。③ 游衍：游美。④ 脉脉：含情貌。⑤ 飞琼：许飞琼，仙女，指所见。⑥ 凌波：步态轻盈的样子。⑦ 遮莫：尽教。

袁绶（女）（清1451）一首

剪柳风柔，养花雨细，催就几番春讯▲弹指流光，惊心往事，早是踏青期近▲秋千倦倚，却镇日、慵翻唐韵▲①试轻衫、重又装绵，余寒无奈犹蕴▲②

芳径里、落红成阵▲日影转回廊，绿窗人困▲燕蹴帘钩，莺啼栏曲，不管愁萦方寸▲③深深院宇，乍梦觉、绣屏香烬▲④恁新来、瘦减桃花，钏环宽褪▲⑤

注：① 镇日：整天。② 犹蕴：仍存。③ 方寸：指心。④ 烬：烧余部分。⑤ 钏环：手镯。

一百零四字　西湖月

诸嘉杲（清1561）一首　题：本意。

分明点破平湖，正玉宇无声，画船催发▲暮痕如洗，琉璃一棹，①荡开层碧▲儿家临水住，有洲里茭花摇碎白▲②到夜静凉入篷窗，吹过数声渔笛▲

问谁梦醒鸿乡▲③听曲唱弯弯，素烟轻织▲翠歌珠舞，衣香鬓影，镜中寻觅▲碧云秋思冷▲恁盼到圆时偏又缺▲柳阴外、三两红楼，倚栏人立▲

注：① 琉璃：喻水面；棹：船桨。② 茭花：茭白花。③ 鸿乡：洪水境。《史记》："禹抑鸿水。"

一百零四字　花心动

阮逸女（女）（宋66）一首

仙苑春浓，小桃开、枝枝已堪攀折▲乍雨乍晴，轻暖轻寒，渐近赏花时节▲柳摇台榭东风软，帘栊静、幽禽调舌▲断魂远、闲寻翠径，顿成愁结▲

此恨无人共说▲还立尽黄昏，寸心空切▲强整绣衾，独掩朱扉，簟枕为谁铺

设▲夜长更漏传声远，纱窗映、银釭明灭▲梦回处，梅梢半笼淡月▲

李弥逊（宋233）一首　题：七夕。

水馆风亭，晚香浓、一番芰荷经雨▲[1]簟枕乍闲，襟裾初试，散尽满轩绊暑▲[2]断云却送轻雷去，疏林外、玉钩微吐▲[3]夜未阑、秋生败叶，暗催庭树▲

天上佳期欠阻▲[4]星河畔仙车，[5]缥缈云路▲[6]旧恨未平，幽欢难驻，洒落半天风露▲绮罗人散金猊冷，[7]醉魂到、华胥深处▲[8]洞房悄，南楼画角自语▲

注：① 芰：本解作菱，但古诗词中仍作荷。② 轩：长廊有窗者；绊暑：当暑衣服。③ 玉钩：弦月。④ 佳期：七夕相会。⑤ 星河：银河。⑥ 缥缈：高远貌。⑦ 绮罗：喻妇女；金猊：铜狮形香炉。⑧ 华胥：梦中王国。

刘镇（宋306）一首

鸠雨吹晴，[1]遍园林、一番绿娇红媚▲柳外金衣，[2]花底香须，消得艳阳天气▲障泥步锦寻芳路，[3]称来往、纵横珠翠▲笑携手、旗亭问酒，更酬春思▲

还记东山乐事▲向歌雪香中，伴春沉醉▲粉袖殢人，[4]彩笔题诗，陶写老来风味▲[5]夜深银烛明如昼，待归去、看承花睡▲梦云散，屏山半熏沉水▲[6]

注：① 鸠雨：《埤雅》鸠，阴则屏逐其妇，晴则呼之。② 金衣：唐明皇称黄莺为金衣公子。③ 障泥：挡泥。④ 殢：恋也。⑤ 陶：快乐。⑥ 屏山：屏风；沉水：香名。

陈履端（清678）一首　题：燕京清明。[1]

此日江南，衬桃痕、绿杨斜拂朱户▲上冢人忙，[2]裙屐香泥，碧草纸钱飘处▲前村春社人扶醉，[3]应笑我、天涯羁旅▲[4]真辜负、燕笋初肥，[5]鲎鱼细缕▲[6]

多少狂朋俊侣▲尽写就红笺，题完白苎▲何事年来，落拓京华，情比软风丝雨▲青山污了倩谁怜，只梦里、乡关呓语▲烟光好，丁香渐开无数▲

注：① 燕京：即北京。② 上冢：上坟。③ 春社：在立春后第五个戊日，祭后土神，聚饮。④ 羁旅：客居他乡。⑤ 燕笋：春分燕来时之笋。⑥ 细缕：细切成丝。

一百零四字　拜新月慢

竹秋氏（清1805）一首　故事：《红闺春梦》第三十一回，赠王兰、洛珠合欢词。

烛影光凝，帘旌初起，[1]宝鼎香焚缭绕▲月魄涵辉，[2]映长亭清皎▲看今夕，道是萧郎弄玉相会，地久天长偕老▲幄绣鸳鸯，露丰姿妖袅▲

步瑶阶，宛入蓬莱岛▲三星照▲软语殷勤祷▲但愿世世生生，结齐眉常好▲[4]乐风流，艳福人间少▲绸缪意，莫放秋闺晓▲先两日，[5]早占佳期，惹嫦娥

妒恼▲

注：① 帘旌：如旗帘子。② 月魄：月光。③ 萧郎、弄玉：萧史与秦穆公女弄玉。④ 齐眉：举案齐眉，源出梁鸿、孟光，夫妇相敬如宾。⑤ 先两日：系八月十三结婚，早中秋二日。

一百零四字　春从天上来

九容楼主人(明650)一首　故事：《英云梦》卷七，王云、英娘、梦云合欢词。

翠绕珠围△看鸳鸯对半，[1]花烛交辉△屏开孔雀，[2]双女于归△[3]香烟透户霏霏△齐奏合欢令，有笙箫鼓乐相催△成合卺，[4]似仙娥滴滴，羞带霞杯△[5]

今宵团圆明月，赴绣帐春风，玉貌微微△笑向银灯，佳人遂愿，可喜才郎相依△写鸾笺绫锦，都勾去、从前是非△好佳期，却一窗瑞彩，郁郁兰飞△

注：① 对半：三人。② 雀屏：喻择婿。③ 于归：嫁也。④ 合卺：成婚之礼。⑤ 霞杯：酒杯美称。霞酒：仙酒。

一百零四字　南浦

沈皞日(清522)一首　题：春水，用玉田韵，[1]同衡圃赋。

新雨涨汀沙，倚兰桡、正值江亭初晓▲[2]堤坠乱桃红，红桥下、斜映花阴如扫▲波纹沁碧，一双燕子凌波小▲乍罥晴丝，还又转，却误衔来萍草▲

漫从南浦催归，是闲情客里，春游未了▲双桨载笙歌，鸳鸯起、何处画船吹到▲曲终渺渺▲前溪渐觉莺声悄▲寒食今番过也，报道湔裙人少▲[3]

注：① 玉田：张炎号，见《词人小传》。② 兰桡：船之美称。③ 湔裙：洗裳。

一百零四字　梁州令叠韵

晁补之(宋123)一首

田野闲来惯▲睡起初惊晓燕▲樵青走挂小帘钩，[1]南国昨夜，细雨红芳遍▲平芜一带烟花浅▲过尽南归雁▲江云渭树俱远▲[2]凭栏送目空肠断▲

好景难常占▲过眼韶华如箭▲[3]莫教鶗鴂送韶华，[4]多情杨柳，为把长条绊▲清斟满酌谁为伴▲花下提壶劝▲何妨醉卧花底，愁容不上春风面▲

注：① 樵青：张志和婢，喻婢女。② 江云谓树：语见杜甫《春日忆李白》"渭北春天树，江东日暮云"。③ 韶华：春光。④ 鶗鴂：杜鹃。

一百零四字　清江裂石

屠隆(明227)一首

淼淼重湖背郭斜△永日坐蒹葭△四面山青不断，楼阁外、乱水明霞△有画船、锦缆载词客，金翘杂佩，强半挟吴娃△水穷处、长林古寺，夏木绿阴遮△

回首望空明，白鸥隐隐飞来，带一片轻纱△把酒问西湖，今来古往，都不管、兴亡旧恨年华△与客棹扁舟，听取哀弦急筑，散发弄荷花△

一百零四字　挂松枝

徐梗（明398）一首　题：春水，和涂长简。

花风荡漾起浮沤，[1]消尽渔翁闲眺▲晴沙清浅无尘，搅碎空明嫌小棹▲[2]行人坐如天上，云影轻移动荇藻▲溶溶睡得鸳鸯稳，[3]拨刺又惊鱼跳▲[4]

低飞燕子初来到▲怪他剪破水纹，顿减却、碧潭清耀▲有时风定波澄，群山远映，看几点、黛螺都倒▲[5]此际江娥濯锦，玉颜清丽，宛在镜中照▲

注：① 浮沤：水泡。② 小棹：喻小船。③ 溶溶：深广貌。④ 拨刺：鱼跳声。⑤ 黛螺：喻山峰如眉峰。

一百零四字　喜迁莺

沈曾植（清1822）一首　题：和陈子纯韵。

南湖日暮▲[1]尽看遍游冶，总宜船橹▲瘴雨飘襟，[2]蛮花侧帽，[3]叹今日江湖倦旅▲为问渔庄蟹舍，何似马人龙户▲[4]听夜雨暗潮生，还有婆留知否▲[5]

是处深巷踏歌女▲春声点彻都昙鼓▲[6]鹤去亭孤，[7]龙移潭冷，[8]望到江莲白羽▲几日竹林游迹，拍遍梅边乐句▲莫苦忆武昌鱼，试鲙宋家霜缕▲[9]

注：① 南湖：作者家乡嘉兴名胜，但观以下词句，疑为杭州西湖之误。② 瘴③蛮：似指广东、广西，存疑。④ 马人龙户：即车如流水马似龙。⑤ 婆留：指吴越王钱镠，小字婆留，他曾命强弩数百以射浙江潮潮头。⑥ 都昙鼓：扶南天竺之乐器。《唐书·礼乐志》："天竺伎有都昙鼓……指西湖有三天竺寺。"⑦ 鹤去亭孤：西湖孤山有放鹤亭。⑧ 龙移：龙去；潭：三潭印月，西湖十景之一。⑨ 宋家：唐西湖船娘宋嫂善鲙鱼羹。

一百零四字　菩萨蛮慢

王庭（清21）一首　题：自南湖过梅里。[1]

乍西风紧，放轻舟小棹，[2]漾南湖水▲菱叶尽消沉，剩折竹残绳，荒芜沙沚▲[3]再过重桥，多野庙、斜阳树里▲有渔舟三两，小泊丛芦，晚爨烟起▲[4]

往来莫非故里▲叹寂寞村墟，[5]纷纭城市▲六十年世事交更，惟阅世▲[6]行人头白犹尔▲倦倚蓬窗，记几度、长吟经此▲惜无能、长从泛宅，[7]钓徒与侣▲[8]

注：① 梅里：即嘉兴王店镇。② 小棹：小桨。③ 沙沚：水中小沙洲。④ 爨：炊也。⑤ 村墟：村庄，亦指乡村集市。⑥ 阅：经历。⑦ 泛宅：飘浮舟上，以舟为宅。⑧ 侣：此字不叶韵，作宽叶。

一百零四字　绮罗香

黄裳（宋95）一首

绡帕藏春，罗裙点露，相约莺花丛里▲翠袖拈芳，香沁笋芽纤指▲偷摘遍、绿径烟霏，①悄攀下、画栏红紫▲扫花阶、褥展芙蓉，瑶台十二绛仙子▲

芳园清尽乍永，②亭上吟吟笑语，③如秾夸丽▲④夺取筹多，赢得玉珰瑜耳▲⑤凝素靥、香粉添娇，映黛眉、淡黄生喜▲绾胸带、空系宜男，⑥情郎归来未▲

注：①烟霏：飘扬的烟。②乍永：刚长。③吟吟：疑为盈盈之误。④秾：秾艳。⑤玉珰瑜耳：玉耳环。⑥绾：勾系；宜男：草名，即萱草，喻生子。

张翥（元69）一首　题：雨中舟次洹上。①

燕子梁深，秋千院冷，半湿垂杨烟缕▲怯试春衫，长恨踏青期阻▲梅子后、余润留寒，藕花外、嫩凉销暑▲渐惊他、秋老梧桐，萧萧金井断蛩暮▲②

熏篝须待被暖，③催雪新词未稳，重寻笙谱▲水阁云窗，总是惯曾经处▲曾信有、客里关河，④又怎禁、夜深风雨▲一声声、滴在疏篷，⑤做成情味苦▲

注：①洹：河名，源出山西，流经河南。②萧萧：风声；断蛩：断续蟋蟀声；暮：衰残。③熏篝：有罩盖炉子。④关河：指旅途。⑤篷：船窗。

张四科（清923）一首　题：春阴。

云叶微分，风丝渐紧，欲雨欲晴难定▲黯黯窗纹，又作一番清冷▲满园林、燕僽莺僝，①隔帘幕、柳昏花瞑▲倚高楼、千里江南，沉沉一片绿芜净▲

鸣鸠何处试听，早减轻舆软马，②踏青芳兴▲清润房栊，③暗里故香先省▲正瑶琴、慢了幺弦，④更画烛、堕残红烬▲⑤最清宵、盼杀闲阶，月来花弄影▲

注：①僝僽：懊恼。②舆：轿子。③房栊：房窗。④幺弦：细弦线。⑤红烬：烛泪。

吕承娧（女）（清1552）一首

几日东风，流光暗度，又是春韶情味▲①柳色青青，隐映碧桃开未▲刚社燕、啄遍芹泥，②渐粉蝶、暗销香腻▲诉春愁、恰恰莺啼，③望人长向翠楼倚▲

无聊花下独自，对着斜风细雨，游丝轻曳▲不定阴晴，酿作恼人天气▲扶翠袖、红泪空收，对清波、素书难寄▲愿征人、莫惜轮蹄，④那须锦词费▲

注：①春韶：春景。②社：指春社，在立春后第五个戊日，祭后土神，聚饮；芹泥：燕巢材料。③恰恰：莺声。④征人：远走他乡之人。

一百零四字　齐天乐（又名台城路）

翁端恩（女）（清1671）一首　题：桃花庄春望。　注：调名原作台城路。

春遍江南风细细▲正是嫩寒天气▲燕子衔泥，提壶唤雨，[1]十里软红尘滓▲夹衣初试▲看波绿粼粼，[2]野鸥乍起▲一路桃花，浅深红到半山里▲

回忆岭南旧地▲[3]有万枝香雪，[4]月明如洗▲沽酒桥边，[5]采桑村外，一样嫣红姹紫▲[6]春光无改，叹廿载浮踪，[7]鬓丝添矣▲他日来游，溪上桃花开还未▲

注：① 提壶：鸟名。② 粼粼：水清澈貌。③ 岭南：指广东大庾岭，多植梅。④ 香雪：喻梅花。⑤ 沽酒：买酒。⑥ 嫣红姹紫：娇艳貌。⑦ 浮踪：飘游踪迹。

一百零四字　归朝欢

柳永(宋14)一首

别岸扁舟三两只▲葭苇萧萧风淅淅▲[1]沙汀俗雁破烟飞，溪桥残月和霜白▲渐渐分树色▲路遥川远多行役▲[2]往来人，只轮双桨，[3]尽是利名客▲

一望乡关烟水隔▲转觉归心生羽翼▲愁云恨雨两萦牵，新春残腊相催逼▲[4]岁华都瞬息▲浪萍风梗诚何益▲问归期，玉楼深处，有个人相忆▲

注：① 葭苇：芦苇；萧萧：风声；淅淅：风声。② 行役：服役，指马夫、拉纤夫。③ 只轮：独轮车。④ 残腊：残年，十二月称腊月。

吴子孝(明162)一首　题：春雪。

新岸郊原纤草碧▲陡然寒甚彤云密▲[1]雪花如掌逐狂飙，[2]冰澌似玉流香陌▲[3]冻成天地白▲江山万里都辉赫▲泛兰舟，卷帘四望，佳景真奇特▲

江南二月非江北▲茂苑千花当尽坼▲[4]天公有意厌尘氛，人间借作瑶台色▲[5]云岩天咫尺▲[6]山头老树鸦翻日▲酒酣时，[7]登高能赋，聊倩春风笔▲

注：① 彤云：雪云。② 狂飙：暴风。③ 冰澌：流动的寒冰。④ 茂苑：茂盛花园。⑤ 瑶台：天宫。⑥ 咫尺：逼近。⑦ 酣：醉得糊涂、大醉。

马守真(女)(明228)一首　题：小春，寄张幼于。

塞雁刚来秋壑冷▲[1]霜打池荷鱼畏影▲月华空好暮生寒，[2]庭前风秃梧桐梗▲[3]酒轻吹易醒▲登楼漫把鸾钗整▲卷湘帘，远峰翠列，掩映纱窗扃▲

槛外愁云堆万顷▲[4]日卜金钱无一准▲[5]灯花昨夜焰仍双，柔情又把佳期等▲不念人孤零▲羞看旧寄书和信▲绣床空，鸳鸯绣罢，怪说他交颈▲

注：① 塞雁：边塞之雁。② 月华：月光。③ 此句谓梧桐梗被风吹秃，即叶被吹尽。④ 万顷：喻广阔。⑤ 此句谓以金钱卜问恋人归期无准信。

一百零四字　潇湘逢故人慢　第一体，用平韵。

王安礼(宋77)一首

薰风微动，[1]方榴花弄色，萱草成窝△翠帷敞轻罗△试冰簟初展，[2]几尺湘波△[3]疏檐广厦，称潇湘、一枕南柯△[4]引多少、梦魂归绪，洞庭两棹烟蓑△[5]

惊回处，闲昼永，[6]更时时、燕雏莺友相过△正绿影婆娑△况庭有幽花，池有新荷△青梅煮酒，幸随分、赢取高歌△[7]功名事、到头终在，岁华忍负清和△[8]

注：① 薰风：和风，东南风。② 冰簟：凉席。③ 湘波：湘妃竹编成波纹。④ 南柯：喻入梦。⑤ 此句谓洞庭湖上渔夫。⑥ 昼永：日长。⑦ 随分：随便。⑧ 清和：农历四月称清和月。

陈聂恒（清 756）一首

薰风微动，乍衫裁细葛，[1]扇试轻纨△[2]小园两三竿△倩新绿分染，露粉才干△生红熨就，吐山榴、到眼凝然△关心是、簟纹如水，午窗梦断前欢△

匆匆又，重午近，[3]拂轻鸥、画船人见何年△问萍泊谁怜△[4]只燕自双飞，月自孤圆△一番醉醒，负江南、烟雨梅天△[5]闲欹枕、也应为我，[6]桐花惆怅无眠△

注：① 细葛：细葛布做的衣衫。② 纨：团扇。③ 重午：端午。④ 萍泊：如浮萍飘泊。⑤ 梅天：黄梅天，乍晴乍雨。⑥ 欹枕：倚枕。

一百零四字　潇湘逢故人慢　第二体，用仄韵。

王秋英（女）（明 23）一首　故事：据《词统》福清诸生韩梦云，嘉靖甲子（1564 年）过石湖山，见遗骼掩之，后女鬼王秋英竟与其成夫妇，并作词。

春光将暮▲见嫩柳拖烟，娇花带露▲顷刻间风雨▲把堂上深恩，闺中遗事，钻火留饧，[1]都付却、落花飞絮▲又何心、挈榼提壶，[2]斗草踏青盈路▲[3]

子规啼，蝴蝶舞▲遍南北、山头纸灰绿醑▲[4]奠一丘黄土▲[5]叹海角飘零，湘阴凄楚▲无主泉扃，[6]也能得、有情鸡黍▲[7]画角声、吹落梅花，又带离愁归去▲

注：① 钻火：指寒食节禁烟火后再续新火；饧：饴糖。② 挈榼：携带食具。③ 斗草：古代妇女一种游戏。④ 纸灰：上坟烧纸钱；醑：美酒。⑤ 一丘黄土：一座坟墓。⑥ 泉：黄泉，喻阴间；扃：关闭也。⑦ 鸡黍：指上坟供品。

一百零五字　二郎神

汤恢（宋 577）一首

琐窗睡起，[1]闲伫立、海棠花影▲[2]记翠楫银塘，[3]红牙金缕，[4]杯泛梨花冻冷▲燕子衔来相思字，道玉瘦、不禁春病▲应蝶粉半销，鸦云斜坠，[5]暗尘侵镜▲

还省▲香痕碧唾，[⑥]春衫都凝▲悄一似荼蘼，玉肌翠被，消得东风唤醒▲青杏单衣，杨花小扇，闲却晚春风景▲最苦是、蝴蝶盈盈弄晚，一帘风静▲

注：① 琐窗：窗棂之镂花纹者。② 伫立：久立。③ 楫：船桨。④ 红牙：红象牙拍板；金缕：曲名。⑤ 鸦云：黑发。⑥ 碧唾：美人之香唾，语见伶玄《赵飞燕外传》。苏轼《记梦回文二百首并序》有句："乱点余花唾碧衫。"

杨基（明12）一首　题：旅中春晓。

野棠风急，又过了、一番花信▲[①]想芍药犹香，荼蘼将谢，春色匆匆欲尽▲自叠吉笺题芳字，写不就、闲愁闲闷▲能几度寻思，镜中添了，许多愁鬓▲

休恨▲清明已过，清和将近▲[②]渐藕叶初圆，樱桃红小，新竹娟娟绿嫩▲疏雨池塘，绿阴庭馆，别是一般风韵▲记珍簟、湘帘葛巾纨扇，晚凉时分▲

注：① 花信：花信风，共二十四番，每番五天。② 清和：农历四月称清和月。

朱一是（明454）一首　题：燕子矶秋眺。[①]

岷峨万里，[②]但日日、水流东去▲指远近吴山，参差宫阙，[③]起灭长空烟雾▲南望沧溟天边影，辨不出、迷茫尽处▲叹三楚英雄，[④]六朝王霸，消沉无数▲

真个，[⑤]长江天堑，[⑥]飞艎难渡▲自玉树歌残，[⑦]金莲舞罢，[⑧]倏忽飞鸟走兔▲燕子堂空，[⑨]凤凰台远，[⑩]剩有春风秋露▲恁坐看、潮落潮生几日，云帆朝暮▲

注：① 燕子矶：南京名胜，在长江边。② 岷峨：高貌。③ 参差：不齐貌；宫阙：帝王宫殿。④ 此句指楚霸王等。⑤ 个：此字不叶韵，与格律异。⑥ 天堑：天险。⑦ 玉树：玉树后庭花，舞曲名，陈后主后宫盛行。⑧ 金莲：齐东昏侯潘妃舞于莲花上，曰："步步生莲。"⑨ 燕子：刘禹锡《乌衣巷》诗"旧时王谢堂前燕，飞入寻常百姓家"。⑩ 凤凰台：在南京，李白有《凤凰台》诗。

孙尔准（清1238）一首　题：豆棚。

枳篱楗柱，[①]尽省却、牵萝重补▲早檐底流云，梧边分雨▲别有轻阴尔许▲手把团蕉闲商略，[②]漫忆着、南山诗句▲看一角青天，斜阳收了，断霞催暮▲

消暑▲白花绽后，芳蕾堪煮▲恰素手匀阴，金刀剪翠，寻到螳螂挂处▲邀取邻翁，夜凉排坐，闲话胸中今古▲人静后、付与秋虫细说，一庭清露▲

注：① 楗柱：限门木柱，即门下横木或柱。② 商略：筹划。

一百零五字　八宝妆

无名氏（辽3）一首　注：词见吴衡照《莲子居词话·高丽词》。

一抹弦器，①初宴画堂，②琵琶人抱当头△鬠云腰素，③仍占绝风流△轻拢慢撚生情态，④翠眉颦、无愁还似愁△变新声、自成濩索，⑤还共听奏凉州△⑥

弹到遍急敲频，分明似话，争知指面纤柔△⑦坐中无语，惟断续金虬△⑧曲终暗会王孙意，⑨转步莲、徐徐卸凤钩△捧瑶觞为喜知音，劝佳人、沉醉迟留△

注：① 一抹：弹拨，辛弃疾词："一抹凉州哀彻"。② 宴：酒筵。③ 鬠云：发结；腰素：腰束白绢带子。④ 轻拢慢撚：指弹琵琶。⑤ 濩索：流散。⑥ 凉州：曲名。⑦ 争知：怎知。⑧ 金虬：铜虬龙，指计时滴漏器。⑨ 王孙：富贵子弟。

一百零五字　合欢带

柳永（宋14）一首

身材儿、早是妖娆△算举措、实难描△一个肌肤浑似玉，更都来、占了千娇△妍歌艳舞，莺惭巧舌，柳妒纤腰△自相逢、便觉韩娥价减，①飞燕声销△②

桃花零落，溪水潺湲，③重寻仙境非遥△莫道千金酬一笑，便明珠万斛须邀△④檀郎幸有，凌云词赋，掷果风流△⑤况当年、便好相携，凤楼深处吹箫△

注：① 韩娥：韩俊娥，隋炀帝得宠宫娥。② 飞燕：赵飞燕，汉成帝后，身轻如燕。③ 潺湲：水流貌。④ 万斛：喻多。⑤ 掷果：美男子潘安外出，妇人争向其掷果。

仇远（元22）一首

令巍巍、①一段风流△看情性、成温柔△记得阿娇曾识面，两凝情、欲问还羞△沉吟半晌，②蝉欺舞鬓，莺涩歌喉△③到黄昏、饮散□虽未语，④心已相留△

纱窗低转，红袖同携，⑤随花归去秦楼△⑥酒力难禁花易软，聚眉峰点点清愁△嗔人笑语，朦胧娇眼，倭堕枕头△⑦醒来时、月转西厢，隔窗犹听箜篌△⑧

注：① 令巍巍：颤巍巍，摇动貌。② 半晌：一会儿。③ 此两句喻善舞能歌。④ □：此处漏一字，疑为"人"字。⑤ 红袖：喻女子。⑥ 秦楼：指歌舞之所。⑦ 倭堕：发丰美而下垂。⑧ 箜篌：古乐器名。

一百零五字　西河

周邦彦（宋128）一首　题：金陵怀古。①

佳丽地▲南朝盛事谁记▲山围故国绕清江，髻鬟对起▲怒涛寂寞打孤城，风樯遥度天际▲

断崖树犹倒倚▲莫愁艇子曾系▲②空余旧迹郁苍苍，雾沉半垒▲夜深月过女墙来，伤心东望淮水▲

酒旗戏鼓甚处市▲想依稀、王谢邻里▲燕子不知何世▲向寻常巷陌，人家相对▲如说兴亡斜阳里▲

注：① 金陵：即今南京。② 莫愁：莫愁湖。

邵亨贞(元86)一首　题：一春索居，况味殊恶，赋此纪怀。

春梦觉▲一声何处啼鸟▲东风二月旧江南，庾郎暗老▲[1]嫩寒日日禁单衣，栏杆凭遍清晓▲

水涯柳条渐好▲玉骢几度曾到▲如今巷陌踏青时，故人去杳▲杏花不在宋东邻，[2]苔墙犹自围绕▲

凤鞋次第又斗草▲[3]暗凄凉、前度怀抱▲病后不禁愁恼▲怕西园路湿，残红如扫▲空忆花前纤腰袅▲

注：① 庾郎：指南梁庾信，出使西魏被留，庾作《哀江南赋》，杜甫谓其文章老更成。② 宋东邻：宋玉东邻女，曾窥宋三年。③ 次第：陆续。

一百零五字　花发沁园春

王诜(宋114)一首

帝里春归，[1]早先妆点，皇家池馆园林▲雏莺未迁，燕子乍归时节，戏弄晴阴▲琼楼朱阁，恰近在、柳曲花心▲翠袖艳依凭栏杆，惯闻弦管新音▲

此际相携宴赏，纵行乐、随处芳树遥岑▲[2]桃腮杏脸，嫩英万条千枝，[3]绿浅红深▲轻风煦日，泛暗香、长满衣襟▲洞户醉归访笙歌，[4]晚来云海沉沉▲

注：① 帝里：指北宋汴京(今开封)。② 遥岑：远处小山。③ 嫩英：嫩花。④ 洞户：深房。

一百零五字　迎新春

柳永(宋14)一首

嶰管变青律，[1]帝里阳和新布▲[2]晴景回轻煦▲喜嘉节、当三五▲[3]列华灯、千门万户▲遍九陌、罗绮香风微度▲[4]十里燃绛树▲鳌山耸、喧喧箫鼓▲[5]渐天如水，素月当户▲

香径里、绝缨掷果无数▲[6]更阑烛影花阴下，少年人、往往奇遇▲太平时、朝野多欢民康阜，[7]随分良聚▲堪对此景争忍，[8]独醒归去▲

注：① 嶰管：昆仑山北谷之竹所制乐器，为箫笛之美称。② 帝里：指汴京。③ 三五：指元宵节。④ 九陌：九街；罗绮：指妇女。⑤ 鳌山：张灯、演杂技之台。⑥ 绝缨掷果：喻男女调情。⑦ 朝野：喻官与民。⑧ 争：怎。

一百零五字　南浦

张炎（宋 572）一首　题：春水。

波暖绿粼粼，①燕飞来、好是苏堤才晓。②鱼没浪痕圆，流红去、翻唤东风难扫。荒桥断浦，柳阴撑出扁舟小。回首池塘青欲遍，绝似梦中芳草。

和云流出空山，甚年年、净洗花香不了。新绿乍生时，孤村路、犹忆那回曾到。余情渺渺，茂林觞咏如今悄。前度刘郎从去后，③溪上碧桃多少。

注：① 粼粼：水清澈貌。② 苏堤：在杭州西湖。③ 刘郎：指刘禹锡。

陶宗仪（明 10）一首

如此好溪山，羡云屏、九叠波影涵素。①暖翠隔红尘，空明里、著我扁舟容与。②高歌鼓枻，③鸥边长是寻盟去。头白江南看不了，何况几番风雨。

画图依约天开，荡清晖、别有越中真趣。孤啸托篷窗，幽情远、都在酒瓢茶具。水蘋摇晚，④月明一笛潮生浦。欲问渔郎无恙否，⑤回首武陵何许。⑥

注：① 涵：容也。② 容与：容留。③ 枻：船桨也。④ 水蘋：水草名。⑤ 渔郎：《桃花源记》一渔郎误入桃花源。⑥ 武陵：桃花源所在地，在湖南常德。

李怀（女）（清 137）一首　题：春水，步玉田词韵。①

门外绕清流，赤栏桥、几阵鱼游春晓。双燕恰飞回，尖尖尾、翠掠波纹如扫。垂杨隔岸，数株掩映书斋小。烟暖粼粼南浦涨，②湿透满堤芳草。

夭桃笑脸生红，自凝脂、点点开将不了。真是武陵源，花深处、曾有荡舟人到。呼童涤砚，漾来碧渚东风悄。无奈鸥翻兼鹭浴，还剩墨痕多少。

注：① 玉田：即张炎。② 粼粼：水清澈貌。

曹贞吉（清 396）一首　题：春水，用玉田词韵。

新涨碧于天，近清明、做弄横塘清晓。轻燕掠波圆，靴又细、一片麹尘谁扫。①鱼梭织影，②跳珠只似荷钱小。吹雨东风寒又暖，绿遍长堤芳草。

漫漫别浦潆洄，惊画船、箫鼓鸥盟未了。雁齿接红桥，③渔庄远、何处鸣榔声到。④断烟渺渺，斜川如到平芜悄。扑面杨花飞作阵，添入浮萍多少。

注：① 麹尘：淡黄色尘土。② 鱼梭：鱼来往如织梭。③ 雁齿：如雁阵排列。④ 鸣榔：敲击船尾木梆以捕鱼。

楼俨（清 838）一首　题：舟次东平，用山中白云词韵。①

低唱望江南，醒来时、又是乳鸦啼晓。山色有无间，篷窗倚、一抹修眉初扫。②阴阴绿树，莺梭点点穿来小。③肠断短长亭外路，④踏遍几番芳草。

无端换上征衫，[⑤]别离多、惯把吟魂消了▲小亭又斜阳，柳丝长、不管东风吹到▲十年一剑，宦情赢得忧心悄▲[⑥]可怜樱笋风光里，犹说瘴烟多少▲

注：① 东平：山东县名；山中白云词：张炎词集名。② 修眉：细长眉毛。③ 莺梭：黄莺飞来飞去如织梭。④ 短长亭：相隔五里为短亭，十里为长亭。⑤ 征衫：旅途服装。⑥ 宦情：官场。

朱莅恭（清 1023）一首　题：题沙斗初春江雨泛图。

微雨滴前溪，趁柔波、早放瓜皮鱼艇▲飞燕啄芹泥，[①]寻芳伴、谁更相逢香径▲鱼云乍合，翠眉依约遥山暝▲回首孤村芳草路，屋外空悬笭箵▲[②]

一篙斜转荒湾，溯流水、正值东风欲定▲凭眺倚篷窗，闲家具、只少药炉茶鼎▲江乡好景，旧盟鸥鹭何人省▲思共烟波栖隐去，吟遍绿杨红杏▲

注：① 芹泥：燕巢材料。② 笭箵：渔具总称。

马公仪（清 1118）一首　题：春烟，用玉田生春水韵。[①]

风定绿窗深，炙游丝、怕倚南楼晴晓▲花气雨余搀，闲门闭、满地残红未扫▲香温茶熟，一双燕子飞来小▲唤鹤不归人又倦，碧里半帘芳草▲

前村茶鼓轻敲，欠分明、几树梨花落了▲垂柳锁横塘，眠才稳、惊醒纸鸢吹到▲[②]春痕缥缈，[③]连宵泼火寒犹悄▲[④]日暮凄迷寒食近，报道踏青人少▲

注：① 玉田生：即张炎，见《词人小传》。② 纸鸢：即风筝。③ 缥缈：高远貌。④ 泼火：泼火雨，旧俗寒食节禁火，其时所下雨为泼火雨，也叫清明雨。

戈载（清 1391）一首　题：春水，和张玉田韵。

绿意染东风，泮冰澌、十里横塘晴晓▲[①]新涨起三篙，烟痕淡、垂柳丝丝轻扫▲红桥路转，浅沙低护鸳鸯小▲洗净麹尘奁镜启，[②]倒浸碧云芳草▲

桃花曲岸浮香，记纤纤、细掬湔裙过了▲[③]重听乱莺啼，无人处、几片落红吹到▲波流杳渺，粉痕流去天涯悄▲兰舫归迟斜照晚，一派暗愁多少▲

注：① 泮冰澌：水中流动的寒冰消融。② 麹尘：淡黄色尘土。③ 湔裙：上巳节洗裳。

张姗英（女）（清 1446）一首　题：池上。

槛外碧潺潺，[①]看縠纹、乍生细浪如缬▲[②]春草绿初匀，新涨后、石隙幽泉鸣咽▲飘来花片，都付与翠波流彻▲粉香依约逐轻鸥，争教尘涴颜色▲

垂杨蘸影依依，疏蘋微动处，鱼儿刚没▲[③]归燕掠波来，纶丝上、惊起蜻蜓双翼▲[④]晚霁云开，恰全浸一轮明月▲小桥联袂低吟缓，[⑤]正是薄寒时节▲

注：① 碧潺潺：绿水流貌。② 縠纹：皱纹；缬：结也。③ 此二句五字、四字，与格律一句九字异。④ 纶丝：钓杆丝。⑤ 联袂：联袖、比肩。

张鸣珂（清1736）一首　题：春水，步玉田韵。

溪雨夜廉纤，[1]趁东风、着力溶溶流晓▲[2]新涨渐平堤，垂杨外、一带林塘如扫▲偷窥镜面，理妆渔娃十五小▲南浦那时曾赋别，[3]肠断绿波春草▲

年年开遍桃花，数江乡、又是鳜鱼肥了▲杜若暗生香，[4]汀洲畔、可有搴芳人到▲[5]烟波杳渺，湔裙伫立风前悄▲回首画船天上坐，载得落红多少▲

注：① 廉纤：微雨。② 溶溶：深广貌。③ 南浦：喻离别处。④ 杜若：草名。⑤ 搴芳：采花。

一百零五字　秋霁

张鸿卓（清1521）一首　题：和友人游山寺作。

秋入山空，正淡淡烟霏，[1]半敛晴色▲虹影河桥，酒香村店，背林路通吟屐▲[2]岫连寺隔▲[3]暝钟隐动萝阴碧▲[4]行且息，还爱玉莎瑶草遍游历▲

云憩峻岭，下咽泉声，蔓悬孤松，旁点苔迹▲问樵苏、枫回曲径，[5]扶筇徐步叩香积▲[6]茶后小楼重拾级▲更倚栏处，遥见隔水苍茫，一峰微雨，一峰残日▲

注：① 烟霏：飘飞的烟。② 吟屐：诗人的游踪。③ 岫：山峰。④ 暝钟：暮钟。⑤ 樵苏：即樵夫。取薪曰樵，采草曰苏。⑥ 扶筇：策杖；香积：僧人厨房。

一百零五字　尉迟杯

陈维崧（清196）一首　题：许月庭新自金陵归，[1]以《青溪集》示我，感赋。

青溪路▲记旧日、年少嬉游处▲覆舟山畔人家，麾扇渡头士女▲[2]水花风片，有十万珠帘夹烟浦▲泊画船、柳下楼前，衣香暗落如雨▲

闻说近日台城，[3]剩黄蝶濛濛，和梦飞舞▲绿水青山浑似画，只添了、几行秋戍▲[4]三更后盈盈皓月，见无数精灵含泪语▲[5]想胭脂井底娇魂，至今怕说擒虎▲[6]

注：① 金陵：今江苏南京。② 麾扇：以手指挥扇。③ 台城：即南京。④ 戍：戍守兵卒。⑤ 精灵：指鬼。⑥ 此二句说隋将韩擒虎破金陵，陈贵妃张丽华投井被斩。

一百零五字　凉州令

欧阳修（宋33）一首　题：东堂石榴。

翠树芳条飐▲的的裙腰初染▲[1]佳人携手弄芳菲，[2]绿阴红影，共展双纹簟▲

插花照影窥鸾鉴▲③只恐芳容减▲不堪零落春晚，青苔雨后深红点▲

一去门闲掩▲重来却寻朱槛▲离离秋实弄轻霜，④娇红脉脉，似见胭脂脸▲人非事往眉空敛▲谁把佳期赚▲芳心只愿长依旧，春风更无明年艳▲

注：① 的的：鲜明貌。② 芳菲：花草。③ 鸾鉴：即镜。

张大烈（明402）一首　题：榴花，次欧阳永叔韵。①

风动柔波飐▲朵朵新红新染▲玉手摘来斜插鬓，翠鬟疑烧，②赤耀胭脂篹▲来回顾影明金鉴▲③惊惜娇姿减▲那堪阵阵飘飘，妒花风鲜红飞点▲

翡翠重门掩▲燕子哺雏画槛▲结来秀实缀芳条，朱英丹绽，④如面微酡脸▲新子离离胎内敛▲恐被多情赚▲怎得月令闰朱明，⑤留驻韶华观雨艳▲

注：① 欧阳永叔：欧阳修字。② 疑烧：喻红。③ 金鉴：镜子。④ 朱英：红花。⑤ 月令闰：闰月。

一百零五字　梦横塘

徐灏（清1580）一首　题：晓过半塘。

曙色初分，晨星渐没，笋舆坐睡刚醒▲①十里寒塘，区划作、几奁明镜▲弥望芙蕖，②红云冉冉，③绿衣井井▲④正鱼喁上水，⑤蝉语移柯，⑥宿雾散，幽香迸▲

行来窄径湾澴，⑦似回溪九曲，烟水深复，⑧夹道松阴，更度尽、万重疏冷▲记艳说、风裳水佩，三十六陂多胜境▲太华峰头，⑨花开十丈，总输他清景▲

注：① 笋舆：竹轿。② 芙蕖：荷花别名。③ 冉冉：渐进的。④ 井井：洁静貌。⑤ 鱼喁：鱼口向上，露出水面。⑥ 柯：草木枝茎。⑦ 湾澴：波流转貌。⑧ 深复：即深迥、深远貌。⑨ 太华：即陕西华山。

一百零五字　澡兰香

黄虞稷（清281）一首　题：灯船。

华林旧苑，①草蔓烟销，剩得钧天乐府▲②轻舠似叶，③绣幔低垂，竞试蒲榴箫鼓▲棹绛旌、才转西陂，又随着画桥东去▲看几部横吹，响遏行云不住▲④

多少中流击汰，⑤巧斗新妆，浴兰儿女▲⑥明河影里，疏柳阴中，一片珠光齐吐▲闪波心、不定双眸，疑是星流电舞▲谁为我、唤起银塘，争妍三五▲

注：① 华林：本吴旧园，在南京。② 钧天：中央之意。③ 轻舠：小船。④ 响遏行云：喻乐声可使行云停住。⑤ 中流击汰：指龙舟竞赛。⑥ 浴兰：五月五日为浴兰日。

一百零六字　安公子

柳永（宋14）一首

远岸收残雨▲雨残稍觉江天暮▲拾翠汀洲人寂静，[1]立双双鸥鹭▲望几点、渔灯掩映蒹葭浦▲[2]停画桡、两两舟人语▲道云程今夜，遥指前村烟树▲

游宦成羁旅▲[3]短墙吟倚闲凝伫▲[4]万水千山迷远近，想乡关何处▲自别后、风亭月榭孤欢聚▲刚断肠、惹得离情苦▲听杜宇声声，劝人不如归去▲

注：① 拾翠：拾取翠鸟羽毛以为首饰，后多指妇女游春。② 蒹葭：芦苇。③ 游宦：到处为官。④ 凝伫：凝神久立。

王庭（清21）一首　题：夜泊见村桃，用柳耆卿韵。[1]

烟际丝丝雨▲蒙蒙野水荒天暮▲小艇冥冥移近远，过几堆沙鹭▲逗流光、人家灯火明前浦▲听乡音、楚楚村童语▲[2]近小桥收缆，微辨墙头红树▲

此夜惊孤旅▲漫寻仙境吟还伫▲[3]世上桃源随地有，[4]只迷津深处▲[5]想几日、啼莺舞蝶交枝聚▲将落花、未为东风苦▲愧俗驾难留，谁教遣渔郎去▲[6]

注：① 柳耆卿：柳永字。② 楚楚：分明。③ 伫：久立。④ 桃源：桃花源。⑤ 迷津：找不到渡口，多指使人迷惘的境界。⑥ 此二句说渔郎误入桃花源。

一百零六字　飞雪满群山

黄德贞（女）（明413）一首　题：咏雪。

烟霭空濛，[1]彤云惨冽，[2]江山四野吹绵△[3]长空漠漠，[4]凭栏高望，归鸦几阵冲寒△喜悠扬模样，轻妆点、疏梅冻妍△满林皋、任萧萧瑟瑟，[5]压损碧琅玕△[6]

却尽说、六花腾瑞好，[7]农夫相庆，稔岁丰年△波横素练，银澄溪水，一天柳絮漫漫△看渔舟野渡，荷蓑笠、携尊玉川△谁家妙手，倩他写幅画图传△

注：① 霭：云气。② 彤云：雪云。③ 吹绵：喻下雪。④ 漠漠：布列状。⑤ 林皋：林岸。⑥ 琅玕：白石栏杆。⑦ 六花：喻雪。

一百零六字　尉迟杯

蔡松年（金4）一首

紫云暖▲恨翠雏珠树双栖晚▲[1]小花静院相逢，的的风流心眼▲[2]红潮照玉腕，午香重，草绿宫罗淡▲喜银屏、小语私分，麝月春心一点▲

华年共有好愿，何时定妆鬟，暮雨零乱▲梦似花飞，人归月冷，一夜小山新怨▲[3]刘郎兴、寻常不浅▲[4]况不似、桃花春溪远▲觉情随晓马东风，病酒余香相半▲

注：① 翠雏：小鸟。② 的的：鲜明貌。③ 小山：眉峰。④ 刘郎：指刘禹锡。

一百零六字　望远行　第一体，起句四字。

柳永（宋 14）一首　题：雪。

长空降瑞，寒风剪、淅淅瑶华初下▲①乱飘僧舍▲密接歌楼，迤逦渐迷鸳瓦▲②好是渔人，披得一蓑归去，江上晚来堪画▲满长安、高却旗亭酒价▲③

幽雅▲乘兴最宜访戴，④泛小棹、越溪潇洒▲⑤皓鹤夺鲜，⑥白鹇失素，千里广铺寒野▲须信幽兰歌断，同云收尽，⑦别有琼台瑶榭▲放一轮明月，交光清夜▲

注：①淅淅：雪声；瑶华：喻雪。② 迤逦：旁行连延也；鸳瓦：双层瓦。③ 长安：汉、唐京都，借指北宋汴京（今开封）；旗亭：酒店。④ 访戴：王子猷雪夜访戴逵故事。⑤ 越溪：剡溪市楼。⑥ 皓鹤：白鹤。⑦ 同云：雪云。

无名氏（宋 614）一首　题：梅。

重阴未解，又早是、年时梅花争绽▲①暗香浮动，疏影横斜，月淡水清庭院▲好是前村，雪里一枝开处，昨夜东风布暖▲动行人、多少离愁肠断▲

凝恋▲天赋自然雅艳，似寿阳、初匀粉面▲②故人折赠，欣逢驿使，只恐陇头春晚▲寄与高楼休学，龙吟三弄，③认取琼花烂漫▲正有人同倚，栏杆争看▲

注：① 年时：当年。② 寿阳：南朝宋武帝女寿阳宫主，人日（年初七）卧檐下，梅花落于额上，成梅花妆。③ 三弄：梅花三弄，曲名也。

一百零六字　望远行　第二体，起句七字。

王晫（清 445）一首　序：庚戌（1670 年）山阳黄大宗客西湖，九日为登高会，客少至……大宗曰：吾当再展重阳，以二十九日大会四方之客，登孤山①……作者作词。

兼旬两过重阳节，却又秋光垂暮▲芙蓉已老，篱菊将残，只剩霜林红树▲②旅客惊心，特把佳辰再展，赢得旷怀如许▲共登高，不禁徘徊今古▲

难语▲试上层冈一望，见垒垒、荒坟无数▲蟋蟀闲堂、凤凰金阙，③不识销归何处▲但有芳尊细饮，檀槽递唱，④遥问谁宾谁主▲奈夕阳西下，钟声催去▲

注：① 孤山：杭州西湖山名，在白堤边。② 红树：枫树。③ 闲堂：即半闲堂，是贾似道建造的斗蟋蟀的房子。④ 檀槽：指琵琶、琴弦。

一百零六字　倾杯乐

柳永（宋 14）一首　题：上元辞。

禁漏花深，①绣工日永，②蕙风布暖▲③变韶景、都门十二，④元宵三五，⑤银蟾

光满▲⑥连云复道凌飞观▲⑦耸皇居丽，佳色瑞烟葱茜▲翠华宵幸，⑧是处层城阆苑▲

龙凤火、蛟光星汉▲⑨对咫尺鳌山开雉扇▲⑩会乐府、两籍神仙，⑪梨园四部弦管▲⑫向晓色、都人未散▲盈万井、山呼鳌抃▲⑬愿岁岁，天仗里、常瞻凤辇▲⑭

注：① 禁漏：皇宫滴漏（计时）。② 日永：日长。③ 蕙风：和风。④ 韶景：春景。⑤ 三五：十五。⑥ 银蟾：喻月。⑦ 复道：楼阁或悬崖间上、下有两重通道的，称复道。⑧ 翠华：指皇帝。⑨ 星汉：星及银河。⑩ 咫尺：极近；雉扇：雉尾扇。⑪ 神仙：指歌舞妓。⑫ 梨园：古代对戏曲班子的别称。⑬ 万井：万户；鳌抃：欢乐之意。⑭ 凤辇：皇帝乘车。

杨无咎（宋254）一首　题：上梁帅上元词。

瑞日凝晖，东风解冻，峭寒犹浅▲正池馆、梅英粉淡，柳枝重软，兰芽香暖▲滕县谁种芙蕖满▲①浸银蟾影，②一夜万花又遍▲翠楼朱户，是处重帘尽卷▲

罗绮簇、欢声一片▲看五马行春旌旆远▲拥襦裤、千里歌谣，都入太平弦管▲且莫厌、瑶觞屡劝▲闻凤韶、催归未晚▲愿岁岁，今夜里、端门侍宴▲③

注：① 滕县：山东县名；芙蕖：荷花别名。② 银蟾：喻月。③ 端门：皇宫正门。

曾觌（宋296）一首

锦帐寒添，画檐鹊噪，冻云布野▲望空际、瑶峰微吐，①琼花初绽，江山如画▲裁冰剪水装鸳瓦▲杳旗亭路，依稀管弦台榭▲小楼佳兴，一行珠帘不下▲

随缕板、歌声闲暇▲②傍翠袖云鬟怜艳冶▲似佯醉、不耐娇羞，浓欢旋学风雅▲向暝色、双鸾舞罢▲红兽暖、春生金斝▲③但殢饮，香雾卷、壶天不夜▲

注：① 瑶峰：玉峰。② 缕板：演奏民族音乐或戏曲时用来打拍子的乐器。③ 红兽：烧红兽形炭。

一百零六字　解连环

陆游（宋330）一首　题意：似为故妻唐琬伤感。

泪掩妆薄▲背东风伫立，①柳绵池阁▲漫细字、才满芳笺，恨钗燕筝鸿，总难凭托▲风雨无情，又颠倒、绿苔红萼▲仗香醪破闷，②怎禁夜阑，酒醒萧索▲

刘郎已忘故约▲③奈重门静院，光景如昨▲尽做他、别有留心，便不念当时，两意初着▲京兆眉残，④怎忍为、新人梳掠▲⑤尽今生，拼了为伊，⑥任人道错▲

注：① 伫立：久立。② 香醪：指酒。③ 刘郎：刘晨，这里指自己。④ 京兆：指京兆尹张敞，曾为新妇画眉，借古人喻自己。⑤ 新人：指现在继

妻。⑥ 伊：指唐琬。

黄水村(元106)一首 题：春梦。

凤楼倚倦▲正海棠睡足，锦衾香软▲似不似、雾阁云窗，拥绝妙轻盈，霎时曾见▲屏里吴山，人依约、兽环半掩▲[1]乍教人觑了，疑假疑真，一种凄怨▲

游丝落花满院▲料当时错怪，杏梁归燕▲漫记得、栩栩多情，似蝴蝶飞来，扑翻轻扇▲偷眼窗帏，早不见、画眉人面▲但凝思，红生半脸，枕痕一线▲

注：① 兽环：兽形门环。

杜贵墀(清1695)一首 题：秋芜。[1]

平原凝眺▲[2]记裙腰碧色，踏青人好▲待雁爪、北塞归来，早风打雨浇，一痕青老▲望里魂销，更添上、者边斜照▲[3]衬枫林屐齿，蓼岸船唇，[4]际楚天杳▲

飞飞冷云低绕▲傍荒台废冢，虫语相吊▲再添些、黄叶萧萧，偏描就霜天，一幅新稿▲向晚牛羊，与点缀、荒村烟草▲最无聊，策马西风，踏阳关道▲

注：① 秋芜：秋天乱草。② 凝眺：凝神远望。③ 者边：这边。④ 船唇：船首。

一百零七字 女冠子

方是仙(女)(清27)一首 题：别怀。

晓莺啼罢，起来多少愁绪▲钩帘飞絮▲水流花落，销魂时节，抛人归去▲玉鞭门外路▲[1]和泪看人，更无言语▲燕钗烛冷，云鬓花欹，倦临绣户▲

爱风流、几许赚人句▲[2]恨此生却是、海棠开无主▲佳期难据▲怕鱼沉雁杳，[3]寻伊何处▲况多病多愁，怎禁冷落，这番春暮▲空闺今夜，梦魂深锁▲半窗烟雨▲

注：① 玉鞭：喻骑马。② 赚人：骗人。③ 鱼雁：传说中鱼雁能传书。

一百零七字 角招

朱彝尊(清288)一首 题：裂帛湖春游作。

冷波濯▲城西路，晓来燕子齐掠▲龙舟今寂寞▲卧柳断桥，总被藤缚▲山云漠漠，渐作弄春阴如幄▲小雨浓烟披薄▲知他花外谁家，尚依然亭阁▲

佳约▲好春通却▲轻寒正怯▲肯把纱窗拓▲海棠开又落▲碧草溟濛，东风还作▲麴尘犹昨▲偏湿了、秋千红索▲料是羞登墙角▲试吹动、卖饧箫，应窥着▲

一百零七字 飞雪满群山

顾春(女)(清1488)一首 题：十五雪后同诸姐妹天宁寺看唐花，望西山积雪分韵。

银海瑶光，①玉山霏素，②平临万井烟村△③嫩杨枝上，青帘高挂，飞来一缕春痕△妙香生佛宇，恍行人、桃源洞门△花光照眼，花香染袖，花底醉游人△
禅院里、同登欢喜地，倚明窗西望，笑语欣欣△云笺佳句，朱弦法曲，何殊桃李春园△良辰容易过，且消受香温酒温△夕阳才没，半城凉月天未昏△

注：① 银海：喻积雪。② 玉山：喻西山积雪；霏素：飘白。③ 万井：万户。

一百零七字　望海潮

柳永（宋 14）一首

东南形胜，江吴都会，钱塘自古繁华△①烟柳画桥，风帘翠幕，参差十万人家△②云树绕堤沙△怒涛卷霜雪，天堑无涯△③市列珠玑，户盈罗绮，竞豪奢△
重湖叠巘清嘉△④有三秋桂子，十里荷花△羌管弄晴，菱歌泛夜，嬉嬉钓叟莲娃△千骑拥高牙△⑤乘醉听箫鼓，吟赏烟霞△异日图将好景，归去凤池夸△⑥

注：① 钱塘：即今杭州。② 参差：不齐貌。③ 天堑：天险。④ 巘：山峰。⑤ 高牙：指牙形旌旗。⑥ 凤池：凤凰池，本是皇帝禁苑中的池沼。魏晋时中书省地近宫禁，因以为名。

傅占衡（明 442）一首　题：贫士游春。

高斋迟日，①风轻云媚，鸣俦淡荡郊行△②诗将入怀，骚情满眼，③花繁草绿山明△歌吹有莺声△舞低小垂手，④丝柳青青△幄借云客，几因崖石，⑤碎沙瓶△
何须有酒如渑△⑥且风前得韵，竹上题名△金谷趣浓，⑦兰亭客杂，⑧还输几个书生△归路晚烟平△更乘闲微咏，中夜温经△春月婵娟又好，名士悦倾城△⑨

注：① 迟日：春日。② 鸣俦：呼唤朋友。曹植《名都篇》“鸣俦啸匹侣，列坐竟长筵”。③ 骚情：诗情。④ 小垂手：舞曲名。⑤ 几：案几。⑥ 渑：水名，在山东临淄西北，此水味美，齐桓公数次赞之。⑦ 金谷：园名，晋石崇别墅。⑧ 兰亭：绍兴名胜。⑨ 倾城：喻美女。

苏穆（女）（清 1592）一首

濛濛疏雨，①渐敲朱户，西风吹透帘旌△②深阁昼眠，重帏暗锁，莺啼长梦偏惊△春尽絮飞轻△共海棠落去，千片无声△此际魂销，但将离恨，寄春行△
清池水上桥横△被行人遮住，隔岸初晴△斜日树边，檐前燕子，衔泥虚傍雕楹△人倚越山屏△③是为花憔悴，减却芳情△冷落香篝，④又随云想度长更△⑤

注：① 濛濛：微雨貌。② 帘旌：如旗帘子。③ 越山屏：绘有越山屏风。④ 香篝：有笼罩香炉。⑤ 后段结尾二句为四字、七字，与前六字、五字异。

一百零七字　望湘人

杨基（明 12）一首　题：咏尘。

爱轻随马足，深碾绣轮，落花飞絮相和▲紫陌春晴，[1]东华风暖，拂拂嫩红掀簸▲罗袜微生，素衣曾染，闲愁无那▲看补巢燕子衔将，细雨香泥重做▲

谁向花前行过▲见金莲踪迹，[2]尚留些个▲无处觅佳音，赢得两眉低锁▲[3]茂宏何事，[4]犹携纨扇，却恐西风相涴▲且归去，绿树阴中，净扫青苔高卧▲

注：① 紫陌：京师郊野的道路。② 金莲：喻缠足女。③ 赢得：剩得。④ 茂宏：晋王导，字茂弘，典见《晋书》："常遇西风尘起，举扇自蔽，徐曰：元规尘污人。"

朱彝尊（清 288）一首

爱兰风两岸，梅月半墙，浣纱溪上曾住▲[1]步障教移，[2]烛花渐灺，[3]依约斜窥帘户▲虎仆毫尖，[4]麋丸墨淡，[5]倩题诗句▲记恁时卓女含情，[6]比我相如词赋▲[7]

愁思孤帆朝暮▲奈双鱼消息，[8]未传函素▲到香径重寻，只有碧桃千树▲晚绵扑柳，晴丝卷燕，尽自飞来飞去▲浑不见，人面重门，[9]虚忆画中眉妩▲[10]

注：① 浣纱溪：西施浣纱处。② 步障：临时搭建的幕帐。③ 灺：熄灭。④ 虎仆：九节狸，毫可为笔。⑤ 麋丸：黑也。⑥ 卓女：司马相如妻卓文君。⑦ 相如：汉文学家司马相如。⑧ 双鱼：喻书信。⑨ 人面：人的脸面，指恋人。⑩ 虚忆：空忆。

徐森（清 581）一首　题：午日。

正黄梅过雨，麦浪拶晴，今朝又是重五▲几阵蒲香，飘来深院，白苎单衫无暑▲戏摘榴花，遍思陈事，凭栏低语▲记那日条脱亲投，[1]小缠同心丝缕▲

好谢殷勤邻女▲恰相逢片晌，画完文虎▲[2]剩半幅轻纨，又索采兰佳句▲伤今吊昔，都无是处，但笑灵均差误▲[3]问何事沅芷江篱，刚换年年角黍▲

注：① 条脱：手镯。② 文虎：雕虎，端午景观。③ 灵均：屈原字灵均。

一百零八字　一寸金

陈允平（宋 556）一首　题：次周美成韵。[1]

吾爱吾庐，角水东西半村郭▲试倚楼极目，千山横翠，舟横沙嘴，江迷城脚▲水满蘋风作▲栏杆外、夕阳半落▲荒烟暝、几点昏鸦，野色青芜自空廓▲

浩叹飘蓬，春山几度，依依柳边泊▲念水行云宿，栖迟羁旅，鸥朋鹭伴，归来重约▲满室凝尘澹，无心处、宦情最薄▲[2]何时遂、钓笠耕蓑，静观天地乐▲

注：① 美成：周邦彦字。② 宦情：官场。

陈维崧（清 196）一首　题：夜泊金沙城外，①有怀潘子南村兼示于吉人、虞我武诸子。

樱笋江乡，小艇濛濛枕烟郭▲正楝花风紧，远村寂寂，桃花浪決，斜塘漠漠▲客睡何曾着▲橹声歇、闲愁顿作▲空潭上、水笛风灯，添取城头戍楼角▲②

暗省当年，溪南诗老，曾经对床酌▲更恽斋一夕，③红亭弦管，楚川十里，绿杨池阁▲风景何尝换，叹满目、酒垆非昨▲如今只、雨打船窗，彻夜常索索▲

注：① 金沙：镇名，在江苏南通东北三十里。② 戍楼角：守城楼军号。③ 恽斋：恽家书房。

一百零八字　一萼红

陈家庆（女）（现当 44）一首　题：休沐日与诸生踏青郊原作。①

共春游△正天开画本，新绿满汀洲△乳燕含泥，新莺织柳，尽觉芳意温柔△更三两、桃花竹外，对一溪、春水鸭沉浮△绮陌斜分，芳塍绣错，小憩田畴△

行到柴门犬吠，似武陵渔父，仙境寻幽△掩映岚光，参差黛色，烟景豁我吟眸△看携手、风前笑语，最难忘、俊侣友轻讴△却恨斜阳一抹，易惹人愁△

注：① 休沐日：徐坚《初学记》“汉律，吏五日得一休沐，言休息以洗沐也”，今借指周末。

朱清彦（现当 225）一首　题：清明上河图怀古。①

自堪佳△看上河图里，还似旧京华△店肆行商，街头卖艺，富丽水上人家△几骚客、杏楼买醉，杨柳岸、风摆酒旗斜△试想当年，王公权贵，多少豪奢△

回首烟波十里，见画船竞渡，击鼓鸣笳△杨志怀刀，燕青打擂，林冲魂断高衙△绕梁燕、来觅故垒，过墙蝶、还认旧时花△往事千年如梦，几度归鸦△

注：① 清明上河图：张择端绘，描写北宋汴京景观。

一百零八字　大圣乐

周密（宋 541）一首　题：次施中山蒲节韵。

虹雨霉风，翠萦蘋渚，锦翻葵径▲正小亭、曲沼幽深，①簟枕梦回，苔色槐阴清润▲暗忆兰汤初洗玉，②衬碧雾、笼绡垂蕙领▲③轻妆了，袅凉花绛缕，④香满鸾镜▲

人间午迟漏永，⑤看双燕、将雏穿藻井▲⑥喜玉壶无暑，凉涵荷气，波摇帘影▲画舸西湖浑如旧，又菰冷蒲香惊梦醒▲归舟晚，听谁家紫箫声近▲

注：① 曲沼：曲池。② 兰汤：香汤；玉：玉体。③ 笼绡：罩绡巾。④ 绛缕：

红丝。⑤ 漏永：滴漏长。⑥ 将雏：带领小燕；藻井：传统建筑天花板的装饰，又称承尘。

一百零八字　夺锦标

李汝章（清 1267）一首　题：题周文矩春愁图。

细雨空濛，轻寒料峭，冷落海棠庭院▲惆怅韶光易老，红杏初残，绿蕉微展▲正凝愁如许，又添得新愁无限▲怕东风、再送愁来，不把湘纹帘卷▲

小曲栏杆斜畔▲杜宇声声，唤起几多幽怨▲况是云窗人静，香鸭烟消，冰丝尘满▲恁芳菲时节，尽输与、西园莺燕▲更无心、为试春衣，叠损砑花金线▲

一百零八字　薄倖

贺铸（宋 120）一首

淡妆多态▲更滴滴、频回盼睐▲[1]便认得、琴心先许，欲绾合欢双带▲记画堂、风月逢迎，轻颦浅笑娇无奈▲待翡翠屏开，芙蓉帐掩，羞把香罗暗解▲

自过了，烧灯后，都不见、踏青挑菜▲[2]几回凭双燕，丁宁深意，往来却恨重帘碍▲约何时再▲正春浓、酒困人闲，昼永无聊赖▲厌厌睡起，犹有花梢日在▲

注：① 滴滴：娇貌。② 挑菜：挑摘野菜。

吕渭老（宋 259）一首

青楼春晚▲昼寂寂、梳匀又懒▲乍听得、鸦啼莺哢，[1]惹起新愁无限▲记年时偷掷春心，[2]花间隔雾遥相见▲便角枕题诗，[3]宝钗贳酒，[4]共醉青苔深院▲

怎忘得，回廊下，携手处、花明月满▲如今但暮雨，蜂愁蝶恨，小窗闲对芭蕉展▲却谁拘管▲尽无言、闲品秦筝，[5]泪满参差雁▲[6]腰肢渐小，心与杨花共远▲

注：① 莺哢：莺啼。② 年时：当年。③ 角枕：以角饰枕。④ 贳酒：赊酒。⑤ 秦筝：筝系秦人首创。⑥ 参差：不齐貌，指筝弦柱斜列如雁阵。

贺双卿（女）（清 957）一首　题：苦疟词。[1]

依依孤影，浑似梦、凭谁唤醒▲受多少、蝶嗔蜂怒，[2]有药难医花症▲[3]最忙时、那得工夫，凄凉自整红炉等▲总诉尽浓愁，滴干清泪，怨煞蛾眉不省▲

去过酉，来先午，[4]偏放却、更深宵永▲正千回万转，欲眠仍起，[5]断魂叫破残阳冷▲晚山如镜▲小柴扉、烟锁佳人，翠袖恹恹病▲春归望早，只恐东风未肯▲

注：① 疟：作者患疟病。② 此句说婆母、丈夫均怒。③ 花症：指疟病。

④ 此二句说病发于午前，傍晚始停。⑤ 此三句说夜长欲眠，却被唤起炊饭。

一百零九字　过秦楼

李甲（宋167）一首

卖酒垆边，寻芳原上，乱红飞絮悠悠△已蝶稀莺散，便拟把长绳，系日无由△漫道草忘忧△[①]也徒将、酒解闲愁△江南春尽，行人千里，萍满汀洲△

有翠红径里盈盈侣，簇芳茵禊饮，时笑时讴△当暖风迟景，任相将永日，烂漫狂游△谁信盛狂中，有离情、忽到心头△向尊前拟问，双燕来时，曾过秦楼△

注：① 忘忧：草名，又名萱草。

一百零九字　绿意

王时翔（清859）一首　题：新绿，风月庵分赋。

采香怎定▲被夜来风雨，芳林洗净▲嫩叶柔柯，[①]渐觉森沉，装点更绕幽景▲青丝微润蒙茸碧，[②]恰小院藓痕交映▲一年此景佳时，忘却落花凄冷▲

休道寻春较晚，趁初霁步屧，[③]闲园支径▲[④]几树榆槐，几本蕉桐，[⑤]依约翠云千顷▲[⑥]红楼已怕珠帘隔，况又是、阴阴欲暝▲怎奈他、不断莺声，碍了倚栏人影▲

注：① 柯：枝茎总称。② 茸：指嫩芽。③ 屧：鞋也。④ 支径：支路。⑤ 几本：几株。⑥ 翠云：绿阴。

一百一十字　八宝妆

王庭（清21）一首　题：过古南访忍可师。[①]

近倚荒畴，[②]遥连喧市，小院门开斜照▲寂寂斋堂人散后，冷落残烟封灶▲关前方丈，乱尘交网蛛丝，茅墙筠影惊风掉▲睡说客还来也，数声蛩报▲

檐下久立彷徨，搴裳外至，[③]相逢徒有微笑▲又何必、举他昨日，一番做，是非相料▲共酬对，杯茶从好▲烧猪过酒穷难效▲怪乌雀多端，经时只为长叽噪▲

注：① 古南：庵名，在嘉兴王店镇西。② 荒畴：荒芜的田地。③ 搴裳：提起衣裳。

一百一十字　大圣乐

陈维崧（清196）一首　题：甲寅（1674年）清明。

糁雪梅娇，弄烟杏暖，嫩杨初丝△正卖饧声近帘栊，店舍恰逢百五，风飐斜旗△绿波画桥门暗锁，听墙里、谁家笑声微△知他定是秋千才下，慵换春衣△

芳郊也拟宴赏，奈旧日心情半已非△只一园蝴蝶，满地燕子，乱扑清晖△墓左

麒麟，枝头杜宇，不饮芳尊更待谁△梨花底，照明妆淡粉，上冢人归△

一百一十字　女冠子

李邴（宋208）一首　题：元宵。

帝城三五▲[1]灯光花市盈路▲天街游处▲[2]此时方信，凤阙都民，[3]奢华豪富▲纱笼方过去▲喝道转身一壁，小来且住▲见许多才子艳质，[4]携手并肩低语▲东来西往谁家女▲买玉梅争戴，缓步春风度▲北观南顾▲见灯光影里，神仙无数▲[5]引人魂似醉，不如趁早，步月归去▲这一双情眼，怎生禁得，许多胡觑▲[6]

注：① 帝城：北宋京都汴京（开封）。② 天街：京都街道。③ 凤阙：宫殿。④ 艳质：艳美的资质，指美女。⑤ 神仙：指美女。⑥ 胡觑：乱偷看。

一百一十字　风流子

陈如纶（明170）一首　题：答何二春游。

江南花信早，问桃李、踏遍几汀洲△便系马村中，听莺堤上，买鱼渡口，沽酒垆头△正满目、韶华方冉冉，乐事岂悠悠△别院秋千，谁家笑语，隔溪箫鼓，何处归舟△

寻芳人竞逐，想春色十分，只让皇州△也有雕鞍绣毂，翠箔朱楼△更柳约花期，明朝重订，舞裙歌扇，薄暮方休△莫怪婆娑老子，长时春愁△

李雯（清22）一首　题：送春。

谁教春去也，人间恨、何处问斜阳△见花褪残红，莺捎浓绿，思量往事，尘海茫茫△芳心谢、绵梭停旧织，麝月懒新妆△杜宇数声，觉余惊梦，碧栏三尺，空倚愁肠△

东君抛人易，回头处犹是，昔日池塘△留下长杨紫陌，付与谁行△想折柳声中，吹来不尽，落花影里，舞去还香△难把一尊轻送，多少暄凉△[1]

注：① 暄凉：暖冷。

宗元鼎（清107）一首　题：题李云田坐月浣花图。

梧桐庭院下，黄昏后、又复卷帘钩△见花影一天，蟾光如昼，[1]太湖石畔，烟袅瓷瓯△新凉也、画屏间冷簟，[2]兰蕊正娇秋△低唤碧鬟，戏持银瓮，露珠轻泻，细润香柔△

汉宫人似否，[3]檐前月偷看，滟滟含羞△[4]宁让海棠春睡，宿酒初收△[5]纵花愁婉娩，[6]禁寒赚暖，浣花人见，更惹闲愁△何日双携画卷，同玩南楼△

注：① 蟾光：月光。② 簟：竹席。③ 汉宫人：指李云田姬江夏女子周炤。

④ 滟滟：眼波相连。⑤ 宿酒：隔夜酒。⑥ 婉娩：柔顺、美好。

邹祇谟（清 312）一首　题：村居。

村居三亩地，东风暖、无数暗云遮△见绿草方塘，些些睡鸭，白杨废圃，点点归鸦△况墙外、老藤方挂树，苦笋正抽芽△宜夏宜冬，几间茅屋，半村半郭，一带人家△

主人无个事，[1]正瓮瓯酌酒，瓦铫煎茶△[2]更课樵青数辈，[3]自捕鱼虾△看拍手群儿，争驱黄犊，垂鬟小女，笑插红花△只此闲中日月，暗度年华△

注：① 个事：甚事。② 瓦铫：瓦烧器。③ 樵青：指婢女。源出《唐书》张志和传，帝赐奴婢各一，男曰渔童，女曰樵青。

杜诏（清 805）一首　题：己巳（1689 年）黄埠观灯纪事。[1]

何多行乐处，湖堤畔、淡日雨初收△恰杨柳波心，九枝灯影，[2]芙蓉镜里，十二层楼△更添得、青帘垂白舫，红袖拂银钩△[3]别样风流△不输吴苑，暂时歌吹，略似扬州△

翠华曾小驻，[4]当此际无限，锦密香稠△我亦倚风延伫，着意凝眸△问侍从相如，[5]几陪宵宴，飘零王粲，[6]闲看春游△那更梦随鹓鹭，身共瀛洲△[7]

注：① 黄埠：黄埠墩，在江苏无锡西北，曾为吴王夫差游宴处。② 九枝：灯名，一干九枝以插烛者。③ 红袖：指女子。④ 翠华：指吴王。⑤ 相如：汉司马相如。⑥ 王粲：字仲宣，"建安七才子"之一。⑦ 瀛洲：喻仙境。

一百一十字　高山流水　第一体，前段第七句六字，后段结句七字。

金烺（清 535）一首　题：寒食郊游。

晓烟处处散梨花△早东风、陌上啼鸦△寒食踏青游，城南佳气堪夸△横塘远、岸草平沙△寻幽处，一路池台馆榭，蝶舍蜂衙△看画桥流水，曲曲绕人家△

娇娃△正粉渲黛染，竞拥着、油壁香车△调笑去，翠翘轻颤，[1]红袖相遮△前村酒肆漾夭斜△且频赊△拼饮垆头酒酿，莫负韶华△醉归来，旗亭画壁看琵琶△

注：① 翠翘：首饰。

一百一十字　高山流水　第二体，同第一体，但前段第七句只四字，少二字；而后段结句却分四字、五字二句，多二字　。

王倩（女）（清 1235）一首　题：寒食郊行。

东风搅得柳绵飞△绕江城、占断春泥△结伴有红裙，[1]梁间双燕来齐△衣香足、纨扇开迟△长亭外，渔村酒坞，柳径桃蹊△[2]试踏青鞋履，行尽百花溪△

黄鹂△看画船无数，纱窗迥、山远云低△斗草去，卿持芍药，我把荼蘼△输他脸际有棠梨△小桥西△一任谢娘捧笔，[3]卓女擎卮△[4]浇坟土，越王台畔，[5]人共鹧鸪啼△

注：① 红裙：喻女伴。② 蹊：小路。③ 谢娘：东晋谢道韫。④ 卓女：西汉卓文君。⑤ 越王台：在浙江绍兴府山上。

一百一十字　疏影（又名绿意）

陈枋（清714）一首　题：柳庄销夏。

前溪翠窈▲[1]早通波渡口，鱼步遮了▲密密疏疏，整整斜斜，柴门碧色娟好▲林禽亭午飞无迹，[2]只断续、乱蝉喧噪▲尽绿阴、分影东西，趑转半村残照▲[3]早又云拖云过，千丝蘸水处，风定犹袅▲散发披襟，闲话邻翁，多凭赤栏桥小▲王瓜唤卖圆沙外，[4]有隔浦、趁虚船到▲[5]渐濯枝新雨纷纷，低拂晚凉多少▲

注：① 窈：深远曲折。② 亭午：中午。③ 趑：日落。④ 王瓜：一名土瓜，夏开白花。⑤ 趁虚：赶集。虚，同墟。

周迪（清385）一首　题：舟中绿阴。

烟霏柳港▲[1]正浓阴匝岸，[2]画桡轻漾▲[3]小拓窗棂，[4]一碧空明，篷背绿围成幛▲[5]蔷薇开处荼蘼老，寻旧约、但深惆怅▲恁春酣、碧透纱幮，[6]何处挂帆重访▲

犹认津亭古树，[7]看黄鹂两两，[8]相唤飞上▲梦绕山阴，[9]酒盏含情，添得橹声摇荡▲暮云层叠江村隐，映一缕、红霞微飏▲待几时棹影归来，定有新蝉催响▲

注：① 霏：飘扬。② 匝岸：绕岸。③ 画桡：船桨美称。④ 窗棂：窗格。⑤ 篷：船窗。⑥ 纱幮：纱帐。⑦ 津：渡口。⑧ 黄鹂：黄莺。⑨ 山阴：绍兴。

朱绶（清1408）一首　题：重九前一日，[1]偕闺人游灵岩山，[2]登琴台小憩，寒雨忽至，石气凄澹，闺人先成《探芳信》词，余为和之草窗体。[3]

林烟暗幂▲[4]放横塘艇子，水风凄瑟▲败柳枯芦，岸曲堤均，净展一奁残碧▲疏钟忽断斜阳外，有翠雨、画衫凉湿▲又井槐、叶落银床，吹满故宫秋色▲[5]

闲话鸱夷旧事，[6]指平湖树里，帆影寒寂▲可惜溪山，石古云荒，付与夜鸿酸戚▲栏杆曲折无人倚，但藓绣、涂香尘壁▲送暮愁、点点归鸦，渐起隔村渔笛▲

注：① 重九：重阳。② 闺人：指妻高篃；灵岩山：苏州山名。② 草窗：周密，见《词人小传》。④ 幂：似巾覆盖。⑤ 故宫：吴王夫差行宫。⑥ 鸱夷：盛酒革囊。

高篃(女)(清1411)一首　题：春影。

珠帘半揭▲看暖风小漾，吹起双蝶▲绣槛妆成，偷写眉山，镜里一痕愁碧▲浓春满压栏杆角，漫罥柳、晴丝飘直▲[1]想映花、避月回廊，几处悄垂裙褶▲

长是欢游未已，玉人正倦舞，[2]鬟亸钗侧▲[3]别院池台，绿遍空波，约略惊鸿无迹▲[4]夕阳不语香桃瘦，又却误、重来寻觅▲有隔墙、送过秋千，低问佩环消息▲[5]

注：① 罥：挂。② 玉人：美人。③ 亸：下垂。④ 惊鸿：喻美人。⑤ 佩环：妇女饰物。

龙启瑞(清1623)一首　序：余两以试事泛舟汉沔，[1]时则柳阴匝岸，飞花如雪，绻念韶华有感。注：调名原作绿意。

浓阴绕住▲只泛槎不管，移棹西去▲昨见长条，[2]今忽飞花，香尘傍晓如雾▲年年泽畔来相送，任遍拂、画船箫鼓▲想暗中、绿鬓催人，再过好春休误▲

试问何人手种，汉南复汉北，青翠无数▲罩水笼沙，和雨迷烟，掩映风前朝暮▲流波可算多情甚，又却送、旧愁千缕▲望暝烟、遥接襄堤，认取往年攀处▲[3]

注：① 汉沔：汉水与沔水。② 长条：柳丝。③ 攀：指折柳送别。

翁端恩(女)(清1671)一首　题：自题种菊补篱图。

小居幽独▲喜荒园小小，遥隔尘俗▲桃柳僵暝，断涧颓垣，几番曾费修筑▲一壶尚有容身地，况占得、数椽老屋▲漫思量、魏紫姚黄，[1]守素莫如种菊▲

分得邻家佳种，轻持鸦嘴去，[2]篱畔细斫▲[3]摘蕊煎茶，犹胜餐霞，[4]日采幽香盈掬▲[5]秋深开到黄花侯，看麂眼、[6]补来曲曲▲叹浮踪、岁月频移，倚遍闲庭修竹▲

注：① 魏紫姚黄：指牡丹。② 鸦嘴：锄头。③ 斫：切削。④ 餐霞：道家修炼之术。⑤ 盈掬：满把。⑥ 麂眼：篱眼。

左锡璇(女)(清1716)一首　题：梅为风雨所败，感而赋此。

一宵风雨▲早小园梅萼，飘坠无数▲才见花开，又见花飞，瞥眼便成尘土▲但教落去人知惜，更何必、重幡深护▲只愁他、没个人知，枉自魂销千古▲

日暮几回巡索，叹繁华如梦，韶光迅羽▲乍霁仍阴，似寒还暖，种种恼人情

绪▲天心到此因难问，漫惆怅、留春不住▲看枝头、点点残英，空剩寒香一缕▲

王诏寿（清1741）一首　序：出宣州北门，[1]水石萧条，问梅尧臣故墅，[2]无知者。晚归，登谢元晖北楼，倚槛成兴，发此清响。

林迥径复▲[3]趁碧天雨霁，野色新沐▲粳稻香中，吠蛤声声，笋鞋踏遍烟绿▲[4]水西何处诗人宅，但满目、疏花凉槲▲更斜阳、雁背驮来，红写几家秋屋▲

独自行吟归也，孤云带粉堞，斜倚山曲▲却被天风，吹上危楼，调彻腰间横玉▲余霞如绮江如练，怅五字、新诗谁续▲[5]渐暮笳、飞满江天，灯火依微林麓▲

注：① 宣州：即安徽宣城。② 梅尧臣：宋诗人，见《词人小传》。③ 林迥：林深远。④ 笋鞋：竹叶鞋。⑤ 五字：指谢朓"余霞散成绮"诗句。

一百一十字　击梧桐

王昶（清988）一首　题：泊横塘。[1]

十里横塘路▲吹遍了、几阵催花微雨▲月近烧灯后，[2]画楼上、已按筝弦笛谱▲鱼天云淡，鸥波水软，隔岸垂杨万缕▲雁齿红桥外，[3]望邓尉西面，[4]弯环无数▲[5]

沽酒帘斜，焙茶香远，乐事江村如许▲况是梅开也，临水处、两两幺禽弄语▲蜡屐寻芳，第一难忘，是泰娘绣户▲[6]待秋来、采莲歌起，重放柔橹▲

注：① 横塘：在苏州胥门外十华里。② 此句指正月元宵以后。③ 雁齿：如雁阵排列，常比喻桥的台阶。④ 邓尉：苏州山名，盛植梅树。⑤ 弯环：指山峰。⑥ 泰娘：唐歌女，喻歌妓院。

一百一十一字　五彩结同心

竹秋氏（清1805）一首　故事：《红闺春梦》第三十一回，祝伯清贺王兰婚词。

银蟾光满，花影红摇△红窗睡鸭香焚△犹忆重帘卷，凭亭槛、携手软语频频△含愁微露双蛾锁，丁宁处，何厌谆谆△回头指鸳鸯稳宿，笑频百样宜人△

最堪枭，挑灯坐，记情酣戏啮，玉齿纤痕△提起从前事，无端离合，总是有前因△问天涯，阿谁知己，能如彼、柔婉温存△恨盼煞，迟回日影，偏也不近黄昏△

一百一十一字　江南春　注：为倪瓒首创，一时和者甚众，而于格律未尽详订。

沈周（明69）一首　题：和倪瓒原韵。

蒲茸破碧尖如笋▲[1]拖烟杨柳金塘静▲水边楼上多丽人△半揭珠帘露花影▲

禁烟阁雨东风冷▲[2]唤玉浇萱汲银井▲[3]不知飞鸟衔红巾△叹惜残香悽路尘△

车轮轻，马蹄急▲▲排日游衫酒痕湿▲▲[4]百五青春畏将及▲▲[5]牡丹又倚栏杆碧▲▲卖花新声满城邑▲▲贯钱小女迎门立▲▲[6]翠钿点额小于萍△△巧倩过人心自营△△

注：① 蒲茸：蒲芽。② 禁烟：指寒食节。③ 玉：指婢；萱：草名。④ 排日：连日。⑤ 百五：冬至至清明为一百零五天。⑥ 贯钱：穿钱。

陈沂（明113）一首　题：和倪瓒原韵。

萍穿蒲剑苔穿笋▲莺寒未至春声静▲海棠枝上试新红，晴光乱扬游丝影▲高楼层起银屏冷▲酒幔花台连藻井▲[1]锦筝歌罢湿罗巾△满院梨花飘玉尘△

落花深△△流水急▲▲细雨和烟翠筱湿▲▲[2]六朝旧事休言及▲▲山光一带伤心碧▲▲五陵年少游都邑▲▲[3]垂鞭勒马花间立▲▲摩娑醉眠看青萍△△人生何必徒营营△△

注：① 藻井：屋上承尘。② 翠筱：绿竹枝。③ 五陵：汉长陵等五座皇帝墓。

徐祯卿（明136）一首　题：和倪瓒原韵。

暖风朝柔弄蒲笋▲栏杆逶迤碧轩静▲[1]梨花着雨娇泣春△小燕无语双对影▲娼家抱宿怯霜冷▲贫女新妆照花井▲庭草摇光净绿巾△青楼承日耀兰尘△

候虫悲，[2]飞花急▲▲杜鹃夜啼血泪湿▲▲欢乐几何哀已及▲▲湛湛露晞草头碧▲▲[3]西郊送春倾丽邑▲▲[4]痴忆东风久伫立▲▲[5]人生浮体若飘萍△△床头斗酒须自营△△

注：① 逶迤：弯曲而长。② 候虫：带季节性昆虫。③ 湛湛：清也；露晞：露干。④ 倾丽邑：倾城美人。⑤ 伫立：久立。

张之象（明165）一首　题：和倪瓒原韵。

梅豆青青发初笋▲日丽烟和晓窗静▲流莺吹醒梦中人△珠帘倒映花枝影▲燕子风高海棠冷▲王孙游冶迷郎井▲[1]游丝落絮拂衣巾△骏马骄行陌上尘△

燕来迟，雁去急▲▲闭门风雨梨花湿▲▲流年掷梭逝莫及▲▲[2]陌头杨柳垂新碧▲▲拾翠寻芳遍郊邑▲▲提筐少妇桑间立▲▲重嗟夫婿浪如萍△△闲愁离恨长营营△△

注：① 王孙：富贵家子弟。② 掷梭：喻织梭般迅速。

文彭（明169）一首　题：和倪瓒原韵。

节序相催将迸笋▲[1]青春白昼帘栊静▲[2]回塘鸥鹭浴相喧△照水鸳鸯娇弄

影▲荡子未归春服冷▲佳人自汲山前井▲谁家青鸟衔红巾△银鞍玉勒随香尘△

春色好，春光急▲▲朝烟未散山犹湿▲▲山前应接不暇及▲▲山下湖光静凝碧▲▲三月游船尽顷邑▲▲③向人语燕墙头立▲▲游丝网花落池萍△△流年一去谁能营△△

注：① 节序：季节。② 帘栊：有帘之窗。③ 顷邑：顷城，喻游客多。顷，即倾。

王谷祥（明 176）一首　题：和倪瓒原韵。

二月江南富樱笋▲朱门昼掩春如静▲游丝争罥杨柳枝，翠翘倒落秋千影▲①香风轻透新罗冷▲吴娃宛委窥金井▲④合欢醉脱紫纶巾△高歌烂漫飞梁尘△

酒卮频，③歌声急▲▲彩云低度桃花湿▲▲草色天涯恨何及▲▲相思遥隔山凝碧▲▲骢马嘶花去都邑▲▲春情愁见当垆立▲▲①芳心未定若飘萍△△追思旧怨多营营△△

注：① 翘：首饰。② 宛委：柔弱貌。③ 酒卮：酒杯。④ 当垆：酒店里安放酒瓮的土台子，此处指酒店女服务员。

袁袠（明 177）一首　题：和倪瓒原韵。

山国紫箨包新笋▲①绿波芳草西郊静▲顷城全是冶游人△②画船争向垂杨影▲吴姬手执笙簧冷▲③风扬游丝拂金井▲娇歌艳舞整衫巾△盈盈罗袜飘香尘△④

迎春迟，送春急▲▲乳燕泥融花雨湿▲▲江南佳丽诚难及▲▲⑤澄湖如镜连峰碧▲▲吴王昔日为都邑▲▲⑥离宫别馆当时立▲▲豪华一去悲流萍△△千秋霸业徒经营△△⑦

注：① 箨：笋壳。② 顷城：即倾城。③ 吴姬：苏州女子。④ 盈盈：轻盈。⑤ 佳丽：美人。⑥ 吴王：指春秋时吴王夫差。⑦ 霸业：夫差曾拟争霸诸侯，出兵伐齐。

文伯仁（明 178）一首　题：和倪瓒原韵。

杨柳飞绵竹生笋▲绿波芳草西郊静▲荇带牵丝水面长，飞帆遮断青山影▲杏花开残春尚冷▲试茶去汲山中井▲东风吹我头上巾△适意不妨污缁尘△①

舟行迟，马行急▲▲青鞋长渍春泥湿▲▲②清明上巳相将及▲▲③碧草连天蘸深碧▲▲姑胥馆娃在吴邑▲▲④荒墓传是夫差立▲▲荣华已随水上萍△△杖头酒钱须自营△△⑤

注：① 缁尘：言奔走风尘，衣为之黑。② 渍：浸也。③ 上巳：古节日名，在

三月三日。④ 姑：指姑苏，即苏州；胥：苏州胥门（西城门）；馆娃：馆娃宫，西施居所。⑤ 杖头酒钱：古人出行时，将零钱挂在拐杖头上。

顾起元（明 268）一首　题：和倪瓒原韵。

银塘碧菼才抽笋▲[1]粼粼绿皱风初静▲[2]翠箔蚕肥桑叶阴△[3]朱窗鸟碎梨花影▲踏来芳径朝犹冷▲垂杨踠地桃依井▲[4]不知何物罥纶巾△[5]丝丝百尺网流尘△

花事繁，花信急▲▲香雾空濛清露湿▲▲耶溪霅画应难及▲▲[6]楚山千叠弄烟碧▲▲春情摇荡倾都邑▲▲美人晓傍雕栏立▲▲须臾飞絮涴浮萍△△[7]香车宝马为经营△△

注：① 菼：荻。② 粼粼：水清激貌。③ 箔：帘子。④ 踠地：屈曲于地。⑤ 罥：钩；纶巾：青丝绶为巾。⑥ 耶溪：若耶溪，在浙江绍兴，西施浣纱之处；霅画：霅画溪，在浙江长兴。⑦ 涴：污也。

黄淳耀（明 420）一首　题：和倪瓒原韵。

二月轻花兼嫩笋▲杨低柳合林中静▲春思能生绮陌烟，春风吹动西山影▲浊酒苍苔山店冷▲眼花不识吴王井▲昔时富贵鸟衔巾△今作灵岩山下尘△[1]

世事多，流光急▲▲竞雨争风游骑湿▲▲一片花飞迫不及▲▲寂寂横塘春草碧▲▲乌啼只在旧吴邑▲▲劝君秉烛花间立▲▲年来物变如转萍△△二豪在侧徒经营△△[2]

注：① 灵岩山：在苏州胥门外，吴王夫差曾居西施于此。② 二豪：指战国吴王夫差、越王勾践，或元末张士诚、朱元璋。

薛信辰（清 189）一首　题：本意，和倪云林自度曲。[1]

绛口樱桃玉版笋▲[2]百舌啼残深院静▲[3]画船箫鼓水中烟，绿柳秋千墙外影▲十分春色三分冷▲玉轮正照梧桐井▲[4]花前步障葛纶巾△[5]香风十里断红尘△

蝶舞忙，莺歌急▲▲麦苗细雨濛濛湿▲▲六朝脂粉悲何及▲▲草边千古磷犹碧▲▲笙簧台榭仍都邑▲▲惟见青山万仞立▲▲韶光驹隙身浮萍△△舟车川陆方营营△△

注：① 倪云林：即倪瓒。② 绛：红也。③ 百舌：鸟名，善啼。④ 玉轮：指圆月。⑤ 步障：遮尘帐幕。

孙致弥（清 548）一首　题：洞庭翁季霖嘱，和倪高士韵。

三月吴侬竞篮笋▲[1]倾都游冶房栊静▲[2]坠粉飘香满大堤，绿波人面争花影▲

藕丝裙妥蝉衫冷▲[3]胭脂泪湿西施井▲[4]濛濛飞絮扑红巾△绿杨香梦迷芳尘△

酒旗轻，饧鼓急▲▲[5]杏烟低罨梨云湿▲▲[6]花朝几日清明及▲▲[7]醉眼瞢腾眩朱碧▲▲[8]韶华欲去空于邑▲▲柳塘怕倚危栏立▲▲[9]夭桃片片逐流萍△△醋春莺燕徒营营△△[10]

注：① 吴侬：苏州人；篮笋：竹轿。② 房栊：房窗。③ 藕丝裙、蝉衫：皆指轻薄衣裙。④ 西施井：在苏州灵岩山上。⑤ 饧：饴糖。⑥ 罨：覆盖。⑦ 花朝：俗称百花生日，在二月十二日。⑧ 瞢腾：糊涂。⑨ 危：高也。⑩ 醋：妒。

车乘轨（现当 88）一首　题：和倪瓒原韵。注：2013 年 4 月 1 日作。

江南三月抽尖笋▲和风微拂小园静▲高低蛱蝶逐墙飞，带露娇花弄朝影▲春寒料峭微嫌冷▲细品明前汲深井▲[1]飘絮濛濛扑衣巾△垂杨倒挂迷红尘△

新燕归，衔泥急▲▲掠水穿檐双爪湿▲▲寒食清明堪将及▲▲[2]鲜妍百草平原碧▲▲踏青男女倾城邑▲▲寻芳拾翠郊垄立▲▲[3]人生易老似浮萍△△及时行乐善经营△△

注：① 明前：明前茶，指清明前采摘。② 寒食：古节日名。③ 拾翠：泛指妇女春游。

一百一十一字　倾杯乐

无名氏（唐 45）一首　注：采依云谣集杂曲子。

窈窕逶迤▲[1]体貌超群，倾国应难比▲[2]浑身挂绮罗装束，未省从天得知，脸如花、自然多娇媚▲翠柳画蛾眉，[3]横波如同秋水▲[4]裙上石榴，血染罗衫子▲观艳质、语软言轻，玉钗坠、素绾乌云髻▲年二八、久锁香闺，爱引猧儿鹦鹉戏▲[5]十指如玉如葱凝酥体，雪透罗裳里▲[6]堪聘与公子王孙，五陵年少风流婿▲[7]

注：① 窈窕：美貌；逶迤：腰曲身长。② 倾国：绝色美人。③ 蛾眉：眉曲如蛾。④ 横波：眼光斜视。⑤ 猧儿：犬。⑥ 雪：喻肌白。⑦ 五陵：汉五个皇帝坟墓，喻贵。

一百一十二字　小梅花

顾仲清（清 667）一首　题：同俞次瀛过无着庵探梅，小酌花下，和次瀛作。

新晴倩▲[1]韶光遍▲寻僧兰若春溪畔▲[2]趁东风△探梅丛△梅疏柳绽，曲径小桥通△百舌枝头声最软▲话尽春愁愁宛转▲夕阳沉△△挂西林△△闲坐生公石上，[3]恋余春△△

残英片▲[4]浮杯面▲瘦影和香嚥▲竹梢头△△△一轮浮△△△[5]窥人明月，掩映似含△△△醉后忽惊归路半▲满身香影何曾散▲海波明△△△△夜潮生△△△△挹取苍茫万顷△△△△醉余醒△△△△

注：① 倩：美好。② 兰若：即庵。③ 生公石：苏州虎丘山景点。④ 残英：落花。⑤ 一轮：指圆月。

一百一十二字　女冠子

蒋捷（宋 580）一首　题：元夕。[1]

蕙风香也▲[2]雪晴池馆如画▲[3]春风飞到，宝钗楼上，一片笙箫，琉璃光射▲而今灯漫挂▲不是暗尘明月，那时元夜▲况年来、心懒竟怯，羞与闹蛾争耍▲[4]

江城人悄更初打▲问繁华谁解，再向天工借▲剔残红灺▲[5]但梦里隐隐，钿车罗帕▲吴笺银粉砑▲[6]待把旧家风景，写成闲话▲笑绿鬟邻女，倚窗犹唱，夕阳西下▲

注：① 元夕：元宵。② 蕙风：兰蕙风。③ 池馆：花园。④ 闹蛾：首饰名。⑤ 红灺：红烛烧余部分。⑥ 砑：磨光。

史惟圆（清 221）一首　题：元夕，和陈其年。[1]

暗尘飞也▲春灯影里图画▲千门如绣，村铙社鼓，[2]来往嬉游，清光交射▲疏星天畔挂▲正是月华三五，[3]最圆今夜▲春纷耘、[4]街市尽逐，都付儿童闲耍▲

城墙一任寒涛打▲掩重门自醉，风月何须借▲烛花休灺▲[5]待寻理旧句，题残罗帕▲粉桃笺细砑▲[6]收拾艳思绮语，作渔樵话▲恨无情蟾兔，[7]抛人又向，柳梢斜下▲

注：① 陈其年：即陈维崧，见《词人小传》。② 铙：打击乐器。③ 月华：月光；三五：十五。④ 纷耘：多而杂乱。⑤ 灺：烛烧余部分。⑥ 砑：磨光。⑦ 蟾兔：指月宫。

一百一十二字　摸鱼儿

孟称舜（清 14）一首　故事：《娇红记》第三出申纯咏眉州。[1]

锦城西、[2]一区华屋，[3]天开多少佳趣▲当门绿水朝千里，何况碧山无数▲堪爱处、有潇洒新篁，[4]松桧森前路▲深深院，见帘幕低垂，丝簧迭奏，镇日价歌舞▲[5]

金闺彦，[6]联翩占住▲小生平昔依慕▲今朝走马行来近，试倚绣鞅凝觑▲[7]见处处繁花开遍，幽意谁为主▲诗朋酒侣▲向此地嬉游，寻花问柳，须自有奇遇▲

注：① 眉州：四川州名。② 锦城：四川成都。③ 区：区域。④ 篁：竹也。⑤ 镇日：整天。⑥ 金闺彦：杰出人材。⑦ 鞅：马缰绳，借指马。

一百一十三字　沁园春

王炎午（宋 574）一首

又是年时，[①]杏红欲吐，柳绿初芽△奈寻春步远，马嘶湖曲，卖花声过，人唱窗纱△暖日晴烟，轻衣罗扇，看遍王孙七宝车△[②]谁知道，十年魂梦，风雨天涯△休休何必伤嗟△[③]漫赢得青青两鬓华△且不知门外，桃花何代，不知江左，[④]燕子谁家△世事无情，天公有意，岁岁东风岁岁花△拚一笑，且醒来杯酒，醉后杯茶△

注：① 年时：当年。② 王孙：富贵人家子弟；七宝车：豪华车。③ 伤嗟：伤叹。④ 江左：长江左岸，指江西省。

罗爱爱（女）（元 103）一首　故事：据《剪灯新话》嘉兴名妓罗爱爱与同郡赵子恋，赵赴上都求官，赵母忆子而亡，爱爱亲为营葬。元参政杨完者欲纳之，爱爱自缢死。后赵子返家，爱爱竟现身，并作此词。

一别三年，一日三秋，君何不归△记尊嫜抱病，[①]亲供药饵，高堂埋葬，[②]亲曳罗衣△夜卜灯花，[③]晨占鹊喜，雨打梨花昼掩扉△谁知道，恩情永隔，书信全稀△

干戈满目交挥△[④]奈命薄时乖履祸机△向销金帐里，猿惊鹤怨，香罗巾下，玉碎花飞△要学三贞，须拚一死，免被旁人话是非△君相念，算除非画里，重见崔徽△[⑤]

注：① 尊嫜：指赵母。② 高堂：亦指赵母。③ 卜灯花：向灯花求吉凶。④ 干戈：指战争，时张士诚陷苏州。⑤ 崔徽：唐河中妓，与裴敬中一段恋情。

一百一十三字　惜余春慢（又名选冠子）　第一体，前段结尾为七字、六字。二句，后段结尾为五字、四字、四字三句。

张景修（宋 96）一首　题：咏柳。注：调名原作选冠子。

嫩水挼蓝，遥堤影翠，半雨半烟桥畔▲鸣禽弄舌，蔓草萦心，偏称谢家池馆▲红粉墙头步摇，金缕纤柔，舞腰低软▲被和风搭在栏杆，终日画帘高卷▲

春易老，细叶舒眉，轻花吐絮，渐觉绿阴成幔▲章台系马，灞水维舟，谁念凤城人远▲惆怅故国阳关，杯酒飘零，惹人肠断▲恨青青客舍，江头风笛，乱云

空晚▲

一百一十三字　惜余春慢　第二体，同第一体，但前段结尾分三句，五字、四字、四字，后段结尾即并为二句，七字、六字。

叶绍本（清1178）一首　题：本意。

绿暗梨云，红残桃雨，已是殢人天气▲[1]才阴复霁，乍暖还寒，做弄许多春思▲帘外东风几番，香絮濛濛，[2]湿吹不起▲看苍苔径滑，蕉叶成林，笋痕迸地▲

还记取、江国栖迟，[3]愔愔门巷，[4]重碧浸人衣袂▲遥山似沐，[5]新水如烟，不尽画情深意▲谁道南天宦游，[6]越鸟蛮花，[7]尽饶姿媚▲只怀人、陌上香草，缓缓可能归未▲

注：① 殢人：困人。② 濛濛：微雨貌。③ 江国：江乡。④ 愔愔：安和貌。⑤ 遥山：远山。⑥ 南天：南方。⑦ 越：指百越，在广东、广西一带，贬称蛮，非绍兴。

关锳（女）（清1687）一首　题：饯春，同魏滽升丈作。[1]

杏燕修巢，柳莺撤户，春事十分完九▲昏昏心上，怕雨思晴，髻也不曾梳就▲才得湘帘半掀，便道西园，鼠姑开久▲[2]剩野棠风紧，晚来吹荡，落花红皱▲

曾记向、陌上春游，调莺扑蝶，携得双鬟柑酒▲因循几日，脂憔粉悴，红得夕阳都瘦▲无计留春不归，但把海棠，折来盈手▲教侍儿、知道者回，[3]春色零星还有▲

注：① 魏滽升：见《词人小传》。② 鼠姑：牡丹别名。③ 侍儿：婢女；者回：这回。

一百一十三字　摸鱼儿（又名摸鱼子）

王鸣盛（清980）一首　序：春暮同髫儒放船娄门，[1]经沙湖楼泊舟登岸，闲眺移时，颇极村野之趣，回舟即事，遂填此解。注：调名原作摸鱼子。

溯娄江、兰桡并载，麴尘飞满香絮▲翠罗衫薄东风软，携手浅莎徐步▲芳草渡▲指断溆平沙，约约春潮去▲轻阴阁雨▲看麦浪吹寒，秧针似绣，乳燕掠波语▲

探幽遍，残碣孤坟方础▲灵祠丛社村鼓▲凭浇一盏梨花酒，小立斜阳催暮▲又几点、疏星眉月生南浦▲篷窗细诉▲算笔架书签，粉奁镜槛，觅个结庐处▲

注：① 娄门：苏州东北门。

一百一十三字　苏武慢

顾恂(明 62)一首　题：丁巳(1497 年)元宵即景写怀。

才度王正，①忽过人日，②又早上元风景▲火树星桥，灯光月色，壮观玉峰佳胜▲箫鼓喧阗，笙歌嘹亮，总是太平新令▲看年时、③五谷丰登，俯仰大家欢庆▲

喜浮生、八十年来，④此心无愧，聊尔乐天知命△子贵孙荣，⑤姓扬名显，晚景又露恩幸▲诗酒情怀，烟霞兴趣，⑥何必往还奔竞▲任天边、玉走金飞，⑦自有桑榆掩映▲

注：① 王正：大年初一。② 人日：大年初七。③ 年时：当年。④ 浮生：飘浮人生。⑤ 子贵：子顾鼎臣，官居宰相。⑥ 烟霞：指山水。⑦ 玉：玉蟾，指月；金：金乌，指日。

一百一十四字　小梅花(又名梅花引)　第一体，用三种仄韵，四种平韵。

向子諲(宋 218)一首　题：戏代李师明作。　注：调名原作梅花引。

花如颊▲眉如叶▲小时笑弄阶前月▲最盈盈△①最惺惺△②闲愁未识，无计说深情△一年空省春风面▲▲花落花开不相见▲▲要相逢△△得相逢△△须信灵犀，③中自有心通△△

同杯勺▲▲▲④同斟酌▲▲▲千愁一醉怎却▲▲▲花阴边△△△柳阴边△△△几回拟待，偷怜不成怜△△△伤春玉瘦慵梳掠▲▲▲⑤抛掷琵琶闲处著▲▲▲莫猜疑△△△△莫嫌迟△△△△鸳鸯翡翠，⑥终是一双飞△△△△

注：① 盈盈：满也。② 惺惺：清醒。③ 犀：犀牛角，中心空。④ 杯勺：指酒具。⑤ 慵梳掠：懒梳妆。⑥ 翡翠：鸟名。

一百一十四字　小梅花　第二体，用三种仄韵，三种平韵。

刘均国(宋 220)一首　题：本意。

千里月▲千山雪▲梅花正落寒时节▲一枝昂△一枝藏△清香冷艳，天赋与孤光△孤光似被珠帘隔▲▲风遮烟遮好颜色▲▲粉垂垂△△玉累累△△①先春挺秀，不管百花知△△

似霜结▲▲与霜别▲▲莫使幽人容易折▲▲短墙边△△△矮窗前△△△横斜峭影，②重叠斗婵娟△△△③黄昏莫听楼头角▲▲▲④只恐听时乱零落▲▲▲醉来看△△△醒来看△△△萦绊丽人，潇洒依栏杆△△△

注：① 累累：缠绕状。② 峭影：宋王柏《题花光梅十首》“瘦影横斜清峭

峭”。③ 婵娟：月光。④ 楼头角：城头守军号角。

一百一十四字　小梅花　第三体，用四种仄韵，四种平韵。

屠倬(清1354)一首

停瑶瑟▲横长笛▲尊前往事悲今昔▲惜奴娇△①念奴娇△清歌一阕，无计慰春宵△秋千冷落闲庭院▲▲飞尽杨花春不管▲▲梦如烟△△月如弦△△些子清光，今夜落谁边△△

东风恶▲▲▲浮云薄▲▲▲人间咫尺天涯各▲▲▲南峰青△△△北峰晴△△△疑云疑雨，两处不分明△△△屏山遮断眉痕绿▲▲▲▲醉不成欢别离促▲▲▲▲自杭州△△△△到苏州△△△△流水无情，消得几多愁△△△△

注：① 奴：妇女自称。

一百一十四字　女冠子

柳永(宋14)一首　题：雪。　注：《御选历代诗余》作周邦彦词。

同云密布▲①撒梨花、柳絮飞舞▲②楼台悄似玉，向红炉、暖阁深沉院宇▲广排筵会，听笙歌犹未彻，渐觉轻寒，透帘穿户▲乱飘僧舍，密洒歌楼，酒帘如故▲想樵人、山径迷踪路▲料渔父、收纶罢钓南浦▲③路无伴侣▲见孤村寂寞，招飐酒旗斜处▲南轩孤雁过，④呖呖声，⑤又无书度▲⑥见腊梅枝上软蕊，两两三三微吐▲

注：① 同云：雪云。② 梨花、柳絮：皆喻雪花。③ 纶：钓丝。④ 轩：长廊有窗者。⑤ 呖呖：雁声。⑥ 书度：传说中雁能传书。

一百一十四字　沁园春

葛长庚(宋458)一首　注：此首换头处叶短韵，稍异。

吹面无寒，沾衣不湿，岂不快哉△正杏花雨嫩，红飞香砌，柳枝风软，绿映芳台△燕似谈禅，①莺如演史，犹有海棠连夜开△清明也，尚阴晴莫住，蜂蝶休猜△

朝来，应问苍苔△甚几日、都成锦绣堆△念四方宾客，不堪渭树，②一年春事，已属庭槐△宿酒难醒，多情易老，争奈传杯不放杯△如何好，看秋千戏剧，蹴踘诙谐△③

注：① 禅：指佛学。② 渭树：喻离别。③ 蹴踘：踢球；诙谐：开玩笑。

雁峰刘氏(女)(宋589)一首　故事：宋端宗景炎二年(1278年)作者被元兵俘经浙江长兴和平村，题词酒肆壁上，见《梅磵诗话》。

我生不辰，逢此百罹，[1]况乎乱离△奈恶姻缘到，不夫不主，被擒捉去，为妾为妻△父母公姑，弟兄姐妹，流落不知东与西△心中事，把家书写下，分付伊谁△

越人北向燕支△[2]回首望、雁峰天一涯△[3]奈翠鬟云软，笠儿怎带，柳腰春细，马性难骑△缺月疏桐，淡烟衰草，到此如何不泪垂△君知否，我生于何处，死亦魂归△

注：① 百罹：种种不幸的遭遇。② 越人：泛指南方人；燕支：指北京。③ 雁峰：衡山回雁峰。

许衡（元4）一首　题：垦田东城。

月下檐西，日出篱东，晓枕睡余△唤老妻忙起，晨餐供具，新炊藜糁，[1]旧腌盐蔬△饱后安排，城边垦斸，要占苍烟十亩居△闲谈里，把从前荒秽，一旦驱除△

为农换却为儒△任人笑、谋身拙更迂△念老来生业，无他长技，欲期安稳，敢避崎岖△达士声名，[2]贵家骄蹇，[3]此好胸中一点无△欢然起，有膝前儿女，几上诗书△

注：① 藜糁：指饭食。② 达士：贵族。③ 骄蹇：骄傲。

杨基（明12）一首

巴蜀雪消，[1]湘汉冰融，[2]净无片埃△看风吹皱绿，晴涵杜若，雨添香腻，暖浸莓苔△江涨雨鳞，溪沉燕尾，赢得沙鸥宿鹭猜△花阴下，见行人待渡，芳意徘徊△

湖边十二楼台△映多少、珠帘影倒开△爱绿醅可染，蒲萄新酿，麯尘低蘸，[3]杨柳初栽△修褉人归，[4]浣纱女去，犹有余香拂岸来△多情处，更桃花无数，流出天台△[5]

注：① 巴蜀：即四川。② 湘汉：即湖南、湖北。③ 麯尘：酒麯所生细菌。④ 修褉：上巳节一种活动。⑤ 天台：山名，喻仙境。

王翃（明394）一首　题：陈居一村居。

山补篱疏，桥当路缺，潇洒几家△正丝声琐琐，[1]忙知缫茧，[2]鸥衣鹤氅，[3]静自眠沙△地近能幽，人真似古，一一柴门逐水斜△儿童暇，戏敲针设饵，[4]乐钓鸣蛙△

园林不问桑麻△尔下榻、陈蕃趋亦佳△[5]有经年苍翠，百余修竹，[6]随时红白，十数株花△豆黑将枯，梅青未熟，小坐寻常可代茶△奚奴报，[7]已杀鸡为黍，留客停车△

注：① 琐琐：琐碎。② 缫茧：缫丝。③ 鹤氅：宽大的外套。④ 敲针：制钓

钩。⑤ 陈蕃：后汉人，年十五置一静居。⑥ 修竹：长而直之竹。⑦ 奚奴：书童。

施闰章（清88）一首　题：偕友看杏花作。

春社才过，[①]花事关心，殊劳梦思△正草芽初茁，[②]横铺翡翠，[③]水泉新涌，净漾琉璃△[④]听说前村，杏花开矣，曳杖还教载酒随△相将去，看日烘云暖，蝶醉蜂痴△

花间坐卧都宜△怅似锦、韶华得几时△[⑤]忆买来深巷，[⑥]枝头犹湿，看从南陌，屐齿嫌迟△[⑦]为祝东风，好留春住，莫遣飞英著鬓丝△[⑧]凭传语，道先生归也，更唱新词△

注：① 春社：在立春后第五个戊日。② 茁：壮大。③ 翡翠：喻绿。④ 琉璃：喻平滑。⑤ 韶华：春光。⑥ 买来：指花。⑦ 屐齿：指鞋钉，喻踏青。⑧ 飞英：落花。

徐孝钧（清176）一首　题：赋得乡村四月闲人少。[①]

郭外山明，绿柳红桥，水绕人家△早登场麦梱，初闻布谷，[②]分畦茄串，未了桑麻△夜火原蚕，朝阳牧牯，[③]十里僧厨午焙茶△芳洲暖，候鱼苗风起，雪片渔槎△

青烟白鸟晴沙△有溪女、盈盈出浣纱△见秧马初修，[④]樱桃罢市，缫车才响，蜂子分衙△[⑤]细雨输凉，栖鸟噪晚，归垄犁盘落楝花△佣书饭，[⑥]笑予仍计拙，潦倒生涯△[⑧]

注：① 赋得：与词友分得词题。② 布谷：鸟名，喻催耕。③ 牧牯：牧牛。④ 秧马：插秧农具。⑤ 分衙：分巢。⑥ 佣书：教书。

陈维崧（清196）二首　题：第一首，咏菜花。
第二首，舟过枫桥，[①]见邻舫女郎倚舷揽镜，同弟纬云赋。

（1）极目离离，[①]遍地濛濛，官桥野塘△正杏腮低亚，[②]添他旖旎，[③]柳丝浅拂，益尔轻飏△绣袜才挑，罗裙可择，小摘亲情也不妨△风流甚，映粉红墙底，一片鹅黄△

曾经舞榭歌场△都付与、空园锁夕阳△纵非花非草，也来蝶闹，和烟和雨，惯引蜂忙△每到年时，[④]此花娇处，观里夭桃已断肠△[⑤]沉吟久，只怕落红如海，流入春江△

注：① 离离：分披繁盛貌。② 亚：压也。③ 旖旎：柔和美丽。④ 年

时：当时，指三月。⑤ 夭桃：嫩桃。

(2) 节是花朝，[①]地是姑苏，[②]天又新晴△见参差画鹢，[③]红栏粉幔，娇娆飞燕，翠袖银筝△众里一人，悄焉自惜，出匣圆冰响一声△玲珑甚，为绿窗浸水，觑得分明△

酒潮潋滟初生△[④]便周昉、[⑤]丹青写不成△正画眉桥畔，簸钱年纪，[⑥]茨菰湾后，撩髩心情△百幅鹅黄，半篙莺脰，[⑦]碧浪东湖处处平△谁藏取，又一轮春水，纤笋斜擎△

注：① 花朝：农历正月十二日。② 姑苏：即苏州。③ 参差：不齐貌；画鹢：画有鹢鸟之船。④ 潋滟：波光相连貌。⑤ 周昉：宋画家，善画妇女。⑥ 此句指少女。⑦ 莺脰：莺颈项。

王绍(清318)二首　题：春日山居。

(1) 徙倚柴门，[①]如许春光，幽思无聊△渐浅草浮青，烟生溪口，长松分翠，晴蔽山椒△断续人家，参差林麓，[②]官道遥通大石桥△香风起，又吹残秾李，落尽夭桃△

竹篱夹住墙腰△更北舍东邻，屋覆茅△喜叱叱村童，[③]畦边驱犊，[④]乌乌渔父，浦外鸣桡△[⑤]时见斜阳，平连苍莽[⑥]，荷锸随身下采樵△[⑦]都休问，问王孙芳草，愁绝魂销△

注：① 徙倚：低徊。② 参差：不齐貌。③ 叱叱：驱牛声。④ 犊：小黄牛。⑤ 桡：船桨。⑥ 苍莽：茂密青草。⑦ 荷锸：肩负掘土工具。

(2) 山绕吾庐，且启烟扉△[①]悠然远思△看墙角花英，[②]落成红雨，檐前柳叶，罥住青丝△漫卷虾须，[③]频来燕子，认得空梁旧垒飞△伤心处，抚笔床茶灶，事事都非△

春风不管芳菲△△[④]任陌上香尘，着地吹△更怨锁莺魂，声移庭院，梦迷蝶影，愁上罘罳△[⑤]弦冷蕉桐，[⑥]香沉睡鸭，[⑦]检点生涯几自疑△[⑧]朝来后，又门窥松鼠，野叫山鸡△

注：① 扉：门也。此句入韵，稍异。② 花英：即花。③ 虾须：帘子。④ 芳菲：花草香美。⑤ 罘罳：古代屏风。⑥ 蕉桐：琴也。⑦ 睡鸭：香炉。⑧ 生涯：生活。

杨芬(女)(清726)一首　题：春日寄怀仲姐。

淑气初回，[①]东风暗转，柳线初长△任园林桃杏，娇红淡白，斗新妆也，懒去寻芳△又见春来，尚别羡，[②]新燕犹能归画梁△闲伫立，恍离怀缭绕，远渡潇湘△

多情易碎寸肠△但含颦、不语九转柔肠△[3]奈乱云重叠，遥山目断，玉笼鹦鹉，时说凄凉△省得相将，游玩地见，依旧楼台倍感伤△无限事，倩青禽寄语，难尽微茫△

注：① 淑气：温和之气。② 此句较格律少一字。③ 此二句共九字，较格律多一字。

许谨身(清1572)一首　题：怀闺人。[1]注：此首换头处叶短韵，如葛长庚词。

拥髻凄然，似怨年年，无端别离△想孤帏倦枕，乍添香后，重帘小阁，未上灯时△脉脉心情，[2]恹恹天气，三月春阴柳絮飞△增惆怅，[3]更声声杜宇，啼近楼西△

萱帏△[4]赖尔扶持△且欢笑、人前强解颐△[5]怕清愁难遣，休教停绣，长吟易苦，莫要填词△玉镜频窥，金钱暗卜，[6]多少思量但自知△凭谁慰，但抄诗婢幼，学语几痴△

注：① 闺人：指妻。② 脉脉：含情貌。③ 惆怅：伤感。④ 萱帏：母亲。⑤ 解颐：欢笑。⑥ 卜：问也。

徐灏(清1580)一首　题：潘德畲方伯招同钱湘吟学士游海山仙馆。[1]

宿雨初收，海上潮平，维舟水乡△[2]乍行来百折，回廊曲槛，坐开三面，翠树云房△人在冰壶，水张明镜，冉冉南熏夏日长△[3]园林胜，想昌华旧苑，无此清凉△

碧阴丹荔成行△更几处、涟漪菡萏芳△[4]爱腥红万颗，累累叶底，妙香十里，滟滟陂塘△[5]一舸摇来，中流宛转，四壁花光间水光△清游好，啖虬珠竞斛，[6]醉倒斜阳△

注：① 方伯：官名，即藩司。② 维舟：缆舟。③ 冉冉：行貌；南熏：南风。④ 涟漪：水波；菡萏：荷花别名。⑤ 陂塘：池塘。⑥ 啖：吃；虬珠：指莲子；竞斛：整斛。斛，量器，折合五斗。此处喻众多。

顾毓秀(现当42)一首　题：香岛遥望。　注：此首换头处叶短韵，如葛长庚词。

祖国山河，万里边疆，亿万同胞△望长江三峡，怒涛滚滚，黄河九曲，骇浪滔滔△雪耀昆仑，沙飞翰海，杨柳春风跃马骄△趁晴爽，看红花艳斗，绿野迢迢△

山高△何处归樵△忆西蜀、春城竹索桥△仰李冰父子，离堆可凿，灌田万顷，岁岁新苗△史禄灵渠，湘漓分水，遗迹伏波继班超△[1]任寥廓，尽风云变幻，东海兴潮△

注：① 伏波：伏波将军马援；班超：皆东汉通番名臣。

祖保泉(现当77)一首　题：生日。注：此首挨头处叶短韵，如葛长庚词。

我本无才，偏自风流，也写小词△忆沅江浪荡，[1]吹萧遣意，[2]蓉城踯躅，[3]对景寻思△恰遇高才，投笺索和，只得凝神若木鸡△昏灯下，学花间琢句，[4]一字争奇△

男儿△怎似蛾眉△那用得、柔情长误时△爱东坡放达，开张肝胆，稼轩慷慨，誓扫胡骑△习作残存，新篇囊贮，写得风光聊自怡△微吟罢，正榴花满眼，自寿三卮△

注：① 沅江：指湖南。② 吹箫：指苏州。伍员吹箫吴市(即苏州)。③ 蓉城：即四川成都。④ 花间：词集名，收录五代十国词人作品。

车乘轨(现当88)一首　题：嘉兴南湖会景园落成。[1]　注：2003 年 6 月 25 日作。

嘉兴南湖，渌水微波，中矗名楼△[2]历百岁千载，冬来夏去，骚人墨客，[3]百姓公侯△约友寻朋，携妻带子，纷至群来曾畅游△湖心岛，[4]赏晨烟暮雨，同上兰舟△

堪嘉旧貌新构△大开发、搬迁船码头△[5]看艨艟巨舸，穿梭来往，轻型快艇，逐浪冲流△仿古丝网，[6]穿桥游弋，更筑长堤营小洲△[7]登台望，羡天公巧夺，美不胜收△

注：① 会景园：南湖进口景点。② 名楼：即烟雨楼。③ 骚人：诗人。④ 湖心岛：南湖主岛，有烟雨楼。⑤ 船码头：原在南湖路大盐仓桥畔，现迁会景园内。⑥ 丝网：南湖传统游船。⑦ 小洲：小岛。

邓健南(现当260)一首　注：1985 年作。

桃蕊含丹，李花吐雪，春色怡人△望南郊碧野，繁英迭发，[1]紫琅山麓，[2]美景环生△亩亩青葱，峰峦苍翠，蝶舞莺歌紫气腾△东风里，正烟生柳岸，花艳江城△

融融淑景当今△[3]有丽日、晴晖照眼明△看波光鸥影，帆樯点点，江轮海舶，冠盖纷纷△古塔重修，新楼层耸，纵览风光处处春△江山好，更贤能辈出，[4]毓秀钟灵△[5]

注：① 繁英：繁花。② 紫琅山：南通名山。③ 淑景：温和景色。④ 辈出：代代产生。⑤ 毓秀钟灵：喻山川灵秀。

一百一十五字　八归

姜夔(宋417)一首

芳莲坠粉，疏桐吹绿，庭院暗雨乍歇▲无端抱影销魂处，还见筱墙萤暗，[1]藓

阶蛩切▲[2]送客重寻西去路，问水面琵琶谁拨▲最可惜，一片江山，总付与啼鴂▲[3]

长恨相从未款，[4]而今何事，又对西风离别▲渚寒烟淡，棹移人远，缥缈行舟如叶▲[5]想文君望久，[6]倚竹愁生步罗袜▲归来后，翠尊双饮，下了珠帘，玲珑闲看月▲

注：① 筱：竹梢。② 蛩切：蟋蟀声悲切。③ 鴂：即杜鹃。④ 款：缓也。⑤ 缥缈：高远貌。⑥ 文君：司马相如妻卓文君。

邹祗谟（清312）一首 题：行石封山中小憩，见村姬焙茶偶咏。

翠霭朝轻，红云昼暖，石乳玉苔乍茁▲斑筠初织青丝笼，[1]恰是吴姬相约，春纤齐撷▲[2]香刺濛濛沾缀露，应摘尽金蕾珠蘖▲[3]携轻篓，带笑归来，衣染暗香绝▲

却早柴扉半掩，红泉初汲，中妇拍茶才歇▲[4]蒸凝青琼，焙来绿髓，制就些些雀舌▲[5]看青鬟影动，幽意引奇芬初洩▲倦文园，[6]自来消渴，仙掌分尝，瓷瓯斟涧雪▲[7]

注：① 斑筠：斑竹。② 春纤：指女子手指。③ 蕾、蘖：皆喻芽。④ 拍茶：制茶工艺。⑤ 雀舌：茶名。⑥ 文园：指司马相如，曾官孝文园令，有渴疾。⑦ 涧雪：冰冷涧水。

一百一十五字 贺新凉

许华存（女）（清798）一首 题：桂花。

金粟圆如豆▲[1]正新开，小山绿遍，蟾宫香透▲[2]疑是蕊珠仙子降，薜荔衣裳寒骤▲[3]惟许那晚风轻扣▲记得当年明月夜，吴刚弄斧姮娥瘦▲[4]天上种，人间有▲

只消三两枝儿嗅▲摘将来、海棠并插，芙蓉共绣▲谁道天姿多冷淡，黄雪飘飘满袖▲[5]且试看、蜂喧蝶斗▲我欲花前拼一醉，把十分秋意闲消受▲曾约定，中秋后▲

注：① 金粟：桂花别称。② 蟾宫：月宫。③ 薜荔：灌木名。④ 吴刚：月宫伐桂人；姮娥：即嫦娥。⑤ 黄雪：喻桂花。

一百一十六字 贺新凉（又名贺新郎、金缕曲）

叶梦得（宋175）一首

睡起流莺语▲掩苍苔、房栊向晚，[1]乱红无数▲吹尽残花无人见，惟有垂杨自舞▲渐暖霭、初回轻暑▲[2]宝扇重寻明月影，暗尘侵、上有乘鸾女▲[3]惊旧恨，

遽如许▲

江南梦断横江渚▲浪黏天、葡萄涨绿，半空烟雨▲无限楼前沧波意，谁采蘋花寄取▲但怅望、兰舟容与▲[4]万里云帆何时到，送孤鸿、目断千山阻▲谁为我，唱金缕▲[5]

注：① 房栊：房窗。② 霭：山气。③ 乘鸾女：仙女。秦穆公女弄玉乘鸾吹箫仙去。④ 容与：随水波起伏动荡状。⑤ 金缕：曲名。

刘镇（宋 306）一首

翠葆摇新竹▲[1]正榴花、枝头叶底，斗红争绿▲谁在纱窗停针线，闲理竹西旧曲▲又还是、兰汤新浴▲[2]手弄合欢双彩索，笑偎人、福寿低相祝▲金凤亸，[3]艾花矗▲

龙舟噀水飞相逐▲[4]记当年、怀沙旧恨，[5]至今遗俗▲雨过平芜凉天阔，画鹢凌波昼簇▲[6]沸十里、笙歌声续▲好是蟾钩随归棹，[7]任欢呼、船重成颓玉▲犹未忍，罩银烛▲

注：① 葆：草木繁盛貌。② 兰汤：香汤。③ 金凤：首饰；亸：下垂。④ 噀水：喷水。⑤ 怀沙旧恨：指屈原投江。⑥ 画鹢：画有鹢鸟之船。⑦ 蟾钩：眉月。

辛弃疾（宋 374）一首　题：本意。　注：调名原作贺新郎。

瑞气笼清晓▲卷珠帘、次第笙歌，一时齐奏，[1]无限神仙离蓬岛▲[2]凤驾鸾车齐到▲见拥个、仙娥窈窕▲玉佩丁当风缥缈，[3]望娇姿、一似垂杨袅▲天上有，人间少▲

刘郎正是当年少▲更那堪、天教付与，最多才貌▲玉树琼枝相映耀，谁与安排忒好▲有多少、风流欢笑▲直待来春成名了，[4]马如龙、绿绶欺芳草▲[5]同富贵，人偕老▲

注：① 奏：此字不叶韵，与格律异。② 岛：此字叶韵，与格律异。③ 缥缈：高远貌。④ 成名：考取功名。⑤ 绶：丝质印纽带，指做官。

刘过（宋 411）一首

院宇重重掩▲[1]醉沉沉、亭阴转午，绣帘高卷▲金鸭香浓喷宝篆，[2]惊起雕梁语燕▲正架上、荼蘼开遍▲嫩芽梢头舒素脸，似月娥、初试宫装浅▲[3]风力嫩，异香软▲

佳人无意拈针线▲绕朱栏、六曲徘徊，为他留恋▲试把芳心轻轻数，暗计归期近远▲奈数了、依然重怨▲把酒问春春不管，[4]枉教人、只恁空肠断▲肠断处，

怎消遣▲

注：① 宇：房屋。② 金鸭：鸭形铜香炉；篆：弯曲之烟。③ 月娥：嫦娥。④ 把：持。

刘克庄(宋451)一首　题：端午。

深院榴花吐▲画帘开、彩衣纨扇，午风清暑▲儿女纷纷新结束，[1]时样钗符艾虎▲[2]早已有、游人观渡▲老大逢场慵作戏，任白头、年少争旗鼓▲[3]溪雨急，采花舞▲

灵均标致高如许▲[4]忆生平、既纫兰佩，又怀椒醑▲[5]谁信骚魂千载后，[6]波底垂涎角黍▲又说是、蛟馋龙怒▲把似而今醒到了，料当年、醉死差无苦▲[7]聊一笑，消今古▲

注：① 结束：打扮。② 钗符：钗上佩去邪符；艾虎：身佩艾制虎。③ 争旗鼓：指龙舟竞赛。④ 灵均：即屈原，见《离骚》。⑤ 醑：美酒。⑥ 骚魂：诗人魂，指屈原垂涎角黍，想吃粽子。⑦ 醉死：指屈原酒后投江死。

李演(宋503)一首　故事：淳祐间，丹阳太守重修多景楼，[1]……作者即席作上词。见《浩然斋雅谈》。

笛叫东风起▲并尊前、杨花小扇，燕毛初紫▲万点淮峰孤角外，[2]惊下斜阳如绮▲又婉娩、一番春意▲[3]歌舞相缪愁自猛，卷长波、一洗空人世▲闲热我，醉时耳▲

绿芜冷叶瓜洲市▲[4]最怜予、洞箫声尽，栏杆独倚▲落落东南墙一角，谁护山河万里▲问人在、玉关归未▲[5]老矣青山灯火客，抚佳期、漫洒新亭泪▲歌更咽，事如水▲

注：① 淳祐：南宋理宗年号；多景楼：在镇江北固山上。② 淮峰：指长江北岸山峰。③ 婉娩：喻娇美如妇容。④ 瓜洲：镇江北岸渡口。⑤ 玉关：玉门关，在甘肃。

李祯(明38)一首　题：新婚。　注：调名原作贺新郎。

冬暖又晴霁▲灿三星、居然落户，[1]焕辉庭砌▲照见堂前荆花树，一朵忽成双蒂▲听花底、笙歌声沸▲传道仙娥辞洞府，跨青鸾、喜会文章婿▲态窈窕，容端丽▲

知郎早有凌云志▲[2]小科场、探花手段，[3]教郎先试▲仍把风流京兆笔，[4]巧画翠眉纤细▲却慢慢、大登科第▲况是妙年谐燕尔，[5]且亲前、齐着烂煸戏▲[6]众喝采，好兄弟▲

注：① 三星：三星在户，喻适合嫁娶。② 凌云志：喻志气高远。③ 小科场：俗谓结婚是小登科场。④ 京兆笔：指京兆尹张敞为新妇画眉。⑤ 燕尔：喻新婚。⑥ 烂煸：即斑烂。老莱子斑衣娱亲。

杨宛（女）（明429）一首　题：本意。注：调名原作贺新郎。

才喜春寒去▲见帘前、榴花如火，游人观渡▲一派笙歌何处起，催得荷花半吐▲量难忍、把新香妒▲不特鸳鸯花底戏，画阁开、映出新妆女▲堪羡他，神仙侣▲

闹花烛下人无数▲有薰风、时吹环佩，[①]碧纱深处▲偏是一宵抛却扇，[②]故把倾城色露▲[③]只听得、低低燕语▲不记粉襟香痕湿，一霎时、梅子微微雨▲佳景日，当探取▲

注：① 薰风：南风；环佩：新娘饰物。② 抛却扇：旧时婚俗，新娘出嫁须得纱扇蒙头遮面。见《世说新语·假谲》。③ 倾城：喻美貌。

冯肇杞（明480）一首　题：桃源舟次。[①]

滚滚长河卷▲贺轻舟、南风吹浪，布帆凭遣▲遥望村烟随处泊，青露梦摇空泫▲[②]雁声寒、薄添层茧▲[③]远柝残更定几点，[④]晓星明、月淡银河浅▲无限意，孤衾展▲

金乌欲上云山显▲[⑤]板桥霜、夜来人迹，依稀圆扁▲野岸荒鸡声断续，间出吠尧之犬▲笑忙忙、往来难免▲昔日经过曾记取，认渔翁、网集犹型典▲[⑥]利名肠，一壶剪▲

注：① 桃源：在湖南常德，陶潜有《桃花源记》。② 泫：水珠下滴。③ 层茧：几层皱纹。④ 柝：打更木梆。⑤ 金乌：指太阳。⑥ 型典：依照遗范。

王炜（女）（明561）一首　题：留春。　注：调名原作贺新郎。

不放春归去▲仗楼前、千枝暗柳，片时遮住▲无奈东风吹故紧，谁怕茫茫飞絮▲都只管、乱抛行路▲春太难留人易老，怪销魂、桥畔销魂树▲空惹得，泪如雨▲

一春不合因愁误▲纵而今、赏心醉酒，也伤迟暮▲枝上流莺花底蝶，记起旧时歌舞▲奈归约、终成间阻▲倚枕分明春又在，一丝丝、梦里黄金缕▲[①]灯再剪，[②]夜三鼓▲[③]

注：① 黄金缕：喻柳丝。② 剪：剪灯花。③ 三鼓：三更半夜。

王庭（清21）一首　题：初夏。

我亦伤春去▲正愁时、思携斗酒，听黄鹂语▲久闭荒园无人到，遂已浓阴若许▲叹近架、蔷薇红萎，[1]绿暗柔桑深十亩，见邻家、几个提篮女▲忙采采，笑相聚▲

单衣小试初迎暑▲峭寒生、黄梅未到，沉沉多雨▲一上楼台凭高望，杨柳迷烟处处▲尚不断、沾泥行旅▲穷巷生憎罗雀地，[2]枉旧巢、燕子来寻侣▲人寂寞，正怜汝▲

注：① 萎：此字不叶韵，与格律异。② 生憎：最厌恶。

严沆（清68）一首　题：春游。　注：调名原作贺新郎。

霁色天街六▲[1]遍鱼梁、冰澌齐下，[2]縠纹重蹙▲[3]院落寒轻收灯后，迤逦游人相属▲[4]数不了、钿车金犊▲[5]过雨平沙风未起，碾红尘、十里轻如曲▲[6]胜杜曲，[7]与韦曲▲[8]

篱笆宛转藏茅屋▲远峰青、赤栏杆外，酒旗斜矗▲繁杏枝头双鸠语，商略偷开一簇▲[9]更柳眼、搓黄拖绿▲[10]际此朝回衣暂曲，任先生、烂醉归休促▲藉草坐，[11]濯吾足▲

注：① 天街六：京城六街。② 鱼梁：筑堰；冰澌：冰溶化。③ 縠纹：皱纹。④ 迤逦：傍行连延。⑤ 金犊：指牛车。⑥ 曲：酒曲。⑦ 杜曲：地名，在今陕西省西安市东南。⑧ 韦曲：地名，在今陕西省西安市东南。⑨ 商略：计划。⑩ 柳眼：柳叶初生似眼。⑪ 藉草：借草垫衬。

俞瑊（女）（清205）一首　注：调名原作贺新郎。

小小娴歌曲▲[1]羡生成、娇花稚柳，自忺妆束▲[2]约伴西园闲斗草，绮鬓凤翘斜矗▲[3]看步步、香飘裙幅▲坐藉翠茵情绪恼，[4]看邻姝、[5]赢却钗头玉▲归绣阁，双蛾蹙▲

黄昏孤枕眠难熟▲漏深沉、银筝暗抱，强担幽独▲红蜡同销千点泪，窗外芭蕉簌簌▲[6]更回忆、旧欢新续▲但得风流长厮守，便多情、何必营金屋▲[7]须共惜，年华促▲

注：① 娴歌：曲名。② 忺：欲也。③ 凤翘：首饰。④ 藉：垫衬。⑤ 姝：女郎。⑥ 簌簌：指风声。⑦ 金屋：藏娇之所。

朱彝尊（清288）一首　题：初夏。　注：调名原作金缕曲。

谁在纱窗语▲是梁间、双燕多愁，惜春归去▲早有田田青荷叶，[1]占断板桥西路▲听半部、新添蛙鼓▲[2]小白蔫红都不见，[3]但愔愔、门巷吹香絮▲绿阴重，已如许▲

花源岂是重来误▲尚依然、倚杏雕栏，笑桃朱户▲隔院秋千看尽拆，过了几番疏雨▲知永日、簸钱何处▲[4]午梦初回人定倦，料无心、肯到闲庭宇▲空搔首，独延伫▲

注：① 田田：荷叶浮水貌。② 半部：半组；蛙鼓：蛙声如击鼓。③ 蔫红：同嫣红。④ 簸钱：古代掷金钱定输赢的一种游戏。

张瓒（清 294）一首　题：本意。　注：调名原作贺新郎。

烛影摇金粟▲[1]听笙歌、沸声盈耳，锦花堆簇▲冉冉香车来户外，[2]一朵红云捧玉▲[3]美要眇、灵修惊瞩▲[4]天上飞琼辞阆苑，[5]谪人间、暂坦东床腹▲[6]可意事，十分足▲

卺卮酒泛葡萄绿▲[7]看娇羞、佯推故却，耐郎催督▲宛转灯前无语处，微觉芳心难束▲又恐被、侍儿侧目▲半晌低头还自省，学于飞、枕绣鸳鸯宿▲[8]更无那，漏声促▲

注：① 金粟：桂花别称。② 冉冉：行貌。③ 红云：喻红裳；玉：指新娘。④ 要眇：好貌，即细腰；灵：灵巧；修：修长。⑤ 飞琼：许飞琼，仙女；阆苑：天宫，⑥ 坦腹东床：喻招婿。源出王羲之被郗鉴招婿故事。⑦ 卺：合卺，即交杯酒；卮：酒杯。⑧ 于飞：成婚。

李天馥（清 466）一首　题：戏为优人贺新婚。[1]　注：调名原作贺新郎。

夫子门楣异▲[2]却赢来、娇羞事业，风流经济▲一向乔妆身是妾，[3]此举差强人意▲指山海、香盟粉誓▲[4]笑煞逢场花烛假，[5]喜今尝、花烛真滋味▲贪美酒，恣尤殢▲[6]

个侬休作男儿觑▲[7]料无非、铅华女伴，裙钗班辈▲正是难分姑与嫂，漫道燕如兄弟▲恐还是、赵家姐妹▲[8]儿女温存原自惯，愿卿卿、怜妇如怜婿▲今何夕，三生会▲

注：① 优人：即伶人，此指男演员旦角。② 夫子：先生；门楣：出身。③ 乔装：改扮；妾：妇女自称。④ 山海：山盟海誓，发愿。⑤ 逢场：即作戏。⑥ 尤殢：尤云殢雨，喻交欢。⑦ 个侬：那个人，指新娘。⑧ 赵家：汉成帝两皇后赵飞燕与赵合德。

郑燮（清 906）二首　题：第一首，赠王一姐。　注：调名原作贺新郎。
第二首，落花。　注：调名原作贺新郎。

（1）竹马相过日▲[1]还记汝、云鬟覆颈，[2]胭脂点额▲阿母扶携翁负背，幻作儿郎妆饰▲[3]小则小、寸心怜惜▲放学归来犹未晚，向红楼、存问春消

息▲向我索，画眉笔▲

廿年湖海长为客▲④都付与、风吹梦杳，雨荒云隔▲今日重逢深院里，一种温存犹昔▲添多少、周旋形迹▲⑤回首当年娇小态，但片言、微忤容颜赤▲⑥只此意，最难得▲

注：①竹马：青梅竹马，喻儿童伴侣。②汝：即你。③幻：假扮。④湖海：指飘泊他乡。⑤周旋：应对。⑥忤：不顺意。

（2）小立梅花下▲问今年、暖风未破，如何开也▲不是花开偏怨早，总为早开先谢▲被断雨、零烟飘洒▲粉蝶游蜂谁念旧，背残枝、飞过秋千架▲只落得，蛛丝挂▲

江南二月花抬价▲①有多少、游童陌上，春衫细马▲十里香草红袖小，②婉转翠眉如画▲③佯不见、傍人觑咱▲忽见柳花飞乱絮，念海棠、春老谁能嫁▲④泪暗湿，香罗帕▲

注：①抬价：涨价。②红袖：指女子。③婉转：宛转柔和。④嫁：相随。

孙士毅（清967）一首　题：题杏林听莺图。　注：调名原作金缕曲。

芳树晴丝罥▲①正江南、二月阴浓，柳搓金线▲②小驻吟骢茅庄外，③墙角殷红开遍▲还懊恼、青帘遮面▲社鼓饧箫听乍远，④又如簧、声滑风吹断▲⑤穿林去，蹴花片▲

曲江往事同飞电▲⑥记当年、一点深黄，也陪高宴▲蛮语参军今渐老，⑦展卷恍闻春啭▲⑧惜少个、呢喃春燕▲归踏裙腰招旧侣，尽水村、山郭寻常见▲携柑酒，恣游衍▲⑨

注：①丝罥：蛛丝挂。②金线：柳丝。③吟骢：诗人骑马。④社鼓：春社锣鼓；饧箫：吹箫卖饴糖声。⑤如簧：指莺舌。⑥曲江：唐朝长安新进士聚饮处，借指北京。⑦参军：官名。⑧春啭：喻莺啼。⑨游衍：畅游。

陈凯（清1081）一首　题：同王敬宣重宿红花埠（在今山东郯城）。　注：调名原作金缕曲。

落日衔层巘▲望天隅、残霞一抹，乱鸦千点▲嘶马旧曾游过地，花埠暮云初敛▲留客住、酒帘斜飐▲记得当垆人窈窕，悄含情、红晕芙蓉面▲搴珠箔，露金钏▲

重来芳草迷归眼▲正晴郊、护堤沙净，绕溪烟散▲隔院莺声啼不歇，凄绝双扉

空掩▲何处觅、画梁栖燕▲绿叶阴阴春已晚，嫁樱桃、已逐东风便▲聊对酒，烛频剪▲

杨芸(女)(清 1294)一首　题：送畹兰归吴江。[1]　注：调名原作金缕曲。

往事思量否▲最难忘、踏青期近，弓鞋同绣▲斗草寻花惊蝶梦，小燕呢喃如咒▲怎一霎、雨僝风僽▲[2]肠断临歧无一语，[3]只啼痕、万点沾衣透▲空彳亍，[4]把衫袖▲

离愁脉脉浓于酒▲最无情、清秋残照，两行疏柳▲行矣长途须自爱，莫共黄花争瘦▲算枫落、吴江时候▲烟水归帆安稳到，寄双鱼、慰我眉间皱▲[5]家山约，盼携手▲

注：① 吴江：江苏县名。② 僝僽：懊恼。③ 临歧：分别。④ 彳亍：缓缓行路貌。⑤ 双鱼：喻书信，传鱼能传书。

李佩金(女)(清 1336)一首　题：送湘芷大弟南归就婚蒋氏，吉期乃新正望后一日。　注：望后：阴历每月十五日称望日，其后称望后。调名原作贺新郎。

香绾同心篆▲趁明蟾、良宵二八，[1]芳梅初绽▲绣仗纱笼行婀娜，是处笙歌凤管▲正璧月、琼枝潋滟▲迎得青溪人似玉，喜璇闺、合卺鸳鸯宴▲[2]红烛底，人争看▲

萧郎自是神仙眷▲倚屏山、衣香钏韵，几回偷盼▲恼乱灯花摇不定，斜映檀腮半面▲听莲漏、穿花三转▲明日绿窗拈彩笔，对芙蓉、商略眉深浅▲[3]携翠袖，整金钿▲

注：① 明蟾：明月；二八：十六日。② 璇闺：玉闺、洞房；合卺：成婚交杯。③ 芙蓉：喻新娘脸面；商略眉深浅：化用张敞画眉典。

林则徐(清 1386)一首　题：春暮和嶰筠(邓廷桢)绥定城(今新疆伊犁)看花。注：调名原作金缕曲。

绝塞春犹媚▲看芳郊、清漪漾碧，新芜铺翠▲一骑穿尘鞭影瘦，夹道绿杨烟腻▲听陌上、黄鹂声碎▲杏雨梨云满树，更蘋姿、新染朝霞醉▲联袂去，漫游戏▲

谪居权作探花使▲[1]忍轻抛、韶光九十，番风廿四▲寒玉未消冰岭雪，[2]毳幕偏闻花气▲[3]算修了、边城春禊▲怨绿愁红成底事，任花开、花谢皆天意▲休问讯，春归未▲

注：① 谪：贬职，时作者因鸦片战争被谪居伊犁。② 寒玉：指冰。③ 毳

幕：羊毛帐。

袁绶(女)(清 1451)一首　题：贺莲浦十六舅氏就婚浦口。

陌上春光换▲正画堂、雀屏开处，[1]玳筵春满▲十二琼檐花似海，几处湘帘低卷▲[2]双影并、碧栏杆畔▲好向玉台寻艳句，[3]谱新声、吹入红牙琯▲[4]和一缕，箫声软▲

别来岁月重头算▲记当年、谢庭小宴，似曾相见▲今日红罗新手揭，还是旧时人面▲只添了、九雏钗颤▲付与丙丁双绶带，[5]待明朝、共把同心绾▲鸾凤侣，神仙伴▲

注：① 雀屏：喻招婿中选。② 湘帘：斑竹帘。③ 玉台：玉台新咏，乃香艳诗集。④ 琯：乐器。⑤ 丙丁：火日；绶带：印纽带，做官祥兆。

黄馥(女)(清 1788)一首　题：和湘江吟社探梅韵，时家君权会昌之明年。

注：家君：父也，名黄曾慰；会昌：江西县名，古名湘江。调名原作金缕曲。

花事探幽坞▲出城闉、江流清浅，[1]暗香微渡▲官阁宾僚诗兴动，爱比甘棠万树▲恰雪蕊、霜花初吐▲空际明月横对影，伴癯仙、别有闲风度▲[2]有同调，广平赋▲

去年此际寻春去▲算花期、相思隔岁，卿应记取▲纸帐重寻罗浮梦，[3]梦醒惟闻翠羽▲望迢递、江南归路▲却笑漫山桃李俗，岁寒盟、只许松筠侣▲[4]愿偕隐，吾与汝▲

注：① 城闉：城内重门。② 癯仙：骨姿清瘦的仙人，指梅花。③ 罗浮：山名，在广东增城，喻仙境。④ 筠：即竹。松、竹、梅称岁寒三友。

邓瑜(女)(清 1790)一首　题：莫秋湖上。[1]

第五桥边去▲绕横堤、残山剩水，柳髡如许▲[2]我与西湖初识面，风景凄清细数▲有几带、望中烟树▲岳鄂王坟苏小墓，[3]信英雄、儿女分千古▲移画舫，向何所▲

水天别映孤山路▲[4]放中流、斜阳影澹，一枝柔橹▲乍听钟声风外落，知在云深深处▲又背转、菱洲蘋渚▲留得残荷依弱盖，可怜红、犹作凌波步▲闲意态，问鸥鹭▲

注：① 莫秋湖：指杭州西湖。② 髡：秃也。③ 岳鄂王坟：岳飞墓；苏小：南朝名妓，墓在西泠桥畔。④ 孤山：在白堤北。

曹仰山(清 1866)一首

辆辘车声里▲[1]是谁家、隔篱小犬，吠人行李▲生怕黄昏无处宿，到店家心先喜▲都歇在、茅檐影底▲濯足篝灯同饭罢，[2]大家儿、等梦来邀睡▲侬独向，[3]尚无寐▲

打窗落叶缘何事▲似风声、雨声故故，[4]搅人不已▲启户阶前惟皓月，满地霜华如水▲听一片、荒鸡四起▲欲向登程愁太早，剔残灯、守定窗儿纸▲天曙也，[5]可行矣▲

注：① 辆辘：道轨。② 濯足：洗足；篝灯：灯笼。③ 侬：吴语，我也。④ 故故：屡屡。⑤ 天曙：天明。

许白凤（现当58）一首　题：戴家浜行。　注：戴家浜：浙江平湖村名。1979 年作，调名原作金缕曲。

来了亲娘舅▲顿安排、今宵眠食，合家忙透▲河蟹捉存甏底里，急付汤锅煮就▲正好供、重阳杯酒▲明日早须打桨去，更呼儿、网取银鳞剖▲鲜味美，水乡够▲

一灯围坐黄昏后▲话家常、叨叨絮絮，欲无还有▲兄自闲居何足遣，妹自勤劳双手▲又添得、几分消瘦▲端出点饥山芋粥，谢小房、新妇殷勤侑▲[1]浑不觉，夜深久▲

注：① 小房：排行最小之外甥；侑：劝吃喝。

车乘轨（现当88）一首　题：高龄手术记。　注：2013 年 6 月 22 日作。

凸出小肠气▲[1]本身无、发炎感染，亦无痛刺▲即便除患动手术，也是简如烂尾▲[2]只老迈、精亏神萎▲八十刚临畏不敢，[3]况高龄、九一风烛岁▲[4]人尽劝，莫儿戏▲[5]

自知体力能依恃▲且从容、就医住院，放心治理▲外科专家经验富，[6]帮护全靠女、婿▲又有这、刀前麻醉▲更是成功关键口，[7]银针推、关系人生死▲惊未险，收场喜▲

注：① 小肠气：即疝气。手术虽小，但老人有极大风险。② 烂尾：指盲肠炎。③ 八十：余有亲友三人，年刚八十，患此症已三年，均不敢动手术。④ 九一：余虚龄九十一岁。⑤ 儿戏：轻举妄动。⑥ 外科专家：武警医院外科主持医师崔新华、张静主刀。⑦ 关键口：老龄开刀，禁受不起麻醉，甚至危及生命。

文家秀（女）（现当230）一首　题：春归农家。

绿水湾头越▲喜田园、桔抽新刺，杏飞初雪▲青草池塘鸭浮水，扁嘴鸭群扇

脚▲①东篱下、鹅鸭戏蝶▲十里菜花连碧树，彩云中、更有千峰叠▲烟万缕，织成阕▲

青山仄处层楼列▲小雨过、牧童弄笛，铁牛栖鹊▲②新谷吹香陈年酒，更有茗茶清绝▲柳阴处、举杯邀月▲隔院有花含羞醉，话丰年、还是农家悦▲春正盛，好时节▲

注：① 脚：此字药韵不叶，作宽叶。② 鹊：此字药韵，作宽叶。

杨敏(女)(现当276)一首　题：听歌。　注：调名原作贺新郎。

一霎歌声起▲恍当年、春生水暖，弄花天气▲杏子单衫红欲挽，绿染薰风螺髻▲轻一棹、沧波万里▲闲宇飘梭春暗换，更青青、柳色犹如此▲人与树，总相似▲

萧萧已是归无计▲叹尘间、潮升月落，欢游能几▲白发江湖何所忆，梦入扁舟而已▲向尊前、几番沉醉▲寂寂风怀销未尽，旧沙鸥、解得其中味▲天一角，吴山翠▲

一百一十六字　摸鱼儿(又名摸鱼子、买陂塘)　第一体，前段首句不起韵。

瞿祐(明22)一首　题：苏堤春晓。注：调名原作摸鱼子。

望西湖、柳烟花雾，楼台非远非近▲苏堤十里笼春晓，山色空濛难认▲风渐顺▲忽听得鸣榔惊起沙鸥阵▲①瑶阶露润▲把绣幕微搴，纱窗半启，未审甚时分▲②

凭栏处，水影初浮日晕▲游船未许开尽▲卖花声里香尘起，罗帐玉人犹困▲君莫问▲君不见繁华已觉光阴迅▲先寻芳信▲怕绿叶成阴，红英结子，③留作异时恨▲

注：① 鸣榔：渔人击梆捕鱼声。② 未审：未知。③ 红英：红花。

王庭(清21)一首　题：过如如庵，①看乐平师上堂。

出城南、荻塘东绕，悠悠忘我尘思▲石桥频过前村树，轻桨不风犹驶▲行到矣▲仿佛是台山直路曹溪水▲双橹影里▲钟鼓响初交，堵墙拥看，汗雨湿人袂▲②

伊蒲设，③列坐长筵一里▲香厨十斛炊米▲④此方旧有千人会，四十年来重起▲传盛事▲也不啻清淡得饱茶成醉▲前休此寄▲今古一如如，真名不没，尚使众心系▲

注：① 如如庵：在浙江嘉兴南湖西。② 袂：袖。③ 蒲：蒲团，跪坐之具。

④ 香厨：香积厨，僧人厨房；斛：量具，五石为斛，喻量多。

魏坤(清591)一首　题：清明。

禁烟时、卖饧天气，[1]惜春人在花圃▲晓窗才放些晴意，又恐惹东风妒▲愁触绪▲盼寂寂空梁旧燕新来去▲桃门何处▲记挑菜归时，[2]踏青散后，零落断魂句▲

凭栏倦，眼底乡园几树▲夕阳一片凝伫▲春山只隔蘼芜影，渺渺江流如许▲浑不语▲望不见春堤丝柳香车路▲小楼独住▲尽数遍昏鸦，薄寒料峭，试听杏花雨▲

注：① 禁烟时：指寒食节；卖饧：清明前后，有吹箫卖饧小贩。② 挑菜：采野菜。

曹鉴冰(女)(清705)一首　题：花朝，[1]忆王表妹。

对书斋、红绡系遍，村村篱落花柳▲雨飘菜圃黄愈嫩，烟锁麦田青瘦▲风欲骤▲试百蝶春衫难禁轻寒逗▲[2]年光依旧▲见燕掠横塘，蜂游曲径幽，谷莺求友▲

虚廊外，渐滴泠泠檐溜▲[3]引人几度眉皱▲捣成杏酪悄消渴，[4]怎涤满怀孱僽▲[5]还记否▲记拾翠芳园姐妹联衫袖▲[6]不堪回首▲是南浦雨沉，西塘草长，清泪偷消受▲

注：① 花朝：即百花生日，在农历二月十二。② 百蝶春衫：衫上绣有百蝶。③ 泠泠：喻清凉。④ 杏酪：杏糊。⑤ 孱僽：懊恼。⑥ 联袖：共游。

张云璈(清1098)一首　题：晚泊阊门。[1]

隔重阓、万家灯火，[2]凉星照水无影▲扁舟小泊妆楼底，楼上帘栊相映▲[3]繁华境▲数不尽香车宝马红尘骋▲[4]游踪莫定▲又虎阜山遥，[5]横塘十里，都是问春径▲

江南路，处处重来堪认▲飞花过眼谁省▲故园何事轻抛却，[6]偏谙他乡风景▲耽吟兴▲那得有浅斟低唱双鬟并▲[7]篷窗梦醒▲但蜡凤敲残，[8]香猊拨罢，[9]一枕柁边冷▲[10]

注：① 阊门：苏州西北门。② 重阓：重城。③ 帘栊：有帘之窗。④ 红尘：繁华人间。⑤ 虎阜山：即虎丘山。⑥ 故园：作者家乡钱塘。⑦ 双鬟：指美人。⑧ 蜡凤：凤烛。⑨ 香猊：狮形香炉。⑩ 柁：指船后舱。

凌廷堪(清1140)一首　题：雨后江上晚眺。

暮天空、乍收凉雨，隔江飞过清泠▲烟鬟绰约山容洁，扫得两蛾幽靓▲[1]无限

景▲纵倩取镂冰琢雪应难咏▲斜阳未瞑▲见别浦残荷，回汀折蓼，都作淡红影▲

江光远，蹙起靴纹万顷▲[2]微风却好初定▲盈盈十五吴娃小，[3]笑与碧波相映▲娇妒性▲有意去惊他沙上鸳鸯醒▲翠裙半整▲便急打兰桡，[4]空明击碎，摇过采菱艇▲

注：① 两蛾：喻两边山峰。② 靴纹：指波纹。③ 盈盈：轻盈。④ 兰桡：船桨美称。

郭麐（清1208）一首　题：荡湖船。[1]

一篷儿、花天酒地，消磨风月如许▲吴娃生长吴船上，只共鸳鸯为侣▲船六柱▲从不识愁风愁水天涯路▲轻桡容与▲[2]问两寺东西，[3]半塘前后，商略泊何处▲

江南好，不在中流箫鼓▲[4]牵人好梦无数▲十年水驿风灯夜，负了画船听雨▲临别语▲怕纸醉金迷忘却秋娘渡▲重来记取▲有澹澹窗纱，疏疏帘影，隐隐数声橹▲

注：① 荡湖船：小型游船。② 容与：随水波起伏动荡貌。③ 两寺：指虎丘山上云岩寺、留园西园寺。④ 箫鼓：指大画船上鼓乐声。

萧抡（清1230）一首　题：舟行见蟹簖。[1]　注：调名原作摸鱼子。

正江头、稻芒输了，[2]随潮壳蜕还长▲[3]编芦界破溪流碧，不碍轻舟来往▲舟乍响▲笑航底爬搔似倩麻姑掌▲[4]鹭鹚滩上▲看辑个渔庄，[5]不成茅屋，约略小舟样▲

寒烟外，渔火一星微亮▲爬沙声起芦港▲乘流欲过前汀去，奈被纬萧轻障▲[6]波荡漾▲算截住中流肯把横行放▲[7]萧萧菰蒋▲[8]好拾取尖团，[9]贮来笭箵，[10]携去换村酿▲

注：① 簖：编竹篱植于河面以阻拦鱼蟹，但船仍可通行。② 稻芒输：传说蟹于八月稻熟时，腹中有一稻芒，献于海神。③ 壳蜕：褪去旧壳换新壳。④ 麻姑：仙女，掌似爪。⑤ 辑：修筑。⑥ 纬萧：横编篱笆。萧，蒿草也。⑦ 横行：指蟹。⑧ 蒋：菰类水草。⑨ 尖：指雄蟹；团：雌蟹。⑩ 笭箵：渔具总称。

杨继端（女）（清1236）一首　题：西泠送春。　注：调名原作买陂塘。

最难忘、六桥烟柳，[1]清阴摇荡如许▲东风吹得春来早，怎不系将春住▲成寄旅▲听记拍红牙响彻黄金缕▲[2]深沉院宇▲渐拾翠人稀，[3]添香夜短，独自甚

情绪▲

浑无据，惆怅莺啼燕语▲韶光容易飞去▲青山绿水还依旧，瞥眼顿成今古▲[4]伤别否▲试问取春归可是春来处▲摧花堕絮▲又并作黄昏，疏疏淅淅，[5]几阵打窗雨▲

注：① 六桥：西湖苏堤有六座桥。② 黄金缕：词牌名，又名蝶恋花。③ 拾翠：古妇女游春。④ 瞥眼：眨眼。⑤ 淅淅：雨声。

王渔（清 1293）一首　序：梅雨涤暑，荷风送凉，同人鼓棹夹山漾，勾留竟日，觞咏极欢，各谱新声以纪其事。[1]　注：调名原作买陂塘。

正潇潇、初过梅雨，陂塘新涨三尺▲[2]招邀词客同探胜，棹入芦苇深碧▲烦暑涤▲爱夹岸山峦飞翠分南北▲新荷幂历▲[3]听隔浦歌来，有人荡桨，小艇载花出▲

拼流览，不厌篷窗促膝▲[4]诗情画意收拾▲无端怅触前尘梦，[5]何处数声风笛▲重曳屐▲对清远晶宫暂遣离愁释▲[6]闲游难得▲看塔影崚嶒，[7]湖光潋滟，白鹭一拳立▲

注：① 新声：即新词。② 陂塘：池塘。③ 幂历：覆盖。④ 促膝：谓对坐膝近也。⑤ 此句原注：乙亥（1815 年）冬同杨丈秋崖过此看红叶，今丈已下世。⑥ 晶宫：指水面。⑦ 崚嶒：山高貌。

马洵（清 1363）一首注：调名原作买陂塘。

画江南、半篙新涨，蝉鸣隔岸丛树▲落帆笑指虹桥近，桥在柳阴深处▲留不住▲便转个湾头惊起圆沙鹭▲桔槔声苦▲[1]看翠浪分畴，绿针刺水，[2]农事已如许▲

扁舟稳，欲和蘋洲笛谱▲[3]推篷乘兴容与▲[4]青蘋叶底凉风起，几点洒来凉雨▲教缓渡▲爱云连遥峰塔影当窗度▲夕阳吹暮▲早草阁灯红，渔村烟暝，人隐隔溪语▲

注：① 桔槔：木汲水器具。② 绿针：插秧。③ 蘋洲笛谱：周密词集名。④ 容与：乘兴闲暇貌。

赵我佩（女）（清 1557）一首　题：清明踏青，有怀故园。[1]

最销魂、陌头杨柳，登楼倦听啼鸟▲踏青人去天涯远，闲煞故园芳草▲乡梦悄▲怅别后湖山谁放穿花棹▲湔裙正好▲[2]怕南浦烟迷，西郊雨过，凉逗凤鞋小▲[3]

春归早，绿遍斜阳古道▲旧游回首都杳▲东风不把离怀剪，吹起乱愁多少▲愁

未了▲叹百结回肠曲似炉香袅▲流光暗恼▲恼燕子衔来，相思一点，红豆为伊老▲[④]

注：① 故园：作者系杭州人。② 湔裙：上巳节洗裳，可除晦。③ 凤鞋：凤头女鞋。④ 红豆：又名相思子，寓双重意。

钱清婉（女）（清 1608）一首　题：新荷。

听莺声、送春归去，闲庭换了幽景▲清风吹动柔波皱，溶漾碧纹难定▲栏独凭▲看数点清浮弱梗牵丝荇▲残芳满径▲被紫燕衔来，绿萍圆处，片片落红冷▲

凉珠莹，晓露盘中微凝▲摇摇将碎还整▲鸣蝉几日催炎暑，山水亭亭妆靓▲香气静▲更翠盖红衣绰约明姿映▲[①]斜阳乍明▲待皓月当空，水光皎洁，高下舞清影▲

注：① 翠盖：指荷叶；红衣：指荷花。

沈秉成（清 1693）一首　题：题杜文澜苏楼春眺图。　注：调名原作买陂塘。

倚高楼、暮春时节，湖山佳丽如许▲蘋波漾绿烟痕澹，映出桃花树树▲帘卷处▲对葛岭雷峰岚翠飞如雨▲[①]疏钟隔坞▲早打起黄莺，声声劝客，莫便赋归去▲

西泠好，[②]多少楼台别墅▲少陵题上佳句▲[③]何时相约寻鸿爪，[④]同是刘郎前度▲[⑤]还吊古▲自苏小坟边杯酒浇香土▲[⑥]旧游重补▲尽里外湖桥，几株杨柳，一系画船橹▲

注：① 葛岭、雷峰：皆西湖景点。② 西泠：桥名，在杭州西湖白堤上。③ 少陵：指唐大诗人杜甫。④ 鸿爪：指踪迹。⑤ 刘郎：指刘禹锡。⑥ 苏小坟：南齐名妓苏小小坟，在西湖西泠桥畔。

许白凤（现当 58）一首　题：咏瓜。　注：1947 年作，调名原作买陂塘。

正炎炎、高张火伞，乱蝉响接林杪▲[①]几家亭馆湘帘底，纨扇边摇边笑▲刚买到▲试解剖金瓤甜味还嫌少▲[②]不十分好▲怪滴滴潇潇，青门入夏，梅雨太多了▲

人间事，难主老天公道▲田头六月如烧▲追肥汲灌勤劳力，湿透布衫淋澡▲锄莠草▲更防兽支篷击鼓连昏晓▲[③]虐蚊侵扰▲怕最是明朝，凉生一雨，上市问谁要▲

注：① 林杪：林梢。② 金瓤：指黄金瓜。③击鼓：防兽侵扰。

车乘轨（现当 88）一首　题：八一三淞沪抗战及嘉兴沦陷。　注：2004 年 11 月

15日作。

八一三、日寇猖獗，[1]吴淞惊擂兵鼓▲依凭海陆空优势，妄想直行长驱▲南入沪▲重出现、沈阳东北无防护▲[2]轻松举步▲可师出无名，睡狮已醒，[3]浴血受拦阻▲

前方堵，绕道另窥后路▲金山卫口偷渡▲[4]东侵上海西枫泾，[5]铁骑直冲嘉土▲时上午▲城陷落奸淫烧杀多凶怖▲群魔乱舞▲但八载沦陷，人民抗日，从未一天住▲

注：① 一：此字可读幺，平声。② 东北无防护：指九一八事变，国军并不抵抗。③ 睡狮：喻中华民族。④ 金山卫：在杭州湾，日军偷渡登陆。⑤ 枫泾：上海镇名，以西即嘉兴。

董国军(现当278)一首　题：华山畿。[1]

华山畿、南朝悲怨，清商一曲高古▲云阳道上春风里，遥想两情初遇▲多媚妩▲空惹得青山客病相思苦▲奈天不许▲纵乌鹊殷勤，银河迢递，魂丧旧时路▲

纯真地，踏访新逢微雨▲向风凭吊丘土▲尤怜义妇成伤绝，啼破棺衾同住▲连理树▲有彩蝶双双长作人间舞▲归来题句▲恨漠漠红尘，悠悠沈梦，岂独小儿女▲

注：① 华山畿：地名，在镇江东乡华山村。在南朝时曾发生一起如梁、祝般故事。

一百一十六字　摸鱼儿　第二体，前段首句即起韵。

辛弃疾(宋370)一首　题：淳熙已亥(1179年)自湖北槽移湖南，同官王退之置酒小山亭，赋。

更能消、几番风雨▲匆匆春又归去▲惜春长怕花开早，何况落红无数▲春且住▲见说道天涯芳草无归路▲怨春不语▲算只有殷勤，画檐蛛网，尽日惹飞絮▲

长门事，[1]准拟佳期又误▲蛾眉曾有人妒▲[2]千金纵买相如赋，脉脉此情谁诉▲君莫舞▲君不见玉环飞燕皆尘土▲闲愁最苦▲休去倚危栏，斜阳正在，烟柳断肠处▲

注：① 长门事：汉武帝后陈阿娇失宠被贬长门宫，千金买司马相如《长门赋》，得重回旧宫。② 蛾眉：本指陈皇后，借喻自己。

宋珏(明292)一首　题：采莼曲，为洞庭山人赋。

趁晓来、一番微雨▲轻舟慢橹摇去▲倦来思把篷窗倚，[1]不道湖宽如许▲舟且住▲采则采湖阴浪浅云深处▲停篙私语▲爱只爱新芽，似拳弯曲，叶下水如絮▲

真娇嫩，莫被荇丝错误▲鲈鱼水底相妒▲[2]季鹰早把归来赋，[3]身后虚名何苦▲君今悟▲君不见一经盐豉如甘露▲[4]谁堪告诉▲香滑胜醍醐，[5]伊人占断，万顷烟波处▲

注：① 篷窗：船窗。② 鲈鱼：与莼菜皆江南特产，晋张翰曾为之弃官归吴。③ 季鹰：张翰。④ 盐豉：调味品。⑤ 醍醐：精制奶酪。

宫昌宗（清 390）一首　题：中秋。

望长空、明月如素▲[1]碧海洗清云雾▲百年多少中秋节，乡梦客愁空度▲携手处▲记得驾扁舟莫泛红兰渡▲冰轮濯露▲[2]见藕嫩莲香，蒲清菱熟，对酒欢无数▲

堪惊也，月有团圆满缺▲[3]良辰美景难驻▲西风阵阵吹人老，且喜银蟾如故▲[4]歌且舞▲但愿得红颜不比秋光暮▲广寒何处▲[5]待笑傲云烟，吹残长笛，黄鹄翩然去▲[6]

注：① 素：洁白。② 冰轮：喻圆月。③ 缺：此字不叶韵，作宽叶。④ 银蟾：喻月。⑤ 广寒：月宫。⑥ 黄鹄：大鸟名。

贺双卿（女）（清 957）一首　题：谢邻女韩西馈食。　注：调名原作摸鱼子。

喜初晴、晚霞西现▲寒山烟外清浅▲苔纹干处容香履，[1]尖印紫泥犹软▲人语乱▲忙去倚柴扉空负深深愿▲[2]相思一线▲向新月搓圆，穿愁惯恨，珠泪总成串▲

黄昏后，残热谁怜细喘▲[3]小窗风细如箭▲春红秋白无情艳，一朵一侬难选▲重见远▲听说道伤心已受殷勤饯▲[4]斜阳刺眼▲休更望天涯，天涯只是，几片冷云展▲

注：① 履：鞋。② 柴扉：柴门。③ 喘：喘气。④ 饯：送食。

钱世明（现当 233）一首　题：辛丑（1961 年）。

似曾经、两相期许▲桃花正绽春雨▲妆成斜倚晴空碧，多少俏客娇绪▲情怎住▲暗想到柴门红影藏人处▲笑面不语▲却惹得崔郎，[1]东风依旧，惆怅断肠句▲[2]

堪怜也，总被风流诱误▲胭脂真比尘土▲河阳总有潘郎宠，[3]脉脉幽怀谁诉▲仍是雨▲因底事春初一变为春暮▲落红无数▲休怪小桃花，轻浮四月，随水嫁

风去▲

注：① 崔郎：指唐诗人崔护。② 惆怅：伤感。③ 河阳：汉武帝姐河阳公主。

一百二十字　金明池

秦观(宋116)一首

琼苑金池，青门紫陌，似雪杨花满路▲云日淡、天低昼永，[1]过三点二点细雨▲好花枝、半出墙头，似怅望，芳草王孙何处▲[2]更水绕人家，桥当门巷，燕燕莺莺飞舞▲

怎得东君长为主▲[3]把绿鬓朱颜，一时留住▲佳人唱、金衣莫惜，才子倒、玉山休诉▲[4]况春来、倍觉伤心，念故国情多，新年愁苦▲纵宝马嘶风，红尘拂面，也只寻芳归去▲

注：① 昼永：日长。② 王孙：富贵人家子弟。③ 东君：司春之神。④ 倒：指醉倒；玉山：躯体美称。

王翃(明394)一首　题：春游。

流水车声，飘云衣影，郊外一时骈集▲[1]开宿雨、寒回小暖，萌细草阴沾微湿▲斗新妆、十里蛾眉，翠霭里、笑倚东风屏立▲费多少芳心，印来履迹，[2]留与傍人相惜▲

堕珥遗钿谁为拾▲[3]将满地闲花，互争春色▲飞初倦、莺情织絮，呼不转、柳魂归陌▲计韶光、三月无多，[4]肯抛影藜床，[5]闲愁书室▲苦剩有青钱，沽将白堕，[6]醉听名姬弹瑟▲

注：① 骈：马车。② 履迹：弓鞋踪迹。③ 珥：耳坠。④ 韶光：春光。⑤ 藜床：藜木床。⑥ 白堕：酒名。

彭孙贻(明504)一首　题：春游，和淮海。[1]

紫陌花横，青郊柳直，宝马红尘一路▲驰道上、和风淡荡，落红过点点细雨▲粉墙头、掩映秋千，露半幅、裙角彩云飞处▲听坠钏如寻，[2]流苏疑动，[3]语燕双歌双舞▲

傍水桃花娇无主▲恰婀娜含情，[4]巧留人住▲花教住、玉骢且住，愁漫诉、伯劳休诉▲[5]一霎时、搅乱春心，煞怪是啼鹃，恼人的苦▲把折得花枝，可人分赠，莫带将愁归去▲

注：① 淮海：秦观。② 钏：手镯。③ 流苏：挂在帐幕上的下垂饰物。④ 婀娜：柔美貌。⑤ 伯劳：鸟名。

周闲(清 1676)一首　题：泛舟鉴湖。[①]

梅涨摇晴，麹尘沁碧，[②]越镜盈盈清晓▲[③]流水外、凉衫乍试，从三两鸥边催棹▲趁苹风、雁齿桥头，正掩映、红橹乌篷都好▲看细带牵莼，柔波萦柳，十里烟波深窈▲[④]

笑乞君恩问贺老▲[⑤]算一曲湖光，几番吟眺▲芳津远、旧经行处，零落遍、渚荷汀鸟▲便春来、有约湔裙，[⑥]已浣影人归，翠眉空照▲剩画里斜阳，花间双桨，独倚琼箫吹到▲

注：① 鉴湖：浙江绍兴名湖。② 麹尘：淡黄色尘土。③ 越镜：绍兴鉴湖。④ 深窈：深广。⑤ 贺老：指贺知章，辞官归里时，唐玄宗赐给鉴湖。⑥ 湔裙：洗裳。

一百二十一字　笛家

金烺(清 535)一首　题：渡扬子江。[①]

沙草拖青，汀芦凝白，秋江波静，扁舟击楫中流半▲[②]兼天水势，动地涛声，荆吴九派，[③]人家两岸▲西接南徐，[④]东连北固，[⑤]一片征帆乱▲佛狸祠，[⑥]武帝宅，[⑦]不禁感伤目断▲

望远▲秣陵形胜，[⑧]金山落日，[⑨]瓜步洲前，[⑩]铁瓮悲风，[⑪]石头城畔▲[⑫]回思，昔日雄姿英发，都作浪飞篷转▲六代莺花，繁华佳丽，多少浮云幻▲空极目，对苍茫，早听雁行声唤▲

注：① 扬子江：长江。② 击楫：叩桨。③ 荆吴：指长江中下游。④ 南徐：江苏镇江。⑤ 北固：镇江山名。⑥ 佛狸：北朝后魏太武帝小字。《史通》："佛狸饮马长江。"⑦ 武帝：南朝宋武帝。⑧ 秣陵：代指南京。⑨ 金山：镇江山名。⑩ 瓜步：江苏六合地名。⑪ 铁瓮：镇江有铁瓮城之称。⑫ 石头城：在南京。

一百二十一字　鸭头绿

黄永(清 59)一首　题：端午。

趁晴明，恰正是、女儿佳节，双双姐妹相携△倩娘梳、牡丹新髻，邀郎着、杏子单衣△玉茧新裁，[①]红绒细嚼，[②]金钗押衬石榴枝△人都道，内家妆束，[③]别样风姿△

莫迟疑△绣旗画楫，逢逢铙鼓来时△[④]被花遮、帘前烦恼，惊人觑、背后矜持△[⑤]又何处、清讴檀板，[⑥]一派好风吹△酒后三弦△△歌阑十番△△[⑦]谁家浪子拥妖姬△忙回避，荡舟归去，说与郎知△

注：① 玉茧：蚕茧，借指丝绸。② 此句谓绣娘有嚼线头再吐出之习惯。③ 内家：宫女。④ 逄逄：铙鼓声。⑤ 矜持：端庄。⑥ 讴：歌也。⑦ 十番：十遍。

一百二十五字　春风袅娜

陈维崧（清 196）一首　题：甲寅（1674 年）元夜。[1]

记旧时元夜，月挂红楼△钗影乱，笑声柔△火蛾儿、簇着凝妆艳粉，[2]轻盈妖冶，打块成球△的的春娇，[3]溶溶夜景，[4]夹路银花烂不收△一曲紫绡催薄醉，六街绛蜡试清讴△[5]

谁料一天冰彩，化为丝雨，随风去、洒遍皇州△[6]萦蝶翅，困莺喉△谁家抛盏，[7]何处藏钩△[8]风光未旧，叹传柑佳话，[9]今年换做，万里边愁△

注：① 元夜：元宵。② 火蛾儿：首饰名。③ 的的：鲜明貌。④ 溶溶：深广。⑤ 绛蜡：红烛。⑥ 皇州：京都，指北京。⑦ 抛盏：饮酒。⑧ 藏钩：酒席上一种游戏。⑨ 传柑：元夜互赠黄柑。

一百三十字　兰陵王

王策（清 860）一首

小楼角▲一树新桐孕萼▲[1]湘帘冷、雏燕怯飞，那更东风晓偏恶▲菱花莹妆阁▲淡淡，临窗梳掠▲玉梯畔、随意行来，一种天真最难学▲

无言映珠箔▲正闲拂双毫，字仿钗脚▲姗姗影并炉烟弱▲旋小敛鸳砚，[2]微揎罗袖，笋娇荑嫩宛似削▲把鬟绶低约▲

珠珞▲镇闲却▲爱扣缀通犀，[3]鞋绣文雀▲药房深处葳蕤钥▲恰襟上香暖，鬓边花落▲这般情景，怎教我不念着▲

注：① 孕萼：含苞。② 鸳研：美足。③ 扣：纽扣。通犀：犀角的一种，中间色白，通两头。

一百三十三字　大酺

王嘉诜（清 1901）一首　题：己亥（1899 年）。

乍竹阴清，荷香静，池上䴔䴖新浴▲[1]黄昏疏雨歇▲天娟娟纤月▲照人幽独▲碧簟微澜，罗裳薄晕，凉沁秋肌如玉▲年年销魂处，是红墙碧汉，画屏银烛▲更难道今宵，露寒风细，梦痕难续▲

沈沈幽思触▲记楼外、芳草萦细毂▲算几度、轻鬟弹户，素袜侵阶，度花间、麝煤香馥▲一自春人去，却换却、少年心目▲况香鬓、新凋绿▲秋情漫写，空付哀蝉残曲▲报君泪珠一斛▲

注：① 䴔䴖：水鸟名，大如凫。

一百三十五字　多丽

傅静芬(女)(清33)一首　题：题柴季娴表妹小影。①

染吴绫△一庭夜色凄清△映红栏、烟光淡薄，更月影分明△丛竹雨、枝枝翠滴，疏桐露、叶叶珠倾△水绕平波，石依芳径，嫩苔傍履痕生△却指点、花阴深处，一片深云痕△是谁把、嫦娥体态，圆在丹青△

俏无言、临风独伫，丰标自是天成△眉淡淡、乍舒新柳，眸炯炯、欲动微星△林下芳姿，闺中素质，沉思几度凝睛△记曾共、谢庭咏絮，②彩毫吐英△愁人是、徽容空对，③莫诉真情△

注：① 柴季娴：即柴静仪，见《词人小传》。② 谢庭：晋才女谢道韫咏庭前雪絮。③ 徽容：美好的风范，美好的容貌。

一百三十六字　歌头

李存勖(五代十国8)一首

赏芳春、南风飘箔▲①莺啼绿树，轻烟笼晚阁▲杏桃红，开繁萼▲灵和殿、禁柳千行斜，②金丝络▲夏云多、奇峰如削▲纨扇动微凉，轻绡薄▲梅雨霁，火云烁▲临水槛、永日逃繁暑，③泛觥酌▲

露华浓，冷高梧，凋万叶▲一霎晚风，蝉声新雨歇▲暗惜此光阴，如流水，东篱菊残时，④叹萧索▲繁英积，岁时莫，⑤景难留，不觉朱颜失却▲好容光、旦旦须呼宾友，西园长宵，宴云谣，⑥歌皓齿，且行乐▲

注：① 箔：帘子。② 灵和殿：南朝齐武帝植柳于灵和殿前。③ 永日：长日。④ 东篱菊：晋陶潜辞官回乡，种菊东篱。⑤ 莫：即暮。⑥ 宴云谣：仙筵。

一百三十七字　西平乐

章柱(现当8)一首　题：新晴。

薄雾弄晴，湿云酿雨，轻寒犹带些些△流水潺湲，①半篙初涨，掠波柔橹咿哑△②更柳逐东风醉舞，春被饧箫唤醒，③芳郊满目烟光，蒙茸嫩绿丝遮△④系马垂阳绮陌，遥望处，村外酒旗斜△

小园苔润，长堤草软，出谷莺声，吹过窗纱△堪点缀枝头红杏，粉泪初干，画栋呢喃细语，燕垒泥香，袅袅游丝罥落花△⑤曾记共伊，亲携玉榼，⑥间挂诗囊，镇日留连，对赏芳时，无端梦断天涯△

注：① 潺湲：水流貌。② 咿哑：橹摇声。③ 饧箫：吹箫卖饧者。④ 蒙茸：

草木初生貌。⑤ 罥：挂。⑥ 榼：食具。

一百三十九字　玉女摇仙佩

朱有燉(明42)一首　题：咏元宵。

三阳开泰，①万象成新，又值元宵时序▲②灿烂灯球，团圆皎月，消得恁般佳丽▲③聒耳笙歌沸▲玩良辰美景，应时嬉戏▲银花合、夜驰火骑，海上鳌山，④驾来平地▲休遣漏声催，天上人间，赏心乐事▲

午夜金莲开遍，⑤炫转荧煌，一碧瑶天万里▲象管频题，⑥玉箫闲弄，人在水晶宫里▲漫把雕栏倚▲共心念、下土民情何似▲愿四境、民安物阜，⑦年年今夕，咸同欢喜▲应须记▲芳辰不用陶陶醉▲⑧

注：① 三阳开泰：岁首颂语。② 序：此字不叶韵，作宽叶。③ 恁般：这般。④ 鳌山：张灯、演杂技之台。⑤ 金莲：喻灯。⑥ 象管：象牙箫、笛。⑦ 阜：丰盛。⑧ 陶陶：快乐。

陆求可(清70)一首　题：清明。

官场蹴踘，①禁院秋千，处处乱红轻绿▲楼阁蓬瀛，②山河锦绣，无数冲花骑竹▲极望烟盈目▲尽新攒榆柳，早传宫烛▲③知多少、王侯第宅，薄暮笙歌，宴饮金谷▲④舞试踏青鞋，越艳吴娃，湘裙六幅▲

昨日燕泥湿透，柳絮飘迟，春锁一天霢霂▲⑤思妇梦回，行人魂断，红杏村炉酒熟▲更喜逢晴燠▲竞嬉游、垄上家间风俗▲看一路、纸钱飞蝶，⑥杜鹃染泪，淡妆浓抹▲娇声哭▲归家儿女灯前簇▲

注：① 蹴踘：踢球。② 蓬瀛：岛名，誉为仙境。③ 宫烛：韩翃《寒食》诗句："日暮汉宫传蜡烛"，借指寒食。④ 金谷：石崇之别墅。⑤ 霢霂：小雨。⑥ 飞蝶：纸钱飞舞如蝶。

吴棠桢(清200)一首　题：有访。

杏花溪曲，访得佳人，住在晶帘珠屋▲蝶粉侵衣，云香堆髻，嫩颊削成红玉▲开鉴重妆束▲①道春来多病，懒施膏沐▲②眼斜横、低低笑问，昨日红笺，曾寄银鹿▲③怨离别经时，杨柳都青，芭蕉尽绿▲

邀入池边深阁，篆鼎琴床，④更列图书几轴▲鲙荐江鲥，⑤茶烹雪乳，翠袖擎将醽醁▲⑥见月明山谷▲说今夜、千万屈郎同宿▲况人静、板桥路滑，如何归去，辟寒香暖，⑦芙蓉褥▲闭纱窗，自移银烛▲⑧

注：① 鉴：即镜。② 膏沐：指胭脂。③ 银鹿：唐颜岘家童，乂仆也。昨已交仆寄信。④篆鼎：香炉。⑤ 鲙：细切鱼肉。⑥ 醽醁：酒名，见《抱朴

子》。⑦ 暖：此字不叶韵，稍异。⑧ 此二句句式稍异。

一百三十九字　多丽(又名鸭头绿)　第一体，首句即起韵。

利登(宋 501)一首　注：调名原作鸭头绿。

晚春天△柳丝初透晴烟△黯离怀、绿房深处，艳游曾记多年△衬龙绡、亭亭玉树，①步鸳褥、窄窄金莲△烧蜜调蜂，剪花挑蝶，香云微湿绿弯鬟△嬉游困、倚郎私语，还爱抚郎肩△共携手、海棠院左，翡翠帘边△

恨无情、锦笼鹦鹉，等闲轻语荷前△昔相怜、关山咫尺，②今相望、咫尺关山△是妾心阑，是郎意懒，是郎无分妾无缘△都休问、金枝云里，何日跨金鸾△深盟在、香囊暗解，终值双鸳△

注：① 龙绡：又名龙纱，入水不湿；玉树：比喻少年美好。② 关山：喻路程。

张翥(元 69)一首　题：杭州西湖。

晚山青△一川云树冥冥△①正参差、烟凝紫翠，②斜阳画出南屏△③馆娃归、吴台游鹿，④铜仙去、汉苑飞萤△怀古情多，凭高望极，且将尊酒慰漂零△自湖上、爱梅仙远，鹤梦几时醒△空留得、六桥疏柳，⑥孤屿危亭△

待苏堤、歌姬散尽，更须携杖西泠△⑦藕花深、雨凉翡翠，菰蒲软、风弄蜻蜓△澄碧生秋，闹红驻景，采菱新唱最堪听△见一片、水天无际，渔火两三星△多情月、为人留照，未过前汀△

注：① 一川：一水。② 参差：不齐貌。③ 南屏：西湖山名。④ 馆娃：宫名，在苏州灵岩山，西施居处。⑤ 梅仙、鹤梦：均指林逋，逋隐居西湖孤山，梅鹤为伴。⑥ 六桥：苏堤有六座桥。⑦ 西泠：西湖桥名。

钟筠(女)(清 322)一首　题：秋夜。

倚回廊△西风初透罗裳△夜沉沉、碧天如昼，银河远泻垂杨△问何处、野猿啼啸，曾经见、孤雁翱翔△绣户寒砧，①谯楼戍鼓，②数声和月到纱窗△回文字、争传苏蕙，③愧煞美秋娘△更何须、莺调蝶拍，柳舞桃妆△

忆年时、花开酒院，④黄鹂巧弄笙簧△⑤按红牙、歌翻新律，擎玉斝、杯底生香△⑥露冷烟青，桑移海换，⑦教人底处问秋光△又无端、砌蛩悲咽，桐叶响银床△凝思里、夜阑人静，灯影幢幢△

注：① 砧：捣衣石。② 谯楼：更鼓楼；戍鼓：更鼓。③ 苏蕙：前秦窦滔妻，因被夫遗弃，乃织锦作回纹诗寄夫，得重好。④ 年时：当年。⑤ 黄鹂：黄莺；笙簧：喻歌唱。⑥ 斝：酒器。⑦ 桑移海换：沧海桑田。

鲍芳茜(女)(清 350)一首　题：同梅庄西湖春泛，用司成流香阁韵。　注：调名原作鸭头绿。

挂红箫△荡波绿皱兰桡△①起鸳鸯、睡乡初醒，勾留香渚银桥△②看无尽、夭桃艳粉，描不出、脆柳宫腰△七字分题，一轮添韵，③锦湖风月共逍遥△珠帘卷、拈花微笑，露出镜中娇△那怪得、风魔少伯，我也魂销△

两峰高、青天外落，④半空云起千条△山如黛、眉痕浅印，裙似水、纹掬轻招△渔曲声流，禅灯影泻，晴晴雨雨尽良宵△余更有、晓烟暮树，触处慰无聊△钱塘景、从今领取，去听江潮△

注：① 兰桡：船桨美称。② 香渚：渚之美称。③ 一轮：指明月。④ 两峰：指南高峰、北高峰。

薛时雨（清 1652）一首　序：别西湖五载矣！甲子（1864 年）中元节，①建盂兰会于湖上，②礼佛云林寺，③循岳坟、苏堤而归。老葑蔽天，湖流如线，荒凉景况，触目伤心，仄韵书感。

石磷青△④压波烟雾溟溟△好湖山、鞠为茂草，⑤晚钟咽断南屏△⑥梵王宫、枯杉啼鸩，⑦精忠院、断甃栖萤△⑧柳悴堤荒，梅薪鹤瘗，⑨六桥风月恁凋零△更惨绝、千堆白骨，⑩滞魂永难醒△空携得、一尊浊酒，浇上孤亭△

忆当年、诗坛酒社，名流群集西泠△⑪七香车、艳招蛱蝶，⑫百花舫、红引蜻蜓△劫过云飞，⑬人来梦换，万家野哭不堪听△剩几个、湖乡酒侣，霜鬓各星星△沧桑感、一行泪雨，洒过前汀△

注：① 中元节：七月十五日，鬼节。② 盂兰会：普救众生之会。③ 云林寺：即灵隐寺。④ 石磷：磷火，俗称鬼火。形容烟雾弥漫。⑤ 鞠：养育也。⑥ 南屏：山名，南屏晚钟，为西湖十景之一。⑦ 梵王宫：指寺庙；鸩：杜鹃。⑧ 精忠院：即岳王庙。⑨ 梅薪鹤瘗：林逋隐居于西湖孤山，酷爱梅、鹤。意为现梅已成薪鹤死已葬。⑩ 白骨：原注：近日收买枯骨，建万人葬十座于湖上。⑪ 西泠：桥名，在白堤上。⑫ 七香车：妇女专车。⑬ 劫：指太平天国占杭。

徐穆（清 1655）一首　题：施梦玉摄震泽，①曾招宝带桥宴月之举，抚今追昔，情见乎辞。

荡兰桡△湾环宛转长桥△剩西风、湖光万顷，参差吹出琼箫△②疏烟抹、黛螺丫髻，冷云罥、莺脰舒翘△③乙未亭边，松陵路畔，④远山隐约画眉娇△堤上柳、丝丝堪折，离思一条条△更休说、宾鸿尚未，去燕难招△

忆当年、尊前宴月，多情酒盏诗瓢△⑤庾楼客、珠巩锦织，⑥踏摇娘、绮席笙

调△雁齿排连，蟾辉皎洁，⑦三生梦里可怜宵△到而今、渚莲泣露，啼鸟总无聊△文园老、也应羞见，⑧几度回潮△

注：① 震泽：江苏县名，今属吴江。摄：代知县也。② 参差：不齐貌。③ 莺脰：湖名，在吴江平望镇。④ 松陵：镇名，在今苏州吴江。⑤ 诗瓢：贮放诗稿的器具。⑥ 庾楼：在江西九江，滨临长江，为晋庾亮建。⑦ 蟾辉：月光。⑧ 文园：官名，司马相如曾官文园令。

车乘轨(现当88)一首　题：本意，赞苏州。　注：2005年1月23日作。

赞苏州△古城历史深悠△始自吴、至今已越，①二千五百春秋△筑城垣、街衢齐整，开河道、巷陌通舟△②拙政网师，③瑞光玄妙，④园林塔观古迹稠△住房趣、粉墙黛瓦，傍水枕河幽△⑤人潇洒、吴侬软语，谈吐温柔△

重人文、振兴昆曲，⑥戏宗名震全球△再夸那、弹词评话，说噱唱、细腻精优△⑦更有书刊，《苏州杂志》，谈今论古轶文收△最赞许、旧城改造，原貌大量留△真多丽、天堂媲美，占尽风流△

注：① 吴：春秋吴国。② 巷陌：市区街巷。③ 拙政、网师：皆园名。④ 瑞光：塔名；玄妙：道观名。⑤ 枕河：临河。⑥ 昆曲：乃戏曲之祖，被联合国列为文化遗产。⑦ 噱：诙谐之意，俗称放噱头。

一百三十九字　多丽　第二体，同第一体，但首句不起韵。

欧良(宋566)一首　题：杨花。

日初长，宝猊一缕沉烟△①绿阴新、垂杨亭榭，知谁巧擘香绵△有时共、落红零乱，有时共、芳草留连△只道无情，那知有意，几回飞遍绮窗前△人事讶、艳阳三月，干雪舞晴天△游丝外、不堪燕掠，无奈蜂粘△

那小鬟、忒煞娇劣，②漫镇日倚栏杆△③轻吹处、樱桃的的，④闲拈处、玉笋纤纤△⑤爱煞猩罗，装成蛮缬，⑥嗔人不许放珠帘△端相好、蓦然风起，特送上秋千△明朝看、池塘雨过，萍翠应添△

注：① 宝猊：指狮形香炉。② 小鬟：小婢女；忒：太也。③ 镇日：整天。④ 的的：鲜明貌。⑤ 玉笋：小鬟纤指。⑥ 缬：有花纹丝饰品。

陈维崧(清196)一首　题：清明兼上巳作，①丁巳(1677年)。

算风光，依稀才过传柑△②又取次、韶光媚眼，今朝三月逢三△映一行、水边粉屧，③立几簇、桥上红衫△皂荚园中，丁香树下，春人影落百花潭△又何处、东风作阵，吹绽碧桃缄△④从古是、清明上巳，两好难兼△

恰经过、幽坊小市，衣痕髩缕帘纤△翠娥招、流觞巷北，黄莺唤、泼火城南△⑤

艳粉墙头，红香帽底，花枝婉娩碍晴檐△[6]争留住、饧箫戏鼓，[7]准拟待新蟾△[8]归来晚、梨花院宇，情绪恹恹△

注：① 上巳：古节日，在三月初三。② 传柑：指元宵节，是日贵戚皆相互送柑。③ 粉屧：女鞋。④ 缄：封闭。⑤ 泼火：喻清明桃花雨。⑥ 婉娩：温婉柔顺。⑦ 饧箫：吹箫卖饧。⑧ 晴蟾：晴月。

吴农祥（清 364）一首　题：西湖。

梦澄湖，画桥春水初生△正袅娜、东风吹晚，朦胧西日弄晴△玳梁栖、双飞社燕，琼楼闪、百啭流莺△雨意肥梅，烟痕蹙柳，恼人天气近清明△平沙软、争携壶榼，压浪小舟轻△遥指点、梵宫别墅，处处雕楹△

待香闺、重寻胜赏，绣舆竞出江城△玉钗垂、暖围紫盖，珠衣薄、懒展红屏△拾翠情酣，踏青游倦，兰桡荡去促归程△回望处、波平月皎，约莫已三更△相传是、销金窝好，[1]宜醉休醒△

注：① 销金窝：指游乐场。

一百四十字　多丽　同一百三十九字第二体，但后段结句多一字。

王肯堂（明 235）一首　题：瞥见。

步花阴△满园春色飘零△过横塘、曲栏斜折，崎岖转入荷亭△坐无聊、起看画幛，[1]行还倦、闲拨炉熏△暗觉声喧，微窥影乱，映门一线露罗裙△双扉启、缟衣翠袖，[2]相簇度银屏△霎时见、虚窗雪艳，素壁霞明△

细看伊、脸随步起，果然兰并肌芬△脸盈盈、疑开蛤帐，[3]腰细细、堪试香尘△腻发盘云，修眉偃月，珊珊一颗蹙朱樱△[4]擎桨处、春纤如削，[5]浑是玉雕成△临别去、流波回觑，障面笑狂生△

注：① 画幛：画有题咏的整幅绸布。② 缟衣：白衣。③ 蛤帐：帘子。④ 珊珊：佩玉声，借喻玉；朱樱：喻红嘴。⑤ 春纤：喻女指。

钱珵（明 586）一首　题：纪事。

过梧亭△悄从芳径潜行△转雕栏、朱扉款叩，[1]双鬟引入中庭△[2]素屏前、灯描花影，碧流下、泉泻松声△渐觉环鸣，[3]微闻屧响，榴裙早已傍帘旌△[4]香尘动、盈盈冶步，莲逐凤靴生△[5]敛红襟、胜常道罢，[6]吹乞兰馨△

细看他、玉肤柔软，还疑不任衣缨△[7]晓霞妆、鬟欺云绿，[8]垂珠样、眉夺山青△麝月亲擎，[9]龙涎更炷，[10]冰弦慢理坐调筝△银虬减、花冠未卸，[11]欲起又还停△侬知矣、三星犹在，[12]刻臂清盟卿△

注：① 款叩：缓击。② 双鬟：婢女。③ 环：襟上饰物。④ 榴裙：红裙。

⑤ 莲：指足。⑥ 胜常：即万福，女子行礼。⑦ 不任：禁不起。⑧ 云：喻发。⑨ 麝月：茶名，明杨慎《词品 · 麝月》"麝月，茶名。麝言香，月言圆也"。⑩ 龙涎：香名。⑪ 虬：指烛。⑫ 三星：指参星，居西方，喻未天明。

尤侗（清 77）一首　题：夏景。

画梁间△日长午梦初残△倚熏风、晕红如醉，无言情思阑珊△卷桃笙、自寻坠珥，①掩金荷、斜扑轻纨△②茉莉茶甘，鹧鸪香细，③尽堪消暑小屏山△无心理、钿筝瑶管，棋局也慵弹△闲排遣、碧敲冰脆，红点梅酸△

侍儿报、花梢月上，清光怯映越罗单△④浴兰汤、微揩粉汗，插犀梳、乱挽云鬟△⑤院落沉沉，夜凉似水，萧郎频唤展琅玕△⑥还一笑、背人行去，等待向更阑△却寻到、蔷薇架下，独凭栏杆△⑦

注：① 桃笙：桃枝竹编的簟席，吴人谓簟为笙；坠珥：掉下耳坠。② 金荷：烛檠。③ 鹧鸪：香名。④ 此句多一字，异。⑤ 犀梳：犀牛角梳。⑥ 琅玕：石而似玉者。⑦ 此句少一字，异。

一百四十三字　六州歌头　第一体，用一平韵，五仄韵。

韩元吉（宋 312）一首

东风着意，先上小桃枝△红粉腻▲娇如醉▲倚朱扉△记年时△隐映新妆面▲▲临水岸▲▲春将半▲▲云日暖▲▲斜阳转▲▲夹城西，草软沙平，跋马垂杨渡、玉勒争嘶△认蛾眉凝笑，脸薄拂胭脂△绣户曾窥△恨依依△

昔携手处▲▲▲香如雾▲▲▲红随步▲▲▲怨春迟△消瘦损▲▲▲▲凭谁问▲▲▲▲只花知△泪空垂△旧日堂前燕，和烟雨，又双飞△人自老▲▲▲▲春长好▲▲▲▲▲梦佳期△前度刘郎几许，①风流地、也自应悲△但茫茫暮霭，目断武陵溪△往事难追△

注：① 刘郎：指刘禹锡，有"前度刘郎又重来"诗句。

管贻荇（清 1425）一首　题：人日。　注：仄韵次序与韩词稍异。

东风几日，刚送早春归△娇云暖▲明霞散▲丽朝晖△纪年时△多少销魂地▲▲芳郊外▲▲▲清溪畔▲朱门里▲▲湘帘下▲▲▲画楼西△不道青青，鬓影频回首、晓镜羞窥△任人夸春早▲▲▲▲偏自靳花期△①心事都非△恨谁知△

只今重见▲▲▲▲▲桃符换▲星幡袅▲▲▲▲景依稀△平芜浅▲▲▲▲▲回肠曲，总低迷△问天涯△此日寻春去，可还见，旧花枝△晴光好▲▲▲▲留余意，惜芳菲△容易垂杨醮碧，应惆怅、烟雨如丝△更禁他啼鸟▲▲▲▲花底语参差△琇晷

迟迟△②

注：① 靳：吝惜。② 琇晷：玉石制测日影仪器；迟迟：日缓慢移动。

一百四十三字　六州歌头　第二体，单用平韵，无仄韵。

王翃（明394）一首　题：春情。

江城三月，晚色争年芳△晴沙软，嘶马踏，落花香△遍林塘△乱草平于剪，夜来忙△东风急，数点雨，吹湿处，不知长△今日盈盈，游女贪春梦，且薄新妆△其忘情含笑，心语暗多商△小扇轻扬△避儿郎△

奈人留恋，初相见，频相顾，恰相当△心欲问，还羞问，拂衣裳△始微藏△俯仰娇无畏，援弱柳，弄青杨△兰舟曲，画船又，近飞梁△拟把闲愁抛掷，移尊酒、就听莺簧△怕眉间余恨，归思结空房△梦落何方△

金式玉（清1279）一首

重闱深锁，①玉漏正三更△屏山暗，金荷烬，②篆烟凝△短长亭△③依约年时路，④清溪曲，垂杨畔，朱门里，晶帘下，月华明△不道翘鬟，削掠搔头玉，⑤隔住红英△⑥把花枝斜睇，⑦双脸浅晕生△芳意盈盈△最忪惺△⑧

忆郎不见，眉翠薄，鬓云亸，⑨悄合情△飞鸿远，空惆怅，望高城△只星星△飞絮天涯影，风摇漾，不曾停△人瘦损，花憔悴，总飘零△愁煞东风轻别，知何处、粉袖银筝△怎禁他窗外，残点一声声△好梦频惊△

注：① 重闱：深闺。② 金荷：指灯。③ 短长亭：驿亭，相隔五里为短亭，十里为长亭。④ 年时：当年。⑤ 搔头玉：玉簪。⑥ 红英：红花。⑦ 斜睇：斜视。⑧ 忪惺：似醒未醒。⑨ 鬓云亸：鬓发下垂。

王以慜（清1870）一首

双双粉蝶，飞入海棠枝△沉水静，①屏山掩，②绣帘垂△午梦时△记坐冰奁侧，③轻抬腕，低撩发，徐安髻，重匀面，重修眉△含笑罗裳，背整瑶阶下，④欲步还迟△把花枝凝睇，⑤霞晕上丰肌△不语支颐△⑥费寻思△

最销魂处，教拈笔，催猜谜，倩敲棋△春三月，宵五更，是良期△问游丝△底放香轮去，空遮梦，不教随△秋千院，弓鞋印，尚参差△一树嫣红何处，东风恶、到晚频吹△料回栏倚遍，和泪涴胭脂△⑦恨只花知△

注：① 沉水：香名。② 屏山：屏风。③ 冰奁：镜匣。④ 瑶阶：玉阶。⑤ 凝睇：注目。⑥ 支颐：手撑颊。⑦ 涴：污也。

车乘轨（现当88）一首　题：镇江北固山焦山。　注：1999年10月30日作。

京江典故，①遐尔尽名闻△凭天堑，②吴都建，③拒曹吞△鼎三分△④甘露寺佳话，[5]美人计，招刘备，孙国太，楼相婿，假成真△走马山前，[6]试剑留顽石，[7]妻舅生嗔△[8]看卫公铁塔，[9]高耸入青云△千载唐臣△未曾湮△

水中洲屿，焦山麓，炮台筑，卒纭纭△[10]保国土，轰英舰，赤心存△死无论△壮烈全罹难，一千五，海家军△[11]碑数百，[12]皆珍品，细瞻巡△唐宋元明清刻，齐罗列、书画殷殷△[13]古丛林定慧，[14]僧侣羽衣巾△[15]俗外乾坤△[16]

注：① 京江：即镇江。② 天堑：指长江。③ 吴都：三国东吴建都于此。④ 鼎三分：魏、蜀、吴鼎足三分天下。⑤ 甘露寺：在北固山，有相婿楼，传孙权母在此会刘备招婿。⑥ 走马山前：北固山有溜马涧，相传为孙权、刘备赛马的地方。⑦ 试剑：相传为孙权、刘备试剑遗迹。⑧ 妻舅：指孙权。⑨ 铁塔：原名卫公塔，为唐卫公李德裕所建。⑩ 卒纭纭：守兵纷纷。⑪ 海家军：1842 年 6 月英舰攻镇江，副都统海龄率部一千五百人抗之。⑫ 碑：焦山定慧寺收藏历代名碑二百六十三石。⑬ 殷殷：盛也。⑭ 丛林：寺之别称。⑮ 羽衣巾：喻飘飘若仙。⑯ 乾坤：天地。

一百四十四字　夜半乐

柳永(宋 14)一首

冻云黯淡天气，扁舟一叶，乘兴离江渚▲[1]渡万壑千岩，[2]越溪深处▲[3]怒涛渐息，樵风乍起，更闻商旅相呼，片帆高举▲泛画鹢、翩翩过南浦▲[4]

望中酒旆闪闪，[5]一簇烟村，数行霜树▲残日下、渔人鸣榔归去▲[6]败荷零落，衰杨掩映，岸边两两三三，浣纱游女▲避行客、含羞笑相语▲

到此因念，绣阁轻抛，浪萍难驻▲叹后约丁宁竟何据▲惨离怀，空恨岁晚归期阻▲凝泪眼、杳杳神京路▲[7]断鸿声远长天暮▲

注：① 渚：水中小块陆地。② 壑：山沟。③ 越：指绍兴。④ 画鹢：船首画有鹢鸟之船。⑤ 酒旆：镶边酒旗。⑥ 鸣榔：击梆捕鱼。⑦ 神京：指汴京。

一百五十五字　宝鼎现

赵长卿(宋 389)一首　题：上元。[1]

嚣尘尽扫，[2]碧落辉腾，元宵三五▲更漏永、迟迟停鼓▲[3]天上人间当此遇▲正年少、尽香车宝马，次第追随士女▲看往来巷陌连甍，[4]簇起星球无数▲

政简物阜清闲处▲[5]听笙歌、鼎沸频举▲[6]灯焰暖、庭帷高下，红影相交知几户▲恣欢笑、道今宵景色，胜却前时几度▲细算来、皇都此夕，[7]消得喧传如今▲

绮席成行，炉喷袅、沉檀轻缕▲睹遨游彩仗，疑是神仙伴侣▲欲飞去、恨难留住，渐到蓬瀛步▲愿求逢、恁时恁节，且与风光为主▲

注：① 上元：元宵。② 嚣尘：喧哗尘土。③ 永：长也；迟迟：缓缓。④ 甍：屋脊。⑤ 阜：丰富。⑥ 鼎沸：喻热闹。⑦ 皇都：指临安（今杭州）。

一百五十九字　宝鼎现

邹祇谟（清312）一首　题：广陵清明日，贺天士邀南郊小饮，有赠。用刘须溪元夕词韵。

联翩游骑，玉勒踏遍，月楼烟市▲漫追寻、雷塘绣瓦，①望青帘、杏花村底▲春一笑、任群莺满树，却与春光俱醉▲怎禁得、画桥暂止▲猛听吹箫声起▲

遗簪坠珥筹花事▲忆少年、情悰如水▲却早见、当垆佳丽▲抱银筝、初来北第▲②香飘渺、扬绣屏罗绮▲风散落红十里▲谁怜惜、旗亭游子▲看日搅、一帘花碎▲

莫道天远蓬山，暂消受、檀牙按指▲问何时、翠幰重来，对红蕤怯睡▲赚得个、玉纤整髻▲假报金钗坠▲还记取、垂柳堤边，摇荡春风影里▲

注：① 雷塘：扬州地名，隋炀帝葬处。② 北第：指妓院。

一百六十一字　哨遍

董解元（金21）一首

太皞司春，①春工著意，和气生旸谷▲②十里芳菲，尽东风、丝丝柳搓金缕▲渐次第、桃红杏浅，水绿山青，春涨生烟渚▲九十日、光阴能几，早鸣鸠呼妇，乳燕携雏，乱花满地任风吹，飞絮濛空有谁主▲春色三分，半入池塘，半随尘土▲

满地榆钱，算来谁买春光住▲初夏永、熏风池馆，有簾床冰簟纱厨，日转午▲脱巾散发，沉李浮瓜，宝扇摇纨素▲着甚消磨永日，有扫愁竹叶，侍寝青奴，③霎时微雨送新凉，些少金风退残暑▲韶华早暗中归去▲

注：① 太皞：东方之君。② 旸谷：日出处也。③青奴：即竹夫人，以竹编笼，暑枕手足。

一百七十一字　三台

万俟咏（宋191）一首　题：清明应制。①

见梨花初带夜月，海棠半含朝雨▲内苑春、不禁过青门，御沟涨、潜通南浦▲②东风静、细柳垂金缕▲望凤阙、非烟非雾▲③好时代、朝野多欢，遍九陌、太平箫鼓▲

乍莺儿、百啭断续，燕子飞来飞去▲近绿水、台榭映秋千，斗草聚、双双游女▲饧香更、酒冷踏青路▲会暗识、夭桃朱户▲向晚骤、宝马雕鞍，醉襟惹、乱花飞絮▲

正轻寒、轻暖漏永，半阴半晴云暮▲禁火天、已是试新妆，岁华到、三分佳处▲清明看、汉宫传蜡炬▲[4]散翠烟、飞入槐府▲敛兵卫、阊阊门开，[5]住传宣、又还休务▲

注：① 应制：应答帝命。② 御沟：皇宫沟渠。③ 凤阙：皇宫，朝廷。④ 传蜡炬：韩翃寒食诗："日暮汉宫传蜡烛"。⑤ 阊阊：春秋吴国国王名。

汪曰桢(清 1617)一首　题：清明，和词隐词。[1]

爱芳庭微映嫩日，画檐乍收疏雨▲正暖花、天气近清明，涨新绿、垂杨烟浦▲游丝软、弄影飘纤缕▲惯缭绕、银霞霏雾▲[2]度曲巷、才听饧箫，遍深村、渐鸣茶鼓▲

艳东风、红杖翠屐，[3]好随踏青人去▲看竞回、吟袖折弓腰，聚多少、秾妆儿女▲遗簪更、坠珥长堤路▲[4]又笑靥、花边窥户▲趁香迹、蜂蝶先忙，诉冶游、语莺偏絮▲[5]

问归来、幽兴倦否，半竿夕阳催暮▲[6]念黛痕、蝉影总魂销，杏帘外、春情浓处▲书帏悄、绛蜡分新炬▲引古怀、闲搜天府▲上河绘、难绾韶光，[7]梦年编、暗移时务▲

注：① 词隐：即万俟咏，见《词人小传》。② 霏雾：飘雾。③ 红杖：红拐杖；翠屐：绿鞋，指妇女。④ 遗簪：指妇女丢簪及耳坠。⑤ 絮：语多。⑥ 半竿：喻日将下山。⑦ 上河绘：清明上河图。

一百八十七字　抛球乐

柳永(宋 14)一首

晓来天气浓淡，微雨轻洒▲近清明、风絮巷陌，烟草池塘，尽堪图画▲艳杏暖、妆脸匀开，弱柳困、宫腰低亚▲[1]是处丽质盈盈，[2]巧笑嬉嬉，争簇秋千架▲戏彩球罗绶，[3]金鸡芥羽，[4]少年驰骤，芳郊绿野▲占断五陵游，[5]奏脆管繁弦声和雅▲[6]向名园深处，争泥画轮，[7]竞羁宝马▲[8]

取次罗列杯盘，就芳树、绿影红阴下▲[9]舞婆娑，歌宛转，仿佛娇莺姹▲[10]寸珠片玉，争似浓欢无价▲任他美酒，十千一斗，饮竭仍解金貂贯，[11]恣幕天席地，陶陶尽醉，[12]太平且乐、唐虞景化▲[13]须信艳阳天，看未足、已觉莺花谢▲对绿蚁翠娥，[14]怎生轻舍▲

注：① 亚：压也。② 丽质：指美人。③ 绶：丝絛。④ 芥羽：小鸟。⑤ 五陵：汉五座帝墓，喻繁华。⑥ 脆管：清脆箫笛声。⑦ 泥：缠。⑧ 羁：留。⑨ 红：指日光。⑩ 姹：美好。⑪ 金貂：喻宝衣；贳：押钱，即赊欠。⑫ 陶陶：快乐。⑬ 唐虞：指尧舜太平时代。⑭ 绿蚁：酒也。

二百零二字　哨遍

苏轼（宋80）一首

睡起画堂，银蒜押帘，①珠幕云垂地▲初雨歇、洗出碧罗天，正溶溶养花气▲一霎时、风回芳草，荣光浮动，②卷皱银塘水▲方杏靥匀酥，花须吐绣，园林翠红排比▲③见乳燕捎蝶过繁枝，忽一线、炉香惹游丝，昼永人闲，④独立斜阳，晚来情味▲

便携将佳丽▲乘兴深入芳菲里▲⑤拨胡琴语，轻拢慢捻总伶俐▲看紧约罗裙，⑥急趣檀板，⑦霓裳入破惊鸿起▲⑧颦月临眉，醉霞横脸，歌声悠扬云际▲任满头、红雨落花飞，⑨渐鳷鹊楼西玉蟾低▲⑩尚徘徊、未尽欢意▲君看今古悠悠，浮幻人间世▲这些百岁光阴几日，三万六千而已▲醉乡路稳不妨行，但人生、要适情耳▲

注：① 银蒜：帘押。② 荣光：瑞气。③ 排比：排列。④ 昼永：日长。⑤ 芳菲：花草。⑥ 约：束也。⑦ 檀板：拍板。⑧ 霓裳：曲名；惊鸿：喻美人。⑨ 此句说落花如红雨。⑩ 鳷鹊楼：古代道观名，借指；玉蟾：喻皎月。

二百零三字　哨遍

王暭（清445）一首　题：纪游。

鸟语惊闺，树影横窗，知是天初霁▲整芒鞋、袖一卷奇书，①趁晴和、寻春游戏▲问东风、春光逗留何处，东风似向草原指▲看绣陌铺青，芳堤垂绿，落霞红映如绮▲更蝶衔、花瓣惹游丝，遥径有、余香拂人衣，辟莽探泉，②拾级登峰，嗒然倦矣▲③

试曳杖深林，④竹影苔石堪闲憩▲清景谁易得，独牵情、在萝薜，⑤向石上摊书，尚论往昔，古人陪我真良契▲⑥渐红日西斜，牧驱犊返，茫茫烟水无际▲但放怀、啸咏缓缓归，已不觉、城楼画角吹▲挂松梢、月儿初起▲檠杯邀取明月，对影成三美▲⑦兴来短管，⑧蜉蝣旦暮，⑨且自颓唐径醉▲⑩竹床安卧更何知，笑庄周、栩栩多事▲⑪

注：① 芒鞋：草鞋；袖：袖藏。② 莽：草密。③ 嗒然：失意貌。④ 曳杖：

扶杖。⑤ 萝薜：爬蔓植物。⑥ 良契：情投意合。⑦ 三美：指月、我、影。⑧ 短管：笛子。⑨ 蜉蝣：昆虫名，生命短暂意。⑩ 颓唐：无精神。⑪ 庄周：战国楚人，著书多寓言；栩栩：生动貌。庄周梦蝶栩栩然。

二百十一字　西施

蒲松龄(清 524)一首　题：戏简孙给谏。①

秀娟娟△②绿珠十二，③貌如仙△幺凤初罗那年△④翅粉未曾干△短发覆香肩△海棠睡起柳初眠△分明月窟雏妓，一朝活谪在人间△⑤细臂半握，小腰盈把，影同燕子翩跹△⑥又芳心自爱，初学傅粉，⑦才束双弯△

那更笑处嫣然△⑧娇痴尤甚，贪要晓妆残△晴窗下、轻舒玉腕，仿写云烟△听吟声呖呖，玉碎珠圆△慧意早辨媸妍△⑨唐人百首，⑩独爱龙标西宫，春怨一篇△⑪

万岁才能至，庄容伫立，⑫斜睨画帘△⑬时教吟诗向客，音未响、羞容上朱颜△忆得颤颤如花，亭亭似柳，嘿嘿情无限，恨狂客、兜搭千千遍，垂粉领、绣带常招，数岁来、领袖仙班△⑭又不识、怎胜当年△赵家姐妹，⑮道斯妮子，⑯我见犹怜△

注：① 给谏：官名。② 娟娟：美貌。③ 绿珠：晋石崇妾，喻美人。④ 幺凤：小鸟；初罗：刚入网，指刚为妓。⑤ 谪：贬也，即下凡。⑥ 翩跹：轻快飞舞。⑦ 傅粉：搽粉。⑧ 嫣然：美好。⑨ 媸：丑也；妍：美也。⑩ 百首：指《唐诗三百首》。⑪ 春怨：《唐诗三百首》中刘方平所作七言绝句。⑫ 伫立：久立。⑬ 睨：斜视。⑭ 此句谓妓中魁首。⑮ 此句指汉成帝两后。⑯ 斯：这个。

二百十二字　戚氏

柳永(宋 14)一首

晚秋天△一霎微雨洒庭轩△槛菊萧疏，井梧零乱，①惹残烟△凄然△望乡关△飞云黯淡夕阳闲△当时宋玉悲感，②向此临水与登山△远道迢递，③行人凄楚，倦听陇水潺湲△④正蝉吟败叶，蛩响衰草，⑤相应声喧△

孤馆度日如年△风露渐变，悄悄至更阑△长天静、绛河清浅，⑥皓月婵娟△⑦思绵绵△夜永对景那堪△⑧屈指暗想从前△⑨未名未禄，⑩绮陌红楼，往往经岁迁延△

帝里风光好，⑪当年少日，暮宴朝欢△况有狂朋怪侣，遇当歌、对酒竟留连△别来迅景如梭，旧游似梦，烟水程何限▲念利名、憔悴长萦伴▲追往事、空惨愁颜△漏箭移、稍觉轻寒△⑫听呜咽、画角数声残△⑬对闲窗畔，停灯向晚，抱影

无眠△

注：① 井梧：井边梧桐。② 宋玉：战国楚人。③ 迢递：遥远。④ 陇：通垄，田亩；潺湲：水声。⑤ 蛩：蟋蟀。⑥ 绛河：银河别名。⑦ 婵娟：美丽。⑧ 永：长也。⑨ 屈指：扳指计算。⑩ 禄：功名、做官。⑪ 帝里：指汴京。⑫ 漏箭：更漏签。⑬ 画角：城楼守军号角。

端木埰（清 1640）一首　题：次屯田韵。①

已凉天△无边清气入庭轩△碧陨疏桐，②翠余纤草，润晴烟△萧然△掩荆关△③野花红绿短篱间△秋兰数朵香韵，教人浑似在空山△④山意幽回，斜阳千树，石泉雨后潺湲△⑤又风高落木，商意凄紧，天籁争喧△⑥

凉思渐促周年△残暑渐洗，新爽爱凭阑△银塘外、白莲犹剩，净植娟娟△⑦更缠绵△垂杨浥露犹堪△⑧瘦影高舞檐前△桂华又吐，⑨露冷山馨，芳事还许重延△⑩

无那寒蛩急，⑪中宵促织，⑫顿减清欢△为警无衣卒岁，⑬弄机梭、砧杵韵相连△却欣多稼如云，⑭万家早获，此乐真何限▲祓愁怀，莫慢教萦绊▲盼庭树、苍翠怡颜△更数丛、黄菊禁寒△绽金英、浑不怕霜残△⑮正重阳近，开尊酹月，⑯未忍酣眠△

注：① 屯田：即柳永，官屯田员外郎。② 陨：坠落。③ 荆关：柴门。④ 浑：全。⑤ 潺湲：水声。⑥ 天籁：自然发出音响。⑦ 娟娟：美好。⑧ 浥：湿。⑨ 桂华：桂花。⑩ 芳事：花香。⑪ 蛩：蟋蟀。⑫ 促织：昆虫，即纺织娘。⑬ 卒岁：过年。⑭ 多稼：喻稻麦丰收。⑮ 金英：黄花。⑯ 酹：以酒洒地。

二百十五字　胜州令

郑意娘（女）（宋 275）一首　注：此首用韵作宽叶。

杏花正喷火▲①濛濛微雨，晓来初过▲梦回听、乳燕调舌，紫燕竞穿帘幕▲垂杨阴里，粉墙影出秋千索▲对媚景、赢得双眉锁▲翠鬟信任弹▲②谁更忺梳掠▲③

追思向日，共个人，④同携手，略无暂时抛躲▲到今似、海角天涯，无由得见则个▲番思往事上心，向他谁行诉，却会旧欢，泪滴真珠颗▲意中人未睹▲觉凤帏冷落▲⑤

却是俺嗟错▲⑥被他闲言伏语啜做▲⑦到此近、四五千里，为水远山遥阔▲当初曾言，尽老更不重婚，却甚镇日，共人同欢乐▲傅粉在那里，⑧肯念人寂寞▲

终待把、云笺细写，把衷肠、尽总说破▲问伊怎下得，怜新弃旧，顿乖盟约▲可怜命掩黄泉，细寻思、都为他一个▲你忒煞亏我▲

注：① 喷火：开红花。② 信任：任意。③ 忺：欲也。④ 个人：那个人，指其夫杨思厚。⑤ 凤帏：床帐美称。⑥ 嗏错：弄错。⑦ 啜做：欺骗意。⑧ 傅粉："傅粉何郎"指美男子何晏，喻夫。

二百三十三字　莺啼序

陈维崧（清 196）一首　题：春日游平山堂即事。①

三月雷塘口，②多少游丝浴鹭▲正潋滟、纹縠初平，③金沟种满芳树▲屏幕津楼斜照水，④秋千春院闲吹絮▲喜夹衣初试艇子，一双摇去▲

阵阵鬓丝，⑤层层帘影，齐问平山渡▲隔船纱、袅袅婷婷，⑥影落渌波深处，⑦照菱花、水面明妆，⑧唱竹枝、风前诗句▲⑨又东园芍药才红，金铃争护▲⑩

兰桡小拢，⑪看绕径裙花，漾尘微步▲渐铺遍氍毹，⑫玉笋飞觥，⑬春纤拂素▲⑭红子低敲，⑮青梅小摘，栏杆却立频回顾▲蓦地见、玉钩斜下路▲⑯伤今吊古▲黯然偷注横波，此处是隋皇墓▲

几番惆怅，流水东风，往事浑无据▲且趁江流正滑，好放蜻蛉，⑰慢摇纨扇，重歌金缕▲暝翠将沉，船头欲转，茱萸湾子红桥下，妒游童、宝马将人觑▲可怜此际归来，两岸榆钱，⑱一天丝雨▲

注：① 平山堂：江苏扬州名胜。② 雷塘：扬州地名，隋炀帝墓地。③ 潋滟：水波连接貌；纹縠：皱纹。④ 津楼：渡口楼头。⑤ 髩丝：头发。⑥ 袅袅婷婷：悠扬美好。⑦ 渌波：清波。⑧ 菱花：镜子。⑨ 竹枝：曲名。⑩ 金铃：防鸟护花铃。⑪ 桡：船桨。⑫ 氍毹：毛织地毯。⑬ 玉笋：女指；觥：酒杯。⑭ 春纤：亦喻女指；素：白绢。⑮ 红子：棋子。⑯ 玉钩斜：扬州地名。⑰ 蜻蛉：昆虫名，类似蜻蜓。⑱ 榆钱：即榆荚。

二百三十四字　莺啼序

黄德贞（女）（明 413）一首　题：西湖怀古。①

苏堤柳下维画舸，②凭栏远眺▲叹西泠、卖断繁华，③两峰黛螺如扫▲忆昔日、香车油壁，④六桥三竺青骢好▲⑤更桂香荷艳，玻璃冷侵霞晓▲⑥

洪谷兴酣，北苑得意，叫绝游仙棹▲⑦但满眼刍牧樵苏，⑧极悬崖，控绝岛▲遍亭皋，⑨桃林歇马，采莲歌换关山调▲抚流波荇藻▲涟漪縠纹留照▲⑩

游鱼吹浪，飞燕翔空，惯听笙歌闹▲乘好景、晴和淑媚，吟赏湖光灏▲⑪楼开妆镜，舟移芰浦，⑫南屏爽气排林表▲羡逋仙、⑬笑指梅花老▲⑭孤山鹤梦冰雪

绕▲渐暖日嘶风，骅骝啮尽芳草▲[15]

湘帘澄碧，渌水柔蓝，[16]载笔吹墨妙▲约略烟岚疏树，瞻顾从容，拟拾幽薮，白云缭绕▲雪著鬓丝，蟾辉映玉，[17]幸西家、尚客奄耄▲[18]趁稀龄、少寄临风傲▲斜阳一曲瑶琴，放艇湖心，水香月皎▲

注：① 西湖：杭州名湖。② 苏堤：在西湖上，苏轼创建；维画舸：系游船。③ 西泠：西湖桥名；卖断：喻占尽。④ 香车：名妓苏小小乘油壁香车。⑤ 六桥：苏堤上有六座桥；三竺：指上、中、下三个天竺寺。⑥ 玻璃：喻湖水平滑。⑦ 游仙棹：指画舫游船。⑧ 刍牧：牧牛青草；樵苏：采薪曰樵，取草曰苏。⑨ 亭皋：水边平地。⑩ 涟漪：波纹。⑪ 灏：水势大。⑫ 芰：菱也。⑬ 南屏：山名，南屏晚钟，乃西湖十景之一。⑭ 逋仙：指林逋，隐居西湖孤山，酷爱梅鹤。⑮ 骅骝：马名。⑯ 渌水：清澈水。⑰ 蟾辉：月光。⑱ 奄耄：八九十衰败年纪。

二百三十五字　莺啼序

林之枚（清 873）一首　题：春游。

春眠被谁惊醒，讶黄莺啼早▲[1]帘开处、快拂花梢，翩然又度林杪▲[2]凭高阁、遥看云际，苍茫黛色晴山晓▲向城南、游赏芳菲，[3]丽人多少▲[4]

扇制齐纨，[5]带系蜀锦，[6]吴衫裁吴缟▲[7]映仙袂、风外齐飘，珠尘轻拂如扫▲望平原、蘼芜绿遍，正萦念、王孙未了▲[8]喜秾桃、夹岸缤纷，[9]渔舟不到▲

依依路柳，[10]孕絮垂丝，向风前闲袅▲最可爱、轻烟凝处，浅碧微颦，落蕊飞来，乱红含笑▲绣帏人静，画栏谁倚，数声紫燕梁角噪▲恰双弯、罗袜行来俏▲[11]凌波微步，苔痕一径斜分，几多情思萦绕▲

堪怜娇困，欲换绡衣，[12]却见说檀奴，[13]此日斗酒双柑，促坐氍毹，[14]风流娇好▲余酣未醒，踏青归晚，朱楼十里笙歌起，渐平沙、远岫衔残照▲不妨且系青骢，漫结同心，去寻苏小▲

注：① 讶：怪。② 林杪：林梢。③ 芳菲：花草香美。④ 丽人：美人。⑤ 齐纨：山东绢扇。⑥ 蜀锦：四川锦绸。⑦ 吴缟：苏州白绸。⑧ 王孙：富贵人家子弟。⑨ 秾桃：桃多貌；缤纷：盛貌。⑩ 依依：柔弱貌。⑪ 双弯罗袜：一对女足。⑫ 绡衣：生丝绸衣。⑬ 檀奴：美男子潘岳，小字檀奴，指恋人。⑭ 氍毹：毛毯。

二百三十六字　莺啼序

汪元量（宋 562）一首　题：金陵怀古。

金陵故都最好，有朱楼迢递▲[1]叹倦客又此凭高，[2]槛外已少佳致▲更落尽梨花，飞尽杨花，春也成憔悴▲问青山、三国英雄，六朝奇伟▲

麦甸葵丘，荒台败垒，鹿豕衔枯荠▲正潮打孤城，寂寞斜阳影里▲听楼头、哀笳怨角，未把酒、愁心先醉▲渐夜深、月满秦淮，烟笼寒水▲

凄凄惨惨，冷冷清清，灯火渡头市▲慨商女、不知兴废，隔江犹唱后庭花，[3]余音亹亹▲[4]伤心千古，泪痕如洗▲乌衣巷口青芜路，[5]认依稀、王谢旧邻里▲临春结绮▲可怜红粉成灰，萧索白杨风起▲[6]

因思畴昔，铁索千寻，漫沉江底▲[7]挥羽扇，障西尘，便好角巾私第▲清淡到底成何事▲回首新亭，风景今如此▲楚囚对泣何时已▲[8]叹人间、今古真儿戏▲东风岁岁还来，吹入钟山，[9]几重苍翠▲

注：① 迢递：绵延长远也。② 倦客：指自己，时南宋初亡。③ 此二句套杜牧《泊秦淮》诗句："商女不知亡国恨，隔江犹唱后庭花"。④ 亹亹：美也。⑤ 乌衣巷：在秦淮河南，晋贵族王导、谢安居处。⑥ 白杨：墓地一般皆植白杨。⑦ 此二句指晋伐东吴，吴以铁索沉长江底以拒。⑧ 此句喻处境困难。⑨ 钟山：南京山名。

二百四十字　莺啼序　第一体，效吴文英，用十六个仄声韵。

吴藕汀（现当59）一首　题：当湖冯君其灿写我家猫阿虎遗像，[1]词以悼之。

空房蜡灯依枕，甚风狂叱咤▲[2]惊朔雁、凄厉生悲，想是分翼孤寡▲听窗外、哀音惨悴，披衣启户斜檐下▲见狸奴、瘦小爱怜，[3]抱怀难舍▲

榻上和棉，石边采药，买荒街鱼鲊▲[4]从此后、曝日庭中，纳凉桐底嬉惹▲镇销愁、娇憨昵近，解忧闷、姿妍容冶▲喜穿窬、黠鼠无声，[5]蠹残书架▲[6]

酸寒似我，客至常稀，合住村郊野▲休记取、酒卮肴碗，阿虎按摩，雅意幽情，襟期潇洒▲辞巢燕子，辞枝叶子，白头士子蒙庄子，愧未能、息隐林间罅▲阑珊百事，绕膝惟尔寻欢，[7]莫管菊萎梅谢▲

恶虺遍地，[8]怪雾漫天，毒月真个怕▲霎时恐、教人骇讶，窟兔深藏，零鱼呜咽，轻付羽化▲[9]余痕检点，昏沉盈日，横流老泪恨缘浅，皱双眉、兀不伤心也▲温存一十三年，瘗玉埋香，[10]忍看图画▲

注：① 当湖：浙江平湖。② 叱咤：怒声。③ 狸奴：猫。④ 鲊：腌鱼。⑤ 穿窬：爬墙。⑥ 蠹：蛀木、蛀书之虫。⑦ 尔：指猫。⑧ 虺：毒蛇。⑨ 羽化：喻死。⑩ 瘗玉：喻葬猫。

车乘轨（现当88）一首　题：咏猫，次吴藕汀悼猫词。　注:2001年5月4日作。

朱家有猫矫捷，[1]恁风云叱咤▲[2]利爪展、尖嘴丧魂，[3]鼠患从此稀寡▲上房舍、躬身一跃，轻行瓦片蓝天下▲逗黄莺、调弄飞禽，恋顽难舍▲

体色花黄，光彩熠熠，[4]嗜河鱼海鲊▲[5]恣嬉耍、翻滚腾挪，态憨向人招惹▲性温和、娇柔易近，喜爬树、高枝游冶▲最堪夸、依矩循规，不偷厨架▲[6]

为邻数载，结识如朋，顺从不撒野▲惯缠足、紧随前后，准点相迎，不管炎寒，雨风飘洒▲时余下放，中班家返，沉沉深夜家家睡，却亏他、静候屏门罅▲[7]摇头摆尾，抓裳昵叫声声，索抱讨食酬谢▲

人心不古，举动违常，闻啖猫可怕▲[8]忽不见、狸奴踪影，[9]倘死无尸，若活应还，定遭吞化▲哀哉宠物，呜呼长逝，玲珑乖巧人见爱，遽分离、朝暮相思也▲而今三十余年，梦寐萦牵，恨无像画▲[10]

注：① 朱家：时余住嘉兴解放路 81 号，与朱石轩先生同宅。② 叱咤：喻气概。③ 尖嘴：指鼠。④ 熠熠：光耀貌。⑤ 鲊：腌鱼。⑥ 厨架：指食物。⑦ 屏门：腰门。⑧ 啖猫：传闻有人吃猫肉。⑨ 狸奴：即猫。⑩ 像画：吴藕汀家猫，曾有人为其画像。

二百四十字　莺啼序　第二体，同第一体，但用十八个仄声韵，即第三、四叠第十句均叶韵。

何采（清 251）一首　题：四时行乐图。

屠苏做春送暖，[1]爱椒辛菜细▲剪花胜、旋簇灯球，[2]灿然霞起星缀▲绮罗陌、鱼龙曼衍，[3]桑榆社赛鸡豚会▲[4]傍漪漪、几曲清流，泛觞修禊▲[5]

弱线添来，[6]一百五日，[7]恰藏烟改燧▲[8]牧童笛、吹趁饧箫，[9]踏青溪女挑荠▲逐莺声、寻芳野步，新尝樱、笋山厨味▲渐笙歌、桃叶桃根，[10]画船衔尾▲[11]

辟兵赤籙，[12]续命朱丝，[13]与彩缯竞系▲[14]一瞬过、翠零梧井，粉坠莲房，青女迎秋，黄姑临水▲浮晖阁上，夕阳楼下，飞萤散彩征鸿唳▲[15]盼银蟾、澹荡金波委▲[16]高商素节，[17]月中桂子飘香，[18]霜前菊花供醉▲

题糕莫负，[19]落帽休嘲，[20]且采萸作佩▲[21]或放意、朝携渔棹，暮辨吟鞭，[22]大泽羊裘，小桥驴背▲柴门闭雨，松窗邀月，茅檐负曝藤筇倚▲[23]看东风、又到南枝里▲[24]安排酒榼诗瓢，[25]岁岁年年，但行乐耳▲

注：① 屠苏：酒名。② 花胜：以花扎成首饰。③ 鱼龙：鱼龙灯；曼衍：分布。④ 桑榆：乡里；社赛：春社迎神赛会。⑤ 修禊：上巳日修禊。⑥ 弱线：喻柳丝。⑦ 一百五日：冬至至清明为一百零五天。⑧ 藏烟改燧：指寒食节，是日禁烟火。⑨ 饧箫：吹箫卖饧，指清明时节。⑩ 桃

叶、桃根：二人皆王献之小妾。⑪ 以上二叠指春。⑫ 辟兵：排除兵(盗贼)祸；籙：驱鬼符咒。⑬ 续命：延寿。⑭ 缯：指丝巾、丝带。以上三句指端午，即夏。⑮ 征鸿：飞行之鸿雁；唳：鸿啼声。⑯ 银蟾：月光；澹荡：恬静；委：曲也。⑰ 高商素节：指中秋节。⑱ 桂子：桂花。⑲ 题糕：指重阳，唐刘禹锡作重阳诗，欲用"糕"字，因《六经》中无此字而不用。⑳ 落帽：指重阳，晋孟嘉九月九日游龙山，风吹帽落而不自知。㉑ 采萸：古人有重阳节登高插茱萸风俗。㉒ 以上从第三叠第四句起指秋。㉓ 负曝：晒太阳。以上五句指冬。㉔ 南枝：指梅。《白帖》大庾岭上梅，南枝落，北枝开。㉕ 酒榼：盛酒食具；诗瓢：唐球作诗纳大瓢中，临死投于江，见《唐诗纪事》。

车乘轨(现当88)一首　题：喜拙选《历代雅词大观》脱稿。　注:2013 年 7 月 19 日作。

生平以词自娱，爱其长短句▲[①]句长短、灵活轻松，却重平仄规矩▲历朝代、佳文似海，填辞押韵依牌谱▲古遗财、承继传扬，亟须重组▲

广找专刊，收觅选本，遍丛谈杂著▲历时达、三十余年，[②]搜罗初有头绪▲为难忘、繁严格律，[③]应同调、归总同处▲能明查、作者简传，必须排序▲[④]

篇章归调，作者成书，易查姓氏聚▲[⑤]正努力、汇总编辑，好事多磨，老伴瘫床，[⑥]又增艰苦▲偏逢意外，遭患疝气，开刀麻醉身难御▲病虽除、体力无痊愈▲光阴催老，无暇写作分身，力不从意忧虑▲

风前之烛，熄灭顿时，日夜抓紧著▲无电脑、全凭手抄，又缺人帮，独个埋头，寝忘餐误▲积沙聚塔，初稿终了，诗余收集逾万数▲赋词人、三七零五▲谬称洋洋大观，[⑦]打字刊书，幸亏婿女▲[⑧]

注：① 长短句：词之别称，因各句用字长短不一。② 三十余年：指搜求资料自五十年代起至九十年代中期止。不包括整编。③ 格律：词之格律非常严谨，每字每句均有规定平仄声，很难记清。④ 排序：即编号。⑤ 姓氏聚：《作者小传》虽以朝代和作者生卒年编号，但作者众多，为便于查找，还须再按其姓氏汇列一处成册。⑥ 瘫床：指老妻。⑦ 三七零五：三千七百零五人。⑧ 婿女：女儿、女婿。

词人小传

凡 例

1. 先划分时代,顺序如下:南北朝、隋、唐、五代十国、宋、辽、金、元、明、清、近现代。

2. 在同一时代的作者,有生卒年可查的,以生年为主、卒年为副的原则,按出生早迟先行定位,以公元标明于括号内,如苏轼(1036—1101)、黄庭坚(1045—1105)、秦观(1049—1101)……

3. 无生卒年可查的,依其在世活动年(如何年中举人、成进士,何年任何官职,何年结婚,何年有何活动等因素)酌情插排在有生卒年可查者之后。

4. 无生卒年及活动年可查者,则参考其父子、师生、夫妻、亲朋等关系,插排在适当之次序。

5. 毫无资料可查考者,依其他选集之次序插排,或排在所归属时代之末尾。

6. 妇女有生卒年可查者只占少数,有活动年可考者也不多,只好按其丈夫、父兄、亲朋等的生活年代适当插排,但尚有众多毫无资料可供查考者,故她们的编号次序,可能很不恰当,甚至时代归属也或有错。

7. 僧、尼、道士依其影响,或用本名,列其法名;或用法名,列其本名。

8. 使用笔名者,次序编排方式也同上。

9. 无姓名资料可稽考者,称其无名氏,次序编排方式也同上。

10. 生活于两个朝代的作者,其时代归属很难断定,各种词选也无法统一,以至同一作者,在甲词选上定为前时代,而在乙词选上却被划入后时代。本书则依其在何时代活动所起的作用较大或生活年数较多,决定其时代归属。所以,难免会出现生年较早者定在后一时代,而生年较迟者反列入前一时代的矛盾。

南北朝　共7人，其中女2人。

1　**沈约**(441—513)　字休文，吴兴武康(今浙江德清)人，仕南朝宋、齐、梁三朝，梁武帝拜为尚书仆射。博览群籍，善文学。有《沈约集》。

2　**萧衍**(464—549)　即梁武帝，生于南兰陵(今江苏丹阳)，齐帝萧道成族侄，三十九岁封梁王，后废弑齐和帝自立为帝，在位四十八年，侯景叛，饿死。

3　**徐勉**(466—535)　字修仁，祖籍东海郯县(今山东郯城)，侨居京口(今江苏镇江)。齐时太学博士，入梁，仕至中书令。为官清廉，所著《戒子书》为世传诵。

4　**苏小小**(女)(479—501)　南齐时钱塘(浙江杭州)名妓，居西湖西泠桥畔，年十五嫁贵族子阮郁，三年后阮返乡绝交，再为妓。

5　**王筠**(482—550)　字元礼，又字德柔，祖籍琅邪临沂(今山东临沂)。七岁能文，及长，擅才名，官至太子詹事。因居宅被盗，惊恐坠井死。

6　**胡太后**(女)(约484—528)　安定临泾(今甘肃镇原)人，司徒公胡国珍(439—518)女，北魏孝明帝母。摄政，鸩死孝明帝。尔朱荣兵变，被沉河死。

7　**陈叔宝**(553—604)　字元秀，吴兴长城(今浙江长兴)人，生于荆州江陵(今属湖北)。陈宣帝嫡长子，太建十四年(582)嗣位，纵情酒色。陈为隋所灭，被俘后病死于洛阳，世称陈后主。

隋　共2人，其中女1人。

1　**杨广**(569—618)　即隋炀帝，文帝杨坚次子，三十六岁时(604)弑父自立，荒淫无道，群雄起兵反，被宠臣宇文化及缢死。

2　**侯玦**(女)(约593—约610)　即侯夫人，隋炀帝宫人。陕西长安(今西安)人，进宫三年未得宠幸，怨愤自缢死。

唐　共45人，其中女8人。

1　**长孙无忌**(约595—659)　字辅机，洛阳(今属河南)人。唐太宗皇后兄，佐太宗定天下，功第一。官至吏部尚书，改转司空，进位司徒，加太子太师。高宗初，进太尉，因谏阻武则天为后，贬黔州。

2　**谢偃**(599—643)　本姓直勒氏，卫县(河南浚县)人。仕隋为散从正员郎，唐贞观初(约627)对策及第，官弘文馆直学士，出为湘潭令。善赋。

3　**贺知章**(659—744)　字季真，山阴(今浙江绍兴)人。证圣元年(695)进士第一，玄宗时擢吏部侍郎，授秘书监。天宝时请为道士归里，自号四明狂客。

4　**崔液**(约672—713后)　字润甫，河北定州人，崔湜弟，中进士第一名，官至殿中侍御史。坐混案流亡郢州，后赦还，病死途中。

5　**李隆基**(685—762)　唐玄宗，睿宗第三子。景龙四年(710)起兵平韦后乱，废少帝，立睿宗；延和元年(712)即帝位，尊睿宗为太上皇。因宠杨贵妃兄妹，致有安禄山之祸，亡蜀，后为太上皇。

6　**王维**(699—761)　字摩诘，原籍祁(今山西祁县)，其父迁居于蒲州(今山西永济)，遂为河东人。开元初(约718)进士，官至上书右丞，筑别墅于陕西蓝田县辋川。有《王右丞集》。

7　**李白**(701—762)　字太白，四川昌隆(江油)人，一说陇西成纪(今甘肃秦安)人。玄宗时官翰林学士，坐永王璘反案流夜郎(今贵州铜梓)，后赦还。有《李太白集》。

8　**杨玉环**(女)(719—756)　蒲州(山西永济)人。初为玄宗子寿王李瑁妃。后为太乙真人，玄宗悦之纳为贵妃，极尽宠爱。安禄山反，与玄宗逃蜀至马嵬。兵变，缢死。

9　**元结**(719—772)　字次山，河南(河南洛阳)人，后迁鲁山(今河南鲁山)。天宝进士，代宗时官拜道州刺史，以亲老归樊上。有《次山集》。

10　**崔怀宝**　字怀玉，玄宗时人，官河南司隶，后调补荆南司录参军。

11　**顾况**(727—815)　字逋翁，号华阳真逸(一说华阳真隐)，苏州海盐(今浙江海盐)人。至德二年(757)进士，德宗时官著作郎，后贬饶州司户，隐茅山。有《华阳集》。

12　**张志和**(约730—810)　字子同，始名龟龄，浙江金华人。肃宗时官待诏翰林，后贬南浦(今重庆万州)县尉。赦还后隐居江湖，自号烟波钓徒。

13　**戴叔伦**(732—789)　字幼公，江苏金坛人。贞元进士，官至容管经略使。建中时(780—783)李希烈反，留守。

14　**韦应物**(737—约791)　京兆(陕西西安)人。建中时官左司郎中，贞元初(约785)迁苏州刺史，人称韦苏州。有《韦苏州集》。

15　**韩翃**　字君平，河南南阳人。天宝十三年(754)进士，官至中书舍人。有姬妾柳氏被蕃将沙咤利劫去，后由虞侯将许俊夺归。

16　**柳氏**(女)　初为李生姬，天宝十二年(753)由李赠韩翃。安禄山反，被蕃将沙咤利劫去，后由韩虞侯许俊计劫归韩。

17　**张氏**(女)　即张夫人，江苏山阳(淮安)人。淮安吉中孚妻。吉在德宗兴元元年(784)官谏议大夫。

18　**李端**　字正己，赵州(今河北赵县)人。大历五年(770)进士，为大历十才子之一，官至杭州司马。尝从郭暧（郭子仪第四子）游。

19　**王建**（767—830）　字仲初，颍川（河南禹县）人。大历十年（775）进士，太和中（827—830）官陕州司马。工乐府，与张籍齐名。有《王司马集》。

20　**刘禹锡**（772—842）　字梦得，洛阳（今属河南）人，因言其先为中山靖王刘胜，故亦称中山（河北定州）人。贞元九年（793）进士，官监察御史，后坐王叔文党祸贬朗州（今湖南常德）司马，久之召还，官终礼部尚书。

21　**白居易**（772—846）　字乐天，自号香山居士。其先太原（今属山西）人，后迁韩城（今属陕西），又徙下邽（陕西渭南东北）。贞元十六年（800）进士，因言事，贬江州（今江西九江）司马，后任苏、杭二州刺史，终刑部尚书。

22　**吴二娘**（女）　长庆间（821—824）杭州名妓，白居易尝有句："吴娘暮雨潇潇曲，自别江南久不闻"。

23　**柳宗元**（773—819）　字子厚，河东（山西永济）人。贞观九年（793）进士，拜监察御史，坐王叔文党贬永州司马，徙柳州刺史。世称柳柳州。

24　**刘采春**（女）　越州（浙江绍兴）人。伶工周季崇妻，穆宗时（820—824）由淮甸淮河流域入浙江妓。善参军戏，与元稹交。

25　**卢贞**（约778—约848）　字子蒙，别号南郭子，范阳（河北冀县）人，迁河南临汝。会昌五年（845）官岭南节度使，大中初（约847）入为太子宾。

26　**魏扶**（？—850）　字相之，太和四年（830）进士，大中二年（848）官兵部侍郎，三年（849）任宰相，次年卒。

27　**窦弘余**　京兆金城（陕西兴平）人，国子祭酒窦常（747—825）子。会昌元年（841）官黄州刺史，大中五年（851）调台州刺史。

28　**元稹**（779—831）　字微之，河南（河南洛阳）人。元和时（806—820）对策第一，拜左拾遗。长庆中（821—824）入相，后被裴度劾罢。有《会真记》《长庆集》。

29　**李德裕**（787—850）　字文饶，赵郡赞皇（河北赞皇）人。李吉甫次子，牛李党争中李党领袖。武宗时（840—846）官宰相。宣宗立（846），贬崖州司马。有《会昌一品集》。

30　**吕岩**（796—约874）　字洞宾，道号纯阳子，京兆（陕西西安）人。咸通（860—873）进士，两调县令。黄巢乱起，移家终南得道，即俗传八仙之一的吕纯阳。

31　**张希复**（约800—853前）　字善继，常山（河北正定）人。牛僧孺婿，官集贤校理，学士，与段成式（802—863）、郑符有联句诗。

32　**段成式**（802—863）　字柯古，山东临淄人。以荫官校书郎，终太常少卿。与张希復、郑符有联句诗。有《酉阳杂俎》《段成式诗》。

33　**杜牧**(803—852)　字牧之，京兆(陕西西安)人。太和三年(829)进士，官至淮南节度使，自乞为湖州刺史。与李商隐并称小李杜。有《樊川集》。

34　**温庭筠**(812—约870)　字飞卿，本名岐，祁(山西祁县)人。数举进士不第，大中末(约859)官方山尉、襄阳巡官。不得志，颓放不羁。有《握兰集》，后人辑有《温飞卿集》及《金奁集》。

35　**郑符**(？—约846)　字梦复，河南荥阳人。官秘书监，会昌三年(843)任校书郎。与段成式、张希复有联句诗。

36　**皇甫松**(？—875)　字子奇，名一作嵩，自号檀栾子，睦州(浙江建德)人。皇甫湜(约777—830)子。《花间集》称其谓皇甫先辈。

37　**司空图**(837—908)　字表圣，河中虞乡(山西虞乡)人。咸通(860—873)进士，官礼部郎中，避乱居中条山，号耐辱居士，又号知非子。后梁立，不仕，绝食死。

38　**薛能**(约817—880)　字大拙。汾州(山西汾阳)人。会昌六年(846)进士，咸通五年(864)官剑南西川节度副使，累迁至工部尚书。有《江山集》。

39　**李晔**(867—904)　即唐昭宗。文德元年(888)即帝位。原名李杰，即帝位后改名李敏，在位十七年。

40　**顾云**(？—约894)　字垂象，一字士龙，池州秋浦(安徽贵池)人。咸通十五年(874)进士，为淮南节度使高骈从事，大顺中(890—891)预修宣、懿、僖三朝实录。

41　**张曙**　小字阿灰，一作阿咸，四川成都人。龙纪元年(889)进士；一说河南邓县人，大顺二年(891)进士。官至右补阙。与杜荀鹤、崔涂交游。

42　**姚月华**(女)　随父寓居扬子江(即长江)畔，与书生杨达相恋，后父迁江右，仓皇留诗别杨，后杨遍寻江右无得。见《艳异续编》。

43　**盛小丛**(女)　越州(浙江绍兴)乐妓。大中间(847—859)崔元范拜监察御史，浙东观察使李讷曾召饯于鉴湖光候亭。

44　**王丽真**(女)　女鬼，见《才鬼录》。

45　**无名氏**　词见敦煌石窟《云谣集杂曲子》。

五代十国　共35人，其中女3人。

1　**韦庄**(836—910)　字端己，京兆杜陵(陕西西安)人。乾宁元年(894)进士，以左补阙宣谕两川。唐亡后偕诸将拥王建称帝，官吏部尚书。有《浣花集》。词与温庭筠齐名，时称温李。

2　**韩偓**(844—923)　生年一作840，字致尧。号玉山樵人，京兆万年(陕西临潼)人。龙纪元年(889)进士，官兵部侍郎。唐亡，依闽前主王审知。有《香奁集》。

3 **牛峤**(约850—920) 字松卿，又字延峰，甘肃陇西人，牛僧孺孙。乾符五年(878)进士，官拾遗。王建镇蜀辟为判官，后仕前蜀为给事中。

4 **薛绍蕴** 河中宝鼎(山西荣河)人。登进士第，在长安为官多年，后被贬湖南一带，官前蜀侍郎，《花间集》称其为薛侍郎。

5 **李珣**(约855—约930) 字德润，其先祖为波斯(今伊朗)人。寓梓州(四川三台)。前蜀秀才，系王衍昭仪(妃)李舜弦之兄。有《琼瑶集》。

6 **魏承班**(?—925) 许州(河南许昌)人，王建养子，改名王宗弼，后为前蜀驸马都尉，工文词。

7 **牛希济**(约872—?) 甘肃陇西人，牛峤侄。前蜀王衍时官翰林学士，御史中丞。后仕后唐，官雍州节度副使。

8 **李存勖**(885—926) 即唐庄宗。李克用养子。小名亚子，后梁龙德三年(923)灭后梁自立为帝，在位四年。郭从谦谋反破京城，中流矢死。

9 **刘濬** 字伯深，胙城(河南延津)人。随父来广州。南汉大有中(928—941)官中书侍郎同平章事。

10 **陈金凤**(女)(893—935) 福建福清人。唐福建观察使陈岩女。闽主王审知选为才人，审知子延钧立，封淑妃，龙启元年(935)册为皇后。后李仿作乱被杀。

11 **欧阳炯**(896—971) 益州华阳(四川成都)人。前蜀时官中书舍人，后蜀时官至宰相，后蜀亡降宋，官左散骑常侍。有《花间集序》。

12 **毛文锡** 字平珪，河北高阳人。登进士第，仕前蜀官翰林学士，拜司徒。后随王衍降后唐，旋仕后蜀，以词章供奉内廷。

13 **鹿虔扆** 后蜀进士，广政间(938—950)官永泰军节度使，进检校太尉，加太保。后蜀亡后不仕。

14 **阎选** 布衣。时人目为阎处士。时与韩琮、鹿虔扆、毛文锡、欧阳炯并称五鬼。

15 **顾敻** 前蜀通政元年(916)为宫廷小吏，后官茂州刺史。仕后蜀孟知祥时，官至太尉。

16 **和凝**(898—955) 字成绩，郓州须昌(山东东平)人。后梁贞明二年(916)进士，官从事。后晋时官同中书门下平章事，后汉封鲁国公，归周官侍中。有《红叶稿》。

17 **王衍**(899—926) 字化源，初名宗衍，许州舞阳(河南舞阳)人，世称前蜀后主。光天元年(918)即帝位，改名衍。荒淫酣饮，咸康元年(925)为后唐所灭。

18 **尹鹗** 约公元896年前后在世，四川成都人。前蜀王衍时为翰林校书，累官至参卿。与窦巩、李珣友善。

19　**徐昌图**　福建莆阳人。初仕闽，闽主归宋，命昌图奉表入汴，宋太祖命为国子博士，官至殿中丞。

20　**林楚翘**　有《菩萨蛮》词，见《尊前集》。刘毓盘《词史》疑为林楚才兄弟辈。林楚才，广西钟山人，黄损致仕后有诗赠与。

21　**黄损**　字益之，连州（广东连县）人。后梁龙德二年(922)进士，仕南汉官至尚书左仆射，以谏忤主，退居永州。有《桂香集》。

22　**欧阳彬**（？—950）　字齐美，湖南衡山人。博学能文，前蜀王衍擢为翰林学士，后蜀广政间(938—950)官至尚书左丞、宁江军节度使、夔州节度使。

23　**毛熙震**　后蜀广政间(938—950)官秘书监。

24　**孙光宪**(901—968)　字孟文，自号葆真子，贵平（四川仁寿）人。唐陵州判官，后唐时避地江陵，仕荆南官荆南节度使，降宋，官黄州刺史。

25　**韩熙载**(902—970)　字叔言，北海（山东潍县）人。后唐同光四年(926)进士，官秘书郎。南唐官虞部员外郎累进光政殿学士，蓄姬妾四十余人。

26　**冯延巳**(903—960)　一名延嗣，字正中，广陵（江苏扬州）人。以白衣见南唐主李昪，授秘书郎，李煜时官至左仆射同平章事。工词，有《阳春集》。

27　**陶谷**(930—970)　字秀实，邠州新平（陕西邠县）人。历仕后晋、后汉、后周；归宋后官刑、户部尚书。有《清异录》。

28　**李璟**(916—961)　字伯玉，初名景通，新政（江苏徐州）人，李昪子。保大元年(943)嗣帝位，在位十九年卒，世称中主。

29　**徐弦**(916—991)　字鼎臣，广陵（江苏扬州）人。南唐李煜时官礼部侍郎，吏部尚书。随李煜归宋，官至左常侍。有《骑省集》。

30　**成彦雄**　字文干，江南人，又名幼文。南唐进士，官大理卿。有《梅岭集》。

31　**孟昶**(919—965)　初名承赞，字保元，邢州龙冈（河北邢台）人。清泰元年(934)嗣后蜀帝位，在位三十年，奢侈无度。宋乾德三年(965)降宋，旋卒。

32　**花蕊夫人**（女）（？—约965）　姓费，青城（四川灌县）人，后蜀主孟昶妻，封慧妃，国亡入宋，宋太祖嬖之，传被皇弟赵光义射死。有宫词百首，脍炙人口。

33　**张泌**(930—?)　字子澄，一作佖，淮南（江苏扬州）人。仕南唐，初为句容尉，李煜征为监察御史、内史舍人。随李煜归宋，仍入史馆，迁郎中。

34　**李煜**(937—978)　初名从嘉，字重光，新政（江苏徐州）人，李璟第六子，宋建隆二年(963)嗣南唐帝位，世称李后主，在位十五年，善词。宋开宝八年(975)降宋，太平兴国三年(978)被药死。

35　**耿玉真**(女)　南唐人卢绛，病且死，梦白衣女子歌词劝酒，告以食蔗病即愈，果验。数夕后又梦告以：妾耿玉真，他日富贵，相见于固子坡。绛后仕宋，坐事被诛于固子坡，有白衣女子同斩，果名耿玉真。见《南唐书》。

宋　共614人，其中女80人。

1　**王禹偁**(954—1001)　字元之，山东巨野人，太平兴国八年(983)进士，官翰林学士。咸平初(约998)修《太祖实录》，因直书贬黄州。有《小畜集》。

2　**苏易简**(958—996)　字太简，梓州铜山(四川中江)人。太平兴国五年(980)进士，历官礼部侍郎，参知政事。出知邓州、陈州，旋卒。

3　**潘阆**(？—1009)　字梦空，一说字逍遥，号逍遥子，河北大名人，尝居钱塘(浙江杭州)。至道初(约995)赐进士，授国子博士，真宗时任滁州参军。宋初著名隐士，有《逍遥词》。

4　**寇准**(961—1023)　字平仲，华州下邽(陕西渭南)人。太平兴国四年(979)进士，官至参知政事，拜相。后被丁谓陷害，贬衡州、雷州，病卒。

5　**钱惟演**(962—1034)　字希圣，钱塘(今浙江临安)人。吴越忠懿王钱俶第十四子，随父降宋，历右神武将军、太仆少卿、命直秘阁，预修《册府元龟》，累迁工部尚书，拜枢密使，官终崇信军节度使。有《典懿集》。

6　**陈尧佐**(963—1044)　字希元，号知余子，四川阆中人。端拱二年(989)状元，历官翰林学士、枢密副使、参知政事、同中书门下平章事、集贤殿大学士。

7　**丁渭**(966—1033)　字谓之，又字公言，长洲(江苏苏州)人。淳化三年(992)进士，天禧三年(1019)参知政事，次年陷黜寇准，升同中书门下平章事。

8　**林逋**(967—1028)　字君复，后人称和靖先生，钱塘(浙江杭州)人。终身不仕。隐居杭州西湖之孤山，与梅、鹤为伴，称梅妻鹤子。

9　**陈彭年**(961—1017)　字永年，抚洲南城(江西南城)人。雍熙二年(985)进士。早年曾被南唐李煜召入宫，令其与幼子游伴。入宋，附王钦若、丁渭，官兵部侍郎。

10　**越娘**(女)　陈敏夫兄广州参军之妻，兄亡于任所，敏夫偕越娘扶柩回乡，途中相恋成婚。见《绿窗新话》引《丽情集》。

11　**杨亿**(974—1020)　字大年，建州蒲城(福建蒲城)人。七岁能文，淳化三年(992)进士，官至工部侍郎。与钱惟演等唱和，合辑《西昆酬唱集》。

12　**陈亚**　字亚之，维扬(江苏扬州)人。咸平五年(1002)进士，历官知越、润、湖三州，仕至太常少卿。有《澄源集》。

13 **夏竦**(985—1051) 字子乔，江州德安(江西德安)人。父抗契丹阵亡，得荫丹阳县主簿，历官陕西经略使、宰相。有《文庄集》。

14 **柳永**(约984—约1053) 原名三变，字景庄，后改名永，字耆卿，因排行第七，又称柳七。福建崇安人。景祐元年(1034)进士，曾官屯田员外郎。有《乐章集》。

15 **李遵勖**(988—1038) 字公武，上党(山西长治)人。真宗时尚万寿荆国大长公主，授左龙武军将军，迁宁国军、镇国军节度使。有《问宴集》。

16 **聂冠卿**(988—1042) 字长孺，歙州新安(安徽歙县)人。大中祥符五年(1012)进士，庆历元年(1041)以兵部郎中知制诰拜翰林学士，兼侍读学士。有《蕲春集》。

17 **范仲淹**(989—1052) 字希文，吴县(江苏苏州)人。天圣八年(1030)进士，康定元年(1040)以龙图阁直学士经略陕西，庆历三年(1043)出任参知政事，推庆历新政。新政受挫，被贬出京。有《范文正公集》。

18 **张先**(990—1078) 字子野，乌程(浙江湖州)人。天圣八年(1030)进士，历官吴江知县、渝州知府，仕至尚书都官郎中。有《安陆集》。

19 **滕宗谅**(991—1047) 字子京，河南(河南洛阳)人。大中祥符八年(1015)进士，历官当涂、邵武知县，信州、泾州知府。

20 **晏殊**(991—1055) 字同叔，抚州临川(南昌进贤)人。景德元年(1004)荐为神童，赐同进士。累官至宰相，后贬知颍、陈、许三州。有《珠玉词》。

21 **张昪**(992—1077) 字杲卿，陕西韩城人。大中祥符八年(1015)进士，历官参知政事、以彰信军节度使、同中书门下平章事。

22 **王益**(993—1038) 字舜良，抚州临川(江西抚州市临川区)人。系王安石之父。大中祥符八年(1015)进士，官四川新繁令，至都官员外郎。

23 **石延年**(994—1041) 字曼卿，一字安仁，河南商丘人。累举进士不第，真宗时补三班奉职，累迁殿直、大理寺丞，通判海州。

24 **谢绛**(995—1039) 字希深，浙江富阳人。大中祥符八年(1015)进士，官至朝散大夫。景祐初(约1034)出使契丹，后知邓州。

25 **李冠** 字世英，历城(山东济南)人。累举进士不第，得同三礼出身，官乾宁主簿。与石延年、刘潜友善。有《东皋集》。

26 **宋祁**(998—1061) 字子京，湖北安陆人，后徙雍丘(河南杞县)与兄宋庠同中天圣二年(1024)进士，官至龙图阁学士、工部尚书。有《宋景文集》。

27 **贾昌朝**(998—1065) 字子明，河北获鹿人。天禧元年(1017)赐同进士出身，官至尚书右仆射，封许国公。

28　**尹洙**(1001—1047)　字师鲁，河南(河南洛阳)人。天圣二年(1024)进士，官至起居舍人。有《河南集》，欧阳修为撰墓志铭。

29　**梅尧臣**(1002—1060)　字圣俞，安徽宣城人。皇祐三年(1051)赐进士出身，官国子监直讲。与欧阳修同僚，与苏舜钦齐名，世称宛陵先生。

30　**叶清臣**(1003—1049)　字道卿，乌程(浙江湖州)人。天圣二年(1024)进士，历官翰林学士，权三司使，出知江宁府。有《述煮茶小品》。

31　**赵太尉夫人**(女)　仁宗时(1022—1063)宗室太尉夫人。

32　**荣諲**(1007—1071)字仲思，任城(山东济宁)人。荣宗范子。进士及第，累迁户部副使，以集贤殿修撰知洪州，徙舒州，未至卒。

33　**欧阳修**(1007—1072)　字永叔，号醉翁，晚号六一居士，庐陵(江西吉安)人。天圣八年(1030)进士，嘉祐五年(1060)官枢密副使，翌年参知政事。致仕后居颍州，有《六一词》。

34　**陈凤仪**(女)　四川成都乐妓，与张方平交往，见《漫庄漫录》。张方平(1007—1091)，应天府南京(今河南商丘)人，神宗时官参知政事。

35　**卢氏**(女)　天圣中(1023—1031)人。随父去四川汉州(今广汉)县令任，归题《凤栖梧》词于蜀路泥溪驿。

36　**苏舜钦**(1008—1048)　字子美，祖籍梓州铜山(四川中江)，曾祖时迁至开封，景祐元年(1034)进士，官集贤校理。晚年居苏州，筑"沧浪亭"。

37　**韩琦**(1008—1075)　字稚圭，号赣叟，相州安阳(河南安阳)人。天圣五年(1027)进士，宝元三年(1040)官陕西安抚使，嘉祐三年(1058)拜相。有《安阳集》。

38　**赵抃**(1008—1084)　字阅道，号知非子，瞿州西安(浙江衢州市柯城区信安街道沙湾村)人。景祐元年(1034)进士，神宗时官至参知政事，谥清献。有《赵清献集》。

39　**刘几**(1008—1088)　字伯寿，河南(洛阳)人。第进士，知邠州，从狄青，败侬智高于岭南，神宗时知保州，元丰三年(1081)召至太常，定雅乐。

40　**王琪**　字君玉，华阳(四川成都)人，徙舒州(安徽庐江)。王珪从兄。第进士，知润、江宁、扬、杭等州，官至礼部侍郎，享年七十二岁，墓葬真州(江苏仪征)。有《谪仙长短句》。

41　**郑文妻孙氏**(女)　秀水(浙江嘉兴)人。太学服膺斋上舍郑文妻。见《古杭杂记》。

42　**元绛**(1009—1084)　字厚之，钱塘(浙江杭州)人。天圣八年(1030)进士，神宗时官至参知政事，后以太子少保致仕。

43 **郭皇后**（女）（1012—1035） 金城（甘肃皋兰）人，郭崇孙女。大圣二年（1024）仁宗册为皇后，明道二年（1033）被谗废，景祐二年（1035）被内侍阎文应毒死。

44 **蔡襄**（1012—1067） 字君谟，号莆阳居士，福建路兴化军仙游县（福建仙游）人。天圣八年（1030）进士，历官龙图阁大学士、知开封。出知福州、改泉州，筑洛阳桥。有《蔡忠惠集》。

45 **李师中**（1013—1078） 字诚之，应天府楚丘（河南滑县）人。第进士。熙宁初（约1068）拜天章阁待制，出知秦州、河东都转运使。有《珠溪诗集》。

46 **王益柔**（1015—1086） 字胜之，河南（洛阳）人。王曙子，仁宗朝以荫官殿中丞，神宗朝官至龙图阁直学士，知应天府（今河南商丘）。

47 **韩维**（1017—1098） 字持国，河北灵寿人，徙雍丘（河南杞县），韩绛弟。神宗朝官翰林学士，哲宗立，拜门下侍郎，后被划入元祐党。有《南阳集》。

48 **刘敞**（1019—1068） 字原父，江西新渝人，庆历六年（1046）进士，历官集贤殿学士，判南京御史台。有《公是文集》。

49 **曾巩**（1019—1083） 字子固，江西南丰人。嘉祐二年（1057）进士，历官通判越州，知齐、襄、洪、明、亳、沧诸州，世称南丰先生。

50 **王珪**（1019—1085） 字禹玉，华阳（四川成都）人，徙舒州（安徽庐江）。庆历二年（1042）进士，哲宗朝官至尚书左仆射，兼门下侍郎。有《华阳集》。

51 **司马光**（1019—1086） 字君实，号迂叟，陕西夏县（山西夏县）涑水乡人。宝元元年（1038）进士，官至尚书左仆射，卒赠太师温国公。世称涑水先生。

52 **韩缜**（1019—1097） 字玉如，韩维弟，河北灵寿人，徙雍丘（河南杞县）。庆历二年（1042）进士，历两浙、淮南转运使，知泰州。熙宁七年（1074）使辽。官至尚书右仆射。

53 **杜安世** 字寿域，京兆（陕西西安）人。人称郎中。有《寿域词》。

54 **吴泳** 字叔永，号鹤林，潼川人。嘉定元年（1208）进士。理宗朝，历秘书丞、秘书少监，仕至起居舍人，兼直学士院，权刑部尚书，终宝章阁学士，知泉州。有《鹤林集》。

55 **裴湘** 字楚老，一字愈子，河东（山西永济西南）人。仁宗朝（1022—1063）内臣。帝御便殿试进士时亦命试之，数刻而成，帝嗟赏之。有《肯堂集》。

56 **滕甫**（1020—1090） 字元发，为避宣仁太后父遵甫讳改名元发，更字达道，浙江东阳人。皇祐五年（1053）进士，神宗时知开封府，哲宗时知太原，威行西北。

57 **王安石**（1021—1086） 字介甫，号半山，江西临川人。庆历二年（1042）进士，历官度支判官等，直集贤院，神宗时拜相，行新法，无效。哲宗立，晋司空。有《临川集》。

58　**韩缜姬**（女）　夫韩缜（1019—1097），字玉汝，官至尚书右仆射兼中书侍郎。

59　**郑獬**（1022—1072）　字毅夫，号云谷，虔化（江西宁都）人，随祖父寄居湖北安陆。皇祐五年（1053）进士第一，官翰林学士，权知开封府。出知杭州、青州。有《郧溪集》。

60　**强至**（1022—1076）　字几圣，钱塘（浙江杭州）人。庆历六年（1046）进士，官词部员外郎。徽宗立，除大学士。韩琦甚器重之。

61　**范纯仁**（1027—1101）　字尧夫，吴县（江苏苏州）人。范仲淹次子。皇祐元年（1049）进士，官至尚书左仆射兼中书侍郎。绍圣中（约1094）贬永州安置。

62　**章楶**（1027—1102）　字质夫，福建浦城人。治平二年（1065）进士，哲宗朝知渭州，筑平夏城，败西夏兵数十万，官至同知枢密院事。

63　**王安国**（1028—1074）　字平甫，江西临川人。王安石弟。熙宁元年（1068）赐进士及第，官西京国子教授，历崇文院校书，秘阁校理，后为吕惠卿陷，罢官。

64　**蒲宗孟**（1022—1088）　字传正，阆州新井（四川南部）人。皇祐五年（1053）进士，嘉祐四年（1059）为旌德县尉，官至处州知州。

65　**徐积**（1028—1103）　字仲车，山阳（江苏淮安）人。治平四年（1067）进士，官扬州司户参军、和州防御推官，徽宗时为宣德郎。有《节孝集》。

66　**阮逸女**（女）　建州建阳（福建建阳）人。父阮逸，天圣五年（1027）进士，皇祐间（1049—1053）官兵部员外郎。

67　**苏颂妹**（女）　原籍福建同安，徙居江苏丹阳，苏颂（1020—1101）之妹，世称延安夫人。

68　**关咏**　字永言。官屯田郎中，知湖州，庆历八年（1048）知通州，嘉祐八年（1063）知泉州，改光禄寺卿。词存《迷仙引》一首。

69　**陈汝羲**　福建晋江人，皇祐五年（1053）进士，元丰元年（1083）知应天府。

70　**张才翁**　永昌（四川郫县）人。曾官临邛秋官。

71　**晏几道**（约1030—1106）　字叔原，号小山，抚州临川（江西进贤）人。晏殊第七子，尝监颍昌府许田镇，崇宁四年（1105）为开封府判官。工乐府。有《小山词》。

72　**沈括**（1031—1095）　字存中，号梦溪丈人，钱塘（浙江杭州）人。嘉祐八年（1063）进士，尝出使契丹，还拜翰林学士，出知宣州，后以光禄少卿分司润州（镇江），卒。有《长兴集》《梦溪笔谈》。

73　**孙洙**（1031—1079）　字巨源，广陵（今江苏扬州）人。皇祐元年（1049）进士，官秀州（浙江嘉兴）司户参军，仕至翰林学士。

74 **李清臣**(1032—1102) 字邦直,河北大名人。皇祐五年(1053)进士,充两朝国史编修。元丰六年(1083)拜尚书右丞,终贬,知大名府。

75 **韦骧**(1033—1105) 字子骏,钱塘(浙江杭州)人。皇祐五年(1053)进士,官提点夔州路刑狱公事、知明州(宁波)。乞闲,提举洞霄宫。有《钱塘集》。

76 **王观**(1035—1100) 字通叟,江苏如皋人。嘉祐二年(1057)进士,官翰林学士。赋应制词,宣仁太后以其近亵,谪之,遂自号逐客。元丰二年(1079)为大理寺丞。有《冠柳集》。

77 **王安礼**(1034—1095) 字和甫,江西临川(江西进贤)人,王安石弟。嘉祐六年(1061)进士,历官翰林学士,知开封府,官至尚书左丞,终知太原府。有《王魏公集》。

78 **张舜民**(约1034—1100) 字芸叟,号浮休居士,邠州(陕西邠县)人。治平二年(1065)进士,官至吏部侍郎。坐元祐党籍,贬商州卒。有《画墁集》。

79 **曹希蕴**(女) 字冲之,又名道冲,世称曹仙姑,赵州宁晋(河北邢台)人。苏轼曾赞赏其诗。

80 **苏轼**(1036—1101) 字子瞻,又字和仲,号东坡居士,世称苏仙,四川眉山人。父苏洵。嘉祐二年(1057)进士。历杭州通判,知密、徐、湖三州,贬黄州团练副使。哲宗朝知杭州,入为礼部尚书,又贬琼州别驾。徽宗立,逢赦,卒于常州途中。诗与黄庭坚并称苏黄,词与辛弃疾并称苏辛。有《东坡七集》《东坡乐府》等。

81 **曾布**(1036—1107) 字子宣,江西南丰人,曾巩弟。嘉祐二年(1057)进士,累官知枢密院。徽宗朝迁右仆射,后贬舒州司户,病死于润州。

82 **谢端卿** 字觉老,江西浮梁人。在镇江金山出家为僧,法名佛印,与苏轼有诗词交往。

83 **许将**(1037—1111) 字冲元,谥文定。福建福州人。嘉祐八年(1063)进士第一。神宗朝官兵部侍郎,徽宗朝知河南府(今洛阳)。有《许文定集》。

84 **苏辙**(1039—1112) 字子由,四川眉山人,苏轼弟。嘉祐二年(1057)与兄同登进士,坐兄诗祸谪监筠州盐酒税。哲宗朝使契丹,还,为御史中丞。

85 **杨适** 字安道,浙江慈溪(今余姚大隐)人。嘉祐六年(1061)以荐授将仕郎,不受。自署慈川逸民,隐居大隐山,世称大隐先生,享年七十六岁。

86 **陈睦** 字子雍,一字和叔,福建莆田人。嘉祐六年(1061)进士,熙宁三年(1070)秘书函,元丰间(1078—1085)出使高丽,还直龙图阁,知潭州。

87 **魏玩**(女)(1040—1103) 字玉如,一作玉汝,邓城(今湖北)襄阳人,魏泰姊,曾布妻,封鲁国夫人,世称魏夫人。有《鲁国夫人词》。

88 **舒亶**(1041—1103) 字信道,号懒堂,浙江慈溪(今余姚大隐)人。治平二年(1065)进士诚礼部第一，历官临海尉、奉礼郎，直龙图阁待制。有《舒学士词》。

89 **僧仲殊**(？—约1104) 字师利，俗姓张名挥，安州(湖北安陆)人。第进士，后出家为僧，居苏州承天寺、杭州宝月寺，与苏轼交。崇宁中(约1104)忽辞众，自缢死。有《宝月集》。

90 **宝月禅师** 待考，疑即僧仲殊。

91 **黄大临**(约1042—?) 字元明，号寅庵，洪州分宁(江西修水)人。黄庭坚兄。绍圣间(1094—1097)知萍乡县。

92 **吴城小龙女**(女) 黄庭坚(1045—1105)尝登荆州亭，见亭上有《江亭怨》词，夜梦一女子云："词乃有感而作"。惊悟曰：此必吴城小龙女也。

93 **刘泾**(1043—1100) 字巨济，号前溪，简州阳安(四川简阳)人。熙宁六年(1073)进士，历官太学博士，知处、虢、真、坊等州。有《前溪集》。

94 **张商英**(1043—1121) 字天觉，号无尽居士，四川新津人。治平二年(1065)进士，官监察御史里行。大观中(1107—1110)擢尚书右仆射。有《无尽居士集》。

95 **黄裳**(1044—1130) 字勉仲，延平(福建南平)人。元丰五年(1082)进士第一，政和四年(1114)以龙图阁学士知福州，官至礼部尚书，端明殿学士。有《演山先生文集》《演山词》。

96 **张景修**(1040—1107) 字敏叔，江苏常州人。治平四年(1067)进士，元丰末(约1085)官江西浮梁令，迁祠部郎中。终年七十余。有《张祠部集》。

97 **孙叡** 字济师，词见胡仔撰《苕溪渔隐丛话》。

98 **程过** 字观过，词见《御选历代诗余》。

99 **解昉** 字方叔，曾任苏州同里，词见《御选历代诗余》。

100 **王雱**(1044—1076) 字元泽，江西临川人，王安石子。治平四年(1067)进士，历官旌德尉、天章阁待制兼侍讲。其父行新法，雱实导之。

101 **黄庭坚**(1045—1105) 字鲁直，号涪翁，自号山谷道人，洪州分宁(江西修水)人。治平四年(1067)进士，熙宁初(约1068)教授国子监，绍圣初(约1094)知鄂州。有《山谷词》。

102 **李之仪**(约1045—1125) 字端叔，号姑溪居士、姑溪老农，沧州无棣(山东庆云)人。元丰(1078—1085)进士，元祐八年(1093)，乃从苏轼于定州幕府，后官原州通判，朝议大夫。有《姑溪词》。

103 **晁端礼**(1046—1113) 字次膺，山东巨野人，晁补之叔。熙宁六年(1073)进士，两为县令，政和三年(1113)蔡京荐为大晟府协律郎，未受。有《闲适集》。

104 **湘江妓**(女) 有侑舒亶(1041—1103)词。词见《御选历代诗余》。

105 **吕南公**(1047—1086) 字次儒,建昌南城(今属江西)。熙宁中(1068—1077)因试礼闱不遇,退而筑室灌园著书。元祐元年(1086)曾肇荐之欲命官,旋卒。有《灌园集》。

106 **曾肇**(1047—1107) 字子开,建昌南丰(今属江西)人,曾布弟。治平四年(1067)进士,历官吏部侍郎,出知江宁府等。崇宁初(约1102)贬官,安置汀州。卒于镇江。有《曲阜集》。

107 **郑仅**(1047—1113) 字彦能,彭城(江苏徐州)人。第进士,历官大名府司户参军,知冠氏令,知秦州,入为吏、户部侍郎,显谟阁学士。

108 **蔡京**(1047—1126) 字元长,福建仙游人。熙宁三年(1070)进士,历知开封府,权户部尚书,徽宗朝拜相。钦宗立,南贬,行至潭州卒。

109 **舒氏**(女) 舒武选女,王齐叟妻。因齐叟失礼于岳翁,翁大怒,招女归宁,后竟离绝。

110 **盼盼**(女) 泸南(四川泸州)官妓。蜀帅甚宠之。黄庭坚过泸,戏赠《浣溪沙》词,盼盼即席唱《惜花容》词侑酒。

111 **尹温仪**(女) 号词客,有姊号诗客,四川成都官妓。与蔡京同时代人。

112 **朱服**(1048—?) 字行中,乌程(浙江湖州)人。熙宁六年(1073)进士。元丰中以直龙图阁知润州,哲宗朝官至礼部侍郎,徽宗朝出知广州、袁州,后贬蕲州安置。

113 **刘弇**(1048—1102) 字伟明,江西安福人,元丰二年(1079)进士。知峨眉县,改太学博士。徽宗即位,改著作郎。有《龙云集》。

114 **王诜**(1048—约1104) 字晋卿,山西太原人,徙居河南开封。尚英宗女魏国大长公主,官利川防御使。家有宝绘堂,藏历代书画。与苏轼等交游,后以党籍被谪。

115 **孙浩然** 王诜(1048—1104)曾画其《离亭燕》词意,作《江山秋晚图》。

116 **秦观**(1049—1101) 字少游,一字太虚,号淮海居士,江苏高邮人。元丰八年(1085)进士,官秘书省正字,坐党籍贬杭州通判,徙郴、横、雷州。后放归,行至藤州卒。有《淮海词》。

117 **李公麟**(1049—1106) 字伯时,舒州(安徽桐城)人。熙宁三年(1070)进士,官四川录事参军,调泗州参军。工画,晚年隐居龙眠山(在安徽桐城县西北),自号龙眠居士。

118 **琴操**(女) 浙江杭州妓。尝改秦观(1049—1101)《满庭芳》词。后被苏轼(1036—1101)点化,削发为尼。

119 **米芾**(1051—1107) 字元章，湖北襄阳人，后定居镇江，号海岳外史，世称米襄阳。善画山水人物，官书画院博士、礼部员外郎，知淮阳军。有《宝晋长短句》。

120 **赵仲御**(1052—1122) 宗室，历官镇宁、保宁、昭信、武安节度使。封汝南、华原郡王，政和时(1111—1117)嗣封濮王。

121 **贺铸**(1052—1125) 字方回，卫州(河南汲县)人，一作山阴(浙江绍兴)人。官泗州太平州、通判。后退居吴(苏州)，自号庆湖遗老。有《东山集》。

122 **陈师道**(1053—1101) 字履常，又字无己，号后山居士，彭城(江苏徐州)人。元祐初(约1086)苏轼等荐为徐州教授，后为秘书省正字。有《后山长短句》。

123 **晁补之**(1053—1110) 字无咎，号济北，山东巨野人，元丰二年(1079)进士，官国子监教授、扬州通判。徽宗朝，知河中府，湖、密、果、达等州。有《晁氏琴趣外篇》。

124 **张耒**(1054—1114) 字文潜，号柯山，人称宛丘先生，江苏淮阴人。熙宁三年(1070)进士，历官临淮主簿、泰安尉，知润州。坐党祸，贬房州别驾。有《宛丘集》。

125 **侯蒙**(1054—1121) 字元功，密州高密(今属山东)人。元丰八年(1085)进士，徽宗朝官至户部尚书、同知枢密院，进尚书右丞、中书侍御、资政殿学士。

126 **秦觏**(约1055—?) 字少章，江苏高邮人，秦观弟。元祐六年(1091)进士。官临安主簿。从苏轼学。

127 **廖正一**(约1061—1106) 字明略，号竹林居士，湖北安州(今湖北安陆)人。元丰二年(1079)进士，官权杭州通判、秘阁校理等。

128 **周邦彦**(1056—1121) 字美成，号清真居士，钱塘人。元丰二年(1079)进士，徽宗朝提举大晟，出知顺昌、处州二府。有《清真集》。

129 **邵伯温**(1057—1134) 字子文，河南洛阳人。邵雍之子。哲宗元祐二年(1087)荐为大名府助教。后官提点成都路刑狱。

130 **李荐**(1059—1109) 字方叔，号济南，陕西华州(今西华县)人。稍长，谒苏轼于黄州。累举不第，隐居于颍州长社。有《月岩集》。

131 **晁说之**(1059—1129) 字以道，山东巨野人，自号景迂生，晁端彦子。元丰五年(1082)进士，元祐中坐党祸放斥，后官徽猷阁待制。有《景迂生集》。

132 **杨泽民** 江西乐安人。有《和清真词》

133 **方千里** 浙江信安(今常山)人。孝宗时人，官舒州签判。有《和清真词》。

134 **刘涛** 字无言，浙江长兴人。元祐三年(1088)进士，历官太学博士、提点淮南路刑狱。靖康时(1126)擅离职守，被劾。词见《南山集》。

135 **李新** 字无应，仙井(四川仁寿)人。元祐三年(1088)进士，历南郑丞、晋州司法、资州司录。元符末(约1100)谪遂州。有《钓鳌集》。

136 **郑少微** 字明举,号木雁居士,四川成都人。徙居临邛。元祐三年(1088)进士,官朝请郎。与李新、杨天惠齐名。宣和间(1119—1195)因论政罢官。

137 **杨延龄** 官至朝奉郎。有《杨公笔录》,词见《花草粹编》。

138 **沈蔚** 字会宗,一字文伯,吴兴(浙江湖州)人。

139 **陈瓘**(1060—1124) 字莹中,号了翁,福建沙县人。元丰二年(1079)进士,历官湖州掌书记、越州判官,徽宗朝为右司谏,极言蔡京不可用,贬台州,宣和末移楚州,卒。

140 **朱淑真**(女)(1061—约1124) 自号幽栖居士,浙江海宁人,一作浙江钱塘(今杭州)人。工诗词,嫁夫庸俗,抑郁不得志。有《断肠词》。关于生活年代及籍贯众说纷纭,今依海宁地方志。

141 **赵令畤**(1061—1134) 字德麟,号聊复翁,宗室。因与苏轼游,曾入元祐党籍。从高宗南渡,袭封安定郡王。有《聊复集》《侯鲭录》。

142 **王仲**(1063—?) 字与善,元祐间(1086—1093)人。词见《词综》,《能改斋漫录》作王重,待考。

143 **毛滂**(1064—1117) 字泽民,号东堂,浙江江山人。元祐间(1086—1093)官杭州法曹,元符元年(1098)知武康县,宣和间(1119—1125)知秀州。有《东堂词》。

144 **谢逸**(约1065—1113) 字无逸,号溪堂,临川(江西抚州)人。少孤,博学,屡试不第,以诗词自娱,曾作蝴蝶诗三百多首,人称谢蝴蝶。有《溪堂词》。

145 **阮阅**(约1065—1127后) 字阅休,一作闳休,号散翁,安徽舒城人。元丰八年(1085)进士,宣和中知郴州。建炎元年(1127)官中奉大夫,知袁州。有《松菊集》。

146 **苏庠**(1065—1147) 字养直,澶州(河南濮阳)人。徙居江苏丹阳之后湖,自号后湖居士。绍兴二年(1132)与徐俯同召,不赴。有《后湖集》。

147 **僧祖可** 字正平,苏庠(1065—1147)弟,澶州(河南濮阳)人。居庐山,被恶疾,人号癞可。与陈师道、徐俯、谢逸结江西诗社,后为僧。有《东溪集》。

148 **李元膺** 山东东平人。官南京教官。绍圣中(1094—1097)为李孝美《墨谱法式》作序,素负才名。因讥笑蔡京失足落水,终不得大用。

149 **周纯** 字忘机,华阳(四川成都)人。与王寀最相亲,寀败,被牵累编管惠州,后以善画得释。

150 **张孝纯**(?—1144) 江苏徐州人。元祐间(1068—1093)进士,以经略安抚使兼知太原府,城破被金所俘。绍兴间(1131—1162)出使金国。

151 **王寀**(1068—1119) 字道辅,一字辅道,江西德安人。王韶子。登进士第。

官至侍郎。被道士林灵素所害,弃市死。

152 **熙宁无名氏**

153 **汪存**(1070—?) 字公泽,江西婺源人。元丰七年(1084)乡荐,授西京文学。时其父汪铭设义塾,遂弃官求学。学者称四友先生。

154 **秦湛**(约1070—?) 字处度,江苏高邮人,秦观子。官奉议郎,绍兴二年(1132)通判常州,四年(1134)即致仕。黄庭坚尝赞其词。

155 **廖刚**(1070—1143) 字用中,号高峰居士,福建顺昌人。少从陈瓘、杨时学。崇宁五年(1106)进士,官至御史中丞。忤秦桧,改工部尚书,致仕。有《高峰集》。

156 **唐庚**(1071—1121) 字子西,眉州丹棱(四川丹棱)人。绍圣间(1094—1097)进士。官宗子博士。元符二年(1099)以贡举入狱,贬惠州,遇赦,归途蜀道中病卒。有《眉山集》。

157 **僧惠洪**(1071—1128) 俗姓彭,一说姓喻,号觉范,江西高安人。大观间(1107—1110)游丞相张商英之门。出家为僧,住峡州天宁寺,后改名德洪。有《林间录》。

158 **苏过**(1072—1123) 字叔党,四川眉山人,苏轼子,苏迈弟,号斜川居士。历官右承务郎,通判中山府。性至孝,父谪惠州、儋耳、廉永,独随侍。

159 **葛胜仲**(1072—1144) 字鲁卿,江苏丹阳人。绍圣四年(1097)进士,历官太常卿,国子监祭酒,出知湖、邓州,忤朱勔,罢归。建炎中复知湖州。有《丹阳集》。

160 **米友仁**(1072—1151) 字元晖,小字虎儿,自称懒拙老人,祖籍湖北襄阳,徙润州(江苏镇江),米芾子,亦善画,世称小米。官至兵部侍郎,敷文阁直学士。有《阳春集》。

161 **赵轨** 字信可,河南许昌人。为陕西漕属。词见《宋词纪事》。

162 **许庭** 字伯阳,濠梁(安徽凤阳)人。词见《花草粹编》。

163 **刘鼎臣妻**(女) 有《鹧鸪天》词赠其夫。夫刘鼎臣,字和之,江西泰和人。绍圣四年(1097)摄吉水尉。

164 **慕容岩卿妻**(女) 词见《全宋词》。夫慕容岩卿,姑苏(江苏苏州)人。

165 **宋媛**(女) 绍圣间(1094—1097)四川眉州丹棱县女狐。

166 **谢克家**(?—1134) 字任伯,河南上蔡人。绍圣四年(1097)进士,历官吏部侍郎,知台州、泉州。建炎四年(1130)参知政事。

167 **李甲** 字景元,一字重元,华亭(上海松江)人,自号华亭逸人。元符中(1098—1100)官武康令。善画翎毛,工写竹,能填词。

168 **谢薖**(1074—1116) 字幼槃，号竹友居士，临川（江西抚州）人，谢逸从弟。布衣不仕，工诗文，与兄齐名。有《竹友词》。

169 **蒋元龙** 字子云，江苏丹徒（今镇江）人。以特科授官，终县令。

170 **曹组**(？—约1125) 字元宠，阳翟（河南禹县）人，曹勋（1098—1174）父。宣和三年(1121)进士，徽宗亲书“曹组文章之士”赐之，官至副使。有《箕颖集》。

171 **曾纡**(1073—1135) 字公衮，江西南丰人。曾布子。以荫补官，绍圣中(1094—1097)复中弘词科。绍兴初（约1132）直显谟阁，出知抚、信、卫三州。晚号空青老人，有《空青集》。

172 **王安中**(1075—1134) 字履道，号初寮，中山阳曲（山西太原）人。元符三年(1100)进士，擢御史中丞，以弹劾蔡京贬翰林学士，授燕山府路宣抚使，贬象州。有《初寮集》。

173 **徐俯**(1075—1141) 字师川，号东湖居士，分宁（江西修水）人，黄庭坚从妹之子。以父禧死国事荫通直郎，绍兴二年(1132)赐进士，官至参知政事，知信州。有《东湖集》。

174 **叶梦得**(1077—1148) 字少蕴，号石林，吴县（江苏苏州）人，徙乌程（湖州）。晁补之甥，绍圣四年(1097)进士，官至户部尚书，迁崇信军节度使。有《石林词》。

175 **李光**(1078—1159) 字泰发，一作泰定，越州上虞（浙江上虞）人。崇宁五年(1106)进士，官至参知政事，忤秦桧，谪昌化。桧死，复朝议大夫。有《庄简集》。

176 **汪藻**(1079—1154) 字彦章，号浮溪，又号龙溪，饶州德兴（今属江西）人，一说婺源人。崇宁五年(1106)进士，高宗时拜翰林学士，诏令多出其手，官至显谟阁学士，出知徽州、宣州。有《浮溪集》。

177 **刘一止**(1078—1160) 字行简，归安（浙江湖州）人。宣和三年(1121)进士，官秘书郎，迁给事中。忤秦桧罢去，后以敷文阁直学士致仕。有《行简词》。

178 **王庭珪**(1079—1171) 字民瞻，号庐溪，江西安福人。政和八年(1118)进士，忤秦桧，流夜郎。孝宗朝官直敷文阁。有《庐溪词》。

179 **陈克**(1081—1137) 字子高，自号赤城居士，浙江临海人。侨寓金陵（南京），绍兴时(1131—1137)为敕令所删定官，淮西事变中遇难。工词。有《赤城词》。

180 **朱敦儒**(1081—1159) 字希真，号岩壑，又称伊水老人，河南洛阳人。绍兴二年(1132)荐补右迪功郎。五年(1135)赐进士出身，官至两浙东路提点刑狱。致仕居嘉兴。有《岩壑老人诗文》，已佚。今有词集《樵歌》。

181 **孙觌**(1081—1069) 字仲益，晋陵（江苏武进）人。大观三年(1109)进士，政和四年(1114)再中词科。高宗朝官至户部尚书。有《鸿庆居士集》。

182 **崔木** 字子高，兖州(山东滋阳)人。元符间(1098—1100)游太学。事见《宋诗纪事》。

183 **黄舜英**(女) 黄太守女，崔木妻。

184 **宋丰之** 有《小重山》词，见《草堂诗余》。

185 **僧儿**(女) 四川广汉营妓。词见《御选历诗余》。

186 **刘彤**(女) 字文美，江宁(江苏南京)章文虎妻。事见《苕溪词隐丛话》。

187 **何籀** 字子初，信安(浙江常山)人。词见《御选历代诗余》。

188 **江致和** 崇宁间(1102—1106)太学生。词见《词律》。

189 **张扩**(？—1147) 字彦实，一字子微，江西德兴人。崇宁五年(1106)进士，官秘书省校书郎。高宗朝媚秦桧，擢左吏。与曾慥、吕本中(1084—1145)、朱翌交友。有《东窗集》。

190 **连仲宣** 江西贵溪人。徽宗时进《念奴娇》词。见《岁时广记》。

191 **万俟咏** 字雅言，自号词隐。崇宁中(1102—1106)官大晟府制撰，建炎间(1127—1130)为通直郎。有《大声集》。

192 **田为** 字不伐。崇宁中(1102—1106)官大晟府制撰，宣和元年(1119)为大晟乐令。善琵琶。有《芊呕集》。

193 **紫姑**(女) 厕神，姓何名媚，山东莱阳人。大观时(1107—1110)寿阳李景妾，大妻妒之，正月十五日阴杀于厕。死后为厕神，后人遂于元夜迎之。见《雨村词话》。

194 **美奴**(女) 陆藻(？—1127)侍儿。陆藻，字敦礼，侯官(福建福州)人，崇宁二年(1103)进士，大观中(1107—1110)官给事中。

195 **丘氏**(女) 舒亶(1041—1103)明州(浙江宁波)老宅池中白鳖妖。事见《宋人轶事汇编》。

196 **方乔** 四川乐至人。大观(1107—1110)时人。秀才。词见《词综》。

197 **紫竹**(女) 四川乐至人。方乔妻。词见《御选历代诗余》。

198 **梁意娘**(女) 梁萧湖女，李生妻。词见《御选历代诗余》。

199 **朱秋娘**(女) 字希真，徐必用妻。词见徐釚《词苑丛谈》，引自《名媛集》。

200 **赵佶**(1082—1135) 即宋徽宗，神宗第十一子，十九岁(1100)嗣帝位，工书画，崇道教，自称教主道君皇帝。金兵犯汴京，禅位于钦宗，翌年被俘，后死于金国五国城(黑龙江依兰)。

201 **周紫芝**(1182—1155) 字少隐，自号竹坡居士，安徽宣城人。绍兴十五年

(1145)进士，以建功郎掌礼、兵部，出知兴国军。有《竹坡词》。

202　**李纲**(1083—1140)　字伯纪，号梁溪先生，福建邵武人。政和二年(1112)进士，靖康元年(1126)官兵部侍郎，尚书左仆射，立主抗金。有《梁溪集》。

203　**胡舜陟**(1083—1143)　字汝明，自号三山老人，安徽绩溪人。大观三年(1109)进士，历官监察御史、淮西安抚使、广西经略。忤秦桧，死狱中。

204　**张纲**(1083—1166)　字彦正，润州丹阳(江苏金坛)人。政和四年(1114)上舍及第，建炎中官给事中，忤秦桧致仕。桧死，起兵部侍郎，参知政事。有《华阳老人长短句》。

205　**吕本中**(1084—1145)　字居仁，号紫薇，原名大中，浙江金华人。祖籍莱州，世称东莱先生。荫补承务郎。绍兴六年(1136)赐进士出身，官至中书舍人。忤秦桧，罢去。有《东莱先生集》。

206　**沈晦**(1084—1149)　字元用，号胥山，钱塘(浙江杭州)人。宣和六年(1124)廷对第一，历知舒州、建康府。高宗朝进徽猷阁直学士，出守衢州。

207　**李清照**(女)(1084—1155)　号易安居士，山东济南人，李格非女。工词，年十八嫁诸城赵明诚。避金兵南下，四十六岁时夫卒，飘泊金华等地。工诗词，有《漱玉词》。

208　**李邴**(1085—1146)　字汉老，任城(山东济宁)人。崇宁五年(1106)进士，高宗朝官至兵部侍郎，资政殿学士。有《云龛草堂集》。

209　**赵鼎**(1085—1147)　字元镇，号得全居士，山西闻喜人。崇宁五年(1106)进士，尝对策，斥章惇误国，高宗时拜相，力斥和金，谪岭南，绝食死。有《得全集》。

210　**蒋璨**(1085—1159)　字宣卿，号景坡，江苏宜兴人。历官兰溪主簿，知平江(苏州)、临江两府，至敷文阁待制。有《景坡堂诗卷》。

211　**韩玉**(女)　一作玉父，玉真，尝从李清照学词。词见冯金伯《词苑萃编》。

212　**左誉**　字与言，号筠翁，浙江天台人。大观三年(1109)进士。尝于钱塘遇乐籍张秾，惊其色艺，赋词数章。绍兴中游西湖，又遇秾，时秾已委身豪门，誉即东渡为僧。有《筠翁长短句》。

213　**陈东**(1068—1127)　字少阳，江苏丹阳人。以贡生入太学。钦宗立，上书请诛蔡京等佞臣。建炎元年(1127)上书请用李纲，罢黄潜善、汪伯炎等权奸，被斩首。有《少阳集》。

214　**晁冲之**　字叔用，一字用道，山东巨野人。晁补之(1053—1110)族弟。政和间(1111—1117)为大晟乐丞。尝居具茨山下，自称具茨先生。有《具茨集》。

215 **政和无名氏**

216 **蔡柟**(？—1170) 字坚老，号云壑道人，江西南城人。壮年以诗名，曾纡、吕本中皆与唱和，官宜春别驾。有《浩歌集》。

217 **沈与求**(1086—1137) 字必先，浙江德清人。政和五年(1115)进士，历知潭州、镇江府，至参知政事、知枢密院事。有《龟溪集》。

218 **向子諲**(1086—1153) 字伯恭，临江(江西清江)人。政和五年(1115)知延平县，官至户部侍郎，不肯拜金人诏，致仕。宣和初复官。有《酒边词》。

219 **韩璜** 字叔夏，建炎四年(1130)赐进士出身，累官广西提刑，知谏院，忤秦桧罢。与向子諲、胡寅友善。

220 **刘均国** 词见《御选历代诗余》。

221 **洪皓**(1088—1155) 字光弼，江西鄱阳人。政和五年(1115)进士，官至徽猷阁待制，使金，被留十五年始还。忤秦桧，贬知袁州，途卒。有《鄱阳集》。

222 **蔡伸**(1088—1156) 字仲道，自号友古居士，福建仙游人，蔡襄孙。政和五年(1115)进士，官至左中大夫。初与秦桧同舍、同举，但不附秦桧。有《友古集》。

223 **何㮚**(1098—1127) 字文缜，仙井(四川仁寿)人。政和五年(1115)进士，官至尚书右仆射。汴京(开封)陷，被俘金营，绝食死。

224 **韩世忠**(1089—1151) 字良臣，延安(陕西绥德)人。年十八从军，仕至平寇左将军。建炎四年(1130)四月，与夫人梁红玉大破金兵于长江。兵权被收后拜枢密使，纵游西湖，自号清凉居士。

225 **郑刚中**(1089—1154) 字亨仲，浙江金华人。绍兴二年(1132)进士，官至四川宣抚使。忤秦桧，贬濠州团练副使，安置封州卒。有《北山集》。

226 **袁绹** 政和中(1111—1117)官教坊判官。词见《宣和遗事》。

227 **李乘** 字德载，政和中(1111—1117)人。词见《花草粹编》。

228 **李持正** 字季秉，福建莆田人，政和五年(1115)进士，历知德庆、南剑、阳湖三郡。

229 **颜博文** 字持约，山东德州人。政和五年(1115)进士，官中书舍人。金立伪楚，充事务官。高宗时，卖画以活，卒于萍乡。

230 **向滈** 字丰之，号乐斋，河内(河南沁阳)人。早年从王庭珪游，绍兴中(约1131)曾官县令，早亡。有《乐斋词》。

231 **王昂**(1090—1132) 字叔兴，江苏江都人。重和元年(1118)状元，官秘书阁修撰，主管江州太平观。《陶朱新录》："昂新婚夕，妇家索催妆词，昂走笔赋《好事近》词。"

232 **陈与义**(1090—1138) 字去非,号简斋,河南(河南洛阳)人。政和三年(1113)上舍甲科,绍兴中累迁参知政事。有《无住词》。

233 **李弥逊**(1090—1153) 字似之,号筠溪,吴县(江苏苏州)人。大观三年(1109)进士,官起居郎,贬知庐山县垂二十年,靖康间知饶州,后改端州、漳州。归隐西山。有《筠溪词》。

234 **申纯** 字厚卿,祖籍汴(开封),生于河南洛阳。幼随父居成都。宣和间(1119—1125)荐而不第,与王娇私通。事见《艳异编》。

235 **王娇**(女) 字莹卿,四川成都人,眉州王通判女,宣和间(1119—1125)人。与申纯私通。

236 **王妾飞红**(女) 四川成都人,眉州王通判妾。

237 **黄孙氏**(女) 建安(福建建瓯)黄云轩妻。词见《花草粹编》。

238 **贾奕** 宣和间(1119—1125)官右厢都巡官,带功官郎。

239 **窃杯女子**(女) 宣和时(1119—1125)上元观灯民女。事见《宣和遗事》。

240 **幼卿**(女) 宣和时(1119—1125)某武弁妻。事见《能改斋漫录》。

241 **欧阳澈**(1091—1127) 字德明,江西崇仁人。建炎元年(1127)与陈东上书,极诋黄潜善等权臣,遂被斩首。后高宗悔,追赠秘阁修撰。有《飘然集》。

242 **邓肃**(1091—1132) 字子宏,南剑州沙县(福建沙县)人。靖康元年(1126)为鸿胪寺簿,建炎元年(1127)官右正言,反对罢李纲相位,削职。有《栟榈词》。

243 **张元幹**(1091—1170) 字仲宗,三山(福建福州)人,一说长乐人。号芦川老隐,向子諲甥,太学上舍,绍兴中坐寄李纲词除名。有《芦川集》。

244 **潘元质** 浙江金华人。词见《词律》。

245 **宋齐愈**(?—1127) 字文渊,号退翁。宣和三年(1121)上舍第一,官谏议大夫。建炎元年(1127)以推举伪楚,论死。

246 **张焘**(1092—1166) 字子功,一字子公,江西德兴人。政和八年(1118)进士,官至兵部侍郎。忤秦桧,出知成都府。桧死,官参知政事。

247 **聂胜琼**(女) 汴京(河南开封)妓,李之问妾。词见《古今词话》《情史》。

248 **王之道**(1093—1169) 字彦猷,庐州濡须(安徽无为)人。宣和六年(1124)进士,绍兴间官通判滁州。忤秦桧,论废二十年,致仕。有《湘山居士词》。

249 **张浚**(1094—1164) 字德远,四川绵竹人。政和八年(1118)进士,高宗时拜相,力主抗金,忤秦桧,贬永州,寻复用,封魏国公。

250 **阮华**(1095—1112) 排行第三,人称阮三,河南(河南洛阳)人。词见

《情史》。

251　**朱松**(1097—1143)　字乔年，号韦斋，婺源人(今江西婺源)。朱熹之父。政和八年(1118)同上舍出身，官至司勋吏部郎，反对与金媾和，出知饶州，未到任卒。有《韦斋词》。

252　**陈康伯**(1097—1165)　字长卿，江西弋阳人。宣和时进士，官至平章事。高宗时败金兵于采石。孝宗即位，封鲁国公。

253　**葛立方**(？—1164)　字常之，自号懒真子，江苏丹阳人，葛胜仲(1072—1144)子，后居浙江湖州。绍兴八年(1138)进士，官至吏部尚书，出知袁州。忤秦桧，罢归湖州吴兴。有《归愚词》。

254　**杨无咎**(1097—1171)　字补之，自号逃禅老人，清夷长者，临江清江(江西樟树)人。试不第，寓南昌，以绘画自娱，恶秦桧专权，累征不起。有《逃禅词》。

255　**刘锜**(1098—1162)　字信叔，德顺军(甘肃静宁)人。建炎四年(1130)为泾原经略使，富平一役力破金兵；绍兴十年(1140)在顺昌又大败金兀术精锐。官至太尉。

256　**朱翌**(1098—1167)　字新仲，号潜山居士，舒州(安徽潜山)人。政和八年(1118)进士，官中书舍人。忤秦桧，谪居韶州十九年。绍兴三十年(1160)知平江府。有《潜山集》。

257　**曹勋**(1098—1174)　字功显，号松隐，阳翟(河南禹县)人。宣和五年(1123)同进士出身，从徽、钦二帝去金，奉密诏遁归，执政难之，九年不迁。孝宗朝加太尉。有《松隐集》。

258　**李祁**　字肃远，雍丘(河南杞县)人。宣和间(1119—1125)监汉阳酒税。

259　**吕渭老**　字圣求，一作滨老，秀州(浙江嘉兴)人。宣和末(1125)朝士。有《圣求词》。

260　**廖世美**　词见《乐府雅词拾遗》。

261　**李元卓**　词见《乐府雅词》。

262　**于真人**　北宋人。词见《御选历代诗余》。

263　**侯寘**　字彦周，东武(山东诸城)人。晁说之甥。官东阳县令，绍兴中以直学士知建康府(江苏南京)。有《孏窟词》。

264　**张生**　郑云娘恋人。词见《花草粹编》卷四。《醉翁谈录》作延平(福建南平)儒生陈彦臣。

265　**郑云娘**(女)　张生恋人，词见《花草粹编》卷四。《醉翁谈录》作延平(福建南平)连静女。

266 **曾惇** 字宏父，江西南丰人。曾布孙，曾纡子。绍兴中知台州。有《曾宏父诗词集》。

267 **上清蔡真人** 靖康间(1126—1127)人。词见《御选历代诗余》。

268 **蒋兴祖女**(女) 江苏宜兴人。父蒋兴祖，靖康间(1126—1127)为开封阳武令，御金兵战死。女被掳，途经雄州驿，题词于壁。

269 **赵桓**(1100—1160) 即宋钦宗，徽宗长子。宣和七年(1125)金兵犯汴京，年末嗣帝位。在位13个月，京城破，与父同被俘至五国城(黑龙江依兰)囚死。

270 **吴舜选**(1100—1189) 安徽休宁商山人。吴儆父。

271 **何大圭**(1101—?) 字晋之，安徽广德人。年十八中政和八年(1118)进士，绍兴二十年(1150)官左请郎，隆兴元年(1163)主管台州崇道观。

272 **刘子翚**(1101—1147) 字彦冲，福建崇安人。以荫判兴化军，年三十父死难，哀毁致疾，辞官归武夷山，讲学不倦，朱熹出其门下。人称屏山先生，有《屏山集》。

273 **胡铨**(1102—1180) 字邦衡，号澹庵，庐陵(江西吉安)人。建炎二年(1128)进士，绍兴八年(1138)上书请斩秦桧，贬新州。孝宗朝官至资政殿学士。有《澹庵长短句》。

274 **周文朴** 字晋仙，号方泉老人、野斋、山楹，山东阳谷人。曾官溧阳县丞，系南渡名士，淳熙时(1174—1189)尚在世，尝与姜夔(1155—1221)唱和。

275 **郑意娘**(女)(约1103—1127) 金陵(江苏南京)人，韩师厚("三言"作杨思厚)妻。靖康二年(1127)往盱眙避难，途中被金将撒八太尉所掳，不从死之。

276 **李氏**(女) 陕西延安人。词见《御选历代诗余》。

277 **岳飞**(1103—1142) 字鹏举，河南汤阴人。宣和中从军，隶宗泽。绍兴时屡破金兵，正欲直捣黄龙，被秦桧召回，杀害于风波亭。孝宗朝平反，宁宗嘉定时追封鄂王，谥武穆，卜葬于西湖。

278 **王之望**(1103—1170) 字瞻叔，谷城(今属湖北襄阳)人，寓台州。绍兴八年(1138)进士，孝宗朝官至参知政事，寻罢去，终知温州。有《汉滨集》。

279 **姚宽**(1105—1162) 字令威，号西溪、舜明子，浙江嵊县人。仕至尚书户部员外郎，枢密院编修官。有《西溪丛话》。

280 **孙肖之** 颍州汝阴(安徽阜阳)人。建炎四年(1130)官枢密院编修。《雪溪集》有送孙肖之诗。

281 **康与之**(?—约1162) 字伯可，一字叔闻，号退轩、顺庵，滑州(河南滑县)人。南渡后居嘉禾(浙江嘉兴)。建炎初官郎中，谄事秦桧。桧卒，编管钦州。有《顺庵乐府》。

282 **冯时行**(1100—1163) 字当可,号缙云,恭州(四川巴县)人。宣和六年(1124)进士(一说在绍兴间),以奉议郎召对,反对和议,忤秦桧,罢职。桧死,知蓬、黎、彭等州。有《缙云集》。

283 **史浩**(1106—1194) 字直翁,浙江鄞县人。绍兴十四年(1144)进士,官国子监博士、太子教授。孝宗朝拜相。有《鄮峰真隐漫录》。

284 **赵构**(1107—1187) 字德基,即宋高宗,徽宗第九子,母韦后。宣和三年(1121)封康王,靖康二年(1127)金兵陷汴京,南渡即帝位,苟安与金和,绍兴三十二年(1162)禅位于孝宗,自称太上皇。

285 **李莺莺**(女) 西洛(山西寿阳)人。张浩妻。词见《宋词纪事》。

286 **谭意歌**(女) 字英奴,英州人(广东英德),流落长沙为妓,后嫁张正字。见《青琐高议》别集卷二。

287 **范仲胤妻**(女) 夫范仲胤为相州录事。久不归,作《伊川令》词寄夫。

288 **马琼琼**(女) 高宗时人,沈端朝妻。词见《剪灯新话》。

289 **孙道绚**(女) 号冲虚居士,建安(福建建瓯)人。黄铢之母。三十岁丧夫,抚孤守志以终。

290 **韩玉** 本金国人。绍兴初(约1131)挈家来宋,授江淮都督府计议军事。工词,与辛弃疾、康与之唱和。有《东浦词》。

291 **吴忆** 字大弁,湖北蕲春人。建炎初(约1127)为靖江卒。有《溪园自怡集》。

292 **张抡** 字材甫,号莲社居士,汴梁(今河南开封)籍,浙江崇德青镇(今桐乡乌镇)人。建炎初(约1127)南渡第青镇,淳熙五年(1178)为武宁军承宣使,知阁门事。官至庆远军节度使,曾于家宅中创立莲社。有《莲社词》。

293 **李石**(1108—1175) 字知几,号方舟,资州(四川资中)人。绍兴二十一年(1151)进士,历知黎、合、眉等州。淳熙二年(1175)罢。有《方舟诗余》。

294 **黄公度**(1109—1156) 字师宪,号知稼翁,福建莆田人。绍兴八年(1138)进士第一,官秘书省正字,忤秦桧,出判肇庆府。桧死,召还,终考功员外郎。有《知稼翁词》。

295 **陆凝之** 字永仲,一字维之,号石室,浙江余杭人。高宗以布衣召见,辞不赴。词见《洞霄图志》。

296 **曾觌**(1109—1180) 字纯甫,号海野老农,汴京(河南开封)人。孝宗以潜邸旧人,权知阁门事、除开府仪同三司,用事二十年,权震中外。帝知其奸,渐疏之,遂忧恚死。有《海野词》。

297 **曾慥**(？—1155) 字端伯，自号至游子，晋江（福建泉州）人。绍兴十一年(1141)以大府少卿进大府卿，直宝元阁奉祠。有词选《乐府雅词》。

298 **胡仔**(1110—1170) 字元任，安徽绩溪人。胡舜陟次子。以荫授迪功郎。知晋陵县，后居湖州。有《苕溪渔隐丛话》。

299 **石孝友** 字次仲，江西南昌人。建炎初(1127)为太学生，乾道二年(1166)进士。有《金谷遗音》。

300 **张表臣** 字正民，单父（山东单县）人。绍兴十二年(1142)官右承务郎，迁通判常州等。有《珊瑚钩诗话》。

301 **韩夫人**（女） 绍兴间(1131—1162)都下乌衣稚髻女子歌《法曲导引》词九阕。一道士曰："此赤城韩夫人所制。"

302 **绍兴无名氏** 词见《御选历代诗余》。

303 **周端臣** 字彦良，号葵窗，建业（江苏南京）人。官御前应制。有《葵窗稿》。

304 **林仰** 字少瞻，长溪（福建霞浦）人。绍兴十五年(1145)进士，官宜春尉，监登闻鼓院。

305 **王十朋**(1112—1171) 字龟龄，号梅溪，浙江乐清人。绍兴二十七年(1157)进士第一，历知饶、夔、湖、泉诸州，官至太子詹事、龙图阁大学士。有《梅溪集》。

306 **刘镇**(1114—?) 字子山，号方叔，小名阿崧，小字崧郎，浙江乐清人。绍兴十八年(1148)通判隆兴府。

307 **赵君举** 字子发，词见《御选历代诗余》。

308 **倪偁**(1116—1172) 字文举，号绮川聚士，浙江吴兴人。绍兴八年(1138)进士，官常州教授、太常寺主簿。与芮国瑞友善。有《绮川词》。

309 **汤思退**(1117—1164) 字进之，号湘水，又号敏斋，浙江青田人。绍兴十五年(1145)试博学宏词。以附秦桧官至右僕射。孝宗立，因媚金罢相，太学生张观等上疏请斩，忧死。

310 **洪适**(1117—1184) 字景伯，江西鄱阳人。洪皓长子。绍兴十二年(1142)举博学宏词科，官至尚书右仆射，兼枢密使。乞休归居十六年。有《盘洲集》。

311 **袁去华** 字宣卿，江西奉新人。绍兴十五年(1145)进士，官善化（长沙）知县。有《袁宣卿词》。

312 **韩元吉**(1118—1187) 字无咎，号南涧，开封雍丘（河南杞县）人。居信州（江西上饶）。历知建安府，至吏部尚书。归老于信州。有《南涧诗余》。

313　**魏杞**(1120—1184)　字南夫，寿春(安徽寿县)人，移居浙江鄞县碧溪，人称碧溪先生。绍兴十二年(1142)进士，隆兴二年(1164)使金，不辱使命，迁右仆射兼枢密使。

314　**赵彦端**(1121—1175)　字德庄，号介庵，宗室，居江西鄱阳。绍兴八年(1138)进士，历官钱塘主簿、太常寺少卿、知建宁府，终左司郎官。有《介庵词》。

315　**箕仙**　词见《西湖游览志》第二十六卷。

316　**陈从古**(1122—1182)　字晞颜，号洮湖，江苏金坛人。绍兴二十一年(1151)进士，历知衡、饶、信三州。有《洮湖词》。

317　**郑闻**(？—1174)　字仲益，汴(河南开封)人。绍兴二十一年(1151)进士，历中书舍人兼直学士院、刑部尚书。

318　**谢懋**(？—约1186)　字勉仲，号静寄居士，河南洛阳人。蕴藉风流，以乐府知名。有《静寄居士乐章》。

319　**李流谦**(1123—1176)　字无变，号澹斋，遂宁(四川德阳)人。官雅州教授。虞允文抚蜀，招致幕下。终通判潼州。有《澹斋集》。

320　**程大昌**(1123—1195)　字泰之，安徽休宁人。绍兴二十一年(1151)进士，孝宗时官吏部尚书，出知泉、汀、明等州，以龙图阁学士致仕。谥文简。有《文简公词》。

321　**洪迈**(1123—1202)　字景庐，号容斋，又号野处，江西鄱阳人，洪皓季子。绍兴十五年(1145)进士，使金不辱，归知赣、婺二州，以端明殿学士致仕。有文集《野处类稿》，笔记《夷坚志》《容斋随笔》等。

322　**何自明**　绍兴十五年(1145)与洪迈同试词科，不第。

323　**葛郯**(？—1181)　字谦问，江苏丹阳人，徙居吴兴，葛立方子。绍兴二十四年(1154)进士，官常州通判，升临川府。有《信斋词》。

324　**甑龙友**　字云卿，福建永泰人。绍兴二十四年(1154)进士，官国子监簿。

325　**洪惠英**(女)　会稽(浙江绍兴)歌宫调女子。洪迈知会稽，惠英尝为歌《减字木兰花词》。

326　**姚述尧**　字进道，江苏华亭(今上海松江)人。绍兴二十四年(1154)进士，乾道四年(1168)知乐清县。有《萧台公余词》。

327　**方有开**(1124—1186)　字躬明，号溪堂，浙江淳安人，一作歙县人。隆兴元年(1163)进士，官至户部侍郎。每奏对，辄陈恢复大计。有《溪堂集》。

328　**吴儆**(1125—1183)　初名偁，字益恭，号竹洲，安徽休宁人，吴舜选子。绍兴二十七年(1157)进士，知泰州。与朱熹、吕祖谦友善。有《竹洲集》。

329 **姜特立**(1125—1192) 字邦杰，浙江丽水人。淳熙中(1174—1189)任福建兵马副都监，擒海贼姜大獠。宁宗时拜庆运军节度使。有《梅山词》。

330 **陆游**(1125—1210) 字务观，号放翁，山阴(浙江绍兴)人。爱国大诗人。隆兴初(1163)赐进士出身，历建康、夔州、隆兴等地通判，范成大帅蜀，为参议官，终宝章阁待制。晚年归居山阴鉴湖畔。有《放翁词》。

331 **唐琬**(女) 字蕙仙，山阴(浙江绍兴)人。唐闳女，陆游母内侄女，与游表兄妹成婚，失欢于游母，被迫离婚，再嫁宗室赵士程，抑郁早亡。

332 **王千秋** 字锡老，号审斋，山东东平人。孝宗时流寓金陵。尝致韩元吉生日寿词。有《审斋词》

333 **李鼐** 字仲镇，号懒窝，安徽宣城人。绍兴初官都昌尉，累迁迪功郎。韩元吉、范成大均有《送李鼐诗》。

334 **曹冠** 字宗臣，号双溪居士，浙江东阳人。秦桧馆客，绍兴二十四年(1154)进士。桧死，除科名。乾道五年(1169)再应举及第，仕至知郴州。有《燕喜词》。

335 **朱雍** 绍兴中(1131—1162)乞召试贤良。有《梅词》二卷。

336 **赵昂** 浙江临安人。诸生，始肄业临安府学。高宗尝问“今应制之臣，张抡之后，为谁可?”孝宗以昂对，称高宗意，嘱给转官总管。

337 **陆淞** 字子逸，号雪窗，山阴(浙江绍兴)人，陆游从弟。官知辰州，晚以疾废。

338 **范成大**(1126—1193) 字致能，号石湖居士，吴郡(江苏苏州)人。绍兴二十四年(1154)进士，官礼部员外郎。使金，不辱命。仕至参知政事。尝帅蜀。有《石湖集》。

339 **周必大**(1126—1204) 字子充，一字洪道，晚号平园老叟，庐陵(江西吉安)人。绍兴二十一年(1151)进士，官至右丞相，庆元初(约1195)以少傅致仕。有《平园集》。

340 **陈三聘** 字梦弼，吴郡(江苏苏州)人。尝和范成大诗词数百首，为时所称。

341 **阎苍舒** 字惠夫，四川人。绍兴二十七年(1157)进士，官至吏部侍郎、荆州安抚使。尝使金至汴(河南开封)。词见《芦浦笔记》。

342 **游次公** 字子明，号西池，建安人(福建建瓯)。范成大帅桂林，以文章见知，参内幕。官安仁知县，汀州通判。

343 **毛幵**(？—1180) 字平仲，浙江江山人(一说常山人)，号樵隐居士，官宛陵及东阳州倅，宣州、婺州通判。与尤袤、陆游友善。晚年居衢州烂柯山。有《樵隐诗余》。

344　**王质**(1127—1189)　字景文,号雪山,郓州(山东东平)人,寓居于兴国(湖北阳新)。绍兴三十年(1160)进士,曾入枢密使张浚幕,官至枢密院编修。有《雪山集》。

345　**尤袤**(1127—1194)　字延之,号遂初居士,江苏无锡人。绍兴十八年(1148)进士,累迁太常少卿。绍熙初(约1190)知婺州、太平州。有《梁溪集》。

346　**杨万里**(1127—1206)　字廷秀,号诚斋,江西吉水人。绍兴二十四年(1154)进士,累迁吏部右侍郎,出知常州。光宗朝为江东转运副使。有《诚斋集》。

347　**王嵎**(?—1182)　字季夷,号贵英,北海(山东潍县)人。寓居浙江吴兴。淳绍间(1174—1194)名士,陆游与之友善。有《北海集》。

348　**陈元靓**　自号广寒仙裔。有《岁时广记》,刘纯作后序,称其为隐君子。

349　**沈瀛**　字子寿,号竹斋,归安(浙江湖州)人。绍兴三十年(1160)进士,历知江州、江东安抚使参议。有《竹斋词》。

350　**朱藻**　字元章,号野逸,浙江缙云人。绍兴三十年(1160)进士,官蒲城知县,江陵知府,终焕章阁待制。见《处州府志》。

351　**朱熹**(1130—1200)　字元晦,又字仲晦,号晦庵,谥文,世称朱文公。徽州婺源(今属江西)人,徙福建建阳。绍兴十八年(1148)进士,历仕高、孝、光、宁四朝,官至宝文阁待制。理学家。有《晦庵词》。

352　**黄铢**(1131—1199)　字子厚,自号谷城翁,建安(福建建瓯)人。孙道绚子,刘子翚高弟。隐居不仕。有《谷城集》,朱熹为之序。

353　**王灼**　字晦叔,号颐堂,四川遂宁人。绍兴中(1131—1162)尝为幕客,曾寓成都碧鸡坊。有《颐堂词》《碧鸡漫志》。

354　**楼锷**(约1132—?)　字巨山,浙江鄞县人。楼钥从兄。绍兴三十年(1160)进士,淳熙中(1174—1189)尝知江阴军。词见《四明近体乐府》。

355　**张震**　字东父,自号无隐居士,云南益宁人。高宗尝命陈俊卿择文士掌内阁,陈以震及范成大对。庆元三年(1197)知湖州。

356　**徐珌**　字公饰,乾道(1165)前人。词见《宋词纪事》。

357　**张孝祥**(1132—1169)　字安国,号于湖居士,历阳乌江(安徽和县)人。绍兴二十四年(1154)状元。方及第,即上疏论岳飞冤。历知抚州、建康留守、广西西路、荆南湖北路安抚使。有《于湖词》。

358　**陈妙常**(女)　金陵女贞观尼。张孝祥授临江令,途宿女贞观,以词挑之,不从。后与孝祥友潘法成私通,孝祥以计玉成,断为夫妇。

359　**张栻**(1133—1180)　字敬夫,一字乐斋,四川绵竹人,张浚子,迁居湖南衡阳。官至吏部侍郎，右文殿修撰。有《南轩集》。

360　**李处全**(1134—1189)　字粹伯，江苏丰县人。绍兴三十年(1160)进士，历知袁、处、舒等州，官至侍御使。有《晦庵词》。

361　**丘崈**(1135—1209)　字宗卿，江苏江阴人。隆兴元年(1163)进士，除国子监博士，历官四川安抚制置使，同知枢密院事。有《文定词》。

362　**廖行之**(1137—1189)　字天民，号省斋，衡州(湖南衡阳)人。淳熙十一年(1184)进士，官巴陵尉，以亲老告归。有《省斋诗余》。

363　**京镗**(1138—1200)　字仲远，晚号松坡居士，豫章(江西南昌)人。绍兴二十七年(1157)进士，高宗死，金使来吊，使金报谢，不受宴乐。还擢权工部侍郎，庆元中(1195—1200)拜左丞相。有《松坡乐府》。

364　**管鉴**　字明仲，浙江龙泉人，徙临川(江西抚州)。初为江南西路常平茶盐使干办官，淳熙十三年(1186)官广东提刑。

365　**王炎**(1138—1218)　字晦叔，号双溪，徽州婺源(今属江西)人。乾道五年(1169)进士，官潭州教授，庆元时(1195—1200)升知湖州。与朱熹交厚。有《双溪集》。

366　**刘清之**(1139—1195)　字子澄，临江(江西清江)人。绍兴二十七年(1157)进士，官通判鄂州，改衡州。学者称静春先生。有《墨庄总录》。

367　**张孝忠**　字正臣，历阳(安徽和县)人。张邵子。隆兴元年(1163)进士。有《湘山甲亭记》署庆元丙辰(1196)。有《野逸堂词》。

368　**程垓**(约1140—?)　字正伯，号书舟，四川眉山人。有《书舟词》，王偁为序，题绍熙甲寅(1194)。杨慎《词品》云："传为东坡(苏轼)之戚，非必昆弟"。

369　**赵汝愚**(1140—1196)　字子直，宗室，居江西余干。乾道二年(1166)进士第一，尝帅福建，官至右丞相，韩侂胄忌之，谪宁远军副使，道卒。

370　**辛弃疾**(1140—1207)　字幼安，号稼轩居士，历城(山东济南)人。二十二岁时在山东聚兵抗金，旋率部投宋，官至湖南安抚使，龙图阁待制。有《稼轩长短句》。

371　**赵善扛**(1141—?)　字文鼎，号解林居士，宗室，太宗七世孙。曾知蕲州、处州。淳熙二年(1175)三十五岁生日作词。有《解林乐章》。

372　**章颖**(1141—1218)　字茂献，临江(江西清江)人。淳熙二年(1175)试南宫第一，授太常博士，光宗朝为左司谏，宁宗即位，迁礼部尚书。

373　**刘光祖**(1142—1222)　字德修，号后溪，阳安(四川简阳)人。居德清。乾道五年(1169)进士，淳熙五年(1178)召对，论恢复事。历知襄阳等府，终显谟阁直学士。有《鹤林词》。

374 **许及之**（？—1209） 字深甫，号陟园，永嘉（浙江温州）人。隆兴元年（1163）进士，宁宗朝官至吏部尚书，同知枢密院事。谄事韩侂胄，韩败，降永州居住。有《陟斋词》。

375 **黄人杰** 字叔万，江西南城人。乾道二年（1166）进士。有《可轩诗余》。

376 **李师愈** 字好古，号双溪，自号乡贡免解居士，江西高安人。尝从刘清之讲学庐山，乾道间领乡荐授崇阳主簿秩酒。有《碎锦词》。

377 **朱景文** 字元成，江西清江人。乾道五年（1169）进士，摄新建尉。

378 **丘任** 乾道初（约1166）河北清河人。词见《情史》。

379 **翠薇**（女） 乾道初（约1166）湖北江陵两淮盐运使何公之妾（女鬼）。词见《情史》。

380 **刘仙伦** 字叔儗，一云名儗，字仙伦。号招山，庐陵（江西吉安）人。淳熙间（1174—1189）以诗名。有《招山乐章集》。

381 **吴琚**（？—1202） 字居父，号云壑，汴（河南开封）人，高宗后吴氏侄，吴益子。乾道九年（1173）进士，历知明、鄂等州，嘉泰二年（1202）迁少保。有《云壑集》。

382 **陆游妾**（女） 四川人。驿馆女。陆游见其题壁诗，纳为妾。半载，夫人逐之，赋词而别。

383 **俞国宝** 一作于国宝，江西临川人。淳熙间（1174—1189）太学生，题《风入松》词于西湖酒楼，为太上皇赵构所赏识。有《醒庵集》。

384 **卫元卿** 洋州（陕西洋县）人。曾领乡荐，不得志。见《贵耳集》。

385 **沈端节** 字约之，号克斋，浙江吴兴人，寓江苏溧阳。历知芜湖、衡州。淳熙间（1174—1189）官至朝散大夫。有《克斋词》。

386 **李漳** 字子清，一字子申，庐陵（江西吉安）人，兄洪，弟泳、淦、浙并举进士。

387 **李泳**（？—1189） 字子永，号兰泽，庐陵（江西吉安）人。李漳弟。举进士，淳熙中（1174—1189）官溧水令。

388 **李浙** 字子秀，庐陵（江西吉安）人。李泳弟。举进士。

389 **赵长卿** 自号仙源居士，宗室，居江西南丰。不事仕进，觞咏自娱。有《惜香乐府》。

390 **赵师侠** 字介之，号坦庵，宗室，居新淦（江西新干）。淳熙二年（1175）进士，淳熙十五年（1188）官江华郡丞。有《坦庵长短句》。

391 **章良能**（？—1214） 字达之，浙江丽水人。居吴兴。淳熙五年（1178）进士，历官宗正少卿、御史中丞。嘉定六年（1213）参知政事。有《嘉林集》。

392 **刘褒** 字伯宠，一字春卿，号梅山老人，崇安（福建武夷山）人。淳熙五年

(1178)进士，除司门郎中，历官朝清郎，知全州。

393 **陈亮**(1143—1194) 字同甫，浙江永康人。绍熙四年(1193)状元，授签书建康府判官厅公事，未上任，明年卒。有《龙川词》。

394 **赵蕃**(1143—1229) 字昌父，号章泉，河南郑州人，居江西玉山。受学于刘清之。以曾祖旸致仕，恩补太和主簿，终直秘阁。有《章泉稿》。

395 **严蕊**(女) 字幼芳，浙江黄岩人，天台县妓。深为台州少年太守唐仲友赏识，朱熹遂诬陷之，不屈。后岳霖为宪，释之。

396 **吴淑姬**(女) 浙江湖州人。士人杨子治妻。才貌双全，工词。有《阳春白雪词》。

397 **萧淑兰**(女) 湖北宜昌西陵人。萧公让之妹，张世英之妻。

398 **杨炎正**(1145—1214) 字济翁，庐陵(江西吉安)人。杨万里族弟。庆元二年(1196)进士，历官宁远主簿、大理司直、知滕州、琼州。有《西樵语业》。

399 **胡与可**(女) 号惠斋，平江(江苏苏州)人。胡晋臣女，尚书黄由妻。黄由，淳熙八年(1181)状元。

400 **吕胜己** 字季克，自号渭川居士，福建建阳人。从张栻、朱熹讲学，历倅江州、知杭州，官至朝请大夫。有《渭川词》。

401 **刘翰** 字武之，号小山，湖南长沙人。尝从吴琚游。有《小山集》。

402 **胡浩然** 淳熙十二年(1185)立春日，以《喜迁莺》词上临安府郡守。

403 **易祓** 字彦章，一字彦祥，号山斋，湖南宁乡人。淳熙十一年(1184)进士第一，庆元六年(1200)除著作郎。谄事苏师旦，官礼部尚书。师旦败，贬死。有《山斋集》。

404 **易祓妻**(女) 夫易祓，久不归。作《一剪梅》词寄去。见《古杭杂记》。

405 **玉英**(女) 字叔静，自号栖霞子。江苏苏州人。淳熙间(1174—1189)被召居太乙宫。见《洞霄诗余》。

406 **张履信** 字思顺，号游初，江西鄱阳人。张南仲子，张辑父。淳熙间(1174—1189)尝监江口镇。官至连江知府。

407 **朱扆孙** 字令则，号万山。词见《御选历代诗余》。

408 **俞灏**(1146—1231) 字商卿，自号青松居士，祖籍杭州，父徙乌程(浙江湖州)。绍熙四年(1193)进士，官扬州知府，宝庆二年(1226)致仕，筑室九里松。有《青松居士集》。

409 **僧道济**(1150—1209) 字湖隐，即济公。俗家姓李，浙江天台人。年十八落发杭州灵隐寺，后居净慈寺，常出游抑强扶弱。坐化后葬于杭州虎跑塔。

410　**张镃**(1153—1211)　字功甫，一字时可，号约斋居士，祖籍甘肃靖远，居临安(浙江杭州)。淳熙五年(1178)通判婺州，官至司农少卿。嘉定四年(1211)坐扇摇国本，编管象州卒。

411　**刘过**(1154—1206)　字改之，号龙洲道人，吉州太和(江西泰和)人。晚年居江苏昆山。尝奏陈恢复方略，不报。以诗浪迹荆楚间。穷死。有《龙洲词》。

412　**李好义**(？—1207)　华州下邽(陕西渭南)人。开禧初(约1205)为洪州正将，以十军统制知西和州。吴曦叛，抗之，被杀。

413　**蔡幼学**(1154—1217)　字行之，浙江瑞安人。乾道八年(1172)进士第一，历官国子监祭酒、刑部、吏部侍郎、权兵部尚书。

414　**徐照**(？—1211)　字道晖，一字灵晖，自号山民，浙江永嘉人。工词，与翁卷、徐玑、赵师秀，号称永嘉四灵。有《芳兰轩集》。

415　**吴礼之**　字子和，号顺受老人，钱塘(浙江杭州)人。有《顺受老人词》。

416　**郑域**(1155—?)　字中卿，号松窗，三山(福建福州)人。淳熙十一年(1184)进士，倅池阳，庆元二年(1196)随张贵谟使金。有《松窗词》。

417　**姜夔**(1155—1221)　字尧章，号白石道人，江西鄱阳人，居浙江武康。幼随父居汉阳县任所，后往来沔、鄂几二十年，以布衣终。有《白石词》。

418　**汪莘**(1155—1227)　字叔耕，号柳塘，自号方壶居士，安徽休宁人。汪革弟。官洪州推官，后居黄山，筑室柳溪。有《方壶诗余》。

419　**郭应祥**(1158—1224后)　字承禧，号遁斋，临江(江西清江)人。淳熙八年(1181)进士，曾官楚、越间。有《笑笑词》。

420　**崔与之**(1158—1239)　字正之，号菊坡，宁都白鹿营(江西宁都)人，徙居广东增城。绍熙四年(1193)进士，历知成都府，进本路安抚使，官至吏部尚书。有《菊坡集》。

421　**郭某**　有《菩萨蛮》词，见赵闻礼所辑《阳春白雪》。

422　**李壁**(1159—1222)　字季章，号石林，又号雁湖，四川丹棱人，李焘子。绍熙元年(1190)进士，官至知参政事、兼知枢密院事。有《雁湖集》。

423　**韩淲**(1159—1224)　字仲止，号涧泉，祖籍雍丘(河南杞县)，父韩元吉徙居江西上饶。有高节，仕不久，即辞归。有《涧泉集》。

424　**史达祖**(1160—约1210)　字邦卿，号梅溪，汴(河南开封)人。定居杭州，系韩侂胄亲信堂吏，重要文札，均出其手。韩败，遭鲸刑，贬死。工词，有《梅溪词》。

425　**汪晫**(1162—1237)　字处微，安徽绩溪人，里人称康范先生。开禧中(1205—1207)尝至临安。不求举试而归隐山中。有《康范诗余》。

426 **杨妹子**(女)(约1164—?) 原名硅，又名娃，号妹子。宁宗杨皇后妹，杨懿女。会稽(浙江绍兴)人。供奉内廷，鉴定名画，代笔题字，书法绝似宁宗。一说杨妹子即宁宗皇后自称。

427 **程珌**(1164—1242) 字怀古，自号洺水遗民，安徽休宁人。绍熙四年(1193)进士，历知富阳县，福建安抚使，封新安郡侯。有《洺水词》。

428 **陈以庄** 字清叟，一字敬叟，号月溪，建安(福建建瓯)人。黄铢甥。家贫，卖文四方。有《月溪集》，刘克庄为序。

429 **张辑** 字宗瑞，号东泽，江西鄱阳人，张履信子。尝受诗法于姜夔，冯深居目为东仙。有《欸乃集》《东泽绮语》。

430 **王澡**(1166—?) 字身甫，号瓦全，四明(浙江余姚)人。官至太常博士。有《瓦全居士诗词》。

431 **高观国** 字宾王，号竹屋，山阴(浙江绍兴)人。与史达祖常相唱和。甚为张炎所推重。有《竹屋痴语词》。

432 **戴复古**(1167—1248) 字式之，浙江黄岩人。尝从林景思游，又登陆游之门。所居有石屏山，因号石屏。有《石屏集》。

433 **叶景山** 词见孔月礼辑《全宋词补辑》。

434 **施乘之** 号枫溪。词见黄升撰《花庵词选》。

435 **赵扩**(1168—1224) 即宋宁宗，光宗第二子，绍熙五年(1194)七月登帝位，嘉定十七年(1224)崩，在位三十年。

436 **曹豳**(1172—1249) 字西士，号东畎、东甽，浙江瑞安人。嘉泰二年(1202)进士，官至吏部侍郎，知福州，以宝章阁待制致仕。有《曹东甽集》。

437 **刘镇** 字叔安，自号随如，学者称随如先生，南海(海南岛)人。嘉泰二年(1202)进士，以诖误谪居三山三十年。有《随如百咏》。

438 **华岳**(？—约1226) 字子西，号翠微，安徽池州人。武学生，开禧元年(1205)上书诋韩侂胄，贬建宁圜土中，韩败，登嘉定武科第一。谋去史弥远，杖死。

439 **林正大** 字敬之，号随庵，开禧中(1205—1207)为严州学官。有《风雅遗音》。

440 **洪咨夔**(1176—1236) 字舜俞，号平斋，浙江於潜人。嘉定二年(1209)进士，官至监察御史、刑部尚书、翰林学士。有《平斋词》。

441 **薛师石**(1178—1228) 字景石，号瓜庐，浙江永嘉人。隐居不仕，筑室会昌湖西，名瓜庐。与永嘉四灵，即徐照、赵师秀、徐玑、翁卷友善。有《瓜庐集》。

442 **真德秀**(1178—1235) 字景元，一字希元，更字景希，福建蒲城人。本姓慎，避讳改姓真。庆元五年（1199）进士，嘉定元年（1208）迁户部尚书、参知政事。

443 **魏了翁**（1178—1237） 字华父，人称鹤山先生，四川蒲江人。庆元五年（1199）进士，官嘉定知府。丁父忧。嘉熙元年（1237）知福州。有《鹤山长短句》。

444 **孙惟信**（1179—1243） 字季蕃，号花翁，河南开封人，居浙江金华。光宗时弃官隐西湖。工词。有《花翁集》。

445 **卢祖皋**（约1180—1223后） 字申之，号蒲江，浙江永嘉人。庆元五年（1199）进士，嘉定十六年（1223）权直学士院。有《蒲江词》。

446 **李从周** 字肩吾，一字子我，号滨州，四川临邛人。魏了翁门客。所著《字通》极为了翁所称。有《滨州词》。

447 **卓田** 字稼翁，号西山，福建建阳人。开禧元年（1205）进士。有《三衢买舟词》。

448 **岳珂**（1183—1234） 字肃之，号亦斋、倦翁，河南汤阴人，寓居浙江嘉兴，岳飞孙，岳霖子。宁宗时，以奉议郎权发遣嘉兴军府兼管内劝农使。有惠政。官至户部侍郎。有《金陀粹编》。

449 **黄机** 字几仲，一字几叔，浙江东阳人。官知州郡。游踪多在吴、楚间。工词，尝与岳珂唱和。有《竹斋诗余》。

450 **王迈**（1184—1248） 字贯之，一字实之，福建仙游人。嘉定十年（1217）进士，淳祐元年（1241）通判吉州，终至邵武军。有《臞轩集》。

451 **刘克庄**（1187—1269） 字潜夫，号后村，福建莆田人。淳祐六年（1246）赐进士出身，历官知袁州、广东提举、权兵部尚书。有《后村别调》。

452 **黄孝迈** 字德夫，号雪舟，三山（福建福州）人。有《雪舟长短句》，刘克庄为跋。

453 **韩嘐** 字子耕，号萧闲。词见《阳春白雪》。

454 **宋自道** 字吉甫，号兰室，浙江金华人。宋甡次子。有《和陶诗》，刘克庄为跋。

455 **赵以夫**（1189—1256） 字用父，号虚斋，宗室，居福建长乐。嘉定十年（1217）进士，历知邵武军、漳州。淳祐时官吏部尚书。有《虚斋乐府》。

456 **张磻**（？—1257） 字渭老，一字敬父，号松山，福建罗源人。嘉定四年（1211）进士，历官国子监祭酒、礼部尚书，宝祐五年（1257）参知政事，卒。

457 **冯去非**（1192—?） 字可迁，号深居，江西都昌人。淳祐元年（1241）进士，宝祐四年（1256）为宗学谕。坐丁大全事罢归。有《蜀象通义》。

458 **葛长庚**（约1134—1229） 字如晦，自号白玉蟾，又号海琼子，福建闽清人，居琼州。入武夷山修道。嘉定中征诏赴阙。有《海琼词》。

459 **雷应春** 字春伯，号北湖，郴（湖南郴州）人。嘉定十年（1217）进士，累官监察御史，忤秦桧，归隐北湖。吴潜为相时，知临江驿。有《洞庭集》。

460 **卢炳** 字叔阳，号丑斋。嘉定七年（1214）知融州，后放罢。有《哄堂词》。

461 **吴潜**（1196—1262） 字毅夫，号履斋，安徽宁国人。嘉定十年（1217）进士第一，官至左丞相兼枢密使。后贬循州（广东惠阳）安置。有《履斋诗余》。

462 **刘圻父** 字子寰，号篁嵲翁，福建建阳人。嘉定十年（1217）进士。游朱熹之门，居麻沙。有《麻沙集》，刘克庄为之序。

463 **刘清夫** 字静甫，福建建阳人。居麻沙，与刘圻父齐名。

464 **姚镛**（1191—?） 字希声，号雪篷，浙江嵊县人。嘉定十年（1217）进士，官知赣州，后忤权臣，被贬衡阳。有《雪篷集》。

465 **尹焕** 字惟晓，福建长溪人，居山阴（浙江绍兴）。嘉定十年（1217）进士，淳祐八年（1248）迁朝清大夫、太府少卿。有《梅津词》。

466 **楼采** 字君亮，鄞（浙江宁波）人。楼钥从孙。嘉定十年（1217）进士。

467 **赵崇霄** 字有得，号莲岙。宗室，商王赵元份九世孙，赵世隋子。

468 **赵崇皤**（1198—1256） 字汉宗，一作赵崇嶓，宗室，赵光义九世孙，居江西南丰。嘉定十年（1217）进士，历官石城、淳安知县，至朝散大夫。有《白云稿》。

469 **赵希彭** 字青中，号十州。宗室。燕王赵德昭九世孙，居四明（浙江宁波）。宝庆二年（1226）进士。

470 **方岳**（1199—1262） 字巨山，号秋崖，安徽祁门人。绍定五年（1232）进士，历知饶、抚、袁三州及南康军。忤丁大全罢归。有《秋崖集》。

471 **张榘** 字方叔，号芸窗，润州（江苏镇江）人。淳祐中（1241—1252）为句容令，宝祐中（1253—1258）为江东制置使参议。有《芸窗词》。

472 **蒲寿宬** 号心泉，阿拉伯人，来福建泉州贸易而定居。与刘克庄交厚。盛淳八年（1272）官知梅州，景炎元年（1276）密令其弟寿庚降元。有《心泉诗余》。

473 **许棐**（？—1249） 忱父，号梅屋，浙江海盐人。嘉熙中（1237—1240）隐居秦溪，藏书数千卷，植于屋之四檐。有《梅屋诗余》。

474 **杨伯岩**（？—1254） 字彦思，号咏斋，代郡（山西崞县）。居临安（杭州）。系周密岳父。淳祐间（1241—1252）知衢州。

475 **徐逸** 字无竞，号抱独子，浙江天台人。绍定间（1228—1233）人。

476 **吴文英**（1200—1260）字君特，号梦窗，晚号莿翁，四明（浙江宁波）人。本姓翁，翁元龙兄，出为吴子。曾佐苏州仓台幕僚。有《梦窗词稿》。

477 **陈策**(1200—1274) 字次贾，号南墅，浙江上虞人。嘉熙二年(1238)进士，官至训武郎。

478 **李昴英**(1201—1257) 字俊明，号文溪，番禺(广东广州)人。宝庆二年(1226)进士，官至吏部侍郎，不畏强暴，曾劾史嵩之、贾似道。后归隐文溪。有《文溪词》。

479 **马光祖**(1201—1270) 字华父，号裕斋，浙江金华人。宝庆元年(1226)进士，官知建康、处州。咸淳五年(1269)参知政事。尝从真德秀学。

480 **周晋** 字明叔，号啸斋，先世山东济南人，流寓浙江吴兴，周密父。绍定四年(1231)知富阳县，民称周佛子。藏书四万余卷。

481 **曾揆** 字舜卿，号懒翁，江西南丰人。理宗时(1224—1264)人。词见《花草粹编》。

482 **翁元龙** 字时可，号处静，四明(浙江宁波)人，吴文英弟。有《处静词》。据沈义父《乐府指述》：壬寅(1242)秋，始识静翁(即处静)。

483 **章谦亨** 字牧叔，吴兴(浙江湖州)人。绍定间(1228—1233)知铅山县，人号生佛子，置像祀之。嘉熙二年(1238)除直秘阁，出知衢州。

484 **陈诜** 湖南人。岳阳教官，狎官妓江柳，柳被杖配，诜求救于故人陆云西(绍定间进士)，柳得除名，诜被荐入荆湖制使幕僚。

485 **萧允之** 字体仁，号鹤皋，临江(江西清江)人。

486 **洪瑹** 字叔玙，自号空同词客。绍定五年(1232)灯夕，在福建邵武作词。有《空同词》。

487 **黄铸** 字亦颜，号乙山，福建邵武人。官知柳州府。

488 **潘汾** 字元质，浙江金华人。词见赵闻礼《阳春白雪》。

489 **郭世模** 字从范，词见陈起《群贤小集》。

490 **潘牥**(1205—1246) 字庭坚，号紫岩，初名公筠，福建闽县人。端平二年(1235)进士，历官镇南军节度推官、太学正，通判潭州。有《紫岩集》。

491 **赵与御** 字庆御，号昆仑。宋室后裔。词见周密《绝妙好词笺》。

492 **楼扶** 字叔茂，号梅麓，浙江宁波人。端平间(1234—1236)官沿江置制使干官，淳祐间(1241—1252)知泰州军事。陈允平有《哭楼梅麓诗》。

493 **王湛** 字子信，阳美(江苏宜兴)人。有《渔父词》七首。

494 **苏小小**(女) 南宋钱塘(浙江杭州)名妓，其姊盼奴为太学生赵不敏所眷爱，不敏命其弟娶小小焉。见《武林旧事》。

495 **李霜崖** 嘉熙庚子(1240)，杭州大旱，西湖为平陆，霜崖作《晴偏好》谑词。

官司缉捕，逃去。

496 **丁宥妾周氏**(女) 自号得趣居士。有词和基仲(即丁宥)。

497 **杜龙沙** 词见赵闻礼《阳春白雪》。

498 **翁孟寅** 字宾旸，号五峰，福建崇安人。徙居浙江杭州。为贾似道门客，首登临安乡书。尝游维扬，吴文英作送别词。有《五峰词》。

499 **杨韶父** 字季和，号东窗，淳祐元年(1241)进士，词见赵闻礼《阳春白雪》。

500 **徐俨夫** 字公望，号桃渚，浙江平阳人。淳祐元年(1241)进士第一，景定元年(1260)知杭州，官至礼部侍郎。有《桃渚集》。

501 **利登** 字履道，号碧涧，金川(陕西安康)人。淳祐元年(1241)进士。有《碧涧集》。

502 **胡翼龙** 字伯雨，号蒙泉，理宗时(1224—1264)人。词见赵闻礼《阳春白雪》。

503 **李演** 字广翁，号秋堂。淳祐间(1241—1252)，丹阳太守重修多景楼，集名士题词，演词先成。有《鸥盟集》。

504 **王同祖** 字与之，号花洲，浙江金华人。嘉熙间(1237—1240)官大理寺主簿，历建宁通判，入为奉仪郎。有《学诗初集》。

505 **严仁** 字次山，号樵溪，福建邵武人。好古博雅，与同族严羽、严参，人称"邵武三严"。有《清江欸乃词》。

506 **冯取洽** 字熙之，自号双溪拟巢翁。延平(福建南平)人。与黄升善。有《双溪词》。

507 **黄升** 字叔旸，号玉林、花庵词客，福建闽县人。早弃科举，致意歌咏，受知于游九功。淳祐四年(1246)尝作词。有《散花庵词》。辑《花庵词选》。

508 **谭宣子** 字明之，号在庵。词见《御选历代诗余》。

509 **赵闻礼** 字立之，一字粹夫，号钓月，山东濮县人，曾官胥口监征。淳祐十年(1250)元夕，都下遇丁默。有《钓月词选》，辑《阳春白雪》。

510 **张枢** 字斗南，一字云窗，号寄闲，西秦(今陕西)人，居临安。张炎父。有《依声集》《寄闲集》。

511 **张枢密** 尝官金陵(江苏南京)留守。事见《事林广记》。

512 **郑楷** 字持正，号眉斋，三山(福建福州)人。文章善戏。有《文房拟制表》。

513 **江开** 字开之，号月湖。词见赵闻礼《阳春白雪》。

514 **曹邍** 字择可，号松山。贾似道客，尝为御前应制。有《松山词》，词见《宋元人词补辑》。

515　**阮郎中**　据《豹隐纪谈》：作者眷一妓，为赋《玉楼春》词，阃帅喜其词句清丽，竟将此妓与之。

516　**申二官人**　尝以《踏莎行》词，戏建康（江苏南京）妓。事见《事林广记》。

517　**杨师纯**　庐陵（江西吉安）人。事见《古今词话》。

518　**杨端臣**　事见《古今词话》。

519　**李彭老**　字商隐，号筼房，淳祐中（1241—1252）为沿江制置司属官。尝与吴文英、周密唱和。有《筼房词》。

520　**薛梦桂**　字叔载，号梯飙，浙江永嘉人。宝祐元年（1253）进士，知福清县、平江通判。

521　**钟过**　字改之，号梅心，庐陵（江西吉安）人。中宝祐三年（1255）乙科解试。

522　**杨瓒**　字继翁，号守斋、紫霞翁，严陵（浙江桐庐）人，居钱塘。宁宗后兄杨次山孙、度宗淑妃父。官列卿。有《紫霞洞谱》。

523　**马庄父**　字子严，号古洲居士，建安（福建建瓯）人。尝为岳阳知府。有《古洲词》，撰《岳阳志》。

524　**王玉**　字宁翁，与柴望友善。词见赵闻礼《阳春白雪》。

525　**李振祖**（1211—?）　字起翁，号中山，福建闽县人。宝祐四年（1256）中四甲第十三名进士。

526　**柴望**（1212—1280）　字仲山，号秋堂、归田，浙江江山人。嘉熙（1237—1240）太学上舍生，与从弟随亨、元亨、元彪称柴氏四隐。景炎中授迪功郎。宋亡不仕。有《秋堂集》。

527　**罗椅**（1214—1292）　字子远，号涧谷，庐陵（江西吉安）人。宝祐四年（1256）进士，历江陵教官、信丰知县，迁提辖榷货。有《涧谷稿》，辑《放翁诗选》。

528　**陈著**（1214—1297）　字子微，号本堂，浙江鄞县人。宝祐四年（1256）进士，授安福、嵊县知县，后以监察御史知台州。宋亡，隐四明山。有《本堂集》。

529　**朱埴**（1215—?）　字圣陶，号尧章、古平，庐陵（江西吉安）人。宝祐四年（1256）一甲十六名进士，官太常博士。

530　**徐霖**（1215—1262）　字景说，号径畈，西安（浙江衢州）人。淳祐四年（1244）进士第一，授沅州教授、累迁知衡州，景定二年（1261）知汀州。卒。

531　**李莱老**　字周隐，号秋崖，李彭老弟。咸淳六年（1270）知严州，后知西安（浙江衢州）。有《秋崖词》。

532 **奚淢** 字倬然，号秋崖。词见《御选历代诗余》。

533 **周容** 字子宽，四明（浙江宁波）人。词见《御选历代诗余》。

534 **姚勉**（1216—1261） 字述之，一字成一，号蜚卿、飞卿，古天德乡（江西宜丰新庄镇）人。宝祐元年（1253）廷对第一，除校书郎，兼太子舍人。忤贾似道，免归。因初生时被弃之山野雪地，故又自号雪坡。有《雪坡文集》。

535 **陈深**（1216—1285） 字子微，别号清泉，平江（江苏苏州）人。宋亡隐居，屡荐不赴，闭门读书，居所曰："宁极斋"。有《宁极斋稿》。

536 **冯艾子** 字伟寿，号云月，又号双溪子，延平（福建南平）人，冯取洽子。为词多自度腔。

537 **廖莹中**（？—1275） 字群玉，号药州，福建邵武人。登科第，除官不赴，为贾似道门客。似道待罪，相从不舍，一夕，服冰脑自寻。

538 **金淑柔**（女） 宝祐中（1253—1258）人。题《浪淘沙词》于临川驿壁。见《古杭杂记》。

539 **牟巘**（1227—1311） 字献甫，一字献之，四川井研人。徙浙江吴兴。登进士第，官至大理寺少卿。忤贾似道去官。宋亡，不仕。有《陵阳集》。

540 **何梦桂**（1228—1303） 字岩叟，号潜斋，初名应祁，字申甫，浙江淳安人。咸淳元年（1265）官至监察御史。宋亡，不仕。有《潜斋词》。

541 **周密**（1232—1298） 字公瑾，号草窗，又号牟阳啸翁，晚号泗水潜夫，山东济南人，流寓浙江吴兴。淳祐中官义乌令，宋亡不仕。有《草窗词》，辑《绝妙好词》。

542 **邓剡**（1232—1303） 字光荐，一字中甫，号中斋，庐陵（江西吉安）人。景定三年（1262）进士，元兵至，随帝昺至厓山，官礼部侍郎。厓山破，被俘。后教元将张弘範子学业。

543 **刘澜**（？—1276） 字养源，号江村，浙江天台人。尝为道士又还俗。周密曾有和词。

544 **赵汝茪** 字参晦，号霞山，又号退斋，有《西湖词》。周密拟之。

545 **赵与仁** 字元甫，号学舟，宗室，燕王赵德昭九世孙。官临安判官，入元，为辰州教授。

546 **刘辰翁**（1232—1297） 字会孟，号须溪，庐陵（江西吉安）人。宝祐六年（1258）举人，景定三年（1262）进士，为赣州濂溪书院山长。宋亡不仕。有《须溪词》。

547 **吴龙翰**（1233—1293） 字式贤，号古梅，安徽歙县人。景定五年（1264）荐授编校国史实录院文士。元至元十三年（1276）乡校，充教授。有《古梅吟稿》。

548 **张时** 字逢辰，河南洛阳人。过建康（江苏南京）与妓谢福娘交好。见《醉翁谈录》。

549　**谢福娘**（女）　建康（江苏南京）妓，能词。与张时交好。唱和《南乡子词》。

550　**张幼谦**（约1236—?）　浙东（浙江东部）人，张忠父之子。理宗朝仕至三公。见《初刻拍案惊奇》。

551　**罗惜惜**（女）（约1236—?）　浙东（浙江东部）人，罗仁卿之女，张幼谦妻。见《初刻拍案惊奇》。

552　**文天祥**（1236—1283）　字天祥，以字行，本名云孙，庐陵（江西吉安）人。宝祐四年（1256）状元，官至右丞相兼枢密使，积极抗元，被俘不屈死。有《文山乐府》。

553　**张熙妻王氏**（女）　词见《全宋词》。

554　**卫芳华**（女）　理宗朝宫人。宋亡后，流落临安（浙江杭州）为妓。死后为鬼，在聚景园遇永嘉人滕穆，随之归，词见《林下词选》。

555　**胡文卿**　词见《全宋词补辑》。

556　**陈允平**　字君衡，一字蘅仲，号西麓，四明（浙江宁波）人。淳祐三年（1244）官余姚令，德祐时（1275—1276）为沿海制置使参议官。宋亡，被俘至元大都，不受官归。有《日湖渔唱》等。

557　**张矩**　字子成，有《梅渊词》。词见《御选历代诗余》。

558　**施岳**　字仲山，号梅川，江苏苏州人。与周密友善。

559　**汪宗臣**（1239—1330）　字公辅，号紫岩，婺源（今属江西）人。咸淳二年（1266）榜眼。入元不仕。有《紫岩词》。

560　**王沂孙**（1240—1291）　字圣俞，号碧山、中仙、玉笥山人，会稽（浙江绍兴）人。尝与周密、张炎等唱和。入元，为庆元路学正。有《碧山乐府》《花外集》。

561　**王茂孙**　字景周，号梅山，会稽（浙江绍兴）人，王沂孙弟。

562　**汪元量**（1241—1313后）　字大有，号水云，钱塘（浙江杭州）人。以善琴事谢太后、王昭仪。宋亡，随被掳三宫留燕（北京）。后为黄冠，放归。有《水云词》。

563　**张淑芳**（女）　浙江杭州西湖边樵家女。理宗选妃，贾似道匿为己妾，后为尼。词见《西湖游览志》。

564　**王亿之**　字景阳，号松涧。词见《御选历代诗余》。

565　**无名氏**　有《捣练子》词二首，见赵闻礼《阳春白雪》。

566　**欧良**　字圣弼，盱江（江西抚州）人。景定三年（1262）进士。有《抚掌词》。

567　**黄公绍**　字直翁，福建邵武人。咸淳元年（1265）进士，入元不仕，隐居樵溪。有《在轩集》。

568　**赵必瑑**(1245—1294)　字玉渊，号秋晓，宗室，太宗十世孙，居广东东莞。咸淳元年(1265)进士，授高要尉。文天祥辟为摄惠州军事判官。宋亡，隐居温唐村。有《覆瓿集》。

569　**储泳**　字文卿，号华谷，华亭(今上海松江)人。有诗名，精阴阳五行。有《祛疑说》。

570　**唐钰**(1247—?)　字玉潜，号菊山，越州(浙江绍兴)人。元江南释教总统杨琏真加发掘会稽攒宫宋皇陵，钰潜葬散落遗骨。

571　**莫仑**　字若山，一字小山，号两山，江都(江苏扬州)人。寓居江苏丹徒。咸淳四年(1268)进士，宋亡不仕。

572　**张炎**(1248—1320)　字叔夏，号玉田，自号乐笑翁，祖籍秦州成纪(甘肃天水)，居临安(浙江杭州)。宋亡不仕，纵游浙西、东，落拓以终。有《山中白云词》。

573　**张玉娘**(女)(1250—1277)　字若琼，自号一贞居士，浙江松阳人。提举官张懋女，表兄沈佺未婚妻。佺病卒，不从父命再嫁，后绝食死。有《兰雪集》。

574　**王炎午**(1252—1324)　字鼎翁，初名应梅，别号梅边，庐陵(江西吉安)人。咸淳间(1265—1274)补太学生，临安(杭州)被兵，毁家助军饷。文天祥被俘，作生祭文以励，改名炎午。

575　**赵溍**　字元晋，号冰壶、葵子，湖南衡山人。咸淳间(1265—1274)知建宁府。有《养疴漫笔》，杂记《宋时琐事》。

576　**张林**　字去非，号樗岩，金陵(江苏南京)人。宋末官池州守。蒙古军至，迎降。词见《绝妙好词》。

577　**汤恢**　字充之，号西村，四川眉山人。词见《词律》。

578　**康仲伯**　词见《花草粹编》。

579　**曹良史**　字元才，号梅南，钱塘(浙江杭州)人。尝与周密游。

580　**蒋捷**　字胜欲，一字竹山，阳羡(江苏宜兴)人。咸淳十年(1274)进士，宋亡不仕，屡徵不就，隐居宜兴竹山，学者称竹山先生。有《竹山词》。

581　**熊进德**　词见《词苑粹编》。

582　**德祐太学生**　南宋德祐间太学生，乙亥(1275)作《祝英台近》词。见《湖海新闻》及《夷坚续志》。

583　**王清惠**(女)　字冲华，宋度宗昭仪。德祐二年(1276)三月，元兵破临安(杭州)，随帝、后被掳北去，题《满江红》词于驿壁。抵元上都(北京)后，请为女道士。

584　**章丽真**(女)　宋宫人，被掳至元都(今北京)。有词赠放逐南归之汪元量。

585　**金德淑**(女)　宋宫人，被掳至元都(今北京)。但后在元都遇章丘李生，嫁之。

586 **华清淑**(女) 宋宫人,被掳至元都(今北京)。有词赠放逐南归之汪元量。

587 **梅顺淑**(女) 宋宫人,被掳至元都(今北京)。有词赠放逐南归之汪元量。

588 **袁正真**(女) 宋宫人,被掳至元都(今北京)。有词赠放逐南归之汪元量。

589 **雁峰刘氏**(女) 越(浙江绍兴)人。景炎二年(1278)元兵破越州,被掳。途经浙江长兴和平,题词于酒库壁上。见《梅磵诗话》。

590 **徐君宝妻**(女) 岳州(湖南岳阳)人。德祐元年(1275)岳州城破,被金兵掳至杭州,为金酋所迫,拒奸跳池死。见《缀耕录》。

591 **王易简** 字理得,号可行,山阴(浙江绍兴)人。宋末进士,除瑞安主簿,不赴任,隐居城南。有《山中观诗吟》。

592 **张磐** 字叔安,号梅崖,宋末嵊县(今属浙江)令。有《梅崖集》。

593 **赵旭** 词见《花草粹编》。

594 **郑斗焕** 字炳文,号松斋。词见周密《绝妙好词笺》。

595 **何光大** 字谦履,号半湖。词见《词综》。

596 **郑禧** 字天趣,浙江温州人,官黄岩州同知。词见《全金元词》。

597 **郑禧妻吴氏**(女) 浙江温州人。词见《全金元词》《御选历代诗余》。

598 **唐艺孙** 字英发,有《瑶翠山房稿》。

599 **徐瑞**(1254—1324) 字山玉,号松巢,江西鄱阳人。应试不第。元延祐中(1314—1320)任本邑书院山长。有《松巢词》。

600 **张桂** 字惟月,号竹山,成纪(甘肃靖远)人,居临安(杭州),张浚孙。官大理司直。

601 **权无染** 词见《梅苑》。

602 **吕直夫** 词见《御选历代诗余》。

603 **王文甫** 江西德安人。词见《词综》。

604 **房舜卿** 有《秦楼月》词,见《词综》。

605 **张元祥** 词见《词律》。

606 **朱端朝** 字廷之,词见《剪灯新话》。

607 **丁义叟** 词见《御选历代诗余》。

608 **束从周** 安徽合肥人。词见《词综》。

609 **史可堂** 词见《御选历代诗余》。

610 **吴奕** 有《升平乐》词。

611 **僧皎如** 字如晦,名皎,居杭州净慈寺。词见黄升《花庵词选》。

612　**妙香**（女）　河南北邙山狐仙。词见陈耀之《花草粹编》。

613　**珍娘**（女）　女鬼。词见《御选历代诗余》。

614　**无名氏**　词见丁绍仪《听秋声馆词话》，引自《高丽史乐志》。《花草粹编》作陈去非。

辽　共3人，其中女1人。

1　**萧观音**（女）（1040—1075）　萧惠女，道宗懿德皇后。靖宁元年（1055）册立。因进谏忤帝，作《回心院》词冀望帝幸。耶律乙辛以《十香》艳词诬之、赐死。

2　**靖宁无名氏**　赵王耶律乙辛请此人作《十香》艳词，诬陷懿德皇后与伶官赵惟一私通。

3　**无名氏**　词见《辽诗话》。

金　共30人。其中女无。

1　**宇文虚中**（1079—1146）　字叔通，华阳（四川成都）人。宋大观进士，官中书舍人。建炎二年（1128）使金被留，官至翰林学士知制诰。后被诬谋反，全家焚死。

2　**吴激**（1090—1142）　字彦高，自号东山，建州（福建建瓯）人，米芾婿。使金被留，官翰林待制，皇统二年（1142）出知深州，到任三日卒。有《东山集》。

3　**高士谈**（？—1146）　字子文，一字季默，燕（北京）人。宋宣和末（1125）官忻州户曹，仕金官翰林直学士，坐宇文虚中党被诛。有《蒙城集》。

4　**蔡松年**（1107—1159）　字伯坚，自号萧闲老人，真定（河北正定）人。宣和末（1125）随父蔡靖降金，为令史。海陵朝官至右丞相。有《明秀集》。

5　**完颜亮**（1122—1161）　字元功，本名迪古乃，辽王宗干次子。皇统九年（1149）弑熙宗自立，建都汴（河南开封），乱伦淫乐。正统末（1161）帅师伐宋，兵败至瓜州被部下所杀。

6　**李晏**（1123—1197）　字致美，号游仙野人，山西高平人。皇统三年（1143）进士，历翰林直学士、御史中丞、礼部尚书、昭义军节度使。

7　**蔡珪**（？—1174）　字正甫，真定（河北正定）人。蔡松年子。天德三年（1152）进士，历翰林修撰、户部员外郎兼太常丞，大定中（1174）出守潍州，道卒。

8　**王寂**（1128—1194）　字元老，号拙轩，河北玉田人。天德二年（1151）进士，大定初（1161）为县令，官至中都路转运使。终年六十七岁。有《拙轩集》。

9　**赵可**　字献之，自号玉峰散人，山西高平人。贞元二年（1154）进士，官至翰林直学士，一时诏诰，多出其手。有《玉峰散人集》。

10　**刘仲尹**(？—约1175)　字致君，号龙山，盖州(辽宁盖县)人，徙辽阳，正隆二年(1157)进士，以潞州节度副使召为都承监丞。有《龙山集》。

11　**党怀英**(1134—1211)　字世杰，号竹溪，冯翊(陕西大荔)人，徙山东泰安。与辛弃疾为同舍生。大定十年(1170)进士，历泰定军节度使、翰林学士。有《竹溪词》。

12　**景覃**　字伯仁，自号渭滨野叟，陕西华阴人。大定初(约1161)三试落第，不再赴举，隐居西阳里，种树为业。词见《中州乐府》。

13　**刘迎**(？—1180)　字无党，号无净居士，东莱(山东掖县)人。大定十四年(1174)进士，历豳王府纪室、太子司经。后从嘉凉陉，卒于道。有《山林长语》。

14　**王庭筠**(1151—1202)　字子端，号黄华山主，河东(山西永济)人。大定十六年(1176)进士，官恩州军事判官，章宗时罢归，读书黄华寺，后官翰林修撰。

15　**赵摅**　字子充，自号醉全老人。河北宛平人。工诗，官翰林。

16　**许古**(1157—1230)　字道真，河北河间人。明昌五年(1194)进士，屡为谏官，拜监察御史，哀宗时以左司谏致仕，卜居伊阳，郡守为建伊川亭。

17　**赵秉文**(1159—1232)　字周臣，晚号闲闲道人，滏阳(山东磁县)。大定二十五年(1185)进士，历仕五朝，官至六卿，修国史。有《滏水集》。

18　**王磵**(？—1203)　字逸宾，先世河北临洺，徙汴(河南开封)，明昌中(1190—1195)以德、才荐授鹿邑主簿，旋乞归。

19　**完颜璟**(1168—1208)　即金章宗，大定二十九年(1189)即帝位，在位二十年卒。博学多才，书法师宗宋徽宗，字画仿宣和。

20　**韩玉**(？—1211)　字温甫，北平(北京)人。明昌五年(1194)进士，历官陕州东路转运使等。夏人犯边，被诬有异谋，鞠死。

21　**董解元**　名里失考，《辍耕录》定为章宗时(1168—1208)人。其称解元，非科举名，乃当时士人之通称。有《西厢记诸宫调》。

22　**完颜璹**(1172—1232)　字仲实，一字子瑜，本名寿孙，自号樗轩老人，金世宗孙，越王长子，封密国公，爱好文字，藏书甚富，所居曰樗轩。有《如庵小稿》。

23　**王予可**(？—1232)　字南云，河东吉州(山西吉县)人。依父隶军籍，三十岁时大病后发狂。南渡后居河南上蔡、遂平、郾城间。壬辰(1232)兵乱，卒。

24　**李俊民**(1176—1260)　字用章，自号鹤鸣道人，泽州(山西晋城)人。承安五年(1200)进士第一，应奉翰林文学，旋弃官，南渡后隐居嵩山。有《庄靖集》。

25　**王特起**　字正子，崞县(山西原平)人。泰和三年(1203)进士，历真定府录事参军，沁县令、迁司竹监。

26　**赵元**(1190—?)　字宜之,一名宜禄,号愚轩居士,山西定襄人。官巩西主簿,因眼盲去官,南渡后往来洛阳西山中。有《愚轩词》。

27　**元好问**(1190—1257)　字裕之,号遗山,秀容(山西忻州)人,元德明子。兴定五年(1221)进士,官至行尚书省左司员外郎。金亡不仕。有《遗山集》。

28　**李献能**(1192—1232)　钦叔,河中(山西永济)人。贞祐三年(1215)特赐诗赋进士,廷试第一。授应奉翰林文学。正大末,充河中帅府经历官,元兵陷城,奔陕州。兵变卒。

29　**段克己**(1196—1254)　字复之,号遁庵,别号菊庄,山西稷山人。金末进士,入元不仕,避居龙门山,与弟段成己齐名,时称"二妙"。有《遁斋乐府》。

30　**段成己**(1199—1279)　字诚之,号菊轩,山西稷山人。段克己从弟,正大进士,官宜阳主簿。入元,召为儒学提举,坚不赴。有《菊轩乐府》。

元　共114人,其中女9人。

1　**丘处机**(1148—1227)　字通密,号长春子,山东栖霞人。年十九为全真。宋金之际,俱遣使召,不赴。元太祖召之,赐官名曰长春,称神仙。有《磻溪集》。

2　**耶律楚材**(1190—1244)　字晋卿,号玉泉老人,法号湛然居士,辽东丹王突欲八世孙。金末为开州同知,元太祖定燕(北京)召见,处之左右,悉改蒙古陋俗,元朝立国规模,多出其手。有《湛然居士集》。

3　**李治**(1192—1279)　字仁卿,号敬斋,真定栾城(河北石家庄栾城区)人。金正大末(1231)进士,官高陵主簿。金亡北渡,元至元二年(1265)官翰林学士。有《敬斋集》。

4　**许衡**(1209—1281)　字仲平,号鲁斋,河内(河南焦作中站区李封村)人。元始祖召之,官至国子祭酒。后辞归。有《鲁斋先生集》。

5　**刘秉忠**(1216—1274)　字仲晦,初名侃,又名子聪,自号藏春散人,为官后改今名,河北邢台人。曾入武安山为僧,后从元始祖征大理。至元初拜太保。有《藏春集》。

6　**朱晞颜**(1221—1279)　字景渊,浙江长兴人。官江西瑞州监税,终其身为郡邑小吏。与鲜于枢、杨载等人时有酬赠。有《瓢泉吟稿》。

7　**周玉晨**　字晴川,钱塘(浙江杭州)人。周邦彦从孙。与朱晞颜为友。有《晴川词》。

8　**白朴**(1226—1307)　字太素,一字仁甫,号兰谷,祖籍隩州(山西河曲)。迁居真定(河北正定)。幼逢乱世,育于元好问家,及长,学问渊博,尤工曲,与关汉卿、马致远、郑光祖并称四大家。

9 **王恽**(1227—1304) 字仲谋，号秋涧，汲县（河南卫辉）人。中统元年(1260)姚枢宣抚东平，辟为评议官，尝师事元好问。至元中拜监察御史。有《秋涧集》。

10 **彭元逊** 字巽吾，庐陵（江西吉安）人。宋景定二年(1261)尝乡试。曾与刘辰翁唱和。

11 **关汉卿**(约1219—1301) 号已斋叟，大都（北京）人。金末解元。后为太医院尹。工曲。有《救风尘》等杂剧，凡六十种。

12 **张弘范**(1238—1280) 字仲畴，河北定兴人。张柔第九子，才兼文武，官至蒙古汉军都统帅，率师攻陷崖山，宋朝遂亡。工诗词。有《淮扬集》。

13 **姚燧**(1238—1313) 字端甫，号牧庵，河南洛阳人。少丧父，师事许衡。至元七年(1270)为秦王府文学，官至翰林学士。有《牧庵集》。

14 **赵文**(1238—1315) 字仪可，一字维恭，号青山，庐陵（江西吉安）人。宋末上舍生，入闽从文天祥抗元。入元，为东湖书院山长。有《青山集》。

15 **陈孚**(1240—1303) 字刚中，号笏斋，浙江临海人。至元中以布衣署上蔡书院山长、副梁曾出使安南。大德中(1300左右)为台州路总管府治中。有《玉堂稿》。

16 **刘埙**(1240—1319) 字起潜，自号水云村人，学者称水村先生，江西南丰人。至大四年(1311)为南 剑州学官，后为延平教授。有《水云村稿》。

17 **叶李**(1242—1292) 字太白，一字舜玉，号亦愚，浙江富阳人。补京学生，宋景定五年(1264)上书攻贾似道，贬漳州。入元，官至平章政事。

18 **梁曾**(1242—1322) 字贡父，燕（北京）人。中统四年(1263)荐为令史，历淮安路总管，两使安南。仁宗时(1311—1320)官至集贤殿侍讲学士。晚年居淮南。有《西湖送春词》。

19 **刘敏中**(1243—1318) 字端夫，号中庵，山东章丘人。至元中为监察御史，集贤学士。武宗时(1307—1311)官翰林学士承旨。有《中庵集》。

20 **姚云文** 字圣瑞，一名云，号江村，江西高安人。宋咸淳四年(1268)进士，官高邮尉。入元，官福建西儒学提举。有《江村稿》。

21 **曾允元** 字舜卿，号鸥江，江西泰和人。

22 **仇远**(1247—1326) 字仁近，一字仁父，号近村、山村民，钱塘（浙江杭州）人。居余杭上仇山。大德九年(1305)为溧阳教谕。曾与周密、张炎唱和。有《无弦琴谱》。

23 **刘因**(1249—1293) 字梦吉，号静修，雄州容城（河北徐水）人。至元十九年(1282)荐授承德郎左赞善大夫。以继母疾辞归。有《樵庵词》。

24　**程钜夫**(1249—1318)　字钜夫，名文海，避武宗讳以字行，号雪楼、远斋，建昌(江西南城)人，祖籍湖北京山。奉诏求贤江南，荐赵孟頫等二十余人。官至翰林学士承旨。有《雪楼集》。

25　**吴澄**(1249—1333)　字幼清，晚字伯清，江西崇仁人。至大初(约1308)官国子监司业，泰定初(约1324)为经筵讲官。所居曰"草庐"，人称草庐先生。有《草庐词》。

26　**李琳**　号梅溪，湖南长沙人。咸淳十年(1274)进士。尝游汴京(河南开封)。

27　**詹正**　字可大，一作詹玉，别号天游。湖北江陵人。宋末官翰林学士。入元，落拓以终。

28　**马致远**(约1250—1321后)　字千里，号东篱，大都(北京)人。官江浙省务提举官。与白朴、关汉卿、郑光祖合称为元曲四大家。有《东篱乐府》。

29　**危复之**　字见心，抚州(江西临川)人，宋末太学生。入元，屡征不赴，隐紫霞山中。死后，门人私谥为贞白先生。

30　**张天师**　汉张道陵后裔之封号。至元十三年(1276)封其三十六世孙道士张宗演为辅汉天师。

31　**胡紫山**　官宣慰。词见叶申芗《本事词》。

32　**陈栎**(1252—1334)　字寿翁、徽之，晚年自称东阜老人，人称定宇先生，安徽休宁人。宋亡，隐居著书。延祐初(约1314)有司强主试乡帏，中选不赴，教授于家。所居曰定宇。有《定宇词》。

33　**赵孟頫**(1254—1322)　字子昂，号松雪道人，宋宗室，赐第浙江湖州，遂为湖州人。工画，至元间程钜夫奉诏访贤荐入，官至翰林学士。有《松雪词》。

34　**曹伯启**(1255—1333)　字士开，安徽砀山人。官至西台御史。泰定初(约1324)致仕归。

35　**鲜于枢**(1246—1302)　字伯机，号困学民、直寄老人。河北蓟县人。至元中官江浙行省都事、迁太常寺典簿。晚年闭门谢客，所居曰困学斋。有《困学斋集》。

36　**刘将孙**(1257—?)　字尚友，庐陵(江西吉安)人。刘辰翁子。宋末进士，任延平教官。入元，为临汀书院山长。有《养吾斋集》。

37　**冯子振**(1257—1348)　字海粟，号瀛洲客、怪怪道人，攸州(湖南攸县)人。官承事郎集贤待制，与陈孚友善。有《海粟诗余》。

38　**司马昂父**(约1257—约1350)　字九皋，又字大行畏吾儿，名超吾，新疆人。官至池州路总管、衢州路达鲁花赤。后辞官闲居西湖。

39　**中峰禅师**　浙江天目山僧。与赵孟頫为方外交。曾立和冯子振诗百首，子振为之夺气。

40　**蒲道元**(1260—1336)　字德之，号顺斋，眉州(四川眉山)人，徙兴元(陕西南郑)。皇庆(约1312)国子博士，引疾去，年七十复召回，拟放陕西儒学提举，不就。有《顺斋词》。

41　**应法孙**　字尧成，号芝室。词见《御选历代诗余》。

42　**袁易**(1262—1306)　字通甫，号静春，平江长州(江苏苏州)人。除徽州路石洞书院山长，不就。有《静春堂词》。

43　**管道升**(女)(1262—1319)　字仲姬，一字琼瑶，浙江德清人。赵孟頫妻，封魏国夫人，世称管夫人。工画，有《墨竹谱》。

44　**颜奎**(1234—1308)　字子俞，号吟竹，太和(江西泰和)人。词见《御选历代诗余》。

45　**刘景翔**　号溪山，安徽安福人。词见《御选历代诗余》。

46　**吴元可**　字山庭，江西吉安人。词见《御选历代诗余》。

47　**刘铉**　字鼎玉，词见黄拔荆《词史》。

48　**黄子行**　字蓬瓮，江西修水人，居江西分宜。有《蓬瓮寐语》。

49　**彭履道**　字适正，号正心，江西丰城人。咸淳元年(1265)进士。元大德中(1297—1307)为山南湖北道按察司知事、宁州通判、瑞州蒙山银场提举。词见《御选历代诗余》。

50　**刘天迪**　字云闲，江西泰和人。词见《御选历代诗余》。

51　**尹济翁**　字涧民，江西吉安人。词见《御选历代诗余》。

52　**王从叔**　号山樵，江西吉安人。词见《御选历代诗余》。

53　**萧汉杰**　号唫所，江西吉水人。词见《词综》。

54　**赵功可**　号晚山，江西吉安人，赵文弟。词见《御选历代诗余》。

55　**许谦**(1270—1337)　字益之，号白云散人，浙江金华人。幼孤，受业于金履祥，无书不晓。延祐初(约1315)隐浙江东阳九华山，屡征不赴。有《白云集》。

56　**张可久**(约1270—1340后)　字伯远，号小山，庆元路(浙江宁波)人。曾为桐庐典史，工词典，与乔吉齐名，人称双璧。晚年居杭州西湖。有《小山乐府》。

57　**萨都剌**(1272—1340)　字天锡，号直斋，姓答失蛮，蒙古人，居雁门(山西代县)。泰定四年(1327)进士，官至淮西北道廉访使经历。晚年居杭州。有《雁门集》。

58　**虞集**(1272—1348)　字伯生，号道园、邵庵，江西崇仁人。师事吴澄。大德初(约1297)荐授大都路儒学教授，官至奎章阁侍书学士。有《道园稿》。

59　**刘诜**(1274—1356，一作1268—1350)　字桂翁，号桂隐，庐陵(江西吉安)人。延祐间，行台御史屡以教官馆职，荐其遗逸，不报。有《桂隐集》。

60　**乔吉**(1280—1345)　一称乔吉甫，字梦符，号笙鹤翁，又号惺惺道人，山西太原人。流浪江湖四十年，晚年寓杭州。能词章。有《惺惺道人乐府》、杂剧《金钱记》等。

61　**吴镇**(1280—1354)　字仲圭，号梅花道人，尝署梅道人，浙江嘉善人。善画山水竹石，工词翰，隐居不仕。爱梅花，所居曰梅花庵，庵址在嘉善城内，今尚保存。有《梅花道人遗墨》。

62　**洪希文**(1282—1366)　字汝质，号去华，福建莆田人。洪岩虎子。尝官训导，侍父居山中。有《续轩渠集》(因父著《轩渠集》，续之)。

63　**张雨**(1283—1350)　字伯雨，一名天雨，号贞居子，钱塘(浙江杭州)人。年二十余为道士，尝居江苏茅山，自称句曲外史，与赵孟頫有文字交。有《句曲外史集》。

64　**欧阳玄**(1283—1358)　字元功，号圭斋，祖籍庐陵(江西吉安)，徙湖南浏阳。延祐二年(1315)进士，官至翰林学士承旨。有《圭斋集》。

65　**滕宾**　字玉霄，睢阳(河南商丘)人。至大间(1308—1311)官翰林学士，出为江西儒学提举，后入天台山为道士，称涵虚子。有《玉霄集》。

66　**王国器**(1284—?)　字德琏，号天庵，浙江吴兴人，赵孟頫婿，赵雍姊夫，王蒙父。工诗词。

67　**李齐贤**(1287—1367)　字仲思，号益斋，高丽(朝鲜)人。二十八岁时为忠善王所赏，侍从至元大都(北京)曾任西海道安廉使。与钟嗣成友善。

68　**许有壬**(1287—1368)　字可用，河南汤阴人。延祐二年(1315)进士，历仕七朝，历集贤大学士、枢密副使，中书左丞，为官垂五十年。有《圭塘小稿》。

69　**张翥**(1287—1368)　字仲举，学者称蜕庵先生，晋宁(山西临汾)人。从仇远学诗。至正初(约1341)为国子助教，官至翰林学士承旨。有《蜕庵诗集》。

70　**赵雍**(1289—1369)　字仲穆，号山斋，浙江吴兴人，赵孟頫次子，以荫知昌国、海宁两州，官至集贤待制，同知湖州路总管府事。有《仲穆选稿》。

71　**张埜**　字埜夫，一字野夫，号古山，河北邯郸人。张之翰子。延祐间(1314—1320)官翰林修撰。有《古山学府》。

72　**柯九思**(1290—1343)　字敬仲，号丹丘、丹丘生、五云阁吏，浙江仙居人。天历时(1328—1329)官至奎章阁学士。工诗画，与赵孟頫、虞集为文字交。有《丹丘生集》。

73 **马熙** 字明初，衡州安仁（湖南衡阳）人。官右卫率府教授。尝与许有壬、许有孚唱酬。有《乐府》。

74 **许有孚** 字可行，河南汤阴人，许有壬弟。至顺元年（1328）进士，历中宪大夫，同佥太常礼仪院事。有《圭塘欸乃集》。

75 **宋褧**（1292—1346） 字显夫，大都宛平（今属北京）人。泰定二年（1325）进士，历翰林学士、监察御史。博览群书，与兄宋本齐名，人称大小宋。有《燕石集》。

76 **杨维祯**（1296—1370） 字廉夫，号铁崖，浙江诸暨人。泰定四年（1327）进士，署天台尹，尝会修辽、金、宋三史。元末兵乱，避地杭州转松江。明洪武三年（1340）修《礼乐书》。

77 **僧梵琦**（1296—1370） 字楚石，小字昙曜，号西斋，俗姓朱，父朱杲，母张氏，浙江象山人。年十六，受戒于杭州昭庆寺。明洪武三年（1370）被召入京（南京），建塔于天宁祚禅寺。日本朝鲜学者多奔走座下。有《西斋集》。

78 **李孝光**（1297—1348） 字季和，号五峰，浙江乐清人。隐居雁荡山五峰下。至正七年（1347）诏授秘书监著作郎，翌年升文林郎秘书监丞，卒。有《五峰词》。

79 **拜住**（1298—1323） 蒙古札剌亦部人。佐英宗推行新政，官中书左丞相。至治三年（1323）八月，铁失谋逆，与帝同遇刺于上都南坡店途中。

80 **沈禧** 字廷锡，浙江吴兴人。有《竹窗词》。

81 **张以宁**（1301—1370） 字志道，福建古田人。家住翠屏山下，因号翠屏山人。泰定进士，元末任翰林学士。入明，续任。使安南，归卒于途。

82 **倪瓒**（1301—1374） 字元镇，号云林，江苏无锡人。名画家，家有清閟阁，多藏名画秘籍。至正初（约1341）忽散家财，扁舟往来三泖间。有《清閟阁集》。

83 **舒頔**（1304—1377） 字道元，自号华阳游者，安徽绩溪人。至元三年（1337）为黄州教谕，后为丹阳及台州路学官，入明不仕，隐居华阳山。有《贞素斋诗余》。

84 **汪斌** 字以质，安徽绩溪人，一说婺源人。汪宗臣从孙。元末尝从汪同练乡兵保卫乡里。有《云坡集》。

85 **舒逊** 字士谦，号可庵，安徽绩溪人。舒頔弟。有《可庵诗余》。

86 **邵亨贞**（1309—1401） 字复孺，号清溪，浙江桐庐人。博通经史，明洪武中官松江府训导。有《野处集》。

87 **沈景高** 乌程（浙江吴兴）人。词见《御选历代诗余》。

88 **罗庆** 词见《御选历代诗余》。

89 **顾德辉**（1310—1369） 字仲瑛，一名瑛，江苏昆山人。筑别业于茜泾西，曰玉山佳处。举秀才。张士诚强以官，不就。后祝发，称金粟道人。有《玉山璞稿》。

90 **许桢** 字元幹,河南汤阴人,许有壬子。官太祝,应奉翰林。著作见许有孚所辑之《圭塘欸乃集》。

91 **阿鲁温掌机沙** 词见《古今词话》。

92 **贾云华**(女)(约1314—约1368) 字娉娉,钱塘(浙江杭州)人。魏鹏妻。词见《剪灯新话》。

93 **魏鹏**(约1314—约1396) 字寓言,湖北襄阳人。词见《剪灯新话》。

94 **无名女子**(女) 吴郡(江苏苏州)渭塘人。至顺时(1330—1332)在渭塘酒肆遇金陵(江苏南京)王生,后嫁之。

95 **赵汸**(1319—1369) 字子常,学者称东山先生,安徽休宁人。晚年遁迹于东山著述。明洪武二年(1369)修元史,归未逾月即卒。有《东山存稿》。

96 **方国珍**(1319—1374) 浙江黄岩人。至正八年(1348)杀仇家为海盗。招安后官至浙行省左丞相。至正二十七年(1367)第二次降明,受官职,但未上任,卒于南京。

97 **王逢**(1319—1388) 字原吉,江苏江阴人。元末累荐不赴。入明,亦征之不赴,隐于长江之黄山。寻避地无锡、松江、乌径。有《梧溪诗集》。

98 **杨樵云** 涂川(今属江西)人。词见《词综》。

99 **郯绍** 字九成,自号云台散史、苕溪渔者,浙江吴兴人。至正初(约1341)为试漕府掾,淡然以诗酒自乐。有《云台集》。

100 **孟昉** 字天暐,本西域人,寓北平。至正十二年(1341—1352)申为翰林待制,官至江南行台监察御史。有《孟待制文集》。

101 **苏道春**(约1325—?) 字国华,号百花主人,陕西武功人。十五岁时父官河南廉访使,随同到洛阳。十七岁(约1341)元宵夜,遇潘拱璧,恋而娶之。

102 **潘拱璧**(女)(约1325—?) 字玉贞,河南洛阳人。父潘万钟,曾为四川通政大夫。拱璧娇媚,人称海棠红。元宵夜遇苏道春,后嫁之。有《海棠集》。

103 **罗爱爱**(女)(?—1356) 浙江嘉兴名妓,色艺诗词俱绝。从良嫁同郡赵氏子。至正十六年(1356)二月,元将杨完者驻嘉兴,欲纳之,不从自缢死。

104 **竺月华** 明州(浙江宁波)僧,艳羡柳含春,作《望江南》词挑之,被讼于元将方国珍,后因词巧,被判还俗,娶柳含春为妻。

105 **张半湖** 有《满江红》及《扫花游》词。见《御选历代诗余》。

106 **黄水村** 江西宜春人。有《解连环》词,见《御选历代诗余》。

107 **白无咎** 有《折桂令》词,见《词律》。

108 **刘云寰** 有《念奴娇》词,见《御选历代诗余》。

109　**曹妙清**（女）　字比玉，号雪斋，钱塘（浙江杭州）人。事母孝，三十岁不嫁。工诗词，善鼓琴，与杨维祯为文字友，和其《竹枝》词。

110　**张妙净**（女）　字惠莲，号自然道人。钱塘（浙江杭州）人。工诗章，晓音律，晚年居江苏苏州之春梦楼，与杨维桢为文字友。和其《竹枝》词。

111　**刘燕哥**（女）　歌妓。作《太常引》词，饯别刘参议归山东。

112　**金定**（约1337—约1360）　安徽淮南人。词见凌濛初《二刻拍案惊奇》。

113　**刘翠翠**（女）（约1337—约1360）　安徽淮南人。金定妻，被张士诚部将掳为妻，辗转至湖州。金定寻至，冒作兄妹，双双悲恸死，葬在道场山下，阴间再成夫妇。词见凌濛初《二刻拍案惊奇》。

114　**无名氏**

明　共653人，其中女200人。

1　**僧梵琦**（1296—1370）　字楚石，号昙曜，宁波象山人。居海盐天宁寺，为大慧宗杲五传弟子。

2　**谢应芳**（1296—1392）　字子兰，号龟巢，江苏武进（常州）人。隐白鹤溪上，筑室曰龟巢，因以为号。授徒讲学。尝避地吴中，兵起归里，居芳茂山。有《龟巢词》。

3　**王蒙**（1301—1385）　字叔明，晚号黄鹤山樵，浙江吴兴人，赵孟頫外孙。工画山水人物，元末官理问，洪武初（约1368）知泰安州。坐胡继庸党，瘐死狱中。

4　**梁寅**（1303—1389）　字孟敬，号石门，江西新喻人。元末累举不第，为集庆路训导。明初就征，修《礼乐》，书成辞归石门山。有《石门集》。

5　**高明**（1310—1380）　字则诚，号菜根道人。浙江瑞安人。元至正五年（1345）进士，授处州录事，洪武初（约1369）召修元史，以老病辞归。有《柔克斋集》、杂剧《琵琶记》。

6　**宋濂**（1310—1381）　字景濂，号潜溪，别号龙门子玄真遁叟，浙江浦江人。元末荐授编修，不赴，隐东山著书。入明，官至翰林学士承旨。后贬茂州，途中病卒。有《宋学士集》。

7　**刘基**（1311—1375）　字伯温，浙江青田人。元元统元年（1333）进士，授高安县丞，弃官归。明太祖聘至金陵，佐定天下，功封诚意伯、御史中丞。后遭胡惟庸谗毁，忧愤卒。

8　**贝琼**（1314—1379）　字廷琚，一字廷臣，又名阙，浙江崇德人。元末领乡荐，兵起退居殳山。洪武初（约1368）召修元史，除国子助教。有《清江词》。

9　**陶安**（1315—1371）　字主敬，安徽当涂人。元至正初（约1341）举乡试，避兵家居。明太祖渡江，率父老出迎，留参幕府。洪武初（约1368）修元史，官至参知政事。有《陶学士词》。

10 **陶宗仪**（1316—1403） 字九成，号南村，浙江黄岩人。居松江。元末张士诚、明太祖均荐举不赴。晚年始应有司聘，为教官。有《南村诗集》。

11 **凌云翰**（1323—1381） 字彦翀，仁和（浙江杭州）人。元至正十九年（1359）举人，明洪武十四年（1381）荐授成都府教授。坐贡举案，贬南荒卒。有《柘轩集》。

12 **杨基**（1326—1378） 字孟载，号眉庵，祖籍嘉州（四川乐山），徙吴中（浙江湖州）。明初知荥阳县，迁山西按察使，坐事死于贬所。有《眉庵集》。

13 **罗贯中**（约1330—约1400） 名本，字贯中，号湖海散人。山西太原人。施耐庵学生，曾客张士诚幕。《三国演义》作者，另有《隋唐志传》等。据金圣叹考证，《水浒传》七十四回后，亦系其所作。

14 **王行**（1331—1395） 字止仲，号淡如、半轩、楮园，江苏吴县人。元末为豪商沈万三家塾师，洪武初为蓝玉门客。玉获诛，被牵连死。有《半轩集》。

15 **姚广孝**（1335—1419） 字斯道，初为僧，名道衍，自号逃虚子，长洲（江苏苏州）人。洪武中选侍燕王朱棣，棣篡位，实为广孝阴谋，功第一，拜太子少师。有《逃虚子集》。

16 **高启**（1336—1374） 字季迪，号槎轩、青丘子，长洲（江苏苏州）人。元末隐居吴淞江畔青丘，洪武初（约1368）召修《元史》，官至户部右侍郎。因文学获罪，腰斩于市。有《扣舷词》等。

17 **刘昺** 字彦章，一作刘炳，江西鄱阳人。元末官安庆左丞余阙。入明，献书言事，授中书博士，出为大都督府掌记。有《鄱阳词》。

18 **黄澄** 字子常，洪武初（约1368）人。词见《明词综》。

19 **林鸿** 字子羽，福建福清人。洪武初（约1368）荐授将乐县训导，升礼部精膳司员外郎，年未四十辞归。有《鸣盛词》。

20 **张红桥**（女） 闽妓，居福建闽县红桥之西，因以为号。与林鸿交好，唱和颇多，纳为妾，后鸿去金陵，相思成疾卒。

21 **冯琛**（1340—1374） 字伯玉，四川成都人，生于江苏南京。浪迹江湖，至临安，赵彧妻以女云琼。洪武初平倭，拜镇国将军。

22 **瞿祐**（1341—1427） 一作祐，字宗吉，号存斋，浙江杭州人。洪武中为临安教谕，永乐间为周王府长史，坐诗祸编管保安，洪熙中复原官。有《存斋诗集》。

23 **王秋英**（女）（约1343—1593） 字澹容，湖北人，女鬼。福建诸生韩梦云嘉靖甲子（1564）过福建顺昌石湖山，见遗骼掩之，鬼遂嫁之，产一子。万历癸巳（1593）

言缘已尽，挥涕别。见《明词综》。

24 **玄妙洞天少女**(女) 词见卓珂月《词统》。

25 **赵云琼**(女)(1348—1374) 浙江杭州人。元直殿将军赵彧女，冯琛妻，封赵国夫人。洪武七年(1374)夫卒。越十五日，以忧思，不饮食卒。

26 **程本立**(？—1402) 字原道，号巽隐，崇德(浙江桐乡)人。洪武九年(1376)以明经擢秦、周二王府引礼官，官至江西按察副使。燕王篡位，自缢死。有《巽隐集》。

27 **黎贞**(？—1407) 字彦晦，号陶陶生，晚号秫坡，广东新会人。洪武初(约1368)举本邑训导，不就。后被诬，戍辽阳18年，放还卒。有《秫坡稿》。

28 **叶兰**(约1355—约1453) 字楚亭，别号醉翁，江西鄱阳人。终生隐居不仕，享年99岁。有《寓庵词》。

29 **董纪** 字良史，更字述夫，号一槎，上海人。洪武十五年(1382)举贤良方正，擢江西按察佥事。有《西郊笑端集》。

30 **胡俨**(1361—1443) 字若思，号颐庵，江西南昌人。洪武二十年(1387)以举人授华亭教谕，建文元年(1399)知桐城县，永乐二年(1404)拜国子监祭酒，洪熙初(1425)致仕。有《颐庵集》。

31 **杨士奇**(1365—1444) 名寓，字士奇，号东里，以字行，江西泰和人。建文初(约1399)修太祖实录，官至礼部侍郎，华盖殿大学士。以子稷下狱，忧卒。有《东里集》。

32 **铁铉**(1366—1402) 字鼎石，河南邓县人。洪武中官礼部给事中，建文初(约1400)为山东参政，屡挫燕兵，升兵部尚书。后兵败被执，不屈死。

33 **黄淮**(1367—1449) 字宗豫，号介庵，浙江永嘉(温州鹿城)人。洪武十三年(1380)进士，永乐时官右春坊大学士，辅太子监国。后被汉王朱高煦诬陷，下狱十年，洪熙元年(1425)复官，授武英殿大学士。有《介庵词》。

34 **解缙**(1369—1415) 字大绅，一字缙绅，号春雨、喜易，江西吉水人。洪武二十一年(1388)进士，成祖即位，擢翰林学士。永乐八年(1410)坐私觐太子下狱，卒于狱。

35 **王偁**(1370—1415) 字孟敭，永福(福建漳平)人，为闽中十才子之一，洪武中领乡荐，永乐初授翰林院检讨，任《永乐大典》副总裁。

36 **莫璠** 字仲玙，号桔隐，晚号栎寿老人，钱塘(浙江杭州)人。隐西湖，与刘菊庄为诗酒友。有《西湖十景词》。

37 **杨荣**(1371—1440) 初名子荣，字勉仁，建安(福建建瓯)人。建文时

(1399—1402)进士，洪熙时(约1425)官至谨身殿大学士、工部尚书。有《杨文敏集》。

38 **李祯**(1376—1452) 字昌祺，江西吉安人。永乐二年(1404)进士，官至广西、河南左布政使。有《侨庵诗余》、《剪灯余话》。

39 **朱允炆**(1377—1402) 即建文帝，朱元璋长子朱标之次子，洪武三十一年(1398)即帝位，建文四年(1402)六月，其四叔朱棣(即永乐帝)反，陷南京，皇宫火起，偕皇后同死。一说逃为僧。

40 **朱高炽**(1378—1425) 即仁宗，成祖朱棣长子，母徐后(徐达女)。47岁时(1424)嗣帝位，明年改元洪熙，五月崩，在位仅一年。

41 **权贤妃**(女) 朝鲜人，永乐初(约1403)贡充掖庭，善玉箫，能作词，帝爱怜之，封贤妃。卒谥恭献。

42 **朱有燉**(1379—1439) 号诚斋，明太祖第五子。周定王朱橚长子，洪熙元年袭封周王，开藩河南开封，卒谥宪。有《诚斋录》。

43 **王直**(1379—1462) 字行俭，号抑庵，江西泰和人。永乐二年(1404)进士，正统三年(1438)官礼部侍郎，景帝时进少傅，英宗复辟(1457)乞休归。有《抑庵集》。

44 **王洪**(1380—1420) 字希范，号毅斋，浙江杭州人。洪武三十年(1397)进士，永乐初(约1403)预修《大典》，官修撰侍讲。有《毅斋集》。

45 **晏璧** 字彦文，江西吉安人。永乐间(1403—1424)尝为徐州判官，官至山东按察使佥事、湖广巡按。后坐事谪含山县。

46 **陈循**(1385—1462) 字德安，江西泰和人。永乐十三年(1415)进士第一，英宗正统间进户部右侍郎，景泰中进华盖殿大学士，英宗复辟，谪戍铁岭，后释归为民。有《芳洲集》。

47 **高谷**(1391—1460) 字世用，江苏兴化人，永乐十三年(1415)进士，官至谨身殿大学士、少傅，英宗复辟(1457)，谢病归。有《育斋先生诗集》。

48 **刘铉**(1394—1457) 字宗器，号假庵，长洲(江苏苏州)人。少孤，事母孝，永乐中举顺天乡试，任教习庶吉士，景帝即位，迁国子祭酒，天顺初(约1457)升少詹事。

49 **兰茂**(1397—1476) 字廷秀，号止庵，杨林(云南嵩明)人。隐士，潜心理道，后佐尚书王骥征麓川成功。有《元壶集》。

50 **朱瞻基**(1398—1435) 即宣宗，仁宗朱高炽长子。二十八岁(1425)六月嗣帝位，翌年改元宣德，在位十年崩。

51 **张楷**(1398—1462) 字式之，号介庵，浙江慈溪人。永乐二十二年(1424)进士，宣德中擢御史，官至右佥都御史，巡抚京畿。

52 **聂大年**(1402—1456) 字寿卿，号东轩，江西临川人。宣德末(约1434)荐授仁和县训导迁教谕。景泰六年(1435)入翰林修史，寻病卒。有《东轩集》。

53　**祝颢**(1405—1483)　字惟清，长洲(江苏苏州)人。正统(1436—1449)进士，授刑部给事中，官至山西布政使左参政。有《侗轩集》。

54　**徐有贞**(1407—1472)　初名珵，字元玉，号天全，吴县(江苏苏州)人。宣德八年(1433)进士，佐英宗复辟，升兵部尚书兼华盖殿大学士，后被石亨陷，贬金齿(云南永昌)，亨败放回。

55　**马洪**　字浩澜，号鹤窗，仁和(浙江杭州)人。以布衣终生。精诗词，自谓四十年仅得一百篇。有《花影集》。

56　**吴桢**　字永锡，瓯宁(福建建瓯)人。宣德(1426—1435)举人，历官工部给事中、河南郑州判官。

57　**张舜美**　越州(浙江绍兴)人。在杭州遇刘素香，经过周折，终成夫妻。事见熊龙峰《张生彩鸾灯传》。

58　**刘素香**(女)　浙江杭州人，张舜美妻。事见熊龙峰《张生彩鸾灯传》。

59　**商辂**(1414—1486)　字弘载，号素庵，浙江淳安人。正统十年(1445)状元，景泰元年(1450)升学士，英宗复辟(1457)斥为民。成化间官兵、户部尚书。有《蔗山笔麈》。

60　**倪谦**(1415—1479)　字克让，号静存，钱塘(杭州)人，徙上元(南京)，正统四年(1439)进士，使朝鲜。成化时官南礼部尚书，致仕。谥文僖。

61　**丘濬**(1418—1495)　字仲深，号琼台，广东琼山人。景泰五年(1454)进士，历官国子监祭酒、礼部尚书。有《琼台集》。

62　**顾恂**(1418—1505)　字桂轩，江苏昆山人，顾鼎臣父。有《啖蔗余甘词》《桂轩先生集》。

63　**叶盛**(1420—1474)　字与中，号仲盛，别号蜕庵、泾东道人，江苏昆山人。正统进士，历右参政，督饷宣府，巡抚两广，吏部侍郎。有《菉竹堂词》。

64　**姚绶**(1423—1495)　字公绶，号谷庵、云东逸史，浙江嘉善人。天顺八年(1464)进士。官监察御史。成化初知永宁府。解官归，筑室名丹丘。有《谷庵词》。

65　**王越**(1423—1498)　字世昌，河南浚县人。景泰二年(1451)进士，官至兵部尚书。以武功封威宁伯。卒谥襄敏。有《王襄敏公集》。

66　**符俊**(？—约1476)　字世英，浙江余杭人。景泰元年(1450)举人。有《进修遗集》。

67　**张宁**(1426—1496)　字靖之，号方洲，浙江海盐人。景泰五年(1454)进士，官至都给事中，出为汀州知府。有《方洲诗余》。

68 **马文升**(1426—1510) 字负图，号约斋，晚号三峰居士，钧州(河南禹县)人。景泰二年(1451)进士，授御史。历按山西、湖广，孝宗时为吏部尚书，武宗时乞归。有《马端肃词》。

69 **沈周**(1427—1509) 字启南，号石田，晚号白石翁，长洲(江苏苏州)人。工画，与唐寅、文徵明、仇英并称明"四大家"。有《石田诗余》。

70 **郑麟趾** 景泰二年(1451)出使高丽(朝鲜)，还著《高丽史》进于朝。

71 **汤允绩**(？—1467) 字公让，濠州(安徽凤阳)人。系汤和曾孙。工诗，与王淮等号称景泰十才子。官指挥佥事，守孤山堡战死。有《东谷集》。

72 **陈献章**(1428—1500) 字公甫，号石斋，人称白沙先生，广东新会人。正统举人，十二年两赴礼部不第，游太学，荐授检讨，乞归。有《白沙先生集》。

73 **周瑛**(1430—1518) 字梁石，福建莆田人。成化进士，知广德州。弘治初(约1488)为四川参政。进右布政使。有《翠渠词》。

74 **彭华**(1432—1496) 字彦实，号素庵，江西安福人。景泰五年(1454)进士第一。由詹事迁礼部侍郎，入内阁。逾年，以风疾卒。谥文思。有《彭文思集》。

75 **史鉴**(1434—1496) 字明古，江苏吴江人。无书不读，隐居不仕。王恕巡抚江南，闻名延见，深服其才。家居西村，别署西村逸史，人称西村先生。有《西村集》。

76 **祁顺**(1434—1497) 字致和，号逵庵、巽川居士，广东东莞人。天顺四年(1460)进士，成化中赐一品服使朝鲜，官至江西左布政使。有《巽川集》。

77 **林瀚**(1434—1519) 字亨大，福建闽县人。成化进士，正德中官南京吏部尚书，与林俊、章懋、张敷华号留京四君子。忤刘谨，罢归。谨诛，复官。有《林文安公集》。

78 **吴宽**(1435—1504) 字原博，号匏庵，长洲(江苏苏州)人。成化八年(1472)进士第一，授修撰，侍太子。后官至礼部尚书。有《匏翁词》。

79 **陆容**(1436—1496) 字文量，号式斋，江苏太仓人。成化二年(1466)进士。累官至浙江右参政，后忤权贵罢归。有《式斋词》。

80 **章懋**(1436—1521) 字德懋，别号闇然子，学者称枫山先生，浙江兰溪人。成化二年(1466)进士，官至国子监祭酒、南礼部尚书。有《枫山集》。

81 **朱仲娴**(女) 字令文，号静庵、妙端，浙江海宁人，尚宝卿司朱祚女，光泽教谕周济妻。成化、弘治间(1465—1505)人。享年八十。有《静庵集》。

82 **锁懋坚** 其先西域人，宋时迁临安(浙江杭州)。懋坚善吟写，成化间(1465—1487)游苕城(浙江湖州)，尝赋词。

83 **顾谏**(1446—1483) 字廷直，人称友荆先生，浙江嘉兴人。垂髫廪于庠，成化十九年(1483)，年三十七已首荐，但为权贵剔去，从此不举，愤殁。

84 **程敏政**(1446—1499) 字克勤，号篁墩，安徽休宁人。十八岁以神童荐，诏读书翰林院。成化二年(1466)进士，直讲东宫，孝宗即位，官至礼部右侍郎。有《篁墩集》。

85 **桑悦**(1447—1503) 字民怿，号思玄，江苏常熟人。成化元年(1464)举人。授柳州府通判。有《思玄词》。

86 **李东阳**(1447—1516) 字宾之，号西涯，湖南茶陵人。天顺八年(1464)进士，孝宗时官至礼部尚书兼文渊阁大学士。刘瑾诛，进左柱国。有《怀麓堂词》。

87 **罗杞**(1447—1519) 字景鸣，学者称圭峰先生，江西南城人。成化十三年(1477)进士，正德初(约1506)迁南京太常少卿，官至南京吏部右侍郎。有《圭峰词》。

88 **董宁** 山西忻县人。成化八年(1472)进士。有《点绛唇》，见《兰皋明词汇选》。

89 **吴洪**(1448—1525) 字禹畴，号立斋，江苏吴江人。成化八年(1472)进士，历官福建按察使，正德中为南刑部尚书。忤刘谨，致仕。

90 **张旭** 字廷曙，安徽休宁人。成化十年(1474)举人。历任孝丰、伊阳、高明知县。有《梅岩小稿》。

91 **金琮**(1449—1501) 字元玉，号赤松山农，金陵(江苏南京)人。以布衣终。

92 **王鳌**(1450—1524) 字济之，吴县(江苏苏州)人。成化十一年(1475)进士，正德初(约1506)官户部尚书，文渊阁大学士。有《震泽集》。

93 **谢迁**(1450—1531) 字于乔，号木斋，浙江余姚人。成化十一年(1475)进士第一。弘治中官至兵部尚书兼东阁大学士，嘉靖中入相数月，以老辞归。有《归田集》。

94 **林俊**(1452—1527) 字待用，号见素，福建莆田人。成化十四年(1478)进士，弘治元年(1488)擢云南按察副使，正德间抚湖广，嘉靖间官刑部尚书。有《林见素词》。

95 **夏鍭**(1455—1537) 字德树，晚号赤城，浙江天台人。成化二十三年(1487)进士，弘治四年(1491)谒选入都，上章忤旨，诏下狱，旋释，除南大理评事。有《赤城集》。

96 **孟淑卿**(女) 自号荆山居士，江苏苏州人。训导孟澄女，配不得志。有《荆山居士诗》。

97 **赵宽**(1457—1505) 字栗夫，号半江，江苏吴江人。成化十七年(1481)进士，官刑部郎中，出为浙江提学副使、广东按察使。有《半江集》。

98 **储巏**(1457—1513) 字静夫，号柴墟，江苏泰州人。成化二十年(1484)进士。官至户部左侍郎。因刘瑾专权，引疾归。谨诛，官南吏部侍郎。有《柴墟集》。

99 **杨循吉**(1458—1546) 字君谦，号南峰、多暇子，吴县(江苏苏州)人。成化二十年(1484)进士。授礼部主事。弘治初(1488)年三十一即致仕，居支硎山下。有《松筹堂集》。

100 **傅珪**(1459—1515) 字邦瑞，河北清苑人。成化二十三年(1487)进士，与修《会典》及《孝宗实录》，官至礼部尚书。有《北潭傅毅公集》。

101 **杨廷和**(1459—1529) 字介夫，号石斋，四川新都人。成化二十三年(1487)进士。正德中官太子太师、华盖殿大学士。嘉靖初(约1522)削职为民。有《乐府遗音》。

102 **祝允明**(1460—1527) 字希哲，号枝山、枝指生，长洲(江苏苏州)人。弘治五年(1492)举人。官广东兴宁知县、迁应天府通判，寻辞归。工书法。有《怀星堂集》。

103 **邵宝**(1460—1527) 字国贤，号泉斋，别号二泉，江苏无锡人。成化二十年(1484)进士。正德中官右副都御史，总督漕运。忤刘谨，致仕。谨诛，拜礼部尚书，辞不就。有《容春堂集》。

104 **王鸿儒**(1459—1519) 字懋学，河南南阳人。成化二十三年(1487)进士，武宗时官至南京户部尚书。有《凝斋集》。

105 **鲁铎**(1461—1527) 字振之，号莲北，景陵(湖北天门)人。弘治十五年(1502)进士第一。武宗时使安南，历两京国子监祭酒，致仕。谥文恪。有《鲁文恪公集》。

106 **朱谏**(1455—1541) 字君佐，号荡南，浙江永嘉人。弘治五年(1492)进士，官吉安知府。有《荡南集》。

107 **夏旸**(1461—?) 字汝霖，江西贵溪人，夏言从伯，曾任府司狱。有《葵轩词》。

108 **李堂**(1463—1524) 字时升，号堇山，浙江鄞县人。成化二十三年(1487)进士。官至工部右侍郎，总理漕河。有《堇山诗余》。

109 **蒋冕**(1463—1533) 字敬所，一字敬之，广西全州人。成化二十三年(1487)进士。正德间任户部尚书，嘉靖间任首相两个月。有《湘皋词》。

110 **费宏**(1468—1535) 字子充，号健斋，江西铅山人。成化二十三年(1487)进士第一。正德间迁户部尚书，嘉靖即位，起加少保，为首相。谥文宪。有《费文宪公词》。

111 **王九思**(1468—1551) 字敬夫，号渼陂，鄠县(陕西户县)人。弘治九年

(1496)进士。以附刘瑾官吏部郎中。瑾败，降寿州同知。有诗文名，与李梦阳等称七才子。有《碧山诗余》。

112 **毛宪**(1469—?) 字式之，号古庵，江苏武进人。正德六年(1511)进士，授给事中，疏奏不报，遂谢病归。有《古庵先生词》。

113 **陈沂**(1469—1538) 字宗鲁，改字鲁南，号石亭，因喜苏轼诗，自号小坡，浙江鄞县人。正德十二年(1517)进士，历官山东参政、太仆寺卿。有《石亭集》。

114 **刘碧**(女) 字映清，一字素娥，湖北安陆人。金陵(江苏南京)妓，陈沂授以笔法。后归武昌王光禄。少年夭亡，有《月波词》。

115 **唐寅**(1470—1523) 字伯虎，一字子畏，号六如居士，吴县(江苏苏州)人。工画。弘治十一年(1498)解元。翌年会试，被诬舞弊，谪为吏，耻不就。避宸濠聘，佯狂放还。有《六如词》。

116 **柴奇**(1470—1542) 字德美，号黼庵，江苏昆山人。正德六年(1511)进士。官至应天府尹。谏南巡、劾权倖，颇著直声。有《黼庵稿》。

117 **文徵明**(1470—1559) 初名壁，字徵明，42岁起更字徵仲，号衡山居士，长洲(江苏苏州)人。正德末，以岁贡生荐授翰林院待诏。预修武宗实录。致仕归。诗文书画皆工。有《甫田集》。

118 **朱朴** 字元素，号西村，浙江海盐人。正德、嘉靖间常与文徵明等酬答。后居西村。有《西村词》。

119 **顾潜**(1471—1534) 字孔昭，号桴斋，江苏昆山人。弘治九年(1496)进士，官至直隶提学御史。忤刘瑾，改马湖知府，旋罢归。有《静观堂集》。

120 **马闲卿**(女) 号芷居，江宁(江苏南京)人。翰林陈沂继妻。有《芷居集》。

121 **李梦阳**(1473—1529) 字献吉，号天赐，自号空同子，甘肃庆阳人。随父徙河南开封。弘治六年(1493)进士，官至江西提学副使。后忤帝，斥为民。有《弘德集》。

122 **顾鼎臣**(1473—1540) 初名仝，字九和，号未斋，江苏昆山人。弘治十八年(1505)进士第一。官至礼部尚书兼文渊阁大学士，入参机务。有《未斋集》。

123 **王廷相**(1474—1544) 字子衡，号浚川，又号平厓，仪封(河南兰考)人。弘治十五年(1502)进士。忤刘瑾，屡黜屡起，官至左都御史巡抚四川。有《内台集》。

124 **卢雍**(1474—?) 字师邵，吴县(江苏苏州)人。正德六年(1511)进士。授御史，出按四川，有惠政。迁本省提学副使，未任卒。有《古园集》。

125 **唐锦**(1475—1554) 字士絅，号龙江，上海人。弘治九年(1496)进士。忤刘瑾，被谪。谨诛，官至江西提学副使。有《龙江集》。

126　**方凤**　字时鸣，号改亭，江苏昆山人，方鹏弟。正德三年(1508)进士，授御史。以灾异指切弊政，出为广东提学佥事，谢病归。有《改亭诗余》。

127　**桂华**(1476—1522)　字子朴，安仁(江西余江)人。桂萼兄。正德八年(1513)举人。有《古山集》。

128　**边贡**(1476—1532)　字庭实，号华泉，历城(山东济南)人。弘治九年(1496)进士，嘉靖中官至户部尚书，被劾罢归。有《华泉词》。

129　**顾璘**(1476—1545)　字华玉，号东桥居士，祖籍苏州，徙上元(江苏南京)。弘治九年(1496)进士，正德四年(1509)知开封府，官至南刑部尚书。有《息园集》。

130　**周用**(1476—1547)　字行之，号白川，江苏吴江人。弘治十五年(1502)进士，历福建按察使、右副都御史。嘉靖二十五年(1546)升吏部尚书，翌年卒。谥恭肃。有《周恭肃集》。

131　**陈霆**(约1477—1550)　字声伯，号水南，浙江德清人。弘治十五年(1502)进士。忤刘谨，贬六安。谨诛，起为山西提学佥事。嘉靖九年(1530)自序《水南稿》。

132　**储氏**(女)(约1477—?)　江苏泰州人，储巏女，江苏兴化举人成学妻。

133　**盛进士女**(女)　号蓑衣道人，江苏江阴人。词见《众香词》。

134　**陆深**(1477—1544)　初名荣，字子渊，号俨山，上海人。弘治十八年(1505)进士，官国子监司业，升祭酒，嘉靖十六年(1537)为太常卿，进詹事。有《俨山集》。

135　**杨士云**(1477—1554)　原姓董，字从龙，号弘山，云南大理喜洲人。官户科给事中。有《弘山存稿》。

136　**徐祯卿**(1479—1511)　字昌谷，一字昌国，吴县(江苏苏州)人。弘治十八年(1505)进士，授大理左寺副。坐失囚，贬国子博士。工诗，有《迪功集》。

137　**姚惟芹**(1479—1526)　字惟诚，别号东斋，浙江嘉兴人。正德三年(1508)贡入太学。有《东斋稿略》。

138　**王教**(1479—1541)　字庸之，号中川，祥符(河南开封)人。嘉靖二年(1523)进士第二，官至南京兵部侍郎。有《中川词》。

139　**韩邦奇**(1479—1555)　字汝节，号苑洛，朝邑(陕西大荔)人。正德三年(1508)进士，因直言敢谏，屡起屡贬，终至南京兵部尚书。有《苑洛集》。

140　**朱斗儿**(女)　字素娥，金陵(江苏南京)名妓，武昌王光禄妾。画山水小景，陈炘授以笔法，尝与联吟。

141　**卢襄**(1481—1531)　字师陈，自号五坞山人。吴县(江苏苏州)人。嘉靖二年(1523)进士，累官兵部郎中，升陕西右参议。有《五坞草堂集》。

142　**毛伯温**(1482—1545)　字汝厉，号东塘，江西吉水人。正德三年(1508)进士，官至太子太保、刑部尚书。后以防事罢归，发背疽死。有《东塘诗集》。

143 **夏言**(1482—1548) 字公瑾，江西贵溪人。正德十二年(1517)进士，嘉靖朝参与机务，居首辅，为严嵩嫉妒，诬陷死。有《赐闲堂词》。

144 **齐之鸾**(1483—1534) 字瑞卿，安徽桐城人。正德六年(1511)进士，历庶吉士、兵科给事中，至河南按察使。有《蓉川集》。

145 **何景明**(1483—1521) 字仲默，号大复，河南信阳人。弘治十五年(1502)进士，正德时官陕西提学副使。有《大复集》。

146 **陈淳**(1483—1544) 字道复，后以字行，更字复甫，号白阳山人。长洲(江苏苏州)人。国子监生，受业于文徵明，善画及书法。有《陈白阳先生词》。

147 **顾应祥**(1483—1565) 字惟贤，号箬溪，祖籍长州(江苏苏州)，父顾昶徙浙江长兴。弘治十八年(1505)进士，历山东布政使、兵部侍郎、刑部尚书。有《箬溪词》《归田诗选》。

148 **朱让栩**(1510—1547) 宗室，太祖十一子蜀王朱椿五世孙，正德三年(1508)袭封。喜儒雅、创义学、修水利，孝宗尝赐书。有《长春竞辰稿》。

149 **孙一元**(1484—1520) 字太初，本为宗室，乃安化王朱寘鐇后，寘鐇坐叛逆伏诛，遂变姓名避难。尝栖太白山巅，称太白山人。与刘麟、陆琨等结社唱和，称苕溪五隐。有《太白山人稿》。

150 **张邦奇**(1484—1544) 字常甫，号甬川，别号兀涯，浙江鄞县人。弘治十八年(1505)进士，历南京吏部尚书，改兵部尚书，参赞机务。

151 **吴山**(1470—1572) 字静之，号讱庵，江苏吴江人。正德三年(1508)进士，官至河南、四川两省巡抚，入为刑部尚书，谥忠襄。

152 **孙承恩**(1485—1565) 字贞甫，号毅斋，华亭(上海松江)人。正德元年(1506)进士。官至礼部尚书兼翰林院学士，掌詹事府。时斋宫设醮，独不肯黄冠，致仕。谥文简。有《瀼溪草堂稿》。

153 **张綖**(1487—1543) 字世文，一作字世昌，号南湖，江苏高邮人。正德八年(1513)举人。官武昌通判，迁光州知州。有《南湖诗余》《诗余图谱》。

154 **许论** 字廷议，河南灵宝人。许进子。嘉靖五年(1526)进士，官至南京光禄寺少卿，迁南京大理寺丞。终兵部尚书。有《默斋集》。

155 **陈铎**(1488—1521) 字大声，号秋碧、七一居士，江苏下邳(邳县)人，居南京。世袭指挥，工诗善画，尤善乐府、散曲。有《秋碧乐府》。

156 **裘律** 字梅倩，一名裘昌今。有《书仙阁词》。另有《小重山·湖上春游》词，收于《西湖游览志余》和《御选历代诗余》。

157　**杨慎**(1488—1559)　字用修，号升庵，四川新都人。正德六年(1511)进士第一，授经筵讲官。直谏忤旨，廷杖后谪戍云南永昌达三十余年，死于贬所。有《升庵词》。

158　**李濂**(1488—1566)　字川父，祥符(河南开封)人。正德九年(1514)进士，历沔阳知州、宁波同知，至山西按察佥事。免归居家四十余年。有《嵩渚集》。

159　**王凤娴**(女)　字瑞卿，号文如子，云间(上海松江)人。宜春知县张孟端妻。长女张引元，次女张引庆。有《焚余草》。

160　**端淑卿**(女)　安徽当涂人。教谕端廷弼女，丹徒芮儒妻。有《绿窗诗稿》。

161　**赵金**(1492—1580)　字淮献，号心山，乌程(浙江湖州)人。布衣，工诗文，善画，正德中征诏不赴。有《浮休集》。

162　**吴子孝**(1495—1563)　字纯叔，号海峰，长洲(江苏苏州)人，大学士吴一鹏子。嘉靖八年(1529)进士，官至光禄寺丞，迁湖广参议。有《海峰词》。

163　**骆文盛**(1496—1554)　字质甫，号两溪，侣云道人。武康(浙江德清)人。嘉靖十四年(1535)进士，授编修。旋告归，结茅山中。有《骆两溪集》。

164　**周复俊**(1496—1574)　字子颙，号木泾，江苏昆山人。嘉靖十一年(1532)进士，官云南左布政使，与杨慎极相得。后迁南京太仆寺卿，致仕。有《泾林集》。

165　**张之象**(1496—1577)　字月鹿，一字元超，号碧山外史、王屋山人，华亭(上海松江)人。嘉靖时，官浙江按察司知事。有《古诗类苑》。

166　**唐枢**(1497—1574)　字惟中，号一庵，归安(浙江湖州)人。嘉靖五年(1526)进士，授刑部主事，因上疏忤旨，斥为民。隆庆初(约1567)复官。

167　**苏世让**　字彦谦，一说名阳谷，字世让，朝鲜人。授成均馆司成。嘉靖元年(1522)尝与人唱和诗词。又与华使君有唱和集。

168　**黄峨**(女)(1498—1569)　字秀眉，四川遂宁人。工部尚书黄珂次女，杨慎继妻，人称黄夫人。有《杨状元妻诗集》《杨夫人乐府诗余》。

169　**文彭**(1498—1573)　字寿承，号三桥，长洲(江苏苏州)人。文徵明长子。以明经廷试第一，授国子监博士。工书画篆刻。有《博士诗》。

170　**陈如纶**(1499—1552)　字德宣，号午江、二余，本姓许，江苏太仓人。嘉靖十一年(1532)进士，官至福建布政使参议。有《二余词》。

171　**黄正色**(1500—1576)　字士尚，号斗南，江苏无锡人。嘉靖八年(1529)进士，授南海知县，擢南京监察御使，因劾鲍忠等被诬下狱，谪戍辽东三十年，穆宗初(约1573)召还，迁南太仆卿。

172　**江以达**(1502—1550)　字子顺，号午坡，江西贵溪人。嘉靖五年(1526)进士，官至湖广提学副使。为楚王所诬，下狱。后放归。有《午坡集》。

173 **苏志皋**（1488—?） 字德明，号寒村，河北固安人。嘉靖十一年（1532）进士，历浏阳、进贤知县，官至副都御史。有《寒村集》。

174 **袁彤芳**（女） 字履贞，自号广寒仙客，吴县（江苏苏州）人。袁德门女。有《广寒词》。

175 **杨仪**（1488—约1560） 字梦羽，自号五川居士，江苏常熟人。嘉靖五年（1526）进士，官至兵部郎中、山东按察副使。谢病告归，构“万卷楼”藏书。有《南宫诗余》。

176 **王谷祥**（1501—1568） 字禄之，号酉室，长洲（江苏苏州）人。嘉靖八年（1529）进士，授工部主事，转吏部员外郎。有《王谷祥集》。

177 **袁袠**（1502—1547） 字永之，号横塘、胥台山人，江苏苏州人。嘉靖五年（1526）进士，任刑、兵部主事，因司署失火，谪戍湖州。后为广西提学佥事，告病归。有《胥台集》。

178 **文伯仁**（1502—1575） 字德承，号五峰、葆生、摄山老人，长洲（江苏苏州）人。文徵明侄。诸生，善画山水人物。

179 **闵如霖**（1503—1559） 字师望，号午塘，乌程（浙江湖州）人。嘉靖十一年（1532）进士，官至国子监祭酒、南京礼部尚书。有《午塘集》。

180 **徐阶**（1503—1583） 字子升，号存斋，一号少湖，华亭（上海松江）人。嘉靖二年（1523）进士。外事严嵩甚谨，内深自结于帝，卒逐嵩。官至礼部尚书、东阁大学士。有《经世堂词》。

181 **许谷**（1504—1566） 字仲贻，号石城，上元（江苏南京）人。嘉靖十四年（1535）进士，官至南京尚宝卿。后罢归，嗣顾璘主词坛。有《归田词》等。

182 **彭年**（1505—1566） 字孔嘉，号隆池山樵，长洲（江苏苏州）人。少与文徵明游。以词翰名，时称长者。有《隆池山樵集》。

183 **吴承恩**（1507—1582） 字汝忠，号射阳山人。江苏淮安人。嘉靖二十三年（1544）岁贡生，授长兴县丞，隆庆初（约1567）告归。有《射阳先生词》、小说《西游记》。

184 **钱谷**（1508—1572） 字叔宝，一字子璧，号罄室，吴县（江苏苏州）人。少孤贫，游文徵明之门。闻有异书，虽病，必强起观阅、抄录。有《唱和香词》

185 **陈鎏**（1508—1581） 字子兼，号雨泉，吴县（江苏苏州）人。嘉靖十七年（1538）进士，官至四川布政使。善书法。有《已宽堂集》。

186 **孟氏**（女） 浙江绍兴人。傅道坤妻。词见《历代闺秀诗余》。

187 **王慎中**(1509—1559) 字道思，初号遵岩居士，后号南江，福建晋江人。嘉靖五年(1526)进士，历官礼部郎中、河南布政使参议。有《遵岩先生词》。

188 **赵时春**(1509—1567) 字景仁，号浚谷，甘肃平凉人。嘉靖五年(1526)进士，历兵部主事、翰林编修。两次因直谏黜为民。后擢巡抚山西，遇敌于广武，一战而败，罢官。有《洗心亭诗余》。

189 **王立道**(1510—1547) 字懋中，江苏无锡人。嘉靖十四年(1535)进士，授编修。有《具茨诗余》。

190 **赵大佑**(1510—1569) 字世胤，号方崖，安徽太平人。嘉靖二十九年(1550)举人。官泸州知州。有《石燕集》。

191 **董份**(1510—1595) 字用均，号泌园，乌程(浙江湖州)人。嘉靖二十年(1541)进士，官至礼部尚书兼翰林学士。后罢官归里，旋病卒。有《泌园集》。

192 **陆师道**(约1510—约1574) 字子傅，号元洲，更号五湖，长洲(江苏苏州)人。嘉定十七年(1538)进士，官至尚宝少卿。有《五湖集》。

193 **洪楩** 字子美，钱塘(浙江杭州)人。尝从姜南(蓉塘)游，以荫官詹事主簿。嘉靖二十六年(1547)与潘翊等刊《蓉塘诗话》。自有《清平堂话本》。

194 **李攀龙**(1514—1570) 字于鳞，号沧溟，历城(山东济南)人。嘉靖二十三年(1544)进士，官至陕西提学副使。谢病归将十年，起复河南按察使。母死悲极，卒。有《沧溟集》。

195 **张引元**(女) 字文姝，华亭(上海松江)人。张孟端、王凤娴长女，杨某妻，终年三十九岁。有《贯珠集》，范叔子为序。

196 **徐惊鸿**(女) 字飞卿，原名翩，号惊鸿，金陵(南京)妓，后为尼，号慧月。有《秋水词》，苏州周天球赞之，并赠诗。

197 **陆楫**(1515—1552) 字思豫，上海人，陆深子。有《蒹葭堂稿》，并辑有《古今说海》142卷。

198 **孙楼**(1515—1583) 字子虚，又字木天，号百川，江苏常熟人。嘉靖二十五年(1546)举人，授湖州府推官，改汉中，致仕归。有《百川集》。

199 **陈士元**(1516—1596) 字心叔，号养吾，湖北应城人。嘉靖二十三年(1544)进士，官至滦州知府。有《归云词》。

200 **王好问**(1517—1582) 字裕卿，号西塘，河北乐亭人。嘉靖二十九年(1550)进士，官至南京户部尚书，与周天球相交。有《春煦斋词》。

201 **任环**(1519—1558) 字应乾，号复庵，山西长治人。嘉靖二十三年(1544)进士，历知黄平、沙河、滑县知县，至山东右参政。有《山海漫淡词录》。

202　**周思兼**(1519—1565)　字叔夜，号莱峰，华亭(上海松江)人。嘉靖二十六年(1547)进士，除平度知府，官至湖广佥事。有《胶东词》。

203　**徐渭**(1521—1593)　字文长，号天池山人，晚号青藤道士，山阴(浙江绍兴)人。诸生，诗文书画皆工。客总督胡宗宪幕，擒倭寇徐海，诱王直，皆出其谋，宗宪下狱，惧祸而狂。自戕不死，杀妻下狱，久之得释放，贫困死。有《樱桃馆集》。

204　**邵圭洁**　字伯如，号北虞、茂斋，江苏常熟人。嘉靖二十八年(1549)举人，授德清县教谕卒。有《北虞集》。

205　**徐眉云**(女)　华亭(上海松江)人，徐阶女。

206　**刘夫人**(女)　湖北麻城人。兵部尚书刘天和孙女，副总兵丘长孺妻。

207　**王世贞**(1526—1590)　字元美，号凤洲，别号弇州山人。江苏太仓人。嘉靖二十六年(1547)进士，官至南京刑部尚书。有《弇州山人集》。

208　**张名由**(1526—1604)　字公路，初名凡，上海嘉定人。诸生。家有田数百亩，僮仆数十人，一旦尽弃去。有《张公路词》。

209　**张凤翼**(1527—1613)　字伯起，号灵虚，长洲(江苏苏州)人，嘉靖四十三年(1564)举人。工文学，尤擅南北曲。有《处实堂词》及传奇《红拂记》。

210　**朱柔英**(女)　江苏昆山人。朱隆禧女，知州顾懋宏妻。有《双星馆集》。

211　**崔廷槐**　字公桃，山东平度州人。嘉靖三十五年(1556)进士，授户部主事，历郎中，出为四川佥事。有《楼溪集》。

212　**王祖嫡**(1531—1592)　字胤昌，号师竹，河南信阳人。隆庆五年(1571)进士，授检讨，迁国子监司业，晚习禅诵。有《师竹堂词》。

213　**兰陵笑笑生**　古典小说《金瓶梅》作者。兰陵(山东峄县)人。究为何人，众说纷纭，以贾三近(1534—1592)的可能性较大。

214　**王锡爵**(1534—约1610)　字元驭，号荆石，江苏太仓人。嘉靖四十一年(1562)会元，廷对第二，万历十二年(1584)官礼部尚书，二十一年(1593)为首辅。谥文肃，有《王文肃集》。

215　**赵用贤**(1535—1596)　字汝师，号定宇，江苏常熟人。隆庆五年(1571)进士，官检讨，因劾张居正，受杖戍。张居正卒，复官，至吏部侍郎。有《松石斋诗集》。

216　**王世懋**(1536—1588)　字敬美，号麟州，江苏太仓人，王世贞弟。嘉靖三十八年(1559)进士，历陕西、福建提学副使，迁太常少卿。有《王常奉集》。

217　**吕坤**(1536—1618)　字叔简，号心吾，河南宁陵人。万历二年(1574)进士，官山西巡抚。迁刑部侍郎。立朝持正，为人嫉，致仕。有《去伪斋词》。

218　**朱翊鈲**　字匡鼎，自号隐真子。宗室。荆王朱瞻堈六世孙。万历二十八年

(1600)袭封樊山王。有《广宴堂集》。

219 **吴敏道** 字甫莘，号射阳畸人，江苏宝应人。有孝名。布衣终。隆庆四年(1570)自刻其集，名《观槿稿》。

220 **田艺蘅** 字子艺，钱塘(浙江杭州)人。田汝成子。以贡生授徽州训导，后罢归。博学善文，世人比之于杨慎。有《田子艺集》。

221 **郝文珠**(女) 字昭文，金陵(江苏南京)名妓。才艺殊绝。李宁远闻之，召掌书记。有《夜光词》。

222 **冯湘**(女) 字静容，一字静香，江苏昆山人。玉峰销金桥妓，常乘画舫泛半塘、石湖间(在苏州境)，后得武弁吴某赏识，置之碧楼。后为倭寇所杀。有《淡宜吟》。

223 **高濂** 字深甫，号瑞南道人，别号湖上桃花渔，钱塘(浙江杭州)人。官鸿胪寺。工乐府。有《芳芷楼词》。万历十九年(1591)著《遵生八笺》。

224 **李淑媛**(女) 自号玉峰主人，朝鲜人。承旨学士赵瑗妾，遭倭乱死。

225 **莫是龙**(1537—1587) 字云卿，更字廷翰，号秋水、俊明，华亭(上海松江)人。莫如忠子。十四岁为诸生，贡入国子监。有《小雅堂词》。

226 **焦竑**(1540—1620) 字弱侯，号漪园、澹园，山东日照人。万历十七年(1589)进士第一，授修撰。因直谏，谪福宁州同知。有《澹园词》。

227 **屠隆**(1542—1605) 字长卿，一字纬真，号赤水，浙江鄞县人。万历五年(1577)进士，授颍上知县，改青浦。迁吏部主事，罢归。有《白榆集》。

228 **马守真**(女)(1548—1604) 字元儿，号湘兰、月娇，人称四娘，金陵(南京)秦淮名妓。思嫁王稚登不果。稚登七十寿诞，专程去苏州祝贺，归来一病而卒。有《湘兰集》。

229 **赵燕**(女) 字彩姬，金陵名妓。广陵冒伯麟赞其词，与马湘兰、郑妥、朱泰玉称秦淮四美人词，为刻印传世。有《青楼稿》。

230 **朱泰玉**(女) 字无暇，金陵名妓。与马湘兰、赵燕、郑妥并称秦淮四美。万历三十七年(1609)秦淮结社，泰玉诗作，众人尽赞。有《绣佛斋集》。

231 **郑妥**(女) 字无美，又名如英，金陵名妓。与马湘兰、朱泰玉、赵燕，并称秦淮四美。有《红豆词》。

232 **瞿汝稷**(1548—1610) 字元立，号冈卿，江苏常熟人，瞿景淳子。以荫补官，三迁刑部主事，历辰州知府、长芦盐运使，以太仆少卿致仕。有《冈卿词》。

233 **马朴**(1548—1626后) 字敦若，同州(陕西大荔)人。万历四年(1576)举人，官至云南按察使。有《阆风馆诗余》。

234 **王曼容**(女) 字少君,万历初北方名妓。后从周天球学书法,从余宗汉学诗,从许太初学琴。有《长扬居集》。

235 **王肯堂**(1549—1613) 字宇泰,号损庵,自念西居士,江苏金坛人。万历十七年(1589)进士,授检讨。疏请御倭,未报,因引疾归。后任福建参政。有《郁冈斋笔麈》

236 **汤显祖**(1550—1616) 字义仍,号若士,江西临川人。万历十一年(1583)进士,授礼部主事,因直谏谪徐闻典史,后任遂昌知县。精词曲。著《牡丹亭》等四梦。诗文有《玉茗堂集》。

237 **赵南星**(1550—1627) 字梦白,号侪鹤、清郝散客,河北高邑人。万历二年(1574)进士,官至吏部尚书。忤魏忠贤,戍代州。有《芳茹园乐府》。

238 **林章**(1551—1599) 本名春元,字叙寅,后改现名,字初文,福建福清人,寓居江苏南京。万历元年(1573)举人。屡上书论时事,下狱死。有《林楚文诗选》。

239 **程可中** 字仲权,安徽休宁人。家贫,为童子师,借古书挑灯夜读,遂博学。与梅秀豹、何无咎、潘景升同盟于长安。有《程仲权诗文集》。

240 **方于鲁** 初名大激,以字行,后改字,字建元,安徽歙县人。万历时(1573—1620)布衣,著名墨工。有《佳日楼词》。

241 **彭绍贤** 字孔嘉,浙江海盐人。万历时(1573—1620)官参将。有《击壶集》。

242 **汪廷讷** 字昌朝,号无如,自号坐隐先生,安徽休宁人。由贡生官盐运使,谪宁波同知。与沈璟、汤显祖等相交。有《坐隐先生诗余》及传奇《狮吼记》。

243 **董少玉**(女) 湖北西陵人。麻城周弘禴继妻。有《董少玉诗》。

244 **项兰贞**(女) 字孟畹,又名项淑,浙江嘉兴人。举人黄卯锡妻。向夫学诗十余年,临终写一诗与夫诀别。有《裁云草》,陆卿子为序。

245 **景翩翩**(女) 字三昧,一字惊鸿,建昌(江西南城)名妓,梅子庚恋之,后嫁丁长发,夫被诬下狱,翩翩自缢死。有《散花吟诗集》。

246 **薄少君**(女) 字西真,长洲(江苏苏州)人。夫早亡,作悼亡诗百首,绝食卒。有《嫠泣集》。

247 **王虞凤**(女) 字仪卿,侯官(福建福州)人。年十七夭亡,未婚夫林某。有《弄玉词》及《罢绣吟》。

248 **董其昌**(1555—1636) 字元宰,号思白。华亭(上海松江)人。万历十七年(1589)进士,天启五年(1625)官南京礼部尚书,崇祯四年(1631)掌詹事府事。精书法。有《容台文集》。

249 **沈宣** 字明德，仁和（浙江杭州）人。万历中（1573—1620）以岁贡官安庆府训导。工古文辞，尤擅诗，与张天锡齐名。

250 **冯琦**（1558—1603） 字用韫，号琢庵，山东临朐人。万历五年（1577）进士，授编修，累迁礼部、吏部右侍郎，卒于官。有《北海集》。

251 **陈继儒**（1558—1639） 字仲醇，号眉公、麋鹿道人、无名钓徒，华亭（上海松江）人，隐居江苏昆山。诸生，诗文、书法皆精，并能绘，名重一时。屡奉诏征用，不赴。有《晚香堂词》。

252 **范允临**（1558—1641） 字长倩，吴县（江苏苏州）人。万历二十三年（1595）进士，官至福建参议。工书画，与董其昌齐名。有《输寥馆集》。

253 **李应策** 字成可，号苍门，陕西蒲城人。万历十一年（1583）进士，官至太常少卿、左通政。己未（1619）元夕，作《西江月》。有《苏愚山洞词》。

254 **徐媛**（女）（1560—1620） 字小淑，长洲（江苏苏州）人，徐时泰女，副使范允临继妻。常与陆卿子唱和，人称"吴门二大家"。有《络纬吟》。

255 **徐复祚**（1560—1627） 初名笃儒，字阳初，晚号三家村老，江苏常熟人。有杂剧《红梨记》等。

256 **翁孺安**（女）（？—1627） 字静和，号素兰，江苏常熟人，翁宪祥（万历二十年，即1592年进士）女，顾祥泰妻。天启七年（1627）被盗所杀。有《素兰集》。

257 **张鸿逑**（女） 字琴友，浙江慈溪人。姚与祁妻，姚友望媳。有《清音词》。

258 **姚青娥**（女） 自号青娥居士，秀水（浙江嘉兴）人。范君和妻。有《玉莺阁集》。

259 **田玉燕**（女） 字娇飞，钱塘（浙江杭州）人，田汝成孙女，田艺蘅女，徐懋升妻。有《谢堂词》。

260 **陆卿子**（女） 字卿子，名服常，以字行。江苏苏州人，尚宝卿陆师道女，十五岁为赵凡夫妻。有《考磐集》及《云卧阁稿》。

261 **贺彦登** 江苏丹阳人。万历间（1573—1620）岁贡生。有《松庆集》。《明词综》收其《菩萨蛮》词。

262 **余象斗** 字仰止，号三台山人。福建南部人。书商。家藏珍本甚富。从中精选编印小说多种。有《万锦情林》《南北游记》等。

263 **吴敬所** 号养纯子，江西金溪人。小说《国色天香》作者，书成于万历二十五年（1597）；又有《花阵绮言》，袁宏道有题词。

264 **朱盛藻**（女）（约1562—？） 字琼蕤，湖北黄州人。朱楚宗（康熙举人）女。有《灌春逸尚》。

265　**孙承宗**(1563—1638)　字稚绳，号恺阳，河北高阳人。万历三十二年(1604)进士，天启二年(1622)拜兵部尚书兼东阁大学士，督师辽阳拒满清，魏忠贤谗之，乞归。后清兵攻高阳，承宗率家人守之，城破殉难。谥文正。有《孙文公词》。

266　**张仲立**　字仲立，名文柱，以字行，江苏昆山人。万历时(1573—1620)举人，官临清知县。有《滇池集》。

267　**王衡**(1564—1607)　字辰玉，号缑山，江苏太仓人。万历二十九年(1601)进士，授翰林院编修。有《缑山集》。

268　**顾起元**(1565—1628)　字太初，一作璘初、瞒初，号遁园居士，江宁(江苏南京)人。万历二十六年(1598)进士，官至吏部左侍郎兼翰林院侍读学士。

269　**李日华**(1565—1635)　字君实，号竹懒、九疑，浙江嘉兴人。万历二十年(1592)进士，官至太仆少卿。工书画，精鉴赏。有《恬致堂集》。

270　**成岫**(女)(1567—?)　字云友，又名慧林，号云道人，钱塘(浙江杭州)人。工诗词书画。二十三岁时与董其昌相会，遂嫁之。有《楚香馆集》。

271　**谢肇淛**(1567—1624)　字在杭，福建长乐人。万历二十年(1592)进士，除湖州推官，历工部郎中，云南参政，广西左布政使。有《小草斋诗集》。

272　**葛一龙**(1567—1640)　字震甫，号季晦。吴县洞庭山(属江苏苏州)人。因读书好古而破家。由贡生选云南布政使理问，寻谢病归。时人呼葛髯。

273　**袁宏道**(1568—1610)　字中郎，号石公，湖北公安人。万历二十三年(1595)进士，历任吴县知县，稽勋郎中。有《袁中郎集》。

274　**陈尔善**(1568—?)　字元之，安徽六合人。崇祯九年(1636)贡生，授丹徒训导，升云阳知县，夔州知府，清兵占蜀，披僧服而归里，遂以诗酒自娱。有《吏隐堂稿》。

275　**葛实甫**　疑即葛一龙，或其昆仲。词见《古今诗余醉》。

276　**沈麐**　字天鹿，号蒉庵，秀水(浙江嘉兴)人。工词，时与陈继儒、李日华诸名儒诗酒交往。晚年隐居于武林(杭州)、天目(临安)间。有《籁阁词笺》。

277　**杨继礼**　字彦履，娄县(上海松江)人。万历二十年(1592)进士。官右谕德。

278　**刘铎**(1573—1626)　字我以，别号侗初，江西吉安人。万历四十四年(1616)进士，授刑部主事。忤魏忠贤出守扬州。魏复陷之，弃市。有《来复斋词》。

279　**查应光**　字宾王，号玄岳先生，安徽休宁人。万历二十五年(1597)举人，卒于崇祯间(1628—1644)。有《丽崎轩词》。

280　**茅维**　字孝若，号僧昙，归安(浙江湖州)人。茅坤少子。善诗，与同郡臧懋循等称“四子”。与董斯张、周永年为词友。有《茅洁溪集》。

281 **吴兖** 字鲁子，武进（江苏常洲）人。万历二十八年（1600）举人。

282 **胡文焕** 字德甫，号全庵、抱琴居士、西湖醉翁，浙江杭州人。于万历、天启间（约1620）筑文会堂以藏书。崇祯六年（1633）中举人。入清官高州推官。有《文会堂词谱》。

283 **张璧娘**（女） 福建人。万历时（1573—1620）孀女。事见《情史类略》。

284 **谢五娘**（女） 广东潮州人。万历时（1573—1620）尝被逮系，或谓父母受两家聘礼所致。有《读月居集》。

285 **马如玉**（女） 字楚屿，本姓张，因流落妓院，从假母（鸨母）姓，改今名。金陵（江苏南京）人。后为尼，法名妙慧。程家燧尝评之。

286 **钱氏**（女） 湖州人，都宪唐世济室。有《琼靡集》。

287 **钟惺**（1574—1624） 字伯敬，号退谷，竟陵（湖北天门）人。万历三十八年（1610）进士，授行人，迁工部主事，官至福建提学佥事。有《隐秀堂集》。

288 **冯梦龙**（1574—1646） 字犹龙、耳犹，号龙子犹、墨憨斋主人、顾曲山人，吴县（江苏苏州）人。崇祯三年（1631）贡生，七至十一年（1634—1638）任寿宁知县。才情跌宕，有《春秋大全》及话本小说《三言》。

289 **吴本泰**（1574—约1663） 字梅里，号药师、若子，浙江海宁人。崇祯七年（1634）进士，官至尚宝司丞。入清不仕。有《绮语障》。康熙初，无锡安璿序刻其集，言年近九十。

290 **齐东野人** 《隋炀帝艳史》作者。鲁迅认为即冯梦龙化名。该书成于崇祯四年（1632）。

291 **魏大中**（1575—1625） 字孔时，号廓园，浙江嘉善人。万历三十五年（1607）进士，官至吏部给事中，因劾魏忠贤下狱，被狱毙。忠贤诛，谥忠节。

292 **宋珏**（1576—1632） 字比玉，自号荔枝仙，福建莆田人，流寓南京。国子监生，善画山水，写松尤秀。小诗亦工。

293 **沈纫兰**（女）（约1576—约1592） 字闲靓（一作闲静），一名凤华，秀水（浙江嘉兴）南汇人。沈自邠长女，沈瑶华、沈德符姊，参政黄承昊妻。有《浮玉亭词》。

294 **魏浣初** 字仲云，江苏常熟人。万历四十四年（1616）进士，官至广东提学参政。有《四如山楼集》。

295 **薛素素**（女） 字润卿，浙江嘉兴人。善画兰、竹，能白描观音大士，又善挟弹走马，以女侠自命。彭宣慰千金购之不得。

296 **韩上桂**（？—1644） 字孟郁，号月峰、天游，番禺（广东广州）人。万历二十二年(1594)举人，官国子监丞，改永丰通判。人称万历岭南第一才子。明亡，忧愤卒。有《朵云山房文稿》。

297 **孙茂芝** 字若英，浙江嘉善人。天启元年(1621)中乡举副榜，授沔阳州同知。

298 **徐石麒**(1578—1645) 字宝摩，号虞求，浙江嘉兴人。天启二年(1622)进士，初入仕途即忤魏忠贤，削籍。崇祯时官至刑部尚书，福王时拜礼部尚书。清兵陷嘉兴，殉节。有《可经堂集》

299 **赵昭**(女) 字子惠，江苏苏州人。赵凡夫女，马班妻。夫破家后削发为尼二十余年，法名道隐。有《侣云居稿》。

300 **黄修娟**(女) 字湄清，仁和(浙江杭州人)，提学黄汝亨女，明府沈希珍妻。有《效颦词》。顾若璞尝和其《减兰》词。

301 **冯元仲**(1579—1660) 字次牧，号尔礼，浙江慈溪人。诸生，隐居汤山(天益山)，以刻书制墨为生。与陈子龙，陈继儒相善。有《天益山堂词》。

302 **吕天成**(1580—1618) 名文，字天成，一字勤之，号棘津、郁蓝山，浙江余姚人。诸生，著名戏曲家。有《烟鬟堂传奇十种》《曲名》《绣榻野史》等。

303 **凌濛初**(1580—1644) 字稚成，号初成，即空观主人，乌程(浙江湖州)人。副贡生，崇祯时官上海县丞、擢徐州通判。兵起，困于城中，呕血卒。有《国门集》、话本小说《二拍》等。

304 **缪崇正** 字仲逸，浙江嘉兴人，缪永谋祖父。

305 **乩仙王氏**(女) 词见沈宜修《伊人集》。

306 **吴栻妻**(女) 字象慧，号紫霞女士，安徽休宁人(一说泾县人)。夫吴栻，曾随曹学佺游，自湖北至贵州。有《紫霞阁词》。

307 **万时华**(—约1636) 字茂先，江西南昌人。以文名闻海内几四十年，崇祯九年(1636)荐举守令，应诏北上，抵扬州卒。有《溉园诗余》。

308 **陆人龙** 字君翼，钱塘(浙江杭州)人，陆元龙弟。与兄合开“峥霄馆书铺”于杭州。著有《型世言》、《辽海丹忠录》。

309 **施绍莘**(1581—1640) 字子野，别号峰泖浪仙，华亭(上海松江)人。一说浙江嘉兴人。万历四十四年(1616)营别墅于西佘，三年后又移家泖溪，泛舟江湖。有《花影集》。

310 **吴鼎芳**(1582—1636) 字凝父，吴县(江苏苏州)西洞庭人。与乌程范汭合著《披襟唱和集》。年四十，削发为僧，居乌程之霞幕山，法名大香。有《云外集》。

311 **周永年**(1582—1647) 字安期，江苏吴江人。诸生，著诗累万首。晚年遭乱，徙居苏州洞庭西山，未几卒。有《怀响斋词》。

312 **钱谦益**（1582—1664） 字受之，号牧斋，江苏常熟人。万历三十八年（1610）进士，天启初，名列东林党人，罢归。崇祯时官礼部侍郎，弘光时为礼部尚书。南京陷，降清。有《牧斋集》。

313 **沈自晋**（1583—1665） 字伯明，号西来，鞠通生，江苏吴江人。其文章、词曲，冯梦龙等咸推服。晚年隐居杭州吴山，年八十犹作词曲自慰。有《鞠通乐府》。

314 **梁玉姬**（女） 字小玉，钱塘（浙江杭州）人。有《乡好集》。

315 **黄淑德**（女） 字柔卿，秀水（浙江嘉兴）人。参政黄承昊妹，黄双惠姑母。有《遗芳集》。

316 **武氏**（女） 广东三水人。文翔凤（万历三十八年进士）妻。有《交爱轩集》。

317 **范汭** 字東生，乌程（浙江湖州）人，侨居苏州，国子监祭酒范应期侄。太学生，家贫，苦读不得志。有《范東生集》，并与吴鼎芳合著《披襟唱和集》。

318 **吴纫兰**（女） 字幼兰，又字又佩，福建长汀人。副使吴廷云女。有《玩芳草集》。

319 **黄尊素**（1584—1626） 初名灿，后改尊素，字真长，号白安，浙江余姚人。黄宗羲父。万历四十四年（1616）进士，官至御史。忤魏忠贤，被逮，死于狱。追谥忠端。有《忠端公集》。

320 **顾同应**（1585—1626） 字仲从，又名众，江苏昆山人。顾炎武父。万历四十三年（1615）乡举副榜。

321 **陈龙正**（1585—1645） 初名龙致，字惕龙，号几亭，浙江嘉善人。崇祯七年（1634）进士，官至南京国子监丞。清兵陷京，愤恨呕血，年余，绝食卒。有《几亭全书》。

322 **董斯张**（1586—1628） 字遐周，自号瘦居士，乌程（浙江湖州）人。监生，嗜书。与周永年、茅维为词友。有《静啸斋词》。

323 **莫秉清** 字紫仙，号葭士，华亭（上海松江）人，莫是龙子。诸生，入清，誓不仕。有《采隐诗余》。

324 **阮大铖**（1587—1646） 字圆海，号小樵，怀宁（安徽安庆）人。万历四十四年（1616）进士，崇祯时名列魏忠贤逆党。弘光立，官吏部尚书。南京陷，降清。

325 **焦源溥**（？—1643） 字涵一，陕西三原人。万历四十一年（1613）进士，崇祯七年（1634）巡抚大同，逾年，求罢归。李自成陷关中，不屈死。有《逆旅集》。

326 **叶绍袁**（1589—1648） 字仲韶，号天寥道人。江苏吴江人，徙浙江嘉善。

天启五年(1625)进士，为工部主事，寻辞官回乡。顺治二年(1645)避乱至杭州为僧。二年后出山。有《午梦堂集》。

327　**无名氏**　叶绍袁在浙江石门一华庵庑间所见《夜行船》词作者。

328　**曹勋**(1589—1655)　字允大，号峨雪、东干钓叟，浙江嘉善人。一作华亭(上海金山千巷)人。曹尔堪父。崇祯元年(1628)进士，官至礼部右侍郎。入清官侍讲学士，晚年，隐居东干。

329　**沈宜修**(女)(1590—1635)　字宛君，江苏吴江人。山东副使沈珫长女，同邑叶绍袁妻。八岁丧母，十六岁出嫁。育三女、五子，一门唱和诗词。有《鹂吹集》《伊人集》。

330　**沈自徵**(1591—1641)　字君庸，人称渔阳先生，江苏吴县人。沈宜修弟。负才任侠，然屡试不第。工曲。有《君庸先生词》，另有杂剧《渔阳三弄》。

331　**曾异撰**(1591—约1642)　字佛人，一字弗人，侯官(福建福州)人。崇祯十二年(1639)举人。专心经学。有《纺授堂集》。

332　**李天植**(1591—1672)　字因仲，浙江平湖乍浦人。崇祯六年(1633)举人。绝意仕进，筑蜃园，与名士啸咏其间。明亡，更隐龙湫山中。后返里，卖文度日。有《蜃园诗余》。

333　**沈静筠**(女)　字玉霞，江苏吴县人。太史沈位孙女，吕律妻。有《橙香亭词》。

334　**周慧贞**(女)　字挹芬，江苏吴江人。周文亨女，黄凤藻妻。有《周挹芬诗集》，沈宜修为之序。

335　**戴娇凤**(女)　维扬(江苏扬州)人。弘光朝大学士马士英妾。

336　**胡莲**(女)　字茂生，浙江天台人。隐居于罔溪。以诗画游学于士大夫间。闽巨公如徐𤊹等皆爱重之，相与赠答。有《陟江集》。

337　**杨徇**(女)(约1592—)　字朝如，吴县(江苏苏州)人。解元杨廷枢姊，太学韩君明妻。有《蟾香阁词》。

338　**杨徵**(女)　字元卿，吴县(江苏苏州)人。解元杨廷枢姊，杨徇妹，太学余邦栋妻，侍御余念飏媳。有《鹊巢阁词》。

339　**黄淑贞**(女)　字三思，江西星子人。侍卫北平胡绍舜妻，流寓泰州。有《效颦词》。顾若璞和其《减兰》词。

340　**徐𤊹**(1592—1659)　字惟起，号兴公，福建闽县人。徐熥弟。万历间，主闽中诗坛。藏书数万卷。入清不仕。有《鳌峰集》。

341　**顾若璞**(女)(1596—1681)　字和知，钱塘(浙江杭州)人。顾友白女，黄茂梧妻，黄灿母，婚后十三年即寡居。享年九十岁。有《卧月轩集》。

342 **陈梅龛**（女） 华亭（上海松江）人，陈继儒侄女。同邑平生妻。有《梅龛吟》。

343 **齐景云**（女） 北平（北京）人。万历间（1573—1620）妓。与傅春定情后不复接客。后傅春谪戍远方，景云忧病而殁。

344 **沈静专**（女） 字曼君，江苏吴江人。沈璟女，沈宜修从妹，吴昌妻。有《适适草》《郁华楼草》。

345 **沈智瑶**（女） 字少君，江苏吴江人。沈宜修妹。

346 **呼举**（女） 字文淑，号素蟾，万历间（1573—1620）江夏营妓，后嫁举人王追美。有《遥集编》。

347 **呼采**（女） 字文如，呼举妹，万历间（1573—1620）江夏营妓，后嫁进士丘歉之。与姊呼举同，见尤侗《宫闺小名录》。

348 **沈自炳**（1602—1646） 字君晦，江苏吴江人。沈宜修、沈自徵弟。以恩贡授中书舍人，入史可法幕。史可法殉国，与吴易起兵抗清。兵败，与弟自駉投水死。

349 **李应升**（1593—1626） 字仲达，号次见，江苏江阴人。万历四十四年（1616）进士，授南通推官，天启间为御史，被魏忠贤所害，有《落落斋词》。

350 **王彦泓**（1593—1642） 字次回，江苏金坛人。都御史王樵孙。以岁贡生选华亭县训导，卒于官。有《疑雨集》。

351 **曹元方**（1593—1674） 字介皇，别字耘庵，自署檇李遗民，浙江海盐人。崇祯十六年（1643）进士。唐王隆武即位（1646）授吏部验封司郎中，兵败隐硖石以终。有《淳村词集》。

352 **顾兰佩**（女） 字珩香，江苏吴江人。词见《众香词》御集。

353 **周兰秀**（女） 字淑英，一字弱音，江苏吴江人。周应懿孙女，平湖孙愚公妻。有《粲花遗稿》。

354 **张倩倩**（女）（1594—1627） 江苏吴江人，沈自徵妻，叶小鸾舅母，并自幼教养之。

355 **毛莹**（1594—1670 后） 字湛光，一字休文，初名培徵，晚号大休老人，江苏吴江人。诸生，入清，隐居不出。康熙九年（1670）在周庄结社。有《竹香斋词》。

356 **钱继登**（1594—1672） 字龙门，号尔先、篑山，浙江嘉善人。万历四十四年（1616）进士，知饶州府，后巡抚淮扬。有《壑专堂集》。

357 **王尚**（女） 字影香，古燕（北京）大成人。年十三沦入平康，丙午（1606）春有客饮梁园，群姬毕集，影香含羞，自敛双颊。有《芳草词》。

358　**江西野人**　别号艳艳生。有《昭阳趣史》。

359　**顾若群**　字石公，一字不党，号超士，钱塘（浙江杭州）人，顾若璞弟。诸生。入清后落发为僧，法名大瑸。初居虎跑寺，后居云栖寺。有《石公稿》。

360　**黄鸿**（女）　字鸿耀，仁和（浙江杭州）人。黄克谦女，顾若群妻，顾若璞弟媳，顾鼎铨母。有《闺晚吟》《广寒集》。

361　**吴山**（女）　字岩子，安徽当涂人。太平县丞卞琳妻。夫死后依次女卞德基（婿刘峻度）居西湖。有《青山集》，魏禧为之序。序中谓"夫人是年六十余矣"。

362　**范文光**（？—约1662）　字仲闇，号两石，四川内江人。顺治八年（1651）以吏部主事出主陕西乡试。有《续花间集》。

363　**徐尔铉**　字九玉，华亭（上海松江）人。刑部侍郎徐陟孙。徐济承（崇祯十二年举人）父。崇祯副贡生。曾捐田百亩于青浦学。有《核庵词》。

364　**王屋**（1595—？）　字孝峙，一字蕙蘖，初名畹，浙江嘉善人。布衣，魏大中赞赏其诗，命诸子以兄事之。大中罹难，作长歌哭送。有《草闲堂词》。

365　**吴炳**（1595—1648）　字石渠，号粲花主人。江苏宜兴人。万历四十七年（1619）进士，官江西提学副使，任永明王兵部侍郎。永历元年（1647）兵败被俘，绝食死。有杂剧《绿牡丹》。

366　**吴熙**　字止仲，浙江嘉兴人。与王屋、钱继章、曹堪过往甚密。有《非水居词》。

367　**钱继章**　字尔斐，号菊农，浙江嘉兴人。钱继登弟。崇祯九年（1636）举人。有《菊农词》。

368　**于玉班**　字清卿，江苏金坛人。光禄少卿于孔兼（万历八年进士）子，与赵南星友善。

369　**曹堪**　字子顾，浙江嘉兴人。与王屋、钱继章过往甚密。有《未有居词》。

370　**朱灏**　字宗远，华亭（上海松江）人。词见《兰皋明词汇选》。

371　**唐世翰**　字宗之，词见《明词综》。

372　**花梦月**（女）　字红儿，河阳名妓，一作金陵妓，词见《明词综》《众香词》等。

373　**胥苓第**（女）　安徽亳州人。胥吉人妹。早年寡居，兄强之再嫁伍麟，辞之。但爱麟才，窃其诗诵。兄再强之，坚不就。见毛奇龄《调笑令》词。

374　**杨琰**（女）　字玉香，金陵（江苏南京）妓。与闽县杨清酬唱，以身许之，后杨归闽，洁身待之。越六年杨北上时病殁。有《一清轩词》。

375　**喻撚**（女）　字惟绮，江西吉水人。喻指妹，湖广侯鼎臣妻。有《蕙芳集》。

376　**胡玉莺**（女）　字瑶林，武康（浙江德清）人。同邑吴生妻。

377 **柳人月**(女) 字伴月,吴县(江苏苏州)人。

378 **倪瑞**(女) 字文嘉,江苏江都人。同邑赵国俊妻。有《文嘉诗稿》。

379 **杨士聪**(1597—1648) 字朝彻,号凫岫,山东济宁人。崇祯四年(1631)进士,官左谕德,入清不仕,流转丹阳、常州一带,郁闷卒。有《静运堂稿》。

380 **僧止岩**(1597—1670) 号西湖老僧,俗名徐继恩,浙江余姚人。名士。入清,削发为僧,历主杭州灵隐、净慈寺。工书画,有《屏山词》。

381 **张岱**(1597—1679) 字石公,号陶庵、宗子、蝶庵居士,四川剑阁人,徙居山阴(浙江绍兴)。寓杭州。清兵南下,入山著书。有《陶庵诗余》。

382 **张婉**(女) 字婉仙,云间(上海松江)名妓,后居杭州西子湖。有《效颦吟》。

383 **宋珷**(女) 字淑真,江苏溧阳人。进士许虞赓妻。

384 **陆钰**(1598—1645) 字忠夫,号真如,晚号退庵,又名荩谊,浙江海宁人。万历四十六年(1618)举人,九上春宫不第。入清,隐居小桃源,未几绝食死。有《射山诗余》。

385 **陈洪绶**(1598—1652) 字章侯,号老莲,浙江诸暨人。崇祯五年(1632)国子监生,官中书舍人。明亡,混迹绍兴云门寺为僧,晚年在杭、绍等地售画为生。有《宝纶堂集》。

386 **毛晋**(1598—1659) 字子九,更字子晋,号潜在,原名凤苞,江苏常熟人。诸生,家富书籍,筑汲古阁,藏书数万卷。有《隐秀集》。

387 **黄双惠**(女) 字柔嘉,浙江嘉兴人,参政黄承昊女。

388 **崔嫣然**(女) 字重文,小字媚儿。同母姊倩然,字景文。曲中称二文。钱谦益赠其诗。所居曰幻影阁,书帙横陈。有《幻影阁集》。

389 **王泰际**(1599—1675) 字内三,号研存,上海嘉定人。崇祯十六年(1643)进士,入清不仕,归隐,足不入城四十年,门人私谥贞宪。有《抱冰集》。

390 **钱棻** 字仲芳,号涤山,别号八还道人,浙江嘉善人。钱士升子。崇祯十五年(1642)举人,明亡不仕,著书大涤山中,卒年七十八岁。有《读易绪言》。

391 **宋存标** 字子建,号秋士,华亭(上海松江)人。崇祯十五年(1642)乡试副榜,授翰林院孔目,入清不仕。有《秋士词》。

392 **卢象升**(1600—1638) 字建斗,号九台,江苏宜兴人。天启二年(1622)进士,历大名、广平、顺德兵备道,官至山西总督。御清兵,战死。死后追赠兵部尚书,南明福王追谥忠烈,清朝追谥忠肃。有《卢忠肃公集》。

393 **祁彪佳**(1602—1645) 字宏吉,一字幼文,号虎子,山阴(浙江绍兴)人。

天启二年(1622)进士，崇祯时巡按苏松，南都陷，端坐池中绝食死。有《祁彪佳集》。

394 **王翃**(1602—1653) 字介人，浙江嘉兴人。家本业染而勤学不辍，遂以布衣工诗词。后渡江遭盗，沉水亡。有《二槐堂词》。

395 **单恂**(1602—1671) 字质生，一字专僧，华亭(上海松江)人。崇祯十三年(1640)进士，官麻城知县。有《竹庵词》。

396 **金俊明**(1602—1675) 字孝章，号耿庵，吴县(江苏苏州)人。诸生。有《春草闲房诗集》。

397 **徐士俊**(1602—1681) 字三友，原名翙，号野君，仁和(浙江杭州)人。工杂剧，所撰多至六十余种。有《雁楼诗卷》。

398 **徐梗** 字庚清，浙江嘉兴人。诸生，工诗词，与王翃相唱和。曾游扬州。有《西溪词》。

399 **钱继振** 字尔玉，浙江嘉善人。词见《明词综》。

400 **徐咸清**(？—1690) 字仲山，浙江上虞人。徙绍兴稽山，商景徽夫。康熙十八年(1679)以诸生应博学鸿词，不遇。康熙二十九年(1690)七夕卒。

401 **顾士林** 字文叔，号岱舆，浙江嘉兴人。词见《兰皋明词汇选》。

402 **张大烈** 字言冲，钱塘(浙江杭州)人。天启七年(1627)举人，官瑞州府推官，因不附权贵，去职。有《诗余类函》。

403 **沈寀** 字木公，浙江嘉兴人。词见《明词综》。

404 **张杞** 字迂公，湖北黄陂人。有《和花间词》。

405 **江膺** 字元御，长洲(江苏苏州)人。天启七年(1627)举人，工词。有《寸碧堂集》。

406 **张草** 字石阳。有《绣香集》。词见《兰皋明词汇选》。

407 **冯鼎位** 字素人，华亭(上海松江)人。崇祯元年(1628)拔贡生，官翰林院待诏。

408 **卓人月** 字珂月，仁和(浙江杭州)人。崇祯时(1628—1644)贡生，与袁于令、孟钦舜友善。有《寤歌词》。

409 **许云飞**(女) 字天衣，江苏苏州人。吴县王时敏族弟王时翼妻，豪门争延为女塾师。有《含英杂咏》。

410 **顾道喜**(女) 字静帘，江苏吴江人。进士顾自植女，诸生许季通妻，举人许虬(字竹隐，顺治八年举人)母。有《松影庵词》。

411 **申蕙**(女) 字兰芳，号诗农，长洲(江苏苏州)人。状元申时行孙女，申胤荣女。初入宫闱，后嫁嘉兴沈生，与归淑芬齐名。有《绿云集》。

412　**朔朝霞**(女)　字曙光,金陵(江苏南京)妓,善舞,钱谦益尝赠诗。后出家为女道士。有《红于词》。

413　**黄德贞**(女)　字月辉,浙江嘉兴人。琼州司理黄守正孙女,孙曾楠妻,孙兰媛、孙蕙媛母,有《蕉梦咏》,徐灿为之序。陈继儒赠以诗,称"黄大家"。

414　**彭琬**(女)　字玉映,浙江海盐人。进士彭期生妹,彭孙遹姑母,马某妻。有《萝月轩集》。

415　**彭琰**(女)　字幼玉,浙江海盐人。彭琬妹,彭孙遹姑母,诸生朱化鹏妻。有《闲窗集》。王端淑赞其诗。

416　**万寿祺**(1603—1652)　字介若,一字内景,号年少,铜山(江苏徐州)人。崇祯三年(1630)举人。入清后为僧,法名慧寿,往来吴楚间,人称万道人。有《隰西草堂集》。

417　**支如增**　字小白,浙江嘉善人。崇祯三年(1630)乡试副榜。

418　**陈冉**(女)　字月素,南曲名妓,如皋冒起宗(崇祯元年进士)尝与唱和。

419　**陈洁**(女)　一作陈契,字香石,江苏南通人。大司马陈大科孙女,孙安石妻,不相得,归母家。后为尼,法名无垢。有《茹蕙编》。

420　**黄淳耀**(1604—1645)　字蕴生,号陶庵,江苏嘉定人。崇祯十六年(1643)进士,清兵破嘉定,偕弟渊耀缢于城西僧舍。有《陶庵集》。

421　**来集之**(1604—1669)　字元成,又名镕,号倘湖樵人。浙江萧山人。崇祯十三年(1640)进士,官至太常寺少卿。入清,隐倘湖之滨,耕读自娱。有《倘湖诗余》。

422　**吴脉鬯**(约1604—约1676)　字灌先,山东蓬莱人。入清不仕。有《昱青堂集》。

423　**曹月士**(女)(约1605—?)　字月士,原名佚,河北宛平(今属北京)人。泰昌元年(1620)选入宫,历二十五年。崇祯十七年(1644)帝崩,出宫祝发为尼,名静照。

424　**商景兰**(女)(1605—1675)　字媚生,会稽(浙江绍兴)人。吏部尚书商祚长女,商景徽姊,祁彪佳妻。有《锦囊集》。

425　**吴眉仙**(女)　京口(江苏镇江)名妓。词见《全明词》。

426　**吴娟**(女)　字麋仙,号群玉山人。原名眉,又名娟娟,字眉生,上元(江苏南京)人。本名家女,沦为青溪妓女,尝与莆田林古度酬唱。有《萍居草》。

427　**王静淑**(女)(?—1650后)　字玉隐,号隐禅子,山阴(浙江绍兴)人。王思任长女,陈树勳妻,早寡。有《青藤书屋集》。

428 **王嫩(女)** 字修嫩，自号草衣道人，广陵(江苏扬州)名妓。先嫁归安茅元仪，再嫁华亭许誉卿(万历四十四年进士)。有《浮山亭草》。

429 **杨宛(女)(—约1645)** 字宛叔，金陵(江苏南京)妓。王嫩义姊。年十六，嫁茅元仪。崇祯二年(1629)茅死，再嫁田宏遇。城陷，被乱军所杀。有《钟山献》。

430 **谢小湄(女)** 字中李，词见《兰皋明词汇选》。

431 **姑苏女子(女)** 姓字无考，尝在山东平原村店中题壁《鹧鸪天》词，庚申(1620)丁观察之任江西虔南，和其词。徐釚壬子(1672)北上，犹及见之。

432 **钱肃乐(1606—1648)** 字虞孙，一字希声，号止亭，浙江鄞县人。崇祯十年(1637)进士，授太仓知县，迁刑部员外郎，鲁王监国，官至大学士。

433 **贺贻孙(1606—1689)** 字子翼，号水田居士，江西永新人。诸生，入清，隐居不出，学使慕其名特列贡榜，御史笪重光又以博学鸿儒荐，均不就，遂落发逃入深山，布衣素食无愠色。有《水田居集》。

434 **范路(1607—1653)** 字遵夫，浙江嘉兴人。通晓性命之学，晚年卖药长水市。与朱一是、吴拱宸、褚醇等为梅里(嘉兴王店)八友。有《灵兰馆集》。

435 **金木散人** 姓吴，浙江人。有小说《鼓掌绝尘》，该书成于崇祯四年(1631)，其友闭户先生为之序。

436 **王端淑(女)** 字玉映，号映然子，山阴(浙江绍兴)人，寓青藤书屋。王思任次女，丁睿肇妻。顺治帝欲召为宫廷教师，被谢绝。有《玉映堂集》。

437 **陈洁(女)** 字澥心，浙江海宁人。陈之遴妹，嘉兴屠公子妻，屠瑶芳婶母。

438 **颜绣琴(女)** 字清音，吴县(江苏苏州)人。嘉善叶某妻，叶纨纨表姊。

439 **商景徽(女)** 字嗣音，会稽(浙江绍兴)人。吏部尚书商祚次女，商景兰妹，徐咸清妻。有《咏雒堂诗草》。

440 **魏学濂(1608—1644)** 字子一，号内斋，浙江嘉善人。崇祯十六年(1643)进士，授翰林院检讨。

441 **陈子龙(1608—1647)** 字卧子，号大樽，华亭(上海松江)人。崇祯十年(1637)进士，官兵部给事中，告归。清兵陷南京，在松江起兵抗之，兵败被俘不屈投水死。有《湘真阁存稿》。

442 **傅占衡(1608—1660)** 字平叔，江西临川人。诸生，师事陈际泰，长于经术。有《湘帆堂词》。

443 **沈泓(1608—?)** 字临秋，号存孟，华亭(上海松江)人。崇祯十六年(1643)进士，官刑部主事。明亡，自缢，乡人救之不死，遂为僧，法名宏坚，住绍兴东山寺。有《东山集》。

444　**易震吉**　字起也，号月槎，金陵（江苏南京）人。崇祯七年（1634）进士，官至嘉湖道，江西参政副使。乙亥（1635）秋游楚。有《秋佳轩诗余》，收词1180余首，为明词中篇帙最富者。

445　**路迈**（？—1671后）　字广心，江苏宜兴人。崇祯七年（1634）进士，官至吏部员外郎，旋告归养亲。入清，以事逮京，部鞠放还。有《天香阁集》。

446　**程公远**　字坦然，号学钓子，海阳（广东潮安）富溪人。幼失怙恃，家贫。崇祯二年（1629）参郡司兵曹执事。有《醒心谤》。

447　**季叔房**　字孟莲，安徽无为人。见知于王思任，终年48岁。有《月当楼词》。

448　**卓发之**　字归东，仁和（浙江杭州）人。崇祯六年（1633）以乡荐为副贡生。有《水一方诗草》。

449　**陈孝逸**　字少游，江西临川人。崇祯诸生，陈际泰侄，少与傅占衡齐名。有《痴山词》。

450　**纪映钟**（1609—1681）　字伯紫，一字檗子，号戆叟，上元（江苏南京）人。寓居仪徵。诸生，入清，躬耕养母，自称钟山遗老。有《檗堂诗钞》。

451　**晁四娘**（女）　河内（河南沁阳）人。李自成妾。常在军中弹琵琶娱兵士，戒杀戮。后流落扬州，朱一是见之。

452　**石庞**（1610—？）　字天外，号晦村，安徽太湖人。康熙时犹在世。有《天外谈初集》。

453　**叶纨纨**（女）（1610—1632）　字昭齐，江苏吴江人，叶绍袁、沈宜修长女，袁某妻。有《愁言》。

454　**朱一是**（1610—1670）　字近修，别号林居士，晚号欠庵，浙江海宁人。崇祯十五年（1642）举人。明亡后，披缁衣授徒，主文社。有《梅里词》。

455　**刘命清**　字穆叔，号但月仙，虎溪渔叟，江西临江人。诸生。与傅占衡并称临川二叔。入清，以史馆荐，不应。摒迹林泉，馆课生徒。有《但月仙集》《渔叟集》。

456　**袁秫**　字丹六，浙江海宁人。顺治十年（1653）岁贡生、除青田学博不赴，教授里中。与朱一是等十二人结观社。有《绮里居诗稿》。

457　**吴拱宸**　字襄宗，号华阳散人，江苏丹徒人。崇祯九年（1636）举人，肆志山水，终于江苏句容茅山。有《觚斋集》、话本《鸯鸯针》。

458　**郭瑀**（女）　字素汝，长洲（江苏苏州）人。同邑顾楷妻。

459　**钱谷**　字子璧，号内史，华亭（上海松江）人。诸生，夏允彝高第，尝客大名成相国家几二十年。有《唱和香词》。

460　**江广**　字兰生，仁和（浙江杭州）人。崇祯九年（1636）举人。词见《兰皋明词汇选》。

461　**纪映淮**（女）（？—约1675）　字冒绿，小字阿男，上元（江苏南京）人，纪映钟妹，莒州杜李妻，夫壬午（1642）城破死，映淮与婆母及六岁子隐居深谷达三十余年卒。

462　**梁孟昭**（女）　子素夷，钱塘（浙江杭州）人。茅坤玄孙茅九成妻。工诗画。有《墨绣轩诗》《山水吟》。

463　**方以智**（1611—1671）　字密之，号鹿起、曼公、龙眠愚者，安徽桐城人。崇祯十三年（1640）进士，授检讨。明亡为僧，法名弘智，字无可。有《浮山集》。

464　**陆世仪**（1611—1672）　字道威，号刚斋、桴亭，江苏太仓人。万历三十九年（1611）诸生，入清不仕，门人称其安道先生。有《桴亭词》。

465　**黄周星**（1611—1680）　字九烟，号而庵，上元（江苏南京）人。崇祯十三年（1640）进士，授户部主事。明亡，隐湖州，更名黄人，字略似。后沉水死。有《刍狗斋集》。

466　**杜浚**（1611—1687）　字千里，一字于皇，号茶树，晚号丰翁，湖北黄冈人。副贡生，仕途不得志，遂刻意为诗。明亡，隐南京鸡鸣山。有《变雅堂集》。

467　**冒襄**（1611—1693）　字辟疆，号巢民，江苏如皋人。崇祯十五年（1642）副贡生。与方以智、侯方域、陈贞慧称“四公子”。入清不仕，隐居于水绘园。有《水绘园集》。

468　**吴景旭**（1611—1695）　字又旦，一字旦生，号仁山，浙江湖州人，诸生，入清不仕。有《南山堂自订词》。

469　**吴乔**（1611—1695）　字修龄，江苏昆山人。有《舒拂集》。

470　**邓林梓**（？—1679）　字肯堂，一名琳梓，号玉山，江苏常熟人。以空谷诗见赏于松园老人，呼之为邓空谷。与冒襄为友。康熙十八年（1679）以布衣荐试博鸿，未试而卒。

471　**许承钦**　字漱石，湖北汉阳人。崇祯十年（1637）进士，官至兵部郎中。入清不仕。有《粘影词》。

472　**欧阳铉**　字子玉，江西泰和人。崇祯十年（1637）进士，授休宁知县。有《野获堂集》。

473　**钱涓**（女）　字聚文，浙江嘉兴人，举人钱泮妹，平湖薛雍可妻。有《抱雪吟》。

474　**陆幽光**（女）　字孟珠，又字蛾鑋，吴县（江苏苏州）人。初嫁于义兴，义兴败，转徙江湖为人赋诗，后陷监狱，又入侯门、入空门。

475　**陆羽嬉**（女）　字酌泉，江苏泰州人。诗人黄天涛妾。24岁病逝。有《小云集》。高士吴嘉纪（号野人）有《池莲歌》纪之。

476　**李无尘**（女）　字不染，又字居贞，河南开封名妓。周亮工尝话旧赠诗。后殁于汴河。有《合欢楼集》。

477　**邓氏**（女）　福建闽县人，邹琼珂妻。夫不类，邓郁郁不自得，诗词多凄怨。居二年，怨死。临终以遗草付其甥。

478　**邓湛**（女）（？—1642）　字定水，四川富顺人。叙州府明经少司空金宽妻。见费次度《剑阁芬华》。

479　**吴易**（1612—1646）　字日生，号惕庵，江苏吴江人。崇祯十六年（1643）进士，弘光时监史可法军。唐王时官兵部尚书。鲁王监国，封长兴伯。兵败被俘卒。有《东湖唱和词》

480　**冯肇杞**（1612—1674）　字幼将，会稽（浙江绍兴）人。诸生，年三十余，竟弃一切，致力绘梅、兰、竹、菊，山水人物亦奇秀。与宋琬交友。

481　**金是瀛**（1612—1675）　字天石，华亭（上海松江）人。诸生，明亡，集乡勇卫里。又觅舟送松江败将入闽。后与吴骐等结东皋诗社。有《芝田词》。

482　**卜舜年**（1613—1644）　字孟石，江苏吴江人（一作浙江嘉兴）。工画，见赏于董其昌、陈继儒。明亡，佯狂卒。有《云芝集》。

483　**归庄**（1613—1673）　字元恭，号恒轩、归姝，普明头陀，江苏昆山人。诸生，入复社。明亡，往来江湖，图复明抗清。晚年寄食僧舍。尝自谓："归子名庄，字元公，别号鏖鏊钜山人，平生名字号屡更，以十数计，今名从其旧，字从其新，别从其怪者云。"有《恒轩集》。

484　**叶小纨**（女）（1613—1657）　字蕙绸，江苏吴江人。叶绍袁、沈宜修次女，沈永桢妻。有《鸳鸯梦草词》。

485　**顾炎武**（1613—1682）　字忠清，本名继绅，更名绛，南都败后改炎武，字宁人，号亭林，自署蒋山佣，江苏昆山人。贡生，弘光元年（1645）授兵部司务，南京陷，在昆山、嘉兴一带抗清，兵败后遍历神州，不忘复明，病殁于山西曲沃。有《亭林诗文集》。

486　**陆庆臻**（1613—1693）　字集生，号荠庵、芴田，江苏青浦（今属上海）人。崇祯十五年（1642）举人，入清不仕，往来燕晋间为幕。有《荠庵诗稿》。

487　**王朗**（女）（1617—1650）　字仲英，号羼提道人、无生子，江苏金坛人，《无锡县志》作秦朗。王彦泓女，秦德澄妻，嗣子秦松龄。有《古香亭词》。

488 **葛嫩**(女)(? —约1645) 又名嫩娘，字蕊芳，金陵(江苏南京)人。桐城孙克咸妻。清兵陷南京，随夫入闽抗清。兵败被俘，清将欲污之，嚼舌血喷其面，与夫俱成仁。有《蕉贞咏词》。

489 **张娴倩**(女) 字蓼仙，安徽六安人。闵而学妻。有《蕉窗逸韵》。

490 **赵炳龙** 字文成，号云升，晚号楸园老人，云南剑川人。崇祯十五年(1642)举人，永历时官户部员外郎。有《宝岩记词》。

491 **李文靖** 字在兹，浙江鄞县(宁波)人。鲁王时官至监察御史。

492 **顾樵**(1614—?) 字樵水，自号若耶居士，江苏吴江人。崇祯举人。年三十即寄迹丘壑，致情绘事，有诗、书、画三绝之称。

493 **魏学洙**(1614—约1632) 字子闻，浙江嘉善人，魏大中季子，邑廪生，侍母至孝，惜未聘早卒。有《素水居遗稿》。

494 **蔡道宪**(1615—1643) 字元白，福建晋江人。崇祯十年(1637)进士，除长沙推官。十六年(1643)张献忠陷长沙，被磔死。有《蔡忠烈公词》。

495 **黄媛介**(女)(约1614—1668) 字皆令，秀水(浙江嘉兴)人。黄德贞从妹，杨世功妻，闺阁争延为师，名重天下。清兵南下，徙居苏州，与柳如是为文字交。尝入越访商景兰。有《离隐词》。

496 **陈子升**(1614—1675) 字乔生，号中洲，广东南海人，陈子壮弟，弘光元年(1644)举明经第一，桂王都肇庆，官兵科给事中。晚入庐山为僧。有《中洲集》。

497 **钱光琇**(1614—1678) 字圣月，号蛰庵，浙江宁波人。有《删后词》。

498 **俞汝言**(1614—1679) 字右吉，秀水(浙江嘉兴)人。诸生，家贫力学，闭户著述。明亡后自号渐川，从事抗清失败后，守气节以终。有《渐川集》。

499 **金堡**(1614—1680) 字道隐，浙江杭州人。崇祯十三年(1640)进士。清兵陷南京，奔肇庆，任永明王礼科给事中。顺治七年(1650)桂林陷，为僧，法名性因，后改今释，再改澹归。有《遍行堂词》。

500 **陈大成**(1614—1684后) 字集生，江苏无锡人。少孤家贫，与同邑严绳孙、秦日新、宜兴曹亮武等人友善。有《影树楼词》。

501 **包其伟** 字平修，云南建水人。词见《全明词》。

502 **许肇篪**(约1615—?) 字埙友，号二符，江苏宜兴人。诸生，明亡，投水自尽。

503 **张乔**(女)(1615—1633) 字乔婧，二乔，原籍江苏苏州，随母入广州为妓。后嫁彭孟阳，年仅十八而夭，葬白云山下，筑百花坟，又名张丽人墓。有《莲香集》。

504 **彭孙贻**(1615—1673) 字仲谋，一字羿仁，号茗斋，浙江海盐人。选贡生。

明亡后杜门奉母，终身不仕。卒后里人私谥孝介。有《茗斋诗余》。

505 **邓太妙**（女）（约 1615—?） 字玉华，陕西西安人。三水文翔青（崇祯七年，翔青受太妙父青睐，招为婿）妻。壬午（1642）夫卒，太妙为文以纪。有《嘉莲阁集》。

506 **刘云琼**（女） 字静娟，自号离石槛花居士，山西临县人，举人赵倡妻。有《水云居集》。

507 **周世臣** 字颖侯，又字允侯，江苏宜兴人。崇祯十三年（1640）进士，官汉川知县，善画山水，长于诗歌。有集。

508 **郭辅畿** 字咨署，广东大埔人。崇祯十二年（1639）举人。有《情谱》。

509 **沈龙** 字友夔，华亭（今上海松江）人，沈泓从弟。崇祯十六年（1643）进士，明亡不仕，服头陀服。有《雪初堂集》。

510 **戈止** 字永清，浙江嘉善人。贡生，官松江府教授。

511 **邵梅芳** 字景悦，江苏青浦（今属上海市）人。贡生。

512 **沈士镳** 字宝臣，钱塘（浙江杭州）人。词见《全明词》。

513 **沈际飞** 字天羽，江苏昆山人。有《沈评草堂诗余》。

514 **叶小鸾**（女）（1616—1632） 字琼章，又字瑶期，江苏吴江人。叶绍袁、沈宜修第三女，张立平未婚妻，工诗词，乃一代名媛。未嫁而卒。有《返生香》集。

515 **胡介**（1616—1664） 字彦远，号旅堂，初名士登，钱塘（浙江杭州）人。诸生，与万寿祺常联句。入清不仕，晚年信佛。有《旅堂诗余》。

516 **柴绍炳**（1616—1670） 字虎臣，号省轩、翼望山人，仁和（浙江杭州）人。诸生，弘光时马士英荐为翰林，不赴。入清诏举隐逸，力辞。工诗，为西泠十子之一。有《省轩诗》。

517 **董黄**（1616—1672 后） 字律始，又字德仲，自称白谷山人，江苏青浦（今属上海）人。入清不仕，筑东山草堂，岁必与陈维崧等作百人会。有《白谷山人诗集》。

518 **李因**（女）（1616—1685） 字今生，一字今是，号是庵、龛山逸史，会稽（浙江绍兴）人。光禄寺少卿葛徵奇妾。十五年间几乎走遍中国。30 岁时夫死。有《竹笑轩吟草》。

519 **沈关关**（女） 字宫音，江苏吴江人。沈自继、杨卯君女，王珹妻。深得母之绣技，曾作《顾茂伦雪滩濯足图》。

520 **余怀**（1616—1696 后） 字澹心，又字无怀，号曼翁、鬘持老人，福建莆田人，流寓南京，入清不仕，往返于扬州、苏州间，文采风流。有《玉琴斋词》。

521 **万日吉** 字久康，湖北黄冈人。崇祯十三年（1640）进士，官昆山知县。

522 **李玉照**（女）（1617—1679） 字洁尘，会稽（浙江绍兴）人。吴江沈自徵继妻，二十五岁时夫死抚孤。有《无垢吟》。

523 **阎修龄**（1617—1687） 字再彭，号饮牛叟，又号容庵，晚号丹荔老人，山阳（江苏淮安）人。词见《全明词》。

524 **张繁**（女） 字采子，长洲（江苏苏州）人。明经张天一妹，吴士安妻。尤侗尝索新诗，辞谢之。有《衡栖楼词》。

525 **顾氏**（女） 无锡人。侯麟勋母。

526 **徐在** 字皆山，号文果，初名元顺，浙江嘉兴梅里（王江泾）人。

527 **李元组** 字子古，浙江嘉兴人。词见《明词综》。

528 **康秀书** 字琴园，号闲翁，上海南汇人。有《抱松轩诗余》。

529 **韩曾驹** 字人谷，后更名显德，乌程（浙江湖州）人。诸生，明亡后，隐于乡以终。有《悟雪斋集》。

530 **万惟檀** 字子馨，山东曹县人。由恩贡授直隶（河北）曲阳知县，寻补湖广保安知县。有《诗余图谱》。

531 **沈宗塙** 字以冲，号定山，仁和（浙江杭州）人。崇祯十六年（1643）进士，官行人。

532 **吕福生** 有《摘得新》词。见《莲子居词话》。

533 **于儒颖** 字韬仲，江苏金坛人。于孔兼孙。词见《明词综》。

534 **程谮** 字墨仙，安徽休宁人。工词。有《石交堂词》。

535 **西湖伏雌教主** 小说《醋葫芦》作者。

536 **宫伟镠** 字紫阳，又字子元，号桃都漫士，江苏泰州籍，天津静海人。崇祯十六年（1643）进士，官翰林，入清乞休。归筑春雨草堂，悠游林下。癸卯（1663）七夕，和杜琅瑰词。有《春雨草堂诗余》。

537 **杜秀珩**（女） 江苏苏州人。孙之龙妻。完姻方三月，夫从军去蜀，一去三年。秀珩思之，寄书于夫，边帅恻然，命子龙归聚。

538 **柳如是**（女）（1618—1664） 名是，字如是，以字行。号我闻居士，本姓杨，名爱，浙江嘉兴人。秦淮名妓。先嫁李举人，崇祯十三年（1640）嫁钱谦益为妾，称河东夫人。有节气，曾谏阻谦益降清。谦益死，为夫家所逼，自缢死。有《我闻室鸳鸯楼词》。

539 **杨绛子**（女） 浙江嘉兴人，柳如是妹，其姊嫁钱谦益时犹居苏州，鄙姊行为，去峨眉山隐居，未嫁旋卒。有《鹃灵阁集》。

540 **周青霞**（女） 字函光，人称西湖第一名妓。尤侗尝赠其词。

541 **周贞媛**（女） 字瑶石，江苏泰州人。周文家侄女，周铭九姊，施千里妻。有

《关关集》《如河轩稿》。邓汉仪采编其诗。

542　**卞赛**(女)　字赛赛，江苏南京秦淮名妓。十八岁游苏州，侨寓虎丘，寻归秦淮，清兵陷南京，出家为女道士，称玉京道人。后归良医郑保御，十余年后卒，葬于无锡惠山祇陀庵。有《玉京道人集》。

543　**寇湄**(女)　字白门，南京秦淮名妓。保国公朱国弼妾，甲申(1644)京师陷，湄以千金赎身，后还南京，老犹与诸少年周旋。所欢韩生私婢，恚恨死。

544　**寇皑如**(女)　字贞素，南京秦淮名妓，被评为状元。寇湄妹。茅元仪结社秦淮，皑如多宴集。有《逊雪楼集》。

545　**陈璘**(女)　字兰修，号宝月，江苏常熟人。瞿式耜媳，瞿伯申妻。丁已(1677)端阳，过春晖阁作词。有《藕花庄词》。

546　**夏云弱**(女)　字莲娘，湖北荆州名妓，何象辰妾，何卒于官，再嫁黑牛渡黄金榜。为妓时故交荀宣子，于崇祯庚辰(1640)过荆州访之，已淡妆为良人。

547　**沙宛在**(女)　字嫩儿，又字未央，自号桃叶女郎，上元(江苏南京)人。嘉兴曹溶尝赠其诗。有《蝶香词》。

548　**顿文**(女)　字少文，又字琴心(因学鼓琴)，琵琶顿老孙女。钱谦益尝赠其诗。有《翠拥楼词集》。

549　**白旃香**(女)　字西来，练川(上海嘉定)名妓，曾在春夜同侯上谷泛舟作词。苏州袁箨庵尝赠其诗。

550　**王赛玉**(女)　字儒卿，金陵(江苏南京)妓。有《点绛唇》词，见《明词综》。

551　**赵彩姬**(女)　字今燕，金陵(江苏南京)名妓。有《青楼稿》，见《兰皋明词汇选》。

552　**李素**(女)　字冰心，安徽怀庆人。观察李颐女，常熟许伟人妻。有《疏影词》。

553　**沈宪英**(女)(1622—约1685)　字蕙思，号兰友，江苏吴江人。沈自炳女，沈华鬘姊，叶世傛妻，叶小鸾表妹。有《蕙思遗稿》。

554　**钱棅**(1619—1645)　字仲驭，号约庵，浙江嘉善人。相国钱士升次子，崇祯十年(1637)进士，官兵部郎中。有《南园唱和集》《文部园诗》。

555　**申涵光**(1619—1677)　字孚孟，一字和孟，号凫盟、聪山，河北永年人。贡生，入清不仕。有《聪山诗集》。

556　**张纲孙**(1619—1700)　字祖望，号秦亭、竹院居，晚名丹，钱塘(浙江杭州)人。与陈子龙、沈谦、丁澎、毛先舒、柴绍柄等称西泠十子。有《从野堂集》。

557　**王夫之**(1619—1692)　字而农，号姜斋，湖南衡阳人。崇祯十五年(1642)

举人，官桂王行人，旋辞归，后徙深山隐居。有《船山遗稿》。

558 **陆陛** 字左城，钱塘（浙江杭州）人。陆炘五弟，诸生，后家道中落，远游为幕，卒年四十四岁。有《丹凤堂集》。

559 **蒋平阶** 字驭闳，又字大鸿，别号杜陵生，原名雯阶，后改今名。华亭（上海松江）人，诸生，师事陈子龙。清兵陷南京，奔福建唐王，官御史，唐王亡，换道士服，隐会稽。有《支机集》。

560 **缪永谋** 字天自，又字于野，更名泳，号潜初，浙江嘉兴人。缪崇正孙，缪师伋子。诸生，入清，以塾师为生。有《荇溪集》。

561 **王炜**（女） 字幼史，号辰若，江苏太仓人。陈光綷妻。有《翠微楼集》《燕誉楼集》。

562 **张小莲**（女） 字西陂，吴县（江苏苏州）人。词见《众香词》。

563 **陈玉娟**（女） 生平不详，有《如梦令》词，见《全明词》。

564 **孙瑶英**（女） 字孟芝，钱塘（浙江杭州）人。辰州别驾钱北元（淇冰）妻。有《琴瑟词》。

565 **范翩**（女） 字留云，旧院妓，被评为榜眼。姚江许苍玉尝赠其诗。

566 **丛禧**（女） 字祁志，江苏如皋人。丛长茂女，谢鱼池妻。有《芳韵楼集》。

567 **张宗孟**（女） 字希光，吴县（江苏苏州）人。从高士周良石学画。有《玉琴轩词》。

568 **王月**（女） 字微波，金陵（江苏南京）名妓，系三胞胎长女，曾被孙武公所宠，后嫁安庐兵备道蔡香君，辛巳（1641）张献忠破庐州，被掳得宠，后又被杀。

569 **钟举**（女） 字琼英，金陵（江苏南京）妓。有《浣溪沙》词，见《全明词》。

570 **刘淑**（女）（1620—1657后） 字淑英、木屏，号个山人，江西安福人。刘铎女，同邑王蔼妻，七岁丧父，十八岁寡。甲申（1644）变后，散家赀，募勇士千人，欲兴明。事不成，散所部回里，筑小庵名“莲舫”迎母奉佛。有《个山集》。

571 **汤传楹**（1620—1644） 字子翰，更字卿谋，吴县（江苏苏州）人。诸生，工词曲。有《湘中草》。

572 **张煌言**（1620—1664） 字玄箸，号苍水，小字河云，鄞县（浙江宁波）人。崇祯十五年（1642）举人，清兵南下，以残兵支撑于天涯海角二十年。后被俘不屈死。有《张苍水诗文集》。

573 **沈谦**（1620—1670） 字去矜，号东江，仁和（浙江杭州）人，诸生，崇祯末年，与丁澎等称西泠十子，尤工词。有《东江别集词》。

574 **陆嘉淑**（1620—1689） 字孝可，又字冰修，号辛斋，浙江海宁人。陆钰子。

诸生。入清不仕。有《辛斋诗余》。

575　**吴骐**(1620—1695)　字日千，号铠龙，华亭(上海松江)人。诸生，入清遁迹不仕，词工小令。有《红鹃楼词》。

576　**僧行悦**(1620—?)　字梅国，号呆翁，江苏太仓人。早年遍游广东、江西，住持理安寺；中年卓锡杭州、南京；晚年归如皋舍桴禅室。有《匏溪词》。

577　**项佩**(女)　字吹聆，秀水(浙江嘉兴)人。项忠曾孙女，吴统持妻，崇祯中与夫偕隐嘉兴鸳鸯湖。有《藕花楼词》。

578　**张启**(女)　安徽休宁人。汪汝萃妾，太常汪梅斋庶母。

579　**屠紫珍**(女)　字琼圃，浙江嘉兴人。湘潭知县屠惺所女，举人屠彪妹，刘赤水妻。尝作词贺黄德贞四秩双寿。

580　**僧仲光**　号佛石，浙江杭州人。词见《全明词》。

581　**李式玉**　字东琪，浙江杭州人。流寓京城。诸生，与沈谦等为西泠十二家。有《曼声词》。

582　**许大就**　字岂凡，江苏宜兴人。副贡生，甲申(1644)国变后，绝意仕进。

583　**潘廷璋**　字美含，号梅岩，浙江海宁人。诸生，工诗词，与陆嘉淑、陆圻友善，常酬唱。乙巳(1665)作词贺曹耘莲六十寿。有《诸山楼词》。

584　**田彻**　字道耕，浙江海宁人。诸生，入清，不应科举，与陆嘉淑、潘廷璋、胡山为友。

585　**胡山**　字天岫，又字葑汀，初名日新，原籍江苏宜兴，徙居浙江海宁，与陆嘉淑、田彻为友。有《与众集》。

586　**钱理**　字紫曜，武进(江苏常州)人。有《白雪斋词》。

587　**计南阳**　字子山，原名安，号垒斋，华亭(上海松江)人。诸生。入清，放浪山水间，尝游沈铎堂，李素心幕。有《负镫集》《江枫草》。

588　**李鄂**　词见《御选历代诗余》。

589　**李明岳**　字青来，浙江嘉兴人。词见《兰皋明词汇选》。

590　**严墩**(约1621—?)　疑是江苏常熟人。有《南虞词》，其中《玉女摇仙佩·寄内》词曰："年庚癸丑(1673)半百另头"。

591　**查维宏**　字彦符，安徽休宁人。崇祯时人。有《悬藻亭词》。

592　**李端卿**(女)　字正姝，钱塘(浙江杭州)名妓。有《随月楼诗词稿》。

593　**吴芳华**(女)(1621—?)　字彦因，武林(浙江杭州)文学康某妻，顺治二年(1645)三月，清兵渡钱塘江，时结婚方三个月，从夫避乱天竺，被清兵掳之北去。有《阮郎归》词，见《杭州西湖志》。

594 **沈华蔓**(女)(约1622—?) 字兰英，又字端容，号兰余，江苏吴江人，沈自炳次女，沈宪英妹，丁彤妻。有《端容遗稿》。

595 **孙兰媛**(女) 字介畹，浙江嘉兴人。孙曾楠、黄德贞长女，孙蕙媛姊，陆渭(宙肩)妻，进士陆霦伯母。有《砚香阁词稿》。

596 **王璐卿**(女) 字绣君，又字仙媚，江苏南通人。举人马振飞妻。于归后，时励夫勤读，篝灯刺绣，脱钗典衣，以供家用。有《锦香堂集》。

597 **李妍**(女) 字安侣，江苏兴化人。李国宋(字汤孙，号大村，康熙二十三年举人)姑母，解秀兹妻。有《纸窗偶存》。

598 **吴柏**(女) 字柏舟，仁和(浙江杭州)人。吴大未女，许字陈元璧。未婚夫死，遂披麻带孝到夫家，寡居十余年后病卒。有《柏舟集》。

599 **时娴**(女) 字宜幽，江苏常熟人。给谏时修来女，程揆伯妻。有《花绚词》。

600 **万淑修**(女)(?—1666) 字宜洲，彭城(江苏徐州)人。万寿祺女，章醇邹妻。丙午(1666)春，趺坐而逝。有《咏林阁遗稿》。

601 **钱灵修**(女) 字湘音，吴县(江苏苏州)人。有《秀采轩词》《隐芳楼词》。

602 **金柔**(女) 字得颐，山阴(浙江绍兴)人。词见《众香词》。

603 **沈兰**(女) 字蕴贞，浙江嘉兴人。有《绣余草》《雪斋诗余》。

604 **王玳**(女) 字谢家，湖北武昌人。钱公子妻。有《锦笙词》。

605 **李玉照**(女) 即杨李氏，江苏江都人。博通经史，品行端方，缙绅家争延为塾师。有《玉照词》。

606 **童观观**(女) 湖北汉阳人。工诗词，善花鸟。

607 **潘端**(女) 字慎斋，江苏青浦(今属上海)人，倪永清妻，倪小嫂。有《不归轩词》。

608 **倪小**(女) 字茁姑，江苏青浦(今属上海)人。倪永清妹，亭林陆郎妻。有《斯堂吟》。

609 **徐震** 字秋涛，号烟水散人、天花藏主人，浙江嘉兴人。曾居松江泖上之蜃阁。于清顺治十五年(1658)著成《女才子书》，另著小说多种。

610 **顾石城** 号蘅子，又号蘅香草堂。有小说《吴江雪》，康熙四年(1665)序。

611 **吴莫胜** 有《浣溪沙》词，见《明词综》。

612 **蒋尔屿** 字鲁镇，浙江诸暨人。词见《明词综》。

613 **张逸** 鄞(浙江宁波)人，工画，词见《御选历代诗余》。

614 **张琨** 有《双双燕》词，见《御选历代诗余》。

615 **杜陵生** 词见《兰皋明词汇选》。

616 **黄筌(女)** 字逸佩，江苏太仓人。太学黄奉倩女，嘉兴王路妻。有《蕉隐居集》。

617 **梁木公** 有《蝶恋花》词，见《明词综》。

618 **梁希声** 有《浣溪沙》词，见《明词综》。

619 **张卿玉** 有《青门引》词，见《古今诗余醉》。

620 **方汝浩** 号清溪道人，溆水(湖南湘乡)人。《禅真逸史》作者。以上据孙楷第考证。

621 **董白(女)**(1624—1651) 字小宛，号青莲，江苏苏州人。金陵(江苏南京)歌妓，后嫁如皋冒襄为妾，助夫查、抄图书，积劳成疾卒。有《奁艳》。

622 **谢季兰(女)**(约1624—?) 字湘沚，江西宁都人。魏禧妻。魏禧，字叔子，明诸生，康熙十七年(1678)坚拒博学鸿儒之征召。

623 **魏云枘**(1624—?) 字交瀼，浙江嘉善人。魏学洢子，崇祯时荫生，明亡不仕，以吟咏自娱，家贫志高，学者多奉枘为盟主。有《维风集》、《诗玉》。

624 **尹春(女)** 字子春，江苏南京桃叶渡名妓，能演戏，串生、旦角。余怀尝赠以诗。

625 **彭孙倩(女)** 字娈如，浙江海宁人。彭孙遹姊，锦县陈龙孙妻。有《盐城游草》。

626 **周禧(女)** 自称江上女子，江苏江阴人。周荣起次女。工画花草鸟虫。有《画余谱》。

627 **李眺(女)** 字冰影，华亭(上海松江)人。太仆李世祺(天启二年进士)女，上舍沈赉生妻。有《鹃啼集》。戊寅(1698)花朝，钱岳邂逅于槜李。

628 **孙蕙媛(女)** 字静畹，浙江嘉兴人。孙曾楠、黄德贞次女，孙兰媛妹，举人庄国英妻。早寡，有《愁余草》。另与沈栗、沈贞永、归淑芬合编《古今名媛百花诗余》。

629 **屠瑶芳(女)** 字莅珮，浙江嘉兴人。屠成烈女，黄德贞媳，孙渭璜妻，孙兰媛、孙蕙媛嫂，陈洁夫家侄女。有《钿奁杂咏》。

630 **沈贞永(女)** 字琼山，浙江嘉兴人。与归淑芬、孙蕙媛、沈栗合编《百花诗余》。

631 **归淑芬(女)** 字素英，浙江嘉兴人。高锡妻。有《云和阁静斋诗余》。另与沈栗、沈贞永、孙兰媛合编《古今名媛百花诗余》。

632 **沈家恒** 字璞仪，江苏吴江人。词见丁绍仪《听秋声馆词话》。

633　**柳依依**（女）（1628—1645）　江都（江苏扬州）人。方瑸妻。弘光二年（1645）清兵破扬州，殉节死，时年十八岁。

634　**陆宏定**（1628—1668）　字紫度，号纶仙、蓬叟，浙江海宁人。陆嘉淑弟。一生高洁，入清不仕，并禁子侄应科举。有《凭西阁词》。

635　**彭氏**（女）　河南邓县人。彭而述女，李青立妻。有《长林稿》《蝶龛稿》。

636　**董如兰**（女）（？—1698后）　字畹仙，华亭（上海松江）人。吴江御史孙志儒妻。有《秋园词钞》，戊寅（1698）年钱岳、何殿飏访之，称太君。

637　**刘氏**（女）（1630—1659）　四川富顺人。夫萧某以参将镇雅州，而刘居云南，顺治十六年（1659）明桂王败走缅甸，刘以七岁子付家人，手刃幼女后自缢。

638　**屈大均**（1630—1696）　字翁山，又字介子，号泄泗，别号莱圃，初名绍隆，番禺（广东广州）人。诸生，明亡为僧，法名今种，字一灵。北走燕赵，有复明之志。中年返初服，改今名。有《骚屑词》。

639　**夏完淳**（1631—1647）　字存古，原名复，华亭（上海松江）人。夏允彝子。十五岁即随父抗清，父殉国后与陈子龙继续抗清，鲁王授其中书舍人。兵败被俘，押至南京，不受洪承畴劝降，死。有《南冠草》。

640　**周积贤**　字寿王，华亭（上海松江）人。早慧，师事蒋平阶，卒年仅三十岁，陈维崧誉为奇才。与蒋平阶、沈忆年、蒋平阶子蒋无逸有唱和集《支机集》。

641　**沈忆年**　字豳祁，一名蒉年，浙江嘉兴人。师事蒋平阶，与周积贤等推行师说，宗法《花间集》。与蒋平阶、周积贤、蒋平阶子蒋无逸有唱和集《支机集》。

642　**李伊玉**　有《惜分飞》《青玉案》词，见《御选历代诗余》。

643　**无名氏**

644　**无名妇人**（女）

645　**古杭艳艳生**　《昭阳趣史》作者。

646　**江左淮庵**　《醉春风》作者，或为江苏苏州人。

647　**封云山人**　《铁花仙史》作者。

648　**罗浮散客**　《天凑巧》作者。

649　**浮萍居士**　《生绡剪》作者。

650　**九容楼主人**　字松云。《英云梦》作者。

651　**随缘下士**　《林兰香》作者。

652　**烟霞逸士**　《巧联珠》作者。

653　**西湖渔隐主人**　《欢喜冤家》作者。

清　共1930人，其中女512人。

1　**王铎**(1592—1652)　字觉斯，一字觉之，号嵩樵，河南孟津人。天启二年(1622)进士，福王时东阁大学士。顺治二年(1645)降清，以礼部侍郎修《明史》，任副总裁。有《秋山园词》。

2　**袁于伶**(1592—1674)　一作于令，字令昭，号箨庵、凫公、幔亭仙史，吴县(江苏苏州)人。明诸生，清兵至，代苏州士绅作降表，官荆州知府。后罢职居绍兴，著《西楼记》等传奇。

3　**孙承泽**(1592—1676)　字耳伯，号北海、退谷，山东益都人，流寓顺天(北京)。崇祯四年(1631)进士，官刑科都给事。降清，迁太常少卿。有《春明梦余录》。

4　**程康庄**(1595—1661)　字坦如，号昆仑，山西武乡人。崇祯八年(1635)拔贡生，官别驾。入清，镇江通判，擢陕西耀州知州。有《衍愚词》。

5　**李元鼎**(1595—1670)　字梅公，江西吉水人。天启二年(1622)进士，官至光禄少卿。先降李自成，又降清，官至兵部右侍郎。有《石园集》。

6　**吴朏**(女)　字华生，又字凝贞，号冰蟾子，华亭(上海松江)人。嘉善曹焜妻，曹鉴冰祖母。自幼工诗词。有《忘忧草》。

7　**方大猷**(1597—1660)　字允升，又字欧余。号崦蓝，浙江湖州人。崇祯十年(1637)进士，官井陉道，先降李自成，又降清，官至山东巡抚，因河道任内贪赃，入狱死。有《涂鸦词》。

8　**丁耀亢**(1599—1699)　字西生，号野鹤、紫阳道人，山东诸城人。明诸生，师事董其昌。入清，以拔贡官容城县教谕、迁惠安知县。有《丁野鹤诗钞》小说《续金瓶梅》。

9　**郭士璟**(1600—1699)　字眉枢，江苏扬州人。顺治十二年(1655)进士，历国子监助教，工部屯田司主事，重修天坛、出督九江关税。有《句云堂词》。

10　**魏学渠**　字子存，号青城，浙江嘉善人。柳州八子之一。顺治五年(1648)举人。任成都府推官、历湖广道，江西少参，与钱澄之知交。有《青城词》。

11　**陈增新**　字子更，浙江嘉善人。顺治五年(1648)举人，官湖北安仁知县，与魏学渠等称柳州八子。有《高菽堂集》。

12　**王崇简**(1602—1678)　字敬斋，河北宛平(今属北京)人。崇祯十六年(1643)进士。入清，又中顺治三年(1646)进士，官至国子监祭酒，礼部尚书。有《青箱堂集》。

13　**陈衍虞**(1599—1688后)　字伯宗，号园公、莲山，曾署园道人，广东海阳人。崇祯十五年(1642)举人，顺治十四年(1657)授番禺教谕，升平乐知县。有《莲山诗余》。

14 **孟称舜**(1603—1684) 字子塞，又字子若，会稽(浙江绍兴)人。官教谕。入清，官松阳知县。有《花屿集》及传奇《娇红记》。

15 **梁云构**(？—1649) 字眉屈，又字匠先，兰阳(河南兰考)人。崇祯元年(1628)进士，官佥都御史，弘光时(1645)任兵部侍郎。清兵至，迎降，官至户部侍郎。有《豹陵集》。

16 **陈之遴**(1605—1666) 字彦升，号素庵。浙江海宁袁花人。崇祯十年(1637)进士。降清，官至户部尚书。顺治十六年(1659)坐贿结内监罪，谪东北辽阳尚阳堡卒。有《素庵诗余》。

17 **熊文举**(1595—1669) 字公远，号雪堂，江西新建人。崇祯四年(1631)进士，官吏部郎中。曾降李自成，入清，官至兵部右侍郎。有《熊雪堂遗集》。

18 **彭而述**(1606—1665) 字子籛，号禹峰，河南邓州人。少入复社，崇祯十三年(1640)进士，官阳曲知县。入清，历贵州巡抚、云南左布政使。有《读诗亭史文集》。

19 **史可程**(1606—1684) 字赤豹，号蘧庵，大兴(北京)籍，河南祥符(开封)人。史可法从弟，崇祯十六年(1643)进士，降李自成又降清。顺治二年(1645)南归，赦免，徙居宜兴。有《观槿词》。

20 **徐灿**(女)(1607—1678后) 字湘蘋，又字明霞，号深明，吴县(江苏苏州)人。明光禄卿徐子懋女，陈之遴继妻，曾封一品夫人。陈之遴死于辽阳贬所，康熙十一年(1671)亲往盘柩回乡。工词。有《拙政园诗余》。

21 **王庭**(1607—1693) 字监卿，号言远、迈人，浙江嘉兴人。崇祯九年(1636)举人，顺治六年(1649)进士，官至山西布政使。有《秋闲词》。

22 **李雯**(1608—1647) 字舒章，江南青浦(今属上海)人。崇祯十五年(1642)举人，少与陈子龙齐名。入清荐为中书舍人，顺治初之诏诰多出其手。有《蓼斋集》。

23 **梁清远**(1608—1684) 字迩之，号葵友、祓园，真定(河北正定)人。顺治三年(1646)进士，官至吏部侍郎，光禄寺少卿，通政使参议。有《祓园集》。

24 **黄锡朋**(1608—1687后) 字桢柏，又字珍伯，江苏宜兴人。康熙初，官湖南安仁知县。

25 **张怡**(1608—1695) 字瑶星，原名鹿徵，号薇庵、白云，上元(江苏南京)人。明诸生，荫锦衣卫千户。入清不仕，隐居栖霞山。有《古镜斋词集》及《濯足庵诗余》。

26 **徐籀** 字亦史，江苏苏州人。崇祯六年(1633)举人。入清，官湖北黄冈知县。有《吾邱诗余》。

27　**方是仙**(女)　字澹然,吴兴(浙江湖州)人。名妓,好山水游,尝以蒲团、棕拂自随,飘飘乎出世人也。有《萍香词》。

28　**吴伟业**(1609—1671)　字骏公,号梅村,江苏太仓人。崇祯四年(1631)进士,弘光时官少詹事。入清,拜国子监祭酒。后乞归里隐居。有《梅村稿》。

29　**曹忭**(1609—1671后)　字尽臣,号曹溪。江苏宜兴人。选贡生。

30　**汪价**(1609—1677后)　字介人,号三农赘人,江苏嘉定(今属上海)人。诸生,遊幕半天下。顺治六年(1649)被河南巡抚贾汉复聘修通志。有《半舫词》。

31　**李渔**(1611—1680)　原名先侣,字谪凡,号笠翁,浙江兰溪人。崇祯十年(1637)金华府庠生,康熙十六年(1677)迁杭州,后流寓南京,筑芥子园印书,精谱曲,有传奇《风筝误》等。

32　**张戬**　字晋侯,钱塘(浙江杭州)人,张星耀父。

33　**傅静芬**(女)　字孟远,钱塘(浙江杭州)人,张戬妻,张星耀母,柴静仪表姊。

34　**严景安**　又名恭,顺治十八年(1661)夏,与曹溶等在杭州昭庆寺作词。

35　**严渡**　字调御,浙江余杭人。与弟严津、严沆称余杭三子。

36　**吴洪化**　字以蕃,号贰公,江苏宜兴人。崇祯九年(1636)举人。入清,官教谕。有《屑云词》。

37　**吴亮中**(1612—1660)　字寅仲,号易庵,浙江嘉善人。顺治九年(1652)进士,官至刑部侍郎。与钱继振、魏学渠等称柳州八子。有《词笺》。

38　**周亮工**(1612—1672)　字元亮,号栎园、减斋、缄斋,河南祥符(今开封)人。崇祯十三年(1640)进士。入清,官至户部右侍郎。两次被劾,均赦免。有《赖古堂集》。

39　**刘体仁**(1612—1677)　字公勇,河南颍川人。顺治十二年(1655)进士,官吏部郎中。年四十即告归。在京时与王士祯等主持文坛。有《七颂堂诗余》。

40　**高珩**(1612—1697)　字葱佩,又字念东,自号紫霞道人,山东淄川人。崇祯十六年(1643)进士,入清,官至刑部左侍郎。有《栖云阁词》。

41　**钱陆灿**(1612—1698)　字尔韬,号湘灵、圆沙,江苏常熟人。顺治十四年(1657)举人,任常州、扬州、南京等教授。有《圆沙集》。

42　**顾氏**(女)　江苏吴江人。顾有孝姊,同邑沈自南妻。沈自南,顺治十二年(1655年)进士,官蓬莱知县。

43　**黄经**　字笛楼,广西永福人。诸生。有《瑶鹤山房词草》。

44　**卢纮**　字元度,号澹岩,蕲州(湖北黄州)人。崇祯九年(1636)举人,顺治六年(1649)进士,康熙初,擢江南布政使。有《四照堂诗余》。

45 **丁彦**(1613—?)　字文博，号易斋，浙江嘉善人。崇祯十五年(1642)举人，顺治六年(1649)进士，官工部都水司主事，督理江南芦政。有《暇日堂词》。

46 **许之渐**(1613—1700)　字仪吉，一字松龄，号青屿，晚号可园老人，武进(江苏常州)人。顺治十二年(1655)进士，官至御史，弹劾不畏权贵。康熙二十二年(1683)在广陵学会会见冒襄。有《槐荣堂集》。

47 **周茂源**(1613—1672)　字宿来，号釜山，华亭(上海松江)人。顺治六年(1649)进士，官处州知府，开山路350里，民德之。有《鹤静堂词》。

48 **曹溶**(1613—1685)　字洁躬，号秋岳、倦圃，秀水(浙江嘉兴)人。崇祯十年(1637)进士，官考选御史。入清，官至户部侍郎。有《静惕堂词》。

49 **宋琬**(1614—1673)　字玉叔，号荔裳、二乡亭主人，山东莱阳人。崇祯拔贡，顺治三年(1646)进士，历官宁绍台道，浙江、四川按察使。有《二乡亭词》。

50 **曹垂灿**(1614—1688)　字天骐，号绿岩，上海人。顺治四年(1647)进士，官遂安知县。有《竹香亭诗余》。

51 **沈永令**(1614—1698)　字闻人，号一枝，江苏吴江人。顺治五年(1648)副贡生，官韩城、高陵两知县，罢归。诗词书画俱精。悠游林下四十余年。有《噀霞阁词》。

52 **王岱**　字山长，号了庵、九青石史，湖南湘潭人。崇祯十二年(1639)举人。入清，官澄海知县。己丑(1649)作《越溪春·山居》词。有《了庵词》。

53 **陈世祥**　字善百，号散木，江苏南通州人。崇祯十二年(1639)举人。入清，官直隶新安知县。与冒襄友善。有《含影词》。

54 **顾信芳**(女)　字湘英，江苏太仓人。庶吉士顾秉直女，吴县诸生程钟妻。有《生香阁诗词草》。

55 **龚鼎孳**(1615—1673)　字孝升，号芝麓，原籍安徽合肥，江西临川人。崇祯七年(1634)进士，降李自成，再降清，官至刑部尚书。两任会试主考官。有《三十二芙蓉词》及《香岩词》。

56 **无名氏**　《梧桐影》作者，生平不详，应为由明入清的苏州人。

57 **周肇**(1615—1683)　字子俶，号东冈，江苏太仓人。顺治十四年(1657)举人，官青浦教谕，升新淦知县，与黄与坚等称娄东十子。有《东冈集》。

58 **谢良琦**(1624—1671)　字仲韩，号石臞，广西全州人。崇祯十五年(1642)举人。入清，两为县令，两为别驾，后以常州通判致仕。有《醉白堂诗余》。

59 **黄永**(约1616—?)　字云孙，号文庵，江苏常州人。顺治十二年(1655)进士，官刑部员外郎。十八年(1651)以奏销案罢归。有《溪南词》。

60 **魏裔介**(1616—1686)　字贞白，又字昆林，号石生、贞庵，直隶柏乡(河北柏乡）人。顺治三年（1646）进士，官至保和殿大学士，康熙十年（1671）辞归。有《怀舫词》。

61　**卢元昌**（1616—1695）　字文子，晚号半林居士，华亭（上海松江）人。诸生，以奏销案斥，闭户注杜诗十余年。有《半林稿》

62　**陆瑶林**（1616—1695 后）　字以次。号介庵、石渔，浙江平湖人。顺治八年（1651）举人，十五年（1658）进士，官江西金溪知县。有《九畹阁诗余》。

63　**王宗蔚**（？—1669）　字峡文，号汇升，华亭（上海松江）人。明诸生，清岁贡生，与韩范、计南阳等唱和。康熙八年（1669）卒于徐朗璇幕中。有《蓉墅精稿》。

64　**浦映渌**（女）　字湘青，江苏无锡人。武进黄永妻，进士黄亮可母。有《绣香阁集》。

65　**周珊珊**（女）　字小珊，江苏常州人。同邑黄永聘姬，未嫁而殁。永为之传词一首《减字木兰花·和别》。

66　**王芳与**（女）（1617—1673）　字芳从，又字芳若，仁和（浙江杭州）人。侍郎严沆妻。有《玉树楼词》。

67　**王枢**（1617—1673）　字次躔，仁和（浙江杭州）人。词见《国朝词综》。

68　**严沆**（1617—1678）　字子餐，号灏亭，浙江余杭人。崇祯十二年（1639）举人，顺治十二年（1655）进士第一，官至户部侍郎，总督仓场。与宋琬、丁澎等唱和，为燕台七子之一。有《皋园集》。

69　**曹尔堪**（1617—1679）　字子顾，号顾庵，浙江嘉善人。顺治九年（1652）进士，官至侍读学士。工诗，与宋琬、沈荃、王士祯等称海内八大家。有《南溪词》。

70　**陆求可**（约 1617—1679）　字咸一，又字月湄，号密庵，山阳（江苏淮安）人。顺治十二年（1655）进士，官至福建提学佥事，转布政使参议。有《月湄词》。

71　**于成龙**（1617—1684）　字北溟，号于山，永宁（山西离石）人。崇祯十二年（1639）副贡。入清，官至直隶巡抚、两江总督，被康熙帝誉为“清官第一”。有《于山诗余》。

72　**毛重倬**（1617—1685）　字卓人，号阆仙，江苏常州人。顺治二年（1645）举人，官太湖教谕，升石门知县。系曹良武岳父。有《卓人词》。

73　**邓汉仪**（1617—1689）　字孝威，号旧山，江苏泰州人。康熙十八年（1679）召试博学鸿词，因年老授内阁中书衔赐归。有《青帘词》。

74　**余缙**（1617—1689）　字仲绅，号浣公，浙江诸暨人。顺治九年（1652）进士，授封丘知县，升山西道御史。年五十七，告归林下。有《大观堂文集》。

75　**宋徵璧**　字尚木，初名存楠，华亭（上海松江）人。宋徵舆从兄。崇祯十六年(1643)进士。入清，官潮州知府。有《三秋词》。

76　**宋思玉**　字楚鸿，江苏青浦(今属上海)人。宋存标子。少以神童称，陈子龙、宋徵舆等刻印《棣萼香词》也收其作品。有《棣萼轩词》。

77　**张僧乙**　字西又，号紫庭，初名铭，江苏嘉定(今属上海)人。诸生。工诗词书画篆刻。有《紫庭词》《驶雨阁诗稿》。

78　**林子宁**　字定远，华亭(上海松江)人。林子卿弟。曾游幕岭南。

79　**宋徵舆**(1618—1667)　字辕文，又字直方，号佩月主人。华亭(上海松江)人，宋徵璧从弟。顺治四年(1647)进士，官至都察院左副都御史。有《海闾香词》。

80　**龚贤**(1618—1689)　字半千，一字野遗，号半亩、柴丈人，江苏昆山人。寓南京清凉山扫叶楼，善画山水，为金陵八家之一。有《半亩园词钞》。

81　**尤侗**(1618—1704)　字展成，一字同人，号悔庵、西堂老人，江苏苏州人。顺治五年(1648)拔贡，康熙十八年试博学鸿词，授检讨。与修《明史》。帝南巡，升侍讲。有《百末词》。

82　**陈允衡**(？—1673)　字伯玑，号玉渊，江西永修人。避乱流寓芜湖。杜门穷巷，以诗自娱。顺治十一年(1654)欲应乡试，悔而中止。有《爱琴馆集》

83　**吴秉仁**　字子元，号慎庵，山阴(浙江绍兴)人，原籍江苏扬州。吴绮从兄。有《摄闲词》或名《慎庵词》。

84　**吴刚思**　字德乾，又字见止，号修蟾，武进(江苏常州)人。崇祯十六年(1643)进士，官知县。有《远山阁词》。

85　**龚百药**(1619—?)　字介眉，号琅霞，江苏常州人。顺治三年(1646)进士，十八年(1661)以奏销案罢黜。与邹祗谟、董以宁、陈玉璂称毗陵四家。有《湘笙歌词》。

86　**柯耸**(1619—1679)　字素培，浙江嘉善人。顺治六年(1649)进士，官至通政司左参议。

87　**顾湄**(女)(1619—1664)　字眉生，又字眉庄，上元(江苏南京)人。秦淮歌妓。后嫁龚鼎孳为妻，改姓徐，号智珠，人称横波夫人。有《柳花阁集》。

88　**施闰章**(1619—1683)　字尚白，又字岂云，号愚山、蠖斋，安徽宣城人。顺治六年(1649)进士，康熙十八年试博学鸿词，授侍讲。有《学余堂集》。

89　**顾有孝**(1619—1689)　字茂伦，号雪滩钓叟、雪滩头陀，江苏吴江人。诸生，少游于陈子龙之门。国变后，焚弃儒衣冠，结交江湖客。选《唐诗英华》。

90　**吴绮**(1619—1694)　字薗次，又字斗南，号听翁、红豆词人，江都(江苏扬州)人。顺治拔贡，官至湖州知府，人称三风太守。谓其多风力、尚风节、饶风雅也。有《艺香词》。

91　**张楤**(1619—1694)　字僧持，号南村，江宁(江苏南京)人。有《南村集》《蘼芜庵集》。

92　**汤莱**(女)　字莱生，江苏丹阳人。兴化李天来妻。有《忆蕙轩词》，邓汉仪为之序，并赠《减兰》词。丙辰(1676)冬日和之。

93　**柴贞仪**(女)　字如光，钱塘(浙江杭州)人。柴世尧(万历四十六年举人)长女，同邑黄介眉妻。

94　**钱和**(女)　字百宜，金匮(江苏无锡)人。同邑杨涛妻。

95　**王荪**(女)　字若兰，河南宛丘人。周亮工妾，与杭州沈丰垣系中表亲。有《贝叶庵词》。

96　**杜漪兰**(女)　字中素，江西吉水人。少宰熊文举妻。丙午(1646)随夫南归。有《知耻庐集》。

97　**吴规臣**(女)　字香轮，一字蜚卿，号晓仙，江苏金坛人。吴朗斋女，知县顾鹤(字侣松)妻。有《晓仙楼诗》，1669年印制。

98　**贺裳**　字黄公，号檗斋，江苏丹阳人。诸生。有《红牙词》《皱水轩词筌》。

99　**赵维烈**　字兰舫，号承哉，上海人。赵子瞻(顺治十四年举人)幼子。工词，有《兰舫词》，吴绮、丁澎赞称之。

100　**周季琬**(1620—1668)　字禹卿，号文夏，江苏宜兴人。顺治九年(1652)进士，官至监察御史。有《梦墨轩词》。

101　**魏际瑞**(1620—1677)　字善伯，原名祥，号东房、伯子，江西宁都人。诸生，与弟魏禧礼、彭时望等九人皆躬种自食。谋思复明。游食浙、闽、粤间。有《伯子诗余》。

102　**张养重**(1620—1680)　字子瞻，号虞山，江苏淮安人。时与万寿祺唱和；又与王士祯唱和，作《浣溪沙·红桥即事》。

103　**孙枝蔚**(1620—1687)　字豹人，号溉堂，陕西三原人。明诸生，家富。康熙十八年(1679)举博学鸿词，因年迈未试，特旨赐内阁中书。有《溉堂集》。

104　**毛先舒**(1620—1688)　字稚黄，又字驰黄，初名骙，仁和(浙江杭州)人。明诸生，入清后，以著作终志。与陆圻等称西泠十子。有《鸾情集选填词》，又参订《填词图谱》。

105　**梁清标**(1620—1691)　字玉立，号苍岩、棠村，真定(河北正定)人。崇祯十六年(1643)进士，曾降李自成，入清，历任兵、礼、刑、户部尚书，保和殿大学士。有《棠村集》。

106　**赵进美**(1620—1692)　字嶷叔，又字韫退，号清止，山东益都人。崇祯十三年(1640)进士。入清,官至福建按察使。有《清止堂词》。

107 **宗元鼎**(1620—1698) 字定九,号梅岑,别号小香居士,江都(江苏扬州)人。康熙十八年(1679)贡太学,部考第一,诠注州同知,未到任。有《小香词》。

108 **黄云**(1621—1702) 字仙裳,江苏泰州人。顺治十一年(1654)与邓汉仪等从查继佐学。有《倚楼词》。

109 **沈永禋** 字克将,又字醒公,号渔庄,江苏吴江人。沈自友子。诸生,康熙八年(1669)自南京下第还。筑室湖干,诗歌自娱。有《聆缶词》。

110 **梁天植** 字予培,号云麓,河北正定人,梁衡子。顺治二年(1645)举人。有《云麓词》。

111 **吴锵** 字闻玮,号玉川,吴县(江苏苏州)人。吴绮弟,庞蕙纕夫。明诸生。与冒襄交游。壬子(1672)冬醉宿霞举堂,有《复复堂集》。

112 **庞蕙纕**(女) 字纫芳,原名畹,一字小畹,江苏吴江人,庞承基长女,庞霦妹,诸生吴锵妻。精诗词书法。享年五十六。有《唾香阁集》《惜红亭词》。

113 **李长宜**(女) 安徽阜阳人。洪洞知县刘搢妻。有《隐秀轩诗》《晋中草》。

114 **卞氏**(女) 字元文,江宁(江苏南京)人。刘峻度继妻。有《绣阁遗稿》。

115 **黄蓼鸿**(女) 字节栖,江苏江阴人。同邑东方初旦妻。曾从陈鼎学词。

116 **王璋**(女) 字季璞,钱塘(浙江杭州)人。处士王佑贤女,仁和(浙江杭州)庠生孙孝桢妻。二十岁夭。有《菀柳斋集》。

117 **许传妫**(女) 字虞妹,钱塘(浙江杭州)人。郫县知县鲍之汾妻。有《碧巢词》。

118 **瞿寄安**(女) 江苏常熟人。词见《众香词》。

119 **周蕉**(女) 字绿天,仁和(浙江杭州)人。吴近思妾。有《晚妆楼集》。

120 **束广** 字疏先,号云庵,江苏丹阳人。顺治十四年(1657)副贡生。有《池上生词草》。

121 **华衮** 字龙眉,江都(江苏扬州)人。词见《国朝词综》。

122 **吴启思** 字睿公,号念庵,归安(浙江湖州)人。顺治八年(1651)拔贡生。有《望松楼诗余》。

123 **王臣荩** 字聿念,武进(江苏常州)人。贡生。有《辛夷坞词》。

124 **陈谋道** 字心微,浙江嘉善人。诸生。有《百尺楼稿》。

125 **徐允贞** 字丽冲,江苏华亭(今上海松江)人。有《负灯草》。

126 **戈元颖** 字长鸣,浙江嘉善人。词见《全清词·顺康卷》。

127 **周珽** 字上衡,又字无暇,号青羊,浙江嘉善人。明诸生。入清弃举业家居。善画葡萄，工吟咏，终年八十二。有《疑梦编》。

128 **沈湛** 字渊伯，自号柳村，浙江嘉善人。诸生，卖文度日，晚年流寓闽中，居室有五柳，因以名村并自号。有《百一集》。

129 **佟国器** 字汇白，原籍辽宁辽阳，移居江苏南京，隶汉军正蓝旗人。贡生。顺治二年(1645)官嘉湖兵备道，官至福建及浙江巡抚，十七年(1660)革职。

130 **田茂遇** 字楫公，号髴渊，江苏青浦(今属上海)人。少受业于陈子龙，顺治十四年(1657)举人，授官不赴。筑水西草堂藏书万卷，吟咏以终。有《渌山词》。

131 **徐元美** 字松岑，江苏江都人，徐石骐姪。顺治十四年(1657)举人，授淮阴教授，升国子监丞。有《蕊珠词》。

132 **马振飞** 江苏南通州人。顺治十四年(1657)举人。

133 **任绳隗**(1621—?) 字青际，号植斋，曾更名方斗，江苏宜兴人。顺治十年(1653)暮春，参与诸名士虎丘修禊，十四年(1657)中举人，十八年(1661)奏销案起，被褫革。有《冰弦词》。

134 **顾景星**(1621—1687) 字赤方，号黄公，湖北蕲春人。明诸生。康熙十八年(1679)荐举博学鸿词，不就。有《白茆堂词》。

135 **宋实颖**(1621—1705) 字既庭，号湘尹，长洲(江苏苏州)人。顺治八年(1651)举人。官兴化教谕。有《读书堂集》《玉磬山房集》。

136 **黄之柔**(女) 字静宜，号玉琴，安徽歙县人。江都吴绮次妻。有《玉琴斋词》。

137 **李怀**(女) 字玉燕，江苏华亭(今上海松江)人。瑞金知县李灏女，曹尔垓妻，曹鉴冰母。曹尔垓、曹尔堪从弟。有《问花吟》。

138 **王睿**(女) 字智长，江苏泰兴人。同邑吴嘉纪妻。有《陋轩词》。

139 **贺元瑛**(女) 字赤浦，江苏丹阳人。出家为尼，法名舒霞。

140 **朱中楣**(女)(1622—1672) 字远山，江西吉水人。同邑李元鼎妻，李醒亭母。与徐灿，顾媚唱和，丙戌(1646)送别杜漪兰。有《文江随草》。

141 **史鉴宗**(1622—1674) 字绳远，号远公，江苏金坛人。十九岁至宜兴就婚，因家焉。顺治八年(1651)举人，官南陵，宁国教谕。十八年(1661)奏销案中被黜革。有《青堂词》。

142 **张烺**(1622—1681) 字月陵，江苏宜兴人。以笔耕自隐，善书法。

143 **杜漺**(1622—1685) 字子濂，号湄村，山东滨州人。顺治四年(1647)进士，官至河南开归道参政。康熙二十年致仕。有《诗余草》。

144 **金镇**(1622—1685) 字又鑣，号长真，山阴(浙江绍兴)人。崇祯十五年

(1642)进士。入清,官至汝宁、扬州知府,江南按察使。康熙二十三年病退。有《清美堂集》。

145 **丁澎**(1622—1686) 字飞涛,号药园,仁和(浙江杭州)人。顺治十二年(1655)进士,十五年(1658)任河南乡试副考官,以科场案谪戍尚阳堡五年。有《扶荔堂词》。

146 **徐喈凤**(1622—1686后) 字鸣岐,号竹逸,荆南山人。江苏宜兴人。顺治十五年(1658)进士,官永昌府推官,十八年(1561)奏销案中降调,告归。康熙二十五年(1686)主修宜兴县志。有《荫绿轩词》。

147 **张锡怿**(1622—1691) 字越九,号宏轩,上海人,年十四,补县学生。顺治十二年(1655)进士,授泰安知州。十四年以科场案被逮,后释放。有《树滋堂诗余》。

148 **邹宏志** 字念蕁,江苏吴江人。有《邀月词》。

149 **鲁超** 字文远,又字文园,号谦庵,会稽(浙江绍兴)人。金烺母舅。明诸生。入清,官至河南按察使,署广东布政使。有《谦庵词》。

150 **季式祖** 字孚公,江苏泰兴人。顺治时监贡,授钱塘县丞。康熙十年(1671)署昌化知县,值大旱,捐俸施药疗贫,民甚感德。有《西湖吏隐词》。

151 **李昌垣** 字长文,宛平(北京)人。顺治三年(1646)进士,官至侍读学士。

152 **陈祚明**(1623—1674) 字胤倩,仁和(浙江杭州)人。顺治十三年(1656)应严沆之招入都,课其长子严曾榘。及曾榘登第,即辞归,卜居吴山之麓,卖文为生。康熙十三年(1674)穷死他乡。有《稽留山人诗余》。

153 **冯梦祖**(1623—1679) 字召系,一字绍思,号苍源逸士,浙江诸暨人。顺治五年(1648)举人。十年(1653)拔贡增生。有《苍源诗余》。

154 **丁玥**(1623—1683) 字羽生,号觉民,吴兴(浙江湖州)人。久困诸生,康熙十八年(1679)方成进士。念母在堂,辞官急归,遍游金陵、山阴名胜,寄形咏吟。有《觉民词》。

155 **董文骥**(1623—1685) 字玉虬,号云和、易农,武进(江苏常州)人。顺治六年(1649)进士,官行人。康熙七年(1668)授陇右道参议,不赴告休。有《微泉阁词》。

156 **周贺**(1623—1687) 字青士,号筜谷,浙江嘉兴人。布衣,少遭兵乱,弃举子业,遂工诗。后客游四方以终。有《采山堂词》。

157 **董汉策**(1623—1691) 字帷儒,又字芝筠,号榴龛居士、松壑云涛居士,吴兴(浙江湖州)人。诸生。康熙十一年(1672)以才品优良,山林隐逸,荐道员遇缺试用。因事落职。有《蓝珍词》。

158 **陈沅**（女）（1623—1695） 字畹芬，本姓邢，江苏苏州名妓。初嫁田畹，后嫁吴三桂。崇祯十七年（1644）李自成破北京，被其部将掳去，三桂引清兵夺回，后三桂败诛，为女道士，法名寂静。有《舞余词》。

159 **顾贞立**（女）（1623—1699） 字碧汾，原名文婉，号避秦人，江苏无锡人。顾贞观姊，州佐侯晋妻，侯麟勋母。有《栖香阁词》。

160 **严绳孙**（1623—1702） 字荪友，号秋水、藕荡渔人，江苏无锡人。康熙二十八年（1679）以布衣中博学鸿词，授检讨，与修明史。迁右中允。有《秋水词》。

161 **毛奇龄**（1623—1716） 字大可，初名甡，字初晴，学者称西河先生，浙江萧山人。明诸生。康熙十八年（1679）以监生中博学鸿词，授检讨，与修明史。

162 **蒋永修**（？—1682） 字纪友，号慎斋，江苏宜兴人。蒋景祁父。顺治四年（1647）进士，历应山知县、给事中、湖广提学副使。有《日怀堂集》。

163 **方亨咸** 字吉偶，号邵村，安徽桐城人。方拱乾子。顺治四年（1647）进士，官御史。顺治十四年（1657）坐江南科场案，流宁古塔。后释归。

164 **郑重**（？—1684后） 字咸如，号山公，福建建瓯人。顺治十五年（1658）进士，历靖江知县、行人。康熙十七年（1678）升刑部左侍郎，二十三年（1684）使越。有《霞园文集》。

165 **顾禔**（女） 字天孙，江苏昆山人。顾锡畴（万历四十七年，即1619年进士）长女，武进侍御董文骥妻。有《浮罗轩词》。

166 **顾蕙**（女） 字又苏，江苏昆山人。顾锡畴（万历四十七年进士）次女。乌程沈郎妻，顾禔妹。有《梦月轩词》。

167 **徐淑秀**（女） 自号昭阳遗子，明末宫人。甲申（1644）国变后流落金、台，学士刘肇国见其诗词惜之，赎回赠武弁邵某，居泰州。有《一叶落词》。

168 **徐简**（女） 字文漪，浙江嘉兴人。休宁吴屿亭妾。后屿亭游粤东，留简于吴门。有《香梦居集》《珮兰阁草》，王端淑赞之。

169 **周琙**（女） 字季玉，吴县（江苏苏州）人。周筇庵次女。

170 **华慧空**（女） 字贞素，金匮（江苏无锡）人，杨逢春妻。有《环翠轩词草》。

171 **戴恭人**（女） 自号彻道人，江宁（江苏南京）人。学士马芝母，封恭人。与毛奇龄同时代人。有《彻道人词存》。

172 **东鲁古狂生** 拟话本《醉醒石》作者。

173 **彭师度**（1624—？） 字古晋，号省庐，华亭（上海松江）人。崇祯十一年（1638）参与虎丘千英之会，吴伟业谓与吴兆骞、陈维崧为江左三凤。有《彭省庐先生集》。

174　**潘高**(1624—约1678)　字孟升，号鹤江，江苏金坛人。诸生，受业于钱谦益。有《南村诗稿》。

175　**沈荃**(1624—1684)　字贞蕤，号绎堂、充斋，江苏华亭(今上海松江)人。顺治九年(1652)进士，授编修，官至吏部侍郎。有《充斋词》。

176　**徐孝钧**(1624—1694后)　字叙彝，原籍无锡，流寓江苏宜兴南岳寺、长寿寺、反哺庵为僧，法名弘伦，自署荆溪僧。与万树友善。有《泥絮词》。

177　**仲恒**(1624—1698后)　字道久，号雪亭，钱塘(浙江杭州)人。有《词韵》。

178　**徐倬**(1624—1713)　字方虎，号蘋村，浙江德清人。清初游谷应泰幕，康熙十二年(1673)进士，官侍读。二十三年(1694)被劾归乡，后以编《全唐诗录》擢吏部侍郎。有《蘋村词》。

179　**陈见鑨**　字在田，号淮士，江苏常熟人。工诗词，与沈荃、尤侗等唱和。有《藕花词》。

180　**卓天寅**　字大傅，号亮庵，浙江杭州人，居余杭塘栖镇。顺治十一年(1654)副贡，善交游，诗文满天下。享年六十九。有《传经堂集》。

181　**沈雄**(—1684后)　字偶僧，江苏吴江人。诸生。尝答龚鼎孳《水调歌头》词。康熙二十四年(1685)尚在世。有《柳塘词》《古今词话》。

182　**江士式**　字梅墩，安徽休宁人。乙丑(1685)暮春同曹溶、沈雄、江尚质等游纪胜堂，分赋。有《梦花窗词》。

183　**江尚质**　字月崖，安徽休宁人。乙丑(1685)暮春，同曹溶、沈雄、江士式等游纪胜堂，分赋。有《澄晖堂词》。又增辑《古今词话》。

184　**钟青**(女)　字山容，仁和(浙江杭州)人。海宁盐官吴某妻，钟韫姊。钟韫，查慎行母。有《寒香集》。

185　**顾之琼**(女)　字玉蕊，钱塘(浙江杭州)人，钱绳庵妻、钱肇修母。与徐灿、柴静仪等结诗社，称蕉园五子。有《亦政堂集》。

186　**许定需**(女)　字硕园，长洲(江苏苏州)人。许虬妹，举人陆素丝妻。壬午(1642)秋，留别兄虬，作词。有《锁香楼词》。

187　**柴静仪**(女)　字季娴，钱塘(浙江杭州)人。柴世尧(万历四十六年，即1618年举人)次女，同邑沈镠妻。与顾之琼等称蕉园五子。有《凝香室集》，1844年出版。

188　**张芸**(女)　江苏昆山人。张吉水女，水部叶白泉第四子叶子公妻，叶棻母。有《偶存草》。

189　**薛信辰**　字侯执，一子国符，武进(江苏常州)人。顺治六年(1649)进士，任潮州知府。参将郝尚文叛，逼降不屈。官至浙江布政使。

190 **潘瀛选** 字仙客，号梅庵。江苏宜兴人，潘眉叔父。顺治六年(1649)进士，历官青州推官、兵部郎中、河间知府。

191 **路遴** 字子将，号屺望，江苏宜兴人。路迈弟。顺治九年(1652)进士。官河北永平知府，治水患，有善政。有《种玉楼词》。

192 **孙允恭** 字子肃，又字尧嘉，号寿周，江苏丹阳人。顺治六年(1649)进士，官至按察使。

193 **王倩** 字曼仙，山阴(浙江绍兴)人。王司铎弟。词与吴棠桢齐名，年齿亦相仿。与蒋平阶、徐沁为友。有《空犨集》。

194 **丁一揆**(女) 字一揆，号白闲道人。钱塘(浙江杭州)人，丁澎妹。栖居雄圣庵。有《息肩庐草茗香词》。

195 **蒋鑨**(1625—?) 字驭鹿，号玉渊，武进(江苏常州)人。康熙三十六年(1697)就官大理。有《玉渊诗集》。

196 **陈维崧**(1625—1682) 字其年，号伽陵，江苏宜兴人。陈贞慧子。七岁为诸生，康熙十八年(1679)中博学鸿词，授检讨，修《明史》。工词，有《伽陵词》及《湖海楼词》。

197 **李霨**(1625—1684) 字景霱，号坦园，河北高阳人。顺治三年(1646)进士，官至户部尚书。年三十四，拜保和殿大学士，居相位久。有《心远堂集》。

198 **陆进**(约1625—1697后) 字荩思，浙江余杭人。贡生。官温州府学训导。有《巢青阁诗余》《西陵词选》《东白堂词选》。

199 **韩纯玉**(1625—1703) 字子蘧，号蘧庐，归安(浙江湖州)人。韩敬子。敬因党附汤宾尹，见摈于时，纯玉因此抱憾，不求仕进。有《蘧庐词》。

200 **吴棠桢** 字伯憩，号雪舫，山阴(浙江绍兴)州山人。诸生。参订万树主选之《词律》。著有《凤车词》《吹香词》。

201 **沈丰垣** 字遹声，号柳亭，仁和(浙江杭州)人。诸生，工词，少学词于沈谦，常与毛先舒、丁澎唱酬。有《兰思集》。

202 **僧超正** 字方竹，江苏宜兴人。词见《全清词》。

203 **姜光被** 字载锡，一作姜光祚，仁和(浙江杭州)人。词见叶恭绰《全清词钞》。

204 **翁与淑**(女) 字登子，仁和(浙江杭州)人。翁周野孙女，余姚陆荩思妻。有《巢青阁词》。

205 **俞璥**(女) 字宜宜，钱塘(浙江杭州)人。俞季瑮妹，沈丰垣妻。有《柳花词》。

206 **杨琇**（女） 字倩玉，钱塘（浙江杭州）人。沈丰垣妾。有《远山楼词》。

207 **王倩玉**（女） 武林（浙江杭州）人。沈丰垣表妹。曾鬻于驻防旗下，丰垣百方赎回，为生一女而卒。（注：从所作《长相思》词与杨琇同，又同为沈丰垣妾，疑即杨琇也）

208 **杨毓贞**（女） 字韫秀，浙江青田人。出望族，嫁名门。顺治三年（1646）八月，清兵破福建建宁，被掳，在羊留村（山东新泰县西北六十里）题壁词《如梦令》二首。

209 **柏叶**（女） 字清香，陕西武功人。有《晨香楼集》。

210 **邵斯贞**（女） 字静娴，浙江余姚人。训导陆进继妻。有《巢青阁遗集》。

211 **朱茂晭**（1626—?） 字子蓉秀水（浙江嘉兴）人。诸生，曾与陈维崧端午日饮于嘉兴南湖。有《东溪草堂诗余》。

212 **王士禄**（1626—1673） 字子底，号西樵山人。山东新城人。王士祯兄。顺治十二年（1655）进士，官至吏部员外郎。康熙二年（1663）典河南试。遭母丧，哀恸卒。有《炊闻词》。

213 **曾灿**（1626—1689） 字青藜，号止山，本名传灿，江西宁都人。曾参南明唐王军事，败后为僧，游历闽、浙、两广间。后卜居苏州光福二十余年。有《六松堂词》。

214 **孙旸**（1626—1694 后） 字赤厓，号蔗庵，江苏常熟人。有《蔗庵词》。

215 **冷士嵋**（1626—1711） 字又湄，江苏丹徒人。诸生。有《江冷阁词》。

216 **严琼琼**（女） 字小琼，江苏昆山人。有《鲛泪词》。

217 **桂姮**（女） 字月仙，杭州西湖名妓。与闽县徐惟和甚眷恋。三年后惟和再至杭相访，已谢世。见《闽中谢在杭日记》。

218 **吴九思**（女） 字柏隐，浙江嘉兴人。平湖陆某妻。有《霜飞草》。

219 **韩珮**（女） 字昭玉，婺州（浙江金华）人。与其妹韩琬齐名，人称之“双璧”。有《莺音集》。

220 **韩琬**（女） 字湘炯，婺州（浙江金华）人。与其姊韩珮齐名，人称之“双璧”。有《饮绿亭集》。

221 **史惟圆**（？—1686 后） 字云臣，原名策，又名若愚，号蝶庵，江苏宜兴人。终生隐逸，癸丑（1673）修禊，和陈维崧词。有《蝶庵词》。

222 **徐翙凤** 字声岐，号竹虚、馌亭老农，江苏宜兴人。徐喈凤弟。绝意仕进，筑“我园馌亭”以自娱。

223 **沈士芳**（女） 山阴（浙江绍兴）人。屏山知县沈韧庵妹，萧山来孙谋举人妻。

224　**殷玉贞**(女)　字婉缇,吴县(江苏苏州)人。有《愁薮》。

225　**戴淑贞**(女)　字以行,吴县(江苏苏州)人。文学殷季修妻。

226　**朱玉树**(女)　字二珍,钱塘(浙江杭州)人。词见《众香词》。

227　**朱澜**(女)　字碧波,江宁(江苏南京)教坊司女。词见《众香词》。

228　**朱素娟**(女)　字月绣,安徽休宁人。词见《百花诗余》。

229　**钟韫**(女)　字眉令,仁和(浙江杭州)人。钟忠惠孙女,钟青妹,海宁查羲妻,查慎行母。有《梅园存稿》。

230　**吴碧**(女)　字玉娟,仁和(浙江杭州)人。有《柳塘词》。

231　**邱瑟如**(女)　字六一,江西吉安人。明府康小范妻。朱中楣次韵和其《减字木兰花》词。

232　**方佺**(女)　字允吉,安徽桐城人。吴芃妻。

233　**丁白**(女)　字素丝,祖籍长安(陕西西安),随父侨居广陵(江苏扬州)。新安张伯岩妻。有《月来吟》。

234　**冯弦**(女)　字舜风,会稽(浙江绍兴)人。有《三影楼词》。

235　**吴绡**(女)　字素公,又字冰仙、片霞,长洲(江苏苏州)人。通判吴水苍女,常熟许瑶进士妻。尝与吴伟业唱和。后修炼得道,年九十端坐而化。有《啸雪庵词》。

236　**戴陵涛**(女)　字文淑,江都(扬州)人。吴县(苏州)蒋旷生进士妾。有《绿窗草》。

237　**蒋文瑁**(女)　字琰期,吴县(江苏苏州)人。张绳武妻。绳武不理生计,柴米琐事,俱藉笔墨佐之。有孟光之风。有《半陋轩词》。

238　**李月儿**(女)　江苏丹阳妓。词见《国朝词综》续集。

239　**程光禋**　字奕先,钱塘(浙江杭州)人。顺治八年(1651)举人,官湖南石门知县。有《烷渠春集》。

240　**贺宽**(1627—?)　字瞻度,号拓庵,江苏丹阳人。顺治九年(1652)进士,官大理寺评事。有《山响斋词稿》。

241　**季开生**(1627—1659)　字天中,号冠月,江苏泰兴人。顺治六年(1649)进士,官礼部给事中。

242　**王昊**(1627—1679)　字惟夏,江苏太仓人。王世懋孙。太仓十子之一。内阁重其才,合奏乞予一官,特授内阁中书,而命下已先卒。有《硕园词稿》。

243　**华胥**(1627—1687)　字羲逸,一作希逸,江苏无锡人。画家,擅画人物仕女。有《画余谱》。

244 **陆埜**(1627—1687) 字我谋，号旷庵，浙江平湖人。郡庠生。有《旷庵词》。

245 **汤斌**(1627—1687) 字孔伯，号荆岘、潜庵，睢州（河南商丘）人。顺治九年(1652)进士，康熙十八年(1679)举博学鸿词，官至江苏巡抚、工部尚书。有《潜庵诗余》。

246 **倪灿**(1627—1688) 字闇公，号雁园，杭州人，江宁上元（江苏南京）。康熙十六年(1677)举人，十八年(1679)举博学鸿词，授检讨。有《雁园词》。

247 **陆世楷**(1627—1691) 字英一，号孝山，浙江平湖人。陆棻兄。顺治五年(1648)以选贡生任平阳通判，历南雄、思州等知府，告归后四年卒。有《种玉亭词》。

248 **王士禧**(1627—1697) 字礼吉，山东新城人。王士祯仲兄。崇祯十五年(1642)补诸生。入清，仕途不遇。有《抡山诗余》。

249 **朱用纯**(1627—1698) 字致一，号柏庐，江苏昆山人。崇祯十六年(1643)补博士弟子员，乙酉(1645)补郡诸生。入清，弃举业，康熙十八年以博学荐，固辞。有《愧讷集》。

250 **唐梦赉**(1627—1698) 字济武，一字豹岩，号岚亭，山东淄川人。顺治六年(1649)进士，官检讨。有《志壑堂词》。

251 **何采**(1627—1700) 字第五，又字敔与、涤源，号南磵、省斋，安徽桐城人。顺治六年(1649)进士，授庶吉士，官至翰林院编修，侍读。工书。有《南磵词》。

252 **许缵曾**(1627—1700) 字孝修，一字孝达，号悟西、鹤沙，华亭（上海）人。顺治六年(1649)进士，官至云南按察使。有《宝纶堂集》。

253 **叶燮**(1627—1703) 字星期，又名世倌，号己畦，人称横山先生，祖籍江苏吴江，徙浙江嘉善。叶绍袁子。康熙九年(1670)进士，授宝应知县，因忤上官落职，晚居苏州横山。有《己畦诗文集》。

254 **冯云骧** 字讷生，振武卫（山西大同）人。顺治八年(1651)举人，十二年(1655)进士，康熙十七年(1678)典福建乡试，翌年中博学鸿词，三十一年(1692)官福建督粮道。有《寒山吟诗余》。

255 **王曜升** 字次谷，号茶庵，江苏太仓人，王昊弟。跌宕文史，尤精音律，以奏销案罣误，不得志。有《茶庵诗稿》。

256 **尹琼华**（女） 字秉贞，吴县（江苏苏州）人。卞培基（树毓）妻。有《绿窗诗余》。

257 **成都女子**（女） 姓名未详，四川成都人。乱时避兵他处。夫远贾出外，作《鹧鸪天》送行。见《绣阁集》。

258 **钱洁**（女） 字瑜素，江苏江阴人。黔滇土司龙氏养女，江阴顾山钱伯可长女，同邑陈鼎（定九）继妻。有《蓉亭词》。

259　**花妥**（女）　字友莺，南京秦淮名妓。方孝标赏识之，并和其诗。后嫁萧某，不知所终。有《麝迷词》。

260　**丁潆**　字素涵，号天庵，仁和（浙江杭州）人。丁澎三弟。有《青桂堂集》。

261　**柴震**　字尺阶，钱塘（浙江杭州）人。与丁潆、姜培颖、杨枉度（顺治十四年副榜举人）等友善，时相唱和。

262　**姜培颖**　字亶贻，钱塘（浙江杭州）人。与同邑丁潆、柴震、杨枉度（顺治十四年，即1657年副榜举人）等友善，时相唱和。

263　**俞公谷**　字康先，号鞠陵，会稽（浙江绍兴）人。康熙十八年（1679）相国李霨荐试博学鸿辞，辞不赴。卒年七十。有《耐园词》。

264　**魏允枚**　字卜臣，号功父，自称壶领山人，浙江嘉善人。魏允札兄。顺治五年（1648）举人，晚年官西安教谕。有《楚游集》。

265　**张我朴**　字伯还，号会魁，浙江嘉善人。张介子。顺治五年（1648）举人，九年（1653）进士，官大理寺左评事。

266　**鲁超**　字文起，一字文园，号谦庵，会稽（浙江绍兴）人。金烺母舅，官至河南按察使，署广东布政使，终右通判。有《谦庵词》。

267　**张晋**　字康侯，甘肃临洮人。顺治九年（1652）进士，官丹徒知县，享年三十余岁。有《戒庵诗余》。

268　**陈见智**　字体元，山东曲阜人。顺治九年（1652）进士，授山西万泉知县，官至浙江金华知府。后忤上官归家，贫不自给，享年八十五岁。有《晒园词》。

269　**俞灏**　字启书，号可庵，仁和（浙江杭州）人。顺治十五年（1658）进士，官扬州同知。有《春早堂诗集》。

270　**董含**（1626—1697）　字阆石，号榕庵、涵九，上海金山卫人。顺至十八年（1661）进士，与弟董俞有文名，被称“二董”。有《安蔬堂集》《艺葵草堂集》。

271　**孙自式**（1628—?）　字亦月，号凤仙，江苏常州人。顺治四年（1647）进士，官检讨。十二年（1655）念家乡民困，请为本地知县，顺治帝目为狂疾，令退职回乡养病。有《凤仙诗稿》。

272　**项景襄**（1628—1681）　字去浮，号眉山，钱塘（浙江杭州）人。顺治八年（1651）举人，十二年（1655）进士，官至兵部侍郎。

273　**王宾**（1628—1682）　字宾王，号仔园，江都（江苏扬州）人。康熙二年（1663）举人。

274　**沈进**（1628—1691）　字山子，原名叙，号兰村、知退叟，浙江嘉兴人。诸生。

与朱彝尊相唱和，死后由朱为作墓志铭。有《兰村诗余》。

275　**姜楷**(1628—1693后)　字荆名，山阳(江苏淮安)人。与杜首昌等友善，唱酬甚多。有《天涯诗余钞》。

276　**姜宸英**(1628—1699)　字西溟，号湛园，浙江慈溪人。康熙三十六年(1697)进士，与修明史，三十八年(1699)充顺天乡试副考官。有《苇间词》。

277　**安致远**(1628—1701)　字静子，号紩庵、拙石，山东寿光人。顺治十一年(1654)拔贡生，诗文与李澄中、李焕章齐名，而淡于仕进。有《吴江旅啸词》。

278　**王熙**(1628—1703)　字子雍，一字胥庭，号慕斋，宛平(北京)人。王崇简子。顺治四年(1647)进士，康熙二十一年(1682)拜保和殿大学士。有《宝翰堂集》。

279　**赵吉士**(1628—1706)　字天羽，号恒天，安徽休宁人。顺治八年(1651)举人，康熙七年(1668)授交城知县，官至御史给事中。有《万青阁词》。

280　**徐石麒**　字又陵，号坦庵，江都(江苏扬州)人。范荃姊夫，绝意仕进，好著书。有《松芝集》，另有诗词杂著二百余卷。

281　**黄虞稷**(1629—1691)　字愈邰，号楮园，晋江(福建泉州)人。随父寓南京。诸生。父有藏书八万余卷，号千顷堂，从而博览。有《楮园杂志》。

282　**刘霖恒**(1629—1698)　字沛远，江苏无锡人，刘雷恒弟。有《吾与堂集》。

283　**徐履忱**(1629—1700)　字孚若，号匏叟，江苏昆山人。明诸生。顺治初，依舅父顾炎武避兵尚湖滨，又从之渡江淮、过中都、游秦晋、抵闽粤，诗著日富。有《耕读草堂词》。

284　**钱曾**(1629—1701)　字遵王，号也是翁，江苏常熟人。著名清初藏书家，室名述古堂和也是园。有《交芦集》《判春集》。

285　**梁佩兰**(1629—1705)　字芝五，号药亭，广东南海(今属海南省)人。康熙二十七年(1688)进士。有《六莹堂诗余》。

286　**杜登春**(1629—1705)　字九高，号让水，娄县(上海松江)人。杜麟徵子。顺治八年(1061)拔贡生，由翰林院孔目授广昌知县，升处州同知。有《尺五楼诗集》。

287　**魏允札**(1629—1708)　字州来，又名少野，字东老，号东斋居士，浙江嘉善人。魏学濂子，魏允枚弟。诸生，卒年八十余。有《东斋词略》。

288　**朱彝尊**(1629—1709)　字锡鬯，号竹垞、醧舫、小长庐钓鱼师，秀水(浙江嘉兴)人。康熙十八年(1679)举博学鸿词，授检讨。后引疾归秀水王店镇，筑《曝书亭》。工诗词。有《曝书亭全集》。

289　**季娴**(女)(1629—?)　字静粲，号元衣，江苏泰兴人。铨部季寓庸之女，季开生妹，李维章媳，李长昂妻。有《雨前龛集》。

290　**吴馥**(女)　字分月，江苏泰兴人。词见《众香词》。

291　**钱慧贞**(女)　字玉雯，长洲(江苏苏州)人。诸生胡赓飏继妻。有《天香阁词》。

292　**钱慧珠**(女)　字玉绡，长洲(江苏苏州)人。钱慧贞妹，童德存妻。

293　**张渊懿**(？—1690后)　字砚铭，一字元清，号蛰园，江苏青浦(今属上海)人。顺治十一年(1654)举人。有《月听轩诗余》《鸫鹏词》。又与田茂遇同选《词坛妙品》。

294　**张瓒**　字公执，号容庵，云南武定人。顺治十一年(1654)举人，授河州知州。有《东安词》。

295　**宋大麓**　字舜纳，华亭(今上海松江)人。与张渊懿、宋泰渊等唱和。

296　**单昭儒**　字孝求，华亭(今上海松江)人。单恂嗣子。顺治十一年(1654)诸生。有《南村唱和集》。

297　**徐江翯**　字羽青，江苏宜兴人。词见缪荃孙《国朝常州词录》。

298　**蒋会贞**　字鸣大，原名云翼，浙江嘉善人。顺治十一年(1654)举人。官泾县知县。

299　**张星耀**　字砥中，原名台柱，钱塘(浙江杭州)人。张戬子。康熙间三藩乱时(约1677)从军，官内阁中书。有《洗铅词》，又与陆进、佟世南合辑《东白堂词选》。

300　**佟世南**　字梅岑，原籍辽宁辽阳，移居江苏南京，隶汉军正黄旗。巡抚佟国器子。有《东白堂词》，又与陆进、张星耀合辑《东白堂词选》。

301　**聂鼎元**　字汝调，钱塘(浙江杭州)人。与张纲孙婿俞美英之弟俞士彪交好，又与张星耀等相酬唱。有《扈芷斋词》。

302　**洪云来**　字茂公，号台山，钱塘(浙江杭州)人。中年曾游京师，与洪昇、张星耀等相酬唱。

303　**章有娴**(女)　字媛贞，华亭(今上海松江)人。章旷(崇祯十年进士)长女，杨芍妻。有《寒碧词》。

304　**章有湘**(女)　字玉筐，又字令仪，号桔隐，华亭(今上海松江)人。章旷次女，孙中麟(顺治十二年进士)妻。有《澄心堂集》。

305　**章有渭**(女)　字玉璜，华亭(今上海松江)人。章旷季女，嘉定侯涵妻。弘光二年(1645)清兵南下，出逃。有《淑清草》。

306　**林韫**(女)　字少君，福建莆田人，宛陵王郎妻。尝作词赠邹祗谟。

307　**王毓贞**(女)　字月姝，江苏扬州人。有《幽兰阁集》。

308　**彭桂**(约1630—？)　字上馨，一字爱琴，原名椅，江苏溧阳人。诸生，诗文渊博，久为幕宾。癸卯（1663）经九华山，乙卯（1675）送曹尔堪学士入都。有《初蓉词》。

309　**朱万锦**（1630—？）　字朴愚，湖北通山人。康熙八年（1669）举人，官上海知县。有《绮园词略》。

310　**沈尔燝**（1630—1689）　字冀昭，号凤于，乌程（浙江湖州）人。康熙二十一年（1682）进士，官湖北公安知县。工小令，有《月团词》。

311　**董以宁**（1630—1669）　字文友，号宛斋，武进（江苏常州）人。少与陈维崧、邹祗谟、黄永齐名，但以诸生终，授徒数百人。有《蓉渡词》。

312　**邹祗谟**（1627—1670）　字讦士，号程村，别号丽农山人。武进（江苏常州）人。顺治十五年（1658）进士。有《丽农词》《远志斋词综》。

313　**陈维嵋**（1630—1672）　字半雪，又名文鹭，江苏宜兴人。陈维崧二弟。诸生。有《亦山草堂诗余》。

314　**季振宜**（1630—1674）　字诜兮，一字沧苇，江苏泰兴人。顺治四年（1647）进士，官至监察御史。

315　**贲琮**（1630—1681）　字黄理，江苏如皋人。康熙二十一年（1682）作《有所思》三章，知名于世。有《承闲堂词》。

316　**万树**（1630—1688）　字红友，一字花农，号山翁，江苏宜兴人。康熙十八年（1679）起参闽、粤巡抚吴兴祚幕十年，病归，卒于广西舟次。有《词律》及《香胆词选》。

317　**陆棻**（1630—1699）　原名世枋，字次友，一字文山，号雅坪，浙江平湖人。陆世楷弟。康熙六年（1667）进士，十八年（1679）中博学鸿词，官至内阁学士。有《雅坪词》。

318　**王绍**　字越生，又名于臣，江苏宜兴人。有《皃亭词》。

319　**徐长龄**　字彭年，钱塘（浙江杭州）人。中年游楚、湘、粤、桂，康熙三十七年（1698）前后，参端州制军幕府。有《清怀词草》。

320　**顾岱**（？—1697 后）　字商若，一字舆山，号止庵，江苏无锡人。顺治十五年（1658）进士，历官至袁州知府，丁艰。康熙二十一年（1682）起任杭州知府。有《雨花词》《澹雪词》。

321　**梁善娘**（女）　番禺（广东广州）人。梁真祐女。词见《众香词》。

322　**钟筠**（女）　字蕡若，仁和（浙江杭州）人。仲恒妻。四姊钟青，七姊钟韫。有《梨云榭诗余》。

323　**张回**（女）　字渊如，金陵（江苏南京）名妓。词见《众香词》。

324 **彭淑**(女) 字又徐,华亭(今上海松江)人。彭宾(崇祯三年举人)女,举人彭又燕妹,沈麟妻。有《咏物诸体诗》。

325 **杭锦**(女) 字七衮,吴县(江苏苏州)人。处士杭正言女,许字武林陆郎,早夭。有《物外亭草》。

326 **龚静照**(女) 字水轮,号鹃红,江苏无锡人。龚廷祥(崇祯十六年进士)女,同邑陈生妻。因婚姻不谐,自号永愁人。有《永愁人集》,吴绮为之序。又有《鹃红词》。

327 **陆宛棂**(女) 字毓端,浙江嘉兴人。陆介畹女,同邑刘郎妻。

328 **归湘**(女) 字兰风,江苏常熟人。归瑀女,文学王祐商妻。师事蒋士孙。

329 **周积忠** 字子厚,号西吟,华亭(上海松江)人。周积贤弟,其兄殁后五载亦卒。

330 **万锦雯** 字云绂,号怀蓼,江苏宜兴人。顺治十二年(1655)进士,授于潜知县,以奏销案降洪洞县丞,后擢中书舍人,不就归。有《诗余初集》。

331 **方炳** 字文虎,会稽(浙江绍兴)人。弱冠补县学生,屡困场屋,家居授徒,与陆进、王晫等唱酬,享年五十余。有《倚和词》。

332 **汤寅** 字谷宾,号渔客,江苏丹阳人。诸生。

333 **巢振林** 字五一,号兼山,武进(江苏常州)人。顺治十二年(1655)进士,官礼部郎中。有《莲花偈词》。

334 **汤熖** 字鞠劬,江苏无锡人。汤传楹侄。有《栖筠词》。

335 **杨在浦** 字又周,福建漳浦人。有《碧江诗余》。

336 **董俞**(1631—1688) 字苍水,号樗亭、莼乡钓客,金山(上海金山)人。诗文与钱芳标齐名。顺治十七年(1660)举人,坐奏销案除名,遂致力诗词。有《玉凫词》。

337 **周金然**(1631—1704) 字广居,号广庵,上海人。康熙二十一年(1682)进士,官洗马,与施闰章、宋琬交好。告归时以平日所书进呈,康熙制韵褒之。有《南浦词》。

338 **叶舒颖**(1631—1694) 字学山,江苏吴江人。叶绍袁侄孙。顺治十四年(1657)副贡生,与叶燮、叶舒崇并称于时。有《叶学山诗集》。

339 **顾景文**(1631—1675) 字景行,号郰园,江苏无锡人。顾贞观兄。贡生。有《郰园词》。

340 **朱克生**(1631—1679) 字念义,一字国桢,号秋崖,江苏宝应人。有《环溪秋崖诗集》。

341　**吴兆骞**(1631—1684)　字汉槎，号季子，江苏吴江人。顺治十四年(1657)举人，坐科场案发配东北宁古塔达22年之久，放还后不数年即病亡。有《秋笳集》。

342　**徐乾学**(1631—1694)　字原一，号健庵，江苏昆山人。康熙九年(1670)探花，官至刑部尚书。有《蟾园集》。

343　**彭孙遹**(1631—1700)　字骏孙，号羡门、金粟山人，浙江海盐人。顺治十六年(1659)进士，康熙十八年(1679)中博学鸿词第一，官至吏部左侍郎兼翰林，掌院学士。有《延露词》。

344　**陈恭尹**(1631—1700)　字元孝，号半峰、独漉山人。广东顺德人。明诸生，父陈彦邦殉国，故明亡不仕。与屈大钧、梁佩兰称岭南三家。有《独漉堂词》。

345　**徐嘉炎**(1631—1703)　字胜力，号华隐，秀水(浙江嘉兴)人。康熙十八年(1679)中博学鸿词，授检讨，官至内阁学士。有《抱经斋集》。

346　**李振裕**(1641—1707)　字维饶，号醒斋，江西吉水人。李元鼎子。康熙九年(1670)进士，官至户部尚书，以党于废太子，革职归。有《白山石房集》。

347　**储欣**(1631—1706)　字同人，号梅隐，江苏宜兴人。康熙二十九年(1690)举人，试礼部不遇，著书教授以终。有《在陆草堂集》。

348　**钱黯**(1631—1725)　字长孺，号书樵，浙江嘉善人。钱棻子，顺治十七年(1655)进士，授安徽池州府推官，以事墨误罢职，年甫三十，家居致力经史，以书画自娱终生。

349　**宋俊**　字长白，号柳亭，山阴(浙江绍兴)人。诸生，与俞樵、吴棠桢同为两广总督吴兴祚重要幕客。有《岸舫词》。

350　**鲍芳茜**(女)　字兰畹，浙江余杭人。德清徐梅庄妻。有《举案吟》。

351　**龙辅**(女)　字佐君。安徽望江人。武康(浙江德清)常阳妻，随夫任住太平县官舍。有《女红余志》。

352　**宋蕙湘**(女)　金陵(江苏南京)人。年十四选入明宫，后为兵掳，题《行香子》词于途壁。

353　**沈榛**(女)　字伯虔，号孟端，浙江嘉善人。明南昌司李沈德滋长女，同邑钱黯妻，沈栗姊。十五岁结婚，五十二岁卒。有《松籁阁集》。

354　**沈栗**(女)　字恂仲，号麟溪内史，浙江嘉善人。明南昌司李沈德滋次女，沈榛妹，诸生陈仲严妻。有《麟溪内史集》。

355　**丘象随**(1631—1701)　字季真，号西轩，江苏淮安人，丘象升弟。顺治十一年(1654)拔贡生。康熙十八年(1679)中博学鸿词科，官洗马。有《西山纪年集》。

356　**王士祜**(1632—1681)　字子侧，号东亭，小名虞山，山东新城人，王士祯季兄。康熙九年(1670)进士，未及受官而抑郁卒。诗文与兄士禄、弟士祯齐名，人称“三王”。

357　**丁炜**(1627—1696)　字澹如，号雁冰，晋江(福建泉州)人。顺治八年(1651)补县学生，十二年(1655)官漳平教谕，官至湖广按察使。有《紫云词》。

358　**贺国璘**(1632—1696后)　字天山，号遯庵，江苏丹阳人。诸生，官州同知。有《飞鸿阁诗余》《楚江诗余》。

359　**葛筠**(约1632—1696后)　字柬之，号湘湄，江苏丹阳人。康熙十四年(1675)举人，官长洲(苏州)县教谕。与贺天山为友。有《名山藏词稿》。

360　**杜首昌**(1632—1698)　字湘草，山阳(江苏淮安)人。布衣。有《绾秀园诗词选》。

361　**吴兴祚**(1632—1698)　字伯成，号留村，山阴(浙江绍兴)州山人。入正红旗籍。从征耿精忠有功，官至两广总督。有《留村词》。

362　**朱尔迈**(1632—1693)　字人远，别号日观子，浙江海宁人。明诸生，负才思，喜游历，游踪所至，必有诗成集。有《平山堂集》。

363　**吴嘉枚**(1632—1698)　字个臣，号介庵，钱塘(浙江杭州)人。屡困场屋，由诸生入贡生，晚隐苏州，构壶山草堂，诗酒自娱，善鉴古。有《壶山草堂词》。

364　**吴农祥**(1632—1708)　字庆伯，号星叟、大涤山樵，钱塘(浙江杭州)人。康熙十八年(1679)以诸生中博学鸿词。有《梧园词》。

365　**徐来**　字子复，历阳(安徽和县)人。有《一曲滩词》。

366　**荆撍**　字慈卫，号盟石、石门，江苏丹阳人。布衣，与贺国璘相唱和。有《寄醉诗余》。

367　**龚胜玉**　字节孙，一名眉望，武进(江苏常州)人。卜居江苏宜兴，与陈维崧为词友，官锦州通判。康熙二十一年(1682)秋，其妻作书劝其归里。有《仿桔词》。

368　**吴月娥**(女)　字雉城，李某妻。词见《众香词》。

369　**吴永汝**(女)　字小法，武进(江苏常州)人。七岁善琴筝，十岁工诗歌，十二岁许字邹祇谟，后以讼阻，另嫁常熟某尚书为妾。

370　**蒋起荣**(女)　字素行，江苏泰州人。戚某妻。有《卧松吟》。

371　**张传**(女)　字汝传，娄县(上海松江)人。明经张止鉴女，贡士徐基妻。有《绣余草》。

372　**赵文素**(女)　长安(陕西西安)妓。与和州吴采臣观察相恋，顺治十四年(1657)别时作《长相思》词。

373　**吴文柔**(女)　字昭质，江苏吴江人。举人吴兆骞妹，杨焯妻。有《听桐词》，见《词苑丛谈》。

374 **虞兆淑**（女） 字蓉城，浙江海盐人。有《玉映楼词》。朱彝尊和其集中《点绛唇》词。

375 **沈树荣**（女） 字素嘉，江苏吴江人。沈永桢与叶小纨女，叶舒颖妻。有《月波词》《希谢稿》。

376 **王修玉** 字倩修，号松壑，晚号恬翁，仁和（浙江杭州）人。康熙十七年（1678）拔贡生。少与毛先舒为诗文交。有《松壑堂集》。

377 **恽格**（1633—1690） 字寿平，改字正叔，号南田、白云外史、东园客，江苏常州人。清兵南下，随父兄随南明抗清，明亡，削发于杭州灵隐寺。有《南田诗草》等。

378 **范荃**（1633—1705） 字德一，原名恒美，号石湖、鸥野老，江都（江苏扬州）人。徐石麒内弟。因遭国变，绝意仕进，以课学授徒为生。有《春雨词》《今文古湖词》。

379 **僧大山**（1633—约1705） 字石濂，俗家姓徐，江苏苏州人。曾为广州长寿寺住持，工诗画，与屈大钧等交游。后被递解回籍卒。有《离天堂诗集》。

380 **毛际可**（1633—1708） 字会侯，号鹤舫，浙江遂安人。顺治十五年（1658）进士，历官彰德推官、祥符知县，坐事罢官。康熙时浙江巡抚聘修通志，为总裁。有《浣雪词钞》。

381 **李绳远**（1633—1708） 字斯年，号寻壑、樵岚山人，浙江嘉兴人。李良年、李符兄。明国子监生，考授州同知。入清为僧，法名灵表。有《寻壑外言》。

382 **胡荣** 字志仁，号容安，钱塘（浙江杭州）人。构有“容安园”。有杭州十景之美称。毛奇龄每至，皆与唱和。有《容安诗余》。

383 **张一鹄** 字友鸿，华亭（今上海松江）人。顺治十五年（1658）进士，官云南推官，奏销案起，罢官归里。有《春词》《秋词》。

384 **顾正阳** 字起东，江苏吴江人。顾樵子，工山水花鸟，能诗词。

385 **刘梁嵩** 字王少，江都（江苏扬州）人。康熙三年（1664）进士，官江西崇义知县。

386 **华长发** 字商原，号沧江，江苏无锡人。康熙诸生，工诗词，尤工书法，与严绳孙、高世泰、孙竑禾齐名。有《沧江词》，又与顾祖禹合编《方舆纪要》。

387 **张鸿庑**（女） 字淑舟，安徽当涂人。举人张中严女，桐城方念祖妻。丁已（1677）作《柳梢青》词寄夫。有《案廊闲草》。

388 **沈友琴**（女） 字参荇，江苏吴江人。沈自继孙女，沈永启长女，沈御月姊，周钰妻。庚子（1661）除夕和尤侗词。有《静闲居稿》。

389　**沈御月**(女)　字纤阿,江苏吴江人。沈自继孙女,沈永启次女,沈友琴妹,皇甫锷妻。有《撷芳轩词》。

390　**宫昌宗**(1634—?)　字武承,号毅庵,江苏泰州人。十八岁时由附学生补拔贡生,廷试授县令,复考官内弘文院中书舍人。

391　**詹夔锡**(1634—?)　钱塘(浙江杭州)人。章眪妻弟,诸生。有《白石山房集》。康熙三十年(1691)与柴濂、沈鉽、周之麟合作《湖舫宴集》。

392　**张粲**(女)(1634—1651)　字疏影,江宁(江苏南京)人。汉阳农部许承钦妾,十五岁结婚,居杭州,十八岁(庚寅除夕)殁。有《适燕吟》。

393　**高层云**(1634—1689)　字二鲍,号谡苑,晚号孤村,华亭(上海松江)人。康熙十五年(1676)进士,官至通政使左参议、太常寺少卿。有《改虫斋词》。

394　**王摅**(1635—1699)　字虹友,号汲园,江苏太仓人。曾师事钱谦益、吴伟业。与黄与坚、王昊等称娄东十子。有《芦中集》。

395　**方中通**(1634—1698)　字位伯,号陪翁,安徽桐城人。方以智次子。康熙十年(1671)因父反清事被逮,历二年,赖周亮工营救得释。有《陪翁词》。

396　**曹贞吉**(1634—1698)　字升六,号实庵,山东安丘人。康熙三年(1664)进士,历官礼部郎中、徽州同知。有《珂雪词》。

397　**王士禛**(1634—1711)　字子贞,又字贻上,号阮亭、渔洋山人,山东新城人。顺治十五年(1676)进士,官至刑部尚书,多次主考乡、会试。工词,与朱彝尊称"南朱北王"。一生著述达500余种,有《渔洋诗集》。

398　**宋荦**(1634—1713)　字牧仲,号漫堂、西陂、绵津山人,河南商丘人。官至江苏巡抚,竭民力以供帝南巡,得久任,并升吏部尚书。有《枫香词》。

399　**吕熊**(1634—约1715)　字文兆,晚号古稀逸田叟,江苏昆山人。父吕天裕命其勿就试仕清,故直隶巡抚于成龙欲荐通判,坚辞。有小说《女仙外史》。

400　**吴琪**(女)　字蕊仙,又字耕眉,长洲(江苏苏州)人。明举人吴康侯女,管勋妻,夫死后与才女周琼游杭州西湖,晤慧灯禅师,乃削发为尼,法名上鉴。有《锁香庵词》。

401　**范姝**(女)　字洛仙,江苏如皋人。范献重侄女,李延公妻。与张粲、吴琪、周琼交往唱和。有《贯月舫集》。

402　**周琼**(女)　字羽步,一字飞卿,江苏吴江人。与吴琪、范姝交友唱和,后倚吴伟业祭酒。有《惜红亭词》。又与吴琪同著《比玉新声集》。

403　**夏沚**(女)　字湘友,江苏无锡人。薛继英继妻,与吴琪系中表戚,并齐名大江南北。有《湘友诗稿》。

404　**王素音**（女）　湖南长沙人。尝在良乡琉璃河馆驿壁上题诗三首，《减字木兰花》词一首。王士禛和其词。

405　**苏清月**（女）　江苏常熟人。有《梦草亭诗余》，词见《全清词钞》。

406　**苏瑞容**（女）　字淑芳，江苏吴江人。词见《全明词》。

407　**李淑昭**（女）　字端明，浙江兰溪人。李渔长女。

408　**李淑慧**（女）　浙江兰溪人。李渔次女。

409　**曹济**　字弘九，江苏宜兴人。词见《全清词》。

410　**刘壮国**　颍州（河南许昌）人。顺治十五年（1658）进士。有《东皋诗余》。

411　**俞灏**　字殷书，号可庵，仁和（浙江杭州）人。顺治十五年（1658）进士，官扬州同知。有《春草堂诗集》。

412　**杨大鲲**　字九搏，一字陶云，号天池、晓屏，武进（江苏常州）人。顺治十五年（1658）进士，官至山东按察使。

413　**林云铭**（1628—1697）　字西仲，号损斋，晋安（福建南安）人。顺治十五年（1658）进士，官徽州通判，为耿精忠叛军所俘，释后居建溪七年，晚居杭州，庚申（1680）守岁，作词。康熙二十四年（1685）和王晫五十自寿词。

414　**丁焯**　字韬如，晋江（福建泉州）人。丁炜弟。有《沧霞词》。

415　**王显祚**　字湛求，河北曲周人。官至山西布政使。

416　**冒禾书**（1635—?）　字谷梁，号珠山，后改名冒嘉穗，江苏如皋人。冒襄长子。有《寒碧堂稿》。

417　**陆繁弨**（1635—1700）　字拒石、儇胡，仁和（浙江杭州）人。十岁，从陈廷会学，后受业洪升。自陈维崧等去世后，自许俪语，海内无双。有《善宜堂诗文集》。

418　**柳葵**（1635—?）　字靖公，钱塘（浙江杭州）人。有《余清堂词》。

419　**王姜**（女）（约1635—1658）　字华姜，陕西榆林人。王壮猷女，屈大均继妻，婚后随夫返粤。因水土不服，丰年即卒，年仅二十四岁。有《秋塞吟》。

420　**葛宜**（女）（1635—1671）　字南有，浙江海宁人。举人葛熙安第三女，同邑朱迩迈妻。有《玉窗遗稿》。

421　**范承谟**（1624—1676）　字觐公，号螺山，辽宁沈阳人。隶汉军镶黄旗，范文程次子。顺治九年（1652）进士，官至福建总督。康熙十三年（1674）耿精忠反，被执，二年后被杀。有《忠贞集》。

422　**蔡捷**（女）（1635—1682）　字羽仙，晋安（福建南安）人。林云铭（顺治十五年进士）妻，林瑛佩母。有《挹奎楼词》。

423　**董元恺**（1635—1687）　字舜民，号子康，长洲（江苏苏州）人。顺治十七年

(1660)举人，次年即遭奏销案罢黜。有《苍梧词》。

424 **刘榛**(1635—1690) 字山蔚，号董园，河南商丘人。诸生。有《董园词》。

425 **章昞**(1635—1691) 字天节，浙江余杭人。诸生，康熙十三年(1674)前后，与陆次云、韩铨同辑《见山亭古今词选》。

426 **李良年**(1635—1694) 字武曾，初名法远，又名兆演，号秋锦，秀水(浙江嘉兴)人。康熙十八年(1679)以国子生中博学鸿词，任徐乾学所开的《一统志局》分修。有《秋锦山房词》。

427 **褚人获**(1635—1706后) 字稼轩，一字学稼，号石农，长洲(江苏苏州)人。有《坚瓠集》《读诗随笔》及小说《隋唐演义》等。

428 **陶孚尹**(1635—1709) 字诞先，号白鹿山人，江苏江阴人。岁贡生，康熙二十五年(1686)官桐城训导，越五年告归，寓居白鹿山庄。有《欣然堂词》。

429 **陈维岳**(1635—1712) 字纬云，号杏庵，江苏宜兴人。陈维崧三弟，长期为幕，后以太学生考选州判，但未赴任。有《红盐词》。

430 **江皋**(1635—1715) 字在湄，号磊斋，安徽桐城人。顺治十八年(1661)进士，官至陕西平庆道。有《染香词》。

431 **张学雅**(女) 字古什，山西阳曲人。明兵部职方张佚长女，流寓苏州。金坛于中沚给事中未婚妻。生不茹荤，二十二岁夭亡。有《绣余草》。

432 **张学鲁**(女) 字古史，山西阳曲人。明兵部职方张佚次女，流寓苏州。有《唱好集》。

433 **张学仪**(女) 字古容，山西阳曲人。明兵部职方张佚第三女，流寓苏州。金坛于给事妻。有《滋兰集》。

434 **张学典**(女) 字古政，号羽仙，山西阳曲人。明兵部职方张佚第四女，流寓苏州。苏州杨廷枢媳，杨元咎妻。有《花樵集》。

435 **张学象**(女) 字古图，号凌仙，山西阳曲人。明兵部职方张佚第五女，与张学典系孪生姊妹，流寓苏州。苏州洞庭沈载公妻，中年而寡。有《砚隐集》。

436 **张学圣**(女) 字古诚，山西阳曲人。明兵部职方张佚第六女，流寓苏州。金坛于廷机妻。有《瑶草集》。

437 **张学贤**(女) 字古明，山西阳曲人。明兵部职方张佚第七女，流寓苏州。金坛于星辉妻。有《华林集》。

438 **陆次云** 字云士，钱塘(浙江杭州)人。诸生，康熙十一年(1672)游洞庭，继至京师，与陈维崧、朱彝尊等唱和。官至江阴知县。有《玉山词》。

439 **曹湖** 字二隐，武进(江苏常州)人。曹良武胞兄。有《青山草堂词》。

440 **汪耀麟** 字叔定，号北皋，江都（江苏扬州）人，汪懋麟兄。昆仲并负才望，懋麟官游京洛，耀麟居里，筑椒园为双亲养老，年逾九十，无疾而终。有《抱来堂集》。

441 **陆鸿图** 字丽符，浙江杭州人。词见《全清词》。

442 **金张** 字介山，号岕老、妙高道人，钱塘（浙江杭州）人。诸生，家贫。与王晫、仲恒交友。有《编年诗余》。

443 **支隆求** 字武侯，号经魁，浙江嘉善人。顺治十七年(1660)举人，官沂水知县，享年八十四岁。有《泊庵词》。

444 **沈时栋** 字成厦，一字城霞，号焦音，江苏吴江人。沈自继孙，沈永启子，沈友琴、沈御月弟。有《瘦吟楼词》，辑有《古今词选》。

445 **王晫**(1636—1685后) 字丹麓，原名棐，号木庵、松溪子，仁和（浙江杭州）人。诸生。好学博览，工诗文、喜刻书，交友广。康熙二十四年(1685)，尝作五十自寿词，和者数十人。有《峡流词》《遂生集》。

446 **孙琮**(1636—?) 字执升，一字质升，号寒巢，浙江嘉善人。诸生，与魏坤为友。有《山晓阁词》。

447 **钱士贲**(1636—?) 字岩烛，浙江嘉善人。钱继章子，少承家学，怡情诗酒，与弟钱士壮皆擅诗词。有《珮璐轩词》。

448 **查容**(1636—1685) 字韬荒，号渐江，浙江海宁人。布衣，性好游，至云南，吴三桂延为上宾，不就，佯醉而出。有《浣花词》。

449 **陈维岱**(1636—1687后) 字鲁望，一字石闾，江苏宜兴人。陈维崧堂弟，陈贞达子，父殉国难，悲愤极，终身不仕。有《石闾词》。

450 **李时震**(1636—1702) 字雷中，号恂庵，山阳（江苏淮安）人。顺治十八年(1661)进士。康熙十二年(1673)始补内阁中书，逾二年，告终养。有《去来吟》。

451 **徐釚**(1636—1708) 字电发，号拙存、虹亭，晚号枫江渔人，江苏吴江人。康熙十八年(1679)以监生中博学鸿词，授检讨。有《菊庄词》《词苑丛谈》。

452 **赵氏**（女）(?—1685) 钱塘（浙江杭州）人。赵云岑女，海盐查容妻。乙丑(1685)夫卒，自缢死。有《花屿词》。

453 **李瑸**（女） 字玉树，山东长山人。赵伯麟妻，享年三十八岁。有《梅月楼草诗余》。

454 **张淑**（女） 字静和，长洲（江苏苏州）人。钱大毓妻。有《哦香小草》。

455 **吕洪烈** 字清卿，号药庵，山阴（浙江绍兴）人，金烺岳父。康熙二十年(1681)前后与万树同为吴兴祚督署幕客。有《药庵词》。

456 **周之道** 字次修，原名湜，浙江萧山人。廪监生，康熙十八年(1679)与陆嘉淑等同荐博学鸿词，未中。后以明经任宣平教谕。有《壁上词》。

457　**丁裔沆**　字涵巨，号豫庵，浙江嘉善人。监生，诗文为陈维崧所推重，康熙十八年(1679)徐乾学拟荐博学鸿词，以亲老辞。有《香湖草堂词》。

458　**魏勷**　字亮采，号苍霞，河北柏乡人。魏裔介子，以父荫补刑部员外郎，官至陕西临洮道。有《玉树轩诗钞》。

459　**周霨**　字雨畴，钱塘(浙江杭州)人。诸生。有《稽古林遗稿》。

460　**倪濂**　字公介，仁和(浙江杭州)人。有《荟园词》。

461　**莫大勋**(？—1684)　字圣猷，号鲁岩，江苏宜兴人。顺治十八年(1661)进士。任嘉善知县七年，迁刑部给事中。

462　**吴本嵩**　字天石，原名玉麟，江苏宜兴人。吴梅鼎兄，尝与曹良武作叠韵词，陈维崧为之序。有《都梁词》。

463　**曹亮武**(1637—?)　原名璜，字渭公，号南耕，江苏宜兴人。毛重倬婿，陈维崧中表弟。有《南耕词》《荆溪岁寒词》。

464　**顾衡**(1637—1715后)　字孝持，一字霍南，号藿庵，娄县(江苏太仓)人。贡生，康熙八年(1669)入梁清标幕，三十三年(1694)官临淮训导。年近八十犹能词。有《盘谷词钞》。

465　**徐邺**(约1637)　字华徵，仁和(浙江杭州)人。徐继恩次子，毛先舒婿，与妻毛媞合刻《静好集》。

466　**李天馥**(1637—1699)　字湘北，号容斋，安徽合肥人。顺治十五年(1658)进士，官至吏部尚书、武英殿大学士。有《容斋诗余》。

467　**沈皞日**(1637—1703)　字融谷，号茶星、柘西，浙江平湖人。以拔贡授广西来宾知县，升湖南辰州同知。有《柘西精舍词》。

468　**邵长蘅**(1637—1704)　字子湘，号青门山人，武进(江苏常州)人。诸生，十岁补县学生，以奏销案被罢黜。大学士宋德宜欣赏其文。有《青门词》。

469　**周斯盛**(1637—1708)　字屺公，号铁珊，学者称证山先生，鄞县(浙江宁波)人。顺治十八年(1661)进士，授即墨知县。有《证山堂诗余》。

470　**秦松龄**(1637—1714)　字汉石，号留仙、对岩，江苏无锡人。顺治十二年(1655)进士，康熙十八年(1679)再中博学鸿词，官谕德。有《徽云词》。

471　**顾贞观**(1637—1714)　字华峰，一字远平，号梁汾，江苏无锡人。弱冠游京师，寓萧寺，题壁诗，为龚鼎孳赏识，旋中康熙五年(1666)举人，官内阁典籍。有《弹指词》。

472　**储福宗**　字天玉，江苏宜兴人。词见《全清词》。

473　**僧原诘**　字又维，号放庵，江苏太仓人。徙居江苏宜兴，与顾贞观交友。有《红豆词》。

474　**姚凤翙**(女)　字季羽，安徽桐城人。明赠尚书姚戊生次女，方孝标三子方云旅妻。有《赓噫集》。

475　**钟娘**(女)　字桂仙，江苏仪征妓，吴鹿源妾。

476　**钟清**(女)　字素娘，江苏仪征名妓，吴鹿源妾。年未三十而夭。一说与钟娘同一人。

477　**许燕珍**(女)　字俨琼，又字静含，安徽合肥人。尤溪知县许其卓第三女，诸生汪镇妻。有《松窗词草》。

478　**陆瑶英**(女)(1638—1661)　字秀餐，仁和(浙江杭州)人。明吉水知县陆运昌女，同邑诸生汤颐和妻，陆右曾母。有《闲窗词》。

479　**姜垚**(1638—1698)　字汝皋，号苍崖，浙江余姚人。贡生，尝从黄宗羲学，以理学自期。康熙十五年(1676)任新昌教谕。有《柯亭词》。

480　**郑梁**(1638—1713)　字半人，号禹梅、香眉，号寒村，浙江慈溪人。康熙二十七年(1688)进士，官至高州知府，以父亡悲哀成疾，半身瘫痪。有《寒村集》。

481　**束蘅**(女)　字珮君，武进(江苏常州)人。乌程沈宋圻司马妾，与唐元观、王琛等相唱和。有《栖芬馆词》。

482　**陆敏**(女)　字若士，长洲(江苏苏州)人。诸生顾端文妻。有《纴余草》。

483　**陆真**(女)　字佩琼，长洲(江苏苏州)人。迁江县丞邵元鳌妻。词见《昭代词选》。

484　**郁大山**(女)　字静如，江苏青浦(今属上海)人。高士倪端夫妻。

485　**僧济日**　字句弦，自号落拓先生，婺州(浙江金华)人。杭州西溪寺僧。据徐昌薇《清波小志》："济日即杭州学士桥笑隐庵老僧笑鲁之徒逸庵。"有《逸庵词》。

486　**罗坤**(？—约1698)　字宏载，号萝村，会稽(浙江绍兴)人。诸生，康熙十八年(1679)荐举博学鸿词，未中。有《萝村词》。

487　**郁承烈**　字诞宁，号梅庵，江苏吴县(苏州)人。年十五作《延翠楼赋》，为尤侗所赞。与罗坤相唱和。有《兰园词》。

488　**周清原**　字雅楫，一字浣初，号蝶园，武进(江苏常州)人。康熙十八年(1679)以监生召试博学鸿词，官至工部侍郎。有《浣初词》。

489　**陈珏**　字彬友，一字映玉，江苏宜兴人。康熙二年(1663)贡生，官黟县训导。

490　**计善**　字廉伯，浙江嘉善人。词见《国朝词综》。

491 **吴思** 字双山，山阴（浙江绍兴）人。有《玉艳词》。

492 **杜致远** 字静公，一字大宁，浙江嘉兴人。康熙初（约1663）官四川平武知县。有《石园研屏词稿》。

493 **王廷璋** 字德威，仁和（浙江杭州）人。有《茀庵词》。

494 **周纶** 字鹰垂，华亭（上海松江）人。周茂源子，周稚廉父。康熙初（约1663）以岁贡授国子学正。有《柯斋诗余》。

495 **钱廷枚** 字昭五，号朴园，仁和（浙江杭州）人。钱震泷子。诸生。与妻冯娴合刻《朴园唱和集》。

496 **吴渊** 字玉溪，江苏宜兴人。词见缪荃孙《国朝常州词录》。

497 **江闿** 字辰六，祖籍贵州贵阳，迁居安徽歙县江村。康熙二年（1663）举人，官知州。有《江辰六词》《河汾集》。

498 **陈慈永** 字贞期，浙江海宁人。官中书。词见《国朝词综》。

499 **邵笠**（女） 字澹庵，江苏泰州人。秀才黄杜若妻，从其继母徐淑秀学诗词。有《薜罗轩集》。

500 **冯娴**（女） 字又令，钱塘（浙江杭州）人。知县冯仲虞女，同邑诸生钱廷枚妻，与林以宁等称“蕉园七子”。有《和鸣集》。

501 **叶子眉**（女） 江都（江苏扬州）人。燕官妻。

502 **张道介**（女） 字椒岑，长洲（江苏苏州）人。太学顾筠千妻。有《好云楼词》。

503 **王昙影**（女） 字文娟，浙江兰溪人。随父寄居江苏扬州。年十四，工绘兰，善弈棋，许字刘青夕，未婚卒。有《绮窗逸韵》。

504 **汪娴**（女） 安徽休宁人。别驾汪玉峰妹，许字戴判官子，年十四，未婚卒。有《瓣香楼词》。

505 **贺洁**（女） 字靓君，江苏丹阳人。贺裳长女，溧阳史左臣妻。六七岁已能对诗。有《愁人集词》《亦政堂词》。

506 **李符**（1639—1689） 字分虎，号耕客，原名符远，秀水（浙江嘉兴）人。少与兄绳远、良年齐名，号“三李”。与朱彝尊等结诗社。有《来边词》。

507 **冒丹书**（1639—1695） 字青若，号卯君，江苏如皋人。冒襄次子。贡生，官同知。康熙二十二年（1683）代父应聘撰修《江南通志》。有《西堂词》。

508 **严曾榘**（1639—1700） 字方贻，号柱峰，浙江余杭人。严沆长子。康熙三年（1664）进士，历官至鸿胪寺卿，康熙三十六年（1697）授兵部右侍郎。有《德敷堂集》。

509 **沈岸登**(1639—1702) 字覃九,一字黑蝶,号南渟,浙江平湖人。与朱彝尊、李良年等唱和,为“浙西六家”之一。有《黑蝶斋诗词钞》。

510 **王琛**(女) 字洛珍,江苏南京人,乌程沈宋圻司马妾,与束蘅、唐元观等相唱和。有《听香阁集》。

511 **唐元观**(女) 字静因,乌程(浙江湖州)人,副宪唐存忆女,司马沈云石妻,与王琛、束蘅等相唱和。有《南轩词》。

512 **钱嫌**(1639—1725) 字介子,号洁庵、韦公,浙江嘉善人。钱菜次子,康熙太学生,授州同知。

513 **钱芳标**(?—约1679) 原名鼎瑞,字宝汾,一字葆馚,华亭(上海松江)人。年十五,补诸生,康熙五年(1666)举人,十八年(1679)中博学鸿词,丁母艰,不赴,并哀毁卒。有《湘瑟词》。

514 **何鼎** 字晴山,山阴(浙江绍兴)人。康熙五年(1666)举人,官长葛知县、内阁中书、嘉兴知府。有《香草词》。

515 **龙光** 字二为,号凌波,原籍安徽望江,徙居江苏宜兴。

516 **许昂霄** 字诵蔚,浙江海宁人。贡生。有《阳坡山人词》。

517 **闵怀英**(女) 字畹余,号兰轩,钱塘(浙江杭州)人。方祜俊妻。有《畹余小草》《猗香楼吟稿》。

518 **宋泰渊** 字河宗,江苏华亭(今上海松江)人。宋徵舆子。以父荫太仆寺少卿。有《棣萼轩唱和词》。

519 **汪懋麟**(1640—1688) 字季角,号蛟门,江都(江苏扬州)人。康熙二年(1663)举人,六年(1667)进士,官内阁中书。有《锦瑟词》。

520 **鲍夔生**(1640—1691) 字子韶,号镈斋、咄斋,祖籍安徽歙县,生出于江西赣县。尝游吴、鲁、燕、齐,名士皆与之交。康熙三十一年(1691)游东粤,病卒。有《红蝶词》。

521 **周在浚**(1640—1696后) 字雪客,号梨庄,祥符(河南开封)人。周亮工长子。夙承家学,淹通史传。官经历。有《梨庄词》,并辑《秋水轩唱和词》。

522 **沈皞日**(1640—1703) 字融谷,号茶星、柘西,浙江平湖人。以拔贡生授广西来宾知县,升湖南辰州同知。有《柘西精舍词》。

523 **陈廷敬**(1639—1712) 原名敬,字子端,号说岩、午亭,泽州(山西晋城)人。顺治十五年(1658)进士,官至文渊阁大学士。有《尊闻阁集》。

524 **蒲松龄**(1640—1715) 字留仙,一字剑臣,别号柳泉居士,山东淄川人。康熙五十年(1711)贡生。有《聊斋词》及笔记《聊斋志异》。

525　**西周生**　据胡适、孙楷第考证，乃蒲松龄化名，著有小说《醒世姻缘》。

526　**李葵生**　字西雯，号达庵，浙江嘉善人。诸生，康熙元年(1662)与胡应宸、顾璟芳同选《兰皋明词汇选》。

527　**胡应宸**　字殿臣，又名胤瑗，号兰皋主人，浙江嘉兴人。康熙元年(1662)与李葵生、顾璟芳同选《兰皋明词汇选》。

528　**贺对达**　字兼山，江苏丹阳人。贺国麟从弟。有《皱水轩词》。

529　**臧眉扬**　字介祉，号喟庭，浙江长兴人。丁瑜夫，康熙六年(1667)进士，历鲁山知县，调御史。有《栖贤山房词》。

530　**陈玉璂**　字赓明，号椒峰、夫椒山人，江苏武进人。康熙六年(1667)进士，十八年(1679)荐举博学鸿词，曾官内阁中书舍人。以己作与董以宁、邹祗谟、龚百药之文合刻为《毘陵四子文》，著有《学文堂诗余》。

531　**贺禄**(女)　字宜君，江苏丹阳人。贺裳次女，贺国璘从妹，贺洁妹。有《奁余草词》。

532　**王度**　字式如，号香山，江苏高邮人。康熙八年(1669)举人，历官弋阳知县、刑部员外郎、兵部郎中，享年75岁。有《连屋词》。

533　**薛斑**　字翛远，号止庵，江苏如皋人。庚申(1680)暮春，水绘园觞咏，作词。有《四壁斋诗词稿》。

534　**周铭**(1641—?)　字勒山，江苏吴江人。诸生，足迹几遍天下，并游日本国，撰《竹枝词》数十章，康熙三十三年(1694)著有《华胥语业》，编辑有《林下词选》。

535　**金烺**(1641—1702)　字子闇，号雪岫，山阴(浙江绍兴)人。尝与其岳父吕洪烈同入两广总督吴兴祚幕府。康熙四十年(1701)以贡生官湖州府学训导。次年病卒于任所。有《绮霞词》。

536　**蒋睒**(女)　字玉映，仁和(浙江杭州)人。参政吴盛藻妻，中翰吴在廷母。

537　**石洢**　字月川，号熊耳，江苏如皋人。从陈瑚受业。有《踯躅词》。

538　**徐允哲**　字西厓，上海人。王士祯、冒襄等目为畏友。

539　**汤思孝**　字次曾，一字元祥，江苏宜兴人。生未周岁父死，母秦氏亲授以学。有《陶删词》。

540　**吴梅鼎**　字天篆，江苏宜兴人。吴本嵩弟。工诗词、善书法、精画山水翎毛。有《醉墨词》。

541　**胡大滢**　字文漪，仁和(浙江杭州)人。举人，张昊夫。与妻合著《趋庭咏》《琴楼合稿》。

542　**宋庆长**　字简臣，华亭(上海)人。吴骐弟子，宋际弟，金是瀛婿。官圣府典籍。有《南华稿》。

543 **黄埂**（约 1642—?） 字子明，山东即墨人。明侍御黄镜岩次子。才思敏捷，为众所推重。丙午（1666）在济南作《浪淘沙》词。年迈，举明经，有《修竹山房诗草》。

544 **毛媞**（女）（1642—1681） 字安芳，钱塘（浙江杭州）人。毛先舒女，徐邺妻。与林以宁相交。有《静好集》。

545 **叶映榴**（1642—1688） 字炳霞，号苍岩，上海人。顺治十八年（1661）进士，官至湖广粮储道、署布政使。遇夏逢龙作乱，不屈死。有《苍岩山房词》。

546 **归允肃**（1642—1689） 字孝义，号惺崖，江苏常熟人。康熙十八年（1679）进士，曾主顺天乡试，官至詹事府少詹事，纂修明史总裁。有《归宫詹诗余》。

547 **乔莱**（1642—1694） 字子静，号石林，江苏宝应人。康熙六年（1667）进士，官至侍读，被诬罢归。治废圃名纵棹园，诗文自娱。有《归田集》。

548 **孙致弥**（1642—1709） 字海似，一字恺似，号松坪，上海嘉定人。康熙二十七年（1688）进士，官至侍读学士。有《纳琴词》《梅沜词》。

549 **邓裴**（约 1642—约 1720） 字又楷，江西新城人。居城东湖之滨，人称东湖先生。工诗知医。有《药房诗集》。

550 **王顼龄**（1642—1725） 字颛土，号瑁湖、松樵老人。华亭（上海松江）人。康熙十五年（1676）进士，十八年（1679）中博学鸿词。官至工部尚书、武英殿大学士。有《思恩堂集》。

551 **许心榛**（女） 字山有，小字阿秦，长洲（江苏苏州）人。知府许虬（顺治八年举人）长女，许定需侄女，陆升枚妻。有《栽前集》。

552 **许心檀**（女） 字阿苏，长洲（江苏苏州）人。知府许虬（顺治八年举人）第三女，许心榛妹。

553 **赵家璧**（女）（？—1685） 字连城，上元（江苏南京）人。明诸生赵启元女，歙县上舍金潜五妻。乙丑（1685）夏，夫中暑亡，自缢殉之。有《花屿词》。

554 **严曾杼**（女） 字蘩余，幼名蘩，浙江余杭人。画家严沆女，严怀熊姑母，沈长益妻。终年 24 岁。有《素窗遗咏》。

555 **严曾相** 字右君，浙江余杭人。严渤子，早岁丧父，依从父严沆成人。诸生。

556 **顾衡文** 字倚平，号清琴，江苏无锡人。顾贞观弟。诸生，壮岁游京，诸先辈以国士目之。有《清琴词》。

557 **袁揆燮** 字渔山，浙江嘉兴人。有《华烟词》。词见《国朝词综》。

558　**傅爕诇**(1643—?)　字玄异，一字浣岚，号绳庵，河北灵寿人。傅维麟子。以荫补邛州知州、汀州知府。有《绳庵词》。

559　**刘存存**(女)(1643—1658)　建平知州刘僖女，明桂王永历十二年(清顺治十五年，即1658年)清兵破云南曲靖，一门殉难。

560　**邹溶**(1643—1707)　字可远，号二辞，江苏无锡人。监生。康熙二十四年(1685)以接纳满族亡命客，监系五年，遣戍关中。三十八年(1699)赦归，寄食僧寺，擅丹青。有《香眉亭词》。

561　**王辂**　字素威，别号竹汀散人。江苏太仓人。诸生，工词。有《滓虚词》。

562　**潘云赤**　字夏珠，仁和(浙江杭州)人。有《桐鱼词》。

563　**戴鉴**　字赋轩，号石坪，山东济宁人。尝游吴、越、晋、豫间，诗画益精。有《泼墨轩词》。

564　**潘眉**(1644—?)　字原白，号蕫庵，江苏宜兴人。潘瀛选子。词见缪荃孙《国朝常州词录》。

565　**吴雯**(1644—1704)　字天章，号莲泽，原籍辽阳，徙居蒲州(山西永济)。康熙十八年(1679)举博学鸿词。与王士祯相交。有《莲洋词》。

566　**黄埴**(1644—1715后)　字子厚，号澂庵，山东即墨人。黄镜岩先生季子。康熙二年(1663)举人，古文、诗词为同邑之冠。己未(1715)除夕作《百字令》词。有《露华亭词》。

567　**翁嵩**　字元音，浙江海宁人。康熙二年(1663)举人，康熙十五年(1676)进士。官内阁中书。

568　**尹氏**(女)　江苏苏州人。士人女。壬子(1672)花朝后十日作《离亭燕》词，题于泗州鲍集店壁。

569　**李茝**(女)　字天章，江苏昆山人。明经叶仑生妻。

570　**李萼**(女)　字文如，江苏淮阴人。举人李湘南女，母本淮阴妓女，受大妇妒遂携女仍归青楼。萼因体弱多病，后为女道士。

571　**林奴儿**(女)　旧院角妓。所适非其志，遂除一室，奉佛以终。

572　**范玑**(女)　字舜华，江苏扬州名妓，名噪雷塘。

573　**钱贞嘉**(女)　字含章，钱塘(浙江杭州)人。黄文学妻。有《听潮吟》。

574　**丁瑜**(女)(1645—1667)　字静娴，浙江长兴人。少伯丁允泰女，进士臧眉锡妻。有《皆绿轩诗词》，毛先舒为之序。

575　**张昊**(女)(1645—1668)　字玉琴，号云槎，钱塘(浙江杭州)人。举人张檀长女，张纲孙从妹。年十九嫁举人胡大潆。康熙六年(1667)父赴春试，卒于京，痛欲绝，逾年暴亡。与夫合著《趋庭咏》《琴楼合稿》。

576 **叶舒崇**(1645—1679) 字元礼，号宗山，江苏吴江人。康熙十五年(1676)进士，官中书舍人。有《谢斋集》。

577 **高士奇**(1645—1703) 字澹人，号瓶庐、江村，钱塘(浙江杭州)人。诸生，在京城卖文，被康熙帝赏识，供奉内庭，官至侍郎。有《清吟堂词》。

578 **洪升**(1645—1704) 字昉思，号稗畦，又号稗村、南屏樵者，钱塘(浙江杭州)人。监生，曾流寓京师。后在乌镇酒后登舟溺死。有《啸月词》《昉思词》及杂剧《长生殿》。

579 **王鸿绪**(1645—1723) 字季友，初名度心，号俨斋、横云山人，华亭(上海松江)人。王顼龄弟。康熙十二年(1673)进士，官至户部尚书。有《赐金园集》。

580 **冒褒**(1645—1727) 字无誉，号铸错，江苏如皋人。冒襄同父异母弟。幼孤，视襄如父。与陈维崧、王士祯为忘年交。

581 **徐森** 字静嘉，江苏宜兴人。词见缪荃孙《国朝常州词录》。

582 **苏庵主人** 江苏苏州人。康熙九年(1670)著成小说《绣屏缘》，又有小说《锦香亭》。

583 **查士英**(女) 字寄幻，安徽休宁人。诗人查于周女，同里汪钟渊州佐妻，早卒。有《白云遗草》。

584 **杨芬若**(女) 字淑仪，江都(江苏扬州)人。仪征毕几庵妻。有《绾春词》。

585 **任淑仪**(女) 字若韫，怀宁(安徽安庆)人。任疏斋女，任茹建姊，桐城姚逊修明经妻。有《婉真阁集》。

586 **江淑兰**(女) 字畹芳，安徽休宁人。江苍玉女，江溯岷姊，戴其赟妻，戴颖表姊。

587 **朱衣**(女) 字点轩，江苏江阴人。诸生陈寅恭妻。

588 **顾长任**(女) 字重楣，号霞仙，钱塘(浙江杭州)人。顾若璞侄孙女，少尹顾籥云长女，顾姒姊。同邑林以畏妻，林以宁嫂。有《霞笈仙姝词》。

589 **徐宾**(1646—?) 字虞门，江苏华亭(今上海松江)人。康熙二十七年(1688)进士。官临城知县、内任给事中。有《芝云堂词》。

590 **蒋景祁**(1646—1695) 字次京，改字京少，江苏宜兴人。蒋永修子。贡生，官至府同知。有《梧月词》《罨画溪词》，并辑《瑶华集》。

591 **魏坤**(1646—1705) 字禹平，号水村，浙江嘉善人。康熙三十八年(1699)举人。有《倚晴阁诗钞》《水村琴趣》。

592 **顾汧**(1646—1712) 字伊在，号芝岩，江苏苏州籍，河北大兴人。康熙十二年(1673)进士,官至礼部右侍郎、河南巡抚、宗人府丞。有《凤池园集》。

593 **诸匡鼎** 字虎男,号桔叟,钱塘(浙江杭州)人。诸九鼎弟。诗文为屈大均所赏识,终年七十五岁。有《铭柯词》。

594 **钱霞** 字赤城,浙江嘉善人。康熙二年(1663)举人,九年(1670)进士,历官山东冠县、热河承德等知县,升主事。

595 **钱静婉**(女) 字淑仪,钱塘(浙江杭州)人。钱凤伦姊,与钟筠唱和。有《天香楼词》。

596 **徐氏**(女) 字幼芬,江都(江苏扬州)人。水部徐葆初女,兴化举人李季子妻。

597 **周文**(女) 字绮生,嘉兴名妓。尝失身养卒,忧郁而卒。

598 **郝湘娥**(女) 河北保定人。因家贫,卖与窦鸿为妾。豪绅某力索不得,诬陷鸿死。娥赋绝命诗自缢殉节。

599 **朱彩**(女) 字飞红,江都(江苏扬州)人。刘东玉妻。

600 **王元珠**(女) 字淑龄,一字餐霞,浙江嘉兴人。王庭幼女,举人徐刚振妻。有《竞秀阁小稿》。

601 **蒋英**(女) 字翠桃,安徽芜湖名妓,葛某妾。未几大妇妒,再入青楼。

602 **杨通佺**(1647—?) 字圣期,山东济宁人,寄寓江苏常州。杨士骢子。康熙初贡生,官合肥教谕,与金镇为忘年交。有《竹西词》。

603 **顾文渊**(1647—1697) 字文宁,号湘源、雪坡、海粟居士,江苏常熟人。原与王翚同学,画山水,后改竹石,工诗。有《海粟集》。

604 **曹章**(1647—1698) 字云鹤,号閒齐,晚号云鹤山人,浙江上虞人。诸生,惟好山水,游闽粤。耿精忠之变,崎岖返里,后受子丰吉事牵连卒。有《观澜堂诗余》。

605 **姜实节**(1647—1709) 字学在,号鹤涧,山东莱阳人。侨居江苏苏州,工诗、书、画。有《焚余草》。

606 **文灿**(1647—1711) 字蔚醙,曾协助万树编辑《词律》。

607 **徐潮**(1647—1715) 字青来,号浩轩,钱塘(浙江杭州)人。康熙十二年(1673)进士,官至河南巡抚、户部尚书转吏部,康熙四十九年(1710)致仕。

608 **尤珍**(1647—1721) 字慧珠,一字谨庸,号沧湄,江苏苏州人。尤侗子。康熙二十一年(1682)进士,官至右春坊右赞善。有《静啸词》。

609 **贺宇**(女) 字乃文,江苏丹阳人。水部贺天游女,诸生吴彤本妻,吴兴太守吴绮媳。有《西瀛集》。

610 **刘淑章**(女) 字霞客,武陵(湖南常德)人。刘默生女,无锡华栋妻。终年

39 岁。有《伴月楼遗稿》。

611 **余兰硕** 字少霞，号香祖，祖籍福建莆田，生于金陵（江苏南京），余怀幼子。有《团扇词》。

612 **曹鉴平** 字掌公，号桐旸，浙江嘉善人。曹尔堪长子。康熙十一年（1682）举人，官内阁中书。

613 **黄泰来** 字交三，一字竹舫，号石闾，江苏泰州人。黄仙裳次子，宗元鼎婿。工诗文，喜交游，南北知名士无不纳交。有《洗花词》。

614 **纪松实**（女）（约 1648—约 1684） 字多零，江宁（江苏南京）人。纪映钟女，诸生王易妻。有《怀孟堂诗词》。

615 **陆寅**（1648—1690） 字冠周，钱塘（浙江杭州）人，陆圻子。康熙二十七年（1688）进士，因父远出不归，终身事母，母殁后，徒步访父，终不见，呕血死。有《暗香词》。

616 **陈奕禧**（1648—1709） 字六谦，一字谦六、子文，号香泉葑叟、玉山居士，浙江海宁人，以贡生官安邑县丞，官至南安知府，尝奉诏入南书房。有《春蔼堂集》。

617 **张远**（1648—1717） 字超然，号无闷道人，侯官（福建福州）人。母陈氏旌为节妇。康熙三十八年（1699）福建解元，官云南禄丰知县。有《无闷堂诗》。

618 **孔尚任**（1648—1718） 字聘之，一字季重，号东塘、岸登、云亭山人，山东曲阜人。康熙二十三年（1684）帝巡鲁，特授国子监博士，官至户部员外郎。三十八年（1699）致仕。有《湖海诗集》及传奇《桃花扇》。

619 **董儒龙**（1648—1718 后） 字蓉仙，号神庵，江苏宜兴人。官贵州湄潭知县、署平远知州，与土司不合，告归。有《柳堂词稿》。

620 **许尚质**（？—1696 后） 字又文，一字小讷，山阴（浙江绍兴）人。诸生，甲子（1684）到洛阳。康熙三十六年（1697）仍在世。有《酿川集》。

621 **郑景会** 字丹书，又字慕韩、聚瞻，号海门，浙江慈溪人。寄籍杭州。诸生，康熙十五年（1676），咏西湖十景，为时人所赏。有《柳烟词》。

622 **侯文曜** 字夏若，江苏无锡人。丁丑（1697）作《川游纪程》词。有《鹤闲词》《巫山十二峰词》。

623 **丁济美** 字筠皋，江苏无锡人。官寿州训导。

624 **王燮** 字子和，浙江嘉兴人。康熙十二年（1673）进士，官阜城知县，迁吏部主事。

625 **马鸣銮** 字殿闻，江苏昆山人。康熙十二年（1673）进士，官至户部侍郎。

626 **俞浚**（女） 字安平，仁和（浙江杭州）人。词伯俞洁存侄女，郑景会妻。有

《平泉山庄集》。

627 **姚倩奴**（女） 号冷艳主人。词见《众香词》。

628 **陈滟**（女） 字杏红，浙江长兴人。嫁夫非偶，郁愤亡。吴兴沈大允录其诗。

629 **吴瑛**（女） 字澹如，原籍安徽太平，少为云间（上海松江）名妓，被评为状元。有《栖凤词》。

630 **刘令右**（女） 字伊只，安徽阜阳人。丁丑（1697）三伏，与词客朱林修结社北固。有《涓亭集》。

631 **何月儿**（女） 字瑶宫，陕西山阳人。词见《众香词》。

632 **堵霞**（女） 字碧如，号绮斋、芙蓉女子，江苏无锡（一说常州）人。进士堵伊令女，吴元音妻。元音，师事陆陇其。有《含烟阁词》。

633 **马翀**（1649—1678） 字云翎，号蝶园，江苏无锡人。康熙七年（1668）入国子监，十一年（1672）举人。有《蝶园诗》《未学草》。

634 **沈朝初**（1649—1702） 字洪生，号东田，吴县（江苏苏州）人。康熙十八年（1679）进士，官至侍读学士。有《不遮山阁诗余》。

635 **王九龄**（1650—1702） 字子武，江苏娄县（今上海松江）人。王顼龄弟。康熙二十一年（1682）进士，官至左都御史。有《松溪词》。

636 **金人望**（约1650—?） 字留村，号道洲，江苏淮阴人。曾从沈皞日学词，与汪森、钮琇等交游，官秦中知县。有《瓜庐词》。

637 **张潮**（1650—?） 字山来，号心斋、三在道人，安徽歙县人。以岁贡生任翰林院孔目。有《花影词》及笔记《虞初新志》。

638 **顾彩**（1650—1718） 字天石，号梦鹤、补斋，江苏无锡人。与孔尚任有深交，被聘延至曲阜。有《鹤边词草》。

639 **查慎行**（1650—1727） 字夏重，原名嗣琏，号他山、查浦，更名后改字悔余，号青田、初白，浙江海宁人。康熙四十二年（1703）进士，授编修，入值南书房。雍正四年（1726）坐弟嗣庭罪入狱，旋放归。有《余波词》。

640 **钮琇**（?—1704） 字书城，号玉樵，江苏吴江人。康熙十一年（1672）拔贡生，任项城、白水、蒲城、高明等知县。有《临野堂诗余》及笔记《觚剩》。

641 **黄千人** 字证孙，浙江余姚人。黄宗羲孙，官泰安县丞。有《竹浦稼翁词》。

642 **张劭** 字博山，一名匀，号荻岸散人，浙江嘉兴人。九岁时作《梅花赋》。与查昇为连襟。有小说《平山冷燕》。

643 **沈圣昭** 字弘宣，仁和（浙江杭州）人。沈谦次子。有《兰皋集》。

644 **牛日孜** 字子穆，山西长治人。词见《国朝词综》。

645 **徐元端**（女） 字延香，江都（江苏扬州）人。徐石麒女，徐松林妹，范荃甥女，同邑范茂才妻。有《绣闲集》。

646 **侯承恩**（女） 字孝仪，号思谷，侯旭女，江苏嘉定（今属上海）人。江子受妻。有《盆山词钞》。

647 **唐榛**（女） 字玉亭，四川奉节人，知县唐甄女，宜兴周书占妻。

648 **叶棻**（女） 字小凤，江苏昆山人。都阃叶道子及张芸女，刺史许虬第三子许心扆（丹臣）妻。有《拥翠轩唱和诗集》。

649 **张桓少**（女） 字克君，山西太原人。明兵部职方张孟恭孙女，诸生张延邵次女，张学典内侄女，太学潘景曜妻。

650 **钱凤纶**（女） 字云仪，仁和（浙江杭州）人。进士钱安侯及顾之琼女，黄成序妻。与姊钱静婉、表嫂季娴、弟妇林以宁结社蕉园。庚午（1690）端午日作哭女词。有《古香楼词》。

651 **佟世思**（1651—1692） 字俨若，一字葭沚，号退庵，汉军镶蓝旗人。以荫生授广西思恩知县，卒于任所。有《与梅堂遗集》。

652 **余光耿**（1651—1705） 介遵，一字觐文，安徽婺源（今属江西）人。少孤家贫，久困场屋，康熙四十四年（1705）中举人，榜发即卒。有《蓼花词》。

653 **沈涵**（1651—1719） 字度汪，号心斋，归安（浙江湖州）人。康熙十五年（1676）进士，官至内阁学士。有《赐研斋诗存》。

654 **姜道顺**（女） 字涵碧，山东莱阳人。明都谏姜埰孙女，姜勉中女，吴县诸生杨去病妻。有《古柏轩集》。

655 **刘建**（女） 字赤霞，钱塘（浙江杭州）人。有《听梭楼词》。

656 **张琮**（女） 字宗玉，钱塘（浙江杭州）人。子衮妻。柴静仪姨侄女。

657 **沈三曾** 字尹斌，一字怀庭，乌程（浙江湖州）人。康熙十五年（1676）进士，官詹事府赞善。有《赐书堂集》。

658 **叶舒璐** 字景鸿，一字镜泓，江苏吴江人。贡生，曾从叶燮游。有《月珮词》。

659 **汪霦** 字朝采，钱塘（浙江杭州）人。杨元咎婿，杨芝夫。康熙十五年（1676）进士，十八年（1679）中博学鸿词，官至户部侍郎，康熙四十五年（1706）归田。有《西泠唱和集》。

660 **钱肇修**（1652—1711） 字石臣，号杏山，钱塘（浙江杭州）人。入籍奉天（辽宁）。林以宁夫，钱凤纶弟。康熙二十一年（1692）进士，初任洛阳知县七年，升陕西道御史。有《槊园诗余》。

661　**朱昆田**(1652—1699)　字文盎，号西畯，秀水(浙江嘉兴)人。朱彝尊子。监生。少有才名，京师称“小朱十”，工诗。有《渔笛小稿》。

662　**查嗣瑮**(1652—1733)　字德尹，号查浦，浙江海宁人。查慎行弟。康熙三十九年(1700)进士，官至侍讲，后以兄查嗣庭罪谪戍关西卒。有《查浦诗》。

663　**戴锜**　字坤釜，号碧川，浙江嘉兴人。原籍安徽休宁。康熙监生，从其师朱彝尊游。有《鱼计庄词》。

664　**闵荣**　字湘衡，号渔村，浙江德清人，侨居嘉兴。诸生，朱彝尊弟子。有《缶笑诗余》。

665　**许宜瑛**(女)　又名许权，江西德化人。崔谟妻，因与婆母不和，自缢死。有《问花楼诗余》。

666　**钱琰**　字又持，浙江桐乡人。朱彝尊次婿，贡生，官训导。有《楚江诗余》。

667　**顾仲清**　字咸三，又字闲山，松壑、中村，浙江嘉兴人。监生，善画蝶，时称顾蝴蝶。康熙四十七年(1708)为朱彝尊画像。有《喝月斋词》。

668　**储右文**　字云章，江苏宜兴人。康熙十七年(1678)举人，历官湖广京山、福建宁德等知县，称疾归。展卷养花自娱。有《敬义堂集》。

669　**汪森**(1653—1726)　字晋贤，号碧巢，原籍安徽休宁，寓居浙江桐乡。康熙十一年(1672)拔贡，官户部江西司郎中。有《桐扣词》《碧巢词》等。

670　**张曾禔**(1653—1730)　字询安，号冰畦，浙江海宁人。康熙十七年(1688)举人，四十二年(1703)始授诸暨教谕，雍正五年(1727)迁溧阳知县。有《冷畦诗草》《何求集》。

671　**李兴祖**(1646—1706)　字广宁，号慎斋，先世朝鲜人，四传至李成梁，入铁岭，为汉军旗人。兴祖家于安肃(河北徐水)。康熙十三年(1674)官庆云知县，官至江西布政使。有《课慎堂诗余》。

672　**邵瑸**(？—1709)　字殿先，号柯庭、石帆山人，原籍浙江余姚，改籍大兴(北京)。康熙十四年(1675)举人。辛酉(1681)北上，壬午(1702)九月，买舟东渡。享年五十余，尝学词于朱彝尊。有《情田词》。

673　**夏九叙**　字次公，一字凤冈，江都(江苏扬州)人。康熙十七年(1678)举人，与汪懋麟等组诗社。

674　**嗤嗤道人**　江苏云间(今上海松江)人。著有小说《五凤吟》《警悟镜》《蝴蝶媒》等。

675　**张振**　字云企，江苏无锡人。康熙十七年(1678)客居京师。有《香草词》。

676　**郑熙绩**　字懋熙，江都(江苏扬州)人。程侠如孙，郑为光子。康熙十七年

(1678)举人,官刑部主事。乙丑(1685)上元作《阮郎归·都门有感》。有《蕊栖词》。

677 **杨大鹤**(?—1715) 字九皋,号芝田,武进(江苏常州)人。康熙十八年(1679)进士,官至左谕德。有《稻香栖词》。

678 **陈履端** 字求夏,一字晚耘,江苏宜兴人。陈维嵋长子,过继于陈维崧为子。诸生。有《爨余词》。

679 **蔡璨** 字容明,江苏无锡人。有《容与词》。

680 **顾姒**(女) 字启姬,钱塘(浙江杭州)人。顾篇云次女,顾长任妹,同邑鄂曾妻,林以宁表姊。有《静御堂集》。

681 **沈茝纫**(女) 字蕙贞,江苏吴江人。沈永令次女,诸生吴梅妻。父殁,旋亦卒。

682 **孔兰生**(女) 山东曲阜人,举人孔昭恢女,安徽桐城方锡琯妻。

683 **吴芳**(女) 字芳英。秀水(浙江嘉兴)人。徐然妻。

684 **汤淑英**(女) 字畹生,又字畹素,长洲(江苏苏州)人。安徽休宁吴雯翻妻。年三十六卒。有《绣余轩稿》。

685 **叶文**(女) 字素南,江苏吴江人。武陵张贵孙妾。出游塞外而殁。

686 **居友月**(女) 字冰轮,吴县(江苏苏州)人。上舍居学申长女,袁生妻。同妹居伴芳受教于表姑张学典。有《深柳堂词》。

687 **居伴芳**(女) 字若芊,吴县(江苏苏州)人。上舍居学申次女,年十七未字夭。同姊居友月受教于表姑张学典。

688 **韩智玥**(女) 字洁存,乌程(浙江湖州)人。明状元韩敬女,金坛于鳌妻。有《晨凤堂集》。

689 **陈翡翠**(女) 字碧珩,吴县(江苏苏州)人。工诗文。春日偶遇某少年遂私通。后少年负心,自缢死。

690 **侯晰**(1654—1720) 字粲辰,梁溪(江苏无锡)人。附监生,考授州佐。工诗词、隶篆,善画山水。康熙五十一年(1712)刻《梁溪词钞》十八卷。有《惜轩词》。

691 **爱新觉罗·玄烨**(1654—1722) 即康熙帝。顺治帝第三子,8岁即位,在位61年。庙号圣祖。有《御制文》四集。

692 **吴永和**(女)(1655—?) 字文璧,江苏常州人。同邑董玉苍继妻。婚后夫出游,病归,不数月旋卒。吴永和哺育前妻子董翼成人。有《苔窗拾稿》。

693 **周在建**(1655—?) 字榕客,祥符(河南开封)人。周亮工第四子。国子监监生。有《顾曲亭词》。

694 **纳兰性德**(1655—1685) 初名成德,字容若,号楞枷山人,满洲正黄旗人。

太傅明珠长子。康熙十五年(1676)赐进士出身,官侍卫。有《饮水词》《纳兰词》。

695 **赵世钺**(1655—1718) 字宪章,号晴岩,江苏常熟人。诸生。有《入云词》。

696 **僧元璟**(1655—?) 字借山,号红椒、晚香老人,浙江平湖人。平湖当湖化城庵僧。康熙四十二年(1703)帝南巡,召至吴门行宫,恩宠有加,并对化城庵赐书《栖心寺》匾额。

697 **林以宁**(女)(1655—约1730) 字亚清,钱塘(浙江杭州)人。进士林纶女,顾之琼媳,钱肇修妻。与诗友钱凤纶、毛媞、冯娴、顾姒、徐灿、柴静仪称蕉园七子。有《墨庄词》。

698 **徐逢吉**(1655—1740) 字紫山,原名昌薇,自号青蓑老渔,钱塘(浙江杭州)人。诸生,工词。有《黄雪山房诗》《春晖词》《柳州清响》《摇鞭集》。

699 **李继燕** 字骏诒,号参里,广东东莞人。拔贡生,官吴江知县。甲申(1704)二月,太恭人七十寿辰作词。有《榻花亭词》。

700 **林企俊** 字宫升,华亭(上海松江)人。诸生。有《楚粤吟草》。

701 **徐瑶** 字天璧,荆溪(江苏宜兴)人。徐喈凤子。岁贡生。有《离墨词》。

702 **路念祖** 字敬止,江苏宜兴人。诸生。有《耐庵词》。

703 **路传经** 字岁星,江苏宜兴人。路念祖之弟。与徐瑶、徐玑相唱和。有《旷观楼词》。

704 **沈宛**(女) 字御蝉,乌程(浙江湖州)人。纳兰性德妻,有《选梦楼词》。

705 **曹鉴冰**(女) 字苇坚,号月娥,浙江嘉善人。曹焜、吴朏孙女,曹尔埏、李怀女,张殷六妻。有《绣余试砚稿》《清闺吟》。

706 **查清**(女) 字太清,安徽省青阳人。河内刺史刘静寰妻,广东石城知县刘次山母。有《绿窗小草》,曹鉴冰为之序。钱岳在戊寅(1698)上巳采选其词。

707 **钱来修** 字幼鲲,钱塘(浙江杭州)人。钱肇修弟,由明经授贵阳县丞。

708 **潘睿隆** 字圣阶,钱塘(浙江杭州)人。词见《国朝词综》。

709 **吴屿** 字瑟若,山西沁县人。有《草间词》。

710 **周禹吉** 字敷文,钱塘(浙江杭州)人。有《青箩词》。

711 **丁介** 字于石,号欧冶,仁和(浙江杭州)人。有《玉笙词》《问鹂词》。

712 **李珍** 字待庵,河北高密人。康熙二十年(1681)举人,官主事。有《金箸词》。

713 **宫鸿历**(1656—1718) 字友鹿,号恕堂,江苏泰州人。宫伟镠第八子。少负才名,康熙四十五年(1676)进士,官至编修。有《墨华词》。

714 **陈枋**(1656—1692) 字次山,江苏宜兴人。陈维崧再从侄,邹祗谟外甥。

以诸生入国学。康熙二十二年(1683)在阙里,后卒于京。有《香草亭词》。

715 **陈书**(1656—1697) 字御简,自署丹书氏陈思泾子,四川盐亭人。康熙十二年(1673)从军,辗转闽、赣、湘、桂、粤,参与平三藩之乱。二十七年(1688)进士,官至吏部郎中。近人辑有《鹃声集》,词附。

716 **陈瑸**(1656—1718) 字文焕,号眉川,广东海康(今属雷州)人。康熙三十三年(1694)进士,官至台湾、厦门道,福建巡抚,兼闽浙总督,卒于官。谥清端。有《陈清端集》。

717 **李崧**(约1656—约1736) 字静山,号芥轩,江苏无锡人。布衣,工诗画,隐居鹅湖浣香园。七十余岁时全盲,犹口占诗,令幼孙书之。乾隆初卒。有《浣香词》。

718 **钱彩** 字锦文,仁和(浙江杭州)人。有历史小说《说岳全集》。

719 **惠润** 字沛苍,江苏江阴人。康熙二十七年(1688)进士,官山东费县知县,升户部主事、刑部郎中。与蒋景祁为友。

720 **吴秉钧** 字琰青,山阴(浙江绍兴)州山人。吴兴祚子,与万树交游。有《课鹉词》。

721 **孙允膺** 字渭川,号玠玉,江苏无锡人。诸生。有《嘉荫楼集》。

722 **任观** 字展文,江苏宜兴人,贡生。词见叶恭绰《全清词钞》。

723 **汪灏** 字紫沧,安徽休宁人。毛际可门下士。有《披文阁词》。

724 **吴雯炯**(女) 字镜秋,安徽歙县人,寓江西南昌。从吴绮学词。有《香草词》。

725 **杨芝**(女) 字淑秀,吴县(江苏苏州)人。杨元咨和张学典第四女,杭州汪霦妻,寓浙江平湖。有《淑芳集》。

726 **杨芬**(女) 字瑶秀,吴县(江苏苏州)人。杨元咨和张学典第五女,沈芝夫妻。有《瑶华集》《清瑶阁集》。

727 **贺吟凤**(女) 字月台,江苏丹阳人。贺天士女,许字钱太学,未嫁夭亡。有《四香斋词》。

728 **严怀熊**(女) 字芷菀,浙江余杭人。严沆孙女,严曾榘女,钱塘明经吴磊妻,吴湘母。有《揽云楼词》。

729 **潘宗洛**(1657—1717) 字书原,号巢云、垠谷,吴县(江苏苏州)人。康熙二十七年(1688)进士,以检讨值南书房,官至湖南巡抚,平定诸苗。

730 **杨瑄**(1657—约1726) 字玉符,号楷庵,华亭(今上海松江)人。康熙十五年(1676)进士,授编修,以撰祭文谪戍尚阳堡,旋放还。雍正元年(1723)以不奉召赴阙,戍黑龙江,卒于戍所。有《楷庵诗余》。

731 **张梁**(1657—1739) 字奕山，一字大木，号幻花居士，娄县(今上海松江)人。康熙五十二年(1713)进士，官行人。与陈聂恒交友。雍正二年(1724)卜居青浦珠街阁。有《幻花庵词》。

732 **叶宏缃**(女)(约1657—1738) 字晓庵，号书城，江苏昆山人。进士叶宏绶妹，嘉定阙宗宽妻。丙寅(1686)中秋三十初度作词，是年夫卒。有《绣余词草》。

733 **程茯娥**(女) 号莲邨，安徽休宁人。蒋玺妻。有《双松词》。

734 **程凤娥**(女) 字映碧，安徽休宁人。江都太学生王庭禄妻。有《桐月居集》。

735 **冯抱芳**(女) 字琴仙，长洲(江苏苏州)人。冯砚北妹，马友波妻。有《三影楼词》。

736 **谢瑛**(女) 字玉英，武进(江苏常州)人。同邑徐可先妻。有《寿藤轩集》。

737 **金庄**(女) 字子严，上元(江苏南京)人。王云门妻。有《怡堂诸刻》，张南村为之序。钱岳甲戌(1694)得其稿。

738 **张阿钱**(女)(？—1682) 字曼殊，河间(河北献县)人。萧山毛奇龄妾。有《留视吟》。

739 **王一元**(1658—?) 字宛先，一作畹仙，号子初居士，原籍辽宁铁岭，江苏无锡人。康熙四十二年(1703)进士，官内阁中书，自订词1600首，名《芙蓉舫词》。

740 **蔡婉罗**(女)(1658—1684) 字仙季，江苏太仓人。钱塘汪梅坡太史妻。夫妇遍游吴下山水，又侨居嘉兴一载，庚申(1680)移居扬州，甲子(1684)二月恶仆尽窃其财，快快成疾，三月杪卒。有《蔗阁诗余》。

741 **卓长龄**(1658—1711) 字蔗村，仁和(浙江杭州)人。卓回从孙。监生，康熙十八年(1679)助卓回校辑《古今词汇》。自有《高樟阁诗余》。

742 **曹寅**(1658—1712) 字子清，号荔轩、楝亭，汉军镶蓝旗人。曹雪芹祖父。康熙三十一年(1692)督理江宁织造，后兼巡视淮西盐使。有《楝亭词钞》。

743 **刘坊**(1658—1713) 原名琅，字季英，号鳌石，福建上杭人，出生于滇。父、祖皆殉明难，不乐仕进。年二十二，由滇历楚返闽，馆于某家，终生不娶。有《天潮阁诗文钞》。

744 **张大受**(1660—1723) 字日容，号匠门，嘉定(今属上海)人，流寓苏州干将门。康熙四十四年(1705)以举人修四朝诗。四十八年(1709)进士，授检讨入值内庭。有《匠门书屋文集》。

745 **龚翔麟**(1658—1733) 字天石，号蘅圃、稼轩，晚号田居，仁和(浙江余杭)人。康熙二十年(1681)副贡，官至陕西道监察御史。尝刻朱彝尊、沈岸登、沈皞日、李良年、李符及己作《红藕庄词》为《浙西六家词》。

746 **吴启元** 字青霞，浙江新安（淳安）人，原籍安徽休宁。康熙二十三年（1684）客夔州，后游燕门。有《万石山房词》。

747 **狄亿** 字立大，号向涛，江苏溧阳人。康熙三十年（1691）进士，官庶吉士。有《宝善堂词》。

748 **徐恪** 字昔民，江苏江阴人。诸生。有《小重山》词，见《瑶华集》。

749 **于天骐** 江苏金坛人。有《石斋词》。

750 **卓灿**（女） 字文媖，仁和（浙江杭州）人。卓麟异女。年十八嫁海宁陈奕昌。有《俯沧楼集》。

751 **邹祥兰**（1659—） 字胎仙，江苏无锡人。康熙十七年（1688）三十寿辰，醉填《沁园春》词一阕。有《问石词》。

752 **张荣**（1659—1727 后） 字景桓，号空明，华亭（今上海松江）人。康熙三十年（1691）拔贡，五十七年（1718）官崇明训导。雍正六年（1728）尚自序诗集。有《空明子诗余》。

753 **徐旭旦**（1659—1720） 字浴咸，号西泠、圣湖渔父，钱塘（浙江杭州）人。康熙十一年（1672）拔贡，十八年（1679）举博学鸿词，官至连平知府，康熙南巡，召对五次。有《世经堂词》。

754 **施世伦**（1659—1722） 字文贤，号寻江，汉军镶黄旗籍，福建晋江人。施琅次子，以荫生授泰州知州，官至户部侍郎，漕运总督。有《倚红词》。

755 **朱樟** 字亦纯，号鹿田、慕樵，晚号灌畦叟，浙江杭州人。少时从学于毛奇龄，康熙三十八年（1699）举人，官至泽州知府，卒年八十。有《鹿野诗余》。

756 **陈聂恒** 字曾起，原名鲁得，号秋田，江苏常州人。康熙三十九年（1700）进士，授荔浦知县。雍正元年（1723）升刑部主事，改检讨。有《栩园词》。

757 **张宗橚** 字咏川，号思岩、藕村，浙江海盐人。张芳湄（康熙二十六年拔贡）子。太学生，不求仕进，惟诗词自娱。有《藕村词》。

758 **吴贯勉** 字尊五，号秋屏，安徽歙县人。流寓金陵（江苏南京）。诸生，曹寅在扬州设局刻书，聘任校事。丁酉（1717）惠儿三十生辰时作客苏州。有《秋屏词》《绿意词》。

759 **林瑛佩**（女）（1660—?） 字悬藜，福建莆田人，林云铭和蔡捷女，闽县郑郏妻。有《林大家词》。

760 **孙在中**（1660—?） 字鞠怀，吴兴（浙江湖州）人。康熙二十年（1681）赴秋闱，未中举；二十三年（1684）以明经上长安策对，亦未闻达。有《大雅堂诗余》。

761 **谈九叙**(1660—?) 字功惟，号是山，浙江德清人，谈九乾弟。诸生，官至河南归德、湖北安陆知府。后以年老改补户部员外郎，升郎中。有《是山词草》。

762 **周稚廉**(1660—1700) 字冰持，号可笑人，江苏华亭(今上海松江)人，周纶子。诸生。有《居容堂词》。

763 **范允鏋** 字用宾，号愚溪，钱塘(浙江杭州)人。康熙三十九年(1700)进士，官至山东道御史。有《啸堂诗余》。

764 **汪文桢** 字周士，安徽休宁人。词见叶恭绰《全清词钞》。

765 **冯瑞** 字霄燕，娄县(今上海松江)人。康熙二十四年(1685)进士，授编修。有《棣华堂诗余》。

766 **吴榴阁**(女) 字允宜，安徽桐城人。方拱乾(崇祯元年，即1628年进士)孙媳，方与三媳，方云骏妻。

767 **王允持** 字简在，江苏无锡人。康熙二十四年(1685)进士，工词，陈维崧盛称之。有《陶村词》。

768 **高曜** 字远修，娄县(今上海松江)人。康熙二十四年(1685)进士，官编修。

769 **叶寻源** 字砚孙，原名永年，号丹需，江苏华亭(今上海松江)人。叶映榴从子。诸生，官赣榆训导。有《玉壶词》。

770 **汪灏**(1661—?) 字文漪，号天泉，山东临清人。康熙二十四年(1685)进士，官至河南巡抚，康熙四十八年(1708)以病致仕。有《倚云阁诗集》。

771 **李必恒**(1661—?) 字北岳，号百药，江苏高邮人。廪生，岁试屡第一。致力于诗，宋荦选《江左十五子集》，将必恒冠首。有《二分明月词》。

772 **盛枫**(1661—1709) 字黼辰，号丹山，浙江嘉兴人。康熙二十年(1681)举人，官安吉州学正。有《梨雨选声》。

773 **焦袁熹**(1661—1736) 字广期，号南浦，上海金山人。康熙三十五年(1696)举人，五十七年(1718)选山阳县教谕，未赴。有《此木轩直寄词》。

774 **岳骥** 字千里，又字观复，江苏宜兴人，词见《国朝词综》。

775 **李端生**(女)(1662—1689) 字五丝，甘肃真宁人，寇某女，方十龄，父故，随母李氏沦为妓，改姓李。矢志不屑苟合，己巳(1689)春夜患心痛遽亡。

776 **江兰**(女)(约1662—1702) 字贞淑，湖北汉阳人。副宪江九同女，江蘩之三妹，张叔珽妻。有《倚云楼词选》。

777 **赵执信**(1662—1744) 字仲符，号秋谷，晚号饴山老人，山东益都人。王士祯甥婿。康熙十八年(1679)进士，官左赞善。因国恤日观演《长生殿》，被罢职，闲居五十年。有《声调谱》《饴山诗余》。

778　**盛禾**　字既同，号玉山，秀水（浙江嘉兴）人，盛枫弟。贡生，官天台县训导。尝游四方，颇知掌故。有《稼村填词》。

779　**徐如蕙**（女）　字瑶草，湖北汉阳人。张叔珽妾。常与嫡夫人江兰相酬唱。有《厂楼词》，附于《倚云楼集》中。

780　**马福娥**（女）　字兰斋，浙江平湖人。嘉兴沈宏略妻，年十九夭亡。有《断钗集》，王迈人为之序。

781　**唐祖命**（1663—1719）　字薪禅，一字心传，江苏常州人。早年入"击筑社"，盛传都门，但屡试不第，遂远游中原、江左，有声词坛。有《殢花词》。

782　**沈珮**（女）（1664—1684）　字飞霞，浙江桐乡石门人。吴震方（康熙十八年进士）媳，吴起代妻。有《绣闲残稿》。

783　**孟湛**（女）（1664—1695）　字冰壶，长洲（江苏苏州）人。孟居易次女，钱岳妻。18 岁结婚，31 岁除夕卒。有《玉照园词》。

784　**陈鹏年**（1664—1723）　字北溟，号沧州，湖南湘潭人。康熙三十年（1691）进士，历官江宁、苏州知府，后至河道总督。有《喝月词》。

785　**陈王猷**（1664—1730）　字良可，号砚村、息斋，梅阳（广东潮安）人。康熙二十年（1681）举人，官曲江教谕、连州学正、肇庆府教授。有《蓬亭偶存诗余草》。

786　**盛本柟**（约 1664—?）　字让山，秀水（浙江嘉兴）人。盛禾弟，年未三十卒。有《滴露堂小品》。

787　**李孚青**（1664—1721 后）　字丹壑，安徽合肥人，李天馥子。康熙十八年（1679）进士，官翰林院编修。有《野香亭词》。

788　**邵锡荣**　字景桓，号二峰，仁和（浙江杭州）人。邵远平（康熙三年进士）子。贡生，官安义知县。尝和王晫五十自寿词。善画山水。有《探西词》。

789　**赵式**　字去非，浙江诸暨人。诸生，康熙四十八年（1709）连己作《雨鹃词》辑成唐五代迄清初词《别肠词选》。

790　**罗文颉**　字雨苍，会稽（浙江绍兴）人。罗坤子。少承家学，致力于词，庚申（1680）仲春朔日，回忆去年是日，羁迹京都，特作词。有《半山园词》。

791　**黄御袍**（女）　字九香，浙江新昌人。给谏黄象雍孙女，钱岳继妻。丁丑（1697）七夕，怀姊作词。有《萸阁诗余》。

792　**顾瑶华**（女）　字畹芬，钱塘（浙江杭州）人。知县裘树荣母。有《自怡草》。

793　**李媛**（女）　华亭（今上海松江）人。李素心女，明经朱彦则妻。有《来凤吟》。

794　**吴皎临**(女)　字玉树,江苏常熟人。偶游萧寺,遇太仓王郎,遂订终身,随船而去。父讼于官,县令怜其才,判成夫妇。有《团扇词》。

795　**袁莲姒**(女)　字素如,浙江杭州西湖名妓。有《落画楼词》。

796　**商彩**(女)　字云衣,山阴(浙江绍兴)人。同邑罗萼青妻。有《散花吟》。

797　**许冰玉**(女)　字洁人,江苏常熟人。许伟人和李素长女,许华存姊,南昌太守诸公子妻。有《染香庵词》。

798　**许华存**(女)　字小魏,江苏常熟人。许伟人和李素次女,许冰玉妹,太学生姚汉友妻。有《寒涟词》。

799　**乔容**(女)　字云生,陕西西安平康里名妓,好山水游,爱禅语,尝以蒲团棕拂自随。有《萍香词》。

800　**刘仙**(女)　字药蕊,一字蕊珠,金陵(江苏南京)名妓,被评定为状元。有《醉白楼集》。

801　**蒋修**(女)　字洁操,武进(江苏常州)人。有《秋云草》。

802　**朱经**(1666—?)　字恭亭,江苏宝应人。乔莱婿,少负异才。有《小红词集》。

803　**吴瑗**(女)(1666—1713)　字文清,又字婧,号半玉,自号梁溪女子,江苏无锡人。吴达孙女,常州薛生妻。因冤狱破家,寄寓半塘,卖书画为生。有《喁喁集》。

804　**柯煜**(1666—1736)　字南陔,一字珧书,号实庵,浙江嘉善人。雍正元年(1723)进士,官湖北宜都知县,改浙江衢州府教授。有《月中箫谱词》。

805　**杜诏**(1666—1736)　字紫纶,号云川,别号浣花词客,江苏无锡人。康熙五十一年(1712)进士,官庶吉士,以诗受知于康熙帝。有《浣花词》《凤髓词》。

806　**荣涟**　字三华,号洞泉,江苏无锡人。明阳观道士,善画能诗,事母孝,母死,邑士共迎至锡山顶,筑室名"香雪"。与杜诏交友。有《洞泉诗钞》。

807　**许田**　字莘野,又字晶父,号青塍,钱塘(浙江杭州)人。康熙四十二年(1703)进士,官高县知县。有《屏山春梦词》《水痕词》。

808　**黄鸿**　字雪影,号静御,江苏太仓人。康熙四十五年(1706)授县丞。有《绿香词》。

809　**华文炳**　字象五,江苏无锡人。诸生。有《菾月词》。

810　**华侗**　字子愿,号镜几,江苏无锡人。有《春水词》。

811　**张兰**(女)　字畹香,四川合江人(一作江苏江都人)。张乃孚女,湖南陈某妻。有《畹香诗钞》。

812　**颜氏**(女)　山东曲阜人。吏部郎中颜光敏女,孔兴焯妻。被旌表节孝。有

《晚香词》。

813　**蒋纫兰**（女）　字秋佩，浙江嘉善人。钱以垲（康熙二十七年进士）妻。有《鲜洁亭诗余》。

814　**赵尔秀**（女）　云南剑川人。明户部员外郎赵炳龙孙女，诸生赵符女，许字李根甲，未嫁夭亡。

815　**缪谟**（1667—？）　字丕文，号雪庄，别号虞皋，华亭（上海松江）人。诸生，少年师事焦袁熹。乾隆初（约1736）开律吕馆，文敏荐之，因老病不果，归里旋卒。有《雪庄词》。

816　**姜遴**　字万青，又字敬直，华亭（上海松江）人。康熙三十年（1691）进士，有《遵渚词》。

817　**陶尔穟**　字颖儒，青浦（今属上海）人。康熙三十年（1691）进士，官葭州知州。有《息庐诗》《丙寅集》。

818　**俞旸**　字犀月，长洲（江苏苏州）人。曾与顾嗣立共选《元诗初集》。

819　**华文裕**　字予思，江苏无锡人。与杜诏、徐汉倬为词友。

820　**张瑛**（女）　字玉英，江苏泰州人。张尔弼孙女，张野仙女，张符骧从妹。其词作为张潮所赞。

821　**钱徇**（女）　字玩尘，又字霞表，浙江嘉兴人。钱复生女。戊寅（1698）花朝再登烟雨楼，夫孙熊襄代征新词。有《清真集》，为张潮所赞。

822　**蔡蕙**（女）　字雏文，吴县（江苏苏州）人。江都词伯卓尔堪妾。有《宝砚斋词》。钱岳尝赠其诗。

823　**秦昙**（女）　字昙筠，江苏无锡人。福建巡抚卞令天妾。有《友梅斋剩稿》。

824　**秦清芬**（女）　江苏无锡人。同邑诸生顾文炌妻。

825　**秦氏**（女）　江苏无锡人。张日駜妻。

826　**黄幼藻**（女）　字汉荐，福建莆田人。别驾黄仪女，举人林恭卿妻，受教于名儒方泰。有《柳絮编》。

827　**叶辰**（女）　字龙姝，吴县（江苏苏州）人，曾为某人妾，大妇妒，遣归母家。尝与钱岳相恋，二年后分手。有《倚竹吟》。

828　**陈祥裔**（1668—？）　本姓乔，号耦渔，自号宦隐子，顺天（北京）人。官成都府督捕通判。丁丑（1697）为三十生辰。有《凝香集》。

829　**朱彝爵**（1668—1708）　字守臣，号芑塍，浙江嘉兴人。年十四为诸生，但后久困场屋，后以贡谒选，司训杭州。康熙四十七年（1708）卒于馆舍。有《鹤洲残稿》。

830　**王敬铭**（1668—1721）　字丹思，号未岩，一号味月，嘉定（今属上海）人。

康熙四十六年(1707)帝南巡，献诗画称旨，入值畅春园，五十二年(1713)赐进士第一，五十六年(1717)典试江南。有《未岩诗钞》。

831　**张令仪**(女)(1668—1752)　字柔嘉，号蠹窗主人，安徽桐城人，张英女，张廷玉姊，姚士封妻。有《蠹窗诗集》。

832　**倪蜕**(1668—1748)　字振九，本名羽，晚更名蜕，号蜕翁，青浦(今属上海)人。侨居云南昆明西山，足迹不入城市，人以高士称之，工诗善画。有《蜕翁草堂诗文集》。

833　**黄之隽**(1668—1748)　字石牧，小名吉生，号唐堂，原籍安徽休宁，居华亭(上海松江)。康熙六十年(1721)进士，官至福建学使。有《唐堂词》。

834　**冯体婧**(女)　字青姝，归安(浙江湖州)人。福建刺史冯鸿耒孙女，学博冯汝原女，黔西参军钱怀白继妻。有《友琴倡随集》。

835　**梅憼**　字芬远，长洲(江苏苏州)人。有《螺龛词》。

836　**纳兰常安**(1681—1749)　字履坦，满洲镶红旗人。康熙三十二年(1693)举人。乾隆六年(1741)官浙江巡抚，十二年迁闽浙总督，后坐贪婪，死于狱。有《受宜堂诗余》。

837　**姚士陛**(？—1699)　字别峰，安徽桐城人。康熙三十二年(1693)举人，少有文名，随父宦游南北，后急友人之难，赴闽途中卒。有《空明阁词》。

838　**楼俨**(1669—1745)　字敬思，号西浦，浙江义乌人。康熙四十六年(1707)由监生献《观织词》入武英殿与杜诏等同修《词谱》，后官至粤、赣按察使。雍、乾间终老于春申浦畔。有《蓑笠轩词》。

839　**张宗桢**(1669—1730后)　字安谷，江苏苏州人。少年任府学教官，为两江总督邵公所重。后以内艰去官，遂不复出。癸巳(1713)后居苏州。有《四鸣集诗余》。

840　**杨守知**(1669—1730)　字次也，号致轩，别号晚研、稼亭、意园，浙江海宁人。康熙三十九年(1700)进士，官平凉知府。工诗，与归安沈树本、嘉善柯煜、平湖陆奎勋称浙西四才子。有《亿园词》。

841　**张埙**　字声伯，河北抚宁人。康熙三十二年(1693)举人。有《秦游近草词》。

842　**储枚**　字卜臣，江苏无锡人。康熙三十二年(1693)举人。官嘉定教谕。

843　**曹士勋**　字名竹，浙江桐乡人。诸生。有《翠轩词》。

844　**薛琼**(女)　字素仪，江苏无锡人。江阴李崧妻。乙酉(1705)同嫂游苏州诸山。有《绛雪词》。

845　**赵承光**（女）　字希孟，钱塘（浙江杭州）人。湖南观察赵云岑第五女，秀水（浙江嘉兴）朱裔三妻。癸酉（1693）夫在莱阳校士，作《醉花阴》词。有《闲云楼稿》。

846　**王仙媛**（女）　仁和（浙江余杭）人，韩充妻。词见《众香词》。

847　**陆震**（1671—约1723）　字仲远，一字仲子，号种园，北郭生，江苏兴化人。工行草书，贫而好饮，以笔质酒家，索书者出钱赎之。有《酩酊堂集》。

848　**刘璋**　号樵云山人，山西太原人。康熙三十五年（1696）举人，雍正元年（1723）官深泽知县。有小说《飞花艳想》《斩鬼传》。

849　**冒德娟**（女）　字嬿婉，江苏如皋人。冒褒女，石巨开妻。有《自怡轩词》。

850　**邓繁祯**（女）　字墨娴，江苏如皋人。冒褒长媳，冒禹书妻。有《静漪阁词草》。

851　**华希闵**（1672—1751）　字文友，又字豫原，号芋园、剑光，江苏无锡人。康熙五十九年（1720）举人，官泾县训导。有《延绿阁词》。

852　**沈漢**　字方舟，仁和（浙江杭州）人。词见《国朝词综》。

853　**沈德潜**（1673—1769）　字确士，号归愚，长洲（江苏苏州）人。乾隆四年（1739）进士，官至内阁学士，兼礼部侍郎。尝受业于叶燮。有《沈归愚诗文全集》，又选有《古诗源》《唐诗别裁集》《明诗别裁集》《清诗别裁集》。

854　**古吴墨浪子**　江苏苏州人。康熙时人。有笔记《西湖佳话》。

855　**柳声**（女）　字紫畹，江苏华亭（今上海松江）人。扬州妓，后嫁天长知县某。有《莺啭词》。

856　**徐幼芬**（女）　字幼芬，以字行，江都（江苏扬州）人。水部徐葆初女，李季氏妻。

857　**邹天嘉**（1674—1735）　字驾枚，号西村，秀水（浙江嘉兴）人。诸生，不求仕进，以诗画自娱。有《耦渔词》。

858　**蓝鼎元**（1675—1733）　字玉霖，一字云锦，号鹿洲，福建漳浦人。曾随兄廷珍入台湾平朱一贵乱。雍正拔贡，官广东普宁知县、广州知府，断狱如神。有《鹿洲集》《鹿洲公案》。

859　**王时翔**（1675—1744）　字皋谟，一字抱翼，号小山，镇洋（江苏太仓）人。雍正六年（1728）以诸生荐晋江知县，官至成都知府。工诗。有《香涛词》。

860　**王策**　字汉舒，江苏太仓人。诸生，工词，与王时翔称太仓二王。有《香雪词钞》。

861　**吴焯**（1676—1733）　字尺凫，号绣谷、蝉花居士，原籍安徽歙县，居浙江杭州。贡生，官同知。筑瓶花斋，藏书天下闻名。有《玲珑帘词》。

862 **吴森札**(女) 字文照,号潇湘居士,江苏吴江人。举人吴溢女,周生妻。喜谈书坐禅。有《小潇湘集》。

863 **吴沄**(女) 字玉泗,江苏宜兴人。词见《瑶华集》。

864 **于启璋**(女) 字静媛,浙江嘉兴人。于世华女,武林(杭州)沈藩妾。有《针余草》。

865 **吴湘**(女) 字婉罗,一字若耶,浙江杭州人(一作江都人)明经吴磊和严怀熊女,参军范昆仑妾。年十二即工诗词,善琴棋画。有《组紃草》《脂香窟集》。

866 **林绿**(女) 字映山,福建莆田人。词见《众香词》。

867 **袁寒篁**(女) 字青缃,华亭(今上海松江)人。袁正平女。因母早亡,侍父未嫁。甲辰(1719)起迁家多次,乙巳(1725)始返故屋。焦袁熹为其赋《娇女篇》,述其境遇甚苦。有一妹。有《绿窗词》。

868 **钱宛鸾**(女) 字翔青,吴县(江苏苏州)人。云间(上海松江)张公子妻。有《玉泉草堂词》。

869 **唐英**(1682—1756) 字叔子,号蜗寄居士,辽宁沈阳人。隶汉军正白旗,善作戏曲,工书画,雍正时官景德镇瓷厂协理官,广州海关监督。有《古柏堂传奇》。

870 **陈闻** 字闻生,江苏宜兴人。有《弦清词》。

871 **徐怀仁** 字元中,号柘南,浙江嘉兴人。诸生。有《柘南词草》。

872 **雷维馨** 字吟壑,江苏青浦(今属上海)人。词见《国朝词综》。

873 **林之枚** 字文木,一名枚,秀水(浙江嘉兴)人。词见叶恭绰《全清词钞》。

874 **左臣** 陕西岐山人。有小说《女开科传》。

875 **孔传志**(1678—1731) 字振文,号西铭、蝶庵,别署补闲斋、也足园叟,山东曲阜人,孔子后裔,世袭五经博士。有《清涛词》,又有传奇《软羊脂》。

876 **顾传埣**(1678—1747) 字五停,号宾阳,别署洗桐轩主人,江苏太仓人。康熙五十三年(1714)举人,官行人司行人。乾隆元年(1736)举博学鸿词。有《洗桐轩词》。

877 **高不骞**(1678—1764) 字槎客,一字查客,晚号小湖。高层云子,华亭(上海松江)人。康熙四十四年(1705)帝南巡至松江,以布衣召试授待诏,乞归葬母,不复出。有《罗裙草》。

878 **姜汝彨**(1679—1702) 字佐周,号林墅,归安(浙江湖州)人。七岁而孤,二十岁肄业太学。有《吟壑集》附词。

879 **李果**(1679—1751) 字实夫、硕夫,号客山,长洲(江苏苏州)人。布衣,家贫苦学,以诗文与陈鹏年交善。有《石闾集》。

880 **程梦星**(1679—1755) 字午桥,号洴江,江都(江苏扬州)人。康熙五十一年(1712)进士,官翰林院编修,丁艰后不复出。有《茗柯词》。

881 **潘谦**(1681—?) 字敬亭,江苏吴江人。家贫而好词。自谓盛湖菱渡之野人。有《纬萧词》。

882 **范遂**(1683—1728) 字密居,江苏如皋人。贡生,官候补河务同知,转中书舍人。有《风味斋霜研词》。

883 **边寿民**(1684—1752) 字颐公,一字维祺,以字行,号渐僧,晚号苇间居士,山阳(江苏淮安)人。乾隆诸生,与黄之隽相交。有《苇间老人集》。

884 **张逸** 字泰庵,一字溪叟,康熙五十三年(1714)举人,工画山水。

885 **邵岷** 字天章,青浦(今属上海)人。词见《国朝词综》。

886 **金大海** 字逊修,浙江嘉兴人。词见《梅里词选》。

887 **郭蕙**(女) 字素娴,仁和(浙江余杭)人。诸生郭部纷女,康熙诸生临海傅廷标妻。夫妇皆善画工诗。有《征香阁吟草》。

888 **陆凤池**(女)(1685—?) 字元霄,号秀林山人,江苏青浦(今属上海)人。副使陆振芬女,曹一士继妻。有《梯仙阁余课》。

889 **吉珠**(女) 字夜光,山西平阳人。随父流寓扬州,已与某生订结丝罗,中道为豪贵夺去。有《浮萍词》。

890 **张彦瑷**(女) 字清婉,江苏徐州人。张竹坡侄女,张彦圣堂妹,体质孱弱,抱染羸疴。有《娴猗草》。

891 **凌绪**(女) 字理之,华亭(上海松江)人。明经凌元舜女,嘉定徐德与妻。年二十四而寡,遗孤仅四龄,教子不再嫁。

892 **陆培**(1686—1752) 字翼凤,号南香、南乡、白蕉,浙江平湖人。雍正二年(1724)进士,官东流知县,乾隆初辞官归里。有《白蕉词》。

893 **陈章** 字授衣,一字竹町,号绂斋,钱塘(浙江杭州)人。侨居扬州,客马曰琯家。乾隆元年(1736)荐举博学鸿词,不就。有《竹香词》。

894 **马曰琯**(1688—1755) 字秋玉,号嶰谷,原籍安徽祁门,居江苏扬州,家富业盐。乾隆元年(1736)荐举博学鸿词,官候选知州。有《嶰谷词》。

895 **符曾**(1688—1760) 字幼鲁,号药林,钱塘(浙江杭州)人。乾隆元年(1736)以国子生试博学鸿词不遇。后荐举为户部郎中。有《春凫词稿》。

896 **赵昱**(1689—1747) 字功千,原名殿昂,号谷林,仁和(浙江余杭)人。贡生,乾隆元年(1736)试博学鸿词不遇。与厉鹗相唱和。有《爱日堂词》。

897 **陈荣杰**(1689—1755) 字遂南,一字慕陵,号无波,湖南祁阳籍,浙江绍兴人。诸生,乾隆元年(1736)荐举博学鸿词。有《香梦词》。

898 **李修行** 字子乾,山东阳修人。康熙五十四年(1715)进士。有《四书文稿》、小说《梦中缘》。

899 **何梦瑶**(1692—?) 字报之,号西池,广东南海(海南岛)人。雍正八年(1730)进士,官辽阳知州。善诗,兼识天文、音律、医学、算术。有《匊芳园诗钞》。

900 **厉鹗**(1692—1752) 字太鸿,又字雄飞,号樊榭、花隐,钱塘(浙江杭州)人。康熙五十九年(1720)举人,乾隆元年(1736)中博学鸿词。有《樊榭山房词》。

901 **史震林**(1692—1778) 字梧冈,号公度、瓠冈居士,江苏金坛人。乾隆二年(1737)进士,官淮安教谕。有《华阳散稿》《西青散记》。

902 **杨士凝** 字妙合,号笠乘,阳湖(江苏常州)人。康熙五十六年(1717)举人,官山东单县知县。有《芜香词》。

903 **陈孟周** 瞽人。尝闻郑燮填词,问其调,为诵李白《菩萨蛮》《忆秦娥》二曲。不数日,即填《忆秦娥》词。

904 **吴巽**(女)(1693—1735) 字道娴,浙江嘉兴人。太学生郑联妻。有《二分明月阁词》《听鸿楼诗稿》。

905 **查为仁**(1693—1749) 字心谷,号莲坡,祖籍浙江海宁,徙居宛平(北京)。康熙五十三年(1724)举人。有《押帘词》《莲坡诗话》。

906 **郑燮**(1693—1765) 字克柔,号板桥,江苏兴化人。雍正十年(1732)举人,乾隆元年(1736)进士,六年(1741)始授范县知县,十一年(1746)调潍县,为官清正,十八年(1753)去官,寓扬州一带,善画梅竹,有《板桥词》。

907 **马曰璐**(1695—1769后) 字佩兮,号半槎,安徽祁门人。马曰琯弟。乾隆元年(1736)被荐博学鸿词,不赴。有《南斋词》。

908 **华浣芳**(女)(1695—1717) 一说生于1622年,卒于1722年。行四,祖籍江苏无锡,寄籍苏州,华亭(今上海松江)张荣妾。后以难产亡。有《挹青轩诗余》。

909 **胡天游**(1696—1758) 字稚威,一字掞,号云持。本姓方名游,山阴(浙江绍兴)人。雍正元年(1723)副贡生,乾隆元年(1736)试博学鸿词,因病未终场,后客死山西。有《石笥山房诗余》。

910 **曹学诗**(1697—1773) 字以南,号震亭,安徽歙县人,乾隆十三年(1748)官内阁中书,出为湖北崇阳知县。有《香雪斋词》。

911 **金肇銮**(1698—1757) 字羽阶,钱塘(浙江杭州)人。贡生,厉鹗高弟,善词。有《存斋遗稿》词附。

912 **郑方坤** 字则厚,号荔乡,建安(福建建瓯)人。雍正元年(1723)进士,历官邯郸知县、兖州知府。有《青衫词》《燕尾集》。

913 **杨恒** 字以方，浙江嘉善人。雍正元年(1723)举人。有《赏静轩词》。

914 **张天申** 武进(江苏常州)人。其母七十，欲问贺双卿事。即游绡山(双卿夫家)，归诵之，并呼女屏后听之。

915 **张载华** 字芷斋，浙江海宁人。词见《国朝词综》。

916 **姚世钧** 字炳衡，归安(浙江湖州)人。布衣，有《玉湖渔唱》。

917 **孔传商** 字振子，号雪树，山东曲阜人。雍正二年(1724)临雍，特授蓟州知州。

918 **荆人凤** 字振翔，江苏丹阳人。词见《国朝词综续编》。

919 **顾诒禄** 字禄百，号花桥，瑗堂，长洲(江苏苏州)人。贡生，沈德潜高弟。德潜乞休后，权纪室，应酬之作，多出其手。有《二如庵词钞》。

920 **沈大成**(1700—1771) 字学子，号沃田，华亭(上海松江)人。康熙诸生，游幕粤、闽、浙、皖达四十年，晚游扬州。有《学福斋诗文选》。

921 **华宜**(女) 字淑秀，江苏无锡人。举人张一鸣妻。有《槎香词》。

922 **张琼娘**(女) 武进(江苏常州)人。同邑段玉函妻。有《怜影诗集》。

923 **张四科** 字喆士，号渔川，陕西临潼人，寓江苏扬州。监生，乾隆十七年(1752)岁末作《甘州》词，序曰：余冉冉老矣。有《响山词》。

924 **吴檠**(1701—约 1753) 字青然，安徽全椒人。吴敬梓从兄。乾隆元年(1736)举博学鸿词，十年(1745)进士，官刑部主事。有《阳局词钞》。

925 **吴敬梓**(1701—1754) 字敏轩，一字文木，安徽全椒人，移居江苏南京。诸生，乾隆元年(1736)被荐博学鸿词，推病不赴。后病卒于扬州。有小说《儒林外史》。

926 **徐述夔**(1703—1763) 字孝文，原名赓雅，号遽堂、五色石主人、笔炼阁主人，江苏东台栟茶场人。乾隆三年(1738)举人。有小说《五色石》《八洞天》。因诗集《一柱楼》，帝以为讥刺，戮尸。

927 **齐召南**(1703—1768) 字次风，号息园，浙江天台人。雍正七年(1729)副贡生，乾隆元年(1736)举博学鸿词，官至礼部侍郎。有《宝纶堂诗钞》。

928 **黄知彰**(1704—1768) 字贯芬，号秋圃，上海南汇人。黄素之子。贡生，专心著述，善诗、词、画。有《非非词》《烟霞阁词》。

929 **汪沆**(1704—1784) 字师李，一字西颢，号槐堂，钱塘(浙江杭州)人。诸生，乾隆元年(1736)荐试博学鸿词，报罢。后寄居天津。有《槐堂诗文集》。

930 **叶慧光**(女) 字妙明，号月中人，上海南汇人。叶映榴曾孙女，叶敷孙女，中书叶凤毛长女，王进之妻。婚后数月即寡，卒年 24 岁。有《疏兰词》。

931　**曹去晶**　热河三韩(辽宁喀剌沁旗)人。有小说《姑妄言》。

932　**夏敬渠**(1705—1787)　字懋修,号二铭,江苏江阴人。诸生,通经史、礼、乐、兵、刑、天文、数学。所交尽贤豪,足迹几遍天下。有《浣玉轩集》及小说《野叟曝言》。

933　**王又曾**(1706—1762)　字受铭,号谷原,秀水(浙江嘉兴)人。乾隆十九年(1754)进士,授刑部主事。乞归后飘泊江湖。工诗,与钱载齐名。有《丁辛老屋集》。

934　**江昱**(1706—1775)　字宾谷,号松泉,安徽籍,流寓江苏仪征。诸生,与厉鹗等唱和。有《梅鹤词》。

935　**蒋元益**(1708—1788)　字希元,一字汉卿,号时庵,长洲(江苏苏州)人。乾隆十年(1745)进士,官至顺天府尹、兵部侍郎。有《清雅堂诗余》《学吟词》。

936　**钱载**(1708—1793)　字坤一,一字根苑,号箨石、匏尊、万松居士,秀水(浙江嘉兴)人。乾隆十七年(1752)进士,官至礼部侍郎。有《万松居士词》。

937　**周道昱**　字静涵,又名科耀,乌程(浙江湖州)人。南浔广惠宫道士。雍正十一年(1733)夏大旱,登坛求雨,立应。有《补闲诗余》。

938　**娥川主人**　江苏苏州人。有小说《世无匹》。

939　**沈栩**　字冬星,江苏吴江人。有《醉花词》。

940　**王嵩**　字颖山,江苏太仓人。诸生,工词。有《别花人语》。

941　**毛健**　字今培,号鹤汀,江苏太仓人。贡生,杜门家居著作。有《卧茨乐府》。

942　**陈沆**　字湛斯,浙江海宁人。监生。有《小波词钞》。

943　**邵玘**(1710—1793)　字珏庭,号西樵,青浦(今属上海)人。附贡生。有《花韵馆词》。

944　**金焜**　字以宁,号赤泉,钱塘(浙江杭州)人。雍正十三年(1735)举人。官礼部司务、国子监典簿。有《浓兰词》。

945　**高宗元**　字伯扬,号愚亭,山阴(浙江绍兴)人。诸生。有《愚亭词》。

946　**刘纶**(1711—1773)　字慎涵,号绳庵,武进(江苏常州)人。贡生,乾隆元年(1736))召博学鸿词第一,官至文渊阁大学士。有《绳庵词》。

947　**陈撰**　字楞山,号玉几山人,浙江鄞县人,侨居杭州。乾隆元年(1736)召试博学鸿词,不赴。有《玉几山房吟卷》。

948　**陈敬**(女)(1712—1737)　字端宁,号髫儒,娄县(今上海松江)人。陈虞在女,同邑周忠炘妻。年二十六岁卒。有《绣余杂咏》《山舟纫兰集》。

949　**万光泰**(1712—1750)　字循初,号拓坡,秀水(浙江嘉兴)人。乾隆元年

(1736)举人，当年荐试博学鸿词，报罢。有《月波欸乃词》。

950 **杨度汪** 字勖斋，江苏无锡人。杨汝燮祖父。乾隆元年(1736)由拔贡中博学鸿词，授庶吉士，出为江西德兴知县。有《云逗斋诗集》。

951 **史承谦**(？—1756) 字位存，号兰浦，荆溪(江苏宜兴)人。诸生，乾隆十九年(1754)秋，寓南京蔡氏水亭。有《小眠斋词》。

952 **史承豫** 字衎存，号蒙溪，江苏宜兴人。史承谦弟。诸生，与兄并擅诗名。有《苍雪斋词》。

953 **任曾贻** 字淡存，江苏宜兴人。诸生，与史承谦为友。乾隆二十五年(1760)再至陵阳访张君基。有《矜秋阁词》。

954 **朱云翔** 字遂佺，元和(江苏苏州)人。顾树芬夫。诸生。有《蝶梦词》。

955 **郑虎文**(1714—1784) 字炳也，号诚斋，秀水(浙江嘉兴)人。乾隆七年(1742)进士，官至左赞善。有《吞松阁集》。

956 **朱宗淑**(女) 字德音，号翠娟，长洲(江苏苏州)人。朱骧云女。"吴中十子(朱宗淑、张允滋、张芬、陆瑛、李嫩、席蕙文、江珠、沈纕、尤澹仙、沈持玉)之一。有《修竹庐吟稿》。

957 **贺双卿**(女)(1715—1735) 字秋碧，江苏丹阳人。貌美多才，雍正十二年(1732)十八岁，嫁金坛绡山樵夫周某。夫长双卿十余岁，性暴戾，婆母又凶悍，虐待劳瘁死。有《雪压轩词》。

958 **汪筠**(1715—?) 字珊立，号谦谷，秀水(浙江嘉兴)人。诸生，官湖南长沙知府。有《玉叶词》。

959 **曹雪芹**(1715—1763) 名霑，字梦阮，号雪芹，又号芹溪、芹圃，汉军镶黄旗人。祖籍辽宁沈阳，生于南京。曹寅孙。雍正初(约1623)抄家，晚年居北京西郊。有《懋斋诗钞》、小说《红楼梦》。

960 **查礼**(1716—1783) 字恂叔，一字俭堂，号铁桥，宛平(北京)人。乾隆十二年(1748)以道员随征金川，升四川布政使，官至湖南巡抚，未赴任卒。有《铜鼓书堂词》。

961 **陶元藻**(1716—1801) 字龙溪，号篁村、凫亭，会稽(浙江绍兴)人。贡生，客两淮盐运使卢见曾幕。有《香影词》，一名《泊鸥山房词》。

962 **徐柱臣** 字题客，江苏昆山人。贡生，善诗词，尤工书法，晚年寓居扬州。有《艮岑乐府》。

963 **程晋芳**(1718—1784) 字鱼门，号蕺园，安徽歙县人。乾隆三十六年(1771)进士，官吏部主事，校勘《四库全书》，改编修。

964 **王懥** 字存素，号林屋、朴庐，江苏太仓人。王时敏曾孙。诸生，工诗词善画，与王宸、王昱、王玫，号“小四王”。有《林屋诗余》。

965 **顾奎光**(1719—1764) 字星五，号双溪，江苏无锡人。乾隆十年(1745)进士，官湖南泸溪知县，二十九年(1764)改桑植县，卒于任。有《双溪诗词集》。

966 **章恺**(1719—1770) 字虞仲，号北亭，浙江嘉善人。乾隆十年(1745)进士，官编修。有《蕉雨秋房词》。

967 **孙士毅**(1720—1796) 字智治，号补山，仁和(浙江余杭)人。乾隆二十七年(1762)进士，历官军机章京、广东巡抚、云贵、两广总督、吏部尚书。

968 **汪棣**(1720—1801) 字韡怀，号对琴，江都(江苏扬州)人。监生，官刑部员外郎。有《春华阁词》。

969 **金蓉** 字蘅撷，号采江，秀水(浙江嘉兴)人。乾隆十年(1745)进士，官检讨。

970 **蒋麟昌**(1721—1742) 字静存，阳湖(江苏常州)人。乾隆四年(1739)进士，官编修。有《菱溪遗草》。

971 **汪孟鋗**(1721—1770) 字康古，号厚石，浙江桐乡人，榜籍嘉兴。乾隆二十七年(1762)召试，赐内阁中书。三十一年(1766)中进士，官吏部主事。有《语冰词》。

972 **朱芳霭**(1721—1786) 字吉人，号春桥，浙江桐乡人。监生。有《小长庐渔唱》。

973 **吴镇**(1721—1797) 字信辰，一字士安，号松崖、松花道人，甘肃临洮人。乾隆十五年(1750)举人，官至沅州知府，晚年主讲兰山书院。有《松花庵词》。

974 **江声**(1721—1799) 字鳄涛，一字叔沄，号艮庭，吴县(江苏苏州)人。嘉庆元年(1796)荐举孝廉方正，未试卒。有《艮庭词》。

975 **张九钺**(1721—1803) 字度西，号紫岘、罗浮花农，湖南湘潭人。乾隆二十七年(1762)举人，历知南丰、南昌、始兴等县，被劾归里，主讲昭潭书院。有《陶园集》。

976 **汪仲鈖**(1722—1753) 字半玉，秀水(浙江嘉兴)人，汪孟鋗弟。乾隆十五年(1750)举人。有《怀新词》。

977 **魏之琇**(1722—1772) 字玉璜，号柳州，钱塘(浙江杭州)人。布衣，少孤贫，佣于当铺，夜苦读医书，历二十年，遂业医。有《柳州乐府》《续名医类案》。

978 **王太岳**(1722—1785) 字基平，号芥子，河北定兴人。乾隆七年(1742)进士，官至云南布政使，迁国子监司业。有《清虚山房集》。

979 **吴泰来**(1722—1788) 字企晋，号竹屿，长洲(江苏苏州)人。乾隆二十五年(1760)进士，赐内阁中书。家有遂初园，藏书数万卷。毕沅巡抚陕西，召主关中书院，后至开封，主大梁书院。有《昙香阁琴趣词》。

980 **王鸣盛**(1722—1797) 字凤喈，号西沚，江苏嘉定(今属上海)人。居苏州达三十年。乾隆十九年(1754)进士，官至礼部侍郎、福建主考官。有《谢桥词》。

981 **过春山** 字葆中，号湘云，吴县(江苏苏州)人。乾隆诸生，工诗，其诗被沈德潜采选入《清诗别裁》。终年二十九。有《湘云稿》。

982 **吴航野客** 小说《驻春小史》作者。

983 **顾列星**(1724—1799) 字樊渠，号退非，樊桐山人，秀水(浙江嘉兴)人。诸生。有《风雨闭门词》。

984 **顾斗光**(1724—1786) 字曜七，号谔斋，江苏无锡人。顾奎光弟。贡生。有《翠茗轩词钞》。

985 **张熙纯**(1725—1767) 字策时，一字少华，号敬亭，上海人。乾隆二十七年(1762)举人，三十年(1765)召试，授内阁中书。有《昙华阁词》。

986 **赵文哲**(1725—1773) 字损之，号璞函，上海人。乾隆二十七年(1762)帝南巡召试，赐举人，官内阁中书、至户部主事。有《媕雅堂词》。

987 **蒋士铨**(1725—1783) 字心余，一字苕生，号清容、藏园，江西铅山人。乾隆二十二年(1757)进士，任编修八年，告归，主绍兴蕺山、杭州崇文、扬州安定三书院。有《铜弦词》。

988 **王昶**(1725—1806) 字德甫，一字琴德，号兰泉、述庵，江苏青浦(今属上海)人。乾隆十九年(1754)进士，官至刑部右侍郎。有《红叶江村词》。

989 **吴烺**(1718—?) 字荀叔，又字杉亭，安徽全椒人。吴檠子。久居扬州。乾隆十六年(1751)召试，赐内阁中书，官至咸宁府同知。有《杉亭词》。

990 **薛廷文**(1726—1795后) 字鲁哉，号春雨，别号听雪斋主人，秀水(浙江嘉兴)人。有《听雪斋诗余》，另辑有《梅里词选》。

991 **江昉**(1727—1793) 字旭东，号橙里、砚农，安徽歙县人。寓江苏扬州。官候选知府。有《集山中白云词》《练溪渔唱》。

992 **夏宗沂** 字钧千，号兰台，江苏江阴人。诸生，召试不遇，客游皖江。有《浣花集》词附。

993 **姚培炎** 字安圃，上海金山人。诸生。有《远春词》《绿情草》。

994 **宋维藩** 字瑞屏，归安(浙江湖州)人。乾隆三十年(1765)拔贡生。三十三年(1768)灯节前一日作《鬲溪梅令》词。有《滇游词》。

995 **王璐** 字淑佩，阳湖(江苏常州)人。诸生。有《澹斋词》。

996　**董元度**　字曲江，山东平原人。乾隆十七年(1752)进士，授庶吉士，改府教授。有《春雨草堂词》。

997　**周天度**　字让谷，号心罗，钱塘(浙江杭州)人。乾隆十七年(1752)进士，官许州知州。有《十诵斋词》。

998　**许玉晨**(女)　字云清，华亭(上海松江)人。常与徐映玉唱和。有《琴画楼词》。

999　**徐映玉**(女)(1728—1762)　字若冰，号香溪，江苏昆山人。苏州孔青崖妻。夫妇居杭州甚久，后迁苏州。常与许玉晨唱和。有《南楼吟稿》，王又曾为题词。

1000　**钱大昕**(1728—1804)　字晓征，号辛楣、竹汀，嘉定(今属上海)人。乾隆十六年(1751)举人，十九年(1754)进士，历充乡试、会试考官、广东学政。后主中山、娄东、紫阳诸书院。有《潜研堂集》。

1001　**王元勋**(1728—1807)　字叔华，原字秀峰，号东溟、湘洲，嘉定(今属上海)人。乾隆四十三年(1778)进士，官徐州府教授。有《樵玉山房词》《涉江词》。

1002　**鲍廷博**(1728—1814)　字以文，号渌饮，安徽歙县人，寓居浙江桐乡。诸生，藏书甲于浙右，献善本于朝廷。嘉庆十八年(1813)钦赐举人。有《花韵轩诗存》。

1003　**庄肇奎**(1728—1798)　字星堂，号胥园，江苏武进籍，浙江嘉兴人。乾隆十八年(1753)举人，官至广东布政使。有《胥园诗余》。

1004　**姜藻**　字元章，号春江，江苏丹阳人。乾隆十八年(1753)举人。有《韵石斋词》。

1005　**汪士通**　字于亭，号东湖，安徽黟县人。乾隆十八年(1753)举人，官萧山知县。有《延青阁词》《东湖诗文集》。

1006　**任映垣**　字明翰，荆溪(江苏宜兴)人。诸生。有《晴楼词》《双溪乐府》。

1007　**丁如琦**　字器淳，号菊圃，江苏无锡人。丁榕祖父。乾隆十八年(1753)举人，官常山知县。有《逸园词草》。

1008　**姚念曾**　字友砚，号季方，上海金山人。乾隆三十年(1765)拔贡，历知孝感、应山等县，升归德府同知，被劾归。有《赐墨客诗词》。

1009　**朱泽生**　字时霖，号芝田，安徽休宁人。寓江苏苏州。于词不学而能，与弟朱莅恭及蒋升枚，时称“三俊”。有《鸥边渔唱》。

1010　**董潮**(1729—1764)　字晓沧，号东亭、臞仙，浙江海盐籍，江苏常州人。乾隆二十八年(1763)进士，官庶吉士。尝赋红豆树歌，时称红豆诗人。有《漱花集诗余》。

1011　**沈初**(1729—1799)　字景初，号云椒，浙江平湖人。乾隆二十八年(1763)

进士，嘉庆朝官至兵、吏、户三部尚书。有《兰韵堂集》。

1012　**毕沅**（1730—1797）　字纕蘅，号秋帆，镇洋（江苏太仓）人。乾隆二十二年（1757）赐进士第一，历陕、豫、鲁巡抚，湖广总督。有《续资治通鉴》。

1013　**王文治**（1730—1802）　字禹卿，号梦楼，江苏丹徒人。乾隆二十五年（1760）进士，尝随全魁出使琉球。官至临安知府。有《梦楼诗集》。

1014　**吴省钦**（1730—1803）　字冲之，号白华，上海南汇人。乾隆二十四年（1759）召试，赐内阁中书。二十八年（1763）进士，历官四川、湖北、浙江学政，至左都御史。有《白华稿》。

1015　**王初桐**（1730—1821）　字竹所，一字于阳，初名丕烈，字耿仲，嘉定（今属上海）人。乾隆监生，官新城、淄川等知县。有《巏嵍山人词》。

1016　**曹仁虎**（1731—1787）　字莱殷，号习庵，嘉定（今属上海）人。乾隆二十二年（1757）召试，赐内阁中书。二十五年（1760）进士，官侍讲学士。有《宛委山房集》。

1017　**顾光旭**（1731—1797）　字晴沙，一字华阳，号响泉，江苏无锡人。乾隆十七年（1752）进士，官甘凉道，署四川按察司使。46 岁告归，主东林书院十余年。有《清溪词》。

1018　**朱彭**（1731—1803）　字亦篯，号青湖，钱塘（浙江杭州）人。贡生，嘉庆元年（1796）举孝廉方正，不就。有《湖船箫谱词》。

1019　**许宝善**（1731—1803）　字敦愚，号穆堂，青浦（今属上海）人。乾隆二十五年（1760）进士，官至监察御使。有《自怡轩词》。

1020　**姚鼐**（1731—1815）　字姬传，一字梦谷，安徽桐城人。乾隆二十八年（1763）进士，出任鲁、湘二省乡试考官、《四库全书》纂修官。乞归后，任钟山等书院讲习四十年。有《惜抱轩集》。

1021　**荆大鼎**　字光远，江苏丹阳人。乾隆二十一年（1756）举人。

1022　**恽氏**（女）　武进（江苏常州）人。丹阳吴维妻。嫁后八个月夫死，遗腹子吴思祖从其学诗书，成名诸生。有《咏怀集》。

1023　**朱莅恭**　字叔曾，号桂泉，安徽休宁人，寓居长洲（今江苏苏州）。贡生，朱泽生弟。

1024　**吴骞**（1733—1813）　字槎客，号兔床山人，浙江海宁人。贡生，所居名拜经楼。有《万花渔唱词》。

1025　**陆锡熊**（1734—1792）　字健男，号耳山，上海人，乾隆二十六年（1761）进士，官至大理寺卿。后去奉天（辽宁）校文溯阁藏书，卒于奉天。

1026　**李调元**(1734—1803)　字羹堂，小字鹤，又字赞庵，号雨村，罗江（四川绵阳）人。乾隆二十八年(1763)进士，官至广东学政，直隶通永道。有《童山集》。

1027　**吴瑛**（女）(1735—1752)　字若华，号雪湄，浙江平湖人。吴嗣爵女，同邑屈作舟妻。有《芳荪书屋存稿》。

1028　**钱塘**(1735—1790)　字禹美，一字学渊，号溉亭，江苏嘉定（今属上海）人。乾隆四十五年(1780)进士，官江宁府教授。有《玉叶词》。

1029　**蒋元龙**(1735—1799)　字乾九，一字云卿，号春雨，秀水（浙江嘉兴）人。乾隆三十六年(1771)副榜。以授生徒度日。有《桃花亭词》。

1030　**杨瑾华**（女）　字映蟾，阳湖（江苏常州）人。知县杨晋藩长女，慈溪诸生岑云鹤妻。有《杏花仙馆词》。

1031　**杨璿华**（女）　字蕴萼，阳湖（江苏常州）人。知县杨晋藩次女，杨瑾华妹，宜兴徐生妻，早寡。有《听秋声馆词》。

1032　**方薰**(1736—1799)　字兰士，一字兰坻，号长青、遇安居士、雪岩、御儿乡农，石门（浙江桐乡）人。工诗、书、画。有《山静居集》。

1033　**王曙**(1736—1820)　字东田，江苏江阴人。诸生。词见《国朝词综》。

1034　**郑沄**(？—1795)　字晴波，号枫人，江苏仪征人。乾隆二十七年(1762)举人，三十年(1765)召试，赐内阁中书，官至浙江督粮道。有《玉勾草堂词》。

1035　**储秘书**　字玉函，江苏宜兴人。乾隆二十六年(1761)进士，官至湖北郧阳知府。有《华屿词》。

1036　**尹庆澜**　章佳氏，满洲镶黄旗人。大学士尹继善第六子。笔名长白浩歌子。有笔记《萤窗异草》。

1037　**王炳虎**　字文也，号秋坪，浙江嘉兴人。诸生。有《春晓阁诗余》。

1038　**徐芗波**　字檐林，青浦（今属上海）人。贡生，乾隆二十七年(1762)召试二等，在武英殿行走，早卒。

1039　**浦安**（女）　字静来，金匮（江苏无锡）人。张玉谷妻。有《停梭词》。

1040　**陈鸿业**　字翼王，上海南汇人。有《欠山阁词草》。

1041　**曹锡辰**　字北居，上海人。乾隆三十三年(1768)秋，应乡试未中举。尝作《忆秦娥》词怀秀水艺人素英。有《畏垒山房词》。

1042　**费生**　浙江绍兴名士。有《南乡子》词，见毛大瀛《戏鸥居词说》。

1043　**杨逢春**　字芝山，号雪村，金匮（江苏无锡）人。诸生。有《雪村词》。杨芳灿尝诵其句。

1044　**杨逢时**　字成山，金匮（江苏无锡）人。杨逢春弟，席瑶林夫，诸生。有

《云皋词》。

1045　**席瑶林**（女）　字素光，江苏常熟人。杨逢时妻。

1046　**徐豫明**　字簪益，号有堂，江苏丹阳人。诸生。

1047　**杨大章**　字文载，号斐园，江苏丹阳人。诸生。

1048　**倪象占**　字九山，一字韭山，原名承天，浙江象山人。乾隆三十年（1765）优贡生，官嘉善训导。有《青棂馆集》。

1049　**王庆澜**（1737—?）　字安之，夷门（疑即河南开封夷门）人。屡试不第，一生游幕。有《枕霞词》《镜虚词》等。

1050　**陆烜**（1737—1798）　字蝶厂，一字子章，号梅谷、巢云子，浙江平湖人。乾隆贡生，隐居嘉兴胥山。藏书甚富，工诗画。有《曲影词》《二蚕词》等。

1051　**钟若玉**（女）（1737—1802）　字文贞，号元圃女史，江苏昆山人。周官妻。工诗词，能书法，善画墨梅。

1052　**彭贞隐**（女）　字玉嵌，浙江海盐人。彭孙遹孙女，陆烜妻。工词，有《铿尔词》《鼓瑟集》。

1053　**高文照**（1738—1776）　字润中，号东井，武康（浙江德清）人。乾隆三十九年（1774）举人。有《蘋香词》。

1054　**周发春**（1728—1811）　字青原，上元（江苏南京）人。乾隆三十年（1765）召试举人，官内阁中书。有《玑镜轩集》。

1055　**印昌世**　字希愚，一字羲嵎，号潼明、东明，江苏丹阳人。岁贡生。

1056　**吴珏**　字并山，安徽歙县人。乾隆二十八年（1763）进士，官内阁中书。有《香草词》。

1057　**殷如梅**　字杲园，元和（江苏苏州）人。诸生。

1058　**孔继涵**（1739—1783）　字体生，号葒谷，山东曲阜人。孔子六十九世孙。乾隆三十六年（1771）进士，官户部主事。有《斲冰词》。

1059　**李荃**（1739—1797）　字玉陛，又字佩玉，号竹轩，江苏宜兴人。乾隆三十五年（1770）举人，官广平府等同知。有《竹轩词》。

1060　**钱维乔**（1739—1806）　字树参、香木，号曙川、竹初，武进（江苏常州）人。尚书钱维城弟，钱孟钿叔父。乾隆二十七年（1762）举人，官鄞县知县。有《竹初诗文钞》。

1061　**钱孟钿**（女）（1739—1806）　字冠之，号浣青，武进（江苏常州）人。尚书钱维城女，巡道山西人崔龙见妻。有《浣青诗钞》。

1062　**沈振鹭**（1739—1807 后）　字君白，号江田，浙江嘉兴人。乾隆诸生，游秦、晋、燕、赵，年近七十始返里。有《红树山房词》。

1063 **王开沃** 字子良，江苏太仓人。王遵扆孙。曾纂修盩厔、永寿、蓝田等县县志。

1064 **任玉卮**（女） 荆溪（江苏宜兴）人。任颂女，任安上妹，同邑监生吴炘妻。有《拨香斋词》。

1065 **潘奕隽**（1740—1830） 字守愚，号榕皋、水云漫士，吴县（江苏苏州）人。乾隆三十四年（1769）进士，官户部主事，进四品卿衔。工书法、善画。有《水云词》。

1066 **赵帅** 字原裔，又字元一，号伟堂、志庵主人，安徽泾县人。袁枚弟子。乾隆三十年（1765）举人，官镇江府学训导、安肃知县。有《伟堂词钞》。

1067 **沈起凤**（1741—1807） 字桐威，号蕡渔、蓉洲、红心词客，吴县（江苏苏州）人。乾隆三十三年（1768）举人，官祁门县教谕。有《红心词》。

1068 **高鹗**（约1741—1816） 字兰野，号兰史，别署红楼外史，汉军镶黄旗人，自称辽宁铁岭人。乾隆六十年（1795）进士，官至侍读学士。有《兰墅砚香词》。

1069 **王汝璧**（？—1806） 字镇之，号铜梁山人。少时曾受教于沈德潜，乾隆三十一年（1766）进士，嘉庆时官至安徽巡抚。有《铜梁山人词》。

1070 **杨源** 字云耕，江苏华亭（今上海松江）人。有《曼圃诗余》。

1071 **吴翌凤**（1742—1819） 字伊仲，号枚庵，吴县（江苏苏州）人。嘉庆诸生，客游楚南，垂老始归里，筑室名归云舫，奉母著书，手抄书数千卷。有《曼香词》。

1072 **杨抡**（1742—1806） 字方叔，号莲跌，金匮（江苏无锡）人。乾隆四十三年（1778）进士，官天台知县。有《春草轩诗词集》。

1073 **陈银**（女） 字令仪，号一塘、练湖女史，江苏丹阳人。有《黛山斋词藻》。

1074 **汪韫玉**（女）（1743—1778） 字兰雪，一字潜辉，安徽休宁人。居浙江湖州。年十八嫁同邑诸生金潮为妻。有《听月楼遗草》。

1075 **邵景涵**（1743—1796） 字与桐，一字二云，号南江，浙江余姚人。乾隆三十六年（1771）进士，入四库全书馆，擢侍读学士。有《南江诗文钞》。

1076 **吴蔚光**（1743—1803） 字悊甫，号竹桥，昭文（江苏常熟）人。乾隆四十五年（1780）进士，官礼部主事。有《小湖田乐府》。

1077 **李复龄** 字菊坪，浙江嘉兴人。有《鹊桥仙》词，见《梅里词选》。

1078 **林蕃钟** 字毓奇，号蠡槎，吴县（江苏苏州）人。乾隆三十三年（1768）举人，官华亭县教谕。尝于乾隆三十二年（1767）暮春抵澄江，作词。有《兰叶词》。

1079 **秦瀛**（1743—1821） 字凌沧，一字小岘，号遂庵，江苏无锡人。乾隆四十一年（1776）帝南巡，召试赐内阁中书，官至刑部右侍郎。有《小岘山人集》。

1080 **黄易**(1744—1801)　字易，号小松，又号秋庵、树谷子，以字行，钱塘（浙江杭州）人。监生，官济宁运河同知。为“西泠八大家”之一。有《小蓬莱阁词》。

1081 **陈凯**　字汾阳，金匮（江苏无锡）人。诸生。有《竹源词》。

1082 **胡慎仪**（女）　山阴（浙江绍兴）人。洪洞刘秉怡妻。

1083 **朱凤洲**　字绍堂，号南田，上海南汇人。有《南田诗余》。

1084 **叶景星**　字南廙，上海南汇人。有《觞荷偶吟》。

1085 **奚冈**(1746—1803)　初名纲，字纯章、铁生，号鹤渚生、蒙泉，行九，人呼奚九。钱塘（浙江杭州）人。乾隆帝南巡，杭州知府嘱画，不应。有《冬花庵烬余稿》。

1086 **洪亮吉**(1746—1809)　字君直，一字稚存，号北江，阳湖（江苏常州）人。乾隆五十五年(1790)进士，督学贵州。嘉庆时坐戍伊犁，寻赦还。有《更生斋诗余》。

1087 **李澧**(1746—1813后)　字兰友，号篁园，浙江嘉兴人。乾隆诸生。少随父居淮上，年十三归里，年三十游闽中。有《意香阁词钞》。

1088 **吴锡麒**(1746—1818)　字圣征，号谷人，钱塘（浙江杭州）人。乾隆四十年(1775)进士，官至国子监祭酒。有《正味斋全集》。

1089 **吴好山**　字云峰，四川彭县东乡人。少年时漫游梁、益、云、楚间，年四十绝意仕进，著述自娱，终年八十。有《自娱集》。

1090 **朱昂**　字适庭，号秋潭，安徽休宁人。寓居江苏苏州。监生。有《绿阴槐夏阁词》。

1091 **施用中**　字日柯，号齐山，江西婺源诗春人。有《齐山词草》。

1092 **芮福荣**　字东山，四川成都人。词见重庆出版社《历代蜀词全辑》。

1093 **汪玉轸**（女）　字宜秋，号小院主人，陈昌言妻。所适不偶，卖文自活。有《红豆轩诗词》。

1094 **王复**(1747—1797)　字敦初，号秋塍，秀水（浙江嘉兴）人。监生，官偃师知县。有《晚晴轩稿》。

1095 **徐大榕**(1747—1803)　字向之，号惕庵，原籍大兴（北京），武进（江苏常州）人。乾隆三十七年(1772)进士，官至泰安知府。

1096 **冯敏昌**(1747—1806)　字伯求，号鱼山，广东钦州人。乾隆四十三年(1778)进士，历官宜兴知县，陕、浙、赣布政使、户部尚书。有《兰韵堂集》。

1097 **赵怀玉**(1747—1823)　字亿孙，号味辛，武进（江苏常州）人。乾隆四十五年(1780)召试举人，官至兖州知府。有《荃提室词》《秋籁吟词》。

1098 **张云璈**(1747—1829)　字仲雅，钱塘（浙江杭州）人。乾隆三十五年(1770)举人。有《三影阁筝语》。

1099 **沈彩**(女)(1748—1787 后) 字虹屏，号扫花女史，浙江长兴人。陆烜妾。有《春雨楼集》《虹屏近稿》。

1100 **顾敏恒**(1748—1792) 字立方，号笠舫，江苏无锡人。顾奎光长子。乾隆五十二年(1787)进士，授县令，改苏州府教授。有《笠舫诗稿》。

1101 **许肇封** 字州山，浙江海宁人。乾隆三十九年(1774)举人，官望江知县。有《旎香词》。

1102 **刘奎年** 字藻初，号云石，江苏丹阳人。乾隆三十九年(1774)举人，官易州同知。有《桐花馆词》。

1103 **马纬云** 字依墀，浙江海盐人。乾隆三十九年(1774)举人，官番禺知县。有《莺声细语草堂词》。

1104 **施源** 字实君，号蒙泉，吴县(江苏苏州)人。乾隆三十九年(1774)举人，官舒城知县。有《爱静词》。

1105 **方彦珍**(女) 字静云，号岫君，江苏仪征人。方慰峰宗妹，程立基妻。有《诚堂诗余》。

1106 **黄景仁**(1749—1783) 字汉镛，一字仲则，号鹿菲子，江苏常州人。贡生，乾隆四十一年(1776)帝南巡召试，充武英殿书签。工诗词。有《两当轩全集》。

1107 **杨伦**(1747—1803) 字敦五，一字西禾，江苏常州人。乾隆四十五年(1780)进士，四十九年(1784)召试二等，官荔浦知县。致仕后主讲湖北江汉书院。有《九柏山房诗稿》。

1108 **屈凤辉**(女)(1750—1779) 字梧清，浙江平湖人。举人胡之桓妻。早卒。有《古月楼诗词》。

1109 **金德舆**(1750—1800) 字云庄，号鹤年，浙江桐乡人。监生，官刑部主事。有《桐华馆吟稿》词附。

1110 **丁芸** 字彦耕，号墨农，浙江嘉兴人。有《墨农诗钞》。其中《调笑令》词，被选入《梅里词选》。

1111 **徐绍芬**(女) 字浥清，号印山，江苏丹阳人，姜彦初妾。

1112 **陈素安**(女) 字定林，仁和(浙江杭州)人。陈星垣女，侍卿陈鸿宝妹，同邑沈世焘继妻。终年 41 岁。有《生秋阁集》。

1113 **吴廷采** 字章五，江苏溧水人。词见《国朝词综》。

1114 **闵华** 字廉风，江都(江苏扬州)人。监生。词见《国朝词综》。

1115 **吴钧** 字陶宰，号玉田，华亭(今上海松江)人。布衣。有《鼠璞词》《乐府箧中集》。

1116 **凌霄** 字芝泉，号一飞，江苏南京人。诸生，授州判。由袁枚荐入毕沅幕府，与孙星衍交好。有《湔薇集》。

1117 **熊德庆** 字兰波，山阳（江苏淮安）人。有《浣花阁词钞》。

1118 **马公仪** 字仲威，号棣园，上元（江苏南京）人。词见《国朝词综续编》。

1119 **邵丰城** 字龙光，号懒渔，浙江嘉兴人。诸生。有《蕉隐词》。

1120 **王履基** 字云门，江苏太仓人。词见孙兆溎《片玉山房词话》。

1121 **袁通** 字达夫，号兰村，钱塘（浙江杭州）人。袁树长子，袁枚嗣子，官汝阳知县。嘉庆八年(1803)与杨夔生登江亭。有《捧月楼词》。

1122 **王书田** 字颖禾，号逸庵，浙江嘉兴人。有《遏云词》。

1123 **王启曾** 浙江嘉兴人。有《南歌子》词，被选入《梅里词选》。

1124 **左辅**(1751—1833) 字仲甫，一字蘅友，号杏庄，阳湖（江苏常州）人。乾隆五十八年(1793)进士，嘉庆朝官至湖南巡抚。有《念宛斋词》。

1125 **铁保**(1752—1824) 字冶亭，号梅庵、董鄂氏，满洲正黄旗人。乾隆三十七年(1772)进士，官至两江总督、吏部尚书。有《梅庵诗余》。

1126 **侯士骧** 字春塘，金匮（江苏无锡）人。贡生，与杨芳灿(1753—1815)时相唱和，在杨芳灿《荆园唱和集》中篇章甚多。

1127 **王翠薇**（女）(1753—1776) 字玉珍，又字玉瑛，武进（江苏常州）人。知县王光燮第四女，孙星衍妻。有《长离阁诗集》《玉珍集》。

1128 **杨芳灿**(1753—1815) 字香叔，又字才叔，号蓉裳，金匮（江苏无锡）人。顾奎光甥，杨揆兄，杨夔生父。乾隆四十二年(1777)拔贡，官灵州知州、户部员外郎。有《芙蓉仙馆词》。

1129 **唐仲冕**(1753—1827) 字六枳，号陶山，善化（湖南长沙）人。乾隆五十八年(1793)进士，官至陕西布政使，权巡抚。有《红梨花馆词》。

1130 **汪如洋**(1755—1794) 字润民，号云壑，祖籍安徽休宁，寄籍秀水（浙江嘉兴）。乾隆四十五年(1780)赐进士第一，典试山东，任云南学政。有《葆冲书屋词》。

1131 **王芑孙**(1755—1815) 字念丰，号惕甫，长洲（江苏苏州）人。曹贞秀夫，乾隆五十三年(1788)召试举人，官华亭教谕，候补国子监博士。致仕后主讲扬州乐仪书院。有《遥想词》。

1132 **郝懿行**(1755—1825) 字恂九，号兰皋，山东栖霞人。嘉庆四年(1799)进士，官户部主事。致力著述。有《晒书堂诗余》。

1133 **朱昂之**(1755—约1829) 有《渔父家风》词，见《国朝常州词录》。

1134 **朱谌** 有《蝶恋花》词，见《倚声初集》。

1135 **汪世泰** 字紫珊，安徽六合人。袁枚婿，资捐河南知府，不得志，乞归。有《碧梧山馆词》。

1136 **吴宝书** 字松厓，一字择仙，江苏无锡人。诸生，少从袁枚游，精绘仕女。有《桐华楼词》。

1137 **石韫玉**(1756—1837) 字执如，号琢堂、竹堂居士、归真子，吴县(江苏苏州)人。乾隆五十五年(1790)一甲一名进士，官至山东按察使。有《花韵庵诗余》。

1138 **孙尔思** 有《浣溪沙》词，见《国朝词综》引自《陕西通志》。

1139 **丁瀚** 字默甫，江苏无锡人，丁如琦子，丁榕父，丁绍仪祖父。官陕西宁羌知州。有《西园剩稿》。

1140 **凌廷堪**(1757—1809) 字次仲，一字仲子，安徽歙县人。乾隆五十五年(1790)进士，官宁国府教授。有《梅边吹笛谱》。

1141 **恽敬**(1757—1817) 字子居，号简堂，武进(江苏常州)人。乾隆四十八年(1783)举人，历官富阳、新喻、瑞金三县知县。有《蒹堂词》。

1142 **叶绍楏**(1757—1820) 字琴柯，归安(浙江湖州)人。乾隆五十八年(1793)进士，官至广西巡抚、刑部尚书。有《谨墨斋词钞》。

1143 **沈钟** 字大声，号鹿坪，阳湖(江苏常州)人。乾隆四十七年(1782)举人。官福建屏南知县。有《柳外词》。

1144 **沈清瑞**(1758—1791) 字吉人，号芷生，别署太瘦生，长洲(江苏苏州)人。沈起凤弟。乾隆五十二年(1787)进士。有《沈氏群峰集词》。

1145 **汪世隽** 字秋坪，号秉庵，钱塘(浙江杭州)人。乾隆四十九年(1784)进士。有《凭隐诗余》《国朝词综偶评》。

1146 **鲍份** 字叔治，昭文(江苏常熟)人。诸生，乾隆四十九年(1784)春日，对雨遣兴，作《蝶恋花》词。有《末学堂词》。

1147 **詹应甲**(1760—1840) 又名广桃，字鳞飞，号湘亭，安徽婺源籍，吴县(江苏苏州)人。乾隆五十三年(1788)举人，帝南巡，以献赋赏授汉阳知县。有《清江词》。

1148 **杨揆**(1760—1804) 字同叔，号荔裳，金匮(江苏无锡)人，杨芳灿弟。乾隆四十五年(1780)召试举人，从征廓儿喀，功擢甘肃、四川布政使。有《桐华吟馆词》。

1149 **袁棠**(1760—1810) 字尚木，一字甘林、无咎，号湘湄，江苏吴江人。嘉庆六年(1801)以国学生举孝廉方正。有《浓睡楼词》。

1150 **王昙**(1760—1817) 字仲瞿，又名良士，号蠡舟，秀水(浙江嘉兴)人。乾隆五十九年(1794)举人,因妻金礼瀛病卒,定居苏州。有《烟霞万古楼词》。

1151 **孙原湘**(1760—1829) 字子潇,一字长真,晚号心青,自署姑射仙人侍者,昭文(江苏常熟)人。乾隆六十年(1795)举人,授庶吉士,不仕。有《长真阁词》。

1152 **沈光熙**(1760—1829) 字思凝,长洲(江苏苏州)人。贡生。有《曝书亭诗余笺注》。

1153 **谢兰生**(1760—1831) 字佩士,号澧浦,理圃,广东南海(海南岛)人,嘉庆七年(1802)进士,乞养,任羊城书院掌教。有《常惺惺斋诗集》。

1154 **曾燠**(1760—1831) 字庶蕃,号宾谷,江西南城人。乾隆四十六年(1781)进士,官至两淮盐运使。有《赏雨茅屋集》。

1155 **秦恩复**(1760—1843) 字近光,又字澹生,号敦夫、狷瓮,江苏扬州人。所居五笥仙馆,藏书近二万卷。乾隆五十二年(1787)进士,授编修。嘉庆十二年(1807)主讲杭州诂经精舍。有《享帚词》。

1156 **查奕照**(1760—1844) 字丽中,号丙塘,原籍浙江海宁,徙居嘉善。官淮安同知。有《东望阁诗钞》《滕琴馆词》。

1157 **吴堦** 字次升,武进(江苏常州)人。乾隆四十九年(1784)召试二等,官至曹州知府。有《微去馆词钞》。

1158 **僧绣铁** 有《赤枣子》词,见《国朝词综》。

1159 **杨嗣兴** 字磊轩,号颍少,阳湖(江苏常州)人。诸生,乾隆五十年(1785)岁暮始填词,后因目疾,停顿十余年。有《餐玉词》。

1160 **王志熙**(?—约1795) 字维清,号修竹,浙江嘉善西塘人。贡生,善画山水。郭麐十七岁时馆于西塘倪筠家,志熙居南邻,为友。

1161 **谢翠㮚**(女) 与孙原湘妻席佩兰相唱和。有《卜算子》词,见《小檀栾室汇刻闺秀词》。

1162 **席佩兰**(女) 字韵芬,又名蕊珠,又字道华,昭文(江苏常熟)人。孙原湘妻。袁枚女弟子。有《长春阁诗余》。

1163 **张玉珍**(女) 字蓝生,又字韫山,华亭(上海松江)人。张梦喈第三女,金鉶妻。有《得树楼词》《晚香居词》,屈秉筠、席佩兰为之序。

1164 **刘畹怀**(女) 字韫如,又字撰芳,阳湖(江苏常州)人,编修刘嗣绾姊,金坛虞朗峰妻。有《补栏词》。

1165 **季兰韵**(女) 字湘娟,江苏常熟人。屈宙甫妻。与孙原湘唱和。有《楚畹阁集》。

1166 **曹玉雨**(女) 江西新建人。曹秀先孙女。

1167 **沈湘云**（女） 字绮琴，江苏江阴人。王氏青衣。有《峡水余音》。

1168 **毛茂清**（女） 字林逸，江苏太仓人。顾青振妻。有《�雪轩集》。

1169 **杨家驹** 字昂千，金匮（江苏无锡）人。与张禹金为友。有《浪淘沙》词，见《国朝常州词录》引自《昭代词选》。

1170 **张惠言**（1761—1802） 原名一鸣，字皋文，一字皋闻，号茗柯，阳湖（江苏常州）人。乾隆五十一年（1786）举人，嘉庆四年（1799）进士，官编修。有《茗柯词》。

1171 **钱枚**（1761—1803） 字枚叔，一字实庭，号谢庵，仁和（浙江杭州）人。嘉庆四年（1799）进士，官吏部主事。有《微波词》。

1172 **江藩**（1761—1831） 字子屏，号郑堂，晚号节甫、竹西词客。甘泉（江苏扬州）人。监生，能文，习武，游踪遍南北。有《江湖载酒词》。

1173 **马廷萱** 字友桂，号鉴泉，福建长汀人。乾隆五十一年（1786）举人，官河南同知。

1174 **刘嗣绾**（1762—1820） 字醇甫，号芙初，阳湖（江苏常州）人。女词人刘畹怀弟。嘉庆十三年（1808）会元，授编修。有《筝船词》。

1175 **杨英灿** 字萝裳，金匮（江苏无锡）人。杨芳灿季弟。官至四川松潘厅同知。

1176 **焦循**（1763—1820） 字里堂，一字理堂，甘泉（江苏苏州）人。嘉庆六年（1801）举人。托足疾归隐，不入城市十余年。有《红薇翠竹词》《仲轩词》。

1177 **顾皋**（1763—1832） 字晴芬，号缄石，金匮（江苏无锡）人。嘉庆六年（1801）赐进士第一，官至户部左侍郎。有《井华词》。

1178 **叶绍本** 字仁甫，一字立人，号筠潭，归安（浙江湖州）人。叶绍楏弟。嘉庆六年（1801）进士，官至鸿胪寺卿。有《白鹤山房词》。

1179 **沈纕**（女） 字蕙孙，号散花女史、玉香仙子，长洲（苏州）人。教谕沈起凤女，林衍潮妻。“吴中十子”之一。有《浣纱词》《翡翠楼词》。

1180 **归懋仪**（女） 字佩珊，号虞山女史，琴川（江苏常熟）人。归朝煦和李一铭女，上海李学璜妻。有《绣余小草》，附《听雪词》。

1181 **张芬**（女） 字紫蘩，号月楼，长洲（江苏苏州）人。举人张曾棠女，夏清和妻。“吴中十子”之一。有《别雁吟草》。

1182 **李婉**（女） 字畹兮，吴县（江苏苏州）人。李其永女，陆昶妻，陆瑛嫂。“吴中十子”之一。有《静好楼小制》。

1183 **陆瑛**（女） 字素窗，吴县（江苏苏州）人。诸生陆昶妹，贡生罗康济妻，李婉夫妹。“吴中十子”之一。有《赏奇楼诗词》。

1184　**尤澹仙**(女)　字素兰,号寄湘女史,长洲(江苏苏州)人。“吴中十子”之一。有《晓春阁诗集》。

1185　**叶俊杰**(女)　字柏芳,江夏(湖北武昌)人。署长沙通判叶邦祚女,吴桥知县孔昭诚妻。有《柏芳阁词》。

1186　**江珠**(女)(1764—1804)　字碧岑,号小维摩,甘泉(江苏扬州)人。吾学海妻。与许淑慧唱和。“吴中十子”之一。有《青藜阁集》。

1187　**许淑慧**(女)　字定生,青浦(今属上海)人。画家许荫基女,知县郑海门妻。自幼从其母胡智珠学琴、画,与江珠唱和。有《瘦吟词》。

1188　**孙云凤**(女)(1764—1814)　字碧梧,仁和(浙江余杭)人。四川观察孙春岩长女,诸生程懋庭妻。袁枚女弟子。有《湘筠馆词》。

1189　**李方湛**(1764—1816)　字光甫,仁和(浙江余杭)人。诸生。有《红杏词》。

1190　**张琦**(1764—1833)　初名翊,字翰风,一字翰丰,号宛邻,阳湖(江苏常州)人。张惠言弟。嘉庆十八年(1813)举人。历官山东馆陶、章丘知县。因长子误药死,遂学医。有《立山词》。

1191　**那彦成**(1764—1833)　字韶九,号绎堂,章佳氏,满洲正白旗人。乾隆五十四年(1789)进士,嘉庆朝官至礼部尚书。

1192　**李富孙**(1764—1844)　字既汸,号芗沚,浙江嘉兴人。嘉庆六年(1801)拔贡,曾在浙游幕,后历主金华丽正、义乌绣川、金坛金沙、海宁安澜等书院。有《曝书亭词注》。

1193　**阮元**(1764—1849)　字梁伯,又字伯元,号云台,江苏仪征人。乾隆五十四年(1789)进士,历湖广、两广、云贵总督,在杭州设诂经精舍。有《揅经室集》。

1194　**徐裕馨**(女)(1765—1791)　字兰韫,钱塘(浙江杭州)人。礼部尚书徐本孙女,同邑诸生程焕妻。有《兰韫词》。

1195　**舒位**(1765—1815)　字立人,号铁云,大兴(北京)人。乾隆五十三年(1788)举人,家贫,游幕为生。有《琴尾词》。

1196　**顾莼**(1765—1832)　字希翰,一字吴羹,号南雅,晚号息庐,吴县(江苏苏州)人。嘉庆七年(1802)进士,官至通政副使。有《南雅诗文钞》。

1197　**何道生**(1766—1806)　字立之,号兰士、菊人,山西灵石人。乾隆五十二年(1787)进士,官至九江知府。有《方雪斋集》。

1198　**尤维熊**(1766—1809)　字祖望,号二娱,元和(江苏苏州)人。乾隆五十四年(1789)拔贡,官蒙自知县,逾年乞病归。有《二娱小庐诗词钞》。

1199 **乐钧**(1766—1814) 原名宫谱，字元淑，一字效堂，号莲裳，别号梦花楼主，江西临川人。嘉庆五年(1800)举人，尝游京师、吴、越间，后奉母侨居江淮间。有《断水词》。

1200 **吴嵩梁**(1766—1834) 字子山，号兰雪，江西东乡人。嘉庆五年(1800)举人，历官内阁中书、黔西知州。文名播海内外。有《香苏山馆集》。

1201 **马汾**(1766—1844) 字澹于，浙江嘉兴人。诸生，嘉庆十三年(1808)徐榴生向其学举业。道光二年(1822)作幕于扬州钱榆庭都转。有《耨云轩词》。

1202 **孙云鹤**(女) 字兰友，又字仙品，仁和(浙江杭州)人。四川观察孙春岩次女，孙云凤妹，县丞全玮妻。乙丑(1805)登粤秀山。有《听云楼词》。

1203 **朱其鏻** 字半垞，浙江嘉兴人。与马汾为友，互唱和。

1204 **倪稻孙** 字谷民，号米楼，仁和(浙江杭州)人。贡生，乾隆五十六年(1791)游严江，作《风流子》词。尝入西山金鼓洞为黄冠，自号梦隐子。有《梦隐庵词》。

1205 **蒋徵蔚** 字蒋山，号应质，元和(江苏苏州)人。诸生，工诗，与兄蒋荦、弟蒋夔，被称“三蒋”。阮元约为兄弟交。有《经学斋诗》。

1206 **钱季重**(？—1821) 阳湖(江苏常州)人。知府钱泌子。屡试不第，落拓居庙中。道光元年(1821)死于疫。有《黄山词》。

1207 **屈秉钧**(女)(1767—1810) 字宛仙，江苏常熟人。画家屈宝钧妹，同邑赵子梁妻，袁枚女弟子。有《韫玉楼诗词》。

1208 **郭麐**(1767—1831) 字祥伯，号频伽、复翁，晚号蘧庵，江苏吴江人。嘉庆贡生，工诗词，在高邮训蒙多年，晚年侨居嘉善。有《蘅梦楼词》《灵芬馆词话》。

1209 **曹言纯**(1767—1837) 字丝赞、种水，号古香，浙江嘉兴人。岁贡生，家贫，刻苦求学，与郭麐唱和甚多，乾隆五十九年(1794)与友会于杭州。有《种水词》。

1210 **江沅**(1767—1838) 字子兰、伯兰，号铁君、韬庵，吴县(江苏苏州)人。江声孙。嘉庆十二年(1807)优贡生。有《染香庵词钞》。

1211 **詹肇堂** 字石琴，江苏仪征人。乾隆五十七年(1792)举人。有《娴雅山房词》。

1212 **范玉**(女) 山阴(浙江绍兴)人。郭麐妻。

1213 **葛秀英**(女) 字玉贞，江苏句容人。无锡秦鳌妾。有《澹香楼词》。

1214 **江瑛**(女) 字蕊姗，甘泉(江苏扬州)人。江大竹妹，汪阶符妻。有《绿月楼词》。

1215 **王贞仪**(女)(1768—1797) 字德卿，江宁(江苏南京)人。王锡琛女。十六岁起随父宦游长江南北，乾隆五十七年(1792)与宣城詹枚结婚，能文武，懂科学。

1216　**吴琼仙**(女)(1768—1803)　字子佩，又字珊珊，江苏吴江震泽人。待诏徐达源妻。有《写韵楼诗余》。

1217　**许宗彦**(1768—1818)　初名庆宗，字积卿，号周生，浙江德清人。梁德绳夫。嘉庆四年(1799)进士，官兵部主事，寻引疾归居杭州，读书自娱。有《鉴止水斋集》。

1218　**陈鸿寿**(1768—1822)　字子恭，号曼生，钱塘(浙江杭州)人。嘉庆六年(1801)拔贡，历官溧阳知县、江南海防同知。有《桑连理馆集》。

1219　**史善长**(1768—1830)　字诵芬，又字仲文，号赤厓，一作赤霞，江苏吴江人。诸生。尝为名公幕宾，从毕沅最久。有《翡翠巢词》《秋树读书楼选集》。

1220　**戴敦元**(1768—1834)　字吉旋，一字士旋，号金溪，浙江开化人。乾隆五十八年(1793)进士，官至刑部尚书，赠太子太保。有《沤尘诗余》。

1221　**刘沅**(1768—1855)　字止唐，一字芷堂、讷如，号清阳居士，四川双流人。乾隆五十七年(1792)举人，授天门知县，不赴。筑室讲学，署曰：槐轩弟子。有《槐轩全书》。

1222　**钱师曾**　字唯传，号蕙窗，钱塘(浙江杭州)人。乾隆五十七年(1792)举人。有《清举楼词稿》。

1223　**方桂**　字药堂，安徽桐城人。《扬州画舫录》有其序。

1224　**吴小贞**(女)　安徽桐城人。方桂旧交，词见《扬州画舫录》。

1225　**蒋浩**(？—1861)　字充之，号华隐，浙江嘉兴人。诸生，工诗，善画山水。嘉庆十三年(1808)与曹言纯、郭麐和词。有《思无邪斋稿》。

1226　**彭兆荪**(1769—1821)　字湘涵，号甘亭，江苏太仓人。乾隆四十八年(1783)援例为国子生。后屡试不第，乃游曾燠等幕。道光初举孝廉方正，未赴卒。有《小谟觞馆集》。

1227　**李兆洛**(1769—1841)　字申耆，晚号养一老人，阳湖(江苏常州)人。嘉庆十年(1805)进士，官安徽凤台知县七年，主讲江阴暨阳书院二十年。有《养一斋诗余》。

1228　**周鹤立**　字仲和，一字子野，号石落、石台，江苏吴江人。乾隆五十九年(1794)举人。官安徽蒙城知县。有《匏叶庵诗余》。

1229　**严冠**　字四香，仁和(浙江余杭)人。诸生，与郭麐友善，嘉庆五年(1800)五月，于骨董铺中得郭麐失落于越州之鹳鸽砚，即还之。有《茶春庵诗》。

1230　**萧抡**　字子山，江苏太仓人。诸生。有《判花阁词》。

1231 **沈星炜** 字秋卿，一字吉晖，仁和（浙江余杭）人。监生，与郭麐同时代人。有《梦绿庵词》。

1232 **张诩** 字勿诩，号渌卿，元和（江苏苏州）人。监生，与郭麐友善，相别数十年，于嘉庆十五年（1810）又晤于苏州。有《露华榭词》。

1233 **陆姮**（女） 字鄂华，长洲（江苏苏州）人。张诩妻。工词，善绣。早亡。郭麐为志其墓。

1234 **瞿继钟**（女） 字静拙，号素芬，江苏常熟人。王负劬妻。有《藕花村遗草》。

1235 **王倩**（女） 字雅三，号梅卿，山阴（浙江绍兴）人。兵备道王谋文女，陈基继妻。基前妻金逸早亡。有《洞箫楼诗词》。

1236 **汤百纯**（女）（1770—1796） 字清芬，号石华，江苏江阴人。巨野知县汤裕之女，陈诗观妻。有词集《玉琴余韵》。

1237 **丁履恒**（1770—1832） 字若士，一字道久，冬心，江苏常州人。嘉庆六年（1801）拔贡，嘉庆十三年（1808）召试，授赣榆县教谕，升肥城知县。有《思贤阁词》。

1238 **孙尔准**（1770—1832） 字平叔，号莱圃、戒庵，江苏无锡人。嘉庆十年（1805）进士，道光五年（1825）官至闽浙总督。有《泰云堂词》《雕云词》。

1239 **杨继端**（女） 字古雪，四川南江人。江苏同知杨玺女，主簿张问莱妻。有《古雪诗余》。

1240 **谢堃** 字佩禾，游幕四方，喜结纳。有小妻名兰姬，能诗。有《春草堂词》。

1241 **卢作梁** 字秋蓼，广东东莞人。诸生。有《陟山堂词》。

1242 **吴志远** 字毅哉，华亭（今上海松江）人。有《粤游词草》。

1243 **曾煜** 字亮工，江苏太仓人。贡生，有书癖。有《韬庵集》。

1244 **王陆禔** 字介祉，昭文（江苏常熟）人。诸生。有《餐秀词》。

1245 **金翀** 字振之，安徽休宁人，寓居浙江杭州。监生，早卒。有《吟凤阁词草》。

1246 **崔景偘** 字瘦生，原籍山西永济，寓居江苏常州。崔见龙和钱孟钿次子。官候选府经历。

1247 **祝百五** 字丙季，江苏江阴人。与陆继辂为友。有《百纳琴谱》。

1248 **李若虚** 字实夫，钱塘（浙江杭州）人。太常马秋药婿，故又袭姓马。官巡检，代理松桃同知。终老四川成都。有《海棠巢词稿》。

1249 **朱景辅** 字小山，华亭（今上海松江）人。诸生。有《寄云词》。

1250 **邵源** 字岷源，号虚白，浙江平湖人。诸生。有《红柳词》。

1251　**朱鉴**　字明涵，号阿颠。元和（江苏苏州）人。有《卷石山房词》。

1252　**龙光斗**　字剑庵，有《清平乐》词，见郭麐《灵芬馆词话》。

1253　**沈宗约**　字鹤坪，镇洋（江苏太仓）人。贡生，官县学训导。有《潭影轩词稿》。

1254　**施晋**　字锡蕃，江苏无锡人。诸生。有《雪帆词》。

1255　**袁起**　字竹畦，钱塘（浙江杭州）人。袁通侄，官县丞。

1256　**盛大士**（1771—1836）　字子履，号兰雪、逸云、兰簃外史、兰畦道人，江苏太仓人。嘉庆五年（1800）举人，官山阳县教谕。有《琴竹山庄乐府》。

1257　**恽珠**（女）（1771—1833）　字珍浦、星联，号蓉湖道人，自称昆陵女士，阳湖（江苏常州）人。恽毓秀女，知县完颜廷璐妻，完颜麟庆母。有《红秀馆诗词草》。

1258　**陈寿祺**（1771—1834）　字恭甫，号左海，侯官（福建福州）人。嘉庆四年（1799）进士，官编修，后主讲鳌峰、清源书院多年。有《左海集》。

1259　**朱为弼**（1771—1840）　原名振鹭，字右甫，号椒堂。浙江平湖人。嘉庆十年（1805）进士，官至漕运总督。有《椒声馆诗文集》。

1260　**陈文述**（1771—1843）原名文杰，字隽甫，号元柏、退庵，钱塘（浙江杭州）人。嘉庆五年（1800）举人，官全椒知县。有《碧城仙馆诗钞》。

1261　**梁德绳**（女）（1771—1847）　字楚生，钱塘（浙江杭州）人。工部左侍郎梁敦书女，许宗彦妻。工诗、书法、琴，曾续成陈端生弹词《再生缘》。有《古春轩诗钞》。

1262　**奚疑**（1771—1854）　字虚伯，号榆楼，别号方屏山樵，乌程（浙江湖州）人。布衣，与表弟王渔称“城南二老”。有《方屏樵唱》。

1263　**李汝章**　字心碧，秀水（浙江嘉兴）人。有《余霞乐府》。

1264　**李福**　字备五，号子仙，吴县（江苏苏州）人。嘉庆十五年（1810）举人。曾于嘉庆元年（1796）八月于顾南樵处见《碧湖苍石图》，为作《清平乐》词。有《拜玉词》。

1265　**沈一诚**　字步传，号香笠，浙江平湖人。诸生。

1266　**曹慎仪**（女）　字叔蕙，江西新建人。侍郎曹云浦女，侍郎顾清昕妻。有《玉雨词》。

1267　**管筠**（女）　字湘玉，号静初，钱塘（浙江杭州）人。陈文述继妻，晚年信佛。有《小鸥波馆诗钞》。

1268　**庄盘珠**（女）（1772—1796）　字莲佩，阳湖（江苏常州）人。庄有钧女，庄慎皆姊，举人吴轼承妻。甲寅（1794）元旦作《浣溪沙》词。终年二十五。有《秋水轩词》。

1269　**陆继辂**(1772—1834)　字祁孙，一字祁生、修平，阳湖(江苏常州)人。父陆广林，生母林桂。嘉庆五年(1800)举人，修安徽省志，功升贵溪知县。有《清邻词》。

1270　**陶梁**(1772—1857)　字宁求，号凫乡，江苏苏州人。诸生。嘉庆七年(1802)十一月，自漕溪放舟游淀山。有《红豆树馆词》。

1271　**严元照**(1773—1817)　字修能，一字九能，号悔庵、蕙榜，归安(浙江湖州)人。贡生，少有神童雅称。致力经传，绝意仕进。有《柯家山馆词》。

1272　**胡金题**(1773—1817)　字梦佳，又字瘦山，浙江平湖人。诸生。有《金屑词》《酒边词》。

1273　**钱之鼎**(1773—1824)　字伯调，一字君铸，号鹤山、元镇，江苏丹徒人。嘉庆十五年(1810)举人。有《双花阁词》。

1274　**端木国瑚**(1773—1837)　字子彝、井伯，号鹤田，又号太鹤山人，浙江青田人。嘉庆举人，任归安教谕十五年，道光十三年(1833)进士，官中书。有《太鹤山人诗集》。

1275　**吴荣光**(1773—1843)　字伯荣、殿垣，号荷屋、可庵，晚号石云山人，别署拜经老人，广东南海(海南岛)人。嘉庆四年(1799)进士，官监察御史、至湖广总督。有《筠清馆诗余》。

1276　**董国华**(1773—1850)　字琴南，号荣若、清闲居士，吴县(江苏苏州)人。嘉庆十三年(1808)进士，官至广东雷琼道。有《香影庵词》。

1277　**孙荪意**(女)　字秀芬，原名琦，又字苕玉，仁和(浙江杭州)人。孙震元女，萧山高第妻，盐道高枚之母。有《衍波词》《贻砚斋诗稿》。

1278　**杨汝燮**　字湘槎，江苏无锡人，杨度枉孙。诸生。

1279　**金式玉**(1774—1801)　字郎甫，安徽歙县人。张惠言门人。嘉庆七年(1802)进士。有《竹邻词》。

1280　**改琦**(1774—1829)　字七芗，一字伯蕴，号香白、玉壶外史。其先为西域人，因祖父官松江参将，遂徙居。琦弃武为文，工绘仕女。有《玉壶山房词》。

1281　**齐彦槐**(1774—1841)　字梦树，号荫三、梅麓，婺源(今属江西)人。嘉庆十三年(1808)进士，改庶吉士，官至苏州府同知。有《梅麓词存》。

1282　**丁秉仁**　字香城，江苏苏州人，嘉庆四年(1799)著小说《瑶华传》，于嘉庆八年(1803)脱稿。

1283　**张思孝**　字南陔，号百华，长洲(江苏苏州)人。岁贡生。有《莺边词》。

1284　**汪度**　字白也，号邺楼，上元(江苏南京)人。有《玉山堂词》。

1285 **邓廷桢**(1775—1846) 字维周,号嶰筠,晚号妙吉祥室老人、刚木老人,江宁(江苏南京)人。嘉庆六年(1801)进士,道光十五年(1835)官两广总督,配合林则徐禁烟。有《妙吉祥室词》。

1286 **杨燮** 字对山,号六对山人,四川成都人。官县学教谕。有《树茶轩存稿》。

1287 **彭懋琪** 四川成都人。词见《历代蜀词全辑》。

1288 **陆学钦** 字子若,号敦书,江苏太仓人。嘉庆五年(1800)举人。有《蕴贞居诗余》。

1289 **史蟠** 字伯劭,江苏溧阳人。嘉庆五年(1800)举人。有《小兰烟语词》。

1290 **张礼** 字翼庭,江苏青浦(今属上海)人。诸生。

1291 **朱意园** 山阴(浙江绍兴)人。与冯柳堂为友。有《一半儿》词,见孙兆溎《片玉山房词话》。

1292 **谢应芝** 字子阶,号浣村,晚号蒙泉子,武进(江苏常州)人。贡生,屡试不第,授徒为生。有《会稽山斋词》。

1293 **王渔** 字二樵,乌程(浙江湖州)人。监生,嘉庆二十年(1815)同杨文秋室过夹山漾看红叶。与表兄奚疑称"城南二老"。年八十余始卒。

1294 **杨芸**(女) 字蕊渊,金匮(江苏无锡)人。杨芳灿女,同邑秦承霈妻。与顾翎等结义,排行大姊,词名盛传。有《静清阁词》。

1295 **刘逢禄**(1776—1829) 字申受,号申甫,又号思误居士,武进(江苏常州)人。刘纶孙。嘉庆十九年(1814)进士,官礼部主事十二年。有《刘礼部词》。

1296 **胡承珙**(1776—1832) 字景孟,号月溪、墨庄,安徽泾县人。嘉庆十年(1805)进士,官至福建台湾兵备道。有《求是堂诗余》。

1297 **潘谘**(1776—1853) 字诲叔,一字少白,会稽(浙江绍兴)人。道光时布衣。独游天下名山奇水,交结公卿,足迹逾数万里,巡抚朱桂桢视之如师。

1298 **宋翔凤**(1776—1860) 字于庭,长洲(江苏苏州)人。嘉庆五年(1800)举人,官新宁知县,迁宝庆府同知。有《浮溪精舍词》《香草词》。

1299 **孔昭虔** 字元敬,号荃溪,山东曲阜人。嘉庆七年(1802)进士,道光二年(1822)知延平府,官至浙江布政使。有《绘声琴雅词》。

1300 **张兴镛** 字金冶,号远春,华亭(上海松江)人。嘉庆六年(1801)举人。有《红蕉山馆词》,一名《远春词》。

1301 **孙延** 字寿之,吴县(江苏苏州)人。诸生。有《海月词》。

1302 **嵇文炜** 字添梅,江苏无锡人。诸生。嘉庆七年(1802)九月作《摸鱼子》

词。有《一竹余音》。

1303 **汪初**(1777—1808) 字绛人，钱塘(浙江杭州)人。诸生。有《沧江虹月词》。

1304 **汪潮生**(1777—1832) 字汝信，号饮泉，又号冬巢，江苏仪征人。有《冬巢居士词》。

1305 **黄安涛**(1777—1847) 字凝与，号霁青、葵衣老人，浙江嘉善人。嘉庆十四年(1809)进士，官至广东潮州知府。有《绿笺词钞》。

1306 **姚椿**(1777—1853) 字春木，一字子寿，号鲁亭、梦谷蹇道人，娄县(上海松江)人。监生，道光元年(1821)与彭兆荪同荐孝廉方正，不就。有《洒雪词》。

1307 **袁青**(女) 字黛华，钱塘(浙江杭州)人。袁通侄女，袁起妹，车持谦妻。有《燕归来轩吟稿》。

1308 **杨夔生**(？—1840后) 原名承宪，字伯夔，号浣芗，金匮(江苏无锡)人，杨芳灿子。监生，官至蓟州知州。嘉庆八年(1803)与友唱和于都门，十六年(1811)重至德清，道光二十年(1840)丁绍仪谒于保阳。有《真松阁诗词集》。

1309 **许桂林**(1778—1821) 字月南，一字同叔，海州(江苏连云港)人。嘉庆二十一年(1816)举人，家贫，通古音。有《许氏说音》。

1310 **吴慈鹤**(1778—1826) 字韵皋，号巢松，吴县(江苏苏州)人。嘉庆十四年(1809)进士，官翰林侍读。有《凤巢山樵词》。

1311 **胡金胜**(1778—1830) 字梦香，号东井，浙江平湖人。诸生。有《笛家词》。

1312 **顾翎**(女)(1778—1849) 字羽素，金匮(江苏无锡)人。顾敏恒长女，顾翰姊，同邑杨敏勋妻，工词，与杨芸等结义，排行二姊。有《绿梅影楼词》。

1313 **汤贻汾**(1778—1853) 字若仪，号雨生、琴隐道人，晚号粥翁，江苏常州人。祖父及父均殉台湾之难，荫云骑尉，官至乐清协镇，归居南京。太平军破南京，投荷池卒。

1314 **王丹墀**(1779—1835后) 字觐颜，一字子觐，号水村，浙江海宁人。诸生，隐居鸬鹚湖东。有《水村诗余》《菽欢堂诗余》。

1315 **李宗昉**(1779—1846) 字静远，号芝龄，山阳(江苏淮安)人。嘉庆七年(1802)进士，历官浙江学政、吏部侍郎、礼部尚书。有《闻妙香室词》。

1316 **丁子复**(1779—?) 字见堂，号小鹤，秀水(浙江嘉兴)人。贡生。有《见堂集》。

1317 **冯如璋** 字秋君，浙江德清人。嘉庆九年(1804)举人。有《秋君词》。

1318　**赵函**　字艮甫，江苏吴江震泽人，居无锡。诸生。嘉庆九年(1804)游扬州。有《飞鸿阁琴意》。

1319　**庚岭老人**　广东人。嘉庆九年(1804)著小说《蜃楼志》。

1320　**周青**　字木君，荆溪(江苏宜兴)人。周济(止庵)族祖，但年相仿。中年早卒。有《柳下词》，周济序于道光三年(1823)。

1321　**杨承宪**　字浣芗，金匮(江苏无锡)人。监生。

1322　**方怀英**(女)　字畹余，钱塘(浙江杭州)人。方祐女，闵某妻。有《漪香楼吟稿》。

1323　**浦梦珠**(女)　字合双，嘉庆九年(1804)上元，作《临江仙》词六首。

1324　**许庭珠**(女)　字林风，娄县(上海松江)人。姚椿妻。工词，与杨芸、顾翎结义，排行三姊。

1325　**徐茝**(女)　字湘生，号古芗、南林女史，浙江湖州人。同邑武生莘开妻。好诗词书画，年四十六夫卒，卖画自给，寿九十三。有《古芗吟稿》，1842 年出版。

1326　**叶申芗**(1780—1842)　字维彧，号小庚、箕园，闽县(福建福州)人。嘉庆十四年(1809)进士，官至河南陕汝道。有《小庚词》。

1327　**张维屏**(1780—1859)　字子树，号南山，番禺(广东广州)人。道光二年(1822)进士，官至南康知府。有《听松庐词钞》。

1328　**金衍宗**(1780—1860)　字维翰，号岱峰，秀水(浙江嘉兴)人。嘉庆五年(1800)举人，官浙江温州府教授。有《思贻堂词》。

1329　**汪全德**　字修甫，号竹素，江苏仪征人。嘉庆十年(1805)进士，官江西吉南赣宁道。有《崇睦山房词》。

1330　**叶以倌**　字雨辀，钱塘(浙江杭州)人。嘉庆十年(1805)进士，官广西浔州知府。有《洗心书屋诗余》。

1331　**吴存楷**　字端父，号曼云，钱塘(浙江杭州)人。嘉庆十年(1805)进士，官安徽当涂知县。

1332　**沈璧琏**　字熙之，上海人。有《虚白堂词钞》。

1333　**张介**(女)　字笔芳，云间(上海松江)人。知府张蒙泉女，沈璧琏妻，与张屯、庄焘友善。乙丑(1805)春，和其父《梅花》词。有《环翠阁诗词》。

1334　**张屯**(女)　字丽人，娄县(上海松江)人。国学生褚念劬妻，婚后二年夫死。与张介、庄焘友善。有《小华萼集》。

1335　**庄焘**(女)　字磐山，上海奉贤人。县学训导徐祖鎏妻。与张介、张屯友善。有《剪水山房诗钞》。

1336　**李佩金**（女）　字纫兰，又字晨兰，长洲（江苏苏州）人。司马李虎观（邦燮）女，山阴何仙帆妻。工词，与杨芸、顾翎等结义，排行四姊。有《生香馆词》。

1337　**王淑**（女）　字晚兰，江苏吴江人。杭州周光玮妻，与杨芸、顾翎、李佩金等结义，排行五姊。有《竹韵楼琴趣集》。

1338　**周介福**　字竹恬，又字礼五，江宁（江苏南京）人。诸生，精医，善画兰竹花卉。有《芥圃诗钞》。

1339　**孙若霖**　字伯雨，江宁（江苏南京）人。有《双红豆阁词》。

1340　**唐维峻**　字悟真，号春桥。诸生。有《静虚堂词》。

1341　**金应瑊**　字子彦，安徽歙县人。贡生，官礼部员外郎。有《兰簃词》。

1342　**周迪**　号藕塘，荆溪（江苏宜兴）人。

1343　**吴藻**　字兰坪，江宁（江苏南京）人。词见叶恭绰《全清词钞》。

1344　**王岳莲**（女）　字韵香，号玉井道人、清微道人，江苏无锡人。双修庵女道士，能诗词书画，享盛名二十余年。后因失所欢意，自缢死。陆继辂作诗悼之。

1345　**张畹香**（女）　江苏南京秦淮妓，与王岳莲同时人。

1346　**黄兰雪**（女）　字香冰，荆溪（江苏宜兴）人。伍嗣兴妻，诸生伍扬灿母。嘉庆十一年（1806）与夫共登舣舟亭赏桂。有《月珠楼吟稿》。

1347　**王嘉福**　字谷之，号二波，长洲（江苏苏州）人。诸生，荫袭云骑尉，官仪征守备。有《二波轩词选》《丽香馆词话》。

1348　**孙灏元**　字花海，仁和（浙江杭州）人。诸生。有《异撰斋诗词稿》。

1349　**朱声希**　字廉夫，秀水（浙江嘉兴）人。有《吉雨词》。

1350　**宋槤**　字宗彝，号樗里，晚号不困道人，浙江海盐人。监生。有《鸡唱百二词》。

1351　**诸廷槐**　字殿抡，上海嘉定人。贡生。有《蝶庵词》。

1352　**邵广铨**　字兰风，昭文（江苏常熟）人。诸生。

1353　**周樽元**　字南伯，号华农，原名萼棠，浙江嘉善人。廪生。有《宝晋砖室词集》。

1354　**屠倬**（1781—1828）　字孟昭，号琴坞、潜园，钱塘（浙江杭州）人。嘉庆十三年（1808）进士，官仪征知县，迁九江知府。有《耶溪渔隐词》。

1355　**周济**（1781—1839）　字保绪，号味斋、介存，晚号止庵，江苏宜兴人。嘉庆十年（1805）进士，官淮安府学教授。有《味隽斋词》。

1356　**陈宇**　字叔安，江西鄱阳人。流寓江苏南京，后溯江入粤。与周济交最洽，与丁绍仪亦友善。有《翕梅词》。

1357 **陈彬华** 字云之,原名兆元,号小松,吴县(江苏苏州)人。贡生,与朱绶等称“吴中七子”。嘉庆十一年(1806)作《忆旧游》词。有《绮玉词》《瑶碧词》。

1358 **王少华**(女) 字浣芗,婺源(今属江西)人。顺德知府王廷言女,知府陈其松妻。嘉庆十一年(1806)侍亲居白下(江苏南京)。有《浣芗词》。

1359 **董士锡**(1782—1831) 字晋卿、损甫,江苏常州人。嘉庆副贡生。从舅父张惠言学。道光四年(1624)南河总督黎世埩聘其修书。有《齐物论斋词》。

1360 **董琬贞**(女)(1776—1849) 字双湖,号蓉湖,浙江海盐人。董潮孙女,同邑汤贻芬妻。有《双湖诗文集》。

1361 **杨文荪**(1782—1853) 字秀实,号芸生,浙江海宁人。道光七年(1827)岁贡生,好收藏图籍。有《希郑斋诗》。

1362 **周之琦**(1782—1862) 字稚圭,号樵耕、退庵,祥符(河南开封)人。嘉庆十三年(1808)进士,官至湖北、广西巡抚。有《心日斋词》《金梁梦月词》。

1363 **马洵** 字伯泉,号小麋、小眉,浙江海宁马桥人。后徙嘉兴王店。与冯登府为莫逆交。官候选道。有《瓶隐词》。

1364 **舒梦兰** 字白香,江西靖安人。有《天香戏稿》。

1365 **汪奏云** 字今韩,上海金山人。贡生。

1366 **吴筠**(女)(1783—1808) 字湘萍,号畹芬,浙江嘉兴人。吴基女。十八岁嫁同邑李贻德。患乳疽多年,26岁卒。有《早花诗集》。

1367 **李贻德**(1783—1832) 字次白,又字天彝,号杏村、净缘居士,浙江嘉兴人。妻吴筠卒,不再娶。嘉庆二十三年(1818)举人。有《梦春庐词钞》。

1368 **冯登府**(1783—1841) 一作登甫,字云伯,号勺园、柳东,浙江嘉兴人,居梅里(王店)。嘉庆二十五年(1820)进士,官宁波府学教授。有《种芸仙馆词》。

1369 **顾翰**(1783—1860) 字木天,号蒹塘、简塘,金匮(江苏无锡)人。顾敏桓长子。嘉庆十五年(1810)举人,官金山、泾县知县。归里后主讲东林书院。咸丰十年(1860),太平军破无锡,被伤,死。有《绿秋草翠词》。

1370 **李畹**(女) 字梅卿,浙江嘉兴人。李能容女,同邑冯登府妻。以产亡。有《随月楼诗词稿》。

1371 **管绳莱**(1784—1839) 字孝逸,武进(江苏常州)人。管世铭孙。官安徽含山知县。有《凤孙楼填词》,聂铣铭序于道光五年(1825)。

1372 **王筠**(1784—1854) 字贯山,号菉友,山东安丘人。道光元年(1821)举人。官山西乡宁知县、权知徐沟、曲沃等县。有《毛诗重言》。

1373 **陆费瑔**(1784—1857) 字玉泉,号春帆,浙江桐乡人。嘉庆十三年(1808)

副贡生，历官麻城、枣阳知县，广西、江宁布政使，至湖南巡抚。

1374 **吴兰修** 字石华，广东嘉应人。嘉庆十三年(1808)举人，官信宜县学训导。家有守经堂，藏书颇富。有《桐花阁词》。

1375 **张襄**(女) 号云裳。有《织云仙馆词》《真息斋诗钞》。

1376 **沈廷炤** 字镜乡，号芷桥，别号语烟词客，吴县(江苏苏州)人。诸生，工诗文，与戈载唱和。有《蘅梦楼词》。

1377 **江义田** 字晴帆，上元(江苏南京)人。有《梦笔楼词钞》。

1378 **黄士珣** 字芗泉，钱塘(浙江杭州)人。诸生。

1379 **吴会** 字晓岚，江苏泰州人。有《竹所词》。

1380 **夏尚志** 字静甫，吴县(江苏苏州)人。官武康县丞。有《关河清晓词》。

1381 **徐球** 字咏梅，浙江德清人。诸生。有《环翠楼词》《写碧轩箫谱》。

1382 **袁宬**(1785—1806) 字仲容，号山史，江苏吴江人。有《饼桃花馆词》。

1383 **程恩泽**(1785—1837) 字云芬，号春海，安徽歙县人。嘉庆十六年(1811)进士，道光朝官至内阁学士，工、户部右侍郎。有《春海诗余》。

1384 **潘德舆**(1785—1839) 字彦辅，号四农，别号养一，山阳(江苏淮安)人。道光八年(1828)举人，授候补知县，未到任卒。有《养一斋词》。

1385 **沈莲生**(1785—1841) 字清爱，号远亭，浙江平湖人。历官宁国、阜阳、邢台知县。有《香草溪词》。

1386 **林则徐**(1785—1850) 字少穆，又字元抚、石麟，晚号俟村退叟，侯官(福建福州)人。嘉庆十六年(1811)进士，官至湖广总督。道光十八年(1638)为钦差大臣去广东禁烟，大张国威。英人北犯，被戍伊犁，四年后释还。有《云左山房诗钞》。

1387 **张祥河**(1785—1862) 字元卿，号诗舲，娄县(上海松江)人。嘉庆二十五年(1820)进士，官至刑部侍郎。有《诗舲词录》。

1388 **章黼** 字次白，号息翁，仁和(浙江余杭)人。嘉庆十五年(1810)优贡生，就养于姚江学署，官松阳县教谕。有《梅竹山房词》。

1389 **谢昌霖** 字雨亭，武进(江苏常州)人。谢兰生子。少从吴县陈彬华游，得其指授。官福建知县。有《问月楼词》。

1390 **丁榕**(1786—1809) 字凤千，号双梧，江苏无锡人。丁瀚子，丁绍仪伯父。嘉庆十三年(1808)举人，翌年京考落榜，设馆于勒保家。病卒。

1391 **戈载**(1786—1856) 字韬甫，号顺卿、宝士，吴县(江苏苏州)人。诸生，工词，官国子监典簿。有《翠薇雅词》《词林正韵》。

1392 **徐保字**(1786—1851) 字颉书，幼名保宁，号沅舲、宛梅，浙江义乌人。嘉庆十三年(1808)举人,官甘肃通渭、安西等知县、平凉知府。有《抱碧堂诗余》。

1393　**周佩荪**(女)(1786—1860)　梁溪(江苏无锡)人。周承申女,华芸楼妻。咸丰十年(1860)太平军破无锡,赴水自杀。有《浣余集》,1861年出版。

1394　**柯万源**(1787—1845)　字星庐,号小坡、兰錡,别号狎沤亭长,浙江嘉善西塘人。诸生。有《杏花春雨馆词》。

1395　**汪菊孙**(女)　字静芳,钱塘(浙江杭州)人。汪远孙姊,诸生金元炳妻。有《停琴俟月轩词》。

1396　**孔广廉**　字季直,号静吾,山东曲阜人。官刑部主事。

1397　**俞德渊**　字陶泉,甘肃平罗人。嘉庆二十二年(1817)进士。道光朝由江宁知府擢两淮盐运使。

1398　**季士䜣**　字尚迂,号问红,江苏常熟人。布衣。有《问红词草》。

1399　**冯兰贞**(女)　字馨畦　江苏金坛人。同邑余尚龄知府妻,于晓霞母。有《吟翠轩稿》。

1400　**戴铭金**　字铜士,浙江德清人。诸生。有《日湖渔唱》《翠云松馆词》。后其孙戴望游福建时,尝将《翠云松馆词》出以示丁绍仪。

1401　**徐庭照**(女)　字秋鉴,号藕香,浙江德清人。戴铭金妻。尝为汤贻汾、董琬贞夫妇题《梅窗琴趣图》词。

1402　**赵棻**(女)(1788—1856)　字仪姞,号子仪,晚号善钓老人,上海人。户部侍郎赵秉冲女,乌程汪廷泽继妻,汪曰桢母。有《滤月轩集》。

1403　**朱骏声**(1788—1858)　字丰芑,号允倩,元和(江苏苏州)人。嘉庆二十三年(1818)举人,官扬州府教谕。有《临啸阁诗余》。

1404　**夏宝晋**　字玉延,号慈仲,江苏高邮人。郭麐婿。嘉庆十八年(1813)举人。有《笛椽词》。

1405　**管贻葄**　字树荃,号芝生,阳湖(江苏常州)人。嘉庆十八年(1831)举人,官河南固始知县。有《湘雨斋词》。

1406　**孔昭薰**　字惠如,号琴南,山东曲阜人。嘉庆十八年(1831)举人,官临邑县学训导,道光三年(1823)署翰林院五经博士。有《贮云词》。

1407　**汪远孙**(1789—1835)　字久也,号小米、借闲漫士,钱塘(浙江杭州)人。汪菊孙弟。嘉庆二十一年(1816)举人,官内阁中书。有《借闲生诗词》。

1408　**朱绶**(1789—1840)　字仲环。又字仲洁,号酉生,苏州籍,居昆山。道光十一年(1831)举人。有《知止堂词录》,又辑有《清词选》。

1409　**项名达**(1789—1850)　字步莱,号梅侣,仁和(浙江余杭)人。道光六年

(1826)进士，官国子监学政。后主讲杭州紫阳书院。

1410　**熊琏**(女)　字商珍，号澹仙、茹雪山人，江苏如皋人。自幼许字同邑陈遵，后遵致残，琏不悔婚。有《澹仙词》《茹雪山人诗话》。

1411　**高篃**(女)　字湘筠，元和(江苏苏州)人。高敬女，朱绶妻。庚午(1810)春偕小妹送母入都，八年后春，过白堤作词。有《绣篋诗词小集》。

1412　**石同福**　字叙民，号敦夫，江苏吴县人。历官浙江某县知县、广西梧州知府。有《瘦竹幽花馆词》。

1413　**董基诚**　字子诜，号玉椒，大兴(北京)籍，阳湖(江苏常州)人。董祐诚兄。嘉庆二十二年(1817)进士，官至开封知府。有《玉椒词》。

1414　**钱湘**(女)　字季蘋，武进(江苏常州)人。钱孟钿内侄女，年二十三岁嫁湖北按察使赵仁基为继妻。有《绿梦轩遗词》。

1415　**方履籛**(1790—1831)　字彦闻，号术民，大兴(北京)籍，阳湖(江苏常州)人。嘉庆二十三年(1818)举人，官福建闽县知县。有《万善花室词》。

1416　**翁雒**(1790—1849)　字穆仲，号小海，江苏吴江人。善画，尤精虫草，词则画之余也。有《小蓬海遗诗》。

1417　**吴嘉淦**(1790—1865)　字澄之、清如，号退斋，吴县(江苏苏州)人。道光十八年(1838)进士，官户部员外郎。尝与戈载唱和。有《蝉前蝶后词》。

1418　**张应昌**(1790—1874)　字仲甫，号寄庵，祖籍浙江杭州，生于归安(浙江湖州)。嘉庆十五年(1810)举人，道光初，与修仁宗实录，病辞归，助黄燮清编《国朝词综续集》。有《烟波渔唱》。

1419　**董祐诚**(1791—1823)　字方立，初名曾臣，大兴(北京)籍，阳湖(江苏常州)人。董基诚弟。嘉庆二十三年(1818)举人。有《兰石词》。

1420　**孙家谷**(1791—1832)　字曙舟，原名家棪，号幼莲，浙江鄞县人。道光二年(1822)进士，官襄陵知县。有《种玉词》。

1421　**赵起**(1791—1860)　字于冈，阳湖(江苏常州)人。道光二十年(1840)举人，家居养母，不求仕进，咸丰十年(1860)太平军破常州，撞石死。有《约园词稿》。

1422　**钱泰吉**(1791—1863)　本姓何，养于钱氏，遂改姓钱。字辅宜，号警石，秀水(浙江嘉兴)人。廪生，官浙江海宁州训导。

1423　**陆循应**(1791—约1870)　字子良，武进(江苏常州)人。汤成烈表兄。官河南南阳县典史。有《鸥汀词》。

1424　**张昌衢**(？—1816)　字步康，号尧民，浙江嘉兴梅里(王店)人。嘉庆二十一年(1816)举人，中举数日后即殁。有《春阴阁体物词》。

1425 **金望欣** 字禺谷，号秋士，安徽全椒人。嘉庆二十一年(1816)举人。以知县分发甘肃。系同邑吴鼒门生。有《清惠堂词》。

1426 **杨穉云** 吴县(江苏苏州)人。沈兆霖表舅兄。嘉庆二十一年(1816)八月十六日去南沙，晚过泖湖，作《琵琶仙》词。

1427 **江介**(？—1832) 字石如，仁和(浙江余杭)人。官府、县学教官。有《石如吟稿》词附。

1428 **张缃英**(女)(1792—?) 字孟缇，阳湖(江苏常州)人。知县张琦长女，主事吴廷珍妻。有《澹菊轩词》。道光四年(1824)为次妹张珊英作悼亡词。

1429 **沈传桂**(1792—1832后) 字隐之，一字闰生，号伽叔，长洲(江苏苏州)人。道光十二年(1832)举人，与戈载、朱绶等称"吴门七子"。有《清梦庵二白词》。

1430 **梁绍壬**(1792—1837前) 字晋竹，号应来，钱塘(浙江杭州)人。道光元年(1821)举人，官广东盐运使，与赵庆熺友善。有《两般秋雨庵词》。

1431 **龚自珍**(1792—1841) 字璱人，号定庵，原名巩祚，仁和(浙江余杭)人。道光九年(1829)进士，官至礼部主事，告归不复出。有《定庵词》。

1432 **沈濂**(1792—1858) 字景周，号濂溪，秀水(浙江嘉兴)人。道光三年(1823)进士，官江苏淮徐道。有《濂溪吟稿》。

1433 **赵庆熺**(1792—1847) 字秋舲，仁和(浙江余杭)人。道光二年(1822)进士，官金华府教授。有《香销酒醒词》。

1434 **潘曾沂**(1792—1852) 字功甫，号小游山人，吴县(江苏苏州)人。相国潘世恩长子。嘉庆二十一年(1816)举人，官内阁中书。归里，居凤池园斋第。有《功甫小集》。

1435 **唐树义**(1792—1855) 字子方，贵州遵义人。嘉庆二十一年(1816)举人，官至湖北布政使。在德安、金口等地与太平军作战死。有《梦研斋诗》。

1436 **彭蕴章**(1792—1862) 字琮达，一字咏莪，长洲(江苏苏州)人。道光十五年(1835)进士，官至工部尚书改兵部、文渊阁大学士。有《瓜蔓词》。

1437 **吴振棫**(1792—1870) 字宜甫，号仲云，晚号再翁，钱塘(浙江杭州)人。嘉庆十九年(1814)进士，官至云南巡抚。有《花宜馆诗钞》。

1438 **汪端**(女)(1793—1838) 字允庄，号小韫、自然好学斋居士，钱塘(浙江杭州)人。汪瑜女，陈裴之妻。学自姨母梁德绳，常与夫酬唱。有《自然好学斋诗》。

1439 **祁寯藻**(1793—1866) 字叔颖，号实甫、椿圃，山西寿阳人。嘉庆十九年(1814)进士。历官户部侍郎，转吏部迁兵部尚书、体仁阁大学士。有《曼九亭词》。

1440 **沈彦曾** 字士美，号兰如，长洲(江苏苏州)人。诸生，嘉庆二十三年

(1818)试灯后三日偕友游西湖,道光十五年(1835)与黄燮清等宴集西湖。有《兰如词》。

1441 **赵申嘉**(1794—1851) 字芸酉,阳湖(江苏常州)人。嘉庆二十一年(1816)举人,屡京试不第,遂游粤东、楚北、燕豫间。与汪士进等称"毘陵后七子"。

1442 **陈裴之**(1794—1826) 字孟楷,号小云,别号朗玉山人,钱塘(浙江杭州)人。陈文述(1771—1843)子,汪端夫。道光六年(1826)客死于汉皋。有《梦玉词》。

1443 **汪鉽**(1794—1855) 字式金,号剑秋,钱塘(浙江杭州)人。诸生。

1444 **庄梧鸣** 字来仪,号鄂五,秀水(浙江嘉兴)籍,武进(江苏常州)人。庄肇奎曾孙。嘉庆二十四年(1819)举人,早殁无子。

1445 **朱紫贵**(1795—?) 字立斋,浙江长兴人。廪贡生,官杭州府训导。嘉庆二十五年(1820)春寓杭州吴庄,道光六年(1826)中秋后一日偕友游西湖。有《枫江渔唱》。

1446 **张𫠆英**(女)(1795—1824) 字纬青,阳湖(江苏常州)人。张琦次女,江阴章政平妻。有《纬青遗稿》。

1447 **严廷中**(1795—1864) 字古卿、秋槎,号岩泉山人,云南宜良人。依官作幕僚。有《岩泉山人词》。

1448 **朱鋐** 字震伯,江苏仪征人。江都举人钱国珍舅父。有《月底修箫谱》。

1449 **钱廷烺** 字小谢,仁和(浙江余杭)人。钱枚子。贡生,官江苏金坛县主簿。

1450 **吴国俊** 字伯锳,江宁(江苏南京)人。袁枚(1716—1797)孙婿,袁通婿,袁绶夫。屡试不第,依其叔福建福清知县。浮沉甚久。尝与丁绍仪交友垂十年。

1451 **袁绶**(女) 字紫卿,钱塘(浙江杭州)人。袁枚孙女,江宁吴国俊妻。有《瑶华阁词》。

1452 **吴元润** 字兰汀,长洲(江苏苏州)人。吴竹屿弟。官河南卫辉知县。有《香溪瑶草词》。

1453 **陆珊**(女) 字佩涓,号珊珊,元和(江苏苏州)人。归安(浙江湖州)张应昌妻。有《闻妙香室词》。

1454 **陈珍瑶**(女) 字月史,归安(浙江湖州)人。陈泰长女,孝女陈珍珊姊,杨某妻。有《赋燕楼词》。

1455 **郭慧媖**(女) 字佩芳,吴县(江苏苏州)人。镇海县丞郭荣光女、蒋沄未婚妻。十三岁时割股疗父肝病,二十三岁未嫁卒。有《凤池仙馆词》。

1456 **蒋志凝**(?—1843) 字子于,号澹怀,元和(江苏苏州)人。诸生。道光二十三年(1843)殁于京。有《心白日斋诗钞》。

1457 **张积中**(？—1866)字石琴,江苏仪征人。有《白石山房诗余》。

1458 **汪秉健** 字小逸,钱塘(浙江杭州)人。太学生,官广东省县丞。

1459 **汪适孙** 字亚虞,号又村,钱塘(浙江杭州)人。官候选州同。有《甲子生梦余词》。

1460 **汪元浩** 字孟然,镇洋(江苏太仓)人。词见《国朝词综续编》。

1461 **于凤阳** 字梧冈,江苏金坛人。有《桐花轩诗余》。

1462 **余鼎** 字伯溉,号铁香,江西新建人。诸生,有《秋梦词》。

1463 **汪士进**(1796—1858) 字逸云,阳湖(江苏常州)人。道光二十三年(1843)举人。有《鬟云轩词》《听雨词》。

1464 **梁廷枏**(1796—1861) 字章冉,号藤花亭主人,广东顺德人。道光十四年(1834)副贡,翌年,官广州海防署,十九年为广州越华书院监院。有《藤花亭诗集》。

1465 **无名氏** 丁绍仪所见河南郭店驿题壁《长相思》词,见丁绍仪《听秋声馆词话》。

1466 **黄位清** 字瀛坡,号春帆,番禺(广东广州)人。道光元年(1821)举人,官国子监学录。有《松风阁词钞》。

1467 **汤建中** 字德卿,一字允叔,武进(江苏常州)人。道光元年(1821)举人。

1468 **王嘉禄**(1797—1824) 字绥之,号井叔,长洲(江苏苏州)人。诸生。有《桐月修箫谱》《嗣雅堂集》。

1469 **李星沅**(1797—1851) 字子湘,号石梧,湖南湘阴人。道光十二年(1832)进士,二十六年官云贵总督,三十一年为钦差大臣征太平军。有《芋香山馆词》。

1470 **魏谦升**(1797—1861) 字滋伯,号雨人、无无居士,浙江杭州人。廪贡生,授仙居训导,不就。卜居杭州西马塍,著述垂五十年。咸丰十一年(1861)太平军破杭州,被驱万安桥下死。有《翠浮阁词》。

1471 **钱符祚**(？—1852) 字小南,宛平(北京)人。诸生,幕游江右、岭北。道光二十八年(1848)与黄燮清游江西滕王阁作词,有“不登阁者近三十年矣”之句,后殁于京。

1472 **顾蕙**(女) 字畹芳,吴县(江苏苏州)人。与曹佩芳友善。有《海棠花图》。

1473 **曹佩英**(女) 字小琴,苏州王嘉禄妻,与同邑顾蕙友善,为其《海棠花图》题《曲游春》词。

1474 **黄琬璚**(女) 字葆仪,湖南宁乡人。举人黄本骐长女,贡生欧阳道济妻,年二十七卒。有《茶香阁词》。

1475 **韦光黻** 字涟怀，号君绣、洞虚子，长洲（江苏苏州）人。贡生，工书，秦瀛极推重之。有《在山堂集》。

1476 **许赓皞** 字克孽，号秋史，福建瓯宁人。贡生。游武夷山，登绝顶，失足坠崖死。有《梦月山馆词》。

1477 **徐其志**（？—1860） 字伯宏，号湛人，江苏宜兴人。系李兆洛入室第子，授候选训导，游河帅袁浦扬幕。太平军破常州，被杀。有《瑞云词》。

1478 **严适** 字子容，仁和（浙江余杭）人。词见《国朝词综续编》。

1479 **车伯雅** 字少云，一字少芸，仁和（浙江余杭）人。贡生。有《酒边新谱》。

1480 **张纶英**（女）（1798—？） 字婉紃，阳湖（江苏常州）人。张琦第三女，监生孙劼妻。性温柔，而下笔刚健。有《绿槐书屋诗》。

1481 **项鸿祚**（1798—1835） 字莲生，原名继章，后更名廷纪，钱塘（浙江杭州）人。道光十二年（1832）举人。有《忆云词》。

1482 **叶英华** 号莲裳，番禺（广东广州）人。叶衍兰父。有《花影吹笙词》。

1483 **奕绘**（1799—1838） 字子章，一子太素，号幻园居士、妙莲居士，满族爱新觉罗氏，乾隆帝曾孙，荣亲王永琪孙，嘉庆时袭贝勒爵，官至正白旗汉军副都统。有《明善堂集》。

1484 **吴藻**（女）（1799—1862） 字蘋香，号玉岑子，仁和（浙江余杭）人。同邑商人黄某妻。从陈文述学诗词，晚年居嘉兴南湖，皈依佛门。有《香南雪北词》。

1485 **王柏心**（1799—1873） 字坚木、子寿，号螺州，晚号雪薖、薖叟，湖北监利人。嘉庆二十四年（1819）进士，官刑部主事。有《子寿集词》。

1486 **何绍基**（1799—1873） 字子贞，号东洲、蝯叟，湖南道县人。道光十六年（1836）进士，官至四川学政。有《东洲草堂诗余》。

1487 **张友书**（女）（1799—1875） 字静宜，江苏丹徒人。诸生张壬女，贡生陈宗起妻。早寡。有《倚云阁诗余存》。

1488 **顾春**（女）（1799—1877） 字子春、梅山，号太清，自署太清西林春，西林觉罗氏，幼被顾氏收养，汉军镶蓝旗人。嫁贝勒奕绘，夫死，被婆母逐出。有词集《东海渔歌》。

1489 **王清霞**（女） 字湘波，江苏青浦（今属上海）人。华亭（今上海松江）顾夔妻。有《小娜嬛室诗余》。

1490 **戴珊**（女） 字衣仙，号红桥女史，钱塘（浙江杭州）人。戴懋女，梁传系妻。有《衣仙词》《庑下吟词》。

1491 **许棫** 字太眉，一字梦西，阳湖（江苏常州）人，许沅子，咸丰元年（1851）

举孝廉方正,不赴。尝主讲道南书院。终年八十余。有《三橿老屋词》。

1492 **丁彦和**(? —1860) 字畅之,江苏无锡人。丁榕弟,丁绍仪叔父。监生,久客林则徐等大吏幕,咸丰十年(1860)太平军破无锡,被驱至学宫前,坚不行,被杀。

1493 **杨炳**(? —1861) 字子宣,江西新城人。丁绍仪姑夫,屡试不第,以謄录叙劳,官云南知县,迁浙江同知。咸丰十一年(1861)太平军破杭州,被杀。

1494 **丁善仪**(女)(约1821—约1850) 字芝仙,江苏无锡人。丁绍仪姑母,浙江州同江西人杨炳妻。随夫宦滇南、赵北及闽浙。有《双清阁诗词》。

1495 **张纨英**(女)(1800—约1842) 字若绮,阳湖(江苏常州)人。张琦(1764—1833)第四女,王曦妻。早寡。有《邻云友月之居诗》。

1496 **陈其泰**(1800—1864) 字静卿,号琴斋,浙江海盐人。道光十九年(1839)举人,官县学教谕。有《鸿雪词》。

1497 **唐埙**(1800—1873后) 字益庵,号苏庵老人,秀水(浙江嘉兴)人。诸生,道光二十一年(1841)入闽浙总督邓廷桢幕,同治九年(1870)去台湾。有《苏庵诗余》。

1498 **沈善宝**(女)(? —约1870) 字湘佩,钱塘(浙江杭州)人。州判沈学琳女,太原知府武凌云继妻。与张珊英姊妹四人交往甚密。鸦片战争时与张缙英合填爱国词。有《鸿雪楼诗集》。

1499 **戴熙**(1801—1860) 字醇士,号鹿林、井东居士。钱塘(浙江杭州)人。道光十二年(1832)进士,官至兵部右侍郎,告归后主讲崇文书院。咸丰十年(1860)太平军第一次破杭州,投池自杀。有《粤雅集》。

1500 **沈兆霖**(1801—1862) 字尺生,又字朗亭,号雨亭,钱塘(浙江杭州)人。道光十六年(1836)进士,二十九年(1849)擢侍讲学士,同治元年(1862)署陕甘总督,军次遇洪水死。

1501 **程应权** 字子衡,武进(江苏常州)人。道光六年(1826)进士,官至翰林院编修。

1502 **吴赞** 字惠钦,一字彦怀,榜名廷鈖,江苏常熟人。道光六年(1826)进士,官至刑部员外郎。有《塔影楼词》。

1503 **庄缙度**(约1802—?) 字眉叔,阳湖(江苏常州)人。道光十六年(1836)进士,官户部主事。三年前(1833)小住泾川。有《黄雁山人词》。

1504 **费丹旭**(1802—1850) 字子苕,号晓楼、偶翁,乌程(浙江湖州)人,长寓杭州。善画,尤精仕女。有《依旧草堂遗稿》。

1505 **吴存义**(1802—1868) 字和甫,号荔裳。江苏泰兴人。道光十八年(1838)进士,二十二年(1842)督云南学政,同治三年(1864)署工、礼、户三部侍郎。

有《榴实山庄词》。

1506　**赵彦俞**（约1802—1874后）　字次梅。江苏丹徒人，官县学教谕。同治元年（1862）晤蒋春霖于泰州，始作词。十三年（1874）执教南京。有《瘦鹤轩词》。

1507　**汪士铎**（1802—1889）　字振庵，一字梅村，号悔翁，江苏南京人。道光二十年（1840）举人，入鄂抚胡林翼幕。咸丰三年（1853）避太平军居积溪五年。光绪十一年（1885）授国子监助教衔。有《悔翁词》。

1508　**齐学裘**（1803—?）　字子冶，号玉溪，晚号老颠，江西婺源人，齐彦槐子。诸生，不求仕进，隐居绥定山中。有《云起楼词》《蕉窗词存》。

1509　**计光炘**（1803—1860）　字曦伯，号二田，秀水（浙江嘉兴）人。有《守甓斋词》。

1510　**朱美英**（女）（1803—1838）　字蕊生，浙江海盐人。朱昌颐（道光进士）妹。有《绮云楼稿》。

1511　**董毅**（1803—1851）　字子远，原名思诚，武进（江苏常州）人。董士锡子，张琦外孙。有《蜕学斋词》。

1512　**李福培**（1803—1854）　字仲骞，金匮（江苏无锡）人。道光二年（1822）举人，咸丰二年（1652）知从化县，四年（1854）太平军破从化，自焚死。

1513　**杨琬**（女）　字佩贞，江苏无锡人。杨芳灿孙女，杨夔生长女，知县秦恩普继妻。有《选云楼词》。

1514　**殷秉玑**（女）　字茎仙，江苏常熟人。殷伯唐姊，陈锡祺妻。有《玉笛词钞》《隐梅庐遗稿》。

1515　**储慧娥**（女）　字啸凰，江苏宜兴漏西人。储仙芝内侄女，蒋萼妻。有《哦丹楼诗余》。

1516　**张秀端**（女）　字兰士，番禺（广东广州）人。山西同知张维屏次女，监生钱邦彦妻。有《香雪巢词钞》。

1517　**周诒蘩**（女）（?—1870后）　字茹馨，湖南湘潭人。周在衡女，张声玠妻。辛未（1871）夏日作《江城子》词。有《静一斋诗余》。

1518　**朱有源**　字月槎，浙江海盐人。道光八年（1828）举人，屡试不第，二十一年（1841）京试再落榜，失意南归，中年卒。

1519　**谈沄**　字鸿儒，阳湖（江苏常州）人。道光八年（1828）举人，官四川垫江知县。有《云西词》。

1520　**庄士彦**（约1804—1868后）　字眉生，阳湖（江苏常州）人。庄缙度弟。道光三年（1823）送别从兄庄舒文，赋词。有《梅笙词》。

1521 **张鸿卓**(1804—1876) 字伟甫，号筱峰，华亭(上海松江)人。贡生，官元和县(苏州)训导。同治七年(1868)杜文澜修华亭海塘，得常相交。有《百和词》。

1522 **包韫珍**(女)(？—1854) 字亭玉，号菊篱，钱塘(浙江杭州)人。包厚卿女，嘉兴庄丙照妻。有《净绿轩诗词》。

1523 **孙汝兰**(女) 字湘笙，河南鲁山人。孙可亭女，张鸿卓妻。有《参香室剩稿》。

1524 **严保庸** 字伯常，号问樵，江苏丹徒人。道光九年(1829)进士，官栖霞知县，以病辞归，咸丰二年(1852)在扬州与黄燮清饯春之会。

1525 **邹汉勋**(1805—1853) 字叔绩，号续父，湖南新化人。咸丰元年(1851)举人，官直隶(河北)知州。有《斅艺斋诗余》。

1526 **李文瀚**(1805—1856) 字云生，号莲舫，安徽宣城人。道光八年(1828)举人，历官陕西大荔知县、四川夔州知府。有《味尘轩诗余》。

1527 **张金镛**(1805—1860) 字良甫，一字韵笙，号海门，浙江平湖人。道光二十一年(1841)进士，官编修。有《绛跗山馆词录》。

1528 **黄燮清**(1805—1864) 字韵甫，号韵珊，原名宪青，号吟香舫主人，浙江海宁盐官人。道光十五年(1835)举人，官宜都、松滋知县。有《倚晴楼诗余》，辑《国朝词综续编》。

1529 **姚燮**(1805—1864) 字梅伯，号野樵、复庄、大梅山民，浙江镇海人。道光十四年(1834)举人，晚寓居鄞县，结诗社。有《疏影楼词》。

1530 **张尔旦** 字信甫，江苏常熟人。道光十年(1830)二月二十日，作《绿意》词。有《种玉堂词稿》。

1531 **陆蓨**(女)(？—1853) 字芝仙，阳湖(江苏常州)人。同邑盐大使谢士俊妻。咸丰三年(1853)殉难。有《倩影楼遗词》，吴藻、赵我佩题词。

1532 **许希琼**(女) 字佩兰，吴县(江苏苏州)人。与陆蓨有交往。

1533 **阮恩滦**(女)(？—1854) 字湄川，江苏仪征人。阮元孙女，钱塘诸生沈霖元妻，能诗词、琴画，人呼琴女。有《慈晖馆诗词》。

1534 **于晓霞**(女) 字绮如，江苏金坛人。于尚龄和冯兰贞女，于懿从姊，知县金文渊妻。有《小琼华仙馆词》。

1535 **汤湘芷**(女) 字佩芬，阳湖(江苏常州)人。汤贻汾侄女，邹志路妻。有《企翁词》《静好楼唱和集》。

1536 **江云和**(女) 江苏无锡人。同邑刘继曾妻。

1537 **张逸藻**(女) 字文若，江苏江阴人。进士张元灏女，同邑章某妻。有《锦线词》《凝晖阁诗》。

1538　**李媞**（女）（1806—1830）　字安子，号吏香，江苏松江（今属上海）人。李松林女，方传烈妻。有《犹得住楼诗词稿》。

1539　**钱聚朝**（1806—1860）　字晓廷，号万苍山樵，浙江嘉兴人。道光十五年（1835）举人，官浙江淳安县教谕。

1540　**郑珍**（1806—1864）　字子尹，号柴翁，贵州遵义人。道光十七年（1837）举人，官荔波县训导，同治二年（1863）特旨分发江苏候补知县。有《巢经集》。

1541　**石赞清**（1805—1869）　字襄臣，一字次皋，贵州黄平人，幼年迁居贵筑（今贵阳市）。道光十八年（1838）进士，咸丰朝为天津知府。官至工部右侍郎。有《紫荃山馆诗余》。

1542　**汤成烈**（1805—1880）　字杲卿，号确园，阳湖（江苏常州）人。道光十一年（1831）举人，官永康知县、玉环厅同知。告归后主延陵书院以终。有《清淮词》。

1543　**杨懋麐**　字子振，号友麓，浙江平湖人。道光十一年（1831）举人。有《闲云潭景词》。

1544　**陆应谷**（1804—1857）　字树嘉，号稼堂，云南蒙自人。道光十二年（1832）进士，官至河南巡抚。有《抱真书屋词》。

1545　**陆麟书**　字黻庭，号子愉，江苏太仓人。道光十一年（1831）举人。有《胥屏山馆诗文存》。

1546　**杨尚观**　字改之，号谱香，钱塘（浙江杭州）人。道光十二年（1832）冬，与黄燮清交游。有《延秋伫月楼词》。

1547　**吴承勋**　字子述，钱塘（浙江杭州）人。诸生，道光十二年（1832）秋，经许谨身介绍，与黄燮清交友。有《昙影馆词》。

1548　**查慧**（女）　字定生，号菡卿，钱塘（浙江杭州）人。同邑吴承勋继妻。道光二十二年（1842）春日，登宜兴凝秀阁，作词。

1549　**黄润蘐**（女）　湖南善化（长沙）人。周椿圃妻。有《咏萱室词》。

1550　**蒋英**（女）　字仙蕊，浙江海宁人。司马郭沈（子芳）妻。有《消愁集》，光绪三十四年（1908）刊行。

1551　**吕承婍**（女）　字子奇，阳湖（江苏常州）人。吕贻安长女，汤成烈妻。

1552　**吕承娧**（女）　字子兑，阳湖（常州）人。吕贻安次女，吕承婍妹，汤成烈继妻。

1553　**卢蕴贞**（女）　字倩云，侯官（福建福州）人。闽县魏鹏程妻。夫及四子早亡。有《紫霞轩词》。

1554 **丁静兰**(女)(？—1860) 阳湖(江苏常州)人。丁承衍女，同邑赵承谷聘为妻。咸丰十年(1860)太平军破常州，自缢死。

1555 **秦桢**(女) 字钰仙，金匮(江苏无锡)人。同邑侯家凤妻。

1556 **姚若蘅**(女) 字芷湄，安徽桐城人。姚保申女，江阴夏诒钰妻。幼从张雪鸿学画，随夫从官二十年。有《红香阁词》。

1557 **赵我佩**(女) 字君兰，仁和(浙江余杭)人。赵庆禧女，举人张上策妻。自幼从父学词。丙辰(1856)赴吴。有《碧桃仙馆词》。

1558 **汪蘅**(女)(？—1851) 字采湘，仁和(浙江余杭)人。许砺卿妻，赵我佩表妹。有《红豆轩诗词》，吴藻为之序。

1559 **黄曾** 字菊人，钱塘(浙江杭州)人。道光十二年(1832)举人，官香河知县，性爱山水，遍游江浙、燕赵，两涉河汾。有《瓶隐山房词》。

1560 **唐汝翼** 字鹭庭，金匮(江苏无锡)人。道光十二年(1832)举人。咸丰三年(1853)条陈办团练，以御太平军，不报。有《慧川园词》。

1561 **诸嘉杲** 字麟士，号子量，仁和(浙江余杭)人。道光十二年(1832)副贡，授江苏州判。有《枣花帘词》。

1562 **董恂**(1807—1892) 原名醇，后避同治帝讳改恂，字谦甫，号壶山，乌程(浙江湖州)人。诸生，工诗词，能医术。有《紫藤花馆词》，陆长春为之序。又有《百花词》。

1563 **曹楙坚**(？—1852) 字树蕃，号艮甫，吴县(江苏苏州)人。道光十三年(1833)进士，官至湖北按察使，太平军破武昌，被杀。有《昙云阁词钞》。

1564 **张曜孙**(1808—1863) 字仲远，号升甫，晚号复生，武进(江苏常州)人。张琦从子。道光二十三年(1843)举人，官至湖北署粮道。有《谨言慎好之居诗集》。

1565 **贾敦艮**(1808—1865) 原名溥，字博如，号芝房，浙江平湖人。诸生，与潘钟瑞为友。有《餐霞仙馆词》。

1566 **蒋敦复**(1808—1867) 字纯甫，号剑人，原名金和，易名尔谔，字子文，上海宝山人。诸生，道光二十二年(1842)避仇为僧，法名妙尘，后返俗改今名。太平军退，再为僧，法名昙影。有《芬陀利室词》。

1567 **潘曾莹**(1808—1878) 字申甫，号星斋，吴县(江苏苏州)人。相国潘世恩次子。道光二十一年(1841)进士，官至吏部左侍郎。有《鹦鹉帘栊词》。

1568 **潘遵祁**(1808—1892) 字希甫、顺元，号觉夫，吴县(江苏苏州)人。潘曾莹堂兄。道光二十五年(1845)进士，官编修。年四十，即告病归。有《香雪草堂词》。

1569 **陆韵梅**(女)(1808—1878) 字琇卿，吴县(江苏苏州)人。光禄寺典陆澧女，潘曾莹妻。工画梅。善诗词，与夫联吟，刻“潘陆联吟”印。有《小鸥波馆诗钞》。

1570 **赵韵卿**（女） 字友莲，号悟莲，武进（江苏常州）人。赵邦英女，潘曾莹妻。有《寄云山馆诗余》。

1571 **方隭** 字玉栽，号云泉，仁和（浙江余杭）人。诸生。有《疏影庵词》。

1572 **许谨身** 字瑞徵，号金桥，仁和（浙江余杭）人。道光十三年（1833）进士，官兵部主事。与黄燮清为挚友，享年仅28岁。有《虚竹轩词》。

1573 **吴鶮鸿** 字嘉之，号笛江，原名鸿谟，阳湖（江苏常州）人。吴唐林父。道光十三年（1833）进士，历署山西五台等知县，迁崞县知县。有《荃不居词》。

1574 **彭昱尧**（1809—1851） 字子穆，一字兰畹，号阆石山人，广西平南人。道光二十年（1840）举人。有《忏悔庵词》《怡云楼诗草》。

1575 **钱斐仲**（女）（1809—1860后） 字斐仲，名聚瀛，以字行，号餐霞、雨花女史，秀水（浙江嘉兴）人。钱曾孙女，钱昌龄女，德清戚士元妻。有《雨华庵诗存》。

1576 **何兆瀛**（1809—1890） 字通甫，号青耜心盦，江苏南京人。道光二十六年（1846）举人，官至杭嘉湖道，多惠政，尤著绩于海塘。有《心盦词存》。

1577 **管乐** 字才叔，阳湖（江苏常州）人。管绳莱子。增贡生。尝为大吏幕僚。有《才叔诗余》。

1578 **许光清** 字云堂，号心如，浙江海宁人。许光治兄。岁贡生。

1579 **徐楙** 字问蘧，钱塘（浙江杭州）人。诸生。道光十四年（1834）岁除日饯饮水北楼，作《浪淘沙》词。

1580 **徐灏**（1810—1879后） 字子远，号灵洲山人。原籍钱塘（浙江杭州），占籍番禺（广东广州）。有《攓云阁词》，山阴汪瑔为之序。

1581 **陈澧**（1810—1882） 字兰甫，番禺（广东广州）人。道光十二年（1832）举人，官河源县训导，主讲海堂及菊坡精舍。有《忆江南馆词》。

1582 **潘曾绶**（1810—1883） 初名曾鉴，字绂庭，吴县（江苏苏州）人。大学士潘世恩第三子。道光二十年（1840）举人，官内阁侍读，年未艾致仕。有《秋碧词》《睡香花室词》。

1583 **金濂**（？—约1835） 字让水，号稺伯，仁和（浙江余杭）人。道光十五年（1835）进士，官庶吉士，未散馆而卒。有《压线词》《不秋草堂吟稿》。

1584 **沈世良** 字伯眉，番禺（广东广州）人。有《楞华堂词钞》，陈澧为之序。刊于咸丰四年（1854），与叶衍兰《秋梦庵词》、汪瑔《随山馆词》合刊为《粤三家词》。

1585 **章溥** 字宝华，浙江嘉兴人。道光十五年（1835）举人。有《蘋花阁集》。

1586 **程兆和** 字香谷，武进（江苏常州）人。道光十五年（1835）举人，与李贻德子李文贲为乡榜同年，官阜阳知县。有《春谷词》。

1587 **张泰初** 字松溪，一字安甫，钱塘（浙江杭州）人。诸生，幕游南浦。道光十五年（1835）初秋，自彭城归里，后以贫郁，客死淮上。有《选梦词》。

1588 **谈印梅**（女） 字湘卿，归安（浙江湖州）人。淡学庭次女，南河主簿孙廷昆妻。有《九疑仙馆诗词钞》；还同其姊谈印莲合著《花韵联吟集》。

1589 **朱屿**（女）（1811—1845） 字葆瑛，一字宝瑛、小莒，浙江海盐人。朱方增（嘉庆六年进士）次女，修撰朱昌颐妹，孔宪彝继妻。有《金粟词》。

1590 **丁致龢**（1811—1870后） 词见浙江嘉兴人杜文澜《憩园词话》。内收丁致龢《鹧鸪天》词，题为“辛未（1871）元旦，时客兴化，年已六十有一矣”。

1591 **许光治**（1811—1855） 字龙华，号羹梅，浙江海宁人。廪贡生。有《江山风月谱》。

1592 **苏穆**（女）（1811—1861） 字佩蘘，一名姞，山阳（江苏淮安）人。幼失父母，依于徐家。十六岁嫁周济为妾。道光八年（1828）随夫返宜兴春水园。夫死守节。咸丰十一年（1861）死于粤难。有《贮素楼词》。

1593 **许宗衡**（1811—1869） 原名鲲，字海秋，上元（江苏南京）人。咸丰二年（1852）进士，官内阁中书，至起居注主事。有《玉井山馆诗余》。

1594 **莫友芝**（1811—1871） 字子偲，号郘庭、目耳叟，贵州独山人。道光十一年（1831）举人，尝为曾国藩、李鸿章军营幕僚。有《影仙词》《集外词》。

1595 **顾文彬**（1811—1889） 字蔚如，号子山、艮庵，元和（江苏苏州）人。道光二十一年（1841）进士，同治间官至宁绍台道，三年后引疾归苏，在护龙街（今人民路）筑《怡园》自娱。有《眉绿楼词》。

1596 **支机**（女） 号灵石，上海宝山人。蒋敦复妻。

1597 **陈山寿** 字子玉，江苏吴江人。有《众香庵词》。

1598 **戈坚** 字仲节，号贞卿，元和（江苏苏州）人。词见《国朝词综续编》。

1599 **戈成杰** 字晓薇，号孝维，吴县（江苏苏州）人。诸生。词见《国朝词综续编》。

1600 **萧馨** 字笠仙，浙江海宁人。诸生。词见《国朝词综续编》。

1601 **黄衡** 字任帆，号衡皋，安徽歙县人。有《碧云秋露词》。

1602 **孙宗礼** 字定夫，江都（江苏扬州）人。道光十六年（1836）进士。有《二十四桥吹箫谱》。

1603 **载铨** 满族爱新觉罗氏，清皇朝宗室，袭封定郡王。有《行有恒堂集》。

1604 **僧妙尘** 字铁岸，上海宝山人。少年负才，隐于浮屠为僧。有《芬陀利室词》。

1605 **僧达尘** 字月樵，江苏吴江震泽人。梅堰显忠寺僧，主长庆寺讲席。有《一指窝诗余》。

1606 **史致泽** 字燮甫，原名应鼎，阳湖（江苏常州）人。道光十七年（1837）举人。有《荆余草堂词》。

1607 **叶坤厚** 字湘筠，原名法，安徽怀宁人。道光十七年（1837）拔贡生，官至河南汝光道。有《江上小蓬莱吟舫诗余》。

1608 **钱清婉**（女） 字韵梅，江苏吴江人。同邑诸生陈希恕妻。有《拥月楼诗存》。

1609 **黄子高** 字叔立，号石溪，番禺（广东广州）人。优贡生，道光间为学海堂学長，卒年64岁。有《知稼轩词》。

1610 **贺鸣谦** 字竹墟，号嚼梅，江苏丹阳人。诸生。

1611 **徐城** 字仲坚，荆溪（江苏宜兴）人。徐其志弟。有《听雨楼词》。

1612 **蔡廷弼** 字调夫，号古香，浙江德清人。贡生，官兰溪县训导。有《太虚斋词》。

1613 **谢质卿** 字蔚青，江西南康人。广西巡抚谢启昆孙，谢学崇子，年将七十官陕西潼关兵备道。有《小苏潭词》。

1614 **施燕辰** 字梦玉，顺天（北京）籍，山阴（浙江绍兴）人。官江苏同知，寻引退。性豪华，置座船极优美，咸丰时过东台，晤署县令杜文澜。

1615 **朱和羲** 字紫鹤，吴县（江苏苏州）人。周曰蕙夫。诸生，官国子监典簿，尝从戈载游。中年得许德蘋为妾。有《万竹楼词选》。

1616 **张炳堃**（1813—1880） 字鹤甫，号鹿仙，浙江平湖人，张金镛第六弟。道光二十七年（1847）进士，官至湖北督粮道。同治十一年（1872）为《国朝词综续编》作序。有《抱山楼词》。

1617 **汪曰桢**（1813—1881） 字仲维，一字刚木，号薪甫、谢城，乌程（浙江湖州）人。咸丰二年（1852）举人。官会稽县教谕。有《荔墙词》。

1618 **刘熙载**（1813—1881） 字伯简，一字融斋，江苏兴化人。道光二十四年（1844）进士，官至春坊左中允。有《昨非集》。

1619 **秦湘业**（1813—1883） 字应华，号淡如，江苏无锡人。副贡生，官浙江候补道。道光十八年（1838）与都下名士作饯春之会。有《微云庵词》。

1620 **尹蕙**（女） 字蘅楼，归安（浙江湖州）人。同邑贡生陈长孺妻。

1621 **袁一峰** 奉天（辽宁）长白人。与刘家谋同时人。有《卖花声》词，见谢章鋋《赌棋山庄词话》。

1622 **刘家谋**(1814—1853) 字芑川，号仲为，侯官(福建福州)人。道光十二年(1832)举人。

1623 **龙启瑞**(1814—1858) 字辑五，号翰臣，临桂(广西桂林)人。道光二十一年(1841)状元。太平军起，在籍办团练抵御，官至江西学政，升巡抚。有《汉南春柳词钞》。

1624 **承龄**(1814—1865) 字子久，一子尊生，裕瑚鲁氏，满镶黄旗人。道光十六年(1836)进士，官至贵州按察使。有《冰蚕词》。

1625 **冯志沂**(1814—1867) 字鲁川，山西代县人。道光十六年(1836)进士，官至安徽按察使。有《西隃山房词》。

1626 **周寿昌**(1814—1884) 字应甫，号荇农，晚号自庵，善化(湖南长沙)人。道光二十五年(1845)进士，官至内阁学士兼礼部侍郎衔。有《思益堂词钞》。

1627 **高佩华**(女) 字素香，江苏泰州人。叶雨楼妻，己亥(1839)元旦，作《卜算子》词。有《芷衫诗余》。

1628 **郑莲**(女) 字采莲，陶淑二兄陶响甫婢。

1629 **陶淑**(女) 字梦琴，江西新城人。陶卓庭第四女，陶响甫妹，周炳如妻。有《菊篱词》《绿云楼诗存》。

1630 **王拯**(1815—1876) 原名锡振，字定甫，号少鹤，广西马平人。道光二十一年(1841)进士，咸丰三年(1853)官太常寺卿，署左副都御史。有《茂林秋雨词》《龙壁山房词》。

1631 **杜文澜**(1815—1881) 字筱舫、小舫，号采香斋主人，秀水(浙江嘉兴)人。官至江宁布政使。光绪三年(1877)罢官归里，居“憩园”。有《采香词》《憩园词话》。

1632 **张熙**(？—1867) 字子和，山阴(浙江绍兴)人，侨居南京，筑园曰陶谷。捐资署溧阳、丹徒等知县。同治六年(1867)，自苏州至南京晤杜文澜，寻染时疫亡。

1633 **徐廷华** 字子楞，阳湖(江苏常州)人。诸生，道光二十年(1840)作《水龙吟词》、咸丰五年(1855)作《蝶恋花》词。有《一规八棱砚斋词》。

1634 **汤光启** 字冠卿，阳湖(江苏常州)人。与徐廷华有交往，尝同舟泛南京秦淮河，作《浪淘沙》词。有《桐影轩词》。

1635 **岳照**(女) 字东嵎，一字丽湘，四川资阳人。同邑陈国器继妻。道光二十年(1840)作《南歌子》词。有《梅香阁遗草》。

1636 **周翼杶**(女) 字德媗，湖南湘潭人。周在衡孙女，周诒蘩内侄女，长沙徐树录妻。早寡。有《冷香斋诗余》。

1637 **周腾虎**(1816—1862) 字韬甫,阳湖(江苏常州)人。周仪玮子,邑庠生。道光二十六年(1846)入陕抚林则徐幕,咸丰十年(1860)在苏抚徐有壬幕。有《焦心词》。

1638 **方骏谟**(1816—1880) 字元徵,一字翊良,号耐徐,阳湖(江苏常州)人。方履篯子,方楷父。诸生,长期游幕河南,后入曾国藩幕办粮台、文案。官安徽知州。有《耐余书屋诗余》。

1639 **勒方锜**(1816—1882) 字悟九,号少仲,初名人璧,江西新建人。道光二十三年(1843)举人,官至福建巡抚。《赵孟頫书胡笳十八拍》有勒方锜光绪辛巳(1881)仲秋月题款。有《搏州词》。

1640 **端木埰**(1816—1887) 字子畴,江苏江宁(南京)人。年四十余始以优贡生疏荐,官内阁中书,寻充会典馆总纂,升侍读。有《碧瀣词》。

1641 **汤成彦** 字梅生,号秋史,阳湖(江苏常州)人,原籍直隶清苑(河北保定)。道光二十一年(1841)进士,官刑部主事。有《听云仙馆词》。

1642 **王赤** 字桐峄,乌程(浙江湖州)人。词见《国朝词综续编》。

1643 **许兰身** 字芷卿,仁和(浙江余杭)人。诸生。有《蕉石轩词》。

1644 **金楷** 字以庄,号露香,仁和(浙江余杭)人。太学生。有《听松楼词钞》。

1645 **金檻** 字觉庭,号柘雨,仁和(浙江余杭)人。有《味兰琴趣》。

1646 **王梦兰**(女) 字畹芬,安徽太湖人。赵樟芳妻。有《三十六鸳鸯吟舫存稿》。

1647 **戴青**(女) 字书卿,晚号洗蕉老人,归安(浙江湖州)人。阳湖(常州)恽世临妻。有《洗蕉吟馆诗词钞》。

1648 **陈元鼎** 字实庵,号芰裳,钱塘(浙江杭州)人。道光二十七年(1847)进士,官编修。咸丰二年(1852)与黄燮清在京唱酬。有《吹月词》《同梦楼词》。

1649 **韩钦**(1817—1898) 字螺仙,浙江萧山人。官中书舍人,尝与高望曾唱和。

1650 **孙锵鸣**(1817—1901) 字渠田,一字韶甫,号芷庵,浙江瑞安人。孙衣言(1814—1894)弟。道光二十一年(1841)进士,官编修。有《盘河草堂词》。

1651 **蒋春霖**(1818—1868) 字鹿潭,江苏江阴人。咸丰二年(1852)权淮南富安场盐大使。七年(1857)丁母忧徙家东台,晚年与黄畹君同居,因贫不安于室。大愤仰药死。有《水云楼词》。

1652 **薛时雨**(1818—1885) 字慰农,一字澍生,晚号桑根老农,安徽全椒人。

咸丰三年(1853)进士，历官嘉兴知县、杭州知府，权藩、臬两司。后主杭州崇文、江宁尊经等书院。有《藤香馆词》。

1653　**潘曾玮**(1818—1886)　字宝臣，号玉洤、季玉，江苏苏州吴县人。大学士潘世恩第四子，捐资入仕，历太常博士、刑部郎中，又办团练抗太平军。有《玉洤词》。

1654　**吴尚熹**(女)(1818—1889)　字禄卿，一字小荷，广东南海(海南岛)人。巡抚吴荣光女，吴应祺妻。道光二十四年(1844)秋，舟次广西全州，二十六年(1846)秋到京省母。有《写韵楼词》。

1655　**徐穆**(1818—1896后)　字啸竹，甘泉(江苏扬州)人。布衣，老名士。光绪二十三年(1897)暮春，与况周颐晤于榕园，时年八十。

1656　**范锴**(1818—1898后)　字声山，号白舫、苕溪渔隐，浙江湖州人。贡生，中年后远游四方山水，晚年定居扬州卒。有《苕溪渔隐词》，陆长春为序。关于其生卒，近年有学者结合其著作刊行资料考证，或为1764—1845后。

1657　**葛湘**　字吟劬，江苏江阴人。有《春鹂词》。

1658　**潘遵璈**(？—1860)　字子绣，号谱士，江苏苏州吴县人。潘钟瑞族叔。咸丰九年(1859)贡生，翌年四月太平军破苏州，殉难死。有《香隐庵词》。

1659　**崔曾益**　字仲迁，号芸龛，江苏常州武进人。道光二十三年(1843)举人，官浙江通判。有《拜石斋词》。

1660　**崔挺新**　字松门，刺史崔世名裔孙。诸生。

1661　**钱瑗**(女)　字浣生，宛平(北京)人。钱符祚女，苏寿鼎妻。有《小玲珑舫词》《冰红小榭诗钞》。

1662　**秦云**(女)　字佩芬，山阴(浙江绍兴)人。参军萧山人丁文蔚妾。尝为蒋妲《弢光纪游图》题字。有《媚晴楼词草》。

1663　**何慧生**(女)(约1819—1858)　字莲英，善化(湖南长沙)人，江西布政使龙启瑞继妻，夫死，自尽。有《梅神吟馆词》。

1664　**孙鼎臣**(1819—1859)　字子余，号芝房，善化(湖南长沙)人。道光二十四年(1844)进士，官至翰林院侍读。有《苍筤词钞》。

1665　**姚辉第**(1819—?)　字子箴，号稚香，河南辉县人。道光十八年(1838)进士，年方弱冠(20岁)，权上海知县，以催科被黜，复官后抑郁死。有《菊寿庵词》。

1666　**边浴礼**　字夔友，号袖石，直隶(河北)任丘人。道光二十四年(1844)进士，同治九年(1860)署江苏布政使。官至河南布政使。有《空青馆词》。

1667　**陆长春**　字箫士，一字向荣，号瓣香，浙江湖州乌程人。道光二十四年(1844)副贡生，工诗词。有《梦花亭词存》《眉月楼箫谱》。

1668 **王寿庭**(？—1860) 字养初，江苏苏州吴县人。江苏藩院吏，刻意吟咏，与同邑潘钟瑞为词友。咸丰十年(1860)太平军破苏州，殉难。有《吟碧山馆词》。

1669 **蒋坦**(？—1861) 字平伯，号霭卿，钱塘(浙江杭州)人。诸生，工诗词。筑枕湖吟馆，日与友及妻关锳联吟。咸丰十年(1860)太平军占杭州，逃慈溪，寻返，饿死。有《百合词》。

1670 **于懿**(女) 字静宜，江苏金坛人。于乔龄女，邓恩锡继妻，邓瑜(1843—1901)母。有《漱芳词》。

1671 **翁端恩**(女) 字璇华，江苏常熟人。翁心存女，翁同龢姊，归安钱振伦继妻。咸丰五年(1855)居苏州，同治二年(1863)居清河。有《簪花阁集》，1886年出版。

1672 **程浣青**(女) 武进(江苏常州)人。苏州汪罽亭妻。早卒。有《浣青遗稿》，咸丰五年(1855)郑锡祺客吴，其夫出遗作，嘱为跋，翌年付梓。

1673 **陆蓉佩**(女) 江苏常州人。陆鼎晋女，陆蒨内侄女，赵念植未婚妻。夫亡后仍到夫家守节。同治元年(1862)冬，避居崇川。有《光霁楼词》。

1674 **陈静英**(女) 江苏江阴人。孙鹤书妻，孙韵仙母。早寡，依婿陈聘臣太史度日。同治五年(1866)作《西湖》词，叹暮年多病。有《撷秀轩剩稿》。

1675 **左白玉**(女)(1820—1856) 字小莲，阳湖(江苏常州)人。左辅女，常熟言良玺妻。有《餐霞楼轶稿》。

1676 **周闲**(1820—1875) 字存伯，小字圆，别号范湖居士、存翁，秀水(浙江嘉兴)人。从族叔驻镇江水师，以战功授金山知县。道光三十年(1850)罢职后居苏州。有《范湖草堂诗文稿》。

1677 **李联琇**(1820—1878) 字季莹，号小湖，江西临川人。道光二十五年(1845)进士。历官福建学政、大理寺少卿，江苏学政。有《好云楼集》。

1678 **谢章铤**(1820—1903) 字枚如，福建长乐人。道光时已有诗名，光绪三年(1877)始中进士，官内阁中书，主讲致用书院。有《酒边词》，光绪十年(1884)撰《赌棋山庄词话》。

1679 **谭麐** 字西屏，安徽旌德人。与谢章铤唱酬极洽。

1680 **伍宗仪**(女)(？—1860) 字兰仪，号觉罗山人，阳湖(江苏常州)人。伍赞易女，陆雁峰妻。咸丰十年(1860)太平军破常州时殉难。有《绿荫山房词》。

1681 **阚凤楼**(1821—1886) 字仲韩，号六友山人，安徽合肥人。诸生。从李鸿章军于沪，充营务处委员。同治四年(1865)起为杜文澜僚属，十三年(1874)保知县，候补江苏。

1682 **应宝时**(1821—1890) 字可帆，号敏斋，浙江永康人。道光二十四年

(1844)举人，以军功授苏松太道，升按察使。有《谢雕仙馆词》。

1683 **俞樾**(1821—1907) 字荫甫，号曲园、绚岩，浙江德清人。道光三十年(1850)官河南学政，后主讲杭州诂经精舍。同治十三年(1874)筑“曲园”于苏州。有《春在堂词录》。

1684 **徐本立** 字子坚，号诚庵，浙江德清人。道光二十六年(1846)举人，权南汇知县。有《荔园词》，辑《词律拾遗》。

1685 **吴昌炽**(约1822—?) 号乡斥居士，科举未成，改途幕僚。有笔记小说《客窗闲话》，著成于光绪元年(1875)，时居于直隶(河北)保定。

1686 **吴清莲**(女)(1822—1851) 字佩云，一字菡生，江苏苏州人。吴缦士女，蒋锡绶妻。有《定香楼小草》。

1687 **关锳**(女)(1822—1857) 字秋英，钱塘(浙江杭州)人。同邑诸生蒋坦妻，其夫宴客赛诗，由其评定甲乙。有《梦影楼词》《三十六芙蓉诗余》。

1688 **关锜**(女) 字侣琼，钱塘(浙江杭州)人。关锳妹。词见《小檀栾室汇刻闺秀词》。

1689 **孙麟趾** 字清瑞，号月波，长洲(江苏苏州)人。诸生，道光二十七年(1847)访马守真墓不得。曾为潘钟瑞《香禅词》题辞。有《秋露词》等。

1690 **仲湘** 字壬甫，号子相，江苏吴江人。诸生，咸丰八年(1858)为潘钟瑞《香禅词》作跋。有《宜雅堂词》。

1691 **袁积懋**(1823—1858) 字厚安，宛平(北京)人，居江苏常州。袁俊子。道光二十七年(1847)进士，官至福建延建邵道，咸丰八年(1858)九月守顺昌，城破死。有《味梅斋诗》。

1692 **潘钟瑞**(1823—1882后) 字麟生，又字麐生，号瘦羊、香禅居士，吴县(江苏苏州)人，潘世恩侄孙。诸生，候选太常博士。光绪八年(1882)复校杜文澜《憩园词话》。有《香禅词》。

1693 **沈秉成**(1823—1895) 字仲复，号藕园，归安(浙江湖州)人，严永华夫。咸丰六年(1856)进士，官至安徽、四川巡抚，以疾引退。居苏州，筑藕园，悠游林下。

1694 **叶衍兰**(1823—1897) 字南雪，号兰台，番禺(广东广州)人。咸丰六年(1856)进士，官户部郎中。有《秋梦龛词草》。

1695 **杜贵墀**(1824—1901) 字吉阶，号仲丹，湖南巴陵人。光绪元年(1875)举人。有《桐花阁词钞》。

1696 **高望曾** 字稺颜、成父，号茶庵，仁和(浙江余杭)人。贡生，以名士援例授同知，署将乐知县，与潘钟瑞为友，与韩钦唱和。有《茶旁庵烬余词》。

1697 **陈嘉**(女)(?—1861) 字子淑,仁和(浙江余杭)人,同邑高望曾妻。咸丰十一年(1861)冬太平军占杭州,奉姑出城,值大雪,无舟渡钱江,携女自沉。有《写麋楼诗词集》。

1698 **沈珂**(女) 字云浦,江苏江阴人。休宁知县沈耀鋆女,沈品莲姑母,常州黄曾慰妻,黄馥母。同治元年(1862)招赘金武祥为婿。有《醉月轩词》。

1699 **丁淑媛**(女)(?—1860) 字瑶真,江苏无锡人。丁棠女,丁绍仪妹,同邑周镐孙周建标妻。咸丰十年(1860)太平军破无锡,投屋后邵家池死。

1700 **钱官俊**(1824—1877) 字心庵,号爱庐,秀水(浙江嘉兴)人。道光二十九年(1849)拔贡,官两淮盐大使。有《梦蝶生词》。

1701 **柯纫秋**(女) 字心兰,山东胶州人。知县柯培元女,丁绍仪友陈汝枚妻。年未四十亡。有《香云阁剩稿》。

1702 **杨祖学**(?—1864) 字心渊,阳湖(江苏常州)人。丁绍仪三妹夫。权邵武知县,居父丧,客漳州府廨。同治三年(1864)太平军李世贤占漳州,欲反被杀。

1703 **孙廷璋**(1825—1866) 原名淳溥,字仲嘉,号莲士,会稽(浙江绍兴)人。道光二十九年(1849)举人,尝佐浙抚王有龄幕,官国子监学正。有《玉井词》。

1704 **程鸿诏**(?—1874) 字伯旉,原籍安徽黟县,迁直隶大兴(北京)。道光二十九年(1849)举人,尝入曾国藩幕,官至山东候补道。有《恒心斋诗余》。

1705 **陆豫** 字树斋,号剑侯,上海宝山人。道光二十九年(1849)拔贡生,官芜湖知县。有《东虬草堂词》。

1706 **钱国珍** 字子奇,江都(江苏扬州)人。道光二十九年(1849)举人,官安吉知县。有《寄庐词存》。

1707 **阮绵审** 字仲渊,号椒园,自号白毫子。越南王宗室,封从国公。咸丰四年(1854)越南贡使携来。有《鼓枻词》。

1708 **许德蘋**(女)(1826—1861) 字香宾,自号采石仙子,吴县(江苏苏州)人(本扬州邓氏,从母嫁苏州许氏)。朱和羲妾。有《和漱玉词》《涧南词》。

1709 **周星誉**(1826—1884) 字畇叔,一字叔云,号鸥堂、芝乡,榜名誉芬,河南开封人,居浙江绍兴。道光三十年(1850)进士,官至两广盐运使。有《东鸥草堂词》。

1710 **易佩绅**(1826—1906) 字子笏,号笏山,晚号壶天遯叟,龙阳(湖南汉寿)人。咸丰八年(1658)举人,官至江苏布政使。有《涵楼词钞》。

1711 **金绳武** 字述之,号韵仙,钱塘(浙江杭州)人。咸丰元年(1851)举人,所撰《泡影集》与妻汪淑娟《昙花集》合刻成《评花仙馆词》。

1712 **汪淑娟**(女) 字玉卿,钱塘(浙江杭州)人,同邑金绳武妻。所撰《昙花集》与夫《泡影集》合刻为《评花仙馆词》。

1713 **承越** 字耀珊，阳湖（江苏常州）人。咸丰元年（1851）举人，官候选知府。有《听云山庄词》。

1714 **秦光第**（？—1851） 字次游，原籍江苏淮安，移籍浙江嘉兴。咸丰元年（1851）举人，官江苏同知。有《半枯树斋诗余》。

1715 **江凤笙** 字韵梅，长洲（江苏苏州）人。诸生。

1716 **左锡璇**（女）（1827—?） 字芙江，江苏常州人，同知左昂第五女，袁绩懋（1823—1858）妻，年三十夫守顺昌殉难，留居福建教子。有《碧梧红蕉馆词》，1896 年出版。

1717 **黎庶寿**（1827—1865） 字鲁新，号筱庭，贵州遵义人。咸丰元年（1851）举人，北上会试，途中得病折回，成反胃痼疾，困厄终生。有《琴洲词》。

1718 **刘履芬**（1827—1879） 字彦清，号泖生，浙江江山人。以佐幕劳，授补用知府，充苏州书局提调，摄嘉定知县。有县民被台宪冤殺，大恸自刎死。有《鸥梦词》。

1719 **张景祁**（1827—1990） 字孝威，又字蔡甫，号蘩甫、新蘅主人，浙江杭州人。同治十三年（1874）进士，官莲江知县。晚年宦遊台湾淡水、基隆等地。有《新蘅词》。

1720 **汪承庆** 字馨士、稚泉，镇洋（江苏太仓）人。咸丰二年（1852）副贡生，官国子监博士。有《三笑词》。

1721 **潘介繁** 字椒坡，吴县（江苏苏州）人。潘钟瑞族弟。咸丰二年（1852）举人，官湖北知县。有《晓梦春红词》。

1722 **王再咸** 字泽山，四川温江人。咸丰二年（1852）举人，流寓京师二十余年，卒不为用。有《泽山诗钞》。

1723 **汪瑔**（1828—1891） 字芙生，又字越人，号玉泉、谷庵、无闻子，山阴（浙江绍兴）人，寓广州。光绪间，历游粤督刘坤一、曾国荃幕，办理外交，才略著称。有《道山馆集》。

1724 **金福曾**（1828—1892） 字苕人，秀水（浙江嘉兴）人。官直隶（今河北）永定河道，赠内阁学士。

1725 **吕耀斗**（1828—1895） 字庭芷，又字定子，阳湖（江苏常州）人。道光三十年（1850）进士，官直隶（河北）永定河道。有《鹤缘词》。

1726 **瑞瑸** 字仲之，富察氏，满镶黄旗人。咸丰四年（1854）官福建按察使，翌年升巡抚，同治元年（1862）致仕。有《一镜堂诗余》。

1727 **秦代馨** 合州（四川合江）人。有《荐香遗稿》。

1728　**汪仲媛**（女）　字香荼，钱塘（浙江杭州）人。吴县中书张毓蕃继妻。有《怡云馆诗词钞》。

1729　**沈允慎**（女）　字湘清，号仲玫，仁和（浙江杭州）人。州判张锡元妻。吴县潘钟瑞在同治六年（1867）曾和其词。有《写香楼词》《咏月轩诗词》。

1730　**钱念生**（女）　字咀霞，江苏常熟人。有《绣余词草》。

1731　**濮文绮**（女）　字弹绿，江苏溧水人。涪州知州濮瑗女，典史何镜海妻。有《弹绿词》。

1732　**凌祉媛**（女）（1829—1852）　字茝源，钱塘（浙江杭州）人。知名藏书家丁丙妻。有《翠楼阁诗词稿》。

1733　**潘诚贵**（1829—1855）　字时轩，吴县（江苏苏州）人。咸丰元年（1851）举人。有《翦红词》《听香室词钞》。

1734　**陈寿祺**（1829—1867）　字子谷，本名源，号珊士，山阴（浙江绍兴）人。咸丰六年（1856）进士，改庶吉士。

1735　**李慈铭**（1829—1894）　字炁伯，号莼客，原名模，字式侯，室名越缦堂，会稽（浙江绍兴）人。光绪六年（1880）进士，官至江西道监察御史。有《霞川花隐词》《越缦堂日记》。

1736　**张鸣珂**（1829—1908）　字公束，号玉珊，晚号窳翁，浙江嘉兴人。咸丰十一年（1861）拔贡生，官江西德兴、义宁知县。有《寒松阁词稿》。

1737　**左锡嘉**（女）（1830—?）　字畹芬，又字小芸、韵清，号冰如，江苏常州人。左昂第六女，华阳曾咏继妻。尝割股疗父病。有《冷云仙馆诗余》，1891年出版。

1738　**蒋曰豫**（1830—1875）　字侑石，阳湖（江苏常州）人。监生，直隶（河北）候补知县，佐戎幕，后官蔚州知州。有《问奇室诗文集》。

1739　**黄体立**（1830—1875）　字卣芗，浙江瑞安人。黄体芬兄，冒广生岳祖父，进士及第，官于刑部。

1740　**庄棫**（1830—1878）　字中白，江苏丹徒人。官中书，校书淮南、江宁各官办书局。词与谭献齐名，曾国藩礼为上宾。有《中白词》《蒿庵词》。

1741　**王诒寿**（1830—1881）　字眉子，号眉叔，山阴（浙江绍兴）人。贡生，官武康县训导。有《笙月词》。

1742　**潘祖荫**（1830—1890）　字东镛、伯寅，号郑庵，吴县（江苏苏州）人。潘世恩孙，潘曾绶子。咸丰二年（1852）进士，历官工、刑、礼部尚书，军机大臣。有《芬陀利室词》。

1743　**翁同龢**（1830—1904）　字笙阶、叨夫、声甫，号叔平，晚号松禅、瓶庐居士，江苏常熟人。咸丰六年(1856)状元，历刑、工、户部尚书，同治、光绪二帝师傅。佐帝变法被贬归里。有《瓶庐词钞》。

1744 **小轴上无名氏** 丁绍仪于楚北小溪旅舍壁悬小轴中所见。

1745 **钱勖**(?—约1865) 字揆初，江苏无锡人。咸丰五年(1855)举人，官中书，以军功擢知府。有《双影庵词》。

1746 **赵友兰**(女) 字佩芸，号书卿，江苏无锡人。同邑王某妻。咸丰六年(1856)在戎州将所著《澹音阁》词交表弟汤秋史过目，后于光绪二十二年(1896)出版。

1747 **吴兰畹**(女) 字宛之，江苏常熟人。吴廷珍和张缃英孙女，浙江巡抚任道熔继妻。有《灌香草堂诗》，另与夫合刻《沅兰词》。

1748 **朱冠瀛** 字紫仙，浙江海宁盐官人。年十四为诸生，同治十二年(1873)加入诗社。祖遗藏书甚富。有《指马楼词钞》，著成于光绪四年(1878)。

1749 **陶景羲** 字吉甫，号琴子，原籍会稽(浙江绍兴)。徙宛平(北京)。国子监生。有《茶烟禅榻词》。

1750 **徐廷模** 字直甫，荆溪(江苏宜兴)人。有《直斋词》。

1751 **徐士烝** 字嗣根，号祖香，荆溪(江苏宜兴)人。监生。有《息庵词》。

1752 **王星诚**(1831—1859) 本名于迈，字平子，一字孟调，山阴(浙江绍兴)人。咸丰九年(1859)应京试，中副贡生，越一日卒。有《西凫山居残草》。

1753 **陈尔茀** 字介之，号小尧，四川金堂人。咸丰六年(1856)监生，官陕西高陵知县。有《月雨怀人馆词》。

1754 **俞达**(?—1884) 又名宗骏，字吟香，号慕真山人，长洲(江苏苏州)人。功名不成，坐馆教书。光绪十年(1884)暴亡。有《闲鸥集》及小说《青楼梦》。

1755 **赵烈文**(1832—1893) 字惠甫，号能静居士，江苏常州人。咸丰五年(1855)入曾国藩幕，同治间官易州知州，居官五年，引退归南，居常熟虞山。有《能静居士日记》。

1756 **谭献**(1832—1901) 初名廷献，字涤生、仲修，号复堂，仁和(浙江余杭)人。同治六年(1867)举人，署歙县、全椒、合肥等知县，旋归隐著书。有《复堂词》《蘼芜词》。

1757 **程甘园** 安徽休宁人。官农部。有《匏笙词》，为谭献所称。

1758 **余一鳌**(1838—1881后) 字成之，号心禅，江苏无锡人。官候选通判。中年客游闽、沪，光绪八年(1882)小居苏州，时年五十。有《楚楚吟觉梦词》。

1759 **周星诒**(1833—1904) 字季贶，号窳翁，原籍河南开封，徙居浙江绍兴。周星誉弟，官福建邵武知府。有《勉熹集词》。

1760 **王闿运**(1833—1916) 字纫秋，改字壬秋，号湘绮，湖南湘潭人。咸丰七年(1857)举人，光绪二十四年(1908)官检讨，后主讲长沙思贤讲舍、衡阳船山书院。有《湘绮楼词钞》。

1761 **邹佩兰**(女) 字浣香，江苏无锡人。广西巡抚邹鸣鹤女，知府毕蘅芳妻。同治八年(1869)作《西江月》词。有《纫余词》。

1762 **百保**(女) 字友兰，满族萨克达氏，延祚妻。有《冷红轩词》，恭亲王奕訢为之序。

1763 **叶长龄** 字曼生，晚号羡翁，江苏江阴人。岁贡生，官训导。

1764 **陆志渊** 字静夫，江苏江阴人。诸生，同治五年(1866)八月翻阅旧稿《兰纫词》《匏落词》，而自为之序。

1765 **张玉贞**(女)(1834—1883) 字蕴仙，天津人。县丞张堂女。为侍奉父母，未嫁。有《蕴仙诗稿》。

1766 **吴唐林**(1835—1890) 字子高，号晋壬，江苏常州人。吴鸪鸿子。咸丰十一年(1861)举人，官浙江候补知府。光绪三年(1910)寓京师。有《横山草堂词》。

1767 **杨恩寿**(1835—1891) 字鹤俦，号蓬道人，湖南长沙人。同治九年(1870)举人，湖北候补知府，在云贵作幕多年。有《坦园词录》。

1768 **沈景修**(1835—1899) 字汲民，号蒙叔、寒柯，秀水(浙江嘉兴)人。咸丰十一年(1861)拔贡生，官寿昌县教谕。有《井华词》。

1769 **何佩芬**(女) 字吟香，安徽歙县人。两淮盐知事何秉堂女，何佩玉二姊，范志全妻。有《藕香馆诗余》。

1770 **钱令芬**(女) 字冰仙，自号竹溪渔妇，山阴(浙江绍兴)人。两淮盐大使钱江女，浙江候补知府戴燮元妻。有《竹溪渔妇词》《瑞芝山房诗钞》。

1771 **李曾裕** 字玉之，号小瀛，上海人。官浙江同知。有《枝安山房诗词》。

1772 **赵庆澜** 字笛楼，仁和(浙江杭州)人。诸生。有《叫云词》。

1773 **叶元阶** 字仲兰，号心水，浙江慈溪人。诸生。有《赤堇遗稿》。

1774 **冯焯** 字子明。有《道华堂词》。词见梁令娴《艺蘅馆词选》。

1775 **李煊** 字西岑，乌程(浙江湖州)人。诸生。有《溪上玉楼词》。

1776 **张杲** 字子曙，江夏(湖北武昌)人。诸生。有《昙华遗稿》。

1777 **张祖同** 字雨珊，号词缘，湖南长沙人。同治元年(1862)举人。有《湘雨楼词钞》。

1778 **赵国华**(1838—1894) 字菁山，直隶(河北)丰润人。同治二年(1863)进士，官山东候补道，光绪间升署按察使。有《青草堂集》。

1779 **彭君谷** 字贻孙，别号洮湖渔隐，江苏溧阳人。同治二年（1863）进士，官广东新会知县。有《洮湖渔隐词钞》。

1780 **朱鉴成** 字眉君，四川富顺人。同治三年（1864）举人，官内阁中书。有《题凤馆诗稿》。

1781 **沈昌宇** 字子佩，武进（江苏常州）人。同治三年（1864）举人，直隶（河北）候补知县。光绪元年（1875），在平湖送别沈景修。有《泥雪词》。

1782 **方楷**（1839—1891） 原名恺，字子可，祖籍浙江德清，移籍江苏常州。方骏谟子，曾任广州数学教授。赵烈文为撰墓表。有《句娄词》。

1783 **宝廷**（1840—1890） 字少溪，号竹坡、偶斋，满镶蓝旗人。宗室。同治七年（1868）进士，官至礼部侍郎，出典福建乡试。因归途纳妾罢官。有《偶斋词》。

1784 **俞敦培** 字芝田，金匮（江苏无锡）人，久居江西赣州，官东平知县。光绪元年（1875）与黄曾慰婿金武祥交友。有《艺云词》。

1785 **俞绣孙**（女） 浙江德清人。俞樾女，许祐身妻，许之雯母。终年三十四。有《慧福楼幸草》。

1786 **严永华**（女）（约1842—） 字少蓝，浙江桐乡乌镇人。知府严廷珏次女，严徵华妹，安徽巡抚沈秉成继妻。有《纫蓝室词》。

1787 **唐韫贞**（女） 字佩蘅，武进（江苏常州）人。唐与忠女，同邑董介贵妻。有《雨窗词》《秋瘦阁词》。

1788 **黄馥**（女） 字幼芳，武进（江苏常州）人。黄曾慰和沈珂女，江阴金武祥妻。同治元年（1862）在江西会昌县赘婚。有《怡情轩词》。

1789 **戴锦**（女） 字绮江，吴兴（浙江湖州）人。张金笙继妻。有《焚余草》。

1790 **邓瑜**（女）（1843—1901） 字慧珏，号蕉窗主人，金匮（江苏无锡）人。邓恩锡和于懿女，诸可宝继妻。有《蕉窗词》。

1791 **史念祖**（1843—1910） 字绳之，号韬园，江都（江苏扬州）人。同治九年（1870）以军功升山西按察使、迁云南布政使。因目不识丁，罢官，遂发愤攻学，官至广西巡抚。有《韬园词》。

1792 **劳乃宣**（1843—1921） 字秀瑄，号玉初，晚号韧叟，浙江桐乡人。同治十年（1871）进士，历官吴桥知县，京师大学堂总监，学部副大臣。有《劳山词存》。

1793 **冯煦**（1843—1927） 字梦华，号蒿庵，江苏金坛人。光绪十二年（1886）进士，官至安徽巡抚，民国时督办江淮赈务。有《蒿庵词》。

1794 **叶璧华**（女）（1844—1915） 字润生，号婉仙，广东嘉应人。叶曦初女，李蓉舫妻。有《古香阁全集》，词附。

1795 **缪荃孙**(1844—1919) 字炎之，号筱珊，晚号艺风老人，江苏江阴人。光绪二年(1876)进士，官至学部候补参议。有《碧香词》，辑《国朝常州词录》。

1796 **叶澹宜**(女) 字筠友，仁和(浙江余杭)人。有《凝香室诗余》。

1797 **叶翰仙**(女) 字墨君，仁和(浙江余杭)人。有《适庐词》。

1798 **萧恒贞**(女) 字月楼，江西高安人。萧芗泉妹，泽州知府丹徒周天麟妻。有《月楼琴语》。

1799 **宗婉**(女) 字婉生，江苏常熟人。有《蕉垠词》《梦湘楼词稿》。

1800 **陶方琦**(1845—1884) 字子珍，一字子缜，号兰当、漢庐，会稽(浙江绍兴)人。光绪二年(1876)进士，官编修，旋督学湖南。有《兰当馆词》。

1801 **诸可宝**(1845—1903) 字迟菊，号璞斋，钱塘(浙江杭州)人。同治六年(1867)举人，官昆山知县。有《捶琴词》。

1802 **邓嘉缜**(1845—1915) 字季垂，江宁(江苏南京)人。光绪元年(1875)举人，官至奉天(辽宁)巡警道。有《晴花暖玉词》。

1803 **吕采芝**(女) 字嘉华，阳湖(江苏常州)人。吕子珏长女，同邑赵镛谟妻。有《秋笳词》，由其妹吕采芙于同治十三年(1874)为撰集序。

1804 **缪珠孙**(女) 字霞珍，一字稺青，江苏江阴人。缪玉藻次女，缪荃孙堂妹，金匮邓乃溥妻。以娩难死。有《霞珍词》。

1805 **竹秋氏**(1846—?) 号竹秋，姓名待考，浙江上虞人。咸丰十一年(1861)年十七，太平军占上虞，求食四方。有小说《春闺梦》，光绪四年(1878)著成于扬州。

1806 **袁昶**(1846—1900) 字重黎，一字爽秋，号浙西村人，浙江桐庐人。光绪二年(1876)进士，官至总理衙门大臣。因反对攻使馆，被慈禧所杀。有《朝隐卮衍词》。

1807 **张慎仪**(1846—1921) 字淑威，号芋圃，四川成都人。光绪三十一年(1905)偕儿赴都，轮船至南通失火，几被烧死。民国二年(1913)尚作词。有《今悔庵词》。

1808 **樊增祥**(1846—1931) 字嘉父，号茗僊、云门、樊山、天琴，湖北恩施人。光绪三年(1877)进士，官至江宁布政使。有《云门词》。

1809 **张百熙**(1847—1907) 字冶秋，一字诒孙，号埜秋，一号潜斋，湖南长沙人。同治十三年(1874)进士，历官户、吏、邮传三部大臣，因曾荐康有为，革职留任。有《退思轩集》。

1810 **李超琼**(1847—1909) 字紫璈，四川合江人。光绪五年(1879)举人。历官溧阳、元和、阳湖、江阴、无锡、南汇、上海、长洲等知县。有《石船居士稿》。

1811 **王曾祺** 字西樵，四川华阳人。官陕西韩城知县。同治十二年（1873）北上，翌年元日，泊舟高邮界首镇。有《聊园词存》。

1812 **王颂蔚**（1848—1895） 字芾卿，又字黻卿，号蒿隐，江苏苏州人。同治九年（1870）举人，光绪六年（1880）进士，官户部郎中。有《写礼庼词》。

1813 **庞鸿书**（1848—1915） 字劬庵，号郦亭，江苏常熟人。光绪六年（1880）进士，官至贵州巡抚，宣统三年（1911）病免。有《归田吟词》。

1814 **陈宝琛**（1848—1935） 字伯潜，号韬庵，福建福州人。同治七年（1868）进士，光绪十四年（1888）退归故里近二十年，宣统时为帝傅。清帝退位，仍留宫中，追随溥仪，伪满立，不受职。

1815 **朱家骅** 字云逵，别号心岫词人，华亭（上海松江）人。有《半甲乙词章》。

1816 **石德芬** 字星巢，原名炳枢，番禺（广东广州）人。同治十二年（1873）举人，官至四川川边道。有《绉春词》。

1817 **叶大壮** 字临恭，号损轩，福建福州人。同治十二年（1873）举人。官松江海防同知。有《小玲珑阁词》。

1818 **袁子芳**（女） 字毓卿，阳湖（江苏常州）人。袁积懋和左锡璇女。

1819 **王鹏运**（1849—1904） 字佑遐，号半塘老人、鹜翁，祖籍浙江绍兴，徙临桂（广西桂林）。同治九年（1870）举人，官至江西道监察御史。去职后居扬州，徙苏州卒。有《半塘定稿词》。

1820 **盛昱**（1850—1900） 字伯希，一字百熙，号韵莳、意园、郁华阁者，满族镶白旗人，宗室。光绪三年（1877）进士，官至国子监祭酒，光绪十四年（1888）典试山东。有《郁华馆集》。

1821 **胡薇元**（1850—1920后） 字玉津，号孝博、跛翁，大兴（北京）人。官四川知县。有《铁笛词》《云天楼词》《岁寒居词话》。

1822 **沈曾植**（1850—1922） 字子培，号巽斋，晚号寐叟，浙江嘉兴人。光绪六年（1880）进士，官至安徽布政使。清亡，寓上海海日楼。有《曼陀罗庵词》。

1823 **陈希恕** 字养吾，号梦琴，江苏吴江人。诸生。有《闹红舸词》。

1824 **鲍淑娟**（女） 字咏洲，安徽歙县（徽州）人。程惠川妻。

1825 **汪渊**（1851—1920） 字诗甫，一字时圃，号词痴，安徽休宁人。光绪拔贡生。有《瑶天笙鹤词》《藕丝词》及与妻程淑合著词集《麝尘莲寸集》。

1826 **陶牧** 字伯荪，号小柳，江西南昌人。妻亡后不复娶，因自号病鳏。与夏敬观尝相从于苏州，时已垂老。

1827 **吴毓沈** 字少山，江苏如皋人。老名士，周曾锦称之为丈。

1828 **陶炳吉** 字咏裳，上元（江苏南京）人，久寓上海。周曾锦母舅。工六法，尤长仕女画，名满东南。

1829 **阚寿坤**（女）（1852—1878） 字德娴，安徽合肥人。阚凤楼女，方承霖妻。婚后产一子，即卒。有《红韵阁遗稿》。

1830 **志锐**（1852—1912） 字伯愚，号廓轩，满镶红旗人。光绪六年（1880）进士，官至伊犁将军。有《穷塞微吟词》。

1831 **徐寿兹**（1852—1917） 字袖芝，号亢庵，元和（江苏苏州）人。官河南泌阳知县。有《亢庵诗词稿》。

1832 **林纾**（1852—1924） 字琴南，号畏庐，原名群玉，福建福州人。光绪八年（1882）举人，光绪二十七年（1901）与冒广生在京师五城学校执教五年。有《畏庐词》《补柳词》。

1833 **曾懿**（女）（1852—1927） 字伯渊，号朗秋，四川华阳人。曾咏和左锡嘉次女，袁又安妻。光绪三十年（1904）七月，游南京秦淮河，作词。有《古欢堂诗词集》。

1834 **张仲炘**（1857—1913） 字慕京，号次珊，湖北武昌人。光绪三年（1877）进士，官至通政使参议。庚子事件忤慈禧，被罢放。有《瞻园词》。

1835 **陈廷焯**（1853—1892） 字亦峰，原名世琨，江苏丹徒人，流寓泰州。光绪十四年（1888）举人。有《云韶集》《白雨斋词话》。

1836 **张祥龄**（1853—1903） 字子芯，一字子苐，号芝馥，四川广汉人。光绪二十年（1894）进士，官陕西大荔知县。有《半箧秋词》。

1837 **张謇**（1853—1926） 字季直，号啬庵，江苏南通人。光绪二十年（1894）状元，丁忧归里，兴办大生纱厂。民国元年（1912）任南京临时政府实业总长，四年（1915）任北京政府农林工商总长。

1838 **丁立钧**（1854—1902） 字叔衡，号云樵、衡斋，江苏丹徒人。光绪六年（1880）进士，官沂州知府，后主讲南菁书院。

1839 **杨钟羲**（1854—1940） 字留垞，号志勤、芷晴，初名钟广，姓尼堪氏，汉军正换旗人，居辽宁辽阳。光绪十六年（1890）进士，官襄阳、淮安等知府。光绪二十五年（1899）始改今姓名。有《雪桥词》。

1840 **汪夔** 字典诏，安徽休宁人。光绪举人，官霍山县教谕。有《芸香馆词》。

1841 **孙点**（1855—1891） 字君异，号圣与、颀石、三梦词人，安徽来安人。光绪十三年（1887）游日本，为大使黎庶昌随员，十七年（1891）五月归国途中投海自杀。有《鸣馆百叠集》。

1842　**萧道管**（女）（1855—1907）　字君佩，一字道安，侯官（福建福州）人。学部主事陈衍妻。有《戴花平安室词》。

1843　**金蓉镜**（1855—1929）　初名鼎元，更名蓉镜，字香严，号甸丞，浙江嘉兴人。光绪十五年（1889）进士，官湖南永顺府知府，光绪三十年（1904）与陶葆霖等捐书集款，创办“嘉郡图书馆”（即嘉兴市图书馆前身）。

1844　**许禧身**（女）　字仲萲，钱塘（浙江杭州）人。陈夔龙妻。有《亭秋馆词钞》。

1845　**文廷式**（1856—1904）　字道希，号芸阁、罗香山人，晚号纯常子，江西萍乡人。光绪十六年（1890）进士，官侍读学士，与康有为等组织《强学会》，忤慈禧革职，避祸日本。有《云起轩词钞》。

1846　**郑文焯**（1856—1918）　字俊臣，号小坡、大鹤山人、冷红词客，辽宁铁岭人。隶汉军旗。光绪元年（1875）举人，官内阁中书。有《瘦碧词》《冷红词》。

1847　**陈衍**（1856—1937）　字叔伊，号石遗，侯官（福建福州）人。光绪七年（1881）举人，官学部主事。有《朱丝词》二卷，乃亡妇萧道管手书也。

1848　**蒯光典**（1857—1910）　字理卿，一字礼卿，安徽合肥人。光绪九年（1883）进士，官淮阳道西湖学院监督，二十四年（1898）创江宁高等学堂，宣统二年（1910）赴南海劝业。有《金粟斋集》。

1849　**朱孝臧**（1857—1931）　字古微，一字霍生，原名祖谋，号疆村，浙江湖州人。光绪九年（1883）进士，官至礼部侍郎，受聘江苏政治监督。有《疆村词》。

1850　**宋育仁**（1857—1931）　字芸芝，一字道复，号芸子，四川富顺人。光绪十二年（1886）进士，二十年（1894）以参赞使法、意、比三国。有《问琴馆词》。

1851　**夏孙桐**（1857—1941）　字闰枝，一字悔生，号闰庵，江苏江阴人。光绪十八年（1892）进士，历官湖州、宁波、抚州知府。民国初入清史馆。有《悔翁词》。

1852　**金馥**（女）　字小香，元和（江苏苏州）人。苏州程兆骞妻。有《静香居词》。

1853　**程淑**（女）（1858—1899）　字绣桥，一字秀乔，安徽休宁人。同邑汪渊继妻。有《绣桥诗词存》，又有与夫合著的词集《麝麈莲寸集》。

1854　**易顺鼎**（1858—1920）　字实甫，一字仲安，号眉枷，晚号哭庵，龙阳（湖南寿阳）人。光绪元年（1875）举人，官至广东钦廉道。有《湘弦词》《楚颂亭词》。

1855　**康有为**（1858—1927）　字广厦，号长素，又号明夷、更甡、西樵山人，南海（海南岛）人。光绪二十一年（1895）进士，官工部主事，维新派首领，变法失败后逃亡日本，1920年居杭州西湖丁家山。有《万木草堂词》。

1856　**潘飞声**（1858—1934）　字兰史，番禺（广东广州）人。梁佩琼夫，壮岁游德国柏林，归居南洋群岛间，民初居上海。有《饮琼浆室词》。

1857 **陈宗遹** 字云窗，闽县（福建福州）人。有《竹窗词》《补眠庵词》。

1858 **梁鼎芬**（1859—1919） 字星海，一字伯烈，号节庵、夕庵，番禺（广东广州）人。光绪十六年（1890）进士，官至湖北按察使，民国初为宣统师傅。有《款红楼词》。

1859 **况周颐**（1859—1926） 原名周仪，字夔笙、夔生，号蕙风，临桂（广西桂林）人。光绪五年（1879）举人，官内阁中书，后入两江总督张之洞幕。有《蕙风词》。

1860 **李穆宣** 四川人。光绪八年（1882）秋，为唐彩臣作《满江红》词，三十二年（1906）三月，在重庆旅次，民国十年（1921）作《扫花游词》。

1861 **江标**（1860—1899） 字建霞，号师祁、萱圃、灵鹣阁主，元和（江苏苏州）人。光绪十五年（1889）进士，官湖南学政，助巡抚推行新政，戊戌后革职，被痼于家。有《红蕉词》。

1862 **汪鸣琼**（女） 字静君，钱塘（浙江杭州）人。江标妻。有《瑶碧词》。

1863 **裘凌仙**（女） 字筱云，江苏扬州人。通判裘云栋女，乐平太守秦国均妻。二十二岁结婚，寓杭州，应课于诂经精舍俞樾处。有《明秋馆词》，樊正祥为之序。

1864 **金芳荃**（女） 字畹云，浙江嘉兴人。知县金献琛女，平湖陈景迈妻。有《纫秋馆词》《绚秋阁诗词稿》。

1865 **王芰舫** 有《蝶恋花》词，见李佳所撰《左庵词话》。

1866 **曹仰山** 有《贺新凉》词，见李佳所撰《左庵词话》。

1867 **汪兆镛**（1861—1939） 字伯序，号憬吾，番禺（广东广州）人。原籍浙江绍兴。光绪十四年（1888）举人，尝受业于陈澧，民国初居澳门，闭户著述。有《雨屋深灯词》。

1868 **可庐主人** 弹词《笑中缘图咏》作者，书成于光绪十四年（1888）。

1869 **徐士怡** 字棣友，安徽石棣人。有《瘦玉词钞》。

1870 **王以慜** 字梦湘，又名以敏，字子捷，号古伤，武陵（湖南常德）人。光绪十六年（1890）进士，官至江西瑞州知府。有《檗坞词》。

1871 **俞庆曾**（女）（1865—1897） 字吉初，浙江德清人。俞樾孙女，南京宗舜年妻。有《绣墨轩诗词》。

1872 **程颂万**（1865—1932） 字子大，号十发，湖南宁乡人。布衣，中年捐官知府，老于湖北候补。辛亥（1911）后避居上海，与夏敬观常相交往。有《鹿川词》。

1873 **陈夔**（约1866—?） 字子韶，号伯瓠，浙江诸暨人。光绪七年（1879）其叔赠扇面，始学词，夏丏尊曾向其索词。有《虑尊词》。

1874 **薛绍徽**(女)(1866—1911) 字秀玉，号男姒，侯官(福建福州)人。邮传部主事陈寿鹏妻，陈芸母。有《黛云楼诗词集》。

1875 **黄人**(1866—1913) 原名振元，字慕韩，又字慕庵，号摩西，江苏常熟人。中岁任教苏州东吴大学，民国元年(1912)南京成立临时政府，欲往，至火车站因足疾还，翌年发狂疾死。有《摩西词》。

1876 **许之雯**(女) 字修梅，钱塘(浙江杭州)人。许祐身和俞绣孙女，俞樾外孙女，福建王孝亮妻。有《湘云馆诗钞》。

1877 **邓邦达** 字诵臧，江宁(江苏南京)人。光绪十七年(1891)举人，官江西瑞金知县。有《赛庵词》。

1878 **冯誉骧** 字芗甫，四川什邡人。光绪十七年(1891)登贤书。有《留余草堂诗集》。

1879 **程澍** 字甘园，安徽休宁人。光绪十七年(1891)举人，官度支部主事。有《匏笙词》，为谭献所称。

1880 **沈惟贤** 字思齐，号逋翁，江苏华亭(今上海松江)人。光绪十七年(1891)举人，浙江候补知县。有《逋居士集》。

1881 **关赓麟** 字颖人，南海(海南岛)人。张织云夫。居北平(北京)时筑别墅稊园。有《稊园诗集》。

1882 **张织云**(女) 关赓麟妻。能吟咏。有《饴乡集》，乃与夫唱和之作。

1883 **劳纺**(女)(1867—1901) 字织文，浙江桐乡人。劳乃宣次女。25岁时，在其父吴桥知县任上，嫁嘉兴陶葆廉为继室。随夫去兰州公爹陶模任所，35岁(1901)在陶模两广总督任所患鼠疫卒。有《织文女史词》，1985年发表于龙沐勋主编之《词学季刊》上，共133首。

1884 **李宝嘉**(1867—1907) 字伯元，别号南亭亭长，武进(江苏常州)人。诸生，屡应乡试不第，至沪办《指南报》《游戏报》。有《南亭四话》和小说《官场现形记》。

1885 **刘毓盘**(1867—1928) 字子庚，号椒禽，浙江江山人。光绪二十三年(1897)拔贡。有《濯绛宦存稿》，光绪二十七年(1901)吴县彭世襄为之序。

1886 **赵熙**(1867—1948) 字尧生，号香宋，四川荣县人。光绪十八年(1892)进士，官至江西道监察御史。民国二十六年(1937)七七事变，应冯玉祥请，卖字助抗日军饷。有《香宋词》。

1887 **耆龄** 字寿民，号濩斋、无闷居士，伊尔根觉罗氏，满正红旗人。官内阁学士，兼礼部侍郎衔。有《消闲词》。

1888 **汪律本**(1867—1931) 号鞠卣、鞠友，安徽歙县西溪人。光绪二十年(1894)举人，曾执教南京两江师范学堂，后隐居安徽贵池乌渡湖畔。

1889 **续廉** 字晓泉、子隅，号辉发，那拉氏，满正白旗人。光绪十九年(1893)举人。

1890 **洪汝闿**(1869—?) 字泽丞，安徽歙县人。有《句庐词》。

1891 **桂念祖**(1869—1915) 一名赤，字伯华，江西德化人。光绪二十三年(1897)中副举，从康、梁变法，主沪萃报馆。后留学日本十余年，客死。

1892 **徐珂**(1869—1928) 原名昌，字仲可，仁和(浙江杭州)人。光绪十五年(1889)进士，官内阁中书。有《纯飞馆词》。

1893 **梁启超**(1873—1929) 字卓如，号任公、饮冰室主人，广东新会人。光绪十五年(1889)举人，康有为弟子。戊戌政变失败，亡命日本，民国初年，任司法、财政总长，晚年讲学清华大学。有《饮冰室词》。

1894 **徐自华**(女)(1873—1935) 字寄尘，号纤慧词人，石门(浙江桐乡)人。嫁南浔梅韵笙。曾任南浔浔溪女学校校长，系秋瑾盟姊，同情革命。有《纤慧词》。

1895 **冒广生**(1873—1959) 字鹤亭，号疚斋，江苏如皋人。周星诒外孙。光绪二十五年(1899)秋在苏州，江标为其画扇题词。有《小三吾亭词话》。

1896 **黄瓯碧**(女) 浙江瑞安人，编修黄叔颂女，如皋冒广生妻。冒广生在光绪二十年(1894)举贤书，时年方二十，其师黄叔颂遂将女偶之。

1897 **蔡宝善**(?—1936后) 字师愚，号孟庵，浙江德清人。光绪二十三年(1897)拔贡，与刘毓盘同年，民国十九年(1930)解职后居江苏苏州沧浪亭侧。有《瓶笙花影词》。

1898 **冯江** 字星吉，四川华阳人。光绪二十三年(1879)举人，官云南平彝知县。有《写定楼遗稿》。

1899 **陈潼** 字经渔，号苇湄，四川绵阳人。光绪二十四年(1898)进士，官浙江孝丰(今安吉)知县，辛亥(1911)作《春云怨》词。有《窳庐词》。

1900 **麦孟华**(1874—1915) 字儒博，号蜕庵，广东顺德人。光绪十九年(1893)举人。有《蜕庵词》。

1901 **王嘉诜** 字少所，一字邵宜，原名如曾，晚号蛰庵，江苏徐州人。廪贡生，官试用通判。光绪二十五年(1899)作《大酺》词。有《蛰安词》《劫余词》。

1902 **崔宗武** 字骥云，浙江海盐人。有《棠隐词钞》。

1903 **牛蔚堂** 字秀臣，一字文棨，山东诸城人。官山东范县训导。有《问吾心斋词》。

1904 **孙缵** 字梦华，四川人。词见《历代蜀词全辑》。

1905 **胡用宾** 字雁臣，四川人。词见《历代蜀词全辑》。

1906 **三多**（1875—?） 字六桥，蒙古正白旗人。光绪举人，俞樾弟子。历官杭州知府，浙江武备学堂及洋务局总办，归化副都统。民国成立，任东北军边防司令公署谘议。

1907 **瞿宣颖**（约1875—?） 字兑之，湖南长沙人，大学士瞿鸿机子。有《青玉案》词。见《忍古楼词话》。

1908 **秋瑾**（女）（1875—1907） 字璿卿，号竞雄、鉴湖女侠，山阴（浙江绍兴）人。光绪二十一年（1895）随父至湖南，嫁湘潭王廷钧，三十年（1904）赴日本留学，参加光复会、同盟会，三十三年（1907）任绍兴大通学堂督办，筹划反清革命，事败被杀于轩亭口。遗体由义姊吴芝瑛运往杭州西湖畔安葬。

1909 **夏敬观**（1875—1953） 字剑丞，号盥人、映庵，江西新建人。生于湖南长沙。光绪二十年（1894）举人，历任三江师范、复旦大学等监督、江苏巡抚参议，民国初任浙江教育厅长。有《映庵词》。

1910 **左又宜**（女）（1875—1911） 字幼联，号鹿孙，湖南湘阴人。左宗棠孙女，夏敬观妻。精刺绣，能诗词。有《缀芬阁词》，民国二年（1913）出版。

1911 **沈德麟**（1875—1915） 字虹夫，浙江海盐人。父死家贫，初为某商会计，后馆何家教席，抑郁咳血卒。有《环绿轩词》。

1912 **罗振常**（1875—1944） 字经之，号心井，晚号邈翁，浙江上虞人。光绪三十二年（1906）去沪谋生，民国元年（1912）春去日本，民国三年（1914）春返沪，民国十七年（1928）偕妻女游杭州西湖。尝追随废帝溥仪于天津。

1913 **李放** 字小石，辽宁义县人。官度支部员外郎。

1914 **黄衍昌** 字椒升，香山（广东中山）人。诸生。有《倚香榭词》。

1915 **徐绍植** 字伯生，番禺（广东广州）人。有《水南阁诗草》。

1916 **李道清**（女） 字味兰，安徽合肥人。李鸿章嗣子李经方女，江苏常熟杨鉴莹妻。有《饮露词》。

1917 **王国维**（1877—1927） 字静安，又字伯隅，号观堂、永观，浙江海宁人。以诸生留学日本，回国后任教南通、苏州师范，民国十四年（1925）起任职清华研究员。二年后，自沉于颐和园昆明湖。有《人间词》《人间词话》。

1918 **李慎溶**（女）（1878—1903） 字稺清，福建福州人。李宗祎长女，李宜龚妹，孙鸿谟妻。有《花影吹笙词》。

1919 **陈曾寿**（1878—1949） 字仁先，号耐寂，湖北蕲水人。光绪二十九年

(1903)进士，官至广东道监察御史。壮岁去官，筑室杭州西湖奉母，晚年居沪斗室中焚香默坐。有《旧月簃词》。

1920　**张锦**(女)　字丽芬，湖南长沙人，朱应徵妻。有《闲与轩遗词》。

1921　**李家璿**(女)　字小斋，江西德化人。甘肃提法司李传铎女，江阴进士何震彝妻。有《撄云阁词》。

1922　**沈以淑**(女)　四川大足人，刘御六妻。有《潇湘集》。

1923　**高浣花**(女)　号浣雪，又号荼蘼老人，四川华阳人。南江拔贡杨延贤继妻。早寡。有《鹃血余草》。

1924　**陈芸**(女)(？—1911)　字芸仙，一字淑宜，自号道山女子，福建福州人。陈寿彭和薛绍徽长女。有《小黛轩诗集》，附于母《黛云楼诗词集》后出版。

1925　**何人鹤**　字云浦，一字鸣九，四川绵阳人。岁贡生，因报父仇杀人入狱，后遇赦免。有《台山诗文集》。

1926　**马汝邺**　字书城，四川成都人。词见重庆出版社《历代蜀词全辑》。

1927　**周守瑜**　四川灌县人。工词。词见重庆出版社《历代蜀词全辑》。

1928　**林毓麟**　字韵秋，四川华阳人。词见重庆出版社《历代蜀词全辑》。

1929　**汪佩祖**　字子瓛，安徽休宁人。诸生。有《诗余》一卷。

1930　**无名氏**

现当代　共279人，其中女62人。

1　**俞陛云**(1868—1950)　字阶青，号斐盦，别号乐静居士，浙江德清人。俞樾孙。光绪二十四年(1898)进士，二十八年任四川副考官。辛亥(1911)后居北京。有《乐静词》。

2　**陈洵**(1871—1942)　字述叔，号海绡，广东新会人。客游江西十余年，晚年任广州中山大学教授。有《海绡词》。

3　**林思进**(1873—1953)　字山腴，别署清寂翁，四川成都人。光绪二十八年(1902)举人，翌年赴日本考察教育，归国后创办成都府学堂，宣统二年(1910)官内阁中书。

4　**易孺**(1874—1941)　字季复，号大厂、韦斋，广东鹤山人。求学广雅书院，中年游学日本，历任北京高师、上海音乐院教授。有《宜雅斋词》《和玉田词》。

5　**张尔田**(1874—1945)　一名采田，字孟劬，号遁庵，浙江杭州人。清末后补知府，民国初预修《清史》、旋任北京大学教授，晚年为燕京大学总导师。有《遁庵乐府》。

6　**王迈常**(1879—1962)　字铭远，号瘦匏、煮雪老人，安徽休宁人，居浙江嘉兴。

清诸生，解放后为浙江省文史研究馆馆员。有《煮雪词》。

7 **朱师辙**（1879—1969） 字少滨，号允隐，安徽黟县人。朱骏声之孙，朱孔彰之子。民国初任清史馆协修，抗战胜利后执教于广东中山大学。

8 **章柱** 字石承，江苏泰县人。有《西平乐》词，见龙沐勋《词学季刊》。

9 **李叔同**（1880—1942） 字息霜，名岸，号叔同，出家后法名弘一，天津籍，生于浙江平湖。幼丧父，年二十，奉母寓沪，肄业南洋公学，1905年留学日本，精音乐、美术。1912年执教于浙江两级师范学堂，1918年出家为僧，卒于福建泉州福林寺。

10 **钟毓龙**（1880—1970） 字郁云，号庸翁，浙江杭州人。光绪二十九年（1903）举人，曾任杭州崇文中学校长，浙江通志馆副总编。有笔记《说杭州》。

11 **吕湘**（女）（？—1921） 字惠如，号晓珠、宝莲，安徽旌德人。吕佩芬长女，吕碧城姊。有《惠如长短句》。

12 **吕碧城**（女）（1883—1943） 字圣因，号遁天，安徽旌德人。吕佩芬第三女。工文、词，中年侨居瑞士雪山，弘扬佛法。第二次世界大战爆发归国。有《晓珠词》。

13 **汪精卫**（1883—1944） 字季新，名兆铭，广东广州人。留学日本，参加同盟会，追随孙中山。1940年公开投日，在南京成立伪政府，1944年病卒于日本。有《小休闲词》。

14 **沈尹默**（1883—1971） 原名君默，浙江湖州人。生于陕西兴安府汉阴厅（陕西安康市汉阴县）。有《秋明集》。

15 **郭则沄**（1884—1947） 字啸麓，一字蛰云，福建福州人，俞陛青婿。清末进士，官至浙江温处兵备道。民国十八至二十一年为国务院秘书。有《过龙山房诗余》。

16 **吴梅**（1884—1939） 字瞿安，号霜厓，江苏苏州人。专研南、北曲、填词，历任北京、中山、中央等大学教授。卒于云南大姚县。有《霜厓词录》。

17 **黄侃**（1886—1935） 字季刚，湖北蕲春人，章炳麟弟子。早岁游学日本，加入孙中山同盟会。历任北大、武昌高师、中央大学等教授。

18 **谭恩闿** 字祖庚，湖南茶陵人，谭延闿四弟，在军部任职。有《灵鹊蒲萄竟馆遗词》。

19 **邵瑞澎**（1888—1938） 字次公，浙江淳安人。清末肄业于浙江优级师范，民国初为众议院议员。历任北京师范、河南大学教授。晚年定居河南开封。有《扬荷集》。

20 **胡适**（1891—1962） 字适之，号藏晖室主人，安徽积溪人。宣统二年（1910）留学美国，民国二十年（1831）任北京大学文学院院长，二十七年为驻美大使，博士衔。

21 **乔曾劬**（1892—1948） 字大壮，别署波外翁、劳庵，四川成都人。就学于北京讲学馆，懂法文，能诗词。历任中央大学、台湾大学教授。有《波外乐章》。

22 **毛泽东**(1893—1976) 字润之，湖南湘潭人。中国共产党领袖，中华人民共和国主席。政治家、军事家、文学家，工诗词。

23 **张恂子** 上海南汇人。小说家。民国十七年(1926)其友施济群延入《金刚钻报》任编辑，1932年撰有《隋宫两朝演义》，其友周瘦鹃为之序。

24 **叶圣陶**(1894—1988) 原名叶绍钧，字秉臣，江苏苏州人。历任教授、编辑、教育部副部长、中央文史馆馆长。有《倪焕之》等。

25 **罗庄**(女)(1896—1941) 字孟康，小学寤生，号初日楼主人，浙江上虞籍，江苏淮安人。罗振常长女，湖州周延年妻。民国元年(1912)随父避乱去日本，翌年春随父返沪。有《初日楼稿》，成于1921年秋。

26 **郁达夫**(1896—1945) 名文，字达夫，以字行，浙江富阳人。民国二年(1913)留学日本，1922年归国。历任北大、武昌师大、中山大学等教授。后去南洋群岛抗日，1945年胜利前夕，被日本宪兵队杀害。

27 **溥濡**(1896—1963) 字心畬，满爱新觉罗氏，宗室，恭亲王奕訢孙。定居北京。民国二十四年(1935)重阳游宝藏寺。有《寒玉堂诗余》。

28 **顾绍钧**(1897—1951) 字一鸣，号冷鸥，浙江嘉兴人。上海法科大学毕业，嘉兴名律师，筑书室名“文一斋”。

29 **董巽观**(1897—1971) 名祥晋，字巽观，以字行，一字吉甫，浙江嘉兴人。江苏纺织学院毕生，浙江省文史研究馆馆员。有《春雨斋词》。

30 **鲍光豹**(1898—1961) 字幼文，别字饫闻，安徽歙县人。曾任安徽学院中文系副教授。有《凤山词》。

31 **丰子恺**(1898—1975) 原名丰润，又名仁，字子恺，浙江桐乡石门人。求学于浙江两级师范，李叔同得意弟子，著名漫画家。1921年留学日本，归国后执教于上虞春晖中学。故乡筑有“缘缘堂”。

32 **朱奇**(1898—1978) 字大可，一字莲垞，浙江嘉兴人，祖籍南京。南京农学堂毕业，曾任上海《新申报》主编，建国后任华东师范大学教授。

33 **瞿秋白**(1899—1935) 江苏常州人。中国共产党早期领导人之一，后被捕牺牲。有《瞿秋白文集》。

34 **郑冰心**(1900—1975) 广东中山人。早年参加南社。去香港后任工商日报等主笔，并任教于中山大学等校。有《冰心楼词话》。

35 **谢婉莹**(女)(1900—1998) 笔名冰心，福建长乐人。中国作家协会理事，全国人大代表，《人民文学》编委。有《寄小读者》，名噪全国。

36 **陈毅**(1901—1972) 四川乐至人。1919年在法国勤工俭学校工读,1921年回国。历任新四军军长、第三野战军司令、上海市长、外交部长等职。

37 **唐圭璋**(1901—1990) 江苏南京人。南京师范大学教授、中国韵文学会会长、中国诗词学会顾问。编有《全宋词》《词话丛编》等。

38 **龙沐勋**(1902—1966) 字榆生,号忍寒,江西万载人。历任暨南大学、中央大学中文系教授。建国后任上海文管会编纂、上海音乐院教授。曾主编《词学季刊》。辑有《唐宋名家词》等。有《忍寒庐词》。

39 **陈翠娜**(女)(1902—1968) 字小翠,一名玉翠,浙江杭州人。陈栩女。曾任上海女子文学专校教授、上海画院画师。

40 **丁宁**(女)(1902—1980) 字怀枫,别号昙影楼主,江苏镇江人,后移居扬州。曾任南京中央图书馆特藏员。建国后在江苏、安徽等省图书馆负责古籍。有《昙影楼词》。

41 **俞振飞**(1902—1993) 名远威,以字行。江苏娄县(今上海松江)人,出生于苏州。父俞粟庐精昆曲。幼承父学,成为当代昆曲大师,曾任中国戏学学校校长等职,名昆蔡正仁、岳美缇等皆出其门下。

42 **顾毓琇**(1902—2002) 字一樵,号古樵、锡山樵翁,江苏无锡人。清华学校毕业,留美获麻省理工学院博士学位,曾任教于浙江大学、国立中央大学、清华大学等,后旅美任麻省理工学院、宾夕法尼亚大学正教授。有《顾一樵全集》《樵歌集》《松风集》。

43 **李澄波**(女) 河南沁阳人。词见龙沐勋《词学季刊》。

44 **陈家庆**(女) 字秀元,湖南宁乡人。1934年3月冒雨游小姑山,作《满江红》词。见龙沐勋《词学季刊》

45 **黄庆云**(女) 广东广州人。词见龙沐勋《词学季刊》。

46 **叶成绮**(女) 字圣彦,安徽桐城人。词见龙沐勋《词学季刊》。

47 **罗长铭**(1904—1971) 安徽歙县人。曾任神州国光社编辑。有《长铭诗词钞》。

48 **卢前**(1905—1951) 原名正绅,字冀野,号小流、饮虹园丁,江苏南京人。吴梅弟子,南京东南大学毕业。历任金陵、暨南、中央、成都等大学教授,1940年任永安国立音专校长。

49 **王远甫**(1906—1992) 福建古田人。任中学语文教师四十年。有《求是斋诗词稿》。

50 **华钟彦**(1906—1988) 原名连圃,辽宁沈阳人。曾任河南大学教授。有《莳衡吟馆诗词》《花间集注》。

51　**王沂暖**(1907—1998)　字春沐,吉林九台人。北京大学毕业,曾任西北民族学院教授。有《春沐诗词钞》。

52　**朱石轩**(1907—1985)　号朱庵,浙江嘉兴人。居春波桥北西河街(今解放路)。任职嘉兴永明电灯公司(后改嘉兴电厂)多年。

53　**庄一拂**(1907—2001)　字淮民,号箨山、南溪、白茅庵主,浙江嘉兴人。东亚大学研究院毕业。尝受浙江通志馆聘,与修省志。建国后为嘉兴市文保会筹委,整理图书馆藏书。有《双华词》。

54　**沈祖棻**(女)(1909—1977)　字子苾,笔名紫曼、绛燕,浙江海盐人,生长于江苏苏州。程千帆教授妻。南京中央大学毕业,成都大学教授。死于车祸。有《涉江词》。

55　**赵宛**(女)(约 1910—?)　字竹静,江苏常熟人,生长于"赵园"。乙亥(1935)回赵园探亲,填《洞仙歌》词。见《苏州杂志》2005 年第 2 期。

56　**宋清如**(女)(1911—1997)　笔名青青、冬青树,江苏常熟人。嘉兴朱生豪室。有《寄在信封里的灵魂》。

57　**朱生豪**(1912—1944)　学名文生,笔名朱生,浙江嘉兴人。1933 年毕业于杭州之江大学,寻与同学常熟宋清如结婚。任上海世界书局英文编辑。译《沙士比亚全集》。

58　**许白凤**(1912—1997)　字奇光,浙江平湖乍浦镇人。尝经营木业,退休干部。工词,词法有特色。常以口语入词,既符格律,又活泼生动,被誉为"词仙"。有《亭桥词》《亭桥词话》。

59　**吴藕汀**(1913—2005)　号药窗、小钝、信天翁,浙江嘉兴人。工词善画,在浙江省图书馆工作多年,1986 年被聘为省文史研究馆馆员。有《砚北词》《词名索引》等。

60　**张秀材**(1914—?)　字梦非,吉林省吉林市人。长期从事教育,曾任辽宁交通高等专科学校高级讲师,辽宁诗词学会顾问。

61　**王亦纯**(1915—2012)　江苏盱眙人。曾任皖东北日报、淮北人民日报编辑。建国后任辽宁省委工业部副部长、辽宁市委书记。有《散绮》。

62　**郭力**(女)(1915—?)　原名增莲,河南许昌人。中原大学毕业,曾任成都女中、开封师范等校教师,河南省文联编辑。有《风雨诗草》。

63　**周舒**(1916—?)　福建福州人。大专文化,青年时期在长江中下游参加抗日,建国后在贵阳国企财贸工作。有《陋室诗草》。

64　**谭任杰**　澳门人。词见花城出版社《当代诗词》1981年第一集。

65　**袁慧珍**（女）（1917—?）　江苏常州人。毕业于北京师范大学中国文学系，获文学士学位。有《袁慧珍诗词集》。

66　**刘素存**（1917—?）　师范毕业，系碧湖诗社社员。有《素存诗词集》。

67　**陈从周**（1918—2000）　字梓翁，浙江绍兴人。1942年获之江大学学士，历任之江大学、苏州美专、同济大学等教授、博士生导师。有《山湖处处诗词集》。

68　**丁量**（1918—?）　字志澄，号里昂，自号钓翁书舍主人，河南罗山人。毕业于河南大学文史系，文学士学位，执教于西平柏城高中、潢川中学、信阳师范等校。有《心声吟诗集》。

69　**李群庆**（1919—2011）　字剑横，白族，云南大理人。正师毕业。建国前曾任昆明中央日报文艺副刊编辑，现系云南邮电退休干部。有《晚晴斋诗草》。

70　**黄良筹**（1919—?）　笔名梦痕，福建闽清人。中学高级教师，曾获福州市授予的"优秀教育世家"牌匾。

71　**王前英**（女）（1917—2012）　安徽无为人。亚细亚作家协会会员。

72　**林国桢**（1920—?）　笔名林贞木，江苏淮阴人。有《试梦楼吟草》。

73　**潘炎珍**（女）（1920—?）　安徽泾县人。大专毕业，中学数学教师。系浙江省书法家协会、浙江省诗词学会会员。

74　**何公卓**（1921—?）　号牧牛奴，广西桂平人。农民，大专文化。中华诗词学会会员，桂平市老年大学诗词专业教师。有《一点红词》。

75　**周星初**（1921—?）　笔名咱家，湖南新邵人。大专文化，离休教师。有《沧桑录》《鳞爪集》《晚晴集》等。

76　**胡又耒**（1921—?）　江西南昌人。历任中学、专科学校教师四十年。

77　**祖保泉**（1921—2013）　安徽巢县人。1947年毕业于四川大学文学院中文系，现任安徽师范大学教授、硕士生导师。有《丹枫词稿》。

78　**马萧萧**（1921—2009）　山东安丘人。1948年毕业于西北农学院，同年入延安大学学习并留校工作。曾任中国民间文艺出版社总编辑。有《翠笛引》。

79　**萧研衷**（1921—?）　字慎绥，湖南涟源人。北京电视大学中文系毕业，系葛洲坝水电工程学院退休干部。有《引玉》诗词楹联集。

80　**王荫民**（1922—?）　号后乐叟，安徽凤阳人。大学本科毕业，处级离休干部。北京卿云诗社副社长。有《晚晴吟草》。

81　**江辛眉**（1922—1986）　字阮棠，浙江嘉兴新塍人。1939年求学于无锡国学专修学校，1943年起执教于上海东南医学院等校，1978年任教于中国人民大学。有

《阮棠诗词选》。

82 **冼夔培**(1922—?) 广东顺德人。广东大学中文系及香港罗富园师范学院毕业,曾任香港树仁学院词学讲师。

83 **马龙图**(1922—?) 甘肃泾川人。中学退休教师。

84 **戚卓人**(1922—?) 字一丁,江苏沛县人。中华诗词学会会员,钟山诗社理事。

85 **黄山**(1922—?) 原名黄祥隆,四川彭州人。现为哈尔滨工程大学离休教授。

86 **赵剑华**(1922—?) 河北易县人。政协易县第三至六届委员。有《赵剑华诗词集》《晚晴放歌》等。

87 **郑寿岩**(1922—?) 号昭父,笔名史沫,福建福州人。大学本科法学士,高等文官考试及格。曾任大助、中教、报刊主编。有《寿岩词选》。

88 **车乘轨**(1923—2016) 原名久琦,浙江绍兴人。华中电信学院毕业,曾任教员。1946年考入嘉兴绢纺厂,经济师职称。建国初曾兼任本厂职工业余学校暨子弟小学校长。著有《越秀诗词楹联集》。

89 **施亚西**(1923—?) 浙江杭州人。浙江大学毕业,曾任华东师大中文系讲师、副教授。《中华诗词年鉴》副主编。有《听松楼吟稿》。

90 **禹金洲**(1923—?) 又名锦洲,号秋阳,河南泌阳人。1948年毕业于省立信阳师范,1949年入中原大学。历任江西八一革大。省市劳动部门工作。有《岁寒集》。

91 **徐大本**(1923—?) 字延培,号竹枝,别署长河渡叟,安徽芜湖人。大学毕业,教育工作者。有《渡叟诗词》。

92 **桂平**(1923—?) 字靖林,号饮香室主,江苏泰州人。安徽大学毕业,历任高中语文教师多年。有《饮香室诗词稿》。

93 **袁第锐**(1923—2010) 重庆永川人。原国立政治大学毕业,曾任记者、编辑、县长、甘肃省政协文史专员、中华诗词学会发起人。

94 **韩西雅**(1923—?) 又名振亚,浙江嘉兴王店人。曾任中华全国总工会书记处候补书记兼宣教部部长。

95 **王鸿世**(1924—?) 湖北罗田人。中药师。

96 **李栋材**(1924—?) 湖南涟源人。大学毕业,曾从事民政、司法、教育等工作三十多年。有《饮茗室吟草》。

97 **翁月卿**(女)(1924—?) 字小斋,笔名似老,福建福州人。高护、中师,任晴川书画家联谊会理事。有《烟雨集》《翁月卿书法作品集》。

98　**商学庸**(1924—?)　贵州思南人。大学国文系毕业，任中学、师范语文教师多年，《盘江诗刊》副总编辑。

99　**张振维**(1924—1992)　字祝如，浙江安吉梅溪人。杭州国立艺专中国画系毕业，善书画、篆刻，工诗词。1957年任浙江省博物馆历史部副主任，1962年起任嘉兴图书馆副馆长。有《拜虹庐诗词》。

100　**叶嘉莹**(女)(1924—?)　加拿大籍华裔，北京人。曾任台湾大学教授等。有《中国古典诗歌评论集》。

101　**刘天宇**(1924—?)　号谱生，湖南益阳人。退休教师。有《天宇诗词》。

102　**覃允祈**(1924—?)　广西平南人。华南师院教育系毕业，高级讲师。有《格律诗形式美的记忆心理学意义》。

103　**虞子畏**(1924—?)　安徽泗县人。泗县师范退休教师，曾任《泗县志》副主编、《泗县交通志》编纂顾问。有《葆真斋吟草》。

104　**石村人**(1925—?)　本名潘浩，广西龙胜人。大学文化，中学教师。有《落叶集》。

105　**李文蔚**(1925—?)　浙江杭州人。杭州老干部诗词协会副会长。有《听雨楼诗词》。

106　**汪玢**(1925—2013)　字玢如，江西婺源人。国立安徽大学毕业，1947年加入上海作家协会。有《诗词曲典藻例解》《春洲集》《南窗韵语》《散朵集》。

107　**袁济轩**(1925—?)　字先肇，晚号无怀野叟，湖北红安人。长期在公安工作，土木建筑工程师。辑著有《妙联漫话》《柳浪风》等。

108　**张逵**(1925—?)　原名荣梓，笔名庸子，安徽肥东人。安徽高级商校毕业，后进入华东大学学习，从事工会工作多年。有《庸子情歌》。

109　**陈秀翔**(1925—?)　又名庆文，湖南湘潭人。大专文化。有诗集《霞飞室吟稿》。

110　**陈范畴**(1925—?)　别号静园，湖南安化人。高中毕业，1980年中学教师退休。有《静园诗词联选》。

111　**邹史青**(1925—1993)　原名绍儒，福建永泰人。高中毕业，曾任龙溪专署卫生局副局长，东山县委宣传部长等职。

112　**李宗宝**(1925—?)　字琴荪，笔名跛牛，土家族，四川秀山人。离休干部。

113　**丁芒**(1925—?)　江苏南通人。1946年参军，在军中任记者、编辑三十年，在总政治部《星火燎原》编辑部二十年，转业后至江苏出版局。有《当代诗词学》。

114　**蒋端方**(1925—?)　湖南岳阳人。曾任吉林工业大学教授。

115　**戴培基**(1925—?)　字日耕,号菱塘居士,江苏泰州人。大学文化,中教一级,曾任中学语文教师、教导主任等职,曾编写《泰州市民政志》。

116　**丁清赋**(1926—?)　重庆璧山人。大专文化,璧山县政协离休干部。

117　**方书隆**(1926—?)　广东晋宁人。曾任小学领导、中学教师。

118　**王竞**(1926—?)　江苏海安人。现任福建省诗词学会理事。先后出版《凤山涛声》文集、《桑榆吟草》诗集。

119　**吴阳**(1926—?)　湖南溆浦人。中国管理科学院人文研究所中医药研究员(客座教授)。有《吟园草志》。

120　**马遥华**(1926—?)　广西合浦人。中山大学历史系毕业,曾任广东雷州市火炬、东方红中学副校长,高级教师职称。有《野草集》。

121　**曾华源**(1926—?)　福建晋江人。长期从教,历任本县养正中学、一中、石光中学等完中校长。1985年离休。

122　**刘征**(1926—?)　原名国正,北京人。曾任人民教育出版社编审。有《流外楼诗词》。

123　**罗炳汉**(1926—?)　浙江台州路桥区洋屿村人。杭州大学中文系毕业,北方书画院聘为理事。

124　**鲁传熙**(1926—?)　江苏东台人。中华诗词学会会员。

125　**饶敦松**(1926—?)　江西樟树人。南昌大学中文系毕业,曾任江西靖安二中高中语文教师,高级教师职称。

126　**朱定溶**(1927—?)　湖北荆州市人。中学文化,曾任荆州市财贸学校副校长,湖北财贸报记者。有《桑榆集》。

127　**李可**(1927—2011)　字聊之,黑龙江望奎人,祖籍山东登州。曾任齐齐哈尔市人大常委会副主任。

128　**周维华**(1927—2009)　字性水,笔名涛声,安徽枞阳人。县经委退休干部。有《浪花集》。

129　**胡季武**(1927—?)　号骧名、芸香阁居士,湖北建始人。大专文化,终身从教,中教一级。自编有九个专集。

130　**张启涵**(1927—?)　四川长宁人。初中文化,江安县老年诗书画研究会理事及编委。

131　**傅瑞龙**(1927—?)　土家族,湖南永顺东坪乡人。大专学历,副主任医师,曾任县皮肤病防治院副院长,《猛洞诗声》执行主编。

132　**项亚平**(1927—?)　江西星子人。高级农业专科学校毕业,历任星子县副县长、九江地区水电局、水产局副局长等职。有《寸草吟》。

133 **欧阳介**(1927—?) 江西南康人。陕西师范大学中语函授结业。历任陕西省少华师范、澄城中学、江西省南康中学等教师。

134 **罗夫猷**(1927—?) 原名旭临，晚号旭林一栎，湖北汨罗人。大专毕业，中教高级。

135 **韩学宽**(1927—?) 福建诏安人，定居漳州市。师范毕业，曾任教员，政府干部。有诗词选集《车前草》。

136 **余良瑛**(女)(1928—?) 湖北黄梅人，湖北医学院附高职护士科毕业，副主任护师职称。湖北省楹联学会常务理事。

137 **吴纯一**(1928—?) 安徽枞阳人。从教四十余年。

138 **宋耘**(女)(1928—?) 湖南浏阳人。政治经济学副教授，已退休。现为湖南省老干部诗词协会理事，《老年诗词》编委。

139 **李文卿**(1928—?) 广西岑溪人。曾任《岑溪市志》编辑。有《蜗边吟草》。

140 **胡竞发**(1928—?) 湖北通城人。中师毕业，任教数十年。

141 **袁小帆**(1928—2006) 字云梦，号无言，江西都昌人。北京矿业学院函授毕业，江西金属材料公司高级工程师。辑有《无言斋诗文稿》《行吟集》。

142 **张世模**(女)(1928—?) 重庆人。重庆北碚教师进修学校退休教师。从事教育及工业管理工作三十五年。

143 **瞿绵**(女)(1928—?) 湖北罗田人。大专文化，曾任湖北省电力建设局计划统计师，中华诗词学会会员。

144 **罗征祥**(女)(1928—?) 福建福州人。宁波市教育委员会离休干部。有《北斗诗词集》《白鹭国诗词集》。

145 **李西亭**(1929—?) 原名庚申，号豫东农夫，河南柘县人。东北军政大学毕业，曾任武汉市工业局人事工作。有《韵琴诗词》等。

146 **吴隆扬**(1929—?) 福建南靖人。1949 年参军，1952 年转业，并升入福建师院中文系本科，毕业后中学任教。有《片石吟草》。

147 **南韬**(1929—?) 浙江黄岩人。离休干部。

148 **时先德**(1929—?) 安徽庐江人。安徽教育学院中文学科毕业，曾任安徽省卫生学校，芜湖、安庆卫生学校语文教师。

149 **张进义**(1929—?) 陕西耀县人。前半生与政治为伍，后半生同诗词结缘。离休干部，河南诗词学会副会长。有《岁寒斋吟稿》。

150 **许继善**(1929—2006) 山东冠县人。大学文化，1943 年在抗日民主政府工作，曾任地委常委、秘书长、统战部长。有《耕夫集》等。

151 **郭笠**(1929—?) 陕西商州人。高中毕业，从事农业工作。

152 **彭纯远**(1929—?) 四川泸县人。泸州师范毕业，曾任地区林、农局副局长，畜牧局局长，畜牧师职称，主编《泸州市畜牧志》。

153 **楼森**(1929—?) 浙江义乌人，初中文化，退休干部，曾任小学教员及初中校长，人民公社党委副书记。有《恬雅草堂诗钞》。

154 **龙泉**(1929—?) 苗族，湖南凤凰人。1952 年秋湖南省立九师高师毕业，曾任凤凰报副总编辑，文化、教育、广播电视等局局长。

155 **饶宜**(女)(1929—?) 湖南长沙人。人民大学本科毕业，曾任部队新华支社、大军区报社记者、编辑，北京三十九中学校长。

156 **尹慎吾**(女)(1930—?) 贵州贵阳人。离休干部，贵阳市诗词学会理事。

157 **王淑瑾**(女)(1930—?) 江苏苏州人。苏州江苏师院历史系肄业，曾在苏州民政、文化、园林、工艺、商业等局工作。

158 **王莲芬**(女)(1930—?) 字益清，曾名凌风，山东莱州人。历任文化部、统战部部长，台湾事务办公室主任等职。教授级文化专员职称。

159 **王元童**(1930—?) 笔名求实，浙江青田人。退休教师。有《求实晚吟》。

160 **何瑞澄**(女)(1930—?) 笔名丹霞，番禺(广东广州)人。广西教育学院副教授，中华诗词学会会员，广西诗词学会理事。有《清诗词赏析》。

161 **何维馨**(1930—?) 广西桂林人。广西师范大学毕业，中学高级教师，曾任阳朔县政协委员、文史资料编辑。有《培桂楼吟草》。

162 **农子耕**(1930—?) 又名棣经，广西平南人。中师文化，历任教师、校长、公社教育辅导员、乡教育组长。创办“迎春诗社”。

163 **周奕村**(1930—?) 原名周建新，浙江永嘉人。已离休。系温州诗词学会理事。

164 **胡荫华**(1930—?) 笔名菡萏，湖北蕲春人，大专学历，高中语文教师兼教研组长。有《绿之庐诗文集》。

165 **党卓**(1930—?) 笔名卓人、愚翁，甘肃临洮人。中专文化程度。1949 年参军，1990 年离休。临洮诗词学会理事。

166 **傅瑞龙**(1930—?) 山东昌邑人，高级政工师职称，室南诗社副社长。

167 **徐贻璜**(1930—?) 浙江海宁人。教授级工程师，从事石油化工厂工程设计工作。

168 **马桂芳**(女)(1930—?) 笔名金荃女史，回族，江苏泗阳人。南师院中文系函授毕业，小教高级职称。曾任众兴中心小学副校长及中心幼儿园园长。有《青灯集》。

169 **黄辅之**(1930—?) 又名明诗，湖北咸宁人。历任中、小学校长，区政府秘书，镇党校副校长等职。

170 **龚子夫**(1930—?) 江西安义长埠乡人。江西医学院中医科主任医师、教授。

171 **萧开熑**(1931—?) 湖南芷江人。1949年参加工作，从事民族贸易及外贸工作。

172 **江希明**(1931—?) 笔名血皿，广东人，在湛江市水产公司工作。

173 **吕星吉**(1931—?) 四川南充人。中专毕业，曾从事群众团体和国营企业管理工作，经济师职称。

174 **李德新**(约1931—?) 中师毕业，高级教师。

175 **李志坤**(女)(1931—?) 贵州安顺人。高中文化，曾在安顺地委土改团及省人民广播电台工作。

176 **李昌生**(1931—?) 四川合江人。大专文化，曾聘教东电老年大学诗词。

177 **杜岳**(1931—?) 广东阳春人。师范毕业，曾任机关科员、地方报社记者、武装部长、国营工厂副厂长等职。

178 **黄志豪**(1931—?) 广东吴川人。曾任吴川市文化局副局长、广东中华诗词学会理事。有《黄志豪诗联集》。

179 **刘纲武**(1931—?) 字慕真，湖北郧县人。历任解放军南京总高级步校、西安炮校、桂林步校教员。1960年转业华侨农场，调农行。

180 **关佩如**(女)(1931—?) 满族，黑龙江人。航天工业总公司空间技术研究员、离休干部。中华诗词学会会员。

181 **江涛**(1932—?) 安徽人，抗大毕业，历任军队战士、副科长、参谋、秘书、军分区司令员等职。

182 **桂林**(1932—?) 字万鸿，笔名尊文，安徽繁昌人。初中文化，曾为繁昌县科普学会会长，现为芜湖诗词学会理事。

183 **凃复华**(女)(1932—?) 湖北孝感人。终身从事教育工作。有《刘陶斋诗词联初稿》。

184 **符济舟**(1932—?) 又名符苏，四川大邑人。早年就读于川师历史系，后从事中学及电大教学。大邑诗词楹联学会副会长。

185 **曾静涵**(女)(1932—?) 四川合江人。合江县诗书画院副院长，中华诗词学会会员。

186 **刘生忠**(1932—?) 湖南东安人。曾任教育局长、科委主任等职。有《夕阳吟草》。

187 **刘恋祺**(女)(1932—?) 字梦露,晚年自号薄楼斋主人,湖南安化人。初中毕业,曾任小学教师、食品公司统计,区、乡、社妇联主任。有《鹿角藏笺》。

188 **邓万宽**(1932—?) 江西奉新人。大学文化。曾任小学、中学校长、市郊区委统战主任科员。

189 **薛青萍**(1932—?) 又名祚鹏,湖南桃江人。家贫力学,攻读百家,1949 年开始从教,历任中学及大学教师。

190 **关一**(1932—?) 侗族,湖南新晃人。大学本科毕业,中学高级教师。岳麓诗社理事。有《墨缘录》。

191 **李莲君**(女)(1933—?) 湖北赤壁人。退休教师。赤壁市诗词楹联学会理事。有《素莲吟草》。

192 **张维琳**(女)(1933—?) 笔名梅篱,又号清园居士,江苏睢宁人。大学文化,中学高级教师。有诗词专集《槐园新咏》。

193 **沈一良**(1933—?) 字北轩,号白云居士,江西靖安人。1953 年参加工作,曾任公社党委秘书、粮站负责人等职。有《林泉杂咏》。

194 **李承春**(女)(1933—?) 四川内江人。小学高级教师。内江书画研究会及诗词楹联学会会员。

195 **刘国斌**(1933—?) 江西樟树人。曾任农村宣传队队长,报社、电台通讯员。

196 **王维宜**(1934—?) 湖南隆回人。已退休,为邵阳市诗词协会、楹联学会会员。

197 **宋首业**(1934—?) 安徽无为人。曾任安徽省委政策研究室副主任,研究员。有诗集《日光集》。

198 **李娥**(女)(1934—?) 广东吴川人。中师文化,历任小学教师及公安工作。有《东园新咏》。

199 **郭维荷**(女)(1934—?) 福建龙岩人。现为漳州诗词学会常务理事。

200 **周玉清**(女)(1934—?) 四川师范大学毕业,四川绵阳教育学院教授、四川师范大学客座教授。有《红楼梦新续》等。

201 **钟万松**(1934—?) 又名老柴火,江西兴国人。大专文化,高级教师,已退休。

202　**池檀光**(1935—?)　广东大埔人。大学本科学历，从事中学教育工作，1996年退休。

203　**张郁珍**(女)(1935—?)　广西玉林人。中学退休教师，中教一级。玉林市诗刊《万花楼》编委。与夫合著有《燕侣诗文集》。

204　**郭名扬**(1935—?)　号江左，湖北天门人。1974年任山东胜利油田美术教师。有《羁旅杂吟集》。

205　**孙竞先**(女)(1936—?)　山东济宁人。大专文化，1949年参军，任58军产妇所护理员，后在南阳分区卫生处工作，1991年离休。

206　**张淑芳**(女)(1936—?)　安徽萧县人。大专师范毕业，中学教师。所作诗、联、画多次在省、市报刊上发表。有《正气吟》。

207　**李幸**(1937—?)　字应诚，安徽繁昌人。1956年6月起从事教育工作，历任小学校长、农校副校长、镇教委督导员。有《清寒斋诗词选》。

208　**张喜海**(1937—?)　字爱洋，号腾云，河南许昌人。大学本科，岩矿鉴定地质实验高级工程师。河南诗词学会理事。

209　**陈华**(1937—?)　湖北大冶人。从事财税工作四十三年，市华夏重儒诗学社副社长兼秘书长。有《瘦竹轩吟草》。

210　**黄洪余**(1937—?)　笔名宏宇，江西萍乡人。大专文化，讲师。

211　**徐恭宜**(1937—?)　福建南平人。少年从医，中年从政，历任建瓯市计生委主任、市政府办、市侨办主任。建瓯市诗词楹联学会会长。

212　**骆昌**(1937—?)　湖北蕲春人。

213　**权衡**(1937—?)　湖北京山人。从商、行政四十三年。有《权衡诗词选》。

214　**伍影**(女)(1938—?)　湖南常德人。中山大学毕业，武汉理工大学副教授。有诗集《诗生活》。

215　**周诵明**(1938—?)　湖南湘潭人。吉林工业大学毕业，长期在高等院校任教，国家有突出贡献的专家。有《科研原理》等八部教材专著及《情系青山》诗集。

216　**马振华**(1938—?)　福建连城人。中学一级教师。龙岩市诗词学会理事。有《德文轩诗联稿》。

217　**丛丹**(女)(1938—?)　辽宁凤城人，曾任民建甘肃省委组宣处长，现任兰州市满族联谊会秘书长。有《苦竹吟》。

218　**张孝纯**(1938—?)　湖北天门人。毕业于武汉大学中文系，分配入伍，1979年转入湖北大学古籍所。

219　**洪源**(1939—?)　安徽铜陵人。1964年北京大学本科毕业，历任长江日报社编辑、武汉出版社副总编辑。有《芳草路》。

220 **胡吉祥**(1939—?) 河南西平人。历任中共河南平顶山市委副秘书长、市政府副秘书长、市地方史志办公室主任。有《棠溪诗联集》。

221 **华武**(1939—?) 原名宗幼祥,江西南昌人。江西大学新闻系毕业,留校任新闻系讲师。

222 **袁建章**(1940—?) 四川自贡人。高级讲师,内江诗词楹联学会理事。有《琴瑟集》。

223 **谭世坤**(1940—?) 湖南凤凰人。退休教师,边城诗社理事。

224 **杨福林**(1941—?) 湖南湘潭人。大学文化,湘潭钢铁公司机动处退休工程师。

225 **朱清彦**(1941—?) 自号憨翁,河南获嘉人。开封仪表厂退休技师,梁苑诗社副社长。

226 **吴素萍**(女)(1941—?) 浙江庆元人。中华诗词学会会员。

227 **马健文**(1941—?) 陕西华阴人。高中文化。

228 **刘易**(1941—?) 四川人。经河卫校教师,高级讲师职称。

229 **郑延辉**(1941—?) 字纯熙,号玉龙,重庆南川人。大专文化,个体医生。系南川市老年诗书画研究会理事。

230 **文家秀**(女)(1942—?) 湖北天门人。华中师范大学毕业,在本省京山县从事基层教育和计划生育工作。

231 **吴进卿**(1942—?) 湖南涟源人。《牛山诗选》主编,曾改编《棍打薄情郎》及《移花接木》剧本。有诗集《蝉声》《云鹤秋声》。

232 **唐天人**(1942—?) 大专学历,正高职称。湖北随州汉东诗社副社长。有《哼哼而已集》。

233 **钱世明**(1942—?) 浙江绍兴人。中国作家协会会员。有《望汾楼词》。

234 **郭智祥**(1942—?) 湖北天门人。高中文化,工程师职称。天门市诗词楹联学会副秘书长,《楚风诗词》副主编。

235 **李翠芳**(女)(1943—?) 湖南津市人。退休职工,助理经济师职称。

236 **王漱居**(1943—?) 浙江杭州人。大学毕业,浙江诗词学会常务理事。

237 **李志田**(1943—?) 河北卢龙人。农民。孤竹诗社副社长、副主编。

238 **孙昌功**(1943—?) 字云翁,号清闲居士,辽宁营口人。大连理工大学毕业,高级工程师。

239 **张淑芝**(女)(1943—?) 笔名张弘,黑龙江哈尔滨人。黑龙江省诗词协会会员。

240 **卢熙斌**(1943—?) 笔名东方涛，浙江东阳人。毕业于浙江师范学院中文系，副研究馆员。历任文联主席、民盟东阳市总支主委。

241 **侯续冬**(1943—?) 大专文化，政工师，即墨市诗词协会理事，国画《丛山叠翠》获国际书画大展赛金奖，其作品选送韩、日、加、巴等国展出。有《续冬诗草》。

242 **史文山**(1944—?) 山西沁源人。1967年毕业于山西大学政治系，太原理工大学文学院法学系副教授。

243 **杜渐**(1944—?) 自号公曼，江苏南京人。大学文化，中学高级教师。淮阴市诗词协会理事。有《公曼吟稿》。

244 **徐振洲**(1944—?) 字浩然，号耕夫，笔名逸仙，山东泗水人。高级讲师，曾任中学校长、教师进修学校工会主席等职。有《情近人间》。

245 **栗夕珍**(女)(1944—?) 广西全州人。全州湘山诗社社员。

246 **俞涌**(1945—?) 名国卿，笔名风满楼、西河生、余隐，江苏苏州人。大学文化，1960年考入南京艺术学院。苏州市职工灯谜研究会会长。

247 **时永春**(1945—?) 中学教师。

248 **冯业富**(1945—?) 笔名乙孺，安徽庐江人。庐江师范中师毕业，曾任朱庄小学校长。有《业富诗词》。

249 **何顺才**(1946—?) 土家族，贵州思南人。大专文化。

250 **吴福瑞**(1946—?) 福建连城人。福建师范大学中文系函授毕业，曾任将乐县人大副主任。有诗词联专集《滴水集》。

251 **乐本金**(1946—?) 湖北荆州人。大专文化，曾任荆州土管分局副局长。

252 **徐天佑**(1946—?) 浙江嘉兴人，喜诗词、评弹，善弹琵琶、三弦，工书法。

253 **李传才**(1947—?) 湖南冷水江人。现任中学教师。有《波月诗词》。

254 **陆崇华**(女)(1948—?) 江苏海安人。海安电子仪器厂职工。与夫徐铁民合作录制有《黄梅情歌》《黄梅金曲》。

255 **李舒凯**(1948—?) 湖南醴陵人。大学文化，高级讲师。曾任岳阳师范学校副校长。

256 **刘建武**(1948—?) 湖南宁乡人。曾任教于湖北潜江市积玉口镇太和小学。有《雅文诗词三百首》。

257 **邓细文**(女)(1948—?) 湖南安化人。初中毕业，1966年下放农村，任民办教师九年，1977年回城，分配在小淹肉食站工作。

258 **龚正春**(1949—?) 笔名啄木，别名继生，祖籍湖北麻城，生于湖北石首绣林。读民办小学一年，泥工工人。中华诗词学会会员。

259 **陆永祥**(1949—?) 浙江平湖人。长期从事企业管理工作。师事“当代词仙”许白凤先生，现为浙江省诗词与楹联学会理事、嘉兴市诗词楹联学会副会长、平湖市诗词楹联学会会长。著有《乳舟词》。

260 **邓健南**(1950—?) 江苏南通人。南通国棉一厂职工。

261 **韩海莲**(女)(1950—?) 山西太原人。大学本科毕业后进修硕士研究生，曾任编辑十五年，现在山西省妇联宣传部工作，处级。有《新女性论丛》。

262 **柯德才**(1951—?) 江西瑞昌人。大学文化，中学教师。

263 **苏些雩**(女)(1952—?) 广东东莞人。大学毕业，《后浪诗刊》副主编。

264 **饶廷振**(1952—?) 笔名林间，江西会昌人。大专文化，会计师。有《林间诗词集》。

265 **丁玉群**(1953—?) 自号蜗居愚人，别号墨香斋主，笔名竹本、春虫，安徽垓下人。大学学历，经济师，任皖北垓下诗社社长。有《学步吟》《蜗居草》。

266 **王玉湘**(女)(1955—?) 笔名湘林、沐目，黑龙江哈尔滨人。1982 年毕业于大连轻工学院，从事酿造技术工作。1991 年起在环保局任职。

267 **陈宗辉**(1956—?) 笔名牧云，福建尤溪人。大学文化，高中语文教师。有《牧云诗词》《牧云笔记》等。

268 **黄小甜**(女)(1958—?) 广东新会人。专职画家，桂林炎黄书画艺术研究院一级美术师，其作品中国画曾赴日本展出。

269 **朱建敏**(1962—?) 号吟啸轩，浙江嘉兴人，统计师、药师。1990 年开始研习传统诗词。现为浙江省诗词与楹联学会会员、嘉兴市诗词楹联学会副会长兼秘书长。著有《吟啸轩诗词稿》。

270 **胡传淮**(1964—?) 四川蓬溪人。文学学士，现为蓬溪县政协文史委主任。有《王灼集校辑》《张问安诗选》。

271 **章箫溟**(女)(1964—?) 浙江桐乡人。曾在桐乡地毯厂工作，喜绘画，好词。有《千秋岁》词献于吴藕汀九十大寿。

272 **张永霞**(女)(1965—?) 笔名永侠，江苏响水人。中国楹联学会会员，福建永安楹联学会副会长。

273 **黄浴宇**(1965—?) 浙江湖州人，现为浙江省诗词楹联学会常务理事，嘉兴诗词楹联学会副会长。有《听云轩》词。

274 **张向红**(女)(1966—?) 笔名紫桐，甘肃天水人。中华诗词学会会员。《麦积诗苑》编委。

275 **王群红**（女）（1970—？） 安徽巢县人。巢湖诗词学会会员。

276 **杨敏**（1971—？） 江苏扬中市人，扬州大学商学院毕业，网名月映疏篁。有《饮河集》。

277 **于雪棠**（1972—？） 辽宁抚顺人。博士、副教授，任职于北京师范大学文学院。出版有《唐代边塞诗传》等。

278 **董国军**（1972—？） 自号昆阳子，别署岘堂，河南叶县人。现在江苏大学工作。镇江多景诗社副社长兼秘书长，诗昆网负责人。有《翦叶集》等。

279 **代佳玲**（女）（1980—？） 现在重庆市綦江县永新镇新建学校任教。爱好文学、音乐。

词调索引

凡 例

1. 词调索引以笔画为序。

2. 词调后先注明字数、词体数,最后是页码数。

3. 词调名相同,字数不同的,在词调名后,按照字数由少到多,依次列出。

4. 词调为别名的,在词调后用括号注明主调名。

5. 词调在不同字数中,既有是主调名,又有是别名的,只在别名的字数前用括号注明主调名。

6. 同一笔画中,以首字笔画为序排列,首字相同的,则只做相应归类,不再细分笔画顺序。

一画

二画

三画

四画

五画

六画

七画

八画

九画

十画

十一画

十二画

十三画

十四画

十五画

十六画

十七字

十八字

二十字

后　记

一、本书经余六十年来不懈努力，后期风烛残年，为与死神争夺时间，甚至日夜赶编，废寝忘餐。其间还克服了护理瘫痪老妻、自身三次患病住院、房屋拆迁等种种难以想象的困难，终于在2013年7月13日脱稿竣编。由于限于财力，时逾一年，仍未正式出版。幸蒙江苏大学董国军先生赏识和鼎力推荐，获得江苏大学出版社垂青，同意优惠出版，得遂宿愿。特此致谢，并吟庆祝诗一首如下：

呕心沥血六旬年。巨选诗余喜满编。
更得知音来引荐，规范出版梦终圆。

二、本书资料多来自古籍，又系旧体词，故初稿采用繁体字，后在电脑操作时始感繁体字已不适应时代，即毅然改用简体字。但字体易改，而词调排列次序，已依繁体字笔画，如"忆"字，繁体为16画，远远排在后面，而改为简体，却只有四画，次序理应提前，但这样变动，势必将初稿推翻重编，这在时间上和精力上都不允许，实难照办，只好维持原繁体字笔画次序不变。好在本书另有"词调索引"，可以在索引中比较方便地查到该词调的页次，对原编已有所弥补，并无大碍，虽有遗憾，亦觉欣慰。

编著者
2014年9月

历代雅词大观

第三册

车乘轨　编注

江苏大学出版社
JIANGSU UNIVERSITY PRESS
镇　江

五十九字　冉冉云

韩淲（宋 423）一首

倚遍栏杆弄花雨▲卷朱帘、草迷芳树▲山崦里、[1]几许云烟来去▲画不就、人家院宇▲

社寒梁燕呢喃舞▲[2]小桃红、海棠初吐▲谁信道、午醉醒时情绪▲闲整春衫自语▲

注：① 山崦：山拗；山曲。② 社：指春社，在立春后第五个戊日。

五十九字　孝顺歌

兰陵笑笑生（明 213）一首　题意：《金瓶梅》第二回词引，咏潘金莲初试武松。

芙蓉面，冰雪肌△生来娉婷年已笄△[1]袅袅倚门余△[2]梅花半含蕊▲似开还闭▲

初见帘边，羞涩还留住▲[3]再过楼头，款接多欢喜▲[4]行也宜△立也宜△偎傍更相宜△

注：① 娉婷：美貌；已笄：古代女子十五岁戴笄，作为成人。② 余：此字鱼韵，作宽叶。③ 住：此字遇韵，作宽叶。④ 款接：殷勤接待。

五十九字　东坡引（又名渔父引）第一体，后段第一句四字，第三句七字。

辛弃疾（宋 370）一首　题：闺怨。

花梢红未足▲条破惊新绿▲[1]重帘下遍栏杆曲▲有人春睡熟▲有人春睡熟▲

鸣禽破梦，云偏目蹙▲[2]起来香腮褪红玉▲花时爱与愁相续▲罗裙过半幅▲罗裙过半幅▲

注：① 条：树枝。② 云：喻发髻。

徐士俊（明 397）一首　题：闺情，步辛稼轩韵。[1]

梦酣春兴足▲晓镜鬟垂绿▲盘成髻子灵蛇曲▲[2]小炉茶正熟▲小炉茶正熟▲

折腰数步，石榴裙蹙▲[3]鸦松恐坠钗头玉▲[4]恼公低唱莺声续▲吴笺抛几幅▲吴笺抛几幅▲

注：① 辛稼轩：即辛弃疾，见《词人小传》。② 灵蛇：髻式样。③ 石榴裙：大红裙。④ 鸦：乌鸦，喻黑发。

归淑芬（女）（明 631）一首　题：泛舟访皆令（黄媛介，见《词人小传》）闺友。

樱桃红已足▲日觑苔痕绿▲纶竿钓罢清溪曲▲一村桑落熟▲一村桑落熟▲

闲愁莫展，翠蛾频蹙▲[1]强抱清琴对修竹▲池边有侣堪联续▲[2]山儿画半幅▲山儿画半幅▲

注：① 翠蛾：喻眉。② 侣：指闺友黄皆令。

车乘轨（现当88）一首　题：庚寅重九。　注：2010年10月16日作。

黄花开已够▲桂子香犹有▲无风不雨过重九▲自然添锦绣▲自然添锦绣▲

老人节并，①双禧进寿▲九旬高龄不嫌久▲②还争百岁精壮候▲青春永相守▲青春永相守▲

注：① 老人节：重阳节又是老人节。② 九旬：作者时年八十八岁。

五十九字　东坡引　第二体，同第一体，但后段第一句为五字，多出一字，第三句为六字，少一字。

彭孙贻（明504）一首　题：晓起。　注：调名原作渔父引。

绮窗红日皎▲①余睡残灯小▲水沉宿火烟犹袅▲②卖花声恁早▲卖花声恁早▲

小鬟呼未应，熏炉闲抱▲暖玉手调歌鸟▲③鹦哥念句休忘了▲春眠不觉晓▲春眠不觉晓▲

注：① 绮窗：窗之美称。② 水沉：香名。③ 暖玉：小鬟名；歌鸟：会唱歌之鸟，即鹦哥之类。

五十九字　品令

卓田（宋447）一首　题：新秋。

立秋十日，早露出新凉面▲斜风急雨，战退炎光一半▲月上纱窗，疑是广寒宫殿▲①

无端宋玉，②撩乱生悲怨▲一年好处，都被秋光占断▲你且思量，今夜怎生消遣▲

注：① 广寒宫：月宫。② 宋玉：著有《高唐赋》叙楚襄王梦会神女故事。

五十九字　忆江南

朱骏声（清1403）一首　题：柳。

记得去年寒食后▲片雨乍吹，自攀垂柳▲今年寒食又相逢△柳条依旧舞东风△

东风不管人消瘦▲重上津亭，别思浓于酒▲还愁怨别一年年△△帘栊飞絮绕春烟△△

五十九字　临江仙　第一体，后段首句七字，第四句四字。

冯延巳（五代十国26）一首

秣陵江上多离别，①雨晴芳草烟深△路遥人去马嘶沉△青帘斜挂里，新柳万枝金△

隔江何处吹横笛，沙头惊起双禽△徘徊一晌几般心△[2]天长烟远，凝恨独沾襟△

注：① 秣陵：今江苏南京。② 一晌：片刻。

王观（宋76）一首　题：离怀。

别岸相逢何草草，扁舟两岸垂杨△绣屏珠箔绮香囊△[1]酒深歌拍缓，[2]愁入翠眉长△

燕子归来人去也，此时无奈昏黄△桃花应是我心肠△不禁微雨，流泪湿红妆△

注：① 珠箔：珠帘；香囊：香袋。② 歌拍：歌舞击拍子。

五十九字　临江仙　第二体，同第一体，但后段首句六字，少一字，第四句五字，多一字。

张孝祥（宋357）一首

罨画楼前初立马，隔帘笑语相亲△铅华洗尽见天真△衫儿轻雾罩，髻子直梳云△

翠叶银丝茉莉，樱桃淡注香唇△见人不语解留人△数杯愁里酒，两眼醉时春△

五十九字　系裙腰

叶纨纨（女）（明453）一首　题：仿刘仙伦（宋人，见《词人小传》）。

窗儿半掩簟儿清△[1]庭儿静，袖儿轻△春儿老去伤情△景儿明△愁懒把，步儿行△

黛儿蹙蹙髻儿倾△[2]栏儿倚，闷盈盈△萋萋绿草儿迷，断归程△叹声声△只赢得，[3]病儿成△

注：① 簟儿：席子。② 黛儿：翠眉。③ 赢得：剩得。

东鲁古狂生（清172）一首　题意：《醉醒石》第九回，咏陈大姐。

晓妆未整绿云松△[1]梨蕊似，淡烟笼△眼波流玉溶溶△脸微红△不亲脂，粉偏工△[2]

青青两朵出巫峰△[3]春纤嫩，[4]玉玲珑△更难减弱寸长，且多丰△远娇容△应惹得，意儿浓△

注：① 绿云：发之美称。② 工：善长。③ 巫峰：喻巫峰神女。④ 春纤：形容女指纤细。

六十字　一剪梅　第一体，各句均平声韵。

工娇（女）（宋235）一首

荳蔻梢头春意阑△[1]风满前山△雨满前山△杜鹃啼血五更残△花不禁寒△人

不禁寒△

离合悲欢事几般△离有悲欢△合有悲欢△别时容易见时难△莫唱阳关△[2]莫唱阳关△

注：① 春意阑：春事阑珊，即衰残。② 阳关：古曲名，寓离别。

易祓妻（女）（宋404）一首

染泪缄书寄彦祥△[1]贪就前廊△忘却回廊△功成名遂不还乡△[2]石做心肠△铁做心肠△

红日三竿未理妆△[3]虚度韶光△[4]瘦损容光△相思何日得成双△羞对鸳鸯△懒画鸳鸯△

注：① 缄书：封书；彦祥：其夫易祓，见《词人小传》。② 功名成：做了官。③ 红日三竿：喻太阳很高，天已不早。④ 韶光：光阴。

方岳（宋470）一首　题：客中新雪。

谁剪轻琼做物华△[1]春绕天涯△水绕天涯△园林晓树凭横斜△道是梅花△不是梅花△

宿鹭联拳倚断槎△[2]昨夜寒些△今夜寒些△孤舟蓑笠钓烟沙△待不思家△怎不思家△

注：① 轻琼：喻雪；物华：谓山川草木之风景。② 联拳：两爪卷曲。

张幼谦（宋550）一首　题：寄罗惜惜。[1]

同年同日又同窗△[2]不似鸾凰△谁是鸾凰△[3]石榴树下事匆忙△[4]惊散鸳鸯△拆散鸳鸯△

一年不到读书堂△教不思量△怎不思量△朝朝暮暮只烧香△有分成双△愿早成双△

注：① 罗惜惜：与作者幼时同学，又同生日，后成夫妻。② 同窗：即同学。③ 鸾凰：喻夫妻。④ 这句说曾在石榴树下欢会。

欧良（宋566）一首

漠漠春阴酒半酣△风透春衫△雨透春衫△人家蚕事欲眠三△[1]桑满筐篮△柘满筐篮△

先自离怀百不堪△樯燕呢喃△梁燕呢喃△篝灯强把锦书看△[2]人在江南△心在江南△

注：① 眠三：育蚕须经三眠方始结茧。② 篝灯：谓外罩有竹笼的灯火。

张炎（宋572）一首

闷蕊惊寒减艳痕△蜂也销魂△蝶也销魂△醉归无月傍黄昏△知是花村△知是前村△

留得闲枝叶半存△好似桃根△不是桃根△小楼昨夜雨声浑△春到三分△秋到三分△

蒋捷(宋580)一首　题：舟过吴江。①

一片春愁待酒浇△江上舟摇△楼上帘招△秋娘渡与泰娘桥△②风又飘飘△雨又潇潇△

何日归家洗客袍△银字笙调△心事香烧△流光容易把人抛△红了樱桃△绿了芭蕉△

注：① 吴江：江苏县名，在苏州以南。② 秋娘、泰娘：皆古代名妓。

谢应芳(明2)一首　题：寿安玄卿。①

一色苍然两阿翁△②年也相同△月也相同△六年湖海共飘蓬△烟也溟濛△③雨也溟濛△

移家今住葑门东△④朝也相从△暮也相从△何当归隐旧山中△桃也春风△李也春风△

注：①寿：向……祝寿。② 两阿翁：一指安玄卿，另一指自己。③ 溟濛：微雨貌。④ 葑门：苏州东门。

高启(明16)一首　题：闲居。

竹门茅屋槿篱笆△道是田家△又是山家△氅披鹤袖岸乌纱△①看过黄花△待看梅花△

晚时饮酒早时茶△风也由他△雨也由他△从来不会治生涯△②谁与些些△天与些些△

注：① 氅：大衣；岸：将头饰掀起，前额外露。岸乌纱，即掀起乌纱帽，为古代文人雅士豪放洒脱的风范。② 生涯：事业。

瞿祐(明22)一首　题：舟次渭塘书所见。①

水边亭馆傍晴沙△不是村家△恐是仙家△竹枝低亚柳枝斜△②红是桃花△白是李花△

敲门试觅一瓯茶△惊散群鸦△唤出双鸦△③临流久立自咨嗟△④景又堪夸△人又堪夸△

注：① 舟次：舟至；渭塘：苏州镇名。② 低亚：低压。③ 双鸦：梳双髻女子。鸦，喻黑发。④ 咨嗟：叹息。

朱有燉（明42）一首

斑竹帘儿云母窗△①小小书堂△曲曲回廊△玉阶垂柳绿阴长△②莺啭宫墙△燕拂雕梁△

流水新添翡翠堂△③开遍红妆△散尽清香△碧波深处起鸳鸯△日未昏黄△景渐凄凉△

注：① 云母：半透明矿物，以云母窗比喻窗明。② 玉阶：白台阶。③ 翡翠：绿宝石，喻华丽。

晏璧（明45）一首

客路轻寒笑敝貂△①一半春销△一半魂销△满城风雨冷萧萧△去岁花朝△②今岁花朝△

记得楼西画扇招△汗湿鲛绡△③泪湿鲛绡△别时杨柳又长条△人在溪桥△月在溪桥△

注：① 敝貂：破旧貂皮衣。② 花朝：农历二月十二日，又称百花生日。③ 鲛绡：传说中鲛人所织的绢帕，又名龙纱，入水不湿。

林瀚（明77）一首　题：九日制词一阕，①用识今昔时序云尔。

玉露金风秋未霜△②节遇重阳△人遇重阳△登高对客倒壶觞△③黄菊花香△紫菊花香△

忆昔晨朝步玉堂△④始荷恩光△⑤终荷恩光△如今谢事老江乡△⑥坐见尧皇△⑦食见尧皇△

注：① 九日：九月九日，重阳节。② 金风：秋风。③ 壶觞：指酒壶、酒杯。④ 步玉堂：上朝。⑤ 荷：承也；恩光：皇帝恩惠。⑥ 谢事：即告老辞职。⑦ 尧皇：即皇帝。此两句谓坐、食均如见帝。

唐寅（明115）一首

雨打梨花深闭门△辜负青春△虚负青春△赏心乐事共谁论△花下销魂△月下销魂△

愁聚眉峰尽日颦△千点啼痕△万点啼痕△晓看天色暮看云△行也思君△坐也思君△

周用（明130）一首　题：八月望日。①

画船铙吹下扬州△②十里回头△千里回头△燕山迢递百花洲△③一度中秋△几度中秋△

遥天今夜片云收△④风也无愁△雨也无愁△凭高不减少年游△酒满南楼△月

满南楼△

注：① 八月望日：即中秋。望日：十五日。② 铙吹：吹打。铙，圆形打击乐器；扬州：江苏名城。③ 燕山：指北京；迢递：遥远。④ 遥天：远天。

吴敬所（明263）二首　题意：第一首，《钟情丽集》第十回黎瑜娘致辜辂别词。

第二首，第十七回黎辜两人洞房合欢词。

（1）红满台阶绿满枝△杜宇声归△杜宇声悲△交欢未久又分离△彩凤孤飞△彩凤孤栖△

别后相逢是几时△后会难知△后会难期△此期何以表相思△一首情词△一首情诗△

（2）金菊花开玉簟秋△①鸾下妆楼△凤下妆楼△新人原是旧交游△鱼水相投△情意相投△

举案齐眉到白头△②千岁绸缪△③百岁绸缪△窃香待月旧风流△④从此休休△自此休休△

注：① 玉簟秋：喻秋凉。簟，席子。② 举案齐眉：源出东汉梁鸿，娶妻孟光，夫妇相敬如宾，妻具食，举案齐眉。③ 绸缪：缠绵。④ 窃香：韩寿偷香故事；待月：张珙西厢待月故事。指两人婚前曾经偷情私会。

沈自晋（明313）二首　题：第一首，山楼雨窗午睡。

第二首，夏日写怀。

（1）睡起如酲带醒容△①愁且忡忡△②乐且融融△那管愁乐总填胸△歌似无从△哭似无踪△

米芾留颠夏昶工△③山也朦胧△竹也玲珑△芭蕉摇曳锦葵丛△雨又兼风△绿又兼红△

注：① 酲：醉得神志不清。② 忡忡：忧虑不安。③ 米芾：宋大画家，因不羁，人称米颠；夏昶：明画家，善画竹石；工：善也。

（2）撇却闲愁对酒卮△①别甚妍媸△②争甚雄雌△竹光塔影正参差△③景又多姿△笔又添词△

一枕羲皇睡起时△④巧亦何思△拙亦安之△⑤日长浑似小年儿△山自围罳△⑥鸟自啼枝△

注：① 酒卮：酒杯，指饮酒。② 妍媸：美丑。③ 参差：不齐貌。④ 羲皇：伏羲氏皇帝。⑤ 拙：笨。⑥ 围罳：围屏风。

陈龙正(明321)一首　题：东阿道中。[1]

肃肃春风暗晨霞△[2]天接桃花△山涌桃花△绿杨随步变横斜△遮遍人家△漏出人家△

鹡鸰孤影湿征沙△[3]忙碌天涯△闲浪天涯△[4]吴山虽远亦惊笳△[5]渐隔京华△[6]转忆京华△

注：① 东阿：山东县名。② 肃肃：像声词。③ 鹡鸰：鸟名，住在水边，捕食小虫；沙：沙滩。④ 浪：放纵。⑤ 笳：吹乐。⑥ 京华：指北京。

曹元方(明351)一首　题：早春。

晓起晴和想画船△梅蕊翩然△[1]柳眼欣然△[2]一群小鸟逐林烟△空际丝连△树梢云连△

草草花花望里妍△欢在西边△侬在东边△[3]春光重整胜愁颜△道似新年△好似前年△

注：① 翩然：喻风流潇洒。② 柳眼：柳叶初生，细长如眼。③ 侬：古吴语，我。

王翃(明394)一首　题：遣兴。

落落贫居罢执鞭△[1]风积榆钱△[2]雨积苔钱△为农经济且从天△旱种瓜田△水种苗田△

荷锄侵晓事荒园△[3]竹在今年△笋在来年△行藏由兴自悠然△[4]腹在陈篇△口在新篇△

注：① 落落：坦白率真也；执鞭：骑马。② 榆钱：即榆荚，因其初生似钱。③ 荷锄：肩锄；事：工作。④ 行藏：来去。

刘命清(明465)一首　题：遣怀。

湖上寒光转秀丛△[1]水浪花红△酒浪鳞红△五株杨柳四株松△淡淡春风△簌簌春风△

浮名浮利蠡流东△[2]懒听歌钟△只听僧钟△小窗斜日正从容△哭也凭侬△笑也凭侬△

注：① 湖上：指蠡湖，在江苏无锡东南，范蠡伐吴所开。② 浮名浮利：指范蠡那样的功业，也只名利飘浮，逝如流水东去；蠡流东：范蠡功成身退，浮海去山东经商。

冒襄(明467)一首　题：和吴园次题染香阁贴瓣梅花。[1]

香玉霏微雪泛尘△[2]月下单身△梦里单身△闺中小妇弄精神△妍手偷春△[3]老

笔藏春△

折来看去总如新△写出真真△唤出真真△古苔绿莓碧烟昏△香草还魂△蜂蝶销魂△

注：① 吴园次：即吴绮，见《词人小传》。② 香玉：喻梅花。③ 妍手：丽手。

吴易（明479）一首　题：秋湖。

红染青枫白露霏△江上鸿栖△城上乌栖△扁舟野客倒金卮△霜下花稀△月下星稀△

旧事兴亡总弈棋△颦也西施△笑也西施△英雄心事总成痴△俊杀鸱夷△[1]恼杀鸱夷△

注：① 鸱夷：盛酒革囊。

黄媛介（女）（明495）一首　题：书怀。

无故轻为百里游△不住桃源△[1]却棹渔舟△故园桐子正堪收△归似云浮△住似萍浮△

才过乞巧又中秋△[2]境也悠悠△梦也悠悠△思亲忆子忽登楼△山是离愁△水是离愁△

注：① 桃源：比喻世外乐园，隐居的地方。源，此字不叶韵，作宽叶。② 乞巧：指七月初七。

陈大成（明500）一首

迤逦山根带浦沙△[1]也有樵家△也有渔家△茅檐掩映竹篱笆△一树桃花△一树梨花△

细雨初收日又斜△那里飞鸦△那里栖鸦△碧江偏是渺天涯△半被山遮△半被云遮△

注：① 迤逦：曲折连绵；山根：山麓；浦沙：水边沙滩。

田彻（明584）一首　题：放庵秋夜。

金井梧桐几度飘△[1]冷了僧寮△[2]瘦了吟腰△春宵容易又秋宵△漏也迢迢△[3]梦也遥遥△

杨柳门前雁齿桥△[4]数遍兰桡△望遍星轺△[5]天涯黄菊把人嘲△说甚持螯△[6]夸甚题糕△[7]

注：① 金井梧桐：井栏边的梧桐。② 僧寮：僧舍。③ 漏：报时更漏。④ 雁齿桥：并列之桥。《白帖》：《桥有雁齿》。⑤ 星轺：使者所乘之车。⑥ 持螯：啖蟹。⑦ 题糕：《邵氏闻见后录》刘梦得尝作九日诗，欲

用糕字而不果。

严燉(明 590)一首　题：贺罗璜纳宠。①

车围经过卫河滨△②想个佳人△得个佳人△洞房深处暖如熏△人也新新△景也新新△

鸳鸯枕上两情亲△誓语频频△笑语频频△管教吉梦协来春△产个麒麟△抱个麒麟△

注：① 纳宠：娶妾。② 卫河：即永济渠，在河南境内。

魏学渠(清 10)一首　题：别意。

日落江城送别舟△来比琴弦△去比弓弦△春光骀荡不能还△①才数榆钱△②又数荷钱△③

明月当头情易牵△昨夜帘边△今夜床边△相逢梦里笑嫣然△④郎意游仙△侬意留仙△

注：① 骀荡：景色舒放意。② 榆钱：指榆荚，因榆荚初生似钱。③ 荷钱：荷叶初生亦如钱。④ 嫣然：巧笑，笑得好看。

宋琬(清 49)一首　题：思家作。

飘泊东南剧可怜△①朝采菱船△暮打渔船△愁中看遍好山川△莺脰湖边△②罨画溪边△③

问余何日赋归田△④说道今年△又是明年△故园消息久茫然△春燕来前△秋雁来前△

注：① 东南：作者曾官浙江按察使。② 莺脰湖：在江苏平望镇，与浙江交界。③ 罨画溪：在浙江长兴境。④ 赋归田：作回乡诗词，即辞职还乡。

陆瑶林(清 62)一首　题：春情。

梳掠新妆倚翠楼△帘卷银钩△半臂香篝△①春风笑脸态迎眸△花样娇羞△柳样轻柔△

绿鬓潘丝揽镜愁△②迹逐车流△情甚悲秋△泼天崩浪阻兰舟△③风起蘋洲△④雨打船头△

注：① 半臂：无袖或短袖的上衣；香篝：香笼。② 潘丝：源出晋潘岳，少年白发。③ 泼天：喻大雨；崩浪：喻急浪。④ 风起蘋洲：宋玉赋："夫风生于地，起于青蘋之末。"

曹尔堪(清 69)一首　题：理绣。

掰开五色上衣裳△①抽引针长△抽引丝长△养娘新配浅深妆△②红处思量△白

处思量△

多情已成绣鸳鸯△蜂又双双△蝶又双双△谁描花样使人伤△并蒂兰房△并菂莲房△③

注：① 掰开：拆开。② 养娘：乳母。③ 菂：莲子。

钱和(女)(清94)一首　题：半开红梅。

岭上江头春信通△已破和风△尚怯尖风△冰心半吐晓烟笼△睡眼初红△笑脸新红△

猜杏疑桃总不同△高士眠慵△美女妆慵△更无人处倚帘栊△香浅深中△艳淡浓中△

孙枝蔚(清103)一首　题：闲居。

门前只系钓鱼航△花满春江△月满春江△归来乐事一桩桩△大妇东窗△小妇西窗△

闲看刺绣对银釭△①莺也成双△蝶也成双△笑他苏季苦奔忙△②今日秦邦△明日燕邦△③

注：① 银釭：即灯盏。② 苏季：苏季子，即苏秦，创合纵法抗秦。③ 这二句说：苏秦先投秦，秦王不用，乃转六国，碌碌奔忙。

梁清标(清105)一首　题：闺词。

宛宛冰轮上画楼△①听罢更筹△②熏罢衾裯△画眉人是旧风流△对面温柔△背面娇羞△

双结灯花两意投△③一晌低头△半晌回眸△玉猊烟冷睡还休△④倚了香篝△⑤褪了莲钩。⑥

注：① 宛宛：柔弱貌；冰轮：喻月。② 更筹：更鼓。筹，计数签。③ 灯花：油灯灯芯余烬结成的花状物。④ 猊：狻猊，指狮形炉子。⑤ 篝：即笼，指熏笼。⑥ 莲钩：喻缠足女子弓形鞋。

季式祖(清150)一首

初长天气困人时△①花一枝枝△柳一枝枝△朝来慵起夜眠迟△日上窗儿△月上窗儿△

沈郎渐减瘦腰肢△②愁也丝丝△泪也丝丝△不堪诉说是相思△有个人知△没个人知△

注：① 初长天气：指春天；困人：指软懒。② 沈郎：指沈约，见《词人小传》。万俟咏词："沈腰暗减，潘鬓先秋。"

顾贞立(女)(清159)一首　题：春寒。

熏炉香烬漏迢迢△[①]不似春宵△还是寒宵△薄烟深院杏花梢△难道明朝△便是花朝△[②]

凄风冻云雨潇潇△镜里容销△梦里魂销△邻娃莫去踏青郊△吹断秋腰△瘦减裙腰△

注：① 漏：更漏。② 花朝：农历二月十二日。

江尚质(清183)一首　题：秋闺。

吹落梧桐满院秋△凉趁初秋△月趁中秋△江枫红染锦城秋△[①]挨过中秋△又过深秋△

含怨含情倚画楼△一度南楼△几度西楼△谁家歌管彻层楼△[②]十二红楼△十四青楼△[③]

注：① 锦城：锦绣之城。② 歌管：歌唱管弦，即歌舞；彻：彻夜。③ 青楼：妓院。

朱素娟(女)(清228)一首　题：白槿花。

静僻东郊白槿花△朝也人夸△暮也人夸△参差树影竹篱斜△[①]疑道人家△还是村家△

不觉三春岁又华△[②]色借云遮△态借云遮△高吟泌水莫咨嗟△[③]开是无涯△落岂无涯△

注：① 参差：不齐貌。② 岁华：即岁时。③ 泌水：在河南泌阳县境；咨嗟：太息。

朱彝尊(清288)一首　注：此词采自严迪昌《清词史》，但查朱彝尊《曝书亭全集》未收此词，姑录之备考。

复帐红罗四角宽△枕是双鸳△被是双鸾△玉人晓起画眉难△臂上香寒△衫上风寒△

下九初三嬉戏天△[①]扑蝶花间△拜月堂前△罗敷十六是同年△[②]坐处联肩△行处随肩△

注：① 下九：古人以每月十九日为下九。② 罗敷：战国时赵邯郸妇人，赵王见而悦之，不从。喻美妇。

董以宁(清311)一首

惯得相携花下游△苏大风流△苏小风流△而今别况冷于秋△燕去南楼△人去南楼△

等闲平判十分愁△①侬在心头△②卿在眉头△③少年心事总悠悠△一曲扬州△④一梦苏州△⑤

注：① 等闲：无端。② 侬：我也。③ 卿：指你。④⑤ 扬州、苏州：均为历史名城，游乐胜地。

范荃(清 378)一首　题：徐松岑邀同武林钱石臣、①林仙俦集平山堂。②

同上栖灵塔畔亭△暖爱风清△渴爱泉清△坐来清韵雅宜听△墙外松声△墙里钟声△

栏槛霏霏暮霭凝△竹碍烟青△云碍山青△酒阑人去望盈盈△草绿闲庭△鸟下空庭△

注：① 武林：杭州别名。② 平山堂：扬州名胜。

褚人获(清 427)一首　题：翠华院花舒霞伴梅。　注：见《隋唐演义》。

桐窗扶醉梦和谐△恼乱心怀△没甚心怀△拉来花下赌金钗△懒坐瑶阶△①又上瑶阶△

银河对面是天涯△不是云霾△②即是风霾△鹊桥有处已安排△③道是君乖△④还是奴乖△

注：① 瑶阶：台阶美称。② 霾：空气混浊。③ 鹊桥：牛郎织女相会处，喻洞房。④ 君：指隋炀帝。

姜垚(清 479)一首　题：踏青。

谁家姐妹踏青来△红衬弓鞋△①绿衬弓鞋△绣裙翠褶惹蜂媒△怕滑苍苔△又滑苍苔△

倩儿娇语整宫梅△羞亸金钗△②暗亸金钗△眼波流处惹人猜△萦乱春怀△惹乱春怀△

注：① 弓鞋：缠足女子弓形鞋。② 亸：下垂、卸去。

贺洁(女)(清 505)一首　题：清况。

淡扫眉痕掩镜奁△花也慵拈△香也慵添△倚栏终日病恹恹△风自开帘△月自穿帘△

一庭芳草绿铺毡△红杏初甜△斑笋初尖△①倦扶雏婢望银蟾△②鸟影兼兼△③柳影纤纤△

注：① 斑笋：斑竹的笋。② 银蟾：喻月。③ 兼兼：并也。

汪懋麟(清 519)一首　题：书邻舟所见。

柁楼小妇正芳年△①行尽溪边△看尽桥边△轻摇柔橹对双鸳△今日春天△明

日春天△

隔帘偷眼笑声偏△他为侬怜△②侬为他怜△锦帆寄语急须牵△船也当前△人也当前△

注：① 柁楼：船梢头棚楼。② 侬：吴语，我也。

蒲松龄（清524）一首　题：戏柬袁寅回孝廉，①怨雨。

西风剪剪雨梭梭△朝也滂沱△暮也滂沱△②一庭秋水细生涡△③阶下成河△床下成河△

涉泥踏泞苦蹉跎△④炊者咨嗟△⑤饷者咨嗟△⑥主人张盖仆披蓑△⑦一惮奔波△⑧一怨奔波△

注：① 柬：信札；孝廉：即举人。② 滂沱：大雨。③ 涡：旋涡。④ 泞：泥泞；蹉跎：耽误时光。⑤ 咨嗟：太息。⑥ 饷者：指食客。⑦ 盖：伞。⑧ 惮：怕也。

侯承恩（女）（清646）一首

无绪严妆独倚楼△①愁在心头△愁在眉头△蓼花风起冷飕飕△欲下帘钩△懒下帘钩△

百和香烟静自浮△②琴也慵修△③书也慵修△④夕阳西堕水东流△怕听更筹△⑤又近更筹△

注：① 严妆：妆束整齐。② 百和香：香名，古人室中燃香，为使香味浓郁经久，选择多种香料加工配制，因称百和香。③ ④ 慵修：这里分别指懒理、懒写。⑤ 更筹：更鼓。筹，计数也。

杜诏（清805）一首

一碧秦淮泻绿油△①隔院妆楼△隔水歌楼△几番来去为迟留△来是初秋△去是深秋△

怅别秋风小泊舟△②燕子矶头△③扬子江头△④两三星火照人愁△望里瓜洲△⑤梦里扬州△⑥

注：① 秦淮：河名，在南京。② 怅别：伤感而别。③ 燕子矶：南京名胜，在城北长江边。④ 扬子江：长江别名。⑤ 瓜洲：在长江北岸，镇江对岸。⑥ 扬州：历史名城，在镇江对岸。

张瑛（女）（清820）一首　题：人日即事。①

晓来春色满天涯△风绕窗纱△日绕窗纱△争向新光斗丽华△人也欢哗△鸟也欢哗△

把酒微吟清梦赊△[②]起对梅花△卧对梅花△忽闻箫鼓太周遮△[③]知道谁家△问道谁家△

注：① 人日：农历大年初七。② 把酒：持酒；赊：远也。③ 周遮：语多、声多貌。白居易诗："周遮说话长。"

赵承光（女）（清845）一首　题：秋感。

烟卷西风雁落沙△水满蒹葭△[①]烛影窗纱△莼羹鲈脍思无涯△[②]泛即轻槎△[③]坐即轻车△

银汉星疏月正斜△[④]笛韵谁家△砧韵邻家△[⑤]晓临妆镜惜年华△笔已生花△[⑥]鬓已生花△

注：① 蒹葭：即芦苇。② 莼羹鲈脍：晋张翰见秋风起，思故乡莼菜、鲈脍，亟辞官归南。③ 槎：本作木筏，借作船。④ 银汉：银河。⑤ 砧：指捣衣声。⑥ 笔生花：《开元遗事》李白少时梦笔头生花，自是才思赡逸。

汪棣（清968）一首

支枕帘垂到夜分△[①]风铎无声△[②]雨漏无声△思量往事梦难成△浅笑分明△低语分明△

檀几焚香睡鸭清△[③]湿露闲庭△细草流萤△更阑独自下阶行△月影亭亭△[④]人影亭亭△

注：① 夜分：半夜。分字作宽叶。② 风铎：风铃。③ 檀几：檀木茶几；睡鸭：卧鸭形香炉。④ 亭亭：玉立亭亭，喻纤丽挺立。

李调元（清1026）一首　题：二月十八日涿州作。[①]

春气融和放柳绵△[②]花也嫣然△[③]鸟也翩然△[④]平郊一望草芊芊△[⑤]山也光鲜△水也明鲜△

多病多愁已半年△绝少人怜△长得人怜△无拘无碍乐天全△诗里神仙△酒里神仙△

注：① 涿州：今河北涿县。② 柳绵：柳絮。③ 嫣然：笑得好看。④ 翩然：轻快飞舞。⑤ 芊芊：茂盛貌。

高鹗（清1068）一首　题：遣闷。

道故重来问旧邻△今日东邻△明日西邻△依然辜负奈何春△贫过新春△病过残春△

阿堵由来最有神△[①]欲问钱神△难遣穷神△且将闲事慰闲人△花当佳人△[②]酒当伊人△[③]

注：① 阿堵：阿堵物，钱财之别称。② 佳人：美人。③ 伊人：她也。

朱昂（清 1090）一首

一树缃桃浥露秾△[①]开也东风△谢也东风△星期兰约记惺忪△[②]携手匆匆△分手匆匆△

黄鸟呼人午梦中△[③]半掩房栊△[④]半掩帘栊△[⑤]菱花羞改旧娇容△[⑥]簪堕愁红△粉渗啼红△

注：① 缃桃：《花谱》："千叶桃为缃桃"；浥：沾湿；秾：草木稠多貌。② 星期：指婚期或约会时间。③ 黄鸟：黄莺。④ 房栊：门窗也。⑤ 帘栊：有帘之窗。⑥ 菱花：镜别名。

马汾（清 1201）一首　题：郊行。

一片春芜绣不成△[①]花弄新晴△鸟弄新晴△几家门扇柳枝横△才到清明△又过清明△

作暖东风扑面迎△水际行行△陌上行行△头衔自署太痴生△[②]切莫关情△偏要关情△

注：① 芜：荒草。② 头衔：官衔；自署：自题。

唐埙（清 1497）一首　题：西湖志游。[①]

门近钱塘水泛晴△[②]北寺鱼声△[③]南寺钟声△[④]才过香市又清明△东舫调笙△西舫弹筝△

堤柳分行欵客程△[⑤]画屧香生△[⑥]宝扇风生△匆匆暮色促鼍更△[⑦]斜照犹横△新月方升△

注：① 西湖：杭州名湖。② 钱塘：杭州西北门，近西湖。③ 北寺鱼声：指玉泉寺，有鱼池，名鱼乐园。④ 南寺：指净慈寺。⑤ 欵客：接待游客。⑥ 屧：鞋也。⑦ 鼍更：指击鼓打更。鼍：即猪婆龙，皮可蒙鼓。

储慧娥（女）（清 1515）一首

旭日东升上海棠△红映雕梁△绿映瑶窗△晓妆才罢出兰房△罗袂生香△锦袜生凉△

风送飞花处处扬△鸭唼回塘△燕啄回廊△流莺也解惜春光△半学调簧△半劝飞觞△

勒方锜（清 1639）一首　题：饯别。[①]

买断韶光直万千△[②]满树榆钱△[③]满院苔钱△[④]好花初艳月初圆△花下开筵△月下开筵△

剑胆诗心付冷禅△[5]君是中年△我是中年△晓风吹上木兰船△[6]春水连天△春草连天△

注：① 饯别：把酒送别。② 韶光：春光。③ 榆钱：指榆荚，因其初生似钱。④ 苔钱：苔形如钱。⑤ 冷禅：冷静。⑥ 木兰船：船之美称。

吴尚熹（女）（清1654）一首　题：看美人晓妆。

养花天气困人时△[1]风一丝丝△雨一丝丝△朝来犹自倦迷离△[2]膏也慵施△沐也慵施△[3]

强调赢黛画双眉△[4]柳样相宜△月样相宜△对奁顾影默沉思△环也仙姿△[5]燕也仙姿△[6]

注：① 养花天气：暮春天气。② 迷离：糊涂貌。③ 膏沐：妇人泽发也；慵施：懒做。④ 强调：勉强调和；赢黛：剩余的画眉颜料，即残黛。⑤ 环：杨玉环，指胖。⑥ 燕：赵飞燕，指瘦。

朱冠瀛（清1748）一首

隐隐红楼护碧纱△四面窗遮△一面帘遮△重来燕子认应差△不是卢家△[1]莫是关家△[2]

几日东风雨又斜△落了桃花△瘦了杨花△伤春滋味病中家△水样韶华△[3]梦样年华△

注：① 卢家：指莫愁。沈佺期诗："卢家少妇郁金香，海燕双栖玳瑁梁。"② 关家：指唐妓关盼盼，长居燕子楼。③ 韶华：春景。

沈景修（清1768）一首　题：闺思。

一钩新月入帘窥△天上纤眉△[1]镜里修眉△[2]落花门巷锁葳蕤△[3]怕送春归△不送人归△

困人天气近黄梅△[4]酒病深杯△梦殢深帏△[5]愁肠屈曲费伊猜△卍字栏回△心字香灰△

注：① 纤眉：指月。② 修眉：细长眉，指人。③ 葳蕤：草木茂盛貌。④ 困人天气：暮春时候；黄梅：农历五月。⑤ 殢：恋也、困也。

林纻（清1832）一首　题：为冒广生题水绘园图。[1]

山容淡宕学娥妆△[2]道是潇湘△不是潇湘△画船容与白蘋香△花外斜阳△水外斜阳△

垂杨犹袅冒家庄△不画云娘△偏画云郎△水风策策又吹凉△[3]吹过池塘△惊起鸳鸯△

注：① 冒广生：见《词人小传》。② 淡宕：即驹荡，景色舒放貌。③ 策策：落叶声。

林思进(现当3)一首　题：开岁五日村游漫记。①

赁得荒村屋数椽△②若说归田△③不算归田△东风吹绿到门前△岁换新年△人换新年△

强把春衫试一穿△白发修然△④步履飘然△清游五日宛斜川△⑤春到梅边△兴在江边△

注：① 开岁：新年。② 数椽：数间房子。③ 归田：退休。④ 修然：即长矣。⑤ 宛：如同；斜川：晋陶潜辛丑岁正月五日曾与邻友同游斜川。

丰子恺(现当31)一首　题：乙亥(1959年)清明。

寒食清明放眼看△①春满江南△万卉争妍△乍晴乍雨好耕田△沃野连天△②麦浪无边△③

壅土施肥谷雨前△岁岁争先△岁岁丰年△平凡劳动看先鞭△④越是平凡△越是尊严△

注：① 寒食：古节日名，在清明前二日。② 沃野：肥沃田野。③ 麦浪：喻麦熟。麦被风吹如浪。④ 鞭：赶牛耕田。

车乘轨(现当88)一首　题：老来思筇。　注：1999年12月30日作。

一世浮生若梦间△①才是衣斑△②忽又头斑△③年时双腿没遮栏△登绕山弯△潜泳池湾△

人老珠黄不值钱△投足知艰△行动知难△依傍筇杖愿今完△④有备无患△早备心安△

注：① 浮生：人生飘浮之意。② 衣斑：即彩衣，儿童所着。③ 头斑：发已斑白，年老矣。④ 愿今完：作者筇杖经老妻觅购，已由绍兴寄到，故云。

禹金洲(现当90)一首

晴日驱车野外游△嘉穗连畴△绿水盈洲△垂杨陌上晚风柔△心事悠悠△欲说还休△

竹影摇风月映楼△愁锁眉头△苦上心头△深宵无计遣烦忧△才挂风钩△又下帘钩△

李志坤(现当175)一首　题：花溪仲夏。

似锦繁花暑未消△柳傍溪桥△波漫汀礁△蜂飞蝶舞绕含苞△室内歌潮△室外声嚣△

戏水鸳鸯软语悄△河上舟摇△楼上帘飘△红妆倩女竞姿娇△情也迢迢△爱也迢迢△

周玉清(女)(现当200)一首　题：乍见梅花初放。

几度西风坠落霞△隐了栖鸦△藏了琴蛙△秋音惆怅到侬家△楼上琵琶△楼下胡笳△

愁雪悲霜笛韵斜△心绪如麻△怕听红牙△今宵何事忽惊嗟△谢了黄花△开了梅花△

陈华(现当209)一首　题：雷山春。

丽日雷山景色佳△塔影横斜△树影横斜△通幽竹径绿阴遮△石沫青霞△[1]水染青霞△

草木峥嵘竞物华△[2]笋吐新芽△枝吐奇葩△骚人韵意兴颇赊△又品清茶△笔绽诗花△

注：① 青霞：青云。② 物华：山川草木风景。

黄洪余(现当210)一首　题：采茶。

鲜嫩头茶绿浪翻△[1]山笼晴岚△风透香甜△[2]采茶村女半边天△手挽竹篮△[3]脸绽欢颜△

似织如梭树底穿△快似风帆△美似天仙△津津汗水湿衣衫△[4]车载丰年△喜在心田△

注：① 绿浪：绿茶被风吹似浪。② 甜：此字盐韵，作宽叶。③ 篮：此字覃韵，作宽叶。④ 衫：此字咸韵，作宽叶。

洪源(现当219)一首　题：江城春早。

一夜东风尽解寒△溶了冰川△绿了青峦△长桥卧碧楚江宽△[1]雨打亭栏△浪打舟船△

锦绣名城改旧颜△[2]塔建龟山△楼建蛇山△[3]花笺彩笔绘春天△美在人间△醉在心间△

注：① 楚江：即长江。② 名城：指湖北武昌。③ 楼：指黄鹤楼。

郑延辉(现当229)一首　题：家园情·冬。

一夜飞花不见山△远岭银装△[1]近树披棉△炉前斟酒笑谈间△爆竹声声△[2]瑞雪翩翩△[3]

雪里香梅独傲寒△偷送黄昏△[4]暗伴君眠△玲珑世界展奇观△不是春天△胜是春天△

注：① 装：此字离韵，作宽叶。② 声：此字离韵，作宽叶。③ 翩翩：轻快飞舞。④ 昏：此字属第六部，作宽叶。

陆崇华（女）（现当254）一首　题：水乡风光。

浩荡春风拂水乡△桃李芬芳△油菜飘香△水边堤畔采湖桑△蚌育河荡△①鱼育网箱△

夏日炎炎好太阳△豆麦登场△新法抛秧△农家居住有楼房△电扇风凉△防腐冰箱△

注：① 荡：此字仄声离韵，作宽叶。

韩海莲（女）（现当261）一首　题：月夜访庐山女子诗会。①

桂子甜甜十月风△②绿了云峰△醉了烟峰△吟坛姐妹聚山中△③诗也情浓△人也情浓△

白发青丝一愿同△④才喜相逢△又约重逢△琵琶余韵绕丹枫△⑤飞过灵宫△直上蟾宫△

注：① 庐山：江西名山。② 桂子：即桂花。③ 吟坛：即诗会。④ 白发、青丝：喻老少。⑤ 琵琶：指白居易《琵琶行》古诗，因地点在庐山下湖口，借为诗源。

柯德才（现当262）一首　题：春情。

绿媚红羞紫燕欢△芳草绵绵△①柳絮绵绵△人间好个艳阳天△风也翩翩△②舞也翩翩△

块块方方是美田△景也娇妍△人也娇妍△绿水青山白练悬△③不是人间△恰是人间△

注：① 绵绵：连绵之意。② 翩翩：轻快、潇洒。③ 练：指瀑布。

饶廷振（现当264）一首　题：乡村二月。

雨细风和二月天△桃李争妍△杨柳含烟△春光旖旎百禽欢△燕舞村前△莺唱花间△

花尽飘香蜂蝶怜△朝也缠绵△暮也流连△赏花时节几人闲△妇女耕田△男走天边△

六十字　一剪梅　第二体，同第一体，但前、后段第二句不叶韵。

卢炳（宋460）一首

灯火楼台万斛莲△①千门喜笑，素月婵娟△②几多急管与繁弦△③巷陌喧阗△④毕献芳筵△⑤

乐与民偕五马贤△[6]绮罗丛里，一簇神仙△传柑雅宴约明年△[7]尽夕留连△满泛金船△

注：① 莲：金莲华炬，喻灯。② 婵娟：美女。③ 管：箫、笛之类，喻吹乐。④ 喧阗：喧哗。⑤ 毕：完全也。⑥ 五马：指太守（相当于今地级市长）。⑦ 传柑：《岁时记》上元夜贵戚例以黄柑相遗（送），谓之传柑。

六十字　一剪梅　第三体，同第一体，但前、后段第二、第四句不叶韵。

胡用宾（清 1905）一首　题：再贺。

游遍城中始拜堂△菜撒罗帏，酒贺兰房△笙歌一曲凤凰鸣，惯做新郎△会做新郎。

买夜乌须日夜忙△[1]金屋光华，[2]纱帽辉煌△[3]红颜白发并头眠，[4]闷杀新娘△喜杀新郎△

注：① 买夜：用钱买取夜间的欢娱；乌须：不须。② 金屋：华美的屋宇，有金屋藏娇之意。③ 纱帽：官帽。④ 红颜：喻少女；白发：喻老翁。

六十字　一剪梅　第四体，同第一体，但前、后段第二、第五句不叶韵。

周文朴（宋 274）一首

风韵萧疏玉一团△更着梅花，轻袅云鬟△这回不是恋江南△只为温柔，天上人间△

赋罢闲情共倚栏△江月庭芜，总是销魂△流苏斜掩烛花寒△一样眉尖，两处关山△

祝允明（明 102）一首　题：元夕。

蕙约兰期斗玉郎△新树银花，旧巷秋娘△映帘呼看夜深妆△罗袖通温，脂点分香△

轻云重雨暗商量△口应西楼，眼赴东墙△春心满趁两宵长△夜夜鸳鸯，岁岁鸾凰△

九容楼主人（明 650）一首　题意：《英云梦》卷八慧空思凡。

金菊芙蓉玉露秋△梅帐飞雪，惹起闲愁△纱窗明月上帘钩△力弱海棠，不胜清幽△

蛩声连长雁惹愁△[1]一种相思，寄付东流△此情梦里暗边求△才上银钩△[2]懒下银钩△

注：① 此句原作"螽蛰助连长雁惹愁"，此据扫叶山房本校改。② 此句叶韵，稍异。

朱冠瀛（清 1748）一首

破晓春寒恻恻生△①红杏枝头，小雨新晴△廿番芳信全飘零△②才过花朝，③又近清明△

几处箫声唤卖饧△梦转纱窗，倦倚银屏△困人天气惹离情△一片东风，啼煞流莺△

注：① 恻恻：寒貌。② 廿番芳信：指二十四番花信风，每番五天，有一花应之。③ 花朝：在农历二月十二日，又称百花生日。

六十字　一剪梅　第五体，同第一体，但前、后段第二、第四、第五句不叶韵。

周邦彦（宋128）一首

一剪梅花万样娇△斜插疏枝，略点眉梢△轻盈微笑舞低回，何事尊前，①拍手误招△

夜渐寒深酒渐消△袖里时闻，玉钗轻敲△城头谁恁促残更，②银漏何如，③且慢明朝△

注：① 尊前：酒席前。② 恁：如此；更：更鼓。③ 漏：滴漏计时也。

李清照（女）（宋207）一首　题：别愁。

红藕香残玉簟秋△①轻解罗裳，独上兰舟△②云中谁寄锦书来，③雁字回时，④月满西楼△

花自飘零水自流△一种相思，两处闲愁△此情无计可消除，才下眉头△⑤又上心头△

注：① 藕：即莲，喻荷花。② 兰舟：香舟，舟之美称。③ 锦书：锦绣书信。④ 雁字：雁飞行时排成人字形或一字形。⑤ 头：此字叶韵，略异。

赵长卿（宋389）一首　注：此词与李清照别愁词大同小异。初见汲古阁刊《宋六十名家词》本《惜香乐府》，恐误入。

红藕香残碧树秋△羞解罗襦，偷上兰舟△云中谁寄锦书来，雁字回时，月满西楼△

花自飘零水自流△一种相思，两处闲愁△酒醒梦断数残更，旧恨前欢，总上心头△

六十字　七娘子

黄大临（宋91）一首　故事：作者宰庐陵县赴郡会，坐上巾带偶脱，太守喻妓令缀之。既毕，作者撰词如下：

画堂银烛明如昼▲见琳宗、巾垫羞蓬首▲①针插花枝，线赊罗袖▲须臾两带还依旧▲②

劝君倒戴休令后▲也不须、更漉渊明酒▲[3]宝篋深藏，浓香熏透▲为经十指如葱手▲

注：① 琳宗：疑指太守。② 须臾：片刻。③ 漉：渗也，喻饮；渊明：晋陶潜。

向子諲（宋 218）一首

山围水绕高唐路▲[1]恨密云、不下阳台雨▲雾阁云窗，风遮月户▲分明携手同行处▲

而今不见生尘步▲[2]但长江、无语东流去▲满地落花，漫天飞絮▲谁知终是离愁故▲

注：① 高唐：宋玉《高唐赋》叙楚襄王梦会神女于巫山阳台。② 生尘步：罗袜生尘，喻神女临波微步。

史浩（宋 283）一首　题：重阳。

东篱寿菊金犹浅▲[1]对南山、把酒开新宴▲绛阙丛霄，[2]玉书丹篆▲[3]坐间俱是神仙伴▲

童颜绿发何曾变▲喜婴儿、姹女交相恋▲[4]寄语诗翁，茱萸重看▲[5]明年此会人人健▲

注：① 金：金黄色。② 绛阙：天宫；丛霄：天空。③ 玉书丹篆：天宫文件篆符。④ 姹女：丽女。⑤ 茱萸：古代重阳例插茱萸。

六十字　月笼沙

沈谦（明 573）一首　题：九日题南楼壁间。[1]

半暖栏边玉手，微温帐里兰胸△[2]杨花漠漠水溶溶△[3]隔水隔花看不见，恨煞银骢△[4]

旅店催将鞍卸，孤衾尚觉香浓△晓莺啼过画楼空△料得那人眠未稳，斜靠熏笼△[5]

注：① 九日：指九月九日，重阳。② 兰胸：香胸。③ 漠漠：布列貌；溶溶：深广貌。④ 银骢：白马。⑤ 熏笼：有笼罩盖熏炉。

钱贞嘉（女）（清 573）一首

纤手低笼宝钏，银纱微掩酥胸△旧时相见画屏中△重向月光花影下，总是朦胧△

无语含娇小立，多情密意难通△小楼独自倚东风△夜夜夜深清泪滴，好梦成空△

六十字　定风波

绍兴无名氏（宋302）一首　注：词见吴曾《能改斋词话》。

雨霁云收望远山△钓竿休下恣清闲△蝉噪日斜林阴转▲溪岸▲绿深红浅画屏间△

对酒狂歌时鼓枻，①更邀同志醉前湾△待月却寻维缆处▲▲②归去▲▲烟萝一径接紫关△③

注：① 鼓枻：击楫而行也。枻，楫也。《楚辞》："击楫而去。"② 维缆：系舟、停船。③ 萝：地衣类植物。

李泳（宋387）一首

点点行人趁落晖△摇摇烟艇出渔矶△①一路水香流不断▲零乱▲春潮绿浸野蔷薇△

南去北来愁几许，②登临怀古欲沾衣△试问越王歌舞地▲▲③佳丽▲▲只今惟有鹧鸪啼△④

注：① 矶：河滩中突出江边的岩石或小石山。② 几许：犹多少。③ 越王：指勾践，战国时越国（今浙江绍兴）君王。④ 鹧鸪：形似鹑，稍大，其鸣声如"行不得也哥哥"。

六十字　弄花雨

柯煜（清804）一首　题：春闺。

桥外风吹柳梢雨▲小莺啼、一川烟树▲芳径里、人逐蝶来燕去▲隔修竹、谁家院宇▲

秋千上有双鬟舞▲彩绳低、随风飘住▲蓦地觉、花底有人偷觑▲竟笑入、绣帘深处▲

六十字　后庭宴

无名氏（唐45）一首　注：宋宣和间，掘地得石刻一词，唐人作也，本无题，后人名之《后庭宴》。见《庚溪诗话》《花草粹编》。

千里故乡，十年华屋▲乱魂飞过屏山簇▲眼重眉褪不胜春，菱花知我销香玉▲①

双双燕子归来，应解笑人幽独▲断歌零舞，遗恨清江曲▲②万树绿低迷，③一庭红扑簌▲④

注：① 菱花：镜子。② 清江：曲名。③ 低迷：模糊不清。④ 扑蔌：飞声。温庭筠《塞寒行》："扑簌寒雕眄平野"。

六十字　唐多令(又名南楼令)

辛弃疾(宋370)一首

淑景斗清明△①和风拂面轻△小杯盘、同集郊垧△②着个轿儿不肯上，须索要、大家行△③

行步渐轻盈△行行语笑频△凤鞋儿、微褪些跟△忽地倚人陪笑道，真个儿、脚儿疼△

注：① 淑景：美景。② 郊垧：郊野。③ 索要：着要、索取。

刘过(宋411)一首　题：重过武昌。①

芦叶满汀洲△②寒沙带浅流△二十年、重过南楼△柳下系船犹未稳，能几日、又中秋△

黄鹤断矶头△③故人曾到否△④旧江山、浑是新愁△⑤欲买桂花同载酒，终不似、少年游△

注：① 武昌：湖北武汉三镇之一。② 汀洲：水中小块陆地。③ 黄鹤：楼名，武昌名胜；矶头：江边突出的岩石或小石山。④ 否：尤韵，未定之辞也。⑤ 浑：完全。

尹焕(宋465)一首　题：吴兴席上。①

蘋末转清商△②溪声供夕凉△缓传杯、催唤红妆△斜绾乌云新浴罢，③裙拂地、水沉香△④

歌短旧情长△重来掠鬓霜△⑤怅绿阴、青子成双△⑥说着前欢佯不记，扬莲子、打鸳鸯△

注：① 吴兴：今浙江湖州。② 蘋末：指风，《宋玉赋》“夫风生于地，起于青蘋之末”；清商：秋风也，潘岳诗：“清商应秋至”。③ 乌云：黑发。④ 水沉：香名。⑤ 鬓霜：白发。⑥ 此句化用杜牧《怅别诗》：“绿叶成阴子满枝”句。杜牧尝在湖州遇幼女，约十年后娶之，十三年后再至湖州，女已嫁人生子，为赋诗。

吴文英(宋476)一首

何处合成愁△离人心上秋△纵芭蕉、不雨也飕飕△都道晚凉天气好，有明月、怕登楼△

年事梦中休△花空烟水流△燕辞归、客尚淹留△垂柳不萦裙带住，漫长是、系行舟△

周密(宋541)一首　题：闺怨。

丝雨织莺梭△[1]浮钱点翠荷△[2]燕风轻、庭宇正清和△[3]苔面唾茸堆绣径，[4]春去也、奈春何△

宫柳老青蛾△题红隔翠波△扇鸾孤、尘暗合欢罗△门外绿阴深似海，应未比、旧愁多△

注：① 莺梭：流莺飞来飞去如织梭。② 浮钱：荷叶初生如钱浮于水面。③ 清和：农历四月称清和月，草木青葱。④ 唾茸：绣娘习惯口嚼绒线头再吐出。

邓剡(宋 541)一首　注：调名原作南楼令。

雨过水明霞△潮回岸带沙△叶声寒、飞透窗纱△懊恨西风吹世换，更随我、落天涯△

寂寞古豪华△乌衣日又斜△说兴亡、燕入谁家△只有南来无数雁，和明月、宿芦花△

陈允平(宋 556)二首　题：第二首，吴江道上赠郑可大。[1]

(1) 休去采芙蓉△秋江烟水空△带斜阳、一片征鸿△欲顿闲愁无赖处，都着在、两眉峰△

心事寄题红△[1]画桥流水东△断肠人、无奈秋浓△回首层楼归去懒，早新月、挂梧桐△

注：① 题红：指红叶题诗故事。唐僖宗时于祐于御沟中拾一叶，上有诗。祐亦题诗于叶，置沟上流，宫人韩夫人拾之，后竟成夫妇。见《青琐高议》。

(2) 何处是秋风△月明霜露中△算凄凉、未到梧桐△曾向垂虹桥上看，[2]有几树、水边枫△

客路怕相逢△酒浓愁更浓△数归期、犹是初冬△欲寄相思无好句，聊折赠、雁来红△[3]

注：① 吴江：江苏县名，今属苏州市。② 垂虹桥：在吴江东门外，至今犹存。③ 雁来红：一年生草名，庭园多栽种之，至秋尤美丽，一名老少年。

朱让栩(明 148)一首　题：春游早起。

新月起东楼△残星烂不收△[1]听鸡声、三唱悠悠△拂面寒风霜力劲，晨鸦群、集城头△

红杏嫩香浮△淡烟凝密柳△[2]清溪横出一轻舟△[3]稳坐雕鞍驱骏骥，[4]杜鹃

催、惹春游△

注：① 烂：灿烂。② 柳：此字仄声借叶。此句指柳含烟。③ 此句按格律应三、四字分句，稍异。④ 骏骥：骏马。

李天植（明332）一首　题：初夏登楼。

新绿满沧洲△[1]孤帆带远流△更甚人、同倚南楼△一片伤心烟雨里，犹记似、别时秋△

华发渐蒙头△[2]相思如旧否△[3]怪江山、不管离愁△二十年前曾载酒，都作了、梦中游△

注：① 沧洲：即水滨。② 华发：白发。③ 否：尤韵，此字仄声借叶。

叶小鸾（女）（明514）一首　题：秋夜。

灯晕伴残更△[1]萧萧落叶轻△[2]诉穷愁、草际虫声△[3]栏外芭蕉新嫩绿，仍做出、旧秋声△

罗被夜凉清△凄然梦亦惊△透纱窗、月影纵横△几遍鸡声啼又晓，空蹙损、两山青△[4]

注：① 灯晕：灯光；更：更鼓，指夜间。② 萧萧：风声。③ 虫声：指蟋蟀鸣声。④ 山：远山，喻眉峰。

吴亮中（清37）一首

芳草绿芊芊△微云散远天△掠青莎、孤鹤翩翩△野岸荼蘼开又掩，蘋叶小、正如钱△

携酒到花前△花残听杜鹃△醉望醒、醒又望年△双板桥南修竹里，曾记得、挽渔船△

浦映渌（女）（清64）一首　题：云孙聘姬姗姗照属题。[1]

金钿翠云翘△[2]罗裳束绛绡△绾乌鸦、斜舞蛮腰△[3]欲抚素琴新记拍，空怅望、旧题桥△

双颊晕红潮△黛眉纤月描△掩凌波、湘水轻摇△更有一番风韵处，凝媚眼、也魂销△

注：① 云孙：即其夫黄永，见《词人小传》；聘姬：订婚而未娶之妾。② 翘：妇人首饰。③ 蛮腰：喻细腰。

曹尔堪（清69）一首

高柳暗藏鸦△池塘试听蛙△丽谯边、戍鼓休挝△[1]佳景正逢樱笋后，人半醉、泼新茶△

宿酿不须赊②婆娑烛影斜△③叹吾衰、种故园瓜△④羊仲支颐求仲笑，⑤无好梦、到京华△⑥

注：① 丽谯：战楼、城楼。② 赊：欠帐。③ 婆娑：阑珊意。④ 吾：即我。⑤ 羊仲、求仲：皆汉代人名，从蒋诩隐居者。⑥ 京华：指北京。

毛先舒（清 104）一首　题：人影。

人影隔帘红△花枝映酒浓△杜鹃无力叫东风△续得新声歌缓缓，春留在、画屏中△

楼阁晚烟濛△①栏杆湿翠重△酒消月堕绮筵空△②手把银灯还背立，簪斜插、鬓云松△③

注：① 濛：微雨貌。② 绮筵：精美筵席；此句与上段第三句按格律应三字、四字分句，稍异。③ 鬓云：鬓发。

陈维崧（清 196）一首　题：春暮半塘小泊。

水榭枕官河△①朱栏倚粉娥△记早春、栏畔曾过△关着绿纱窗一扇，吹细笛、是伊么△②

无语注横波△③裙花信手搓△④怅年光、一往蹉跎△⑤卖了杏花挑了菜，⑥春纵好、已无多△

注：① 榭：台上有屋者；枕：临。② 伊：伊人，她也。③ 横波：眼波。④ 信手：随手。⑤ 蹉跎：耽误时光。⑥ 挑菜：指剪野菜。

朱彝尊（清 288）三首　注：调名原作南楼令。

（1） 春水到门长△春芜绕径香△①好花枝、未隔东墙△来往花阴仙犬熟，②已无意、吠刘郎△③

旧事费回肠△支机片石旁△④便金梭、投也何妨△暗悔当时真个错，无一语、但形相△

注：① 春芜：春天杂草。② 仙犬：非庸俗之犬。③ 刘郎：东汉刘晨，入天台山采药遇仙女。④ 支机石：据《集林》“天河有织女支机石”。

（2） 疏雨过轻尘△圆莎结翠茵△惹红襟、乳燕来频△①乍暖乍寒花事了，留不住、塞垣春△②

归梦苦难真△别离情更亲△恨天涯、芳信无因△欲语去年今日事，能几个、去年人△

注：① 红襟：喻燕子，因其襟红。② 塞垣：指边疆。

（3） 垂柳板桥低△娇莺着意啼△正门前、春水初齐△①记取鸦头罗袜小，②曾

送上、杳娘堤△[3]

花底惜分携△苔钱旧径迷△燕巢空落尽芹泥△[4]惟有天边眉月在，犹自挂、小楼西。

注：① 齐：指水涨平岸。② 鸦头袜：妇女歧头之袜，指拇趾与其他四趾分开的袜子。歧头，拇趾分叉。③ 杳娘：唐名妓。④ 此句按格律应三、四字分句，稍异。

钱慧珠（女）（清292）一首　题：春日偕玉雯家姐、王佩霞世妹、严静仪表妹游慧山，[1]得游字。[2]

闺阁少清游△今朝破积愁△九龙遥、风送兰舟△[3]听罢松涛茶斗品，[4]如画景、小亭收△

字减与声偷△[5]蛮笺韵各搜△[6]羡前贤、石壁题留△难道山名分慧好，偏巾帼、柳苏羞△[7]

注：① 玉雯家姐：即其姐钱慧贞，见《词人小传》。② 得游字：古人常分韵作诗词，作者分得游字韵。③ 九龙：山名，在苏州东、无锡西，又名惠山、慧山。④ 松涛：松声如涛；茶斗品：即斗茶。品，评也。⑤ 此句谓词调有减字、偷声，如减字木兰花（较56字木兰花少12字）、偷声木兰花（较56字木兰花少6字）。⑥ 蛮笺：即蜀笺。⑦ 柳：指名词人柳永；苏：指苏轼，亦名词人，均见《词人小传》。

彭孙遹（清343）一首　题：人日，[1]雪中立春。

玉砌烂仙葩△[2]朱栱渲紫霞△[3]小梅几点逗檐牙△[4]彩胜银幡齐插鬓，[5]没多个、一些些△

绣帖熨窗纱△[6]窗中金缕花△东风力软半夭斜△[7]吹起一庭香雪舞，[8]春先到、谢娘家△[9]

注：① 人日：农历大年初七。② 玉砌：白石台阶。③ 朱栱：红斗栱，垫屋梁方木块；紫霞：紫光。④ 檐牙：屋檐排列突出如齿的部分；此句与下段第三句按格律应之、四字分句，稍异。⑤ 彩胜、银幡：皆首饰。⑥ 此句谓绣品窗纱很妥帖舒服。熨，指熨帖，即妥帖。⑦ 夭斜：歪斜。⑧ 香雪：喻梅花。⑨ 谢娘：泛指妓女。

李时震（清450）一首　题：午日泛舟。[1]　注：调名原作南楼令。

佳节值元中△[2]插花照眼红△尽龙舟、沸水翻风△[3]也泛轻舠与酒樯，[4]听笑语、隔帘栊△[5]

归棹且从容△良辰不易逢△叹三闾、一去无踪△⑥角黍乱投成底事△⑦空怅望、吊孤忠△

注：① 午日：即端午。② 元中：应为中元(即端午)，因押韵而颠倒。③ 沸水：喻浪翻如水沸。④ 舠：刀形小船；榼：盛酒器具。⑤ 帘栊：有帘之窗。⑥ 三闾：三闾大夫，指屈原。⑦ 角黍：即粽子；底事：何事。

高士奇(清577)一首　题：叶赫城下，①咏雨中梨花。注：调名原作南楼令。

浅草乱山稠△惊沙黑水流△②好春光、只似穷秋△刚得一枝花到眼，经雨打、又还休△

遥忆小红楼△玉人楼上头△月溶溶、催和香篝△③肯信东风欺绝塞，都不许、把春留△

注：① 叶赫城：故址在今吉林伊通县境。② 黑水：指黑龙江。③ 篝：笼，喻香炉。

郑燮(清906)一首　题：寄怀刘道士并示酒家徐郎。

一抹晚天霞△微红透碧纱△颤西风、凉叶些些△正是客愁愁不稳，杨柳外、又惊鸦△

桃李别君家△霜凄菊已花△数归期、雪满天涯△分付河桥多酿酒，须留待、故人赊△

任曾贻(清953)一首　题：荷花谢后有寄。注：调名原作南楼令。

风外数枝凉△遥传隔水香△爱亭亭、水佩风裳△①一夜曲池千点雨，留翠盖、罩鸳鸯△②

何处觅红妆△③花须几簇黄△傍雕栏、无限思量△欲摘双莲凭寄与，又却怕、有空房△

注：① 亭亭：挺立貌；佩：衣带上玉饰物，即水作佩，风作裳。② 翠盖：指荷叶。③ 红妆：此处指荷花。

张熙纯(清985)一首　题：病起。　注：调名原作南楼令。

深院卷帘看△雨晴花满栏△恁东风、犹滞余寒△①叶底流莺空自语，能几日、又春残△

玉砌绿苔斑△园扉镇日闲△倚琴尊、苦忆清欢△②闻道西郊芳草碧，还料理、旧吟鞍△③

注：① 滞：困也。② 琴尊：琴及酒杯。③ 吟鞍：骑马吟诗。

高鹗(清1068)一首　题：题畹君画箑。①

鸦背夕阳留△江天暮霭浮△[2]玉栏杆、百尺楼头△谁把千秋高卧处，[3]安置在、百花洲△

山远学眉修△[4]风香带粉柔△女元龙、便请同舟△[5]试问鸱夷归来未，[6]好共我、赌风流△

注：① 箑：扇也。② 霭：云气。③ 千秋：即千年，喻时久。④ 眉修：眉细。⑤ 元龙：东汉人陈登，有豪气。⑥ 鸱夷：《史记》范蠡浮海出齐，变姓名，自称鸱夷子皮。因传范蠡偕西施奔齐，故以畹君比西施。

吴锡祺(清 1088)一首　题：栖水道中。

野绿自成春△阴浓画不真△几家茅屋结比邻△[1]竹树二分嫌未足，须远水、补三分△

酒旆屡招人△渔榔转一村△[2]夕阳破网晒当门△土步鱼肥新笋白，[3]斟老瓦、聚儿孙△[4]

注：① 此句与下段第三句按格律应三、四字分句，稍异。② 渔榔：渔舱尾木梆，击之发声捕鱼。③ 土步：即鲈鱼。④ 老瓦：此处指瓦酒壶。

杨芳灿(清 1128)一首

露彩淡高空△烟华漾断虹△验秋声、一叶疏桐△[1]白纻衫轻凉似水，[2]添几阵、藕丝风△

珀盏玉醪浓△[3]腮涡小晕红△[4]凭香扇、细语欢浓△贪向水晶帘畔坐，花隐约、月玲珑△

注：① 一叶：一叶知秋。《淮南子》："见一叶之落，而知岁时之将暮。"唐诗："一叶落知天下秋。"② 白纻衫：夏布衫。③ 珀盏：琥珀盏；醪：指酒。④ 腮涡：腮边酒涡。

杨嗣兴(清 1159)一首　题：夜泊西溪。　注：调名原作南楼令。

寒食又清明△[1]春光几日晴△爱斜阳、着水盈盈△[2]底事东风还作雨，[3]垂柳外、一舟横△

欹枕对寒灯△无眠酒易醒△数归鸦、飞尽遥汀△[4]况是五更天欲曙，听淅沥、打篷声△[5]

注：① 寒食：古节日名，在清明前一日或二日。② 盈盈：轻盈。③ 底事：何事。④ 遥汀：远汀。汀，水中小块陆地。⑤ 打篷声：指船蓬上雨声。

李方湛(清 1889)一首　题：七月十四日夜。

人绕画栏前△楼开碧汉边△[1]曲屏山、倚遍无眠△[2]曾记垂虹桥外过，问小字、

认神仙△[3]

钗朵插来偏△琴徽数更全△[4]似穿针、重凭香肩△[5]明月妒人应有恨，恨尚欠、一分圆△

注：① 汉：指银河。② 屏山：屏风。③ 神仙：指美貌女郎。④ 琴徽：系琴弦的绳。⑤ 穿针：指七夕穿针乞巧。

郭麐（清1208）一首　题：题春人绾髻图。注：调名原作南楼令。

春梦晕潮霞△[1]春风褪臂纱△缓春愁、盘好双鸦△[2]溜了金钗佯不省，[3]问开否、碧桃花△

镜槛者般斜△[4]新妆略似他△只修眉、人在天涯△[5]尚着薄罗衫一件，帘又卷、太寒些△

注：① 晕潮霞：面颊生红光。② 双鸦：双发髻。③ 不省：不知。④ 者般：这般。⑤ 修眉：描眉。也可解作细而长之眉。

赵函（清1318）一首

蛾影曲池东△[1]青杨一巷风△认伊家、油壁曾逢△[2]侧槛秋花和泪种，浑不减、去年红△

小院悄帘栊△闲眠细雨中△恁新来、酒病惺忪△[3]便不梳头偏妩媚，镇携手、听初鸿△[4]

注：① 蛾影：眉影。② 油壁：指妇女乘车。③ 恁：如此。④ 镇：常也。

汪全德（清1379）一首

春水细纹生△春云绿未成△趁东风、第几山程△溪上碧桃开又落，啼不住、旧时莺△

来日是清明△天涯节序更△[1]一年年、飞絮关情△南国不归春又晚，[2]逢社燕、说飘零△[3]

注：① 节序：时序。② 南国：南方。③ 社燕：春社时燕。春社，立春后第五个戊日。

冯登府（清1368）一首　题：过梅溪老屋感赋。[1]

老屋今溪东△颓垣碎雨中△付谁家、燕子西风△一段斜阳深巷里，但认得、板桥红△

携火捉秋虫△[2]抛书趁晚钟△卅年前、双髻儿童△酒市渔扉都换过，只白发、有邻翁△

注：① 梅溪：今嘉兴王店镇。② 秋虫：蟋蟀。

吴振棫（清 1437）一首　题：题孙娴卿女士停琴伫月图。　注：调名原作南楼令。

帘卷堕明星△凉痕上画屏△照秋衾、生怕流莺△待诉琴心华月里，盼不到、小楼明△

娇伴忆娉婷△①孤弹恨转生△②便姮娥、也是愁听△③闷倚秦篝寻旧梦，偏断雁、又声声△

注：① 娉婷：美女。② 孤弹：独自弹琴。③ 姮娥：即月宫嫦娥。

陈裴之（清 1442）一首　题：重过梦绿轩与仲文夜话。

杨柳旧池塘△梧桐比昔长△昼愔愔、一带回廊△①关了玻璃窗几扇，风不透、月偏凉△

归梦此西堂△檐花扑玉釭△②最难忘、花屿书床△③说与白鸥还记否，明镜里、玉莲香△

注：① 愔愔：形容安静和悦。② 玉釭：灯盏。③ 花屿：花丛。

吴元润（清 1452）一首　题：端午日泊兰溪。①

溪水碧如油△溪娃惯荡舟△俏凌波、秀靥明眸△②生长栏杆船上住，浑不解、别离愁△

佳节快临流△兰棹枉滞留△忆兰江、竞渡芳游△鬓影衣香帘尽卷，人都上、水边楼△

注：① 兰溪：浙江县名，属金华市。② 凌波：凌波微步，喻小足。

吴藻（女）（清 1484）二首　题：第一首，金宛钗夫人听秋图。　注：调名原作南楼令。

（1）人影下妆楼△帘声上玉钩△碧梧桐、庭院凉秋△竹外芭蕉三两树，纵不雨、也飕飕△

明月又当头△西风听未休△问词仙、曾几生修△修到玲珑心路活，无一点、古今愁△

（2）春水一江流△春山面面愁△锁春光、百尺高楼△楼上美人眠未起，嗔小玉、上帘钩△①

碧蘸满眶秋△红添两颊羞△忒惺忪、好梦难留△怪底双鬟留不住，知溜却、凤头钗△

注：① 嗔：怒也；小玉：婢女名。

石赞清（清 1541）一首　题：山塘酒垆题壁。①

一片雨濛濛△轻寒压翠篷△②又垂杨、低舞桥东△雪絮烟条多少恨，③遮不断、小楼红△

帘影百花中△客愁和酒浓△祝韶光、且莫匆匆△④二十四番春似锦，⑤才数到、海棠风△⑥

注：① 山塘：在苏州阊门外，街枕河，长七华里，通往虎丘；酒垆：酒店。② 篷：船篷。③ 雪絮烟条：喻杨柳。④ 韶光：春景。⑤ 二十四番：小寒起，有二十四番花信风，每五日一番，有一花应之。⑥ 海棠风：第十六番花信风，即春分。

潘曾莹（清 1567）一首

春色又天涯△①寻春路已赊△②待春来、重到侬家△③记得泥红墙子外，有一树、海棠花△

生小最风华△④晶盘舞袖斜△⑤待来时、重听琵琶△记得海棠花影下，有一带、绿窗纱△

注：① 天涯：喻远去。② 赊：远。③ 侬：吴语，我。④ 风华：风韵才华。⑤ 晶盘：月。

谢质卿（清 1613）一首

新绿破云尖△嫣红摘露缄△①画楼人、重换春衫△记得刺桐花下立△风廿四、月初三△②

揽镜倦开函△摊书忘下签△③玉堂人、未解华簪△④妒杀多情双燕子，才蓟北、又江南△⑤

注：① 缄：封存。② 风廿四：小寒起有二十四番花信风，每番五天，有一花应之。③ 签：书签。④ 玉堂人：富贵人。⑤ 蓟北：北京、河北一带。

王赤（清 1642）一首　题：榆楼感旧。　注：调名原作南楼令。

相送木兰舟△匆匆又一秋△记篝灯、共话榆楼△①此日黄公垆畔过，空怅望、绿阴稠△

云散与风流△凄然忆旧游△幸长笺、知札还留△②辜负柯山听雨约，③烧绛烛、不胜愁△④

注：① 篝灯：谓外罩有竹笼的灯火。② 此句有原注：余将惠书装成一册。③ 柯山：在绍兴柯岩。④ 绛烛：红烛。

吴尚熹（清 1654）一首　题：夏日村居。

独倚小明窗△垂帘纳晚凉△爱桐阴、一片斜阳△碧沼风荷消倦意，①抛翠黛、

懒成妆△②

弹指惜流光△③匆匆岁月忙△幸村居、幽僻山庄△闲拨玉炉焚宝篆，④风过去、兴偏长△

注：① 沼：曲池。② 抛翠黛：未画眉。③ 弹指：弹一下指头，喻瞬间。④ 此句谓拨炉焚香。篆，形容烟曲折如篆字。

关锳(女)(清1687)二首　题：第一首，寄湘涛。

(1) 斜日杏花收△微寒上玉篝△①一重帘、一段春愁△见说画屏灯也上，独自个、下帘钩△

无语自凝眸△螺峰敛碧秋△②倚栏杆、照遍春流△门外绿杨风又起，便不皱、怎教休△

注：① 篝：有笼覆盖之香炉。② 螺峰：眉峰；秋：秋波，喻眼波。

(2) 梦醒杏花丛△春寒浅搁钟△①近黄昏、便起东风△已过今年三月半，恰只是、雨濛濛△

小胆怯屏空△②浓愁敛碧峰△③好琴弦、怎被尘蒙△算有多情双燕子，还肯到、旧房栊△④

注：① 钟：指酒钟。② 屏：屏风。③ 峰：眉峰。④ 房栊：房窗。

潘钟瑞(清1692)一首　注：调名原作南楼令。

寒上缕金衣△①晓妆人起迟△绾春阴、几尺杨丝△幂遍画帘帘又闭，②多半是、可怜时△

细雨湿花枝△斑鸠枝上啼△最怜她、小婢娇痴△抛去一双红豆子，③浑不解、种相思△

注：① 缕金衣：金线衣。② 幂：覆盖。③ 红豆：又名相思子。

许白凤(现当58)二首　题：第一首，同乳舟、锦炎登烟雨楼。①　注：1973年作。
第二首，庚申(1980年)正月廿四日坐雨偶忆。
注：1980年作。

(1) 烟雨罨红楼△湖光一卷收△偶凭栏、舒展双眸△花柳满堤秾湿处，歌队队、少年游△

老辈着风流△题诗在上头△旧鸳鸯、可有蘋洲△②菱角无根随水活，③春万里、一扁舟△

注：① 烟雨楼：嘉兴名胜，在南湖岛上。② 鸳鸯：鸳鸯湖，即南湖。③ 此句原注：郭沫若句。

（2）掩卷小窗寮△[1]廉纤细雨飘△[2]好时光、怎说无聊△日历翻开新页页，年节过、又元宵△

白发忆垂髫△�篮野菜挑△[3]荐春盘、每岁今朝△[4]媚灶家家沿俗习，[5]看阿母、粉团调△

注：① 窗寮：即窗屋。寮，小屋也。② 廉纤：细雨貌。③ 筠篮：竹篮；挑：挑剪。④ 荐：献也。⑤ 媚灶：原注：吾乡旧俗，是日做荠菜圆团献灶，母殁四十年无此菜矣。

车乘轨（现当88）二首　题：第一首，辛已重阳。　注：2001年10月25日作。

第二首，次韵彭孙遹《人日雪中立春》。[1]　注：2006年2月4日作。

（1）天气转寒凉△瓦房初见霜△一秋晴、又到重阳△[1]风雨重阳常经惯，[2]偏今岁、好辰光△

园里桂飘香△路旁菊展黄△效登高、凭堞遥望△[3]栗子糖糕应节啖，团脐蟹、适时尝△

注：① 今年自中秋前夕，直至今日未曾降雨。② 风雨重阳：重阳前后，一般多秋风秋雨。③ 登高：习俗重阳登高，特上绍兴迎恩门城楼。堞：城上女墙。

（2）爆竹放奇葩△东风织彩霞△鹊儿欢、噪跃檐牙△仰望长空无雪意，阳光露、有些些△

云淡薄如纱△梅红开遍花△摘簪一朵鬓边斜△[2]人日立春年岁好，秋丰稔、福家家△

注：① 人日雪中立春：人日，即大年初七，今年嘉兴虽无大雪，但杭州在昨日下了初雪，因同为人日立春，故次韵和之。② 此句句式稍异。

朱定溶（现当126）一首　题：丁丑（1997年）重阳。

萧瑟又中秋△流年催白头△更凉风、冷雨飕飕△放眼沙汀芦荻白，有孤棹、任飘流△

寒夜独登楼△闲云向月浮△至重阳、思绪轻柔△回首茱萸无插处，望天际、怕凝眸△

六十字　钗头凤

曾觌（宋296）一首

华灯闹▲银蟾照▲[1]万家罗幕香风透▲[2]金尊侧▲▲[3]花颜色▲▲醉里人人，[4]向人情极▲▲惜▲▲惜▲▲惜▲▲

春寒峭▲[5]腰肢小▲鬓云斜亸鹅儿袅▲[6]清宵寂▲▲香闺隔▲▲好梦难寻，雨踪云迹▲▲忆▲▲忆▲▲忆▲▲

注：① 银蟾：指月。② 透：此字宥韵，作宽叶。③ 尊：酒杯，喻酒筵。④ 人人：那个人。⑤ 峭：微寒貌。⑥ 鹅儿：鹅形钗。

绍兴无名氏（宋302）一首　注：作者乃宋高宗时人，见吴曾《能改斋漫录》。

城南路▲桥南树▲玉钩帘卷香横雾▲新相识▲▲旧相识▲▲浅颦低笑，嫩红轻碧▲▲惜▲▲惜▲▲惜▲▲

刘郎去▲[1]阮郎住▲[2]为云为雨朝还暮▲[3]心相忆▲▲空相忆▲▲露荷心性，柳花踪迹▲▲得▲▲得▲▲得▲▲

注：①② 刘郎，阮郎：指东汉剡溪人刘晨、阮肇，入天台山采药遇二仙女。③ 此句谓刘、阮与二仙女成婚七天。

陆游（宋330）一首　题意：沈园重逢前妻感怀。

红酥手▲[1]黄縢酒▲满城春色宫墙柳▲东风恶▲▲[2]欢情薄▲▲一怀愁绪，几年离索▲▲[3]错▲▲错▲▲错▲▲

春如旧▲人空瘦▲泪痕红浥鲛绡透▲[4]桃花落▲▲闲池阁▲▲山盟虽在，锦书难托▲▲莫▲▲[5]莫▲▲莫▲▲

注：① 红酥手：指前妻唐琬。② 东风恶：指唐琬不容于婆母。③ 几年离索：指被迫离婚已数年。④ 鲛绡：名贵衣料，指衣袖。⑤ 莫：无奈何。

唐琬（女）（宋331）一首　题意：答前夫陆游。　注：此词前、后段第四句起改用平韵，因只此一词，不再分体。

世情薄▲人情恶▲雨送黄昏花易落▲晓风干△泪痕残△欲笺心事，独语斜栏△难△难△难△

人成各▲[1]今非昨▲病魂常似秋千索▲角声寒△[2]夜阑珊△怕人寻问，咽泪装欢△瞒△瞒△瞒△

注：① 人成各：指作者与陆游已离婚。② 角声：指城上守卒号角。

史达祖（宋424）一首　题：寒食饮绿亭。

春愁远▲春梦乱▲凤钗一股轻尘满▲江烟白▲▲江波碧▲▲柳户清明，燕帘寒食▲▲忆▲▲忆▲▲忆▲▲

莺声暖▲箫声短▲落花不许春拘管▲新相识▲▲休相失▲▲翠陌吹衣，画楼横

笛▲▲得▲▲得▲▲得▲▲

朱泰玉(女)(明 230)一首　题：寻绣鞋。

双双系▲深深贮▲寻时不见还惊异▲人如晕▲▲从思忖▲▲①打个丫鬟，是谁偷遁▲▲问▲▲问▲▲问▲▲

愁难已▲翻花底▲牡丹亭畔长春砌▲回眸瞬▲▲忙来认▲▲锦带犹存，凤头红褪▲▲恨▲▲恨▲▲恨▲▲

注：① 思忖：思量。

曹元方(明 351)一首　题：春闺。

东风透▲花须逗▲柳丝烟锁如笼扣▲眼波溜▲▲眉尖皱▲▲十二时中，①怀人僝僽▲▲②瘦▲▲瘦▲▲瘦▲▲

春云骤▲春光谬▲③蜂狂蝶醉侵红袖▲④微雨后▲▲秋千又▲▲荡子忘归，燕来依旧▲▲咒▲▲咒▲▲咒▲▲

注：① 十二时：喻整天。② 僝僽：烦恼。③ 谬：误也。④ 红袖：喻女子。

吴炳(明 365)一首　题意：杂剧《绿牡丹》第二十出"辨膺"沈婉娥与婢小凤出台词。

春归久▲还来否▲哀蝉吟遍庭前柳▲罗衣薄▲▲愁难着▲▲晓妆随意，懒成梳掠▲▲①弱▲▲弱▲▲弱▲▲

眉儿皱▲浑消瘦▲②茶餐事事皆嫌谬▲③檐花落▲▲垂帘幕▲▲指头针线，些时疏略▲▲④阁▲▲⑤阁▲▲阁▲▲

注：① 梳掠：梳理头发。② 浑：全也。③ 谬：耽误。④ 些时：有时候。⑤ 阁：即搁。

商景兰(女)(明 424)一首　题：春游。

东风厚▲花如剖▲满园芳气长堤柳▲莺声弱▲▲浮云薄▲▲韶光易老，①春容零落▲▲莫▲▲②莫▲▲莫▲▲

梅花瘦▲情难究▲茵兰米饭香先透▲真珠箔▲▲③秋千索▲▲沉沉亭院，相思难托▲▲错▲▲错▲▲错▲▲

注：① 韶光：春光。② 莫：莫奈何。③ 箔：帘也。

石庞(明 452)一首　题：闺情。

启罗帐▲春心荡▲可怜谁爱娇模样▲桃腮破▲▲柳腰堕▲▲闺中问是，风流那个▲▲我▲▲我▲▲我▲▲

低头想▲敧门望▲新妆卖弄妆楼上▲蛾眉锁▲▲寒无那▲▲东风长夜，怎生独

卧▲▲坐▲▲坐▲▲坐▲▲

潘廷璋(明583)一首　题：偶见。

珠缨袅▲[1]香尖小▲[2]青骢踏遍西陵草▲怜伊弱▲▲还迎着▲▲问他知否，眼期心诺▲▲[3]觉▲▲觉▲▲觉▲▲

凌波貌▲莺声恼▲夕阳归去红楼俏▲灯花落▲▲长思索▲▲当时悔不，订成密约▲▲错▲▲错▲▲错▲▲

注：① 珠缨：珠子串成的装饰品。② 香尖：小鞋。③ 期：期待。

无名氏(明643)一首

不关愁▲[1]非干酒▲柳丝搓得鹅儿绣▲[2]腰围瘦▲眉痕斗▲十三明月，满弦时候▲就▲就▲就▲

怜花凑▲惜花愁▲[3]柔香翠贴银塘皱▲红光溜▲浓烟透▲金鸦待啄，笼裙豆蔻▲逗▲逗▲逗▲[4]

注：① 愁：此字平声借叶。② 鹅儿：鹅黄，指嫩黄。③ 愁：此字平声借叶。④ 此词不换第二种仄韵，因仅此一例，不再分体。

朱彝尊(清288)一首　题：逢占二梅。

红亭右▲清溪口▲门前总是春杨柳▲当垆语▲▲[1]遮人住▲▲[2]玉鞭堕也，[3]酒钱抛与▲▲数▲▲数▲▲数▲▲

横波溜▲[4]深杯又▲意中盟誓卿知否▲同心苣▲▲[5]相思树▲▲双飞蝴蝶，镇长一处▲▲[6]许▲▲许▲▲许▲▲

注：① 当垆：当垆卖酒。② 遮人：拦人、留人。③ 玉鞭：马鞭美称，此句谓被留下马。④ 横波：眼波斜视。⑤ 苣：窝苣笋。⑥ 镇长：经常也。

徐长龄(清319)一首　题：闺情。

双双燕▲来帘畔▲小姑昨约游春苑▲花影移▲▲[1]徒疑认▲▲望穿柳眼，立穿苔印▲▲怎▲▲怎▲▲怎▲▲

低呼唤▲红儿探▲[2]绣帏犹是恹恹倦▲刚催醒▲▲▲才临镜▲▲▲远山初拂，[3]乱云将整▲▲▲[4]等▲▲▲等▲▲▲等▲▲▲[5]

注：① 移：此字平声，不叶韵，疑有误。② 红儿：指婢女。③ 远山：眉峰。④ 乱云：乱发。⑤ 此词后段换第三种仄韵，较异，因仅一首，不另分体。

丁炜(清357)一首

春如酒▲花如绣▲恼人天气清明候▲荼蘼下▲▲秋千架▲▲东邻娇女，相招游冶▲▲怕▲▲怕▲▲怕▲▲

罗衫旧▲腰肢瘦▲风情困似三眠柳▲山盟话▲▲都成假▲▲待伊来后，揉将花打▲▲罢▲▲罢▲▲罢▲▲

王姜(女)(清 419)一首　题：观舞。

春郊暮▲灯围坐▲细腰漫舞金钗堕▲轻摇曳▲▲裙百叠▲▲凝眸如水，净肌疑雪▲▲怯▲▲怯▲▲怯▲▲

常回顾▲[1]金霓错▲朱唇乍启樱桃破▲情飞越▲▲颜羞涩▲▲相怜相爱，人前难说▲▲默▲▲默▲▲默▲▲

注：① 前段“暮”字、此处“顾”字，不叶韵，作宽叶。

董元恺(清 423)一首　题：个侬。[1]

清光昼▲花阴绣▲个侬悄立黄昏后▲携手地▲▲偏经意▲▲万千欲语，全无一字▲▲记▲▲记▲▲记▲▲

红烛透▲金钗溜▲销魂又到魂销候▲柔乡味▲▲衣香气▲▲纱窗忽曙，星眸惊睇▲▲[2]未▲▲未▲▲未▲▲

注：① 个侬：那个人。② 星眸：眼珠如星光，睛之美称也；睇：斜视。

沈岸登(清 509)一首

晶帘控▲[1]花影动▲西邻旧日曾窥宋▲[2]青鸾悄▲▲纱窗窈▲▲[3]阿环来未，[4]密香须到▲▲早▲▲早▲▲早▲▲

烟鬟重▲湘裙纵▲何时待赋朝云梦▲银河皎▲▲红墙绕▲▲明珠十斛，[5]买他偕老▲▲少▲▲少▲▲少▲▲

注：① 晶帘：水晶帘。② 窥宋：宋玉《登徒子好色赋》：臣里之美者，莫若臣东家之子，然此女登墙窥臣三年矣，臣未许也。该词主人公为女性，故言西邻窥宋。③ 窈：深远貌。④ 阿环：杨贵妃杨玉环，借喻美女。⑤ 斛：每斛十斗，后改五斗。

蒲松龄(清 524)一首

谯楼鼓▲[1]蕉窗雨▲声声集作相思谱▲红蜡泪▲▲人憔悴▲▲香篝闷倚，[2]柔情如醉▲▲睡▲▲睡▲▲睡▲▲

邻家女▲连肩语▲娘行何日蓬悬户▲[3]芳心恚▲▲[4]羞无地▲▲[5]低头数刻，刚通一字▲▲未▲▲未▲▲未▲▲

注：① 谯楼：城上更鼓楼。② 香篝：有罩盖之香炉，即熏笼。③ 娘行：即娘们。④ 恚：恨也、怒也。⑤ 无地：无地洞可躲，指羞极。

严冠(清 1229)一首

红酥手▲青苔帚▲斜阳小径闲行偶▲眉成结▲▲①声偏咽▲▲②急将心事，欲从君说▲▲吃▲▲③吃▲▲吃▲▲

瑶钗溜▲琼枝瘦▲回头又怕人来骤▲罗裙窄▲▲飞如蝶▲▲长廊影里，低蝉欲没▲▲④得▲▲得▲▲得▲▲

注：① 眉成结：眉打结。② 咽：哽咽。③ 吃：吃力，语句断续不畅。④ 低蝉：低头也。蝉，指蝉鬟。

叶以绾（清1330）一首　序：闺中女儿，以笔管吸皂荚水，吹五色泡为戏，咏之。

春归闷▲眠难稳▲闲来吹个团团晕▲①虚光界▲▲圆光蔼▲▲②窗边才过，又飞帘外▲▲快▲▲快▲▲快▲▲

朱唇吮▲香泉润▲笑拈湘管郎肩喷▲③风前摆▲▲儿曹待▲▲④明珠无数，霎时何在▲▲再▲▲再▲▲再▲▲

注：① 晕：光圈。② 蔼：可亲之意。③ 湘管：斑竹管。④ 儿曹：儿辈。

徐灏（清1580）一首

秋空渺▲寒云绕▲兰釭半灺银蕤小▲①长相忆▲▲情何极▲▲一窗凉雨，闷人终夕▲▲滴▲▲滴▲▲滴▲▲

怀孤峭▲②愁难疗▲相将何日寻欢笑▲蓬山隔▲▲红墙侧▲▲西邻歌板，罢吹横笛▲▲寂▲▲寂▲▲寂▲▲

注：① 兰釭：香油灯；灺：烧残之物；银蕤：指灯花。② 孤峭：孤寒。

张炳堃（清1616）一首

抽如缕▲飘如絮▲无端堕入非非去▲①红楼敞▲▲青帘漾▲▲不应凡骨，许窥天上▲▲傥▲▲②傥▲▲傥▲▲

添香炷▲停针语▲剪刀声在深深许▲银釭亮▲▲金钩响▲▲③无因得见，绣衾罗帐▲▲况▲▲况▲▲况▲▲

注：① 非非：幻境，不现实。② 傥：不定貌。③ 金钩：指床帐钩。

钱念生（女）（清1730）一首　题：灯下写家书寄外。①

同心偶▲②分离久▲自怜无日舒眉柳▲妆台角▲▲灯花落▲▲听残宵漏，③又闻街柝▲▲④阁▲▲阁▲▲阁▲▲

新凉后▲西风透▲暗愁生逼腰肢瘦▲衣单薄▲▲人萧索▲▲此情难寄，倩他灵鹤▲▲⑤托▲▲托▲▲托▲▲

注：① 外：指丈夫。② 偶：成双也。③ 漏：铜壶滴漏，古计时器。④ 柝：打更梆子。⑤ 灵鹤：指灵鹊，故人以为灵鹊报喜。

凌祉媛（女）（清 1732）一首　序：春尽日松生以病中，所制《春恨辞》见祝，因倚此声答之。

春光杳▲春怀悄▲一场春事阑珊了▲絮飞尽▲▲花飞尽▲▲咒骂东风，者般薄倖▲▲忍▲▲忍▲▲忍▲▲

啼鹃老▲啼莺少▲绿阴满地余芳草▲恨相引▲▲愁相引▲▲日暮凭栏，香销酒醒▲▲怎▲▲怎▲▲怎▲▲

宗婉（女）（清 1799）一首　题：赛社。①

炉烟烧▲香风到▲满街锦绣光相耀▲佳人在▲▲②红楼畔▲▲彩旗过也，侍儿低唤▲▲看▲▲看▲▲看▲▲

邻姬道▲今年好▲香车宝马知多少▲天将晚▲▲游人返▲▲夕阳西下，画帘闲卷▲▲散▲▲散▲▲散▲▲

注：① 赛社：社日迎神赛会。② 在：此字不叶韵，作宽叶。

孙缵（清 1904）一首

眉儿秀▲腰肢瘦▲凤头鞋滑金钗溜▲胭脂薄▲▲残绒嚼▲▲一分憨态，被郎嘲谑▲▲乐▲▲乐▲▲乐▲▲

银针绣▲群花皱▲退红窗幔东风透▲珠丝络▲▲云鬓掠▲▲春潮晕颊，怪他微削▲▲弱▲▲弱▲▲弱▲▲

胡用宾（清 1905）一首　题：新晴。

阴云散▲晴云烂▲①溪山都把愁容换▲秋光老▲▲凉风扫▲▲天开喜色，人消烦恼▲▲好▲▲好▲▲好▲▲

芦花舞▲②枫桥畔▲嫩晴烘染丹青换▲③虫吟草▲▲蟹偷稻▲▲嘉禾才收，寒衣未捣▲▲④早▲▲早▲▲早▲▲

注：① 烂：灿烂。② 舞：此字不叶韵，作宽叶。③ 嫩晴：初晴，相等于少云天气；丹青：图画。④ 捣：捣衣，即洗衣。

车乘轨（现当 88）二首　题：第一首，钻石牌脚刹自行车退休记。　注：1999 年 11 月 9 日作。

第二首，钻石牌自行车休弃后重新起用。　注：2000 年 12 月 22 日作。

（1）城中住▲①乡郊去▲②岳翁怜我奔驰苦▲赊销式▲▲名车得▲▲驶南驰北，省时轻力▲▲益▲▲益▲▲益▲▲

流光度▲稀年暮▲欲骑愁跌存忧虑▲防残疾▲▲高低易▲▲③安全虽保，故

交离黜▲▲[4]惜▲▲惜▲▲惜▲▲

注：① 城中住：1950年春，时余住城内荐桥河东21号。② 乡郊去：时余在绢纺厂任职，厂址在东门外大盐仓桥1号。③ 高低易：指28英寸钻石牌车换20英寸大雁牌低车。④ 故交：指钻石车。

（2）离禾去▲[1]回乡住▲越城辽阔徒行苦▲[2]求舟楫▲▲须乘的▲▲[3]往来拘束，耗财伤力▲▲抑▲▲抑▲▲抑▲▲

前相处▲曾骑御▲休弃车辆重参与▲棋盘石▲▲[4]炉峰迹▲▲[5]东郊西陌，走南游北▲▲逸▲▲逸▲▲逸▲▲

注：① 离禾去：时余已退休，常离嘉兴去故乡绍兴小住。② 越城：绍兴城。③ 的：的士，即出租车。④ 棋盘石：绍兴吼山风景区名石，在城东15公里。⑤ 炉峰：即香炉峰，乃绍兴佛教名山，在城东南约7.5公里。

六十字　喝火令

张鸿卓（清1521）一首

雾重莺衣润，烟浓蝶梦迷△片阴吹雨上罘罳△[1]禁得纱窗闲坐，重忆簸钱时△[2]

旧恨风吹絮，新愁茧掰丝△[3]瘦怜伊、带减春衣△越是无聊，越是子规啼急，越是落花飞△

注：① 罘罳：帐幕、屏障之类。② 簸钱：古代少女的一种赌戏。③ 茧掰：用手把蚕茧剥开。

六十字　朝玉阶

杜安世（宋54）一首

帘卷春寒小雨天△牡丹花落尽、惜庭轩△高空双燕舞翩翩△无风轻絮坠、暗苔钱△

拟将幽怨写香笺△中心多少事、语难传△思量真个恶姻缘△那堪长梦见、在伊边△

周金然（清336）一首　题：早春。

新柳丝丝看乍鬖△[1]溪桥宛转外、半拖蓝△香霏梅玉正清酣△[2]何来横笛里、弄声三△[3]

渐看节物过传柑△[4]六街灯市歇、早眠蚕△杏花春雨又江南△一枝断肠处、倚茅庵△

注：① 鬖：细长貌。② 香霏：香盛。③ 弄声三：指曲调梅花三弄。④ 传柑：喻元宵节。《岁时记》上元夜贵戚例以黄柑相遣，谓之传柑。

郑熙绩(清676)一首

鸟语惊啼觉晓眠△似传花事近、艳阳天△轻笼蝉鬓过南园△风飘榆荚坠、沈郎钱△①

双双蝴蝶舞翩跹△绕裙飞不去、把人怜△归来无语忆从前△拟将衷曲事、寄春笺△

注：① 沈郎钱：《晋书·食府志》："吴兴沈充铸小钱，谓之沈郎钱。"因沈郎钱轻小，故之以喻榆钱(即榆荚)。

沈宛(女)(清704)一首　题：秋月，有感。

惆怅凄凄秋暮天△萧条离别后、已经年△乌丝旧咏细生怜△①梦魂飞故国、不能前△

无穷幽怨类啼鹃△②纵教多血泪、亦徒然△③枝分连理绝姻缘△独窥天上月、几回圆△

注：① 乌丝：黑发，喻年青时。② 啼鹃：哀啼杜鹃。③ 徒然：枉然。

车乘轨(现当88)一首　题：偕婿女祭扫祖茔。注:2006年4月21日作。

年事偏高一事慌△祖茔须祭扫、费思量△儿孙传代本无妨△京江单育女、寄希望△①

镇江嘉兴俱他乡△炎寒晴或雨、又难防△心虔真个感神苍△风和还日丽、到坟旁△②

注：① 京江：镇江别名。此句谓余独生女儿定居在镇江。② 后段谓游子返乡上坟诸多不便，今日偏遇好天气；苍：苍天、老天。

六十字　蝶恋花(又名凤栖梧、鹊踏枝、恋绣衾、黄金缕、卷珠帘、一箩金、明月生南浦)

冯延巳(五代十国26)二首　注：第一首一作欧阳修著。

(1) 庭院深深深几许▲杨柳堆烟，帘幕无重数▲玉勒雕鞍游冶处▲楼高不见章台路▲

雨横风狂三月暮▲门掩黄昏，无计留春住▲泪眼问花花不语▲乱红飞过秋千去▲

(2) 粉映墙头寒欲尽▲宫漏长时，①酒醒人犹困▲一点春心无限恨▲罗衣印满啼妆粉▲

柳岸花飞寒食近，▲②陌上行人，杳不传芳信▲楼上重檐山隐隐▲③东风尽日吹蝉鬓▲

注：① 宫漏：皇宫中滴漏计时。② 寒食：古节日，在清明前二日。③ 山：重檐如山。

李煜（五代十国34）一首　注：此词一作李冠著。

遥夜亭皋闲信步▲①才过清明，渐觉伤春暮▲数点雨声风约住▲朦胧淡月云来去▲

桃杏依稀香暗度▲谁在秋千，笑里轻轻语▲一寸相思千万绪▲人间没个安排处▲

注：① 亭皋：岸边亭子；信步：随意行走。

丁渭（宋7）一首　注：调名原作凤栖梧。

十二层楼春色早▲三殿笙歌，九陌风光好▲①堤柳岸花连复道▲玉梯相对开蓬岛▲②

莺啭乔林鱼在藻▲③太液微波，④绿斗王孙草▲南阙万人瞻羽葆▲⑤后天祝圣天难老▲⑥

注：① 九陌：指京城郊野。② 蓬岛：形容仙境。③ 乔林：高大之树林。④ 太液：皇宫池名。⑤ 阙：宫殿；羽葆：指皇帝仪仗。⑥ 圣：指帝。

张先（宋18）二首

（1）移得绿杨栽后院▲学舞宫腰，①二月青犹短▲不比灞陵多送远▲②残照乱絮东西岸▲③

几叶小眉寒不展▲④莫唱阳关，⑤真个肠先断▲分付与春休细看▲条条尽是离人怨▲

注：① 宫腰：楚宫腰，喻柳条纤细。② 灞陵：古人送别灞陵，多折柳相赠。③ 残照：指夕阳。④ 小眉：指初生柳叶。⑤ 阳关：送别之曲。

（2）临水人家深宅院▲阶下残花，门外斜阳岸▲柳舞曲尘千万线▲①青楼百尺临天半▲

楼上东风春不浅▲十二栏杆，尽日珠帘卷▲有个离人凝泪眼▲淡烟芳草连云远▲

注：① 麹尘：淡黄色。

晏殊（宋20）一首

槛菊愁烟兰泣露▲罗幕轻寒，燕子双飞去▲明月不谙离恨苦▲斜光到晓穿朱户▲

昨夜西风凋碧树▲独上高楼，望尽天涯路▲欲寄彩笺兼尺素▲山长水阔知何处▲

李冠（宋25）一首

贴鬓香云双绾绿▲①柳弱花娇，一点春心足▲不肯玉箫闲度曲▲恼人特把青蛾蹙▲

静夜溪桥霜薄屋▲②独影行歌，惊起双鸾宿▲愁破酒阑闺梦熟▲月斜窗外风敲竹▲

注：①云：喻发。②薄：逼近。

宋祁（宋26）一首　题：情景。

绣幕茫茫罗帐卷▲春睡腾腾，困入娇波慢▲隐隐枕痕留玉脸▲腻云斜溜钗头燕▲

远梦无端欢又散▲泪落胭脂，界破蜂黄浅▲整了翠鬟匀了面▲芳心一寸恨何限▲

欧阳修（宋33）五首

（1）帘幕东风寒料峭▲雪里梅花，先报春来早▲红蜡枝头双燕小▲金刀剪彩呈纤巧▲

旋暖金炉熏蕙藻▲酒入横波，困不禁烦恼▲绣被五更春睡好▲罗帏不觉纱窗晓▲

（2）海燕双来归画栋▲①帘影无风，花影频移动▲半醉腾腾春睡重▲绿鬟堆枕香云拥▲②

翠被双盘金缕凤▲忆得前春，有个人人共▲③花里黄莺时一哢▲④日斜惊起相思梦▲

注：①海燕：即燕子，因是候鸟，春天来自南海。②云：发之美称。③人人：那个人。④哢：鸟吟也。

（3）永日环堤乘彩舫▲①烟草萧疏，恰似晴江上▲水浸碧天风皱浪▲菱花荇蔓随双桨▲②

红粉佳人翻丽唱▲惊起鸳鸯，两两飞相向▲且把金尊倾美酿▲③休思往事成惆怅▲④

注：①永日：长日。②荇：水草名；蔓：细长之草茎，指荇茎。③尊：酒杯；美酿：美酒。④惆怅：伤感貌。

（4）越女采莲秋水畔▲窄袖轻罗，暗露双金钏▲①照影摘花花似面▲芳心只

共丝争乱▲

㶉鶒滩头风浪晚▲[②]雾重烟轻，不见来时伴▲隐隐歌声归棹远▲离愁引着江南岸▲

注：① 金钏：金手镯。② 㶉鶒：水鸟名，又名紫鸳鸯。

(5) 小院深深门掩乍▲寂寞珠帘，画阁重重下▲欲近禁烟微雨罢▲[①]绿杨深处秋千挂▲

傅粉狂游犹未舍▲[②]不念芳时，眉黛无人画▲薄倖未归春去也▲[③]杏花零落香红谢▲

注：① 禁烟：清明前二日为寒食节，是日禁烟火。② 傅粉：搽粉也，"傅粉何郎"指其夫也。③ 薄倖：薄情人，也指其夫。

卢氏（女）（宋 35）一首　注：调名原作凤栖梧。

蜀道青天烟霭翳▲[①]帝里繁华，[②]迢递何时至▲[③]回望锦川挥粉泪▲[④]凤钗斜亸乌云腻▲

绶带双垂金缕细▲[⑤]玉佩金珰，[⑥]露滴寒如水▲从此鸾妆添远意▲画眉学得遥山翠▲

注：① 蜀道：四川道路。谚云：蜀道难，难于上青天。作者随父为县令，去汉州（今四川广汉）任满回汴京（今河南开封），路过川境泥溪驿题壁。② 帝里：指汴京。③ 迢递：遥远。④ 锦川：成都水名，即锦江。⑤ 绶带：印标志、胸章的彩色丝带。⑥ 金珰：金耳坠。

杜安世（宋 53）一首

整顿云鬟初睡起▲庭院无风，尽日帘垂地▲画阁巢新燕声喜▲杨花狂散无拘系▲

近来早是添憔悴▲金缕衣宽，赛过宫腰细▲苒荏光阴似流水▲春残莺老人千里▲

滕甫（宋 56）二首　题：次长汀壁间韵。[①]

(1) 叶底无风池面静▲掬水佳人，[②]拍破青铜镜▲[③]残月朦胧花弄影▲新梳斜插乌云鬓▲

怕索闷怀添酒兴▲旋撷园蔬，[④]随分成盘饤▲[⑤]说与翠微休急性▲功名富贵皆前定▲

注：① 长汀：福建县名。② 掬水：双手捧水。③ 镜：喻水平似镜。④ 旋：随即；撷：采摘。⑤ 随分：随意；盘饤：盘中陈列，即菜肴。

（2）昼永无人深院静▲①一枕春醒，犹未忺临镜▲②帘卷新蟾光射影▲③速忙掠起蓬松鬓▲

对景沉吟嗟没兴▲④薄倖不来，⑤空把杯盘饤▲⑥休道妇人多水性▲今宵独自言无定▲

注：① 昼永：昼长。② 未忺：未欲。③ 新蟾：新月。④ 嗟：叹也。⑤ 薄倖：薄情，指恋人。⑥ 把：持也；盘饤：盘中陈列，即菜肴。

晏几道（宋 71）一首

絮卷风头寒欲尽▲坠粉飘红，日日香成阵▲新酒又添残酒困▲今春不减前春恨▲

蝶去莺飞无处问▲隔水高楼，望断双鱼信▲恼乱秋波横一寸▲斜阳只与黄昏近▲

苏轼（宋 79）四首　题：第一首，密州上元。①

第二首，春景。

第三首，佳人。

（1）灯火钱塘三五夜▲明月如霜，照见人如画▲帐底吹笙香吐麝▲更无一点尘随马▲

寂寞山城人老也▲击鼓吹箫，却入农桑社▲火冷灯稀霜露下▲昏昏雪意云垂野▲

注：① 密州：今山东诸城，作者于熙宁八年（1075 年）曾官密州……，时年四十岁。

（2）花褪残红青杏小▲燕子飞时，绿水人家绕▲枝上柳绵吹又少▲天涯何处无芳草▲

墙里秋千墙外道▲墙外行人，墙里佳人笑▲笑渐不闻声渐悄▲多情都被无情恼▲

（3）一颗樱桃樊素口▲①不要黄金，只要人长久▲学画鸦儿犹未就▲眉间已作伤春皱▲

扑蝶西园随伴走▲花落花开，渐解相思瘦▲破镜重来人在否▲章台折尽青青柳▲②

注：① 樊素：唐妓名，善歌。白居易诗："樱桃樊素口"。② 章台：这二句叙唐天宝末韩翃爱姬被蕃将沙吒利所得，后被韩之虞侯许俊夺归故事。

（4）记得画屏初会遇▲好梦惊回，望断高唐路▲①燕子双飞来又去▲纱窗几度春光暮▲

那日绣帘相见处▲低眼佯行，笑整香云缕▲②敛尽春山羞不语▲③人前深意难轻诉▲

注：① 高唐路：宋玉《高唐赋》叙宋襄王梦会神女故事。② 香云缕：发之美称。③ 春山：喻眉峰。

魏玩（女）（宋87）一首　注：调名原作卷珠帘。

记得来时春未暮▲执手攀花，袖染花梢露▲暗卜春心共花语▲争得双朵争先去▲

多情因甚相辜负▲轻拆轻离，又向谁分诉▲泪湿海棠花枝处▲东君空把奴分付▲①

注：① 东君：司春之神；奴：古代女子自称。

秦观（宋116）一首

晓日窥轩双燕语▲①似与佳人，共惜春将暮▲屈指艳阳都几许▲②可无时霎闲风雨▲③

流水落花无问处▲只有飞云，冉冉来还去▲④持酒劝云云且住▲凭君得断春归路▲

注：① 轩：有窗长廊。② 屈指：扳着指头计算。③ 时霎：应为霎时，因用韵而颠倒。④ 冉冉：缓慢移动貌。

贺铸（宋121）一首　注：调名原作凤栖梧。

挑菜踏青都过却▲①杨柳风轻，摆动秋千索▲啼鸟自惊花自落▲有人同在真珠箔▲②

淡净衣裳妆得薄▲闲凭银筝，睡鬓慵梳掠▲③试问为谁添瘦弱▲娇羞只把眉颦着▲

注：① 挑菜、踏青：都是仲春时节。② 珠箔：珠帘。③ 慵梳掠：懒梳理。

秦觏（宋126）一首　题：足司马才仲梦中苏小小词。①

妾本钱塘江上住▲②花落花开，不管流年度▲燕子衔将春色去▲纱窗几阵黄梅雨▲

斜插犀梳云半吐▲③檀板轻敲，唱彻黄金缕▲酒醒梦回无觅处▲夜凉明月生南浦▲

注：① 司马才仲：即宋词人司马槱；苏小小：南齐时杭州名妓，才仲曾在西

湖边梦见小小，为作《黄金缕》词，但缺后段。秦觏补其后段，为此词。②钱塘江：泛指杭州西湖。③犀梳：犀牛角梳子。

周邦彦(宋128)一首

叶底寻花春欲暮▲折遍柔枝，满手珍珠露▲不见旧人空旧处▲对花惹起愁无数▲

却倚栏杆吹柳絮▲粉蝶多情，飞上钗头住▲若遣郎身如蝶羽▲芳时争肯抛人去▲

方千里(宋133)一首　题：柳。和清真词。

一搦腰肢初见后▲[①]恰似娉婷，[②]十五藏朱牖▲[③]春色恼人浓抵酒▲风前脉脉如招手▲[④]

黛染修眉蛾绿透▲态婉仪闲，自是芳闺秀▲堪惜年华同转首▲女郎台畔春依旧▲

注：①一搦：一握。②娉婷：美女。③牖：窗户。④脉脉：含情欲吐貌。

沈蔚(宋138)一首

溪上清明初过雨▲春色无多，叶底花如许▲轻暖时闻燕双语▲等闲飞入谁家去▲[②]

短墙东畔新朱户▲前日花前，把酒人何处▲[③]仿佛桥边船上路▲绿杨风里黄昏鼓▲

注：①等闲：随意。②把酒：持酒杯。

朱淑真(女)(宋140)一首　题：送春。

楼外垂杨千万缕▲欲系青春，少住春还去▲犹自风前飘柳絮▲随春且看归何处▲

满目山川闻杜宇▲便作无情，莫也愁人意▲把酒送春春不语▲黄昏却下潇潇雨▲

赵令畤(宋140)一首

欲减罗衣寒未去▲不卷珠帘，人在深深处▲残杏枝头花几许▲啼红止恨清明雨▲

尽日水沉香一缕▲宿酒醒迟，恼破春情绪▲飞燕又将归信误▲小屏风上西江路▲

王仲(宋142)一首

去岁花前曾记有▲坐醉嬉游，花下携纤手▲粉面与花相间斗▲星眸一转晴

波溜▲

一见新花还感旧▲泪眼逢春，忍更看花柳▲春恨厌厌如永昼▲□□寂寞黄昏后▲

毛滂(宋143)二首　题：第一首，东堂手栽牡丹见花。①第二首，寒食。①

(1) 三叠栏杆铺碧甃▲小雨新晴，才过清明后▲初见花王披衮绣▲②娇云瑞日明春昼▲

彩女朝真天质秀▲宝髻微偏，风卷霞衣皱▲莫道东君情最厚▲③韶光半在东堂手▲④

注：① 东堂：作者书斋名。② 花王：牡丹被誉为花中之王；衮绣：王者之礼服。③ 东君：司春之神。④ 韶光：指春景。

(2) 红杏梢头寒食雨▲燕子泥香，不住飞来去▲行傍柳阴闻好语▲莺儿穿过黄金缕▲②

桑落酒寒杯懒举▲③总被多情，做得无情绪▲春过二分能几许▲银台新火重帘暮▲④

注：① 寒食：古节日名，在清明前一日或二日。② 黄金缕：指柳丝。③ 桑落：酒名。④ 银台：烛台；新火：寒食禁烟火，过后所续新火。

谢逸(宋144)一首

豆蔻梢头春色浅▲新试纱衣，拂袖东风软▲红日三竿帘幕卷▲①画楼影里双飞燕▲

拢鬓步摇青玉碾▲②缺样花枝，叶叶蜂儿颤▲独倚栏杆凝望远▲一川烟草平如剪▲

注：① 红日三竿：喻太阳已出来多时。② 步摇：首饰名行走摇动。

僧惠洪(宋157)一首　题：梅。　　注：调名原作凤栖梧。

碧瓦笼晴香雾绕▲水殿西偏，小驻闻啼鸟▲风度女墙吹语笑▲①南枝破腊应开了▲②

道骨不凡江瘴晓▲春色通灵，医得花多少▲抱瓮酿寒香杳杳▲谯门画角催残照▲③

注：① 女墙：城堞。② 南枝：指梅。③ 谯门：谯楼，即更鼓楼；残照：斜阳。

王安中(宋172)二首　题：第一首，迎春花。第二首，山茶花。

（1）雪霁花梢春欲到▲残腊迎春，①一夜花开早▲青帝回舆云渺渺▲②鲜鲜金雀来飞绕▲

绣阁纱窗人袅袅▲翠缕红丝，斗剪幡儿小▲③戴在花枝争笑道▲愿人常共春难老▲

注：①残腊：农历十二月底。②青帝：春神。③幡儿：长条形彩旗。

（2）巧剪明霞成片片▲欲笑还颦，金蕊依稀见▲拾翠人寒妆易浅▲①浓香别注唇膏点▲

竹雀喧喧烟岫远▲晚色溟濛，六出花飞遍▲②此际一枝红绿眩▲画工谁写银屏面▲

注：①拾翠：古代妇女春日游春。②六出花：雪花。

吕本中（宋205）一首　题：春词。

巧遇娇莺春来暮▲杨柳风流，恰过池塘雨▲芳草满庭花满树▲无情蝴蝶飞来去▲

睡起小奁香一缕▲玉篆回纹，等个人分付▲桃叶不言人不语▲眉尖一点君知否▲

李清照（女）（宋207）一首

暖雨晴风初破冻▲柳眼梅腮，①已觉春心动▲酒意诗情谁与共▲泪融残粉花钿重▲

乍试夹衫金缕缝▲②山枕斜欹，③枕损钗头凤▲独抱浓愁无好梦▲夜阑犹剪灯花弄▲

注：①柳眼：柳叶初生如眼。②金缕：金线。③山枕：即枕头如山。

赵鼎（宋209）一首

尽日东风吹绿树▲向晚轻寒，数点催花雨▲年少凄凉天付与▲更堪春思萦离绪▲①

临水高楼携酒处▲曾倚哀弦，歌断黄金缕▲②楼下水流何处去▲凭栏目送苍烟暮▲

注：①更堪：更怎堪。②黄金缕：曲名。

李弥逊（宋233）一首　题：拟古。

百尺游丝当绣户▲不系春晖，只系闲愁住▲拾翠归来芳草路▲避人蝴蝶双飞去▲

困脸羞眉无意绪▲陌上行人，记得清明否▲消息未来池阁暮▲濛濛一晌梨

花雨▲

朱松(宋251)一首　题：醉宿郑氏阁。

清晓方塘开一镜▲落絮飞花，肯向春风定▲点破翠奁人未醒▲余寒犹倚芭蕉劲▲

拟托行云医酒病▲帘卷闲愁，空占红香径▲青鸟呼君君莫听▲[①]日边幽梦从来正▲

注：① 青鸟：西王母使者，喻使者。

杨无咎(宋254)一首　题：柳。

爱日轻明新雪候▲柳眼星星，[①]渐欲穿窗牖▲[②]不待长亭倾别酒▲[③]一枝已入骚人手▲[④]

浅浅挼蓝轻腊透▲过尽冰霜，便与春争秀▲强对青铜簪白首▲[⑤]老来风味难依旧▲

注：① 柳眼：柳叶初生如眼。② 窗牖：窗户。③ 长亭：指离别，古人离别时常折柳相赠。④ 骚人：诗人。⑤ 青铜：指镜。

吕渭老(宋259)一首

风洗游丝花皱影▲碧草初霁，舞鹤闲相趁▲短梦乍回慵理鬓▲[①]惊心忽数清明近▲

逐伴强除眉上恨▲趁蝶西园，[②]不觉鞋儿褪▲醉笑眼波横一寸▲微微酒色生红晕▲[③]

注：① 慵：懒。② 趁蝶：追蝶。③ 红晕：红光。

于真人(宋262)一首

绿暗红稀春已暮▲燕子衔泥，飞入垂杨处▲柳絮欲停风不住▲杜鹃声里山无数▲

竹杖芒鞋无定据▲[①]穿过溪南，独木横桥路▲樵子渔师来又去▲一川风月谁为主▲

注：① 芒鞋：草鞋。

张抡(宋292)一首　题：海棠。

前日海棠犹未破▲[①]点点胭脂，染就真珠颗▲今日重来花下坐▲乱铺宫锦春无那▲

剩摘繁枝簪几朵▲痛惜深怜，只恐芳菲过▲[②]醉倒何妨花底卧▲不须红袖来扶我▲[③]

注：① 破：破苞。② 芳菲：指花草香美。③ 红袖：女郎。

赵彦端(宋 314)一首　题：赠别赵邦才席上作。

堂外溪桥杨柳畔▲满树东风，更着流莺唤▲时节清明寒暖半▲秦筝欲妒歌珠贯▲[①]

一寸离肠无可断▲旧管新收，[②]尽记双帷卷▲赖得今年春较晚▲送人犹有余红乱▲[③]

注：① 秦筝：即乐器之筝，因传秦人蒙恬所造。② 管：筝管。③ 红：指红花或落花。

陈从古(宋 316)一首　题：芍药。

日借轻黄珠缀露▲困倚东风，无限娇春处▲看尽嫣红浑漫与▲[①]淡妆偏称泥金缕▲

不共铅黄争胜负▲[②]殿后开时，[③]故欲寻春去▲去似朝霞无定所▲那堪更着催花雨▲

注：① 嫣红：红色娇艳者。② 铅黄：颜料名。③ 殿后：列于最后。

姜特立(宋 329)一首　题：送妓。

飘粉吹香三月暮▲病酒情怀，愁绪浑无数▲[①]有个人人来又去▲归期有限难留住▲

明日尊前无觅处▲[②]咿轧篮舆，[③]只向双溪路▲我辈情钟君漫与▲为云为雨应难据▲

注：① 浑：全。② 尊前：酒筵前。③ 咿轧：篮舆声；篮舆：竹轿。

范成大(宋 338)一首

春涨一篙添水面▲芳草鹅儿，绿满微风岸▲画舫夷犹湾百转▲[①]横塘塔近依然远▲

江国多寒农事晚▲[②]村北村南，谷雨才耕遍▲[③]秀麦连冈桑叶贱▲看看尝面收新茧▲[④]

注：① 夷犹：即夷由，迟疑不决也。② 江国：即水乡。③ 谷雨：季节名，在公历四月二十日左右，喻已春暮。④ 尝面：指麦将成熟。

张震(宋 355)一首

梅子初青春已暮▲芳草连云，绿遍西池路▲小院绣帘才半举▲衔泥紫燕双飞去▲

人在赤栏桥畔住▲[①]不解伤心，还解相思否▲清梦欲寻犹间阻▲纱窗一夜潇

潇雨▲[2]

注：① 赤栏桥：有红栏杆之桥。② 潇潇雨：雨暴疾貌。

张孝祥(宋355)一首　题：怀于湖。[1]

恰则杏花红一树▲撚指来时，结子青无数▲漠漠春阴缠柳絮▲一天风雨将春去▲

春到家山须小住▲芍药樱桃，更是寻芳处▲绕院碧莲三百亩▲留春伴我春应许▲

注：① 于湖：湖名，在作者家乡乌江(安徽和县)境，作者因号于湖居士。

程垓(宋368)二首

(1) 满路梅英飞雪粉▲临水人家，先得春光嫩▲楼底杏花楼外影▲墙东柳线墙西恨▲

撷翠揉红何处问▲暖入眉峰，正作伤春困▲归路月瘦弯一寸▲芳心只为东风损▲

(2) 楼角吹花烟月堕▲的砾韶妍，[1]又向梅心破▲钗上彩幡看一个▲[2]赏心已觉春生坐▲

莫恨年华风雨过▲人日嬉游，[3]次第连灯火▲翠幄高张金盏火▲已拚醉袖随香弹▲

注：① 的砾：鲜明貌；韶妍：春景明媚。② 彩幡：彩色幡条带子，即首饰。③ 人日：农历大年初七。

辛弃疾(宋370)二首　题：第一首，和杨济翁韵。[1]

第二首，席上赠杨济翁侍儿。

(1) 点检笙歌多酿酒▲[2]蝴蝶西园，暖日明花柳▲醉倒东风眠永昼▲[3]觉来小院重携手▲

可惜春残风雨又▲收拾情怀，闲把诗僝僽▲[4]杨柳见人离别后▲腰肢近日和他瘦▲

注：① 杨济翁：即杨炎正，见《词人小传》。② 此句原注用丘宗卿书中语。③ 永昼：长日。④ 僝僽：消遣、摆弄之意。

(2) 小小年华才月半▲[1]罗幕春风，幸自无人见▲刚道羞郎低粉面▲旁人瞥见回娇盼▲

昨夜西池陪女伴▲柳困花慵，[2]见说归来晚▲劝客持觞浑未惯▲未歌先觉花枝颤▲

注：① 月半：指十五岁。② 慵：懒也。

刘仙伦(宋380)一首

小立东风谁共语▲碧尽纤云，依约兰皋暮▲[①]谁问离怀知几许▲一溪流水和烟雨▲

媚荡杨花无著处▲才伴春来，忙底随春去▲[②]只恐游蜂粘得住▲斜阳芳草江头路▲

注：① 兰皋：芳香河岸。② 忙底：为何如此匆忙。

赵长卿(宋389)二首　题：第一首，初夏。

第二首，和任路分荷花。[①]

(1) 乱叠青钱荷叶小▲浓绿阴阴，学语雏莺巧▲小树飞花芳径草▲堆红衬碧于中好▲

梅子弄黄枝上早▲春已归时，戏蝶游蜂少▲细把新词才和好▲鸡声已唤纱窗晓▲

(2) 忆昔临平山下过▲[②]无数荷花，照水无纤污▲短艇直疑天上坐▲醉眠花里香无那▲

雨浥红妆娇娜娜▲[③]脉脉含情，[④]欲向风前破▲莫道晚来风景可▲青房著子千千颗▲[⑤]

注：① 分：分得。② 临平山：在今杭州市余杭县境。③ 红妆：指荷花。④ 脉脉：含情欲吐貌。⑤ 青房：指青色莲蓬。

赵师侠(宋390)二首　题：第一首，和邓南秀。

第二首，丙辰(1196年)嫣然赏海棠。

(1) 柳眼窥春春渐吐▲[①]又是东风，摇曳黄金树▲[②]宜入新春闻好语▲一犁处处催耕雨▲

未有花须金缕缕▲醉梦悠扬，似蜂翩跹舞▲一枕仙游何处去▲[③]觉来依旧江南住▲

注：① 柳眼：柳叶初生如眼。② 黄金树：指杨柳。③ 仙游：指入梦。

(2) 春入园林新雨过▲次第芳菲，[①]惹起情无那▲蜀锦青红初剪破▲枝头点点胭脂颗▲[②]

柳带随风金袅娜▲隐映余霞，灿灿红云堕▲高烛夜寒光照座▲只愁沉醉谁共我▲

注：① 芳菲：花草香美。② 胭脂颗：指海棠。

杨炎正(宋398)一首

万点飞花愁似雨▲峭煞轻寒,不会留春住▲满地乱红风扫聚▲只教燕子衔将去▲

独倚栏杆闲自觑▲深院无人,行到无情处▲帘外丝丝杨柳舞▲又还装点人情绪▲

刘翰(宋401)一首

团扇题诗春又晚▲小梦惊残,碧草池塘满▲一曲银钩帘半卷▲绿窗睡足莺声软▲

瘦损衣围罗带减▲前度风流,陡觉心情懒▲谁品新腔拈翠管▲画楼吹彻江南怨▲

吴礼之(宋415)一首

满地落红初过雨▲[1]绿树成阴,紫燕风前舞▲[2]烟草低迷萦小路▲昼长人静扃朱户▲

沉水香销新剪苎▲[3]敧枕朦胧,花底闻莺语▲春梦又还随柳絮▲等闲飞过东墙去▲[4]

注：① 落红：落花。② 紫燕：即燕子中越燕,因其颌下色紫。③ 沉水：香名。④ 等闲：随意。

史达祖(宋424)一首

二月东风吹客袂▲[1]苏小门前,[2]杨柳如腰细▲蝴蝶识人游冶地▲旧曾来处花开未▲

几夜湖山生梦寐▲萍泊寻芳,只怕春寒里▲今岁清明逢上巳▲[3]相思先到溅裙水▲[4]

注：① 客袂：客袖。② 苏小：苏小小。③ 上巳：古节日,在农历三月初三。④ 溅裙：洗裳,古人在上巳节,妇女多溅裙。

汪晫(宋425)一首　题：秋夜简赵尉。

午夜凉生风小住▲银汉无声,[1]云约疏星度▲佳客欲眠知未去▲对床只欠潇潇雨▲

素月四更山外吐▲[2]酒醒衾寒,消尽沉烟缕▲[3]料想玉楼人倚处▲归帆日伫烟中浦▲

注：① 银汉：银河。② 素月：银色月亮。③ 沉烟：沉香烟。

真德秀(宋442)一首　题：红梅。

两岸月桥花半吐▲红透肌香，暗把游人误▲尽道武陵溪上路▲[1]不知迷入江南去▲

先是冰霜真态度▲何事枝头，点点胭脂污▲[2]莫是东君嫌淡素▲问花花又娇无语▲

注：① 武陵：在湖南常德，传系桃花源所在。② 胭脂：指红梅。

赵崇嶓（宋 468）一首

一剪微寒禁翠袂▲[1]花下重开，旧燕添新垒▲风旋落红香匝地▲海棠枝上莺飞起▲

薄雾笼春天欲醉▲碧草澄波，的的情如水▲[2]料想红楼挑锦字▲[3]轻云淡月人憔悴▲

注：① 袂：袖也。② 的的：明貌。③ 挑：刺绣。

萧允之（宋 485）一首　题：舟行怀旧。

十幅归帆风力满▲记得来时，买酒朱桥畔▲远树平芜空目断▲[1]乱山惟见斜阳半▲

谁把新声翻玉管▲[2]吹过沧浪，多少伤春怨▲已是客怀如絮乱▲画楼人更回头看▲

注：① 平芜：平原上野草。② 新声：新词、新曲；玉管：笛、箫之美称。

严仁（宋 505）一首　题：春情。

院静日长花气暖▲一簇娇红，得见春深浅▲风送生香来近远▲笑声只在秋千畔▲

目力未穷肠已断▲一寸芳心，更逐游丝乱▲朱户对开帘卷半▲日斜江上春风晚▲

何梦桂（宋 540）一首

风信花残吹柳絮▲[1]柳外池塘，乳燕时飞度▲漠漠轻云山约住▲半村烟树鸠呼雨▲

竹院深深深几许▲深处人闲，谁识闲中趣▲弹彻瑶琴移玉柱▲[2]苍苔满地花阴午▲

注：① 风信：指花信风，共二十四番，每番五天，有一花应之。至第二十四番楝花结束，时在公历五月初。② 柱：琴上徽柱，即琴节。

周密（宋 541）一首　题：生香亭。　注：调名原作风栖梧。

竹杳花深连别墅▲曲曲回廊，小小闲庭宇▲忽地香来无觅处▲杖藜闲趁游

蜂去▲

老桂凝秋森压树▲涧底孤芳，苒苒吹诗句▲一掬幽情知几许▲钩帘半亩藤花雨▲

汪宗臣（宋 559）一首　题：清明前两日闻燕。

年去年来来去早▲怪底不来，[1]庭院春光老▲知向谁家翻别调▲家家望断飞踪窅▲

千里潇湘烟渺渺▲[2]不记雕梁，旧日恩多少▲匝近清明檐外叫▲故巢犹在朱檐晓▲

注：① 怪底：为何。按春日燕自南方飞来应在春分时节，今年迟至清明前两日。② 潇湘：本在湖南，借喻南方。

无名氏（宋 614）一首　注：调名原作一箩金。

武陵春色浓于酒▲[1]游冶才郎，初试花间手▲绛蜡烛残人静后▲[2]眉峰便作伤春皱▲

一霎风狂和雨骤▲柳软花柔，浑不禁僝僽▲[3]明日余香知在否▲粉罗犹有残红透▲

注：① 武陵：在湖南常德，指桃花源。② 绛蜡：红烛。③ 浑：全也。

赵可（金 9）一首　注：调名原作凤栖梧。

霜树重重青嶂小▲[1]高栋飞云，[2]正在霜林杪▲[3]九日黄花才过了▲一尊聊慰秋客老▲

翠色有无眉淡扫▲身在西山，却爱东山好▲流水极天横晚照▲酒阑望断西河道▲

注：① 嶂：似屏山峰。② 高栋：栋梁，指楼房。③ 杪：树梢头。

完颜璟（金 19）一首　题：题扇。故事：金章宗（即作者）喜文学，善书画。宋徽宗以苏合油烟为墨，章宗购得之，一两价黄金一斤。见《词苑丛谈》。

几股湘江龙骨瘦▲[1]巧样翻腾，叠作湘波皱▲金镂小钿花草斗▲[2]翠条更结同心扣▲

金殿珠帘闲永昼▲[3]一握清风，暂喜怀中透▲忽听传宣须急奏▲[4]轻轻褪入香罗袖▲

注：① 湘江龙骨：喻斑竹扇骨。② 金镂：镂刻金钿。前段指扇。③ 永昼：长昼。④ 传宣：官名，以太监充任。后段指弄扇。

元好问（金 27）二首　题：第一首，戊辰岁（1208 年）长安作。①

第二首，白鹿原新斋作。

（1）一片飞花春意减▲雨雨风风，常恨寻芳晚▲若个花枝偏入眼▲②尊前细问春风楝▲③

醉里看花云锦烂▲只记莺声，不记红牙板▲④留着佳人鹦鹉琖▲⑤明朝剩把长条换▲

注：① 长安：今陕西西安。② 若个：那个。③ 楝：楝花为春季花信风中最后一候（即番），时在公历五月初。④ 红牙板：红象牙板，指击拍歌唱。⑤ 琖：玉爵。爵，酒器。

（2）负郭桑麻秋课重▲①十角黄牛，②分得山田种▲乡社鸡豚人与共▲③春风渐入浮蛆瓮▲④

绕屋清溪醒午梦▲一榻翛然，⑤坐受云山供▲四海虚名将底用▲⑥一声啼鸟岩花动▲

注：① 负郭：背靠城门；桑麻：喻农事。② 十角黄牛：五头牛，陆龟蒙《放牛》“江草秋穷似秋米，十角吴牛放江岸”。③ 豚：小猪。④ 浮蛆：浮在酒缸上的白沫，这里代酒。⑤ 翛然：潇洒之意。⑥ 底用：何用。

段克己（金 29）一首　题：闻莺有感。

鹈鴂一声春已晓▲①蝴蝶双飞，暖日明花草▲花底笙歌犹未了▲流莺又复催春老▲

早是残红枝上少▲飞絮无情，更把人相恼▲老桧独含冰雪操▲②春来悄没人知道▲

注：① 鹈鴂：即杜鹃。② 操：节操。

詹正（元 27）一首

日晚游人酥粉涴▲①四雨亭前，面面看花坐▲扇拂游蜂青杏堕▲新红一路秋千过▲

帘外清歌帘底和▲自理琵琶，不用笙簧佐▲八折香罗余碧唾▲露花点笔轻题破▲

注：① 涴：弄脏。

赵孟頫（元 33）一首

依是江南游冶子▲乌帽青鞋，行乐东风里▲落尽杨花春满地▲萋萋芳草愁

千里▲

扶上兰舟人欲醉▲日暮青山，相映双蛾翠▲万倾湖光歌扇底▲一声吹下相思泪▲

刘铉(元 47)一首　题：送春。

人自怜春春未去▲萱草石榴，也解留春住▲只道送春无送处▲山花落得红成路▲

高处啼莺低蝶舞▲何况日长，燕子能言语▲付与光阴相客主▲晴云又卷西边雨▲

刘天迪(元 50)一首

一剪轻波娇欲溜▲绿怨红愁，长为春风瘦▲舞罢金杯眉头皱▲背人倦倚晴窗绣▲

脸晕潮生微带酒▲[1]催唱新词，不应频摇首▲闲把琵琶调来就▲羞郎还又垂红袖▲

注：① 此句说：饮了酒，脸泛红光圈。

许谦(元 55)一首　题：正月十一日。

杨柳池塘春信早▲帘卷东风，犹带余寒峭▲[1]暖透博山红雾绕▲[2]洞箫扶起歌声杳▲[3]

初试花冠金凤小▲[4]鬓乱钗横，长怯旁人笑▲银烛未残尊未倒▲[5]鸡声漏水频催晓▲[6]

注：① 峭：微寒也。② 博山：指香炉。③ 扶起：持起。④ 金凤：凤头金钗。⑤ 尊：指酒。⑥ 漏水：计时滴漏之水。

张以宁(元 81)一首　序：广州南汉刘铱，[1]故宫铁铸四柱犹存，周览叹息之余，夜泊三江口，梦中作一词，觉而忘之，但记二句，因概括为此词。　注：调名原作明月生南浦。

海角亭前秋草路▲榕叶风清，吹散蛮烟雾▲[2]一笑英雄曾割据▲[3]痴儿却被潘郎误▲[4]

宝气销沉无觅处▲藓晕犹残，铁铸遗宫柱▲千古兴亡知几度▲海门依旧潮来去▲

注：① 南汉：五代十国之一，据广州。② 蛮：古人贬称广东为蛮地。③ 英雄：指南汉高祖刘龑公元 917 年开基立国。④ 痴儿：指后主刘铱；潘郎：指潘佑草诱降书，公元 971 年南汉遂降于宋。

顾德辉（元 89）一首　故事：作者同陈浩然游观音山，宴张氏楼，徐姬楚兰佐酒，以琵琶度曲，郯云台心醉，作者赋词如下：

春江暖涨桃花水▲画舫珠帘，载酒东风里▲四面青山青似洗▲白云不断山中起▲

过眼韶华浑有几▲玉人纤手，笑把琵琶理▲枉杀云台标外史▲[1]断肠只合江州死▲[2]

注：① 云台：指郯云台。② 江州：今江西九江。

凌云翰（明 11）二首

（1）过雨春波浮鸭绿▲草阁三间，人住清溪曲▲旧种小桃多映竹▲乱花遮断松边屋▲

有客抱琴穿翠麓▲[1]隔水呼舟，应是怜幽独▲历历武陵如在目▲[2]几时同借仙源宿▲

注：① 麓：山脚下。② 历历：分明貌；武陵：指桃花源，在湖南常德。

（2）一色杏花三百树▲茅屋无多，更在花深处▲旋压小槽留客住▲[1]举杯忽听黄鹂语▲[2]

醉眼看花花亦舞▲风妒残红，飞过邻墙去▲却似牧童遥指处▲清明时节纷纷雨▲

注：① 槽：指酿酒器具。② 黄鹂：黄莺。

杨基（明 12）二首　题：第一首，闺情。

（1）净洗胭脂轻扫黛▲斗草庭边，自拗梨花戴▲一段心情空自爱▲风流那得时常在▲

屈指春光归已快▲不卷珠帘，又恐东风怪▲花影低将新月碍▲小栏杆外深深拜▲

（2）新制罗衣珠络缝▲消瘦肌肤，欲试又嫌重▲莫信鹊声相侮弄▲[1]灯花几度成春梦▲[2]

风雨又将花断送▲满地胭脂，[3]补尽苍苔空▲独自移将萱草种▲[4]金钗挽得花枝动▲

注：① 鹊声：传能报喜。② 灯花：也传报喜。③ 胭脂：指落花。④ 萱草：又名宜男草，借喻能怀喜。

罗贯中（明 13）一首　题意：《水浒传》第八十一回，燕青月夜遇宋徽宗献曲。

一别家山音信杳▲百种相思，肠断何时了▲燕子不来花又老▲一春瘦得腰

儿小▲

薄幸郎君何日到▲想自当初，莫要相逢好▲好梦欲成还又觉▲绿窗但觉莺声晓▲

莫播（明 36）四首　题：第一首，苏堤春晓。

第二首，柳浪闻莺。

第三首，南屏晚钟。

第四首，雷峰夕照。　注：此四词各写杭州西湖十景之一。

（1）十里楼台花雾绕▲宜雨宜晴，山色笼春晓▲杨柳梢头残月小▲海棠枝上犹啼鸟▲

兰帐玉人初睡觉▲试问楼前，画舫开多少▲报道寻芳人起早▲紫骝嘶过香尘道▲

（2）西子湖头春过半▲①万树垂杨，汹似波纹乱▲黄褪绿匀谁暗换▲骏骑来系花骢惯▲

红喙娇莺啼缓缓▲②韵叶笙簧，几被风吹断▲恼乱佳人停凤管▲③背花偷把春纤按▲④

注：① 西子湖：即杭州西湖。② 喙：专指鸟兽之嘴。③ 管：箫、笛之类。④ 春纤：形容女子手纤细。

（3）翠巘深深深几许▲①佛阁华钟，鲸吼西风里▲②回首南庄行乐地▲暝烟隔断青莲宇▲③

宴饮芳园人散去▲金钥严城，④次第催将闭▲一望长桥灯火起▲绛纱影里联归骑▲⑤

注：① 巘：山峰。② 鲸吼：风声怒吼。③ 青莲宇：喻净慈寺。④ 金钥严城：此句谓城门将闭上锁。⑤ 前段第一句许字、第四句宇字，后段第一句去字皆另韵宽叶。

（4）古塔斜阳红欲暝▲西崦人家，半在桑榆影▲小映残霞如濯锦▲烟花佛国非凡境▲

十里画船归欲尽▲渔唱菱歌，别是湖中景▲待月有人楼上等▲珠帘半卷栏重凭▲

朱高炽（明 40）一首　题：九月海棠。

烟抹霜林秋欲褪▲吹破胭脂，犹觉西风嫩▲翠袖怯寒愁一寸▲谁传庭院黄

昏信▲

明月羞容生远恨▲旋摘余娇，簪满宫人髩▲[1]醉倚小栏花影晕▲不应先有春风份▲

注：① 簪：插戴；髩：即鬓。

朱有燉（明42）一首

海上红云收暮雨▲绿柳阴浓，殿阁全无暑▲画栋厌闻巢燕语▲粉墙时见慈乌乳▲[1]

翠袖红裙池上舞▲十里清香，总被薰风妒▲[2]回首西州城外路▲天涯一去山无数▲

注：① 慈乌：即乌鸦。因乌鸦知反哺，故称慈乌。② 薰风：和风，东南风。

彭华（明74）一首　题：晓起。

睡觉五更天欲晓▲自起推篷，[1]一带寒山峭▲残月朦胧云缥缈▲[2]哑哑何处孤飞鸟▲

天地无情和我老▲昨夜西风，落叶知多少▲望断高堂春信杳▲[3]悠悠此恨何时了▲

注：① 篷：指船篷。② 缥缈：高远貌。③ 高堂：指父母。

陆容（明79）一首

日上东窗春睡起▲宿酒昏人，[1]半晌才梳洗▲好梦一场空自喜▲数声啼鸟花枝里▲

静点薰炉闲隐几▲[2]怕惹芳情，懒赋香奁体▲[3]望断弱流三万里▲[4]美人何处通双鲤▲

注：① 宿酒：隔夜酒。② 隐几：倚于几案上。③ 香奁体：涉及闺房之诗词体裁。④ 弱流：指弱水，古代神话传说中难渡之河，又指爱河。

张旭（明90）一首　题：游春，和汪以质送春韵。

好日迟迟风正歇▲[1]满目春光，绿树堆红雪▲[2]莺到垂杨声自别▲临流洗耳听来切▲[3]

珠楼谁把珠帘揭▲油幕青茵，别处夸奇绝▲归来不管儿童说▲马蹄踏碎花间月▲

注：① 迟迟：徐行貌。② 红雪：即红白，指花。③ 洗耳：洗耳恭听，喻专心收听。

祝允明（明102）一首　题：赠妓。

闹蝶窥春花性浅▲未了梳妆，小颗唇朱点▲玉絮吹寒飞力软▲深深绣户珠帘掩▲

斯放临时仍泥恋▲[①]一把风情，错认徐娘减▲[②]略绰晕香红半片▲[③]栏杆回首东风远▲

注：① 斯放：即撕放，喻分开。② 徐娘：半老妇人。③ 绰：绰立，端立也。

邵宝（明 103）一首　题：春日闲居，用张提学和卢侍卿《蝶恋花》词。

三年卧病今年好▲二月春寒，又被东风恼▲古人诗语今人道▲傍柳随花放未了▲

闲学少年还又老▲击节长歌，不恨知音少▲流水桥边亭子小▲古琴时有幽人抱▲

文徵明（明 117）一首　题：惜花。

花事阑珊春欲老▲[①]雨洗风吹，一夜都如扫▲檀板不闻尊不倒▲[②]油栏辜负倾城笑▲[③]

我试撩君君不报▲君自无情，得我旁人恼▲花若有知花亦恼▲明年定不虚开了▲

注：① 阑珊：衰残。② 檀板：喻歌舞；尊：指酒杯。③ 油栏：油漆栏杆；倾城：倾国倾城，喻美人。

卢雍（明 124）一首　题：徐州晚泊。

野村烟生斜日堕▲千里帆樯，又向黄楼过▲自据胡床船上坐▲[①]东山月出浮云破▲

细细波流声绕舵▲风苇萧萧，[②]两岸明渔火▲吹罢洞箫歌楚些▲[③]坡仙仿佛相逢我▲[④]

注：① 据：占据；胡床：即绳床，为绳穿座椅。② 萧萧：风声。③ 些：语助词，楚辞招魂用之。④ 坡仙：指苏东坡，即苏轼。

卢襄（明 141）一首　题：徐州晚泊，用师邵韵。[①]

城上危楼惊欲堕▲[②]北楫南樯，[③]日日城边过▲犹记昔年楼上坐▲楼前景物多题破▲[④]

今日长年催捩舵▲[⑤]万井萧条，[⑥]落日稀烟火▲坡老不归招楚些▲[⑦]云山隔水如留我▲

注：① 师邵：即卢雍，见《词人小传》。② 危楼：高楼。③ 楫、樯：均喻船。④ 题破：题过之意。⑤ 捩舵：把舵。⑥ 万井：万户。⑦ 坡老：指

苏轼。

张綖（明 153）一首

紫燕双飞深院静▲①簟枕纱橱，②睡起娇如病▲一线碧烟萦藻井▲③小鬟茶进龙香饼▲④

拂拭菱花看宝镜▲玉指纤纤，撚唾撩云鬓▲闲折海榴过翠径▲⑤雪猫戏扑风花影▲⑥

注：① 紫燕：即燕。② 纱橱：古代似橱形的纱帐。③ 藻井：堂殿上承尘也。④ 龙香：茶名。⑤ 海榴：即石榴。⑥ 雪猫：白猫。

杨慎（明 157）一首

名园雨过晨妆洗▲冶叶倡条，①何处闲桃李▲斜日帘栊风满地▲②纷纷又逐东流水▲

摇荡春心几千里▲欲网韶光，③唤取游丝起▲燕懒莺慵春有几▲丁香枝上含新蕊▲

注：① 冶叶倡条：喻妓也。李商隐诗："冶叶倡条偏相识"。② 帘栊：有帘之窗。③ 韶光：春景。

吴子孝（明 162）一首

绣幕玲珑花影碎▲好鸟花间，报道春光媚▲红锦地衣拖舞袂▲①画堂日日笙歌沸▲

年少潘郎长得意▲②罗绮生香，坐拥神仙丽▲万紫千红花富贵▲肯教容易春归去▲

注：① 袂：袖也。② 潘郎：美少年潘岳，借喻本词主人。

杨仪（明 175）二首　题：第一首，丁未（1547 年）迎春。　注：调名原作一箩金。

第二首，新凉月下。　注：调名原作黄金缕。

（1）三阳大地初交泰▲①无限春光，已到门儿外▲指点农祥晨正在▲六街车马先填隘▲②

彩仗青幡千万队▲③春蝶春钱，人面花枝对▲④翠管银钩闲作会▲宜春一面人皆醉▲

注：① 三阳：即春天。② 填隘：喻堵塞。隘，指街口。③ 彩仗青幡：迎春仪仗。④ 人面花枝对：套用崔护诗"人面桃花相映红"之意。

（2）一夜清风生院宇▲小簟方床，①洗尽人间暑▲旖旎庭前双玉树▲②乍疑湿透西山雨▲

碧海银蟾光渐吐▲[3]万户无声，身在清虚府▲独倚栏杆歌白苎▲[4]流萤数点穿帘去▲

注：① 簟：竹席。② 旖旎：柔弱貌。③ 银蟾：喻月。④ 白苎：曲名。

吴承恩（明183）一首

红粉围墙开小院▲杨柳垂檐，齐罩黄金线▲斜倚门儿遥望见▲见人笑闪芙蓉面▲

兽啮钥镮扃一扇▲[1]香雪娇云，[2]苦被闲遮断▲忽地一声闻宝钏▲[3]隔帘弹出飞花片▲

注：① 兽啮钥镮：兽形门锁铜镮。② 香雪娇云：喻美人。③ 钏：手镯。

孙楼（明198）一首　题：春。

杨柳门前赠郎别▲才过清明，又见杨花雪▲[1]燕子楼中肠欲绝▲舞衣冷落东风歇▲

啼莺亦自声呜咽▲罗幌生寒，[2]人伴床头月▲不记离驹初唱彻▲[3]殷勤更把归期说▲

注：① 杨花雪：杨花如雪。② 罗幌：罗帏。③ 离驹：曲名，喻别离。

马守真（女）（明228）一首　题：天香馆寄陈湖山。

阵阵东风化作雨▲人在高楼，绿水斜阳暮▲芳草垂杨新燕羽▲湘烟剪破来时路▲

肠断萧郎纸上句▲深院啼莺，撩乱春情绪▲一点幽怀谁共语▲红绒绣上罗裙去▲

赵燕（明229）一首　题：却燕。[1]

白帝才唱收溽暑▲[2]无奈西风，淅沥催他去▲两两横塘翻紫羽▲[3]呢喃浑似离愁语▲[4]

饯别分将丝一缕▲春社来时，又怕梨花雨▲总使相留留不住▲烟云漠漠归何处▲

注：① 却燕：指秋燕。② 白帝：喻西风。③ 紫羽：指燕。④ 呢喃：燕语。

沈宣（明249）二首　题：第一首，除夕。
第二首，元旦。

（1）锣鼓儿童声聒耳▲[1]傍早关门，挂起新帘子▲爆竹满街惊耗鬼，[2]松柴烧在乌盆里▲

写就神荼并郁垒▲[3]细马送神，多著同兴纸▲分岁酒阑扶醉起▲[4]合门一

夜齐欢喜▲

注：① 聒耳：噪耳。② 耗鬼：暗鬼。③ 神荼、郁垒：读音作伸舒郁律，门神也。④ 分岁：《风土记》除夜祭先竣事，长幼聚饮祝颂而散，谓之分岁。

(2) 接得灶神天未晓▲爆仗声喧，催要开门早▲新画钟馗先挂了▲[1]大红春帖销金好▲

苍木堆炉香气绕▲黄纸神牌，上写天尊号▲[2]烧过纸灰都不扫▲日斜人醉和衣倒▲

注：① 钟馗：捉鬼之神。② 天尊：神名。

吴敬所（明263）一首　题意：《天缘奇遇》第三回廉玉胜致祁羽狄词。

风动花心春早起▲亭后空床，一枕鸳鸯睡▲归到兰房妆倦洗▲几回又掬相思水▲

但愿风流长到底▲莫使人知，都在心儿里▲郎至香闺非远地▲幸郎早办通宵计▲

朱盛藻（女）（明264）一首　题：薇影。

亚朵蒙茸闻暮雨▲[1]池水空明，倒写如红雾▲百日芳菲香渐布▲[2]三番屈指看三五▲[3]

禁院仙郎传伴侣▲瞥睹如花，省识谁凭据▲[4]绮阁轻阴须记取▲玉纤指处筛金缕▲

注：① 亚朵：压朵。② 芳菲：指花草。③ 屈指：扳着指头计算；三五：十五，即月半。④ 省：曾也。

马如玉（女）（明285）一首　题：春闺。

睡起珠帘形影悄▲入耳清幽，圆滑莺声小▲风雨五更寒料峭▲不知还有春多少▲

宝鸭香残天色晓▲打点新题，到处寻诗料▲枝上海棠都谢了▲燕飞掠水游丝绕▲

孙茂芝（明297）二首　题：第一首，春暮。

第二首，三月晦，游东郊松林。

(1) 柳絮卷将春色去▲芳草多情，别作娱人具▲宝马香车忙不住▲秋千正在阴浓处▲

蝶趁蜂交随满路▲[1]画扇轻衫，逐处人争聚▲[2]若个醒然归何据▲[3]酒香

一路青松树▲

注：① 蝶趁：蝴蝶追逐；蜂交：蜜蜂交飞。② 逐：追逐。③ 若个：那个。

（2）落尽棠梨春已暮▲芳草多情，才过濛松雨▲柳絮颠狂飞不住▲秋千正在浓阴处▲

庙口神弦初罢舞▲画扇轻衫，随意城东步▲笑逐钿车归去路▲酒香一行青松树▲

沈宜修（女）（明 329）一首　题：元夕。①

疏影横帘烟景暮▲②万树银花，③一夜东风吐▲粉片落梅吹绣户▲画堂香缕飘红雾▲

人约黄昏明月妒▲何似芸笺，④彩袖题三五▲⑤莫问沉沉壶漏度▲⑥夜深还草鵩鹏赋▲⑦

注：① 元夕：即元宵。② 疏影：喻梅。③ 银花：喻灯彩。④ 芸笺：书笺。⑤ 三五：十五，指元宵。⑥ 壶漏：铜壶滴漏，计时器也。⑦ 鵩鹏赋：鵩鹏鸟名，《鵩鹏赋》为晋代张华作品。

沈静专（女）（明 344）一首　题：咏蝶。

舞向低檐依嫩绿▲翠冷天涯，影断吹愁续▲幻就云衣飞态足▲粉烟浥露枝头浴▲①

风动犹疑翻紫玉▲②引得佳人，误入花阴扑▲静敛香须还自宿▲蜂蝶觅伴仍相促▲

注：① 浥：湿润。② 紫玉：即紫竹，因其可制箫、笛，遂喻为箫、笛。

曹元方（明 351）一首　题：春晓。

巧莺啼罢花飞栋▲①乍卷疏帘，柳外烟光重▲谁家玉笛才三弄▲②惊醒朦胧幽阁梦▲

雅鬓云鬟慵未动▲小立屏前，又听轻雷送▲日影渐移妆镜拥▲泪痕半湿钗头凤▲③

注：① 栋：栋梁。② 三弄：梅花三弄，曲名。③ 钗头凤：首饰。

张倩倩（女）（明 354）一首　题：丙寅（1626 年）寒夜与宜修谈及君庸，①相对泣作。

漠漠轻阴笼竹院▲细雨无情，泪湿霜花面▲试问寸肠何样断▲残红碎绿西风片▲

千遍相思才夜半▲又听楼前，叫过伤心雁▲不惯天涯人去远▲三生缘薄吹箫伴▲

注：① 宜修：沈宜修，作者之姑（夫之姐）；君庸：沈自徵，作者之夫。均见《词人小传》。

黄鸿（女）（明360）一首

着意留春春不许▲一阵东风，吹落花无数▲记取等闲花落处▲[1]重游怕是桃源路▲[2]

门外青丝垂日暮▲偏惹离肠，不系征帆住▲[3]两两画梁新燕语▲飞飞又入花间去▲

注：① 等闲：不经意。② 桃源路：晋一渔夫误入桃花源，留数日归，后欲再去，迷不得路，从此无人问津。见陶潜《桃花源记》。③ 征帆：行船。

徐尔弦（明363）一首　题：题画。

野外数家秋欲半▲点点青山，云影遮难断▲小雨乍收林乍染▲到桥溪水波痕浅▲

草阁亭亭芳不剪▲帘卷西窗，十里霞成片▲闻道邻翁归路远▲一行飞鸟钟声晚▲

钱继章（明367）一首

淡月熹微天耿耿▲[1]莫下庭阶，照见愁人影▲扶起乱云犹不整▲[2]枕香一寸斜侵领▲

总是多情添咽哽▲恼杀霜风，[3]偏入愁肠冷▲无语暗魂销欲尽▲黄鹂飞上桃花梗▲

注：① 熹微：光未盛貌；耿耿：小明也。② 乱云：散乱头发。③ 霜风：喻秋风。

张岱（明381）二首　题：第一首，孤村渔火。

第二首，鉴湖帆影。

（1）何必微萤量数斛▲遇夜嬉游，囊火燃山谷▲[1]怎比渔灯千万簇▲星星照出田畴绿▲

疑是天河成反覆▲遍野蔬星，连住招提宿▲[2]此际神槎成博陆▲[3]支机石冷空杼轴▲[4]

注：① 囊火：袋里萤火。② 招提：即寺院。③ 槎：喻船筏；博陆：广阔陆地。④ 支机石：即织女支机石。见《集林》。

（2）山似芙蓉青百叠▲隔住林峦，穿度轻如蝶▲树底疏疏时闪灭▲依稀深浅湘裙褶▲

伫立高岗随宛折▲①剡水帆归，②犹带山阴雪▲③遮在人家林外堞▲④墙头又露他山缺▲

注：① 伫立：久立。② 剡水：剡江，在嵊县境。③ 山阴：今绍兴。此两句指王徽之雪夜访戴逵故事。④ 堞：城头女墙。

祁彪佳（明 393）二首　题：第一首，通台夕照。

第二首，三山霁雪。

（1）落日半衔峰顶碍▲百尺高台，迴出清都界▲①霞表独登餐沆瀣▲②青山笑舞如眉黛▲

林畔晚烟平一派▲谷口柴门，似听担歌赛▲明月欲来松影外▲寒鸦犹带斜阳在▲

注：① 清都：天帝所居宫阙，喻高。② 沆瀣：露气。

（2）贺监湖光才半曲▲①缥缈三山，②倒影分为六▲昨夜林密都照玉▲③画桥流水渔舟宿▲

晴日映来看不足▲嚼碎梅花，瑶阙狂呼独▲我有一峰相对矗▲④疑从海上银涛浴▲

注：① 贺监：指贺知章，见《词人小传》；半曲：贺被赐鉴湖一曲。② 缥缈：高远貌。③ 玉：喻雪。④ 一峰：指寓山，在柯山附近鉴湖边，乃作者别墅。

顾道喜（女）（明 410）一首　题：闺情。

日射纱窗花影透▲满镜春山，①雪面妆成候▲②立遍苍苔寻草斗▲③鸾针风线抛残绣▲

拜佛朝待般若咒▲④脉脉含情，从倚消长昼▲闻道知愁还未久▲去年学得吹箫后▲

注：① 春山：喻眉。② 雪面：雪白脸面。③ 草斗：即斗草，古时女子的一种赌戏。④ 般若咒：经咒名，即般若观音咒。

彭琬（女）（明 414）一首　题：悼女侄。

多少韶华愁里度▲①粉泪梨花，万点当窗户▲帘幕葳蕤香臬雾▲②春闺不见深深坐▲③

琼花却被东风妒▲极目云山，何处归来路▲旧日芳姿凭梦睹▲萧萧烟雨朱

楼暮▲

注：① 韶华：指光阴。② 葳蕤：草木茂盛貌。③ 坐字宽叶。

万寿祺(明 416)一首　题：过村西大士庵。

八尺溪桥迤野岸▲[①]市角梢头，半掩青苔院▲[②]开遍藕花僧不管▲[③]钟声贴水菰蒲晚▲[④]

吹落白蘋人去远▲云尾风头，送雨前村满▲曲曲回廊檐外转▲斜阳照影青藜短▲

注：① 迤：延伸。② 院：指大士庵，即观音庵。③ 藕花：荷花。④ 菰蒲：水生植物，即茭白。

陈子龙(明 441)二首

(1) 雨外黄昏花外晓▲催得流年，有恨何时了▲燕子乍来春又老▲乱红相对愁眉扫▲

午梦阑珊归梦杳▲醒后思量，踏遍闲庭草▲几度东风人意恼▲深深院落芳心小▲

(2) 袅袅花阴罗袜软▲无限芳心，初与春消遣▲小试娇莺才半啭▲海棠枝上东风浅▲

一段行云何处剪▲掩过雕栏，送影湘裙展▲隔着乱红人去远▲画楼今夜珠帘卷▲

袁秣(明 456)一首　题：春景。

秋千墙外红墙畔▲香径笼云，零落桃花片▲一点芳心如絮乱▲绣床斜倚慵添线▲

拾翠重来寻女伴▲笑摘樱桃，帘底弹新燕▲频约鸦鬟钗更颤▲轻绡微露双金钏▲

邓湛(女)(明 478)一首　题：春晓。

杨柳楼头风剪剪▲月落星稀，曙动东方暖▲一枕绸缪方眷恋▲无端却被莺声唤▲

醒来依稀屏山畔▲强起临妆，懒画眉峰浅▲呼婢漫将帘幕卷▲宿酲未醒腰肢软▲

许肇篪(明 502)一首

雨饯云郎春去矣▲[①]燕嘴泥香，暗度疏帘里▲底事玉楼人未起▲[②]泪痕湿透鸳鸯被▲

约腕金环空自委▲[③]花瓣无情，尽日随流水▲唤到侍儿何处使▲[④]秋千架外寻

梅子▲

注：① 饯：饯别；邮：送去。② 底事：何事。③ 约腕：束于腕上；委：交付之意。④ 侍儿：指婢女。

叶小鸾（女）（明514）一首题：立秋。

屈指西风秋又到▲[1]薄簟单衾，[2]顿觉凉生早▲疏雨数声敲叶小▲小亭残暑浑如扫▲[3]

流水年华容易老▲秋月春花，总是知多少▲准备夜深新梦好▲露蛩又欲啼衰草▲[4]

注：① 屈指：扳着指头计算。② 簟：凉席。③ 浑：完全。④ 蛩：蟋蟀。

寇湄（女）（明543）一首

眉淡衫轻春思乱▲不怪无情，翻受多情绊▲怕上层楼凝望眼▲[1]落花飞絮终朝见▲

钗凤暗敲双股断▲[2]划损雕栏，一一相思遍▲香袅兽炉空作篆▲[3]荼蘼可谢闲庭院▲

注：① 层楼：重楼。② 钗凤：首饰凤头钗。③ 篆：弯曲之烟。

白旃香（女）（明549）一首　题：春日怀人。

猩红漫印回文小▲[1]非我清思，莫解其中奥▲[2]春自芳菲月自皎▲[3]无端惹得心头恼▲

转眼韶华容易老▲无奈离多，但觉欢时少▲记得绣帏同话好▲此时忘了温柔道▲

注：① 回文：可以顺读、倒读之诗文。② 奥：奥妙。③ 芳菲：花草鲜美。

吴骐（明575）一首　闺情。

淡月溶溶花映绿▲[1]琴底离愁，吹满相思曲▲频整罗裳檀钮束▲[2]碧纱明灭红膏烛▲[3]

玉漏声低良夜促▲[4]斗帐莲钩，半挂鸾绡幅▲倚枕梦成风晓触▲潇潇乱击窗前竹▲

注：① 溶溶：深广貌。② 檀钮：檀木钮扣。③ 明灭：忽明忽暗；红膏烛：红蜡烛。④ 玉漏：计时器美称。

严燉（明590）一首　题：抵会。

拜问萱堂安问了▲[1]右挈蟾孙，左把嘉孙抱▲诸子团团将膝绕▲闺中幼女相迎笑▲

世上离多欢聚少▲今日今宵，恰似神仙岛▲莫怨家贫亲又老▲皇天厚我人伦巧▲[②]

注：① 萱堂：即母亲。② 人伦：人之伦常。

徐震（明 609）一首　题意：《快心编》第二回，凌驾山、石佩珩春日游园。

庭院梅残风渐暖▲杏蕊开时，已近清明宴▲冰绡细剪枝头片▲胭脂淡染疑人面▲

蜂蝶多情先已占▲十里长堤，一色红无间▲花里翩跹双燕剪▲玉楼春醉佳人倦▲

梁木公（明 617）一首　题：春景。

野草含烟铺紫陌▲海燕来时，[①]芳径多凝碧▲影月低枝渐渐侧▲惜花微雨轻轻滴▲

静掩朱扉春院寂▲芍药栏边，睡起娇无力▲宿鸟不须寻比翼▲[②]有人独倚闲亭北▲

注：① 海燕：即燕子，因燕系候鸟，春时来自南海。② 比翼：比翼鸟，成双之意。

沈家恒（明 632）一首　题：贺友新婚。

莫道好春无处讨▲岭上琼花，开向金闺早▲酒醒香浓天未晓▲一丸碧月窥窗悄▲

初整晨妆眉样巧▲笑问檀奴，[①]秀色餐多少▲[②]更喜今年春色好▲阶前渐绿宜男草▲[③]

注：① 檀奴：美男子潘安小名，喻新郎。② 秀色餐：《成语》秀色可餐，喻新娘美貌。③ 宜男草：即萱草，喻早生贵子。

屈大均（明 638）一首　注：调名原作鹊踏枝。

乍似榆钱飞片片▲[①]湿尽花烟，珠泪无人见▲江水添将愁更满▲茫茫直与长天远▲

已过清明风未转▲妾如春寒，郎处春应暖▲枉作金炉朱火断▲水沉多日无香篆▲[②]

注：① 榆钱：指榆荚，榆荚初生似钱。② 水沉：香名；香篆：弯曲之烟。

李元鼎（清 5）一首　题：和闻笛韵，时从浙归。

岸岸奇峰惊耸峭▲山水依稀，不觉扁舟小▲未曙声声帆挂早▲愁闻草际啾啾鸟▲

常玉山头又过了▲[1]渐近家乡，[2]幼小堪提抱▲一抹遥青朝爽好▲[3]开篷浦水真来到▲[4]

注：① 常玉：浙江常山县及江西玉山县。② 家乡：作者系江西吉水人。③ 一抹遥青：远处一带青翠。④ 开篷：开船。

陈衍虞（清13）一首　题：题齐眉白头图，[1]贺林公子合卺。[2]

绛靥云鬟钗玉小▲[3]阆苑琼花，此际都开了▲月照罗帏香桂袅▲只愁漏尽瑶筹晓▲[4]

笑指画眉穿花巧▲偷看才郎，又璧莹珠皎▲密誓白头鸳帐老▲璇闺渐茂宜男草▲[5]

注：① 齐眉白头：喻百年好合。② 合卺：即结婚。③ 绛靥：红面颊，此句喻新娘。④ 漏、筹：指计时器。⑤ 璇闺：即玉闺，沈佺期诗"璇闺窈窕秋夜长"；宜男：借指早生贵子。

孟称舜（清14）一首　题：春去。

碧草秾烟春日暮▲[1]画槛雕船，载酒归南浦▲[2]望春不来春又去▲多情只为情耽误▲

轻把流华愁里度▲腻绿娇红，转眼都尘土▲花谢一春谁是主▲玉关界断江南路▲[3]

注：① 秾：花木稠多貌。② 南浦：喻离别处。③ 玉关：玉门关，喻边界。

陈之遴（清16）一首　题：丙申（1656年）元夜。[1]

今岁灯如前岁好▲前岁看灯，人到今岁老▲灯火依依情不少▲红颜白发还同照▲

五夜天街笙鼓闹▲[2]饮少眠多，不怕蟾光笑▲[3]梦里江城灯更巧▲红牙细按清平调▲[4]

注：① 元夜：即元宵。② 天街：京城街市，指北京。③ 蟾光：月光。④ 红牙：红色象牙板，喻击拍；清平调：曲名。

徐灿（女）（清20）一首　题：春晚。

剩紫残红能几许▲晓枕惊回，无奈纷纷雨▲雨过柳风吹不住▲不吹愁去吹春去▲

莫怪东君分别遽▲[1]镜懒钗慵，[2]不是留春处▲嫩叶渐看成绿雾▲须臾又恐秋霜妒▲[3]

注：① 东君：司春之神；遽：匆匆。② 慵：即懒。③ 须臾：一会儿。

李渔(清 31)一首　题：秋千架。

误人最是秋千架▲墙里无人，墙外空占卦▲[1]几阵莺啼高复亚▲[2]分明一队佳人话▲

道是非真偏不假▲彩索飘鹞，[3]绾动墙头瓦▲[4]巧笑声低浑似哑▲虚虚实实将人耍▲

注：① 占卦：卜问之意。② 亚：压，低也。③ 鹞：风筝。④ 绾：钩系。

曹溶(清 48)一首　题：杏花。

深巷卖花将客唤▲[1]候逼清明，[2]记取韶华半▲玉勒城南芳草岸▲[3]少年情味天难管▲

斜倚一枝娇盼远▲沽酒他家，[4]细雨空零乱▲泪湿粉涡红尚浅▲[5]有人楼上和春倦▲

注：① 深巷卖花：套用陆游诗"深巷明朝卖杏花"。② 候逼：时候逼近。③ 玉勒：喻马。④ 沽酒：买酒。⑤ 粉涡：酒涡。

黄永(清 59)一首　题：良友。

庭院西风良夜静▲小小春光，拖逗红梅醒▲[1]满池霜华飘不定▲空天踏遍飞鸿影▲

往时相思闲记省▲卍字雕栏，有个人儿并▲笑拍香肩呼不应▲薄绵不耐黄昏冷▲[2]

注：① 拖逗：惹引。② 薄绵：薄薄绵衣。

严沆(清 68)一首　题：聚。

几日楝花风不住▲零乱残落，[1]帘外飞还聚▲惯向池塘吹柳絮▲游丝也逐东风去▲

谢女刚吟肠断句▲[2]一个黄莺，似共愁人语▲槐叶空阴无意绪▲黄昏又是纤纤雨▲

注：① 残落：残花。② 谢女：指东晋才女谢道韫。

顾有孝(清 89)一首　题：三日怀东原宗梅岑。[1]

江上晴光杨柳陌▲祓禊回时，[2]闲着轻衫白▲独倚栏杆春拍拍▲题词欲寄东原客▲

闻说迷楼旧遗迹▲[3]可似当年，隋苑烟波碧▲一觉沉沉芳草夕▲花前惆怅倾云液▲

注：① 三日：三月初三，上巳节；东原：山东东平境，宗梅岑家乡。② 祓禊：

上巳日采兰水上以祓除不祥。③ 迷楼：隋炀帝行宫，在扬州。

贺裳（清98）一首　题：暮春。

薄暮银塘风色静▲①闲倚雕栏，自赏娉婷影▲②一簇芙蓉相掩映▲唾花落处游鳞竞▲③

女伴潜呼浑未醒▲横睇回波，④才讶红妆并▲飞尽残霞天又暝▲柳梢笑指新悬镜▲

注：① 薄暮：即黄昏。② 娉婷：喻美女。③ 唾花：即口沫。④ 横睇：斜视；波：喻眼光。

魏际瑞（清101）二首

（1）小院日高花影转▲帘卷玲珑，黛色遥山浅▲睡起恹恹晴昼暖▲窗前一树桃花满▲

镜里暗怜颜色换▲芳草连天，遮得相思断▲好梦无凭春不管▲玉骢嘶过垂杨院▲

（2）妾自城南杨淑女▲小字留姑，自小南门住▲门对桃花三四树▲春风日日花丛驻▲

那日门前曾一遇▲郎自多情，特地回头觑▲妾本无情仍未许▲等闲花里窥郎去▲

梁清标（清105）一首　题：人日。①

红日窥窗春意逗▲剪彩为花，戴胜今朝又▲②睡起尚嗔人语骤▲③晓妆无力东风透▲

轻暖轻寒浑似旧▲④笑问檀郎，⑤验取腰肥瘦▲六博闺中夸胜手▲⑥鬓边不觉金钗溜▲

注：① 人日：大年初七称人日。② 戴胜：戴玉琢之华胜。这里指精心妆扮。③ 嗔：怒也。④ 浑：完全。⑤ 檀郎：对丈夫或喜爱的人的爱称，源出美男子潘安，小名檀奴。⑥ 六博：或称陆博，古时一种游戏。

黄云（清108）一首　题：汝宁南湖。①

芳草湖光成久别▲歇马城南，又值清和节▲②双鹭莲塘翻绿叶▲晴波照我添华发▲③

无恙西山青一抹▲④金碧楼台，平衬斜阳阔▲往事酒醒肠断绝▲疏狂堪恨闲风月▲

注：① 汝宁：今河南汝南县境。② 清和节：农历四月初一称清和节。

③ 华发：白发。④ 无恙：无病、安好；一抹：一带。

吴启思（清122）一首　题：西窗。

画阁回廊低曲曲▲一水斜临，界破钟山足▲①雨过青莎春似沐▲②砚池借得三分绿▲

塘下横飞双若玉▲③拂柳萦烟，乱把湘纹蹴▲半雨半晴春断续▲杨花到底无拘束▲

注：① 钟山：在江苏南京。② 莎：草名；沐：如洗也。③ 若玉：指燕。

马振飞（清132）一首　题：斗草。

拾翠寻芳穿野道▲幽树深丛，处处啼黄鸟▲满掬青青红渐少▲紫藤筐外花须袅▲

嫩绿如茵粘碧草▲选叶搜枝，石上铺多少▲斗罢赢输香缭绕▲玉人赢得微微笑▲

丁澎（清145）一首

嫩绿枝头莺睡稳▲羞带宜男，①闲却双蝉鬓▲梦逐春归和泪揾▲蔷薇消得东风恨▲

眉锁斜阳添薄晕▲初试冰绡，②渐觉香肌褪▲蝴蝶也知春意尽▲花须乱落轻黄粉▲

注：① 宜男：传说孕妇佩戴萱草则生男，故称萱草为宜男。但宜男含怀孕意。② 冰绡：喻薄衣。

徐喈凤（清146）一首　题：和其年四月词，①限戏字。

四月荆南风景丽▲②水碧山青，到处饶诗意▲③几个渔翁歌柳底▲刺船又过西溪尾▲④

溪水拖蓝穿郭里▲⑤画阁朱楼，脂水添浮腻▲浴佛城东溪口寺▲⑥矶头对对鸳鸯戏▲

注：① 其年：即陈维崧，见《词人小传》；限戏字：限用戏字部仄韵。② 荆南：山名，在江苏宜兴境，乃作者家乡。③ 饶：富也。④ 刺船：尖头船。⑤ 郭：城郭。⑥ 浴佛：四月初八诸寺设会浴佛，以为佛诞节。

邹宏志（清148）一首　题：初夏村居。

村径斜穿饶笋蕨▲①浅立墙阴，刚是春游歇▲竹杖芒鞋闲打迭▲②廉纤雨殢苔阶滑▲③

绿腻一池梅水咽▲犹喜浮萍，替得杨花活▲煮酒欲尝浮蚁结▲④小梅试摘牙

酸彻▲

注：① 饶：富也、多也。② 芒鞋：草鞋；打迭：整顿、准备。③ 廉纤：微雨貌；雨殢：雨困。④ 浮蚁：喻浊酒。

季式祖（清 150）一首　题：立春。

今日立春天正暖▲剪剪吹来，恰是东风软▲银烛吐花都放满▲炉烟细细香纹远▲

寂寞衙斋帘不卷▲[1]极目家园，[2]早觉肠千转▲酌酒何能将闷遣▲放吟莫问歌长短▲

注：① 衙斋：官衙中书房。② 极目：放眼之意。

周贺（清 156）一首

芳草生烟横野渡▲绿到春山，山色深于树▲离恨年年萦别绪▲桃根桃叶秦淮路▲[1]

眼底韶华容易度▲燕子斜阳，说与归期误▲婪尾余花春已暮▲[2]柳丝不解牵衣住▲

注：① 桃根、桃叶：东晋王献之两爱姬，曾送别于南京秦淮河。② 婪尾余花：指芍药。《清异录》唐末文人有谓芍药为婪尾春者。

江尚质（清 183）一首　题：咏燕。

芳草晴烟常似染▲翠尾乌衣，影拂东风软▲一遍朝来帘幕卷▲爱他贴地争飞远▲

寒食春深穿小院▲快剪花梢，攫取蜂儿健▲旧占楼头刚照面▲双双细语闲消遣▲

陈维崧（清 196）三首　题：和魏里钱尔斐四月蝶恋花戏字韵词。

（1）四月荆南多赛会▲[1]隔浦丛祠，[2]日日村巫醉▲[3]午后楝花风乍起▲打门社首分鹅胾▲[4]

一饱欣然无个事▲走趁杨花，飘荡东村里▲腰鼓盲词随处是▲分棚又看梨园戏▲[5]

注：① 荆南：山名，在江苏宜兴，乃作者家乡；赛会：迎神赛会。② 丛祠：丛林中的神祠；即荒祠。③ 巫：求神祈祷为业者。④ 社首：村社主持人；胾：切成大块之肉。⑤ 梨园：即戏剧、杂耍。

（2）四月荆南桑柘美▲泥就蚕房，[1]云净无尘滓▲红帖糊门多禁忌▲家家阿妇劳纤指▲

笑语小姑应夜起▲好事今冬，早把衣裳备▲推却缫车佯不理▲②小姑为恼前言戏▲③

注：① 泥就：筑成。② 缫车：缫丝车。③ 前言戏：指后段第三句准备嫁衣。

（3）四月荆南天着水▲浓淡溪山，染作修蛾翠▲①拂晓家童呼入市▲半笼携得含桃至▲②

一幅斜阳红到寺▲新笋排枪，③数遍那能记▲浴佛人归深径里▲邻闺儿女灯前戏▲

注：① 修蛾：细长眉毛。② 含桃：即樱桃。③ 排枪：喻新笋排列如枪。

陆进（清 198）一首

十五盈盈颜色好▲①结伴寻芳，为趁春光早▲莫怪杏花风料峭▲绣裙稳压凌波小▲③

云鬟恰对临水照▲忘却娇羞，对影嫣然笑▲望里两峰青缥缈▲无情斜日催归棹▲

注：① 盈盈：女貌轻盈。② 杏花风：二月风。③ 凌波：凌波微步，喻小足。

韩纯玉（清 199）一首

绣带低垂深院静▲殢酒矜花，①还是前春病▲乍暖乍寒浑不定▲②风风雨雨清明并▲

女伴相呼穿翠径▲小立窗前，且待新妆竟▲③拭却红绵重照镜▲傍人也道都相称▲

注：① 殢酒：困于酒；矜花：惜花。② 浑：完全。③ 竟：完了。

邵斯贞（女）（清 210）一首　题：不寐。

春雨三更鸣碧沼▲①愁病交侵，有梦何曾好▲枝上莺啼天欲晓▲空庭一夜生芳草▲

何处天涯音信杳▲紫燕双飞，②越把幽情恼▲卷起湘帘风尚峭▲临妆懒把蛾眉扫▲

注：① 沼：曲池。② 紫燕：即燕子。

曾灿（清 213）一首

二月花朝春过半▲①几处杨花，引破春风乱▲春事阑珊人意懒▲②流莺堤上声声唤▲

寂寞柳塘春水漫▲锁尽朱扉，雨打梨花绽▲小院沉沉春欲晚▲落花飞絮平铺满▲

注：① 花朝：农历二月十二，传为百花生日。② 阑珊：衰残。

史惟圆（清221）四首　题：第一首，四月词。

第二、三、四首，六月词，和其年（陈维崧）戏字。

（1）四月荆南茶满市▲①箬裹筠笼，②竞逐香风至▲小斗旗枪夸胜事▲③龙团凤饼须回避▲④

曲径疏篱新笋美▲寸寸银条，盘案饶鲜脆▲汲得山泉消午醉▲起来闲续茶经戏▲⑤

注：① 荆南：宜兴山名。② 箬裹：箬叶铺垫；筠笼：竹篓。③ 旗枪：茶叶名。④ 龙团、凤饼：皆茶叶名。⑤ 茶经：书名，陆羽著。

（2）六月荆南多胜地▲阁外溪流，溪外山光翠▲山下长松无暑气▲松间隐隐藏烟寺▲①

片片晴云飞欲坠▲一缕红绡，屋角残霞曳▲②试看凉蟾初出水▲③弄珠神女来游戏▲

注：① 烟寺：喻寺内香烟飘渺。② 残霞：斜阳。③ 蟾：喻月。

（3）六月荆南居近寺▲菱角莲房，市上香气细▲新熟瓜如崖蜜味▲安期枣与瓜相似▲①

聊学儿童簪茉莉▲②短发无多，枕上余香腻▲明月庭中天似水▲起来闲扑流萤戏▲

注：① 安期：枣名。② 簪茉莉：插戴茉莉花。

（4）六月荆南禾吐蕊▲雨足沟塍，长昼桑阴翠▲风里鸣蝉无限意▲乱蛙两部池边吹▲①

溪水中间如掌地▲②绝少蚊蝇，安稳渔舠睡▲③不怕蛟宫多狡狯▲④鸣榔相逐烟波戏▲⑤

注：① 两部：古代乐队中坐部乐和立部乐的合称；吹：鼓吹，即鸣。② 如掌地：喻小块陆地。③ 舠：即船；睡：喻停靠。④ 蛟宫：喻水族。⑤ 鸣榔：击梆。

钟韫（女）（清229）一首　题：赠邻女。　注：调名原作鹊踏枝。

幼女性情天与慧▲红杏窗前，爱把新妆试▲怨粉愁香如有意▲相思围解真滋味▲

露湿春枝花更丽▲半面含娇，的的争明媚▲[1]深院垂杨门昼闭▲春风何限登楼思▲

注：① 的的：明貌。

何采（清259）一首　题：三月三日清明，梅溪词有“今岁清明逢上巳”，[1]因用其韵。

转蕙风前香惹袂▲[2]柳弄晴烟，腰嫩眉痕细▲燕子来寻芳草地▲春愁话尽烟知未▲

隔巷饧箫惊晓寐▲[3]挑菜收茶，人在韶光里▲[4]今岁清明兼上巳▲湔裙水逗流觞水▲[5]

注：① 梅溪词：史达祖词集名；上巳：古节日名，即三月初三。② 转蕙风：春风；袂：袖也。③ 饧箫：清明前后，常有吹箫卖饧者。饧，即饴糖。④ 韶光：春光。⑤ 流觞：曲水流觞，乃士人在上巳节一种游戏。

朱彝尊（清288）一首　题：扬州早春，同沈覃九赋。

十里雷塘歌吹远▲[1]柳巷人家，蘸水鹅黄浅▲游子春衣都未换▲钿车早已东城遍▲

妆冷罢遮蝉雀扇▲最恨微风，不放珠帘卷▲斜露翠蛾刚半面▲心飞玉燕钗头颤▲

注：① 雷塘：扬州地名，隋炀帝葬处。杜牧诗：“炀帝雷塘土”。

钟筠（女）（清322）一首　题：春闺。

为惜名花春起早▲人比花娇，添个黄莺巧▲十二栏杆都倚到▲东风牵惹游丝袅▲

嫩日窥窗清景好▲青粉墙东，红紫花相照▲结伴踏青闲斗草▲[1]只愁花信催人老▲[2]

注：① 斗草：古代妇女一种赌戏。② 花信：花信风，自小寒至谷雨每五日一番，共二十四番，每番有一花应之。

周金然（清336）一首　注：调名原作卷珠帘。

深坐妆楼安翠钿▲[1]唤出重帏，瞥若惊鸿现▲还带巫山云一片▲[2]依稀宋玉曾窥面▲[3]

才向风前娇欲颤▲小扬霓裳，低掩轻纨扇▲笑入屏山寻女伴▲[4]微波一转情如线▲

注：① 钿：首饰。② 巫山云：喻交欢。③ 宋玉：《高唐赋》作者，曾有东邻

女登墙窥其三年。④ 屏山：屏风。

吴兴祚（清 361）一首　题：寒食雨。

堤上轻烟寒食路▲烟际登楼，楼外垂杨缕▲小艇画帘堤下驻▲载他上冢庞公去▲[①]

卷幕初来江燕舞▲衔得芹泥，湿尽棠梨雨▲怕到晴来春已暮▲东皇好把春光护▲[②]

注：① 庞公：庞公池，作者故乡绍兴地名。② 东皇：指司春之神。

詹夔锡（清 391）一首

云净遥山山月吐▲[①]隐隐渔歌，拔棹归前浦▲[②]瘦影凭栏谁与伍▲桂苍丛里香风度▲

犹忆年时携手处▲[③]傍月缘花，踏遍苍苔露▲梧叶飘残心正苦▲梦回鸳枕秋无数▲

注：① 遥山：远山。② 棹：船楫。③ 年时：当年。

曹贞吉（清 396）一首　题：故乡风物。

四月东皋楼下水▲[①]入网河鱼，竟尺鲜无比▲[②]煮酒遥沾青杏意▲牡丹大似姚家第▲[③]

一夜箨声来屋底▲[④]满眼新篁，[⑤]带粉拖香气▲络罢缫车蚕下子▲一年村女浑无事▲[⑥]

注：① 皋：水边高地。② 竟尺：整整一尺。③ 姚家：欧阳修《牡丹记》千叶黄花，出于民姚氏家。④ 箨：笋壳。⑤ 篁：竹。⑥ 浑：完全。

范承谟（清 421）一首　题：西园霁月。

雨过云斜晴欲溜▲点点淙淙，滴滴西窗右▲何事关情难立久▲无情风坠新黄柳▲

月色穿帘连湿透▲凉晕初圆，[①]不觉中秋后▲素影年年同浸酒▲[②]相看只觉人非旧▲

注：① 晕：光圈，喻月。② 素影：喻月光。

褚人获（清 427）一首　题意：《隋唐演义》第三十回词引。

午梦初回闲信步▲转过雕栏，又听莺声度▲蜂飞蝶舞风回住▲莺啼一声情难去▲

醉向花阴日未暮▲漫把珠帘，钩却游丝絮▲画上天涯萦意绪▲今日没个安排处▲

张学雅(清431)二首　题：第一首，夜雨。

（1）门掩窗苔春寂寂▲暮雨潇潇，隔着窗儿滴▲小院黄昏人独立▲一双飞鸟归栖急▲

万里潇湘云雾湿▲帘外风声，疑是吹芦荻▲肠断梅花和泪泣▲还惊夜半高楼笛▲

（2）紫燕双飞春去了▲[1]桃李枝头，留得春多少▲帘箔重重人悄悄▲[2]相思一半萦芳草▲

空忆故园归去好▲正是池塘，绿满荷钱小▲[3]深院垂杨烟缭绕▲落红荒榭啼鹃老▲

注：① 紫燕：即燕子。② 箔：即帘。③ 荷钱：荷叶初生似钱。

徐钒(清451)一首　题：春草。　　注：调名原作凤栖梧。

廉纤丝雨春阴重▲[1]嫩草平铺，低把金鞍控▲[2]绿遍天涯无半缝▲怜伊岁岁和愁种▲

飞絮落花都不动▲斗帐微寒，[3]自做池塘梦▲明日踏青谁与共▲芳郊怕损鞋头凤▲

注：① 廉纤：微雨貌。② 金鞍：喻骑马。③ 斗帐：覆斗形帐。

莫大勋(清461)一首　题：瓶花。

折得名花来小院▲插向瓷瓶，不似枝头颤▲珍重频将新水溅▲重帘不碍春光转▲

点缀琴书香片片▲坐对嫣然，[1]差胜寻花倦▲约略韶华都领遍▲[2]何须更觅春风面▲

注：① 嫣然：妩媚、美好的样子。② 韶华：春光。

陆敏(女)(清482)一首　题：春尽。

莺唤纱窗惊晓梦▲日上三竿，[1]乱把花枝弄▲杨柳池塘烟水重▲荼蘼香暖时相送▲

懊恼游蜂闲打哄▲自卷湘帘，玉笛轻轻动▲暗卜金钱何处用▲[2]六幺倒挂窗前凤▲[3]

注：① 日上三竿：喻太阳早已出来，天色不早了。② 卜金钱：用金钱卜问。
③ 六幺凤：鸟名，即桐花凤。

西周生(清525)一首　题意：《醒世姻缘》第四十四回词引。

才子佳人都十七▲并蒂芙蓉，着露娇如滴▲相携素手花前立▲[1]教人莫状丹

青笔▲[2]

出水鸳鸯相比翼▲玉女金童，烛影摇红色▲名悬金榜欢何极▲相提只愿偕琴瑟▲[3]

注：① 素手：雪白之手。② 此句说：其形态之美，难以描画。状，形态；丹青笔：画笔。③ 偕琴瑟：喻结为夫妇。

王顼龄（清550）一首　题：佳人。注：调名原作凤栖梧。

画阁佳人春起早▲窗外梅花，妆点晴光好▲白白红红真窈窕▲[1]临风欲折回头笑▲

绿水池塘闲自绕▲蝶粉蜂黄，说与谁知道▲小鸟钩辀人更俏▲[2]花枝一任东风袅▲

注：① 窈窕：美貌。② 钩辀：鹧鸪的鸣声。

戴鉴（清563）一首　题：稽山五月。[1]

五月稽山歌舞地▲女伴如云，红袖轻罗绮▲谁肯深闺门屡闭▲东家阿妹西家姐▲

游过三春游未已▲讨只乌篷，[2]晓起郎须记▲闻说蕺山山上寺▲[3]年年匝月满台戏▲[4]

注：① 稽山：会稽山，在绍兴东南郊，主峰香炉峰，为佛教胜地。② 乌篷：绍兴船名。③ 蕺山：山名，在绍兴北门。④ 匝月：满月、每月。

黄垍（清566）一首　题：莱郡道中。[1]

五月枝头梅子结▲柳绿蒲黄，正是天中节▲[2]何处银筝歌未歇▲薰风阵阵吹艾叶▲[3]

小院榴花飞绛雪▲[4]院内佳人，俏把芳心折▲挑动闲愁无处说▲含情但看罗裙褶▲

注：① 莱郡：清莱州府，即山东掖县。② 天中节：五月五日午时为天中节。③ 薰风：南风。④ 绛雪：红雪，喻榴花。

丁瑜（女）（清574）一首

满路浓阴伤客眼▲雨雨风风，暗把流年换▲[1]月挂孤帆山影乱▲归鸦无数啼荒岸▲

帘卷东风惊梦短▲千叠苍波，不抵离愁半▲柳絮颠狂莺不管▲穿林又啄桃花片▲

注：① 流年：年光。

张昊(女)(清 575)一首　题：午日。[1]

佳节薰风何太好▲[2]晓色清明，竞渡游人早▲公子韶华开大道▲[3]马蹄踏碎闲花草▲

柳上黄鹂声未老▲[4]荡漾湖波，忽自伤怀抱▲岂为春来归别岛▲斑衣零落添余恼▲[5]

注：① 午日：端午节。② 薰风：南风。③ 韶华：韶光。④ 黄鹂：黄莺。⑤ 斑衣：五彩衣，谓孝养父母。

钱静婉(女)(清 595)一首

梅绽枝头初破冻▲日满雕栏，犹觉春寒重▲寂寞一帘花影动▲倦来闲把瑶琴弄▲

羞见锦衾鸾与凤▲春昼恹恹，只自和衣拥▲但得枕前成好梦▲不愁孤馆无人共▲

刘淑章(女)(清 610)一首　题：秋夜。

几日炎炎蕉影瘦▲浴起闲阶，露够星松扣▲针线慵拈绣帖收▲[1]夜来新月纱窗透▲

茉莉花开香气覆▲独对银河，玉露浸衣袖▲幽砌暗听蟋蟀斗▲无端画角城关奏▲

注：① 收：宥韵，获多也。

陆寅(清 615)一首　题：过五湖。[1]

万顷湖光明似练▲[2]雪浪银涛，画出风波幻▲绿水青山都不变▲吴宫错把西施怨▲[3]

二月江南春已半▲一叶扁舟，载得离愁慢▲日落平芜帆影乱▲[4]东风过去歌声断▲

注：① 五湖：太湖及附近四湖。② 万顷：喻广阔，每顷折合百亩。③ 西施：吴王宠妃，传说吴亡后随范蠡由太湖去齐。④ 平芜：平原野草。

陈奕禧(清 616)一首

过尽春光三十日▲苦雨凄风，闷杀朝和夕▲寂寞只听檐溜滴▲莺儿睡起金衣湿▲[1]

不隔沧江人咫尺▲双鲤传来，[2]都是闲消息▲谁向小楼吹玉笛▲梅花憔悴酬寒食▲[3]

注：① 金衣：黄莺羽色金黄。② 双鲤：传说鱼能传书。③ 这句谓寒食时

梅已憔悴。酬：应付也；寒食：古节日名，在清明前二日。

王燮（清624）一首　题：春闺。

开遍夭桃常惹恨▲燕子衔来，特地传芳信▲几度闲园空落尽▲如今渐是清明近▲

昨日倚楼闲整鬓▲柳絮空帘，添与人愁闷▲春为多情春也困▲乱红如雨飞成阵▲

俞浚（女）（清626）一首　题：寄怀慕韩江右。[1]

一带苍烟笼远树▲望里斜阳，隔断天涯路▲帘卷画楼双燕舞▲寒潮乍落春帆渡▲

柳谢花残江景暮▲数点归鸦，叫过山头去▲人又不来信又阻▲柔情万里和谁诉▲

注：① 慕韩：指其夫郑慕韩；江右：长江以西之地，指江西省。

沈朝初（清634）二首　序：榕城寓中，[1]偶读陈检讨其年《荆南词》，[2]步其戏字韵，记榕城风景，并寄故乡之思……

（1）五月榕城佳节至▲艾叶蒲梢，乱插盈阶砌▲角黍满街担女侍▲[3]屏间八节泥金字▲[4]

记得家乡今日里▲绿酒青蒲，齐向花前醉▲醉后笑缠长命缕，[5]钗头俏拔绒符戏▲

注：① 榕城：福建福州。② 检讨：翰林院官名；陈其年：陈维崧，见《词人小传》。③ 担女侍：挑担之婢。闽中送礼俱用女侍。④ 此句原注：逢端午节以红纸粘壁间，写"时逢正午，八节平安"等句。⑤ 缕：出韵，做宽叶。

（2）六月榕城名胜地▲一点西湖，[1]潋滟湖光翠▲鞋样凉船舣树底▲笙歌偏向官亭沸▲

记得家乡人尽醉▲画舸轻舠，都是乘凉会▲一夜葑溪船似蚁▲[2]明朝廿四荷花戏▲[3]

注：① 西湖：福州名胜。② 葑溪：苏州古城护城河城东一段称葑溪。③ 廿四：六月廿四为荷花生日。

王九龄（清635）一首　题：新秋。

曲槛回廊深院绕▲门掩垂杨，斗帐愁多少▲敧枕梦回人悄悄▲纱窗频唤枝头鸟▲

水涨一池荷叶小▲几树残阳，断续晴丝袅▲却怪安排秋色早▲胭脂妆点西风巧▲

钱凤纶（女）（清650）二首　题：第一首，寄长嫂查媚思。注：调名原作鹊踏枝。
第二首，春游。注：调名原作凤栖梧。

（1）乍暖余寒春日永▲未许莺啼，清昼深闺静▲嫩绿柔黄堆小径▲晓风吹放枝头杏▲

怅望瑶姬仙阙迥▲[①]数阕新词，镇日和愁咏▲几曲栏杆还独凭▲夜深月过苍苔冷▲

注：①瑶姬：仙子，指其嫂查媚思。

（2）闻道海棠开欲谢▲日上琼楼，[①]云髻新梳罢▲翠黛轻轻纤手画▲春衫薄薄薰兰麝▲

燕子莺儿飞绿野▲游女翩跹，[②]斗草贪欢耍▲夺得柔枝盈一把▲碎揉花片将人打▲

注：①琼楼：玉楼，指闺楼。②翩跹：旋舞貌。

沈三曾（清657）一首

风雨一天晴未得▲芳草菲菲，早过清明节▲多事东风吹不歇▲梨花处处飘如雪▲

晓梦方浓谁唤急▲却是呢喃，低向幽人说▲无计留春春欲别▲来年再问春消息▲

陈翡翠（女）（清689）一首　题：秋思。

阵阵金风吹未歇▲雨扑风斜，渐近题糕节▲[①]欲采黄花盈袖折▲隔墙啼鸟偏饶舌▲

檐马叮咚随打叶▲强慰加餐，无奈愁肠结▲罗袜飘摇愁病怯▲篱边莫说囊萸日▲[②]

注：①题糕节：重阳节别名。②囊萸日：指九月初九重阳日。古代每逢重阳日，有登高、插茱萸风俗。源出《续齐谐记》汝南桓景随费长房学，长房谓曰："九月九日汝家当有灾厄，宜急去令家人各作彩囊盛茱萸以系臂，登高，饮菊花酒，此祸可消。"

丁介（清711）一首　题：闺情。

蝴蝶飞来钗上住▲绿柳千株，隔断章台路▲[①]记得春风游冶处▲山山水水斜阳渡▲

才是清明春又暮▲风送残花，不忍枝头觑▲倩柳绾春春不住▲黄鹂啼过秋千去▲

注：① 章台：汉长安街名。唐天宝末，韩翃姬柳氏为蕃将沙咤利所夺，宋陈尧佐有《章台柳传》。

严怀熊（女）（清728）一首　题：惜春。

晴日烘帘穿绣户▲闺阁佳人，慵刺鸳鸯谱▲枝上流莺啼不住▲夕阳几阵催花雨▲

短砌闲阶飞柳絮▲蝶恋残香，倦吸花间露▲九十韶光空暗度▲倩伊带却愁归去▲

张梁（清731）一首　题：清明前一日和心涵韵。

杨柳丝长低拂岸▲百五风光，[1]吹遍秋千院▲晓枕朦胧莺语乱▲一窗日炙人还倦▲

检点小桃开已半▲雨雪才晴，暗里春光换▲百计留春春不管▲玉杯倾酒君休算▲

注：① 百五：一百另五天。指冬至至清明三个半月。

谢瑛（女）（清736）一首

园丁报道生芝草▲绫袜新裁，缓步苍苔早▲弱女凝妆栏外绕▲依依小子携书考▲

白鹤巢松声韵好▲桂子纷纷，竹影将阶扫▲贪睡鸳鸯惊又觉▲佳辰莫惜金尊倒▲

徐旭旦（清753）一首　题：题画。　注：调名原作恋绣衾。

树色参差青未谢▲断岭重岗，一抹烟如画▲漠漠江村寒雨乍▲人家晒网疏篱挂▲

门外平桥临水榭▲柔橹轻帆，清啸红林下▲远浦收竿垂钓罢▲东风欲问渔樵话▲

陈聂恒（清756）一首　题：题半溪堂。注：调名原作黄金缕。

一舸移家随燕侣▲[1]镜里春浓，画里秋如许▲门掩乱山浑欲雨▲泉声流过雕栏去▲

窗外垂杨风自舞▲云碧纱幮，睡起闻莺语▲笑看茶烟青一缕▲赌书人在花深处▲[2]

注：① 燕：指北京，时作者升刑部主事在京。② 赌书：比赛读书的记忆力。

李必恒（清771）一首

路入青山山绕树▲树里人家，家傍青山住▲几曲清溪环向户▲村村黄叶迷归路▲

一带岗峦连北固▲[1]却比闲愁，历乱多无数▲野旷云低天欲暮▲斜风细雨京江渡▲[2]

注：① 北固：山名，在江苏镇江。② 京江：京口，镇江别名。

孟湛（女）（清 783）一首　题：锦树即事。

梳罢晓妆屏上倚▲欲把金针，[1]玉腕娇无力▲[2]不卷珠帘窥竹里▲翠禽飞下栏杆嘴▲

步向荷缸闲弄水▲荷叶田田，似有清香起▲照面水中私自喜▲芙蓉四月先开矣▲

注：① 把：把持。② 力：此字不叶韵，作宽叶。

许田（清 807）一首

底事催花风太妒▲莺也销魂，啼向花浓处▲春在柳梢能几许▲青青露眼含朝雨▲

湿重游丝低着树▲绾住春愁，不放愁归去▲燕子乍穿帘幕舞▲小屏山上迎人语▲

秦昙（女）（清 823）一首

寒食才过春又半▲燕子衔泥，画栋营巢满▲细雨濛濛扃小院▲胭脂落尽桃花片▲

罗袜倦移情绪懒▲触目凄凉，不觉双蛾敛▲风景依然人事换▲旧游追省空肠断▲

张令仪（女）（清 831）二首　题：第一首，春残。
第二首，新秋月夜坐柳阴小艇。　注：调名原作凤栖梧。

（1）嫩绿残红芳事老▲落絮游蜂，半杂飞花袅▲午梦初回人悄悄▲声声啼过催耕鸟▲

都道看花宜趁早▲拾翠寻芳，踏遍晴郊草▲输与小窗风味好▲和愁和病春归了▲

（2）碧天渺渺波同色▲闲逗花阴，满地玲珑月▲短葛凉轻纨扇歇▲晚风细细荷香涩▲

小葺幽窗烟柳接▲稳载琴书，不怕风波劣▲藻荇横铺水光湿▲相看但少中流楫▲

赵承光(女)(清 845)一首　题：佳人抚镜。

巧样新妆无意绪▲斜倚菱花，半面微偷露▲南国香消倩是汝▲那教一霎颦眉妩▲

鬓弹金钿娇欲舞▲宛似黄鹂，巧啄樱桃树▲含笑问他佯不语▲凝眸却顾心相许▲

王时翔(清 859)一首

晓揭风帘犹带倦▲独下瑶阶，绣履轻裙展▲朵朵香兰钗上颤▲苔衣露滑纤腰软▲

花事阑珊飞絮满▲庭角残枝，幽鸟啼红怨▲多病药炉烟未断▲槛边莫信春寒浅▲

吴湘(女)(清 865)一首　题：吊邻姬。

枕冷衾单如未嫁▲虚度春宵，减却千金价▲薄命桃花将绽也▲一朝风雨檐庭谢▲

捱尽凄凉多少夜▲风去楼空，寂寞应堪怕▲环佩姗姗何日下▲妆台闲剩菱花架▲

厉鹗(清 900)一首　题：戊申(1728 年)春暮，城东周氏小园池上作。

三月风颠吹断柳▲何况蔷薇，落处依苔厚▲折得一枝花在手▲戴花人尚平安否▲

行遍回塘销永昼▲水影蘋香，只是侵襟袖▲杜宇数声春欲瘦▲斜阳艳艳醺如酒▲

郑燮(清 906)一首　题：晚景。

一片青山临古渡▲山外晴霞，漠漠收残雨▲流水远天波似乳▲断烟飞上斜阳去▲

徙倚高楼无一语▲燕不归来，没个商量处▲鸦噪暮云城堞古▲月痕淡入黄昏雾▲

张琼娘(女)(清 922)一首

柳絮抛完春暗去▲莺语丁宁，半是销魂句▲病后韶光竟如许▲落红飞傍栏杆聚▲

芳草迷烟闻杜宇▲蝶乱蜂忙，偷向苍苔觑▲瓶插空枝坐无语▲连宵又下凄凄雨▲

沈栩(清 939)一首

春色方浓香气暖▲爱向深丛，勾引晴丝乱▲宿粉褪时憨态软▲舞衣更倩娇

红染▲

密意腾那双袖颤▲叶底低徊，休把全身现▲恼杀踏青游女扇▲错教扑下桃花片▲

王嵩(清 940)一首

依约春光难记省▲梅雨模糊，[1]又做愁人病▲嫩绿半篙池水净▲新荷稳立蜻蜓影▲

闲伫溪桥天欲暝▲万本榆槐，[2]罨断前村径▲[3]落日柳梢风不定▲平林野色人归冷▲

注：① 梅雨：江南农历五月梅熟时雨。② 本：即株。③ 罨：通“掩”，掩盖。

史承谦(清 951)一首　注：调名原作鹊踏枝。

乳燕初飞春已去▲罗幕低垂，消尽沉烟缕▲千蝶帐深萦梦苦▲倦拈红豆调鹦鹉▲

凝望碧云将薄暮▲记否西窗，一夕销魂语▲夜合花时芳讯阻▲有情明月无情雨▲

过春山(清 981)一首　题：河桥泛舟，同吴竹屿赋。　注：调名原作明月生南浦。

宿雨收春芳事尽▲[1]绿涨溪桥，花落无人境▲几点萍香鸥梦稳▲柳绵吹尽春波冷▲

溪上人家斜照影▲招手渔竿，烟外浮孤艇▲回首桃源仙路迥▲[2]一声欸乃川光暝▲

注：① 宿雨：隔夜雨。② 桃源：桃花源，喻仙境。

江昉(清 991)一首　题：蛱蝶花。

绿树阴阴春欲暮▲石罅栏根，惯是伊开处▲粉翅翩跹浑似舞▲随风未许双飞去▲

斗草人来深院午▲一笑生擒，错认寻春侣▲梦入罗浮山下路▲[1]芳魂只在花房住▲

注：① 罗浮山：在广东增城境，相传东晋葛洪得仙术于此，誉为仙山。

朱彭(清 1018)一首　题：园中红白桃花为风雨所败。

小白蔫红开满树▲[1]轻薄东风，一夜将花妒▲啼鴂声中春又暮▲[2]闲园几段凄凉雨▲

斜凭雕梁愁不语▲盼到新晴，飘泊归何处▲蛱蝶双双无意绪▲作团飞过邻墙去▲

注：① 蔫红：暗红。② 鴂：杜鹃鸟。

许宝善(清 1019)一首

楼上珠帘楼下路▲绿透芭蕉，红了樱桃树▲为问闲愁余几许▲落花时节纷纷雨▲

一曲霓裳移雁柱▲静掩纱窗，玉砌堆香絮▲燕子不知春又去▲掠檐依旧参差语▲

储秘书(清 1035)一首

忆得横塘西畔路▲翠拥红遮，人在花阴住▲情似游丝千万缕▲春来绕遍闲窗户▲

又是风光三月暮▲挑菜湔裙，密约连番阻▲别有心情难寄与▲拂帘燕子空来去▲

席瑶林(女)(清 1045)一首　题：春日侍祖母、母氏，偕诸姐妹游虞山。①

翠耸虞山春景丽▲游侍慈闱，更喜联同气▲柳磴花堤芳草地▲东风只荡湘裙底▲

仲雍当时曾此寄▲②千古高纵，巾帼犹仰止▲拂水山庄何处是▲③羞他输与青楼妓▲

注：① 虞山：为江苏常熟名胜，在城西北隅。② 仲雍：周太王次子，为让王位与弟季历，与兄泰伯同避江南，死后葬于虞山东麓。③ 拂水山庄：虞山景点之一，钱谦益与柳如是曾居于此。

印昌世(清 1055)一首　题：姝丽。

一颗樱桃樊素口▲①不爱黄金，只爱人长久▲学画鸦儿犹未就▲②眉间已作伤春皱▲

扑蝶西园随伴走▲花落花开，渐解相思瘦▲破镜重来人在否▲章台折尽青青柳▲

注：① 樊素：唐妓。白居易诗："樱桃樊素口"，喻其口小善歌。② 此句套虞世南题隋炀帝宠姬袁宝儿诗"学画鸦黄半未成"，喻其憨态。

钱孟钿(女)(清 1061)一首

着雨林花红晕湿▲风袅晴丝，吹入眉峰碧▲绿遍池塘芳草色▲催归杜宇声声急▲

病起绿窗春事寂▲何处留春，深院濛濛月▲金缕歌残檀板歇▲海棠梦醒梨云白▲

任玉卮(女)(清 1064)一首　注：此词《小檀栾室汇刻闺秀词》作谈印梅著。

春雨催花知几许▲尽日濛濛，洒遍江南树▲才喜春来春又暮▲一年好景成

辜负▲

满目飞花兼落絮▲却趁东风，冉冉随春去▲只有梁间双燕语▲声声还在侬家住▲

赵帅（清 1066）一首

彳亍香衢尘垢软▲[①]几笏书斋，[②]雁齿红桥畔▲[③]蝶闹蜂喧花正艳▲女墙树映西山半▲[④]

风里游丝帘外罥▲消受春光，只在斜阳岸▲绿水多情流不断▲柳条又解垂青眼▲

注：① 彳亍：缓慢行走貌。② 笏：古代官员上朝执板，喻耸立。③ 雁齿：如雁飞行般依次排列。④ 女墙：城堞。

高鹗（清 1068）一首　题：松林闸玩莲。

一色莲花三万朵▲酒熟茶香，旋到花傍坐▲似向如迎开向我▲飘烟抱月娇无那▲

舞罢垂垂罗袂亸▲欲唱新词，只合吴歌可▲短个人儿摇画舸▲轻纱软笠新梳裹▲

吴蔚光（清 1076）一首

粉蝶不知春已去▲独自飞来，犹傍花枝舞▲枝上花开余几许▲荼蘼小折蔷薇吐▲

一角画廊人立处▲最是情多，难向东风诉▲吹上满衣新柳絮▲碧云无尽天涯暮▲

吴钧（清 1115）一首　题：汪氏蕃云楼夜眺。

山作嘉宾楼作主▲一面凌虚，[①]三面烟笼住▲此地登高真可赋▲碧螺如醉山客暮▲[②]

挂起南窗新月吐▲白是溪花，黑是溪边树▲指点前村三四炬▲人声响过塘桥去▲

注：① 凌虚：凌空。② 碧螺：喻山峰。

王履基（清 1120）一首

一帘绿雾寒难睡▲满盏梨花，人与春同醉▲来日采花须早起▲分明堕了檀郎计▲

学打秋千深院闭▲多谢鸲哥，[①]报道人来矣▲红汗盈盈羞欲避▲谁知却是邻家姐▲

注：① 鸲哥：鸟名，能学人语，俗称“八哥儿”。

王芑孙(清 1131)一首

梦断红墙烟隔路▲不分年时，花底人相遇▲人在晓莺声里住▲门前一树樱桃树▲

凤意鸳情天不妒▲绣榻斜行，早逗相思句▲杜牧寻春春未暮▲来迟不算三生错▲[1]

注：① 此句套用杜牧“绿叶成阴子满枝”诗句，因杜牧逾期未能娶得湖州女子。

朱谌(清 1134)一首　题：春暮。

紫陌风光看又度▲[1]芳草年年，惹下愁无数▲轻暖轻寒三月暮▲香车闹遍西陵路▲

枝上苦梅刚豆许▲春色三分，半逐游丝去▲解下金铃贪鸟语▲[2]流莺浴尽残红雨▲

注：① 紫陌：东郊。② 金铃：指马项所系之铃。

鲍份(清 1146)一首　题：甲辰(1784 年)春日对雨遣兴。

楼上帘垂帘外雨▲一碧深深，春在庭前树▲燕子只依华屋语▲旧泥衔向新巢去▲

满眼梨花谁作主▲扑槛霑茵，留得情如许▲几日柳绵应学舞▲大堤芳草吹何处▲

查奕照(清 1156)一首　题：送春。

枝上残红留不住▲嘱咐东风，缓缓吹将去▲窗外流莺娇自语▲一般也恨飘香雨▲[1]

斜阳满地胭脂絮▲[2]话是伤春，诗是伤春句▲寻遍横塘无旧侣▲砑罗犹记湔裙处▲[3]

注：① 飘香雨：指如雨落花。② 胭脂絮：红絮，也指落花。③ 砑罗：磨光罗衫；湔裙：洗裳。

沈纕(女)(清 1179)一首　题：春暮。

百五韶光余几许▲[1]轻暖轻寒，渐觉芳事暮▲落尽桃花飞尽絮▲栏杆凭到无聊处▲

试听梁间双燕侣▲岂解伤春，却作伤春语▲打叠愁肠千万缕▲夜来那更风和雨▲

注：① 百五：一百另五天，指春季前后三个半月。

尤维熊(清 1198)一首　题：题画。

开遍籐花无意绪▲庭院深深，日日吹香絮▲花里惊鸿飞不去▲帘波窣地通眉语▲[①]

团扇画罗衫白纻▲金屋金堂，分是侬家住▲明月去人才尺许▲夜风凉到销魂处▲

注：① 帘波：帘影摇曳如波纹。

马汾(清 1201)一首

门掩梨花深夜雨▲无计寻春，两桨湖塘去▲人影衣香留小住▲隔帘风细闻私语▲

隐约纱窗遮似雾▲未说销魂，已把游人误▲酒醒忽惊回首处▲断肠芳草斜阳路▲

郭麐(清 1208)一首　序：鹿城半茧园，[①]故明宰相宅地，今拦入城隍庙中，学使者科岁两试。吴郡人士，皆集为游欢之所，戊申(1788年)之秋，余与同人清晓入园，见最后小屋西偏之墙，有字迹如新，乃一绝句也。诗云："月底纤纤扶婢来，梨花如雪点苍苔。红蚕辛苦愁丝尽，谁把同功强擘开。"字非墨书，刻划而成，颇似簪脚所为，末后一行，作一毗陵之毗字，意其题名而未及完也。朋辈各有诗纪事，余为赋一小词云：

青粉墙头苔没砌▲谁拔金钗，划破苔痕细▲罗袜纤纤来月底▲销魂几个银钩字▲

天远彩云飞去矣▲卿自何来，有个芳名未▲料得欲题还又止▲当日直恁恹恹地▲

注：① 鹿城：今河北束鹿县。

曹言纯(清 1209)二首　题：第一首，京口道上。[①]

(1) 花外萧疏寒食雨▲客里垂杨，插向谁家户▲马上征衫灯下作▲东风细细吹愁缕▲

不问闲愁何处所▲水榭幽亭，到处勾留住▲回首来时天际路▲山横水断云无数▲

注：① 京口：今江苏镇江。

(2) 寒食清明花炫昼▲小扇铜环，小院无人叩▲曾折一枝春在手▲至今香气余襟袖▲

六幅屏风山叠就▲画里潇湘，蹴起愁纹皱▲城上三更听打后▲垂垂蜡烛红珠溜▲

史善长（清 1219）一首

湖外新晴湖上雨▲烟柳霏霏，遮断春城路▲姹紫嫣红花事暮▲忍教吹尽闲风絮▲

睡鸭炉薰沉蕙炷▲[1]倦客孤身，好梦浑无据▲第四桥边双燕语▲那人曾共吹箫处▲

注：① 睡鸭炉：睡鸭形香炉；沉蕙：香名。

李兆洛（清 1227）二首　注：调名原作鹊踏枝。

（1）帘外波光明净练▲[1]蝴蝶无聊，软趁晴丝颤▲开到棠梨春又晏▲[2]落花点点深深院▲

无力垂杨千百转▲做尽悠扬，只解添幽怨▲待得风定飞絮倦▲月明谁在雕栏畔▲

注：① 净练：洁净的白绢，形容波光。② 棠梨：花名；晏：迟暮也。

（2）花影冥冥人悄悄▲巧笑妍蛾，[1]屈指华年小▲[2]斗草簸钱春过了▲[3]落梅只觉浓阴早▲

忽漫钗挑金丫鸟▲[4]唤坐佯佯，[5]情绪浑如搅▲窗外远山依旧好▲菱花着意插残稿▲

注：① 妍蛾：美丽眉毛，喻美女。② 屈指：扳着指头计算。③ 斗草、簸钱：皆古代妇女的一种赌戏。④ 忽漫：即率尔，急促也；丫鸟：即环钮。⑤ 佯佯：无心绪。

沈星炜（清 1231）一首　题：秋感。

竹影摇摇清漏短▲门掩东风，绿阴闲阶满▲一寸帘波横不卷▲[1]卷帘人在深深院▲

转眼花残春去远▲燕子归来，已是寻芳倦▲听说愁肠容易断▲谁知断尽无人管▲

注：① 帘波：帘子被风吹动，摇荡如波。

杨继端（女）（清 1239）一首　题：春阴。

料峭春风还做冷▲烟雨空濛，花睡何曾醒▲几树绿杨深院影▲湿云如幕愁天近▲

鸠妇呼晴晴未准▲[1]载酒苏堤，迟了寻芳信▲贝叶学书消昼永▲[2]小窗闲题泥金粉▲

注：① 鸠妇：《埤雅》载，鸠阴则屏逐其妇，晴则呼之。② 贝叶：贝多树，其

叶可裁为纸，用以写经。

李福（清 1264）一首

淮清桥畔秋光冷▲[1]一带疏窗，半倩垂杨映▲船过水花浑不定▲碧波千折红栏影▲

昨日莫愁湖上兴▲[2]待击空明，恨少双飞艇▲今夜清歌何处听▲满身凉月三更尽▲

注：① 淮清桥：南京桥名。② 莫愁湖：在南京水西门外。

曹慎仪（女）（清 1266）一首　题：春暮。

杜宇啼残春又暮▲午梦初回，宝篆笼香雾▲惟祝东君须少住▲莫教容易催归去▲

一院飞花兼落絮▲雨雨风风，断送春如许▲倚遍栏杆无意绪▲满怀愁思和谁语▲

庄盘珠（女）（清 1268）一首　题：春晚。　　注：调名原作一箩金。

春色抛人何处去▲若向天涯，定有人相遇▲燕子如何衔得住▲柳条已放漫天絮▲

几夜愁听帘外雨▲梦断罗衾，梅子青如许▲云脚不开开又聚▲便天也恁无意绪▲

陆继辂（清 1269）一首

犹记画楼西畔路▲手撚花枝，小立惊回顾▲缥缈衣香留不住▲佩环转入屏风去▲

今日重来春欲暮▲丁字帘前，[1]不见凌波步▲乳燕一双相对舞▲骄人飞向深深处▲

注：① 丁字帘：地名，在南京秦淮河利涉桥堍，明时为妓女居地。清钱谦益诗《留题秦淮丁家水阁》："夕阳凝望春如水，丁字帘前是六朝。"

孙荪意（女）（清 1277）一首

深掩重门春院静▲又是年时，一段销魂景▲未过花朝春尚嫩▲[1]柳梢渐觉黄金褪▲

睡起髻鬟斜不整▲炷罢沉檀，火灭香篝冷▲帘外樱桃花落尽▲晚来几阵东风紧▲

注：① 花朝：又称百花生日，在农历二月十二日；嫩：浅也。

改琦（清 1280）一首　注：调名原作黄金缕。

背倚罗屏灯影瘦▲雨又潇潇，搀入铜壶漏▲难熨吴娘眉叶皱▲芳情酿得浓

如酒▲

盼断人归归燕后▲乱落梨花，最是愁时候▲三起三眠人似柳▲①枕函不合安红豆▲

注：① 三眠：见《三辅故事》，汉苑有柳如人形，一日三眠三起。

杨芸（女）（清 1294）一首　题：奉怀三婶母。

柳外啼莺声呖呖▲桃李开时，已过清明节▲独倚画栏人寂寂▲愁肠不解丁香结▲①

二十四番风信急▲空系春幡，难护花如雪▲遥望巴山云似织▲好凭鸟使通消息▲②

注：① 丁香结：丁香之花蕾，喻固结不解之意。② 鸟使：传西王母青鸟能传书信。

刘逢禄（清 1295）一首　题：陌上桑。

蝉鬓凤钗开绣幔▲织女扶筐，遥结星君伴▲①窄袖半遮红玉钏▲露珠莫放湘裙浣▲

恰犨骄阳春事晚▲苦忆蚕饥，不遣雕轮缓▲②拣尽桑枝愁未断▲明朝更祝浓阴满▲

注：① 星君：指牛郎星，此处喻其夫。② 雕轮：精美车轮，指赵王遇采桑女罗敷故事。

顾翎（女）（清 1312）二首　注：调名原作凤栖梧。

（1）亚字红栏帘影绕▲莫倚层楼，①楼外垂杨道▲极目天涯关塞杳▲烟痕绿染江草▲

风气如云窗影袅▲无奈啼鹃，唤得春归早▲残梦初醒寒料峭▲闲将佳句调娇鸟▲

注：① 层楼：高楼。

（2）满架凉阴遮翠幄▲松鼠行边，数点藤花落▲一抹晚云垂树角▲赭霞微衬湘痕绿▲

倦倚纱幮人睡足▲小扇风轻，蛱蝶和烟扑▲帘外忽闻声簌簌▲雪猧戏惹秋千索▲①

注：① 雪猧：白狗。

汤贻汾（清 1313）一首　序：余守官江上，暇乘小艇，辄信所之风日佳时，往往吟啸竟夕，笠冠纱袂，因未尝为天械所拘也。①扣舷以歌，聊抒逸兴。　注：调名原作明月生南浦。

莲叶舟轻和鹤载▲流下前溪，昨日桃花在▲谢却人间诗画债▲萧然一笠烟波外▲

信口闲吟鸥鹭解▲绿柳村边，自把新醪买▲醉便横眠无挂碍▲醒来已是斜阳矮▲

注：① 天械：喻名位官禄等，以其对人的束缚犹如无形枷锁。

庚岭老人（清 1319）一首　题意：《蜃楼志》第三回词引。

院宇无人移鹤步▲踏破苍苔，那管衣沾露▲漫指山幽丛桂处▲云迷不见阳台路▲[1]

唧唧秋虫吟不住▲伊笑侬痴，侬自寻欢去▲[2]乌鹊休将河鼓误▲天孙昨夜开窗户▲[3]

注：① 阳台路：楚襄王梦与神女幽会故事。② 侬：吴语，我也。③ 天孙：指织女星。

李佩金（女）（清 1336）一首　题：闺情。

随意拈毫消永昼▲兜裹愁心，怎奈眉峰皱▲时节落花人病后▲重帘不放东风透▲

镜里年来非是旧▲绿暗红稀，人亦成春瘦▲一夜无情风雨骤▲呢喃燕语如私咒▲

周樽元（清 1353）二首　题：第一首，题小桥流水梦中春图。

第二首，秋院。　注：第二首调名原作凤栖梧。

（1）着意怜春春不晓▲花落花开，总入伊怀抱▲有限韶光无限恼▲东风遍地生春草▲

一幅浣纱溪上稿▲柳外风多，花里行人少▲绵软游丝空际绕▲模糊听得莺声小▲

（2）秋影沉沉池半面▲红褪莲衣，碧净藤萝罥▲花刺钩人双鬓乱▲记寻蟋蟀墙篱畔▲

菊花纵好无人玩▲枉杀新凉，剩怨秋风扇▲桐子零星吹又遍▲拾来试数单双看▲

周济（清 1355）一首

柳絮年年三月暮▲断送莺花，十里湖边路▲万转千回无落处▲随侬只恁低低去▲[1]

满眼颓垣欹病树▲纵有余英，[2]不值封姨妒▲[3]烟里黄沙遮不住▲河流日夜东南注▲

注：① 恁：如此、那么。② 英：花也。③ 封姨：风神。

汪奏云（清 1365）一首

江上还寻芳草路▲绿水红桥，多是曾游处▲深院沉沉人不语▲枝头渐见飘香絮▲

开罢牡丹无意绪▲纵有垂杨，难绾愁千缕▲[1]燕子不归春已去▲重门听尽潇潇雨▲

注：① 绾：勾系。

顾翰（清 1369）二首　序：伯夔以田家词见示，情真事近，极似范石湖诗。[1]余广其志，得十二阕。注：调名原作鹊踏枝。（选二阕），第一阕四月，第二阕十一月。

（1）竹栅栏门刚半亩▲只哺黄鸡，不畜鹌鹑斗▲梅雨打窗疏点逗▲[2]蔷薇花落苍苔厚▲

初着单衣双卷袖▲浴佛盆池，[3]来试浇花手▲瀹茧风香丝络就▲[4]嫩汤更煮青蚕豆▲

注：① 范石湖：范成大，其农家诗脍炙人口。② 梅雨：黄梅雨。③ 浴佛：农历四月初八为弥勒佛生日，例以香汤浴佛。④ 瀹茧：煮茧。

（2）落叶随风吹满地▲闲杀乌犍，[1]日向桑根系▲未到夕阳门早闭▲打门不怕催租吏▲

担石可为终岁计▲[2]篝火中宵，子妇都欢喜▲笑据灶觚来说起▲前村看得酬神戏▲

注：① 乌犍：水牛。② 担石：一担一石之粮。

潘德舆（清 1384）一首　题：春暮寄景蘧。

百尺高楼春色暮▲不卷珠帘，怕惹粘窗絮▲只有惜春莺解语▲随风又入烟中树▲

陌上寻芳羞独去▲碧水红桥，尽是相思处▲吹尽残花须闭户▲黄昏渐有潇潇雨▲

沈莲生（清 1385）一首

年去年来江上燕▲红了桃花，绿了垂杨岸▲镇日栏杆天样远▲画堂帘幕阴阴见▲

墙外谁家吹玉管▲[①]絮乱丝繁，天亦如人倦▲香梦天边寻欲遍▲梦回只在闲庭院▲

注：① 玉管：笛或箫的美称。

徐庭照（清 1401）一首　序：汤雨生都督、贤俪董双湖夫人索题梅窗琴趣图。[①]

问讯江南春到未▲添炷香薰，净几冰弦理▲玉腕双抬罗袖起▲翠禽飞上栏杆嘴▲

画幅生绡烦鹤子▲[②]人与梅花，一样多风姿▲疏影暗香传绿绮▲[③]小红不用吹箫侍▲[④]

注：① 汤雨生：汤贻汾；董双湖：董琬贞。俱见《词人小传》。② 鹤子：原注：图为乐民公子作。③ 疏影、暗香：指梅；绿绮：本琴名，喻琴。④ 此句套用姜夔"小红唱歌我吹箫"诗句。

龚自珍（清 1431）一首　题：过人家废园作。　注：调名原作鹊踏枝。

漠漠春芜春不住▲藤刺牵衣，碍却行人路▲偏是无情偏解舞▲濛濛扑面皆飞絮▲

绣院深沉谁是主▲一朵孤花，墙角明如许▲莫怨无人来折取▲花开不合阳春暮▲

袁绶（女）（清 1451）一首　题：即景偶成，寄怀少兰、小村弟、柔吉妹。

几日轻阴游冶懒▲燕子来时，已负韶华半▲[①]落尽榆钱风力软▲[②]春愁暗逐蕉心展▲[③]

都喜雨丝吹乍断▲月姐多情，特放蟾光满▲[④]锦瑟云璈红玉管▲[⑤]隔花试听歌喉转▲

注：① 韶华：即韶光，春景也。② 榆钱：榆荚也，因初生如钱。③ 蕉：谐音兼通憔悴之憔。④ 蟾光：月光。⑤ 云璈：即云锣，古乐器名。

韦光黻（清 1475）一首　题：题戈顺卿词集，[①]依绿园诸咏后。

几曲青溪村舍迴▲楼阁参差，深锁春风静▲旧种碧桃红不醒▲乱花开得山无影▲

有客携尊来选胜▲傍柳停桡，独自披萝磴▲[②]一片闲云驱梦冷▲醉吟又送斜阳暝▲

注：① 戈顺卿：即戈载，见《词人小传》。② 披萝磴：除去磴上萝丝。

吴藻（女）（清 1484）一首

快剪并刀风又急▲[①]不卷珠帘，重把罗衫叠▲湖上楼台春水拍▲杏花何处人

吹笛▲

万树垂杨和雨织▲第一桥连，第六桥头碧▲[2]有约踏青无好日▲明朝况是逢寒食▲

注：① 并刀：山西太原刀剪锋利著称。喻风厉。② 此二句谓杭州西湖苏堤上有六座桥。

顾春（女）（清 1488）一首　题：黄葵。

小院帘钩人睡醒▲曲角栏杆，移过重重影▲似水天光云叶净▲微凉略觉风儿劲▲

不卷轻罗花态胜▲慢卷轻罗，一片斜阳冷▲浅澹衣裳妆束靓▲比肩惟许芙蓉并▲

唐勋（清 1497）一首　题：宿他里雾野店。[1]

策马荒山何处路▲一角炊烟，一角烟迷树▲树里藏峰峰色暮▲几家野店今宵住▲

衣上兜日云气沍▲借酒冲寒，静听檐铃语▲侧耳鸡啼难得曙▲梦魂流作滩声去▲

注：① 他里雾：台湾南部清治时期的一个行政区划。

董毅（清 1511）一首

小别经年原未久▲鸦鬓惺忪，[1]妆束疑非旧▲星靥娇融如病酒▲[2]霞裳艳处纤腰瘦▲

帘外斜阳遮绿柳▲一径平芜，望去无还有▲泪点滴残双复袖▲佩环声冷灯昏后▲

注：① 鸦鬓：黑鬓发。② 靥：面颊上小圆窝，俗称酒窝。

李福培（清 1512）一首

春到小庭春事晚▲绿暗红稀，无计将春挽▲杜宇声声啼更懒▲殷勤且拾飞花瓣▲

窗外月痕花雾绾▲拌得无眠，整把归鸿盼▲不信彩云容易散▲晓妆人起春山淡▲[1]

注：① 春山：喻眉峰。

郑珍（清 1540）一首

璎珞仙云飞过处▲[1]一阵风来，吹散花龙雨▲碧嶂红泉愁日暮▲苕华姐妹三山去▲[2]

为寄麻姑君莫误▲[3]黄竹难栽，还是栽桑树▲断肠平生凄绝句▲他生莫学涪陵女▲[4]

注：① 璎珞：颈饰，缀珠玉为之，佛像用之。此处喻神仙。② 苕华：山民女子桀二人，曰琬，即苕；曰琰，即华。见《竹书纪年》。③ 麻姑：仙女名。④ 涪陵女：待考。

吴鹄鸿（清 1573）一首　题：泖湖道中作。　　注：调名原作明月生南浦。

西风黄到江干树▲落叶萧萧，无奈辞条去▲林瘦烟疏难锁住▲倩他一队栖鸦补▲

鹭约鸥盟还记取▲怪底寒蛩，说尽凄凉语▲遥指扁帆西下路▲夕阳正在销魂处▲

彭昱尧（清 1574）一首

二月东风薰绮陌▲[1]嫩柳丝丝，袅娜烟笼碧▲燕子穿帘如旧识▲玉钩花扑红云滴▲

十二栏杆春渐夕▲一缕心香，[2]沈水炉烟直▲锦样葡萄花样织▲高楼夜悄银灯剔▲

注：① 绮陌：锦绣郊野。② 心香：佛家语，中心虔诚，如焚香供佛也。

管乐（清 1577）二首

（1）春色苍茫寒意重▲才到清明，骤雨轻雷送▲欲借微醺寻断梦▲惊风乱戛帘钩动▲

幽室兰芽泥尚冻▲萱道忘忧，却共愁苗种▲欲采桐花留饲凤▲花间小鸟衔饥弄▲

（2）芳草不迷双毂路▲[1]生向阶前，便得轻盈步▲破睡娇莺啼不住▲留人却是催人去▲

浓是花枝轻是絮▲各占东风，莫被东风误▲九十韶华容易度▲[2]斜阳欲照前溪路▲

注：① 双毂：双轮，指车辆。② 九十韶华：九十天春光。

秦湘业（清 1619）一首　题：司马梦素夫人百蝶图遗卷，孔绣山属题。

活色生香眉乍扫▲玉镜台前，想像人双妙▲燕燕莺莺都已老▲桃花影瘦春魂小▲

蠹化青陵留旧稿▲检点空箱，金粉无多了▲咫尺罗浮仙梦杳▲[1]东风又绿南园草▲

注：①咫尺：喻很近；罗浮：山名，在广东增城境，传东晋葛洪得仙术于此。

冯志沂（清 1625）一首　题：春暮。

雨过空庭人寂寂▲纵扫春苔，不见春归迹▲飞絮初晴无气力▲因风还度疏帘隙▲

不耐闲阶频伫立▲静掩房栊，犹怯轻寒袭▲断梦惺忪何处笛▲声声袅入炉烟碧▲

徐廷华（清 1633）一首　题：七夕，时距杨孺人卒十二日矣。

瓜果中庭人语悄▲帘底穿针，[1]帘外冰蟾照▲[2]鹊驾才成鸡唱晓▲[3]匆匆又返银河棹▲

漫羡双星欢会好▲[4]不是团圞，那有离愁恼▲事到欢娱都草草▲人天一例伤怀抱▲

注：① 穿针：七夕乞巧。② 冰蟾：月亮。③ 鹊驾：喜鹊在银河上筑桥。④ 双星：牛郎、织女两星。

周翼杶（女）（清 1636）一首　题：春晚。　　注：调名原作凤栖梧。

转瞬春光三月暮▲宿雨微晴，剪剪轻寒度▲满径落英莺乱语▲声声似惜春将去▲

尚有蔷薇开几许▲嫩绿红香，凤子双双舞▲帘外花阴初转午▲日长无事敲新句▲

汤成彦（清 1641）一首　题：约同人饯春不至，书此遣怀。

消尽闲愁无意绪▲恻恻轻寒，[1]几日廉纤雨▲风约炉香痕缕缕▲背人飞过栏杆去▲

竹韵茶声浑欲语▲寂寂重关，[2]镇日松阴住▲[3]好梦似烟情似絮▲软红帘外秋如许▲

注：① 恻恻：寒貌。② 关：门户也。③ 镇日：整日。

戴青（女）（清 1647）一首

门掩梨花寒料峭▲剪样东风，吹落红多少▲燕子不来人悄悄▲湘帘低亚钩儿小▲

九十春光看渐老▲小病新瘳，怪底情颠倒▲静倚栏杆思未了▲惜花打幅春愁稿▲

关锳（女）（清 1687）二首　题：第一首，题无人庭院图。

（1）几个黄昏风雨恶▲闹得苔纹，绿满栏杆角▲薄日薰衣春气弱▲小楼帘卷风翻却▲

春到红桃才破萼▲天作余寒，又替花耽搁▲燕子归来全不觉▲隔墙乱踏金铃索▲[1]

注：① 金铃：护花铃。

(2) 帘外迷濛云不住▲卷起飞花，风袅垂杨树▲燕子飞来还又去▲夕阳芳草归何处▲

两日东风三日雨▲聚作浮萍，散作濛濛絮▲残梦乱飘香一炷▲画楼灯火闻人语▲

钱国珍（清 1706）一首

闻说春来春尚早▲院落黄昏，尽被梨云绕▲[1]一树海棠开未了▲轻烟护得香多少▲

几日东风寒峭峭▲锁住春光，不管春心恼▲梦醒阑珊疑未晓▲窗前唤雨惊啼鸟▲[2]

注：① 梨云：梨花盛开如云。② 此句指鸠鸣。陆游诗："正厌鸠呼雨"。

周星誉（清 1709）一首　题：九月初二夜雨，过垂虹桥书感同梦西。[1]

细雨愔愔篷背滴▲[2]篷底羁人，自展单衾褶▲梦又不成灯又黑▲乱鸦声里天如墨▲

似酒浓愁无处说▲待请双鸿，远向天涯觅▲桥外杨花桥下客▲可怜一样伤飘泊▲

注：① 垂虹桥：在江苏吴江县东门外。② 愔愔：默默。

金绳武（清 1711）一首　题：重到平原再赠素云校书。[1]

挨近西纱窗下坐▲听说芳年，瓜字才分破▲[2]一枕红蕤清梦妥▲[3]销魂何必成真个▲

贴翠偎香双鬓亸▲泪湿青衫，怎样安排我▲蝶梦惊回钗影堕▲粉墙明月移花朵▲

注：① 平原：山东县名；校书：指妓女。② 破瓜：十六岁。③ 蕤：帽饰。

汪淑娟（女）（清 1712）一首　题：翠螺阁纳凉。　　注：此词《小檀栾室汇刻闺秀词》作凌祉媛著。

亭院灯昏烟暗锁▲静夜迎凉，斜凭栏杆坐▲庭树鸦栖清梦妥▲凉蟾飞上云阴破▲[1]

银汉无声秋澹沱▲[2]露湿钗翘，渐觉鬟双亸▲竹外流萤三两个▲随风又向衣边堕▲

注：① 蟾：喻月亮。② 澹沱：恬静随波貌。

左锡璇(女)(清1716)一首

月过西窗凉似水▲人在天涯,秋在虫声里▲一院湿烟飞不起▲临风烟尽相思味▲

珠楯玉栏人徙倚▲[①]良夜迢迢,欲遣愁无计▲卜得灯花私自喜▲[②]无言悄把银筝理▲

注：① 楯：栏槛也,纵曰栏,横曰楯;徙倚：徘徊。② 卜：占卜;灯花：古人以为灯花能报喜。

刘履芬(清1718)一首

彩笔银屏题未满▲诉尽鹦哥,却怪莺啼缓▲隔着深深窗几扇▲斜阳遍地无人管▲

行到中庭芳草短▲杏子衫轻,自把珠帘卷▲去也争知春近远▲[①]梨花似说琼魂怨▲

注：① 争知：怎知。

汪仲媛(女)(清1728)一首

倦倚银屏垂翠袖▲帘控金钩,怎解双眉皱▲篆袅炉烟灯似豆▲清宵数尽沉沉漏▲

怪底夜来风雨骤▲[①]点滴空阶,不解人僝僽▲[②]憔悴自怜新病后▲关心最是秋花瘦▲

注：① 怪底：怪得。② 僝僽：烦恼。

钱念生(女)(清1730)一首　题：咏雪。

昨夜长空烟雾袅▲凛冽西风,暗地生寒峭▲冒冷推窗才始晓▲千山一抹青春老▲

日乍红时阴变了▲料也情多,怕损飞花貌▲便算侬家祥瑞早▲阶前玉树天然好▲

庄棫(清1740)一首

百丈游丝牵别院▲[①]行到门前,忽见韦郎面▲[②]欲待回身钗乍颤▲近前却喜无人见▲

握手匆匆难久恋▲还怕人知,但弄团团扇▲[③]强得分开心头战▲归时莫把朱颜变▲

注：① 游丝：蛛丝。② 韦郎：恋人泛称。③ 团团扇：指纨扇。

王诒寿（清1741）一首　题：雨后舟行。注：调名原作明月生南浦。

小雨初收芳草径▲绿涨溪桥，红漾斜阳影▲两两沙鸥秋梦稳▲蘋花香远江波冷▲

小寺钟声风送近▲何处清歌，烟外摇渔艇▲新月欲来云卷尽▲归鸦几点川光暝▲[1]

注：① 暝：黄昏、日落。

赵友兰（女）（清1746）一首　题：五色蝴蝶。

点额涂黄妆最靓▲[1]捎向花间，巧与莺儿并▲明月照人浑未省▲郁金堂畔芳心警▲[2]

春满蜜脾蜂乍静▲[3]逐队晨衙，[4]俊味谁能忍▲斗草女郎娇欲近▲妒他杏子春衫影▲

注：① 涂黄：古时女子额上涂黄以增美。② 郁金堂：喻华丽厅堂。③ 蜜脾：蜂巢也。④ 衙：众蜂环绕如衙参。

徐士烝（清1751）一首

挑菜人归芳草碧▲[1]放下香帘，隔住寻香蝶▲飘瞥红丝开夜合▲[2]惊心枝上先啼鴂▲

听到窗前凉雨歇▲无计留春，怕问春消息▲燕子不来门巷寂▲空余满地杨花雪▲

注：① 挑菜：挑剪野菜，古代妇女的一种娱乐。② 夜合：花名。

王星诚（清1752）一首

蓬山只在伤春处▲[1]不隔天涯，但隔梨花雨▲多分日长无意绪▲[2]红楼一角斜阳暮▲

今日鞭丝慵再驻▲[3]帘底分明，强道匆匆去▲抬眼画桥杨柳树▲年时拍扇兜香絮▲

注：① 蓬山：喻仙境。② 多分：多半。③ 鞭丝：马鞭，借指出游。

谭献（清1756）一首

百幅裳开春似笑▲[1]银烛光辉，缕缕篆烟袅▲宝扇影中窥玉貌▲知君已贮新眉稿▲[2]

花雨缤纷香缥缈▲[3]云里笙歌，早引飞琼到▲[4]美满良缘世应少▲百年更贺相偕老▲

注：① 百幅裳：指百褶裙。② 新眉：张敞替新妇画眉故事。③ 花雨：落花

众多如雨；缥缈：高远。④ 飞琼：许飞琼。西王母侍女，喻仙女。

方楷（清1782）一首

罨画清溪杨柳岸▲①一段新愁，底事年年换▲②量到春痕春已半▲西风惆怅东风怨▲

花自迷离人自倦▲草净烟芜，绿满闲庭院▲燕子不知肠欲断▲拚飞只趁春光乱▲

注：① 罨画溪：水名，在浙江长兴县西，风景如画。② 底事：何事。

吕采芝（女）（清1803）一首　题：春暮忆撷芬二妹、逸青三妹。

寂寞重帘庭院悄▲门掩梨花，燕子归来早▲寒食清明都过了▲①池塘又见荷钱小▲②

极目荒烟迷古道▲冀北江南，③梦逐征鸿渺▲盼得鱼书偏草草▲④近来肥瘦谁知道▲

注：① 寒食：古节日名。② 荷钱：荷叶初生似钱。③ 冀北：河北北部，时作者居此；江南：指作者家乡江苏常州。④ 鱼书：传说鲤鱼能传书。

王曾祺（清1811）一首

生怕秋深花事短▲漏泄春光，幻作红襟燕▲①削额发垂刚不掩▲朱唇小髻樱桃半▲②

道是蕊珠仙被谴▲③絮语呢喃，④妒杀新莺睍▲袅娜妆成姿偏惯▲尽呼醋醢将谁怨▲⑤

注：① 红襟燕：燕襟色红。② 樱桃：喻小口。③ 蕊珠：仙宫名；谴：贬谪。④ 絮语：语多；呢喃：燕语。⑤ 醋醢：醋酱，喻妒也。

陈廷焯（清1835）一首

镇日双蛾愁不展▲①隔断中庭，羞与郎相见▲十二栏杆闲倚遍▲凤钗压鬓寒尤颤▲

昨日红楼帘乍展▲零乱春愁，柳絮飘千点▲上巳湔裙人已远▲②断魂莫唱蘋花怨▲

注：① 镇日：整天；双蛾：双眉。② 上巳：古节日名，在三月初三；湔裙：洗裙，古人以为上巳日湔裙能除晦。

陈衍（清1847）一首　题：落梅。

地近栏杆能几尺▲一夜东风，点尽梅花白▲只有一窗窗纸隔▲不知谁弄江城笛▲

花气药炉多病客▲疏影暗香，[1]绝调今难得▲逝水年华看锦瑟▲[2]昭君关塞琵琶黑▲[3]

注：① 疏影暗香：喻梅花。② 锦瑟：《周礼·乐器图》："雅瑟二十三弦，颂瑟二十五弦，瑟以宝玉，绘文如锦，曰锦瑟。"李商隐诗："锦瑟无端五十弦"。③ 昭君关塞：王昭君和番出塞；琵琶：昭君善弹琵琶。

康有为(清 1855)一首

记得珠帘初卷处▲人倚栏杆，被酒刚微醉▲[1]翠叶飘零秋自语▲晓风吹坠横塘路▲

词客看花心意苦▲坠粉零香，果是谁相误▲三十六陂飞细雨▲明朝颜色难如故▲

注：① 醉：此字不叶韵，疑有误。

况周颐(清 1859)一首

柳外轻寒花外雨▲断送春归，直恁无凭据▲[1]几片飞花犹绕树▲萍根不见春前絮▲

往事画梁双燕语▲紫紫红红，辛苦和春住▲梦里屏山芳草路▲[2]梦回惆怅无寻处▲

注：① 恁：如此。② 屏山：屏风。

王芰舫(清 1865)一首　题：看桃花为雨所阻。

天到花时难作主▲才得春晴，刚要春阴护▲商酌轻云兼薄雾▲积来又怕成风雨▲

雨雨风风愁不住▲流水无情，断却寻芳路▲自古妖娆人易妒▲天公也吃桃花醋▲

关赓麟(清 1881)一首　题：豳风堂晚饮。

林气苏苏收积雨▲曲岸河风，尽力吹残暑▲选得栏杆临水处▲杯盘草草谁宾主▲

向晚蝉声吹客去▲柳外明蟾，[1]却又留人驻▲灯火西门门外路▲归鸦已满城栖树▲

注：① 明蟾：明亮月光。

张织云(女)(清 1882)一首　题：和关赓麟豳风堂晚饮词。

万绿葱茏含宿雨▲霁色初开，亭榭清无暑▲一棹烟波容与处▲垂杨院落谁为主▲

薄暮马嘶人渐去▲凉月如钩，照我行还驻▲芳草粘天丁字路▲双双归鸟池边树▲

劳纺（女）（清1883）二首　题：第一首，立夏前一日。

第二首，春寒。

（1）剪剪东风侵绣户▲吹绿苔痕，还又吹轻絮▲蝴蝶翩跹飞不去▲十分春色将如许▲

燕子呢喃花外语▲商略芳春，明日归何处▲檐底蛛丝千万缕▲玲珑欲罥斜阳住▲

（2）懒上画楼楼独凭▲春色三分，翻教残冬冷▲柳困花慵浑未醒▲萧条闲却寻芳径▲

香烬金炉销篆影▲深护帘帷，尚觉东风劲▲三两纸鸢吹不定▲一丝界破春烟暝▲

麦孟华（清1900）一首

庭院愔愔人悄悄▲减了腰围，添了闲烦恼▲绿遍阶苔人不到▲恹恹春恨谁知道▲

起拨薰炉人料峭▲愿作炉烟，出入君怀抱▲镜里朱颜人易老▲相思盼断红心草▲

孙缵（清1904）一首　题：蝶。

十二栏杆花影瘦▲瞥下罗裙，惯把甜香嗅▲兜惹玉人纨扇候▲飞来故掠红绫袖▲

金粉年年添锦绣▲梦绕南朝，[①]一片斜阳逗▲唤醒芳魂双翅皱▲令人画比滕王秀▲[②]

注：① 南朝：指吴、东晋、宋、齐、梁、陈六朝，皆建都南京。② 滕王：唐宗室滕王李元婴，善画蝶。

罗振常（清1912）二首

（1）乍听林梢莺百啭▲弹罢清筝，敛恨还低面▲众里忽惊回睇眄▲万灯攒射华光炫▲

一霎轻雷听渐远▲转眼芳华，不许人重见▲孤馆寒衾香又散▲朦胧枕上思量遍▲

（2）弱柳牵风摇隔院▲斜日高楼，香散垂帘卷▲忙煞画檐双紫燕▲[①]穿帘不住窥人面▲

六曲栏杆刚倚遍▲眉语分明，心事传深浅▲悔不当前通缱绻▲只今人与天俱远▲

注：① 紫燕：燕名，也称越燕，因颔下紫色，故名。

王国维（清 1917）一首

百尺朱楼临大道▲楼外轻雷，不问昏和晓▲独倚栏杆人窈窕▲[①]闲中数尽行人小▲

一霎车尘生树杪▲陌上楼头，都向尘中老▲薄晚西风吹雨到▲明朝又是伤流潦▲[②]

注：① 窈窕：美貌。② 流潦：大雨。

李慎溶（女）（清 1918）一首

一夕凉飙辞旧暑▲飒飒墙蕉，恐是秋来路▲转眼薰风时节去▲[③]不知燕子归何处▲

抽纸吟商无意绪▲[④]短槛疏窗，难学黄昏句▲今夜夜深知更苦▲阶前叶叶枝枝雨▲

高浣花（女）（清 1923）一首　题：咏蛱蝶花。

为爱盈盈轻翅舞▲绣上春裙，小立花阴处▲瞥见枝头低栩栩▲[①]齐纨扑去方知误▲

枝上裙间相看处▲毕竟人工，难与天工赌▲暗笑眠香当日汝▲此生窜入群花部▲

注：① 栩栩：指蝴蝶。《庄子》："栩栩然蝴蝶也。"

邵瑞澎（现当 19）一首

冉冉中原歌舞地▲[①]叠鼓垂灯，夹道车如水▲[②]把酒劝君须着意▲[③]人生难得花前醉▲

看遍千门桃与李▲牵动游人，隔岸抛莲子▲一路秋虫啼未已▲汝南遥夜鸡声起▲[④]

注：① 冉冉：行貌；中原：指河南省一带。② 车如水：车水马龙，喻人多。③ 把酒：持酒。④ 汝南：河南县名。

乔曾劬（现当 21）一首

临水数峰天外落▲峰际斜阳，转过栏杆角▲晕粉涂脂梳又掠▲不辞新试罗裳薄▲

深浅宫眉随意学▲庭院东风，偏近黄昏恶▲蝴蝶飞来人未觉▲杨花粘满秋

千索▲

罗庄(现当 25)一首

最是东风忙不住▲迎得春来，又送春归去▲几日夭桃浓艳吐▲[①]如何一霎飞红雨▲[②]

踏遍绿杨芳草路▲十二金铃，[③]犹系花开处▲数尺游丝萦落絮▲黄鹂百啭深深树▲

注：① 夭桃：艳丽的桃花。② 红雨：落花如雨。③ 金铃：护花之铃。

华钟彦(现当 50)一首　题：清明上河图宫调。[①]

十里长郊春意闹▲落落虹桥，飞也来天表▲上水撑船篙不少▲张皇似起同声号▲

十万人流纷扰扰▲桥下惊呼，桥上歌还笑▲骢马舆台齐喝道▲[②]看谁让得谁家好▲

注：① 清明上河图：北宋张择端绘，描写北宋汴京盛况。② 舆台：指轿。

许白凤(现当 58)一首　题：花朝后十日病起。[①]　注:1968 年作。

药灶留香帘不卷▲微雨清阴，酿做三分暖▲欲卸重棉愁未敢▲兼旬小病刚瘳半▲[②]

白昼渐长良夜短▲老伴灯前，薄醉殷勤劝▲深巷家家春睡软▲卖花声过无人唤▲

注：① 花朝：俗称百花生日，在农历二月十二。② 兼旬：十日；瘳半：病愈一半。

陈从周(现当 67)一首　题：少年作。

帘幕迎风杨落絮▲隔院笙歌，芳事浑如许▲[①]满眼棠梨红带雨▲梁间双燕频来去▲

几度游丝萦碧树▲梦后楼台，依旧无凭据▲小立栏杆谁共语▲暮云遮断天涯路▲

注：① 芳事：花事。

车乘轨(现当 88)五首　题：第一首，双池与赵园。[①]　注:1998 年 5 月 23 日作。

第二首，长江边，次韵和冬草。[①]　注:1999 年 10 月 9 日作。冬草：董国军笔名。

第三首，浙昆艺术家与嘉兴玉茗曲社联谊演唱记。[①]注:2010 年 5 月 30 日作。浙昆：浙江昆剧团。

第四首，玉茗曲社祝词。　注：2010 年 6 月 20 日作。

第五首，代妻再赞萧山区工人路社区春风行动。

注：2014 年 1 月 11 日作。

(1) 恬静双池依绿柳▲垂钓鱼虾，乐事孩年有▲赵氏花园风景秀▲去南返北常行走▲

两处相邻分左右▲娱乐儿童，一霎连成偶▲池面借来舟艇溜▲园中权设飞车骤▲

注：① 双池：有南北相连二池，池西道路名双池头，路西赵园，乃清画家赵之谦别墅，余幼时常出入赵园并在双池垂钓。1992 年 12 月起双池并入已成儿童公园的赵园。今日旧地重游，赋词纪之。

(2) 气爽天高秋未短▲垂柳如烟，日落方知晚▲丹桂飘香鬟髻绾▲①轻舟荡漾娇躯软▲

鹊鸟归林呼伴婉▲渔火参差，点点长江远▲兴尽还家投足缓▲②回眸更觉风情满▲

注：① 鬟髻绾：指渔家女。② 还家：指作者镇江女儿家。

(3) 秀水鸳湖平似练▲①烟雨楼台，蓦地春光满▲银笛悠扬莺百啭▲浙昆玉茗联欢绻▲

《寄子》双档声配演▲②跃马雄姿，丑角工夫见▲③最是《游园》歌舞冠▲④叹为观止齐惊赞▲

注：① 鸳湖：即南湖。② 寄子：昆曲《浣纱记》中一折，由玉茗曲社演唱。③ 丑角：指浙昆艺术家陶波先生。④ 游园：昆曲经典剧目《牡丹亭》中一折，由浙昆梅花奖得主王奉梅主演；冠：冠军，第一也。

(4) 五月清和林苑翠▲①结社名园，②重振全球粹▲③白雪阳春仙俗异▲④腔幽笛雅行中最▲⑤

禾地历来多曲士▲启后承前，玉茗怡情继▲⑥国宝兴亡关我你▲发扬光大前程寄▲

注：① 五月清和：即农历四月，称清和月。② 名园：嘉兴范蠡湖公园。③ 全球粹：昆曲在 2001 年 5 月 18 日被联合国教科文组织评为“人类口述非物质文化遗产”，成为世界粹。④ 白雪阳春：即阳春白雪，喻曲高艺深，非同凡品。⑤ 行中最：昆曲被公认为百戏之

祖。⑥ 玉茗：今嘉兴曲社名；怡情：半个世纪前嘉兴曲社名。

(5) 我本杭棉劳动干▲①路号工人，②廿载安居惯▲早岁退休离厂远▲丝连藕折根仍稳▲

人事娘家虽更换▲③一脉相传，善举毫无变▲慰问年年从不断▲春风又暖钱江岸▲④

注：① 杭棉：杭州第二棉纺织厂。② 工人：杭二棉居地路名。③ 人事：2001 年 1 月 28 日余曾填《锦帐春》词赞萧山区工人路社区春风行动。此后三年社区干部人事有更动，由原张香莲、汤林美、朱惠明、张红霞等换为今之顾芸、金芳斌、陈建平等。人员虽换，而爱心相传不变，仍是年年长途跋涉，登门慰问困难居民；娘家：指工人路社区管委会。④ 钱江岸：萧山及余家嘉兴分处钱塘江两岸。

叶嘉莹(女)(现当100)一首 题：怀人。

记得当年花烂漫▲长日驱车，直欲寻春遍▲一自别来时序换▲①人间几处沧桑变▲②

又见东风牵柳线▲聚首京华，③此约何年践▲独立花前心莫展▲相思人在天涯远▲

注：① 时序：岁月。② 沧桑：沧海桑田。③ 京华：指北京，乃作者家乡。

汪玢(现当106)一首

春到江南春又暮▲和雨和烟，绿上江南树▲斗草吹花寒食路▲安排好个风流处▲

惹我开帘张绣户▲燕子飞来，燕子飞飞去▲飞去还来还软语▲深情待要和郎住▲

钱世明(现当233)一首 题：辛亥(1971 年)。

五月绿杨深院雨▲记得春归，扑面飞绵絮▲不信春光真忍去▲眼前又见桃和露▲

小卫十三娇若许▲藕色绡衫，朵朵桃花举▲巧笑横波低作语▲行来一路招蜂舞▲

董国军(现当278)一首

春雨淫淫春苦短▲①待到晴明，已是寻芳晚▲杨柳扶风梳翠绾▲长堤草碧平沙软▲

紫燕山前呢语婉▲眉月新悬，灯火人家远▲独个西来行缓缓▲闲情引得诗

情满▲

注：① 淫淫：过多也。

六十字　遐方怨

顾敻(五代十国)一首

帘影细，簟纹平△象纱笼玉指，缕金罗扇轻△嫩红双脸似花明△两条眉黛远山横△

凤箫歇，镜尘生△辽塞音书绝，[①]梦魂常暗惊△玉郎经岁负娉婷△教人争不恨无情△

注：① 辽塞：辽国边境。今河北、山西之北境。

孙光宪(五代十国24)一首

红绶带，锦香囊△为表花前意，[①]殷勤赠玉郎△此时更觉役心肠△[②]转添秋夜梦魂狂△

思艳质，想娇妆△愿早传金盏，[③]同欢卧醉乡△任人猜妒恶猜防△到头须使似鸳鸯△

注：① 花前：花前月夜，喻欢会。② 役：使唤、挑惹。③ 传金盏：传杯同饮。

叶爕(清253)一首　题：闺情。

妆未了，日高升△菱花眉晕小，[①]兰叶鬓云横△[②]帘通烟篆晓痕平△[③]宝钗斜腻坠无声△

春渐老，带围轻△檐鹊频偷报，应知斗草赢△[④]昼长无事理银筝△困人疏雨小池亭△

注：① 菱花：镜子。② 鬓云：鬓发。③ 烟篆：炉烟似篆体字般弯曲。④ 斗草：古代妇女的一种赌戏。

车乘轨(现当88)一首　题：洗衣机起死回生记。　　注：2013年3月20日作。

家电器，效能奇△助人繁事做，除困又省时△惜乎型号换几期△[①]旧原购件市无遗△

真不幸，洗衣机△[②]伤损零星件，[③]修难专业推△[④]喜甥灵活巧粘治△[⑤]复生俄顷解愁眉△[⑥]

注：① 换几期：家用电器，精益求精，十余年来，不知换过几次型号，原零件也随之变更、绝迹。② 洗衣机：余家洗衣机系水仙牌XPB20—2S型，乃1986年所购，因使用和保管得当，故尚完好如新。③ 零件：指定时器塑

件。④ 修难：因老型号零件市上无货，无法换修。⑤ 甥：馆甥，女婿别称；粘治：用 AB 高性能结构胶粘接。⑥ 复生俄顷：喻很快修好，且经月余试用，运转正常。⑦ 解愁眉：起死回生，岂不快哉。

六十字　锦帐春

辛弃疾（宋370）一首　题：席上和杜叔高韵。

春色难留，酒杯常浅▲更旧恨、新愁相间▲五更风，千里梦，看飞红几片▲这般庭院▲

几许风流，几般娇懒▲问相见、何如不见▲燕飞忙，莺语乱，恨重帘不卷▲翠屏深远▲

申蕙（女）（明411）一首　题：元夕，[1]和孙夫人。

银烛澄辉，星球耀熠▲挥象管、淋漓香墨▲[2]舞霓裳，歌锦瑟，此乐难重得▲闲情堪惜▲

蟾兔行青，[3]鱼龙吹碧▲[4]莫辜负、太平春陌▲剔灯笼，听玉漏，探紫姑消息▲[5]嬉游永夕▲

注：① 元夕：即元宵。② 象管：象牙笔管；墨：指书画。③ 蟾兔：指月。④ 鱼龙：指灯。⑤ 紫姑：厕神。能先知，每当上元时节，居家妇女迎厕神，占卜诸事。

黄德贞（女）（明413）一首　题：元夕观灯。

月影稀微，灯光闪熠▲看佳制、镂纱剔墨▲叠冰绡，裁艳锦，巧样谁传得▲画堂欢识▲

不夜城红，宜春天碧▲任歌管、东风巷陌▲爇沉香，添绛蜡，喜忘眠数息▲不虚此夕▲

曹垂灿（清50）一首　题：送春。

飞燕穿檐，落红庭院▲[1]绮疏斜拂、双蛾展▲[2]翠屏深，香篆小，[3]把珠帘半卷▲露如花面▲

枝上柳绵，天涯芳草▲正旧恨、新愁难遣▲雨微微，风剪剪，[4]怅云山叠乱▲凤楼人远▲

注：① 落红：落花。② 绮疏：有绮纹之窗；蛾：喻眉。此句句式稍异，为四三句式。③ 香篆：弯曲如篆体字之香烟。④ 剪剪：寒貌。

车乘轨（现当88）二首　题：第一首，赞萧山区春风行动。　注：2011 年 1 月 28 日作。

第二首，喜领春节慰问金。　注：2011年1月28日作。

（1）春色冬临，[1]霁光催暖▲更可喜、春风相见▲此春风，他地少，只萧山启献▲爱心风卷▲

病卧年余，[2]体瘫财散▲正忧闷、心灰意懒▲北干街，工社区，[3]竟寒中送炭▲[4]百欢千赞▲

注：① 春色：喻杭州市萧山区扶贫济困之春风行动；冬临：指春节前莅临余家。② 病卧：老妻半身不遂。③ 此二句指萧山区北干街道工人路社区。④ 雪中送炭：上门慰问，并赠送1700元。

（2）春节迎新，兔年多喜▲我社区、翻天覆地▲退休人，常例破，享年终福利▲[1]医增公费▲[2]

忆昔年年，不堪回味▲入零册、从无问慰▲个帐金，铁板值，[3]赞新任有司▲[4]惜民怜企▲

注：① 此句谓春节喜领慰问金一千元。② 此句谓医保个人帐户，今年提高百分之五十以上。③ 此句谓个帐应按养老金比例，但我市不依规定，年年照旧不增。④ 有司：官吏。指政府有关领导。

六十字　临江仙（又名雁后归）　第一体

滕宗谅（宋19）一首　题：巴陵。[1]

湖水连天天连水，秋来分外澄清△君山自是小蓬瀛△[2]气蒸云梦泽，[3]波撼岳阳城△

帝子有灵能鼓瑟，[4]凄然依旧伤情△微闻兰芷动芳馨△曲终人不见，江上数峰青△

注：① 巴陵：即今湖南岳阳。② 君山：山名，在洞庭湖中；蓬瀛：喻仙境。③ 云梦泽：古泽名，方圆八九百华里，在湘北鄂南一带。④ 帝子：指舜，曾巡于洞庭湖。

杜安世（宋53）一首

遍地残花庭院静，流莺对对相过△万条风柳间婆娑△樱桃初弄色，萱草自成窠△

早是芳菲时节晚，追游期会无多△眉山敛翠近秋波△日长初睡起，愁与病相和△

苏颂妹（女）（宋67）一首　题：立春寄季顺妹。

一夜东风穿绣户，融融暖应佳时△春来何处最相知△平明堤上柳，染遍郁金枝△[1]

姐妹嬉游时节近，今朝应怨来迟△凭谁说与到家期△玉钗头上胜，[2]留待远人归△[3]

注：① 郁金：郁金香，花名。② 胜：首饰。③ 远人：远出之人。

苏轼（宋80）一首　题：黄冈赠龙丘子。[1]

细马远驮双侍女，青巾玉带红靴△溪山好处便为家△谁知巴峡路，却见洛阳花△

面旋落英飞玉蕊，人间春日初斜△十年不见紫云车△[2]龙丘新洞府，[3]铅鼎养丹砂△

注：① 黄冈：湖北县名。② 紫云车：喻神仙乘车。③ 龙丘：龙丘子。

许将（宋83）一首　故事：《古今词话》嘉祐间（1063年）京师殿试……日未曛，唱名第一人乃许将也，观者若堵，自缀下词。

圣主临轩新策试，[1]集英佳气葱葱△鸣鞘声震未央宫△[2]卷帘龙影动，挥翰御烟浓△

上策归来何事好，迎人花面争红△蓝袍香散六街风△[3]一鞭春色里，骄损玉花骢△

注：① 圣主：指宋仁宗。② 鸣鞘：挥响净鞭，乃上朝仪式；未央宫：本汉皇宫，借喻宋宫殿。③ 蓝袍：进士服装。

贺铸（宋121）二首　题：第一首，立春。

第二首，采莲回。　　注：调名原作雁后归。

（1）巧剪合欢罗胜子，[1]钗头春意翩翩△艳歌浅笑拜嫣然△顾郎宜此酒，行乐驻华年△

未至文园多病客，[2]幽襟凄断堪怜△旧游梦挂碧云边△人归落雁后，思发在花前△

注：① 罗胜子：即罗胜，古代用丝罗剪制的饰物。② 文园多病客：汉司马相如官孝文园令，患消渴病。此处借喻自己。

（2）翡翠楼高帘幕薄，温家小玉妆台△画眉难称怯人催△羞从面色起，娇逐语声来△

门外木兰花艇子，垂杨风扫纤埃△平湖一镜绿萍开△缓歌轻调笑，薄暮采莲回△

侯蒙(宋 125)一首　题：风筝。

未遇行藏谁肯信，[1]如今方表名踪△无端良匠画形容△[2]当风轻借力，一举入高空△

才得吹嘘身渐稳，只疑远赴蟾宫△[3]雨余时候夕阳红△几人平地上，看我碧霄中△

注：① 行藏：行迹与出处。② 良匠：好画师。③ 蟾宫：月宫，喻天空。

沈蔚(宋 138)一首

过尽清明三月雨，东风才到溪滨△画工传得已非真△青君着意处，[1]桃李未为春△

倚槛盈盈如欲语，就中拈得花神△自然亭馆一番新△从今观极品，不独洛阳人△

注：① 青君：喻司春之神。

陈瓘(宋 139)一首　题：赠别。

闻道洛阳花正好，家家庭户春风△道人饮散百壶空△年年花下醉，开谢几番红△

此别又从何处去，风萍一任西东△语声虽异笑声同△一轮深夜月，何处不相逢△

苏庠(宋 146)一首　题：荷花。

猎猎风蒲初暑过，萧然庭户秋清△野航渡口带烟横△晚山千万叠，别鹤两三声△

秋水芙蕖聊荡桨，一尊同破愁城△蓼花滩上白鸥明△暮云连极浦，急雨暗长汀△

葛胜仲(宋 159)一首　题：上巳海昌王氏园。[1]

倦客身同舟不系，轻帆来访儒仙△[2]春风上巳艳阳天△[3]夭桃方散锦，高柳欲飞绵△

千古海昌佳胜地，双凫暂此留连△通宵娱客破芳筵△兰亭修禊事，[4]梓泽醉名园△[5]

注：① 海昌：今海宁盐官。② 儒仙：指王氏园主人。③ 上巳：古节日，在三月初三。④ 兰亭：在浙江绍兴，晋王羲之上巳在此修禊。⑤ 梓泽：喻名园。《晋书》石崇有别馆在河阳之金谷，一名梓泽。

刘彤(女)(宋 186)一首　题：寄外。[1]

千里长安名利客，[2]轻离轻散寻常△难禁三月好风光△满阶芳草绿，一片杏花香△

记得年时临上马，看人眼泪汪汪△如今不忍更思量△恨无千日酒，空断九回肠△

注：① 外：即其夫章文虎。② 长安：今西安，汉京都，此地借喻北宋汴京。

李清照(女)(宋 207)二首　题：第一首，梅。

(1) 庭院深深深几许，云窗雾阁春迟△为谁憔悴瘦芳姿△夜来清梦好，应是发南枝△[1]

玉瘦檀轻无限恨，南楼羌管休吹△浓香开尽有谁知△暖风迟日也，别到杏花时△

注：① 南枝：指梅。《白帖》："大庾岭上梅。南枝落，北枝开。"

(2) 庭院深深深几许，云窗雾阁常扃△[1]柳梢梅萼渐分明△春归秣陵树，[2]人老建康城△[3]

感月吟风多少事，如今老去无成△谁怜憔悴更凋零△试灯无意思，踏雪没心情△

注：① 扃：闭也。② 秣陵：南京别名。③ 建康：南京别名。

韩世忠(宋 224)一首　故事：作者一日至香林园，苏仲虎尚书方宴客，作者迳造之。宾主欢然，尽醉而归。明日作者饷以羊羔，并手书二词，此其一。见《词苑丛谈》。

冬日青山潇洒静，春来山暖花浓△少年衰老与山同△世间名利客，富贵与穷通△

荣华不是长生药，清闲不是门风△劝君识取主人公△单方只一味，尽在不言中△

陈与义(宋 232)一首

忆昔午桥桥上饮，[1]坐中都是豪英△长沟流月去无声△杏花疏影里，吹笛到天明△

二十余年成一梦，此身虽在堪惊△闲登小阁眺新晴△古今多少事，渔唱起三更△

注：① 午桥：北宋汴京(今开封)桥名。

张元干(宋 243)一首　题：荼蘼有感。

莺唤屏山惊睡起，[1]娇多须要郎扶△荼蘼斗帐罢薰炉△[2]翠穿珠落索，香泛玉流苏△[3]

长忆枕痕销醉色，日高犹倦妆梳△一枝春瘦想如初△梦迷芳草路，望断素鳞书△[4]

注：① 屏山：屏风。② 斗帐：覆斗形帐，即圆顶帐。③ 流苏：帐上悬挂之穗。④ 素鳞书：即书信。传说鲤鱼能传书。

侯寘（宋263）一首　题：约同官出郊。

一抹烟林屏样展，轻花岸柳无边△连朝春雨涨平川△冬冬迎社鼓，渺渺下陂船△

同事多才饶我懒，乘闲纵饮郊园△髻花攲侧醉中偏△时半容卒岁，游乐更明年△

史浩（宋283）一首

忆昔来时双髻小，如今云鬓堆鸦△[1]绿窗冉冉度年华△秋波娇殢酒，春笋惯分茶△[2]

居士近来心绪懒，[3]不堪老眼看花△画堂明月隔天涯△春风吹柳絮，知是落谁家△

注：① 鸦：乌鸦，喻发黑。② 春笋：喻女子纤指。③ 居士：文人雅士的自称。

李石（宋293）一首　题：夜景。

烟柳疏疏人悄悄，画楼风外吹笙△倚栏闻唤小红声△薰香临欲睡，玉漏已三更△

坐待不来来又去，一方明月中庭△粉墙东畔小桥横△起来花影下，扇子扑流萤△

石孝友（宋299）二首

（1）一霎狂云惊雨过，月华却到帘帏△槛前叠石翠参差△[1]洞房相见处，灯火乍凉时△

睡玉眠花愁夜短，匆匆共惜佳期△风梧不动酒醒迟△好同蝴蝶梦，[2]飞上凤凰枝△

注：① 参差：不齐貌。② 蝴蝶梦：《庄子》昔者庄周梦为蝴蝶。

（2）醉袖吟鞭行色里，[1]帽檐低处风斜△晚山一半被云遮△残阳明远水，古木集栖鸦△

暮去朝来缘底事，不如早早还家△曲屏深幌小窗纱△翠沾眉上柳，红揾脸边花△[2]

注：① 吟鞭：马上吟诗。② 揾：揩拭也；花：泪花。

倪偁（宋308）一首

鸟语朝来新雨霁，杖藜呼我闲行△①天晴腰脚上山轻△清风收积润，斜日弄新晴△

最爱飞泉鸣野涧，清如万壑松声△回风溅沫湿冠缨△②归来魂梦冷，幽香杂瑶琼△③

注：① 杖藜：扶着藜杖。② 冠缨：帽上装饰带。③ 瑶琼：美玉。

洪迈（宋321）一首　故事：作者在临安科试三场毕，与五友过抱剑街孙媚小楼，夜月如昼……作者即作此词，见《夷坚志》。

绮席流欢欢正洽，①高楼佳气重重△钗头小篆烛花红△直须将喜事，来报主人公△

桂月十分秋正半，②广寒宫殿匆匆△③姮娥相对曲栏东△④云梯知不远，⑤平步蹑东风△

注：① 绮席：精美筵席。② 桂月：八月。③ 广寒宫：月宫。④ 姮娥：嫦娥。⑤ 云梯：上天，喻进士及第。

廖行之（宋362）一首　题：元宵。

春意忙忙春色里，又还几度花期△澹晴时候尽融怡△①梅腮翻白后，柳眼弄青时△②

正是江城天气好，楼台灯火星移△相逢无处不相宜△轻狂行乐去，明月夜深归△

注：① 澹晴：恬静晴天。② 柳眼：柳叶初生似眼。

辛弃疾（宋370）三首　题：第一首，和韩南涧韵。①

（1）风雨催春寒食近，②平原一片丹青△③溪头唤渡柳边行△花飞蝴蝶乱，桑嫩野蚕生△

绿野先生闲袖手，④却寻诗酒功名△未知明日定阴晴△今宵成独醉，却笑众人醒△

注：① 韩南涧：即韩元吉，见《词人小传》。② 寒食：古节日名，在清明前一日或二日。③ 丹青：图画，喻风景如画。④ 绿野先生：即唐人裴度；袖手：时太监专权，裴度不复有经济意，乃不问政事。

（2）春色饶君白发了，不仿倚绿偎红△翠鬟催唤出房栊△垂肩金缕窄，①醮甲宝杯浓△②

睡起鸳鸯飞燕子，门前沙暖泥融△画楼人把玉西东△[③]舞低花外月，唱彻柳边风△

注：① 垂肩：披发，喻幼女。② 醮甲：《猗觉寮杂记》酒斟满，捧觞必醮指甲。③ 玉西东：即玉东西，指酒杯。

（3）手撚黄花无意绪，[①]等闲行尽回廊△[②]卷帘芳桂散余香△枯荷难睡鸭，疏雨暗池塘△[③]

忆得旧时携手处，如今水远山长△罗巾挹泪别残妆△[④]旧欢新梦里，闲处却思量△

注：① 黄花：菊花。② 等闲：不留意。③ 池塘：一本作“添塘”。④ 挹泪：拭泪。

赵长卿（宋389）三首　题：第一首，仙源有笙妓名梦云者，忽有剪发修道之语，为赋是词。

（1）蕊嫩花房无限好，东风一样春工△百年欢笑酒尊同△笙吹皱凤语，裙染石榴红△

且向五云深处住，锦衾绣幌从容△如何即是出樊笼△蓬莱人少到，云雨事难穷△

（2）柳上斜阳红万缕，[①]烘人满院荷香△晚凉初浴略梳妆△冠儿轻替枕，衫子染莺黄△

蓄意新词轻缓唱，殷勤满捧瑶觞△醉乡日明得能长△仙源正闲散，伴我老高唐△[②]

注：① 万缕：万线。② 高唐：宋玉《高唐赋》，喻神仙生活。

（3）过尽征鸿来尽雁，故园消息茫然△一春憔悴有谁怜△怀家寒食夜，中酒落花天△[①]

见说江头春浪渺，殷勤欲送归船△别来此处最萦牵△短篷南浦雨，疏柳断桥烟△[②]

注：① 中酒：醉酒。②断桥：本杭州西湖桥名，亦寓离别处。

僧道济（宋409）一首　故事：《西湖佳话·南屏醉迹》点化王行首。[①]

蝶恋花枝应已倦，睡来春梦昏昏△花枝卸下不随身△娇姿生柳祟，[②]唐突任花神△

故把绣鞋遮洞口，莫教觉后生嗔△非干和尚假温存△断除生死路，绝却是非门△

注：① 行首：即领班。② 祟：鬼魅也。

马庄父(宋 522)一首　题：上元。

人意舒闲春事到，徐徐弄日微云△翠鬟飞绕闹蛾群△[1]烟横沽酒市，风转落梅村△

岁时一新人半旧，相逢际晚醺醺△花间亭馆柳间门△尅除风雨外，排日醉红裙△[2]

注：① 闹蛾：以乌金纸剪为蛱蝶，用小铜丝缀针上，插之帽中，谓之闹蛾儿。② 排日：每天，逐日。

元好问(金 27)二首

(1) 醉眼纷纷桃李过，雄蜂雌蝶同时△一生心事杏花诗△小桥春寂寞，风雨鬓成丝△

天上鸾胶寻不得，[1]直教吹散胭脂△月明千里少姨祠△[2]山中开较晚，应有背阴枝△

注：① 鸾胶：汉武帝弦断，以西海所献鸾胶续之。后以续弦衍生为续娶。② 少姨祠：河南登封县少室山有少姨庙，其神为妇人，传系启母涂山之妹。

(2) 荷叶荷花何处好，大明湖上新秋△[1]红妆翠盖木兰舟△[2]江山如画里，人物更风流△

千里故人千里月，三年辜负欢游△一尊白酒寄离愁△[3]殷勤桥下水，几日到东州△[4]

注：① 大明湖：山东济南名湖。② 红妆：指荷花；翠盖：指荷叶。③ 一尊：一杯。④ 东州：指山东济南。

张弘范(元 12)一首　题：忆旧。

千古武陵溪上路，[1]桃源流水潺潺△[2]可怜仙侣剩浓欢△黄鹂惊梦破，青鸟唤春还△

回首旧游浑不见，苍烟一片荒山△玉人何处倚栏杆△紫箫明月底，翠袖暮云寒△

注：① 武陵：在湖南常德。② 桃源：东晋陶潜有《桃花源记》。

张翥(元 69)二首　题：第一首，次韵山村先生赋柳。

第二首，梁山舟中。

(1) 摇荡春光湖上路，多情偏识倡条△[1]画船系在赤栏桥△花飞人别处，绿暗

雨休朝△

恼乱东风扶不起，空怜燕婉莺娇△舞衣香冷董妖娆△[②]相思无限恨，犹似旧宫腰△

注：① 倡条：柔枝也。② 董妖娆：舞姬名。

（2）羡杀渔村无畔岸，茫茫杨柳蒹葭△雨余秋涨没汀沙△惊鸿投别渚，浴鸟坐流槎△

残日篱头闲晒网，垂髫来卖鱼虾△[①]得钱沽酒径回家△一声横笛外，烟火隔芦花△

注：① 垂髫：喻儿童。

金定（元112）一首　故事：《二刻拍案惊奇》第六卷，金定赠刘翠翠洞房词。

记得书斋同笔砚，[①]新人不是他人△扁舟来访武陵春△仙居邻紫府，[②]人世隔红尘△

誓海盟山心已许，几番浅笑深颦△向人犹自语频频△意中无别意，亲后有谁亲△

注：① 同笔砚：同学。② 紫府：喻仙境。

刘翠翠（女）（元113）一首　故事：《二刻拍案惊奇》第六卷，刘翠翠赠金定洞房词。

曾向书斋同笔砚，故人今做新人△洞房花烛十分春△汗沾蝴蝶粉，身惹麝香尘△

殢雨尤云浑未惯，枕边眉头羞颦△轻怜痛惜若辞频△愿郎从此始，日近日相亲△

瞿祐（明22）一首　题：戊戌（1418年）元夕有怀。

忆在故园三五夜，[①]谯楼画鼓声催△[②]夜香烧罢角门开△竹间风淅沥，花上月徘徊△

烛影灯花相映处，闹蛾飞扑香腮△如今魂梦隔阳台△尽将千万事，都付两三杯△

注：① 三五夜：十五夜，即元夕，元宵。② 谯楼：城上更鼓楼。

权贤妃（女）（明41）一首

花影垂帘初睡起，绣鞋着罢慵移△窥妆强把绿窗推△隔花双蝶散，犹似梦初回△

玉旨传宣呼女监，亲临太液荷池△争将金弹打黄鹂△楼台临万仞，下有白云飞△

聂大年(明 52)四首　题：第一首，夹城夜月。①
第二首，西山晚翠。
第三首，江桥暮雨。
第四首，白荡烟村。

（1）记得武林门外路，雨余芳草蒙茸△②杏花深巷酒旗风△紫骝嘶过处，随意数残红△

有约玉人同载酒，夕阳归路西东△舞衫歌扇绣帘栊△昔游成一梦，试问卖花翁△

注：① 夹城：地名，今杭州武林门外夹城巷。《西湖游览志》称，明初有夹城八景，兹录四首。② 蒙茸：草木滋生貌。

（2）一抹斜阳低远树，①分明翠敛西山△苍苍松桧锁禅关△②疏钟残磬里，③倦鸟亦知还△

谷口樵苏归路晚，六桥流水潺潺△④行人指点有无间△天风吹散尽，露出豹纹斑△

注：① 一抹：一带。② 禅关：寺庙。③ 磬：佛寺打击乐器。④ 六桥：西湖苏堤有六座桥。

（3）一叶渔舟吞暮景，夜来江涨平桥△蒹葭两岸声萧萧△水村烟郭外，隐隐见归樵△

鸿雁欲归愁翅湿，谁怜万里云霄△空濛山色望中遥△钟声何处寺，白鸟没林腰△

（4）北郭秋风禾黍熟，①牛羊晚下平田△一村桑柘起寒烟△田翁邀社饮，②击鼓更烧钱△

处处鸡豚泥饮罢，瓦盆浊酒如泉△往来东陌与西阡△谁言淳朴俗，自有一山川△

注：① 北郭：北城，即武林门。② 社饮：春社日，祭后土神后聚饮。

顾恂(明 62)一首　题：除夕对酒。

此夕年华惊已去，明朝又喜春归△风光先入后园梅△屠苏新酿酒，爆竹喜闻雷△

坐拥红炉同守岁，夜窗灯火徘徊△荆妻稚子笑相陪△①不思身外事，且尽掌中杯△

注：① 荆妻：对人谦称自己的妻子。

周瑛(明 73)一首　题：春怀。

高阁日长人语静，风铃时动檐牙△故乡道路望中赊△只凭寒夜梦，和月到梅花△

春事阑珊双鬓短，襟怀半在桑麻△落英无意恋苦槎△东君犹是错，留我美人家△

史鉴（明75）一首　题：赠余浩。

秋水芙蓉江上饮，怜渠无限风流△[1]红牙低按小梁州△[2]淡云拖急雨，依约见江楼△

最是采莲人似玉，相逢并着莲舟△唱歌归去水悠悠△清砧孤馆夜，[3]明月太湖秋△[4]

注：① 渠：它也。② 红牙：红象牙拍板；小梁州：曲名。③ 清砧：捣衣声。④ 太湖：我国五大湖之一，在江苏、浙江交界处。

祁顺（明76）一首

官职看来随分乐，[1]底事大纛高牙△[2]郡庭幽僻即山家△秫田俱办酒，蔬圃半栽花△

一夜西风吹雨至，纷纷思绪如麻△吴江莼菜汉江槎△人生知足矣，适意好还家△

注：① 随分：随意。② 大纛：大旗；高牙：齿形旗。

韩邦奇（明139）一首　题：三月三十日。

芍药牡丹开已罢，明朝不是春光△莺儿撩乱送斜阳△繁华应不尽，蜂蝶且休忙△

几架蔷薇依碧槛，新荷更满芳塘△水晶帘外细飘香△推枰听玉树，移座倒金觞△

张綖（明153）一首　题：看花。

为爱西庄花满树，朝朝来扣柴门△墙头遥见簇红云△恍然迷处所，疑入武陵源△

花外飞来寒食雨，一时留住游人△村醪随意两三巡△折花头上戴，记取一年春△

杨慎（明157）一首

玉蕊娟娟花灼灼，[1]银釭背解明珰△[2]淡云轻雨拂高唐△[3]不言喻有笑，多媚总无妆△

却怪汝南鸡叫早，行踪不辨回廊△青苔幽径落红香△宝钗寒桂月，罗袜冷侵霜△

注：① 娟娟：美好貌；灼灼：花盛貌。② 银缸：灯盏；明珰：耳饰。③ 高唐：宋玉《高唐赋》，叙楚襄王梦会神女故事。

闵如霖（明179）一首　题：春夜。

万里碧天清似洗，银河珠斗回杓△①秋千院落月儿高△柳阴墙外转，花气户边飘△

春色恼人应不寝，何人更飘鸾箫△②灵鸡未唱夜迢迢△③玉阶清露湿，金鼎碧烟消△④

注：① 珠斗：星斗；杓：音标。星名，北斗柄也。② 鸾箫：秦穆公女弄玉乘鸾吹箫仙去故事。③ 灵鸡：雄鸡美称。④ 金鼎：铜鼎。

徐惊鸿（女）（明196）一首　题：咏睡鞋。

自爱凤头能窄小，①踏青斗草刚填△②绮窗徙倚最嫣然△③只堪莲上步，却恼酒中传△

岂是飞凫仙子舄，④到今零落人间△无端抛掷惹人嫌△球场荒蹴蹴，⑤柳线罢秋千△

注：① 凤头：凤头鞋。② 斗草：古时妇女的一种赌戏。③ 绮窗：有雕饰的窗；徙倚：徘徊。④ 舄：鞋。⑤ 蹴蹴：踢球。

朱柔英（女）（明210）一首　题：有怀来清阁。

绮阁玲珑山掩翠，披襟拂拂薰风△数竿修竹映墙东△燕飞清昼永，蝉咽绿阴浓△

午梦起来无个事，松涛细煮团龙△①闲看云影变奇峰△荷香侵枕簟，梅雨润丝桐△

注：① 团龙：茶名。

郑妥（女）（明231）一首　题：芙蓉亭怀郑逢奇。

夜半忽惊风雨骤，晓来寒透衾裯△①萧条景色懒登楼△衡阳归雁杳，②幽恨上眉头△

台空院废人依旧，月沉云淡花羞△芙蓉寂寞小庭秋△黄花伤晚落，③相对倍添愁△

注：① 衾裯：被子。② 衡阳：湖南县名，喻南方。③ 黄花：菊花。

方于鲁（明240）一首　题：曹载信来访，山中偕饮溪上酒家。

小市桥横堪系彑，双溪水暖浮鸥△青帘风亚酒炉头△①垂杨当户牖，②芳草带烟流△

千里故人鸡黍约，百钱挂杖登楼△[3]竹林把臂及春游△[4]休嗟逆旅客，且作醉乡侯△

注：① 亚：同“压”。② 牖：窗户。③ 挂杖：古人出行，常把钱挂在拐杖头。④ 把臂：交臂互持，以示亲热。

吴敬所（明263）一首　故事：《刘生觅莲记》第二回，刘一春思慕孙碧莲。

一睹娇姿魂已散，满腔心事谁知△东瞻西盼竟差迟△装聋还作哑，似醉复如痴△

我欲将心书尺素，倩人寄首新诗△个中暗与约佳期△何年更何月，何日更何时△

魏大中（明291）一首　题：钱塘怀古。[1]

埋没钱塘歌吹里，当年却是皇都△赵家轻掷与强胡△[2]江山如许大，不用一钱沽△[3]

只有岳王泉下血，[4]至今泛作西湖△可怜故事眼中无△但供侬醉后，囊句付奚奴△[5]

注：① 钱塘：江名，代指南宋首都临安，即浙江杭州。② 赵家：南宋皇帝姓赵；胡：指蒙古。③ 沽：买。④ 岳王：抗金名将岳飞。⑤ 囊句：喻心中所藏故事；奚奴：僮仆。

薛素素（女）（明295）一首

唤起提壶池上饮，春归满地红英△忽闻墙外子规声△不如归去也，[1]细听不分明△

自抱云和弹一曲，[2]曲终还拟湘灵△[3]风前泪眼几时晴△月高星数点，香冷漏三更△

注：① 不如归去：子规啼声。② 云和：琵琶、筝等弹拨乐器之通称。③ 湘灵：湘水之神，见《楚辞》。

李天植（明332）一首　题：题友人扇头。

景入新秋柄欲晓，[1]远堤疑是平林△梧风初起散轻阴△板桥人迹少，流水洞门深△

偏是空山人不到，柴扉何路相寻△闲云出没总无心△幽栖谁与伴，扶杖独登临△

注：① 柄：斗柄。

杨徵（女）（明338）一首　题：春思。

幽闺欲曙闻莺啭，绮窗日初微明△新妆眉画远山横△此时花时了，燕子最关情△

满地落花红作雨，倍添春思难禁△旧欢惟有梦魂惊△东风何太劣，吹断玉箫声△

毛莹(明355)一首　题：夏日山楼纪兴。

楼外绿阴浓欲滴，黄鹂巧弄歌喉△[①]潇湘六幅喜全收△[②]正当三伏暑，[③]先借一天秋△

坐对西山迎爽气，披襟风过飕飕△[④]较晴量雨不关愁△炊烟犹未起，早拟醉乡游△

注：① 黄鹂：黄莺。② 潇湘六幅：潇湘八景第六景为潇湘夜雨故云"潇湘六幅"。六幅，第六幅。③ 三伏：有头、中、末三个伏天，共四十天，为一年最热天气。④ 飕飕：风声。

徐尔弦(明363)一首　题：春尽。

春光不奈人烦恼，夜来也动归心△轻纱敲雨湿窗明△风多花有恨，林暗蝶无情△

竹杖闲携随径去，斜阳一派松声△茶旗酒阵破愁城△借云邀片月，倩鸟唤新晴△

王屋(明364)一首　题：城北新居。

独访柴门深竹里，板桥流水斜通△渔舟泊处暮云重△数家横浦上，一径入烟中△

丛木暗妨樵路远，鹭鹚飞破霞红△轻雷隐隐小池东△藕花先着雨，菱蔓弱牵风△

商景兰(女)(明424)一首　题：坐河边新楼。

水映玉楼楼上影，微风飘送蝉鸣△淡云流月小窗明△夜阑江上桨，远寺暮钟声△

人倚栏杆如画里，凉波渺渺堪惊△不知春色为谁增△湖光摇荡处，突兀众山横△

叶小纨(女)(明484)一首　题：经东园故居。　注：此词2002年中华书局版《全清词》作沈关关著，题：春暮。

旧日园林残梦里，空庭闲步徘徊△雨干新绿遍苍苔△落花惊鸟去，飞絮滚愁来△[①]

探得春回春已暮，枝头累累青梅△年光一瞬最堪哀△浮云随逝水，残照上

荒台△

注：① 滚愁：一作卷愁。

顾樵（明492）一首　题：九日游治平寺。[1]

枫叶芦花秋色暮，一年好景重阳△笙歌画舫出横塘△[2]楞伽山下路，[3]酒肆接松冈△[4]

舆马喧阗云里去，绕山烟雾生香△浴珠亭畔好徜徉△开尊同胜友，[5]潦倒纵清狂△

注：① 治平寺：在苏州上方山东麓。② 横塘：在苏州胥门外。③ 楞伽山：在苏州胥门外。④ 酒肆：酒店。⑤ 尊：酒杯。

黄媛介（女）（明495）一首　题：春思。

红雨霏霏新燕至，[1]佳人彩笔慵拈△[2]香寒衣怯懒重添△无端寻往事，春恨锁眉尖△

小阁无风窗四启，怪他桃李盈轩△[3]愁消未已酒恹恹△落红粘碧草，飞絮满清潭△

注：① 红雨：指落花如雨；霏霏：盛貌。② 慵拈：懒拿。③ 轩：有窗长廊。

叶小鸾（女）（明514）一首　题：端午。

团扇新裁明月影，珠帘半上琼钩△[1]榴花红到玉搔头△[2]彩丝宜续命，[3]绿砌绕忘忧△

酒泛菖蒲香玉碎，嫩红双靥横秋△[4]画船何处闹歌楼△萧萧烟雨外，还锁楚江愁△[5]

注：① 琼钩：玉钩。② 红到：红色榴花插到；玉搔头：首饰。③ 续命：延命、增寿。④ 双靥：两颊酒窝。⑤ 楚：作者吴江人，古时属楚地。

西湖伏雌教主（明535）一首　故事：《醋葫芦》第六回，咏翠苔。

小巧腰肢刚半捏，依然含蕊梅花△蓬松两鬓暗堆鸦△[1]虽非金屋艳，不愧谢庭娃△[2]

婉媚却无轻薄态，见人羞涩偏加△持觞侑酒不须夸△尽堪供洒扫，不会事铅华△

注：① 堆鸦：一盘黑发。鸦，喻黑。② 谢庭娃：喻东晋才女谢道韫。

陈璘（女）（明545）一首　题：咏帘。

妩媚风光须掩映，琼轩画舫朱楼△湘波荡漾翠波流△只怜妨燕子，[1]常卷上金钩△

宛罥游丝粘弱絮，[2]最宜烛影红幽△藏春仿佛暗香浮△月分千片雪，雨隔一重秋△

注：① 妨燕子：妨帘要妨碍燕子出入。② 宛罥游丝：宛转挂住游丝。

刘淑(女)(明570)一首　题：早春暮还。

楼外山川浑入画，东风醉杀朝霞△远岸嫩碧吐萌芽△半帘微雨意，一泼漫银沙△

镜匣人孤轻比目，[1]罗衣点染群花△马蹄声遍白门斜△乱莺惊晓渡，日底是京华△[2]

注：① 比目：比目鱼，喻成双。② 日底：喻皇帝居处。

吴骐(明575)一首　题：新婚。

傅粉何郎年正少，[1]画堂箫鼓喧阗△[2]红莲烛底见神仙△[3]钧天疑梦境，[4]今夕是何年△

宝钿檀床罗幕下，湘钩屧子堪怜△春风吹动鬓云偏△玉人扶未起，花影到窗前△

注：① 傅粉：搽粉；何郎：魏人何晏，美男子。喻新郎美貌。② 喧阗：喧闹。③ 神仙：指新娘。④ 钧天：天宫。《钧天广乐》赵简子……既寤，曰："我之帝所，甚乐与百神游钧天。"

许大就(明582)一首　题：岩山道中。

麦浪翻空天在水，艳阳却喜新晴△草如茵处任东行△漫摇纨扇小，初试夹衣轻△

人与春光俱易老，佳时又过清明△杨花吹彻小池萍△遥知深院静，梅子一星星△

无名氏(明643)一首　题意：《巫梦缘》第四回词引。

紧趁新晴天气好，莫教再错春光△编成艳曲两三行△笔赊还打草，墨成更合芳△

蓦地停思闲步走，几前炉内添香△[1]举头忽见柳条长△风情难打叠，花事费商量△

注：① 几：几案，如茶几等。

熊文举(清17)一首　题：和晁无咎韵。[1]

却忆章门三月暮，湘帘宿雨初收△[2]落霞低处棹孤舟△[3]江波风卷立，吹动古今愁△

往事不堪频矫首，[4]画眉斜月微钩△可能闲上小红楼△花光迷晚霁，草色媚芳洲△

注：① 晁无咎：即晁补之，见《词人小传》。② 宿雨：隔夜雨。③ 落霞：夕阳；棹：船桨，喻船。④ 矫首：举头。

徐灿（女）（清20）一首　题：系舟。

寂寞汀洲春欲暮，数声杜宇帆收△夕阳斜系小孤舟△绿沉嘶马路，红点榜人头△[1]

烟柳易残人易老，几多闲闷闲愁△淡云朦月伴鱼钩△一春消息事，已付水中鸥△

注：① 榜人：船夫。

李雯（清22）一首　题：春潮。

一曲画桥春水急，绿帆远挂斜阳△谁家艇子近垂杨△[1]杏花新雨后，初浴两鸳鸯△

暮暮朝朝来信准，教人无奈横塘△新愁却与此平量△惯随明月上，更弄柳丝长△

注：① 艇子：轻快小船。

吴伟业（清28）一首　题：逢旧。

落拓江湖常载酒，[1]十年重见云英△[2]依然绰约掌中轻△[3]灯前才一笑，偷解砑罗裙△

薄幸萧郎憔悴甚，[4]此生终负卿卿△姑苏城上月黄昏△绿窗人去住，红粉泪纵横△

注：① 落拓：放荡不检点。② 云英：裴航蓝桥遇云英故事，喻仙女。③ 绰约：柔弱貌；掌中轻：形容其身轻可在掌中跳舞。④ 萧郎：指作者自己。

曹尔堪（清69）一首　题：初夏清溪闲泛。

十亩之间新霁色，爱看桑者闲闲△扁舟歇处野蒿繁△小桥蝌蚪黑，急水队鱼斑△

我羡村家风味美，脩然茅屋三间△柳阴泥湿麦泥干△晓莺新识路，飞去又飞还△

汤莱（女）（清92）一首　题：春闺，集词题名。

长忆江南春色好，[1]杏花天气清明△[2]红窗睡起听流莺△[3]满庭芳草碧，[4]拂槛柳梢青△[5]

伤情羞睹双双燕，[6]飞来庭院深深△[7]隔墙风送卖花声△[8]阮郎归未得，[9]谁与诉衷情△[10]

注：① 忆江南：27字。② 杏花天：54字。③ 红窗睡：53字。④ 满庭芳：95字。⑤ 柳梢青：49字。⑥ 双双燕：98字。⑦ 庭院深深：54字。⑧ 卖花声：66字。⑨ 阮郎归：47字。⑩ 诉衷情：44字。

孙枝蔚（清103）一首　题：送王金铉之越中。[1]

春到扬州人又去，独看东阁梅花△高楼何处弄琵琶△不知人意懒，空自斗繁华△

带雨早湖何太急，望中离恨无涯△孤舟明日听啼鸦△多情江上客，不独为思家△

注：① 之：即到；越中：浙江绍兴一带。

毛先舒（清104）一首　题：浴罢。

荳蔻煎汤香沁骨，起来手把帘抓△素妆零落粉痕斜△和身窥宝镜，凉月照梨花△

胸袜束平酥腻乳，微红映出银纱△羞人还把扇频遮△抬身簪茉莉，又露一些些△

华衮（清121）一首　题：夏景。

十里芰荷香暗送，槐阴池馆凉生△白团小扇惹风轻△碧纱人静悄，花气压钗横△

又是黄昏新月上，银筝斜抱闲行△空庭弹出断肠声△流萤飞四壁，清漏彻三更△

陈谋道（清124）一首　题：春景。

春到江南芳草绿，垂杨摇曳池塘△画楼迟日照新妆△半帘花雾湿，十里燕泥香△

倚遍栏杆人未至，数枝红杏斜阳△锦帆何日下潇湘△情随流水远，梦逐晓云长△

贺元瑛（女）（清139）一首　题：舟中作。

闲却此身沧海外，帆轻不计途长△村村树色染秋霜△波飘菰米熟，[1]风送野花香△

蓼渚芦湾何处宿，狎鸥一样行藏△十年前事已相忘△只愁今夜梦，随月到家乡△

注：① 菰米：菰菜，结实如米，六谷之一。

俞瑊(女)(清205)一首

一点青灯愁夜永，思量往事朦胧△小窗人面怯东风△玉阶花影下，私语诉离衷△

客子不归归也晚，一声雁叫秋空△楚台暮雨杳无踪△双扉斜掩竹，依约旧帘栊△

徐翙凤(清222)一首

竹坞云汀藏矮屋，一湾紧束双溪△疏帘清簟罢弹棋△结茅移白石，载酒听黄鹂△

柳外池塘鸂鶒睡，小桥斜渡花堤△闲扶藤杖课春畦△草堂明月上，稚子读书归△

丘瑟如(女)(清231)一首

高树嘶蝉秋已半，[1]昼长人静香清△栏花难记旧时名△蕉心分绿影，桐叶送秋声△

独坐焚香空悄悄，远山一带初晴△晚凉池馆乱蛙鸣△望中垂柳断，水上暮云生△

注：① 嘶蝉：鸣蝉。

程光禋(清239)一首　题：游女。

嫩草娇香风未度，艳声点破蘋洲△三三两两趁春游△含情搔玉导，[1]沽酒上兰舟。[2]

不语弄花花不语，丢花一会凝眸△绀峰还锁去年愁△[3]遥怜疏竹里，有美独凭楼△

注：① 玉导：冠簪，用以引发入冠帻之内。② 沽酒：买酒；兰舟：香舟，舟之美称也。③ 绀峰：天青色眉峰，即黛眉。

姜宸英(清276)一首　题：秋柳。

过尽蜂忙蝶闹也，而今几许凄凉△画眉人去不成妆△[1]五更知有恨，碧月冷于霜△

记得小楼曾系马，惹他飞絮轻狂△可能闲处不思量△寒鸦三两点，寂寞又斜阳△

注：① 画眉人：汉张敞为妇画眉故事，借指丈夫。

沈尔煜(清310)一首　题：晓发蒙阴。[1]

麦浪浮青山翠绕，春深却放桃花△夜来小雨润平沙△诗成回鹭堠，[2]铎响出樵车△

遥指前村催灯远，酒帘一带风斜△土墙茅屋枣篱笆△轻装贪早发，官柳尚栖鸦△

注：① 蒙阴：山东县名。② 鹭堠：《魏书·官氏志》"以伺察者为候官，谓之白鹭，此取其引颈远望"。后因以"鹭堠"指作伺察工作的人。

邹祗谟（清312）一首　题：云阳道中。[1]

岸草粘天明远绿，小桃袅袅红浮△一篙春涨上芳洲△[2]橛头船护鸭，[3]丸髻笛呼牛△[4]

好鸟唤晴云影破，随风似叶孤舟△深闺此际想含愁△花明残雨砌，人倚夕阳楼△

注：① 云阳：今江苏丹徒县。② 春涨：春水上涨。③ 橛头船：轻快小船。④ 丸髻：圆发髻；笛呼牛：吹笛牧童。

沈榛（女）（清353）一首　题：小园赏荷。

一曲池塘新水绿，画桥通处清幽△娉婷小立似含羞△绿罗翻翠羽，红袂倚兰舟△

潋滟波光晴载酒，衔杯且共淹留△风吹薄醉听吴讴△碧云飞远浦，白鹭起芳洲△

沈树荣（女）（清375）一首　题：病起。

草草妆台梳裹了，曲栏杆外凝眸△年光冉冉又深秋△一番风似剪，两度月如钩△

病起高堂频嘱道，而今莫更多愁△愁时检点也应休△[1]青山来眼底，新柳上眉头△

注：① 检点：仔细的检查、注意。

顾正阳（清384）一首　题：腊梅。

万树萧萧皆冻雪，[1]孤标独逗寒香△[2]数丸开破在东墙△[3]一阳应自占，不与斗春光△

画阁佳人新睡起，妆成闲倚纱窗△一枝斜压玉钗旁△檀黄堪点额，[4]不是寿阳妆△[5]

注：① 萧萧：风雪声。② 孤标：特出之意。③ 丸：颗也，形容圆形。④ 点额：古人点黄于额以增美。⑤ 寿阳妆：宋寿阳宫主人日（年初七）卧檐下，梅落其额，成"梅妆"。

刘壮国（清410）一首　题：舟行即事。

野渡斜阳暮霭远，凑成一片天涯△轻泛几点小渔艖△[①]云寒天借碧，欸乃棹声哗△[②]

月小山高客独处，数行雁落平沙△孤灯隔岸两三家△风收骇浪静，停泊傍芦花△

注：① 艖：小舟。② 欸乃：行舟橹声。

葛宜（女）（清420）一首　题：同查氏姐、时氏妹止溪春游。

雨过芳洲春已暮，渐看芍药花稠△姐娣相携泛小舟△[①]一天晴日丽，满径乱香浮△

芭蕉古弄竹林幽，止溪溪水悠悠△烹茶煮竹任淹留△[②]便是桃源路，[③]追随惬胜游△

注：① 娣：即妹，指时氏。② 淹留：留连。③ 桃源路：晋陶潜《桃花源记》故事。喻世外桃源。

陆鸿图（清441）一首　题：湖上。[①]

十分楼头春事早，花间试买屠苏△[②]盈盈十五学当垆△[③]可怜垂素手，[④]不惯数青蚨△[⑤]

踏碎残红堤路滑，杖头珍重葫芦△[⑥]东风吹雨过平芜△欲寻逋老约，[⑦]唤取醉翁扶△

注：① 湖上：据《国朝词综》，该词见《西湖志》。② 屠苏：酒名。③ 当垆：酒店营业员。④ 素手：洁白手。⑤ 青蚨：铜钱。⑥ 葫芦：盛酒具。⑦ 逋老：林逋，隐于西湖孤山。

钱士贲（清447）一首　题：晚泊采石追记。[①]

万顷波涛看似雪，隔溪渔艇依然△一钩银月澹云天△人声秋树杪，虫语落花前△

烟磬霜钟声断续，[②]悲笳又到君船△徘徊太白酒楼边△[③]愁如峰影密，诗被晚凉牵△

注：① 采石：采石矶，在安徽当涂西北牛渚山下，突出于长江边。② 磬：诵经打击乐器。③ 太白酒楼：李白曾饮酒于此，故名。

僧济日（清485）一首

何处忽闻鸡犬吠，白云洞口人家△竹篱茅舍绝纷哗△春风吹不住，满地落藤花△

几度叩门人不见，采芝应在山涯△遥看岭外夕阳斜△空教题短句，石上拂

烟霞△

周清原（清488）一首　题：画雁。

小径平芜秋水接，[1]残阳一片蒹葭△[2]拂溪衰柳尚夭斜△晚来人不到，新雁落晴沙△

霜雪未浓缯缴远，[3]稻粱随意天涯△夜深和月立芦花△不随秋去燕，羞共暮栖鸦△

注：① 平芜：平原乱草。② 蒹葭：芦苇。③ 缯缴：猎取飞鸟的射具。

唐元观（女）（清511）一首　题：题山园遥青图。

野径苔荒客少到，双扉春昼长关△朱栏曲曲水流湾△莺啼修竹里，[1]犬吠白云间△

远翠飞来白似练，望中碧浪青山△桃花烂漫笋成斑△杖藜沽酒出，[2]麋鹿采芝还△

注：① 笋成斑：笋壳有斑点。② 杖藜：扶着藜杖。

西周生（清525）一首　故事：《醒世姻缘传》第九十七回，吴推官咏薛素姐。

隔墙送过秋千影，还教梦想神萦△而今全体露轻盈△堆鸦蝉欲颤，[1]舞鹤蝶争轻△

袅娜细腰欺弱柳，应知莲瓣难停△[2]遥看俊貌似倾城△[3]只嫌来往遽，愿住少留情△

注：① 堆鸦：乌黑发髻。鸦，乌鸦，喻黑；蝉：蝉翼，鬓上首饰。② 莲瓣：喻金莲小足。③ 倾城：喻美貌可以倾城。

贺禄（女）（清531）一首　题：篁川即事。[1]

残树疏林秋已暮，萧条两岸芙蓉△平波芦荻战西风△鹿门深掩闭，[2]人在草堂中△

剥啄偶然来远客，[3]欢迎同步芳丛△一番情话又匆匆△归帆争水急，两地夕阳红△

注：① 篁川：丹阳水名。② 鹿门：窄小之门。③ 剥啄：叩门声。

高士奇（清577）一首　题：试新茶。

谷雨才过春渐暖，[1]建安新折旗枪△[2]银瓶细箬总生香△[3]清泉烹蟹眼，[4]小盏翠涛凉△

记得当年龙井路，[5]摘来旋焙旋尝△[6]轻衫窄袖采茶娘△只今乡土远，对此又思量△

注：① 谷雨：二十四节气之一，在公历四月二十日左右。② 建安：福建县名；祺枪：茶叶名。③ 银瓶细箬：均是包装。④ 蟹眼：烹茶所起之泡，茶的一种。⑤ 龙井：杭州地名，产龙井茶。⑥ 焙：微火烘烤。

苏庵主人（清582）一首　故事：《锦香亭》第六回，钟景期洞房觑新娘雷天然。

秀色可餐真美艳，一身雅淡衣裳△眼波入鬓翠眉长△不言微欲笑，多媚总无妨△

原只道山鸡野鹜，谁知彩凤文凰△山灵毓秀岂寻常△似花花解语，比玉玉生香△

姜实节（清605）一首　题：纪游。

梦断罗帏春睡浅，小楼风竹频敲△溪流一曲抹山腰△雨香初拂柳，日气渐烘桃△

笑解金龟同买醉，[1]故人雅集今宵△斗诗量酒兴还饶△[2]晓钟齐女墓，[3]残月大姑桥△[4]

注：① 金龟：唐代官员饰物，此处借喻之。② 饶：富足，即高。③ 齐女墓：春秋齐景公女少姜墓，在常熟虞山附近。④ 大姑桥：待考。苏州望星桥有联："孝全赤子性，节近火姑贞。"

查慎行（清639）一首　题：平望驿。[1]

两岸菰蒲闻笑语，人家只隔轻烟△银鱼晓市上来鲜△一湖莺脰水，[2]双橹燕梢船△

屈指邮亭刚第一，[3]眼中长路三千△南风吹梦到江天△故乡桑苎外，无此好山川△

注：① 平望：镇名，属江苏吴江县。② 莺脰：湖名，在平望。③ 屈指：扳着指头计算；邮亭：驿站。

陈履端（清678）一首　题：夏景。

梅子才黄新雨足，衫裁白苎凉生△[1]一湾流水縠纹平△[2]荷香浮野渚，槛外暮山横△

隔院有人歌水调，[3]蝉声搅碎歌声△荳花茗叶十分清△水晶帘半卷，新月浸桃笙△[4]

注：① 苎：夏布。② 縠纹：皱纹。③ 水调：曲名。④ 桃笙：竹名，可制簟，故解作竹席。

沈茝纫（女）（清681）一首　注：此词与沈树荣词大同小异，姑并录之。

草草妆台梳裹了，曲栏杆外凝眸△年光冉冉又深秋△一番风似剪，两度月如钩。

病里高堂频嘱咐，而今莫更多愁△当时检点也应休△从新来眼底，依旧上眉头△

沈宛（女）（清704）一首　题：春去。

难驻青皇归去驾，[1]飘零粉白脂红△今朝不比锦香丛△画梁双燕子，应也恨匆匆△

迟日纱窗人自静，[2]檐前铁马丁东△[3]无情芳草唤愁浓△闲吟佳句子，怪杀雨兼风△

注：① 青皇：司春之神。② 迟日：徐行之日。③ 铁马：铁铃；丁东：铃声。

惠润（清719）一首　题：江上别蒋京少。[1]

忆昔长安三月暮，[2]刚逢胜友如云△一杯别酒洒青门△御沟流水满，[3]人去夕阳村△

此日芙蓉还共采，相将倚遍斜曛△[4]浮螺数点隔江分△[5]秋容清似镜，重与照离尊△

注：① 蒋京少：即蒋景祁，见《词人小传》。② 长安：唐京都，借指清京城北京。③ 御沟：皇宫水沟。④ 相将：相共。⑤ 浮螺：江中小岛。

蔡婉罗（女）（清740）一首

飞尽流萤无兴扑，扇儿闲却秋风△远山夜半又闻钟△解衣斜对影，欲寝恨床空△[1]

凄断银釭浑欲灭，[2]数声窗外孤鸿△夜凉如水出帘栊△微云淡河汉，[3]疏雨滴梧桐△

注：① 床空：指孤身。② 银釭：灯盏。③ 河汉：银河。

陈聂恒（清756）一首　题：人日。[1]

晓色也知晴更好，檐前几朵花新△剪刀声在隔窗闻△钗头双彩燕，切莫便衔春△

未便有情如七夕，[2]合欢消息难真△东风吹皱小眉痕△不成还是梦，又是隔年人△

注：① 人日：农历正月初七。② 七夕：七月初七，牛郎织女双星相会。

冯瑞（清765）一首

草碧芳堤春水涨，东风又送轻寒△夕阳初下鸟声喧△桃花红一片，何处武陵源△。[1]

记得当年多少事，从今灯烬更阑△。绿杨如画系雕鞍△。帘钩人不见，苔藓上栏杆△。

注：① 武陵源：喻世外桃源。见晋陶潜《桃花源记》。

袁莲姒（女）（清795）一首

昨夜惊眠梅雨大，[1]窗前枕上频敲△。天明翻觉梦魂遥△。[2]起来看女伴，薰袖已香消△。

云锁房栊烟锁竹，[3]卷帘水湿鲛绡△。[4]菱花低照拂眉梢△。[5]玉梳云髻润，不喜上兰膏△。[6]

注：① 梅雨：黄梅时雨。② 翻：反而。③ 房栊：房窗。④ 鲛绡：传说中鲛人所织绢帕。⑤ 菱花：镜子。⑥ 兰膏：香脂。

华文炳（清809）一首　题：别离。

毕竟今朝留不住，随郎且下西洲△。[1]分愁离恨与郎谋△。旧愁郎自认，容妾认新愁△。

谁道愁来还合并，欲分新旧无由△。含情最是木兰舟△。[2]趁潮过浦口，[3]流泪滴矶头△。

注：① 西洲：原指南京长江以西地区，后泛指情人所在或与情人相别的地方。② 木兰舟：舟之美称。③ 浦口：南京对岸地名。④ 矶头：此处指南京名胜燕子矶。

张令仪（女）（清831）二首　题：第一首，春闺。

第二首，咏美人放风筝。

（1）宝枕香消残梦破，拥衾一晌关情△。春愁都向此时生△。檀痕双颊满，黛色两眉轻△。

九十韶光都有几，陌头况近清明△。绿窗何事最销魂△。落花千万点，啼鸟两三声△。

（2）节近清明天气困，佳人消遣春慵△。纸鸢擎出小庭中△。悠然轻扬去，飘泊似郎踪△。

玉腕难牵丝万丈，笑移莲步匆匆△。身轻先是欲随风△。倩人扶不定，微晕脸潮红△。

王策（清860）二首　题：第一首，吕城道中。[1]

（1）一棹离乡才四日，[2]羁愁早似天涯△。布帆风急掠蒹葭△。[3]雨晴山骨瘦，岸

圮树身斜△[4]

荒店夕阳人卖酒，青旗冷趁飞鸦△[5]不成村落两三家△[6]老藤篱角蔓，杂草壁根花△

注：① 吕城：镇名，在江苏丹阳县东 25 公里。② 棹：喻船。③ 蒹葭：芦苇。④ 圮：塌坏。⑤ 青旗：卖酒旗。⑥ 村落：村庄。

（2）彩络双钩银蒜小，[1]鹦哥帘外贪眠△几枝杨柳漾新烟△[2]碧栏丝雨嫩，人在落花天△

半亸香鬟窗里坐，[3]书愁自叠红笺△夹衫初着卸轻绵△珊珊腰更瘦，[4]不耐晚风前△

注：① 银蒜：银帘押。② 烟：柳丝浓密如烟。③ 亸：下垂。④ 珊珊：腰际佩玉声。

吴湘（女）（清 865）一首　题：蔷薇。

满架蔷薇娇欲语，朝来露滴珠圆△轻盈态度最堪怜△临风香已乱，着雨色犹妍△

可惜蜂迷莺又老，任他春事阑珊△低垂翠袖立花前△不防花上刺，抓住绣裙边△

史承豫（清 952）一首

天上碧云凝薄暮，人间又近秋期△琴衾小簟独眠时△暗蛩惊好梦，凉叶坠相思△

瞥见一钩新月影，夜分犹照罗帏△金波如水漏声迟△倾城消息杳，愁谱玉参差△[1]

注：① 玉参差：镶玉的无底排箫，一说即玉笙。

顾斗光（清 984）一首

枯坐萧然浑似醉，[1]夜深犹剔孤檠△[2]卷帘时见渡河星△绿杨风少力，红藕露含情△[3]

窗外琤琮敲响竹，[4]草间萤火纵横△蝶飞不到梦难成△[5]寺钟愁断续，邻笛听分明△

注：① 萧然：萧条；浑：全也。② 檠：灯架、灯盏，喻灯也。③ 红藕：荷花。④ 琤琮：本佩玉声，此处指风声。⑤ 蝶梦：庄子梦蝶故事。

殷如梅（清 1057）一首　题：九日石湖即景。[1]

强欲登高舒望眼，支筇直上崇冈△[2]行春桥畔路微茫△村迷乌桕影，[3]水带白

蘋香△

人去人来斜照里，肯教孤负秋光△[4]归舟烟月已苍苍△重寻沽酒处，[5]依约认横塘△[6]

注：① 九日：九月九日，重阳节；石湖：苏州名胜。② 支筇：扶着拐杖；崇冈：高冈。③ 乌桕：树名。④ 肯教：怎肯。⑤ 沽酒：买酒。⑥ 横塘：苏州名胜，近石湖。

吴蔚光（清 1076）一首

楼上栏杆闲倚遍，暮天又近昏黄△是谁偷学晚来妆△月梳山髻小，风剪水裙长△

相见时难偏别易，千回百折柔肠△可能拚个不思量△懒描惊蛱蝶，怕绣睡鸳鸯△

袁通（清 1121）一首

记得兰期初七夜，[1]秋窗曾约春人△痴云围住阁三层△下梯娇刬袜，[2]避影巧遮灯△

软絮一团飞入抱，轻盈碧玉腰身△诉来别恨太零星△薄罗衫一角，曾为拭红冰△[3]

注：① 兰期：七月称兰月，此句指七夕。② 刬袜：脱袜。③ 红冰：泪水。

杨芳灿（清 1128）二首

（1）记得郁金堂畔路，[1]文窗乍起葳蕤△[2]日痕红上小桃枝△雏鬟真解意，传语玉人知△

鹦鹉呼茶声悄悄，娇羞着意矜持△犀梳粉拂弄妆迟△绿倾蝉鬓影，含笑出帘时△

注：① 郁金堂：华丽香堂。② 文窗：刻镂文彩的窗户；葳蕤：花草盛貌。

（2）记得相逢联榻坐，茶烟帘外轻扬△闲将琐事细评量△[1]木瓜宜渍粉，石叶好和香△

最爱晚妆留拜月，紫桐花底回廊△五铢衣薄露华凉△[2]笑拈双茉莉，簪上小钗梁△[3]

注：① 琐事：闲杂事。② 五铢衣：极轻之衣。③ 簪：插戴；钗梁：妇人首饰。庾信《荡子赋》："佩珠翠的，钗梁粟钿。"

丁瀚（清 1139）一首　题：春日偶兴。

丝雨愔愔飘未已，[①]遥山半被云遮△[②]小园堪拟庾公家△[③]数竿君子竹，一径美人花△

清昼垂帘无个事，[④]茗炉闲试新茶△[⑤]眼前生趣足相夸△燕儿营夏屋，蜂使放朝衙△[⑥]

注：① 愔愔：形容安静。② 遥山：远山。③ 庾公：指晋庾亮。④ 无个事：无甚事。⑤ 茗炉：茶炉。⑥ 蜂衙：众蜂环绕，如衙参也。陆游诗："小窗幽处听蜂衙"。

孙云鹤（女）（清1202）一首

常记寿松堂畔住，卷帘初上朝暾△[①]藕花风露散氤氲△[②]晓屏银烛冷，秋帐玉炉温△

水絮风蘋真一梦，今宵羁馆重门△[③]故园人远与谁论△苔阶生琐碎，[④]竹院月黄昏△

注：① 朝暾：初出之太阳。② 氤氲：烟云弥漫状。③ 羁馆：客居他乡。④ 琐碎：指竹影烦细。韩愈诗："竹影金琐碎"。

杨芸（女）（清1294）三首　题：第一首，夏夜偶成。

第二、三首，同纫兰四妹作，呈雪兰大姐、蘅芳、蓉岑两妹，并怀顾羽素表妹、王婉兰五妹。

（1）袅袅轻风吹竹树，依稀天际闻笙△未秋先已送秋声△愁人偏易感，无语怨深更△

卷起疏帘看夜色，一钩残月空庭△银河澹澹断云横△[①]蕉衫烟漾碧，[②]凉影闪流萤△

注：① 澹澹：恬静。② 蕉衫：蕉麻布衫。

（2）记得深闺邀女伴，相逢又早初春△愔愔小语伴黄昏△茶烟青绕榻，帘影绿于云△

行向花阴同觅句，擗笺细写回文△[①]最怜小妹太憨生△[②]戏拈双蛱蝶，替样画罗裙△

注：① 擗：分开；回文：可以顺读、倒读的诗文。② 憨生：娇痴。生，属庚韵，不叶韵，作宽叶。

（3）记得梦回欹角枕，[①]文窗微袅晴丝△闺情最是五更时△海棠风一剪，[②]寒暖早莺知△

螺子轻研深浅黛，[③]起来慵画双眉△日痕红过曲栏迟△雏鬟持粉篦，[④]微

笑索题诗△

注：① 角枕：以角饰枕。《诗》："角枕粲兮"。② 海棠风：在春分时节，即春风。③ 螺子：螺子黛，画眉颜料。④ 粉箑：即白扇。

顾翎(女)(清1312)二首

(1) 寂寞青芜帘不卷，春来多病恹恹△画廊泼翠漾茶烟△断肠芳草路，分手落花天△

团絮搓绵红袖冷，东风瘦影谁怜△可堪流水换华年△柳丝春似梦，扶影上秋千△

(2) 记得双鬟窗外报，①小亭开遍樱桃△绣旛无力未曾描△偎屏娇意懒，湘帙且须抛△②

窣窣帘波风似水，③恹恹过了花朝△④一痕新梦付芭蕉△怜他心卷处，愁重上眉梢△

注：① 双鬟：指婢女。② 湘帙：用湘地丝制品制成的书衣、书套。③ 窣窣：细小之声。④ 花朝：俗称百花生日，在农历二月十二。

汤贻汾(清1313)一首　题：新婢。

捧砚添香容易妥，屏边浅浅含颦△微长教剪旧罗裙△小名应不惯，红晕颊潮频△

学挽抛家新样髻，①工夫费了清晨△庭庭院院渐谙门△②蝶儿偷伴扑，燕子隔花嗔。

注：① 抛家：髻名。② 谙门：入门、熟悉。

浦梦珠(女)(清1323)二首　序：嘉庆甲子(1804年)上元，从芙蓉仙馆得兰村先生《临江仙》词十二阕……依数和成。

(1) 记得春闺初学绣，花绷高似身长△金针拈得费思量△不分花四角，何处到中央△

碧绿青红亲手理，残绒唾上红窗△①娇痴浑未识鸳鸯△怪他诸女伴，偏爱绣双双△

注：① 残绒：绣娘习惯把残绒含在口中，然后吐出。

(2) 记得鬓丝初覆额，①绿云低压眉齐△②人夸心巧有灵犀△③簸钱赢智姐，斗草胜兰姨△④

月影一庭邀小婢，迷藏闲捉楼西△往来花底影迷离△怕人闻响屧，⑤划袜上堂梯△

注：① 鬓丝：鬓髻的发丝。② 绿云：亦喻头发。③ 灵犀：犀角通两头，名通犀。李商隐诗："心有灵犀一点通"。④ 簸钱，斗草：皆妇女一种赌戏。⑤ 响屧：鞋声，屧，鞋也。

李佩金（女）（清1336）一首　题：寄怀雪兰、蕊渊、林风、畹兰诸姐妹。

记得当时游蜀道，送春天气堪怜△盈盈十四正华年△娇痴愁不识，逋发尚垂肩△[1]

几点疏星迷晓色，闲云出岫如烟△喜登剑阁上层峦△[2]万山风雨里，无处不啼鹃△

注：① 逋发：头发散乱未梳理，即披发。② 剑阁：阁名，古迹名胜，在四川剑阁县北。

邵广铨（清1352）一首

记得连番春夜雨，小楼剪烛同听△玉肩斜亸眼忪惺△[1]今生还未卜，[2]偏要说来生△

一幅冰绡亲付与，[3]同心结子珑玲△[4]细将辛苦苦叮咛△绣成花一朵，数尽漏三更△

注：① 斜亸：斜坠。② 未卜：未卜问，即未知。③ 冰绡：轻薄织物。④ 珑玲：应为玲珑，因押韵而颠倒。

钱廷烺（清1449）一首

记得个人临水住，几回舟泊横桥△三层楼上度春宵△同拈双带子，量取别来腰△

才上明灯扶半醉，相携更荡兰桡△是谁隔舫坐吹箫△惹他绡帕上，香泪湿红潮△

袁绶（女）（清1451）一首

记得绮窗同罢绣，[1]无聊同步回廊△廉纤梅雨过银塘△[2]露荷香沁骨，风递一丝凉△

乐玉舟深斟琥珀，[3]柳阴阴处传觞△采莲呼婢泛轻艭△[4]红衣愁触损，[5]欲折更商量△

注：① 绮窗：锦绣之窗。② 廉纤：微雨貌；梅雨：黄梅熟时（农历五月）之雨。③ 玉舟：酒杯；琥珀：酒名。④ 艭：即船。⑤ 红衣：指荷花。

庄士彦（清1520）一首　题：癸亥（1863年）重九。

几日西风吹渐紧，小庭已断啼螀△[1]暮秋天气又重阳△蓼花拖碎紫，菊蕊绽

新黄△

郭外青山窥一角，雨余洗出晴妆△照来明镜是湖光△柳烟销黛影，松露坠钗香△

注：① 啼螀：寒蝉，秋天出来叫。

陆应谷(清 1544)一首　题：崞县道中。①

斜鞸吟鞭沙碛里，②遥山数点依稀△乱鸦个个傍人飞△夕阳高树杪，残雪小桥西△

蓬梗年来无定处，红尘染尽征衣△霜鸿来路我归时△邮签轮十指，愁意减双眉△

注：① 崞县：山西北部县名，近沙漠。② 吟鞭：诗人马鞭。

杨尚观(清 1546)一首

最是五更残月坠，起来天气微凉△水边亭子藕花香△翠盘擎露重，叶叶覆鸳鸯△

初日渐生犹未暑，与谁同此清光△高楼有梦落横塘△采莲人未醒，小艇系垂杨△

赵我佩(女)(清 1557)一首　题：题无人院落图。

满院苔纹青欲滴，晓来丝雨才收△茶烟轻扬绿窗幽△①昼长啼鸟倦，风紧落花愁△

小小回廊春寂寞，珠帘不上银钩△玉人懒起惯娇柔△②生憎鹦鹉唤，③斜日下妆楼△

注：① 扬：漾韵，同"飏"，飞举也。② 玉人：美人。③ 生憎：最憎恶。

贾敦艮(清 1565)一首　题：留溪舟次。①

四望云山仍不碍，竹西何处名楼△②雨余小堰客停舟△海腥鱼入市，溪暖鸭争流△

一带垂杨新画稿，绿阴浓罩船头△蒌蒿芦荻满汀洲△夕阳红似酒，春水碧于油△

注：① 留溪：在上海南之张堰，汉留侯张良曾隐居于此。② 竹西：元代名士杨竹西，名谦，张堰人。曾筑不碍云山楼，其时多有题咏。

沈世良(清 1584)一首

一片鹧鸪声不断，①杖藜闲到城东△村墟黯黯树濛濛△春阴如澹墨，衬出木绵红△

画得米家山几叠，②髻头只是朦胧△③料应有雨过前峰△生烟丛灌外，④孤塔

乱云中△

注：① 鹧鸪：鸟名，形似鹑，稍大，其叫声似"行不得也哥哥"，古诗词中常用之。② 米家：指宋画家米芾。③ 礬头：画山水法，山上有小石块成堆，称礬头。见《辍耕录》。④ 丛灌：丛生的灌木。《宋书·谢买臣传》："隐丛灌故悉晨暮。"

龙启瑞（清1623）一首

长日恹恹春倦里，翠蛾深锁无聊△画楼人静晚香烧△刺桐明月下，闲坐学吹箫△

千里关山嫌梦短，闷怀难度今宵△隔帘花影柳丝摇△晓钟声数点，依约到明朝△

陶淑（女）（清1629）一首　题：苔。

满地濛濛铺未遍，望来非雾非烟△几行惟借屐痕添△绿凭分细草，青不上疏帘△

几日东风寒又重，奈他亭下台边△采桑时节落花天△不关春长养，惟爱雨廉纤△

吴尚熹（女）（清1654）一首　题：戊戌（1838年）除夕。

打叠屠苏欢饯岁，①画堂春逗梅梢△金炉吹动篆烟飘△②新符添丽景，③绛烛已高烧△④

九十韶华刚有信，⑤小庭芳草含娇△椒觞频泛碧葡萄△⑥玉壶催漏短，余醉待明朝△

注：① 屠苏：酒名，元旦日有饮屠苏酒习俗。② 篆烟：弯曲香烟。③ 符：桃符，即春联。④ 绛烛：红烛。⑤ 九十韶华：九十天春光。⑥ 椒觞：元旦有饮椒酒习俗。

程浣青（女）（清1672）一首

待扫蘼芜开菊径，雨余天气愔愔△①花窗小立自沉吟△隔栏粘倦蝶，轻粉涴兰襟△②

扣砌芳魂娇梦妒，③十分寒透春心△西风无力上花簪△飘鹞惊坠叶，④秋思渺难寻△

注：① 愔愔：安静和悦貌。② 涴：即污；兰襟：香襟。③ 扣砌：以玉饰砌，白石阶砌之美称。④ 飘鹞：即飘摇。

刘履芬（清1718）一首

见说邻家诸女伴，轻裙赌踏春阳△[1]明河隔处抵红墙△不成惊蛱蝶，独自绣鸳鸯△

满地飞花情脉脉，随风吹过西厢△塔铃无赖说郎当△[2]料应怜宋玉，[3]错拟嫁王昌△[4]

注：① 踏春阳：即踏青。② 无赖：无所聊赖；郎当：铃声。③ 宋玉：战国时美男子。④ 王昌：传说中美男子，唐人诗中常用之。

萧恒贞（女）（清 1798）一首　题：浴月楼。

池上鸳鸯方睡稳，红衣那解闲愁△卷帘人正倚琼楼△波澄青海月，露洗碧天秋△

小扇单衫庭院悄，禁他风软香柔△空阶时见暗萤流△六铢芗泽惹，[1]一缕微凉兜△

注：① 六铢：六铢衣，极薄之衣；芗泽：香气也。

诸可宝（清 1801）一首　题：陶然亭即事，和樊二同年韵。[1]

荻芦笋芽春满地，宣南雅集双清△[2]今朝忘记过清明△软红全是海，众绿已如云△

宝马香车人似玉，酒边花底关情△怪伊觞政忒胡行△[3]试拈梅豆子，到口尚微生△

注：① 陶然亭：北京名胜，在宣武门南；樊二：即樊增祥，见下一首。② 宣南：宣武门以南。③ 觞政：酒事。

樊增祥（清 1808）一首　题：陶然亭即事。

玉勒青鞯游冶路，[1]萝阴似水犹清△映窗窈窕似花明△夜香多近水，扇影总疑云△

燕子飞来还又去，柳枝长是多情△野塘清浅照人行△西南眉子月，[2]又傍女墙生△[3]

注：① 勒：马笼头；鞯：马鞍。② 眉子月：即弦月。③ 女墙：城上墙垣。

文廷式（清 1845）一首　题：广州舟中作。

岭外寻春春景异，[1]木棉处处开花△橹声人语共咿哑△[2]蛮神依桠杈，[3]水市足蚝虾△[4]

一曲招郎才调好，[5]闲听蛋女琵琶△[6]剪风丝雨送归鸦△近来情性别，不吊素馨斜△[7]

注：① 岭外：大庾岭以南，指广州。② 咿哑：橹声，人语声。③ 蛮：旧社会

称粤人为蛮夷；柽：柽柳，又名三春柳；栝：桧树。④ 蚝：即牡蛎。⑤ 招郎：曲名。⑥ 蛋女：即船女。⑦ 素馨：花名，花多白色，极芳香，产于岭南。

况周颐（清1859）一首

浅小轻颦情约略，[①]嫩悰撩乱花天△[②]倦红亭榭碧阴圆△未能通一语，春趣饱眉弯△

已是而今惆怅处，[③]也休还忆当年△登楼无奈看远山△好春千里意，杨柳可胜棉△

注：① 约略：大概。② 嫩悰：微乐。③ 惆怅：伤感。

劳纺（女）（清1883）一首　题：重午前二日忆三姐五妹作。[①]

采艾悬蒲佳节近，山城五月犹寒△[②]断肠分别又经年△日从愁里度，花在闷中看△

草种忘忧名字好，[③]离忧依旧难捐△[④]徘徊独绕曲篱间△晚蔷薇放了，风过澹香传△

注：① 重午：即端午节。② 山城：时作者随夫在甘肃兰州公爹任所。③ 忘忧：草名。④ 捐：弃也。

溥濡（现当27）一首　题：芍药。

飞尽落花池上雨，斜阳剪破新晴△碧波摇影不成明△倚栏多少恨，商略系离情△[①]

千转绕花无一语，玉阶仿佛寒生△溪烟淡淡柳青青△六畦春不管，[②]流怨满芜城△[③]

注：① 商略：筹划。② 六畦：喻农事。③ 芜城：即江苏江都。

许白凤（现当58）二首　题：杭州纪游。　　注：1971年作。第一首，西湖眺雨。第二首，湖滨五四青年节。

（1）占断丽姝明镜面，[①]朝朝粉抹脂涂△嫣然一笑识依初△[②]惺忪春睡软，[③]云髻未曾梳△

天气弄人晴半搁，六桥烟柳模糊△[④]倪迂画笔有还无△[⑤]诗翁缘不浅，来赏雨西湖△

注：① 丽姝：美女，将西湖比西施。② 嫣然：笑得好看。③ 惺忪：似醒非醒。④ 六桥：西湖苏堤有六座桥。⑤ 倪迂：元画家倪瓒，见《词人小传》。

（2）笑指那边风景好，白堤斜接苏堤△①古来吟咏惜无遗△圆珠诗笔底，②着意觅新题△

佳节倍多红五月，青年节序芳菲△③蓬蓬勃勃跃生机△行歌拉练去，队队断桥西△④

注：① 白堤、苏堤：均在西湖。② 圆珠：圆珠笔。③ 青年节：五月四日。④ 断桥：白堤上桥名。“断桥残雪”为西湖十景之一。

陈从周（现当 67）一首　题：勘查绍兴石桥。　注：1982 年冬作。

两岸群山如入定，①扁舟来往从容△乍疑无路却相逢△粉墙风竹动，水巷小桥通△

潋影波光长作态，②鱼龙唊影其中△③江湖老去羡归篷△④乡音犹未改，雪菜味无穷△⑤

注：① 入定：僧人默坐，片念不起，称入定。② 潋影：波光相连状。③ 鱼龙：鱼类。④ 归篷：归舟。⑤ 雪菜：指盐芥菜，绍兴特色菜。

马萧萧（现当 78）一首　题：岁终自嘲。

春去秋来冬又尽，但惊岁月匆匆△回眸无暇顾行踪△高楼明镜里，堪笑白头翁△

学剑学书皆未就，诗肠自愧空空△性灵到处便为工△濡毫窗外望，万里动春风△

赵剑华（现当 86）一首　题：月夜抒怀。

雨后一轮江上月，泻来皎皎清华△水天一色玉无瑕△凭栏舒望眼，诗思满天涯△

永夜多少难自抑，山泉且试新茶△离人只有梦还家△涛声来枕畔，花影上窗纱△

车乘轨（现当 88）二首　题：第一首，杭州六和塔与开化寺。①　注：2000 年 1 月 25 日作。

第二首，贺外孙女陆晖获学士学位并就业。　注：2002 年 7 月 3 日作。

（1）八面九层六和塔，临江俯瞰千年△拾阶登顶倚栏看△钱桥飘若带，②凡体欲成仙△

报道诗亭新矗立，何时古刹能还△③风光犹忆受灾前△④携儿游览遍，塔寺紧相连△

注：① 六和塔与开化寺：杭州闸口月轮山上，古有六和寺（后改名开化寺），宋开宝三年（970年）在寺内筑塔镇潮，名六和塔，南临钱塘江。② 钱桥：钱江一桥。③ 古刹：指开化寺，1963年元月31日余携女儿往游时该寺尚存，文革时被毁，至今未修复。④ 受灾：指开化寺被毁。

（2）三代单传外孙女，孜孜苦读寒窗△暑来寒往紧张忙△微机酬素志，①学士学衔香△

记得年时初出世，②双亲顾虑毛黄△③衰翁曾送到书房△④昔年依父母，今月远飞翔△⑤

注：① 微机：江苏大学本科计算机系毕业。② 年时：当年、那年之意。③ 毛黄：幼儿黄毛未褪，初为父母者曾为之担忧。④ 衰翁：作者之谓；书房：指小学校。⑤ 远飞翔：赴沪就业。

徐大本（现当91）一首　题：孙女启蒙。

转眼六春孙女秀，青丝小辫飞扬△笑容可掬绣衣香△整装今待发，楚楚入书房△①

欲解祖翁心一片，劬劳日日扶将△②树人树木意难忘△且描三五字，更课两三行△

注：① 楚楚：衣服鲜明貌。② 扶将：带领。

桂平（现当92）一首　序：得小红来书，并附近影一帧，追怀往事，感而赋此。

书案一帧相对处，依然笑靥迎人△有谁知我此时情△玉笺频拂拭，复信总难成△

日暮高楼凝望眼，江东千里云平△栏杆倚久月华生△清光谁与共，零露已沾襟△

鲁传熙（现当124）一首　题：扬州一日游。

二十四桥明月好，鬓霜又到扬州△当年经过正逢秋△运河风雨急，无意久停留△

今日平山堂上客，往来个个风流△古城风景几回头△富春茶点美，雅阁墨香浮△

胡荫华（现当164）一首　题：邂逅。

踏遍青山湖畔歇，美人偕侣经过△微微香汗湿香罗△迎风桥上立，绿水映嫦娥△

脂粉不施衣缟素，轻描淡扫双蛾△轻轻秋水媚人多△最撩情意处，巧笑启梨涡△

关佩如（女）（现当180）一首　题：演出随感。

何必鳌山庆节日，[1]清歌差可联欢△[2]谁言翁媪减朱颜△红纶多闪烁，[3]彩袖更斑斓△[4]

似饮秋江菊蕊水，犹如画树长年△曲高韵雅舞翩跹△[5]掌声随鼓奏，笑语伴琴弹△

注：① 鳌山：灯会时张灯演杂技之台。② 差可：极可。③ 纶：丝带。④ 斑斓：灿烂多彩。⑤ 翩跹：轻快旋舞。

周诵明（现当215）一首　题：夏日荷塘小景。

最是销魂新雨后，小桥流水清幽△一池新绿竞风流△荷馨沁肺腑，[1]波影动渔舟△

一杆鞭蓉才露角，[2]蜻蜓早立枝头△天生万物竞晴柔△蛙鸣深堰里，虫噪野芳洲△

注：① 荷馨：荷香。② 鞭蓉：即芙蓉。

六十字　临江仙　第二体，同第一体，但前后段第四句改为四字，第五句改分二句，各三字。

顾敻（五代十国15）一首

碧染长空池似镜，倚楼闲望凝情△满衣红藕细香清△[1]象床珍簟，[2]山障掩，玉琴横△

暗想昔时欢笑事，如今羸得愁生△[3]博山炉暖淡烟轻△[4]蝉吟人静，残日傍，小窗明△

注：① 红藕：红荷花。② 象床：象牙床；簟：竹席。③ 羸得：剩得。④ 博山炉：山形香炉。

曹亮武（清463）一首　题：即事。

鬓发垂垂刚覆额，谢家小妹盈盈△杏纱衫子着来轻△熙春堂后，低唤婢，嫩莺声△

乍喜还嗔回眼处，[1]无情却似含情△漫将隐语试聪明△拗花扑蝶，[2]佯做个，不曾听△

注：① 嗔：怒也。② 拗花：折花。

六十字　苏幕遮

苏道春(元101)一首　故事：《金谷怀春》合欢，赠潘拱璧。

洞房幽，平径绝▲拂袖出门，踏破花心月▲钟漏残滴声未歇▲欢娱佳境，撞入何曾怯▲

拥香衾，情两结▲腾雨翻云，暗把春偷设▲苦断良宵容易别▲试听紫箫深深说▲

潘拱璧(女)(元102)一首　故事：《金谷怀春》合欢，赠苏道春。

漏声沉，人影绝▲素手相携，①转过花阴月▲莲步轻摇娇又歇▲②怕人瞧见，欲进羞还怯▲

胭脂香，罗带结▲誓海盟山，尽向枕前设▲可恨灵鸡催晓别▲③临晨犹自低低说▲

注：① 素手：洁白之手。② 莲步：喻缠足。③ 灵鸡：雄鸡美称。

范允鏻(清763)一首　题：春思。

粉墙阴，蝴蝶路▲杨柳楼心，故作夭斜舞▲绿浅红深春如许▲一半将归，一半还留住▲

杏花湾，桃叶渡▲芳草连天，没个遮拦处▲怅望王孙从此去▲旧时燕子归来语▲

六十字　摊破丑奴儿

朱一是(明454)一首　题：闺怨。

隔窗曾记抛红豆，①闹里如嗔△暗里如迎△望断巫阳一片云△也罗，②喜煞是、乍逢卿△

小楼同证三生笑，花底寻春△月底寻盟△私语栏杆人不闻△也罗，悔煞是、认卿真△

注：① 红豆：一名相思子，一语双关之意。② 也罗：口号声。

六十一字　玉堂春

晏殊(宋20)三首

(1) 斗城池馆▲①二月风和烟暖▲绣户珠帘，日影初长△玉辔金鞍，②缭绕沙堤路，几处行人映绿杨△

小槛朱栏回倚，千花浓露香△脆管清弦，欲奏新翻曲，③依约林间坐夕阳△

注：① 斗城：小城。② 此句喻骑马游人。③ 新翻曲：新谱曲。

（2）帝城春暖▲①御柳暗遮空苑▲海燕双双，拂飏帘栊△女伴相携，共绕林间路，折得樱桃插髻红△

昨夜临明微雨，新英遍旧丛△宝马香车，欲傍西池看，触处杨花满袖风△

注：① 帝城：指汴京（今开封）。

（3）后园春早▲残雪尚濛烟草▲数树寒梅，欲绽香英△①小妹无端，折尽钗头朵，满把金尊细细倾△

忆得往年同伴，沉吟无限情△恼乱东风，莫便吹零落，惜取芳菲眼下明△

注：① 香英：香花。

车乘轨（现当 88）一首　题：癸巳过年又品正宗虾油鸡。①　注：2013 年 2 月 9 日（除夕）作。

一年将逝▲节转迎春辞岁▲返顾儿时，越绍家乡△②喜庆空前，三十过年吃，③最是虾鸡美味扬△

惜乎禽场圈养，无鲜还少香△④感谢农家，放养腌鸡卖，⑤重慰馋涎饱饿肠△

注：① 虾油鸡：绍兴人对腌鲞卤浸白鸡的美称。内含鸡汤、黄酒、腌鲞卤、花椒等混和物煮成的卤汤，凉后将白鸡块投入，浸泡数天即成，其味鲜美，乃绍兴特色菜。② 越绍：浙江绍兴。③ 此句乃绍兴俚语："年三十吃，正月初一穿。"指除夕吃年夜饭，元旦穿新衣服。④ 此二句指多年来只能买圈养鸡吃，无味。⑤ 腌鸡：割去生殖器之雄鸡。

六十一字　好女儿

杨慎（明 157）一首

锦帐鸳鸯△绣被鸾凰△一种风流千种态，看雪肌双莹，玉箫暗品，鹦舌偷尝△

屏掩灯斜香冷，回娇眼、盼檀郎△①道千金、一刻须怜惜，早漏催银箭，②星沉网户，③月转回廊△

注：① 檀郎：对爱人或喜欢的人的爱称。② 漏：滴漏，古计时器也；银箭：更筹。③ 网户：绮文镂也。《楚辞》："网户朱缀"。

汪耀麟（清 440）一首　题：喜蕊女偶咏。

娇女如何△一岁才过△老妪抱来堂上戏，喜欲笑仍啼，将行尚怯，似语还讹△①

学母晓妆狼藉，②抚摩处、慰情多△更何事、令人颐学解，③学枝上莺儿，梁间燕子，帘外鹦哥△

注：① 讹：错误。② 狼藉：纷乱。③ 颐：指面部表情。

汪懋麟（清519）一首　题：本意。

十五芳时△梳掠才宜△①终日凝妆浑未解，②但闺里熏香，窗前傅粉，③镜内修眉△

问着佳期不语，④红两颊、故娇痴△独何事、背人闲刺绣，偏蝴蝶双飞，鸳鸯比翼，桃叶连枝△

注：①梳掠：梳妆。②凝妆：盛妆。③傅粉：涂粉。④佳期：婚期。

高鹗（清1068）一首　本意：为李氏女作。女十四从兄入家塾学执笔，而性极慧，善解人意。

斑管初拈△①道字娇嫌△那惯人前频问对，看香湿桃鬟，晕生梨颊，羞涌蛾弯△②

宛是前生佳丽，心儿小、性儿甜△问若个、先生消受得，③只俊眼偷窥，柔情半露，蜜意微粘△

注：①斑管：斑竹管，即笔管。②蛾弯：喻眉峰。③若个：那个。

六十一字　好女儿令

欧阳修（宋33）一首

眼细眉长△宫样梳妆△①靸鞋儿、走向花下立着，②一身绣出，两同心字，浅浅金黄△

早是肌肤轻渺，抱着了，暖仍香△姿姿媚媚端正好，怎教人别后，从头仔细，断得思量△

注：①宫样：宫女样子。②靸鞋：即拖鞋。

六十一字　定风波

范仲淹（宋17）一首　故事：作者自前二府镇穰下，营百花洲，亲制此词。见《本事曲子》。

罗绮满城春欲暮▲百花洲上寻芳去▲浦映花，花映浦▲无尽处▲恍然身入桃源路▲

莫怪山翁聊逸豫，功名得丧归时数▲莺解新声蝶解舞▲天赋与▲争教我辈无欢绪▲

六十一字　河传

秦观（宋116）一首

恨眉醉眼▲甚轻轻觑着，神魂迷乱▲常记那回，小曲栏杆西畔▲鬓云松，①罗袜划▲②

丁香笑吐娇无限▲③语软声低，道我何曾惯▲云雨未谐，④早被东风吹散▲瘦煞人，天不管▲

注：① 鬓云：鬓发。② 罗袜刬：光着袜子行路。③ 丁香：喻舌尖。④ 云雨未谐：未曾合欢。

钱世明（现当233）一首　题：香山戊辰（1988年）。[①]

樱唇玉面▲倚山亭望顶，娇胸微喘▲脱却套衣，犹道酥躯沾汗▲讶寒山，枝杳见▲

冶游料得卿为伴▲[②]偏假英文，道破春情软▲我岂木人，毕竟汾波萦绾▲[③]奈何天，方寸乱▲

注：① 香山：北京山名。② 卿：对人爱称。③ 汾波：汾水，山西河名。

六十一字　唐多令

吴文英（宋476）一首

何处合成愁△离人心上秋△纵芭蕉、不雨也飕飕△都道晚凉天气好，有明月，怕登楼△

年时梦中休△花空烟水流△燕辞归、客尚淹留△垂杨不萦裙带住，漫长堤，系行舟△

六十一字　清商怨

晁补之（宋123）一首　题：春词。

风摇动▲雨濛濛▲[①]翠条柔弱花头重▲春衫窄▲▲娇无力▲▲记得当初，共伊把青梅来摘▲▲

都如梦▲何时共▲可怜欹损钗头凤▲[②]关山隔▲▲暮云碧▲▲燕子来也，全然又无些子消息▲▲[③]

注：① 濛濛：微雨貌。濛字平声借叶。② 钗头凤：首饰名。③ 些子：一点点。

六十一字　贺圣朝

欧阳炯（五代十国11）一首

忆昔花间初识面▲红袖半遮妆脸▲轻转石榴裙带，[①]故将纤纤玉指，偷捻双凤金线▲

碧梧桐锁深深院▲谁料得、两情何日教缱绻▲羡春来双燕▲飞到玉楼，朝暮相见▲

注：① 石榴裙：大红裙。

六十一字　拨棹子

尹鹗（五代十国18）一首

丹脸腻▲[①]双靥媚▲[②]冠子缕金装翡翠▲[③]将一朵、琼花堪比▲窠窠绣，鸾凤衣

裳香窣地▲[4]

银台蜡烛滴红泪▲醁酒劝人教半醉▲[5]帘幕外、月华如水▲特地向，宝帐颠狂不肯睡▲

注：① 丹脸：红脸。② 双靥：两颊酒涡。③ 冠子：帽子；缕金：金线。④ 窣地：及地。⑤ 醁酒：酒名。

六十一字　系裙腰

张先（宋 18）一首

清霜澹照夜云天△[1]朦胧影画勾栏△[2]人情纵是长情月，算一年年△又能得，几番圆△

欲寄西江题叶字，[3]流不到，五亭前△东池始有荷新绿，尚小如钱△问何日藕，几时莲△

注：① 澹：恬静。《词综》作蟾。② 勾栏：曲栏。③ 题叶：红叶题诗故事，叙唐僖宗时于祐与宫人韩氏一段姻缘。见《青琐高议》。

沈宜修（女）（明 329）一首

东风薄劣絮飞斜△红香落乱朝霞△榆钱不买春风住，[1]人未还家△翠绡泪，点无涯△

小院重重芳草绿，屏半掩，梦梨花△鹊声又唤黄昏近，几阵归鸦△渐看月影，到窗纱△

注：① 榆钱：指榆荚，因其状如钱。

陆求可（清 70）一首　题：夏寒。

蔷薇开谢麦秋天△[1]那堪风雨连绵△前朝初试罗衫好，到得今辰△又难耐，晚风前△

槛外荷花抽嫩绿，新叶大，总如钱△鸳鸯一对浑忘冷，[2]尚宿池边△看双戏处，碧波圆△

注：① 麦秋天：农历五月，对麦来说已经成熟如稻之秋天了。② 浑：全也。

陈维崧（清 196）一首　题：咏裙。

满园草色绿迢迢△[1]都吹上小裙腰△栖鸾宿蝶风流甚，暗晕红潮△轻扬处，称垂髫△[2]

有时沉在帘儿底，依稀微露轻绡△隔花绣带无风转，浅立春宵△想应拂遍，落梅娇△

注：① 迢迢：远也。② 垂髫：垂发，指未成年。

赵吉士（清 279）一首　题：娇小。

婷婷刚称小裙腰△[①]远山初上眉梢△[②]背人偷试盘龙髻，暗晕红潮△[③]明镜里，掠垂髫△

生小不知春惹恨，任他柳软花娇△朝来略解东风意，浅立春宵△傍娘身畔，学吹箫△

注：① 婷婷：挺立貌。② 远山：喻眉峰。③ 晕红潮：脸泛红。

徐旭旦（清 753）一首　题：赠艳。[①]

婷婷十五胜天仙△人如玉，鬓如蝉△夭桃似脸胸如雪，窄窄金莲△[②]妆偏淡，惹人怜△

独倚画屏闲处立，情脉脉，意绵绵△见人娇眼微含笑，佯整花钿△[③]看山枕上，[④]好姻缘△

注：① 此首格律与其他首有异。② 金莲：南齐东昏侯妃潘玉儿，尝行于金莲花地上，称步步生莲。喻小足。③ 花钿：首饰。④ 山枕：即枕。

六十二字　好女儿

贺铸（宋 121）一首

绮绣张筵△粉黛争妍△记六朝、旧数闺房秀，有长圆碧月，永新掠树，随步金莲△

不减丽华标韵，[①]更能唱、想夫怜△认情通、色授缠绵处，似灵犀一点，吴蚕八茧，[②]汉柳三眠。[③]

注：① 丽华：陈后主妃张丽华。② 此句谓吴蚕一年八熟，结茧八次。③ 汉柳三眠：汉苑中有柳，状如人形，一日三起三倒。见《漫叟诗话》。

车乘轨（现当 88）一首　题：外孙女结婚志喜。[①]注：2011 年 6 月 12 日作。

玉女金童△降自天宫△慕繁华、结伴人间憩，置高档电脑，汽油车辆，精美房栊△[②]

庆贺大排婚筵，挚亲友、喜相逢△锦添花、蜜月遨游度，去南邻泰国，庄严佛地，[③]乐趣无穷△

注：① 外孙女：名陆晖，与朱文浩喜结良缘。② 此三句谓家庭生活三大件。房栊，指住宅。③ 此句谓泰国信奉佛教，寺宇金碧辉煌。

六十二字　定风波

欧阳炯（五代十国 11）一首

暖日闲窗映碧纱△小池春水漫晴霞△数树海棠红欲尽▲争忍▲玉闺深掩过

年华△
独凭绣床方寸乱▲▲肠断▲▲泪珠穿破脸边花△邻舍女郎相借问▲▲▲音讯▲▲▲
教人羞道未还家△
阎选(五代十国 14)一首
江水沉沉帆影过△游鱼到晚透寒波△渡口双双飞白鸟▲烟袅▲芦花深处隐
渔歌△
扁舟短棹归兰浦▲▲人去▲▲萧萧竹径透青莎△深夜无风新雨歇▲▲▲凉月▲▲▲
露迎珠颗入圆荷△
王琪(宋 40)一首
把酒花前欲问天△春来秋去苦茫然△风雨满枝花满地▲何事▲却教纤草占
流年△
试把钿筝重促柱▲▲无绪▲▲酒阑清泪滴朱弦△赖有玉人相顾好▲▲▲轻笑▲▲▲
欲疑春色在婵娟△
苏轼(宋 80)一首　序：三月七日，沙湖道中遇雨，雨具先去，同行皆狼狈，余独不觉，
已而遂晴，故作此。时元丰五年(1082 年)谪居黄州作。①
莫听穿林打叶声△何妨吟啸且徐行△竹杖芒鞋轻胜马▲②谁怕▲一蓑烟雨任
平生△
料峭春风吹酒醒▲▲微冷▲▲山头斜照却相迎△回首向来萧瑟处▲▲▲归去▲▲▲
也无风雨也无晴△
注：① 黄州：湖北州名。② 芒鞋：草鞋。
魏玩(女)(宋 87)一首
不是无心惜落花△落花无意恋春华△昨日盈盈枝上笑▲谁道▲今朝吹去落
谁家△
把酒临风千种恨▲▲难问▲▲梦回云散见天涯△妙舞清歌谁为主▲▲▲回顾▲▲▲
城南不见夕阳斜△
黄庭坚(宋 101)一首
小院谁图云雨期△幽欢浑待赏花时△到得春来君却去▲相误▲不须言语泪
双垂△
密约尊前难嘱咐▲▲偷顾▲▲手搓金菊敛双眉△庭榭清风明月媚▲▲▲须记▲▲▲
归时莫待杏花飞△
叶梦得(宋 174)一首　题：咏梅。
破萼初惊一点红△又看青子映帘栊△①冰雪肌肤谁复见▲清浅▲尚余疏影照

晴空△

惆怅年年桃李伴▲▲肠断▲▲只因芳信负东风△待得微黄春亦暮▲▲▲烟雨▲▲▲半和飞絮作濛濛△

注：① 青子：青梅子。

辛弃疾（宋 370）一首　题：施枢密圣与席上赋。[1]

春到蓬壶特地晴△[2]神仙队里相公行△翠玉相挨呼小字▲须记▲笑簪花底是飞琼△[3]

总是倾城来一处▲▲谁妒▲▲谁携歌舞到园亭△柳妒腰肢花妒艳▲▲▲听看▲▲▲流莺只是妒歌声△

注：① 施圣与：即施师点，上饶人，官至知枢密院事。② 蓬壶：即蓬莱，海上仙山。③ 飞琼：许飞琼，仙女。

张翥（元 69）一首　题：昆山路酒席上。[1]

舞袖歌鬟簇画堂△就中偏是展家娘△待道无情却有思▲怪似▲昆山日暖凤求凰△

海上潮生人尽醉▲▲催起▲▲兰舟分散不成双△回首玄都春梦里▲▲▲[2]从此▲▲▲桃花应自怨刘郎△[3]

注：① 昆山：江苏县名；路：元时行政区域，相当于现在的省。② 玄都：观名。③ 刘郎：指刘禹锡。此三句套用刘诗《两游玄都观》。

吴子孝（明 162）一首

阵阵东风变物华△[1]小园春色烂无涯△二月已深才有杏▲相映▲一枝红艳插乌纱△

花遇开时堪宴乐▲▲满酌▲▲只因花好早还家△世上浮云皆是累▲▲▲何事▲▲▲平章长负一栏花△[2]

注：① 物华：山川草木之风景。② 平章：官名，为丞相之次官。

周珽（清 127）一首　题：客园看桂。

蟋蟀声寒黯淡风△谢家池馆九秋中△丛桂四山香满院▲一片▲妆成金屋画栏东△

对酒不知身是客▲▲堪惜▲▲夕阳容易散晴空△却待夜深明月好▲▲▲皎皎▲▲▲扁舟隔岸采芙蓉△

陈维崧（清 196）一首　题：杏花街纪事。

歌谜吹弹百不忧△嬉春人逐少年游△紫芫人家玉蕤酒▲知否▲人生合死舞

鬟楼△①

划地笺飞蝴蝶馆▲▲②凌乱▲▲银豪翻出小梁州△③醉问兰鸡桥下去▲▲▲何处▲▲▲来朝欲市翠箜篌△④

注：① 合死：应死。② 划地：依旧。③ 豪：与毫通，指笔；小梁州：曲名。④ 箜篌：古乐器名。

赵吉士(清279)一首　题：第一首，春暮泛舟。
第二首，闺情。
第三首，冬日久晴。

(1) 细草垂杨遍野塘△梁溪三月好年光△①风急浪花迎棹舞▲柔橹▲娇躯隐约起吴娘△

白板桥边村落绕▲▲幽窅▲▲②争泥两岸燕飞忙△黄土墙头茅屋矮▲▲▲门外▲▲▲露桃一夜尽红妆△

注：① 梁溪：水名，在江苏无锡西门外。② 幽窅：幽深。

(2) 弓样鞋儿巧样妆△①嫩寒新试薄罗裳△②低唤小鬟招女伴▲③午倦▲闲寻春色到回廊△

蓦见蹁跹双蝶戏▲▲花底▲▲怪他来去太轻狂△笑里争寻蝴蝶打▲▲▲贪耍▲▲▲恼人原不为檀郎△

注：① 弓样鞋儿：女子缠足小鞋。② 嫩寒：微寒。③ 小鬟：婢女。

(3) 天复严寒禁早梅△数枝荳蔻已含胎△帘幕重重天乍晓▲人悄▲雀声早已闹空阶△

小阁不须添兽炭▲▲微暖▲▲弄晴风日自清佳△两两三三看少妇▲▲▲闲步▲▲▲隔年先试踏青鞋△

臧眉扬(清529)一首　题：淮上。

乍雨乍晴寒食过△轻风摇漾溯浑河△凭吊王孙何处是▲荒祠▲夕鸦一带影婆娑△

才认春光春已暮▲▲飞渡▲▲春愁还似旅愁多△回忆故园花信早▲▲▲莺老▲▲▲明朝鼓棹莫蹉跎△

李崧(清717)一首

曲径蒙茸草没鞋△①秋千倒影卧苍苔△贱杀韶光轻断送▲珍重▲榆钱增价买愁来△

昔日繁华何处去▲▲无据▲▲年年啼鸟愁花开△深锁朱扉人不到▲▲▲谁教▲▲▲

东风吹遍好楼台△

注：① 蒙茸：杂乱的草。

吴骞（清 1024）一首　题：湖上。[①]

一片浓云罨碧流△[②]万家红雨带烟收△[③]野鸟啼残苏小墓▲[④]如诉▲劝君何不少年游△

独凭危栏空忆旧▲▲知否▲▲衣香人影望湖楼△柳絮浑忘身似梦▲▲▲风送▲▲▲等闲飞上玉搔头△[⑤]

注：① 湖上：指杭州西湖。② 罨：覆盖。③ 红雨：喻落花。④ 苏小墓：苏小小墓，在西湖西泠桥畔。⑤ 等闲：不留意；玉搔头：首饰。

李调元（清 1026）一首　题：寄内。[①]

日暖风和柳絮香△一池春水浴鸳鸯△谁遣狂风兼骤雨▲波起▲[②]陡教双叶各分张△

一霎云开尘似洗▲▲波止▲▲只因作主有东皇△[③]重整菱花当日镜▲▲▲心定▲▲▲绣茵深处话凄凉△

注：① 内：指妻。② 起：此字不叶韵，作宽叶。③ 东皇：司春之神。

许白凤（现当 58）一首　题：无题。　　注：1940 年作。

薄薄春衫剪剪风△凋颜不媚杏花红△何处飞来双燕子▲知是▲隔墙人去画楼空△

有约年时寻斗草▲▲娇小▲▲似曾相识唤聪聪△回首韶光都是恨▲▲▲休问▲▲▲落花无语水流东△

车乘轨（现当 88）三首　题：第一首，追忆峨眉山之游。[①]　注：1997 年 5 月 30 日作。

第二首，电视升级记。　注：2011 年 3 月 31 日作。

第三首，赞华数公司服务态度。　注：2011 年 5 月 16 日作。

（1）蜀省峨眉秀丽山△山高千丈不胜寒△接引殿前云雾绕▲[②]奇妙▲上登金顶却青天△[③]

观赏佛光行雅径▲▲[④]还听▲▲清音阁畔水潺潺△随喜中峰逢学院▲▲▲[⑤]尼馆▲▲▲瞻游伏虎羡清闲△[⑥]

注：① 追忆：1990 年 12 月，作者偕姚志浩君同游峨眉。② 接引殿：景点之一，设有索道缆车站，直达金顶，此处云雾缭绕，可观“云海”。

③ 金顶：峨眉顶峰，有金碧辉煌之华藏寺，此处可观"佛光"及"日出"。④ 雅径：指清音阁西之黑龙江峡谷，此处两岸山峰壁立，中央江水奔流，其中栈道、一线天几疑无路，环境幽绝，此处为访猴佳处。⑤ 随喜：佛家用语，参观之意；中峰：古寺名，寺内辟有培育青年女尼之佛学院。⑥ 伏虎：古刹名，地处山麓，寺大而清幽安闲，其中"离垢园"，因屋瓦不积败叶，由清康熙帝亲笔题匾而闻名。

(2) 万事迎新日益精△荧屏跃进也难停△[①]数字像清频道阵▲[②]华信▲[③]上门服务质量升△[④]

奈何西湖图样老▲▲[⑤]烦恼▲▲接装顶盒叹无能△[⑥]幸赖池工才艺广▲▲▲[⑦]除恙▲▲▲[⑧]收新点旧得双赢△[⑨]

注：① 此句指电视业务不断革新，由黑白转彩电，又升级数字化。② 此句指电视数字化后图像清晰、频道多。③ 华信：嘉兴华数电视通信公司。④ 上门：华信为推广数字化，深入到社区免费接装，3月20日起进入我绢纺一村服务。⑤ 西湖：西湖牌18吋电视机。⑥ 此句说作者家西湖彩电难以接装转化数字的机顶盒。⑦ 池工：华数副高级工程师池胜华。⑧ 除恙：增配了射频转换器，再经四次调试，终于胜利开通。⑨ 双赢：数字化后不仅收新得益，还可点播喜爱之旧片。

(3) 华数经营态度佳△上门服务受人夸△点播资料原不少▲添好▲[①]送赠牒片到余家△

厚意深情难领受▲▲还有▲▲无机放送怎开花△[②]原璧虽然归赵去▲▲▲[③]斯举▲▲▲衷心铭感喜欣加△

注：① 添好：此二句说，点播资料虽丰富，但昆曲偏少，公司领导沈锋特向省公司反映，得到改善。② 无机：指作者家无放像设备。③ 原璧归赵：喻牒片已退还。

六十二字　明月逐人来

李持正(宋228)一首　题意：元宵。

星河明澹▲[①]春来深浅▲红莲正、[②]满城开遍▲禁街行乐，[③]暗尘香拂面▲皓月随人近远▲

天半鳌山，[④]光动凤楼西观▲[⑤]东风静、珠帘不卷▲玉辇待归，[⑥]云外闻弦管▲认得宫花影转▲

注：① 河：指银河。② 红莲：指灯。③ 禁：指皇城。④ 鳌山：张灯、演杂技之台。⑤ 凤楼：皇宫门楼。⑥ 玉辇：皇帝乘车。

张元幹（宋 243）一首　题：灯夕赵端礼席上。

花迷珠翠▲香飘罗绮▲帘旌外、[1]月华如水▲[2]暖红影里，谁会王孙意▲最乐升平景致▲

长记宫中，五夜春风鼓吹▲[3]游仙梦、轻寒半醉▲凤帏未暖，[4]归去熏浓被▲更闻阴晴天气▲

注：① 帘旌：如旗帘子。② 月华：月光。③ 五夜：指元宵放灯五夜。④ 凤帏：喻闺阁绣幕。

周斑（清 127）一首　题：东山广福寺坐月。

庭空人静▲钟残宵永▲[1]抬头看、银河耿耿▲[2]月华着水，真个琉璃境▲闪动栖鸦难定▲

谁道清光，照出飘萧鬓影▲争禁得、晚来风猛▲素娥独自，应怕琼楼冷▲试问团圞因甚▲

注：① 宵永：夜长。② 耿耿：小明也。谢眺诗："秋河曙耿耿。"

勒方锜（清 1639）一首

兰烟摇穗▲[1]莲釭舒蕊▲春醪酽、仙娥欲醉▲[2]绿腰声阕，[3]花軃流苏髻▲[4]缥缈惊鸿飞起▲

回睇瑶阶，[5]酥雨晚来初霁▲凌波颤、向人偎倚▲一钩鸳袜，香生苔痕翠▲好是湔裙天气▲[6]

注：① 穗：灯花。② 醪酽：酒浓；仙娥：指女郎。③ 绿腰：曲名；阕：终了。④ 軃：下垂。⑤ 睇：眼斜看。⑥ 湔裙天气：喻农历三月。

车乘轨（现当 88）二首　题：第一首，南湖晚报莅家采访。注：2011 年 3 月 20 日作。
第二首，嘉兴电视台上门采摄。[1]注：2011 年 3 月 26 日作。

（1）书香门第▲[1]家传弟子▲[2]髫龄已、诗词学记▲壮年虚度，忙碌浮生逝▲写作除非梦里▲[3]

庚午离岗，[4]肩卸轻松无事▲图书馆、最佳选址▲廿年伏案，[5]初稿完成喜▲[6]更谢南编访采▲[7]

注：① 书香门第：作者父兄均系小学教师。② 家传弟子：作者自幼受

父兄熏陶，家中习学诗词。③ 这三句谓壮年忙于工作，无暇顾及诗词。④ 庚午：即 1991 年。⑤ 这句谓作者退休离岗后即把生活重点转向词学，几乎每天上嘉兴或绍兴图书馆搜求词学资料，至今又历时廿年。⑥ 初稿：指《大观小令》(即五十八字止)。⑦ 此句谓作者经嘉兴图书馆古籍部主任吴美娟推荐，南湖晚报编辑于能、摄像陈慧于 3 月 15 日莅家采访，并于今日头版整页见报。

(2) 多朝词迹▲[2]精挑详择▲疑难处、浅加注释▲调纲词目，[3]研读能评说▲[4]格律相同易识▲

编选繁书，原意振兴古籍▲埋头写、闭门谢客▲有情媒体，南报先临室▲[5]影视追踪莅宅▲[6]

注：① 采摄：内容为拙作《历代雅词大观》。② 多朝：指历代。③ 调纲：以词调为纲；词目：以词作为目。④ 评说：因同词调作品汇列一处，易于对比。⑤ 南报：嘉兴南湖晚报。⑥ 影视：嘉兴电视台影视频道，记者沈鑫，摄像李岩。

六十二字　金蕉叶

柳永(宋 14)一首

厌厌夜饮平阳第▲[1]添银烛、旋呼佳丽▲巧笑难禁，艳歌无间声相继▲准拟幕天席地▲[2]

金蕉叶泛金波霁▲未更阑、已尽狂醉▲袖中有个风流，暗向灯光底▲恼遍两行珠翠▲[3]

注：① 厌厌：安乐貌；平阳：汉武帝姐平阳公主，家有歌妓。此处指妓院。② 幕天席地：以天地为幕席，喻高旷。③ 珠翠：喻妓女。

六十二字　促拍丑奴儿(又名青杏儿、似娘儿)

赵秉文(金 17)一首　题：饮兴。　注：调名原作青杏儿。

风雨替花愁△风雨罢、花也应休△劝君莫惜花前醉，今年花谢，明年花谢，白了人头△

乘兴两三瓯△拣溪山、好处追游△但教有酒身无事，有花也好，无花也好，选甚春秋△

朱一是(明 454)一首　题：闺中消夏。　注：调名原作青杏儿。

鹊翅动微飔△[1]红潮印、午梦回时△层层衣褶冰纱薄，[2]才临竹牖，[3]重寻葡架，又过荷池△

香袜步迟迟△[4]闲无语、触景凝思△浴池鸂鶒栖梁燕，[5]斜支玉腕，低垂波眼，微蹙山眉△

原注：① 鹊翅：扇名；微飔：轻微凉风。② 衣褶：衣上皱折。③ 竹牖：竹窗。④ 迟迟：徐行。⑤ 鸂鶒：水鸟名，又名紫鸳鸯。

陈维崧（清 196）一首　题：本意。　注：调名原作青杏儿。

六尺小帘漪△[1]交网外、杏子累累△流光暗换无人觉，才看绿绽，俄惊茜透，忽讶黄垂△

回首忆芳菲△记二月、花正开时△匀圆拟把筠篮摘，[2]怪他墙上，谁家扬过，红画竿儿△

注：① 帘漪：帘波。② 匀圆：杏子圆而均匀；筠篮：竹篮。

朱彝尊（清 288）一首　注：调名原作似娘儿。

镜约总难谐△十年事、雨绝云乖△苎萝未嫁西施日，[1]兰桡曾并，画楼曾共，香径曾偕△

明白逗春怀△纤纤步、行上重阶△小屏风对鸳鸯浴，无言半晌，替他整髻，翻溜金钗△

注：① 苎萝：苎萝村，西施家乡；西施：春秋时越国美人，此处指其恋人。

蒲松龄（清 524）一首　题：闺思。

长病似离魂△非痛痒、无处堪扪△栏杆倚遍娇无力，欲眠绣榻，生受鸳被，[1]独抱难温△

箫鼓闹千门△人团圆、共对芳尊△家家逐队寻欢去，伶俜独自，寒蛩声哀，消尽黄昏△

注：① 生受：难禁。

车乘轨（现当 88）三首　题：第一首，后园水杉。　注：2002 年 6 月 26 日作。

第二首，从广告泛滥看医药费昂贵。　注：2002 年 12 月 18 日作。

第三首，纪念抗日战争胜利六十周年。　注：2005 年 10 月 2 日作。

（1）老宅后花园△[1]五水杉、手植当年△[2]施肥除草从来缺，冬临叶落，春来芽发，任听天然△[3]

今夏树参天△[4]绿云垂、凝雾含烟△遮阳避日消炎暑，清凉境地，招蝉引鸟，人物同欢△

注：① 老宅：在绍兴东双桥西河沿 12 号。② 当年：1985 年 3 月 26

日。③ 这四句说种植后从不管理。④ 参天：大树参天，喻高大。

(2) 社会赘疣症△恼广告、侵扰荧屏△养生医药多而滥，夸夸其谈，时时播放，厌若蚊蝇△

一掷万千金△①羊毛线、原出羊身△②再加回扣和高利，滚成天价，轻疴上百，重恙家倾△

注：① 此句谓广告费昂贵。② 此句本系俚语，指昂贵之广告费最终由消费者负担。

(3) 抗日战争艰△胜利已、六十周年△腥风血雨虽消逝，前车之鉴，后人永记，往事重言△

电视播先贤△①更推出、珍史硝烟△②纪碑念馆重新建，③毋忘国耻，同仇敌忾，代代相传△

注：① 这句谓中央电视台特辟"永远的丰碑"每天介绍一位抗日英雄。② 此句谓电视台又推出"二战珍闻录"。③ 此句谓各地纷建抗战纪念碑、馆。

六十二字　柳青娘

无名氏（唐45）一首　注：词据《云瑶集杂曲子》。

青丝髻绾脸边芳△①淡红衫子掩酥胸△②出门斜撚同心弄，意相惶△故使横波认玉郎△

叵耐不知何处去，③教人几度挂罗裳△待得归来须共语，情转伤△断却妆楼伴小娘△

注：① 青丝：发之美称；髻绾：盘成髻子。② 胸：此字不叶韵，作宽叶。③ 叵耐：不可耐、难耐。

六十二字　破阵子（又名十拍子）

李煜（五代十国34）一首

四十年来家国，①三千里地山河△凤阁龙楼连霄汉，②玉树琼枝作烟萝△③几曾识干戈△

一旦归为臣虏，④沈腰潘鬓消磨△⑤最是仓黄辞庙日，⑥教坊犹奏别离歌△⑦垂泪对宫娥△

注：① 家国：指南唐故国。② 霄汉：指天上。③ 此句形容生活之华贵。④ 臣虏：时作者已被俘称臣于宋。⑤ 沈腰：指沈约（南北朝）腰瘦；潘鬓：指晋人潘岳，少年生白发。⑥ 仓黄：即仓惶；辞庙：告别家国。庙，

太庙，皇家祠堂。⑦ 教坊：官妓也。

晏殊（宋 20）一首

燕子来时新社，[1]梨花落后清明△池上碧苔三四点，叶底黄鹂一两声△日长飞絮轻△

巧笑东邻女伴，采桑径里逢迎△疑怪昨宵春梦好，原是今朝斗草赢△笑从双脸生△

注：① 新社：指春社，在春分时节。

晏几道（宋 71）一首

柳下笙歌庭院，花间姐妹秋千△记得青楼当日事，[1]写向红窗夜月前△凭伊寄小莲△[2]

绛蜡等闲陪泪，[3]吴蚕到了缠绵△绿鬓能供多少恨，未肯无情比断弦△[4]今年老去年△

注：① 青楼：指妓院。② 小莲：妓女名。③ 绛蜡：红烛。④ 断弦：喻绝情。

程垓（宋 368）一首

小小红泥院宇，深深翠色屏帏△簇定重炉酥酒软，门外东风寒不知△恰疑三月时△

钗影半欹绿子，歌声轻度红儿△醉里不愁更漏断，更要梅花看几枝△起来霜月低△

赵善扛（宋 371）一首　题：上巳。[1]　注：调名原作十拍子。

柳絮飞时绿暗，荼蘼开后春酣△花外青帘迷酒思，陌上晴光收翠岚△佳辰三月三△

解佩人逢游女，[2]踏青草斗宜男△[3]醉倚画栏栏槛北，梦绕清江江水南△飞鸾与共骖△

注：① 上巳：古节日名，在农历三月初三。② 解佩：郑交甫在汉皋台下遇二女解佩故事。③ 宜男：即萱草。

朱彝尊（清 288）一首　题：上巳逢钱葆馚舍人作。注：调名原作十拍子。

晓陌重逢嘶骑，秋帆记送归船△才到燕台寒食下，[1]恰值兰亭禊饮年△[2]和风淡泞天△

燕羽齐侵小院，柳丝乍擘晴绵△试傍玉河堤畔去，[3]定有红裙水上湔△须携酒十千△

注：① 燕台：指北京。② 兰亭：浙江绍兴地名；禊饮：修禊饮宴，此句谓上巳日绍兴兰亭例行修禊及曲水流觞饮酒、吟诗、书画活动。③ 玉河：即玉泉，北京水名。

万树（清 316）一首　题：晓行。

惊起鼠声窣窣，[①]催行灯影幢幢△[②]紧约臂围双袖月，低压眉稜一帽霜△[③]连云溪路长△

续梦舆中易破，寻诗囊底多荒△渐觉乱山迎面绿，恰喜朝暾射眼黄△[④]垆头蒸饼香△

注：① 窣窣：声细碎也。② 幢幢：摇曳貌。③ 眉稜：眉峰。④ 朝暾：初出之日。

许白凤（现当 58）一首　题：壬申（1992 年）除夕，平湖报本禅寺纪事，[①]同陆永祥作。[②]　注：1993 年 1 月 22 日作。

西土迎归佛像，东湖仕女倾城△[③]乐奏朝山进香曲，饯岁齐鸣爆竹声△[④]声声直到明△

顶礼一心不乱，承平百废俱新△层塔风铃如有待，早晚楞严几卷经△何从觅老僧△

注：① 平湖：浙江县名。② 陆永祥：作者诗词弟子。③ 东湖：平湖名湖，在东门外。④ 饯岁：辞年。

车乘轨（现当 88）二首　题：第一首，咏蟹。　注：2001 年 10 月 27 日作。
第二首，缅怀中国远征军。　注：2011 年 3 月 10 日作。

（1）铁甲元戎剽悍，[①]无肠公子横行△[②]淮产盐腌佳品赞，[③]簖养清蒸美食称△[④]最鲜虾伴烹△[⑤]

九月团脐脂结，[⑥]入冬雄蟹膏凝△昔日价昂难染指，今岁源丰可问津△[⑦]喜从心底生△

注：① 铁甲元戎：即硬壳元帅，喻蟹。② 无肠公子：仍指蟹。《抱朴子》："山中称无肠公子者，蟹也。"③ 盐腌：指以盐渍蟹，绍兴称淮蟹。④ 簖养：水中插竹笆，围以养蟹，称簖蟹。⑤ 虾伴烹：河虾仁炒蟹粉，乃当年嘉兴名菜，惜现已失传。⑥ 团脐：指雌蟹。⑦ 染指、问津：均喻买吃。

（2）血雨腥风拼杀，枪林弹雨冲锋△缅北野人炮火厉，[①]滇境腾龙战鼓隆△[②]

我军双反攻△

士气同仇敌忾，[3]械装先进优丰△宿耻近羞今得雪，正面战场第一功△[4]壮哉千古崇△

注：① 缅北：缅甸北部；野人：印缅边界野人山。此句谓中国驻印远征军自1943年10月10日起由印度列多进军，翻越险恶无比的野人山转战缅北，消灭日军。② 滇境：此句谓中国驻云南远征军自1944年5月11日起强渡怒江，收复滇西腾冲、龙陵等失地。③ 同仇敌忾：一致对敌之意。④ 正面战场：国民政府抗战区。

马遥华（现当120）一首　题：重庆南温泉。

坝上人声喋喋，山间树影幽幽△鬼斧神工仙女洞，剔透玲珑小姐楼△浮云盖岭头△

北涧泉温水滑，南坡竹秀枝柔△铁索牵车登岱顶，瀑布飞流下险沟△花溪荡小舟△

徐贻璜（现当167）一首　题：重阳节怀念故乡。

霜菊东篱斗艳，紫萸西岭凝香△岁岁重阳今又是，万里霜天木叶黄△举头望雁行△

离绪满怀故土，离歌一曲他乡△又是乌啼江月夜，十里横塘捉蟹忙△归思欲断肠△

六十二字　梅仙

张楤（清91）一首　题：江梅。

最忆江梅北郭偏△一种芳鲜△分外幽妍△澹装潇韵翩翩△望如天际，缥缈水云边△

姑射冰姿皎若仙△[1]玉立娟娟△零乱珠钿△春风吹出一枝先△短篱村落，看煞渡头船△

注：① 姑射：喻梅如美女。源出《庄子·逍遥游》。

六十二字　落灯风

杨慎（明157）一首

柳外落灯风乍起▲[1]杏靥梅钿粉坠蕊▲彩架阁秋千，[2]红绳紧、香尘满地▲春一分休矣▲

银塘初暖湔裙水▲[3]催莫愁、兰舟遥舣▲[4]沽酒趁梨花，听双歌、温柔乡里▲且住为佳耳▲

注：① 落灯风：正月风。② 阁：搁也。③ 湔裙：洗裳。④ 莫愁：古女子名，此处指女郎。

六十二字　游仙咏

车乘轨（现当88）一首　题：嘉兴昆曲学习班曲叙观光记。　注：2009年11月8日作。

锦簇花团集众贤△①赏心乐事范公园△②仙曲绕梁银笛奏▲名师授▲游园惊梦丽娘柳▲③

勤教频学一脉传△正腔原调古风守▲曲叙兴工今又茂▲④新苗秀▲唱吹精彩能人有▲

注：① 众贤：指主持人名医朱培林先生、主教老师前浙江武义昆剧团许紫钰女士、主笛乐师前浙江戏曲学校王国勇先生等。② 范公园：范蠡湖公园，昆曲班地址。③ 游园惊梦：《牡丹亭》折子；丽娘柳：《牡丹亭》主角杜丽娘、柳梦梅。④ 曲叙：曲友唱曲、叙会之雅称；兴工：嘉兴昆曲风格、工夫。

六十二字　渔家傲　第一体，全仄韵。

张先（宋18）一首　题：和程公辟赠。

巴子城头青草暮▲①巴山重叠相逢处▲燕子占巢花脱树▲杯且举▲瞿塘水阔舟难渡▲②

天外吴门清霅路▲③君家正在吴门住▲赠我柳枝情几许▲春满缕▲为君将入江南去▲

注：① 巴子城：指重庆市巴县。② 瞿塘：峡名，三峡之一。③ 吴门：指苏州，程师孟故乡；清霅：指霅溪，在浙江湖州乌程东南为作者故乡。

晏殊（宋20）五首

（1）画鼓声中昏又晓▲时光只解催人老▲求得浅欢风日好▲齐揭调▲神仙一曲渔家傲▲

绿水悠悠天杳杳▲浮生岂得长年少▲莫惜醉来开口笑▲须信道▲人间万事何时了▲

（2）荷叶荷花相间斗▲红娇绿掩新妆就▲昨日小池疏雨后▲铺锦绣▲行人过去频回首▲

倚遍朱栏凝望久▲鸳鸯浴处波纹皱▲谁唤谢娘斟美酒▲①萦舞袖▲当筵劝我千长寿▲

注：① 谢娘：歌舞女之泛称。

(3) 杨柳风前香百步▲盘心醉点真珠露▲疑是水仙开洞府▲妆景趣▲红幢绿盖朝天路▲

小鸭飞来稠闹处▲三三两两能言语▲饮散短亭人欲去▲留不住▲黄昏更下萧萧雨▲

(4) 罨画溪边停彩舫▲[①]仙娥绣被呈新样▲飒飒风声来一饷▲愁四望▲残红片片随波浪▲

琼脸丽人青步障▲风牵一袖低相向▲应有锦鳞闲倚傍▲秋水上▲时时绿柄轻摇飐▲[②]

注：① 罨画溪：在浙江长县境，此处泛指风景佳处。② 绿柄：荷叶柄。

(5) 越女采莲江北岸▲轻桡短棹随风便▲人貌与花相斗艳▲流水慢▲时时照影看妆面▲

莲叶层层张绿伞▲莲房个个垂金盏▲一把藕丝牵不断▲红日晚▲回头欲去心撩乱▲

欧阳修(宋33)十首

(1) 红粉墙头花几树▲落花片片和惊絮▲墙外有楼花有主▲寻花去▲隔墙遥见秋千侣▲

绿索红旗双彩柱▲[①]行人只得偷回顾▲肠断楼南金锁户▲天欲暮▲流莺飞到秋千处▲

注：① 柱：秋千架。

(2) 花底忽闻敲两桨▲逡巡女伴来寻访▲酒盏旋将荷叶当▲莲舟荡▲时时盏里生红浪▲

花气酒香清厮酿▲花腮酒面红相向▲醉倚绿阴眠一晌▲惊起望▲船头搁在沙滩上▲

(3) 粉蕊丹青描不得▲金针线线功难敌▲谁傍暗香轻采摘▲风淅淅▲船头触散双鸂鶒▲

夜雨染成天水碧▲朝阳借出胭脂色▲欲落又开人共惜▲秋气逼▲盘中已见新荷菂▲

(4) 正月新阳生翠琯▲[①]花苞柳线春犹浅▲帘幕千重方半卷▲池水泮▲[②]东风吹水琉璃软▲

渐好凭栏醒醉眼▲陇英暗落芳英断▲初日已知长一线▲清宵短▲梦魂怎奈珠宫远▲[3]

注：① 琯：本管字，指竹管。② 泮：散也、解也。③ 珠宫：蕊珠宫，神仙居所。

（5）二月春期看已半▲江边春色青犹短▲天气养花红日暖▲深深院▲珍珠帘额初飞燕▲

渐觉衔杯心绪懒▲酒侵花脸娇波慢▲一捻闲愁无处遣▲牵不断▲游丝百尺随风远▲

（6）三月芳菲看欲暮▲胭脂泪洒梨花雨▲赛马绣轩南陌路▲笙歌举▲踏青斗草人无数▲

强欲留春留不住▲东皇肯信韶容故▲安得此身如柳絮▲随风去▲穿帘透幕寻朱户▲

（7）四月芳林何悄悄▲绿阴满地青梅小▲南陌采桑何窈窕▲[1]争语笑▲乱丝满腹吴蚕老▲

宿酒半醒新睡觉▲雏莺相语匆匆晓▲惹得此情萦寸抱▲[2]休临眺▲楼头一望皆芳草▲

注：① 窈窕：美貌。② 寸抱：心也。

（8）五月薰风才一信▲[1]初荷出水清香嫩▲乳燕学飞帘额峻▲谁借问▲东邻期约尝佳酝▲

漏短日长人乍困▲裙腰减尽柔肌损▲一撮眉尖千叠恨▲慵整顿▲黄梅雨细多闲闷▲

注：① 薰风：南风；信：花信风，共二十四番，每番五天，有一花应之。

（9）一夜越溪秋水满▲荷花开过溪南岸▲贪采嫩香星眼慢▲疏回眄▲郎船不觉来身畔▲

采罢金英收玉腕▲回身急打船头转▲荷叶又浓波又浅▲无方便▲教人只得抬娇面▲

（10）近日门前溪水涨▲郎船几度偷相访▲船小难开红斗帐▲无计向▲合欢影里空惆怅▲

愿妾身为红菡萏▲年年生在秋江上▲更愿郎为花底浪▲无隔障▲随风逐雨长来往▲

王安石（宋 57）二首　题：第二首，春景。

（1）灯火已收正月半▲山南山北花撩乱▲闻说洊亭新水漫▲骑欵段▲[1]穿云入岛寻幽伴▲

却拂僧裳搴素幔▲千岩万壑春风满▲一弄松声悲急管▲惊梦断▲细看窗日犹嫌短▲

注：① 欵段：缓慢、从容。

（2）平岸小桥千嶂抱▲柔蓝一水萦花草▲茅屋数间窗窈窕▲尘不到▲时时自有春风扫▲

午枕觉来闻语鸟▲欹眠似听朝鸡叫▲忽忆故人今总老▲贪梦好▲茫然忘了邯郸道▲[1]

注：① 邯郸道：喻梦。

强至（宋 60）一首　题：梅。

雪月照梅溪畔路▲幽姿背立无言语▲冷浸瘦枝清浅处▲香暗度▲妆成处士横斜句▲

浑似玉人常淡伫▲菱花相对盈清楚▲谁解小图先画取▲天欲曙▲恐随月色云间去▲

朱服（宋 112）一首　题：东阳郡斋作。[1]

小雨纤纤风细细▲万家杨柳青烟里▲恋树湿花飞不起▲愁无际▲和春付与东流水▲

九十光阴能有几▲[2]金龟解尽留无计▲[3]寄语东阳沽酒市▲拚一醉▲而今乐事他年泪▲

注：① 东阳郡：今浙江金华市。三国吴宝鼎元年（266）置郡，隋唐时期亦曾设东阳郡。② 九十：指春季九十天。③ 金龟：唐朝三品以上官员佩带金龟，喻官员。

陈师道（宋 122）一首　题：从叔父乞湿红笺。

一舸姑苏风雨疾▲吴笺满载红犹湿▲色斗朝花光触目▲人未识▲街南小院应先得▲

青入柳条初着色▲溪梅已露春消息▲拟作新词酬帝力▲轻落笔▲秦黄去后无强敌▲[1]

注：① 秦黄：秦观、黄庭坚。作者曾说："今代词手惟秦七黄九耳。"

周邦彦（宋 128）一首

灰暖香融销永昼▲葡萄架上春藤秀▲曲角栏杆群鹊斗▲清明后▲风梳万缕亭

前柳▲

日照钗梁光欲溜▲循阶竹粉霑衣袖▲拂拂面红新春酒▲沈吟久▲昨宵正是来时候▲

方千里(宋 133)一首　题：和清真词。[1]

烛彩花光明似昼▲罗帏夜出倾城秀▲红锦纹茵双凤斗▲看舞后▲腰肢宛胜章台柳▲

眼底春娇波态溜▲金尊笑捧纤纤袖▲一阵粉香吹散酒▲更漏久▲销魂独自归时候▲

注：① 清真：周邦彦，号清真居士。

米友仁(宋 160)一首

从古荆溪名胜地▲[1]溪光万顷琉璃翠▲极望荷花三十里▲香喷鼻▲我舟日在花间舣▲

向晚余霞收散绮▲遥山林黛天如水▲满引一尊明月里▲微风起▲萧然真在华胥氏▲[2]

注：① 荆溪：江苏宜兴别名。② 华胥氏：喻梦境。

曹组(宋 170)一首

水上落红时片片▲江头雪絮飞撩乱▲渺渺碧波天样远▲平沙软▲花风一阵蘋香满▲

晚来醉着无人唤▲残阳已在青山半▲睡觉只惊花改岸▲抬头看▲原来弱缆风吹断▲

陈克(宋 179)一首

宝瑟尘生郎去后▲绿窗闲却春风手▲浅色宫罗新染就▲晴时候▲裁缝细意花枝斗▲

象尺熏炉移永昼▲粉香浥浥蔷薇透▲晚景看来浑似旧▲沈吟久▲个侬争得知人瘦▲

胡舜陟(宋 203)一首

几日北风江海立▲千车万马涛声急▲短棹峭寒欺酒力▲飞雨急▲琼花细细穿窗隙▲

今我绿蓑青箬笠▲浮家泛宅烟波逸▲渚鹭沙鸥都相识▲行未得▲高歌与尔相寻觅▲

晁冲之(宋 214)一首

浦江潮来沙尾涨▲危樯半落帆游漾▲水调不知何处唱▲风滃荡▲鳜鱼吹起桃

花浪▲

雪晴小桥梅总放▲层楼一任愁人上▲万里长安回首望▲山四向▲澄江日色如春醖▲

陈与义（宋232）一首　题：福建道中。

今日山头云欲举▲青蛟素凤移时舞▲行到石桥闻细雨▲听还住▲风吹却过溪西去▲

我欲寻诗宽久旅▲桃花落尽春无所▲渺渺篮舆穿翠楚▲[1]悠然处▲高林忽送黄鹂语▲

注：① 翠楚：碧林。

吕渭老（宋259）一首

落月杜鹃啼未了▲粥鱼忽报千山晓▲[1]笠子盖头衣钵少▲[2]穿林表▲回头高刹空中小▲[3]

官路旧多林木绕▲露浓花蕊皆颠倒▲渡水登山排草草▲[4]庐山好▲[5]香炉峰下湖波渺▲

注：① 粥鱼：木鱼。② 笠子盖头：戴笠帽；衣钵：本是僧人的袈和钵，后指传授下来的思想、学问、技能，此处喻僧人。③ 刹：寺也。④ 排：排除。⑤ 庐山：在江西境。

侯寘（宋263）一首

过尽百花芳草满▲柳丝舞困栏杆暖▲柳外秋千裙影乱▲人逐伴▲[1]旧家心性如今懒▲

斗帐宝香凝不散▲[2]黄昏院落莺声晚▲红叶不来音信断▲[3]疏酒盏▲东阳瘦损无人管▲[4]

注：① 逐：追随。② 斗帐：覆盖形床帐。③ 红叶：红叶题诗故事。④ 东阳瘦损：沈约永明末出守东阳，因操劳日渐消瘦，后人以“东阳销瘦”为形容体瘦的典故，亦作“东阳瘦”“东阳瘦损”。

洪适（宋310）一首

二月垂杨花糁地▲[1]荻芽迸绿春无际▲细雨斜风浑不避▲青笠底▲三三两两鸣榔起▲[2]

新妇矶边云接袂▲[3]女儿浦口山堆髻▲[4]一拥河豚千百尾▲摇食指▲[5]城中虚却鱼虾市▲

注：① 糁：散落。② 鸣榔：敲击木梆发声用以捕鱼。③ ④ 新妇矶、女儿

浦：均在安徽境内。⑤摇食指：见美味思食之意。源出楚人献鼋于郑灵公，子公之食指动，曰："他日我如此，必尝异味。"此处喻河豚之鲜美。

陆游(宋330)一首　题：寄仲高。

东望山阴何处是▲[①]往来一万三千里▲写得家书空满纸▲流清泪▲书回已是明年事▲

寄语红桥桥下水▲扁舟何日寻兄弟▲行遍天涯真老矣▲愁无寐▲鬓丝几缕茶烟里▲

注：①山阴：今浙江绍兴，作者时在四川，故曰东望。

毛幵(宋343)一首

极目丹枫迎霁晓▲山明水净新霜早▲燕去鸿归无事了▲天渺渺▲风吹平野低寒草▲

渐过初冬时节好▲寻梅踏雪城南道▲追忆旧友人已老▲欢更少▲孤怀拟共谁倾倒▲

黄铢(宋350)一首　题：朱晦翁示欧阳公鼓子词戏赋。

永日离忧千万绪▲[①]雪舟远泛清漳浦▲[②]珍重故人寒夜语▲挥玉麈▲[③]沉沉画阁凝香雾▲

风砌落花留不住▲红蜂翠蝶闲飞舞▲明日柳阴江上路▲云起处▲苍山万叠人归去▲

注：①永日：长日。②漳浦：福建县名。③麈：又名驼鹿，麈毛可作拂尘。此处喻拂尘。

程垓(宋368)一首

独木小桥烟雨湿▲燕儿乱点春江碧▲江上青山随意觅▲人寂寂▲落花芳草吹寒食▲

昨夜青楼今日客▲吹愁不得东风力▲细拾残红书怨泣▲流水急▲不知哪个传消息▲

张镃(宋409)一首　题：渔翁。

拂拂春风生草际▲新晴万景供游戏▲鸥鹭飞来斜照里▲金和翠▲分明画出真山水▲

遮个渔翁无愠喜▲乾坤都在孤篷底▲一曲高歌千古意▲闲来睡▲从教月到花汀外▲

李昴英(宋478)一首

重着夹罗犹怯冷▲隔帘拜祝团圆镜▲[①]取片龙涎安古鼎▲[②]香阁静▲横窗写

出梅花影▲[3]

寒鹊颤枝飞不定▲回文刺就更筹永▲[4]小玉忺眠呼不醒▲霜气紧▲丽谯吹动梅花引▲

注：① 团圆镜：喻圆月。② 龙涎：香名；鼎：三足两耳，可代香炉。③ 横窗：喻梅影。④ 更筹：更签，计时用。

谭宣子（宋 508）一首　题：春思。

深意缠绵歌宛转▲横波停恨灯前见▲最忆来时门半掩▲春不暖▲梨花落尽成秋苑▲

叠鼓收声帆影乱▲燕飞又起东风软▲目力漫长心力短▲消息断▲青山一点和烟远▲

杨端臣（宋 518）一首

楼鼓数声人迹散▲马蹄不响街尘软▲门户深深扃小院▲帘不卷▲背灯尽烛红条短▲

归路恍如春梦断▲千愁万恨知何限▲昨夜月华明似练▲花影畔▲算来惟有嫦娥见▲

牟巘（宋 539）一首

病枕逢逢惊晓鼓▲[1]那堪送客江头路▲莫唱骊驹催客去▲[2]风又雨▲花飞一片愁千缕▲

折柳凄然无剩语▲[3]加餐更把篝衣护▲[4]泥滑篮舆须稳度▲云飞处▲亲闱安问应傍午▲

注：① 逢逢：犹蓬荸，象声词，鼓声。② 骊驹：逸诗篇名，送别之歌。③ 折柳：古人送别时折柳相赠。④ 篝衣：在熏笼上烘干或烘暖的衣服。

陈允平（宋 556）一首

日转花梢春已昼▲[1]双蛾曲理遥山秀▲[2]百草偏输羞不斗▲[3]随人后▲无情自折金丝柳▲

秋水盈盈娇欲溜▲[4]六幺倦舞弓弯袖▲[5]偷摘青梅推病酒▲徘徊久▲一双燕子归时候▲

注：① 昼：白天，这里有明艳意。② 蛾：喻眉毛；遥山：远山，喻眉峰。③ 斗百草：古代妇女的一种赌戏。④ 秋水：眼波。⑤ 六幺：舞曲名。

丁义叟（宋 607）一首

十里寒塘初过雨▲采莲舟上谁家女▲秋水接云迷远树▲天光暮▲船头忘了回

来路▲

却系兰舟深处住▲歌声惊起鸳鸯侣▲波上清风花上露▲无计去▲月明肠断双栖羽▲

段克己（金29）二首

（1）春去春来谁是主▲怨他昨夜江头雨▲把酒问春春不语▲头懒举▲乱红飞过秋千去▲

芳草澹烟江上路▲鹧鸪声里斜阳暮▲[①]风外榆钱无意绪▲空自舞▲如何买得青春住▲

注：① 鹧鸪：鸟名，形似鹑，稍大，鸣声如“行不得也哥哥”，古诗词中常用之。

（2）龙尾沟边飞柳絮▲虎头山下花无数▲花底醉眠留杖屦▲花上露▲随风散漫飘香雾▲

老去逢春能几度▲不妨且作风流主▲明日不知风共雨▲回首处▲夕阳又下西山去▲

欧阳玄（元64）二首

（1）三月都城游赏竞▲[①]宫墙官柳青相映▲十一门头车马并▲清明近▲豪家寒具金盘饤▲[②]

墦祭留连芳草径▲[③]归来风送梨花信▲向晚轻寒添酒病▲春烟暝▲深宅院落秋千迥▲

注：① 都城：元京城大都（今北京）。② 饤：供装饰不食之食物。③ 墦祭：上坟。墦，冢也。

（2）子月都人居暖阁▲[①]吴中雪纸明如垩▲[②]锦帐豪家深夜酌▲金鸡喔▲东家撤宴西家噱▲

纤指柔长宫线弱▲阳回九九宫冰凿▲尽道今冬冰不薄▲都人乐▲官家喜受新年朔▲[③]

注：① 子月：十一月。② 雪纸：白纸；垩：白土。③ 新年朔：大年初一。朔，初一也。

僧梵琦（明1）一首　题：娑婆苦苦。[①]

听说娑婆无量苦▲三农望断梅天雨▲车水种苗苗不举▲难禁暑▲被风扇作荒茅聚▲

久旱掘泉唯见土▲海潮又入蒹葭浦▲南北东西皆斥卤▲[②]枯禾黍▲官粮更要

征民户▲

注：① 娑婆：佛家语，娑婆世界的简称，意为“堪忍”。② 斥卤：指碱地只能煮盐，不能耕种。此处谓海水入河，地表碱化。

刘基(明 7)一首　题：秋雨叹。

江上秋来唯有雨▲江城九月犹炎暑▲泉涌中庭苔上柱▲深闭户▲莎鸡露泣寒蛩语▲[①]

征戍诛求空轴杼▲[②]千村万落无砧杵▲[③]玉帐悠悠闲白羽▲[④]愁正聚▲乱鸡啼破楼头鼓▲

注：① 莎鸡：昆虫名，即纺织娘；寒蛩：深秋时蟋蟀。② 征戍：征服兵役；诛求：索要；空轴杼：无人织布。③ 无砧杵：无人捣衣，此两句谓战争导致十室九空。④ 白羽：扇也。

杨廷和(明 101)一首　题：漫兴。

翕乐亭前花树好▲濯清楼外溪流绕▲杏艳桃娇春意闹▲游燕少▲转头便觉韶光老▲

燕广偶从花下扫▲罗衣尚觉东风峭▲忽听歌声来树杪▲喧百鸟▲管弦那似天然调▲

陈霆(明 131)一首　题：两牧子骑牛晚渡。

沙上行行人渐少▲一声断角谯门杳▲[①]烟霭微茫笼树杪▲斜阳倒▲乱鸦数点青山小▲

人正饥来牛正饱▲驱鞭懒顾平原草▲两两绝流归去好▲[②]寒塘峭▲西风吹雪芦花老▲

注：① 角：指城头号角；谯门：更鼓楼。② 绝流：指渡河。

夏言(明 143)三首　题：第一首，柬佩兰子病中。
第二首，次韵答李蒲汀。
第三首，和欧阳韵。

(1) 水满池塘今日霁▲波融水暖鸳鸯睡▲夹岸桃红新柳细▲邀客醉▲兰舟尽有西湖意▲

乳燕鸣鸠喧屋际▲晴云晓雾笼苍桧▲花影重重鸟声碎▲醒昼寐▲海棠过雨偏娇丽▲

(2) 曝背茅斋冬日霁▲[①]衰翁不觉齁齁睡▲[②]酒出槽床泉响细▲[③]邀客醉▲阶前老菊含幽意▲

江冷蒹葭渺无际▲苍颜古色唯松桧▲风剪芭蕉成缕碎▲惊鸥寐▲疏花锦石当轩丽▲

注：① 曝背：晒太阳。② 鼾鼾：鼻息声。③ 槽床：压酒床。

(3) 海棠过雨枝相亚▲①晴空袅袅游丝挂▲满树梨花香雪洒▲春无价▲陌头尽是寻春者▲

风景小园真入画▲草香花气熏兰麝▲池上一杯聊自把▲尘不惹▲小舟系在花阴下▲

注：① 相亚：相压，亚同压。

杨慎(明 157)四首　题：第一、二、三首，滇南月节词。

第四首，秋雨。

(1) 正月滇南春色早▲山茶树树齐开了▲艳李夭桃都压倒▲妆点好▲园林处处红云岛▲①

采架秋千骑巷笊▲②冰丝宝料星毬小▲误马随车天欲晓▲灯月皎▲碧鸡三唱星回卯▲③

注：① 红云：喻红花稠密如云。② 笊：笊篱。③ 卯：卯时，早晨四至六时，喻凌晨。

(2) 七月滇南秋已透▲碧鸡金马山先瘦▲①摆渡村西南坝口▲船放溜▲松花水发黄昏后▲

七夕人家衣褋绣▲②巧云新月佳期又▲③院院烧灯如白昼▲风弄袖▲刺桐花底仙裙皱▲

注：① 碧鸡：碧鸡坊；金马：金马山，皆云南昆明地名。② 七夕：七月初七夜；衣褋：衣领。③ 佳期：指牛郎织女相会。

(3) 九月滇南篱菊秀▲银霜玉露香盈手▲百种千名殊未有▲摇落后▲橙黄桔绿为三友▲①

摘得金英来泛酒▲②西山爽气当窗牖▲③鬓插茱萸歌献寿▲君醉否▲水晶宫里过重九▲

注：① 三友：指菊、橙、桔，为秋季三友。② 金英：喻菊花。③ 西山：昆明山名。

(4) 云掩遥山山掩翠▲雨声急战荷声碎▲绿锦离披红锦坠▲花叶背▲波间惊起鸳鸯睡▲

潋滟芳尊人共对▲碧筒凉沁初消醉▲①湿烟香雾笼归袂▲摇玉辔▲南风

马上闻蛙吹▲[2]

注：① 碧筒：绿莲蓬。② 蛙吹：蛙鸣，吹字仄声。

吴子孝（明 162）一首　题：冬雪。

日暖雪花飞片片▲幻成六出如铺练▲[1]庭下早梅香自献▲寒潋滟▲仙姿欲斗琼瑶茜▲

薄酒一卮聊独劝▲貂裘坐拥红炉艳▲城里人家都十万▲风满院▲只愁破屋饥寒遍▲

注：① 六出：《宋书·符瑞志》"……然则霰为花雪矣，草木花多五出，花雪独六出"，故名雪为六出花。

王锡爵（明 214）一首

芦荻萧萧秋正晚▲小舟移处沙汀浅▲藕嫩鱼肥莼更软▲新酒暖▲妻儿列坐周船板▲[1]

明月满江风似剪▲[2]夜寒添着蓑衣短▲漫酌缓斟知几碗▲星斗转▲一声横笛青山远▲

注：① 周船板：船板四周。② 剪：喻锋利。

陈继儒（明 251）一首　题：宿吴延陵山庄。

虎丘南去溪流曲▲[1]墙头露出茅茨屋▲打扫新场堆旧谷▲鸡犬熟▲估船惯伴渔船宿▲[2]

转个回廊松簇簇▲小溪浅濑粘修竹▲好山好水看不足▲绢一幅▲[3]雪花酒嫩梅花绿▲

注：① 虎丘：苏州山名，名胜地，在阊门外七华里。② 估船：商船。③ 绢一幅：喻雪白一片。

范允临（明 252）一首　题：辛亥（1611 年）腊月十九日，同陈眉公、杨去奢诸君子饮延陵吴丈新筑，[1]次眉公韵。

诛茅小筑清流曲▲[2]连青一片山遮屋▲场圃平铺鸡哺谷▲[3]新笃熟▲[4]江枫渔火寒烟宿▲

十步回廊花四簇▲水横梅影风敲竹▲写出剡溪生涯足▲[5]籐一幅▲松花数亩荷花绿▲

注：① 眉公：即陈继儒。明杨时伟，字去奢，江苏吴县人，有《诸葛忠武书》《心韵笺》等。② 诛茅：剪茅草为屋。③ 鸡哺谷：母鸡喂谷与小鸡。④ 新笃：新酒。⑤ 剡溪：浙江嵊县水名，指王徽之雪夜访戴逵故事。

徐媛(女)(明254)一首　题：次陈继儒韵咏吴延陵郊居小斋。

板扉小隐青溪曲▲①夜月罗浮花覆屋▲木笼戛戛摇生谷▲②庄田熟▲桔槔悬向茅檐宿▲③

青山一片芙蓉簇▲林皋逸韵飘横竹▲远浦轻帆低几幅▲浓睡足▲笑看小妇琼鬟绿▲

注：① 板扉：板门。② 木笼：木制轧谷笼；戛戛：轧谷声。③ 桔槔：木汲水具，即水车。

刘铎(明278)一首　题：瓜洲访友。①

小巷重重深几许▲绿杨溪畔犬声度▲一叶轻舟寻酒去▲花无数▲等闲笑入桃源路▲②

红粉含颦娇不语▲③多情未省阳台雨▲④檀板清歌调鹦鹉▲情欲诉▲江云黯澹金山暮▲⑤

注：① 瓜洲：江苏古渡口，在长江北岸，隔岸为镇江。② 等闲：不经意；桃源：世外桃源，喻景物古朴。③ 红粉：喻女子。④ 未省：未知；阳台雨：男女欢爱。⑤ 江：长江；金山：对岸为镇江金山寺。

顾同应(明320)一首　题：春怨。

悄梦春长春不管▲莺儿唤醒梨花面▲记得花前人姓阮▲人去远▲而今却悔花前见▲

缕缕云松蛾晕浅▲①湘裙褶底缃钩软▲②罢绣鸳鸯拈彩线▲闲庭院▲个侬无赖抛金剪▲

注：① 云：喻发；蛾晕：眉边光圈。② 缃钩：浅黄色布帛钩。

杨彻(女)(明337)一首　题：本意。

一叶扁舟秋信早▲橹声常乱沙汀草▲鸥鸟溪边争浴闹▲芙蓉老▲绿蓑披雨穿红蓼▲

江上鱼鲜新酒好▲摩娑醉眼乾坤小▲欹枕睡酣风满棹▲烟波悄▲醒来漫唱渔家傲▲

曹元方(明351)二首　题：第一首，山居。

第二首，田家乐。

(1) 廿年歌啸空村曲▲不饰雕栏剪茅屋▲屋头呀呀鸣布谷▲①酿初熟▲邻翁共醉枕书宿▲

桐阴满地莺声簇▲短墙一带新生竹▲流水渔舟画一幅▲诗囊足▲②不知

门外春山绿▲

注：① 布谷：鸟名，催耕种。② 诗囊：诗袋，喻脑中诗料。

（2）渔船泊在危桥曲▲种得藤萝花满屋▲屋头哑哑催布谷▲吴蚕熟▲缫丝小妇深更宿▲

麦黄茧白庭前熟▲篱边粉腻新生竹▲短布驱牛发半秃▲[1]薄酒足▲牧笛数声远山绿▲

注：① 短布：短衣裤。

吴炳（明365）一首　故事：杂剧《绿牡丹》第十一出，报闺。车静芳思念谢英。

注：此词与明顾同应春怨词大同小异，姑并录之。

悄为春愁春不管▲几时瘦损梨花面▲知道花前人姓阮▲无由见▲新诗传诵人间遍▲

缕缕云松蛾晕浅▲湘裙折底湘钩软▲罢绣鸳鸯拈彩线▲闲庭院▲个侬无赖抛金剪▲

商景兰（女）（明424）一首　题：雪景。

雪霰纷纷流竹路▲[1]数声乌鹊窗前度▲一带寒光凝腊树▲[2]时如故▲楼台顷刻成纨素▲[3]

茅店布帘横古渡▲寺钟戍鼓催天暮▲[4]驴背小桥栖白鹭▲真堪赋▲何如柳絮风中句▲[5]

注：① 雪霰：雪珠。② 腊树：十二月时树。③ 纨素：喻白。④ 戍鼓：城头戍卒更鼓。⑤ 柳絮句：东晋才女谢道韫有"未若柳絮因风起"咏雪诗句而闻名。

邓林梓（明470）一首　题：乃昭乐仪图。

高人家住寒溪曲▲白板为扉茅盖屋▲钓竿抛却芦花宿▲清梦熟▲西岩月堕升东旭▲

远山不断青如簇▲林皋掩映余修竹▲谁与倪迂图小幅▲[1]饥亦足▲染得秋水须眉绿▲

注：① 倪迂：指元名画家倪瓒，见《词人小传》。

包其伟（明501）一首　题：晌町月节，[1]十二首录一。

正月晌町春已透▲琼楼碧树烟光凑▲宫样衣裳风满袖▲[2]香桔柚▲椒杯占断江南秀▲

士女嬉游夜转昼▲笙歌杂乱莲花漏▲[3]月下秋千疏柳扣▲灯节后▲佳期约在

花朝又▲[4]

注：① 畹町：云南地名。② 宫样：皇宫宫女式样。③ 莲花漏：莲花形计时器。④ 花朝：农历二月十二日。

阎修龄（明 523）一首　题：咏邗江女子。[1]

昼锁纱窗萦碧雾▲琼花自是无双树▲[2]并蒂娇姿怜解语▲[3]径行处▲花钿暗识修眉妩▲

画阁肩随朝复暮▲[4]闲情时咏游仙句▲奔月化烟留不住▲[5]天风度▲飞琼自挽双成去▲[6]

注：① 邗江：扬州水名。② 琼花：隋唐时期扬州名花。③ 解语：解人意。④ 肩随：并肩相随。⑤ 奔月：嫦娥奔月。⑥ 飞琼：许飞琼；双成：董双成，皆仙女。

严渡（清 35）一首　题：遁渚即事。

农屋烟波青柳障▲东风吹皱花淘浪▲一线短蒲通小荡▲[1]潮痕上▲月桥人去催双桨▲

雨渍藕塘红欲酿▲[2]双篱垂叶青相向▲亭外夕阳黄竹杖▲闲来往▲一声啼鸟千溪响▲

注：① 荡：即湖。② 酿：酝酿，荷花待开意。

陆瑶林（清 62）一首　题：六月十九塔院放生。

长日炎蒸冰韵泻▲鹦湖远绍莲公社▲[1]纵壑如归游子舍▲[2]谁凭借▲汀花凌乱风清夜▲

鱼鸟亲人宜入画▲机心也伴渔蓑挂▲[3]云碧天澄心脱洒▲无些假▲万缘拼作鱼虾舍▲

注：① 鹦湖：浙江平湖湖名；莲公社：东晋慧远大师居庐山，与刘遗民等同修净土，寺中有白莲池，因号莲社。② 纵壑如归：喻放生。③ 机心：巧诈之心。

龚贤（清 80）一首　题：春归。

昨日落花今日扫▲落花扫遍人先老▲又是春归添烦恼▲如何好▲前村沽酒青钱少▲

披衣日上寒窗早▲梦中怕向邯郸道▲又见青青窗外草▲儿童道▲谢家原上莺声悄▲

魏际瑞（清 101）一首

闲到西门门外路▲柳丝花片春生雾▲行过亭台还几处▲花如许▲探春却被春留住▲

燕子飞来蝴蝶去▲美人寂寞春无语▲红粉墙垣朱漆户▲天欲暮▲亭台漠漠烟如雨▲

徐喈凤(清 146)一首　题：渔舟群泊。

红蓼沙汀波浅皱▲小舟三五桥边辏▲[1]晒网竹头烟外透▲沽美酒▲呼朋拇阵频相斗▲[2]

活煮鲤鱼香米馏▲渔童肥黑樵清瘦▲聚坐船头朝至昼▲开缆后▲长歌短笛溪湾奏▲

注：① 辏：辐辏,聚集也。② 拇阵：豁拳,用指、拳玩的一种赌戏。

彭师度(清 173)一首　题：咏四季景・二月。

吹雨条风浑似旧▲[1]峭寒吹动园林绣▲斗酒听鹂欢聚有▲曾记否▲牵人离恨惟红袖▲

几度踏青多邂逅▲桃源李径芳情透▲暄气忽多啼鸟后▲人倦昼▲年年惆怅花枝瘦▲

注：① 条风：东北风。

吴九思(女)(清 218)一首

恼杀风姨不做美▲[1]名园剪乱胭脂碎▲[2]窗外残红飞满地▲都憔悴▲纷纷尽向风前坠▲

蜂狂蝶痴相从队▲莺声燕语偏娇媚▲二十四番花信至▲君须记▲吹开吹落真无谓▲

注：① 风姨：风神。② 胭脂：喻红花。

单昭儒(清 296)一首　题：暮春。

三月夭桃红似锦▲花风吹到鸣筝信▲[1]又见廉纤飘阵阵▲清和近▲[2]春衣初试冰肌润▲

麦秀时光寒尚嫩▲雕梁紫燕香泥沁▲隔院秋千看不禁▲人何韵▲柳腰一捻双腮晕▲

注：① 鸣筝：会响风筝。② 清和：农历四月称清和月。

钟筠(女)(清 322)一首　题：渔村夕照。

洞口桃花烟雾绕▲渔舟两两争归棹▲鸡犬人家秦汉老▲风波少▲羡鱼结网从谁笑▲

一片斜阳高树杪▲晚来沽酒听山鸟▲醉后那知昏共晓▲鼓掌啸▲月明不觉和

衣倒▲

丁炜（清 357）一首　题：乡园十二月田家词。　　注：十二首录一。

正月山家农事少▲茅檐百舌啼清晓▲[①]华发衣冠相慰劳▲[②]匏尊倒▲[③]旋挑野菜登盘好▲

闻说土牛鞭仗早▲[④]杖藜携手东郊道▲[⑤]三五传柑烟市闹▲[⑥]纸灯巧▲买归博得儿孙笑▲

注：① 百舌：鸟名，羽毛呈灰黑色，立春后鸣叫不止。② 衣冠：衣帽。③ 匏尊：匏杯。匏，实圆大而扁，干后可作盛器，指酒杯。④ 土牛：土制之牛，古时用以迎春。⑤ 杖藜：扶着拐杖。⑥ 传柑：《岁时记》上元夜（即元宵）贵戚例以黄柑相遗（即相送），谓之传柑。

毛际可（清 380）四首　题：田家乐十二月词，十二首录四。

（1）正月开尊邻里贺▲烧灯就点松棚火▲[①]新补疏篱还又破▲休闲过▲编荆了却残冬课▲[②]

昨岁儿童今岁大▲阶前争把青钱簸▲[③]绕屋梅花开数朵▲寒则个▲[④]夜来重压蓑衣卧▲

注：① 烧灯：元宵点灯。② 编荆：编筑荆篱。③ 簸钱：古代少女的一种赌戏。④ 则个：这个。

（2）六月无云炎正酷▲村姑戽水衣单幅▲[①]几处莲舟齐唱曲▲双凫浴▲[②]滩头倚杖看难足▲

百尺高槐凉荫屋▲黄牛买得新生犊▲垂老不知荣共辱▲光阴促▲北窗自喜高眠熟▲

注：① 戽水：汲水。② 凫：野鸭。

（3）十一月晴晴尚暖▲村翁坐卧谁拘管▲曝背茅檐嫌日短▲[①]桑榆晚▲[②]延年酒酿冬青饭▲

长至阳生逢月半▲[③]儿童卷叶吹葭管▲[④]几缕霜毛疏更懒▲农事断▲腊梅又见枝头满▲

注：① 曝背：晒太阳。② 桑榆：喻晚年。③ 长至：冬至。④ 葭管：芦苇管。

（4）十二月寒春未到▲儿童乡塾归家早▲[①]腊八僧厨烹柿枣▲[②]丰年兆▲阶前碎玉休轻扫▲[③]

遥听村村年鼓闹▲桃符欲换还祀灶▲缓饮屠苏休叹老▲须分晓▲明年一

岁都添了▲

注：① 乡塾：乡村学堂。② 腊八：十二月初八，是日为如来佛诞日，寺庙烹煮腊八粥饷客。③ 碎玉：喻雪。

华长发（清386）一首

罗幕香浓天易晓▲窗棂旭日红初照▲柳色茏葱莺乍觉▲知多少▲东风吹得春光到▲

挽就灵蛇新样巧▲①妆成忽地回眸笑▲早起看花花正好▲谁知道▲陌头又见青青草▲

注：① 灵蛇：发髻式样。

林云铭（清413）一首　题：忆山居。

门对清溪芦荻畔▲野花开落岩头满▲曲径往来通道院▲终日玩▲闲云不许青山管▲

欸乃正喧归棹远▲①樵歌又逐栖鸦乱▲暝色催将星月伴▲归卧晚▲窗虚夜久炉香断▲

注：① 欸乃：橹声。

董元恺（清423）二首　题：青墩月令，和欧阳公鼓子词。　注：十二首录二。

（1）三月艳阳晴气候▲百花烂漫开清昼▲万紫千红铺锦绣▲携纤手▲繁香点点盈衣袖▲

摇曳沿溪千树柳▲扑天飞絮春塘皱▲小艇载诗再载酒▲桃源口▲疏林月出人归后▲

（2）四月清和风景淑▲浓阴万树围新绿▲麦穗垂垂豌豆熟▲浓睡足▲黄鹂唤起惊相逐▲

结子樱桃檐畔簇▲满林新笋篱边矗▲压架蔷薇花覆屋▲西溪曲▲半篙荡碎波纹縠▲

徐钒（清451）一首

艾虎钗符悬百结▲①兰桡重泛菖蒲节▲②影漾湖心清又彻▲无休歇▲子规枝上声声血▲

瘗玉埋香魂断绝▲③银涛江上空呜咽▲莫把灵均闲话说▲④春纤捏▲半湾逻娑沉檀屑▲⑤

注：① 艾虎：艾扎老虎；钗符：钗上悬符，均指端午节插戴。② 菖蒲节：端午节，是日插菖蒲避毒，故名。③ 瘗玉：葬埋冯小青。小青，扬州人，杭

州某生妾，曾吟诗哀悼《牡丹亭》主角杜丽娘，葬于孤山。④ 灵均：屈原，字灵均。⑤ 逻娑：用逻娑檀制成的琵琶。沉檀屑：香屑，遗韵也。

顾贞观(清471)一首　题：浒溪桃。①

曲水平桥通宛转▲船头响细春潮浅▲小泊村扉争吠犬▲人不见▲落花如织渔罾眼▲②

桔刺藤梢随径剪▲游丝醉拂东风软▲薄暮酒旗香一展▲衫袖卷▲数钱曾识当垆面▲

注：① 浒溪：无锡水名。原注：溪甚曲，桥甚低，泛小船行村落间，如在画中，满溪桃花，自清明至四月不绝。② 罾：有支架方形渔网。

董儒龙(清619)一首　题：秋后喜雨。

风动帘旌来爽气▲①梧桐落叶铺庭砌▲竹枕方床书引睡▲醒复寐▲黄云冉冉飘香穗▲②

四野墨涂千嶂闭▲③小池乱撒珍珠碎▲④行到山楼观暮霭▲丰年瑞▲雷声隐隐欢声沸▲

注：① 帘旌：如旗帘子。② 黄云：指稻田。③ 墨涂：喻乌云；嶂：如围屏般山峰。④ 珍珠：喻雨点。

钱肇修(清田660)一首　题：郊行。

远水摇天春树绿▲疏篱一带遮茅屋▲十里柔桑催布谷▲①樱桃熟▲家家檐子垂红玉▲②

盆里菖蒲森似束▲溪边芳芷新如沐▲野老蓬头采芋栗▲③鼾睡足▲衔山红日归鸦宿▲

注：① 布谷：催耕之鸟。② 檐子：即檐头；红玉：指樱桃。③ 栗：出韵，作宽叶。

吴秉钧(清720)一首　题：春夜。

一架乱红飘满砌▲淡烟轻锁梧桐细▲行过小栏闲独倚▲春去矣▲啼鹃犹惹人憔悴▲

暝色纱窗风乍起▲背灯偷拭相思泪▲强下绣幕人未睡▲刚欲睡▲数声雨打梨花碎▲

徐旭旦(清753)一首　序：五月廿四日偕同人诸子赴看荷之约，①所喜阴云蔽日，清风袭衣，舟泊花边，人人香园，歌声隐隐……乃振词……

水面红妆留客住▲②画船隐隐来箫鼓▲童子懒呼茶自煮▲相赏处▲清风阵阵渐忘暑▲

况有二三少年侣▲既逢浓艳谁能去▲争摘同心罗袖举▲闻笑语▲隔花忽见如花女▲

注：① 五月廿四日：疑为六月廿四日之误，因是日俗传乃荷花生日。② 红妆：喻荷花。

高鹗（清 1068）一首　题：书所见。

乳燕轻呼娇梦醒▲香云半堕蛸蛴领▲一线枕痕红玉瘿▲心自警▲软风微怯罗衫冷▲

整罢搔头还复整▲眼见失睡浑忪惺▲何事迟回行不定▲厮傒悻▲①隔帘看杀双鸳影▲

注：① 厮傒悻：大家苦恼，元剧中常见语。

洪亮吉（清 1086）一首　题：陈野航画竹。

午余睡起茶初熟▲一竿爱写玲珑玉▲①叶叶枝枝浓淡各▲还须属▲三更窗外秋声莫▲

娟娟稳称轻绡薄▲图成好置栏杆角▲待得晚凉新雨足▲天如沐▲月痕倒挂梢头绿▲

注：① 玲珑玉：喻竹。

马汾（清 1201）二首　题：第一首，积雨。

第二首，题似帆照。

（1）苦雨连绵梅熟候▲①闷怀无计消昏昼▲②坐卧沈吟如中酒▲③争禁受▲④气蒸柱础烟埋牖▲⑤

着屐寻舟来渡口▲石桥浪锁河声骤▲荻岸芦汀芜没久▲君知否▲此中定有蛟龙走▲

注：① 梅熟候：五月黄梅天气，多雨。② 昏昼：昼夜。③ 中酒：病酒。④ 争：怎也。⑤ 柱础：石柱脚。

（2）家住南湖杨柳岸▲①捕鱼捞蟹邻居半▲②白板门开烟水远▲临渊羡▲一竿来往扁舟便▲

放鹤洲前斜照晚▲③冬春黄米芦中爨▲④鸥鸟无心堪作伴▲风月满▲红尘勘破谁拘绊▲

注：① 南湖：嘉兴名胜，作者家住西南湖畔，统称南湖。② 此句说：邻居半是渔夫。③ 放鹤洲：嘉兴名胜，在西南湖畔。④ 芦爨：芦苇

间烧饭。

屈秉钧(女)(清 1207)一首　题：杨花。

水外堤边春影瘦▲依稀似梦和情逗▲正是高楼帘卷候▲斜阳漏▲半窗晴雪纹纱透▲[①]

撇却绣茵温又厚▲迎风只爱天涯走▲化作浮萍缘亦偶▲心知否▲一池春水刚吹皱▲

注：① 晴雪：喻杨花。

沈宗约(清 1253)一首　题：本意。

柔橹声中风悄悄▲垂杨两岸听啼鸟▲一盏渔灯如豆小▲天未晓▲儿孙团聚船头笑▲

江上西风秋又到▲芦花一片飞霜早▲破笠破蓑都是好▲闲垂钓▲波光万顷澄心照▲

陆志渊(清 1764)一首

锦羽单栖屏一角▲[①]双双乳燕穿华屋▲过雨榴花红绮簇▲风簌簌▲空阶点破新苔绿▲

薄晚兰闺刚出浴▲轻罗贴体腰如束▲纨扇不摇凉意足▲凭栏曲▲蜻蜓飞上搔头玉[②]

注：① 锦羽：鸟类美称，此处指翡翠。② 搔头玉：玉搔头，即玉簪，首饰也。

左又宜(女)(清 1909)一首　题：戏夫词。[①]

渔父生涯眠起早▲空江一棹苍苍晓▲[②]汀岸蒙茸新长草▲[③]行处好▲啸声惊起回环鸟▲

年少烟波鸥鹭渺▲五湖倏忽扁舟老▲酹酒鸣榔天一笑▲[④]鳌也钓▲醉余不畏蛟龙恼▲

注：① 夫：指夏敬观。② 棹：船桨，喻船。③ 蒙茸：草新生貌。④ 鸣榔：敲击船尾木梆，发声捕鱼。

夏敬观(清 1910)一首　题：答妻词。[①]

渔父柳阴炊饭早▲一轮赤日沧浪晓▲[②]双桨拨开汀岸草▲沙际好▲榜歌惊起鸳鸯鸟▲[③]

回顾茫茫天渺渺▲航头航尾烟波老▲蓬发不梳君莫笑▲终日钓▲澄江何处容烦恼▲

注：① 妻：指左又宜。② 沧浪：水色。③ 榜歌：船歌。

罗振常（清1912）一首

浅笑轻颦闲态度▲攀衣拂柳临朱户▲蓦地相逢通一顾▲羞不语▲回头便展凌波步▲

帘内藏身帘外露▲隔帘不惜相延伫▲疑是素娥潜月府▲云欲吐▲朦胧还带千重雾▲

罗庄（女）（现当25）一首

晓日朦胧光乍吐▲山川漠漠开烟雾▲昨夜轻雷吹急雨▲芳草渡▲盈盈绿水生南浦▲

四面莺啼云外树▲风铃摇曳花深处▲[1]绕遍回廊行更住▲忙觅句▲流连只恐韶光暮▲

注：① 风铃：护花铃，用以惊鸟。

车乘轨（现当88）一首　题：大桥、渡船浜纪游。[1]　注：1997年5月12日作。

廿六年前因买米▲[2]曾经一睹桥西市▲得悉名由幽港水▲[3]今来此▲旅游念女双重意▲[4]

村舍漫游寻旧址▲渡船浜接杨湾里▲[5]正是我儿劳动地▲农家喜▲田头麦熟开镰刈▲

注：① 大桥：嘉兴镇名，在城东22华里；渡船浜：大桥镇村名。② 买米：指粳米，当时嘉兴尖米多，粳米紧少。③ 幽港水：据1929年《嘉兴新志》此桥因跨越幽港，原名幽港大桥，后简称大桥，集镇亦由桥兴起而得名。④ 念女：余女小静在"文革"时期曾"上山下乡"于大桥公社渡船浜大队当"知识青年"。⑤ 杨湾里：亦大桥镇村名。

李可（现当127）一首　题：兴凯湖。注：1957年作。

山色迷离烟雨细▲湖光帆影连天际▲好客沙鸥知可意▲欢天喜▲滩头蘸水调双翼▲

日暮高风悬浪起▲渔舟出没狂涛里▲船上谁家红袖女▲[1]娇无比▲从容张网寻金鲤▲

注：① 女：此字不叶韵，作宽叶。

董国军（现当278）一首　题：皖南道上。

叠叠青山多媚妩▲奇峰幽壑逢难数▲翠嶂横天云跋扈▲疑无路▲碧溪一转随人去▲

山外晴明山内雨▲驱车惊动神仙侣▲为我浥尘邀我住▲流连处▲徽州已近频

回顾▲

六十二字　渔家傲　第二体，同第一体，但前、后段起二句均平韵，以后皆仄韵。

朱彝尊（清 288）一首

淡墨青衫染趁时△落花芳草步迟迟△行过石桥风渐起▲香不已▲众中早被游人记▲

桂火初温玉酒卮△[①]柳影残照舵楼移△[②]一面船窗相并倚▲看渌水▲[③]当时已露千金意▲[④]

注：① 桂火：燃料美称；酒卮：酒杯。② 舵楼：船后舱。③ 渌水：清水。④ 千金：指妻妹寿姑。

查慎行（清 639）一首　题：秋雨图。

蟹舍鱼庄问有无△全家活计指菰蒲△[①]一曲烟波三四里▲如画里▲残荷折苇萧萧意▲

村北村南酒可沽△秋来不欠水田租△昨夜夜凉贪熟睡▲呼未起▲霜花浓压船头尾▲

注：① 活计：生活；菰蒲：俗称茭白。

六十二字　渔家傲　第三体，同第一体，但前段全平韵，后段全仄韵。

李日华（明 269）一首　题：春暮闺思。

风卷梨花入幕香△学飞双燕触空墙△团团日照水晶床△暗思量△郎今何处踏春忙△

屐齿青泥芳草路▲轻帆细雨回南浦▲几点远山随意数▲风光暮▲重门惯把闲愁锁▲[①]

注：① 锁：此字不叶韵，作宽叶。

六十二字　风衔杯

陈维崧（清 196）一首　题：观音山游，[①]暮归即景。

香红暖翠风吹散▲依旧在、心头满嵌▲恰残梦懵腾，墙围青松谁家馆▲正隔水，飘歌板▲

柳丝楼，梨花苑▲雨濛濛、画船归晚▲剩荠菜连天，檀心娇然无人管▲[②]黄了春城一半▲

注：① 观音山：扬州名胜。② 檀心：浅赭色花蕊。

吴檠（清 924）一首

花落空廊湘帘覆▲滴不了、画檐悬溜▲怪凉雨拖烟，绿杨也为伤春瘦▲镇日把，腰围斗▲

倚屏山，看白昼▲漫闲吟、蜀笺题就▲正万转千回，甘蕉一寸心儿透▲是骰子，安红豆▲②

注：① 悬溜：指雨水。② 此句与上一首断句有异，不单列。

六十二字　齐破阵

陈祥裔（清 828）一首　题：五日。①

暖日烘开萱草，②薰风染透榴花△③记得江南今日里，画舫笙歌斗丽华△小扇簇轻纱△

又是一番重五，④动人无限嗟呀△以宦为家原是客，⑤客中作客倍思家△儿女寄官衙△⑥

注：① 五日：五月五日，端午节。② 萱草：又名无忧草、宜男草。③ 薰风：南风。④ 重五：即端午。⑤ 宦：做官。⑥ 此句谓携带家眷在任所。

六十二字　踏莎美人

吴兴祚（清 361）一首　题：送顾梁汾之江右。①

月暗山城，香疏桂树▲征帆遥指霞飞处▲②黄鸡白酒拟相招△试问君能回首一停桡△③

蓼渚看花，芦洲听雨▲高吟莫作悲秋语▲西风落叶卷江潮△从此相思都在灞陵桥△④

注：① 顾梁汾：即顾贞观，见《词人小传》；江右：指江西省。② 霞飞：喻日出。③ 桡：船桨，喻船。④ 灞陵桥：在陕西长安（今西安），喻送别处。

顾贞观（清 471）一首　题：六桥词，六首录一。

渺渺风帆，凄凄烟树▲望中便是侬行处▲①羁魂别后如相招△②分付采菱歌畔木兰桡△

翠被浓香，青帘细雨▲依然坐对蓬窗语▲双鱼好托夜来潮△③此信拆看应傍画眉桥△④

注：① 侬：我也。② 羁：旅外意。③ 双鱼：喻书信，传说中鱼能传书。④ 画眉桥：原注：桥在平望（江苏吴江县镇名），俗传画眉鸟过其桥下，即不能巧啭，舟人至此，必携以登陆云。

侯晰（清 690）一首　题：舟泊汉口有怀。①

阁锁晴川，②洲连鹦鹉▲③长空万顷烟光暮▲贾帆云集汉阳城△④恰又天涯芳

草逼清明△

仙笛乘风，神鸦饯客▲▲黄花低衬遥山碧▲▲[5]江南春色梦中情△一任断桥杨柳自纵横△

注：① 汉口：今属湖北省武汉市。② 晴川：阁名，在汉阳。③ 鹦鹉：洲名，在汉阳。④ 贾帆：商船；汉阳：今属武汉市。⑤ 客、碧：此两字换第二种仄韵。

纳兰性德（清694）一首　题：清明。

拾翠归迟，[1]踏青期近▲香笺小叠邻姬讯▲樱桃花谢已清明△何事绿鬟斜亸宝钗横△[2]

浅黛双弯，[3]柔肠几寸▲不堪更惹青春恨▲晓窗窥梦有流莺△也说个侬憔悴可怜生△[4]

注：① 拾翠：采百花，古代妇女的一种游戏。② 亸：下垂貌。③ 黛：喻眉。④ 个侬：那个人。

徐旭旦（清753）一首　题：本意。

朝雨初晴，春光渐引▲美人约伴寻芳信▲淡妆浓抹果娉婷△[1]三寸弓鞋红印踏莎行△[2]

十五芳年，天然娇倩▲[3]碧桃花下东风艳▲憨态急性玉钗横△回顾小鬟私语口脂馨△

注：① 娉婷：美貌。② 弓鞋：缠足女子弓形小鞋；踏莎行：踏草行。③ 娇倩：娇美。

秦氏（女）（清825）一首　题：闰七夕看锡山燃灯，[1]和表妹。

微露侵衣，嫩凉生树▲星桥一簇山深处▲青帘翠袖几相招△赢得片帆欲挂又停桡△[2]

小阁松风，幽窗蕉雨▲与卿梦里还同语▲[3]漫投双鲤付轻潮△[4]问取明朝乌鹊再填桥△[5]

注：① 闰七夕：闰年七月初七夜；锡山：无锡山名；和：依韵和诗。② 赢得：招惹得。③ 卿：对对方爱称。④ 双鲤：指书信，古人以为鲤能传书。⑤ 填桥：七夕鹊桥故事。

六十二字　赞成功

毛文锡（五代十国12）一首

海棠未坼，[1]万点深红△香包缄结一重重△似含羞态，邀勒春风△蜂来蝶去，

任绕花丛△

昨夜微雨，飘洒庭中△忽闻声滴井边桐△美人惊起，坐听晨钟△快教折取，戴玉珑璁△[②]

注：① 未坼：未裂也，喻苞尚未绽放。② 玉珑璁：玉首饰，指插戴其上。

车乘轨（现当 88）二首　题：第一首，护士节赞白衣天使。　注：2003 年 5 月 12 日作。

第二首，贺《翦叶集》出版，次昆阳子韵。注：2008 年 6 月 5 日作。

（1）惊闻非典，[①]袭击人间△初犹只作等闲看△后知时疫，危害空前△粤京最重，各地流传△

白衣天使，[②]不顾危安△知难而进御凶顽△弃家离子，义薄云天△逢兹护节，[③]祝愿安全△

注：① 非典：非典型肺炎。② 白衣天使：指医务人员。③ 护节：今日为护士节。

（2）壮哉董友，气浩人间△刚逾而立刮睛看△语文功厚，吟咏超前△珠玑作品，早已流传△

《翦叶》出版，愿了心安△诗坛誉满震痴顽△溢芳尘世，媲美乐天△煌煌巨著，意趣双全△

董国军（现当 278）一首　序：绍兴车乘轨老《越秀诗词楹联集》书成惠余，依其《护士节赞白衣天使》词韵，代书奉寄。车老编《历代雅词大观》以词牌为纲目，煌煌巨制，即可付梓。

劬劬尘世，[①]醒梦之间△佳篇惠我细吟看△未随人后，不念谁前△清凉似水，意趣多传△

寿高八秩，[②]体可康安△年来自愧是疏顽△嘉哉车老，笔种新天△雅词千卷，愿早编全△

注：① 劬劬：劳苦貌。② 八秩：八旬。

六十二字　苏幕遮（又名鬓云松）

范仲淹（宋 17）一首

碧云天，黄叶地▲秋色连波，波上寒烟翠▲山映斜阳天接水▲芳草无情，更在斜阳外▲

黯乡魂，追旅意▲夜夜除非，好梦留人睡▲明月楼高休独倚▲酒入愁肠，化作

相思泪▲

张先(宋18)一首

柳飞绵，花萼少▲镂板清音，浅发江南调▲斜日两竿留碧草▲马足重重，又近清明道▲

去尘浓，人散了▲回首旗亭，渐渐红裳小▲莫讶安仁头白早▲[1]天若有情，天也终须老▲

注：① 安仁：即美男子潘安。

梅尧臣(宋29)一首　题：草。

露堤平，烟墅杳▲乱碧萋萋，雨后江天晓▲独有庾郎年最少▲[1]窣地春袍，[2]嫩色宜相照▲

接长亭，迷远道▲堪怨王孙，[3]不记归期早▲落尽梨花春又了▲满地残照，翠色和烟老▲

注：① 庾郎：南朝宋庾仲远，明帝未即位前事之最诚，明帝即位，谓之曰：卿所谓"疾风知劲草"，并升官。② 窣地：忽地；春袍：指升官。③ 王孙：富贵家子弟。

周邦彦(宋128)二首　题：第二首，风情。

(1) 燎沉香，消溽暑▲鸟雀呼晴，侵晓窥檐语▲叶上初阳干宿雨▲水面清圆，一一风荷举▲

故乡遥，何日去▲家住吴门，[1]久作长安旅▲[2]五月渔郎相忆否▲小楫轻舟，梦入芙蓉浦▲

注：① 吴门：指苏州。② 长安：唐朝京都，此处借指北宋京都汴梁(今开封)。

(2) 泷云沉，[1]新月小▲杨柳梢头，能有春多少▲试着罗裳寒尚峭▲帘卷青楼，占得东风早▲

翠屏深，香篆袅▲流水落花，不管刘郎到▲三叠阳关声渐杳▲断雨残云，只怕巫山晓▲

注：① 泷云：似水急流般之云。

杨泽民(宋132)一首

日烘晴，风却暑▲帘幕中间，紫燕呢喃语▲嫩竹新荷初沐雨▲[1]曲槛幽轩，[2]四面明窗举▲

夏初临，春又去▲不愿封侯，[3]只怕为羁旅▲[4]溪上故人无恙否▲[5]欲唱菱歌，

拨棹归南浦▲[6]

注：① 沐：蒙受也。② 轩：有窗长廊。③ 封侯：做官。④ 羁旅：作客他乡。⑤ 无恙：无病，即安好。⑥ 拨棹：指行舟；浦：大水有支流处。

周紫芝（宋 201）一首

水傍边，山尽处▲唤取云来，共我山头住▲分得一江风共雨▲满院芙蓉，更听红妆舞▲[1]

趁霜晴，闲独步▲那里烟村，有个梅花树▲小径斜穿来又去▲醉后知他，有甚青云路▲[2]

注：① 红妆：指女子。② 青云路：指美好前程。

赵必瑑（宋 568）一首　题：钱塘避暑，忆旧周美成（即周邦彦）韵。

远迎风，回避暑▲人似荷花，笑隔荷花语▲无限情云并意雨▲惊散鸳鸯，兰棹波心举▲[1]

约重游，轻别去▲断桥风月，[2]梦断飘蓬旅▲[3]旧日秋娘犹在否▲[4]雁足不来，[5]声断衡阳浦▲[6]

注：① 兰棹：船桨之美称。② 此句平仄不同他首。③ 蓬：喻船。④ 秋娘：指其恋人。⑤ 雁足：喻书信，古人以为雁能传书。⑥ 衡阳浦：湖南衡阳村名。

张邦奇（明 150）一首　题：睡思。

日曈曈，[1]烟澹澹▲[2]半榻花阴，何处莺儿啭▲[3]睡思懵腾人困倦▲[4]四壁幽沉，成就平生懒▲

雨情浓，云色淡▲薜芷江篱，好共谁游衍▲[5]醉梦昏昏慵复办▲待要醒时，又怕人猜怨▲

注：① 曈曈：日初出貌。② 澹澹：恬静貌。③ 啭：鸟鸣。④ 懵腾：糊涂貌。⑤ 游衍：畅游。

吴敬所（明 263）一首　故事：《天缘奇遇》第一回，祁羽秋与素兰、小卿、桂红三婢之间的爱思。

素兰花，红桂树▲迎翠轩中，错被春留住▲[1]乖巧小卿机不露▲借雨邀风，脱壳金蝉去▲[2]

一杯茶，咫尺路▲[3]却似羊肠，[4]又把车轮误▲且向桂花红处吐▲攀取高枝，[5]再转登云步▲

注：① 春：指素兰。② 金蝉脱壳：借机逃去。③ 咫尺：很近。④ 羊肠：小

道也。⑤ 高枝：指二小姐廉丽贞。

沈谦（明 573）一首　题：闺病。

燕声娇，花影碎▲日过窗西，犹自厌厌睡▲[1]一线情思常似醉▲九十春光，[2]半拥鸳鸯被▲

靥销红，[3]眉敛翠▲便到缠身，总是多情泪▲说与东风都不会▲镜子裙儿，晓得人憔悴▲

注：① 厌厌：虚弱生病的样子。② 九十：九十天。③ 靥：酒涡。

时娴（女）（明 599）一首　题：咏枕。

傍鸳衾，钗凤袅▲[1]消受佳人，粉面花容俏▲夜夜巫山常伴晓▲[2]梦里悲欢，种种他知道▲

枕函欹，[3]春意悄▲未到三更，总为情颠倒▲覆去翻来都不好▲满脸流痕，尽是愁肠绕▲

注：① 钗凤：首饰。② 巫山：喻梦，源出楚襄王梦会神女于巫山。③ 枕函：枕套。

梁清标（清 105）一首　题：寒食。

杏花烟，榆荚雨▲绿映平桥，又见春如许▲[1]油壁车轻寒食路▲[2]细草芳尊，邀取春光驻▲

啭莺楼，归雁浦▲柳外梨边，愁煞长亭暮▲天意也知离别苦▲片片轻云，遮断人行处▲

注：① 如许：如此。② 油壁车：指妇女乘车，源出南齐名妓苏小小乘车。

聂鼎元（清 301）一首　题：意别。

意萦萦，情缕缕▲泥我娇躯，[1]年纪才三五▲[2]记得临行携手语▲好个春光，忍便抛人去▲

绿杨堤，芳草路▲南陌东城，都是关心处▲今夜不许扃绣户▲[3]月暗花深，怕有香魂度▲

注：① 泥：缠人。② 三五：十五岁。③ 扃：关闭。

杭锦（女）（清 325）一首　题：送春雨中。

绿杨烟，红杏雨▲檐溜声声，滴到伤心处▲欲作新词还自计▲[1]人在愁中，怕作多愁句▲

燕双双，莺对对▲[2]花柳三春，一霎轻抛弃▲[3]独有游丝相绊住▲不恳东皇，[4]留得春几许▲

注：① 计：计较，即推敲。此字"霁"韵，不叶韵，作宽叶。② 对：此字"队"韵，不叶韵，作宽叶。③ 弃：此字"置"韵，不叶韵，作宽叶。④ 东皇：司春之神。

丁炜（清 357）一首　题：晓起。　　注：调名原作鬓云松。

碧帏深，绡被暖▲到枕流莺，只向梦中唤▲日莹小屏宫锦灿▲[1]帘外遥山，一抹烟鬟乱▲

倒红螺，遗翠钿▲昨夜歌喉，累累珠成串▲满院绿阴人不见▲风飐柔红[2]，隐约桃花面▲[3]

注：① 莹：玉色美石；小屏：小屏风，谓日照莹屏。② 风飐：风动；柔红：指红花。③ 桃花面：喻女子面。

吴兴祚（清 361）一首　题：新秋，用清真韵。[1]

碧天高，凉月小▲落叶空亭，试问秋多少▲余暑未归寒未峭▲何事邻家，处处敲砧早▲[2]

战西风，芦荻袅▲雁下长空，声与云俱到▲潦倒关山乡梦杳▲卷起绳床，[3]怕听鸡催晓▲

注：① 清真：周邦彦号清真居士，见《词人小传》。② 敲砧：指捣衣。③ 绳床：绳编之交椅。

刘壮国（清 410）一首　题：春深寓广陵，[1]游郑园。

春光好，芳草倩▲郭外烟霞，[2]尽被莺花占▲悬阁回廊风景换▲[3]流水斜分，苔径因桥转▲

望池亭，松竹畔▲一带绿阴，肆映明窗满▲江燕不嫌邻断岸▲曲巷回峰，飞蹴随风剪▲

注：① 广陵：今江苏扬州。② 郭外：城外。③ 悬阁：形容阁高如悬空。

张学典（女）（清 434）一首　题：秋海棠。

嫩舒红，轻剪翠▲拂拭新妆，一种天然媚▲浅晕胭脂疑宿醉▲[1]力怯凭栏，香梦初惊起▲

映残霞，笼晓雾▲娇态含情，欲语还羞吐▲自是月中丹桂侣▲一夜金风，[2]吹向瑶阶贮▲

注：① 浅晕胭脂：微带红光圈。② 金风：秋风。

钟娘（女）（清 475）一首　题：归舟即事。

五月烟，三月渡▲多少青山，说是钱塘路▲[1]劝得王孙归闭户▲[2]舞衣歌扇，从

此知何处▲

燕叨叨，[③]莺絮絮▲[④]眼底春风，休把行人误▲怪煞女郎相伴住▲夜夜江南，偷梦扬州去▲

注：① 钱塘：代指今浙江杭州。② 王孙：富贵家子弟，此处指其夫吴鹿源。③④ 叨叨、絮絮：皆语多之意。

束蘅(女)(清 481)一首　题：秋闺。

绿窗闲，人已静▲玉兔初生，[①]银烛光摇冷▲倦倚画楼栏自凭▲庭院深深，墙角花枝映▲

小池水，明如镜▲霜打残荷，几点无多剩▲瘦减腰肢力不胜▲无奈伤秋，愁绝鸳鸯病▲

注：① 玉兔：月亮。

汪懋麟(清 519)一首　题：舟中寒食。

落花风，寒食雨▲几阵廉纤，[①]催送春何遽▲[②]闲倚篷窗临古渡▲[③]野店青帘，[④]飘在垂杨树▲

日归迟，时节误▲暝色高楼，望断河桥路▲燕子来时愁欲暮▲波上双双，飞过船头去▲

注：① 廉纤：指微雨。② 遽：急也。③ 篷窗：船窗。④ 青帘：指酒旗。

严曾相(清 555)一首　题：隔帘听幼女调筝度曲。

艳阳天，佳丽地▲忽听清音，声出珠帘里▲娇小盈盈才十四▲巧学春莺，一点樱桃碎▲[①]

度霓裳，[②]调翡翠▲[③]隐颤虾须，[④]惹得人如醉▲举止翩跹浑解意▲试问芳心，可解相思未▲

注：① 樱桃：形容口小。② 霓裳：曲名，唐杨贵妃首创。③ 翡翠：曲名。④ 虾须：帘子。

黄垍(清 566)一首　题：春闺。

海棠花，开遍了▲枝上莺声，来报春光好▲啼过绿杨窗欲晓▲唤起秋娘，[①]画得春山早▲[②]

戏藏钩，学斗草▲姐妹行中，偏是伊年小▲俏入花阴人未觉▲半亸香肩，手拈红梅小▲

注：① 秋娘：女子泛称。② 春山：喻眉峰。

高士奇(清 517)一首　题：春闺。

陌柳长，池波皱▲年去年来，只有春依旧▲怕理罗衫寒欲逗▲雨雨风风，做出清明候▲

糁靡芜，函豆蔻▲一种闲情，惯惹人消瘦▲忽忆花阴初见后▲半晌无言，只把鸳鸯绣▲

顾长任（女）（清 588）一首　题：春闺对景。

曲栏杆，深院小▲行到庭前，试问开多少▲昨夜东风花径扫▲嫩绿娇红，蛱蝶穿花绕▲[1]

日初长，春事早▲楼外青骢，[2]嘶满垂杨道▲乍得晴空闻语鸟▲日又斜阳，幽砌生芳草▲

注：① 蛱蝶：应为大蝴蝶，但一般古诗词中仍解作蝴蝶。② 青骢：青色马。

尤珍（清 608）一首　题：旅怀，次范文正公韵。　注：范文正公：即范仲淹。

彩云天，芳草地▲日暖风轻，四野山横翠▲春去斜阳花落水▲流水飞花，都在斜阳外▲

滞幽欢，添别意▲隐几挑灯，[1]醉则和衣睡▲[2]六曲栏杆谁共倚▲明月深闺，应照相思泪▲

注：① 隐几：靠着几案；挑灯：剪挑油盏灯芯。② 和衣：不脱衣。

牛日孜（清 644）一首

白云来，红日去▲暮暮朝朝，几度流光曙▲[1]家在天津城外住▲[2]画鼓楼船，总是伤心处▲

杏花溪，杨柳渡▲野水寒烟，梦断前村路▲曾记年时游别浦▲一片黄芦，飞出无边絮▲

注：① 曙：天亮，喻光阴流转。② 天津：今天津市。

徐元端（女）（清 645）一首　题：春晓。

锦衾寒，初睡觉▲帘幕重重，瞒却珠楼晓▲忽听檐前干鹊噪▲[1]起向妆台，怕对菱花照▲[2]

小园深，人不到▲昨夜东风，捻去春多少▲独倚雕栏寻句好▲半晌无言，[3]自把花枝掏▲

注：① 干鹊：即鹊，因其恶湿，故名。② 菱花：喻镜子。③ 半晌：片刻。

杨大鹤（清 677）一首

惜花红，嗔柳绿▲[1]掩映湘帘，[2]讶许人如玉▲卷翠幕浅妆新沐▲[3]袖拂菱花，[4]斜顾湘裙幅▲

鬓双垂，腰一束▲浑不胜衣，漫说鲛绡薄▲[5]约数年年应十六▲鹦鹉偷传，小避银屏曲▲

注：① 嗔：怒也。② 湘帘：斑竹帘。③ 幕：疑帷字之误；浅妆新沐：疑新妆浅沐。④ 菱花：镜子。⑤ 鲛绡：传说中鲛人所织的绢帕。

纳兰性德（清 694）一首　题：咏浴。　注：调名原作鬓云松。

鬓云松，红玉莹▲[1]早月多情，送过梨花影▲半晌斜钗慵未整▲[2]晕入轻潮，[3]刚爱微风醒▲

露华清，人语静▲怕被郎窥，移却青鸾镜▲罗袜凌波波不定▲[4]小扇单衣，可奈星前冷▲[5]

注：① 红玉：喻面。② 半晌：片刻。③ 晕潮：脸上红色光圈。④ 罗袜凌波：喻步履轻盈。⑤ 可奈：何奈。

薛琼（女）（清 844）一首　题：秋思。　注：调名原作鬓云松。

月微明，云罅漏▲倦倚屏山，斜衬罗衫袖▲闲闷难消翻恨酒▲瑟瑟西风，刮得霜林逗▲

黄叶摘，随意嗅▲一种幽香，也为经霜瘦▲花钗愁人憔悴久▲故故迟开，错过重阳候▲

沈渶（清 852）一首

小楼春，芳园暮▲翠映红遮，处处迷香雾▲坐待宵深扃绣户▲半亸金钗，倚枕轻轻语▲

彩云流，纤月吐▲豆蔻花开，不耐凝新露▲漏断玉壶天欲曙▲柳外莺儿，啼过纱窗去▲

王策（清 860）一首　题：寒食。

柳绵新，梨粉瘦▲脉脉消魂，池馆轻寒透▲一霎花梢斜日漏▲细雨连天，又做黄昏候▲

翠原风，青冢酒▲地下红妆，[1]睡损苔花绣▲肠断玉兰香豆蔻▲春到人间，也到幽泉否▲

注：① 地下红妆：墓中姑娘。

夏敬渠（清 932）一首　故事：《野叟曝言》第三十九回，调酒令任湘灵《秋花词》。

注：调名原作鬓云松。

露华寒，苔影瘦▲无力严妆，却共西风瘦▲冷烟疏雨黄昏又▲不待红飞，总是伤心候▲

傍桐轩，依竹牖▲便得人怜，已落他人后▲惟有月明情似旧▲清影寒光，寂寞成佳偶▲

高鹗（清 1068）一首　题：送春。

日烘晴，风弄晓▲芍药荼蘼，是处樱怀抱▲倦枕深杯消不了▲人惜残春，我道春归好▲

絮从抛，莺任老▲拼作无情，只为多情恼▲日影渐斜人悄悄▲凭暖栏杆，目断游丝袅▲

王汝璧（清 1029）一首　题：春阴。

晓寒轻，云影腻▲花气冥冥，春似朱颜醉▲薇帐逗烟眠未起▲蝴蝶飞来，香满人间世▲

雨飘丝，风扫翠▲何处红楼，罨画垂杨里▲[1]莫道春愁愁不已▲杏梁双燕，细诉春风意▲

注：① 罨画：彩色画。

黄景仁（清 1106）一首

雪初晴，帘正卷▲未试春灯，先把春衣浣▲[1]第一番风须放软▲[2]怯怯春魂，万一惊他转▲

饮厌厌，歌缓缓▲蓦地思量，春近家乡远▲细粟柳芽枝上满▲待尔春深，把我离愁绾▲

注：① 浣：洗衣。② 第一番风：自小寒起至谷雨，有二十四番花信风，每番五天，有一花应之。第一番有梅花应之。

杨芳灿（清 1128）一首

碧云松，[1]眉黛敛▲百褶仙裙，[2]不耐东风飐▲[3]莲步纤纤罗袜浅▲[4]才解相思，已觉腰肢减▲

麝烟凝，螺槅掩▲[5]小院春深，迟日莺花艳▲午梦初回凭画槛▲一缕柔情，薄晕潮生脸▲[6]

注：① 云：发也。② 褶：皱折。③ 飐：风动物也。④ 莲步：缠足女子行步。⑤ 螺槅：嵌螺钿之窗。⑥ 此句谓脸上微微泛起红光圈。

席佩兰（女）（清 1162）一首　题：送春，寄子潇。[1]

绿阴深，深院闭▲怕倚栏杆，春在斜阳里▲几片飞花才到地▲多事东风，又促花飞起▲

篆丝长，[2]帘影细▲一径无人，遮断春归计▲人纵留春春去矣▲点点梅花，还

替花垂泪▲

注：① 子潇：即其夫孙原相，见《词人小传》。② 篆丝：曲折如篆体字般香烟。

马汾（清 1201）一首　题：过戴寿泉贰尹春水居，即送其谒选。[1]

径三三，溪曲曲▲柳外东风，吹影重摇绿▲漫数闲居幽梦独▲转过花汀，[2]便是侬家屋▲[3]

小桥横，新雨足▲打桨寻来，[4]鸥鹭都相熟▲话到天涯分手促▲[5]明月无情，也恋滩边宿▲

注：① 贰尹：副知县；谒选：去上级官衙考选。② 汀：水中小块陆地。③ 侬：吴语，我也，也指你，此处指你。④ 打桨：点出水上行船。⑤ 促：仓促。

钱师曾（清 1222）一首　题：春寒特甚，汪小米经旬卧水北楼中，[1]填此以当问讯。

五湖宽，[2]三月暇▲天与烟波，深处留精舍▲一树鹅黄杨柳下▲有个红楼，有个人如画▲[3]

琐窗处，[4]奁影射▲远近眉山，[5]描得春无价▲风紧梨花寒食夜▲[6]记得摊书，记得银釭灺▲[7]

注：① 经旬：十天。② 五湖：此处指太湖。③ 有个人：指汪小米。④ 琐窗：镂刻花纹之窗。⑤ 眉山：眉峰。⑥ 寒食：古节日名，在清明前一日或前二日。⑦ 银釭：喻油灯盏；灺：灯芯烧余部分。

庄盘珠（女）（清 1268）一首　题：夏日荷亭即事。

水亭开，槐昼永▲[1]贪看游鱼，又怕危栏凭▲响雨欲来风片紧▲红藕花梢，无数蜻蜓影▲

瓦松明，[2]阶藓润▲[3]泻玉溅珠，[4]不许圆荷定▲一霎凉月还卷尽▲梧叶含秋，帘角斜阳冷▲

注：① 昼永：日长。② 瓦松：比屋瓦高松树。③ 阶藓：台阶上的苔鲜。④ 泻玉溅珠：喻雨密。

李佩金（女）（清 1336）一首　题：夏夜纳凉。

竹庭幽，莲漏永▲[1]兰夜无聊，[2]可奈愁人醒▲几点萤光流曲径▲细细荷风，卷碎玲珑景▲

翠屏深，炉篆静▲临月残妆，云匣开金镜▲玉笛邻墙吹未稳▲叶叶凉生，露小

单衣冷▲

注：① 莲漏：莲花形滴漏器；永：长也。② 兰夜：香夜，夜之美称。

吴藻（女）（清 1484）一首

曲栏杆，深院宇▲依旧春来，依旧春来去▲一片残红无著处▲绿遍天涯，绿遍天涯树▲

柳花飞，萍叶聚▲梅子黄时，梅子黄时雨▲小令翻香词太絮▲[①]句句愁人，句句愁人句▲

注：① 小令：五十八字之内之词通常称小令；絮：语多也，喻繁琐。

唐埙（清 1497）一首　题：和赵秋舲。

玉搔头，[①]金夹膝▲[②]如水春光，忙煞蜂和蝶▲帘内湘波帘外月▲月转空廊，照见胭脂褶▲[③]

鬓舒痕，眉熨结▲镜槛箫楼，不是愁时节▲薄睡醒来鸦影瞥▲[④]蹴落梅花，料是风无力▲

注：① 玉搔头：即玉簪，首饰也。② 金夹膝：金护膝。③ 胭脂褶：红裙褶。④ 鸦影：乌黑发髻影子；瞥：偶见。

李文瀚（清 1526）一首　题：题李式斋同年画楼春晓图。

柳丝丝，花片片▲一晌春阴，[①]锁住楼深浅▲楼上分明栖燕燕▲因甚西飞，寂寞纱窗茜▲[②]

听鹃啼，怜蝶恋▲镜约钗盟，庐结星河愿▲愿也漫随春去远▲万一桃花，重见刘郎面▲[③]

注：① 一晌：片刻。② 茜：红色。③ 刘郎：刘禹锡，有《再游玄都观》绝句诗"种桃道士归何处，前度刘郎今又来"。

汤成烈（清 1542）一首

燕交飞，莺解语▲帘内轻寒，帘外廉纤雨▲[①]无数游丝拦不住▲一片花飞，又逐东风去▲

木兰舟，[②]桃叶渡▲[③]芳草连绵，认是江南路▲恼乱啼鸦催报曙▲[④]归梦迢迢，做了曾无据▲[⑤]

注：① 廉纤雨：微雨。② 木兰舟：舟之美称。③ 桃叶渡：在南京秦淮河，乃王献之送爱姬桃叶渡口。④ 报曙：报晓。⑤ 做了：做了梦。

吴承勋（清 1547）一首　题：用堆絮体。　注：调名原作鬓云松。

掩纹纱，开宝鼎▲一树梧桐，一树梧桐影▲络纬啼咽秋欲暝▲[①]翠玉楼前，翠

玉楼前井▲

凤衾寒，鸳帐冷▲好梦无端，[2]好梦无端醒▲离别团圞今夜并▲愁倚栏杆，愁倚栏杆等▲

注：① 络纬：昆虫名，即纺织娘。② 无端：无故。

赵我佩（女）（清1557）二首

（1）曲廊斜，深院静▲楼外秋千，送过垂杨影▲燕子不来春又尽▲风折栏杆，独自和愁凭▲

髻云低，[1]眉月冷▲人瘦如花，花也如人病▲小梦惺忪瞑未稳▲[2]烛烬香消，[3]依旧今宵醒▲

注：① 髻云：髻发。② 惺忪：似醒未醒。③ 烛烬：烛烧余剩物。

（2）绿窗闲，红雨静▲[1]无奈春归，无计留春定▲燕子含愁蝴蝶病▲薄倖东风，短了桃花命▲

昼初长，香已烬▲[2]一树垂杨，一架秋千影▲半卷湘帘银蒜冷▲[3]楼外青山，楼上愁人凭▲

注：① 红雨：落花如雨。② 香烬：香烧余后剩物。③ 湘帘：斑竹帘；银蒜：帘押。

金濂（清1583）一首　注：调名原作鬓云松。

画船高，春水满▲隔岸桃花，花底门双扇▲曾记东风窥半面▲帘影丝丝，不识愁深浅▲

鬓鸦分，钗凤颤▲输与雕梁，燕子寻常见▲几日踏青归去晚▲梦也生疏，夜夜思量遍▲

徐城（清1611）一首

画屏空，罗幌静▲一道眉山，淡翠横愁影▲睡起海棠红未醒▲欲待寻春，只是恹恹冷▲

惜分飞，怜薄命▲护水鸳鸯，惯向银塘并▲帘外游丝吹不定▲莫依朱栏，小院东风冷▲

徐官俊（清1700）一首　题：江乡忆旧。

木兰舟，桃叶渡▲春水连天，江上晴云暮▲云外青山山外树▲一抹斜阳，不见人来去▲

绿杨烟，红杏雨▲天气阴晴，总是离愁故▲别后萋萋芳草路▲泪血相思，点点花间露▲

陆豫(清 1705)一首　题：次子启韵。

浪纹疏，萍点瘦▲细雨吹来，水阁凉痕逗▲记取茅亭春唤酒▲布谷催残，[1]剩得沿堤柳▲

砌苔梳，溪石漱▲赌韵传杯，[2]河朔今番又▲[3]一鹭花前翘足久▲荷叶声稀，新月来时候▲

注：① 布谷：鸟名，即催耕鸟。② 赌韵：诗词集会。③ 河朔：河之北岸。

吕耀斗(清 1725)一首

试香茸，[1]商钿叶▲[2]怯怯心情，未惯人怜惜▲□劝金尊无气力▲[1]酒晕梨涡，[4]红过春衫襭▲[5]

笛声寒，钗语隔▲道是生疏，却是曾相识▲小札瑶珰何处觅▲[6]待倩花梢，双燕殷勤说▲[7]

注：① 香茸：初生香草。② 钿：嵌金叶或蚌壳屑之饰物。③ □：此处漏一字，疑为"奉"字；尊：酒杯。④ 晕：发生红光圈，指面颊；涡：俗称酒涡。⑤ 襭：衣襟。⑥ 瑶珰：玉耳环。⑦ 殷勤：周到、尽心。

李慈铭(清 1735)一首　题：题家书后。

燕衔泥，风落絮▲如此关山，[1]梦怯都难度▲三载飘零春又去▲[2]但见春归，那有侬归路▲[3]

望吴书，[4]寻越树▲[5]临水登高，总是伤心处▲落照平芜天又暮▲门外鸦啼，不为愁人住▲

注：① 关山：即关隘与山川。② 三载飘零：指作者离绍兴故乡三年，在北京为官。③ 侬：即我。④ 吴书：绍兴家乡来书，绍兴一度属吴。⑤ 越树：绍兴树。

李曾裕(清 1771)一首

小红楼，春影暮▲燕子骄人，两两呢喃语▲尔自双飞侬独处▲不许归帘，请到他家去▲

好年华，空自误▲万种柔情，绾就愁千缕▲小小眉儿担不住▲分付秋波，并作梨花雨▲

张祥龄(清 1836)一首　题：次片玉戏笃庵。[1]

锦屏宽，罗帐小▲新得娇娃，一颗明珠少▲弓履轻柔菱样悄▲[2]正熟朱樱，[3]莺嘴留心早▲

镜鸾娇，钗凤袅▲[4]笑问桃夭，甚日春风到▲香护云帘签漏杳▲[5]睡稳双鸳，那

觉屏山晓▲[6]

注：① 片玉：周邦彦词集名。② 菱样：弓形小鞋。③ 朱樱：喻红唇。④ 钗凤：钗头凤，首饰。⑤ 签漏：更漏计时签。⑥ 屏山：如山屏风。

劳纺(女)(清1883)一首　题：西行赴兰州，[1]与三姐、五妹别，黯然魂销赋此。

雨初晴，春欲晚▲燕子来时，别袂匆匆判▲[2]一隔重城天样远▲零泪沾衣，回首空留恋▲

柳丝丝，风剪剪▲[3]嫩碧嫣黄，点染芳郊遍▲无奈暂将离恨遣▲铃语郎当，[4]又惹秋怀乱▲

注：① 兰州：甘肃省城，时作者公爹任陕甘总督。② 别袂：分袖，即分离。③ 剪剪：寒貌。④ 铃语：檐角风铃丁当似语。

无名氏(女)(清1930)一首　题：茌平旅壁。[1]

月儿高，灯影媚▲悄背兰釭，[2]双鬓颓云坠▲[3]私语喁喁呼小字▲[4]促卸残妆，听落钗声腻▲

漆投胶，盐着水▲侬我欢卿，不尽绸缪意▲赠与定情金合子▲握手匆匆，已月波窗渍▲

注：① 茌平：山东县名。② 兰釭：灯之美称。③ 颓云：喻女子松柔的发髻。④ 私语：小语；喁喁：喻低声；小字：小名。

许白凤(现当58)三首　题：第一首，客来谈十年风雨。

第二首，韶关诗社同好相应继声。

第三首，东郊行，集杜牧诗句。　注：三首皆1981年作。

(1) 雨遮天，风卷地▲盼煞新晴，盼煞新晴未▲撩乱枝头蜂蝶意▲大好春光，大好春光弃▲

曲栏边，斜照里▲点点残红，点点残红泪▲老柳牵丝拚力气▲扶起春魂，扶起春魂祭▲

(2) 称闲居，娱老计▲一首新词，一首新词味▲同调而今能有几▲无限相思，无限相思意▲

和巴吟，[1]堆絮体▲[2]一字推敲，[3]一字推敲细▲折取岭梅劳远寄▲[4]南国春风，[5]南国春风被▲

注：① 巴吟：自谦语。巴，下里巴人意。② 堆絮体：前后段第四句重复第三句；第七句重复第六句，但句末多一字。③ 推敲：反复斟酌。④ 岭梅：大庾岭梅。⑤ 南国：此处指韶关，广东市名。

(3) 雨霏微，风抖擞▲已过清明，已过清明后▲出郭偶近田舍叟▲沿着河边，沿着河边走▲
小桥东，叉路口▲红杏花开，红杏花开透▲借问牧童村店酒▲那里人家，那里人家有▲

车乘轨(现当88)一首　题：悼念大姑母。注：大姑母，名车馥英，嫁同邑上灶屠叔颐为室，早寡无子女。1997年5月17日作。

诞城中，居上灶▲早寡丧夫，又缺亲人靠▲生性善良扶老小▲赢得车家，[①]把"好依娘"叫▲[②]

远来禾，难尽孝▲虽也邮钱，奈遽传亡耗▲[③]坟在何方人不晓▲祭扫无途，只是添烦恼▲

注：① 车家：作者一家。② 好依娘：绍兴土语，依稀是娘之意。③ 亡耗：姑母病逝于1953年11月13日午时。

董国军(现当278)一首　题：重游宗泽墓。[①]

梦斜阳，寻宿草▲京岘今来，古树藏啼鸟▲荒径苍苔无打扫▲青冢黄昏，寂寞游人少▲

瓮城偎，[②]扬子绕▲[③]此地登临，无限江山好▲歌舞声声犹未了▲春月秋风，谁惜英雄老▲

注：① 宗泽：宋义乌人，抗金名将，墓在镇江市东郊京岘山下。② 瓮城：镇江古称铁瓮城。③ 扬子：扬子江，即长江。

六十三字　甘州遍

毛文锡(五代十国12)一首

春光好，公子爱闲游△金鞍白马，雕弓宝剑，红缨锦襜出长楸△[①]

花蔽膝，[②]玉衔头△[③]寻芳逐胜欢宴，丝竹不曾休△美人唱，揭调是甘州△[④]醉红楼，尧年舜日，乐圣永无忧△

注：① 襜：古时短便服，喻衣；长楸：高大的楸树。② 蔽膝：围于衣服前面的大巾，用以蔽护膝盖。③ 衔头：马嚼口。④ 揭调：犹开腔；甘州：曲名。

六十三字　折桂令

杨慎(明157)一首　题：偶见。

是谁家掌上云英△[①]步步花迎△笑笑春生△劝客登楼，邀郎卷幔，[②]约伴调筝△

卸兰膏、鬓云再整，③拂檀痕、眉月重盈△④斗帐围屏△小语低声△休猜做、燕请莺招，愿结个、凤誓鸾盟△

注：① 云英：仙女名。② 幔：帷幔。③ 兰膏：香脂。④ 檀痕：香迹。

六十三字　芭蕉雨

王策(清860)一首　题：春雨。

昏昏天影如墨▲不分朝与暮▲声声滴▲烟柳万丝愁织▲腻得一带纱窗，欲明无力▲

苔纹阶畔暗积▲鸠舌唤晴涩▲①待何日、携琴西城陌▲②只一味、闷恹恹忘了清明，③前朝寒食▲

注：① 鸠：鸠鸣可占晴雨，其声似呼也。② 西城陌：西郊。③ 一味：一直。

六十三字　喝火令

李叔同(现当9)一首　题：爱民心之死也。　注：1906年在日本作。

故国鸣鹈鴂，①垂杨有暮鸦△江山如画日西斜△新月撩人，透入碧窗纱△

陌上青青草，楼头艳艳花△洛阳女儿学琵琶△②不管冬青一树属谁家△不管冬青树底，影事一些些△

注：① 鹈鴂：即杜鹃。② 洛阳女儿：梁武帝萧衍《河中之水歌》“河中之水向东流，洛阳女儿名莫愁”。

六十三字　凤衔杯

车乘轨(现当88)一首　题：辛卯端午。　注：2011年6月6日(端午)作。

迅疾流光端午到▲插菖艾、药香遍绕▲任大雨滂沱，①南湖踏船仍然闹▲②锦标夺，齐呼号▲

夏初临，邪毒扰▲依风俗、带黄肴烧▲③又酒赭粽红，④荧屏昆雅怡情饱▲⑤试新器，⑥欣淋澡▲

注：① 滂沱：水势盛大貌。② 踏船：踏白船，嘉兴船名，类似龙舟。③ 带黄：依风俗，带黄、赤色菜肴能避邪去毒。④ 酒赭：指严州(浙江建德)特产五加皮药酒。赭，色也，与黄色一样是端午应节色彩；粽红：指嘉兴名产赤豆沙糯米粽。⑤ 昆雅：指国粹昆曲。⑥ 新器：指热水淋浴器，去冬婿、女、外孙女网购新装，今日启用。

六十四字　小桃红

卢前(现当48)一首　题：寒食前二日侍瞿安师太平门外访桃花。①

莫道香山薄▲莫负春花约▲江南三月，绿杨城郭▲况青山灼灼遍桃华，②且尽

花前灼▲

空里莺声落▲枝上红绒托▲斗草光阴，禁烟时节▲金粉楼阁▲羡十里斗红妆，唱彻迎春乐▲

注：① 瞿安：即吴梅，见《词人小传》；太平门：南京东南门。② 桃华：即桃花。

六十四字　天下乐

车乘轨（现当 88）一首　题：庚寅端午。　注：2010 年 6 月 16 日（端午）作。

清和月过暖风吹△[1]正端午、乍试单衣△妻病欠安，添个新来姆，[2]佳节良辰互贺禧△

门粘艾叶菖蒲梗，米粽肉豆兼宜△[3]盘荐酱鸭黄鱼，[4]杯进茄皮酒，鼓声催△湖面龙舟呐喊驰△[5]

注：① 清和月：农历四月称清和月。② 姆：保姆。③ 肉豆：猪腿肉粽和赤豆粽。④ 荐：献也；酱鸭、黄鱼：均带黄色，云可辟邪。⑤ 湖面：指南湖，余家濒临该湖，保姆还亲临现场观赏。

六十四字　竹枝子

无名氏（唐 45）一首　注：词依云谣集杂曲子。

高卷珠帘垂玉牖，[1]公子王孙女▲[2]颜容二八小娘△[3]满头珠翠影争光△百步惟闻兰麝香△

口含红豆相思语▲[4]几度遥相许▲修春传与萧娘△倘若有意嫁潘郎△休遣潘郎争断肠△

注：① 玉牖：窗之美称。② 公子王孙女：富贵家女儿。③ 二八：十六岁。④ 红豆：又名相思子，有双关意。

六十四字　行香子

赵长卿（宋 389）一首

娇马花骢△柳陌轻纵△小春天、[1]十里和风△个人家住，曲巷墙东△好轩窗，[2]好体面，好仪容△

烛灺歌慵△[3]斜月朦胧△夜新寒、斗帐香浓△[4]梦回画角，云雨匆匆△恨相逢，恨分散，恨情钟△

注：① 小春天：即小阳春，指农历十月。② 轩：长廊有窗者。③ 烛灺：烛烧余部分。④ 斗帐：圆顶小帐。

张天师（元 30）一首

净扫尘埃△惜取苍苔△任门前、红叶铺阶△也堪图画，还也奇哉△有数株树，数竿竹，数枝梅△

花木栽培△取次教开△①明朝事、天自安排△知他富贵几时来△且优游，且随分，②且宽怀△③

注：① 取次：次第。② 随分：随其自然。③ 此词较赵词前段多一字，后段少一字。

六十四字　折桂令

余象斗(明 262)一首　题：西湖。　注：见《万锦情林·裴秀娘夜游西湖记》。

苏公堤上，①今古堪夸△春夏秋冬，四季奢华△潋滟湖光，②冥濛山色，掩映朝霞△紫陌上垂杨系马，③断桥边流水人家△④画舫撑棹，⑤翠袖罗裳△韵悠悠笙歌嘹亮，醉醺醺笑语喧哗△

注：① 苏公堤：杭州西湖苏堤。② 潋滟：波光相连貌。③ 紫陌：京都郊野(杭州为南宋都城)。④ 断桥：西湖白堤上桥名。⑤ 画舫：精致游船。

六十四字　品令　第一体，首句四字，第四、五句各四字。

李清照(女)(宋 207)一首

零落残红，恰浑似、胭脂色▲一年春事，柳飞轻絮，笋添新竹▲寂寞幽闺，坐对小园嫩绿▲

登临未足▲怅游子、归期促▲他年魂梦，千里犹到，城阴溪曲▲应有凌波，①时为故人留目▲

注：① 凌波：喻美人步履轻盈。

六十四字　品令　第二体，首句五字，第四、五句并成一句七字。

陈亮(宋 393)一首　题：咏雪梅

潇洒林塘暮▲正迤逦、香风度▲①一番天气，又添作、琼枝玉树▲粉蝶无踪，疑在落花深处▲

深沉庭院，也卷起、重帘否▲十分春色，依约见了，水村竹坞▲怎向江南，更说杏花细雨▲

注：① 迤逦：曲折连绵。

六十四字　风中柳

刘因(元 23)一首

我本樵渔，不是白驹空谷▲①对西山、悠然自足▲北窗疏竹▲南窗丛菊▲爱春居、数间茅屋▲

风烟草屦，[2]满意一川平绿▲问前溪、今朝酒熟▲幽泉歌曲▲清泉琴筑▲[3]欲归来、故人留宿▲

注：① 白驹：《诗·小雅》篇名，比喻贤士。② 草屦：草鞋。③ 琴筑：古乐器。

陈继儒（明251）一首

燕燕于飞，补葺旧巢堪宿▲草庵宽、何须华屋▲水儿一曲▲山儿一幅▲翠微中、须眉皆绿▲[1]

拄杖敲门，有客来看修竹▲[2]但家常、园蔬溪蔌▲[3]菊花酒足▲松花饭熟▲日三竿、图些清福▲[4]

注：① 翠微：指山气青绿色。② 修竹：长而直之竹。③ 溪蔌：溪边野菜。④ 日三竿：日上中天，指时已不早。

查应光（明279）一首　题：村居。

静夜寥寥，泉声自应山谷▲聆清音、怡然独足▲粉霜褪竹▲黄金绽菊▲看物候、全无委屈▲

雨色滂沱，骤添一川新绿▲喜村童、报道酒熟▲鱼鸟供游，山花供寿▲[1]漫言旋、荒庄且宿▲[2]

注：① 游、寿二字不叶入声“屋”韵，稍异。② 旋：回归。

李雯（清22）一首　题：闲情。

暗锁离愁，端是楼前杨柳▲凭栏杆、月痕初透▲腕儿越瘦▲眉儿越皱▲怕黄昏、燕归时候▲

粉薄香绡，帘额清清依旧▲[1]试兰汤、微温豆蔻▲[2]常垂纤手▲轻拔罗袖▲倚屏风、夜深灯后▲

注：① 帘额：帘上方。② 兰汤：香汤，一般喻洗浴水。

六十四字　麦秀两岐

和凝（五代十国16）一首

凉簟铺斑竹▲鸳枕并红玉▲脸莲红，眉柳绿▲胸雪宜新浴▲淡黄衫子裁春縠▲异香芬馥▲

羞道交回烛▲未惯双双宿▲树连枝，鱼比目▲掌上腰如束▲娇娆不争人拳踢▲[1]黛眉微蹙▲

注：① 拳踢：局促不自由。

黄千人（清641）一首　题：田家四月词。

茅舍浓阴复▲高矮围新竹▲蜜分房，蚕上簇▲已过迦文浴▲[1]摘来倭豆盈筐剥▲休夸粱肉▲

皋上闲驱犊▲藉草当裀褥▲麦金黄，秧正绿▲播种期忙促▲妇鸠唤雨田田蓄▲[2]一犁刚足▲

注：① 迦文：释迦佛；浴：四月八日传为浴佛节。② 鸠：《埤雅》"天欲雨，鸠逐妇，既雨，鸠唤妇"。

车乘轨（现当88）一首　题：赞农产品，叹农苦。　注:2003年6月13日作。

清明采茶绿▲小满茧蚕育▲[1]夏荷莲，秋玉蜀▲[2]十月烘杭菊▲[3]初冬稻熟收新谷▲替人增福▲

童子横牛犊▲妇女羊群牧▲野耕田，家织縠▲[4]老少齐忙碌▲一年辛苦眉头蹙▲价低忧郁▲

注：① 小满：二十四节气之一。② 玉蜀：玉蜀黍，即玉米。③ 杭菊：即杭白菊，盛产于浙江桐乡。④ 縠：皱纱也。也泛指织品。

六十四字　握金钗

吕渭老（宋259）一首

向晚小妆匀，[1]明窗倦裁剪▲见花清泪遮眼▲开尽繁花又春晚▲心下事，比年时，[2]都较懒▲

蝴蝶入帘飞，莺声似簧啭▲闲来无计拘管▲心似芭蕉乍舒展▲归去也，夕阳斜，红满院▲

注：① 向晚：近晚。② 比年：近年。

六十四字　瑞鹧鸪

柳永（宋14）一首

三吴佳景古风流△[1]渭南往岁忆来游△[2]西子方来，[3]越相功成去，[4]千里沧波一叶舟△

至今无限盈盈者，[5]尽来拾翠芳洲△[6]最好簇簇寒林，遥认南朝画，[7]晚烟收△三两人家古渡头△

注：① 三吴：据《历代地理指掌图》，苏州、常州、湖州为三吴。亦有它说。② 渭南：指苏州渭塘南面之蠡口，传系范蠡偕西施归隐山东，从此处入太湖泛舟而去。③ 西子：即西施。④ 越相：指越国大夫范蠡。⑤ 盈盈：喻轻盈女郎。⑥ 拾翠：古代妇女春游采花草。⑦ 南朝：指东吴、东晋、宋、齐、梁、陈六朝，称南朝，皆建都南京。

贝琼（明8）一首

风林初夜月轮高△①乌飞不尽楚王遥△一曲清江，却似潇湘路，何处人家傍小桥△

十年空负归来约，已无旧杏新桃△漫思田父前时，同在鸡豚社，②日相招△酒压梨花醉一瓢△

注：① 月轮：喻圆月。② 豚：小猪；社：指春社，祭后土神，聚饮宴。

六十四字　酷相思

高鹗（清1068）一首　题：五月初婿以漫饮，顷刻竟亡。

惭愧春风刚一度▲怎犯天公怒▲不道你、抛人真个去▲郎去了、归何处▲郎去了、来何路▲

便是阎君不受赂▲也许亲人诉▲倘行到阴山谁看顾▲郎未到、须先住▲郎若到、奴来晤▲

六十四字　殢人娇

毛滂（宋143）一首

云做屏风，花为行幛▲①屏幛里、见春模样▲小晴未了，清阴一晌▲酒到处、恰如把春拈上▲

官柳黄轻，河堤绿涨▲花多处、少停兰桨▲雪边花际，②平芜叠嶂▲这一段、凄凉为谁怅望▲

注：① 行幛：旅行帏幕。② 雪：喻柳絮。

向子諲（宋218）一首　题：席上赠侍人轻轻。

白似雪花，柔于柳絮▲蝴蝶儿、镇长一处▲①春风骀荡，②蓦然吹去▲争得倩、游丝半空惹住▲

波上精神，③掌中态度▲④分明是、彩云团做▲当年飞燕，从今不数▲只恐是、高唐梦中神女▲⑤

注：① 镇长：常常。② 骀荡：景色舒放貌。③ 波上：凌波，喻步履轻盈。④ 掌中：汉成帝后赵飞燕身轻能掌上舞。⑤ 高唐：宋玉《高唐赋》楚襄王梦与神女欢会。

华胥（清243）一首　题：赠妓，同周雪客、王衣尚赋。

黛色岚轻，①粉痕潮浅▲②䌷燕尾、绿云双剪▲③炭兽炉边，④雪猊帘畔▲⑤任顾曲、⑥吹笙泥他柔暖▲

晓阁瞢腾，晚香零乱▲还絮语、玉钗恩怨▲⑦算月盈亏，移家近远▲待绣户、春

风笑桃人面▲⑧

注：① 此句谓眉峰轻点黛色。② 此句谓面颊浅涂白粉。③ 此句谓燕尾式发髻下垂。④ 炭兽：兽形之炭。⑤ 雪猊：白狮(指画)。⑥ 顾曲：听歌。⑦ 絮语：话多。⑧ 笑桃人面：化崔护诗“人面桃花相映红”，指妓。

朱彝尊(清 288)一首　题：赠女郎细细。

绝小唇朱，无多眉翠▲算舞腰、楚宫有几▲①犀心一线，②柳条通体▲③比燕燕、虫虫也还纤媚▲④

易露帘前，最宜怀里▲借片石、迷藏花底▲⑤一分难减，千丝得系▲待社日、归来与伊相对▲

注：① 楚宫：楚王好细腰。② 犀心：犀牛角内中空，喻相通。③ 柳条：喻腰细，身材纤小。④ 燕燕、虫虫：皆人名。⑤ 迷藏：捉迷藏，喻躲避。

杨源(清 1070)一首　题：垂丝海棠，和竹垞(朱彝尊)韵。

细朵低垂，柔丝半绾▲较桃李、漫山开晚▲翠袖翻香，脂肤逗暖▲似花影、穿帘云鬓微乱▲

雨滴初匀，啼痕不断▲正凤子、双飞寻惯▲①月底延娇，夜深洗琖▲②记银烛、红妆偎肩同看▲

注：① 凤子：大蛱蝶。② 琖：同盏。

阮绵审(清 1707)一首

云想衣裳，水如环佩▲①绣弓鞋、芙蓉裙衩▲②蔷薇花底，珍珠帘外▲相见处、回头羞拈罗带▲

细语难通，宿酲未解▲③殢人娇、湿红愁黛▲思量今夜，悲欢此会▲这一刻、千金从他不买▲

注：① 环佩：女子身上饰物。② 弓鞋：缠足弓形小鞋。③ 宿酲：隔夜酒醉。

车乘轨(现当 88)一首　题：古钟出土。　注:2001 年 4 月 10 日作。

石堰山前，①云东路北▲新挖出、两钟惹目▲矮钟内伏，高钟外覆▲最特异、吊环饰龙头足▲

辛卯干支，②乾隆卅六▲嗟文物、土中湮蓄▲寺名石佛，傍岩建筑▲惜古刹、荡然无存结束▲

注：① 石堰山：在绍兴五云门(东门)外约四公里处。② 古代表示年、月、日、时的次序。辛卯：即乾隆三十六年(1771 年)。

六十四字　醉春风（又名怨东风）

赵与仁（宋 545）一首

陌上清风近▲行人难解问▲风流何处不来归，[1]闷▲闷▲闷▲回雁峰前，[2]戏鱼波上，[3]试寻芳信▲

夜夜兰膏烬▲[4]春睡何曾稳▲枕边珠泪几时干，恨▲恨▲恨▲惟有窗前，过来明月，照人方寸▲[5]

注：① 风流：指恋人。② 回雁峰：湖南衡山七十二峰之首。喻上山。③ 戏鱼波上：喻下海。④ 兰膏：烛之美称。⑤ 方寸：心也。

李祯（明 38）一首　题：书所见。

雅淡嫌华丽▲娇容原自媚▲如何蓦地忽相逢，记▲记▲记▲眉扫春山，裙拖秋水，柳腰纤细▲

黙逗文园意▲[1]锦字凭谁寄▲[2]雨云幽会甚时谐，未▲未▲未▲知共何人，翠帏深处，镇偎鸳被▲[3]

注：① 文园：指汉司马相如与卓文君恋爱故事，相如曾官文园令。② 锦字：指前秦窦滔妻苏蕙织锦为回文璇玑图诗赠夫故事。③ 镇：时常。

黄正色（明 171）一首

塞苑开花朵▲[1]东风来约我▲明朝清赏莫蹉跎，可▲可▲可▲樱减余丹，李增新白，小桃婀娜▲

羯鼓传杯伙▲[2]无事心犹妥▲错教闲梦恼春婆，坐▲坐▲坐▲休怕狂风，醉归驴背，任他巾堕▲

注：① 塞：边疆，时作者被谪戍辽东。② 羯：北方少数民族。

高濂（明 223）一首　题：题情。

娇惹游丝颤▲笑掩齐纨扇▲[1]春边杨柳暮春时，[2]见▲见▲见▲钿垂金凤，[3]衫剪彩云，裙拖白练▲

不住口边念▲赤紧心头恋▲[4]落花飞絮斗相思，怨▲怨▲怨▲心拴两地，意结三生，情牵一线▲

注：① 齐纨扇：即团扇。② 春边：春末之意。③ 钿：首饰。④ 赤紧：当真、真个之意。

胡莲（女）（明 336）一首

十载春如旧▲空把罗衫袖▲别来莫道不相思，勾▲勾▲勾▲那夜灯前，昨宵梦里，今朝酒后▲

花落难回首▲银烛挑残后▲腰围减尽那堪怜，瘦▲瘦▲瘦▲君似当初，妾非昔日，自甘消受▲

曹元方（明 351）一首　题：春晚。

点染桃花面▲芍药方零乱▲昼长歌鸟共谁调，怨▲怨▲怨▲皱白初匀，蔫红渐瘦，自题团扇▲

侍婢惊时变▲杜宇啼深院▲闻郎鸾信约归期，骗▲骗▲骗▲刺绣无心，添衣缓步，强寻女伴▲

王嫩（女）（明 428）一首　题：代怨嘲。

谁劝郎先醉▲窗冷灯儿背▲抛琴抱婢侍香帏，睡▲睡▲睡▲忘却温柔，一心只恋，醉乡滋味▲

惭愧鞋儿谜▲耽搁鸳鸯被▲问郎曾否脱罗衣，未▲未▲未▲想是高唐，①美人惜别，不容分袂▲②

注：① 高唐：喻梦。用宋玉《高唐赋》写楚襄王梦会神女故事。② 分袂：分别。袂，袖。

尹春（女）（明 624）一首　题：秋闺。

池上残荷尽▲篱下黄花嫩▲①重阳还有几多时，近▲近▲近▲曾记旧年，那人索句，评香斗茗▲

肺渴相如病▲②怕去临妆镜▲湘帘摇曳晚风来，阵▲阵▲阵▲双袖生寒，一灯明灭，③博山香烬▲④

注：① 黄花：菊花。② 肺渴：今糖尿病；相如：汉文学家司马相如。③ 明灭：忽明忽暗。④ 博山：香炉；香烬：香烧余物，即灰。

屈大均（明 638）一首

乍上戏春骑▲琵琶弹尚未▲边人何处最风流，纪▲纪▲纪▲花巷东头，雁门南口，两行妖丽▲

粉黛嫌香腻▲冰雪天然致▲①未过寒食已栽秋，②戏▲戏▲戏▲休赛身轻，怕他飞燕，有心憎尔▲

注：① 冰雪：喻白。② 栽秋：打下秋千架。

吴伟业（清 28）一首　题：春情。

眼底桃花媚▲罗袜钩人处▲①四肢红玉软无言，醉▲醉▲醉▲小阁回廊，玉壶茶暖，水沉香细▲②

重整兰膏腻▲③偷解罗襦系▲④知心侍女下帘钩，睡▲睡▲睡▲皓腕频移，云鬟

低拥，羞眸斜睇▲

注：① 处：此字不叶韵，作宽叶。② 水沉：香名。③ 兰膏：指胭脂类化妆品。④ 襦：短衣。

严沆（清68）一首　题：平山春望。

芳草晴烟里▲极目愁无际▲山僧指点说南徐，①是▲是▲是▲雁底金山，②帆边蒜岭，③树中江水▲

小市风帘曳▲④繁杏花开未▲春游不用远招寻，记▲记▲记▲红板桥头，绿杨堤畔，酒船须系▲

注：① 南徐：今江苏镇江。② 金山：镇江名寺。③ 蒜岭：即蒜山，又名算山，在镇江长江边。④ 曳：牵引也。

吴绮（清90）一首　题：春情。

春到谁宁耐▲①羞结泥金带▲②香篝倚处独含颦，③暖▲暖▲暖▲满院苔圆，半蟾榆小，④有愁难卖▲

密约劳担待▲鹦鹉多无赖▲隔帘小玉悄声传，咳▲咳▲咳▲花影并摇，月纹如动，那人帘外▲

注：① 宁耐：忍耐也。② 泥金带：屑金带子。③ 香篝：熏笼，即有笼覆盖之熏炉。④ 半蟾：弦月；榆：指榆荚。

钟青（女）（清184）一首　题：月夜纳凉。

明月临高阁▲幽气侵帘幕▲清风何处逐人来，乐▲乐▲乐▲半榻桐阴，一庭半影，闲情如昨▲

良宵更漏促▲我醉神先觉▲衔杯清兴未曾休，酌▲酌▲酌▲惟有庭中，一声鹤唳，令人萧索▲

陈维崧（清196）一首　题：艳情。

月暗兰釭冥▲①风细花阴冷▲紫茸帐底拍萧娘，②醒▲醒▲醒▲良夜难逢，幽欢可惜，休教酩酊▲③

活火初烹茗▲④宝篆犹生鼎▲⑤红蕤枕畔语檀郎，⑥等▲等▲等▲城上人行，笼中鸟唤，如何便肯▲

注：① 兰釭：灯盏之美称。② 紫茸：紫茸香，茶名。此处喻香；萧娘：美人泛称。③ 酩酊：大醉貌。④ 活火：有焰之炭火。⑤ 篆：指弯曲香烟。⑥ 檀郎：对恋人或喜欢的人的爱称。源出美男子潘岳，小名檀奴。

沈丰垣（清201）一首　题：樟溪即事。

桑柘墙阴护▲乳鸦争晚哺▲小溪艇子疾如飞，去▲去▲去▲沽酒同欢，[1]脱冠且醉，[2]不知宾主▲

夜静无更鼓▲村径随闲步▲玉山自倒倩谁扶，[3]误▲误▲误▲梦醒溪桥，乱云衰草，一天寒露▲

注：① 沽酒：买酒。② 脱冠：脱帽。③ 玉山：形容人俊美的仪容。《世说》："嵇叔夜之为人也，……其醉也，傀俄若玉山之将崩。"此句喻醉倒。

赵吉士（清279）一首　题：无题。

才过秋千架▲又入蔷薇罅▲[1]错寻路径到邻家，怕▲怕▲怕▲一带湘帘，灯儿未灭，钩儿还挂▲

转向回廊下▲多少花枝亚▲[2]半规残月露凝寒，[3]罢▲罢▲罢▲真要窥窗，防他鹦鹉，又呼人也▲

注：① 罅：裂缝。② 亚：压也。③ 半规：半圆。

朱彝尊（清288）一首　题：荼蘼。

笑日红偏嫩▲不雨青常润▲卷帘一架小庭浓，认▲认▲认▲小摘休前，黄须绿刺，最撩人鬓▲

转眼残春尽▲生怕繁英褪▲一年花事此关心，仅▲仅▲仅▲谷雨晴时，[1]牡丹开后，这番风信▲[2]

注：① 谷雨：二十四节气之一，在公历四月二十日左右。② 风信：花信风，荼蘼花信风在四月底。

洪云来（清302）一首

曲院春谁主▲散乱飘红雨▲檀郎低语傍雕栏，故▲故▲故▲半亸青鬟，轻移绣袜，私调鹦鹉▲

小作春莺语▲悄把芳情许▲几回问着又含羞，去▲去▲去▲今夜三更，云迷月暗，花香深处▲

董以宁（清311）一首　题：春燕。

添绣鸳鸯线▲懒认东风面▲停扇急唤侍儿看，[1]燕▲燕▲燕▲香垒新增，[2]雕栏小语，[3]今年初见▲

才信韶光艳▲幽院闲寻遍▲那知已是杏花飘，片▲片▲片▲旧燕重来，个人何处，几回难遣▲

注：① 侍儿：婢女。② 香垒：燕巢。③ 小语：燕语。

万树（清 316）一首　题：心事。

心事难猜度▲肯与旁人觉▲小鬟含笑戏相讥，着▲着▲着▲多少遮藏，被他窥破，说来非错▲

两点眉儿角▲一片香腮托▲此中看出最深情，恶▲恶▲恶▲只得都将，从前诉与，恁生瞒却▲

彭孙遹（清 343）一首　题：私调。

半妥偏荷髻▲小立朱扉里▲妙龄取次问伊行，①几▲②几▲几▲绿似珠鲜，碧同玉艳，一般年纪▲

香臂红妆腻▲秀黛青烟细▲③不知曾否破瓜无，未▲未▲未▲今夜罗帏，月明人静，怕难回避▲

注：① 取次：依次，挨个；伊行：她们。② 几：几岁。③ 秀黛：喻眉。

沈时栋（清 444）一首　题：逢旧。

楼外青山远▲帘畔金风剪▲①斜阳盼尽马嘶声，怨▲怨▲怨▲惨淡秋光，凄凉心事，为谁偿遍▲

莫托欢情断▲休看韶光贱▲今宵重整翠鸾衾，念▲念▲念▲万种温存，几般恩爱，怎生抛便▲②

注：① 金风：秋风。② 抛便：随便抛弃、轻抛。

汪懋麟（清 519）一首

好事而今乍▲划袜移深夜▲①手提金缕小鞋儿，怕▲怕▲怕▲犬吠花阴，月沉楼角，暗中惊诧▲

软玉相凭藉▲纤指将头卸▲②妾身拌得教郎怜，罢▲罢▲罢▲又听鸡声，催人枕畔，羞颜娇姹▲③

注：① 划袜：光着脚儿。② 头：头饰。③ 娇姹：美丽貌。

徐元端（女）（清 645）一首　注：此词与明尹春（女）词大同小异，姑并录之。

池上残荷尽▲篱下黄花嫩▲重阳还有几多时，近▲近▲近▲曾记旧年，有人同和，花笺新韵▲

不似今来困▲憔悴谁向问▲珠帘摇曳晚来风，阵▲阵▲阵▲翠袖生寒，银烛明灭，玉炉香烬▲

吴贯勉（清 758）一首　题：菜花。

老圃蔬畦外▲花黄香一派▲和风熏染夕阳明，晒▲晒▲晒▲歇马官桥，听鹂僧院，尽人挑卖▲

小摘亲情在▲别有幽芳态▲东村少妇学新妆，戴▲戴▲戴▲近贴云鬟，斜簪鸦鬓，引郎心爱▲

沈珮(女)(清782)一首　题：春睡。

弱柳遮芳径▲帘垂深院静▲倚栏无语日长时，病▲病▲病▲燕子来时，莺儿啼处，绿柔红嫩▲

小阁炉烟尽▲睡起人犹困▲隔墙何处卖花声，恨▲恨▲恨▲午梦未舒，轻风乍起，落花成阵▲

张瑛(女)(清820)一首　题：题扇头美人。

孰把轻纨扇▲[1]绘出青娥面▲[2]娉婷袅娜向花前，倩▲倩▲倩▲一分墨水，十分摩揣，三分妖艳▲

有人容可羡▲昔日曾窥见▲记得情娇态更妍，念▲念▲念▲是谁家女，是谁家画，是谁家院▲

注：① 孰：谁也；纨扇：团扇。② 青娥：喻美女。

范邃(清882)一首　题：上巳。　注：调名原作怨东风。

帘阁东风拥▲春绪游丝绕▲[1]晓来无计驻佳辰，送▲送▲送▲杨柳池边，杏花村里，等闲情重▲[2]

新涨轻舟涌▲芳草清明冢▲一番光景燕来迟，梦▲梦▲梦▲天合无言，时乎不再，恼他江总▲[3]

注：① 绕：此字不叶韵，作宽叶。② 等闲：无端也。③ 江总：南北朝人，好学能文，然伤于浮艳，为陈后主所爱幸，日游宴后庭，当时被谓之狎客。

彭贞隐(女)(清1052)一首　题：和虹屏(沈彩)韵。

宝髻灵蛇巧▲拂镜新妆早▲侍儿催点雀牙茶，好▲好▲好▲昨夜春温，略如中酒，[1]余酲未了▲[2]

十二栏杆绕▲红雨飘零晓▲[3]问春犹有几多深，少▲少▲少▲爱惜残春，戏钩纤小，将花露舀▲

注：① 中酒：醉酒。② 余酲：宿醉。③ 红雨：花落如雨。

高鹗(清1068)一首　序：及母知婿病，听人言送女还家，居近百日，婿益病，后乃力疾迎女去，而病始渐瘥，[1]总计琴瑟之好，止此月余耳。　注：调名原作怨东风。

勾惹游丝恨▲耽搁桃花信▲[2]一春强半睡懵腾，[3]闷▲闷▲闷▲费尽长笺，题残短梦，良宵挨近▲

衾暖韩香印▲[4]屏小巫峰润▲[5]漫将滋味细推详，困▲困▲困▲喜怕郎知，软昵郎扶，[6]娇嫌郎问▲

注：① 瘥：音差，病愈也。② 信：指花信风，桃花信风在惊蛰（公历三月初）。③ 强半：大半；懵腾：糊涂。④ 韩香：韩寿偷香故事。⑤ 巫峰：楚襄王在巫峰梦会神女故事。⑥ 昵：缠。

铁保（清 1125）一首　序：有约江上饯春，因风雨改期，翌日清明，书此识悔。

不识春归处▲拟趁西郊路▲无端风雨阻良游，驻▲驻▲驻▲寸草无心，阳春有脚，任他来去▲

佳日真空过▲旧约谁能赴▲不堪重问钓鱼舟，误▲误▲误▲江上青峰，船头明月，笑人虚度▲

勒方锜（清 1639）二首

（1）执手留欢住▲相看无片语▲一回凝黯忽生嗔，[1]去▲去▲去▲桃叶江边，[2]苎萝溪上，[3]问君何处▲

此意难分付▲空遣离心苦▲归期约可雁秋先，[4]许▲许▲许▲轻拭啼痕，怕教销损，倩谁寻问▲

注：① 嗔：怒也。② 桃叶：晋王献之送爱姬桃叶渡口故事。③ 苎萝：西施在苧萝溪别范蠡故事。④ 雁秋：雁在晚秋由北方飞归南方。

（2）十亩花成阵▲春风吹绿鬓▲棠阴窣地透奇香，认▲认▲认▲前日横塘，似曾相识，淡姿幽韵▲

石磴苍苔润▲微步凌波稳▲搴荑细度玉钩痕，寸▲寸▲寸▲飞燕音尘，戏鸡消息，倩谁寻问▲

唐韫贞（女）（清 1787）一首

玉碗水蛆酒▲[1]银甲调筝手▲[2]甘州歌罢又伊州，[3]骤▲骤▲骤▲南浦春归，小园花落，绿窗人瘦▲

舴艋瞿塘口▲[4]载得相思否▲午潮落尽暮潮生，咒▲咒▲咒▲南浦春回，小园花好，绿窗人寿▲

注：① 蛆：酒面浮物如蛆，喻酒，蚁亦喻酒。② 银甲：银指甲套，弹筝用。③ 甘州、伊州：皆曲名。④ 舴艋：喻轻舟；瞿塘：长江三峡之一。

吴毓沈（清 1827）一首　题：题缝穷图。[1]

布抹飞篷首▲[2]小市提筐走▲问渠何不住深闺，[3]否▲否▲否▲短线零针，乱丝败絮，藉兹糊口▲[4]

依亦穷途久▲[5]羞露襟边肘▲思量何物付卿卿，[6]有▲有▲有▲白袷衫残，黑貂裘敝，敢烦纤手▲

注：① 缝穷：指为穷人缝补衣服妇女。② 此句谓以布巾盖头。篷首，篷头乱发。③ 渠：她也。④ 藉兹：借此。⑤ 侬：作者自指。⑥ 卿卿：缝穷者。

车乘轨（现当88）二首　题：偕老妻游新沈园（二首）。[1]　注：2001年4月12日作。

（1）季节清明后▲杨花飘面逗▲偕妻游览上沈园，走▲走▲走▲新苑春兰，老园秋菊，[2]可称同秀▲

山假玲珑透▲池广波纹皱▲似烟如雾舞婆娑，柳▲柳▲柳▲陆馆廊前，壁碑诗赋，历朝兼有▲[3]

注：① 沈园：在绍兴城洋河弄，新沈园正门开在延安路（即南街）。面积五十七亩，以陆游和唐琬爱情故事闻名。② 春兰、秋菊：谓物当其时，各有佳胜也。参见《事文类聚》。此处喻新、老园皆有特色。③ 此三句说：南苑陆游纪念馆"务观堂"前壁上有宋代杨万里及元、明、清历代名人诗碑石刻。

（2）明后沈园路▲[1]濛濛飞柳絮▲游春人在画中行，去▲去▲去▲月窟门南，[2]广耜斋北，[3]假山真趣▲

一对痴情侣▲园内重相遇▲怨词酬唱壁间留，[4]吐▲吐▲吐▲纪念堂中，陆游雕像，永垂千古▲

注：① 明后：清明节后。② ③月窟门、广耜斋：皆东苑景点。耜，音似，此处借作平声。④ 此三句说：陆游与前妻唐琬在沈园重遇，赋《钗头凤》词题壁，唐琬和之。该两首怨词，至今尚留在北园壁上，供后人凭吊。

六十四字　醉薰风

刘淑（女）（明570）一首　题：采莲曲。

美人如画临风唱▲翠幄香帆侧欹荡▲独买小舟轻轻撞▲呼侬上▲沉醉花间不肯放▲

酒醒明月波心访▲并语碧流，猛触心头壮▲人生四海任所之，[1]空惆怅、勺水浮沉何足量▲[2]

注：① 所之：所往。② 勺水：一勺水，每勺折合百分之一升，喻量小。

六十四字　献衷心

欧阳炯（五代十国11）一首

见好花颜色，争笑东风△双脸上，晚妆同△闭小楼深阁，春景重重△三五夜，①偏有恨，月明中△

情未已，信曾通△满衣犹自染檀红△②恨不如双燕，飞舞帘栊△春欲暮，残絮尽，柳条空△

注：① 三五夜：即十五夜，月半。② 檀红：犹言绛唇。韩偓诗："檀口消来薄薄红。"檀为浅红色，多用以称美人。

六十五字　红窗迥

曹豳（宋436）一首　故事：《庶斋老学丛谈》曹西士（即曹豳）赴省，陆行良苦，以词自慰其足云。

春闱期近也，①望帝乡迢迢，②犹在天际▲懊恨一双脚底▲一日厮赶上、③五六十里▲

争气▲扶持我去，博得官归，恁时赏你▲穿对朝靴，安排你在轿儿里▲更选对宫样鞋儿，④夜间伴你▲

注：① 春闱：京都会试考进士。② 帝乡：指临安（今杭州），按临安南宋时为京都，又是浙江省会。③ 厮赶：相赶。④ 宫样鞋儿：指女鞋。

六十五字　芭蕉雨

程垓（宋368）一首

雨过凉生藕叶▲晚庭消尽暑、浑无热▲枕簟不胜香滑▲争奈宝帐情生，金尊意惬▲①

玉人何处梦蝶▲②思一见冰雪▲③须写个帖儿、丁宁说▲④试问道、肯来么，今夜小院无人，重楼有月▲

注：① 尊：酒杯。② 玉人：美人；梦蝶：庄子梦蝶故事。③ 冰雪：喻美人。④ 丁宁：叮嘱。

六十五字　淡黄柳

姜夔（宋417）一首　题：客居合肥—南城赤阑桥之西……因度此调，以纾客怀。

空城晓角，①吹入垂杨陌▲马上单衣寒恻恻▲②看尽鹅黄嫩绿，都是江南旧相识▲

正岑寂▲③明朝又寒食▲强携酒，小桥宅▲怕梨花、落尽成秋色▲燕燕飞来，问春何在，惟有池塘自碧▲

注：① 晓角：早晨的号角声。② 恻恻：寒貌。③ 岑寂：僻静。

张炎（宋572）一首　题：赠苏氏柳儿。

楚腰一捻，羞剪青丝结▲力未胜春娇怯怯▲暗托莺声细说，愁蹙眉心斗双叶▲

正情切▲柔条未堪折▲应不解，管离别▲奈如今、已入东风睫▲望断章台，马蹄何处，闲了黄昏淡月▲

高层云（清393）一首

层湖远碧，倒浸苍岩湿▲小阁围山斜照入▲一片疏红冷翠，总是江南好秋色▲

弄残墨▲[1]闲窗正岑寂▲[2]定回首，认烟驿▲[3]想荒池、月澹沙鸥拍▲[4]菰影蘋香，旧村何处，今夜梦轻难觅▲

注：① 墨：指写字。② 岑寂：僻静。③ 驿：驿站，古代官员来往招待所及邮站。④ 月澹：月恬静。

沈湘云（女）（清1167）一首　题：归舟咏蝉。

寒蝉乍咽，桥外停兰楫▲[1]一带江村残雨歇▲听到五更欲断，淡月萧疏又秋色▲

这时节▲梦儿乍成得▲橹声苦，响偏急▲记乌衣、[2]巷柳曾相识▲卷起孤篷，迢迢往事，一树无情自碧▲

注：① 兰楫：船桨之美称，喻船。② 乌衣：南京巷名，东晋王导、谢安曾居此。

戴铭金（清1400）一首　题：雪后同人西塞探梅，寻张志和故居不得，归途分韵而作。

携筇蹑屐，[1]待把清芬挹▲廿里寻春行得得▲[2]踏遍疏林曲涧，残雪还留二分白▲

钓矶侧▲[3]樵青想曾立▲[4]依修竹，[5]袖罗碧▲缅高风、重溯持钓客▲一抹斜阳，峭寒如水，吹彻谁家玉笛▲

注：① 筇：拐杖；蹑屐：着木屐鞋。② 得得：马蹄声。③ 矶：江边突出的岩石或小石山。④ 樵青：唐张志和婢女。⑤ 修竹：长而直之竹。

六十五字　喝火令

朱彝尊（清288）一首

豆蔻熏香匳，[1]槟榔润小唇△丫兰斜插晕妆新△[2]输与金钱多少，看取浣纱人△

无意曾窥宋，[3]多愁易感甄△[4]画楼蛮蜡射南邻△那不当窗，那不卷帘频△那

不收灯时候，月底踏芳尘△

注：① 匼：巾也。杜甫诗："晓风爽乌匼。"② 丫兰：分歧之兰花。③ 窥宋：宋玉东邻女曾窥他三年。④ 感甄：曹丕后甄氏，即洛神，曹植感念之。

王初桐（清 1015）一首

素艳明如月，殷红小似樱△罗窗惯见见还惊△几度相回相避，几度笑相迎△

唤坐何妨坐，催行未即行△尽教伊道似狂生△镇日摴蒱，[1]红豆记输赢△镇日闲言闲语，渐说近真情△

注：① 摴蒱：赌博。

郭麐（清 1208）一首　题：题许校书清露瑶台图。[1]

鹤背吹笙下，桥头步屟通△[2]云鬟雾鬓太玲珑△只恐五铢衣薄，[3]晓起不禁风△

好梦浑难觅，重游未易逢△郁金堂北画楼东△[4]记得楼头，一树碧梧桐△记得碧梧桐外，两度月如弓△

注：① 校书：此处指有文化之妓女。② 屟：鞋也。③ 五铢衣：极薄之衣。④ 郁金堂：华丽堂屋。

邓廷桢（清 1285）一首　序：廨东小轩十笏，[1]新篁一丛，[2]风雨摇烟，娟好可念，瀹茗相对，[3]翛然有故园之思矣。

风细�初脱，[4]云轻叶惯捎△小楼何处唤吹箫△恰似青娥翠袖，[5]扶醉舞抬腰△

邀笛前时步，垂杨旧日桥△万山烟雨故山遥△一样含漪，一样弄鸣梢△[6]一样黄昏月下，如雪露双翘△[7]

注：① 廨：官舍。② 新篁：新竹。③ 瀹茗：煮茶。④ 箬：竹笋也；脱：脱壳。⑤ 青娥翠袖：喻女子。⑥ 鸣梢：马鞭梢，挥之能鸣。⑦ 此句指白鸥。

汪适孙（清 1459）一首

颊晕微含醉，[1]眉窝淡扫妆△袖罗风悄夜初凉△[2]何处一枝横笛，吹断那人肠△

想入炉烟幻，愁和漏滴长△[3]别来如梦说来详△几树梧桐，几尺小红墙△几扇钿窗临水，[4]窗外卧鸳鸯△

注：① 颊晕：面颊上光圈。② 袖罗：即罗袖，因用韵而颠倒。③ 漏滴：铜壶滴漏，计时也。④ 钿窗：嵌蚌壳窗门。

吴藻（女）（清 1484）二首

（1）竹簟凉如洗，蕉屏梦来招△①欲眠又起整冰绡△②且向碧纱窗下，悄地检香烧△

愁怕和天说，诗多带病敲△今宵依旧似前宵△一样灯红，一样漏迢迢△一样酒醒时节，斜月上花梢△

注：① 蕉屏：画有芭蕉的屏风。② 冰绡：喻鲜洁衣裙。

（2）扇引团团月，衫更薄薄罗△水晶帘子漾微波△梳罢一窝云髻，①池上看新荷△

无意留春住，惊心怕病魔△好天能几日清和△②等得花飞，等得柳丝拖△等得芭蕉叶大，夜夜雨声多△

注：① 云髻：发髻美称。② 清和：农历四月称清和月，是时草木苍翠。

唐埙（清 1497）一首

倦绣绒才吐，①慵妆镜不揩△②背灯佯整凤头钗△刚被那人窥见，羞晕逗香腮△③

但觉钟情腻，休嫌使性乖△④拥衾心事费侬猜△宵来促睡，代褪踏青鞋△忆否踏青鞋上，代剔一痕苔△

注：① 绒吐：绣娘有将残绒含在口中，然后吐出习惯。② 慵：怕动。③ 晕：现出红光圈。④ 使性：发脾气；乖：背，不相合。

庄缙度（清 1503）一首　题：题潘绂庭（潘绶）山抹微云馆图。

冶绿围书幌，①蔫红亚画廊△②水晶帘底见斜阳△恰好远山眉黛，飞到镜台旁△

旧雨怀京雒，③微云认婿乡△翠屏珠箔漫焚香△④应有琼箫，⑤应有玉笙囊△⑥应有双声吟虫，惊起紫鸳鸯△⑦

注：① 冶绿：艳绿。② 蔫红：嫣红，娇红也。③ 旧雨：故交；京雒：即京洛。④ 珠箔：珠帘。⑤ 琼箫：玉箫。⑥ 笙囊：笙袋。⑦ 紫鸳鸯：水鸟名，即鸂鶒，古诗词中常用之。

严保庸（清 1524）一首　题：题雪后寻春仕女图。

曲曲巡檐遍，①弓弓点屐轻△②青田素影去冥冥△③借问小溪前路，可有卖花声△

帘角殷勤意，墙腰宛转情△冷香深处最凄清△④几日芳销，几日断清明△几日高烧银烛，花梦照难醒△

注：① 巡檐：喻梅花。杜甫诗："巡檐索共梅花笑。"② 弓弓：喻缠足女子弓形鞋；屐：鞋也。③ 素：喻白，指雪。④ 冷香：喻梅香。

赵友兰（女）（清 1746）一首　题：夏日登池上小阁茗话。[①]

不羡南皮会，闲招北渚凉△浅斟荷露过芳塘△掰得新新莲子，[②]戏打睡鸳鸯△

松下安茶鼎，[③]钗头拣茗囊△竹阴深处倚琴床△正好吟诗，正好爇炉香△正好瓶笙写韵，[④]翻谱斗旗枪△[⑤]

注：① 茗话：茶话。② 掰得：摘得。③ 茶鼎：烧茶炉子。④ 瓶笙：以瓶煎水，微沸作声似笙声。⑤ 旗枪：茶名。

宝廷（清 1783）一首

塞草连荒垒，寒林绕故关△角声呜咽晚风酸△遥见征人无数，曝背古城边△[①]

朔气侵金甲，严霜冷玉鞍△停鞭一望更凄然△几点旌旗，几点夕阳山△几点颓垣断壁，掩映暮云间△

注：① 曝背：晒太阳。

俞敦培（清 1784）一首　题：采莲。

秋意涵波澹，歌声带雨凉△漫揎娇腕趁罗裳△[①]自把桨儿停了，自把影端详△

角瘦留鞋样，[②]花明闪镜光△月中归去贮盈筐△莫摘莲蓬，大半是空房△莫傍渚边划过，惊醒睡鸳鸯△

注：① 揎：勒起袖子。② 角：喻缠足。

诸可宝（清 1801）一首　题：暮春。

锦带联新句，纱笼认旧题△等闲红了野棠梨△[①]黄了梅丁栀子，[②]白了粉荼蘼△

笛眼葱尖涩，琴心杏靥微△[③]东风昨夜小楼西△越是春归，越是落花飞△越是落花时节，越是子规啼△[④]

注：① 等闲：不留意。② 梅丁：梅子；栀子：常绿灌木，夏开白花，实椭圆色黄。③ 靥：酒窝。④ 子规：即杜鹃。

沈德麟（清 1911）一首　题：感旧。

似笑还非笑，凝愁不是愁△怪他鹦鹉语言偷△待诉深情密意，欲吐更迟留△

娇靥全含媚，酡颜半带羞△碧桃花外小妆楼△记得风光，记得绿窗幽△记得湘妃帘底，[①]戏掷状元筹△[②]

注：① 湘妃帘：斑竹帘。② 状元筹：一种酒令。

许白凤（现当 58）一首　题：答友人问故乡南湖近况。　注：1982 年作。

胜地迎游客，红楼聚彩霞△春波桥畔绿阴遮△[①]昔日船娘不见，[②]换了渡头艖△

宽阔张家弄，[③]透迤角里街△[④]来来往往自行车△依旧庆丰，[⑤]菜馆老招牌△依旧嘉兴粽子，名著五芳斋△[⑥]

注：① 春波桥：在东门外，人民公园北侧。② 船娘：建国前南湖游船，多为船娘操舟。③ 张家弄：今拓宽为勤俭路。④ 角里街：在东门外。⑤ 庆丰：菜馆名，前名吴震懋。⑥ 五芳斋：著名粽子店。

车乘轨（现当88）二首　题：第一首，大润发商场。　注：2003 年 1 月 30 日作。

第二首，盛夏纳凉变迁记。　注：2010 年 8 月 2 日作。

（1）百业争销路，商场若战场△万花千样动人腔△免费汽车迎送，会员价沾光△

半月传单印，三天减价狂△引招购者喜掏囊△不管天晴，不管雨风凉△不管秋冬春夏，日夜挤挨忙△

（2）火伞高高挂，[①]炎风阵阵催△人逢盛夏体难支△百计千方相避，兀自难相宜△[②]

白昼池塘泳，黄昏席地栖△有人利用电风吹△盖地铺天，批判袭人危△[③]今日家家空调，不怕伏天摧△[④]

注：① 火伞：喻烈日。② 兀自：犹自。③ 此三句谓绢纺厂吴朗首先使用电扇，结果文革中被贴大字报，批斥为资产阶级思想。④ 伏天：为夏季中最热天气，共三伏，计四十天。

六十五字　解佩令

蒋捷（宋580）一首　题：春。

春晴也好▲春阴也好▲着些儿、春雨更好▲春雨如丝，绣出花枝红袅▲怎禁他、孟婆合皂▲[①]

梅花风悄▲杏花风小▲海棠风、蓦地寒峭▲[②]岁月春光，被二十四风吹老▲楝花风、尔且慢到▲[③]

注：① 孟婆：风神也；合皂：形容合色皂之意，几阵风过，树木又转葱郁，有绿肥红瘦之叹。② 寒峭：微寒。③ 楝花风：为二十四番风之最后一番，时在公历五月初。

徐士俊（明397）一首　题：花朝。[①]

今年二月▲花朝时节▲锁春魂、乱山重叠▲一夜莺声，叫出新花奇绝▲怎禁侬、看花心切▲[②]

罗袖轻拽▲湘裙斜折▲画春山、镜中明灭▲[③]未梦先惊，怕痴白、雕栏寻觅▲[④]倦将来、玉床羞跌▲

注：① 花朝：在农历二月十二日。② 侬：吴语，我也。③ 春山：喻眉峰；明灭：忽明忽暗。④ 痴白：即白痴，喻神经不正常。此句三要、四问分句，稍异。

王前英(女)(现当71)一首　题：春。

春去莫恼▲春来很好▲晴也好、时雨更好▲春雨如丝，织出秾李夭桃▲[①]一任他、暖阳普照▲

梅月雨浇▲[②]杏花风悄▲海棠开、蓦然寒峭▲年年春光，为二十四番风老▲百花了、明年又到▲

注：① 桃：此字平声，不叶韵，作借叶。② 浇：此字平声，不叶韵，作借叶。

六十五字　酷相思

王屋(明364)一首　题：本意。

帘外飞花如雪片▲正帘下、人初健▲唤小婢、轻扶香玉腕▲怕花里、游人见▲道花暗、无人见▲

行到碧栏红药畔▲苔滑身微倦▲问前日、萧郎临别愿▲是看灯、正月半▲定春花、三月半▲

吴景旭(明468)一首　题：卖花。

茉莉梢头开正旺▲建兰蕊、堪同赏▲[①]便送花、何劳穿曲巷▲[②]喜戴也、偏生唱▲[③]怕戴也、偏生唱▲

怎奈金钗欹枕上▲未易知天亮▲猛禁得、沉吟还半晌▲思睡也、花难放▲思觉也、衾难放▲

注：① 建兰：花名，福建产兰花。② 曲巷：源出陆游诗句“深巷明朝卖杏花。”③ 唱：指卖花人叫卖声。

吴秉仁(清83)一首　题：春暮见双燕。

细雨汗疏天气暖▲剩帘幕、东风软▲香早褪、残英成雪片▲春住也、梅花乱▲春去也、梨花乱▲

泥堕空庭飞小燕▲两两红丝换▲记今日、年来曾一面▲人去也、江头见▲人住也、楼头见▲

朱彝尊（清 288）一首　题：阻风湖口。[1]

社鼓神鸦天外树▲[2]见渺渺、江流去▲向晚来、石尤君莫渡▲[3]大姑也、留人住▲[4]小姑也、留人住▲[5]

杜宇催归朝复暮▲转把归期误▲尽灯火、孤篷愁几许▲风急也、声声雨▲风定也、声声雨▲

注：① 湖口：江西地名。② 社：指春社，祭后土神；神鸦：即鸦群。祭后土时，尝鸦群飞临，遂谓之神鸦。③ 石尤：即顶头风。④ 大姑：大孤山，在鄱阳湖中。⑤ 小姑：小姑山，在彭泽长江中。

董元恺（清 423）一首　题：西江代内。[1]

帘卷帘垂朝复暮▲断送落红无数▲[2]想杜鹃、声里人何处▲春山也、留君住▲秋山也、留君住▲

两峰天竺西泠渡▲[3]旧是同行路▲纵叮咛、燕子浑无据▲春江也、随君去▲秋江也、随君去▲

注：① 西江：原注：指长江赣、鄂、皖部分；内：指妻。② 此句按格律应三三字分句，中用顿号，稍异。③ 两峰：指杭州西湖两边南高峰、北高峰；天竺：杭州寺名，有上、中、下三天竺；西泠：西湖白堤上桥名。

郑燮（清 906）一首　题：本意。

杏花深院红如许▲一线画、墙拦住▲叹人间、咫尺千山路▲不见也、相思苦▲便见也、相思苦▲

分明背地情千缕▲弃恼从教诉▲奈花间、乍遇言辞阻▲半句也、何曾吐▲一字也、何曾吐▲

赵文哲（清 986）一首　题：吴淞雨发。[1]

草草一尊临欲去▲频执手、浑无语▲看几阵、东风吹日暮▲酒醒也、人何处▲梦醒也、人何处▲

短棹冬冬挝画鼓▲[2]咫尺天涯路▲但一种、凄凉须记取▲小楼也、潇潇雨▲小舟也、潇潇雨▲

注：① 吴淞：江名，在发源于苏州，流经上海，入黄浦江上海市境。② 挝：敲。

郭麐（清 1208）二首　题：第一首，苦雨。

（1）屋角鹁鸪催不去▲[1]和帘外、流莺语▲问里湖、外湖曾到否▲朝来也、潇潇雨▲晚来也、潇潇雨▲

湿了清明寒食路▲把杏花期误▲只辜负、讨春人几度▲春去也、留难住▲人去也、留难住▲

注：① 鹁鸪：鸟名，晴时鸣声和缓，雨时则急。

（2）乍是新正春未透▲[1]旱门外、丝丝柳▲奈脉脉、深情浑未逗▲[2]人见也、回头走▲侬见也、[3]回头走▲

有分逡巡双劝酒▲[4]小语更阑后▲[5]问别后、兰桡何日又▲[6]人去也、书来否▲书到也、人来否▲

注：① 乍：忽也。② 脉脉：含情欲吐貌。③ 侬：吴语，我也。④ 逡巡：行不进也。⑤ 更阑：更鼓尽后。⑥ 兰桡：船之美称。

六十五字　辊绣球

赵长卿（宋389）一首　题：和康伯可韵。

流水奏鸣琴，风月净、天无星斗▲翠岚堆里，苍岩深处，满林霜腻，暗香冻了，那禁频嗅▲

马上再三回首▲因记省、去年时候▲十分全是，那人风韵，柔腰弄影，冰腮退粉，做成消瘦▲

朱彝尊（清288）一首　题：岁除同儿子对雪怀乡里作。

寒雀敛层檐，[1]正万里、同云催暮▲[2]去年曾记，梅花溪上，[3]童孙喧笑，纷纷团就，玉狮盐虎▲[4]

回首乱山如许▲对孤烛、异乡同住▲遥怜千里，老妻无恙，竹垞门掩，[5]多应压遍，小园高树▲

注：① 敛：收敛，躲避之意。② 同云：雪云。③ 梅溪：即今王店，作者家乡嘉兴镇名。④ 玉狮盐虎：雪狮、雪虎。⑤ 竹垞：作者号竹垞。

六十五字　锦缠道

曹堪（明369）一首　题：重阳。

疏柳残黄，晚桂流香晴昼▲启柴扉、晚禾初秀▲浮萍吹断涟漪皱▲[1]任我狂歌，秋色谁人守▲

同伴插茱萸，[2]转相携手▲去登高、试寻重九▲[3]试看野外，西风向、东篱深处，剪破黄花口▲

注：① 涟漪：波纹。② 茱萸：古人在重阳节有登高、插茱萸风俗。③ 重九：九月九日，即重阳节。

六十六字　失调名

褚人获（清 427）一首　故事：《隋唐演义》绮阴院夫人夏绿瑶、琼琼作词。

春满西湖好▲[1]月满前山小▲匝地笙歌，[2]接天灯火，君王归了▲[3]问酒政如何，[4]不过是、催花斗草▲

辜负黄昏早▲懒把眉儿扫▲[5]心字香烧▲[6]谁敢望、鸾颠凤倒▲[7]尧舜心肠，[8]时怜却、汉宫人老▲[9]

注：① 西湖：隋炀帝扬州行宫西湖。② 匝地：绕地。③ 君王：指隋炀帝。④ 酒政：饮宴之事。⑤ 眉儿扫：画眉。⑥ 心字香：以花酿香，作心字焚之。喻虔心烧香。⑦ 鸾颠凤倒：喻交欢。⑧ 尧舜：古代明君，此处吹捧隋炀帝。⑨ 汉宫：借喻隋宫。

六十六字　行香子　第一体，前、后段第一、二句均用韵。

秦观（宋 117）一首　注：此词中华书局《全明词》作明张綖著。

树绕村庄△水满陂塘△[1]倚东风、豪兴徜徉△[2]小园几许，收尽春光△有桃花红，李花白，菜花黄△

远远苔墙△[3]隐隐茅堂△[4]扬青旗、流水桥旁△[5]偶然乘兴，步过东冈△正莺儿啼，燕儿舞，蝶儿忙△

注：① 陂塘：池塘。② 徜徉：自由地来回走动。③ 苔墙：一作围墙。④ 茅堂：草堂。⑤ 青旗：指酒旗。

葛长庚（宋 152）一首　题：罗浮。[1]

满洞苔钱△买断风烟△笑桃花、流落晴川△石楼高处，夜夜啼猿△看二更云，三更月，四更天△

细草如毡△独枕空拳△与山麋、野鹿同眠△[2]残霞未散，淡雾沉绵△是晋时人，[3]唐时洞，汉时仙△

注：① 罗浮：山名，在广东增城，传为仙山。② 麋：和黍同类食品。③ 晋时人：指东晋人葛洪，得仙术于此山。

于真人（宋 262）一首

阆苑瀛洲△[1]金谷琼楼△[2]算不如、茅舍清幽△野花绣地，莫也风流△[3]却也宜春，也宜夏，也宜秋△

酒熟堪笃△[4]客至须留△更无荣、无辱无忧△退闲一步，着甚来由△但倦时眠，渴时饮，醉时讴△

注：① 阆苑：神仙居处；瀛洲：仙岛名。② 金谷：园名，晋石崇别墅，极华

丽。③ 莫：约莫，大概也。④ 篘：以笼漉取酒也。

刘过（宋411）一首　题：山水扇面。　注：《御选历代诗余》作明张翥著。

佛寺云边△茅舍山前△树阴中、酒旆低悬△[①]峰峦空翠，溪水清涟△只欠梅花，欠沙鸟，[②]欠渔船△

无限风烟△景趣天然△最宜他、隐者盘旋△[③]何人村墅，[④]若个林泉△[⑤]恰似欹湖，似坊口，似斜川△[⑥]

注：① 酒旆：镶边酒旗。② 沙鸟：沙鸥。③ 盘旋：指生活、活动。④ 村墅：村屋。⑤ 若个：那个；林泉：花园。⑥ 欹湖、坊口、斜川：分别为王维、白居易、陶渊明隐游处。

刘镇（宋437）一首　题：赠柳儿行。

露叶烟条△[①]天与多娇△算风流、张绪难消△[②]恼人春思，政自无聊△奈敛愁眉，酣醉眼，减围腰△

风絮相邀△蝶弄莺嘲△最关情、是短长桥△解骖分袂，催上兰桡△更绿波平，红日坠，碧云遥△

注：① 此句喻柳。② 张绪：也喻柳。绪南齐吴郡人，武帝植蜀柳于灵和殿前，尝曰：此柳风流可爱，似张绪当年。

蒋捷（宋580）一首　题：舟宿兰湾。

红了樱桃△绿了芭蕉△送春归、客尚蓬飘△昨宵穀水，今夜兰皋△奈云溶溶，风淡淡，雨潇潇△

银字笙调△心字香烧△料芳踪、乍整还凋△待将春恨，都付春潮△过窈娘堤，秋娘渡，泰娘桥△

赵元（金26）一首

山拥垣墙△水满溪塘△凡人家、篱落斜阳△[①]又还夏也，一霎人忙△正稻分畦，蚕卸簇，[②]麦登场△

老子徜徉△[③]闲日偏长△鬓蓬松、只管寻凉△绿阴何处，旋旋移床△有道边槐，门外柳，舍南桑△

注：① 篱落：篱笆。② 蚕卸簇：指蚕已结茧，从簇架上采摘。③ 徜徉：自由地来回走动。

中峰禅师（元39）二首

（1）短短横墙△矮矮疏窗△一方儿、小小池塘△高低叠嶂，曲水边傍△也有些风，有些月，有些香△

且用家常△竹几藤床△尽眼前、水色山光△客来无酒，清话何妨△但细烘茶，净洗盏，滚烧汤△

(2) 水竹之居△吾爱吾庐△石粼粼、乱砌阶除△轩窗随意，小巧规模△却也清幽，也潇洒，也安舒△

懒散无拘△此等何如△倚栏杆、临水观鱼△风花雪月，赢得功夫△好炷些香，图些画，读些书△

瞿祐(明22)一首　题：闲适。

啼罢林鸦△闹罢池蛙△树阴中、散罢蜂衙△[1]漏声未动，禁鼓初挝△对一炉香，一帘月，一瓯茶△

看尽残霞△数尽飞花△小楼东、掩尽窗纱△睡思不到，诗味偏佳△问酒在乎，琴在否，客来么△

注：① 蜂衙：群蜂围绕蜂王，如衙役参官。

兰茂(明49)二首　题：第一首，春。

第二首，夏。

(1) 红杏芳菲△[1]庭草葳蕤△[2]满乾坤、生意熙熙△山明水秀，鱼跃鸢飞△更雨轻轻，风淡淡，日迟迟△

我老无为△对景忘机△笑欣欣、童冠相随△酒瓢诗卷，到处提携△向鸟声中，花影下，夕阳晖△

注：① 芳菲：花草鲜美貌。② 葳蕤：草木茂盛貌。

(2) 雨霁梅黄△化日舒长△白莲开、嫩绿池塘△婆娑散影，檐葡吹香△更有熏风，无热恼，自清凉△

濯足沧浪△静坐禅床△任蜂衙、蚊阵奔忙△身心不动，物我相忘△看水连天，云出岫，月流光△

马洪(明55)一首　题：春思。

红遍樱桃△绿遍芭蕉△琐窗深、春思无聊△[1]双飞燕懒，百啭莺娇△正漏声迟，帘影静，篆香飘△[2]

惜月前宵△病酒今朝△有谁知、臂玉微销△[3]封题锦字，[4]寄与兰翘△恨树重重，云渺渺，水迢迢△

注：① 琐窗：窗棂之镂花纹者。② 篆香：弯曲如篆体字般香烟。③ 臂玉：喻手臂。④ 锦字：前秦女子苏蕙织锦为回纹诗寄夫，促使家庭和好故事。

吴敬所(明263)一首　故事：《刘生觅莲记》第三回，刘一春题词于孙碧莲扇。

山石之旁△红绿齐芳△遇佳娥、正出兰房△娇娇媚媚，巧样梳妆△更好风韵，好标致，好行藏△

绝世无双△不比寻常△尽吾调戏又何妨△①止应配我，个样新郎△②漫眼空劳，心妄想，兴徒狂△

注：① 此句按格律应为三四字断句，中加顿号，稍异。② 个样：那样。

沈际飞（明 513）一首　题：佳人。

玉骨冰神△瘦楚三分△①乍相逢、独自长颦△②讹声宜喜，③恣口宜嗔△④似暂时雪，霎时月，片时云△⑤

樱口檀唇△未醉微醺△俏灵儿、背地生春△几声破玉，⑥一缕飞尘△正灯将灭，炉将冷，被将温△

注：① 瘦楚：源出楚王好细腰。② 颦：皱眉。③ 讹声：喻欺诈消息。④ 恣口：喻瞎讲乱说。⑤ 此三句指其神态变化。⑥ 破玉：喻启齿。

屈大均（明 638）一首　题：都门春游作。①

花向东华△②柳向西华△③逐春嬉、蠕蠕香车△④欲吹觱篥，⑤先敲琵琶△喜人如云，酥如乳，酒如霞△⑥

西曲秦娃△南曲吴娃△与流莺、婉转平沙△渐喧边马，将宿宫鸦△过兔儿沟，桃人店，月儿家△

注：① 都门：指北京。② 东华：东华门。③ 西华：西华门。④ 蠕蠕：像蚯蚓般缓缓行动。⑤ 觱篥：古代乐器。⑥ 霞：仙霞酒。

高珩（清 40）三首　题：第一首，苦雨怀乡赋。

（1）风儿骚骚△①雨儿潇潇△窗儿外、剪却芭蕉△香儿漫炷，灯儿高烧△将路儿数，话儿想，信儿瞧△

帐儿轻挑△眼儿才交△被儿薄、梦儿无聊△声儿谁唤，门儿谁敲△是莺儿语，花儿影，树儿梢△

注：① 骚骚：风动貌。

（2）浅浅茅庐△隐隐城隅△①乍阴阴、嫩柳扶疏△②枝堪系马，叶可藏乌△③对一尊酒，④一轴画，一床书△

露洗新梧△燕引新雏△卧南窗、好梦谁乎△⑤登堞紫翠，⑥平楚蘼芜△⑦望几重山，几重树，几重湖△

注：① 城隅：城边角。② 扶疏：繁茂也。③ 乌：乌鸦。④ 一尊：一杯。⑤ 谁乎：哪一个。⑥ 堞：城头女墙。⑦ 蘼芜：草名，野生。

（3）小小幽窗△短短匡床△①更萧萧、弄影新篁△谁家燕子，掠絮飞扬△正梨花谢，桃花深，菜花黄△

抛卷斜阳△闲步何妨△对平地、一抹天光△蒲团小坐，②沉水微香△③似世鸿濛，④人嵇康，⑤梦羲皇△⑥

注：① 匡床：安稳之床。② 蒲团：坐具，僧人坐禅或跪拜时用。③ 沉水：香名。④ 鸿濛：宇宙形成前的混沌的状态。⑤ 嵇康：三国时魏隐士，竹林七贤之一。⑥ 羲皇：伏羲为三皇之一，故称羲皇。

陆求可（清 70）一首　题：春晓。

角枕齐齐△①锦帐低低△傍温柔、梦醒还疑△和风吹面，朝日穿帷△正蝶儿舞，莺儿语，燕儿啼△

独坐窗西△懒下楼梯△楚天遥、草色萋萋△轻烟未散，绿暗芳堤△看青门外，黄尘起，紫骝飞△

注：① 角枕：以角饰枕，即枕也。

朱中楣（女）（清 140）二首　题：第一首，上巳。

（1）小小园亭△百卉芳馨△水边花下任怡情△①凭谁妙手，绘幅丹青△仿王摩诘，吴道子，倪云林△

风动波平△景物撩人△绿秾翻、燕剪红轻△欣逢上巳，共赏良辰△拟兰亭禊，②飞英会，③鹭鸥盟△

注：① 此句按格律应三字、四字分句，其中间有顿号，稍异。② 兰亭禊：晋王羲之首创在绍兴兰亭修禊，时永和九年三月初三。③ 飞英会：北宋时，范镇居许下，每当春季花开繁盛时，宴客于堂前荼蘼架下，当时号为飞英会。

（2）花气熏晴△还疑未醒△起来犹怯小窗明△①余寒峭峭，晓露匀匀△听鸦声乱，钟声度，竹声清△

莺语频频△欲语留春△榆钱可买寸光阴△鱼儿掠水，燕儿窥人△见红如醉，青如豆，草如茵△

注：① 此句与下段第三句按格律应三字、四字分句，其中间有顿号，稍异。

徐石麒（清 280）一首　题：自题读书处。

老树丫叉△瘦竹篱笆△径支离、处士人家△①犬无惊吠，莺有清哗△②但幕为帘，茅作瓦，纸当纱△

炉内烹茶△瓶内簪花△客来时、园有壶瓜△③红尘不到，白发休嗟△且读离骚，

点周易，讲南华△

注：① 径支离：路分散；处士：不做官之读书人。按作者不愿为官，王士禛司理扬州，招致名士，彼亦不往见。② 清哗：喻鸟鸣。③ 壶瓜：疑即为瓠瓜。

朱彝尊（清288）一首

蚕月桑津△[1]轻浪鱼鳞△好风光、最易愁人△相逢休便，闲却残春△待播船回，游骢去，又因循△

歌罢梁尘△舞散花茵△下楼梯、帘外逡巡△有缘并坐，不在横陈△话夜阑时，人如月，月如银△

注：① 蚕月：四月；桑津：桑林渡口。

周铭（清534）一首　题：拟艳。

出水精神△[1]飞燕轻身△[2]小蛮腰、稳贴香裙△[3]相逢未嫁，着意温存△爱眼如波，眉如黛，鬓如云△

一晌横陈△情重多嗔△背银灯、私语殷勤△道从今后，来往频频△却半含羞，半含笑，半含颦△

注：① 出水：喻杨贵妃出浴。② 飞燕：汉成帝后赵飞燕，身轻如燕。③ 小蛮：歌妓，善舞。白居易诗："杨柳小蛮腰。"

严怀熊（女）（清728）一首　题：美人焚香。

寂寞深闺△月照孤帏△欲焚香、又怕人窥△频将红豆，暗卜归期△正十分愁，千行泪，万般思△

莲步轻移△悄过窗西△东风里、何事鹃啼△倚栏凝望，浑欲成痴△却夜深阑，更欲尽，侍儿催△

徐旭旦（清753）一首　题：舟中清明。

绿野烟迷△碧草痕齐△东风吹醒旧花枝△[1]问程千里，香满春衣△正清明节，挑菜转，踏青回△

莺眼频窥△燕羽低垂△过江皋、红树村西△[2]轻云淡淡，细浪弥弥△[3]见柳丝转，梅子豆，[4]杏腮肥△

注：① 此句按格律应三字、四字分句，中有顿号，稍异。② 江皋：江岸。③ 弥弥：同"瀰瀰"，充满貌。④ 梅子豆：青梅如豆。

张瑛（女）（清820）一首　题：花朝。[1]

雪霁瑶台△日暖瑶台△[2]好时光、畅我心怀△一般造化，[3]几样安排△见桃花敛，梅花落，杏花开△

才过东阶△又转西阶△湘帘外、再四徘徊△④满院春闹，谁做诗媒△有蝶儿舞，莺儿唤，燕儿来△

注：① 花朝：俗称百花生日，在二月十二日。② 瑶台：喻仙境。③ 造化：天幸也。④ 湘帘：斑竹帘。

蔡翥（女）（清 822）一首　题：题画美人。

谁向冰绡△①淡写轻描△新妆巧、杨柳纤腰△云鬟叠叠，绣带飘飘△又眼儿媚，眉儿秀，脸儿娇△

有个妖娆△②曾得相遭△③细思聊、何处逍遥△料应今夜，月下吹箫△在梅花溪，桃花岸，杏花桥△

注：① 冰绡：鲜洁生丝织物。② 妖娆：喻美女。③ 相遭：相遇。

储枚（清 842）一首

人在梁溪△①家在西溪△绿阴浓、紫燕黄鹂△宜晴宜雨，楼阁参差△有静时琴，闲时史，闷时棋△

城与山齐△树与楼齐△喜春来、花影迷离△夕阳人语，难画难题△正鸟声和，茶声沸，笑声低△

注：① 梁溪：今江苏无锡市。

王时翔（清 859）一首　题：咏帘。

锦额烟丝△①银蒜香丝△②画檐深、花影来迟△湘痕带泪，③映个人儿△便蝶儿粘，蜂儿打，燕儿窥△

翠髻光微△④红履尖微△⑤总因他、露出相思△怯春小倚，柳絮慵吹△任月中开，风中押，雨中垂△

注：① 额：帘上方横条；丝：喻帘编织条纹。② 银蒜：银帘押。③ 湘：指斑竹帘。④ 翠髻：绿鬓。⑤ 红履：红鞋。

吴航野客（清 982）一首　题：《驻春园》第十六回词引。

轻曳湘裙△慵整香云△①怅今宵、谁料见君△②瑟琴钟鼓，③休说诗云△且步相随，影相傍，语相通△

帮衬何人△侠客堪亲△入桃源、已得仙津△④暂时携手，避难逃邻△趁漏初沉，⑤人初静，月初升△

注：① 慵整：懒理；香云：香发。② 谁料：谁也料想不到。③ 瑟琴：即琴瑟和好，喻夫妇恩爱；钟鼓：亦成对匹配之意。④ 桃源：桃花源，喻妙境；津：津渡。⑤ 漏初沉：喻深夜。

马汾（清 1201）一首　题：寒食。

烟柳丝长△①油菜花香△好鸳湖、兰桨芳塘△②几处上冢，挈榼提筐△记拜苔茵，供麦饭，奠椒浆△

寒食荒冈△游子他乡△惨松楸、冷了斜阳△甚时归去，整顿行袋△奈梦飘飘，人恻恻，足伥伥△

注：① 烟柳丝：形容柳丝茂密如烟，即柳含烟。② 鸳湖：鸳鸯湖，即嘉兴南湖。

郭麐（清 1208）一首　序：薄游袁江……青龙庵庵主……名霞者，乞字于余，呼令出见报，昙花一现……爰举明如为赠，并贻以词。

青豆房边△红豆庭前△仙人子、生小婵娟△①问伊名字，合在瑶天△②是花非花，雾非雾，亦非烟△

绮样芳年△佩结飞仙△佛头青云叶披肩△③似闻我佛，为说因缘△要十年心，双鸦髻，五湖船△

注：① 婵娟：美貌。② 合在：应在。③ 此句按格律应三字、四字分句，中有顿号，稍异。

徐灏（清 1580）一首　序：江遁翁官新宁少尉，于廨舍后辟一亭，余在县斋，一墙之隔，乐其野趣，时相过从。张茶农明府为作图，而余赋此阕。

吏隐荒园△草阁柴门△古榕阴、渌水粼粼△①回廊尽处，恰抱篱根△有书连屋，花为壁，酒盈尊△②

独坐垂纶△③对客谈文△爱清闲、岁月偏真△好凭高手，作画传神△写三分水，二分竹，一分云△

注：① 渌水：碧水；粼粼：水清澈貌。② 盈尊：满杯。③ 垂纶：下钓钩。

李慈铭（清 1735）一首　题：四月侍太夫人过湖塘村，欲结小园居之，赋此见志。①

十里平山△十里平川△更平林、万绿参天△②水边楼阁，屋后云田△拟买鸥矶，买云嶂，买渔船△

处处流泉△市断桥连△羡村居、何啻登仙△③几时奉母，筑舍花前△好看斜阳，看飞瀑，看炊烟△

注：① 湖塘：绍兴西门外村名。② 万绿：喻树木。③ 何啻：不异于。

许白凤（现当 58）一首　题：永祥游绍兴归述所见，邀同作。　注：陆永祥为作者门生。 1981 年作。

遮眼前峰△春雨濛濛△染将成、新绿千重△沈园老柳，[1]何处寻踪△过禹陵下，[2]兰亭畔，[3]鉴湖东△[4]

小桨乌篷△[5]毡笠田翁△上街来、随带儿童△买归零碎，满贮篮中△有霉干菜，香糕片，状元红△[6]

注：① 沈园：绍兴名园林。② 禹陵：绍兴名胜，夏禹王陵墓。③ 兰亭：绍兴名胜，晋王羲之首创修禊于此。④ 鉴湖：绍兴名湖。⑤ 乌篷：绍兴小划船。⑥ 状元红：黄酒名。与霉干菜、香糕片皆绍兴特产。

车乘轨（现当 88）二首　题：第一首，忆泰山之游。[1]　注：1997 年 8 月 17 日作。

第二首，觉海寺做寿生经忏。[1]注：觉海寺：嘉兴古刹，2006 年被评为浙江省级重点寺院；寿生经：内有序曰：何谓寿生钱，即俗云买命钱也……如若不还，暗中恶报，如若还本，明身善报。2012 年 3 月 20 日（农历二月二十八日）作。

（1）东岳泰山△十八盘弯△[2]上玉皇、路陡行难△[3]喜乘索道，逸荡云端△瞰峰青青，[4]花灼灼，[5]水潺潺△[6]

肩负红砖△不计辛艰△悯乡农、跋涉登攀△[7]碧霞留影，[8]缓步回还△下南天门，[9]经文石，[10]虎山川△[11]

注：① 泰山：在山东泰安市境，为五岳之一的东岳。② 十八盘：上南天门山道。③ 玉皇：指顶峰玉皇顶。④ 瞰：俯视也。⑤ 灼灼：花盛开鲜明貌。⑥ 潺潺：水流貌。⑦ 此三句说：亲见山农肩负红砖（十块左右）仗人力搬运上山。⑧ 碧霞：指碧霞祠。⑨ 南天门：在十八盘尽头顶端。⑩ 经文石：即经石峪，现存经文石刻 1043 字。⑪ 虎山川：虎山水库支流，上有桥。

（2）来世今生△阳界阴冥△敬如来、更信观音△[1]想还宿债，为驱顽症△诵延年文，祛病忏，寿生经△[2]

梵寺高僧△[3]三圣神灵△[4]下凡来、共保太平△功德圆满，疏化前庭△[5]正晚霞红，霪雨霁，一天晴△[6]

注：① 音字系侵韵，借叶。② 前段叙老妻佞佛情绪。③ 此句指觉海寺僧众九人参与经忏。④ 三圣：三圣殿，指阿弥陀佛、观音、大势至三佛。⑤ 疏：文疏，即上达神佛表文；化前庭：在殿前焚化。

⑥ 此三句说是日中雨连绵，巧合的是偏佛事结束前雨霁日出。后段谓余虽不信佛教，但悯老妻病苦，勉为其了此心愿。

六十六字　行香子　第二体，同第一体，但后段第一句不叶韵。

熙宁无名氏（宋152）一首

天与秋光△转转情伤△探金英、[1]知近重阳△薄衣初减，绿蚁新尝△[2]渐一番风，一番雨，一番凉△

黄昏院落，凄凄惶惶△酒醒时、往事愁肠△那堪永夜，明月空床△闻砧声捣，蛩声细，漏声长△

注：① 金英：黄花，指菊花。② 绿蚁：酒上渣，喻酒。

沈端节（宋385）一首

烟淡回塘△月浸疏篁△[1]一枝春、压尽群芳△[2]翛然风度，[3]玉质金章△有许多情，许多韵，许多香△

中酒情怀，[4]琢句心肠△[5]倚屏山、仔细端相△[6]冰芽初试，桐子新尝△更绮窗前，冰壶畔，看匀妆△

注：① 篁：竹也。② 一枝春：指梅。③ 翛然：潇洒。④ 中酒：醉酒，中字读去声。⑤ 琢：琢磨。⑥ 端相：打量。

赵师侠（宋390）一首

春日迟迟△[1]春景熙熙△[2]渐郊原、芳草萋萋△[3]夭桃灼灼，[4]杨柳依依△[5]见燕喃喃，[6]蜂簇簇，蝶飞飞△

闲庭寂寂，曲沼漪漪△[7]更秋千、红索垂垂△游人队队，乐意嬉嬉△尽醉醺醺，歌缓缓，语低低△

注：① 迟迟：缓行也。② 熙熙：和乐也。③ 萋萋：草茂盛貌。④ 灼灼：花盛貌。⑤ 依依：柔弱貌。⑥ 喃：呢喃，燕声。⑦ 漪漪：波纹如锦。

汪莘（宋418）一首　题：雪后。

策杖溪边△[1]倚杖风前△[2]坐琼林、玉树森然△谁家残雪，何处孤烟△向一溪桥，一茅店，一渔船△

别般天地，新样山川△唤家童、访鹤寻猿△山深寺远，云冷钟残△喜竹间灯，梅间屋，石间泉△

注：① 策杖：扶着拐杖行走。② 倚杖：靠着拐杖站立。

洪瑹（宋486）一首

楚楚精神△[1]杨柳腰身△是风流、天上飞琼△[2]凌波微步，[3]罗袜生尘△有许多

娇，许多韵，许多情△

十年心事，两字眉婚△④问何事、真个行云△⑤秋衾半冷，窗月窥人△想为人愁，为人瘦，为人颦△⑥

注：① 楚楚：鲜明貌。② 飞琼：许飞琼，西王母侍女，仙女也。③ 凌波微步：喻步履轻盈。④ 眉婚：犹言目成，即眉目传情。⑤ 行云：喻交欢。⑥ 颦：皱眉。古代美人西施因病善颦，媚态横生，东施为之效颦。

高启（明 16）一首　题：芙蓉。①

如此红妆△②不见春光△向菊前、莲后才芳△雁来时节，寒沁罗裳△正一番风，一番雨，一番霜△

兰舟不采，③寂寞横塘△强相依、暮柳同行△湘江路远，吴苑池荒△奈月朦胧，人杳杳，水茫茫△

注：① 芙蓉：指木芙蓉，秋半开花。② 红妆：芙蓉花有红、白、黄三种。③ 兰舟：舟之美称；不采：指出不是莲荷（因荷花亦称芙蓉）。

朱中楣（女）（清 140）一首　题：画册美人。

的的丹青△①袅袅匀匀△神情纤悉恁轻盈△②朱唇欲启，罗带初萦△③似红楼艳，绿窗丽，汉宫春△

桃源期伴，隔院邀盟△蔷薇翠舀石榴裙△④凝眸颦觑，⑤倚树含情△羡一溪水，一林石，一双禽△

注：① 的的：鲜明貌。② 恁：如此。③ 萦：系也。④ 上片神情句与本句俱作四三句式，与律稍异。⑤ 凝眸：注目而视。

方亨咸（清 163）一首　题：题嘉庄农隐图。

古道平冈△背郭茅堂△①抱前溪、说是嘉庄△犬随馌女，②牛卧斜阳△好长儿孙，数鹅鸭，课农桑△③

黄庭一卷，④绿树千章△拥柴门、早稻花香△浊醪在手，醉眼徜徉△看山云白，溪云黑，麦云黄△

注：① 背郭：靠城、近城。② 馌女：送饭到田头妇女。③ 课：稽查、管理之意。④ 黄庭：经名。

张渊懿（清 293）一首　题：闲居。

水绕平沙△绿柳藏鸦△①近西村、负郭人家△②柴门昼掩，底作生涯△③种一池鱼，三亩竹，半园瓜△

秋林穿月，春径堆花△与邻翁、闲课桑麻△儿童惯熟，客至无哗△煮海州香，④

若溪酒，[5]洞山茶△。[6]

注：① 藏鸦：栖鸦。② 负郭：近城。③ 底作：作什么；生涯：事业。④ 海州香：海南岛香料。⑤ 若溪：若耶溪，指绍兴。⑥ 洞山：苏州洞庭山。

宋蕙湘（女）（清352）一首

赋了情思△不了相思△无心绪、又睹花飞△缃桃映日，[1]细柳含晖△有许多香，许多色，许多姿△

无限春情，却上双眉△总都付、绿暗红稀△独倚栏杆，月到双扉△惹一回愁，一回闷，一回悲△

注：① 缃桃：《花谱》千叶桃为缃桃。

徐元端（女）（清645）一首

不贴花钿△[1]不画涵烟△[2]在愁中、昼永如年△[3]自春归去，来到园亭△怕燕儿啼，花儿谢，柳儿眠△

纤纤素指，[4]宝墨轻研△[5]自书成、一幅霞笺△[6]拈来帘下，试告苍天△问有谁评，有谁和，有谁怜△

注：① 花钿：首饰。② 涵烟：含烟，喻杨柳。③ 昼永：日长。④ 素指：雪白手指。⑤ 宝墨：墨之美称。⑥ 霞笺：书笺之美称。

汪森（清669）一首

春在林陬△[1]花满芳洲△傍渔村、数点轻鸥△波摇草绿，人倚兰舟△[2]正绪风吹，[3]微雨过，晓烟浮△

莺声何处，燕语空留△更撩人、蝶翅轻柔△[4]青荷未展，紫笋新抽△在板桥边，杨柳下，酒垆头△[5]

注：① 陬：角落。② 兰舟：舟之美称。③ 绪风：余风。④ 撩人：惹人。⑤ 酒垆头：喻酒店。垆，酒店里安放酒瓮之土台。

李崧（清717）一首

暑退林丘△[1]凉入书楼△卷长空、万里青浮△残云黯黯，[2]落叶飕飕△有一天风，一天雨，一天秋△

老来贪懒，百事都休△只消闲、笔砚还留△频挥麈尾，[3]常醉垆头△剩几分痴，几分病，几分愁△

注：① 林丘：树木与山丘，泛指山林，也指隐居的地方。② 黯黯：昏暗。③ 麈尾：拂尘也。麈，鹿类动物，尾可作拂尘。

阮绵审（清1707）一首

绝代婵娟△[1]芳意连绵△向无人、独语帘边△葡萄薄醉，[2]艾蒳初燃△[3]看眼儿沉，眉儿蹙，鬓儿偏△

梨花夜夜，杨柳年年△被檀奴、乖巧牵缠△[4]半衾况味，两字因缘△算十分想，三分恨，七分怜△

注：① 婵娟：美女。② 葡萄：酒名。③ 蒳：香草也。④ 檀奴：美男子潘安，小字檀奴。喻爱恋之人。

陈秀翔（现当109）一首　题：秋日郊游。

绿拥山丘△稻压田畴△访村民、喜告丰收△柳塘垂钓，叶落飘浮△有鱼儿跃，蝶儿舞，鸟儿啾△

金乌渐坠，[1]余兴悠悠△驱车返、夜景温柔△霓虹闪烁，舞影歌喉△须稳停车，疾穿路，缓登楼△

注：① 金乌：太阳。

张孝纯（现当218）一首

暑热清晨△簇拥雏孙△父推车、娘扇驱蚊△爷前奶后，请佛迎神△看小皇帝，家中宝，命中春△

年来岁往，离户分门△慈亲老、独自炊飧△影单身只，白发黄昏△叹寂然去，苍蝇吊，断孤魂△

史文山（现当242）一首　题：秋景。

夏尽天凉△水满渠塘△乘秋兴、开怀徜徉△小园几处，绿圃花香△有燕儿回，蝶儿舞，蜂儿忙△

漫步怀想，身披秋光△赏秋云、流水桥旁△暮云合璧，山吞夕阳△正月儿纤，莺儿啼，风儿凉△

杜渐（现当243）一首　题：暮春郊行。

碧野蓝天△淡柳青烟△出城廓、携手陌阡△[1]品茶茅店，踏露溪边△怅梨花落，桃花谢，杏花残△

休言春去，春在人间△望郊原、芳草芊芊△紫荆红逗，芍药黄鲜△正流莺啭，彩蝶舞，蜜蜂喧△

注：① 陌阡：即阡陌，因用韵而颠倒。

李传才（现当253）一首　题：周头湖即兴。

柳线垂沟△麦浪翻秋△驾轻车、结伴同游△豪情迸发，奔向周头△正早梅黄，新禾绿，野花幽△

十里湖天，一叶兰舟△沐东风、景不胜收△山青水秀，鸟乐鱼悠△听笑声甜，琴

声美，橹声柔△

六十六字　行香子　第三体，同第一体，但后段第一、二句均不用韵。

张先（宋18）一首　题：美人。

舞雪歌云△闲淡妆匀△蓝溪水、深染轻裙△酒香醺脸，粉色生春△更巧谈话，美情性，好精神△

江空无畔，凌波何处，越桥边、青柳朱门△断钟几角，又送黄昏△奈心中事，眼中泪，意中人△

苏轼（宋80）二首　题：第一首，与泗守过南山晚归。①

（1）北望平川△野水荒湾△共寻春、飞步孱颜△②和风弄袖，香雾萦鬟△正酒半酣，人语笑，白云间△

飞鸿落照，相将归去，澹涓涓、玉宇清闲△何人无事，宴坐空山△望长桥上，灯火乱，使君还△③

注：① 泗守：泗州太守。泗州，安徽州名。② 孱颜：即巉岩，危峻之山。③ 使君：指泗守。

（2）携手江村△梅雪飘裙△情何限、处处销魂△故人不见，旧曲重闻△向望湖楼，孤山寺，涌金门△①

寻访行处，题诗千首，绣罗裙、与拂轻尘△别来相忆，知有何人△有湖中月，江边柳，陇头云△

注：① 涌金门：杭州西城门，滨临西湖。

沈龙（明509）一首　题：春游。

春嫩犹寒△芳草如烟△印鞋钩、小队红颜△①随肩姐妹，姑嫂争先△□近人前，②忙障面，掩齐纨△③

柳堤深处，啼莺不住，画桥南、酒店茅檐△花飘急处，雨管风弦△把花枝折，红滴滴，映青鬟△

注：① 鞋钩：指缠足弓鞋；小队红颜：一小队妇女。② □：此处漏一字，疑为“走”字。③ 齐纨：即团扇。

季振宜（清314）一首　题：题扇面美人。

烟样罗裯△①月样银钩△人立处、风景全幽△谁将纨扇，②细写风流△有一分水，一分墨，一分愁△

天街似水，迢迢良夜，十年前、事上心头△双飘裙带，曾伴新秋△在那家庭，那家院，那家楼△

注：① 裯：床帐也。② 纨扇：团扇。

侯晰（清690）一首　题：自题画卷。

连陌柔桑△隔岸垂杨△随桥转、一个村庄△前临流水，东绕高冈△以槿为篱，茅为屋，纸为窗△

妻孥皞皞，[①]鸡犬攘攘，[②]沿溪艺、百亩香粳△[③]团团竹坞，小小鱼舫△更有茶山，有蔬圃，有菱塘△

注：① 妻孥：妻子；皞皞：广大自得貌。② 攘攘：扰乱貌。③ 艺：种植。

许德蘋（女）（清1708）一首　题：七夕。

阶下秋蛩△井畔疏桐△正今宵、牛女情浓△[①]经年别绪，愁诉重重△料星桥南，星桥北，喜相逢△

人间乞巧，好陈瓜果，也怜他、离恨无穷△银湾斜转，砧杵声中△剩一炉烟，一钩月，一帘风△

注：① 牛女：牛郎、织女。

黄浴宇（现当273）一首　西湖。[①]

天落瑶珠△地现明湖△波潋滟、雁唱鸥凫△美呼西子，高隐林逋△赏苑边荷，桥头雪，港中鱼△

双峰云绕，九溪雾起，流连处、游客盈途△湖山无价，冠绝三吴△更政安定，市安稳，众安居△

注：原注，（当时）西湖景区是我国唯一不收门票的5A级风景区。

六十六字　行香子　第四体，同第三体，但前段首句不叶韵。

王诜（宋114）一首　题：蓼花。

金井先秋，[①]梧叶飘黄△几回惊、觉梦初长△月微烟淡，疏雨池塘△渐蓼花明，菱花冷，藕花香△

幽人已惯，[②]枕单衾冷，任商飚、催换年光△[③]问谁相伴，终日清狂△有竹间风，尊中酒，[④]水边床△

注：① 金井：有雕饰井栏。古诗词中常用"金井梧桐"。② 幽人：隐士。③ 商飚：秋风也。④ 尊：杯也。

晁补之（宋123）一首　题：赠轻盈。

柳态纤柔，雪艳疏明△问人来、人道轻盈△芙蓉脸际，一寸横波△[①]比潇洒处，犹难称，此嘉名△[②]

花前烛下，微颦浅笑，[③]要题诗、盏畔底声△司空自惯，[④]狂眼须惊△也不辞

写，双罗带，恐牵情△

注：① 波：眼波。② 嘉名：好名，指轻盈。③ 颦：皱眉。④ 司空自惯：即司空见惯，常见不奇之意。

六十六字　青玉案　第一体，前、后段第二句六字，第四句、五句不叶韵。

毛滂（宋 143）一首　题：新凉。

芙蕖花上濛濛雨▲[①]又冷落、池塘暮▲何处风来摇碧户▲掩帘凝望，淡烟疏柳，翡翠穿花去▲[②]

玉京人去无由住▲[③]恁独坐、凭栏处▲[④]试问绿窗秋到否▲可人今夜，[⑤]新凉一枕，无计相分付▲

注：① 芙蕖花：即荷花。② 翡翠：鸟名。③ 玉京：皇城。④ 恁：如此。⑤ 可人：可意之人，延伸为恋人。

僧惠洪（宋 157）一首　序：予谪海外，[①]上元，[②]椰子林中，渔火三四而已，中夜闻猿声凄动，作词曰：

凝祥宴罢闻歌吹▲画毂走、香尘起▲[③]冠压花枝驰万骑▲马行灯闹，凤楼帘卷，陆海鳌山对▲[④]

当年曾看天颜醉▲[⑤]御杯举、欢声沸▲[⑥]时节虽同悲乐异▲海风吹梦，冷猿啼月，一枕思归泪▲

注：① 谪：贬官；海外：指海南岛。② 上元：元宵。③ 画毂：指游车。④ 鳌山：张灯演杂技之台。⑤ 天颜：指帝。⑥ 御杯：皇帝酒杯。

黄公度（宋 294）一首　注：住、语两字均叶韵，稍异。

邻鸡不管离愁苦▲又还是、催人去▲回首高城音信阻▲霜桥月馆，水村烟市，总是思君处▲

裛残别袖胭脂雨▲[①]漫留得、愁千缕▲欲倩归鸿分付与▲[②]鸿飞不住▲倚栏无语▲独立长天暮▲

注：① 裛残：沾湿。② 鸿：古人以为鸿能传书。

王炎（宋 365）一首

深红数点吹花絮▲又燕子、飞来语▲远水平芜春欲暮▲[①]年年长是，清明时候，故遣人憔悴▲

竹鸡啼罢山村雨▲[②]正寥落、无情绪▲猛省从前多少事▲[③]绿杨堤上，楼台如画，此境今何处▲

注：① 平芜：平原上杂草。② 竹鸡：鹑类，羽褐色，有棕色斑纹，喜居竹林间。③ 事：事字不叶韵，做宽叶。

顾德辉（元 89）一首

春寒恻恻春阴薄▲整半月、春萧索▲晴日朝来升屋角▲树头幽鸟，对调新语，语罢双飞却▲

红入花腮青入萼▲尽不爽、花期约▲可恨狂客空自恶▲晓来一阵，晚来一阵，难道都吹落▲

车乘轨（现当 88）一首　题：喜读昆曲曲谱。注：2012 年 3 月 17 日作。

悠幽宛转夸昆曲▲确高雅、非庸俗▲上尺工凡五一六▲[①]按板依眼，[②]抑扬顿挫，[③]伴奏加丝竹▲[④]

栗庐曲谱初入目▲[⑤]助传唱、帮培育▲简谱振飞犹造福▲[⑥]能懂易学，时微功倍，兴振衷心祝▲

注：① 上尺工凡五一六：工尺（古代音乐记谱方式）记谱符号，相当于简谱 1234675。② 板眼：《小学绀珠》"以拍板齐乐音，谓之板眼"。③ 抑扬顿挫：控制音调之高低轻重、停顿转折。④ 丝竹：指笛，昆曲伴奏之主要乐器。⑤ 栗庐：即俞平伯，精音律，昆曲大家俞振飞之父。俞振飞于 1953 年编成《栗庐曲谱》，仍以工尺记谱。虽能传世，但初学者有畏若天书之感。⑥ 简谱振飞：1981 年上海昆剧团编辑出版《振飞曲谱》，创新以五线谱之简谱代替工尺，大大便于学习传唱。作者在 2009 年始购得是书，旋蒙嘉兴玉茗曲社朱培林社长赠与《栗庐曲谱》，两相对照，使作者略识部分昆曲传统曲牌，获益匪浅。

六十六字　青玉案　第二体，同第一体，但前、后段第五句均叶韵。

史达祖（宋 424）一首

蕙花老尽离骚句▲绿染遍、江头树▲日午酒消听骤雨▲青榆钱小，碧苔钱古▲难买东君住▲

官河不碍遗鞭路▲被荒草、将愁去▲多定红楼帘影暮▲兰灯初上，夜香初炷▲犹是听鹦鹉▲

李绳远（清 381）一首　题：夏日同友宿范蠡湖。[①]

碧湖一片残阳外▲有亭馆、参差带▲[②]西子妆台今何在▲[③]红香坠粉，翠阴横黛▲画舫人同载▲

帘栊夜卷凉飔快▲望明月、遥相待▲迢递高城曾不碍▲酒杯还把，睡情须耐▲

此景真堪爱▲

注：① 范蠡湖：在嘉兴城南隅。② 参差带：高低连续。③ 西子妆台：西施妆台。范蠡送西施入吴，经嘉兴寓此。

马汾（清 1201）一首　题：花朝，同朱半坨作。[①]

梨花落尽春过半▲又苦雨、连昏旦▲[②]燕子也知人意懒▲双双来去，穿帘偷眼▲故故将侬唤▲[③]

朦胧柳色迷烟岸▲怅画舫、轻抛散▲定有高楼凝望怨▲纱窗关了，坐销香篆▲暗把韶华算▲

注：① 花朝：农历二月十二日；朱半坨：即朱其鏶，见《词人小传》。② 昏旦：黄昏与清早。③ 故故：屡屡。

陈寿祺（清 1258）一首

二分凉月花阴漏▲记小院、闲时候▲廿四晶屏花影瘦▲[①]幽香一缕，染来罗袖▲秋色黄于酒▲

月痕依样移花甃▲[②]空照得、青山旧▲想见红楼妆卸后▲别无人处，兰灯如豆▲梦去能寻否▲

注：① 晶屏：水精屏风。② 花甃：砖砌花坛。

六十六字　青玉案　第三体，同第一体，但前段第二句少一字，而后段第二句多一字。

张大烈（明 402）一首

踏青芳伴来无数▲绕行红紫路▲小桥流水画船渡▲妒花怕雨，媚花喜霁，惟恐斜阳暮▲

香尘踏遍青鞋污▲俏眼频窥宫肩护▲秋波引出金莲步▲闪归小院，转过回廊，怅入桃源去▲

纳兰性德（清 694）一首　题：辛酉（1681 年）人日。[①]

东风七日蚕芽软▲一缕休教剪▲梦隔湘湖征雁远▲[②]那堪又是，鬓丝吹绿，小胜宜春颤▲[③]

绣屏浑不遮愁断▲忽忽年华空冷暖▲玉骨几随花骨换▲[④]三春醉里，三秋别后，寂寞钗头燕▲[⑤]

注：① 人日：大年初七。② 征雁：飞行中雁。③ 胜：指首饰。④ 玉骨：指美人身躯。⑤ 钗头燕：首饰。

六十六字　看花回

朱万锦(清 309)一首　题：村月。

野屋溪隈暗复晞△①先到篱扉△短山小小环层处，几家家、绿薄红微△好农春事繁，惮息星稀△②

稼稿登场捉犊归△③皎白堪依△黄毛老子疏阴下，呼童伴步河矶△④夕阳功未足，趁秋晖△

注：① 溪隈：溪弯曲处；晞：微明。② 惮息：瞬间。③ 稼稿：农作物茎杆；犊：小黄牛。④ 河矶：河边石头。

六十六字　添字渔家傲

蔡伸(宋 222)一首

烟锁池塘秋欲暮▲细细荷香，直到双栖处▲并枕东窗听夜雨▲偎金缕▲云深不见来时路▲

晓色朦胧人去住▲香覆重帘，密密闻私语▲目断征帆归别浦▲空凝伫▲苔痕绿映金莲步▲

朱彝尊(清 288)一首

百蝶仙裙风易袅▲藕覆低垂，①浅露惊鸿爪▲②元夕初过寒尚峭▲呼别棹▲雪花点点轻帆杪▲③

别院羊灯收未了▲④高揭朱帘，特地留人照▲众里偏她回避早▲猜不到▲罗帏昨夜曾双笑▲

注：① 藕：雪藕，喻美人手腕。② 惊鸿：喻美人。③ 雪花：喻浪花。④ 羊灯：羊形灯。庾信《七夕赋》："兔月先上，羊灯次安。"

唐埙(清 1497)二首　题：十二影。注：十二首录二。

(1) 一尺芹泥经雨润▲①红杏燕子，寻巢期最准▲二月光阴消息传▲牵离恨▲辽西梦远蓬山近▲②

吹面风来寒浛浛▲③卷起湘帘，④独自高楼凭▲杨柳如烟天欲暝▲肩谁凭▲夕阳故弄秋千影▲⑤

注：① 芹：筑燕巢材料。② 辽西：在东北，喻边疆；蓬山：喻仙山。③ 浛浛：流动貌。④ 湘帘：斑竹帘。⑤ 故：屡也。

(2) 浴罢兰汤罗帨搁▲①剪彩为符，②应过端阳景▲角黍餐传盘饾饤▲③斟蒲酝▲④凭栏试阅龙舟竞▲

风熨湖波平似镜▲镜里明妆，几个钗横鬓▲一队笙歌人曳锦▲游鞭骋▲

扇儿遮得惊鸿影▲

注：① 帨：音税，即手帕；挜：两手相切摩也。② 符：身上佩戴物。③ 角黍：米粽；饾饤：供陈设食品。④ 蒲酝：蒲酿酒。

车乘轨（现当 88）一首　题：喜祭扫祖茔后继有人。　注：2012 年 4 月 7 日作。

林锁烟遮山里岙▲①曲曲弯弯，绝少行人到▲父兄茔台安葬早▲②年年扫▲清明季节冥钱烧▲

去岁坟亲传恶耗▲③路堵难行，老迈徒烦恼▲④幸有儿孙承继好▲⑤排干扰▲人间地下咸欢笑▲⑥

注：① 山里岙：西湾山和六家岙，乃祖茔葬处。岙，山间曲处或平地。② 安葬早：父母坟墓，在 1952 年迁葬于此，长兄于 1973 年附葬于侧。③ 坟亲：管坟人；恶耗：即部分山路被堵塞。④ 此句说：老人难以上山，只好在山下遥祭。⑤ 儿孙：指女儿、女婿自愿代劳上山，恢复正常祭扫，并拍照而还。⑥ 欢笑：喜祖茔祭扫，后继有人。

六十六字　解佩令　第一体，前、后段首句起韵。

史达祖（宋 424）一首

人行花坞▲衣沾香雾▲有新词、逢春分付▲屡欲传情，奈燕子、不曾飞去▲倚珠帘、咏郎秀句▲

相思一度▲浓愁一度▲最难忘、遮灯私语▲淡月梨花，借梦来、花边廊庑▲指春山、泪曾溅处▲

吴本嵩（清 462）一首　题：墙外闻歌。

溪光千顷▲①山光千顷▲暮春光、麦浪千顷▲②麦浪西弯，翠竹袅、女墙斜整▲③悄无人、仄门曲径▲

鹍弦隐隐▲④凤箫隐隐▲燕莺声、高下隐隐▲⑤五尺墙头，把千尺、春愁围紧▲恨东风、去来不定▲

注：① 千顷：喻广阔。顷，折合一百亩。② 麦浪：麦被风吹如浪。③ 女墙：城堞。④ 鹍弦：琴曲名。嵇康琴赋曰："鹍鸡游弦。"⑤ 燕莺声：指女子歌声。

金蓉（清 969）一首

芷堂烟暝▲①柳湾人静▲看轻蓑、乱堆渔艇▲白板桥边，早飞上、玉蟾如镜▲②爱惺忪、③满身花影▲

柴桑清境▲④辋川幽兴▲⑤把长镵、缓归三径▲⑥稳卧芳檐，但觅取、深宵酩

酊▲笑红尘、一鞭秋冷▲

注：① 芷堂：香堂。② 玉蟾：喻月。③ 惺忪：动摇不定貌。④ 柴桑：指陶潜隐居地。⑤ 辋川：指王维别墅。⑥ 镵：利器，掘草根子用。

左锡璇（女）（清 1716）一首

朝来风雨▲晚来风雨▲恁禁他、朝朝暮暮▲花事将阑，怪春已、暗抛人去▲更无方、将春留住▲

莺儿慵语▲燕儿慵舞▲冷清清、绿阴庭户▲明岁花时，知人在、天涯何处▲待重来、花还知否▲

车乘轨（现当 88）一首　题：温州鼓词。　注：2012 年 4 月 15 日作。

序：浙、苏、沪一带流行苏州评弹、扬州说书，城乡遍设书场。最近在数字电视《南腔北调》栏目中发现温州鼓词，多为女演员单档（一个人）演出，以小鼓、扬琴伴奏。余收视了徐雪燕的《朱元璋传》和章彩霞的《嘉兴八美图》，觉得故事离奇，有别于一般演义、小说；说说唱唱，虽未及苏州评弹细腻，却也引人入胜，在我国传统文艺中当存一格，特赋词志之。

苏州弹话▲①扬州书话▲②浙苏沪、蜚声城野▲③演艺精湛，一人抵、千军万马▲评炎凉、笑嬉怒骂▲

苏弹婉雅▲④扬书放泻▲⑤味甘厚、似诗如画▲无独成群，温鼓词、口讴琴打▲⑥事离奇、意牵神化。▲

注：① 弹话：分弹词（俗称小书）和评话（俗称大书）。② 书话：俗称说书。③ 城野：城乡。④ 婉：婉约。⑤ 放：豪放。⑥ 讴：说唱。

六十六字　解佩令　第二体，同第一体，但前、后段首句，均不起韵。

丁如琦（清 1007）一首　题：题友人渔隐图。

藕花千顷，桃花一棹▲又开残、白蘋红蓼▲随意风帆，任南北、东西都好▲计生涯、此中粗了▲

停桡近浦，收纶斜照▲且休论、得鱼多少▲换酒归来，拼一觉、醉眠忘晓▲这襟怀、尽堪娱老▲

六十六字　解佩令　第三体，同第一体，但前段首句不入韵。

赵怀玉（清 1097）一首

春山如梦，春波如醉▲恰春人、画桡轻载▲①小语遮灯，任瞥见、柔情难慰▲②又帘前、月痕初坠▲

眼儿流媚▲意儿传慧▲怯宵凉、薄罗衫袂▲珍重风光，莫遣他、国香憔悴▲愿

名花、酒狂常对▲

注：① 春人：春天游人；画桡：绘画之船桨，喻船。② 瞥见：乍见、暂见。

六十六字　解佩令　第四体，同第一体，但后段首句不入韵。

郑麟趾（明 70）一首

脸儿端正▲心儿俏俊▲眉儿长、眼儿入鬓▲鼻儿隆隆，口儿小、舌儿香软▲耳朵儿、就中红润▲

项如琼玉，发如云鬓▲眉如削、手如春笋▲奶儿甜甜，腰儿小、脚儿去紧▲那些儿、更休要问▲

六十六字　酷相思

张淑（女）（清 454）一首　题：忆慧贞、慧珠两女。

苦雨凄风秋欲暮▲正触起、离愁绪▲少音信、飞鸿天际度▲长女也、迢迢路▲[1]次女也、迢迢路▲

料得停针抛绣谱▲望亲舍、新诗赋▲[2]问何日、归来同首聚▲长女也、喁喁诉▲[3]次女也、喁喁诉▲

注：① 迢迢路：指远嫁他乡。② 亲舍：父母房舍，指家乡。③ 喁喁诉：低声或谆谆诉说。

吴泰来（清 979）一首　题：丹阳雨泊。[1]

烟锁垂杨江色暮▲正叠鼓、催人去▲[2]指青袍、十年来往路▲[3]长亭也、销魂处▲短亭也、销魂处▲

回首秦楼牵别绪▲记唱彻、黄金缕▲[4]看睡鸭、沉香消半炷▲听风也、愁如许▲听雨也、愁如许▲

注：① 丹阳：江苏县级市，在常州和镇江之间，属镇江。② 叠鼓：一阵鼓声，指开船击鼓。③ 青袍：指杨柳。④ 黄金缕：曲名。

吴蔚光（清 1076）一首

金缕丝丝牵别绪▲[1]翠尊浅、难教住▲最惆怅、江南寒食路▲草绿也、春归去▲水绿也、人归去▲

落尽梨花双燕语▲画楼上、潇潇雨▲看天色、一条催欲暮▲草绿也、春何处▲水绿也、人何处▲

注：① 金缕：指柳丝。

沈纕（女）（清 1179）一首　题：春归同清溪作。

独上妆楼斜倚立▲但目断、天南北▲却恨煞、东风有底急▲[1]梨花也、吹如雪▲

杨花也、吹如雪▲

镇日闲愁谁共说▲[2]只暗把、栏杆拍▲叹旖旎、韶光留不得▲[3]鹃啼也、红如血▲人啼也、红如血▲

注：① 底急：何急。② 镇日：整天。③ 旖旎：柔和美丽。

孙家谷（清 1420）一首　题：惜别。

听得几声留客住▲又几日、廉纤雨▲[1]任丁属、东风难作主▲人觑着、花无语▲花觑着、人无语▲

杨柳丝丝烟几许▲[2]兀自恋、微微絮▲[3]有多少、闲愁无着处▲分一半、卿将去▲[4]留一半、侬将去▲[5]

注：① 廉纤雨：微雨。② 烟：柳丝浓密如烟。③ 兀：犹也。④ 卿：对人爱称；将去：带去。⑤ 侬：吴语，我也。

吴藻（女）（清 1484）一首

寂寂重门深院锁▲正睡起、愁无那▲觉鬓影、微松钗半亸▲清晓也、慵妆裹▲黄昏也、慵妆裹▲

竹簟纱幮谁耐卧▲苦病境、半担荷▲[1]怎廿载、光阴如梦过▲当初也、伤心我▲而今也、伤心我▲

注：① 担荷：承担。

车乘轨（现当 88）二首　题：第一首，三塔沧桑。　注：1999 年 11 月 25 日作。
第二首，重品田舍放养鸡。　注：2012 年 4 月 19 日作。

（1）大运河旁西丽起▲[1]路依水、风光媚▲看牌坊、相迎呈古味▲帝游也、茶禅寺▲[2]官游也、茶禅寺▲[3]

挺拔多姿三塔峙▲[4]景增色、舟安驶▲[5]恨文革、无端来拆毁▲盼建也、原遗址▲重建也、原遗址▲[6]

注：① 西丽：桥名，跨西门护城河。② 帝游：清乾隆帝曾来游，并题名茶禅寺。③ 官游：清同治年间嘉兴知府许瑶光游寺后有“西丽桥波洗暮钟，江天倒浸落霞红。茶禅寺外湾湾水，桑叶芦花一钓篷。”之诗句，为嘉兴八景之一。④ 三塔：在嘉兴西门外三华里，京杭大运河大拐弯处，始建于唐初，塔北临茶禅寺，风景极佳。⑤ 舟安驶：因大运河在此近九十度急拐弯，行舟易出事故，三塔有航标作用。⑥ 重建：今春在市政协呼吁下，市府决定在原址重建，正紧张施

工中。

(2) 美食佳肴鸡列首▲岁尾时、年初候▲庆春节、家家盘馔有▲[①]白烧斩、鲜人口▲[②]虾油浸、鲜人口▲[③]

一自禽场兴起后▲圈关养、芳香走▲[④]廿年久、重购田放旧▲[⑤]长违味、谗涎诱▲[⑥]珍稀味、谗涎诱▲

注：① 盘馔：指盛鸡盘碗。② 白烧斩：即白斩鸡。③ 虾油浸：即腌鲞卤浸鸡。④ 芳香走：滋味走样，即无味。⑤ 此句说：作者多年觅购放养鸡未果，2010 年岁尾，还被骗将半圈半放之赝品当作正宗放养鸡购进，并为之赋词赞之，造成一场闹剧。廿余年渴望，直至此日，始托人购到正宗田舍放养鸡一只，鲜味照旧不变。⑥ 长违味：长久不遇之味。

六十六字　庆春泽

张先(宋 18)一首

飞阁危桥相倚▲[①]人独立东风，满衣轻絮▲还记忆江南，如今天气▲正白蘋花、绕堤涨流水▲

寒梅落尽谁寄▲方春意无穷，青空千里▲愁草树依依，关城初闭▲对月黄昏，角声傍烟起▲[②]

注：① 飞阁：高阁；危桥：高桥。② 角声：城上守卒号角声。

六十六字　凤凰阁　第一体，前段首句九字，末句七字。

徐元端(女)(清 645)一首　题：秋晚苦雨。

看西风、吹起满庭碎叶▲闭朱户、独坐还怯▲窗外芭蕉点点，做尽凄切▲禁不住、芳心欲折▲

残灯挑尽，隐隐半明半灭▲罗衾柢借香温热▲今夜里、愁肠胜似离别▲宽褪了、裙儿几折▲

六十六字　凤凰阁　第二体，前段首句十字，分六字、四字两句，第三句无顿号，末句六字。后段第二句少一字，第四句分两句多一字。

苏道春(元 101)一首　故事：《金谷怀春》苏道春赠潘玉贞词。

仰看星河半落，洞房乍晓▲弄晴黄鸟声声巧▲[①]绣屏流苏深处，[②]合欢梦绕▲正是恼人时早▲

琉璃枕上，总是春多少▲含情睡起娇无力，乘兴也傍妆台，郭外青山，[③]怎禁

得、海棠花老▲

注：① 黄鸟：黄莺。② 流苏：指帐穗。③ 郭外：城外。

六十六字　锦缠道　第一体，后段结尾三句，为七字、五字、五字。

宋祁（宋 26）一首

燕子呢喃，景色乍长春昼▲睹园林、万花如绣▲海棠经雨胭脂透▲柳展宫眉，翠拂行人首▲

向郊原踏青，恣歌携手▲醉醺醺、尚寻芳酒▲问牧童、遥指孤村，道杏花深处，那里人家有▲

陈铎（明 155）一首

小杏繁桃，红紫竞开晴昼▲假天成、不烦雕绣▲①一时微雨香尘透▲茅店青旗，②斜映青骢首▲③

但未老身困，每携君手▲且到处、买花沽酒▲④任莫教、辜负韶华，⑤问咸阳宫阙，⑥歌舞而今有▲

注：① 假：借也。② 青旗：指酒旗。③ 青骢：青色马。④ 沽酒：买酒。⑤ 韶华：春光。⑥ 咸阳宫阙：秦朝皇宫，借喻北京。

顾氏（女）（清 42）一首　题：墨绣。

数尺光绫，色相庄严无有▲看浓抹、淡妆浑黝▲①一丝如扫烟霞帚▲竖眼低眉，只在纤纤剖▲

拟携向天孙，②从何措手▲③问元红、更能知否▲叹金针、莫度顽蒙，④仗慈悲洪力，顶礼勒稽首▲

注：① 浑黝：全黑。② 天孙：即织女。③ 措手：看手。④ 顽蒙：幼稚不懂事。

曹尔堪（清 69）一首　题：重阳。　注：此词与六十五字锦缠道曹堪《重阳》词大同小异，姑并录备考。

疏柳催黄，岩桂香流清昼▲晚禾酣、稻畦如绣▲①浮萍吹断涟漪皱▲雪藕花残，秋架垂红豆▲②

时节重登高，青山依旧▲去年人、渐成白首▲问西风、直恁殷勤，向东篱深处，剪破黄花口▲

注：① 晚禾：即粳米；酣：熟也。② 秋架：秋千架。

宗元鼎（清 107）一首　题：书所见，索张弓民画。

一径浓阴，遥望清田百亩▲又蓦见、采桑少妇▲①软风着意欹杨柳▲雨雨晴

晴，能画斜阳否▲

过流水桥西，一弯鱼笱▲②鼓吹声、池蛙双部▲③草堂前、鹤发山翁，④把围棋对弈，童子闲扇酒▲⑤

注：① 妇：有韵。② 鱼笱：渔具，编弯竹，使鱼进而不能出。③ 鼓吹声：喻蛙鸣声；双部：两个声部；部：有韵。④ 鹤发：白发。⑤ 扇酒：扇火温酒。

陈见智（清 268）一首

绣陌春郊，踏遍马蹄芳草▲水南庄、竹墙围绕▲短鞭笑指垂阳好▲隔灶茶炉，引得诗人到▲

看当窗一峰，烟云缥缈▲映参差、杏红梅小▲更紫箫、篱外声巧，有人相争赏，白雪阳春调▲

僧济日（清 485）一首

夏日移舟，消遣炎敲长昼▲①小池中、芙蕖如绣▲②䴔䴖叶底闲相候▲③衔得游鱼，飞过蓬轩后▲④

听垂杨渡边，笙歌迭奏▲绿阴阴、山亭新构▲且科头、闲倚桥栏，⑤待熏风披拂，吹得波纹皱▲

注：① 炎敲：热气侵袭。② 芙蕖：即荷花。③ 䴔䴖：水鸟名，大如凫，俗称茭鸡。④ 蓬轩：草轩，轩，小室。⑤ 科头：不戴冠帽。

六十六字　锦缠道　第二体，后段结尾三句，为八字、四字、五字。

丁裔沆（清 457）一首

兰剪红芽，蝶翅渐迷香径▲绮窗横、杏花疏影▲①谢家别墅棋声静▲帘外春山，山畔浮烟艇▲

共仙侣登临，②晴花半冷▲翠鬟敧、鸦黄未整▲③听幽禽、相唤提壶去，东山深处，万壑松风冷▲

注：① 绮窗：窗之美称。② 仙侣：喻美人作伴。③ 鸦黄：隋虞世南嘲袁宝儿诗：“学画鸦黄半未成。”

孔尚任（清 618）一首　题：小南庄宴集。

昨雨今晴，熏得夭桃红透▲喜名园、莺新人旧▲红蝶杯里鹅黄酒▲带着飞花，吞入诗人口▲

看翩翩小队，射花穿柳▲隔重轩、笙歌戏奏▲醉来时、莫傍香堤走▲①芳草嫩寒，只恐难禁受▲

注：① 此字叶韵、稍异。

陆倩（女）（清1531）一首

几日阴晴，又是海棠红透▲湿冰绡、泪痕依旧▲[①]斜阳楼外丝丝柳▲绾住春愁，断送春人瘦▲

这凄楚黄昏，尽教挨够▲想今宵、梦应该有▲把帘儿放了衾儿叠，[②]却卸云鬟，独自和灯守▲

注：① 冰绡：指手帕或袖。② 此句按格律应三、五字分句，稍异。

车乘轨（现当88）一首　题：南湖晚眺。[①]　注：2006年3月10日作。

玉兔东升，[②]灿烂路灯初上▲睹南湖、小波微浪▲画船客散归停航▲岸柳含烟，嫩叶随风荡▲

憩游春夏园，[③]倚栏遥望▲黑沉沉、雾遮云障▲却火龙、盘绕醒人目，[④]古楼高塔，轮廓分明亮▲

注：① 南湖：浙江嘉兴名湖。② 玉兔：喻月。③ 春夏园：南湖东岸，有春、夏、秋、冬四园林。④ 火龙：指楼、塔上配缀之电灯串。

六十六字　谢池春（又名风中柳、卖花声）　第一体，后段起句四字，为仄起平收。

孙道绚（女）（宋289）一首　注：调名原作风中柳。

销减芳容，端的为郎烦恼▲鬓慵梳、宫样草草▲[①]别离情绪，待归来都告▲怕伤郎、又还休道▲

利锁名缰，[②]几阻当年欢笑▲更那堪、鳞鸿信杳▲[③]蟾枝高折，愿从今须早▲莫辜负、镜中人老▲

注：① 慵：懒得。② 利锁名缰：即名缰利锁。③ 鳞鸿：古人以为鱼雁能传书。

王嫩（女）（明428）一首　题：春日。注：调名原作风中柳。

憔悴芳容，我为那人担搁▲为愁忙、何曾寂寞▲残膏垂泪，[①]亦自伤离索▲剪频频、不知花落▲[②]

欲寄封题，[③]又怕燕儿难托▲恨春光、莺花送却▲[④]画梁归燕，更双穿帘幕▲这心情、好生难着▲

注：① 残膏：指烛融化。② 剪：剪灯花。③ 封题：指书信。④ 莺花：莺及花。

邵梅芳（明511）一首　题：落花。　注：调名原作风中柳。

一夜东风，南陌落红吹急▲正芳时、画桥寒食▲秋千庭外，挂游丝百尺▲怎凄凉、粉愁香泣▲

半启朱扉，又是轻阴如织▲更凝眸、有谁怜惜▲但教飞去，向铜沟流出，[①]及早透、三春消息▲

注：① 铜沟：铜铸的沟渠，借指宫苑。南朝梁任昉《述异论》："吴王于宫中作海灵馆、馆娃阁，铜沟玉槛，宫之楹槛珠玉饰之。"出：此字不叶韵，稍异。

汪价(清 30)一首　题：寒食秋千影。　注：调名原作风中柳。

百五风光，付与柳条花片▲困人天、邀齐女伴▲牡丹亭下，寻个闲消遣▲上秋千、一连几遍▲

胆怯心忡，[①]荡得魂儿娇颤▲早被他、隔墙人见▲不如尽力，送他家庭院▲倒做了、人间方便▲

注：① 忡：惊惧也。

朱中楣(女)(清 140)一首　题：春归，咏燕。　注：调名原作风中柳。

满地榆钱，[①]恰是赎将春去▲乱红飘、残莺无语▲[②]薄情春去，又值黄梅雨▲[③]燕慵飞、绣帘偷觑▲

嗔婢昼帘，[④]几向枝头如诉▲故衔泥、把花笺污▲晓香浮处，见蔷薇半吐▲翠烟锁、一林飞絮▲

注：① 榆钱：指榆荚，因其初生似钱。② 乱红：落花。③ 黄梅雨：农历五月，江南梅熟，此时乍晴乍雨，谓之黄梅雨。④ 昼帘：白天下帘，防燕出入。

六十六字　谢池春　第二体，同第一体，但后段起句四字平起仄收。

陆游(宋 330)一首

贺监湖边，[①]初系放翁归棹▲[②]小园林、时时醉倒▲春眠惊起，听啼莺催晓▲叹功名、误人堪笑▲[③]

朱桥翠径，不许京尘飞到▲挂朝衣、东归欠早▲[④]连宵风雨，卷残红如扫▲恨尊前、送春人老▲

注：① 贺监湖：即鉴湖，乃绍兴名湖。贺监，指唐诗人贺知章，因其退休时，唐玄宗将鉴湖赐与。② 放翁：陆游，号放翁。③ 功名：指做官。④ 挂朝衣：即辞官。朝衣，官服也；东归：陆游时在四川为官，东归，即回东方故乡绍兴。

乔吉(元60)一首　注：调名原作卖花声。

侵晓园丁，[1]叫道嫩红娇紫▲巧工夫、攒枝饾蕊▲[2]行歌伫立，洒洗妆新水▲卷香风、看街帘起▲

深深巷曲，有个重门开未▲忽惊他、寻春梦美▲穿窗透阁，便凭伊唤取▲惜花人、在谁根底▲

注：① 侵晓：渐近早晨；园丁：花园工人。② 攒：聚集也；饾：堆砌也。

黄澄(明18)一首　注：调名原作卖花声。

人过天街，[1]晓色担头红紫▲[2]满筠筐、浮花浪蕊▲[3]画帘睡醒，[4]正眼横秋水▲听新腔、一回催起▲

吟红叫白，报得蜂儿知未▲隔东西、徐音软美▲迎门争买，[5]早斜簪云髻▲[6]助春娇、粉香帘底▲

注：① 天街：京城街道，指北京。② 担头：指花担上面。③ 筠筐：竹筐。④ 画帘：指帘内人儿。⑤ 迎门：向着门。⑥ 斜簪云髻：斜插在发上。

陈鎏(明185)一首　题：湖上。　注：湖上：指杭州西湖。调名原作风中柳。茶磨句作平仄平平句式，格律稍异。

万顷平湖，胜在吴山高处▲[1]两峰间、鹭汀鸥渚▲[2]随波荡漾，见渔舟无数▲云帆外、几村烟树▲

茶磨郊台，千古浮云去住▲越溪中、五湖东注▲桥边杨柳，已条条金缕▲且留连、莫教春去▲

注：① 吴山：杭城山名，又名城隍山。② 两峰：西湖两边南、北高峰。

朱灏(明370)一首　题：初秋。　注：调名原作卖花声。

雾递烟柳，初放青螺当户▲[1]小池中、鸣蛙两部▲[2]花巢风扫，有松涛堪晤▲伴伊尼、夕阳闲步▲[3]

嫩凉羁叶，柳馆黄鹂常寓▲款光阴、全凭酒瓠▲[4]一眉新月，在峰尖偷露▲恨痴云、又如虫蠹▲[5]

注：① 青螺：指酒杯，因其壳可雕琢成酒杯。② 两部：两个不同的声部。③ 伊尼：梵书以鹿谓伊尼。④ 瓠：酒具。⑤ 蠹：蛀蚀，喻云皱。

唐世翰(明371)一首　题：茉莉。　注：调名原作卖花声。

庭院微风，浴罢晚妆初卸▲类冰丸、低枝点雪▲▲[1]半含还摘，早韵欺兰麝▲[2]湿鞋尖、露瀼深夜▲[3]

花香人气，枕畔朦胧难别▲▲[4]展乌云、芳馨肯歇▲▲[5]凭肩私语，尽些儿沾

惹▲惯温存、一檐凉月▲▲

注：① 类冰丸：如雪珠。② 韵：风韵。③ 露瀼：露浓貌。④ 别：及下句"歇"，末句"月"及前段第三句"雪"，皆换第二种仄韵，作宽叶。⑤ 乌云：黑发。

纪映钟（明450）一首　注：调名《全明词》作卖花声，《明词综》作风中柳。

春尽荒城，白水溶溶一片▲[1]小桥横、绿杨如线▲幽禽罢浴，[2]相唤平沙软▲昼偏长、凭栏人倦▲

朱轮宝马，[3]尽与年光流转▲问王孙、归期何晚▲[4]连山芳草，遮断天涯面▲悄冥冥、珠帘频卷▲

注：① 溶溶：深广貌。② 幽禽：黄莺。③ 朱轮：红漆车。④ 王孙：富贵人家子弟，此处指恋人。

彭孙贻（明504）一首　题：本意，次元人韵。[1]

顺趁东风，唤遍魏姚黄紫▲[2]数不尽、姬英妾蕊▲[3]担肩春色，深巷门如水▲忽仓琅、兽环双起▲[4]

流莺同啭，[6]粉耳玉人闻未▲倩梅香、添娘貌美▲低声叫住，摘并头夺取▲凭娇痴、撒钱花底▲

注：① 次韵：依次和韵；元人：指乔吉，见《词人小传》。② 魏姚黄紫：即姚黄魏紫，指牡丹花。③ 姬英妾蕊：将花当作姬妾。④ 仓琅：门环声；兽环：兽形门环。⑥ 啭：莺啼也。

汤莱（清92）一首　题：新晴次韵。　注：调名原作卖花声。

叆叆愁云，几阵朔风吹渺▲频惊起、林间栖鸟▲朦胧倦眼，见纱窗晴晓▲对清光、倩妆须好▲

梅歌小院，淡日轻烟笼绕▲徘徊处、花开尚早▲欲邀春至，将寒威尽扫▲又愁他、暗催人老▲

金张（清442）一首　题：卖花声。　注：调名原作卖花声。

春雨春风，匀染万千红紫▲[1]摘得来、连花带蕊▲满笼盛了，尚露流如水▲近红楼、一声声起▲

叫来叫去，[2]卖得好春光未▲奈墙东、伤春有美▲[3]翠钿零落，懒学人新髻▲正恹恹、梦回花底▲

注：① 红紫：指花。② 叫：按格律用平声，若改"呼"字较妥。③ 美：美人。

郑熙绩（清676）一首　题：村桥暮景。

芳草粘天，唧唧夏虫鸣野▲枕江流、长桥飞架▲桔槔声歇，[1]踏车人初下▲听歌声、老农归也▲

斜阳返照，绿水朱霞如昼▲[2]看儿童、前溪浴罢▲课晴量雨，[3]闲把桑麻话▲[4]问匆匆、客何为者▲

注：① 桔槔：木制脚踏汲水器，俗称水车。② 朱霞：即晚霞、夕阳。③ 课：预测。④ 桑麻：指农事。

奕绘（清 1483）一首　题：卖花声。　注：调名原作卖花声。

昨夜春归，今日绿多红少▲小楼中、轻寒料峭▲东风难买，趁雨晴天晓▲一声声、隔墙轻叫▲

幽街深巷，唱遍凄凉腔调▲伴饧箫、听来越好▲[1]落花庭院，嘱双鬟休扫▲怕明朝、荼蘼风到▲[2]

注：① 饧箫：古代在清明前后，有吹箫卖饧小贩。饧，即饴糖，俗称麦芽糖。② 荼蘼风：花信风中第廿三番风，发生于公历四月底，时届春归。

车乘轨（现当 88）二首　题：第一首，狭猕湖之游。　注：狭猕湖：在绍兴市西北，为绍兴最大之湖。1996 年 12 月 18 日作。
第二首，十一号台风见闻点滴。　注：1997 年 8 月 18 日作 。此首调名原作风中柳。

（1）绍兴狭猕，湖广六千余亩▲超瓜铜、高居位首▲[1]春来秋去，叹家乡愚叟▲却逡巡、未曾游走▲[2]

今冬愿了，水厂工区南口▲[3]尽遥观、烟霞似绣▲柔风吹拂，卷轻波微皱▲射金光、夕阳云透▲

注：① 瓜：瓜渚湖；铜：铜盘湖，皆绍兴大湖。② 此二句谓作者虽系绍人，但从未去过；逡巡：行而又止。③ 水厂：齐贤镇自来水厂，该厂以此湖作水源。

（2）天灾台风，今日袭侵全省▲十五时、前锋抵境▲杨枝摇摆，感衣单身冷▲更阳光、渐趋昏暝▲

钟逾廿一，登陆台州温岭▲浙闽间、风狂雨猛▲钱江桥上，卷行人丧命▲[1]毁房田、祸生俄顷▲

注：① 此二句说：据媒体报道，钱江二桥、三桥上有三人被风吹落江中，其中两人获救。

六十七字　青玉案　第一体，前、后段第五句均不叶韵。

黄大临（宋91）一首　题：送山谷弟贬宜州。[①]

千峰百嶂宜州路▲[②]又黯淡、知人去▲晓别吾家黄叔度▲[③]弟兄华发，[④]旧山修水，[⑤]异日同归处▲

尊罍饮散长亭暮▲[⑥]别语丁宁不成句▲已断离肠知几许▲水村山馆，酒醒无寐，滴尽空阶雨▲

注：① 山谷：即黄庭坚；宜州：即广西宜山县。② 嶂：似围屏的山峰。③ 黄叔：喻兄弟。④ 华发：白发。⑤ 修水：作者家乡江西水名。⑥ 尊罍：酒杯。

陈瓘（宋139）一首　题：咏雪。

碧空黯淡同云绕▲[①]渐枕上、风声峭▲明透纱窗天欲晓▲珠帘才卷，美人惊报，一夜青山老▲

使君命客金尊倒▲千里琼瑶未经扫▲敧压江梅春信早▲十分农事，满城和气，管取来年好▲

注：① 同云：雪云。

僧惠洪（宋157）一首　题：和贺方回（贺铸）韵。

绿槐烟柳长亭路▲恨取次、分离去▲日永如年愁难度▲高城回首，暮云遮尽，目断知何处▲

解鞍旅舍天将暮▲暗忆丁宁千万句▲一寸柔肠情几许▲薄衾孤枕，梦回人静，彻晓潇潇雨▲

蒋璨（宋210）一首

三年枕上吴中路▲[①]遣黄耳、随君去▲[②]欲过松江呼小渡▲莫惊鸥鹭▲[③]四桥都是，老子经行处▲

辋川图上看春暮▲[④]长忆高人右丞句▲[⑤]作个归期天未许▲春衫犹是，小蛮针线，[⑥]曾湿西湖雨▲

注：① 吴中：苏州一带。② 黄耳：指犬，《晋书》陆机有骏犬，名黄耳。③ 鹭此字叶韵，稍异。④ 辋川：在陕西蓝田县南，唐人王维别墅。⑤ 右丞：王维官上书右丞。⑥ 小蛮：白居易家妓。

蔡伸（宋222）一首　题：和贺方回韵。

参差弱柳长堤路▲弱柳外、征帆去▲皓齿明眸娇态度▲回头一笑，肠断千里，不到相逢处▲

来时约略春将暮▲幽恨空余锦中句▲小院重门深几许▲桃花依旧，出墙临水，乱落如红雨▲

张元幹（宋 243）一首

王孙陌上春风鞚▲[1]蕊珠宴、云軿从▲[2]归去笙歌常醉拥▲蜡残花炬，[3]月侵冰簟，[4]惯作凉堂梦▲

玉人劝客钗斜凤▲条脱擎杯腕嫌重▲[5]燕子入帘飞画栋▲雨余深苑，漏催清夜，更轧秦筝送▲[6]

注：① 鞚：马勒也，指骑马。② 蕊珠：仙宫；云軿：仙女乘车。③ 花炬：烛花。④ 冰簟：凉席。⑤ 条脱：手镯。⑥ 轧：器相压而发声；秦筝：筝系秦人所创，故称秦筝。

侯寘（宋 263）一首　题：东园饯母舅晁阁学镇临川。[1]

东风一夜吹晴雨▲小园里、春如许▲[2]桃李无言情难诉▲阳关车马，灞桥风月，移入江天暮▲

双旌明日留难住▲今夕清觞且频举▲咫尺清明三月暮▲[3]寻芳宾客，对花杯酌，回首西江路▲

注：① 镇临川：镇守临川，临川为江西府名。② 如许：如此。③ 咫尺清明：清明节已逼近。

辛弃疾（宋 370）一首　题：元夕。[1]

东风夜放花千树▲更吹落、星如雨▲宝马雕车香满路▲凤箫声动，玉壶光转，[2]一夜鱼龙舞▲[3]

蛾儿雪柳黄金缕▲[4]笑语盈盈暗香去▲众里寻他千百度▲蓦然回首，那人却在，灯火阑珊处▲

注：① 元夕：元宵。② 玉壶：指宫漏。李商隐诗“玉壶传点咽铜龙”。③ 鱼龙：鱼灯、龙灯。④ 鹅儿：闹鹅儿，与雪柳皆首饰也。

赵善扛（宋 371）一首

一年陌上寻芳意▲愁人在、东风里▲褪粉销红春有几▲青翰归去，[1]紫云凝伫，[2]往来如流水▲

烟横极浦山无际▲[3]暗解明珰问谁寄▲[4]弓在温柔何处是▲[5]轮囷香雾，[6]静深庭院，帘影参差翠▲

注：① 青翰：舟名。《说苑》“鄂君子皙，乘青翰之舟”。② 凝伫：凝神久停。③ 极浦：远浦。④ 明珰：耳饰。⑤ 弓：弓鞋。⑥ 轮囷：盘曲貌。

陈亮（宋393）一首

武陵溪上桃花路▲[①]见征骑、匆匆去▲[②]嘶入斜阳芳草渡▲读书窗下，弹琴石上，留得销魂处▲

落花冉冉春将暮▲[③]空写池塘梦中句▲黄犬书来何日许▲[④]辋川轻舸，[⑤]杜陵尊酒，[⑥]半夜灯前雨▲

注：① 武陵溪：指桃花源。② 征骑：行路之马，指骑马行人。③ 冉冉：慢慢行进貌。④ 黄犬：晋陆机有骏犬名黄耳，能寄送家书。⑤ 辋川轻舸：辋川，见同调蒋璨词注，这里表示思念故居，急欲归家的心迹。⑥ 杜陵尊酒：杜陵：指杜甫，自号杜陵野老。语出《春日忆李白》："何时一尊酒，重与细论文。"后以杜陵尊酒作怀念文友的典故。

韩淲（宋423）一首

苏公堤上西湖路▲[①]柳外跃、青骢去▲多少韶华惊暗度▲南山游遍，北山归后，总是题诗处▲

如今老矣伤春暮▲泽畔行吟漫寻句▲落魄情怀空自许▲小园芳草，短篱修竹，点点飞花雨▲

注：① 苏公堤：杭州西湖上有苏堤，乃苏轼创建。

吴文英（宋476）一首

短亭芳草长亭柳▲[①]识桃叶、烟江口▲[②]今日江村重载酒▲残杯不到，乱红青冢，满地闲春绣▲[③]

翠阴曾摘梅子嗅▲还忆秋千玉葱手▲[④]红索倦将春去后▲[⑤]蔷薇花落，故园蝴蝶，粉薄残香瘦▲

注：① 短亭、长亭：相隔五里为短亭，十里为长亭。② 桃叶：渡口名，在南京秦淮河。③ 春绣：花草分布如锦。④ 玉葱手：形容纤细女子手。⑤ 红索：秋千索。

陈允平（宋556）一首　题：采莲女。

凉亭背倚斜阳树▲过几阵、菰蒲雨▲[①]自棹轻舟穿柳去▲[②]绿裙红袄，与花相似，撑入花深处▲

妾家住在鸳鸯浦▲[③]妾貌如花被花妒▲折得花归娇厮觑▲[④]花心多怨，妾心多恨，胜似莲心苦▲

注：① 菰蒲雨：秋雨，菰蒲即茭白，秋季开花。② 棹：船桨，此处作动词，划也。③ 妾：古代女子自称。④ 厮觑：相看。

完颜璹（金 22）一首

冻云封却驼冈路▲[1]有谁访、溪梅去▲梦里疏香风暗度▲[2]觉来惟见，一窗凉月，瘦影无寻处▲[3]

明朝画笔江天暮▲定向渔蓑得奇句▲[4]试问帘前深几许▲儿童笑道，黄昏时候，犹是廉纤雨▲[5]

注：① 驼冈：地名。② 疏香：指梅花香。③ 瘦影：指梅花影。④ 渔蓑：渔夫。⑤ 廉纤雨：微雨。

元好问（金 27）二首

（1）苎萝坊里青骢驻▲爱鹦鹉、垂帘语▲一捻娇春能几许▲寒梅欲动，小桃初放，却是关心处▲

西城流水东城雨▲绿叶成阴惯相误▲[1]只恐韶华容易去▲一声金缕，一卮芳酒，且为花枝住▲

注：① 绿叶成阴：杜牧在湖州遇一幼女，约十年往娶，十余年后再去湖州，因逾期，女已另嫁生子，牧怅然作诗，有“绿叶成阴枝满子”句。

（2）落红吹满沙头路▲似总为、春将去▲花落花开春几度▲多情惟有，画梁双燕，知道春归处▲

镜中冉冉韶华暮▲欲写幽怀恨无句▲九十花期能几许▲[1]一卮芳酒，一襟清泪，寂寞西窗雨▲

注：① 九十：春季九十天。

杨基（明 12）三首　题：第一首，春兴。

第二首，早春江上。

（1）王孙芳草生无数▲[1]渐绿遍、长干路▲[2]春色匆匆愁里度▲几番风雨，几番晴霁，又早遥天暮▲

青鞋不怕春泥污▲红叶重数曲栏护▲细数落花成独步▲自缘山野，[3]不堪廊庙，[4]不是文章误▲

注：① 王孙芳草：《淮南小山·招隐士》“王孙游兮不归，春草生兮萋萋”。后以王孙芳草喻指离愁景色。② 长干：路名，在南京南门外。③ 山野：喻平民。④ 廊庙：喻做官。

（2）晓来一阵轻寒过▲水面薄、冰吹破▲竹外锦鸠啼一个▲[1]添黄入柳，点红归杏，都是东风做▲

鬓丝游飏乌巾堕▲醉里渔歌自赓和▲[2]但得潮头风不大▲数群鸥鸟，半

篙烟雨，着我船中卧▲

注：① 锦鸠：即山鸡。② 赓和：酬答。

（3）晓窗啼鸟惊春睡▲似报道、春光至▲恻恻余寒侵绣被▲[①]梅花飞也，杏花开也，燕子归来未▲

水光山色如人意▲长恨春阴杳无际▲今日新晴俱可喜▲山光明媚，水光溶漾，[②]只有人憔悴▲

注：① 恻恻：寒貌。② 溶漾：水浮动貌。苏轼诗："孤帆信溶漾。"

王世贞（明 207）一首

鸭头波染浓于酎▲[①]风起处、春初皱▲乳燕双双帘幕透▲梨花未雪，[②]绿杨犹絮，[③]蚕饱桑阴瘦▲[④]

无端酿出清明候▲忽忆城南乍分手▲十二雕栏寒更陡▲[⑤]踏青人远，斗茶时近，滋味如中酒▲[⑥]

注：① 鸭头：鸭头绿，喻波色。② 未雪：未白。③ 此句说：柳絮尚在。④ 桑阴瘦：因桑叶喂饱了蚕，树上稀少。⑤ 陡：突然。⑥ 中酒：醉酒。

冯元仲（明 301）二首　题：第一首，五日赠王令公。

第二首，五日赠邑令杨公。

（1）浮碧山前衙退了▲古县里、槐根老▲把酒读书尝到卯▲[①]觞泛菖蒲，彩缠筒粽，五花来竞巧▲

石榴花下宜男草▲兰汤浴罢占城稻▲[②]一片冰壶名誉早▲笑指灵符，老农愿作，酣歌太平老▲

注：① 尝到卯：曾到凌晨。② 占城稻：越南米，质佳，用以包筒形粽。

（2）乾风喜并兰汤浴▲斗百草、艾人矗▲[①]角黍包金人百福▲[②]符画钗头，扇颁内府，家家养鸲鹆▲[③]

浮碧枕于湖一曲▲彩舟竞渡人如簇▲人民坐在华胥国▲[④]百子安榴，[⑤]照眼欲明，好取多男悦▲

注：① 艾人：艾扎成人形，可去毒。② 角黍：有角粽子。③ 鸲鹆：即八哥，能学舌。④ 华胥国：指古县槐树，源出《南柯梦》。⑤ 安榴：即石榴。

张乔（女）（明 503）一首　题：元宵步月。

良宵佳节东风紧▲零落灯花垂烬▲[①]何处酣歌声隐隐▲[②]几队云璈，[③]踏歌人去，月冷街坊静▲

春归渐到梅花信▲二十四番风始竞▲④元夜灯谜光笑诨▲一春烟火，一春箫鼓，总是催花阵▲

注：① 烬：指灯烧余物；此句按格律应三、三字逗号分句，稍异。② 酣歌：醉酒唱歌。③ 云璈：又名云锣，古乐器名。④ 这二句说：春季有二十四番花信风，每番有一花应之，而梅花占先。

李伊玉（明 642）一首　题：山林积雪。

梵宫百尺同云护▲①渐自满、苍苔路▲破腊梅花香早度▲银涛天际，②玉山万里，③寒罩江南树▲

鸦啼莺乱天将暮▲海月纤痕映烟雾▲④修竹低垂孤鹤步▲杨花风弄，鹅毛天剪，总是诗人误▲

注：① 梵宫：喻寺庙；同云：雪云。② 银涛：大雪覆盖，起伏如白色波涛。③ 玉山：喻大雪。④ 海月：海上月亮；纤痕：指眉月。

史惟圆（清 221）一首　题：杨花。

杨花不绾春光住▲任飘泊、东西去▲吹瘦园林千万树▲穿帘透幕，窥窗拂槛，渺渺迷归路▲

河边桥畔应无数▲化作浮萍向何处▲无奈啼鹃声正苦▲风花娇困，烟丝醉软，都付黄昏雨▲

朱彝尊（清 288）一首

湾头分手盈盈步▲①潜约到、②西湖去▲苏小门前芳草渡▲依稀曾记，小楼深巷，尽是销魂处▲

到来忽下前溪路▲月里频催送柔橹▲及至前溪人又去▲游丝落絮，春来无定，总被东风误▲

注：① 盈盈步：步履轻盈。② 潜约：私约、偷约。

查清（女）（清 706）一首　题：美人倦绣。

何人枝上禽调舌▲①轻唤起、庄生蝶▲②日映螺奁钿懒贴▲③梨容雨湿，柳腰烟袅，一样低回怯▲

临池拟学夫人帖▲④无力拈毫素笺折▲斜倚香篝裙褪结▲春山频锁，秋波慵展，半是愁中节▲

注：① 禽调舌：鸟啼。② 庄生蝶：庄子梦蝶。③ 螺奁：嵌螺壳奁盒。④ 夫人帖：卫夫人，书法家，王羲之尝师之。

高鹗（清 1068）一首

丝丝香篆浓于雾▲[1]织就绿阴红雨▲[2]乳燕飞来傍帘幕▲杨花欲雪，[3]梨云如梦，[4]又是清明暮▲

屏山遮断相思路▲[5]子规啼到无声处▲鳞暝羽迷谁与诉▲[6]有意东风，多情明月，尽教封侯误▲[7]

注：① 香篆：弯曲香烟。② 红雨：落花如雨；此句按格律应三、三字顿号分句，稍异。③ 欲雪：飞舞如雪。④ 梨云：白云。⑤ 屏山：如山屏风。⑥ 鳞：指鱼；羽：指雁，传说中鱼雁能传书。⑦ 封侯：做官。

黄景仁（清 1101）一首　题：泊舟丁家山下。

湖天漠漠阴晴半▲双桨急、湖云乱▲云到峰腰船泊岸▲木莲花谢，木莲花放，没个人来看▲

回头拍拍飞凫散▲隔岸犹挑酒家幔▲莫为听歌肠欲断▲有情天地，无边风月，不与闲人算▲

周之琦（清 1362）一首

西山颜色仍依旧▲只添了、眉痕皱▲小院珠帘垂永昼▲[1]吟笺半折，[2]画栏孤倚，长忆分襟后▲[3]

闲中记曲占红豆▲[4]风雨还惊夜来骤▲曾问南国芳事否▲[5]莺如人懒，花如人醉，春也如人瘦▲

注：① 永昼：长日。② 吟笺：诗稿。③ 分襟：分离。④ 记曲：谱曲；红豆：又名相思豆，寓相思意。⑤ 南国：南方。

劳纺（女）（清 1883）一首　题：忆五妹，闻五妹方由嘉兴之宝应。[1]

绿阴庭院春将暮▲听百啭、[2]流莺语▲修竹清妍花媚妩▲芳菲时节，凄凉怀抱，容易增离绪▲

东风又送黄昏雨▲恻恻愁题锦笺句▲遥忆轻帆江上去▲不知今夜，水村沙岸，何处扁舟住▲

注：① 五妹：指其妹劳缜，嫁宝应刘元卿；之：至也。② 百啭：喻善啼。

瞿宣颖（清 1907）一首　题：同曾小鲁太平门外看花。[1]

早知陌上春犹未▲春正在、轻阴里▲无那闲愁须暂寄▲相逢把袂，[2]太平门外，好是寻春地▲

杏花与我同憔悴▲淡粉轻笼二三里▲寂寞无人开又坠▲晚来归路，雨丝风片，细认愁滋味▲

注：① 太平门：南京东南门。② 把袂：持袖，拉手也。

沈德麟（清 1911）一首　题：秋暮城南晚眺。

淡烟疏柳城南道▲似写出、伤心稿▲隔岸丹枫霜信早▲蓼花零落，荻花萧瑟，不见黄花笑▲

万方多难愁登眺▲看一带河流斜抱▲野草离离秋色老▲西风凄紧，夕阳惨淡，阵阵寒鸦叫▲

许白凤（现当 58）一首　题：谒勤奋老人。①注：1971 年作。

桃源村路行行到▲又相见、添欢笑▲道我欲来胡不早▲②元宵等过，③卖花挑菜，④开落荼蘼了▲⑤

西楼一榻殷勤扫▲折简连朝约同好▲⑥竹枝轻拖谐步调▲三千白发，十千斗酒，良会知多少▲

注：① 勤奋老人：原注：老人寓沪西桃源村。② 胡：为何。③ 元宵：指早春。④ 卖花挑菜：指仲春。⑤ 荼蘼开了：指暮春。⑥ 折简：写信。

车乘轨（现当 88）一首　题：如此亲情——殡葬欺诈记。　注：2012 年 4 月 20 日作。

横流钱欲真可丑▲竟然是、余妻舅▲设下连环圈套走▲先忙坟购，再提墓管，代办殷勤诱▲

发票墓证长期扣▲付款户名冒其后▲①墓管资金筹足够▲②那知金到，诺言赖却，③人格毫无有▲

注：① 后：后代，指妻舅家幼子。② 资金：黄金二两。③ 诺言：今后墓管费由妻弟家负责缴纳。

六十七字　青玉案（又名梅子黄时雨）　第二体，同第一体，但前、后段第五句均叶韵。

贺铸（宋 121）一首

凌波不过横塘路▲①但目送、芳尘去▲锦瑟年华谁与度▲②月台花榭，琐窗朱户▲③惟有春知处▲

碧云冉冉蘅皋暮▲④彩笔新题断肠句▲试问闲愁都几许▲一川烟草，满城风絮▲梅子黄时雨▲

注：① 凌波：喻美人步履轻盈。② 锦瑟年华：喻妙龄。③ 琐窗：镂有花纹之窗棂。④ 冉冉：行进貌；蘅皋：草岸。

李祁（宋 258）一首

绿琐窗纱明月透▲①正清梦、莺啼柳▲碧井银瓶鸣玉甃▲②翔鸾妆样，③粲花

衫绣▲[4]分付春风手▲

喜入秋波娇欲溜▲[5]脉脉青山两眉秀▲[6]玉枕春寒郎知否▲归来留取，御香襟袖▲[7]同饮荼蘼酒▲

注：① 琐窗：镂有花纹之窗棂。② 银瓶：汲水器；甃：井壁。③ 翔鸾：飞鸾。④ 粲花：鲜明花朵。⑤ 秋波：眼波。⑥ 青山：喻眉峰。⑦ 御香：帝王用香，喻高贵。

史达祖（宋 424）一首

蕙花老尽离骚句▲[1]渐绿遍、江头树▲日午酒消听骤雨▲青榆钱小，[2]碧苔钱古▲[3]难买东君住▲[4]

遗鞭不碍官河路▲被芳草染将愁去▲多定红楼帘影暮▲兰灯初上，夜香初炷▲犹自听鹦鹉▲

注：① 离骚：诗名，屈原作。② 青榆钱：指榆荚，状如钱。③ 碧苔钱：即绿苔，亦状如钱。④ 东君：司春之神。

马洪（明 55）一首

平川渺渺花无数▲[1]明镜里、孤舟度▲[2]花下美人和笑顾▲[3]问郎莫是，乞浆崔护▲[4]别久来何暮▲

盈盈罗袜凌波步▲[5]眉月连娟鬟如雾▲[6]人世光阴花上露▲这回休去，再来须说▲个是桃源路▲

注：① 渺渺：微远貌。② 明镜：喻水清如镜。③ 和笑：带笑。④ 崔护：唐人，清明日游都城南，向民家求饮遇女，明年复去，在门上题诗，后成夫妇。⑤ 此句喻步履轻盈。⑥ 连娟：眉曲而细。

文徵明（明 117）一首　题：夏景。

庭下石榴花乱吐▲满地落阴亭午▲[1]午睡觉来时自语▲悠扬魂梦，黯然情绪▲蝴蝶过墙去▲

骎骎娇眼开仍殢▲[2]悄无人至还凝伫▲[3]团扇不摇风自举▲盈盈翠竹，纤纤白苧▲[4]不受些儿暑▲

注：① 此句按格律第三、四字间有顿号。② 骎骎：马行疾也；殢：困倦也。此字不叶韵，作宽叶。③ 凝伫：凝神久立。④ 白苎：白苎麻，可织夏布。

莫是龙（明 225）一首　题：三元阁晚眺。

寻芳误入桃源路▲渐身向、孤峰去▲一片箫声云外度▲清虚王洞，寂寞朱户▲

仙境朝元处▲[1]

寒原落日平林暮▲[2]万点归鸦散还聚▲凭遍危楼愁几许▲江城画角，沧洲烟树▲阶下潇潇雨▲

注：① 朝元：道观名。② 寒原：清寒平原。

周世臣（明507）一首　题：怀人。

绿阴閟结纱窗暖▲[1]院久新、莺初㖞▲[2]春去却如人去远▲楼窗无伴，栏杆倚遍▲离绪从教满▲

忆清明画船轻泛▲侬草丽词卿弄板▲[3]愁字多将欢字换▲又无拘管，钗横鬓乱▲底事匆匆散▲[4]

注：① 閟结：深结。② 初㖞：初啼。③ 侬：吴语，我；卿：对人爱称；弄板：拍板。④ 底事：何事。

陆埜（清244）一首

朱藤碧草南园路▲早楼外、斜阳暮▲当日桥边曾一顾▲微波频送，[1]轻罗徐举▲总是相怜处▲

追思往事都成误▲又听黄鹂送春去▲泪洒花梢浑似雨▲柔情流水，佳期飞絮▲空把年华度▲

注：① 微波：眼波。

秦松龄（清470）一首　题：桂树，传是秋壑故物。[1]

清秋爱踏西泠路▲[2]又细雨、催人去▲流水横塘香暗度▲[3]桂花开也，且留人住▲时节当三五▲[4]

荒凉院落谁为主▲传是半闲堂下树▲[5]花谢花开经几许▲断烟衰草，斜阳门户▲风月平章处▲[6]

注：① 秋壑：疑指南宋奸相贾似道。② 西泠：杭州西湖白堤桥名。③ 横塘：这里指西湖。④ 三五：八月十五。⑤ 半闲堂：贾似道别墅，在西湖葛岭。⑥ 平章：贾似道官太师平章。

孙云鹤（女）（清1202）一首　题：立夏前一日。　注：调名原作梅子黄时雨。

单衣趁暖春将去▲又满目、吹风絮▲涨绿池塘闲院宇▲润侵屏幛，云生庭户▲却似山深处▲

碧芜千里天涯路▲[1]小立栏杆漫凝伫▲[2]佳节蓬窗尊酒度▲[3]几重烟水，半川云树▲一霎黄梅雨▲

注：① 碧芜：丛生的绿草。② 凝伫：聚精会神久立。③ 蓬窗：船窗。

赵棻（女）（清 1402）一首　题：茉莉花。

纱幮玉枕清无暑▲①点缀晚妆眉妩▲②一片幽怀谁与诉▲盈盈素质，泠泠碧露▲③欲摘人何处▲

暗香渐觉金风度▲④起傍花阴自延伫▲⑤欲问冰蟾愁几许▲⑥越罗凉透，楚天云暮▲脉脉浑无语▲

注：① 纱幮：纱帐。② 此句按格律第三、四字间应有顿号，稍异。③ 泠泠：清凉貌。④ 金风：秋风。⑤ 延伫：久立。⑥ 冰蟾：喻月。

奕绘（清 1483）一首　题：晚晴。

断云疏雨梧桐院▲更零落、闲花片▲一径芳苔随步软▲樱桃红滴，芭蕉绿展▲蛱蝶深深见▲①

熏风又逐年光转▲②手把轻罗小团扇▲新霁暮天澄碧远▲③曲栏杆外，一双飞燕▲斑竹垂帘卷▲

注：① 蛱蝶：蝶类总名。② 熏风：和风，东南风。③ 澄碧：清彻青蓝色。

唐埙（清 1497）一首　题：拟贺方回用原韵。①

裙腰绣出春归路▲看燕子、衔花去▲断送一年春一度▲桐绵扑地，柳丝罥户▲都是销魂处▲

子规啼到斜阳暮▲梦里何心觅奇句▲昨夜溪痕添尺许▲风才拂簟，云才卷絮▲一阵潇潇雨▲

注：① 贺方回：即贺铸；原韵：见第二体第一首贺铸词。

承越（清 1713）一首　题：春暮。

留春却被春耽误▲春去也、无分付▲打叠闲情谁与诉▲满庭芳草，半帘飞絮▲燕子浑无语▲

旧时灞岸垂杨树▲①今日愁思添几许▲谁是天涯肠断处▲落花时节，倦游情绪▲细雨红桥路▲

注：① 灞：灞桥，在陕西长安（今西安），古时分别地，常折柳赠别。

王群红（现当 275）一首　题：东庵春游。

东风款款穿朱户▲野积翠、烟笼树▲燕筑香巢花满坞▲纸鸢三五，争飞高处▲也觅青云路▲

玉箫吹彻凭谁诉▲我欲临风醉中舞▲爱此深山思永住▲修篁为伴，朝朝暮暮▲只共青禽语▲①

注：① 青禽：青鸟，传说中为西王母的信使。

六十七字　青玉案　第三体，同第一体，但前段第五句叶韵。

崔嫣然（女）（明 388）一首　题：幻音阁纳凉。

凭栏阵阵风敲竹▲长昼慵、弹棋局▲侍女烹来香茗热▲樱桃乍启，①愁怀转触▲无意歌新曲▲

寻思往事双眉蹙▲拣取芭蕉题一幅▲柳外蝉鸣何太促▲红浮菡萏，②白摇团扇，阁小山遥绿▲

注：① 樱桃：喻小口。② 菡萏：荷花别名。

宋存标（明 391）一首　题：春思。

春云冉冉随风绕▲看疏柳、深烟抱▲碧水池塘人影少▲飞红万点，闲愁未老▲却怪樱桃小▲

佳人欲睡还生恼▲苔径落花闲未扫▲起唤啼乌催曙晓▲半垂帘影，斜拖双袖，着意寻春早▲

余怀（明 520）一首　题：春感。

伤心满院梨花雨▲看燕子、闲来去▲节近清明天已暮▲绿杨垂线，黄鹂学语▲①总在春深处▲

衰翁作意怜樊素▲②几度销魂玉楼女▲丝竹恼人无计阻▲③博山香暖，④玉川茶熟，只要留春住▲

注：① 黄鹂：黄莺。② 樊素：唐名妓，白居易诗："樱桃樊素口"。③ 丝竹：指乐器、音乐。④ 博山：指香炉。

宋徵舆（清 79）一首　题：春雨闺思。

金塘雨涨春阴滑▲正柳陌、东风活▲闲却吴绫双绣袜▲满园芳草，一天花蝶▲可奈人消渴▲①

暗弹珠泪蜂黄脱▲②两点春山青一抹▲③好梦偏教莺语夺▲落红庭院，夜香帘幕，半枕纱窗月▲

注：① 消渴：即糖尿病。② 蜂黄：古代女子额上涂黄增美。③ 春山：指眉峰；青：涂眉螺子黛。

六十七字　青玉案　第四体，同第一体，但后段第五句叶韵。

曹冠（宋 334）一首

烟村茂树湾溪畔▲似远景、摹轻练▲①细草平沙骑款段▲②渔翁欸乃，③却惊鸥鹭，飞起澄波面▲

班荆对饮垂杨岸▲④枝上莺歌如解劝▲山映夕阳霞绮散▲醉吟乘兴，锦囊诗

满▲爱月归来晚▲

注：① 练：白绢，喻江平。② 款段：缓缓。③ 欸乃：摇橹声。④ 班荆：布荆于地而坐也。

赵长卿（宋 389）一首

天涯目断江南路▲见芳草、迷风絮▲绿暗花梢春几许▲小桃寂寞，海棠零乱，飞尽胭脂雨▲[①]

子规声里山城暮▲月挂西南梦回处▲满抱离愁推不去▲双眉百皱，寸肠千缕▲无计凭鳞羽▲[②]

注：① 胭脂雨：红雨，即落花如雨。② 鳞：指鱼；羽：指雁。传说中鱼雁能传书。

黄公绍（宋 567）一首

年年社日停针线▲[①]争忍见、双飞燕▲[②]今日江城春已半▲一身犹在，乱山深处，寂寞溪桥畔▲

征衫着破谁针线▲[③]点点行行泪痕满▲落日解鞍芳草岸▲[④]花无人戴，酒无人劝▲醉也无人管▲

注：① 社日：指春社日，是日祭后土神，聚饮。② 争忍：怎忍。③ 征衫：旅途中衣服；谁针线：谁来缝补。④ 解鞍：下马住店。

邓廷桢（清 1285）一首

天涯未识春来处▲却又被、春阴误▲芳信连番风暗度▲[①]禁烟时节，[②]湔裙天气，[③]几阵廉纤雨▲[④]

残红片片催春去▲多谢游丝绊春住▲为问春痕留几许▲屏留倩影，幕留香雾▲池也留飞絮▲

注：① 风：指花信风，有二十四番，每番五天，有一花应之。② 禁烟时节：指寒食节。③ 湔裙天气：三月初三有湔裙洗裳的风俗，故称。

六十七字　青玉案　第五体，同第二体，但用两种仄韵。

范翩（女）（明 565）一首

嫣朱软碧花间路▲正款款、香风度▲一味佯羞推却醉▲▲雪儿歌罢，红儿腰细▲▲亲把罗裙系▲▲

垂杨特地撩人思▲▲偏记双眉怎般翠▲▲满院笙歌无隙地▲▲莺儿相对，燕儿多事▲▲引入繁华处▲

六十七字　看花回

朱鋐(清1448)一首　题：晚秋湖上。

凉浥湖边荡画桡△野色萧萧△众芳摇落秋心醉，倦游总觉无聊△芙蓉开自好，空傍江皋△

寒影初惊雁阵遥△愁思难销△西风惟逐东流水，念当时、梦断归潮△照人纤月影，[1]斜挂林梢△

注：① 纤月：眉月。

六十七字　感皇恩　第一体，前、后段第三句均七字。

毛滂(宋143)一首　题：镇江待闸。[1]

绿水小河亭，朱阁碧甃▲[2]江月娟娟上高柳▲[3]画楼缥渺，尽挂窗纱帘绣▲[4]月明知我意，来相就▲

银字吹笙，金貂取酒▲[5]小小微风弄襟袖▲宝薰浓炷，[6]人共博山烟瘦▲[7]露凉钗燕冷，[8]更深后▲[9]

注：① 镇江：江苏市名，在长江边设有船闸。② 甃：砖砌建筑。③ 娟娟：美好貌。④ 帘绣：绣帘。⑤ 金貂：貂衣。⑥ 薰：香草。⑦ 博山：香炉。⑧ 钗燕：首饰。⑨ 更深：夜深。

晁冲之(宋214)一首

寒食不多时，[1]牡丹初卖▲小院重帘燕飞碍▲[2]昨宵风雨，尚有一分春在▲今朝犹自得，阴晴快▲

熟睡起来，宿酲微带▲[3]不惜罗巾揾眉黛▲[4]日长梳洗，看看花影移改▲笑拈双杏子，连枝戴。▲

注：① 寒食：古节日名，在清明前二日或前一日。② 重帘：复帘。③ 宿酲：隔夜酒醉得糊涂。③ 揾：揩拭。

政和无名氏(宋215)一首

暖律破寒威，[1]春回宫柳▲晴景初曦上元候▲[2]禁城烟火，[3]移下一天星斗▲素娥凝碧汉，[4]明如昼▲

绣轮电转，[5]锦鞯飞骤▲[6]九踏笙歌按新奏▲[7]胜游方凝，忽听晓钟银漏▲两两归去也，重回首▲

注：① 律：规律。② 初曦：早晨的阳光；上元：元宵。③ 禁城：皇城。④ 素娥：月亮；汉：银河。⑤ 轮：喻车。⑥ 鞯：喻马。⑦ 九踏：乐曲名。

蔡伸(宋222)一首

酒晕衬横波，[1]玉肌香透▲轻袅腰肢妒垂柳▲[2]臂宽金钏，[3]且不是干春瘦▲撚金双合字，无心绣▲

鬓云半堕，[4]金钗欲溜▲罗袂残香忍重嗅▲渡江桃叶，[5]肠断为谁招手▲倚栏凝望久，眉空斗▲

注：① 横波：眼波。② 此句喻腰细如柳。③ 金钏：金镯。④ 鬓云：茂密头发。⑤ 桃叶：南京秦淮河渡口，晋王献之送别爱姬桃叶于此。

康与之（宋281）一首　题：幽居。

一雨一番凉，江南秋兴▲门掩苍苔锁寒径▲红尘不到，[1]尽日鸟啼人静▲绿荷风已过，摇香柄▲

澹影未解，[2]园林清润▲一片飞花堕红影▲残书读尽，袖手高吟清咏▲[3]任从车马客，劳方寸▲[4]

注：① 红尘：喻热闹繁华。② 澹：恬静。③ 袖手：缩手袖间。④ 方寸：心也。

黄人杰（宋375）一首　题：西湖。

秋色满西湖，雨添新绿▲一派烟光望中足▲清香十里，画舸去来相逐▲[1]酒酣时听得，渔家曲▲

人道似郎，郎还第六▲云水相逢未谙熟▲晚来风静，闲浸几枝红玉▲水神应不禁，江妃浴▲[2]

注：① 红玉：指荷花。② 江妃：古仙女，《列仙传》“江妃二女，游于滨，逢郑交甫……”。

叶景山（宋433）一首

春水满池塘，春风吹柳▲春草茸茸媚晴昼▲[1]春烟骀荡，[2]春色着人如旧▲春光无限好，花时候▲

春院宴开，春屏环绣▲春酒争持介眉寿▲[3]春衫春暖，春回遏云声透▲[4]春年常不老，松筠茂▲[5]

注：① 茸茸：草初生貌。② 骀荡：景色舒放貌。③ 介眉寿：佐助其寿考。④ 遏云声：喻欢笑声可使云彩停顿不前。⑤ 松筠：松竹。松竹梅称岁寒三友，不老之意。

董以宁（清311）一首　题：咏镜。

有福共婵娟，[1]相依白首▲看尽双蛾似垂柳▲[2]此中何处，有个人儿争瘦▲笑效颦难效，[3]肠回九▲

春尘飞处，有时昏黝▲[4]拂拭红绵劳玉手▲芙蓉映人，疑是潇湘清浏▲[5]怪东风起处，吹难皱▲

注：① 婵娟：美人。② 双蛾：双眉。③ 效颦：西施心痛颦眉，甚美。丑女东施效之。④ 昏黝：昏黑。⑤ 清浏：水清貌，《诗》“浏其清矣”。

王一元（清 739）一首

记得出门时，夹衣初御▲满眼东风正飞絮▲雕鞍欲上，兀自依依软语▲归期何日是，休教误▲

忽听疏砧，又惊秋暮▲冷落黄花澹无绪▲半帘残月，和着愁儿同住▲相思都尽了，休重铸▲

周闲（清 1676）一首　题：连夕宿上虞县。[1]

歇马入离亭，[2]湿烟凄晚▲细雨寒花上虞县▲驿门深闭，翠黯半庭秋藓▲[3]栏杆无客倚，尘堆满▲

永夜不眠，[4]绣衾空展▲戍鼓零星四三点▲[5]短屏人坐，凉送西风一剪▲赋得黄叶里，[6]孤灯闪▲

注：① 上虞：浙江县名。② 离亭：驿馆，即官员招待所。③ 藓：隐花类植物，生于阴湿处。④ 永夜：长夜。⑤ 戍鼓：城楼守军更鼓。⑥ 赋得：吟诗。

六十七字　感皇恩　第二体，同第一体，但后段第三句七字，分成五字、二字两句。

晁冲之（宋 214）一首

蝴蝶满西园，啼莺无数▲水阁桥南路凝伫▲[1]两行烟柳，[2]吹落一池风絮▲秋千斜挂起，人何处▲

把酒劝君，[3]闲愁莫诉▲留取笙歌住▲休去▲几多春色，怎禁许多风雨▲海棠花谢也，君知否▲

注：① 凝伫：凝神久立。② 烟柳：含烟杨柳。③ 把酒：持着酒杯。

六十七字　解佩令

黄浴宇（现当 273）一首　题：老歌。[1]

夜阑声寂▲蕊凝露滴▲曲遥遥，断续穿帘隙▲辗转低徊，竟又是、铭心旋律▲几多情、欲忘还溢▲

也曾欢昵，也曾相励▲手纤纤、山眉如画，雨巷檐廊，漫轻拥、静听幽笛▲剩今宵，梦回淅沥▲

六十七字　凤凰阁

叶清臣（宋 30）一首

遍园林绿暗，浑如翠幄▲①下无一片是花萼▲可恨狂风横雨，忒煞情薄▲②尽底把、韶华送却▲③

杨花无奈，是处穿帘透幕▲岂知人意正萧索▲春去也，者般愁，④没处安着▲怎奈何、黄昏院落▲

注：① 翠幄：绿帷幕。② 忒煞：太也。③ 尽底把：为何尽把。④ 者般：这般。

六十七字　殢人娇

王庭珪（宋 177）一首　题：失婢。

小院桃花，烟锁几重珠箔▲①更深后、海棠睡着▲东风吹去，落谁家墙角▲平白地、教人为他情恶▲②

花若有情，也应不薄▲须悔从前事错▲而今夜雨，念玉颜飘泊▲③知那里、人家怎生顿着▲④

注：① 珠箔：珠帘。② 平白地：无端。③ 玉颜：喻婢。④ 顿着：安顿着，即安置。

何梦瑶（清 899）一首　题：清明有感。

泼火新晴，①又是清明天气▲荒郊外、白杨风起▲②天涯芳草，望家山千里▲烹紫笋、犹忆石泉风味▲

桃粥分红，榆羹荐翠▲村店酒旗斜倚▲棠梨花老，漫空山吊鬼▲③问麦饭、何日暮田同祭▲

注：① 泼火：雨名，即清明雨。白居易诗：“泼火雨新晴”。② 白杨：墓地多植白杨。③ 吊鬼：扫墓。

六十八字　天仙子　第一体，用仄韵。

张先（宋 18）二首

（1）水调数声持酒听▲①午睡醒来愁未醒▲送春春去几时回，临晚镜▲伤流景▲往事后期空记省▲

沙上并禽池上暝▲②云破月来花弄影▲重重翠幕密遮灯，风不定▲人初静▲明日落红应满径▲

注：① 水调：曲名。② 并禽：指一双鸟。

（2）醉笑相逢能几度▲为报江头春风住▲主人今日是行人，红袖舞▲清歌

女▲凭仗东风交点取▲

三月柳枝柔似缕▲落絮倦飞还恋树▲有情宁不忆西园，莺解语▲花无数▲应讶使君何处去▲

沈蔚（宋 138）一首

景物因人成胜概▲满目更无尘可碍▲等闲帘幕小栏杆，衣未解▲心先快▲明月清风如有待▲

谁信门前车马隘▲别是人间闲世界▲座中无物不清凉，山一带▲水一派▲流水白云长自在▲

赵令畤（宋 141）一首

宿雨洗空台榭莹▲[①]下尽珠帘寒未定▲花开花落几番晴，春欲竟▲[②]愁未醒▲池面杏花红透影▲

一纸短书言不尽▲明月清风还记省▲玉楼香断又添香，[③]闲展兴▲临好景▲心似乱萍何处整▲

注：① 宿雨：隔夜雨；洗空：洗刷空间。② 竟：终了。③ 玉楼：指闺楼。

侯寘（宋 263）一首　题：宴五侯席上作。

暖日丽晴春正好▲杨柳池塘风弄晓▲露桃云杏一番新，花窈窕▲[①]香飘渺▲玉帐靓深闻语笑▲[②]

新赐绣鞯花映照▲[③]须信浓恩春共到▲汉家飞将久宣劳，[④]近禁诏▲瞻天表▲入卫帝庭常不老▲[⑤]

注：① 窈窕：美好貌。② 靓：与"静"通。③ 新赐：帝王所赐。④ 汉家飞将：以汉飞将军李广比喻五侯。⑤ 此句谓得帝王之宠信。

陈亮（宋 393）一首　题：七月十五日寿内。[①]

一夜秋光先着柳▲暑力平明羞失守▲[②]西风不放入帘帏，饶永昼▲[③]沈烟透▲半月十朝秋定否▲[④]

指点芙蕖凝伫久▲[⑤]高处成莲低处藕▲百年长共月团圆，女进酒▲男称寿▲一点浮云人似旧▲

注：① 寿内：给妻祝寿。② 此句说暑力在清晨已消退。③ 饶：尽管。④ 十朝：十天。⑤ 芙蕖：荷花别名。

柴奇（明 116）一首　题：寿刘鸿胪六十。[①]

解道澄江净如练▲[②]咫尺君山云片片▲[③]两都侍从太平卿，公辅按▲神仙传▲花甲乍周人正健▲[④]

雨过梧桐凉满院▲玉露金风催晓箭▲[5]堂前画锦彩衣新，群真宴▲长生殿▲一年一度祥光见▲

注：① 鸿胪：鸿胪寺卿，官名，九卿之一掌赞导相礼。② 练：白绢。③ 咫尺：极近；君山：在洞庭湖中。④ 花甲：六十岁；周：一个甲子。⑤ 金风：秋风；箭：滴漏筹。

盛进士（女）（明 133）一首

昨夜琼筵频劝酒▲[1]强起罗帏熏翠袖▲晚窗斜日明梳头，花影瘦▲人影瘦▲瘦得腰儿难似旧▲

满树绯桃占碧甃▲[2]几个黄鹂啼绿柳▲一春芳信颇匆匆，卿莫负▲好时候▲且把双箫花下奏▲

注：① 琼筵：筵席美称。② 绯桃：红桃；碧甃：绿砖砌建筑。

崔廷槐（明 211）一首　注：此首上下片第四句不入韵，与此体稍异。

新荷出水圆如镜▲芳草萋萋被曲径▲香云低拂小栏杆，雨才晴，风又定▲朝来无限看花兴▲

东园杨柳西园杏▲枝上黄鹂两两并▲等闲飞啭翠烟梢，绿半遮，红相映▲声声唤得游人应▲

注：① 此句不叶韵，稍异。

陈子龙（明 441）一首

十二画屏围楚岫▲[1]一缕水沉携满袖▲[2]小桃纤甲印流霞，听玉漏▲人归后▲雨点横波微云透▲

荳蔻梢头春雨瘦▲云腻暖金灯下溜▲镜台斜背解罗衣，芙蓉绣▲丁香扣▲宝袜酥温红影皱▲

注：① 楚岫：楚山。② 水沉：香名。

陆嘉淑（明 574）一首　题：题西爽庵。

不用渠渠营夏屋▲[1]只此居然成小筑▲数株苍鬣万琅玕，[2]声簌簌▲[3]敦蓝玉▲时见山禽飞往复

熟客何须来剥啄▲[4]只许孤云闲寄宿▲那回风雨寄重阳，登翠麓▲寻黄菊▲劳动僧厨供茗粥▲

注：① 渠渠：深广貌。② 苍鬣：松树也。《酉阳杂俎》：俗谓孔雀松，三鬣松也；琅玕：石似玉者。③ 簌簌：风声劲疾貌。④ 剥啄：叩门声。

严燉（明 590）一首　题：夏景。

永日披襟湘簟好▲绿树噪蝉声织调▲荫桐疏影傍栏杆，篁翠葆▲莺黄悄▲如

箭流年人渐老▲

眠起南窗情颠倒▲伫立闲阶遮夕照▲晚来无处不轻雷，萤乱耀▲蛙乱叫▲骤雨打荷池水跳▲

顾贞立（女）（清 159）一首　题：十影。

晓镜当窗花照影▲燕子飞来醉帘影▲凭高一望渺长空，孤鸿影▲疏林影▲天外轻帆楼外影▲

自掬清流怜瘦影▲远黛遥山争翠影▲手分一半与池塘，梧桐影▲芭蕉影▲倒挂垂杨新月影▲

佟世南（清 300）一首

隐隐青山濛碧雾▲小艇但随流水去▲荒村何处问桃花，芳草渡▲斜阳暮▲一片红云遮去路▲

偏怪东风吹不住▲点点胭脂飘细雨▲人家疑在武陵源，花乱舞▲莺乱语▲只恐刘郎来又误▲

张令仪（女）（清 831）一首　题：南郭看桃花。

南亩烟消啼布谷▲①雨洗夭桃朝睡足▲②粉赧千数艳明妆，③红映肉▲酣丝竹▲④陌上香尘驰钿毂▲⑤

短短疏篱依古木▲茅屋数间殊不俗▲小桥流水带垂杨，清溪曲▲春波绿▲风动落花红簌簌▲

注：① 布谷：鸟名，鸣声如呼插禾割麦，起催耕作用，喻三月天。② 夭桃：鲜嫩桃子。③ 粉赧：淡红。④ 酣丝竹：饮酒奏乐，琴类为丝，笛类为竹。⑤ 钿毂：金饰的车轮轴承，有眼可插轴的部分。代指车。

杨度汪（清 950）一首

小立闲阶嫌露冷▲①爱看月明圆似镜▲手扶罗幕上银钩，栏独凭▲伤春景▲吹落梨花风不定▲

深夜漏残人乍静▲②前夜梦儿空记省▲③卸头灯背未眠时，④心欲併▲⑤肩还并▲笑指双双屏上影▲

注：① 闲阶：空阶砌。② 漏残：喻夜深。③ 省：知觉。④ 卸头：卸去首饰。⑤ 併：同并，併合，成双之意。

冯敏昌（清 1096）一首　题：新构小亭落成。

结就小亭形似舸▲①泉石周遮丛竹裹▲渔歌断处接樵歌，斜日堕▲浮云破▲对影三人风月我▲

老去心情犹懒惰▲怕向危楼重挔柁▲②朅来宴憩意悠然，③闲吟坐▲饶清

课▲④读画吟诗无不可▲

注：① 舸：大船。② 危楼：指船上舵楼；捩柁：即把舵。捩，扭转；柁，即船舵。③ 竭来：归来；宴憩：指进餐、休息。④ 清课：清雅的功课。

吕耀斗(清1725)一首

睡起卷帘无意绪▲划地东风吹又去▲①愔愔庭院没人行，②香半炷▲茶初煮▲细数落花闲过午▲

锦瑟横塘肠断路▲③依约梦痕无觅处▲春归若肯到伊家，花底语▲香边句▲万一流莺还记取▲

注：① 划地：无端。② 愔愔：喻安静和悦。③ 锦瑟：本令狐楚家青衣，喻美人。

六十八字　天仙子　第二体，用平、仄四韵。

李日华(明269)一首　题：春分日风雨。

朝来寒透水晶帘△短柱秦筝未拂弦△①嘘呵素手约金蝉△②沙处树，水边楼△△燕子飞来特地羞△△

何处玉骢嘶不断▲衔泥自有寻春伴▲③较量春光今一半▲晴未卜，雨何妨△△△十里烟波柳正黄△△△

注：① 短柱：筝柱；秦筝：即筝，因筝系秦人蒙恬所创，故名。② 嘘呵：用口吹呵；金蝉：首饰。③ 衔泥：指燕。

六十八字　行香子

杜安世(宋53)一首　题：柳。

黄金叶细，碧玉枝纤△初暖日、当作晴天△向武昌溪畔，①于彭泽门前△②陶潜影，张绪态，③两相牵△

数株堤面，几树桥边△软垂条、絮荡轻绵△系长江舴艋，拂深院秋千△寒食下，半和雨，半和烟△

注：① 武昌：武昌柳，见《世说新语》陶侃典故，后泛称杨柳为武昌柳。② 彭泽：江西县名。晋陶潜曾为县令，作《五柳先生传》。③ 张绪：南齐武帝曾赞灵和殿前蜀柳曰："此柳风流可爱，似张绪当年。"

六十八字　两同心　第一体，用平韵。

晏几道(宋71)一首

楚乡春晚，①似入仙源△拾翠处、闲寻流水，②踏青路、暗惹香尘△心心在，柳外青帘，花下朱门△

对景且醉芳尊△莫话销魂△好意思、曾同明月，恶滋味、最是黄昏△相思处，一纸红笺，无限啼痕△

注：① 楚乡：指湖南、湖北一带。② 拾翠：古时妇女春游采百草以为娱乐。

黄庭坚（宋 101）一首

巧笑颦眉，[1]行步精神△隐隐是、朝云行雨，弓弓样、罗袜生尘△[2]尊前见，玉槛雕笼，堪爱难亲△

自言家住天津△生小从人△恐舞里、随风飞去，顾阿母、教窣珠裙△[3]从今去，惟愿银釭，[4]莫照离尊△

注：① 颦眉：皱眉。② 弓弓样：弓形缠足女鞋；罗袜生尘：此句为凌波微步，喻步履轻盈。③ 窣：及地也。④ 银釭：指灯盏。

朱彝尊（清 288）一首

认丹鞋响，[1]下画楼迟△犀梳掠、倩人犹未，[2]螺黛浅、俟我乎而△[3]看不足，一日千回，眼转迷离△[4]

比肩纵得相随△梦雨难期△[5]密意写、折枝朵朵，柔魂递、续命丝丝△洛神赋，[6]小字中央，只有侬知△

注：① 丹鞋：红鞋。② 犀梳：犀牛角梳子。③ 此句说：是否等我来画眉。④ 迷离：模糊。⑤ 雨：喻交欢。⑥ 洛神赋：曹植为忆甄后（即洛神）作赋。

车乘轨（现当 88）一首　题：壬午中秋，喜与沪友李辛甫电话交谈。入夜先雨后月出。　注：2002 年 9 月 21 日作。

马年秋半，[1]意外情稠△[2]十二年、睽违沪友，[3]赶佳节、月饼投邮△心相印，两地萦牵，电话交流△

夜来阴雨无休△萧索生愁△[4]天照顾、骤然云散，蟾圆亮、[5]普照神州△置瓜饼，赏月当庭，欢度中秋△

注：① 马年：即 2002 年；秋半：中秋。② 意外：忽接老同学李辛甫自沪寄来月饼；情稠：情密。③ 睽违：分离。④ 萧索：萧条。⑤ 蟾：指月。

六十八字　两同心　第二体，同第一体，但用仄韵。

柳永（宋 14）一首

嫩脸修蛾，[1]淡云轻扫▲最爱学、宫体梳妆，[2]偏能效、文人谈笑▲倚筵前，舞宴歌云，别有轻妙▲

饮散玉炉烟袅▲[3]洞房悄悄▲锦帐里、低语偏浓，银烛下、细看俱好▲个人

人，[④]昨夜分明，许伊偕老▲

注：① 修蛾：长而弯眉。② 宫体：皇宫式样。③ 饮散：筵散。④ 个人人：那个人。

杨无咎（宋 254）一首

行看不足，坐看不足▲柳条软、斜倚春风，[①]海棠睡、醉欹红玉▲[②]清堆掬，桃李漫山，直成粗俗▲

遥夜几番相属▲暗魂飞逐▲深酌酒、低唱新声，[③]密传意、解回娇目▲知谁福，得似风流，可伊心曲▲[④]

注：① 柳条：喻腰。② 海棠：喻脸。③ 新声：新歌曲、新诗词。④ 心曲：心中委曲之处，即深意。

宗元鼎（清 107）一首　题：鸳鸯。

两两珍禽，[①]翠衿红羽▲春雨浴、影狎芳塘，[②]暖莎眠、颈交南浦▲又看看，踏浪齐飞，相呼回舞▲

赚得采菱游女▲柔肠万缕▲向玉台、温镜迟归，[③]青螺黛、张眉未妩▲[④]空擎着，并蒂红莲，归来无语▲

注：① 珍禽：珍贵之鸟。② 狎：戏也。③ 玉台：梳妆台。④ 青螺黛：画眉颜料；张眉：张敞替新妇画眉，喻描眉。

吴棠桢（清 200）一首　题：春夜。

斗帐刚垂，[①]沈香初浸▲喜小腰、半卸红裙，见玉手、缓移珊枕▲又呼人，剔了灯花，教郎先寝▲

城上三更漏鼓▲[②]春寒太甚▲不回头、媚眼羞开，假生嗔、笑声难禁▲[③]须记得，昨日看梅，前朝催饮▲

注：① 斗帐：覆盖形帐，即圆顶帐。② 鼓：此字不叶韵，稍异。③ 生嗔：生怒。

查容（清 448）一首　题：美人。

流水重门，小姑独处▲搴绣幔、微露湘裙，[①]停画烛、轻裁越纻▲[②]笑花枝，枉嫁春风，[③]依然无主▲

携手并肩私语▲[④]醒云醉雨▲拌今夜、颤响流苏，[⑤]待明日、说知鹦鹉▲免教人，月下风前，猜三疑五▲

注：① 搴：拉扯；幔：屋内帐幕。② 越纻：绍兴一带所产纻麻布。③ 嫁：随也。④ 私语：窃语。⑤ 流苏：指帐穗。

六十八字　青玉案　第一体，用仄韵，第二句前段六字，后段八字，且中间断句。

陈瓘（宋 139）一首　题：雪。

碧空黯淡同云绕▲[①]渐枕上、风声峭▲[②]明透纱窗天欲晓▲珠帘下卷，美人惊报，一夜青山老▲[③]

使君命客金尊倒▲[④]正千里、琼瑶未经扫▲[⑤]歆压江梅春信早▲十分农事，满城和气，管取来年好▲

注：① 同云：雪云。② 峭：寒貌。③ 青山老：喻白雪。④ 使君：太守级官称；尊：酒杯。⑤ 琼瑶：喻雪。

曹组（宋 170）一首

碧山锦树明秋霁▲[①]路陡转、疑无地▲忽有人家临曲水▲竹篱茅舍，酒旗沙岸，一簇成村市▲

凄凉只恐乡心起▲凤楼远、回头漫凝睇▲何处今宵孤馆里▲一声征雁，半窗残月，总是离人泪▲

注：① 秋霁：秋天雨停。

张榘（宋 471）一首　题：雪。

龙香熏被罗屏绕▲[①]任窗外、风儿峭▲鸳枕梦回鸡唱晓▲丫鬟惊笑，琼枝低亚，错认梅花老▲

红炉兽炭装还倒▲[②]强梳洗、忙将黛眉扫▲贪趁清歌争怕早▲[③]弓靴微湿，[④]玉纤频袖，塑出狮儿好▲

注：① 龙香：龙涎香。② 兽炭：兽形炭。③ 趁：赶也；争：怎。④ 弓靴：弓形缠足女鞋。

叶兰（明 28）一首　题：寿矢得贤。[①]

长庚夜现碧云岛▲[②]喜初度、今朝早▲[③]届寿把南山细祷▲[④]功名休问，荣华莫顾，眼底儿孙宝▲

长生不数如瓜枣▲看黄花、晚节香愈好▲白日高堂无事恼▲说清闲话，唱太平曲，且把金尊倒▲

注：① 矢得贤：人名待考。② 长庚：星名，即金星，又称太白金星，喻老仙翁。③ 初度：诞日。④ 届：到也；南山：喻高寿。

吴子孝（明 162）一首

当年苦欲归南国▲[①]爱处处、寻春色▲山寺江楼杨柳陌▲花开蜂闹，草香鸟

呀，[②]箫管人如织▲[③]

四时惟有春堪惜▲况常遇、江头诗酒客▲风雨连朝烟幂幂▲[④]朱楼频倚，画船长舣，花落将寒食▲

注：① 苦欲：极思；南国：南方，作者系苏州人。② 鸟呀：鸟鸣。③ 箫管：指唱歌。④ 幂幂：覆盖貌。

徐灏（清 1580）一首　题：尊经阁与萧菊山广文奕。[①]

绿阴高阁疏帘挂▲清昼永、围棋罢▲一局分明谁见者▲风云变态，沧桑浩劫，多少兴亡话▲

推枰起凭栏杆亚▲看天末、飞鸿何处也▲远水平田都入画▲秋山城郭，几重烟树，历历斜阳下▲

注：① 广文：教官称谓。

六十八字　青玉案　第二体，同第一体，但第二句前、后段均七字，中间不断句。

杨基（明 12）一首

平湖过雨青如鉴▲[①]柳下卖花船系缆▲雌蝶雄蜂飞绕担▲[②]杏花终是，轻红嫩白，不比梨花淡▲

一春能几花前探▲天气无凭故相赚▲[③]晴不多时阴亦暂▲一回风雨，一回烟雾，何处堪登览▲

注：① 鉴：即镜。② 担：花担。③ 相赚：相骗。

张大烈（明 402）一首　题：社日。[①]

千条弱柳拖金线▲应期刚到呢喃燕▲绿遍川原红减半▲[②]酬神赛会，[③]花阴人集，深处芳洲畔▲

金罍醽醁频频劝▲[④]沉入醉乡斟尚满▲解衣欲卧芳草岸▲花铺锦裀，松罗翠幕，鸟奏无心管▲

注：① 社日：指春社，例在立春后第五个戊日，是日祭后土神，聚饮。② 川原：江河平原。③ 赛会：迎神游行。④ 金罍：云雷形酒杯；醽醁：美酒名。

倪濂（清 460）一首　题：题澄江女子桃花燕子画扇。

天涯极目长干路▲[①]绿遍多情芳草渡▲楼外斜阳空日暮▲几回羞见，香酣翠软，瘦影联翩处▲

花深梦远无凭据▲一任春来愁里住▲画得断肠肠断句▲脂娇粉腻，脸痕眉晕，点滴成红雨▲

注：① 长干：地名，在南京中华门外。

叶辰（女）（清 827）一首　题：咏手。

纤纤玉笋看如削▲[①]菱花细把乌云掠▲[②]彤管鸦黄初画学▲[③]炉香烧烬，自卷帘幕，红豆抛双雀▲

闲游漫数花间萼▲双双戏挽秋千索▲重整云翘归绣阁▲[④]停针暗想，情怀难却，闷把兰腮托▲[⑤]

注：① 纤纤玉笋：喻手指纤小。② 菱花：指对镜；乌云：黑发；掠：梳理。③ 彤管：赤管笔，引伸为彩笔；鸦黄：隋虞世南嘲袁宝儿诗："学画鸦黄半未成"。④ 云翘：首饰。⑤ 兰腮：香腮。

六十八字　青玉案　第三体，用平韵，前段第二句中间无逗号，其他同第一体。

裘律（明 156）一首　题：雪中竹。

数竿修竹野人家△夜来雪打偏斜△无端低弄又还遮△数枝横影，道人睡起，疑是月笼沙△

一围雪色掩篱笆△纵秋水、难比这银纱△呼童快煮建溪茶△[①]个个堪描，枝枝若画，留着伴梅花△

注：① 建溪茶：福建名茶，产于闽北一带。

六十八字　撒金钱

袁绹（宋 226）一首　故事：《宣和遗事》杨戬、王仁、何霍、六黄太尉，这四个得了圣旨，突撒下金钱、银钱与万姓抢，那教坊大使袁绹即作此词。[①]

频瞻礼▲喜升平，又逢元宵佳致▲鳌山高耸翠▲对端门、珠玑交制▲[②]似嫦娥降仙宫，乍临凡世▲

恩露匀施▲凭御栏、圣颜垂视▲[③]撒金钱，乱抛坠▲万姓推抢没理会▲告官里▲这失仪，[④]且与免罪▲

注：① 宣和：宋徽宗年号（1119—1125 年）。② 端门：皇宫正门；珠玑：锦绣上品。③ 圣颜：指宋徽宗。④ 失仪：没规矩。

六十八字　殢人娇

张扩（宋 189）一首

深院海棠，谁倩春工染就▲[①]映窗户、烂如锦绣▲东君何意，[②]便风狂雨骤▲堪恨处、一枝未曾到手▲[③]

今日乍晴，匆匆命酒▲④犹及见、胭脂半透▲⑤残红几点，明朝知在否▲问何似、去年看花时候▲

注：①春工：春景。② 东君：司春之神。③ 一枝：指海棠。④ 命酒：给酒。⑤ 胭脂：喻海棠花色。

沈谦（明 573）一首　题：别情。

斜月笼花，恨煞邻鸡无赖▲人倦起、强持裙带▲搴帏絮语，①道残灯犹在▲留不住、便缓些儿何害▲

云辫垂鬟，②山低接黛▲③弹粉泪、传觞心懈▲④紫骝嘶紧，⑤在绿杨烟外▲全不管、此际殢人娇态▲⑥

注：① 搴帏：拉帏幕。② 云辫：发垂。③ 山低：喻眉峰浅；接黛：涂青色。④ 传觞：传杯饮酒。⑤ 骝：马也。⑥ 殢人：恋人、泥人。

陆求可（清 70）一首　题：湖上柳。

轻暖轻寒，酿就湖头柳色▲摇荡处、黛烟如滴▲①朱楼掩映，系玉郎金勒▲②镇日里、多少燕穿莺掷▲③

张绪当年，④风流堪识▲⑤蛮腰细、东风偏急▲⑥三眠乍起，⑦共波光争碧▲晴陌上、不送阳关行客▲

注：① 黛烟：绿烟，喻柳丝浓密如含烟。② 勒：马络头，喻马。③ 镇日：长日、整日。④ 张绪：南齐武帝赞灵和殿前蜀柳曰“此柳风流可爱，似张绪当年”。⑤ 识：赏识，指张绪被武帝赏识。⑥ 蛮腰：白居易诗“杨柳小蛮腰”，小蛮是其家妓。⑦ 三眠：汉苑柳有三眠三起说。

查容（清 448）一首　题：青平。黔俗云：青平豆腐杨老酒，黄丝姐儿家家有。①

万叠烟岚，②道是多少天地▲爱此处、足平三里▲③黄茅小店，有十分风味▲应笑我、腐儒带些腐气▲

晕脸烘霞，④羞看敛翠▲⑤低声唤、且停行李▲山厨淡薄，得奴奴调剂▲⑥也净似、者边粉淹油腻▲⑦

注：① 黔：贵州简称。② 岚：山气。③ 此句原注：俗又云：地无三尺平。④ 晕脸：脸有光圈；烘霞：泛红光。⑤ 敛翠：翠眉。⑥ 奴奴：妇女自称。⑦ 者边：那边。

曹亮武（清 463）一首　　题：晚浴。

风送蝉嘶，乱落夕阳庭院▲还只是、昼长人倦▲香泉几斛，①向金盆倾转▲似雨后、水面芙蕖新浣▲②

小立花前，轻摇团扇▲乍喜得、清凉无汗▲纤纤月色，照绿云低绾▲[3]更领受、一缕晚香如篆▲[4]

注：① 斛：容器，折合五斗。② 芙蕖：荷花别名。③ 绿云：喻黑发；绾：盘绕成结。④ 篆：篆体字，喻弯曲。

王汝璧（清1069）一首　题：花阴。

曲径烟沉，轻暖余寒犹峭▲[1]香界里、梦云围绕▲[2]细飘酥雨，[3]绘几枝红袅▲勾一半、斜阳晚晴回照▲

鸳履弓弓，[4]蝶魂了了▲算只有、玉清人到▲苔茵唾碧，[5]逗红茸休扫▲[6]明月下、胎禽步来清皎▲[7]

注：① 峭：寒貌。② 香界：花世界。③ 酥雨：疏雨。④ 鸳履：绣有鸳鸯之鞋；弓弓：弓形。⑤ 苔茵：苔积如褥子。⑥ 红茸：红线头。⑦ 胎禽：鹤别名。

六十八字　忆皇州

金俊明（明396）一首　题：春日感旧。

节近清明花事逼▲[1]信斗酒、双柑游屐▲[2]射眼灯光，照眉山气，一片江南碧▲不堪追忆▲

虹袅梁高，珠翻井满，[3]何时重领帝京风色▲[4]往事分明，底隔年华二十▲悒悒淡烟幂历▲[5]芳草连天织▲

注：① 逼：近也。② 双柑斗酒：《云仙杂记》："戴颙春携双柑斗酒，人问何之（何处去）？曰：往听黄鹂声"。③ 珠：雨珠。④ 帝京：指北京，即词调"皇州"，时帝京已被清兵占领，作者眷恋之。⑤ 幂历：覆盖貌。

六十九字　月上海棠

吴棠桢（清200）一首　　题：春闺。

春红飞入樱桃树▲小屏山、牙香新炷▲[1]白板桥头，是前宵送将归去▲频执手、避却丫鬟低语▲

啼鸦背上松溪雨▲剪灯花、好照回时路▲棋子敲残，想谁家殷勤留住▲拥罗衾、怕有梦儿来处▲

注：① 屏山：画有山形的屏风；牙香：用多种香料研末制成的香。

六十九字　楚妃吟

王筠（南北朝5）一首

窗中曙，[1]花早飞△林中月，鸟早归△庭中日，暖春闺△香气亦霏霏△[2]香气

飘△△当轩清唱调△△[3]独顾慕▲

含怨复含娇△△蝶飞兰复熏△△△袅袅轻风入翠裙△△△春可游△△△△歌声梁上浮△△△△春游方有乐▲沉沉下罗幕▲

注：① 曙：曙光。② 霏霏：飘扬。③ 轩：有窗之长廊或小室。

七十字　且坐令

韩玉（宋 290）一首

闲院落▲[1]误了清明约▲杏花雨过胭脂绰▲[2]紧了秋千索▲斗草人归，[3]朱门悄掩，梨花寂寞▲

书万纸、恨凭谁托▲才封了、又揉却▲冤家何处贪欢乐▲[4]引得我、心儿恶▲怎生全不思量着▲那人人情薄▲

注：① 闲院落：空庭院。② 胭脂绰：红绰约。绰约，柔弱貌。③ 斗草：古代妇人的一种游戏。④ 冤家：妇女对恋人的爱称。

杨仪（明 175）一首　题：丁未（1547 年）春尽，秦墩竹下作。

春将老▲转觉风光好▲青山过雨溪流绕▲处处闻啼鸟▲修竹长林，[1]朱樱玉笋，自家倾倒▲

王逸少、旧山阴道▲[2]难教我、辜负了▲此情底用牵怀抱▲[3]总付与、尊前笑▲醉眼莫管催归早▲软茸茸芳草▲

注：① 修竹：长而直之竹。② 王逸少：即大书法家王羲之，字逸少，曾在山阴（今绍兴）修禊兰亭。③ 底用：何用。

七十字　江城子（又名江神子）　第一体，用平韵。

欧阳修（宋 33）一首　注：调名原作江神子。

碧栏杆外小中亭△雨初晴△早莺声△飞絮落花，天气近清明△睡觉卷帘匀面了，无个事，[1]没心情△

窄罗衫子薄罗裙△小腰身△晚妆新△每到花时，长是不宜春△早是自家无气力，更被你，恶怜人△

注：① 无个事：无甚事。

苏轼（宋 80）三首　题：第一首，湖上与张先同赋，[1]时闻弹筝。

第二首，陈直方妾嵇，钱塘人也，求新词，为作此。

（1）凤凰山下雨初晴△水风清△晚霞明△一朵芙蕖，[2]开过尚盈盈△何处飞来双白鹭，如有意，慕娉婷△[3]

忽闻江上弄哀筝△若含情△遣谁听△烟敛云收，依约是湘灵△[4]欲待曲终

寻问取，人不见，数峰青△

注：① 湖上：指杭州西湖；张先：见《词人小传》。② 芙蕖：即荷花。③ 娉婷：美人。④ 湘灵：湘水之神。《楚辞》："使湘灵鼓瑟兮"。

（2）玉人家在凤凰山△①水云间△掩门闲△门外行人，立马看弓弯△②十里春风谁指似，斜日映，绣帘斑△

多情好事与君还△闵新鳏△③拭余潸△明月空江，香雾着云鬟△陌上花开春尽也，闻旧曲，破朱颜△

注：①玉人：美人。② 弓弯：指陈妾弓鞋。③ 新鳏：新丧妻，指陈直方。

（3）墨云拖雨过西楼△①水东流△晚烟收△柳外残阳，回照动帘钩△今夜巫山真个好，②花未落，酒新筜△③

美人微笑转星眸△④月华羞△⑤捧金瓯△⑥歌扇萦风，吹散一春愁△试问江南诸伴侣，谁似我，醉扬州△

注：① 墨云：乌云。② 巫山：楚襄王梦会神女处。③ 筜：漉取。④ 星眸：明眸。⑤ 月华：月光。⑥ 金瓯：指酒杯。

李之仪（宋102）一首　注：调名原作江神子。

恼人天气雪消时△落梅飞△日初迟△小阁幽窗，时节听黄鹂△新洗头来娇困甚，才试着，夹罗衣△

棠梨花拂淡胭脂△翠云欹△①敛双眉△月浅星深，天淡玉绳低△②不道有人肠断也，浑不语，醉如痴△

注：① 翠云：黑发。② 玉绳：星名，在北斗第五星玉衡之北。

贺铸（宋121）一首　注：调名原作江神子。

麝熏微度绣芙蓉△翠衾重△画堂空△前夜偷期，相见却匆匆△心事两知何处问，依旧是，梦中逢△

坐疑行听竹窗风△出帘栊△杳无踪△已过黄昏，才动寺楼钟△暮雨不来春又去，花满地，月朦胧△

晁补之（宋123）二首　题：第一首，次膺叔家赠娉娉。①

第二首，集句，惜春。　注：调名原作江神子。

（1）娉娉闻道似轻盈△好佳人△也堪称△楚观云归，②重见小蛮惊△③豆蔻梢头春尚浅，④娇未顾，已倾城△⑤

章台休咏旧青青△⑥惹离情△恨难平△无事飞花，撩乱扑旗亭△⑦不似刘

郎春草小，能步步，伴人行△

注：① 次膺：作者叔父晁端礼，见《词人小传》。② 楚观：指楚襄王梦会神女于巫山。③ 小蛮：白居易家妓，细腰。④ 荳蔻：荳蔻年华，喻妙龄。⑤ 倾城：绝色。⑥ 章台：喻柳。⑦ 旗亭：酒楼、市楼。

（2）双鸳池沼水溶溶△[1]桂堂东△又东风△今日看花，花胜去年红△把酒问花花不语，[2]携手处，遍芳丛△

留春且住莫匆匆△秉金笼△[3]夜寒浓△沉醉插花，走马月明中△待得醒时君不见，不随水，即随风△

注：① 溶溶：深广貌。② 把酒：持酒。③ 秉：持也；金笼：灯笼。

谢逸（宋 144）一首　注：据《复斋漫录》，此词作于关山杏花村馆驿。

杏花村馆酒旗风△水溶溶△[1]飏残红△[2]野渡舟横，杨柳绿阴浓△望断江南山色远，人不见，草连空△

夕阳楼下晚烟笼△粉香融△淡眉峰△记得年时，[3]相见画屏中△只有关山今夜月，[4]千里外，素光同△[5]

注：① 溶溶：深广貌。② 残红：落花。③ 年时：当年。④ 关山：关隘、山川，喻旅途。⑤ 素光：月光。

谢邁（宋 168）一首　题：美人。

破瓜年纪柳腰身△[1]懒精神△带羞嗔△手把红梅，[2]冰雪斗清新△不向鸦儿飞去看，留乞与，眼中人△

水晶船里酒粼粼△[3]皱香茵△[4]驻行云△[5]舞罢歌余，花困不胜春△闹着些儿心底事，[6]才靥笑，[7]又眉颦△

注：① 破瓜年纪：十六岁。② 把：持。③ 粼粼：鱼鳞般皱纹。④ 茵：铺垫物。⑤ 驻行云：形容云彩也停止不前。⑥ 些儿：一些些。⑦ 靥：酒涡。

周紫芝（宋 201）一首

夕阳低尽柳如烟△澹平川△[1]断肠天△今夜十分，霜月更娟娟△[2]怎得人如天上月，虽暂缺，有时圆△

断云飞雨又经年△思凄然△泪涓涓△且做如今，要见也无缘△因甚江头来去雁，飞不到，小楼边△

注：① 澹：恬静。② 霜月：皎洁月亮。

沈与求（宋 217）一首　序：葛使君示书，[1]有元夕寒汀孤坐之叹……因以自见穷寂之态。

华灯高宴水晶宫△浪花中△意无穷△十载江湖，重绾汉符铜△②应有青藜存往事，人缥缈，佩丁东△

卧听萧寺响疏钟△③渡溪风△转空濛△月上孤窗，邻唱有渔翁△追念使君清坐久，歌一发，恨千重△

注：① 使君：官太守一级称谓。② 此二句说：闲居十年，重系官印。符：权力之凭证，如“窃符救赵”之符代表兵权。③ 萧寺：寺之泛称，源出梁武帝萧衍造寺。

康与之（宋 281）一首　题：越冶春游作。

南溪二月雨初晴△四郊明△暖风轻△一雨一风，铺地落红英△①枝上流莺啼劝我，春欲去，且留春△

登临行乐慰闲情△过长亭△暮潮平△四面青芜，②中是越王城△③信马行吟归路晚，④山簇簇，柳阴阴△

注：① 红英：红花。② 青芜：青色乱草。③ 越王城：在绍兴市府山上。④ 信马：骑马随意而行。

曹冠（宋 334）一首　注：调名原作江神子。

雨余干鹊报新晴△①晓风清△听莺声△飞盖南国，②游赏赋闲情△麦陇黄云堆万顷，③收刈处，④有人耕△

琮琤漱玉涧泉鸣△⑤翠峰横△碧云凝△罨画园林，⑥缣素写难成△⑦卢桔杨梅时正熟，⑧随处赏，饮班荆△⑨

注：① 干鹊：即鹊，因其喜干恶湿，故名。② 飞：飞花；南国：南方。③ 麦陇：麦田；黄云：指成熟麦穗。④ 收刈：收割。⑤ 琮琤：泉流声。韩愈诗：“泉声玉琮琤”。⑥ 罨画：彩色画，指各色花。⑦ 缣素：白绢也。⑧ 卢桔：即卢柑。⑨ 班荆：布荆于地而坐。

黄铢（宋 352）一首　题：晚泊分水。①注：调名原作江神子。

秋风袅袅夕阳红△晚烟浓△暮云重△②万叠青山，山外叫孤鸿△独上高楼三百尺，凭玉楯，③睇层空△④

人间四月去匆匆△碧梧桐△又西风△北去南来，销尽几英雄△掷下玉尊天外去，多少事，不言中△

注：① 分水：浙江县名。② 重：重叠。③ 楯：音盾，栏槛也。纵曰栏，横曰楯。④ 睇：斜着眼看。

辛弃疾（宋370）二首　题：第一首，和人韵。　注：调名原作江神子。

第二首，送元济之归豫章。　注：调名原作江神子。

（1）梅梅柳柳斗纤秾△乱山中△为谁容△试着春衫，依旧怯东风△何处踏青人未去，呼女伴，认骄骢△

儿家门户几重重△记相逢△画楼东△明日重来，风雨暗残红△可惜行云春不管，裙带褪，鬓云松△

（2）乱云扰扰水潺潺△笑溪山△几时闲△更觉桃源，①人去隔仙凡△万壑千岩楼外雪，琼作树，玉为栏△

倦游回首且加餐△短篷寒△画图间△见说娇颦，拥髻待君看△二月东湖湖上路，官柳嫩，野梅残△

注：① 桃源：原注：桃源乃王氏酒垆，与济之作别处。

刘仙伦（宋380）一首　题：洪叟出歌姬，就席口占。①

画堂深处出娉婷△②语声轻△笑声清△燕语莺啼，一一付春情△恰似洛阳花正发，③见花好，不知名△

金瓯盛酒玉纤擎△④满盈盈△劝深深△不怕主人，教你十分斟△⑤只怕酒阑歌罢后，⑥人不见，暮山青△

注：① 出：出来陪席；口占：随口而吟。② 娉婷：美人。③ 洛阳花：指牡丹。④ 金瓯：金杯；玉纤：歌姬纤手。⑤ 斟：筛酒。⑥ 酒阑：席终。

吕胜己（宋400）一首

一钩新月下庭西△绣帘低△漏声迟△小宴幽欢，依约似当时△娇盼注人都不语，眉黛蹙，鬓云欹△

绿槐阴下玉骢嘶△苦相催△醉中归△可惜明朝，秋色满东篱△只恐又成轻别也，情脉脉，恨悽悽△

方岳（宋470）一首

窗绡深隐护芳尘△①翠眉颦△②越精神△几雨几晴，做得这些春△切莫近前轻着语，题品错，③怕渠嗔△④

碧壶谁贮玉粼粼△⑤醉香茵△⑥晚风频△吹得酒痕，如洗一番新△只恨谪仙浑懒却，⑦辜负那，倚栏人△

注：① 窗绡：即窗帘。② 颦：皱眉。③ 题品：品评。④ 渠：他。⑤ 玉粼粼：指酒清冽。⑥ 茵：褥子。⑦ 谪仙：李白被誉为谪仙，喻醉酒。

吴文英（宋476）一首　题：送翁五峰自鹤江还都。　注：调名原作江神子。

西风一叶送行舟△①浅迟留△舣汀洲△②新浴红衣，③绿水带香流△应是离宫城外晚，④人伫立，⑤小帘钩△

新归重省别来愁△⑥黛眉头△半痕秋△天上人间，斜月绣纤楼△湖浪莫迷花蝶梦，江上钓，负轻鸥△

注：① 一叶：喻小舟。② 舣：停泊。③ 红衣：指荷花。④ 离宫：帝王出巡行宫。⑤ 伫立：久立。⑥ 省：觉得。

翁元龙（宋482）一首

一年萧鼓又疏钟△爱东风△恨东风△吹落灯花，移在杏梢红△玉靥翠钿无半点，①空湿透，绣罗弓△②

燕魂莺梦渐惺忪△③月帘栊△④影迷濛△催趁年华，⑤都在艳歌中△明日柳边春意思，便不与，夜来同△

注：① 靥：酒涡；钿：首饰。② 弓：弓形鞋，即缠足女鞋。③ 惺忪：似醒未醒。④ 帘栊：有帘窗户。⑤ 催趁：催赶。

谭宣子（宋508）一首　题：咏柳。

嫩黄初染绿初描△倚春娇△索春饶△①燕外莺边，想见万丝摇△便作无情总软美，天赋予，眼眉腰△

短长亭外短长桥△②驻金镳△③系兰桡△④可爱风流，年纪可怜宵△办得重来攀折后，烟雨暗，不辞遥△

注：① 饶：丰富、成长。② 短长亭：间隔五里为短亭，十里为长亭。③ 镳：马嚼子，此句喻系马。④ 桡：船桨，此句喻系船。

周密（宋541）一首　题：拟蒲江。①

罗窗晓色透花明△靓瑶笙△按瑶筝△试讯东风，能有几分春△二十四栏凭玉暖，杨柳月，海棠阴△

依依愁翠沁双颦△爱莺声△怕鹃声△人自多情，春去自无情△把酒问花花不语，花外梦，梦中云△

注：① 蒲江：卢祖皋号蒲江。

陈允平（宋556）一首

东风吹恨上眉弯△燕初还△杏花残△帘里春风，帘外雨声寒△拾翠芳期辜负却，①空脉脉，②依栏杆△

流苏香重玉连环△③绕屏山△④宝筝闲△泪薄鲛绡，⑤零露湿红兰△瘦却舞腰浑可事，银蹀躞，⑥半阑珊△

注：① 拾翠：拾百草，古代妇女游春一种游戏。② 脉脉：含情欲吐貌。③ 流苏：帐穗。④ 屏山：如山屏风。⑤ 薄：逼近；鲛绡：传说中鲛人织的绢帕，入水不湿。⑥ 蹀躞：带上饰物。

曹良史（宋579）一首

夜香烧了夜寒生△掩银屏△理银筝△一曲春风，都是断肠声△杜宇欲啼杨柳外，①愁似海，思如云△

背灯暗卸乳鹅裙△②酒初醒△梦初醒△兰炷香篝，谁为暖罗衾△二十四帘人悄悄，花影碎，月痕深△

注：① 杜宇：即杜鹃。② 乳鹅：鹅黄色。

段成己（金30）一首　题：东园牡丹盛开，两三子邀余饮花下。酒酣，即席赋之。

水南名品几时栽△①映池台△待谁开△应为诗人，着意巧安排△调护正须宫样锦，②遮丽日，障飞埃△

晓风吹绽瑞云堆△③怨春回△要诗催△醉墨淋漓，随手洒琼瑰△④归去不妨簪一朵，⑤人也道，开花来△

注：① 名品：著名品种，指牡丹。② 宫样锦：皇宫用锦帛。③ 瑞云堆：喻花丛。④ 琼瑰：珠玉，喻美好的诗文。⑤ 簪：头上插戴。

赵孟頫（元33）一首

冰肌绰约态天然△淡无言△带蹁跹△遮莫人间，①凡卉避清妍△承露玉杯餐沆瀣，真合欢，水中仙△

幽香冉冉暮江边△佩空捐△恨谁传△遥夜清霜，翠袖怯春寒△罗袜凌波归去晚，风袅袅，月娟娟△

注：① 遮莫：尽教。

倪瓒（元82）一首　题：感旧。

窗前翠影湿芭蕉△雨潇潇△思无聊△梦入乡园，山水碧迢迢△依旧当年行乐地，香径杳，绿苔饶△

沉香火底坐吹箫△忆娇娆△想风标△同步芙蓉，花畔赤栏桥△渔唱一声惊梦断，无处觅，不堪招△

刘基（明7）一首

春晴杨柳郁金丝△有黄鹂△①在高枝△正是佳人，无语倚栏时△不理云鬟寻断梦，消瘦损，雪肤肌△

海棠抛玉燕交飞△草芳菲△②水沦漪△③怕见轻蜂，小尾扑香归△满镜容颜凭

酒染，还惨淡，④对斜晖△

注：① 黄鹂：黄莺。② 芳菲：香美貌。③ 沦漪：水波也。《诗》："河水清且沦漪"。此处喻波清。④ 惨淡：极意思索。

高启（明 16）一首　题：舟妇。

芙蓉裙衩最宜秋△柳边头△自撑舟△一道眼波，斜共晚波流△蓦地逢人回首笑，不识恨，却知羞△

夕阳犹在水西楼△慢归休△款相留△教唱弯弯，月子照湖洲△不怕鸳鸯惊起了，怕江上，有人愁△

文徵明（明 117）一首　题：寓嘲。

东风已到牡丹花△锦蒸霞△玉笼纱△应是春韶，①妆点贵人家△去岁花时人在病，深负却，好铅华△②

而今准拟醉琵琶△③鼓须挝△④酒须赊△⑤莫待风吹，委地作泥沙△⑥却笑东君煞风景，⑦刚办得，一杯茶△

注：① 春韶：春光。② 铅华：铅粉，喻妇女。③ 醉琵琶：饮酒弹唱。④ 挝：敲击。⑤ 赊：赊欠，喻买。⑥ 委地：着地，指花。⑦ 煞风景：扫兴。

杨慎（明 157）一首

滇南春似锦江春△①水鱼鳞△②柳蛾颦△③千树梨花，花底草如茵△④晴日暖风浓胜酒，熏媚眼，醉游人△

柔丝弱絮软红尘△⑤惜芳辰△倦游身△啼鸟惊心，何事唤归频△不是不归归未得，愁望远，泪沾巾△⑥

注：① 滇南：云南南部，指永昌县。② 鱼鳞：喻皱纹。③ 颦：皱眉。④ 茵：褥垫。⑤ 红尘：繁华世界。⑥ 此二句说：时作者被贬居云南永昌，欲归家乡不得，望远流泪。

沈麐（明 276）二首　题：第一首，宿苕溪驿。①

第二首，秋日行舟。

（1）青山千叠绕城西△夕云低△暮霞齐△②几抹寒烟，③乌鹊向林栖△沽得市醪渔艇集，④鲜鲫美，细烹肥△

持杯招月玉浮溪△⑤望中迷△意中题△吊赏前贤，东野性孤奇△游遍江南山水地，丢画好，⑥梦魂携△

注：① 苕溪：在浙江长兴。② 暮霞：夕阳。③ 几抹：几带。④ 醪：浊

酒，即酒。⑤ 玉：月光。⑥ 霅画：长兴县溪名，风景极佳。

（2）浮萍潆曲小桥边△①似荷钱△②似花钿△秋艇宜人，一路棹添烟△三径高情来访菊，无事耳，此身前△

新生野水碧涓涓△跃鱼渊△钓丝牵△疏柳依依，坡岸弄清妍△日暮残霞分夜影，钟断处，塔铃传△

注：① 潆曲：水流回旋。② 荷钱：指荷叶，因其初生似钱。

胡文焕（明282）一首　题：燕子矶。①

矶头载酒正宜秋△水悠悠△荻飕飕△孤鹜飞随，几点往来舟△闲看西山还吐碧，似壮我，此时游△

征鸿消息在沉浮△②不堪愁△漫回头△数尽白云，云外是杭州△只有乘风情未已，休笑我，久飘流△

注：① 燕子矶：在南京长江边。② 征鸿：飞行中鸿雁，喻书信。

薛素素（女）（明295）一首　题：怀蔡幼嶷。

陌头如雾又如烟△①作春寒△送春兰△②寂寞一枝，红杏泪栏杆△遥忆王孙芳草路，③应自怯，舞衣单△

寻思昨夜梦儿圆△④锦屏前△烛花残△不禁醒来，依旧锁眉端△鸳枕和愁还独拥，嗟别易，会偏难△

注：① 陌头：田间。② 春兰：春香。③ 王孙：富贵家子弟。④ 梦儿圆：喻成双。

施绍莘（明309）一首　题：渔父。

白蘋水蘸蓼花风△暮烟中△一渔翁△一领青蓑，衬一树丹枫△收网棹歌归去晚，①风恰顺，好扬篷△

不将鱼送费迎逢△②馔亲供△尽从容△稚子山妻，③醉面各微红△明日生涯浑未定，看风生，任西东△

注：① 棹歌：船歌。② 鱼送：卖鱼；迎逢：即逢迎，打交道之意。③ 山妻：妻之谦称。

商景徽（女）（明439）一首　题：怀黄皆令。①

孤舟一叶去林皋△②雨潇潇△③滴芭蕉△犹记楼头，杨柳万丝飘△写就行行离别意，总付与，浙江潮△

一灯明灭篆烟消△④度长宵△恁无聊△羡煞当时，月夕共花朝△转忆停针频絮语，⑤空目断，路迢遥△

注：① 黄皆令：即黄媛介，见《词人小传》。② 林皋：林岸。③ 潇潇：雨暴疾貌。④ 明灭：忽明忽暗。⑤ 絮语：语多。

沈泓（明443）一首　题：村居。

长堤细柳隐红桥△弄萧萧△[1]伴渔樵△醉倚枫林，仰面挂丝瓢△[2]释卷正逢秋水涨，[3]临古渡，放轻舠△[4]

夕阳西下暗窗绡△[5]雁声高△笛声遥△碧簟凉生，[6]细雨燕归巢△隔岸篝灯人就泊，[7]沽浊酒，[8]短扉敲△

注：① 弄：作出；萧萧：风吹细柳声。② 丝瓢：丝瓜络，成熟老丝瓜，似瓢。③ 释卷：放下卷子。④ 舠：即船。⑤ 窗绡：窗帘。⑥ 簟：竹席。⑦ 篝灯：灯笼。⑧ 沽：买也；浊酒：粗漉酒。

张繁（女）（明524）一首　题：久雨忆姐。

湘帘不卷雨濛濛△[1]镜台封△晓窗慵△[2]青山休染，[3]一任淡眉峰△脉脉离情曾未惯，[4]百里外，有人同△

盈盈一水隔难通△思无穷△怨东风△记得临歧，[5]握手话匆匆△欲倩春潮和泪点，流取去，到沪淞△[6]

注：① 湘帘：斑竹帘。② 慵：懒也，喻懒于梳妆。③ 青山：喻眉峰。④ 脉脉：含情欲吐貌。⑤ 临歧：离别。⑥ 沪淞：上海吴淞，指姐家。

沙宛在（女）（明547）一首　题：哭姐。　注：此首上下片第二句不入韵，稍异。

萧萧庭院暮春天△花带泪，柳含烟△云窗雾阁，笑语十三年△回首床空香钿冷，人已去，梦犹连△

当时争羡共娟娟△明月下，晓风前△秋千踘蹴，携手并香肩△何事狂风吹一夜，摧粉堕，把脂捐△

张纲孙（明556）一首

相思树外月西斜△[1]路偏遐△梦偏赊△乌柏门前，认得那人家△几曲红栏妆阁小，人似玉，隔窗纱△

镜台曾睹巧蟠鸦△[2]怅梨花△[3]影儿遮△归去匆匆，别恨载盈车△不分船窗重见了，无一语，又天涯△[4]

注：① 相思树：红豆树。红豆一名相思子。② 蟠鸦：发髻名，把发曲屈盘绕。③ 梨花：喻面孔。④ 不分：不料。唐陈陶《水调词》："容华不分随年去，独有此楼明镜知。"

王夫之（明557）一首　题：咏雪。

依依欲待入帘栊△怕回风△愁回风△一霎惊飞，吹过小桥东△梅信未来枫叶尽，[1]谁款款，与从容△

前溪流水忒匆匆△[2]拼孤踪△碧波溶△冷淡魂消，旧恨有无中△不似柳绵归计晚，人只解，惜残红△

注：① 梅信：梅花开在正月，此句谓正月未到，在腊月。② 忒：太也。

缪永谋（明 560）一首

垂虹桥畔水悠悠△[1]接天浮△不禁愁△郭外人家，[2]茅屋映清流△又是吴江枫落候，菱芡熟，[3]酒新篘△[4]

稻畦全浸荻花洲△晚霞收△月如钩△寒潦初平，露下五湖秋△蟹舍渔村随处美，杨柳岸，系扁舟△

注：① 垂虹桥：在江苏吴江县东门外；悠悠：渺渺无际貌。② 郭外：城外。③ 芡：芡实，水生植物，又称鸡头子。④ 篘：漉取也。

李雯（清 22）一首　题：秋思。

一篱秋水淡芙蓉△[1]晚来风△玳云重△[2]检点幽花，斜缀小窗红△罗袜生寒香细细，怜素影，[3]近梧桐△

栖鸦零乱夕阳中△叹芳丛△[4]诉鸣蛩△[5]半卷鸾笺，[6]心事上眉峰△玉露金波无意冷，愁灭烛，听归鸿△

注：① 芙蓉：荷花别名。② 玳云：斑纹状云。③ 素影：月影。④ 芳丛：花草丛生。⑤ 蛩：蟋蟀。⑥ 鸾笺：信纸美称。

尤侗（清 81）一首　题：春思。

花朝去了又春分△[1]草如茵△柳烟新△油壁青骢，争踏武陵春△绣幕罗衣香过处，人不见，插红裙△

纱窗寒雨最难闻△冷炉熏△淡芳尊△闲病闲愁，独对旧东君△日暮卷帘南北望，魂欲化，楚山云△

注：① 花朝：又称百花生日，在农历二月十二日。

毛奇龄（清 161）一首　注：调名原作江神子。

花街日色柳含烟△画楼前△水连天△缓橹轻歌，鸭嘴小娘船△[1]新载摇郎湖曲里，[2]不愿取，渡头钱△

前山深树有啼鹃△恨年年△未归旋△红板人家，犹自挂秋千△日薄余寒春又晚，溪路远，草芊芊△

注：① 鸭嘴：鸭嘴形小船。② 摇郎湖：船歌名。

顾蕙(女)(清166)一首　题：春游。

杏花零落水平堤△麦初齐△菜初肥△柳岸微飔，①蝴蝶点春衣△行过池头花径窄，蓦逗却，②燕儿泥△

竹园深处鹁鸪啼△③小桥西△日头低△淡淡春山，曲曲画蛾眉△是幅美人遗照也，怎携得，袖儿归△

注：①微飔：轻微凉风。②逗却：滞留。③鹁鸪：鸟名，阴则逐妇，晴则呼之。

徐倬(清178)一首

湘帘偷下试冰弦△①影儿娟△②月儿圆△挑动姮娥，③今夜不能眠△两点娇红罗袜好，过洛水，④问谁妍△

腰身斗处总生怜△镜儿前△沼儿边△⑤蓦见垂垂，新柳弄轻烟△歌舞只教掌上稳，⑥凌风去，奈何天△

注：①湘帘：斑竹帘；冰弦：指琵琶，见《太真外传》。②娟：美也。③此句应为姮娥挑逗，因用韵而倒装。姮娥：即嫦娥。④洛水：指洛神。⑤沼：曲池。⑥掌上稳：能掌上跳舞，喻身轻。

陈维崧(清196)一首　题：郊游即事。①

心情早起太聊萧△②出晴郊△步兰皋△③云水茫茫，不认路条条△只拣暗香深处去，还趁着，卖饧箫△④

春流碧到第三桥△⑤野梅娇△绽篱腰△何处丝扬，⑥和了酒旗飘△遥望前村偏隔水，亟唤个，小船摇△

注：①即事：就眼前事物而言。②聊萧：无聊。③兰：喻花草。④饧箫：吹箫卖饧者。⑤春流：流动春水。⑥丝扬：柳丝飘扬。

李霨(清197)一首　题：春晓述怀。

连宵风雨满春城△睡初惊△峭寒轻△深掩小门，愁听卖花声△为问柳条何事绿，能几日，又清明△

陌头芳草马蹄平△酒旗横△翠钿迎△①遥指玉鞭，②云外是归程△望尽春山千里色，终不抵，故乡情△

注：①翠钿：首饰，喻酒家女。②玉鞭：马鞭美称。

僧超正(清202)一首　题：过废园。

竹篱花径小山幽△碧云浮△淡烟收△犹记当年，歌啸每临流△①芳草无心随处绿，人去也，恨悠悠△②

飞来粉蝶弄春柔△漫凝眸△[3]上心头△惆怅今番，[4]不似旧时游△人世茫茫浑是梦，聊一枕，学庄周△[5]

注：① 啸：拉长声音；临流：在水边。② 悠悠：渺渺无际。③ 凝眸：注目。④ 惆怅：伤感貌。⑤ 庄周：人名，即庄子，庄周梦蝶，喻梦。

杨琇（女）（清206）一首

绣帏睡起倚香篝△[1]镜光浮△碧云流△[2]向午恹恹，[3]犹自怯梳头△二十四番吹欲尽，[4]花纵好，为谁留△

背人独自上高楼△卷帘钩△暗凝眸△信道垂杨，难系是行舟△渺渺关山烟水外，[5]芳草路，织成愁△

注：① 香篝：香笼。② 碧云：绿发。③ 恹恹：病态。④ 二十四番：指花信风，自小寒起至谷雨，有二十四番花信风，每番五天，有一花应之。⑤ 关山：喻旅途。

韩珮（女）（清219）一首　题：闻鹊。

晚霞红溜露珠晞△[1]闭双扉△绣帘垂△丹桂香清，风度入罗帏△体怯秋凉犹拥被，[2]精神懒，下床迟△

忽惊落叶响阶墀△[3]叠缃绨△[4]制寒衣△喜鹊交飞，共噪紫薇枝△细想闲情无个事，[5]都只是，玉郎归△

注：① 晞：干燥。② 体怯：体弱。③ 阶墀：台阶。④ 缃：微黄细绢；绨：细葛布。⑤ 个事：甚事。

吴绡（女）（清235）一首

澄波如练漾残霞△日光斜△照平沙△隔岸酒旗，招飐是谁家△红袖炉边人似玉，[1]留客处，绿杨遮△

落帆风里转船挝△[2]柁咿哑△浪生花△可惜明朝，此地又天涯△拚取十千沽一斗，须笑饮，更嫌奢△

注：① 红袖：指酒家女子。② 挝：指打鼓停船。

魏允枚（清264）一首　题：游北山草堂。

碧江春霭景迟迟△杏花飞△柳烟低△三五相将，[1]移棹向灵溪△雨雨风风无定准，风似剪，雨如丝△

主人开宴北山垂△折琼枝△泛金卮△犹记去年，探桂醉亭池△月冷露迷秋未杪，[2]曾几日，已经时△

注：① 相将：相扶持。②未杪：未暮。

王宾(清273)一首　题：清明。

落花流水板桥西△远村迷△野烟低△青冢茫茫，①滴洒印红泥△②还问从前忙底事，③人不见，草萋萋△④

白杨摇曳不胜悲△⑤纸钱飞△杜鹃啼△年去年来，埋没尽芳菲△一带斜曛归路晚，风料峭，怯寒衣△

注：① 冢：坟墓；茫茫：面积大。② 此句谓扫墓洒酒于地。③ 底事：何事。④ 草萋萋：草茂盛貌。⑤ 白杨：墓地常植白杨树。

钱曾(清284)一首

百劳啼遍小栏杆△①蝶飞还△梦初残△人在绮罗，香里度轻寒△窗外海棠开也未，朝雨歇，卷帘看△

杏梁春暖燕泥干△倚屏山△②思漫漫△③拖取柳条，残痕上眉端△羞整翠钿无个事，④空对镜，惜朱颜△

注：① 百劳：鸟名，善鸣。② 屏山：画有山形的屏风。③ 思漫漫：思无际。④ 无个事：无甚事。

张渊懿(清293)一首　题：西村晚步。

绿阴围合小池东△柳濛濛△扬轻风△燕尾涎涎，①剪破夕阳红△绣陌秧针初出水，欹笠下，有村翁△

波流活活晚潮通△②碧溶溶△③一舟横△树杪烟青，古寺落疏钟△独木板桥斜角路，归去也，月落胸△

注：① 涎涎：光泽貌。《汉书》："燕燕尾涎涎"。② 活活：读骨骨，水声也。《诗》："北流活活。"③ 碧溶溶：碧水甚盛。

万锦雯(清330)一首　题：韩平叔园亭赏荷。

空庭雨过暑全收△树阴稠△鸟声幽△四面帘垂，闲挂小银钩△门外好山浑似画，看未足，又登楼△

凉飔微度藕花洲△暗香浮△入杯流△向晚泠泠，急管促清讴△倚醉不愁归路暝，有明月，更相留△

吴嘉枚(清363)一首　题：端阳。

渊渊伐鼓震楼东△①水淙淙△②气匆匆△竞渡龙舟，争看是飞龙△笑煞金钗颠倒坠，蜂拥处，③粉香浓△

蒲觞佳节喜相逢△④醉帘栊△荡波红△记得当年，遗迹楚荆风△⑤只有汨罗江上月，⑥千古恨，至今同△

注：① 渊渊：鼓声。《诗》："伐鼓渊渊"；伐鼓：击鼓。② 淙淙：水流声。③ 蜂拥：如蜂簇拥。④ 蒲觞佳节：指端午节。蒲：菖蒲；觞：雄黄酒。均辟邪去毒。⑤ 楚荆：楚大夫屈原故国。⑥ 汨罗江：在湖南，屈原投水处。

江皋（清 430）一首　题：秋柳。　注：调名原作江神子。

几株疏树近斜阳△弄烟光△漾横塘△最是西风，南浦路凄凉△①楼上凝妆人不见，②春梦里，影迷茫△

系人愁处万丝长△絮飞狂△燕飞忙△记得门前，曾控紫骝缰△③此日腰肢难斗舞，④消瘦尽，不堪量△

注：① 南浦：喻别离处。源出江淹《别赋》。② 凝妆：盛妆。③ 紫骝：紫色马。④ 腰肢：以细腰喻柳，称柳腰。

僧济日（清 485）一首

飞来小岭削芙蓉△①树青葱△石玲珑△断壑横桥，疑与石梁通△林籁寂时溪水静，云影里，出疏钟△

山僧定起万缘空△②石床中△落花重△雨过门前，多少虎狼踪△天地不知何岁月，看草木，自春冬△

注：① 削芙蓉：喻似含苞荷花。芙蓉，荷花别名。② 定：僧人默坐称入定。

汪懋麟（清 519）一首　题：送给谏王北山先生南游。①

牙樯锦缆木兰舟△②雨初收△碧波流△书画轻装，落日卷帘钩△江草江花看不厌，桥畔树，树边楼△

苏州才过又杭州△拢船头△踏春游△越女如花，③丝竹杂清讴△④太傅风流今又见，⑤湖水上，可淹留△

注：① 给谏：官名，即给事中，与御史同为谏官（即监察）。② 牙樯：船桅杆美称。牙，象牙也；锦缆：船缆绳之美称；木兰舟：船之美称。③ 越女：杭州、绍兴一带女子。④ 此句谓又奏乐又清唱。⑤ 太傅：官名，指谢安。

戴鉴（清 563）一首　题：双村道中。

春塘潋滟碧于油△柳绵浮△荻芽抽△巷陌人家，一带绿阴稠△蓑笠牧童烟际去，横短笛，倒骑牛△

天寒未脱木绵裘△①冷飕飕△似残秋△路转高原，又到小桥头△帽影鞭丝图画里，山矗矗，水悠悠△

注：① 木棉裘：棉衣。

金人望（清636）一首　题：同佟无言太守、潘又生郡丞咏西洋烛。[①]

画船燃竹号西洋△腊为浆△玉为裳△[②]珠帘翠幌，[③]全不受风狂△暗落轻烟无用剪，停觑久，是柔肠△

堪怜娇小耐更长△影微茫△细思量△五侯灯火，明日出昭阳△却恨东风传不到，[④]憔悴甚，幸余光△

注：① 太守：官名，即知府，相等于今地级市长；郡丞：副太守；西洋烛：指矿烛。② 玉：指蜡。③ 幌：帐幔。④ 此三句套用韩翃《寒食》诗句："日暮汉宫传蜡烛，轻烟散入五侯家"。五侯：汉元帝妻王皇后兄弟五人同日封侯，世称五侯；昭阳：皇后封号。

戴锜（清663）一首　题：客当湖枕上偶成。[①]

日移花影两三重△淡和浓△上帘栊△争闹园林，紫蝶并黄蜂△有个人儿心上事，无处说，怨东风△

青山坐在可怜中△水溶溶△草茸茸△都是无情，不比别时同△一寸柔肠千万恨，春去也，锁眉峰△

注：① 当湖：在浙江平湖县南门外。

张梁（清731）一首　题：自板桥关至西溪容川兄山庄，同雪庄赋。

阴阴桑柘夹溪平△[①]雨初晴△淡云横△隐隐林梢，时放一峰青△客与轻舟千百转，浓绿罅，[②]有红亭△

应门含笑早相迎△揖吟朋△醉飞觥△[③]图障天开，[④]落日画桥明△妥贴琴书才小憩，[⑤]谁唤觉，水禽声△[⑥]

注：① 柘：树名，叶稍硬于桑叶，亦可饲蚕。② 罅：裂缝。③ 飞觥：传酒杯。④ 图障：指云雾。⑤ 此句谓弹琴、写字毕后才午睡。⑥ 这二句谓被水鸟吵醒。

沈珮（女）（清782）一首　题：月夜闻笛。

银河暗淡碧于流△数更筹△[①]晚烟收△倚遍栏杆，无语思悠悠△何处重楼吹玉笛，惊客梦，动离愁△

鬓云斜亸玉搔头△[②]月光浮△上帘钩△丹桂凝寒，素影弄轻柔△[③]试问佳人知也未，风乍起，使悲愁△

注：① 更筹：记更签子。② 玉搔头：玉簪。③ 素影：月光。

邵锡荣（清788）一首　题：采莲女。

越娃双桨彩舟新△①发堆云△②麝兰闻△③一阵风来，掀起缕金裙△④忙到荷花深处躲，斜溜眼，暗窥人△

近前借问住何村△带娇嗔△两三分△脸色花光，斗映隔溪春△莫把藕丝牵断了，纵见惯，也销魂△

注：① 越娃：绍兴一带女孩。② 云：喻发。③ 麝兰：喻香气。④ 缕金：即金线。

杜诏（清 805）一首　注：调名原作江神子。

禁烟将近绿初匀△①悄重门△掩芳尘△几阵轻寒轻暖，便黄昏△②休上小楼频送目，何如认，远山痕△

春心还似柳丝份△画屏人△翠眉颦△③好趁炉烟，划就断肠纹△眼底离愁消不得，恁泪泻，石榴裙△④

注：① 禁烟：指寒食，是日禁烟。② 此二句按格律应为四字、五字，稍异。③ 眉颦：皱眉。④ 石榴裙：大红裙。

薛琼（女）（清 844）一首　题：乙酉（1645）同嫂氏游吴门（苏州）诸山，忆昔志概。

昔年握别记匆匆△柳阴中△一帆风△两岸青山，相映澹眉峰△往返难忘芳草路，归去也，夕阳红△

那堪今日倚楼东△与谁同△暮云空△惆怅姮娥，独赴广寒宫△梦到家山山更远，寻不出，旧游踪△

赵承光（女）（清 845）一首　题：偕闺友泛舟。①

花香日暖透妆楼△晚烟收△巧梳头△赢得偷闲，②联袂荡兰舟△③再爱湖山新翠霭，④吟好句，漫凝眸△

莺声呖呖柳丝柔△泛金瓯△⑤兴偏幽△为惜韶华，瞬息去难留△还向花前寻韵事，弹一曲，古梁州△

注：① 闺友：女友；泛：行。② 赢得：取得。③ 联袂：联袖，共同意；兰舟：舟之美称。④ 霭：云气。⑤ 泛金瓯：浮酒杯，即饮酒。

汪仲鈖（清 976）一首

昏黄院落雨潺潺△杏花殷△藓花斑△生怕光风，①绣户不开关△香气如嫌银鸭远，②教掇过，小屏山△

春衣成后剪刀闲△见娇鬟△两眉弯△病熟心情，③比旧越阑珊△隔着灯光无一语，轻自解，九连环△④

注：① 光风：谓雨霁日出而风，草木皆有光也。② 银鸭：鸭形香炉。③ 病

熟：病久。④ 九连环：传统益智玩具。

姜藻(清1004)一首　题：春暮。

牡丹开后绿阴齐△画栏底△燕来稀△九十韶光，①都变柳花飞△那是莺衔春色去，花落尽，燕惊啼△

幽阶丝雨浥香泥△②掩铜扉△③怕春归△归去重来，动是隔年期△④谁送好春天样远，登楼望，草萋萋△

注：① 九十：春季九十天；韶光：春景。② 浥：沾湿。③ 铜扉：铜镮门。④ 此二句指燕，燕是候鸟，秋去春归，行动就是隔年。

高鹗(清1068)一首　题：柳。　注：上下片第二句不叶韵，稍异。

水村山郭影迢遥△①袖儿扬，带儿飘△的的盈盈，②眉眼总如描△只为多情丝一把，清减了，小蛮腰△③

永丰坊里雨潇潇△④冷啼痕，热心苗△回首东风，赢得别魂销△老大漫添攀折恨，怎不解，系征桡△

注：① 郭：指城；迢遥：远也。② 的的：明貌；盈盈：轻盈。③ 小蛮腰：喻柳腰。小蛮，白居易家妓，白居易诗："杨柳小蛮腰"。④ 永丰坊：指柳，白居易《杨柳》词："永丰西角荒园里……"。

马纬云(清1103)一首

梨花门巷雨声中△旧游踪△几时重△料得人间，好事易成空△零落年光如梦里，十载也，去匆匆△

听莺扑蝶与谁同△怯春慵△暗惺忪△庭院谁家，一树小桃红△不管卷帘人有恨，依旧是，笑春风△

杨揆(清1148)一首　题：燕子。注：调名原作江神子。

柔乡到处尽徘徊△①盼花开△妒花开△软踏帘钩，细语诉愁回△一片落红看不得，②飞去也，又衔来△

天涯无计与安排△③锦成堆△翠成堆△多少六朝，④烟雨好楼台△如此风光应早忆，春到了，想南归△

注：① 柔乡：温柔乡，喻温暖舒适。② 落红：落花。③ 天涯：喻世界。④ 六朝：喻江南，因南北朝时有六个朝代建都南京。

王倩(女)(清1235)一首　题：归吴门舟上作。①　注：调名原作江神子。

隔宵相约戴星行△②解难成△梦难成△草草妆梳，③吹烛等鸡鸣△不是征人留不住，④有无数，暗愁生△

芙蓉湖水接天平△⑤望归程△算归程△帆饱东风，⑥已过短长亭△⑦多谢龙山相送远，⑧林缺处，一螺青△⑨

注：① 吴门：指苏州夫家。② 戴星：披星戴月，喻凌晨。③ 草草：简单。④ 征人：远行人。⑤ 芙蓉：荷花别名。⑥ 帆饱：满帆。⑦ 短长亭：间隔五里称短亭，十里为长亭。⑧ 龙山：山阴（今浙江绍兴）山名，作者系山阴人。⑨ 螺：喻山峰。

杨继端（女）（清1239）一首　题：新柳。　注：调名原作江神子。

柔情不断恁年年△①小池边△曲栏前△谁撚丝儿，搓得绿阴圆△迤逦六桥桥畔影，②宜带雨，更拖烟△

纤腰齐舞斗婵娟△③糁香绵△④别离天△⑤无那春愁，三起复三眠△⑥不是东风偏爱雨，真袅娜，受人怜△

注：① 恁：如此。② 迤逦：曲折连绵；六桥：杭州西湖苏堤上有六座桥。③ 纤腰：柳腰，指柳丝；婵娟：美女。④ 糁：搀和；香绵：指柳絮。⑤ 别离天：故人分别时常折柳相赠。⑥ 三起三眠：《辞源》“柳三眠系汉苑中有柳，状如人形，一日三起三倒。”

胡承珙（清1296）一首　题：落叶。

江潭摇落恨依依△淡烟霏△夕阳微△回首篱边，多少树头稀△更被秋风吹不定，随塞雁，一行飞△

春林曾记绿阴肥△惜芳菲△事全非△小棹扁舟，行处点人衣△欲寄相思书一叶，流水去，几时归△

徐茝（女）（清1325）一首　题：初夏。　注：莺花老，老字仄声，不叶韵，稍异。

落红遍地藓苔苍△①燕双双△为谁忙△只管衔泥，斜日未归梁△②窗外蔷薇开满架，花韵午，③隔帘香△

熏风不动柳腰长△④莺花老，蝶蜂狂△暗认栏杆，昼影渐移墙△年去年来浑是梦，刚怕冷，又迎凉△

注：① 藓苔：隐花类植物，丛生于地表；苍：青色。② 梁：燕窝筑于梁上。③ 午：纵横相交。④ 熏风：南风。

董士锡（清1359）一首　题：里中作。

寒风相送出层城△①晓霜凝△画轮轻△墙内乌啼，墙外少人行△折尽垂杨千万缕，②留不住，此时情△

红桥独上数春星△③月华生△水天平△镜里夫容，④应向脸边明△金雁一双飞

过也，空目断，远山青△

注：① 层城：高城。② 折杨：古人离别时往往折柳相赠。③ 红桥：赤栏桥。④ 夫容：即芙蓉。

龚自珍（清 1431）一首　题：自题《羽陵春晚》画册，改《鬲溪梅令》之作。

假山修竹隐蒙茸△[1]忒玲珑△似巫峰△[2]竹外楼台，薄暝一重重△为数春星贪久立，苍藓上，[3]印鞋弓△[4]

留仙裙褶晚来松△[5]落花风△去匆匆△先把胭脂，染得玉笙红△[6]此夜酒边词笔健，银烛焰，吐如虹△

注：① 修竹：长而直之竹；蒙茸：幼稚初生貌。② 巫峰：山峰名，在长江三峡，指假山。③ 苍藓：青色苔藓。④ 印鞋弓：缠足女子弓鞋之印。⑤ 留仙裙：裙式样名。⑥ 玉笙：玉笋，喻手指。

项鸿祚（清 1481）一首　题：吴门夜泊。[1]

金阊门外柳千条△[2]驻兰桡△度凉宵△可惜凉宵，都付与无聊△试唤吴娘歌一曲，风又起，雨潇潇△

双鬟低映烛光摇△似花娇△最魂销△今夜魂销，明日隔枫桥△城上乌啼催酒醒，人去也，自催箫△

注：① 吴门：江苏苏州。② 金阊：指北门阊门。

刘家谋（清 1622）一首　题：过涵江。

远山如画映晴沙△乱飞葭△[1]不闻鸦△但有一双柔橹，声咿哑△[2]九十九湾人未到，鸥鹭惯，识归家△

红楼隐约露红牙△[3]日初斜△树重遮△几度随风，吹出笑声哗△梁燕双栖情自乐，孤雁影，落天涯△

注：① 葭：初生芦苇。② 咿哑：橹声。此二句六字、三字分句，与格律分四字、五字两句稍异。③ 牙：檐牙。

邓嘉缜（清 1802）一首　题：杨柳。

池头杨柳漾轻丝△逞娇姿△影参差△道是无风无雨，最相宜△[1]记得晚妆新浴罢，同照影，月来时△

斑骓不用放骄嘶△[2]碧萋萋△暮烟低△常日归来，素手一相携△争奈绿阴斜掩处，浑不是，画楼西△

注：① 此二句六字、三字分句，与格律分四字、五字两句稍异。② 斑骓：毛色有斑纹之马。

何人鹤(清 1925)一首　题：海棠。

佳人不爱着珠钿△[①]爱春天△海棠妍△[②]未起梳妆，先密呼丫环△带雨漫将双朵摘，[③]轻放在，镜台边△

乌云理罢妒婵娟△[④]浴芳颜△扫春山△[⑤]卷上帘钩，倚照细回旋△却怪檀郎酣未醒，斜插就，待他安△

注：① 佳人：美人；着珠钿：戴首饰。② 妍：美丽。③ 双朵：指海棠。④ 乌云：黑发；婵娟：指月光。⑤ 扫春山：描眉。

丁宁(女)(现当 40)一首

酝梅庭院晚风柔△[①]怕登楼△强登楼△记得清宵，记得月如钩△记得荼蘼香雪里，[②]呼燕子，话春愁△

闷来窗下理箜篌△[③]夜悠悠△[④]思悠悠△宛宛音尘，[⑤]肠断几时休△梦遍江城寻杜宇，[⑥]花自落，水空流△

注：① 酝：酝酿；梅：黄梅天气，即近黄梅时节，指暮春。② 香雪：指荼蘼花。③ 箜篌：古乐器名。④ 悠悠：悠长。⑤ 宛宛：屈曲也。⑥ 江城：邻江的城市。

萧研衷(现当 79)一首　题：杭州。[①]

古稀也做旅游郎△[②]顺长江△转钱塘△[③]花港观鱼，[④]索道历峰冈△[⑤]微雨丝中登六和，[⑥]朝岳庙，[⑦]吊秋娘△[⑧]

苏杭自古媲天堂△[⑨]谷盈仓△货琳琅△灵隐西湖，[⑩]旧貌换新装△龙井一杯虎跑水，[⑪]经品赏，味芬芳△

注：① 杭州：市名，浙江省会。② 古稀：七十岁。③ 钱塘：即杭州。④ 花港观鱼：西湖十景之一。⑤ 峰冈：指北高峰。⑥ 六和：塔名，在钱塘江一桥侧。⑦ 岳庙：岳飞庙。⑧ 秋娘：辛亥先烈秋瑾。⑨ 媲：媲美。⑩ 灵隐：杭州名寺；西湖：杭州名湖。⑪ 龙井：茶名。

车乘轨(现当 88)一首　题：嘉兴台风前后。　注：1997 年 8 月 20 日作。

一湾河道绕城厢△过鸳鸯△[①]进南乡△北起迎宾，[②]街枕海盐塘△[③]地面偏低常漫漶，[④]人受苦，物遭殃△

本年春夏早为防△筑拦墙△护民房△昨遇台风，收效挡汪洋△[⑤]试看桥西村落路，[⑥]盈尺水，白茫茫△

注：① 鸳鸯：湖名，即南湖。② 迎宾：桥名，后改会景桥。③ 街：南堰街。④ 漫漶：河水满溢上岸。⑤ 汪洋：喻大水。⑥ 桥西：南堰桥西岸，因

未筑墙，大水没路。

张进义（现当149）一首　题：游陆水湖。

一湖千岛好风光△鹭飞翔△鲤深藏△雾绕青纱，恰是女儿妆△满把珍珠头上戴，裙碧绿，眼波长△

雨中造访驾云墙△嗅兰香△看幽篁△[1]再现梁山，[2]郊野一村庄△自古英雄真好汉，[3]悲壮事，美名扬△

注：① 幽篁：指竹。② 梁山：山东山名。③ 英雄：指《水浒传》中人物。

马桂芳（女）（现当168）一首　题：祝酒辞。序：1997年喜迎香港回归，泗阳县举办迎春大会……在庆宴会上余作祝酒辞。

注：唱民谣句，谣字萧韵，不叶韵，稍异。

老年聊发少年狂△唱民谣，看红妆△起舞婆娑，倩影似霓裳△[1]欲为新春添锦绣，年已迈，老犹强△

酒酣宾馆乐洋洋△鬓微霜△又何妨△霞染桑榆，那怕日昏黄△凝望前程多灿烂，天地阔，道康庄△[5]

注：① 霓裳：霓裳羽衣舞，喻舞蹈。

刘纲武（现当179）一首　题：端阳缅怀寡婶。　注：戴花兜句，兜字尤韵，不叶韵，稍异。

儿时最喜过端阳△戴花兜，系香囊△屁股精光△到处抹雄黄△[1]绣制兜囊谁巧手，婶万线，辛勤忙△

节前夜梦在家乡△故平冈△祖茔荒△一片残碑，少我纸钱香△寸草春晖难恩报，[2]终生憾，死难忘△

注：① 雄黄：矿物名，云可去毒。② 寸草春晖：唐人孟郊诗，有"谁言寸草心，报得三春晖"句，意为父母之爱（恩）难报于万一也。

钱世明（现当233）一首　题：庚子（1942年）。

痴怀偏惯倚东楼△雨初收△理离愁△欲就花前，还怕惹花羞△记得湖边娇媚态，嗔柳燕，[1]逐兰舟△[2]

人前谈笑足风流△小丫头△俏斜眸△人后低声，怨我恁优柔△[3]无限深情成不语，风脉脉，水悠悠△

注：① 嗔：怒。② 逐：追也；兰舟：香舟，舟之美称。③ 恁：如此。

冯业富（现当248）一首　题：金牛山晚眺。

金牛山上雨初晴△竹松青△彩霞明△几处飞泉，一泻复奔腾△落日衔山红似

火，归鸟急，暮钟鸣△

俯身北眺古山城△紫氛生△断碑昏△万户灯光，五彩色缤纷△处处小楼人语笑，开尊饮，满堂春△

李舒凯（现当255）一首 题：故乡春。

小雨初晴杏花天△渌江边△柳含烟△油菜铺黄，蜂蝶舞翩翩△春水滢滢飞白鹭，[1]蛙鼓响，草芽尖△

荷塘莲叶露珠圆△竹林间△鸟声喧△屋畔篱笆，瓜蔓竞相牵△梁上半巢栖燕子，新伴侣，互呢喃△[2]

注：① 滢滢：清澈貌。② 呢喃：燕语声。

七十字 江城子 第二体，用仄韵

董黄（明517）一首 题：用山谷体。[1]

露桃枝上唤娇鸟▲怕春老▲待春晓▲三五盈盈，[2]瓜字乍分早▲[3]燕子身材谁得似，[4]张好好▲[5]苏小小▲[6]

藕丝衫淡衬纤缟▲鸾慵扫▲[7]蛾慵扫▲[8]真色生香，传幅采芝稿▲懊恨蹉跎红烛底，波渺渺▲风袅袅▲

注：① 山谷：即黄庭坚，见《词人小传》。② 三五：十五岁。③ 瓜：破瓜之年，指十六岁。④ 燕子身材：喻轻盈。⑤ 张好好：唐妓，杜牧题诗赠之。⑥ 苏小小：南齐名妓。⑦ 鸾：鸾镜。⑧ 蛾：喻眉。

七十字 风入松

彭年（明182）一首 题：玄洲画赠素庵联床夜话图。

雨余山阁洗炎嚣△[1]绛烛频烧△[2]故人住近携琴至，岂烦折简相邀△[3]新瓮景山斟酌，[4]小团鸿渐烹调△[5]

画檐风动响芭蕉△梧竹翛翛△[6]石床凉思清肌骨，纨扇都抛△辨马极谈申旦，[7]闻鸡起舞中宵△[8]

注：① 嚣：嚣张、放肆。② 绛烛：红烛。③ 折简：寄信。④ 新瓮：新酿酒。⑤ 小团：茶名。⑥ 梧竹：梧桐和竹；翛翛：象声词。⑦ 申旦：自夜至晨。⑧ 中宵：半夜。

七十字 望梅花

蒲宗孟（宋64）一首 题：梅。

寒梅堪羡▲堪羡轻苞初展▲被天人、制巧妆素艳▲群芳皆贱▲碎剪月华千万片▲缀向琼枝欲遍▲

小庭幽院▲雪月相交无辨▲影玲珑、何处临溪见▲谢家新宴，别有清香风际转▲缥缈着人头面▲

七十字　连理枝（又名小桃红、灼灼花、红娘子）

刘过（宋411）一首　注：调名原作小桃红。

晓入纱窗静▲戏弄菱花镜▲翠袖轻匀，玉纤弹去，①小妆红粉▲画行人、愁外两青山，②与尊前离恨▲

宿酒醺难醒▲③笑记香肩并▲暖借香腮，碧云微透，④晕眉斜印▲最多情、生怕外人猜，试香津微揾▲

注：① 玉纤：喻女手指。② 青山：喻抹黛眉峰。③ 宿酒：隔夜酒。④ 碧云：喻发。

杨慎（明157）一首　题：佳人足。注：调名原作灼灼花。

谁把纤纤月▲掩在湘裙褶▲凤翠花明，猩红珠莹，蝉纱雪叠▲①颤巍巍、一对玉弓儿，②把芳心生拽▲

掌上呈娇怯▲痛惜还轻捻▲戏蕊含莲，齿痕斜印，凌波罗袜▲③踏青回、露湿怕春寒，倩檀郎温热▲④

注：① 蝉纱：蝉翼纱，喻轻薄纱。② 玉弓儿：喻弓形小足。③ 凌波：喻步履轻盈。④ 檀郎：对夫或喜欢的人的爱称，源出美男子潘安，小名檀奴。

王屋（明364）一首　题：赋佳人，同升庵韵。①　注：调名原作灼灼花。

独拜瑶阶月▲风乱湘裙褶▲苔掩鞋帮，草萦衣带，烂红千叠▲②避人声、悄地入朱栏，被花枝钩拽▲

小胆空房怯▲暗把莲钩捻▲③响屧更深，④手提弓样，刬移香袜▲⑤转纱幮、⑥一点玉釭青，扪金兽微热▲⑦

注：① 佳人：美人；升庵：即杨慎（见上首）。② 烂红：落花。③ 莲钩：喻缠足女足。④ 响屧：指行路鞋声，源出吴宫西施响屧廊。⑤ 刬袜：光着袜子。⑥ 纱幮：纱帐。⑦ 金兽：兽形铜香炉。

陆进（清198）一首　题：新浴。　注：调名原作小桃红。

高树蝉声续▲槛外风吹竹▲①灯掩银屏，②衣飘朱桁，③兰汤香馥▲④爱露珠、零乱泻芙蓉，⑤湿一枝红玉▲⑥

绣带湘裙束▲翠鬓香云簇▲⑦金井萤飞，⑧珠帘误揭，纱幮凝绿▲见娟娟、新月映疏桐，又扇罗轻扑▲

注：① 槛：栅栏，门槛。② 屏：屏风。③ 桁：承托屋椽横木。④ 兰汤：香汤，洗浴水。⑤ 芙蓉：荷叶。⑥ 红玉：荷花。此二句均喻美人淋浴。⑦ 云：发也。⑧ 金井：井栏圈。

吴棠桢（清 200）一首　题：闲居。　注：调名原作小桃红。

招隐开茅屋▲桐覆纱窗绿▲茶响风炉，[1]书藏水阁，邻家酒熟▲怪墙头、遮断数峰青，却呼人删竹▲

尚慕秦时服▲[2]懒卖成都卜▲[3]割肉归妻，烹鸡供母，午时睡足▲况山中、客到不披衣，好藤床留宿▲

注：① 风炉：煮茶炉子。② 秦时服：《桃花源记》中居民尚穿秦代服装。③ 成都卜：《汉书》中严君平卖卜于成都市。以上两句均喻隐士，作者借以自喻。

朱彝尊（清 288）一首　注：调名原作红娘子。[1]

袖薄吹香过▲发重萦鬟亸▲[2]压众风流，倾城色笑，趁时梳裹▲惯新诗、咏罢少人知，一篇篇教和▲[3]

别泪看频堕▲密约何曾果▲七夕星河，[4]中秋院落，上元灯火▲[5]悔当时、花月可怜宵，镇相逢闲坐▲

注：① 红娘子：暗喻妻妹寿姑。② 亸：下垂。③ 教和：要求作者和诗。④ 星河：牛郎、织女双星会于银河。⑤ 上元：元宵。

孙原湘（清 1151）一首　题：白门舟中。[1]　注：调名原作小桃红。

又趁西风去▲衰草连天暮▲看老江边，[2]几番斜照，南徐北固▲[3]只金焦、[4]两点浪花中，镇青青如故▲

垂柳丝千缕▲似我曾攀处▲试挽柔条，问他前梦，依然无语▲渐黄昏、芦荻并江声，作潇潇秋雨▲

注：① 白门：南京地名，可代指南京，但以下所述是镇江景观，故白门上应加“去”字。② 老江：长江。③ 南徐：即镇江；北固：镇江山名。④ 金焦：金山和焦山，当时均在长江中。

谢昌霖（清 1389）一首　注：上下片第六句均八字，于格律三字、五字分句稍异。

庭院梨花雨▲帘幕杨花絮▲早是花开，一枝堪折，莫将花误▲正赏花时节酿花天，奈落花无数▲

曾乞春阴护▲还愁春光暮▲却被春风，摇晴弄暝，催将春去▲笑寻春伴侣探春人，又青春虚度▲

汪鉽（清 1491）一首　题：和子苕作。

梦浅翻成怨▲忆久翻成懒▲燕燕莺莺，风风雨雨，最难消遣▲便留春、春去太匆匆，尚轻寒轻暖▲

恻恻衣慵换▲寂寂帘慵卷▲吹絮闲情，弄梅前事，黄昏庭院▲对旧时、月色旧时栏，只旧时人远▲

吴藻（女）（清 1484）一首

新样蝉纱试▲①拂面微风至▲簌簌残红，②濛濛落絮，③恼人情思▲镇妆成、④重插玉搔头，⑤戴樱桃梅子▲

宿酿梨花渍▲⑥蚕豆香盈指▲扑蝶期过，饯春会了，⑦纱窗无事▲好韶华、一晌便催归，怨啼鹃不是▲

注：① 蝉纱：蝉翼纱，喻轻薄衣衫。② 簌簌：风动落花声。③ 濛濛：微雨貌。④ 镇：常也。⑤ 玉搔头：即玉簪。⑥ 宿酿：陈酒。⑦ 饯春：具酒食送春。

唐埙（清 1497）一首　题：送春。

费尽留春计▲尝尽伤春味▲逝水般流，夕阳般没，落花般坠▲只匆匆、九十日韶华，①便思量归矣▲

树老莺难替▲草长蜂当避▲谢豹啼残，②玉骢嘶断，③殢人天气▲④算清明、寒食已经过，问黄梅来未▲⑤

注：① 九十日：指春季九十天。② 谢豹：杜鹃别名。③ 玉骢：马也。④ 殢人天气：暮春天。⑤ 黄梅：黄梅天，在农历五月。

七十字　拨不断

许白凤（现当 58）一首　题：题桃溪茶叙图。　注：1975 年作。

傍山涯△那人家△客来团坐茅檐下▲活火清泉细煮茶△高天红日多情话▲正江南十月丰收罢▲

露芳华△树梢芽△小桃只合东风嫁▲①溪路花迷渔子艖△②春光绿涨倪迂画▲③料丹青不够园林化▲④

注：① 只合：只能；东风嫁：随东风。② 艖：船也。③ 倪迂：即元画家倪瓒。④ 丹青：图画。

七十字　归田乐引

陈维崧（清 196）一首　题：题春郊禊饮图。①

粉墨真潇洒▲绿杨天，楼台金碧，②阵阵湔裙社▲③枰也▲④茗碗也▲⑤竹也▲丝也▲⑥掩映花丛柳绵下▲

风帘烟际挂▲墙里莺啼秋千架▲抱琴童子，穿过春山罅▲咏者▲立饮者▲弈者▲讴者▲一幅龙眠西园画▲

注：① 禊饮：修禊饮宴。修禊：上巳日（三月初三）采兰水上，以祓除不祥。修禊后士人有曲水流觞、诗画棋饮等活动。② 金碧：金碧辉煌。③ 湔裙：洗裳；社：同志联合行动。④ 枰：棋枰，指弈棋。⑤ 茗碗：饮茶。⑥ 作者原注：两句谓吹弹。

七十一字　千秋岁

秦观（宋 116）一首　注：作者谪处州（今浙江丽水市）日作。今郡治有莺花亭，盖因此词取名。

水边沙外▲[①]城郭春寒退▲花影乱，莺声碎▲飘零疏酒盏，离别宽衣带▲人不见，碧云暮合空相对▲

忆昔西池会▲鸳鹭同飞盖▲携手处，今谁在▲日边清梦断，镜里朱颜改▲春去也，落红万点愁如海▲

注：① 沙外：沙滩外。

谢逸（宋 144）一首　题：夏景。

楝花飘砌▲簌簌清香细▲[①]梅雨过，[②]萍风起▲[③]情随湘水远，[④]梦绕吴峰翠▲[⑤]琴书倦，鹧鸪唤起南窗睡▲[⑥]

密意无人寄▲幽恨凭谁洗▲修竹畔，疏帘里▲歌余尘拂扇，舞罢风掀袂▲人散后，一钩淡月天如水▲

注：① 簌簌：茂密貌。元稹诗："风动落花红簌簌"。② 梅雨：梅熟时雨，在农历五月间。③ 萍风：水风。④ 湘：湖南。⑤ 吴：苏州一带。⑥ 鹧鸪：鸟名，鸣声如"行不得也哥哥"，古诗词中常用之。

石孝友（宋 299）二首

（1）春工领略▲[①]点破群花萼▲对流景，[②]伤沦落▲踏青心绪懒，病久情怀恶▲无奈处，东风故故吹帘幕▲[③]

腕玉宽金约▲[④]一去音容邈▲鱼与雁，应难托▲从前多少事，不忍思量着▲心撩乱，斜阳影在栏杆角▲

注：① 春工：春景；领略：领会其意。② 流景：如水流迅速之春景。③ 故故：屡屡。④ 宽：松也；金约：金镯，喻瘦。

（2）金风玉宇▲庭院新经雨▲香有露，清无暑▲溪光摇几席，岚翠横尊俎▲烘香语，佳时聊复乡人聚▲

门外荷花浦▲秋到花无数▲红鲙鲤，青浮醑▲何妨文字饮，[①]更得江山助▲从此去，蒲轮入佐中兴主▲[②]

注：① 文字饮：饮酒论文。② 蒲轮：以蒲裹轮，取其安也，徵聘贤士之殊礼。指诸葛亮；中兴主：指刘备。

赵彦端（宋313）一首

杏花风下▲独立春寒夜▲微雨度，疏星挂▲辉辉浓艳出，袅袅繁枝亚▲[①]朱槛倚，[②]轻罗醉里添还卸▲[③]

寂寞情犹乍▲怅望骖鸾驾▲[④]衣褪玉，香欺麝▲一花拼一醉，杯重凭谁把▲春去也，重帘翠幕人如画▲

注：① 亚：压也。② 朱槛：红色窗槛。③ 轻罗：指薄罗衣。④ 骖鸾：喻车马。

赵闻礼（宋509）一首

莺啼春昼▲南国春如绣▲[①]飞絮眼，凭栏袖▲日长花片落，睡起眉山斗▲[②]无个事，[③]沉烟一缕腾金兽▲[④]

千里空回首▲两地恹恹瘦▲春去也，归来否▲五更楼外月，双燕门前柳▲人不见，秋千院落清明后▲

注：① 南国：南方。② 眉山斗：眉峰皱。③ 无个事：无甚事。④ 沉烟：沉香烟；金兽：兽形铜香炉。

章懋（明80）一首　题：寿人六十，代门生张昊作。

收灯过了▲[①]恰是悬孤晓▲[②]寿筵敞，霞觞倒▲蔬陈尧涧韭，[③]果荐安期枣▲[④]双溪上，谁知也有蓬莱岛▲[⑤]

膝下斑衣绕▲[⑥]堂前珠履笑▲[⑦]人不老，春长好▲已注神仙籙，[⑧]何须中令考▲[⑨]真荣耀，椿庭况有君王诏▲[⑩]

注：① 此句谓已过元宵节。② 悬孤晓：贺人生日曰："悬孤令旦"。③ 尧涧韭：唐李群玉诗："涧有尧年韭，山余禹日粮。"④ 安期：安期生，秦汉时仙人，食巨枣大如瓜。⑤ 此两句谓寿翁居处双溪也是仙境。⑥ 此句谓老莱子彩衣娱亲。⑦ 此句谓堂前尽是贵客。《史记》春申君上客皆蹑珠履。⑧ 此句谓已在仙宫注册。⑨ 中令：中书省令（宰相）；考：考核。⑩ 椿庭：即父。

傅珪（明100）一首　题：寿克温学上乃尊。[①]

蒲香清昼▲又是悬弧候▲[②]珠履集，[③]笙歌奏▲皇恩日渐新，野兴恒如旧▲[④]行

乐处，荆山一棹春波皱▲[5]

梧竹森森茂▲庭阶翻翠袖▲[6]酾旨酒，[7]介眉寿▲[8]才登七秩初，[9]直到千年后▲蓬岛上，大郎夜夜瞻庚宿▲[10]

注：① 乃尊：他父亲。② 悬弧：贺人生日曰：悬弧令旦。③ 珠履：喻高贵客，详见上首。④ 野兴：山野兴致。⑤ 一棹：行舟。⑥ 翻翠袖：喻舞蹈。⑦ 酾：斟也。⑧ 介眉：佐助其寿。⑨ 七秩：七十岁。⑩ 庚宿：长庚星，即太白金星，喻长寿星宿。

顾潜（明 119）一首　题：生日，避客西庄。

浮瓜雪藕▲正值凉生后▲江浩荡，山明秀▲蝉鸣高树荫，燕蹴晴波皱▲书画舫，[1]鼓琴垂钓娱清昼▲

门巷渊明柳▲[2]老稚欢相候▲酒酿熟，鱼烹就▲醉怜风入户，吟爱云生岫▲新月吐，嫦娥又为先生寿▲

注：① 书画舫：读书写作于精致游船上。② 渊明：即晋人陶潜。

陈子龙（明 441）一首

章台西弄▲[1]纤手曾携送▲衣影下，相珍重▲玉鞭红锦袖，[2]宝马青丝鞚▲[3]人去后，箫声永断秦楼凤▲[4]

菡萏双灯捧▲[5]翡翠香云拥▲金缕枕，今谁共▲醉中过白日，望里悲青冢▲休恨也，黄莺啼破前春梦▲

注：① 章台：章台柳。② 玉鞭：马鞭。③ 鞚：马勒也。④ 秦楼：歌舞楼；凤：喻妇女。⑤ 菡萏灯：荷花灯。

徐籀（清 26）一首　题：春晚。

蕙芽柔小▲暮雨轻寒袅▲檐上柳，和烟扫▲青驴恨远客，偃蹇溪桥道▲[1]寒食过，垅头古树鸦归早▲[2]

楼上朱棂小▲[3]按拨牙徽巧▲[4]声慢引，谁家调▲纤弦繁玉指，付与伊颦笑▲愁脉脉，东风不管吹料峭▲

注：① 偃蹇：狂暴不体恤。② 垅头：田头。③ 朱棂：红色窗格子。④ 牙徽：琵琶上象牙弦柱。

沈丰垣（清 201）一首　题：旅夜。

客庭遥夜▲[1]懒听秋虫话▲眠未得，愁还惹▲芭蕉疏雨滴，杨柳轻烟挂▲鸿影过，碧天露冷秋如画▲

风透纱窗罅▲摇曳残灯灺▲[2]又戍鼓，[3]敲初罢▲梦回青琐阁，泪在红罗帕▲

人欲起，万山晓月闻嘶马▲

注：① 客庭：旅馆庭院。② 灺：蜡烛烧余部分。③ 戍鼓：城头更鼓。

僧大山（清 379）一首　题：夏日。

榆钱满路▲[1]难买青春住▲新格上，[2]垂瓜瓠▲[3]将雏双燕忙，[4]掠蕊蜂无数▲长日闷，学堂童子寻章句▲[5]

静把名香炷▲偶看闲居赋▲[6]林沼乐，[7]禽鱼趣▲丛条妨竹杖，[8]草软轻芒履▲[9]归咏去，一瓯山茗荼蘼露▲

注：① 榆钱：榆荚状如钱成串，故名。② 格：架也。③ 瓠：葫芦。④ 将雏：带领小燕。⑤ 学堂：学塾、学校。⑥ 闲居赋：描写闲居诗赋。⑦ 林沼：喻山水。⑧ 丛条：荆棘树枝。⑨ 芒履：草鞋。

宋泰渊（清 518）一首　题：春暮即事。

落花如梦▲犹想东风弄▲长日暖，春衫重▲香车摇玉佩，[1]芳草骄丝鞚▲[2]关情处，短墙曲曲莺声哢▲[3]

鸂鶒瑶钗动▲[4]皓腕心微捧▲[5]无限意，娇波送▲金环罗袖小，宝髻香云拥▲[6]临欲去，碧栏半露鞋头凤▲

注：① 佩：衣带上饰物。② 骄丝鞚：马勒头，即带嚼子笼头。③ 哢：鸟啼声。④ 鸂鶒：即紫鸳鸯。⑤ 心捧：源出西施捧心。⑥ 香云：头发。

汪士进（清 1463）一首

养花时候▲春色浓于酒▲画桥远，波纹皱▲莺喉歌宛转，燕尾翻晴昼▲春似旧，风光又到清明后▲

锦瑟欢难偶▲莫怨铜壶漏▲桃千树，重回首▲吟情疏翠盏，泪点凝罗袖▲君信否，绿杨影里人俱瘦▲

罗振常（清 1912）一首

江南豆蔻▲[1]正是春时候▲霞脸晕，横波溜▲[2]清歌莺出谷，小步花摇昼▲天不管，风萍飘泊争禁受▲[3]

记得凭栏久▲携手新妆后▲钗贴凤，[4]珰明琇▲[5]更无眉着语，只有魂相授▲人去也，阊门烟柳空回首▲[6]

注：① 豆蔻：豆蔻年华，喻处女。② 横波溜：眼光斜视。③ 争：怎。④ 钗贴凤：即凤头钗。⑤ 珰：耳饰；琇：玉石。⑥ 阊门：苏州北城门。

车乘轨（现当 88）一首　题：贺禧新千年暨新世纪。[1]　注：2000 年元旦作。

换交世纪▲第二千年始▲辞旧岁，迎新喜▲荧屏歌舞演，里巷鞭炮起▲祈祥

吉，净慈古刹钟声里▲[2]

钟响刚休止▲世纪婴临世▲[3]全浙省，知名市▲[4]当天生九宝，[5]正点降双子▲[6]真幸运，六男三女前程绮▲

注：① 世纪：一世纪为一百年。② 净慈：杭州古寺；刹：即寺；钟声：在世纪交替之际，即1999年12月31日23时55分至2000年1月1日0时，净慈寺撞响108下吉祥钟。③ 世纪婴：2000年元旦出生之婴孩。④ 知名市：指地级大市。⑤九宝：指浙江省各大医院至9时余所接生婴儿。⑥正点：指元旦0时0分；双子：杭州和温州各出生一宝。

七十一字　小镇西犯

柳永（宋14）一首　题：春游。

水乡初禁火，[1]青春未老▲芳菲满、[2]柳汀烟岛▲[3]波际红帏缥缈▲[4]尽杯盘小▲歌祓禊，[5]声声谐楚调▲[6]

路缭绕▲野桥新市里，花秾妓好▲引游人、竞来欢笑▲酩酊谁家年少，信玉山倒▲[7]家何处，落日眠芳草▲

注：① 禁火：指寒食，古节日名，在清明前二日或前一日，是日禁烟火。② 芳菲：花草香美。③ 烟：喻柳丝浓茂。④ 帏：指游船帐幕。⑤ 此句谓唱着上巳修禊曲。⑥ 楚调：楚地的曲调。⑦ 玉山倒：喻醉倒。

七十一字　西施

柳永（宋14）一首

柳街灯市好花多△尽让美琼娥△[1]万娇千媚，的的在层波△[2]取次梳妆，[3]自有天然态，爱浅画双蛾△[4]

断肠最是金闺客，[5]空怜爱，奈伊何△洞房咫尺，无计枉朝珂△[6]有意怜才，每遇行云处，幸时恁相过△

注：① 美琼娥：美人。② 的的：鲜明貌。③ 取次：次第。④ 双蛾：双眉。⑤ 金闺客：闺阁中妇女。⑥ 朝珂：大臣上朝所乘之马，泛指马。

陈维崧（清196）一首　题：玉峰公宴席上赠施校书。[1]

半街丝柳带烟拖△深巷入官河△画船银蜡，赵李夜经过△闻说虫娘，[2]新自苇城到，[3]唤取奏清歌△

栏花簌簌闻歌落，重趁拍，[4]小婆娑△地衣翠滑，扶不稳鸾靴△嫌煞流莺，偏在东风底，学唱定风波△[5]

注：① 校书：指有才学妓女。② 虫娘：本唐玄宗女寿安公主，此处指施校书。

③ 茸城：松江，今属上海市。④ 拍：拍板、打拍子。⑤ 定风波：词曲名。

七十一字　东风无力

沈谦（明 573）一首　题：南楼春望。

翠密红疏，节候乍过寒食▲燕衔帘，莺睨树，东风无力正斜阳，楼上独凭栏，万里春愁直▲

情思恹恹，纵写遍新诗，谁寄归鸿双翼▲玉簪恩，金钿约，竟无消息▲但蒙天卷地是杨花，不辨江南北▲

七十二字　千秋岁

张先（宋 18）一首

数声鶗鴂▲①又报芳菲歇▲惜春更把残红折▲雨经风色暴，梅子青时节▲永丰柳，②无人尽日花飞雪▲

莫把幺弦拨▲怨极弦能说▲天不老，情难绝▲心似双丝网，中有千千结▲夜过也，东方未白凝残月▲

注：① 鶗鴂：鸟名，即杜鹃。② 永丰柳：唐朝长安有永丰坊，白居易尝作《杨柳》词。

李之仪（宋 103）一首

深帘静昼▲绰约闺房秀▲鲜衣楚制非文绣▲凝脂肤理腻，削玉腰围瘦▲闲舞袖，回身昵语凭肩久▲

眉压横波皱▲歌断青青柳▲钗遽擘，①壶频叩▲鬓欺清镜雪，泪涨芳尊酒▲难再偶，沉沉梦峡云归后▲②

注：① 遽擗：匆匆分开。② 梦峡：梦至巫峡，喻楚襄王梦会神女。

吕渭老（宋 259）一首

宝香盈袖▲约腕金条瘦▲①裙儿细褶如眉皱▲笑多簪髻侧，语小丝簧奏▲②洞房晚，千金未直横波溜▲③

缘短欢难久▲人去春如旧▲枝上月，谁携手▲宿云迷远梦，泪枕中残酒▲怎奈向，繁英乱叶眉如豆▲

注：① 约腕：手镯。② 丝簧奏：乐器弹奏，喻好听。③ 横波溜：眼光斜视。

七十二字　于飞乐

晏几道（宋 71）一首

晓日当帘，睡眼犹占香腮△轻盈笑倚鸾台△①晕残红，匀宿翠，满镜花开△娇蝉鬓畔，②插一枝、淡蕊疏梅△

每到春深，多愁饶恨，妆成懒下香阶△意中人，从别后，萦系情怀△良辰好景，相思字、唤不归来△

注：① 鸾台：喻镜台。② 娇蝉鬓：蝉翼式发髻。

七十二字　月上海棠

党怀英（金11）一首

傲霜枝袅团珠蕾，冷香霏烟雨、晚秋意▲[1]萧散绕东篱，[2]尚仿佛、见山清气▲西风外，梦到斜川栗里▲[3]

断霞鱼尾明秋水▲[4]带三两飞鸿、点烟际▲疏林飒秋声，似知人、倦游无味▲家何处，落日西山紫翠▲

注：① 霏：飘扬。② 萧散：疏散。③ 斜川栗：山东泰安地名。④ 断霞鱼尾：半天的鱼尾霞。

七十二字　粉蝶儿

毛滂（宋143）一首

雪遍梅花，素光都共奇绝▲[1]到窗前、认君时节▲下重帏，香篆冷，兰膏明灭▲[2]梦悠扬、空绕断云残月▲

沈郎带宽，[3]同心放开重结▲褪罗衣、楚腰一捻▲[4]正春风，新着摸，花花叶叶▲粉蝶儿、这回共花同活▲

注：① 素光：白光。② 兰膏：喻灯。③ 沈郎：指沈约。④ 楚腰：细腰，源出楚王好细腰。

辛弃疾（宋370）一首　题：和赵晋臣敷文赋落梅。

昨日春如，十三女儿学绣▲一枝枝、不教花瘦▲甚无情，便下得，雨僝风僽▲[1]向园林、铺作地衣红皱▲

而今春似，轻薄荡子难久▲记前时、送春归后▲把春波，都酿作，一江醇酎▲[2]约清愁、杨柳岸边相候▲

注：① 僝僽：伤感。② 醇酎：醇酒。

龚翔麟（清745）一首

趁好风儿，一双两双得意▲楝花枝、夜来浓睡▲恣轻狂，采遍了，满园红碎▲惹罗巾、扑取鬓边增媚▲

鹅溪墨浪，偏爱画手情思▲引衔蝉、[1]药苗游戏▲逗春波，渐锈入，舞衣裳里▲伴芙蓉、秋岸晓霜同醉▲

注：① 衔蝉：猫名。黄庭坚《乞猫》诗："买鱼穿柳聘衔蝉"。

七十二字　风入松

李鼐（宋 333）一首

翠烟笼日上花梢△花外楼高△海犀不动帘栊静，①昼长人懒莺娇△宝篆浓熏沉水，清商低按檀槽△

画堂深处燕蟠桃△②亲见仙曹△③雾鬓不改朱颜老，年年长被春饶△一品疏封他日，十分沉醉今朝△

注：① 海犀：犀角帘坠。② 燕：即宴；蟠桃：指西王母仙桃。③ 仙曹：仙辈。

吴洪（明 89）一首

秋江处处是丹枫△掩映芙蓉△①年年梦绕鲈乡路，②今朝才见秋容△钓雪滩头拨棹，③垂虹亭角拖筇△④

生绡一幅剪吴淞△⑤烟景空濛△绿蓑青笠横江去，数声长笛临空△好语眠沙鸥鹭，可容添个渔翁△

注：① 掩映：忽隐忽现。② 鲈乡：指作者故乡江苏吴江，产鲈鱼。③ 拨棹：摇船。④ 垂虹：吴江东门外有垂虹桥。⑤ 吴淞：江名，经吴江境。

陆楫（明 197）一首　题：题画。

白云红叶楚天秋△兰桂香浮△青山万叠无人到，那堪落日凝眸△一曲瑶琴声彻，千竿翠竹初收△

夕阳衰柳野溪头△数点轻鸥△清夜独眠金露冷，最怜新月如钩△多少井梧飘谢，不禁凉籁悠悠△

七十二字　连理枝

王翃（明 394）一首　题：花烛词。

内屋春长借▲炉气生浓麝▲喜重帘拥月，天孙散巧，①丝缠珠帕▲正盈盈、十五始妆成，②睹媚情如画▲

凤蜡烧良夜▲粉泽沾衣乍▲报豆蔻花开，合欢枝上，新红宜嫁▲最娇人、羞影近郎，偏是金钗将卸▲

注：① 天孙：指织女星；散巧：送巧。② 盈盈：轻盈；十五：十五岁。

七十二字　撼庭竹

王诜（宋 114）一首

绰略青梅弄春色▲真艳态堪惜▲经年费尽东君力▲有情先到探春客▲无语泣寒香，时暗度瑶席▲

月下风前空怅望，思携手同摘▲画栏倚遍无消息▲佳辰乐事再难得▲还是夕阳天，空暮云凝碧▲

车乘轨（现当88）一首　题：咏竹、晒笋干。注：2001年4月18日作。

玉立亭亭数竿竹▲[①]真滴翠清目▲抗霜斗雪依然绿▲岁寒三友超凡俗▲[②]三月雨廉纤，[③]惊笋满山谷▲

越地多山宜培育▲[④]逢今年丰足▲质优价廉居民福▲家家剥壳晒忙碌▲干后肉生香，余亦效人曝▲

注：① 玉立亭亭：即亭亭玉立。玉立，喻风标很美；亭亭，挺立貌。② 岁寒三友：指松、竹、梅。③ 雨廉纤：微雨貌。④ 越地：指绍兴；育：此字叶韵，于格律稍异。

七十二字　绕地游

绍兴无名氏（宋302）一首

渐春工巧，[①]玉漏花深寒浅▲韶景变、融晴蕙风暖▲都门十二，三五银蟾满▲瑞烟葱蒨，禁城阆苑▲

棚山雉扇▲[②]绛蜡交辉星汉▲[③]神仙籍、梨园奏弦管▲都人游玩▲万井山呼欢忭▲岁岁天仗，愿瞻凤辇▲[④]

注：① 春工：春季造化万物之工。② 棚山：灯架台。③ 绛蜡：红烛。④ 凤辇：皇宫的车驾。

七十二字　谢燕关

柴绍炳（明516）一首

野客谢燕关△[①]归来八月，去是九秋天△向京华回首，谁共留连△有扑面黄沙，连天白草，遍地苍烟△

岸柳拂行船△布帆风里，计日到家园△喜故人携手，一笑相看△剩树绕峰头，涧流槛外，月照尊前△

注：① 谢燕关：辞别北京城。燕，指北京。

七十二字　离亭燕

张昪（宋21）一首

一带江山如画▲风物向秋潇洒▲水浸碧天何处断，霁色冷光相射▲蓼屿荻花洲，掩映竹篱茅舍▲

云际客帆高挂▲烟外酒旗低亚▲多少六朝兴废事，尽入渔樵闲话▲怅望倚层楼，寒日无言西下▲

晁补之(宋123)一首

忆向吴兴假守▲①双溪四垂高柳▲仪凤桥边兰舟过,②映水雕甍华牖▲烛下小红妆,争看使君归后▲

携手松亭难又▲题诗水轩依旧▲多少绿荷相依恨,背立西风回首▲怅望采莲人,烟波万重吴岫▲

注:① 吴兴:今浙江湖州;假守:副太守,即通判。② 仪凤桥:吴兴桥名,通南街。

王屋(明364)一首　题:秋日闲居,次孙浩然韵。

秋色满亭堪画▲微雨晚来初洒▲一片绿云蕉叶大,隙景霞光交射▲①修竹短垣西,②新筑几椽蜗舍▲③

门外渔罾闲挂▲五柳枝枝相亚▲④烟里小舟疑客至,野老移尊寻话▲烂醉不须扶,只在豆花棚下▲

注:① 隙:指云隙。② 修竹:长而直之竹。③ 蜗舍:小屋。蜗,自谦语,形容如蜗牛之壳。④ 五柳:晋陶潜宅边有五棵柳树,因自号五柳先生。

徐在(明526)一首　题:访蒋月崖。

一路残花如许▲①二十四番春去▲②深翠暗侵波面湿,昨夜迎梅新雨▲③何处是幽栖,寻到黄鹂啼处▲

过了石桥须住▲门外绿阴溪树▲借问棹船谁个到,杏树坛边渔具▲坐我小楼东,宿火旋炊茶乳▲④

注:① 如许:如此。② 二十四番:春天有二十四番花信风,每番五天,有一花应之。③ 迎梅:迎接黄梅天,春去后即是黄梅天。④ 宿火:隔夜火。

缪永谋(明560)一首

惆怅桐君山畔▲①一曲澄江如练▲②隔岸千峰横黛绿,似对翠蛾双绾▲同载木兰舟,③偏隔水晶帘远▲

日上波光零乱▲浮动晓妆人面▲④浅约云鬟扰素手,那得常时在眼▲见他不多时,况且不教人见▲

注:① 惆怅:伤感;桐君山:浙江桐庐山名。② 澄江:指桐江(与富春江交界处)。③ 木兰舟:舟之美称。④ 浮动:因波光荡漾。

柯耸(清86)一首　题:燕。

趁得东风飞絮▲来认杏梁深处▲①留下旧巢浑不改,②且喜主人相许▲新补野芹香,③并立绮窗相语▲④

秋信甫经残暑▲⑤又是凄风疏雨▲王谢家空余草舍,⑥休听旗亭金缕▲回念故

乡遥，斜日卷帘归去▲

注：① 杏梁：杏木屋梁。② 浑：完全。③ 芹香：燕子筑巢所用的草泥。④ 绮窗：有文彩之窗。⑤ 甫：方始、才也。⑥ 王谢：东晋贵族王导、谢安，宅在南京乌衣巷，刘禹锡《乌衣巷》诗有"旧时王谢堂前燕"句。

杜登春（清 286）一首　题：秋晚。

远水澄澄如练▲映澈斜阳一片▲红蓼池塘风里紧，零落芙蓉绕岸▲望极草连空，阵阵飞鸦天半▲

几处疏林霜染▲[1]野寺遥遥清梵▲敛尽残霞山吐碧，灯影垂杨深院▲万户起炊烟，斜月西南初见▲

注：① 染：此字系俭韵，借叶。

尹氏（女）（清 568）一首　题：题泗州鲍集居壁。[1]

沙滚尘飞风卷▲暂歇征人肠断▲[2]几阵落红来似霰，[3]惹起旧愁新怨▲明月不知愁，照我残妆泪面▲

起看湖光如练▲[4]回首家乡不见▲[5]沉吟俏步独踟蹰，漏滴铜壶几箭▲拜月告相思，斗转参横夜半▲

注：① 泗州：安徽州名，即今泗县。② 征人：远行之人。③ 霰：雪珠。④ 湖：指洪泽湖。⑤ 家乡：作者是苏州人。

林以宁（女）（清 697）一首

皎皎银河如练▲[1]相映小楼人倦▲几度寒砧声断续，[2]逗起离情千万▲明月不知愁，犹照旧时庭院▲

立尽西风凝盼▲回首故园魂断▲窈窕长宵浑不寐，枉觅衡阳归雁▲[3]饮泣织回纹，泪点模糊一半▲

注：① 如练：如白绢。② 砧：捣衣石，古诗词中常将捣衣声比喻凄凉。故曰寒砧。③ 衡阳：喻南方。

杨抡（清 1072）一首　题：晚泊高淳湖口。[1]

荡漾湖光山色▲风景早如江北▲荻笋芦芽春正嫩，岸柳丝丝如织▲一片好汀洲，剩有野凫千百▲[2]

西下夕阳寒白▲东望暮云凝碧▲轮指水程原不远，[3]总算天涯行客▲处处是长亭，离恨谁知端的▲[4]

注：① 高淳：江苏县名，在长江南。② 野凫：野鸭。③ 轮指：扳着指头计算。④ 端的：果然。

宗婉(女)(清 1799)一首　题：初夏病起。

又是三春过了▲纨扇罗衫试到▲半晌倚栏神思倦，①不耐侍儿言笑▲②树阴绿成云，红漏几丝斜照▲③

帘外湘波渺渺▲帘底愁人悄悄▲自是病多无好梦，梦也乱如芳草▲小院静愔愔，④忽被棋声惊觉▲

注：① 半晌：片时、一会儿。② 不耐：不耐烦；侍儿：婢女。③ 红漏：树阴隙漏下阳光。④ 愔愔，安和貌。

李德新(现当 174)一首　题：晚归。　注：词中火、锁、播与其它韵脚不在同一词韵，作宽叶。

一带蛙声如鼓▲明灭几星萤火▲①皎月逐人村野静，树影参差低舞▲②碧水浸蓝天，水底星光难数▲

烟外荻芦深锁▲道上轻骑如虎▲③新浴初凉归去晚，偶遇行人三五▲举眼望南楼，窗下荧屏方播▲

注：① 明灭：忽明忽暗。② 参差：不齐貌。③ 轻骑：摩托车之类。

七十三字　于飞乐

张先(宋 18)一首

宝奁开，菱镜净，①一掬清蟾△②新妆脸、旋学花添△蜀红衫，双绣蝶，裙缕鹣鹣△③寻思前事，小屏风、仍画江南△

怎空教、草解宜男，④柔桑暗、又过春蚕△正阴晴天气，更暝色相兼△幽期消息，⑤曲房西、碎月筛帘△

注：① 菱镜：菱花镜。② 蟾：喻月。③ 鹣鹣：古称比翼鸟，喻成双。④ 宜男：即萱草，喻育儿。⑤ 幽期：私会日期。

七十三字　春草碧

完颜璹(金 22)一首

几番风雨西城陌▲不是海棠红、梨花白▲底事胜赏匆匆，正是天付酒肠窄▲更笑老东君、人间客▲

赖有玉管新翻，罗襟醉墨▲望中倚栏人，如曾识▲旧梦回首何堪，春光又陈迹▲落尽后庭花，春草碧▲

七十三字　风入松

康与之(宋 281)一首

一宵风雨送春归△绿暗红稀△画楼镇日无人到，与谁同撚花枝△门外蔷薇开

也，枝头梅子酸时△

玉人应是数归期△翠敛愁眉△塞鸿不到双鱼远，叹楼前流水难西△新恨欲题红叶，①东风满院花飞△

注：① 题红叶：唐僖宗时，于祐于御沟中拾叶，与宫人韩夫人互题诗，后竟成夫妇故事，见《青琐高议》。

张磻（宋456）一首　题：题宋石门溪山岚霭画。

万山深锁白云中△烟雾迷空△苍苍古树连青岱，枫林时见残红△茅屋数椽潇洒，江流几派清融△

石桥斜渡水溪东△一径遥通△科头不整冠和履，①对松萝倚杖吟风△何处负囊人至，疑童疑友款翁△

注：① 科头：不戴冠帽。

齐东野人（明290）一首　故事：隋炀帝游绮阴院，见《隋炀帝艳史》第十八回。

莺声未老燕初归△嫩绿新肥△漫道春还红瘦也，留春还有花枝△架上蔷薇开处，枝头梅子酸时△

不寒不暖日迟迟△绝好佳期△更有杨花飞满院，伴落红英白芳菲△娇影时时堆砌，疏香阵阵侵衣△

沈宜修（女）（明329）一首　题：思君晦。①

柳丝弄碧碧云低△淑景迟迟△②问春几许枝头也，野花处处芳菲△梦绕池塘春草，愁听枝上黄鹂△

小庭疏雨又蔷薇△瘦损红衣△欲凭远信青鸾杳，③望天边江树依依△往事不堪重忆，云山极目魂迷△

注：① 君晦：即其弟沈自炳，见《词人小传》。② 淑景：美景。③ 青鸾：西王母传书使者。

七十三字　师师令

张先（宋18）一首　题：赠美人。

香钿宝珥▲①拂菱花如水▲②学妆皆道称时宜，粉色有、天然春意▲蜀彩衣长胜未起▲③纵乱霞垂地▲

都城池苑夸桃李▲④问东风何似▲不须回扇障清歌，唇一点、小于朱蕊▲正值残英和月坠▲寄此情千里▲

注：① 钿：嵌金花或宝石的首饰；珥：金玉耳环。② 菱花：镜子。③ 蜀：四川。④ 都城：指汴京，今河南开封市。

葛嫩(女)(明48)一首

瞢腾乍起▲①正云鬟未理▲手挼裙带倚床栏，但说道、困人天气▲娇眼半开犹自睡▲怕镜奁如水▲

玉容懒把桃花颒▲②却自然妖丽▲彩毫约略扫眉峰，③春已透、粉香堆里▲一见教郎终日喜▲拼小楼同醉▲

注：① 瞢腾：即瞢懂，糊涂也。② 桃花：喻面；颒：洗面也。③ 彩毫：画眉笔。

陆求可(清70)一首　题：春饮。

杏花风壮▲村里青帘飐▲①酒徒结束趁晴光，②新制就、春衫时样▲画榼提携开步障▲③列高阳池上▲

绿云清澈歌声上▲④对夭桃无恙▲⑤踏青天气丽人多，斗百草、风流荡漾▲强整接篱杯不放▲⑥醉后回头望▲

注：① 青帘：指酒旗。② 酒徒：据《史记》郦生见沛公(刘邦)，自言："吾高阳，酒徒(非儒生)。"③ 榼：酒器也；步障：障蔽尘土之帐幕。④ 绿云：黑发。⑤ 夭桃：艳丽的桃花，喻美人。⑥ 接篱：白头巾。

陈维崧(清196)二首　题：第一首，汴京访李师师故巷。①

第二首，席上同云臣咏雏姬。

(1) 宣和天子▲②爱微行访市▲③有人潜行小屏红，④低唱道、香橙纤指▲夜半无人莺语脆▲正绿窗风细▲

如今往事消沉矣▲怅暮云千里▲含情试问旧娼楼，奈门巷、条条相似▲头白居人随意指▲道斜阳边是▲

注：① 汴京：今河南开封，为北宋京都；李师师：名妓，宋徽宗宠幸之。② 宣和：徽宗年号。③ 微行：微服私行。④ 有人：指周邦彦，帝与师师剖橙等情景，尽被赋词唱出。

(2) 匀红剔翠▲掷星眸斜卖▲①春娇尚未忒玲珑，②却已会、三分无赖▲笑匿花丛衫影在▲怨风吹罗带▲

银筝研紧鸡鸣快▲做殢人情态▲③玉船频到只推辞，④道酒病、昨宵曾害▲挼碎红梅庭下洒▲骂粉郎心坏▲

注：① 星眸：形容眼波明亮。② 忒玲珑：太乖巧。③ 殢人：纠缠人。④ 玉船：喻酒杯。

邹衹谟(清 312)一首　题：丁未(1667 年)社日。[1]

红深绿浅▲恰石栏开遍▲拾将百草斗输赢，[2]减春色、花飞一片▲细雨社翁飘点点▲[3]任东风吹转▲

闺人此日停针线▲[4]在朱樱庭院▲未寒料峭卷香帘，怕误却、去年归燕▲小瓮鹅黄倾几盏▲[5]做看花春宴▲

注：① 社日：指春社，是日祭后土神，聚宴。② 斗百草：古代妇女一种赌戏。③ 社翁：土神。社日之雨称社翁雨，故此言之。④ 闺人：妇女。⑤ 鹅黄：酒颜色，喻酒。

七十三字　隔浦莲近拍

周邦彦(宋 128)一首

新篁摇动翠葆▲[1]曲径通深窈▲夏果收新脆，金丸惊落飞鸟▲[2]浓霭迷岸草▲蛙声闹▲骤雨鸣池沼▲水亭小▲

浮萍破处，檐花帘影颠倒▲纶巾羽扇，[3]困卧北窗清晓▲屏里吴山梦自到▲惊觉▲依前身在江表▲

注：① 翠葆：绿丛。② 金丸：铜弹子。③ 纶巾：青丝授为巾。

陆游(宋 330)一首　注：妆台畔句，畔字不叶韵，稍异。

飞花如趁燕子▲[1]直度帘栊里▲[2]帐掩香云暖，[3]金笼鹦鹉惊起▲凝恨慵梳洗▲妆台畔，蘸粉纤纤指▲宝钗坠▲

才醒又困，恹恹中酒滋味▲墙头柳暗，过尽一年春事▲罨画高楼怕独倚▲[4]千里▲孤舟何处烟水▲

注：① 趁：追逐。② 帘栊：窗帘。③ 香云：头发之美称。④ 罨画：彩绘。

曹亮武(清 463)一首　题：赏荷。注：池轩波纹二句按格律为六字一句，稍异。

马蹄秋水漫读▲傍舍丛阴绿▲雨过看愈净，池轩敞，波纹縠▲两两飞鹭浴▲藕花矗▲翠盖圆如辐▲[1]倚红玉▲[2]

香风十里，为谁吹尽炎燠▲娇娃荡桨，摘得荷房盈掬▲薄暮采莲歌一曲▲声续▲此时天水新沐▲

注：① 翠盖：荷叶。② 红玉：喻荷花。

七十四字　百媚娘

张先(宋 18)一首

珠阁五云仙子▲[1]未省有谁能似▲百媚算应天付赐▲净饰艳妆俱美▲取次芳华皆可意▲何处无桃李▲

蜀被锦文铺水▲不放彩鸾双戏▲②乐事也知存后会▲争奈眼前心里▲绿皱小池红叠砌▲花外东风起▲

注：① 五云：五色祥云，仙人所御。② 鸾：传说中凤一类鸟名。

潘云赤(清562)一首 注：此首上下片第三句均入韵，可别为一体，不单列。

愁黛远山微皱▲①笑眼横波初溜▲才一见人忙退后▲道得胜常羞走▲②十二栏杆花影瘦▲风里香痕透▲

不肯去时回首▲故掩梅红罗袖▲忙煞春光如锦绣▲遮障雾花烟柳▲伫立闲阶还未久▲蓦被黄鹂咒▲⑥

注：① 远山：喻眉峰。② 胜常：妇人见客敬祝之辞，即万福。

七十四字 河满子

毛熙震(五代十国23)一首

无语浅妆淡薄，含羞亸袂轻盈△①几度香闺眠过晓，绮窗疏日微明△②云母帐中偷惜，③水晶枕上初惊△

笑靥软疑花坼，④愁眉翠敛山横△相望只教添怅恨，整鬟时见纤琼△⑤独倚朱扉闲立，谁知别有深情△

注：① 袂：即袖。② 绮窗：镂有文采之窗。③ 云母：喻透明纱帐。④ 靥：面颊上酒窝。⑤ 纤琼：喻玉指。

张先(宋18)一首 题：陪杭守泛湖夜归。①

溪女送花随处，沙鸥避乐分行△游舸已如图障里，小屏犹画潇湘△人面新生酒艳，日痕更欲春长△

夜上交枝斗色，钗头比翼相双△片段落霞明水底，风纹时动妆光△宾从夜归无月，②千灯万火湖塘△

注：① 杭守：浙江杭州太守；湖：指西湖。② 宾从：宾客和侍从。

杜安世(宋53)一首

柳嫩不禁摇动，梅残尽任飘零△雨余天气来深院，向阳纤草重青△寂寞小桃初绽，两三枝上红英△①

又见云中归雁，嗈嗈断续和鸣△②年年依旧无情绪，镇常冷落银屏△③不语闲寻往事，微风频动帘旌△

注：① 红英：红花。② 嗈嗈：雁鸣声。③ 镇常：日常。

晏几道(宋71)一首

对镜偷匀玉箸，①背人学写银钩△红豆系在罗带角，②心情正着春游△那日杨

花陌上，多时杏子墙头△

眼底关山无奈，梦中云雨空休△问着几许怜才意，两蛾藏尽离愁△③难拼此回肠断，终须锁定红楼△

注：① 玉筋：泪也。《文帖》："魏甄后面白，泪双垂如玉筋。"② 红豆：又名相思子，此处有双关意。③ 两蛾：双眉。

王世贞（明207）一首　题：春郊独行。

卵色遥垂别浦，①鱼鳞浅甃平沙△小拂东风无甚力，悠扬自在杨花△轻暖轻寒天气，半村半郭人家△

碧贮莲花露酒，香分谷雨前茶△呼取自斟还自劝，乌纱任汝攲斜△返照一行归骑，隔林几点残鸦△

注：① 卵色：蛋青色。苏东坡诗："相逢卵色五湖天。"

朱一是（明454）一首　题：立夏友人招饮。

刀擫尖尖玉笋，①盘倾颗颗朱樱△②梅雨麦风扬细细，③林声巧弄黄莺△四野浓阴如画，又看山嘴珠云△

供客谁家鸡黍，新茶香赛金茎△④蝼蝈嘤嘤断砌里，⑤蓦然听着伤心△纵是良时初夏，可堪已逝残春△⑥

注：① 擫：折也。② 朱樱：樱桃。③ 梅雨、麦风：指农历五月天气。④ 金茎：花名。⑤ 蝼蝈：昆虫名。⑥ 可堪：可是怎堪。

汤莱（女）（清92）一首　题：久雨。

水阁蛙喧叠鼓，①树凉蝉咽新音△草长当阶深浸绿，隔帘半壁苔青△暂歇奔腾屋溜，又早滴沥荷阴△

寂寂深闺人倦，风来午梦频惊△云暗只疑天欲暮，几回收拾停针△问天何事情重，时时珠泪常倾△

注：① 叠鼓：连续鼓声。

朱彝尊（清288）一首

羊侃姬名静婉，①谢娘婢唤芳姿△最忆红窗来去惯，涂妆绾髻多时△帘底频摇扇子，掌中曾妒鞋儿△②

万里犹传消息，三年偶误归期△碧玉无端偷嫁了，空余方寸相思△输与庐江小吏，③黄蜂粉蝶雄雌△

注：① 羊侃：梁武帝时都官尚书，为官忠义，但好色、多姬妾。② 掌中：此句为妒她身轻，能掌中舞。③ 庐江小吏：指碧玉丈夫。庐江，安徽

县名。

沈善宝(女)(清 1498)一首　题：寒山。

寂寞疏林落日，凄迷衰草连天△一片冻云归远岫，倪迂画笔优闲△只少寻梅踏雪，隔溪遥指吟鞭△

笑向春花丛里，妆成秋树灯前△转眼风光都不是，空余冷雾寒烟△幸有停车归客，还来石径留连△

七十四字　风入松

周紫芝(宋 201)一首

禁烟过后落花天△无奈轻寒△东风不管春归去，共残红、飞上秋千△看尽天涯芳草，春愁堆在栏杆△

楚江横断夕阳边△无限青烟△旧时云去今何处，山无数、柳涨平川△与问风前回雁，甚时吹过江南△

康与之(宋 281)一首

画桥流水欲平栏△雨后青山△去年芳草今年恨，恨香车、不逐雕鞍△[1]红杏墙头院落，绿杨楼外秋千△

谢娘别后忆前欢△[2]泪滴春衫△柔荑共折香红处，[3]劝东风、且与留连△早是相思瘦损，梅花谢了春寒△

注：① 香车：喻女车；雕鞍：喻男马。② 谢娘：泛指恋人。③ 柔荑：喻女手；香红：喻好花。

韩淲(宋 423)一首

小楼春映远山横△绿遍高城△望中一片斜阳静，更萋萋、芳草还生△霏雨冷烟寒食，落花飞絮清明△

数声弦管忍重听△[1]犹带微酲△问春何事春将老，春不语、春恨难平△莫把风流时节，都归闲淡心情△

注：① 忍：怎忍之意。

高观国(宋 431)一首

卷帘日日恨春阴△寒食新晴△马蹄只向南山去，长桥爱、花柳多晴△红外风娇日暖，翠边水秀山明△

杜郎歌酒过平生△[1]到处蓬瀛△[2]醉魂不入重城晚，[3]秾欢寄、桃叶桃根△[4]绣被嫩寒清晓，莺啼唤起春酲△

注：① 杜郎：唐杜牧，见《词人小传》。② 蓬瀛：喻仙境，喻其小神仙生活。

③ 重城：皇城，即临安（今杭州）。④ 桃叶桃根：桃叶、桃根姐妹俩，均系东晋王献之爱姬。

李从周（宋 446）一首　题：冬至。

霜风连夜做冬晴△①晓日千门△香葭暖透黄钟管，②正玉台、彩笔书云△竹外南枝意早，③数花开对清尊△

香闺女伴笑轻盈△倦绣停针△花砖一线添红景，④看从今、迤逦新春△寒食相逢何处，百单五个黄昏△⑤

注：① 霜风：西北风。② 葭：芦苇；黄钟：十二律之一。《礼》："仲冬之月……律中黄钟。"喻仲冬天气。仲冬，农历十一月。③ 南枝：指梅花。④ 花砖：砖砌花坛。⑤ 百单五：指冬至至寒食，计一百零五天。

赵闻礼（宋 509）一首

曲尘风雨乱春情△花重寒轻△珠帘卷上还重下，怕东风、吹散歌声△棋倦杯频昼永，粉香花艳清明△

十分无处着闲情△来觅娉婷△蔷薇误罥寻春袖，倩柔荑、为补香痕△苦恨啼鹃惊梦，何时剪烛重盟△

诸可宝（清 1801）一首　题：春词，用竹屋韵。

银藤架下散轻阴△微放天晴△黄骢嘶去旗亭路，①一番雨、一样风情△怕与小姑闲话，新来忒觉聪明△②

流莺圆熟燕生生△草绿云瀛△③眉梢织就心头恶，丝丝恨、寸寸愁根△浅逗粉涡一笑，④红潮略带余酲△⑤

注：①黄骢：黄色马。② 忒：太也。③ 云瀛：云海。④ 粉涡：酒涡。⑤ 红潮：面色发红。

车乘轨（现当 88）二首　题：第一首，谷雨后二日，访游鲁迅故居。　注：2001 年 4 月 22 日作。

第二首，重游鲁迅历史街区，次韵第一首。　注：2007 年 4 月 10 日作。

（1）朔风连日袭城关△料峭春寒△杨花渐老飘无力，两三片、偶落阶前△路上行人魂断，几丝疏雨阴天△

夫妻结伴步姗姗△午后休闲△访游鲁迅童年宅，①后花园、百草争妍△②周氏台门深广，③五间四进连绵。

注：① 童年宅：即鲁迅父母居所新台门。台门，绍兴称大宅第为台门。

② 后花园：即百草园。③ 周氏台门：鲁迅姓周，指周家祖居老台门。

（2）惠风和畅拂城关△[1]微暖轻寒△花娇柳媚清明季，趁春色、信步街前△[2]
土谷斜傍长庆，[3]黄墙香袅蓝天△
酒家邻近步姗姗△[4]忙里偷闲△故居东接朱家宅，[5]古风格、馆貌争妍△
百草园中休憩，[6]观光团队连绵△

注：① 惠风：风之和缓者。源自“惠风和畅”，见王羲之《兰亭集序》。② 信步：随意行走。③ 土谷：土谷（土地菩萨）祠，阿Q曾居此；长庆：长庆寺，鲁迅幼时曾在寺寄名（即菩萨赐一法名以保平安）。④ 酒家：即咸亨酒店，孔乙己饮酒处；姗姗：缓行貌。⑤ 朱家宅：即故居新台门，曾售于朱朗轩家。⑥ 百草园：即故居后花园。

七十四字　剔银灯

王筠（清1372）一首　题：夜坐。

无奈东君情浅▲[1]草草把、芳春饯▲[2]是处花飞，漫天絮舞，[3]独坐到、斜晖晚▲宵寒衾展▲只赚得、随风远▲
强起重匀炉篆▲[4]叵耐醇醪不暖▲[5]欲醉偏醒，将眠又起，细听彻、雨零更转▲[6]幽怀难遣▲只心逐、淋铃声软▲[7]

注：① 东君：司春之神。② 饯：以酒食送别。③ 漫天：遍布天空。④ 炉篆：炉烟。⑤ 叵耐：不可耐、不料。⑥ 雨零：雨零落。⑦ 淋铃：雨淋铃。

七十四字　钗头凤

陈继儒（明251）一首　题：七夕。

梧桐坠▲秋光碎▲一痕河影添娇媚▲锦梭撇▲▲彩桥结▲▲欢娱天上成佳节▲▲嫦娥凝望，也应痴绝▲▲热▲▲热▲▲热▲▲
天如醉▲云如睡▲朦胧方便双星会▲鸡饶舌▲▲[1]催离别▲▲别时打算闲年月▲▲自从盘古[2]，许多周折▲▲歇▲▲歇▲▲歇▲▲

注：① 饶舌：多嘴，指晓啼。② 盘古：盘古氏，开天辟地。

七十四字　传言玉女

晁冲之（宋214）一首　题：上元。[1]

一夜东风，吹散柳梢残雪▲御楼烟暖，[2]对鳌山彩结▲[3]箫鼓向晚，凤辇初回宫阙▲[4]千门灯火，九衢风月▲[5]
绣阁人人，[6]乍嬉游困又歇▲艳妆初试，把珠帘半揭▲娇波溜人，手撚玉梅低

说▲相逢长是，上元时节▲

注：① 上元：即元宵。② 御楼：皇宫楼上。③ 鳌山：张灯、演杂技之台。④ 凤辇：皇宫车驾。⑤ 九衢：九达之街。⑥ 人人：那个人。

袁绹（宋226）一首　故事：政和中，[1]袁绹为教坊判官，一日为蔡京撰《传言玉女》词，[2]上见之，改女真二字为汉宫，见《词苑丛谈》。

浅淡梳妆，爱学女真梳掠▲[3]艳容可画，那精神怎邈▲[4]鲛绡映玉，[5]细带双穿缨络▲歌音清丽，舞腰柔弱▲

宴罢瑶池，[6]御风跨上皓鹤▲[7]凤凰台上，有萧郎先约▲[8]一面笑开，向月斜褰朱箔▲[9]东园无限，好花羞落▲

注：① 政和：宋徽宗年号。② 蔡京：见《词人小传》。③ 女真：即金国。④ 邈：远也。⑤ 鲛绡：传说中鲛人所织绢帕。⑥ 瑶池：神仙居所。⑦ 御风：驾风；皓鹤：白鹤。⑧ 萧郎：指萧史，与秦穆公女弄玉驾鸾仙去故事。⑨ 朱箔：红色的帘子。

曾觌（宋296）一首

凤阙龙楼，清夜月华初照▲万点星球，护花梢寒峭▲华胥梦里，[1]老去欢情总少▲花愁醉闷，总消除了▲

紫陌嬉游，不似少年怀抱▲珠帘十里，听笙箫声杳▲幽期密约，暗想浅颦轻笑▲良时莫负，玉山频倒▲[2]

注：① 华胥梦：皇帝昼寝，梦游于华胥氏之国，见《列子》。② 玉山：形容俊美的仪容。

石孝友（宋299）一首

雪压梅梢，金袅柳丝轻展▲锦官春早，乍风和日暖▲华茵翠辂，九陌绮罗香满▲连空灯火，满城箫管▲

月射西楼，更交光照夜宴▲万人拥路，指鳌山共看▲花旗翠帽，到处珠帘高卷▲归时常是，漏残银箭▲

赵善扛（宋371）一首　题：上元。

璧月珠星，辉映小桃秾李▲化工容易，与人间富贵▲东风巷陌，春在暖红温翠▲人来人去，笑歌声里▲

油壁青骢，第一番共燕喜▲举头天上，有月如人意▲歌传乐符，犹是升平风味▲明朝须判，醉眠花底▲

黄机（宋449）一首　题：次岳总干韵。

日薄风柔，池面欲平还皱▲纹楸玉子，[1]磔磔敲春昼▲[2]衾绣半卷，花气浓熏香兽▲[3]小团初试，[4]辘轳银甃▲[5]

梦断阳台，[6]甚情怀似病酒▲凤奁羞对，[7]比年时更瘦▲[8]双燕乍归，寄与绿笺红豆▲那堪又是，牡丹时候▲

注：① 纹楸：格子棋盘；玉子：喻棋子。② 磔磔：敲棋声。③ 香兽：兽形香炉。④ 小团：茶名。⑤ 辘轳：绞汲井水器具；甃：井壁。⑥ 阳台：楚襄王梦会神女于阳台。⑦ 凤奁：镜匣。⑧ 年时：当年。

刘基（明 7）一首　题：蝶。

为问韩凭，[1]何事化为蝴蝶▲妒风羞雨，一身轻似叶▲园林昼永，丽日晴烟相接▲舞回柳眼，拍翻花颊▲

殢粉迷香，困酣犹是未惬▲锄云深处，更愁浓露浥▲何况素秋，枝上晓霜披鬣▲[2]只应无奈，翠消红歇▲

注：① 韩凭：宋国大夫，妻美，宋康王欲夺之，夫妇双双自杀，葬后化为蝴蝶。② 披鬣：本指马、狮等动物颈上的长毛，此指长须。

徐震（明 609）一首　故事：《快心编》第六回词引，叙凌六鳌在山东兖州报恩禅院邂逅李丽娟作词

镇日征途，[1]车马风尘劳倦▲僧斋留寓，[2]爱清虚一片▲小立湖山，忽睹楼头半面▲洛灵湘女，[3]丰标独擅▲

未识根由，那不心悬意恋▲恁般娇丽，[4]是谁家宅眷▲题就新词，欲寄未逢鸿便▲春宵一刻，相思千遍▲

注：① 镇日：整天；征途：远行。② 僧斋：山东兖州报恩禅院。③ 洛灵湘女：洛神、湘妃，喻仙女。④ 恁般：如此。

吴棠桢（清 200）一首　题：私约。

风卷梅花，积就一园残雪▲善和坊里，绾同心绣结▲清明不见，怪我人疏书缺▲脸消香玉，镜空菱月▲

重访虹窗，假生疏刚半歇▲低头无语，将金猊羞揭▲[1]唤取双鬟，隔着珠帘轻说▲教郎等到，花深时节▲

注：① 金猊：狮形铜香炉。

丁白（女）（清 233）一首　题：闲吟。

岁序匆匆，[1]又是清明时候▲野棠花落，小院闲清昼▲芹泥润浦，[2]燕子归来未久▲暖烟微雨，似无还有▲

抚景伤情，怕近云窗月牖▲恨心难诉，郁怀如病酒▲倦思无聊，新句绿笺吟就▲东风悄立，暗成消瘦▲

注：① 岁序：时节。② 芹泥：燕筑巢用的草泥。

沈榛（女）（清 353）一首　题：池阳署中除夕。[1]

铃阁风轻，将近春回时机▲椒觞笑把，[2]香发传柑手▲时和景丽，爆竹声殷户牖▲[3]篆烟飘拂，细喷金兽▲

暗想京华，天上遥闻韶奏▲[4]郡亭回首，拟献南山寿▲漏声渐歇，桦烛光生红豆▲明朝须整，贺正衫袖▲[5]

注：① 池阳：陕西县名；署：时其夫钱书樵任池阳司理。② 椒觞：正月之旦，子孙各上椒酒于其家长，见《四眠令》。③ 殷：喻雷声。④ 韶奏：美妙音乐。⑤ 贺正：拜新年。正平声，指正月。

汪懋麟（清 519）一首　题：午日闺情。[1]

窄窄单衫，透出冰肌如雪▲香销玉臂，懒把朱丝结▲钗头艾虎，[2]早被东风吹折▲晚凉人静，独看新月▲

浴罢兰汤，倦倚纱窗欲歇▲五时花袅，罗帐休轻揭▲回思斗草，[3]摘得宜男羞说▲[4]可怜辜负，端阳时节▲

注：① 午日：即端午。② 艾虎：艾草编扎之虎，用以镇邪。③ 斗草：古时妇女一种游戏。④ 宜男：草名，即萱草；羞说：宜男喻怀孕。

江兰（女）（清 776）一首　题：端午。

火醉榴房，不觉节临端午▲艾人初挂，[1]对双双燕舞▲纤手解粽，酒酿菖蒲香吐▲纱衫遍试，葛衣刚补▲[2]

绿水悠悠，听蛙声两部鼓▲[3]太平时世，看龙舟竞赌▲三闾大夫，[4]众醉独醒何苦▲糟醨哺啜，[5]达哉渔父▲

注：① 艾人：艾扎之人，云可去邪。② 葛衣：麻衣、夏衣。③ 鼓：喻蛙鸣如击鼓。④ 三闾大夫：即屈原。⑤ 糟醨：薄饮也；哺啜：食饮也。

陈鹏年（清 784）一首　题：杭州纪遇。

箫鼓喧阗，恼乱一江风月▲彩楼人满，又黄昏时节▲谁家游女，不管倾城倾国▲玉钗斜堕，金莲娇滴▲

蓦地相逢，步轻摇更羞涩▲秋波微转，那识销魂客▲吴歌楚舞，欲与阿谁传说▲年年分付，杭州春色▲

车乘轨（现当 88）一首　题：甲申（2005 年）岁尾年头纪事。　注：2005 年 1 月 2

日作。

一夜寒风，夺走暖冬机遇▲①仰望天际，早彤云密布▲鹅毛大雪，片片长空飘舞▲飞禽铩羽，②路人颠仆▲

日夜连绵，白皑皑堆积聚▲艳阳三天，却坚凝若故▲杭州信息，潋滟西湖冰固▲迎新除旧，净慈钟数▲

注：① 暖冬：今年冬至前天气温暖如春。② 铩羽：羽毛被摧。

七十四字　隔帘听

赵燕（女）（明 229）一首　题：落花声。

陡地耳边惊觉▲①窗外飞声晓▲问花何事归心早▲正几日东风，数枝待拗▲②今听了▲任墙边、弄风细草▲

轻红绕▲声声多少▲燕子泥干小▲园开金谷香尘倒▲③隔帘看，分付园丁迟扫▲频私祷▲且留待，成仁好▲④

注：① 陡地：突然。② 拗：折也。③ 金谷：晋石崇别墅，喻名园。④ 成仁：结成果仁。

七十五字　长生乐

车乘轨（现当 88）一首　题：绍兴法印寺佛像开光法会。　注：法印寺：座落于香炉峰西北、九里村以东，原观音大士道场、脚印庵旧址，由吉祥、如来两庵折并而成，住持月华师太。2002 年 10 月 10 日作。

十月秋高气爽天△佛寺闹声喧△五千香客，聚集殿堂前△拜请开光神佛，福寿来添△僧尼五九，①钟鼓齐鸣袅檀烟△

人潮不绝，佛号连绵△芸芸信士心坚△酬贵宾、妙法大排筵△②莫教偷摸滋事，邀警保平安△③

注：① 五九：本寺僧尼九人，临时邀请客僧五十人。② 妙法：楼名，设席十六。③ 邀警：邀请警察十余名，保安二十余名。

七十五字　剔银灯

柳永（宋 14）一首　题：新春。

何事春工用意▲绣画出、万红千翠▲艳杏夭桃，垂杨芳草，各斗雨膏烟腻▲如斯佳致▲早晚是、读书天气▲

渐渐园林明媚▲便好安排欢计▲论篮买花，盈车载酒，百琲千金邀妓▲何妨沉醉▲有人伴、日高春睡▲

夏敬渠（清932）一首　故事：《野叟曝言》第三十九回，任湘灵闺思。

雨咽虫声欲断▲独自剔、银灯长叹▲夜漏凄清，纸窗寂静，靠个影儿相伴▲沉沉庭院▲怎不敢、梦魂都颤▲

一缕旧愁如线▲闲看无端新怨▲才到心头，便来眉上，簇得黛痕成片▲此情难遣▲只有个、菱花常见▲

王书田（清1122）一首　题：咏雾。　注：以下二首，后段第六句不叶韵，与上异，不单列体。

谁把庭花遮护▲恨老眼、看难清楚▲掩翳笼睛，①氤氲装暝，②不辩绕门溪树▲柳塘花坞▲应散作、淡烟轻露▲

一带冥冥江路▲③浑讶蜃楼初吐▲④远渚迷茫，前村杳霭，不隔几声柔橹▲霁风吹破，⑤又变作、廉纤丝雨▲⑥

注：①翳：眼膜。②氤氲：烟云弥漫。③冥冥：昏暗。④蜃楼：海市蜃楼，喻仙境。⑤霁风：和风。⑥廉纤：微雨貌。

罗振常（清1912）一首　题：新月。

素影弯弯依旧▲①早又向、窗纱照透▲独坐银釭，②倦倚绣枕，多恐玉人消瘦▲金钩制就▲好挂起、珠帘听漏▲

镇日愁坐远岫▲③懒把双蛾画斗▲④玉宇琼楼，青天碧海，料得姮娥惯守▲⑤学人眉样，⑥原不解、和人颦皱▲

注：①素影：月影。②银釭：灯盏。③镇日：整天。④双蛾：双眉。⑤姮娥：嫦娥，月宫仙子。⑥眉样：弦月。

七十五字　风入松　第一体，前段第二句五字，后段第四句六字。

杨慎（明157）一首　题：马上喜晴。

刺桐花里咽新蝉△万响落寒泉△远山凝黛修蛾敛，①谁妆点、淡粉浓烟△嫩水靴纹蹙浪，②娇云卵色烘天△③

碧池荷叶又田田△④藕在阿谁边△莲子擘开须见意，⑤香丝到底相牵△留取团团宝月，西楼共醉婵娟△⑥

注：①修蛾：细长眉毛。②靴纹：蹙浪：喻水纹状。③卵色：金黄色。东坡诗"相逢卵色五湖天"。④田田：荷叶浮水貌。⑤擘开：分开。⑥婵娟：月也。

七十五字　风入松　第二体，同第一体，但前段第二句四字，后段第四句七字

戈止(明 510)一首　题：漫兴。

生涯应作浣花翁△事事疏慵△[①]结庐却喜尘嚣外，[②]栽花地、雨碧霜红△家在乱云深处，人来流水声中△

年年相识旧东风△排我小帘栊△[③]榆钱落尽萍钱落，[④]奚囊在、不畏诗穷。[⑤]夜泛试移短棹，[⑥]晓眠常过高春。[⑦]

注：① 疏慵：疏懒。② 结庐：造房；尘嚣：繁华喧闹。③ 帘栊：有帘之窗。④ 榆钱：榆荚也，因其状如钱。⑤ 奚囊：《唐书》："李贺使小奚奴，背古锦囊而从，得诗则投囊中"。⑥ 夜泛：夜间行船。⑦ 高春：日晡后也(即近黄昏)。日晡，即申时(下午三至五时)。

七十五字　番枪子

韩玉(女)(宋 211)一首

莫把团扇双鸾隔▲[①]要看玉溪头、春风客▲妙处风骨萧闲，[②]翠罗金缕，[③]瘦宜窄▲转向两眉攒、青山色▲

到此月想精神，花似秀质▲待与不清狂、如何得▲奈何难驻朝云，易成春梦，恨又积▲送上七香车、春草碧▲

注：① 团扇双鸾：绘有双鸾圆扇。② 萧闲：潇洒。③ 翠罗金缕：金线绿罗袍。

七十五字　诉衷情近　第一体，前段第五、六句为六字、四字，后段第六句不叶韵。

柳永(宋 14)一首　题：首夏。

幽闺昼永，[①]渐入清和气候，[②]榆钱飘满闲阶，[③]莲叶嫩生翠沼▲[④]遥望水边幽径，山掩孤村，是处园林好▲

闲情悄▲绮陌游人渐少▲[⑤]少年风韵，自觉随春老▲前游杳▲凤城信阻，[⑥]天涯目断▲暮云芳草▲伫立空残照▲

注：① 昼永：昼长。② 清和：农历四月称清和月。③ 榆钱：即榆荚。④ 沼：曲池。⑤ 绮陌：锦绣郊野。⑥ 凤城：京城，指汴京(今开封)。

七十五字　诉衷情近　第二体，同第一体，但前段第五、六句为四字、六字，后段第六句叶韵。

晁补之(宋 123)一首

小园过年，便觉凉生翠柏，戎葵闲出墙红，[1]萱草静依径绿▲还是去年，浮瓜沉李追凉，[2]故绕池边竹▲

小筵促▲忽忆杨梅正熟▲下山南畔，画舸笙歌逐▲愁凝目▲使君彩笔▲佳人锦字，断弦怎续▲尽日栏杆曲▲

注：① 戎葵：即蜀葵，多年生草，庭院中栽植。② 浮瓜沉李：出自曹丕文“浮甘瓜于清泉，沉朱李于寒水”，指冷浸食物。

七十五字　越溪春　第一体，后段结尾六字两句。

欧阳修（宋 33）一首

三月十三寒食日，春色遍天涯△越溪阆苑繁华地，傍禁垣、珠翠烟霞△红粉墙头，秋千影里，临水人家。

归来晚驻香车△银箭透窗纱△有时三点，两点雨霁，朱门柳细风斜△沉麝不烧金鸭，玲珑月照梨花△

吴秉钧（清 720）一首　题：江村。

几夜东风吹远树，都放佛桑花△[1]南头最是饶春色，[2]把乱红、散入人家△傍水门墙，沿村篱落，[3]一带烟霞△

沧波曲曲流斜△[4]新柳缆渔槎△[5]暂移双桨，往返水上，俄看晚市鱼虾△[6]蜒户蛮姑集处，[7]清明已着蕉纱△[8]

注：① 佛桑：灌木名，即扶桑。② 饶：丰富、多也。③ 篱落：篱笆。④ 沧波：深青色波浪。⑤ 渔槎：渔船。⑥ 俄：立即。⑦ 蜒户：又名蛋户，是旧社会对广东船户的贬称；蛮姑：亦是贬称。⑧ 蕉纱：蕉布。

七十五字　越溪春　第二体，同第一体，但后段结尾两句为七字、五字。

吴秉仁（清 83）一首　题：江村。

横岸小桥斜日下，春水涨寒庐△绿杨倒影东风软，映竹篱、红蓼扶疏△[1]樵径闻歌，渔船换酒，烟雨平芜△[2]

参差树暗啼鸟△[3]灯火夜来殊△少焉江山，[4]隐隐月出，人家蚁聚冰壶△[5]还倩暮云微着色，描就辋川图△[6]

注：① 扶疏：繁茂。② 平芜：平原杂草。③ 参差：不齐貌。④ 少焉：少顷，一会儿。⑤ 蚁聚：如蚂蚁般聚集；冰壶：喻心之清也。⑥ 辋川：唐王维别墅。

七十五字　隔帘听

柳永（宋14）一首

咫尺凤衾鸳帐，[①]欲去无因到▲虾须窣地重门悄▲[②]认绣履频移，[③]洞房杳杳▲[④]强语笑▲逞如簧、[⑤]再三轻巧▲

梳妆早▲琵琶闲抱▲爱品相思调▲声声似把芳心告▲隔帘听得，断肠多少▲恁烦恼▲除非是、共伊知道▲

注：① 咫尺：极近。② 虾须：帘子；窣地：垂地。③ 绣履：女鞋，即女足。④ 洞房：深邃之室。⑤ 如簧：指巧舌。

七十五字　碧牡丹

晁补之（宋123）一首　题：王晋卿都尉宅观舞。

院宇帘垂地▲银筝雁、[①]低春水▲送出灯前，婀娜腰肢柳细▲步蹙香裀，[②]红浪随鸳侣，梁州紧、[③]凤翘坠▲[④]

竦轻体▲[⑤]绣带因风起▲霓裳恐非人世▲[⑥]调促香檀，困人流波生媚▲上客休醉▲眼乱尊中翠▲[⑦]玉阶霜，透罗袂▲[⑧]

注：① 筝雁：筝柱。因筝柱之徽作雁形排列。② 蹙：踏也；裀：毯子。③ 梁州：舞曲。④ 凤翘：首饰。⑤ 竦：耸也。⑥ 霓裳：霓裳羽衣曲，舞曲。⑦ 尊：酒杯。⑧ 罗袂：丝罗的衣袖。

七十五字　扑蝴蝶

赵彦端（宋314）一首

清和时候，熏风来小院▲琅玕脱箨，[①]方塘荷翠飐▲柳丝轻度流莺，画栋低飞乳燕▲园林绿阴初遍▲

景何限▲轻纱细葛，纶巾和羽扇▲披襟散发，心清尘不染▲一杯洗涤无余，万事消磨去远▲浮名薄利休羡▲

注：① 琅玕：似珠美玉，此处喻竹。

七十六字　拍栏杆

陈维崧（清196）一首

沉吟槛外▲分明有个人儿在▲隔着软帘闻细咳，转过屏间，做就生疏态▲夜来曾否春酲害▲底事无言，只撚箜篌带▲

晓寒佯脱红绵耐▲检出香词，细觅檀奴解▲嗔人暗把风情卖▲嚼烂花笺，碎向粉墙抛洒▲

七十六字　金人捧露盘

陈士元（明 199）一首　题：村社。①

岁年丰，农场毕，酿初成△②近霜林、红叶飘零△③迎神答愿，任村锣社鼓齐鸣△儿童拜舞，相欢笑，父老班荆△④

酌香醪，⑤传巨斝，⑥倒瓷罂△⑦又何夸、玉食珍烹△劝酬简礼，醉酕醄尔我呼名△⑧都是些、豳人兴趣，⑨太古风情△

注：① 社：指秋社，立秋后第五个戊日，是日祭后土神，聚饮。② 酿：酿酒。③ 红叶：枫叶。④ 班荆：布荆于地面而坐。⑤ 醪：浊酒。⑥ 斝：礼器，用以献酒。⑦ 罂：大腹小口之瓶。⑧ 酕醄：大醉貌。⑨ 豳：古国名，在今陕西郇县。

七十六字　风入松

俞国宝（宋 383）一首　题：酒肆。故事：宋高宗御舟过西湖断桥，见酒肆屏风上有《风入松》词，称赏良久，宣问何人所作，乃太学士俞国宝也……

一春长费买花钱△日日醉湖边△玉骢惯识西湖路，骄嘶过、沽酒楼前△①红杏香中歌舞，绿杨影里秋千△

暖风十里丽人天△花压鬓云偏△画船载得春归去，余情付、湖水湖烟△明日重扶残醉，②来寻陌上花钿△

注：① 沽酒：卖酒。② 重扶残醉：原词作重携残酒，帝笑曰："此句不免寒酸气"，因改携酒为扶醉。见《武林旧事》。

吴文英（宋 476）一首

听风听雨过清明△愁草瘗花铭△①楼前绿暗分携路，一丝柳、一寸柔情△料峭春寒中酒，②交加晓梦啼莺△

西园日日扫林亭△依旧赏新晴△黄蜂频扑秋千索，有当时、纤手香凝△③惆怅双鸳不到，④断桥一夜苔生△

注：① 瘗：葬；铭：记述。② 料峭：风着肌微寒貌。③ 香凝：香气凝留。

张枢（宋 510）一首

春寒懒下碧云楼△花事等闲休△①红绵湿透秋千架，记伴仙、曾倚娇柔△重叠黄金约臂，②玲珑翠玉搔头△③

薰炉谁熨暖衣篝△消遣酒醒愁△旧巢未着新来燕，任珠帘、不上琼钩△何处东风院宇，数声揭调甘州△④

注：① 等闲：轻易。② 约臂：镯子。③ 玉搔头：玉簪。④ 甘州：曲调名。

周密（宋 541）一首　题：立春。

柳梢烟暖已璁珑△①娇眼试东风△晴丝又逐青丝乱，②剩寒轻、犹恋芳栊△③笋玉新裁早燕，④杏钿时引晴蜂△⑤

当时兰舟系花骢△人在小楼东△娇莺戏索迎春句，爱露笺、新染香红△未信闲情更懒，探花拼醉琼钟△⑥

注：① 璁珑：明洁貌。② 晴丝：晴天蛛丝；青丝：头发。③ 芳栊：窗之美称。④ 笋玉：喻女指。⑤ 钿：嵌金属之首饰。⑥ 琼钟：指酒杯。

张炎（宋 572）一首　题：赋稼村

老来学圃乐年华△①茅屋短篱遮△儿孙戏逐田翁去，小桥横、路转三叉△细雨一犁春意，西风万宝生涯△

携筇犹说渡晴沙△流水带寒鸦△门前少得宽闲地，绕平畴、尽是桑麻△②却笑牧童遥指，杏花深处人家△

注：① 学圃：学种植。② 平畴：平田。

虞集（元 58）一首　题：寄柯敬仲。

画堂红袖倚清酣△①华发不胜簪△②几回唤值金銮殿，③东风软、花里停骖△④书诏许传宫烛，⑤轻罗初试朝衫△

御沟冰泮水拖蓝△⑥飞燕语呢喃△重重帘幕寒犹在，凭谁寄、银字泥缄△⑦报道先生归也，杏花春雨江南△

注：① 红袖：喻妇女。② 华发：白发。③ 值：值班。④ 停骖：停马。⑤ 书诏：写圣旨。⑥ 冰泮：冰熔散。⑦ 缄：封也，借指书信。

张翥（元 69）一首　题：清明日海子上即事。

寻春春在凤城东△①只怕玉花骢△美人半亸垂鬟袖，②游尘远、目断云空△浅碧湖波雪涨，淡黄宫柳烟蒙△

相如多病赋难工△③宿酒更病中△④归来自按新声谱，⑤凭谁解、唱与东风△一夜小窗疏雨，杏花明日应红△

注：① 凤城：京城，指大都（今北京）。② 亸：下垂。③ 相如：指汉司马相如，借喻自己。④ 宿酒：隔夜饮酒。⑤ 新声：新作词曲。

沈禧（元 80）一首　题：题驿亭图。

使轮今夜宿邮亭△①邂逅见娉婷△②琵琶斜抱生娇媚，倚无人、独倚帏屏△弦内暗传心事，灯前略叙幽情△

丽词一曲按新声△调格总高清△筵前明日又传唱，难遮掩、耳目聪明△一宿风光固好，百年名节俱倾△

注：① 使轮：使者车轮；邮亭：驿馆，即招待所。② 邂逅：不约而遇；娉婷：美人。

贾云华（女）（元92）一首　故事：《剪灯新话》卷五，贾云华和魏鹏词。

玉人家在汉江边△才貌及春妍△天教分付风流态，好才调、会管能弦△文采胸中星斗，词华笔底云烟△

蓝田新锯璧娟娟△[1]日暖绚晴天△广寒宫阙应须到，[2]霓裳曲、一笑亲传△好向嫦娥借问，冰轮怎不教圆△[3]

注：① 蓝田：山名，在陕西蓝田县东，产美玉。② 广寒宫：月宫。③ 冰轮：喻圆月。

魏鹏（元93）一首　故事：《剪灯新话》卷五，魏鹏怀念贾云华题词于壁。

碧城十二瞰湖边△山水更清妍△此邦自古繁华地，风光好、终日歌弦△苏小宅边桃李，[1]苏公堤上人烟△[2]

绮窗罗幕锁婵娟△咫尺远如天△红娘不寄张生信，[3]西厢事、只恐虚传△怎及青铜明镜，铸来便得团圆△

注：① 苏小：南齐名妓，住杭州西湖西泠桥。② 苏公堤：在西湖上，上段指出在杭州遇贾云华。③ 红娘、张生：皆《西厢记》人物。

瞿祐（明22）二首　题：第一首，夏日李氏池亭。

第二首，七夕。

（1）曲栏杆护小池塘△新绿涨泱泱△浮萍破处双鱼跃，惊飞起、花底鸳鸯△杨柳浑如旧识，芙蕖好似新妆△

石屏藤簟竹方床△檐影映波光△向南帘箔高低卷，炉烟动、沉麝飘香△不用轻摇纸扇，风来自有微凉△

（2）新虹收雨暮天晴△河汉倍分明△[1]梧桐叶底金蝉噪，惊飞起、点点流萤△天上桥成乌鹊，人间彩结云軿△[2]

几家瓜果设中庭△银烛照娉婷△[3]晚凉浴罢残妆在，花枝颤、鬓乱钗横△但愿长如此夜，也应胜似双星△[4]

注：① 河汉：银河。② 云軿：妇女乘车，车上有围屏。③ 娉婷：喻美人。④ 双星：牛郎星和织女星。

史鉴（明75）一首　题：会稽。[1]

会稽山水尽知名△人在镜中行△彩霞暖护云门寺，②薰风过、吹散还生△③贺监湖头草绿，④谢公宿处猿鸣△

采莲越女照人明△花下只闻声△剡溪流水依然在，⑤何人再、雪夜寻盟△许我他年来否，月明何处吹笙△

注：① 会稽：县名，今浙江绍兴。② 云门寺：古刹，在平水镇。③ 薰风：南风。④ 贺监湖：即鉴湖，因唐玄宗将此湖赐给秘史监贺知章故名。④ 剡溪：水名，东晋王徽之雪夜访戴逵之处。

文徵明（明 117）一首　题：竹堂看梅。

江南二月昼初长△草绿淡烟光△相期野寺探春去，残梅在、过腊犹芳△①春意已调莺舌，②柳丝渐染鹅黄△③

暖风新试薄罗裳△春酒郁金香△清歌宛转传觞处，觥筹乱、④宾主相忘△剩醉不嫌归晚，西郊月映林塘△

注：① 过腊：过了农历十二月。② 调莺舌：即莺啼。③ 鹅黄：娇艳之黄色。④ 觥筹：饮酒行令。

朱朴（明 118）一首　题：次俞国宝。①

武林春酒不论钱△②红杏竹篱边△画桥一带青青柳，兰舟系、玛瑙坡前△隔树数声鹦鹉，谁家一簇秋千△

朱唇玉板鹧鸪天△③歌罢鬓云偏△④杜鹃啼歇清明雨，楼台锁、几处新烟△沉醉折花归去，路旁拾得遗钿△⑤

注：① 俞国宝：宋人，见《词人小传》，原作见前。② 武林：杭州别名。③ 鹧鸪天：词曲名。④ 鬓云：鬓发。⑤ 遗钿：人家遗落首饰。

许谷（明 181）一首　题：癸亥（1563 年）端午。

熏风吹满旧都城△①斜日映钟陵△②佳辰却喜收残雨，正榴花、照眼烘晴△闭户恐过令节，开尊独坐闲庭△

一年春夏等闲更△③冷暖不须惊△瓜棚豆架空寻遍，笑玉郎、好梦难成△吊屈添来余恨，④江边呜咽潮生△

注：① 旧都城：指南京，明朝本建都南京，永乐时始迁北京。② 钟陵：钟山明孝陵。③ 等闲更：不经意更换。④ 吊屈：祭吊屈原。

周慧贞（女）（明 334）一首　题：述怀。

几日惆怅厌临鸾△①扶病倚栏杆△逢人懒整云鬟乱，眉儿淡、留待郎看△消受不禁摇扇，遗琴聊把琴弹△

冰弦理罢展琅玕△[2]描写恨千端△双双飞落檐前燕，衔泥转、故故成欢△[3]何事比来轻去，[4]夜深不再团圞△

注：① 惆怅：伤感；临鸾：临镜。② 琅玕：石而似玉者，指琴台。③ 故故：屡屡。④ 比：并。

易震吉（明444）一首　题：清明。

青帘曳动酒人情△[1]沽酒趁清明△[2]能红能白花光竞，[3]听啼过、几遍林莺△隔岸踏青游女，香罗飘逐风轻△

交飞海燕话新晴△[4]径草践还生△画桥碧水垂杨院，秋千架、笑语传声△分付东风留意，莫教吹落繁英△

注：① 青帘：喻酒旗。② 沽酒：买酒。③ 红：指桃花；白：指李花；花光竞：桃李争春。④ 海燕：即燕子，因其来自海外。

张纲孙（明556）一首　题：王阮亭招游平山。[1]

东风吹散木兰桡△[2]春色闹河桥△胜游俱集平山港，一丝丝、罗绮香飘△[3]凫鸭栏边歌板，[4]蒲葵亭外吹箫△

衍波才子他人招△[5]诗压柳花娇△酒阑薄暮纱灯乱，[6]待归去、满路光摇△处处红楼醉也，画帘明月初高△

注：① 王阮亭：即王世禛，见《词人小传》；平山：平山堂，扬州名胜。② 木兰桡：船之美称。③ 罗绮：喻妇女。④ 凫鸭：野鸭。⑤ 衍波：喻才子。《直方诗话》韦贯梦至宫中，有妇人授以笺曰："此衍波笺，烦赋宫中晓寒歌"；他人招：指王阮亭招饮。⑥ 酒阑：酒筵结束。

李渔（清31）一首　故事：《连城璧》第九回，吕旭赠朱艳雪词。

十年留意访婵娟△[1]今日始逢仙△梅花帐里谐鸳梦，闲品评、柳媚花妍△气似幽兰馥馥，神凝秋水涓涓△

醒来疑在雪中眠△莹质最堪怜△又怪人间无艳质，多应是、玉映霞天△焉得良宵不旦，[2]百年长卧花前△

注：① 婵娟：美女。② 焉得：怎得。

曹尔堪（清79）一首　题：春日虎丘书所见。[1]

东风不吝春游天△[2]满路掷榆钱△[3]春衫一队寻花去，是谁人、撇下钗钿△独有紫衣年少，画图无此神仙△

侍儿垂手复齐肩△[4]真个魂欲牵△珠帘半面惊微露，为娇羞、越觉缠绵△恨杀轻罗胜我，时时贴细腰边△

注：① 虎丘：苏州名胜，在阊门外七里。② 不吝：大方。③ 榆钱：榆荚也，因其状如钱。④ 侍儿：婢女。

佟世南（清 300）一首　题：帐中。

兰缸斜照碧纱幮△①香篆袅流苏△②鸳衾不整春宵暖，轻笼着、一半罗襦△③殢了烟鬟软语，④倩伊香臂横舒△

脸花腻枕褪红酥△鬟枣坠龙须△⑤朦胧星眼浑如醉，低声道、睡了何如△试看西窗花影，看看摇落蟾蜍△⑥

注：① 纱幮：纱帐。② 香篆：弯曲香烟；流苏：帐穗。③ 罗襦：罗短衫。④ 烟鬟：发髻蓬松。⑤ 鬟枣：松鬟用具，长可二寸，两头尖如枣核。见《妆台记》。⑥ 蟾蜍：月也。

傅燮诇（清 558）一首　题：春暮。

长林啼倦晓来莺△长昼乍天晴△才过谷雨春将老，①东风暖、雾縠衣轻△②碍路渐成新竹，开帘便入残英△③

池塘碧浪漾浮萍△钱叶小荷生△④胜游初歇郊原外，遍天野、草色铺青△脉脉情怀无限，悠悠落絮闲庭△

注：① 谷雨：二十四节气之一，在公历四月二十日左右。② 雾縠：言其衣轻薄如飘雾，见《司马相如赋》。③ 残英：残花。④ 钱叶：小荷叶状如钱，故称。

汪森（清 669）一首

清和麦秀过春三△①随意访苔龛△②神房花木阴清昼，挂朱藤、倒影空潭△书带草生摇碧，縠纹波动挼蓝△③

池边饥鹤镜虚涵△④俯啄白鱼馋△经翻贝叶金函古，⑤衣偏袒、敷生瞿昙△⑥香积餐余蔬笋，⑦法堂看些松杉△

注：① 清和：四月为清和月。② 苔龛：长满青苔之神龛。③ 挼蓝：拖蓝。④ 镜：鉴照也；虚涵：空涵洞。涵洞，筑于河堤上。⑤ 贝叶：贝多树叶，用以写经。⑥ 瞿昙：佛之姓，喻佛。⑦ 香积：佛寺厨房。

陈聂恒（清 756）一首　题：过外舅钱东皋先生清映室。①

平桥一片响蒲菰△②虚翠湿衣裾△③斜阳乱织蜻蜓影，钓丝风、吹落红蕖△④竹槛有时欹枕，桐窗随意摊书△

眼前一幅辋川图△⑤展向月明初△葡萄架就清阴遍，梦三更、络纬声疏△⑥信是溪堂秋早，掩关人在冰壶△⑦

注：① 外舅：岳父。② 蒲菰：皆水生植物，菰，俗称茭白。③ 衣裾：衣襟。④ 红蕖：红荷花。⑤ 辋川：园名，唐王维别墅。⑥ 络纬：昆虫名，即纺织娘。⑦ 冰壶：喻心清。

陈澧（清 1581）一首　题：八月三日集水明楼中，又以中秋夜集。

夕阳城郭水边楼△纤月挂楼头△客来刚是黄昏后，尽安排、酒盏茶瓯△花雨红飞砚几，山痕绿到帘钩△

檀槽银烛小屏幽△[1]一曲荡清愁△潮生风熟人归去，待明朝、更酌盟鸥△[2]看到月儿圆了，还求一醉中秋△

注：① 檀槽：琵琶或琴之弦柱。② 盟鸥：喻朋友。

吴尚熹（女）（清 1654）一首　题：初夏偶感。

晴丝乍绾日初长△竹影幽纱窗△绿阴叶底黄鹂语，隔帘栊、风递余香△轻暖待裁纨扇，嫩寒犹逗银床△

一春诗事去茫茫△有甚可思量△近来觉得参禅味，尽花开、花谢何妨△欲把韶华留住，良辰美景华堂△

应宝时（清 1682）一首　题：西湖感赋。

鸭头波浅蘸晴霞△[1]风飏荇丝斜△[2]落红吹作相思泪，倩啼鹃、说与桃花△处处饧箫巷陌，[3]年年燕子人家△

楼阴如雾细横纱△鬟影翠屏遮△钿车不碾西泠土，[4]绕垂杨、几点昏鸦△懊恼春归时候，隔墙谁诉琵琶△

注：① 鸭头：喻绿。② 荇：水草名。③ 饧箫：吹着箫卖饧者。饧，即饴糖；巷陌：里巷。④ 钿车：妇女乘车；西泠：杭州西湖桥名，名妓苏小小家。

庄棫（清 1740）一首

微风细细送行云△云散远天青△秋千柱散花飞后，剩遥山、眉黛轻盈△[1]冷落后堂宿燕，凄迷深树啼莺△

残阳偏解向人明△蛛网罥新晴△[2]疏帘清簟情无限，[3]更何须、醉酒林亭△别有风番惆怅，[4]弯弯新月初生△

注：① 遥山：远山，喻眉峰。② 罥：挂也。③ 簟：竹席。④ 风番：春天有二十四番花信风。

吴唐林（清 1766）一首　题：春夜听雨。

小楼梦醒惺忪△人在雨声中△衾寒似水眠难贴，倩谁销、离恨重重△愁共炉烟缭绕，韵搀檐铁丁东△

萧萧急响透帘栊△几度困春风△朝来深树啼莺里，定飞残、多少嫣红△正是黯无眠处，隔林遥逗疏钟△

劳纺（女）（清1883）一首　题：庚子（1900年）春静宁途次。[1]

黄尘滚滚夹沙飞△寒峭逼人衣△[2]乱山缺处平畴见，[3]春料早、叱犊扶犁△[4]浅水波纹摇漾，遥峰岚翠迷离△[5]

浓阴黯澹湿云低△酝酿雪霏霏△初晴红露斜阳影，听幽鸟、百啭频啼△客馆停骖小住，剪灯自语新词△

注：① 静宁：甘肃平凉。② 寒峭：寒冷。③ 平畴：平坦的田野。④ 叱犊：驱小黄牛。⑤ 岚翠：山气；迷离：模糊。

史文山（现当242）一首　题：中秋夜景。

纤云托得玉轮升△[1]一碧映天庭△菊花满街香气透，一丝风、一段柔情△谁个娇音低唱，婉转声似黄莺△

并州城里遍华灯△[2]虹霓上高层△汾河无浪映桥影，[3]尽游人、笑语盈盈△瓜果香飘处处，飞鸟作伴相鸣△

注：① 玉轮：喻月。② 并州：山西太原市。③ 汾河：山西河名。

七十六字　荔枝香

柳永（宋14）一首

甚处寻芳赏翠，归去晚▲缓步罗袜生尘，[1]来绕琼筵看▲金缕霞衣晚褪，[2]似觉春游倦▲遥认、众里盈盈好手段▲

拟回首，又伫立、帘帏畔▲素脸红眉，时揭盖头微见▲笑整金翘，[3]一点芳心在娇眼▲王孙空恁肠断▲

注：① 罗袜生尘：喻步履轻盈。② 金缕霞衣：有光彩金线衣。③ 金翘：金首饰。

方千里（宋133）一首

胜日登临幽趣，[1]乘兴去▲翠壁古木千章，[2]林影生寒雾▲空濛冷湿人衣，山路原无雨▲深涧、斗泻飞泉溜甘乳▲

渔唱晚，看小棹、[3]归前浦▲笑指官桥，风飐酒旗斜举▲[4]还脱宫袍，一醉芳尊倒鹦鹉▲[5]幸有雕龙蜡炬▲[6]

注：① 胜日：即良辰。② 千章：大材木千株。③ 小棹：小船。④ 风飐：风动貌。⑤ 鹦鹉：软体动物鹦鹉螺壳所制酒杯。⑥ 蜡炬：蜡烛。

七十六字　婆罗门引（又名望月婆罗门引）

赵昂（宋336）一首

芳霞照水，[1]水边无数木芙蓉△晓来露湿轻红△十里锦缘步障，[2]日转影重重△向楚天空迥，人立西风△

夕阳道中△双秋色、与愁侬△寂寞三千粉黛，临镜妆慵△施朱大赤，空惆怅、教妾若为容△花易老，烟水无穷△

注：① 芳霞：霞光美称。② 锦缘：锦镶边；步障：遮尘土帐幕。

辛弃疾（宋370）一首　题：赵晋臣敷文张灯甚盛，索赋，偶忆旧游，末章因及之。

落星万点，一天宝焰下层霄△[1]人间叠作仙鳌△[2]最爱金莲侧畔，[3]红粉袅花梢△[4]更鸣鼍击鼓，[5]喷玉吹箫△

曲江画桥△记花月、可怜宵△想及闲愁未了，宿酒才消△[6]东风摇荡，似杨柳、十五女儿腰△人共卿，那个无聊△

注：① 宝焰：焰火美称；层霄：层层天空。② 鳌：鳌山，张灯演杂技之台。③ 金莲：喻灯。④ 红粉：妇女。⑤ 鼍：又名猪婆龙，皮可制鼓。⑥ 宿酒：隔夜酒。

段克己（金29）一首　注：调名原作望月婆罗门引。

暮云收尽，柳梢华月转银盘△[1]东风轻扇春寒△玉辇通宵游幸，[2]彩仗驾双鸾△[3]间鸣弦催管，鼎沸鳌山△

漏声未残△人未醉、尚追欢△是处灯围绣毂，花簇雕鞍△繁华梦断，醉几度、春风双鬓斑△回首处，不见长安△

注：① 银盘：如盘圆月。② 玉辇：帝车；幸：帝所至者称幸。③ 彩仗：仪仗。

车乘轨（现当88）一首　题：望眉月，忆幼年。　注：2002年8月1日（农历六月二十三日）作，调名原作望月婆罗门引。

一弯眉月，漏残犹自照窗纱△清光似水流霞△倚槛阳台望远，杨柳舞婆娑△正三更夜半，月渐西斜△

圆月色佳△下弦月、忆乡家△[1]记得当年盛夏，七岁童娃△如钩月下，尽嬉耍、追逐火萤抓△[2]今老迈，往事情赊△

注：① 下弦月：农历二十二日及二十三日之月，形如弓弦。② 火萤：即萤，绍兴称火萤虫。

七十六字　御街行　第一体，用仄韵。

晏几道（宋 71）一首

街南绿树春饶絮▲雪满游春路▲树头花艳杂娇云，树底人家朱户▲北楼闲上，疏帘高卷，直见街南树▲

栏杆倚遍犹慵去▲几度黄昏雨▲晚春盘马踏青苔，曾傍绿阴深驻▲落花犹在，香屏空掩，人面知何处▲

杨慎（明 157）一首　题：柳苑。

城西杨柳千千树▲风起飞花絮▲青楼珠箔斗轻盈，①还绕名园幽处▲满地香球，满天晴雪，②卷地春归去▲

游人歌吹堤边路▲芳景须珍护▲眠开青眼舞慵腰，③无计使风流住▲百啭残莺，④一双新燕，九十春光暮▲⑤

注：① 青楼：妓院；珠箔：珠帘。② 雪：柳絮。③ 青眼：指柳叶，因柳叶初生似眼；慵腰：懒腰。④ 啭：鸟婉转地叫。⑤ 九十：指春季九十天。

王庭（清 21）一首　题：郊步，用晏小山韵。

东风阵阵吹飞絮▲堆满桥头路▲缘桥南上几家村，①静掩水边蓬户▲②短墙低见，秋千场畔，尚有开花树▲

但逐歧路随意去▲③小暖微零雨▲绿阴深处丰柔桑，有女移筐来驻▲④酒旗遥指，春游稀到，犬吠人行处▲

注：① 缘：沿。② 蓬户：茅屋。③ 歧路：岔路。④ 有女：指采桑女。

车乘轨（现当 88）一首　题：东栅街变迁感怀。①　注：2002 年 12 月 14 日作。

禾城附郭民居好▲②古雅清民貌▲③小桥流水野人家，黛瓦粉墙环绕▲双排店铺，川流摊贩，卖买繁荣闹▲

今来东栅重游眺▲旧景消亡杳▲南边屋宇荡然无，④街路拓成车道▲河房零落，⑤石桥绝迹，凭吊生烦恼▲⑥

注：① 东栅街：在嘉兴东郊。② 禾城：嘉兴城。③ 清民：指清代和民国。④ 此句说：南边店屋均被拆除。⑤ 河房：房屋后进临水。⑥ 此句说：街道改造后，古貌尽失。

七十六字　御街行　第二体，用平韵。

钮琇（清 640）一首　题：鸳湖元夜。①

楼台如梦夜如年△凉露泻银蟾△①春宵未许千金换，况有凉月初圆△几通画鼓，数声响爆，②搅破五更寒△

酒亭花市语声喧△风袅绛纱烟△③笙歌簇处星球满，都在曲院勾栏△④绿窗半掩，红妆争倚，⑤多少玉人看△

注：① 鸳湖：嘉兴南湖。② 爆：爆竹、炮仗。③ 绛纱：红纱。④ 曲院、勾栏：皆指妓院。⑤ 红妆：喻妇女。

七十六字　越溪春

徐来（清 365）一首　题：采茶。

谷雨初晴天气好，①女伴斗新茶△提筐笑过兰风径，带露摘紫笋黄芽△嫩荚惊雷，②焙烟骑火，瑞草魁花△

踏歌归去，矜夸钩月晕纤牙△遥指西崦，③长溪绕处，小桥正对儿家△④郎若爱尝阳羡蕊，⑤自汲中涧中洼△

注：① 谷雨：二十四节气之一，在公历四月二十日左右，谷雨前采摘之茶称雨前茶。② 此句谓所采之茶细嫩。③ 西崦：山名。④ 儿：古代妇女自称。⑤ 阳羡：即江苏宜兴，茶名。

七十七字　越溪春

舒頔（元 83）一首

纱幮过雨晚凉生△①枕簟不胜情△冰肌玉骨原无汗，香风迴、深院语流莺△翠幌光摇绛蜡，②画堂暖泻银瓶△

玉筝牙板按新声△云髻宝钗横△银丝脍细江鳐脆，③扬州月、照我吹笙△旧事十年犹记，壮怀此日堪惊△

注：① 纱幮：纱帐。② 幌：帷幕；绛蜡：红烛。③ 鳐：鱼名。

七十七字　祝英台近（又名月底琴箫谱）　第一体，后段第七句叶韵

王嵎（宋 347）一首

柳烟浓，花露重，合是醉时候▲楼倚花梢，长记小垂手▲①谁教钗燕轻分，镜鸾慵舞，是孤负、几番晴昼▲

自别后▲闻道花底花前，多是两眉皱▲又说新来，比似旧时瘦▲须知两意长存，相逢终有▲莫漫被、春光僝僽▲

注：① 小垂手：舞曲名。

吴淑姬（女）（宋 396）一首

粉痕销，芳信断，好梦久无据▲病酒无聊，欹枕听春雨▲断肠曲曲屏山，温温沉水，都是旧、看承人处▲

久离阻▲应念一点芳心，闲愁知几许▲偷照菱花，清瘦自羞觑▲可堪梅子酸

时，[①]杨花飞絮▲乱莺啼、催将春去▲

注：① 可堪：怎堪。

李彭老（宋519）一首

杏花初，梅花过，时节又春半▲帘影飞梭，[①]轻阴小庭院▲旧时月底秋千，吟香醉玉，曾细听、歌珠一串▲

忍重见▲[②]描金小字题情，生绡合欢扇▲[③]老了刘郎，天远玉箫伴▲几番莺外斜阳，栏杆倚遍▲恨杨柳、遮愁不断▲

注：① 飞梭：指莺飞不绝如织梭。② 忍：怎忍。③ 生绡：生丝织品。

朱一是（明454）一首　题：秋村。

桂花残，篱菊绽，叶破梧桐树▲昨夜西风，飒沓听微雨▲[①]晓看一带青山，几湾蓝水，好扶杖、沿途行去▲

久延伫▲陌上拂袖花香，离离熟禾黍▲[②]秋稻先收，[③]酿酒召村侣▲紫菱青豆黄菰，盘堆如许▲此中乐、不嫌多取▲

注：① 飒沓：微雨声。② 离离：分披繁盛貌。③ 秋稻：高粱，可酿酒。

项名达（清1409）一首　题：悼亡后作。[①]

恼蜂情，慵蝶意，春色又如许▲愁立苍苔，花影乱深坞▲如花人已天涯，[②]花开依旧，争忍见、翠围红舞▲

漫延伫▲犹记双袖凭栏，冷香上诗句▲能几番游，风月竟抛去▲只除梦里归来，梦醒何处▲重帘外、断烟零雨▲

注：① 悼亡：悼念亡妻。② 如花人：指其妻；天涯：很远之处，指已去世。

七十七字　祝英台近　第二体，同第一体，但后段第七句不叶韵。

吕渭老（宋259）一首

宝蟾月，[①]朱阁静，新燕近帘语▲还记元宵，灯火小桥路▲逢迎春笋柔微，[②]凌波纤稳，[③]悄不顾、斗斜三鼓▲[④]

甚无据▲谁信一霎春愁，莺声留不住▲柳色苔痕，风雨暗花圃▲细看罗带银钩，绡巾香泪，算不枉、那时分付▲

注：① 宝蟾：喻月。② 逢迎：接待、接触；春笋：喻女手指。③ 凌波：喻妇女行路。④ 斗斜：星斗西沉；三鼓：半夜。

刘过（宋411）一首　题：同妓游帅司东园。

窄轻衫，联宝辔，花里控金勒▲有底风光，都在画栏侧▲日迟春意融融，杏红深处，为花碎、一鞭春色▲

对娇质▲为我歌捧瑶觞，欢声动阡陌▲何似多情，飞上鬓云碧▲晚来约住青骢，踏花归去，乱红碎、一庭风月▲

周密(宋541)一首　题：揽秀园。[①]

倚玲珑，寻窈窕，瑶草四时碧▲[②]小小蓬莱，[③]花气透帘隙▲几回翠水荷初，苍崖梅小，绮寮掩、玉壶春色▲[④]

柳屏窄▲芳槛日日东风，[⑤]几阵吹吟笔▲曲折花房，莺燕似曾识▲最怜灯影才收，歌尘初静，画楼外、一声秋笛▲

注：① 揽秀园：嘉兴景点，在南门。② 瑶草：仙草，草之美称。③ 蓬莱：仙岛。④ 绮寮：小窗美称。⑤ 芳槛：窗槛美称。

张炎(宋572)一首　题：重过西湖书所见。[①]

水西船，山北酒，多为买春去▲事与云消，飞过旧时雨▲漫留一掬相思，待题红叶，[②]奈红叶、更无题处▲

正延伫▲乱花浑不知名，娇小未成语▲短棹轻装，逢迎断桥路▲那知杨柳风流，树犹如此，更休道、少年张绪▲[③]

注：① 西湖：杭州名湖。② 红叶：红叶题诗。唐僖宗时，于祐于御沟中拾得一叶，与宫人韩夫人相互题诗，后成夫妇故事。③ 张绪：齐武帝赞其风流似柳。

赵维烈(清99)一首　题：咏燕。

画帘前，春社前，[①]双燕趁风坠▲爱洗红襟，频蘸池塘水▲几回软语商量，落红如雨，[②]好衔补、梁间新垒▲[③]

念谁倚▲还记花影重门，和香宿花底▲月暝灯昏，莫把朱楼闭▲待他飞入中闺，天涯人远，有一纸、素书遥寄▲[④]

注：① 春社：在立春后第五个戊日。② 落红：落花。③ 垒：燕巢。④ 素书：书信。

罗坤(清486)一首　题：夏景。

雨迷离，[①]烟叆叇，[②]又是熟梅节▲[③]露井榴花，点点堕红雪▲[④]绿窗谁管闲愁，无人催绣，且收拾、鸳鸯针帖▲[⑤]

黛眉结▲昨宵梦怯银屏，泪泻帕痕湿▲燕语商量，凭得画栏热▲几时柔橹兰桡，相邀女伴，同去采、莲花莲叶▲

注：① 迷离：模糊。② 叆叇：烟云茂盛貌。③ 熟梅：黄梅天。④ 红雪：红花飘落如雪。⑤ 针帖：刺绣样本。

吴泰来(清979)一首　题：和述庵，少华蘋花水阁听雨，忆山中旧游之作。

石玲珑，花匼匝，[1]池馆翠阴密▲[2]蘋末风来，[3]雨意正萧瑟▲最怜柳外舟移，苇闲门掩，听彻了、隔林渔笛▲

坐岑寂▲是谁手欵双扉，[4]幽阶点藤屐▲[5]梦里寒山，跳珠溅千尺▲恁时桐帽穿云，荷衣滴露，共赏遍、松龛苔壁▲[6]

注：① 匼匝：周匝。② 池馆：花园。③ 蘋末：《宋玉赋》："夫风生于地，起于青蘋之末。"④ 欵：敲、叩。⑤ 藤屐：藤鞋。⑥ 龛：供佛小室。

赵文哲(清986)一首

采茶天，挑菜地，[1]有意者边走▲[2]记得高楼，一笑目成久▲[3]趁他叶叶衣香，[4]弓弓袜印，[5]盼归路、翠堤烟柳▲

板扉扣▲殷勤试乞琼浆，[6]堂上话清昼▲堕地钗声，只在曲屏后▲多时阿母呼来，胜常道罢，[7]又背立、花阴垂手▲

注：① 挑菜：即摘菜。② 者边：这边。③ 目成：眉目传情。④ 叶叶：片片。⑤ 弓弓：缠足弓形鞋袜。⑥ 琼浆：茶水美称。⑦ 胜常：即万福，古时女子行礼。

吴国俊(清1450)一首　题：客中有感。

雨如丝，风似剪，闲向曲栏倚▲新碧潭潭，[1]春色已如此▲看他雁齿桥横，[2]鸭头波涨，[3]且莫负、流莺声腻▲

游倦矣▲可堪无定浮踪，依旧泛萍似▲帆饱舟轻，又把水程记▲谁怜一样韶光，及时游冶，终不是、故国情味▲

注：① 潭潭：深奥貌。② 雁齿：即雁行，喻排列。③ 鸭头：喻绿。

黄体立(清1739)一首

燕子楼，猧儿巷，[1]西畔回栏曲▲小影惊鸿，[2]雪映绛纱烛▲[3]爱伊六幅裙移，鞋帮红窄，衬醉靥、暖云娇玉▲[4]

春寒足▲恁般心字香烧，[5]银甲拨箫局▲[6]临别匆匆，圆梦甚时续▲商量菱角持篙，桃根打桨，更花下、共斟浓绿▲

注：① 猧儿：即狗。② 惊鸿：喻美人体态轻盈。③ 绛纱烛：红灯笼。④ 靥：面颊酒窝。⑤ 心字香：以花酿香，作心字烧之。⑥ 银甲：银指甲套；箫局，薰笼之别名。

劳纺(女)(清1883)一首　题：雪夜。

篆烟斜，灯影瘦，乍觉夜寒峭▲短梦初回，疑是绿窗晓▲中庭鸟雀无声，青松

不见，但千树、梨花开了▲

莫轻扫▲待看明日新晴，清夜素辉照▲瑶榭琼台，犹此画中好▲疏檐只欠梅花，空教惆怅，更何处、暗香飞到▲

吕碧城(女)(现当12)一首

縋银瓶，牵玉井，秋思黯梧苑▲[1]蘸渌搴芳，[2]梦堕楚天远▲[3]最怜娥月含颦，[4]一般消瘦，又别后、依依重见▲

倦凝眄▲[5]可奈病叶惊霜，红兰泣骚畹▲[6]滞粉粘香，绣屧俏寻遍▲小栏人影凄迷，和烟和雾，更化作、一庭幽怨▲

注：① 黯：黯然伤别。② 渌：清流。③ 楚天：南方，指家乡安徽旌德县。④ 娥月：月亮。娥，嫦娥，月宫仙子。⑤ 眄：斜视。⑥ 骚畹：《离骚》有"余既滋兰之九畹"，故云。

车乘轨(现当88)一首　题：辛巳清明。　注：2001年4月5日作。

日融和，风恬静，佳节喜无雨▲桃李芬芳，争艳百花圃▲梁间紫燕呢喃，似催房主，莫遗忘、上坟添土▲

向阳处▲菜笋干晒成群，[1]匾筐摆无数▲艾饺青团，[2]应节点心谱▲且乘明媚春光，公园信步，[3]尽游赏、自然情趣▲

注：① 菜笋干晒：绍兴民风，每逢春日，家家晒菜干、笋干或笋煮黄豆干，形成特殊景观。② 艾饺：艾汁米粉饺。③ 信步：随意行走。

七十七字　祝英台近　第三体，同第二体，但前段第二句叶韵。

吴文英(宋476)一首　题：上元。[1]

晚云开，朝雪霁▲[2]时节又灯市▲夜约遗香，南陌少年事▲笙箫一片红云，飞来海上，绣帘卷、缃桃春起▲[3]

旧游地▲素娥城阙年年，[4]新妆趁罗绮▲[5]玉练冰轮，[6]无尘涴流水▲晚霞红处啼鸦，良宵一梦，画堂正、日长人睡▲

注：① 上元：即元宵节。② 雪霁：雪止。③ 缃桃：千叶桃。④ 素娥：嫦娥，月也。⑤ 罗绮：喻妇女。⑥ 此句喻月。

李彭老(宋519)一首

载轻寒，低鸣橹▲十里杏花雨▲露草迷烟，萦绿过前浦▲青青陌上垂杨，绾丝摇佩，渐遮断、旧曾吟处▲

听莺语▲吹笙人远天长，谁翻水西谱▲[1]浅黛凝愁，远岫带眉妩▲画栏闲倚多时，不成春醉，趁几点、白鸥归去▲

注：① 水西：曲名。

柴望（宋526）一首　题：丁巳（1257年）暮春，访杨西村湖上怀旧。

小船儿，双去橹▲红湿海棠雨▲燕子归时，芳草暗南浦▲[1]自从翠袖香销，明珰声断，[2]怕回首、旧寻芳处▲

向谁语▲可怜金屋无人，[3]冷落凤箫谱▲翠入菱花，[4]蛾眉为谁妩▲断肠明月天涯，春风海角，恨不做、杨花飞去▲

注：① 南浦：喻离别处，源出江淹《别赋》。② 明珰：耳佩。③ 金屋：美人居处，源出汉武帝"若得娶阿娇，当以金屋贮之"。④ 菱花：镜。

蒋捷（宋580）一首

柳边楼，花下馆▲低卷绣帘半▲帘外天丝，[1]扰扰似情乱▲[2]知他蛾绿纤眉，鹅黄小袖，在何处、闲游闲玩▲

最堪叹▲筝面一寸尘深，玉柱网斜雁▲[3]谱字红鸾，[4]剪烛记同看▲几回传语东风，将愁吹去，怎奈何、东风不管▲

注：① 天丝：蛛丝。② 扰扰：扰乱。③ 此句谓筝柱弦丝如雁行斜列。④ 此句回忆谱曲写字有所爱之人相伴。红鸾，喜星也。

徐石骐（清280）一首　题：难后怀惠庵。[1]

雨中山，山下渡▲犹自旧时路▲指尽征帆，都向日边去▲[2]萧萧红蓼西风，白蘋秋水，望麦岭、苏郎何处▲[3]

莫回顾▲只有烟雨鸣鸠，惊飞夕阳坞▲断刹荒郊，再赋鲍照赋▲[4]归来又恐伤心，人非物换，空一座、锦城如故▲

注：① 难：指明末战祸；惠庵：作者自注：即徐宗麟，江都人。② 日边：指京都北京。③ 苏郎：苏武，指惠庵。④ 鲍照：南朝宋人，工诗。

姚世钧（清916）一首

月波楼，金粟洞▲合有素娥共▲[1]缓缓长廊，翠滴小阶重▲妆成旋放毫犀，[2]云鬟半亸，[3]掩映出、一丛金凤▲[4]

好春送▲愔愔独向兰房，[5]闲把玉笙弄▲密意柔情，好在眼波动▲只消捧砚传笺，够侬折福，又何况、鸳衾同梦▲

注：① 合：应该；素娥：喻女子。② 毫犀：犀管笔。③ 云鬟：发髻；亸：下垂。④ 掩映：忽隐忽现；金凤：首饰。⑤ 愔愔：安和貌。

郭麐（清1208）一首

髻堆鸦，[1]眉学字▲未满十三四▲绰约春风，[2]先解折花戏▲不妨楼下迷藏，尊

前捉搦，[3]总同在、曲屏风底▲

夜来起▲不知谁杀残灯，小胆破浓睡▲娇艳鹦哥，[4]偏管隔帘事▲奈他澹月萦窗，[5]暗萤穿户，又悄地、投人怀里▲

注：① 鸦：乌鸦，喻黑发。② 绰约：柔弱貌。③ 捉搦：捉拿。④ 鹦哥：鸟名，能学舌。⑤ 澹月：恬静月光。

李贻德（清 1367）一首　题：渡越湖。[1]

乌篷掀，[2]碧袖飐▲[3]怅望越王殿▲[4]蠡曲湖光，[5]平底画船转▲看他细雨轻蓑，明波红桨，把十二、矮桥穿遍▲

远山见▲无数空翠横眉，髻髻佛罗卷▲[6]杂树生花，一路早莺啭▲只余香雾春风，夭桃开了，[7]浑不见、浣纱人面▲[8]

注：① 越湖：指绍兴江湖。② 乌篷：黑色船篷。③ 碧袖飐：风动绿色袖子。④ 越王殿：在绍兴龙山上。⑤ 蠡曲：狭小曲折。⑥ 髻：挽发束于顶，即总发。⑦ 夭桃：艳丽的桃花。⑧ 浣纱人面：源出西施。

孙鼎臣（清 1664）一首　题：江上遇雨。

雾初收，风未定▲烟柳系孤艇▲临水人家，约略倚深径▲峭寒细雨疏篱，绿愔愔处，早扶出、一枝红杏▲

问江上，[1]添得几许春潮，镇日没笭箵▲[2]凝碧无情，芳草渡头影▲鹧鸪烟外飞来，一声声唤，正十里、春山人静▲

注：① 上：此字不叶韵，稍异。② 笭箵：渔具总称。

李慈铭（清 1735）一首　题：暮春游疁城秦氏小山园。[1]

绮廊疏，芳径转▲楼阁浅深见▲迤逦朱帘，[2]多半隔花卷▲殢人一曲朱栏，[3]是谁频倚，恁沾袖、余香犹暖▲[4]

恨春晚▲回首檀板金尊，年前几欢宴▲题榜风流，[5]还问旧家燕▲[6]更怜临水纱窗，杨花堆雪，正闲杀、懒晴庭院▲

注：① 疁城：地名，在上海嘉定南门外，又名娄塘。② 迤逦：曲折连绵。③ 殢人：恋人。④ 恁：如此。⑤ 题榜：匾上题名，如进士第等。⑥ 旧家燕：刘禹锡《乌衣巷》诗“旧时王谢堂前燕”。

七十七字　祝英台近　第四体，同第三体，但后段第七句叶韵。

辛弃疾（宋 370）一首　题：春晚。

宝钗分，[1]桃叶渡▲[2]烟柳暗南浦▲[3]怕上层楼，十日九风雨▲断肠片片飞红，都无人管，更谁劝、流莺声住▲

鬓边觑▲试把花卜归期，才簪又重整▲罗帐灯昏，哽咽梦中语▲是他春带愁来，春归何处▲却不解、带将愁去▲

注：① 宝钗分：南宋有分钗赠别之制。② 桃叶渡：在南京秦淮河，晋王献之与妾桃叶离别处。③ 南浦：江淹《别赋》"送君南浦"，喻离别处。

张慎仪(女)(清1807)一首　题：踏青。

正雨余，风剪剪▲[1]霁色浓于染▲[2]古道平芜，时有落花糁▲[3]重三兰伴相邀，[4]寻幽缓步，各自把、绣鞋点检▲

骋游览▲目送一片凄迷，牵动情天感▲□□□□，[5]已怨斜阳暗▲归来带瑟春驹，[6]醉撩春艳▲又飞上、钗头轻飐▲

注：① 风剪剪：风寒貌。② 霁色：雨过天晴景色。③ 落花糁；落花成渣。④ 重三：三月初三，古上巳节；兰伴：女伴。⑤ 此句应四字，原书漏缺，待查补。⑥ 春驹：蛱蝶的别名。

文廷式(清1845)一首

剪鲛绡，[1]传燕语▲黯黯碧云暮▲愁望春归，春到更无绪▲园林红紫千千，放教狼藉，休但怨、连番风雨▲

谢桥路▲十载重约钿车，[2]惊心旧游误▲玉佩尘生，[3]此恨奈何许▲倚楼极目天涯，天涯尽处▲算只有、濛濛细雨▲

注：① 鲛绡：传说中鲛人织成的绢帕。入水不湿。② 钿车：妇女乘车。③ 玉佩：衣带上饰物。

七十七字　祝英台近　第五体，用平韵。

陈允平(宋556)一首

待春来，春又到，花底自徘徊△春浅花迟，携酒为春催△可堪碧小红微，黄轻紫艳，东风外、装点池台△

且衔杯△无奈年少心情，看花能几回△春自一年年，花自为春开△只他春为花愁，花因春瘦，花残后、人未归来△

七十七字　侧犯

周邦彦(宋128)一首

暮霞霁雨，[1]小莲出水红妆靓▲[2]风定▲看步袜江妃照明镜▲[3]飞萤度暗草，秉烛游花径▲[4]人静▲携艳质，追凉就槐影▲

金环皓腕，雪藕清泉莹▲谁念省▲满身香，犹是旧荀令▲[5]见说吴姬，[6]酒垆深迥▲烟锁，漠漠藻池苔井▲

注：① 暮霞：夕阳；霁雨：雨止。② 靓：好看。③ 步袜：步履轻盈；江妃：仙女，《列仙传》江妃二女，游于江滨，逢郑交甫，遂解佩与之。④ 秉烛：持烛。⑤ 荀令：《世说》刘季和尝言"荀令君至人家，坐处三日香"。

袁去华（宋311）一首

篆销余馥，[①]烛堆残蜡房栊晓▲[②]寒峭▲[③]看杏脸羞红尚娇小▲游蜂静院落，[④]绿水摇池沼▲闲绕▲翠树底，搘颐听啼鸟▲[⑤]

秋风怕雨，弹指春光了▲春信杳▲最堪恨，归雁过多少▲困倚孤眠，昼长人悄▲睡起，依然半窗残照▲

注：① 篆：曲折香烟；余馥：余香。② 房栊：有帘之窗。③ 寒峭：微寒。④ 院落：庭院。⑤ 搘颐：支撑面颊。搘，同支。

陈允平（宋556）一首　题：次周美成韵。

晚凉倦浴，素妆薄试铅华靓▲[①]凝定▲似一朵芙蓉泛清镜▲轻纨小自撚，[②]扑蝶鸳鸯径▲闲静▲金凤亸，[③]斜欹翠蝉影▲[④]

冰肌玉骨，衬体红绡莹▲还暗省▲记青青，双鬓旧潘令▲[⑤]梦想鸾筝，后堂深迥▲何日，西风碧梧金井▲

注：① 靓：打扮。② 轻纨：指团扇。③ 金凤：金凤钗。④ 蝉：蝉翼形发髻。⑤ 潘令：晋潘岳，曾官河阳令，县中满植桃李，为人称颂。

陆求可（清70）一首　题：采莲。

轻衫窄袖，女儿小小溪头立▲羞涩▲怕隔岸儿郎认颜色▲柔荑执画桨，[①]绣带凌波湿▲齐集▲同棹入，花间笑争匿▲

停船花下，渺渺波光碧▲谁念水底新妆，[②]脉脉自相识▲徐理红裙，看花如泣▲回船且去，满溪落日▲[③]

注：① 柔荑：柔软女手。② 此句按格律应分三字两句，稍异。③ 此两句按格律应为二字、六字，稍异。

毛先舒（清104）一首　题：闺情。

小桃枝上，午莺啼断花阴悄▲风小▲弄一缕残香瘦烟袅▲慵来意历乱，[①]睡起云缭绕▲天杳▲记幽梦，飞回楚云渺▲[②]

深深院落，见说闲中好▲还着恼▲奈扑地，杨花把春搅▲蝴蝶帘栊，鸳鸯池馆▲看他，女伴踏青归早▲

注：① 慵：懒也；历乱：纷乱。② 楚：作者系杭州人，战国时属楚国。

车乘轨（现当88）一首　题：乙酉（2005年）酷热。注：2005年9月20日作。

气温异变，夏初小满如端午▲[1]晴暑▲觉热浪翻腾烈阳舞▲清和不雅致，[2]六月无梅雨▲天怒▲人怨恨，庄稼半枯误▲

朝思暮盼，等到中秋遇▲心早许▲沐金风，[3]除却炎热苦▲事出寻常，竟来秋虎▲[4]堪怖▲[5]高温袭人如故▲

注：① 小满：二十四节气之一，是年为5月21日。② 清和：农历四月（公历五月）为清和月，③ 金风：秋风。④ 秋虎：立秋后之酷热，称秋老虎。⑤ 此句叶韵，稍异。

七十七字　婆罗门引

夏完淳（明639）一首　题：春尽夜。

晚鸦归去，一枝花影送黄昏△春归不阻重门△辞却江南三月，何处梦堪温△更阶前新绿，空锁芳尘△

随风摇曳云△不须兰棹朱轮△[1]只有梧桐枝上，留得三分△多情皓魄，[2]怕明宵还照旧钗痕△登楼望，柳外销魂△

注：① 兰棹：船之美称；朱轮：指车。② 皓魄：月光。

七十七字　凤楼春

欧阳炯（五代十国11）一首

凤髻绿云丛△深掩房栊△锦书通△梦中相见觉来慵△[4]匀面泪，脸珠融△因想玉郎何处去，对淑景谁同△

小楼中△春思无穷△倚栏凝望，阁牵愁绪，柳花飞起东风△斜日照帘，罗幌香冷粉屏空△海棠零落，莺语残红△

七十七字　扑蝴蝶

晏几道（宋71）一首

烟条雨叶，绿遍江南岸▲思归倦客，寻芳来较晚▲岫边红日初斜，[1]陌上花飞正满▲[2]凄凉数声羌管▲[3]

怨春短▲玉人应在，[4]明月楼中画眉懒▲蛮笺锦字，[5]多时鱼雁断▲[6]恨随去水东流，事与行云共远▲罗衾旧香犹暖▲

注：① 岫：山洞。② 陌上：田野。③ 羌管：少数民族乐器。④ 玉人：美人。⑤ 蛮笺：即蜀笺，书笺之美称。⑥ 鱼雁：指书信。

七十八字　一丛花（又名一丛花令）

张先（宋18）一首　注：调名原作一丛花令。

伤春怀远几时穷△无物似情浓△离愁正恁千丝乱，更南陌、飞絮濛濛△归骑渐

遥，征尘不断，何处认郎踪△

双鸳池沼水溶溶△①南北小桡通△梯横画阁黄昏后，又还是、新月帘栊△沉恨细思，不如桃杏，犹解嫁东风△②

注：① 池沼：圆池称池，曲池称沼。② 嫁：追随之意。

商辂（明 59）一首

今年春浅腊侵年△①冰雪破春妍△东风有信无人见，露微凉、柳际花边△寒夜纵长，孤衾易暖，钟鼓渐清圆△

朝来初日半含山△楼阁淡疏烟△游人便作寻芳计，小桃杏、应也争先△酒病少情，疏慵自放，惟爱日高眠△

注：① 腊：十二月；侵年：超年，即正月立春后还如腊月般严寒。

彭孙贻（明 504）一首　题：初秋。

藕花天气试轻绡△纨扇倚风遥△三铢衣重嫌无力，①飞丝折、印损裙腰△犀月梳收，②麝云鬓敛，妥髻坐良宵△

冰肌无暑暗香飘△小喜颊红潮△黄昏萤照罗帏里，横陈外、河鹊成桥△③道是忘情，几人真个，谁耐不魂销△

注：① 三铢衣：形容其衣之轻，此句谓如此轻薄之衣尚嫌其重。② 犀月梳：犀角月牙形梳子。③ 横陈：喻睡；河鹊成桥：喻鹊桥相会。

林子宁（清 78）一首　题：忆春。

轻烟漠漠雨余时△人困午风迟△桐阴满砌蕉心卷，韶光换、绿影参差△蝴蝶飞来，余香不见，犹自恋空枝△

春当好处几人知△春去更谁思△露桃烟柳梨花月，朝和暮、各自风姿△待到明年，芳华依旧，愁鬓恐成丝△

吴秉仁（清 83）一首　题：晚泊章江。①

几番冷暖做阴晴△帆影隔江城△落梅万树东风里，才寒食、又过清明△山杏香残，溪桃红褪，岸柳拂长亭△

拼将春老杜鹃声△梦断旅魂惊△沙迴烟际孤村远，销凝处、渔唱堪听△数点归鸦，半湾流水，斜照下荒汀△

注：① 章江：江西水名。

陈维崧（清 196）一首　题：闰三月初三，竹逸斋头看紫牡丹，记前月修禊虞山，①故前半阕及之。

琴川前月记幽探△②艇子漾柔蓝△冶游恰值人修禊，风光在、碧嶂红潭△街上

饧箫，山边荠菜，春色上春衫△

今朝魏紫放晴檐△③丽景十分添△一年最好惟三月，谁频见、两度重三△④花好逢王，⑤春浓遇闰，乐事艳江南△

注：① 修禊：三月三日上巳节，采兰水上，以祓除不祥，谓之修禊；虞山：常熟山名，在城西北隅。② 琴川：常熟别名。③ 魏紫：牡丹。④ 两度重三：闰三月初三。⑤ 王：花王，牡丹也。

唐梦赉（清 250）一首　题：饮白鹿泉上。

芒鞋吊古宋名都△①袱被倦长途△②遗钿堕珥繁华处，③荒祠庙、夜啸饥鼯△④葛岭寻丹，⑤桃堤试马，旧事尚留无。

清湖一望水如酥△良日共携壶△鸣琴泼墨红亭上，残阳树、依旧栖乌△萧寺钟声，柴门稚语，呼醉瘦筇扶△

注：① 芒鞋：草鞋；宋名都：指临安（今杭州）。② 袱被：被包袱。③ 钿：首饰；珥：耳环；遗堕：喻人多拥挤而失落。④ 鼯：鼯鼠，能从树上飞下。⑤ 葛岭：在杭州西湖，葛洪炼丹处。

潘眉（清 564）一首　题：郊望。

微风弱雨暗孤城△堤畔小桥平△斜阳荡漾春无力，谁家女、寒食轻盈△桃李随风，海棠着雨，情绪怯流莺△

三年回首客燕京△往事总星星△调声顾曲消长昼，①恁时初听卖花声△②红杏帘前，丁香马上，时节正清明△

注：① 顾曲：听曲。② 恁时：那时。此句按格律应三字、四字分句，稍异。

张令仪（女）（清 831）一首　题：楼头望五亩园梨花。

堤边柳色但藏鸦△载酒向谁家△红桥断板斜阳外，清池涸、草长鸣蛙△雨泣烟笼，何人曾见，一树冷梨花△

当时犹记旧繁华△回首思无涯△瑶岛仙人归去也，荒台榭、空锁烟霞△寂寞庭轩，流莺独哢，燕剪一双斜△

金蓉镜（清 1843）一首　题：春感。

荼蘼栀子未成荫△①好费孟婆心△②无端猛雨栏门打，早劝回、蜂蝶来寻△横板护桥，枯槎当道，扫地但闻琴△

分飞莺燕各求林△芜没见苔砧△年来惯下哀时泪，一回见、更一回深△斜照到门，子规啼血，剑气绕寒林△

注：① 栀子：常绿灌木，夏开白花。② 孟婆：即风神。

车乘轨（现当88）一首　题：绍兴扫墓春游。　注：2001年3月29日作。

春装初试近清明△风软拂衣轻△游春扫墓中庄去，[1]爱车上、沿途怡情△[2]山坡踏青，农家小坐，桃柳总相迎△

归途寻庙五洋行△[3]东岳有名声△[4]张神诞日开戏演，[5]满庭院、勾脸坤伶△[6]斋席十余，诚招香客，男女闹盈盈△

注：① 中庄：绍兴漓渚镇村名，在绍城西南约九公里。② 车上：骑自行车。③ 五洋：桥名，在绍城西南约四公里。④ 东岳：庙名，近五洋桥。⑤ 张神：神名。⑥ 坤伶：指绍兴梅山越剧团女演员。

七十八字　甘州令

柳永（宋14）一首　题：咏雪。

冻云深，淑气浅，[1]寒欺绿野▲轻雪伴、早梅飘谢▲艳阳天，正明媚，却成潇洒▲玉人歌，画楼酒，对此早骤增高价▲

卖花巷陌，放灯台榭▲[2]好时代、怎生轻舍▲赖和风，荡霁霭，[3]廊清良夜▲玉尘铺，[4]桂茎满，[5]素光里、[6]更堪游冶▲

注：① 淑气：温和之气。② 榭：台有屋者。③ 霁霭：雪止后云气。④ 玉尘：喻雪。⑤ 桂茎：难解待考。⑥ 素光：白光，喻雪光。

七十八字　金人捧露盘

赵我佩（女）（清1557）一首　题：春日有怀湖上。[1]

忆湖山，思湖水，梦湖烟△记春游，苏小门前△[2]钿车声远，[3]垂杨依旧绿年年△玉人何处踏青去，[4]冷落秋千△

楝花风，梅花月，梨花雨，杏花天△得看花，便是神仙△断桥芳草外，[5]斜日画船边△而今只有白鸥在，闲伴沙眠△

注：① 湖上：指杭州西湖。② 苏小：南齐名妓苏小小，住西湖西泠桥畔。③ 钿车：妇女乘车。④ 玉人：美人。⑤ 断桥：桥名，在西湖白堤上。

七十八字　送入我门来

汪懋麟（清519）一首　题：白沙。

种柳为城，栽榆成巷，白沙翠竹人家△门对江干，[1]山色见些些△却逢暮暮朝朝雨，恨不见、村村树树花△

地僻行人罕到，[2]无数良田美宅，鸡犬桑麻△今我才游，归路晚烟斜△谁家蹀躞青骢骑，[3]更几处、咿呀红漆车△

注：① 江干：江边。② 罕：少见。③ 蹀躞：小步行路貌。

七十八字　御街行（又名孤雁儿）

程垓（宋 368）一首　题：有尼从人而复出者，戏赋。注：调名原作孤雁儿

双鬟乍绾横波溜▲①记当日、香心透▲谁教容易逐鸡飞，②输却春风先手▲天公原也，管人憔悴，放出花枝瘦▲

几宵和月来相就▲问何处、春山斗▲③只应深院锁婵娟，④枉教娇花时候▲何时为我，小梯横阁，试约黄昏后▲

注：① 绾：盘结；横波：眼光斜视。② 逐鸡：嫁人。谚曰：嫁鸡随鸡，指该尼曾嫁人。③ 春山：喻眉峰。④ 婵娟：美女。

辛弃疾（宋 370）一首

栏杆四面山无数▲供望眼、朝与暮▲好风催雨过山来，吹尽一帘烦暑▲纱幮如雾▲①簟纹如水，别有生凉处▲

冰肌不受铅华污▲更旎旎、真香聚▲临风一曲最妖娇，唱得行云且住▲藕花都放，木犀开后，②待与乘鸾去▲③

注：① 纱幮：蚊帐。此句入韵，稍异。② 木犀：桂花别名。③ 乘鸾：《异闻录》唐明皇游月宫，见素娥十余人，皓衣乘白鸾；或解作秦穆公女弄玉，与萧史吹箫乘鸾仙去。

桂华（明 127）一首

是谁催起珠帘雨▲飞洒遍、江南土▲湖山秀色压长安，①欲觅春光何处▲夭桃嫩李，浅红深白，种种皆堪睹▲

从教蝶采游蜂取▲芳菲物、知无数▲夜东风送度东吴，久是南来甘澍▲②余花剩蕊，遗香留艳，翻作相思苦▲

注：① 长安：汉、唐京都，借喻北京。② 甘澍：及时雨。

徐灿（女）（清 20）一首　题：燕京元夜。

华灯看罢移香屧▲正柳陌、游尘绝▲素裳粉袂玉为容，人月都无分别▲丹楼云澹，金门霜冷，纤手摩娑怯▲

三桥宛转凌波蹑▲敛翠黛、低回说▲年年长向凤城游，曾望蕊珠宫阙▲星稀月烂，火城日近，踏遍天街月▲

曹尔堪（清 69）一首　题：春夜。

墙边桃靥晴微逗▲①杨柳弱、枝垂瘦▲平郊花草逐人香，都是黄蔬青豆▲谁家少妇，踏青归去，不省钗钿溜▲②

天晴嫩绿江边斗▲唤起迭翻新奏▲③暖风引出汗微香，沾上游春衫袖▲怪他

江水，晴波有晕，似学眉儿皱▲

注：① 桃靥：桃花面，即桃花。② 此句谓不知首饰溜掉。③ 迭翻新奏：屡换新腔。此句按格律应三、三字处加顿号，稍异。

董儒龙（清 619）一首　题：晚望。

熏风好处行人路▲①莺舌巧、榆钱舞▲②天长草树接云霄，野阔牛羊如鹜▲③晚烟绿涨，夕阳红淡，又早千山暮▲

农家筑就新场圃▲麦未刈、秋先布▲荒村灯火夜寥寥，④夫妇牛衣中语▲⑤可堪凄断，一声画角，吹彻楼头戍▲⑥

注：① 熏风：和风、东南风。② 榆钱：指榆荚，因其状似钱。③ 鹜：野鸭。④ 寥寥：稀疏。⑤ 牛衣中语：汉王章疾病无被，卧牛衣中，对妻泣，妻呵怒之……。牛衣：乱麻编成。⑥ 楼头戍：守望之城楼。

黄景仁（清 1106）一首　题：十三夜，偕少云同步灯市。

城东昨见青旗转▲陡扑面、风情软▲玉箫吹起试灯人，门巷笑声烘暖▲六街抛得，月华如练，今夜无人管▲

和君旧时清游伴▲奈往事、心头满▲无情一片是春云，隔得两家天远▲星桥影堕，踏歌声散，三叹归空馆▲

七十八字　阳关引

袁积懋（清 1691）一首　题：晓雨，和象如弟。

才送春归去▲又洒黄梅雨▲①满庭竹阴，凄清甚、凭谁语▲抚琼瑶一曲，②幽恨终难诉▲看袅尽博山残篆，③懒重炷▲

菡萏烟中吐▲④空媚妩▲最难堪是，听蛙鼓▲⑤喧无数▲又潇潇几阵，湿遍湾头树▲镇无聊，一襟清泪共酸楚▲

注：① 黄梅雨：农历五月，梅子熟时之雨。② 琼瑶：瑶琴美称。③ 博山：喻香炉；篆：曲折香烟。④ 菡萏：荷花别称。⑤ 蛙鼓：蛙鸣如打鼓。

七十八字　翠湘凤

陈霆（明 131）一首　题：夏夜。

轻雷送雨过池塘△烦蒸顿解，柳外小亭凉△手弄冰绡新浴起，①半堕钗凰△②风里芰荷香满，③凭栏十里湖光△

流苏垂下绛帱张△④水晶枕底，纹簟枕清湘△⑤携手月中人似玉，懒上牙床△⑥起向闲阶伫立，紫薇影转回廊△

注：① 冰绡：轻薄生丝织物。② 钗凰：凤凰钗。③ 芰荷：本为菱荷，但古

诗词中仍指荷花。④ 流苏：帐穗；绛幮：红床帐。⑤ 簟：竹席。⑥ 牙床：象牙床。

七十九字　山亭柳

邹祗谟（清312）一首　题：咏隋堤新柳。①

纹縠微流△②正万缕初柔△③垂绮苑，映妆楼△此日藏鸦多少△④他时系马迟留△渐渐绿深黄浅△一带烟浮△

花花絮絮雷塘路，⑤风风雨雨到邗沟△⑥初学舞，惯含愁△远恨能传玉笛，轻寒乍到红篝△⑦最是长条牵惹，人在兰舟△

注：① 隋堤：在江苏扬州。② 纹縠：水波如皱纹。③ 缕：丝，指柳丝。④ 藏鸦：栖鸦。⑤ 雷塘：扬州地名，隋炀帝葬此。⑥ 邗沟：水名，在扬州江都。⑦ 篝：衣篝，架在火上，可以薰衣的竹制薰笼。

七十九字　金人捧露盘　第一体，前、后段结尾两句，四字、七字。

程垓（宋368）一首

爱春归，忧春去，为春忙△旋点检、雨障云妨△遮红护绿，翠帏罗幕任高张△海棠明月，杏花天、更惜浓芳△

唤莺吟，招蝶拍，迎柳舞，倩桃妆△尽呼起、万籁笙簧△一觞一咏，尽教陶泻绣心肠△①笑他人世，漫嬉游、拥翠偎香△

注：① 陶泻：倾吐，发泄。

刘基（明7）一首

水如蓝，山如黛，草如丝△正去年、双燕来时△衡门尽掩，①日长唯有睡相宜△午风吹破，北窗梦、檐影参差△

李花开，梅花谢，榴花放，杏花稀△枉教人、两鬓双垂△凭栏伫立，空将愁眼盼斜晖△断云迢递，趁征鸿、直到天涯△

注：① 衡门：简陋的屋舍，后多指隐士的居处。

纳兰性德（清694）一首　题：净业寺观莲，有怀荪友（严绳孙）。

藕风轻，莲露冷，断虹收△正红窗、初上帘钩△田田翠盖，趁斜阳鱼浪香浮△此时画阁，垂杨岸、睡起梳头△

旧游踪，招提路①，重到处，满离忧△想芙蓉、湖上悠悠△红衣狼籍，卧看少妾荡兰舟△午风吹断，江南梦、梦里菱讴△

注：招提：寺院。

七十九字　金人捧露盘　第二体，同第一体，但前、后段结尾两句七字、四字。

杨宛(女)(明 429)一首　题：秋海棠。

记春光，繁华日，万花丛△正李衰、桃谢匆匆△侬家姐妹，①妖枝艳蕊笑东风△薄情曾共春光去，惆怅庭空△②

到如今，余孤干，羞桃李，一园中△怜娇妹、试沐新红△③恐伤姐意，④含芳敛韵绮窗东△邻家不分伊偏占，放出芙蓉△⑤

注：① 侬：吴语，我也，也可作你。此句谓桃、李姐妹。② 惆怅：伤感貌。③ 娇妹：指秋海棠。④ 姐：指桃、李。⑤ 芙蓉：荷花。后段指秋海棠在桃李谢落后仍不开放，却被荷花抢了先。

彭而述(清 18)一首　题：都门感旧。①　注：《全明词》词牌作《忆旧游》。

记燕台，旧游地，百花红△正西山、烟翠溟濛△②承天门外，绣袍锦带马如龙△③酒钱夜数当垆女，④买醉新丰△⑤

几何时，成霜鬓，离宫在，夕阳中△乌衣巷，⑦非复江东△五侯七贵，霎时秋雨碎梧桐△海青嘹呖寒笳起，泪洒西风△

注：① 都门：北京。② 西山：北京山名。③ 马如龙：车水马龙，形容热闹。④ 当垆：卖酒。⑤ 新丰：唐京都长安(今西安)临潼县，此处借喻明、清京都北京。⑥ 离宫：皇帝出巡行宫。⑦ 乌衣巷：在南京，贵族王导等居地。

黄锡朋(清 24)一首　题：春暮。

好韶光，①才留恋，去匆匆△看杨花、满地如蓬△郊原绿遍，王孙有约怨残红△②牡丹亭畔唱金缕，③欲饯春风△④

隙驹过，⑤空皓首，嗟美景，雨丝中△听子规、啼彻林丛△香车宝马，争驰柳陌到花宫△倚楼初试白团扇，满树青葱△

注：① 韶光：春景。② 王孙：富贵家子弟。③ 金缕：曲名。④ 饯：以酒菜送别。⑤ 隙驹：《史记》“人生一世中，如白驹过隙”。喻光阴迅速。

蒲松龄(清 524)一首　题：雨夜。

向黄昏，风细细，雨潇潇△湿垂杨、慵杀纤腰△檐珠脱串，丝丝点点洒红蕉△凄情处能添竹瘦，倍益花憔△

一声声，听不断，才急坠，复斜飘△如抛豆、窗外频敲△寸心碎，空庭瑟瑟可怜宵△离人思归悲秋客，一样魂销△

张瑛(女)(清820)一首　题：午日，[1]同父作。

不觉是，天中节，[2]日融融△小窗似锦石榴红△[3]兰汤沐罢，灵符高挂室西东△[4]绿阴院落闲游戏，两袖生风△

笑儿曹，[5]争艾虎，[6]看女伴，斗花丛△开绮席、酒术馨醲△[7]一觞一咏，胜如歌舞玉楼中△随时即便成佳境，何必仙宫△

注：① 午日：端午日。② 天中节：即端午节。③ 此句按格律应在三、四字间加顿号，稍异。④ 灵符：端午节挂符，以避邪。⑤ 儿曹：尔辈。⑥ 艾虎：端午悬艾虎，以制邪毒。⑦ 酒术：白术酿成之药酒；馨醲：酒香厚。

七十九字　红林檎近

方千里(宋133)一首　题：雪，次周美成(周邦彦)韵。

花幕高烧烛，兽烟深炷香△[1]寒色上楼阁，春威遍池塘△多情天孙织罢，[2]故与玉女穿窗△[3]素脸浅约宫妆△风韵胜笙簧△

游冶寻旧侣，尊酒老吾乡△清歌度曲，何妨尘落雕梁△任瑶阶平尺，珠帘人报，剩拚酩酊飞羽觞△[4]

注：① 兽烟：兽形炉烟。② 天孙：织女星。③ 玉女：仙女。④ 飞羽觞：传杯饮酒。

陈允平(宋556)一首　题：雪，次周美成韵。

飞絮迷芳意，[1]落梅销暗香△皓鹤唳空碧，[2]白鸥避寒塘△妨他踏青斗草，[3]便放晓日东窗△[4]先是懒弄晨妆△谁耐听笙簧△

望帘寻酒市，看钓认渔乡△空持紫燕，芹泥未上雕梁△[5]想梁园谢馆，[6]寻花较晚，但陪玉树频举觞△[7]

注：① 絮：喻雪。② 皓鹤：白鹤。③ 此句谓下雪不能郊游和斗草游戏。④ 此句谓雪霁日出。⑤ 芹泥：燕巢材料。⑥ 梁园：梁孝王别墅；谢馆：谢安花园。⑦ 玉树：树上积雪。

魏学渠(清10)一首　题：偶遇。

绿树东皋近，繁英流水香△竹粉脱幽境，[1]薜荔绕闲旁△[2]珠帘纱窗窈窕，箫局茶灶端祥△[3]秋千影落池塘△笑语隔红墙△

舴艋沿溪渡，十二浴鸳鸯△湘裙百裥，钗梁雀颤明珰△[4]便芒萝村里，桃花洞口，碧云暮合来阮郎△

注：① 竹粉：笋壳脱落时附着在竹节旁的白色粉末。② 薜荔：又名木莲。

③ 篝局：薰笼别名。④ 钗梁：钗的主干部分。

吴伟业(清28)一首　题：春思。

龟甲屏还掩，[1]博山香未焦△[2]鹦鹉暖犹睡，晓莺上花梢△醒来抬身半晌，[3]细雨湿梦无聊△女伴戏问春宵△笑颊晕红潮△

黛眉新月偃，[4]罗袜小莲拗△[5]更衣拢鬓，背人自折樱桃△怨玉郎起早，日长倦绣，小桃花落吹洞箫△[6]

注：① 龟甲屏：龟甲形屏风。② 博山：香炉；未焦：未焚。③ 半晌：片刻。④ 偃：放倒。⑤ 小莲：小金莲；拗：弓形，喻鞋。⑥ 洞箫：有洞长箫。

七十九字　御街行

谢肇淛(明271)一首　题：惜春。

落红满地春无主▲看嫩柳、争飞絮▲轻寒犹未卷重帘，最怕五更风雨▲十分春色，九分过了，只一分枝头住▲

双双紫燕帘前语▲人不见、天将暮▲昼长睡起篆烟残，别是一番情绪▲香肌暗损，此时此恨，脉脉谁堪诉▲

七十九字　望天涯引

车乘轨(现当88)一首　题：大日全食壮观。[1]　注：2009年7月22日作。

太空生变，不平静，交相克▲月蔽太阳，红日竟成全黑▲今番特甚，五百年难遇、大日食▲哄动全球，竞来浙安吉▲[2]

关键时刻，偏霖雨、朝如夕▲幸赖莹屏，[3]翻比直观清晰▲但见边心角、逐步蚀▲失去还原，[4]出现天文奇迹▲

注：① 大日全食：即大月亮覆盖了小太阳。② 浙安吉：浙江省安吉县天荒坪是此次(2009年7月22日)大日全食的最佳观赏地，不仅国内，连美、法、印度等天文学专家也赶来研赏。③ 此句谓浙江电视台当场全程转播。④ 此句谓日全食开始于9时35分零1秒，历时5分56秒还原。最久处是浙江嵊泗县，长达6分零1秒。

七十九字　镇西

柳永(宋14)一首　题：感别。

意中有个人，芳颜二八▲[1]天然俏、自来奸黠▲[2]最奇绝▲是笑时媚靥，深深百态千娇，再三偎着，再三香滑▲

久离缺▲夜来魂梦里，尤花殢雪▲分明似、旧家时节▲正欢悦▲被鸡声唤起，一场寂寞无眠，向晓空有，半窗残月▲

注：① 二八：十六岁。② 奸黠：聪明而狡猾。

八十字　安公子

柳永(宋 14)一首

长川波潋滟▲楚乡淮岸迢递，一霎烟汀雨过，芳草青如染▲驱驱携书剑▲当此好天好景，自觉多愁多病，行役心情厌▲

望处旷野沉沉，暮云黯黯▲行侵夜色，又是急桨投村店▲认去程将近，舟子相呼，遥指渔灯一点▲

八十字　孤雁儿　注：此词牌同《御街行》，惟结句多出二字，或歌时衬字。

绍兴无名氏(宋 302)一首

霜风渐紧寒侵被▲[①]听孤雁，声嘹唳▲一声声送一声悲，云淡碧天如水▲披衣起告，雁儿略住，听我些儿事▲

塔儿南畔城儿里▲第三个、桥儿外▲濒河西岸小红桥，楼外梧桐雕砌▲请教且与，低声飞过，那里有、人人无寐▲[②]

注：① 霜风：深秋时风。② 人人：那个人。

八十字　过涧歇

晁补之(宋 123)一首

归去▲奈故人、尚作青眼相期，[①]未许明时归去▲放怀处▲买得东皋数亩，[②]静爱园林趣▲任过客、剥啄相呼昼扃户▲[③]

堪笑儿童事业，华颠向谁语▲[④]草堂人悄，园荷过嫩雨▲都付邯郸，[⑤]一枕清风，好梦初觉，砌下槐阴方停午▲[⑥]

注：① 青眼：被人重视。② 东皋：水边向阳高地。也泛指田地。③ 剥啄：喻叩门。④ 华颠：白发。⑤ 邯郸：喻梦。见汤显祖《邯郸梦》。⑥ 停午：正午。

赵吉士(清 279)一首　题：琉璃河道中作。[①]

新霁▲蓟门西、正是春暖天光，[②]草色青青无际▲傍墟市▲[③]几处矮墙小院，共成千秋戏▲远映着、一抹西山淡如洗▲[④]

指点京华路近，[⑤]征车缀如蚁▲[⑥]道傍杨柳，三眠困初起▲[⑦]直恁无情，惯看行人，南归北上，步步舞向斜阳里▲

注：① 琉璃河：发源于北京房山县大安山，流经良乡、涿县，入拒马岔河。② 蓟门：地名，在北京德胜门西北。③ 墟市：集市。④ 一抹：一带。⑤ 京华：京城。⑥ 征车：行路之车。⑦ 柳三眠：据《漫叟诗话》注：汉

苑中有柳，状如人形，一日三起三倒。

八十字　斗百花

晁补之（宋 123）一首

小小盈盈珠翠▲忆得眉长眼细▲曾共映花低语，已解伤春情意▲重向溪堂，临风看舞梁州，[①]依旧照人秋水▲[②]转更添姿媚▲

与问阶上，簸钱时节记▲[③]微笑但把纤腰，向人娇倚▲不见还休，谁教见了厌厌，还是向来情味▲

注：① 梁州：舞曲名。② 秋水：喻神色之清澈。杜甫诗："秋水为神玉为骨"。③ 簸钱时节：掷钱以钱正反面多寡决定胜负的赌戏。

八十一字　柳初新

汪秉健（清 1458）一首　题：湖上新柳。[①]

湖堤十里烟如织▲已逗露、春消息▲眼波犹倦，眉痕尚浅，试斗舞腰无力▲眠起虹桥桥侧▲一丝丝、鹅儿颜色▲[②]

转瞬毵毵弄碧，[③]灞陵秋思都陈迹▲[④]好花含蕊，雏莺学语，依旧水亭山驿▲奈少妇、新愁萦结▲上朱楼、靓妆相忆▲

注：① 湖上：指杭州西湖。② 鹅儿颜色：即鹅黄色。③ 毵毵：细长貌。④ 灞陵：在陕西长安（今西安），古人在灞陵离别，折柳相赠。此句依律当作上三下四句式。

车乘轨（现当 88）一首　题：南湖路房屋征收现新风。　注：2013 年 12 月 5 日作。

南湖水秀风光丽▲况革命、摇篮地▲誉闻遐尔▲[①]游人接踵，岸景亟须开启▲[②]原屋还当迁徙▲再装璜、更形旖旎▲

政策公开合理▲新房源、称心安置▲最夸工作，精诚踏实，解困无微不至▲[③]勇纠过、维民权利▲[④]喜新风、带头临世▲

注：① 遐尔：远近。本句以谱可不叶韵。② 开启：开发。③ 解困：指工作组马寅枭、倪勇良两同志。④ 维民权利：指市征收办梅丽华主任、卢爱勤秘书。

八十一字　御街行　第一体，前段第五句七字。

秦观（宋 116）一首　故事：据《今古词话》载，作者在扬州刘太尉家，与太尉家姬善箜篌者调情，既而太尉入内更衣，适狂风灭烛，姬来相就，且云："今日为学士瘦了一半"。

银烛生花如红豆▲这好事、而今有▲夜阑人静曲屏深，借宝瑟、轻轻招手▲[1]可怜一阵白蘋风，故灭烛，教相就▲

花带雨、冰肌香透▲恨啼乌，辘轳声晓，[2]岸柳微风吹残酒▲断肠时、至今依旧▲镜中消瘦▲[3]那人知后▲[4]怕你来僝僽▲[5]

注：① 宝瑟：指箜篌。② 辘轳：井上起吊汲水器具。③ 消瘦：姬自云。④ 那人：指太尉。⑤ 僝僽：折磨、咒骂。

八十一字　御街行　第二体，同第一体，但前段第五句分成两句，各四字，多出一字，后段第二、三句并成一句，只六字，少了一字。

高观国（宋 431）一首　题：咏轿。

藤�巧织花纹细▲称稳步、如流水▲踏青陌上雨初晴，嫌怕湿、文鸳双履▲要人送上，逢花须住，才过去，香风起▲

裙儿挂在帘子里▲更不把窗儿闭▲红红白白簇花枝▲却称得、寻春芳意▲归来时晚，纱笼引道，扶下人微醉▲

八十一字　最高楼

程垓（宋 368）一首

旧心事，说着两眉羞△记得凭肩游△湘裙罗袜桃花岸，薄衫轻扇杏花楼△几番行，几番醉，几番留△

也谁料、春风吹已断▲又谁料、朝云飞亦散▲天易老，恨难酬△蜂儿不解知人苦，燕儿不解说人愁△旧情怀，消不尽，几时休△

蒋捷（宋 580）一首　题：催春。

新春景，明媚在何时△宜早不宜迟△软尘巷陌青油幰，[1]重帘深院画罗衣△要些儿，晴日照，暖风吹△

一片片、雪儿休要下▲一点点、雨儿休要洒▲才恁地，[2]越愆期△[3]悠悠不趁梅花到，匆匆枉带柳花飞△倩黄莺，将我话，报春归△

注：① 幰：车幔。② 恁地：如此。③ 愆期：误期。

司马昂父（元 38）一首　题：暮春。

花信紧，[1]二十四番愁△风雨五更头△侵阶苔藓宜罗袜，逗衣梅润试香篝△[2]绿窗闲，人梦觉，鸟声幽△

按秦筝、学弄相思调▲[3]写幽情、恨煞知音少▲向何处，说风流△一丝杨柳千丝恨，三分春色两分休△落花中，流水里，两悠悠△

注：① 花信：花信风，自小寒至谷雨共二十四番，每番五天，有一花应之。② 梅润：黄梅天湿润空气；篝：熏笼。③ 秦筝：即筝，因秦人始造。

车乘轨（现当 88）一首　题：古越藏书楼暨绍兴图书馆百年馆庆。　注：2002 年 10 月 29 日作。

图书馆，古越藏书楼△[①]历史远深悠△私家建成公开阅，移风易俗最风流△启先河，全国首，美名留△

经历过、晚清民国夕▲迎来了、革新开放日▲今整整，百春秋△徐公雕像揭帷幕，[②]绍图馆庆赞歌讴△现藏书，多善本，数量稠△[③]

注：① 古越藏书楼：1902 年由山阴（今绍兴）举人徐树兰（1837—1902），捐书七万余册，出银三万二千两创建而成，乃绍兴市图书馆前身。② 徐公雕像：由香港章传信先生出资十八万元雕成，竖立在图书馆广场，今日揭幕。③ 数量稠：该馆现藏书四十多万册，订有期刊九百多种，报纸二百余种。

八十一字　满路花

廖刚（宋 155）一首　题：和周守约敏叔中秋词。

雨霁烟波阔，雁度陇云愁△[①]西风庭院不胜秋△桂华光满，[②]偏照最高楼△东山携妓约，故人千里，夜来为舣仙舟△

明眸皓齿，歌舞总名流△恼人情态物中尤△[③]阳春一曲，谁把万金酬△便好拼沉醉，此夕姮娥，共须着意攀留△

注：① 陇：甘肃省。② 桂华：喻月光。③ 物中尤：即尤物、美女。

八十一字　斗百花（又名夏洲）

吴伟业（清 28）一首　题：闺思。注：下段六句或作：凝望处、双眉敛，少一字。此首与后二首格律完全不同，因只此一首，不单列。

画栏深锁鸳鸯暖▲照素影、花枝软▲[①]绿云斜亸，[②]宝钗欲坠，倦起日高犹懒▲嗔道是、风帘卷▲[③]半抬身、慵开娇眼▲[④]

阁外青山点点▲问平畴、绿芜谁糁▲[⑤]玉骢嘶去，欲窥还避，肩倚侍鬟微掩▲凝望处、双眉微敛▲似不禁、燕拘莺管▲

注：① 素影：月影。② 绿云：发之美称；亸：下垂。③ 嗔：生气。④ 慵：懒也。⑤ 畴：麻田。⑥ 芜：乱草；糁：搀和。

柳永（宋 14）一首

池塘浅蘸烟芜▲[①]帘幕闲垂风絮▲煦色韶光明媚，[②]轻霭低笼芳树▲春困恹

恹，抛掷斗草工夫，冷落踏青心绪▲终日扃朱户▲

远恨绵绵，淑景迟迟难度▲年少傅粉，[3]依前醉眠何处▲深院无人，黄昏乍折秋千，空锁满庭花雨▲

注：① 芜：乱草。② 煦：温和；韶光：春景。③ 傅粉：抹粉。

车乘轨（现当88）一首　题：立夏忆童年。　注：2003年5月6日作，调名原作夏洲。

谷雨催将春暮▲立夏迎来初暑▲三月艳阳消逝，四月清和犹妩▲[1]树木葱茏，蔷薇带刺花红，青草沼池蛙聚▲[2]燕子梁间语▲

棉夹尽褪，小试单裳薄裤▲扛秤大筐，家家秤磅儿女▲豆荚樱桃，应时过节尝新，绍俗古风多趣▲[3]

注：① 清和：农历四月为清和月。② 沼池：曲者称沼，圆者称池。③ 绍俗：故乡绍兴，立夏日秤磅儿女。

八十二字　千秋岁引　第一体，用一种仄韵。

徐有贞（明54）一首　题：暮春书感。

风搅柳丝，雨揉花缬▲[1]早过了清明时节▲新来燕子语何多，老去莺花飞来歇▲秋千院，蹴踘场，[2]人踪绝▲

踏青拾翠都休说▲[3]是谁马走章台雪▲[4]是谁箫弄秦楼月▲[5]从前已是无情绪，何奈而今更离别▲一回头，人千里，肠百结▲

注：① 花缬：花结。② 蹴踘：踢球。③ 拾翠：拾取翠毛以为首饰，后多指妇女春游。④ 章台雪：即《章台柳》，韩翃忆柳氏所作。⑤ 秦楼月：秦穆公女弄玉与萧史吹箫秦楼，后仙去。

八十二字　千秋岁引　第二体，用二种仄韵。

张乔（女）（明503）一首　题：春游。

踏踘场前，[1]笙歌队里▲是处风光任君取▲▲金尊送人不忍去▲▲高楼漫系青骢尾▲景无边，情无畔，恨无底▲

人共留春春不许▲我试问春春不语▲▲过却清明尚余几▲堤边柳垂千万缕▲▲新莺欲倩风呼起▲绿萝烟，青麦浪，梨花雨▲▲

注：① 踏踘：踢球。

八十二字　早梅芳　第一体，前段第二句三字，第八句五字。

吴洪（明89）一首

柳将眠，桃欢笑▲又是清明到▲玉河冰清，无数金鱼弄池藻▲联车油壁软，[1]

并马丝鞭袅▲喜风城丽景，[2]游览趁春晓▲

望瀛州，[3]纷翠葆▲[4]花满琼华岛▲玉蝀西去，[5]虚碧觚稜耸云表▲[6]散衙常过午，下直须归早▲[7]更相期，[8]提壶同藉草▲[9]

注：① 油壁：油壁车，南齐名妓苏小小车乘。② 凤城：京城，指北京。③ 瀛州：皇宫中景点。④ 翠葆：草木青翠繁盛。⑤ 玉蝀：桥名。⑥ 觚稜：堂殿上最高转角处。⑦ 下直：在宫内值班结束。⑧ 相期：相约。⑨ 这句谓坐草地上饮酒。

赵维烈（清99）一首　题：元宵。

月当城，雪融瓦▲令节交元夜▲[1]满街灯市，海上鳌山正初驾▲[2]香尘云路起，火树星球挂▲看珠帘半卷，红袖飘兰麝▲

响钿车，[3]迟宝马▲是好风流也▲遗簪堕珥，[4]一晌嬉游为贪耍▲踏歌声缥缈，[5]把盏人间暇▲笑黄柑，[6]不到蓬门下▲[7]

注：① 元夜：即元宵。② 鳌山：张灯，演杂技之台。③ 钿车：妇女车乘。④ 珥：耳环。⑤ 踏歌：歌舞时以足踏地击拍；缥缈：高远貌。⑥ 黄柑：《岁时记》“上元夜，贵戚例以黄柑相遗”。⑦ 蓬门：寒贫人家。

魏允札（清287）一首　题：上元。

卯色开，流光驶▲又是元宵矣▲千门燃炬，月光霜寒静如洗▲倾城珠翠合，夹道笙歌起▲正肩摩毂击，处处遗簪珥▲

漏将阑，游未已▲人醉东风里▲香车宝马，历乱余芬散罗绮▲鳌山围火树，陆海夸灯市▲最销魂，芳尘三十里▲

八十二字　早梅芳　第二体，同第一体，但前段第二句五字，多二字，第八句三字，少二字。

李之仪（宋102）一首　题：梅。

雪初晴，陡觉寒将变▲已报梅梢暖▲日边霜外，迤逦枝条自柔软▲嫩苞匀点缀，绿萼轻裁剪▲隐深心，未许清香散▲

渐融和，开欲遍▲密处疑无间▲天然标韵，不与群芳斗深浅▲夕阳波似动，曲水风犹懒▲最销魂，弄影无人见▲

八十二字　拂霓裳

晏殊（宋20）一首

笑秋天△晚荷风缀露珠圆△风日好，数行新雁贴寒烟△银簧调脆管，[1]琼柱拨清弦△[2]捧觥船△[3]一声声、齐唱太平年△

人生百岁离别易，会逢难△无事日，剩呼宾友启芳筵△星霜催绿鬓，风露损朱颜△惜清欢，又何妨、沉醉玉尊前△

注：① 银簧：指琴、琵琶类弹拨乐器；脆管：指箫、笛类吹奏乐器。② 琼柱：琴、琶上弦柱。③ 觥船：酒器之大者。王安石诗：“觥船淋浪始决然。”

赵吉士（清 279）一首　题：海陵道中，①夜泊仙女庙。②

嫩寒天△月华如水漾晴烟△③催晚泊，半篙绿涨小桥边△几家村酿熟，④一带卖鱼船△暂留连△且提壶、小饮菜花田△

已拚醉卧篷窗底，⑤不成眠△凝眺处，⑥迢迢驿路总堪怜△浪游仍此地，作客又经年△莫凄然，正扬州、春色十分妍△

注：① 海陵：江苏地名，今属泰州市。② 仙女庙：江苏江都县镇名。③ 月华：月光。④ 村酿：指酒。⑤ 篷窗：船窗。⑥ 凝眺：凝神远望。

八十二字　柳腰轻

马闲卿（女）（明 120）一首　题：秋闺。

从来那惯愁滋味▲腰正瘦，肠将碎▲乌云才绾，①菱花慵对▲②掩着窗户寻睡▲敲朱户、檐马声凄，③战金风、④井梧叶坠▲⑤

不分芙蓉三醉▲笑海棠、露浓红褪▲满怀情绪，倚栏无语，兀自偷垂香泪▲总知是、秋梦无端，任来由、把人憔悴▲

注：① 乌云：黑发；绾：盘绕打结。② 菱花：镜子。③ 檐马：檐铁、檐角风铃。④ 金风：秋风。⑤ 井梧：井边梧桐。

八十二字　最高楼

毛滂（宋 147）一首

微雨过，深院芰荷中△香冉冉，绣重重△玉人共倚栏杆角，月华犹在小池东△入人怀，吹鬓影，可怜风△

分散去、轻如云与雪，剩下了、许多风与月，侵枕簟，冷帘栊△刚能小睡还惊觉，略成轻醉早惺忪△仗行云，将此恨，到眉峰△

八十二字　新荷叶　第一体，后段首句不叶韵。

赵抃（宋 38）一首

雨过回廊，圆荷嫩绿新抽△越女轻盈，①画桡稳泛兰舟△芳容艳粉，红香透、脉脉娇羞△菱歌隐隐，渐遥依约回眸△

堤上郎心，波间妆影迟留△不觉归时，淡天碧衬蟾钩△②风蝉噪晚，余霞际、几点沙鸥△渔笛不道，有人独倚楼△

注：① 越女：绍兴一带女子。② 蟾钩：如钩月亮，即弦月。

郑斗焕（宋594）一首

乳鸭池塘，晴波漾绿鳞鳞△①宿藕根香，夏来生意还新△蚨钱小钿，②花贴翠、相间萍星△一番雨过，一番暗展圆青△③

鱼戏龟游，看来犹未胜情△因忆年时，④垂钓曾约轻盈△玉人何处，关情是、半卷芳心△帘风一棹，鸳鸯吹起歌声△

注：① 鳞鳞：鱼鳞状。② 蚨钱：即青蚨，钱之他称，喻初生荷叶。③ 此四句谓新叶经雨，还渐成长，圆而又青。④ 年时：当年。

陈维崧（清196）一首　题：采莲。

日丽风柔，水边天气鲜新△闲坐斜桥，数完几折溪痕△酒旗戏鼓，怯余寒、未满前村△小红乍乳，①莺声一巷才匀△

节过收灯，风光尚未逾旬△粉糁疏篱，谁家香玉粼粼△雏晴嫩雾，似垂髫、好女盈盈△④江南烟景，殢人犹在初春△

注：① 小红：小燕。燕别称红襟。

史惟圆（清221）一首　题：采莲。

湖上晴光，波间红翠成图△并倚兰桡，语声遥隐菰蒲△戏抛莲子，船头滑、水溅琼珠△花红如雨，碧筒却映衫裾△

笑问旁人，鸳鸯何处相呼△绿刺牵衣，宝钗惊堕还无△菱歌唱晚，人归去、月缀金铺△①香风散尽，一帘夜色愁吾△

注：① 金铺：门上衔环元铺首。

曹济（清409）一首　题：新霁，郊外纪游。

水郭开奁，①酿成一片湖光△翠盖亭亭，②扶他几队红妆△③谁家女伴，采菱歌、竞下横塘△吹来笑语，竟川雾鬓风裳△④

日暮归来，画船犹剩余香△此际冰轮，⑤天边又送新凉△觅莲得藕，心儿苦、隐隐商量△今宵莲子，劈来生怕空房△

注：① 水郭：水城门外；开奁：打开镜匣。② 翠盖：荷叶。③ 红妆：采莲女。④ 竟川：整个；雾鬓风裳：喻妇女形象。⑤ 冰轮：圆月。

八十二字　新荷叶　第二体，同第一体，但后段首句叶韵。

赵彦端（宋314）一首

欲暑还凉，如春有意重归△春若归来，任他莺老花飞△轻雷淡雨，似晚风、欺得单衣△檐声惊醉，起来新绿成围△

回首分携△光风冉冉菲菲△①曾记何时，故山疑梦还非△鸣琴再抚，将清恨、都入金徽△②永怀桥下，系船溪柳依依△

注：① 光风：雨已日出而风，草木皆有光也。② 金徽：琴节也。

辛弃疾（宋370）一首　题：上巳日，吴子似谓古今无此词，索赋。

曲水流觞，①赏心乐事良辰△兰蕙光风，转头天气还新△明眸皓齿，看江头、有女如云△折花归去，绮罗陌上芳尘△

能几多春△试听啼鸟殷勤△对景兴怀，向来哀乐纷纷△且题醉墨，似兰亭、列序时人△后之贤者，又将有感斯文△

注：① 曲水流觞：上巳节诗人一种游戏。

八十二字　梦玉人引

吕渭老（宋259）一首

上危梯△①望画阁迴，绣帘垂△曲水飘香，小园莺唤春归△舞袖弓弯，正满城、烟草萋迷△结伴踏青，趁蝴蝶双飞△

赏心欢计，从别后、无意到西池△自捡罗囊，要寻红叶留诗△②懒约无凭据，莺花都不知△怕人问，强开怀、细酌荼蘼△③

注：① 危梯：高梯。② 红叶：红叶题诗故事。见《青琐高议》：唐僖宗时，于祐于御沟中拾一叶，上有诗，于亦题诗于叶置沟上流，宫人韩夫人拾之，后僖宗放宫女，韩氏嫁于成夫妇。③ 荼蘼：同"酴醿"，酒名。

八十二字　蓦山溪　第一体，仅前、后段第二、四、九句用韵

毛滂（宋143）一首　题：杨花。

雪堂毡径，扑扑怜飞絮▲柔弱不胜春，任东风、吹来吹去▲墙阴花外，一半落谁家，叶依依，烟郁郁，依旧如张绪▲①

那人拈得，吹向钗头住▲不定却飞扬，满眼前、搅人情愫▲蜂儿蝶子，教得越轻狂，隔斜阳，点芳草，断送青春暮▲

注：① 张绪：南齐武帝植蜀柳于灵和殿前，尝曰："此柳风流可爱，似张绪当年"。

谢逸（宋144）一首　题：月夜。

霜清木落，深院帘栊静▲①池面卷烟波，莹香水、一奁明镜▲修筠拂槛，②疏翠挽婵娟，③山雾敛，水云收，野阔江天迥▲

红销醉玉，酒面风前醒▲罗幕护轻寒，锦屏空、金炉烬冷▲星横参昂，④梅径月黄昏，清梦觉，浅眉颦，窗外横斜影▲

注：① 帘栊：有帘之窗。② 修筠：修竹。③ 婵娟：月宫仙子。④ 参、昂：均星名。

曹组(宋170)二首　题：第一首，剪彩梅花。

(1) 危栏独倚，往事思量遍▲回首掩朱扉，敛云发、闲拈针线▲轻罗碎剪，缝个小梅花，灯闪闪，夜沉沉，玉指轻轻撚▲

寒苞素艳，浑似枝头见▲半折与初开，谁赢得、江南手段▲玉冠斜插，惟恨欠清香，风动处，月明时，不怕吹羌管▲

(2) 草薰风暖，楼阁笼轻雾▲墙短出花梢，映谁家、绿杨朱户▲寻芳拾翠，绮陌自青春，江南远，踏青时，谁念方羁旅▲

昔游如梦，空忆横塘路▲罗袖舞台风，想桃花、依然旧树▲一怀离恨，满眼欲归心，山连水，水连云，怅望人何处▲

吴舜选(宋270)一首

园林何有，修竹摇苍翠▲[①]春到小桃溪，看绿满、一池春水▲花开日暖，儿侄竞追随，挑野蔌，[②]网溪鱼，有酒多且旨▲[③]

去来聚散，无必亦无意▲说地或谈天，更休问、语言粗细▲谁强谁弱，谁是又谁非，过去事，未来事，一枕腾腾睡▲[④]

注：① 修竹：长而直之竹。② 野蔌：即野菜。③ 旨：美味。④ 腾腾：糊涂貌。

张表臣(宋300)一首　题：游甘露寺。[①]

楼横北固，尽日厌厌雨▲[②]欸乃数声歌，[③]但渺漠、江山烟树▲寂寥风物，三五过元宵，[④]寻柳眼，觅花须，春色知何处▲

落梅呜咽，吹彻江城暮▲脉脉数飞鸿，杳归期、东风凝伫▲长安不见，[⑤]烟起夕阳间，魂欲断，酒初醒，独下危梯去▲

注：① 甘露寺：镇江名胜古迹，在北固山上。② 厌厌：病态的样子。③ 欸乃：船橹声。④ 三五：十五。⑤ 长安：汉唐京都，借喻宋都汴梁。

李处全(宋360)一首

梨花过雨，已是春强半▲[①]花恼欲颠狂，兴浑在、秋千架畔▲搔头无语，斜日上帘栊，飞上下，语呢喃，又见双双燕▲

鱼吹细浪，镜面摇歌扇▲藉草倒芳尊，[②]衬香茵、落红千片▲[③]追奔蜗角，[④]回首醉初醒，逢节物，[⑤]且欢娱，莫待流年换▲

注：① 强半：过半。② 藉草：以草为衬垫。③ 茵：此句谓以落花为衬垫。④ 蜗角：喻屑小之事。⑤ 节物：节日、物候。

卢炳（宋 460）一首

淡妆西子，①怎比西湖好▲南北两长堤，②有罨画、楼台多少▲③翠光千顷，一片净琉璃，泛兰舟，摇画桨，尽日金尊倒▲

名园精舍，总被游人到▲年少与佳人，共携手、嬉游歌笑▲夕阳西下，沉醉尽归来，鞭宝马，闹竿随，簇着花藤轿▲

注：① 西子：西施。② 两长堤：指苏堤和白堤。③ 罨画：指画楼。

洪瑹（宋 486）一首　题：忆中都。

湖平风稳，行色催津鼓▲回首望重城，但满眼、红云紫雾▲分香解佩，空记小楼东，银烛暗，绣帘垂，昵昵凭肩语▲

关山千里，垂柳河桥路▲燕子又归来，但惹得、满身花雨▲彩笺不寄，兰梦更无凭，灯影下，月明中，魂断金钗股▲

董斯张（明 322）一首　题：回家。

夭斜墙杏，蒲绿浑如草▲麦浪叠青青，正杨柳、贪眠未觉▲渔童矮笛，吹出半村花，云千顷，一锄余，无酒听黄鸟▲

画眉小妇，携馌低低笑▲①未老嫩晴天，来日怕、清明雨到▲春过一半，不用隔宵愁，我背痒，待谁抓，且倩麻姑爪▲②

注：① 馌：食具。② 麻姑：女仙，手如鸟爪。

潘廷璋（明 583）一首　题：蚕景。

柳花轻漾，吹遍村村草▲绿水绕红桥，正一带、萦回如抱▲柴门静处，鸡犬杳无声，面桑阴，依柘影，陌上行人少▲

秾芳亭畔，蚕妇深深祷▲归去漫携筐，见菜陌、黄花正好▲野薇香细，有无限阴晴，燕子风，鸠唤雨，竟将春去了▲

魏学渠（清 10）一首　题：田家。

樱桃门巷，曲水偏回抱▲蝴蝶弄风柔，正双燕、商量树杪▲垂杨小阁，摇曳一村红，渔家笠，樵家笛，何处无芳草▲

携筐季女，①桑叶今年好▲燕麦兔葵天，②沾飞絮、清明雨早▲山田乍熟，烂漫任生涯，御琴瑟，③勒钱鎛，④蟋蟀声中老▲

注：① 季女：小女。② 燕麦兔葵：刘禹锡诗注：“惟兔葵燕麦，动摇春风耳”。③ 御：操弹。④ 鎛：鎛钟，乐器名。

董俞（清 335）一首　题：西湖。

湖光如镜，双桨凌波去▲莺语正钩辀，①遍长堤、落红飞絮▲归来半醉，肠断玉

楼人，莲叶带，藕丝衫，斜倚栏杆暮▲

柔蓝几叠，湿影联残雾▲暝树带钟声，浑忘却、画桥归路▲花时月夕，赢得此身闲，鹦鹉盏，凤凰槽，莫把韶光误▲

注：① 钩辀：象声词，鸟鸣声。

吴秉钧(清720)一首　题：文来阁晚眺。

半窗梅雨，①逗得愁肠转▲杰阁倚层城，②漫登临、遥青迎眼▲山村径曲，数点湿红飞，珠浪溅，绮霞散，野戍荒烟断▲③

渔罾隐隐，④蛙鼓萤星乱▲⑤耘罢老农归，⑥鹭惊起、莲塘西岸▲江流今古，能有几人闲，千里静，一蟾明，帆带潮声远▲

注：① 梅雨：五月黄梅天时雨。② 杰阁：高阁；层城：重城。③ 戍：守望之所。④ 渔罾：渔网。⑤ 蛙鼓：蛙声如击鼓。⑥ 耘：耕也。

车乘轨(现当88)一首　题：溪口纪游。①　注：2001 年 11 月 13 日作。

枝头鹊噪，婿女联翩到▲邀我共秋游，上专车、欣然就道▲剡溪武陵，②溪口镇容佳，雪寺古，③妙台高，④千丈岩深峭▲⑤

钓鱼台畔，⑥假蒋招人笑▲⑦麻饼号千层，⑧家家店、安炉现烤▲白岩岭半，蒋母墓孤单，⑨毛福梅，被休弃，炸死西丰镐▲⑩

注：① 溪口：浙江奉化镇名，蒋介石故乡。② 剡溪：水名，发源于嵊州，流经溪口镇。③ 雪寺：雪窦寺，著名古刹，为我国佛教禅宗十刹之一，始建于唐代。④ 妙高：妙高台，又称天柱峰，在雪窦山上，海拔 397 米，蒋介石在 1927 年建别墅于此。⑤ 千丈岩：石壁峭立，瀑布落差 186 米。⑥ 钓鱼台：在武陵门前，蒋介石曾在此钓鱼。⑦ 假蒋：有人假扮电影中之蒋介石，长袍礼帽，兀立钓鱼台畔，神态逼真，招人发笑，花五元钱可与合影。⑧ 千层麻饼：溪口特产，武陵路上铺店林立，安炉现烤。⑨ 蒋母墓：1921 年，蒋介石葬母王采玉于白岩岭腰，但未与其父合葬。⑩ 西丰镐：即丰镐房西厢，蒋介石发妻毛福梅原居东厢，离婚后始迁西厢，不幸因日机炸毁房屋而压死，其子蒋经国题有“以血还血”石碑，至今尚存。丰镐房在 1996 年被列为全国重点文保单位。

八十二字　蓦山溪　第二体，同第一体，但首句(仅后段或前、后段)**亦叶韵。**

周纯(宋149)一首　题：腊梅。

梅梢破萼，已见春心了▲别有淡容仪，又不与、嫣然同笑▲①东风剪腊，蔟作闹

蛾儿，[2]冰未泮，[3]水犹寒，散在千林表▲

轻衫小帽▲行尽荒山道▲一点麝脐香，恼看人、多多少少▲月斜门掩，消损破黄昏，清影乱，翠帏深，且喜归来早▲

注：① 嫣然：巧笑。② 闹蛾儿：纸剪蛱蝶或梅花，用小铜丝缠扎，插于巾帽，谓之闹蛾儿。③ 泮：溶解。

葛胜仲（宋 159）一首　题：天穿节。[1]

望云门外，油壁如流水▲[2]空巷逐朱幡，[3]步春风、香河千里▲冶客炫服，[4]摸石道宜男，穿翠霭，度飞桥，影在清漪里▲

秦头楚尾▲千古风流地▲试问汉江边，有解佩、行云旧事▲[5]主人领客，一笑强颁春，烧灯后，[6]赏花前，遥忆年年醉▲

注：① 天穿节：在正月二十三，传为女娲氏补天之日。② 油壁：妇女乘车名。③ 幡：以竿挑长条形旗子。④ 炫服：矜夸衣服。⑤ 解佩：郑交甫在汉皋遇二女解佩故事。⑥ 烧灯：元宵放灯。

刘子翚（宋 272）一首　题：九日。[1]

浮烟冷雨，此日还重九▲秋去又秋来，但黄花、年年依旧▲[2]平台戏马，无处向南徐，[3]茅舍小，竹篱疏，兀坐空搔首▲[4]

客来何有▲草草三杯酒▲一醉万缘空，休贪他、金印如斗▲[5]病翁老矣，谁其赋归欤，[6]芟陇麦，[7]网溪鱼，未落他人后▲

注：① 九日：九月九日，重阳节。② 黄花：菊花。③ 南徐：今江苏省镇江市别称。④ 兀坐：端坐。⑤ 金印：喻做官。⑥ 归欤：晋陶潜辞官后赋《归去来辞》。⑦ 芟：收割。

张震（宋 355）二首　题：第二首，初春。

（1）青梅如豆，断送春归去▲小绿间长红，看几处、云歌柳舞▲偎花识面，对月共论心，携素手，采香游，踏遍西池路▲

水边朱户▲曾记销魂处▲小立背秋千，空怅望、娉婷韵度▲杨花扑面，香糁一帘风，情脉脉，酒厌厌，回首斜阳暮▲

（2）春光如许▲春到江南路▲柳眼弄晴晖，笑梅花、落英无数▲峭寒庭院，罗幕护窗纱，金鸭暖，锦屏深，曾记看承处▲

云边尺素▲何计传心缕▲无处说相思，空惆怅、朝云暮雨▲曲栏杆外，小立近黄昏，心下事，眼边愁，借问春知否▲

八十二字　蓦山溪　第三体，同第一体，但前后段第八句也叶韵。

杨泽民（宋132）一首

当年苏小，[1]家住苕溪尾▲[2]一棹采莲归，悄羞得、鸳鸯飞避▲蘋洲蓼岸，花脸两难分，崖平倚▲[3]风乍起▲荡涤烟光里▲

平生强项，未肯轻鱼水▲[4]溪上偶相逢，这一段、风情怎已▲纫兰解佩，不负有情人，金尊侧，罗帐底▲占尽人间美▲

注：① 苏小：南齐杭州名妓，见《词人小传》。② 苕溪：水名，发源于天目山，流经杭州，但非尾。③ 此句叶韵，稍异。④ 鱼水：喻交欢。

张孝祥（宋357）一首　题：春情。

雄风豪雨，时节清明近▲帘幕起轻寒，暖红炉、笑翻灰烬▲[1]阴藏迟日，欲验几多长，绣工慵，[2]围棋倦▲香篆频销印▲[3]

茂林芳径，绿变红添润▲桃杏意酣酣，[4]占前头、一番花信▲[5]华堂尊酒，但作艳阳歌，禽声喜，流云尽▲明日春游俊▲

注：① 灰烬：烧余之灰。② 慵：懒也。③ 香篆：弯曲如篆体字之香烟。④ 酣酣：花盛开也。崔融诗："桃李正酣酣"。⑤ 花信：花信风，春季有二十四番花信风。杏花在十一番，桃花在十三番。

易祓（宋403）一首

海棠枝上，留得娇莺语▲双燕几时来，并飞入、东风院宇▲[1]梦回芳草，绿遍旧池塘，梨花雪，桃花雨▲毕竟春谁主▲

东郊拾翠，[2]襟袖沾飞絮▲宝马梦雕轮，乱红中、香尘满路▲十千斗酒，相与买春闲，吴姬唱，[3]秦娥舞▲[4]拼醉青楼暮▲

注：① 院宇：院落屋宇。② 拾翠：拾百草，泛指妇女春游。③ 吴姬：东南方歌女。④ 秦娥：西北方舞女。

王庭（清21）一首　题：春游。

春风暖也，做出晴光好▲走马试轻尘，新绿遍、齐齐软草▲垂杨影里，露出几红桃，蜂未过，莺声早▲春到三分了▲

寻芳女伴，路踏遗香袅▲轻薄那儿郎，惯欺人、追随莫恼▲旗亭买酒，酩酊各忘归，湖波阔，迷烟渺▲远浦渔灯小▲

汤熽（清334）一首　题：山居寄友。

碧天微露，洗却山容净▲画舫漾春波，[1]尽踏遍、小桥幽境▲风风雨雨，恰又近清明，柳初匀，花未醒▲一片烟云暝▲

寻芳醉酒，分袂曾相订▲[2]晓雨湿长堤，望平原、雾中掩映▲[3]松涛响处，[4]流水奏无凭，待新晴，心期定▲月色还移赠▲

注：① 画舫：精致游船。② 分袂：分袖、分别。③ 掩映：忽隐忽现。④ 松涛：松经风声如波涛。

八十二字　蓦山溪　第四体，同第一体，但前后段第七、八句也叶韵。

黄庭坚(宋 101)一首　题：喜晴。

朝来风日，陡觉春衫便▲翠柳艳明媚，戏秋千、谁家倩盼▲[1]烟匀露洗，草色媚横塘，平沙软▲雕轮转▲行乐闻弦管▲

追思少年，走马寻芳伴▲一醉几缠头，[2]过扬州、珠帘尽卷▲而今老矣，花似雾中看，欢意浅▲天涯远▲信马归来晚▲

注：① 倩盼：美盼。② 缠头：赏给歌舞费曰缠头。

陈子龙(明 441)一首　题：寒食。

碧云芳草，极目平川绣▲翡翠点寒塘，[1]雨霏微、淡黄杨柳▲玉轮声断，罗袜印花阴，桃花透▲柳花瘦▲偏试纤纤手▲

去年此日，小院重回首▲晕薄酒阑时，掷春心、暗垂红袖▲韶光一样，好梦已天涯，斜阳候▲黄昏又▲人落东风后▲

注：① 翡翠：鸟名。

陈维崧(清 196)二首　题：第一首，禊日感旧，[1]悼远公也。[2]

第二首，感旧。

(1) 去年上巳，[3]正值春阴候▲千古艳兰亭，[4]况岁是、重逢癸丑▲濛濛烟艇，小泊画溪东，林花溜▲溪花皱▲雨湿春衫袖▲

今年上巳，满眼花如绣▲又到去年春，只少个、人儿携手▲虽然无雨，难道是晴天，淋漓久▲非关酒▲依旧春衫透▲

注：① 禊日：上巳修禊日。② 远公：疑即史鉴宗，字绳远，见《词人小传》。③ 去年：公元 1673 年，岁时癸丑；上巳：三月三日。④ 兰亭：绍兴名胜，东晋永和九年，岁时癸丑(公元 354 年)，王羲之等集会于此修禊。

(2) 碧云薄暮，画角谁家奏▲深院火荧荧，好风轻、翠帏微皱▲冰轮徐上，无语掩屏山，金钩瘦▲鲛绡透▲人在银灯后▲

年时小院，良夜曾携手▲低扫淡黄蛾，漫垂垂、玉人红袖▲如今人去，门巷也依然，红桥口▲杏街右▲一带青青柳▲

邹祗谟(清 312)一首　题：感旧。

玉鹅桥上，遥映香堤柳▲宝髻露红丝，向珠帘、一番携手▲半钩罗袜，袅袅步花阴，香脂透▲冰肌瘦▲暗渡银袍袖▲

投赠双鬟，一幅鲛绡皱▲楼外月黄昏，试东风、情怀如酒▲不堪重说，往事费思量，分离候▲休回首▲燕子飞清昼▲

胡大滐（清 541）一首　题：除夕。

满城箫鼓，际晚声初沸▲恼乱别离肠，感年光、抛人容易▲围炉簇火，暗想一年间，华月底▲疏风里▲能几和花醉▲

银屏烛背，脉脉双垂泪▲春去有时还，却偏生、玉人长逝▲霜寒相伴，愁煞数枝梅，送腊戏▲迎春事▲总是无心记▲

八十二字　蓦山溪　第五体，同第四体，但首句（前后段或仅后段）也叶韵。

石孝友（宋 299）一首

莺莺燕燕▲摇荡春光懒▲时节近清明，雨初晴、娇云弄暖▲醉红湿翠，春意酿成愁，花似染▲草如剪▲已是春强半▲[1]

小鬟微盼▲分付多情管▲痴騃不知愁，[2]想怕晚、贪春未惯▲主人好事，应许玳筵开，[3]歌眉敛▲舞腰软▲怎向轻分散▲

注：① 强半：过半。② 痴騃：痴呆。③ 玳筵：华丽筵席。

朱茂曬（清 211）一首

云蓝小袖▲约素随堤柳▲[1]翠黛远山横，描不就、一双眉秀▲娇波明盼，着处更留人，情初逗▲杯残酒▲双陆垂纤手▲[2]

芳心半有▲玉钮教郎扣▲不道解相思，恁花枝、为谁消瘦▲幽窗曲槛，灯火二更余，欢未久▲宵空负▲那正旧时候▲

注：① 约素：束白绢。② 双陆：古时赌具。

林毓麟（清 1928）一首

娇莺雏燕，绮阁余春昼▲憨绝未知愁，[1]恰十五、盈盈时候▲斜欹小坐，采映玉双双，妆初就▲影俱瘦▲自是天然秀▲

停针搁绣▲急切开帘后▲底事绾芳心，[2]柳如昔、夭桃似旧▲[3]红香绿半，无那最难抛，秋波溜▲寒添袖▲冷尽金猊兽▲[4]

注：① 憨：娇痴。② 底事：何事。③ 夭桃：艳丽的桃花。④ 金猊兽：狮形铜香炉。猊，狻猊，狮子别称。

八十三字　洞仙歌　第一体，前段第四句九字，第三字后用顿号。

苏轼（宋 80）一首

冰肌玉骨，自清凉无汗▲水殿风来暗香满▲绣帘开、一点明月窥人，人未寝，欹枕钗横鬓乱▲

起来携素手，庭户无声，时见疏星渡河汉▲试问夜如何，夜已三更，金波淡、玉绳低转▲[①]但屈指、西风几时来，又不道流年，暗中偷换▲

注：① 玉绳：星名，在北斗第五星玉衡之北。

王安中（宋 172）一首　题：情景。

深庭夜寂，但良辰如昼▲鹊起高槐露华透▲听曲楼、玉管吹彻伊州，[①]金钏响，[②]轧轧朱扉暗扣▲[③]

迎人巧笑道，好个今宵，怎不相寻暂携手▲见淡净晚妆，对月残偏，宜多情、越饶纤瘦▲更早促、分飞霎时休，便恰似阳台，梦云归后▲

注：① 伊州：曲名。② 金钏：金镯。③ 轧轧：关门声。

刘光祖（宋 373）一首　题：荷花。

晚风收暑，小池塘河净▲独倚胡床酒初醒▲[①]起徘徊、时有香气吹来，云藻乱，叶底游鱼动影▲

空擎承露盘，[②]不见冰容，惆怅明妆晓鸾镜▲后夜月凉时，月淡花低，幽梦觉、欲凭谁省▲且应记、临流凭栏杆，便遥想江南，红酣千顷▲[③]

注：① 胡床：即绳床，似椅。② 承露盘：承接露水之盘。③ 红酣：盛开的荷花。

汪元量（宋 562）一首　题：毗陵赵府兵后僧多占作佛屋。[①]

西园春暮，乱草迷行路▲风卷残花堕红雨▲念旧巢、燕子飞傍谁家，斜阳外，长笛一声今古▲

繁华流水去，舞歇歌沉，忍见遗钿种香土▲[②]渐桔树方生，桑枝才长，都付与、沙门为主▲[③]便关防、不妨贵游来，又突兀梯空，梵王宫宇▲

注：① 毗陵：今江苏常州。② 忍见：怎忍见；遗钿：遗落首饰。③ 沙门：即僧人。

杨循吉（明 99）一首　题：题酒家壁。

吴郊春满，绿草薰南陌▲风弄轻帘小桥侧▲瞰荒园、浓丽几树夭桃，[③]仿佛似、薄醉西施颜色▲

醽香飘十里，更着流莺，乱掷金梭向林织▲天宇净繁芳，日暖蜂游，早拦住、

高阳狂客▲[1]便典却、罗衫又何妨，算容易飞花，韶光难得▲

注：① 高阳狂客：刘邦兵过陈留，郦生按剑上谒曰“吾高阳酒徒，非儒人也”。见《史记》。

周用（明130）一首　题：重午。[1]

客中今日，恰江南端午▲数点弄晴梅子雨▲[2]正清溪、画屋长昼初筵，呈画扇，更有香芦角黍▲[3]

冬冬催羯鼓，[4]莺莺燕燕，当面盈盈试歌舞▲故事杳难寻，天上佳期，人传道、牛郎织女▲待罗袖、明朝酒痕消，记玉臂凝香，彩丝双缕▲

注：① 重午：即端午。② 梅子雨：黄梅雨，时雨时晴。③ 角黍：即米粽，以纪念屈原。④ 羯鼓：乐器名，状如漆桶，下承以牙床，用两杖击之。

陈维崧（清196）一首　题：从楞伽上方塔后觅径下坡，[1]过前村观剧。

晴峰乱矗，似丛丛春笋▲贴向吴天翠无尽▲[2]映澄湖、几幅纯绿柔蓝，[3]纷织处，烟际渔榔隐隐▲[4]

断崖横塔后，扪葛攀萝，私路萦纡细如蚓▲[5]村鼓正喧阗，赛火成围，[6]雏伶唱、[7]销魂院本▲[8]讶蓦地、风飘绿杨丝，乍小露墙头，一群红粉▲[9]

注：① 楞伽：苏州山名。② 吴天：苏州天空。③ 澄湖：清澈之湖。④ 渔榔：喻渔船。榔，木梆也，渔人击之以捕鱼。⑤ 私路：小路。⑥ 赛：迎赛神会。⑦ 雏伶：小演员。⑧ 院本：剧本。⑨ 红粉：喻女人。

江昉（清991）一首　题：初冬招看云春桥杉亭宝所家玉屏集湖上，各赋一阕。

湖天云净，正小春时候▲[1]一片残阳恋疏柳▲漾晴澜、摇入荒径寒汀，击画桨，作弄蘋翻菰皱▲

登临才几日，秋去无凭，犹剩黄花较人瘦▲[2]帘密卷西风，倒影芳尊，认隐约、隔江眉秀▲看远树、争喧乱昏鸦，早野寺烟林，半规蟾漏▲[3]

注：① 小春：小阳春天气，指农历十月。② 黄花：菊花；较人瘦：李清照《醉花阴》词有：“人比黄花瘦”句。③ 蟾：喻月。

赵烈文（清1755）一首

乌风白雨，过溪池亭榭▲柳线花条尽低亚▲倚空栏、缕缕蓝翠侵衣，云乍破，檐角残红恰跨▲

江湖当此际，骇浪奔涛，几处归舟布帆卸▲风定钓丝闲，绿到波心，铺千尺、越罗新研▲且莫羡、殷勤玉壶春，只一榻清凉，算来无价▲

车乘轨（现当88）一首　题：癸未元日。[1]　注：2003年2月1日作。

时光迅速，又春回冬逝▲爆竹声中换新岁▲看邻家、福字张贴门前，窗额下，高挂宫灯志喜▲

寿添逾八十，[②]马齿徒增，[③]所幸身康未聋耳▲目力尚明亮，阅读书报，填词阕、乐而忘累▲且趁此、无多有生年，赶紧《雅词》编，莫贪休憩▲

注：① 元日：农历大年初一。② 逾八十：作者新岁虚龄八十一岁矣。③ 马齿徒增：喻年长无能。

施亚西（现当89）一首　题：风雨龙吟楼抒怀。

黄昏乍雨，听松涛如吼▲独耐单衣凭栏久▲为心头、别有一缕温馨，长够我，敌得晚来风骤▲

孤云何处去，无数青山，都为争春试眉秀▲不寐待鸡鸣，且上高楼，山窗外、茫茫宇宙▲但渐见、天边一星明，破黑夜沉沉，向灯遥逗▲

八十三字　洞仙歌　第二体，同第一体，但前段第四句分五字、四字两句。

朱彝尊（清288）四首

（1）谢娘春晓，[①]借贫家螺黛▲须拗花枝与伊戴▲傍妆台见了，已慰相思，原不分，云母船窗同载▲

从祠灯火下，[②]暗祝心期，众里分明并侬拜▲尽说比肩人，目送登舻，香渐辣、晚风罗带▲信柔橹、呕哑拨鱼衣，分燕尾溪流，赤阑桥外▲

注：① 谢娘：指妻妹寿姑。② 丛祠：乡野林间的神祠。

（2）东风几日，觉春寒犹甚▲纤手偷携笑谁禁▲对初三微月，看到团圈，铺地水，处处罗袜凉侵▲

周郎三爵后，[①]顾曲无心，争忍厌厌夜深饮▲[②]只合并头眠，有限春宵，切莫负、暖香鸳锦▲最难得、相逢上元时，[③]且过了收灯，放船由恁▲

注：① 周郎：本指三国周瑜，精音律，谚曰："曲有误，周郎顾"。此处借喻作者自己。② 争忍：怎忍；厌厌：安和貌。③ 上元：元宵。

（3）佳期四五，[①]问黄昏来否▲说与低帷月明后▲怕重门不锁，仙犬窥人，愁未稳，花影匆匆分手▲

鸡缸三两盏，[②]力薄春醪，何事卿卿便中酒▲翻唤养娘眠，[③]底事谁知，灯一点、尚悬红豆▲恨咫尺、绳河隔三桥，全不管黄姑，[④]夜深来又▲

注：① 四五：二十日。② 鸡缸：原注：鸡缸成窑，小酒杯也。③ 养娘：指乳母。④ 黄姑：牵牛星也。

(4) 城头画角，①报横江舻舳▲②催上扁舟五湖曲▲③怪刍尼噪罢，④蟢子飞来，重携手，也算天从人欲▲

红墙开窈奥，⑤转入回廊，小小窗纱拓金屋▲⑥随意楚台云，⑦抱玉挨香，冰雪净、素肌新浴▲便归触、帘旌侍儿醒，只认是新凉，拂檐蝙蝠▲

注：① 城头画角：城头守卒号角。② 舻舳：舻，船头；舳：船尾。指船。③ 五湖：太湖。④ 刍尼：梵语，鹊也。⑤ 窈奥：深广貌。⑥ 金屋：喻闺房。⑦ 楚台云：楚襄王梦会神女于阳台故事。

彭孙遹(清343)一首　题：元夕。①

千门万户，听踏歌声遍▲一派笙箫暗尘远▲有兰麝通气，罗绮如云，②香过处，隐隐红帘尽卷▲

闲行南北曲，③玉醉花嫣，争簇天街闺娥转▲④更谁家艳质，灯火栏杆，蓦地里、夜深重见▲向皓月、光中费疑猜，不道是今宵，广寒人现▲⑤

注：① 元夕：元宵。② 罗绮：喻妇女。③ 曲：曲巷。④ 天街：京城街坊。⑤ 广寒人：喻月宫仙女。广寒，月宫也。

李符(清506)二首　题：第一首，吴江晓发。

第二首，寻沈耕间不遇。

(1) 澄湖淡月，响渔榔无数▲①一霎通波拨柔橹▲过垂虹亭畔，②语鸭桥边，篱根绽，点点牵牛花吐▲

红楼思此际，谢女檀郎，③几处残灯在窗户▲随分且欹眠，④枕上吴歌，声未了、梦轻重作▲也尽胜、鞭丝乱山中，⑤听风铎郎当，⑥马头冲雾▲

注：① 渔榔：渔船击木发声以捕鱼。② 垂虹亭：吴江亭名，在东门外垂虹桥畔。③ 谢女檀郎：泛指夫妇。④ 随分：随意。⑤ 鞭丝：马鞭，指骑马。⑥ 风铎：风铃。

(2) 水村野渡，见白鸥眠冷▲茅屋无人掩苔径▲共争棋赌酒，听雨烧灯，当年事，历历欢游重省▲

山翁锄菜了，何处行吟，不管渔郎棹孤艇▲扉唤小童开，借枕藤窗，才午梦、白禽啼醒▲为留客、消闲有梅花，任一抹斜阳，树头催暝▲

查为仁(清905)一首　序：入春以来，尘事稍谢，日坐花影庵中……颇得闲适之趣，为赋此解。

流光似箭，又东风吹换▲池上坚冰昨方泮▲更梅花吐白，柳色匀黄，鹦到了，唤醒深深庭院▲

关心殊不浅，旧事新愁，都被春声暗勾转▲排闷欲题诗，有限蛮笺，[1]书不尽、闲情长短▲但静掩、疏窗爇炉烟，看四壁无尘，图书香满▲

注：① 蛮笺：指蜀笺。韩浦诗："十样蛮笺出益州"。

王复（清1094）一首　题：花影。

栏杆几曲，被清辉移上▲叠叠重重静摇漾▲怎游丝不惹，芳露难沾，谁悟到，艳冶都空色相▲

银釭相背立，[1]小启兰窗，忽又迷离近罗幌▲[2]懊恼隔低墙，动处频疑，只误了、玉人遥望▲便妙手、崔徐也难描，[3]但细把张郎，[4]丽词传唱▲

注：① 银釭：灯盏。② 罗幌：丝罗帏幔，丝罗床帐。③ 崔徐：宋代著名花鸟画家崔白、徐熙。④ 张郎：原注：张先，号张三影，有"云破月来花弄影"句。

钱枚（清1171）一首　题：题袁大兰村通《南园春梦图》。[1]

困人天气，又落红成片▲不是东风不留恋▲奈子规声紧，抵死催春，春去了，花也被他啼倦▲

最难排解处，花落春归，好盼明年再相见▲偏是梦无据，梦里相逢，还不是、旧时人面▲悔不学、杨花化浮萍，看点点圆波，不曾分散▲

注：① 袁大：袁通，字达夫，号兰村。见《词人小传》。

郭麐（清1208）一首　题：寄素君。

绮窗临水，挂一重帘子▲帘外垂杨画船系▲道春风正好，催放轻桡，全不管，先把个侬催起▲

呕哑声未远，转个湾头，眼底居然便千里▲不见一重帘，帘外垂杨，又何况、隔帘双髻▲算临别、无言忒匆匆，有曲曲溪流，是伊清泪▲

吴藻（女）（清1484）一首　题：题顾羽素（顾翎）夫人《绿梅影楼填词图》。

阴阴薄暝，悄黄昏时候▲几树梅开暗香逗▲又疏帘半卷，和月和烟，分不出，花影风筛翠袖▲

小窗灯火里，拥髻微吟，想见伊人正呵手▲清极不知寒，坐到宵深，有心人、两眉痕瘦▲看一角、楼台似罗浮，[1]算除却词仙，更谁消受▲

注：① 罗浮：誉为仙山，在广东增城。

张尔旦（清1530）一首　题：题赵闾卿《桃花春影卷》。

浓春时节，记频来双燕▲花里比邻好庭院▲正莫愁年小，[1]巧笑无猜，难忘却，曾踏落花相见▲

郁金堂易主，[2]燕子天涯，何况东风旧人面▲一树绿阴阴，带了残霞，还认作、隔墙花片▲但约略、芳姿画嫣红，更触我伤心，谢家团扇▲

注：① 莫愁：古女子名。梁武帝歌："洛阳女子名莫愁"。② 郁金堂：华丽香堂。

吴鵠鸿（清1573）二首　题：月波楼记恨。

（1）盈盈碧玉，正破瓜年纪▲[1]一笑通辞眼波丽▲[2]倩墨奴吮笔，扇婢催诗，诗成也，谱向旗亭笛里▲

冰肌新浴后，斜搭纤指，一缕窥帘月光腻▲锦浪暖鸳鸯，梦影惺忪，乍消受、晓凉天气▲记私语、丁宁道休忘，是钗角琴心，者时情味▲[3]

注：① 破瓜年纪：十六岁。② 通辞：传递话语。③ 者时：这时。

（2）栏杆几折，曾并肩垂手▲压鬓珠兰暗香透▲记弯环小阁，六曲屏风，那一角，软语销魂时候▲

庭花闲细数，数到将离，无语双蛾远山皱▲[1]别梦太凄凉，者种愁心，[2]秋知道、秋痕都瘦▲珍重赠、歌声唱阳关，[3]又和泪相将，一枝露柳▲

注：① 远山：喻眉峰。② 者种：这种。③ 阳关：喻离别。

潘曾玮（清1653）一首　题：新叶。

早春时候，说青青还浅▲数日迎风便轻展▲渐林梢写出，冉冉烟痕，[1]犹未到，一径凉阴吹遍▲

薄寒仍耐否，小雨刚晴，不受纤尘更葱蒨▲[2]嫩绿正垂檐，已许藏莺，娇软处、游丝偏罥▲[3]但隔着、斜阳半边红，怪不把新愁，路来遮断▲

注：① 冉冉：行进貌。② 葱蒨：青翠茂盛。③ 罥：挂系。

边浴礼（清1666）一首　题：秋晓。

晓天一碧，映鸥沙无际▲[1]卷地西风响丛苇▲正林枫叶冷，篱豆花疏，柴门外，乱糁丹黄紫翠▲[2]

雁奴三五辈，[3]结队冲烟，渺渺衔芦渡秋水▲船尾老渔翁，半掩蓑针，[4]还偎着、鹭鹚同睡▲[5]渐隔渚、僧楼澹红墙，有鸦点零星，木鱼惊起▲[6]

注：① 鸥沙：鸥鸟活动之沙滩。② 糁：搀和。③ 雁奴：雁群夜宿沙滩，大者居中，小者外围警戒，称雁奴。④ 蓑针：蓑衣似针。⑤ 鹭鹚：即鱼鹰，善捕鱼。⑥ 木鱼：僧人诵经打击器具。

周星誉（清1709）一首

呵钿绾翠，[1]坐枣花帘底▲华鬘斜簪小鸦髻▲[2]想妆成力怯，换了鸾衫，停半

晌，[3]才见盈盈扶起▲

问名佯不说，浅笑低声，暗里牵衣要人替▲似喜似含颦，[4]道是矜严，[5]却偏又、恁憨憨地▲[6]也忒煞、[7]难猜个人心，[8]笑事事朦胧，者般年纪▲

注：①呵钿：向钿呵气。②华铃：花小钗；簪：插戴。③停半晌：停了片刻。④含颦：皱眉。⑤矜严：端庄。⑥憨憨：娇痴。⑦忒煞：太觉。⑧个人：那人。

凌祉媛（女）（清1732）一首　序：朔风酿寒，斜阳无信，花飞成阵，梅冷冽香。斗室围炉，疑在琼楼玉宇中也。

冻云泼墨，正酿寒时候▲六出飞花满岩岫▲[1]似瑶台仙子，碎剪琼英，[2]看顷刻，世界琉璃装就▲

玉龙谁唤醒，[3]起舞回风，鳞甲纷纷扑窗牖▲[4]消息问南枝，[5]漏泄春痕，笑梅影、也如人瘦▲且独拥、重炉倚妆台，道日暮天寒，早停针绣▲

注：①六出飞花：即雪花。②琼英：玉叶，亦指雪花。③玉龙：谓雪。④鳞甲：喻雪花。⑤南枝：指梅。《白帖》："大庾岭上梅，南枝开，北枝落。"

陈翠娜（女）（现当39）一首

载春船小，恰春人双个▲坐近湘裙并肩可▲把罗襟兜月，玉笛吹烟，风吹放，鬓角素馨一朵▲

四围山睡尽，瞒却鸳鸯，满载闲云过南浦▲[1]树影暗成村，如水罗衣，有几点、流萤飘堕▲听落叶、萧萧下长堤，恰浅笑回眸，问人寒么▲

注：①浦：此字不叶韵，作宽叶。

俞振飞（现当41）一首　题：《振飞曲谱》题词。　注：1902年2月作，时年81岁。

一弹指顷，七十年前事▲鸣过扊扅笛声起▲[1]记黄昏灯火，总角韶华，[2]都付与，雾影江乡歌里▲

皤然今已暮，[3]自画乌丝，检点平生订宫徵▲[4]翘首望寥天，新曙湖山，人间世、欣欣如此▲为管领、春光有东风，更金缕铜琶，[5]舒喉花底▲

注：①扊扅：古歌名。百里奚为秦穆公相，有妇人唱扊扅歌，乃故妻也，从而团圆。此处喻昆曲。②总角：童年也；韶华：光阴。③皤然：指白发。④订宫徵：制订《振飞曲谱》（昆曲）。⑤金缕：本曲名，指唱昆曲。

赵宛（女）（现当55）一首　序：乙亥（1935年）春暮重过虞山，赵、曾两园皆儿时嬉游地也，不可无作。[1]

重来胜地，正荼蘼开罢▲静绿成围罨亭榭▲一泓清几曲，桥上朱栏，栏外水，镇日涓涓东泻▲

归时仍仿佛，历历园庭，犹让儿时读书暇▲廿载感流光，柳线依然，只张绪、鬓华凋谢▲[2]数人间、陈迹几多存，对细雨轻阴，薄愁招惹▲

注：① 此词摘于《苏州杂志》2005 年第二期《梦中赵园》；虞山：常熟名山；赵园：常熟园林兼藏书楼，与曾园只一墙之隔。② 张绪：齐武帝夸张绪风流似柳。

八十三字　清波行

张煐（清 142）一首　题：北还，登扬子湾浮屠。[1]

醉中催起▲樯末秋风如驰▲浮屠临水▲画船且教舣▲君欲望江南，再上一层才是▲江南南岸如何，故园在、郁葱里▲

三千余里▲论风景、安得有此▲六朝遗恨，抚今问知己▲涛声未盈耳▲已见万山浮紫▲可叹南北舟航，往来何事▲

注：① 浮屠：即塔，指扬州南门文峰塔。

八十三字　满路花　第一体，用仄韵。

周用（明 130）一首

风前满地花，雨后连天草▲今年三月里、春归早▲低云薄雾，犹自怜清晓▲金尊须臾倒▲无奈离愁，为她转伤怀抱▲

绣帘斜卷，昼静闻啼鸟▲韶华刚九十、勾消了▲绿波无赖，点点春荷小▲寄语春知道▲桃李多情，莫教惜春人老▲

王世贞（明 207）一首　题：春游即事。

穿崖径字青，[1]压水冰纹绿▲山城初雪罢、添装束▲谁家猎骑，揉碎千崖玉▲[2]貂裘斜半揭▲[3]马尾梢生，问人何处堪宿▲

青帘高写，美酒新丰熟▲[4]春光偏占早、花如簇▲珠帘十二，处处调丝竹▲[5]夜闻金缕曲▲唱道明朝，扶头依旧醽醁▲[6]

注：① 径字：路边草木。② 玉：喻雪。③ 貂裘：貂皮衣。④ 新丰：今陕西临潼，产酒。⑤ 丝竹：喻歌舞。⑥ 扶头：谓酒醉醒后又饮少量淡酒用以解酲；醽醁：美酒名。

钱涓（女）（明 473）一首　题：段桥春霁。[1]

桃花印马蹄，兰棹回银雪▲柳丝风绾就、天然结▲轻盈紫燕，倦舞枝头歇▲乱

红铺地密▲更见白卷，江涛绿浮萍叶▲

山山凝翠，云际芙蓉合▲寻芳成绮队、游情洽▲骚人墨客，诗料奚囊觅▲②尝叹春光捷▲欲留难也，叹一声杜鹃血▲

注：① 段桥：即断桥，在杭州西湖白堤上。② 奚囊：奚童袋中。

八十三字　满路花　第二体，用平韵。

吕渭老（宋259）一首

西风秋日短，小雨菊花寒△断云低古木、暗江天△星娥尺五，①佳约误当年△小语凭肩处，犹记西园△画桥斜月栏杆△

乌啼花落，春信遣谁传△尚容春夜梦、小留连△青楼何处，宝镜注婵娟△②应念红笺事，微晕春山，③背窗愁枕孤眠△

注：① 星娥尺五：极言离天近。星娥，传说中的织女星，指夜天。尺五，一尺五寸。② 婵娟：美女。③ 春山：眉峰。

八十四字　兀令

贺铸（宋121）一首

盘马楼前花日好▲雪消尘扫▲楼上宫妆早▲认帘箔微开，①一面嫣妍笑▲②携手别院重廊，窈窕花房小▲③任碧罗窗晓▲

间阔时多书问少▲④镜鸾空老▲身寄吴云杳▲想轫辘车音，⑤几度青门道▲⑥占得春色年年，随处随人到▲恨不如芳草▲

注：① 帘箔：即帘。② 嫣妍笑：笑得好看。③ 窈窕：美好。④ 间阔：远别；书问：书信访问。⑤ 轫辘：车声。⑥ 青门：汉都城东南门，借喻北宋汴京。

八十四字　中兴乐

李珣（五代十国5）一首

后庭寂寂日初长△翩翩蝶舞红芳△绣帘垂地，金鸭无香△谁知春思如狂△忆萧郎△等闲一去，程遥信断，五岭三湘△

休开鸾镜学宫妆△可容更理笙簧△倚屏凝睇，泪落成行△手寻裙带鸳鸯△暗思量△忍孤前约，教人花貌，虚老风光△

八十四字　五福降中天

江致和（宋188）一首　题：上元有感。①

喜元宵二五，纵马御柳沟东△斜日映珠帘，瞥见芳容△秋水娇娆俊眼，腻雪轻铺素胸△爱他菱花，②粉面露春葱△③

徘徊步懒，奈一点灵犀未通△怅望七香车去，[4]幔卷春风△云情雨态，愿暂入阳台梦中△[5]路隔烟霞，甚时还许到蓬宫△[6]

注：① 上元：正月十五，元宵节。② 菱花：镜子。③ 春葱：纤手。④ 七香车：妇女乘车。⑤ 阳台梦：楚襄王梦会神女于阳台故事。⑥ 蓬宫：喻仙境。

八十四字　洞仙歌

孙承恩（明 152）一首　题：中秋无月，和徐少湖。

广寒宫冷，[1]望杳蓝桥路▲[2]无奈婵娟被风妒▲[3]驾长梯、扫开云翳，放出冰球，[4]又只恐，海底骊龙抱住▲

有良朋三五▲漫倒芳尊，[5]且教迟回唱金缕▲[6]洗梧桐露下，衣袂生凉，漏转层城未归去▲已拼此度负佳期，看明岁今宵，会伊何处▲[7]

注：① 广寒宫：月宫。② 蓝桥：裴航遇云英处，喻仙境。③ 婵娟：指月。④ 冰球：指月。⑤ 芳尊：精致的酒杯，借指美酒。⑥ 金缕：曲名。⑦ 伊：指月。

八十四字　清波引

黄安涛（清 1305）一首　题：杨花银鱼。[1]

鸣榔听遍▲[2]依约在、绿杨远岸▲料应春晚▲连朝絮飘断▲喜得渔童报，出网银丝凌乱▲试来花港闲观，正唼唼，[3]白蘋满▲

圆箸入馔▲比鲈脍、风味不减▲水村江店，就船买尤贱▲调羹爱掺手，一半晶盐细糁▲忆煞三月吴淞，舵楼炊饭▲

注：① 杨花银鱼：杨花时节银丝鱼。② 榔：船尾木榔，击之发声捕鱼。③ 唼唼：鱼吞食声。

八十四字　倾杯近

袁去华（宋 311）一首

邃馆金铺半掩，[1]帘幕参差影▲[2]睡起槐阴转午，乌啼人寂静▲残妆褪粉，松髻欹云慵不整▲[3]尽无言，手挼裙带绕花径▲

酒醒时，梦回处，旧事何堪省▲共我寻春，并坐调筝何时更▲心情尽日，一似杨花飞无定▲未黄昏、又先愁夜永▲

注：① 邃馆：邃宇深院；金铺：门上贴板，用以衔环。② 参差：不齐貌。③ 欹云：发歪

八十四字　满路花

欧阳修(宋 33)一首

铜荷融烛泪，[1]金兽啮扉环△[2]兰堂春夜疑，惜更残△落花风雨，向晓作轻寒△[3]金龟期早，[4]香衾余暖，殢娇由自慵眠△[5]

小鬟无事须来唤，呵破点唇檀△回身还、却背屏山△[6]春禽飞下，帘外日三竿△起来云髻乱，不妆红粉，下阶且上秋千△

注：① 铜荷：铜烛台。② 金兽：门上铜兽；啮扉环：衔门环。③ 向晓：近天明。④ 金龟：唐制，三品以上官佩带金龟。⑤ 此三句套用李商隐诗意："无端嫁得金龟婿，辜负香衾事早朝"。⑥ 屏山：如山屏风。

八十四字　蕙兰芳引

方千里(宋 133)一首

庭院雨晴，倚斜照、睡余双鹭▲正学染修蛾，官柳细勾黛绿▲绣帘半卷，透笑语、琐窗华屋▲带脆声咽韵，远近时闻丝竹▲

乍着单衣，才拈团扇，气候暄燠▲趁骄马香车，同按绣坊画曲▲人生如寄，浪勤耳目▲归醉乡，犹胜旅情愁独▲

八十四字　踏青游

王诜(宋 114)一首

金勒狨鞍，[1]西城嫩寒春晓▲路渐入、垂杨芳草▲过平堤，穿绿径，几声啼鸟▲是处里，谁家杏花临水，依约靓妆斜照▲

极目高原，东风露桃烟岛▲望十里，红围翠绕▲更相将，[2]乘酒兴，幽情多少▲待向晚，从头记将归去，说与凤楼人道▲[3]

注：① 勒：套马笼头；狨：兽名，其毛柔长，可作马鞍垫。② 相将：相偕。③ 凤楼：指闺楼。

陈世祥(清 53)一首　题：清明日，同西樵、介夫至陆海寺。[1]

烘日匀风，春光着人轻蒨▲[2]绣草路、泥香成片▲觅谁侬，[3]和笑走，弓鞋初倦▲[4]更是处，池塘簇蒲拖柳，闲煞画船歌板▲

把酒楼头，[5]凭栏望中平衍▲[6]叹此日，春光都贱▲彩旗空，绒索冷，[7]秋千荒院▲总听彻，归途小亭妖曲，依旧楚天云远▲

注：① 西樵：王士禄号。② 蒨：鲜明貌。③ 谁侬：那个人。④ 弓鞋：缠足女鞋。⑤ 把酒：持酒。⑥ 平衍：平广之处也。《穆天子传》"丁未，天子大朝于平衍之中"。⑦ 绒索：指秋千索。

吴棠桢（清 220）一首　题：寒食。

日气催晴，他乡又逢寒食▲挂罨画、垂杨烟碧▲妒啼莺，和乳燕，先游南陌▲问一带，嫣红杏花何处，谁知暗粘双屐▲

酒酽饧香，依稀故园春色▲但不见、踏青鞋窄▲锦山中，梧水上，①闲愁无绝▲想镜曲，②东风半船箫鼓，也盼岭南消息▲③

注：① 梧水：广西水名。② 镜曲：指山阴鉴湖。③ 岭南消息：唐宋之问《题大庾岭北驿》“明朝望乡处，应见岭上梅”。

八十四字　霜天晓角

陈继儒（明 251）一首　题：与妓。

红颜虽好▲精气神三宝▲多被野狐偷了▲①眉峰皱，腰肢袅▲浓妆淡扫▲弄得君枯槁▲暗发一枝花箭，射英雄，应弦倒▲

迎医问祷▲②疾病来缠绕▲悔煞从前草草▲这烦恼▲自家讨▲填精补脑▲下手应须早▲快把凡心打叠，访仙翁，学不老▲

注：① 野狐：狐狸精，喻妓。② 问祷：求神问卜。

八十五字　千秋岁引

无名氏（辽 3）一首

想风流态▲①种种般般媚▲恨别离时太容易▲香笺欲写相思意▲相思泪滴香笺字▲画堂深，银烛暗，重门闭▲

似当日欢娱何日遂▲愿早早相逢重设誓▲美景良辰莫轻弃▲鸳鸯帐里鸳鸯被▲鸳鸯枕上鸳鸯睡▲似恁地▲②长恁地▲千秋岁▲

注：① 态：此字属队韵，借叶。② 恁地：如此。

八十五字　洞仙歌

李元膺（宋 148）一首

雪云散尽，放晓晴庭院▲杨柳于人便青眼▲更风流多致，一点梅心，相映远、约略颦轻笑浅▲

一年春好处，不在秾芳，小艳疏香最娇软▲到清明时候，百紫千红，花正乱，已失春风一半▲早占取、韶光共追游，但莫管春寒，醉红自暖▲

高观国（宋 431）一首　题：题真。①

轻寒浅晕，偷染春风面▲恰似西施影儿现▲拟新妆临镜，一段天真，闲态度、长恁香娇玉软▲②

从今怀袖里，不暂相离，似笑如颦在舒卷▲愿芳容不老，只似如今，娇不语，

无奈情深意远▲便雨隔、云疏暂分携，也时展丹青，见伊一见▲

注：① 真：写真，即画像。② 恁：如此。

八十五字　华胥引

李符（清 506）一首　题：梦。

试妆才罢，乍坐还眠，任欹翠枕▲渐敛娇波，懒云钗溜浑不省▲[①]屈戌难锁柔魂，[②]度柳穑无影▲暗逐春骢，遍寻烟水云岭▲

此际相逢，道真真画眉人并▲不知红日，窗间移桃过杏▲分付呢喃双燕，近前催醒▲重叠花阴，怕伊迷了鸳径▲

注：① 懒云：喻未梳理的头发。② 屈戌：门窗搭扣。

八十五字　江城梅花引

吴藻（女）（清 1484）一首　题：西湖采芡图。

西湖湖水碧罗罗△采莲歌△采菱歌△采到莼丝，记得泛烟波△说着鸡头侬未省，只认取，有田田，叶许多△

许多许多似圆荷△翠几科△[①]香一涡△采也采也采不尽，斜日红矬△[②]瓜皮艇子往来过△[③]论斗明珠堪细剥，谁信道，是销金，一寸锅△[④]

注：① 科：同颗。② 矬：矮，即沉没。③ 瓜皮艇：狭长小船。④ 销金锅：俚语，耗钱之意。

八十六字　江城梅花引

李献能（金 28）一首

汉宫娇额倦涂黄△[①]试新妆△在昭阳△[②]萼绿仙姿，[③]高髻碧罗裳△翠袖卷纱闲依竹，暝云合，琼珠荐暮凉△[④]

碧月浮香摇玉浪，拂春帘，莹倚窗△冰肌夜冷滑，无粟影，[⑤]转斜廊△冉冉孤鸿，烟水渺渺三湘△青鸟不来天也老，[⑥]断魂些，清霜静楚江△

注：① 涂黄：汉宫人在额上涂黄增美。② 昭阳：指皇后。③ 萼绿：萼绿华，古仙人。④ 琼珠：玉珠；荐：献也。⑤ 粟影：后汉明德马皇后，左眉角小缺，补之如粟，称粟眉。⑥ 青鸟：西王母传书使者。

八十六字　洞仙歌　第一体，首句不起韵。

丘密（宋 361）一首　题：辛卯（1171 年）元夕。

江城梅柳，[①]惯得春光处▲催趁风光上歌舞▲见九衢车马，[②]流水如龙，喧笑语、罗绮香尘载路▲[③]

欢娱多暇日，尊俎风流，[④]重见承平旧官府▲有多少，佳丽事，堕珥遗簪，芳径

里、瑟瑟珠玑翠羽▲[5]好吸取、留华醉连宵，更莫待收灯，酒阑人去▲

注：① 江城：指南宋京城临安(今杭州)。② 九衢：九达之街，一般指京城。③ 罗绮：喻妇女。④ 尊俎：盛酒食器具。⑤ 翠羽：翡翠鸟羽毛，妆饰品也。

吴文英(宋476)一首

芳辰良宴，人日春朝并▲[1]细缕青丝裹银饼▲更玉犀金彩，沾座分簪，歌围暖、梅靥桃唇斗胜▲

露房花曲折，莺入新年，添个宜男小山枕▲待枝上，饱东风，结子成阴，蓝桥去、还觅琼浆一饮▲料别馆、西湖最情浓，烂画舫月明，醉饱宫锦▲

注：① 人日：大年初七；春朝：立春。是年初七正逢立春节日。

吕直夫(宋602)一首

征鞍带月，[1]浓露沾襟袖▲马上轻衫尚寒透▲望翠峰深浅，[2]忆着眉儿，腰肢袅、忍看风前细柳▲[3]

别时频嘱咐，早寄书来，能及清明到家否▲这言语，便梦里，也在心头，重相见、不知伊瘦侬瘦▲纵百卉、千花已离披，[4]须趁得荼蘼，牡丹时候▲

注：① 征鞍：行路马上。② 峰：诗人常把山峰比作眉峰，故下句谓忆着眉儿。③ 忍：怎忍。④ 离披：花开貌，见《楚辞》。

八十六字　洞仙歌　第二体，同第一体，但首句即起韵。

李鼐(宋333)一首

余寒未展▲帘幕新来燕▲杨柳梢头嫩黄染▲小溪山缭绕，别是风烟，春淡淡、谁道蓬莱路远▲

冰姿人不老，长伴春闲，环佩声中度芳宴▲宝屏开，烟袅袅，金鸭吹香，欢笑处、烛影花光共暖▲便莫惜、瑶觞醉如泥，占岁岁东风，舞衣歌扇▲

八十六字　婆罗门令

柳永(宋14)一首

昨宵里、恁和衣睡▲[1]今宵里、又恁和衣睡▲小饮归来，初更过、醺醺醉▲中夜后，[2]何事还惊起▲

霜天冷，风细细▲触疏窗、闪闪灯摇曳▲空床展转重追愁，[3]云雨梦、[4]任攲枕难继▲寸心万绪，咫尺千里▲好景良天，彼此空有相恋意▲未有相怜计▲

注：① 恁：如此。② 中夜：半夜。③ 展转：翻来覆去。“展”通“辗”。④ 云雨：合欢。

朱彝尊（清288）一首　题：九日。

渠去日，一帆春水▲侬到日、也一帆秋水▲怪道相逢，翻不是、相期地▲无一语，只当相逢未▲

霜风紧，霜叶脆▲上危梯、九日层楼倚▲楼头纵得重携手，催去也、怨鹦鹉红嘴▲别时真惜，住也无计▲此恨绵绵，讵已每遇登高会▲便洒登高泪▲

八十六字　鹤冲天

杜安世（宋53）一首

清明天气▲永日愁如醉▲台榭绿阴浓、熏风细▲燕子巢方就，盆池小、新荷蔽▲恰是逍遥际▲单衣夹裳，半拢软玉肌体▲

石榴美艳，①一撮红绡比▲窗外数修篁，寒相倚▲有个关心处，难相见、空凝睇▲行坐深闺里▲懒更妆梳，自知新来憔悴▲

注：① 美艳：《历代诗余》作吐艳。

八十七字　卜算子慢

沈宗约（清1253）一首

鱼游水暖，莺语树晴，晷影添春昼▲①绝好嬉春，休负卖饧时候▲②韶光泼眼浓于绣▲卷湘帘、绿战红酣，③呼童去，沽村酒▲

徙倚栏杆久▲④爱柳软将眠，草香堪斗▲⑤一掬春愁，底事教侬消受▲对青山、独自频叉手▲妒深院、花枝袅娜，却怜他消瘦▲

注：① 晷影：测日影。② 卖饧：古代在清明前后有吹箫卖饧小贩。③ 绿战红酣：喻花草茂盛。④ 徙倚：徘徊。⑤ 斗草：古代妇女一种游戏。

八十七字　江城梅花引（又名明月引）第一体，用平韵。

赵汝茪（宋544）一首

对花时节不曾忺△①见花残△任花残△小约帘栊一面受春寒△题破玉笺双喜鹊，香烬冷，绕银屏，浑是山△②

待眠△未眠△事万千△也问天△也恨天△髻儿半偏，绣裙儿、宽了还宽△自取红毡重坐暖金船△③惟有月知君去处，吟夜月，照秦楼，④第几间△

注：① 忺：高兴。② 山：指屏风似山。③ 金船：大酒具。④ 秦楼：歌舞场所。

张翥（元69）一首　题：九日杏梅同开，汪国才折以请赋。　注：下片“忆卿，恨卿”，卿字不叶韵，别为一格，不单列

玉儿睡起怕蒙头△①更娇柔△见郎羞△缟袂仙人一笑艳明眸△②粉瘦红憨春

梦断，画栏畔，对西风，忆旧游△

忆卿△恨卿△思悠悠△怕凄凉，[3]不耐秋△艳绝韵绝，香又绝、特地风流△宜与云鬟双插倚妆楼△月又渐低霜又冷，花似雪，满苍苔，总是愁△

注：① 玉儿：泛指女郎。② 缟袂：白袖。③ 凉：此字不叶韵，稍异。

吴敬所（明263）一首　故事：《天缘奇遇》第六回，祁羽狄与廉丽贞私会词。

注：格律同上首，不单列。

佳期私许暗敲门△待黄昏△已黄昏△喜得无人悄悄洞房深△桃脸自羞心自爱，漏声远，入罗帏，解绣裙△

枕边△枕边△好温存△被已温△钗已横△[1]爱也爱也，声不稳、且自殷勤△惟有窗前明月露新痕△怕照花前憔悴损，花瘦也，比前香，瘦几分△

注：① 横：此字不叶韵，作宽叶。

彭孙贻（明504）一首　题：闺情。

黄昏无伴立闲阶△雪飞花△惜梅花△折得一枝何处寄天涯△约过小春春又过，[1]百千遍，踏花行，涴绣鞋△[2]

绣鞋△退些△懊擎拿△月一芽△云半鬓△[3]可又瘦也，瘦不上、鸳扣交叉△试褪罗衣多半不争差△[4]判为东风憔悴杀，[5]憔悴杀，嫁春愁，[6]那一家△

注：① 小春：立春。② 涴：即污。③ 云：喻头发；鬓：两边发髻。④ 差：差别。⑤ 判：断定。⑥ 嫁：随也。

朱彝尊（清288）一首　注：调名原作明月引。

小红楼上有红妆△是萧娘△[1]是韦娘△[2]闻说他家惯是画眉长△扇又远遮帘又下，暗尘起，紫骝嘶，[3]向夕阳△

夕阳△夕阳△断人肠△柳半塘△花半墙△数也数也，数不尽、塘上鸳鸯△偏我相思人到独眠床△若遣个人偷嫁我，[4]拼两桨，打春潮，送故乡△

注：① 萧娘：女子泛称。② 韦娘：杜韦娘，唐名妓，喻妓女。③ 紫骝：紫色马。④ 个人：那个人。

郭麐（清1208）一首

一重方空一重纱△采莲花△采菱花△爱住吴船生小号吴娃△墙内红楼楼外水，有明月，照鸳鸯，宿那家△

那家△那家△在天涯△雨又斜△云又遮△听也听也，听不到、一曲琵琶△渐渐西风秋柳不藏鸦△欲倩西风吹梦去，还只恐，梦魂中，太远些△

许宗彦（清1217）一首　题：七夕。

凉云几叶逗疏青△①露泠泠△②月泠泠△下了瑶阶无语拜双星△③人正不眠更正永，④碧天远，放秋光，到画屏△

画屏△画屏△少年情△愁渐生△酒渐醒△望也望也，望不见、鹊驾辎軿△⑤惟有一帘花雾散中庭△多少世间儿女恨，凭诉与，有天孙，⑥仔细听△

注：①几叶：几片。②泠泠：清澈貌。③双星：牛郎、织女两星。④更永：更长。⑤鹊驾：鹊桥；辎軿：妇人乘车。⑥天孙：指织女。

张诩（清1232）二首　题：第一首，答妻陆姮怀夫词。　注：怀夫词：指陆姮《菩萨蛮·寄外》词。

第二首，闺思。

（1）小楼日日数征帆△忆江南△望江南△帘外垂杨帘里曲栏杆△清晓起来帘下坐，揽月镜，拭红绵，梳绿鬟△

绿鬟△绿鬟△菩萨蛮△花懒簪△泪暗弹△画也画也，画不就、曲曲青山△换了罗衣若个念春寒△传语而今归计稳，打双桨，到门前，三月三△

（2）韶华屈指没三分△①者消魂△②最销魂△梅子枝头酸到倚楼心△蝴蝶不知春事改，度芳草，贴湘帘，窥翠裙△

翠裙△翠裙△锦回文△③香暗熏△麝暗匀△瘦也瘦也，瘦不去、一叶腰身△空说阳台神女解为云△长是不眠何况梦，欹玉枕，数银签，④又五更△

注：①没三分：无三分，即已过去七分。②者：这也；消魂：与销魂通。③锦回文：前秦苏蕙织锦为回文诗寄夫故事。④银签：计时更筹。

陈裴之（清1442）一首　题：环花阁与闺人允庄夜坐△①

碧天如水泻秋光△夜苍苍△树苍苍△一桁小红帘外曲栏长△②月转栏杆花影碎，卷帘幕，揽清辉，上素裳△③

素裳△素裳△怯微凉△蕉满窗△竹满廊△睡也睡也，睡不熟、冰簟温香△④况听瑶阶风露絮寒螿△⑤茉莉窝云茶泛雪，⑥人静也，展新诗，细意商△

注：①闺人：指妻。②桁：挂帘横木。③素裳：白衣，指皎洁月光。④冰簟：凉竹席。⑤寒螿：寒蝉。⑥茉莉窝云：香茶名。

许赓皞（清1476）一首　题：夜雨。

酒阑灯灺梦初遥△听潇潇△恨潇潇△敲碎春心无赖是芭蕉△花正怯寒人更冷，漏声紧，梦相逢，到画桡△

画桡△画桡△隔红桥△魂自销△首自搔△去也去也，去不见、江水迢迢△怕是

落花惊醒转无聊△檐畔风铃犹自语，和雨点，一声低，一声高△

吴藻（女）（清 1484）一首

夕阳西下水东流△怕经秋△又经秋△目送飞鸿阵阵过南楼△猛觉金风寒翠袖，①埋怨到，挂帘栊，②玉一钩△

一钩△一钩△月当头△酒半瓯△③香半篝△④唱也唱也，唱不了、一曲凉州△⑤笑问嫦娥灵药几时偷△⑥圆缺阴晴天不管，谁管得，古今来，万斛愁△

注：① 金风：秋风。② 帘栊：窗帘。③ 瓯：杯。④ 篝：笼子。⑤ 凉州：曲名。⑥ 嫦娥：神话传说中本夏有穷君妻，窃食西王母不死之药，飞奔月宫成仙子。

沈世良（清 1584）一首

荻花萧瑟断霞明△早潮生△暮潮生△唤取一枝柔橹过前汀△修竹谁家门可款，①水亭外，满烟波，落叶声△

叶声△叶声△愁里听△宝蒜停△②香篆萦△③记也记也，记不了、簧暖笙清△尚有芙蓉梳掠媚秋情△④眉月半弯楼畔挂，曾照见，倚栏杆，话玉京△⑤

注：① 款：叩也。② 宝蒜：帘押。③ 香篆：弯曲香烟。④ 梳掠：喻打扮。⑤ 玉京：喻京都。

周寿昌（清 1625）一首　题：苦雨夜坐。

虚檐过雨响泉流△①屋如舟△冷如秋△连日危栏独倚望云浮△②月又不来天似墨，空阶滴，一声声，都是愁△

新愁△旧愁△愁未休△到眉头△到心头△强欲推愁，愁不去、雨更勾留△剪烛西窗兀坐数更筹△③闲事关心呼小婢，明朝看，嫩芭蕉，打碎否△

注：① 虚檐：空檐。② 危栏：高栏。③ 剪烛：剪去烛花；更筹：计时签。更，刻度也，一夜分五更。

车乘轨（现当 88）二首　题：第一首，夏日害虫蟑螂。　注：2012 年 8 月 22 日作。
第二首，壬辰（2012 年）七夕。　注：2012 年 8 月 23 日作。

（1）炎炎夏日昼偏长△怕骄阳△怨骄阳△简出深居暂得避锋芒△①日落黄昏天转黑，热威去，害虫来，是蟑螂△②

蟑螂△蟑螂△播灾殃△日躲藏△夜逞强△厌也厌也，厌窃食、恣意猖狂△③捕捉艰难跳速会飞翔△④使用“蟑香”真有效，幼与老，满房逃，尽

毒亡△⑤

注：① 简出深居：即深居简出，少出门之意。② 蟑螂：昆虫名，黑褐色，喜偷食，甚至叮咬人，易传播病菌，有害人体。③ 猖狂：蟑螂冬藏夏出，繁殖力强，成群结队，到处偷食，非常惹厌。④ 此句谓蟑螂跳跃迅速，又会飞行，明明在叮食，瞬间即逃逸无踪；余用灭蟑"药笔"诱杀，亦收效甚微。⑤ 此四句谓余于昨日购得"蟑香"（化学名：右旋苯醚氰菊酯）试用，点燃后烟气直逼四周角落，顷刻间老蟑幼螂尽被驱出，如醉若痴，满室乱逃，当场被踩死近百，侥幸被逃逸自毙者估计亦有此数。更堪告慰者，直至今日作此词时已逾四十余小时，未见一只余孽出现。历年烦恼，一旦烟消，得此意外收获，大快余心，亟以词庆之。

（2） 年年七夕爱情长△好鸳鸯△①又成双△织女停梭含笑会牛郎△今岁偏生逢"处暑"，②节前雨，驱骄阳，天转凉△

转凉△转凉△换秋裳△灭蟑螂△去祸殃△喜也喜也，喜淑气、遍布江乡△③乞巧天孙风俗早遗忘△④惯例兰汤头发洗，⑤人病也，且宽松，寄后望△

注：① 鸳鸯：指牛郎、织女。② 处暑：二十四节气之一，一般在公历八月二十三日。处暑意味着暑天将结束。③ 淑气：温和之气。④ 乞巧：古代七夕，妇女有向织女星穿针乞巧之风俗，但余家并不奉行；天孙：即织女。⑤ 兰汤：香汤，余妻每逢七夕照例洗发，虽病卧于床仍不废。此句谓余依惯例替卧病在床老妻洗头发过节。

八十七字　江城梅花引　第二体，用平仄两韵，且后段起句不重叠押韵。

王观（宋 76）一首　题：梅。

年年江上见寒梅△几枝开△暗香来△疑是月宫仙子下瑶台△冷艳一枝春在手，故人远，相思切，寄与谁△

怨极恨极嗅玉蕊▲①念此情，家万里▲暮霞散绮▲楚天碧、几片斜飞△为我多情，特地点征衣△花易飘零人易老，正心碎，那堪闻，塞管吹△

注：① 玉蕊：梅花蕊。

洪皓（宋 221）二首　题：梅，和王观韵。

（1） 重闺佳丽最怜梅△①牖春开△②学妆来△争粉翻光何遽落妆台△③笑坐雕鞍歌古曲，催玉柱，④金卮满，⑤劝阿谁△

贪为结子暗藏蕊▲领蛾眉，隔千里▲旧时罗绮▲[6]已零散、沈谢双飞△不见娇姿，真悔着单衣△若作和羹休讶晚，堕烟雨，任春风，片片吹△

注：① 重闺：深闺。② 牖：与诱通，诱导。③ 遽：匆匆。④ 玉柱：指琴、琵琶。柱，弦徽。⑤ 卮：酒杯。⑥ 罗绮：喻妇女。

（2）去年湖上雪欺梅△[1]月飞来△片云开△雪月光中无处认楼台△今岁梅开依旧雪，人如月，对花笑，还有谁△

一枝两枝三四蕊▲想西湖，今帝里▲[2]彩笺烂绮▲孤山外、目断云飞△[3]坐久花寒，香露湿人衣△谁作叫云横短玉，三弄彻，[4]对东风，和泪吹△

注：① 湖上：杭州西湖。② 帝里：临安（即杭州）为南宋京城。③ 孤山：在西湖边，以林逋种梅闻名。④ 此两句谓箫笛吹《梅花三弄》曲。

八十七字　洞仙歌　第一体，前段四、五两句各五字。

康与之（宋 281）一首

若耶溪路▲[1]别岸花无数▲欲敛娇红向人语▲与绿荷相倚，恨回首西风，波淼淼、三十六陂烟雨▲

新妆明照水，河渚生香，不嫁东风被谁误▲遣踟蹰，骚客意，千里绵绵，仙浪远、何处凌波微步▲想南浦、潮生画桡归，正月晓风清，断肠凝伫▲

注：① 若耶溪：在浙江绍兴东郭门外。

八十七字　洞仙歌　第二体，同第一体，但前段四、五两句为六字、四字。

谢懋（宋 318）一首　题：春雨。

愁边雨细▲漠漠天如醉▲摇飏游丝晚风外▲酿轻寒，和暝色，花柳难胜，春自老、谁管啼红敛翠▲

关情渐入夜，斜湿帘栊，几处挑灯耿无寐▲会阳台，当日事，好伴云来，因个甚、不入襄王梦里▲便添起、寒潮卷长江，又恐是离人，断肠清泪▲

管鉴（宋 364）一首　题：访郑德与郎中留饮。

悠然堂上▲山色浑如画▲堂下梅花未多谢▲向小亭，留客处，晴雪初飞，[1]香四面、不比茅檐低亚▲

绿窗帘昼卷，吹到眉心，点缀新妆称闲雅▲缓歌喉，余舞态，云遏风回，[4]须信道、欲买青春无价▲任匆匆、归去酒醒时，镇梦绕琼梢，[5]月寒清夜▲

注：① 晴雪：喻梅花。

八十八字　一枝花

朱昆田(清661)一首　题：送沈融谷宰来宾。　注：沈融谷：即沈皞日，见《词人小传》；宰来宾：任职广西来宾知县。

小雨沙头店▲风扫湿云齐敛▲残星犹挂树、四三点▲已是离人，怎得离愁减▲万里关河险▲过乱石重滩，尖峰渐露如剑▲

蛮女铜钗焰▲比似西眉南脸▲山童争喝马、翠旗飐▲几笏书斋，定有新词艳▲荔子轻红染▲更椰白蕉黄，漫忆柘湖菱芡▲[①]

注：① 柘湖：在上海金山县北，邻近沈融谷家乡平湖；芡：水产植物，俗称鸡头子。

八十八字　八六子　第一体，首句即起韵。

秦观(宋116)一首

倚危亭△恨如芳草，萋萋刬尽还生△念柳外、青骢别后，水边红袂分时，[①]怆然暗惊△

无端天与娉婷△夜月一帘幽梦，春风十里柔情△怎奈何、欢娱渐随流水，素弦声断，翠销香减，那堪片片飞花弄晚，濛濛残雨弄晴△正销凝△黄鹂又啼数声△

注：① 红袂：红袖，喻妇女。

陆进(清213)一首　题：新秋。

晚来晴△池中荷叶，擎珠一串青青△见草际、犹飞嫩蝶，树头早点流萤，秋凉渐生△

无聊独步闲庭△眼底自怜孤月，河边暗羡双星△[①]漫香熏、罗被欲寻好梦，含情遥听，隔墙笑语，教人怎不愁生绣枕，那能睡熟银屏△正凄清△哀鸿又闻数声△

注：① 双星：牛郎、织女两星。

郭智祥(现当234)一首　题：晚秋。

倚阳台△雨收晴晚，烟霞淡淡云开△忽雁阵、临空掠过，荻花满落池塘，秋风又回△

重阳岁岁频摧△易老人生似水，春光渐远痕苔△却道是、今逢国昌盛世，六旬初度，退休家养，儿孙绕膝华堂乐趣，荫荫庭院夕晖△正凝眸△[①]浓浓暗香扑来△

注：① 眸：原书《词萃》中为蛑。无论“眸”或“蛑”，均系尤韵，不叶韵，作

宽叶。

八十八字　八六子　第二体，同第一体，但首句不起韵。

李演（宋503）一首

乍鸥边，[①]一番腴绿，流红又怨蘋花△看晚吹、约晴归路，夕阳分落渔家，轻云半遮△

萦情芳草天涯△还报舞香一曲，玉瓢几许春华△[②]正细柳、青烟旧时芳陌，小桃朱户，去年人面，谁知此日重来系马，东风淡墨欹鸦△黯窗纱△人归绿阴自斜△

注：① 鸥边：借指湖边。② 玉瓢：指西湖。

彭孙贻（明504）一首　题：燕邸清明。[①]

禁烟时，[②]江春已遍，[③]江南蝶闹莺忙△奈旅馆春光不到，柳丝短似鬓丝，鬑鬖许长。[④]

行云偶到高唐△[⑤]梦里那知是客，送人空复沾裳△拼取醉、十三酒楼花下，睡乡寒食，凤城细雨，[⑥]几番和愁和梦半逐，东风吹落残阳△九回肠△春江可同淼茫△

注：① 燕邸：北京旅馆。② 禁烟：寒食节在清明前一日或二日，是日禁烟火。③ 江春：江南春天。作者家乡在浙江海盐。④ 鬑鬖：头发稀疏貌，喻柳丝阑珊未茂。⑤ 高唐：巫山观名，楚襄王梦会神女于巫山故事。⑥ 凤城：皇城，指北京。

车乘轨（现当88）一首　题：禾城部分饭店乱收"餐具费"呼吁政府禁止。

注：2012年8月29日作。

诞荒事，竟然公演，欺生宰客谋私△饮食店开张作业，卫生消毒杯盘，原难卸辞△

禾城饭馆创奇△巧立敛财名目，推行餐具收费△且莫论、中外古今无例，再按情理，也难符合，事关我市商形贸象，还防旅客传吹△恶名飞△呼吁及时整治△

八十八字　洞仙歌

潘牥（宋490）一首

雕檐绮户，倚晴空如画▲曾是吴王旧台榭▲[①]自浣纱人去后，[②]落日平芜，行云断、几见花开花谢▲

凄凉阑槛外，一簇青山，多少图王共争霸▲莫闲愁，金杯潋滟，对酒当歌，欢

娱地，梦中兴亡休话▲渐倚遍西风晚潮生，明月里、鹭鹚背人飞下▲

注：① 吴王：指夫差。② 浣纱人：指西施。

八十八字　惜红衣

李符（清506）一首　题：和家兄（李良年）赋荷花紫草。注：此首宽韵，艳点二字借叶。

檀粉轻匀，莲衣碎颤▲别生春艳▲麦乍青时，空畦早开遍▲分明叠锦，吹几阵东风难卷▲孤燕贴地飞来，似并刀裁剪▲[1]

秧田小岸▲桃叶人归，香弓也留恋▲[2]斜阳影里，绀袖斗深浅▲[3]画榼翠尊俱载，[4]坐比绣茵还软▲爱杏村花舞，添了紫塍红点▲

注：① 并刀：即并州剪，山西并州出产，极有名，故称。② 香弓：喻女子弓形小鞋。③ 绀：天青色。④ 榼：酒食器具；尊：酒杯。

八十九字　八六子

杨瓒（宋522）一首

怨残红△夜来无赖，雨催春去匆匆△但暗水新流芳恨，蝶凄蜂惨，千林软绿迷空△

那知国色还逢△柔弱华清扶倦，[1]轻盈洛浦临风△[2]细认得凝妆，点脂匀粉，露蝉耸翠，蕊金团玉成丛△几许愁随笑解，一点歌转春融△眼朦胧△凭栏杆、半醒醉中△

注：① 华清：池名，杨贵妃赐浴华清池。② 洛浦：喻洛神。

八十九字　卜算子慢

黄之隽（清833）一首　题：春游。

游丝乍绕，芳树渐齐，偶踏画桥红雾▲[1]柳外高楼，一片嫩烟扶住▲缭墙边、[2]浅递流莺语▲为惋惜桃英万点，[3]随风细细吹去▲

窈窕寻私路▲记草色香痕，旧曾相遇▲欲饮琼浆，[4]定少丽人怜与▲枉多情、门掩无敲处▲笑此日、吟魂醉影，化濛濛花雨▲

注：① 红雾：红花如雾。② 缭墙：围墙。③ 桃英：桃花。④ 琼浆：茶水美称，唐人裴航、崔护均乞浆遇丽人。

金焜（清944）一首　题：湖心亭上。[1]

菱丝绊橹，蒲叶飐沙，望里晓湖烟散▲舣艇孤亭，正值日晴波软▲动筠篱、画鹢撑来缓▲绿柳岸脂香粉簇，游船早又停满▲

曲槛闲消遣▲递几阵风花，渐吹人懒▲蝶醉莺酣，已赛十分春暖▲伫蘅芜、尽

眼青痕遍▲俯水面、山娥独秀，[2]映楼台尘远▲

注：① 湖心亭：杭州西湖亭名，四面临水。② 山娥：眉峰。

八十九字　石湖仙

唐圳（清 1497）一首　题：二十年不到西湖，[1]薄游志感。

湖天春晓▲荡一片琉璃，[2]鸥影如导▲指点段家桥，[3]熨眉痕、山屏翠绕▲[4]黄姑塔小▲乍扶起、双峰斜照▲[5]重到▲怕流莺、与我俱老▲

回头试寻泡幻，[6]恨天吴、[7]为谁颠倒▲短鬓霜添，[8]羞向鳌矶垂钓▲松径钗横，柳堤线袅▲迎人微笑▲扁舟好▲西泠且泛烟棹▲[9]

注：① 西湖：杭州名湖。② 琉璃：喻水面平滑。③ 段家桥：即断桥。④ 眉痕：喻山峰。⑤ 双峰：西湖南北两高峰。⑥ 泡幻：梦幻泡影。⑦ 天吴：指海神，见《山海经》。⑧ 霜添：生出白发。⑨ 西泠：桥名，在西湖。

八十九字　采桑子慢

蔡伸（宋 222）一首

明眸秀色，[1]别是天真潇洒▲[2]更鬒发堆云[3]，玉脸澹拂轻霞△醉里精神，众中标格谁能画▲[4]当时携手，花笼淡月，重门深亚▲[5]

巫峰梦回，[6]已成陈事，岂肯重话▲漫赢得、罗襟清泪，[7]鬓边霜华△[8]念伤怀，凭栏烟水渺天涯△秦流目断，碧云暮合，难认仙家△

注：① 明眸：明亮眼珠。② 别是：另是。③ 鬒发：黑发；云：喻发。④ 标格：风格。⑤ 亚：压也。⑥ 巫峰：楚襄王梦会神女故事。⑦ 赢得：剩得。⑧ 霜华：白发。

八十九字　探芳信

李彭老（宋 519）一首　题：湖上春游，次张叔夏韵。[1]

对芳昼▲甚怕冷添衣，伤春疏酒▲正绯桃如火，[2]相看自依旧▲闲帘深掩梨花雨，谁问东阳瘦▲[3]几多时、涨绿莺枝，堕红惊甃▲[4]

堤上宝鞍骤▲记草色熏晴，波光摇岫▲苏小门前，[5]题字尚存否▲繁华短梦随流水，空有诗千首▲更休言、张绪风流似柳▲

注：① 张叔夏：即张炎，见《词人小传》。② 绯桃：红桃。③ 东阳：沈约，曾为东阳太守。④ 堕红：落花；甃：井壁，借指井。⑤ 苏小：杭州名妓苏小小，见《词人小传》，住西湖边。

周密（宋 541）一首　题：西泠春感，次张叔夏韵。

步晴昼▲向水院维舟，[1]津亭唤酒▲[2]叹刘郎重到，依依漫怀旧▲东风空结丁香怨，花与人俱瘦▲甚凄凉、暗草沿地，冷苔侵甃▲
桥外晚风骤▲正香雪随波，浅烟迷岫▲废苑尘染，如今燕来否▲翠云零落空堤冷，往事休回首▲最销魂、一片斜阳恋柳▲
注：① 维舟：缆舟。② 津亭：渡口亭子。

江昉（清 991）一首　题：酒旗。

出林杪▲[1]扬半幅轻风，一竿残照▲认水村山店，闲愁顿如扫▲红栏绿槛香醪字，[2]惯引嬉春早▲罥疏篱、弱柳高牵，晚烟低袅▲
花雨缤纷闹▲展浮拍心情，艳游怀抱▲试问当垆，可有翠鬟妙▲凭空也学秋千影，摇曳怜伊小▲踏芳尘、日日招来醉倒▲
注：① 林杪：树梢。② 香醪字：指酒旗。

潘遵璈（清 1658）一首　题：园林小憩。

步幽窈▲[1]正柳眼开初，[2]花魂醒了▲算一年芳事，闲中占多少▲夕阳楼阁迟归燕，帘卷人偏俏▲诉衷情、绝似游丝，向空斜袅▲
天气嫩晴好▲[3]怕谢尽荼蘼，锦书还渺▲[4]试问东风，能否把愁扫▲栏杆曲录同谁倚，[5]泪染红心草▲暗销凝、不信嬉春尚早▲
注：① 幽窈：幽静深远处。② 柳眼：柳叶初生似眼。③ 嫩晴：微晴，即少云天气。④ 锦书：前秦苏蕙织锦回文诗故事。⑤ 曲录：屈曲貌。

车乘轨（现当 88）一首　题：追忆丙午（1966 年）孟春超山探梅。　注：超山：余杭县山名，在临平镇西北十公里，近塘栖镇，海拔 260 米，植梅已历一千余年。2012 年 9 月 1 日作。

雪全杳▲遍大地春回，花花草草▲正松神舒气，追随晓风闹▲南枝鼓勇头名占，[1]连夜先开了▲料超山、十里香飘，[2]白红争俏▲[3]
探赏意愿早▲趁日曜休闲，[4]淡云天好▲越岭登峰，香雪海中绕▲千年唐宋参天树，[5]依旧繁花袅▲锦添花、胜地长埋硕老▲[6]
注：① 南枝：指梅。《白帖》："大庾岭上梅，南枝落，北枝开。"② 十里：超山方圆约五公里，有"十里梅花香雪海"之称。香雪海，喻梅花洁白飘香，广稠如海。③ 白红：超山以白梅为主，也有红梅。④ 日曜：星期日。⑤ 唐宋：超山植有唐、宋梅树各一。⑥ 硕老：金石书画家吴昌硕，一生爱梅，1927 年逝世，卜葬于超山，生死与梅相伴。

八十九字　雪狮儿

程垓(宋 368)一首

断云低晚，轻烟带暝，风惊罗幕▲数点梅花，香倚雪窗摇落▲红炉对谑▲正酒面、琼酥初削▲云屏暖，不知门外，月寒风恶▲

迤逦慵云半掠▲[①]笑盈盈闲弄，宝筝弦索▲暖极生春，已向横波先觉▲[②]花娇柳弱，渐倚醉、要人扶着▲低告诉，早把被香熏却▲

注：① 慵云：疏懒头发；掠：梳理。② 横波：眼波斜视。

彭琰(女)(明 415)一首　题：咏猫。

乌圆何在，[①]岂压齐期，[②]邻家去远▲未落书窗，喷落墨珠盈砚▲惊疑松鼹▲[③]常对看、绿阴如剪▲卧藤墊，鸡酥酣饮，态同春倦▲

过了熏风吹楝▲[④]便冷气恹恹，鼻端微颤▲丝雨濛濛，衔着尾儿频吮▲梨花小院，惹昨夜、琴声多变▲归来晚，半扇角门兜转▲

注：① 乌圆：即乌员，猫之别称，见《酉阳杂俎》。② 齐期：邻家猫名。③ 鼹：鼠类，能掘地，藏于土中。④ 熏风：南风；吹楝：楝花开在公历四月底、五月初。

八十九字　鱼游春水

政和无名氏(宋 215)一首　题：春景。

秦楼东风里▲[①]燕子还来寻旧垒▲余寒犹峭，红日薄侵罗绮▲软草方抽碧玉茵，媚柳轻窣黄金缕▲[②]莺啭上林，[③]鱼游春水▲

几曲栏杆遍倚▲又是一番新桃李▲佳人应怪归迟，梅妆泪洗▲[④]凤箫声绝沉孤雁，望断清波无双鲤▲云山万重，寸心千里▲

注：① 秦楼：歌舞场所。② 缕：此字不叶韵，作宽叶。③ 上林：上林苑，皇家花园。④ 梅妆：人日(大年初七)，南朝宋寿阳宫主卧檐下，梅花落其脸，成梅妆。

卢祖皋(宋 445)一首

离愁禁不去▲好梦别来无觅处▲风翻征袖，触目年芳如许▲软红尘里鸣鞭镫，拾翠丛中勾伴侣▲都负岁时，暗关情绪▲

昨夜山阴杜宇▲似把归期惊倦旅▲遥知楼倚东风，凝颦暗数▲宝香飘拂遗鸳锦，心事悠悠寻燕语▲芳草暮寒，乱花微雨▲

赵闻礼(宋 509)一首

青楼临远水▲[①]楼上东风飞燕子▲玉钩珠箔，[②]密密锁红关翠▲剪胜裁幡春日

戏，③簇柳簪花无夜醉▲闲倚旧欢，漫撩新泪▲

罗帕啼痕未洗▲愁见同心双凤翅▲长安日日轻寒，④春衫未试▲过尽征鸿知几许，⑤不寄萧郎书一纸▲愁肠断也，个人知未▲⑥

注：① 青楼：指妓院。② 珠箔：珠帘。③ 胜：首饰；幡：用竹竿挑起之长条形旗子。④ 长安：汉、唐京都，借喻南宋京都临安(今杭州)。⑤ 征鸿：飞行中鸿雁。⑥ 个人：那个人。

梁寅(明4)一首　题：避乱还家，见桃花盛开。

家邻千峰翠▲幽境重开荆棘里▲小桃花艳，春春盈盈霞绮▲香入骚人碧玉杯，色映游女青螺髻▲带露更娇，迎风偏媚▲

古有墙东避世▲况是武陵风光美▲时时独酌花间，别有天地▲不教扫径看尤好，意欲寻仙从兹始▲岩前白云，石边流水▲

朱柔英(女)(明210)一首　注：此首用两种仄韵，且无规则，与格律稍异，因仅此一首，不再分体。

重重深院宇▲数曲栏杆闲自倚▲▲宿酲犹殢▲▲①春睡倦催梳洗▲▲嫩柳乍丝金线缕▲小桃初破东风里▲▲清明近也，韶华能几▲▲②

绣幕晓来未启▲▲啼鸟两声惊梦起▲▲盈盈独步庭墀，③苍苔曲水▲▲裁就彩笺寻双鲤▲▲④阵阵余寒侵薄绮▲▲黄昏细语▲愁花夜雨▲

注：① 宿酲：隔夜大醉；犹殢：尚困倦。② 韶华：春景。③ 庭墀：庭阶。④ 双鲤：喻书信。古人以为鱼能传书。

徐震(明609)一首　故事：《快心编》第十回柳俊与张婉玉婚辞。

欢爱今宵起▲弄玉还来配萧史▲①团圆明月，照得人间旖旎▲襟解罗襦散麝兰，春浓秋夜谐鱼水▲②无限恩情，温柔乡里▲

时正妙年芳齿▲玉树双花莲并蕊▲更饶富贵荣华，风流自喜▲但凭灯影乍窥妍，不道园亭曾睹美▲燕尔新婚，旧家桃李▲

注：① 弄玉：秦穆公女，配夫萧史，后双双吹箫乘鸾仙去。② 鱼水：喻欢乐。

陈增新(清11)一首

艳阳春欲暮▲试问东君何处去▲①骄风酣雨，揉蹙乱红无数▲禊筵歌散林莺老，②社酒人稀江燕度▲③斜日下帘，澹烟笼树▲

乍到前溪小路▲几点牡丹新蕊露▲方知昵酒耽花，④韶光易度▲宝钿拾得香尘里，锦瑟闲将幽恨诉▲丛草碧芽，小樱朱吐▲

注：① 东君：司春之神。② 禊筵：修禊筵席。③ 社酒：春社酒席。④ 昵：亲近，缠绵。

邹祗谟（清312）一首　题：感忆。

十五盈盈小▲[1]投钿盒心烟缭绕▲[2]流连辛苦，不道佳期竟杳▲蘼芜巷里人何在，[3]豆蔻花中春已老▲泪落天涯，断肠多少▲

寂寞年年芳草▲闻绣阁玉蛾不扫▲[4]何事尺素传来，[5]征鸿悄悄▲[6]恻恻轻寒白日过，濛濛细雨黄昏早▲酒醒更阑，数声啼鸟▲

注：① 盈盈：轻盈。② 钿盒：首饰盒子。③ 蘼芜：野草名。④ 玉蛾：眉之美称。⑤ 尺素：书信。⑥ 征鸿：飞行中鸿雁，传说中鸿雁能传书信。

车乘轨（现当88）一首　题：赞嘉兴电视特色节目。注：2014年10月8日作。

《今朝多看点》▲电视嘉兴台亮点▲方言播送，乡味里音浓酽▲[1]含有《小陈故事》篇，[2]传统文化重听览▲故事动人，图文光闪▲

好事偏遭没掩▲十月新闻惊收敛▲方言特色消亡，明星淡黯▲专函频道询缘故，知限长假期短暂▲今朝原复，一场虚憾▲[3]

注：① 此四句为《今朝多看点》是嘉兴电视台文化影视频道由杨娴主播的方言新闻，杨娴的嘉兴方言纯粹流利，姿态不庄不谐，评论务实中肯，令人感到亲切有味；浓酽：纯厚。②《小陈故事》：由陈鸣编导，挖掘嘉兴市二区五市县传统文化，图文并茂。③ 后段谓10月1日起，方言新闻突然消失，经咨询频道，方知国庆长假期内记者休假，暂无新闻，并非改版，一场虚惊而已。

八十九字　满江红

吕渭老（宋259）一首

晚浴新凉，风蒲乱、松梢见月▲庭阴静、暮蝉啼歇▲萤绕井栏帘入燕，荷香兰气供摇箑▲[1]赖晚来、一雨洗游尘，无些热▲

心下事，峰重叠▲人甚处，星明灭▲[2]想行云应在，凤凰城阙▲曾约佳期同菊蕊，当时共指灯花说▲据眼前、何日是西风，吹凉叶▲

注：① 箑：扇子。② 明灭：忽明忽暗。

八十九字　醉思仙

黄孙氏（宋237）一首　题：忆夫。[1]

霁霞红△[2]看山迷暮景，烟暗孤松△动翩翩风袂，[3]翻若惊鸿△[4]心似鉴，[5]鬓如云，弄清影，月明中△漫悲凉、岁冉冉，[6]蕣华渐改衰容△[7]

前事销凝久，十年光景匆匆△念云轩一梦，[8]回首春空△彩凤远，玉箫寒，夜悄悄，恨无穷△叹黄尘、久埋玉，断肠洒泪东风△

注：① 夫：即黄云轩。② 霁霞：雨后阳光。③ 袂：袖也。④ 惊鸿：体态轻盈。⑤ 鉴：即镜。⑥ 岁：岁月，即辰光；冉冉：行进貌。⑦ 蕣华：即舜英，美色也。⑧ 云轩：即其夫黄云轩。

九十字　八六子

杜牧（唐33）一首

洞房深△[1]画屏灯照，山色凝翠沉沉△听夜雨、冷滴芭蕉，惊断红窗好梦，龙烟细飘绣衾△[2]辞恩久归长信，[3]凤帐萧疏，椒殿闲扃△[4]

辇路苔侵△[5]绣帘垂、迟迟漏传丹禁，[6]蕣华偷悴，[7]翠鬟羞整，愁坐望处，金舆渐远，[8]何日彩仗重临△[9]正销魂△梧桐人移翠阴△

注：① 洞房：深邃之房。② 龙烟：龙涎香之烟。③ 长信：后宫名，汉武帝后陈阿娇贬居长信宫，喻失宠。④ 椒殿：椒房殿，皇后所居；扃：扃字不叶韵，作宽叶。⑤ 辇：皇帝乘车。⑥ 丹禁：皇宫。⑦ 悴：憔悴。⑧ 金舆：皇帝座轿。⑨ 彩仗：皇帝仪仗队。

九十字　玩秋灯

张星耀（清299）一首　题：中元夜观灯。[1]

炎日初沉，何事天街，[2]簇拥星球万点▲[3]画槛横空，火射云头欲焰▲旧情暗融，问何处、梅香酒酿，凉夜碧天如水，月皎银河淡▲

帘底佳人语笑，髻上宝钗光闪▲浅淡梳妆，还与荷花争艳▲恼人胡觑，[4]又道是、灯儿不暗▲归去绮窗未晓，[5]梧叶西风飐▲[6]

注：① 中元：农历七月十五日。② 天街：都市街道。③ 星球：喻灯。④ 胡觑：乱看。⑤ 绮窗：锦绣之窗，窗之美称。⑥ 飐：风吹动。

九十字　满庭芳

冯琛（明21）一首　故事：《冯伯玉风月相思》冯琛致赵云琼词。

蝉鬓拖云，蛾眉扫月，天生丽质难描△尊前席上，[1]百媚千娇△一点芳心初动，五更清兴偏饶△[2]诉衷肠不尽，虚度好良宵△

秦楼明月夜，[3]余香袅袅，吹彻鸾箫△[4]闲敲棋子，愈觉无聊△何时识得东风面，堪成凤友鸾交△凭鸿雁，潜通尺素，[5]盼杀董妖娆△[6]

注：① 尊前：酒席前。尊，同樽。② 饶：多。③ 秦楼：秦穆公替女弄玉所建之楼，名凤楼。④ 鸾箫：弄玉与夫萧史吹箫乘鸾仙去。⑤ 尺素：书

信。⑥ 董妖娆：美女名。

左臣（清874）一首　故事：《女开科传》第八回，嘲高邮老驿丞娶母夜叉焦娘子。[1]

黑项拖云，横眉扫月，天生怪质难描△驿递邮亭，马嘶驴号△一点淫心蠢动，五更春兴偏饶△诉衷肠不尽，休负好良宵△

古驿黄昏夜，风标袅袅，愈觉妖娆△强供阔嘴，显出无聊△只恐欢来无几日，便须恩断开交△凭鬼刹消磨狗命，[2]始信祸根苗△

注：① 高邮：江苏县名；驿丞：驿站官吏。此首与上一首多有相似，并录之。② 鬼刹：小鬼、罗刹；狗命：指老驿丞。

九十字　满江红

拜住（元79）一首　故事：《剪灯余话·秋千会纪》求婚应考词，题：咏莺。

嫩日舒晴，韶光艳，[1]碧天新霁▲[2]正桃腮半吐，莺声初试▲孤枕乍闻弦索悄，曲屏时听笙簧细▲爱绵蛮、柔舌韵东风，[3]愈娇媚▲

幽梦醒，闲愁泥▲[4]残杏褪，重门闭▲巧音芳韵，十分流丽▲入柳穿花来又去，欲求好友真无计▲[5]望上林、何日得双栖，[6]心迢递▲[7]

注：① 韶光：春景。② 新霁：雨止新晴。③ 绵蛮：鸟鸣声。《诗经》"绵蛮黄鸟"；柔舌：喻好听。④ 泥：缠人。⑤ 求友：《诗经》"鸟鸣嘤嘤，求其好友"。⑥ 上林：上林苑，御花园。⑦ 迢递：遥远。

九十字　谢池春慢

张先（宋18）一首　题：玉仙观道中逢谢媚卿。

缭墙重院，[1]时闻有、流莺到▲绣被掩余寒，画阁明新晓▲朱槛连空阔，飞絮无多少▲径莎平，[2]池水渺▲日长风静，花影闲相照▲

尘香拂马，逢谢女、城南道▲[3]秀艳过脂粉，多媚生轻笑▲斗色鲜衣薄，碾玉双蝉小▲[4]欢难偶，春过了▲琵琶流怨，都入相思调▲

注：① 缭墙：围墙。② 径莎：路边野草。③ 谢女：谢媚卿。④ 碾玉：古代玉石加工的一种工艺。

李之仪（宋102）一首

残寒销尽，疏雨过、清明后▲花径款余红，[1]风沼萦新皱▲[2]乳燕穿庭户，飞絮沾襟袖▲正佳时，仍晚昼▲着人滋味，真个浓如酒▲

频移带眼，空只恁、厌厌瘦▲[3]不见又思量，见了还依旧▲为问频相见，何似长相守▲天不老，人未偶▲[4]且将此恨，分付庭前柳▲

注：① 款：诚意，喻接待；余红：落花。② 沼：曲池。③ 恁：如此。④ 未偶：未能结婚。

宋存标（明391）一首　题：春兴。

旧情难止，起新愁、更如缕▲①小步踏青苔，鞋窄难藏雾▲豆蔻已含胎，②又种丁香树▲短长亭，③南北路▲飞红无数，④断送春将暮▲

拈花斗草，知谁是、同心侣▲绛缕贴酥胸，⑤缓浴蔷薇露▲鹦鹉锦屏前，偷学妆楼语▲倚栏杆，看鹤舞▲阴晴则个，⑥生怕明朝雨▲

注：① 如缕：如丝。② 含胎：喻结子。③ 短长亭：间隔五里称短亭，十里为长亭。④ 飞红：落花。⑤ 绛缕：红线。⑥ 则个：语气助辞，有“如何”意。

陈维崧（清196）一首　题：乙卯（1675年）三月三日作。

烘桃染杏，春到惹、①思量处▲弱蕙试新荑，②嫩蝶翻锦羽▲林际莺才满，梁畔燕将乳▲扬歌旗，喧戏鼓▲三三两两，挑荠谁家女▲③

鸭头槎足，④匀遍了、城南浦▲⑤半引前溪影，碧上垂杨缕▲半取烟汀色，绿醮盈尊醑▲⑥斟一斗，思千古▲兰亭洛水，⑦淼淼波流去▲

注：① 惹：引起。② 荑：叶芽。③ 荠：野菜；挑：挑选、采摘。④ 鸭头：船名；槎：竹木筏。⑤ 匀：使平均，匀兑。⑥ 醑：美酒。⑦ 兰亭：绍兴名胜，晋王羲之等在三月三日曾修禊于此；洛水：曹植遇洛神于此。

许白凤（现当58）一首　序：秋雨连朝，枯黄渐落，篱菊犹着新花，余方病起，悄然兴怀。　注：1973年作。

重阳过了，这天气、能晴否▲落叶满庭阶，劳尔青苕扫▲①却怪风无赖，扫去吹还又▲鹁鸪啼，山前后▲柴门负手，②日暮看云岫▲

山妻解语，③秋总是、年年有▲人瘦菊花肥，多病非关酒▲岁齿难颠倒，吟苦双眉皱▲君不见，邻舍叟▲花枝插帽，白发销魂够▲

注：① 青苕：苕帚。② 负手：交手于背。③ 山妻：妻之谦称。

九十字　丑奴儿慢

潘汾（宋488）一首

愁春未醒，还是清和天气▲①对浓绿阴中庭院，燕语莺啼△数点新荷，翠钿轻泛水平池△②一帘风絮，才晴又雨，梅子黄时△

忍记那回，玉人娇困，初试单衣△共携手、红窗描绣，画扇题诗△怎有而今，半床明月两天涯，章台何处，③多应为我，蹙损双眉△

注：① 清和：农历四月称清和月。此句叶仄韵。② 翠钿：喻荷叶。③ 章台：唐天宝末，韩翃姬柳氏被蕃将沙吒利所夺，韩作《章台柳》诗。

九十字　鹊踏花翻

徐渭(明203)一首　题：美人解。①

锣鼓声频，街坊眼慢，不知怎上高高骑▲生来少骨多箸，②软陡腾翻，依稀略借鞍和辔▲③作时滑打雪风无，④停犹燕掠桃花地▲

下地▲不动些儿珠翠▲堪描耐舞军装技▲多少柳外妖娇，楼中笑指，颠倒金钗坠▲无端归路又逢谁，斜月系马陪他醉▲

注：① 解：杂技。② 箸：即筷子，喻筋。③ 依稀：仿佛。④ 作：动作。

王翃(明394)一首　题：故宋女教场。①

戈拨烟香，②旗翻风软，桃花喷沫流星晓▲③耳衣半剪宫黄，④画鼓轰春，日华射甲琉钱绕▲⑤芙蓉骑将美人妆，云鬟点翅金鍪小▲⑥

多少▲锦队蛾眉争扫▲鱼翎绣箭鸣弦巧▲⑦凤凰飞去空山，⑧水冷西湖，影浸闲花草▲夜深鬼火照团营，⑨粉虫结恨秋声老▲⑩

注：① 故宋：指南宋；教场：阅兵场。② 戈：古代兵器。③ 桃花：桃花马，女战骑；喷沫：吐口水，喻奔驰乏力。④ 耳衣：耳套；宫黄：古代宫女额上涂黄以增美。⑤ 此句说日光照射铠甲(战袍)上，闪闪如琉璃钱。⑥ 鍪：音谋，头铠，两侧有翅。⑦ 翎：雉羽，将军头上插戴。⑧ 凤凰：南宋临安(今杭州)山名。⑨ 鬼火：磷火。⑩ 粉虫：即粉虱，有害昆虫，吸附于树皮上。

吴馥(女)(清305)一首　题：秋海棠。

几点芳心，柔情冶态，天工略把胭脂写▲窗前露滴新寒，雨洒轻红，夜深蟋蟀愁多也▲相思种就对莓苔，绿衣那问春光借▲

淡雅▲晓起暗香飘麝▲①堪怜思妇魂成者▲怨女泪染娇姿，断肠自恨，不向西风嫁▲②开时最爱近妆台，含香斜倚银屏下▲

注：① 飘麝：飘香。② 嫁：随也。此句说不随西风。

陈维岳(清429)一首　题：春闺。

柳绵全舒，①桃腮尽露，满城都是轻烟裹▲门前紫燕双飞，②黄鸟娇啼，③游丝几缕牵花朵▲韶光才见立春时，伤心又值清明过▲

楼左▲何处纸鸢飘堕▲④惹人情性难安妥▲一晌闷忆雕栏，⑤慵开妆镜，冷了薰炉火▲小姑底事不知愁，隔窗偷把金钱簸▲⑥

注：① 柳绵：柳絮。② 紫燕：即燕子。③ 黄鸟：黄莺。④ 纸鸢：风筝。⑤ 一晌：一会儿。⑥ 簸钱：一种赌戏。

九十一字　满江红

叶梦得（宋 174）一首

雪后郊原，烟林外、梅花初拆▲春欲半犹自，探春消息▲一眼平芜看不尽，夜来小雨催新碧▲笑去年、携酒折花又，花应识▲

兰舟漾，城南陌▲云影淡，天容窄▲绕风漪十顷，①暖浮晴色▲恰是槎头收钓处，②坐中仍有江南客▲问如何、两桨下苕溪，③吞云泽▲④

注：① 风漪：风吹波纹。② 槎：竹、木编成船筏。③ 苕溪：水名，在浙江湖、杭一带。④ 云泽：云梦泽，古代湖北水名，方八百里，后湮没。

吕本中（宋 205）一首　题：幽居。　注：此词《御选历代诗余》作吕渭老著。

东里先生，家何在、山阴溪曲▲①对一川平野，数间茅屋▲昨夜江头断雨过，门前流水清如玉▲抱小桥、四合柳参天，摇新绿▲

疏篱下，丛丛菊▲虚檐外，萧萧竹▲叹古今得失，是非荣辱▲须信人生归去好，世间万事何时足▲问此春、春酿酒如何，今朝熟▲

注：① 山阴：县名，在今浙江绍兴。

九十一字　醉翁操

马汾（清 1201）一首　题：魏塘秋泛，①夜宿田家。

林梢△萧萧△风高△橹枝摇△塘坳△扁舟泛秋迎凉潮△作花芦雪晴飘△②过板桥△野店酒帘招△几株枫染欲烧△

采菱影散歌歇，娇娆△薄寒渐逼，依旧年时敝袍，垂柳疏兮烟条△短草凄兮霜皋△斜阳村舍茅△归鸦寻空巢△白板试轻敲△③杀鸡为黍怜此宵△

注：① 魏塘：浙江嘉善镇名；秋泛：秋天船行。② 作花芦雪：芦开花似雪。③ 白板：指门。

九十二字　玉漏迟

汪沆（清 929）一首　题：题押帘词。

夜寒来雁少▲正莲漏隔，①街声杳▲酒冷香残，无计自消怀抱▲何处尊前丽句，②按旧谱、梁尘低绕▲③还一笑▲诗仙老矣，依然年少▲

故园无限青山，忆到处疏狂，短吟长啸▲迢递归期，④孤负满湖烟草▲岁月堂堂去，叹往事浮云飞鸟▲灯影悄▲鳞鳞砚冰凝照▲⑤

注：① 莲漏：莲花形刻漏，计时器也。② 尊：同樽，酒杯。③ 此句谓声震

梁尘。④ 迢递：遥远。⑤ 鳞鳞：水形状似鱼鳞。

九十二字　法曲献仙音

张玉娘（女）（宋573）一首　题：夏夜。

天卷残云，漏传高阁，①数点萤流花径▲立尽屏山，②无语新竹，高槐乱筛清影▲看画扇，罗衫上▲③光凝月华冷▲

夜初永▲④问萧娘、近来憔悴，⑤思往事、对影顿成追省▲低转玉绳飞，⑥淡金波、银汉犹耿▲⑦簟展湘纹，⑧向珊瑚、不觉清倦▲⑨任钗横鬓乱，慵自起来偷整▲

注：① 漏：滴漏，计时器。② 屏山：如山屏风。③ 上：此字不叶韵，稍异。④ 永：长也。⑤ 萧娘：女子泛称。⑥ 玉绳：星名。⑦ 银汉：银河；耿：小明也。⑧ 簟：竹席。⑨ 倦：此字不叶韵，疑为“静”字之误。

许田（清807）一首　题：夏夜。

露湿团荷，雨歙湘竹，向晚凉生庭牖▲①抹厉香浮，②强瞿花吐，③晶帘玉人垂手▲喜兔魄，④将生候▲清光又微透▲

怎消受▲拂琉璃、簟纹如水，罗帐薄、衾畔冷波欲溜▲粉箑好轻摇，⑤怕萤光、照人消瘦▲鹊驾无凭，⑥记黄姑、佳会将又▲⑦听红蕉砌下，促织乱催残漏▲⑧

注：① 牖：窗也。② 抹厉：茉莉花。③ 强瞿：百合花，见《本草纲目》：“此物花叶根皆四向，故曰强瞿。”④ 兔魄：月也。⑤ 粉箑：白扇。⑥ 鹊驾：鹊桥。⑦ 黄姑：牛郎星；佳会：七夕。⑧ 促织：蟋蟀别名。

车乘轨（现当88）一首　题：嘉兴精严寺重光。　注：1998年3月5日作。

名刹精严①，帝恩经阁，暮鼓晨钟清醒▲白发红颜，善人檀越，②烧香结缘颇盛▲贺寿诞，③为酬应▲初临洞天境▲④

梓花罄▲⑤惜宏巍、殿堂禅舍，遭改建、原貌荡无所剩▲换地到南郊，筑新房、供奉三圣▲⑥金谷桥西，涌黄墙、金殿青鼎▲⑦喜重光古寺，佛曲梵音欢庆▲⑧

注：① 精严：精严寺为嘉兴八大古寺之一，始建于东晋咸康六年（公元340年），初名灵光寺，宋大中祥符三年（1010年）始改今名，清光绪十九年（1893年）重建藏经阁，光绪帝御赐“龙藏”匾额，至今犹存。寺占地17.065亩，建筑宏伟，至1950年尚完整无损，1951年起，部分殿堂被并线厂借用，寺貌逐渐改观，1979年大殿被改建为制本厂厂房，1993年7月25日藏经阁被拆除，面目全非。经嘉兴市佛教协会努力，在全国佛教协会关怀下，落实了宗教政策，1995年移地重建，赔偿藏经阁拆迁费

人民币240万元，新址在南郊金谷桥畔，第一期工程筑围墙，建三圣殿、天王殿、山门、石牌坊、东西厢房（楼房）。于1997年10月20日（农历九月十九日）举行落成开光典礼，由精严寺方丈雪相法师主持仪式，政府有关部门也派员参加，并邀请警察维持秩序，颇极一时之盛。② 檀越：梵语，即施主。③ 贺诞辰：1947年，当时嘉兴绢纺厂厂长郑宝棣为其父诞辰借精严寺为寿堂开贺，余初临该寺。④ 洞天：喻真仙居所。⑤ 梓花罄：清朱彝尊《鸳鸯湖棹歌诗》中有"开遍年年梓树花"句，并注有"精严寺多梓树"。今梓花已罄尽，说明寺貌已全非。⑥ 三圣：指阿弥陀佛、大势至、观音三佛。⑦ 青鼎：铁香炉。⑧ 梵音：诵经唸佛声音。

九十二字　东风齐着力

胡浩然（宋402）一首

残腊收寒，[1]三阳初转，已换年华△东君律管，[2]迤逦到山家△[3]处处笙簧鼎沸，[4]会佳宴、坐列仙娃△花丛里，[5]金炉满爇，龙麝烟斜△[6]

此景转堪夸△深意祝、寿山福海增加△玉觥满泛，[7]且莫送流霞△[8]幸有迎春寿酒，银瓶浸、几朵梅花△休辞醉，园林秀色，百草萌芽△

注：① 腊：十二月。② 东君：司春之神；律管：管理规律。③ 迤逦：曲折连绵。④ 鼎沸：鼎锅沸腾，喻喧闹。⑤ 花丛：喻妇女群中。⑥ 龙麝：龙涎和麝香，皆香名。⑦ 觥：酒器。⑧ 流霞：喻仙酒。

王翃（明394）一首　题：春游。

柳暖风眠，花寒烟睡，渐索春饶△[1]新开喉舌，莺燕始论交△不信踏来青好，湖南去、草色如袍△流云尽，空山丝管，人与楼高△

迟日散林椒△[2]回风雨、依依绿重重膏△波香漂酒，鱼醉媵兰桡△[3]亦有招饮红袖，珠帘罅、俊眼私调△衔虚梦，心知今夜，镜泪生潮△

注：① 索春饶：向春索取添头，得寸进尺之意。② 林椒：林梢。③ 媵：陪送也。《楚辞》："鱼鳞鳞兮媵子。"

张大烈（明402）一首　题：除夕。

爆竹惊寒，疏梅送腊，[1]岁转韶华△[2]振天箫鼓，喧闹在邻家△处处桃符贴换，[3]簪方胜、秀隐娇娃△[4]迎春早，宝钗端整，玉鬓排斜△

心事暗中夸△惟愿取、箕筹敛福频加△[5]金尊满祝，初添海屋霞△[6]且饮今宵岁酒，胆瓶开、明月鲜花△[7]全收来，隔帘春色，澹柳抽芽△

注：① 腊：十二月。② 韶华：春光。③ 桃符：春联。④ 簪：插戴；方胜：斜方形彩结。⑤ 箕筹：九畴。相传《九畴》为箕子所述，故名。明王錂《春芜记·庆寿》："会箕畴敛福，轩筴长春。"筹，通畴。⑥ 海屋霞：酒名。⑦ 胆瓶：长颈小口大腹瓶，即花瓶。

陈维崧（清 196）一首　题：花朝。[1]

春困初浓，春愁难妥，又是花朝△虾须半轴，[2]蛾绿不曾描△[3]记得去年玉勒，[4]相逢在、丝雨长桥△秋千社，[5]绣旗不定，画鼓频敲△

流水渌迢迢△[6]人不见、妆成知为谁娇△秾春病酒，双脸印红潮△欲借鸳机论恨，[7]回文字、带泪斜挑△[8]肠断也，百花生日，只是无聊△

注：① 花朝：即百花生日，在农历二月十二日。② 虾须：帘子。③ 蛾绿：黛眉。④ 玉勒：喻骑马。⑤ 社：春社，祈祷丰年活动，祭后土神，聚饮。⑥ 渌：清流。⑦ 鸳机：指织女星织机。⑧ 回文字：前秦苏蕙织锦回文诗寄夫。

董潮（清 1010）一首　题：法浪寺同狄解元雪衿、彭孝廉樗亭作。

谷雨才过，牡丹还早，步屐闲寻△石坛风静，幡影昼沉沉△栏角嫣然一笑，凝眸处、黛浅红深△君知否，桃花燕子，都是禅心△

竹榻伴微吟△看一缕、茶烟鬓影斜侵△夕阳枝外，啼鸟破春阴△欲趁游蜂归也，频绕树、离思难禁△生怕是，五更风雨，梦断重衾△

车乘轨（现当 88）一首　题：赞南湖区中心医院医德。　注：2014 年 1 月 11 日作。

看病之难，人皆知晓，况老而残△数年瘫痪，只得卧床眠△祸不单行病变△趾肿起、痛似油煎△思求医，行动不便，愁满心田△

路尽又逢源△[1]偏遇到、爱心医院相怜△特情特办，且解目前难△免费登门出诊，还联系、住院新安△[2]专车接，优先手续，月上东山△

注：① 路尽又逢源：余妻八十九高龄瘫痪在床，寸步难行。一遇病痛，即使小病，也难以下楼去医院门诊。上月足趾发炎，痛难忍受，只得冒昧向小区对门南湖区中心医院求援。该院敬老怜残，特情特办，先后免费派出三位医师来家查诊（先由公共卫生科施晓敏科长介绍下属社区服务站王英、盛月娟两医师调查初诊后由副院长姚雪林指派外科朱利川医师正式多次出诊），病状得以好转。② 住院新安：不料老妻又患尿路感染，朱医师虽在假期，仍代向新安国际医院联系。

九十二字　雪狮儿

张雨(元 63)一首

含香弄粉，便勾引、游骑寻芳，城南城北▲别有西村，断港冰澌微绿▲①孤山路熟▲②伴老鹤、晚先寻宿▲③怕冻损三花两蕊，寒泉幽谷▲

几番花影濯足，记归来醉卧，雪深平屋▲春梦无凭，鬓底闹蛾争扑▲④不如图幅▲相对展、官奴风竹▲烧黄独▲⑤自听瓶笙调曲▲⑥

注：① 冰澌：冰散。② 孤山：在杭州西湖边。③ 伴老鹤：林逋隐居孤山，与梅鹤为伴。④ 闹蛾：首饰，以乌金纸铜丝扎成。⑤ 烧黄独：即煨芋之意。⑥ 瓶笙：古时以瓶煎茶，微滞时发音如笙，故称。

九十二字　意难忘

周邦彦(宋 128)一首

衣染莺黄△爱停歌驻拍，①劝酒持觞△低鬟蝉影动，私语口脂香△②莲露滴，竹风凉△伴剧饮淋浪△③夜渐深，笼灯就月，仔细端相△

知音见说无双△解移宫换羽，④未怕周郎△⑤长颦知有恨，⑥贪耍不成妆△些个事，⑦恼人肠△待说与何妨△只恐伊，寻消问息，瘦减容光△

注：① 拍：拍板。② 私语：窃语。③ 剧饮：猛饮；淋浪：洒流貌。④ 宫羽：宫、商、角、徵、羽为五音，即基本声调。⑤ 周郎：三国人周瑜，精音律，有"曲有误，周郎顾"之说。⑥ 颦：皱眉。⑦ 些个事：那些事。

何梦桂(宋 540)一首

避暑林塘△数元戎小队，①一簇红妆△②旌幡云影动，帘幕水沉香△③金缕彻，玉肌凉△慢拍舞轻扬△更一般，轻弦细管，孤竹空桑△

风姨昨夜痴狂△④向华峰吹落，云锦天裳△波神藏不得，散作满地芳△移彩鹢，⑤柳阴傍△拼一醉淋浪△⑥向晚来，歌阑饮散，月在纱窗△

注：① 元戎：兵车。② 红妆：喻女子。③ 水沉：香名。④ 风姨：风神。⑤ 彩鹢：画有彩色鹢鸟的船。⑥ 淋浪：畅快。

陈允平(宋 556)一首　题：次用美成(周邦彦)韵。

额粉宫黄△①衬桃花扇底，歌送瑶觞△②裙拖金缕细，衫唾碧花香△琼佩冷，③玉肌凉△罗袜步沧浪△④漫共伊，卜盟意约，眼觑眉相△

连环未结双双△似桃源误入，初嫁刘郎△⑤珑璁仙子髻，⑥绰约道家妆△⑦千种恨，九回肠△云雨梦犹妨△误少年，红消翠减，虚度风光△

注：① 额黄：古代女子额上涂黄增美。② 瑶觞：玉杯。③ 琼佩：玉佩，衣

带上所挂玉饰。④ 沧浪：即汉水。⑤ 刘郎：刘晨误入天台与仙女成婚故事。⑥ 珑璁：明洁貌。⑦ 绰约：女子体态柔美的样子。

吴伟业(清28)一首　题：山家。

村坞云遮△①有苍藤老干，翠竹明沙△溪堂连石稳，苔径逐篱斜△文木几，②小窗纱△是好事人家△启北扉，移床待客，百树梅花△

衰翁健饭堪夸△把瘿尊茗碗，③高话桑麻△④穿池还种柳，汲水自浇瓜△霜后菊，雨前茶△⑤这风味清佳△喜去年，山田大熟，烂漫生涯△

注：① 坞：四面高，中间凹下之地。② 几：茶几。③ 瘿尊：有瘿瘤的木雕酒杯。④ 桑麻：喻农事。⑤ 雨前茶：谷雨前采摘之茶。

顾之琼(女)(清185)一首　题：寄外①。

柳絮飘扬△怪吹衣拂面，故作颠狂△春情无计住，午梦不禁长△纨扇洁，石屏凉△②便沉醉何妨△一霎儿，峭风吹断，③绣被翻香△

觉来瘦却罗裳△把同心带结，待寄檀郎△④祝生生比翼，⑤尽日日成双△春去速，蝶空忙△芳草映斜阳△又恐伊，封侯未稳，⑥误了凝妆△

注：① 外：其夫钱绳庵。② 石屏：石屏风。③ 峭风：寒风。④ 檀郎：对夫或喜爱的人的爱称，源出美男子潘岳，小字檀奴。⑤ 比翼：鸟名，成双不离。⑥ 封侯：做官。

吴棠桢(清200)一首　题：隔帘闻屧声。①

隔帘佳人△似梨花遮雾，杏子笼云△模糊抬面靥，约略露腰身△垂绿钏，②系红巾△怪看处难真△却喜他，珊珊雅步，画屧微闻△

悬知瘦月双分△③尽莲香乱蹴，曾未留痕△声幽移嫩玉，音细贴轻尘△谁得见，褪些跟△羡蛱蝶香裙△赋未成，鸾靴鸦袜，早已销魂△

注：① 屧：木屐鞋，泛指鞋。② 钏：镯子。③ 瘦月：喻缠足。

钟筠(女)(清322)一首　题：春日感怀，寄七姐查夫人。

晓日烘窗△看柳眠花笑，做尽春光△远山横黛绿，碧水却余香△千叠意，九回肠△但抚景凄怆△任满庭，红情紫态，蝶乱蜂忙△

堪伤去路茫茫△见寻春士女，①逸兴如狂△偎花识面去，对日又相将△②帆影断，暮云傍△有归雁成行△更那堪，花阴寂寞，月转西郎△

注：① 士女：即男女。② 相将：相偕。

九十二字　辘轳金井

刘过(宋411)一首

翠眉重拂，后房深、自唤小蛮娇小▲[①]绣带罗垂，报浓妆未了▲堂虚夜悄▲[②]但依约、鼓箫声闹▲一曲梅花，尊前舞彻，梨园新调▲[③]

高阳玉山未倒▲[④]看鞋飞凤翼，[⑤]玉钗欲袅▲秋满东湖，更西风凉早▲桃源路杳▲[⑥]记流水、泛舟曾到▲桂子香浓，[⑦]梧桐影转，月寒天晓▲

注：① 小蛮：唐白居易家姬，白居易诗："杨柳小蛮腰"。② 虚：空也。③ 梨园：戏班。④ 高阳：喻酒徒，源出《史记》，郦生见刘邦，自称高阳酒徒；玉山：身躯之美称。⑤ 此句谓鞋小巧。⑥ 桃源：桃花源。⑦ 桂子：桂花。

梁清标（清105）一首

暖云如粉，草芊绵、画阁晓妆时节▲[①]鸾镜初开，[②]把春衫香裛▲[③]抛残线帖▲向柳外、听莺寻蝶▲浅水溪桥，笑招女伴，桃根桃叶▲[④]

沙堤踏青步屧▲[⑤]尽风吹钿朵，[⑥]裙衩波浥▲[⑦]斗草平芜，[⑧]逞芙蓉双颊▲花铃暗掣▲早惊见、绿杨飞雪▲[⑨]报道春归，海棠落尽，杜鹃啼歇▲

注：① 草芊绵：草盛连绵。② 鸾镜：镜之美称。③ 香裛：香袭衣也。④ 桃根桃叶：系姐妹，皆王献之爱妾，此处喻姐妹们。⑤ 屧：鞋也。⑥ 钿朵：首饰。⑦ 浥：沾湿。⑧ 斗草：古代妇女一种游戏。⑨ 雪：指杨花。

陈维崧（清196）一首　题：咏闺人汲水浣花。

落灯风定，[①]粉墙东、梅英一点红小▲[②]景物融和，爱春光恁好▲[③]鹂哥弄巧▲唤帘内、浣花须早▲只有阶前，东风露井，一泓清晓▲

行来碎珠自舀▲倚银床百尺，轻漾素绠▲[④]却讶琅然，[⑤]触铜瓶声悄▲多年玉导[⑥]，看依旧、凤蟠龙扰▲手抚遗钗，裙扶花影，归房微笑▲

注：① 落灯：元宵节后收灯。② 梅英：梅花。③ 恁好：如此好。④ 绠：此字不叶韵，小异。⑤ 琅然：金石相击之声。⑥ 玉导：导发入冠帻之饰物。

九十三字　凄凉犯

王嘉禄（清1468）一首

舍南舍北▲西风里、斜连一带茅屋▲雪封六枳，[①]孤烟度罅▲暮禽窥熟▲冰苔碎簇▲算难锁、空园坏绿▲到黄昏、泥墙漏月，筛影照眠犊▲[②]

欹倒柴门下，短笋斜穿，古藤低束▲闇蛩絮语，[③]记儿童、夜深呼烛▲废火山橱，又来拾零星断竹▲画荒寒、一点瘦紫冒野菊▲

注：① 六枳：篱也。② 犊：小黄牛。③ 闇蛩：暗处蟋蟀。

九十三字　雪梅香

符曾(清895)一首

喜今日，新欢重整管弦齐△料春风有意，便教枝上双啼△老绿纵堪轻雪舞，淡黄应怕晓烟迷△余寒盛、最是香闺△重拨金猊△[①]

风光问何处，帘幕深垂△事事相宜△休说花开，平明勒马长堤△西子晨妆方楚楚，[②]王孙芳草任萋萋△[③]但看雕梁画栋，燕子衔泥△

注：① 金猊：狮形铜香炉。猊，狻猊，狮之别名。② 西子：指杭州西湖。③ 王孙：富贵家子弟。

九十三字　意难忘

李穆宣(清1860)一首　题：过定静居士山居，题此以赠。

避俗人家△望白云堆处，有客停车△草深晴放犊，树老尽栖鸦△村店远，小桥斜△鸡犬并桑麻△家常话，耕耘课罢，酒债弥赊△[①]

茫茫秋月春霞△爱此间，远隔纷华△[②]半畦诸葛菜，[③]十亩邵平瓜△[④]不干俗，喜烹茶△隙地更栽花△忘甲子，[⑤]听四时鸣鸟，情趣无涯△

注：① 弥赊：到处欠债。② 纷华：纷扰繁华。③ 诸葛菜：指诸葛亮居茅芦时躬耕田亩。④ 邵平瓜：邵平在秦亡后种瓜长安。⑤ 甲子：六十年为一个甲子，即岁次。

九十三字　满江红　第一体，用仄韵。

柳永(宋14)一首　题：桐川。[①]

春雨初收，长川静、征帆夜落▲临岛屿、蓼烟疏淡，苇风萧索▲几许渔歌飞短艇，尽将灯火归村落▲遣行人、当此念回程，伤飘泊▲

桐江好，烟漠漠▲波似染，山如削▲绕严陵滩畔，[②]鹭飞鱼跃▲游宦区区成底事，[③]平生只有云泉约▲归去来、一曲仲宣楼，[④]从军乐▲

注：① 桐川：即桐江，在浙江桐庐县境。② 严陵：严子陵，东汉严光隐居垂钓处。③ 游宦：远离家乡为官。④ 仲宣楼：东汉末王粲在襄阳作《登楼赋》，有怀乡之意。

张先(宋18)一首　题：初春。

霜尽寒梅，笑粉蝶、游蜂未觉▲渐迤逦、水明山秀，暖生帘幕▲过雨小桃红未透，舞烟新柳青犹弱▲记画桥、深处水边亭，曾偷约▲

多少恨，今犹昨▲愁和闷，都忘却▲弃从前烂醉，被花迷着▲晴鸽试铃风力软，

雏莺弄舌春寒薄▲但只愁、锦绣斗妆时，东风急▲

周邦彦（宋128）一首

昼日移阴，揽衣起、春帏睡足▲临宝镜、绿云撩乱，①未忺妆束▲②蝶粉蜂黄都褪了，秋痕一线红生肉▲背画栏、脉脉悄无言，③寻棋局▲

重会面，犹未卜▲无限事，萦心曲▲想秦筝依旧，④尚鸣金屋▲芳草连天迷云望，宝香熏被成孤宿▲最苦是、蝴蝶满园飞，无心扑▲

注：① 绿云：发之美称。② 忺：欲也。③ 脉脉：含情欲吐貌。④ 秦筝：即筝，因系秦人首创，故名。

岳飞（宋277）一首

怒发冲冠，凭栏处、潇潇雨歇▲抬望眼、仰天长啸，壮怀激烈▲三十功名尘与土，①八千里路云和月▲②莫等闲、白了少年头，③空悲切▲

靖康耻，④犹未雪▲臣子恨，何时灭▲驾长车踏破，贺兰山缺▲⑤壮志饥餐胡虏肉，笑谈渴饮匈奴血▲待从头、收拾旧山河，朝天阙▲⑥

注：① 三十：作者时年三十岁。② 八千里：指行军路程。③ 等闲：轻易。④ 靖康耻：公元1127年正月初十日汴京城陷，徽、钦两帝被金兵所俘，北宋亡。靖康为宋钦宗年号。⑤ 贺兰山：在宁夏回族自治区银川市西，当时属金统治区。⑥ 天阙：指宋朝皇宫。

葛郯（宋323）一首　题：和吕居仁酬芮国瑞提刑。①

家住苕西，②水池映、青山一曲▲翠深里、猿呼鹤应，短墙低屋▲麦影离离翻翠浪，③泉声虢虢高寒玉▲④怪夜来、有蚁出槽床，⑤篘新绿▲⑥

和月种，南阳菊▲绕云买，淇园竹▲⑦任蛮争触战，世间荣辱▲两目未消凭远恨，一筇费尽登山足▲便棹舟、炊火荻花中，鲈鱼熟▲

注：① 吕居仁：即吕本中，见《词人小传》。② 苕：苕溪，浙江湖州水名。③ 离离：纷披繁盛貌。④ 虢虢：水声。⑤ 蚁：酒滓也。⑥ 篘：漉取；绿：指绿蚁，即酒滓。⑦ 淇园：卫有淇园，产竹，见《述异记》。

曹冠（宋334）一首

日暖烟轻，竹梢映、花阴凌乱▲微风皱、池光弄碧，绿杨垂岸▲艳杏墙头红粉媚，幽兰砌下飘香暖▲称邀宾、排日去寻芳，①频欢宴▲

光景速，浑如箭▲醉梦里，春强半▲②且花前莫厌，玉杯频劝▲一枕游仙方惊悟，③浮名自笑犹萦绊▲挥醉毫、付与雪儿歌，娇莺哢▲

注：① 称：宜也。② 春强半：春大半已过去。③ 游仙：喻梦。

范成大（宋338）一首　题：雨后游西湖，荷花盛开。

柳外轻雷，催几阵、雨丝风急▲雷雨过、半川荷气，粉融香浥▲①弄蕊攀条春一笑，从教水溅罗衣湿▲打梁州、箫鼓浪花中，②跳雨立▲

山倒影，云千叠▲横浩荡，舟如叶▲有采菱清些，桃根双棹▲忘却天涯飘泊地，尊前不放闲愁入▲③任碧筒、千丈卷金波，④长鲸吸▲⑤

注：① 浥：湿也。② 梁州：曲名，多以羯鼓伴奏。③ 尊：酒杯。④ 碧筒：绿莲蓬头，喻酒杯。⑤ 长鲸吸：痛饮、畅快饮酒。杜甫诗："饮如长鲸吸百川"。

毛幵（宋343）一首

泼火初收，①秋千外、轻烟漠漠▲春渐远、绿杨芳草，燕飞池阁▲已著单衣寒食后，②夜来还是东风恶▲对空山、寂寂杜鹃啼，梨花落▲

伤别恨，闲情作▲十载事，惊如昨▲向花前月下，共谁行乐▲飞盖低迷南苑路，湔裙怅望东城约▲③但老来、憔悴惜春心，年年觉▲

注：① 泼火：指清明桃花雨。② 寒食：古节日名，在清明前。③ 湔裙：即洗裳，《玉烛宝典》元旦至月晦，士女悉湔裳，酹酒于水湄，以为度厄。

张孝祥（宋357）二首　题：第一首，秋怀。

第二首，咏雨。

（1）秋满漓源，①瘴云静、晓山如簇▲②动远思、空江小艇，高丘乔木▲策策西风双鬓低，③晖晖斜日朱栏曲▲试侧身、回首望京华，④迷南北▲

思归梦，天边鹄▲⑤游宦事，⑥蕉中鹿▲想一年好处，砌红堆绿▲罗帕分柑霜落齿，冰盘剥芡珠盈掬▲⑦借春纤、⑧缕鲙捣香齑，⑨新篘熟▲⑩

注：① 漓源：指广西，作者时任广西西路按抚使。② 瘴：湿热空气。③ 策策：落叶声。④ 京华：南宋京城临安（今杭州）。⑤ 鹄：水鸟名，俗称天鹅。⑥ 游宦：外出为官。⑦ 芡：水产植物，俗称鸡头。⑧ 春纤：喻纤细女手指。⑨ 缕鲙：细切；齑：捣碎姜、蒜佐料。⑩ 新篘：新酒。

（2）斗帐高眠，①寒窗静、潇潇雨意▲南楼近、更移三鼓，②漏传一水▲点点不离杨柳外，声声只在芭蕉里▲也不管、滴破故乡心，愁人耳▲

无似有，游丝细▲聚复散，真珠碎▲天应分付与，别离滋味▲破我一床蝴蝶梦，③输他双枕鸳鸯睡▲向此际、别有好思量，人千里▲

注：① 斗帐：覆斗形帐，即圆顶帐。② 更三鼓：即三更半夜。③ 蝴蝶

梦：庄子梦蝶故事。

程垓(宋 368)一首

门掩垂杨,宝香度、翠帘重叠▲春寒在、罗衣初试,素肌犹怯▲[①]薄雾笼花天欲暮,小风送角声初咽▲[②]但独褰、幽幌悄无言,[③]伤离别▲

衣上雨,眉间月▲滴不尽,颦空切▲羡栖梁归燕,入帘双蝶▲愁绪多于花絮乱,柔肠过似丁香结▲[④]问甚时、重理锦囊书,从头说▲

注：① 素：白也。② 角：城头守兵号角。③ 褰：提扯。④ 过：超过。

辛弃疾(宋 370)二首　题：第一首,暮春。

(1) 家住江南,又过了、清明寒食▲花径里、一番风雨,一番狼藉▲红粉暗随流水去,园林渐觉清阴密▲算年年、落尽刺桐花,寒无力▲

庭院静,空相忆▲无处说,闲愁绝▲怕流莺乳燕,得知消息▲尺素如今何处也,彩云依旧无踪迹▲漫教人、羞去上层楼,平芜碧▲

(2) 紫陌飞尘,[①]望十里、雕鞍绣毂▲[②]春未老、已惊台榭,[③]瘦红肥绿▲睡雨海棠犹倚醉,舞风杨柳难成曲▲问流莺、能说故园无,曾相熟▲

岩泉上,飞凫浴▲[④]巢林下,栖禽宿▲恨荼蘼开晚,漫翻红玉▲莲社岂堪谈昨梦,兰亭何处寻遗墨▲[⑤]但羁怀、空自倚秋千,无心蹴▲

注：① 紫陌：喻京城郊野。② 此句谓豪华车马。③ 榭：台上有屋者。④ 凫：俗名野鸭。⑤ 兰亭：浙江绍兴名胜,晋王羲之曾在此修禊,作《兰亭集序》。

刘过(宋 411)一首　题：同襄阳帅泛湖。

猎猎风蒲,画船转、碧波湾浦▲都不是、柳汀桃岸,菊洲梅渚▲指点山公骑马地,[①]经由羊祜登山处▲[②]悄一如、人在水晶宫,消袢暑▲

熏风动,帘帷举▲秦筝奏,凌波舞▲拚冰壶沉醉,晚凉归去▲侵岸一篙杨柳浪,过云几点荷花雨▲倚楼人、十里凭栏杆,神仙侣▲

注：① 山公：指西晋山简,官征南将军,镇襄阳。② 羊祜：西晋南城人,武帝时镇襄阳。

洪咨夔(宋 440)一首

送雨迎晴,花事过、一庭芳草▲帘影动、归来双燕,似悲还笑▲笑我不知人意变,悲人空为韶华老▲满天涯、都是别离愁,无人扫▲

海棠晚,荼蘼早▲飞絮急,青梅小▲把风流蕴藉,向谁倾倒▲秋水盈盈魂梦远,春云漠漠音期悄▲最关情、鹈鴂一声催,[①]窗纱晓▲

注：① 鹌鹑：鸟名，又名催明鸟。

岳珂(宋 448)一首

小院深深，悄镇日、阴晴无据▲[1]春未足、闺愁难寄，琴心谁与▲曲径穿花寻蛱蝶，虚栏傍日教鹦鹉▲[2]笑十三、杨柳女儿腰，东风舞▲

云外月，风前絮▲情与恨，长如许▲想绮窗今夜，与谁凝伫▲洛浦梦回留佩客，[3]秦楼声断吹箫语▲[4]正黄昏、时候杏花寒，廉纤雨▲[5]

注：① 镇日：整天。② 虚栏：空栏。③ 洛浦：洛水之滨，指曹植梦会洛神故事。④ 秦楼：秦穆公女弄玉闺楼，后与其夫萧史吹箫乘鸾仙去。⑤ 廉纤雨：微雨。

吴潜(宋 461)一首　题：金陵乌衣园。[1]

柳带榆钱，[2]又不过、清凉寒食▲天一笑、满园罗绮，满城箫笛▲花树得晴红欲染，远山过雨青如滴▲问江南、池馆有谁来，江南客▲

乌衣巷，[3]今犹昔▲乌衣事，[4]今难觅▲但年年燕子，晚烟斜日▲抖擞一春尘土债，悲凉万古英雄迹▲且芳尊、随分趁芳时，[5]休虚掷▲

注：① 乌衣园：据景定建康志：乌衣园在南京乌衣巷之东。② 榆钱：榆荚状似钱。③ 乌衣巷：在南京秦淮河南岸，今尚在。④ 乌衣事：东晋王导、谢安居此，刘禹锡有《乌衣巷》诗。⑤ 随分：应景也。

陈策(宋 477)一首　题：杨花。

倦绣人间，恨春去、浅颦轻掠▲章台路、雪粘飞絮，[1]带芹穿幕▲委地身如游子倦，随风命似佳人薄▲叹此花、飞后更无花，情怀恶▲

心下事，谁堪托▲怜老大，伤飘泊▲把前日离恨，暗中描摸▲又趁扁舟低欲去，可怜世事今非昨▲看等闲、[2]飞过女墙来，[3]秋千索▲

注：① 章台：古台名，台前有街，称，章台街或章台路。② 等闲：无端。③ 女墙：城上垣也。

文天祥(宋 552)一首　题：和王夫人满江红韵，以庶几后山“妾薄命”之意。

燕子楼中，[1]又捱过、几番秋色▲相思处、青年如梦，乘鸾仙阙▲肌玉暗消衣带缓，[2]泪珠斜透花钿侧▲最无端、蕉影上窗纱，青灯歇▲

曲池合，高台灭▲人间事，何堪说▲向南阳纤上，满襟清血▲世态便如翻覆雨，妾身原是分明月▲笑乐昌、[3]一段好风流，菱花缺▲[4]

注：① 燕子楼：在江苏铜山县(今徐州市)西北隅，唐妓盼盼念故交张尚书，寡居是楼十余年不另嫁。② 衣带缓：喻瘦损。③ 乐昌：陈朝公主，国

亡后以破镜夫妻重圆。④ 菱花镜：即破镜。

汪宗臣（宋559）一首　题：春雨。

检点春光，阴雨过、三分之一▲从头数、元宵灯夕，都无晴日▲不碍郊原肥草绿，但漫秋壑沉云黑▲[1]那东君、忒煞没纲维，[2]春无力▲

燕忙甚，泥浑湿▲蜂愁甚，脾无蜜▲更两旬又是，梨花寒食▲[4]蔫红殷桃吾不较，[5]岂堪浸烂东畴麦▲望前村、白鹭衬霞红，探晴色▲

注：① 壑：山沟。② 东君：司春之神，纲维：规律。

汤恢（宋577）一首

小院无人，正梅粉、一阶狼藉▲疏雨过、溶溶天气，早如寒食▲啼鸟惊回芳草梦，峭风吹残桃花色▲漫玉炉、沉水熨春衫，花痕碧▲

绿縠水，红香陌▲紫桂棹，黄金勒▲帐前欢如梦，后游何日▲酒醒香消人自瘦，天空海阔春无极▲又一林、新月照黄昏，梨花白▲

王清惠（女）（宋583）一首　题：题驿壁。

太液芙蓉，[1]浑不是、旧时颜色▲曾记得、承恩雨露，[2]玉楼金阙▲名播兰簪妃后里，[3]晕潮莲脸君王侧▲忽一朝、鼙鼓揭天来，繁华歇▲

龙虎散，风云灭▲千古恨，凭谁说▲对山河百二，泪沾襟血▲驿馆夜惊尘土梦，宫车晓碾关山月▲愿嫦娥、相顾肯从容，随圆缺▲

注：① 太液：宋宫池名。② 承恩：被皇帝册封昭仪。③ 妃后：贵妃、皇后。

萨都剌（元57）一首　题：金陵怀古。[1]

六朝豪华，春去也、更无消息▲空怅望、山川形胜，已非畴昔▲[2]王谢堂前双燕子，乌衣巷口曾相识▲听夜深、寂寞打孤城，春潮急▲

思往事，愁如织▲怀故国，空陈迹▲但荒烟衰草，乱鸦斜日▲玉树歌残秋露冷，[3]胭脂井坏寒蛩泣▲[4]到如今、只有蒋山青，[5]秦淮碧▲

注：① 金陵：今江苏南京。② 畴昔：往昔。③ 玉树歌：玉树后庭花，歌曲名，陈后主饮宴时唱之。④ 胭脂井：隋兵陷金陵，陈后主偕张丽华躲进胭脂井被搜出；蛩：蟋蟀。⑤ 蒋山：即钟山，南京山名。

张半湖（元105）一首

新绿池塘，一两点、荷花微雨▲人正静、桐阴竹影，半侵庭户▲欹枕未圆蝴蝶梦，[1]隔窗时听幽禽语▲卷纱帏、随意理琴丝，黄金缕▲

鲛绡扇，[2]轻轻举▲龙涎饼，[3]微微炷▲向水晶宫里，坐消袢暑▲[4]剥啄微敲棋子响，[5]莺儿林里惊飞去▲最好是、活水瀹新茶，醒来时▲

注：① 蝴蝶梦：庄子梦蝶故事。② 鲛绡：传说中鲛人织的绢帕。③ 龙涎：香名。④ 袢暑：消暑。⑤ 剥啄：下棋声。

刘昺（明 17）一首　题：寄水北山人徐宗周。

水北幽居，抱柴门、一溪寒玉▲山万叠、青林当户，白云连谷▲乳燕落红春又晚，柴桑三径多松菊▲喜新晴、布谷又催耕，①秧分绿▲

床头酒，何时熟▲谋诸妇，明朝漉▲漫黄鸡炊黍，共邀邻曲▲②旧梦风云销侠气，繁华看破知荣辱▲系扁舟、罢钓晚归来，书还读▲

注：① 布谷：鸟名。② 邻曲：邻居。

文徵明（明 117）一首

漠漠轻阴，正梅子、弄黄时节▲最恼是、欲晴还雨，乍寒又热▲燕子梨花都过也，小楼无那伤春别▲傍栏杆、欲语更沉吟，终难说▲

一点点，杨花雪▲一片片，榆钱荚▲渐西垣日隐，晚凉清绝▲池面盈盈清浅水，柳梢淡淡黄昏月▲是何人、吹彻玉参差，情凄切▲

注：① 玉参差：即玉洞箫也。

陈淳（明 146）一首　题：秋赏。

秋在芙蓉，栏杆外、锦云如簇▲更喜得、桂子无语，垂垂金粟▲槐院风来残酒醒，藤床睡起刚茶熟▲倩多娇、出手弄冰弦，弹成曲▲

人影乱，斜日促▲溪月上，新凉足▲看有蜚堂前，翠帘高轴▲可惜重阳将近也，一般欠事无黄菊▲①最怜他、西圃绿涓涓，千头竹▲

注：① 欠事：遗憾的事。

陈如纶（明 170）一首　题：元宵。

泽国春回，正三五、良宵佳节▲花市里、火树凌寒，星桥逗热▲香车宝马驰驱遍，绣袜罗襦妆束别▲卷珠帘、十二乐偏多，难尽说▲

簇莲球，①团团叶▲闹蛾儿，②盈盈蝶▲更鳌山上下，景致奇绝▲万户千门光掩映，清丝细竹声如切▲听落梅、踏歌归去也，留明月▲

注：① 莲球：莲花灯。② 闹蛾儿：首饰也，以乌金纸、小铜丝扎成之蝶。

毛莹（明 355）一首　题：夏日。

榴火染红，①又承露、荷盘擎绿▲②最喜是、熏风徐拂，③午眠方足▲山色远邀京兆画，④湖光全观潇湘幅▲看鸳鸯、对舞白波翻，珠千斛▲

柳影外，人归牧▲帘影内，人初浴▲出龙团欲试，⑤中冷特熟▲重整冰弦弹水调，⑥新裁雾縠笼香玉▲⑦忽松涛、天半卷寒来，肌先粟▲⑧

注：① 榴火：喻石榴子红似火。② 荷盘：指荷叶。③ 熏风：南风。④ 山色：借喻眉峰；京兆：京兆尹张敞替新妇画眉故事。⑤ 龙团：茶名。⑥ 水调：曲名。⑦ 雾縠：轻飘皱纱；香玉：肌之美称。⑧ 粟：小疙瘩，因寒冷在皮肤上起的鸡皮疙瘩。

王朗(女)(明 487)一首　题：自遣。

剪剪轻寒，[1]小楼昨、夜嫌衾薄▲禁几阵、东风吹断，护花铃索▲轻软蛛丝牵恨乱，离披蝶板敲愁落▲[2]为春慵、笔债满床头，[3]都耽搁▲

愁与病，浑难却▲[4]花飞尽，容如削▲笑年年依旧，一身落魄▲[5]凤阁自惭原不称，樊笼也任长牢络▲[6]问苍苍、生我可怜人，何如莫▲[7]

注：① 剪剪：寒貌。② 离披：开貌。③ 春慵：春懒。④ 浑：完全。⑤ 落魄：不得意。⑥ 樊笼：牢笼。⑦ 莫：无也。

陈大成(明 500)一首　题：人日和刘震修先生原韵。[1]

人日初晴，小池内、泮冰微涨▲[2]喜灵辰、韶光满眼，[3]鬓丝无恙▲好把屠苏倾盏内，[4]漫将彩胜簪钗上▲[5]卧含章、谁把寿阳妆，[6]梅花饷▲

垂堤柳，丝丝样▲击壤曲，[7]呜呜唱▲正春盘荐罢，[8]再斟春酿▲闻说白杨曾作柱，可知甘蔗堪为杖▲试挑来、荼荠当盘餐，[9]穷愁状▲

注：① 人日：大年初七。② 泮冰：融解之冰。③ 灵辰：大年初七，即人日，因人为万物之灵，故称。④ 屠苏：酒名。⑤ 彩胜：古代的一种饰物，立春日用五彩纸或绢剪制成小旗、燕、蝶等形状，簪于髻上，以示迎春。⑥ 含章：殿名，宋武帝女寿阳宫主人日卧含章殿下，梅花落于额上，成梅花妆。⑦ 击壤曲：帝尧时老人有击壤歌，即日出而作，日入而息。⑧ 春盘：《四时宝鉴》："立春日唐人作春饼生菜，号春盘"；荐：献也。⑨ 荼荠：野菜也。

孙瑶英(女)(明 564)一首　题：咏雪。

仙女天花，忽散遍、满城春色▲极目处、峰峦银砌，楼台粉饰▲皓鹤乍离珠阁舞，琼枝忽向瑶台植▲看纷纷、应斗早梅芳，成林白▲

沾绣幄，明书室▲严风紧，迟还急▲似澄江铺练，蓝田生碧▲[1]片片飞来疑柳絮，轻轻舞去穿窗隙▲望川原、万顷月华寒，无尘迹▲

注：① 蓝田：陕西县名，产玉。

沈谦(明 573)一首　题：咏柳。

一剪莺梭，[1]早织就、千丝万缕▲最苦是、苏堤欲晓，[2]灞桥将暮▲[3]媚眼未醒

开又合，纤腰半倚扶难住▲又沉沉、搭在玉栏杆，和烟雨▲

还记得，长亭路▲曾折送，行人去▲凭牵缠似我，别时情绪▲帘黑梦回应有泪，楼高目断浑无语▲隔青山、不见紫骝归，蒙天絮▲

注：① 莺梭：流莺飞来飞去如织梭。② 苏堤：在杭州西湖。③ 灞桥：在陕西长安(今西安)。两处皆植柳闻名。

吴朏(女)(清6)一首　题：夏日。

雨抹荷池，添潋滟、闹红稠绿▲更带着、牵鱼藻鉴，浮波凫玉▲榴火辞枝焚碧藓，蝉声送远翻新曲▲向幽轩、一枕梦惊回，风敲竹▲

丝雨霁，轻凉足▲残照里，纤虹续▲渐云敛津头，烟粘茫陆▲凉月照人心似水，此身拟向清虚蹴▲记广寒、庭畔素衣中，曾相熟▲

曹尔堪(清69)一首　题：江村。

柳浪方高，[①]桃花雨、一村都涨▲应自慰、春风未老，故园无恙▲[②]篱笋新抽江燕出，芦芽半卷河豚上▲豆畦边、荠美采盈筐，[③]东邻饷▲

柴门外，微波漾▲芳树杪，对禽唱▲好邀来春社，[④]细斟家酿▲欢喜儿童压脚果，逍遥父老蛇条杖▲恕余顽、醉后越痴狂，真无状▲

注：① 柳浪：柳丝被风吹如浪。② 无恙：无灾祸。③ 荠：野菜名。④ 春社：是日祭后土神，聚饮。

吴秉仁(清83)一首　题：夏日。

海雨淋漓，[①]酿几树、枇杷黄熟▲惊满眼、残英退尽，翠阴成簇▲帘幕香酥蝴蝶梦，池塘水暖鸳鸯浴▲听疏蝉、烦噪麦秋来，[②]熏风足▲

冰簟展，泠泠玉▲纱帐晃，萧萧竹▲拟鸣泉天外，日供千斛▲尘暗苔生芳径滑，人间月上朱栏曲▲试新茶、拨火煮松涛，除烦燠▲

注：① 海雨：作者家乡绍兴近海。② 麦秋：夏季麦已成熟，相当稻熟于秋。

顾贞立(女)(清159)一首　题：中秋旅泊。

为问嫦娥，何事更、一生耽搁▲也曾照、曝衣楼畔，长生殿角▲[①]伴我绮窗朱户影，孤他碧海青天约▲倩回风、迢递寄愁心，随飘泊▲

五色管，今闲却▲千日酒，谁斟酌▲又天涯羁旅，鬓丝零落▲别梦匆匆偏易醒，远书草草仍难托▲判长眠、憔悴过三秋，人如削▲

注：① 长生殿：唐明皇与杨贵妃在长生殿前对月密誓。

陈维崧(清196)一首　题：为几士兄纳姬人贺。[①]

桃叶桃根，[②]把双桨、亲迎邻邑▲记住在、香街直下，画桥斜北▲扶下铜舆鸦髩

妥，③贮来绡槛莺啼急▲晕桃痕、④注靥道胜常，⑤羞郎揖▲⑥

绣架鞸，鸳针缉▲⑦红浪皱，莺衾湿▲学夫人举止，⑧漫嫌生涩▲春懒一床和月捧，新娇半搦从天拾▲⑨怪新词、艳粉恰盈箱，闲情集▲

注：① 姬人：即妾。② 桃叶桃根：姐妹二人均为晋王献之妾。③ 鸦鬓：黑发髻。④ 晕桃痕：面泛羞红。⑤ 胜常：即万福，女子行礼貌。⑥ 揖：作揖，男人行礼貌。⑦ 缉：缝也。⑧ 夫人：正妻。⑧ 搦：握也。

陆埜（清244）一首　题：赠尔斐先生。

秋老园林，又丛菊、东篱低亚▲①尽笑傲、芙蓉绕槛，草堂如画▲点点鸦来风叶动，声声雁向芦花下▲羡溪边、携杖白头人，真闲暇▲

五株柳，檐前挂▲一壶酒，床头架▲只云山深处，黄农虞夏▲②曲径晓留麋鹿迹，③空林晚听渔樵话▲偏凡尘、何必是桃源，归来罢▲

注：① 亚：压也。② 黄农虞夏：黄帝、神农氏、虞舜与夏禹，皆古圣人也。《史记》："黄农虞夏，忽焉没兮。" ③ 麋：兽名，似鹿而大。

汤斌（清245）一首　题：后池千叶莲盛开漫赋。①

藕叶铺池，连阴雨、溪流青涨▲东里叟、扶筇还问，②后渠无恙▲随地菰蒲双鹭宿，垂杨半掩波纹上▲碧烟开、映晓弄新妆，轻盈状▲

庐山社，③幽情漾▲湓浦岸，④清风宕▲似层层红艳，美人堪饷▲月下时闻芳露滴，呼儿学作渔郎唱▲梦醒来、十里野塘中，遥相望▲

注：① 千叶莲：原产于云南昆明滇池。见《云南志》。② 扶筇：扶着拐杖。③ 庐山：江西名山。④ 湓浦：即湓口，在江西九江市。

朱用纯（清249）一首　题：过夏太常赐茔。①

昼景清和，闲寻访、南城遗迹▲郁葱处、浓烟一桁，②赐茔松柏▲残碣犹书恩纪盛，③一杯难免征求迫▲强枝梧、赖有子孙贤，④承先泽▲⑤

绕舍后，篁千尺▲⑥渭川冷，湘江碧▲好鹅溪百幅，⑦当年墨迹▲多少玉鱼金碗地，平沙浅草鼬鼯宅▲⑧荫长楸、话旧夕阳前，空悲惜▲

注：① 夏太常：即夏昶，作者家乡江苏昆山人，明永乐进士，官太常寺卿，工画竹；赐茔：坟茔乃皇帝御赐。② 桁：屋横木，指守茔屋。③ 碣：墓碑。④ 枝梧：支撑，抵抗也。⑤ 先泽：祖先恩泽。⑥ 篁：竹也。⑦ 鹅溪：在四川盐亭，产书画用绢。⑧ 鼬鼯：即黄鼠狼，其毛称狼毫，可制画笔。

钟筠（女）（清322）一首　题：春去。

九十春光，看飞絮、凭空潇洒▲昼渐永、短红长绿，香飘兰麝▲寂寞燕归芳草岸，凄凉烟锁斜阳下▲怎风轻、云淡养花天，都催谢▲

梅花赋，莲花社▲菱波皱，春山画▲倚云屏兀坐，鸾笺慵砑▲架上荼蘼吹晓雨，帘前鹦鹉调新话▲更杜鹃、啼血到无声，难留也▲

董元恺（清 423）一首　题：过周山人山居，留宿。

咫尺扬帆，[1]扁舟系、夫湫山麓▲[2]闲对着、一湖春水，一湾新绿▲昨夜东风微雨过，涛声初涨溪桥曲▲抱众山、回合影参差，[3]云为屋▲

千年树，苍皮束▲十顷稻，黄精斫▲[4]便呼儿揖客，举杯相属▲入馔自夸虾菜美，围炉尚想蹲鸱熟▲[5]问山中、花信作春秋，无荣辱▲

注：① 咫尺：喻近。② 夫湫山：疑即作者家乡苏州太湖之苞山，《水经注》“太湖中有苞山，春秋谓之夫椒山”。③ 参差：不齐貌。④ 黄精：草名，似稻。⑤ 蹲鸱：指饮酒。蹲、鸱：此处指酒具也。

陶孚尹（清 428）一首　题：晚春邻叟招饮即事。

苏墅闲居，[1]无聊赖、暮春时节▲喜邻叟、扶筇相召，[2]呼朋同适▲茅屋半教烟柳覆，柴门却傍清溪折▲爱迎门、稚子惯延宾，[3]逢人揖▲[4]

林下笋，和泥掘▲甕头酒，连槽滴▲[5]但千杯痛饮，何须仪节▲宾主南皮成底事，[6]笙歌北里真虚设▲[6]诧归来、丝雨又濛濛，芒鞋湿▲[7]

注：① 苏墅：在苏州别墅。② 扶筇相召：扶着拐杖邀客。③ 稚子：幼子。④ 揖：作揖，鞠躬也。⑤ 槽：酒槽。⑥ 南皮：称述朋友之间雅集宴游的典故。见曹丕《与朝歌令吴质书》：“每念昔日南使之游，诚不可忘”。⑦ 北里：代称妓院。⑧ 芒鞋：草鞋。

张学雅（女）（清 431）一首　题：春暮。　注：上片第二、三句式稍异。

高阁烟笼，旭光初照垂杨院▲粉蝶游蜂花下度，韶光堪玩▲乳燕飞时莺又老，芳菲无限肠空断▲展红笺、书小字题愁，挥檀扇▲

纱窗里，书为伴▲栏杆外，红尘乱▲正池塘草长，烟波平岸▲闲坐兰闺垂绣幕，隔墙惟听幽禽唤▲说十分、春色九分消，增长叹▲

姚凤翙（女）（清 474）一首　题：春日偕诸姐妹雅集西园，并饯五妹张夫人北上。

杏雨桃风，好园林、春光如画▲把当年、兰亭曲水，[1]新翻佳话▲女伴喜传青鸟字，[2]夫人肯降红鸾驾▲[3]道今朝、美景与良辰，千金价▲

牡丹砌，荼蘼架▲紫燕语，黄鹂骂▲又何须丝竹，舞台歌榭▲闺香尽同张氏妹[4]，论诗更有多才谢▲[5]恨香车、指日上皇都，分离乍▲

注：① 当年：指东晋永和九年；兰亭曲水：王羲之等在绍兴兰亭修禊，曲水流觞助兴。② 青鸟：喻书信。③ 夫人：指五妹。④ 张氏妹：即五妹。⑤ 多才谢：指东晋才女谢道韫。

冯娴（女）（清500）一首　题：和外，[1]送春韵。

庭院深沉，湘帘外、余芳还有▲凝望处、远山烟霭，[2]愁霖声又▲[3]彤管漫吟消雨夜，[4]紫姑暗祷占晴昼▲[5]问仙家、经岁总如春，曾归否▲

心已醉，非关酒▲眉未展，非同柳▲听檐前响滴，令人诗瘦▲蝶伴蜂群迷不出，芳郊绮陌游难久▲惜光阴、滚滚似流波，空辜负▲

注：① 外：即其夫钱廷枚，见《词人小传》。② 烟霭：云气。③ 霖：久下不停雨。④ 彤管：赤管笔，女士用笔。⑤ 紫姑：厕神。

沈岸登（清509）一首　题：渡扬子。[1]

铁瓮城开，记三国、孙郎曾霸▲依旧见、清江几点，群峰如画▲尽日盘涡轻燕掠，有时过雨垂虹跨▲看微茫、葭荻划晴沙，风吹亚▲

波万顷，惊涛泻▲舟两桨，中流打▲渐危矶路转，妙高台下▲[2]隐隐树从京口断，[3]纤纤月上瓜洲乍▲[4]爱夜深、灯火近扬州，征帆卸▲

注：① 扬子：扬子江，长江入江苏称扬子江。② 妙高台：又名晒经台，在镇江金山上。③ 京口：即江苏镇江。④ 瓜洲：古渡口，在镇江北岸，属扬州。

西周生（清525）五首　故事：《醒世姻缘传》第二十三回，咏山东绣江县明水镇风景，[1]其中第一首综合景，第二首咏春，第三首咏夏，第四首咏秋，第五首咏冬。

（1）四面山屏，雾烟里、翠波欲滴▲时物换、景色相随，浅红深碧▲涧水几条寒似玉，晶帘一片尘凡隔▲古今来、总汇白云湖，流不息▲

屋鱼鳞，[2]人蚁迹▲[3]事不烦，境常寂▲遍桑麻禾黍，临渊鲤鲫▲胥吏追呼门不扰，[4]老翁华发无徭役▲[5]听松涛、鸟语读书声，尽耕织▲

注：① 绣江县：原注：离济南府城一百一十里；明水镇：离绣江县城四十里。② 屋鱼鳞：屋瓦如鱼鳞般密布。③ 人蚁迹：喻人众如蚁阵。④ 胥吏：官吏。⑤ 徭役：古代统治者强制人民承担的无偿劳动。

（2）夭桃嫩蕊，[1]柳杨轻、风摇浅碧▲草侵天、千林莺啭，满山红白▲寒食清明旋过了，[2]稻畦抢种藏鸦麦▲刚昨宵、雨过趁初晴，晒袯襫▲[3]

晓耕夫，遍垅陌▲春馌去，[4]行似织▲遇上巳赛社，[5]少长咸集▲前后东西

都坐了，野翁没个来争席▲直吃得、头重脚跟高，忘主客▲

注：① 夭桃：幼嫩桃。② 旋：随即。③ 袯襫：雨衣也。④ 馌：饷田食也。《诗》："馌彼南亩。"⑤ 上巳：古节日名，在三月初三；赛：迎神；社：春社日，祭后土神，祭后聚饮。

（3）高敞茅檐，要什么、绮窗华屋▲近山岩、水帘瀑布，驱除暑伏▲①庭际娟娟竹几个，②门前树树浓阴绿▲把闲书、一本趁风凉，高枕读▲

倦来时，书且束▲睡迷离，将息目▲待黑甜醒后，③家常饭熟▲食了斜阳炎气转，披襟散步清流曲▲④拣柳阴、底下有温泉，沐且浴▲

注：① 伏：三伏天，共四十天，乃夏季中最热天气。② 娟娟：秀美。③ 黑甜：酣睡。④ 披襟：敞开胸襟。

（4）黄叶丹枫，①满平山、万千紫绿▲映湖光、玻璃一片，落霞孤鹜▲②沆瀣天风驱剩暑，③涟漪霜月清于浴▲④直告成、万宝美田畴，秋税足▲

篱落下，⑤丛丛菊▲囷窖内，⑥陈陈粟▲看当前场圃，又登新谷▲鱼蟹肥甜刚稻熟，床头新酒才堪漉▲⑦遇宾朋、大醉始方休，讴野曲▲⑧

注：① 丹枫：枫叶红了。② 鹜：野鸭也。③ 沆瀣：露气。④ 涟漪：水波纹。⑤ 篱落：篱笆。⑥ 囷：谷仓。⑦ 漉：滴取。⑧ 讴：歌也。

（5）雪封林麓，①看冰针、遍悬茅屋▲无底事、絮袍毡帽，②负墙迎旭▲③闲数周瑜和鲁肃，或说宋江三十六▲④转夕阳、西下看寒鸦，投古木▲

掩篱门，餐晚粥▲剔书灯，子夜读▲⑤饮新醪数盏，⑥脱巾归宿▲山里太平无事扰，安眠高枕何妨熟▲待明朝、红日上三竿，⑦才睡足▲

注：① 麓：山脚下。② 无底事：无什事。③ 负墙：靠墙；迎旭：迎初生太阳。④ 此二句谓闲说历史人物；三十六：水浒中三十六天罡。⑤ 子夜：半夜。⑥ 醪：酒也。⑦ 三竿：喻不早。

余兰硕（清 611）一首　题：采莲。　注：此词《众香词》作许冰玉作。

曲曲银塘，芙蓉湿、初添新雨▲采莲者、谁家之妇，谁家之女▲绣带慢松娇可惜，罗裙低曳情如许▲①把鲛绡、试剪赠情郎，②郎拾取▲

摇兰桨，随波去▲凭玉手，将篮举▲见藕丝不断，似侬愁绪▲湖上美人湖内照，花间鸳鸟花边语▲又歌残、日暮忽思归，归何处▲

注：① 如许：如此。② 鲛绡：传说中名贵织物，入水不湿。

顾姒（女）（清 680）一首　题：泊淮示夫子。①

一叶扁舟，轻帆下、停桡古岸▲②灯火外、几枝疏树，人家隐见▲漂母祠前荒草

合，[3]韩侯台上寒云断▲[4]叹从来、此地困英雄，江山惯▲
穷愁味，君尝遍▲人情恶，君休叹▲问前村有酒，金钗拼换▲举案无辞今日醉，[5]题桥好遂他年愿▲[6]听三更、怒浪起中流，鱼龙变▲

注：① 夫子：即夫鄂曾。② 停桡：泊船。桡，船桨也。③ 漂母：韩信未贵时曾蒙漂母救助。④ 韩侯：即韩信。⑤ 举案：梁鸿、孟光夫妇举案齐眉故事。⑥ 题桥：司马相如初离蜀赴长安，曾于成都北升仙桥题桥柱曰："不乘赤车驷马，不过汝下也"，后果如愿。

吴秉钧（清 770）一首　题：八月廿六日偕红友、尊庵、升公、禹金、九锡游七星岩和红友韵。[1]

绿帆香萍，湖内外、鸥穿夹镜▲[2]望高岫、琳宫遥在，[3]大罗云影▲[4]教买鱼虾渔客网，[5]看收莲芡村翁艇▲[6]出城闉、便与俗尘疏，[7]添幽兴▲
榕树底，庵清胜▲芭蕉上，祠清永▲渐溪桥晚市，落霞风景▲共饱山厨菰米饭，[8]更尝僧舍兰花茗▲[9]伴斜阳、归去有凉蝉，邀人听▲

注：① 七星岩：广西桂林名胜；红友：即万树，见《词人小传》。② 夹：港口泊舟处；镜：江面。③ 高岫：高山上的云气；琳宫：寺庙。④ 大罗：天仙。⑤ 鱼虾：原注：湖（漓江）多鱼，小虾尤佳，余每出必买之。⑥ 莲芡：原注：至三元洞升公已就船买鸡头煮食。鸡头，即芡。⑦ 城闉：城门。⑧ 菰米：即茭白穗，结实如米，为六谷之一。⑨ 兰花茗：原注：时木兰盛开，老衲（老僧）以兰蕊腌制闽茶，瀹之甚馥。

孙允膺（清 721）一首

绿树轻影，疏帘卷、芰荷初发▲[1]栏杆曲、云和斜抱，[2]小鬟争拔▲夜合盈盈香远近，[3]流萤点点灯明灭▲[4]喜晚凉、新浴出兰汤，清芬裛▲[5]
冰簟展，湘纹彻▲幽意倦，蝉鸣歇▲幸仙姿无暑，闲抛丸箑▲[6]妾梦只随江上水，郎归或趁峰头月▲怕两人、相左隔山川，[7]分吴越▲

注：① 芰：本解作菱，但古诗词中仍解作荷。② 云和：弹拨乐器。③ 夜合：花名。④ 明灭：忽明忽暗。⑤ 裛：香袭衣也。⑥ 丸箑：团扇。⑦ 相左：不同。

蔡婉罗（女）（清 740）一首　题：咏扇。

似雪齐纨，[1]初裁就、一轮明月▲堪爱处、合欢新样，笑遮双靥▲[2]遣兴试描秦女凤，[3]添愁扑散庄生蝶▲[4]羡团圆、素影伴佳人，终朝夕▲
湘枕伴，纱橱侧▲纤手玩，香难歇▲想班姬幽怨，[5]倩伊曾说▲漫持君恩怀袖

里，每嗟秋至春风发▲最伤情、时节易炎凉，轻抛撇▲

注：① 齐纨：即绢制团扇。② 靥：酒涡。③ 秦女风：秦穆公女弄玉乘鸾吹箫故事。④ 庄生蝶：庄周梦蝶故事。⑤ 班姬：汉班婕妤失宠，作《纨扇诗》，喻被抛弃。

邹祥兰（清 751）一首　题：十一月初一日纪游。

一叶兰舟，依约到、芙蓉深处▲凝望处、吴天阔甚，且从容住▲残碧烧痕烟似织，乱红霜影秋如许▲问春申、涧曲是谁家，[1]潇潇雨▲

玉堂酒，成虚度▲金缕曲，看迟暮▲只眼前景物，莫教辜负▲落日半峰云树杪，西风两岸芦花渚▲算由来、画圣与诗豪，江山助▲

注：① 春申：春申江，即黄浦江。

王策（清 860）一首

嫩碧池塘，杨柳岸、细风吹浪▲临晓镜、春山一对，[1]别翻新样▲拂砌风轻莺作态，穿帘雨细花无恙▲绣床前、纤指怯春寒，金针放▲

双彩燕，钗梁傍▲[2]双绣蝶，裙拖上▲听卖花声过，柳边深巷▲斗草心慵垂手立，[3]兜鞋梦好低头想▲正邻姬、敲户送香来，铜镮响▲

注：① 春山：喻眉峰。② 钗梁：首饰。③ 斗草：古代妇女一种游戏。

袁寒篁（女）（清 867）一首　题：春尽。

料峭东风，黯然是、送春时节▲真无奈、子规啼怨，柳绵飞雪▲狼藉残花都是泪，阑珊好景堪悲咽▲对天公、此际好伤情，春将别▲

风雨苦，芳菲歇▲神似醉，心如结▲见帘栊绿映，满庭新叶▲池面鱼游清浅水，柳梢莺睡朦胧月▲叹眼前、无景不关心，愁难说▲

郑燮（清 906）一首　题：招隐寺。

转过山头，隐隐见、松林一片▲其中有、佛楼斜角，红墙半闪▲雨后寻芳沙径软，道傍小饮村醪贱▲[1]听石泉、幽涧响琮琤，[2]清而浅▲

山门外，泥金匾▲[3]祇树下，[4]香涂殿▲看几朝营造，几朝褒贬▲七级浮屠空累积，[5]一声杜宇谁听见▲向禅扉、合掌问宗风，斜阳远▲

注：① 村醪：村酒。② 琮琤：水声。③ 泥金匾：金屑匾额。④ 祇树：即祇树国、祇园精舍，指佛殿。⑤ 七级浮屠：即七层宝塔。

华浣芳（女）（清 908）一首　题：谷雨新晴。

燕语新晴，看深院、百花生色▲望陌头、荒烟如锁，游人如织▲黄鸟乱梭山上锦，朱乌轻洗林中湿▲[1]叹韶光、不尽一春愁，难抛掷▲

花密处，蜂偏识▲蜂密处，花怎敌▲听画船挝鼓，[2]红楼横笛▲芍药袅风小阁暖，杨枝滴露长堤泣▲喜陌头、姐妹踏朝阳，青山碧▲

注：① 朱乌：指燕子。② 挝鼓：敲鼓。

薛廷文（清990）一首　题：送燕。

社后初来，[1]曾掠遍、杏花村杪▲记当日、穿帘度幕，衔泥春晓▲转眼西风门巷静，画梁梦断秋容老▲恁难忘、辛苦旧营巢，频飞绕▲

斜阳影，低荒草▲乡国远，关山杳▲爱天南海角，风尘多少▲撇却闲愁君且去，飘零还是家园好▲问春来、秋去苦依人，何时了▲

注：① 社：春社，以立春后第五个戊日为春社。斯时燕子由南方飞来。

胡慎仪（女）（清1082）一首　题：题三泖渔庄图。[1]

古渡扁舟，横系在、柳阴深处▲视西湖、泖湖秋早，挂帆归去▲一片斜阳萦岸曲，半湾流水沿门住▲把渔竿、独坐自忘机，盟鸥鹭▲

频领略，烟霞趣▲寒复暖，朝还暮▲趁箕踞长啸，[2]逍遥寰宇▲茅屋春深鹤梦老，金炉香袅琴心古▲劝垂纶、莫漫向衡门，[3]栖迟误▲

注：① 三泖：水名，有上、中、下三泖，在江苏松江境（今属上海），源出太湖，流入吴松江。② 箕踞：坐态，伸两足如箕姿势；啸：打口哨。③ 衡门：《诗》“衡门之下，可以栖迟”，喻卑陋之家。

郝懿行（清1132）一首　题：丁未（1787年）春，久客都门，怅然有作。[1]

生小婵娟，[2]那敢道、芙蓉如面▲妄思想、姮娥有意，[3]幸垂青盼▲[4]奉帚梦游仙洞府，[5]挑灯剩守离宫殿▲论班行、虽未厕青衣，韶光贱▲

整顿就，描龙管▲安排下，绣鸳线▲待剪裁香茗，标题纨扇▲无奈君王金屋宿，独教贱妾长门怨▲望朦胧、月色隐昭阳，难窥见▲

注：① 都门：指京都北京。② 婵娟：美女。③ 姮娥：月宫嫦娥。④ 青盼：盼望垂青。⑤ 奉帚：事奉箕帚，为人作妇之意。

钱泰吉（清1422）一首　题：赠冯柳东登府。[1]

万里西风，忽吹上、一丸寒月▲[2]叹照遍、百年离合，百年圆缺▲飞影几过江水镜，流光休看秋蝉发▲挂轻蓬、[3]对酒扣舷歌，今何夕▲

跳不出，银蟾窟▲[4]流不尽，金波液▲[5]笑青山牛渚，[6]如何捉得▲黄鹤群仙龙笛吼，[7]玉清滴吏铜壶裂▲[8]尽终宵、狂叶碧云天，东方白▲

注：① 冯登府：号柳东，嘉兴人，见《词人小传》。② 丸：圆也。③ 轻蓬：小船。④ 银蟾：指月。⑤ 金波：指月光。⑥ 牛渚：山名，在安徽当涂，下

临采石矶，传说李白捉月于此。⑦ 黄鹤：楼名，在湖北武昌。⑧ 玉清：指天帝居所；滴吏：滴漏（管理计时）官吏。

李星沅（清 1469）一首　题：游辰州龙泉寺，[1]次蔡黄缕韵。

梦堕蛮烟，更何处、招邀佳胜▲指龙泉、金铺古刹，前生遥认▲十万昏鸦催暮景，一双瘦鸥同僧病▲俏风流、太守肯重来，山灵幸▲

回廊畔，斜阳映▲经龛内，[2]寒钟隐▲对龙蛇满壁，之而犹剩▲殿角尘飞青鸟逝，江山劫换红羊烬▲[3]问十年、宰相信如何，炉香冷▲

注：① 辰州：湖南州名，即今沅陵县。② 经龛：供经小室。③ 红羊：国难，指太平天国事。

陈其泰（清 1496）一首　题：秋山。

秋淡平空，聚佳气、青山依郭▲[1]画不尽、翠微烟霭，[2]碧云丛薄▲高士苦吟寒入骨，美人扶病肩如削▲拓纱窗、终日卷帘看，谁家阁▲

朝不厌，重重崿▲[3]暮不厌，深深壑▲[4]趁桂林萝径，短筇芒屩▲[5]石上清泉经雨泻，门前黄叶随风落▲愿诸峰、尽勒雁飞回，[6]休飘泊▲

注：① 郭：城郭。② 翠微：青缥色山气。③ 崿：山崖。④ 壑：山沟。⑤ 短筇：短杖；芒屩：草鞋。⑥ 勒：强制、令。

周诏蘩（女）（清 1517）一首　题：渔村夕照。

两两三三，共撑起、半江风色▲飞棹处、日斜樯橹，浪翻明碧▲浊世浮沉高士老，乱流明灭诗人笔▲[1]看宾鸿、飞影过前川，[2]椴笺赤▲

芦苇畔，鲜鳞湿▲杨柳外，炊烟直▲趁余晖沽酒，醉吹横笛▲芳树斜衔新月细，远峰横受飞乌疾▲倏然间、江影荡明星，余空白▲

注：① 明灭：忽隐忽现。② 宾鸿：即鸿，俗称天鹅，因系候鸟，故称宾。

庞鸿书（清 1813）一首　题：卣南作送春词，依韵和之。

怯雨愁风，三月暮、最难将息▲又还见、红稀绿暗，春归无迹▲柳线频催莺语老，露珠也学鲛人泣▲[1]更惆怅、栏影护将离，开偏急▲

青鸟使，[2]将还辙▲翠凤辇，难留跸▲[3]早蜂房蜜熟，暗移时节▲帘外引雏看紫燕，花间褪粉怜黄蝶▲只赢得、风絮点波心，[4]萍添碧▲

注：① 鲛人：《述异记》鲛人，水居如鱼，不废机织，眼泣则成珠。② 青鸟：西王母传书使者。③ 跸：帝王车驾。④ 赢得：剩得。

劳纺（女）（清 1883）一首　题：感怀三姐五妹。

愁未能消，却又是、愁人时节▲东风劲、红芳糁径，繁华将歇▲碧树藏莺迷晓

雾，清波浴鸭翻晴雪▲[1]倚栏杆、极目更魂销，遥天阔▲
增怅惘，添凄切▲思往事，慵重说▲恁随肩接袂，无端分别▲窗下琼笺书远信，[2]离情欲诉还断笔▲问深闺、聚首意何期，浑难必▲
注：① 晴雪：喻浪花。② 琼笺：信纸美称。

徐自华（女）（清 1894）一首　题：感怀，用岳鄂王韵，[1]作于秋瑾就义后。[2]
岁月如流，秋又去、[3]壮心未歇▲难收拾、这般危局，风潮猛烈▲把酒痛谈身后事，举杯试问当头月▲奈吴侬、身世太悲凉，伤心切▲
亡国恨，终当雪▲奴隶性，行看灭▲叹江山已是，金瓯碎缺▲蒿目苍生挥热泪，[4]感怀时事喷心血▲愿吾侪、炼石效娲皇，[5]补天阙▲
注：① 岳鄂王：即岳飞，见《词人小传》。② 秋瑾：辛亥烈士，见《词人小传》。③ 秋：兼指秋瑾。④ 蒿目：远望而忧世之意。⑤ 吾侪：吾辈；娲皇：女娲皇，传曾炼石补天。

秋瑾（女）（清 1908）一首
小住京华，[1]早又是、中秋佳节▲为篱下、黄花开遍，秋容如拭▲四面歌残终破楚，[2]八年风味徒思浙▲[3]若将侬、强派作蛾眉，[4]殊未屑▲
身不得，男儿列▲心却比，男儿烈▲算平生肝胆，因人常热▲俗子胸襟谁识我，英雄末路当磨折▲莽红尘、何处觅知音，青衫湿▲[5]
注：① 京华：指北京。② 四面歌残终破楚：用《史记·项羽本纪》中汉军破楚故事，比喻自己终于冲破家庭牢笼。③ 思浙：作者是浙江绍兴人。④ 蛾眉：美女，指作者原来的贵妇人身份。⑤ 青衫湿：用白居易“江州司马青衫湿”句意。

陈家庆（女）（现当 38）一首　题：甲戌（1944 年）三月与澄宇同游小姑山，[1]冒雨偕行，舟泊绝壁下，因填此解。
云鬓风鬟，看小姑、亭亭幽独▲[2]恰便似、十洲缥缈，[3]蓬莱遥瞩▲[4]千尺飞来烟雨碧，一篙撑起春波绿▲渐轻舟、泊向大江心，山浮玉▲
绝壁耸，孤峰矗▲淮水右，江南曲▲叹海门雄镇，瓣香长祝▲[5]却忆彭郎曾夺取，[6]含情不语娥眉蹙▲正春风、三月我来游，浣尘俗▲
注：① 小姑山：即小孤山。② 亭亭：挺立状。③ 十洲：传系神仙居所。④ 蓬莱：山名，在渤海中，传系仙境。⑤ 瓣香：钦仰之心。⑥ 彭郎：小孤山江侧有彭浪矶，遂因小姑山而为彭郎矶。

许白凤（现当 58）二首　题：第一首，沪上复兴公园看菊。　注：1964 年作。

第二首，自独山至白沙湾即景。　注：1971 年作。

（1）几日西风，正料理、名园秋色▲有多少、曲径斜叠，云廊回合▲客即是花花是客，似曾相识非相识▲想渊明、寂寞一千年，①东篱侧▲

过不尽，花时节▲传不尽，花消息▲订群芳谱牒，频添香泽▲万古何如今日好，问花花也如人说▲更艺林、老干接新红，春无极▲

注：① 渊明：即晋陶潜，辞官归隐，种菊东篱。

（2）东去全塘，①一望是、红旗列列▲天不夜、明灯障月，银锄耀雪▲劈面拦潮人作坝，②分头走石车和楫▲③要高山、阔水更扬鞭，齐心力▲

七千亩，新田辟▲十五里，长堤叠▲听钱江两岸，④战旗联捷▲碧海栽桑尘境换，青梅煮酒群英集▲⑤问诗翁、多少好题材，重来觅▲

注：① 全塘：平湖镇名。② 栏潮作坝：即填海，开发海涂。③ 楫：船桨，喻船。④ 钱江：杭州湾钱塘江。⑤ 青梅煮酒：《三国演义》有曹操、刘备青梅煮酒论英雄故事。

车乘轨（现当 88）二首　题：第一首，纪绍兴祖茔。　注：2006 年 4 月 20 日作。

第二首，嘉兴重建岳王祠。　注：2012 年 2 月 18 日作。

（1）父母棺灵，原厝在、绍城殡屋▲①壬辰岁、金桥开发，②始迁山谷▲漓渚中庄公路侧，西山六墺峰峦麓▲③且竖碑、平地土高堆，坟茔筑▲

金秋后，山秀绿▲谒新墓，携家属▲④兄久珩亡故，⑤再添棺木▲垒石周边防圮倒，⑥清明祭扫依乡俗▲远道来、婿女会坟亲，⑦为延续▲⑧

注：① 厝：音措，停柩待葬也。② 壬辰：公元 1952 年；金桥：金斗桥殡地。③ 此三句谓迁葬于漓渚镇中庄村六家墺西污山山麓。④ 携家属：1952 年 10 月 2 日余偕妻女往扫新墓。⑤ 亡故：1973 年 12 月 21 日先兄久珩公病殁。⑥ 垒石：1994 年 6 月于墓周垒石加固。⑦ 坟亲：管坟人。⑧ 末尾三句谓今年特邀镇江婿、女同来扫墓。

（2）巍峨庄严，岳王殿、重新盖起▲凝眸望、飨堂坊石，①遍存浩气▲誓扫金兵甘赴死，尽忠报国空抛泪▲莫等闲、忘了宋朝冤，当年史▲

杭州有，王坟地▲嘉兴辟，王祠址▲对贬邪崇正，古今同理▲遗臭万年奸帝相，②流芳百世贤萱子▲③评英雄、功迹永千秋，全民祭▲

注：① 飨堂：祭堂，即正殿；坊石：岳王祠前竖“万古精忠”石牌坊；进祠有石桥，名“流芳”等。② 帝：指宋高宗赵构；相：指秦桧。

③ 萱：即母，指岳母姚氏，曾刺"尽忠报国"四字于岳飞背上。

张逵（现当 108）一首

日暖风恬，春意闹、百花争发▲疏篱外、夭桃含笑，李花堆雪▲燕燕于飞寻故垒，①鸳鸯交颈眠沙角▲漾晴波、新绿绕回塘，柳丝弱▲

春已去，芳菲歇▲②天远淡，秋容瑟▲向依稀梦里，故山红叶▲枫落林空掠宿鸟，③花残莺老愁归客▲雁南飞、南国信难传，④情空托▲

注：① 燕燕于飞：出于《诗经·邶风》，喻夫妇之和合。② 芳菲：花草香美。③ 掠：斜飞。④ 南国：南方。

吴素萍（女）（现当 226）一首　题：中秋月。

天际茫茫，星星散、圆圆皓月▲中秋至、婆娑丹桂，满山金桔▲①冰影姗姗流水动，凉风阵阵吹云叠▲见美景、岸柳绿依依，轻轻拂▲

萧萧竹，闲闲叶▲芳芳草，飞飞蝶▲秋光无限好，满园花发▲客少自知门闭掩，书多已读心开适▲②平仄路、慢慢再攀登，高峰绝▲

注：① 桔：此处以结字音入韵。② 适：此处以設音入韵。

黄浴宇（现当 273）一首　题：谒戚继光庙。①

古木萧森，穿云处、风吟犹烈▲仰宝相、髯须玉面，虎眸澄澈▲一自东倭来海上，天朝外患添江浙▲仗将军、拔剑起雄师，驰连捷▲

百年贼，今仍劣▲攫钓岛，②邪谋黠▲充鹰钩甘作，马前疲卒▲阻我神州重崛起，分疆裂土期生孽▲应觉醒、枕戈更心齐，前仇雪▲

注：① 戚继光：明抗倭名将，庙在浙江临海市。② 钓岛：指钓鱼岛。

九十三字　满江红　第二体，用平韵。

吴文英（宋 476）一首　题：饯方蕙岩赴阙。①

竹下门敲，又呼起、蝴蝶梦清△②闲里看、邻墙梅子，几度仁生△灯外江湖多夜雨，月边河汉独晨星△③向草堂、侵晓卷琴书，猿鹤惊△

宫漏静，④朝马鸣△⑤西风起，已关情△料希音不在，女瑟娲笙△莲塘折香花未晚，野舟横渡水初晴△看高鸿、飞上碧云中，秋一声△

注：① 赴阙：上朝为官。② 蝴蝶梦：庄周梦蝶故事。③ 河汉：银河。④ 宫漏：宫中更漏。⑤ 朝马：上朝骑的马匹。

诸嘉果（清 1561）一首　题：水仙王祠神弦曲，同韵甫、子述作。①

古碣丛祠，②深锁着、斜日嫩烟△记旧社、③西村桥畔，歌吹年年△细雨柳丝萦画舫，晓寒花瓣落琼筵△有诗僧、病起打疏钟，云半肩△

云旗飐，秋水边△灵灯闪，落霞天△写残歌剩舞，玉柱冰弦△载酒瓜皮双桨活，④催归粥鼓一声圆△借铜琶、高唱定风波，⑤月满船△

注：① 韵甫：即黄燮清，见《词人小传》。② 碣：圆顶的石碑；丛祠：丛林中的神祠。③ 社：曲社。④ 瓜皮：小艇。⑤ 定风波：词曲名。

邓万宽（现当188）一首　题：雨过悔岭。

骤雨方过，抬望眼、千顷翠澜△东风漾、莺歌燕舞，静静南山△夕照山花红烂漫，清泉流水柳含烟△听松涛、风定悄无人，漫无边△

春光好，君试看△炊烟袅，翠峰峦△竹海茫茫绿，鹤伴松眠△流水落花春又去，蛙声泛月水溅溅△景万千、人在小红楼，帘影间△

九十三字　满江红　第三体，用二种仄韵。

郑燮（清906）四首　题：田家四时苦乐歌。

（1）细雨轻雷，惊蛰后、和风动土▲①正父老、催人早作，东畲南圃▲②夜月荷锄村犬吠，③晨星叱犊山沉雾▲到五更、惊起是荒鸡，④田家苦▲

疏篱外，桃花灼▲▲池塘上，杨柳弱▲▲渐茅屋日暖，小姑衣薄▲▲春韭满园随意剪，腊醅半瓮邀人酌▲▲⑤喜白头、人醉白头扶，田家乐▲▲

注：① 惊蛰：二十四节气之一，在公历三月五日左右，喻春季。② 畲：开垦过二年熟地。③ 荷锄：肩扛锄头。④ 荒鸡：不按规律乱啼之鸡。⑤ 腊醅：农历十二月所酿酒。

（2）麦浪翻风，①又早是、秧针半吐▲看垄上、鸣槔滑滑，②倾银泼乳▲脱笠雨梳头顶发，耘苗汗滴禾根土▲更养蚕、忙杀采桑娘，田家苦▲

风荡荡，摇新箬▲▲③声淅淅，飘新箨▲▲④正青蒲水面，红榴屋角▲▲原上摘瓜童子笑，池边濯足斜阳落▲▲⑤晚风前、个个说荒唐，田家乐▲▲

注：① 麦浪：麦经风吹如波浪。② 槔：木制汲水车；滑滑：象声词。③ 箬：箬竹叶子。④ 箨：竹壳。⑤ 濯足：洗足。

（3）云淡风高，送鸿雁、一声凄楚▲最怕是、打场天气，①秋阴秋雨▲霜穗未储终岁食，县符已索逃租户▲更爪牙、常例急于官，②田家苦▲

紫蟹熟，红菱剥▲▲桄桔响，③村歌作▲▲听喧阗社鼓，漫山动郭▲▲挟瑟灵巫传吉兆，扶藜老子持康爵▲▲祝年年、多似此丰穰，田家乐▲▲

注：① 打场：将收割的禾稻脱粒。② 爪牙：指差役；常例：索贿。③ 桄桔：乐器名。

（4）老树槎丫，撼四壁、寒声正怒▲扫不尽、牛溲满地，①粪渣当户▲茅舍四斜

云酿雪，长堤路断风吹雨▲尽村春、夜火到天明，田家苦▲

草为榻，芦为幕▲▲土为铫，[2]瓢为杓▲▲砍松枝带雪，烹葵煮藿▲▲秫酒酿成欢里舍，[3]官租完了离城郭▲▲笑山妻、涂粉过新年，[4]田家乐▲▲

注：① 牛溲：牛尿。② 铫：瓦锅。杜甫诗："土铫冷疏烟"。③ 秫酒：高粱酒、白烧酒。④ 山妻：妻之谦称。

九十四字　一枝春

杨瓒（宋 523）一首　题：除夕。

竹爆惊春，竞喧阗、夜起千门箫鼓▲流苏帐暖，[1]翠鼎缓腾香雾▲[2]停杯未举，奈刚要、送年新句▲应自有、歌字清圆，未夸上林莺语▲[3]

从他岁穷日暮▲纵闲愁怎减，刘郎风度▲屠苏办了，[4]迤逦柳欺梅妒▲宫壶未晓，[5]早骄马、绣车盈路▲还又把、月夜花朝，自今细数▲

注：① 流苏：帐装饰物。② 鼎：三足香炉。③ 上林：上林苑，喻皇家花园。④ 屠苏：酒名，古代风俗于农历正月初一饮之以避瘟疫。⑤ 宫壶：宫漏，更漏也。

朱彝尊（清 288）一首　题：梅。

竹外横斜，一枝春、最近晓寒窗户▲翠禽软语，唤起石栏题句▲东风旧日，曾飞上、那人眉妩▲几闲却、剪彩心情，觅到小园深处▲

前村酒旗低舞▲试闲携画榼，[1]重修箫谱▲梨云浅驻，未信梦魂无据▲玉鳞残月，衬香雪、马蹄归路▲乘余兴、更上吴船，虎山桥去▲[2]

注：① 画榼：绘画盛酒器具。② 虎山：虎丘山，在苏州阊门外。

黄之隽（清 833）一首　题：有为听浴词者，嫌其猥亵，正之以雅。

絮扑东邻，艳阳斜、小浃罗衣香汗▲[1]兰汤试否，[2]细语杜鹃花畔▲窗纱闭响，想卸到、画鸾裙襉▲知尚怯、一缕微风，逗得玉肌寒浅▲

移时暗闻水溅▲[3]是冰绡三尺，[4]轻匀湿遍▲梨花镜里，带雨自怜春软▲窥墙未许，肯帘外、侍儿全赚▲应怕有、雏燕雕梁，看人未免▲

注：① 浃：湿透。② 兰汤：指洗浴水。③ 移时：过了一会儿。④ 冰绡：指浴巾。

姚念曾（清 1008）一首　题：舟中纪所见。

画鹢围香，蓦惊回、人在翠帘深处▲厌厌芳思，浅晕含春无语▲东风解意，巧扬出、绣鸳金缕▲应自爱、映水新妆，一片小桃红聚▲

柔肠定知何许▲奈低眸剪水，几番斜注▲踏青倦矣，散了天涯香絮▲料量心

事，算情重、也难凭据▲早和他、紫燕盈盈，掠波远去▲

张云璈（清 1098）一首　题：客中清明。

不卷重帘，怯东风、犹是晓寒庭院▲卖饧声早，①惹起客愁撩乱▲天涯令节，闲过了、杏花春半▲最怜却、泼火新晴，②乍带汉宫烟散▲③

江乡此时堪恋▲正秋千彩索，垂杨如线▲夭桃弄影，定有倚门人面▲④粉香红溜，费多少、冶游寻遍▲只诉与、伴我雕梁，一双飞燕▲

注：① 卖饧：古代清明前后，常有吹箫卖饧小贩。饧，即饴糖。② 泼火：清明桃花雨称泼火雨。③ 烟散：韩翃《寒食》诗："日暮汉宫传蜡烛，轻烟散入五侯家"。④ 人面：指美人。

九十四字　六幺令

李琳（元 26）一首　题：京中清明。

淡烟疏雨，香径渺啼鹃▲新晴画帘闲卷，燕外寒犹力▲依约天涯芳草，染得春风碧▲人间陈迹▲斜阳今古，几缕游丝趁飞蝶▲

却向尊前起舞，又觉春如客▲翠袖折取娇红，笑与簪华发▲回首青山一点，檐外寒云叠▲梨花淡白▲柳花飞絮，梦绕栏杆满园雪▲

吴子孝（明 162）一首　题：天平道中。①

东风渐老，桃李争春色▲天半崔嵬在望，空外浮环碧▲步屧村村相似，②黄蝶飞千陌▲小桥溪侧▲依依杨柳，已觉垂条暗如幂▲

迤逦危崖千仞，径路莓苔积▲上到白云泉畔，试作龙门客▲却叹范祠荒久，③荒草埋碑石▲夕阳归迫▲折花满手，袖取山云杳无迹▲

注：① 天平：天平山，苏州山名。② 步屧：行路。屧，鞋也。③ 范祠：即范仲淹祠。

顾岱（清 320）一首　题：消夏。

轻阴快雨，馆榭消烦燠▲帘幕静遮日影，展簟消棋局▲听得茶珰蟹眼，①瓷碗盛新绿▲②雄谈拂玉▲焚香开卷，时对庭前万竿竹▲

疏窗冰雪罗列，③件件清心目▲荷叶翠共兰芽，苑沼凫初浴▲④忽见月钩挂斜，且唱临江曲▲青云休卜▲凉风乍起，醉看龙山暮归犊▲⑤

注：① 茶珰：茶壶；蟹眼：水沸貌。② 新绿：借指新茶。③ 冰雪：指清凉物品；罗列：陈列。④ 苑：花园；沼：曲池；凫：野鸭。⑤ 犊：小黄牛。

九十四字　玉漏迟

白朴（元 8）一首

碧梧深院悄▲清明过也，秋千闲了▲杨柳阴中，又是一番啼鸟▲人去瑶台路远，辜负却、花前欢笑▲音信杳▲西楼尽日，凭栏凝眺▲

缥缈雾阁云窗，恨梦断青鸾，夜深寒峭▲檐玉敲残，①捱得五更风小▲麝炷金猊烬冷，②画烛短、银屏空照▲芳径晓，惆怅落红多少▲

注：① 檐玉：檐瓦。② 麝炷：麝香；金猊：狮形铜香炉。

张翥（元69）一首　题：春日有怀。

病怀因酒恼▲依稀梦里，吴娃娇小▲金缕歌残，①人去月斜云杳▲怕见栖香烟晚，又怕听、啼花莺晓▲庭院悄▲生衣欲试，风寒犹峭▲

窈窕青粉墙低，送影过秋千，蓦然闲笑▲半朵棠梨，微露凤钗红袅▲近日琴心倦写，更远信、西沉青鸟▲②虚负了▲花月一春多少▲

注：① 金缕：曲名。② 青鸟：西王母传书使者。

李富孙（清1192）一首　题：题汤德媛女士寒闺病趣图。

琐窗寒正峭▲西风几剪，怯临清晓▲玉镜台边，半臂最宜添早▲①翠羽惊回梦远，②更懒把、双蛾浓扫▲③梳洗了▲画屏倚倦，镇垂帘悄▲④

最怜病枕难抛，似中酒年时，⑤伤秋怀抱▲强和箫声，催雪谱成双调▲检点茶炉药碗，尽一炷、心香烟袅▲还自笑▲瘦比苑梅多少▲

注：① 半臂：无袖或短袖的上衣。② 翠羽：翡翠鸟。③ 蛾：眉。④ 镇：整天。⑤ 中酒：病酒。

汪远孙（清1407）一首　题：题孙娴卿女史停琴伫月图。

纤云吹尽也▲圆蟾欲吐，①光生林罅▲自解囊琴，分付画帘休下▲怪底冰弦带涩，定凉露、前宵沾惹▲清景乍▲红莲池沼，②翠梧庭榭▲

怕是小小流萤，惯照近蚊幬，③晚妆初卸▲篆字香萦，逗起秋心无奈▲一自广寒侣散，④久闲却、金徽慵写▲⑤珠泪泻▲忆着旧时清夜▲

注：① 圆蟾：圆月。② 池沼：圆池曰池，曲池称沼。③ 蚊幬：蚊帐。幬，禅帐也，禅，喻静。《南史·高士传》："黄昌贫，佣债作蚊幬"。④ 广寒：即月宫。原注：夫人诸姐，皆多才早世。⑤ 金徽：琴柱。

九十四字　金浮图

恽格（清377）一首　题：风生画美人，倚楼接履，小婢扇低俯拾落梅。

探梅去▲寒香映水，金谷春回，①画堂人起，晓烟深、遍绕花多处▲锦石长堤，曲涧泉如雨▲忽见落英飘树▲回看扇底，脱却红丝履▲

湘纹住▲何曾动步▲经缕行缠，②只怕金钩露▲③红绡总被青苔湿，唤双鬟、细

拾瑶林雾▲[4]还道多折南枝，[5]供暖铜瓶，莫使封姨妒▲[6]

注：①金谷：系晋石崇别墅，极华丽，此处喻花园。②行缠：缠了足。③金钩：喻缠足。④瑶林：喻瑶台林木，即仙树。⑤南枝：指梅花。⑥封姨：风神。

九十四字　惜余春慢

戴恭人(女)(清171)一首　题：芍药开时忆曼殊。[1]　注：此词录于《赌棋山庄词话》。

婪尾花繁，[2]曼殊仙迹，丰台春色如许▲[3]红遮香径，碧绕栏杆，当日娇柔堪拟▲▲想一代词人，[4]千秋佳丽▲▲[5]消受最怜伊，吟肩试倚▲▲

翠巾新拭，绣窗间、语悄鬟低，犹堪追忆▲▲天与艳才如此▲▲姗姗月下徘徊，露冷苔粘，钗横佩坠▲▲[6]任从他、满目风光，总被杜鹃催去▲

注：①曼殊：即张阿钱，见《词人小传》。毛奇龄妾。②婪尾：婪尾春，芍药别名。③丰台：北京镇名，盛种芍药，曼殊之父乃丰台卖花翁也；如许：如此。④词人：指毛奇龄。⑤佳丽：指曼殊。曼殊能诗词。⑥钗、佩：皆妇女饰物。

九十四字　梦芙蓉

江藩(清1172)一首　序：夏泛舟湖上，独酌荷花中，不觉大醉，醒时已四鼓矣！

魂消残梦里▲却平湖放棹，[1]闹红新翠▲那家池馆，[2]风送冷香过，露花欲坠▲依稀清景难忆▲脱却荷衣，[3]正朦胧酒醒，城上角声起▲

自悔当年情事▲辜负花光，曲罢无人记▲旧歌重按，休把褪红洗▲并头书锦字▲[4]关河路远谁寄▲玉漏催归，芙蓉帐外，月如流水▲

注：①放棹：行船。棹，船桨。②池馆：花园。③荷衣：荷叶。④锦字：即书信，源出苏蕙织锦回文诗。

九十四字　汉宫春　第一体，用仄韵。

绍兴无名氏(宋302)一首

江月初圆，正新春夜永，[1]灯市行乐▲芙蕖万朵，[2]向晚为谁开却▲层楼画阁▲尽卷上、东风帘幕▲罗绮拥、欢声和气，[3]惊破柳梢梅萼▲

绰约暗尘浮动，[4]正鱼龙曼衍，[5]戏车交作▲高牙影里，[6]缓控玉羁金络▲[7]铅华间错▲[8]更一部笙歌围着▲香散处，厌厌醉听，南楼画角▲

注：①夜永：夜长。②芙蕖：荷花别名，即金莲，喻灯。③罗绮：喻女子。④绰约：柔弱貌。⑤鱼龙：鱼灯、龙灯。⑥高牙：牙形旗。⑦羁络：

喻马。⑧ 铅华：脂粉。

九十四字　汉宫春　第二体，用平韵，但字句排列又与第一体不同。

彭元逊（元 10）一首　题：元夕。

十日春风，又一番调弄，怕暖愁阴△夜来风雨，摇得杨柳黄深△薰篝未断，①梦旧寒、残醉同衾△便是闻灯见月，看花对酒惊心△

携手满身花影，香霏冉冉，②露湿罗襟△笙歌行人归去，回首沉沉△人间此夜，误春光一刻千金△明日问，红襟青鸟，苍苔自拾遗簪△③

注：① 薰篝：薰笼，即以笼覆盖之薰炉。② 香霏：飘扬之香；冉冉：行进貌。③ 遗簪：喻人多挨挤簪失。簪，首饰也。

九十四字　汉宫春　第三体，用平韵，但字句排列与第二体不同。

吕承婍（女）（清 1551）一首　题：风雨不寐有作。

底事抛人，①看锦帆瞥过横塘△②侬是萱帏作伴，③雁序成行△④团圞坐话，算原来、未解凄凉△相怜有青衫倦客，⑤今番怎奈昏黄△

何况潇潇暮雨，⑥恁无情做作，急洒春江。几番拥衾，独自消受银釭。⑦可能成梦，梦成时定绕红窗。好分付，浓云淡日，晚来放点晴光。

注：① 底事：何事。② 锦帆：喻船。③ 侬：我也；萱帏：指母亲。④ 雁序：喻兄弟姐妹。⑤ 青衫倦客：喻夫。⑥ 潇潇：雨暴疾貌。⑦ 银釭：油灯盏。

九十五字　小圣乐

元好问（金 27）一首　故事：京师城外万柳堂，宴游处也，一日廉野云招卢疏斋、赵松云等同饮，由歌儿刘氏名解语花者折荷执杯而歌。

绿叶阴浓，遍池亭水阁，偏趁凉多△海榴初绽，朵朵蹙红罗△乳燕雏莺弄语，对高柳鸣蝉相和△骤雨过，似琼珠乱撒，打遍新荷△

人生百年有几，念良辰美景，休放虚过△富贵前定，何用苦张罗△命友邀宾宴赏，饮芳醑浅斟低歌△且酩酊，从教二轮，①来往如梭△

注：① 二轮：日与月。

九十五字　水调歌头　注：前段第三、四两句，后段第四、五两句各共十一字，可以四、七分句或六、五分句。

尹洙（宋 28）一首　题：和苏子美。①

万顷太湖上，朝暮浸寒光△吴王去后，②台榭千古锁悲凉△谁信蓬山仙子，天

与经纶才器，等闲厌名缰△敛翼下霄汉，雅意在沧浪△③

晚秋里，烟寂静，雨微凉△危亭好景，佳树修竹绕回塘△不用移舟酌酒，自有青山渌水，掩映似潇湘△莫问平生意，别有好思量△

注：① 苏子美：即苏舜钦，见《词人小传》。② 去后：指国亡身死。③ 沧浪：苏子美归隐于苏州沧浪亭。

张孝祥（宋 357）一首

五岭皆炎热，①宜人独桂林△江南驿使未到，梅蕊透春心△繁华九衢三市，缥缈层楼叠观，雪片一冬深△自是清凉国，不遣瘴尘侵△②

溪山好，青罗带，碧玉簪△平沙细浪欲尽，陡起忽千层△家种黄柑丹荔，户拾明珠翠羽，箫鼓夜沉沉△莫问骖鸾事，有酒且频斟△

注：① 五岭：泛指广东。② 瘴：山川湿热之气。

赵师侠（宋 390）一首　题：癸卯（1183 年）信丰送春。①

韶华能几许，②节物叹推移△群花竞芳争艳，无奈隙驹驰△③红紫随风何处，惟有传枝新绿，暗逐雨催肥△乔木莺初啭，深院燕交飞△

渐清和，微扇暑，日迟迟△新荷泛水摇漾，萍藻弄晴漪△百岁光阴难挽，一笑欢娱易失，莫惜酒盈卮△无计留连住，还是送春归△

注：① 信丰：江西县名。② 韶华：春光。③ 隙驹：白驹过隙，喻光阴迅速。

葛长庚（宋 458）一首

江上春山远，山下暮云长△相留相送，时见双燕语风樯△满目飞花万点，回首故人千里，把酒沃愁肠△回雁峰前路，①烟树正苍苍△

漏声残，灯焰短，马蹄香△浮云飞絮，一身将影向潇湘△多少风前月下，迤逦天涯海角，②魂梦亦凄凉△又是春将暮，无语对斜阳△

注：① 回雁峰：湖南衡山峰名，相传雁南飞至此为止。② 迤逦：傍行连绵。

冯取洽（宋 506）一首　题：社后三日，①邀登北山。

雪霁春已半，露重午方暄△②一筇拄上高绝，③便觉眼前宽△指点数家楼角，检校一川花柳，绿水接青烟△峦岫竞围绕，风日更清妍△

闹蜂媒，纷蝶使，菜花繁△少年正尔行乐，谁复顾华颠△④自有此丘此坂，那得有人箫鼓，暖响出中元△归步不妨晚，恰则月初弦△⑤

注：① 社：指春社，是日祭后土神，聚饮。② 暄：喻日温暖。③ 筇：拐杖。④ 华颠：白发。⑤ 月初弦：刚眉月。

罗庆（元 88）一首

雨晴山泼翠，波净水拖蓝△闲来共陪杖履，邂逅已成三△齿齿清泉白石，步步碧桃翠竹，是处辄幽探△行到钓台下，怪树荫空潭△

踏芳洲，寻别馆，履巉岩△壶天日月长在，云气满东南△沽得一尊浊酒，唤取山花溪鸟，听我醉中谈△异日再过此，端为解征骖△[①]

注：① 征骖：行路之马。

刘昺（明17）一首　题：禁城春闺元夕。[①]

风苑东风早，[②]柳眼已催春△御沟水泮微绿，[③]宿雨浥芳尘△燕子归来时候，寒勒小桃未放，初试薄罗新△九市闹弦管，[④]万户庆灯辰△

对鳌山，驰宝马，竞朱轮△绮罗丛里香霭，[⑤]争道漏声频△台榭花阴如昼，巷陌月华如海，心事翠眉颦△举酒弦歌笑，独忆去年人△

注：① 禁城：皇城，指南京；元夕：即元宵。② 风苑：指皇家花园。③ 水泮：冰化。④ 九市：九街，喻皇城。⑤ 绮罗：喻妇女。

彭孙贻（明504）一首　题：寄怀信弦弟客娄东。[①]

黄浦一片月，[②]照我最高楼△去年明月相送，记得是中秋△二十四番花信，[③]三十六湾春色，何处踏花游△劝汝一杯酒，莫向莫愁愁△[④]

杏花天，寒食后，曲栏头△谁家红袖吹笛，[⑤]素手押帘钩△寄语吴江双鲤，[⑥]可忆闺中年少，典尽鹔鹴裘△[⑦]归去且归去，杜宇笑人留△

注：① 娄：今上海松江市。② 黄浦：江名，流经松江。③ 花信：自小寒至谷雨，有二十四番花信风。④ 莫愁：古代女子，今南京有莫愁湖。⑤ 红袖：喻女子。⑥ 吴江：即吴淞江，流经娄东（今太仓）；双鲤：喻书信。⑦ 鹔鹴：水鸟名。

陈维崧（清196）二首　题：第一首，咏美人秋千。

第二首，题余氏女子绣西施浣纱图为阮亭（即王士禛）赋。

（1）昨夜湔裙罢，[①]今日簸钱回△[②]粉墙正亚朱户，[③]其外有铜街△[④]百丈同心彩索，一寸双文画板，风飐绣旗开△低约腰间素，[⑤]少摘鬓边牌△

翩然上，掠绿草，拂苍苔△粉裙欲起未起，弄影惜身材△忽趁临风回鹘，[⑥]快作点波新燕，糁落一庭梅△向晚半轮玉，[⑦]隐隐照遗钗△

注：① 湔裙：洗裳。② 簸钱：古代妇女一种赌戏。③ 亚：压也。④ 铜街：街之美称，源出洛阳有铜驼街。⑤ 约：约束；素：白绢。⑥ 鹘：鸷鸟名。⑦ 玉：喻月。

(2) 婀娜针神女，①春昼绣西家△②闻道若耶溪上，③渌水漾明沙△为忆吴宫情事，蓦地养娘来至，④羞脸晕朝霞△忙向屏山畔，背过鬓边鸦△⑤

一春愁，三月雨，满栏花△西施未嫁当初，情绪记些些△靠着绣床又想，拈着鸳针又放，幽思渺无涯△一幅鲛绡也，错认越溪纱△

注：① 针神女：指余氏绣娘。② 西家：西施家。③ 若耶溪：水名，本在绍兴，借喻西施浣纱处。④ 养娘：乳娘。⑤ 鸦：喻黑发。

周在浚（清 521）一首　题：丙辰（1676 年）中秋秋分。

露洗残云净，明月独中天△家家试听箫鼓，依旧太平年△人道良宵难遘，①我喜秋分恰至，桂影亦微寒△鸿雁何方至，飘渺有无间△

人散后，移竹榻，抱琴眠△纷纷门外杂耍，②逐队看场圆△莫叹冰轮一点，③照彻烽烟千里，好事古难全△多少征夫泪，④翘首望婵娟△

注：① 遘：相遇。② 杂耍：杂技。③ 冰轮：皎洁圆月。④ 征夫：出行人。

徐森（清 581）一首　题：踏青。

上巳春晖丽，①匝路转香车△②恰见秋千巷陌，③人影绣旗遮△行到小桥幽处，一带朱门水护，春在那人家△斗草隔墙女，④笑脸映桃花△

溪流碧，村树绿，绕平沙△昼长人倦，漫敲僧院觅新茶△吟罢岳堤霁景，⑤望断谢桥烟色，归路夕阳斜△十里淡黄柳，和月乱栖鸦△

注：① 上巳：三月初三为上巳节，中国传统节日。② 匝路：满路。③ 巷陌：街坊。④ 斗草：古代妇女一种游戏。⑤ 霁景：雨后新晴景色。

马汾（清 1201）一首　题：约钱卓斋南湖纳凉。①

逃热不知处，几夜梦横塘△绿杨影里婵娟，画舫泊斜阳△隔岸人家水阁，一桁珠帘齐卷，惊起浴鸳鸯△按笛小桥坐，风动葛衣襟△②

催归去，星斗上，月黄昏△划破柔橹咿轧，阵阵露荷香△载酒漫追河朔，③见说清游如此，好景未全忘△寄语北窗客，何事傲羲皇△④

注：① 南湖：嘉兴名胜。② 葛衣：夏布衣。③ 河朔：河之北岸。④ 羲皇：伏羲氏与黄帝，皆我国上古帝名。

吴藻（女）（清 1484）一首　题：扑萤。

手弄白团扇，阶下扑流萤△碧天今夜如水，三两点秋星△却绕井栏寻去，又被惺忪花影，遮得不分明△小步凤鞋困，①笼袖倚山屏△②

月篱外，烟砌畔，猛相迎△回身欲觅无赖，飞上玉搔停△③门掩一阵帘子，帘护一层窗子，偏解入疏棂△应是会侬意，来作读书灯△

注：① 凤鞋：妇女凤头鞋。② 山屏：屏山，即屏风。③ 玉搔：玉搔头，即玉簪，首饰也。

庄缙度(清1503)一首

三五月华满，[①]飞入画楼来△怜伊爱好心性，碧玉制新钗△试望平原何处，极目粘天衰草，蓬首懒重回△春事阑珊甚，簪髻摘徘徊△

屏掩梦，门锁恨，倩谁开△十年哀乐无绪，丝竹总伤怀△倦扑花边蛱蝶，愁送花间莺燕，踪迹费疑猜△远道相思久，白石遍苍苔△

注：① 三五：阴历每月的十五日。

刘熙载(清1618)一首　题：渔父。

潮落午风后，打桨破秋烟△但看素练千顷，[①]随意下渔筌△[②]欲把鲜鳞换酒，恰好水前山后，村市一帘悬△得酒洒然去，归路苇花边△

唤邻翁，忘主客，尽流连△醉余挥手，犹复对影自鸣舷△身外有何事业，只为一江明月，夜半不曾眠△此趣浑难说，歌向碧云天△

注：① 素练：白绢，喻水面。② 渔筌：捕鱼竹器。

胡适(现当20)一首　题：今别离。

但愿人长久，千里共婵娟△我歌坡老佳句，[①]回首十年前△照汝黄山之下，照我春申古渡，[②]同此月团圞△皎色映征袖，轻露湿云鬟△

今已矣，空对此，月新圆△清辉脉脉如许，谁与我同看△料得今宵此际，伴汝鹧鸪声里，骄日欲中天△帘外繁华影，村上午炊烟△

注：① 坡老：苏东坡，即苏轼，见《词人小传》。② 春申：即上海。

许白凤(现当58)一首　题：偕凯儿、球儿中秋戴家浜步月。[①]　注：1975年作。

天上一轮月，照我在田头△不同小院光景，岁岁过中秋△帘幕一钩窥处，分得银辉几缕，[②]薄醉便都休△碧海何寥阔，浩野豁双眸△

更与谁，按水调，[③]试歌喉△泠泠音节伴奏，[④]电灌响龙沟△[⑤]挽倩娇儿手臂，沉浸稻花香里，良夜恣清游△缓步循归径，玉露湿巾兜△

注：① 戴家浜：浙江平湖村名。② 银辉：喻月光。③ 水调：曲名。④ 泠泠：清越。⑤ 龙沟：田沟。

车乘轨(现当88)一首　题：绍兴八字桥。[①]　注：2000年12月22日作。

城市有桥美，桥古更销魂△最夸式样，精巧奇特忒稀珍△跨越纵横水道，左右中央连接，八字若髯唇△[②]屹立近千载，今日尚雄存△

东双南，[③]广宁北，[④]互为邻△宋明清代，三种风格一河陈△沿线埠头无数，[⑤]

两岸人家鳞次，⑥黛瓦粉墙群△闻说将修整，⑦但愿貌留真△

注：① 八字桥：筑在绍兴城内，重建于宋宝祐四年(1256 年)，该桥古老奇特，为全国文保单位。② 此句谓该桥造型特具匠心，既跨南北流向主河，又在两侧落坡处穿越东西流向之二条小河，东西分开，状如八字。③④ 两句谓南面有清造东双桥，北有明建广宁桥，一河竟有三座古桥。⑤ 埠头：有石级河埠。⑥ 鳞次：喻接连密布。⑦ 修整：沿河两岸将修复成古色古香历史街区及旅游景点。

徐恭宜(现当 211)一首　题：遣怀。

老去忙何事，垂钓且栽花△晚情秋色无限，天际泛明霞△偏爱兰馨菊妩，手自篱封泥护，晨夕伴韶华△此景凭谁记，泼墨写清嘉△

约邻叟，钓南浦，兴无涯△归来半篓鱼鳖，一路雨沙沙△把酒阳台向对，漫话山塘水暖，唤女瀹新茶△①永夜敲棋子，曙色透窗纱△

注：① 瀹：煮。

孙昌功(现当 238)一首　题：太湖风光。①

绮丽太湖景，绝胜在鼋头△②登临纵目，一碧千顷水悠悠△远望天街马迹，③近看云横石壁，莽莽一湖收△几点棹帆影，水面伴飞鸥△

独山翠，清波美，绕芳洲△春深池畔，楼堂水榭景清幽△漫步藕花深处，④喜看芙蓉出水，乘兴尽情游△万浪桥头望，斜日碧波留△

注：① 太湖：我国五大淡水湖之一。② 鼋头：鼋头渚，太湖无锡段景点。③ 马迹：山名，在太湖中。④ 藕花深处：太湖景点之一。

九十五字　玉女迎春慢

彭元逊(元 10)一首　题：柳。

才入新年，逢人日、拂拂淡烟无雨▲①叶底妖禽自语▲②小啄幽香还吐▲东风辛苦，便怕有、踏青人误▲清明寒食，③消得渡江，黄翠千缕▲

看临小帖宜春，④填轻晕湿，碧花生雾▲为说钗头袅袅，系着轻盈不住▲问郎留否▲似昨夜、教成鹦鹉▲走马章台，⑤忆得画眉归去▲

注：① 人日：大年初七称人日。② 妖禽：艳媚之鸟。③ 寒食：古节日名，在清明前一日或前二日。④ 临帖：依照范稿书写。⑤ 章台：指柳。

九十五字　玉漏迟

林鸿(明 19)一首　题：记红桥故人春游。

惊鸦翻暗叶，桐花垂露，曲房新晓▲蜡炬香笼，准备惜花起早▲翠沼凝脂冰

活，呵素手、衬妆初了▲香径小▲水溶溶波暖，正宜临眺▲

谁信造物无私，偏付与容华，称颦宜笑▲更放花朝，日日霁多阴少▲不惜千金费尽，但惜取、数峰残照▲归骑杳▲纵醉宜眠芳草▲

张红桥（女）（明 20）一首　题：游白湖别墅和鸿韵。[1]

轻烟笼碧树，莺啼香露，绣帷春晓▲短梦初回，颇怪卖花声早▲懒下银床慢起，纤纤手、靓妆未了▲郎语小▲这绿稀红暗，与君临眺▲

为侬巧画双蛾，[2]移几步金莲，[3]花间谈笑▲联袂寻芳，[4]恰是春光年少▲一杯竹叶同斟，[5]休学取、乐昌破照▲[6]佳兴杳▲日日踏青斗草▲

注：① 鸿：指林鸿，作者丈夫。② 侬：吴语，即我或你，此处指我。③ 金莲：缠足小足。④ 联袂：衣袖相联，喻携手、偕行。⑤ 竹叶：竹叶青，酒名。⑥ 乐昌：陈朝公主，破镜重圆故事。

九十五字　扫花游

陈允平（宋 556）一首　题：雷峰落照。[1]

数峰蘸碧，记载酒绀园，[2]柳塘花坞▲最堪避暑▲爱莲香送晚，翠娇红妩▲欸乃菱歌，[3]乍起兰桡竞举▲[4]日斜处▲望孤骛断霞，[5]初下芳杜▲[6]

遥想山寺古▲看倒影金轮，溯光朱户▲暝烟带树▲有投林鹭宿，凭楼僧语▲可惜流年，付与朝钟暮鼓▲漫凝伫▲步长桥、月明归去▲

注：① 雷峰落照：雷峰，塔名。雷峰夕照，杭州西湖十景之一。② 绀园：即绀宇，佛寺别名。③ 欸乃：船橹声。④ 桡：船桨。⑤ 骛：野鸭也。⑥ 芳杜：芳洲杜若，《楚辞》“采芳洲兮杜若”。

张半湖（元 105）一首

柳丝曳绿，正豆雨初晴，[1]水天清夏▲石榴绽也▲看猩红万点，倚亭攲榭▲琐闼深中，[2]料想酒阑歌罢▲日将下▲是那处藕花，香胜沉麝▲[3]

窗外竹声打▲似戛玉敲金，送声潇洒▲共观古画▲唤石鼎烹茶，细商幽话▲宝鸭香销，[4]天外新蟾低挂▲[5]凉无价▲又丁东、数声檐马▲[6]

注：① 豆雨：大点的疏雨。② 琐闼：深闺。闼，小门。③ 沉麝：沉香、麝香。④ 宝鸭：鸭形香炉。⑤ 新蟾：新月。⑥ 檐马：檐角风铃。

朱彝尊（清 288）一首　题：试茶。

楝花放了，正谷雨初晴，[1]逼篱云水▲晓山十里▲见春旗乍展，[2]绿枪未试▲[3]立倦浓阴，听到吴歌遍起▲焙香气▲袅一缕午烟，人静门闭▲

清话能有几▲任旧友相寻，素瓷频递▲闷怀尽矣▲况年来病酒，夜阑须记▲活

火新泉，梦绕松风曲几▲暗灯里▲隔窗纱、小童斜倚▲

注：① 谷雨：二十四节气之一，在公历四月二十日左右。② 春旗：春茶舒展开的嫩叶。③ 绿枪：春茶未展的嫩芽。

王辂（清 561）一首　题：戏和天瞻内弟上元词。[1]

春城不禁，正火树交燃，闹蛾声满▲[2]玉街春暖▲簇珠鬟翠鬓，花前炫转▲入市羊车，[3]却趁尘香月艳▲湘帘畔▲惹秋波齐举，纤指遥点▲

坊曲闲寻遍▲有小院幽姝，钿鞲传怨▲[4]俊游独擅▲付吟香翠笔，留仙词卷▲病沈谁怜，卧听隔邻箫管▲重门掩▲剪寒灯、破窗风闪▲

注：① 上元：元宵。② 闹蛾：闹蛾儿，首饰。③ 羊车：小车，晋武帝常以羊驾车，游幸后宫。④ 鞲：用皮革制成的臂套，用以束衣袖。

史承豫（清 952）一首　题：扬州夜泊。

轻帆卸罢，正雨霁隋堤，野花齐发▲嫩黄掩抑▲爱垂杨几树，倚风堪折▲十二珠帘，尽向斜阳高揭▲撚吟笔▲怅豆蔻枝头，又是春寂▲

红霞横一抹▲睹好景依然，客怀非昔▲泪珠欲滴▲叹飘零杜牧，[1]鬓丝如雪▲且唤吴姬，玉手重弹宝瑟▲翠尊竭▲醉今宵、二分明月▲

注：① 杜牧：唐大诗人，曾两度在扬州生活。

杨芸（女）（清 1294）一首　题：绿阴。

嫩晴台榭，渐翠幄阴阴，障来如许▲新凉初度▲记前宵曾洒，绿天疏雨▲午梦圆时，庭院昼长无暑▲微吟处▲觉静里冷香，飞上诗句▲

弹指春已暮▲只巷尾笼青，檐牙泻露▲年华暗数▲更云暖烟昏，几回延伫▲觅遍余香，一片愁迷空虚▲浑不语▲正斜阳、浓妆那树▲

陆珊（女）（清 1453）一首　题：西湖新绿。

两峰霁雨，[1]正艳艳盈盈，冶鬟如笑▲画眉未了▲试新黄浅绿，澹笼轻扫▲翠色晴生，燕子钗头细袅▲镜奁晓▲似汉殿新妆，帘卷人悄▲

堤岸图画桡▲衬曲色裙痕，[2]暖波芳草▲暮烟更好▲蘸斜阳一片，水云深窈▲数点娇红，逗出宫桃瘦小▲听莺早▲莫教他、翠阴春老▲

注：① 两峰：指西湖两边南高峰和北高峰。② 曲色：淡黄色。曲，酒曲。

阮恩滦（女）（清 1533）一首　题：自云栖寺归，泛舟西湖，游览竟日，倚声成歌。[1]

嫩篁一径，[2]正翠滴篮舆，[3]海霞初晓▲[4]寺门渐杳▲更明湖荡桨，镜波回抱▲[5]极目群峰，百变云容尽扫▲晚春好▲问堤柳旧栽，添种多少▲[6]

何事赢懊恼▲指绚碧亭台，俊游曾到▲谢墩自小▲叹而今剩有，冷烟衰草▲[7]

无限悲怀，且听莺啼树杪▲日西了▲尽徘徊、晚花池沼▲[8]

注：① 云栖寺：即杭州西湖灵隐寺；竟日：整天。② 篁：竹也。③ 篮舆：竹轿。④ 海：指杭州湾钱塘江。⑤ 镜波：喻西湖水平似镜。⑥ 此两句原注：先文达公（阮元）抚浙时濬西湖，曾命海塘兵剪柳三千余枝，遍插苏堤，并令逐年添插千枝。⑦ 此后段六句原注：先文达公又于湖心积葑成堆，中建小亭，遍插桃柳，杭人呼为阮公墩，今土已废有年矣。⑧ 此两句原注：日暮舟抵涌金门（杭州西门，濒临西湖）复游朱氏园，时丁香大放，霍靡可爱；池沼：圆者曰池，曲者称沼。

九十五字　塞孤

柳永（宋 14）一首

一声鸡，又报残更歇▲秣马巾车催发▲[1]草草主人灯下别▲山路险，新霜滑▲瑶歌响、[2]起栖乌，金镫冷、敲残月▲[3]渐西风紧，襟袖凄裂▲

遥指白玉京，[4]望断黄金阙▲[5]远道何时行彻▲算得佳人凝恨切▲应念念，归时节▲相见了、执柔荑，[6]嘉会处、偎香雪▲免鸳衾、两恁虚设▲

注：① 秣马：饲马；巾车：整车以出行。② 瑶歌：歌之美称。③ 镫：马鞍两旁搁脚套。④ 京：指汴京（今开封）。⑤ 金阙：金殿。⑥ 柔荑：喻女手柔嫩。

朱彝尊（清 288）一首　题：高唐道中晓行作。[1]

五更风，一剪芦帘启▲挂壁灯飘红穗▲[2]仰视卯车星琐碎▲[3]穿曲巷，嘶轻骑▲松门掩、木鱼声，[4]草火湿、秋萤尾▲爱涓涓响，桥下流水▲

莫辨断塔稜，乱结啼鸦队▲月影潜消衣袂▲几处炊烟茅店起▲葭露白，篱花翠▲日已上、最高楼，霞又散、无边绮▲未输也、斗帐人睡▲[5]

注：① 高唐：山东县名。② 穗：灯花。③ 卯车：星名。④ 木鱼：诵经打击乐器。⑤ 斗帐：圆顶帐。

九十五字　满庭芳　第一体，后段首句五字。

僧儿（女）（宋 185）一首

团菊包金，丛兰减翠，画成秋暮风烟△使君归去，[1]千里倍潸然△两度朱幡雁冰，全胜得、陶侃当年△[2]如何见，一时盛事，都在送行篇△

愁烦梳洗懒，寻思陪宴，花月湖边△有多少风流，往事萦牵△闻道霓旌羽驾，[3]看看是、玉局神仙△应相许，冲云披雾，·到洞中天△

注：① 使君：指四川广汉太守。② 陶侃：曾任晋广州、荆州刺使，勤劳爱

民。③ 霓旌羽驾：官员仪仗。

蔡伸（宋 222）一首

风卷龙沙，云垂平野，晚来密雪交飞△坐看栏槛，琼蕊遍寒枝△[1]妆点兰房景致，金铺掩、[2]帘幕低垂△红炉畔，浅斟低唱，天色正相宜△

更阑人半醉，香肌玉暖，宝髻云欹△[3]又何须高会，梁苑瑶池△[4]堪笑子猷访戴，[5]清兴尽、忍冻空回△仍休羡，渔人江上，披得一蓑归△

注：① 琼蕊：喻雪。② 金铺：衔门环铺垫。③ 云：喻发。④ 梁苑：梁孝王别墅；瑶池：西王母居所。⑤ 子猷：晋王徽之，雪夜访戴逵故事。

王娇（女）（宋 235）一首　题：寄申纯。

帘影筛金，簟波浮水，绿阴庭院清幽△夜长人静，消得许多愁△常记当时月色，小窗外、情语绸缪△姻缘浅，行云去后，[1]杳不见踪由△

殷勤红一叶，[2]传来密意，佳好新求△奈百端间阻，因爱成休△应是奴家薄命，难陪伴、俊雅风流△须想念，重寻旧约，休忘杜家秋△[3]

注：① 行云去后：申纯因事回家乡。② 红一叶：红叶题诗，男女终成夫妇故事。③ 杜家秋：杜秋娘，唐金陵女子。

吴儆（宋 328）一首　题：寄叶蔚宋。

宿雨滋兰，[1]轻风飐柳，[2]新来随处和融△幽栏曲径，花气巧相通△燕子才来又语，带芹泥、时点芳丛△[3]微中酒，日长醉起，心事在眉峰△

年年春好处，联镳荡桨，[4]拾翠援红△任金貂醉脱，不放杯空△谁信风流一别，当时事、已逐飞鸿△云山晚，栏杆罢倚，烟寺起疏钟△

注：① 宿雨：昨夜雨。② 飐柳：动柳。③ 芹泥：筑燕巢材料。④ 联镳：结伴同行。镳，马嚼子。

沈端节（宋 385）一首　题：咏海棠。

雾薄烟轻，林深烟暖，海棠特地开迟△[1]风光艳绝，独自殿芳时△[2]须信东君主意，[3]花神会、别有看持△群英外，嫣然一笑，富贵出天姿△

日长春睡足，粉香扑扑，酒晕微微△明皇当日称，许最相宜△妃子扶来半醉，宫妆淡、不扫蛾眉△[4]偏怜处，流莺惊绕，金弹拂丛飞△

注：① 开迟：海棠在春分时开花，春已过去一半。② 殿芳时：排在花事后。③ 东君：司春之神。④ 扫蛾眉：画眉。

刘褒（宋 392）一首

柳袅金丝，梨铺香雪，一年春事方中△烛前乍见，花艳觉羞红△枕臂香痕未

落，舟横岸、作计匆匆△①明朝去，暮天平水，双桨碧云东△

隔篱歌一曲，琵琶声断，燕子楼空△叹阳台梦杳，②行雨无踪△后会芙蕖未老，③从今去、日望归鸿△愁如织，断肠啼鴂，多事诉春风△

注：① 作计：打算。② 此句用楚襄王梦会神女于阳台故事。③ 芙蕖：荷花别名。

吴潜(宋 461)一首

漠漠春阴，疏疏春雨，鹁鸪唤起春眠△①小园人静，独自倚秋千△又见飘红坠雪，芳径里、都是花钿△年年事，闲愁闲闷，挂在绿杨边△

寻思都遍了，功名竹帛，富贵貂婵△②但身为利锁，③心被名牵△④争似依山傍水，数椽外、⑤二顷良田△无萦绊，炊粳酿秫，⑥长是好花天△

注：① 鹁鸪：鸟名。② 貂婵：指美女。③ 利锁：喻金钱如锁。⑥ 名牵：喻功名如绳。⑦ 椽：代指房屋。⑧ 炊粳：烧饭；酿秫：酿高梁酒。

何梦桂(宋 540)一首

燕子芹干，龙孙箨老，①绿阴深锁林塘△午风庭院，人试薄罗裳△数尽落红飞絮，摘青梅、煮酒初尝△重门静，一帘疏雨，消尽水沉香△

把当年团扇，恩情犹在，未是相忘△②笑山翁鬒发，③早已苍苍△说与乘鸾彩女，看世间、多少炎凉△更休怨，百年一梦，且共醉霞觞△④

注：① 龙孙：笋别名。陆游诗："一夜四山雪雨起，满林无数长龙孙"。② 此三句谓秋扇未弃，即旧情未忘。③ 鬒发：黑发。④ 霞觞：仙酒、美酒。

徐君宝妻(女)(宋 590)一首　故事：据《辍耕录》蒙军破湖南岳阳，作者被掳至临安，蒙将欲污之，作者诡言祭夫后从之，乃题词于壁，投大池死。

汉土繁华，①江南人物，尚遗宣政风流△②绿窗朱户，十里烂银钩△一旦刀兵齐举，旌旗拥、百万貔貅△③长驱入，歌楼舞榭，风卷落花愁△

清平三百载，④典章人物，扫地都休△幸此身未北，犹客南洲△破镜徐郎何在，⑤空惆怅、相见无由△从今后，断魂千里，夜夜岳阳楼△⑥

注：① 汉土：喻宋土。② 宣政：政和、宣和，乃宋徽宗年号。③ 貔貅：喻军队。④ 三百载：宋自公元 951 年开国，1276 年元破临安，共 325 年。⑤ 破镜徐郎：南朝陈驸马徐德言与乐昌公主破镜重圆故事，借指其夫。⑥ 岳阳楼：岳阳名胜，指故乡岳阳。

刘基（明7）一首　题：清明。

积雨沉春，昏烟酣昼，不知还又清明△榆钱柳絮，相逐斗轻盈△芳径莓苔全满，青蘋与、白芷俱生△疏帘畔，海棠间竹，有个鹁鸠鸣△

宽心应是酒，消冲愁阵，强似奇兵△爱星星白发，知我平生△底用登楼看镜，误身也、只是虚名△空凝伫，落花如雪，云雾锁高城△

瞿祐（明22）一首　题：送保安州王福同知满帐词。①

霜菊堆金，霜枫缀锦，秋光此际偏浓△三年政满，谈笑奏成功△请看民居比屋，②遍城郭、栋宇穹窿△郊垧外，③田园开垦，禾黍庆年丰△

相逢皆喜色，南关东市，白叟黄童△④竞攀辕挽镫，满劝瑶钟△共道欲留无计，但注目、遥望行踪△西风顺，青云路阔，队队彩旗红△

注：① 保安州：河北州名；同知：副知州；满帐：任满。② 比屋：房屋连绵。③ 垧：远郊。④ 黄童：黄毛小孩。

朱有燉（明42）一首　题：朝京述景。①

花吐红云，麦翻翠浪，榆飘满地青钱△垂杨花钿，处处滚香绵△两岸幽禽巧语，风帆稳、千里朝天△闻欢笑，农家掴掌，今年好收田△

离怀当此际，白云何处，目断梁园△②但归鸦投宿，远树苍烟△报道淮南近也，闲登眺、暂驻龙船△黄金阙，蓬莱宫殿，遥望五云边△③

注：① 京：指南京，为当时皇都。② 梁园：在河南，因其父封王在开封。③ 五云：祥云。

高谷（明47）一首　题：元宵。

九陌尘清，午门雪霁，月华如水当楼△清歌妙舞，此夕胜瀛洲△云是上元佳节，银光簇、万点灯球△珠帘卷，东风细细，香霭向人浮△

轻车随宝马，人间来往，端的风流△喜闻身未老，六十归休△且趁金吾不禁，①逐朋辈、恣意欢游△从来道，遗风最盛，灯火是扬州△

注：① 金吾：禁军、卫军。

徐有贞（明54）一首　题：春游天平山。①

水长新波，山横青气，朝来宿雨初晴△②动人清兴，紫翠眼中明△天也教吾快活，要游处、便与完成△最好是，一峰送过，又是一峰迎△

有舟中弦管，车前鼓吹，随饮随行△路傍人觑了，还笑还惊△道是神仙来也，不道是、个老儒生△知谁解，浮沉绿野，装度晚年情△

注：① 天平山：苏州名胜。② 宿雨：隔夜雨。

吴子孝(明162)二首　题：第一首，春日游支硎、天池诸山。[①]

第二首，春，为徐魏国六公子作。

(1) 宿雨平沙，轻风野渡，堪怜绿满汀洲△支硎山畔，碧柳映朱楼△水上花枝如锦，飞红碎、散逐轻鸥△晴云暖，鼓笳弦管，来往漾兰舟△

一年春最好，家家园圃，处处歌讴△向曲岩深谷，鸟语清柔△舆外青山窈窕，天池净、林石偏幽△旁人笑，谪仙老矣，[②]犹似旧风流△

注：① 支硎、天池：皆苏州山名。② 谪仙：下凡神仙，指作者自己。

(2) 城雪都融，堤冰尽泮，园林映日生烟△楼台气暖，花柳总争妍△帘幕重重无数，莺声巧、不耐春眠△满闲庭，蜂黄蝶粉，得意艳阳天△

萋萋织草碧，郊原如画，猎骑翩翩△试凭高望处，欲赋新篇△侍立宫妆第一，[①]垂紫拂、徐进蛮笺△[②]东风软，秋千彩索，遥曳绿杨边△

注：① 宫妆：喻侍女。② 拂：尘拂；蛮笺：笺之美称。《天中记》认为系高丽黄纸。

董其昌(明248)一首　题：自题画。

宿雨初收，晓烟未泮，散云都逐飞龙△[①]文君翠黛，[②]一霎变颦容△多少风鬟雾鬓，青螺髻、飘堕空濛△频骋望，征帆灭处，远霭与俱穷△

古今来画手，谁知庄叟，[③]笔底描风△有江南一派，北苑南宫△我亦烟霞骨相，闲点染、懞懂难工△但记取，维摩诘语，[④]山色有无中△

注：① 飞龙：禽名，鹰之别称。② 文君：汉卓文君，司马相如妻。此处喻美妇。③ 庄叟：疑为明庄谨，松江人，工画。④ 摩诘：唐王维号。

陈继儒(明251)一首　题：村庄。

五鹿山边，[①]晋文投袂，至今漳水依然△使君住此，花木已多年△装点亭台桥道，长消受、夜月秋烟△庄前后，赤城绿野，场圃又钩连△

斜阳新雨外，蘋青菱熟，惊醉鸥眠△忽村墟牧唱，[②]野外钟传△一片风光似画，界不定、江北江南△相随去，笔床茶灶，同上钓鱼船△

注：① 五鹿：春秋卫境，今河南濮阳沙鹿城，为晋文公乞食处。② 墟：集市；牧唱：牧童歌唱。

沈麐(明276)一首　题：落花。　注：此词《西湖游览志余》《古今诗余醉》均作马洪著。

春老园林，雨余庭院，偏惹蝶骇莺猜△蔫红皱白，狼藉满苍苔△正是愁肠欲断，珠箔外、点点飘来△分明似，身轻飞燕，扶下碧云台△

当初珍重意，金钱竟买，玉砌新栽△更翠屏遮护，叠鼓催开△谁道天机绣锦，都化作、紫陌尘埃△纱窗里，有人怜惜，无语托香腮△

钱氏（女）（明 286）一首　题：寄夫，[1]并次来韵。

古树阴浓，新篁翠浅，[2]乍阴过雨俄晴△[3]方塘对岸，留得小红英△[4]消受茶芽蕨笋，髹几净、云母窗明△[5]熏风至，[6]钓丝摇曳，无处立蜻蜓△

喜灌园君志，辟纑吾职，[7]两意相并△把当年小景，[8]直拟蓬瀛△[9]怎便尘劳尽谢，长无事、心境双清△家园好，藕花如锦，波面想盈盈△

注：① 夫：都宪唐世济。② 篁：竹也。③ 俄：即也。一本作还。④ 红英：红花。⑤ 髹几：涂漆茶几；窗明：原作轻明，据《明词综》改。⑥ 熏风：东风或东南风。⑦ 辟纑：织麻。《孟子》"妻辟纑"。⑧ 小景：一本作好景。⑨ 蓬瀛：蓬莱、瀛洲。喻仙境。

黄周星（明 465）一首　题：送友人还会稽。[1]

新绿方浓，残红尽落，多情正是凝眸△不堪南浦，[2]又复送归舟△便倩江郎作赋，[3]也难写、别恨离愁△销魂久，斜阳芳草，天际水悠悠△

问君何处去，若耶溪畔，[4]宛委山头△[5]有千岩竞秀，万壑争流△愧我江湖迹遍，到如今、仍坐书囚△迟君至，开襟散发，咏月醉南楼△

注：① 会稽：地名，今浙江绍兴。② 南浦：喻离别。源出江淹《别赋》："送君南浦。"③ 江郎：即江淹。④ 若耶溪：水名。⑤ 宛委山：山名，在绍兴东郭门外。

西湖伏雌教主（明 535）一首　故事：《醋葫芦》第二回，成珪夫妇游西湖。[1]

目色融和，风光荡漾，红楼烟锁垂杨△画船箫鼓，士女竞芬芳△夹岸绿云红雨，绕长堤、骢马腾骧△[2]碍行云，两峰高插，[3]咫尺刺穹苍△[4]

莫论村与俏，[5]携壶挈盒，逐队分行△羡逋仙才调，[6]鄂武鹰扬△[7]飘渺五云深处，三百寺、二六桥梁△最堪夸，汪汪千顷，一派碧波光△

注：① 西湖：临安（今杭州）名湖。② 腾骧：马抬着头快跑貌。③ 两峰：南高峰和北高峰，称双峰插云。④ 穹苍：高高天空。⑤ 村：村野，村俗。⑥ 逋仙：指林逋，见《词人小传》。⑦ 鄂武：指岳飞。

陈璘（女）（明 545）一首　题：丁巳（1677 年）端阳过春晖阁述怀。

红绽葵榴，翠添榆柳，佳节喜遇新晴△清幽池馆，[1]一棹小舟轻△坐看新荷泛水，蓦忽地、娇啭流莺△间关舌，醒人心目，欲去又迟行△

喧声来隔浦，龙舟竞渡，锦夺标争△看时妆艳丽，画舫鲜明△追想当年此景，

西子湖、泣荐离觞△②伤心事，沉湘殉粤，③今古恨难平△

注：① 池馆：花园。② 泣荐：含泪献上。③ 沉湘：是日屈原投汨罗江自杀；殉粤：指其家翁瞿式耜殉明之事。

徐震（明 609）一首　故事：《快心编》第六回，山鳌游报恩寺花园。

春色未阑，寒威久退，渐觉日暖风轻△重楼迭榭，①帘幕静无声△开遍桃花似锦，垂杨下、绿水桥平△一望处，连天碧草，游骑正纵横△

赏心行乐事，提壶挈盒，金勒红缨△②听新词雅曲，语燕啼莺△嗟此景难消受，③繁华境、过眼徒惊△④斜阳外，朱楼掩映，何地更留情△

注：① 迭：接连；榭：台上有屋者。② 此句喻马。勒，马笼头；缨：马颈上所系铃带。③ 嗟：叹词。④ 徒：但也、空也。

徐灿（女）（清 20）一首　题：京邸岁交。①

银烛有情，今宵无限，难留一霎黄昏△频催玉漏，②街鼓促香尘△旧恨肯随腊尽，③新烦恼、休更重增△鸳鸯梦，时惊爆竹，春逐晚云生△

当年娇小日，屠苏争饮，④肯让他人△⑤紫钗花胜子，⑥镜里宜春△转眼韶华偷换，回头念、往事浮云△而今瘦，梅花堪并，罗绮也难胜△

注：① 京邸：北京寓所；岁交：过年。② 漏：更漏。③ 腊：十二月。④ 屠苏：酒名，元日饮之。⑤ 肯：怎肯。⑥ 花胜子：戴花首饰。

梁清标（清 105）一首　题：中秋。

细雨才收，浮云乍散，西风卷露初晴△香飘桂子，①秋草满闲庭△②入夜冰轮当午，③小楼外、碧巘纵横△④微茫里，万家灯火，树色暝烟平△

氍毹纷舞袖，⑤红牙按拍，⑥小妇鸣筝△任玉绳低转，⑦客醉沾缨△⑧十载京华旧梦，回首处、心悸神惊△趁佳节，空明如洗，坐待月华生△

注：① 桂子：桂花。② 闲庭：空庭。③ 冰轮：皎洁圆月；当午：当空。④ 巘：山峰也。⑤ 氍毹：毛织地毯。⑥ 牙：象牙板。⑦ 玉绳：星名。⑧ 缨：帽上丝带饰品；醉沾：酒醉沾湿。

朱中楣（女）（清 140）一首　序：花朝偕陈浣花君、朱女琴士宴集熊姑母东湖草堂，①随过杏花村舍，风雨骤作而归。

才过春分，又将寒食，烟光处处宜人△欲邀仙侣，选胜趁芳辰△②尚卜阴晴未稳，重游意、兀自逡巡△③城南畔，招提小小，④桃李亦纷纭△

闲评伤往事，王孙草绿，⑤帝女花芬△⑥渐苔侵古径，蒿满闲门△剩有方池碧涨，凝情处、树古亭新△还惆怅，踏青期阻，微雨杏花村△

注：① 花朝：又称百花生日。② 选胜：寻游名胜之地。③ 兀自：犹自。④ 招提：寺也。⑤ 王孙：草名。⑥ 帝女：《山海经》有帝女桑。

龚静照(女)(清 326)一首　题：春日苦雨。

春昼淹淹，春愁脉脉，娇黄媚紫都非△韶华几许，九十半成违△①风暖水纹绉，凭栏处、漫浸芳菲△残梦醒，云迷雾锁，何处觅余晖△

追思曾玩赏，旧时情事，珠泪频挥△渐看看成病，减却香围△②又是清明过也，空赢得、绿惨红稀△③如萍燕，东西飘泊，不解认人归△

注：① 九十：春季九十天。② 围：指腰围。③ 赢得：剩得。

徐嘉炎(清 345)一首

弱质依风，柔条著雨，春深半露情芽△河桥官柳，渐绿可藏鸦△①暂趁莺雏燕乳，和飞絮、直入伊家△谁能够，西泠南浦，②自在领烟霞△

十年飘泊久，虚成昨梦，往事堪嗟△③怪东皇无意，④闲却名花△此去徒惊憔悴，相思路、盼尽天涯△娟娟月，青楼望断，肯到碧窗纱△

注：① 藏鸦：栖鸦。② 西泠：桥名，在杭州西湖白堤上。③ 嗟：叹也。④ 东皇：司春之神。

沈树荣(女)(清 375)一首　题：中秋夜同妗母坐月和韵。①

宿雨全收，晚凉乍爽，微雨黯淡长天△广寒宫敞，②素面露婵娟△③影侵闲庭如水，看浮动、梧竹秋烟△相依处，团圈共语，人月恰双圆△

记栏杆十二，桂花丛下，分劈红笺△许诗成险韵，④学步随肩△一向秋光隔断，清辉好、两地空悬△今夜永，参横斗转，幽赏不成眠△

注：① 妗母：舅母。② 广寒宫：月宫。③ 素面：喻皎洁。④ 险韵：冷僻韵。

姚凤翙(女)(清 474)一首　题：送五妹张夫人偕任长安。①

宝幰兰桡，②江梅驿柳，与郎携手朝天△③鱼绅象笏，④似一对神仙△多少青山绿水，都收入、画卷诗笺△更堪喜，双双窈窕，⑤含笑侍妆钿△

愧蓬门陋质，蒹葭倚玉，⑥相爱相怜△有酒尊茶灶，月下花前△蓦地生生离别，思量杀、聚首何年△但愿取，鸾章凤诏，⑦莱彩舞翩翩△

注：① 长安：汉、唐京都，借指清都北京。② 幰：车幔也，喻乘车；桡：喻乘船。③ 朝天：见皇帝。④ 鱼绅：鱼鳞状腰带；象笏：象牙朝板。⑤ 窈窕：美貌。⑥ 蒹葭：芦苇。同类异种，此处喻姐妹。⑦ 此句喻皇帝下旨。

苏庵主人(清582)一首　故事：《锦香亭》第一回，词引：咏长安。

上苑花繁，[1]皇都春早，纷纷觅翠寻芳△画桥烟柳，莺与燕争忙△一望桃红李白，东风暖、满目韶光△秋千架，佳人笑语，隐隐出雕墙△

王孙行乐处，金鞍银勒，玉垒瑶觞△渐酒酣歌竟，重过横塘△更有赏花品鸟，骚人辈、仔细端详△魂销处，楼头月上，归去马蹄香△

注：① 上苑：上林苑，泛指皇家花园。

余兰硕(清611)一首　题：春游虎丘。[1]

野店旗飘，小桥蝶舞，看来一派春光△几人乘兴，闲步踏斜阳△忽听啼鹃枝上，频催起、枯瘦诗肠△销魂处，山前游女，拾翠与寻芳△

春过将两月，夭桃尽碧，垂柳初黄△有客开襟饮，飞送千觞△莫怪高吟叠唱，真欢会、不比寻常△难辜负，许多好景，日日看花忙△

注：① 虎丘：山名，苏州名胜，在阊门外七里。

侯晰(清690)一首

竹粉微消，柳绵才断，[1]低飞乳燕双双△轻寒乍暖，可奈日初长△几阵荷风梅雨，栏杆角、犹带斜阳△湘帘卷，未拌憔悴，重换藕丝裳△

兰芽鱼子绽，[2]晚凉时候，移向纱窗△似蕊珠金粟，[3]别样幽香△回首桐阴深处，纤纤月、催卸残妆△欲睡也，恹恹情绪，清梦绕池塘△

注：① 柳绵：柳絮。② 此句谓兰芽绽开如鱼子。③ 蕊珠：仙女宫；金粟：桂花别名。

郑燮(清906)一首　题：村居。

草绿如秧，秧青似草，棋盘画出春田△雨浓桑重，鸠妇唤晴烟△[1]江上斜桥古岸，挂酒旗、林外翩翩△[2]山城远，斜阳鼓角，雉堞暮云边△[3]

老夫三十载，燕南赵北，[4]涨海蛮天△[5]喜归来故旧，情话依然△提起髫龄嬉戏，[6]有盟鸥、未冷前言△[7]欣重见，携男抱幼，姻娅好相联△[8]

注：① 鸠妇：《埤雅》鸠，阴则屏逐其妇，晴则呼之。② 翩翩：轻快飞舞貌。③ 雉堞：城上女墙。④ 燕南赵北：河北一带。⑤ 此句谓南方近海城市。⑥ 髫龄：童年。⑦ 盟鸥：多指江湖中朋友。⑧ 姻娅：亲戚。

庄盘珠(女)(清1268)一首　题：残雪。

瓦背全融，墙阴还剩，几回冻住斜阳△早梅枝上，犹压一分香△晨起围炉小坐，听檐溜、尚响晴窗△寒悄到，今番向尽，毕竟冷于霜△

楼台如古画，粉痕界处，脱落微茫△记小鬟惊报，庭院银装△多少琼林玉树，

才转眼、须减容光△凭栏久，回头欲误，残月下空廊△

丁榕（清 1390）一首

雨酿轻寒，风吹小霁，①一庭夜合开齐△②琐窗梦醒，恰恰流莺啼△③最是乌衣无赖，④晶帘畔、污遍芹泥△⑤情何限，玉笙吹罢，独倚画栏西△

天涯归信杳，裙腰芳草，绿满长堤△对蕉书半展，如见封题△向晚新萤飞度，穿珠箔、欲上还低△翻输与，⑥锦鸳狎水，双宿又双栖△

注：① 小霁：小晴。② 夜合：花名。③ 恰恰：鸟声。④ 乌衣：喻燕。⑤ 芹泥：燕巢材料。⑥ 输与：不及之意。

林思进（现当 3）一首　题：癸未（1943 年）元日立春。①

元旦开门，一声新喜，三朝恰并春元△②晓钟才罢，爆竹绕村喧△篱角飘红方胜，③映梅花、格外增妍△房栊里，④贴鸡粘燕，仍似在家园△

屠苏欢后饮，⑤白头无恙，只少银幡△更小孙雏女，围坐团圞△莫羡城中节物，待烧灯、还须来看△⑥鱼龙戏，⑦上场金鼓，漫衍正中原△

注：① 元日：大年初一。② 三朝：《汉书》岁之朝曰三朝，即岁之朝，月之朝，日之朝也；春元：即立春。③ 方胜：斜方形彩结。④ 房栊：房窗。⑤ 屠苏：酒名，元日饮之。⑥ 烧灯：元宵放灯。⑦ 鱼龙：指鱼、龙灯。

宋清如（女）（现当 56）一首　题：诗社雅集。

南浦烟低，西山雾乱，群峰无雨冥冥△单衣团扇，江上暮凉轻△为问春归何处，萋萋草、绿满沙汀△茅亭畔，离尊共引，暗惜别时情△

年时携手地，①塔铃风磬，几度同听△旧江山如画，新恨潮生△此后六和月满，②鸥飞远、孤艇谁迎△沉吟久，长亭莺语，为我说丁宁△

注：① 地：指杭州，作者就读之江大学。② 六和：杭州六和塔。

车乘轨（现当 88）一首　题：仲春景色。①　注：2003 年 4 月 4 日（农历三月初三）作。

上巳流觞，②清明扫墓，不觉春满人间△踏青郊野，芳草碧芊芊△③岸柳依依拂面，双双蝶、飞绕身边△莺声软，如簧巧舌，呖呖语林端△

阴晴无定准，断魂时节，④夜雨廉纤△⑤喜危楼欹枕，⑥卧听涓涓△⑦晨起推窗了望，庭院里、紫万红千△水杉树，芽抽叶绿，装扮自然妍△

注：① 仲春：春半，农历三月。② 上巳流觞：始于晋永和九年（353 年）王羲之等集会绍兴兰亭修禊，曲水流觞助兴。上巳，古节日，在农历三月初三。③ 芊芊：草木茂盛貌。④ 断魂时节：杜牧诗："清明时节雨纷

纷，路上行人欲断魂”。廉纤：微雨貌。⑥ 危楼：高楼。⑦ 涓涓：小流貌，喻雨声。

周维华（现当128）一首　题：乡居度夏。

绿柳拖烟，红莲带露，白云淡抹蓝空△晨窗闲眺，爽气豁心胸△昨夜甘霖普降，郊原上、稻浪千重△峰峦外，朝霞似火，瞬间化霓虹△

山村宜避暑，槐遮烈日，湖送凉风△喜轩离闹市，室有顽童△兴至移尊小院，邀邻叟、对饮花丛△家常事，浅斟低酌，话到月朦胧△

胡传淮（现当270）一首　题：春游赤城湖。

细雨初晴，赤湖翠染，野藤垂柳皆新△一园芳吐，春醉早游人△俯看萦洄碧涧，长桥下、游艇清音△分明听，姑娘一曲，抒写故乡情△

风轻烟淡淡，青松秀竹，掩映楼亭△看桃花流水，最是多情△更有少男少女，林荫里、笑语频频△芳菲径，落英脚下，俯拾漫哦吟△

九十五字　满庭芳　第二体，同第一体，但后段首句分二字、三字两句。

晁端礼（宋103）一首

北渚澄澜，南山凝翠，望中浑是仙乡△万家烟霭，朱户锁垂杨△好似飞泉漱玉，回环遍、小曲深坊△西风里，芙蕖带雨，[1]飘散满城香△

微凉△湖上好，桥横倒影，月练飞光△命玳簪促席，[2]云鬟分行△[3]谁似风流太守，端解道、春草池塘△须留意，神京纵好，[4]此地也难忘△

注：① 芙蕖：荷花别名。② 玳簪：玳瑁壳制钗簪，喻妇女。③ 云鬟：喻妇女。④ 神京：京都，指汴京。

秦观（宋116）二首

（1）碧水惊秋，黄云凝暮，败叶零乱空阶△洞房人静，斜月照徘徊△又是重阳近也，听几处、砧杵声催△[1]西窗下，月摇翠竹，疑是故人来△

伤怀△增怅望，新欢易失，往事难猜△问篱边黄菊，知为谁开△漫道愁须殢酒，[2]酒未醉、愁已先回△凭栏久，金波渐转，[3]白露点苍苔△

注：① 砧杵声：捣衣声，喻秋声。② 殢酒：困于酒。③ 金波：喻月光。

（2）山抹挂微云，天粘衰草，画角声断谯门△[1]暂停征棹，[2]聊共引离尊△[3]多少蓬莱旧事，空回首、烟雾纷纷△斜阳外，寒鸦数点，流水绕孤村△

消魂△当此际，香囊暗解，罗带轻分△漫赢得青楼，[4]薄倖名存△此去何时见也，襟袖上、空染啼痕△伤情处，高楼望断，灯火已黄昏△

注：① 谯门：樵楼门、更楼门。② 征棹：行船。③ 尊：酒杯。④ 赢得：剩得；青楼：妓院。杜牧有："赢得青楼薄倖名"诗句。

琴操（女）（宋 118）一首　题：改少游词。　注：事见宋吴曾《能政斋漫录》。少游，宋著名词人秦观字。

山抹微云，天连衰草，画角声断斜阳△暂离征棹，聊共饮离觞△多少蓬莱旧侣，频回首、烟霭茫茫△孤村里，寒鸦万点，流水绕红墙△

魂伤△当此际，轻分罗带，暗解香囊△漫赢得秦楼，[①]薄倖名狂△此去何时见也，襟袖上、空有余香△伤心处，长城望断，灯火已昏黄△

注：① 秦楼：青楼，妓院也。

米芾（宋 119）一首　题：甘露寺试赐茶。[①]

雅燕飞觞，[②]清谈挥尘，使君高会群贤△[③]密云双凤，[④]初破缕金团△窗外炉烟自动，开瓶试、二品香泉△轻涛起，[⑤]香生玉尖，雪溅紫瓯圆△

娇鬟△宜美盼，双擎翠袖，稳步红莲△[⑥]座中客翻愁，酒醒歌阑△点上纱笼画烛，花骢弄、月影当轩△频相顾，余欢未尽，且去留连△

注：① 甘露寺：镇江古刹，在北固山上。② 燕：即宴。③ 使君：指镇江太守。④ 双凤：茶名。⑤ 轻涛：水沸。⑥ 红莲：喻女足。

沈宜修（女）（明 353）一首　题：端午。

团扇裁冰，[①]宫盘射粉，画帘不上银钩△绣符艾虎，[②]双绕玉搔头△[③]皓腕轻笼彩缕，蒲英泛、蚁绿金瓯△[④]雕栏外，桐花低映，红袖赏扶留△

香浮△风澹澹，回塘转午，又倚重楼△问常年菰黍，谁为飘流△杨柳斜阳归晚，人去后、曲散梁州△[⑤]空余下，暮云凄霭，长绕楚江秋△

注：① 冰：喻白绢。② 绣符、艾虎：均端午避邪饰物。③ 玉搔头：玉簪，首饰也。④ 蚁：酒滓。⑤ 梁州：曲名。

来集之（明 451）一首　题：吴江道中。[①]

山翠千重，云天一抹，太湖边畔行舟△[②]征帆历历，[③]来往总无休△只为蜗名蝇利，[④]问谁个、得自彝犹△[⑤]都输于，斜阳渔叟，五月一羊裘△

飕飕△见两岸，酒旗高挂，野屋人稠△借三杯消冷，兼润诗喉△因想三吴往事，有多少、名士风流△停桡后，故人不见，烟草满汀洲△

注：① 吴江：江苏县名。② 太湖：为我国五大淡水湖之一，在江苏、浙江两省交会处。③ 征帆：行船。④ 蜗名蝇利：虚名小利。⑤ 彝犹：夷犹，迟毅不行貌。

陈维崧（清 196）一首　题：清明节前一日同云臣溪干观剧。

近水人家，弄晴天气，清明恰是来朝△晓莺无赖，唤我驿边桥△[①]多少归宁溪女，[②]花枝飐、香粉轻飘△疏篱畔，兰芽杏蕊，开到十分娇△

垂髫△[③]刚十五，新声解唱，渌水红幺△[④]忆少年同学，半插华貂△[⑤]我向江村潦倒，[⑥]新年恨、比旧还饶△秋千社，东风搅碎，戏鼓赛神箫△

注：① 驿：驿站，古代官员招待所兼邮亭。② 归宁：媳妇回娘家。③ 垂髫：披发未梳髻，指幼女。④ 渌水：水清；幺：小也。⑤ 华貂：喻富贵。⑥ 潦倒：不得志。

朱彝尊（清 288）一首

雨盖飘荷，[①]霜枝钉菊，满庭芳草萋萋△[②]莫愁催送，香径手重携△叠取鸳鸯绣被，屏山前、已分双栖△[③]金簪拔，暗除了鸟，[④]不用绕唐梯△[⑤]

低帏△听细语，五湖心事，[⑥]钗卜难稽△得雾深三里，花隔千溪△只是仙源无路，添惆怅、残月荒鸡△[⑦]绳河晓，[⑧]黄姑织女，[⑨]依旧水东西△

注：① 这句谓荷叶雨飘。② 萋萋：草盛貌。③ 屏山：屏风。④ 了鸟：即门上环钮，交连也。⑤ 唐梯：空梯，高梯。⑥ 五湖：太湖。⑦ 荒鸡：夜鸣不准时之鸡。⑧ 绳河：银河、天河。⑨ 黄姑：牛郎。

钱黯（清 348）一首

斜结疏篱，修篁成韵，[①]萧然廛市山村△[②]危桥断辙，[③]溪水绕柴门△正值碧深红浅，喜兼饶、秀绿盈尊△[④]渔歌杳，松风寥落，短树夕阳痕△

幽寻△多逸兴，东墙唏发，[⑤]北牖披襟△[⑥]看栖鸟择木，月色微存△检点琴床茗碗，添宝鸭、香篆犹温△[⑦]开窗望，梧阴满院，清露滴黄昏△

注：① 修篁：修竹，长而直之竹。② 廛市：集市。③ 辙：车轮行过痕迹。④ 尊：酒杯。⑤ 唏发：披发。⑥ 牖：窗户。⑦ 宝鸭：鸭形香炉。

钱凤纶（女）（清 650）一首　题：湖庆观游女。

绿染芭蕉，红催芍药，纷纷尽斗鲜妍△小楼妆罢，独坐悄无言△自汲流泉煮茗，香细细、清兴泠然△卷帘看，日高烟敛，一抹淡春山△

堤边△游女伴，娟娟楚楚，弱柳风前△更澄波弄影，恍若飞仙△怪煞斜阳西堕，空目断、远水长天△愿化作，萋萋芳草，轻衬一双鸳△

张琮（女）（清 656）一首　题：题柴季娴姨母书回文汗巾。[①]

砚水香浓，笔山云绕，画帘斜照初收△[②]吴绫半幅，乍展试银钩△却见彩毫挥洒，[③]宛转处、春笋纤柔△才书罢，几行疏淡，依约雁横秋△

凝眸△应羡杀，闺中帐下，谁比风流△把回文新句，细谱新愁△漫道才如咏絮，④依然是、白璧难酬△闲吟罢，博山烟袅，⑤新月小楼头△

注：① 柴季娴：即柴静仪；回文：指顺读、倒读均可。② 斜照：斜阳。③ 彩毫：彩笔。④ 咏絮：用东晋才女谢道韫咏絮典。⑤ 博山：指香炉。

汪霦（清659）一首　题：元日。①

彩胜翻新，②桃符换旧，③今朝又是今年△春雷隐隐，佳气接幽燕△晓起一鞭行色，霜半净、蹀躞连钱△④疏林外，笙歌鼎沸，新柳动炊烟△

一年△当此日，舞宜膝下，酒熟堂前△正双双白发，笑语喧阗△三十头颅如故，脚跟下、万里山川△休惆怅，长安日近，屈指看花天△

注：① 元日：大年初一。② 彩胜：剪彩为方胜，首饰也。③ 桃符：春联也；换旧：指换掉旧的。④ 蹀躞：小步行路貌。连钱：马名。唐纪唐夫《骢驰："连钱出塞踏沙蓬，岂比当时御史骢。"

钱肇修（清660）一首

酥雨浇花，暖云荫草，小庭春昼迟迟△①青桐幺凤，②高下逐花飞△绮阁重帘乍卷，③莺声巧、催唤红儿△④有人伴，玉台梳洗，学画远山眉△⑤

徘徊△重对镜，试拈珠翠，耐可相宜△⑥料熏炉初徙，香染罗衣△蝴蝶飞来云鬓，钗梁上、颤动红丝△闲凝望，凭栏未久，斜日坠楼西△

注：① 迟迟：徐行貌。② 幺凤：鸟名，即桐花凤。③ 绮阁：阁之美称，锦绣貌。④ 红儿：燕又名红襟。⑤ 远山：眉峰。⑥ 耐可：愿可。

吴秉钧（清720）二首　题：第一首，山居。第二首，绿阴。

（1）燕啄笼花，麋含涧草，①春光约略将残△斜阳西淹，②人自采樵还△又是清宵好景，穿林杪、皓月初悬△谁能晓，青猿素鹤，③长啸伴高眠△

窗前△罗笋蕨，④山妻稚子，笑语欣然△任顽襟木石，尘网云烟△纵有轩车驷马，⑤终不如、短竹疏椽△才朝旭，邻翁载酒，呼上钓鱼船△

注：① 麋：兽名，又称驼鹿或犴，能游泳。② 淹：淹没。③ 素鹤：白鹤。④ 蕨：羊齿类植物，地下茎甚长，叶可食。⑤ 轩车驷马：喻高官生活。

（2）燕剪残枝，鹂梭嫩叶，①落红已是纷纷△初回午梦，肠断是残春△斜倚秋千架底，垂杨把、翠色斜分△还疑是，霜绡袖上，②轻染碧苔痕△

黄昏△微雨后，香归羽扇，草湿罗裙△想韶华能几，此际销魂△独立无聊倦也，清阴里、又挂冰轮△③登楼望，萧萧竹影，寒浸一溪云△

注：① 鹂：黄莺也；梭：飞来飞去如穿梭。② 霜绡：白绡。③ 冰轮：皎洁圆月。

严怀熊（女）（清728）一首　题：初夏。

梅子方肥，榴花渐吐，困人天气初长△针慵线懒，[1]日影过纱窗△碧沼荷钱正小，[2]来复去、对对鸳鸯△北堂外，成畦萱草，[3]忧极怎能忘△

凄凉△无限事，眉尖心上，总费商量△看乳燕营巢，泥坠雕梁△偏是朱颜易老，暗中□、换却韶光△[4]恹恹地，栏杆倚遍，鸟语更花香△

注：① 针慵线懒：懒散无聊状。② 荷钱：初生荷叶似钱。③ 萱草：又名忘忧草。④ 暗中：下漏一字，疑为“已”字。

张令仪（女）（清831）一首　题：春闺。

乍雨还晴，嫩寒轻暖，海棠不耐春暄△[1]娇慵如醉，[2]忒杀可人怜△[3]深院重门静锁，生憎煞、燕恼莺喧△[4]又是清明时候也，[5]杨柳欲飞绵△

年年△当此际，鸾消翠黛，[6]鸭冷沉烟△[7]试罗衣宽窄，较不如前△多半因春消瘦，入膏肓、愁病难痊△[8]常则向，锦衾窝里，捱过卖花天△

注：① 暄：太阳温暖。② 慵：懒。③ 忒：太也。④ 生憎：最厌。⑤ 此句按格律应三字、四字分句，稍异。⑥ 鸾：鸾镜，即镜；翠黛：喻眉。⑦ 鸭：鸭形香炉。⑧ 膏肓：人体部位。“病入膏肓”喻无可救药。

钱宛鸾（女）（清868）一首

宝镜凝霜，玉篦斗月，[1]见时曾未梳头△画帘垂地，风自荡银钩△壁影暗描媚妩，开心处、不肯回眸△真无奈，生疏特甚，偏为落花愁△

红楼△终日倚，嗔他燕子，[2]细语绸缪△[3]想情如中酒，[4]都付东流△看把绣床整顿，才一会、又拨箜篌△[5]谁知道，等闲春老，[6]误了少年游△

注：①篦：细齿梳子。② 嗔：怒。③ 绸缪：缠绵。④ 中酒：病酒。⑤ 箜篌：弹拨乐器。⑥ 等闲：轻易、无端。

华宜（女）（清921）一首　题：清明日归宁舟中作。

桃雨流红，柳烟晕碧，一年佳景清明△篷窗舒眼，更喜值归宁△梦绕亲庭几度，迢迢水、似隔层城△今宵里，牵衣膝下，好话别离情△

心惊△犹记得，争夸玉润，不愧冰清△恁频年毷氉，[1]弹铗神惊△劳我椿萱望眼，[2]门楣上、何日春生△家乡近，劝开眉锁，遥岸啭莺声△

注：① 恁：如此；毷氉：冒燥、烦恼。② 椿萱：父母。

马汾（清1201）一首

雨歇林梢，风吹蘋末，①菜畦烟澹初晴△恼人天气，依旧近清明△陌上桃娇柳困，看多少、游客逢迎△②平桥外，轻帘远挂，小巷卖饧声△③

闲行△思那日，门前系马，花里弹筝△奈憔悴樊川，④回首堪惊△燕约莺期已杳，开倦眼、盼断蓬瀛△⑤长亭暮，孤踪怅怅，何处是归程△

注：① 蘋末：大萍也。《宋玉赋》"夫风生于地，起于青蘋之末"。② 逢迎：接待。③ 卖饧：清时清明前后，有吹箫卖饧者。饧，饴糖。④ 樊川：即杜牧。杜牧游湖州遇幼女，约十年后往娶，后因逾期而女另嫁。⑤ 蓬瀛：蓬莱、瀛洲。喻仙境。

宋翔凤（清 1298）一首

酒境难寻，歌尘如梦，水路山路迢迢△谢伊珍重，留我住今宵△春在银屏一角，何曾见、絮堕花飘△啼红处，春风十里，好认女儿腰△

魂销△思此后，晓风残月，野店村桥△有无限离情，暮暮朝朝△只愿香痕不散，依然是、豆蔻初梢△隋堤路，重城极目，门掩玉人箫△

严保庸（清 1524）一首　题：题乱掷芳英为簪斜朵事事关心仕女册。①

燕蹴还低，莺衔欲溜，谢娘池阁黄昏△②横斜影好，留住鬓边春△多少零香剩粉，深闺里、苦费温存△须拣取，入时新样，低语画眉人△③

丰神△难写取，红情怕怨，绿梦愁温△便蜻蜓飞上，也自销魂△深夜小楼初卸，潇潇雨、飞度前村△消凝甚，来朝试觅，几许又飘英△

注：① 仕女：美人。② 谢娘：妇女泛指。③ 画眉人：指丈夫。

丁静兰（女）（清 1554）一首　题：绝命词。①

万里银波，②漏残人静，寥寥天籁无声△③寒窗孤影，独自对残灯△无限凄凉旧事，细追思、暗暗伤神△问姮娥，④何因生我，弱质太凋零△

销魂△当此际，空梁悬影，谁与招魂△但尸山血海，留得清名△此去黄泉路，⑤了茫茫、指示无人△惟剩此，一痕冷月，送我去寻亲△

注：① 绝命词：咸丰十年（1860 年）太平军破常州，丁静兰自缢死。② 银波：月光。③ 寥寥：空虚；天籁：自然所发之声。④ 姮娥：嫦娥。⑤ 此句指悬梁自缢。

赵熙（清 1886）一首　题：清明。

春雨连宵，冻雷惊笋，落红堆做清明△香街十字，邻女卖朱樱△岁岁东风柳线，韩翃句、送上山城△①无聊甚，棠梨社酒，②吹角下江兵△③

春耕△齐绿野，经年似梦，妖鸟罗平△④又野鸟衔纸，坟草青青△已过桐花冻

了，芳草晚、人望天晴△羲皇世，⑤村童八九，榕墩读书声△

注：① 韩翃句：韩翃因妾柳氏被夺，作《章台柳》词。② 社：春社，祭后土神。③ 下江：四川人称外地人为下江人。④ 罗平：鸟名。借指叛乱造反的人，事见《新五代史·吴越世家》。⑤ 羲皇世：伏羲、黄帝。指上古时代。

九十五字　凤凰台上忆吹箫

李清照(女)(宋207)一首　题：离别。

香冷金猊，①被翻红浪，起来慵自梳头△任宝奁尘满，②日上帘钩△生怕离怀别苦，多少事、欲说还休△新来瘦，非干病酒，不是悲秋△

休休△这回去也，千万遍阳关，也则难留△念武陵人远，烟锁秦楼△惟有楼前流水，应念我、终日凝眸△凝眸处，从今又添，一段新愁△

注：① 金猊：狮形铜香炉。猊，狻猊，狮之别名。② 宝奁：镜匣。

马洪(明55)一首

淡淡秋容，澄澄夜景，①娟娟月挂梧桐△②爱箫声缥缈，③帘影玲珑△彩凤衔书未至，玉宇净、香雾空濛△④凉如水，翠苔凝露，琪树吟风△⑤

匆匆△年华暗换，嗟旧欢成梦，芳鬓飞蓬△想清江泛鹢，⑥紫陌游骢△应念佳期虚负，瞻素彩、感慨相同△⑦凝情久，谁家捣衣，砧杵丁东△⑧

注：① 澄澄：清澈。② 娟娟：美丽。③ 缥缈：高远貌。④ 玉宇：天空。⑤ 琪树：玉树。⑥ 鹢：指船，船首画有鹢鸟。⑦ 素彩：月影。⑧ 砧杵：捣衣石、棒。

董份(明191)一首　题：春日闺怨。

绿柳盈堤，黄鹂满树，①杏花红闹枝头△任香车雾拥，宝马云流△争奈艳阳时节，②合欢盏、变作旧忧△③春如酒，酝成宿恨，④酿出新愁△

悠悠△看君去也，正芳春连天，杜若盈洲△⑤叹王孙何处，公子难留△拚作孤鸿寡鹄，谁管着、燕友莺俦△从别后，停梳罢妆，不上秦楼△

注：① 黄鹂：黄莺。② 争奈：怎奈。③ 盏：喻酒杯。④ 宿恨：旧恨。⑤ 杜若：香草名，产于林野阴地。《楚辞》“采芳洲兮杜若”。

钱灵修(女)(明601)一首　题：赋得掬水月在手。

暮霭凝晖，彩蟾吐艳，光浮碧浪涵空△正卷帘拂槛，徐引清风△玩景俏移莲步，良夜静、素艳溶溶△清溪畔，紧揎双袖，试浣春葱△①

波融△嫦娥玉镜，因何事皎然，移向龙宫△喜广寒咫尺，②三五奇逢△③玉腕撩

云弄雪，相看处、捧住仙踪△擎狡兔，细分桂影，银海朦胧△

注：① 春葱：形容女手指。② 广寒；月宫。③ 三五：阴历十五日，月圆夜。

李雯（清 22）一首

漏咽铜龙，风销蜡凤，醒来犹忆香篝△对双鸾临镜，妆罢还羞△满目青山画里，萦别绪、生怕凝眸△难消受，一庭芳草，懒上帘钩△

悠悠△春风度也，这千万垂杨，不系扁舟△自吹箫人去，烟锁云稠△应念别时清泪，登临处、回首江流△东风紧，落花飞絮，遍写离愁△

程光禋（清 239）一首

有意拈针，无心添线，何时细语凭肩△正蝶双墙里，燕偶帘前△好把春心搅乱，浑无绪、[1]总为情牵△难留住，梨妆褪雪，桃靥飞烟△

无缘△个人去也，[2]应绣着芙蓉，藕断丝连△任门尘蛛网，阶积苔钱△[3]池畔微波吹皱，春残处、柳岸莎田△风来处，桐花乱落，敲响琴弦△

注：① 浑无绪：全无情绪。② 个人：那个人。③ 苔钱：苔形如钱。

于启璋（女）（清 864）一首　题：弄花香满衣。

残腊辞梅，[1]嫩寒侵柳，小园风送春来△渐夭桃竞放，[2]仙李争开△相约西邻女伴，妆罢也、倚徙莓苔△[3]柔荑滑，[4]弓鞋半褪，[5]罗袜未歪△

安排△秋千架畔，试闲寻百草，[6]笑赌金钗△更揉红捻白，插鬓堆怀△贮立湖山石上，错引得、蝶恋蜂猜△花阴冷，香盈双袖，粉点妆台△

注：① 腊：农历十二月。② 夭桃：鲜艳的桃花。③ 倚徙：低低徊旋。④ 柔荑：喻女手。⑤ 弓鞋：指缠足弓形鞋。⑥ 寻百草：斗百草，女子一种赌戏。

贺双卿（女）（清 957）一首

寸寸微云，丝丝残照，有无明灭难消△正断魂魂断，闪闪摇摇△望望山山水水，人去去、隐隐迢迢△从今后，酸酸楚楚，只是今宵△

春遥△问天不应，看小小双卿，袅袅无聊△更见谁谁见，谁痛花娇△谁望欢欢喜喜，偷素粉、写写描描△谁还管，生生世世，夜夜朝朝△

江珠（女）（清 1186）一首　题：和心斋大兄题蕙孙妹浣纱词卷作。

云母窗深，[1]水晶帘静，吟来好句难酬△絮银钩小字，[2]巧语莺偷△为惜春光窄窄，怎禁得、如许闲愁△肠断也，珊瑚敲折，无地埋忧△

攒眸△落红阵阵，遣游丝断絮，争上眉头△是书生不栉，[3]独擅风流△赢得青衫湿透，[4]都付与、檀板清讴△[5]频回首，箫声缥缈，何处秦楼△

注：① 云母：矿物，片呈半透明，古代代替玻璃。② 粲：鲜明貌。③ 不栉：不梳发。栉，古代男子束发用的梳篦。④ 赢得：剩得。⑤ 檀板：拍板子。

庚岭老人（清 1319）一首　故事：《蜃楼志》第二十二回李薇省与苏珠新婚志喜。

鸳枕牙床，[1]罗帷绣幕，此乡合号温柔△正花倚庭树，月射帘钩△晓起艳妆新试，匀娇面、粉腻香浮△拖云鬓，一般婀娜，别样风流△

悠悠△百年伊始，看兰焚宝鼎，玉软琼楼△恨昼长人倦，一日三秋△生怕檀郎调笑，[2]偏提起、昨夜娇羞△关情处，红生脸际，春透眉头△

注：① 牙床：象牙床。② 檀郎：对丈夫或喜的人的昵称，源出美男子潘安，小字檀奴。

丁彦和（清 1492）一首　题：晚霞。

宿雨开晴，[1]斜阳做暝，云衢乍敛青虹△[2]看非烟非雾，一片茏葱△风吹悠扬何处，余音袅、如隔墙东△早飞尽，寒江孤骛，[3]野戍归鸿△[4]

无穷△诗情画意，恍天女绡衣，吹落随风△更琼觞堪酌，[5]光汎杯浓△掩映丹崖绿水，[6]纵好手、描绘难工△[7]奈转眼，繁华梦醒，金碧都空△

注：① 宿雨：隔夜雨。② 云衢：云路。③ 孤骛：孤单的野鸭。④ 野戍：野外驻防之处。⑤ 琼觞：玉杯，指饮酒。⑥ 掩映：时隐时现。⑦ 工：精致。

沈善宝（女）（清 1498）一首　题：吹箫听雨。

半晌廉纤，[1]霎时澎湃，[2]忽然飒飒萧萧△[3]正黄昏近也，分外声娇△扶病小楼凝听，听屋角、飞瀑奔涛△淋铃曲，[4]何须重谱，已足魂销△

飘飘△迷离恍惚，[5]好似驾孤篷，一叶乘潮△想枝头红杏，应负花朝△[6]赢得愁怀如织，[7]幸窗外、未种芭蕉△[8]无瞑夜，[9]红花细袅，还捡香烧△

注：① 半晌：片刻；廉纤：微雨貌。② 澎湃：大浪激流貌。③ 飒飒萧萧：风雨声。④ 淋铃曲：唐明皇避难入蜀，途中遇暴雨，闻铃赋曲。⑤ 迷离恍惚：模糊不清。⑥ 花朝：在二月十二日，又称百花生日。⑦ 赢得：剩得。⑧ 芭蕉：雨打芭蕉，其声凄凉。⑨ 无瞑：不得安睡。

九十五字　庆清朝慢

文徵明（明 117）一首　题：春游。

天朗气清△惠风和畅，[1]胜游何似山阴△[2]春光自来堪恋，一刻千金△兰舟初泛画桥，春水一篙深△烟霏处、离离浅草，[3]冉冉遥岑△[4]

且此傍花随柳，柳阴系马，花外㟼幽禽△扰扰蜂粘柳絮，蝶绕花心△为问朱衣车马，何如我、白发园林△新月上竹枝，风动环佩清音△[5]

注：① 惠风：和暖之风。② 山阴：地名，今浙江绍兴。③ 离离：分披繁盛貌。④ 遥岑：远处小高山。⑤ 环佩：妇女身上饰物。

九十五字　徵招

丁立钧（清 1838）一首　题：辛丑（1901 年）三月，舟次海盐，[1]过外舅小云尚书竹隐庐，[2]感赋。

碧波低蘸琅玕影，[3]凄凉武原池馆▲[4]十亩好平泉，惜主人未见▲招魂归路远▲怕不识、窈深庭院▲[5]绮梦京华，[6]而今醒未，海桑偷换▲[7]

旧事尚何言，登临客，剩有凭栏一叹▲十里听潮来，正胥涛怒卷▲[8]急风吹雨散▲尽泪尽，西州谁管▲伴斜晖、几树垂杨，又暮鸦啼乱▲

注：① 海盐：浙江县名。② 外舅：岳父。③ 琅玕：石似玉者。④ 武原：海盐城镇名。⑤ 窈深：幽深，深邃。⑥ 京华：指北京。⑦ 海桑：沧海桑田，喻变迁。⑧ 胥涛：波涛。伍子胥死后为潮神。

九十五字　声声慢

周密（宋 541）一首　题：柳。

燕泥沾粉，鱼浪吹香，芳堤十里新晴△静惹游丝，花边袅袅扶春△多怜飘泊，记章台、曾挽青青△[1]堪爱处，是扑帘娇嫩，随马轻盈△

长是河桥三月，做一番晴雪，[2]恼乱诗魂△带雨沾衣，罗襟点点离痕△休缀潘郎鬓影，怕绿窗、年少人惊△卷春去，剪东风千缕碎云△

注：① 章台：喻柳。韩翃妻柳氏被夺，作《章台柳》词。② 晴雪：喻柳絮。

九十六字　天香

王观（宋 76）一首　题：冬景。

霜瓦鸳鸯，[1]珠帘翡翠，[2]今年又是寒早▲矮钉明窗，窄开朱户，切莫乱教人到▲重阴不解，云共雪、商量未了▲青帐垂毡要密，红炉围炭宜小▲

呵梅弄妆试巧▲绣罗襦、瑞云芝草▲[3]共我语时同语，笑时同笑▲已被金尊劝酒，又唱个、新词故相恼▲尽道穷冬，原来恁好▲[5]

注：① 鸳鸯：指双层瓦。② 翡翠：指帘上编有翡翠鸟。③ 芝草：衣上绣有灵芝。⑤ 恁好：如此好。

景覃（金 12）一首

市远人稀，林深犬吠，山连水村幽寂▲田里安闲，东邻西舍，准拟醉时欢适▲

社祁雩祷，[1]有箫鼓、喧天吹击▲宿雨新晴陇头，闲看露霜风麦▲

无端晴亭暮驿▲恨连年、此时行役▲[2]何似临流萧散，缓衣轻帻▲[3]炊黍烹鸡自劳，有脆绿、甘红荐芳液▲[4]梦里春泉，糟床夜滴▲[5]

注：① 社：春、秋两社，祭后土神；雩：音与，求雨。② 行役：旧指因服兵役、劳役或公务而出外跋涉，后泛指行旅、出行。③ 轻帻：便帽，软帽。④ 芳液：指酒。⑤ 糟床：制酒之器。

陈枋（清714）一首　题：元宵，或馈予粉团漫赋。[1]

邻火茅檐，村舂秫米，[2]家家盘糅春雪▲[3]石粉轻霏，[4]玉纤细染，[5]几费吴娘款捻▲[6]江南别久，忘不了、乡园节物▲[7]犹记灯期下饮，[8]翻匙馓子圆活▲[9]

故人念我愁绝▲转晶丸、样临明月▲[10]云气横窗画榼，[11]温馨初揭▲茶烟袅来风小，伴夜冷、凄凄饼同说▲屏当围炉，煨他榾柮▲[12]

注：① 馈予：赠我。② 舂：捣粮；秫米：即高粱。③ 盘糅春雪：反复糅和面团，以使面团更加具有柔性。④ 石粉：喻面粉。⑤ 玉纤：喻女指。⑥ 吴娘：苏州一带女子；款捻：缓慢搓捻。⑦ 乡园：作者系江苏宜兴人；节物：节日景物。⑧ 灯期：即元宵节。⑨ 馓子：一种油炸食物。⑩ 此句指所赠粉团。⑪ 榼：盛粉团器具。⑫ 榾柮：一段段木料。

王策（清860）一首　题：清和即事，[1]用景覃韵。

过了蚕眠，[2]又看桐乳，[3]小园春意初寂▲浴佛西庵，[4]放生东寺，[5]信步东西闲适▲[6]竹林煨笋，新火就、石间敲击▲倩妇移瓜，催儿理钓，课童收麦▲[7]

佛桑载来远驿▲[8]记饥驱、蛮江行役▲[9]今日绕栏红处，闲身岸帻▲[10]便约邻翁快饮，向老瓦、盆中泻香液▲入馔银鲥，[11]腻膏鲜滴▲

注：① 清和：农历四月称清和月。② 蚕眠：蚕要经三眠（不吃不动），方结茧，时在暮春。③ 桐乳：初生桐子。④ 浴佛：寺庙在农历四月初八为佛沐洗。⑤ 放生：将鱼类放归池中。⑥ 信步：随意而行。⑦ 此三句十二字，按格律应分六字两句。⑧ 佛桑：又名扶桑、朱槿，产于日出处。⑨ 蛮江：指东海；行役：被征去办公差。⑩ 岸帻：露额不戴巾，喻闲适。⑪ 银鲥：银色鲥鱼。

董恂（清1562）一首　题：斗香。[1]

小院凉生，闲亭秋好，又逢斗柄西指▲[2]剪纸为炉，碾檀作屑，爇向木樨花底▲[3]摇光掩映，愿瓣瓣、都成心事▲怕被清辉照见，低揎袖罗斜倚▲[4]

夜凉真个如水▲检熏笼、苎衣初试▲[5]竞体芳兰融和，[6]满庭香气▲更向星前

细步，看敛衽、深深拜初起▲[7]要趁团圆，教郎睡未▲

注：① 斗香：以纱绢或纸糊成斗形，中杂诸香，爇以礼斗，谓之烧斗香。② 斗柄：北斗七星中第五至七，三星也；西指：谓夜深。③ 木樨花：桂花别名。④ 袖罗：即罗袖。⑤ 熏笼：有笼罩之熏炉；苎衣：苎麻衣，即夏衣。⑥ 竟体：全身。⑦ 敛衽：即万福，古代妇女行礼貌。

九十六字　步月

史达祖（宋424）一首

剪柳章台，问梅东阁，醉中携手西归△逗香帘下，璀璨缕金衣△[1]正依约、冰丝射眼，[2]更荏苒、蟾玉西飞△[3]轻尘外，双鸳细蹙，[4]谁赋洛滨妃△[5]

霏霏△红雾绕，步摇共鬓影，[6]吹入花围△管弦将散，人静烛龙稀△泥私语、香樱乍破，怕夜寒、罗袜先知△归来也，相偎未肯入重帏△

注：① 璀璨：喻玉石光泽，此处指金缕衣上之玉石。② 冰丝：喻月光。③ 荏苒：时间迅速；蟾玉：喻月。④ 双鸳：喻妇女弓形足。⑤ 洛滨妃：即洛神，曹植有《洛神赋》。⑥ 步摇：首饰。

九十六字　梦扬州

徐震（明609）一首　故事：《快心编》第十二回词引。

庆鸾俦△正少年、荣贵风流△澹荡春光，柳丝花片娇柔△碧栏杆外莺声歇，射锦帏，红日檐头妆台畔，神仙会，三生缘遂绸缪△[1]

十里朱楼旧游△记往昔豪华，骏马轻裘△风月无边，百年终此淹留△乔迁卜筑家连第，[2]喜回时、同泛兰舟△真堪羡，腰缠十万，骑鹤扬州△[3]

注：① 绸缪：缠绵。② 乔迁：移家；连第：喻屋多。③ 此两句喻富贵，据《商芸小说》："有人言志，欲腰缠十万贯，骑鹤上扬州"。

九十六字　倦寻芳

王雱（宋100）一首

露晞向晓，帘幕风轻，小院闲昼▲翠径莺来，惊下乱红铺绣▲倚危栏，登高榭，海棠着雨胭脂透▲算韶华，又因循过了，清明时候▲

倦游宴、风光满目，好景良辰，谁共携手▲恨被榆钱，买断两眉长斗▲忆得高阳人散后，[1]落花流水仍依旧▲这情怀，对东风，尽成消瘦▲

注：① 高阳：酒徒也，即酒客。《史记·郦生陆贾列传》："吾高阳酒徒也，非儒人也。"

吴伟业（清28）一首　题：春雨。　注：此首宽叶。

欺梅黯淡，弄柳迷离，①一幅烟水▲醉墨模糊，澹插浮屠天际▲②卷湘帘，凭画阁，白鸥点点飞还起▲视吾庐，③如掀翻一叶，④空江深处，⑤

记今朝、南湖褉饮，⑥士女嬉游，此景佳丽▲细马轻车，不到断桥西路▲双屐冲泥僧唤渡，一瓢沽酒柴门闭▲料今宵，对残灯、客情憔悴▲

注：① 迷离：模糊。② 澹：恬静；浮屠：即塔。③ 吾庐：我房舍。④ 一叶：喻小舟。⑤ 处：此字不叶韵，疑为“底”字之误 。⑥ 南湖：嘉兴名湖；褉：上巳修褉。

九十六字　汉宫春　第一体，前段第四句六字，第五句四字。

京镗(宋363)一首　题：上元前一日立春。

暖律初回，①又烧灯市井，②卖酒楼台△谁将星移万点，月满千街△轻车细马，隘通衢、蹴起尘埃△③今岁好，土牛作伴，④挽留春色同来△

不是天公省事，要一时壮观，特地安排△何妨彩楼鼓吹，绮席尊垒△良宵胜景，语邦人、莫惜徘徊△⑤休教我，痴顽不去，年年烂醉金钗△

注：① 暖律：古代以时令合乐律，温暖的节候称暖律。② 烧灯：元宵放灯；市井：街市。③ 隘通衢：交通要道。④ 土牛：即春牛，土塑之牛。⑤ 邦人：即国人。

陆瑶林(清62)一首　题：花朝。①

日丽丹霄，②才平分春景，③又值花朝△一派烟光撩乱，吹遍兰皋△大堤柳色，飐春风、舞弄柔条△温暄候，④乍寒乍暖，嬉游同步溪桥△

见说万花生日，倩花神作主，金谷增娇△⑤佳卉芊绵紫翠，点缀东郊△骚人逸兴，遘芳辰、选句挥毫△持酒听，莺声巧哢，新来紫燕营巢△

注：① 花朝：又称百花生日，在农历二月十二日。② 丹霄：绚丽的天空。③ 平分：指春半。④ 温暄候：温暖的节候。⑤ 金谷：石崇别墅，指花园。

陈谋道(清124)一首　题：上巳。①

春到江南，正莺啼弱柳，燕语雕梁△当年山阴盛事，②满座飞觞△③红泉碧树，④晓烟笼、点缀春光△犹记有，风流王谢，⑤年年携屐徜徉△

今也良辰上巳，见蘅皋游女，⑥几样宫妆△回塘草痕尽绿，睡了鸳鸯△闻歌白苎，⑦旧骚人、惹起愁肠△闲眺望，斜阳一抹，风前十里花香△

注：① 上巳：三月初三，古节日。② 山阴：县名，今浙江绍兴；盛事：指王羲之等集会兰亭修褉。③ 飞觞：传酒杯。④ 红泉：泉水上飘满红花。

⑤ 王谢：晋王导、谢安。⑥ 蘅皋：草岸。⑦ 白苎：歌名。

庄盘珠（女）（清1268）一首　题：春日雨后游杨氏废园。

几日浓阴，早柳堤作絮，菜圃堆金△传是前朝贵胄，[1]旧辟园林△池荒路古，客来过、几遍沉吟△蘼芜雨，[2]毵毵细落，[3]饧箫响断春深△[4]

却忆昔年游赏，有成行翠袖，[5]满座朋簪△尽曾宴花醉月，谁料而今△枯松无伴，立斜阳、独自伤心△好分付，邻家燕子，莫还枉费追寻△

注：① 贵胄：贵族。② 蘼芜雨：指暮春雨。蘼芜，野草名，夏初开花。③ 毵毵：细长貌。④ 饧箫：吹箫卖饧。饧，即饴糖。⑤ 翠袖：喻妇女。

九十六字　汉宫春　第二体，前段第四句四字，第五句六字。

辛弃疾（宋370）一首　题：立春日。

春已归来，看美人头上，袅袅春幡△[1]无端风雨，未肯收尽余寒△年时燕子，料今宵、梦到西园△浑未办，黄柑荐酒，[2]更传青韭堆盘△

却笑东风从此，便熏梅染柳，更没些闲△闲时又来镜里，转变朱颜△清愁不断，问何人、会解连环△生怕见，花开花落，朝来寒雁先还△

注：① 春幡：剪彩为长方形小旗，春日悬于妇人头上或树上，谓之春幡。② 荐酒：指以果品时鲜等佐酒。

曹元方（明351）一首　题：寓剑津。[1]

架屋如巢，依槎枒古树，[2]四面旌幡△[3]乡山迢递，依稀遮断云寒△灯前儿女，料此时、洒立春园△雨霏微，[4]淡黄杨柳，消受皓月孤烟△

家在绿云天半，惜风衣雨饭，行客无闲△[5]不觉老来头上，对镜苍颜△郁葱佳气，问中原、何日蹁跹△弹清泪，拭眼遐望，羡煞塞雁先还△

注：① 剑津：即延平，今福建南平。② 槎枒：错杂不齐貌。③ 旌幡：旗帜。④ 霏微：飘洒。⑤ 行客：旅客。

吴秉仁（清83）一首　题：乙丑（1685年）元旦示诸儿，恰逢立春。

爆竹轰新，趁桃符换旧，[1]恰遇春回△黄柑曾劈，[2]试验葭管灰飞△[3]裁红剪绿，袅银幡、赛舞金闺△[4]寒尚在，山头残雪，溪边荠菜花肥△

此日踏青何暇，喜儿童团聚，椒酒盈杯△[5]从兹大家都健，休敛愁眉△去年无恙，莫因循、今岁知非△谁念及，东风又至，钿车芳草斜晖△

注：① 桃符：指春联。② 黄柑：元旦日例食黄柑。③ 葭灰：古以葭莩之灰，置于律管，以占气候。④ 银幡：春胜也。⑤ 椒酒：元旦日例饮椒酒。

历代雅词大观

第二册

车乘轨　编注

江苏大学出版社
JIANGSU UNIVERSITY PRESS
镇　江

四十六字　更漏子　第一体，后段平仄韵换第二种。

温庭筠（唐 34）四首

（1）玉炉香，红蜡泪▲①偏照画堂秋思▲②眉翠薄，鬓云残△③夜长衾枕寒△

梧桐树▲▲三更雨▲▲不道离情正苦▲▲一叶叶，一声声△△空阶滴到明△△

注：① 红蜡：红烛。② 思：读去声，寘韵，意思也。③ 鬓云：鬓发。

（2）相见稀，相忆久▲眉浅淡烟如柳▲垂翠幕，结同心△待郎薰绣衾△

城上月▲▲白如雪▲▲蝉鬓美人愁绝▲▲①宫树暗，鹊桥横△△②玉签初报明△△③

注：① 蝉鬓：蝉翼鬓，魏文帝宫人莫琼树首制，见《古今注》。② 鹊桥：七夕牛郎织女会于鹊桥。③ 玉签：计更漏之签筹。

（3）背江楼，临海月▲城上角声呜咽▲堤柳动，岛烟昏△两行征雁分△

西陵路▲▲①归帆渡▲▲正是芳菲欲度▲▲②银烛尽，玉绳低△△③一声村落鸡△△

注：① 西陵：峡名，长江三峡之一。② 芳菲：本喻花草香美，此处喻美人。③ 玉绳：星名。

（4）星斗稀，钟鼓歇▲帘外晓莺残月▲兰露重，柳风斜△满庭堆落花△

虚阁上▲▲倚栏望▲▲还似去年惆怅▲▲春欲暮，思无穷△△旧欢如梦中△△

毛熙震（五代十国 23）一首

秋色清，河影澹▲①深户烛寒光暗▲绡幌碧，②锦衾红△博山香炷融△③

更漏咽▲▲蛩鸣切▲▲④满庭霜华如雪▲▲新月上，薄云收△△映帘悬玉钩△△⑤

注：① 河：银河；澹：恬静也。② 绡：生丝；幌：纬幔。③ 博山：香炉；炷融：烧熔。④ 蛩：蟋蟀。⑤ 玉钩：喻眉月。

赵长卿（宋 389）一首

日彤彤，①风荡荡▲帘外柳花飞飏▲红有限，绿无穷△雨晴芳径中△

肠才结▲▲萦离别▲▲②还是去年时节▲▲春暮也，子规啼△△③伤春三月时△△

注：① 彤彤：鲜明红色。② 萦：旋绕也。③ 子规：即杜鹃。

卢祖皋（宋 445）一首

玉钩裁，①罗袜浅▲心事漫拈针线▲钗半亸△②鬓慵梳△③新来消瘦无△

江南路▲▲花无数▲▲春梦不知何处▲▲帘影转，暝禽西△△看看眉黛低△△

注：① 玉钩：喻缠足女鞋。② 亸：下垂也。③ 慵：懒也。

顾同应（明 320）一首　题：春思。

小屏深，罗帐冷▲窗上一枝梅影▲花不语，鸟偷啼△君心妾自知△

江上树▲▲人何处▲▲惆怅梦中私语▲▲①双带缓，②翠娥羞△△③问君几许愁△△

注：① 惆怅：悲哀、伤感。② 缓：宽也、解也。③ 翠娥：喻女子。

沈宜修(女)(明 329)一首　题：寄君晦。①

旧愁新，新梦去▲长恨画帘燕语▲堤草软，野花轻△随帆送棹行△②

鸾镜掩▲▲翠蛾敛▲▲③襟袖空余泪点▲▲生别恨，伴销魂△△风吹月照门△△

注：① 君晦：即其弟沈自炳。② 棹：船桨，喻船。③ 翠蛾：喻眉。

沈自炳(明 348)一首　题：次韵宜修姊。

忆情人，南浦去▲携手向人低语▲眉样浅，翠衣轻△莺啼画舫行△

香闺掩▲▲珠帷敛▲▲①春剩杨花千点▲▲愁不禁，黯销魂△△黄昏独倚门△△

注：① 珠帷：珍珠帐幕。

王夫之(明 557)一首　题：本意。

斜月横，疏星炯▲①不道秋宵真永▲②声缓缓，滴泠泠△③双眸未易扃△④

霜叶坠▲▲幽虫絮▲▲⑤薄酒何曾得醉▲▲天下事，少年心△△分明点点深△△

注：① 炯：光明也。② 永：长也。③ 泠泠：音灵，水声。④ 扃：闭也。
⑤ 絮：与上、下句不叶韵，作宽叶。

王玭(女)(明 604)一首

玉参差，①金腰袅▲②墙外曾闻一笑▲才转眼，急回身△绿杨影里人△

金炉短▲▲犀簟软▲▲③人和影儿都远▲▲捱夜夜，数更更△△今生睡不成△△

注：① 玉参差：镶玉的无底排萧，一说玉阮笙。② 金腰袅：古骏马名。
③ 犀簟：以犀为席也。《唐书》张易之为母作七宝帐、象床、犀簟。

沈忆年(明 641)一首　题：春昼。

双归燕，雕梁见▲春昼更添银箭▲①花露重，柳风斜△玉笙吹暮霞△

蘼芜路▲▲②香车度▲▲拂袖落红无数▲▲细雨过，草烟迷△△满堤蝴蝶飞△△

注：① 银箭：计时之器。② 蘼芜：野草名。

洪升(清 578)一首　题：渡瓜洲。①

暗潮生，斜日坠▲瓜步晚云初霁▲②离别苦，客路难△江风吹暮寒△

疏窗近▲▲孤帏冷▲▲旅途还家才醒▲▲年少日，客中多△△好春能几何△△

注：① 瓜洲：长江古渡口，属扬州，隔江为镇江。② 瓜步：山名，在瓜洲附近。

过春山(清 981)一首

半开帘，斜背烛▲困倚书屏新浴▲眉淡扫，髻低梳△夜凉生绣襦△①

秋声骤▲▲雁来候▲▲又共海棠消瘦▲▲香乍热，簟微寒△△魂销似去年△△

注：① 襦：短衫。

王昶(清 988)一首　题：章练堂邹氏东楼，雪外同邹薇仙、邹云蕖作。

玉炉寒，银烛冷▲已是黄昏光景▲倾桂酒，①簇椒花△②春盘荐岁华△③

风萧屑▲▲④三更雪▲▲偏觉吟情难歇▲▲⑤村柝急，⑥寺钟鸣△△南窗月半明△△

注：① 倾桂酒：倒桂花酒。② 椒花：即椒花雨，酒名。③ 荐：献也。④ 萧屑：松声。⑤ 吟情：吟咏兴致。⑥ 柝：巡更敲击之梆。

沈初(清 1011)一首　题：题冯尔调《荒村露宿孝迹图》。

晚风寒，新月小▲断续啼猿多少▲惊旅梦，役孤魂△①麻衣冷未温△②

更漏急▲▲霜如雪▲▲独伴一棺凄绝▲▲心欲碎，不成眠△△乌飞星满天△△

注：① 役：服役，指守墓。② 麻衣：孝衣。

李调元(清 1026)一首

春夜阑，①春雨歇▲柳外一钩残月▲春露坠，春风斜△晓莺啼落花△

春日媚▲▲苦思睡▲▲金鸭篆香萦穗▲▲②春渐老，燕泥残△△燕还人未还△△

注：① 阑：残落。② 金鸭：铜鸭形香炉；萦穗：旋绕灯芯。

沈钟(清 1143)一首

人未来，春又去▲禁得几番风雨▲①帘栊悄，②漏声遥△③将眠魂暗销△

灯花好▲▲知何兆▲▲应有梦儿来到▲▲才合眼，又惊回△△城头画角催△△④

注：① 禁：当也、受也，② 帘栊：窗帘。③ 漏：计时器。④ 画角：绘画之号角。

沈一诚(清 1265)一首　题：寒宵。

漏初沉，①灯欲敛▲门户几家深掩▲邻犬吠，隔篱坳△②柝声穿巷高△③

檐雪重▲▲观冰冻▲▲竹屋纸窗谁共▲▲香袅袅，酒恹恹△△衾寒梦不酣△△

注：① 漏：指更漏声。② 篱坳：篱角。③ 柝声：巡夜敲梆声。

金式玉(清 1279)一首

绣罗香，蝉鬓影▲①瘦损怕看鸾镜▲②人意悄，篆烟浓△开帘燕子风△③

莺成语▲▲愁无主▲▲一霎枝头红雨▲▲④欢易尽，泪空垂△△春心花不知△△

注：① 蝉鬓：蝉翼形鬓发。② 鸾镜：镜之美称，源出《异苑》。③ 燕子风：即春风。④ 红雨：喻落花。

张珊英(女)(清 1446)一首

听幽蛩，①鸣玉砌▲②月影重门深闭▲清露冷，漏声微△③敲窗败叶飞△

帘半卷▲▲人微倦▲▲闲倚薰笼题扇▲▲[4]炉烟袅，[5]画屏深△△添香学抚琴△△[6]

注：① 幽蛩：指蟋蟀。② 玉砌：白石台阶。③ 漏：铜壶滴漏，计时也。④ 薰笼：烘衣、薰香之具。⑤ 袅：缭绕。⑥ 添香：弹琴时须焚香。

黄润蔎（女）（清1549）一首　题：秋夜。

晚风凉，天气肃▲[1]一枕新凉如玉▲梧叶落，桂花香△静听更漏长△

人语悄▲▲余香袅▲▲[2]何处寒砧频捣▲▲[3]星汉静，[4]月轮高△△秋声隐林梢△△

注：① 肃：肃杀。② 袅：缭绕。③ 砧：捣衣石。④ 星汉：星与天河。

贺鸣谦（清1610）一首　题：春昼。

日痕迟，人意倦▲怕向小栏帘卷▲香作屑，玉成烟△[1]落花如梦天△

垂杨树▲▲飞晴絮▲▲又满离亭别浦▲▲一点点，一条条△△春情着意描△△

注：① 香作屑、玉成烟：皆喻落花。两处皆泛指别离处。

谭献（清1756）一首

酒杯停，人语细▲月午绣帘垂地▲[1]收玉钿，[2]卷罗衣△海棠憔悴时△

清漏断▲▲回肠转▲▲谁道秋宵更短▲▲才半晌，[3]又三更△△疏灯闻雁声△△

注：① 月午：喻半夜。午，正中一半也。② 玉钿：首饰。③ 半晌：片刻也。

车乘轨（现当88）一首　题：机械手表"退休"记。　注：2002年2月17日作。

海沙牌，瑞士表▲伴我一生到老▲[1]工作去，出门回△手中常系陪△

齿轮败▲▲秒针坏▲▲快快心中不快▲▲机械旧，[2]石英新△△[3]后来居上珍△△[4]

注：① 伴我一生：海沙HESSO表，作者于1954年元月18日购得，至今年1月14日，历时47年半。② 机械旧：海沙表是机械表。③ 石英新：新购石英表。④ 此句说石英表使用正点方便，胜于机械表。

四十六字　更漏子　第二体，同第一体，但后段第一句不叶韵。

韦庄（五代十国1）一首

钟鼓寒，楼阁暝▲月照古桐金井▲[1]深院闭，小庭空△落花香露红△

烟柳重，春雾薄▲▲灯背小窗高阁▲▲闲闭户，暗沾衣△△待郎郎不归△△

注：① 金井：有雕饰之井栏。

张先（宋18）一首

锦筵红，罗幕翠▲侍宴美人姝丽▲十五六，解怜才△劝人深酒杯△

黛眉长，[1]檀口小▲▲[2]耳畔向人轻道▲▲柳阴曲，是儿家△△[3]门前红杏花△△

注：① 黛眉：画黛绿之眉。② 檀口：犹言绛唇，抹红之嘴。③ 儿：妇女自称，即我。

晏殊(宋20)一首

蕣华浓，①山翠浅▲一寸秋波如剪▲②红日永，③绮筵开△暗随仙驭来△④

遏云声，⑤回雪袖▲▲⑥占断晓莺春柳▲▲才送目，又颦眉△△⑦此情谁得知△△

注：① 蕣华：即槿花。② 秋波：喻眼波。③ 红日永：喻日长。④ 仙驭：指仙女。驭，驭风也。⑤ 遏云：响遏行云，喻其声可遏止行云。⑥ 雪袖：袖内手腕雪白。⑦ 颦眉：皱眉。

苏颂妹(女)(宋67)一首　题：寄季玉妹。

小栏杆，深院宇▲依旧当时别处▲朱户锁，玉楼空△一帘霜日红△①

弄珠江，②何处是▲▲望断碧云无际▲▲凝泪眼，出重城△△③隔溪羌笛声△△④

注：① 霜日：秋日。② 弄珠：玩弄珍珠，指育蚌弄珠。③ 重城：多处城邑。④ 羌笛：乐器名，羌，少数民族，在西北一带。

晏几道(宋71)二首

(1) 露华高，风信远▲宿醉画帘低卷▲①梳洗倦，冶游慵△②绿窗春睡浓△

丝条轻，金缕重▲▲③昨日小桥相送▲▲芳草恨，落花愁△△去年同倚楼△△

注：① 宿醉：隔夜酒醉。② 冶游：游荡；慵：懒也。③ 金缕：金线。

(2) 槛花稀，池草遍▲冷落吹笙庭院▲人去日，燕西飞△燕归人未归△

数书期，寻梦意▲▲弹指一年春事▲▲新怅望，旧悲凉△△不堪红日长△△

向子諲(宋218)一首　题：雪中韩叔夏席上。①

小窗前，疏影下▲鸾镜弄妆初罢▲②梅似雪，雪如人△都无一点尘△

暮江寒，人响绝▲▲更着朦胧微月▲▲山似玉，玉如君△△相看一笑温△△

注：① 韩叔夏：即韩璜，见《词人小传》。② 鸾镜：镜之美称，源出《异苑》。

欧良(宋566)二首

(1) 画楼深，春昼永▲①帘幕东风微冷▲莺啭罢，②燕归来△佳人午梦回△

鬓钗横，眉黛浅▲▲③一捻楚腰纤软▲▲④推绣户，倚雕栏△△无言看牡丹△△

注：① 春昼永：春日长。② 莺啭：莺鸣。③ 眉黛：眉上所画之黛绿。④ 楚腰：喻细腰，源出楚王好细腰。

(2) 鬓慵梳，眉慵画▲独自行来花下▲情脉脉，泪垂垂△此情知为谁△

雨初晴，帘半卷▲▲两行衔泥新燕▲▲人比燕，不成双△△枉教人断肠△△

仇远(元22)一首

楝花风，①都过了▲冷落绿阴池沼▲②春草草，③草离离△④离人归未归△

暗魂销，频梦见▲▲依约旧时庭院▲▲红笑浅，绿颦深△△东风不自禁△△

注：① 楝花风：二十四番花信风中之最后一番，在谷雨节后十天。② 池沼：方池叫池，曲池称沼。③ 草草：喻简单。④ 离离：繁盛貌。

商景兰(女)(明424)二首　题：第一首，春。

第二首，夏。

(1) 艳阳天，流水曲▲处处莺啼柳绿▲初睡足，晓妆迟△帘开燕子飞△
桃如火，梅似豆▲▲添得玉颜消瘦▲▲眉淡淡，鬓星星△△①王孙草正青△△②

注：① 星星：点点也。② 王孙：富贵家子弟。

(2) 湘帘外，①池水侧▲双燕风前归急▲移玉簟，②弄霜纨△③黄梅雨正翻△④
薰风起，⑤芙蓉乱▲▲⑥叶底鸳鸯寻伴▲▲一队队，一双双△△联翩宿野塘△△

注：① 湘帘：斑竹帘。② 簟：席也。③ 霜纨：白绢团扇。④ 黄梅雨：江南一带农历五月梅熟时雨。⑤ 薰风：南风。⑥ 芙蓉：即荷花。

杨宛(女)(明429)一首　题：与外坐月下。①

夜凉时，风暗动▲远近荷香分送▲论往事，叙新恩△月知来瞯人△②
私嘲戏，声小小▲▲翻被侍儿猜了▲▲③今夜个，胜双星△△温存直到明△△

注：① 外：即丈夫。② 瞯人：视人。③ 侍儿：婢女。

蒋平阶(明559)一首

菊花潭，杨柳岸▲乡思暗随征雁▲欹玉枕，解罗襦△①更阑闻鹧鸪△②
三五夜，③白如雪▲▲④犹照长安宫阙▲▲⑤花半露，燕飞高△△东风恨未消△△

注：① 罗襦：罗短衫。② 更阑：夜残也。③ 三五夜：十五夜。④ 白如雪：喻月明。⑤ 长安：汉、唐京都，借喻明都北京，时北京已被清所占。

徐籀(清26)一首　题：夏景。

柳阴深，苔径滑▲枝上小莺调舌▲①冰簟冷，②帐烟轻△凭栏调玉笙△
南池雨，西山电▲▲一沼菰蒲自战▲▲③蝶对对，燕双双△△荷亭晚更香△△

注：① 调舌：喻鸣叫。② 冰簟：凉席。③ 菰蒲：即茭白；战：颤动。

柴震(清261)一首　题：闺夜。

麝烟微，①蝉影泻▲楼上晚妆初卸▲钗翠滑，②鬓云松△③月移花影重△
漏无声，莺未语▲▲睡熟银屏深处▲▲芳草径，马蹄尘△△梦回还当真△△

注：① 麝：麝香。② 钗翠：翡翠钗。③ 云：喻发。

朱彝尊（清288）一首　题：吴江秋泛。①

橛头船，②菱叶港▲十里冷风门巷▲江八测，③柳千条△赤栏第四桥△

煮鲈香，听鸭语▲▲莫恨舟师催去▲▲④空翠淡，夕阳孤△△飞帆度石湖△△⑤

注：① 吴江：江苏县名；秋泛：秋天行船。② 橛头船：直头船。③ 八测：即八坼，镇名，在吴江城南运河边。④ 舟师：船夫。⑤ 石湖：在苏州西南，与吴江接界。

周清源（清488）一首　题：夏日观荷。

洛阳花，①湘江竹▲②小阁迴栏深曲▲茶烟静，午阴迟△蝉声过竹枝△

并蒂莲，俱飞蝶▲▲衬着田田荷叶▲▲③一点点，一星星△△幽香入座清△△

注：① 洛阳花：指牡丹。② 湘江竹：指斑竹。③ 田田：荷叶浮水貌。

邵玘（清943）一首

半含桃，初绽柳▲正是可怜时候▲①才见面，已知心△春情忒不禁△②

画栏边，妆阁畔▲▲好个深深庭院▲▲花匼匝，③月朦胧△△衣香叶叶风△△④

注：① 可怜：可怜爱。② 忒不禁：太难禁受。③ 匼匝：周匝也。匼，音苛。④ 叶叶：轻微。

高宗元（清945）一首　题：春泛。①

玉绳低，②银漏断▲③户外绿杨莺哢▲清梦远，起来慵△酒消菱镜中△

启琼窗，春去也▲▲扶病西溪游冶▲▲烟漠漠，雨丝丝△△受风小艇迟△△

注：① 春泛：春日行船。② 玉绳低：玉绳，星名。喻天将亮了。

许宗彦（清1217）一首　题：晚过平江。①

素秋深，②明月满▲舟过香鲈亭畔▲③渔市散，暝鸦归△④人家掩竹扉△

拓箹窗，⑤开玉醖▲▲⑥斟到杯中月上▲▲云叶澹，⑦露华浓△△帆飞镜影中△△

注：① 平江：苏州古名。② 素秋：秋天别称。③ 香鲈亭：苏州亭名。④ 暝鸦：晚鸦。⑤ 拓箹窗：开启竹窗。⑥ 玉醖：喻美酒。⑦ 云叶澹：云片恬静。

谢章铤（清1678）一首

雨疏疏，风索索▲①一片伤心楼阁▲人影瘦，烛花单△罗衣彻夜寒△

断虫吟，②孤雁语▲▲添出许多酸楚▲▲云黯淡，树模糊△△家山认得无△△

注：① 索索：风声。② 断虫吟：断续虫鸣。

四十六字　更漏子　第三体，同第一体，但后段不换第二种仄韵。

汤显祖（明236）一首　题意：《紫箫记》咏郭贵妃。

展金宫，①铺玉册▲②光映锦貂梅额▲③三殿宴，九枝灯△春风绕画棚△

珠斗直▲④银蟾滴▲⑤人在凤桥吹笛▲簪绣蝶，⑥卜罗裙△△瑞龙香自薰△△⑦

注：① 金宫：皇宫。② 玉册：册立贵妃之皇帝诏书。③ 锦貂：华贵之貂服；梅额：时尚之梅花妆。源出宋武帝女寿阳宫主，人日（正月初七）卧檐下，梅花落于额上，成梅花妆，人争仿效之。④ 珠斗：明亮之星。⑤ 银蟾：明月也。⑥ 簪：插戴。⑦ 瑞龙：香名。

四十六字　更漏子　第四体，同第一体，但前段第四句换第二种仄韵，后段起句叶平韵，第四句换第二种仄韵。

周闲（清 1676）一首

趁官桥，喧市火▲重泊湾头霜舸▲①疏柳碧▲▲②夕阳青△红泥明水亭△

夜三更△③秋一色▲▲谁在空中吹笛▲▲风恻恻▲▲④月漫漫△△客衣凭栏寒△△

注：① 舸：大舟。② 碧：叶第二种仄韵；③ 更：叶平韵，皆与格律不同。④ 恻：叶第二种仄韵。

四十六字　眉峰碧

刘奎年（清 1102）一首

一水分双岸▲弱柳轻遮断▲镇日兰房不耐寒，①怎郎处、春偏暖▲

抱影登楼看▲倚栏闻微叹▲花外车轮井辘轳，②分明向、心头转▲

注：① 镇日：整天；兰房：女子闺房。② 井辘轳：井上汲水绞器具。

四十六字　海棠春

马庄父（宋 523）一首　题：春景。

柳腰暗怯花风弱▲①红映秋千院落▲归逐雁儿飞，斜撼珍珠箔▲②

满林翠叶胭脂萼▲不忍频频觑着▲护取一庭春，莫弹花间雀▲③

注：① 花风：花信风也。② 珍珠箔：即珠帘。③ 弹：弹打。

四十六字　琴调相思引（又名相思引）

周紫芝（宋 201）一首

梅粉梢头雨未干△淡烟疏日带春寒△暝鸦啼处，①人在小楼边△

芳草只随春寒长，塞鸿空傍碧云还△②断霞销尽，③新月又婵娟△④

注：① 暝鸦：晚鸦。② 塞鸿：边疆之鸿。③ 断霞：天边的云霞。④ 婵娟：喻美丽。

卢祖皋（宋 445）一首

陆续鸣鸠呼晓晴△①霏微残雾湿春城△②未成梅雨，③先做麦寒轻△

长日愔愔花又落，[4]短屏曲曲酒初醒△小舟无绪，[5]闲带牡丹行△

注：① 鸣鸠：即斑鸠，天气有变则鸣。② 霏微：不盛。③ 梅雨：农历五月梅熟，天气乍晴乍雨，谓之梅雨。④ 愔愔：静静。⑤ 无绪：无情绪。

赵与仁（宋 545）一首

水陌纱窗小院清△[1]晴尘不动地花平△昨宵风雨，凉到木樨屏△[2]

香月照妆秋粉薄，水云飞佩藕丝轻△好天良夜，闲理玉靴笙△[3]

注：① 水陌：水巷。② 木樨：桂花别名。③ 玉靴：笙名。

陈允平（宋 556）一首

金谷园林锦绣香△[1]踏青挑菜又相将△凤台人远，[2]离思入三湘△[3]

花着雨添红粉重，柳随风曳碧丝长△薄情莺燕，春去怎商量△

注：① 金谷园：在洛阳，系晋石崇别庐。② 凤台：在陕西宝鸡，秦穆公为女弄玉所筑，后弄玉跨凤仙去。③ 三湘：湖南之湘潭、湘阴、湘乡。

汪元量（宋 562）一首　题：赏花。

晓拂菱花巧画眉△[1]猩罗新剪作春衣△[2]恐春归去，无处看花枝△

已恨东风成去客，更教飞燕舞些时△惜花人醉，头上插花归△

注：① 菱花：指镜。② 猩罗：猩红色丝罗。

刘仲尹（金 10）一首

蚕欲眠时日已曛△[1]柔桑叶大绿团圆△罗敷犹小，[2]陌上看行人△[3]

翠实低条梅弄色，轻花吹垅麦均匀△鸣鸠声里，过尽太平村△

注：① 曛：黄昏时也。② 罗敷：战国时赵国女子，采桑陌上，赵王欲夺之未果。③ 陌上：喻郊野。

吴秉仁（清 83）一首　题：东溪晓起，春分前一日。　注：调名原作相思引。

漏转东溪月一痕△[1]树围山远磨红云△[2]子规啼彻，[3]人影带黄昏△[4]

晓雾渐迷杨柳岸，疏星遥堕杏花村△不堪离思，明日又春分△

注：① 漏：滴漏，计时器。② 磨红云：蔽日之云。③ 子规：即杜鹃。④ 带黄昏：带来黄昏。

吴棠桢（清 200）一首　题：金陵感旧。[1]

珠帘金宫帝子家△[2]春风肠断石城鸦△[3]蒋山明月，[4]仍照后庭花△[5]

人去临春歌舞歇，红灯飞入内人斜△[6]旧人何处，帆影一江沙△

注：① 金陵：今江苏南京。② 金宫：金殿；帝子家：帝皇家。③ 石城：石头城，南京别名。④ 蒋山：即钟山、紫金山。⑤ 后庭花：陈后主亡国之曲。⑥ 内人：宫女。

沈士芳（女）（清 223）一首　注：调名原作相思引。

蟾影筛花印翠蚨△①为寻粉蝶上兰陂△②板桥怯渡，笑带柳枝扶△

归路卸头背灯立，③回波旖旎态摩挲△④春图半幅，香阁背人摹△

注：① 蟾影：月影；翠蚨：青钱也。② 陂：此字与第一句“蚨”、第四句“扶”不叶韵，作宽叶。③ 卸头：卸去头饰。④ 波：指眼波；摩挲：迷离、模糊。陆游《睡起遣怀》：“摩挲困睫喜汤熟。”《金瓶梅词话》第八回：“此时宿酒未醒，醉眼摩挲。”“挲”字与末句“摹”不叶韵，作宽叶。

赵吉士（清 279）一首　题：冬夜宿北顶僧舍。　注：调名原作相思引。

霜落疏林朔气浓△①短篱黄叶吼西风△酒寒灯烬，②响彻隔墙钟△

不辨狂沙连塞白，③惊看野烧接天红△虎蹲狮踞，直北是居庸△④

注：① 朔：北方也。② 灯烬：灯余。③ 塞白：边疆之霜。④ 居庸：关名，长城隘口之一。

郁承烈（清 487）一首　题：山村。

湿翠松阴绕舍旁△①断畦微雨插新秧△朝来泥滑，行馌妇愁难△②

云树渐肥山转绿，③豆花开遍满村香△陌头溪上，④野老话耕桑△⑤

注：① 舍：屋舍。② 行馌：送饭到田头。③ 云树：喻山上树之高。④ 陌：田间道路。⑤ 野老：喻老农；耕桑：喻农事。

汪森（清 669）一首

忆昨沙黄垄麦昏△①少年游冶逐雕轮△②远山愁黛，③触处暗销魂△

记得东风曾系马，小桥流水近朱门△晚来红湿，微雨杏花村△

注：① 垄麦：田麦。② 雕轮：雕饰之华丽车。③ 远山：喻眉峰。

张宗橚（清 757）一首

画阁新晴春意浓△流莺啼到绿阴中△日长风静，花影隔帘红△

倚槛有情调翡翠，①薰香无力绣芙蓉△闲寻好梦，独自掩房栊△②

注：① 翡翠：鸟名。② 房栊：房窗。

查礼（清 960）一首　题：水西庄纳凉。

葵扇蕉衫坐小亭△①空池水活乱蛙鸣△夕阳西下，凉入柳丝汀△

月出不知荷露重，云生只觉竹风轻△流萤几点，明灭上桃笙△②

注：① 蕉衫：生麻衫。② 明灭：忽明忽暗；桃笙：竹席也。

马汾（清 1201）二首　题：第一首，过沈云耕表叔寓斋。

(1) 小径微和试嫩晴△①芒鞋踏草叩柴扃△②落梅风里，③听得读书声△

花座呼童斟竹叶，[4]月窗留客展桃笙。[5]一池春水，照见此幽情。

注：① 和：温和。② 芒鞋：即草鞋；柴扃：即关闭上闩之柴门。③ 落梅风：农历五月之风。④ 竹叶：酒名。⑤ 桃笙：桃竹编的席。

（2）小径风柔雨乍晴。菜花香送扑帘旌。[1]便教春在，已是过清明。

柳线不穿今日泪，榆钱难买少年情。[2]欲眠愁煞，檐外一声莺。

注：① 帘旌：喻帘似一面旗。② 榆钱：指榆荚，因其状似铜钱。

杨祖学（清1702）一首　题：为青云校书戏题。[1]

金屑檀槽拨未终。[2]湿云新敛月方中。鸳鸯双枕，今夜与谁同。

襟上酒痕凝浅碧，尊前粉靥晕微红。暗思何事，蹙损小眉峰。

注：① 校书：此处指有才学之妓女。② 金屑：泥金也；檀槽：指琵琶。

秦代馨（清1727）一首　题：春闺。

罘罳六曲障龟纱。[1]侍儿斟过雨前茶。[2]秋千高挂，一半绿杨遮。

笑唾红线拾蛱蝶，[3]时揎翠袖捉杨花。[4]桐阴小憩，坐到草茵凹。[5]

注：① 罘罳：帷幕、屏障之类。罘，音浮；龟纱：即皱纱。② 雨前茶：茶叶名，采于谷雨节前。③ 唾红线：绣女习惯把绒线头含在口中，再行吐出；蛱蝶：古人对蝴蝶之通称。④ 揎：钩袖出臂也。⑤ 草茵：指草丛。

许白凤（现当58）一首　题：忆龙华。[1]　注：1974年作，调名原作相思引。

三月桃花带湿秾。[2]车尘十里寺门东。摇横碧水，银翼塔边风。[3]

薄薄春衫青鬓影，萋萋芳草旧游踪。欲无还有，梦醒一灯红。

注：① 龙华：即新龙华，在上海市西南郊。② 秾：花草稠多貌。③ 银翼：指飞机。

车乘轨（现当88）一首　题：小山羊。　注：2002年6月5日作。

洁白皮毛性格柔。孜孜啮草不知休。[1]相逢同类，咩咩鸣声悠。[2]

看似弱懦无足力，偏能过岭越山沟。[3]征程三十，[4]一路追随游。

注：① 孜孜：不知倦也。② 咩咩：羊鸣声。③ 作者1936年在绍兴徐家溇九松小学任教，曾与久珉堂兄共育一小山羊，牵其去漓渚镇丽生堂兄家，一路翻山越溪，非常矫健。④ 征程：长行路程；三十：往返共计三十余华里。

四十六字　荆州亭（又名江亭怨）

吴城小龙女（女）（宋92）一首　故事：《冷斋夜话》黄鲁直登荆州亭，柱间有此词。夜梦一女子云："有感而作。"鲁直惊悟曰："此必吴城小龙女也。"

帘卷曲栏独倚▲江展暮云无际▲泪眼不曾晴，家在吴头楚尾▲

数点落花乱委▲①扑漉沙鸥惊起▲②诗句欲成时，没入苍烟丛里▲

注：① 委：抛弃。② 扑漉：鼓动翅膀声。

王绍（清318）一首　题：旅泊。

客舫何堪雨泊▲①布被难禁风削▲惹愁病支离，②魂梦总无安着▲

岸上人家击柝▲③城畔戍楼吹角▲④彻夜不曾停，⑤省得孤怀寥落▲⑥

注：① 舫：大舟。② 惹愁：引起愁；支离：残缺。③ 击柝：巡夜者敲梆。④ 戍楼：守卒驻楼；角：号角。⑤ 彻夜：通宵。⑥ 寥落：寂寥失落。

侯文曜（清622）一首　题：巫山集仙峰。

别过女郎祠庙▲看到巫峰娟妙▲总是集仙家，一样眉痕渺渺▲

忽被乱烟遮了▲行雨行云难料▲诗句欲成时，路隔江南多少▲

钱肇修（清660）一首　题：早行，雪中。

一夜雪花遍野▲千树琼瑶低亚▲①此际有人行，妆点须眉如画▲②

楼外酒旗未挂▲楼上高歌才罢▲何处问前途，村里灯光微射▲

注：① 琼瑶：美玉，喻雪。② 须眉：即"须眉华现"喻人形清晰。

郑燮（清906）二首　题：江上。①

(1) 江雨萧萧渐大▲②闷倚篷窗一个▲③沽酒不曾来，④借取邻舟灯火▲

半担六朝奇货▲⑤千古暮云江左▲⑥贩卖是谁家，紫绶貂婵八座▲

注：① 江上：指长江上。② 萧萧：风雨声。③ 篷窗：船窗。④ 沽酒：买酒。⑤ 六朝：指南京，曾为六个朝代京都。⑥ 江左：长江以东。

(2) 千里布帆无恙▲①万里沙鸥来往▲划却暮山青，②更觉溶溶漾漾▲③

多少六朝闲帐▲近日渔樵都忘▲只是怨弘光，④白昼金銮选唱▲

注：① 布帆：喻行船；无恙：无灾难。② 划：划船。③ 溶溶：水盛貌；漾漾：水摇动貌。④ 弘光：明崇祯帝死后，福王南京即位，年号弘光。

朱骏声（清1403）一首　注：调名原作江亭怨。

门外鸦啼金井▲①愁梦一时吹醒▲独自卷罗帷，②月转梧桐无影▲

明日画楼慵凭▲③弱柳丝丝烟暝▲心似楚江潮，④几夜西风吹冷▲

注：① 金井：有雕饰之井栏，此处指井旁梧桐树，古词中惯用"金井梧桐"。② 罗帷：罗帐、罗幕。③ 慵凭：懒倚。④ 楚：湖北。

虞子畏（现当103）一首　题：春眺。

春入杏林香暖▲柳染鹅黄轻浅▲几树弄莺簧，伴奏牧歌清婉▲
山横黛螺飞倩▲风荡波光撩乱▲南亩正耕春，翻落梨花片片▲

四十六字　清平乐（又名清平乐令、忆萝月）

李白（唐7）三首　注：调名原作清平乐令。

（1）禁闱清夜▲①月探金窗罅▲玉帐鸳鸯喷兰麝▲时落银灯香灺▲②
女伴莫话孤眠△六宫罗绮三千△③一笑皆生百媚，宸游教在谁边△④
注：① 禁闱：皇宫后妃居处。② 灺：同灺，音斜，读上声，烛余也。③ 六宫：指妃嫔；罗绮：喻美女。④ 宸游：皇帝巡游，指寝宿。

（2）禁庭春昼▲①莺羽披新绣▲百草巧求花下斗▲②只赌珠玑满斗▲③
日晚却理残妆△御前闲舞霓裳△④谁道腰肢窈窕，折旋笑得君王△
注：① 禁庭：宫廷。② 斗百草：古时妇女一种赌戏。③ 珠玑：即珍珠。玑，不圆之珠。④ 御前：皇帝前；霓裳：霓裳羽衣曲，舞曲名。

（3）倾城艳质▲①本自神仙匹▲②二八承恩初选入▲③身自三千第一▲
月明花落黄昏△人间天上销魂△且共题诗团扇，笑他买赋长门△④
注：① 倾城：谓其美绝。② 匹：匹配。③ 二八：十六岁；承恩：得到皇帝恩宠。④ 买赋长门：汉武帝后陈阿娇失宠退居长门宫，买嘱司马相如作赋得以复位。

温庭筠（唐34）一首

上阳春晚▲①宫女愁蛾浅▲②新岁清平思同辇▲③争那长安路远▲
凤帐鸳被徒薰△④寂寞花锁千门△⑤竞把黄金买赋，⑥为妾将上明君△
注：① 上阳：皇宫名。② 蛾浅：画眉太浅。③ 同辇：与皇帝同坐一车。④ 徒薰：白薰香。⑤ 花：喻宫女。⑥ 买赋：注见上首。

韦庄（五代十国1）二首

（1）何处游女▲蜀国多云雨▲①云解有情花解语▲窣地绣罗金缕▲②
妆成不整金钿△含羞待月秋千△住在深槐阴里，门临春水桥边△
注：① 蜀国：指四川。② 窣地：垂地；绣罗金缕：金线罗裙。

（2）野花芳草▲①寂寞关山道▲②柳吐金丝燕语早▲惆怅香闺暗老▲③
罗带悔结同心△独凭朱栏思深△梦觉半床斜月，小窗风触鸣琴△
注：① 芳草：香草。② 关山道：喻路途。③ 惆怅：伤感。

欧阳炯（五代十国11）一首

春来街砌▲①春雨如丝细▲春径满飘红杏蒂▲春燕舞随风势▲

春幡细缕春缯$_{\triangle}$[2]春闺一点春灯$_{\triangle}$自是春心撩乱，[3]非关春梦无凭$_{\triangle}$

注：① 砌：阶砌。② 春幡：剪彩为幡，作为首饰或悬于树枝；细缕：细线；缯：丝织物也。谓用丝织物细线制成春幡。③ 撩乱：纷乱。

尹鹗（五代十国18）一首

芳年妙妓$_{\blacktriangle}$淡拂铅华翠$_{\blacktriangle}$轻笑自然生百媚$_{\blacktriangle}$争那尊前人意$_{\blacktriangle}$[1]

酒倾琥珀杯时$_{\triangle}$[2]更堪能唱新词$_{\triangle}$赚得王孙狂处，断肠一搦腰肢$_{\triangle}$

注：① 争那：怎奈。② 琥珀：矿物，色黄或褐，此处喻酒色如琥珀。

毛熙震（五代十国23）一首

春光欲暮$_{\blacktriangle}$寂寞闲庭户$_{\blacktriangle}$粉蝶双双穿槛舞$_{\blacktriangle}$帘卷晚天疏雨$_{\blacktriangle}$

含愁独倚闺帏$_{\triangle}$玉炉烟断香微$_{\triangle}$正是销魂时节，东风满树花飞$_{\triangle}$

冯延巳（五代十国26）一首

雨晴烟晚$_{\blacktriangle}$绿水新池满$_{\blacktriangle}$双燕飞来垂柳院$_{\blacktriangle}$小阁画帘高卷$_{\blacktriangle}$

黄昏独倚朱栏$_{\triangle}$西南新月眉弯$_{\triangle}$[1]砌下落花风起，[2]罗衣特地春寒$_{\triangle}$

注：① 新月：月初弦月。② 砌下：阶下。

李煜（五代十国34）一首

别来春半$_{\blacktriangle}$触目愁肠断$_{\blacktriangle}$砌下落梅如雪乱$_{\blacktriangle}$拂了一身还满$_{\blacktriangle}$

雁来音信无凭$_{\triangle}$路遥归梦难成$_{\triangle}$离恨恰如春草，更行更远还生$_{\triangle}$

张先（宋18）一首　题：李阁使席。

清歌逐酒$_{\blacktriangle}$[1]醉脸鲜霞透$_{\blacktriangle}$樱小杏青寒食后$_{\blacktriangle}$[2]衣换缕金轻绣$_{\blacktriangle}$[3]

画堂新月朱扉$_{\triangle}$严城夜鼓归迟$_{\triangle}$[4]细看玉人妆面，春工不在花枝$_{\triangle}$[5]

注：① 逐：竞争也。② 樱：樱桃。③ 此句谓换穿金线绣衣。④ 严城：高城。⑤ 此两句谓春在玉人妆面。

晏殊（宋20）一首

金风细细$_{\blacktriangle}$[1]叶叶梧桐坠$_{\blacktriangle}$绿酒初尝人易醉$_{\blacktriangle}$一枕小窗浓睡$_{\blacktriangle}$

紫薇朱槿花残$_{\triangle}$斜阳却照栏杆$_{\triangle}$双燕欲归时节，银屏昨夜微寒$_{\triangle}$[2]

注：① 金风：即秋风。② 银屏：屏风之美称。

欧阳修（宋33）一首

小庭春老$_{\blacktriangle}$碧砌红萱草$_{\blacktriangle}$[1]长忆小栏闲共绕$_{\blacktriangle}$携手绿丛含笑$_{\blacktriangle}$

别来音信全乖$_{\triangle}$[2]旧期前事堪猜$_{\triangle}$门掩日斜人静，落花愁点青苔$_{\triangle}$

注：① 碧砌：堆绿阶砌。② 乖：违背也。

刘敞（宋48）一首　题：咏木樨[1]。

小山丛桂▲最有人留意▲拂叶攀花无限思▲雨湿浓香满袂▲[②]

别来过了秋光△翠帘昨夜新霜△多少月宫闲地，嫦娥借与微芳△[③]

注：① 木樨：桂花别名。② 袂：袖也。③ 嫦娥：月宫仙子。末两句谓月宫也有桂树。

王安国（宋 63）一首　题：春晚。

留春不住▲费尽莺儿语▲满地残红宫锦污▲[①]昨夜南园风雨▲

小怜初上琵琶△[②]晓来思绕天涯△不肯画堂朱户，春风自在杨花△

注：① 宫锦：芍药别名宫锦红。② 小怜：《北史·冯淑妃传》"妃名小怜，大穆后从婢也"此处喻美婢。

晏几道（宋 71）三首　题：第一首，春情。

（1）波纹碧皱▲曲水清明后▲折得疏梅香满袖▲暗喜春红依旧▲

归来紫陌东头△[①]金钗换酒销愁△柳荫深深细路，花梢小小层楼△[②]

注：① 紫陌：喻京城之街巷。② 层楼：喻高楼。

（2）千花百草▲送得春归了▲拾翠人稀红渐少▲[①]叶底杏青梅小▲

小琼闲抢琵琶△[②]雪香微透轻纱△[③]正好一枝娇艳，当年独占韶华△

注：① 拾翠：采百草也。② 小琼：歌女名。③ 雪：喻肌肤洁白如雪。

（3）莲开欲遍▲一夜秋声转▲残绿断红香片片▲长是西风堪怨▲

莫愁家住溪边△采莲心事年年△谁管水流花谢，月明昨夜兰船△

王观（宋 76）一首　故事：有宫娥新得幸，作者应制赋《清平乐》词。

黄金殿里▲烛影双龙戏▲劝得官家真个醉▲[①]酌酒犹呼万岁▲

折旋舞彻伊州△[②]君恩与整搔头△[③]一夜御前宣唤，[④]六宫多少人愁△[⑤]

注：① 官家：宋代皇帝别称。② 折旋：曲折回旋，喻舞姿；伊州：舞曲名。③ 搔头：即簪，首饰也。④ 御前：帝前。⑤ 六宫：后妃寝宫。

陈睦（宋 86）一首　故事：《古今词话》陈睦奉使浙江，沈正叔留饮，出家妓侑觞，有翠鬟者，与其目色相授，以玉篦密赠睦…后翠鬟嫁睦，遂作此词。

鬓云斜坠▲[①]莲步弯弯细▲[②]笑脸双蛾生多媚▲[③]百步兰麝香喷▲

从前万种愁烦△枕边未可明言△好是蓝桥再渡，[④]玉篦还胜金钿△[⑤]

注：① 鬓云：喻鬓发。② 莲：金莲，喻缠足。③ 双蛾：双眉。④ 蓝桥：在陕西蓝田县，传其地有仙窟。喻仙女下凡。⑤ 玉篦：玉质梳头之具。

黄庭坚（宋 101）一首

春归何处▲寂寞无行路▲若有人知春去处▲唤取归来同住▲

春无踪迹谁知△除非问取黄鹂△百啭无人能醉，因风飞过蔷薇△

晁端礼（宋 103）一首

深沉玉宇▲①枕簟清无暑▲②睡起花阴初转午▲一霎飞云过雨▲

雨余隐隐残雷△夕阳却照庭槐△莫把绣帘垂下，妨他双燕归来△

注：① 玉宇：房屋美称。② 枕簟：枕席。

刘弇（宋 113）一首　故事：《复斋漫录》刘弇既丧爱妾，而不能忘，为作《清平乐》词。

东风依旧▲着意垂堤柳▲搓得鹅儿黄欲就▲天气清明时候▲

去年紫陌青门△今朝雨魄云魂△断送一生憔悴，能消几个黄昏△

贺铸（宋 121）一首

小桃初谢▲双燕还来也▲记得年时寒食下▲①紫陌青门游冶▲②

楚城满目春华△③可堪游子思家△④惟有夜来归梦，不知身在天涯△

注：① 年时：即那年。② 紫陌青门：喻帝都，注见上首；游冶：游荡。③ 楚城：指安徽太平州（今当涂），作者曾任太平州判；春华：即春花。④ 可堪：那堪；游子：作客他乡之人。

朱淑真（女）（宋 140）一首　题：夏日游湖。

恼烟撩露▲留我须臾住▲①携手藕花湖上路▲一霎黄梅细雨▲②

娇痴不怕人猜△随群暂遣愁怀△最是分携时候，③归来懒傍妆台△

注：① 须臾：少顷也。② 黄梅雨：梅熟时雨。③ 分携：握手分别。

毛滂（宋 143）一首　题：春夜曲。

兰堂灯灺▲①春心流苏夜▲②衣褪轻红闻水麝▲③云重宝钗未卸▲④

知君不奈情何△⑤时时慢转秋波△⑥一晌花柔柳困，⑦枕前特地春多△

注：① 灯灺：灯烧余。② 流苏：帐上穗也。③ 水麝：喻香。④ 云：喻发。⑤ 不奈：无奈。⑥ 秋波：眼波。⑦ 一晌：片时。

王安中（宋 172）一首　题：和晁倅春宴。①

花时微雨▲未减春分数▲②占取帘疏花密处▲把酒听歌金缕▲③

斜风轻度浓香△闲情正与春长△向晚红灯入座，尝新青杏随觞△④

注：① 晁：指晁冲之；倅：县尉。② 春分：节气名。③ 把酒：持酒杯；金缕：曲名。④ 随觞：喻下酒。觞，酒杯也。

朱敦儒（宋 180）二首

（1）乱红深翠▲楼阁春风外▲蝴蝶成团飞照水▲睡鸭无人惊起▲

身闲更觉身轻△酒壶歌扇随行△芳草绿杨堤畔，一声初听流莺△

（2）春寒雨妥▲花萼红难破▲绣线金针慵不作▲要见秋千无那▲

西邻姐妹叮咛△寻芳更约清明△画个丙丁帖子，②前街后院求晴△

注：① 作：做宽叶。② 丙丁帖子：民间在清明时节有画符求晴的风俗。丙丁在五行中属火，是火的代称。

周紫芝（宋201）一首

烟鬟敛翠▲柳下门初闭▲门外一川风细细▲沙上暝禽飞起▲①

今宵水畔楼边△风光宛似当年△月到归时明处，共谁同倚栏杆△

注：① 暝禽：指晚鸦。

吕本中（宋205）一首　题：柳塘书事。

柳塘新涨▲艇子操双桨▲闲倚曲栏成怅望▲是处春愁一样▲

傍人几点飞花△夕阳又送栖鸦△试问画楼西畔，暮云恐近天涯△

李邴（宋208）一首　题：闺情。

露花细柳▲春思浓如酒▲几阵狂风新雨后▲满地落红铺绣▲①

风流何处疏狂△②恹恹恨结愁肠△③又是危栏独倚，一川烟草斜阳△

注：① 红：花。② 风流：喻其夫。③ 恹恹：病态。

韩璜（宋219）一首

秋光如水▲酿作鹅黄蚁▲①散入千岩佳树里▲惟许修门人醉▲②

轻钿重上风鬟△不禁月冷霜寒△步障深沉归去，③依然愁满江山△

注：① 鹅黄蚁：喻黄酒。蚁，酒滓也。② 修门：本指楚郢门。后指南宋国都临安的城门。③ 步障：遮蔽尘土之帐幕。

蔡伸（宋222）二首

（1）彩舟双橹▲六月临平路▲①小雨轻风消晚暑▲绕岸荷花无数▲

玉人璨枕方床△②遥知待月西厢△昨夜有情明月，今宵特地凄凉△

注：① 临平：浙江镇名，今余杭县治。② 玉人：美人；璨枕：枕之美称。璨：玉石之光泽。

（2）南窗月满▲绣被堆香暖▲苦恨春宵更漏短▲①应讶郎归又晚▲②

征帆初落桥边△③迎门一笑嫣然△④今夜流霞共酌，⑤何妨金盏垂莲△⑥

注：① 更漏短：喻夜短。② 讶：惊奇也。③ 征帆：行船。④ 嫣然：巧笑貌。⑤ 流霞：美酒。⑥ 莲：金莲花炬，烛之美称。

李弥逊（宋233）一首　题：春晚。

一帘红雨▲[①]飘荡谁家去▲门外垂杨千万缕▲[②]不把东风留住▲

旧巢燕子来迟△故园绿暗残枝△肠断画桥烟水，[③]此情不许春知△

注：①红雨：喻落花。②缕：线条。③烟水：喻水面迷濛如烟。

申纯（宋234）一首　故事：词见《娇江记》。申纯与表妹娇娘一见倾心并终成姻缘。但因舅舅以朝廷规定内亲不得通婚为由，不答应婚事。后申纯与娇娘幽会，私偷娇娘花鞋，被飞红发现收回。申纯因怏怏于怀，作此词。一作宋朱淑真词。

尖尖曲曲▲紧把红绡蹙▲朵朵金莲光夺目▲衬出双钩红玉▲[①]

华堂春睡深沉△拈来绾动春心△[②]早被六丁收拾，[③]芦花明月难寻△

注：①双钩：喻一双弓鞋；红玉：喻足上肌肤。②绾：钩系。③六丁：道教神名。

曹勋（宋257）一首

秋凉破暑▲暑气迟迟去▲[①]最喜连日风和雨▲断送凉生庭户▲[②]

晚来灯火回廊△有人新酒初尝△且喜薄衾围暖，却愁秋月如霜△

注：①迟迟：徐行也。②断送：推送也。

侯寘（宋263）一首　题：咏橄榄灯球儿。

镂金剪彩▲[①]茸绾同心带▲[②]整整云鬟宜插戴▲雪柳闹蛾难赛▲[③]

休夸结实炎州△[④]且看指面纤柔△试问苦人滋味，[⑤]何如插鬓风流△

注：①镂金：雕刻。②茸绾：散乱貌，此句意为系好散乱同心带。③闹蛾：以乌金纸剪成蝶，以小铜丝穿戴于巾帽，谓之闹蛾儿。④实：果实；炎州：喻南方，橄榄产于闽广。⑤苦人：指食之味苦涩。

孙道绚（女）（宋289）一首　题：雪。

悠悠飏飏▲[①]做尽轻模样▲夜半萧萧窗外响▲[②]多在梅边竹上▲

朱楼向晓帘开△[③]六花片片飞来△[④]无奈薰炉烟雾，腾腾扶上金钗△

注：①悠悠飏飏：飘荡貌。②萧萧：风雪声。③向晓：近晨。④六花：雪之别称。

毛幵（宋343）一首　题：妓诉状立厅下。

醉红宿翠▲髻亸乌云坠▲[①]管是夜来不睡▲[②]那更今朝早起▲

春风满搦腰肢△[③]阶前小立多时△恰恨一番春雨，想应湿透鞋儿△

注：① 髻鬌：髻下垂；乌云：喻发。② 管是：定是。③ 搦：摩也。

王灼(宋353)一首

东风归早▲已绿瀛洲草▲①紫殿红楼春正好▲②杨柳半和烟袅▲③

玉舆遍绕花行△④初闻百啭新莺△历历因风传去，千门万户春声△

注：① 瀛洲：喻仙境，此处作人间之美称。② 紫殿：宫殿。③ 袅：缭绕状。④ 玉舆：宫轿。

张孝祥(宋357)一首

光尘扑扑▲①宫柳低迷绿▲斗鸭栏杆春诘曲▲②帘额微风绣蹙▲③

碧云青翼无凭△④困来小倚银屏△楚梦不禁春晚，黄鹂犹自声声△

注：① 光尘：广大尘沙；扑扑：拂也。② 斗鸭：古时游戏；诘曲：屈曲也。③ 帘额：帘上匾额。④ 青翼：指青鸟，传为传书使者。

程垓(宋368)一首

绿深红少▲柳外横桥小▲双燕不知幽梦好▲①惊起碧窗春晓▲

起来瞢松多时△②玉台金镜慵移△③多少春愁未说，却来闲数花枝△

注：① 幽梦：清梦。② 瞢松：昏暝也。③ 玉台：梳妆台之美称。

辛弃疾(宋370)三首　题：第一首，博山(属山东)道中即事。

第二首，村居。

第三首，木樨。

(1) 柳边飞鞚▲①露湿征衣重▲宿鹭窥沙孤影动▲应有鱼虾入梦▲

一川淡月疏星△浣纱人影娉婷△笑背行人归去，门前稚子啼声△

注：① 飞鞚：喻骑马。鞚，马勒也。

(2) 茅檐低小▲溪上青青草▲醉里吴音相媚好▲①白发谁家翁媪▲②

大儿锄豆溪东△中儿正织鸡笼△最喜小儿无赖，③溪头卧剥莲蓬△

注：① 吴音：苏州一带口音。② 翁媪：老翁、老妇。③ 无赖：调皮也。

(3) 东园向晓▲①阵阵西风好▲唤起仙人金小小▲②翠羽玲珑装了▲

一枝枕畔开时△罗帏翠幕垂低△恁地十分遮护，打窗早有蜂儿△

注：① 向晓：近晨。② 金小小：指桂花。金，言其色美；小小，言其穗小。

许及之(宋374)一首

凤双鸾偶▲天上人间有▲檐玉无声花影瘦▲①夜浅春浓时候▲

别来几度寒宵△六桥风月迢迢△②灯下有谁相伴，一方红湿鲛绡△③

注：① 檐玉：檐瓦美称。② 六桥：指杭州西湖苏堤上六座桥。③ 鲛绡：传说中鲛人所织丝绢罗帕。

李师愈（宋 376）一首　题意：金兵陷汴京，高宗偏安于江南，作者痛感国土沦丧。

瓜洲渡口▲①恰恰城如斗▲②乱絮飞钱迎马首▲③也学玉关榆柳▲④

面前直控金山△⑤极如形胜东南△⑥更愿诸公着意，休教忘了中原△⑦

注：① 瓜洲：长江渡口，南岸为镇江。② 城如斗：形容瓜洲城小。③ 钱：指榆荚，因其状如铜钱。④ 玉关：玉门关，指边疆。⑤ 金山：山名，在江苏镇江长江边。⑥ 形胜：谓地之形势利便者；东南：指南宋京都临安（今杭州）。⑦ 中原：指北宋京都汴京（今开封）及北方一带失地也。

俞国宝（宋 383）一首

数声乌鹊▲院宇寒萧索▲杨柳梢头秋过却▲无叶可供风落▲

可人犹有芙蕖△①向人冷淡妆梳△云外征鸿过尽，②夕阳依尽平芜△③

注：① 可人：可取、可爱之人；芙蕖：荷花别名。② 征鸿：飞行之鸿。③ 依：依傍。

赵长卿（宋 389）二首　题：第一首，早起闻莺。

第二首，春景。

（1）绮疏新晓▲①学语雏莺巧▲烟暖瑶阶梧叶老▲②满地东风芳草▲

少年不合风流△③偿他酒债花愁△望断绿芜春去，销魂懒上层楼△④

注：① 绮疏：镂有绮文之窗。② 瑶阶：白石台阶。③ 不合：不该。④ 层楼：高楼、前后楼。

（2）霁光摇目▲①春入郊原绿▲残雪压枝堆烂玉▲②时向林间簌簌▲③

杖藜细履平沙△④醉中一任攲斜△落日数声啼鸟，⑤香风满路梅花△

注：① 霁光：雪晴后光芒。② 烂玉：灿烂如白玉。③ 簌簌：纷纷下落貌。④ 杖藜：扶手杖；细履：轻步。⑤ 落日：夕阳。

赵师侠（宋 390）一首　题：萍乡必东馆。①

舞风轻燕▲缭绕深深院▲昼永人间帘不卷▲②时听莺簧巧啭▲③

清和天气阴阴△④南风初奏薰琴△⑤唤起午窗新梦，⑥愁添一掬归心△

注：① 萍乡：江西县名。② 昼永：日长。③ 莺簧：喻莺舌如簧；巧啭：巧妙鸣叫。④ 清和：农历四月为清和月。⑤ 薰琴：炎热之声。⑥ 午窗新梦：即窗边午睡。

刘翰（宋 401）一首

鸳鸯翡翠▲①小小池塘水▲落絮游丝花满地▲②度日栏杆独倚▲

金刀裁就春衫△③起来初试轻寒△满把相思清恨，题诗欲寄江南△

注：① 翡翠：鸟名。② 游丝：蛛丝。③ 金刀：剪刀美称。

徐照（宋414）一首

绿围红绕▲一枕屏山晓▲①怪得今朝偏起早▲笑道牡丹开了▲

迎人卷上珠帘△小螺未拂眉尖△②贪教玉笼鹦鹉，杨花飞满妆奁△

注：① 屏山：屏风，因其矗立如山。② 小螺：指螺子黛，画眉用。

高观国（宋431）一首

春芜雨湿▲①燕子低飞急▲云压前山群翠失▲烟水满湖轻碧▲

小莲相见湾头△②清寒不到青楼△③请上琵琶弦索，④今朝破得春愁△

注：① 芜：众草茂生处。② 小莲：妓女名。③ 青楼：妓院。④ 请上：请装上。

施乘之（宋434）一首　题：元夕。①

风销云缕▲一碧无今古▲欲坏上元天不许▲②晴了晚来些雨▲

莫言冷落山家△山翁本嫌繁华△试问莲灯千炬，③何如月上梅花△

注：① 元夕：上元之夜，即元宵。② 上元：农历正月十五，即元宵节。③ 莲灯：即莲炬，华烛也；千炬：千支蜡烛。

刘镇（宋437）一首　题：赵园避暑。

柳阴庭院▲帘约风前燕▲着雨荷花红半敛▲消得盈盈绿扇▲

竹光野色生寒△玉纤雪藕冰盘△长记酒醒人静，暗香吹月栏杆△

林正大（宋439）一首　题：采莲曲。

若耶溪女▲①笑隔荷花语▲日照新妆明楚楚▲②香袖风飘轻举▲

谁家白面游郎△两三遥映垂杨△醉踏落花归去，踌躇空断柔肠△③

注：① 若耶溪：水名，在浙江会稽（今绍兴）。② 楚楚：穿着整齐光鲜。③ 踌躇：犹豫不决。

孙惟信（宋444）一首

秋娘窗户▲梦入阳台雨▲①小别殷勤留不住▲恨满飞花落絮▲

一天晓月檐西△马嘶风拂罗衣△②吩咐许多风致，③送人行下楼儿△

注：① 阳台雨：楚襄王与神女欢会故事。② 马嘶：马鸣。③ 风致：即丰姿，喻吩咐时表情。

卢祖皋（宋445）　首

柳边深院▲燕语明如剪▲消息无凭听又懒▲隔断画屏双扇▲

宝杯金缕红牙△[1]醉魂几度儿家△[2]何处一春游荡，梦中犹恨杨花△

注：① 金缕：曲名；红牙：红象牙拍板。② 儿：古代妇女自称，即我。

李从周（宋446）一首

梦魂寻遍▲忽向尊前见▲[1]好似乌衣春社燕▲[2]软语东风庭院▲

叮咛记取儿家△[3]碧天隐约红霞△直下小桥流水，门前一树桃花△

注：① 尊前：酒席前。尊，酒杯也。② 春社：立春后第五个戊日为春社日。③ 儿：古代妇女自称。

刘克庄（宋451）一首　题：维杨陈师元参议家舞姬绝妙，为赋此词。

宫腰束素▲[1]只怕能轻举▲好筑避风台护取▲莫遣惊鸿飞去▲[2]

一团香玉温柔△笑颦俱有风流△贪与萧郎眉语，[3]不知舞错伊州△[4]

注：① 宫腰：指楚宫腰，即细腰；束素：系着绢绸裙。素，生绢也。② 惊鸿：喻舞姬。③ 萧郎：对男子泛称。④ 伊州：舞曲也。

徐逸（宋475）一首

风韶雨秀▲[1]春已平分后▲陡顿故人疏把酒▲[2]闲恁画栏搔首▲[3]

争须携手踏青△[4]人生几度清明△待得燕慵莺懒，杨花点点浮萍△

注：① 风韶：风美。② 陡顿：即停顿、中断也；疏把酒：少饮酒。③ 闲恁：空如此。④ 争须：须争取。

黄升（宋507）一首　题：宫词。

珠帘寂寂▲愁背银釭泣▲[1]记得少年选入▲三十六宫第一▲

当时掌上承恩△[2]而今冷落长门△[3]又是羊车过也，[4]月明花落黄昏△

注：① 银釭：指灯。② 掌上承恩：汉成帝后赵飞燕能在掌上舞，备受恩宠。③ 冷落长门：汉武帝后陈阿娇失宠，贬入长门宫。④ 羊车：皇帝所乘车，源出晋武帝。

张枢（宋510）一首

风栖人独▲飞尽罗心烛▲[1]梦绕屏山三十六▲[2]依约水西云北▲

晓奁懒试脂铅△[3]一緺鸾髻微偏△[4]留得宿妆眉在，[5]要教知道孤眠△

注：① 罗心：罗制烛心。② 屏山三十六：三十六扇屏风。③ 晓奁：晓妆；脂铅：脂粉。④ 一緺：一盘。⑤ 宿眉：隔夜梳妆、画眉。

杨师纯（宋517）一首　故事：《古今词话》师纯泊舟江岸，与邻舟美女眉目传情。一日，乘醉跳至邻舟与欢，遂作此词。

羞蛾浅浅▲[1]秋水如刀剪▲[2]窗下无人自针线▲不觉郎来身伴▲

相将携手鸳帏△匆匆不须多时△耳畔告郎低语，共郎莫使人知△③

注：① 蛾：喻女眉。② 秋水：喻眼波。③ 共郎：指两人爱情。

李彭老（宋 519）一首

合欢扇子▲扑蝶花阴里▲半醉海棠扶不起▲淡日秋千闲倚▲

宝筝弹向谁听△一春能几番情△帐底柳绵吹满，不教好梦分明△

罗椅（宋 527）一首

明虹收雨▲两桨能吴语▲人在江南荷叶浦▲采得蘋花无数▲

梦中舞燕栖鸾△起来烟渚风湾△一点愁眉天抹，凭谁划却春山△

赵汝茪（宋 544）一首

锦屏香褪▲①寒隐轻衫嫩▲燕子护泥飞不稳▲②庭掩百花难认▲

双双绣带微风△海棠此夜帘栊△愁颜一番寒食，小窗淡月残红△

注：① 锦屏：锦绣屏风。② 护泥：保护筑巢之泥。

陈允平（宋 556）一首

凤城春浅▲①寒压花梢颤▲有约不来梁上燕▲十二绣帘空卷▲

去年共倚秋千△今年独倚栏杆△误了海棠时候，②不成直待花残△③

注：① 凤城：指京城。② 海棠时候：指春分。③ 不成：方言，难道之意。

张炎（宋 572）一首

采芳人杳▲①顿觉游情少▲客里看春多草草▲②总被诗愁分了▲

去年燕子天涯△③今年燕子谁家△三月休听夜雨，如今不是催花△

注：① 采芳人：采花人，喻女子。② 草草：马虎之意。③ 天涯：喻远去。

王庭筠（金 14）一首　题：杏花。

今年春早▲到处花开了▲只有此枝春恰到▲月底轻颦浅笑▲

风流全似梅花△承当疏影横斜△①梦想溪南溪北，竹篱茅舍人家△

注：① 承当：承受得起。《王直方诗话》：“王君卿曰：‘疏影横斜水清浅，暗香浮动月黄昏。’此林和靖梅花诗，然杏与桃李皆可。东坡曰：‘可则可，只是杏李花不敢承当。’”

元好问（金 27）二首　题：第一首，赠句龙英孺家小女子阿金，张仲经两女，名兰兰、楚楚。

（1）琼枝瑶草▲①来自三山岛▲②莫道生男堪慰老▲掌上金儿更好▲③

胭脂杏蕾生红△绣襦学弄春风△④好共兰兰楚楚，⑤画教乞巧图中△

注：① 琼枝：美玉树枝；瑶草：仙草。② 三山岛：指蓬莱、瀛洲、方丈

三海岛，传系仙境。③ 掌上：掌上明珠；金儿：切题中阿金。④ 襦：短衫。⑤ 兰兰、楚楚：切题中两女。

（2）离肠宛转▲①瘦觉妆痕浅▲飞去飞来双语燕▲消息知郎近远▲

楼前小雨珊珊△②海棠帘幕轻寒△杜宇一声春去，树头无数青山△

注：① 宛转：委屈随和之意。② 珊珊：女子佩玉声，喻雨声悉索。

刘因（元23）一首　　题：贺雨。

雨晴箫鼓▲①田野欢声举▲平昔饮山今饮雨▲②来就老农歌舞▲③

半生负郭无田△④寸心万国丰年△⑤谁识山翁乐趣，野花啼鸟欣然△

注：① 箫鼓：吹箫打鼓，喻欢庆降雨。② 饮山：饮山泉。③ 就：跟从。④ 负郭：近城。⑤ 寸心：即中心；万国：全世界。

程钜夫（元24）一首　题：西野使君自辽左寄诗词至滦阳，猥承见及，次韵代讯。①

新来酒户▲②想胜看花处▲带得春行平壤路▲③同笑同歌同住▲

滦阳却近山家△芒鞋夜夜丹霞△④流水落花归思，苍烟白石生涯△

注：① 辽左：指朝鲜；滦阳：元时县名，今河北迁安县西北。② 酒户：即唐宋时经官方许可的私营酒坊，陆游诗“酒户知贫焚旧券”。③ 平壤：元时朝鲜首都。④ 芒鞋：草鞋；丹霞：喻好酒。

陈栎（元32）一首　题：寄惠山，壬戌（1322年）四月十二。

惠山苍翠▲①远与毗陵媲▲②彼处锡泉标第二▲③此更钟奇毓异▲

去年初度浮觞△醉余新瀹茶香△④山下冰濡雪乳，⑤淡中滋味悠长△

注：① 惠山：山名，在江苏无锡。② 毗陵：即今常州；媲：媲美，相配也。③ 锡泉：锡山泉，即惠山泉；标第二：名列天下第二泉。④ 瀹：煮也，烧茶也。⑤ 濡：鲜泽也。

张翥（元69）一首　题：盛子梅《花下欠伸美人图》。①

阶前昼永▲②绕石芭蕉影▲半亸云鬟慵不整▲③寂寞朝酣乍醒▲④

缃裙翠被风流△⑤背人无限娇羞△玉腕一双跳脱，⑥欠伸浑是春愁△

注：① 欠伸：倦貌。② 昼永：日长。③ 亸：下垂貌；云鬟：喻发髻。④ 酣：睡久。⑤ 缃裙：浅黄色裙。⑥ 跳脱：即手镯。

郯绍（元99）一首　题：题桐花道人卷，次石民瞻韵。①

湘云微渡▲六曲朱栏暮▲帘外香飘梅子树▲知有王孙索句▲②

谁将琼管吹霞△③柳花飞过东家△说与门前去马，断肠休为琵琶△

注：① 卷：指书画册子；次韵：依次和韵。② 王孙：富贵家子弟。③ 琼管：箫、笛之美称。

刘基（明 7）一首

春风欲到▲小草先知道▲黄入新荑颜色好▲①图遣王孙归早▲②

兴来策杖微行△③杖头布谷初鸣△④喜见儿童相报，墙根荠菜先生△

注：① 荑：新生之草。② 王孙：富贵家子弟。③ 策杖：扶杖。④ 布谷：鸟名。

杨基（明 12）一首　题：杨柳。

欺烟困雨▲拂拂愁千缕▲曾把腰肢羞舞女▲赢得轻盈如许▲

犹寒未暖时光△将昏渐晓池塘△记取春来杨柳，风流全在轻黄△

程本立（明 26）一首

山翁归去▲记得来时路▲雨涨溪前人不渡▲花外乌啼何处▲

人间不是山中△高怀都付丝桐△①一曲瑶池宴罢，②春风吹尽残红△

注：① 高怀：清高胸怀；丝桐：指琴。② 瑶池宴：曲名。

夏旸（明 107）一首

春归未久▲正值清和候▲①深院棋声消永昼▲②好雨催诗未就▲

篆消宝鼎金炉△③人眠冰簟纱厨△④可怪画梁语燕，惊回一枕华胥△⑤

注：① 清和候：谓农历四月。② 消永昼：消磨长日。③ 篆：弯曲香烟。④ 冰簟：凉席；纱厨：床帐。⑤ 华胥：做梦。

周用（明 130）一首

檀槽弦索▲①一曲清平乐▲②日色曈曈花阴薄▲③试暖春先觉▲

重重绣幕罗帏△风轻燕子交飞△早晚书来问讯，东山开过蔷薇△

注：① 檀槽弦索：指琵琶。② 清平乐：曲名。③ 曈曈：日初出。

陈霆（明 131）一首　题：风雨归庄图。

石田茅屋▲①老去安耕读▲②门外春风芳草绿▲容我倒骑黄犊▲③

前村风雨催归△垂杨吹断柔丝△两手按翻箬笠，一身抖乱蓑衣△

注：① 石田：贫瘠之田。② 耕读：耕田读书。③ 黄犊：小黄牛。

吴山（明 151）一首　题：滕王阁。①

秋光如许▲②雁字排空去▲③十二栏杆凝眸处▲④帘卷西山暮雨▲

白沙翠竹柴门△落霞孤鹜江村△⑤况是亭皋叶下，⑥萧萧最怆吟魂△

注：① 滕王阁：在江西南昌赣江边。② 如许：如此。③ 雁字：雁飞排成人字或一字队形。④ 凝眸：注目而视。⑤ 落霞：语自王勃句“落霞与孤

鹭齐飞”。⑥ 亭皋：岸边亭子。

杨慎(明157)一首

扁舟解缆▲①春满江南岸▲灯火街头月正半▲客里年华又换▲②

倚遍栏杆影斜△行人回首天涯△③沙市桥南草色，章台寺里梅花△

注：① 扁舟：小船。② 年华：光阴。③ 天涯：喻路远。

袁彤芳(女)(明174)一首　题：春归。

慵描远岫▲①无计丈长昼▲②清减腰肢谁似旧▲比着前春更瘦▲

园林花事都休△深闺冷落如秋△恼杀花间双蝶，飞来不管人愁△

注：① 慵描远岫：懒画双眉也。远岫，喻眉峰。② 丈：丈量、测量。

张名由(明208)一首

绿杨阴里▲桃径吹红雨▲①金勒玉骢何处去▲②满目天涯飞絮▲

别离情绪难禁△余香犹在罗襟△尽日翠钿慵整，③菱花暗袭芳尘△

注：① 红雨：指桃花。② 勒：马络头也。③ 翠钿：头饰；慵整：懒理。

王锡爵(明214)一首

小桥西去▲渐逼幽香处▲①正放梅花千万树▲月色横空满路▲

疑仙疑梦无端△②遍身只觉清寒△一点尘纤都尽，③已成雪肺冰肝△

注：① 逼：近也。② 无端：无因。③ 尘纤：细微尘土。

沈宜修(女)(明329)一首　题：春暮。

东风弄晓▲绿柳堤边袅▲何事丝丝垂缭绕▲惹尽空闲烦恼▲

落花舞絮盈盈△难禁春色飘零△日暮碧云天外，那堪百啭莺声△

顾兰佩(女)(明352)一首　题：春柳。

春江缥缈▲①烟锁何时了▲赢得离亭人去杳▲②泪落随他多少▲

从教荡漾风前△纤腰欲折堪怜△③羡杀谢庭咏絮，④休言张绪当年△⑤

注：① 缥缈：高远貌。② 赢得：剩得。③ 纤腰：喻柳丝柔软。④ 谢庭：指东晋才女谢道韫咏庭前雪，有“未若柳絮因风起”句。⑤ 张绪：南齐吴郡人，武帝植蜀柳于宫，赞曰“此柳风流可爱，似张绪当年”。

吴熙(明366)一首　题：春情。

海棠依旧▲曲水垂新柳▲两袖藏花香欲透▲怕见绿肥时候▲

画楼紫燕归来△①小鬟早把帘开△②昼睡呢喃惊觉，③花间拾起金钗△

注：① 紫燕：即燕，因其领下紫色，故称之。② 小鬟：指婢女。③ 此句说午睡被燕语惊醒。

易震吉(明 444)二首　题：乙亥(1635 年)杪秋岳阳暑中作《清平乐》六十阕。

注：录其第十四阕杏花村，第二十阕长干里。杪秋：农历九月。

(1) 似红似白▲树树都开彻▲二月春风飞绛雪▲①新出小莺饶舌▲②

踏青有脸如花△笑歌声里琵琶△我所思兮村落，旗摇沽酒人家△

注：① 绛雪：喻红白花。② 饶舌：多嘴，喻勤鸣。

(2) 垂杨初翠▲两个黄鹂媚▲到此不愁人不醉▲一路草茵堪睡▲①

春山暖趁闲游△管弦整日风流△我所思兮旧里，②看春娇眼楼台△③

注：① 草茵：草丛如地毯。② 旧里：即故乡，作者系南京人。③ 娇眼：喻美人目。

朱一是(明 454)一首　题：有见。

菊霜梅雪▲素质浮香冽▲①绛节霓旌寒浸月▲②曾遇瑶台琼阁▲③

而今荏苒人间△④伤春愁聚眉山△乍见还疑生客，兰灯影里偷看△

注：① 冽：寒貌。② 节：符节，使者信物，状如旗；旌：旗也。此句喻月宫仙子仪仗。③ 瑶台琼阁：指仙境。④ 荏苒：指时间辗转。

钱光琇(明 497)一首　题：咏雪。

丝飘玉飏▲剪出新花样▲独拥铁衾痕不响▲①半在小池冰上▲

彤云傍午初开△②青山飞去重来△笑向佳人索醉，③拔伊头上金钗△④

注：① 铁衾：形容被冷如铁。② 彤云：雪云；傍午：近午。③ 佳人：指其妻；索醉：讨酒吃。④ 伊：指其妻。此句说：拔妻金钗去换酒。

彭孙贻(明 504)一首　题：春游。

春山如笑▲笑杀莺花恼▲花亦无情人自恼▲多谢多情谢豹▲①

板桥左侧鱼叉△绿杨尽处人家△蓦地捕鲜人过，②顺流带出桃花△

注：① 谢豹：鸟名，即杜鹃。② 捕鲜人：指渔夫。

叶小鸾(女)(514)一首　题：命红于折秋海棠花。

断烟撩乱▲霁景穿庭院▲①草色苔痕添一半▲染得秋光堪远▲

流苏帐晓开花△②海棠几蕊簪来△昨夜薰笼香冷，③新寒多上妆台△

注：① 霁景：雨过天情景色。② 流苏帐：有穗之床帐。③ 薰笼：有笼之薰炉。

王月(女)(明 568)一首　题：初夏。

绿阴庭院▲梁畔呢喃燕▲飞向风前新试剪▲蹴落旧巢新茜▲①

无情春色偷归△等闲断送芳菲△②独剩夜阑明月，影来扶上花枝△

注：① 蹴落：踢落；茵：草名，筑燕巢用。② 等闲：不留意；芳菲：喻花草香美。

吴骐（明575）一首

玉人妆就▲①冉冉云屏后▲②偷觑仙郎松半袖▲郎正风流奴幼▲

俄传客散华堂△③却羞同照银釭△怪杀侍儿催避，隔窗私语双双△

注：① 玉人：指新妇。② 冉冉：行貌；云屏：屏风。③ 俄：顷刻也。

金柔（明602）一首 题：楝花。①

薰风处处▲②透入纱窗去▲忽听新蝉枝上语▲惊破琅玕晓曙▲③

绿荷翠映方池△楝花渐放东篱△又是一番时候，④秋光飞绕天涯△

注：① 楝花：又名金铃子，色淡紫。② 薰风：即南风。③ 琅玕：似玉之石。④ 此句说，再过一段时间。

无名氏（明643）二首 题：第一首，咏卜氏。 注：见《巫梦缘》第九回。

（1）香风一阵▲粉面依稀近▲①裙袖参差拖□寸▲②真个半天风韵▲

婷婷好似风吹△慌忙两手低垂△三十七八年纪，如花似玉人儿△

注：① 依稀：仿佛。② 参差：不齐貌；拖寸：下拖一寸。此处漏一字。

（2）湘帘不卷▲绣阁愁添线▲小立调鹦生午倦▲无那风花一片▲①

玉弯斜枕檀腮△②芙蓉藕上微开△庭院浓阴寂寂，窥人燕子飞来△

注：① 无那：无奈。② 玉弯：指手臂；檀腮：香腮。

孟称舜（清14）一首 题意：《娇红记》王娇错疑申纯。

深深院宇▲睡起思千缕▲暗想当时情已去▲一霎飞云过雨▲

看他双燕归来△几番敲断金钗△冷落前花开尽，新花别照亭苔△

吴伟业（清38）一首 题：题雪景。

江山一派▲换出琼瑶界▲①冻合滩舟因访戴▲②沽酒南村谁卖▲③

草堂风雪双扉△画图此景依稀△再补吾庐佳处，④露桥一笠僧归△⑤

注：① 琼瑶：光明洁白貌。② 访戴：东晋王子猷雪夜访戴逵故事。③ 沽酒：买酒。④ 吾庐：我之屋舍。⑤ 露桥：桥上露出。

宋琬（清49）一首 题：春怨。

杨花飞雪▲①荡子心肠铁▲②恨煞嫦娥圆复缺▲③不管人间离别▲

怕簪碧玉搔头△④妆成懒下朱楼△楼上衔泥双燕，呢喃似替人愁△

注：① 雪：如雪，指杨花。② 荡子：游荡子，花花公子；心肠铁：即铁石心肠。③ 嫦娥：指月亮。④ 簪：插戴；玉搔头：即玉簪。

龚鼎孳（清55）一首 题：春情。

浅颦深语▲疼煞樱桃雨▲柳岸人家烟正吐▲寒食春阴当午▲

清波写影堪怜△春人好处难传△①便为花愁无赖，禁他风鬓云鬟△

注：① 春人：春天游人。

曹尔堪(清69)一首

春光到早▲红杏花将老▲屋角辛夷含瓣小▲①一夜东风放了▲

僻居不惹黄埃△②竹溪生满苍苔△莫把柴门就掩，邻家醉酒归来△

注：① 辛夷：木兰花别名。② 僻居：冷僻居所；黄埃：尘土，喻车马奔驰。

张僧乙(清77)一首　题：收灯词。

收灯时候▲①春嫩寒犹逗▲②画鼓无声明月瘦▲③寂寞翠鬟红袖▲④

沉沉深锁重门△⑤停歌罢舞销魂△逐渐蜂翻蝶趁，⑥残梅细草春园△

注：① 收灯时候：指元宵节后。② 春嫩：春浅；逗：逗留。③ 画鼓：指音乐。④ 翠鬟红袖：指女子。⑤ 重门：一道道门。⑥ 翻：飞也。

毛先舒(清104)一首

春深无那▲①独向幽窗坐▲看着玉纤闲不过▲②细数指螺几个▲

晚来难自温存△东风吹乱乌云△③多谢玉台明镜，④为侬长照眉颦△⑤

注：① 无那：即无奈。② 玉纤：喻女子手指。③ 乌云：乌黑头发。④ 玉台：梳妆台之美称。⑤ 侬：吴语，我也；眉颦：蹙眉。

梁清标(清105)一首　题：西村。

场空禾黍▲终岁田家苦▲脱却朝衣耕瘠土▲①闲逐樵歌渔鼓▲②

溪翁提挈儿孙△骑驴买醉前村△野外人家如画，柴扉灯火黄昏△③

注：① 朝衣：喻为官；瘠土：贫瘠之土。② 逐：追随。

顾景星(清134)一首　题：夏夜湖上。

槿篱茅舍▲①风露当清夜▲炎暑不侵心自暇▲欲买清闲无价▲

湖边老树如帏△绳床独坐多时△②道是星星渔火，流萤林外高低△

注：① 槿篱：木槿所编之篱笆。② 绳床：又名胡床，坐具。此处喻交椅。

王睿(女)(清138)一首　题：柳丝。

柳丝何意▲叶叶闲垂地▲收拾春光都是你▲可是新愁不系▲

板桥云外啼莺△斜阳掩映蓑城△①不愿生同飞絮，如何死化浮萍△

注：① 掩映：忽隐忽现；蓑城：以草覆城也。

朱中楣(女)(清140)一首　题：元日。①

清烟正吐▲玉漏频催五▲②数点梅花香绣户▲犹带冬残嫩雨▲③

相看醉饮屠苏△[④]归来更尽欢娱△却喜新添彩胜，[⑤]炉烟漫进金凫△

注：① 元日：农历正月初一。② 五：指五更天。③ 嫩雨：微雨。④ 屠苏：酒名。新年元日饮之，可除邪气。⑤ 彩胜：剪彩为胜。胜，首饰。

徐喈凤（清 146）一首　题：寒食。[①]

垂垂弱柳▲轻蘸春波皱▲岸上夭桃红未透▲[②]早惹蜂忙蝶僽▲[③]

来朝知是清明△隔花初听莺声△唤我及时行乐，应愁风雨无情△

注：① 寒食：古节日，在清明前二日，清汤若望历法改革后，改在清明前一日。② 夭桃：嫩桃。③ 僽：烦乱。

徐孝钧（清 176）一首

画溪春涨▲双桨桃花浪▲[①]白鸟飞过渔笛响▲山月一痕眉漾▲

绿阴冉冉烟村△数声布谷初闻△黄犊一犁归垄，夕阳吹絮柴门△

注：① 桃花浪：三月称桃花水。

陆进（清 198）一首　题：途中新霁。

晚来新霁▲日影穿林碎▲马踏冰澌惊欲坠▲[①]缓辔行过山嘴▲[②]

孤村野店争招△酒帘屋角斜飘△才卸风巾雨帽，月痕正上眉梢△

注：① 澌：散开之声。② 辔：马缰也。喻骑马。

沈丰垣（清 201）一首　题：秋夜。

园林如旧▲只觉西风骤▲绕砌虫吟秋已透▲黄菊那教不瘦▲

小屏黯黯残灯△焚香欲睡还停△闷数檐头雨点，不知城上三更△

陆世楷（清 247）一首　题：村居。

三间茅屋▲屋后萧萧竹▲[①]更喜柴门临水曲▲隔岸柳丝垂绿▲

午余一枕匡床△[②]醒来窗外斜阳△犊子驱过短埝，[③]鹅儿浴起方塘△

注：① 萧萧：风声，指竹叶声。② 匡床：安稳之床。③ 犊子：小牛也；埝：以土所筑小堤。

朱彝尊（清 288）二首　题：第一首，题水墨南瓜。[①]

（1）牵丝引蔓▲野外无人管▲才见草檐花一半▲[②]又早青黄堆满▲

今年谷贵民饥△村村剥尽榆皮△合付田翁一饱，[③]全家妇子嘻嘻△

注：① 水墨南瓜：用水墨画南瓜。② 草檐：草屋檐下。③ 一饱：指以南瓜充饥。

（2）齐心耦意▲[①]下九同嬉戏▲[②]两翅蝉云梳未起▲[③]一十二三年纪▲

春愁不上眉山△日长慵倚雕栏△走近蔷薇架底，生擒蝴蝶花间△

注：① 耦意：合意。耦，喻双也。② 下九：即农历每月的十九日，下九日为

汉代妇女欢聚的日子。③ 蝉云：喻蝉翼式鬓发。

华长发(清386)一首▲

冶春过了▲①悔煞当初好▲一霎相逢真草草▲②裙带松来多少▲

黛螺爱染眉长△③罗衫薰透炉香△时把菱花自照，也还值得思量△

注：① 冶春：游春。② 草草：马虎、简单。③ 黛螺：螺子黛，画眉用。

葛宜(女)(清420)一首　题：仲春。①

莺啼朝雨▲画阁人初起▲②帘外桃花娇欲语▲正及清明时矣▲③

含愁静掩香闺△开奁独整罗衣△④漫举姗姗翠袖，⑤临风好待君归△

注：① 仲春：农历二月。② 起：此字与上句"雨"、下句"语"不叶韵，作宽叶。③ 矣：此字与上句"语"不叶韵，若改"序"较妥。④ 开奁：打开镜匣。⑤ 姗姗：行动缓慢貌。

张学圣(女)(清436)一首　题：宫词。

昭阳春暖▲①风送歌声远▲舞罢霓裳归院晚▲②凝妆海棠红软▲③

窗前鹦鹉娇呼△锦帷春梦如酥△女伴相邀斗草，④云鬟起请人梳△

注：① 昭阳：殿名，后妃居所。② 霓裳：即霓裳羽衣曲。③ 凝妆：盛妆；海棠：喻面庞。④ 斗草：古代妇女一种游戏。

陈慈永(清498)一首　题：宫词。

禁庭春暖▲①花里吹新管▲②玉帐鸳鸯午梦短▲楼上红绡轻卷▲

日斜重整双鬟△含情小立花间△三十六宫灯火，羊车知在谁边△③

注：① 禁庭：指皇宫。② 管：箫、笛之类。③ 羊车：指皇帝乘车。源出晋武帝，临幸后妃，乘羊车任其所至。

周在浚(清521)二首　题：第一首，乍遇。

第二首，题顾见山《秋林图》。

(1) 鸡鸣埭下▲①春色连天泻▲渴觅琼浆何处借▲②忽见云英未嫁▲③

轻盈红杏枝头△嫣然无限娇羞△④门外马嘶人去，去从扇底回眸△

注：① 鸡鸣埭：地名。② 琼浆：茶水美称。③ 云英：人名，唐人裴航经蓝桥驿，求浆遇云英，娶而成仙故事。④ 嫣然：巧笑也。

(2) 秋山如沐▲草色微微绿▲远树凋零风肃肃▲①露出几家茅屋▲

溪边一老悠闲△杖头挂有余钱△②欲往前村看菊，偶然憩脚听泉△

注：① 肃肃：急疾貌。② 杖头挂钱：古代老者出行时，习惯将钱挂在拐杖头上。

徐允哲(清 538)一首　题: 杨花。

似花如雨▲恼乱春无绪▲几度傍帘飞欲住▲又被东风扶起▲

章台零乱人遥△①灞陵迷漫长桥△②惟有画楼双燕,偷闲衔上新巢△

注: ① 章台: 汉长安中街名,唐人韩翃妾柳氏被番将沙吒利所夺,韩作《章台柳》词。② 灞陵: 汉武帝陵墓,灞桥植柳,送别行人时习惯折柳。

王项龄(清 550)一首　题: 春暮。

寂寥深院▲①门掩春光短▲依旧杨花如雪乱▲别却东风一半▲

闲庭独立移时△②玉钗斜挽花枝△惊起多情双蝶,飞来飞去相随△

注: ① 寂寥: 即寂寞。② 闲庭: 空庭;移时: 少顷也。

郝湘娥(女)(清 598)四首　题: 四季闺词。

(1) 鹅黄柳色▲①一抹烟如织▲②倚遍南楼莺语寂▲又是暮山横碧▲

忽闻女伴相邀△踏青准拟明朝△单少绣花鞋子,呼鬟连夜同挑△③

注: ① 鹅黄: 黄色之娇艳者。② 一抹: 一带。③ 鬟: 婢女;挑: 挑绣。

(2) 帘钩双控▲①时有薰风送▲②恼煞禽声宛转哢▲③惊起午窗残梦▲

分明薄倖回家△④醒来依旧天涯△且莫浮瓜沉李,⑤再从梦里寻他△⑥

注: ① 控: 控制,即钩起。② 薰风: 南风别名。③ 宛转: 柔和也;哢: 音弄,鸟鸣也。④ 薄倖: 少爱情,指其丈夫。⑤ 浮瓜沉李: 喻冰冻瓜果。《唐书》:"都人伏天,于风亭水榭沉李浮瓜"。⑥ 他字出韵,作宽叶。

(3) 晚风清切▲远笛声如咽▲坐久莫嫌灯影灭▲自有半窗明月▲

欲眠更自迟留△难禁蛩韵啁啾△①漫道士悲秋色,②深闺岂独无愁△

注: ① 蛩: 蟋蟀;韵: 诗韵,指蟋蟀吟唱;啁啾: 细碎之声。② 漫道: 莫道;士: 指男士。

(4) 彤云密锁▲①帘外梨花舞▲②手自煎茶频拨火▲此味党家知么▲

南枝传送幽芬△③费人几度清吟△那怕寒威如剪,还须扫雪遥寻△

注: ① 彤云: 雪云。② 梨花: 喻雪花;舞: 此字与前句"锁",后句"火""么"均不叶韵,若改"堕"较妥。③ 南枝: 指梅花,见《白帖》。

俞浚(女)(清 626)一首　题: 邻女出游堕钗而返,戏赠。

年华浪掷▲①早又梨花白▲闲坐绮窗情脉脉▲②约伴同过绣陌▲③

枝头黄鸟喈喈△④相扶踏遍花街△小玉嬉游不惯,⑤忙中掉下金钗△

注: ① 年华: 即光阴。② 绮窗: 窗之美称;脉脉: 含情欲吐貌。③ 绣陌:

锦绣巷陌。④ 黄鸟：指黄莺；喈喈：莺鸣声众且和。⑤ 小玉：指邻女。

张潮（清637）一首　题：偶见。

轻衫窄袖▲越觉腰肢瘦▲百裥黄裙吹欲皱▲[①]避客秋波斜溜▲[②]

侍儿不管人瞧△池中投石装乔△[③]羡煞山僧胜我，时时得见妖娆△[④]

注：① 百裥：形容皱褶多。② 秋波：喻眼光。③ 装乔：乔装，假装。④ 妖娆：喻美女。

徐元端（女）（清645）一首

绣窗无那▲[①]自卷帘儿坐▲羞睹黄莺枝上卧▲抛去青梅数颗▲

东风阵阵相催△胭脂零落苍苔△春色依然归去，[②]为谁留下愁来△

注：① 绣窗：刺绣架傍着窗户；无那：即无奈。② 依然：即依旧。

唐榛（女）（清647）一首

江南三月▲好雨知时节▲一夜小楼听不歇▲桃花李花俱发▲

重楼山外青山△春光多在珠湾△试问清明月好，何曾拘管人间△

刘建（女）（清655）一首　题：早春。

春光太早▲乳燕雕梁绕▲枝上莺声乖又巧▲柳学纤腰如袅▲

兰闺晓梦才醒△苍苔砌外闲行△春到园林如画，梅花香染江城△

蔡璨（清679）一首　题：山阳舟次。[①]

柳花如雪▲浪打船头湿▲浊酒瓦盆聊醉月▲消受东风寒食▲

溪头荠菜开花△前村已卖新茶△回首夕阳西下，山僧曳杖还家△

注：① 山阳：县名，今江苏淮安；舟次：行舟途中。

潘宗洛（清729）一首　题：秋晓，和海闾香词。

罗帏凉到▲窗外闻鸡早▲残月半规斜枕照▲[①]有梦也应草草▲[②]

分明帐绣芙蓉△独眠人起谁同△试约生香衣扣，[③]又添一夜西风△

注：① 半规：半圆。规，正圆形也。② 草草：简单。③ 约：缠束，即系扣。

金庄（女）（清737）一首

凄凉晚色▲丝雨和愁织▲梦到楚江行不得▲一片湿云遮隔▲

年时曾忆城东△杏花点点飞红△门外凭他寒食，上栏自有春风△[①]

注：① 上栏：即入屋。

吴贯勉（清758）一首　题：立秋前一日遣兴。

海棠开了▲[①]凉意侵人早▲萝屋苔荒风自扫▲[②]闲却北山人老▲

荷衣朝补初成△[③]江乡重访鸥盟△怕见梧桐落叶，恐教跌碎秋声△

注：① 开了：疑为"谢了"，因海棠开于春天。② 萝屋：爬满女萝之屋。③ 荷衣：藕丝衣。

林瑛佩（女）（清759）一首

青苔庭院▲梁畔呢喃燕▲飞向风前试新剪▲①蹴落杨花几片▲②

无情春色偷归△等闲断送芳菲△③独剩夜阑明月，影来扶上花枝△

注：① 新剪：新羽翼。② 蹴：踢。③ 等闲：不留意；芳菲：鲜美花草。

陶尔燧（清817）一首　题：画胜。①

瑞图胜字▲飞白闲书地▲②隔院灯火人语细▲亲祝好春如意▲

晓来喜气当关△③分明巧样连环△几日镂金彩燕，④又看扶上钗鬟△

注：① 胜：首饰名。② 飞白：书体之一。其笔画枯槁而中空。③ 关：指门。④ 镂金：雕刻涂金；彩燕：燕形彩胜。

于启璋（女）（清864）一首　题：新月照积雪。

宿寒未去▲①留却余光住▲惹得嫦娥嗔复妒▲②浩色随风遥吐▲

纤纤下浸琼楼△③迷迷远带银钩△④江上不分夜影，惟闻芦荻飕飕△

注：① 宿寒：隔夜之寒。② 惹：招引；嫦娥：喻月；嗔：怒也。③ 纤纤：尖锐貌，《古诗》："两头纤纤月初生"；琼楼：玉楼。④ 迷迷：不明貌。

厉鹗（清900）一首　题：春游仕女图。

胶鬟新拭▲①正是停针日▲小扇扑余无气力▲风里杨花吹急▲

销凝石畔兜鞋△不知偎暖苍苔△欲就浓香一梦，翩翩蝴蝶飞来△②

注：① 胶鬟：抹油或涂胶粘物之环形发髻。② 翩翩：飞行轻捷貌。

江昱（清934）一首　题：题画。

绿杨未絮▲①幂幂和烟雨▲人静潮生村景暮▲隐隐桃花成坞▲

迷离断港荒塍△②不知谁写溪藤△仿佛江南夜泊，舵楼风飐春灯△③

注：① 未絮：未成柳絮。② 荒塍：荒芜田塍。③ 风飐：风吹动。

杨度汪（清950）一首

暖回绣户▲昨夜寒如许▲①粉蝶穿篱忙不住▲一霎花开满树▲

镜边正挽香鬟△檀奴游倦初还△②听说春山多媚，今朝倩画春山△

注：① 如许：如此。② 檀奴：美男子潘安，小字檀奴。此处指其恋人。

汪筠（清958）一首　题：初夏。

薰风帘额▲①泼下槐阴碧▲自爱十三行旧迹▲②临到斜阳无力▲

乳鸦啼遍高枝△落花何处相思△容易一场春了，折花人去天涯△

注：① 薰风：即南风；帘额：帘之上端。② 十三行：原指晋王献之之书《洛神赋》真迹，因至宋时仅存十三行。

王愫（清 964）一首

雨濛烟暝▲[①]又是清明近▲零落杏花浑欲尽▲时节绿窗人困▲

含情独上西楼△珠帘半卷银钩△[②]纵有千丝杨柳，能藏几许春愁△

注：① 暝：径韵，作宽叶。② 半卷：卷起一半。

汪棣（清 968）一首

银蟾当户▲[①]暗把更筹数▲[②]今夕留饮须小住▲待看牵牛花吐▲[③]

从教清怨成尘△事如春梦无痕△寄语莫抛团扇，[④]歌时曾障朱唇△

注：① 银蟾：喻月。② 更筹：喻更鼓。③ 牵牛：以牵牛花喻牵牛星，寓成双意。④ 团扇：团扇到秋即被人抛弃。此词以扇喻人，要其莫抛。

吴泰来（清 979）一首

紫兰香径▲小小鸳鸯并▲二十四番春意静▲过了荼蘼花信▲[①]

碧桃片片飞残△晚风犹殢余寒△记取销魂时节，子规啼月栏杆△

注：① 荼蘼花信：此花信风应在谷雨节后第二个五天（即公历 4 月 21 日 - 25 日左右）。

过春山（清 981）一首

雨轻风细▲小院深深闭▲梦醒余寒侵翠被▲[①]又被啼莺催起▲

悄然微步香阶△[②]柳塘斜日初开△数尽落花无语，黄昏双燕还来△

注：① 翠被：绣有翡翠鸟之被。② 香阶：飘有落花之台阶。

吴省钦（清 1014）一首

炉薰被暖▲好梦和春短▲梦又不来人又远▲月上梨花小院▲

更更更漏沉沉△[①]无眠低枕横琴△才是瞢腾倚睡，[②]窗前早唤山禽△

注：① 更更：每一更；更漏：指计时器。② 迷糊：昏腾也。

郑沄（清 1034）一首

雨阑风定▲[①]叶落黄昏近▲灯下候蛩凉入听▲[②]又是一番秋信▲[③]

梦回留得茶甘△晚花香缀筠篮△[④]只少画屏新月，夜情都似江南△

注：① 雨阑：雨尽。② 候蛩：秋天蟋蟀。③ 秋信：秋天信息。④ 筠篮：竹篮。

储秘书（清 1035）一首

曲栏杆畔▲叶叶清阴乱▲雨过小池风满院▲别树蝉声欲断▲

几丛茉莉香清△心情分付桃笙△[①]何处恰宜小睡，水窗凉月初生△

注：① 桃笙：席子。

彭贞隐(女)(清 1052)一首　题：春日。

光风霁月▲[1]也到香闺闼▲[2]数尾游鱼长活泼▲芳草阶前蓬勃▲

东风又一回新△不寒不暖天醇△[3]正是浴蚕时候，[4]梨花叶叶开春△

注：① 光风：雨停日出而风，草木皆有光也；霁月：雨停月出。② 闺闼：即闺门。③ 醇：和厚也。④ 浴蚕时候：盐水浴蚕，以汰弱留强。

吴珏(清 1056)一首　题：春郊。

红嫣紫姹▲[1]着眼春如昼▲众里偏他回避乍▲十五盈盈未嫁▲[2]

湘裙六幅微拖△[3]见人生怕情多△赖得纸鸢飞起，[4]赚他遥传横波△[5]

注：① 红嫣紫姹：即姹紫嫣红，言众花之娇艳。② 盈盈：言其体态轻盈。③ 湘裙：湘绣之裙；拖：指拖地。④ 赖得：幸赖。⑤ 横波：目斜视。

沈振鹭(清 1062)一首　题：春晚东郊游眺。

雨余春霭▲[1]跨马重闉外▲[2]细麦连畴青似带▲[3]斜日乱山凝黛▲[4]

绿杨古道平沙△村墟历落人家△[5]指点风帘酒肆，[6]门前一树桃花△

注：① 霭：云盛貌。② 重闉：复叠曲城。闉，音因。③ 畴：田亩。④ 凝黛：聚绿。⑤ 村墟：村庄；历落：不齐貌。⑥ 酒肆：即酒店。

王开沃(清 1063)一首

前宵梦好▲鬓影松多少▲却恨钟声如谢豹▲[1]催得余欢草草▲

今宵好梦无踪△凄凉燕子楼空△二十四番来去，多情只有春风△

注：① 谢豹：鸟名，即杜鹃。

高鹗(清 1068)一首　题：秋夕。

小栏曲架▲潇洒闲无价▲一卷相思天与借▲怕到芭蕉亭下▲

三杯且沃愁苗△[1]赚他好梦迢迢△[2]又被蛩声唤醒，[3]一帘明月香消△

注：① 沃：灌溉也。② 迢迢：长远貌。③ 蛩：即蟋蟀。

林蕃钟(清 1078)一首

晚妆初试▲[1]炉篆空闲昼▲[2]冷落夕阳疏雨后▲花影一帘红瘦▲

低鬟无语盈盈△[3]画罗凉意微生△[4]为问翠阴孤蝶，近来多少春情△

注：① 试：此字与下三句“昼”“后”“瘦”均不叶韵，若改“就”较妥。② 炉篆：炉烟弯曲如篆体字。③ 盈盈：女貌轻盈。④ 画罗：绘画之罗衣。

张云璈(清 1098)一首　题：小婢吴金凤，其兄赎去，作词于扇。

落梅风骤▲[1]只向雪边逗▲[2]燕子未来人去后▲正是花朝时候▲[3]

江南归路去弦△[4]一帆送尔犹怜△明日春寒半臂，[5]可知更唤谁添△

注：① 落梅风：《风俗通》“五月有落梅风”，本指黄梅时节，但此处指二月梅花凋落。② 逗：逗留。③ 花朝：在二月十二日。④ 去弦：断弦，指婢。⑤ 半臂：背心。

邵丰城（清1119）一首　题：渡泖。[1]

潮平风静▲水色明于镜▲缥缈波心浮塔影▲[2]更着遥山相映▲[3]

呼舟径渡苍茫△橹枝划碎秋光△浦口日斜雨散，[4]白鸥飞近船窗△

注：① 泖：泖湖，在青浦县（今属上海市）西南。② 缥缈：高远貌。③ 遥山：远山。④ 浦口：泖湖下游为黄浦江。

袁通（清1121）一首　题：月下忆家。

带宽移空▲[1]愁是新来种▲[2]坐到满城钟欲动▲[3]衣薄不禁寒重▲

前窗月子弯弯△今宵月子团圞△想遍故园高阁，凉生何处栏杆△

注：① 空：读去声，空闲也。② 种：即生。③ 钟：晨钟，喻天将晓。

王书田（清1122）一首　题：夏闺。

纱衫初换▲香透微沾汗▲浴罢兰汤招女伴▲[1]白纻新声教按▲[2]

个人远水遥岑△[3]茶瓜谁与浮沉△[4]漫种莲花并蒂，[5]空贻栀子同心△[6]

注：① 兰汤：香汤，指洗浴水。② 白纻：歌曲名；新声：新谱歌曲；按：奏也。③ 个人：那人，指恋人；岑：小而高之山。④ 浮沉：夏天在井里冷冻水果，即“浮瓜沉李“之意。⑤ 漫种：随意种植。⑥ 贻：赠也；栀子：常绿灌木名。

杨芳灿（清1128）一首　题：泛舟。

镜奁眉妩▲[1]湖水清如许▲[2]兰叶经风槐叶雨▲好个秋光无主▲

兴阑欲返归桡△[3]隔溪渔子相招△[4]一带藕花深处，夕阳人影红娇△

注：① 镜奁：镜匣。喻湖水如镜。② 如许：如此。③ 阑：尽。④ 渔子：渔夫。

沈清瑞（清1144）二首

（1）篆烟飞尽▲[1]香減春衫褪▲坐久玉人钿雀冷▲[2]柳外风吹鬓影▲

迢迢青粉墙高△隔墙几点樱桃△可怜今年花下，更无人伴吹箫△

注：① 篆烟：炉中香烟。因烟弯曲如篆体字。② 玉人：美人；钿雀：雀形嵌金首饰。

（2）鸳鸯眠尽▲湖水如圆镜▲笑人荷花风不定▲画桨划开萍影▲

短箫吹过江桥△柳阴阴处烟高△[1]归去青衫半湿，横塘暮雨潇潇△[2]

注：① 烟：柳丝浓密如烟。② 横塘：地名，在苏州西南十华里。

袁棠（清1149）一首

月斜更短▲寻到深深院▲约略长廊三四转▲梦近不知人远▲

投怀一笑含情△颊窝两点分明△底事朝来相见，依然脉脉生生△

钱枚（清1171）一首

斜风细雨▲总是销魂处▲侬自留人留不住▲好梦几时重许▲

天涯芳草悠悠△垂杨影里登楼△望尽去帆千片，更无一个归舟△

刘嗣绾（清1174）一首　题：舟宿水仙墩。

灯凉如画▲系缆丛祠下▲[①]水佩风裳魂欲化▲[②]碧月迢迢残夜▲[③]

晓来零乱明珰△[④]镜中生怕思量△手把一丝烟柳，[⑤]不知秋痕多长△[⑥]

注：① 丛祠：荒祠。② 佩：佩玉也，女子饰物。③ 迢迢：远貌。④ 明珰：指耳珠。⑤ 手把：手持。⑥ 秋痕：秋天痕迹，即秋季光景。

归懋仪（女）（清1180）一首　题：十六夜听雨，次圭斋妹春月之韵。

夕阳西下▲月向檐前挂▲香霭空濛花梦惹▲[①]此景宜诗宜画▲

轻寒一缕穿寮△[②]夜深沉水添烧△[③]桦烛清尊昨夜，[④]昏灯冷雨今宵△

注：① 霭：云盛貌；花梦：梦见花；惹：招引。② 寮：窗也。③ 沉水：即沉香。④ 桦烛：以桦树皮卷蜡之烛。

孙云凤（女）（清1188）一首

绣帘慵卷▲[①]篆缕回肠转▲[②]临镜自思人近远▲忘了画眉深浅▲

单衣初试寒轻△锦屏闲却银筝△又是清明时节，落花窗外啼莺△

注：① 慵：懒。② 篆缕：即篆线，指炉烟。篆，形容烟弯曲如篆体字，以喻回肠曲折。

郭麐（清1208）三首　题：第一首，徐山民、吴珊珊夫妇柳阴双桨合册属题。[①]

第二首，惜花仕女图。　注：调名原作忆萝月。

(1) 鹅儿搓就▲[②]小试调酥手▲眉叶腰身谁比瘦▲春水生来光皱▲

芳草一路芊眠△[③]江南春尽如天△不信别家楼上，陌头柳色年年△

注：① 合册：合像画册。② 鹅儿搓就：生成鹅蛋脸之意。③ 芊眠：茂密貌。

(2) 猧儿撼起▲[①]日影窥帘未▲屈指春光今剩几▲[②]架上荼蘼开矣▲

褪来袙腹胸前△[③]耳珰一半犹悬△[④]除却横陈时节，[⑤]者回模样堪怜△[⑥]

注：① 猧儿：即狗；撼起：指尾巴摇动。② 屈指：扳着指头计算。

③ 袙腹：即肚兜。④ 耳珰：耳珠。⑤ 横陈：卧也。

（3）小山窠石▲[1]径窄衣香接▲穿过长廊无气力▲坐定云鬟微侧▲

重来不走长廊△花间难捉迷藏△蓦地一双蝴蝶，等闲飞上罗裳△[2]

注：① 小山窠石：假山也。② 等闲：不留意。

江瑛（女）（清1214）一首

东风庭院▲寂寞珠帘卷▲小立花阴题句懒▲又见旧时双燕▲

树头一点残阳△薄寒飘尽蔫香△[1]墙外谁家玉笛，等闲吹断人肠△[2]

注：① 蔫：物不鲜也。② 等闲：无端。

王倩（女）（清1235）二首　题：第一首，春尽日寄罗子云。

第二首，寄珊珊。

（1）莺啼燕语▲婉转催春去▲[1]莫问近来愁几许▲阵阵落红如雨▲[2]

无聊暂理箜篌△[3]相思欲诉还休△多谢昏黄残月，劝人小倚楼头△

注：① 婉转：即宛转，委曲随和之意。② 落红：落花。③ 箜篌：古乐器名。

（2）横塘一舸▲[1]有约何曾果▲[2]便是肯来花下坐▲已把好春错过▲

读书写韵生涯△[3]神仙要算他家△安得买田湖上，[4]就卿同种胡麻△[5]

注：① 横塘：泛指风景佳处；舸：大船也。② 果：结果。③ 写韵：作诗词；生涯：事业、生活。④ 安得：怎得。⑤ 卿：对所爱之人之昵称；胡麻：即芝麻。

金翀（清1245）一首　题：梦中赠歌者邓銮。

尊前花底▲[1]多少相怜处▲一曲惊鸦飞又起▲小院月华如水▲[2]

东风暗送归潮△泪痕湿透鲛绡△[3]他日重来记取，门前第五红桥△

注：① 尊前：酒席前。② 月华：月光。③ 鲛绡：极薄之织品，此处指手帕。

催景偘（清1246）一首

漏残香烬▲雨点声声紧▲坐着欲眠眠着醒▲偎暖灯前孤影▲

飞花吹遍春城△如何不放天晴△默数韶光余几，来朝已是清明△

邵源（清1250）一首

绣床无那▲[1]懒去添炉火▲一种凄凉谁似我▲只有玉梅几朵▲

双鬟未解闲愁△[2]笑来窗下凝眸△[3]昨夜春归柳上，教他放下帘钩△

注：① 无那：无奈。② 双鬟：指幼女。③ 凝眸：注目而视。

龙光斗（清1252）一首

莺娇燕绮▲①絮语东风里▲②手卷珍珠将玉臂▲③满院新红铺地▲④
凭谁留住韶华△⑤停针倦倚窗纱△只有多情明月，夜阑还映梨花△⑥

注：① 绮：喻美丽。② 絮语：不断言语。③ 卷：喻围，指珍珠圈；将：掀起。④ 新红：新的落花。⑤ 韶华：即春景。⑥ 夜阑：夜尽。

庄盘珠（女）（清 1268）一首　题：暮归。

月痕才上▲暝色和烟漾▲扑簌沙鸥惊打桨▲①趁溜乌篷刚放▲②
溪流曲曲斜斜△转过蓼叶芦花△一点红灯渐近，小桥竹屋人家△

注：① 扑簌：飞跃声。② 乌篷：指船。

吴荣光（清 1275）一首　题：题清湘老人金陵十景册。①

繁华无限▲都付云烟眼▲一老江头春畹晚▲②写到旧时台馆▲
可怜剩水残霞△瞢腾鸥梦渔家△名士美人何处，六朝芳草无涯△

注：① 金陵：今南京；册：画册。② 畹晚：过半，将尽之意。

汪度（清 1384）一首　题：水西亭侧，杨柳一株，依依可怜，倏为惊风所折，怅然赋此。

小亭红转▲春水斜阳岸▲一树相思随意远▲记得眉痕深浅▲
嫩黄柔绿丝丝△好春曾不多时△何事东风吹骤，小蛮损了腰肢△①

注：① 小蛮：唐白居易家妓，腰细善舞。白居易诗“杨柳小蛮腰”。此处指杨柳被风所折。

史蟠（清 1289）一首

风吹酒醒▲乱踏寒云径▲①雁字一绳残雪映▲②描淡夕阳红影▲
暮霞楼阁谁家△③有人偷启窗纱△一瓣暗香飞落，④风前笑撚梅花△

注：① 寒云径：喻雪路。② 一绳：即一线、一串。③ 暮霞：即夕阳。④ 暗香：喻梅花。

杨芸（女）（清 1294）一首　题：纳凉柬雪兰姊。

茶香浥浥▲①花乳盈瓯碧▲②露却如烟吹袖湿▲天澹星痕欲滴▲③
胡床滑簟凉生△④睡余忽听瓶笙△⑤仿佛一池秋雨，风吹万柄荷声△

注：① 浥浥：香气滋润。② 花乳：茶叶；盈瓯：满杯。③ 天澹：天恬静。④ 胡床：又名交床。《清异录》：“施转关以交足，穿绠绦以容坐”。⑤ 瓶笙：以瓶煎水，微沸作声，美其名也。

顾翎（女）（清 1312）一首

画堂春晓▲缥绿屏山绕▲①窗外娃鬟声报早▲②一夜丁香开了▲

压云宝枕凝愁△③伤春人怯登楼△历乱东风飞絮，④任他扑上帘钩△

注：① 缥绿：青绿色。② 娃鬟：幼婢。③ 云：喻发。④ 历乱：杂乱。

庾岭老人（清1319）一首　题意：《蛮楼志》第五回引词。

十三娇女▲中酒浑无主▲①玉体横陈芳艳吐▲②漏下刚三鼓▲③

花房手自摩挲△多情宛告哥哥△④伏乞怜奴娇小，于归缓渡银河△⑤

注：① 中酒：病酒、醉酒。② 横陈：指卧。③ 漏：更漏，指时间；三鼓：半夜。④ 宛：宛转。⑤ 于归：结婚；银河：喻牛郎织女鹊桥相会。

李佩金（女）（清1336）一首　题：暮春午睡，梦许林风姊，①醒后感作。

榆钱柳絮▲②春生愁谁去▲帘卷玲珑天欲暮▲③醒后惊疑何处▲

可怜月魄花魂△无聊怕到黄昏△倚遍栏杆十二，离愁约上眉痕△④

注：① 许林风：即许庭珠，见《词人小传》。② 榆钱：喻榆荚，因其状如铜钱。③ 玲珑：空明貌。李白诗："却下水晶帘，玲珑望秋月"。④ 约：缠束。

唐维峻（清1340）一首

藕花风峭▲凉露蝉先饱▲浴水鸳鸯双影小▲照眼一枝红蓼▲

西风落叶萧萧△秋衾魂梦迢迢△偏是那家庭院，月明夜夜吹箫△

王嘉福（清1347）一首

轻衫窄袖▲春向眉峰逗▲①悄立瑶阶衣略皱▲②人与梅花同瘦▲

何须浅笑深颦△③相期不负芳春△④道是今生薄命，可知明月前身△⑤

注：① 逗：逗留。② 瑶阶：玉阶，白石阶砌。③ 颦：蹙眉、媚态也。④ 相期：相约；芳春：指青春。⑤ 明月：指月下老人，主管姻缘。

谢昌霖（清1389）一首

云晴雨散▲陌上斑骓远▲①双燕飞来帘不卷▲掠过画堂西畔▲②

小桃一树开残△东风阵阵衣单△剩有无多新酿，能消几番春寒△

注：① 陌上：郊野；斑骓：杂色斑纹之马。② 掠过：斜拂而过。

戈载（清1391）一首

梨花庭院▲搀入杨花乱▲春昼渐长春渐短▲瘦却东风一半▲

数残廿四番风△阶前怨碧愁红△最是多情蝴蝶，双飞犹绕花丛△

荣琏（女）（清1410）一首　题：春痕。

啼莺弄巧▲百啭知音少▲①雨雨风风深院悄▲又是清明过了▲

任他绿遍红稠△②都成柳怨花愁△孤负年年春色，③珠帘莫上银钩△

注：① 啭：鸟鸣也。② 稠：稠密、多也。③ 孤负：负却好意、错过也。

赵庆禧（清 1433）一首　注：调名原作忆萝月。

不茶不酒▲松了衣双扣▲心是梧桐身是柳▲到得秋来都瘦▲

日间略可眉颦△①一灯上过销魂△偏是天公无赖，②近来只惯黄昏△

注：① 眉颦：蹙眉也。② 无赖：油滑不正经。

沈彦增（清 1440）一首　题：辛巳（1821 年）花朝，潜州山馆作。

冶桃开了▲①陌上生荒草▲②才放嫩晴天气好▲③休误寻春还早▲

今年客里花朝△匆匆诗酒都抛△生怕绿肥红瘦，玉骢归也无聊△

注：① 冶桃：即夭桃。② 陌上：田间道路。③ 嫩晴：微晴。

陈裴之（清 1442）一首　题：龙潭道中闻禽言。①

家家布谷▲②夏树阴阴绿▲不是者番晴意足▲③那得桑繁多熟▲

新来望雨栽秧△桔槔声满江乡△④为问三山水到，⑤可无纵浦横塘△

注：① 龙潭：镇名，在江苏句容县西北八十华里。② 布谷：插秧。③ 者番：这番。④ 桔槔：木制水车。⑤ 三山：在龙潭西南。

陆珊（女）（清 1453）一首

梦回莺转▲催起晴还懒▲画了蛾眉云鬓绾▲①已是卖花声远▲

韶光暗地消磨△②闲愁可奈春何△燕子也怜人病，去来频拂帘波△

注：① 云鬓绾：钩梳好头发。② 韶光：指春景。

陈珍瑶（女）（清 1454）二首　题：第一首，春晴。
第二首，春晓。

（1）春将一半▲垂柳柔于线▲睡醒重楼帘不卷▲楼外呢喃双燕▲
昼长人静无哗△嫩寒翠幕低遮△起看碧纱窗畔，东风红遍桃花△

（2）宵来雨骤▲繁响喧檐漏▲开遍海棠春意逗▲又是禁烟时候▲
梦回小阁初晴△凭栏听卖花声△何处秋千笑语，东风吹送分明△

汪元浩（清 1460）一首　题：梦过落花庭院，留题粉壁，约略记之，不胜凄眷。

断无人处▲花落闲庭院▲一桁帘衣垂暮雨▲①梁燕也都飞去▲

只余满径苍苔△依然绿上阶来△分付奚奴休扫，②记曾衬过弓鞋△③

注：① 桁：音衡，屋上横木，帘挂于此。② 奚奴：即仆人。③ 弓鞋：弓形女鞋。

项鸿祚（清 1481）一首　题：池上纳凉。

水天清话▲院静人消夏▲蜡炬风摇帘不下▲①竹影半墙如画▲

醉来扶上桃笙△②熟罗扇子凉轻△一霎荷塘过雨，明朝便是秋声△

注：① 蜡炬：即点燃之蜡烛。② 桃笙：竹席。本竹名，产于四川阆中深山中，制成竹簟，颇凉滑。

顾春（女）（清 1488）一首　题：二月十日金夫人惠芸苔菜，①余不食此味廿六年矣，遂以词纪之。

春风春雨▲酝酿春如许▲②三十六陂芳草路▲③尚记昔年游处▲

漠漠翠羽金英△④菜花开近清明△好是江南二月，者般滋味香清△

注：① 惠：赠送；芸苔：俗称油菜，产于江南。② 如许：如此。③ 陂：阪也。④ 翠羽：喻绿叶；金英：喻黄花。

丁彦和（清 1492）一首

小窗莺语▲似说春将去▲云节飙轮无觅处▲①但见一庭红雨▲②

杜鹃何事频催△韶年一去难追△③留得余芳数点，还凭燕子衔来△

注：① 云节：云端；飙轮：御风之车。② 红雨：指落花。③ 韶年：春季。

唐埙（清 1497）二首　题：题《豆棚闲话》扇头。

（1）凉宵灯灺▲①已是过残夏▲小扇扑萤萤不下▲三五闲鸥如画▲

茅檐那有琼笙△②琵琶盲女弦轻△坐到夜深月上，隔窗一片虫声△

注：① 灺：读上声斜，烛余也。② 琼笙：笙之精美者。琼，美玉也。

（2）嫩寒如昨▲日影沉帘幕▲飘落残红风太恶▲最是桃花命薄▲

睡余懒听春莺△隔墙送到筝声△酿得荼蘼酒熟，①能有几个清明△

注：① 荼蘼：酒名。

张鸿卓（清 1521）一首　题：消夏。

竹风敲玉▲①雨过天如沐▲一个凉蝉时断续▲满地槐阴铺绿▲

石栏斜傍芳池△田田低映涟漪△②试问闲中清课，③藕花香里填词△

注：① 玉：玉蟾，喻月。② 田田：莲叶浮水貌。③ 清课：清闲功课。

黄燮清（清 1528）一首　题：当湖秋泛。①

旧游在否▲零落双红袖▲②水阁疏廊仍种柳▲柳是十年前有▲

一枝枝橹横塘△一声声笛邻墙△一点点萍秋意，一丝丝蓼斜阳△

注：① 当湖：又名东湖，在浙江平湖城东；秋泛：秋天船游。② 零落：衰落；红袖：喻女子。

姚燮（清 1529）一首

栏杆空处▲扑入东风絮▲两两鹧鸪啼不住▲①却又无烟无雨▲

春愁乱似杨丝△春腰瘦似杨枝△夕燕未知归否，卷帘待了多时△

注：① 鹧鸪：鸟名，啼声如"行不得也哥哥"，古典诗词中常用之。

查慧(女)(清 1548)一首　题：湖上泛月。

新凉似麴▲①酿就西湖绿▲醉后尚堪斟百斛▲②飞下一瓯寒玉▲③

月华小驻桥东△④萧萧几阵微风△⑤趁着采莲人去，⑥不知身在秋中△

注：① 麴：酒母也。② 斟：倒酒也；斛：容器名，十斗为斛。③ 一瓯寒玉：杯中见月。④ 月华：月光。⑤ 萧萧：风声。⑥ 趁：追逐。

赵我佩(女)(清 1557)二首

(1) 莺啼燕语▲听遍垂杨路▲昨夜东风今夜雨▲酿得春寒如许▲

含颦独倚高楼△①湘帘不上银钩△②又是花朝过去，却教人为花愁△

(2) 遣愁不去▲没个藏愁处▲小小眉弯担不住▲作出凄凉如许▲

连朝雨冷花黄△西风病起回廊△已是伤秋伤别，那堪又过重阳△

潘曾莹(清 1567)一首　题：闻蝉。

一丝微袅▲①为问秋多少▲满地绿阴凉意早▲教他斜阳遮了▲

最宜风后雨前△声声换得商弦△②记向红桥醉酒，万荷花里停船△

注：① 袅：缭绕状。② 商：五音之一。五音，即宫、商、角、徵、羽。

陆韵梅(女)(清 1569)一首　题：雨后坐月。　注：此词系与夫潘曾莹联句，其中前后段第一、四句系潘作，第二、三句为陆作。

湿云低扑▲凉意含疏竹▲闲倚红栏杆几曲▲一点流萤闪绿▲

小窗月上迟迟△①送来花影参差△②爱把湘帘半下，③秋痕筛满罗衣△

注：① 迟迟：徐行也。② 参差：零落不齐貌。③ 湘帘：斑竹帘。

钱斐仲(女)(清 1575)一首

迟迟春昼▲花尽春应瘦▲砌下落红盈寸厚▲蝴蝶飞来微逗▲

携将绡扇徘徊△不知蹴损莓苔△轻薄忽随风去，撩人溜了鸳钗△

周寿昌(清 1625)一首　题：即景。

绪风丝雨▲苦促征帆去▲一带晚烟萦野树▲重被湿云留住▲

洲边竹屋参差△停船小步些时△三两渔舟泊处，滩前立个鸬鹚△

注：① 绪风：余风。

高佩华(女)(清 1627)一首　题：春雨。

好梦惊回▲①梦醒人依旧▲夜半风狂兼雨骤▲一点残灯似豆▲

关心不俟深秋△②教人添得新愁△试问杏花开未，明朝且看枝头△

注：① 此句平仄句式与格律异，且不入韵，不单列。② 俟：等待。

杜文澜（清 1631）一首　序：忆道光廿九年（1849 年）春，余道出靖州桃花坪，正瑶人自择配偶之时，以日暮天雨而散，颇有佳丽空归者。[1]

笙歌才住▲桃花坪下春归去▲尽有含愁娇不语▲冷落凤靴金缕▲[2]

休怜遇合难齐△荒衙暂假幽栖△[3]满地落红狼藉，[4]一天风雨凄迷△[5]

注：① 靖州桃花坪：在湖南宝庆县西南百华里；瑶人：西南少数民族。② 凤靴：绣凤之鞋；金缕：绣金线之衣。③ 此句原注：是晚苦无栖址，适有汛官空署借宿。④ 狼藉：杂乱貌。⑤ 凄迷：凄凉迷茫。

周翼杶（女）（清 1636）一首　题：送春。

斜风细雨▲又送春归去▲小院流莺时自语▲似欲留春久住▲

雨余绣阁寒轻△残阳却照疏楹△试向妆楼闲望，林园狼藉花英△

钱瑗（女）（清 1661）一首　题：春日。

柳摇花颤▲吹遍东风软▲好梦惊回莺百啭▲天远何如人远▲

乍寒乍暖无凭△一宵几遍阴晴△猜着天公情性，算他真个聪明△

蒋坦（清 1669）一首　题：题《桐阴坐月图》。

去年今日▲风雨高楼歇▲睡起罗裙慵不折▲[1]秋后纱橱犹热▲[2]

月来还照帘栊△[3]旧游门巷应同△只觉今年秋早，门前多了梧桐△

注：① 慵不折：懒于折理。② 纱橱：床帐。③ 帘栊：窗帘。

谢章铤（清 1678）一首

罗衾六幅▲双枕屏山曲▲[1]悄立风前暗蹙▲一点银灯犹绿▲

水晶帘下晨妆△远山自爱纤长△[2]回首嫣然一笑，[3]拈花却唤檀郎△

注：① 屏山：屏风如山，即屏风。② 远山：喻眉。③ 嫣笑：巧笑。

关锳（女）（清 1687）二首　题：第二首，春尽夜同妹侣琼作。

（1）画梁春浅▲帘额风惊燕▲[1]不信天涯人不见▲草也池塘生遍▲

东风吹浅屏纱△飞飞多少杨花△何怪儿家夫婿，[2]一春长不还家△

注：① 帘额：帘子上方。② 儿：古代妇女自称。

（2）画帘人定▲更漏声凄紧▲满枕玉钗春梦冷▲斜月小楼钟影▲

金猊容易香销△[2]落花堆过栏腰△还有疏灯一点，酒醒不算明朝△

注：① 侣琼妹：即关锜。② 金猊：狮形铜香炉。猊，狻猊，狮之别名。

关锜（女）（清 1688）一首　题：和姐作。

晚楼雅定▲①帘卷东风紧▲弱酒乱浇心上冷▲②摇醉一窗灯影▲

灵魂不肯轻销△无端瘦减侬腰△③却又无愁无病，等闲过到今朝△④

注：① 雅定：幽雅安定。② 弱酒：残酒。③ 无端：无故；侬：我也。④ 等闲：平平常常。

孙麟趾（清 1689）一首

纱窗春晓▲睡起听啼鸟▲细雨连番晴自好▲休更踏青草草▲

东风暗卷香尘△看花懒叩闲门△小巷无人行处，柳丝低袅春痕△

阮绵审（清 1707）一首　题：早发。①

青鞋布袜▲不待平明发▲未暖轻寒清欲绝▲一路晓风残月▲

春山满眼峥嵘△②马蹄乱践云行△③拖醉高吟招隐，④流泉如何新声△

注：① 早发：清早出发。② 峥嵘：高峻貌。③ 云行：云中行走，喻高也。④ 拖醉：带醉。

江风笙（清 1715）一首　题：秦淮夜泛，访金佩卿校书。①

绿杨影里▲深处侬家是▲②要买石城渔艇子▲③只隔一湖愁水▲

丁帘窗映红绡△④曲栏望见横桥△可惜夜凉风月，无人说与南朝△

注：① 秦淮：河名，在南京，两岸多妓院；校书：此处指妓女。唐妓薛涛，工诗，胡曾赠诗："万里桥边薛校书"。② 侬：吴语，我也，也可称人。③ 石城：石头城，南京别称。④ 丁帘：丁字帘，南京巷名，多妓院；红绡：喻妓女。

左锡璇（女）（清 1716）二首

（1）阴阴天气▲镇日帘垂地▲①满径落花红粉腻▲②梦也扶头不起▲③

羡他紫燕双双△年来栖稳雕梁△却怪陌头杨柳，惯经雨横风狂△

注：① 镇日：整日。② 腻：过多而厌烦。③ 扶头：扶头酒，易醉之酒。

（2）秋风萧瑟▲①触耳虫声急▲花影横窗灯照壁▲添倍凄凉颜色▲②

年来别思频添△愁生两叶眉尖△试问楼头明月，清光却向谁圆△

注：① 萧瑟：萧条瑟缩。② 添倍：即倍添，因用韵关系而颠倒。

张景祁（清 1719）一首

樱桃架底▲剪剪东风细▲①啼煞画眉慵未起▲②漠漠绣帘垂地▲③

帘前尽日飞花△门前几树藏鸦△④手把一枝红豆，⑤错疑春在儿家△⑥

注：① 剪剪：风寒貌。② 画眉：鸟名；慵：懒也。③ 漠漠：布列貌。④ 藏鸦：栖鸦。⑤ 把：持也；红豆：又名相思子。⑥ 儿：古代妇女自称。

张鸣珂(清1736)一首　题：富溪道中。[1]

好山无数▲眉黛层云护▲[2]行尽溪湾迷去路▲烟锁夕阳村坞▲[3]

峭寒渐逼征衣△[4]暮鸦绕树争飞△商略停车何处，[5]故人相候柴扉△

注：① 富溪：镇名，在江西莲花县北三十华里。② 眉黛：喻山峰。③ 村坞：村堡也。④ 征衣：远行之人旅途中所穿的衣服。⑤ 商略：筹划也。

陶方琦(清1800)一首　题：与樊增祥诸可宝同作。

闲寻芳径▲香海东风冷▲[1]花里栏杆人小凭▲[2]不辨花光人影▲

好春留与裙衩△[3]未应芳事终乖△[4]满地梨花如雪，教人愁到弓鞋△[5]

注：① 香海：喻花香深广。② 凭：依靠。③ 裙衩：喻女子。④ 芳事：指春事；乖：背也。⑤ 弓鞋：缠足女子弓形鞋。

诸可宝(清1801)一首　序：暮春偕茗楼、湘湄两同年游法源寺，[1]海棠花下有所见，[2]和茗楼词。

烟痕风力▲欺负蘼芜碧▲[3]有个春人依花立▲[4]隐约裙边双只▲[5]

娇慵不耐相看△棠棣开后轻寒△难道华年如水，生来该住长干△[6]

注：① 茗楼：即樊增祥。湘湄，即陶方琦。② 有所见：指遇美人。③ 蘼芜：野草名。④ 春人：游春人。⑤ 双只：露出女足，时双时单。⑥ 长干：地名，在南京中华门。

樊增祥(清1808)一首　题：暮春游法源寺。

柳花无力▲点上春衫碧▲[1]几曲回廊闲伫立▲[2]过尽蝶双影只▲

秾花一树谁看△[3]单衣小径风寒△消得玉人一凭，[4]新来只有栏干△

注：① 点上：沾上。② 伫立：久立。③ 秾花：花茂。④ 消得：消受得。

徐寿兹(清1831)一首　题：甲辰(1904年)晚举一子，名曰能庸，感而有作。

庸中佼佼▲[1]莫道声名好▲恨我一生都误了▲不愿儿曹再效▲[2]

东坡尚欠聪明△[3]生儿望作公卿△[4]但祝无灾无难，何求身外浮荣△

注：① 庸：指人物卑下者；佼佼：好貌。② 儿曹：你辈，即你们。③ 东坡：宋大诗人苏轼号。④ 公卿：指高官。

李穆宣(清1860)二首　题：第一首，花会。

第二首，春夜。

(1) 莺声呖呖▲[1]人语珠帘隔▲牡丹枝上春三月▲正是芳菲时节▲[2]

相逢仕女如云△[3]踏青鞋底香薰△一路买花归去，蝶蜂飞近罗裙△

注：① 呖呖：莺声。此处喻美人语音。② 芳菲：花草香美。③ 仕女：官宦人家的女子。

（2）玉笛声彻▲天外玲珑月▲杨花吹作漫天雪▲荡春心千百结▲
花移人影窗纱△珠帘绣幕谁家△玉漏迟迟敲罢，①花铃隐隐惊鸦△②
注：① 玉漏：更漏美称。② 花铃：护花之铃。

陈夔（清 1873）二首　题：夏日。

（1）小园西角▲斜日迟迟落▲照眼榴花红一萼▲不负故山旧约▲
昼长午梦初回△沉沉帘幕低垂△开着窗棂一扇，①待他双燕归来△
注：① 窗棂：窗上木格条。

（2）熟梅天气▲①雨过添浓翠▲芳树斜阳明晚霁▲②知否来朝晴未▲
小窗疏簟纹平△③一钩新月初生△忽地遥天云起，④濛濛残雨笼晴△
注：① 熟梅天气：即黄梅时候，在农历五月。② 晚霁：晚晴。霁，雨止。③ 簟：竹席。④ 遥天：远天。

许之雯（女）（清 1876）一首　注：调名原作忆萝月。

金风料峭▲①冰簟凉偏早▲②一枕西窗残梦觉▲庭院悄无人到▲
雨声点点苍苔△几回揽镜徘徊△判与黄花同瘦，③年年憔悴秋来△
注：① 金风：即秋风。② 冰簟：喻凉席。③ 判：甘心愿意也；黄花：菊花，李清照词："人比黄花瘦"。

劳纺（女）（清 1883）二首　题：第一首，早春。
第二首，梦中得句，醒而促成文。

（1）深沉院宇▲嘹呖幽禽语▲①天际弄晴云几缕▲②数点纸鸢来去▲③
穿窗日影迟迟△和风习习吹衣△遥忆小园春色，梅花开遍南枝△④
注：① 嘹呖：鸟鸣声黄莺。② 天际：天边。③ 纸鸢：即风筝。④ 南枝：喻南方，作者故乡在浙江桐乡。

（2）风摇不定▲一片帘波影▲燕语呢喃人语静▲深院槐阴交映▲
芰荷池畔寻凉△①闲中消受清香△几处蝉声催暝，②林端皓月流光△
注：① 芰荷：菱荷也。② 暝：昏暗，喻天晚。

黄瓯碧（女）（清 1896）一首　题：自题《画荔图》。

岭南风味▲①说也消人意▲十万装成云似绮▲②白玉圆肤致致▲③
珠儿三五轻盈△④怜他不带愁生△何处月明绛树，吹来都是双声△
注：① 岭南：大庾岭南，指广东。② 似绮：喻锦绣。③ 白玉圆肤：果肉圆

而又白如玉；致致：精致。④ 珠儿：指荔枝；三五：如月半圆月。

冯江（清 1898）一首　题：夏日丞相祠堂即景。　注：指诸葛亮武侯祠，在成都。

雨声初止▲月上莲塘里▲人影衣香何处是▲遥隔盈盈一水▲

酒怀如醉如醒△寻凉更上闲亭△一阵垂杨风起，柳丝罥个蜻蜓△

吕湘（现当 11）一首　题：庚申（1920 年）除夕。

翠尊红炬▲送了年华去▲听尽邻娃欢笑语▲好在不知愁处▲

春风又到人间△凭楼何事相关△多少夕阳烟柳，可怜如此江山△

许白凤（现当 58）二首　题：第一首，葡萄棚下偶见。　注：1943 年作。

第二首，杭扇。　注：1979 年作。

（1）累累珠串▲倒缀藤儿软▲等是那边红杏院▲①斜出墙头一半▲

窥邻小玉聪明△②并州快剪轻盈△③燕子不知细底，飞来误触花铃△④

注：① 等：可也。② 小玉：即题中偶见者。③ 并州：今山西太原；快剪：并州所产剪刀极锋利，喻女貌轻盈。④ 花铃：护花之铃。

（2）名牌挂起▲又见王星记▲①工艺杭州多绚丽▲春在西湖扇底▲

生绡画面轻匀△千红万紫缤纷△骨子旃檀一品，②迎风香气薰人△

注：① 王星记：杭州扇厂名。② 旃檀：紫檀木。旃，音毡。

李群庆（现当 69）一首　题：九日洱滨。①

夕阳归棹▲②过处鸭鹅噪▲湖柳萧疏秋色好▲画意诗情琴调▲

山村风物天然△渔樵生活恬甜△漫道农家辛苦，分明世外桃源△

注：① 洱：洱海，水名，云南大理名胜。② 棹：船桨。

黄山（现当 85）一首　题：光南早春。

春来多路▲草色遥看处▲送暖东风方入户▲绿柳微黄半树▲

梅花白雪争妍△诗人兴会无前△吟到花枝俏丽，十分春意盎然△

车乘轨（现当 88）三首　题：第一首，西塘游。①　注：1998 年 10 月 26 日作。

第二首，赞昆剧。　注：2003 年 7 月 3 日作。

第三首，再赞昆剧。　注：2004 年 7 月 17 日作。

（1）古稀加六▲②老来心难服▲③节近重阳开遍菊▲岂肯安居家屋▲

远访古镇西塘△复桥元宅灯廊△④往返环行百里，⑤沿途闻尽花香△

注：① 西塘：镇名，在浙江嘉善。水乡古镇，为著名旅游胜地。② 古稀加六：七十六岁。③ 心难服：不服老。④ 复桥：复壁式双面石桥，名送子来凤桥；元宅：元末明初建筑，在西街石皮巷内，内有尊

闻堂，号称江南一绝；灯廊：市河沿岸棚廊，悬挂宫灯，迤逦里许。⑤ 环行百里：骑自行车，自嘉兴出发，经塘汇、七星、嘉善、干窑，到达西塘，返程改道，经下甸庙、洪溪、油车港、栖真抵嘉兴，环行百华里。

（2）美哉昆剧▲[①]戏宗优无匹▲[②]名列"世文遗产"籍▲[③]何奈乏人珍惜▲

苏州各界关心△[④]城乡群众知音△老幼勤研苦习，功夫日益高深△

注：① 昆剧：亦称昆曲，历史悠久，唱腔悦耳。② 戏宗：昆曲被誉为百戏之祖宗。③ 世文遗产：2001 年 5 月 18 日被联合国教科文组织列为"人类口述和非物质遗产代表作"。④ 苏州市对昆曲极为重视，不仅有"苏州昆剧院""昆剧研习所""昆剧博物馆"，还成立了"小学昆剧培训班"。

（3）美哉昆曲▲伴江南丝竹▲[①]载歌载舞赏心目▲白雪阳春非俗▲[②]

两岸联手回天△[③]共排经典名篇△轰动京苏台北，[④]仙音响彻人间△

注：① 江南丝竹：即江南音乐。丝为琴、瑟、琵琶类，竹为箫、笛类。② 白雪阳春：即阳春白雪，喻其曲调高雅，但因其曲高而和寡。③ 两岸：指苏州昆剧院与台湾陈启德先生联合排演昆剧"长生殿"；回天：重振昆剧。④ 今年二月起"长生殿"在台北、苏州、北京等地演出，风靡中外观众。

党卓（现当 165）一首

山环水绕▲春染青青草▲绿树清风农舍眺▲缕缕炊烟袅袅▲

菜花黄透溪东△篱南麦浪重重△又是丰收年景，合家酒蜜餐丰△

张维琳（女）（现当 192）二首　题：第一首，月约。

第二首，花声。

（1）纱窗掩半▲露出红妆面▲楼下西装轻声唤▲且趁黄昏一转▲

楼头飘落红笺△借将暮色低看△须待银霜万顷，与君共赏婵娟△

（2）春寒料峭▲小巷花声早▲担上枝枝姿色俏▲叫破环城春晓▲

小楼剪剪东风△纱窗唧唧鸣虫△新插瓶中红杏，引来诗兴无穷△

杨福林（现当 224）一首

江南春早▲绿遍天涯草▲呖呖莺声歌树杪▲[①]雨润杜鹃红了▲[②]

山村碧水明霞△竹篱瓦舍农家△记取桃花人面，[③]门前疏影横斜△

注：① 树杪：树梢头。② 杜鹃：花名，即映山红。③ 唐崔护诗："人面桃花相映红"。

栗夕珍(女)(现当245)一首　题：春到农家

年年春早▲遍野青青草▲水碧天蓝云姣姣▲归燕旧巢难找▲

红墙绿瓦农家△门前醒了桃花△田里铁牛奔跑，[1]炉边姑嫂烹茶△

注：① 铁牛：指农机。

四十六字　朝天子

晁补之(宋123)一首

酒醒情怀恶▲金缕褪、玉肌如削▲[1]寒食过却▲[2]早海棠零落▲

渐日照、栏杆烟淡薄▲绣额珠帘笼画阁▲春睡着▲觉来失、秋千期约▲[3]

注：① 金缕：金线衣。② 寒食：古节日名，在二月十二日。③ 觉来：醒来。

四十六字　画堂春

谢懋(宋318)一首　题：秋意。

西风庭院雨垂垂△黄花秋闰迟△[1]已凉天气未寒时△才褪单衣△

睡起枕痕犹在，鬓松钗压云低△[2]玉奁重拂淡胭脂△[3]情入双眉△

注：① 黄花：菊花；秋闰：秋有闰月。② 云：喻发。③ 玉奁：镜匣。

四十六字　误佳期

吴秉仁(清83)一首　题：晚泊三江。[1]

滩急小舟如箭▲树林斜阳鸦乱▲山环两岸落花香，寒衬东风软▲

虽则强归来，已过春光半▲试看梁燕垒新泥，定把红丝换▲

注：① 三江：绍兴镇名，在昌安门(北门)外，濒临杭州湾，设有闸口。

汪懋麟(清519)一首　题：闺怨。

寒气暗侵帘幕▲孤负芳春小约▲[1]庭梅开遍不归来，直恁心情恶▲[2]

独抱影儿眠，背看灯花落▲待他重与画眉时，细数郎轻薄▲

注：① 孤负：即辜负，负其好意也。② 恁：如此。

许冰玉(女)(清797)一首

不画今朝螺黛▲重缩旧时鸾带▲许多心事要商量，没个人儿在▲

新月最关情，向月深深拜▲东风因甚促春归，暗里将人害▲

李穆宣(清1860)一首

唤取小红低唱▲[1]春在鸳鸯湖上▲良辰美景醉乡天，月下停歌舫▲[2]

花影碧罗波，香腻黄鹅酿▲[3]平生不会皱双眉，欢喜福无量▲

注：① 小红低唱：借姜夔舟过垂虹桥诗句“小红低唱我吹箫”。② 歌舫：歌船。③ 黄鹅酿：即鹅黄色酒。

四十六字　诉衷情

徐眉云（女）（明 205）一首　题：赠唐寅。

碧窗秋露冷于水，素月半帘明△白云依旧，夜色凉深，何处步云行△

虫声懒，草霜轻△不胜情△湖畔琴韵，楼下吹箫，梦回乍醒△

四十六字　落梅风

张先（宋 18）一首　题：梅花妆。

宫烟如水湿芳晨△寒梅似雪相亲△玉楼侧畔一枝春△惹香尘△

寿阳娇面偏怜惜，①妆成一片花新△镜中重把玉纤匀△酒初醺△②

注：① 寿阳：南朝宋武帝女寿阳宫主，人日（正月初七）卧檐下，梅花落于额上，成五出之花，号梅花妆。② 醺：醉也。

车乘轨（现当 88）一首　题：癸未黄梅。　注：2003 年 6 月 30 日作。

天公变幻令人惊△黄梅昨尚分明△①湿潮闷郁雨兼晴△路难行△

一宵差距何偏大，②骄阳如火烘蒸△气温迅猛向高升△暑炎生△

注：① 黄梅：农历五月，江南梅熟，称黄梅天；昨尚分明：昨日尚是乍晴乍雨，潮湿郁闷，言黄梅现象分明。② 差距：只隔一夜，景象大变，是日已是盛夏。

四十六字　万里春

车乘轨（现当 88）一首　题：岁尾年头即事。　注：2002 年 2 月 12 日（壬午年元日）作。

蛇冬暖异▲腊月如春天气▲多亏那、致冷冰箱，护荤腥素味▲

爆竹迎新岁▲马年到、八旬年纪▲老当壮、趁此良辰，驭车游闹市▲①

注：① 驭车：骑自行车。

四十六字　忆少年

晁补之（宋 123）一首　题：别历下。①

无穷官柳，无情画舸，②无根行客▲南山尚相送，只高城人隔▲

罨画园林溪绀碧▲③算重来、尽成陈迹▲刘郎鬓如此，④况桃花颜色▲

注：① 历下：今山东济南。② 画舸：绘画大船。③ 罨画：彩画；绀碧：天青色。④ 刘郎：即刘禹锡，曾在玄都观观桃花。

谢懋（宋 318）一首　题：寒食。

池塘绿遍，王孙芳草，依依斜日▲游丝卷晴昼，系东风无力▲

蝶趁幽香蜂酿蜜▲秋千外、卧红堆碧▲心情费消遣，更梨花寒食▲

彭孙贻（明 504）一首　题：上巳。[1]

愁中春色，绵绵飞絮，青青芳草▲道不如归去，听枝头啼鸟▲

莺立秋千门静悄▲海棠上、月高风小▲未清明寒食，已梨花开早▲

注：① 上巳：古节日名，在三月初三。

朱彝尊（清 288）二首

（1）飞花时节，垂杨巷陌，东风庭院▲重帘尚如昔，但窥帘人远▲

叶底歌莺梁上燕▲一声声、伴人幽怨▲相思了无益，悔当初相见▲

（2）一钩斜月，一声新雁，一庭秋露▲黄花初放了，[1]小金铃无数▲[2]

燕子已辞秋社去▲[3]剩香泥、旧时帘户▲[4]重阳将近也，又满城风雨▲

注：① 黄花：即菊花。② 小金铃：即楝树子。③ 秋社：立秋后第五个戊日（即五十日）为秋社日。④ 香泥：指燕巢。

姜垚（清 479）一首　题：忆旧。

悄携纤手，偷描眉妩，[1]盈盈香陌▲桃花度流水，只芙蓉城隔▲

一寸相思愁千尺▲算从来、纵难追忆▲杜鹃声不断，看山云凝碧▲

注：① 眉妩：画眉也，源出张敞为妇画眉，人称“张京兆眉妩”。

赵文哲（清 986）一首

迢迢烟水，[1]重重花柳，深深庭院▲帘波却垂地，露红莲双瓣▲[2]

彩笔共吟青玉案▲[3]握春荑、叵罗频劝▲[4]谁怜酒醒处，望高楼天远▲

注：① 迢迢：远貌。② 莲瓣：喻缠足小脚。③ 青玉案：词调名。④ 春荑：喻女子纤手；叵罗：酒卮、酒杯也。

杨英灿（清 1175）一首

一榻残书，满庭秋草，半窗凉月▲窗深梦初醒，听雨声疏密▲

不是雨声听不得▲是客怀、本来凄恻▲乡愁正难遣，更边笳呜咽▲[1]

注：① 边：边疆；笳：乐器名，胡人（西北少数民族）卷芦叶吹之，故又名胡笳。

郭麐（清 1208）一首　题：同湘湄夜坐。

疏窗四面，秋霖一阵，愁人两个▲天涯已肠断，况离情无那▲

桐叶初肥蕉叶大▲说凄凉、也无人和▲今宵尚相对，怕来宵灯火▲

车乘轨（现当 88）二首　题：第一首，癸未端午。　注：2003 年 6 月 4 日作。

第二首，忆沈剑龙兄。　注：2006 年元月 9 日作。

沈剑龙：又名燧初，绍兴人，与作者同龄。1941 年春，与作者同执教于绍兴朱尉乡中心小学。

（1）将归春色，初生夏景，迎来端午▲黄鱼避邪毒，[1]豆沙粽怀楚▲[2]

电视屏中舟竞渡▲听音带、燕声莺语▲[3]年时度佳节，[4]府山观游侣▲[5]

注：① 避邪毒：乡俗，端午节食黄鱼、黄瓜、鸡蛋等带黄色食品，云可避邪去毒。② 怀楚：纪念楚国大夫屈原。③ 听音带：放昆曲及音乐。④ 年时：那年，指童年。⑤ 府山：山名，在绍兴城内西隅；游侣：是日有一伙醉汉，裸体横卧山道，号"蜒岫螺"（即蜗牛）。

（2）当年同事，当初好友，当今游子▲冠前作师表，[1]一双清贫士▲

意合情投鱼与水▲正融融、日军潜至▲[2]分飞各劳燕，[3]落嘉昆他里▲[4]

注：① 冠前：弱冠前，即二十岁前；作师表：即任教师。② 日军潜至：1941 年 4 月 16 日午夜日军偷袭绍兴。③ 劳燕分飞：喻各奔东西。④ 嘉：余来嘉兴；昆：彼去江苏昆山。

四十六字　忆秦娥（又名双荷叶、秦楼月、碧云深、中秋月、蓬莱阁）。第一体，用仄韵。

李白（唐 7）一首

箫声咽▲秦娥梦断秦楼月▲秦楼月▲[1]年年柳色，灞陵伤别▲[2]

乐游原上清秋节▲[3]咸阳古道音尘绝▲音尘绝▲[4]西风残照，汉家陵阙▲[5]

注：① 秦娥：陕西女子；秦楼：妓院。② 灞陵：汉文帝陵墓，在长安（今西安）。③ 乐游原：地名，在长安南；清秋节：即重阳节。④ 咸阳：陕西县名。⑤ 汉家：指汉朝；陵阙：汉朝皇家陵墓、宫殿。

周邦彦（宋 128）一首

香馥馥▲[1]尊前有个人如玉▲②人如玉▲翠翘金凤，[3]内家装束▲[4]

娇羞爱把眉儿蹙▲逢人只唱相思曲▲相思曲▲一声声是，怨红愁绿▲

注：① 馥馥：香气盛也。② 尊前：酒杯前。③ 翠翘金凤：凤钗。④ 内家装束：宫装打扮。

朱淑真（女）（宋 140）一首　题：正月初六夜月。

弯弯曲▲新年新月钩寒玉▲[1]钩寒玉▲凤鞋儿小，[2]翠眉儿蹙▲

闹蛾雪柳添妆束▲[3]烛龙火树争驰逐▲争驰逐▲元宵三五，[4]不如初六▲

注：① 寒玉：喻美人。② 凤鞋：凤头鞋。③ 闹蛾：纸剪蛱蝶，穿以铜丝，插于巾帽或发上。头饰也。④ 三五：喻正月十五日。

万俟咏（宋 191）一首　题：别情。

千里草▲萋萋尽处遥山小▲遥山小▲行人远似，此山多少▲

天若有情天亦老▲此情说便说不了▲说不了▲一声唤起，又惊春晓▲

周紫芝（宋 201）二首　注：调名原作双荷叶。

（1）东风歇▲香尘满院花如雪▲花如雪▲看看又似，黄昏时节▲

无言独自添香鸭▲①相思情絮无人说▲②无人说▲照人只有，西楼斜月▲

注：① 香鸭：鸭形香炉。② 情絮：绵延不断之情。

（2）临高阁▲乱山平野烟光薄▲烟光薄▲栖鸦归后，暮天吹角▲①

断香残酒襟怀恶▲②西风吹趁梧桐落▲③梧桐落▲又还愁也，又还寂寞▲

注：① 角：军中号角。② 襟怀：胸怀。③ 吹趁：吹逐。

蔡伸（宋 222）一首

花阴月▲兰堂夜宴神仙客▲①神仙客▲江梅标韵，②海棠颜色▲③

良辰佳会诚难得▲④花前一醉君休惜▲君休惜▲楚台云雨，今夕何夕▲

注：① 兰堂：香堂。厅堂之美称；神仙客：喻美女。② 江梅：江边梅花；标韵：标致风韵。③ 海棠颜色：喻面容娇艳。④ 良辰：好时光。

康与之（宋 281）一首　题：春思。

春寂寞▲长安古道东风恶▲①东风恶▲胭脂满地，杏花零落▲②

臂绡不耐黄金约▲③天寒尚怯春衫薄▲春衫薄▲不禁揾泪，为君弹却▲

注：① 长安：今陕西西安。② 零落：衰落。③ 臂绡：绸衫袖；黄金约：用黄金做的缠束物，指金手镯。

曾觌（宋 296）一首

正飞雪▲园林一样梨花白▲梨花白▲画堂帘卷，暖生春色▲

嵇康转轴声幽咽▲①新来多病娇无力▲娇无力▲浅红转黛，自然标格▲②

注：① 嵇康：江南曲名，陈后主作。② 标格：风范也。

赵彦端（宋 314）一首　题：梅花。

梅缀雪▲雪缀梅花肌肤惬▲①肌肤惬▲丰姿浓态，莹如玉色▲

岁寒期约无相缺▲②祥花不减晴空月▲③晴空月▲依前消瘦，还共清绝▲

注：① 惬：舒适也。② 期约：指约期赏梅。③ 祥花：指梅花。

范成大（宋 338）三首　题：第一首，寒食日，湖南提举胡元高家席上闻琴。

（1）湘江碧▲①故人同作湘中客▲湘中客▲东风回雁，②杏花寒食▲

温温月到蓝桥侧▲③醒心弦索春无极▲春无极▲明朝残梦，马嘶南陌▲

注：① 湘江：水名，在湖南境。② 东风回雁：东风起，雁回北方。

③ 蓝桥：裴航遇仙处，喻仙女降临。

（2）楼阴缺▲栏杆影动东厢月▲①东厢月▲一天风露，杏花如雪▲

隔烟催漏金虬咽▲②罗帏暗淡灯花结▲灯花结▲片时春梦，江南天阔▲

注：① 影动：喻月移。② 金虬：龙形铜香炉。虬，龙类。

（3）纱窗薄▲日红穿幔催梳掠▲①催梳掠▲新晴天气，画檐闻鹊▲

海棠逗晓都开却▲②小云先在栏杆角▲栏杆角▲杨花满地，夜来风恶▲

注：① 日红：即红日；幔：幕也；梳掠：梳妆掠发。② 逗晓：待晓。

杨万里（宋 344）一首　题：初春。

新春早▲春前十日春归了▲春归了▲落梅如雪，野桃红小▲

老夫不管春催老▲①只图烂醉花前倒▲花前倒▲儿扶归去，醒来窗晓▲②

注：① 老夫：老者自称，指作者。② 窗晓：喻天明。

张孝祥（宋 355）一首　题：元夕。①

元宵节▲凤楼相对鳌山结▲②鳌山结▲香尘随步，柳梢微月▲

多情又把珠帘揭▲游人不放笙歌歇▲笙歌歇▲晓烟轻散，帝城宫阙▲

注：① 元夕：即元宵，农历正月十五夜。② 凤楼：五凤楼，宋紫禁城门楼，逢元宵节，帝登楼观灯，与民同乐；鳌山：张灯演杂技之台。

任丘（宋 377）一首　题意：合欢后致翠薇，见《情史》。

香篆袅▲①罗帏锦帐风光好▲风光好▲金钗斜亸，②凤颠鸾倒▲

恍疑身在蓬莱岛▲③邂逅相逢缘不小▲缘不小▲最关情处，蛾眉淡扫▲⑤

注：① 香篆袅：香烟弯曲缭绕。篆，篆体字，喻弯曲。② 斜亸：斜垂。③ 蓬莱岛：喻仙境。

翠薇（女）（宋 378）一首　题意：合欢后覆任丘，见《情史》。

杨枝袅▲①恩情无限天将晓▲天将晓▲漏穷鸡唤，②教人烦恼▲

邮亭一夜风流少▲③匆匆后会应难保▲应难保▲最伤情处，残云风扫▲

注：① 袅：缭绕貌。② 漏穷：更漏已尽，喻夜尽。③ 邮亭：如今之招待所。

刘克庄（宋 450）一首

游人绝▲绿阴满野芳菲歇▲芳菲歇▲养蚕天气，采桑时节▲

枝头杜宇啼成血▲陌头杨柳吹成雪▲吹成雪▲淡烟疏雨，江南三月▲

吴潜（宋 460）一首

娇滴滴▲婵娟影里曾横笛▲①曾横笛▲一声肠断，一番愁织▲

隔墙频听无消息▲龙吟海底难重觅▲②难重觅▲梅花残了，杏花消得▲

注：① 婵娟：指嫦娥，喻月。② 龙吟：喻吹笛。

房舜卿(宋604)一首

与君别▲相思一夜梅花发▲梅花发▲凄凉南浦，[1]断桥斜月▲

盈盈微步凌波袜▲[2]东风笑倚天涯阔▲[3]天涯阔▲一声羌管，[4]暮云愁绝▲

注：① 南浦：泛指送别处。② 盈盈：轻盈；凌波袜：也喻步履轻盈。③ 天涯：极远之处。④ 羌管：即羌笛，四川、甘肃一带少数民族乐器。

赵雍(元70)一首

春寂寂▲重门半掩梨花白▲梨花白▲芳心如醉，暗思当日▲

金钗欲堕乌云侧▲[1]佳人望断天涯客▲[2]天涯客▲今年又过，清明寒食▲

注：① 乌云：喻黑发。② 佳人：美人；天涯：极远之地。

王蒙(明3)一首　题：南方怀古。[1]

花如雪▲东风夜扫苏堤月▲[2]苏堤月▲香销南国，几回圆缺▲

钱塘江上潮声歇▲[3]江边杨柳谁攀折▲谁攀折▲西陵渡口，[4]古今离别▲

注：① 南方：指浙江。② 苏堤：在杭州西湖。③ 钱塘江：在杭州。④ 西陵：湖名，在杭州东，属萧山。

徐有贞(明54)一首　注：调名原作中秋月。

中秋月▲月到中秋偏皎洁▲偏皎洁▲知他多少，阴晴圆缺▲

阴晴圆缺都休说▲且喜人间好时节▲好时节▲愿得年年，常见秋月▲

夏旸(明107)一首

春去早▲红芳飞尽青梅小▲[1]青梅小▲新篁门巷，[2]嫩荷池沼▲

日长深院无人到▲黑甜一枕谁惊觉▲谁惊觉▲邻家吹笛，园林啼鸟▲

注：① 红芳：指红花。芳，香也。② 新篁：新竹。

顾潜(明119)一首

眉山蹙▲多愁慵整搔头玉▲[1]搔头玉▲觑他双凤，[2]暗怜孤独▲

阖闾城外春波绿▲[3]兰舟载酒欢难续▲[4]欢难续▲郎归何日，金钱偷卜▲[5]

注：① 慵整：懒整理；搔头玉：即玉搔头。搔头，簪也。② 双凤：指簪上凤凰。③ 阖闾城：即苏州城。④ 兰舟：香舟。⑤ 卜：求问预兆。

王廷相(明123)一首

清明迫▲[1]流莺啼过长杨陌▲[2]长杨陌▲万花依旧，去年红白▲

香车宝马仙游客▲满天风雨看花隔▲看花隔▲不堪回首，恼人春色▲

注：① 迫：逼近也。② 流莺：飞莺；长杨陌：长有杨柳之里巷或郊野。

钱谷（一）（明 184）一首　题：杨花。

晴烟薄▲杨花旖旎娇无着▲①娇无着▲乱点金鞍，②轻回朱箔▲③

几回舞过秋千索▲凝眸又遍栏杆角▲栏杆角▲年年春尽，东风如昨▲

注：① 旖旎：柔弱貌。② 乱点：乱沾。③ 回：回绕；朱箔：红帘。

汤显祖（明 236）一首　题意：《紫钗记》霍小玉浣纱游花院。

深深院▲弄晴时候东风软▲东风软▲昼长无那，①暖莺初啭▲

梦余口唤添香篆▲画眉一线屏山远▲②屏山远▲卷帘花气，夜来深浅▲

注：① 无那：即无奈。② 屏山：即屏风。

景翩翩（女）（明 245）二首　题：秋晚。　注：两词类同，姑并录之待考。

（1）秋萧索▲①西风一夜吹香阁▲吹香阁▲挑灯独坐，②半垂帘幕▲

满阶明月梧桐落▲③满窗凉露吴衫薄▲④吴衫薄▲菱儿闲时，⑤鬓云斜掠▲⑥

注：① 萧索：萧条。② 挑灯：剪去灯花。③ 梧桐：指梧桐叶。④ 吴衫：苏州一带所产罗衫。⑤ 菱儿：指镜。⑥ 云：喻发；掠：梳掠。

（2）秋风恶▲年年吹我罗衫薄▲罗衫薄▲小楼闷坐，半垂帘幕▲

满阶明月梧桐落▲近来何事添消索▲①添消索▲菱花强对，②鬓云斜掠▲

注：① 消索：同萧索。② 菱花：指镜。

胡敬所（明 263）二首　题意：第一首，《天缘奇遇》祁羽狄怀念廉玉胜。

第二首，《刘生觅莲记》刘一春、许文仙联词。

（1）空碌碌▲①春光到处人如玉▲人如玉▲旧时姻缘，何处再续▲

阿凤犹然眉儿蹙▲②文娥已许通心腹▲③通心腹▲几时消了，新愁万斛▲④

注：① 空碌碌：凡庸貌。② 阿凤：指廉玉胜。③ 文娥：婢女名。④ 万斛：形容多。斛，容器，每斛折合十斗。

（2）春堤曲▲一溪水漾新纹绿▲新纹绿▲鸳鸯弄日，晴沂对浴▲①

和风不断香馥郁▲②墙头粉蝶相随逐▲③相随逐▲双双飞入，花间并宿▲

注：① 晴沂：即雌雄。② 馥郁：香气蒙密貌。③ 随逐：跟随追逐。

谢肇淛（明 271）一首　题：别意。

花簇簇▲①恼人一点春山蹙▲②春山蹙▲灞陵金缕，③潇湘寒玉▲④

马蹄芳草年年绿▲流萤空照黄金屋▲黄金屋▲独行独坐，独言独宿▲

注：① 簇簇：丛聚貌。② 春山蹙：皱眉。春山，喻眉峰。③ 灞陵：汉文帝

陵墓；金缕：喻柳丝。④ 潇湘：湖南潇水、湘水；寒玉：喻水之清冷。以上两句，均喻别情。

缪崇正（明304）一首

高楼晓▲纱窗日上啼春鸟▲啼春鸟▲枝头飞去，余音犹袅▲

满园蝴蝶青梅小▲行人陌上思芳草▲思芳草▲东风吹遍，落花谁扫▲

施绍莘（明309）一首　题：村中。

惊冬暮▲西风寒思生村坞▲①生村坞▲茅檐日暖，补衣团坐▲②

村西桥接村东路▲桥头酒店临船埠▲临船埠▲乞茶人散，卖鱼娘过▲③

注：① 坞：即堡。②③ 坐：过：此二字皆"个"韵借叶。

张倩倩（女）（明354）一首　题：春日。

风雨咽▲鹧鸪啼破清明节▲①清明节▲杏花零落，②闷怀千叠▲

情悰依旧和谁说▲③眉山斗锁空愁绝▲空愁绝▲雨声和泪，问谁凄切▲④

注：① 鹧鸪：鸟名，形似鹑，稍大，其鸣声如"行不得也哥哥"。② 零落：衰落。③ 情悰：即情衷。悰，音丛。④ 凄切：凄凉、悲切。

柳人月（女）（明377）一首　题：二分明月女子像。　注：调名原作秦楼月。

啼鹃歇▲①落红吹满扬州月▲扬州月▲丁香一寸，雨中愁结▲

谢娘柳絮飞如雪▲②空梁燕子休频说▲休频说▲佳人薄命，西风残叶▲

注：① 啼鹃歇：杜鹃啼歇。② 谢娘：指东晋才女谢道韫，曾咏庭雪曰："未若柳絮因风起"。

谢小湄（女）（明430）一首　题：哭所知。①

堪悲悼▲孤坟断送人年少▲人年少▲半亩蓬蒿，一堆荒草▲

伯劳飞去鹦哥叫▲②开帘不见萧郎到▲萧郎到▲侬且先行，我亦来了▲

注：① 所知：指恋人。② 伯劳：鸟名，喻所知；鹦哥：喻自己。

朱一是（明454）一首　题：禾中旧游。①

鸳鸯水▲②锦帆隔岸歌声起▲歌声起▲画船风月，朱楼烟雨▲③

蛾眉蝉鬓丹樱口▲④晓妆才罢栏杆倚▲栏杆倚▲笑看鸂鶒，⑤一双波里▲

注：① 禾：即嘉兴。② 鸳鸯水：即嘉兴南湖。③ 朱楼：指烟雨楼，在南湖；雨：此字与第一句"水"、第二句"起"不叶韵，作宽叶。④ 口：此字不叶韵，若改"嘴"较妥。⑤ 鸂鶒：水鸟名，又名紫鸳鸯。

张娴倩（女）（明489）一首　题：秋夜听雨。

寒雨涩▲寒风风响寒檐铁▲①寒檐铁▲叮叮点点，萧萧瑟瑟▲

寒蛩跃跃吟寒叶▲[2]寒衾寂寂寒灯灭▲寒灯灭▲嘈嘈唧唧，凄凄切切▲

注：① 檐铁：即铁马，悬于檐角风铃也。② 寒蛩：深秋蟋蟀。

叶小鸾（女）（明 514）一首　题：秋思。

湘帘揭▲[1]梧桐落向银床咽▲银床咽▲半庭斜日，数堆黄叶▲

绣屏一缕消春怯▲花栏又见飞蝴蝶▲飞蝴蝶▲怪他轻薄，捣衣时节▲[2]

注：① 湘帘：斑竹帘。② 捣衣时节：指深秋。

余怀（明 520）一首

蛾眉淡▲芙蓉映日秋将半▲秋将半▲画楼微醉，莺儿声唤▲

小桥日日娇痴惯▲甚无情绪心肠乱▲心肠乱▲慵拈针线，抛残弦管▲

归淑芬（女）（明 631）一首　题：暮春。

春去骤▲[1]惜花憔悴蛾眉皱▲蛾眉皱▲碧天依旧，翠筠新茂▲[2]

草茵花落鲜如绣▲[3]鸳鸯蹴水荷钱逗▲[4]荷钱逗▲柳丝分线，莺梭织就▲[5]

注：① 骤：喻快速。② 翠筠：绿竹。③ 草茵：草茂如毯。④ 蹴水：踢水；荷钱：荷叶初生如铜钱；逗：挑逗。⑤ 莺梭：喻莺来回飞舞，如同织梭。

徐灿（女）（清 20）二首　题：第一首，春归。

第二首，感旧。

（1）东风老▲起来点检残红少▲[1]残红少▲一帘疏雨，半庭烟草▲

燕莺故故将人恼▲[2]千声万语春归了▲春归了▲双蛾谁遣，[3]镜痕愁小▲

注：① 残红：凋残的花，落花。② 故故：屡屡。③ 双蛾：双眉；遣：消遣。

（2）春风院▲花前曾见如花面▲如花面▲浅斟低语，画楼春宴▲

闻来已作新巢燕▲看花人在花如霰▲[1]花如霰▲梦中王谢，[2]那时愁见▲

注：① 霰：雪珠。② 王谢：喻燕，唐刘禹锡诗：“旧时王谢堂前燕，飞入寻常百姓家”。

李渔（清 31）四首　题：第一首，立春次日闻莺。

第二首，戏语侍儿。

第三首，秦淮水。

第四首，《连城璧》第九回词引。

（1）春来了▲枝头寂地闻啼鸟▲闻啼鸟▲多时不见，半声亦好▲

黄鹂声最消烦恼▲杜鹃声易催人老▲催人老▲由他自唤，只推不晓▲

（2）花开未▲东风昨夜薰人醉▲薰人醉▲有情桃杏，能留春意▲

寻常懒揭鸳鸯被▲今朝忽破贪眠例▲贪眠例▲早看花笑，与人争丽▲

（3）秦淮水▲[①]年年五月翻腾起▲[②]翻腾起▲千门绮席，万家歌吹▲

灯船盛作丰年瑞▲[③]游观畅卜佳人喜▲佳人喜▲倾城一笑，灯花绽蕊▲

注：① 秦淮水：即秦淮河，在南京，两岸多妓院。② 此句自序曰："……四、五月江水涨时，潮拥入城"。③ 此句自序曰："……五月赛灯船……以此为丰年佳兆"。

（4）潘安貌▲[①]无才也使佳人好▲[②]佳人好▲若逢才女，还须同调▲

才多加上容颜俏▲风流又值人年少▲人年少▲不愁天上，花星不照▲[③]

注：① 潘安：晋美男子潘岳，字安仁。② 佳人：美好女子。③ 花星：俗称桃花运。

刘体仁（清39）一首　题：别恨。

箫声咽▲峭寒轻暖花时节▲花时节▲蒲帆带雨，明朝成别▲

咒他帘桁银钩曳▲轻教燕子分飞彻▲分飞彻▲拂弦红袖，泪痕重浥▲

宋琬（清49）一首　题：春闺。

春如绣▲衔泥燕子黄昏后▲黄昏后▲爱他双影，妒他双宿▲

匆匆过了梨花候▲[①]池塘不耐东风骤▲东风骤▲吹将波影，学人眉皱▲

注：① 梨花候：指春分后。

曹尔堪（清69）一首　题：戏和。[①]

垂珠箔▲[②]罗裙怕引狂风恶▲狂风恶▲画楼深处，是谁轻薄▲

帐儿偎倚星儿落▲莫惊犬吠金铃索▲金铃索▲饶他夜静，[③]有人知觉▲

注：① 和：和词。② 珠箔：珠帘。③ 饶：任也。

吴秉仁（清83）一首　题：妆成。

珠帘卷▲菱花影动芙蓉面▲[①]芙蓉面▲宜嗔宜喜，[②]玉红香软▲

妆成纤手笼金钏▲[③]兜鞋小立屏山半▲[④]屏山半▲秋波斜溜，[⑤]笑郎偷看▲

注：① 芙蓉面：形容面貌美丽。② 嗔：怒也。③ 笼金钏：束戴金手镯。④ 屏山：屏风。⑤ 秋波：眼波、眼光。

顾贞立（女）（清159）一首

残冬逼▲回肠百结愁难说▲愁难说▲有谁来问，冻云寒雪▲

惊心岁月空相惜▲关心姐妹犹相忆▲犹相忆▲笙歌影里，簇钱时节▲

吴绡（女）（清235）二首　题：第一首，春景。

第二首，夏景。

(1) 花如雪▲匆匆又过清明节▲清明节▲轻寒渐退，好风和悦▲
蝶儿粉翅莺儿舌▲曲栏香径多周折▲多周折▲踏青人散，一年离别▲

(2) 争笑语▲澹妆出避朝来暑▲①朝来暑▲水溅双桡，②翠屏开处▲
生凉一阵疏疏雨▲芰荷香里人归去▲③人归去▲湘簟纱橱，④那时何许▲

注：① 澹妆：恬静妆束，即淡妆。② 桡：船桨。③ 芰荷：应为菱荷，但古诗词常单指荷花。④ 湘簟：斑竹席；纱橱：纱床帐。

钱洁(女)(清258)一首　题：秋日怀夫子黔南羁旅。①

凉风急▲芭蕉细雨声声滴▲声声滴▲半床针绣，一灯明灭▲②
良人远在黔天隔▲③溪山叠叠愁云湿▲愁云湿▲鱼书沉杳，④雁鸿遥绝▲⑤

注：① 夫子：即丈夫陈鼎；黔南：贵州南部；羁旅：客居。② 明灭：忽明忽暗。③ 良人：对丈夫称谓。④⑤ 鱼书，雁鸿：皆指书信。

朱彝尊(清288)一首　题：吹笙。　注：调名原作秦楼月。

凉烟翠▲银河潋滟光垂地▲①光垂地▲小楼一曲，月华如水▲②
排成凤翅声初递▲③听残鹅管君须记▲④君须记▲风帘卷处，那人双髻▲

注：① 潋滟：水相连貌。② 月华：月光。③ 凤翅：笙形状；递：传也。④ 鹅管：指笙。

万树(清316)一首　题：相见。

红蕉畔▲逢他不似初相见▲初相见▲含羞惊避，扇儿遮面▲
今番依旧开纨扇▲①佯推扑蝶掀金钏▲②掀金钏▲徘徊立尽，落花深院▲

注：① 纨扇：绢制团扇。② 金钏：金手镯。

葛宜(女)(清420)一首　题：春半。

风雨散▲玉人隐隐垂杨畔▲垂杨畔▲声声杜宇，将归春半▲
溪头桃李花正烂▲多少闲愁无心看▲无心看▲乳燕梁间，呢喃不断▲

薛斑(清533)一首　题：丹徒道中偶见。①

香风袅▲②湘裙低衬凌波小▲③凌波小▲行来印破，霜痕多少▲
苍茫错走林间道▲④含羞愈觉风姿好▲风姿好▲搔头佯整，⑤侍儿斜靠▲⑥

注：① 丹徒：今江苏镇江。② 袅：缭绕。③ 凌波：美人步履轻盈貌。④ 苍茫：无边际。⑤ 搔头：即簪，首饰也。⑥ 这句说斜靠婢女。

许心檀(女)(清552)一首　题：燕来。

帘栊卷▲①穿来穿去双双燕▲双双燕▲乌衣新剪，②天涯游倦▲③
衔花杏苑胭脂片▲④翩跹掠雨深深见▲⑤深深见▲雕梁春永，⑥呢喃自遣▲

注：① 帘栊：窗帘。② 乌衣：指燕子的羽翼；剪：剪刀貌。③ 天涯：极远之地，指自南方来。④ 胭脂：喻红色。⑤ 翩跹：疾飞貌；掠：斜飞。⑥ 春永：春长。

苏庵主人（清 582）一首　题意：《锦香亭》第九回词引。

情凄切▲斜阳古道添悲咽▲添悲咽▲魂销帆影，梦劳车辙▲[1]

秦关汉川云千迭▲[2]奔驰不惯香肌怯▲香肌怯▲几番风雨，几番星月▲

注：① 车辙：车轮迹。② 秦关汉川：形容千山万水；千迭：多姿变换。

钱霞（清 594）一首

春未老▲湘帘半卷香风好▲香风好▲日长人倦，残红不扫▲[1]

秦楼百尺箫声杳▲[2]王孙何处迷芳草▲[3]迷芳草▲画眉啼过，暗伤怀抱▲

注：① 残红：残余落花。② 秦楼：喻妓院。③ 王孙：富贵家子弟。

查清（女）（清 706）一首　题：晚步访曹苇坚。[1]

斜桥畔▲银丸照破垂杨线▲[2]垂杨线▲垂垂满地，任侬蹂践▲[3]

蘼芜碧映溪流浅▲[4]槿篱笆护柴门掩▲[5]柴门掩▲浒浒犬吠，[6]书灯红闪▲

注：① 曹苇坚：即曹鉴冰（见《词人小传》）。② 银丸：指月。③ 侬：吴语，我也。④ 蘼芜：野草名。⑤ 槿：落叶小灌木，可编篱笆。⑥ 浒浒：惊扰貌。

施世伦（清 754）一首

天将暮▲寒鸦阵阵归林树▲归林树▲衔将秋色，背斜阳去▲

西风叶落江城路▲东山月上津头渡▲津头渡▲市桥灯火，水边人语▲

孙在中（清 760）一首　题：风情。

寻密约▲潜身潜出真珠幕▲[1]真珠幕▲欲言还禁，鬓云低掠▲[2]

帘钩斜扎搔头落▲[3]腰围细也香罗薄▲香罗薄▲故牵裙带，半嗔半谑▲[4]

注：① 真珠：即珍珠。② 掠：梳理。③ 搔头：即簪。④ 谑：戏言也。

徐幼芬（女）（清 856）一首　题：落花。

春花落▲春花落尽谁知觉▲谁知觉▲营巢燕子，叠将帘幕▲

宵来不禁东风恶▲萧娘梦掩深深阁▲深深阁▲一春浓闹，又还萧索▲

陈孟周（清 903）一首

光阴泻▲春风记得花开夜▲花开夜▲明珠双赠，相逢未嫁▲

旧时明月如钩挂▲只今提起心还怕▲心还怕▲漏声初定，玉楼人下▲

华浣芳（女）（清 908）一首　题：和空明先生四时闺情作，夏。

难消夏▲凝眸独看飞泉泻▲飞泉泻▲且携纨扇，[1]绿杨之下▲

怕听反舌声如哑▲[2]炎风一阵驰檐马▲[3]驰檐马▲不须回想，那堪愁也▲

注：① 纨扇：绢制团扇。② 反舌：即百舌，鸣禽名。③ 檐马：檐角风铃。

徐述夔（清 926）二首　题意：《五色石》第一卷，黄琮赋陶宅双虹小圃。

（1）芳园僻▲六桥风景三之一▲[1]三之一▲移来此地，更饶幽色▲[2]

漫夸十里波光碧▲[3]何如侧足双桥立▲双桥立▲蟠虹绕处，[4]如逢彩石▲

注：① 六桥：杭州西湖苏堤上有六座桥。② 饶：多也。③ 漫：莫也。④ 蟠虹：弯曲之虹，指双虹小圃。

（2）银河畔▲牛郎织女东西判▲[1]东西判▲平分碧落，[2]中流隔断▲

等闲未许乘槎泛▲[3]何时得赐仙桥便▲[4]仙桥便▲佳期七夕，[5]终须相见▲[6]

注：① 判：分也。② 碧落：指天空。③ 等闲：平常；槎：竹木舟；泛：浮也，即行船。④ 仙桥：指鹊桥。⑤ 七夕：七月初七夜。⑥ 相见：牛郎织女鹊桥相会。

曹去晶（清 931）一首　题意：《姑妄言》钟情与梅根雨夜联话。　注：调名原作秦楼月。

交良友▲论文斗酒诗千首▲诗千首▲春风秋月，问花寻柳▲

青山流水迎门牖▲渔鱼载酒耕南亩▲耕南亩▲高歌一曲，和声樵叟▲

王太岳（清 978）二首

（1）愁如织▲长廊一望青芜色▲[1]青芜色▲一春风雨，更无朝夕▲[2]

儿家旧住红楼北▲[3]玳梁海燕曾相识▲[4]曾相识▲也应难认，向来倾国▲[5]

注：① 青芜：即青草。② 更无朝夕：朝夜不绝。③ 儿：古代女子自称，即我。④ 玳梁：画有玳瑁之梁；海燕：即燕。⑤ 倾国：喻美女。

（2）人如削▲残魂剩影难安着▲难安着▲乱鸦声里，暮云楼阁▲

闲处思量忙处错▲西园枉记春前约▲春前约▲而今已是，桂花零落▲

姚培炎（清 993）一首

愁难说▲黄莺枝上偏饶舌▲[1]偏饶舌▲声声啼过，禁烟时节▲

秋千又向邻墙出▲夜台人已经年别▲经年别▲梨花吹雨，杨花飞雪▲

注：① 饶舌：多嘴也。

鲍廷博(清 1002)一首　题：二分明月，女子折枝墨桃。　注：调名原作秦楼月。

风吹折▲恼人半面曾相识▲曾相识▲年年一笑，清明时节▲

玉台小试簪花笔▲①无端点点胭脂黑▲②胭脂黑▲多应错弄，画眉颜色▲

注：① 玉台：画台之美称；簪花笔：书法有簪花格，谓笔法娟秀如美人簪花。② 无端：无故；胭脂黑：指墨桃。

顾光旭(清 1017)一首

杏花白▲人家板屋青山色▲青山色▲鸠啼欲雨，①冷风寒食▲

单衣小试寒犹怯▲轻烟不散愁如织▲愁如织▲萋萋芳草，水平天碧▲

注：① 鸠：斑鸠，闻其鸣可以知阴晴。

曹锡辰(清 1041)一首　题：怀绳妓秀水人素英。①

人可意▲卸妆扶醉蛮腰细▲②蛮腰细▲月明风静，曲栏斜倚▲

那时情事分明记▲柳阴花底销魂地▲销魂地▲离悰软语，③几多柔媚▲

注：① 绳妓：走钢丝女艺人；秀水：嘉兴别名。② 蛮腰：唐白居易家妓小蛮，腰如柳。③ 离：同丽；悰：乐也。

赵怀玉(清 1097)一首

春晴后▲斜阳忽遣花光透▲①花光透▲杨家姐妹，②画中曾觏▲③

心香几瓣深深叩▲④匆匆一段云归岫▲云归岫▲此情值得，为伊消瘦▲

注：① 遣：送也。② 杨家姐妹：借指杨贵妃及其姐。③ 觏：遇见也。④ 心香：虔诚如烧香礼佛之心。

孙云凤(女)(清 1188)一首

秋萧瑟▲①黄昏独坐窗儿黑▲窗儿黑▲风风雨雨，怎生眠得▲

鱼沉雁杳关山隔▲②故园又近茱萸节▲③茱萸节▲远书不至，灯花空落▲④

注：① 萧瑟：萧条瑟缩。② 鱼雁：俗传均能传书；关山：即河山。关，城关也。③ 茱萸节：指重阳节，是日插茱萸。④ 灯花：指报喜信。

马汾(清 1201)一首

春云腻▲①一帘丝雨东风细▲东风细▲江南二月，杏花开未▲

闷来频把栏杆倚▲那人尺素从头记▲②从头记▲隃麋淡淡，③加餐两字▲④

注：① 腻：肥也。② 尺素：书信也。③ 隃麋：陕西县名，今汧阳县。产墨，遂为墨之代名词。④ 此句说那人书信中叮嘱加餐。

汤百纯(女)(清 1236)一首　题：七夕后三日偶成。①

新秋夜▲半轮皓月桐阴挂▲桐阴挂▲光流碧瓦，凉波微泻▲

金风吹动檐前马▲[2]分明似说前宵话▲[3]前宵话▲水晶帘外，女牛星下▲[4]

注：① 七夕：农历七月初七夜。② 金风：即秋风；马：指檐前铁马，即风铃。③ 前宵话：前夜话，即七夕话。④ 女牛星：指织女、牛郎双星。

朱景辅（清 1249）一首

鸡声杳▲红楼梦断春将晓▲春将晓▲桃腮杏靥，那人娇小▲

东风燕子双飞好▲眉梢着得愁多少▲愁多少▲枣花帘卷，鸭炉香袅▲

孙荪意（女）（清 1277）一首

桃笙滑▲[1]晚凉睡起慵梳掠▲[2]慵梳掠▲松鬟半亸，[3]玉钗斜簇▲

濛濛澹月窥帘箔▲[4]画栏一叶梧桐落▲梧桐落▲秋风又到，小亭西角▲

注：① 桃笙：凉席也。② 慵：懒。③ 亸：垂。④ 澹月：恬静月亮。

庚岭老人（清 1319）一首　题意：《蜃楼志》温素馨闺思。

春云薄▲楼前有女窥帘箔▲[1]窥帘箔▲心香一瓣，[2]为郎焚着▲

回身向抱今非昨▲夜深暗打灯花落▲[3]灯花落▲有何佳兆，教奴认错▲

注：① 帘箔：即帘。② 心香：谓衷心虔诚，如焚香礼佛。③ 灯花落：谓在报喜信。

陈珍瑶（女）（清 1454）一首　题：题湘清女士观花小照。

帘波蹙▲画堂有个人如玉▲人如玉▲临风翠袖，云鬟新沐▲

妆成约婢开金屋▲日长爱立花阴曲▲花阴曲▲一双凤子，翩翩飞逐▲

顾春（女）（清 1488）一首　题：白海棠。

春将暮▲绿阴一树丝丝雨▲丝丝雨▲海棠花放，十分娇素▲[1]

仙仙似惹凌波步▲[2]娟娟又怕东风妒▲[3]东风妒▲满枝冰雪，[4]澹烟轻雾▲

注：① 素：白也。② 仙仙：高贵貌；凌波步：步履轻盈貌。③ 娟娟：美好貌。④ 冰雪：喻白花。

赵我佩（女）（清 1557）二首　题：第一首，扫采湘墓。[1]

（1）东风急▲白杨枝上啼鹃泣▲啼鹃泣▲澹烟疏雨，梨花寒食▲

墓门春草年年碧▲斜阳惯作伤心色▲伤心色▲盈盈倩女，离魂难觅▲

注：① 采湘：汪蘅字，见《词人小传》。

（2）湘帘揭▲落花满地飞蝴蝶▲飞蝴蝶▲惜春人病，燕归时节▲

天涯客去音书绝▲画眉闲煞窗前月▲窗前月▲晚妆楼外，乱山千叠▲

吴尚熹（女）（清 1654）二首　题：第一首，落花。

第二首，初夏。

（1）清和节▲①搓朱成碧春风歇▲②春风歇▲暗香飘坠，③燕啼莺咽▲
隔窗留恋心如结▲离怀欲诉凭谁说▲凭谁说▲绿阴无赖，④昨宵新月▲
注：① 清和节：古节日名，在农历四月初一。② 搓朱成碧：红稀绿肥之意。③ 暗香：指梅花。④ 无赖：无所聊赖。

（2）花阴寂▲黄梅细雨檐前滴▲檐前滴▲落红无影，又添新碧▲
暖风犹有余香袭▲一番春景闲中易▲闲中易▲韶华荏苒，恁般催急▲

左锡嘉（女）（清 1737）一首　题：归思。

吴天远▲①雁飞残月归期缓▲归期缓▲星河明灭，②纤云回卷▲③
砌兰露润红芽短▲④海棠无力烟丝软▲烟丝软▲草堂梦冷，离魂欲断▲
注：① 吴：指苏州、常州一带，作者系常州人。② 星河：指银河上星；明灭：忽明忽暗。③ 纤云：淡云。④ 砌兰：阶上兰花。

沈昌宇（清 1781）一首　题：戊寅（1878）清明适当上巳，与杨雪渔闲步沪城西。

芳草碧▲踏青惆怅天涯客▲天涯客▲闲吟闲眺，更无相识▲
画桥西去春波急▲梨花瘦尽谁怜惜▲谁怜惜▲东风如梦，又过寒食▲

缪珠孙（女）（清 1804）一首

春睡足▲春深悄傍栏杆曲▲栏杆曲▲云裳楚楚，几分新绿▲
惺忪惯挽秋千索▲羡他蝴蝶深枝宿▲深枝宿▲庭阴欲午，可怜腰束▲

阚寿坤（女）（清 1829）一首　题意：咏时光迅速。

繁华歇▲繁华未了群芳接▲群芳接▲红楼夜雨，绿窗明月▲
清明寒食中秋节▲①池塘藕换东风雪▲东风雪▲梅花玉笛，楝花丝缬▲②
注：① 寒食：古节日名。② 楝花：在谷雨节后开放；缬：结也。

李穆宣（清 1860）一首　题：春燕。　注：调名原作碧云深。

春欲半▲闷倚雕栏情缱绻▲①情缱绻▲画阁双栖，飞来燕燕▲
别后相思闲不惯▲彩缕红襟诗一卷▲②诗一卷▲夜静明月，梨花庭院▲
注：① 缱绻：牢固相连之意。② 红襟：指燕子。

车乘轨（现当 88）二首　题：第一首，喜《越秀诗词集》已由女儿暨外孙女打印成册。　注：2000 年 4 月 10 日作。
第二首，《越秀诗词集》第二集打印成册。
注：2002 年 1 月 31 日作。

（1）春来到▲千花百鸟佳音报▲佳音报▲诗词越秀，印成工了▲
女儿校勘功非小▲外孙打字收全效▲收全效▲才华初展，①教人欢笑▲

注：① 才华初展：指作者外孙女陆晖攻读计算机专业，学以致用。

（2）开颜笑▲女儿尽孝邮包好▲①邮包好▲拙词二集，册成寄到▲

忍痛扶病多遍校▲②殚精竭力详推敲▲详推敲▲质疑建议，③善完原稿▲

注：① 邮包好：作者女儿车小静家住镇江，诗词集成册后，付邮寄嘉兴。② 忍痛扶病：作者女儿常带病精心校对。③ 质疑建议：作者女儿发现原稿有欠妥处，即电、函质疑或提出修改意见。

张喜海（现当 208）一首　题：夜宿荒山。

山崖缺▲刚刚露出弯弯月▲弯弯月▲夜空星闪，悬河如雪▲

山风猎猎嘶声咽▲帐篷黯淡灯花结▲灯花结▲欢声笑语，几时方歇▲

徐天佑（现当 252）一首　题：庚寅（1910 年）重五。①

端阳节▲禾风五月乡音悦▲②乡音悦▲鸳湖丝竹，祭贤情切▲③

离骚隐隐苍生血▲④大潮滚滚烽烟歇▲⑤烽烟歇▲胥山留迹，⑥粽香吴越▲

注：① 重五：五月五日，即端阳节。② 禾风：为嘉兴风俗的简称。③ 贤：指楚大夫屈原、吴贤相伍员，即伍子胥。④ 离骚：书名，屈原所著。⑤ 大潮：传说伍员死后为潮神。⑥ 胥山：在嘉兴大桥镇，今已成平地，附近至今尚有伍员后人。

代佳玲（现当 279）一首　题：梨花赋。　注：调名原作蓬莱阁。

梨花白▲漫山尽日花飞雪▲①花飞雪▲冰雕玉琢，引蜂招蝶▲

晴空万里云天阔▲寻春正是佳时节▲佳时节▲香风熏醉，游人如织▲

注：① 花飞雪：喻花白。

四十六字　忆秦娥　第二体，用平韵。

郑文妻孙氏（女）（宋 41）一首　故事：郑文，秀州人，太学服膺斋上舍。妻孙氏寄此词，一时传播，酒楼妓馆皆歌之。见《古杭杂记》。

花深深△一钩罗袜行花阴△①行花阴△闲将柳带，试结同心△

日边消息空沉沉△②画眉楼上愁登临△愁登临△海棠开后，望到如今△

注：① 一钩罗袜：喻女子小足。② 日边：喻京都。

贺铸（宋 121）二首　题：第一首，桑。

第二首，春思。

（1）着春衫△玉鞭鞭马南城南△南城南△柔桑细草，留住金衔△①

粉娥采叶供新蚕△②蚕饥略许携纤纤△③携纤纤△湔裙淇上，④更待

初三△[5]

注：① 金衔：马勒口，喻马。② 粉娥：喻女子；采叶：采桑叶。③ 纤纤：指细巧之手。④ 湔裙：洗裳；淇：淇水，在河南境。⑤ 初三：三月初三，上巳节，是日妇女至河边湔裙。

（2）晓朦胧△前溪百鸟啼匆匆△啼匆匆△凌波人去，[1]拜月楼空△

旧年今日东门东△鲜妆辉映桃花红△桃花红△吹开吹落，一任东风△

注：① 凌波：喻美人步履轻盈。此处指美人。

陆游（宋330）一首

玉花骢△[1]晚街金辔声璁珑△[2]声璁珑△闲歌乌帽，[3]又过城东△

富春巷陌花重重△千金沽酒酬春风△[4]酬春风△笙歌围里，[5]锦绣丛中△

注：① 玉花骢：指马。② 金辔：铜马勒口，马缰也；璁珑：明洁貌。③ 乌帽：隐者之服。④ 沽酒：买酒。⑤ 围里：即圈里。

张綖（明153）一首　题：曲江花。[1]

曲江花△宜春十里锦云遮△锦云遮△水边院落，山下人家△

茸茸细草承香车△[2]金鞍玉勒争年华△[3]争年华△酒楼青旆，[4]歌板红牙△[5]

注：① 曲江；水名，在长安（今陕西西安）东南，古之名胜地，现已湮没。② 茸茸：草发生貌。③ 金鞍玉勒：喻马。年华：光阴。④ 旆：镶边之旗。⑤ 红牙：红漆象牙板。

沈宜修（女）（明329）一首　题：春愁。

风萧萧△[1]露桃井上嫣红飘△[2]嫣红飘△清明近也，细雨连朝△

柳丝笼雨摇纤腰△画帘飞燕愁春宵△愁春宵△淡烟草叶，薄霭花梢△[3]

注：① 萧萧：风声。② 嫣红：红色之娇艳者。③ 霭：云气也。

顾若璞（女）（明341）一首

晓莺呕△[1]懒梳云髻上秦楼△[2]上秦楼△一帘春色，惹起新愁△

杨花飘荡弄轻柔△残红零落倩谁收△倩谁收△乌盐歌罢，[3]倦倚箜篌△[4]

注：① 呕：即唱。② 秦楼：凤楼。秦穆公女弄玉与萧史吹箫楼上，乘鸾仙去。③ 乌盐：乌盐角，曲名。④ 箜篌：古乐器名。

杨宛（女）（明429）二首　题：第一首，即事。

第二首，看人折桂花。

（1）最难忘△绿阴深处曾迷藏△[1]曾迷藏△几回和合，哄抱檀郎△[2]

一双短楫沿莲塘△[3]归来月已过重廊△过重廊△灯残独自，伊向谁行△

注：① 迷藏：捉迷藏。② 檀郎：对恋人之昵称。③ 楫：船桨；沿：顺着。此句谓船沿着莲塘而划行。

(2) 院沉沉△香风阵阵侵罗襟△侵罗襟△由来秋色，先到花阴△

闺中儿女喜相寻△几个结伴经丛林△经丛林△竞攀含蕊，早露芳心△

陆求可(清70)一首　题：夏暮。

水亭空△荷花灼灼愁薰风△①愁薰风△新凉一枕，渐上帘栊△②

初生萤火光融融△③夜来几点随西东△随西东△轻罗小扇，乱扑花丛△

注：① 灼灼：花盛貌；薰风：即南风。② 帘栊：窗帘。③ 融融：和乐也。

顾媚(女)(清87)一首　题：闺愁。

花飘零△帘前着雨风声声△风声声△不知侬恨，①强要侬听△

妆台独坐伤离离△愁容夜夜羞银灯△羞银灯△腰肢瘦损，影亦伶仃△②

注：① 侬：吴语，我也。② 伶仃：孤独也。

朱彝尊(清288)一首

风萧萧△①夕阳古岸芦沟桥△②芦沟桥△沙回小市，柳折长条△

谁家红袖扬轻绡△③暮尘十里车遥遥△车遥遥△银灯翠被，何处今宵△

注：① 萧萧：风声。② 芦沟桥：在北京永定门外。③ 红袖：指女子。

李修行(清954)一首　题意：《巫梦缘》水兰英法华庵烧香。

殿堂深△轻舒纤手把香焚△把香焚△虽云为母，一半思君△

闲托蝶使觅知音△果然诗向会家吟△①会家吟△因风寄去，试问同心△

注：① 会家：内行人。

勒方锜(清1639)一首

晓朦胧△梵楼僧起传清钟△①传清钟△一丝残梦，绕向帘栊△②

桃花满树东墙东△春光染透胭脂红△胭脂红△可怜昨夜，暗雨凄风△

注：① 梵楼：佛楼。② 帘栊：窗帘。

车乘轨(现当88)一首　题：春游壕股塔。①　注：2006年3月5日作，调名原作蓬莱阁。

春光柔△浮屠壕股勾人眸△②勾人眸△庄严塔院，③环境清幽△

无边景色登高收△迎风又听钟声悠△④钟声悠△善男信女，礼佛嬉游△

注：① 壕股塔：为嘉兴"七塔八寺"之一，位在鸳湖路南湖渔村内，西南濒南湖，东北临城壕及沪杭铁路。塔身砖砌，四面七层，高约34米，始建于宋代。② 浮屠：塔之别称。③ 塔院：2003年与塔配套新建。④ 钟声：

塔院钟楼悬有巨钟，游客多乐而撞之。

四十六字　谒金门

王安石（宋57）一首

春又老▲南陌酒香梅小▲[①]遍地落花浑不扫▲[②]梦回情意悄▲

红笺寄与添烦恼▲细写相思多少▲醉后几行书字小▲泪痕都搵了▲[③]

注：① 南陌：南郊。② 浑：完全。③ 搵：用指按没。

李清臣（宋74）一首

杨花落▲燕子横穿朱阁▲苦恨春醪如水薄▲[①]闲愁无处着▲[②]

绿野带红山落角▲[③]桃杏参差残萼▲[④]历历危樯沙外泊▲[⑤]东风晚来恶▲

注：① 春醪：春酒。醪，浊酒也。② 着：着落。③ 山落角：即山角落。④ 参差：不齐貌。⑤ 历历：分明貌；危樯：高高船桅。

程过（宋98）一首

江上路▲依约数家烟树▲一枕归心村店暮▲更乱山深处▲

梦过江南芳草渡▲晓色又催人去▲愁似游丝千万缕▲倩东风约住▲

无名氏（明643）一首　题意：《巫梦缘》第十二回词引。

春归去▲柳线系他不住▲踏遍江南芳草路▲茫茫无止处▲

说百舌枝头咽语▲[①]半夜一帘疏雨▲明岁再来须认取▲早把芳情许▲

注：① 百舌：鸣禽名，似伯劳而小。

四十七字　玉连环（又名一落索）

吕渭老（宋259）一首　注：调名原作一落索。

蝉带残声移别树▲晚凉房户▲秋风有意染黄花，下几点、凄凉雨▲

渺渺双鸿归去▲乱云深处▲一山红叶为谁愁，供不尽、相思句▲

王世懋（明216）一首　题：金阊柳，和梁伯龙。

青青无数金堤树▲弄丝抛絮▲夕阳疏影那人家，前岁紫骝曾驻▲[①]

惆怅红花飞处▲[②]要留难住▲任他流水作浮萍，花未去、春光去▲

注：① 紫骝：紫色马。此句非两三字逗句，稍异。② 惆怅：伤感。

施绍莘（明309）一首　题：春望闲情。

东风陌上吹香雨▲[①]采桑娇女▲亚枝密叶溜钗珠，[②]微笑语、携筐去▲

拍板谁歌金缕▲[③]别离何处▲倩人说与落花余，去不得、还应住▲

注：① 香雨：指飞花。② 亚：压；钗珠：即珠钗。③ 金缕：曲名。

僧原诘（清473）一首　题：晚眺。

高城薄暮临风望▲①纸鸢初放▲②一规残照万山红，③野渡口、春潮上▲

沙际轻鸥三两▲去来无恙▲④最关情处板桥西，杨柳岸、青帘飏▲⑤

注：① 薄暮：黄昏。② 纸鸢：即风筝。③ 规：圆形；残照：指夕阳。④ 无恙：无病、无事。⑤ 青帘：指酒旗。

李穆宣（清 1860）一首　题：与内子同看梅。①

东风微雨吹花晓▲海棠开了▲卷帘微醉坐花阴，试问枝头多少▲②

难得月圆花好▲春光未老▲花神莫笑个侬痴，③相思草、相思稿▲

注：① 内子：指妻。② 按此句非两三字逗句，稍异。③ 个侬：他也。

四十七字　甘草子

寇准（宋 4）一首　题：早春宴客。

春草▲柳丝无力，低拂青门道▲①暖日笼啼鸟，初折桃花小▲

遥望碧天净如扫▲曳一缕、轻寒飘缈▲堪惜流光对芳草▲任玉壶倾倒▲②

注：① 青门：汉长安东南门，此处借喻北宋皇城汴梁（今河南开封）。② 玉壶：指酒壶。

柳永（宋 14）一首

秋暮▲乱洒衰荷，颗颗珍珠雨▲雨过月华生，冷彻鸳鸯浦▲

池上凭栏愁无侣▲奈此个、单栖情绪▲却傍金笼教鹦鹉▲念粉郎言语▲

杨无咎（宋 254）一首

秋暮▲永夜西楼，①冷月明窗户▲梦破橹声中，忆在松江路▲②

敧枕试寻曾游处▲记历历、风光堪数▲谁与浮家五湖去▲尽醉眠秋雨▲

注：① 永夜：长夜。② 松江：江苏县名，今属上海市。

赵进美（清 106）一首　题：春游。

晴色▲飞尽柔丝，烟树还如织▲莲袜约同游，①并印芳尘窄▲

罗袖幽香风吹息▲笑纨扇、初拈无力▲独倚池栏步仍湿▲水面莺梭掷▲②

注：① 莲袜：喻女伴。莲，金莲，喻缠足。② 莺梭：流莺飞舞如梭织。

苏穆（女）（清 1592）一首

疏雨▲乱洒梅枝，越样添眉妩▲是处最销魂，更有销魂处▲

帘幕轻寒烟笼树▲奈此际、春犹无主▲日自虞渊宵自午▲①过月明三五▲②

注：① 虞渊：又称隅谷，古代神话中日没处。《淮南子》："日至于虞渊，是谓黄昏。"② 三五：指月半十五。

车乘轨（现当 88）二首　题：第一首，咏豆浆。　注：2005 年 1 月 5 日作。

第二首，赞全自动豆浆机。　注：2011 年 3 月 1 日作。

（1）黄豆▲乍见圆圆，颗颗珍珠溜▲水里浸和泡，变了扁长皱▲
营养一流增人寿▲经粉碎、研成浆后▲清淡盐甜任消受▲味补双双有▲

（2）黄豆▲浸浸泡泡，打浆烧煮后▲味美又滋身，价贱任享受▲
成汁再烧曾嫌扭▲①全自动、研煮兼有▲一路完成机无垢▲省力玲珑手▲②

注：① 此句指作者六年前曾购半自动豆浆机使用起来不方便。扭：别扭，不便。② 此三句作者指新置之全自动机。

四十七字　西地锦

李贻德（清 1367）一首

画阁自归游屧▲①倚屏风三叠▲卸衣时候，为怜绣舄▲②春衫亲折▲③
粉气初干香颊▲渐光融眉睫▲呼来小玉，④都无使处，遣花间捎蝶▲⑤

注：① 屧：木屐鞋。② 舄：鞋也。③ 折：整叠。④ 小玉：指婢女。⑤ 捎：拂也。杜甫诗："花妥莺捎蝶"。

四十七字　阮郎归（又名醉桃源、宴桃源、濯缨曲、碧桃春）

李煜（五代十国 34）一首　注：此词《六一词》作欧阳修著。

东风吹水日衔山△春来长是闲△落花狼藉酒阑珊△笙歌醉梦间△
佩声悄，晚妆残△凭谁整翠鬟△留连光景惜朱颜△黄昏独倚栏△

张先（宋 18）一首　注：调名原作醉桃源。

仙郎何日是来期△无心云胜伊△行云犹解傍山飞△郎行去不归△
强匀画，又芳菲△春深轻薄衣△桃花无语伴相思△阴阴月上时△

欧阳修（宋 33）二首

（1）南园春半踏青时△风和闻马嘶△青梅如豆柳如眉△日长蝴蝶飞△
花露重，草烟低△人家帘幕垂△秋千慵困解罗衣△画梁双燕归△

（2）去年今日落花时△依前又见伊△淡匀双脸浅画眉△青衫透玉肌△
才会面，便相思△相思无尽期△这回相见好相知△相知已是迟△

司马光（宋 51）一首

渔舟容易入春山△仙家日月闲△绮窗纱幌映朱颜△①相逢醉梦间△
松露冷，海霞殷△②匆匆整棹还△③落花寂寂水潺潺△重逢此路难△

注：① 绮：细绫也；幌：帐幔也。② 海霞：海上晚霞，即夕阳；殷：红也。

③ 整棹：整理船桨。

晏几道（宋 71）一首

来时红日弄窗纱△春红入睡霞△去时庭树欲栖鸦△香屏掩月斜△

收翠羽，整妆华△青骢信又差△玉笙犹恋碧桃花△今宵未忆家△

苏轼（宋 80）一首　题：初夏。

绿槐高柳咽新蝉△薰风初入弦△[①]碧纱窗下水沉烟△[②]棋声惊昼眠△

微雨过，小荷翻△榴花开欲燃△玉盆纤手弄清泉△[③]琼珠碎却圆△[④]

注：① 薰风：即南风。② 水沉：即沉香。③ 玉盆：盆之美称；纤手：喻女子之手。④ 琼珠：喻荷叶上水珠；碎却圆：分而又圆。

魏玩（女）（宋 87）一首

夕阳楼外落花飞△晴空碧四垂△去帆回首已天涯△[①]孤烟卷翠微△[②]

楼上客，鬓成丝△归期未有期△断魂不忍下危梯△[③]桐阴月影移△

注：① 去帆：去船。② 翠微：山气青缥色也。③ 危梯：高楼楼梯。

黄庭坚（宋 101）三首　第二首：效福唐独木桥体作茶词。

（1）黔中桃李可寻芳△[①]摘茶人自忙△月团犀胯斗圆方△[②]研膏入焙香△[③]

青箬裹，绛纱囊△[④]品高闻外江△[⑤]酒阑传碗舞红裳△都濡春味长△[⑥]

注：① 黔：贵州省简称。② 月团：喻圆；犀胯：喻方。③ 研膏：用火研磨；焙：烘也。④ 这两句指包装。⑤ 外江：指外省。⑥ 都濡：贵州县名，今婺川。

（2）烹茶留客驻雕鞍△[①]有人愁远山△别郎容易见郎难△月斜窗外山△

归去后，忆前欢△画屏金博山△[②]一杯春露莫留残△[③]与郎扶玉山△[④]

注：① 雕鞍：指马。② 金博山：铜香炉。③ 春露：指茶。④ 玉山：玉山颓倒，喻醉。

（3）盈盈娇女似罗敷△湘江明月珠△起来绾髻又重梳△弄妆仍学书△

歌调态，舞工夫△湖南都不如△他年未厌白髭须△同舟归五湖△

注：原序“曾專文既眄陈湘，歌舞便出其类，学书亦进。来求小楷，作阮郎归词付之。

秦观（宋 116）二首　题：第一首，春晚。

第二首，无题。　注：此首《乐府雅词》作无名氏著。

（1）退花新绿渐团枝△[①]扑人风絮飞△秋千未拆水平堤△落红成地衣△[②]

游蜂困，乳燕啼△怨春春不知△日长早被酒禁持△[③]那堪更别离△

注：① 团枝：围着树枝。② 落红：落花。③ 禁持：把持也。

（2）春风吹雨绕残枝△落花无可飞△小池寒渌欲生漪△①雨晴还日西△

帘半卷，燕双归△讳愁无奈眉△②翻身整顿着残棋△③沉吟应劫迟△④

注：① 渌：水清也；漪：水波也。② 讳愁：忌说愁；无奈眉：无法止眉蹙。③ 着残棋：弈残棋。④ 应劫：应对受困棋局。

晁补之（宋 123）三首　题：第一、二首，同十二叔泛济州环溪。①

第三首，遐观楼。

（1）西城北渚旧追随△荒台今是非△白蘋无主绿蒲迷△停舟忆旧时△

双鸭戏，乱鸥飞△人家烟雨西△不成携手折芳菲△②兰桡惆怅归△

注：① 济州：今山东济南。② 折芳菲：采花草。

（2）一濠秋水静涟漪△①红妆照水嬉△②攀条寻藕怯船移△浮萍湿绣衣△

临好景，惜轻归△夕阳洲渚迷△城外灯火簇轮蹄△沙鸿飞去时△

注：① 濠：护城河也；涟漪：水波如锦文。② 红妆：喻妇女。

（3）小楼独上暮钟时△红霞楼外飞△①烟中远鸟一双归△城门灯火微△

横短吹，②傍危梯△③冰轮涌海迟△④天涯幽恨有谁知△凉风时动衣△

注：① 红霞：指夕阳。② 横短吹：吹横笛。③ 危梯：高楼楼梯。④ 冰轮：喻月亮。

周邦彦（宋 128）一首　注：调名原作醉桃源。

菖蒲叶老水平沙△临流苏小家△①画栏曲径宛秋蛇△②金英垂露华△③

烧蜜炬，④引莲娃△⑤酒香醺脸霞△⑥再来重约日西斜△倚门听暮鸦△

注：① 临流：临水；苏小：南齐名妓苏小小，住杭州西湖西泠桥。② 宛秋蛇：仿佛如蛇。③ 金英：秋叶。④ 蜜炬：蜡烛。⑤ 莲娃：采莲女。⑥ 醺：醉也。

方千里（宋 133）一首　题：和周邦彦词。　注：调名原作醉桃源。

鸳鸯浓睡碧溪沙△荷花深处家△快风收电掣金蛇△①凉波流素华△②

吴国栀，③楚宫娃△红潮连翠霞△④坐来忽忽烛光斜△城头闻乱鸦△

注：① 电掣金蛇：电光如金蛇乱舞。② 素华：白花。③ 栀：通卮，喻酒杯。④ 红潮：面泛红色。

毛滂（宋 143）一首

雨余烟草弄轻柔△芳郊翠欲流△①暖风时转柳花球△晴光烂不收△②

红尽处，绿新稠△③秾华只暂留△④却因留下等闲愁△⑤令人双鬓秋△⑥

注：① 芳郊：郊野花草。② 烂：烂漫。③ 稠：茂密：④秾华：花木稠而多貌，华，即花。⑤ 等闲：无端也。⑥ 双鬓：两鬓；秋：喻凄凉。

谢逸（宋 144）一首

花枝破蕾柳梢青△春寒拂面轻△一眉新月影三星△①铜荷烛烬零△②

低凤肩，袅霓旌△③珊珊环佩声△④坐间谁识许飞琼△⑤对郎仙骨清△

注：① 一眉：眉月；三星：即参星，始见东方，指月上东山也。② 铜荷：铜烛台；烛烬零：烛烧尽也。③ 霓旌：闪光之旗。④ 珊珊：佩玉声。⑤ 许飞琼：西王母侍女。喻仙女。

苏庠（宋 146）一首　题：春恨。

西园风暖落花时△绿阴莺乱啼△倚栏无语惜芳菲△絮飞蝴蝶飞△

缘底事，减腰围△遣愁愁着眉△波连春渚暮天垂△燕归人未归△

朱友仁（宋 160）一首

碧溪风动满纹漪△①雨余山更奇△淡烟横处柳行低△鸳鸯来去飞△

人似玉，醉如泥△一枝随鬓攲△②夷犹双桨月平西△③幽寻归路迷△

注：① 纹漪：皱纹波浪。② 攲：斜也。③ 夷犹：犹豫不决。

宋媛（女）（宋 165）一首　题：落花辞。

东风成阵送春归△庭花高下飞△柔条缭绕人帘帏△①斑斑装舞衣△②

云鬓乱，坐偷啼△郎来何负期△人生恰似这芳菲△③芳菲能几时△

注：① 柔条：指柳丝。② 斑斑：斑点众多貌。③ 芳菲：指香美花草。

蒋元龙（宋 171）一首　题：春雨。

小池芳草绿初匀△柳寒眉尚颦△东风吹雨细于尘△一庭花脸皴△①

莺共蝶，怨还嗔△②眼前无好春△这般天气杀愁人△③人愁旋旋新△④

注：① 脸皴：脸坼裂。喻开放。② 嗔：怒也。③ 杀愁人：即愁杀人。因平仄关系而颠倒。④ 旋旋：顷刻间。

周紫芝（宋 201）一首

荼蘼花谢日迟迟△杨花无数飞△章台侧畔尽风吹△飘零无定期△

烟漠漠，草萋萋△江南春尽时△可怜踪迹尚东西△故国何日归△

陈康伯（宋 252）一首

闲来溪上有云飞△溪光接翠微△①江南三月落花时△②春波去棹迟△③

寻竹路，破林扉△苍苔旧钓矶△欲归回首未成归△黄尘满素衣△④

注：① 翠微：青缥色山气。② 江南：长江以南地区，作者系江南安徽宣城

人。③ 棹：船桨，喻船。④ 黄尘：即尘土；素衣：白色衣。

侯寘（宋 263）一首　题：为邢鲁仲小鬟赋。①

美人小字称春娇△云鬟玉步摇△②淡妆浓态楚宫腰△③梅枝雪未消△

拼恼乱，尽妖娆△微窝生脸潮△④算来虚度可怜宵△醉魂谁与招△

注：① 小鬟：小婢女。② 步摇：古妇人首饰，插于髻后，行时摇动，故名。③ 楚宫腰：喻腰细，源出楚王好细腰。④ 窝：颊上酒窝；潮：湿润貌。

曾觌（宋 296）一首　故事：作者上苑初夏侍宴，池上双飞新燕，掠水而至，得旨（宋高宗）赋词。

柳阴庭馆占风光△呢喃清昼长△①碧波新涨小池塘△双双蹴水忙△②

萍散漫，絮飘扬△轻盈体态狂△为怜流去落花香△衔将归画梁△

注：① 呢喃：燕语也。② 蹴：踢也。

陈元靓（宋 348）一首　题：端午。

及妆时结薄衫儿△①蒙金艾虎儿△②画罗领抹褶裙儿△盆莲小景儿△③

香袋子，蓄钱儿△胸前一对儿△绣帘妆罢出来时△问人宜不宜△

注：① 及妆时结：喻时新妆束。② 蒙金艾虎儿：缀有艾叶镀金小虎。③ 盆莲：荷花盆景。

赵长卿（宋 389）一首　题：咏春。

和风暖日小层楼△①人间春事幽△杏花深处一声鸠△花飞水自流△

寻旧梦，续扬州△②眉山相对愁△③忆曾和泪送行舟△清江古渡头△④

注：① 层楼：即重楼。② 续扬州：再至扬州。③ 眉山：眉峰。④ 清江：在扬州以北。

赵师侠（宋 390）一首

杜鹃花发映山红△韶光觉正浓△①水流红紫各西东△②绿肥春已空△③

闲戏蝶，懒游蜂△破除花影重△④问春何事不从容△忧愁风雨中△

注：① 韶光：喻春景。② 水流红紫：水上飘流红、紫各色落花。③ 春已空：空即残，喻暮春。④ 破除：指飞行时遮没；重：喻多次。

徐照（宋 414）一首

绿杨庭户静沉沉△杨花吹满襟△晚来闲向水边寻△惊飞双浴禽△

分别后，重登临△暮寒天气阴△妾心移得在君心△①方知人恨深△

注：① 妾：古代妇女自称。

刘镇（宋 437）一首　题：秋夜。

寒阴漠漠夜来霜△阶庭枫叶黄△归鸦数点带斜阳△谁家砧杵忙△[1]

灯弄幌，月侵廊△薰笼添宝香△[2]小屏低枕怯更长△[3]和云入醉乡△

孙惟信（宋444）一首

满阶红影月昏黄△[1]玉炉催换香△碧窗娇困懒梳妆△粉沾金缕裳△[2]

鸾髻松，黛眉长△烛光分两行△许谁骑鹤上维扬△温柔和醉乡△

注：① 红影：指花影。② 金缕裳：金丝绣衣裳。

葛长庚（宋458）一首

淡烟凝翠锁寒芜△[1]斜阳挂碧梧△沙头三两雁相呼△萧萧风卷芦△[2]

何处笛，一声孤△岸边人钓鱼△快航一夜泊桐庐△[3]问人沽酒无△[4]

注：① 芜：杂草丛生处。② 萧萧：风声；芦：芦苇。③ 快航：快船；桐庐：浙江县名。④ 沽酒：卖酒。

吴潜（宋461）一首

软风轻霭弄晴晖△[1]鹁鸪相应啼△[2]画堂人静画帘垂△栏杆独倚时△

闲拾句，[3]困寻棋△沉吟心事非△荼蘼开遍柳花飞△惜春春不知△

注：① 霭：云气也。② 鹁鸪：鸟名。③ 拾句：寻句吟诗词、作文章。

吴文英（宋476）二首　题：第一首，荷塘小隐赋烛影。

（1）金丸一树带霜华△[1]银台摇艳霞△[2]烛阴树影两交加△秋纱机上花△

飞醉笔，驻吟车△香浮小隐家△明朝客梦付啼鸦△歌阑月未斜△[3]

注：① 金丸：指桔子。② 银台：银烛台。③ 歌阑：歌尽。

（2）翠深浓合晓莺堤△春如日坠西△画图新展远山齐△花深十二梯△[1]

风絮晚，醉魂迷△隔城闻马嘶△[2]落红微沁绣鸳泥△[3]秋千教放低△

注：① 梯：楼梯。此处喻楼。② 嘶：马鸣也。③ 绣鸳：绣有鸳雏之女鞋。

洪瑹（宋486）一首　题：壬辰（1232年）邵武试灯夕。[1]

东风吹破藻池冰△[2]清光开五云△[3]绿晴红意两逢迎△[4]扶春来远林△

花艳艳，玉英英△[5]罗衣金缕明△[6]闹蛾儿簇小蜻蜓△[7]相呼看试灯△

注：① 邵武：福建县名；试灯夕：正月十四日夜，有试花灯风俗。② 藻池：文庙泮池。③ 五云：五色祥云。④ 逢迎：趋奉。⑤ 英英：美也。⑥ 金缕：绣着金丝线。⑦ 闹蛾儿簇小蜻蜓：以乌金纸剪成蝴蝶或蜻蜓，扎以铜丝，插于头上。

翁孟寅（宋498）一首

月高楼外柳花明△单衣怯露零△[1]小桥灯影落残星△寒烟蘸水萍△

歌袖窄，舞环轻△②梨花梦满城△落红啼鸟两无情△③春愁添晓醒△

注：① 露零：即露水。零：微雨。② 环：指耳环。③ 落红：落花。

李演（宋 503）一首

双鸳初放步云轻△①香帘蒸未晴△②杏熔暗泪结红冰△留春蝴蝶情△

寒薄薄，日阴阴△锦鸠花底鸣△③春怀一似草无凭△④东风吹又生△

注：① 双鸳：指鸳鸯风筝。② 蒸：炎热。③ 锦鸠：鸠之美称。④ 春怀：春情也。

王同祖（宋 504）一首

一帘疏雨细于尘△春寒愁煞人△桐花庭院近清明△新烟浮旧城△

寻蝶梦，怯莺声△柳丝如妾情△①丙丁帖子画教成△②妆台求晚晴△

注：① 此句谓妾情如柳丝般温柔。妾，古代女子自称。② 丙丁帖子：丙丁，古人以天干配五行，丙丁都属火。古人画符以求晴。

严仁（宋 505）一首　题：春景。　注：调名原作醉桃源。

拍堤春水蘸垂杨△水流花片香△弄花唼柳小鸳鸯△①一双随一双△

帘半卷，露新妆△春衫是柳黄△倚栏看处背斜阳△风流暗断肠△

注：① 唼：鱼鸟吃东西的声音。

黄升（宋 507）一首

粉香吹暖透单衣△金泥双凤飞△①闲来花下立多时△春风酒醒迟△

桃叶曲，柳枝词△芳心空自知△湘帘月冷佩声微△②雁归人不归△

注：① 金泥：即泥金，屑金也；双凤：指单衣上所绣屑金凤凰。② 此句用郑交甫汉皋台下遇二女佩两珠故事。

曹邍（宋 514）一首　注：调名原作宴桃源。

廉纤小雨杏花天△①池光映远山△兰蕙风暖正暄妍△②归梁燕翼偏△

芳草碧，绿波涟△③良辰近禁烟△④酒酣午枕兴怡然△莺声惊梦仙△

注：① 杏花天：指农历二月，杏花开放。② 兰蕙风：指春风。③ 涟：波纹。④ 禁烟：指寒食节。

马庄父（宋 523）一首　题：西湖春景。

清明寒食不多时△香红渐渐稀△①番腾妆阁闹苏堤△②留春春怎知△

花褪雨，絮沾泥△凌波寸寸移△三三两两叫船儿△人归春也归△

注：① 香红：指花。② 番腾：轮番掀腾。

陈允平（宋 556）一首　注：调名原作醉桃源。

东风吹到坼桐花△①游蜂初报衙△②兽环微掩是谁家△③琐窗金绣纱△④

环佩小，⑤领巾斜△绿云双髻鸦△⑥佯羞无限记琵琶△笑拈萱草芽△

注：① 坼桐花：绽放桐花。② 此句说游蜂环绕如差役参衙。③ 兽环：兽形门环。④ 琐窗：镂花纹之窗。⑤ 环佩：妇女身上饰物。⑥ 髻鸦：黑发髻。鸦，黑色。

张炎（宋 572）一首　题：有怀北游。

钿车骄马锦相连△①香尘逐管弦△②瞥然飞过水秋千△③清明寒食天△

花贴贴，④柳悬悬△⑤莺房几醉眠△醉中不信有杜鹃△江南三十年△

注：① 锦：美好。② 香尘：指美人车过，尘土亦香；逐，追随。③ 水秋千：水中倒映秋千之影。④ 贴贴：贴近也。⑤ 悬悬：悬挂也。

仇远（元 22）一首

数他双燕意循循△①隔湖杨柳深△芹香泥滑趁新晴△②差池来往频△③

春浪暖，绿无痕△醒人也醉人△断桥日落水云昏△④归舟个个轻△

注：① 循循：有次序，喻飞行貌。② 芹泥：燕巢材料，指筑巢。③ 差池：不齐貌，指双翼。《诗》“差池其羽”。④ 断桥：桥名，在杭州西湖。

刘将孙（元 36）一首　题：舟中作。

斜阳江路柳青青△①传杯那放停△②上船不记送人行△南风吹酒醒△

江曲曲，路萦萦△③月明潮水生△送将残梦作浮萍△角声何处城△④

注：① 江路：江边之路。② 传杯：指饮酒。③ 萦萦：旋绕也。④ 角声：城上守卒号角声。

朱有燉（明 42）一首

南轩丰榻绿槐风△①沉沉睡思浓△起来扶槛见芳丛△榴花映日红△

青玉枕，碧荷筒△②无如醉乡中△欲将新调理丝桐△③知谁可与同△

注：① 轩：长廊之有窗者。② 荷筒：喻莲蓬头。③ 理丝桐：弹琴也。

王鏊（明 92）一首　题：六十自寿。

行年六十鬓斓斑△①皇恩特放还△②高堂设席对青山△秋来正未闲△

阴忽霁，③暑新寒△笙歌夜未阑△傍人莫笑老痴顽△人生到此难△

注：① 斓斑：灿烂有光彩貌。此处指发已花白。② 放还：指告老还乡。③ 霁：雨止而晴。

夏鍭（明 95）一首

赌酒明湖未放船△时节欲开莲△①壁后茶枪几点烟△②听雨小窗眠△

云解冻，水平田△蛙声又一年△晚晴花草落愁边△呼童问酒钱△

注：① 欲开莲：将开荷花，农历五月也。② 茶枪：茶叶名，即旗枪。

李堂（明 108）一首　题：工署外厂赏菊花。①

清晨滴滴露珠圆△枝头破小妍△当空日色散金钱△②蜂来喜欲颠△③

无语立，晚风寒△相期月上弦△④蛩螀偏自泣篱边△秋光应可怜△

注：① 工署：工部衙门。作者官工部右侍郎。② 金钱：形容日光。③ 颠：颠狂。④ 月上弦：即眉月。

王九思（明 111）一首　题：送杨教谕元祯致仕。①

终南山色画图中△②不如归兴浓△锦城西望去匆匆△③到时花满丛△

春酒熟，故人同△④风流称醉翁△桑田变海碧溶溶△⑤白头闲倚筇△⑥

注：① 教谕：县教官；致仕：辞官退休。② 终南山：主峰在陕西西安南。③ 锦城：指户县，作者系户县人。杨元祯可能是同乡。④ 故人：旧交。⑤ 桑田变海：即沧海桑田，喻时势变迁之速；溶溶：水盛貌。⑥ 筇：手杖也。

方凤（明 126）一首　题：西湖，曹曲林、夏怀轩、花玉可同游遇雨。

青青梅子雨霏霏△①高林闻鸟啼△才过短坞又长堤△②六桥芳草齐△③

千树暗，万峰奇△楼船相并移△④游人偏被暖风迷△夜深犹未归△

注：① 霏霏：雨甚多貌。② 坞：即堡。③ 六桥：西湖苏堤上有六座桥。④ 楼船：大游船。

夏言（明 143）二首　题：第一首，北河舟中。

（1）夹堤杨柳碧参天△官河直似弦△绿波渺渺泛楼船△西风夕照前△

青渚暗，白沙圆△闲惊鸥鹭眠△芙蓉秋水映娟娟△归心鸿雁边△

（2）小楼临苑对青山△①朱门草色闲△隔花时有佩珊珊△②秋千杨柳间△

新绿暗，乱红残△慵妆低翠鬟△日长春困减芳颜△无人独倚栏△

注：① 临苑：邻近花园。② 佩：妇女腰间所系饰物；珊珊：佩声。

许论（明 154）一首　题：春游。

梨花行尽入桃花△春原细路斜△①青烟煮酒是谁家△高楼翠幕遮△

敧宝蹬，②逐香车△寻芳到水涯△③幽情怪底乱如麻△④秋千笑语哗△

注：① 春原：春天原野。② 蹬：马鞍踏脚。③ 水涯：水际也。④ 怪底：为何。

陈铎（明 155）一首　题：和欧阳永叔。①

夕阳楼上梦回时△楼前骄马嘶△生憎杨柳妒蛾眉△②杨花晴更飞△

香脸澹，[③]翠裙低△傍栏纤手垂△晚凉吹上六铢衣△[④]近人萤火飞△

注：① 欧阳永叔：即欧阳修，见《词人小传》。② 生憎：最为憎恶；蛾眉：喻女子。③ 澹：恬静。④ 六铢衣：极薄之衣。

徐阶（明 180）一首　题：十六夜对月。

昨宵对尔意如痴△平添万种疑△今宵对尔喜还悲△清光已后时△

听夕漏，数秋期△殷勤寄小词△冰轮幸勿便西驰△留照掌中卮△

周思兼（明 202）一首　题：咏茉莉花。

西风江上水悠悠△芙蓉花正秋△一枝艳影坠江流△盈盈水面浮△

红袖冶，绿衫柔△娇羞不自由△夜深渔父钓纶收△月斜花满洲△

李淑媛（女）（明 224）一首　题：碧潭旧业。[①]　注：调名原作醉桃源。

秋千深处是谁家△红楼垂堤遮△一帘香雨锁秋花△虚堂闻落钗△[②]

凝望处，驻香车△[③]愁思绕窗纱△写他闲恨入琵琶△惊飞鹳影斜△[④]

注：① 旧业：旧有别墅。② 虚堂：所居堂屋。③ 驻：停留；香车：喻妇女乘车。④ 鹳：水鸟名，似鹤，但顶不红，不善唳。有两种，似鹄而巢树者为白鹳，黑色曲颈者为乌鹳。

汤显祖（明 236）一首

不经人事意相关△牡丹亭梦残△[①]断肠春色在眉弯△倩谁临远山△[②]

排恨叠，怯衣单△花枝红泪弹△蜀道晴雨画来难△[③]高唐云影间△[④]

注：① 牡丹亭：杂剧名，汤显祖撰；梦：《牡丹亭》剧中有惊梦、寻梦等情节。② 临远山：画眉也。③ 蜀道：四川道路。④ 高唐：宋玉著《高唐赋》，写楚襄王梦会神女于巫山故事。

孙承宗（明 265）一首　题：夏。

满庭新燕斗微凉△鸣蝉下夕阳△水平飞入郁金堂△[①]双双语画梁△

舞絮倦，落泥香△[②]裁云双剪忙△[③]送春归去小池塘△迎长入醉乡△

注：① 郁金堂：厅堂之美称。郁金：香草名。② 泥：筑燕巢材料。③ 双剪：指燕之双翼。

茅维（明 280）一首　题：春思。

昼长抛枕小窗西△卷帘花影低△阴阴榆柳覆晴堤△斜阳莺乱啼△

春睡觉，醉如泥△一壶新茗携△碧潭花溅紫骝嘶△楼头香雾迷△

韩上桂（明 296）一首　题：落花。

春风澹荡落花飞△[①]偏会着人意△回头转盼惜春辉△[②]栏杆日欲西△

轻蹑屐，[③]怯香泥△[④]飘零侣阿谁△黄莺有意向人窥△临去两三窥△

注：① 澹荡：恬静地摇动。② 春辉：春光。③ 蹑：践踏；屐：鞋之泛称。④ 香泥：落花沾泥而香。

杨彻（女）（明 337）一首　题：忆女。

灯前梳裹带娇啼△[①]牵衣难别离△犹闻兰麝在深闺△[②]几回错唤伊△[③]

风日淡，暮烟微△凄凉泪湿衣△梦中惊喜汝来归△觉回旧已非△

注：① 梳裹：梳妆打扮。② 闺：女子卧室。③ 伊：指女儿。

黄淑贞（女）（明 339）一首　题：九日示外。

深秋云淡画难工△茱萸今又逢△劝君且莫上高峰△须防落帽风△

橙已绿，叶初红△乡关景不同△塞鸿呖呖语长空△还添四壁蛩△

曹元方（明 351）一首　题：春日小饮朱葵石深居。[①]

黄鹂柳外自相怜△伤春细雨天△一弯新绿小桥前△溪声唤鹤眠△

穿竹径，上层轩△[②]白皱更红蔫△[③]渔樵野牧尽翩然△醉后各忘年△

注：① 朱葵石：人名。深居：幽居。② 层轩：重叠之轩。轩，长廊有窗者。③ 白皱、红蔫：指百花萎缩将谢。

毛莹（明 355）一首　题：晚春偶兴。

落花多半付东流△一分还逗留△闲等鸥侣上兰舟△[①]消除千斛愁△[②]

迟日暖，晚风柔△尊前小十洲△[③]箧中剩有鹔霜裘△[④]权将充杖头△[⑤]

注：① 鸥侣：以鸥作友。兰舟：舟之美称。② 千斛：喻其多。斛，容器，古以十斗为一斛。③ 十洲：神仙居所。④ 鹔鹴裘：司马相如曾将所服鹔鹴裘贳酒，见《西京杂记》。鹔鹴，即凤。裘，皮衣。⑤ 杖头：古人出行，将钱系于杖头以作酒钱。

曹堪（明 369）一首　题：庚午（1630 年）初夏。

高桐垂影绿溪边△阴浓扫素笺△[①]傍门孤柳一鸣蝉△晚风声细传△

新竹下，落花前△松萝当户煎△[②]双飞燕子带雏还△呢喃惊昼眠△

注：① 扫：扫射、映照；素笺：白信纸。② 松萝：茶名，产于安徽歙县。

张大烈（明 402）一首　题：立夏。

绿阴铺野换新光△薰风初昼长△[①]小荷贴水点横塘△蝶衣晒粉忙△[②]

茶鼎熟，[③]酒卮扬△[④]醉来诗兴狂△燕雏似惜落花香△双衔归画梁△

注：① 薰风：南风。② 晒粉：晒粉翅。③ 茶鼎：茶炉。④ 酒卮：酒杯。

朔朝霞（女）（明 412）一首

晚妆慵整意阑珊△[1]香飘罗袖单△脂消粉减忒无端△[2]绿绮不须弹△[3]

初浴罢，倚栏杆△轻摇团扇纨△侍儿私语说更阑△催归月正圆△

注：① 阑珊：衰残。② 忒：太也；无端：无故。③ 绿绮：指琴。

陈子龙（明 441）一首　题：题画。

朱栏清影下帘时△泠泠修竹低△[1]满园空翠拂人衣△流莺无限啼△

莲叶小，荷花齐△雨余双燕归△红泉一带过桥西△[2]香消午梦微△

注：① 泠泠：风之和也；修竹：形容竹之长而直。② 红泉：带落花之泉水。

顾樵（明 492）一首　题：虎丘花市。[1]

才过寒食百花红△[2]山塘香雾笼△画船齐泊小桥东△春波绿影重△

花气暖，酒香浓△垆头系玉骢△游人日日醉春风△青山歌吹中△

注：① 虎丘：山名，江苏苏州名胜。② 山塘：街名，在苏州阊门外，长七华里，通虎丘，街前有河。

彭孙贻（明 504）二首　题：第一首，花影。

第二首，秋日放舟入南山作。

（1）无端花影上纱窗△[1]冥冥春思长△[2]一庭蜂蝶不闻香△[3]隔帘人淡妆△

随月色，下西厢△枝枝横绣床△安排画稿向回廊△片片糊短墙△

注：① 无端：无故。② 冥冥：昏暗也。③ 不闻香：指出花影无香。

（2）绿杨树下暂维艄△[1]白茅绳系牢△[2]隔篱犬吠竹门敲△唤人扛板桥△

刚解缆，又停桡△[3]树头垂酒标△[4]瓦盆连舀入椰瓢△橹横无力摇△

注：① 维艄：系船也。② 白茅绳：白草绳。③ 桡：船桨。④ 酒标：酒店标记，指酒旗。

李式玉（明 581）一首

片帆秋挂泖湖西△[1]鲈鱼霜后肥△小桥流水绕朱扉△停篙不语时△

人已去，杳难期△[2]鸳鸯何处栖△临风空想小腰肢△萧萧病柳垂△[3]

注：① 帆：船帆；泖湖：在江苏青浦县（今属上海市）。② 杳：无影踪。③ 萧萧：无生气貌。

吴芳华（女）（明 593）一首

钱塘门外是西湖△[1]峰峦天下无△[2]段桥一望水平铺△[3]楼台入画图△

歌金缕，[4]醉提壶△花鸟破工夫△兰桡日日泛清波△[5]载归明月多△

注：① 钱塘门：浙江杭州西门；西湖：杭州名湖。② 无：最好之意。③ 段桥：即断桥，在西湖白堤上。④ 金缕：曲名。⑤ 泛：浮也，行船之意。

屈大均（明 638）一首　题：燕。

双双剪水镜湖旁△①萍开一片光△游鱼正绕紫鸳鸯△②轻衔过夕阳△

新月上，素琴张△③窥人在画梁△巢中多少落花芳△成泥更有香△

注：① 镜湖：在浙江绍兴，又名鉴湖。② 紫鸳鸯：喻双燕。燕颌下紫色，又称紫燕。③ 素琴：不加装饰的琴。

王庭（清 21）一首　题：春雨。

东风吹缓雨微停△看来非是晴△姑姑何处唤鸠声△①愁怀不耐听△

花尚重，柳难轻△春泥太滑生△②何人偏爱踏莎行△③伤春无限情△

注：① 姑姑：一作"渴杀苦"，鸠在天雨时鸣声。天晴则呼"挂挂红灯"。② 滑生：泥泞也。③ 踏莎行：即踏青，莎，道旁草也。

李雯（清 22）一首　题：秋晚。

夕阳庭院锁芭蕉△凉风和雁高△芙蓉红褪满江潮△金塘知路遥△

罗袖薄，晚香飘△歌梁空燕巢△①添衣小立紫兰桥△②凄清闻凤箫△③

注：① 空燕巢：深秋燕已迁去南方。② 紫兰桥：桥名。③ 凤箫：凤凰箫，即排箫。

卢纮（清 44）一首　题：溪行。　注：调名原作醉桃源。

溪湾曲曲任行舟△山回四望幽△晚风落木候临秋△①泉声涓滴流△

明月上，暮烟收△投林鸟乱啾△②前村灯火望疑稠△人呼古渡头△

注：① 落木：落叶。② 投林鸟：指傍晚鸟栖树。

宋琬（清 49）一首　题：春闺。

越瓯犀液试新茶△①困来眠碧纱△②梦中何事独长嗟△梅香猜着些△③

呼女伴，踏晴沙△柳梢啼暮鸦△绣裙偏爱合欢花△来生得似他△

注：① 越瓯：绍兴一带所产之瓯，此处指茶具；犀液：茶之美称。② 碧纱：指绿纱蚊帐。③ 梅香：婢女。

陈世祥（清 53）一首

宿花蝴蝶惹花飞△①纱窗闲画眉△女儿生小在春闺△开箱怜舞衣△

添线倦，卷帘迟△栏杆让柳垂△邻家相约踏春堤△日长缓缓归△

注：① 惹：挑逗。

陆求可（清 70）一首　题：夏日闻莺。　注：调名原作醉桃源。

穿花蝴蝶满庭飞△双槐绿正齐△如簧莺舌再三啼△惊闻出绛帏△①

梅子熟，豆花肥△春光去几时△暖风吹老郁金衣△②喈喈何处栖△③

注：① 绛帏：红色帐幕。② 郁金衣：带香之衣。郁金香，香草名。③ 喈喈：鸟声，此处指莺声。

汤莱(女)(清 92)一首　题：佳人斗草。

群芳簇就绣云窝△①垂杨金线拖△②昼长无事莫轻过△相邀女伴多△

行曲径，蹴凌波△③娇情倚苎萝△④杏钗输却奈他何△无聊强笑歌△⑤

注：① 群芳：众草。② 金线：喻柳丝。③ 蹴：踏也；凌波：喻步履轻盈。④ 苎萝：山名，西施故里，喻美人草。⑤ 强：勉强。

杜漪兰(女)(清 96)一首　题：新柳。

条风处处放新枝△①行行春日迟△闲看芳草影参差△②莺花争艳时△

杨柳岸，画船齐△相思忆画眉△那禁对对鸟飞归△风光只自知△

注：① 条风：本指东北风，后多指春风。② 参差：不齐貌。

毛先舒(清 104)一首　题：夏晚闺情。

飒然雨过小平池△①荷香浮绿漪△②余霞片片映窗西△③暗凉生玉肌△

新浴罢，晚妆迟△梳成蝉翅垂△④惜他宫样怕风吹△⑤徐摇团扇儿△

注：① 飒然：风声。② 绿漪：绿波纹。③ 余霞：晚霞。④ 蝉翅：指蝉翼形发髻。⑤ 宫样：皇宫内发样；怕风吹：喻轻薄。

陆进(清 198)一首

春光三月正芳菲△双双蝴蝶飞△踏青缓步小园西△鞋沾花瓣泥△

江水绿，远峰低△闲愁又上眉△落红到处绕人衣△东风日夜吹△

朱茂晭(清 211)一首　题：暮春。

江南三月菜花黄△风和闻远香△少年行乐趁风光△丛沙围坐长△

桃烂漫，①柳低昂△依阴翠幕张△玉人楼槛依微茫△②魂销正夕阳△

注：① 烂漫：光彩分布。② 玉人：美人。

朱澜(女)(清 227)一首　题：春暮怀人。　注：调名原作卜算子，误。

卷帘却喜雨初收△双峰翠欲浮△百花吹落苦无留△红稀绿渐稠△

春去也，逾添愁△朝朝倚画楼△怀人鹦鹉阻芳洲△题笺寄远游△

张晋(清 267)一首　题：弹筝。

高楼帘卷淡烟平△斜阳半帘明△海棠花下坐弹筝△横波无限情△①

云髻重，②苎衫轻△③凉风着面迎△荷香榴艳水盈盈△残莺又一声△

注：① 横波：目斜视如水之横流也。② 云髻：发髻。③ 苎衫：苎麻衫，俗称夏布衫。

朱彝尊（清288）一首　题：春闺。　注：此词集前人句而成，名蕃锦词。

春园春色正相宜（张谓）△蜂雄粉蝶雌（李商隐）△水边杨柳绿烟丝（杨巨源）△长条豌地垂（沈佺期）△

草浅浅（温庭筠），雨离离（温庭筠）△花开花落时（薛涛）△收将凤纸写相思（李商隐）△[①]双蛾颦翠眉（武平）△

注：① 凤纸：染凤仙花汁之纸。

佟世南（清300）一首

杏花疏雨洒香堤△[①]高楼帘幕垂△远山映水夕阳低△春愁压翠眉△

芳草勾，碧云辞△低徊闲自思△[②]流莺枝上不曾啼△[③]知人肠断时△

注：① 杏花：指农历二月。② 低徊：留恋也。③ 此句谓春尚浅。

钟筠（女）（清322）一首　题：送别长姐殳夫人。

临风洒泪唱骊歌△[①]啼痕沁薄罗△[②]小楼又见雁南过△[③]秋风秋雨多△

思缱绻，[④]怨蹉跎△[⑤]愁肠似掷梭△[⑥]开轩对月问姮娥△此情可奈何△

注：① 骊歌：离别之歌。② 罗：指罗帕。③ 雁南过：深秋雁自北方回南。④ 缱绻：情意缠绵也。⑤ 蹉跎：错过时间。⑥ 掷梭：喻来回不绝。

周金然（清336）一首　注：调名原作醉桃源。

困人天气六铢凉△[①]风轻帘幕张△郁金裙绣紫鸳鸯△[②]同心绾带长△

垂堕马，[③]动鸣珰△[④]微吹语笑香△屏山几曲当东墙△刚余半面妆△

注：① 困人天气：指暮春；六铢：极薄之衣。② 郁金裙：喻香裙。郁金：香草名；紫鸳鸯：即鸂鶒。③ 堕马：髻名。④ 鸣珰：耳珠也。

龙辅（女）（清351）二首　题：第一首，署斋晚眺。[①]

（1）幽禽避雨噪虚檐△[②]风掀半卷帘△落花如梦草微酣△[③]远山柔绿粘△

棋懒睹，韵慵拈△[④]博山金灺添△[⑤]小鬟偷粉启香奁△学人眉晕尖△

注：① 署斋：衙署书房。② 幽禽：小鸟，指麻雀；虚檐：屋檐孔窍。③ 酣：喻醉。④ 韵慵拈：懒作诗词；拈，拈句。⑤ 博山：指香炉；灺：香剩余部分，即烧剩。

（2）东风吹送隔溪箫△柳丝红板桥△澹云推月上花梢△[①]桥门树影摇△

凭碧槛，待春潮△圆沙小浪高△[②]船头漾水寻长篙△心惊猧犬嗥△[③]

注：① 澹云：恬静之云。② 圆沙：丰满沙滩。③ 猧犬：即狗；嗥：号叫。

沈榛（女）（清353）一首　题：题倦绣仕女图。

竹窗斜日漾茶烟△佳人倦欲瞑△①停针无语线慵穿△②徘徊意怅然△③

花隐雾，柳飞绵△④困人暮春天△回文未就乱鸦还△⑤愁情梦里传△

注：① 佳人：好女子；瞑：昏睡。② 慵：懒也。③ 怅然：失意也。④ 绵：指柳絮。⑤ 回文：顺读、倒读均成句之诗文。

王士禛（清 397）一首　题：清明。

平山堂外又清明△①春芜初蘸青△②梨花燕子满江城△③人家闻卖饧△④

邀伴去，踏莎行△⑤竹西歌吹声△酒旗一片飐前汀△青丝何处停△⑥

注：① 平山堂：江苏扬州名胜。② 芜：众草丛生处。③ 江城：长江边城市，指扬州。④ 饧：即饴糖，古人在清明节前后，有小贩吹箫卖饧。⑤ 踏莎：即踏青；莎，草名。⑥ 青丝：疑青骢之误。骢，马也。

叶子眉（女）（清 501）一首　题：题陈素素像。

风尘何处遇仙姝△①行云却到吴△②自从罗带系明珠△芜城夜月孤△③

狂小杜，④病相如△⑤钟情绝世无△卿卿除却影谁俱△⑥相怜只画图△

注：① 风尘：喻烟花，即妓女；仙姝：喻仙女。② 吴：此处指扬州。③ 芜城：即扬州。④ 小杜：指唐杜牧，其《遣怀》诗："十年一觉扬州梦，赢得青楼薄倖名"。⑤ 病相如：指汉司马相如，患有渴病（糖尿病）。⑥ 卿卿：对恋人之昵称。此处指美人，即陈素素。

周在浚（清 521）一首　题：偶见。

玉人遥隔小窗纱△凝眸掠鬓鸦△偷窥半面又佯遮△羞红妒杏花△

灯影乱，月光斜△绣裙微露些△瑶台移得在伊家△分明是绿华△①

注：① 绿华：喻仙女。

陈玉璂（清 530）一首　题：春闺。

杏花零落荡春烟△①韶光在眼前△②东风如醉草如眠△画楼寒食天△③

笼茜袖，④掠云鬟△⑤斜凭斗鸭栏△⑥娇慵无力上秋千△⑦人如春梦闲△

注：① 杏花零落：喻已进入农历三月。② 韶光：春景。③ 寒食：古节日名，在清明前二日。④ 笼：笼罩；茜袖：红袖。⑤ 掠云鬟：梳发鬟。⑥ 斗鸭：古游戏。⑦ 娇慵：娇软。

林奴儿（女）（清 571）一首

江头分袂恰春残△①洒泪酒尊前△②如今人隔万重山△③音书欲寄难△

情索莫，④意阑珊△⑤生憎独倚栏△⑥落花飞絮共漫漫△⑦飘零不忍看△

注：① 分袂：分手；袂，袖也。② 酒尊：喻酒席。③ 万重山：喻远。④ 索

莫：神气沮丧貌。⑤ 阑珊：衰残。⑥ 生憎：最恶也。⑦ 漫漫：无边际。

杨芬若(女)(清 584)一首　注：调名原作醉桃源。

晚妆楼上夕阳斜△无聊掩窗纱△①东风不管病愁加△开残红杏花△

香篆冷，②绣帘遮△春深别恨赊△③可怜梦里说还家△魂销天一涯△④

注：① 无聊：无情绪。② 香篆：指焚香之烟。③ 赊：远也。④ 天一涯：极远之地。

蒋景祁(清 590)一首

天街微雨送春晖△①芳尘湿不飞△闲园香雾小红肥△②月和烟露稀△

萦别馆，上斜扉△轻风飏地衣△③七弦声乱十三徽△④马嘶人未归△

注：① 天街：京都街道，指北京；春晖：春光。② 闲园：空园；小红：小红花。③ 地衣：隐花植物。如苔。④ 徽：琴节也，全弦计十三徽。

张潮(清 637)一首　题：茉莉花。

昼长盼到日西斜△凉风吹上花△将开未放摘来佳△轻轻簪鬓鸦△①

留几朵，瀹春茶△②清香沁齿牙△帐中也放一些些△余馨魂梦赊△③

注：① 鬓鸦：黑发。② 瀹：煮也。③ 馨：香气远闻也；赊：远也。

叶棻(女)(清 648)一首　题：游任城金华洞。①

境入仙源小有天△琪花瑶草鲜△②篮舆团扇翠花钿△③轻风拂鬓边△

穿仄径，④上云岩△⑤长空锁暮烟△丹药灶脚紫芝田△⑥秋千佚事传△⑦

注：① 任城：县名，今山东济宁。② 琪花瑶草：喻仙境之花草。③ 篮舆：竹轿。④ 仄径：狭窄的小路。⑤ 云岩：高岩。⑥ 灶：炼丹炉；芝田：神仙所耕田。⑦ 佚事：隐逸事。

郑熙绩(清 676)一首　题：春游。

春寻迤逦到林泉△①莺声杂管弦△儿童拍手蜀冈前△②纸鸢儿半天△③

催短棹，④共鸣舷△⑤维缆绿杨边△⑥谁家庭院戏秋千△遥闻笑语喧△

注：① 春寻：即春游；迤逦：曲折连绵。② 蜀冈：扬州山名。③ 纸鸢儿：即风筝。④ 短棹：短船桨。⑤ 鸣舷：船两侧打桨声。⑥ 维缆：系船。

吴芳(女)(清 683)一首　题：寄远。

东风吹就雨廉纤△①慵将针线拈△②暗愁多半上眉尖△残灯和泪添△③

罗帐冷，髻鬟偏△无言且独眠△欲凭清梦到君边△谁知梦也悭△④

注：① 廉纤：微雨貌。② 慵：懒。③ 添：添加灯油。④ 悭：吝也。小

气量。

纳兰性德（清 694）一首

斜风细雨正霏霏△①画帘拖地垂△屏山几曲篆烟微△②闲庭柳絮飞△③

新绿密，乱红稀△乳莺残日啼△春寒欲透缕金衣△④落花郎未归△

注：① 霏霏：细雨。② 屏山：即屏风。山，形容曲折如山峰。③ 闲庭：空庭。④ 缕金衣：即金缕衣。

贺吟凤（女）（清 727）一首　题：寄家严客京邸。①　注：此词与吴芳词大同小异，姑并录之。

东风吹絮柳毵毵△②慵将针线拈△暗愁多半上眉尖△残灯和泪添△③

罗帐冷，翠鬟偏△朝朝自卷帘△欲凭清梦到亲边△④谁知梦也悭△

注：① 家严：即父亲。② 毵毵：细长貌。③ 添：添加灯油。④ 亲边：父亲身边。

焦袁熹（清 773）一首

池塘绿满燕泥融△①秦楼初日红△②红帘翠幌一重重△③玉人春梦中△④

芳讯断，画屏空△山长水不穷△飞花落絮太匆匆△蝶魂何处逢△⑤

注：① 融：融和也。② 秦楼：歌舞之所；初日：初升太阳。③ 幌：帷幔。④ 玉人：美人。⑤ 蝶魂：即蝶梦，庄周梦为蝴蝶故事，见《庄子》。

李媛（女）（清 793）一首　题：春怨。

垂杨斜压小桥边△丝丝弄碧烟△①萧萧风雨杏花天△②伤情怕卷帘△

愁脉脉，病恹恹△朝朝愁病添△归期原约在春前△春来人未还△

注：① 弄碧烟：即柳含烟，喻柳丝茂密如烟。② 杏花天：农历二月天气。

徐述夔（清 926）一首　题意：《五色石·二桥春》陶含玉写照。

天边织女降层霄△①凌波香袂飘△②谁云洛浦佩难招△③游龙今未遥△④

腰如柳，口樱桃△春山淡淡描△⑤双桥若得当蓝桥△⑥如何贮阿娇△⑦

注：① 层霄：九霄也，即天空。② 凌波：喻步履轻盈；袂：袖子。③ 洛浦：洛水之滨；佩：洛神解佩故事。④ 游龙：喻风流男子。⑤ 春山：喻眉峰。⑥ 双桥：陶家园内建有双桥；蓝桥：裴航遇仙女云英处。⑦ 贮阿娇：汉武帝金屋藏娇。

史承谦（清 951）一首

香残醉浅正无聊△轻寒透薄绡△谢家池馆坐清宵△①桐花如雨飘△

弦月下，②粉痕娇△倚栏听玉箫△明河影里路迢迢△③漏长飞梦遥△

注：① 谢家：泛指妓院。② 弦月：即眉月、弯月。③ 明河：指银河。

许宝善(清 1019)一首

一帘酥雨杏花残△[①]罗衣生薄寒△小楼无力倚栏杆△怕看山外山△

眉翠薄,[②]泪痕斑△无端春又阑△[③]生憎鸳梦醒时单△[④]今宵和梦难△

注：① 酥雨：即疏雨。② 眉翠：指眉上所涂黛绿。③ 无端：无故、想不到；阑：衰残。④ 生憎：最憎恶；鸳梦：梦中成双。

赵怀玉(清 1097)一首

试灯风里放新晴△[①]载花双桨轻△奈何唤罢酒杯停△清歌第几声△

携素手,趁微行△金莲步步生△乌衣深巷月朦明△[②]归来刚二更△

注：① 试灯：元宵前夕试放灯。② 乌衣巷：在南京秦淮河南岸。

恽敬(清 1141)一首　题：画蝴蝶。

江南风暖草初齐△花迷蝶不迷△寻芳才过海棠西△檐前红日低△

三两点,[①]向人飞△林间积渐稀△莫道柳絮涴香泥△[②]蝶归花不归△

注：① 三两点：指柳絮。② 涴：同污。

秦恩复(清 1155)一首　题：咏柳。

春风吹恨上眉弯△和烟笼翠鬟△依依情绪忍轻攀△[①]流红水一湾△[②]

临断岸,马蹄残△春游不放闲△柳丝撩乱鬓丝斑△[③]公然青眼看△[④]

注：① 依依：柔弱貌。② 流红：飘流之落花。③ 撩乱：纷乱。④ 青眼：重视也。

马廷萱(清 1173)一首

关河天远蹙双眸△[①]玉骢何处留△[②]乌衣重到认帘钩△[③]斜阳红满楼△

才几日,已新秋△银河澹不流△[④]寒蛩日夜替人愁△[⑤]空阶絮未休△[⑥]

注：① 关河：江山之意；又是地名，在山西偏关南门外。② 玉骢：马也，此处指骑马人。③ 乌衣：此处指乌衣巷。④ 澹：恬静。⑤ 寒蛩：秋天蟋蟀。⑥ 絮：絮叨，谓蛩声接连不绝。

曹言纯(清 1209)一首　题：衡州道上见杏花有忆。[①]　注：调名原作醉桃源。

杏葩红上嫩脂侵△无人拈翠簪△[②]见来相映远山情△马蹄沙路轻△

红烛暗,小楼清△归期梦做成△听残春雨到天明△卖花声数声△

注：① 衡州：今湖南衡阳。② 簪：指摘来插于头上。

邵源(清 1250)一首　注：调名原作碧桃春。

清阴漠漠柳丝丝△日长帘幕垂△画楼南畔曲栏西△落花红满溪△

人不到，燕空归△无情懒画眉△几番往事怕重提△愁深只为伊△

庄盘珠（女）（清 1268）二首　题：第一首，渔家。　注：调名原作醉桃源。

第二首，田家。　注：调名原作醉桃源。

（1）无拘无束野神仙△扁舟不记年△得鱼不换酒家钱△今宵换醉眠△

凉雨后，晚风前△蒲帆闲未闲△蓼花开近夕阳边△网拖红影天△

（2）村醅肯费赁春钱△①农夫几日闲△许多野雀啄空田△斜阳笠影偏△②

逢父老，③话丰年△桃源别有天△④人家一簇小桥边△鸡豚聚晚烟△⑤

注：① 村醅：村酒；赁春：打米佣工也。② 笠影：笠帽之影。③ 父老：对老年人尊称。④ 桃源：世外桃源。⑤ 豚：小猪也。

董士锡（清 1359）一首　题：蝴蝶，次恽蒹塘韵。①

红楼高与白云齐△笙歌一片迷△弯环闲绕凤城西△②斜阳处处低△

聊闪闪，故飞飞△春人看已稀△③黄衫宝马锦障泥△④少年游冶归△

注：① 恽蒹塘：即恽敬，见《词人小传》。② 弯环：弯曲环绕；凤城：指京城。③ 春人：春游之人。④ 障泥：马鞍两旁下垂者，用以挡泥。

董佑诚（清 1419）一首　题：燕。

香街花气暗晴空△王孙青玉骢△①午尘吹上酒旗风△娇娘双靥融△②

榆钱绿，③柳衙红△④差池芳信通△⑤轻飞贴地悄无踪△画楼残照中△

注：① 王孙：富贵家子弟；青玉骢：青白色马。② 双靥：两颊酒窝；融：融和也。③ 榆钱：指榆荚，因状似铜钱。④ 柳衙：柳树成行列，如排衙。⑤ 差池：不齐貌，指燕尾。

蒋敦复（清 1566）一首

玉骢人去画楼西△①天涯芳草低△②楼花情愿作香泥△但随郎马蹄△

新燕语，旧莺啼△小园蝴蝶飞△春风昨夜解罗帏△今朝裙带吹△

注：① 玉骢人：骑马之人。② 天涯：极远之地。喻远处。

潘曾莹（清 1567）一首　题：题画楼春晓图。

濛濛烟翠绿杨丝△①梨云梦影迟△②红栏杆外立多时△画楼人未知△

帘乍卷，着罗衣△镜边红折枝△③销魂滋味耐寻思△玉骢花下嘶△

注：① 濛濛：微雨貌。② 梨云：白云。③ 红折枝：指红花。

叶坤厚（清 1607）一首　题：亦园即景。

轻烟漠漠雨丝丝△春寒花信迟△东君何事滞花期△问花花不知。

朝日霁，午风吹△芳菲天气宜△谁家蜂蝶已来窥△槛前三两枝△

汤光启（清 1634）一首　题：题杏花江店图。

征人曾到板桥西△寻思梦欲迷△江南三月杏花飞△纷纷糁客衣△

凝怅望，惜芳菲△香风动酒旗△江村依约夕阳低△无人莺乱啼△

吴尚熹（女）（清 1654）一首　题：己亥（1839）元旦。　注：调名原作碧桃春。

烛消香透晓来天△东风入绣帘△一声恭祝画堂前△椿萱眉寿添△①

调凤律，②献羔筵△③斑衣学古贤△④融融春色报丰年△书云快睹先△⑤

注：① 椿萱：喻父母。② 凤律：即音律。③ 羔筵：牲筵也；羔，小羊。④ 斑衣：彩衣也。楚人老莱子至孝，年七十，斑衣娱亲。⑤ 书云：古人于二分（春、秋分）二至（夏、冬至）望云气，以占吉凶，并予纪录；快睹先：先睹为快，早知觉也。

关锳（女）（清 1687）一首　注：调名原作醉桃源。

碧天日落冷清闺△喧哗栖鸟啼△一枝梅影弄风低△疏帘人向西△

扶密竹，走闲堤△①霞飞鸡已栖△②柳梢星断浸银溪△烟浮归路迷△

注：① 闲堤：空堤。② 霞：指落霞。

易佩绅（清 1710）一首　题：用欧阳文忠春景韵。①

朱楼翠阁卷帘时△青骢陌上嘶△②绿杨叶叶展新眉△小风花片飞△

芳草远，夕阳低△浮云天未垂△江南门巷旧乌衣△③燕归人未归△

注：① 欧阳文忠：即欧阳修。② 青骢：指马。③ 乌衣：巷名，在南京秦淮河南岸。

李慈铭（清 1735）一首

陌头长忆踏青期△①湘裙春草齐△②钿车停处夕阳低△③鹧鸪金绣衣△④

瑶笛趁，⑤翠罂携△⑥风光归路迷△门前花落又成蹊△⑦谁家郎马蹄△

注：① 陌头：田间道路。② 湘裙：刺湘绣裙子。③ 钿车：嵌有金花之车。④ 鹧鸪：鸟名，鸣声略似："行不得也哥哥"。⑤ 瑶笛：美玉笛子。⑥ 罂：大腹小口瓶，指酒瓶。⑦ 蹊：小路也。

赵烈文（清 1755）一首

株株枯柳卧寒烟△高楼夕照边△鸳鸯飞尽水连天△楼空镇日闲△①

雕砌断，②画梁蔫△③朱栏今几年△④胜游不向好春闲△⑤休寻陌上钿△

注：① 镇日：常日。② 雕砌：雕刻阶砌。③ 蔫：不鲜明。④ 今几年：喻年久。⑤ 胜游：快意游览。

张祖同（清 1778）一首　题：春景。

芳草不觉已春分△燕儿应记真△霏霏微雨小于尘△桃花红一村△

弯路口，傍山根△涧声何处闻△草痕青过绿杨津△东风吹到门△

吕采芝(女)(清 1803)一首

一春闲着最无聊△宝炉香懒烧△金铃空自护花梢△①难禁飞絮飘△

杨柳岸，木兰桡△②江南景色饶△③乍寒乍暖易魂销△④泪珠红豆抛△⑤

注：① 金铃：护花之铃。② 木兰桡：船桨之美称。③ 饶：富饶。④ 乍寒乍暖：忽冷忽热。⑤ 红豆：又名相思子，此处喻相思。

袁昶(清 1806)一首　题：松涛。

梦回午枕篆烟霏△①玉笙空际吹△错认茶熟沸暖吚△②松风鱼眼宜△③

来浩浩，④去飕飕△⑤问涛何气为△⑥华阳洞口月生时△有人巾角攲△⑦

注：① 篆烟：香炉烟；篆，喻烟弯曲如篆体字。② 暖吚：热气。③ 鱼眼：沸汤貌。④ 浩浩：壮观貌。即大。⑤ 飕飕：凉风也。⑥ 涛：松涛。松林被风摇动如波涛。⑦ 巾角：帽角；攲：倾侧也。

王鹏运(清 1819)一首　题：拟清溪。

小窗西日透纹纱△①飞尘生影花△似闻将雨报林鸦△啼声清润些△

风荡漾，树夭斜△②晴光憎暮霞△③卧惊残溜响檐牙△④暖瓶新试茶△⑤

注：① 西日：指夕阳；纹纱：指有纹纱窗。② 夭斜：不正貌。③ 暮霞：晚霞。④ 溜：檐溜水；檐牙：檐瓦。⑤ 暖瓶：保暖瓶。

汪夔(清 1840)一首　题：题柳阴垂钓图。　注：调名原作碧桃春。

东风剪出柳丝丝△春波鱼正肥△一竿闲钓小桥西△野花红上衣△

峰澄翠，①水生漪△②溪山画里宜△谁能识得此中机△③问鸥鸥不知△

注：① 澄：清也。② 漪：波纹也。③ 机：天机：真性也。

朱孝臧(清 1849)一首　题：埭西山行偶书。①

松风夹径响鸣篢△②溪云相后先△丁丁啄木似哀弦△③居人方掩关△④

罗带水，⑤玉屏山△⑥谁家好墓田△野花香绣翠微边△⑦春樵红一肩△⑧

注：① 埭西：埭溪以西，在浙江湖州。② 篢：竹轿也。③ 丁丁啄木：啄木鸟啄木声。④ 掩关：闭门。⑤ 罗带水：水似罗带。⑥ 玉屏山：山似玉屏风。⑦ 翠微：山旁弯曲不平的地方，淡青色的山岚。⑧ 春樵：春天樵夫；红：指夕阳。

潘飞声(清 1856)一首　注：调名原作碧桃春。

山眉青抹一奁烟△①湖平花满天△罗裙香影漾红船△凌波人是仙△②

风絮外，醉魂边△层楼灯又燃△③画筵歌舞系归舷△④鸳鸯眠未眠△

注：① 山眉：即眉峰。② 凌波：步履轻盈。③ 层楼：重楼、高楼。④ 归舷：归船。

陈宗遹（清 1857）一首

弄晴鹊语斗檐牙△①红窗日未斜△雨丝绣出一枝花△深深帘幕遮△

思影事，②杳天涯△③春风又那家△簸钱堂下抢琵琶△④重逢正奈他△⑤

注：① 檐牙：屋檐突出之瓦。② 影事：虚幻不实之事。③ 杳：无踪影；天涯：极远处。④ 簸钱：掷钱赌戏，喻少女之娇憨。⑤ 奈他：奈何对他。

李穆宣（清 1860）一首　题：西塘消夏。

恹恹睡起小年长△消受一炉香△芰荷庭院晚风凉△②人隔水云乡△

调雪藕，③泛清航△④促臂有鸳鸯△⑤偶然嚼得蔗梢霜△⑥甘味淡无妨△

注：① 恹恹：病态。② 芰荷：本为菱荷，此处单指荷。③ 雪藕：雪白藕。④ 泛清航：清波上行船。泛，浮也。⑤ 促臂：近臂。⑥ 霜：喻蔗汁。

裘凌仙（女）（清 1863）一首　题：山水扇面。

春山似笑草茏葱△①清幽曲径通△小桥流水夕阳东△含桃映日红△

楼阁远，柳丝浓△人在画图中△武陵胜境目难穷△②溪云迷远峰△

注：① 茏葱：草木茂盛貌。② 武陵：湖南县名，今属常德市；胜境：指桃花源。

陈夔（清 1873）一首

踏青拾翠趁芳菲△①邻娃隔夜期△②春风先到小桃枝△试郎绿耳梯△③

登杰阁，④绕长堤△还家月上时△轻尘不惜缕金衣△⑤绣鸳微沁泥△⑥

注：① 芳菲：指花草香美。② 隔夜期：隔夜约期。③ 绿耳梯：南唐李后主妃欲用梯采桃，宜春王却乘马采之，曰：吾之绿耳梯何如？绿耳，骏马名。④ 杰阁：高阁。⑤ 缕金衣：即金缕衣。⑥ 鸳：指一双鞋。

李放（清 1913）一首

恹恹过了牡丹期△①一春长梦伊△夕阳红上小朱扉△双双燕可归△

花片片，草菲菲△铺成新地衣△旧同行处独寻思△去年初见时△

注：① 牡丹期：即谷雨节后。

王国维（清 1917）一首

女贞花白草迷离△①江南梅雨时△阴阴帘幕万家垂△穿帘双燕飞△

朱阁外，碧窗西△行人一舸归△清溪转处柳阴低△当窗人画眉△

注：① 女贞：小灌木名，夏开小白花；迷离：模糊之意。

罗庄(女)(现当25)二首　题：第一首，侍两大人步月浦江，①归赋此阕。

注：调名原作碧桃春。

(1) 冰轮捧出彩云边△②楼台影倒悬△万家庭户敞珠帘△微风度管弦△
高阁外，绿窗前△更深人未眠△一年能得几回圆△看完又一年△
注：① 侍两大人：侍从父母；浦江：黄浦江，在上海。② 冰轮：月也。

(2) 恼人天气落花时△①流莺不住啼△垂杨踠地绿逶迤△②海棠红已稀△
风淡淡，日迟迟△深闺刺绣宜△微揎碧袖翠眉低△③当窗理彩丝△
注：① 恼人天气：指暮春。② 踠：屈也。③ 揎：钩袖出臂，即捋也。

黄良筹(现当70)一首　题：江村即景。①

江南江北晓晴天△溪桥犹锁烟△几丝垂柳拂双舷△②小舟争向前△
芳草秀，百花妍△红霞抹岫边△③千筐万篚尽新鲜△④渔歌唱晚旋△
注：① 即景：就眼前景物而言。② 双舷：船左右两侧。③ 红霞：指晚霞。④ 篚：竹器，方称筐，圆叫篚。

车乘轨(现当88)四首　题：第一首，暮春游虹阳集镇。　注：1997 年 4 月 22 日作。

第二首，杭州火车站。　注：2000 年 1 月 18 日作。

第三首，喜见珍稀版词集。　注：2002 年 5 月 17 日作。

第四首，儿歌重配。　注：2010 年 7 月 12 日作。

作者原序：忆儿时先兄久珩公传唱儿歌一首，辞朴素多趣，曲悦耳动听，惜歌辞已经半忘，唱不尽兴。后有人将此曲另配宋欧阳修《阮郎归》词，可谓珠联璧合。今日走访嘉兴图书馆范晓华先生，承其在电脑中查出当年儿歌原辞。睽隔七十余年之旧歌，重入余目，快何如之！爰赋《阮郎归》词一阕效之。

(1) 今年谷雨似清明△①春风忒多情△云开雨霁碧空晴△黄莺欢乐鸣△
探野景，出禾城△②骑车乘兴行△③菜花麦穗两旁迎△虹阳再踏青△④
注：① 谷雨：是日谷雨后二日。② 禾城：浙江嘉兴城。③ 乘兴行：作者乘兴沿城北路、苏嘉公路漫游。④ 虹阳：集镇名，在嘉兴城西北二十三华里。

(2) 昔年屡屡到杭州△怡然城站游△①灿烂釉瓦耀人眸△飞檐斗栱勾△

宫殿式，古风留△沿街商肆稠△[2]而今新站更风流△[3]上河图景收△[4]

注：① 城站：即杭州火车站，杭州人称城站。在当时可算第一流火车站，也可作杭州一景。② 商肆稠：商店稠密。③ 新站：杭州新站于 1999 年 12 月 28 日竣工启用。④ 上河图：即《清明上河图》，宋张择端绘，展现北宋故都汴梁（今河南开封）繁华景象，此处借喻南宋故都临安（今浙江杭州）。

（3）《小檀栾》与《众香词》△[1]闻名非一时△只因传世版孤稀△识荆无路迷△[2]

闲搜检，古书堆△惊呼珍集归△[3]五千佳作慰相思△[4]《雅词》添翅飞△

注：①《小檀栾》：即《小檀栾室汇刻闺秀词》，清徐乃昌选；《众香词》：清徐树敏、钱岳合选。② 识荆：相见所仰慕之人或事物。③ 珍集归：两书已经台北市富之江出版社于 1997 年整理出版，绍兴市、嘉兴市等图书馆均有收藏。④ 五千佳作：《小檀栾》收词 3330 首，《众香词》收词 1460 首。

（4）我家西侧是南湖△[1]湖边矗塔屠△[2]塔高七级望无余△钟声悦耳舒△

湖上岛，盖楼庐△楼头烟雨酥△[3]游船无数似游鱼△自然霅画图△[4]

注：① 南湖：嘉兴名湖，旅游胜地。② 塔屠：塔一名浮屠。③ 烟雨：楼名。④ 霅画：溪名，在浙江长兴，风景如画，游人群集。

周奕村（现当 163）一首　题：新月。

星光淡淡雨初收△卷帘花影浮△云如锦帐月如钩△素魂多少愁△[1]

情脉脉，[2]意悠悠△倩谁相伴游△频频欲语半含羞△试看人倚楼△

注：① 素魂：喻月。② 脉脉：含情欲吐貌。

四十七字　阮郎归　第二体，仄韵。

端淑卿（女）（明 160）一首

园林春到清明节▲花柳愁攀折▲人生何事轻离别▲水远山重叠▲

杜宇啼，[1]残更月▲银釭照明灭▲[2]昨宵有梦轻飞蝶▲关心犹未说▲

注：① 杜宇：鸟名，即杜鹃。② 银釭：油灯盏之美称；明灭：忽明忽暗。

四十七字　相思儿令

晏殊（宋 20）二首

（1）昨日探春消息，湖上绿波平△无奈绕堤芳草，还向旧痕生△

有酒且醉瑶觥△[1]更何况、檀板新声△[2]谁教杨柳千丝，就中牵系人情△

注：① 瑶觥：玉制酒器。② 檀板：拍板；新声：新作之词曲。

（2）春色渐芳菲也，[1]迟日满烟波△正好艳阳时节，[2]争奈落花何△[3]

醉来拟恣狂歌△断肠中、赢得愁多△[4]不知归傍纱窗，有人重画双蛾△

注：① 芳菲：指花草香美。② 艳阳时节：指清明前后。③ 争奈：怎奈。④ 赢得：剩得。

四十七字　眉峰碧

熙宁无名氏（宋 152）一首　注：《玉照新志》载，裕陵（宋神宗赵顼）亲书其后“此词甚佳，不知何人所作”。

蹙破眉峰碧▲纤手还重执▲镇日相看未足时，[1]忍便使、鸳鸯只▲[2]

薄暮投村驿▲[3]风雨愁通夕▲[4]窗外芭蕉窗里人，分明叶上心头滴▲

注：① 镇日：整日。② 忍便使：怎忍使。③ 薄暮：黄昏；驿：招待所。④ 通夕：整夜。

梁清标（清 105）一首　题：春日。

深院秋千罢▲细雨梨花夜▲晓起闲庭一片飞，忍又见、山桃谢▲

蛱蝶枝头挂▲苦忆前春话▲门外东风镜里颜，背人无语斜阳下▲

钱凤纶（女）（清 650）一首　题：与亚清奕。[1]

深院闲清昼▲小篆喷金兽▲[2]一杯清茗一枰棋，[3]正杏雨、香飞候▲[4]

鹦鹉新声溜▲蓦地惊回首▲无端输却玉搔头，[5]倚屏笑拈花枝瘦▲

注：① 亚清：即林以宁，见《词人小传》。② 篆：指焚香之烟；金兽：兽形铜香炉。③ 清茗：清茶。④ 杏雨：杏花谢落如雨。⑤ 搔头：即簪。

四十七字　珠帘卷

欧阳修（宋 33）一首

珠帘卷，暮云愁△垂杨暗锁青楼△烟雨濛濛如画，[1]轻风吹渐收△

香断锦屏新别，人间玉簟初秋△[2]多少旧欢新恨，书杳杳、梦悠悠△[3]

注：① 濛濛：微雨貌。② 玉簟：竹席之美称。③ 杳杳：深远。

周翼杶（女）（清 1636）一首　题：春夜。

珠帘卷，嫩凉轻△[1]声声杜宇三更△[2]临罢兰亭闲坐，[3]风传檐马清△[4]

深院花香细细，空阶月影盈盈△最是一庭修竹，添韵事、助诗情△

注：① 嫩凉：微凉。② 杜宇：鸟名，即杜鹃；三更：即半夜。③ 临：依底本写画；兰亭：王羲之《兰亭集序》。④ 檐马：檐角所悬风铃。

四十七字　喜迁莺(又名鹤冲天、早梅芳近、喜迁莺令、燕归来、春光好)

第一体，前段用平韵，后段用仄韵及第二种平韵

韦庄(五代十国1)一首

街鼓动，禁城开△[1]天上探人回△[2]凤衔金榜出门来△[3]平地一声雷△

莺已迁，龙已化▲一夜满城车马▲家家楼上簇神仙△△[4]争看鹤冲天△△[5]

注：① 禁城：紫禁城，即皇城。② 探人：报喜人。③ 金榜：殿试录取榜。④ 簇：丛聚也；神仙。喻美人。⑤ 鹤冲天：喻及第、取得功名。

周邦彦(宋128)一首　注：调名原作鹤冲天。

梅雨霁，暑风和△高柳乱蝉多△小园台榭远池波△鱼戏动新荷△

薄纱橱，轻羽扇▲枕冷簟凉深院▲[4]此时情绪此时天△△无事小神仙△△

李乘(宋227)一首　题：梅。注：调名原作早梅芳近。

残腊里，[1]早梅芳△[2]春信报新阳△[3]晓来枝上抱寒光△轻点寿阳妆△[4]

雪难欺，霜莫妒▲别是一般风措▲[5]望林人意正妖娆△△渐看长新条△△

注：① 腊：指农历十二月。② 芳：香也。③ 阳：阳春。④ 寿阳妆：宋武帝女寿阳宫主，人日(正月初七)卧檐下，梅花落于额上，号梅花妆。⑤ 风措：风姿。

夏言(明143)二首　题：初夏。　注：调名原作鹤冲天。

(1) 临水阁，倚风轩△细雨熟梅天△[1]一池新水碧荷圆△榴花红欲燃△

薄罗裳，轻纨扇▲[2]睡起绿阴满院▲曲栏斜转正闲凭△△何处玉箫声△△

注：① 熟梅天：即黄梅天，在农历五月。② 纨扇：绢制团扇△

(2) 黄梅雨，绿杨风△徙倚画楼东△[1]疏疏槐影映帘栊△蔷薇满架红△

小池台，深庭院▲正是日长人倦▲碧纱橱里睡忺时△△流莺枝上啼△△

注：① 徙倚：低徊也。

车乘轨(现当88)二首　题：赞老百姓药房大幅度降价。注：2002年12月28日作。

(1) 高利润，黑经营△药贵将人坑△小民最怕病来生△何处把冤鸣△

阴雾开，阳光露▲百姓药房除苦▲大量降价起惊雷△△冬尽又春回△△

四十七字　喜迁莺　第二体，同第一体，但后段第一句即叶仄韵。

欧阳修(宋33)一首　注：调名原作鹤冲天。

梅谢粉，柳拖金△香满旧园林△养花天气半晴阴△[1]花好却愁深△

花无数▲愁无数▲花好却愁春去▲戴花持酒祝东风△△千万莫匆匆△△

注：① 养花天气：指夏初。牡丹开时，多有轻云微雨，称养花天。见《花品》。

曹垂灿（清50）一首　题：初夏。　注：调名原作鹤冲天。

梅正熟，燕交飞△庭树绿阴肥△碧荷香浸钓鱼矶△篱笋透双扉△

罗衣整▲湘簟冷▲深院昼长人静▲画楼何处玉箫声△△肠断为多情△△

陆进（清198）一首　注：调名原作鹤冲天。

荼蘼白，牡丹红△春色满园中△衣香拂拂出帘栊△[1]蜂蝶漫相从△[2]

东风暖▲翠苔软▲芳径露珠零乱▲一声谁动护花铃△△[3]多事是流莺△△

注：① 拂拂：斜掠而过。② 漫：随意也。③ 护花铃：花架上悬铃以惊鸟。

蒲松龄（清524）一首　注：调名原作鹤冲天。

郎有意，妾多情△荳蔻结深盟△[1]闻时欢爱见时惊△总是趁缘生△

芳城路▲随莲步▲曾邀秋波一顾▲请教菩萨看麻胡△△[3]犹然认得无△△

注：① 荳蔻：十三四岁女孩子，喻未婚女子。② 秋波：指女子眼光。③ 麻胡：面麻而多胡须。《徐慥漫笑录》："毗陵（今常州）有成郎中，貌不扬而多鬑，再娶之夕，岳母曰：'我女如生菩，乃嫁一麻胡'"。

四十七字　喜迁莺　第三体，同第二体，但后段后二句叶前段，不换第二种平韵。

夏竦（宋23）一首　注：调名原作喜迁莺令。

霞散绮，[1]月沉钩△帘卷未央楼△[2]夜凉河汉截天流△[3]宫阙销新秋△[4]

瑶阶曙▲[5]金茎露▲[6]凤髓香和云雾▲[7]三千珠翠拥宸游△[8]水殿按凉州△[9]

注：① 霞：晚霞。② 未央楼：汉有未央宫，指皇宫。③ 河汉：即银河。④ 宫阙：宫殿。⑤ 瑶阶：玉石阶砌。⑥ 金茎：指铜柱，以擎承露盘者。⑦ 凤髓：香名。⑧ 三千珠翠：指三千宫女；宸游：皇帝巡游后宫。⑨ 按：击拍；凉州：曲名。

周介福（清1338）一首　题：花朝集小仓山房。[1]　注：调名原作燕归来。

红扑簌，[2]碧玲珑△人倚乱香中△澄波如镜浸遥峰△[3]春影荡重重△

云窥户▲烟沉树▲帘卷一庭丝雨▲不成无分醉花丛△[4]邀燕咒东风△[5]

注：① 花朝：农历二月十二日。② 红：喻花；扑蔌：花飞之声。③ 澄：清澈；遥峰：远峰。④ 不成：难道也；无分：无缘分。⑤ 咒：咒骂。

孙若霖（清1339）一首　题：和南唐后主韵。[1]

烟影淡，露华微△[2]柳软趁风敧△隔花宫漏正依依△[3]天朗晓星稀△

清欢散▲离愁乱▲惆怅落红庭院▲[4]当初深悔不留伊△自放好春归△

注：① 南唐后主：即李煜，见《词人小传》。② 露华：露水之光华。③ 宫漏：皇宫中更漏，计时也；依依：柔和貌。④ 惆怅：伤感；落红：落花。

吴尚熹（女）（清 1654）一首　题：花朝。　注：调名原作喜迁莺令。

挑菜节，百花妍△蜂蝶斗翩翩△来回旋舞画栏边△补衬艳阳天△

开庭院▲春如线▲为着芳菲留恋▲红轮斜坠月娟娟△依约到华年△

董国军（现当 278）一首　题：和南唐李后主韵。

斜阳暮，好风微△独自画栏皲△望江楼外柳依依△江冷布帆稀△

莺飞散▲心摇乱▲怕见落红庭院▲夜深无寐更思伊△春尽几时归△

四十七字　喜迁莺　第四体，同第三体，但后段第一句不叶韵。

薛绍蕴（五代十国 4）二首

（1）金门晓，①玉京春△②骏马骤轻尘△桦烟深处白衫新△③认得化龙身△④

九陌喧，⑤千户启▲满袖桂香风细▲⑥杏园欢宴曲江滨△⑦自此沾芳尘△

注：① 金门：长安都城有金马门。② 玉京：指皇都。③ 桦：桦烛也。④ 化龙：喻得中功名。⑤ 九陌：京城街道。⑥ 桂香：喻折桂，即考中功名。⑦ 曲江：在长安东南，西有杏园，赐宴新进士于此。

（2）清明节，雨晴天△①得意正当年△马骄泥软锦连干△②香袖半笼鞭△③

花色融，④人竞赏▲尽是绣鞍朱鞅▲⑤目斜无计更留连△归路草和烟△

注：① 雨晴天：忽雨忽晴天气。② 连干：马饰也。③ 笼鞭：藏鞭。④ 融：融和。⑤ 鞅：马颈皮革。

周端臣（宋 303）一首　题：西湖。　注：调名原作喜迁莺令。

青嶂绕，①翠堤斜△晴绮散余霞△一湖春水碧无瑕△可惜画船遮△

燕交飞，莺对语▲风软香尘凝路▲一年春事又杨花△诗酒度韶华△②

注：① 嶂：小山峰如屏障者。② 韶华：春景。

许棐（宋 473）一首

鸠雨细，燕风斜△春悄谢娘家△①一重帘外即天涯△何必暮云遮△

钏金寒，②钗玉冷▲③薄醉欲醒还醒▲④一春梳洗不簪花△⑤孤负几韶华△⑥

注：① 谢娘：这里指妓女。② 钏金：金手镯。③ 钗玉：玉钗。④ 酲：病酒、醉酒。⑤ 簪：插戴。⑥ 孤负：谓好意相待不报；韶华：喻春景。

吴龙翰（宋 547）一首

微雨后，落花天△娇态病恹恹△①怕人猜着是相思△②成日不开帘△

宝钗横，蝉鬓乱▲院宇待人归尽▲缓移莲步玉栏前△③纤手插花钿△

注：① 病恹恹：病貌。② 思：此字与前两句“天”“恹”，后句“帘”不叶韵，恐有误，若改“怜”较妥。③ 莲步：缠足女子行路；玉栏：白石栏杆。

吴子孝（明 162）一首

堤柳碧，晓川长△箫鼓荡春光△画船十丈胜兰堂△①朱幕静焚香△

虎阜频，②游休厌▲携客徐登绀殿▲③云边好鸟唤斜阳△绕座远山苍△

注：① 兰堂：厅堂之美称。② 虎阜：即苏州之虎丘山；频：常去之意。③ 绀殿：佛寺别称。

四十七字　喜迁莺　第五体，同第一体，但前段第二句不叶韵。

冯延巳（五代十国 26）一首　注：调名原作春光好。

雾濛濛，①风淅淅，②杨柳带疏烟△飘飘轻絮满南园△墙下草芊绵△③

燕初飞，莺已老▲拂面春风长好▲相逢携酒且高歌△△人生得几何△△

注：① 濛濛：微雨貌。② 淅淅：微风声。③ 芊绵：草木蕃衍貌。

四十七字　画堂春

秦观（宋 116）二首　题：第一首，年十六作。

（1）东风吹柳日初长△雨余芳草斜阳△杏花零乱燕泥香△睡损红妆△①

宝篆烟销龙凤，②画屏云锁潇湘△③夜寒微透薄罗裳△无限思量△

注：① 红妆：指妇女。② 宝篆：指弯曲香烟。③ 潇湘：湖南水名，借指湖南潇水、湘水一带风景。

（2）落红铺径水平池△弄晴小雨霏霏△杏花憔悴杜鹃啼△无奈春归△

柳外画楼独上，凭栏手拈花枝△放花无语对斜晖△此恨谁知△

赵鼎（宋 209）一首

空笼帘影隔垂杨△梦回芳草池塘△杏花枝上蝶双双△春昼初长△

强理云鬟临照，暗弹粉泪沾裳△自怜客艳惜春光△无限思量△

卢祖皋（宋 445）二首

（1）柳塘风紧絮交飞△漾花一水平池△暖香飘径日迟迟△①何处荼蘼△

蝴蝶梦中寒浅，杜鹃声里春归△镜容不似旧家时△②羞对清溪△

注：① 迟迟：徐行貌。② 镜容：镜里容颜。

（2）柳黄移上袂罗单△①酒醒娇亸风鬟△②茗瓯才试鹧鸪斑△③沉炷薰残△

夜雨可无旧梦，晓风何处征鞍△海棠开了尚凭栏△划地春寒△④

注：① 袂罗：即罗袂，因用韵而颠倒。② 亸：下垂貌。③ 鹧鸪斑：据《陶说》：“闽中造茶盏，花纹鹧鸪斑点”。④ 划地：依旧之意。

杨荣（明 37）一首　题：元宵词。[①]

春空云尽月华明△[②]雪消才放新晴△元宵游赏遍都城△[③]处处欢声△

丹禁九重宫阙，[④]彩鳌三岛蓬瀛△[⑤]万方玉帛会瑶京△[⑥]同乐升平△

注：① 元宵：农历正月十五夜。② 春空：春日天空；月华：月光。③ 都城：京城。④ 丹禁九重：指皇宫；宫阙：宫殿。⑤ 彩鳌：五彩鳌山；三岛：指蓬莱、方丈、瀛洲，指仙境。⑥ 万方：万商云集之意；玉帛：会盟朝聘，执以为礼者；瑶京：京都美称。

唐寅（明 115）一首

帘前兔走逐乌飞△又惊绿暗红稀△养蚕眠足插秧齐△多半春归△

赖是花能送酒，最愁雨要催诗△傥教玉勒偿花期△[①]拼踏香泥△

注：① 傥：同倘；玉勒：喻马。

陈霆（明 131）一首　题：春院晚景。

新晴庭院晚香迟△柳梢先有鸦栖△东风特地报花期△吹进帘帏△

芳信未来燕子，春寒犹薄罗衣△落梅砌上月痕移△人立多时△

吴子孝（明 162）一首　题：思远道人院赏花。

春风寒入踏青天△芒鞋碧草苍烟△[①]秋千风飐彩旗翩△[②]芳树争妍△

禅榻远离尘境，几人能醉花前△歌声鸟语两清圆△再进金船△[③]

注：① 芒鞋：草鞋。② 风飐：风动；翩：旋行也。③ 金船：大酒杯也。

陆卿子（女）（明 260）一首

晴空烟袅柳丝微△[①]乱红风定犹飞△杏花零落燕空归△门外鸦啼△

慵病不禁宽带，讳愁无那尖眉△[②]香消斜倚画屏时△此恨谁知△

注：① 袅：缭绕状。② 讳愁：避愁、忌愁；无那：即无奈；尖眉：即眉尖。

陈子龙（明 441）二首　题：第一首，雨中杏花。

（1）轻阴池馆水平桥△[①]一番弄雨花梢△微寒着处不胜娇△此际魂销△

忆昔青门堤外，[②]粉香零乱朝朝△玉颜寂寞淡红飘△无那今宵△[③]

注：① 池馆：指花园。② 青门：汉长安（今西安）城东南门。③ 无那：即无奈。

（2）艳阳深染杏花梢△晓烟初炷樱桃△满堂春思卷红绡△春夜春消△

拾翠绿云斜亸，[①]斗棋红子闲敲△无边芳草玉骢骄△[②]人去迢迢△[③]

注：① 绿云：喻发；亸：下垂。② 玉骢：指马。③ 迢迢：远貌。

易震吉（明 444）一首　题：小春。[①]

小春风日故依微△寒鸦霜后惊飞△谁教短昼促斜晖△冷了帘帏△

贫士无钱备炭，老妻织布裁衣△园梅未放已光辉△不待霏霏△[②]

注：① 小春：指农历十月。② 霏霏：指下雪。

陈孝逸（明 449）一首　题：题团扇侧面美人。

画栏低躲玉多娇△俏藏半面难描△秋波一溜已妖娇△而况双挑△[①]

纨扇中分片影，冰团怯吐清霄△[②]香腮借半想丰标△[③]转甚魂销△

注：① 挑：挑逗。② 冰团：喻皎洁圆月。③ 借半：半面；丰标：丰姿。

钱谷（明 459）一首　题：春阴。

朦胧烟锁画楼高△楼前杨柳垂腰△杏花昨夜隔溪销△[①]一片红潮△[②]

半卷半垂帘幕，渐微渐远兰膏△[③]无心更取翠蛾描△[④]望近春郊△

注：① 销：销亡、谢落。② 红潮：指红杏落花。③ 兰膏：香脂也。④ 翠蛾：喻眉。

陆庆臻（明 486）一首

歌留珠串舞停鸾△锦堂此夜争看△银盘拥出彩云端△[①]宝镜团圞△

侍女玉梳低傍，金钿轻绾云鬟△[②]莫教红烛坐更阑△早画春山△[③]

注：① 银盘：指圆月。② 金钿：首饰。③ 春山：喻眉峰。

彭孙贻（明 504）二首　题：第一首，中秋楼望。

第二首，花烛词。

（1）西楼刚报月儿圆△琐窗花影婵娟△[①]清光都到倚栏前△素面嫣然△[②]

露渲飞鸦初湿，[③]云横睡鸭无烟△[④]重明虚设小游仙△[⑤]侬只孤眠△

注：① 琐窗：镂花纹之窗；婵娟：指月。② 素面：指月；嫣然：巧笑也。③ 渲：淋也。④ 睡鸭：原注，炉也。⑤ 重明、游仙：皆枕名。

（2）凤翘压鬓雀钗旁△[①]玉人小立凝妆△[②]洗车花雨过高唐△[③]流水车香△

红烛寸心双照，[④]白头百岁难忘△灯花不暗夜偏长△占尽风光△

注：① 凤翘：即凤钗。② 玉人：指新娘。③ 洗车花雨：落花如雨洗于车；高唐：宋玉《高唐赋》叙楚襄王梦会神女。④ 寸心：即中心、内心。

孟称舜（清 14）一首　题意：《娇红记》王娇闺怨。

弄寒弄暖雨霏霏△雨余几遍相催△催了开时催谢时△满院花飞△

独坐空庭悄悄，无言手拈花枝△枝头杜宇送斜晖△幽怨谁知△

汪价（清 30）一首　题：清明新火。[①]

桐花榆荚弄晴天△汉宫蜡烛初传△五侯第宅耸云端△散入轻烟△②

贫舍不愁饧冷，③忙将新茗来煎△石泉槐火一时鲜△宿酒却蠲△④

注：① 新火：因寒食禁烟火，故清明成了新火。② 前段套唐人韩翃《寒食》诗："春城无处不飞花，寒食东风御柳斜；日暮汉宫传蜡烛，轻烟散入五侯家"。五侯，指汉元帝舅王谭等兄弟五人同日封侯。③ 饧：饧粥。寒食三日煮食饧粥，见《邺中记》；饧，饴糖也，即麦芽糖。④ 宿酒：隔夜酒；蠲：除去之意。

王宗蔚（清 63）一首　题：咏宫柳。①

轻云绿树锁长秋△东风摇曳金沟△②昭阳人静晓莺流△③半卷帘钩△

翠缕烟凝鸾阁，④清风远湿龙楼△杨花零乱小塘幽△无限新愁△

注：① 宫柳：皇宫中柳。② 金沟：御沟。③ 昭阳：皇后寝宫；流：飞来飞去。④ 翠缕：喻柳丝；烟：柳丝稠密如烟。

梁天植（清 110）一首　题：秋夜观河灯。

西风故意送荷香△薄衣初试新凉△黄昏明月满池塘△无限秋光△

莲炬轻波历乱，①红牙歌奏清商△②离情往事莫平章△③付与壶觞△④

注：① 莲炬：荷花灯；历乱：纷乱，喻多而不齐。② 红牙：红色橡牙板，拍曲用；清商：乐曲。③ 平章：品评也。④ 壶：指酒壶；觞：指酒杯。

吴锵（清 111）一首　故事：壬子（1552）元宵，名士毕集，云间校书芳荪，①色艺独绝。时微雨无月，群呼曰：嫦娥何在耶？锵笑曰：咫尺云间，何云不见。

佳节姮娥不放闲△②只看灯影团圞△更阑薄醉亸双鬟△③无限屏山△④

妒煞一天风雨，玉箫锦瑟生寒△⑤清光咫尺在云间△⑥倚遍栏杆△

注：① 云间：今松江；校书：指妓女。② 姮娥：即嫦娥。③ 亸：下垂。④ 屏山：即屏风。⑤ 玉箫、锦瑟：均系乐器。⑥ 咫尺：甚近也；云间：芳荪家乡，又借喻天上。

庞蕙纕（女）（清 112）一首　题：惜花春起早。

九十春光一瞬间△①惜花早向花看△昨宵丝雨楚云边△红紫嫣然△②

领取晓风残月，莫教莺燕争先△困人无奈晚春天△不忍贪眠△

注：① 九十春光：春季九十天。② 嫣然：巧笑貌。

李长宜（清 113）一首

小轩无事日初长△①闲吟带草生香△榴花簇簇映斜阳△半吐红妆△

月色暗侵帘幕，风来宛似潇湘△[2]流萤轻透点罗裳△无限凄凉△

注：① 轩：有窗之长廊。② 潇湘：水名，在湖南。

钟青（清184）一首　题：春暮。

楼前流水涨春池△雨晴春日迟迟△[1]落红深处鸟争啼△[2]又欲春归△

尽日朱栏独倚，闲情戏插花枝△那人上马正斜晖△[3]此恨谁知△

注：① 迟迟：徐行也。② 落红：落花。③ 那人：指恋人。

朱茂晭（清211）一首　题：上巳。[1]

弄晴天气雨初收△日融烟霭芳柔△[2]倚栏无语独凝眸△一样娇羞△

攲枕半窗幽梦，绿杨几缕闲愁△杏梢斜月小红楼△三度如钩△[3]

注：① 上巳：古节日，在农历三月初三。② 日融：日和。③ 三度：点出三月初三，即当年第三次初三上弦月；如钩：指弦月。

朱彝尊（清288）一首　题：徐沟道上作。[1]

东城朝日乱啼鸦△雨晴芳草天涯△轻尘初碾一痕沙△[2]何处香车△

春水轻罗带缓，[3]春山碧玉簪斜△[4]春风依旧小桃花△花外谁家△

注：① 徐沟：山西县名。② 碾：谓沙被碾成尘。③ 谓水如轻罗带。④ 谓山如碧玉簪。

吴兴祚（清361）一首　题：春日。

轻烟漠漠柳丝长△条风吹断斜阳△[1]杏花十里玉楼香△画里红妆△[2]

春梦暂归巫峡，[3]诗魂又入潇湘△[4]纤纤玉笋理衣裳△[5]独自思量△

注：① 条风：东北风。② 红妆：喻妇女。③ 巫峡：长江巫山段。指楚襄王梦会神女故事。④ 潇湘：指潇湘八景图。屈原怀沙汩罗，贾谊过湘水有《吊屈原赋》。⑤ 玉笋：喻妇女手指。

顾贞观（清471）一首

湔裙独上小渔矶△[1]袜罗微溅春泥△[2]一篙生绿画桥低△昨夜前溪△

回首楝花风急，[3]催归暮雨霏霏△[4]扑天香絮拥凄迷△[5]南北东西△

注：① 湔裙：洗裳；矶：突出江中小山石。② 袜罗：即罗袜。如宋赵闻礼《水龙吟·几年埋玉蓝田》："袜罗尘沁。"③ 楝花：指谷雨节后。④ 霏霏：飘扬。⑤ 絮：柳絮；凄迷：凄凉迷惘。

黄垍（清566）一首

蝉鸣细柳逐风斜△绿阴深处人家△佳人含笑隔窗纱△烟锁桃花△

绣幕重重慵卷，[1]云屏曲曲相遮△[2]漫思洞口泛胡麻△[3]咫尺天涯△

注：① 慵：懒也。② 云屏：屏风之美称。③ 漫思：空想；胡麻：指东晋刘晨、阮肇两人在天台遇两仙女，食以胡麻饭，成婚故事。

王鸿绪（清 579）一首

东风软透露花香△卷帘燕燕归梁△晓霞镜里斗明妆△新样眉长△

斜倚回栏独立，低头笑拈垂杨△夜来清梦到潇湘△独自思量△

查士英（女）（清 583）一首　题：题画杏花。　注：调名原作鹤冲天。

丝丝杨柳水平桥△嫩红掩映花梢△①微风荡冶不胜娇△②此际堪饶△③

是羡曲江春丽，④更宜上苑香飘△⑤画他芳草马蹄骄△人醉花朝△⑥

注：① 掩映：忽隐忽现。② 冶：艳丽装饰。③ 饶：指风景丰富。④ 曲江：陕西长安地名，唐时新进士宴会处。⑤ 上苑：上林苑，皇家园林。⑥ 花朝：百花生日，在农历二月十二日。

纪松实（女）（清 514）一首　题：送兄法雨北上。

秋来正好醉秋光△如何忽理征裳△①黄花十里马蹄香△②飞过雷塘△③

囊借白云妆点，④梦随红叶飘扬△高堂从此日相望△早整归装△

注：① 征裳：行装。② 黄花：指菊花。③ 雷塘：扬州地名。④ 囊：行囊。

堵霞（女）（清 632）一首

长空一碧月华生△秋花褪尽红英△鹭鹚两两浴兰汀△湿痕吹萍△

雾气卷开山色，云光流出溪声△湘帘斜卷绿阴凝△人倚银屏△

徐元端（女）（清 645）一首　题：春懒。

东风又做困人天△①玉阶堆满榆钱△②翠罗衫绉髻云偏△③镇日敧眠△④

泪妬三春宿雨，⑤愁兼午夜啼鹃△绣绷闲搁绿窗前△羞刺双鸳△

注：① 困人天：暮春天气。② 玉阶：阶之美称；榆钱：指榆荚，因状似铜钱。③ 髻云：喻髻发。④ 镇日：尽日。⑤ 三春：春季三个月。

刘建（女）（清 655）一首

春风澹荡柳丝柔△①无端情思悠悠△②终朝独有倚高楼△懒下帘钩△

怕见花间蛱蝶，惊看水上雎鸠△莺俦燕侣各风流△③那管人愁△

注：① 澹荡：恬静地荡漾。② 无端：无故；悠悠：深长也。③ 俦：朋也。

吴秉钧（清 720）一首　题：秋夜。

深闺无奈漏初长△露浓鸳帐微凉△不眠强起步回廊△影不成双△

皎月平平铺素练，轻风慢散余香△私怜幽梦隔高唐△③谁可商量△

高不骞（清 877）一首　题：二月十六日夜雨。

西山空翠起浮岚△①隔窗云水相涵△②东风听雨几曾谙△③今夜灯含△④

花萼非时斗锦，草芽何处抽簪△⑤一痕烟浪长柔蓝△梦里江南△

注：① 岚：山气也。② 涵：溶也。③ 谙：熟知。④ 含：含情。⑤ 抽簪：长成穗。

陈敬（清 948）一首　题：送春。

呢喃双燕傍檐飞△绿阴摇曳成围△朝来便觉眼前非△初试罗衣△

宝马香车人散，金铃翠幔花稀△年年此际对斜晖△可奈春归△

吴镇（清 973）一首　题：清明舟次辰溪作。①

辰溪两岸石磋牙△②野棠飘尽闲花△清明何处酒旗斜△春老天涯△

舟次晓来双燕，滩头暮散群鸦△行人此日倍思家△梦越长沙△③

注：① 舟次：即行舟途中；辰溪：水名，在湖南西部。② 磋牙：磨牙。③ 长沙：湖南省城。

陆烜（清 1050）一首

红襟小燕入帘初△杏花春雨疏疏△日长人困一愁无△香冷金铺△①

蛱蝶偷窥翠鬓，东风故袅轻裙△②等闲妨了绣工夫△③细数花须△

注：① 金铺：门搭钮、门镮。② 袅：缭绕。③ 等闲：不留意。

何道生（清 1197）一首　题：张瘦堂中翰有感近事，赋词寄慨，余亦继声。

重阴漠漠草连空△莺喉学啭还慵△荒原才见野桃红△又被尘封△

一霎朱颜黄土，年时不合相逢△落花容易怨东风△说也惺忪△

汤百纯（女）（清 1236）一首　题：新柳。

小楼连苑雨濛濛△①柳摇新绿墙东△千丝还似剪愁浓△不为春风△

学舞依依拂水，②淡黄山色烟笼△二分明月笛声中△难系青骢△③

注：① 连苑：连接花园；濛濛：微雨貌。② 依依：柔弱貌。③ 青骢：喻马。

杨继端（女）（清 1239）二首　题：第一首，晨起。

第二首，新燕，和周碧霞词。

（1）啼莺那管别愁浓△催人小立墙东△落花和雨搅飞红△扑上帘栊△①

况味强消尊底，②形容怯向奁中△③昨宵有梦话离衷△记得喁喁△④

注：① 帘栊：有帘之窗。② 况味：境况和情味。③ 奁：镜匣。④ 喁喁：轻声小语也。

（2）东风帘卷杏花开△忽惊燕子飞来△瑶光散向翠屏隈△①宿近三台△②

领紫襟红犹昨，③营巢认主低徊△乌衣经过旧楼台△芝草新胎△④

注：① 瑶光散：原注“《春秋运斗枢》：瑶光散为燕”。② 三台：汉官名，尚书为中台，御史为宪台，谒者为外台。此处谓燕宿贵族家。③ 领紫襟红：指燕。④ 芝草新胎：原注：《酉阳杂俎》“句曲山有神芝种玉，其三名紫胎芝。”指燕衔芝草。

赵我佩(女)(清 1557)一首　题：湖上采莲。

画船箫鼓汎银塘△[1]高挑十二纱窗△晚妆新试碧罗裳△水面风凉△

一片棹歌声急，[2]采莲齐唱红腔△兰桡归去藕花香△闲煞鸳鸯△

注：① 汎：浮也，即行船；银塘：塘之美称。② 棹歌：船歌。

载铨(清 1603)一首　题：春暮。

嫩寒初过雨濛濛△乍晴藓径泥融△晓来无奈落花风△谁惜残红△

小阁开帘怅望，轻盈舞絮长空△乳燕啼倦绿杨丛△春老园中△

周翼杶(女)(清 1636)一首

春衫初试柳丝黄△雨余轻暖轻凉△流莺宛转促晨妆△啼遍垂杨△

芳草萋萋碧色，新花冉冉幽香△消闲无事下回廊△多少春光△

赵友兰(女)(清 1746)一首　题：春暮病起即事。

卖花声过粉墙东△唤回春梦惺忪△[1]轻寒恻恻睡犹浓△[2]日上帘栊△[3]

病久味参黄檗，[4]愁深怯对青铜△[5]海棠狼藉夜来风△[6]满径残红△

注：① 惺忪：动摇不定貌。② 恻恻：寒貌。③ 帘栊：窗帘。④ 味参：知味意；黄檗：药名。⑤ 青铜：指青铜镜。⑥ 狼藉：散乱。

陈尔茀(清 1753)一首　题：春闺。

春风桃李绽芳芽△轻烟澹荡晴霞△[1]镜台闲时卷窗纱△何处吹笳△[2]

杨柳陌头新绿，[3]杏花楼外初葩△[4]香闺最是惜年华△[5]闲散栖鸦△

注：① 澹荡：恬静摇动。② 笳：胡笳，少数民族乐器。③ 陌头：田野道路。④ 初葩：初开花。⑤ 年华：即光阴。

张锦(女)(清 1920)一首　题：春燕。

东风吹醉满园芳△绿窗帘卷斜阳△一双新燕去来忙△细语暄凉△[1]

寻伴浑身杏雨，[2]安巢一嘴芹香△[3]似曾相识到华堂△栖稳雕梁△

注：① 暄凉：即寒暄，指谈家常琐事。暄，温暖。② 杏雨：春雨。③ 芹：燕巢材料。

谭任杰(现当 64)一首　题：华南植物园。

丛林绕翠水平池△新红嫩绿芳菲△[1]兰园幽境蝶纷飞△[2]忙煞蜂儿△

雅座茶香款客，畅游惜别依依△[③]红棉争发映春晖△[④]似送人归△

注：① 芳菲：花草香美。② 兰园：香园，指植物园。③ 依依：留恋不舍。④ 春晖：春光。

车乘轨（现当 88）二首　题：第一首，“清末李清照”劳纺。　注：2000 年 4 月 29 日作。

第二首，绍兴王家台门。　注：2000 年 12 月 25 日作。

（1）扫眉才子数劳娘△[①]门楣出自书香△易安心窍淑真肠△[②]词句芬芳△

廿五于归陶府，[③]四年随宦边疆△[④]可怜辛丑尚怀乡△[⑤]那晓瘟亡△[⑥]

注：① 扫眉才子：即才女。劳娘：劳纺，见《词人小传》。② 易安：李清照；淑真：朱淑真。均见《词人小传》。③ 廿五：指二十五岁；于归：即出嫁。④ 随宦：官员家属随任者；边疆：指甘肃及广东。⑤ 辛丑：指 1901 年；怀乡：是年春犹在广州作词二首怀念家乡及其三妹。⑥ 瘟亡：患鼠疫而亡。

（2）九间三进大台门△[①]王家屋宇连云△[②]广宁桥水绿粼粼△[③]宅后河滨△

月久年深败落，群居杂乱纷纷△[④]明清古第岂能湮△[⑤]将复青春△[⑥]

注：① 台门：绍兴称大宅为台门。② 连云：形容高大。③ 广宁桥：在王家台门以北；粼粼：水清澈貌。④ 群居：群姓杂居。⑤ 湮：埋没。⑥ 将复青春：王家台门已被市政府列入“八字桥保护区”八个文保点之一，即将修复。

王淑瑾（女）（现当 157）一首　题：三月病起。

墙边柳色绿池塘△海棠妍映芸窗△小楼人起步回廊△曲径寻芳△

独倚朱栏画角，怡情鸟语花香△风和日丽蝶蜂忙△明媚春光△

池檀光（现当 202）一首　题：园中园。

环池红藕映园亭△小桥流水通明△层阴蔽日惠风迎△[①]高树莺鸣△

夏日憩游胜处，红男绿女倾心△傍山曲径赏金樱△[②]画意诗情△

注：① 惠风：风之和缓者。② 金樱：即山石榴。

孙昌功（现当 238）一首

残冬已尽雪融融△[①]春日万里东风△窗前一剪秀梅红△[②]初露芳容△

墙外一弯新月，画堂几盏明灯△月圆花好正春风△脉脉含情△

注：① 融融：熔化也。② 秀：秀丽；梅红：红梅花。

四十七字　贺圣朝

张先(宋18)一首

淡黄衫子浓妆了▲步缕金鞋小▲①爱来书幌绿窗前，②半和娇笑▲

谢家姐妹，③诗名空渺▲何曾机巧▲④争如奴道▲⑤春来情思，乱如芳草▲

注：① 缕金鞋：即绣金线鞋。② 书幌：书幔。③ 谢家：东晋才女谢道韫，此处泛指才女。④ 机巧：巧诈也。⑤ 争：即怎；奴：妇女自称。

四十七字　圣无忧

瞿绵(女)(现当143)一首　题：护城河泛舟，夜泊世纪坛。①

芦荻秋声细，漫天暮色朦胧△宫灯破雾飞槎发，②心与浪花同△

荡漾波心明月，繁星塔影玲珑△夜深人寂船轻逝，宽坐好乘风△

注：① 泛舟：浮舟、行舟也。② 槎：木筏，此处指舟。

四十七字　赏先春

夏沚(女)(清403)一首

画阁红梅映照▲流苏帐晓▲①隔纱窗，啼春鸟▲春渐融了▲②

绣茵金屋轻寒峭▲③兰麝缥缈▲④绮罗胜致夸仙眷，⑤风流少▲赏先春，春意早▲

注：① 流苏：帐上所缀饰物。② 融：和也。③ 茵：褥之类；金屋：华丽闺房。④ 缥缈：高远貌。⑤ 胜致：好景致；仙眷：神仙眷属。

四十七字　驻云飞

苏庵主人(清582)一首　题意：《绣屏缘》大团圆抒怀。

风韵难描△映水芙蓉初放梢△隋苑花堆俏▲①楚岫云光耀▲②娇相会、在蓝桥△③

风流年少▲这段姻缘，总是红鸾照▲一半乡情一半巧▲

注：① 此句说隋炀帝宫苑中冬日剪花为彩。② 此句说楚襄王梦会神女故事。楚岫指巫山神女峰。③ 此句说裴航遇云英，娶而成仙故事。

四十七字　忆少年

孙道绚(女)(宋289)一首

雨晴云敛，烟花淡荡，①遥山凝碧▲②驱车问征路，③赏春风南陌▲④

正雨后梨花幽艳白▲悔匆匆过了寒食▲归家渐春暮，探荼蘼消息▲

注：① 淡荡：轻轻摇动貌。② 遥山：远山。③ 征路：行路。④ 南陌：南郊。

四十七字　应天长

周世臣(明507)一首　题：春日田家乐。

溪南溪北桥横木▲赖得行人影孤独▲①柳数围，傅新绿▲②刚覆三间茅屋▲③

床头栖野鹜▲[④]闲个篱边鸣犊▲[⑤]土矮墙坚筑▲安顿初添竹▲

注：① 赖得：剩得。② 傅：附着，即贴。③ 覆：覆盖。④ 鹜：鸭。⑤ 犊：小牛。

四十八字　一落索

严仁（宋505）一首

清晓莺啼红树▲又一双飞去▲日高花气扑人来，独自个、伤春无绪▲[①]

别后暗宽金缕▲[②]倩谁传语▲一春不忍上高楼，为怕见、分携处▲[③]

注：① 无绪：无情绪。② 金缕：绣金线衣裙。③ 分携：携手分别。

四十八字　人月圆（又名青衫湿）　第一体，除上段第一、二句七字、五字外，其他各句均四字。

李持正（宋228）一首　题：元夜。[①]

小桃枝上春风早，初试薄罗衣△年年乐事，华灯竞处，人月圆时△

禁街箫鼓，[②]寒轻夜永，[③]纤手相携△更阑人散千门笑语，声在帘帏△

注：① 元夜：即农历正月十五夜，元宵。② 禁街：皇城街市。③ 永：长也。

吴激（金2）一首　故事：吴激在燕山赴张侍御家宴，[①]张出侍儿佐酒，中有一人，意状摧抑，乃宣和殿小宫婢也，[②]因赋《人月圆》词。

南朝千古伤心事，[③]犹唱后庭花△[④]旧时王谢，堂前燕子，飞向谁家△[⑤]

恍然一梦，仙肌胜雪，云髻堆鸦△江州司马，青衫泪湿，同是天涯△[⑥]

注：① 燕山：地名，在河北平原北侧，借指今北京，当时为金之都城。② 宣和：宋徽宗年号。③ 南朝：本指南北朝时陈朝，都南京，此处借指北宋朝。④ 后庭花：陈朝后主时歌舞曲。⑤ 此三句套用刘禹锡《乌衣巷》诗句，喻北宋国破，宫女四散。⑥ 此三句套用白居易《琵琶行》诗句。

赵孟頫（元33）一首

一枝仙桂香生玉，消得唤卿卿△[①]缓歌金缕，[②]轻敲象板，[③]倾国倾城△[④]

几时不见，红裙翠袖，多少闲情△想应如旧，春山淡淡，[⑤]秋水盈盈△[⑥]

注：① 卿卿：对人之爱称。② 金缕：曲名。③ 象板：象牙板，击拍用。④ 倾城倾国：喻女之美貌。⑤ 春山：喻眉。⑥ 秋水：喻眼。

张可久（元56）一首　题：春日。

罗衣还怯东风瘦，不似少年游△匆匆尘世，看看镜里，白了人头△

片时春梦，十年往事，一点闲愁△海棠开后，梨花暮雨，燕子空楼△

倪瓒（元82）一首

惊回一枕当年梦，渔唱起南津△[①]画屏云嶂，[②]池塘春草，无限销魂△

旧家应在，[3]梧桐覆井，杨柳藏门△闲身空老，孤篷听雨，灯火江村△

注：① 渔唱：渔歌；津：渡口。② 云嶂：云层如山峰。③ 旧家：指家乡，作者系江苏无锡人。

梁寅（明 4）一首　题：春夜。

三春月胜三秋月，花下惜春阴△锦围绣阵，香生革履，光动兰襟△

棠梨枝颤，乍惊栖鹊，夜久寒侵△明朝风雨，休辜此夕，一刻千金△

吴乔（明 469）一首　题：题陈其年填词图。[1]

薛娘笺纸湘娥管，[2]狼藉画眉余△红牙待按，[3]词成犹未，莫更徐徐△

个人画里，唤来曾应，羡杀髯奴△[4]愁深梦浅，琼箫吹彻，彩凤来无△[5]

注：① 陈其年：即陈维崧，见《词人小传》。② 薛娘：指薛涛，爱制松花小笺，时称薛涛笺；湘娥：指尧女、舜妃娥皇，即湘君；管：指笔。③ 红牙：漆红象牙拍板；按：击拍也。④ 髯奴：指陈维崧，因其多须，人称陈髯。⑤ 此两句指秦穆公女弄玉与萧史吹箫乘鸾仙去。

龙辅（女）（清 351）一首

凭栏却讶春归早，[1]辜负养花天△[2]青粘天外，绿啼雨后，红褪风前△

墙围蕉叶，径抽粉箨，窗簸榆钱△[3]懒寻双陆，[4]冷抛蹴踘，[5]闲挂秋千△

注：① 讶：惊疑。② 辜负：错过之意；养花天：指谷雨时候。③ 簸钱：掷钱赌戏。④ 双陆：也是一种赌戏。⑤ 蹴踘：指踢球。

蔡璨（清 679）一首

十日小楼风雨九，[1]何事苦离家△病逐愁增，[2]量随欢减，[3]春在天涯△[4]

相逢如梦，冰肌晕玉，羞靥飞霞△[5]绣幄香浓，画屏人静，月映窗纱△

注：① 十日风雨九：十天中有九天风雨。② 逐：追逐。③ 量：指饭量。④ 春：喻其离家之夫；天涯：极远之地。⑤ 靥：颊窝也。

沈世良（清 1584）一首　题：花朝。[1]

东风吹瘦帘波影，[2]花气敛余薰△画檐捉絮，香罗扑蝶，[3]春未三分△

似曾相识，秋千庭院，冷落梨云△[4]凭伊燕子，细和明月，说到黄昏△

注：① 花朝：在农历二月十二。② 帘波：帘摇荡如波。③ 香罗：指纨扇。④ 梨云：白云。

马龙图（现当 83）一首　题：咏梅。

横斜疏枝须临水，最是月黄昏△清容瘦态，虬枝铁干，孤傲一身△

北风昨夜，彤云万里，[1]大雪纷纷△桥边驿路，[2]吟香弄粉，多少诗人△

注：① 彤云：雪云也。② 驿：古代传递书信、接待过境官员之所。

车乘轨（现当 88）一首　题：赞园桂。　注：2001 年 12 月 19 日作。

生机勃勃黄金桂，迁植到余家△初嫌枝细，虑难插活，竟爆春芽△

养精蓄锐，秋来不发，九朔开花△①天天怒放，绵延两月，经久堪嘉△

注：① 九朔：农历九月初一。据说桂花开于初一者不易谢落。

曾静涵（女）（现当 185）一首　题：乙亥（1995）中秋。

中秋喜见嫦娥面，翠袖晚妆红△纤云乍卷，银河初度，环佩丁冬△

一轮捧出，万民仰首，两岸心同△笙歌处处，诗情缕缕，月色溶溶△

四十八字　人月圆　第二体，同第一体，但后段最后三句并为两句，为七字、五字句。

杨无咎（宋 254）一首

风和日薄余烟暖，恻恻透鲛绡△①相逢且喜，人圆玳席，②月满丹霄△③

烂游胜赏，④高低灯火，鼎沸笙箫△⑤一年三百六十日，愿长似今宵△

注：① 恻恻：浅寒貌；鲛绡：形容极薄之衣。② 玳席：喻高贵酒席。③ 丹霄：天空。④ 烂游：漫游。⑤ 鼎沸：形容热闹，如水之沸腾。

四十八字　人月圆　第三体，同第一体，但后段首起三句并为两个六字句。

竹秋氏（清 1805）一首　题意：《红闺春梦》第三十一回“众学士争咏合欢词”之一。

开轩最爱中秋月，皎洁正当天△屏张孔雀，堂开翡翠，共坐华筵△

祷词低诉姮娥，愿我人月双圆△三生今夕，齐眉百岁，天上人间△

四十八字　人月圆　第四体，同第一体，但后段首起三句并为两句，为七字、五字句。

曹慎仪（女）（清 1266）一首　注：调名原作青衫湿。

海棠枝上春将暮，吹尽几番风△一年好景，花朝草草，寒食匆匆△

困人天气雨收苔，径云澹长空△流莺啼老，落红庭院，飞絮帘栊△

四十八字　人月圆　第五体，同第一体，但前段第二句只四字，后段末句却多一字为五字。

沈周（明 69）一首　题：采菱图。

菱湖女子梭船小，①清水映江△风流何似，花间翡翠，②锦上鸳鸯△

为翻绿盖，误拈紫角，③纤指微伤△看他去也，一声高唱，十里斜阳妆△

注：① 梭船：梭形小船。② 翡翠：鸟名。③ 紫角：指菱角。

四十八字　人月圆　第六体，用仄韵。

杨无咎（宋 254）一首

月光灯影光相射▲还是元宵也▲绮罗如画▲①笙歌递响，无限风雅▲

闹蛾斜插，②轻衫乍试，闲趁尖耍▲③百年三万六千夜▲愿长如今夜▲

注：① 绮罗：妇女衣裙。② 闹蛾：蝶形首饰。③ 尖：打尖，即饮食；耍：戏耍游憩。

四十八字　三字令　第一体，用平韵。

欧阳炯（五代十国 11）一首

春欲尽，日迟迟△①牡丹时△②罗幌卷，③翠帘垂△彩笺书，红粉泪，两相知△

人不在，燕空归△负佳期△香烬落，枕函攲△④月分明，花澹薄，⑤惹相思△

注：① 迟迟：徐行。② 牡丹时：谷雨时候。③ 幌：帏幕。④ 枕函：枕套。⑤ 澹薄：指月色下浅淡而模糊。

唐寅（明 115）一首

晴窗明，绿杨前△倚花边△燕掠水，日如年△风袅袅，香阵阵，望婵娟△

花儿好，满庭园△蝶留连△山起云，柳锁烟△松涛急，湖水碧，不尽言△

沈宜修（女）（明 329）一首　题：春暮。

花落尽，柳阴低△雨丝飞△香雾湿，彩云迷△带愁飞，飞去也，武陵西△

新梦短，漏依依△剩相思△残月冷，晓烟凄△蝶香浓，莺语醉，断肠时△

徐士俊（明 397）一首　题：春瘦。

深院锁，乱莺啼△小红肥△①梦醒后，问香肌△恰无多，刚一捻，②不胜衣△

花影外，夕阳低△倦魂迷△因甚恨，总难提△满怀愁，都搁住，远山眉△③

注：① 小红：指花。② 一捻：一把。③ 远山眉：指眉峰。

叶纨纨（女）（明 453）一首　题：香扑。①

疑是镜，有如蟾△②最婵娟△③红袖里，绿窗前△殢人怜△④羞锦带，妬花钿△

兰浴罢，衬春纤△扑还拈△添粉艳，玉肌妍△麝氤氲，香馥郁，透湘帘△

注：① 香扑：带香粉圆扑。② 蟾：玉蟾，喻月。③ 婵娟：指嫦娥，也喻月。④ 殢人：昵人、恋人；怜：此字叶韵，按格律可不叶。

严燉（明 590）一首　题：得家书。

秋到日，雨余天△月纤纤△灯闪闪，酒涓涓△①盼高堂，②帘半卷，画屏妍△

传家报，促归船△兴阑珊△将我意，入新篇△别匆忙，期后会，桂花前△③

注：① 涓涓：水流貌。② 高堂：指父母。③ 桂花前：中秋节前。

魏际瑞（清 101）一首

春渐暖，日初长△好韶光△①花解笑，柳生香△碧瑶姬，②红粉女，两心伤△

眉敛翠，额消黄△③泪凝妆△些个事，恼人肠△试分明，都说与，又何妨△

注：① 韶光：春景。② 瑶姬：仙女。③ 额黄：古代女子额上涂黄以增美。

李霨（清 197）一首

愁倚户，夕阳斜△忆天涯△春去也，在谁家△燕营巢，蜂酿蜜，总堆嗟△

人不到，见归鸦△掩窗纱△开复落，刺桐花△酒飘零，香冷淡，负年华△

葛宜（女）（清 420）一首

春欲去，海棠枝△正相思△珠帘卷，寄书迟△君不见，愁脉脉，妾心知△

空怅望，负佳期△双燕栖△香泥蘸，画梁低△灯黯淡，雨迷离△①梦回时△

注：① 离，叶韵，可不叶。

侯文曜（清 622）一首 题：巫山净坛峰。①

神女梦，赴高唐△楚襄王△来过此，远相望△兴偏狂，云雨意，净坛傍△②

空惆怅，忆吴娘△画眉郎△鸦出洞，水临江△几时归，歌郢曲，③醉红妆△

注：① 净坛峰：巫山十二峰之一。② 上段八句述楚襄王梦会神女于巫山故事，而巫山正在净坛峰傍。③ 郢曲：即楚歌。郢，楚之都城也。

叶辰（女）（清 827）一首 题：寄锦树。

郎别后，误佳期△减腰肢△巫山梦，云雨迷△恨窗前，红日影，晓莺啼△

慵梳洗，怕相思△上翠眉△珠泪滴，湿罗衣△又关情，花并蒂，燕双飞△

四十八字 三字令 第二体，用仄韵。

车乘轨（现当 88）一首 题：近年写作少。 注：2005 年 10 月 8 日作。

余本人，作词藻▲四为要▲家务闲，少干扰▲更为重，心境舒，有材料▲

今岁春，事缠绕▲杂情搅▲妻体差，病魔闹▲夏秋起，天苦炎，写吟夭▲

四十八字 山花子（又名浣溪沙、添字浣溪沙、摊破浣溪沙、南唐浣溪沙、浪淘沙）

无名氏（敦煌石刻）（唐 45）一首 注：调名原作浪淘沙。

五里滩头风欲平△张帆举棹觉船行△①柔橹不施停却棹，是船行△

满眼风波多陕灼，②看山却是走来迎△仔细看看山不动，是船行△

注：① 棹：船桨。② 陕灼：即闪烁。

毛文锡（五代十国 12）一首 注：调名原作浣溪沙。

春水轻波浸绿苔△枇杷洲上紫檀开△晴日眠沙鸂鶒稳，[1]暖相偎△

罗袜生尘游女过，[2]有人逢着弄珠回△兰麝飘香初解佩，忘归来△

注：① 鸂鶒：水鸟名，即紫鸳鸯。② 罗袜生尘：喻美人微步。

和凝（五代十国 16）一首

银字笙寒调正长△[1]冰纹簟冷画屏凉△[2]玉腕重因金扼臂，[3]淡梳妆△

几度试香纤手暖，一回尝酒绛唇光△[4]佯举红丝蝇拂子，[5]打檀郎△

注：① 银字：古乐器，管笛类。② 簟：竹席。③ 重：重量；金扼臂：金手镯。④ 绛：红也。⑤ 佯：假意；蝇拂子：驱蝇帚。

李璟（五代十国 28）一首　注：调名原作浣溪沙。

手卷珠帘上玉钩△依前春恨锁重楼△风里落花谁是主，思悠悠△

青鸟不传云外信，[1]丁香空结雨中愁△回首绿波春色暮，接天流△

注：① 青鸟：传为西王母使者，能传书。

贺铸（宋 121）一首

双凤箫声隔彩霞△朱门深闭七香车△[1]何处探春寻旧约，谢娘家△[2]

旖旎细风飘水麝，[3]玲珑浅雪漾山茶△欲罢西厢帘影外，玉蟾斜△[4]

注：① 七香车：指妇女所乘车。② 谢娘家：这里指妓院。③ 旖旎：柔弱貌；水麝：指麝香。④ 玉蟾：喻月。

毛滂（宋 143）一首

日转堂阴一线添△使君和气作春妍△[1]只有此山轻带雪，见丰年△

残月夜来收不尽，行云早起更留连△急剪垂杨迎秀色，到窗前△

注：① 使君：指司春之神。

陈克（宋 179）一首　题：佳人。

松漫梳头浅画眉△[1]乱莺残梦起多时△不道小庭花露湿，剪荼蘼△

帘额好风低燕子，[2]窗油晴日打蜂儿△[3]翠袖粉笺闲弄笔，写新诗△

注：① 松漫：松散。② 帘额：帘之顶部。③ 窗油：油漆之窗。

楼锷（宋 354）一首　题：双桧堂。[1]　注：调名原作浣溪沙。

夏半阳乌景最长△[2]小池不断藕花香△电影雷声催急雨，十分凉△

芡剩明珠随意嚼，[3]瓜分琼玉趁时尝△[4]双桧堂深新酿好，且传觞△[5]

注：① 双桧堂：楼锷居所堂名。② 阳乌：即太阳。③ 芡：果名，生水中，俗称鸡头，壳剥后似珠。④ 琼玉：瓜剖开后似美玉。⑤ 传觞：传杯。

辛弃疾（宋 370）一首　注：调名原作添字浣溪沙。

日日闲看燕子飞△旧巢新垒画帘低△玉历今朝推戊己，①住衔泥△

先是春光留不住，那堪更着子规啼△一阵晚香吹不断，落花溪△

注：① 玉历：《玉历宝钞》，历书也；戊己：谓戊己日，燕不衔泥。见《埤雅》。

许棐（宋 473）一首

按柳揉花旋染衣△丝丝红翠扑春辉△罗绮丛中无此艳，①小西施△

腰细最便围舞帕，②袖寒时复罩香匜△③淡点一痕残粉泪，怕人知△

注：① 罗绮丛中：妇女群中。② 便：此处平读。③ 匜：盥器，状如古时熨斗，注热水。

赵雍（元 70）一首　注：调名原作摊破浣溪沙。

春草萋萋绿渐浓△梨花落尽晚来风△试问相逢何处好，小楼东△

朱箔影移无限恨，①玉箫声转曲将终△独倚栏杆谁是伴，月明中△

注：① 朱箔：红帘子。

刘基（明 7）一首　注：调名原作南唐浣溪沙。

燕子巢成倦不飞△绿阴鸣蚻静频嘶△①拄杖独穿芳草径，立多时△

池面紫钱荷点点，枝头青弹杏离离△②更爱葵花红粉艳，似崔徽△③

注：① 蚻：音扎，虫名，似蝉而小；嘶：指发声幽咽。② 弹：弹丸，喻圆粒；离离：繁盛貌。③ 崔徽：唐妓，能写真。

杨慎（明 157）一首　题：春日。

滟滟波光绿似醅△①茸茸草色嫩如苔△②只有轻寒浑不定，③晚还来△

落梅村里昏鸦远，摆柳风前候雁回△④明日新晴堪眺望，上春台△

注：① 醅：指酒。② 茸茸：草发生貌。③ 浑：全也。④ 候雁：雁是候鸟。

项兰贞（女）（明 244）一首　题：小春。①　注：调名原作南唐浣溪沙。

淅淅寒风撼玉钩△起来斜日照红楼△帘外一声鹦鹉唤，唤梳头△

花发小春情脉脉，笛吹长夜恨悠悠△多少泪珠弹不断，倩谁收△

注：① 小春：指农历十月。

陈继儒（明 251）二首　题：第一首，山居。

第二首，初夏夜饮归。

（1）蜂欲分衙燕补巢△①清和天气绿阴娇△②一阵窗前风雨到，打芭蕉△

惊起先生初睡觉，茶烟缭绕出花梢△有个客来琴在背，度红桥△

注：① 分衙：分窝。② 清和天气：指农历四月。

（2）梓树花香月半明△棹歌归去蟪蛄鸣△①曲曲柳湾茅屋矮，挂鱼罾△②

笑指吾庐何处是，[3]一池荷叶小桥横△灯火纸窗修竹里，读书声△

注：① 棹歌：渔歌；蟪蛄：蝉类，较小。② 鱼罾：鱼网。③ 庐：屋舍。

葛实甫(明275)一首　题：春游。　注：调名原作南唐浣溪沙。

露湿鞋儿小径幽△游丝飞絮趁风流△娇燕新莺声细细，把春留△

掩笑怕人心怯怯，俏声低唤拢船头△两颊凝红香粉腻，似含羞△

吕天成(明302)一首

偶觑金莲意急煎△露伸玉笋紧相攀△可憎偷闲赚妮子，耍筵前△

意马心猿不紧拴，眉来眼去把情传△清白门庭双卖俏，却风颠△

周永年(明311)一首　题：夏夜。

低髻拢花梦半醒△重携枕簟向闲庭△[1]何处玉箫风送远，倚栏听△

趁着萤光看络纬，[2]卷开蛛网放蜻蜓△不是夜长愁不寐，候双星△[3]

注：① 枕簟：枕席；闲庭：空庭。② 络纬：虫名，即纺织娘。③ 双星：指牛郎、织女两星。

梁玉姬(女)(明314)一首　题：暮登湖楼。[1]

阁对青山户绕溪△数株衰柳晚鸦栖△返照碧波光潋滟，[2]映朱扉△

远寺钟声风暗送，隔林茅屋暮烟迷△何处玉人犹弄笛，[3]画楼西△

注：① 湖：指杭州西湖。② 潋滟：相连貌。③ 玉人：美人。

曹元方(明351)二首　题：即事。注：调名原作添字浣溪沙。

(1) 野岸花开鸟乱啼△柳丝微绿淡烟迷△曲曲溪桥青似靛，[1]草初齐△

茅屋谁家才覆半，[2]一群小艇泊渔矶△村童竟看何方客，罢耕犁△

注：① 靛：颜料名，青色。② 覆半：指屋面茅草才盖一半。

(2) 雨后微云天欲晴△趁花蛱蝶翅初轻△千转回塘迷去路，小桥横△

拂面和风香气暖，新来燕子绿波凌△[1]忽忆去年春尽别，[2]短长亭△

注：① 凌：凌空，在水面上空。② 春尽：即春暮。

唐世翰(明374)一首　注：调名原作摊破浣溪沙。

寂寂闲庭雨乍晴△[1]绿阴如幄午风轻△[2]几转柳塘迷断岸，野桥平△

满架蔷薇花欲谢，趁风燕子掠浮萍△[3]慵卧小窗惊唤醒，[4]被流莺△

注：① 乍晴：忽晴。② 幄：帐幕。③ 掠：斜飞而过。④ 慵：懒也。

冯鼎位(明407)一首　题：郊行。　注：调名原作摊破浣溪沙。

迟日青骢缓辔行△轻寒轻暖弄春晴△细草平沙花夹道，有啼莺△

嫩绿翻风烟样软，小溪过雨镜般明△归近黄昏新月起，晚霞生△

陈子龙（明 441）一首　题：春恨。

杨柳迷离晓雾中△[①]杏花零落五更钟△[②]寂寂景阳宫外月，照残红△
蝶化彩衣金缕尽，虫衔画粉玉楼空△惟有无情双燕子，舞东风△

注：① 迷离：模糊。② 五更钟：齐武帝置钟于景阳楼上，五更钟响，宫人起床。

彭孙贻（明 504）一首

今日新春始觉新△佳人来信是佳辰△[①]谁把彩人金胜帖，[②]个人人△[③]
胜比个人人可胜，个人人日却宜春△[④]镜里双人俱小小，[⑤]小山颦△[⑥]

注：① 佳人：美人；佳辰：好日子。② 彩胜：即幡胜。③ 个人人：那个人，指佳人。④ 人日：正月初七。⑤ 小小：指年纪小。⑥ 小山：小眉峰。

余怀（明 520）一首　题：为李云田侍儿作。[①]

捧砚含香上小楼△见人无语又娇羞△薄命自怜同碧玉，[②]许多愁△
学字细描戎辂帖，[③]穿针闲补鹔鹴裘△[④]瘦到九分还是俏，最温柔△

注：① 侍儿：婢女。② 碧玉：汉汝南王妾，后泛指贫家女或婢女。③ 描：依样摹写；戎辂：字帖名。④ 鹔鹴：水鸟名，雁类，皮可为裘；裘，皮衣也。

夏云弱（女）（明 546）一首　题：寄杨楚南先生。

谁惜红颜薄命娃△[①]一身滞楚竟为家△[②]秋来良夜窥明月，怯羞花△
巫峡梦回云絮絮，[③]锦城莺老雨些些△[④]异乡青冢空芳草，[⑤]怅年华△[⑥]

注：① 红颜：喻少女。② 滞：留也；楚：指湖北。作者后居湖北荆州。③ 巫峡：楚襄王梦会神女于巫山故事；絮絮：绵连不断之意。④ 锦城：即锦官城（今四川成都）。作者曾为锦城名妓。⑤ 青冢：王昭君墓，在内蒙古呼和浩特，借喻自己流落异乡。⑥ 年华：光阴。

白旃香（明 549）二首　题：春夜同侯上谷泛舟。　注：第一首据《众香词》，第二首据《明词综》。二词小同大异，姑并录之。

（1）翠幕红楼拥紫貂△[①]越城桥畔泛轻舠△[②]桃花隔岸如霞起，柳含娇△
金管玉箫歌细细，碧天明月夜迢迢△何事春来频醉酒，赠鲛绡△[③]

注：① 紫貂：貂皮裳。② 舠：刀形小舟。③ 鲛绡：一名龙纱，喻名贵织物。

（2）一桁垂杨拂画桥△碧桃花外泛轻舠△六曲纹窗春水碧，赤栏桥△
绿酒红灯风细细，碧天明月夜迢迢△何事春来频醉酒，听吹箫△

胡山（明 585）一首　题：南郊访友。　注：调名原作摊破浣溪沙。

南陌田田半菜花△隔溪人渡板桥斜△曾忆东边三四里，故人家△

绿树乱禽啼上下，柴扉双扇隐桑麻△稚子提壶归正好，不愁赊△

程康庄（清 4）一首　题：岁暮，阮亭过京口，用其见寄来韵。①

日暮江楼鼓角鸣△帆开驿路引笳声△②十里回舟冰雪夜，尾舟行△③

已订泊船三日计，④相思彻夜二毛生△⑤预恐归程方逼岁，⑥过江城△

注：① 阮亭：即王士禛，见《词人小传》，王有《山花子·寄程昆仑京口》词，此为和韵；京口：即镇江。② 驿路：交通线路。③ 尾：跟随。④ 已订：约定。⑤ 二毛：二种颜色毛，即斑白。谓盼急而白了头发。⑥ 逼岁：逼近年终也。

徐灿（女）（清 20）二首　题：第一首，十四夜。　注：调名原作南唐浣溪沙。

第二首，十五夜。　注：调名原作南唐浣溪沙。

（1）已试华灯照绮筵△渐添奇巧斗新悬△①明月似嫌芳景速，不轻圆△

佳节最怜前一日，旧欢长算几何年△可惜金吾犹禁夜，②促游鞭△

注：① 新悬：指新挂之灯彩。② 金吾：古官职名，管治安；禁夜：夜间戒严。谓明日始全夜开放。

（2）暖浅寒轻夜气和△踏春红袂试纤罗△①月似美人慵欲睡，②晕横波△③

懒逐香尘看火树，④自饯新调当笙歌△⑤半测流霞三两爵，⑥不须多△

注：① 红袂：即红袖，喻妇女。② 慵：懒也。③ 晕：光也。④ 火树：指灯彩。⑤ 新调：新词。⑥ 流霞：美酒；爵：酒杯。

李雯（清 22）一首　题：初夏。

乳燕初飞小簟凉△①菖蒲叶满小池塘△七尺虾须帘半卷，②杏衫黄△

竹粉新粘摇翡翠，荷香欲暖睡鸳鸯△正是日长无气力，倚银床△③

注：① 簟：席也。② 虾须：即帘。③ 银床：华贵之床。

李渔（清 31）一首　题：瞥遇。

瞥遇花间笑语吞△①三分羞酿十分春△搁住秋波犹未转，②勾销魂△

纨扇有情留点缝，③湘裙无意露些痕△只此令人消不起，况全身△

注：① 瞥遇：偶遇，暂遇。② 秋波：眼波。③ 纨扇：绢扇。

宋琬（清 49）一首　题：西溪访陆处士作。　注：调名原作摊破浣溪沙。

三月杨梅正作花△板桥敧侧俯晴沙△闲觅柴门无路径，柳阴遮△

燕子匆忙营故垒，①蜂儿辛苦坐官衙△②问着山翁都不识，野人家△③

注：① 故垒：即旧巢。② 官衙：众蜂环绕蜂皇，如衙役参班。③ 野人家：野外人家。

黄永（清 59）一首　题：夏词。

独上帘钩看月明△闲停小扇白罗轻△习习香风吹不断，①翠荷擎△

避暖长抛金鸭火，②卸妆惊溜玉钗声△早是侍儿能解意，展桃笙△

贺裳（清 98）一首　题：咏钗。

白玉搔头刻凤凰△①初笄嫌重贮红箱△②今岁绿云朝镜满，③恰相当△

欲上秋千防髻滑，将行花底恐梢长△遥觅双鬟呼不应，付檀郎△④

注：① 搔头：即簪，首饰也。② 初笄：初盘发髻。③ 绿云：喻发。

赵进美（清 106）一首　题：晓妆。

银蜡初销宝鸭浓△①起来珠袜褪酥胸△细数枕痕残梦远，剩轻红△②

双启螭奁交翠羽，③半敧蝉鬓卸金虫△④户掩虾须寒未减，⑤杏花风△

注：① 银蜡：即银烛，喻其光皎洁。② 轻红：谓淡胭脂。③ 螭奁：刻有螭首之镜匣。螭，传说中兽名。④ 金虫：首饰。⑤ 虾须：即帘。

丁澎（清 145）一首　注：调名原作摊破浣溪沙。

一剪鸦翎半亸肩△①生憎娇小向人前△②曾解东风多少恨，自今年△

爱唱新翻歌尚怯，③学梳时样髻长偏△捉得蜻蜓双叠翅，背人看△

注：① 鸦翎：喻黑发；亸肩：垂肩。② 生憎：偏恶。③ 新翻：新创作词曲。

蒋铣（清 195）一首　题：送翁孟白之秦中①。

执手河桥送别情△连床萧寺订诗盟△②屈指柏梁台上客，③好经行△

秋至渐丹枫叶满，④晴空初白露华生△后日采风先寄我，⑤是秦声△⑥

注：① 之：去也、到也；秦：陕西简称。② 连床：合床；萧寺：即寺，源出梁武帝萧衍建寺。③ 屈指：扳着指头计算；柏梁台：以香柏为梁，汉武帝所筑。④ 渐丹：渐红，指枫叶。⑤ 采风：采访风俗。⑥ 秦声：秦地音乐，又称秦腔。

吴棠桢（清 200）二首

（1）江影涵天萝月青△①杜娘和冷立中庭△②满颊羞红娇不语，看春星△

听得唤眠佯咳嗽，避人灭烛又消停△只说邻家催绣针，待三更△③

注：① 萝月：藤萝间的明月。鲍照等《月下登楼连句》：“髯髫萝月光，缤纷篁雾阴。”② 杜娘：泛指少女。③ 待三更：等到半夜。

（2）一寸眉山万里愁△①西风影动玉帘钩△云外寒梅江畔路，水东流△

犀浦花开春两岸，[2]雁桥晴雪夕阳楼△[3]不信今年三月后，少归舟△

注：① 眉山：眉峰。② 犀浦：古县名，在今四川郫县。③ 雁桥：即金雁桥，在今四川广汉县南。

何采（清 251）一首　题：画梅花，和稼轩韵。[1]

春去春愁强自排△[2]前花合被后花催△[3]记取一枝留画里，认真栽△

二十四番风不管，[4]纵教画里也催来△只画半开休画到，十分开△

注：① 稼轩：即辛弃疾。② 排：排除。③ 合：应当。④ 二十四番风：指二十番花信风，自小寒至谷雨，每番五天，有一花应之。

赵吉士（清 279）一首　题：泰兴夜泊。[1]

买得扬州白板船△江皋潮涨四垂天△[2]细柳小桃都酿恨，不胜怜△

䴗鴂乱呼村店酒，[3]鹧鸪飞破夜塘烟△[4]寂寞断桥催晚泊，菜花田△

注：① 泰兴：江苏县名，在长江北，近扬州。② 江皋：江边泽地。③ 䴗鴂：鸟名，即杜鹃。④ 鹧鸪：鸟名，其鸣声如“行不得也哥哥”。

董俞（清 335）一首

脉脉柔情怯晓风△茜裙双带绾芙蓉△僻径遇人羞背立，柳阴中△

几度暗颦眉黛绿，一回微笑粉痕红△愿作翠堤芳草软，衬鞋弓△

李振裕（清 346）一首　题：秋日过钱塘江。[1]

一叶飘然自在行△[2]层峦回首势纵横△[3]恰值晚波匀似掌，好风轻△

海气远浮在竺月，[4]胥潮直抵富阳城△[5]历历宾鸿嘹唳处，[6]岸莎平△

注：① 钱塘江：杭州湾下游，在浙江杭州一带。② 一叶：喻小船。③ 层峦：重叠山峰。④ 竺：杭州天竺寺。⑤ 胥潮：即钱塘江潮。胥，指伍子胥，传死后为潮神；富阳：浙江县名。⑥ 宾鸿：客鸿，指北方来鸿。

丁炜（清 357）一首　题：段桥暮归，至清波门作。[1]　注：调名原作摊破浣溪沙。

烟暖沙堤碧草茸△[2]锦鞯玉勒试青骢△[3]扑面吹来香乍冷，落花风△

一抹明霞铺散绮，[4]半钩新月照残红△何处数声寒犬吠，小篱东△

注：① 段桥：即断桥，在杭州西湖白堤上；清波门：杭州西门，滨临西湖。② 茸：草发生貌。③ 此句说骑马。④ 明霞：指夕阳。

吴兴祚（清 361）一首　题：雨船。　注：调名原作摊破浣溪沙。

夏木阴森好挂罾△[1]天公倾倒玉壶冰△[2]滴破篷窗敲破枕，[3]不堪听△

几时雨淋批颊鸟，[4]一溪波涨折腰菱△遥望小桥流水处，露孤灯△

注：① 罾：网之总称。② 此句指下雨。③ 篷窗：船篷作窗。④ 批颊：鸟

名，即催明鸟。

张学圣（女）（清436）一首　题：暮春。

闲看双双燕子飞△旧巢重整垒香泥△似恨春光留不住，语声低△

惊醒朦胧窗下梦，寻来行道画桥西△①一阵暗香红紫散，②满前溪△

注：① 行道：即行走道路。② 红紫：指落花。

陆次云（清463）一首　注：调名原作摊破浣溪沙。

池馆春深柳数行△①风摇蘸水皱清光△忽听雪衣笼内说，②昼初长△

新笋成竿过旧竹，低花飞片出高墙△此际那堪人独自，看鸳鸯△

注：① 池馆：花园。② 雪衣：雪衣娘，白鹦鹉也。

徐钒（清451）一首　题：高邮道中。①

千倾盂湖水接天△②远山一碧柳如烟△无数布帆随白鹭，③下晴川△④

淮海风流人不见，⑤空余绿鬓过流年△且买高邮红玉滴，⑥好停船△

注：① 高邮：江苏北部县名。② 盂湖：即高邮湖。③ 布帆：喻船。④ 晴川：晴天河流。⑤ 淮海：秦观，高邮人，号淮海居士。⑥ 红玉滴：指高邮鸭蛋，红心滴油。

束蘅（女）（清481）一首　题：西园春游，同唐静因夫人。①　注：调名原作南唐浣溪沙。

伤春春半始寻春△时样衣衫藕色新△②团扇擎来明月满，好遮身△

细数落花临曲涧，缓寻芳草步香尘△怪杀东风吹欲暮，促归轮△

注：① 唐静因：即唐元观，见《词人小传》。② 藕色：即藕丝褐，青红色。

沈岸登（清509）一首　题：西泠游女。①

绣领鸳鸯刺未工△②好春吹到柳丝风△谁唤停针寻斗草，③断桥东△④

裙褶映来新似月，鞋帮试处小于弓△最爱湖边山一对，两高峰△⑤

注：① 西泠：桥名，在杭州西湖白堤。② 工：巧也，好也。③ 斗草：古代妇女一种游戏。④ 断桥：在西湖白堤。⑤ 两高峰：指南高峰、北高峰。

傅燮词（清558）一首　题：春半。

媚眼春光二月中△压檐渐看杏花红△燕子飞来寻旧垒，①绕帘栊△②

枕上梦魂迷蝴蝶，枝头香气逐游蜂△拂面徐徐吹宿酒，③柳丝风△

注：① 旧垒：即旧巢。② 帘栊：窗帘。③ 宿酒：隔夜所饮酒。

郑景会（清621）一首　题：暮登湖上庄楼。

阁对青山户绕溪△数株衰柳晚鸦栖△返照碧波光潋滟，①映朱扉△②

远寺钟声风暗送，隔林茅屋雨初迷△何处玉人犹弄笛，③画楼西△

注：① 潋滟：相连貌。② 朱扉：红门。③ 玉人：美人。

张潮（清 637）一首　题：泊舟得野花数种，纫置纱窗。

摘得无名野草花△嫣红姹紫态夭邪△①欲觅胆瓶无处有，②纫窗纱△③

一段娇羞何所似，苎萝山下是卿家△④欣赏难寻沽酒处，且烹茶△

注：① 嫣红姹紫：即姹紫嫣红，喻娇艳；夭邪：即妖冶。② 胆瓶：大肚长颈瓶。③ 纫：缀也。④ 苎萝山：西施家乡，以西施比花。

纳兰性德（清 694）一首　注：调名原作摊破浣溪沙。

小立红桥柳半垂△越罗裙飏缕金衣△①采得石榴双叶子，欲遗谁△②

便是有情当落月，只应无伴送斜晖△③寄语东风休着力，不禁吹△

注：① 缕金衣：即金缕衣、金线衣。② 遗：赠送也。③ 斜晖：夕阳。

查清（女）（清 706）一首　题：邻女。

嫩色新裁杏子衫△①留仙裙染墨斑斑△②罗袜覆鞋红一点，踏花残△

水底照容容妒月，镜中梳鬓鬓成蓝△假使当年吴道子，③画应难△

注：① 嫩色：浅色；杏子衫：杏黄衫。衫字作宽叶。② 留仙裙：有皱褶之裙，见《飞燕外传》；斑斑：杂色众多貌。③ 吴道子：名道玄，唐著名画家，称“画圣”。

于天骐（清 749）一首　注：此首与张学圣词大同小异，姑并录之待考。

闲看双双燕子飞△旧巢重整垒香泥△似恨春光留不住，语声低△

惊醒朦胧窗下梦，看花寻过画栏西△一阵晚风都坠也，满前溪△

赵式（清 789）一首　题：春游。

独步寻芳春日斜△板桥行过两三家△小犬窥人深树底，吠梨花△

客到草堂门半启，剪声停处出新茶△一线粉香人语细，隔窗纱△

陈祥裔（清 28）一首　题：春思。

半卷湘帘倚绣床△①等闲心事恼春光△②花意阑珊人意懒，③日偏长△

莺儿穿柳浑身绿，④燕子衔泥满嘴香△最是最撩人去处，断人肠△

注：① 湘帘：斑竹帘。② 等闲：无端。③ 阑珊：衰残。④ 浑身：全身。

汪士通（清 1005）一首　注：调名原作摊破浣溪沙。

绿暗长堤水气蒸△和烟和雨坐瞢腾△二十四番花信快，又清明△

做作东风真狡狯，吹开吹落太无情△镇日伤春浑似梦，恼啼莺△

吴蔚光（清 1076）一首　注：调名原作摊破浣溪沙。

早起慵描浅黛螺△①晚来喜捉小纨罗△②独倚鸳鸯双戏处，看风荷△

坐没心情衣褶乱，眠无气力簟纹多△③浴罢一钩新月上，夜如何△

注：① 黛螺：螺子黛，画眉用。② 纨罗：即罗纨、团扇。③ 簟：席。

许桂林（清 1309）一首　注：调名原作摊破浣溪沙。

子舍欢言蜡炬长△①妆台重温粉痕香△说着秋声嫌冷淡，况他乡△

风打窗棂推梦醒，②雨淋檐角说天凉△此刻争能家不忆，③又重阳△

注：① 子舍：小屋也；蜡炬：蜡烛火。② 窗棂：窗格子。③ 争能：怎能。

徐保字（清 1392）一首

红板桥西白板门△吴娘暮雨唱黄昏△①还向东风花下醉，不堪闻△

天上月明悲素女，②马头草色怨乌孙△③同是天涯沦落意，最销魂△

注：① 吴娘：苏州一带女子。② 素女：即素娥，嫦娥也。指嫦娥奔月。
③ 乌孙：汉西域之国，指汉公主远嫁乌孙国和亲。

杨炳（清 1493）一首

宛宛萤飞照绮疏△①轻衫新换薄罗襦△②闲看双星情脉脉，③夜凉初△

银凤调簧笙语涩，④玉虬催箭漏声徐△⑤留得一丸无用月，⑥伴人孤△

注：① 宛宛：柔弱貌；绮疏：文窗，即窗有文。② 襦：短衫。③ 双星：指牛郎、织女星；情脉脉：含情欲吐貌。④ 凤：笙上雕刻。⑤ 虬：箭上雕刻。箭：计时器。⑥ 丸：喻圆。

唐埙（清 1497）二首　题：第一首，和南唐中主璟。
第二首，早春即事。

（1）斗帐香浓午梦残△断红一片乱霞闲△报道楼头新月起，卷帘看△
绿树阴留湘簟滑，白荷风送玉箫寒△小步强扶花影去，倚栏杆△

（2）花扑春衫藓湿鞋△①粉墙雨过水盘蜗△②欲遣相思惟有酒，③拔琼钗△④
蓝尾杯深斟狄酿，⑤红牙板腻谱蛮牌△⑥眼前丛篁分绿影，⑦上瑶阶△

注：① 藓：苔类，地衣植物。② 水盘蜗：水痕盘曲如蜗涎。③ 遣：遣送。④ 拔琼钗：拔玉钗去换酒。⑤ 蓝尾：指酒。元旦饮屠苏酒，从小至老。名蓝尾酒；狄酿：西方酒。狄，古西部少数民族。⑥ 蛮牌：南方曲牌。⑦ 丛篁：竹丛。

汪士铎（清 1507）一首

小院深深数折栏△①绣帘匝地怯春寒△②帘外杏花飞已尽，不曾看△

烛泪堆时人语寂，③剪刀停处漏声残△④欲去欲留无限意，梦中难△

注：① 数折：数次曲折。② 匝：环绕。③ 烛泪：熔化之烛油。④ 剪刀：喻裁衣。

李穆宣（清1860）一首　题：夏日闺咏。

腥红花影隔疏帘△长夏风光睡未恹△静院苔纹新雨后，绿痕添△

鸭鼎香萦心字篆，[1]凤仙茜染指头尖△[2]谱绣鸳鸯多少意，月窥檐△

注：① 心字篆：虔诚之烟。② 凤仙：花名，捣汁可染红指甲。

许白风（现当58）一首　题：鄂阳山新松林。　注：1963年作。

十斛纯青画不秾△[1]山南山北一重重△草色也知新雨露，日葱茏△[2]

此际论年呼小友，他时评价属劳工△多少楼台春色里，百花中△

注：① 十斛：喻量多。斛，容器，每斛折合十斗；秾：草木华稠貌。② 日葱茏：日渐青葱茂盛。

车乘轨（现当88）一首　题：扫墓有感。　注：2002年5月1日作。

山路弯弯野草长△[1]溪沟斜绕老坟荒△仅供蛋糕不烧纸，火灾防△

父母恩情应永记，子孙扫墓岂能忘△只是八旬年已迈，恐难常△

注：① 山路：作者先父母及先兄之墓，卜葬在绍兴漓渚镇中庄村西湾山。

张向红（女）（现当274）一首　题：夏。

杏子黄时麦子黄△东边白雨过山梁△日出彩虹跨渭水，[1]上桥凉△

饭后磨刀镰似月，黎明收麦抢天粮△拾穗儿童相语笑，比盈筐△

注：① 渭水：即渭河。

四十八字　少年游

周密（宋541）一首　题：宫词，拟小山。[1]

帘销宝篆卷宫罗△蜂蝶扑飞梭△[2]一样东风，燕梁莺户，那处春多△

晓妆日日随香辇，[3]多在牡丹坡△花深深处，柳阴阴处，一片笙歌△

注：① 小山：即晏几道，见《词人小传》。② 飞梭：往来如梭。③ 辇：帝之车。

四十八字　四和香

王星诚（清1752）一首　题：夏日雨后。

准拟轻纱笼薄暑▲[1]忽做纤纤雨▲[2]雨后隔墙闻笑语▲夜来秋几许▲[3]

一树嫩阴无着处▲[4]燕子梁边絮▲[5]帘静不教香散去▲点书闲过午▲[6]

注：① 准拟轻纱：准备穿轻纱衣服；笼：喻穿。② 纤纤雨：小雨。③ 几许：有多少。④ 嫩阴：轻阴。⑤ 絮：絮语，语多也。⑥ 点书：圈点书中警句或断句。

四十八字　玉连环

陈祥裔(清 828)一首　题：春游。

乍寒乍暖风还雨▲[①]催春已暮▲偷闲信步▲[②]过芳堤、多少浅山浓树▲

行到落花深处▲又惹愁无数▲人因春好爰遨游，[③]春却不因人住▲

注：① 乍：忽也。② 信步：随意行走。③ 遨游：即旅游。

四十八字　武陵春

张先(宋 18)一首

秋染清溪天外水，风棹采菱还△[①]波上逢郎密意传△语近隔丛莲△

相看忘却归来路，遮日小荷圆△菱蔓虽多不上船△[②]心眼在郎边△

注：① 棹：船桨，喻船。② 菱蔓：喻菱茎细而延长者。

魏玩(女)(宋 87)一首

小院无人帘半卷，独自倚栏时△宽尽春来金缕衣△[①]憔悴有谁知△

玉人近日书来少，应是怨来迟△梦里长安早晚归△[②]和泪立斜晖△

注：① 金缕衣：绣金线之衣。② 长安：唐朝京都，借喻北宋京都汴京(今河南开封)。

毛滂(宋 143)一首　题：正月七日，成都雪霁，立春。

春在前村梅雪里，一夜到千门△[①]玉佩琼琚下冷云△[②]银界见东君△[③]

桃红髻暖双飞燕，金字巧宜春△[④]寂寞溪桥柳弄晴，[⑤]老也探花人△

注：① 千门：千家万户。② 玉佩：妇女裙带上饰物；琼琚：佩玉名；冷云：即雪云。此句意谓天空下雪。③ 银界：雪白世界；东君：司春之神。④ 金字：旧时之立春写的金色字样。梁宗懔《荆楚岁时记》："立春之日……帖宜春二字"。⑤ 此句不叶韵，稍异。

辛弃疾(宋 370)一首　题：春兴。

桃李风前多妩媚，杨柳更温柔△唤取笙歌烂漫游△[①]且莫管闲愁△

好梦晴时连夜赏，雨便一春休△草草杯盘不要收△[②]才晓又扶头△[③]

注：① 烂漫：光彩分布。② 草草：简单。③ 扶头：酒名，性烈易醉。此处喻饮酒。

丁澎(清 145)一首　题：冬景。

老树压云檐溜折，[①]烂叶满山溪△鸟断空林昼掩扉△风雪一樵归△

沽酒前村梅正落，[②]香雾扑人衣△日暮缘溪独杖藜△[③]一任野鸥随△

注：① 老树压云：即云压老树；檐溜折：檐水断，喻雨变雪。② 沽酒：买

酒。③ 缘溪：循溪、沿溪。

丁炜（清357）一首　题：江村纵步。

一带柔蓝莎径软，①流水小桥斜△桥畔红桃几树花△花下是儿家△②

人面桃花相映处，③咫尺隔烟霞△④空溯流红步浅沙△⑤何处饭胡麻△⑥

注：① 莎径：即草路。莎，野草。② 儿：古代妇女自称。③ 人面：少女面。唐崔护诗："人面桃花相映红"。④ 咫尺：喻非常近；烟霞：喻仙境。⑤ 溯：沿水而行；流红：飘有落花之流水。⑥ 胡麻：即芝麻。

江闿（清497）一首　题：宿欢喜亭。

到此正愁山未尽，失喜见清波△①百顷湖光映薜萝△②远岫点青螺△③

藉地回看星斗静，④云影淡于罗△人定犹闻采药歌△⑤六月夜寒多△

注：① 失喜：喜极不能自制。② 薜萝：植物，薜荔与女萝。③ 青螺：螺子黛，喻青翠。④ 藉地：坐卧于地。⑤ 定：安定，静也。

西周生（清525）一首　题意：《醒世姻缘传》狄希陈误认小珍珠。

酒后夜归更漏改，倦眼不分明△绿云鬆髻是珍珍△①乘间可相亲△

知道好花今得采，着肉手方伸△谁知是假竟非真△百口罪难分△②

注：① 鬆髻：梳在头两旁之髻。② 难分：难以分解。

查慎行（清639）一首　题：泛小舟渡沅江寻梅。①

城外清江江外草，草色已迎船△人在烟波欸乃间△②渡口夕阳山△

隔岸酒帘招我去，春意在渔湾△醉插江梅帽影偏△③携得一枝还△

注：① 沅江：水名，在湖南。② 欸乃：船橹声。③ 江梅：沅江边梅花。

叶寻源（清769）一首　题：踏青。

陌上青青知几许，①约伴趁晴云△翠袖香语绕落红△人在画图中△

记得旧年游惯处，底事忽添慵△②绕树游丝扑面风△飞燕自西东△

注：① 陌上：田间道路；几许：有多少？②底事：何事；慵：懒。

曹慎仪（女）（清1266）一首　题：桃花。

燕掠红襟修竹外，①微雨湿秾华△②细叶柔条映碧纱△帘额锁晴霞△③

莫逐流波飞絮去，飘泊又天涯△香梦还留伴杏花△春影夕阳斜△

注：① 红襟：喻燕。② 秾华：即秾花。秾，花木稠多貌。③ 帘额：帘子顶部。

朱屿（女）（清1589）一首　题：夹竹桃。

窗外横斜摇倩影，红雨态娟娟△分得潇湘翠色妍△含笑报平安△

露井清华红浅晕，无语自嫣然△几度春风看未阑△开过菊花天△

车乘轨（现当 88）一首　题：八十寿辰。　注：2002 年 4 月 29 日作。

八十老翁迎大寿，①惆怅雨兼旬△②昨夕偏生月子明△今日十分晴△

结伴寻春同宴庆，③椰罐代醪瓶△④美点佳肴悦寿星△⑤亲友两关情△⑥

注：① 八十：是日作者虚龄八十岁。② 雨兼旬：阴雨连绵达十余天。③ 结伴：作者与老友章承祖兄宴于绍兴老字号荣禄春饭店。④ 此句谓以椰露代酒。⑤ 美点：该店名点虾仁鲜肉包子；佳肴：野鸭与鸽子，由作者女小静自镇江寄至。⑥ 亲友：指作者女儿和章承祖。

四十八字　春光好（又名愁倚栏令）

葛立方（宋 253）一首

禁烟却酿春愁△①正系马、清淮渡头△②后日清明催叠鼓，③应在扬州△

归时原已临流△要绮陌、芳郊恣游△三月羁怀当一洗，莫放觥筹△

注：① 禁烟：指寒食节。② 清淮：今江苏淮安。③ 叠鼓：小击鼓也。

何兆瀛（清 1576）一首　注：调名原作愁倚栏令。

门前杨柳千条△隔不住、声声玉箫△箫外斜阳花外路，人影楼高△

相思何处红桥△尽分付、来潮去潮△好梦匆匆容易醒，梦远天遥△

四十八字　洞天春

欧阳修（宋 33）一首

莺啼绿树声早▲槛外残红未扫▲露点珍珠遍芳草▲正帘帏清晓▲

秋千宅院悄悄▲又是清明过了▲燕蝶轻狂，柳丝撩乱，春心多少▲

商景兰（女）（明 434）一首　题：初春同友坐剩国书屋。

黄鹂槛外声小▲①曲径残梅未扫▲淑气含春遍芳草▲②正晴光缭绕▲

闲庭竟日悄悄▲③无耐佳人去早▲④蛱蝶轻飞，风飘花乱，新愁多少▲

注：① 槛外：窗槛外。② 淑气：温和之气。③ 闲庭：空庭；竟日：整天。④ 无耐：无奈。

车乘轨（现当 88）二首　题：第一首嘉兴曹王庙新塑神像开光。①　注：2003 年 1 月 10 日作。

第二首，嘉兴水天庵。　注：2003 年 6 月 19 日作。

（1）三年不到曹庙▲样变惊非旧貌▲殿宇翻新耳房造▲②又黄墙围绕▲

金身武惠含笑▲③怒马楼船配套▲④腊八开光，巳时睛点，人多声闹▲

注：① 曹王庙：纪念北宋爱民将军曹彬之庙。② 耳房：边厢房。

③ 金身：即神像；武惠：曹彬功封武惠王。④ 怒马、楼船：大殿西侧配塑骏马、楼船，以作出巡交通工具。按此种配塑，各寺庙少见。

（2）运河小岛精巧▲①石坎周围砌绕▲静谧尼庵水天早▲②大明刘基造▲③
无情岁月催老▲一度香消佛杳▲④万象回春，马年二月，⑤重光原貌▲

注：① 运河小岛：水天庵建在京杭大运河嘉兴北门段河中小岛上。② 水天：指庵名；早：指历史悠久。③ 刘基造：传系明开国功臣刘基相中之风水宝地。④ 佛杳：民国期间曾被统捐局、新华机器厂等占用，佛像杳亡。⑤ 马年：指 2002 年。

四十八字　秋蕊香

晏殊（宋 20）一首

梅蕊雪残香瘦▲罗幕轻寒微透▲多情只是春杨柳▲占断可怜时候▲①
萧娘劝我杯中酒▲②翻红袖▲金乌玉兔长飞走▲③争得朱颜依旧▲④

注：① 占断：占尽。② 萧娘：对女子之泛称。③ 金乌：日；玉兔：月。④ 争得：怎得；朱颜：指少年美貌。

张耒（宋 124）一首　题：许州去任时，为营妓刘氏漱奴作。①

帘幕疏疏风透▲一线香飘金兽▲②朱栏倚遍黄昏后▲廊上月华如昼▲
别离滋味浓如酒▲着人瘦▲此情不及墙东柳▲春色年年如旧▲

注：① 许州：今河南许昌；营妓：军营中官妓。② 金兽：兽形铜香炉。

周邦彦（宋 128）一首

乳鸭池塘水暖▲①风紧柳花迎面▲午妆粉指印窗眼▲曲里长眉翠浅▲②
闻知社日停针线▲③探新燕▲宝钗落枕梦魂远▲帘影参差满院▲

注：① 乳鸭：幼鸭。② 翠：指所涂眉黛青色。③ 社日：祭后土神之日，春秋两祭。此处指春社，在立春后第五个戊日。

杨泽民（宋 132）一首　题：和清真韵。①

向晓银屏香暖▲②宿蕊犹残娇面▲③红尘一缕透窗眼▲恨入春山黛浅▲④
短书封了凭金线▲系双燕▲良人贪逐利名远▲⑤不忆幽花静院▲⑥

注：① 清真：即周邦彦，词见上首。② 向晓：近晓。③ 宿蕊：隔夜花蕊。④ 春山：喻眉峰。⑤ 良人：指丈夫。⑥ 幽花静院：指家及妻。

方千里（宋 133）一首　题：和清真韵。

一枕盘鸦锦暖▲①初起懒匀妆面▲绿云袅娜映娇眼▲②酒入桃腮晕浅▲
翠帘半卷香萦线▲碍飞燕▲画屏浅立意闲远▲春锁深沉小院▲

注：① 盘鸦：妇人所盘发髻。② 绿云：喻发；袅娜：柔而长。

毛幵（宋343）一首

荡暖花风满路▲织翠柳阴和雾▲曲池斗草旧游处▲[1]忆试春衫白苎▲[2]

暗惊节意朱弦柱▲送春去▲晓来一阵扫花雨▲惆怅蔷薇在否▲

注：① 斗草：古代妇女一种游戏。② 白苎：细白夏布。

赵希彭（宋469）一首

髻稳冠宜翡翠▲[1]压鬓彩丝金蕊▲远山碧浅蘸秋水▲[2]香暖榴裙衬地▲[3]

宁宁二八余年纪▲[4]恼春意▲玉云凝重步尘细▲独立花影宝砌▲

注：① 冠：头上覆盖物，引伸为首饰；翡翠：绿玉。② 远山：喻眉峰；秋水：喻眼波。③ 榴裙：大红裙。④ 宁宁：少女名；二八余：十六、七岁。

黄铸（宋487）一首

花外数声风定▲烟际一痕月净▲水晶屏小敧翠枕▲院静鸣蛩相应▲[1]

香销斜掩青铜镜▲背灯影▲寒砧夜半和雁阵▲[2]秋在刘郎绿鬓▲[3]

注：① 蛩：蟋蟀。② 寒砧：寒凉捣衣声。③ 刘郎：对男子泛称。

陈允平（宋556）一首

晚酌宜城酒暖▲[1]玉软嫩红潮面▲[2]醉中窈窕度娇眼▲[3]不识愁深愁浅▲

绣窗一缕香绒线▲系双燕▲海棠满地夕阳远▲明月笙歌别院▲

注：① 宜城：湖北县名。② 嫩红潮面：面上泛起微红。③ 窈窕：妖冶貌。

王从叔（元52）一首　题：用清真韵。

薄薄罗衣乍寒▲红入酒痕潮面▲絮花舞倦带娇眼▲昨夜平堤水浅▲

故人信断风筝线▲误归燕▲梦魂不怕山路远▲无奈棋声隔院▲

蒲松龄（清524）一首　题：王子巽续弦即事戏赠。[1]

君抱两年孤睡▲[2]妾辜半床鸳被▲[3]前生结就风流配▲此夜两情始遂▲[4]

千金一刻春宵贵▲心如醉▲灯昏暗道金钗坠▲可似旧人也未▲

注：① 续弦：娶继妻。② 抱：指抱被。③ 辜：辜负。④ 遂：成功、如意。

冯瑞（清765）一首　题：闺怨。

斗帐夜深香暖▲[1]翠被梦回人远▲起来庭户风如剪▲明月瑶阶光满▲[2]

闲行闲坐情难遣▲[3]愁眉敛▲粉墙又见花阴转▲别院声迷丝管▲[4]

注：① 斗帐：即圆顶帐。② 瑶阶：白石阶砌。③ 遣：发送。④ 丝管：指吹弹歌唱。

吴翌凤（清1071）一首

愁听蝉吟高柳▲①人倚小楼时候▲白云飞去青山瘦▲一抹晚霞红凑▲②

门前记得双乌桕▲③横街口▲栏杆十二休垂手▲今夜露凉依旧▲

注：① 吟：即鸣唱。② 一抹：一带；红凑：红衬。③ 乌桕：树名。

车乘轨（现当88）一首　题：赞秋光。①　注：1996 年 10 月 2 日作。

九月金风微峭▲②炎热蚊蝇俱夭▲③天高气爽山河笑▲星月无遮多皎▲

飘香桂子欢歌鸟▲④消烦恼▲纵然景丽春情姣▲怎及得秋光好▲

注：① 赞秋光：忆幼时闻先兄久珩公传唱一首赞秋光歌，其中有句曰："算秋光不及春光丽，但秋光也许比春光好"。余赞同此说，爰作《秋蕊香》词证之。② 金风：即秋风。③ 夭：夭折、消逝。④ 桂子：即桂花。

四十八字　桃源忆故人（又名桃园忆故人、胡捣练令、虞美人影）

第一体，各句均押仄韵。

欧阳修（宋33）一首

碧纱影弄东风晓▲①一夜海棠开了▲枝上数声啼鸟▲妆点愁多少▲

妒风恨雨腰肢袅▲②眉黛不忺重扫▲③薄倖不来春老▲④羞带宜男草▲⑤

注：① 碧纱：绿纱窗。② 袅：缭绕妆。③ 不忺：不欲；扫：描。④ 薄倖：即薄情，指夫。⑤ 宜男草：取怀孕吉兆。

苏轼（宋80）一首　题：暮春。

华胥梦断人何处▲①听得莺啼红树▲几点蔷薇香雨▲寂寞闲庭户▲

暖风不解留花住▲片片缀人无数▲楼上望春归去▲芳草迷归路▲

注：① 华胥：喻梦境。源出黄帝昼寝，梦游于华胥氏之国。

秦观（宋116）一首　题：冬景。

玉楼深锁薄情种▲①清夜悠悠谁共▲②羞见枕衾鸳凤▲闷则和衣拥▲③

无端画角严城动▲④惊破一番新梦▲窗外月华霜重▲⑤听彻梅花弄▲⑥

注：① 薄情种：怨词，指恋人。② 悠悠：渺邈貌。③ 和衣：未脱衣。④ 画角：绘画号角，城上守卒使用。⑤ 月华：月光。⑥ 彻：透也；梅花弄：乐曲名。

朱敦儒（宋180）一首

西楼几日无人到▲依旧红围绿绕▲楼下落花谁扫▲不见长安道▲①

碧云望断无音耗▲②倚遍栏杆残照▲试问泪弹多少▲湿遍楼前草▲

注：① 长安：唐朝京都，借喻北宋京都汴梁（今河南开封）。② 音耗：音讯、信息。

王之道（宋248）一首

逢人借问春归去▲遥指芜城烟树▲[1]滴尽柳梢残雨▲月闯西南户▲

游丝不解留伊住▲谩惹闲愁无数▲[2]燕子为谁来去▲似说江南路▲

注：① 芜城：即邗沟城，在今扬州。② 谩惹：空招引。

周密（宋541）一首　题：闺情。

流苏静掩罗屏小▲[1]春梦苦无分晓▲一缕旧情谁表▲暗逐余香袅▲

相思漫寄流红杳▲[2]人瘦花枝多少▲郎马未归春老▲空怨王孙草▲[3]

注：① 流苏：帐幕之穗。② 流红：落花流水。③ 王孙：草名，产于深山。

陈如纶（明170）一首　题：客至。

三竿红日春初晓▲[1]花外小车来了▲风送垂杨鸣鸟▲肯谓知音少▲[2]

隔竹茶烟青袅袅▲[3]荒径今缘客扫▲[4]正喜风光未老▲且醉眠芳草▲

注：① 三竿：喻时已不早。陆游诗："美睡三竿日"。② 肯：岂也。③ 袅袅：缭绕状。④ 缘：因也、为也。此句套用杜甫《客至》诗："花径不曾缘客扫"。

吴敬所（明263）一首　题意：《天缘奇遇》第三回，廉玉胜盼望祁羽狄所作。

思思念念风流种▲[1]心为愁深如痛▲绣被象床谁共▲[2]羞把寒衾拥▲

桂红楼上春心动▲[3]悔把多情戏弄▲却笑自家愁重▲翻作巫山梦▲[4]

注：① 风流种：指恋人祁羽狄。② 象床：镶嵌象牙之床。③ 桂红：廉玉胜婢女。④ 巫山梦：楚襄王梦会神女故事。

董斯张（明322）一首　题：采桑。

一庭麦雨蔷薇亚▲[1]秾绿描成长夏▲[2]蚕市今番来也▲刚值开园罢▲[3]

碧云丛里红衫卸▲[4]错认海棠花谢▲剪得半筐归舍▲[5]钗挂桑枝下▲

注：① 麦雨：麦熟时雨，喻初夏；亚：压也。② 秾：花木稠多貌。③ 值：遇也。④ 碧云：喻桑林；卸：脱。⑤ 归舍：归屋、归家。

王端淑（女）（明436）一首　题：春暖花开晴。

恼人莺燕柔肠转▲花印苍苔痕浅▲无计可存微喘▲[1]肯把残书典▲[2]

强将笔墨愁怀遣▲[3]病怯香纤先软▲[4]镜里绿云尽卷▲[5]只剩青山远▲[6]

注：① 喘：气息也，引伸为生命。② 肯：怎肯；典：当也、卖也。③ 笔墨：书写、绘画。④ 香纤：喻手指。⑤ 绿云：喻发。⑥ 青山：眉峰。

纪映淮（女）（明461）一首　题：暮春。

楼前花逐东风舞▲惟有杨花堪妒▲一味入帘穿户▲[1]不管愁人顾▲

枝头杜宇声偏苦▲叫得斜阳欲暮▲门外残红无数▲②零落横塘路▲③

注：① 一味：一个劲。② 残红：落花。③ 横塘：地名，泛指名胜地。

陈大成（明 500）一首　题：沽酒。①

日暮春寒湖上住▲寂寞短篷谁语▲②岸上杏花开处▲又是廉纤雨▲③

买鱼沽酒向何所▲人家隔在横浦▲拼取今宵沉醉▲④无那愁无数▲

注：① 沽酒：买酒。② 短篷：喻小船。③ 廉纤雨：微雨。④ 沉醉："醉"字与各句不叶韵，若改"吐"较妥。

叶小鸾（女）（明 514）一首　题：春归。　注：调名原作虞美人影。

海棠睡惹流莺闹▲①又是清明过了▲杨柳水边多少▲愁绪萦芳草▲②

杜鹃枝上东风悄▲③碧玉栏前人杳▲一夜绿娇红老▲只怨春归早▲

注：① 惹：招引。② 愁绪：发愁情绪。③ 杜鹃：花名。

项佩（女）（明 577）一首　题：闻外归。①

东风似惜离颜瘦▲不许纱窗轻皱▲吹得梅芽香透▲才是郎归候▲

屏山十二春依旧▲②买幅生绡重绣▲③花影双双当昼▲莫遣离情又▲

注：① 外：即丈夫吴统持。② 屏山十二：屏风十二幅。

潘廷璋（明 583）一首　题：春晓。

孰将幽梦声声唤▲①几处娇莺撩乱▲②睡起慵安金钿▲③行过秋千院▲

等闲不把韶光算▲④谁道百花开遍▲春到海棠将半▲⑤省识东风面▲⑥

注：① 孰：谁也。② 撩乱：纷乱。③ 慵安：懒安放；金钿：首饰。④ 等闲：平常。⑤ 海棠：海棠花开在春分时候，即春半。⑥ 省识：曾识。

徐震（明 609）一首　题意：《灯月缘》第九回，真楚玉与戴娇凤、高云丽分别词。

笑依忒煞多牵系▲①到处红妍紫腻▲②试问重逢有几▲总助相思味▲

那人旧约犹难弃▲何况已谐并蒂▲③愿拾春风喜气▲共入鸳鸯被▲

注：① 忒煞：太也。② 此句说到处遇着美人。③ 已谐并蒂：已成婚。

魏允枘（明 623）一首　题：春暖花开日。

碧帘卷起春风悄▲早见蔷薇开了▲帘外一声啼鸟▲蓦地愁多少▲

残红细绿阶前绕▲满地落花初扫▲肠断烟云缥缈▲①谁是忘忧草▲②

注：① 缥缈：高远貌。② 忘忧草：草名，即萱草。借喻解愁。

无名氏（明 643）一首　题意：《巫梦缘》第一回引词。

晴丝漾碧东风袅▲①九十春光易老▲②何处闲花闲草▲耽搁人多少▲

欢娱忽复生烦恼▲恰逢落红啼鸟▲刚把新愁却扫▲③又是愁未了▲

注：① 晴丝：晴天蛛丝。② 九十春光：春光九十天。③ 却扫：即扫却，因押韵而颠倒。

李雯（清 22）一首　题：春寒。

无聊独自探春早▲花影今朝风悄▲①吹透越梅多少▲②两点青山小▲

凄清绣户人难到▲③惟有一庭春鸟▲掩着银屏正好▲④帘外余香袅▲

注：① 风悄：风声很低微。② 越梅：南方梅花。③ 凄清：凄凉清静。④ 银屏：屏风之美称。

龚百药（清 85）一首　题：春愁。

红桃雨散东风起▲濯濯杨枝如水▲①夭别放春何地▲②只在莺花里▲

花朝扑蝶谁家会▲③点点飞花轻坠▲自有旧愁牵系▲不为新憔悴▲

注：① 濯濯：光明貌。② 夭别：短暂。③ 花朝：在农历二月十二，传为百花生日。

柴贞仪（女）（清 93）一首　题：自绘美人蕉。

丹青图就雕窗见▲①仿佛鲜柔在撚▲舞翠翔空宛转▲②遮却朱栏半▲

记得当时芳影绚▲③今被妒风频剪▲试取生绡点染▲④瞥睹花生面▲⑤

注：① 丹青：画图。② 翔空：飞空；宛转：委屈随和。③ 芳影：指美人蕉影；绚：绚丽。④ 生绡：生丝或其织物。⑤ 瞥睹：忽见。

赵进美（清 106）一首　题：调鹦。

黄鹂对啭纱窗曙▲初罢远山眉谱▲①女伴相邀同去▲卷袖调鹦鹉▲

昨宵淡月朦胧吐▲屏外栏深几许▲②遥识萧郎行处▲为听枝间语▲

注：① 远山：喻眉峰。② 屏：指屏风；几许：有多少？

史惟圆（清 221）一首　题：村舍。

芒鞋闲踏桥边路▲①墙外晴鸠啼午▲行客乍停鸣橹▲②船系垂杨树▲

烹鱼剪韭留君住▲草草盘餐粗具▲③日落枫林愁暮▲前路君休去▲

注：① 芒鞋：草鞋。② 鸣橹：摇动之橹。③ 粗具：简单备好。

徐乾学（清 342）一首　序：爱山台在吴兴署中，吴绮守郡时集诸名流流觞咏其上……勒石未竟，罢官而去。今遂如半截碑，书以志感。

水嬉曾系当年棹▲①惆怅寻春重到▲②梦醒白蘋红蓼▲翻忆薇天晓▲③

狂歌痛饮谁同调▲留得藓碑残照▲④麋鹿一台秋草▲⑤减却山容好▲

注：① 棹：船桨，喻船。② 惆怅：伤感。③ 薇：草名。④ 藓碑：爬满藓苔

之石碑，喻荒碑。⑤ 麋鹿：喻废墟。《史记》："麋鹿游姑苏之台"。

彭孙遹（清 343）一首　题：题社日。[1]

平皋翠縠浓于染▲[2]一幅晴芜青蒨▲[3]旧社酒徒零乱▲[4]添得红襟燕▲

枌榆往事还重见▲[5]窃炙归来春宴▲[6]人在樱桃庭院▲今夜停针线▲

注：① 社日：指春社，在立春后第五个戊日。祭后土神，祭后聚餐。② 平皋：平岸；翠縠：绿叶如皱纱。③ 蒨：草盛貌。④ 酒徒：嗜酒者。⑤ 枌榆：喻乡里。⑥ 炙：炮肉，祭神之肉。

吴兴祚（清 361）一首　题：题画。

斜阳荻岸连秋水▲[1]岭上白云时起▲叠峰层峦暖翠▲[2]人在清溪底▲

杖藜叹世者谁子▲[3]只爱松风洗耳▲牛背晚烟旖旎▲[4]一棹家千里▲

注：① 荻：草名，生长在水边，与芦苇相似。② 叠嶂层峦：形容山峰重叠。③ 杖藜：拄着藜杖；子：长者。④ 旖旎：柔和美丽。

沈御月（女）（清 389）一首　题：送春。　注：调名原作虞美人影。

送春春去添烦恼▲闲闷何时得了▲试看落红多少▲点破阶前草▲

流莺树上啼声悄▲[1]惊破罗帏梦杳▲断送镜中人老▲都为春归早▲

注：① 悄：声音低微。但联系下句"惊梦"似不切合，疑为"俏"之误。

王士禛（清 397）一首

金钗涧上人如玉▲解唱春波新曲▲画扇船纱十幅▲春水平帆绿▲

三三五五鸳鸯浴▲触忤闲愁眷目▲[1]戏掷菱花相逐▲又向花房宿▲

注：① 忤：逆反之意，意为消解闲愁；眷目：目光留恋。

苏瑞容（女）（清 406）一首　题：春恨。

乱红啼歇春将尽▲[1]燕向旧巢相并▲添起一番新恨▲自也浑难问▲

满园桃李舒娇晕▲没个那般风韵▲陌上清明已近▲渐觉无音信▲

注：① 乱红：指桃花；啼歇：指黄莺。

沈时栋（清 444）一首　题：愿在昼而为影。　注：调名原作虞美人影。

曈曈晓日重门锁▲[1]无语明窗独坐▲爱折鲜花几朵▲悄向阶前过▲

翠鬟低压珍珠颗▲[2]抓住荼蘼倾亸▲[3]日午桐影初破▲款步回廊躲▲[4]

注：① 曈曈：日初出貌。② 鬟：环形发结。③ 亸：下垂。④ 款步：缓步。

姚凤翙（女）（清 474）一首　题：春闺。

乍晴乍雨清明候▲[1]初试罗衣寒透▲满目繁华铺绣▲恨杀东风骤▲

春光岁岁犹依旧▲不管愁人消瘦▲百舌唤残芳昼▲[2]羞掷相思豆▲[3]

注：① 乍：忽也。② 百舌：鸟名，善鸣。③ 相思豆：即红豆。

陈滟（女）（清 628）一首

酣红酿绿知多少▲①玉洞韶华偏早▲②惹得东风吹袅▲③织就功夫巧▲

武林昨夜迷归棹▲④万树桃花开了▲破梦枝头小鸟▲唤醒花魂绕▲

注：① 酣红：花盛而久。红，喻花；酿绿：造绿；绿，喻叶。② 韶华：指春景。③ 惹：招引。④ 武林：即杭州。

程获娥（女）（清 733）一首

西窗斗柄惊秋早▲①昨夜玉簪开了▲②蝴蝶不知身老▲犹恋花丛绕▲

芳阶吹绿王孙草▲③桐叶飘来风扫▲无限秋心谁晓▲添得愁多少▲

注：① 斗柄：指北斗星中第五至七的三颗星。② 玉簪：花名，洁白如玉，而含蕊如簪头。③ 王孙草：草名，四瓣，色黄绿。

陈银（女）（清 1073）一首　题：送春，和小鸾韵。①

乱红风急啼莺闹▲暗数韶光过了▲愁绪新添多少▲绿遍闲阶草▲

归梁紫燕声声悄▲有客怜春去杳▲满眼莺花渐老▲犹喜荷钱小▲②

注：① 小鸾：叶小鸾，见《词人小传》。② 荷钱：荷叶初生小如钱。

萧馨（清 1600）一首　题：李家谷，①是与亡妇旧经行处。

年年来往携兰棹▲②我爱此间偏好▲绿意迷离多少▲③供养啼莺老▲

如今一片相思稿▲况是送春怀抱▲依旧柳丝风袅▲④难再人双笑▲⑤

注：① 李家谷：地名。② 携：指与妻携手；兰棹：喻船。③ 迷离：模糊之意。④ 袅：缭绕状。⑤ 难再人双笑：指妻已亡。

车乘轨（现当 88）二首　题：第一首，酝酿出版拙选《历代雅词大观》。注：2000 年 1 月 21 日作。

第二首，嘉绢旧同人欢聚。　注：2007 年 10 月 27 日作。

（1）诗余历代知多少▲浩若海洋深渺▲字数词牌困扰▲阅读难明了▲

分门别类词人考▲妄用大观称号▲注解误多而草▲聊供行家笑▲

（2）秋高气爽金风度▲往昔同人欢聚▲①多少旧情重叙▲回忆酸甜苦▲

嘉绢火炬销亡去▲②幸有富绢填补▲③一脉相传重组▲稳步康庄路▲

注：① 同人：作者自 1946 年起曾在嘉兴绢纺厂工作达四十五年。时旧同人李寅生君设筵，邀请同事二十人共进午餐，作者亦在座。② 销亡：嘉绢于 2001 年破产。③ 富绢：李寅生君在嘉绢制衣分

厂基础上独资建立嘉兴富绢制衣及丝针织两公司。

楼森（现当 153）一首　题：山居。

山青水秀风光俏▲忘却路回峰绕▲身伴浮云飞鸟▲不管春光老▲
暮年不爱红尘闹▲种菜吟诗垂钓▲秉烛探求真奥▲闲逗儿孙笑▲

四十八字　桃源忆故人　第二体，同第一体，但前段第一句不用韵。

李漳（宋 386）一首　题：闺情。

小楼帘卷栏杆外，花下朱门半启▲中有倾城佳丽▲[①]一笑西风里▲
盈盈临水情难致▲尽日相看如醉▲干鹊不知人意▲[②]只管声声喜▲

注：① 倾城：喻极美；佳丽：即美人。② 干鹊：即喜鹊。《西京杂记》卷三："干鹊噪而行人至。"

赵承光（女）（清 845）一首　题：秋园。

采薪又值愁相间，[①]添得秋声无限▲忙捡水田衣典▲[②]好卖参苓散▲[③]
临池学步将怀遣▲[④]任日慵拈针线▲[⑤]冷落芙蓉一片▲镜里容颜换▲

注：① 又值：又逢。② 典：卖或当。③ 卖：疑买之误；参苓散：中药补品。④ 临池：习笔墨；池，墨水；学步：学习诗词书画。⑤ 慵拈：懒拿。

四十八字　桃源忆故人　第三体，同第一体，但后段第一句不叶韵。

万时华（明 307）一首

檐前花老梨云脆▲檐外寒山斜倚▲怕见一庭香碎▲放着檐垂地▲
江南江北沾轻絮，欲别东风无计▲弄雨弄晴天气▲总是伤春意▲

四十八字　桃源忆故人　第四体，同第一体，但前、后段第一句均不用韵。

韩维（唐 47）一首

夜来风横雨飞狂，满地闲花衰草▲燕子渐归春悄▲[①]帘幕垂清晓▲
天将佳景与闲人，美酒宁嫌华皓▲[②]留取旧时欢笑▲莫共秋光老▲

注：① 悄：静悄悄。② 华皓：光华皎洁，喻美人。

四十八字　桃源忆故人　第五体，用平韵。

顾应祥（明 147）一首　注：调名原作虞美人影。

庭院深深淡晚烟△雨花飞落珠钿△[①]门下红尘十丈，原不染金山△[②]
新凉才入早秋天△轻风细雨溪干△[③]参透三生旧梦，相对一灯前△

注：① 珠钿：首饰。② 金山：镇江名山，原在江中。③ 溪干：溪边。

四十八字　鬲溪梅令　第一体，前、后段第三句分成六字、三字。

姜夔（宋 417）一首　题：丙辰（1196）冬自无锡归，作此寓意。

好花不与殢香人△①浪粼粼△②又恐春风归去、绿成阴△玉钿何处寻△

木兰双桨梦中云△③小横陈△④漫向孤山山下、觅盈盈△⑤翠禽啼一春△

注：① 殢：留恋之意。② 粼粼：水清激貌。③ 木兰桨：船桨之美称。④ 横陈：即卧。⑤ 漫：聊且之意；孤山：山名，在杭州西湖边；盈盈：喻美人。

钱芳标（清 513）一首

富林桥外水风多△送菱歌△隔岸秋山婉娈、列双娥△①晚晴添黛螺△②

淡妆人在小烟波△泛金荷△醉后灯前怀里、脱纤罗△③淡红生笑涡△

注：① 婉娈：美好也；娥：眉峰，喻山峰。② 黛螺：喻青翠。③ 纤罗：指罗衣。

吴焯（清 861）一首　题：春行。

女儿溪上水风轻△雨初晴△竹筱闲驱花鸭、过桥桯△①数村鸠妇鸣△②

小航头结牡丹棚△③傍花行△此去咿哑柔橹、度新塍△④小舍山露青△

注：① 竹筱：细竹枝；桯：同楹，柱也。② 鸠妇：即雌性鸠。③ 小航：即小船。④ 新塍：嘉兴镇名。

宋维藩（清 994）一首　题：戊子（1768）灯节前一日有寄。

催花天气暮寒滋△①雨丝丝△正是东风着意、作春时△吹黄杨柳枝△

竹扉半掩画帘垂△酒重持△记得年时灯月、影参差△②黄昏双桨迟△

注：① 催花天气：指初春；滋：生也。② 年时：那年之意。

王芑孙（清 1131）一首

梨花明白护窗阴△冻流云△人在花深深处、坐调笙△绣衾寒过春△

水晶帘子蒜垂银△①卷湘纹△②多事春风相识、爱相寻△杜鹃红一厅△③

注：① 蒜垂银：应为垂银蒜，因用韵而颠倒；银蒜：银帘押也。② 湘纹：斑竹帘。③ 杜鹃：花名，即映山红；厅：与上段第三句“笙”作宽叶。

乐钧（清 1199）一首

半江春水半江风△落花红△几处愁人酸泪、寄花中△一时流向东△

浅斟低唱尽从容△①太匆匆△记得销魂桥畔、系青篷△②隔窗飞柳绒△③

注：① 斟：斟酒；从容：不急迫。② 青篷：指船。③ 柳绒：即柳絮。

张思孝（清 1283）一首

曲栏杆影荡波光△小池旁△一带断虹残雨、接斜阳△隔帘飞冷香△①

粉红一片漫银塘△卷风裳△秋意今宵先在、水云乡△月明鸥梦凉△

注：① 冷香：指菊花。

张缙英(女)(清1428)一首

春风飞絮满天涯△望残霞△堪恨满园春景、暮云遮△闲行踏落花△

不知蝶去向谁家△听啼鸦△寂寞阶前人影、倚窗纱△徘徊月又斜△

吴承勋(清1547)一首　序：庭梅初开，风雨竟日，小窗坐对，格韵独清，因拈白石老仙自度曲以写之。①

玉人何处佩轻摇△②粉墙高△正是琴床松子、雨声敲△兽炉香半消△③

枕边眉黛镜中潮△④两难描△有恐春风吹梦、入无聊△绿波新画桥△

注：① 白石老仙：即姜夔，见《词人小传》；自度曲：自谱格律之词。③ 佩：妇女衣带上所系饰物。③ 兽炉：兽形香炉。④ 潮：指颊上光泽。

车乘轨(现当88)一首　题：庚辰除夕。　注：2001年1月24日作。

岁时迅速又年终△忒匆匆△送旧迎新交替、吉祥钟△①火花亮夜空△

早梅招展耀睛红△②映帘栊△③即景填词唱曲、雨声中△④兴高浑不慵△⑤

注：① 吉祥钟：今岁除夕午夜，中央电视台、苏州寒山寺、杭州净慈寺等处均撞钟一百零八响，撞毕正好是元日零时正。② 红：指红梅。③ 帘栊：指窗帘。④ 雨声中：今岁除夕至元旦雨声不停。⑤ 浑：完全；慵：懒也、倦也。

四十八字　鬲溪梅令　第二体，同第一体，但前、后段第三句为四字、五字分句。

沈起凤(清1067)一首

小雱山下水溶溶△记相逢△欲采蘋花、可惜过东风△午桥烟雨浓△

不如归去梦帘栊△小楼东△留得栏杆、一半月明中△夜凉花阴重△

陆继辂(清1269)一首　题：蝴蝶。

一庭红雨落难收△湿春眸△①记取双飞、切莫傍帘钩△有人帘内愁△

归期欲订又还休△暂勾留△此去知他、能否更经秋△②年华似水流△

注：① 眸：指眼。② 经秋：度过秋天。

管贻葄(清1405)一首

春深杨柳罨前溪△①绿初齐△记得明妆、人在小楼西△②乱莺无数啼△

画船细雨湿罗衣△翠鬟攲△笑觑双莺、曾否涴香泥△③晓窗清梦迷△

注：① 罨：覆盖。② 明妆：晨妆。③ 涴：污也。

方履篯(清 1415)一首　题：萤。

西窗暗雨又黄昏△照啼痕△绕遍罗丛、人在小桃根△①怜他半晌温△②

天涯何处问前身△话无因△可向江南、客路怨王孙△③秋来更断魂△

注：① 罗丛：罗绮丛，指妇女人群。② 半晌：片刻。③ 王孙：富贵家子弟。

唐埙(清 1497)一首　题：效程小鲁体题画。

远山烟雨太模糊△不模糊△斧劈皴痕、划出一峰孤△①峰前安草庐△

荒榛无路约提壶△②好提壶△短短溪桥、容汝杖藜扶△③凭将村酒沽△

注：① 皴：裂痕。② 荒榛：荒芜梗塞貌；约：约束、拘束；提壶：提着壶去买酒。③ 容汝：允许你；杖藜扶：拄着藜杖。

刘毓盘(清 1885)一首

春棠开作断肠花△会心差△况是阴阴、梦雨湿窗纱△风枝摇倦鸦△①

翠帏朱幄又谁家△②早凉些△未必新人、还比旧人佳△所思又一涯△③

注：① 风枝：被风树枝。② 帏幄：帐幕。③ 一涯：即天涯，极远之处。

四十八字　海棠春　第一体，用仄韵。

秦观(宋 116)一首　题：春晓。

流莺窗外啼声巧▲睡未足、把人惊觉▲翠被晓寒轻，宝篆沉烟袅▲

宿醒未解宫娥报▲道别院、笙歌宴早▲试问海棠花，昨夜开多少▲

马洪(明 55)一首

越罗衣薄轻寒透▲正画阁、风帘飘绣▲无语小莺慵，①有恨垂杨瘦▲

桃花人面应依旧▲②忆那日、擎浆时候▲③添得暮愁牵，只为秋波溜▲

注：① 慵：懒也。② 桃花人面：唐人崔护郊游，遇村姑极美，与桃花相映，风姿万千。③ 擎浆：指村姑捧茶与其解渴。

吴鼎芳(明 310)一首

紫骝门外嘶声去▲①千万叠、销魂烟树▲不忍看伊行，无计留伊住▲

东风似解离人意▲▲做一阵、廉纤花雨▲②含笑进门时，又恐明朝霁▲▲③

注：① 紫骝：紫马。② 廉纤：微雨貌。③ 后段第一句“意”字，第四句“霁”字换成第二种仄韵，与格律稍有不同。

彭氏(女)(明 635)一首

绿窗人静莺声小▲清明近、春光渐老▲细雨湿梨花，翠被余寒悄▲

双鬟含笑低声报▲道亭畔、小桃开了▲试问卷帘看，早又游蜂绕▲

九容楼主人（明 650）一首　题意：《英云梦》卷一第二回词引。

光辉春节红灯好▲岁岁首、今年又早▲试问折梅者，春色知多少▲

锦花路柳啼莺巧▲宝鼎中、香烟袅袅▲①却遇美佳人，浑然犹未晓▲②

注：① 宝鼎：香炉美称；袅袅：缭绕状。② 浑然：全然。

黄锡朋（清 24）一首　题：本意。

胭脂乱点春情透▲似楚女、舞衣轻袖▲①日映晚妆妍，风弄烟姿瘦▲

一庭彩色天工绣▲都不是、寻常邂逅▲②想自海中来，细剪鲛绡绉▲③

注：① 楚女：楚王好细腰，故楚女皆轻逸。② 邂逅：不约会而遇。③ 鲛绡：一名龙纱，产自南海。见《述异记》。

刘壮国（清 410）一首　题：春半。

花悭欲破东风巧▲晴昼永、流莺将到▲①一望水云轻，信意琴书好▲②

人闲院静来清晓▲杏蕊放、枝头正皎▲衣袂映青苔，③林阜多芳草▲④

注：① 永：长。② 信意：随意。③ 衣袂：衣袖。④ 阜：盛也。

陈玉堪（清 530）一首　题：晚浴。

绣帘月渌波纹影▲①觉无数、春酲难醒▲②背烛解罗襦，③风护纱窗冷▲

玉人如坐菱花镜▲④喜双鬓、欲皴还整▲娇怯起来迟，待煮龙凤饼▲⑤

注：① 渌：清也。② 酲：病酒、酒醉。③ 襦：短衫。④ 菱花镜：喻浴水清澈如镜。⑤ 龙凤饼：喻茶。龙团、凤饼，皆茶名，且系上品。见《大观茶论》。

钱凤纶（女）（清 650）一首　题：立春日作。

佳人占得春光早▲①浓艳处、新妆偏好▲红穗绿云斜，②玉燕金钗袅▲③

轻笼翠袖低声道▲愿岁岁、春光不老▲看遍上林花，④着意怜芳草▲

注：① 佳人：美人、好女子。② 红穗：丝线结扎成首饰；绿云：喻发。③ 玉燕金钗：指首饰。④ 上林：上林苑，皇家花园。此处借喻高级花园。

汪玉轸（女）（清 1093）一首

无端一夜东风骤▲①便吹得、杏花消瘦▲待等小桃红，是晚春时候▲

惜花心事花知否▲看镜里、双眉长皱▲花信一番风，②只芳年难久▲③

注：① 无端：无故。② 花信风：《演繁露》“三月花开时，风名花信风”。③ 芳年：美好年华。

车伯雅（清 1479）一首

晓风微飏帘钩响▲正睡起、锦机闲傍▲①纤指擘香绒，②绣出鸳鸯两▲

落花红满苔阶上▲算春事、暗添惆怅▲③折得柳条儿，圈作连环样▲

注：① 锦机：织锦之机。② 擘：用指分开东西。③ 惆怅：伤感貌。

宗婉(女)(清1799)一首　题：春晓。

暖香萦梦春将晓▲①小院静、曲房深窈▲②翠幕一重重，那有东风到▲

半醒半睡闻啼鸟▲似报我、海棠开了▲检点梦如何，约略春多少▲③

注：① 萦梦：牵梦、绕梦。② 深窈：深远曲折。③ 约略：大概。

李穆宣(清1860)一首　题：题兰闺授字图。

碧栏杆外东风晓▲双飞燕燕红襟袅▲①香销春昼长，睡起慵妆好▲

偷闲料理新诗稿▲花前问字亲研□▲②并坐理云鬟，艳福添多少▲

注：① 此句与下段第二句照格律应第三、四字间加"、"号，而原文成了四字、三字句。② 此句原少一字，研字后或补"讨"字。

车乘轨(现当88)一首　题：春景。　注：2001年3月20日作。序：今日春分，和风淡日，气候宜人；万物争妍，春色无边，悦而志之。

海棠花信春分到▲①嫩柳眼、随风飘袅▲②燕子远方归，百鸟枝头闹▲

嫣红姹紫千花草▲③粉蝶翅、翩翻飞绕▲乍暖犹寒天，最是风光好▲

注：① 海棠花信：为二十四番花信风之一，自春分起，计五天。② 柳眼：柳叶初生似眼，喻嫩叶也。③ 嫣红姹紫：即姹紫嫣红，喻花草美丽。

四十八字　海棠春　第二体，用平韵。

李叔同(现当9)一首　题：春景。

兄弟携手上画楼△无边春色快人眸△红花儿吐锦，碧草儿如油△

羡他造物甚详周△自然景色解人愁△粉蝶儿翩跹，①黄莺儿啾啁△②

注：① 翩跹：轻疾地旋转。② 啾啁：即啁啾，鸟鸣叫声。

四十八字　眼儿媚(又名秋波媚)　第一体，后段第一句不叶韵

王雱(宋100)一首

杨柳丝丝弄轻柔△烟缕织成愁△海棠未雨，梨花先雪，一半春休△

而今往事难重省，旧梦绕秦楼△相思只在，丁香枝上，豆蔻梢头△

贺铸(宋121)一首

萧萧江上荻花秋△做弄许多愁△半竿落日，两行新雁，一叶扁舟△

惜分长怕君先去，直待醉时休△今朝眼底，明朝心上，后日眉头△

朱淑真(女)(宋140)一首

风日迟迟弄轻柔△花径暗香流△清明过了，不堪回首，云锁朱楼△

午窗水起莺声巧，何处唤春愁△绿杨影里，海棠枝畔，红杏梢头△

赵佶（宋 200）一首　题：北地。[①]

玉京仍忆旧繁华△[②]万里帝王家△琼楼玉殿，朝喧弦管，暮列笙琶△

花城人去今萧索，春梦绕龙沙△家山何处，忍听羌管，[③]吹彻梅花△[④]

注：① 北地：指北方。此乃作者（宋徽宗）被金兵掳入北地后忆旧所作。② 玉京：指宋都汴梁（今河南开封）。③ 羌管：指金人音乐。④ 梅花：曲名。

左誉（宋 212）一首　题：为杭妹张秾作。

黄昏楼上杏花寒△斜月小栏杆△一双燕子，两行征雁，[①]画角声残△[②]

绮窗人在东风里，洒泪对春闲△也应似旧，盈盈秋水，[③]淡淡春山△[④]

注：① 征雁：飞行之雁。② 画角：军中绘画号角。③ 秋水：喻眼波。④ 春山：喻眉峰。

张元干（宋 243）一首

潇潇疏雨滴梧桐△人在绮窗中△离愁遍绕，天涯不尽，却在眉峰△

娇波暗落相思泪，流破脸边红△可怜瘦似，一枝春柳，不禁东风△

宋齐愈（宋 245）一首　题：梅词应制。[①]

霏霏疏影转征鸿△人语暗香中△[②]小桥斜渡，曲屏深院，水月濛濛△

人间不是藏春处，玉笛晓霜空△江南处处，黄垂密雨，绿涨薰风△[③]

注：① 应制：应皇命而作。② 暗香：喻梅花香。③ 薰风：南风。

侯寘（宋 263）一首　题：效易安体。[①]

花信风高雨又收△[②]风雨互迟留△无端燕子，怯寒归晚，闲损帘钩△

弹棋打马心都懒，撺掇上春愁△[③]推书就枕，凫烟淡淡，[④]蝶梦悠悠△[⑤]

注：① 易安：李清照号。② 花信风：报花开消息之风，自小寒起至谷雨，共有二十四番花信风。③ 撺掇：劝人有所举动也。④ 凫烟：飞烟。⑤ 蝶梦：庄子梦蝶故事。

赵桓（宋 269）一首　题意：此乃作者（宋钦宗）被金兵掳入北地后所作。据《南烬纪闻》。

宸传三百旧京华△[①]仁孝自名家△一旦奸邪，倾天拆地，忍听琵琶△

如今在外多萧索，迤逦近胡沙△家邦万里，伶仃父子，[②]向晓霜花△

注：① 宸传：帝位传承；三百：三百年（按北宋在公元 960 年建都于汴，至 1127 年被金兵所破，实际为 167 年）。② 父子：指徽、钦二帝。

石孝友（宋 299）一首

何须着粉更施朱△①原不在妆梳△寻常结束，②珊珊环佩，③短短裙襦△

花羞柳妒空撩乱，冰雪做肌肤△而今便好，小名弄玉，小字琼奴△

注：① 着粉：抹粉；施朱：搽胭脂。② 结束：打扮。③ 珊珊：佩玉声。

赵彦端（宋 314）一首　题：梅。

黄昏小宴使君家△梅粉试春华△暗香素蕊，横波疏影，月淡风斜△

更烧红烛枝头挂，粉蜡斗香赊△元宵近也，小园先试，火树银花△

范成大（宋 338）一首　题：萍乡道中。①

酣酣日脚紫烟浮△②妍暖破轻裘△困人天气，醉人花气，午梦扶头△③

春慵却是春塘水，一片縠纹愁△④溶溶曳曳，⑤东风无力，欲皱还休△

注：① 萍乡：今江西萍乡市。② 酣酣：言风景之酣畅。③ 扶头：喻醉酒。④ 縠纹：皱纹。⑤ 溶溶：喻深广；曳曳：牵引。

辛弃疾（370）一首　题：妓。

烟花丛里不宜他△①绝似好人家△淡妆娇面，轻注朱唇，一朵梅花△

相逢比着年时节，②愿意又争些△③来朝去也，莫因别个，忘了人咱△④

注：① 烟花：喻妓。② 年时节：那年时节。③ 争些：差些。④ 人咱：犹言本人。

赵长卿（宋 389）一首

槐阴深处啭黄鹂△①午日正长时△一番过雨，绿荷池面，冷浸琉璃△②

红尘不到画堂里，纤楚对蛾眉△③笑偎人道，新词觅个，美底腔儿△

注：① 啭黄鹂：黄莺鸣叫。② 琉璃：即釉料，喻光滑。③ 纤楚：纤细鲜明貌。

洪咨夔（宋 440）一首

平沙芳草渡头村△绿遍去年痕△游丝上下，流莺来往，无限销魂△

绮窗深院人归晚，①金鸭水沉温△②海棠影下，子规声里，立尽黄昏△

注：① 绮窗：窗之美称。② 金鸭：鸭形铜香炉；水沉：即沉香，香料名。

黄机（宋 449）一首

粉墙朱阁映垂杨△晴绿小池塘△东风飏暖，单衣初试，昼日偏长△

鬟松两鬓飞云影，①钿盒未梳妆△②栏杆侧畔，闲抛荔枝，惊散鸳鸯△

注：① 云影：喻发影。② 钿盒：金饰之盒。钿，陷金（嵌金）于器之饰物。

尹焕（宋 465）一首

垂杨袅袅蘸清漪△明绿染春丝△市桥系马，旗亭沽酒，[1]无限相思△

云梳雨洗风前舞，一好百般宜△不知为甚，落花时节，都是颦眉△[2]

注：① 旗亭：市楼也。② 颦眉：皱眉。

陈诜(宋484)一首　题意：作者与妓江柳狎，岳阳守孟之经遂流逐妓去辰州。诜闻讯赠银，并以词饯别。

鬓边一点似飞鸦△休把翠钿遮△二年三载，千撋百就，[1]今日天涯△[2]

杨花又逐东风去，[3]随分落谁家△[4]若还忘得，除非睡起，不照菱花△[5]

注：① 撋：两手相切摩。② 天涯：远去，指辰州。③ 杨花：指妓江柳。④ 随分：随遇。⑤ 菱花：指镜。

冯艾子(宋536)一首　题：春情。

自颦双黛听啼鸦△[1]帘外翠烟斜△社前风雨，[2]已归燕子，未入人家△

鞋儿试着无人看，莫是忒宽些△想他楼上，闷拈箫管，憔悴莺花△

注：① 颦黛：皱眉。② 社前：指春社前。立春后第五个戊日为春社日。

周密(宋541)一首　题：闺情。

飞丝半湿惹归云△[1]愁里又闻莺△淡月秋千，落花庭院，几度黄昏△

十年一梦扬州路，[2]空有少年心△不分不晓，恹恹默默，[3]一段伤春△

注：① 飞丝：指游丝。② 此句套杜牧“十年一觉扬州梦”诗句。

刘基(明7)一首

烟草萋萋小楼西△[1]云压雁声低△两行疏柳，一丝残照，[2]数点鸦栖△

春山碧树秋重绿，人在武陵溪△[3]无情明月，有情归梦，同到幽闺△

注：① 萋萋：草木茂盛貌。② 残照：指夕阳。③ 武陵溪：湘西武陵桃花源，指世外桃源。

王世贞(明207)一首　题：春愁。

青草茸茸正芳柔△[1]倩雨酿春愁△问愁几许，刚来一寸，眼底眉头△

少年无限人间事，抛掷向东流△而今只办，一杯软饱，[2]涂抹穷秋△

注：① 茸茸：草发生貌。② 软饱：谓饮酒。宋苏轼《发广州诗》：“三杯软饱后，一枕黑甜余。”自注：“浙人谓饮酒为软饱。”

乩仙王氏(女)(明305)一首

流水东回忆故秋△疏雨滴更愁△雁来楚峡，风凄江渚，瘦损清愁△

谁怜绝世娇憨睡，斜倚小妆楼△慵窥宝镜，泪滴情眼，恨锁眉头△

倪瑞(女)(明378)一首　题：伤春。

惜春无计挽春还△寂寞倚栏杆△翠眉懒画，红鸳停绣，绿绮重弹△①

满院落红闲未扫，莺燕蹴枝翻△海棠飘艳，梨花飞雪，梅子含酸△

注：① 绿绮：指琴。

黄周星(明 465)一首　题：画中扑蝶美人。

佳人相唤出兰房△①携手换罗裳△恰如当日，赵家姊妹，②各斗新妆△

娇羞戏抚宫纨扇，闲趁燕莺忙△偶然扑着，一双新蝶，好似轻狂△

注：① 佳人：即美人。② 赵家姊妹：指汉成帝后、妃赵飞燕、赵合德姊妹。

金堡(明 499)一首　题：食荔子。

红绡隐隐卧佳人△香送十分春△一团软玉，半含朝露，未解行云△①

娇憨扶出兰汤外，②点水不沾身△早知心醉，且教眼饱，莫便平吞△

注：① 行云：喻爱情。② 兰汤：浴水之美称。

周积贤(明 640)一首

楼外轻烟柳丝寒△愁起见双鸾△画帘初掩，锦屏如翠，宿髻将残△①

无语暗窥走马路，半隔小重山△东风生晕，朝阳出水，春在眉弯△

注：① 宿髻：隔夜所盘发髻。

罗浮散客(明 648)一首　题意：《天凑巧》第一回，余尔陈夸朱小娟。

轻烟一缕入眉生△眼儿溜波明△鬓蝉云深，①靥含霞浅，②唇着些猩△③

一段轻盈难把捏，弱柳傲风情△④更堪奇处，莲翘初月，⑤声啭新莺△

注：① 云：喻发。② 靥：颊上酒涡。③ 猩：即红。④ 弱柳：喻柳腰。⑤ 莲翘：缠足；初月：弦月如弓，喻小足如弦月。

郭士璟(清 9)一首　题：小鬟。　注：调名原作秋波媚。

掠成双髻又鬔松△①贪戏百花丛△手拖罗扇，袖掩罗帕，总是匆匆△

隔花学斗鹦哥舌，②了不避人踪△③偶然解事，两眶水碧，一脸潮红△

注：① 掠成：梳成。② 鹦哥：鸟名，能学人语。③ 了：完全之意。

李雯(清 22)一首　题：题《西厢图》二十则—幽会。

葳蕤金锁启春风△①人在明月中△那时相见，犹将罗袖，半掩芙蓉△②

鸾衾整顿和香屑，温玉小窗东△端详此际，星眉微敛，蝉鬓初松△

注：① 葳蕤金锁：喻女主角崔莺莺乃娇姿弱质。② 芙蓉：喻面。

徐孝钧(清 176)一首

似水官衙夜无聊△烛炧水沉消△①故山秋老，天涯人去，明月今宵△

来朝难趁吴娘棹，②灯火过虹桥△③松陵江口，④估船相并，⑤篷背吹箫△⑥

注：① 烛灺：烛烧余也。② 棹：喻船。③ 虹桥：垂虹桥，在江苏吴江东门外。④ 松陵：吴江县城厢镇。⑤ 估船：商船。⑥ 篷：指船篷。

冷士嵋（清215）一首　题：咏美人。

绝代佳人擅娉婷△[①]婉娈唤卿卿△[②]海棠慵睡，柳丝无力，粉蝶多情△

绿蛾淡扫纤纤月，[③]风态可盈盈△[④]断人魂处，黄莺妖冶，紫燕娇轻△

注：① 娉婷：美貌。② 婉娈：少好貌；卿卿：对人之爱称。多用于异性。③ 绿蛾：指眉。④ 风态：风姿体态。

史惟圆（清221）一首　题：春雪。

晓寒无赖透重裘△飞雪弄轻柔△柳条欲展，梅花才放，春色还收△

园林一夜填应满，点点入帘浮△密遮山顶，平铺水面，望断孤舟△

柴震（清261）一首　题：闺情。

半卷珠帘控玉钩△独坐理箜篌△[①]纷纷榆荚，茫茫柳絮，吹过西楼△

碧漪云漾东风暖，池上晚寒收△青梅戏掷，黄鹂惊起，花落墙头△

注：① 箜篌：古乐器。

朱彝尊（清288）一首

那年私语小窗边△明月未曾圆△含羞几度，已抛人远，忽近人前△

无情最是寒江水，催送渡头船△一声归去，临行又坐，乍起翻眠△

徐江睿（清297）一首　题：旅怀。

朱栏碧瓦小红楼△芳草遍天愁△嫩柳含烟，残梅点雪，新月横钩△

兰桡载酒人何处，芦笋绿汀洲△皓腕推帘，横波入鬓，别样风流△

丁炜（清357）一首　题：河房偶见。

新妆堕马挽春云△[①]浅笑复含颦△翠翘弹风，[②]冰纨趁蝶，[③]微袅湘裙△

盈盈隔水看娇面，拟赋洛川神△[④]最难描是，双弯贮媚，一盼生春△[⑤]

注：① 堕马：髻式名；春云：喻发。② 翘：首饰名。③ 冰纨：绢扇也。④ 洛神：指仙女，曹植怀念甄后，曾作《洛神赋》。⑤ 双弯：此指眉毛，此处借指眼睛。明王世贞《画眉》："争夸京兆双弯妩，别取成都十样新。"

沈时栋（清444）一首　题：画眉，和《百末词》原韵。[①]

天然安顿鬓梢头△双印远山修△[①]玉纤描就，碧螺点罢，[②]日上珊钩△

芙蓉镜里传深浅，频注眼波流△无端心事，斗来腕底，[③]绘上新愁△

注：①《百末词》，尤侗词集名。② 碧螺：即螺黛。③ 斗：疑为"陡"之误。

顾贞观（清471）一首

手卷香帘雨初收△双燕小红楼△酿花天气，①护花心性，一样温柔△

知他底事长无语，②钿带缚箜篌△③个中须解，寒应胜暖，春不如秋△

注：① 酿花天气：即养花天气，在谷雨节时候。② 底事：即何事。③ 箜篌：古乐器。

姜垚(清 479)一首　题：寒食。①

寒食江南雨丝丝△细缕漾村篱△②绛桃欲坼，③新杨慵倚，未许春归△

画船人醉红桥畔，双燕剪青泥△④无端羌管，⑤悠悠频弄，片片花飞△

注：① 寒食：古节日名。② 细缕：细丝。③ 坼：裂开，即绽放。④ 剪：燕尾如剪。⑤ 羌管：即羌笛，为西北少数民族乐器，此处泛指箫、笛。

杜致远(清 492)一首　题：同人泛舟秦塘。①

兰桡一叶泛春潮△②雨浪卷新蒲△疏篱水畔，柳阴如暝，绿到蘼芜△③

旧游浑是梨花梦，④林鸟劝提壶△酒旗风动，板桥娘子，巧笑当垆△⑤

注：① 同人：即同事。② 兰桡：船之美称；一叶：喻船小如叶片。③ 蘼芜：野草名。④ 浑是：全是。⑤ 当垆：卖酒。

汪懋麟(清 519)二首　题：第一首，帘内。

第二首，本意。

(1) 玲珑帘幕垂金堂△①谢女怯灯光△凤凰高髻，鸳鸯绣带，别样新妆△②

多情风动帘开处，秋水更盈眶△③最销魂是，鬓边花气，怀里衣香△

注：① 金堂：华丽厅堂。② 别样：特别式样。③ 秋水：喻眼波。

(2) 谢公堤下系征航△①粉壁映垂杨△谁家少女，蒲葵扇小，茉莉风凉△

鞋儿脚上刚三寸，袅袅玉奴妆△不憎人见，②凌波微步，罗袜生香△

注：① 征航：远行之船。② 不憎：不嫌恶。

宋庆长(清 542)一首　题：春情。

垂柳垂杨雨初晴△天气近清明△饧箫吹彻，①秋千斜挂，画里江城△

玉人妆罢无心绪，②娇鸟隔窗鸣△殷勤看取，花秾香细，昼永烟轻△

注：① 饧箫：古时在清明前后，常有吹箫卖饧小贩。② 玉人：指美人。

袁揆燮(清 557)一首

莺娇燕软破轻纱△红日半窗斜△金猊篆冷，①玉钩帘静，春梦谁家△

香云撩乱慵妆束，②幽恨在天涯△相思最是，一声杜宇，数点杨花△

注：① 金猊：狮形铜香炉。篆：篆烟，曲折之烟。② 云：发。

贺字(女)(清 609)一首　注：调名原作秋波媚。

流水迂回忆旧秋△疏雨暗添愁△雁来楚峡，凤凄江渚，瘦损温柔△
无端萧瑟添惆怅，斜倚向妆楼△慵窥宝镜，泪悬双眼，恨锁眉头△

纳兰性德（清 694）一首

重见星娥碧海槎△①忍笑却盘鸦△②寻常多少，月明风细，今夜偏佳△
休笼彩笔闲书字，③街鼓已三挝△④烟丝欲袅，露光微泫，春在桃花△
注：① 星娥：喻仙女；槎：编竹木代舟。② 盘鸦：盘髻；鸦，喻黑发。③ 笼：封闭、套也。④ 挝：音抓，指三更，挝，敲更也。

厉鹗（清 900）一首

一寸横波惹春留△①何止最宜秋△②妆残粉薄，矜严消尽，③只有温柔△
当时底事匆匆去，④悔不载扁舟△分明记得，吹花小径，听雨高楼△
注：① 横波：目斜视如水之横流，指眼波。② 秋：秋波。③ 矜严：庄重威严之意。④ 底事：何事。

毛健（清 941）一首

柳条轻软杏花鲜△见了便情牵△送阄微笑，①背灯私语，别是巫山△②
琼枝想像春还在，题破浣花笺△③昨宵醉后，今朝梦里，明日愁边△
注：① 阄：暗书纸卷。② 巫山：喻欢会之所。③ 浣花笺：笺纸之美称，薛涛所创。

荆大鼎（清 1021）一首

毵毵杨柳画堂前△①花压翠云妍△几行疏雨，一行斜照，②数点轻烟△
笙歌日暮青山碧，小艇斗婵娟△③三分春色，二分明月，依旧当年△
注：① 毵毵：细长貌。毵，音三。② 斜照：夕阳。③ 婵娟：景物、人物美好貌。

李调元（清 1026）一首

一捻纤腰是柳揉△无力织新愁△秋波乍溜，①远山半皱，②长是低头△
晓来底事开唇笑，③问着却含羞△绿窗深处，樗蒱齿里，④赢得头筹△⑤
注：① 秋波：喻眼光。② 远山：喻眉峰。③ 底事：何事。④ 樗蒱齿：赌具，骰子也。⑤ 头筹：第一之意。

倪象占（清 1048）一首

寻梦寻春一色迷△凝望草萋萋△晓烟愁散，轻风愁荡，夕照愁低△
莲钩香印魂销处，①独有燕丸泥△珠帘细雨，画梁明月，夜夜双栖△
注：① 莲钩：如钩金莲，喻小足。

左辅（清 1124）一首　题：本意。

贪看鸳鸯又藏羞△临去却回头△分明说与，无人知得，别是新愁△

有时睡起懵腾甚，①轻碾玉葱柔△②晓奁镜里，月波楼上，一样横秋△③

注：① 懵腾：糊涂。② 玉葱：喻美人手指。③ 横秋：喻秋波。

杨英灿（清 1175）一首

桃花红雨绿杨烟△春到十分妍△踏青堤畔，簸钱堂上，①咏絮庭前△②

日长休教清闲过，最好是今年△弹来棋局，学他箫管，戏到秋千△

注：① 簸钱：掷钱为赌戏，古时少女之游戏。② 咏絮：晋才女谢道韫《咏雪》有："未若柳絮因风起"句。

王倩（女）（清 1235）一首　题：本意，有赠。

剪水天然入鬓流△①无计赠回头△歌阑灯下，②酒醒枕上，半晌横秋△③

背人一笑嫣然处，密意暗相酬△销魂最是，睆郎薄怒，窥客佯羞△

注：① 剪水：喻眼波。② 歌阑：歌尽。③ 横秋：横秋波。

王陆禔（清 1244）一首

丝丝烟雨罨横塘△①东风碧草香△梅花已雪，②桃放未放，冷落春光△

凝眸不见红襟燕，无语暗回肠△知他去后，可曾念着，旧日雕梁△

注：① 罨：掩覆也。② 已雪：喻开放白花。

杨汝燮（清 1278）一首

凄凉独倚玉栏边△①懒整旧钗钿△②许多闲事，才添香屑，又上琴弦△

语风莫搅鸳鸯梦，③池畔正双眠△数层波縠，④千条菰线，几个荷钱△⑤

注：① 玉栏：白石栏杆。② 钗钿：首饰。③ 语风：言语和风。④ 縠：皱纹。⑤ 荷钱：喻嫩荷叶，因其初生小如钱。

汤贻汾（清 1313）一首　题：红桥。①

桃花如面柳如腰△画舫集红桥△一楼灯火，满湖明月，彻夜琼箫△②

平山堂外春如海，③春梦几时销△莺莺燕燕，风风雨雨，暮暮朝朝△

注：① 红桥：扬州名胜。② 琼箫：即玉箫。③ 平山堂：扬州名胜。

陈嘉（女）（清 1697）一首　题：清明时节，余寒殢人，燕子不来，悄然有感。①

停针无语倚妆台△花信费疑猜△②山桃未破，海棠犹睡，林杏初开△

今年毕竟春寒重，梁燕不曾来△清明时节，阴晴气候，懊恼情怀△

注：① 殢人：困人。② 花信：指花信风，每一番（五天）有一花应之。按清明前桃花、海棠花早已盛开，杏花则更早，燕子也早已来临，而今年俱反常。

左锡璇（女）（清 1716）一首

清浅银河澹不流△①风软笛声柔△一弯新月，半窗灯影，无限离愁△

惜分偏是多离别，此恨几时休△恼人春色，撩人花气，荡漾帘钩△

注：① 银河：天河；澹：恬静。

濮文绮（女）（清 1731）一首　题：暮春。

空庭日澹舞杨花△风袅篆烟斜△①幽兰香谢，乳莺啼懒，春梦谁家△

有情青帝都归去，②一度一堪嗟△东风庭院，绿阴世界，流水年华△

注：① 篆烟：曲折如篆体字香烟。② 青帝：指春神。

石德芬（清 1816）一首　题：已酉（1909 年）春朝于役边北，①离营三十里，柳林在焉，地名弓丫。②

沿堤问柳到弓丫△新绿正含芽△东风过处，纤腰欲舞，羞煞蛮娃△③

稚条怎便能成絮，雪点混杨花△天涯何处，剧撩人恨，④春色些些△

注：① 边北：清时四川道名，治地在今四川西康。② 弓丫：边北道地名。③ 蛮娃：指少数民族女子，此处指藏族。④ 剧：甚也。

车乘轨（现当 88）一首　题：新正见放风筝。①　注：2002 年 2 月 21 日（大年初十）作。

新正时节意缠绵△风软不知寒△冬衣小卸，春装初试，信步偷闲△②

南溪路口风光好，③天半尽飞鸢△④惹怜最是，⑤髫龄幼女，抱鹞牵线△⑥

注：① 新正：农历正月初十；见放风筝：放风筝一般在农历二月间，今遇暖冬，新正温暖如春。② 信步：随意行走。③ 南溪路口：在嘉兴迎宾桥畔，当时尚未开发，一大片绿地。④ 飞鸢：飞舞风筝。⑤ 惹怜：招人爱怜。⑥ 鹞：鸟，此处指风筝。

曾华源（现当 121）一首　题：小花猫。

神采飘飘满庭游△风雨不知愁△一双火眼，两张灵耳，黑白轻裘△

横须拱背威毛耸，轻跃上仓头△风流只在，喵喵声脆，咕咕声啾△

四十八字　眼儿媚　第二体，同第一体，但后段第一句也叶平韵。

许古（金 16）一首

浊醪蒭得玉为浆△①风韵带橙香△持杯笑道，鹅黄似酒，酒似鹅黄△

世缘老矣不思量△沉醉又何妨△临风对月，山歌野调，尽我疏狂△

注：① 浊醪：混浊之酒，自谦之词；蒭：音初，以竹笼漉取酒也。

陈士元（明 199）一首　题：闺怨。

黄鹂弄舌柳含烟△双燕舞联翩△[1]昼长院静，海棠花落，寂寞秋千△

云波芳信倩谁传△[2]鳞鸿阻尺笺△相思无限，夕阳帘下，新月窗前△

注：① 联翩：不绝。② 云：天空，指下句鸿；波：水上，指下句鳞。

万寿祺（明 416）一首　题：赠卞校书。[1]

花弄香纹春满楼△桃叶引江流△个人何事，[2]斜阳独倚，曲曲肠柔△

垂帘淡淡扑杨球△私心好处投△侍儿敛态，[3]闭门作意，不上金钩△

注：① 校书：这里指妓女。② 个人：即他。③ 侍儿：婢女。

彭孙贻（明 504）一首　题：独游章有堂牡丹花下。

和晴和雨酿花天△[1]春醉玉栏前△[2]画楼春暖，绣帘风软，蝶坐蜂眠△

断肠春色阿谁边△[3]何处不曾怜△多情红雨，[4]多愁红黛，[5]多付红笺△

注：① 酿花天：即养花天，指春天。② 玉栏：白石栏杆之美称。③ 阿谁：即何人。④ 红雨：指落花。⑤ 红黛：指女子。

刘淑（女）（明 570）一首　题：携儿就读于黄田之野。

紫云新种点春工△[1]晴舒菡蕊红△半篮皎月，两盘玉露，几盏清风△

含笑携儿入桂丛△秋光掩碧空△万卷龙文，[2]千里斗帐，[3]一亩儒宫△[4]

注：① 紫云：紫云英，野生草名；点春工：点缀春景。② 龙文：雄健文章。③ 斗帐：即幕天，喻露天。④ 儒宫：课堂，此处指田野。

李雯（清 22）一首　题：画眉。

晓来独自上妆楼△携笔近帘钩△菱花未掩，[1]朝霞初晕，直甚风流△

青青常压两星眸△[2]难画几重愁△盈盈只在，远山峰上，[3]柳叶梢头△[4]

注：① 菱花：镜也。② 星眸：喻眼光明亮。③ 远山：喻眉峰。④ 柳叶：喻眉细。

贺裳（清 98）一首　题：绣罢。

半竿残日上西窗△倦绣出金堂△架移帘内，绒拖鬓畔，花袅钗傍△[1]

蓦然栏角回头望△背底立萧郎△[2]低声笑语，何时潜入，真太猖狂△

注：① 花袅：喻头上所插之花颤摇；钗傍：钗已傍靠，即已松垂。② 萧郎：对恋人之泛称。

四十八字　眼儿媚　第三体，同第一体，但前、后段结尾均为六字二句。

冯梦龙（明 288）一首　题意：《警世通言》第八卷，咏秀秀刺绣技艺。

深闺小院日初长△娇女绮罗裳△不做东君造化，金针刺绣群芳△

斜枝嫩叶包开蕊，唯只欠馨香△曾向园林深处，引教蝶乱蜂狂△

四十八字　眼儿媚　第四体，每句都叶韵，前、后段结尾均为七字、五字二句。

赵世钺（清695）一首　题：咏梅。　注：调名原作秋波媚。

天教领袖占春风△冰雪显孤踪△月华蔼蔼水溶溶△[1]疏影落寒空△[2]

竹溪斜与断桥通△人在暗香中△[3]对花无语素心同△[4]色相是销熔△

注：① 月华：即月光。②③ 疏影、暗香：均指梅。④ 素心：本心之意。

四十八字　喜团圆

董元恺（清423）一首　题：将到家作。

依稀又见，兰陵城郭，[1]远火垂杨△忽逢野老偏相识，惊问鬓毛苍△

遥知窗外，柳开新眼，梅送余香△牵衣大妇，挽须小女，争拂风霜△[2]

注：① 兰陵：即江苏常州，作者家乡。② 风霜：风尘之意。

车乘轨（现当88）一首　题：喜拙作《越秀诗词楹联集》将出版。　注：2003年8月12日作。

诗词做就，汇编成集，电脑初刊△还须定稿成书籍，争奈好梦难圆△

北京征稿，[1]赤文能印，[2]路远麻烦△最终定局，嘉兴出版，愿了开颜△

注：① 北京：北京很多诗词社愿代为付印。② 赤文：湖北赤壁文学院亦允予出版。

四十八字　朝中措　第一体，后段前三句各为四字。

欧阳修（宋33）一首

平山栏槛倚晴空△[1]山色有无中△手种堂前垂柳，别来几度春风△

文章太守，[2]挥毫万字，一饮千钟△行来直须年少，尊前看取衰翁△[3]

注：① 平山：平山堂，扬州名胜。② 太守：官名，相等于今地级市长。作者曾官扬州太守。③ 尊前：酒席前。

杜安世（宋53）一首

养花天气近清明△[1]丝雨酿寒轻△满眼春工如绣，[2]消磨不尽离情△

行行又宿，小桃旧坞，芳草邮亭△唤起两眉新恨，绿杨深处啼莺△

注：① 养花天气：牡丹开时，多有轻风微雨，谓之养花天。② 春工：春季造化之工。

周紫芝（宋200）二首

（1）雨余庭院冷萧萧△帘幕度微飙△鸟语唤回残梦，春痕勒住花梢△
无聊睡起，新愁黯黯，归路迢迢△又是夕阳时候，一炉沉水烟销△

（2）黄昏楼阁乱栖鸦△天末淡微霞△①风里一池杨柳，月边满树梨花△
阳台路远，②鱼沉尺素，③人在天涯△想得小窗遥夜哀弦拨断琵琶△

注：① 天末：天边。② 阳台：楚襄王梦与神女相会之所，喻欢会处。
③ 尺素：喻书信，此处谓书信不通。

葛立方（宋 253）一首　题：回至汴京，喜而成长短句。①

暂时英荡出燕然△②冰柱冻层檐△时节马蹄归路，杨花乱扑征鞯△③
如今归去，银铛宜见，④七宝床边△待得退朝花底，家人争卷珠帘△

注：① 汴京：北宋京城，即今河南开封。② 英荡：古代竹制符节，持之以作凭证。后泛指外任官员印信和证件。③ 鞯：马鞍垫具。④ 铛：指酒壶。

李祁（宋 259）一首　题：探梅早春亭，逾凤栖岭，至三山阁，折花而回。

郎官湖上探春回△①初见照江梅△过尽竹溪流水，无人知道花开△
佳人何处，江南梦远，殊未归来△唤取小鬟教看，隔江烟雨楼台△

注：① 郎官湖：在湖北汉阳城内东南隅。时作者监汉阳酒税。

侯寘（宋 263）二首　题：第一首，元夕上潭帅刘共甫舍人。
第二首，建康大雪，戏赠母舅晁留守。①

（1）年来玉帐罢兵筹△①灯市小迟留△②花外香随金勒，③酒边人倚红楼△
沙堤此去，传柑侍宴，④天上风流△还记月华小队，⑤春风十里潭州△⑥

注：① 玉帐：军营美称；兵筹：军队花名册。筹，记数也。② 灯市：指元宵放灯。③ 勒：马络头，指马。④ 传柑：《岁时记》“上元夜贵戚例以黄柑相遗”。遗，赠也。⑤ 月华小队：月光下巡逻队。⑥ 潭州：湖南长沙。

（2）漏云初见六花开△①惊巧妒江梅△飘洒元戎小队，②玉妆旌旆归来△③
恩同化手，春回陇亩，吹倒尊垒△④记取明朝登览，绿漪唯有秦淮△⑤

注：① 六花：六出之花，指雪。② 元戎：元帅；小队：卫队。③ 旌旆：旗也，指仪仗。④ 垒：军中防守墙壁。⑤ 绿漪：绿波；秦淮：秦淮河，横穿南京城。

史浩（宋 283）一首　题：雪。

冻云着地静无风△簌簌坠遥空△①无限人间险秽，一时为尔包容△②

凭高试望，楼台改观，山径迷踪△唯有碧江千里，依然不住流东△③

注：① 遥空：远空。② 尔：你也。③ 流东：应为东流，因声韵关系而颠倒。

张抡（宋 292）一首

吴淞江影漾清辉△①山远翠痕微△杨柳风轻日永，桃花浪暖雨肥△

东来西往，随情任性，本是无机△②何事沙边鸥鹭，一声欸乃惊飞△③

注：① 吴淞江：太湖支流，经江苏吴江、苏州、昆山至上海青浦、松江、上海入黄浦江出海。② 无机：无真性。③ 欸乃：摇橹声。

李石（宋 293）一首　题：闻莺。

飘飘仙袂缕黄金△①相对弄清音△几度教人误听，当窗绿暗红深△

一声梦破，②槐阴转午，别院深沉△试问绿杨南陌，③何如紫椹西林△④

注：① 此句喻黄莺。② 梦破：即睡醒。③ 南陌：南郊。④ 紫椹：指桑实。

曾觌（宋 296）一首

休论社燕与秋鸿△①时节太匆匆△海上一番微雨，朱门浓绿阴中△②

主人情厚，金杯满泛，③且共从容△莫问莺花俱老，今朝犹是东风△

注：① 社燕：指春燕。② 朱门：指富贵人家。③ 泛：浮也，指饮酒。

石孝友（宋 299）一首

乱山叠叠水泠泠△①南北短长亭△②客路如天杳杳，归心特地宁宁△

春光荏苒，③花期冷落，酒伴飘零△④柳影黄边新绿，烧痕黑处重青△

注：① 泠泠：音灵。水声。② 短长亭：五里为短亭，十里为长亭。③ 荏苒：渐渐过去。④ 酒伴：酒友。

洪适（宋 310）一首　题：黄州宪侍儿倩奴。①

嘉禾一别十经春△②清泖记垂纶△③今日天涯沦落，④跫然一见佳人△⑤

酒浮重碧，⑥声低云叶，香趁霞裙△⑦准宜魁星归去，⑧它时相会金门△⑨

注：① 黄州：湖北州名。② 嘉禾：即浙江嘉兴。③ 清泖：喻水清又不湍急；垂纶：指钓鱼。④ 天涯沦落：指倩奴沦落为婢。⑤ 跫然：脚步声；佳人：好女子。⑥ 酒浮：即饮酒；碧：指绿蚁，即酒。⑦ 霞裙：有光彩裙子。⑧ 魁星：喻功名得中（指自己）。⑨ 金门：官邸。

范成大（宋 338）一首

系船沽酒碧帘坊△①酒满胜鹅黄△②醉后西园入梦，东风柳色花香△

水浮天处，夕阳如锦，恰似鲈乡△③中有忆人双泪，几时流到横塘△④

注：① 沽：买。② 鹅黄：黄色之娇美者。苏轼诗：“应倾半熟鹅黄酒”。

③ 鲈乡：喻故乡。源出晋张翰思故乡吴中鲈鱼脍，遂辞官归。④ 横塘：在作者故乡苏州石湖附近。

程垓（宋368）一首

片花飞后水东流△无计挽春留△香小谁栽杜若，①梦回依旧扬州△

破瓜年在，②娇花艳冶，舞柳纤柔△莫道刘郎双鬓，③才情未放春休△

注：① 杜若：草名，多年生。《楚辞》："采芳洲兮杜若。"② 破瓜年：指十六岁。③ 刘郎：指唐刘禹锡。

辛弃疾（宋370）二首　题：第一首，崇福寺道中，归寄祐之弟。

（1）篮舆袅袅破重冈△①玉笛两红妆△这里都愁酒尽，那边正和诗忙△

为谁醉倒，为谁归去，都莫思量△白水东边篱落，②斜阳欲下牛羊△

注：① 篮舆：指竹轿；袅袅：随风摆动貌。② 篱落：即篱笆。

（2）绿萍池沼絮飞忙△①花入蜜脾香△②长怪春归何处，谁知个里迷藏△③

残云剩雨，些儿意思，④直恁思量△不是流莺惊觉，梦中啼损红妆△

注：① 池沼：池也，圆称池，曲叫沼。② 蜜脾：即蜂蜜。苏轼诗："蜜脾已满黄蜂静"。③ 个里：那里。④ 些儿：即些子儿，无多也。

赵长卿（宋389）一首

征帆一缕转弯斜△①惊鹭起汀沙△点点随风逆上，满江飞破残霞△

楼前光景，楼心红粉，蝉翼轻纱△却忆钱塘江上，②曲栏横槛他家△

注：① 征帆：远行之舟；一缕：一线。② 钱塘江：水名，在浙江杭州一带。

赵师侠（宋390）一首

疏疏帘幕映娉婷△①初试晓妆新△玉腕云边缓转，②修蛾波上微颦△③

铅华淡薄，轻匀桃脸，深注樱唇△还似舞鸾归沼，无情空恼行人△

注：① 娉婷：喻美人。② 云：发。③ 修蛾：细长之眉；颦：皱眉。

吴文英（宋476）一首

晚妆慵理瑞云盘△①针线停灯前△燕子不归帘卷，海棠一夜孤眠△

踏青人散，遗钿满路，②雨打秋千△尚有落花寒在，绿杨未褪青绵△③

注：① 瑞云：喻发髻。② 钿：首饰。③ 青绵：喻柳絮。

王玉（宋524）一首

杨花绕画暖风多△晴雪点池波△①细数翠萍几靥，零星未碍圆荷△

软人天气，半如溽暑，半似清和△②说与香篝缊火，③酒痕梅却衣罗△④

注：① 雪：喻杨花。② 清和：农历四月天。③ 香篝：香笼；缊火：赤黄色

火。④ 梅：黄梅天气；衣罗：穿罗衣。

陈允平(宋 556)一首

欲晴又雨雨还晴△时节又清明△红杏墙头燕语，碧桃枝上莺声△

轻衫短帽，扁舟小棹，①几度旗亭△②斗草踏青天气，③买花载酒心情△

注：① 棹：船桨。② 旗亭：市楼，指酒楼。③ 斗草：古代妇女一种游戏。

张炎(宋 572)一首

清明时节雨声哗△潮涌渡头沙△翻被梨花冷看，人生苦恋天涯△

燕帘莺户，云窗雾阁，酒醒啼鸦△折得一枝杨柳，归来插向谁家△

元好问(金 27)二首

(1) 樱桃花下玉亭亭△①随步觉春生△处处绮罗丛里，②偏他特地分明△

韶华似水，棠梨半吐，杨柳新成△不是低鬟一笑，十分只是无情△

注：① 玉亭亭：玉立亭亭，喻美人俏立。② 绮罗丛里：妇女群中。

(2) 瑞云游动酒波红△一醉卷愁空△昨日海棠窠下，今朝芍药香中△

蜂迎蝶送，珠围翠绕，尽谢春风△管甚碧油堂印，①且教临老花丛△②

注：① 堂印：宰相之印，喻官体。② 花丛：喻妇女群、妓院。

白朴(元 8)二首

(1) 娃儿十五得人怜△金雀髻垂肩△已爱盈盈翠袖，更堪小小花钿△

江山在眼，宾朋满座，有酒如川△未便芙蓉帐底，①且教玳瑁筵前△②

注：① ②此两句谓未能侍寝，且陪酒筵。

(2) 东华门外软红尘△不到水边村△任是和羹傅鼎，①争如漉酒淘巾△

三年浪走，有心遁世，②无地栖身△何日团圞儿女，③小窗灯火相亲△

注：① 和羹傅鼎：指出仕为官，鼎，喻宰相。② 遁世：隐居。③ 团圞：即团圆。

储巏(明 98)一首　题：三月三日促饮北寺中。

野阴春色妒春暄△桃李竟无言△修禊共追令节，①酵时芋过高轩△②

花宫梵远，③祇林香散，④竹坞阴繁△坐待渐看日暮，不成又是西园△

注：① 修禊：三月三日采兰水上以祓除不祥，谓之修禊；令节：节令，是日为上巳节。② 酵：大醉；芋过：大过；高轩：气度轩昂。③ 梵：禅寺。④ 祇林：祇园，寺也。

吴熙(明 366)一首　题：渔家乐。

西邻黄发捕鱼归△①霜满绿蓑衣△修竹林边系艇，②枯杨树底开扉△

燃芦代烛，刳螺当盏，[3]浊酒频挥。[4]听取儿歌妇笑，何必翠绕珠围。

注：① 黄发：指老人。② 修：长而直。③ 刳：剖开再挖空。④ 浊酒：低档之酒，自谦词。

归庄（明 483）一首　题：平山堂次欧公韵。[1]

山连霄汉草连空。[2]楼阁碧虚中。第五泉边试酌，飒然两颊生风。[3]

千秋胜概，[4]残阳绿树，暮霭疏钟。非复当年栏槛，风流犹想仙翁。[5]

注：① 平山堂：扬州名胜；次欧公韵：依次和欧阳修韵。② 霄汉：指天空。③ 飒然：风声。④ 胜概：名胜地。⑤ 仙翁：指欧公。

朱彝尊（清 288）一首

兰桡并载出横塘。[1]山寺踏春阳。细草弓弓袜印，[2]微风叶叶衣香。

一湾流水，半竿斜日，同上归艎。[3]赢得渡头人说，秋娘合配冬郎。

注：① 兰桡：船之美称；横塘：苏州胥门外风景区，此处泛指湖泊。② 弓弓：弓形缠足小足。③ 归艎：即归舟。

李莩（女）（清 570）一首　题：春闷。

晓来对镜损双蛾。憔悴却因何。新制惜春一曲，檐前教学鹦哥。

五更风雨，千回愁绪，九十都过。[1]试问泪流花落，日来谁少谁多。

注：① 九十：指春季九十天。

任映垣（清 1006）一首　题：南礀春游。

胜游曾过梵王家。[1]春色正清华。稚子频移石犷，[2]女郎肩采新茶。

归来傍晚，青螺几叠，薄霭微遮。[3]回首鹁鸪叫处，沿山都放桃花。

注：① 梵王家：指寺庙。② 石犷：顽石也。③ 霭：云气，指暮霭。

金德舆（清 1109）一首　题：题友人蒹葭深处填词图。

范湖秋水绕门流。[1]池馆惬清幽。槛外几丛芦荻，萧萧唤起闲愁。[2]

移宫换羽，[3]新声倚遍，[4]合付歌喉。唱到白蘋香冷，胜他红杏枝头。

注：① 范湖：范蠡湖，在浙江嘉兴。② 萧萧：风声。③ 宫羽：宫、商、角、徵、羽，古五音也。④ 倚声：即填词。

张应昌（清 1418）一首

参横斗转漏声沉。[1]微步立花阴。月淡烟浓庭院，绿肥红瘦园林。

朦胧夜色，珠帘悄悄，玉户愔愔。[2]芳梦池塘何处，等闲又是春深。[3]

注：① 参横斗转：喻夜深。参、斗，即星也。② 玉户：即闺房；愔愔：形容安静和悦。③ 等闲：不觉也。

周星诒（清 1759）一首　题：泊三板桥感旧。[1]

画船明月客衣单△日薄悄生寒△白板垂杨门巷，红楼临水栏杆△

而今寂寞，雨疏烟淡，燕老莺残△正是熟梅时节，那堪重客江南△

注：① 三板桥：在浙江温州。

丰子恺（现当 310）一首

一湾碧水小窗前△景色似当年△旧种庭前桃李，春来齐斗芳妍△

如今犹记，儿时旧学，风雨残编△往事莫须重问，年华一去悠然△

车乘轨（现当 88）一首　题：惊闻霍乱卷土重来。[1]　注：2005 年 10 月 6 日作。

惊闻霍乱又重来△余悸尚存怀△六五年前时疫，[2]噬人如虎堪哀△

国家重视，人民配合，防治安排△注意苍蝇污食，卫生方可消灾△

注：① 霍乱：夏、秋间流行性时疫，上吐下泻，患者严重脱水，指纹凹陷，俗称瘪螺痧，因疫情猛烈如虎，又称虎烈拉。② 六五年前：即 1940 年，浙江绍兴霍乱大发，死者甚众。

四十八字　朝中措　第二体，同第一体，但后段前三句改为七字、五字两句。

程垓（宋 368）一首

矮窗西畔翠荷香△人在小池塘△何事未拈棋局，却来闲倚胡床△[1]

金盆弄水玉钗亸，[2]鬓妆懒何妨△莫道闲来不应，今宵却恨天凉△

注：① 胡床：即绳床。② 亸：下垂。

赵长卿（宋 389）一首

荷钱浮绿点前溪△[1]梅雨日长时△[2]恰是清和天气，[3]雕鞍又作分携△[4]

别来几日愁心折，针线小蛮衣△羞对绿阴庭院，衔泥燕子于飞△[5]

注：① 荷钱：即初生荷叶。② 梅雨：在农历五月。③ 清和：农历四月称清和月。④ 雕鞍：指骑马；分携：分别。⑤ 于飞：喻夫妇和合。

韩淲（宋 423）一首

春浓人静倦游嬉△烟雨战棠梨△[1]翠径乱红无数，频听啼上黄鹂△

小园流水溅溅处，绿遍谢家池△怨月恨花滋味，泪痕犹染罗衣△

注：① 棠梨：一名甘棠，俗称野梨，春初开小白花。

四十八字　画堂春

赵长卿（宋 389）一首　题：长新亭小宴。

小亭烟柳水溶溶△野花白白红红△恼人池上晚来风△吹损春容△

又是清明天气，记当年、小院相逢△凭栏幽思几千重△残杏香中△

四十八字　贺圣朝

郑熙绩(清 676)一首　题：雨泊青枫。

霎时风雨来何乍▲维缆松阴下▲须臾云湿，滂沱倾倒，珠玑飞泻▲

柴门静掩疏帘挂▲好个清幽舍▲粉墙低护，清溪回抱，宛然图画▲

汪适孙(清 1459)一首

钿笙勒住春寒峭▲①记栏杆同靠▲除他明月，照侬来去，更谁知道▲

天涯有约飞归棹▲②说蔷薇听了▲吴笺双叠，印文红押，鸳鸯颠倒▲

注：① 钿笙：嵌金为饰之笙；笙，乐器也。② 归棹：归舟也。

四十八字　新曲

长孙无忌(唐 1)一首

回雪凌波游洛浦，①遇陈王△②婉约娉婷工语笑，③侍兰房△

芙蓉绮帐开还掩，翡翠珠被烂齐光△④长愿今宵奉颜色，不爱吹箫逐凤凰△

注：① 回雪：喻肌白；洛浦：洛水之滨。② 陈王：曹植封号。指其遇洛神故事。③ 工：巧也、善也。④ 翡翠珠被烂齐光：语出《楚辞·招魂》"翡翠珠被，烂齐光些"。烂：灿烂；齐光：像日月一样地有光彩。

四十八字　落花时

纳兰性德(清 694)一首

夕阳谁唤下楼梯，一握香荑△①回头忍笑阶前立，总无语，也相宜△

相思直恁无凭据，②休说相思△劝伊好向红窗醉，须莫及，落花时△

注：① 香荑：喻美人手。② 恁：如此。

四十八字　滴滴金

周邦彦(宋 128)一首　题：春词。

梅花漏泄春消息▲①柳丝长，草芽碧▲不觉霜鬓白▲念时光堪惜▲

兰堂把酒思佳客▲②黛眉颦，愁春色▲音书千里相疏隔▲见了方端的▲③

注：① 此句谓百花梅占先。② 把酒：持酒杯。③ 端的：果然如此。

四十八字　广谪仙怨

窦弘余(唐 27)一首

胡尘犯阙冲关△①金络提携玉颜△②云雨此时萧散，君王何日归还△

伤心朝恨暮恨，回首千山万山△③独望天边初月，蛾眉犹自弯弯△

注：① 胡尘：指安禄山造反部队；阙：指宫殿；关：潼关。② 玉颜：指杨贵

妃。③ 千山万山：指唐玄宗远逃四川。

四十八字　庆春时

晏几道（宋 71）一首

倚天楼殿，①升平风月，彩仗春移△鸾丝凤竹，②长生调里，迎得翠舆归△

雕鞍游罢，何处还有心期△③浓薰翠被，深停幽烛△人约月西时△

注：① 倚天：喻高。② 丝：丝弦，如琵琶；竹：竹管，如箫、笛。③ 心期：两心期许之意。

四十八字　庆金枝

张先（宋 18）一首　题：合欢曲。

青螺添远山△①两娇靥、笑时圆△②抱云勾雪近灯看△③妍处不堪怜△④

今生但愿无离别，花月下、绣窗前△双蚕成茧共缠绵△更结后生缘△⑤

注：① 青螺：青色螺黛，画眉用；远山：喻眉峰。② 娇靥：指颊上酒窝。③ 云：指发；雪：指肌肤。④ 不堪：不胜。⑤ 后生：来生。

四十八字　醉太平

许白凤（现当 58）一首

家九龙山下▲①侣渔子生涯△②入时盘馔足鱼虾△③数青钱易买▲

落潮关网追收快▲④淋淋竹担街头卸▲侯鲭何似海鲜佳△⑤好清尊一把▲⑥

注：① 九龙山：在浙江平湖乍浦镇，滨海。作者家在山下西大街。② 侣：指邻人。③ 盘馔：盘中菜肴。④ 落潮关网：《南亭词话》“……潮退截水得鱼，曰‘关网’”。⑤ 侯鲭：指河鱼。⑥ 尊：指酒杯；把：手持也。

四十八字　锦堂春（又名乌夜啼）

李石（宋 293）一首　注：调名原作乌夜啼。

红软榴花脸晕，绿愁杨柳眉疏△日长院宇闲消遣，荔子赌樗蒲△①

莹雪凉衣乍浴，②裁冰素扇新书△③绣香薰被梅烟润，枕簟碧纱橱△④

注：① 樗蒲：赌戏也。用于掷采的投子最初是用樗木制成，故称樗蒲，一作樗蒱。② 莹雪：晶莹雪白肌肤。③ 冰：指冰纨，沈休文将女郎所赠冰丝织成冰纨制扇故事，见《瑯環记》。④ 纱橱：即床帐。

陆游（宋 330）一首　注：调名原作乌夜啼。

金鸭余香尚暖，①绿窗斜日偏明△兰膏香染云鬟腻，钗坠滑无声△

冷落秋千伴侣，阑珊打马心情△②绣屏惊断潇湘梦，花外一声莺△

注：① 金鸭：鸭形铜香炉。② 阑珊：衰落，兴尽也。

程垓（宋368）一首　注：调名原作乌夜啼。

杨柳拖烟漠漠，梨花浸月溶溶△吹香院落春还尽，憔悴立东风△

只道芳事易见，谁知密约难通△芳园绕遍无人问，独自拾残红△

卢祖皋（宋445）三首　题：第一首，西湖。

第二首，离恨。

第三首，秋别。　注：调名原作乌夜啼。

（1）漾暖纹波飐飐，[①]吹晴丝雨濛濛△轻衫短帽西湖路，花气扑青骢△[②]

斗草褰衣湿翠，[③]秋千瞥眼飞红△日长不放春醪困，[④]立尽海棠风△[⑤]

注：① 飐飐：风吹动貌。② 青骢：青白色马。③ 褰衣：即牵衣。④ 春醪：春酒。⑤ 海棠风：二十四番花信风之一，时令为春分。

（2）柳色津头泫绿，[①]桃红渡口啼红△一春又负西湖醉，离恨雨声中△

客袂迢迢西塞，[②]余寒剪剪东风△谁家拂水飞来燕，惆怅小楼空△

注：① 津头：即渡口。② 客袂：客袖，喻行踪；西塞：西部边疆。

（3）段段寒沙浅水，潇潇暮雨孤篷△[①]香罗不共征衫远，[②]砧杵客愁中△[③]

别恨慵看杨柳，归期暗数芙蓉△[④]碧梧声到纱窗晓，昨夜已秋风△

注：① 孤篷：孤舟。② 征衫：远行之衣。③ 砧杵：指捣衣声。④ 芙蓉：秋半开花，喻中秋节归家团圆。

刘迎（金13）一首　注：调名原作乌夜啼。

离恨远萦杨柳，梦醒长绕梨花△青衫记得章台月，[①]归路玉鞭斜△

翠镜啼痕印袖，红墙醉墨笼纱△相逢不尽平生事，春思入琵琶△

注：① 章台：战国时诸侯宫室，喻都城也。

杨基（明12）一首　题：暮春。

芍药栏边按乐，荼蘼屏下围棋△春光正在多情处，肠断欲归时△

疏雨一池荷叶，绿阴千树黄鹂△那些清景无人解，只许自家知△

谢迁（明93）一首　题：贺顾太府诞辰。

天上秋光剪月，堂前春色开筵△千里山川浮瑞气，南极一星悬△[①]

且喜波恬□浦，[②]更看燧息狼烟△[③]士民同乐真堪爱，行马拥喧填△

注：① 南极一星：指老寿星。② 波恬：波恬静；浦字前原缺一字，疑为“深”字。③ 燧：指告警烽火；狼烟：即告警烽火。

归庄（明483）一首　题：燕子矶。[①]

半壁横江耸起，一舟载雨孤行△凭空怒浪兼天涌，不尽六朝声△

隔岸荒云远断，绕矶小树微明△旧时燕子还飞否，今古不胜情△

注：① 燕子矶：南京名胜，在长江边。

陆求可（清 78）一首　题：莲女。

生长若耶溪畔，[1]往来西子湖头△[2]轻衫窄袖风波里，惯棹采莲舟△[3]

妆束何劳珠翠，逢人逞尽风流△荷花深处深藏着，装作害娇羞△

注：① 若耶溪：溪名，在浙江绍兴东郭门外。② 西子湖：即杭州西湖。③ 棹：船桨，此处作动词，划也。

徐元美（清 131）一首　题：山家

借树编茅作屋，低崖垒石成墙△家家门径开山曲，[1]瀑布喷横塘△

园足瓜蔬堪供，[2]厨余麦饭生香△枣树遍地垂阴绿，新酒压槽床△[3]

注：① 门径：门前道路。② 园足瓜蔬：瓜蔬满园。③ 此句说槽床酿压出新酒。

方佺（女）（清 232）一首　题：立春。

昨日腊残椒酒，[1]今宵冰解东风△一年花事从头起，次第看欹红△[2]

梅残香飞宫额，[3]柳开青压眉峰△小廊长日添如线，春光绣帘栊△

注：① 椒酒：放椒之酒。新正元旦，子孙奉椒酒敬家长。② 欹红：美丽红花。③ 宫额：宋武帝女寿阳宫主人日卧檐下，梅花落于额上故事。

章有渭（女）（清 305）一首　题：梅花。

疏影亭亭映水，暗香浅浅含烟△画楼窗闭月娟娟△应自有人怜△

点额妆残旧扮，惊寒梦入新年△罗浮芳信玉成田△[1]索笑纸窗前△

注：① 罗浮：山名，在广东增城，仙山。此句"田"字和上段"娟"字俱叶韵，稍异。不单列。

曹慎仪（女）（清 1266）一首

凤炬尚留残泪，[1]鸭炉犹袅余香△[2]乌声惊起江南梦，檐额透晴光△

澹澹烟笼竹径，[3]霏霏露湿花房△[4]粉须闲数芳丛里，[5]蝴蝶上钗梁△

注：① 凤炬：画凤蜡烛。② 鸭炉：鸭形香炉。③ 澹澹：恬静貌。④ 霏霏：飘扬。⑤ 粉须：喻蝴蝶。

李慈铭（清 1735）一首

庭院雀行悄悄，栏杆树影重重△狸奴睡足花枝午，[1]闲扑柳丝风△

细数枝头青子，趁人扇底飞虫△[2]嫩罗新试轻衫影，傍着小榴红△

注：① 狸奴：即猫。② 趁：搭附。

张祖同（清 1777）一首

小阁垂杨一树，依依绿遍烟痕△东风不皱方塘水，留与照春人△①

蝴蝶粉衣新换，飞飞只趁黄昏△花边认得红楼径，斜月未关门△

注：① 春人：游春之人。

陈夔（清 1873）一首　题：贺树周得子。树周得子晚，其母望孙尤切。

景色风和雨霁，时光夏始春余△萱庭种遍宜男草，①养得凤凰雏△

灼灼兰芽在抱，②融融蔗境堪娱△③明年重博含饴弄，④老蚌出双珠△⑤

注：① 萱庭：指其母，古称母为萱堂。② 灼灼：明也。③ 蔗境：顾恺之每食甘蔗，自稍至本，曰“渐入佳境”。喻由苦而乐也。④ 含饴弄：含饴弄孙。⑤ 双珠：比喻以才华或风姿见称的兄弟二人。汉孔融《与韦休甫书》：“不意双珠，近出老蚌，甚珍贵之。”

劳纺（女）（清 1883）一首　题：春雨。

不见雕梁语燕，时闻碧树啼乌△①浮云欲散吹还聚，小雨又疏疏△

寒勒娇花未放，②泥融病草才苏△遥知田野欣霑足，稚墨绿齐舒△③

注：① 乌鸦。② 勒：扣压也。③ 稚：幼禾也。

车乘轨（现当 88）一首　题：绍兴图书馆即事。　注：2000 年 11 月 16 日作。

自幼关心史地，平生爱好诗词△夏秋小住家乡宅，①绍馆屡求知△②

环境清幽整洁，收藏丰富珍稀△视台四次来询访，③惭愧读书痴△

注：① 家乡宅：作者老家在绍兴东双桥西河沿 19－2 号。② 绍馆：浙江绍兴图书馆。③ 视台：指绍兴电视台，曾四次到图书馆采访，作者均受访。

四十八字　霜天晓角

徐媛（女）（明 254）一首　题：九日泊舟豫章道中。①

行行尚缓▲家住绿云天半▲念归舟游子，一片乡心撩乱▲

菊花金绽满▲首插茱萸遍▲②兀坐逗遛江畔▲③对孤雁沙汀，盼杀白蘋秋苑▲④

注：① 九日：即九月九日重阳节；豫章：今江西南昌。② 茱萸：落叶乔木，古人在重阳节有登高插茱萸习俗。③ 兀坐：危坐也。苏轼诗：“兀坐如枯株。”④ 上词据《全明词》引自《络纬吟》；另据清人冯金伯《词苑萃编》所收徐媛《霜天晓角》一首，字数相同，内容大同小异，但排列不同，姑并录之“露浥芙蓉西，翠涩苦棠瓣▲傍疏柳、西风几点▲行行尚缓▲家在碧云天半▲念归舟游子，一片乡心撩乱▲对旅雁沙汀，盼杀白蘋苑▲”。

四十八字　烛影摇红（又名忆故人）

王仲（宋 142）一首

烟雨江城，望中绿暗花枝少▲惜春长待醉东风，却恨春归早▲

纵有幽欢会巧▲奈如今、风情渐老▲凤楼何处，画栏愁倚，天涯芳草▲

毛滂（宋 143）一首　题：松窗午梦初觉。

一亩清阴，半天小雨松窗午▲床头秋色小屏山，①碧帐垂烟缕▲

枕畔风摇绿户▲唤人醒、不教梦去▲可怜却到，②瘦石寒泉，冷云生处▲

注：① 屏山：屏风如山。② 可怜：可怜爱。

张炎（宋 572）一首　题：答邵素心。

隔水呼舟，细听人语吹笙道▲一年春事二分花，犹有春多少▲

容易芳菲过了▲①趁园林、香尘未扫▲古楼窥燕，山谷调莺，玉酣红闹▲

注：① 芳菲：指花草香美时节。

查容（清 448）一首　题：长水女郎。①

松鬟新梳，随身小镜看还又▲玉葱时露玉尊前，②尚觉花枝瘦▲

欲唱眉峰频皱▲唱将残、眼波微溜▲今宵翠被，后夜青灯，可知红豆▲③

注：① 长水：水名，在浙江嘉兴。② 玉葱：喻女郎手指；尊前：酒席前。③ 红豆：又名相思豆，喻相思。

曹言纯（清 1209）一首　题：桐城早行。①　注：调名原作忆故人。

星斗栏杆，早辞山店残灯火▲怎知踏到板桥霜，已有行人过▲

城郭尚应门锁▲尽冈头、铃声漫驮▲满林枫树，天外苍茫，空江月堕▲

注：① 桐城：安徽县名。

车乘轨（现当 88）一首　题：夜读抗战丛书。　注：2001 年 2 月 25 日作。

小病缠身，畏寒难耐临窗写▲上床毋忘惜光阴，读史酬长夜▲

抗战烽烟四泻▲我军民、沙场血洒▲笑看倭寇，乞降求和，主凶无赦▲①

注：① 主凶无赦：1948 年 11 月 12 日，远东国际军事法庭，在东京判处日本甲级战犯东条英机等七人绞刑，12 月 23 日执行。此外，上海、仰光、西贡、马尼拉、新加坡等地军事法庭也先后对 937 名日本战犯处以死刑（其中有南京大屠杀元凶谷寿夫）。

四十八字　镜中人（又名仄调相思引）

无名氏（宋 614）一首

柳烟浓，梅雨润▲芳草绵绵离恨▲花坞风来几阵▲罗袖沾香粉▲

独上小楼迷远近▲不见浣溪人信▲何处笛声飘隐隐▲吹断相思引▲

丁炜（清 357）一首　题：湖上。

垂杨湖，芳草路▲却扇谁家游女▲①苔滑凌波小步▲②心怯人偷觑▲

百褶湘裙萦蕙露▲蛱蝶趁他轻舞▲一片春情无着处▲奁影双娇遇▲③

注：① 却扇：以扇遮面。② 凌波：喻步履轻盈。③ 奁影：喻镜中人影。

四十八字　双头莲令

赵师侠（宋 390）一首　题：信丰道中。①

太平和气兆佳祥△草木总成双△红苞翠盖出横塘△②两两斗芬芳△

干摇碧玉并青房△③仙髻拥新妆△连枝不解引鸾凰△④留取映鸳鸯△

注：① 信丰：江西县名。② 红苞：红荷花；翠盖：绿荷叶。③ 干：枝干。
④ 连枝：连理枝，喻成双；鸾凰：即鸾凤，喻成双。

车乘轨（现当 88）一首　题：人日怀旧。①　注：2003 年 2 月 7 日作。

火花飞爆迎新年△喜气溢眉间△良辰美节艳阳天△人日意缠绵△

故乡往事记心田△团拜乐堂前△②南朝帝女寿阳妍△佳话额梅传△③

注：① 人日：农历正月初七称人日。② 团拜：儿时每逢人日，族人聚集团拜，参与者可得银币一角，馒头二只。③ 额梅：南朝宋武帝女寿阳宫主人日卧檐下，梅花落于额上，成为梅妆，人多夸效之。

四十九字　一落索　第一体，前段尾句五字，后段首句七字。

欧阳修（宋 33）一首

红纱未晓黄鹂语▲蕙炉销兰炷▲锦屏罗幕护春寒，昨夜三更雨▲

绣帘闲倚吹轻絮▲敛眉山无绪▲看花拭泪向归鸿，问来处、逢郎否▲

四十九字　一落索　第二体，前段尾句六字，后段首句六字。

陈凤仪（女）（宋 34）一首　题：送成都守蒋龙图内召。①　注：《众香词》作杨芬若作，不可信。

蜀江春色浓于雾▲拥双旌归去▲②海棠也似别君难，一点点、啼红雨▲

此去马蹄何处▲向沙堤新路▲禁林赐宴赏花时，③还忆着、西楼否▲

注：① 成都守：四川成都太守。② 旌：旗，指仪仗。③ 禁：皇城；林：上林苑，皇家花园。

四十九字　太常引

卢祖皋（宋 445）一首　题：趋省闻桂偶成。①

梦回金井卸梧桐△②嘶马带疏钟△草面露痕浓△渐薄袖、清寒暗通△

天低绛阙，③云浮碧海，残月尚朦胧△吹面桂花风△峭不似、红尘道中△

注：① 趋省：去省，指临安(今浙江杭州)。作者系浙江永嘉人。② 金井：指有雕饰井栏。③ 绛阙：红色宫殿。临安既是省城，又是南宋京都。

许有壬(元68)一首　题：池荷。

幽人早起赴池亭△①初日照娉婷△②风盖露珠倾△③又胜似、前时雨声△

水沉香里，④锦云深处，双桧插天青△一叶钓舟轻△似野渡、无人自横△

注：① 幽人：隐士。② 娉婷：美貌。③ 盖：指荷叶。④ 水沉：香名。

马熙(元73)一首　题：和许有壬池荷韵。

园中风物水中亭△消得两娉婷△①浊酒卷荷倾△②早洗净、筝声笛声△

四堤晴柳，一天花气，付与晚山青△飞絮挟云轻△任膝上、瑶琴自横△

注：① 娉婷：美貌女郎。② 浊酒：即粗酒，自谦语。

倪瓒(元82)一首　题：伤逝。

门前杨柳密藏鸦△春事到桐花△①敲火试新茶△想月佩、云衣故家△②

苔生雨馆，尘凝锦瑟，寂寞听鸣蛙△芳草到天涯△蝶栩栩、春晖梦华△

注：① 此句说春天已到后期，桐花开于暮春。② 月佩：月作衣带；云衣：云作衣裳，皆修饰语也。

许桢(元90)一首

池亭荷净纳凉时△四面柳依稀△棹得酒船回△看风里、纱巾半欹△

残霞照水，夕阳明树，天付画中诗△应不负归期△更谁看、桃花面皮△

刘燕哥(女)(元111)一首　题：饯别齐参议还山东。

故人别我出阳关△①无计锁雕鞍△今古别离难△倩谁画、蛾眉远山△②

一尊别酒，一声杜宇，寂寞又春残△明月小楼间△第一夜、相思泪弹△

注：① 阳关：春秋鲁地，在今山东宁阳县，齐参议家乡。也可解作古关名，在今甘肃敦煌西南，古人以出阳关喻远别。② 远山：即眉峰。

陶安(明9)一首　题：晚景。

透云鱼尾缕晴红△①缥缈水晶宫△②人在小桥东△看丝柳、轻摇晚风△

断霞飞练，远烟凝紫，山势活如龙△浴罢倚长松△爱归鸟、孤飞半空△

注：① 鱼尾：云状态。② 缥缈：高远貌。

朱彝尊(清288)一首　题：题姜夫人淑斋诗卷。

三真六草写朝云△①几股玉钗分△仿佛卫夫人△②问何似、当年右军△③

郁金堂上，青绫帐外，小字讶初闻△门掩谢池春△④定书遍、双鬟练裙△

注：① 朝云：苏轼之妾，从轼学书。② 卫夫人：名铄，晋人，工书法，王羲之

尝师之。③ 右军：官名，指大书法家王羲之。以上皆赞姜夫人书法。④ 谢池：晋末才女谢道蕴池馆。

黄景仁（清1101）一首　题：空馆。

屋多人少梦难成△落叶响纵横△冷雨太无情△又洒过、三声两声△

人言此地，更深漏永，①常见走英灵△②小语在空亭△悄立到、窗儿外听△

注：① 漏永：漏长。漏，计时器也。② 英灵：喻鬼。

舒位（清1195）一首

一层杨柳一层鸦△水屋似浮家△帘卷晚湖霞△刚曲录、栏杆半遮△①

远峰梳髻，微波开镜，人面借桃花△照影浣溪纱△去买个、春舟若耶△②

注：① 曲录：弯曲貌。清张玉珍《社英台·病起》："曲录栏杆，不语苦凭遍。"② 若耶：溪名。此处指溪水。

项鸿祚（清1481）一首　题：客中闻歌。

杏花开了燕飞忙△正是好春光△偏是好春光△者几日、风凄雨凉△

杨枝飘泊，桃根娇小，独自个思量△刚待不思量△吹一片、箫声过墙△

唐埙（清1497）一首

十眉图斗晚妆妍△①碧玉破瓜年△②悟到有情禅△奈今夜、人圆月圆△

绣余春暖，联肩偏惯，③鬓影堕花钿△曲唱想夫怜△料抵得、筝弦阮弦△②

注：① 十眉图：唐明皇令画工所画，有一鸳鸯，……九拂云，十倒晕。见《海录碎事》。② 破瓜：指十六岁。③ 联肩：并肩。④ 阮：古乐器。

庄缙度（清1503）一首　题：悭斋人与梅花同瘦图。①

红蕤亭馆月黄昏△香意冷于云△一样瘦三分△同照影、梅花玉人△

谁吹琼笛，②谁偎纸帐，③独自掩重门△春满画罗裙△写不尽、天痕梦痕△

注：① 悭斋：即潘曾莹，见《词人小传》。② 琼笛：玉笛，笛之美称。③ 纸帐：用藤皮茧纸制成之床帐，取其透气。

车乘轨（现当88）一首　题：辛巳中秋。　注：2001年10月1日作。

中秋佳节喜逢晴△云散满天青△圆月一轮升△吐光彩、今宵特明△

街头巷尾，欢声笑语，到处闹盈盈△饼果设闲庭△①供玉兔、香飘烛荧△②

注：① 闲庭：即空庭，院子也。② 玉兔：月之代称。

四十九字　少年游

周密（宋541）一首　题：宫词，拟小山。①

帘消宝篆卷宫罗△②蜂蝶扑飞梭△③一样东风，燕梁莺院，那处得春多△

晓妆日日随香辇，多在牡丹坡△花深深处，柳阴阴处，一片笙歌△

注：① 拟小山：拟，模拟；小山：即晏几道。② 宫罗：皇宫中绫罗。③ 飞梭：如梭子般飞来飞去。

宋瑊（女）（明 383）一首　题：咏金凤花。

凤仙花本自仙宫△最喜雨濛濛△[1]摘来簪髻，[2]捣成染甲，[3]妆点许多容△

不幸经秋霜打败，无复露华浓△西风一夜，纷纷红紫，半萎墙东△[4]

注：① 雨濛濛：微雨貌。② 簪：插戴。③ 染甲：染红指甲。④ 萎：枯萎。

四十九字　月宫春　第一体，后段第二句七字，第三句六字。

韩淲（宋 422）一首

柳娇花妒燕莺喧△断肠空眼穿△一春风雨夜厌厌△[1]不闻钟鼓传△

香冷曲屏罗帐掩，园林谁与上秋千△忆得年时凤枕，日高犹醉眠△

注：① 厌厌：安和。晋陶潜《咏二疏》诗之二："厌厌閭里欢，所营非近务"。

石庞（明 452）一首　题：贺驼子新婚。

新郎何处打鸳鸯△停停夜正长△郎来妾佩响丁当△[1]停停夜欲央△[2]

郎是新钩月半挂，妾如篱菊始经霜△露下芙蓉花吐，一弯绣被香△

注：① 佩：衣带上佩带玉饰。② 夜欲央：夜欲半。

朱一是（明 454）一首　题：美人踏青。

秋千才罢踏郊青△凌波印浅尘△[1]背人摘得紫花茎△管教斗草赢△[2]

树里点衣红阵阵，水边照面碧盈盈△风动步摇不定，[3]响应护花铃△[4]

注：① 凌波：喻步履轻盈。② 斗草：古代女子一种游戏。③ 步摇：古代妇人首饰，随步摇动，故名。④ 护花铃：保护花不被鸟啄。

四十九字　月宫春　第二体，后段第二句六字，第三句七字。第三句叶平韵。

陈允平（宋 556）一首

鬓云斜插映山红△春重淡香融△自携纨扇出帘栊△花下扑飞虫△

蔷薇架底偏宜酒，纤纤自引金钟△倦歌佯醉倚东风△愁在落红中△

四十九字　四和香

纳兰性德（清 694）一首

麦浪翻晴风飐柳▲[1]已过伤春候▲因甚为他成僝僽▲[2]毕竟是、春拖逗▲[3]

红药栏边携素手▲暖语浓于酒▲盼到花铺似绣▲却更比、春前瘦▲

注：① 麦浪：麦经风似浪；飐：动也。② 僝僽：烦恼。③ 拖逗：牵引之意。

四十九字　武陵春

李清照(女)(宋 207)一首　题：春晚。

风住尘香花已尽，日晚倦梳头△物是人非事事休△欲语泪先流△

闻说双溪春尚好，[①]也拟泛轻舟△只恐双溪舴艋舟△[②]载不动、许多愁△

注：① 双溪：浙江金华溪名，时作者流寓金华。② 舴艋舟：小舟。

赵师侠(宋 390)一首　题：信丰揖翠阁。

乍雨笼晴云不定，芳草绿纤柔△燕语莺啼小院幽△春色二分休△

试凭危栏凝远目，山与水光浮△滚滚闲愁逐水流△流不尽、许多愁△

颜绣琴(女)(明 438)一首

一春人病浓如酒，无力倦梳头△闲情默默几时休△睹物泪难收△

流莺依旧啼声巧，垂帘不上钩△湘江月断使人愁△忆西园、何日游△

僧行悦(明 576)一首　题：湖上[①]

湖上游丝香未了，再到断桥边△[②]碧水扁舟藕叶鲜△欲去又留连△

闲兴无穷生怕晚，眼眼在前川△美景良辰争得全△极乐处、不消钱△

注：① 湖上：指浙江杭州西湖。② 断桥：在西湖白堤上。

石洢(清 537)一首　题：村中遇雨。

漠漠沉阴深柳暗，新绿涨溪头△白鹭青凫自在游△浩荡可消愁△

村鼓声声农事好，牧犊戏平畴△况更娇莺语不休△酌桂酒、泛兰舟△

赵起(清 1421)一首　题：赠别，次李易安韵。[①]

才放眉头开口笑，又是在心头△九转回肠未少休△日夜似江流△

欢聚匆匆今且去，风好便开舟△两岸行舟与泊舟△独我载、许多愁△

注：① 李易安：即李清照；次韵：依照原韵。

车乘轨(现当 88)一首　题：登绍兴迎恩门有感。[①]　注：2001 年 8 月 4 日作。

闻说迎恩新景好，冒暑上城头△水旱双门两望楼△左右女墙修△[②]

关外迎恩相对峙，[③]迎送万千舟△记得年时返越州△[④]小舴艋、过桥周△[⑤]

注：① 迎恩门：又称西郭门。② 女墙：城上墙垣。③ 关外：城关外，即城门外；迎恩：桥名，明天启六年(1626)建，在水城门正西，河道西通省城杭州，东接护城河。④ 年时：当年之意。1945 年 8 月余由沪辍学返乡；越州：即绍兴。⑤ 小舴艋：小舟。

四十九字　河渎神　第一体，前段平韵，后段仄韵。

温庭筠(唐 34)一首

河上望丛祠△①庙前春雨来时△楚山无限鸟飞迟△兰棹空伤别离△②

何处杜鹃啼不歇▲③艳红开尽如血▲蝉鬓美人愁绝▲百花芳草佳节▲

注：① 丛祠：荒祠。② 兰棹：船之美称。③ 杜鹃：鸟名，但用于下句则为花名，又名映山红，春日开红花。

王翃(明394)一首　题：西泠庙。①

止水积幽清△飞梁影堕西泠△断碑无字草烟平△荒余古庙丹青△②

玉座影移苔未灭▲灵旗日暮风裂▲潭锁半环如月▲③乱山横与秋叠▲

注：① 西泠：在浙江杭州西湖白堤边。② 丹青：指红墙青瓦。③ 此句指湖中"三潭印月"。

蒋平阶(明559)一首

云梦楚云遥△①黄陵庙口春潮△②小姑红袜过斜桥△隔岸游人暗招△

银浪半帆风色暖▲柳花如雪香满▲独上舞裀浑懒▲③画蛾愁对春晚▲

注：① 楚：指湖南。② 黄陵庙：在湖南湘阴县北湘山，滨洞庭湖。③ 舞裀：跳舞地毯。

周积贤(明640)一首

暮云郁孤台△萋萋芳草侵阶△①酒杯铜鼓庙中来△祈得征人早回△②

隔岸橹声鱼涨拍▲③小姑低眸相识▲怕是湘妃神力▲④送归千里行客▲

注：① 萋萋：草木茂盛貌。② 征人：远出之人。③ 涨拍：水涨拍岸。④ 湘妃：指舜妃娥皇、女英。庙在洞庭湖君山。

徐孝钧(清176)一首　题：丫姑庙。

野庙集啼鸦△红墙一角崩沙△枫根搬网系渔艖△①渔娘满髻黄花△

新月娟娟眉样子▲②也解照人心事▲一带暮山凝紫▲疏钟打响烟寺▲

注：① 搬网：兜网；艖：小舟也。② 娟娟：美好貌。

吴棠桢(清200)一首

绿雨郁孤台△江声千丈飞来△小姑酹酒庙中回△①新折官亭野梅△

隔岸襄阳来估客▲②好问成都消息▲③只恐晚来风力▲吹得双帆去直▲

注：① 酹酒：洒酒于地以祭奠。② 襄阳：湖北县名；估客：商人。③ 成都：四川省会。对作者家乡浙江绍兴来说，襄阳就邻近成都。

史惟圆(清221)二首　题：第二首，本意。

(1) 照水月娟娟△①小姑妆镜初悬△碧桃花发绣帘前△残香犹袅斜烟△

雾湿旌竿铃带重▲②隔云神女相送▲绣袂天风吹动▲③凌波归去如梦▲④

注：① 娟娟：美好貌。② 旌竿：旗杆。③ 袂：袖也。④ 凌波：喻美人步履轻盈。

（2）月冷小姑游△[①]闻郎江上清讴△[②]自将裙带系箜篌△[③]繁霜一曲惊秋△

同在清溪桥畔住▲郎自不知侬处▲落日群鸟飞去▲夜深贪共郎语▲

注：① 小姑：指小姑山（应为小孤山，谐音而讹称）上神女，山在安徽宿松与江西彭泽间长江江心中。② 郎：指小孤山南岸彭郎矶；讴：即歌。③ 箜篌：古乐器名。

朱彝尊（清 288）一首　题：长水三姑庙。[①]　注：此词系集古人诗词句而成。

花下蝶微飘（陈颇）△江皋绿草迢迢（杜牧）△[②]一渠春水赤栏桥（温庭筠）△

空余泪滴寒潮（刘长卿）△

野庙向江春寂寂（李群玉）▲清川永路何极（刘长卿）▲[③]望尽青山独立（卢纶）▲红桃处处春色（鱼玄机）▲

注：① 长水：水名，在浙江嘉兴。② 江皋：江岸。③ 永：长也。

陈维岳（清 429）一首

古庙碧溪头△断碑长卧林丘△门前老树缚吴牛△芦湾几个渔舟△

缥缈灵旗天半去▲[①]蓬山杳杳珠树▲[②]深夜云軿归去▲[③]漆灯零乱如雨▲[④]

注：① 缥缈：高远貌。② 蓬山：喻仙山。③ 云軿：指仙女乘坐之车。④ 漆灯：仙鬼之灯。《江南野史》：“沈彬……及葬，穴之乃古冢，其间一古灯台，上有漆一盏，铜牌篆文曰：……漆灯犹未爇，留待沈彬来。”

曹亮武（清 463）一首　题：临津古城隍庙下同其年兄作。[①]

远水淡于烟△古庙门前扣舷△[②]一天月色满人间△照彻灵旗俨然△[③]

浊酒醒时残梦觉▲废港荒丘难托▲好似归来化鹤▲[④]不知何处城郭▲

注：① 临津：县名，今河北宁津县西；其年：即陈维崧，见《词人小传》。② 扣舷：系舟。③ 俨然：庄严。④ 化鹤：喻去世。

钱芳标（清 513）一首

门闭藕花中△水烟一望濛濛△仆碑苔涩隐秋虫△[①]坏旗犹飐灵风△[②]

庙前系艇谁家女▲晚沙重酹椒醑▲[③]歌罢竹枝无语▲[④]神鸦千点飞去▲

注：① 仆碑：跌仆于地之碑；苔涩：生苔而不光滑。② 坏旗：庙中灵旗。③ 酹：洒酒于沙地；椒醑：即椒酒。④ 竹枝：曲调名。

车乘轨（现当 88）一首　题：嘉兴血印寺。[①]　注：2007 年 10 月 28 日作。

三塔运河边△斑斑血印寺前△舍身救众赛真仙△美名千古留传△

倭寇劫囚群妇女▲和尚偷偷放去▲射焚血沾亭柱▲僧形红黑永驻▲[②]

注：① 血印寺：位于嘉兴三塔路574号，清顺治二年(1645)倭寇扰嘉，掳妇女数十人囚于该寺，被一僧偷偷放走，倭怒，缚僧于寺前，箭射火焚，血溅石柱，凝聚成禅坐入定状僧形，至今尚存。② 红黑：僧形血印，天晴呈红色，天阴雨则变黑色。

四十九字　河渎神　第二体，前后段均平韵。

张泌(五代十国33)一首

古树噪寒鸦△满庭枫叶芦花△昼灯当午隔轻纱△画阁珠帘影斜△

门外往来祈赛客，[①]翩翩帆落天涯△回首隔江灯火，渡头三两人家△

注：① 祈赛：祈神赛会。赛，报祭也。

四十九字　河渎神　第三体，用平韵，但前段首起二句是七字，五字，后段第二句、第三句是七字，结句是四字。

王翃(明421)一首　题：有感。

一群娇鸟聚檐牙△空庭无数花△千竿新竹带汀沙△空园无数鸦△

烟多不辨湖南树，行人指旧是侯家△明年池馆长芦芽△谁听鸣蛙△

四十九字　迎春乐

宇文虚中(金1)一首　题：立春。

宝幡彩胜堆金缕▲[①]双燕钗头舞▲人间要识春来处▲天际雁，江边树▲

故国莺花又谁主▲[②]念憔悴、几年羁旅▲[③]把酒祝东风，吹取人归去▲

注：① 幡：春幡。《岁时风土记》：立春之日剪彩为小幡，或悬于家人之头，或缀于花枝；彩胜：剪彩为方胜也；堆金缕：穿以丝线，插于头上。② 故国：指家乡华阳(今成都)。③ 羁旅：客居他乡。作者在宋建炎二年(1128)使金被扣留为官。

四十九字　品令

颜博文(宋229)一首

夜萧索，[①]侧耳听、清海楼头吹角▲[②]停归棹，不觉重门闭，恨暮潮落▲

偷想红啼绿怨，道我真个情薄▲纱窗外，厌厌新月上，[③]应也睡不着▲

注：① 萧索：萧条。② 角：守城军士号角。③ 厌厌：安静也。

四十九字　怨东风

王翃(明394)一首　题：莺。

莺语评花格▲[①]清呖▲不厌柳丝长△日选新声度夕阳△趁阴藏△

呼春二月江南路▲▲草满愁来处▲▲知是多情△△句句叮咛△△无奈残香委地轻△△②

注：① 花格：格调也。② 残香：指落花；委地：委弃于地。

四十九字　柳梢青（又名早春怨）　第一体，平韵，首句即起韵。

僧仲殊（宋89）一首

岸草平沙△吴王故苑，柳袅烟斜△雨后寒轻，风前香软，春在梨花△

行人一棹天涯△酒醒处、残阳乱鸦△门外秋千，墙头红粉，深院谁家△

周邦彦（宋128）一首　题：佳人。

有个人人△①海棠标韵，飞燕轻盈△酒晕潮红，羞蛾凝绿，一笑生春△

为伊无限伤心△更说甚、巫山楚云△②斗帐香销，③纱窗月冷，着意温存△

注：① 人人：指美人。② 巫山楚云：楚襄王梦会神女于巫山故事。③ 斗帐：覆斗式床帐，即圆顶帐。

杨无咎（宋254）一首

水曲山傍△寒梢冷蕊，隐映修篁△①细细吹香△②疏疏沉影，恼断回肠△

为伊驻马横塘△漫立尽、烟树斜阳△空袅吟鞭，几多诗句，不入思量△

注：① 修篁：长而直竹子。② 香：此字叶韵，稍有不同。

毛幵（宋343）一首

云髻盘鸦△①眉山远翠，脸晕微霞△燕子泥香，②鹅儿酒暖，③曾免求些△

秋光已着黄花△④又恰恨、尊前见他△⑤越样风流，恼人情意，莫个冤家△

注：① 鸦：乌鸦，喻黑发。② 泥：筑巢原料，借指巢。③ 鹅儿：喻黄酒。④ 黄花：菊花。⑤ 尊前：酒席前。⑥ 冤家：对爱人昵称。

吴琚（宋381）一首　题：元日立春。①

彩仗鞭春△椒盘迎旦，②斗柄回寅△③拂面东风，虽然料峭，总是寒轻△

带花折柳心情△怎捱得、元宵放灯△不是东园，有此残雪，先去踏青△

注：① 元日立春：大年初一，正逢立春日。② 椒盘：古人在大年初一以盘进椒；旦：元旦。③ 斗柄：指北斗七星；回寅：已到寅时（晨四时）。

赵长卿（宋389）一首　题：春词。

桃杏舒红△迟迟暖日，媚景芳浓△紫燕穿帘，香泥着地，未乳巢空△

千山万水重重△烟雨里、王维画中△芳草斜阳，无人江渡，蓑笠渔翁△

赵师侠（宋390）二首　题：第一首，立春。

第二首，和赵显祖。

(1) 节物推移△[1]青阳景变，[2]玉琯灰飞△[3]彩仗泥牛，[4]星球雪柳，争报春回△

丝金缕玉幡儿△[5]更斜袅、东风应时△宜入新春，人随春好，春与人宜△

注：① 节物：节气物候。② 青阳：即春。③ 琯：古乐器，用以定律历。《旧唐书·音乐志三》："律周玉琯，星回金度。"④ 泥牛：古人在立春日以泥牛迎春。⑤ 幡：长条彩旗子。

(2) 漠漠轻阴△[1]养花天气，[2]乍晴还明△曲径风微，蜂迷红片，蝶趁游人△

平芜极目青青△漫怅望、谁招断魂△柳外愁闻，莺雏唤友，鸠妇呼晴△

注：① 漠漠：布列状。② 养花天气：指谷雨节时候。

张履信(宋 406)一首

雨歇桃繁△风微柳静，日淡湖湾△寒食清明，虽然过了，未觉春闲△

行云掩映春山△真水墨、山阴道间△燕语侵愁，花飞撩恨，人在江南△

蒋捷(宋 580)一首　题：游女。

学唱新腔△秋千粱上，钗股敲双△柳雨花风，翠松裙褶，红腻鞋帮△

归来门掩银釭△淡月里、疏钟渐撞△娇欲人扶，醉嫌人问，斜倚楼窗△

赵汸(元 95)一首

回雁峰前△[1]韬弓下马，[2]春满前川△云尽湘潭，深村无警，白昼安眠△

殷勤祖道开筵△[3]应记取、松萝暮烟△一曲离歌，柳梢青浅，花萼红嫣△

注：① 回雁峰：为衡山七十二峰之首，在湖南衡阳。② 韬弓：即弓衣，纳弓于衣也。③ 祖道：即饯行。

吴宽(明 78)一首　题：临清晚泊。[1]

画鹢高飞△[2]长河作带，细柳成帏△晚睡初醒，棹歌声起，[3]错认南归△

清源城郭旁围△望道上、行人未稀△油壁香车，[4]红泥细酒，故土全非△

注：① 临清：山东州县名。② 画鹢：船头画有鹢鸟。指船。③ 棹歌：船歌。棹，船桨，引伸为船。④ 油壁香车：指妇女之车。

鲁铎(明 105)一首　题：乙酉(1525 年)元日。[1]

乙酉重逢△前番乙酉，[2]五岁孩童△试想当年，犹如前日，已作衰翁△

年光□似啖醇△[3]暗老向、沉沉梦中△常涤尊罍，[4]但逢亲旧，休废歌钟△

注：① 元日：农历正月初一。② 前番乙酉：指公元 1465 年。③ 此句"年光"下原缺一字，疑为"好"字；醇：指酒。④ 尊：酒杯。

顾潜(明 119)一首　题：雨窗作。

斋阁寒轻△①翠帘香袅，未解余酲△②闲忆当年，跨骢峨豸，③晨濶承明△④
杏花疏雨江城△竹深处、春禽乱鸣△却爱前溪，夜来新水，欲与桥平△
注：① 斋：书室。② 酲：酒醉。③ 跨骢：骑马；峨豸：戴御史官帽；峨冠，士大夫之帽；豸冠，冠梁上刻木为豸角，御史戴之。④ 这句谓上早朝。

李濂（明 158）一首　题：修武道中。

烂漫春游△人生行乐，山水夷犹△①昨宿河阳，今朝修武，明日怀州△②
平生雅兴难酬△信舆去、东风紫骝△③问酒花村，题诗松寺，飞梦蓬丘△④
注：① 夷犹：即夷由，迟疑不决。② 河阳、修武、怀州：皆河南县名。怀州，今沁阳。③ 信舆：随意地乘坐车辆。④ 蓬丘：草地、山丘。

齐东野人（明 290）一首　题意：隋炀帝召见陈宣华。

不点铅华△淡烟素月，别自堪夸△最销魂处，如嗔似怨，①云鬓歪斜△
任他柳掩花遮△争到得、形芳影葩△②灯前想象，巫山洛水，③宛不争些△④
注：① 嗔：怒也。② 争：怎之意；葩：即花。③ 巫山：喻神女；洛水：喻洛神。④ 宛不争些：宛然不差；争，此处解作差。

杨宛（女）（明 429）一首　题：春闺。

绮陌春归△①一番新雨，处处烟飞△似暖疑寒，腻人天气，②柳欺花欺△
游人何处佳期△多管是、桃源路迷△③欲问行踪，向人羞道，怪梦偏知△
注：① 绮陌：美丽郊野。② 腻：困。③ 多管是：准定是；桃源：指《桃花源记》中故事。

钱谷（明 459）一首　题：春望。

倚阁临轩△①东风吹彻，麦秀连天△②金爵台高，③铜驼门冷，④残照依然△
寻思此日当年△歌舞处、朱桥画船△黄鸟啼晴，海棠着雨，无限留连△
注：① 轩：长廊有窗者。② 麦秀：即麦花。③ 金爵：即金雀，饰于屋顶。④ 铜驼：洛阳宫门外有铜驼。

欧阳铉（明 472）一首　题：春情。

春去杨花△无情有思，闲到窗纱△暮雨急催，峭寒轻透，香屑慵加△
小楼孤倚堪嗟△风一剪、云欹鬓斜△燕子飞来，青梅如豆，不奈天涯△

邵梅芳（明 511）一首　题：春雨。

昨夜今宵△东风不断，细雨丝飘△暗锁银塘，微沾玉砌，草绿兰皋△
落红一溜江潮△香断处、平芜画桥△杨柳烟低，梨花雪重，多半春销△

蒋平阶（明 559）一首

又是春来△无情莺燕，飞上琴台△半壁晴霞，一缕残雪，晓梦初回△

花前且自衔杯△小雨后、棠梨正开△短曲高歌，旧欢新恨，终日难排△

周积贤（明640）一首

曲水轻寒△春风如剪，心事阑珊△①藕叶抽烟，菱花生蔓，②兰桨劝还△③

王孙一去吴关△④回首处、层层暮山△翡翠楼头，鸳鸯帐底，天上人间△

注：① 阑珊：衰落。② 蔓：细长能缠绕之茎。③ 兰桨：船之美称。④ 王孙：指恋人；吴关：苏州一带之地。

吴伟业（清28）一首　题：有赠。

红粉墙高△风吹嫩柳，露湿夭桃△扇薄身轻，香多梦弱，肠断吹箫△

谁能一见相抛△动人处、诗成彩毫△帐底星眸，窗前皓腕，又是明朝△

陆求可（清70）一首　题：寒食。

细柳生烟△夭桃吐火，寒食春天△茶灶停炊，薰笼罢热，冷落榆钱△

佳人争戏秋千△飘荡处、依稀半仙△一骑红尘，九门鱼钥，①乐事无边△

注：① 九门：指城门；鱼钥：鱼形钥匙。

宋思玉（清76）一首　题：春望。

苔径流红△桃溪涨绿，绮陌重重△①柳拂三眠，②花深莺细，春思溶溶△

声声燕语东风△凝眺处、烟霭朦胧△十里芳堤，朱栏画槛，玉勒青骢△

注：① 绮陌：美丽郊野。② 三眠：指蚕眠，蚕须三眠始结茧。

宋徵舆（清77）一首　题：春望。

杨柳梢青△东郊十里，歌尽流莺△碧玉楼头，绿纱窗里，春睡初醒△

天涯自有人行△目断处、长亭短亭△①记得当时，香车宝马，寒食清明△

注：① 长亭短亭：十里称长亭，五里称短亭。

梁清标（清105）一首

小雨才收△平沙细草，绿满西畴△①柳眼青归，②桃腮红晕，人倚高楼△

家家绣幕帘钩△春不管、斜阳旅愁△罗绮风前，秋千影里，马上墙头△③

注：① 畴：原作麻田，此处泛指田亩。② 柳眼：柳叶初生似眼。③ 马上墙头：昆曲有《墙头马上》，小姐在花园墙头，秀才在墙外马上，隔墙谈情。

沈进（清274）一首

十二重楼△是谁珠箔，①双掩银钩△桃叶春潮，杨花暮雨，一段闲愁△

飞来沙际轻鸥△芳草外、春风旧游△团扇歌残，罗衣试罢，人上兰舟△②

注：① 珠箔：珠帘。② 兰舟：舟之美称。

张鸿庑(女)(清387)一首　题：丁巳(1677年)元旦，兼寄夫子。①

绿蚁椒觞△②声声爆竹，惊起东皇△③瑞霭寒轻，④风和香软，共试新妆△

画帘日影初长△鸟啼处、梅花弄香△芳草王孙，垂杨行客，⑤费尽思量△

注：① 夫子：指其夫方念祖。② 绿蚁：指酒；椒觞：椒酒。③ 东皇：司春之神。④ 瑞霭：祥瑞气氛。⑤ 王孙、行客：均指其夫。

宋荦(清398)一首　题：早春。

何事淹留△朝来春色，又遍皇州△①绮陌烧灯，②凤城挑菜，③吹面风柔△

招寻漫逐鸣驺△④回首处、伤心旧游△燕子穿帘，杏花倚槛，小小红楼△

注：① 皇州：指京城北京。② 绮陌：美丽里巷、郊野。③ 凤城：指京城。④ 驺：骑马随从。

李良年(清426)一首　题：怀友人，在白下。

春事闲探△月斜风细，叶叶轻帆△①燕子来时，梅花落尽，人在江南△

晚来何处停骖△②携手处、王孙旧谙△③白下残钟，④青溪远笛，今夜难堪△

注：① 叶叶：片片。② 骖：车前两侧之马，指马车。③ 王孙：指友人。④ 白下：南京别名。

秦松龄(清470)一首

小艇横斜△①故园轻别，未是天涯△②秋雨残灯，秋心残旧，秋色残花△

博山香袅窗纱△③梦断也、西陵路赊△④天外归云，水边归舫，⑤烟际归鸦△

注：① 小艇：狭长之小船。② 未是天涯：不是极远之地。③ 博山：指香炉。④ 西陵：湖北县名或指长江西陵峡，也属湖北。⑤ 舫：大船也。

顾贞观(清471)一首　题：花朝春分。①

乍展芭蕉△欲眠杨柳，微谢樱桃△谁把春光，平分一半，最惜今朝△

花前倍觉无聊△任冷落、朱钿翠翘△趁取春光，还留一半，莫负今朝△

注：① 花朝：农历二月十二日，传为百花生日，即花朝；春分：二十四节气之一，约在公历3月20日。该年春分正逢花朝。

郁大山(女)(清484)一首　题：秋夜。

何处钟声△谁家笛韵，最是多情△独步芳阶，芭蕉月上，影落疏棂△①

连朝碧草无萤△窗儿外、风清月明△宝篆抛烟，②银灯无焰，倍觉凄清△

注：① 棂：窗格上条子。② 宝篆：指香烟曲曲如篆体字。

杜致远(清492)一首　题：出右安门至中顶。

辇路花骖△①轻云懒日，淡沱清岚△②栀子帘开，佳人匿笑，③缓唱红盐△④

清风暗逐征衫△⑤归去也、回堤草纤△诗思萦人，酒旗唤客，春在城南△

注：① 辇路：指京都北京；辇，皇家所乘之车；骖：车前两侧之马。指马车。② 岚：山气。③ 匿笑：暗笑。④ 红盐：曲名。⑤ 征衫：出行之衣。

李符（清506）一首　题：和沈山子西湖后游。①

前度芳游△裙腰草外，绿漾轻舟△渡口飞花，波心掠燕，②人倚红楼△

重来缓控嘶骝△③悄不见、疏帘上钩△一镜空香，双螺斜照，④都是春愁△

注：① 沈山子：即沈进，见《词人小传》。② 掠燕：燕子斜飞而过。③ 骝：马。④ 双螺：喻双眉。

顾彩（清638）一首　题：本意。

柳拂朱桥△烟丝未碧，①春嫩难描△已过上元，②犹迟百五，③渐过花朝△

春江尚带寒潮△恁发付、休文瘦腰△④酒后衣单，风前力软，怯上兰桡△

注：① 烟丝：浓密柳丝。② 上元：正月十五，即元宵。③ 百五：指清明。冬至起至清明为一百另五天。④ 恁：如此；休文：即沈约，见《词人小传》。

李孚青（清787）一首　题：静香阁四时曲：春。

十笏窗晴△①春山楼上，旭日初明△才点花瓷，②轻翻银叶，③且讽黄庭△④

耳边学哢雏莺△⑤声细涩、微茫暗听△飘入溪光，吹来沙际，杨柳梢青△

注：① 十笏：十扇。② 花瓷：茶名。③ 银叶：赌戏具，即纸牌。④ 讽：背书；黄庭：经名。⑤ 哢：鸟鸣。

蒋纫兰（女）（清813）一首　题：湖山晚望。

曲曲青山△溶溶碧涧，堤柳垂烟△风送蘋香，松阴遮日，凉侵珠帘△

清溪翠竹朱栏△凝望处、自在心闲△澹澹斜阳，萧萧芦荻，鸦鸟留连△

张宗桢（清839）一首　题：雪景。

四壁光莹△疏林标韵，舞态轻盈△霜果潮红，①竹枝润绿，胜景三春△②

豆畦麦陇丰成△③好开怀、一庆升平△毡帐香浓，琼浆味美，小醉黄昏△

注：① 果子经雪变白，但泛出红色。霜，白也。② 胜景：即景胜；三春：春天中农历三月。③ 此句意谓下雪预兆丰年。

马曰琯（清894）一首　题：效许圭塘体，与樊榭、①渔川、弟半查同作。②

日丽花酣△土风清润，到处幽探△③石坞支筇，④水村唤渡，沙岸乘篮△⑤

渔罾蟹簖澄潭△⑥痕一抹、烟梢嫩岚△稻饭红莲，莼羹碧涧，好个江南△

注：① 樊榭：即厉鹗，见《词人小传》。② 半查：即马曰璐，见《词人小传》。

③ 幽探：即旅游。④ 支笻：扶杖。⑤ 篮：篮舆，即竹轿。⑥ 蟹簖：植竹水中以养蟹。

杨士凝（清 902）一首

一望平畴△①风轻沙软，野渡无舟△深柳莺雏，斜阳燕子，人在高楼△

溪云冷卧蘋洲△早挂起、西山一钩△②牧髫簪红，③樵蓑担绿，④唱过荒丘△

注：① 畴：本为麻田，此处泛指田亩。② 一钩：指弦月。③ 牧髫：牧童发髫；簪红：插戴红花。④ 樵蓑：指樵夫；担绿：挑着绿树枝担子。

查为仁（清 905）一首　题：春雨。

做弄轻寒△丝丝如织，帘卷愁看△染柳多情，吹桃有意，都在栏杆△

漫将离思频牵△①且小恋、重衾梦添△中酒幽窗，②卖花深巷，翻笑春闲△

注：① 漫将：空将、莫将。② 中酒：病酒。

马曰璐（清 907）一首　题：效许圭塘体。

望里青帘△梅低竹亚，①露出晴岚△燕子红楼，杨花深巷，蝴蝶春衫△

几回梦倚云帆△染不就、波光嫩蓝△秧鼓村村，菱歌浦浦，好个江南△

注：① 亚：压也。

吴泰来（清 979）一首

绿柳烟斜△东风摇曳，隐隐啼鸦△几回春寒，一番暮雨，满地梨花△

青山点点云遮△空怅望、萧声钿车△①前度夭桃，去年人面，今日天涯△

注：① 怅望：失意想望；钿车：指妇女所乘之车；钿，首饰也。

江昉（清 991）一首

风约帘衣△①嫩寒生峭，②愁锁眉低△低处闲寻，春怀如梦，误了灯期△

冷烟荒草凄迷△③残照里、莺声乱啼△最是销魂，绿杨堤畔，红板桥西△

注：① 约：约束。② 峭：风着肌微寒。③ 凄迷：凄凉迷惘。

王开沃（清 1063）一首

独客江皋△①踏青延伫，②野渡官桥△燕外红肥，莺边绿瘦，才过花朝△

花前倍觉无聊△盼不到、云鬟翠翘△③一抹斜阳，三分流水，肠断归桡△

注：① 江皋：江岸。② 延伫：久立。③ 云鬟翠翘：喻妇女；翠翘，首饰。

洪亮吉（清 1086）一首

才赌千秋△①又邀斗草，且漫藏钩△②众里聪明，个中机警，格外温柔△

日斜刚下妆楼△招女伴、更番出游△③风尾墩边，④鹅毛洲上，龙嘴滩头△

注：① 千秋：秋千。黄庭坚诗："穿花蹴蹋千秋索，桃菜嬉游二月晴"。

② 漫：聊且之意；藏钩：古人一种游戏，分二队以较胜负。③ 更番：轮换。④ 凤尾：草名。

张玉珍（女）（清 1163）一首　题：寒食日作。

怕是芳春△春寒春困，偏易伤人△墙外秋千，阶前花片，静掩柴门△

新愁蹙损眉痕△相搅处、吟魂梦魂△①细篆飘残，②短檠分到，③又是黄昏△

注：① 吟魂：诗魂。② 细篆：喻烟弯曲如篆体字。③ 短檠：指烛台。

尤维熊（清 1198）一首

未解娇羞△簸钱年纪，①才学梳头△十二琵琶，十三锦瑟，十五箜篌△②

杏花屋角鸣鸠△飞过去、谁家画楼△一桁珠帘，③数重花影，满镜春愁△

注：① 簸钱年纪：指十四、五岁。簸钱，以掷钱赌戏。② 此三句指年纪及所学乐器。③ 桁：即檩，托住屋椽横木。

马汾（清 1201）一首　题：春寒同改吟二槎作。

社鼓冬冬△①轻阴作弄，日淡朦胧△柳困含烟，花愁敛笑，蝶倦蜂慵△

绣床犹拥炉红△紧闭了、纱窗一重△闷拂蛮笺，②忙抽兔毫，③细骂东风△

注：① 社鼓：春社鼓声。② 蛮笺：即蜀笺，纸也。③ 兔毫：笔也，兔毛笔。

陈文述（清 1303）一首　题：湖上见新柳。①

柳色如烟△第三桥外，②第一楼前△鸭绿初生，鹅黄乍染，弄影翩翩△③

终朝三起三眠△④尽披拂、烟波画船△何处楼台，谁家庭院，扶出秋千△

注：① 湖上：指杭州西湖。② 第三桥：西湖苏堤上第三座桥。③ 翩翩：轻快飞舞貌。④ 三起三眠：汉花中有柳，状如人形，一日三起三倒。见《三辅故事》。

庄盘珠（女）（清 1268）一首　题：清明。

风声鸟声△者番病起，①不似前春△针又慵拈，②睡还难着，剩个愁人△

隔帘几日浓阴△恰放出、些儿嫩晴△薄命桃花，多情杨柳，依旧清明△

注：① 者番：此番。② 慵拈：懒拿。

孙荪意（女）（清 1277）一首　题：青梅。

细雨阑珊△江城四月，犹剩余寒△青粉墙头，绿阴枝上，一点如丸△

拈来个个匀圆△心怯处、盈盈味酸△笑蹙双蛾，画栏斜倚，纤手轻抟△

汤贻汾（清 1313）一首

碧玉帘栊△①听莺时节，人在东风△茶熟廊前，日斜楼角，才画眉峰△

柳影隔断尘红△②万绿里、春心暗通△绣幕针停，小窗吟倦，多分思侬△③

注：① 帘栊：窗帘。② 尘红：应为红尘，因押韵而颠倒。③ 侬：吴语，此处指你。

顾春（女）（清 1488）一首　题：春夜。　注：调名原作早春怨。

杨柳风斜△黄昏人静，睡稳栖鸦△短烛烧残，长更坐尽，小篆添些△

红楼不闭窗纱△被一缕、春痕暗遮△澹澹烟轻，溶溶院落，月在梨花△

张泰初（清 1587）一首　题：春尽日作。

恼杀离人△风风雨雨，送了残春△飞絮无踪，余寒犹峭，①冷落重门△

江南烟景销魂△更难觅、情思梦痕△隔巷鸣蛙，隔窗乱柝，②愁过黄昏△

注：① 峭：微寒貌。② 乱柝：杂乱击梆敲更声。

蒋春霖（清 1651）一首

芳草闲门△清明过了，酒滞香尘△白楝花开，海棠花落，容易黄昏△

东风阵阵斜曛△①任倚遍、红栏未温△一片春愁，渐吹渐起，恰似春云△

注：① 曛：日落时余光。

陈嘉（女）（清 1697）一首　题：新柳。

望里魂销△和烟和雨，绿遍亭皋△①半拂征尘，②半牵离恨，乱逐风飘△

踏青才过花朝△③听一路、莺声画桥△浅蹙颦眉，微开倦眼，低舞纤腰△

注：① 亭皋：岸边亭子。② 征尘：指路尘。③ 花朝：农历二月十二日。

周星誉（清 1709）一首　题：初秋泊嘉兴有感。①

回首凄然△松陵城郭，②一路寒蝉△藕叶围凉，③蘋花摇暝，人在秋边△

相思昨夜尊前△④酒醒后、疏杨暮烟△对月心情，阻风滋味，已过今年△

注：① 嘉兴：浙江县名。② 松陵：即江苏吴江县城，舟行距嘉兴一天路程。③ 藕叶：即荷叶。④ 尊前：酒杯前。

凌祉媛（女）（清 1732）一首　题：清明日柬步香妹申江。①

不定阴晴△酿花天气，又届清明△记得年时，②樱桃花下，同听莺声△

而今隔却邮程△数不尽、长亭短亭△③望断天涯，④斜阳芳草，无限离情△

注：① 申江：指上海。② 年时：当年。③ 长亭短亭：相隔十里为长亭，五里为短亭。④ 天涯：极远之地。作者家杭州，距上海仅四百华里，但当时交通不便，恍若天涯。

严永华（女）（清 1886）一首　题：杜筱舫苏楼春眺图。①

柳色青青△桃花灼灼，②春在西泠△③一角红楼，两峰夕照，④人倚疏棂△⑤

东风大好扬舲△携酒向、苏堤听音△旧日鸿泥，⑥今朝鸥梦，⑦画里分明△

注：① 杜筱舫：即杜文澜，见《词人小传》。② 灼灼：花盛貌。③ 西泠：在杭州西湖苏堤。④ 两峰：指西湖旁南、北两高峰。⑤ 棂：窗格。⑥ 鸿泥：喻往事痕迹。⑦ 鸥梦：喻隐士与鸥为侣心愿。

叶翰仙（女）（清1796）一首　题：寒食。

风卷帘旌△人凭曲槛，燕语雕楹△扑蝶时过，踏青期近，何日新晴△

雨余花满春城△望几处、朱门柳萦△最好繁华，今朝寒食，明日清明△

崔宗武（清1830）一首　题：秋日郊步。

野店荒村△苍凉如许，[1]那不销魂△衰柳千丝，归鸦数点，掩映斜曛△[2]

几家小艇当门△望不断、烟痕水痕△蟹舍灯疏，[3]鸥天月上，[4]人语黄昏△

注：① 如许：即如此。② 斜曛：夕阳余光。③ 蟹舍：河中央管蟹人宿舍。④ 鸥天：鸥飞天空，即江天。

车乘轨（现当88）一首　题：春游精严寺。[1]　注：1999年3月31日作。

岁月飞行△花朝才过，[2]又近清明△日照桃红，风吹李白，杨柳梢青△

精严钟鼓齐鸣△设坛祭、祈求太平△[3]休负春光，莫辜法会，游赏趁晴△

注：① 精严寺：为嘉兴著名古刹，始建于东晋咸康六年（公元340年）。② 花朝：传系百花生日，在农历二月十二日。③ 坛祭：设坛七处，僧侣六十一人。

四十九字　柳梢青　第二体，同第一体，但首句不入韵，第三句始起韵。

宝月禅师（宋90）一首　题：春。

脉脉春心，情人渐远，难托离愁△雨后寒轻，风前香软，春在梨花△

行人倚棹天涯△酒醒处、残阳乱鸦△门外秋千，墙头红粉，深院谁家△

杨无咎（宋254）一首

灼灼红榴，[1]垂垂绿柳，庭户清和△[2]罗绮香中，[3]十分春酒，几叠高歌△

遐龄欲问如何△[4]记平日、阴功数多△[5]千载今朝，笑看池面，龟戏青荷△

注：① 灼灼：花盛貌。② 清和：气清时和之意。③ 罗绮：喻妇女。④ 遐龄：高龄。⑤ 阴功：积德也。

张抡（宋292）一首　故事：上苑初夏宋孝宗赐宴，时帝登御舟，绕堤闲游，阁臣张抡进《柳梢青》如下：

柳色初浓，月寒似水，纤雨如尘△一阵东风，縠纹微皱，[1]碧沼粼粼△

仙娥花月精神△奏凤管、鸾弦斗新△万岁声中，九霞杯内，[2]长醉芳春△

注：① 縠纹：指波纹。② 九霞杯：皇家酒杯。

刘镇（宋 306）一首　题：七夕。

干鹊收声，[①]湿萤度影，庭院秋香△步月移影，梳云约翠，人在回廊△

醺醺宿酒残妆△[②]待付与、温柔醉乡△却扇藏娇，[③]牵衣索笑，今夜羞凉△

注：① 干鹊：即喜鹊，因鹊恶湿，古称干鹊。② 宿酒：隔夜所饮之酒。③ 却扇：指成婚、新婚。

赵汝愚（宋 369）一首　题：丰乐楼。[①]

水月光中，烟霞影里，涌出楼台△空外笙箫，人间笑语，身在蓬莱△[②]

天香暗逐风回△正十里、荷花尽开△买个轻舟，山南游遍，山北归来△

注：① 丰乐楼：南宋京都临安（今杭州）西湖边酒楼。② 蓬莱：喻仙境。

赵长卿（宋 389）一首

晴雪楼台，试灯帘幕，适是元宵△罗绮娇春，帝城风景，[①]今夜应饶△[②]

争如我系如匏△[③]便皎月、良天任教△早闭柴门，从他箫鼓，细打轻敲△

注：① 帝城：指南宋京城临安（今浙江杭州）。② 饶：喻景物丰富。③ 匏：喻无用之人。语出《论语·阳货》："吾岂匏瓜也哉！焉能系而不食？"

吴潜（宋 461）一首

衬步花茵，[①]穿帘柳絮，堆地榆钱△乍暖仍寒，欲晴还雨，春事都圆△

午窗睡起恹恹△屋角外、初啼杜鹃△百种凄凉，几般烦恼，没个人怜△

注：① 花茵：落花如毯。

周晋（宋 480）一首　题：杨花。

似雾中花，似风前雪，似雨余云△本自无情，点萍成绿，却又多情△

西湖南陌东城△[①]甚管定、年年送春△[②]薄倖东风，薄情游子，薄命佳人△

注：① 南陌：南郊。② 管定：准定。

姚勉（宋 534）一首　题：忆西湖。[①]

长记西湖，水光山色，浓淡相宜△丰乐楼前，[②]涌金门外，[③]买个船儿△

而今又是春时△清梦只、孤山赋诗△[④]绿盖芙蓉，[⑤]青似杨柳，好在苏堤△[⑥]

注：① 西湖：杭州名湖。② 丰乐楼：西湖边酒楼。③ 涌金门：杭州西门，濒临西湖。④ 孤山：在西湖白堤旁。⑤ 绿盖：指荷叶。⑥ 苏堤：在西湖。

张炎（宋 572）一首　题：清明夜雪。

一夜凝寒，忽成琼树，换却繁华△因甚春深，片红不到，绿水人家△

眼惊白昼天涯△空望断、尘香钿车△独立回风，东栏惆怅，莫是梨花△

张林（宋576）一首　题：灯花。

白玉枝头，忽看蓓蕾，金粟珠垂△半颗安榴，一枝秾杏，五色蔷薇△①

何须羯鼓声催△②银釭里、春工四时△③却笑灯蛾，学他蜂蝶，照影频飞△

注：①前段各句均喻灯花。安榴：即石榴。②羯鼓：本北方少数民族乐器，后用以酒令传花。③此句谓灯花绽放，现四季景色。

赵功可（元54）一首　题：友人至。

客里凄凉，桐花满地，杜宇深山△幸自君来，谁教君去，剪剪轻寒△①

愁怀无语相看△漫写入、徽弦自弹△②小院黄昏，前村风雨，莫倚栏杆△

注：①剪剪：寒貌。②徽弦：指琴。徽，琴节也。

张雨（元63）一首　题：拟白石。①　注：调名原作早春怨。

盼得春来，春寒春困，陡顿无聊△②半剔残釭，片时春梦，过了元宵△

空山暮暮朝朝△到此际、无魂可销△却倚东风，水如衣带，草似裙腰△

注：①拟：模仿；白石：即姜夔，见《词人小传》。②陡顿：立时也。

张綖（明153）一首

远远湖滨，一丝烟树，村舍新成△篱落横遮，①溪流环抱，尽有余清△

野人烂煮莼羹△②正细雨、茅檐晚晴△啼鸟桥边，眠鸥沙际，一片闲情△

注：①篱落：篱笆。②野人：郊野之人；莼：一名水葵，水生蔬类植物，味美。

张煌言（明572）一首

锦样山河，何人坏了，雨嶂烟峦△故苑莺花，旧家燕子，一例阑珊△①

此身付与天顽△②休更问、秦关汉关△白发镜中，青萍匣里，和泪相看△

注：①阑珊：衰残。②天顽：天生顽固，喻精忠报国。

顾景星（清134）一首　题：题边庭夜宴图。

班超老去，①文姬归晚，②一样天涯△帐外云山，尊前明月，③膝上琵琶△④

长城高隔中华△费版筑、秦家汉家△一片金茄，数声玉笛，几阵黄沙△

注：①班超：汉明帝时出使西域历三十一年。②文姬：蔡文姬，名蔡琰，蔡邕女，东汉末被掳入蒙古，嫁右贤王，后被曹操赎回。③尊：酒杯。④琵琶：指王昭君和亲匈奴。以上皆出边关人物。

孙致弥（清548）一首

亚字城边，无边柳色，绿蘸清溪△几日春来，一番雨过，几点花飞△

新裁白袷单衣△①喜榔栗、穿林共携△②载鹤船开，斗茶僧去，贯酒人归△③

注：① 白袷单衣：白色单长袍。② 榔栗：木名，可制手杖。此处指手杖。③ 贳：赊欠。

曹慎仪（女）（清1266）一首

可奈东风，[1]韶华吹老，[2]节序频更△[3]今夜花朝，[4]来宵寒食，后日清明△

那堪细雨黄昏△正剪烛、西窗独听△冷湿花魂，惊残蝶梦，滴碎蕉声△

注：① 可奈：奈何之意。② 韶华：春景。③ 节序：节气次序。④ 花朝：应为农历二月十二日。

汪菊孙（女）（清1395）一首　题：春暮。

过了清明，轻寒轻暖，春剩些些△花褪莺慵，苔浓蝶懒，闲掩窗纱△

梦醒宝鼎烟斜△又柳外、红摇暮霞△怨杀东风，一年春事，都付杨花△

黄子高（清1609）一首

九十韶光，[1]匆匆过半，欠雨欠晴△百草抽芽，垂杨孕絮，几处春耕△

撩人飞燕流莺△最叵耐、啼鹃数声△[2]才过花朝，刚刚寒食，又是清明△

注：① 九十：指春季九十天。② 叵耐：不可耐。

朱和羲（清1615）一首　题：本意。

放眼窥春，疏黄半翠，还剪眉峰△[1]为认章台，[2]暮鸦啼处，一角帘栊△[3]

玉楼人怨残红△[4]看万缕、千丝飐风△长板桥头，酒旗摇曳，好系青骢△[5]

注：① 眉峰：喻黛绿。② 章台：指柳。许尧佐有《章台柳传》。③ 帘栊：挂窗帘窗户。④ 残红：指落花。⑤ 青骢：青白色马。

志锐（清1830）一首　题：乌城上元灯社。[1]

水戏鱼龙，锦江灯火，璀璨云霞△[2]月色依然，风情非旧，人又天涯△

回头廿八年华△酒醒后、寒烟暮笳△[3]九陌金莲，[4]千门箫鼓，春在谁家△

注：① 乌城：指新疆省会乌鲁木齐，时作者任新疆伊犁将军；上元：即元宵。② 璀璨：光泽。③ 笳：少数民族乐器。④ 九陌：指街巷；金莲：指灯火。

四十九字　柳梢青　第三体，用仄韵，首句即起韵。

蔡伸（宋222）一首

数声鶗鴂▲[1]可怜又是，春归时节▲满院东风，海棠铺绣，梨花飘雪▲

丁香露泣残枝，算未比、愁肠才结▲自是休文，[2]多情多感，不干风月▲

注：① 鶗鴂：即杜鹃。② 休文：梁朝沈约，见《词人小传》，此处喻消瘦。

张元幹（宋243）一首

海山浮碧▲细风丝雨，新愁如织▲慵试春衫，不禁宿酒，[1]天涯寒食▲[2]

归期莫数芳辰，误几度、回廊夜色▲入户飞花，隔帘双燕，有谁知得▲

注：① 宿酒：隔夜酒。② 天涯：喻极远之客地。

陈亮（宋 393）一首

柳丝烟织▲掩映小池，粼粼碧波▲[①]几片飞花，半檐残雨，长亭愁绝▲

凭高望断江南，怅千里、疏烟淡月▲斗草风流，弄梅情分，教人思忆▲

注：① 粼粼：喻波纹如鱼鳞。

朱彝尊（清 288）一首　题：和沈子山西湖后游之作。[①]

障羞罗扇▲花时犹记，者边曾见▲[②]曲录栏杆，[③]玲珑窗户，也都寻遍▲

两峰依旧青青，[④]但不比、眉梢平远▲第一难忘，重来崔护，[⑤]去年人面▲

注：① 沈子山：即沈进，见《词人小传》。② 者边：这边。③ 曲录：屈曲貌。④ 两峰：西湖两边之南高峰与北高峰，指远峰。诗词中常比喻眉峰。⑤ 崔护：唐诗人，清明郊游遇女子，明年清明再往，门墙锁闭，怅然题诗。

许宜媖（女）（清 665）一首　题：寄外。[①]

日残春暮▲年年抛恨，在花间住▲一阵东风，梨花如雪，桃花如雨▲

教人没个商量，容易把、韶光放去▲[②]只恐来时，殷勤问我，春归何处▲

注：① 外：指丈夫，即崔漠。② 韶光：春景。

四十九字　柳梢青　第四体，同第三体，但第三句始起韵。

杨无咎（宋 254）一首　题：癸未（1163 年）秋社有怀故山。[①]

送燕迎鸿，未寒时节，已凉天气▲针线倦拈，帘帏低卷，别般风味▲

欹眠梦到山中，共老幼、扶携笑喜▲桑柘影深，鸡豚香羡，[②]家家人醉▲[③]

注：① 秋社：在立秋后第五个戊日，祭祀后土。② 豚：小猪，祭社供品。③ 此句谓祭后公宴。

赵彦端（宋 314）一首

荼蘼过也，[①]荼蘼过后，[②]无花堪折▲只有垂杨，垂杨却作，絮惊形色▲

海棠半在如无，又争倩、蔷薇恋得▲除是东风，随君归问，玉堂消息▲[③]

注：① 荼蘼：即重酿酒。《辇下岁时记》："长安每岁清明，赐宰相以下荼蘼酒。"此处喻清明。② 荼蘼：藤花，春末夏初开白色重瓣花，色似荼蘼酒。③ 玉堂：泛指富贵之家。

柯九思（元 70）一首　题：咏梅。

懊恨春初，飘零月下，轻离轻隔▲重酿梨云，[①]乍舒椒眼，[②]羞人曾识▲

已堪索笑巡檐，[3]早准备、怜怜惜惜▲莫是溪桥，才先开却，试驰金勒▲[4]

注：① 梨云：白云，喻白梅花。② 椒眼：初开白梅花，微带绿色，似椒花。③ 索笑巡檐：杜甫诗"巡檐索共梅花笑。"④ 此句谓可骑马探梅。

四十九字　柳梢青　第五体，用仄韵，首句即起韵，但分句字数与第三体稍有出入。

徐震（明609）三首　题意：第一首，《画图缘》花栋求婚词。
第二首，《画图缘》柳烟答词。
第三首，《两交婚》第十一回引词：咏才女甘梦。

（1）难求无价▲[1]是以久鳏在下▲[2]道有佳人，仪容绝世，许我青鸾同跨▲
我疑他诈▲他偏争、吐胆倾心真话▲誓若虚言，愿变蛾眉，将身从嫁▲[3]

注：① 无价：指佳人。② 鳏：男子未婚。③ 第三句起叙柳路愿为孪生姊柳烟为媒，但不明言是姊，只说容貌似己。花栋疑而求证。

（2）藏珠待价▲好丑不相上下▲[1]聘要低头，礼宜拜手，不是淮阴受胯▲[2]
未成是诈▲到成时、方信千秋佳话▲好戴乌纱，亲骑白马，谢媒迎嫁▲

注：① 此句暗指是孪生姊弟。② 淮阴：指汉淮阴侯韩信；受胯：韩信未发迹时曾受辱恶少胯下。此谓求婚不是受辱。

（3）彩毫有舌▲吞吐霏霏玉屑▲[1]眉尚山尖，发才云际，早已阳春白雪▲[2]
鸾须凤结▲天上香、岂许人间偷窃▲急填乌鹊，引入蓝桥，[3]方成双绝▲

注：① 此两句谓其有才。② 阳春白雪：喻清高绝伦。③ 蓝桥：裴航遇云英成婚故事。

四十九字　相思引

房舜卿（宋604）一首

笑盈盈，香喷喷▲姑射仙人风韵▲[1]天与肌肤常素嫩▲玉面犹嫌粉▲
斜倚小楼凝远信▲多少往来人恨▲只恐乘云春雨困▲迤逦娇容损▲[2]

注：① 姑射仙人：《庄子逍遥游》"藐姑射之山，有神人居焉，肌肤若冰雪，绰约若处子"。② 迤逦：逐渐，渐次。

四十九字　画堂春

张先（宋18）一首

外湖莲子长参差△[1]霁山青处鸥飞△[2]水天溶漾画桡迟△[3]人影镜中移△
桃叶浅声双唱，杏红深色轻衣△小荷障面避斜晖△分明翠阴归△

注：① 参差：不齐。② 霁山：山上雨止天晴。③ 溶漾：水浮动貌。

苏轼（宋80）一首　题：寄子由。[1]

柳花飞处麦摇波△晚湖净镜新磨△小舟飞棹去如梭△齐唱采菱歌△

平野水云溶漾，[2]小楼风日晴和△济南何在暮云多△[3]归去奈愁何△

注：① 子由：即其弟苏辙，见《词人小传》。② 溶漾：浮动貌。③ 济南：山东府名。

黄庭坚（宋101）一首

东堂西畔有池塘△使君棐几明窗△[1]日西人吏散东廊△蒲苇送清凉△

翠管细通岩溜，[2]小峰重叠山光△近池催置琵琶床△衣带水风香△

注：① 棐几：榧木几。棐与榧同。几，案几。《晋书·王羲之传》："尝诣门生家，见棐几滑净，因书之。" ② 翠管：竹管。

车乘轨（现当88）一首　题：重进书场听弹词有感。　注：2008年10月21日作。

阛阓文艺数弹词△[1]软柔细腻多姿△唱弹说噱令人迷△[2]心旷更神痴△

国粹岂容埋没，古风需要扶持△歇停珊凤又高飞△[3]旧梦重温怡△[4]

注：① 阛阓：指苏州；弹词：俗称说书，江南一带甚为流行。② 噱：即诙谐语，俗称放噱头。③ 珊凤：指嘉兴珊凤书场，文革起停业，随着月河街区整修开放，2008年9月28日起又在坛弄原址复业。④ 旧梦重温：作者自1946年定居嘉兴后成为书场常客，文革起中断达半个多世纪，今日始重进书场。

四十九字　贺圣朝

叶清臣（宋30）一首

满斟绿醑留君住▲[1]莫匆匆归去▲三分春色二分愁，更一分风雨▲

花开花谢，都来几许▲且高歌休诉▲不知来岁牡丹时，再相逢何处▲

注：① 醑：美酒也。

赵鼎（宋209）一首

断霞收尽黄昏雨▲滴梧桐疏树▲帘栊不卷夜沉沉，[1]锁一庭风露▲

天涯人远，深期梦悄，[2]苦长宵难度▲知他窗外促织儿，有许多言语▲

注：① 帘栊：窗帘。② 悄：此字据《词律》，可以不叶韵。

马庄父（宋523）一首　题：春游。

游人拾翠不知远▲被子规呼转▲红楼倒影背斜阳，坠几声弦管▲

荼蘼香透，海棠红浅▲却平分春半▲花前一笑不须悭，待花飞休怨▲

四十九字　极相思（又名极相思令）

赵太尉夫人（女）（宋 31）一首　注：调名原作极相思令。

柳烟霁色方晴△花露逼金茎△秋千院落，海棠渐老，才过清明△

嫩玉腕托香脂脸，相傅粉、更与谁情△秋波绽处，相思泪迸，天阻深诚△

吕渭老（宋 259）二首

（1）西园斗草归迟△隔叶啭黄鹂△①栏杆直倚，秋千背立，数遍佳期△

寒食清明都过了，趁如今、芍药蔷薇△衩衣吟露，②归舟揽月，方解开眉△

注：① 黄鹂：即黄莺。② 衩衣：即开衩袍。王建宫词："衩衣骑马绕宫廊。"

（2）拂墙花影飘红△微月辨帘栊△①香风满袖，金莲印步，②狭径迎逢△

笑靥乍开还敛翠，正花时、却恁西东△③别房初醒，斜门未锁，且更从容△

注：① 帘栊：有帘窗子。② 金莲：喻女子缠足。③ 恁：如此。

李莺莺（女）（宋 285）一首　故事：《青琐高议》张浩与东邻女李氏善，女有词赠之，名《极相思》后府尹作伐，卒娶李氏。

红疏翠密晴暄△初夏困人天△风流滋味，伤怀尽在，花下风前△

后约已知君早定，这心绪、尽日悬悬△鸳鸯两处，清宵最苦，月甚先圆△

陆游（宋 330）一首

江头疏雨轻烟△寒食落花天△翻红坠紫，残霞暗锦，一段凄然△

惆怅东君堪恨处，也不念、冷落尊前△那堪更看，漫空相趁，柳絮榆钱△

陈维崧（清 196）一首　题：思梦。

湿云未敛香蝉△①斜欹枕屏前△分明昨夜，依稀往事，②院后廊边△

下了红帘擎翠鉴，③悄不觉、笑靥微圆△④濛濛脉脉，如尘似影，记也难全△

注：① 云：喻发；蝉：喻鬓。② 依稀：仿佛。③ 鉴：镜子。④ 靥：两颊酒窝儿。

曹言纯（清 1209）一首　题：题旭斋红豆词，同汪饮泉作。①

数将红豆清讴△②何处说勾留△木瓜酒畔，琼花观里，芍药桥头△

溪上梅花重白了，又今年、多少乡愁△落过灯市，缫残茧屋，③唱罢菱舟△

注：① 汪饮泉：即汪潮生，见《词人小传》。② 红豆清讴：歌唱红豆词。讴：歌唱。③ 缫：缫丝。

陈尔茀（清 1753）一首　题：本意。

金风送雨丝丝△①寂寞细寻思△纤纤玉笋，②髻髻翠黛，③淡抹胭脂△

莺语秋波斜盼转，④倚门儿、瘦小腰肢△十分春色，三分月色，恰是当时△

注：① 金风：秋风。② 玉笋：喻女郎手指。③ 髫髻：指幼女；翠黛：指眉。④ 莺语：喻语声如莺啭好听。

车乘轨（现当 88）一首　题：病中忆往事。　注：2001 年 2 月 21 日作。

新春小恙侵缠△天气雨连绵△精严探胜，①公园揽景，尽成虚言△

休憩多闲思往事，自髫龄、直至残年△②悲欢离合，酸甜苦辣，感慨无边△

注：① 精严：嘉兴寺名。前段结尾三句谓新春本拟出游，因病中止。② 髫龄：指幼年；

四十九字　阳台梦

李存勖（五代十国 8）一首

薄罗衫子金泥缝▲①困纤腰怯铢衣重▲②笑迎移步小兰丛，亸金翘玉凤▲

娇多情脉脉，③羞把同心捻弄▲④楚天云雨却相和，又入阳台梦▲⑤

注：① 金泥：即泥金，屑金为饰也。② 铢衣：极轻薄之衣。此处说铢衣尚怯，极言其腰纤弱。贯至诗："舞怯铢衣重。"③ 情脉脉：含情欲吐貌。④ 同心：指同心结。⑤ 结尾两句指楚襄王梦会神女于巫山阳台故事。

蒋平阶（明 559）一首

刮香栏上金铃小▲①飞花片片催春老▲惜春侍女护花忙，不将眉黛扫▲

阶前残露滑，细步怕沾芳草▲蔷薇罥发笑声低，②惊起双栖鸟▲

注：① 金铃：惊鸟以护花之铃。② 罥发：勾挂头发。

周积贤（明 640）一首

玉钗头上东风小▲轻轻燕影双双掉▲笑携明月晕新眉，两重清嶂晓▲

沉香关塞远，又是子规来了▲一声春思入琵琶，变作江南调▲

侯文曜（清 622）一首　题：巫山翠屏峰。①

重重远峰云初吐▲隔溪瞥见千千缕▲峰峰尽向此中藏，酝廉纤细雨▲②

几时云散后，神女含情欲舞▲③好峰新沐翠屏开，又入阳台去▲

注：① 翠屏峰：为巫山十二峰之一。② 廉纤：即细雨。③ 神女：指神女峰，亦十二峰之一。

车乘轨（现当 88）一首　题：福利彩票即开型销售活动见闻。　注：2001 年 11 月 21 日作。

即开彩票人流巨▲①万头攒动前台睹▲促销还仗五明星，②现场咸鼓舞▲

六天圆好梦，无数哀欢喜怒▲小摊云集卖声高，大道疑无路▲

注：① 人流巨：据前一日《绍兴晚报》统计，销售六天，现场每天可达数万人次。② 五明星：即影视明星万梓良、成奎安、范冰冰、李亚男、金巧巧。

四十九字　醉乡春

秦观（宋116）一首　故事：作者在黄州，饮于海棠桥，有老书屋，海棠丛开，作者醉卧于此，明日题《醉乡春》一词于柱。

唤起一声人悄▲衾冷梦寒窗晓▲瘴雨过，[1]海棠开，春色又添多少▲

社瓮酿成微笑▲[2]半缺椰瓢共舀▲[3]觉颠倒，[4]急投床，醉乡广大人间小▲

注：① 瘴：湿热蒸郁之气，多产生在南方。② 社瓮：春社酒。③ 椰瓢：舀酒器具。④ 颠倒：喻酒醉

吴梅鼎（清540）一首

尝尽别离滋味▲醉倒艳阳天气▲人才去，燕偏归，今夜怎生得睡▲

飞出画檐成对▲剪得春光粉碎▲杨柳岸，杏花村，雨中一点香泥坠▲

车乘轨（现当88）二首　题：第一首，绍兴上巳。　注：2003年4月4日作，上巳：古节日名。

第二首，故乡新印象。　注：2007年4月11日作。故乡：浙江绍兴。

（1）节气转移春至▲三月初三上巳▲修祓禊，[1]聚兰亭，[2]东晋永和年始▲[3]

曲水流觞游戏▲[4]《兰亭集序》传世▲[5]赛书法，祭先贤，酒乡岁岁名家会▲

注：① 修祓禊：上巳日，采兰水上，以祓除不祥，谓之修禊。② 兰亭：绍兴名胜地。③ 此句谓永和九年（353年）上巳，王羲之等41人始修禊于兰亭。④ 曲水流觞：游戏名，士人列坐于曲溪两岸，酒杯浮于水面，顺流而下，杯停处，旁坐者须吟诗饮酒。⑤《兰亭集序》：辞赋名，王羲之于修禊后撰书。

（2）不到绍城经岁▲[1]游子又来故里▲[2]莺呖呖，燕呢喃，时节正逢春媚▲

对待老人优惠▲景点公交免费▲酒香美，馔鲜佳，惜乎物价嫌昂贵▲

注：① 经岁：经过一年。② 游子：客居他乡者，指作者。

四十九字　驻马听

顾贞立（女）（清159）一首

宿雨朝烟，[1]露浥胭脂红数点▲[2]闲庭寂寞，惜花人起梦尤淹▲[3]

傍妆台、几度懒▲▲临鸾整，[4]凌波款步青苔藓▲▲[5]笑嫣然，[6]看朝阳、一朵春

光绽▲▲

注：① 宿雨：夜雨。② 浥：湿润。③ 淹：留恋。④ 鸾：鸾镜。⑤ 凌波：喻步履轻盈；款步：缓行。⑥ 嫣然：巧笑。

四十九字　忆余杭（又名酒泉子）

潘阆（宋3）七首

(1) 长忆钱塘，[①]不是人寰是天上，[②]万家掩映翠微间△[③]处处水潺潺△[④]

异花四季当窗放▲出入分明在屏障▲别来隋柳几经秋△△[⑤]何日得重游△△

注：① 钱塘：即今浙江杭州。② 人寰：人世间。③ 翠微：喻山气、草色青绿。④ 潺潺：水声。⑤ 隋柳：古柳。

(2) 长忆钱塘，临水傍山三百寺，僧房携杖曾遍游△闲话觉忘忧△

旃檀楼阁云霞畔▲[①]钟梵清宵彻天汉▲[②]别来遥礼只焚香△△便恐是西方△△[③]

注：① 旃檀：梵语，即檀香。② 钟梵：寺钟；彻天汉：直达云霄。③ 西方：西方极乐世界，即西天。

(3) 长忆西湖，湖上春来无限景，吴姬个个是神仙△[①]竞泛木兰船△[②]

楼台簇簇疑蓬岛▲[③]野人只合其中老▲[④]别来已是二十年△△东望眼将穿△△

注：① 吴姬：江南女子。② 木兰船：船之美称。③ 蓬岛：喻仙境。④ 野人：平民。

(4) 长忆西湖，[①]尽日凭栏楼上望，三三两两钓鱼舟△岛屿正清秋△

笛声依约芦花里▲[②]白鸟成行忽惊起▲[③]别来闲整钓鱼竿△△思入水云寒△△

注：① 西湖：杭州名湖。② 依约：仿佛。③ 白鸟：白鹭、白鸥等水鸟。

(5) 长忆西山，[①]灵隐寺前三竺后，[②]冷泉亭上几行游△三伏似清秋△[③]

白猿时见攀高树▲长啸一声何处去▲别来几向画栏看△△终是欠峰峦△△

注：① 西山：指西湖以西一带山脉。② 灵隐寺：杭州名寺；三竺：指上、中、下三座天竺寺。③ 三伏：盛夏大热天，共计四十天。

(6) 长忆吴山，[①]山上森森吴相庙，[②]庙前江水怒为涛△千古恨犹高△[③]

寒鸦日暮鸣还聚▲时有阴云笼殿宇▲别来有负谒灵祠△△遥奠酒盈卮△△

注：① 吴山：一名城隍山，在杭州城内。② 森森：森严；吴相：指春秋

吴国宰相伍子胥，相传死后为潮神。③ 此句谓伍子胥被吴王赐死。

(7) 长忆观潮，①满郭人争江上望，②来疑沧海尽成空△万面鼓声中△③
弄潮儿向涛头立▲手把红旗旗不湿▲别来几向梦中看△△梦觉尚心寒△△
注：① 潮：钱塘江潮，名闻中外，非常壮观。② 郭：指城。③ 此句形容潮声。

四十九字　忆汉月

赵进美(清106)一首　题：调羹。

入眼繁花如绣▲池院绿阴清昼▲松声宝鼎试汤初，①色乱银匙纤手▲火融香渐透▲便锦带莼丝如否▲②倩郎权作小姑尝，③欲语仍低首▲

注：① 鼎：食器。② 莼：水生植物，可作羹。③ 小姑尝：古新妇有婚后三日，即入厨调羹，小姑试尝之俗。

四十九字　应天长

冯延巳(五代十国26)一首

一钩初月临妆镜▲蝉鬓凤钗慵不整▲重帘静▲层楼迥▲①惆怅落花风不定▲绿烟低柳径▲何处辘轳金井▲②昨夜更阑酒醒▲春愁过却病▲

注：① 迥：远。② 辘轳：井上汲水器具；金井：有雕饰井栏。

丘濬(明61)一首　题：春思。

午窗闲展湘纹簟▲①春梦醒来眉作敛▲珠帘卷▲②重门掩▲情事不堪重点检▲晚山青似染▲望眼年年频减▲怅惆流光荏苒▲芳心无半点▲

注：① 湘纹簟：湘竹编的竹席子。② 卷：铣韵，作宽叶。

孙云凤(女)(清1188)一首

锦衾香冷消兰麝▲明镜黛眉慵不画▲①重帘下▲怜深夜▲细雨短檠寒穗谢▲②柳梢新月挂▲记得晚凉初夏▲花底酒阑歌罢▲③个侬蝉鬓卸▲④

注：① 慵：懒也。② 檠：灯架；穗：灯花。③ 酒阑：酒尽。④ 个侬：即她。

四十九字　归去来

柳永(宋14)一首

初过元宵三五▲①慵困春情绪▲灯月阑珊嬉游处▲②游人尽、厌欢聚▲全仗如花女▲持杯谢、酒朋诗侣▲余酲更不禁香醑▲③歌筵舞、且归去▲

注：① 三五：即十五，正月十五是元宵节。② 阑珊：衰残。③ 酲：醉。

五十字　上行杯

冯延巳(五代十国26)一首

落梅着雨消残粉▲云重烟轻寒食近▲罗幕遮香△柳外秋千出画墙△

春山颠倒钗横凤▲▲飞絮入帘春睡重▲▲梦里佳期△△只许庭花与月知△△

五十字　太常引

高观国(宋431)一首

玉肌轻衬碧霞衣△似争驾、翠鸾飞△羞向武陵溪△①笑女伴、东风醉时△

不飘红雨,不贪青子,冷淡却相宜△春晚涌金池△问一片、将愁寄谁△

注：① 武陵溪：喻桃花源。

陈孚(元15)一首　题：端阳日当母诞不得归。

彩丝堂上簇兰翘△①记生母、在今朝△无地捧金蕉△②奈烟水、龙沙路遥△③

碧天迢递,④白云何处,风急雨潇潇△万里梦魂消△待飞逐、钱塘夜潮△⑤

注：① 兰：喻香;翘：首饰。② 金蕉：喻酒杯上寿;蕉,指蕉叶,酒杯之浅者,形如蕉叶。③ 龙沙：泛称塞外。④ 迢递：即迢遥,绵邈长远也。⑤ 钱塘：即杭州,作者系浙江临海人。

张翥(元69)一首

素娥风韵自天真△①似回雪、趁行云△②眉头任长颦△正宜看、啼妆未匀△

扇犀轻按,③罗袖低掩,一曲广陵春△④飞尽画梁尘△数到梨园第几人△⑤

注：① 喻女郎似月宫仙子。② 回雪：指舞态,如雪之因风回翔也。③ 扇犀：犀牛骨扇子。④ 广陵春：曲名。⑤ 梨园：古优伶,即今演员。此句按律应在三、四字间有"逗"号,稍异。

陆求可(清70)一首　题：晓起。

温柔乡里怪天明△奈树上、有啼莺△鸳鸯莫须惊△交玉臂、怜欢有情△

绿云压枕,①海棠春色,同梦又同醒△起听卷帘声△问红日、三竿未曾△②

注：① 绿云：发。② 三竿：日上三竿,喻天已不早,晏起之意。

顾春(女)(清1488)一首　题：玉簪花。

凉生花径报新秋△粉墙下、几枝抽△白玉琢搔头△①禁不住、西风暗飕△

碧云院宇,碧纱窗户,碧水更清柔△斜日过妆楼△早又是、珠帘上钩。

注：① 琢：雕饰;搔头：即首饰玉簪。

五十字　少年游(又名玉蜡梅枝、小阑干)　第一体,后段第一句不叶韵。

柳永(宋14)　首

世间尤物意中人△①轻细好腰身△香帏睡起,发妆酒酾,②红脸杏花春△

娇多爱把齐纨扇，[③]和笑掩珠唇△心性温柔，品流详雅，不称在风尘△[④]

注：① 尤物：珍贵的物品，此处指美女。② 酒醧：斟酒。③ 把：持也；纨扇：团扇。④ 称：不配；风尘：指妓院。

晏殊（宋 20）一首

芙蓉花发去年枝△双燕欲归飞△兰堂风软，金炉香暖，新曲动帘帷△

佳人拜上千春寿，深意满添卮△绿鬓朱颜，道家妆束，长似少年时△

欧阳修（宋 33）一首

玉壶冰莹兽炉灰△人起绣帘开△春丛一夜，六花开尽，不待剪刀催△[①]

洛阳城阙中天起，[②]高下遍楼台△絮乱风轻，拂鞍沾袖，归路似章街△[③]

注：① 剪刀催：隋炀帝洛阳行宫，冬天剪彩为花故事。② 阙：宫殿。③ 章街：洛阳有章台街，此处借喻章台柳。

周邦彦（宋 128）二首　题：第一首，荆州作。[①]

（1）南都石黛扫晴山△[②]衣薄奈早寒△一夕东风，海棠花谢，楼上卷帘看△

今朝丽日明如洗，南陌暖雕鞍△归赏园林，喜无风雨，春鸟报平安△

注：① 荆州：湖北县名。② 南都：指荆州，三国时刘备曾为都城。

（2）檐牙缥缈小娼楼△[①]凉月挂银钩△[②]聒席笙歌，[③]透帘灯火，风景似扬州△[④]

当时面色欺春雪，[⑤]曾伴美人游△今日重来，更无人问，独自倚栏愁△

注：① 缥缈：高远貌；娼楼：妓院楼。② 银钩：指弦月。③ 聒席：席面嘈杂。④ 扬州：扬州古时多妓院、美女。⑤ 此句谓脸白赛雪。

方千里（宋 133）一首　题：次美成韵。[①]

东风无力飏轻丝△[②]芳草雨余姿△浅绿还池，轻黄归柳，老去愿春迟△

栏杆凭暖慵回首，闲把小花枝△[③]怯雨情怀，恼人天气，清瘦有谁知△

注：① 美成：即周邦彦，见《词人小传》。次韵：依次和其韵。② 轻丝：指柳丝。③ 把：把持、拿也。

周端臣（宋 303）一首　题：西湖。

四山烟霭未分明△宿雨破新晴△万顷湖光，一堤柳色，人在画图行△

清明过了春无几，花事已飘零△莫待斜阳，便寻归棹，家隔两重城△

林仰（宋 304）一首　题：晓行。　注：调名原作眼儿媚。

霁霞散晓月犹明△[①]疏木挂残星△山径人稀，翠萝深处，啼鸟两三声△

霜华重逼驼裘冷，[②]心共马蹄轻△十里青山，一溪流水，都做许多晴△

注：① 霁霞：雨后彩霞。② 霜华：霜花；驼裘：骆驼皮衣。

赵君举(宋307)一首　注：调名原作眼儿媚。

晓山日薄半春阴△烟暖柳拖金△满眼新晴，歌声楼影，悠荡碧波心△

闲亭客散人归去，疏雨湿罗襟△楼阁濛濛，断虹明处，十里暮云深△

赵师侠(宋390)一首

冰霜凝冻腊残时△[1]暖律渐推移△[2]彩胜罗幡，[3]土牛春仗，[4]和气与春回△

花心柳眼知时节，[5]微露向阳枝△喜入新春，称心百事，如意想都宜△

注：① 腊残：年底。腊，农历十二月。② 暖律：指春季；律，规律。③ 彩胜：首饰也；罗幡：罗制长方形小旗，称春幡，或悬于头或缀于花枝下。④ 土牛：以土为牛称春牛，立春前一日悬于县衙前以鞭春，即迎春。⑤ 柳眼：柳叶初生似眼。

蒋捷(宋580)一首

梨边风紧雪难晴△千点照溪明△吹絮帘低，唾茸窗小，[1]人隔翠阴行△

而今白鸟横飞处，[2]烟树渺乡城△两袖春寒，一襟春恨，斜日淡无情△

注：① 唾茸：指绣娘习惯把绒线头含在嘴里，然后唾出。② 白鸟：白羽鸟。

赵孟頫(元33)一首

弄晴微雨细丝丝△山色淡无姿△柳絮飞残，荼蘼开罢，青杏已团枝△[1]

栏杆依遍人何处，愁听语黄鹂△[2]宝瑟尘生，[3]翠绡香减，天远雁书迟△[4]

注：① 团枝：圆圆的结在枝上。② 黄鹂：黄莺。③ 宝瑟：乐器。④ 雁书：指来信。

刘铉(元47)一首　题：赋友人与女客对棋。　注：此词《御选历代诗余》作吴元可作。

石榴花下薄罗衣△睡起却寻棋△未省高低，被伊春笋，[1]拈了白玻璃△[2]

钏脱钗斜浑不晓，[3]意重子声迟△[4]对面痴心，只愁收局，肠断欲输时△

注：① 春笋：喻女子手指。② 白玻璃：指白棋子。③ 钏：手镯；浑：全也。④ 子：棋子。

萨都剌(元57)一首

去年人在凤凰池△[1]银烛夜弹丝△[2]沈水香消，[3]梨云梦暖，深院绣帘垂△

今年冷落江南夜，心事有谁知△杨柳风柔，海棠月澹，[4]独自倚栏时△

注：① 凤凰池：皇宫中池沼，中书省所在地。喻为官。② 弹丝：弹丝弦，如琵琶、琴等。③ 沈水：即沉香。④ 月澹：月色恬静。

杨慎(明 157)一首

红稠绿暗遍天涯△春色在谁家△花谢人稀，柳浓莺懒，烟景属蜂衙△①

日长睡起无情思，帘外斜阳斜△带眼频移，②琴心慵理，多病负年华△

注：① 烟景：柳树浓密似烟；蜂衙：指蜂群。② 带眼：皮带眼。带眼频移，典出沈腰。

吴子孝(明 162)一首　题：约衡山不至。①

苑中日日见花开△花下独徘徊△帽沾红雨，②衣承香雪，③春色似蓬莱△④

怅望高轩终不到，⑤寂寞小池台△柳条尽绿，莺声渐老，夜雨长新苔△

注：① 衡山：文徵明，号衡山，与作者同乡。② 红雨：指红花。③ 香雪：指白花。④ 蓬莱：喻仙境。⑤ 高轩：尊称他人的车。

胡介(明 515)二首　题：第一首，河渚吟。

第二首，乱后过湖上。

(1) 芦田柳岸互环环△春水爱鱼湾△茅屋花中，石桥竹外，小犬向人闲△

烟村浦浦遥相隔，浮舟自往还△窗上日红，草堂人起，背手看湖山△

(2) 段家桥上尚啼莺△①回首少年行△月向灯红，登车上马，记得不胜情△

归来旧里如歧路，筚篥满孤城△②故屋星穿，故人星散，一一是三生△

注：① 段家桥：即杭州西湖断桥。② 筚篥：荆竹树枝之类。

程諝(明 534)一首　题：忆花卿。

自从花里见温柔△放不下心头△点点弓鞋，①些些翠袖，安顿许多羞△

犹怜未解伤心意，怎忍寄春愁△裙带香浓，被池云重，②乍可学风流△③

注：① 弓鞋：缠足女子之弓形鞋。② 被池：即被窝。③ 乍可：只可之意。

无名氏(明 643)首　题意：《梧桐影》第三回词引。

芭蕉雨过小帘明△山坡洗复清△何处换鹅，①无人载酒，冷落著书情△

松阴五月遮窗暗，幽梦几时醒△入枕凄然，到门清绝，应是洞箫声△

注：① 换鹅：晋王羲之精书法，爱鹅。人求其作品不得，以鹅可换得。

赵维烈(清 99)一首　题：春郊即事。

江皋草色午风薰△①一径板桥分△柳叶欺眉，桃花匀面，流水抱柴门△

酒帘高挂新蒭熟，②还共倒清尊△③着处为欢，直须沉醉，踏月过前村△

注：① 江皋：江岸。② 蒭：即酒。③ 尊：酒杯。

王臣荩(清 123)一首　题：初秋。

藤花浥露月穿棚△①促坐听蛩鸣△②粉泽初消，③珠珰尽卸，④团扇小风轻△

星横银汉光如浸，[5]城上报三更△满槛荷香，一庭梧影，好梦未分明△

注：① 浥露：露水湿润。② 蛩：蟋蟀。③ 粉泽：脂粉。④ 珠珰：缀珠的耳饰。⑤ 银汉：银河。

徐喈凤（清146）一首　题：清明前二日惠山闲步。[1]

寻春迤逦傍山行△[2]渴饮玉泉清△[3]曲径红飞，危亭绿覆，[4]莺哢两三声△[5]

佳人争趁清明近，分队踏浓青△但恨蛾眉，[6]轻纨半掩，流睇未分明△[7]

注：① 惠山：江苏无锡山名。② 迤逦：曲折连绵。③ 玉泉：山泉，惠山泉水号称天下第二泉。④ 危亭：高亭。⑤ 哢：鸟鸣。⑥ 蛾眉：指女郎。⑦ 流睇：即眼波。睇，斜着眼看。

钟韫（女）（清229）一首　题：即事。

东南日出照庭隅△风影隔窗虚△细草栏杆，轻烟帘幕，天气困人初△

梦魂一晌闲无绪，担搁绣功夫△慵整菱花，怕听莺语，心事尚模糊△

沈榛（女）（清353）一首　题：秋夜。

桂枝袅袅静飞香△[1]月影澹筛窗△[2]落叶飕飕，修篁簌簌，[3]促织弄新腔△[4]

鸿声嘹唳云中度，[5]烟村隔苍江△几许柔情，无端幽思，独坐对银釭△[6]

注：① 袅袅：缭绕状。② 澹：恬静。③ 修篁：长直之竹。④ 促织：昆虫名，即纺织娘。⑤ 嘹唳：雁鸣。⑥ 银釭：灯盏。

沈友琴（女）（清388）一首　题：春闺。

绿波初涨雨初晴△淡月照窗明△芳草青青，莺声呖呖，人逐落花行△

昨宵猛里东风至，春色遍江城△点点杨花，双双蛱蝶，来去最多情△

宋荦（清398）一首　题：清明。

禁烟时节好花开△[1]客思暗中催△几树垂杨，一庭芳草，小雨燕初回△

春光记得江南早，林标倒深杯△[2]杏子衫轻，藕丝裙软，游女踏青来△

注：① 禁烟时节：指寒食节，是日禁烟火。② 林标：树林中赛酒夺标。

侯晰（清690）一首

短墙青杏个人家△[1]瀹茗煮兰芽△[2]半榻图书，几丝香篆，[3]蕉影绿窗纱△

戏拈湘管临文淑，[4]点染绝铅华△[5]水墨淋漓，粉脂零乱，一幅断肠花△

注：① 个人家：那个人家。② 瀹茗：煮茶。③ 香篆：即烧香之烟。④ 湘管：指笔；临文：习练书画。⑤ 铅华：即铅粉。

马汾（清1201）一首　题：春日同人游南湖，[1]朱渔珊表叔招饮聚景楼。

画船唧尾荡晴空△水碧暖云烘△流水桃花，斜阳燕子，心事问东风△

归来凝伫垂杨岸，[2]吹梦逐芳踪。春色销魂，香醪解恨，[3]一棹者般浓。[4]

注：① 南湖：嘉兴名胜。② 凝伫：久立。③ 香醪：指酒。④ 者般：这般。

卢作檏(清1241)一首

沙平草软马蹄骄。随意骋金镳。[1]十里莺花，一堤杨柳，遮映酒旗摇。

当欢且莫辞沉醉，春风最无聊。才过清明，又逢上巳，[2]禁得几魂销。

注：① 镳：马嚼子，指马。② 上巳：古节日，在农历三月初三日。

李若虚(清1248)一首　题：偶拈伫月楼韵。

乍过蚕月午晴天。[1]人费买春钱。灯火帘栊，[2]管弦歌舞，客满画堂前。

老年情绪还多病，禅榻枕书眠。鼻观参来，心香定后，花影伴炉烟。

注：① 蚕月：农历四月。② 帘栊：有帘之窗。

曹慎仪(女)(清1266)一首　注：调名原作小阑干。

疏窗小篆袅丝丝。[1]风劲卷帘迟。澹日笼云，[2]远山衔雪，又是岁寒时。

闲吟索笑巡檐畔，[3]幽趣有谁知。无限寒香，一番春信，先上早梅枝。

注：① 篆：弯曲香烟。② 澹日：恬静太阳。③ 索笑巡檐：杜甫诗："巡檐索共梅花笑。"

唐埙(清1497)一首　题：题友人画。

逍遥人住水边楼。楼外系兰舟。[1]云染衣裳，山围屏障，新月控帘钩。

闲来自写无声画，泼墨付春流。[2]佞佛无香，[3]学仙有酒，尽扫古今愁。

注：① 兰舟：船之美称。② 泼墨：即作画。③ 佞佛：迷信佛教。

李慈铭(清1735)一首　题：甲寅(1854年)春日养疴柯山萝庵僧院。[1]

暖风迟日杖藜轻。[2]挂酒且闲行。[3]山家桑柘，溪桥杨柳，随处听啼莺。

归来笑拈花枝嗅，茶榻午烟清。禅房似水，香炉鹊尾，[4]刚对净名经。[5]

注：① 柯山：在绍兴西南约十五华里。② 迟日：徐行之日；杖藜：扶杖；藜，可制杖。③ 挂酒：指杖上挂着酒葫芦。④ 香炉鹊尾：即鹊尾炉，一种长柄香炉，僧人所执以礼佛者。⑤ 净名：经名。

劳纺(女)(清1883)二首　题：第一首，石竹花。[1]
第二首，夏日感怀家中姐妹。

(1) 薰风庭院熟梅时。[2]帘外见芳姿。嫩碧娇红，怯烟愁雨，瘦影自依依。

几丛深浅开初遍，粉蝶绕篱飞。雅称佳名，繁英如锦，[3]只合绣罗衣。

注：① 石竹花：原注：石竹，一名什样锦。② 薰风：即南风；熟梅时：即黄梅天。③ 繁英：繁花。

（2）曲廊深院日迟迟△一片绿阴移△花放嫣红，柳迷暗碧，紫燕引雏飞△

夹衣初试端阳近，触绪思依依△茧虎分簪，[1]彩丝同系，乐事忆儿时△

注：① 茧虎：丝制老虎。

徐绍植（清 1915）一首

一江春涨碧迢迢△[1]隔岸酒旗招△十里莺花，半溪杨柳，小泊漱珠桥△[2]

名园绿水年年好，双桨莫辞遥△无赖春风，牵情芳草，到处惹魂销△

注：① 春涨：春水上涨；迢迢：远貌。② 漱珠桥：桥名。

车乘轨（现当 88）一首　题：暮春游步云集镇。[1]　注：1997 年 4 月 26 日作。

江南四月最清幽△风日献温柔△豆荚初生，桑枝挂叶，田野碧如油△

闻知郊外风光好，且学少年游△雀幕桥新，[2]步云镇秀，东栅羡河楼△[3]

注：① 步云：嘉兴镇名，距城 27 华里。② 雀幕桥：在嘉兴以东。③ 东栅：镇名，在嘉兴东郊；河楼：东栅镇长丰桥西堍，有张家濒河楼房，古朴清幽。

戴培基（现当 115）一首　题：途径上溪观油菜花。

金光灿灿绿波柔△香气满田畴△菜花十里，[1]蜂飞蝶舞，溪水静悠悠△

归心似箭无暇赏，好景不胜收△燕子呢喃，南风正暖，何日更重游△

注：① 此句用韵颠倒，若改十里菜花较妥。

五十字　少年游　第二体，同第一体，但后段第一句亦叶韵。

李雯（清 22）一首　题：代女郎送客。

残霞微抹带青山△舟过小溪湾△两岸芦花，一天雁水，分手觉新寒△

今宵霜月照灯阑△人是暮愁难△半枕行云，送君归去，好梦忆江干△

卢元昌（清 61）一首　题：别金陵女郎。[1]

金尊昨夜短灯前△[2]相对影田田△[3]蓦地秋风，吹人肠断，逼上别离天△

劳劳亭北整归鞭△[4]回首恨绵绵△半岭巫云，[5]一江白雁，香梦几时圆△

注：① 金陵：今南京。② 尊：杯，喻酒。③ 田田：哭貌。《礼记 · 问丧》：“殷殷田田，如坏墙然。”陈澔集说：“田田，击之声也。”④ 鞭：喻马。⑤ 巫：指巫山。

汤焴（清 334）一首

清溪曲曲锁轻烟△新柳挂堤边△香径人稀，小桃开处，啼鸟伴春眠△

陌上游人逐画船△波光分外妍△古渡渔歌，隔林玉笛，声绕碧山前△

荣涟（清 806）一首

荒亭自署草玄居△[1]剥啄近来疏△[2]瓶养幽花，栏栽细药，清课莫教虚△[3]
芳丛时见蝶蘧蘧△[4]竹牖夕阳余△饭毕徐行，诗成独立，适兴饲盆鱼△
注：① 自署：自己署名；草玄居：亭名。② 剥啄：敲门。③ 清课：清闲之日常课程。④ 蘧蘧：高飞貌。

五十字　月中行

朱晞颜（元6）一首　题：追孙泰轩录事母夫人寿。

广寒折得桂枝回△[1]嫫母惜多才△[2]九重春色锦江来△[3]齐劝九霞杯△[4]
玉堂有客移宫羽，[5]歌词丽、总是诗才△我惭弱水隔蓬莱△[6]几许碧桃开△
注：① 广寒：广寒宫，指月宫。② 嫫母：黄帝第四妃。③ 九重：指天上。④ 九霞杯：指仙酒。⑤ 宫羽：指音乐。⑥ 弱水：在甘肃境；蓬莱：在山东境，两地相隔遥远，又蓬莱称仙境。此句谓仙凡两隔，不得相见。

商景徽（女）（明439）一首　题：题练素素像。

轻盈燕子掌中身△[1]对景舞还停△见君佳句更相亲△笔底动人情△
三春杨柳腰间细，[2]三分明月鬓边横△[3]芙蓉初放碧池新△知是画中人△
注：① 掌中身：汉赵飞燕能作掌中舞，喻身轻。② 此句谓其腰细如柳。③ 此句谓其头发光滑。此句按律在第三四字间应有停逗，稍异。

李雯（清22）一首　题：采莲。

新丝轻染石榴红△虹挂小窗东△淡烟深柳晚来风△结伴采芙蓉△[1]
縠纹细浪牵花桨，[2]双鹭下、绿水摇空△藕花裙湿鬓云松△人在落霞中△
注：① 芙蓉：荷花别称。② 縠纹：皱纹。

赵吉士（清279）一首　题：秋闺。

早秋庭院动新凉△斜月到回廊△含娇无语理残妆△宝鸭袅余香△[1]
屏山影里深深处，[2]呼小婢、乍试兰汤△[3]背灯偷解薄罗裳△先换小鸳鸯△[4]
注：① 宝鸭：鸭形香炉。② 屏山：即屏风。③ 乍：正也；兰汤：指洗浴水。④ 小鸳鸯：指缠足女子弓鞋。

季娴（女）（清289）一首　题：晚步树园。

园林好景夕阳西△花压画桥低△争泥双燕受风欹△点缀暮春时△
寂寂长廊无客到，楼台倒影漾方池△[1]无端小婢促归迟△细细点游丝△
注：① 此句按律当三、四断句。

郑熙绩（清676）一首　题：毗陵对月。[1]

断虹西挂雨初收△潮急橹声柔△三三两两浴沙鸥△点缀白蘋洲△

绿杨城郭堪维缆，②明月影、偏射孤舟△流萤照水浪花浮△夜景倍清幽△

注：① 毗陵：今江苏常州。② 维缆：系船。

丁秉仁（清1282）一首　题意：《瑶华传》：第二十七回词引，叙瑶华畅游西湖后回尼庵寓所品酒清谈。

爱兹佳景拨兰桡△①周览兴偏饶△②三潭印月水漂摇△③有意助春娇△

尼庵置酒还虚席，④情缱绻、杯斝相邀△⑤缠绵直到苦相嘲△诗思一时消△

注：① 兰桡：舟之美称。② 饶：丰富，喻高。③ 三潭印月：杭州西湖十景之一。④ 虚席：恭敬留宴。⑤ 斝：酒器。指酒。

车乘轨（现当88）一首　题：盛夏月夜。　注：2002年7月24日作。

一轮皓月破云生△千里碧空明△湖边避暑月中行△①夜景足怡情△

微波荡漾青蓝水，垂柳影、倒浸盈盈△凉风习习月光清△留恋到初更△

注：① 湖边：指嘉兴南湖东岸夏园。

五十字　四犯令（又名四和香）

侯寘（宋263）一首

月破轻云天淡注▲夜悄花无语▲莫听阳关牵离绪▲①伴酩酊、花深处▲②

明月江郊芳春路▲春逐行人去▲不似荼蘼开独步▲③能着意、留春住▲

注：① 阳关：曲名，唱离别情绪。② 酩酊：指醉酒。③ 荼蘼：开花期在夏初。

李处全（宋360）一首　注：调名原作四和香。

香雪渐苞编胜韵▲①领袖催花信▲②华节良辰人有分▲看仕女、蟠彩鬓▲③

莫向春风寻旧恨▲乐事随方寸▲④眉寿故应天不吝▲⑤浮大白、吾无闷▲⑥

注：① 香雪：指梅花；渐苞：渐含苞。② 小寒至谷雨节间有二十四番花信风，梅花是第一番，领先。③ 仕女：即美女；蟠彩鬓：即盘彩鬓。④ 方寸：即心。⑤ 眉寿：指长寿。⑥ 浮大白：即饮酒。

朱彝尊（清288）一首　注：调名原作四和香。

小小春情先漏泄▲爱绾同心结▲①唤作莫愁愁不绝▲须未是、愁时节▲

才学避人帘半揭▲也解秋波瞥▲②缕篆难烧心字灭▲③且拜了、初三月▲

注：① 绾：钩系。② 瞥：暂见。③ 缕：线也；篆：曲折香烟。

纳兰性德（清694）一首

麦浪翻晴风飐柳▲①已过伤春候▲因甚为他成僝僽▲②毕竟是、春拖逗▲③

红药栏边携素手▲④暖语浓于酒▲盼到园花铺似绣▲却更比、春前瘦▲

注：① 飐：动也。② 僝僽：烦恼。③ 拖逗：勾引之意。④ 素手：洁白手。

五十字　西江月（又名壶天晓）　前、后段末句均以仄声叶平韵。

欧阳炯（五代十国11）一首

水上鸳鸯比翼，巧将绣作罗衣△镜中重画远山眉△春睡起来无力▲[1]

细雀稳簪云髻，含羞时想佳期△脸边红艳对花枝△犹占凤楼春色▲[2]

注：① 力　② 色：二字入作去声，作宽叶。

越娘（女）（宋10）一首　　题意：作者与夫弟陈敏夫恋爱，双宿于归途。

一自东君去后，[1]几多恩爱睽离△[2]频凝泪眼望乡畿△[3]客路迢迢千里▲

顾我风情不薄，与君驿邸相随△[4]参军虽死不须悲△[5]幸有连枝同气▲[6]

注：① 东君：指亡夫。② 睽离：隔离。③ 乡畿：京都附近之故乡。④ 君：指夫弟陈敏夫；驿邸：指洪都（今江西南昌）双溪驿。时其夫死于广州参军任上，夫弟与作者相伴还故乡，途经双溪双宿于驿站。驿，招待官员之所。⑤ 参军：指亡夫。⑥ 连枝：喻兄弟。

柳永（宋14）一首

凤额绣帘高卷，[1]兽镮朱户频摇△[2]两竿红日上花梢△[3]春睡厌厌难觉▲[4]

好梦狂随飞絮，闲愁浓胜香醪△[5]不成雨暮与云朝△[6]又是韶光过了▲

注：① 凤额：指挂帘子之横桁木。② 兽镮：兽形门镮。③ 两竿：形容日出时间；花梢：指红日已晒到花梢。④ 厌厌：安稳。⑤ 醪：酒。⑥ 雨暮云朝：指朝暮亲爱。

张先（宋18）一首

泛泛春船载乐，[1]溶溶湖水平桥△[2]高鬟照影翠烟摇△[3]白纻一声云杪▲[4]

倦醉天然玉软，卸妆人惜花娇△风情遗恨几时销△不见庐郎年少▲[5]

注：① 泛泛：浮在水上。② 溶溶：深广貌。③ 高鬟：指女郎。④ 白纻：曲名。⑤ 庐郎：即卢郎，宋钱易《南部新书》："卢家有子弟，年已暮犹为校书郎。晚娶崔氏女，崔有词翰，结褵之后，微有慊色。卢因请诗以述怀为戏。崔立成诗曰：不怨卢郎年纪大，不怨卢郎官职卑。自恨妾身生较晚，不见卢郎年少时。"后引为典。

司马光（宋51）一首

宝髻松松绾就，[1]铅华淡淡妆成△[2]红云翠雾罩轻盈△飞絮游丝无定▲

相见争如不见，有情还似无情△笙歌散后酒微醒△深院月明人静▲

注：① 绾：勾系。② 铅华：铅粉。

曹希蕴（女）（宋79）一首　题：灯花。

零落非关春雨，吹嘘何假东风△纱窗一灯自然红△费尽工夫怎种▲

有艳难寻腻粉，无香不惹游蜂△更阑人静画楼中△相伴绣帏春梦▲

苏轼（宋79）一首　题：春夜。

照野弥弥浅浪，①横空暧暧微宵△②障泥未解玉骢骄△③我醉欲眠芳草▲

可惜一溪明月，莫教踏碎琼瑶△④卸鞍欹枕绿杨桥△杜宇数声春晓▲

注：① 弥弥：水流貌。② 暧暧：昏昧貌。③ 障泥：马鞍两旁下垂者，用以挡泥。④ 琼瑶：指月影。

谢端卿（宋82）一首　题：调琴娘。①

窣地重重帘幕，②临风小小亭轩△绿窗朱户映婵娟△忽听歌喉宛转▲

既是耳根有分，因何眼界无缘△分明咫尺遇神仙△隔个绣帘不见▲

注：① 琴娘：系苏轼女歌童。时作者已为僧，法名佛印，赴苏轼宴，轼令琴娘隔帘唱词，作者遂赋上词，但不生邪念。② 窣地：及地。

黄庭坚（宋101）一首

宋玉短墙东畔，①桃园落日西斜△浓妆下着绣帘遮△鼓笛相催清夜▲

转盼惊翻长袖，低徊细踏红靴△舞余犹颤满头花△娇学男儿拜谢▲

注：① 宋玉：战国时楚人，才貌双全，东邻女隔墙窥其三年。

蔡京（宋108）一首　　故事：北宋奸相蔡京被贬南迁，中途被金人指名索去三爱姬，行经湖南潭州，狼狈而作此词，不久穷饿以死。

八十一年住世，①四千里外无家△如今流落向天涯△梦到瑶池阙下▲②

玉殿五回命相，③彤庭几度宣麻△④止因贪恋此荣华△便有如今事也▲

注：① 蔡京生于1047年，卒于1126年，虚81岁。② 瑶池阙下：指京都皇宫。③ 玉殿：指金殿；命相：任命宰相。④ 彤庭：即丹墀，宫殿阶砌；宣麻：诏旨宣布为大臣。

朱淑真（女）（宋140）一首　题：春半。

办取舞裙歌扇，赏春只怕春寒△卷帘无语对寒山△已觉绿肥红浅▲

去去惜花心懒，踏青闲步江干△①恰如飞鸟倦知还△淡荡梨花深院▲

注：① 江干：江岸。

毛滂（宋143）一首

烟雨半藏杨柳，风光初着桃花△玉人细细酌流霞△①醉里将春留下▲

柳外鸳鸯作伴，花边蝴蝶为家△醉翁醉也且由他△月在柳桥花榭▲②

注：① 酌流霞：即饮酒。流霞，仙酒也。② 榭：台有屋者。

僧惠洪（宋157）一首　题：赠女真。[1]

十指嫩抽新笋，纤纤玉染红柔△人前欲展强娇羞△微露云衣霓袖▲[2]

最好洞天春晓，[3]黄庭卷罢清幽△[4]凡心无计奈闲愁△试撚梨花频嗅▲

注：① 女真：女全真，即女道士。② 云衣霓袖：道士服。③ 洞天：真仙居处。④ 黄庭：经名。

葛胜仲（宋159）一首　题意：误入仙境。

山镇红桃阡陌，[1]烟迷绿水人家△尘客误到只惊嗟△[2]骨冷玉堂今夜▲[3]

莫对佳人锦瑟，[4]休辞洞府流霞△[5]峰回路转乱云遮△归去空传图画▲[6]

注：① 阡陌：田间道路。② 尘客：凡尘俗子。③ 骨冷玉堂：指山洞清冷。④ 锦瑟：古乐器名。⑤ 流霞：喻仙酒。⑥ 结尾两句谓出山即迷路。

陈东（宋213）一首

风动一轩花竹，琅玕青锦薰笼△[1]怜才自是宋墙东△[2]更识琴心挑弄▲

暮雨乍收寒浅，朝云又起春浓△冰肌玉骨信俱融△不比巫山闲梦▲[3]

注：① 琅玕：似玉之石。② 宋墙东：战国时宋玉，才貌双全，有东邻女窥墙三年。③ 巫山闲梦：楚襄王梦会神女故事。

蔡伸（宋222）一首

翡翠蒙金衫子，[1]镂麈如意冠儿△[2]持杯轻按遏云词△[3]别是出尘风味▲

莫羡双星旧约，[4]愿谐明月佳期△[5]凭肩密语两心知△一棹五湖烟水▲[6]

注：① 蒙金：镀金、镶金。② 麈：似鹿，俗称四不像，角如玉，胜象牙。③ 按：按拍，指击拍而唱；遏云：响遏行云。④ 双星：指牛郎、织女星。⑤ 明月佳期：指崔莺莺与张生欢会故事。⑥ 此句指范蠡偕西施入太湖去齐故事。

颜博文（宋229）一首

草草书传锦字，[1]厌厌梦绕梅花△海山无计驻仙槎△[2]肠断芭蕉影下▲

缺月旧时庭院，[3]飞云到处人家△而今憔悴鬓先华△[4]说着多情已怕▲

注：① 锦字：锦绣书法。② 槎：木筏，喻船。③ 缺月：弦月。④ 华：喻发白。

李祁（宋258）一首

拾翠亭前水满，郎官湖上春回△仪笼新碾试琼杯△[1]更觉春江有味▲

拄杖行穿翠筱，[2]吹花醉绕江梅△故园新事老相催△此意陶潜能会▲[3]

注：① 仪笼：指茶；琼杯：玉杯。② 翠筱：绿细竹。③ 陶潜：晋人，即陶渊明，辞官归隐田园，享受清福；能会：能体会。

侯寘(宋263)一首　题：赠张仲常侍儿初娇。

豆蔻梢头年纪，[1]芙蓉水上精神△幼云娇玉两眉春△京洛当时风韵▲[2]

金缕深深劝客，[3]雕梁蔌蔌飞尘△[4]主人从得董双成△[5]应忘瑶池宴饮▲

注：① 豆蔻：十三、四岁的少女。杜牧诗："娉娉袅袅十三余，豆蔻梢头二月初。"② 京：汴京(今河南开封)；洛：洛阳。③ 金缕：金缕衣，曲调名。④ 此句谓歌声震落梁尘。⑤ 董双成：西王母侍女，指仙女。

张生(宋264)一首　题：寄郑云娘。[1]

一望朱楼巧小，四边绣幕低垂△个人活脱似杨妃△[2]倚遍栏杆十二▲

最苦两双情眼，[3]难禁四只愁眉△无言回首日沉西△不道一声安置▲[4]

注：① 郑云娘：作者恋人。② 个人：即她；活脱：活像；杨妃：杨玉环。③ 两双：指作者与郑云娘两人。④ 安置：即就寝。

郑云娘(女)(宋265)一首　题：寄张生。

一片冰轮皎洁，[1]十分桂魄婆娑△[2]不施方便是如何△莫是姮娥妒我▲[3]

虽则清光可爱，奈缘好事多磨△仗谁传与片云呵△[4]遮取霎时则个▲

注：① 冰轮：指圆月。② 桂魄：月宫桂树。③ 姮娥：即嫦娥。④ 呵：呵护。

石孝友(宋299)一首

脉脉无端心事，厌厌不奈春酲△越罗衫薄峭寒轻△试问几番花信▲

万点风头柳絮，数声柳外啼莺△斜阳还傍小窗明△门掩黄昏人静▲

陈三聘(宋340)一首

春事已浓多日，游人偏胜今年△梨花寒食雨余天△鸭绿含风浪浅▲

翠袖半粘飞粉，罗衣尚怯轻寒△不辞归路委香钿△门外东风如箭▲

张孝祥(宋357)二首　题：第一首，黄陵庙。[1]

第二首，洞庭。

(1) 满载一船明月，平铺千里秋江△波船留我看斜阳△唤起鳞鳞细浪▲[2]

明日风回更好，今朝露宿何妨△水晶宫里奏霓裳△[3]准拟岳阳楼上▲[4]

注：① 黄陵庙：在湖南湘阴县北，滨临洞庭湖。② 鳞鳞：鱼鳞般波浪。③ 霓裳：曲名，即霓裳羽衣曲。④ 岳阳楼：在洞庭湖边。

(2) 问讯湖边春色，重来又是三年△东风吹我过湖船△杨柳丝丝拂面▲

世路如今已惯，此心到处悠然△寒光亭下水连天△飞起沙鸥一片▲

辛弃疾(宋370)二首　题：第一首，夜行黄沙道中。①

第二首，题阿卿影像。

(1) 明月别枝惊鹊，清风半夜鸣蝉△稻花香里说丰年△听取蛙声一片▲

七八个星天外，两三点雨山前△旧时茅店社林边△路转溪桥忽见▲

注：① 黄沙：黄沙岭，在江西上饶西四十里乾元乡，过岭有作者书屋。

(2) 人道偏宜歌舞，天教只入丹青△①喧天画鼓要他听△把着花枝不应▲

何处娇魂瘦影，向来软语柔情△有时醉里唤卿卿△②却被傍人笑问▲

注：① 丹青：即图画。② 卿卿：对恋人昵称。

韩淲(宋423)一首

闻道晚春时候，暖风是处花飘△游人争渡水南桥△多少池塘春草▲

跃马谁联玉勒，①钓鱼应泛兰船△②韶光何限不逍遥△③输与溪鸥野鸟▲

注：① 勒：马笼头。指马。② 兰船：小船之美称。③ 何限：即无限。

史达祖(宋424)一首

西月澹窥楼角，①东风暗落檐牙△②一灯初见影窗纱△又是重帘不下▲

幽思屡随芳草，闲愁又似杨花△杨花芳草遍天涯△绣被春寒夜夜▲

注：① 澹：恬静。② 檐牙：屋檐似牙。

洪咨夔(宋440)一首　题：寿章叔厚。

庭下宜男萱草，①墙头结子榴花△非烟非雾富平家△②人物风流如画▲

宝月曾修玉斧，③银河欲泛仙槎△④美人睡起绿云斜△⑤一笑扶将寿斝▲⑥

注：① 宜男：即萱草。② 富平家：汉张安世封富平侯，子孙皆袭爵，子且为成帝姐夫，帝自称富平侯家人。③ 斧：指月宫伐桂之斧。④ 槎：指舟。⑤ 绿云：喻发。⑥ 斝：酒器。

卢祖皋(宋445)二首　题：咏春。

(1) 燕掠晴丝袅袅，鱼吹水叶粼粼△禁街微雨洒香尘△寒食清明相近▲

漫着宫罗试暖，闲呼社酒酬春△①晚风帘幕悄无人△二十四番花信▲

注：① 社酒：古人在立春后第五个戊日为春社，例祭后土神，祭后聚饮。

(2) 梁上喃喃燕语，纸间戢戢蚕生△①满城风雨近清明△不道有人新病▲

春事一溪流水，杨花千点浮萍△好风一霎为吹晴△独步小园清影▲

注：① 纸间：蚕种产于纸上；戢戢：音缉，众聚貌。

曾揆（宋481）一首

檐雨轻敲夜夜，墙云低度朝朝△日长天气已无聊△何况洞房人悄▲①

眉共新荷不展，心随垂柳频摇△午眠仿佛见金翘△②惊觉数声啼鸟▲

注：①洞房：深邃之房。②金翘：妇人首饰，喻恋人。

翁元龙（宋482）一首

山色低衔小苑，春云暗宿空庭△秋千无月冷双绳△闲去画栏人静▲

一夜海棠如梦，半窗银烛多情△好花留不到清明△日日阴晴无定▲

徐俨夫（宋500）一首

曲折迷春院宇，参差近水楼台△①吹萧人去燕归来△②空有落梅香在▲

花底三更过雨，酒阑一枕惊雷△明朝飞梦隔天涯△肠断流莺声碎▲

注：①参差：不齐貌。②吹萧人去：秦穆公女弄玉与萧史吹箫跨鸾而去故事。

胡翼龙（宋502）一首

水霁芹香燕嘴，①林深风暖莺吭△②一春心事锦机傍△忘却寻芳模样▲

柳絮池塘昼午，③梨花院落昏黄△④栏杆曲曲是回肠△倚到西厢月上▲

注：①霁：雨初晴；芹：燕筑巢材料。②吭：嗓子，指莺引吭高唱。③昼午：即正午。④昏黄：即黄昏。

刘诜（元59）一首

偏是一春憔悴，被人闲赋阳台△扇遮微雨傍墙回△花信余寒柳外▲

绣果未成双荔，打鸦摘尽新梅△暗沾蝴蝶却飞来△睡起斜日犹在▲

谢应芳（明2）一首　题：简友人索酒。

老大无人青眼，①凄凉奈尔黄花△②秋来杯酌断流霞△③兀对江山如画▲④

梦里去寻东老，觉来欲唤西家△山童羞说未能赊△⑤报道点茶来也▲

注：①青眼：受人重视。②尔：即你；黄花：指花枯萎。③流霞：指酒。④兀：语助词，指点之意。⑤赊：指赊酒。

陶安（明9）一首　题：六月二十日初暑，书事。

久雨相连伏日，①太阳初变炎天△绿槐绕屋未鸣蝉△浴罢新携团扇▲

子病亲临药灶，童归愁问禾田△藤床移近水亭边△卧看星河西转▲②

注：①伏日：夏天有三伏，共四十天，是一年中最热天气。②星河：星和银河。

瞿祐（明22）一首　题意：杭妓朱观奴，欲构一室，而募缘于人，求瞿祐题词，祐戏书《西江月》词，人以佑故，喜捐资焉。

倾国倾城美貌，为云为雨芳年△金沙滩上旧因缘△重到人间示现▲
欲构云窗雾阁，奈悭宝钞金钱△诸公有意与周旋△请看桃花好面▲

杨荣（明 37）一首　题：端午赐观击球射柳。

芳树海榴吐艳，[1]碧池荷叶铺钱△[2]端阳佳节太平年△百辟咸沾恩宴▲[3]
仙仗遥迎瑞日，[4]炉香细袅祥烟△香蒲泛酒艾旗悬△拜舞金銮前殿▲[5]

注：① 海榴：即石榴，因种来自海外。② 铺钱：荷叶初生似钱。③ 百辟：指百官。④ 仙仗：喻皇家仪仗。⑤ 金銮殿：皇帝召见百官正殿。

赵宽（明 97）一首　题：稽山望雨，[1]有怀王伯安。

怪底满城风雨，[2]人间明月重阳△千岩万壑竞秋光△翠拥稽山堂上▲
独拥胡床坐久，[3]爽然尘虑却忘△阿谁呼取贺知章△[4]共赏镜湖新酿▲

注：① 稽山：即会稽山，在浙江绍兴东南十三华里。② 怪底：难怪。③ 胡床：即绳床，绳穿交椅。④ 阿谁：即何人；贺知章：见《词人小传》，辞官归故里山阴（今绍兴），帝赐镜湖一顷养老。

杨循吉（明 99）一首　题：侍御姚公舟中宴集作[1]。

雨脚如麻正密，波纹化晕初圆△阴阴四月熟梅天△[2]仙舫朱帘高卷▲[3]
金弹枇杷无核，琼脂石首新鲜△[4]挥觞共醉古濠边△[5]一幅斜阳山展▲

注：① 侍御：官名。② 熟梅天：黄梅天。③ 舫：大船也。④ 石首：即黄鱼。⑤ 觞：指酒杯；濠：护城河。

费宏（明 110）一首　题：舟中夜行，独坐无酒，抚卷作。

霜月高悬碧汉，[1]画船自泛寒江△银灯独对夜何长△窗外浮光荡漾▲
可怪麹生疏阔，[2]闲来冷落琼觞△[3]思量无计助清狂△且与青编相向▲[4]

注：① 霜月：洁白月光；碧汉：青天。汉，即银河。② 麹：酒母，指酒。③ 琼觞：酒器美称。④ 青编：指书卷。

朱朴（明 118）一首　题：书所见。

雪白点绕衫子，桃红梦系罗裙△眼横秋水柳眉分△双颊暖蒸露晕▲[1]
团扇打开花片，绣鞋蹩破苔痕△只愁飞去作行云△撇下一天风韵▲

注：① 露晕：露出光圈。

顾潜（明 119）一首　题：辛酉（1501 年）告归，瓜步作[1]。

渺渺风樯贾舶，[2]重重烟树人家△倚篷江上夕阳斜△一带青山如画▲
三国英雄何在，六朝兴废堪嗟△故园归去正黄花△沽酒何须论价▲

注：① 告归：忤刘瑾罢官归昆山；瓜步：在今南京六合。② 贾舶：商船。

陈霆（明131）一首　题：曲院风荷。①

猎猎青蒲弄水，②阴阴绿树生凉△南薰吹到藕花庄△③柳下正多游舫▲④

骤雨打穿翠盖，⑤浮萍放出红妆△⑥画栏十二凭湖光△时有暗香来往▲

注：① 曲院风荷：杭州西湖十景之一，在苏堤边。② 猎猎：风声。③ 南薰：即南风。④ 舫：大船。⑤ 翠盖：指荷叶。⑥ 红妆：指荷花。

韩邦奇（明139）一首　题：春思。

残雪已消往事，东风又报春愁△珠帘不卷玉香钩△庭院迟迟春昼▲

细雨繁花上院，轻烟碧草汀洲△一声啼鸟水东流△春在小桥杨柳▲

杨慎（明157）二首

（1）寒食清明过了，牡丹芍药开残△春光婉晚兴阑珊△①寂寞重门独掩▲

秉烛谁同夜宴，添衣尚怯春寒△欲寻芳草向江干△榆荚杨花满岸▲

注：① 婉晚：同“婉娩”，仪容柔顺貌。

（2）自有柔枝嫩叶，何须补柳添花△低声昵语似雏鸦△①肠断东桥月下▲

香雾清晖何处，②春风今夜谁家△五花骄马七香车△趁取小乔未嫁▲③

注：① 昵语：亲密柔媚之语。② 清晖：清光。③ 小乔：三国东吴人，周瑜之妻。此处指美人。

吴承恩（明183）一首

恨杀湘江斑竹，①谁教织作垂帘△绿杨门下有婵娟△②无奈被他遮断▲

隐隐如闻佩响，③些些只见鞋尖△何当特地被风掀△④露出嫦娥半面▲

注：① 斑竹：产于湘江洞庭湖，可织帘。② 婵娟：美女。③ 佩：女子系于襟带间饰物。④ 何当：安得、怎得。

兰陵笑笑生（明213）一首　题意：《金瓶梅》第五十三回词引。

小院闲阶玉砌，墙隈半簇兰芽△①一庭萱草石榴花△②多子宜男爱插▲③

休使风吹雨打，老天好为藏遮△莫教变作杜鹃花△粉褪红销香罢▲

注：① 墙隈：墙弯曲处；簇：丛聚也。② 萱草：一名宜男。③ 插：此字入作去声，作宽叶。

马守真（女）（明228）一首　注：调名原作壶天晓。

细雨花容如醉，新晴似梦初回△晴晴雨雨总相宜△正是养花天气▲

晓日最添新恨，东风惯惹离思△风娇日丽正相宜△正是困人天气▲

郑妥（女）（明231）一首　题：雪夜寄商孟和。

帘外纷纷飘絮，金钩双控频敲△摇红烛影麝香销△锦帐梦魂缥缈▲

梅折一枝相寄，长途驿使虚劳△声沉玉漏夜迢迢△展转不知天晓▲

汤显祖（明236）一首　题意：《紫钗记》鲍四娘自叹。

旧日长裙广袖，如今窄袜弓鞋△①朝花冷落暮花开△不唱卖花谁买▲

时学养娘催绣，②闲陪幼妇题词△③春丝尽也络秋丝△心绪啼痕如此▲

注：① 弓鞋：缠足妇女弓形鞋。② 养娘：乳母。③ 幼妇：指小姐霍小玉。

余象斗（明262）一首　题意：《万锦情林》第二卷裴秀娘思念刘澄。

强对妆台开镜，容颜瘦比黄花△①玉泉观景转回家△②整日不茶不话▲

不为闲花野草，休耽浪酒闲茶△西湖夜遇少年娃△放这冤家不下▲③

注：① 黄花：即菊花。此句套用李清照《醉花阴》：词"帘卷西风，人比黄花瘦"。② 玉泉：西湖名胜之一。③ 冤家：对恋人昵称。

吴敬所（明263）一首　题意：《刘生觅莲记》第十二回仆爱童嘲主人刘一春与孙碧莲恋情。

东舍多情才子，西邻有意佳人△看来何等热亲亲△恩爱一言难尽▲

不见不胜牵挂，乍逢乍觉欢欣△可怜未遂洞房春△常把诗词传信▲

冯梦龙（明288）四首　题意：第一首，《蒋兴哥重会珍珠衫》蒋兴哥与王三巧成婚。

第二首，《庄子休鼓盆成大道》词引。

第三首，《钱秀才错占凤凰俦》咏高秋芳。

第四首，《白玉娘认苦成夫》咏白玉娘。

（1）孝幕翻成红幕，①色衣换去麻衣△画楼结彩烛光辉△合卺花筵齐备▲②

那羡妆奁富盛，难求丽色娇妻△今宵云雨足欢娱△③来日人称恭喜▲

注：① 孝幕：时蒋兴哥父死满周年，刚除孝幕。② 合卺：饮交杯酒。③ 娱：虞韵，作宽叶。

（2）富贵五更春梦，功名一片浮云△眼前骨肉亦非真△恩爱翻成仇恨▲

莫把金枷套颈，休将玉锁缠身△清心寡欲脱凡尘△快乐风光本分▲

（3）面似桃花含露，体如白雪团成△眼横秋水黛眉清△十指尖尖春笋▲

袅娜休言西子，①风流不让崔莺△②金莲窄窄瓣儿轻△③行动一天风韵▲

注：① 西子：即西施。② 崔莺：《西厢记》中崔莺莺。③ 金莲：喻缠足。

（4）两道眉弯新月，①一双眼注微波△青丝七尺挽盘螺△②粉脸吹弹得破▲

望日嫦娥盼夜，秋宵织女停梭△画堂花烛听欢呼△兀自含羞怯步▲[③]

注：① 新月：指弦月。② 青丝：头发美称。③ 兀自：仍是。

凌濛初（明303）一首　题意：《二刻拍案惊奇》第三卷，咏徐丹桂烧香。

闻道双衔凤带，不好单着鲛绡△[①]夜香知与阿谁烧△[②]怅望水沉烟袅▲[③]

云鬓风前丝卷，[④]玉颜醉里红潮△莫教空度可怜宵△月与佳人共僚▲[⑤]

注：① 鲛绡：《拾异记》南海出鲛绡，一名龙纱，以为服，入水不濡。濡，即湿。② 阿谁：何人。③ 水沉：香名，即沉香。④ 丝：青丝，发也。⑤ 僚：好貌。平声，与格律稍不符。

陆人龙（明308）一首　题意：《型世言》第五回，咏邓氏。

眼溜半江秋水，眉舒一点巫峰△[①]蝉鬓微露影濛濛△已觉香风飞送▲

帘映五枝寒玉，[②]鞋呈一簇新红△何须全体见芳容△早把人心牵动▲

注：① 巫峰：巫山神女峰，喻风流。② 寒玉：喻人物之清冷高洁。贯休诗"仪冠凝寒玉"。

黄尊素（明313）一首

疏星一一如洗，朗月明明欲波△高台夜听竹声过△热心被他吹破▲

最喜良田满满，还看远岫峨峨△[①]风前一枕漫颜酡△[②]却笑从前总误▲[③]

注：① 远岫：远峰；峨峨：高貌。② 漫：不留意；颜酡：酒醉而红。③ 误：此字不符格律，如改"挫"较妥。

毛莹（明355）一首　题：初夏郊行。

堤柳丝丝垂绿，水萍点点浮青△单衫初试觉身轻△有客笋茶相订▲[①]

蚕市新晴叶燥，鱼梁过雨波腥△[②]麦苗风里棹歌声△听到日斜烟暝▲

注：① 订：约定。② 鱼梁：捕鱼之梁，即埝水为关孔，以捕鱼处。

江西野人（明358）一首　题意：《昭阳趣史》卷一，咏悟真王幻变妇人。

头挽乌云巧髻，身穿缟素衣裳△金莲三寸步轻扬△袅娜腰肢难状▲

玉指纤纤春笋，朱唇点点含香△未曾窗下试新妆△好似嫦娥模样▲

卢象升（明392）一首　题：春闺，次秦少游作。[①]

裁就弓鞋样浅，[②]绣成鸳枕针残△坐沉红烛有余闲△[③]日九回肠非懒▲[④]

别馆疏棂风细，[⑤]孤帏绣榻香寒△昔时云雨梦中难△欲觅佳期已晚▲

注：① 秦少游：即秦观。② 弓鞋：缠足妇女弓形鞋。③ 沉：灭也。④ 日：每日；九回肠：忧思甚而肠屡为之回转。⑤ 棂：窗格。

曹月士（女）（明423）一首　题：午睡。

午倦恹恹欲睡，篆烟细细还烧△①莺儿对对语花梢△平地把人惊觉▲
有恨慵弹绿绮，②无情懒整云翘△③难禁愁思胜春潮△消减容光多少▲
注：① 篆烟：指所烧之香。② 绿绮：琴名，此处泛指琴。③ 云翘：发上首饰。

易震吉（明444）一首　题：清明。

晓巷儿童欢喜，晴林烟火鲜新△出门都是上坟人△嫩韭盘中杂笋▲
好向杏林赊酒，①还从桃坞看春△土家簪柳醉佳辰△②只恐柔枝折尽▲
注：① 赊：欠帐。② 土家：当地人家；簪柳：插戴柳枝。

程公远（明446）一首　题：牧。

顶笠披蓑骑犊，①横吹笛韵悠悠△前村后坞及荒丘△任意盘桓牧守▲②
自古英雄骑马，沙场奔走多愁△③怎如牛背稳无忧△堪叹纵横弛骤▲
注：① 犊：小牛。② 盘桓：留连不进。③ 沙场：战场。

沈宗塙（明531）一首　题：重九。①

谷口层层丹叶，②篱边浅浅黄花△③砧声凄切到窗纱△④漫自持螯对斝▲⑤
便欲登山无力，任他乌帽欹斜△⑥蛩吟无数和归鸦△⑦风雨满地潇洒▲
注：① 重九：九月九日，即重阳。② 丹叶：指枫叶。③ 黄花：指菊花。④ 砧声：捣衣声。⑤ 漫：随意；持螯：吃蟹；斝：酒器。⑥ 乌帽：乌纱帽，即官帽。⑦ 蛩吟：蟋蟀鸣唱。

程醇（明534）一首　题：秋兴。

尽日荷锄治圃，有时捉杖寻泉△山翁招我坐桥边△笑指菊花开遍▲
隔岸重重竹树，近溪点点潭烟△①滩头流下小鱼船△②转过芦花不见▲
注：① 潭：深也、浓也。② 小鱼船：指鱼形小船，非渔船。

柳如是（女）（明538）一首　题：春日野兴。

草绿黄犉归晚，①溪平白鸟飞低△小池春藕半沉泥△渐近梅酸天气▲②
昨日社逢雨止，③今年闰放春迟△寒深茸母短芽稀△④未与山厨做美▲
注：① 犉：音淳，黄牛黑唇者。② 梅酸：指青梅。③ 社：指春社，立春后第五个戊日为春社，例须祭后土神。④ 茸母：草名，《升庵集》："北地寒食日茸母生。"宋徽宗诗："茸母初生认禁烟。"

潘廷璋（明583）一首　题：秋千。

露钏高援彩索，①飏裙乱飐花旗△②金钗溜落未曾知△一对凌波欲起▲③
弱絮风中荡漾，飞花日际娇痴△绣缨牵断绿杨丝△④锁住斜风燕子▲
注：① 钏：即手镯。② 飐：风动貌。③ 凌波：喻轻盈之足。④ 缨：妇女所

系彩缕。

董白(女)(明621)一首　题：七夕。[①]　注：此词据《众香词》，但该书在杨琇名下又收此词，未知谁是。

镜里双蛾时蹙，枕边香泪长抛△邻姬无事爱吹箫△不管傍人病倒▲[②]

露下野莲有子，风凉秋燕离巢△银河千尺也填桥△[③]天上原来恁巧▲[④]

注：① 七夕：农历七月初七夜，牛郎织女鹊桥相会。② 傍人：依靠人。③ 填桥：指七夕鹊桥。④ 恁：如此。

九容楼主人(明650)一首　题意：《英云梦传》卷一，咏吴梦云。

色如芙蓉带雨，眉如新月初升△樱桃呖呖吐娇声△[①]云鬓堆鸦丰韵▲[②]

窄窄金莲三寸，[③]芝宇文彩光生△[④]纤腰一捻恐倾城△[⑤]袅娜蹁跹名胜▲

注：① 樱桃：喻嘴小；呖呖：莺声。② 鸦：乌鸦，喻黑。③ 金莲：喻缠足女子之足。④ 芝宇：对他人容貌的美称。⑤ 倾城：形容艳丽，貌压全城。

西湖渔隐主人(明653)一首　题意：《欢喜冤家》咏花二娘徐氏。

秋水盈盈两眼，春山淡淡双蛾△金莲小巧袜凌波△[①]嫩脸风弹得破▲

唇似樱桃红绽，乌丝巧挽云螺△[②]皆疑月殿坠嫦娥△只少天香玉兔▲

注：① 凌波：指步履轻盈。② 云螺：螺旋形发髻。

李元鼎(清5)一首　题：暮春雨后。

春似被风吹去，花应为月稍留△了无情绪怕登楼△[①]旧事子虚乌有▲[②]

轻絮不粘好梦，新蒲惯系乡愁△王孙归骑兴悠悠△空害那人消瘦▲

注：① 了无：已无。② 子虚乌有：完全虚构。

吴朏(女)(清6)一首　题：春游同莫慧如。

匝路萋萋芳草，[①]重过曲曲溪桥△倚楼儿女黛眉娇△目送锦江征棹▲[②]

金屋柳烟深锁，[③]玉人何处吹箫△[④]几行归雁入云霄△啼彻一痕残照▲

注：① 匝：环绕。② 锦江：成都水名，此处对江之美称；征棹：远行之船。③ 金屋：指妇女深闺。④ 玉人：指深闺女子。

徐灿(女)(清20)二首　题：第一首，春夜。
第二首，感怀。

(1) 明月照人清夜，多愁多闷输他△梦魂无计驻飞花△展转碧栏西下▲[①]

柳嫩漫萦春病，梅销暗自酸牙△漏声千点滴窗纱△未到送春先怕▲[②]

注：① 西下：指明月。② 送春：指送春时候，即暮春。

(2) 又是春光将尽，东风愁杀梨花△春魂不化蝶回家△绕遍玉栏杆下▲

燕子呢喃未了，一庭蕉雨交加△凄声细雨奈何他△记得前春曾怕▲

吴伟业（清 28）一首　题：咏别。

乌鹊桥头夜话，樱桃花下春愁△廉纤细雨绿杨舟△[1]画阁玉人垂手▲

红袖盈盈粉泪，青山剪剪明眸△[2]今宵好梦倩谁收△一枕别时残酒▲

注：① 廉纤：微雨貌；绿杨舟：舟在绿杨下。② 青山：喻眉峰；剪剪：浅浅。

李渔（清 31）二首　题：第一首，《合锦回文传》第五卷，梁栋材男扮女装。

第二首，《十二楼》十卺楼第一回词引。

（1）皂帕轻遮鬒发，[1]青衣不掩朱颜△神如秋水自生妍△粗服乱头皆艳▲

只少略删春黛，[2]微嫌未裹金莲△[3]若教束发顶男冠△红拂风流重见▲[4]

注：① 皂帕：黑帕；鬒鬒发：稠密头发。② 春黛：指画眉。春，春山，喻眉峰。③ 未裹金莲：未缠足。④ 红拂：隋杨素家妓，有殊色。

（2）寡妇临妆怨苦，孤男对镜嗟穷△[1]孟光难得遇梁鸿△[2]只为婚姻不动▲

久旷才知妻好，[3]多欢反觉夫庸△[4]甘霖不向旱时逢△[5]怎得农人歌颂▲

注：① 嗟穷：叹穷。② 孟光：东汉贤女，与梁鸿婚姻美满。③ 久旷：久无妻。④ 庸：庸碌，⑤甘霖：及时雨。

尤侗（清 81）一首　题：新嫁娘。

月下云翘早卸，[1]灯前罗帐眠迟△今宵犹是女孩儿△明日居然娘子▲

小婢偷翻翠被，新郎初试蛾眉△[2]最怜妆罢见人时△尽道一声恭喜▲

注：① 云：指发；翘：首饰。② 初试蛾眉：初次画眉。

朱中楣（女）（清 140）二首　题：第一首，暮春雨后。

第二首，咏小白猫。

（1）细雨欲收春去，残花暗约莺留△无心闲玩强登楼△陌上行人还有▲

泥滑难将旧恨，提壶唤起新仇△天涯芳草共悠悠△零落海棠消瘦▲

（2）弥月狸奴堪玩，[1]新池鱼婢应忙△[2]时时偷觑水中央△躲在蔷薇架上▲

卧似绿茵滞雪，[3]鹦疑锦幔飞霜△[4]穿林似兔忒轻狂△[5]扑着虫儿谁让▲

注：① 弥月：满月；狸奴：即猫。② 鱼婢：小鱼也。见《尔雅》。③ 滞雪：留白。④ 鹦：音鸟。戏状；霜：也喻白。⑤ 忒：即太。

江士式（清 182）一首　题：题壁。

趁得斜阳捉杖，闲探流水调弦△村翁邀我过桥边△笑指篱花开遍▲

上有垂垂柳阴，旁窥隐隐潭烟△岸头是我旧吟笺△作客深秋重见▲

韩纯玉（清 199）一首　题：和稼轩韵。

莲叶阴中藏鸭，梧桐影里鸣蝉△好风好雨说丰年△早稻花香一片▲

千万株花岭上，两三个竹窗前△悠然扶杖短篱边△且喜青山长见▲

朱玉树(女)(清226)一首

官阁江都旧画，①风栖吴苑新借△②盈盈晓起傍妆台△池上素娥相待▲③

两点春山愁解，④多情秋水频回△⑤菱花不语久徘徊△⑥错认双鸾帘内▲⑦

注：① 江都：今扬州。② 吴苑：苏州花园。③ 素娥：即嫦娥。④ 春山：指眉峰。⑤ 秋水：指眼波。⑥ 菱花：指镜。⑦ 双鸾：喻人和镜中人影。

孙自式(清271)一首　题：重九。①

身世飘飘落叶，生涯泛泛孤舟△②客心未冷已成秋△况是凄凉重九▲

何处砧声村曲，③谁家笛响楼头△十千沽酒欲消愁△④不奈愁多于酒▲⑤

注：① 重九：九月初九，重阳节。② 生涯：事业。③ 砧声：捣衣声。④ 十千：指铜钱计数单位，即万文。⑤ 不奈：无奈。

朱彝尊(清288)一首

傍玉何曾暑热，①惜香最恨眠迟△残灯未杀影迷离△②一点纱笼红蕊▲③

小雨初过庭树，新凉渐近罗帏△殷勤临别为披衣△软语虫飞声里▲

注：① 玉：玉人，指美女。② 未杀：未灭。③ 红蕊：指蜡烛芯。

张星耀(清299)一首　题：佳人。

扶鬓轻翻翠袖，踏花不露弓鞋△欲教相近恐人猜△觑着含情无奈▲

一缕烟生苔径，半钩月照香阶△撚将红杏独归来△风袅绣花裙带▲

钟筠(女)(清322)一首　题：题海昌陈相国徐夫人湘蘋拙政园词后。①

灯火平津阁上，莺花拙政园中△五云深处凤楼东△②一枕辽西幽梦▲③

苏蕙回文锦字，④班家团扇秋风△⑤龙吟鹤和几人同△声压南唐北宋▲

注：① 徐夫人：指徐灿，见《词人小传》；拙政园：苏州名园。② 五云：祥云。③ 辽西：徐灿夫陈之遴死于辽阳贬所。④ 苏蕙：前秦窦滔妻，夫携妾居外地，蕙织回文璇玑图诗寄夫。⑤ 班家：指汉成帝之班婕妤《怨歌行》，抒发团扇至秋被弃之怨词。

万锦雯(清330)一首　题：咏窗前红叶。

鹃血层层染瓣，猩红点点染芽△窥香蛱蝶错疑花△绕遍曲栏欲下▲

晓起最怜着露，晚来尤爱笼霞△挽将春色到山家△不怕西风吹谢▲

刘壮国(清410)一首　题：自扬抵淮，①午口观水嬉。②

笑指莺花客里，又逢重午龙艖△③芳堤士女竞豪奢△一路笙歌难罢▲

曲水红桥环映，花前燕子飞斜△风涛险际夺标鸦△④几叶橹声上下▲

注：① 自扬抵淮：自扬州至淮安。② 午日：端午日。③ 龙艖：龙船。④ 此句谓风涛险处夺冠军。

周清源（清 488）一首　题意：《西湖二集》第三十卷，马自然入山修炼遇美人干扰。

秋水妆成眼目，珠砂点就红唇△一天丰韵俏佳人△好对金莲三寸▲

手执异花馥郁，衣飘翠带轻尘△数声歌管笑相闻△走到眼前厮混▲①

注：① 厮混：戏耍打混。

刘存存（女）（清 559）一首　题：感沙事。

泼眼杨花处处，①出群沙燕纷纷△山南山北正氤氲△②直待何时方定▲

一枕朝来风雨，几篇昨暮诗文△猩红鸭绿不须云△且对菱花自镜▲③

注：① 泼眼：豁眼、张眼也。② 氤氲：烟云迷漫。③ 菱花：即镜。

戴鉴（清 563）一首　题：带桥人家。

天外群峰渺渺，①江边野水罗罗△②樵歌唱罢又渔歌△此曲闲人能和▲

稻陇田车驾树，③山家碓舍临河△④驼峰桥夸鸭头波△⑤波上黄花鱼过▲

注：① 渺渺：微远貌。② 罗罗：清疏之貌。③ 田车：汲水之车；驾树：架在树上。④ 碓舍：舂米房屋，因利用水力，故须临河。⑤ 鸭头：指绿。

徐瑶（清 701）一首　题：艳情。

月暗兰膏融暖，①花明玉炉生香△惺忪春梦醒难忘△②檀晕红潮微漾▲

菱镜刚描螺黛，龙绡新试宫妆△画帘遮处细猜详△可记昨宵人样▲

注：① 兰膏：以兰香所炼之膏。② 惺忪：动摇不定。

古吴墨浪子（清 854）一首　题意：咏南齐名妓苏小小。①　注：见《西湖拾遗》第三卷、《西湖佳话》第六卷。

碎剪名花为貌，②细揉嫩柳成腰△③红香白艳别生娇△恰又莺雏燕小▲

云鬓乌连云髻，眉尖青到眉梢△漫含姿态美难描△便是影儿亦好▲

注：① 苏小小：南齐钱塘（今杭州）名妓，住西湖西泠桥畔。② 此句喻花容。③ 此句喻柳腰。

唐英（清 869）一首　题意：《古拍堂戏曲集转天心》第二折，豆棚野老。

瑟瑟金风驱暑，豆园簇簇开花△豆花落尽又舒芽△豆子有如梅大▲

遍地香风弄影，煮来味比枇杷△日长闲坐泡新茶△试听豆棚闲话▲

李修行（清 898）一首　题意：《梦中缘》第十三回，吴瑞生故宅遭败落。

但见重门封锁，不闻鸡犬声喧△层层蛛网罩门前△遍地蓬蒿长满▲

宅内楼房破落，园中花木摧残△萧萧庭院半寒烟△昔日繁华尽变▲

徐述夔（清926）一首　题意：《八洞天》卷一，咏咸楚娘才貌。

红白非脂非粉，短长难减难增△等闲一笑十分春△①撇下半天丰韵▲

停当身材可意，②温柔性格有魂△更兼识字颇知文△记室校书偏称▲

注：①等闲：随意之意。②停当：端正、妥当。

郑燮（清906）一首　题：赠饶五姑娘。

微雨晓风初歇，纱窗旭日才温△绣帏香梦半懵腾△①窗外鹦哥未醒▲

蟹眼茶声静悄，②虾须帘影清明△③梅花老去杏花匀△夜夜胭脂怯冷▲

注：①懵腾：糊涂。②蟹眼：喻水沸腾状。③虾须：即帘。

李调元（清1026）一首

懒把云鬟重理，羞将粉面轻匀△不言不语惯嗔人△喜鹊重来无信▲

曲槛丝垂金柳，小窗弦搁银筝△闲听小巷马嘶声△遣婢门前试问▲

赵帅（清1066）一首　题：暮春书感。

深巷饧箫断续，①高城云树茏葱△夕阳斜映画楼空△只有游车飘动▲

柳外乍啼黄鸟，门前不住青骢△替人惜别是春风△故遣落花飞送▲

注：①饧箫：吹箫卖饴（麦芽）糖。

吴蔚光（清1074）一首

对面绣棚坐处，比肩钿槛行时△①天涯万缕麯尘丝△②酿遍相思如水▲

幽梦却无枕觉，闲愁还怕灯知△啄花社燕忒归迟△③不入卢家梁底▲④

注：①钿槛：嵌有蚌壳窗槛。②麯尘：淡黄色。③社燕：春社时（清明前后）燕子；忒：太也。④卢家：沈佺期《独不见》诗："卢家少妇郁金香，海燕双栖玳瑁梁"。

马廷萱（清1173）一首

几折雕栏斜绕，①四围斗帐低垂△②露葵花放不多时△好个嫩凉天气▲

新月微窥檐角，轻风悄飏帘眉△③小鬟报道远人归△怪底银釭双穗▲④

注：①几折：几曲。②斗帐：覆斗形帐，即圆顶帐。③帘眉：帘之上端。④怪底：难怪；双穗：双灯花，喻成双。

庾岭老人（清1319）一首　题意：《蜃楼志》第十四回词引，叙乌岱云偷情被骗受辱。

花月场中着脚，风流队里都头△①小姨风流态温柔△瞥见难禁馋口▲②

好事相期月下，佳节暗约汀洲△满装清粪下咽喉△③逃去丧家之狗▲

注：① 都头：首领也。② 瞥见：过目。③ 清粪：偷情被骗，遭粪淋身。

宋梿（清 1350）一首　题：春晓。

梦与宿酲同醒，①愁随香篆难消△②恹恹睡起不胜娇△③蓦听数声啼鸟▲

金钏半欹鸳枕，④粉痕微涴鲛绡△⑤小鬟预报赏花朝△⑥满院海棠开了▲

注：① 宿酲：隔夜酒醉。② 香篆：香烟似篆体字般弯曲。③ 恹恹：病态，④金钏：金手镯。⑤ 涴：即污；鲛绡：喻珍贵之衣。

张友书（女）（清 1487）一首　题：忆燕。

王谢堂前旧侣，①年年偏向天涯△②重来消息待梨花△屈指明朝春社▲③

闲却旧营巢处，傍谁门户为家△剧怜望眼已将赊△④为尔湘帘不下▲

注：① 王谢：指东晋贵族王导、谢安。刘禹锡诗：“旧时王谢堂前燕”。② 此句指秋分起燕子飞向南方越冬。③ 春社：立春起第五个戊日，计五十天。④ 剧：甚也；赊：远也，望眼欲穿。

周诒蘩（女）（清 1517）一首　题：蝴蝶花。

红药阶前雨细，碧蕉栏外春迟△寻香低傍玉钗时△恰是晓妆初起▲

花里丰姿浑异，①梦中身世还非△东风吹得柳依依△②犹自酣眠不起▲③

注：① 浑：全或还之意。② 依依：柔弱貌。③ 酣眠：睡得很香。

严保庸（清 1524）一首

草细微微印袜，苔深款款兜鞋△①赤栏杆畔重徘徊△招手广寒人在▲②

灯火谁家庭院，管弦何处楼台△光明只照妾情怀△③不管风吹罗带▲

注：① 款款：缓缓。② 广寒：月宫仙女，喻美人。③ 妾：古代妇女自称。

陈静英（女）（清 1674）一首　题：丙寅（1866 年）春日偶成。

终日凉凉踽踽，①频年冷冷清清△一身多病叹伶仃△②如此桑榆暮景▲③

膝下双珠何处，④关山迢递难亲△⑤一羁南楚一燕京△⑥目断天边雁影▲

注：① 踽踽：形容孤独。② 伶仃：孤苦。③ 桑榆暮景：晚年光景。④ 双珠：两个儿子。⑤ 迢递：长远也。⑥ 南楚：指湖北；燕京：北京。

余达（清 1754）一首　题意：《青楼梦》第二回，咏陆丽仙。　注：此词与古吴墨浪子大同小异，姑并录之备考。

晕雨桃花为貌，①惊风杨柳成腰△②轻盈细步别生娇△更喜双弯纤小▲③

云鬓乌连云髻，眉尖青到眉梢△漫言当面美难描△便是影儿也好▲

注：① 此句谓貌如桃花。② 此句谓腰如杨柳。③ 双弯：指双足。

邹佩兰（女）（清 1761）一首　题：己巳（1869 年）送别。

桃叶流将旧怨，柳丝又绾新愁△①无端春水泛扁舟△记得画楼分手▲

帐里绡封红泪，②灯前帕掩青眸△一段别恨倩谁收△心事浑如中酒▲

注：① 绾：勾系。② 绡：指绡帕。

张祖同（清 1777）一首　题：桥口。

两岸柴门临水，人家卅六湾头△片云无意觅行舟△偏在斜阳渡口▲

笛韵横飘渔浦，钟声敲落僧楼△暮鸦斜带一行秋△啼入西风杨柳▲

樊增祥（清 1808）一首　题：自题东溪草堂图。

一段不平山色，数丛本分桃花△小桥红板逐溪斜△锦带一条虹跨▲

梦里江乡雨稻，眼前杜曲桑麻△①清明无客不思家△闲着草堂图画▲

注：① 杜曲：地名，在陕西长安（今西安）。

可庐主人（清 1868）一首　题意：弹词《笑中缘图咏》第一回，唐伯虎游山塘。①

鸟啭深林无俗，②落花流水有情△沿塘一带闹盈盈△隔岸桂花相映▲

不计寻香女伴，更多拾翠书生△吴江一曲最堪听△③真真良辰美景▲

注：①《笑中缘》：即《三笑》，叙唐伯虎点秋香故事；山塘：街名，在苏州阊门外。② 鸟啭：鸟鸣。③ 吴江：曲名。

周守瑜（清 1927）二首　题：第一首，春晓。

第二首，春尽。

（1）画阁莺儿百啭，绕帘燕子双飞△彩云伫重锦风披△瓦雀巡檐一对▲

满院阴浓掩映，①隔墙红紫芳菲△②漫从林表眄朝晖△③独立垂杨手背▲

注：① 掩映：时隐时现。② 芳菲：花草香美。③ 眄：斜着眼看。

（2）雨过花匀粉面，风来柳戏纤腰△栏杆倚遍总魂销△树杪烟闻一道▲

转觉新晴气暖，不堪愁锁眉梢△遍寻佳景却无聊△到底如何是好▲

林思进（现当 3）一首　题：村居。

酣睡纸窗惊曙，①峭寒布被生棱△②霜凇簇瓦白层层△③天意放晴无吝▲④

拨火方呼稚子，送梅却到山僧△寒香一阵透疏棂△⑤插向胆瓶端正▲⑥

注：① 酣睡：睡得很香。② 被生棱角，喻其凉。③ 霜凇：冰花。④ 吝：吝啬。小气、舍不得。⑤ 棂：窗格。⑥ 胆瓶：大肚小口瓶。

郁达夫（现当 26）一首　题：贺救济院举办之集团结婚。

昔日章台弱柳，①今日南国佳人△②鸳鸯乱点谱翻新△③太守名乔姓沈▲④

红烛两行几对，春宵一刻千金△婚姻何必定条陈△缛礼繁文好省▲

注：① 弱柳：指韩翃姬妾柳氏故事。② 南国：指浙江杭州。③ 乱点谱：指

乔太守乱点鸳鸯谱故事。④ 太守：指救济院长沈乔。

朱石轩（现当52）一首　题：1978年元旦，和祝如先生韵。[①]

逝水古稀岁月，[②]故园怒放梅花△门前儿女莫喧哗△扰客茶余闲话▲

冬酿敌寒万户，春风吹暖千家△声声爆竹入云霞△群雀惊飞檐下▲

注：① 祝如：张振维号，见《词人小传》。② 逝水：逝水流年，喻光阴迅速。

庄一拂（现当53）一首

燕子黄昏未定，池塘青草丛生△夕阳无语水无声△岑寂江南情景▲

莫问年来寒食，断魂人过清明△残花无计更飘茵△正待落红成阵▲

马龙图（现当83）一首　题：西风。

深树鸣蝉已歇，小园篱菊初芳△遥遥万里散新凉△到处天高气爽▲

枕畔雁声惊梦，床前秋月凝霜△萧萧一派又铿锵△尽在梧边竹上▲

车乘轨（现当88）二首　题：第一首，嘉兴南湖游船。　注：1998年3月6日作。

第二首，南湖月色。　注：2003年1月28日作。

（1）烟雨古楼高耸，[①]鸳鸯湖水清盈△[②]画船丝网早知名△[③]近有汽舟快艇▲

疾驶绕湖二圈，尾拖白浪千层△银光一串若流星△劈水掀波驰骋▲[④]

注：① 烟雨楼：在南湖湖心岛上，五代吴越国广陵王钱元璙首建。② 鸳鸯湖：南湖别名。③ 丝网：木质手摇游船。④ 后段四句指快艇风光。

（2）大小一双岛屿，[①]零星八处芳洲△[②]南湖碧水荡轻舟△迎面含烟垂柳▲

皓月爬升树杪，霓虹缀挂高楼△人工怎及自然幽△赞美月光娟秀▲

注：① 南湖有两个湖心岛，分称大、小烟雨楼。② 湖东侧有八处水中小洲。

商学庸（现当98）一首　题：游贵州兴义新西湖。

两岸翠屏明丽，平湖玉镜温柔△轻舟荡漾任优游△时有清风问候▲

远岫烟霞飘渺，小楼竹柳悠悠△山乡美景赏无休△借问何时所有▲

蒋端方（现当114）一首　题："文革"下放农村劳动杂咏。

劳动归来天晚，山村处处炊烟△东山又见玉盘圆△洒下清辉片片▲

饭罢窗前闲坐，老农共话丰年△瓜香麦稔稻盈阡△更有猪羊满圈▲

王竞（现当118）一首　题：闽江晚眺。

山岭青葱欲滴，水波潋滟笼纱△轻烟袅袅日西斜△乐坐榕阴树下▲

跨海渔舟返港，横塘凫鸭归家△华灯星月映悬崖△绝妙风光谁画▲

许继善（现当150）一首　题：咏东昌湖。[①]

高楼云中挺立，环城碧波涌天△芦苇丛中打渔船△笑谈鱼肥网满▲
工暇柳下垂钓，莺歌燕语催眠△鸭群鹅群叫声欢△莫忘浮动挑竿▲[2]
注：① 东昌：山东县名。② 竿：旱韵，见《集韵》。

郭笠（现当151）一首　题：春到山村。

荷出端端尖角，桃燃点点山前△鸭鹅戏水浅池边△鱼跃燕斜风暖▲
电塔新楼竹外，铁牛轻骑畦间△嫂姑忙插寄秧田△忽传书声一片▲

彭纯远（现当152）一首　题：滨江草坪风情。

昨夜春风拂拭，今朝坪地增颜△几经霜雪更缠绵△绊住游人眷恋▲
绿染千家富室，馨香十里亭园△呢喃燕侣乐留连△情景欣然一片▲

何维馨（现当161）一首　题：榕湖春晓。[1]

修竹娇垂翠叶，[2]夭桃羞着红妆△[3]红男绿女泛舟忙△惹起层层细浪▲
湖面轻烟淡淡，舟间情侣双双△一声竹笛唤春光△飘过几声清唱▲
注：① 榕湖：湖名，在广西桂林市。② 修竹：长而直之竹。③ 夭桃：娇嫩桃子。

黄志豪（现当178）一首　题：农家乐。

桑柘墙头舒笑，[1]鸡豚屋角闲眠△[2]蛙声阵阵报丰年△风卷黄云拂面▲
广厦千间高耸，清溪一曲环连△小姑妆扮竞时妍△笑语欢声一片▲
注：① 桑柘：桑与柘叶均可喂蚕。② 豚：小猪。

桂林（现当182）一首　题：皖南古村游。

美在新安江畔，[1]黄山誉满全球△[2]宏村西递恋人游△水圳民居古秀▲[3]
小巷庭园璀璨，牌坊映对华楼△桃花源里泛春稠△几度沧桑依旧▲
注：① 新安江：水名，发源于皖南，流入浙西。② 黄山：我国名山，在皖南。③ 宏村、西递、水圳：皆皖南村名，保留明清建筑。

李莲君（女）（现当191）一首　题：纳凉。

星斗高悬天汉，[1]月光洒满九州△绿阴深处隐高楼△摇曳灯光缕缕▲[2]
花影月移更漏，披衣独坐神游△夜凉如水静幽幽△漫送馨香如酒▲
注：① 天汉：即银河。② 缕：此字不叶韵，若改“透”较妥。

钟万松（现当201）一首　题：蓬庐吟。

室内书香扑鼻，庭前丹桂飘香△东西南北围山墙△溪水潺潺漾淌▲
春日山花争艳，秋来硕果临窗△闲时树底纳阴凉△盘里青苗独赏▲

孙竞先（女）（现当205）一首　题：北戴河之晨。[1]

晓日霞光万道，鳞波金碧辉煌△山花含露亮新妆△岭翠风凉气爽▲
潮海潮风潮韵，山林山景山光△松涛喷绿送幽香△陡岸怪石雪浪▲[②]
注：① 北戴河：河北名胜，近山海关。② 陡：陡峭。
马健文（现当227）一首　题：农家。
棒大金黄玉米，绒长雪白棉花△池塘处处唱青蛙△田罢夕阳西下▲
祖父堂前闲话，孙儿屋后啼鸦△[①]纺纱奶奶问妈妈△老鸮当真闹架▲[②]
注：① 啼鸦：啼哭。② 老鸮：指鸱鸮。猫头鹰一类之鸟。
刘易（现当228）一首　题：版纳行有感。[①]
满目青山秀水，浪沧直下神州△[②]密林深处访竹楼△南国傣家情透▲
脚鼓芒锣紧奏，欢歌漫舞轻柔△绣球抛引诱人留△[③]回目相思红豆▲[④]
注：① 版纳：西双版纳，云南傣族自治州名。② 浪沧：即沧浪，水色也。③ 抛绣球：指恋爱赠物。④ 红豆：一名相思子。
李翠芳（女）（现当235）一首　题：雨思。
眼见柳枝生叶，时光转眼经年△东风吹雨润良田△几户人家归燕▲
时事如云多变，人生美梦难圆△长江渡口水连天△烟雨濛濛一片▲
吴福瑞（现当250）一首　题：喜开镰。
数点疏星眨眼，一弯残月天边△雄鸡一唱几家苏△[①]惊起蛙声片片▲
稻穗鞠躬甸甸，[②]山田笑语喧喧△今朝村里喜开镰△好个丰收画面▲
注：① 苏：此字不叶韵，不符格律。② 甸甸：指稻穗饱满沉甸甸。

五十字　沙塞子

周紫芝（宋201）一首　题：中秋无月。
秋云微淡月微羞△云黯黯、月彩难留△只应是、嫦娥心里，也似人愁△
几时回步玉移钩△人共月、同上南楼△却重听、画栏西角，月下轻讴△
李贻德（清1367）一首　题：同半髻村外。[①]
荒庵曾说古茅亭△行转处、短屋疏屏△频恋着、嬉春人去，一个蜂鸣△
隔溪幽敻不曾经△[②]拖阮屐、烟外双停△[③]果然是、杏花村店，酒旆遥青△[④]
注：① 半髻：人名。② 敻：远也。③ 阮屐：晋阮孚，性好屐，尝自蜡屐，并自叹说："未知一生当著几两屐"。后以"阮家屐"泛指木屐，亦省称"阮屐"。④ 酒旆：镶着边的酒旗。

五十字　河传

杨继端（女）（清1239）一首

春仲▲[1]春阴如梦▲剪轻寒△一双燕影下雕栏△香残△鹧鸪斑△

棠梨早向东风嫁▲▲新红挂▲▲闲趁花△△朝霞△△小楼听雨又清明△△△闺情△△△饧箫处处声△△△[3]

注：① 春仲：即仲春，春半也。② 斑：含有杂色。③ 饧箫：吹箫卖饴糖。

五十字　珍珠令

张炎（宋572）一首

桃花扇底歌声杳▲愁多少▲便觉道、光阴闲了▲因甚不归来，甚归来不早▲

满院花飞休要扫▲待留与、薄情郎知道▲怕一似飞花，和春都老▲

五十字　城头月（仄韵少年游）

朱彝尊（清288）一首

别离偏比相逢易▲众里休回避▲唤坐回身，料是秋波，难制盈盈泪▲

酒阑恐有相怜意▲欲住愁无计▲漏鼓三通，月底灯前，没个商量地▲

陶元藻（清961）一首　题：萤。

芜城万个何年聚▲零落犹如许▲临水瓜棚，倚墙花架，薄暮长相遇▲

画楼高处因风举▲错认飞星度▲绕罢井栏，扑残罗扇，还坐人衣去▲

注：① 芜城：即江苏扬州。作者曾为幕宾于两淮盐运使署。

蒋士铨（清987）一首　题：中秋雨夜书家信后。

他乡见月犹凄楚▲天气偏如许▲一院虫音，一声更鼓，一阵黄昏雨▲

孤灯照影无人语▲默把中秋数▲荏苒华年，[1]更番离别，[2]九载天涯度▲

注：① 荏苒：时间不知不觉过去。② 更番：轮换。

唐汝翼（清1560）一首　题：本意。

相逢两小心先逗▲[1]脉脉秋波溜▲绣阁灯昏，春城漏尽，一夜相思够▲

绿窗悄依更漏后▲碧聚眉峰皱▲种种情痴，时时幽恨，毕竟猜难透▲

注：① 两小：小时候在一起玩耍的男女；逗：留也。

车乘轨（现当88）二首　题：第一首，鲁迅历史街区。　注：2002年5月5日作。
第二首，中秋前一日赏月。　注：2002年9月20日作。

（1）名城古迹含量富▲[1]处处霞光吐▲官第都昌，[2]咸欢塔子，[3]鲁迅童年路▲

文豪故里将修护▲[4]设计初公布▲老店台门，[5]桥街寺庙，笔下风情露▲

注：① 名城：指浙江绍兴。② 官第：秋官第；都昌：都昌坊口，皆街巷

名。③ 咸欢：咸欢桥河沿；塔子：塔子桥直街，皆街巷名。④ 文豪：指鲁迅。⑤ 台门：即大宅。

（2）天高气爽金秋晚▲①赏景城头遍▲②玉兔东升，③闲云四散，万里银光满▲

水关都泗河桥畔▲月影成双伴▲假假真真，圆圆扁扁，波动形状乱▲④

注：① 金秋：指中秋。② 城头：都泗门（绍兴东门）城上。③ 玉兔：喻月。④ 后段说：都泗系水城门，月照城河，倒映两轮月影，其一系桥洞影。

五十字　怨三三　第一体，前段起句六字，结句七字。

贺铸（宋121）一首

玉津春水如蓝△①宫柳毵毵△②桥上东风侧帽檐△③记佳节、约是重三△④

飞楼十二珠帘△恨不贮、当年彩蟾△⑤对梦雨廉纤△⑥愁随芳草，绿遍江南△

注：① 玉津：园名，在汴京（今开封）南薰门外。② 毵毵：音三，细长貌。③ 侧帽：《北史·周独孤信传》：信美风度……尝因猎日暮驰马入城，其帽微侧。诘旦（即明朝）吏人有戴帽者，咸慕信而侧帽焉。④ 重三：三月三日，上巳节。⑤ 彩蟾：光彩月亮。⑥ 廉纤：微雨貌。

五十字　怨三三　第二体，前段起句七字，结句六字。

李之仪（宋102）一首

清溪一派泻柔蓝△岸草毵毵△①记得黄鹂语画檐△②唤狂里、醉重三△③

春风不动重帘△似三五、初圆素蟾△④镇泪眼廉纤△何时歌舞，再和池南△

注：① 毵毵：细长貌。② 黄鹂：即黄莺。③ 此句有古词作“狂唤醉里三三”。④ 三五：即十五。

郭士璟（清9）一首　题：上巳醉归。

临流禊饮曲江南△三月初三△①细乳桐垂柳絮毵△②蘸蓝水、浣春衫△③

百花百叶盈篮△醉归插、同心小簪△启齿晕红蓝△拣花分叶，两手掺掺△④

注：① 修禊：江南地区，三月初三采兰水上，以祓除不祥。② 毵：细长貌。③ 浣：洗也。④ 掺掺：纤细貌。

五十字　留春令（又名探春令）

晏几道（宋71）二首　注：调名原作探春令。

（1）帘旌未动，峭寒天气，龙池冰泮▲杏花笑吐香犹浅，又还是、春将半▲

清歌妙舞从头按▲等芳时开宴▲记去年、对着春风，曾不负、莺花愿▲

（2）采莲舟上，夜来陡觉，十分秋意▲懊恼寒花暂时香，与情浅、人相似▲
玉蕊歌清招晚醉▲恋小桥风细▲水湿红裙酒初消，又记得、南溪事▲

高观国（宋 431）一首

断霞低映，小桥流水，一川平远▲柳影人家起炊烟，仿佛是、江南岸▲
马上东风吹醉面▲问此情谁管▲花里清歌酒边情，又何日、重相见▲

顾传埒（清 876）一首　题：晚清轩送春。

梦回昼永，①销魂更是，几番丝雨▲乳燕双双拂斜晖，犹细认、香泥步▲
婪尾残来光景暮▲②下湘帘无语▲③一片桑波柳阴浓，中有线、春归路▲

注：① 昼永：日长。② 婪尾：婪尾春，芍药之异名。③ 湘帘：斑竹帘。

史承谦（清 951）一首

薄罗初试，①深杯交劝，横波分付▲②十二金堂小栏杆，③偏没个、留侬处▲④
灯前又是分携处▲⑤定有愁千缕▲说与今年小楼中，第一夜、听春雨▲

注：① 薄罗：指衣。② 横波：眼波。③ 金堂：华丽厅堂。④ 侬：吴语，你也，也可作我。⑤ 分携：分手。

许白凤（现当 58）一首　题：野望。　注：1976 年作。

水乡三夏，①横镰漫卷，银锄狂纵▲处处飘扬社旗红，听牧笛、无腔弄▲
黄梅雨足排渠垄▲②曲港奔流众▲几只前村罱泥船，③撑不进、桥门洞▲④

注：① 三夏：夏季三个月。② 黄梅雨：在农历五月梅熟时。③ 罱泥船：河中挖泥船。罱，音览。④ 此句指水涨，逼近桥面。

车乘轨（现当 88）四首　题：第一首，喜电视机扩充频道。　注：2003 年 5 月 14 日作。
第二首，七·七事变忆曹娥镇（今属绍兴上虞市）。注：2003 年 7 月 7 日作。
第三首，赞农行南湖支行营业中心虞少军经理。注：2005 年 10 月 12 日作。
第四首，赞农行南湖支行大堂经理尉爱萍。　注：2014 年 10 月 5 日作。

（1）饭余茶后，解闲消遣，银屏收视▲彩色缤纷影像明，可遥控、音量美▲
选择调频难任意▲①郁郁藏心底▲十载沉疴一朝除，②满腔乐、开怀喜▲

注：① 难任意：嘉兴电视台所转播的副频道，如四川、安徽等台无法收视。② 沉疴：喻重症；一朝除：在电视机上加装了高频头，就正、副

频道均可正常收视。

（2）少年时代，未冠年纪，①执教曹校▲地近娥江土含沙，玉蜀黍、收成好▲
孝女曹娥江海蹈▲殉父留祠庙▲抗战烽烟遍神州，凤凰岭、防空报▲②
注：① 未冠：未满二十岁。② 凤凰山：曹娥镇小山；防空报：1937年8月13日日军袭上海，14日敌机九架轰炸曹娥白米堰机场，被我空军击落一架，凤凰山遂设防空哨所。

（3）少年经理，助人为乐，热情和蔼▲有利公私理钱财，助储户、营公债▲①
支取存银优币假▲护送疑难解▲②非故非亲究何因，是照顾、年衰迈▲
注：① 购公债：时公债旺销，不易购到。② 此二句谓作者欲提取大额存款，汇到江苏省工行，但虑币多，难免多中有假。虞经理陪作者提款，再陪作者去工行汇款。

（4）拆迁居屋，①换行交易，②得逢经理▲服务储民理财时，细查找、寻高利▲
已签存单能改议▲③不嫌烦和累▲介绍银联卡优佳，汇邻省、无邮资▲
注：① 居屋：作者家被征收，由南湖路迁至石榴坊。② 换行：仍是农行，惟地址改动。③ 改议：改签。

五十字　偷声木兰花

张先（宋18）一首

画桥浅映横塘路▲流水滔滔春共去▲目送斜晖△燕子双高蝶对飞△
风花将尽持杯送▲▲往事只剩清夜梦▲▲莫更登楼△△坐想行思已自愁△△

陈士元（明199）一首　题：迎春。

迎春东郭春光好▲①斗巧艺妆成百宝▲金鼓腾欢△引得佳人夹道看△②
土牛不奈芒神逐▲▲③散花鞭春来茅屋▲▲痛饮高歌△△老去何妨白发多△△
注：① 东郭：东门。② 佳人：美女。③ 土牛：土塑春牛；不奈：无奈；芒神：勾芒神，亦土塑。春牛、芒神，皆用以迎春催耕。

王翃（明394）一首　题：湖边。

长堤十里笼莺去▲野水初生侵柳路▲绿暗湖桥△絮向春风剪鹤毛△①
群山黛列高晴色▲▲几个轻舟来白日▲▲眉影横新△△十二珠帘卷丽人△△
注：① 鹤毛：喻柳絮。

钱理（明586）一首　题：春闺。

娇莺惊梦人慵起▲①小院春光过半矣▲六幅潇湘△②顿觉新来绣带长△
丝丝暮雨愁相续▲▲一树梨花寒瘦玉▲▲门掩黄昏△△绛萼桃残更断魂△△

注：① 慵：懒也。② 潇湘：指裙子。

赵吉士(清279)一首　题：鱼台晚泊。

几行疏树斜阳里▲数点寒鸦栖又起▲驿路迢迢△一片平冈与断桥△

依稀风景江南路▲▲梦入家乡容易误▲▲衰草连天△△过尽河边卖酒船△△

邹祗谟(清312)一首　题：红桥即事。　注：红桥，即虹桥，为扬州名胜。

绿杨城外平山路▲[①]五里香尘消寒雾▲水碧迢迢△溪北溪南出画桥△

酒旗闲向春阴卷▲▲黄鸟一双篱外啭▲▲堤畔人家△△风细秋千影半斜△△

注：① 平山：平山堂，为扬州名胜。

僧原诰(清473)一首　题：城南。

萋萋芳草城南路▲隔岸春山收宿雾▲一望迢迢△行到前村第五桥△

小楼风暖珠帘卷▲▲楼上晓莺娇乍啭▲▲知是谁家△△柳下双扉带水斜△△

蒋景祁(清590)一首　题：登郡城有感。[①]

垂杨映绿炊烟绕▲远水蓝拖明镜晓▲粉堞连云△[②]一架谯楼无半分△[③]

十千买得兰陵醉▲▲[④]歌罢碧桃花又褪▲▲暗数繁华△△帘月梁尘燕子家△△

注：① 郡城：即府城，作者系宜兴人，清时属常州府。② 堞：齿形城墙。③ 谯楼：即更楼。④ 兰陵：常州别名。此处借山东兰陵美酒喻常州酒。

刘仙(女)(清800)一首

自从写出君模样▲暮暮朝朝擎掌上▲韵在眉梢△停笔将他细细描△

当歌恐被风吹去▲▲飞燕当年留不住▲▲[①]楼下侬家△△[②]雨后花前好吃茶△△

注：① 飞燕：汉成帝皇后赵飞燕，喻体轻。② 侬：吴语，即我。

张令仪(女)(清831)一首　题：早春即事。

重门悄地东风转▲红杏枝头春尚浅▲啼鸟声声△唤起闺人无限情△

残梅如雪粘罗袖▲▲暗香寂寞冰魂瘦▲▲冷淡韶光△△寄语花姨早试妆△△

薛时雨(清1652)一首　题：新晴。

禽声得意喧清昼▲一线朝阳窗隙透▲风漾帘旌△[①]檐溜犹闻滴沥声△

满庭花木增妍好▲▲出浴美人眉黛扫▲▲等是羁留△△[②]风日融和便减愁△△

注：① 帘旌：如旗帘子。旌，即旗。② 等是：即底是，为何之意。

车乘轨(现当88)一首　题：喜肩臂酸痛不医而愈。　注：2005年9月19日作。

前年肩臂患酸痛▲影响功能难活动▲认是筋伤△片示增生骨受殃△[①]

增生只有开刀摘▲▲年老怎能挨手术▲▲试贴“天”膏△△[②]二载沉疴无

医消△△[3]

注：① 片示：拍片显示；增生：诊断为颈椎骨质增生。②“天”膏：天地通远红外纳米贴，武汉天地之间生物工程公司生产。③ 沉疴：重症、顽症。

五十字　惜分飞

毛滂（宋143）一首　题：赠杭妓群芳。　注：见《西湖佳话·六桥才迹》。

泪湿栏杆花着露▲愁到眉峰碧聚▲此恨平分取▲更无言语空相觑▲

细雨残云无意绪▲寂寞朝朝暮暮▲今夜山深处▲断魂分付潮回去▲

吕渭老（宋259）一首

白玉花骢金络脑▲[1]十里华灯相照▲帘映春窈窕▲[2]雾香残腻桃花笑▲

一串歌喉云外袅▲[3]欲罢玉楼寒悄▲归去城南道▲柳梢猎猎东风晓▲[4]

注：① 络脑：马勒头。② 窈窕：妖冶好看。③ 袅：缭绕。④ 猎猎：风声。

袁去华（宋311）一首

雨过残阳明远树▲树底鸣蝉无数▲临水人家住▲靠西便入江南路▲

曲径通幽深几许▲翠竹短窗无暑▲小立凭肩语▲个中曾是孤眠处▲

吴淑姬（女）（宋396）一首　题：送别。

岸柳依依拖金缕▲[1]是我朝来别处▲惟有多情絮▲故来衣上留人住▲

两眼啼红空弹与▲未见桃花又去▲一片征帆举▲[2]断肠遥指苕溪路▲[3]

注：① 缕：丝。② 征帆：远行之船帆。③ 苕溪：水名，在浙江湖州。

王迈（宋450）一首　题：柳絮。

池上楼台堤上路▲尽日悠扬飞舞▲欲下还重举▲又随蝴蝶墙东去▲

糁径飘空无定处▲[1]来往绿窗朱户▲却被春风妒▲送将蛛网留连住▲

注：①糁：掺入；径：路径。

陈允平（宋556）一首

剑阁桃腮香玉溜▲困倚银床倦绣▲双燕归来后▲相思叶底寻红豆▲[1]

碧唾春衫还在否▲[2]重理弓弯舞袖▲[3]锦藉芙蓉皱▲翠腰羞时垂杨瘦▲[4]

注：① 红豆：又名相思子。② 唾：绣娘有将绒线头含在口中再吐出习惯。③ 弓弯：指缠足女子弓鞋。④ 翠腰：喻柳腰，指腰细。

张翥（元69）一首　题：家梦。

相见依然人似旧▲比似年时较瘦▲笑问平安否▲不言低掩罗衫袖▲

便欲窗前推枕就▲无奈红僝绿僽▲惊起空回首▲半床斜月疏钟后▲

吴鼎芳(明 310)一首　题：闺情。

红界枕痕微褪玉▲[①]唤起那禁幽独▲好鸟啼春足▲归期不准花须卜▲[②]

尽日眉峰双凝绿▲十二绣帘低轴▲人在栏杆曲▲杨花却羡无拘束▲

注：① 玉：玉色，喻白。② 花须卜：以花须来占兆。

李伊玉(明 642)一首　题：握扇美人图。

花雨缤纷迷小院▲莲步踏残香片▲粉汗摇纨扇▲轻纱微露黄金钏▲

夕照山横天一线▲小影光分上面▲锦带随风缠▲钗斜为逐双飞燕▲

万树(清 316)一首　题：蠡城别友。[①]

豆酒新槽花露滴▲小宴橙香菊色▲离思谁知得▲鲤鱼桥下风边笛▲[②]

柳外疏星珠历历▲[③]独倚乌篷画楫▲[④]明月能相忆▲送人直过西兴驿▲[⑤]

注：① 蠡城：范蠡城，指浙江绍兴。② 鲤鱼桥：在绍兴城内西小河上，近西门。③ 历历：分明之意。④ 乌篷：绍兴特式小船。⑤ 西兴：驿站名，在绍兴萧山西(今属杭州市)。

吴琪(女)(清 400)一首　题：惜别。

帘卷东风寒月小▲吹落残红多少▲露湿三更草▲梦魂惊断渔阳道▲[①]

重剔银灯天又晓▲对镜愁蛾难扫▲[②]莫恨云山渺▲声声杜宇催归早▲

注：① 渔阳：地名，今河北密云西南。② 蛾：喻眉；扫：画也。

赵承光(女)(清 845)一首　题：时寓苏台别业。[①]

帘卷高楼明月皎▲尘满瑶琴调少▲[②]开尽忘忧草▲[③]杜花香冷平江道▲[④]

霜绽黄花秋渐老▲[⑤]砌畔蛩声增恼▲[⑥]莫恨西风早▲凭栏目断家园渺▲

注：① 苏台：即姑苏台，在苏州西南姑苏山上。别业：别墅。② 调：即操琴。③ 忘忧草：即萱草，又名宜男草。④ 杜花：即甘棠，又称棠梨；平江：苏州别名。⑤ 黄花：菊花。⑥ 蛩：蟋蟀。

吴焯(清 861)一首

黄鸟阴阴交接语▲[①]一带斜塘烟树▲正是销魂处▲梨花雪尽杨花絮▲[②]

留得春为花事主▲春又风风雨雨▲花也难留住▲空闺题遍伤心句▲

注：① 黄鸟：指黄莺。② 雪：喻白色梨花。

储慧娥(女)(清 1515)一首

帘幕深沉人静悄▲杜宇数声啼了▲梦醒纱窗小▲博山宝篆香犹袅▲[①]

睡起凝妆浑觉早▲[②]窥镜眉痕略扫▲[③]着意东风小▲海棠一夜开多少▲

注：① 博山：指香炉。② 凝妆：盛妆。③ 扫：喻画、描。

陆倩(女)(清1531)一首　题：送别。

暗里年华愁里换▲凄绝离亭别馆▲客路春将半▲鸟声啼到愁肠断▲

欸乃几声舟去远▲一任魂销不管▲回首红桥畔▲柳花如雪斜阳岸▲

车乘轨(现当88)三首　题：第一首，起伏反凉天。　注：2001年7月16日作。起伏：即伏天开始。伏天为一年中最热天气，持续四十天。

第二首，爱心胜子女有感。　注：2001年12月2日作。

第三首，绍兴故居拆迁记。　注：2004年5月22日作。

(1) 近日乌云催暴雨▲电闪雷鸣乱舞▲檐水倾盆注▲抛珠溅玉腾烟雾▲

起伏年年连大暑▲①汗出涔涔不住▲②今却凉风度▲短衫换了长衣裤▲

注：① 大暑：节气名，意即进入盛夏。是年大暑为7月23日。② 涔涔：汗多貌。

(2) 堪叹古稀年迈苦▲漏雨猪棚作户▲子女何曾顾▲扬言法院当庭诉▲①

世上还存温暖处▲敬老兰馨愿助▲无偿收容许▲爱心胜过亲生女▲②

注：① 前段叙绍兴周关宝、沈阿雅老年夫妇晚年困苦情景。② 后段叙绍兴兰馨苑护理院女院长陈秀月奉献爱心诺言。以上据《绍兴晚报》报道。

(3) 老宅巍巍逾百岁▲①快乐童年永记▲析产分房地▲②修园缮屋妻安置▲

八字桥区营古味▲③划入蓝图拆徙▲忍痛售房契▲依依不舍离乡里▲

注：① 老宅：作者家旧居，在绍兴东双桥西河沿19－2号。② 析产：房屋系祖传，与族人共有，1981年协议析产分房。③ 古味：古典风味。

五十字　惜春令

杜安世(宋53)一首

春梦无凭犹懒起▲银烛尽、画帘低垂△小庭杨柳黄金翠▲桃脸两三枝△

妆阁重梳洗▲闷无绪、玉箫频吹△纷纷飘絮人疏远，空对日迟迟△

杨仪(明175)一首　题：戊申(1548年)三月望日，夜宴梓石舟中，约以明日同会浒墅，①余间道先发，雨甚，久伺不至，得短词以寄幽怀。

春梦沉沉慵早起，②舟不系、白鹭双飞△参差碧柳廉纤雨▲③向我共依依△

有客今何处▲茶烟起、香雾霏微△短篷独依溪流急，④花落鸟争啼△

注：① 浒墅：苏州关名。② 慵：懒也；前段起句“起”字不用韵，与上首不同。③ 参差：不齐貌；廉纤雨：微雨。④ 短篷：船篷。

五十字　寄芳草

杜秀珩（女）（明537）一首　题：寄外。①

眼中许多泪▲湿透罗巾衣被▲枕头儿放处，都不似旧家时，怎生睡▲

更也没书来，那堪被雁儿调戏▲道无书却有书中意▲排几个人字▲②

注：① 外：指丈夫。作者完婚方三月，夫从军去蜀一去三年，思之作此书寄之。② 此两句指雁。

五十字　清平调

王珪（宋50）一首

上林春晓，①曾是奉宸游△②水殿戏龙舟△玉箫吹断催仙驭，③一去隔千秋△

游人重到曲江头△④事往涕难收△空余御幄传觞处，⑤依旧水东流△

注：① 上林：上林苑，皇家花园。② 宸游：皇帝巡游。③ 仙驭：即仙逝、逝世也。驭，指骑鹤仙去。④ 曲江头：在唐京都长安，此处借喻宋都汴京。⑤ 御幄：帝出行帏幕；传觞：传杯饮酒。

五十字　荷叶杯

韦庄（五代十国1）二首　故事：第一首，作者有宠人，姿质艳丽，兼擅词翰。蜀主王建闻之，托以教内人为词，强夺去。作者追念悒怏，作此词。见《古今词话》。

（1）绝代佳人难得▲倾国▲花下见无期△一双愁黛远山眉△不忍更思惟△

闲掩翠屏金凤▲▲残梦▲▲罗幕画堂空△△碧天无路信难通△△惆怅旧房栊△△

（2）记得那年花下▲深夜▲初识谢娘时△水堂西面画帘垂△携手暗相期△

惆怅晓莺残月▲▲相别▲▲从此隔音尘△△如今俱是异乡人△△相见更无因△△

华胥（清243）一首　题：秋夜过栎园留宿。

银杏木樨庭院▲①开卷▲况又是黄昏△夕阳纵好亦关门△我愧倦游人△

徙倚筠栏吟罢▲▲②深话▲▲烧叶火初红△△③月明消受茗香中△△只怕近晨钟△△

注：① 银杏：白果树。② 筠栏：竹栏杆。③ 烧叶：烧煮茶叶。

僧大山(清379)一首　题：春村。

才过繁华灯节▲①舟楫▲初到小塘村△水边社火寂黄昏△②回首暗销魂△

牧笛吹残江岸▲▲风断▲▲听别调风流△△从他歌管咽秦楼△△③消受着春秋△△④

注：① 灯节：元宵放灯。② 社：指春社，祭祀后土神。③ 秦楼：妓院。④ 春秋：喻年岁。

汤思孝(清539)一首

看尽夕阳西去▲无语▲何处玉箫声△秋风吹送未分明△莫也诉离情△

帘外草深虫絮▲▲①微雨▲▲蘸破碧波天△△轻纨记得共凭栏△△云月似当年△△

注：① 虫絮：虫鸣连绵不断。

赵执信(清777)一首　题：题画美人。

开得名花满径▲相映▲略似玉人无△①艳红双脸白肌肤△香透薄罗襦△②

婀娜风前微步▲▲③回顾▲▲含笑折兰蕤△△④芳心应是小鬟知△△⑤团扇晚凉时△△

注：① 玉人：即美人；无：否也。② 襦：短衫。③ 婀娜：美貌。④ 蕤：草木茂盛貌。⑤ 小鬟：指婢女。

袁起(清1255)一首

唤得愁来春去▲莺语▲花里一声声△斜阳啼断有谁听△不似旧时情△

满院落红飞絮▲▲风雨▲▲做就困人天△△绿窗晓起又思眠△△香梦去谁边△△

陈宇(清1356)一首

昨夜画楼相对▲微醉▲银烛两行明△怜他珠泪背人倾△不觉惹离情△

漏尽晓莺先唱▲▲惆怅▲▲归梦太匆匆△△一轮初日射窗红△△门外又东风△△

苏穆(女)(清1592)一首　题：新月。

昨夜蛾眉初见▲①西院▲斜照碧栏杆△杏花刚喜试春寒△纤影耐寻看△②

书案半留芳曲▲▲③残烛▲▲掩烛不胜情△△玉钩教上画帘旌△△④梁燕梦双惊△△

注：① 蛾眉：指弦月、新月。② 耐：不厌烦之意。③ 曲：弯曲，指弦月。④ 玉钩：也指弦月；旌：旗也，喻帘。

车乘轨(现当88)一首　题：杭州国庆长假旅游降温。　注：2005年10月7日作。

国庆七天长假▲游耍▲人满古杭州△六年车水马龙稠△今岁黯然收△

秋雨连绵飘洒▲▲无彩▲▲还是在家乡△△况那门票又高昂△△何必远奔忙△△

五十字　黄鹤洞仙

高士奇(清577)一首　题：题西竹抱膝图。

一角雨余山，隔断天边树▲只写蘼芜满地生，①溪尽处▲定有人家住▲

闲兴尽从容，②小憩何无侣▲若爱村边野菜花，沙嘴路▲须把柴篱补▲

注：① 蘼芜：野草名。② 从容：不迫貌。

五十字　极相思令

谭意歌(女)(宋286)一首

湘东最是得春先△①和气暖如绵△清明过了，残花巷陌，犹见秋千△

对景感时情绪乱，这密意翠羽空传△②风前月下，花时永昼，洒泪何言△

注：① 湘东：指湖南长沙。作者流落长沙为妓。② 翠羽：指青鸟，喻使者。

五十字　滴滴金

李遵勖(宋15)一首

帝城五夜宴游歇▲①残灯外，看残月▲都人犹在醉乡中，②听更楼初彻▲

行乐已成闲话说▲如春梦，觉时节▲大家同约探春行，问甚花先发▲

注：① 帝城：京城。② 都人：京都之人。

陈亮(宋393)一首　题：梅。

断桥雪霁闻啼鸟▲①对林花，弄晴晓▲画角吹响客愁醒，②见梢头红小▲

团酥剪蜡知多少▲③向风前，压春倒▲江嶂人烟画图中，有短篷香绕▲

注：① 断桥：桥名，在杭州西湖，离梅林孤山(山名)甚近。② 画角：武林门城头号角。③ 蜡：指梅花，即蜡梅。

五十字　满宫花　第一体，用仄韵，后段前三句为三字、三字、六字。

尹鹗(五代十国18)一首

月沉沉，人悄悄▲一炷后庭香袅▲风流帝子不归来，满地禁花慵扫▲①

离恨多，相见少▲何处醉迷三岛▲②漏清宫树子规啼，愁锁碧窗春晓▲

注：① 禁花：宫禁之花。② 三岛：即蓬莱、瀛洲、方丈三岛，传说仙人所居。

许棐(宋473)一首

懒搏香，闲弄粉▲犹带清酲微困▲①金鞍何处掠新欢，②偷倩燕寻莺问▲

柳供愁，花献恨▲滚絮猎红成阵▲③碧楼能有几番春，又是一番春尽▲

注：① 清酲：微醉。② 金鞍：喻骑马。③ 红：指落花。

杨宛(女)(明429)一首　题：暑夜与诸女郎外家宴。

树阴阴，凉早早▲共盼月来天杪▲不知花里几朵花，只觉幽香重绕▲

露犹轻，人已悄▲各各深情情巧▲尽从花里捉流萤，一半醉眠芳草▲

叶小鸾（女）（明514）一首　题：咏游春人。

日融和，花媚妩▲粉蝶摇枝娇舞▲轻风吹落小桃红，燕子衔归绣户▲

草芊绵，①人容与▲②共羡春光如许▲③紫骝金勒系垂杨，拾翠寻芳伴侣▲

注：① 草芊绵：草蕃衍貌。② 容与：闲暇自得貌。③ 如许：如此。

归淑芬（女）（明631）一首　题：初夏。

暖风和，柔情悄▲一瞬春光易老▲绿阴花瘦红香少▲拂柳丝飞絮早▲

倚栏看，荷钱小▲①碧水盈盈波渺▲荼蘼架上争开绕▲②又是采桑时了▲

注：① 荷钱：荷叶，初生小如钱。② 前、后段第四句均叶韵，与格律稍异。

陆宏定（明634）一首　题：楼前秋色甚盛，书此记之。

幕重重，人寂寂▲闲却一庭秋色▲雕栏晴日闪流霞，百尺锦茵慵积▲①

应独赏，知谁惜▲幽绝个侬堪匹▲②禁他风雨漫摧残，不共繁花狼藉▲③

注：① 慵：懒也。② 个侬：即他。③ 狼藉：乱七八糟。

宋泰渊（清518）一首　题：春绣。

清昼长，深院杳▲寂寞画屏香袅▲纱窗闲绣敛修蛾，①银剪玉葱声悄▲②

燕飞忙，莺语巧▲斜倚腰肢春小▲临风欲刺并头花，不觉金针拈倒▲

注：① 修蛾：细长眉毛。② 玉葱：形容手指纤细。

王倩（女）（清1235）一首　题：春倦。

纫香兰，①摧玉李▲②春事又过半矣▲酿愁风雨近清明，都被林鸠唤起▲③

睡瞢腾，④情旖旎▲⑤梦随碧桃花里▲枕函无奈鬓云松，⑥扶向镜奁重理▲

注：① 纫：缝缀，喻穿刺。② 摧：摧残。③ 鸠：天欲雨，鸠先呼妇。④ 瞢腾：即懵懂、糊涂之意。⑤ 旖旎：柔美。⑥ 枕函：中间有藏物的枕头。

庄盘珠（女）（清1268）一首　题：秋夕。

吹井梧，风渐紧▲落叶吟虫相迸▲①许多时节病恹恹，②那更晓来浓冷▲

月华明，③更鼓定▲可有玉楼人醒▲小窗关了又推开，犬吠一帘花影▲

注：① 吟虫：指蟋蟀；相迸：相逐。② 恹恹：病态。③ 月华：月光。

潘谘（清1297）一首

晚晴天，风又起▲红满绿溪春水▲小童沽酒不曾归，减却半园桃李▲

少年狂，今倦矣▲剩有惜花情意▲年年寒食镇无聊，愁醒又还愁醉▲

丰子恺（现当31）一首

荻花洲，斜阳道▲一片凄凉秋早▲异乡风物故乡心，镇日频相萦绕▲①

桐叶落，杨枝袅▲做弄闲愁闲恼▲春来秋去怅浮生，②如此年华易老▲

注：① 镇日：常日、整日。② 怅：伤感；浮生：喻人生世上，虚浮无定。

车乘轨（现当88）一首　题：绍兴故居赞。　注：2001年7月3日作。

八字桥，①南宋造▲跨越三河奇妙▲东西两岸聚人家，碧水一泓舟小▲②

二层楼，砖木料▲③底屋夏来寒峭▲降温消暑仗天然，凉爽胜于空调▲

注：① 八字桥：为全国重点文保单位，始建于何年无考，在南宋保祐四年（1256年）重建。与作者故居东双桥西河沿19－2号相邻。② 舟小：指乌篷船。③ 砖木料：明清砖木结构。

五十字　满宫花　第二体，同第一体，但后段前三句改为七字、五字两句。

沈静筠（女）（明333）一首　题：秋闺。

篱菊寒，园蝶冷▲檐马忽惊梦醒▲①天街夜色凉如水，②红叶满阶移影▲

星辰细数银河静▲飞雁穿云暝▲不知何处弄箫声，一树梅花吹尽▲

注：① 檐马：即檐角风铃。② 此句套用杜牧《秋夕》诗。

五十字　渔歌子

李珣（五代十国5）二首

（1）九疑山，①三湘水▲②芦花时节秋风起▲水云间，山月里▲棹月穿云游戏▲

鼓清琴，倾绿蚁▲③扁舟自得逍遥志▲任东西，无定止▲不议人间醒醉▲

注：① 九疑山：在湖南宁远县南六十华里，舜葬于此。② 三湘：指湖南湘潭、湘阴、湘乡。③ 绿蚁：指酒。

（2）柳垂丝，花满树▲莺啼楚岸春天暮▲①棹轻舟，②出深浦▲缓唱渔歌归去▲

罢垂纶，③还酌醑▲孤村遥指云遮处▲下长汀，临远渡▲惊起一行沙鹭▲

注：① 楚：指湖南。② 棹：作动词，划、摇也。③ 纶：指钓丝。

魏承班（五代十国6）一首

柳如眉，云似发▲鲛绡雾縠笼香雪▲①梦魂惊，钟鼓歇▲窗外晓莺残月▲

几多情，无处说▲落花飞絮清明节▲少年郎，容易别▲一去音书断绝▲

注：① 鲛绡雾縠：形容轻薄衣服；香雪：雪白肌肤。

孙光宪（五代十国24）一首

草芊芊，[1]波漾漾▲湖边草色连波涨▲沿蓼岸，泊枫汀，[2]天际玉轮初上▲

扣舷歌，联极望▲桨声依轧知何向▲黄鹄叫，[3]白鸥眠，谁似侬家疏旷▲

注：① 芊芊：草盛貌。② 汀：此字与后段第四句"眠"字均不叶前韵，与李珣、魏承班词不同，不单列。③ 黄鹄：似雁而大，全体色白，但嘴根有瘤，色黄赤。

朱建敏（现当269）一首　题："多恼河"之波。

岸石残，浮蘋静▲汉唐风月何时景▲[1]草扬尘，桥无影▲"多恼"皱波闻泾▲[2]

贯清渠，那堪等▲经年整治除顽瘿▲望云东，柳腰倩▲翠绕双溪如镜▲

注：① 汉唐：水名，流经嘉兴东栅镇。② 闻泾：东栅云东路北端闻泾桥港河道污染严重，被称"多恼河"，经治理已悄然变身。

五十字　庆金枝

张先（宋18）一首

青螺添远山△两娇靥、笑时圆△抱云勾雪近灯看△算何处、不堪怜△

今生但愿无离别，花月下、绣屏前△双蚕成茧共缠绵△更重结、后生缘△

五十字　醉太平

朱瞻基（明50）一首　题：赐大学士沈度。

浓云散，雨收△花苑内，鸣鸠△晓来喜见日光浮△暖融融，永昼▲[1]

麦苗润泽怀清秀▲榴花湿映红光溜▲田家鼓缶尽歌讴△[2]是处庆丰年，醉酒▲

注：① 永昼：即日长。② 田家：农家；鼓缶，击缶。缶，瓦器，用作乐器。

五十字　醉花间

冯延巳（五代十国26）一首

林雀归栖撩乱语▲阶前还日暮▲屏掩画堂深，帘卷萧萧雨▲

玉人何处去▲鹊喜浑无据▲[1]双眉愁几许▲漏声看却夜将阑，点寒灯，扃绣户▲[2]

注：① 鹊喜：喜鹊报喜。② 扃：闩门。

五十字　醉高歌

姚燧（元13）一首

十年燕月歌声，[1]几点吴霜鬓影▲[2]西风吹起鲈鱼兴▲[3]已在桑榆暮景▲[4]

荣枯枕上三更，[5]傀儡场中四并▲[6]人生幻化如泡影▲几个临危自省▲

注：① 燕：指元大都，即今北京。② 吴：指江南。③ 鲈鱼：晋吴人张翰因秋风起思故乡鲈鱼脍而辞官归。④ 桑榆：喻晚年。⑤ 此句指梦中荣

衰。⑥ 傀儡场：指演戏。

刘壮国（清410）一首　题：春半。

明明廿四花期，①已领春光十二▲东风取次游人兴，②几过烟桥酒市▲

轻寒轻暖衣衫，乍晴乍雨杖履▲杏林昨夜隔溪红，伫见桃醒柳醉▲

注：① 廿四花期：即二十四花信风。② 取次：次第也；兴：此字与后段第三句“红”字均不叶前韵，与姚燧词不同，不单列。

五十字　忆汉月

欧阳修（宋33）一首

红艳几枝轻袅▲早被东风开了▲倚烟啼露为谁娇，故惹蝶恋蜂恼▲

多情游赏处，留恋向、绿丛千绕▲酒阑欢罢不成归，肠断月斜人老▲

五十字　忆秦娥

汪森（清711）二首　题：第一首，和题西溪小筑。

（1）城隅嫩柳浮烟色▲溪桥一带花遮宅▲花遮宅▲峭寒风雨，最难禁得▲

半篙新涨沙痕碧▲篱根细糁苍苔迹▲苍苔迹▲春泥藜杖，到来吴客▲

（2）僧楼一抹斜阳色▲①茶烟飏竹深深宅▲深深宅▲樱桃残后，辛夷开得▲

微云淡衬鱼天碧▲②红襟双燕迷香迹▲迷香迹▲东风不管，断肠词客▲

注：① 一抹：一带。② 鱼天：水天。

五十字　燕归梁

杜安世（宋53）一首

风摆红绦卷画帘△①宝鉴慵拈△②日高梳洗几时慊△③金盆水，弄纤纤△④

髻云松淡衣斜褪，⑤和娇懒，瘦岩岩△⑥离愁更与宿醒兼△⑦空赢得，病恹恹△

注：① 绦：丝编带子。② 鉴：镜也；慵拈：懒拿。③ 慊：满足。④ 纤纤：喻细嫩手指。⑤ 云：喻发。⑥ 岩岩：高峻貌。⑦ 宿醒：隔夜饮醉。

龚胜玉（清367）一首　题：初夏。

梅子累累缀绿阴△①啼遍幽禽△②昼长人倦罢金针△③栖燕语，倍伤心△

春光九十都如梦，④觉来细细追寻△⑤榆钱和雨思难禁△才做暖，转寒侵△

注：① 累累：连续不断，形容多。② 幽禽：小鸟。③ 金针：指缝纫针。④ 九十：指春季九十天。⑤ 此句按格律应为三字两句，稍有出入。

唐埙（清1548）一首

丛菊开残尚嫩红△憔悴秋容△新霜打瓦闭帘栊△①行不遍，剧弓弓△②

晚妆卸后黄昏悄，才掠鬓，竟先慵△可怜宵听可怜虫△身宛在，梦儿中△

注：① 帘栊：有帘之窗。② 剧：甚也；弓弓：喻弯曲，指女子缠足弓鞋。

五十字　应天长　第一体，前段二十七字，后段二十三字。

韦庄（五代十国 1）一首

绿槐阴里黄鹂语▲深院无人春昼午▲画帘垂，金凤舞▲[1]寂寞绣屏香一炷▲

碧天云，无定处▲空有梦魂来去▲夜夜绿窗风雨▲断肠君信否▲

注：① 金凤：指屏上所画。

毛开（宋 343）一首

曲栏十二闲亭沼▲[1]履迹双沉人悄悄▲[2]被池寒，香烬小▲[3]梦短女墙莺唤晓▲[4]

柳枝风，轻袅袅▲门外落花多少▲日日离愁萦绕▲不知春过了▲

注：① 沼：曲池。② 履迹：足迹。③ 被池：被窠。④ 女墙：即城堞，城头齿形墙。

屈大均（明 638）一首

江南九熟清明近▲[1]红有樱桃松有粉▲瑰花调，[2]珠叶衬▲[3]多谢当垆人不吝▲[4]

下香菰，兼细笋▲食到盘心争忍▲[5]消受自惭过分▲金钱教莫进▲

注：① 九熟：冬至后九九，计八十一天，过后即近春天。② 瑰花：花之美称。③ 珠叶：叶之美称。④ 当垆：卖酒。⑤ 争忍：怎忍。

王士禛（清 497）一首　题：刺绣。

饯春时节深深院▲[1]睡起金衣花外啭▲[2]绣床轻，素丝软▲[3]一幅吴绫秋水面▲[4]

麝烟微，螺黛浅▲[5]衣上唾绒红溅▲[6]花落日长人倦▲偏髻拖残线▲

注：① 饯春：送春。② 金衣：金衣公子，即黄莺。③ 素丝：白丝。④ 吴绫：苏州产绫罗。⑤ 螺黛：画眉。⑥ 唾绒：绣娘有含绒线头，再唾出习惯。

车乘轨（现当 88）一首　题：新到工具书。　注：2001 年 11 月 30 日作。

馆员介绍新书到▲[1]历代人名辞典好▲[2]广收罗，详介绍▲事迹有凭文可靠▲

写诗词，编选稿▲[3]需要撰人资料▲藉此及时查考▲案头添个宝▲

注：① 馆员：绍兴图书馆杨军小姐。② 辞典：《中国历代人名大辞典》，上海古籍出版社 1999 年 12 月出版。③ 编选稿：指《历代雅词大观》。

五十字　应天长　第二体，前段二十八字，后段二十二字。

牛峤（五代十国3）一首

玉楼春望晴烟灭▲舞衫斜卷金条脱▲①黄鹂娇啭声初歇▲②杏花飘尽龙山雪▲③

凤钗低赴节▲④筵上王孙愁绝▲鸳鸯对衔罗结▲两情深夜月▲

注：①金条脱：即金手镯。②黄鹂：即黄莺；啭：莺鸣。③龙山：在湖北江陵县。④赴节：按声和节也。

毛文锡（五代十国12）一首

平江波暖鸳鸯语▲两两钓船归极浦▲①芦洲一夜风和雨▲飞起浅沙翘雪鹭▲②

渔灯明远渚▲兰棹今宵何处▲③罗袂从风轻举▲④愁杀采莲女▲

注：①极浦：远浦。②雪鹭：白鹭。③兰棹：船桨美称。④从风：顺风。

王翃（明394）一首　题：湖上。

断桥南去苏堤路▲①日日东风吹柳絮▲散作空濛香似雨▲枝头别有黄鹂语▲

夭桃花薄暮▲②游女红衣粉故▲舟远湖烟生处▲白鸥轻翼举▲

注：①断桥：桥名，在杭州西湖白堤；苏堤：杭州堤名。②夭桃花：鲜妍桃花；薄暮：将老意。

五十字　归田乐

蔡伸（宋222）一首

风生蘋末莲香细▲①新浴晚凉天气▲犹自倚朱栏，波面双双彩鸳戏▲

鸾钗委坠云堆髻▲②谁会此时情意▲冰簟玉琴横，③还是明月人千里▲

注：①蘋末：大萍曰蘋。《宋玉赋》：“夫风生于地，起于青蘋之末”。②委：弃也；云：指发。③冰簟：凉竹席。

车乘轨（现当88）一首　题：重游柯岩、鉴湖纪趣。①　注：2002年9月26日作。

为寻鲁镇游柯苑▲②佳山好水重见▲时节正金秋，③丹桂香飘满园遍▲

葫芦醉岛喷泉溅▲④千百赤鳞回转▲陡坡逆流游，冲上滑下太顽悍▲

注：①柯岩：绍兴名胜古迹；鉴湖：绍兴名湖，今与柯岩连成景区。②鲁镇：鲁迅笔下外婆家，今正重新建筑。③金秋：中秋。④葫芦醉岛：柯岩景区景点。

五十字　盐角儿

冯鼎位（明407）一首　题：春半。

春分过也▲小楼昨夜▲棠梨花谢▲章台折柳，[1]西园拾翠，暗香随马▲

午风轻，莺声乍▲盈盈侣、秋千初罢▲再相约、黄昏踏月，窗下绿蛾重画▲

注：① 章台柳：本词名，韩翃妾柳氏被蕃将沙吒利夺去，后得复归故事，许尧佐作《章台柳传》。汉长安有章台街，后衍生为章台折柳。

五十一字　少年游　第一体，后段五句。

周邦彦（宋128）一首　故事：宋徽宗幸名妓李师师家，偶周邦彦先在，急躲于床下，帝携新橙，师师破之，帝遂与师师戏语，邦彦悉闻之，并概括成此词，据《贵耳集》。

并刀如水，[1]吴盐胜雪，[2]纤指破新橙△锦幄初温，[3]兽香不断，[4]相对坐调笙△

低声问向谁行宿，城上已三更△马滑霜浓，不如休去，直是少人行△

注：① 并刀：太原产剪刀，极锋利。并，山西太原。② 吴盐：泛指江浙所产之盐。③ 幄：即帏幕。④ 兽：兽形香炉。

林仰（宋304）一首　题：晓行。

霁霞初散，[1]晓月犹明，疏木挂残星△[2]山径人稀，翠萝深处，啼鸟两三声△

霜华重逼云裘冷，心共马蹄轻△十里青山，一溪流水，都做许多情△

注：① 霁霞：雨后初晴晚霞。② 疏木：即疏林，因此字须用仄声。

姜夔（宋417）一首　注：此首《花草萃编》作杜安世撰。

双螺未合，[1]双蛾先敛，[2]家在碧云西△别母情怀，随郎滋味，桃叶渡江时△[3]

扁舟载了匆匆去，今夜泊前溪△杨柳津头，[4]梨花墙外，心事两人知△

注：① 螺：螺形发髻。② 蛾：指眉。③ 桃叶：本东晋王献之爱妾，此处泛指姬妾。④ 津头：渡口。

马洪（明55）一首

弄粉调脂，梳云掠月，[1]次第晓妆成△[2]鹦鹉笼边，秋千墙里，半晌不闻声△[3]

原来却在瑶阶下，[4]独自踏花行△笑摘朱樱，微揎翠袖，[5]枝上打流莺△

注：① 云：喻发；月：喻眉。② 次第：依次。③ 半晌：一段时间。④ 瑶阶：白石阶砌。⑤ 揎：捋也。

贺裳（清98）一首　题：闺情。

绣罢芙蓉，私抛线帖，[1]池畔看鸳鸯△花下逢人，忙趋曲径，[2]不愿湿鞋帮△[3]

归来唯恐相撩问，[4]默自掩红窗△坐定房栊，[5]缕金小蝶，[6]兀自颤钗梁△[7]

注：① 线帖：彩线样本。② 趋：快步行走。③ 鞋帮：鞋面。④ 撩：挑逗。

⑤ 房栊：房窗。⑥ 缕金：金线。⑦ 钗梁：钗顶。

毛奇龄（清 161）一首 题：过淮城口占。①

马蹄才发，阳平门外，望里是淮安△可怜此地，曾经流浪，一十五年前△

曲江高会知何处，②秋水晚生烟△惟有垂杨，千条万缕，还挂酒楼边△

注：① 淮城：淮安城，江苏县名。② 曲江高会：指新进士宴会。曲江，在长安（今西安），唐新进士宴会于此。

堵霞（女）（清 632）一首

斜风卷水，平芜吹侧，①波面细于丝△杨柳烟中，蓼花影里，密树度云迟△

藤床八尺龙须席，卧听晚蝉嘶△携欲楸枰，②沈吟应劫，③抛局数残棋△

注：① 平芜：平原野草。② 楸枰：棋局也。③ 沈吟：考虑也；应劫：应付劫难，指败北。

张劭（清 642）一首 题意：《平山冷燕》第十七回词引，指冷绛雪诗惩假才子张宣。

螳螂不量，①虾虫莫妄想，往往自寻仇△便不伤身，纵能脱祸，也惹一场羞△

佳人性慧心肠巧，惯下倒须钩△②吞之不入，吐之不出，不怕不低头△

注：① 不量：不自量力。② 倒须钩：钓鱼钩尖端上有逆向扎钩，形成正、倒二道钩，上钩后无法脱身。

曹去晶（清 931）四首 题：第一首，春。

第二首，夏。

第三首，秋。

第四首，冬。 注：均见《姑妄言》第三卷。

（1）傍花随柳，雕轮骢马，紫陌践香尘△①巧啭黄鹂，②翻飞粉蝶，风景醉人魂△

楚歌劝饮垂杨下，③娇鸟唤游春△狼藉杯盘，④玉山颓倒，⑤归去日西沉△

注：① 紫陌：京城郊野道路。② 啭：莺鸣叫。③ 楚歌：湖南、湖北一带之歌。④ 狼藉：杂乱。⑤ 玉山颓倒：喻醉倒。

（2）彩鸳戏水，黄莺织柳，庭树尽浓阴△水阁榴丹，回廊桐碧，风过觉微蒸△

方床石枕清无暑，碧筒劝频斟△①瓜李冰凉，芰荷香满，坐待月华生△

注：① 碧筒：荷叶杯。

（3）寒蛩泣露，银蟾吐月，万户捣衣声△桂蕊飘香，菊英初绽，新酿醉花阴△

金风簇簇惊黄叶，天际雁声频△玉烛泪流，金炉香烬，侧耳听残砧△

（4）玉梅才放，瑶花乱舞，①朝野庆升平△②炭炽红炉，歌扬白雪，红粉侑金尊△③

楼台似玉轻寒透，痛饮已微醺△[4]脍鲤炮羔，[5]浅斟低唱，莫负好青春△

注：① 瑶花：喻雪。② 朝野：朝廷及民间，即普天下。③ 红粉：指妇女；侑金尊：陪酒，助酒。④ 痛饮：畅饮；醺：醉也。⑤ 脍：细切燔煮；炮：裹面烧之；羔：小羊。

任曾贻（清1011）一首　题：见杏花有怀。

春酲乍醒，[1]春寒犹恁，[2]斜日淡中庭△湿鬓烟轻，烘帘晕浅，瞥见一枝横△[3]

红楼听雨年时惯，追忆不胜情△多事东风，不知人恨，还送卖花声△

注：① 酲：醉得人事不知。② 犹恁：仍如此。③ 瞥见：匆匆一见。

孙云凤（女）（清1188）一首

淡扫蛾眉，轻盘螺髻，妆罢更涂黄△[1]云母屏前，水晶帘外，荷气杂衣香△

晚来放艇波心去，[2]独自觅轻凉△笑摘青梅，故惊女伴，隔水打鸳鸯△

注：① 涂黄：古代妇女在额上涂黄，以增美观。② 艇：狭长小船。

陈珍瑶（女）（清1454）一首　题：送春。

絮飞花舞，红消香暗，楼外夕阳斜△庭院深深，帘栊悄悄，[1]春去到谁家△

梦回怕见梨花落，静掩绿窗纱△不管莺愁，任他蝶怨，闲坐读南华△[2]

注：① 帘栊：有帘之窗。② 南华：经书名。

僧达尘（清1605）一首　题：莺湖泛棹图[1]。

芳草如烟，绿波如縠，[2]迤逦水云乡△[3]轻桨双划，平湖万顷，[4]宛在小潇湘△

先生自署莺湖长，[5]蓑笠任行藏△树里钟声，沙边鸥梦，尘事淡相忘△[6]

注：① 莺湖：莺逗湖，在江苏吴江平望镇。② 縠：即绉纱。③ 迤逦：曲折连绵。④ 万顷：喻广阔。⑤ 署：署名。⑥ 尘事：世事。

五十一字　少年游　第二体，同第一体，但后段只四句。

苏轼（宋80）一首

去年相送，余杭门外，飞雪似杨花△今年春尽，杨花似雪，犹不见还家△

对酒卷帘邀明月，风露透窗纱△恰似嫦娥怜双燕，分明照、画梁斜△

晁补之（宋123）一首

前时相见，楼头窗畔，尊酒望银蟾△[1]如今间阻，银蟾又满，小阁下珠帘△

愿得吴山山前雨，[2]长恁晚廉纤△[3]不见楼头婵娟月，[4]且寂寞、闭窗眠△

注：① 尊酒：杯酒。② 吴山：在浙江杭州城内，此处泛指江南之山。③ 恁：如此；廉纤：微雨。④ 婵娟：美貌。指月，也指意中女郎。

易震吉（明444）一首

桃脸慵妆，①云鬟倦理，微步出房栊△②斗草栏边，围棋帘下，无处觅香风△

原来却转秋千架，径入牡丹丛△半坠金钗轻开纨，③扇笑扑、那游蜂△

注：① 慵：懒也。② 房栊：房窗。③ 纨：纨扇，即绢制团扇。

纪映钟（明 450）一首　题：同友看柳。

君常过我，①我还过若，②二老往来便△残春三月，夕阳沙岸，同看柳含烟△③

近水家门紧闭，风色尚余寒△却忆江南村舍好，芳草间、杏花连△

注：① 过：到也。② 若：他也。③ 柳含烟：柳丝迷濛若含烟。

五十一字　少年游　第三体，同第一体，但后段分句字数多不同。

晏殊（宋 20）一首

重阳过后，西风渐紧，庭树落纷纷△朱栏向晓，芙蓉妖艳，特地斗芳新△

霜前月下，斜红淡蕊，明媚欲回春△莫将琼萼等闲分△①留赠意中人△

注：① 琼萼：花萼之美称；等闲：随意。

五十一字　少年游　第四体，前后段各五句，后段前两句为七字、六字，结尾三句为四字、四字、五字。

柳永（宋 14）一首　题：美人。

层波潋滟远山横△①一笑倾城△②酒客红嫩，歌喉清丽，百媚坐中生△

墙头马上初相见，③不准拟、恁多情△④昨夜杯阑，⑤洞房深处，⑥特地快逢迎△

注：① 潋滟：眼波相连貌；远山：喻眉峰。② 倾城：喻美貌。③ 墙头马上：白居易《井底引银瓶》："妾弄青梅倚短墙，君骑白马傍垂杨。"④ 恁：如此。⑤ 杯阑：酒尽。⑥ 洞房：深邃之房。

王顼龄（清 550）一首　题：晚晴。

霎时疏雨润花房△小径踏空香△淡云拖处，玉虹界断，返照一溪长△

珠帘半卷遥天暮，①无限意、立斜阳△十二烟鬟，②黛螺描取，③新试晚来妆△

注：① 遥天：远处天空。② 烟鬟：喻妇人发髻，如烟似雾。③ 黛螺描取：指画眉。

五十一字　少年游　第五体，同第四体，但后段结尾三句为七字、六字。

张耒（宋 124）一首

含羞倚醉不成歌△纤手掩香罗△①偎花映烛，偷传深意，酒思入横波△②

看朱成碧心迷乱，翻脉脉、敛双蛾△相见时稀隔别多△又春尽奈愁何△

注：① 香罗：指衣裙或裙带。② 横波：斜视之眼波。

五十一字　少年游　第六体，同第五体，但后段前三句为四字、四字、五字，结尾两句为七字、六字。

欧阳修（宋33）一首

栏杆十二独凭春△晴碧远连云△千里万里，二月三月，行色苦愁人△

谢家池上，江淹浦畔，吟魄与离魂△那堪疏雨滴黄昏△更特地、忆王孙△

杜安世（宋53）一首

小楼归宴又黄昏△寂寞锁重门△轻风细雨，惜花天气，相次过春分△

画堂无绪，初燃绛蜡，①罗帐掩余薰△多情不解怨王孙△②任薄倖、一从君△③

注：① 绛蜡：红烛。② 王孙：富贵家子弟。此处指恋人。③ 薄倖：即薄情。此句谓任你薄情，我一直跟你。

五十一字　木笪

白朴（元8）一首

海棠初雨歇▲杨柳轻烟惹▲碧草茸茸铺四野▲俄然回首处，乱红堆雪▲

恰春光也▲①梅子黄时节▲映石榴花红似白▲胡葵开满院，碎剪宫缬▲

注：① 此首词“惹”“野”“也”与其它韵脚字不在同韵部，作宽叶。

五十一字　玉芙蓉

沈自晋（明313）二首　题：第一首，怀佳人，代山中友人作。

第二首，戏咏友人除夕花烛 。

（1）平湖想镜台△曲翠思眉黛▲见山花朵朵，恍遇桃腮△①莺簧巧啭疏棂外▲②如闻玉人娇唤来△

纵儿在▲③一尖尖瘦鞋△慢跟寻，石榴裙底印苍苔△④

注：① 桃腮：喻佳人。② 莺簧：形容莺舌如簧。③ 儿：古时妇女自称。④ 石榴裙：大红裙。

（2）欢浓冷未收△喜剧春将又▲①爱屠苏簇暖，②彩肩迎羞△百年誓永今宵守▲一夜恩从隔岁酬△③

红牵后▲任云绸雨缪△④枕边厢，爆声彻晓被儿兜△⑤

注：① 喜剧：喜甚。② 屠苏：指酒。③ 隔岁：标明除夕。④ 绸缪：喻恩爱。⑤ 彻晓：直到天明。

五十一字　伊川令

范仲胤妻（女）（宋287）一首　故事：范仲胤为相州录事，久不归，其妻寄以此词。

西风昨夜穿帘幕▲闺院添萧索▲最是梧桐零落时，又迤逦秋光过却▲①

人情音信难托▲鱼雁成耽搁▲②教奴独自守空房，泪珠与灯花共落▲

注：① 迤逦：曲折连绵之意。② 鱼雁：传说鱼、雁均能传书。

五十一字　西江月

无名氏（敦煌石窟）（唐45）一首

女伴同寻烟水▲今宵江月分明△舵头无力一船横△波面微风暗起▲

懒棹乘船无定止▲渔歌处处闻声△连天红浪浸秋星△误入蓼花丛里▲

五十一字　河传（又名秋光满目）　第一体，起句二字，平仄韵互用。

张泌（五代十国33）一首

红杏▲交枝相映▲密密濛濛△一庭浓艳倚东风△香融△透帘栊△

斜阳似共春光语▲▲蝶争舞▲▲更引流莺妒▲▲魂消千片玉尊前△△神仙△△瑶池醉暮天△△

史可程（清20）一首　题：豆荚。

日上▲柳丝晴漾▲绿暗齐腰△筠笼采采度溪桥△①青摇△豆初娇△

春情冶似清明候▲▲②穿花走▲▲潮晕相思逗▲▲③蚕娘态比豆花憨△△春衫△△娇拖燕尾尖△△

注：① 采采：犹萋萋，草木茂盛貌。② 冶：冶艳。③ 潮晕：指面红。

尤侗（清81）一首　题：二月，戏拟闺中乐事。

春半▲社来飞燕▲①丽日花朝△②茜裙扑蝶过红桥△垂腰△折柳条△

汉宫寒食新传火▲▲贴雕卵▲▲③耍笑郎家果▲▲墙头马上看秋千△△喧阗△△争分白打钱△△

注：① 社来：指春社到来，是日群集祭后土神。② 花朝：指二月十二日。③ 雕卵：《管子・侈靡》"雕卵然后瀹之"。喻其铺张浪费。

陈维崧（清196）一首　题：豆荚。

垄上▲①晓莺低唱▲豆荚初娇△小姬一色绿裙腰△迢迢△幂野桥△②

悲歌杨恽家居久▲▲③三杯后▲▲惯种南山豆▲▲豆花棚下月毵毵△△④溪南△△闲寻渔叟谈△△

注：① 垄：指田埂。② 幂：覆盖之意。③ 杨恽：汉华阴人，功封平通侯，后免为庶人，家居。④ 毵毵：细长貌。

路传经（清703）一首　题：春日山行。

晴昼▲穿花竞走▲山路迢迢△①无名好鸟漫相招△松梢△一声娇△
绿阴新护流泉黑▲▲刚深尺▲▲怒气豪吞石▲▲者边茅屋又谁家△△②沿笆△△③朱藤落紫花△△

注：① 迢迢：远也。② 者边：这边。③ 笆：篱笆。

五十一字　河传　第二体，起句四字，全用仄韵。

尤侗（清 81）一首　题：正月，戏拟闺中乐事。

新年吉利▲华胜妆钗，①宜春贴字▲檀郎把酒，②屠苏索醉▲③道儿家得岁▲④
闹蛾满路鳌山会▲⑤猜灯谜▲输了鸳鸯翠▲却拉邻家姐妹▲紫姑相伴戏▲⑥

注：① 胜：春胜，首饰也。② 檀郎：对夫之昵称。③ 屠苏：酒名。④ 儿家：古时妇女自称。⑤ 闹蛾：闹蛾儿，首饰也，以乌金纸剪成蝴蝶，以铜丝缀于巾帽上。⑥ 紫姑：厕神也，指扶乩。

杨继端（女）（清 1239）一首　题：拟百末词，咏闺中乐事。

晓起整镜▲新样翠钿，又翻华胜▲颂椒堂上，①迎禧问寝▲绣褂频敛衽▲②
闹蛾半月灯期近▲良宵永▲云母开玉镜▲绮疏梅萼香喷▲③试花风一信▲④

注：① 椒：指椒酒，置椒于酒中。《四民月令》："正月元旦，进酒降神毕，室家无大小次坐先祖之前，子孙各上椒酒于其家长。"② 敛衽：古妇女行礼。③ 绮疏：镂文之窗。④ 花风：即花信风，每风有一花应之。

车乘轨（现当 88）一首　题：乙酉中秋。　注：2005 年 9 月 18 日作。调名原作秋光满目。

桂月三五▲①花好月圆，碧空光妩▲世间凡夫，天上玉兔▲②共为佳节舞▲
八三老朽求欢度▲凭窗户▲观赏银色炬▲③女儿通话相叙▲④更增情与趣▲

注：① 桂月三五：指八月十五日中秋节。② 玉兔：喻月宫。③ 银色炬：指月光。④ 此句谓作者女儿小静自镇江挂电话贺节。

五十一字　迎春乐　第一体，后段结尾二句六字、五字。

秦观（宋 116）一首

菖蒲叶叶知多少▲唯有个、蜂儿妙▲雨晴红粉齐开了▲露一点、娇黄小▲
早是被、晓风力暴▲更春共、斜阳俱老▲怎得花香深处，作个蜂儿抱▲

仲恒（清 177）一首　题：湖上。①

春衫跃马苏堤道▲②花影里、嫣红小▲画船开处笙歌绕▲隐约见、秋波俏▲③
相拉拜、西泠岳庙▲④香衬得、玉纤尖巧▲⑤怎似罗裙百褶，长把红襦抱▲

注：① 湖上：指杭州西湖。② 苏堤：在西湖上。③ 秋波：女郎眼波。

④ 西泠：在西湖白堤上；岳庙：岳飞庙。⑤ 玉纤：喻女郎手指。

郑熙绩（清676）一首　题：秋千。

栏杆屈曲回廊窈▲[①]藏一簇、佳人笑▲飘飏惊起花间鸟▲露两点、凌波小▲[②]
画架绾、垂鸳带巧▲[③]乘风起、轻盈缥缈▲[④]绰约舞衣飞艳，[⑤]似彩云旋绕▲

注：① 窈：深远曲折。② 凌波：步履轻盈貌，此处喻小足。③ 画架：指秋千架；绾：钩系；鸳带：指裙带。④ 缥缈：高远貌。⑤ 绰约：柔弱貌。

车乘轨（现当88）二首　题：第一首，兔年新春纪事。注：1999年2月16日（兔年元日）作。

第二首，迎新年，谈锻炼。注：2009年1月1日作。

（1）暖冬又遇春来早▲登塔望、田园小▲[①]鲫鱼肥大家鸡好▲观电视、昆腔妙▲[②]
虎岁逝、兔年悄到▲吉钟响、烟花飞爆▲[③]一片欢腾声里，忘却人儿老▲

注：① 塔：指开发商新建存放骨灰盒之两座塔，后被拆除。② 昆腔妙：除夕夜观中央电视台昆曲《长生殿·小宴》，极为精彩。③ 吉钟响：除夕晚24时正，中央电视台从南京新购来之迎春吉祥钟撞响。

（2）又逢元旦迎新岁▲身康健、心宽慰▲眼儿头脑须勤使▲夜写读、其功倍▲
二十载、燃灯布纸▲月西下、挥毫无止▲[①]日久年深劳锻，[②]爽目清神志▲[③]

注：① 月西下：指夜深；挥毫：喻写作。② 劳锻：作者之锻炼，并非清晨上公园跑步练拳，而是磨夜在灯下读书写词。③ 爽目：作者二十年来视力不降反升，老花眼镜度数始终不换；清神志：作者已八十七高龄，脑力如壮年。

五十一字　迎春乐　第二体，后段首句无顿号，结尾二句为五字、六字。

贺铸（宋121）二首

（1）逢迎一笑春难买▲[①]小樱唇、浅蛾黛▲[②]玉环风调依然在▲[③]想花下、攀鞍态▲
伫倚碧云如有待▲望星月、为谁双拜▲细语人不闻，微风动、罗裙带▲

注：① 逢迎：即接待。② 蛾黛：画了黛绿的眉毛。③ 玉环：指杨玉环，即杨贵妃；风调：风格。

（2）琼琼绝艺真无价▲[①]指尖纤、态闲暇▲几多方寸关情话▲[②]都付与、弦声写▲

三月十三寒食夜▲映花月、絮风台榭▲明月待欢来，久背面、秋千下▲

注：① 琼琼：唐明皇宫女薛琼琼，见《丽情集》。② 方寸：即心。

无名氏（宋614）一首

神州丽景春先到▲看看是、韶光早▲园林深处东风过▲[1]红杏里、莺声好▲

漠漠青烟迷远道▲触目是、绿杨芳草▲莫惜醉重游，逡巡又、年华老▲

注：① 过：此字不叶韵，若改“袅”或“悄”较妥。

五十一字　雨中花

晏殊（宋20）一首

剪翠妆红欲就▲折得清香满袖▲一对鸳鸯眠未足，叶下长相守▲

莫傍细条寻嫩藕▲怕绿刺、罥衣伤手▲[1]可惜许、月明风露好，[2]恰在人归后▲

注：① 罥衣：挂衣。② 可惜许：本禅林用语，就是“可惜乎”。

孔兰生（女）（清726）一首　题：从嫂司马梦素女史秋海棠遗画

腕底酸红冷翠▲写出秋容如醉▲恨杀西风情太恶，吹黯冰丝泪▲

闲把画图相晤对▲又朵朵、阶前憔悴▲更恼甚、一声蛩语咽，寒夜心头碎▲

五十一字　南歌子

张大烈（明402）一首　题：端午。

艾符云鬟飐，[1]蒲黄酒斝浮△[2]美人齐上望湖楼△龙舟竞渡环绕，百花洲△

鸾笙鸣象板，[3]凤管和清讴△[4]微歌纤舞锦缠头△[5]香风吹韵去，遏云留△[6]

注：① 飐：风动艾符。② 蒲：菖蒲，与上句艾皆端午避邪毒之物。酒斝：酒杯。③ 象板：象牙拍板。④ 管：箫笛之类；讴：歌也。⑤ 缠：包。⑥ 遏云：响遏行云。

五十一字　思越人

张泌（五代十国33）一首

燕双飞，莺百啭，越波堤下长桥△斗钿花筐金匣恰，[1]舞衣罗薄纤腰△

东风淡荡慵无力▲[2]黛眉愁聚春碧▲满地落花无消息▲月明肠断空忆▲

注：① 斗钿：用金银珠宝镶嵌制成的首饰；金匣恰：用熨斗烙平。金匣：熨斗。徐夤《剪刀》诗：“金匣掠平花钿翠，绿窗裁破锦鸳鸯。”② 淡荡：轻微摇动。

朱彝尊（清288）一首

小门关，深径转，昔年曾醉秦楼△[1]笑撚画裙青案底，[2]教抬纤手藏钩△[3]

临行指我相寻路▲镜湖一曲西去▲绕遍湖塘乌桕树▲知他门掩何处▲

注：① 秦楼：指妓院。② 案：案桌。③ 藏钩：古人饮宴中一种游戏。

车乘轨（现当88）一首　题：久藏箱底呢服问世。　注：2009年1月1日作。

且因循，①图省力，不修边幅痴翁△②破损衣衫穿廿载，惹人讥吝怜穷△③

光阴似箭新年降▲迎春学点时尚▲④倒箧翻箱寻旧藏▲⑤多年呢服无恙▲⑥

注：① 因循：得过且过之意。② 不修边幅：不重视衣着。③ 吝：吝啬。④ 时尚：时髦。⑤ 旧藏：指箱底积压多年之新呢上装和八成新呢大衣。⑥ 无恙：未被虫蛀。

五十一字　秋夜雨

车乘轨（现当88）一首　题：喜雨。　注：1997年8月13日作。

年年苦难过三伏▲①骄阳如火严酷▲思听鸠唤妇，②却远近、蝉鸣连续▲

风云不测天原有，处暑前、霪降霖沃▲③淅沥声伴读▲喜一雨、成秋凉足▲④

注：① 三伏：三个伏天，分初伏、中伏、末伏三期，持续四十天，为一年中最热天气。② 鸠唤妇：指下雨天。《埤雅》："天欲雨，鸠逐妇，既雨，鸠唤妇。"③ 处暑：二十四节气之一，在公历8月23日左右；霪降霖沃：指雨连续不止。全句意谓处暑前只有雷阵雨，很少连绵秋雨。但是年破例。④ 一雨成秋：系成语。

五十一字　探春令

赵佶（宋200）一首

帘旌未动，①峭寒天气，龙池冰泮▲②杏花笑吐香犹浅▲又还是、春将半▲

清歌妙舞从头按▲等芳时开宴▲记去年对着东风，尝许不负莺花愿▲

注：① 帘旌：如旗帘子。② 龙池：指皇宫池塘；冰泮：冰融化。

五十一字　梁州令

庄盘珠（女）（清1268）一首　题：送春。

问春来几日，与蝴蝶才相识▲风风雨雨太颠狂，梨花强笑桃花泣▲

可怜杨柳依依色▲①也是无人惜▲阿谁昨夜横腔笛▲②愁心散满江南北▲

注：① 依依：柔弱貌。② 阿谁：是谁，何人之意。

五十一字　越江吟（又名瑶池宴令）

苏易简（宋2）一首

非烟非雾，瑶池宴▲①片片▲碧桃冷落谁见▲②黄金殿▲虾须半卷▲③天香散▲

春云和、孤竹清婉▲④入霄汉▲红颜醉态烂漫▲金舆转▲⑤霓旌影乱▲⑥箫声远▲

注：① 瑶池：西王母居所，喻仙境。② 碧桃：瑶池种有仙桃。③ 虾须：即帘子。④ 竹：喻箫笛。⑤ 金舆：指西王母车辇。⑥ 霓旌：霓裳旗仗。

廖正一（宋127）一首　注：《词律》作苏轼著，调名原作瑶池宴令。

飞花成阵▲春心困▲寸寸▲别肠多少愁闷▲无人问▲偷啼自揾▲[①]残妆粉▲

抱瑶琴、寻出新韵▲玉纤趁▲南风未解幽愠▲[②]低云鬓▲眉峰未晕▲娇和恨▲

注：① 揾：用指揩抹。② 愠：怨恨。

车乘轨（现当88）一首　题：南湖新码头迎客。[①]　注：2003年6月29日作。

南湖船渡▲望烟雨▲[②]处处▲碧波环绕洲屿▲高楼宇▲参天绿树▲凝云雾▲

码头新、休节双遇▲[③]利行旅▲成千上万游侣▲舟无数▲咿哑桨橹▲丝网古▲[④]

注：① 南湖：嘉兴名胜古迹；新码头：在迎宾桥西，占地33600平方米。② 烟雨：楼名，在南湖中，四面环水。③ 此句谓落成日正逢双休日和"七一"节。④ 丝网：船名，木游船。

五十一字　瑶池宴

沈宜修（女）（明329）一首　题：和君晦弟韵。[①]

轻寒阵阵▲欺花困▲半袅垂杨，乍笼余恨▲藏微晕▲罗巾愁湿，妆前认▲

傍帘栊、花影堆闷▲消香损▲东风几负春信▲凭谁讯▲平波正远▲怜双鬓▲

注：① 君晦：即沈自炳，见《词人小传》。

五十一字　滴滴金

孙道绚（女）（宋289）一首

月光飞入林前屋▲风策策，[①]度庭竹▲夜半江城击柝声，[②]动寒梢栖宿▲[③]

等闲老去年华促▲[④]只有江梅伴幽独▲梦绕夷门旧家山，[⑤]恨惊回难赎▲

注：① 策策：像声词落叶声。② 击柝：巡夜者敲梆。③ 梢：树梢。④ 等闲：不留意。⑤ 夷门：指北宋京城汴梁（今河南开封）。

五十一字　满宫花

张泌（五代十国33）一首

花正芳，楼似绮▲[①]寂寞上阳宫里▲[②]细笼金锁睡鸳鸯，帘冷露华珠翠▲

娇艳轻盈香雪腻▲细雨黄鹂双起▲东风惆怅欲清明，公子桥边沉醉▲

注：① 绮：喻美丽。② 上阳宫：皇宫名。

杨宛（女）（明429）一首　题：暑夜与诸女郎同外家宴。[①]

山正曛，[②]凉早早▲青海月儿洗澡▲花丛谁识几朵花，只觉幽香重绕▲

玉露犹经人已悄▲各各深情精巧▲尽从花里捉流萤，一半醉眠芳草▲

注：① 外家：外婆家。② 曛：日没时余光。

五十一字　斗鸡回

杜龙沙（宋 497）一首

莺啼人起，花露真珠洒▲白纻衫，青骢马▲绣陌相将，[1]斗鸡寒食下▲

回廊暝色愔愔，应是待归来也▲月渐高，门犹亚▲[2]闷剔银灯，漏声初入夜▲

注：① 相将：相偕。② 亚：掩闭。

五十一字　庆佳节　第一体，用平韵

车乘轨（现当 88）一首　题：贺嘉兴市图书馆百年馆庆。[1]　注：2004 年 12 月 6 日作。

贺嘉图△赞嘉图△嘉图始自鸳湖△[2]白手起家不惮无△筹馆舍、募钱书△

惨淡经营年复岁，由小及大丰腴△今日喜成浙省珠△[3]百年节、尽欢呼△

注：① 馆庆：是日嘉兴市图书馆百年馆庆，作者亦被邀出席。② 鸳湖：指鸳湖书院，公元 1904 年，嘉兴人陶葆霖等在该院藏书基础上创办了嘉郡图书馆，是为该馆前身。③ 浙省珠：2003 年 10 月，新馆址落成开放，占地面积 40 亩，藏书达五十七万余册，可称浙江省一颗明珠。

五十一字　庆佳节　第二体，用仄韵。

车乘轨（现当 88）一首　题：庆清明、端午、中秋被纳入国家法定节假日。　注：2007 年 11 月 10 日作。

清明节▲中秋节▲都是传统佳节▲扫墓游春野花折▲赏桂子、望圆月▲

门前插艾庆端阳，龙舟赛后粽吃▲顺应民风美生活▲法定假、人欢悦▲

五十一字　燕归梁

石延年（宋 23）一首

芳草年年惹恨幽△想前事悠悠△伤春伤别几时休△算从古，为风流△

春山总把，深匀翠黛，千叠在眉头△不知供得几多愁△更斜日，凭危楼△

谢逸（宋 144）一首

六曲栏杆翠幕垂△香烬冷金猊△[1]日高花外啭黄鹂△春睡觉，酒醒时△

草青南浦，云横西塞，锦字杳无期△[1]东风只送柳绵飞△全不管，寄相思△

注：① 金猊：指狮形铜香炉。狻猊，狮之别称。② 锦字：前秦窦滔妻苏蕙，因夫宠妾外住，蕙织锦为回文璇玑图诗赠滔，读之甚凄惋。

五十二字　谢新恩

李煜（五代十国 34）一首

冉冉秋光留不住▲满阶红叶暮▲又是人过重阳，台榭登临处▲茱萸香坠紫，①

菊气飘庭户▲晚烟笼细雨▲雍雍新雁咽寒声，②愁恨年年长相侣▲

注：① 茱萸：古人在重阳节有插茱萸风俗。此词多难解，茱萸句不叶韵，似有缺漏。② 雍雍：雁声。

五十二字　入塞

张梁（清 731）一首

艳阳天△个人人、正妙年△①看春潮一抹，②吹上粉痕边△红也妍△白也妍△

洞房温温蜜如燃△殢煞人、犹未肯眠△娇多偏爱立风前△风也怜△月也怜△

注：① 个人人：那个人。② 春潮：喻面颊晕红。

五十二字　少年游　第一体，前后段相对称。

高观国（宋 431）一首

春风吹碧，春云映绿，晓梦入芳茵△①软衬飞花，远连流水，一望隔香尘△

萋萋多少，江南旧恨，翻忆翠罗裙△冷落闲门，凄迷古道，烟雨正愁人△

注：① 芳茵：香美草毯。

魏际瑞（清 101）一首

画桥堤畔，柳丝影里，春女浣晴纱△朱颜绿鬓，玉肌纤手，照见水中花△

无端粉蝶，飞来飞去，情绪乱如麻△惟有燕子，似曾相识，还到那人家△

张祥龄（清 1836）一首　序：乙未（1895 年）五月十七，玉宾主人以事出，为守其室，独坐无绪，忽忆十年前所遇，神为之往，用白石韵纪之。

寻邻访里，樱桃门外，车马驻城西△弄扇窗前，簪花帘底，初识避人时△

低头念母，垂髫依姐，①笼矶步青溪△②笑拥香衾，愁宽罗带，鹦鹉未曾知△③

注：① 垂髫：指年幼。② 笼矶：指垂柳笼罩钓鱼矶。③ 鹦鹉：鸟名，能学舌。此句意谓避却鹦鹉，以免人知。

五十二字　少年游　第二体，同第一体，但后段结尾三句，改七字、六字二句。

杨亿（宋 11）一首　题：梅。

江南节物，①水昏云淡，飞雪满前村△千寻翠岭，②一枝芳艳，③迢递寄归人△④

寿阳妆罢，⑤冰姿玉态，的的写天真△⑥等闲风雨又纷纷△⑦更忍向笛中闻△⑧

注：① 节物：节气物候。② 千寻：喻高。每寻折合八尺。③ 枝：指梅。

④ 迢递：绵延长远。⑤ 寿阳：南朝宋武帝女，善梅妆。⑥ 的的：明貌。⑦ 等闲：不经意。⑧ 忍向：怎忍向。

五十二字　木兰花

毛熙震（五代十国23）一首

掩朱扉，勾翠箔▲满院莺声春寂寞▲匀粉泪，恨檀郎，一去不归花又落▲

对斜晖，临小阁▲前事岂堪重想着▲金带冷，画屏幽，宝帐慵薰兰麝薄▲

陈世祥（清53）一首　题：村居初夏。

唤提壶，催布谷▲新笋初抽香簌簌▲①支午倦，②向回廊，静里一声风啄玉▲

戏投竿，③闲濯足▲一对鸳鸯无事浴▲斜日暮，起渔歌，晚云收尽天如沐▲

注：① 簌簌：纷纷落下貌。② 支：支撑。③ 投竿：指钓鱼。

五十二字　玉团儿　第一体，用一种仄韵

周邦彦（宋128）一首

铅华淡伫新妆束▲好风韵、天然异俗▲彼此知名，虽然初见，情分先熟▲

炉烟淡淡云屏曲▲睡半醒、生香透肉▲赖得相逢，若还虚度，生死不足▲

钱洁（女）（清258）一首　题：春晓病起。

绿杨枝畔莺声细▲强临妆、珠帘半启▲燕子团风，梨花舞雪，暗香侵袂▲

园林一带韶华媚▲最难堪、病余憔悴▲青鬟慵梳，黛眉着画，和衣重睡▲

董元恺（清423）一首　题：咏猫。

深闺驯绕闲时节▲①卧花茵、香团白雪▲抓住湘裙，回身欲捕，绣成双蝶▲②

春来更惹人怜惜▲怪无端、鱼羹虚设▲③暗响金铃，乱翻鸳瓦，④把人抛撇▲

注：① 驯：驯服。② 结尾三句谓误把裙上绣蝶作真。③ 鱼羹：猫饲料。④ 鸳瓦：双层瓦。

五十二字　玉团儿　第二体，后段换第二种仄韵。

黄蓼鸿（女）（清115）一首　题：春日。

满眼繁花莺语巧▲柳丝垂、春光正好▲蝶妒妖花，蜂钻劲竹，东风含笑▲

幽香百种枝头缀▲▲更堪怜、舞红堆翠▲▲芳草池边，晚霞楼上，令人心醉▲▲

五十二字　杏花天

高濂（明223）一首　题：杏花。

抹红匀粉墙头面▲轻烟混、垂杨金线▲半落半开春眷恋▲掩映春旗村店▲①

透韶光、初番娇颤▲看上苑、酒酣芳宴▲②不禁风剪剪▲雨带花飞一片▲

注：① 旗：指酒旗。② 上苑：上林苑，皇家花园。此处泛指花园。

五十二字　迎春乐　第一体，起句为七字。

周邦彦（宋 128）一首　题：携妓。

人人艳色明春柳▲[①]忆筵上、偷携手▲趁歌停、舞歇来相就▲醒醒个、无些酒▲比目香囊新刺绣▲[②]连隔座、一时薰透▲为甚月中归，长是他、随车后▲

注：① 人人：那个人。② 比目香囊：绣着比目鱼的香囊。

方千里（宋 133）一首

红深绿暗春无迹▲芳心动、冶游客▲记摇鞭、跋马铜驼陌▲[①]凝睇认、珠帘隔▲絮满愁城风卷白▲[②]递多少、相思消息▲何处约欢期，芳草外、高楼北▲

注：① 跋：翻山，喻奔走；铜驼陌：洛阳有铜驼街。谚曰：铜驼陌上集少年。② 白：指柳絮。

陈允平（宋 556）一首

依依一树多情柳▲都未识、行人手▲对青青、共结同心就▲更共饮、旗亭酒▲[①]褥上芙蓉铺软绣▲香不散、彩云春透▲今岁又相逢，是燕子、归来后▲[②]

注：① 旗亭：指酒楼。② 燕归后：指春分以后。

陈维崧（清 196）一首　题：本意。

东风似水裙儿复▲斜绾着、黄金犊▲[①]趁嫩晴、半醉谁拘束▲穿遍了、闲坊曲▲鬓鞞绣幡簪百福▲[②]早暗里、品红裁绿▲方胜飐银娥，[③]春已在、钗头簇▲[④]

注：① 犊：小牛。② 鬓鞞：鬓垂；幡：春胜，首饰也。③ 方胜：斜方形彩结，亦首饰；飐银娥：风动银蝶；娥，也是首饰。④ 簇：丛聚。

车乘轨（现当 88）一首　题：谢嘉兴电力博物馆。　注：2008 年 10 月 24 日作。

序：嘉兴电力博物馆不仅展出了电力资料，还由此引出了其他有关史料。如挖掘展出了尘封五十多年的“嘉兴专区一九五三年工业劳动模范大会全体代表合影留念”“嘉兴电厂一九五三年二等工业劳模合影”等珍贵照片，其中除有电力部门史美珏、夏明润二人外，连时在嘉兴绢纺厂任职的余，由于亦参与此次专区劳模合影，借此东风，亦得历史重现；又如展出嘉兴私家自发电最早的绢纺厂发电机老照片，连带余之六十年前小影（因站立发电机旁）亦被问世。博物兼及纪人，喜而作词谢之。

岳翁攻电多才艺▲①叹壮岁、早离世▲记当年、驱暗光明莅▲②工业保、居民恃▲
默默无闻逾半纪▲赖开馆、名提封启▲功苦两劳传，③荣誉影、留青史▲④

注：① 岳翁：即作者先岳父夏明润公(1901—1957)。② 光明莅：指送电。③ 两劳：功劳与苦劳。④ 荣誉影：指劳模照片。

五十二字　迎春乐　第二体，字句组合与第一体不同，起句为八字

吴鼎芳(明 310)一首

没来由、断送春无价▲一种种、莺花谢▲①芳心且付秋千耍▲汗湿透、芙蓉衩▲②
整备着、兰汤浴罢▲③悄立向、木香棚下▲④蓦地罗裙吹起，笑把春风骂▲

注：① 莺花：莺与花。② 芙蓉衩：绣有芙蓉花之衣衩。③ 兰汤：即香汤，洗浴水之美称。④ 木香：蔓生植物，春暮开花。

五十二字　雨中花　第一体，后段第二句六字，第三句五字。

欧阳修(宋 33)一首

千古都门行路▲①能使离歌声苦▲送尽行人，花残春晚，又别东君去▲②
醉藉落花吹暖絮▲多少曲堤芳树▲且携手留连，良辰美景，留作相思处▲

注：① 都门：即京都。② 东君：指司春之神。

李东阳(明 86)二首　题：第一首，题画。

(1) 三十六宫台殿▲一夜雪花飞遍▲旋扑罘罳，①更窥疏绮，②还绕流苏转▲③
人世几回惊岁宴▲④天上春光应先▲⑤想白雪歌成，红颜醉也，谁见春风面▲

注：① 罘罳：即屏风。② 绮：绮窗。③ 流苏：帐幕下挂之穗。④ 宴：喻迟。⑤ 先：霰韵，先之也。

(2) 正爱月来云破▲那更柳眠花卧▲帘幕风微，秋千人静，酒尽春无那▲①
迢递高楼孤寂坐▲②缥缈笛声飞堕▲③恨曲短宵长，院深墙回，④凭仗风吹过▲

注：① 无那：即无奈。② 迢递：远也。③ 缥缈：高远貌。④ 回：曲折。

杨慎(明 157)一首

一搦纤腰清瘦▲①六幅轻纱红皱▲粉熟香生，态浓妆浅，正是愁时候▲②
萧萧风云黄昏后▲云湿仙衣寒透▲③正帘悄窗闲，灯昏酒冷，听尽莲花漏▲

注：① 一搦：一握。② 愁时候：少女怀春时候。③ 仙衣：衣之美称。

俞滖（女）（清 626）一首　题：灯下观牡丹。

国色无双妖冶▲①懒赏正逢新夏▲绛蜡高烧，②锦帏低卷，一片红光射▲
凭槛月来妆未卸▲浑似玉环初嫁▲③看影弄瑶台，歌翻翠袖，醉倚沉香夜▲④

注：① 国色无双：即天下第一，喻牡丹。② 绛蜡：红烛。③ 玉环：杨玉环，即杨贵妃。④ 沉香：亭名，杨贵妃在沉香亭醉酒歌李白之《清平调》。

蔡蘙（女）（清 822）一首　题：出盆兰就雨。

曾记去年冬日▲怕煞朔风剪急▲①袅袅芳踪，②退藏幽密，待取春消息▲
愁里光阴容易失▲转眼又过惊蛰▲③正微雨濛濛，倩人扶出，④就沐犹无力▲⑤

注：① 朔风：北风。② 芳踪：指盆兰。③ 惊蛰：二十四节气之一，在公历三月五日左右。④ 扶出：取出盆兰。⑤ 沐：洗也、淋也。

钱念生（女）（清 1730）一首　题：落花。

风雨连绵不断▲残韵余香零乱▲①着意留春，难将春绾，②转眼红妆换▲③
寂寂小庭飞片片▲花梦可怜谁管▲最算是多情，怜香蛱蝶，犹是寻花伴▲

注：① 韵：风韵。② 绾：勾系，喻留住。③ 红妆换：喻褪色谢落。

五十二字　雨中花　第二体，同第一体，但后段第二句七字，第三句四字。

杨慎（明 157）一首

寒透水边沙际▲①暖在花心叶底▲扫雪楼台，收灯庭院，向晚朱门闭▲②
绿额画帘拂地▲③舞袖弓鞋浑未试▲④指冷金刀，⑤香温翠被，懒剪宜春字▲

注：① 沙际：沙与水交界处。② 向晚：到晚。③ 额：指画帘上端。④ 弓鞋：缠足弓形鞋；浑未试：全未试穿。⑤ 金刀：剪刀。

车乘轨（现当 88）一首　题：辛巳端午暴雨。　注：2001 年 6 月 25 日作。

岁岁年年端午▲今日又逢端午▲盘荐黄鱼，①门粘菖艾，装点家家户▲
忽地黄梅飞燕聚▲②倒海翻江瓢泼雨▲嫩草摧损，娇花折落，佳节难欢度▲

注：① 荐：献也、进也，盛放之意。② 黄梅：雨名；飞燕：今年第二号台风名，于 6 月 23 日在福建省福清登陆。梅雨、台风碰聚一起，造成灾害。

五十二字　青门引

张先（宋 18）一首

乍暖还轻冷▲风雨晚来方定▲庭轩寂寞近清明，①残花中酒，②又是去年病▲

楼头画角风吹醒▲入夜重门静▲那堪更被明月，隔墙送过秋千影▲

注：① 轩：廊有窗者。② 残花中酒：指萧条、颓唐景象。中酒，醉酒也。

刘基（明7）一首

采采黄金蕊▲[1]遥见晚山横翠▲重门深掩一庭风，沽来淡酒，[2]能得几回醉▲

草堂云白鸿千里▲[3]落日寒烟起▲相怜自有明月，照人肺腑清如水▲

注：① 采采：言其盛而可采也。② 沽来：买来。③ 鸿千里：喻鸿远飞。

朱让栩（明148）一首

艳丽韶阳景▲[1]无限风光浓盛▲深春揽辔踏芳尘，[2]青峦碧水，正是供吟咏▲

归来日晷衔西岭▲[3]敲入重门静▲回看已被月明，照彻一帘杏花影▲

注：① 韶阳：美丽阳光。② 揽辔：喻骑马。③ 日晷：日影；衔西岭：日落西山。

张卿玉（明619）一首　题：春情。

水曲红被冷▲几树小桃摇影▲怜春情性未分明，天台人近，[1]一线香风引▲

青阳踏破芳魂醒▲[2]十二栏杆静▲口脂红逗鹦鹉，窗前难数春归恨▲

注：① 天台：东汉刘晨、阮肇入天台山遇两仙女成婚故事。② 青阳：即春天。

仲恒（清177）一首　题：谷雨。[1]

宛转黄鹂巧▲[2]枝上绿浓红少▲家家采得探春茶，[3]催耕布谷，[4]声里促春老▲

斜阳影外群鸦噪▲帘底留清照▲纵饶一夜风雨，[5]墙东尚有荼蘼好▲

注：① 谷雨：二十四节气之一，在公历4月20日左右。② 黄鹂：即黄莺。③ 探春茶：谷雨前所采之茶叶称雨前茶。④ 布谷：鸟名。⑤ 饶：尽管之意。

汪士通（清1005）一首　题：梅花。

十里沿江路▲昨夜东风飞絮▲枝头冻坼野梅香，[1]是花是雪，不辨云深处▲

扬帆独自开船去▲惊起花间鹭▲暗香水面浮动，[2]江天寂寞开无数▲

注：① 坼：裂开。② 暗香：喻梅花香，亦指梅花。

谢应芝（清1292）一首　题：拟张子野，用原韵。

犹觉单衣冷▲乍雨乍晴无定▲登楼怕见夕阳明，依依杨柳，[1]省可一春病▲[2]

寂寥清梦昨宵醒▲万籁长空静▲眼看窗上明月，翩翩掠过双鸿影▲

注：① 依依：柔弱貌。② 省可：休要之意。

谭献（清 1756）一首

人去栏杆静▲杨柳晚风初定▲芳春此后莫重来，一分春少，减却一分病▲

离亭薄酒终须醒▲落日罗衣冷▲绕楼几曲流水，不曾留得桃花影▲

车乘轨（现当 88）一首　题：绍兴古城村怀旧。　注：2001 年 10 月 3 日作。

记得青年候▲曾到古城寻友▲①西山就地采杨梅，②门前河道，两岸植垂柳▲

光阴似箭成老叟▲故地再游走▲平桥碧水人家，僻村变少房依旧▲③

注：① 寻友：1946 年初夏，作者访胡锡侯先生于绍兴柯桥区古城小学。② 采杨梅：胡伴作者去村西山上采杨梅。③ 房依旧：村舍风貌不变。

五十二字　南歌子（又名南柯子、风蝶令）　第一体，用平韵。

毛熙震（五代十国 23）二首

（1）远山愁黛碧，①横波慢脸明△②腻香红玉茜罗轻△③深院晚堂人静，理银筝△④

鬓动行云影，裙遮点屐声△⑤娇羞爱问曲中名△杨柳杏花时节，⑥几多情△

注：① 远山：喻眉峰。② 横波：喻眼光；慢脸：细嫩美丽的脸。③ 茜罗：指红罗衣裙。④ 筝：乐器名。⑤ 屐：木底鞋。⑥ 此句指仲春天气。

（2）惹恨还添恨，牵肠即断肠△凝情不语一枝芳△独映画帘闲立，绣衣香△

暗想为云女，①应怜傅粉郎△②晚来轻步出闺房△髻慢钗横无力，纵猖狂△

注：① 为云：喻偷情。② 傅粉郎：喻美男子。源出三国时何晏，面白如傅粉（抹粉）。宋璟赋："俨如傅粉，是谓何郎。"

孙光宪（五代十国 24）一首

映月论心处，偎花见面时△倚郎和袖抚香肌△遥指画堂深院，许相期△

解佩君非晚，①虚襟我未迟△②愿如连理合欢枝△不似五陵狂荡，③薄情儿△

注：① 解佩：喻解衣。佩，女子衣带上饰物。② 虚襟：亦喻解衣。虚，空也。③ 五陵：五个汉帝陵墓，是处多游冶荡子。

李煜（五代十国 34）一首

云鬓裁新绿，霞衣曳晓红△待歌凝立翠筵中△一朵彩云何事，下巫峰△①

趁拍鸾飞镜，②回身燕飏空△莫翻红袖过帘栊△③怕被杨花勾引，嫁东风△④

注：① 下巫峰：喻仙女下凡。巫峰：巫山神女峰，指神女与楚襄王梦会故

事。② 趁拍：跟随拍板。③ 帘栊：有帘之窗。④ 嫁：跟从之意。

张先(宋 18)一首

蝉抱高高柳，莲开浅浅波△倚风疏叶下庭柯△况是不寒不暖，正清和△①

浮世欢会少，劳生怨别多△相逢休惜醉颜酡△②赖有西园明月，照笙歌△

注：① 清和：农历四月称清和月。② 醉颜酡：酒醉而面颜发红。指饮酒。

欧阳修(宋 33)一首

凤髻金泥带，①龙纹玉掌梳△②去来窗下笑相扶△爱道画眉深浅，入时无△③

弄笔偎人久，描花试手初△等闲妨了绣功夫△④笑问双鸳鸯字，怎生书△

注：① 金泥带：涂屑金带子。② 梳：木梳或角梳。③ 此二句套用朱庆余“妆罢低声问夫婿，画眉深浅入时无”诗句。④ 等闲：不经意。

苏轼(宋 80)四首　题：第一首，寄侍妾榴花。

第二首，己未(1079 年)五月十三日湖州钱氏园送别。

(1) 紫陌寻春去，红尘拂面来△无人不道看花回△惟见石榴新蕊，①一枝开△

冰簟堆云髻，②金尊滟玉醅△③绿阴青子莫相催△④留取红巾千点，照池台△

注：① 石榴：以石榴花喻其侍妾。② 冰簟：喻凉席。③ 金尊：酒杯美称；玉醅：酒之美称。④ 此句套用杜牧“绿叶成阴子满枝”诗句。唐人杜牧游湖州，遇一髫髻女甚美，约其母十年后来娶，后十四年至湖，女已与人成婚三年生二子，牧为赋《怅别》诗句如上。

(2) 山雨萧萧过，①溪风浏浏清△②小园幽榭枕蘋汀△③门外月华如水，彩舟横△

苕岸霜花尽，④江湖雪阵平△两山遥指海门青△回首水云何处，觅孤城△

注：① 萧萧：风雨声。② 浏浏：清明貌。③ 榭：台有屋者；枕：架于其上之意。④ 苕：苕溪，湖州水名。

(3) 日薄花房绽，①风和麦浪轻△夜来微雨洗郊坰△②正是一年春好，近清明△

已改煎茶火，③犹调入粥饧△④使君高会有余清△⑤此乐无声无味，最难名△

注：① 日薄：太阳迫近。② 坰：很远之郊野。③ 此句言已过寒食，所禁烟火换了新火。④ 饧：即饴糖、麦芽糖。⑤ 使君：太守称号，作者曾官湖州等地太守。

(4) 笑怕蔷薇罥，[1]行忧宝瑟僵△[2]美人依约在西厢△[3]只恐暗中迷路，认余香△

午夜风翻幔，[4]三更月到床△簟纹如水玉肌凉△[5]何物与侬归去，[6]有残妆△

注：① 罥：挂住。② 瑟：乐器名；僵：不灵活，即携带不方便之意。③ 依约：大约。④ 午夜：半夜。⑤ 簟：竹席。⑥ 侬：即我。

僧仲殊（宋89）一首　题：秋日。

十里青山远，潮平路带沙△数声啼鸟怨年华△又是凄凉时候，在天涯△

白露收残暑，清风衬晚霞△绿杨堤畔闹荷花△记得年时沽酒，那人家△

黄庭坚（宋101）一首

槐绿低窗暗，榴红照眼明△玉人邀我少留行△无奈一帆烟雨，画船轻△

柳叶随歌皱，梨花与泪倾△别时不似见时情△今夜月明江上，酒初醒△

秦观（宋116）三首　题：第一首，赠陶心儿。[1]

(1) 玉漏迢迢尽，银汉淡淡横△[2]梦回宿酒未全醒△[3]已被邻鸡催起，怕天明△

臂上妆犹在，襟间泪尚盈△水边灯火渐人行△天外一钩残月，照三星△[4]

注：① 陶心儿：蔡州官妓。② 银汉：即银河。③ 宿酒：隔夜酒。④ 三星：《诗》“三星在天”。按三星参（星名）也，在天谓始见东方也。

(2) 香墨弯弯画，胭脂淡淡匀△揉兰衫子杏黄裙△独倚玉栏无语，点檀唇△

人去空流水，花飞半掩门△乱山何处觅行云△又是一钩新月，照黄昏△

(3) 楼迥迷云日，[1]溪深涨小沙△年来憔悴费铅华△[2]楼上一天春思，浩无涯△

罗带宽腰素，真珠溜脸霞△海棠开尽柳飞花△薄倖只知游荡，[3]不思家△

注：① 迥：远也。② 铅华：妆扮用粉。③ 薄幸：喻无情，指夫。

贺铸（宋121）一首

疏雨池塘见，微风襟袖知△阴阴夏木啭黄鹂△何处飞来白鹭，立移时△

易醉扶头酒，难逢敌手棋△日长偏与睡相宜△睡起芭蕉叶上，自题诗△

晁补之（宋123）二首　题：第一首，谯园作。

(1) 霜细犹欺柳，风柔已弄梅△东园捶鼓赏新醅△[1]唤取舞裙歌扇，探春回△

妙舞堪千盏，长歌可百杯△笑人将恨上春台△劝我十分一举，[2]两眉开△

注：① 新醅：新酿之酒。② 举：举杯。

（2）睡起临窗坐，妆成傍砌闲△春来莫卷绣帘看△嫌怕东风吹恨，在眉间△

鹦鹉花前弄，琵琶月下弹△蓦然收袖倚栏杆△一晌思量何事，点云鬟△

周邦彦（宋128）一首

宝盒分时果，金盘弄赐冰△[1]晚来阶下按新声△[2]恰有一方明月，可中庭△

露下天如水，风来夜气清△娇羞不肯傍人行△扬下扇儿拍手，[3]引流莺△

注：① 赐冰：疑是宋徽宗私幸李师师时所赐。② 按新声：拍新词。③ 扬：举。

毛滂（宋143）二首　题：第一首，定空寺赏梅。

第二首，东堂（作者斋名）赋新月。

（1）暮霰寒依树，[1]娇云冷傍人△江南谁寄一枝春△何似珑璁十里，[2]更无尘△

雨萼胭脂淡，[3]香须蝶子轻△碧山归路小桥横△谁见暗香今夜，[4]月胧明△

注：① 霰：雪珠。② 珑璁：明洁貌。③ 雨萼：雨中花萼。④ 暗香：喻梅。

（2）庭下新生月，凭君把酒看△不须直待素团团△[1]恰似那人眉样，秀弯环△

冷射鸳鸯瓦，[2]清欺翡翠帘△数枝烟竹小桥寒△渐见风吹疏影，过栏杆△

注：① 素团团：明而圆。素，白也，喻明。② 鸳鸯瓦：复瓦、双层瓦。

谢逸（宋144）一首　题：春夜。

雨洗溪光净，风掀柳带斜△画楼朱户玉人家△帘外一眉新月，[1]浸梨花△

金鸭香凝袖，[2]铜荷烛映纱△[3]凤盘宫锦小屏遮△[4]夜静寒生春笋，[5]理琵琶△

注：① 一眉：即一弯。② 金鸭：鸭形铜香炉。③ 铜荷：铜烛台。荷，承受也（指烛）。④ 指宫锦面料绣盘凤之屏风。⑤ 春笋：喻女子纤指。

徐俯（宋173）一首　题：山矾。[1]

细蕊黄金嫩，繁花白雪香△[2]共谁连璧向河阳△自是不须汤饼，试何郎△[3]

婀娜鬅松髻，[4]轻盈淡薄妆△莫令韩寿在伊傍△[5]便逐游蜂惊蝶，过东墙△

注：① 山矾：灌木名，有清香。② 白雪香：花白而清香。③ 汤饼试何郎：指三国何晏，肤白。魏明帝疑其傅粉，夏日与热汤饼啖试之，大汗随出，色转皎然。此二句喻开白花。④ 鬅松：松散之意。⑤ 韩寿：晋堵阳人，美男子，贾充女悦之，盗御赐奇香赠之，而成婚。世称韩寿偷香。

叶梦得（宋174）一首　题：四月二十六日集客临芳观。[1]

麦陇深初转，桃溪曲渐成△绿槐重叠午阴清△更有榴花一朵，照人明△

画栋清微暑，疏帘入晚晴△请君坐待縠纹平△[②]看取红裳绿盖，[③]引前旌△[④]

注：① 临芳：观名。② 縠纹：波纹。③ 红裳：喻荷花；绿盖：指荷叶。④ 旌：喻荷叶如旗。

田为（宋192）一首　题：春景。

梦怕愁时断，春从醉里回△凄凉怀抱向谁开△些子清明时候，[①]被莺催△

柳外都成絮，栏边半是苔△多情帘燕独徘徊△依旧满身花雨，又归来△

注：① 些子：无多之意。

周紫芝（宋201）一首　题：方钱塘出侍儿。[①]

蝉薄轻梳鬓，[②]螺香浅画眉△[③]西湖人道似西施△人似西施浓淡，更相宜△[④]

画烛催歌板，飞花上舞衣△殷勤犹劝玉东西△[⑤]不道使君肠断，[⑥]已多时△

注：① 方钱塘：方姓钱塘知县。钱塘，今杭州；出侍儿：派出婢女陪酒。② 蝉：蝉翼形鬓。③ 螺：画眉料螺子黛。④ 此句套用苏轼“欲把西湖比西子，淡妆浓抹总相宜”诗句。⑤ 玉东西：酒杯，借指酒。⑥ 使君：太守一类官称，作者曾知兴国军。

吕本中（宋205）一首

驿路侵斜月，[①]溪桥度晚霜△短篱残菊一枝黄△正是乱山深处，过重阳△

旅枕原无梦，寒更每自长△[②]只言江左好风光△[③]不道中原归思，[④]转凄凉△

注：① 驿路：指旅途。驿，接待过境官员之所。② 寒更：即寒夜。③ 江左：长江以东之地，作者系浙江金华人。④ 中原：指汴京（今河南开封）。

李清照（女）（宋207）一首

天上星河转，人间帘幕垂△凉生枕簟泪痕滋△起解罗衣聊问，夜何其△[①]

翠贴莲蓬小，金销藕叶稀△旧时天气旧时衣△只有情怀不似，旧家时△

注：① 何其：语辞。《诗》“夜如何其”。如何之意。

向子諲（宋218）二首　题：第二首，郭小娘道装。

（1）雨过林峦静，[①]风回池阁凉△窥人双燕语雕梁△笑看小荷翻处，戏鸳鸯△

共饮菖蒲细，同分彩线长△今朝真不负风光△绝胜几年飞梦，绕高唐△[②]

注：① 峦：连着的山峰。② 高唐：楚台观名，在云梦泽中，宋玉有《高唐赋》，叙楚襄王梦会神女故事。

（2）缥缈云间质，[①]轻盈波上身△瑶林玉树出风尘△[②]不是野花闲草，等闲春△[③]

翠羽双垂珥，[4]乌纱巧制巾△经珠不动两眉颦△[5]须信铅华销尽，[6]见天真△

注：① 缥缈：高远貌。② 瑶林玉树：喻仙风道貌。③ 等闲：平常、普通。④ 珥：耳环。⑤ 经珠：佛珠。⑥ 铅华销尽：不施脂粉。

陈与义（宋232）一首　题：塔院僧阁。[1]

矫矫千年鹤，[2]茫茫万里风△栏杆三面看秋空△背插浮屠千尺，[3]冷烟中△

林坞村村暗，溪流处处通△此间何似玉霄峰△[4]遥望蓬莱依约，晚云东△

注：① 塔院：指浙江桐乡青镇（今乌镇）广福院。② 矫矫：矫捷、勇武之意。③ 浮屠：塔之别名；千尺：喻高。④ 玉霄峰：原注，沈汾《续仙传》"每登玉霄峰，即见沧海蓬莱"。蓬莱，喻仙岛，在勃海中。

邓肃（宋242）一首

云绕风前鬓，春开镜里妆△凤屏清昼袅龙香△[1]浅画蛾眉新样，远山长△

比翼曾同梦，[2]双鱼隔异乡△[3]玉楼依旧暗垂杨△楼下落花流水，自斜阳△

注：① 凤屏：画有凤凰的屏风；龙香：龙涎香。② 比翼：比翼鸟。③ 双鱼：比目鱼。

杨无咎（宋254）一首　题：次东坡端午韵。

彩楼牵肠断，明珠暗滴圆△从头颗颗手亲串△寄与仙卿同结，[1]此生缘△

和串拢瑜臂，[2]连云坠雪肩△[3]循环密数对沉烟△[4]似我真情不断，永相联△

注：① 仙卿：对恋人爱称。② 瑜臂：玉臂。③ 雪肩：雪白肩肤。④ 沉烟：沉香烟。

吕渭老（宋259）一首

策杖穿花圃，[1]登临啸晚风△无穷秋色蔽晴空△遥见夕阳江上，卷飞蓬△[2]

雁过菰蒲远，[3]山遥梦寐通△一林枫叶堕愁红△归去暮烟深处，听疏钟△

注：① 策杖：扶杖。② 飞蓬：快舟。③ 菰蒲：皆水中植物。菰，俗称茭白。

曾觌（宋296）二首　题：第一首，元夜书事。[1]

（1）璧月窥红粉，[2]金莲映彩山△[3]东风丝管满长安△[4]移下十洲三岛，[5]在人间△

雨雨人初散，厌厌夜向阑△[6]倦妆残醉怯轻寒△手撚玉梅无绪，倚栏杆△

注：① 元夜：即元宵。② 璧月：圆月；红粉：喻女郎。③ 金莲：红烛；彩山：灯彩架。④ 丝管：乐器。丝，琵琶、琴类；管，箫、笛类；长安：汉唐京都，借喻南宋京都临安（今杭州）。⑤ 十洲三岛：皆指仙境。

⑥ 厌厌：安也。《诗》“厌厌夜饮。”

(2) 粉黛娉婷艳，①芝兰笑语香△延平春色斗芬芳△②不管清宵更漏，听霓裳△③

烛暗人方醉，杯传意更长△可堪羁客九回肠△④萧瑟一檐风雨，过横塘△

注：① 粉黛：指女郎；娉婷：美貌。② 延平：福建府名(今南平市)。③ 霓裳：曲名，即霓裳羽衣曲。④ 羁客：旅客。

石孝友(宋299)一首

乱絮飘晴雪，①残花绣地衣△西园歌舞骤然稀△只有多情蝴蝶，作团飞△

旧事深琴怨，新愁减带围△②倚楼凝望更依依△怕见一天风雨，卷春归△

注：① 雪：柳絮如雪。② 减带围：喻腰瘦。

范成大(宋338)一首

槁项诗余瘦，①愁肠酒后柔△晚凉团扇欲知秋△卧看明河银影，②界天流△

鹤警人初静，虫吟夜更幽△③佳辰只合算花筹△④除了一天风月，更何求△

注：① 槁项：枯槁之项。② 明河：银河。③ 虫吟：蟋蟀鸣叫。④ 花筹：计算花期。

王炎(宋365)一首

山暝云阴重，天寒雨意浓△数枝幽绝湿啼红△莫为惜花惆怅，怨东风△

蓑笠朝朝出，沟塍处处通△人间辛苦是三农△①要得一犁雨足，望年丰△

注：① 三农：指平地农、山农、泽农。

程垓(宋368)二首

(1) 荷盖倾新绿，①榴巾蹙旧红△水亭烟榭晚凉中△②又是一钩新月，静房栊△③

丝藕清如雪，橱纱薄似空△④好怀今夜与谁同△唤取玉人来共，一帘风△

注：① 荷盖：荷叶。② 榭：台有屋者。③ 房栊：房窗。④ 橱纱：蚊帐纱。

(2) 雨燕翻新幕，风鸦绕旧枝△画堂春尽日迟迟△又是一番平绿，涨西池△

病起尊难尽，腰宽带已垂△不堪村落子规啼△问道行人一去，几时归△

赵长卿(宋389)二首　题：第一首，早春。

第二首，暮春值雨。

(1) 春色烘衣暖，宫梅破鼻香△尽驱和气入兰堂△①又是轻云微雨，下巫阳△②

酒带欢情重，醺醺气味长△晚来拂拭略梳妆△笑指一钩新月，上回廊△

注：① 和气：和煦之气；兰堂：堂之美称。② 巫阳：巫山之阳，即巫峡，亦借指巫山。

（2）黯霭阴云覆，滂沱急雨飞△洗妆枝上乱红稀△恰是褪花天气，①困人时△

向晓春酲重，偎人起较迟△薄罗初见试轻衣△笑拭新妆须要，剪荼蘼△

注：① 褪花：即花谢落。

陈亮（宋393）一首

池草抽新碧，山桃褪小红△寻春闲过小园东△春在乱花深处，鸟声中△

游镫归敲月，①春衫醉舞风△谁家三弄学元戎△②吹起闲愁容易，上眉峰△

注：① 镫：骑马踏脚，指骑马人；归敲月：取唐人贾岛诗意"僧敲月下门"。② 三弄：梅花三弄，曲名；元戎：指桓温。

徐照（宋414）一首

帘影筛金线，炉烟袅翠丝△菰芽新出满盆池△唤取玉瓶添水，养鱼儿△

意取钗重碧，慵梳髻翅垂△相思无处说相思△笑把画罗小扇，觅春词△

吴潜（宋461）一首　注：调名原作南柯子。

池水凝新碧，栏花驻老红△有人独倚画桥东△手把一枝杨柳，系春风△

鹊伴游丝坠，蜂粘落蕊空△秋千庭院小帘栊△多少闲情闲绪，雨声中△

洪瑹（宋486）一首　题：新月。

柳浪摇晴沼，①荷风度晚檐△碧天如水印新蟾△②一罅清光斜露，③玉纤纤△

宝镜未开匣，金钩半押帘△④西楼今夜有人忺△⑤应傍妆台低照，画眉尖△

注：① 沼：即曲池。② 蟾：玉蟾，喻月。③ 罅：裂缝。④ 押帘：挂帘。⑤ 忺：欲也、希望也、高兴也。

胡翼龙（宋502）一首

眼媚双波溜，腰柔一搦纤△①问伊何事放珠帘△笑道篆香消尽，要重添△

数日宽金钏，②梳云拂翠奁△③梅妆依旧落虚檐△提起一春心事，两眉尖△

注：① 一搦：即一握。② 金钏：金手镯。③ 梳云：梳头发。

黄升（宋507）一首　题：丁酉（1237年）清明。

天上传新火，①人间试夹衣△定巢新燕觅春泥△②不为绣帘朱户，说相思△

侧帽吹飞絮，凭栏送落晖△粉痕销淡锦书稀△怕见山南山北，子规啼△

注：① 新火：点出清明，因寒食禁烟火。② 春泥：燕筑巢用料。

张枢（宋510）一首

柳户朝云湿，花窗午篆清△东风未放十分晴△留恋海棠春色，过清明△

垒润栖新燕，笼深锁旧莺△琵琶可是不堪听△无奈愁人把作，断肠声△

陈允平（宋 556）一首　注：翘、销与楼、洲等韵异，或作宽叶。

懒傍青鸾镜，慵簪翠凤翘△①玉屏春重宝香销△因甚不忺梳洗，②怕登楼△

载酒垂杨浦，停桡杜若洲△③伤春情绪寄箜篌△④流水残阳芳草，伴人愁△

注：① 凤翘：首饰。② 不忺：不高兴。③ 停桡：停船；杜若：香草名，杜甫："采芳洲兮杜若。"④ 箜篌：乐器名。

张炎（宋 572）一首　题：燕喜亭。

窗密春声聚，花多水影重△①只留一路过东风△围得生香不断，锦薰笼△②

月地连金屋，云楼瞰翠蓬△惺忪笑语隔帘栊△知是谁调鹦鹉，柳阴中△

注：① 重：重叠。② 薰笼：有笼罩之薰炉。

赵摅（金 15）一首

涧草萋萋绿，①林莺恰恰啼△②沙汀过雨便无泥△换得芒鞋随意，③到前溪△

浦溆浑堪画，④云烟总是题△江湖老伴一蓑衣△⑤真个斜风细雨，不须归△⑥

注：① 萋萋：草茂盛貌。② 恰恰：鸟声。③ 芒鞋：草鞋。④ 浦溆：水浦也。杜甫诗："舟人渔子入浦溆。"⑤ 蓑衣：指渔翁。⑥ 此句套张志和《渔歌子》词："斜风细雨不须归。"

王从叔（元 52）一首

碧树留云湿，青山似笠低△鹧鸪啼罢竹鸡啼△①不晓天天何意，②要梅肥△

昨日穿青葛，③今朝御纳衣△④思家怀抱政难为△⑤只恐归来憔悴，却羞归△

注：① 鹧鸪：鸟名，其鸣声如曰："行不得也哥哥"；竹鸡：鸟名，形如鹑，稍大，喜居竹林间。② 天天：犹言天，有加强语气作用。张先《梦仙乡》："离聚此生缘，无计问天天。"③ 青葛：青色夏衣。④ 纳衣：贫民所穿的粗布衣。⑤ 政：施政，指为官。

张名由（明 208）一首　题：新夏。

晚霁收梅雨，①轻阴舞楝花△前林烟缕暖残霞△平芜双燕飞去，②受风斜△

怅望迷南浦，③愁心水一涯△④满沟新涨绕田家△不胜聒耳青草，⑤有鸣蛙△

注：① 梅雨：江南梅熟时雨。② 平芜：平原杂草丛生处。③ 南浦：喻离别处。④ 一涯：喻远处。⑤ 聒耳：噪声刺耳。

吴熙（明 366）一首　题：田舍初冬留客。

戴月芦花白，经霜柏叶红△十分秋色胜春工△①回看殷桃繁杏，②只枯丛△

鸡黍家家供，[3]村醪处处通△[4]今秋田熟蟹螯雄△[5]不醉真真辜负，[6]一年丰△

注：① 春工：春景。② 般桃：红桃。③ 鸡黍：喻菜饭。黍，粮食。④ 村醪：村庄自酿之酒。⑤ 螯：蟹钳。⑥ 辜负：错过机会。

张大烈（明 402）一首　题：夏景。

樱缀珊瑚赤，梅悬金弹黄△一帘槐影送微凉△菡萏香生风扇，[1]落斜阳△

玉液龙泉色，[2]琼浆雀舌香△[3]枕看新月映纱窗△忽听数声渔笛，起沧浪△[4]

注：① 菡萏：荷花别名。② 龙泉：水名，在浙江龙泉县南。③ 雀舌：茶名。④ 沧浪：水名，即湖北汉水。此处泛指江河。

来集之（明 421）一首　题：冬日新婚。

梅蕊堪题句，河水欲语人△西风冽冽卷埃尘△[1]只有洞房花烛，别生春△

新妇钗头凤，文人笔下麟△[2]双双依约是仙真△[3]记得碧桃花下，古缘因△[4]

注：① 冽冽：寒貌。② 文人：指新郎。③ 仙真：即真仙，因押韵而颠倒。④ 缘因：即因缘，因押韵而颠倒。

傅占衡（明 442）一首　题：惟易楼头感事。

阁上群峰绕，晴窗秀欲餐△[1]仲宣何处望长安△梦到荒庭松菊，水漫漫△[2]

六月披裘裳，[3]清风脱小冠△[4]夕阳帆外鸟声残△忆共城头云树，一年看△

注：① 秀欲餐：即秀色可餐。② 漫漫：无边无际。③ 裘裳：皮衣。④ 冠：帽。

陈子升（明 496）一首

羽曲清三叠，[1]鹍弦碎六幺△[2]绿珠绛树总魂销△何必凤凰台上，忆吹箫△

鬓影腾蝉翼，[3]钗光颤翠翘△[4]歌残眉语暗相撩△[5]莫负可怜人度，可怜宵△

注：① 羽曲：指乐舞，因歌舞时所执之器，以雉尾为之。② 鹍弦：指琴。刘孝绰《乌夜啼乐府》"鹍弦且辍弄"；六幺：曲名。③ 蝉翼：指鬓形状。④ 翘：首饰也。⑤ 眉语：即眉目传情。

叶小鸾（明 514）三首　题：第一、二首，秋夜。

第三首，九日。

（1）门掩瑶琴静，窗消画卷闲△半庭香雾绕栏杆△一带淡烟红树，隔楼看△

云散青天瘦，风来翠袖寒△嫦娥眉又小檀弯△照得满阶花影，只难攀△

（2）庭际花枝袅，帘前汉渚横△[1]断肠何必问吹笙△但见海棠叶上，露星星△

墙月深深照，炉烟细细零△谁家闺妇又砧声△[2]搅得梦魂无赖，[3]不堪情△

注：① 汉渚：即银河。② 砧声：捣衣声。③ 无赖：无所聊赖。

（3）日暖茱萸好，霜飞菡萏衰△碧云山外夕阳催△自有竹篱斜径，菊花开△

烟重迷疏柳，阴浓笼湿苔△画楼时送暗香来△且去待看明月，倒金杯△

康秀书（明 528）一首　题：春暮。　注：调名原作风蝶令。

稚竹摇新绿，雏莺学弄机△[1]池塘春暮落红稀△只有纷纷彩蝶，作团飞△

晚景堪图画，垂杨笼钓矶△[2]鲤鱼风起夕阳微△[3]数点杨花飞上，钓人衣△

注：① 机：生机。② 矶：江河中石滩。③ 鲤鱼风：本指九月之风。李贺诗"鲤鱼风起芙蓉老"。但此处泛指江风。

张启（女）（明 578）一首

今夜梅梢月，愁人独自看△未施脂粉独凭栏△不似旧时眉样，画纤纤△

被冷香消篆，摇红烛影残△梦回香阁漏声寒△却怪纱窗日上，懒掀帘△

万淑秀（女）（明 600）一首　题：病中怀亲。　注：调名原作南柯子。

不必愁生死，关山隔故乡△楼头吴桔又初黄△[1]正是暮秋时候，过重阳△

日落迷芳草，庭深怯晓霜△病怀无计苦参商△[2]有见一行征雁，断人肠△

注：① 吴：指云间（今上海松江）夫家。② 参商：两星名。参星居西方，商星居东方，相背而出，永不相见，喻与娘家彭城（今江苏徐州）分隔两地。

方大猷（清 7）一首

衰草粘无际，寒蛩惊枕头△[1]老夫偏会种离愁△教他宜春揭去，换宜秋△

书断云中雁，情孤水上鸥△又谁临月引箜篌△[2]刚唱思君不见，下渝州△[3]

注：① 寒蛩：指暮秋蟋蟀。② 箜篌：乐器名。③ 渝州：地名，今重庆。

吴绮（清 190）一首　题：闺情。

银甲调新火，[1]珠帘卷晓霞△辟寒初着杏红纱△[2]正是恼人时节，[3]不归家△

莺坐浑身柳，蜂归两股花△一弦春怨语琵琶△昨日鸳鸯买卦，[4]又须差△

注：① 银甲：银制指甲套；新火：指寒食禁烟火已过。② 辟：排除也。③ 恼人时节：指怀春。④ 鸳鸯：喻成双、团圆；卦：卜问。

沈永禋（清 109）一首

甲帐温炉鸭，[1]心香熨枕鸳△[2]春风只在玉窗前△却是小桃枝上，占芳年△

剔烛频宵起，[3]停针向午眠△流莺啼觉绣帷褰△[4]懊恼一床花梦，又难圆△

注：① 甲帐：即宝帐，帐之美称，见《御览引汉武故事》。② 心香：佛家语，谓中心虔诚，如焚香供佛也；枕鸳：即鸳鸯枕。以上两句皆为用句对仗及押韵而颠倒。③ 宵起：夜起，睡了又起来。④ 褰：拉、揭也。

吴锵(清 111)一首　题：雪夜思家。

久客归无计，凄清迫岁华△①薰风箫鼓醉荷花△②又早满湖寒雨，雪交加△③

绿蚁千杯尽，④青山一派遮△此时那得不思家△料想竹窗灯火，话天涯△

注：① 岁华：指光阴。② 薰风：即南风。此句谓刚是夏季。③ 此两句谓又已严冬。④ 绿蚁：即酒。

徐履忱(清 283)一首　题：新浴。

腻薄胭脂汗，香匀豆蔻汤△①花阴深处爱微凉△还怕朦胧月色，下回廊△

欲起娇无力△临风懒卸妆△暗抬娇眼问儿郎△②可是海棠含露，傍银床△

注：① 豆蔻汤：指洗浴水。② 儿郎：指夫。

佟世南(清 300)一首　题：偶来。　注：调名原作南柯子。

曙雪凝琼貌，①春山压翠蛾△偶来芳径暂娑婆△②喜得书斋深处，少人过△

小立兜金缕，③闲行整研罗△④樱桃微绽笑生窝△低问花间句读，⑤是如何△

注：① 此句喻肌如白玉。② 娑婆：从容优游。元刘壎《补史十忠诗·前左丞相江文忠公万里弟万顷》："卷怀经济具，娑婆洛中社。"③ 金缕：指金线鞋。④ 研罗：指磨光罗裙。⑤ 花间：词集名；句读：圈点词句。

董以宁(清 311)一首　题：春园。

柳影笼蛛网，蕉阴映绮窗△①朝晖错认是斜阳△又是一番残梦，费思量△

清镜慵开匣，②轻衫慢爇香△③惊魂风里絮悠扬△恰趁花间蝴蝶，过东墙△

注：① 绮窗：窗之美称。② 慵：懒也。③ 爇香：薰香。

万锦雯(清 330)一首　题：闺情。　注：调名原作南柯子。

却月添新黛，①飞霞贴晓妆△闲随姐妹踏春阳△②笑问如何水鸟，号鸳鸯△

宿处常交颈，飞时每并行△好逑愿得比情长△③归去忙描样子，绣成双△

注：① 却月：指半月形眉。梁元帝赋："望却月而成眉"；黛：画眉的青黑颜色。② 踏春阳：即踏青。③ 好逑：好配偶。

宋俊(清 349)一首　题：夏闺。

帘挽虾须结，①窗开蝉翼纱△②小池风细飐荷花△③邀取邻家姐妹，斗新茶△

楸局声还敛，④桃笙影半斜△⑤柳阴深处惯藏鸦△瞥见一眉修月，衬残霞△

注：① 虾须：即帘。② 蝉翼纱：喻极薄之纱。③ 飐荷花：风动荷花。④ 楸局：棋局。⑤ 桃笙：桃枝竹编的席子。

龙辅(女)(清 351)一首

绿沁琉璃带，①红摇玳瑁钗△②下阶无语立苍苔△昨夜银塘雨洗，露桃开△

回脸遮星靥，[3]偎人昵粉腮△[4]真珠帘卷有谁来△两两旧巢宫燕，掠泥回△[5]

注：① 琉璃：一种半透明的玉石。② 玳瑁：龟类动物，甲壳很光滑，可制首饰。③ 星靥：颊上酒窝。④ 昵：亲热。⑤ 泥：筑巢用。

周琼（女）（清 402）一首

细雨将愁织，轻风引梦飞△余寒料峭逼罗帏△怪底春来瘦减，旧腰围△

蝶梦迷芳草，杨花满钓矶△开箱怕见嫁时衣△剩有一双燕子，话依依△

曹湖（清 439）一首　题：溪上。　注：调名原作南柯子。

野色含空翠，晴丝卷片红△[1]夕阳流水又东风△吹乱几丝杨柳，小桥东△

花径牵愁处，柴门似梦中△暗香依旧近帘栊△[2]只是几回相见，却匆匆△

注：① 晴丝：晴天蛛丝；红：指红花。② 暗香：指梅花香；帘栊：有帘之窗。

周斯盛（清 469）一首　题：见骑驴妇人。

纤趾裙边曲，[1]菱花鬓上栽△[2]单衫红袖抱婴孩△有个人儿跟着，慢行来△

驴走冰棱滑，[3]风吹眼罩开△看他也不耐寒威△冻瑟脸儿红晕，似桃腮△

注：① 纤趾：纤小足趾。② 栽：插戴。③ 冰棱：即冰凌，冰块也。

王辂（清 561）一首　注：调名原作南柯子。

弱拟金堤柳，娇嫌绣户莺△春浓香梦最关情△渐觉绿窗贪睡，病初成△

脉脉愁清昼，盈盈出画屏△凤鞋新试玉阶行△早惹落红香点，一星星△

叶舒崇（清 576）一首

鹅浅初匀额，[1]云低乍压鬟△[2]琴心漏出小眉弯△[3]手摘双头兰蕊，暗生怜△

语燕窥闲绣，啼莺怯小眠△夜来私语绮窗前△因甚蟾辉三五，[4]未曾圆△

注：① 鹅：鹅黄，古代妇女额上涂黄，以增美。② 云：喻发。③ 琴心：以琴达意也。④ 蟾：玉蟾，喻月；三五：即十五、月半。

徐宾（清 589）一首　注：调名原作南柯子。

昨夜桃飞雨，今朝柳作绵△晓窗不卷绿珠帘△又是乱莺啼处，恼人眠△

鸾匣开妆镜，云鬟贴翠钿△来看女伴戏秋千△蓦地一番闲恨，入眉尖△

张远（清 617）一首

六月今将尽，荷花分外清△说将故事与郎听△道是荷花生日，[1]要行行△

粉腻乌云浸，[2]珠匀细葛轻△[3]手遮西日听弹筝△[4]买得残花归去，笑盈盈△

注：① 荷花生日：传为农历六月二十四日。② 乌云：乌黑头发。③ 细葛：细夏布衫。④ 西日：西边太阳，指傍晚。

徐元端（女）（清 645）一首　题：画眉美人。　注：调名原作南柯子。

拂砌垂新柳，临窗映绿蕉△含情脉脉自无聊△立向花堤深处，怕人瞧△

却月双蛾浅，[1]春风笑脸娇△朱唇一点夺樱桃△不待向人私语，够魂销△

注：① 却月：半圆的月亮，喻眉。

杨瑄（清730）一首　题：晓景。

鸳瓦霜花绣，[1]纱窗曙色烘△初温锦幄正朦胧△无奈数声啼鸟，隔帘栊△

眉黛轻匀绿，胭脂净洗红△半钩残月带斜鸿△早见一枝梅破，小春风△

注：① 鸳瓦：双层瓦。

叶宏缃（女）（清732）二首　题：第一首，寄亡姐查夫人眉令。

第二首，重阳。　注：调名原作南柯子。

（1）桂殿清香杳，梅闺夜色浮△孤灯门掩有人愁△几点无情蕉雨，滴心头△

雁影寒烟树，蛩声冷翠楼△西风迢递疾如流△吹老芦花又入，鬓边秋△

（2）秋冷芙蓉绽，烟疏杨柳衰△重阳风景费徘徊△恰见茱萸烂漫，滴苍苔△

望远添幽兴，凭高乏赋才△篱边时送暗香来△寻得一枝黄花，点金钗△

张荣（清752）一首　题：佘山即事。[1]

岭上松涛静，溪边柳线斜△幽香飘处是谁家△庵内老僧说法，落天花△[2]

路转山栽竹，桥回水见沙△芙蓉一带曲屏遮△何处莺喉细啭，衬琵琶△

注：① 佘山：在江苏省松江（今属上海市），作者家乡。② 天花：《维摩经》："维摩诘室有一天女，见诸大人闻所说法，便观其身，以天花散诸菩萨大弟子上。"

沈珮（女）（清782）一首　题：新秋。

枕簟清无暑，波纹静欲流△微云过尽雨初收△正是晚凉时候，似新秋△

香炉金猊冷，风轻翠烟柔△谁家砧杵度南楼△又是一弯斜月，挂银钩△

王时翔（清859）二首　注：调名原作南柯子。

（1）碧柳春檐雨，青梧夜阁风△个人香梦恰朦胧△[1]又是和衣熟睡，[2]小屏中△

薄鬓倾浓绿，清灯晕小红△[3]玉炉薰被半床空△一缕水沉烟袅，绣芙蓉△

注：① 个人：那个人。② 和衣：连衣，即未脱衣。③ 晕：指光。

（2）丽影收青镜，香云绾碧螺△[1]盈盈一笑整裙拖△[2]今日薄绵初脱，换单罗△

扑蝶怀轻扇，听莺步浅莎△柳阴垂处懒重过△怕见画桥流水，落红多△

注：① 香云：喻发；绾碧螺：盘系螺髻。② 裙拖：拖地裙子。

王策(清860)一首　题：七里滩。[1]　注：调名原作南柯子。

涧水新烟碧，春山小雨青△淡霞红里片帆行△可惜好峰看尽，不知名△

天气蘼芜老，风丝荇叶晴△金沙玉砾夕阳明△[2]那得一生长此，伴啼莺△

注：① 七里滩：即七里泷，地名，在浙江桐庐。② 金沙：似金沙子；玉砾：如玉小石。

张四科(清923)一首　题：早秋写怀。

新涨平池面，凉花罥竹梢△[1]一庭秋色渐相撩△倚遍水云窗户，[2]自无聊△

膝上将雏曲，[3]灯前独酌谣△晚风吹雨又萧萧△犹幸画栏杆外，少芭蕉△

注：① 罥：挂也。② 水云窗户：指窗外水天相接。③ 将雏曲：带领小孩之摇篮曲。

黄知彰(清928)一首　题：月。　注：调名原作南柯子。

掬水诗痕浅，窥帘酒眼醒△小鬟吹灭画楼灯△恰借一枝梧影，上围屏△

团扇花间掩，[1]纤钩柳外生△[2]飞仙往事太无凭△愁绝天青海碧，少人行△

注：① 团扇：喻圆月。② 纤钩：喻弯月。

曹雪芹(清959)一首　题：柳絮。　注：见《红楼梦》第七十回。

空挂纤纤缕，[1]徒垂络络丝△[2]也难绾系也难羁△一任东西南北，各分离△

落去君休惜，飞来我自知△莺愁蝶倦晚芳时△纵是明春再见，隔年期△

注：① 纤纤缕：纤细之线。② 络络丝：网络般丝。

周天度(清997)一首　题：湖上早春。[1]

山晓疑含黛，湖明曲映纱△碧罗天远画楼遮△[2]楼外数株烟柳，不胜鸦△[3]

绣箔虾须卷，[4]红栏亚字斜△春风日日到窗纱△渐有卖饧人担，[5]插头花△

注：① 湖上：指杭州西湖，作者家乡。② 碧罗：碧纱，指天空。③ 不胜鸦：禁受不住鸦栖。④ 箔、虾须：皆帘也。⑤ 卖饧：卖饴糖。

顾光旭(清1017)一首　题：溪上见鸳鸯。　注：调名原作风蝶令。

乌桕门前树，鸳鸯水上家△翠横波远漾轻纱△日暮一双飞过，白蘋花△

杨叶侵鱼浪，莼丝上桨牙△[1]都将凉思入琵琶△今夜一襟明月，好风斜△

注：① 莼：水草名，浮于水面，含粘液，可调羹做汤；桨牙：船桨，因形似齿，故名。

钱维乔(清1060)一首

绿树千村合，清溪百道连△故乡风景最鲜妍△负了一篛双桨，[1]又三年△

有梦迷蝴蝶，多情忆杜鹃△[2]雁来时候燕归前△[3]赢得一灯如豆，伴孤眠△

注：① 一筇双桨：喻游山玩水。筇，拐杖，游山用；桨，船桨，玩水用。② 此二句指春天已去。③ 此句指到了秋天。

高鹗(清 1068)一首

新火调寒食，[①]生衣御夹衫△莺儿燕子语交加△咒得桃花飞尽，[②]咒杨花△

杜牧寻春晚，[③]江淹恨别赊△[④]梦中犹识那人家△认取小桥曲巷，不争差△

注：① 新火：寒食日例禁烟火，节后再生新火。② 咒：骂也。③ 杜牧：唐人，在湖州遇幼女，约十年不来娶，可另嫁人。十四年后再去，女已嫁人三年，生二子，牧赋《怅别》诗，有"自是寻春去较迟……绿叶成阴子满枝"句。④ 江淹：曾赋"送君兮南浦"句；赊：远也。

丁瀚(清 1139)一首

细雨梅花路，轻风燕子村△半篙绿水护柴门△别是一番春色，最温存△

远翠含余润，残红褪旧痕△往时栏槛共谁扪△[①]禁得杜鹃声里，[②]又黄昏△

注：① 扪：摸、抚摩。② 禁得：有如何承受之意。

张惠言(清 1170)一首　题：长河修禊。[①]

云重才寻翠，风轻已试香△桃花好在柳初黄△和着三分飞絮，便轻狂△

旧迹莺能说，新愁水自长△只须坐石莫流觞△[②]若到三分薄醉，耐斜阳△

注：① 修禊：三月三日上巳节，采兰水上，以祓除不祥。② 流觞：修禊与会者列坐曲水两傍，投酒杯于水，顺流而下，止处傍坐者则须取饮。

归懋仪(女)(清 1180)一首　题：题美人便面。[①]　注：调名原作风蝶令。

画里春风便，怀中明月光△绿阴消受午风凉△料得愁深梦浅，不成妆△

窈窕神仙质，聪明玉雪肠△句成应是费商量△待看笔花吹作，满身香△

注：① 便面：即折叠扇。

曹言纯(清 1209)一首　题：西湖早春。

草暖回残腊，[①]莺啼织早春△断桥记得水粼粼△[②]已有凌波微步，袜罗尘△[③]

柳条搓还嫩，桃红糁又匀△两峰相映黛眉痕△[④]几度郭门船上，[⑤]踏青人△

注：① 腊：农历十二月。② 断桥：在西湖白堤上。③ 这二句谓已有步履轻盈女郎。④ 两峰：指西湖边南、北两高峰。⑤ 郭门：城门。

庄盘珠(女)(清 1268)一首

白塔城边路，青山郭外楼△[①]一驴驼去恰逢秋△莫为几枝杨柳，便生愁△

燕子都飞去，桃花尚在不△[②]秦淮惆怅酒旗收△[③]依旧夕阳西下，水东流△

注：① 郭：城门。② 不：否之意。③ 秦淮：河名，在南京，清时两岸多妓

院、酒楼。

陆学钦（清 1288）一首

细雨兼花落，轻风约絮行△绿阴小院昼闻莺△又是不情不绪，过清明△

解渴茶方煮，笺愁书未成△[1]隔墙笑语沸春声△知道邻娃斗草，是谁赢△

注：① 笺愁：写愁之信。

袁青（女）（清 1030）一首　题：题莫愁小像。[1]

芳侣寻桃渡，新声按草窗△佳人南国自生香△底要家乡抛却，[2]恋他乡△

环珮春风远，湖山楚影荒△尚容海燕宿成双△谁共一纤纤月，织流黄△[3]

注：① 莫愁：洛阳女子，十五岁嫁为卢家妇。今南京水西门外有莫愁湖。

② 底要：为何要。③ 流黄：绢也。沈佺期诗："更教明月照流黄。"

方怀英（女）（清 1322）一首　题：怀珏楼应夫人。　注：调名原作南柯子。

曲沼荷钱碧，[1]繁枝榴火红△行帆流水梦无踪△翘首白云当户，叠奇峰△

梁燕绸缪语，怀人寥寂中△关河百二路重重△[2]难向溪头双鲤，[3]问诗筒△[4]

注：① 荷钱：荷叶，因荷叶初生似钱。② 关河：关塞，关防。泛指山河。

③ 鲤：传说鲤能传书。④ 诗筒：白居易等以竹筒盛诗，往来访友。

李畹（女）（清 1370）一首　题：寒夜。

细点瓜齑谱，[1]闲栽萱草花△三年为妇惯贫家△且喜芦帘纸阁，手同叉△[2]

兽炭温箫局，[3]蛾灯罢纺车△[4]戏他小女绾双鸦△懒放鸳针今夜，较寒些△

注：① 瓜齑：盐酱之瓜菜；谱：指菜单。② 叉：相庆也。此二句谓虽家贫，

但夫妻和谐。③ 兽炭：兽形炭，即炭。④ 蛾灯：指油灯。

沈廷炤（清 1376）一首　注：调名原作南柯子。

镜影波平帖，生香路细通△踏花心软敛春弓△[1]假定蘼芜小径，蹴残红△

裾飏时飘蝶，[2]鬟倾数避蜂△神光难定是惊鸿△又被柳丝扶入，绿烟中△

注：① 弓：弓鞋。② 裾：衣大襟。

夏尚志（清 1380）一首　题：访旧。

软语红襟燕，骄嘶白鼻騧△[1]冶春曾过那人家△[2]记得门前一树，小桃花△

赠佩情如昨，[3]量珠愿已赊△[4]重寻好梦渺天涯△剩有绣绒残唾，[5]在窗纱△

注：① 騧：黑嘴黄马。② 冶：游冶。③ 赠佩：郑庆甫至汉皋台下遇二女，

佩两珠，索取之，二女解与之。见《列仙传》。④ 量珠：喻纳妾；赊：远

也。⑤ 唾绒：绣娘习惯把绒线头含在口内，然后吐向窗边。

冯兰贞（女）（清 1399）一首　注：调名原作南柯子。

春尽寒犹在，愁多梦不成△月华如练上帘旌△[1]为爱一窗花影，故吹灯△

滩响风初息，更残漏未停△却怜杜宇唤声声△无奈天涯谁肯，觅归程△

注：① 练：白绢，喻皎洁；帘旌：如旗帘子。

陆循应（清 1423）一首　题：积雨。

竹阴分寒翠，苔痕锁碧烟△芭蕉无奈破清眠△浅梦初回斗帐，[1]夜如年△

蝶翅花间湿，莺声柳外圆△可堪耐尽嫩凉天△[2]絮影丝魂一例，为谁牵△

注：① 斗帐：覆斗形帐，即圆顶帐。② 可堪：那堪。

袁绶（女）（清 1451）一首　注：调名原作南柯子。

风里荷香细，庭前露气清△银蟾朗砌逗疏棂△[1]笑指粉墙角上，倍分明△

人影当窗见，箫声隔院闻△常仪娇小太憨生△[2]闲约雏鬟月下，扑流萤△

注：① 银蟾：指月；棂：窗格子。② 常仪：即嫦娥，月宫仙子。《汉书律历志》："黄帝使羲和占日，常仪占月。"

陆珊（女）（清 1453）一首　题：七月八日坐夜。

暮雨银河洗，微凉绣幕招△鸣珂金挂翠云绡△[1]正是新秋第一，好良宵△

扇懒流萤扑，香残宝鸭烧△[2]倚楼何处学吹箫△闲看一庭花影，上林梢△

注：① 珂：玉名，俗称白玛瑙。② 宝鸭：鸭形香炉。

顾春（女）（清 1488）一首　题：山行。

葛布生凉意，肩舆缓缓游△[1]连林梨枣缀枝头△几处背阴篱落，[2]挂牵牛△

远岫云初敛，斜阳雨乍收△牧踪樵径细寻求△昨夜骤添溪水，绕树流△

注：① 肩舆：即轿。② 篱落：篱笆。

周寿昌（清 1625）一首　题：灯花。

珊结红舒焰，[1]珠垂紫映霞△[2]看书却恨影微遮△笑被老妻拦住，莫挑他△

卜吉雏孙笑，占欢小婢哗△[3]不知何喜要渠夸△[4]夜夜灯前，夜夜祝生花△[5]

注：① 珊结：结成珊瑚，喻灯花。② 珠：也指灯花。③ 占：传灯花能报喜。④ 渠：他，指灯花。⑤ 结尾二句应为六字、三字，稍异。

吴尚熹（女）（清 1654）一首　题：暮春。　注：调名原作南柯子。

荏苒余春驻，[1]依微嫩旭晴△[2]绣帘人静午风轻△一片絮花吹坠，到窗棂△[3]

几处双飞燕，谁家百啭莺△[4]游丝摇漾系门庭△[5]门外朱幡绿野，[6]正催耕△

注：① 荏苒：时间辗转而过。② 嫩旭：淡日。③ 窗棂：窗格子。④ 百啭莺：莺百鸣。⑤ 游丝：飘荡蛛丝。⑥ 朱幡：红色长条形旗子。

王寿庭（清 1668）一首　注：调名原作南柯子。

灭烛香犹滞，①闻香酒渐醒△些些秋梦绕罗屏△便索银灯照也，不分明△

悄卷晶帘起，闲拖画屧行△②牵牛花上月初生△恰有虫娘一个，③织三更△

注：① 滞：滞留。② 屧：鞋也。③ 虫娘：指纺织娘。

潘介繁（清1721）一首　注：调名原作风蝶令。

梦断朝来雨，香留昨夕熏△惜花人起立苔茵△①不道东风偷揭，玉罗裙△

唤客鹦哥熟，窥帘燕子嗔△②紫藤架底一重门△记我来时残夜，月黄昏△

注：① 苔茵：苔草繁生如褥毯。苔，地衣类植物。② 嗔：怒也。

叶长龄（清1763）一首　题：和六一韵。①

眉月轻匀扫，②鬓云散淡梳△盈盈一晌画栏扶△③唤向芙蓉颜色，似侬无△④

银叶香销后，铜荷蜡上初△⑤不辞抛却睡工夫△手把聚头檀扇，⑥泥郎书△⑦

注：① 六一：欧阳修，号六一居士。② 眉月：似月眉头。③ 一晌：片刻。④ 侬：即我。⑤ 铜荷：铜烛台。⑥ 聚头檀扇：檀木折叠扇。⑦ 泥：缠人。

叶元阶（清1773）一首　注：调名原作风蝶令。

瘦影人如梦，寒钟月在楼△西风撕弄小银钩△犹道隔廊屧响，①误回头△

湿玉怜红箸，②轻珠泥翠喉△短弦掩抑不胜愁△却向众中佯笑，眼波流△

注：① 屧：鞋也。② 箸：筷子。

袁子芳（清1886）一首　注：调名原作南柯子。

秋老蛩吟咽，天寒夜气清△一庭风露静无声△不道月痕斜转，已三更△

宝鼎香将烬，檐花影渐横△罗衾如水悄寒生△闲把迢迢莲漏，数分明△

高浣花（女）（清1923）一首　题：僧院海棠。

春尽迟迟睡，花仍漠漠姿△回廊月榭倩谁持△犹许高烧银烛，照千枝△

幽梦凉烟远，相思细雨知△即今净土说迷离△①不是小红楼伴，卷帘时△

注：① 净土：指僧院。

许白凤（现当58）二首　题：第二首，中秋月下怀弟妹。　注：第一首1934年作，第二首1974年作。

（1）病起春何在，花飞绿暗添△江南四月雨廉纤△①镇日银钩不上，②燕嗔帘△③

卢桔平生喜，④杨梅烂熟甜△尝来苦口味难兼△别有一番愁思，扑眉间△

注：① 廉纤：微雨貌。② 镇日：整天。③ 嗔：怒。④ 卢桔：桔名。

（2）银汉迢迢净，①清辉细细流△十分光景到山楼△玉笛强扶衰鬓，按梁州△②

歇浦宾筵酒。③钱江客子舟△④相怜别意在心头△一去春庭花月，不能留△

注：① 银汉：银河。② 梁州：曲名。③ 歇浦：即上海黄浦江。④ 钱江：即杭州钱塘江。

周舒（现当63）一首　题：惜香。　注：调名原作南柯子。

蕊待东风发，花为惜者香△怎禁蜂蝶肆轻狂△怨煞风吹雨打，虐芬芳△

美景留难住，春光欠久长△落英丛下每彷徨△忍见残红埃里，黯神伤△

车乘轨（现当88）一首　题：手植桂苗开花。　2001年10月17日（农历九月初一）作。

序：去年9月27日老妻购得桂苗一本，长仅七寸余，余手植于绍兴故居后园，近已长至二尺许，竟在今晨开花，喜而作词。

季节秋高爽，园林桂吐香△桂花香馥胜兰芳△①可谓香中魁首，馥中王△

老妻删榴树，②衰翁植桂秧△去年弃旧换新装△③不料今晨绽放，木樨黄△④

注：① 桂馥兰芳：语出梁元帝文。② 删榴树：园中原种一株新疆石榴，嫌其枝干过细，摇摇欲倒，故拔除之。③ 此句指删榴植桂。④ 木樨：桂花别名。

符济舟（现当184）一首　题：端阳近。①

照夜疏星白，临窗夏菊黄△新荷弄影日初长△又值榴红蒲绿，近端阳△

浅沼浮青鸭，②荒阶睡海棠△燕梭莺啭戏垂杨△③四处蛙声唱彻，晚风凉△

注：① 端阳：即端午。② 沼：曲池。③ 燕梭：形容燕飞如梭织。

五十二字　南歌子　第二体，同第一体，但前后段结尾两句，改四字、五字。

绍兴无名氏（宋302）一首　故事：一士人与一姬相恋，后被有力者夺去。……清明，忽在官园中相逢，翌日再往，姬掷一书与之（略），士人作下词以见情。见《古今词话》。

禁苑沉沉静，①春波漾漾行△仙姿才韵两相并△②叶上题诗，③千古得佳名△

墙外分明见，花间隐约声△银钩掷处双眼明△应讶昔时，④不得见情人△

注：① 禁苑：指官园。② 仙姿：指姬；才韵：指士人自己。③ 叶上题诗：《青琐高议》唐僖宗时，于祐于御沟中拾一叶，上有诗，祐亦题诗于叶，置沟上流，宫人韩氏拾之。后值帝放宫女，韩氏嫁祐成礼。④ 讶：惊奇。

袁去华(宋311)一首

秋晚霜初肃，①江寒雾未收△西风吹老白蘋洲△长笛一声，谁在水边楼△

带绿橙新破，②真醇酒旋篘△③簪花莫怪老人羞△④真是黄花，羞上老人头△

注：① 肃：肃杀，有严厉摧残之意。② 带绿：带有绿色，即未黄透。③ 醇：酒味纯、厚；篘：笼中漉取。④ 簪花：插戴花朵。

范成大(宋338)二首

(1) 银渚盈盈渡，金风缓缓吹△晚香浮动五云飞△①月姐妒人，颦画一弯眉△

短夜难留处，斜河欲淡时△半愁半喜是佳期△一度相逢，添得两相思△

注：① 五云：五彩祥云。

(2) 怅望梅花驿，①凝情杜若洲△②香云低处有高楼△可惜高楼，不近木兰舟△③

缄素双鱼远，④题红片叶秋△欲凭江水寄离愁△江已东流，那肯更西流△

注：① 驿：驿站。② 杜若：香草名。《楚辞》："采芳洲兮杜若"。③ 木兰舟：香舟，舟之美称。④ 缄素：封信；双鱼：传说鱼能传书。

陈三聘(宋340)一首　题：七夕。

月傍云头吐，风将雨脚吹△夜深乌鹊向南飞△①应是星娥，②颦恨入双眉△

旧怨垂千古，新欢只片时△一年屈指数佳期△③到得佳期，别了又相思△

注：① 乌鹊：喜鹊。② 星娥：指织女。③ 佳期：指七夕。

程垓(宋368)一首

翠黛随妆浅，①铢衣称体香△②好风偏与十分凉△却扇含情，③独自绕池塘△

碧藕丝丝嫩，红榴叶叶双△牵丝摘叶为谁忙△情到厌厌，④拼醉又何妨△

注：① 翠黛：指画眉。② 铢衣：极薄之衣。③ 却扇：喻成婚。④ 厌厌：盛、深也。

瞿祐(明22)一首　题：舟次湖州。①　注：调名原作南柯子。

古郡山连野，长溪水贯城△骆驼桥下旧经行△②曾听小楼，人弄玉箫声△

绿叶成阴后，青春结子成△③重来虽未隔三生△堪恨茶烟，吹满鬓丝轻△

注：① 次：即到；湖州：浙江郡名。郡，即今地级市。② 骆驼桥：在市中心，西通东街，至今犹存。③ 此二句套杜牧《怅别》诗："绿叶成阴子满枝"句。

贺贻孙(明433)一首　题：春圃。　注：调名原作南柯子。

花漏疏篱月，鸟穿隔树烟△千桃并笑各嫣然△阅尽东风，有恨与谁传△

教曲凭鹦鹉，弹词惜杜鹃△酒阑夜静悄无言△春在枝头，人在画栏边△

吴骐（明575）一首

浴后新盘髻，牙梳掠短髾△[1]翠鬟松滑堕金翘△[2]回首惊郎，蓦地到鸳巢△[3]

宝袜凭郎解，轻红二尺绡△自从春色透夭桃△无奈胸前，两点玉酥高△[4]

注：① 牙梳：象牙梳；髾：发尾部，又称燕尾。② 翘：首饰。③ 鸳巢：指新婚洞房。④ 玉酥：指乳房。

陆求可（清70）一首　题：秋千。

画架沾春雨，[1]丝绳动晓风△佳人群戏百花丛△试看湘裙，[2]飘荡半天中△

蝉鬓过眉翠，罗衫映日红△才离花板立从容△[3]一似姮娥，轻落广寒宫△

注：① 画架：绘画秋千架。② 湘裙：湘君裙，裙之美称。③ 从容：不急促。

徐孝钧（清176）一首　题：别粲辰候子。

谯月更初点，[1]秋虫语半窗△谁家砧杵捣衣裳△顿使乡心，一霎转凄凉△

酒幔风溪店，[2]船灯蟹市霜△呼童晨起问行装△摒挡离愁，[3]满载打渔艭△[4]

注：① 谯：谯楼，即更楼。② 酒幔：即酒旗。③ 摒挡：收拾。④ 艭：即船。

聂鼎元（清301）一首　题：纪遇。　注：调名原作南柯子。

带绾同心结，[1]鞋挑双凤头△[2]多情生小爱风流△十五盈盈，[3]浑是不知愁△

隔水啼莺细，凌风舞燕柔△恨他归去不能留△却羡梨花，终日映妆楼△

注：① 绾：勾系。② 挑：即刺绣。③ 十五：指岁数。

王廷璋（清493）一首　题：立春。　注：调名原作南柯子。

腊向今晨尽，[1]春从细雨来△看山徐过小桥隈△[2]昨日梅花，已趁夕阳开△

曲径寒云隔，幽枝蝶梦回△春情冷落旧苍苔△换得新愁，鹦鹉暗相催△

注：① 腊：农历十二月，此处指冬天。② 桥隈：桥弯曲处。

薛琼（女）（清844）二首　题：第一首，慰闺友病起。

（1）雀舌难消渴，[1]虾须不闭寒△[2]落花风起更尖酸△薄薄罗衫，休傍小栏杆△

煮药忘寒食，薰香犯禁烟△乍晴门巷卖饧天△[3]检点精神，同步看秋千△

注：① 雀舌：茶名。② 虾须：即帘。③ 卖饧天：指清明前后。古时在清明前后，多吹箫卖饧担子。

（2）嫩雨消残暑，哀蝉噪夕阳△一溪寒吹扑空廊△剪剪轻罗，侥幸试新凉△

竹坞玲珑碧，倚亭飘渺香△水晶为枕玉为床△放下帘钩，随意梦潇湘△

马汾（清1201）一首　题：题淡云春晓试妆图。　注：调名原作风蝶令。

梦断纱窗曙，香抛绣被温△朦胧星眼怯朝暾△[1]背向妆台，细把鬓云分△
粉薄凝微晕，脂融上小唇△簪花不爱入时新△留得远山，[2]描取待情人△
注：① 朝暾：刚出太阳。② 远山：喻眉峰。

瞿继钟（清 1234）一首　题：夏日。　注：此词与薛琼第二首大同小异，姑并录之待考。

雨过消残暑，蝉声送夕阳△一弯斜月映空廊△薄薄罗衫，独自倚南窗△
竹坞玲珑碧，荷亭飘渺香△纱幮笛簟趁新凉△[1]放下帘钩，随意梦潇湘△
注：① 纱幮：即床帐；笛簟：即竹席。

谢应芝（清 1292）一首

倚槛才红蕊，侵阶已绿苔△离巢燕子又飞来△忍把流光，[1]容易暗中催△
久坐慵临镜，[2]将眠怕启帏△灯花剔去尽重开△[3]多是明朝，江上趁帆归△[4]
注：① 忍：怎忍之意。② 慵临镜：懒梳妆。③ 此句言灯花报喜信。④ 此句谓恋人要回来。

章黼（清 1388）一首　题：社日偶记。[1]

社酒花阴醉，春风蝶梦迷△陌头忽见柳依依△[2]不为封侯，[3]也自怨分离△
拾翠游先约，[4]窥帘迹转稀△[5]今朝新燕到楼西△底事双飞，双语怕双栖△[6]
注：① 社日：立春后第五个戊日为春社日，祭后土神，集宴。② 陌头：田间道路；依依：柔弱貌。③ 封侯：指为官。④ 拾翠：采百草。⑤ 窥帘：指燕。⑥ 底事：何事；怕：此字应联系上句，即有妒意。

丁榕（清 1390）一首

花气和烟醉，春光倩蝶传△一庭浓绿问谁怜△只有蝶魂，还欲抱花眠△
惆怅尊前景，[1]依稀似昔年△踏青人去草痕鲜△不道零红，[2]数点尚嫣然△[3]
注：① 尊前：酒席前。② 零红：零星红花。③ 嫣然：笑得好看。

苏穆（女）（清 1592）一首

细语宵潜湿，青桐叶半凋△临池弱柳万千娇△系惯离情，系不住魂销△
唤起重帏醉，谁家弄玉箫△秋声怕问广陵潮△[1]吹入秋心，吹不展芭蕉△
注：① 广陵：即江苏扬州。

岳照（女）（清 1635）一首　序：道光庚子（1840 年）仲春，托爱山中丞阅边抵柘境，[1]外子赴朱桥迎候久，[2]感作。　注：调名原作南柯子。

绿软春风细，红芬晓露妍△韶光不管戚悁悁△[3]消息难凭，可惜杏花天△[4]

一寸心期近，十分病骨绵△绣帏才梦又惊残△却是双双，燕子语帘前△

注：①托爱山：人名，满族；中丞：巡抚官称。②外子：指其夫。③戚悁悁：心中忧思。④杏花天：二月天气。

张鸣珂（清1736）一首

明镜窥星靥，[1]疏帘殢雨声△[2]春阴如墨罥纱棂△[3]一角遥山，[4]不画黛眉青△

旧约听筝误，新欢打桨迎△匆匆芳序过清明△[5]懊恼东风，犹未放新晴△

注：①靥：面颊上酒窝。②殢：困也。③罥：挂；棂：窗格子。④遥山：远山。⑤芳序：时节之美称。

汪佩祖（清1929）一首

彻夜潇潇雨，连朝剪剪风△起来教折一枝红△报道蔷薇，零落小庭空△

午绣拈针倦，晨妆对镜慵△暂来犹忆梦魂中△相见迟迟，相别却匆匆△

庄一拂（现当53）一首　注：调名原作风蝶令。

默默三生约，盈盈一笑倾△抛将红豆打雏莺△路近城南，记取小云英△[1]

巧试黄安额，[2]偷拈绛点唇△[3]十三年纪太憨生△不待有情，却也似无情△

注：①云英：喻仙女，指唐人裴航遇云英成婚故事。②黄安额：古妇女在额上涂黄以增美。③绛点唇：唇上点红。

许白凤（现当58）一首　题：祝晴老招游澉浦南北湖。[1]　注：调名原作风蝶令。

俪影明双镜，[2]浓妆赛二乔△[3]一株杨柳一株桃△好比苏堤，[4]只少六条桥△

多谢湖滨叟，[5]殷勤折简招△[6]几番竹枝伫东皋△[7]怪我春游，老是说无聊△

注：①祝晴：人名；老：对老者尊称；南北湖：浙江海盐名胜，在澉浦镇。②俪：喻相并，指南北两湖。③二乔：三国时东吴有大乔、小乔，皆绝色。④苏堤：在杭州西湖。⑤湖滨叟：指祝晴老。⑥折简：写信。⑦竹枝：指竹杖；伫东皋：久立东岸。

五十二字　南歌子　第三体，用仄韵。

石孝友（宋299）一首

春浅梅红小，山寒岚翠薄▲[1]斜风吹雨入帘幕▲梦觉南楼呜咽，数声角▲[2]

歌酒工夫懒，别离情绪恶▲舞衫宽尽不堪着▲若比那回相见，更消削▲

注：①岚翠：翠色山气。②角：城上守卒号角。

绍兴无名氏（宋302）一首

阁儿虽不大，都无半点俗▲窗儿根底数竿竹▲画展江南山景，两二幅▲

彝鼎烧异香，[1]胆瓶插嫩菊▲[2]翛然无事净心目▲[3]共那人人相对，[4]奕棋局▲

注：① 彝鼎：古器，此处喻香炉。② 胆瓶：大肚小口瓶。③ 倏然：无拘无束的样子。④ 人人：那个人。

五十二字　品令

曹组(宋 170)一首

乍寂寞▲帘栊静，①夜久寒生罗幕▲窗儿外、有个梧桐树，早一叶二叶落▲

独倚屏山欲寐，②月转惊飞乌鹊▲促织儿、声响虽不大，③敢教贤睡不着▲④

注：① 帘栊：有帘之窗。② 屏山：即屏风，因形似山。③ 促织儿：虫名。④ 贤：对第二人尊称，即你。

五十二字　浪淘沙令

柳永(宋 14)一首

有个人人△①飞燕精神△②急锵环佩上华裀△③促拍尽随红袖举，④风柳腰身△

簌簌轻裙△⑤妙尽尖新△曲终独立敛香尘△应是四肢娇困也，眉黛双颦△

注：① 人人：喻她。② 飞燕：汉成帝后赵飞燕，善歌舞。③ 锵：玉声；环佩：身上所佩带金玉饰物；华裀：地毯美称。④ 促拍：击拍。《珊瑚钩诗话》言，乐部中有促拍催酒。⑤ 簌簌：响声。

五十二字　酒泉子(又名忆余杭)　第一体。

彭孙贻(明 504)一首　题：追忆朱广文。注：调名原作忆余杭。

记得余杭山下路▲①深入画眉啼处去▲破山寺下乱红堆△到处杜鹃开△

而今总得余杭酒▲▲好客主人今在否▲▲独随虎迹出西溪△△天目采茶归△△②

注：① 余杭：本南朝陈时钱塘郡，隋改余杭郡，即今之杭州市。② 天目：山名，在杭州市临安县境。

赵吉士(清 279)二首　题：第一首，所见。

(1) 城畔清溪溪畔寺▲绕寺垂杨凝晚翠▲有人柳下驻香车△楚楚独怜渠△①

黛眉欲敛情多少▲▲结得盘龙新样好▲▲②曾闻越女色如花△△③花更不如她△△

注：① 楚楚：鲜明貌；渠：即她。② 盘龙：发髻式样。③ 越女：余杭春秋时属越国。

(2) 记得姑苏城外路▲①旧是伊人相见处▲②画廊斜日上帘钩△笑语正柔柔△

午长先绾同心结▲▲偷向蔷薇花下立▲▲燕泥香染小凌波△△③无奈是情多△△

注：① 姑苏：即江苏苏州。② 伊人：即她。③ 小凌波：凌波微步，喻小足。

彭桂（清308）一首　题：富春江上。①

绿水沿洄临翠崦▲②山色溪光都是染▲只疑身入蔚蓝天△小艇一江烟△

布帆昨夜严滩棹▲▲③不见羊裘更垂钓▲▲④满城春发刺桐花△△花里有人家△△

注：① 富春江：在浙江富阳、桐庐一带。② 翠崦：泛指青山。③ 严滩：即严陵濑，东汉严光隐居垂钓处，在桐庐境。④ 此句指严光曾垂钓。

僧大山（清379）一首　题：山中作。

雨后西山肥紫蕨▲①约伴携筐同采掇▲鹧鸪休向隔山啼△②声里唤人归△

乱云遮断孤峰顶▲▲隐约寒钟天外警▲▲林梢碎月踏践回△△犬吠竹篱开△△

注：① 蕨：野生植物，嫩时可吃，茎可制淀粉。② 鹧鸪：鸟名。

王寿庭（清1668）一首　题：斟酌桥酒楼题壁。①

柳气濛濛花气暖▲一霎酒旗风影乱▲浅斟细酌画桥边△红闹夕阳天△

搊筝人似真娘媚▲▲②未尽芳尊心已醉▲▲③醉扶归去听春莺△△莺外又筝声△△

注：① 斟酌桥：桥名，在苏州阊门外，横跨山塘河。② 搊筝：拨弄筝；真娘：春秋吴国佳人，死葬吴宫之侧。③ 芳尊：酒杯美称。

李叔同（现当9）一首　题：冬景。　注：此词系歌词，句中平仄多有出入，但每句押韵与格律无误。

一帘月影黄昏后▲疏帘掩映梅花瘦▲墙角嫣红点点肥△山茶开几枝△

小阁明窗好伴侣▲▲水仙凌波淡无语▲▲岭头不改青葱葱△△犹有后凋松△△

五十二字　酒泉子　第二体，同第一体，但押韵平仄不按格律。

李叔同（现当9）一首　题：早秋。　注：此词也系歌词。

十里明湖一叶舟△城南烟月水西楼△几许秋容娇欲流△隔着垂杨柳▲

远山明净眉尖瘦▲闲云飘忽罗纹皱▲天末凉风送早秋△秋花点点头△

五十二字　惜分飞（又名惜双双令）

刘弇（宋113）一首　注：调名原作惜双双令。

风外桔花香暗度▲飞絮绾、残春归去▲①酝造黄梅雨▲②冷烟晓占横塘路▲

翠屏人在天低处▲惊梦断、行云无据▲此恨凭谁诉▲恁时却倩危弦语▲

注：① 绾：勾系。② 黄梅雨：江南梅熟时雨，在农历五月。

五十二字　探春令　第一体，起句四字。

杨无咎（宋 254）一首

梅英粉淡，[①]柳梢金软，兰芽依旧▲见万家、灯火明如昼▲正人月、圆时候▲

挨香傍玉偷携手▲尽轻衫寒透▲听一声、画角催残漏▲[②]惜归去、频回首▲

注：① 梅英：梅花。② 画角：号角美称。

朱彝尊（清 288）一首

僅苻夜火，[①]那年屋角，伴人惊走▲对银湾、脉脉含情久▲不道是、相逢骤▲

露华如雨凝高柳▲[②]滴单衣凉透▲到归来、始悔轻分手▲已许我、携罗袖▲

注：① 僅苻：葭苇丛密之泽，易藏盗贼。此句指有盗警。② 露华：即露花、露水。

车乘轨（现当 88）一首　题：祭祖有感。　注：2003 年 2 月 9 日作。

清明扫墓，腊冬家祭，[①]原为追悼▲见旧时、传代儿孙效▲看今日、坟生草▲

探根寻底追深奥▲是钱财干扰▲数百年、赖有基金保▲[②]无收入、谁行孝▲[③]

注：① 腊冬：年末冬至节。② 基金：旧社会祖宗传下专项田亩，其田租收入作子孙轮值祭扫之费用。③ 这句说今田租被取消，又无类似基金，大家族子孙因无进益，就不行孝祭祖了。

五十二字　探春令　第二体，前段二、三句并成八字一句，后段结尾二句改为五字、四字、五字三句。

赵长卿（宋 389）一首　题：元夕。[①]

去年元夜，[②]正钱塘看天街灯火，[③]闹蛾儿、转处熙熙语▲[④]笑百万、红妆女▲

今年肯把轻辜负▲[⑤]列荧煌千炬▲趁闲身未老，良辰美景，款醉新歌舞▲[⑥]

注：① 元夕：即元宵。② 元夜：亦即元宵。③ 钱塘：即今杭州；天街：京都之街，当时杭州为南宋京都。④ 闹蛾儿：首饰之一，以乌金纸剪为蝶，以细铜丝缠缀针上，旁施柏叶，插于巾帽；熙熙：怡和貌。⑤ 肯：怎肯之意。⑥ 款醉：留饮。款，留也。

五十二字　探春令　第三体，起句七字。

晏几道（宋 71）一首

绿杨枝上晓莺啼，报融和天气▲被数声、吹入纱窗里▲又惊起、娇娥睡▲

绿云斜亸金钗坠▲惹芳心如醉▲为少年湿了，鲛绡帕上，都是相思泪▲

归懋仪（女）（清 1180）一首　题：悼亡女。

疏灯一点闪窗棂，[①]触万千情绪▲忆前宵、听哑哑学语▲犹伴我、吟诗句▲

明珠入掌留难住▲[2]乳燕辞巢去▲恍啼声在耳，霎时分散，梦也无寻处▲

注：① 窗棂：窗格子。② 明珠入掌：即掌上明珠，喻宝贝女儿。

五十二字　梁州令(又名凉州令)

刘基(明7)一首　注：调名原作凉州令。

雨过群山翠▲杨柳含烟如醉▲画檐双燕引雏飞，风动榴花，点点猩红碎▲

对花莫把栏杆倚▲心乱难为理▲夕阳江上，满眼清波，总是愁人泪▲

朱谏(明106)一首　题：谢公岭。

着屐登山客▲[1]历尽云霞天壁▲屐痕犹在白云中，峰回路转，千古无人识▲

春来秋去成陈迹▲一代风流歇▲斜阳影落，溪外长松，几树连天碧▲

注：① 屐：木屐鞋。

五十二字　望江东

黄庭坚(宋101)一首

江水西头隔烟树▲望不见、江东路▲思量只有梦来去▲更不怕、江拦住▲

灯前写了书无数▲算没个、人传与▲直教寻得雁分付▲又还是、秋将暮▲

李元组(明527)一首

一幅春光明更美▲莺满院、啼花碎▲飞絮落红相点缀▲人立在、秋千背▲

长思短忆供憔悴▲算只有、花前泪▲已将心事随流水▲栏杆下、金钗坠▲

五十二字　荷叶杯

冷士嵋(清215)一首　题：春闺。

何物带将春去▲飞絮▲帘箔不胜情△[1]夜来愁听子规鸣△一声声△一更更△

深院琐窗春晚▲▲[2]人懒▲▲池柳亦三眠△△[3]落花时节困人天△△恨绵绵△△意悬悬△△

注：① 帘箔：极薄之帘。② 琐窗：镂有花纹格子之窗。③ 柳三眠：传汉苑柳树一日三起三倒，如人一日三眠。

五十二字　寻芳草

辛弃疾(宋370)一首　题：嘲陈莘老忆内。[1]

有得许多泪▲更闲却、许多鸳被▲枕头儿、放处都不是▲旧家时、怎生睡▲

更也没书来，那堪被、雁儿调戏▲道无书、却有书中意▲排几个、人人字▲[2]

注：① 老：对长辈尊称；内：即妻。② 人人字：雁儿飞行时排成人字形。

五十二字　菊花新

张先(宋18)一首

堕髻慵妆来日暮▲家在柳桥堤下住▲衣缓绛绡垂，①琼树袅、一枝红雾▲②

院深池静花相妒▲粉墙低、乐声时度▲长恐舞筵空，轻化作、彩云飞去▲

注：① 衣缓：即衣宽，脱衣也。② 琼树袅：喻如玉树之临风。琼，美玉也。

五十二字　杨白花

胡太后（女）（南北朝6）一首　故事：《梁书》“杨华，少有勇力，容貌雄伟，魏太后逼幸之。①华惧及祸，乃率其部曲降梁。太后思之，为作《杨白花》歌，供宫人连臂踏足歌之，声甚悽惋”。

阳春二三月▲杨柳齐作花△春风一夜入闺闼▲②杨花飘荡落南家△③

含情出户脚无力▲▲拾得杨花泪沾臆▲▲④春来秋去双燕子▲▲▲愿衔杨花入窠里▲▲▲

注：① 魏太后：北魏太后，即胡太后；幸：皇家赐爱。② 闺闼：即闺门，指妇女卧室。③ 杨花：指杨华；南家：指南梁。④ 臆：即胸。

五十二字　梦仙乡

张先（宋18）一首　题：寄越。①

江东苏小▲②夭斜窈窕▲都不胜、彩鸾娇妙▲春艳上新妆△风过着人香△

佳树阴阴池院▲▲华灯绣幔▲▲花月好、岂能长见▲▲离叙此生缘△△何计问高天△△

注：① 越：指杭州，古属越。② 江东：长江以东，指杭州；苏小：苏小小，南齐名妓。此处泛指美人。

五十二字　醉红妆

张先（宋18）一首

琼林玉树不相饶△①薄云衣，细柳腰△一般妆样百般娇△眉眼秀，总如描△

东风摇草杂花飘△恨无计，上青条△更起双歌郎且饮，郎未醉，有金貂△②

注：① 琼林玉树：喻其身躯如美玉；不相饶：不须人宽恕，即本来很受人怜。② 金貂：嵌金貂皮衣帽，喻贵族。

陈子龙（明441）一首　题：咏萤。

空庭星露暗香消△有荧荧，①烟外飘△一帘凉影点清宵△明还灭，弄花梢△

多情飞上翠云翘△②倩他照，晚妆娇△更喜玉纤轻拂下，③偏不见，落红绡△④

注：① 荧荧：指亮光。② 云翘：首饰。③ 玉纤：纤纤玉指。④ 红绡：指衣裙。

陆求可（清70）一首　题：重阳。

今年风雨让重阳△雁初飞，菊正黄△携筇直到钓台傍△[1]登眺处，尽秋光△
科头长啸发苍苍△[2]任风起，亦何妨△望断白衣归小径，成独坐，启南窗△
注：① 筇：拐杖。② 科头：不戴帽子；啸：撮口作声，吹口哨。

王暭(清 445)一首　题：午日。[1]

单衫鲜似杏红娇△画裙轻，称细腰△[2]篆符斜向玉钗摇△[3]分昌蒲，和香醪△[4]
兰汤浴罢倦无聊△[5]倚苔石，弄琼箫△[6]制得守宫羞不点，[7]明日验，怕全消△
注：① 午日：即端午日。② 称：称体。③ 篆符：弯曲符咒，端午日佩戴可避邪毒。④ 醪：指酒。⑤ 兰汤：洗浴水美称。⑥ 琼箫：玉箫。⑦ 守宫：即壁虎，捣烂伴以朱砂，涂女子臂上，若红色不退，即为处女。

西周生(清 525)一首　题意：《醒世姻缘传》第五十八回引词。

南园红瘦绿肥时△乍风暖，晚霞垂△鱼鲜蟹熟酒初酾△[1]招剧饮，[2]把尊移△
传杯直到醉如泥△相浪谑，怕谁知△不料美人窗外听，来梦里，画双眉△
注：① 酾：斟酒。② 剧饮：饮得很多。

徐旭旦(清 753)一首　题：偶遇。

朝来南陌踏青阳△[1]隔花丛，见淡妆△一眶秋水学窥郎△[2]纨扇小，没遮藏△
忽然风递口脂香△呼同伴，语如簧△[3]无力兜鞋牵柳线，归去也，倩人将△[4]
注：① 南陌：南郊；踏青阳：即踏青。② 秋水：喻眼波。③ 簧：乐器里铜薄片，喻好听。④ 将：扶也。

华侗(清 810)一首　题：山行。

清明已过百花嫣△雨初晴，鸟自喧△山溪风日更娟娟△游女媚，冶郎颠△
青帘村角舞翩翩△欲沽酒，枕苔眠△云锁高峰烟罩柳，归路近，夕阳边△

赵我佩(女)(清 1557)二首

(1) 帘波如水篆烟浮△[1]挂垂杨，月一钩△东风吹梦过红楼△空冷落，旧香篝△[2]
别来情绪似伤秋△恨无计，解眉头△心太玲珑人太瘦，禁不起，许多愁△
注：① 帘波：帘被风吹如波浪。② 篝：即笼。

(2) 近来憔悴不胜怜△薄罗裳，瘦削肩△撩人春色困人天△娇睡醒，尚思瞑△
晚妆无力整花钿△凤钗溜，髻云偏△弓样眉儿眉样月，知何日，是团圆△

李穆宣(清 1860)一首　题：玉琴以泥金团扇，题此阕。

玉貌娉婷绝世姿△[1]相逢后，倍相思△春光明媚惜花时△花并蒂，意迟迟△

卿是瑶台第四枝△②联鸳牒，③画蛾眉△偕老百年如我意，熊罴梦，④关雎时△⑤

注：① 娉婷：美貌。② 卿：对异性之爱称；瑶台第四枝：袁枚诗："云翘更比云英弱，知是瑶台第四枝。"③ 牒：谱也、籍也。④ 熊罴：本喻武士，《书》"则也有熊罴之士，不二心元臣"，从而引为对爱情忠贞不二。⑤ 关雎：《诗》："关关雎鸠，在河之洲；窈窕淑女，君子好逑。"喻求爱。

胡用宾（清 1905）一首　题：花朝薄醉口号。①

晓行带酒逐风飘△一弯柳，眉初描△依依扶我不胜娇△立难稳，莫轻摇△

春晴埒热满身潮△②行几步，闷无聊△日蒸花气腾红雾，闲坐玩，绿杨桥△

注：① 花朝：农历二月十二日。② 埒热：大热。

车乘轨（现当 88）一首　题：稽山园揽景忆童年。①　注：2001 年 7 月 14 日作。

风雨过后暑威消△稽山园，信步瞧△②近江明秀远峰高△③铜禹像，④耸云霄△

三河穿流碧波娆△水楼阁，⑤古环桥△石板围墙砖照壁，⑥乡味重，逝年遥△

注：① 稽山园：在绍兴城东南隅稽山门内，园循环城河东西展开，占地面积达 68000 平方米，为新建环城河八景之一。② 信步：随意行走。③ 远峰：指佛教名山香炉峰。④ 铜禹像：会稽山上夏禹王铜像。⑤ 水楼阁：骑跨于河上之楼阁称水阁。⑥ 照壁：正对大门之照墙。

五十二字　醉花阴

舒亶（宋 88）一首　题：梅。

月幌风帘香一阵▲①正千山云尽▲冷对酒尊旁，②无语含情，别是江南信▲③

寿阳妆罢人微困▲④更玉钗斜衬▲拟插一枝归，只恐风流，羞上潘郎鬓▲⑤

注：① 幌：帐幔、帘帷。② 尊：酒杯。③ 江南信：江南梅花开时，表示春已到江南。④ 寿阳：南朝宋武帝女，善梅花妆。⑤ 潘郎：美男子潘安，此处对丈夫之爱称。

曹组（宋 170）一首　题：元宵。

九陌寒轻春尚早▲①灯火都门道▲月下步莲人，②薄薄香罗，俏窄春衫小▲

梅妆深浅凤蛾枭▲随路听嘻笑▲无限面皮儿，虽则不同，各是一般好▲

注：① 九陌：指京都街巷。九，指京都有九座城门。② 莲人：美人。

李清照（女）（宋 207）一首　题：九日。①

薄雾浓云愁永昼▲瑞脑喷金兽▲②佳节又重阳，宝枕纱幮，③半夜凉初透▲

东篱把酒黄昏后▲④有暗香盈袖▲莫道不消魂，帘卷西风，人比黄花瘦▲⑤

注：① 九日：九月九日，重阳节。② 瑞脑：香名；金兽：兽形铜香炉。③ 纱厨：床帐。④ 把酒：持酒。⑤ 黄花：菊花。

张元幹（宋243）一首　题：咏木樨。[①]　注：一作李弥逊词。

紫菊红萸开犯早▲独占秋光老▲酿造一般清，比著芝兰，犹自争多少▲

霜刀剪叶呈纤巧▲[②]手撚迎人笑▲云鬓一枝斜，小阁幽窗，是处都香了▲

注：① 木樨：桂花别名。② 霜刀：锋利光白之刀。

刘基（明7）一首　注：《明词综》作焦源溥著。

红缀繁枝莺语巧▲弱柳和烟袅▲玉勒漫寻芳，[①]踏遍东皋，[②]满眼青青草▲

远岫重重霞气表▲[③]无数山花绕▲古寺梵音深，[④]曲径疏篱，才信郊居好▲

注：① 玉勒：喻骑马。② 东皋：东岸。③ 岫：山峰。④ 梵音：佛号。

杨基（明12）一首　题：题隔屏仕女。[①]

云母屏风金缕扇▲[②]薄映春风面▲纵是不分明，犹胜腰肢，背后匆匆见▲

镜里花枝帘底燕▲无处寻方便▲莫道不留情，秋水芙蓉，独自思量遍▲

注：① 仕女：旧时官宦人家的女子。② 云母：矿物，其片半透明，古时代玻璃使用。

朱柔英（女）（明210）一首　注：用李清照词韵。

清茗图书消永昼▲[①]宝篆喷金兽▲[②]高柳噪新蝉，小扇轻摇，风动荷香透▲

碧筒唱饮归来后▲[③]任嫩凉侵袖▲听罢采菱歌，向晚残妆，镜里添些瘦▲

注：① 茗：茶。② 金兽：兽形铜香炉。③ 碧筒：指莲蓬，折取作酒杯。

王肯堂（明235）一首

桃花飞去分鸾恨▲[①]一晌无音信▲[②]马识旧游踪，行过门前，停立浑忘进▲

金笼鹦鹉呼声近▲名姓犹相认▲侍女乍传言，刬袜相迎，[③]不得撩双鬓▲[④]

注：① 分鸾：鸾凤分开，喻恋人别去。② 一晌：此处指较长的时间。③ 刬袜：光着袜子，来不及穿鞋。④ 不得：来不及。

项兰贞（女）（明244）一首　题：闻莺。

袅袅东风欺弱柳▲碧沼波纹绉▲[①]寂寞倚雕栏，呖呖啼莺，几处春光透▲

千回百转离人后▲更怕春归骤▲记得去年间，花下踌躇，正是愁时候▲[②]

注：① 沼：曲池。② 愁时候：喻少女怀春。

成岫（女）（明270）一首　题：题画。

风送琅玕声簌簌▲[①]四月林齐绿▲纵日寄湖山，惆怅今春，[②]只是莺声熟▲

自嗟锦瑟年华促▲[③]日对生绡縠▲[④]点染似迂痴，[⑤]幽涧寒藤，疏树黄茅屋▲

注：① 琅玕：指白石栏杆；簌簌：风声。② 惆怅：伤感。③ 嗟：叹也；锦瑟：唐令狐楚家青衣。李商隐《锦瑟》诗："锦瑟无端五十弦，一弦一柱思华年。"④ 縠：绉纱。⑤ 迂痴：迂腐也。

薛素素（女）（明295）一首　题：姐妹。　注：此词《全清词·顺康卷》作郑景会著。

姐妹相携来斗草▲赌罢欺侬小▲[①]偷看合欢书，[②]岂料侬知，欲向人前道▲

频摇粉颊含糊笑▲低首羞还恼▲私许赠鲛绡，[③]再四叮嘱，休向人前告▲

注：① 侬：吴语，我也。② 合欢书：男女欢会之书。③ 鲛绡：传说中又名龙纱，产于南海，入水不濡。喻名贵衣料。

万时华（明307）一首　题：春闺。

寂寂花阴垂永昼▲[①]怕见花枝瘦▲小燕不飞来，软语雕梁，仰面珠钗溜▲

甘心正是伤心候▲密意闹消受▲怎肯不销魂，风雨西陵，[②]松下同心扣▲

注：① 永昼：长日。② 西陵：地名，有三处，均在湖北境。

沈寀（明403）一首

香散花飞衣袖窄▲浪浴双鸳翼▲明月爱随人，一缕红云，暗里争颜色▲

独立回廊闻太息▲梦里曾相识▲玉指映柔荑，[①]欲折花枝，睡起娇无力▲

注：① 柔荑：喻女手。荑，始生草，细嫩。

邵梅芳（明511）一首　注：用李清照词韵。

病起闲愁消永昼▲香钮松金扣▲时节近清明，燕子双来，翠帏轻寒透▲

杏花新雨池塘后▲莫道春依旧▲昨夜更东风，一树海棠，零落胭脂瘦▲

卞赛（女）（明542）一首　题：春恨。

春到人间能几日▲愁过清明节▲陌上正繁华，袅袅游丝，杜宇声啼血▲

茫茫山水经年别▲感事归心切▲无计可留春，阵阵杨花，吹起漫天雪▲

沙宛在（女）（明547）一首

翡翠楼头风几阵▲断送残红尽▲薄暮掩罗帏，独步无聊，不识初来径▲

起来云鬓慵慵整▲恰似酲初醒▲雨过近黄昏，拨动痴肠，怎奈伤春病▲

沈谦（明573）一首　题：闺情。

西窗斜日花阴下▲正梳头才罢▲对镜几徘徊，未到黄昏，又把云鬟卸▲

屏风自掩深寒夜▲剪银台灯灺▲[①]收取入香奁，狼藉春山，[②]留待檀郎画▲

注：① 银台：银烛台；灺：烧余灯芯。② 狼藉：杂乱；春山：喻眉峰。

计南阳（明587）一首　题：人日。[①]

昨夜轻霜花外转▲玳瑁床犹暖▲②五日雨兼风，极目平芜，③一望如新剪▲

含章点额今朝满▲④注口樱桃浅▲天上不风流，误得红颜，日日珠帘卷▲

注：① 人日：即正月初七日。② 玳瑁：龟类动物，甲壳可作装饰品。③ 平芜：平原上野草。④ 含章：殿名；点额：人日寿阳宫主卧檐下，梅花落于额上。

谢季兰（女）（明 622）一首　题：夏日。

薰风淡荡吹罗袖▲①槐柳新蝉骤▲池内小荷翻，何处箫声，吹彻梅花透▲②

如今景物还依旧▲茉莉花开后▲不坐已愁人，可怪黄鹂，叫得垂杨瘦▲

注：① 薰风：即南风。② 梅花：梅花三弄，曲名。

周禧（女）（明 626）一首　题：菊。

形影翩翩尘俗扫▲①一任西风老▲逸韵自凝妆，②月落篱边，夜夜酬诗草▲

百般斗色天工巧▲结伴寒霜晓▲三径未荒芜，醉倒渊明，③不觉乾坤小▲④

注：① 翩翩：轻快舞貌，喻其风流潇洒。② 韵：风韵。③ 渊明：即晋陶潜，弃官隐居，种菊醉酒。④ 乾坤：天地也。结尾三句，皆陶潜故事。

九容楼主人（明 650）一首　题：秋景。　注：见《英云梦传》第一卷。

爽气轻云飞永昼▲①黄菊山前瘦▲红叶散漫空，②检点秋光，只恐冬来骤▲

岚峰叠翠金风透▲③佳节重阳后▲饮酒无言醉，林间石畔，惹得人心懋▲④

注：① 永昼：长日。② 红叶：指枫叶。③ 金风：即秋风。④ 懋：盛大、广阔之意。

曹尔堪（清 69）一首

烘桃熨柳春方纵▲红雨花梢重▲风日近清明，几片榆钱，①都算莺儿俸▲②

冷烟堆径和谁共▲苔补闲阶空▲杜宇莫频啼，不唤人归，只唤三更梦▲

注：① 榆钱：指榆荚，因形状似钱。② 俸：俸钱，即工资。

宋徵璧（清 75）一首

豆蔻梢头花半吐▲栏畔微微雨▲一炷水沉香，六曲银屏，人在深深处▲

绿纱窗外春莺语▲密约防鹦鹉▲莫道不消魂，翠幕珠楼，休放相思去▲

丁澎（清 145）一首　题：寒食。

墙角秋千红影度▲①踏遍新苔露▲眉恨寄夭桃，②赚燕迷莺，都是相思树▲

柳丝烟挽湘帘暮▲春闷晴如雨▲楼不更飞花，屈戌重重，③难锁东风住▲

注：① 红影：指女子影。② 夭桃：艳丽的桃花。③ 屈戌：门窗上搭扣，用以上锁。

仲恒(清 177)二首　题：第一首，和金峤庵韵。

第二首，村舍书所见。

(1) 一春风雨春将暮▲又把春光误▲无奈恼春情，春鸟春花，都逐春归去▲

春来原是无凭据▲春去知何处▲把酒嘱春风，我欲留春，试问春相许▲

(2) 土作围墙茅作瓦▲有女闲游耍▲一段冶风姿，杏脸乌丝，隐约桑阴下▲

隔溪桃李浑如画▲春色真无价▲佳节正清明，游遍湖山，此地诚难舍▲

吴棠桢(清 200)二首　题：第一首，悔别。

第二首，戏赠。

(1) 金屋风生垂玉露▲①天远寒鸦树▲昨日未曾留，花外青骢，②直到西村去▲

络纬窗前啼不住▲③绣带宽如许▲非是怨梧桐，只为秋来，引得潇潇雨▲

注：① 金屋：闺房美称。② 青骢：马也，指骑马人。③ 络纬：昆虫名，又名莎鸡。

(2) 乳燕一双飞露井▲绾髻新开镜▲袅袅出房来，生怕衣香，薰得愁人病▲

悄唤低头佯不应▲花动罗裙影▲幼小会风流，光要檀郎，①梦到巫山等▲②

注：① 檀郎：对丈夫或恋人之爱称。源出古美男子潘安，小字檀奴。② 巫山：指欢会处，源出楚襄王梦会神女于巫山阳台。

俞公谷(清 263)一首　题：墙外髻。

蛱蝶光中春渺渺▲黄闪钗痕小▲花欲上人头，拂鬓飞来，难得人儿拗▲

玲珑一尺妆束好▲风认青鬟绕▲香气逼长林，侧颈低窥，瘦尽枝头鸟▲

陈维岳(清 429)一首　题：燕。

才见东风欺弱柳▲春社今年又▲①紫燕斗红襟，②衔尽香泥，掠过横塘右▲③

乌衣巷内重回首▲④只夕阳依旧▲莫向故巢来，玳瑁梁空，⑤愁绪千万有▲

注：① 春社：在立春后第五个戊日，是日祭后土神。② 紫燕：即燕，因颔下色紫；红襟：燕胸襟色红。③ 掠：斜飞而过。④ 乌衣巷：在南京。刘禹锡有《乌衣巷》诗“旧时王谢堂前燕，飞入寻常百姓家”。⑤ 玳瑁：龟类动物，甲壳可作装饰品。

徐允哲(清 538)一首

峭寒吹雨和风骤▲花落苔成绣▲把酒对芳园，枝上莺声，啼过清明候▲

惜春无计当春昼▲梅子青如豆▲记得去年时，帘幕重重，有个人消瘦▲

杨通佺(清602)一首　题：偶记。

綷粲声微窗隙漏▲①嗡呷丁香扣▲②瞥见侍儿来，梨颊潮红，③故理床前绣▲

一从人去黄昏后▲朱户扃清昼▲脉脉晚窗凉，坐到三更，月与灯俱瘦▲

注：①綷粲：象声词。②嗡呷：象声词。③梨颊：白面孔。

侯文曜(清622)一首　题：巫山望霞峰。①

闻说巫峰多媚妩▲今忽无寻处▲凝眼望霞边，片片闲云，竟被伊遮去▲②

闲云不怕行人妒▲也学峰无数▲风肯卷云开，仔细徘徊，峰立青如故▲

注：①望霞峰：为巫山十二峰之一。②伊：它也，指望霞峰。

吴皎临(女)(清794)一首

绮阁风柔回素袖▲①斜月帘栊透▲②罗幌暖翻春，③一枝荧光，隐隐花明绣▲

梦回烛影摇红后▲篆冷金猊兽▲④幽会未曾欢，懊恼东风，吹彻残更漏▲

注：①绮阁：精美之阁；素袖：白生绢袖子。②帘栊：挂有帘子窗户。③幌：帐幔。④篆：喻烟弯曲象篆体字；金猊兽：狮形铜香炉。

赵承光(女)(清845)一首　序：癸酉(1693年)初夏，值外君校士莱阳同妾子辈小酌芍药花前①……婢报床头金尽，触绪悲欢，感赋聊以自遣。

共赏名花开笑口▲此景生消受▲时序恰朱明，②嫩绿柔红，疏雨黄梅候▲

良辰莫放眉头皱▲且尽尊中酒▲乐志耐长贫，不贪气味，夜识金银瘦▲

注：①校士莱阳：在山东莱阳当考官。②朱明：即夏天。《尸子》卷上："春为青阳，夏为朱明，秋为白藏，冬为玄英。"

柳声(女)(清855)一首

推窗好月明如昼▲玉露浸双袖▲爱月倚栏杆，灭烛怜光，竟夕相思透▲①

披衣听彻连宵漏▲②翠黛依然皱▲③近日最魂消，赢得腰肢，④更比黄花瘦▲⑤

注：①竟夕：整夜。②连宵：也是整夜之意。③黛：喻眉。④赢得：剩得。⑤黄花：菊花。此句套李清照《醉花阴》"人比黄花瘦"词句。

曹去晶(清931)一首　题意：《姑妄言》第四回钟情写春。

杏萼枝头红尽吐▲紫燕蹁跹舞▲①春事半阑珊，②满径苍苔，微染如酥雨▲

频斟绿醑留春住▲③切莫催花去▲一岁几多时，剧饮高歌，④醉倒花阴处▲

注：①蹁跹：旋转舞蹈。②阑珊：衰落。③醑：美酒。④剧饮：畅饮。

汪上通(清1005)一首　题：题复斋叔过江游草。

蘼芜绿遍江南路▲燕语莺啼处▲随地得勾留，临水登山，直向瓜洲渡▲①

明月二分成小住▲②管领烟霞趣▲胜迹纪曾游，帽影鞭丝，又过红桥去▲③

注：① 瓜洲渡：长江渡口，南岸是镇江。② 明月二分：指扬州。杜牧诗："天下三分明月夜，二分无奈在扬州"。③ 红桥：即虹桥，扬州名胜。

王炳虎（清 1037）一首　题：闰上巳浣花居看牡丹，①同人小饮。

日长不把疏帘卷▲寂寞愁难展▲佳节记重三，②除了看花，料也无消遣▲

草桥小圃堪游衍▲③风里天香软▲生怕便摧残，拼醉何妨，莫道更筹转▲④

注：① 闰上巳：是年有闰三月；上巳：三月初三。② 重三：三月三日。③ 衍：延长。④ 更筹：即更鼓、更漏；筹，记数也。

彭贞隐（女）（清 1052）一首　题：和漱玉词韵。①

斜卷珠帘风拂昼▲门掩铜镮兽▲②天气渐融和，才弄纤箫，③粉汗轻衫透▲

子规啼到无声后▲岂但愁粘袖▲暮雨渍飞花，④一担想思，怎载凌波瘦▲

注：① 漱玉词：李清照词集。② 铜镮兽：兽形铜镮。③ 纤箫：细管箫。④ 渍：浸也。⑤ 凌波瘦：喻足小。

赵帅（清 1066）一首　题：水西看桃花。

载酒城西来唤渡▲隔岸桃千树▲风日近清明，小扇轻衫，细草平沙路▲

穷源便到前村坞▲有斜阳留住▲冷笑子规啼，才我归来，又劝谁归去▲

黄景仁（清 1101）一首　题：春困。

锦幕轻风吹又动▲放去惺忪梦▲①生怕卷珠帘，尺五春阴，②压得眉间重▲

满院姊归花外哢▲③恻恻寒飔送▲④昨日上高楼，南北东西，芳草何曾空▲⑤

注：① 惺忪：动摇不定，不踏实。② 尺五：喻近。《辛氏三秦记》："城南韦杜，去天尺五。"③ 姊归：即子规，杜鹃。④ 恻恻：严厉也；飔：暴风。⑤ 空：穷尽也。

王翠薇（女）（清 1127）一首　题：和薇隐韵。

嘹唳归鸿惊社后▲①旅馆乡心逗▲梦入晓云飞，绿遍天涯，不见门前柳▲

露桃影里人非旧▲春也应难久▲风日又清明，独对残红，寂寞帘垂昼▲②

注：① 社：指春社，是日祭后土神。② 垂昼：应为昼垂，因押韵而颠倒。

刘嗣绾（清 1174）一首

天外层湖湖外渡▲①渡口南塘路▲塘水太无情，流过门前，不许鸳鸯住▲

岸柳寒荒三两树▲没个寻春处▲懊恼是红船，不载春来，载了春归去▲

注：① 层湖：湖连湖。

乐钧（清 1199）一首

葱白衣裳云碧袖▲蝴蝶双双绣▲身似玉钗纤，不解相思，却又因谁瘦▲
海棠一萼红初透▲却受春风够▲千万莫轻开，试开枝头，几朵红依旧▲
庄盘珠（女）（清1268）二首　题：清明。
（1）小雨乍晴天气冷▲渐渐清明近▲断梦去无踪，似趁游丝，飞过秋千顶▲
年时只恁恹恹病▲更旧愁新恨▲人静一庭闲，荡破斜阳，响落风筝影▲
（2）春好翻愁春欲去▲燕子衔飞絮▲何处响饧箫，[①]杨柳门前，几点清明雨▲
纸灰飞过棠梨树▲[②]斜日无情绪▲芳草古今多，谁定明年，重踏青郊路▲
注：① 响饧箫：古代在清明前后，常有吹箫卖饧小贩；饧，饴糖。② 纸灰：指扫墓时烧的纸钱灰。
朱声希（清1349）一首　题：春阴。
霭霭青烟浮不动▲密似衣无缝▲柳色暗妆楼，碧掩窗纱，人在轻寒梦▲
养花微雨枝头重▲花外莺愁哢▲隔坞漏斜阳，如醉难醒，小院梨云冻▲
丁榕（清1390）一首
豆蔻汤温初罢浴▲[①]悄倚雕栏曲▲一院藕花风，剩有流萤，入幕窥帘熟▲
梦隔巫云峰六六▲[②]耐尽良宵独▲待月月生迟，小扇轻挥，翠簟凉蕲竹▲[③]
注：① 豆蔻汤：喻香汤、洗浴水。② 巫云：巫山云雨，楚襄王梦会神女交欢处；六六：喻远。③ 蕲竹：产于湖北蕲州，有三绝之称，色莹者为簟。
储慧娥（女）（清1515）一首
曲沼芙蕖香乍逗▲[①]看睡鸳如绣▲恼的是蝉声，纨扇频摇，无计消炎昼▲
新词按拍清商奏▲[②]喜晚凉还骤▲攀取碧筒杯，[③]试酌金波，[④]小饮黄昏后▲
注：① 曲沼：曲池；芙蕖：荷花别名。② 按拍：打拍子；商：五音之一，喻音乐。③ 碧筒：指莲蓬，代酒杯。④ 金波：酒名。
徐灏（清1580）一首　题：题张茶农大令画折枝桃花。[①]
绿叶纤纤枝宛转▲千叠桃花瓣▲似醉里婵娟，[②]酒晕模糊，颊上红潮见▲
折来带露团成片▲待靧芙蓉面▲[③]犹记曲栏前，细雨黄昏，有一双飞燕▲
注：① 大令：即知县官。② 婵娟：美女。③ 靧：洗面也。
戈坚（清1598）一首
一角湘帘天易暮▲[①]烟柳垂千缕▲缕缕荡春风，恨燕愁莺，总是相思语▲
墙阴何处秋千度▲红影迷香雾▲[②]屈戌一重重，[③]无数飞花，难锁春光住▲
注：① 湘帘：斑竹帘。② 红影：喻妇女影子。③ 屈戌：门窗上交连小环儿。

周寿昌(清1625)一首　题：玉河春望。①

策骑河边初放溜▲②风暖吹冰皱▲染柳更薰梅，百样生新，只有春如旧▲

西山遥望峰尖瘦▲③绿锁林梢秀▲风定晚来天，波湿残红，浸得斜阳透▲

注：① 玉河：发源于北京西北玉泉山下，环绕紫禁城。② 策骑：鞭马，即骑马。③ 西山：在北京西郊。

勒方锜(清1639)一首　题：宝应湖晚泊。①

湖上长堤烟压树▲暝色催津鼓▲②水阔燕声寒，唤起离人，梦落荒洲渡▲

秋来已是添愁绪▲更向天涯处▲争得不凄凉，一阵西风，一阵芦花雨▲

注：① 宝应湖：在江苏宝应县境。② 津鼓：渡船开停鼓声。

崔挺新(清1660)一首

绣陌和风收宿雨▲①簇簇霞千缕▲②时节正花朝，③嫩绿嫣红，都藉春为主▲④

一尊醽醁斟芳圃▲⑤看日高花吐▲扑鼻送清香，十二栏杆，蝴蝶争飞舞▲

注：① 绣陌：锦绣郊野；宿雨：隔夜雨。② 簇簇：丛聚。③ 花朝：农历二月十二日。④ 藉：借、靠之意。⑤ 一尊：一杯；醽醁：美酒名。

于懿(女)(清1670)一首

梳裹登楼春起早▲①新绿池塘草▲日日误寻芳，细雨丝风，断续何时了▲

商量半臂铺绵少▲②花勒微寒峭▲③卦里问归期，④越是多情，越是多烦恼▲

注：① 梳裹：梳头裹足，喻打扮。② 半臂：即背心。③ 此句谓微寒把花压勒，不得畅开。④ 卦：占卜。

许德蘋(女)(清1708)一首　题：九日。①

绿绮调弦消静昼▲②甲煎添香兽▲③枫叶几重重，一夜相思，染得腥红逗▲④

茱萸插遍登高后▲⑤引好风吹袖▲只为暗悲秋，人比山容，也带三分瘦▲

注：① 九日：农历九月初九，即重阳节。② 绿绮：琴名。③ 甲煎：香名，又名甲香。④ 逗：留。⑤ 茱萸：古人在重阳日，有登高插茱萸风俗。

缪珠孙(女)(清1804)一首

泛绿偎红消永夜▲①佳节团圞也▲罗薄未更衣，雾影云容，花气穿窗隙▲

冰纹窈窕枝低亚▲②万里清光泻▲扶醉话西风，天上人间，秋色平分乍▲

注：① 永夜：长夜。② 低亚：低压。

程澍(清1879)一首

小径香蘅吹粉面▲绿暗天低处▲闲过牡丹期，①一片飞花，荡作风前絮▲

第廿四番风信暮▲敲脆蓉笙谱▲莫倚短长桥，芳草斜阳，知是春归路▲

注：① 牡丹期：指谷雨节，在公历四月二十日左右。② 蓉笙谱：花谱名。

周守瑜（清1927）一首　题：新燕。

昨夜华堂春信到▲绿上庭阶草▲听得画梁间，细语双双，燕子又来了▲

今年却比去年早▲尚未呼僮扫▲旧垒幸依然，[①]不补不营，减省工多少▲

注：① 旧垒：指去年所留燕窠。

李叔同（现当9）一首　题：闺怨。

落尽杨花红板路▲无计留春住▲独立玉栏杆，欲诉离愁，生怕笼鹦鹉▲

楼头又见斜阳暮▲怎耐归期误▲相忆梦难成，芳草天涯，极目人何处▲[①]

注：① 作者于1901年2月，北上天津探望家人，其间入京访名伶杨翠喜，回津作此词。

车乘轨（现当88）一首　题：初冬游道墟镇。[①]　注：1996年12月6日作。

欲去遨游须趁早▲莫待严寒到▲时令又初冬，却是风和，依旧秋光好▲

高龄七四人虽老▲不减当年矫▲百里道墟行，[②]留恋忘归，村落炊烟袅▲[③]

注：① 道墟镇：原属绍兴市，今划归上虞市，离绍城五十华里。② 百里：指往返里程，作者以自行车代步，当天往返。③ 村落：即村庄；炊烟：喻傍晚尚在途中。

五十二字　锯解令

卢蕴贞（女）（清1553）一首

朝来几阵催花雨▲早柳絮、风前乱舞▲瑶筝试理十三弦，[①]漫弹出、闲愁无数▲[②]

呢喃燕语▲多少离怀待诉▲玳梁未改旧巢存，[③]却为底、[④]飞来又去▲

注：① 十三弦：筝有十三道弦。② 漫：助辞，随意之意。③ 玳梁：玳瑁梁，喻屋梁之华丽。④ 为底：即为何。

五十二字　双雁儿

查容（清448）一首　序：徐初邻于鸳鸯湖上新构一亭，[①]颇尽西湖胜概。醉别又月余矣，不得来信，戏填此词寄之。

水亭犹记醉如泥△两鸳鸯、望欲迷△兰桡镜槛惜分携△[②]是画里、夕阳低△

江村听尽鹧鸪啼△蒋山路、草萋萋△[③]郁郁久居缘底事，[④]好南北，没东西△

注：① 鸳鸯湖：即嘉兴南湖。② 镜槛：喻明窗。③ 蒋山：即南京钟山，徐初邻为南京人，清查慎行有《沁园春·寄徐初邻金陵》词。④ 底事：何事。

五十三字　上林春

毛滂（宋143）一首

蝴蝶初翻帘绣▲万玉女、齐回舞袖▲[1]落花飞絮濛濛，长忆着、灞桥别后▲[2]

浓香斗帐自永漏▲任满地、月深云厚▲夜寒不近流苏，[3]只怜他、后庭梅瘦▲

注：① 万玉女：喻柳絮之多，如万千之仙女。② 灞桥：在陕西长安（今西安），古人在此折柳赠别，今泛指送别之地。③ 流苏：帐幕挂垂之穗。

五十三字　少年游

庞蕙纕（女）（清112）一首　题：午日娶妇偶成。[1]

凤冠初卸，龙舟正渡，佳节恰新婚△羹遣姑尝，拜随堂上，红烛昨宵停△

葵榴艾虎，[2]晓妆才竟，深浅画眉痕△[3]愿来年此日，儿生镇恶，客满孟尝门△[3]

注：① 午日：即端午节。② 葵榴艾虎：皆端午饰物。③ 孟尝：孟尝君，战国时齐相，招贤纳士食客数千人。孟尝君是端午日出生，故云。

五十三字　水仙子

吴柏（女）（明598）一首　题：泛湖。[1]

湖开晓镜碧如油△山列烟屏翠欲流△小桥十二绕芳洲△[2]柳中舣，[3]花外楼△

锦堤金勒试骅骝△[4]风淡宕，[5]莺花丽，水空明，荇藻浮△听不尽、箫管歌喉△

注：① 泛湖：游湖。② 芳洲：花草香美之洲。③ 舣：停船。④ 勒：马笼头；骅骝：好马。⑤ 淡宕：即澹荡，恬静貌。

五十三字　折桂令

许白凤（现当58）一首　题：萧斋老人八三初度。[1]　注：1979年作。

看诗翁裁取长笺△自写行踪，八十三年△少别梁园△[2]壮游湖海，老客幽燕△[3]调琴柱，河阳花县△[4]

理珠盘△[5]阛府青钱△[6]回首云烟△到眼新天△杖屦林泉△[7]陆地神仙△

注：① 八三初度：八十三岁生日。② 梁园：指河南开封。③ 幽燕：指河北、北京。④ 河阳：今云南澄江县；花县：广东县名。⑤ 珠盘：即算盘。⑥ 阛府：市店。此句谓店中购物。⑦ 屦：即鞋。

五十三字　杏花天

朱冠瀛（清1748）一首

游丝醉软东风细▲摇曳出、嫩寒天气▲恹恹一桁垂地▲[1]懒了寻春燕子▲

无人处、重门静闭▲春去远、落花如睡▲消魂葬向栏杆底▲不管斜阳瘦矣▲

注：① 桁：即檩，托住椽子横木。此处指挂帘。

五十三字　皂罗袍

吴尚熹（女）（清1654）一首　题：新月。

乍可碧空云散▲[①]见银钩一曲，[②]照上栏杆△闲庭初漾，百花妍△花香人影相留恋▲

更筹暗转▲[③]苔阶露寒▲金波清浅▲玉镜婵娟△[④]数良宵、看到轮儿满▲[⑤]

注：① 乍可：正也、恰也。② 银钩：喻眉月。③ 更筹：即更鼓、更漏；筹，计时器具。④ 玉镜婵娟：喻美丽月光。⑤ 轮儿：指圆月。

五十三字　夜行船

赵长卿（宋389）一首

龟甲炉烟轻袅▲帘栊静、乳鸦啼晓▲[①]拂掠新妆，[②]时宜头面，[③]绣草冠儿小▲

衫子揉蓝初着了▲[④]身材称、就中恰好▲手撚双纨，菱花重照▲[⑤]带朵宜男草▲[⑥]

注：① 帘栊：挂着帘子窗户。② 拂掠：梳头。③ 时宜：适宜时代，即时尚。④ 衫子揉蓝：即揉蓝衫子。⑤ 菱花：指镜。⑥ 宜男草：即萱草，有育男之兆。

五十三字　东坡行

袁去华（宋311）一首

垄头梅半吐▲[①]江南岁将暮▲闲窗尽日将愁度▲黄昏愁更苦▲

归期望断，双鱼尺素▲[②]念嘶骑、到何处▲[③]残灯背壁三更鼓▲斜风吹细雨▲斜风吹细雨▲

注：① 垄头：田塍边。② 尺素：信。③ 嘶骑：指骑马人，即所念之人。

赵师侠（宋390）一首　题：癸巳（1173年）豫章。[①]

飞花红不聚▲都因夜来雨▲枝头冷落情如许▲[②]东风谁是主▲

看看满地，堆却香絮▲但目断、章台路▲[③]残英剩蕊留难住▲春归何处去▲春归何处去▲

注：① 豫章：地名，今江西南昌。② 如许：如此。③ 章台：章台柳，指柳。

五十三字　河传　第一体，起句二字，仄韵，以后各句平、仄互用，不甚规律。

顾敻（五代十国15）一首

曲槛▲春晚▲碧流纹细，绿杨丝软▲露华鲜△杏枝繁△莺啭▲野芜平似剪▲

直是人间到天上▲▲堪游赏▲▲醉眼凝屏幛▲▲对池塘△△惜韶光△△断肠△△为花须尽狂△△

尤侗(清81)一首　题：戏拟闺中乐词，三月。

春午▲①红雨▲②湔裙曲水，③采兰江渚▲④万花舆△⑤百子襦△⑥伴侣▲踏青芳草舞▲

拾来斗合鸳鸯语▲瑶环赌▲赢取同心缕▲晚还家△△倚碧纱△△周遮△△金铃偷护花△△⑦

注：① 春午：春半 ② 红雨：花落如雨。③ 湔裙：洗裙。④ 采兰江渚：即修禊，此句指上巳节祓除不祥活动。⑤ 舆：轿。⑥ 襦：短衫。⑦ 金铃：花架所系防鸟铃。

吕洪烈(清455)一首　题：觅渡。

南浦▲春暮▲绿杨丝软▲▲碧桃花坠，弄舟横△漾篙轻△波溅▲▲燕飞犹掠面▲▲

小立晴沙日将夕▲▲▲停游客▲▲▲何处云帆急▲▲▲卷长纶△△采香芹△△迷津△△①烟光隔岸生△△②

注：① 迷津：渡口迷惘无路。② 此词韵脚与他首迥异。本句“生”字庚韵，作宽叶。

袁棠(清1149)一首

春晓▲雨小▲阴阴院宇，落红多少▲听他双燕呢喃△①栏杆△东风寒不寒△

欠伸微度吹兰息▲▲②香帏揭▲▲小玉低声说▲▲③略从容△△④下帘栊△△⑤休慵△△罗衣添一重△△

注：① 此句本为三字二句，稍有不同。② 欠伸：打呵欠；兰息：喻气息带香。③ 小玉：指婢女。④ 从容：不急迫。⑤ 帘栊：窗帘。

杨继端(女)(清1239)一首　题：端午。

绣户▲重午▲①彩丝缠玉，宝钗簪虎▲②拂薰风△③石榴红△箫鼓▲锦标看竞渡▲④

一霎炎蒸荡波面▲▲珍珠溅▲▲浴竟新妆倦▲▲理云翘△△⑤试生绡△△⑥偷描△△远山痕暗销△△⑦

注：① 重午：即端午。② 虎：虎形饰物。③ 薰风：南风。④ 锦标：夺锦标。⑤ 云翘：首饰。⑥ 试生绡：试穿生丝织物，指衣裙。⑦ 远山：眉峰。

五十三字　河传　第二体，同第一体，但前、后段结尾四句均改成四字、六字、三字三句。

韦庄（五代十国1）一首

何处▲烟雨▲隋堤春暮▲[①]柳色葱茏△画桡金缕▲翠旗高飐香风△[②]水光融△

青娥殿脚春妆媚▲▲[③]轻云里▲▲绰约司花妓▲▲[④]江都宫阙，清淮月映迷楼△△[⑤]古今愁△△

注：① 隋堤：隋炀帝造，自洛阳至扬州。② 飐：指风动旗。③ 青娥殿脚：指殿脚女郎，隋炀帝龙舟挽纤女。④ 绰约：柔弱貌。⑤ 迷楼：隋炀帝扬州行宫。

史惟圆（清221）一首　题：夏夜。

骤雨▲消暑▲睡酣过午▲残照当楼△晚霞映水，此际风景将秋△去年愁△

无凭好梦应多误▲空来去▲又到消魂处▲重添惆怅，无语风透疏棂△△送流萤△△

五十三字　河传　第三体，同第一体，但上段第五、六句六字改成七字一句；后段第五句三字改成二字。

辛弃疾（宋370）一首

春水▲千里▲孤舟浪起▲梦携西子▲[①]觉来村巷夕阳斜△儿家△[②]短墙红杏花△

晚云做造些儿雨▲▲折花去▲▲岸上谁家女▲▲太狂颠△△那边△△柳绵△△被风吹上天△△

注：① 西子：即西施。② 儿：古代女子自称。

五十三字　河传　第四体，句式略同第三体，但前段结句少二字；后段第四、五句并成七字一句，多二字。

阎选（五代十国14）一首

秋雨▲秋雨▲无昼无夜，[①]滴滴霏霏△暗灯凉簟愁分离△妖姬△[②]不胜悲△

西风稍急喧窗竹▲▲停又续▲▲腻脸晕双玉▲▲几回邀约雁来时△违期△雁归人不归△[③]

注：① 夜：此字不叶韵，稍异。② 妖姬：泛指少妇。③ 下片平声韵未换韵。

吴洪化（清36）一首

残杏▲红晕▲[①]粉墙斜映▲烟雨濛濛△轻轻双燕剪东风△泥融△隔帘栊△

呢喃欲共佳人语▲▲随风舞▲▲故惹空闺妒▲▲落英衔坠画梁前△△微薰△△弄晴薄暮天△△

注：① 晕：此字作宽叶。

杨继端(女)(清1239)一首

春仲▲①春仲▲春阴如梦▲剪剪轻寒△一双燕影下雕栏△香残△鹧鸪斑△

棠梨早向东风嫁▲▲②新红挂▲▲闲趁花朝暇▲▲③小楼听雨又清明△△天晴△△饧箫处处声△△④

注：① 春仲：春半。② 嫁：随之而去之意。③ 花朝：农历二月十二日。④ 饧箫：古人在清明前后多吹箫卖饧小贩。饧，即饴糖。

五十三字　河传　第五体，起句四字。

李清照(女)(宋207)一首　题：春暮。

帝里春晚▲①重门深院▲草落阶前△暮天雁断▲楼上远信谁传△恨绵绵△

多情自是多沾惹▲▲难拼舍▲▲又是寒食也▲▲秋千巷陌，人静皎月初斜△△浸梨花△△

注：① 帝里：即京都，指临安(今杭州)。

刘基(明7)一首

翠被夜冷▲碧梧风劲▲蛩语将阑，①栖鸦不定▲开户月在枝头△恰如钩△

烟波缥缈瑶台路▲▲②人何处▲▲黄叶连天雨▲▲梦魂此际，绕尽越水吴山△△白云间△△

注：① 蛩语：指蟋蟀鸣叫；阑：此字不叶韵，与李清照词稍异。② 缥缈：高远貌；瑶台路：喻仙境。

五十三字　河传　第六体，前段起二句同第五体，但以下分句多异。

杨继端(女)(清1239)一首

送春何处▲一池微雨▲依依落絮▲①踏青还约凤侣▲②寄语▲澣裙临洛浦▲③

弹棋笑指金蝉赌▲偏输与▲偷掐花枝补▲荡春愁△木兰舟△④休休△春归不可留△

注：① 依依：柔弱貌。② 凤侣：喻女伴。③ 澣裙：洗裙；洛浦：洛水之滨也。张衡赋："召洛浦之宓妃。"宓妃，即洛神。④ 木兰舟：舟之美称。

五十三字　迎春乐

晏殊(宋20)一首

长安紫陌春归早▲①亸垂杨、染芳草▲②被啼莺、语燕催清晓▲正好梦、频惊觉▲

当此际、青楼临大道▲[3]幽会处、两情多少▲莫惜明珠百琲，[4]占取长年少▲

注：① 长安：汉、唐京都，借指汴京（今开封）；紫陌：紫禁城街巷。② 亸：下垂。③ 青楼：喻妓院。④ 百琲：喻重价；琲，音倍，珠五百枚也。

五十三字　雨中花

张小莲（女）（明562）一首

闻说海棠开尽了▲怎生得夜来一笑▲嫩绿枝头，落红阵里，问有知多少▲

小院闭门春悄▲禁不得瘦腰如裊▲豆蔻浓时，荼蘼香处，试把菱花照▲

五十三字　南歌子

秦观（宋116）一首

夕露沾芳草，[1]斜阳带远村△几声残角起谯音△[2]撩乱栖鸦飞舞，闹黄昏△

天共高城远，香余绣被温△客程常是可销魂△[3]怎向人人心头，横着个人人△[4]

注：① 夕露：夜里露水；沾：浸湿。② 角：守卒号角；谯：更楼。③ 客程：旅途。④ 人人：那个人。

五十三字　恨欢迟

张桊（宋246）一首　题：梅。

淡薄情怀，浅缀胭脂△独占江梅，最好是、严凝苦寒天气，却是开时△

也不许、桃杏斗妍媸△[1]也不许、雪霜相欺△又只恐、谁家一声羌笛，[2]落尽南枝△[3]

注：① 妍媸：美丑。② 羌笛：少数民族乐器。③ 南枝：指梅花。

五十三字　怨王孙　第一体，起句二字。

韦庄（五代十国1）二首

（1）锦里▲[1]蚕市▲满街珠翠▲千万红妆△玉蝉金雀，[2]宝髻花簇鸣珰△[3]绣衣长△

日斜归去人难见▲▲青楼远▲▲队队行云散▲▲不知今夜，何处深锁兰房△隔仙乡△

注：① 锦里：锦官城，指四川成都，作者曾官于此。② 玉蝉金雀：皆指首饰。③ 珰：耳镮。

（2）春晚▲风暖▲锦城花满▲[1]狂杀游人△玉鞭金勒，[2]寻胜驰骤轻尘△惜良辰△

翠娥争劝临邛酒▲▲[3]纤纤手▲▲拂面垂丝柳▲▲归时烟里，钟鼓正是黄

昏△暗销魂△

注：① 锦城：锦官城，指成都。② 此句指骑马人。③ 翠娥：喻女郎；临邛：四川县名，司马相如曾在临邛卖酒，妻卓文君当垆。

五十三字　怨王孙　第二体，起句四字。

张元幹(宋243)一首

小院春昼▲晴窗霞透▲着雨胭脂，倚风翠袖▲芳意恼乱人多△暖金荷△①

多情不分群花后▲伤春瘦▲浅黛眉尖秀▲红潮醉脸，半掩花底重门△△怨黄昏△△

注：① 金荷：即烛台。

五十三字　怨王孙　第三体，同第二体，但后段仄韵换第二种。

王世贞(明207)一首　题：春病。

无奈春去▲弄晴弄雨▲酽绿漓红，①嫩寒柔暑▲篱外谁展新溪△乳鸠啼△

五陵油壁斜阳外▲▲②轮声脆▲▲几点平芜碎▲▲独余病骨，依旧掩却帘栊△△怕东风△△

注：① 酽：厚也；漓：薄也。② 五陵：指豪门贵族。徐陵文："五陵豪族，充选掖庭"；油壁：油壁香车，指妇女乘车。

五十三字　红窗听

晏殊(宋20)一首

淡薄梳妆轻结束▲天付与、脸红眉绿▲连环书素传情久，①许双飞同宿▲

一晌无端分比目▲②谁知道、风前月底，相看未足▲此心终拟，觅鸾弦重续▲③

注：① 书素：即书信。② 一晌：一会儿；比目：比目鱼，喻成双作对。③ 鸾弦：喻结合。《汉武帝外传》："武帝弦断，以鸾胶续之。"

李穆宣(清1860)一首　题：早起。

唤醒了梦中人起▲黄莺儿、清脆可喜▲瓮有新醪浮绿蚁▲①莫恋甜香美▲

东风昨夜吹窗绮▲②落花片片芳园里▲③韶光似水▲鹧鸪声声，又报春归矣▲

注：① 醪：浊酒；绿蚁：渣粒。此首"蚁"字叶韵，与晏词稍不同。② 绮：丝织物。③ 此首"片"字间无"、"号，"里"字叶韵，与晏词稍不同。

五十三字　唐多令

贾云华(女)(元92)一首　题：和魏鹏。　注：见《剪灯余话》卷五。

少小惜红芳△文君在绣房△①马相如、赋就求凰△②此夕偶谐云雨事，桃浪起，湿衣裳△

从此褪蜂黄△芙蓉愁见霜△海誓山盟休忘却，两下里，细思量△

注：① 文君：卓文君，喻自己。② 马相如：司马相如，喻魏鹏；求凰：指琴曲《凤求凰》。汉司马相如曾操《凤求凰》，以挑逗卓文君。

魏鹏（元93）一首　题：赠贾云华。　注：见《剪灯余话》卷五。

深院锁幽芳△三星照洞房△①蓦然间、得效鸾凰△②烛下诉情犹未了，开绣帐，解衣裳△

新柳未舒黄△枝柔那耐霜△耳畔低声频付嘱，偕老事，③好商量△

注：① 三星：即心星，作为嫁娶占候；洞房：新婚寝房。② 鸾凰：喻夫妇。③ 偕老：夫妇相偕到老。

五十三字　茶瓶儿

梁意娘（女）（宋198）一首　题：寄李生。

满地落花铺绣▲丽色着人如酒▲晓莺窗外啼杨柳▲愁不奈，两眉频皱▲

关山杳▲▲音信悄▲▲那堪是，当年时候▲▲盟言辜负知多少▲▲对好景、顿成消瘦▲▲

五十三字　荔子丹

无名氏（宋614）一首

斗巧宫妆扫翠眉△①相唤折花枝△晓来深入芳菲里，②红香散、露浥在罗衣△③

盈盈巧笑咏新词△④舞态尽娇姿△袅娜又回迎宴处，⑤簇神仙、会赴瑶池△⑥

注：① 宫妆：皇宫妆饰。② 芳菲：指花草香美。③ 浥：沾湿。④ 新词：新创作之词。⑤ 袅娜：柔软细长貌。⑥ 瑶池：西王母居处。

五十三字　望远行

李珣（五代十国5）一首

春日迟迟思寂寥△行客关山路遥△琼窗时听语莺娇△柳丝牵恨一条条△

休晕绣，①罢吹箫△貌逐残花暗凋△同心犹结旧裙腰△忍辜风月度良宵△

注：① 晕绣：使彩线花纹，其色深浅合宜。

车乘轨（现当88）一首　题：忆磐安行。①　注：2003年7月5日作。

记得年时到岭干△②越岭翻岗涉滩△野花扑面鸟声喧△一湾溪涧水潺潺△③

收电视，④映磐安△水色山光似前△重观旧景意缠绵△此身如入万峰间△

注：① 磐安：浙江县名，境内多山，交通不便。② 年时：那年，指1956年4月底及1961年1月中旬；岭干：磐安村名，离县城约七十华里。③ 潺

潺：水流貌。④ 电视：今日浙江台《江南好》栏目放映《磐安夹溪风景》。

五十三字　菊花新

杜安世(宋 53)一首

怎奈花残又莺老▲槛里青梅双枝小▲新荷长池沼▲[1]当晴昼、燕子声闹▲

亭栏花绽颜色好▲风雨催催，等闲开了▲[2]酒醒暗思量，无个事、甚刚烦恼▲[3]

注：① 池沼：圆称池，曲叫沼。② 等闲：不留意。③ 无个事：无甚事。

五十三字　恋绣衾

蒋捷(宋 580)一首

蒨金小袖花下行△[1]过桥亭△倚树听莺△被柳线、低萦鬓，绀云垂、钗凤半横△[2]

红薇影转晴窗昼，[3]漾兰心、来到绣屏△奈一点、春恨，在青蛾、弯处又生△[4]

注：① 蒨金：带有赤色之黄金。指袖上所镶金线。蒨，赤色。② 绀云：即青丝，发之美称。绀，天青色。③ 薇：蔷薇。④ 青蛾：即黛眉。

五十四字　一萼红

冯鼎位(明 407)一首

过西村△指青青杨柳，又是一年春△闻说桥头，回澜涨绿，依旧还绕朱门△

重来问、丽人何处，但满院、苔影锁黄昏△回首东风，半钩新月，数点微云△

五十四字　三字令

向子諲(宋 218)一首

春日尽，雨余时△红簌簌，[1]绿漪漪△[2]花满地，水平池△烟光里，云影上，画船移△

文鸳并，白鸥飞△歌韵响，酒行迟△将我意，入新诗△春欲去，留且住，莫教归△

注：① 红簌簌：指红花纷纷落下。② 绿漪漪：指绿水添了皱纹。

五十四字　月照梨花　第一体，后段不换第二种仄韵。

陆游(宋 330)二首　题：闺思。

(1) 霁景风软，[1]烟江春涨▲小阁无人，绣帘半上▲花外姐妹相呼△约樗蒱△[2]

修蛾忘了章台样▲[3]细思一晌▲[4]感事添惆怅▲胸酥臂玉销减，拟觅双鱼△[5]倩传书△

注：① 霁景：雨后景致。② 樗蒱：赌戏也。③ 修蛾：细长的眉毛眉；章台：章台柳，指柳叶眉。④ 一晌：一会儿，指较长的时间。⑤ 双鱼：喻送信人，传说鱼能传书。

(2) 闷日萦损，那堪多病▲几曲屏山，伴人昼静▲梁燕催起犹慵△换薰笼△
新愁旧恨何时尽▲渐凋绿鬓▲小雨知花信▲芳笺寄于何处，绣阁珠栊△柳阴中△

五十四字　月照梨花　第二体，同第一体，但后段仄韵换第二种。

黄升（宋507）一首

昼景方永，[1]重帘花影▲好梦犹酣，[2]莺声唤醒▲门外风絮交飞△送春归△
修蛾画了无人问▲▲[3]几多别恨▲▲泪洗残妆粉▲▲不知郎马何处，烟草凄迷△[4]鹧鸪啼△[5]

注：① 永：长也。② 酣：睡得很痛快。③ 修蛾：细而长眉毛。④ 凄迷：凄凉迷惘。⑤ 鹧鸪：鸟名，叫声如"行不得也哥哥"。

五十四字　木兰花

魏承班（五代十国6）一首

小芙蓉，香旖旎▲[1]碧玉堂深情似水▲闭宝匣，[2]掩金铺，[3]倚屏拖袖愁如醉▲
迟迟好景烟花媚▲曲渚鸳鸯眠锦翅▲凝然愁望静相思，一双笑靥颦香蕊▲

注：① 旖旎：柔和。② 匣：指镜匣。③ 金铺：铺贴门上用以衔镮者，此处喻门。

五十四字　江月晃重山

邵亨贞（元86）一首　序：辛丑（1361年）上元前一夕，[1]积雪试晴，颇有春意。小溪之上，有张灯于琳宫者，[2]慨然感兴，以此写之。

梅萼香融霁雪，檐牙暖溜悬冰△[3]出林幽鸟动春声△元宵近，愁里梦还惊△
村巷依然素月，[4]寒窗只是青灯△难寻遗老问承平△[5]南朝事，千古独伤情△

注：① 上元：即元宵。② 琳宫：即寺院。③ 檐牙：指檐口屋瓦。④ 素月：皎洁月光。⑤ 遗老：前朝遗民；承平：相承太平之世。

杨慎（明157）二首　题：第二首，壬寅（1542年）立春。

(1) 腊尾金杯滟滟，[1]春头彩胜翩翩△[2]裁红晕碧动嫣然△[3]风日好，偷眼艳阳天△
一曲玉箫明月，几弦锦瑟华年△[4]故乡迢递水云连△[5]归未得，思发在花前△

注：① 腊尾：即年底；滟滟：酒色泛光也。② 彩胜：首饰；翩翩：轻疾貌。③ 嫣然：巧笑。④ 锦瑟：乐器名。李商隐《锦瑟》诗："一弦一柱思华年。"⑤ 故乡迢递：作者四川眉山人，因忤帝被谪戍（发配）云南，远离家乡。

（2）龙马山前草长，[①]蝗螂川上花开△[②]霜天晓角报春回△[③]传菜手，先进荡寒杯△

金线丝丝染柳，[④]玉英片片薰梅△[⑤]流光容易把人催△吾老矣，何日赋归来△[⑥]

注：① 龙马山：作者戍所云南永昌山名。② 螳螂川：永昌水名。③ 晓角：早晨守兵号角声。④ 金线：喻柳丝。⑤ 玉英：喻梅叶。⑥ 此句指思乡不得归。

张大烈（明 402）一首　题：立春。

新剪钗头彩胜，[①]先开爆竹轰雷△土牛鞭动报春回△[②]梅花宴，祝颂紫霞杯△

百舌调歌上柳，[③]群蜂吸气寻梅△韶光淑景序中催△[④]知春早，芽出衬鲜苔△

注：① 胜：首饰，以丝绸或乌金纸剪成花鸟等形体。② 土牛：立春日制土牛催耕。③ 百舌：鸟名，善唱鸣。④ 淑景：美景。

易震吉（明 444）一首　题：三月。

有酒无莺不韵，看花得句尤新△村村三月弄青春△堤畔柳，偏趁浪游人△[①]

古屋将苔护壁，小园放笋过邻△相逢都戴郭宗巾△[②]晴又雨，今朝浥轻尘△[③]

注：① 趁：追逐也。② 郭宗巾：东汉人郭泰，字林宗，人皆仰慕，尝遇雨，折巾一角，时人效之，称为林宗巾。③ 浥：沾湿。

沈榛（女）（清 353）一首　题：立春。

雪馆絮飞初散，冰池澌响旋开△东君芳讯喜才回△双胜好，春色上鸾钗△

堤畔和风报柳，溪头淑景催梅△宜春小字贴幽斋△盘供饼，且与醉深杯△

徐允哲（清 538）一首　题：田家。

高树绿回榆柳，薰风吹遍桑麻△[①]黄梅天气到农家△[②]溪雨足，新水闹鸣蛙△

学舞燕雏穿屋，呼晴鸠妇衔花△腊醅香暖不须赊△[③]长笛晚，牛背夕阳斜△

注：① 薰风：南风。② 黄梅：农历五月梅熟时。③ 醅：酒；赊：欠帐。

黄坤（清 566）一首　题：上元。

几度和风细雨，染成花柳春城△喧喧士女踏歌声△星球烂，箫鼓入三更△

照眼龙灯鹤焰，销魂金屋银屏△玉楼天半倚飞琼△[①]珠帘卷，明月夜吹笙△

注：① 飞琼：指许飞琼，西王母侍女。喻仙女、美人。

车乘轨（现当88）一首　题：贺《佛教诗词楹联选·嘉兴市卷》出版。　注：2009年3月25日作。

从不崇神信鬼，偏亲寺庙庵观△桃源福地境安闲△临游览，情抒寄词翰△①

《佛教诗词》辑选，应邀稿发多篇△历时三载始完编△书成印，浙大版斑斓△②

注：① 翰：文笔，指作诗填词。② 后段指2006年嘉兴筹编《佛教诗词》，作者应稿七篇。斑斓：指图文并茂。

五十四字　杏花天

朱敦儒（宋180）一首

浅春庭院东风晓▲细雨打、鸳鸯寒峭▲花尖望见秋千了▲无路踏青斗草▲

人别后、碧云信杳▲对好景、愁多欢少▲等他燕子传音耗▲红杏开也未到▲

史浩（宋283）一首

梦魂飞过屏山曲▲①见依旧、如花似玉▲②天寒翠袖依修竹▲③两点春山斗绿▲④

披衣起、闲愁万斛▲⑤正月澹、梅花照屋▲重温绣被薰清馥▲不管明烧画烛▲

注：① 屏山曲：曲折屏风。② 如花似玉：喻女貌美丽。③ 修竹：直而长之竹。④ 春山：喻眉峰。⑤ 万斛：喻量多，每斛折合五斗。

谢懋（宋318）一首

海棠枝上东风软▲荡霁色、烟光弄暖▲①双双燕子归来晚▲零落红香过半▲

琵琶泪、揾青山浅▲②念事与、危肠易断▲余酲未解扶头懒▲③屏里潇湘梦远▲

注：① 霁色：雨止景色。② 揾：揩拭；青山：喻眉上所画黛绿。③ 酲：酒醉；扶头：易醉之酒。

辛弃疾（宋370）一首

病来自是于春懒▲但别院、笙歌一片▲蛛丝网遍玻璃盏▲更问舞裙歌扇▲

有多少、莺愁蝶怨▲甚梦里、春归不管▲杨花也笑人情浅▲故故沾衣扑面▲

吴礼之（宋415）一首　题：春思。

闷来凭得栏杆暖▲自手引、珠帘高卷▲桃花半露胭脂面▲芳草如茵乍展▲①

烟光散、湖光潋滟▲②映绿柳、黄鹂巧啭▲遥山何似宫眉浅▲③人比遥山更远▲

注：① 茵：垫毯之类。② 潋滟：水波相连貌。③ 遥山：远山。借喻眉峰。

汪莘(宋418)一首。

美人家在江南住▲每惆怅、江南日暮▲①白蘋洲畔花无数▲还忆潇湘风度▲②

幸自是、断肠无处▲怎强作、莺声燕语▲东风占断秦筝柱▲③也逐落花归去▲

注：① 惆怅：伤感。② 潇湘：本湖南水名，因画家宋迪有《潇湘八景》，遂泛指风景佳美。③ 秦筝：因筝为秦人蒙恬所造，遂称。

史达祖(宋424)一首　题：清明。　注：此词《花草粹编》作谢懋撰。

软波拖碧蒲芽短▲画桥外、花晴柳暖▲今年自是清明晚▲便觉芳情较懒▲

春衫瘦、东风剪剪▲过花坞、香吹醉面▲归来立马斜阳岸▲隔岸歌声一片▲

高观国(宋431)一首

远山学得修眉翠▲看眉展、春愁无际▲雨痕半湿东风外▲不管梨花有泪▲

西园路、青鞋暗记▲怕行入、秋千径里▲一春多少相思意▲说与新来燕子▲

江开(宋513)一首

谢娘庭院通芳径▲四无人、花梢转影▲几番心事无凭准▲等得青春过尽▲

秋千下、佳期又近▲算毕竟、沉吟未稳▲不成又是教人恨▲待倩杨花去问▲

李莱老(宋531)一首

年时中酒风流病▲①正雨暗、蘼芜深径▲②人家寒食烟初禁▲狼藉梨花雪影▲

西湖梦、红沉翠冷▲记舞板、歌裙厮趁▲③斜阳苦与黄昏近▲生怕画船归尽▲

注：① 中酒：即醉酒。② 蘼芜：多年生草，野生。③ 厮趁：相追逐。

张炎(宋572)一首　题：赋疏杏。

湘罗几剪粘新巧▲似过雨、胭脂全少▲不教枝上春痕闹▲都被海棠分了▲

带柳色、愁眉暗恼▲漫遥指、孤村路杳▲深巷明朝休起早▲空等卖花人到▲①

注：① 结尾两句套陆游诗：“小楼一夜听春雨，深巷明朝卖杏花。”

彭孙贻(明504)一首　题：春尽。

丝丝浓雨韶华嫩▲①尽生受、莺窥燕问▲②恣情蝶害花劳顿▲红积地衣一寸▲③

愁眠觉、宫槐蚁群▲③香烬坠、金炉鸭粪▲春衫宽褪知因甚▲人别月儿小尽▲④

注：① 韶华嫩：春景弱，即春尽。② 生受：吃苦、麻烦之意。③ 红：指落花；宫槐蚁群：有淳于棼者梦至槐安国，国王妻以女，封南柯郡太守，备极显荣。既醒，见槐树南枝下有蚁穴，即所谓南柯郡，见《南柯记》。④ 小尽：此处指小月的末日。

王庭(清 21)一首　题：和史蘧庵登烟雨楼。[1]用原韵。

长堤贴水芹芽短▲断烟里、犹存旧馆▲游人过处钟声晚▲日影西林落半▲

燕飞去、波间剪剪▲[2]垂杨柳、风开面面▲凭高未许双眸倦▲且看红霞千片▲

注：① 烟雨楼：嘉兴名胜古迹，在南湖湖心岛中。② 剪剪：指燕尾如剪，在波间飞过。

陆求可(清 70)一首　题：初春。

迎春帘幕重重晓▲乍扑面、东风寒峭▲霜花雪树关山道▲转眼王孙芳草▲

园林里、新莺小小▲屋角外、游丝袅袅▲红楼从此风光好▲齐约秋千会早▲

吴绮(清 90)一首　序：在朱雀航左，相传杜牧之沽酒处。春时花开烂漫，都人游赏之盛，不减曲江，今废为圃，坊名碎锦，尽属烟销矣！

春风初到乌衣路▲[1]开尽了、轻红千树▲颠狂不见当年杜▲[2]花袅酒旗青纻▲[3]

又过了、榆钱柳絮▲[4]浑莫劝、东君且住▲[5]恨他燕子衔春去▲一片香泥何处▲

注：① 乌衣路：指南京乌衣巷。② 杜：指唐诗人杜牧。③ 酒旗青纻：青色麻织物酒旗。④ 榆钱：指榆荚，因其形似钱故称。⑤ 东君：司春之神。

吴绡(女)(清 238)一首

今年一倍春光早▲燕子话、杏园消耗▲马蹄踏遍青青草▲惹袖东风偏好▲

贺大厦、羡伊飞绕▲[1]对美景、欢情多少▲宵来惊蛰宵声报▲[2]满眼曲江花笑▲

注：① 伊：指燕。② 惊蛰：二十四节气之一，在公历三月五日左右。

丁炜(清 357)一首　题：寒食郊行。

柳烟梨雪东风晚▲巡绣陌、晓寒乍浅▲草香泥润金羁缓▲隔水卖饧声唤▲

春欲去、游丝难罥▲听软语、无聊莺燕▲飞红暗绿谁庭院▲人试轻衫小扇▲

范荃(清 378)一首　题：秋千。

彩绳画板从容系▲看六幅、裙儿扬起▲飞飞只在垂杨际▲不道有人偷睨▲[1]

曾见惯、儿时还记▲空约略、当年情事▲[2]一天愁绪都抛去▲[3]正好盈盈落地▲

注：① 睨：斜着眼旁观。② 约略：大约。③ 去：此字不叶韵，作宽叶。

丁焯(清 414)一首　题：寒食郊行。

玉骢嘶断斜阳晚▲[1]渐踏遍、裙腰草浅▲卖花声过西楼缓▲不见隔帘人唤▲

垂柳外、秋千还罥▲但划地、香泥掠燕▲[2]新烟笼烛回深院▲低袅雀屏画扇▲

注：① 玉骢：指马。② 划地：依旧之意。香泥掠燕：即燕子衔泥筑巢。

查容（清 448）一首　题：闺晓。

小楼侵晓东风转▲整翠钿、珠帘不卷▲偷闲谁放双飞燕▲红雨飘来数点▲[1]

波斯黛、晴窗笑撚▲[2]更商略、画眉深浅▲[3]屏山重叠回娇面▲镜里分明近远▲

注：① 红雨：指落花。② 波斯黛：波斯国（今伊朗）所产画眉之黛绿。③ 商略：即计划。

徐瑶（清 701）一首　题：本意。

梅香褪后春无据▲[1]好凭仗、杏花为主▲胭脂暖晕潮微吐▲淡日笼烟几树▲

新来燕、欲衔还语▲[2]乍醒蝶、未窥先妒▲东风一夜飞红雨▲羞作梨花伴侣▲

注：① 无据：无凭。② 衔：指衔泥、草作巢。

查清（女）（清 706）一首　题：杏花。

甚花偷得春风巧▲匀粉薄、凝脂犹少▲梅花冷淡桃花俏▲多被此花占了▲

蜂蝶采、花容自恼▲烟雨润、花容自好▲花外酒旗摇扬早▲应有醉花人到▲

杜诏（清 805）一首

柳丝风剪青旗飐▲[1]吹遍了、杏花村店▲满浮蚁绿猩红糁▲[2]怕是花浓酒酽▲[3]

霞颊晕、朱唇乍点▲烟鬓湿、粉痕犹敛▲[4]寻春那抱伤春怨▲约略疏香小艳▲[5]

注：① 青旗：指酒旗；飐：被风吹动。② 蚁绿：新酿酒未滤清时，酒面泛起酒渣，色微绿，细如蚁，故称。后代指新酒。猩红糁：红色渣粒，代指杏花。③ 酽：浓厚。④ 烟鬓：即雾鬓，喻发之美。⑤ 约略：大概也。

张令仪（女）（清 831）一首　题：本意。

鸦啼金井纱窗晓▲掩重门、梦回人悄▲杏花一夜齐开了▲付与斜阳芳草▲

曲江宴、轮蹄久杳▲玉楼人、瞑多起少▲枝上红香看渐耗▲那更卖花声到▲

朱昂（清 1090）一首

玉楼帘静谁家院▲似相识、新巢社燕▲[1]绿杨烟锁愁如线▲闲倚栏杆春倦▲

早又是、刺桐风颤▲最惆怅、碧箫声远▲[2]桃花隔浦烘霞片▲想像去年人面▲[3]

注：① 社燕：春社时燕子。春社，在立春后第五个戊日。② 惆怅：伤感。

③ 结尾两句套崔护诗："去年今日此门中，人面桃花相映红。"

唐埙（清 1497）一首

商量何事医花瘦▲只分付、东风休骤▲杜鹃啼遍黄昏后▲花也如人中酒▲①

梅花皱、杏花红又▲怕镜里、伤春僝僽▲②翠楼紧记鸳盟旧▲懒把踏青鞋绣▲

注：① 中酒：酒醉。② 僝僽：憔悴。

孙鼎臣（清 1664）一首　题：清明。

禁烟时节花飞絮▲①又一点、分来宫炬▲②冶春心事低迷处▲豆蔻梢头风雨▲

渐移了、暖红帘幕▲又闲了、踏青箫鼓▲莺莺燕燕都来诉▲无计将伊分付▲

注：① 禁烟时节：指寒食节。② 此两句套用韩翃《寒食》诗："春城无处不飞花，寒食东风御柳斜。日暮汉宫传蜡烛，轻烟散入五侯家。"

车乘轨（现当 88）一首　题：欣接外孙女陆晖汇款。　注：2002 年 8 月 21 日作。

我家今岁添新喜▲外孙女、列名学士▲①春风得意人才市▲马不停蹄任事▲

尊长辈、情牵孝记▲工资领、付邮分寄▲拙词入选诗编委▲②汇款移充书费▲②

注：① 学士：江苏大学本科毕业。② 诗编委：指《中华当代诗钞》编委会。③ 汇款：所汇二百元随即汇出购书。

五十四字　东坡引

佟世南（清 315）一首　题：夜闺。

月儿圆似镜▲偏是人孤零▲下阶怕露弓鞋影▲①画裙风不定▲画裙风不定▲

栏杆还独凭▲露湿苍苔冷▲新篁敲遍谁相应▲②此情郎自省▲此情郎自省▲

注：① 弓鞋：缠足女子弓形鞋。② 新篁：即新竹；敲：风吹竹。

五十四字　武陵春

万俟咏（宋 191）一首

燕子飞来花在否，微雨退掩重门△正满院、梨花雪照人△独自个、怯黄昏△

轻风淡月总销魂△罗衣暗惹啼痕△漫觑着、秋千腰褪裙△可煞是、不宜春△

五十四字　河传　第一体，起句四字。

顾敻（五代十国 15）一首

燕扬晴景▲小窗屏暖，鸳鸯交颈▲菱花掩却翠鬟欹，①慵整▲②海棠帘外影▲

绣帏香断金鸂鶒▲▲③无消息▲▲心事空相忆▲▲倚东风△春正浓△愁红△泪痕衣上重△

注：① 菱花：喻镜。② 慵：懒。③ 鸂鶒：鸟名，即紫鸳鸯，指帏上金线绣鸂

鹣，暗喻恋人。

潘瀛选（清 190）一首　题：杨花。

藏鸦时候▲①当初绾住，永丰坊口▲②丝丝踠地蘸春波，③雨后▲和烟笼翠牖▲④

如今满院喧晴雪▲▲香绵积▲▲⑤滚尽东风力▲▲茜袂遮△⑥翠幰斜△⑦杨花△一生不着家△

注：① 藏鸦：栖鸦。② 永丰：唐西京有永丰坊。白居易尝作《杨柳词》，故喻杨柳。③ 踠地：屈屈垂地。④ 牖：窗户。⑤ 晴雪、香绵：皆喻杨花。⑥ 茜袂：红袖。⑦ 幰：车幔也。

五十四字　河传　第二体，同第一体，但前段结尾三句皆平韵，后段结尾四句换第二种平韵。

陈维岱（清 449）一首

风起村里▲暝烟才作，柴门都闭▲清霜历历堕前堤△星稀△月明乌夜啼△

小窗寂寞凝寒色▲▲秋萧瑟▲▲灯影昏如墨▲▲酒初醒△△梦难成△△伤情△△闲愁堆二更△△

赵文哲（清 986）一首

送客南陌▲千丝残柳，一丝凉笛▲东风日暮雨潇潇△魂销△人归红板桥△

梨花小院深深闭▲▲栏杆倚▲▲离恨倩谁寄▲▲酒初醒△△梦将成△△愁听△△纱窗啼晓莺△△

石同福（清 1412）一首

指与归路▲孤村流水，乱鸦疏树▲炊烟渐暝渐迷离△沿溪△数家深掩扉△

吟腰惯是秋来瘦▲▲西风骤▲▲凉意乍来候▲▲酒全醒△△梦难成△△无情△△短篷敲雨声△△

五十四字　河传　第三体，同第二体，但起句二字两句。

顾敻（五代十国 15）一首

棹举▲舟去▲波光渺渺，不知何处▲岸花汀草共依依△雨微△鹧鸪相逐飞△

天涯离恨江声咽▲▲啼猿切▲▲此意向谁说▲▲舣兰桡△△独无聊△△魂销△△小炉香欲焦△△

苏些雩（女）（现当 263）一首　题：水乡秋日。

秋暮▲乡渡▲蕉林数户，①枕江听橹▲②一弯凉月牧归迟△柳枝△蘸波清影垂△

夜阑天远机声歇▲▲半明灭▲▲西岸灯光缀▲▲过芳洲△△逐野鸥△△碧流△△稻

香烟艇浮△△

注：① 户：此字叶仄韵，与上首顾词稍不同。② 枕江：临江之意。

五十四字　金错刀　第一体，用平韵。

冯延巳（五代十国26）一首

日融融，草芊芊△①黄莺求友啼林前△柳条袅袅拖金线，花蕊茸茸簇金毡△②
鸠逐妇，③燕穿帘△狂蜂浪蝶相翩翩△③春光堪赏还堪玩，恼煞东风误少年△

注：① 芊芊：草茂盛貌。② 茸茸：草木发生貌。③ 鸠逐妇：指欲雨。《埤雅》："天欲雨，鸠逐妇。"④ 翩翩：飞舞轻疾貌。

丁善仪（女）（清1494）一首　题：辛卯（1831年）七夕，①因小病未赴濮又昭妹乞巧会，赋词奉柬。

云影淡，露华凉△②虫声如雨夜初长△寻盟有约邀新月，乞巧无缘炷晚香△③
陈钿盒，④奠琼浆△一灯摇梦费思量△遥知语笑情方惬，都向天孙问七襄△⑤

注：① 七夕：七月初七夜。② 露华：指月光。③ 乞巧：七夕，妇女穿针向织女乞巧。④ 钿盒：乞巧时陈设。⑤ 天孙：指织女；七襄：车驾也，自酉至卯，计七个时辰。《诗》："跂彼织女，终日七襄。"

五十四字　金错刀　第二体，用仄韵。

叶李（元17）一首　题：途值贾似道。①

余归路▲君来路▲天理昭昭胡不悟▲②公田关子竟何如，③仔细思量真自误▲
雷州户▲④崖州户▲⑤人生会有相逢处▲客中邂逅乏蒸羊，聊赠一篇长短句▲⑥

注：① 贾似道：南宋末年奸相，后被参流放循州，途经福建泉州，巧遇作者（前被谗贬官者），遂作词讥之。后途经漳州木绵庵，被监押官郑虎臣用大槌击死。② 昭昭：明也。③ 公田：贾似道掠夺田产一种手法；关子：即关节，行贿舞弊。④ 雷州户：指北宋名相寇准被奸臣丁谓所谗，贬为雷州（今广东海康）司户。⑤ 崖州户：指丁谓后亦被贬崖州（今海南岛崖县）司户，途经雷州，寇准送蒸羊一只，丁谓惭而偷行。此两句乃借古比今讥之。⑥ 长短句：即词。

五十四字　金凤钩

李穆宣（清1860）一首　题：放足。

缠足起自何时，人道是、窅娘习惯▲①新月一钩，凌波三寸▲步步莲花娇艳▲
而今妆束都更变▲女学生、大足堪羡▲跌素袜，②阔步自由，妒煞赵家飞燕▲③

注：① 窅娘：南唐李煜宫嫔，缠足成新月状，舞姿如凌云。② 趺：足背；素袜：白袜。③ 赵飞燕：汉成帝后，体态轻盈。

五十四字　雨中花（又名夜行船）

赵轼（宋 161）一首　故事：八月十四夜，作者馆于太原书室，独处寂寥，就枕作此词。见《过庭录》。

今夜是阴云初霁▲画帘外、月华如水▲露霭晴空，①风吹高树，满院中秋意▲

皎皎蟾光当此际▲②怎奈何、不成况味▲莫近檐间，休来窗上，且放离人睡▲③

注：① 霭：云气。② 蟾光：月光。③ 离人：旅人。

刘一止（宋 177）一首　注：调名原作夜行船。

十顷疏梅开半就▲折芳条、嫩香满袖▲今度何郎，①尊前疑怪，花共人俱瘦▲

恻恻轻寒吹散酒▲高城近、怕听更漏▲可惜溪桥，月明风露，长是人归后▲

注：① 何郎：三国魏人何晏，美姿仪脸白如傅粉。

程垓（宋 368）一首

闻说海棠开尽了▲怎生得、夜来一笑▲颦绿枝头，①落红点里，问有愁多少▲

小院闲门春悄悄▲禁不得、腰瘦如袅▲豆蔻浓时，荼蘼香处，试把菱花照▲②

注：① 颦绿：皱眉。② 菱花：指镜。

王璐（清 995）一首　题：憩杨氏小园。

风走杨花随面转▲糁一径、春情撩乱▲①蚕豆旗生，雀梅枪熟，②引得游人倦▲

碧水南头寻竹院▲偷半日、笛床茶椀▲③蕉槛深深，柴关寂寂，吠出花阴犬▲

注：① 糁：渣粒，指杨花。② 雀梅：似梅而小。③ 偷半日：即偷闲半日。

马汾（清 1201）一首　题：花朝前后，连日阴雨。

春色三分来悄悄▲竟添作、十分懊恼▲杏困啼红，柳颦恨碧，瑟缩余寒峭▲

绣陌香溪人影杳▲更莫问、蝶酣蜂饱▲湿砌堆烟，昏帘锁雾，打叠笺愁稿▲

陈寿祺（清 1258）一首

蓦地相逢不可说▲悄携手、画栏杆侧▲耳叶羞红，①眉梢谑翠，春在桃花月▲

燕子分明还记得▲怎瞒过、东风消息▲水样轻寒，烟般断梦，瘦了春衫缬▲②

注：① 耳叶：耳朵似叶，指耳。② 缬：有花纹丝织品。

沈珂（女）（清 1698）一首

风雨连宵窗外骤▲也不管、绿肥红瘦▲飞絮帘栊，①落花庭院，都是销魂候▲

细吹梅花心暗构▲倩冰纨、将春留逗▲②写出孤标，③摹成没骨，④春色还依旧▲

注：① 帘栊：有窗帘之窗牖。② 冰纨：传说中似丝织物，制成扇，不摇而自凉。③ 孤标：高枝也，指花卉。④ 没骨：没骨画，即今水彩画。

何佩芬（女）（清1769）一首　题：春阴。

香雾朦胧迷晓树▲听屋角、鸠声如诉▲鬓影寒生，黛痕翠润，一霎催花雨▲
片片腻云驱不去▲似一缕、柔情难据▲莺怯啼红，蝶愁泫绿，魂断深烟处▲

五十四字　南歌子（又名南柯子）

僧仲殊（宋89）一首　题：登开化寺秀江亭。①

金甃蟠龙尾，②莲开舞凤头△凉生宫殿不因秋△门外莫寻尘世，卷地江流△
霁色澄千里，潮声带两州△③月华清泛浪花浮△今夜蓬莱归梦，④十二琼楼△

注：① 开化寺：杭州六和塔所在寺。② 甃：用砖砌井壁；蟠：曲折环绕。③ 两州：指钱塘江南岸越州和北岸杭州。④ 蓬莱：喻仙境。

杨无咎（宋254）二首　题：第一首，次东坡端午韵。①

（1）小雨疏疏过，长江滚滚流△落霞残照晚明楼△又是一番重午，②身寄南州△③
罗绮纷香陌，④鱼龙漾彩舟△不堪回首凤池头△⑤谁道于今霜鬓，犹自淹留△

注：① 次东坡韵：和苏轼韵。② 重午：即端午。③ 南州：南方。时作者寓江西南昌。④ 罗绮：喻妇女。⑤ 凤池：凤凰池，皇宫中池沼。

（2）波静明如染，山光翠欲流△晚来乘兴上妆楼△楼外谁歌新唱，知有黄州△①
拟泛银河浪，聊乘藕叶舟△蓬山应是隐鳌头△借问谪仙何在，②今为谁留△

注：① 黄州：湖北地名，苏轼曾贬黄州团练副使。② 谪仙：指苏东坡。

五十四字　南乡一剪梅

虞集（元58）一首　题：招熊少府。

南阜小亭台△②薄有山花取次开△③寄语多情熊少府△晴也须来△雨也须来△
随意且衔杯△莫惜春衣坐绿苔△若待明朝风雨过，人在天涯△春在天涯△

五十四字　怨王孙

李清照（女）（宋207）一首　题：赏荷。

湖上风来波浩渺▲秋已暮、红稀香少▲水光山色与人亲，说不尽、无穷好▲
莲子已成荷叶老▲清露洗、蘋花汀草▲眠沙鸥鹭不回头，应也恨、人归早▲

五十四字　秋千索

纳兰性德(清694)二首　题：渌水亭春望。

(1) 药栏携手销魂侣▲争不记、看承人处▲①除向东风诉此情，奈竟日、春无语▲

悠扬扑尽风前絮▲又百五、韶光难驻▲②满地梨花似去年，却多了、廉纤雨▲③

注：① 争：怎也。② 百五：指冬至至清明，计一百零五日。

(2) 垆边换酒双鬟亚▲①春已到、卖花帘下▲一道香尘碎绿蘋，看白夹、亲调马▲②

烟丝宛宛愁萦挂▲③剩几笔、晚晴图画▲半枕芙蕖压浪眠，④教费尽、莺儿话▲

注：① 垆：放酒甏土台子；双鬟：喻女郎；亚：低亚，低也。② 白夹：白色夹衣。③ 宛宛：曲折貌。④ 芙蕖：荷花别名。

五十四字　风马儿

顾贞观(清471)一首

绕栏幽涧乍泠泠△又雨一声声△漏一声声△两处闲眠，那夜不同听△更△更△

病眸才展讶青青△是灯一星星△萤一星星△偏到薄帏，单枕最分明△生△生△

邹祥兰(清751)一首

武林门外柳垂垂△①是烟一丝丝△雨一丝丝△折赠萧郎，②念取惜芳姿△知△知△

当时轻别两依依△③急归也迟迟△信也迟迟△肠断白头，④久已薄相如△⑤痴△痴△

注：① 武林门：杭州北城门。② 萧郎：对恋人泛称。③ 依依：恋恋不舍的样子。④ 白头：司马相如将聘茂陵人为妾，妻卓文君作《白头吟》自绝，相如乃止。⑤ 如：此字不叶韵，疑为“思”字之误。

黄景仁(清1106)一首　题：幽忆。

子规窗外一声声△把醉也醒醒△梦也醒醒△细忆别时，情状忒分明△盈△盈△

夜夜孤馆更清清△把钟也听听△漏也听听△直到五更，斜月落疏棂△冥△冥△

李佩金(女)(清1336)一首　题：本意。

夜凉如水掩秋屏△听风也铮铮△①雨也铮铮△扰乱愁心，那得梦儿成△更△更△

低垂罗帐拥桃笙△见灯也冥冥△香也冥冥△断续蛩音，不住耳中听△声△声△

注：① 铮铮：金属声音，此处喻风雨声劲。

车乘轨（现当 88）一首　题：已丑清明。　注：2009 年 4 月 4 日作。

岁时飞逝又清明△见园已青青△陌已青青△柳绿桃红，和悦燕莺鸣△声△声△

奈何风妒雨逢迎△早沟水盈盈△河水盈盈△大好春光，浪掷似浮萍△憎△憎△

五十四字　浪淘沙（又名卖花声、过龙门、曲入冥）

李煜（五代十国 34）一首

帘外雨潺潺△①春意阑珊△②罗衾不耐五更寒△梦里不知身是客，③一晌贪欢△

独自莫凭栏△无限江山△别时容易见时难△流水落花春去也，天上人间△

注：① 潺潺：水流貌，也可解作雨声。② 阑珊：衰残。③ 身是客：时南唐已亡，作者已降宋，在汴（今开封）。

张先（宋 18）一首

断肠送韶华△①为惜杨花△雪球摇曳逐风斜△②容易着人容易去，飞过谁家△

聚散苦咨嗟△③无计留他△行人洒泪滴流霞△④今日画堂歌舞地，明日天涯△

注：① 韶华：春光。② 雪球：指杨花。③ 咨嗟：叹息声。④ 流霞：指酒。

欧阳修（宋 33）二首

（1）把酒祝东风△①且共从容△②垂杨紫陌洛城东△③总是当时携手处，游遍芳丛△

聚散苦匆匆△此恨无穷△今年花胜去年红△料得明年花更好，知与谁同△

注：① 把酒：持酒。② 从容：舒缓不迫。③ 紫陌：京都巷陌；洛城东：指洛阳以东，即汴京。

（2）今日北池游△漾漾轻舟△波光潋滟柳条柔△如此春来春又去，白了人头△

好妓好歌喉△不醉难休△劝君满满酌金瓯△纵使花时常病酒，也是风流△

裴湘（宋 55）一首　题：并门。①

雁塞说并门△②郡枕西汾△③山形高下远相吞△古寺楼台依碧嶂，④烟景遥分△

晋庙锁溪云△⑤箫鼓仍存△牛羊斜日自归村△惟有故城禾黍地，前事消魂△

注：① 并门：指山西太原。② 雁：雁门关，在山西边境。③ 郡：相当于明、清之府，今之地级市；西汾：即汾水，在山西境。④ 嶂：形势高险似屏障之山。⑤ 晋庙：即太原晋祠。

晏几道（宋71）一首

高阁对横塘△新燕年光△柳花残梦隔潇湘△绿浦归帆看不见，还是斜阳△

一笑解愁肠△人会峨妆△藕丝衫袖郁金香△曳雪牵云留客醉，且伴春狂△

张舜民（宋78）一首　题：题岳阳楼。[1]　注：调名原作卖花声。

木叶下君山△[2]空水漫漫△十分斟酒敛芳颜△不是渭城西去客，[3]休唱阳关△[4]

醉袖抚危栏△[5]天淡云闲△何人此路得生还△回首夕阳红尽处，应是长安△[6]

注：① 岳阳楼：在湖南岳阳洞庭湖畔。② 君山：在洞庭湖中。③ 渭城：陕西县名。④ 阳关：古关名，在甘肃敦煌县西南，出关即西域（今新疆）。⑤ 危栏：高栏。⑥ 长安：唐京都（今西安）。

苏轼（宋80）一首　题：探春。

昨日出东城△试探春情△墙头红杏暗如倾△槛内群芳芽未吐，早已回春△

绮陌敛香尘△[1]雪霁前村△东君用意不辞辛△[2]料想春光先到处，吹绽梅英△[3]

注：① 绮陌：锦绣田野。② 东君：司春之神。③ 梅英：梅花。

毛滂（宋143）一首　题：生日。

深院绣帘垂△前日春归△画桥杨柳弄烟霏△[1]池面东风先解冻，龟上涟漪△[2]

酒潋玉东西△[3]香暖狻猊△[4]远山郁秀入双眉△待看碧桃花烂漫，春日迟迟△

注：① 霏：飘扬。② 涟漪：水面波纹。③ 潋：满也；玉东西：玉杯。④ 狻猊：狮别名，指狮形香炉。

谢逸（宋144）一首　题：上元。

料峭小桃风△凝淡春容△宝灯山列半天中△丽服靓妆携手处，笑语匆匆△

酒滴小槽红△一饮千钟△铜壶檠烛绛纱笼△归去笙歌喧院落，月照帘栊△

僧惠洪（宋157）一首　序：余留南昌，久而忘归，独行无侣，意绪萧然。偶登秋屏阁，望西山，于是浩然有归志，作长短句寄意。　注：见《冷斋夜话》。

城里久偷闲△尘涴云衫△[1]此身已是再眠蚕△[2]隔岸有山归去好，万壑千岩△

霜晓更凭栏△灭尽晴岚△微云生处是茅庵△试问此生谁作伴，弥勒同龛△[3]

注：① 涴：同污。② 眠蚕：蚕要三眠始作茧。③ 弥勒：佛名，指与菩萨作伴。

李清照（女）（宋207）一首　题：闺情。

素约小腰身△①不耐伤春△疏梅影下晚妆新△袅袅婷婷何样似，一缕轻云△

歌巧动朱唇△字字娇嗔△桃花深径一通津△②怅望瑶台清夜月，还照归轮△③

注：① 素：白色生绢；约：束也。② 津：渡口。③ 轮：指车辆。

幼卿（女）（宋240）一首　题：题陕府驿壁。　注：调名原作卖花声。

极目楚天空△云雨无踪△漫留遗恨锁眉峰△自是荷花开较晚，孤负东风△

客馆叹飘蓬△聚散匆匆△扬鞭那忍骤花骢△望断斜阳人不见，满袖啼红△

郑意娘（女）（宋275）一首

尽日倚危栏△①触目凄然△乘高望处是居延△②忍听楼头吹画角，③雪满长川△

荏苒又经年△④暗想梁园△⑤与民同乐五门南△⑥僧院仍存宣政字，⑦不见鳌山△

注：① 危栏：高栏杆。② 居延：城名，在甘肃境。③ 忍：怎忍；画角：城楼上守卒所吹号角。④ 荏苒：时间逝去。⑤ 梁园：喻宫苑。⑥ 此句谓宋徽宗登五凤门观灯与民同乐。⑦ 宣政：政和、宣和，乃徽宗年号。

康与之（宋281）一首　题：春情。

蹙损远山眉△幽怨谁知△罗衾滴尽泪胭脂△夜过春寒人未起，门外鸦啼△

惆怅阻佳期△人在天涯△东风频动小桃枝△正是销魂时候也，撩乱花飞△

赵君举（宋307）一首　题：春雨。　注：《词综》此词作萧汉杰著。

湿逗晚香残△春浅春寒△洒窗填户着幽兰△惨惨凄凄仍滴滴，做出多般△

和霰撒珠盘△①枕上更阑△芭蕉怨曲带愁弹△绿遍阶前苔一片，晓起谁看△

注：① 霰：水蒸气遇冷所结小冰粒，俗称雪珠，此句指下雨。

吴琚（宋381）二首

（1）岸柳可藏鸦△①路转溪斜△忘机鸥鹭立汀沙△②咫尺钟山迷望眼，③一半云遮△

临水整乌纱△④两鬓苍华△⑤故乡心事在天涯△几日不来春便老，开尽桃花△

注：① 藏鸦：栖鸦。② 忘机：与世无争之意。③ 咫尺：极近；钟山：南京山名，即紫金山。④ 乌纱：指官帽。⑤ 苍华：喻白发。

（2）云叶弄轻阴△屋角鸠鸣△青梅着子欲生仁△①冷落江天寒食雨，花事

关情△

池馆尽盈盈△②人耐寒轻△一川芳草只销凝△时有入帘新燕子，明日清明△

注：① 仁：果肉。② 池馆：花园。

赵长卿（宋389）一首

窈窕绣帏深△①窈窕娉婷△②梅花初试晚妆新△③那更娇痴年纪小，冰雪精神△

举措忒轻盈△④歌彻新声△柔肠魂断不堪听△但恐巫山留不住，⑤飞作行云△

注：① 窈窕：指房屋深远。② 窈窕：喻妖冶；娉婷：喻美貌。③ 梅花：指梅花妆。④ 忒：太也。⑤ 巫山：楚襄王梦会神女于巫山。

赵师侠（宋390）一首　题：桃花。

桃萼正芳菲△①初占春时△蒸霞灿锦望中迷△料出繁枝临曲沼，②鸾镜妆迟△③

蜂蝶正相依△天气融怡△空教追忆武陵溪△④片片漫随流水去，风暖烟霏△

注：① 芳菲：香美。② 沼：曲池。③ 鸾镜：镜之美称。④ 武陵溪：指桃花源。

陈亮（宋393）一首

霞尾卷轻绡△①柳外风摇△断虹低系碧山腰△古往今来离别地，烟水迢迢△

归雁下平桥△目断魂销△夕阳无限满江皋△杨柳杏花相对晚，各自无聊△

注：① 霞尾：指夕阳。

玉英（女）宋405）一首

塞上早春时△①暖律犹微△②柳舒金线水回堤△③料得江乡应更好，开尽梅蹊△④

昼漏渐迟迟△愁损香肌△几回无语敛双眉△凭遍栏杆十二曲，日下楼西△

注：① 塞上：国际边界，指西北。② 暖律：指春。③ 回：迂回。④ 蹊：小路。此句谓小路边开尽梅花。

史达祖（宋424）一首　注：调名原作过龙门。

醉月小红楼△锦瑟箜篌△夜夜风雨晓来收△几点落花饶柳絮，同为春愁△

寄信问晴鸥△谁在芳洲△绿波宁处有兰舟△独对旧时携手地，情思悠悠△

韩疁（宋453）一首

暮上玉楼看△花雨斑斑△四垂罗幕护朝寒△燕子不知春去也，飞认栏杆△

回首几关山△后会应难△相逢只有梦魂间△可奈梦随春漏短，不到江南△

吴文英（宋476）一首

灯火雨中船△客思绵绵△离亭春草又秋烟△似与轻鸥盟未了，来去年年△

往事一潸然△①莫过西园△凌波香断绿苔钱△②燕子不知春事改，时立秋千△

注：① 潸然：流泪貌。② 凌波：喻美人步履轻盈；苔钱：苔形似钱。

洪瑹（宋486）一首

花雾涨冥冥△①欲雨还晴△薄罗衫子正宜春△无奈今宵鸳帐里，身是行人△

别酒不须斟△难洗离情△丝鞘如电紫骝鸣△②肠断画桥芳草路，月晓风清△

注：① 冥冥：晦暗也。② 丝鞘：指马鞭。

黄升（宋507）一首　题：已亥（1239年）三月一日。

莺蝶太匆匆△恼杀衰翁△①牡丹开尽状元红△俯仰之间成感慨，花事成空△

垂柳绿阴中△粉絮濛濛△多情多病转疏慵△②不是东风孤负我，③我负东风△

注：① 衰翁：作者自称。② 疏慵：疏懒。③ 孤负：即辜负。

李彭老（宋519）一首

泼火雨初晴△①草色青青△傍檐垂柳卖春饧△②画舫载花花解语，③绾燕吟莺△

箫鼓入西泠△④一片轻阴△钿车罗盖竞归城△⑤别有水窗人唤酒，弦月初生△

注：① 泼火雨：旧时寒食节禁火，其时所下雨叫"泼火雨"。也叫"清明雨。"② 春饧：古时清明前后有吹箫卖饴糖小贩。饧，即饴糖。③ 花：指美人。④ 西泠：西湖桥名。⑤ 钿车：指妇女乘车；罗盖：指罗伞。

李振祖（宋525）一首

春在画桥西△画舫轻移△①粉香何处度涟漪△②认得一船杨柳外，帘影垂垂△

谁倚碧栏低△酒晕双眉△鸳鸯并浴燕交飞△一片闲情春水隔，斜日人归△

注：① 画舫：彩绘大船，即游船。② 涟漪：波纹。

李莱老（宋531）一首

榆火换新烟△①翠柳朱檐△东风吹得落花颠△帘影翠梭悬绣带，②人倚秋千△

犹忆十年前△西子湖边△③斜阳吹入画楼船△归醉夜堂歌舞月，拼却春眠△

注：① 新烟：指寒食刚过。因寒食日例禁烟火。② 翠梭：喻人荡秋千如织梭。③ 西子湖：即杭州西湖。

金淑柔（女）（宋538）一首　题：题丰城驿壁。①

雨溜和风铃△滴滴丁丁△酿成一枕别离情△可惜当年陶学士，②孤负邮亭△③

边雁带秋声△音信难凭△花须偷数卜归程△[4]料得到家秋正晚，菊满寒城△

注：① 丰城：江西县名。② 陶学士：指陶潜。③ 邮亭：传送文书之所。陶潜为不愿迎候督邮(官名)而辞职。④ 卜：占问预兆。

周密(宋541)二首　题：第二首，春晚。

(1) 柳色淡如秋△蝶懒莺羞△十分春事九分休△开尽楝花寒尚在，[1]怕上帘钩△

京洛少年游△[2]谁念淹留△东风吹雨过西楼△残梦宿酲相合就，一段新愁△

注：① 开尽楝花：指立夏。② 京洛：指河南洛阳。

(2) 芳草碧茸茸△染恨无穷△一春心事雨声中△窄素宫罗寒尚峭，闲倚薰笼△

犹记粉墙东△同醉香丛△金鞍何处骤花骢△[4]袅袅绿窗残梦断，红杏东风△

邓剡(宋542)一首　注：调名原作卖花声。

疏雨洗天清△枕簟凉生△井梧一叶做秋声△[1]谁念客身轻似叶，千里飘零△

梦断古台城△月澹潮平△[2]便须携酒访新亭△不见当时王谢宅，[3]烟草青青△

注：① 一叶秋声：即一叶知秋。《淮南子》："见一叶之落，而知岁时之将暮。"② 澹：恬静。③ 王谢：指东晋豪族王导、谢安。

张炎(宋572)一首

寒食不多时△燕燕暂归△杏花零落水痕肥△浅碧分山初过雨，一霎清晖△

闲折小桃枝△蝶也相随△晚妆不合整蛾眉△蓦忽思量张敞画，又被愁知△

蒋捷(宋580)一首　题：夜景。

人爱晓妆鲜△我爱妆残△翠钗扶住欲敧鬟△烧了夜香无事也，月上凉天△

新谱学笔难△愁涌蛾弯△一床衾浪未红翻△听得人催佯不睬，去洗珠钿△

赵旭(宋593)一首　注：调名原作曲入冥。

控管泪盈眸△[1]欲写还休△人间情是阿谁留△[2]千丈游丝不落地，[3]风外悠悠△

烟雨晚山稠△人在西楼△几行候雁下汀洲△[4]一个思乡寒夜客，万种离愁△

注：① 管：指笔。② 阿谁：是谁、有谁。③ 千丈：形容长。④ 候雁：雁是候鸟，故云。

权无染(宋601)一首　题：梅。

村左小溪傍△粉黛宜芳△寒添潇湘冷添霜△青瘦几枝堪入画，竹映苔墙△

疏影浸横塘△月暗浮香△当时会伴寿阳妆△①不似东君先倚栏，洩漏春光△

注：① 寿阳妆：即梅妆。寿阳，南朝宋武帝女寿阳宫主，首创梅花妆。

元好问（金27）二首

（1）云外凤凰箫△天上星桥△①相思魂断欲谁招△瘦杀三山亭畔柳，不似宫腰△

长日篆烟消△睡过花朝△②红蔷薇架碧芭蕉△雌蝶雄蜂天不管，各自无聊△

注：① 星桥：指牛郎织女鹊桥相会故事。② 花朝：俗称百花生日，在农历二月十二日。

（2）春瘦怯春衣△春思低迷△雨声偏与睡相宜△懊恼离愁寻殢酒，①已被愁知△

烟树望中低△水绕山围△丁宁双燕话心期△②昨夜狂风花在否，明日郎归△

注：① 寻：思、考虑；殢酒：困于酒，即醉酒。② 心期：俩相期许也。

赵孟頫（元33）一首

今古几齐州△①华屋山丘△杖藜徐步立芳洲△②无主桃花开又落，空使人愁△

波上往来舟△万事悠悠△春风曾见昔人游△惟有石桥桥下水，依旧东流△

注：① 齐州：今山东济南。也可解作中州。② 杖藜：扶着藜杖。

杨基（明12）一首　题：试衣。

风暖试轻罗△帘外婆娑△①落花重叠满柔莎△②细数轻罗衫上泪，更比花多△

无语却临波△低敛双蛾△玉容春色两消磨△③多少相思无限恨，一叶新荷△

注：① 婆娑：盘旋飞舞貌，指落花。② 莎：草名。③ 玉容：指人容貌。

刘昺（明17）一首　题：寒食。

石径土墙斜△桃李桑麻△纸钱飞处乱啼鸦△①闲趁斜阳携榼去，②寒食人家△

苑树忆天涯△遗恨琵琶△铜驼衰草卧龙沙△③汉寝唐陵无麦饭，暮雨梨花△

注：① 纸钱：指上坟。② 榼：上坟菜饭盛具。③ 龙沙：塞外。昭君墓在塞外呼和浩特。

朱有燉（明42）一首　题：雨晴凝望。

雨过嫩凉生△云淡天澄△蓬莱宫殿午风清△一局红棋消永昼，闲听雏莺△

宝鸭篆烟轻△玉杵敲冰△夕阳楼外远山青△怅望故人无信息，目断云程△

王直(明 43)一首

风暖翠烟飘△残雪都消△游丝百尺堕晴霄△可惜春光容易过，又近花朝△

驱马第三桥△芳意萧条△竹林浑未放夭桃△瘦尽城南千树柳，不似宫腰△

王越(明 65)二首　题：第一首，山市晴岚。

第二首，渔村落照。

(1) 山市近山城△微雨初晴△晓来岚气扑天清△道是似烟烟又重，似雾还轻△

莫怪不分明△望眼花生△碧纱笼里有人行△说与王维难着笔，空翠无声△

(2) 江上白云寒△流水潺潺△渔翁家住蓼花湾△到老不知城府路，无事相关△

落日半衔山△倦鸟知还△淡红斜影画图间△收拾纶竿沽一醉，真个消闲△

沈周(明 69)一首　题：题白牡丹，癸卯(1483 年)作。

雨细又风斜△春在谁家△教人寂寞认天涯△阁酒关门无况味，①何处寻花△

玉貌忆笼纱△②梦里繁华△今年情比去年差△便把娉婷追上纸，终莫如他△

注：① 阁酒：犹搁酒；况味：情况及滋味。② 笼纱：用纱罩遮。

程敏政(明 84)一首　题：八月九日早至南山庵。

沙口系兰桡△①初退溪潮△石成山路树成桥△又见一番新稻熟，犹未趋朝△②

野寺晚钟敲△声到书巢△③此身何日伴渔樵△少搭君恩寻旧隐，细和山谣△

注：① 兰桡：喻船；桡，船桨。② 趋朝：上朝。③ 书巢：书室。

夏旸(明 107)一首

春去已多时△绿暗红稀△子规犹自尽情啼△新笋出林荷贴水，梅雨丝丝△①

闲步画栏西△飞絮沾衣△旋盛卢桔到金卮△②且托醽醁消永昼，③拚醉如泥△

注：① 梅雨：梅熟时雨，在农历五月间。② 金卮：指酒杯。③ 醽醁：酒名泛指美酒；永昼：长日。

刘碧(女)(明 114)一首　题：新秋。

昨夜雨绵绵△寒涩灯烟△①薄衾萧索不成眠△晓起床头看历日，换了秋天△

绿叶尚新鲜△犹想争妍△教他知道也凄然△眼底韶光容易过，树且堪怜△

注：① 涩：不光鲜。

杨慎(明 157)一首

春梦似杨花△绕遍天涯△黄莺啼过绿窗纱△惊散香云飞不去，几缕烟斜△

油壁小香车△水渺天赊△[1]青楼朱箔那人家△[2]旧日罗巾今日泪，湿尽铅华△

注：① 渺、赊：均指远。② 青楼：指妓院；朱箔：红帘子。

赵时春（明 188）一首

处处梨花香△锦蝶奔忙△[1]东风摇曳柳丝长△黄鹂啼罢燕儿语，[2]恼乱人肠△

徐步绕回廊△乍暖轻凉△十分景色送年芳△[3]只怕匆匆又归去，略与商量△

注：① 锦蝶：蝶之美称。② 黄鹂：即黄莺。③ 年芳：指春天；芳，花草香美也。

刘夫人（女）（明 206）一首

晓树闹啼莺△宿雨新晴△炊烟几处卖花声△望里人家争插柳，早是清明△

东郭复西城△[1]舆马纵横△[2]酒旗风扬纸钱轻△[3]欢处笑歌愁处哭，闲处关情△

注：① 郭：即城。② 舆：指轿。③ 纸钱：指扫墓。

崔廷槐（明 211）一首

丛菊绽金芳△[1]一院秋光△杖藜徐步下前廊△[2]细数花枝因坐久，竟日徜徉△[3]

醉插满头黄△[4]不是颠狂△满城风雨近重阳△忽见白衣来送酒，笑倒篱傍△

注：① 金芳：黄花。② 杖藜：扶杖；藜，指杖。③ 竟日：自朝至暮；徜徉：随意行走。④ 黄：指菊花。

郑妥（女）（明 231）一首　题：寒玉斋宴起柬华大生。

日午倦梳头△燕掠帘钩△[1]韶华一去岂能留△[2]试问别来多少恨，江水悠悠△

新燕语春秋△泪湿罗裯△[3]何时重话水边楼△梦断天涯春已暮，不见归舟△

注：① 掠：斜飞而过。② 韶华：春景、光阴。③ 罗裯：罗被。

景翩翩（女）（明 245）一首　题：花窗夜坐。　注：调名原作卖花声。

独坐夜如年△怕理冰弦△[1]徘徊今夜不成眠△细细蛩吟窗外雨，[2]无限凄然△

愁绪锁眉尖△懒对书篇△夜深那管几更天△几上金炉香欲烬，[3]还去重添△

注：① 冰弦：指琵琶。② 蛩：蟋蟀。③ 几上：几案上，即茶几。

陈继儒（明 251）一首

风雨霎时晴△荷叶青青△双鬟捧着小红灯△[1]报道绿纱窗底下，蕉月分明△

枕簟嫩凉生△[2]茉莉香清△兰花新吐百余茎△扑得流萤飞去也，团扇多情△

注：① 双鬟：指丫鬟、婢女。② 枕簟：枕席；嫩凉：微凉。

杨继礼(明277)一首

锦席绮筵重△①兰炷香浓△隔帘鹦鹉唤秋风△六曲栏杆颓玉处,②梦到巫峰△③

金缕翠云中△宝髻轻松△绿窗月色正朦胧△说到飞觞传永夜,④怕听飞鸿△

注：① 锦席绮筵：酒席美称。② 颓玉：喻美人困倦。③ 巫峰：巫山神女峰。喻楚襄王、神女梦中幽会。④ 飞觞：传杯、即饮宴;永夜：长夜。

查应光(明279)一首

白发乱侵头△懒上高楼△朦胧新月曲如钩△槛外蘋风惊乍起,①暑气潜收△

宿雨涨回流△②喜泛轻鸥△蓼花一望满汀洲△正好开襟延赏处,无限新秋△

注：① 蘋风：掠过蘋草之风,秋日微风。② 宿雨：隔夜雨。

凌濛初(明303)一首　题意：《初刻拍案惊奇》第十七卷,知观僧挑逗吴氏。

稽首大罗天△①法眷姻缘△②如花玉貌正当年△帐冷帏空孤枕畔,枉自熬煎△

为此建斋筵△③追荐心虔△④亡魂超度意无牵△急到蓝桥来解渴,同做神仙△⑤

注：① 稽首：即叩头。② 法眷：指僧人眷属。③ 建斋：做佛事。④ 追荐：即超度。⑤ 此两句谓裴航遇云英于蓝桥,饮琼浆而成仙。

顾同应(明320)一首

生小教人怜△娇擘瑶笺△①春来独自在窗前△谢女帘栊飞柳絮,②秀句先传△

香梦逗春烟△一晌留连△吟情多半为花牵△还忆从郎征险韵,③谱入冰弦△④

注：① 擘：拆开。② 谢女：指东晋才女谢道韫,值窗外飞雪,有"未若柳絮因风起"佳句。③ 险韵：难写之诗韵。④ 冰弦：指琵琶。

王彦泓(明350)一首

花露涨冥冥△①欲雨还晴△薄罗衫子着来轻△解道明朝寒食近,②且莫成行△③

花下酒频倾△纤手重增△十三弦畔诉离情△④又得一宵相伴也,无限丁宁△⑤

注：① 冥冥：昏暗貌。② 寒食：古节日名,在清明前二日。③ 成行：即上路。④ 十三弦：指琴。⑤ 丁宁：嘱咐。

范文光(明362)一首　题：折梅花。

寂寞对东风△独向芳丛△一枝斜倚小墙东△料得伊人心绪懒,①也若花慵△②

而我亦孤踪△两下飘蓬△③怜伊未已转怜侬△④折取残英窗下对,⑤当与伊同△

注：① 伊人：指她。② 若：同也；慵：即懒。③ 飘蓬：飘荡无定。④ 侬：吴语，即我。⑤ 残英：落花。

王屋（明364）一首　题：秋景。

雨后响鸣蝉△树树青烟△东楼明月十分圆△钩了珠帘眠了看，好个凉天△

香逼枕头边△①茉莉风传△②小鬟偷折一花鲜△③放在薄纱衫袖底，行过帘前△

注：① 逼：逼近。② 茉莉：花名；风：指香风。③ 小鬟：指小婢。

吴熙（明366）一首　题：冬景。

香阁试新绵△①锦样奇鲜△②博山薰透紫龙涎△③掩却绣屏双槅子，三五婵娟△④

暖手玉壶圆△酒气如莲△一杯聊御早寒天△嗔问帘前谁乍过，⑤小婢调弦△

注：① 香阁：指妇女卧室；新绵：指冬衣。② 鲜：鲜明。③ 博山：香炉；龙涎：香名。④ 三五婵娟：十五夜月。⑤ 嗔：怒也。

宋琙（明383）一首　题：春暮寄外。①　注：调名原作卖花声。

日日怕春归△不展双眉△柳叶无计系斜晖△又是杏花时候也，②肠断天涯△

绣户闭帘衣△③兀坐楼西△④无情灯惯把人欺△夜夜虚开花一穗，⑤赚我归期△

注：① 春暮：春天晚上；外：指丈夫。② 杏花时候：农历二月。③ 帘衣：指门帘。④ 兀坐：高坐。⑤ 穗：灯花。传灯花能报喜，喻夫即归来。

陆钰（明484）一首

松径挂斜△闲叩禅扉△①故人踪迹久离违△握手夕阳西下路，未忍言归△

此地是耶非△千载依依△采香径外越来溪△②碧繶湘绚今尚在，③歌舞全稀△

注：① 禅扉：寺门。疑指苏州灵岩寺。② 采香径、越来溪：灵岩山下水名，西施旧游地。③ 碧繶湘绚：装饰衣物之花边或带子。

王泰际（明389）一首

高阁掩春残△香冷衾单△满城桃李尽朱颜△自分与花同福命，长是心关△

道远寄书难△盼煞平安△多因身在翠微间△①归看双鸾妆镜里，一样春山△②

注：① 翠微：谓山未及顶，近旁陂陀之处。② 春山：喻眉峰。

王翃（明394）一首　题：山中寻沈道士。

踪迹半烟霞△①路绕溪斜△光风生草草生芽△②古洞云深无觅处，鸾鹤人家△③

屏竹艺青笆△④石偃床砂△蜂游兰气散晴衙△⑤一夜湍声春雨足，纯是桃花△

注：① 烟霞：香烟、霞光。② 光风：谓雨过日出而风，草木皆有光也。③ 鸾鹤人家：喻出家人。④ 艺：种植也。⑤ 衙：喻蜂群如参衙。

万寿祺（明416）一首　题：荷花。

蝉翼小回廊△①十里花香△天然鬟髻坐沧浪△②道是洛妃乘雾至，③烟水微茫△

斜日下江乡△悄悄年光△采菱歌起怨沙棠△④消受西风吹几阵，霜打池塘△

注：① 蝉翼：喻轻薄，指荷花。② 沧浪：水色，指池中。③ 洛妃：喻神女。④ 沙棠：木名，其材可制舟，此处喻采菱船。

陈冉（女）（明418）一首　题：秋后。　注：调名原作卖花声。

愁压远山低△①此恨谁知△鲛绡帕上湿胭脂△②无限秋光憔悴意，似醉如痴△

多病袅腰肢△檀袖双垂△③纱窗月上影迟迟△④嘹呖数声塞雁也，⑤玉漏沉时△

注：① 远山：指眉峰。② 鲛绡：喻名贵织物，传说入水不湿。③ 檀袖：香袖。④ 迟迟：徐行也。⑤ 嘹呖：雁声；塞雁：边疆来雁。

杨宛（女）（明429）一首　题：茉莉。

尽日若含愁△别样娇羞△晚凉香散上帘钩△带露摘来斜插鬓，一夜风流△

怪杀恁轻柔△怎耐深秋△相携闲对小妆楼△不解凄凉伊似我，说甚绸缪△

范路（明434）一首　题：春朝。

小雨过东园△绿草嫣然△飞来蛱蝶恣翩跹△刚在红榴裙底舞，又在花前△

望到翠楼边△柳色如烟△幽禽啼断夕阳天△记得去年花易谢，莫负今年△

易震吉（明444）一首　题：野老家。

短褐晒晨光△①野老颜苍△②门前落叶赤兼黄△不似田家专畜牧，鸡犬牛羊△

足迹市廛荒△③生长山庄△瓦盆盛酒四邻香△时与儿孙欢笑饮，忘却愁肠△

注：① 短褐：粗布短衣。② 苍：苍老。③ 市廛：集市；荒：荒疏，少去之意。

路迈（明445）一首　题：暮春闺思。

花柳漫凝眸△谁与同游△晓妆无力倚珠楼△望断天涯眉黛锁，减尽风流△

燕舞触帘钩△絮语轻柔△①纤纤闲整玉搔头△②怕听子规啼不住，搅动离愁△

注：① 絮语：语多也。② 纤纤：喻手指纤巧；玉搔头：玉簪，首饰。

刘命清（明455）一首　题：夏初。

衬席落花重△①舞倦春风△流莺乍悸火云红△欲上海棠无看处，飞去匆匆△

更是麦秋逢△②潇洒溪翁△夹衣新换葛衣松△醉倚晚凉亭外望，遍野阴浓△

注：① 衬席：指草茵。② 麦秋：指初夏。对麦来说，已成熟秋收。

方以智（明463）一首　题：示陈涉江。

风起恨青霄△①堆砌无聊△乱红催语肯相饶△②九十春光留不住，③只在今朝△

旧语洒横桥△那更吹箫△一声断处血难消△④夜半子规啼不尽，只见花飘△

注：① 青霄：青天。② 乱红：落花。③ 九十春光：指春天九十天。④ 血：指热血，时清兵入关南侵，明室垂亡。

陆世仪（明464）一首　序：寒溪子海上得巨螯，①欲以佐酒，筐篚置池中，②一旦尽失，懊恼不已，属作小词记之，戏成一曲。

江上稻花过△③紫蟹如鹅△千钱买得廿斤多△满拟相知同醉酒，乐也婆娑△

筐篚懈巡逻△④一夜清波△主人无策客嗟呵△只当放生权作福，念句弥陀△

注：① 寒溪子：方太古（1471—1547），自号寒溪子、一壶生，兰溪人。巨螯：指大蟹。② 筐篚：蟹笼。③ 稻花过：指秋天稻熟时。④ 懈巡逻：疏于防守。

王朗（女）（明487）三首　题：第一、二首，闺情。第三首，游卧云堂。

（1）疏雨润青帘△花压重檐△绣帏人倦思恹恹△①昨夜春寒眠未足，莫卷湘帘△

罗袖护掺掺△②怕拂妆奁△兽炉香倩侍儿添△③为甚双蛾长翠锁，也自憎慊△

注：① 恹恹：病貌。② 掺掺：纤细貌，指女手。③ 兽炉：兽形香炉。

（2）斜倚镜台前△长叹无言△菱花蚀彩个人蔫△①分付侍儿收拾去，莫拭红绵△

满砌小榆钱△②难买春还△若为留住艳阳天△人去更兼春去也，烦恼无边△

注：① 蔫：精神不振。② 榆钱：指榆荚，因其形似铜钱。

（3）几日病缠绵△昨夜迟眠△强移心绪镜台前△双鬓淡烟低髻滑，自也生怜△

不贴翠花钿△懒易衣鲜△碧油衫子褪红边△为怯游人如蚁涌，故拣

阴天△

俞汝言（明498）一首　题：忆旧，次览民韵。

芳草绮天涯△几引流霞△[①]小楼宛转暮天遮△记得当时歌舞地，碧水梨花△

归路一鞭斜△断送年华△夜凉无梦越窗纱△酒醒更残灯又灺，[②]春在谁家△

注：① 流霞：仙酒、好酒。② 灺：蜡烛烧剩部分。

彭孙贻（明504）一首　题：初秋楼望。

斜月上西楼△帘卷银钩△闺中少妇不知愁△指点银河鸱尾外，[①]个是牵牛△

残暑晚凉收△大火西流△露华秋冷湿衣鞲△[②]花底夜香烧也未，低问丫头△

注：① 鸱尾：即鸱吻，宫殿屋角上文饰，本名鱼尾。② 衣鞲：臂衣也，即袖。

叶小鸾（女）（明514）一首　题：春景。

杨柳弄柔黄△缕缕纤长△海棠风醉艳红妆△折取一枝归绣户，细玩春光△

春日对春妆△莺燕笙簧△横塘三月水流香△贴水荷钱波动处，两两鸳鸯△

沈谦（明573）一首　题：清明。

雨过小窗晴△几处莺声△纷纷花柳障春城△我自愁多如中酒，[①]人道清明△

箫鼓画船轻△游赏何曾△倚帘终日泪盈盈△风里落花浑不响，蓦地心惊△

注：① 中酒：醉酒也。中，读去声。

徐震（明609）一首　题意：《灯月缘》第七回，真楚玉赠戴娇凤词。

昨夜入娉婷△[①]梦入熙春△[②]芙蓉脸腻柳腰轻△乱撒娇痴情似海，着意温存△

甫得与相亲△便订山盟△百年欢好一宵成△莫把佳期轻撇下，记取银灯△

注：① 娉婷：喻美女。② 熙春：美好春日。

陆宏定（明634）一首　题：之荐福。[①]

十里蓼花滩△才泊溪湾△旧时亭榭尽颓垣△[②]三十年前曾到地，不禁凄然△

修竹自姗姗△[③]掩映林端△夜来风雨正潺湲△[④]孤雁一声云散后，略近栏杆△

注：① 之：到达；荐福：疑为江西鄱阳荐福寺。② 榭：台上有屋者。③ 修竹：长而直之竹；姗姗：形容飘逸潇洒状。④ 潺湲：水流貌。

刘氏（明637）一首　题：绝命词。[①]　注：此词用仄韵，与众用平韵不同。因仅此一首，不再分体。

满眼干戈绕▲身如笼鸟▲手携子女伶仃小▲立坐悲伤莫苟活，[②]此生休了▲

乡国云缥缈▲[③]妆台梦杳▲一死何难天地老▲刀锯不避命须臾，[④]投环去好▲[⑤]

注：① 绝命词：因夫远随明永历帝战败，而清兵将至，遂赋词自缢。② 苟活：即贪生。③ 缥缈：高远貌。④ 须臾：顷刻间。⑤ 投环：上吊。

浮萍居士（明649）一首　题意：《生绡剪》第五回，神女七娘子。

一步一回迟△月似花非△朱鞋凤嘴鬓鸦栖△来素烟纱笼细玉，小扇轻提△①

十载上元期△人面依稀△南金双片挂青罗△②一点柔情割不断，瘦尽还肥△

注：① 此首前段第四句谬不可考，或作"朱鞋凤嘴鬓鸦，栖来素烟，纱笼细玉，小扇轻提"，则又别为一体。② 罗：此字不叶韵，疑有误。

李元鼎（清5）一首　题：和七夕纳凉闻琴。

新浴罢梳妆△小坐闲房△冷风吹透紫罗裳△何处琴清惊客梦，东壁西厢△

指下暗生香△悠远飘扬△多情天上有牛郎△月下鹊桥仙子渡，①准拟双双△

注：① 仙子：指织女。

徐灿（女）（清20）一首　题：庭树。

庭树又秋花△做弄年华△①满城霜气湿青笳△②眼前眉头愁未了，去数归鸦△

残月霭窗纱△莫便西斜△雁声和梦落天涯△渺渺濛濛云一缕，可是还家△

注：① 年华：光阴。② 笳：胡笳，北方少数民族乐器，时其夫陈之遴流放东北。

李雯（清22）一首　题：燕子。

小苑午阴长△梅子初黄△三三两两过池塘△不管罗帏人倦起，斜入纱窗△

细雨飞端祥△只近回廊△才飞北馆又南厢△啄破海榴红欲溜，①懒上雕梁△

注：① 海榴：即石榴。

吴伟业（清28）一首　题：端午。

缠臂彩丝绳△妙手心灵△真珠嵌就一星星△五色叠成方胜小，①巧样丹青△②

刻玉与裁冰△眼前何曾△葫芦如豆虎如蝇△③旁系垒丝银扇子，④半黍金铃△⑤

注：① 方胜：首饰。② 丹青：图画。③ 虎：虎形饰物。④ 垒丝：重叠丝织物。⑤ 黍：角黍，喻粽子形状。

李渔（清31）三首　题：第一首，春暮。

第二首，舟中望彭泽县。

第三首，题意：《连城璧》第一回，咏女伶刘藐姑。

（1）柳絮忽飞扬△散却春光△等闲绿遍旧池塘△①无数浮萍遮水面，何处流觞△②

蜂蝶一生忙△尚恋余香△踏青散后倦梳妆△又是恹恹人病也，天气初长△

注：① 等闲：不留意。② 流觞：曲水流觞，诗人一种宴会。

（2）无寺有钟鸣△峦屿层层△白云偏向翠中生△百道涧泉流不歇，直接江声△

仿佛见山城△又只星星△挂冠彭泽旧知名△[1]吏隐此中如避世，何不留行△

注：① 彭泽：江西县名，在长江南岸，晋陶潜辞官处。

（3）好妓好歌喉△擅尽风流△惯将欢笑起人愁△尽说含情单为我，魂魄齐勾△

舍命作缠头△[1]不死无休△琼瑶琼玫竞相投△桃李全然无报答，尚羡娇羞△

注：① 缠头：赏歌舞人之费用。

谢良琦（清58）一首　题：无题。

帘外景悠悠△花压帘钩△美人花下翠娥愁△[1]风动素帏人静悄，故故迟留△[2]

一晌雨云愁△[3]乡老温柔△含娇倚态作凝眸△狼藉武陵花事也，[4]春在高楼△

注：① 翠娥：指眉尖。② 故故：屡屡。③ 一晌：片时。④ 武陵：喻桃花源。

曹尔堪（清69）二首　题：第一首，戊寅（1638年）十二月二日过智月禅院，时冬燠，红梅盛开。

第二首，上巳。

（1）唤渡近衡门△信步南村△薄绵今日觉微温△梅染胭脂先破腊，伴佛黄昏△

冷淡许谁论△菜甲篁孙△[1]逢僧闲话半无根△斜日一帘当午卷，曝取朝暾△

注：① 菜甲：菜初出叶；篁孙：笋芽。

（2）送暖晓来风△春信微通△满城芳草暮愁中△寒食才过宫柳暗，烟树朦胧△

杜曲踏芳丛△[1]有个人同△盘龙绣领御沟东△日落河桥归路晚，嘶断花骢△

注：① 杜曲：地名，在陕西长安（今西安）南，名胜之地。此处借喻北京。

尤侗（清81）一首　题：咏昭君套。[1]

一握小丁貂△艳色茸毛△金珰满座总粗豪△②妆向美人头上去，别样妖娆△

双尾鬓云交△秀映眉梢△若教上马更多娇△从此香阁添小字，唤作昭昭△③

注：① 昭君套：指蒙古式女帽。② 金珰：金耳环。③ 昭昭：即王昭君。指此套来源于昭君。

梁清标（清105）一首　题：闺词。

日影旧窗纱△昼静藏鸦△①东风谨护牡丹芽△珠箔深深垂绮户，②便是儿家△③

娇小鬓云斜△暗度韶华△春愁不减脸边霞△④绣得双鸳新画谱，并蒂荷花△

注：① 藏鸦：可以栖鸦，喻安静。② 珠箔：珠帘。③ 儿：古代妇女自称。④ 霞：光彩。

朱中楣（女）（清140）一首　题：七夕前一日，晚坐闲，隔墙王玉娘弄琴。

新月映眉妆△露滴花房△金风暗透薄罗裳△①何处清音偏着耳，恰在东墙△

切切指生香△②韵雅悠扬△凄凄楚楚断人肠△流水调高人不见，③遥隔长廊△

注：① 金风：即秋风。② 切切：细曼之声。白居易诗"小弦切切如私语。"③ 流水：高山流水，琴调名。

邹宏志（清148）一首

台畔菊花黄△节近重阳△木瓜佛手弄清香△①偏是一椿难理会，雁断潇湘△

蟋蟀傍琴床△添倍凄凉△②夜深隐隐响渔榔△③侍女不知愁里事，蓦地推窗△

注：① 木瓜、佛手：皆果名，气味清香。② 添倍：为倍添之颠倒。③ 渔榔：渔夫敲榔捕鱼。

鲁超（清149）一首　题：新秋雨霁，见隔水闺秀理妆。　注：调名原作卖花声。

疏雨束轻凉△①微漏残阳△竹屏茉莉吐清香△人在绿蕉窗底下，初试罗裳△

咿轧弄渔榔△②摇漾云光△隔溪蓉柳学新妆△③佯向清波摇扇影，惊了鸳鸯△

注：① 束：结束，即雨霁。② 渔榔：即渔梆。③ 蓉柳：喻闺秀。

顾贞立（女）（清159）一首　题：九秋。

新粉堕琅玕△①荷叶初团△满城风雨忽生寒△莫便重阳时候也，一例心酸△

小婢障轻纨△②空画乘鸾△流萤飞度曲栏杆△休傍牙签频掩映，③不是儒冠△④

注：① 新粉：指菊花。② 轻纨：指纨扇。③ 牙签：藏书者用于书函上所缀的象牙签牌。④ 儒冠：书生巾。晋车胤惜萤光勤读，用其典。

徐孝钧（清176）一首

听尽卖花声△碧树无情△蔷薇娇软堕红轻△三月江南春似海，化作愁城△

时节换朱明△[1]少雨多晴△夕阳天际暮山横△小院东风门不掩，啼老流莺△

注：① 朱明：指初夏。

顾之琼(女)(清 185)一首

风静绮窗闲△一任妆残△昼长何事倚栏杆△好梦不来来便去，几度芳年△

极目楚江寒△烟棹平澜△离魂难度万重山△帘外柳条飞絮也，春又阑珊△

陆进(清 198)一首　题：江行。

暮雨压城头△淼淼波流△[1]千樯遥见布帆收△历乱秋声江一片，隔岸瓜洲△[2]

帘卷挂双钩△独驾扁舟△金焦两点望中浮△[3]忘却年来频作客，不信离愁△

注：① 淼淼：形容水大。② 瓜洲：古渡头，在镇江对岸。③ 金焦：金山和焦山，当时皆在镇江长江中(今金山已与陆地相连)。

吴棠桢(清 200)一首　题：重会。

艇子渡钱塘△[1]桔柚初黄△归来重到木兰房△蝶抱莺勾多少事，误我红妆△

握手细商量△双袖飘香△灯前不肯脱罗裳△只说玉郎消瘦甚，且莫轻狂△

注：① 钱塘：江名，指由杭州渡江回绍兴。

桂姮(女)(清 217)一首　题：思家。

洒泪卜金钱△[1]爻象移迁△[2]荷筒折断藕丝连△[3]梦里还家愁里语，总是虚占△[4]

时事苦迍邅△[5]一别经年△北堂萱草望悬悬△[6]云树参差山水远，鱼雁难传△[7]

注：① 卜金钱：以金钱卜卦。② 爻象：即卦象。③ 荷筒：即莲蓬。④ 占：占断，即卜卦以知吉凶。⑤ 迍邅：处在困难中不敢前进。⑥ 萱草：指萱堂，即母。⑦ 鱼雁：喻信。

蒋文珊(女)(清 237)一首　注：调名原作卖花声。

月上曲栏杆△露滴梧寒△金风酿冷怯衣宽△[1]约略腰肢秋正减，蹙损春山△[2]

漏永夜阑珊△[3]画角声残△莫将愁思锁眉端△若问今宵谁个伴，风月同欢△

注：① 金风：即秋风。② 春山：喻眉峰。③ 漏永：即更长。

冯云骧(清 254)一首　题：村居。

流水白云边△长日如年△平原遥望动孤烟△逐鹿战龙人去也，[1]老树苍然△

茅屋小如拳△藤蔓钩连△柴门开处对山田△饭罢黄牛春雨足，且去安眠△

注：① 逐鹿战龙：喻争夺政权。

赵吉士(清279)一首　题：甲寅(1674年)元夕。[①]

望远思腾腾△烽火心惊△[②]极天士马正纵横△却喜海阳今夜月，[③]还似承平△

巷陌更添灯△春满山城△画图人醉水晶屏△侧听谯楼楼上鼓，[④]刚打三更△

注：① 元夕：即元宵节。② 烽火：喻战争，时吴三桂起兵反清。③ 海阳：今广东潮州。④ 谯楼：即更鼓楼。

朱彝尊(清288)一首　题：雨花台。　注：调名原作卖花声。

衰柳白门湾△潮打城还△小长干接大长干△歌板酒旗零落尽，剩有渔竿△

秋草六朝寒△花雨空坛△更无人处一凭栏△燕子斜阳来又去，如此江山△

张星耀(清299)一首

春柳暮烟含△莺燕娇憨△飘绵舞絮恨相兼△雨打风吹收不了，又上眉尖△

系马弄金衔△[①]斜日厌厌△[②]梦中归路又谁谙△渺渺茫茫花一簇，说是江南△

注：① 衔：马嚼子。② 厌厌：喻安静。

万树(清316)一首　题：落花。

春色过清明△花事飘零△夜来风雨葬倾城△[①]枕上泪流还似雨，忒煞多情△

晓起卷帘旌△[②]撩乱红英△[③]满街听得卖花声△我已伤心听不得，况是黄莺△

注：① 葬倾城：盖满全城。② 帘旌：喻似旗帘子。③ 红英：即红花。

杨在浦(清335)一首　题：渡峡江

峡水大江横△虎斗龙争△江神原是古忠英△独占渡头香火热，击楫难平△

世界几番倾△一战轰轰△秋风摇动草成兵△怒教江豚为鼓浪，天地皆声△

范荃(清378)一首　题：湖中春望。

扑面暖风吹△缓步河湄△[①]三三两两白鹭儿△飞到跟前浑不是，[②]浪打渔矶△[③]

极目望天涯△烟树迷离△[④]风波影里一帆归△载得春光多少去，辜负佳时△

注：① 河湄：河岸。② 浑：完全。③ 矶：水中突出之石。④ 迷离：模糊之意。

沈友琴(女)(清388)一首　题：月下桃花。

清露酿花烟△皓魄无边△数枝低亚笑嫣然△[①]一自天台迷路后，[②]辜负年年△

蟾影罩霞鲜△似共流连△茅斋相对恍疑仙△赚得东风今日好，莫为愁牵△

注：① 亚：压；嫣然：巧笑。② 天台：刘晨、阮肇入天台山遇两仙女故事。

曹贞吉(清396)一首　题：丁巳(1677年)清明。　注：调名原作卖花声。

烟草似愁生△绿满长汀△[①]隔墙一一卖花声△十日雨丝天作剧，渲染清明△

林外乍啼莺△楼外峰青△东风拂面酒微醒△欹帽垂鞭何处去，淰淰寒轻△[②]

注：① 汀：水中陆地。② 湙湙：流动貌。杜甫诗："山云湙湙寒。"

董元恺（清 423）一首　题：七夕。

新月一弓弯△乌鹊桥环△[1]云軿缥缈度银湾△[2]天上恐无莲漏滴，忘却更残△

莫为见时难△锦泪潸潸△有人犹是独凭栏△若果一年真一度，还胜人间△

注：① 乌鹊桥：指牛郎织女鹊桥相会。② 軿：有帷相遮之车；缥缈：高远貌；银湾：指银河。

章昞（清 425）一首　题：清明即事。

正是看花天△西子湖边△[1]千条弱柳好风牵△柳下系船船载酒，酒醉婵娟△[2]

纤指拨三弦△字吐珠圆△情思愈楚愈嫣然△[3]莫怪登徒皆起舞，[4]我见犹怜△

注：① 西子湖：即杭州西湖。② 婵娟：美女。③ 楚：楚楚可怜，怜爱也；嫣然：笑得好看。④ 登徒：登徒子，指贪色者。

吴本嵩（清 462）一首　题：舟过东郭废园。[1]

一叶下晴川△[2]正夕阳天△西山拖雨断虹鲜△不是荷花亲指点，谁说平泉△

歌舞忆当年△肯羡神仙△繁华如箭忽离弦△乱甃残垣能几日，取次桑田△[3]

注：① 郭：即城。② 一叶：一叶扁舟，喻小船。③ 取次：次第；桑田：沧海桑田，喻情景在变化。

沈岸登（清 509）一首　注：调名原作卖花声。

三亩旧柴扉△一半疏篱△春来长安雨霏微△杨柳丝轻兰叶小，鸂鶒双飞△

花径未全非△乡梦依依△天涯兄弟几时归△可惜年年芳草色，绿遍渔矶△

许昂霄（清 516）一首

细雨滴芭蕉△暑气全消△簟纹如水梦迢迢△明月半床香半鼎，忍负良宵△

残烛一条条△戍鼓初敲△不堪瘦尽沈郎腰△窗外露蛩声断续，似诉无聊△

李葵生（清 526）一首　题：书梦，寄殿臣。

落日满溪东△刚照芙蓉△美人独立对芳丛△我亦涉江惊岁晚，蓦地相逢△

总是怨西风△零落残红△入宫谁个肯相容△试问蛾眉长几许，新月横弓△

陈玉瑾（清 530）一首　题：舟逢。

香冶木兰舟△[1]来往溪头△画船权拟做妆楼△[2]镜里清波波里镜，钗漾鬟浮△

何福注星眸△[3]消受风流△为谁含怨为谁羞△可惜春光如梦也，无计攀留△

注：① 木兰舟：即香舟，舟之美称。② 权：暂且之意。③ 星眸：眼之美称。

金烺（清 535）一首　题：春晴。

晓日上疏棂△花满空庭△蛾眉倦扫倚云屏△最是撩人肠断处，绿柳黄莺△

小妹没心情△斗草闲行△强依同去踏春情△偏值销魂时候也，寒食清明△

许心榛(女)(清551)一首　题：层楼观雪。①

六出绕庭中△②野外云彤△③斜斜整整舞长空△笑指青山头白了，似雨非风△

归鹤失行踪△缟袂相逢△④梁园授简夺天工△⑤谁共梅花萧索也，人在楼东△

注：① 层楼：高楼。② 六出：即雪。③ 云彤：即彤云、雪云也。④ 缟袂：白袖，指鹤翼。⑤ 梁园：喻美丽宫苑，源出汉梁孝王好营宫苑。

傅燮詷(清558)一首

满幅扫烟霞△烟里人家△竹篱错落傍溪斜△古树根头闲揽看，一个渔艖△①

归雁点平沙△几笔芦花△招提隐隐远山遮△荷锡一僧穿鸟道，②风雨袈裟△③

注：① 渔艖：打鱼船筏。② 荷锡：肩负锡杖(即禅杖)；鸟道：小径。③ 袈裟：僧衣。

马鸣銮(清625)一首

双鬓欲堆鸦△①脸晕红霞△莺啼花影落窗纱△十二巫峰浑是梦，②雨细云斜△

油壁下香车△③回首天涯△红栏绣幕阿谁家△纨扇暗抛腰带减，自惜韶华△④

注：① 堆鸦：喻乌黑。② 十二巫峰：楚襄王梦会巫山神女故事。③ 油壁车：妇女所乘精致之车。④ 韶华：春景、光阴也。

查慎行(清639)一首　题：繁昌旧县。①

约略傍苍葭△②酒旆夭斜△③县南风色野人家△④黄石堆墙茅当瓦，还占平沙△

烟外晓程赊△⑤去去天涯△严城何处不吹笳△⑥恰似废池乔木畔，一一啼鸦△

注：① 繁昌：安徽县名。② 苍葭：即芦苇。③ 酒旆：镶着边酒旗。④ 野人家：野外人家。⑤ 赊：即远。⑥ 笳：军中乐器。

徐元端(女)(清645)一首　题：春愁。　注：调名原作卖花声。

春色满庭芳△蝶乱蜂狂△玉梅风细袭人香△才过花朝寒食近，①催断侬肠△②

夜夜小纱窗△多少思量△待君归诉怕相忘△试赋卖花声一阕，记取凄凉△

注：① 花朝：在历二月十二日；寒食：在清明前二日。② 侬：吴语，我也。

汪霦(清659)一首　题：湖心亭杨柳。①

翠影接遥天△还系游船△柔情黯黯不胜眠△②弹彻琵琶今夜月，此际谁怜△

玉笛晚风前△长倚朱栏△歌莺舞燕自年年△寂寞空庭人去后，一片寒烟△

注：① 湖心亭：在杭州西湖湖心。② 黯黯：伤神貌。

闵荣(清664)一首　题：记梦。

莺语隔帘栊△①一笑相逢△羞人曾记粉腮红△行过长廊人小立，月影朦胧△
离恨正无穷△细语难终△高唐惊散五更钟△②兰麝未消鸳枕暖，去也匆匆△
注：① 帘栊：有帘之窗。② 高唐：指梦。宋玉有《高唐赋》叙楚襄王梦会神女故事。

蔡璨（清 679）一首

新雨涨池塘△杨柳轻黄△偶然经过郁金堂△①鸾镜乍开窗半启，②恰好晨妆△
挽髻坐闻香△眉语商量△丁宁切莫露轻狂△真个相怜侬自解，③妒眼须防△
注：① 郁金堂：高雅的居室。② 鸾镜：镜之美称。③ 侬：吴语，我也。

纳兰性德（清 694）二首

（1）红影湿幽窗△瘦尽春光△雨余花外却斜阳△谁见薄衫低髻子，还惹思量△
莫道不凄凉△早近持觞△暗思何事断人肠△曾是向他春梦里，瞥遇回廊△

（2）双燕又飞还△好景阑珊△东风那惜小眉弯△芳草绿波吹不尽，只隔遥山△
花雨忆前番△粉泪偷弹△倚楼谁与话春闲△数到今朝三月二，梦见犹难△

潘睿隆（清 708）一首　题：湖心亭杨柳。

柳色渐舒青△恰喜初晴△凌波微步见倾城△①玉笛银筝听未了，又听流莺△
飞絮太无情△隔水盈盈△漫天遍地可怜生△卷得杨花浑似雪，春不分明△
注：① 凌波微步：喻步履轻盈；倾城：喻美人。

孙允膺（清 721）一首　题：戏赠友宿双妓。

最爱野花妍△①双燕蹁跹△画船同载晚凉天△消受绮筵争侑酒，②一对婵娟△
掩映画屏边△携手凭肩△芙蓉并蒂两情牵△知是序年还序地，③究竟谁先△
注：① 野花：喻妓女。② 绮筵：华丽酒席。③ 序年：依年龄排次序。

王一元（清 739）一首　题：饮陈晋锡半舫新斋。　注：调名原作卖花声。

新筑锁芳丛△①竹影重重△衔杯疑在画图中△绿酒红灯春欲暮，人醉东风△
花睡夜偏浓△微雨濛濛△多情鹦鹉唤帘栊△②谈笑不知清漏永，③数点疏钟△
注：① 新筑：指半舫新斋。② 帘栊：有帘之窗。③ 清漏永：喻夜长。

徐旭旦（清 753）一首　题：新婚。

喜溢玉台前△箫鼓声喧△屏开一朵并头莲△为报洞房春意满，合卺堪传△①

系足羡良缘△[2]玉种蓝田△[3]芙蓉帐暖浴鹣鹣△[4]愿学画眉人到老，[5]两个神仙△

注：① 合卺：即吃交杯酒，结婚时一种仪式。② 系足：赤绳系足，喻情缘。③ 玉种蓝田：喻生子。④ 鹣鹣：即比翼鸟，喻夫妻恩爱。⑤ 画眉：张敞替新妇画眉，喻夫妻恩爱。

吴贯勉（清758）一首　题：晓起，买玫瑰花分给子女。　注：调名原作卖花声。

鸟语唤晨风△春去无踪△筠笼香挈满街红△[1]才听声声深巷口，又过墙东△

朝旭影曈昽△[2]窗霁帘重△老来儿女转情浓△买得数枝争插鬓，笑引尔翁△[3]

注：① 筠笼：竹篮；挈：手提。② 曈昽：日出渐明貌。③ 尔翁：你的父亲，指作者。

盛枫（清772）一首

槐影绿毵毵△[1]午梦初残△北窗燕子自呢喃△楼外晚香人寂寂，月到栏干△

帐冷小双鸾△斜亸云鬟△[2]黄莺催起却无端△[3]有意寻愁愁不见，镜里眉山△

注：① 毵毵：细长貌。② 亸：下垂貌。③ 无端：无故。

陈鹏年（清784）一首　题：寒夜同石千一对酒作。

残月转新晴△夜静寒生△霜花如雪扑帘旌△最是高唐今夕梦，暗数归程△

无计破愁城△蓦地心惊△十年尘海竟何成△纵使围炉还对酒，到底凄清△

冒德娟（女）（清849）一首　题：欢雨。

闲倚小楼西△风雨频催△望中新涨画桥低△洗得柳枝肥又碧，一片烟迷△

鸦湿傍檐栖△窗暗无披△[1]不堪憔悴病春归△高控玉钩帘怕卷，寒透罗衣△

注：① 无披：无披屋。

吴湘（女）（清865）一首　题：雨夜独坐。

永夜不成眠△欲写鸾笺△[1]潇潇风雨洒窗寒△[2]小婢围炉重拨火，更把茶煎△

翠袖玉纤纤△[3]懒整花钿△来朝切莫卷珠帘△悄见海棠红痕了，春在谁边△

注：① 鸾笺：信笺美称。② 潇潇：风雨暴疾貌。③ 玉纤纤：喻纤细手指。

厉鹗（清900）二首　题：第一首，徐翩翩书扇，自称金陵荡子妇。[1]

第二首，壬寅（1722年）春日作。　注：调名原作卖花声。

（1）花月秣陵秋△[2]十四妆楼△青溪回抱板桥头△旧日徐娘无觅处，[3]芳草生愁△

金粉一时休△[4]团扇谁留△婿人只有小银钩△句尾可怜书荡妇，似诉漂流△

注：① 金陵：今江苏南京。② 秣陵：南京。③ 徐娘：半老妇人。④ 金粉：喻指繁华绮丽的生活。

（2）春信一番新△春水生粼△[1]春花春鸟尚逡巡△[2]剪就钗头春胜也，[3]添个春人△

准拟踏春尘△春色初匀△春风困着小腰身△制就春词知几首，恰写宜春△

注：① 春水生粼：寒冰初融，春水始生之意。② 逡巡：徘徊不进。③ 春胜：首饰也。

郑燮（清906）三首　题：和洪觉范潇湘八景，书于范县衙斋。　注：第一首，潇湘夜雨。第二首，渔村夕照。第三首，江天暮雪。

（1）风雨夜江寒△篷背声喧△渔人稳卧客人叹△明日不知晴也未，红蓼花残△

晨起望沙滩△一片波澜△乱流飞瀑洞庭宽△何处雨晴还是旧，只有君山△

（2）山回暮云遮△风紧寒鸦△渔舟个个泊江沙△江上酒旗飘不定，旗外烟霞△

烂醉作生涯△醉梦清佳△船头鸡犬自成家△夜火秋星浑一片，隐跃芦花△

（3）雪意满潇湘△天淡云黄△梅花冻折老松僵△惟有酒家偏得意，帘旆飘扬△

不待揭帘香△引动渔郎△蓑衣燎湿暖锅傍△踏碎琼瑶归路远，醉指银塘△

钱载（清936）一首　题：秋闺。

草惹暮烟荒△一片寒螀△[1]孤城清角下斜阳△桐院青疏微雨响，团扇生凉△

恰恰小红窗△[2]倚冷蟾光△[3]桂花时节忍薰香△碧焰秋灯栖燕子，夜为谁长△

注：① 寒螀：即寒蝉，蝉之一种。② 恰恰：刚逢如此。③ 蟾光：月光。

毛健（清941）一首　题：潭影轩纳凉。

无处着尘埃△水浸亭台△漾空鱼影弄浮苔△一片荷风凉似雪，密竹中来△

小立倚庭槐△薄醉情怀△晚天云卷碧无涯△料得归时人卧静，月满空街△

章恺（清966）一首

风约水晶帘△倦枕初忺△[1]瑶阶午漏落琼签△[2]燕子归来催梦醒，轻语雕檐△

闲把玉簪拈△情思厌厌△[3]绿云斜挽向冰奁△[4]一缕新愁无处着，又上眉尖△

注：① 忺：高兴、适意。② 漏：铜壶滴漏，计时也；琼签：美玉漏筹。③ 厌厌：慵懒状。④ 绿云：喻发；冰奁：镜奁。

朱芳霭(清 972)一首　题：过尧峰女真院。[1]　注：调名原作卖花声。

芳草满平沙△路绕峰遮△前途遥指石梁斜△一夜雨余春水足，流出桃花△

门外结篱笆△鸾鹤人家△[2]经床丹鼎送年华△料得绿窗尘梦断，[3]常伴烟霞△

注：① 女真院：女道观。② 鸾鹤人家：养鸾、鹤之地，指道观。③ 尘梦断：指出家人无尘世之念。

庄肇奎(清 1003)一首　题：咏柳

春事近如何△眼底无多△随春红紫尽消磨△唯有绿杨留得住，雨锁烟拖△

岁月去如梭△心事蹉跎△野塘断岸几经过△青眼不须频送客，勾引愁魔△

丁如琦(清 1007)一首　题：春日憩管社山。

青嶂拥晴沙△[1]几簇人家△眼前桃李艳于霞△知费天工多少力，酿就繁华△

烟水望中赊△[2]绕经桑麻△武林何必更浮槎△[3]长昼愔愔无个事，[4]看放蜂衙△[5]

注：① 青嶂：像屏障之青山。② 赊：远也。③ 武林：杭州别名；浮槎：行船筏。④ 愔愔：默默；无个事：无甚事。⑤ 蜂衙：蜂群。

王初桐(清 1015)一首　注：调名原作过龙门。

青入烧痕新△迟日晴曛△东风吹醒杜鹃红△[1]绿水春江烟艇小，杨柳朱门△

归去正愁人△桃李山村△酒帘深下更重云△燕子不来花自落，微雨黄昏△

注：①“红”字不叶韵，或有误，待详考。

杨逢春(清 1043)一首　题：踏青。

佳节又清明△风日初晴△桃花露重柳烟轻△听唤踏青时候也，饧担箫声△[1]

小队簇娉婷△[2]笑语盈盈△随莺逐蝶向前汀△不遣春泥沾绣袜，芳草多情△

注：① 饧担箫声：古时清明前后，有吹箫卖饧(即饴糖)之担贩。② 娉婷：喻貌美女子。

高鹗(清 1068)一首　注：调名原作卖花声。

云净碧天长△风冷斜阳△绣衫寒浅欲消香△又是忆人时候也，翠袖微凉△

屏扇掩潇湘△[1]烟雨茫茫△梦回酒醒怕思量△偏是教人抛不下，月转空廊△

注：① 屏扇：即屏风。

赵怀玉(清 1097)一首　注：调名原作卖花声。

春上绿杨梢△蜿地长条△[1]依人飞鸟乍辞巢△记得儿时门巷否，丁字帘飘△

颦笑总魂销△病不胜娇△客窗同听雨潇潇△[2]无计渡将桃叶去，[3]愁趁江潮△

注：① 踠地：屈曲。② 潇潇：雨暴疾貌。③ 桃叶：渡口名，在南京秦淮河上，又名南浦渡。

张云璈(清 1098)一首　题：长安客思。[1]

红雨扑栏杆△[2]莺意摧残△闲愁如草未能删△恋尽重衾多少梦，只在乡关△

香冷鹧鸪斑△[3]帘外轻寒△年年别恨说西湾△看遍绿萝屏上画，不是春山△

注：① 长安：地名，今陕西西安。② 红雨：指落花。③ 鹧鸪：鸟名，此处指鹧鸪形香炉；斑：鹧鸪羽毛上斑点。

左辅(清 1124)一首　序：曹溪驿折桃花一枝，[1]数日零落，裹花片投之涪江，歌此送之。

水软橹声柔△草绿芳洲△碧桃几树隐红楼△者是春山魂一片，[2]招入孤舟△

乡梦不曾休△惹甚闲愁△忠州过了又涪州△[3]掷与巴江流到海，[4]切莫回头△

注：① 曹溪驿：地名，在四川忠县。② 者：这也。③ 忠州：今四川忠县；涪州：今四川涪陵县。④ 巴江：四川水名。

侯士骧(清 1126)一首

盼到柳条青△已过清明△落花如雨听无声△不信一春憔悴意，单为啼莺△

斜月满空庭△香雾冥冥△簟纹如水夜凄清△睡去纵然无好梦，却也愁醒△

袁棠(清 1149)一首

迷路得花看△暂解征鞍△[1]缫丝门巷雨漫漫△借问小姑团扇上，谁画双鸾△

山果配蔬盘△菰脆梅酸△隔墙灯影夜栏杆△闲杀半床清绮被，各自宵寒△

注：① 解征鞍：即下马。

杨家驹(清 1169)一首　题：寒食偕张禹金踏青。

佳节逼清明△春服初成△呼朋好踏陌头青△已被花光烘欲醉，况听流莺△

柳岸小桥横△沽酒旗亭△[1]兴来吟咏畅幽情△却忆介推当日事，[2]百感旋生△

注：① 沽酒：买酒；旗亭：市楼，指酒店。② 介推：晋介子推，不愿为官，焚死绵山中。寒食节亦由此来。

孙云凤(女)(清 1188)一首　题：风萤。

青影乱帘旌△[1]点点春星△碧天如水月华明△深院夜凉人乍定，吹堕银屏△

栏外竹声清△半臂纱轻△[2]玉阶犹忆那时情△团扇软罗兜不住，茉莉钗横△

注：① 帘旌：如旗帘子。② 半臂：短袖或无袖上衣。

乐钧(清 1199)一首

歌罢酒颜红△船小江空△仙仙衣袂惹轻风△[1]玉臂云鬟波上影，明月当中△

沙渚淡烟笼△[2]隔岸闻钟△流苏羽帐夜香浓△[3]唤起侍儿教瀹茗，[4]灯陨钗虫△

注：① 仙仙：女仙；袂：袖。② 沙渚：水中小块沙地。③ 流苏：帐帏下垂饰物。④ 瀹茗：煮茶。

吴嵩梁（清1200）一首　题：秋夜闻笛。

何处玉玲珑△[1]径转廊通△寻声直到画栏东△月又不明帘又暗，灯影微红△

绣榻乱书丛△人坐当中△一篇新谱教才工△[2]谁信桂花庭院里，立尽斜风△

注：① 玉玲珑：喻笛。② 新谱：新谱成乐曲；工：完善。

马汾（清1201）二首　题：第一首，春情。

第二首，本意。　注：调名原作卖花声。

（1）丽景烂晴霄△暖意今朝△春魂春影笔难描△只觉闲花兼倦柳，分外娇娆△

芳草碧迢迢△[1]一路饧箫△[2]斜阳红上赤栏桥△醉梦光阴金粉地[3]，爱杀南朝△

注：① 迢迢：长远。② 饧箫：古时清明前后，多吹箫卖饧（饴糖）小贩。③ 金粉地：妓院。

（2）蜂蝶闹新晴△花满江城△阿翁担去忒多情△[1]行过小桥深巷里，唤起春酲△[2]

绣陌午风轻△[3]蓦地惊听△算来都半玉人名△[4]触蛾闲愁难料理，又近清明△

注：① 担：指花担。② 酲：酒醉。③ 绣陌：锦绣郊野。④ 玉人名：美人多以花取名。

郭麐（清1208）二首　题：第二首，饮泉自画芳草，以寄望庐之思。　注：调名原作卖花声。

（1）秋水淡盈盈△秋雨初晴△月华洗出太分明△照见旧时人立处，曲曲围屏△

风露浩无声△衣薄凉生△与谁人说此时情△帘幕几重窗几扇，说也零星△

（2）一片好莓苔△绿了空阶△葳蕤深锁旧池台△除却斜阳和燕子，还有谁来△

风约画帘开△独自徘徊△春痕如梦满天涯△泥上袜罗泉下玉，都被伊埋△

蒋浩（清1225）一首　题：嘉庆戊辰（1808年）与曹言纯、郭麐同作。

春信绿苔钱△扫石高眠△小红花下鬓如蝉△梦在石湖风雪里，[1]疏影横船△[2]

开眼翠筠边△[3]摒却尘缘△[4]一家笑语忽纷然△老子惊闻孩子喜，明日新年△

注：① 石湖：湖名，在苏州胥门外。② 疏影：指梅花。③ 翠筠：绿竹。④ 摒却：排除。

曹慎仪（女）（清1266）一首　题：寄外。[1]

往事怕思量△易断离肠△卷帘又见燕归梁△闻说岭梅春信早，[2]谁寄江乡△

愁系柳丝长△无意寻芳△锁窗镇日懒添香△[3]一任庭花开复落，风雨凄凉△

注：① 外：丈夫。② 岭梅：大庾岭梅花。③ 锁窗：即琐窗，窗之美称。

庄盘珠（女）（清1268）一首　题：双峰书屋海棠盛开，作小调以志盛。

梦断小红楼△宿雨初收△[1]闹晴蜂蝶上帘钩△一院海棠春不管，侬替花愁△[2]

吟赏记前游△转眼都休△风前扶病强抬头△[3]知道明年人在否，花替侬愁△

注：① 宿雨：隔夜雨。② 侬：吴语，即我。③ 扶病：带病。

陶梁（清1270）一首　题：李香君小像。[1]　注：调名原作卖花声。

薄晕脸烘霞△双鬓堆鸦△[2]香名千载属侯家△[3]剩粉零脂无着处，飞上桃花△[4]

风月谱红牙△往事堪嗟△[5]板桥依旧夕阳斜△却笑南朝浑一霎，[6]扇底繁华△[7]

注：① 李香君：明末南京爱国名歌妓。② 堆鸦：喻黑发。③ 侯家：嫁夫侯朝宗。④ 桃花：喻血，因守节拒暴撞柱受伤。⑤ 嗟：叹也。⑥ 南朝：指南明弘光朝。⑦ 扇：指桃花扇。

孙荪意（女）（清1277）一首

归去郡城东△[1]曾记相同△玉梅花下小房栊△[2]烛影摇红人倚醉，绣帐春浓△

小别太匆匆△好梦无踪△几回追忆转惺忪△拟托新愁凭燕子，诉与春风△

注：① 郡城：即府城，相等于今地级市，作者系仁和人，属杭州府，夫家在杭州东萧山。② 房栊：房窗。

孙延（清1301）一首　题：钓鱼台同顾大南雅作。

野兴郭门西△[1]春影霏微△[2]乱泉一带绕渔矶△[3]行到柳深深处歇，头上莺啼△

丝雨隔烟飞△漫点征衣△客情乡思总凄迷△一样东风寒食路，落尽棠梨△

注：① 郭门：城门。② 霏微：不太盛。③ 矶：江河中石滩。

吴慈鹤（清1310）一首　注：调名原作卖花声。

往事记惺忪△昨夜灯红△断肠犹有一尊同△今夜画船星月小，立尽东风△

罗带影匆匆△暗减香筒△薄情聊误有情浓△各抱屏山天一样，残漏声中△

顾翎（女）（清1312）一首

花阴锁春暝△慵卷湘帘△[1]墨痕浓染衍波笺△[2]愁绪几番抛玉局，[3]试卜金钱△

袖惹水沉烟△[4]小立风前△罗襦缓带瘦腰纤△[5]楼畔垂杨空无影，闲却秋千△

注：① 慵卷湘帘：懒卷竹帘。② 衍波笺：笺名，源出《直方诗话》。③ 玉局：棋局。④ 水沉：即沉香。⑤ 襦：短衫；缓：宽也、解也。

杨承宪（清1321）一首　题：重阳。

薄鬓绾朝妆△炉篆心香△[1]人言此日又重阳△细雨斜风帘不卷，添倍新凉△

阁泪悄神伤△[2]无限思量△盈盈闲凭小回廊△疏柳几枝鸦数点，流水红墙△

注：① 心香：佛家语，谓中心虔诚如焚香供佛也。② 阁泪：闺阁之泪。

徐莔（清1325）一首　题：题吹笛美人。

静院好风侵△行遍花阴△昼长懒绣久停针△记得新翻横玉笛，[1]吹作龙吟△

幽韵豁烦襟△三弄何心△[2]调高银字更流音△闲倚石栏人未起，柳影深深△

注：① 新翻：新谱、新作。② 三弄：梅花三弄，曲名也。

周济（清1355）一首

迟日照房栊△春太冥朦△帘旌轻漾楝花风△一架荼蘼香似雪，何处残红△

回枕曲屏空△纤甲重重△睡情比胜酒情浓△多少流莺吹得起，梦又匆匆△

王少华（女）（清1358）一首　序：丙寅（1806年）仲秋，余以侍亲留白下，遣方海、方澜两儿赴蜀侍夫子。

皓魄满窗前△[1]不照人圆△离魂直欲上青天△只为分巢双燕小，破尽宵眠△

何计慰高年△日薄虞渊△[2]时来甥馆问鱼笺△[3]甚日浣花溪畔水，[4]准送归船△

注：① 皓魄：月也。② 虞渊：即黄昏时候。③ 甥馆：谓赘婿居处。其夫可能是赘婿；鱼笺：指音信。④ 浣花溪：在成都，夫四川居所。

李贻德（清1367）二首　题：第一首，晚步。

第二首，吴江道上。　注：调名原作卖花声。

（1）林外勒斜晖△色淡秋衣△两三家早掩柴扉△黄叶村边疏响到，负稻人归△
入夜雁声凄△孤背云飞△垂杨扶过小桥西△风起白蘋横钓艇，红蓼花低△
（2）天远露云根△西角初昏△疏村淡淡画荒村△竹外夭桃烟外屋，几扇柴门△
春水没滩痕△渔舍犹存△钓船归也夕阳浑△如雪杨花飞落后，市买河豚△

顾翰（清 1369）一首

帘外玉钩敲△帘底无聊△怪他燕子不归巢△如此画梁栖便得，何忍轻抛△
薄命是夭桃△昨日今朝△护花幡子不多高△[①]却被秋千红索影，罥上香梢△
注：① 护花幡子：花旁插长条形旗子以惊鸟啄花。

章黼（清 1388）一首　题：闰花朝日清明。[①]　注：调名原作卖花声。

春色二分赢△佳节重经△晓来依旧嫩寒生△红雨半帘风约住，花勒香城△
剪得彩幡轻△暗惹闲情△出门忽见柳条青△还说寻芳来尚早，忘了清明△
注：① 闰：是年闰二月；花朝日：闰二月十二日，正逢清明节。

孔昭薰（清 1406）一首

晓月却弓弯△一点衔山△芦沟桥畔水潺潺△[①]小憩旗亭微醉也，[②]暂解征鞍△[③]
花事未阑珊△魂梦乡关△轮蹄八度又长安△[④]争奈踏青时节好，客里春寒△
注：① 芦沟桥：桥名，在北京永定门外。② 旗亭：指酒楼。③ 征鞍：喻马。
④ 轮蹄：即车马；长安：唐代都城，此处借指北京。

张英（清 1428）一首

无事卷帘旌△微雨初晴△牡丹才放已清明△结伴踏青香满路，风送花迎△
堤柳密藏莺△时弄新声△归来双袖觉寒生△听得玉笼鹦鹉唤，何处吹笙△

龚自珍（清 1431）二首　题：第一首，书愿。
第二首，舟过白门（南京）有纪。

（1）云外起朱楼△缥缈清幽△[①]笛声叫破五湖秋△[②]整我画书三万轴，同上兰舟△
镜槛与香篝△雅澹温柔△[③]替侬好好上帘钩△湖水湖风凉不管，看汝梳头△

注：① 缥缈：高远貌。② 五湖：指太湖。③ 澹：恬静。

（2）帆饱秣陵烟△①回首依然△红墙西去小长干△②好个当垆人十五，③春满垆边△

如此六朝山△④消此鸦鬟△雨花云叶太阑珊△百里江声流梦去，重到何年△

注：① 秣陵：代指南京。② 长干：地名，在南京中华门外。③ 当垆：卖酒店妇。④ 六朝：指南京，因六个王朝建都于此。

汪元浩（清 1460）一首　题：春尽日送别苕仙。

流水蹙罗裙△中有愁痕△画船双桨载春人△着意留人留不得，何况留春△

软语记温存△灯火黄昏△赚来离绪总纷纷△魂向当时省尽也，怎又销魂△

汪士进（清 1463）一首

帘额衬斜阳△坐久初凉△海棠睡也太匆忙△银烛烧残风乍定，为我焚香△

新拓绿纱窗△旧绕回廊△而今花阴半扶墙△花不笑人人自笑，尽够思量△

奕绘（清 1483）一首　题：夜雨晓晴。

晓起泥云屏△宿酒才醒△樱桃红褪竹光青△昨夜蔷薇花上雨，隔着窗听△

散步数芳馨△日上帘钉△①檐牙残留一星星△爱惜玉池莲叶底，长遍浮萍△

注：① 帘钉：挂帘钉子。

吴藻（女）（清 1484）二首　题：第一首，冬日法华山归途有感。

（1）一路看山归△路转山回△薄阴阁雨黯斜晖△白了芦花三两处，猎猎风吹△①

千古冢累累△何恨残碑△几人埋骨几人悲△雪点红炉炉又冷，历劫成灰△②

注：① 猎猎：风声。② 历劫：历尽劫难。

（2）垂柳绿毵毵△①雨洗烟含△满天飞絮落花搀△记得画船曾载酒，箫鼓江南△

睡折碧云簪△怯试单衫△一春辛苦似红蚕△三起三眠三月病，②病过重三△

注：① 毵毵：细长貌。② 三眠：蚕须三次眠，眠时不吃不动。

顾春（女）（清 1488）一首　题：春日同夫子游，①见鸳鸯无数，马上成小令。

花木自成蹊△②春与人宜△清流荇藻荡参差△③小鸟避人栖不定，飞上杨枝△

归骑踏香泥△山影沉西△鸳鸯冲破碧烟飞△三十六双花样好，同浴清溪△

注：① 夫子：即丈夫奕绘。② 蹊：小路。③ 参差：不齐貌。

王清霞(女)(清 1489)一首　题：扬州。①

微雨洗遥峰△②翠影溟濛△小桃收泪舞东风△隐约竹西闻鼓吹，廿四桥通△③

何处一声钟△烟柳重重△水边槅子一灯红△④今夜谁家明月好，玉笛声中△

注：① 扬州：江苏市名，历史名城。② 遥峰：远峰。③ 廿四桥：扬州名胜。④ 槅：窗也。

沈善宝(女)(清 1498)一首　题：湖楼听雨。

霎霎复萧萧△梧叶芭蕉△松风四面卷波涛△并作秋声成一片，夜雨今宵△

秋思本无聊△梦又迢迢△①二分凉意透轻绡△来日湖边新涨碧，拟泛兰桡△②

注：① 迢迢：远貌。② 兰桡：船桨之美称，此处引伸为船。

殷秉玑(女)(清 1514)一首　题：送春。

帘外绿阴浓△帘里春慵△风风雨雨梦魂中△睡起不知春去也，一晌惺忪△

去也怎匆匆△何处重逢△落花飞絮各西东△荡漾春愁收不得，付与东风△

周诒蘩(女)(清 1517)一首　题：风雨遣闷。

灯市却才收△①日嫩春柔△风声飒飒雨声幽△荡漾帘波寒不卷，约住闲愁△

铃语诉枝头△②倦柳回眸△红梅萧落旧风流△谩托金尊消未得，③树外啼鸠△

注：① 灯市：指元宵节。② 铃语：护花铃声。③ 金尊：指酒杯。

包韫珍(女)(清 1522)一首

玉露下泠泠△①斜汉无声△②风吹砌竹近三更△一带红墙临小院，飞过流萤△

寂寞绕廊行△屈戌双扃△③往来魂梦不分明△珠泪半干灯半灺，④一晌惺忪△⑤

注：① 泠泠：露水声。② 汉：指银河。③ 屈戌：门窗绞连。④ 灺：烧余之烛。⑤ 一晌：一会儿；惺忪：睡起来未清醒貌。

张金镛(清 1527)一首　注：调名原作卖花声。

丝雨画栏前△莺唤春眠△罗衣晓怯换轻绵△寒勒海棠花一树，不放红嫣△

香袅蕙炉烟△镜侧琴边△怜伊生小爱诗篇△艳体西昆三十六，①自写鸾笺△

注：① 西昆：西昆体，诗体名，其诗以李商隐、温庭筠为宗。

黄燮清(清 1528)一首

秋意入芭蕉△不雨萧萧△闲庭如此好良宵△月自缠绵花自媚，人自无聊△

别恨几时消△认取红绡△风筝音苦雁书遥△醒着欲眠眠着醒，灯也心焦△

姚燮(清 1529)一首　题：和小谱。　注：调名原作卖花声。

春雨怯单衣△春梦灯知△春痕憔悴到眉姿△只道寒深耽病久，讳说相思△①
斜日下罘罳△②莺语迷离△③碧栏杆外记逢伊△笑捻桃花佯不觉，泥立移时△④

注：① 讳：忌讳。② 罘罳：即屏风。③ 迷离：模糊之意。④ 泥：柔情之意。

江云和（清 1536）一首

春和百花香△暖透窗纱△去来只有蜜蜂忙△隔个玻璃钻不了，错认泥墙△
绣谱漫评量△描罢鸳鸯△风筝影里搁斜阳△一幅生罗挑未就，①线短针长△

注：① 挑：挑绣，即刺绣。

秦桢（清 1555）一首　注：调名原作卖花声。

窗外雨潇潇△①炉篆香消△②闲拈湘管写芭蕉△③蕉上雨声心上恨，一样难描△
无计破无聊△试剪红绡△自怜去住等春潮△连日阴晴归未稳，又说明朝△

注：① 潇潇：雨暴疾貌。② 篆：喻烟曲折如篆体字。③ 湘管：即毛笔。

赵我佩（女）（清 1557）二首　题：第一首，秋期。

（1）深院下帘旌△①秋冷银屏△露华如水浸中庭△②一炷心香烧未灭，③来拜双星△④
花底步轻轻△落袜凉生△何人能会此时情△⑤只有如弓天上月，照得分明△

注：① 帘旌：如旗帘子。② 露华：露光。③ 心香：佛家语，谓中心虔诚。④ 双星：牛郎、织女两星。⑤ 会：理会。

（2）无可奈何天△风雨缠绵△罥花蛛网挂檐前△①只有春愁拦不住，吹向梅边△
人懒似蚕眠△②髻亸鬟偏△绿阴如水浸秋千△家静帘栊飞燕子，香冷茶烟△

注：① 罥花：钩系花片。② 蚕眠：蚕结茧前要三眠，不吃不动。

潘曾莹（清 1567）一首　题：闺愁。

斜倚小红楼△不上帘钩△一年辜负踏青游△连日飞花连夜雨，酿作春愁△
花影漾溪流△水绿如油△伤春滋味似伤秋△展得眉头愁一缕，怎展心头△

钱斐仲（女）（清 1575）二首　题：第一首，重游金陀园感怀。①

（1）花雨湿溟濛△②楼阁重重△桂丛西畔竹丛东△为管香泥干尚软，偷印

弓弓△[3]

宛转画楼通△春水溶溶△[4]桥边垂柳柳边风△扑住风巾双蛱蝶，浪认雌雄△[5]

注：① 金陀园：在嘉兴南门。② 溟濛：微雨貌。③ 弓弓：喻女子小足。④ 溶溶：水盛貌。⑤ 浪认：无法辨认。

（2）昨夜动轻雷△长被春催△濛濛细雨湿楼台△一桁帘栊垂着地，燕子频窥△

深院忽重来△户是风开△无端太息惹人猜△认取兜鞋曾踏处，都是莓苔△

徐楙（清1579）一首　题：道光甲午岁除（1834年），日建庚申，[1]饯饮水北楼。

无事小神仙△沽酒楼边△学他司命醉陶然△敝帚千金如我愿，先买湖田△

又是晚峰前△万井炊烟△[2]不堪青鬓换华颠△[3]守了庚申还守岁，明日新年△

注：① 日建：一月三十天，中排天干地支，有阴阳五行生克制化之规律。日建者，十二日周而复始；庚申，指日。② 万井：万户。③ 华颠：白头。

张泰初（清1587）一首　序：乙未（1835年）初秋，余自彭城回里，子述招游湖上……泛棹里湖，蘋叶蓼花，一望无际，船行其中瑟瑟作响，倚笛高歌，风水互答，渺渺兮余怀也。

船到雨声中△声在青葑△柳条如线织西风△隔住山光看不见，人倚帘栊△

高会诉离衷△鸥鹭重逢△夕阳林外漏疏红△笛里寻秋秋影淡，烟水溟濛△

史致泽（清1606）一首　题：乱后游西湖。[1]

晴日满寒滩△碧浪轻翻△湖光尽处是青山△恰寻西湖真面目，全没遮栏△

竹树已全删△兵火烧残△楝花风定钓丝闲△[2]剩有窥鱼双白鹭，倦亦思还△

注：① 乱后：指太平军退出杭州。② 楝花风：花信风之最后一番风，在谷雨后。

蔡廷弼（清1612）一首　题：焙茶。[1]　注：调名原作卖花声。

三板小桥斜△几稜桑麻△旗枪半展采新茶△[2]十五溪娘纤手焙，似蟹爬沙△[3]

人影角窗纱△两鬓堆鸦△碧螺山下是侬家△吟渴书生思斗盏，雨脚云花△

注：① 焙茶：炒制茶叶。② 旗枪：茶叶名。③ 似蟹爬沙：形容焙茶手法。

袁一峰（清1621）一首　题：盐田题壁。[1]　注：调名原作卖花声。

花月正春三△绿柳毵毵△[2]山光抹翠水拖蓝△隔岸人家应住处，无限烟岚△[3]

斜日又停骖△[4]小醉初酣△梁间栖燕语呢喃△一夜客中眠不稳，梦近江南△

注：① 盐田：镇名，在福建霞浦县西。② 毵毵：细长貌。③ 岚：山气。④ 骖：古代驾在车前两侧的马。

高佩华(女)(清 1627)一首　注：调名原作卖花声。

消息漏声中△夜雨濛濛△一竿晓日逗窗红△知是有人楼上坐，鬓影蓬松△

小婢唤匆匆△卷起帘栊△余音缥缈散西东△仿佛垂杨深处去，几阵香风△

陶淑(女)(清 1629)一首　题：夏夜同响甫镕兄捧琴姐作。

热得苦分明△小立闲庭△合未花下展桃笙△[①]忽见一星和露堕，添个流萤△

烟不上银屏△竹亦无声△薄云几片太凄清△正把疏帘才下也，已是三更△

注：① 合未花：疑即茉莉花；桃笙：即席子。

汤光启(清 1634)一首　题：秦淮泛舟同子楞作。[①]

屏冷隔云稠△鱼钥惊秋△[②]卷帘愁杀月如钩△花影如潮留不住，恁不回头△

双桨荡兰舟△目断红楼△银筝无奈起新愁△怅好栏杆人寂寂，[③]何处凝眸△

注：① 子楞：即徐廷华，见《词人小传》。② 鱼钥：即门钥。《芝田录》："门钥必似鱼，取其不瞑目，守夜之意。"③ 怅好：疑"怅倚"之误。

岳照(女)(清 1635)一首　注：调名原作卖花声。

睡起午风凉△炉鼎余香△一双燕子舞帘旁△应是笑人幽独坐，辜负时光△

道远日偏长△缩地无方△自从别后懒梳妆△守着窗儿愁默默，难度昏黄△

勒方锜(清 1639)一首

栏角舣吴樯△[①]人对离觞△[②]一川梦雨湿春光△解向玉楼遮望眼，多谢垂杨△

后约指新凉△兰鬓吹香△见时重认别时妆△留取罗襟红泪点，添绣秋裳△

注：① 舣：系船；吴樯：苏南船。② 觞：酒具，此处指酒。

蒋春霖(清 1651)一首

云气压虚栏△[①]青失遥山△[②]雨丝风絮一番番△上巳清明都过了，[③]只是春寒△

花发已无端△何况花残△飞来蝴蝶又成团△明日朱楼人睡起，莫卷帘看△

注：① 虚栏：空栏杆。② 遥山：远山。③ 上巳：古节日，在农历三月初三。

吴尚熹(女)(清 1654)三首　题：第一首，端午。
第二首，消暑。
第三首，壬寅(1842 年)初春侍严慈游桂林舟中作。

(1) 琥珀泛金尊△蒲艾盈门△钗符肘印袭条芬△五色缯成长命缕，玉臂殷勤△

箫管斗纷纷△竞渡声嚣△浴兰初罢绛罗巾△日映榴花红似火，风景宜人△

（2）倦梦绕横塘△枕簟生凉△不须玉斝泛清觞△只此风荷香泻露，胜似琼浆△

浴罢理新妆△翠黛添长△绿阴槐影送夕阳△最是宜人天欲暮，月上纱窗△

（3）细雨作轻寒△山色含烟△清波潋滟小舟前△碧树人家如画里，叠翠层峦△

一霎转轻帆△回首重看△韶华流水自年年△屈指重来经七载，依旧山川△

何慧生（女）（清 1663）一首　题：寄外。[①]

微雨打扁舟△天气初秋△最难为客五更头△回首家园何处也，梦绕秦楼△

倚枕听江流△雁唳芦洲△[②]离情如水几时休△谁似鸳鸯莲叶上，不解离愁△

注：① 外：指丈夫。② 唳：鸟鸣。

蒋坦（清 1669）一首　题：立夏。注：调名原作卖花声。

斜日小楼高△花颤钗翘△蛮云润逼镜奁潮△[①]簪上荼蘼齐换戴，梅子樱桃△

万绿隐窗寮△[②]帘额风交△[③]归来燕子语无聊△似与绿杨红药说，春去今朝△

注：① 蛮云：乱发。② 窗寮：窗里面的窗，亦泛指窗。③ 帘额：帘上方。

潘钟瑞（清 1692）一首　题：花朝雨。[①]注：调名原作卖花声。

晓树鹧鸪啼△帘影凄迷△杏花消息不堪提△春色二分无着处，[②]粘上香泥△

柳线画桥西△绿到檐齐△玉笙指冷数声低△蓦忆年时闲扑蝶，斜照金衣△

注：① 花朝：在农历二月十二日，称百花生日。② 春色二分：指春天二月。

沈珂（女）（清 1698）一首

帘卷百花香△柳线飘扬△莺梭燕剪往来忙△二十四番风信里，几许韶光△

一咏一倾觞△酒涤诗肠△揉花斗草赛芬芳△流水落花飞絮舞，都是文章△

汪淑娟（女）（清 1712）一首　序：韵仙别三月，以客中所制卖花声词邮寄……因用原韵倚声以报来雁。　注：调名原作卖花声。

春信又今年△柳絮飞绵△去年曾记晚莺天△替捡青梅头上戴，镜里移肩△

别后感瑶笺△心地谁怜△红罗斗帐薄如烟△夜夜为伊长梦见，风雨河边△

黎庶寿（清 1717）一首　题：春夜坐雨。　注：调名原作卖花声。

雨气逼帘栊△[1]檐溜丁东△高楼烛影夜摇红△静里一番闲意味，春在声中△
何处北归鸿△响遏云重△[2]带将寒气如溟濛△[3]半道若逢新燕子，传语春浓△
注：① 帘栊：有帘之窗。② 遏云：形容其响声能阻止云飞。③ 溟濛：形容烟雾弥漫。

凌祉媛（女）（清 1732）一首　题：题美人拜月图。　注：调名原作卖花声。

灯影掩兰房△[1]寂寂昏黄△春人拜月理残妆△花径风来烟暗袅，一缕心香△[2]
倩影倚回廊△罗带轻扬△弓鞋立尽露华凉△[3]却怪嫦娥无一语，没个商量△
注：① 兰房：指闺房。② 心香：佛家语，喻其虔诚。③ 弓鞋：弓形小足鞋；露华：露水光华。

黄体立（清 1739）一首　注：调名原作卖花声。

榴火照星星△香满中庭△夜深微雨酒初醒△抹取花心春一点，恁样多情△
弱叶倚灯屏△翠荚秋馨△垂丝碎钓暮烟冥△拟把青棠千万木，种遍愁城△

王诒寿（清 1741）一首

杨柳短长条△风雨潇潇△别时花片点春潮△容易江天秋叶影，飞上兰桡△
何处玉人箫△梦也迢迢△含情才过第三桥△还见淡红楼一角，斜倚林梢△

王星諴（清 1752）一首　题：温县书所见。[1]

池馆总藏鸦△[2]媚杀朝霞△更无帘幕不宜花△燕子一春闲未得，红雨家家△[3]
翠袖倚寒斜△嫩靥难遮△[4]江南已是可怜些△[5]何况柳烟蕉月底，[6]侧帽天涯△[7]
注：① 温县：河南县名。② 池馆：喻花园；藏鸦：即栖鸦，指有树木。③ 红雨：落花。④ 靥：颊上酒窝。⑤ 可怜：可怜爱。⑥ 柳烟：柳丝浓密如烟雾。⑦ 侧帽：喻打猎行乐，源出《北史·独孤信传》。

赵烈文（清 1755）一首

杰阁水云边△[1]山压朱檐△千林黄叶正澄鲜△寒日风光犹旖旎，[2]况到春妍△
书画米家船△[3]一棹凌烟△从它唤作地行仙△难得溪山清旷处，着个婵娟△[4]
注：① 杰阁：高阁。② 旖旎：柔和美丽。③ 米家：指书画家米芾、米友仁父子。④ 婵娟：喻月或美女。

沈景修（清 1768）二首　序：第一首，丙寅（1866 年）岁暮，归自武林，[1]泊州关外，夜半风雨，寒砭肌骨，拥衾不眠，为赋此解。

（1）风劲雨声骄△偏阻归桡△乡心黯黯水迢迢△料得深闺人寂寞，一样无聊△

如此可怜宵△浊酒难浇△行期无准妒江潮△诉与残灯灯不语，替我心焦△

注：① 武林：杭州别名。

(2) 何处小红楼△放下帘钩△隔窗蕉雨夜飕飕△[1]一滴一声声不断，白了人头△

裙屐记前游△[2]挈鹭盟鸥△[3]杭州梦醒又苏州△似水韶光东去也，怎肯西流△[4]

注：① 蕉雨：打在芭蕉上之雨。② 裙屐：裙屐少年，指少年时代。③ 此句指偕同朋友。④ 此两句谓光阴一去不复返。

朱鉴成(清 1780)一首　注：调名原作卖花声。

花气扑帘红△影淡香浓△屏山屈曲阻惊鸿△[1]眼角眉梢矜重处，[2]越是从容△[3]

幽恨大家同△暂乐相逢△酒痕春意暖融融△瞥见侍儿门外立，[4]小鹿撞胸△[5]

注：① 屏山：即屏风。② 矜重：持重。③ 从容：不慌不忙。④ 侍儿：婢女。⑤ 小鹿撞胸：喻胸头乱跳。

诸可宝(清 1801)一首　题：秋帘苦雨，补词寄内。[1]

风雨每通宵△灯灺谁挑△[2]罗衾太薄已香消△难得后房窗子外，未种芭蕉△[3]

归梦十分遥△[4]来往随潮△便看秋色老红桥△守到卷帘花也瘦，整理兰桡△[5]

注：① 内：即妻。② 灯灺：已结灯花；挑：即剪。③ 芭蕉：雨打芭蕉，其声凄凉。④ 遥：路远。⑤ 兰桡：船之美称。

吕采芝(女)(清 1803)一首　题：春夜。

炉袅麝香浓△花影重重△梦醒歌枕意还慵△试问海棠知道否，昨夜东风△

憔悴鬓云松△蹙损眉峰△衔泥雏燕觅芳踪△无奈新愁愁怎解，明月帘栊△

孙点(清 1841)一首　题：题歧阜提灯。[1]

巧制夺天工△骨节玲珑△薄如蝉翼可禁风△宜向虾须帘外挂，[2]小阁儿东△

图画有无中△芳草成丛△偶然绛蜡吐猩红△[3]绝似上元灯影好，[4]曼衍鱼龙△[5]

注：① 歧阜：原注，指日本岐阜县岐阜市。② 虾须：即帘。③ 绛蜡：红蜡烛。④ 上元：即元宵。⑤ 鱼龙：指灯。

李穆宣(清 1860)一首　题：雨后看海棠。　注：调名原作卖花声。

徙倚小楼东△[1]春景溟濛△[2]啼莺无数绿阴中△寻芳拾翠邀几个，[3]钓叟

歌童△

一树海棠红△绛蜡烟融△[4]天然醉态画难工△浥露妖娆开欲半，[5]丽句纱笼△[6]

注：① 徙倚：低佪也。② 溟濛：微雨貌。③ 拾翠：拾百草。④ 绛蜡：红烛。⑤ 浥露：露水沾湿。⑥ 纱笼：用纱笼罩起来，珍爱保护之意。

徐士怡（清1869）一首　题：题李松涛美人画帧。

生小住江乡△画舫明妆△爱他风景似潇湘△两面新荷三面水，一面垂杨△

衣薄五铢凉△[1]扇影兜香△朝朝常伴睡鸳鸯△甚欲采菱还又怯，怕遇空房△[2]

注：① 五铢：一种极薄衣料。② 空房：以空心莲蓬影射独宿闺房。

俞庆曾（女）（清1871）一首

往事惯销魂△银甲金尊△[1]蛛丝应罩旧啼痕△孤馆帘垂灯上早，疏雨江村△

梦里暂温存△只欠分明△花阴燕子锁重门△两地酒醒香灺吞，一样黄昏△

注：① 银甲：银指甲套，弹琵琶或琴用；金尊：指酒杯。

李宝嘉（清1884）一首　题：感时。

海外访桃源△树色如烟△绿波春水送兰船△[1]一角夕阳楼角挂，画本天然△

何处是中原△[2]望眼徒穿△[3]春花秋月自年年△几度欲归归不得，棘地荆天△

注：① 兰船：即香船。② 中原：河南省一带。③ 徒穿：空穿，空盼望之意。

冯江（清1898）一首　题：闺情书扇作。

花外月微明△蕉雨初晴△[1]倚窗闲按小银筝△[2]曲奏相思防窃听，指上轻轻△

帘卷玉钩鸣△触拨钗声△深颦浅笑若为情△戏夺檀奴宫样扇，[3]偷扑流萤△

注：① 蕉雨：雨打芭蕉。② 按：弹拨。③ 檀奴：美男子潘岳，小字檀奴。此处指对夫爱称。

沈德麟（清1911）一首　题：月下闻笛。

良夜正迢迢△[1]散步林皋△[2]团圞明月吐山坳△[3]万籁无声凉意透，露湿花梢△

一曲念奴娇△[4]韵逐风飘△玉人何处教吹箫△听到曲终人不见，真个魂销△

注：① 迢迢：长远。② 林皋：林间泽地。③ 山坳：山间平地。④ 念奴娇：曲名。

罗振常（清1912）一首

风日满晴都△[1]士女嬉娱△绿杨密处走香车△[2]山色波光无限好，错认西湖△

对酒客怀纾△绿蚁初浮△[3]笙歌散了独踟蹰△一样夕阳红树里，但少鲈鱼△[4]

注：① 晴都：晴天北京。② 车：读居，鱼韵。③ 绿蚁：酒也；浮：此字尤韵，不叶韵，作宽叶。④ 鲈鱼：晋张翰因思故乡鲈鱼脍而弃官南归，此处指怀乡。

李道清（女）（清 1916）一首　题：春闺。

柳叶澹如烟△[①]柳絮如棉△黄莺紫燕共缠绵△一片飞花斜日里，红过秋千△

无语下珠帘△怕听啼鹃△闲愁枨触上眉尖△[②]一曲琵琶浑不是，廿五冰弦△

注：① 澹：恬静。② 枨触：感触。

周守瑜（清 1927）一首　题：春晚。

帘卷碧天长△鸦乱斜阳△清江一曲绕红墙△三两渔人垂钓处，烟霭茫茫△

到眼好春光△十里垂杨△隔桥横销暮烟苍△只听来归竞唤渡，渡我轻航△

林思进（现当 3）一首　题：上九书闷。[①]　注：调名原作卖花声。

寂寞掩双扉△寒峭侵衣△去年苦盼岁华归△今日岁华过已半，独坐谁思△

春意尚迟迟△何处芳菲△空怜竹日净朝晖△窗外梅花开几朵，惟有蜂知△

注：① 上九：《风土记》古以九月九日为上九。

毛泽东（现当 22）一首　题：北戴河。[①]　注：1954 年夏作。

大雨落幽燕△[②]白浪滔天△秦皇岛外打鱼船△一片汪洋都不见，知向谁边△

往事越千年△魏武挥鞭△[③]东临碣石有遗篇△[④]萧瑟秋风今又是，换了人间△

注：① 北戴河：河北省秦皇岛市区名，疗养胜地。② 幽燕：即今河北。③ 魏武：即三国时曹操。④ 碣石：秦皇岛市地名，秦始皇曾求仙至此。

罗庄（现当 25）一首

节候近重阳△昨夜微霜△溪头柳色换鹅黄△遥识春来修禊处，[①]曲水回塘△

池上晚风凉△粉坠莲房△未须对镜惜流光△好向东篱携酒待，撷取秋香△

注：① 修禊：三月三日上巳节采兰水上，以袯除不祥。始自晋永和九年王羲之等集会于绍兴兰亭。

丰子恺（现当 31）一首

百卉竞春阳△九十韶光△[①]少年裘马自疏狂△[②]记得小桥垂杨外，红雨沾裳△[③]

溪水碧汤汤△[④]越女吴艭△[⑤]谁家女伴斗新妆△陌上花开归缓缓，风递衣香△

注：① 九十：春季九十天；韶光：春景。② 裘马：穿皮革服骑马，喻少年风姿。③ 红雨：落花。④ 汤汤：读商，流貌。⑤ 艭：即船。

谢婉莹（女）（现当 35）一首　题：为访华日本女作家有吉佐和子书扇。　注：调名原作卖花声。

忆我访扶桑△[①]椿树山庄△欢迎会上互飞觞△淡素衣裳灯彩里，玉润珠光△

何事最难忘△热血柔肠△纵谈广岛泪双行△[②]者是论交开始地，[③]春雨镰仓△[④]

注：①扶桑：日本别名。②广岛：日本地名，此指1945年8月原子弹事件。③者：这。④镰仓：日本神奈川县的一个临海城市。

叶成绮（女）（现当46）一首

小院伴回廊△如许秋光△几行疏柳滞斜阳△[①]病起思人成兀坐，[②]细数寒螀△[③]

几日不重阳△枕簟新凉△[④]一痕烟雨划秋江△说到吴船风又软，枉费商量△

注：①滞：留也。②兀坐：端坐。③寒螀：寒蝉。④枕簟：枕席。

吴藕汀（现当59）一首　题：题朱瘦竹老人秀城高隐图。[①]

远市避喧嚣△东郭城郊△一间陋室足逍遥△闲展残书消永昼，饮酒挥毫△[②]

访友问茶寮△[③]秋日春朝△徐行携杖挂诗瓢△[④]门外高桥多不便，换个平桥△

注：①秀城：秀水城，即嘉兴。②挥毫：提笔写作。③寮：小屋。④瓢：酒葫芦。

刘素存（现当66）一首　题：三月采春茶。

西下夕阳斜△柳绽新芽△歌声笑语摘春茶△在望丰收瓜豆熟，绿满天涯△

一抹树阴遮△[①]别有人家△炊烟袅袅衬红霞△焙炒正忙忘日晚，[②]月上窗纱△

注：①一抹：一带。②焙炒：指制茶。

胡又耒（现当76）一首　题：闽南路上。

一片米粮川△处处清泉△荔子红到白云天△燕语呢喃鸡报午，缕缕炊烟△

村女卖花还△舞步翩翩△种瓜老汉说瓜甜△包水包山包致富，有树摇钱△[①]

注：①摇钱树：喻生财有道。

洗燮培（现当82）一首　题：明潭道中。

岚晓晕朝霞△[①]一抹轻纱△杉松绕林护山茶△才过蔗林蕉树下，又见桑麻△

溪里鸭声哗△嬉逐鱼虾△竹篱茅舍两三家△隔岸高田春事了，[②]谷吐新芽△

注：①岚晓：早上山气。②春事：春天农事。

车乘轨（现当88）一首　题：马兰头。　注：2000年1月26日作。

野菜马兰头△纤小轻柔△东风吹处嫩芽抽△屋后村前随地见，碧绿如油△

春色快人眸△正好郊游△女娃挑剪满篮收△新采现购时货美，盘里珍馐△

王鸿世(现当95)一首　题：雨后。

云淡晓烟轻△布谷声声△①银锄落地铸黄金△杏发上林招蝶至，点缀山村△

雨过万峰青△柳岸啼莺△远山春色更清新△嫩绿护堤飘玉带，萦绕芳城△

注：① 布谷：鸟名，其声催耕。

李文蔚(现当105)一首　题：与妻春游西子湖滨。

携手赴湖滨△漫步寻春△马龙车水路扬尘△枝上碧桃开笑脸，绿草如茵△

无处不销魂△花柳精神△微风吹水现粼粼△②一片轻舟随意荡，欣赏良辰△

傅瑞光(现当131)一首　题：春在家乡。

日丽菜花黄△陇亩飘香△清流九曲绕田庄△汽笛声声林荫道，别有风光△

儿女爱家乡△志在农桑△改天换地亦寻常△牛角挂灯耕夜雨，①一片春忙△

注：① 耕夜雨：雨夜尚在耕作。

江涛(现当181)一首　题：龙泉山赏桃花。

春夜闹无眠△芳景争妍△莺梭燕剪柳含烟△①嬉蝶游蜂飞至处，笙笛连连△

漫野尽桃园△灼灼嫣嫣△②红霞处处浴龙泉△花海徜徉人欲醉，天上人间△

注：① 燕剪：燕尾如剪。② 灼灼：花盛貌；嫣嫣：娇艳貌。

张淑芳(女)(现当206)一首　题：九华即景。①

华岳翠重重△瀑布声声△莲开九朵映佛城△甘露殿前人挤挤，香火熊熊△②

雾海罩奇峰△③红日东升△④万千景色伴云虹△山寺空濛春似锦，群岭峥嵘△

注：① 九华：九华山，在皖南，为佛教四大名山之一。② 熊熊：光盛貌。
③ 雾海：为高山景观。④ 红日东升：即日出，亦为景观之一。

唐天人(现当232)一首　题：端午近。

麦浪涌农田△莺啭林间△①蜻蜓款款绕溪边△②浪击河沿风摆柳，锦绣山川△

荷叶展新颜△水面平圆△蜂飞蝶舞艳阳天△又是一年端午近，好赛龙船△

注：① 啭：鸟鸣。② 款款：和缓貌。

五十四字　浪淘沙近(又名竹枝)

宋祁(宋26)一首

少年不管▲流光如箭▲因循不觉韶光换▲至如今、始惜月满花满酒满▲

扁舟欲解垂杨岸▲尚同欢宴▲日斜歌阕将分散▲倚兰桡望、水远天远人远▲

管筠(女)(清1267)一首

日迟芳甃▲①声停玉漏▲东风种出双红豆▲②好韶光、偏是春瘦花瘦人瘦▲

重帘不卷香微透▲频添红袖▲③小池风软闲春昼▲镜奁依旧、波皱云皱眉皱▲

注：① 甃：砖砌阶级。② 红豆：又名相思子。③ 红袖：指女子，此句谓红袖添香。

车乘轨（现当 88）一首　题：叹藏书无暇阅读。　注：2014 年 5 月 7 日作。

历来骚士▲珍重文字▲余虽碌碌为求智▲对书刊、萌发收嗜购嗜藏嗜▲

无论小说笔传记▲诗词史地▲搜罗称广无暇视▲至今方览、陶醉神醉叹醉▲

五十四字　望江梅

注：与双调望江南基本相同，只后段换第二种平韵，或只是单调忆江南之连章。

李煜（五代十国 34）二首

（1）闲梦远，南国正芳春△船上管弦江面绿，满城飞絮辊轻尘△忙杀看花人△

闲梦远，南国正清秋△△千里江山寒色远，芦花深处泊孤舟△△笛在月明楼△△

（2）多少恨，昨夜梦魂中△还似旧时游上苑，车如流水马如龙△花月正春风△

多少泪，断脸复横颐△△心事莫将和泪说，凤笙休向泪时吹△△肠断更无疑△△

五十四字　减字南乡子　第一体，前后段首句各四字。

欧阳修（宋 33）一首

雨后斜阳△细细风来细细香△风定波平花映水，休藏△照出轻盈半面妆△

路隔秋江△莲子深深隐翠房△意在莲心无问处，难忘△泪浥红腮不记行△

卓人月（明 408）一首　题：美人晓妆。

花影分明△闯入纱窗上翠屏△笼内鹦哥春梦醒，低声△却向床头唤玉人△[1]

俏髻盘成△缥缈虚无云气清△[2]旭日薰人如卯酒，[3]微醒△重倚瑶琴眼倦撑△

注：① 玉人：即美人。② 缥缈：高远貌；虚无：若有若无。③ 卯酒：卯时酒，即早酒、晨酒。

郭瑀（女）（明 458）一首　题：池荷。

午院新凉△不卷疏帘试暗香△意在莲心谁向问，情长△懒将纱扇扑鸳鸯△

雨过秋塘△翠盖深深露半妆△[1]一似低头娇不语，思量△泪浥红腮不记行△[2]

注：① 翠盖：指荷叶。② 浥：沾湿。

李渔（清 31）一首　题：友人过午未起，书几上谑之。

昨夜微凉△妒杀花间蝶影双△啼过午鸡犹未醒，翱翔△知在温柔第几乡△

怪凤嗔凰△明识孤鸾在远厢△故作欢娱娇寂寞，须防△倾国倾城咒楚襄△[1]

注：① 倾国倾城：喻女貌美艳非凡；咒：骂也。

王岱（清 52）二首　题：第一首，灯影。
第二首，月影。

（1）蕊浸明膏△静忆关心彻夜挑△[1]怜取画屏轻袅样，飘飖△[2]欲唤阿谁倩笔描△
略绽樱桃△[3]芳气微吹冷艳摇△浴罢香光光占壁，魂销△怪得檀郎隔幕瞧△[4]
注：① 挑：剪灯花。② 飘飖：动荡不定貌。③ 樱桃：喻小口。

（2）倚槛迟眠△不觉花阴恼乱偏△刚好成双芳砌里，[1]轻烟△一半婀娜不尽传△
缓侧香肩△[2]闲扑流萤拾坠钿△[3]仿佛石花裙子动，[4]堪怜△过尽幽香即悄然△
注：① 芳砌：香阶。② 香肩：肩之美称。③ 坠钿：坠落之花钿。钿，首饰。④ 石花：石榴花。

吴棠桢（清 200）一首　题：夜怀。

绿到芭蕉△雪点杨花莺外飘△偶在鸳鸯湖上立，吹箫△人去南塘第五桥△
银漏迢遥△[1]待掩蓉屏解玉绦△[2]闻说归来三月半，今朝△不信灯前抱细腰△
注：① 迢遥：远也。② 蓉屏：绘有芙蓉屏风；绦：丝线编织成带子。

五十四字　减字南乡子　第二体，前后段首句各五字。

张大烈（明 402）一首

小立露台宽△扇扑流萤兴未阑△[1]隔墙歌韵振，琼珊△[2]撩拨离情闷倚栏△
月圆人影单△摆动花枝魂欲残△遥忆双星何日渡，[3]贪欢△隔断银河不忍看△
注：① 兴未阑：兴未尽。② 琼珊：喻精美。③ 双星：指牛郎、织女两星；渡：渡银河，指七夕相会。

五十四字　摘红英（又名撷芳词）　第一体，起句即韵。

赵汝茪（宋 544）一首

东风冽▲[1]红梅坼▲[2]画帘几片飞来雪▲银屏悄▲▲罗裙小▲▲一点相思，满塘春草▲▲
空愁切▲何年彻▲[3]不归也合分明说▲长安道▲▲[4]萧声闹▲▲去时骢马，谁家系了▲▲
注：① 冽：凛冽，寒冷也。② 坼：绽裂，指开花。③ 彻：彻底、完全之意。④ 长安：汉、唐首都，借喻南宋首都临安（今杭州）。

张翥(元69)一首　题：春风惜花。

莺声寂▲鸠声急▲柳烟一片梨云湿▲[1]惊人困▲▲教人恨▲▲待到平明，海棠应尽▲▲

青天力▲红无迹▲残香剩粉那禁得▲天难准▲▲晴难稳▲▲晚风又起，倚栏争忍▲▲[2]

注：① 柳烟：柳丝浓密如烟；梨云：白云。② 争忍：怎忍。

李鄂(明588)一首　题：早春。

潮头白▲峰头碧▲落梅香暗渔翁笠▲西风透▲▲东风骤▲▲待到清明，莺花时候▲▲

莺声涩▲花枝寂▲春来已蜡看山屐▲[1]山如旧▲▲春如绣▲▲层楼望处，苍寒红瘦▲▲[2]

注：① 蜡：指蜂蜡；屐：鞋也，指游人踏青。② 红：指红花。

李穆宣(清1860)一首　题：春暮遣怀。

梨花瘦▲杨花斗▲暮春三月晴时候▲莺声涩屐▲▲蝉声咽▲▲金粉楼头，绿天岑寂▲▲

苔如绣▲花如绶▲迟迟无计娱春昼▲山亭北▲▲江亭侧▲▲棋局消闲，霓裳按拍▲▲

车乘轨(现当88)一首　题：咏蔷薇。　注：2003年5月19日作。

莺声老▲蛙声噪▲夏初四月春花了▲东风度▲▲南风顾▲▲朵朵蔷薇，趋窗丛聚▲▲

朱花小▲红花巧▲花团锦簇争妖俏▲今沾露▲▲明沾雾▲▲日滋雨润，带羞含妩▲▲

五十四字　摘红英(又名撷芳词)　第二体，起句不韵。

政和无名氏(宋215)一首　故事：政和间，[1]京师妓之姥，曾嫁伶官，常入内教舞，传禁中《撷芳词》，以教其妓，人皆爱其声。　注：调名原作撷芳词。

风摇荡，雨濛茸▲[2]翠条柔弱花头重▲春衫窄▲▲香肌湿▲▲记得年时，[3]共伊曾摘▲▲

都如梦▲何曾共▲可怜孤似钗头凤▲关山隔▲▲晚云碧▲▲燕儿来也，又无消息▲▲

注：① 政和：宋徽宗年号。② 濛茸：轻微散乱貌。③ 年时：当年、那年。

申纯（宋234）一首　题意：《娇红记》申纯怀念王娇。　注：调名原作撷芳词。

月如年，风轻扇▲文园多病寻芳倦▲[①]春衫窄▲▲庭园寂▲▲独步回廊，体娇无力▲▲

如花面▲亲曾见▲千方百计寻方便▲蓝桥隔▲▲[②]暮春碧▲▲燕儿堕也，又无消息▲▲

注：① 文园：指汉司马相如，曾官孝文园令；多病：相如患消渴病（即糖尿病）。② 蓝桥：裴航遇云英处。

吴敬所（明263）一首　题意：《刘生觅莲记》刘一春初识孙碧莲。　注：调名原作撷芳词。

和光艳，春盈面▲掀帘晴昼香风扇▲人寂寂▲▲愁如织▲▲暖风倦体，看花无力▲▲

雕梁畔▲双来燕▲喃喃诉出愁多遍▲倾城色▲▲初相识▲▲佳词赋也，满春消息▲▲

五十四字　捣练子

李穆宣（清1860）一首　题：江亭闲钓。

芳草碧波柔△色满汀洲△杖藜行过板桥头△[①]柳眠欲醒花欲笑，小坐勾留△

随意数闲鸥△心事悠悠△青帘摇荡酒家楼△[②]随意赏花随处醉，说甚丹丘△[③]

注：① 杖藜：扶着藜制拐杖。② 青帘：指酒旗。③ 丹丘：海外仙境，昼夜长明。

五十四字　渔父

郑燮（清906）一首　题：本意。

宿雨新晴江气凉△[①]湿烟初破柳丝黄△才上巳，[②]又清明△[③]桃花村店酒瓶香△

漠漠海云微漏日，茫茫春水渐盈塘△波滟荡，燕低昂△小舟丝网晒鱼梁△[④]

注：① 宿雨：隔夜雨。② 上巳：农历三月初三。③ 明：作者原注，“叶芒。”④ 鱼梁：堰水为关孔，以捕鱼之处，即取鱼之梁，孟浩然诗“水落鱼梁浅”。

金福曾（清1724）一首　题：题雷约轩梅花庵祭词图，次册中黄霁青韵。

谱到清平绝妙辞△应教风味浪先知△珠一字，玉千卮△[①]正是芳葩点雪时△[②]

旧数梅溪白石词△[③]而今空对雨丝丝△楼倚遍，角频吹△瞥见林梢乳燕飞△

注：① 卮：指酒杯。② 芳葩点雪：喻梅花开放。③ 梅溪：史达祖号；白石：

姜夔号。“词”字叶韵，与上首稍异。

五十四字　绕红楼

周青霞（女）（明540）一首

红日三竿羞起时△①枕屏际、强欲支颐△②娇倩谁扶，懒嗔人唤，梳洗故迟迟△

淡扫春烟眉曲曲，临宝镜、几度徘徊△粉白才匀，鸦黄正上，绿鬓几添丝△

注：①红日三竿：喻时已不早。②支颐：手托面颊。

五十四字　临江仙

和凝（五代十国16）二首

（1）海棠香老春江晚，小楼雾縠空濛△①翠鬟初出绣帘中△麝烟鸾佩惹蘋风△②

碾玉钗摇鸂鶒战，③雪肌云鬓将融△含情遥指碧波东△越王台殿蓼花红△

注：①雾縠：雾如波纹。②佩：妇女所系饰物。③鸂鶒：水鸟名，又名紫鸳鸯。此处指玉鸂鶒钗。

（2）披袍窣地红宫锦，①莺语时啭轻音△碧罗冠子稳犀簪△②凤凰双飐步摇金△③

肌骨细匀红玉软，脸波微送春心△娇羞不肯入鸳衾△兰膏光里两情深△④

注：①窣地：及地、垂地。②犀簪：犀牛角簪。③步摇：首饰名，因行步即摇动。④兰膏：指灯。

五十四字　双调望江南（又名安阳好、南徐好、梦江南、忆江南、江南好）

杨广（隋1）二首　题：咏湖上八景，录二。　注：据《青琐高议》此词不类隋人风格，存疑。

（1）湖上柳，烟里不胜摧△宿露洗开明媚眼，东风播弄好腰肢△烟雨更相宜△

环曲岸，阴覆画桥低△线拂行人春晚后，絮飞晴雪暖风时△幽意更依依△

（2）湖上水，流绕禁园中△斜日缓摇清翠动，落花香暖众纹红△蘋末起清风△①

闲纵目，鱼跃小莲东△泛泛轻摇兰棹稳，沉沉寒影上仙宫△远意更重重△

注：①蘋末：大萍曰蘋。宋玉赋：“夫风生于地，起于青萍之末。”

吕岩（唐30）一首　题：酬梓潼娄道明侍儿。①

瑶池上，瑞雾霭群仙△②素练金童锵凤板，③青衣玉女啸笙鸾△身存大

罗天△④

沉醉处，缥缈玉京山△⑤唱彻岁虚清燕罢，⑥不知今夕是何年△海水又桑田△⑦

注：① 梓潼：四川县名。② 霭：云气。③ 锵：铿锵，声音响亮好听。④ 大罗天：喻仙境。⑤ 缥缈：高远貌；玉京山：喻仙山。⑥ 清燕：饮宴。⑦ 此句说沧海演变成桑田。

张先（宋18）一首　故事：作者在杭，多为官妓作词，而不及龙靓，靓逐献诗于作者，于是乃作此词答之。①

青楼宴，②靓女荐瑶杯△一曲白云江月满，际天艳练夜潮来△人物误瑶台△③

醺醺酒，轻拂上双腮△媚脸已非朱淡粉，香红全胜雪笼梅△标格外风埃△

注：① 龙靓原诗："天与群芳十样花，独分颜色不堪夸。牡丹芍药人题遍，自分身如鼓子花。"② 青楼：指妓院。③ 瑶台：喻仙境。

欧阳修（宋33）三首

（1）江南蝶，斜日一双双△身似何郎全赋粉，①心如韩寿爱偷香△②天付与轻狂△

微雨后，薄翅腻烟光△才伴游蜂来小院，又随飞絮过东墙△长是为花忙△

注：① 何郎：即何晏，三国魏人，美姿仪而绝白，似傅粉。② 韩寿：晋人，美姿容，贾充女悦之，盗御赐奇香赠之，后成夫妇。

（2）江南柳，花柳两相柔△花片落时粘酒盏，柳条低处拂人头△各自是风流△

江南月，如镜复如钩△似镜不侵红粉面，似钩不挂画帘头△长是照离愁△

（3）江南柳，叶小未成阴△人为丝轻那忍折，莺嫌枝嫩不胜吟△留着待春深△

十四五，闲抱琵琶寻△阶上簸钱阶下走，恁时相见早留心△何况到如今△

韩琦（宋37）一首　故事：《能改斋漫录》载，韩琦熙宁初（约1069年）罢相，出镇安阳，①作《安阳好》十首，此其一也。　注：调名原作安阳好。

安阳好，形势魏西川△曼衍山河环故国，升平鼓吹沸高楼△和气镇飞浮△②

笼昼陌，乔木几春秋△花外轩窗排远岫，③竹间门卷带长流△④风物更清幽△

注：① 安阳：河南县名，战国时属魏国。② 浮：浮图，塔别名。③ 远岫：远峰。④ 长流：喻江河。

王琪（宋40）三首

（1）江南酒，何处味偏浓△醉卧春风深巷里，晓寻香旆小桥东△①竹叶满金钟。[②]

檀板醉，[③]人面粉生红。[④]青杏黄梅朱阁上，鲥鱼苦笋玉盘中。酩酊任愁攻。[⑤]

注：① 香旆：指酒旗。旆，镶边旗子。② 竹叶：竹叶青，酒名；钟：指酒杯。③ 檀板：以檀木制成的拍板，指歌舞。④ 粉生红：指酒后面颊由白转红。⑤ 酩酊：喻大醉。

（2）江南燕，轻扬绣帘风。二月池塘新社过，[①]六朝宫殿旧巢空。颉颃姿西东。[②]

王谢宅，[③]曾入绮堂中。烟径掠花飞远远，晓窗惊梦语匆匆。偏占杏园红。

注：① 新社：指春社，在立春后第五个戊日。② 颉颃：鸟上下飞翔。③ 王谢宅：东晋王导、谢安故宅，在南京乌衣巷。

（3）江南柳，烟穗拂人轻。愁黛空长描不似，[①]舞腰虽瘦学难成。[②]天意与风情。

攀折处，[③]离恨几时平。已纵柔条萦客棹，[④]更飞狂絮扑旗亭。[⑤]三月乱莺声。

注：① 黛：喻柳叶眉。② 腰：喻柳枝腰。③ 攀折：古人离别时折柳留念。④ 纵：喻离去；客棹：旅船。⑤ 旗亭：市楼，指酒楼。

苏轼（宋80）一首　题：超然台作。[①]　注：熙宁九年（1076年）作于密州（今山东诸城）。

春未老，风细柳斜斜。试上超然台上看，半壕春水一城花。[②]烟雨暗千家。

寒食后，[③]酒醒却咨嗟。休对故人思故国，且将新火试新茶。诗酒趁年华。

注：① 超然台：在密州北城。② 壕：护城河。③ 寒食：古节日名，在清明前二日，是日禁烟火，故后句有“新火”词句。

僧仲殊（宋89）二首　题：第一首，瓮城。[①]

第二首，多景楼。　注：调名原均作南徐好。

（1）南徐好，[②]鼓角乱云中。金地浮山星两点，[③]铁城横锁瓮三重。开国旧夸雄。[④]

春过后，佳气荡晴空。渌水画桥沽酒市，[⑤]清江晚渡落花风。千古夕阳红。

注：① 瓮城：即铁瓮城，镇江古城。② 南徐：今江苏镇江。③ 浮山：

指长江中焦山和金山(今金山已成陆地)。④ 开国：三国东吴曾建都于南徐。⑤ 渌水：桥名。

(2) 南徐好，多景在楼前△京口万家寒食日，淮南千里夕阳天△[1]天保几重山△

莺啼处，人倚画栏干△西塞烟深晴后色，东风春城夜来寒△花满过江船△

注：① 淮南：在安徽北境，此处泛指长江北岸。

周邦彦(宋 128)一首

游妓散，独自绕回堤△芳草怀烟连水曲，密云衔雨暗城西△九陌未沾泥△[1]

桃李下，春晚未成蹊△[2]墙外见花寻路转，柳阴行马过莺啼△无处不悽悽△

注：① 九陌：指京城之大道有九条。② 蹊：小路也。

杨泽民(宋 132)一首　题：和清真词。[1]

寻胜去，驱马上南堤△信脚不知程远近，[2]醉眠犹劝玉东西△[3]归路任冲泥△

春雨过，农事在瓜蹊△[4]野卉无名随地发，山禽着意傍人啼△鼓角已悲悽△[5]

注：① 清真：即周邦彦。② 信脚：即信步，随意行走也；程：路程。③ 玉东西：酒杯，借指酒。④ 瓜蹊：瓜田小路。⑤ 鼓角：指城上更鼓、号角。

方千里(宋 133)一首　题：次美成韵。[1]

春色暮，短艇舣长堤△[2]飞絮空随花上下，啼莺占断水东西△来往燕争泥△

桑柘绿，归去觅前蹊△夜瓮酒香从蚁斗，[3]晓窗眠足任鸡啼△犹胜旅情悽△

注：① 美成：即周邦彦，字美成。② 舣：停舟。③ 蚁：绿蚁，指酒。

谢逸(宋 144)一首

临川好，[1]柳岸转平沙△门外澄江丞相宅，[2]坛前乔木列仙家△春到满城花△

行乐处，舞袖卷轻纱△漫摘青梅尝煮酒，旋煎白雪试新茶△明月上檐牙△

注：① 临川：江西县名，即抚州。② 丞相：指王安石。

李纲(宋 202)一首　题：池阳道中。[1]

归去好，迂骑过江乡△[2]茅店鸡声寒逗月，板桥人迹晓凝霜△一望楚天长△[3]

春信早，山路野梅香△映水酒帘斜映日，隔林渔艇静鸣榔△杳杳下残阳△[4]

注：① 池阳：古河南县名，在今南阳市境。② 迂骑：迂缓骑行。③ 楚：指湖北一带，也可包括河南南部。④ 杳杳：远去也。

上清蔡真人(宋 267)一首　故事：《夷坚志》载，陈东靖康间尝饮于京师酒楼，[1]有娼向座而歌……东问何人所制，曰：上清蔡真人词也。

栏杆曲，红扬绣帘旌△[2]花嫩不禁纤手捻，被风吹去意还惊△眉黛簇山青△

铿铁板，[3]闲引步虚声△[4]尘世无人知此曲，却骑黄鹤上琼京△[5]风冷月华清△

注：① 靖康：宋钦宗年号（1126－1127）；京师：指汴京（今河南开封）。② 旌：旗也。③ 铿：铿锵，响亮好听。④ 步虚：词曲名。⑤ 琼京：玉帝仙境。

康与之（宋281）一首　故事：《荆楚岁时记》载，康伯可（即与之）在翰苑日，[1]尝重阳遇雨，奉诏撰词，伯可口占此词，上为之启齿。[2]

重阳日，四望雨垂垂△戏马台前泥拍肚，龙山会上水平脐△直浸到东篱△

茱萸伴，[3]黄菊湿滋滋△落帽孟嘉寻箬笠，[4]休官陶令觅蓑衣△[5]两个一身肥△

注：① 翰苑：官署名，即翰林院。② 上：指帝。③ 茱萸：古人在重阳，有登高插茱萸风俗。④ 孟嘉：东晋人，九日宴龙山，风吹帽落，人以文嘲之，即答文甚美。⑤ 休官陶令：指东晋陶潜辞彭泽令隐居。

李好义（宋412）一首

思往事，白尽少年头△曾帅三军平蜀难，沿边四郡一齐收△逆党反封侯△

元宵夜，灯火闹啾啾△厅上一员闲总管，[1]门前几个纸灯球△箫鼓胜皇州△[2]

注：① 总管：李好义曾官洪州（故城在今甘肃镇番县境）正将，以十军统制知西和州（甘肃州县）。② 皇州：指南宋京都临安（今浙江杭州）。

华岳（宋438）一首

罗雾薄，[1]绀绿拥重重△[2]八幅宝香薰锦绣，一床烟浪卷芙蓉△[3]屏翠叠东风△

云点缀，[4]香汗透玲珑△[5]螺髻松松沾玉润，樱唇浅浅印硃红△人在翠华中△[6]

注：① 罗雾：罗被面。② 绀绿：天青色。③ 烟浪：被子波动；芙蓉：喻脸面。④ 云：喻发。⑤ 玲珑：喻窈窕身躯。⑥ 翠华：天子仪仗中以翠羽为饰的旗帜或车盖。为御车或帝王的代称。

卢祖皋（宋445）一首

疏雨过，芳节到戎葵△[1]缠臂细交纹线缕，称身初试碧绡衣△闲步小亭池△

花下意，脉脉有谁知△试把花梢和恨数，因看蝴蝶着双飞△凝扇立多时△

注：① 戎葵：即蜀葵，别称一丈红、大蜀季，花期在夏季。

吴潜（宋 461）二首

（1）家山好，好是夏初时△习习薰风回竹院，①疏疏细雨洒荷漪△②万绿结成帷△

呼社友，③长日共追随△瀹茗空时还酌酒，④投壶罢了却围棋△⑤多少得便宜△

注：① 习习：和舒貌；薰风：即南风。② 漪：水纹如锦。③ 社：诗社。④ 瀹茗：煮茶。⑤ 投壶：投矢于壶，行酒时一种游戏。

（2）家山好，负郭有田园△①蚕可充衣天赐予，耕能足食地周旋△骨肉尽团圆△

旋五福，②岁岁乐丰年△自养鸡豚烹腊里，③新抽韭荠荐春前△④活计不须添△⑤

注：① 负郭：近城。② 五福：一寿、二富、三康宁、四攸好德，五考终命。全福之意。③ 鸡豚：鸡猪；腊里：年终。④ 荐：献也。⑤ 活计：生活、度日。

吴文英（宋 476）一首

三月暮，花落更情浓△人去秋千闲挂月，马停杨柳倦嘶风△堤畔画船空△

厌厌醉，长日小帘栊△宿燕夜归银烛外，啼莺声在绿阴中△无处觅残红△

赵汝茪（宋 544）一首　注：调名原作梦江南。

帘不卷，细雨熟樱桃△①数点霁霞天又晚，一痕凉月酒初消△风急絮花高△

闲游处，磨尽少年豪△昨梦醉来骑白鹿，满湖春水段家桥△②濯发听吹箫△③

注：① 熟樱桃：指立夏季节。② 段家桥：即杭州西湖断桥。③ 濯发：洗头发。

陈允平（宋 556）一首

娇灼灼，①聪俊在秋波△六幅香裙拖细縠，②一钩尘袜剪轻罗△春意动人多△③

临宝镜，石黛拂修蛾△④燕子楼头蝴蝶梦，桃花扇底竹枝歌△杨柳月婆娑△⑤

注：① 灼灼：鲜明貌。② 拖：喻裙长拖地；縠：裙裥皱纹。③ 春意：谓女子如春。④ 修蛾：细长眉毛。⑤ 婆娑：盘旋舞蹈貌。

华清淑（女）（宋 586）一首　题：赠别汪元量。

燕塞雪，片片大如拳△蓟上急楼喧鼓吹，帝城车马走骈阗△①羁旅独凄然△

燕塞月，缺了又还圆△万里妾心愁更苦，十春和泪看婵娟△②羁馆独凄然△

注：① 骈阗：聚会连接之意。② 十春：作者自景炎二年（1276年）随二宫被掳入元大都，至公元1288年汪元量放归，作此词赠别，时隔十二年矣。

梅顺淑（女）（宋587）一首　题：赠别汪元量。

风渐软，暖气满天涯△莫道穷阴春不透，今朝楼上见桃花△花外碾香车△

围步帐，[1]羯鼓杂琵琶△[2]压酒燕姬骑细马，[3]秋千高挂彩绳斜△知是阿谁家△

注：① 步帐：即步障，途中临时帐幕，用以遮挡风尘、视线。② 羯鼓：本少数民族乐器，唐玄宗尝击之；琵琶：王昭君和番用之。此处喻金邦乐器。③ 燕姬：喻胡妇。

无名氏（宋614）一首　注：此首根据《四库全书·御选历代诗余》。

梅花好，依约透春光△记得佳人初睡起，巧临鸾镜试新妆△[1]粉面斗琼芳△[2]

江亭上，绕树嗅清香△拟把一枝传信去，不知何处是兰房△独自暗凄凉△

注：① 鸾镜：镜之美称。② 琼芳：指梅花。

丘处机（元1）四首

（1）山中好，最好是春时△红白野花千种样，间关幽鸟百般啼△[1]空翠湿人衣△

茶自采，笋蕨更同薇△百结布衫忘世虑，[2]几壶村酒适天机△一醉任东西△

注：① 间关：鸟声也。白居易诗："山鸟时间关。"② 百结：多处缝合。

（2）山中好，长夏正相宜△修竹万竿金琐碎，[1]飞流千尺玉帘垂△[2]何处有炎曦△[3]

松影下，散诞更无拘△[4]沉李浮瓜共枕簟，[5]苍松白石伴琴棋△一醉任风吹△

注：① 金琐碎：阳光透过枝叶呈现的细碎状。韩愈诗："竹影金琐碎。"② 玉帘垂：喻瀑布。③ 炎曦：暑日。④ 散诞：散漫狂妄。⑤ 沉李浮瓜：用井水凉浸瓜果。

（3）山中好，秋景不凄凉△白酒黄鸡新稻熟，紫竹金菊有清香△桔绿满杯霜△[1]

凉月白，松桧郁苍苍△但见村翁歌贺社，[2]不闻丁壮在门旁△[3]一醉又何妨△

注：① 霜：白也，指白酒。② 社：指秋社，在立秋后第五个戊日，例须祭神聚饮。③ 丁壮：指壮年人。

（4）山中好，末后称三冬△纸帐蒲团香淡碧，[①]竹炉茶灶火深红△交袖坐和冲△[②]

人如梦，夏岁等闲中△梅蕊绽时泉脉动，雪花飞处雁书空△一醉待春风△

注：① 蒲团：跪坐垫具。② 交袖：两袖相交，即笼袖；和冲：谦和淡泊状。

杨慎（明157）一首

故园好，最忆世耕亭△樵斧丁丁惊鹳鹊，钓丝袅袅立蜻蜓△百曲建长瓴△[①]

来往惯，蓬户不教扃△[②]山屐过时穿嫩藓，[③]野航移处破浮萍△炬火晚荧荧△

注：① 瓴：屋瓦之仰铺者，即瓦沟。② 蓬户：门户之谦称。③ 山屐：喻鞋；藓：地衣类植物。

兰陵笑笑生（明213）一首　题意：《金瓶梅》七十七回词引。

梅共雪，岁暮斗新妆△月底素华同弄色，风前轻片半含香△不比柳花狂△

双雀影，堪比雪衣娘△[①]六出光中曾结伴，[②]百花头上解寻芳△争似两鸳鸯△

注：① 雪衣娘：白鹦鹉也。② 六出：指雪。

朱翊鈏（明218）一首　题：春日闲居。

凭几坐，[①]曲曲对朱栏△新绿带红犹自嫩，轻红退白已飞残△春雨薄生寒△

门昼掩，梅竹自栏杆△乳鸟春深求树荫，子鱼雨过幸池宽△[②]清赏集柔翰△[③]

注：① 几：几案。② 子鱼：幼鱼。③ 柔翰：指笔。左思诗：弱冠弄柔翰。

沈宜修（女）（明329）一首　题：湖上曲。

湖上女，高髻簇金钿△[①]脂粉邀人随意传，绮罗趁体及时穿△绰约晚风前△[②]

劳望眼，何处最婵娟△[③]可是行云归楚峡，[④]疑来解佩出湘川△[⑤]空惹恼人怜△

注：① 金钿：首饰。② 绰约：柔弱貌。③ 婵娟：美女。④ 此句指楚襄王梦会神女于巫峡。⑤ 解佩：郑交甫在汉皋台下遇二女，二女解佩与之。

单恂（明395）一首　题：和宋直方作。

江南好，一霎是榴红△杏子轻衫浑似雾，[①]桃花小扇不禁风△照影碧池空△

无端去，[②]已转画桥东△泪共玉蟾粘粉纸，[③]人如银鸭守薰笼△[④]只当未相逢△

注：① 浑：完全。② 无端：无故。③ 玉蟾：喻月。④ 银鸭：鸭形银炉。

邵梅芳（明 511）一首

春光好，芳草绿初齐△新雨翠摇雕槛处，轻潮红涨画楼西△约伴看罗衣△[1]

何处去，桃李更芳菲△[2]凤额帐深垂柳带，[3]鸦头袜染落花泥△[4]憔悴踏青期△

注：① 罗衣：指女郎。② 芳菲：花草香美。③ 凤额：指帐帘。④ 鸦头袜：女袜。李白诗："屐上足如霜，不着鸦头袜。"

无名妇人（明 644）一首　题意：《十二楼·生我楼》第一回词引。

千年劫，偏自我生逢△国破家亡身又辱，不教一事不成空△极恨是天公△

差一念，悔杀也无功△青冢魂多难觅处，黄泉路窄易相逢△[1]难禁面皮红△[2]

注：① 黄泉路：即地下，所谓阴间也。② 此词为明末一妇人被流寇所掳，自悔失身而作。

李雯（清 22）一首　题：咏萤。

朱栏暮，点点动春星△来近灯前常黯淡，去时花下忒分明△曾伴玉人行△

迎风度，斗帐见盈盈△待得月华分一照，也随珠露湿三更△遮莫上银屏△

曹尔堪（清 69）一首　题：秋暮。

秋欲暮，江水尽生凉△鸥浴似添涛外雪，[1]林疏微映菊前黄△村屋日恒长△

初刈获，粳秫半登场△[2]簖起把螯宜买醉，[3]瓮头新酒远闻香△一笑举杯觞△

注：① 此句谓白鸥浴时雪白。② 粳：指粳米；秫：指高粱。③ 簖：水中植竹笆以养蟹。

尤侗（清 81）二首　题：西山烧香曲。[1]

（1）清早起，天色趁新晴△飞鬓斜拖双燕翠，画衣薄衬小鸦青△素裹玉丁丁△

回镜照，时样称人情△多分拚教游子看，私先央及侍儿评△公论是轻盈△

（2）呼女伴，好趁一春闲△红板浪船行缓缓，白藤山轿坐端端△[2]低扇避人看△

拜佛罢，本意不相关△戏买粉孩敲木棒，强分叶子赌金镮△[3]图得大家顽△

注：① 西山：指北京西山。② 端端：端正。③ 叶子：纸牌。

吴绮（清 90）一首

堪忆处，墙绕院西楼△红树窗前花斗锦，碧天帘外月如钩△时序又新秋△

消瘦了，减却旧风流△闲摘珠兰供晚浴，为开茉莉更梳头△同坐看牵牛△

严绳孙（清 160）一首

临欲别，何处见回眸△一丈红墙迷玉杵，①十年青鸟断银钩△②往事总成愁△
憔悴尽，花满忆春游△褰幌月华窥拥被，③隔帘风影报梳头△终日并兰舟△④

注：① 玉杵：玉兔捣臼，指月。② 青鸟：传为西王母传信使者；银钩：也指月。③ 褰幌：揭帐幕、帘幔。④ 兰舟：船之美称。

仲恒（清 177）二首　题：第一首，乡村四时之夏。
第二首，西湖四时之夏。

（1）乡村好，绿树暗阴秾△避暑竹林忘昼永，短檐落日映青枫△天外起长风△
疏雨过，人话小桥东△万壑流泉鸣不住，一声羌笛月明中△苍茫烟雾重△

（2）夏正暖，疏雨忽斜飞△隐隐雷声三竺外，①云垂雨脚断桥西△②草色绿萋萋△
风雨散，红日照涟漪△沙上鸡鶒相对浴，③采莲人唱挂枝儿△④凉飔拂人衣△

注：① 三竺：指上、中、下三天竺寺。② 断桥：在西湖白堤上。③ 鸡鶒：水鸟名，腿长，头上有红毛冠。④ 挂枝儿：明代盛行的时调歌曲。

归湘（女）（清 328）一首　题：春游。

江南岸，翠色欲沾衣△日暖烟深杨柳岸，晴和香满杏花溪△处处绿将齐△
城西路，车马杂芳堤△四面青山连缥缈，①一湖绿水映琉璃△②归路为君迷△

注：① 缥缈：高远貌。② 琉璃：喻光滑。

董元恺（清 423）一首　题：西湖曲。

湖上女，三五唤同群△浮渲梳头花样髻，①轻拖窣地月华裙△②低拜岳王坟△③
回步屧，④敛袂向湖滨△⑤力怯却嫌夫婿隔，路欹微向侍儿嗔△宜笑总疑颦△

注：① 浮渲：梳高髻。② 轻拖窣地：喻裙长拖地。③ 岳王坟：民族英雄岳飞墓。④ 屧：鞋也。⑤ 敛袂：整袖。

李继燕（清 699）一首　题：雷阳杂咏。

雷阳好，①禊祓重芳辰△②一陌纸钱催野祭，③遍城烧炬近黄昏△街鼓昼相闻△
雷阳好，接屋听邻舂△明日当垆新酿熟，④市头沽酒觅春风△⑤归去面微红△

注：① 雷阳：村镇名。② 禊祓：上巳修禊，以祓除不祥。③ 一陌：即一叠，用于旧时祭奠所烧纸钱。④ 当垆：指卖酒家。⑤ 沽酒：买酒。

贺双卿（女）（清 957）一首

春不见，寻过野桥西△染梦淡红欺粉蝶，锁愁浓绿骗黄鹂△幽恨莫重提△

人不见，相见是还非△拜月有香空惹袖，惜花无泪可沾衣△山远夕阳低△

杨芳灿（清 1128）一首

人去也，寂寞碧云流△梧叶有情留夕照，柳丝如梦送残秋△倦倚晚妆楼△

无聊甚，强把缕鞋兜△才捉康猧翻玉局，[1]又移幺凤近香篝△[2]谁解个中愁△

注：① 康猧：丰肥之犬；局：指棋局。② 幺凤：小鸟；篝：薰笼。

江珠（女）（清 1186）一首　题：梅。

风剪剪，[1]冷淡着疏林△消得相公佳句也，个侬真个铁为心△[2]雪压一枝横△

团粉絮，香护缟衣人△[3]记取灞桥风雪候，[4]花妨微月月妨云△诗影间梅魂△

注：① 剪剪：寒貌。② 个侬：那个人。③ 缟衣：白衣。④ 灞桥：在陕西长安（今西安），指离别地。

马汾（清 1201）一首　题：夏夜。

空庭寂，斜月照昏黄△桐影窥帘移竹几，[1]蛙声出水闹池塘△人坐碧阴凉△

更漏促，宵短引情长△避晓丹鹌飞膈膊，[2]悬风檐马响丁当△[3]衣露净琴张△

注：① 竹几：竹制几案。② 膈膊：翅膀。③ 檐马：屋檐所悬铁马（风铃）。

王嘉福（清 1347）一首　题：咏絮。

韶光暮，[1]柳絮满天涯△和月飞来刚贴水，随风飘去又谁家△点点碧窗纱△

沾衣白，扑帽一鞭斜△[2]有恨不禁三月雨，天香也算一春花△行客感年华△

注：① 韶光：春景。② 一鞭：指骑马。

李联琇（清 1677）一首　题：山塘。[1]

山塘路，春水长蒌蒿△[2]划破鹄纹绫一幅，阿侬双桨是并刀△[3]掠燕妒兰舠△[4]

为君寿，漫擫紫檀槽△[5]误到子弦曾莫顾，周郎惟解饮醇醪△[6]一曲醉酕醄△[7]

注：① 山塘：河名，在江苏苏州阊门外，长七华里。② 蒌蒿：水生植物，茎可吃。③ 并刀：喻剪刀。④ 舠：即船。⑤ 紫檀槽：指琵琶。⑥ 周郎：指周瑜，善解音律。⑦ 酕醄：大醉貌。

濮文绮（女）（清 1731）一首

风不定，吹乱一帘香△花气暖薰罗帕子，月痕凉着素衣裳△何事日匆忙△

云欲散，疏雨又嫌凉△谁插绿杨留燕子，自书红粉饯花房△春去莫商量△

冯江（清 1898）一首　题：观新妆。

侵晓起，无语对妆前△半晌娇羞开宝镜，[①]一番仔细理花钿△[②]模样不胜怜△

梳洗罢，香汗湿胸边△眉萼绿将争柳嫩，[③]唇珠红欲比樱圆△分外觉新妍△

注：① 半晌：片刻。② 花钿：首饰。③ 眉萼：即眉黛。

林思进（现当 3）一首　题：雨晴村步。[①]

春渐老，上巳接清明△半树残红倚径湿，一村浓绿傍烟生△新水縠纹平△

寒意劲，宿雨勒娇晴△花上粉干才晒蝶，柳边簧嫩已闻莺△随意绕溪行△

注：① 村步：原注：己卯（1939 年）避寇，合家转徙沱水，村居五年。

王荫民（现当 80）一首　题：秋兴。

人乍醒，帘外日西斜△南院碧梧初落叶，东篱黄菊欲开花△秋色满人家△

西风起，何必漫兴嗟△[①]小饮琼浆持紫蟹，[②]闲观金桂品清茶△秋景胜春华△

注：① 兴嗟：兴叹。② 琼浆：指美酒。

车乘轨（现当 88）二首　题：第一首，绍兴西园沧桑记。　注：2000 年 11 月 17 日作，西园：在绍兴城西南隅，原为五代吴越王栖居宫嫔之别墅。

第二首，贺鉴湖开发新景。注：2001 年 8 月 12 日作，鉴湖：在绍兴城西南，东晋会稽太守马臻倡开，乃历史名湖。

（1）西园好，吴越蓄宫嫔△叠阁重楼环碧水，异花奇草绕朱门△山岭假还真△[①]

流光转，名苑渐衰湮△往岁沦为群姓宅，今年修复宋风园△[②]池馆焕然新△

注：① 假还真：指园内假山及园东墙外真山，即龙山（今称府山）。② 宋风：宋代风格。

（2）长湖好，[①]风景早闻名△碧水迂回垂柳岸，微波荡漾藕花汀△渔舍箔篱迎△[②]

长湖美，风景益求精△竹建柯亭怀汉蔡，[③]桥连七岛聚蓬瀛△[④]百艇酒乡行△[⑤]

注：① 长湖：鉴湖别名。② 渔舍：湖中构筑寮棚，以守望鱼荡；箔篱：横栏湖面竹篱，箔端露出水面约 10 厘米，以防所养之鱼逸出。行船过时，发出嘶嘶声。③ 柯亭：古亭名，在柯山麓；汉蔡：指东汉

蔡邕，曾取柯亭竹篆制笛，声清奇。④ 蓬瀛：传说中之蓬莱、瀛洲等仙岛。⑤ 百艇：景区新置乌篷游船一百艘。

袁济轩（现当107）一首　题：夏夜。

芳塘畔，夏夜好风情△蛙鼓声声徐复急，①萤灯点点暗还明△荷芰送清香△②

乘凉乐，野老话纵横△善恶贤愚随意品，古今中外放心评△真正百家鸣△

注：① 蛙鼓：形容蛙声如鼓。② 荷芰：芰，本指菱，但诗词中芰荷均指荷。

龙泉（现当154）一首　题：凤凰美。①

凤凰美，碧水卧虹桥△曲岸楼头添异彩，临江塔影更妖娆△佳景实堪描△

华灯放，邀友荡兰桡△②云散月明花影动，阑珊灯火水中摇△画境任逍遥△

注：① 凤凰：湖南湘西县名。② 兰桡：船桨美称。

马振华（现当216）一首

春天好，日丽薰风调△竞艳红桃开笑靥，争妍绿柳舞纤腰△百鸟唱歌谣△

春天好，暖雨漫空飘△哥似游龙翻沃土，妹如舞凤插新苗△田野着鲛绡△

五十四字　恋绣衾

陆游（宋330）一首　题：赠别。

雨断西山晚照明△悄无人、幽梦自惊△说道去、多时也，到如今、真个是行△

远山已是无心画，①小楼空、斜掩绣屏△你嚎早、收心呵，②趁刘郎、双鬓未星△

注：① 远山：指眉峰。② 嚎早：当时方言。

翁元龙（宋482）一首

兽炉烟重火半焦△①卷帘时、雪意又销△过数点、残鸦外，想梅花、寒在灞桥△②

谢娘春恨深如柳，③未东风、先遣絮飘△且莫把、冰丝剪，有灯球、红绣未描△

注：① 兽炉：兽形香炉。② 灞桥：在陕西长安（今西安）。③ 谢娘：指东晋才女谢道韫。有咏雪诗："未若柳絮因风起。"

陈允平（宋556）一首

缃桃红浅柳褪黄△①燕初来、宫漏渐长△任日转、花梢也，倚栏屏、犹未试妆△

秦鸾旧曲无心理，忆年时、相傍采桑△听绿树、娇莺啭，一声声、都是断肠△

注：① 缃桃：即千叶桃，见《花谱》。

张翥（元69）一首　题：春晴中酒。①

醉乡残梦莺唤醒△见柳梢、日影弄晴△又误了、寻芳伴，减东风、庭院笑声△

玉儿扶起仍娇困，[2]索樱桃、花露解酲△[3]纵病也、心情好，比别离、滋味轻轻△

注：① 中酒：醉酒。② 玉儿：指侍女。③ 酲：病酒也。

邵亨贞（元 86）二首　题：第一首，初夏。

第二首，辛丑（1361 年）元日。

（1）柳花零乱愁满天△又江城、啼老杜鹃△[1]小庭院、雨初过，棹歌声、惊起昼眠△

微风摇荡湘帘影，浪花斜、轻袅篆烟△问白苎、裁成未，[2]剪金刀、犹忆去年△

注：① 江城：水乡。② 白苎：指夏衣。

（2）门前爆竹儿女喧△野人家、时序尚然△尽说道、春来好，老来人、长怕换年△

东风到底无涯岸，也殷勤、相过小园△第一是、朱颜改，纵花开、羞插鬓边△

钱之鼎（清 1273）一首

绿窗纱尽展嫩蕉△袅游丝、春影暗飘△炷烟烬、湘帘细，睡才醒、残醉未消△

芳原何处轻帆到，趁花溪、香涨暖潮△正新絮、垂垂下，被东风、扶过小桥△

吴藻（女）（清 1484）二首　题：第一首，小满后十日之游。[1]

（1）半山山下水半塘△绿阴阴、梅子正黄△记前度、桃花舫，[2]更无人、重到翠乡△

单衫小扇莓苔坐，恰清和、天气正凉△[3]莫懒唱、江南句，一声声、空自断肠△

注：① 小满：节气名，在公历五月二十一日左右。② 桃花舫：桃花开放时乘坐大游船。③ 清和：农历四月称清和月。

（2）一春风雨难放晴△倩谁描、帖子丙丁△[1]卷不起、帘衣重，蝶销魂、花太瘦生△

韶华百五无佳日，[2]误箫声、深巷卖饧△[3]西湖约、何时准，翠衫儿、叠皱旧停△

注：① 丙丁：火日也，即晴日。② 百五：自立春至小满共一百零五天。

郑文焯（清 1846）一首　题：城南水阁闻笛。

水蒱风杂荷芰香△[1]飐渔灯、红到画廊△人正在、秋声里，似蛮弦、愁破雁行△

吴艘载酒经游地，[2]甚尺波、能断寸肠△休怅望、西江月，照歌尘、还过女墙△[3]

注：① 水荇：水生草本植物；芰：本指菱，但诗词中芰荷即解作荷。② 艘：双体小船。③ 女墙：即城堞。

车乘轨（现当88）一首　题：嘉兴南湖路公交车变迁记。　注：2009年8月15日作。

南湖路半老渡头△[1]好风光、名噪一流△[2]设车站、公交早，[3]利居民、方便旅游△

扩桥修路行车变，[4]借题挥、全路撤休△[5]出行困、人遭难，屡投求、修正解愁△[6]

注：① 南湖路半：在南湖路中段盐仓桥畔。② 名噪一流：指游湖门户，声名远扬。③ 公交早：嘉兴开通公交，首先在此设1路车始发站。④ 扩桥：是年年初相继扩建纺工路之长征桥及南溪路之迎宾桥。⑤ 借题挥：乘扩建长征桥机会，借题发挥撤站，南湖路全路竟不通公交。⑥ 屡投求：作者适逢病妻住嘉兴二院，饱受无公交可乘之苦，乃向市公交公司等部门投诉，又于7月15日市长接待日面访副市长求助，7月27日由市运管处牵头，相关部门进行现场协调，确定从7月31日起将7路车驶入南湖路，并设立临时停靠站。

五十五字　一七令　第一体，用平韵。

魏扶（唐26）一首

愁△迥野，深秋△生枕上，起眉头△闺阁危坐，风尘远游△巴猿啼不住，谷水咽还流△送客泊舟入浦，思乡望月登楼△烟波早晚长羁旅，弦管终年乐五侯△[1]

注：① 五侯：汉元帝舅王谭五兄弟同日封侯。此处泛指贵族。

杨慎（明157）一首

花△摊锦，铺霞△邀蝶队，聚蜂衙△[1]金璎汉女，[2]宝髻吴娃△风前香掩冉，月下影交加△曲水名园几簇，宜春小苑千家△谢傅金屏成坐笑，[3]陈朝琼树不须夸△[4]

注：① 蜂衙：众蜂环绕如同衙役参官。② 璎：颈饰。③ 谢傅：即东晋谢安，卒后赠太傅。④ 陈朝：南朝之一，为隋所灭。

徐士俊（明397）一首　题：秋来。

秋△素节，[1]朱楼△云卷幔，月为钩△莲香未褪，桂影初修△瓜果闺中巧，旌旗

塞外愁△②燕燕飞飞欲去，鸿鸿字字将投△③且看稻花连绣陌，莫惊梧叶满金沟△

注：① 素节：皎洁节气。② 旌旗：指军队；塞外：喻边关。③ 鸿鸿：鸿雁。此句既谓鸿雁所飞时的阵形，亦有鸿雁传书意。

钱肇修（清 660）一首　题：舟中闲咏。

船△桂楫，松舷△花雾里，石苔边△樯行天际，帆挂山前△春波明作镜，绿叶小于钱△细雨桃花五两，东风榆荚三千△只有游人羞顾影，鸳鸯若个不成眠△①

注：① 若个：几只。

车乘轨（现当 88）二首　题：第一首，看病贵。　注：2009 年 10 月 15 日作。

第二首，广告滥。　注：2009 年 10 月 15 日作。

（1）创△抱病，忧伤△身受苦，币遭殃△治疗困难，费用高昂△舆论多不满，医院泰然常△微恙勉强应付，重疴家破人亡△似水支钱流不尽，普通小民怎担当△

（2）玄△①蜜语，甜言△夸海口，滥宣传△明星效应，②病员助澜△③东风随意借，虚假袭人烦△广告百金分秒，④造成天价当然△⑤欣闻政府限令下，鼓掌人民盼明年△⑥

注：① 玄：本作深奥，延伸为离谱。② 明星效应：聘请明星登场宣传，借以提高广告效应。③ 病员助澜：收买群众充病人，现身说法，推波助澜。④ 分秒：电视广告以分秒计价。⑤ 此句谓医药、保健品类广告最多最滥，所化巨资打进成本，当然要出现天价。⑥ 盼明年：因限止新令，要明年元旦起实行。

五十五字　一七令　第二体，用仄韵。

杨慎（明 157）一首　题：雪。

雪▲凝明，澄彻▲飞玉尘，①布琼屑▲②苍云暮同，严风晓别▲深山樵径封，远水渔舟绝▲南枝忽报梅开，③北户俄惊竹折▲万树有花春不红，九天无月夜长白▲④

注：① 玉尘：喻雪。② 琼屑：亦喻雪。③ 南枝：喻大庾岭上梅，见《白帖》。④ 九天：整个天空之意。即中央及四正、四隅（角）之天空。或谓九重天，亦通。

马遥华（现当 120）一首　题：竹。

竹▲耐寒，常绿▲处山林，远世俗▲秀雅多姿，清新悦目▲有瘦叶扶疏，无鲜花馥郁▲虚心自得高亢，劲节宜人寡欲▲春来抖擞舞婆娑，雪压坚强腰不屈▲

五十五字　月照梨花　第一体，前段首句、第二句各二字，后段不换第二种平韵。

黄升(宋507)一首

昼景▲方永▲重帘花影▲好梦犹酣，莺声唤醒▲门外风絮交飞△送春归△

修蛾画了无人问▲▲[①]几多别恨▲▲泪洗残红粉▲▲不知郎马何处嘶△烟草凄迷△鹧鸪啼△

注：① 修蛾：细长之眉。

五十五字　月照梨花　第二体，前段第一句四字，后段最后三句换第二种平韵。

屈大均(明638)一首

天气初暖▲帘帘都卷▲碧草多情，随人近远▲黄蝶白蝶依依△逐花飞△

春归只有飞花送▲▲烟轻雨重▲▲片片风相弄▲▲乳莺衔去休太频△△频使愁人△△泪沾巾△△

五十五字　木兰花

韦庄(五代十国1)一首

独上小楼春欲暮▲愁望玉关芳草路▲[①]消息断，不逢人，却敛细眉归绣户▲

坐看落花空叹息▲▲罗袂湿斑红泪滴▲▲千山万水不曾行，魂梦欲教何处觅▲▲

注：① 玉关：玉门关。古关名，在今甘肃敦煌县西，阳关之西北。

车乘轨(现当88)一首　题：喜外孙女学成后乐业安居。　注：2008年11月22日作。原序：外孙女陆晖才华横溢，工作干练，自2002年夏毕业于江苏大学本科后，即入沪军工企业，历任厂团委书记、厂党委委员，近又晋升厂企管处处长。乐业后经营安居，今年9月22日在父母支持下购置五角场60余平套房一所，独立修缮装璜，今新居已竣工入住，欣慰之余，为填《木兰花》词以贺。

巧女本来多睿智▲[①]巾帼不输男杰志▲[②]微系攻，[③]四春秋，[④]龙虎榜中衔学士▲

毕业务工才华露▲▲从业五年升正处▲▲双赢乐业与安居，流燕筑巢淞沪住▲▲

注：① 睿智：远见也。② 巾帼：有为女子。③ 微系：指江苏大学计算机系。④ 四春秋：即四年，指大学本科。

五十五字　玉阑干

朱彝尊（清288）一首

玉栏杆外秋蛩语▲[①]一架豆花清露▲兰汤浴罢纳新凉，[②]携素手、夜深尔汝▲[③]

绿窗人远纱空护▲网暗尘、蛛丝无数▲旧时梁燕也惊心，一回来、却又飞去▲

注：① 蛩：蟋蟀。② 兰汤：香汤，洗浴水。③ 尔汝：不依礼俗，你我相称，比喻关系亲密。

五十五字　杏花天

侯寘（宋261）一首　题：端午。

宝钗整鬓双鸾斗▲[①]睡才醒、薰风襟袖▲[②]彩丝皓腕宜清昼▲更艾虎、衫儿新就▲[③]

玉杯共饮菖蒲酒▲愿耐夏、宜春厮守▲[④]榴花故意红添皱▲映得人来越瘦▲

注：① 鸾：指首饰。② 薰风：南风。③ 艾虎：艾编老虎。④ 厮守：相守。

五十五字　步蟾宫

汪存（宋153）一首

玉京此去春犹浅▲[①]正雪絮、马头零乱▲姮娥剪就绿云裳，[②]待来步、蟾宫与换▲[③]

明年二月桃花岸▲双桨浪平烟暖▲扬州十里小红楼，尽卷上、珠帘一半▲

注：① 玉京：指京都汴京（今河南开封）。② 姮娥：即嫦娥。③ 蟾宫：月宫。

五十五字　雨中花　第一体，后段第一句七字，第三句四字。

张大烈（明402）一首　题：夏景。

春光流去新光续▲景推迁、嫩槐新竹▲看雨涨溪流，高悬瀑布，千尺寒飞玉▲

试对青山迎翠色，见万峰、树阴浓绿▲画舫迎风，红粉调管，[①]娇奏云和曲▲[②]

注：① 调管：吹箫笛。② 云和：曲名。

五十五字　雨中花　第二体，同第一体，但后段第一句六字，第三句五字。

欧阳铉（明472）一首　题：流萤。

深树小池萍分绿▲水天映、半轮纤玉▲闲绕遍芳林，穿入茅篱，转过墙角曲▲

谁识风流佳况，想佳人、罢脱妆束▲向秋千院宇，荼蘼帘幕，罗袖轻相扑▲

五十五字　雨中花　第三体，同第二体，但后段第一句七字并叶韵，第二句六字。

姜垚（清 479）一首　题：沂水道上即事。[1]

席帽西风春尚瘦▲[2]云压行人斜雨透▲看麦放青英，[3]柳摇金缕，已近清明候▲

社鼓喧时迷翠袖▲[4]旅馆银灯相守▲听哽咽河流，惺忪人语，点点移莲漏▲

注：① 沂水：山东县名。② 席帽：唐时士子皆曳袍重戴，出则以席帽自随。见《青箱杂记》戴帽之意。③ 青英：指麦穗初抽。④ 社鼓：春社祭神击鼓。

五十五字　夜行船　第一体，前、后段结句，皆七字二句。

谢绛（宋 24）一首

昨夜佳期初共▲鬓云低、翠翘金凤▲尊前和笑不成歌，意偷传、眼波微送▲

草草不容成楚梦▲渐寒深、翠帘霜重▲相看送到断肠时，月西斜、画楼钟动▲

欧阳修（宋 33）一首

满眼东风飞絮▲催行色、短亭春暮▲落花流水草连云，看看是、断肠南浦▲

檀板未终人去去▲扁舟在、绿杨深处▲手把金尊难为别，更那听、乱莺疏雨▲

毛滂（宋 143）一首　题：余英溪泛舟。[1]

弄水余英溪畔▲绮罗香、日迟风慢▲桃花春浸一篙深，画桥东、柳低烟远▲

涨绿流红空满眼▲倚兰桡、旧愁无限▲莫把鸳鸯惊飞去，要歌时、少低檀板▲

注：① 余英溪：在浙江湖州，因流经古城武康县治前，故又称前溪。

五十五字　夜行船　第二体，同第一体，但前、后段结句为四字、四字、六字三句。

孙浩然（宋 115）一首

何处采菱归暮▲隔宵烟、菱歌轻举▲白蘋风浸，月华寒影，朦胧半和梅雨▲

脉脉相逢心似许▲共兰桡、黯然凝伫▲遥指前村，隐隐烟树，含情背人归去▲

杨无咎（宋 254）一首

怪被狂风相误▲落轻帆、暂停烟渚▲桐树阴森，茅檐潇洒，原是那回来处▲

相与狂朋沽酥醑▲听吴姬、隔窗言语▲我既痴迷，君还留意，明日慢移船去▲

五十五字　河传　第一体，后段仄、平韵换第二种。

温庭筠（唐 34）一首

湖上▲凝望▲雨萧萧△烟浦花桥△路遥△谢娘翠蛾愁不销△终朝△梦魂迷晚潮△

荡子天涯归棹远▲▲春已晚▲▲莺语空肠断▲▲若耶溪△△溪水西△△柳堤△△不闻郎马嘶△△

彭孙贻(明 504)一首　题：寒食。

寒食▲今夕▲杏花天△墙角秋千△水边△几家彩裾飞画船△人前△低眉闻杜鹃△

微雨烟波平绿软▲▲双燕剪▲▲鱼网游丝卷▲▲踏花归△△金兽扉△△①更衣△△乱香蝴蝶飞△△

注：① 金兽扉：门上兽形铜镮。

朱彝尊(清 288)一首　题：送米紫来入燕。①

南陌▲归客▲紫骝骄△水驿山椒△路遥△落花如雨烟外飘△河桥△折残杨柳条△

别酒西堂官烛短▲▲红玉碗▲▲醉也休辞满▲▲漏声催△△且徘徊△△一杯△△劝君更一杯△△

注：① 米紫来：米汉雯，宛平人，明米万钟之孙。事见清王士禛《居易续谈》等；入燕：去河北。

查慎行(清 639)一首　题：甲午(1714 年)春社作。①

双燕▲相见▲又今朝△来觅蓬△茅旧巢△酒边一旗烟外招△飘飘△绿杨在板桥△

昨夜社公新雨足▲▲杯珓卜▲▲②蚕麦家家熟▲▲约北邻△△去酬神△△老人△△再逢得几巡△△③

注：① 春社：在立春后第五个戊日，是日祭社公(即土地神)。② 杯珓：卜具，多用竹木制成，状如贝壳，一面突起，一面扁平。③ 几巡：几遍。指饮酒。

纳兰性德(清 694)一首

春浅▲红怨▲①掩双镮△②微雨花间△昼闲△无言暗将红泪弹△阑珊△③香消轻梦还△

斜倚画屏思往事▲▲皆不是▲▲空作相思字▲▲记当时△△垂柳丝△△花枝△△满庭蝴蝶儿△△

注：① 红：指花。② 镮：门上铜镮，此处喻门。③ 阑珊：衰残也。

柯万源(清 1394)一首　题：忆吴门旧游。[1]

虎阜▲[2]回首▲十年前△斟酌桥边△画船△[3]落花如雪篷底眠△流连△晓风香可怜△

酒后无端牵旧绪▲▲游冶处▲▲柳影仍青否▲▲梦横塘△△[4]意难忘△△思量△△系帆春渚长△△

注：① 吴门：江苏苏州。② 虎阜：即虎丘，苏州名山，在阊门外。③ 斟酌桥：桥名，在通往虎丘山塘河上。④ 横塘：在胥门外，风景极佳。

项鸿祚(清 1481)一首　题：秋雨。

秋雨▲千缕▲洒方塘△欹枕西堂△夜长△梧桐叶儿风打窗△新凉△薄衾闲半床△

愁里画屏天样远▲▲银烛短▲▲梦也无人管▲▲怕相思△△越相思△△除非△△影儿权作伊△△

崔曾益(清 1659)一首

风定▲人静▲落花轻△才过清明△嫩晴△小窗倦眠春梦醒△伤情△数离人几程△

寄得音书凭去雁▲▲风似剪▲▲心系垂杨线▲▲弄秋千△△临水边△△水边△△照红颜△△[1]可怜△△

注：① 此句“颜”字叶韵，且句式有变化，与他首不同。

车乘轨(现当 88)一首　题：绍兴大菱。[1]　注：2001 年 10 月 12 日作。

桥上▲[2]凝望▲水连天△浮叶田田△万千△[3]采菱女娘开笑颜△丰年△霎时堆一船△

岳庙南边当地买▲▲[4]肥又大▲▲新摘还廉价▲▲喜洋洋△△欢满腔△△试尝△△果然鲜带香△△

注：① 大菱：即菱角，水产品。绍兴菱因体大，故称。② 桥：指横泾桥，在偏门外六华里鉴湖边。③ 田田：菱叶浮在水上貌。④ 岳庙：在偏门外六华里。

五十五字　河传　第二体，同第一体，但前段第四、五句为六字句，少一韵。

朱凤洲(清 1083)一首

河渚▲烟雨▲过江城△风缓帆轻晚晴△山椒古寺沙际亭△分明△屏风画上行△

行到曲堤花密处▲莺又语▲兰桨殷勤住▲堤下舟△△堤上楼△△牵愁△△画帘相

对钩△△

王策（清 860）一首　题：野溪春泛。①

微雨▲春暮▲绿波娇△夹巷人家小桥△溪藤岸杨青蔓交△②风摇△低枝通短篙△

叶暗烟深疑路断▲▲船一转▲▲别浦迢迢远▲▲晚炊清△△鸡犬声△△新晴△△归云渡水明△△

注：① 春泛：春天行船。② 溪藤岸杨：溪边藤和岸上杨柳。

郭麐（清 1208）二首

（1）香径▲人影▲蓦来前△桃叶桃根并肩△①秋波欲流低髻偏△仙仙△②一双人可怜△

窣地鹅黄裙色浅▲▲③寻不见▲▲小立花枝颤▲▲晚来风△△忒匆匆△△④行踪△△落花埋一重△△

注：① 桃叶桃根：姐妹两人，系东晋王献之爱姬。此处喻一双美人。② 仙仙：即仙女。③ 窣地：指长裙垂地。④ 忒：即太。

（2）春早▲将晓▲梦魂惊△落月殷勤早莺△绿窗曙光愁欲明△轻轻△枕函钗一声△①

一段绿云扶不起▲▲②香不已▲▲转侧随郎臂▲▲莫投怀△△且兜鞋△△慵来△△③断红红上腮△△

注：① 枕函：枕套，喻枕。② 绿云：喻美发。③ 慵：喻娇懒。

吴藻（女）（清 1484）一首

春睡▲刚起▲自兜鞋△立尽东风费猜△绣帘欲钩人不来△徘徊△海棠开未开△

料得晓寒如此重▲▲烟雨冻▲▲一定留春梦▲▲甚繁华△△故迟些△△输他△△碧桃容易花△△

蒋春霖（清 1651）一首

鹦鹉▲低语▲绣帘垂△残日空房梦迷△白狼塞前书信稀△①花枝△好如郎去时△

屋后垂杨临古道▲▲飞絮少▲▲极目空芳草▲▲袖罗单△△愁倚栏△△玉关△△②铁衣春更寒△△③

注：① 白狼塞：边疆地名，按白狼县在东北，但后段第六句玉关，似指玉门关，却在甘肃，未知孰是。② 玉关：即玉门关，这里或为泛指。③ 铁衣：军士盔甲，指出恋人从军边疆。

赵庆澜（清 1772）一首

丝柳▲依旧▲舞纤腰△绿黯年年画桥△夕阳半篷云半篙△①归桡△晚天何处箫△

底事东风吹不断▲▲②声渐远▲▲袅袅流波软▲▲莫登山△△休倚栏△△团团△△落花蝴蝶翻△△③

注：① 篷、篙：指出在舟中。② 底事：何事。③ 翻：翻飞。

五十五字　河传　第三体，同第二体，但后段仄韵不换韵。

温庭筠（唐 34）二首

（1）江畔▲相唤▲晓妆鲜△仙景个女采莲△①请君莫向那岸边△少年△好花新满船△

红袖摇曳逐风暖▲垂玉腕▲肠向柳丝断▲浦南归△△浦北归△△莫知△△晚来人已稀△△

注：① 个女：那个女子，即她。

（2）同伴▲相唤▲杏花稀△梦里每愁依违△①仙客一去燕已飞△②不归△泪痕空满衣△

天际云鸟引晴远▲春已晚▲烟霭渡南苑▲雪梅香△△③柳带长△△④小娘△△转令人意伤△△

注：① 依违：即聚散。② 仙客：鹤之别名，见《谈苑》。③ 雪梅香：指早春。④ 柳带长：指暮春。此两句意谓自早春盼到暮春。

五十五字　河传　第四体，同第一体，但后段平韵不换韵。

周积贤（明 640）一首

南浦▲春雨▲草芊芊△千里花烟△水烟△小娘独临鸾镜前△终年△为郎独自怜△

又见双鸿飞上苑▲▲音信短▲▲斜日纱窗晚▲▲望郎还△楚南天△楚天△更长空卷帘△

五十五字　河传　第五体，同第三体，但前段第一、二句不叶韵。

刘基（明 7）一首

江风，吹过，水生纹△烟里斜阳半曛△①雨声不堪客耳闻△纷纷△梦魂迷断云△

梦断天涯归路杳▲天欲晓▲残月窥窗小▲木兰舟△△芦苇秋△△汀洲△△岸花相伴愁△△

注：① 曛：日没时余光。

五十五字　芳草渡

欧阳修(宋33)一首

梧桐落，蓼花秋△烟初冷，雨才收△萧条风物正堪愁△人去后，多少恨，在心头△

燕鸿远▲羌笛怨▲渺渺澄波一片▲山如黛，月如钩△笙歌散，魂梦断，倚高楼△

彭贞隐(女)(清1052)一首　题：答外索诗。①

索新构，②作诗慵△无个事，说心胸△往来细步小楼中△忽有得，③鸠唤雨，④柳吹风△

呼纸笔▲研香墨▲旧句已忘重觅▲看花影，上萧栊△真痴也，非急切，浪惺忪△

注：① 外：指丈夫。② 新构：新构思，即新诗。③ 有：疑“听”字之误。④ 鸠唤雨：喻天晴，兼有情也。

李承春(女)(现当194)一首　题：游子秋月思。

梧桐落，渐秋凉△波如镜，雁成行△潇潇秋雨惹愁肠△霜月冷，①黄菊瘦，暗盈香△

深深院▲飞鸟倦▲咫尺天涯望断▲②山隔阻，水流长△难相见，心系念，苦参商△③

注：① 霜月：农历七月别名。此处喻洁白月光。② 咫尺：喻甚近。③ 参商：两星名，参星居西方，商星居东方，永不相见。此处喻久别。

五十五字　金凤钩

晁补之(宋123)一首　注：“露”字叶韵，与其他各首稍异。

春辞我，向何处▲怪草草、夜来风雨▲一簪华发，少欢饶恨，无计殢春且住▲

春日常恨无寻路▲试向我、小园徐步▲一栏红药，倚风含露▲春自未曾归去▲

陈维崧(清196)一首　序：春夜同展成饮御之斋头感旧。

东风里，绛桃树▲蓦记起、年时见汝▲红芳正好，浓香乍饱，俊眼相看如许▲

如今花放长洲路▲只我已、朱颜非故▲旧情如梦，闲愁似海，闷掐花须细数▲

孙旸(清214)一首

红酥脸，波如醉▲①日亭午、梳头还未▲②三春情况，③几般心事，尽在眉间眼尾▲

绣床抛却残针黹▲④界杏腮、两条粉泪▲见人佯走，⑤弓鞋欲褪，笑入碧桃花底▲

注：① 波：眼波。② 亭午：至午时，即中午。③ 三春：春季三个月，喻相思。④ 针黹：针线生活。⑤ 佯走：假意回避。

车乘轨（现当88）一首　题：乙丑中秋节前三天即景。　注：2009年9月30日作。

中秋到，国庆届▲[①]好节序、偏遭淋洒发▲[②]上林金桂，[③]被摧狼藉，空对落英兴败▲[④]

无肠公子团脐蟹▲[⑤]肥又健、奕奕光采▲[⑥]伴虾烧炒，[⑦]独单煮脍，鲜味诱人青睐▲[⑧]

注：① 届：即到。② 淋洒：喻大雨。③ 上林：上林苑，本指皇家花园，借指人民公园。④ 落英：落花。⑤ 无肠公子：即蟹，语出《抱朴子》；团脐蟹：雌蟹。⑥ 奕奕：美态。⑦ 伴虾烧炒：即虾仁炒蟹粉，乃嘉兴名菜。⑧ 青睐：赏识、眷恋之意。

五十五字　亭前柳

朱雍（宋335）一首　题：梅。

拜月南楼上，面婵娟、却对新妆△谁凭栏杆处，笛声长△追往事，偏凄凉△

看素质、临风消瘦尽，粉痕轻、依旧真香△潇洒春尘境，过横塘△度清影，在回廊△

五十五字　品令　第一体，起句四字。

周邦彦（宋128）一首

夜阑人静▲月痕寄、梅梢疏影▲门外曲角栏杆近▲旧携手处，花雾寒成阵▲

应是不禁愁与恨▲纵相逢难问▲黛眉曾把春山印▲[①]后期无定▲肠断香消尽▲

注：① 春山：喻眉峰。

五十五字　品令　第二体，起句三字，以后各句字数也与第一体有上下。

许白凤（现当58）一首　题：题画。　注：1972年作。

窗外雨，夜来又一阵，潇潇淅淅▲熟了梅，肥了芭蕉叶▲涨庭阴，凝晕碧▲

奈尔秋生绢素，[①]笔笔催将萧瑟▲推枕起，且把灯儿歇▲仔细忖，睡怎得▲[②]

注：① 尔：即你。② 睡怎得：即怎得睡。

五十五字　浪淘沙

杜安世（宋53）一首

又是春暮▲落花飞絮▲子规啼尽断肠声，秋千庭院，红旗彩裳，淡烟疏雨▲

念念相思苦▲黛眉长聚▲碧池惊散睡鸳鸯，当初容易飞去▲恨辜负欢侣▲

五十五字　睿恩新

晏殊（宋20）一首

红丝一曲傍阶砌▲珠露下、独呈纤丽▲剪鲛绡、碎作香英，分彩线、簇成娇蕊▲
向晚群花新醉▲放朵朵、似延秋意▲待佳人、插向钗头，更袅袅、低临凤髻▲

五十五字　醉落魄（又名一斛珠）

魏了翁（宋443）一首　题：任隆庆母九十寿诞。

无边春色▲试从汉谕堂边觅▲[1]儿前上寿孙扶掖▲九十娘娘，身是五朝客。▲[2]
眼前富贵浑闲历▲个中真乐天然的▲儿孙强劝持余沥▲[3]娘道休休，明日儿生日▲[4]

注：① 汉谕堂：原注：堂名汉谕。② 五朝客：任母身历唐、前蜀、后唐、后蜀、宋五个朝代。③ 余沥：指寿酒。④ 儿生日：原注：任隆庆之母，正月十一日生日，隆庆十三日生日。

五十五字　鹊桥仙

邓太妙（女）（明505）一首

无聊无赖▲多情多态▲倚栏杆无奈▲不胜力怯薄罗裳，还疑是风飘绣带▲
蝶欺花落，柳偿莺债▲多少伤心事在▲葡萄锦覆合欢床，私倩婢、轻轻遮盖▲

五十五字　鹧鸪天（又名思佳客、于中好、剪朝霞）

李煜（五代十国34）二首　题：第一首，秋闺。

（1）塘水初澄似玉容△所思还在别离中△谁知九月初三夜，露似珍珠月似弓△
深院静，小庭空△断续寒砧断续风△无奈夜长人不寐，数声和月到帘栊△

（2）节候虽佳景渐阑△吴绫已暖越罗寒△朱扉日暮随风掩，一树藤花独自看△
云鬓乱，晚妆残△带恨眉儿远岫攒△斜托香腮春笋嫩，为谁和泪倚栏杆△

宋祁（宋26）一首　故事：作者过繁台街，逢宫女车，中有搴帘者曰：小宋也。作者遂作此词，达于禁中，仁宗闻之，竟将此女赐之。

画毂雕鞍狭路逢△[1]一声断肠绣帘中△身无彩凤双飞翼，心有灵犀一点通△
金作屋，玉为笼△车如流水马如龙△刘郎已恨蓬山远，[2]更隔蓬山一万重。△

注：① 画毂雕鞍：精致马车，指宫女车。② 刘郎：用东汉刘晨阮肇入山采药遇仙女故事。此词多套用李商隐诗句。

欧阳修（宋33）一首

学画宫眉细细长△芙蓉出水斗新妆△只知一笑能倾国，不信相看有断肠△

双黄鹄，[①]两鸳鸯△迢迢云水恨难忘△早知今日长相忆，不若从初莫作双△

注：① 鹄：即天鹅。

范纯仁(宋61)一首　题：和韩持国。

腊后春前暖律催△[①]日和风暖欲开梅△公方结客寻佳景，[②]我亦忘形趁酒杯△[③]

添管籥，[④]续尊罍△[⑤]更阑秉烛未能回△[⑥]清欢莫待相期约，乘兴来时便可来△

注：① 腊前春后：年末岁初；律：规律。② 公：指韩持国。③ 趁酒杯：乘机饮酒。④ 管籥：箫笛类乐器。⑤ 尊罍：酒具。⑥ 秉烛：持烛。

晏几道(宋71)二首

(1) 晓日翻长岁岁同△太平箫鼓闲歌钟△云高未有前村雪，梅小初开昨夜风△

罗幕翠，锦筵红△钗头罗胜写宜冬△[①]从今屈指春期近，[②]莫使金尊对月空△

注：① 罗胜：罗制首饰。② 屈指：扳着指头计算。

(2) 十里楼台倚翠微△百花深处杜鹃啼△殷勤自与行人语，不似流莺取次飞△

惊梦觉，弄晴时△声声只道不如归△天涯岂是无归意，争那归期未可期△

苏轼(宋80)二首　第一首，题：时谪黄州(今湖北黄冈)。

第二首，故事：元符三年(1100)十二月作者抵韶州(今广州曲江)，陈公密出侍儿素娘佐酒，遂赋此词。

(1) 林断山明竹隐墙△乱蝉衰草小池塘△翻空白鸟时时见，照水红蕖细细香△

村舍外，古城旁△杖藜徐步转斜阳△殷勤昨夜三更雨，又得浮生一日凉△

(2) 笑撚红梅弹翠翘△[①]扬州十里最妖娆△夜来绮席亲曾见，撮得精神的的娇△[②]

娇后眼，舞时腰△刘郎几度欲魂销△[③]明朝酒醒知何处，肠断云间紫玉箫△

注：① 翠翘：首饰。② 的的：明亮貌。③ 刘郎：汉刘晨，借喻自己。

黄庭坚(宋101)一首

闻说君家有翠娥△①施朱施粉总嫌多△背人语处藏珠履，②觑得羞时整玉梭△③

拖远岫，④压横波△⑤何事传酒更传歌△为君写就黄庭了，⑥不要山阴道士鹅△⑦

注：① 翠娥：指女郎。② 履：鞋也。③ 梭：梭服，羽毛缎衣服。④ 远岫：远峰，喻眉峰。⑤ 横波：眼波。⑥ 黄庭：道经名。⑦ 道士鹅：东晋大书法家王羲之爱鹅，曾为山阴道士书黄庭经换其鹅。

晁端礼（宋103）一首　题：荼蘼。

红紫飘零绿满城△春风于此独留情△谁将十幅吴绫被，①扑向薰笼一夜明△②

风不定，雨初晴△晓来苔上拾残英△速将贮向鸳鸯枕，犹有余香入梦清△

注：① 吴绫：苏州一带所产绫罗。② 薰笼：薰炉之以笼覆者。

贺铸（宋121）一首

重过阊门万事非△①同来何事不同归△梧桐半死清霜后，头白鸳鸯失伴飞△

原上草，露初稀△旧栖新垅两依依△空床卧听南窗雨，谁复挑灯夜补衣△

注：① 阊门：苏州西北城门。

郑少微（宋136）一首　题：车中。

紫陌朱轮去似流△①丁香初结小银钩△凭栏试问秦楼路，②瞥见纤纤十指柔△

金约腕，③玉搔头△④尽教人看却佯羞△欲题红叶无流水，⑤别是桃源一段愁△

注：① 紫陌：皇城郊野。② 秦楼：指妓院。③ 金约腕：金手镯。④ 玉搔头：玉簪。⑤ 红叶：红叶题诗故事：唐僖宗时，于祐于御沟中拾一叶，上有诗。祐亦题诗于叶，置沟上流，宫人韩夫人拾之，后值帝放宫女，韩氏嫁祐成礼。见《青琐高议》。

朱淑真（女）（宋140）一首　题：春溪。

独倚栏杆昼日长△纷纷蜂蝶斗轻狂△一天飞絮东风恶，满路桃花春水香△

当此际，意偏长△萋萋芳草傍池塘△千钟尚欲偕春醉，幸有荼蘼与海棠△

谢逸（宋144）二首

（1）桐叶成阴拂画檐△清风凉处卷珠帘△红绡舞袖萦腰柳，碧玉眉峰媚脸莲△

秋满眼，水连天△香笺小字倩谁传△梅黄楚岸垂垂雨，草碧吴江淡淡烟△

（2）红晕香腮粉未匀△梳妆闲淡稳精神△谁知碧嶂清溪畔，①也有姚家一

朵春△②

眉黛浅，为谁颦△③莫将心事付朝云△坐中有客肠应断，忘了荼蘼架下人△

注：① 嶂：形势高险似屏风山之峰。② 姚家：指牡丹花。③ 颦：皱眉貌。

李元膺（宋 148）一首

寂寞秋千两绣旗△日长花影转阶迟△燕惊午梦周遭语，①蝶困春游落拓飞△②

思往事，入颦眉△柳梢阴重又当时△薄情风絮谁拘束，飞过东墙不肯归△

注：① 周遭：周围。② 落拓：不拘常规之意。

刘鼎臣妻（女）（宋 163）一首　故事：婺州（浙江金华）刘鼎臣就试行都，其妻制彩花一枝赠之，并侑以鹧鸪天词。

金屋无人夜剪缯△①宝钗翻过齿痕轻△临行执手殷勤送，衬与萧郎两鬓青△②

听嘱付，好看承△千金不抵一时情△明年宴罢琼林晚，③酒面微红相映明△

注：① 金屋：华丽闺房；缯：丝织物总称。② 萧郎：泛称所爱之男人，此处指刘鼎臣。③ 琼林宴：进士及第，御赐酒宴。

徐俯（宋 173）一首　题：渔父。

七泽三湘碧草连△①洞庭秋到水连天△②朝廷若觅玄真子，③不在云边即酒边△

明月棹，夕阳船△鲈鱼恰似镜中悬△丝纶钓饵都收尽，八字山前听雨眠△

注：① 七泽：司马相如赋："臣闻楚有七泽，尝见其一，名云梦，未睹其余也"。可见其余六泽已失传；三湘：指湘水三个支流。② 洞庭：湖名，在湖南境。③ 玄真子：唐张志和号，贬官遇赦，放荡江湖，有《渔歌子》词："西塞山前白鹭飞……"。

陈克（宋 179）一首

小市桥弯更向东△便门长记旧相逢△踏青会散秋千下，鬓影衣香怯晚风△

悲往事，向孤鸿△断肠肠断旧情浓△梨花院落黄茅店，绣被春寒此夜同△

朱敦儒（宋 180）一首

检尽历头冬又残△爱他风雪忍他寒△拖条竹杖家家酒，上个篮舆处处山△

添老大，转痴顽△谢天教我老来闲△道人还了鸳鸯债，纸帐梅花醉梦间△

周紫芝（宋 201）二首

（1）荷气吹凉到枕边△薄纱如雾又如烟△清泉浴后花垂雨，①白酒倾时玉满船△

钗欲溜，髻微偏△却寻霜粉扑香绵△②冰肌近着浑无暑，小扇频摇最

可怜△

注：① 花垂雨：花落如雨。② 霜粉：白粉；扑香绵：香绵扑子。

（2）花褪残红绿满枝△嫩寒犹透薄罗衣△池塘雨细双鸳睡，杨柳风轻小燕飞△

人别后，酒醒时△午窗残梦子规啼△尊前心事人谁问，花底闲愁春又归△

李清照（女）（宋 207）二首　题：第二首，桂花。

（1）寒日萧萧上琐窗△[1]梧桐应恨夜来霜△酒阑更喜团茶苦，[2]梦断偏宜瑞脑香△

秋已尽，日犹长△仲宣怀远更凄凉△不如随分尊前醉，[3]莫负东篱菊蕊黄△[4]

注：① 萧萧：风声。② 团茶：《归田录》茶之品，莫贵于龙凤，谓之团茶。③ 随分：随意。④ 东篱：陶潜诗“采菊东篱下”。

（2）暗淡轻黄体性柔△情疏迹远只香留△何须浅碧深红色，自是花中第一流△

梅定妒，菊应羞△画栏开处冠中秋△[1]骚人可煞无情思，[2]何事当年不见收△

注：① 冠中秋：中秋时节第一好花。② 骚人：诗人。

赵鼎（宋 209）一首　题：建康上元。[1]

客路那知岁序移△忽惊春到小桃枝△天涯海角悲凉地，记得当年全盛时△

花弄影，月流辉△水晶宫殿五云飞△[2]分明一觉华胥梦，[3]回首东风泪满衣△

注：① 建康：即今之南京。时北宋已亡，宋高宗逃亡至此。② 五云：祥云。③ 华胥梦：源出黄帝昼寝，梦游于华胥氏之国。

政和无名氏（宋 215）一首　题：上元。[1]

宣德楼前雪未融△[2]贺正人见彩山红△九衢照影纷纷月，[3]万井吹香细细风△[4]

复道远，[5]暗相通△平阳主第五王宫△[6]风箫声里春寒浅，不到珠帘第二重△

注：① 上元：即元宵。② 宣德楼：北宋宫门名。③ 九衢：九达之街道，喻皇城汴京（今开封）。④ 万井：万户。⑤ 复道：楼阁或悬岩间有上下两层通道。⑥ 平阳主：汉武帝姐；第：宅。帝常至其姐家，借喻李师师。

蔡柟（宋 216）一首

病酒恹恹与睡宜△[1]珠帘罗幕卷银泥△[2]风来绿树花含笑，恨入西楼月敛眉△

惊瘦尽，怨归迟△休将桐叶更题诗△不知桥下无情水，流到天涯是几时△

注：① 病酒：醉酒；恹恹：病态。② 银泥：指洒有银屑之帘幕。

向子諲（宋 218）二首　题：第一首，与师川同过叶梦授家。

（1）小院深明别有天△花能笑语柳能眠△雪肌得酒于中暖，莲步凌波分外妍△

钗燕重，髻荷偏△两山斜叠翠连娟△①朝云无限飘春态，暮雨情知更可怜△

注：① 连娟：弯曲而纤细，指眉毛。

（2）几处秋千懒未收△花梢柳外出纤柔△霞衣轻举疑奔月，①宝髻轻敧若坠楼△

争缥缈，斗风流△蜂儿蛱蝶共嬉游△朝朝暮暮春风里，落尽梨花未肯休△

注：① 霞衣：光彩之衣；奔月：嫦娥偷吃仙丹而奔月。

窃杯女子（女）（宋 239）一首　故事：宣和间，①上元张灯，许士女纵观，各赐酒一杯。一女窃所饮金杯，卫士见之押至御前，女诵鹧鸪天词。帝大喜，遂以杯赐之，令卫士送归。

月满蓬壶灿烂灯△与郎携手至端门△②贪观鹤阵笙箫举，不觉鸳鸯失却群△③

天渐晓，感皇恩△传宣赐酒饮杯巡△④归家惟恐公姑责，窃取金杯作照凭△

注：① 宣和：宋徽宗年号。② 端门：宫殿之正门，即午门。③ 鸳鸯：指与夫失散。④ 杯巡：即几遍酒。

聂胜琼（女）（宋 247）一首　题：寄李之问。题意：李公之问改秩京师（今开封），都下名娼聂胜琼质性慧黠，公见而喜之。公将行，胜琼送别于莲花楼，别后旬日，作上词寄公，公抵家后为其妻查问，公实告，妻喜其情真，出妆奁助夫往京师娶归，一家好和。

玉惨花愁出凤城△莲花楼下柳青青△尊前一唱阳关曲，别个人人第五程△

寻好梦，梦难成△况谁知我此时情△枕前泪共阶前雨，隔个窗儿滴到明△

杨无咎（宋 254）一首

蕙性柔情忒可怜△①盈盈真是女中仙△②披图一见春风面，③携手疑同玳瑁筵△④

挥象管，⑤擘银笺△等闲写就碧云篇△⑥风流意态犹难画，潇洒襟怀怎许传△

注：① 忒可怜：即太可爱。② 盈盈：喻女貌轻盈。③ 披：翻阅也。④ 玳瑁筵：豪华、珍贵酒席。⑤ 象管：象牙笔，笔之美称。⑥ 等闲：随便。

刘锜（宋255）一首　题意：抗金名将刘锜，罢官居湖南湘潭，常去村店饮酒，店中人不识，时相骚扰，刘感慨而作此词。

竹引牵牛花满街△疏篱茅舍月光筛△琉璃盏内茅柴酒，①白玉盘中簇豆梅△

休懊恼，且开怀△平生赢得笑颜开△三千里地无知己，十万军中挂印来△②

注：① 茅柴酒：喻酒味淡薄，如茅柴遇火，顷刻消失。② 此句谓曾挂元帅印。

吕渭老（宋259）二首

（1）梦里相逢不记时△断肠多在杏花西△放开笑语兜鞋急，远有灯光掠鬓迟△

辞永夜，失深期△一枝黄菊对伤悲△夜深窗外闻裁剪，应熨龙香制舞衣△

（2）深夜槐风解宿酲△露荷凉气满西亭△凭栏小语花梢月，缓步偷拈石上萤△

秋衣早，暑衣轻△殢人索酒复同倾△大家沉醉还高枕，一任西楼报五更△

赵彦端（宋314）三首　序：羊城天下最，号都会，风轩月馆，艳姬角妓，倍于他所，人以群仙目之。因赋十阕鹧鸪天。　注：第一首，总咏。第二首，萧秀。第三首，欧懿。

（1）一簇神仙会见奇△漫夸苏小与西施△①怜轻镂月为歌扇，喜薄裁云作舞衣△

牙板脆，玉音齐△落霞天外雁行低△看看各得风流侣，回首乘鸾旧路归△②

注：① 苏小：南齐时杭州名妓苏小小；西施：中国古代四大美人之一。② 旧路归：神仙（喻众妓似仙）回归天路。

（2）有女青春正及笄△①蕊宫仙子下瑶池△②箫吹弄玉登楼月，③弦拨昭君未嫁时△④

云体态，柳腰肢△绮罗活计强偎随△天教谪入群花苑，⑤占得东风第一枝△

注：① 及笄：指女子已成年。② 瑶池：西王母住所，喻仙境。③ 箫吹弄玉：秦穆公女弄玉吹箫乘鸾仙去。④ 弦拨昭君：王昭君和番弹琵琶。⑤ 谪：贬降也。

（3）月晃金篦云腻梳△[①]素娥何事下天衢△[②]翩翩舞袖穿花蝶，宛转歌喉贯索珠△[③]

帘翡翠，枕珊瑚△锦衾冰簟水纹铺△春光九十羊城景，[④]百紫千红总不如△

注：① 篦：梳发之具；云，喻发。② 素娥：即嫦娥；天衢：天街。③ 贯索珠：连贯串珠。④ 羊城：广东别称。

陆游（宋330）三首　题：第一首，送叶梦锡。

（1）家住东吴近帝乡△[①]平生豪举少年场△十千沽酒青楼上，百万呼卢锦瑟傍△[②]

身易老，恨难忘△尊前赢得是凄凉△[③]君归为报京华旧，[④]一事无成两鬓霜△

注：① 东吴：指作者家乡绍兴；帝乡：指南宋京都临安（今杭州）。② 呼卢：呼卢喝雉。掷骰赌戏。③ 赢得：剩得。④ 京华：京都临安。

（2）梳发金盘剩一窝△画眉鸾镜晕双蛾△[①]人间何处无春到，只有伊家独占多△

微步处，奈娇何△春衫初换曲尘罗△[②]东邻斗草归来晚，忘却新传子夜歌△[③]

注：① 双蛾：双眉。② 曲尘罗：淡黄色罗衣。③ 子夜歌：歌名。

（3）懒向青门学种瓜△[①]只将渔钓送年华△[②]双双新燕飞春岸，片片轻鸥落晚沙△[③]

歌缥缈，[④]橹呕哑△酒如清露鲊如花△[⑤]逢人问道归何处，笑指船儿此是家△

注：① 青门：汉长安（今西安）城东南门，汉召平种瓜于此。② 年华：指光阴。③ 沙：沙滩。④ 缥缈：高远貌。⑤ 鲊：腌鱼、糟鱼。

范成大（宋338）一首

嫩绿重重看渐成△曲栏幽槛小红英△[①]荼蘼架上蜂儿闹，杨柳行间燕子轻△

春婉娩，[②]客飘零△残花残酒片时清△一杯且买明朝事，送了斜阳月又生△

注：① 红英：红花。② 婉娩：婉，美也。娩，媚也。

陈三聘（宋340）一首　题：和石湖。[①]

指剥春葱去采蘋△[②]衣丝秋藕不沾尘△[③]眼波明处偏宜笑，眉黛愁来也解颦△[④]

巫峡路，忆行云△[5]几番曾梦曲江春△相逢细把银釭照，[6]犹恐今宵梦是真△

注：① 石湖：即范成大，见《词人小传》。② 指剥春葱：喻女指纤嫩。③ 衣丝秋藕：藕丝衫，喻轻柔。④ 颦：皱眉。⑤ 巫峡行云：楚襄王梦会神女故事。⑥ 银釭：灯盏美称。

张震（宋 355）二首　题：第一首，春暮。

第二首，怨别。

（1）横素桥边景最佳△绿波清浅见琼沙△[1]衔泥燕子迎风絮，得食鱼儿趁浪花△

春已暮，日初斜△画船箫鼓是谁家△兰桡欲去空留恋，[2]醉倚栏杆看晚霞△

注：① 琼沙：形容沙似美玉。② 兰桡：香桨，船之美称。

（2）宽尽香罗金缕衣△心情不似旧家时△万丝柳暗才飞絮，一点梅酸已着枝△

金底背，玉东西△[1]前欢赢得两相思△[2]伤心不及风前燕，犹解穿帘度幕飞△

注：① 玉东西：酒杯。宋琰《和尧章旭送菊》："对花懒举玉东西。"② 赢得：剩得。

张孝祥（宋 357）一首

日日青楼醉梦中△[1]不知楼外已春浓△杏花未湿疏疏雨，杨柳初摇短短风△

扶画鹢，[2]跃花骢△涌金门外小桥东△[3]行行又入笙歌里，人在珠帘第几重△

注：① 青楼：妓院。② 画鹢：船首画有鹢鸟之舟。③ 涌金门：杭州西门。

刘清之（宋 366）一首　题：子寿母。

柳色青青罩翠烟△花光灼灼映临川△[1]欲知窈窕呈祥日，[2]恰近清明淑景天△[3]

浮瑞霭，庆真仙△不须男女祝椿年△[4]异时早约西王母，剩折蟠桃荐寿筵△

注：① 灼灼：鲜明貌；临川：江西县名。② 窈窕：美心为窈，美容为窕。喻美好。③ 淑景：美景。④ 椿年：母寿。

张孝忠（宋 367）一首

荳蔻梢头春意浓△薄罗衫子柳腰风△人间乍识瑶池似，[1]天上浑疑月殿空△

眉黛小，髻云松△背人欲整又还慵△多应没个藏娇处，满镜桃花带雨红△

注：① 瑶池：西王母居处，喻仙境。

辛弃疾（宋370）五首　题：第一首，东阳道中。

第二首，游鹅湖，醉书酒家壁。

第三首，鹅湖归，病起作。

第四首，和吴子似山行韵。

第五首，代人赋。

（1）扑面征尘去路遥△香篝渐觉水沉销△山无重数周遭碧，花不知名分外娇△

人历历，马萧萧△旌旗又过小红桥△愁边剩有相思句，摇断吟鞭碧玉梢△

（2）春入平原荠菜花△新耕雨后落群鸦△多情白发春无奈，晚日青帘酒易赊△①

闲意态，细生涯△牛栏西畔有桑麻△青裙缟袂谁家女，②去趁蚕生看外家△③

注：①青帘：指酒旗。②缟袂：白袖。③外家：指娘家，女子出嫁后称娘家为外家。

（3）着意寻春懒便回△何如信步两三杯△①山才好处行还倦，诗未成时雨早催△

携竹杖，更芒鞋△②朱朱粉粉野蒿开△谁家寒食归宁女，③笑语桑麻陌上来△

注：①信步：随意而行。②更芒鞋：更换草鞋。③归宁女：回娘家探亲之出嫁女。

（4）谁共春光管日华△朱朱粉粉野蒿花△闲愁投老无多子，酒病而今较减些△

山远近，路横斜△正无聊处管弦哗△去年醉处犹能记，细数溪边第几家△

（5）陌上柔桑破嫩芽△东邻蚕种已生些△平冈细草鸣黄犊，斜日寒林点暮鸦△

山远近，路横斜△青旗沽酒有人家△城中桃李愁风雨，春在溪头荠菜花△

赵长卿（宋389）二首　题：第一首，夜钓月桥赏荷花。

第二首，春暮。

（1）新晴水暖藕花红△烘人暑气晚来浓△共携纤手桥东路，杨柳青青一径风△

深翠里，艳香中△双鸾初下蕊珠宫△①月笼粉面三更露，凉透萧萧一

梦中△

注：① 蕊珠宫：神仙所居宫名。

（2）蜂蜜酿成花已飞△海棠次第雨胭脂△[1]园林检点春归也，[2]只有萦风柳带垂△[3]

情默默，恨依依△可人天气日长时△东风却好寻芳去，何事驰驱作别离△

注：① 雨胭脂：即落红如雨。② 检点：留意稽察。③ 萦风：随风旋绕。

赵师侠（宋390）二首　题：第一首，丁巳（1197年）除夕。

第二首，豫章大阅。[1]

（1）爆竹声中岁又除△顿回和气满寰宇△[1]春风解绿江南树，不与人间染白须△

残蜡烛，旧桃符△[2]宁辞末后饮屠苏△[3]归欤幸有园林胜，次第花开可自娱△

注：① 寰宇：即环球。② 桃符：指春联。③ 屠苏：酒名，正月元日饮之。

（2）玉带红靴供奉班△[2]裹头新样总宜男△闹裳鞍辔青骢马，贴体衣裳紫窄衫△

云鬓重，黛眉弯△内家妆束冠江南△[3]轻裘缓带风流帅，锦绣丛中拥骑还△[4]

注：① 豫章：今江西省会南昌；大阅：统帅检阅部队。② 玉带红靴：指女妆；供奉班：高级官员之侍从班。③ 内家妆束：宫装。④ 锦绣丛：指女子供奉班。

陈亮（宋393）一首　题：春感。　注：调名原作思佳客。

花拂栏杆柳拂空△花枝绰约柳鬟松△[1]蝶翻淡碧低边影，莺啭浓香杪处风△[2]

深院落，小帘栊△[3]寻芳犹忆旧相逢△桥边携手归来路，踏破残花几片红△

注：① 绰约：柔弱貌。② 杪：树梢头。③ 帘栊：挂着帘子窗户。

姜夔（宋417）四首　题：第一首，正月十一日观灯。

第二首，元夕不出。

第三首，已酉（1189年）之秋，苕溪记所见。

第四首，丁巳（1197年）元日。　原注：时移家杭州，依张鉴居。

(1) 巷陌风光纵赏时△①笼纱未出马先嘶△②白头居士无呵殿，③只有乘肩小女随△④

花满市，月侵衣△少年情事老来悲△沙河塘上春寒浅，看了游人缓缓归△

注：① 纵赏：放纵观赏。② 笼纱：指灯笼。③ 居士：隐士自称；呵殿：显贵者随员，前呵后殿，以壮声势。④ 乘肩：坐在肩上。

(2) 忆昨天街预赏时△柳悭梅小未教知△而今正是欢游夕，却怕春寒自掩扉△

帘寂寂，月低低△旧情惟有绛都词△①芙蓉影暗三更后，卧听邻娃笑语归△

注：① 绛都：绛都春，词牌名。

(3) 京洛风流绝代人△①因何风絮落溪津△笼鞋浅出鸦头袜，②知是凌波飘渺身△

红乍笑，绿长颦△与谁同度可怜春△鸳鸯独宿何曾惯，化作西楼一缕云△

注：① 京洛：指洛神。② 鸦头袜：女子多足趾所着袜。李白诗："屐上足如霜，不着鸦头袜。"

(4) 柏绿椒红事事新△①隔篱灯影贺年人△三茅钟动西窗晓，②诗鬓无端又一春△

慵对客，缓开门△梅花闲伴老来身△娇儿学作人间字，郁垒神荼写未真△③

注：① 柏绿：柏叶酒；椒红：指椒盘。② 三茅：堂名，在七宝山，现改寿宁观。③ 郁垒（音律）、神荼：兄弟两门神。

高观国（宋431）一首　注：调名原作思佳客。

剪翠衫儿稳四停△①最怜一曲凤箫吟△同心罗帕轻藏素，②合字香囊半影金△③

春思悄，昼窗深△谁能拘束少年心△莺来惊碎风流胆，踏动樱桃叶底铃△④

注：① 停：成份也。② 罗帕素：白色罗帕。③ 香囊金：金线香囊。④ 叶底铃：防鸟啄花之护花铃。

卢祖皋（宋445）一首　题：春暮。

庭绿初圆结荫浓△香沟收入树梢红△池塘少歇鸣蛙雨，帘幕轻回舞燕风△

春又老，笑谁同△澹烟斜日小楼东△相思一曲临风笛，吹过云山第几重△

李从周（宋446）一首

绿色吴笺覆古苔△濡毫重拟赋幽怀△[1]杏花帘外莺将老，杨柳楼前燕不来△
倚玉枕，坠瑶钗△午窗轻梦绕秦淮△[2]玉鞭何处贪游冶，[3]寻遍春风十二街△
注：① 濡毫：沾笔。② 秦淮：河名，在南京。③ 玉鞭：指游冶人。

卢炳（宋460）一首

秋月明眸两鬓浓△[1]衫儿贴体绉轻红△[2]清声宛转歌金缕，[3]纤手殷勤捧玉钟△[4]
娇娅姹，[5]语惺忪△[6]酒香微度透羞容△刘郎莫恨相逢晚，[7]且喜桃花路已通△
注：① 秋月明眸：喻明媚眼光。② 绉轻红：轻巧红绉纱衫。③ 金缕：曲名。④ 玉钟：酒杯。⑤ 娅姹：妖娆姿态。⑥ 惺忪：迷离模糊。⑦ 刘郎：指东汉人刘晨天台山遇仙女故事。

吴文英（宋476）一首　题：化度寺作。[1]

池上红衣伴倚栏△栖鸦常带夕阳还△殷云度雨疏桐落，[2]明月生凉宝扇闲△
乡梦窄，水天宽△小窗愁黛淡秋山△[3]吴鸿好为传归信，[4]杨柳阊门屋数间△[5]
注：① 化度寺：原注：在仁和县北江涨桥。② 殷云：赤黑色云。③ 黛：黛眉；秋山：眉峰。④ 鸿：俗传鸿能传书。⑤ 阊门：苏州西北门。

利登（宋501）一首

凤尾鬟香再叠梳△藕丝衫嫩蹙双鱼△[1]闲妆未到熏藤枕，自插芙蓉绕翠橱△[2]
新浴后，浅妆初△卫夫人帖学行书△[3]西窗一霎黄昏雨，笑问新凉饮酒无△
注：① 双鱼：佩带或画上去之吉祥物。② 芙蓉：即荷花。③ 卫夫人：名铄，晋卫恒从妹，善书法，王羲之师之。

严仁（宋505）一首　题：闺情。

高杏酣酣出短墙△[1]垂杨袅袅蘸池塘△文鸳藉草眠春昼，[2]金鲫吹波弄夕阳△[3]
闲倚镜，理明妆△自翻银叶炷衙香△[4]鸣鞭已过青楼曲，[5]不是刘郎定阮郎△
注：① 酣酣：花开极盛也。② 文鸳：即鸳鸯。③ 金鲫：即鲫鱼。④ 银叶：纸牌也。⑤ 鸣鞭：马鞭声。

马庄父（宋523）一首　题：闺思。

睡鸭徘徊烟缕长△[1]日高春困不成妆△步欹草色金莲润，[2]撚断花须玉笋香△[3]

轻洛浦，④笑巫阳△⑤锦纹亲织寄檀郎△儿家闭户藏春色，戏蝶游蜂不敢狂△

注：① 睡鸭：睡鸭形香炉。② 金莲：喻小足。③ 玉笋：喻纤指。④ 洛浦：指洛神。⑤ 巫阳：巫山阳台，指神女。

周密（宋 541）一首　题：清明。

燕子时时度翠帘△柳寒犹未透香绵△落花门巷家家雨，新火楼台处处烟△

情默默，恨恹恹△东风吹动画秋千△刺桐开尽莺声老，无奈春风只醉眠△

陈允平（宋 556）一首　注：调名原作思佳客。

压鬓钗横翠凤头△①玉柔春腻粉香流△红酣醉靥花含笑，碧剪颦眉柳弄愁△

偏婀娜，太温柔△水情云意两绸缪△佯羞不顾双飞蝶，②独背秋千傍画楼△

注：① 翠凤头：翠绿凤头钗。② 不顾：不理会。

汪元量（宋 562）一首

潋滟湖光绿正肥△①苏堤十里柳丝飞△②轻便燕子低低舞，小巧莺儿恰恰啼△③

花似锦，酒成池△对花对酒两相宜△水边莫话长安事，④梦断兰亭修禊事△

注：① 潋滟：相连貌。② 苏堤：在杭州西湖。③ 恰恰：鸟声。④ 长安事：唐遭安史之乱，李龟年流落他乡，常提往日帝都故事。此处借喻南宋京都临安（今杭州）。时临安已被元兵占领。

张炎（宋 572）一首

楼上谁将玉笛吹△山前水阔暝云低△①劳劳燕子人千里，②落落梨花雨一枝△

修禊近，③卖饧时△④故乡惟有梦相随△⑤夜来折得江头柳，不是苏堤也皱眉△

注：① 暝云：晚云、黑云。② 劳劳：劳苦之极，指燕子衔泥筑巢育儿，备极劳累。③ 修禊：三月三日，采兰水上，以祓除不祥。④ 卖饧：吹箫卖饴糖。⑤ 故乡：指临安，作者系甘肃静远人，但定居临安（今杭州）。

蔡松年（金 4）一首　题：赏荷。

秀樾横塘十里香△①水光晚色静年芳△胭脂雪瘦薰沉水，②翡翠盘高走夜光△

山黛远，月波长△暮云秋影照潇湘△醉魂应逐凌波梦，③分付西风此夜凉△

注：① 樾：指树阴。② 沉水：香名。③ 凌波：步履轻盈貌。

赵可（金 9）一首

金络闲穿御路杨△①青旗遥认醉中乡△②可人自有迎门笑，③下马何况索酒尝△

春正好，日初长△一尊容我驻风光△归来想像行云处，薄雨霏霏洒面凉△

注：① 络：指柳絮。② 青旗：酒帘。③ 可人：可意之人。

刘仲尹（金10）一首

璧月池南剪木樨△六朝宫袖窄中宜△新声蹙巧蛾颦黛，纤指移筝雁着丝△

朱户小，画帘低△细香轻梦隔涪溪△西风只道悲秋瘦，却是西风未得知△

元好问（金27）四首

（1）煮酒青梅入座新△姚家池馆宋家邻△楼中燕子能留客，陌上杨花也笑人△

梁苑月，①洛阳尘△②少年难得是闲身△殷勤昨夜三更雨，剩醉东城一日春△

注：① 梁苑：汉梁孝王之园。② 洛阳：指晋石崇别墅金谷。

（2）憔悴鸳鸯不自由△镜中鸾凤只堪愁△庭前花是同心树，山下泉分两玉流△

金络鸟，①木兰舟△谁家红袖水西楼△春风殢杀官桥柳，吹尽香绵不放休△

注：① 金络鸟：金丝鸟。

（3）侯馆灯昏雨送凉△小楼人静月侵床△多情却被无情恼，今夜还如昨夜长△

金屋暖，玉炉香△春风都属富家郎△西园何限相思树，辛苦梅花候海棠△

（4）淡淡清灯细细香△四更人语在幽窗△西风数点迎秋雨，六尺芙蓉满意凉△

秦树远，楚天长△绿娇红小负年芳△鸳鸯莫道无离恨，锁向金笼恰是双△

耶律楚材（元2）一首　题：题七真洞。

花界倾颓事已迁△浩歌遥望意茫然△江山王气空千劫，桃李春风又一年△

横翠嶂，①架寒烟△野花平碧怨啼鹃△不知何限人间梦，②并触沉思到酒边△

注：① 幛：整幅绸或布上有题句。② 何限：无限。

李治（元3）一首　题：中秋同遗山饮倪文仲几莲花白，醉中赋此。①

太乙沧波下酒星△②露醽秘诀出仙扃△③情知天上莲花白，压尽人间竹叶青△④

迷晚色，散秋馨△兵厨晓溜玉泠泠△⑤楚江云锦三千顷，笑杀灵均语独醒△⑥

注：① 遗山：元好问之号。② 太乙：仙宫名。③ 露醽：指好酒；仙扃：仙

府。④ 莲花白、竹叶青：皆酒名。⑤ 兵厨：三国魏阮籍闻步兵尉厨贮美酒数百斛，营人善酿，乃求为校尉。后以兵厨代指储存好酒的地方。事见《世说新语·伍诞》。⑥ 灵均：屈原。

仇远(元22)一首　注：调名原作思佳客。

家住银塘东复东△赤栏桥下笑相逢△春风荳蔻抽新绿，夜雨茱萸湿老红△

鸥鸟散，水天空△绮窗昨梦已无踪△[1]月昏云淡莎汀小，[2]帘阴重重花影中△

注：① 绮窗：窗之美称也。② 莎汀：生有莎草之汀洲。

冯子振(元37)二首　题：赠歌儿珠帘秀。　注：珠帘秀：姓朱，金末名妓，与关汉卿相交深。二首实为一首，只版本不同，形成前段各异。其中第二首据《御选历代诗余》，较为可信。

(1) 凭倚东风远映楼△流莺窥面燕低头△虾须瘦影纤纤织，[1]龟背香纹细细浮△[2]

红雾散，彩云收△海霞为带月为钩△夜来卷尽西山雨，不着人间半点愁△

注：① 虾须：即帘。② 龟背：指烹茶所起水纹。

(2) 十二栏杆映远眸△醉乡空断楚天秋△虾须影薄微微见，龟背纹轻细细浮△

香雾散，彩云收△海霞为带月为钩△夜来卷尽西山雨，不着人间半点愁△

张翥(元69)二首　题：为朱氏小妓帘秀赋词，三首录二。

(1) 半臂京绡稳称身△[1]玉为颜面水为神△一痕头道分云绾，[2]两点眉山入翠颦△

丹杏小，碧桃新△雏莺恰啭上林春△[3]平生惯是听歌耳，除却莲儿只一人△

注：① 半臂：即背心；京绡：京都产生丝织物。② 云：喻发。③ 喻其声如雏莺清脆；恰、啭：皆指莺声；上林：上林苑，指花园。

(2) 乍学琵琶已断肠△锦绦银甲玉悬珰△[1]春风琼树声逾稳，秋水芙蓉字亦香△

微敛笑，浅匀妆△何须重觅杜韦娘△[2]休教月底清歌去，怕趁行云上凤凰△[3]

注：① 绦：丝带；甲：指爪套；悬珰：耳镮。② 杜韦娘：唐名妓。③ 此句谓怕凤凰趁着行云南去。

高明(明5)一首　题：题顾氏景筠堂。

绿玉参差傍短楹。[1]高堂清梦已冥冥。[2]满枝只带湘灵点，一曲空听秦风鸣。
天莫问，物多情。此君潇洒若平生。风声月色来亭榭，老泪年来湿几更。
注：① 绿玉：指树林花草；楹：屋柱，喻房屋。② 冥冥：昏暗。

瞿祐（明 22）二首　题：吴江村中。[1]

（1）塍垄相连水四围。鸡埘豚栅傍柴扉。[2]休耕父老模糊醉，[3]失学顽童懵懂肥。[4]
枫叶浦，荻花矶。白鸥低拂钓船飞。夕阳牛背真堪画，[5]载得昏鸦几个归。
注：① 吴江：江苏县名。② 鸡埘：鸡窝；豚栅：小猪栅栏。③ 休耕：停种。④ 懵懂：糊涂，不明事理。⑤ 夕阳牛背：指牧童晚归。

（2）酒熟鸡肥不用钱。菱腰豆角上盘筵。钓来溪鳝长如秤，摸得田螺大似拳。
丹桔贱，白鱼鲜。西风千里菊花天。官租纳罢私租毕，便是侬家快活年。

朱有燉（明 42）二首　题：第一首，立秋偶成。
第二首，赋绣鞋。

（1）雨过园林暑气无。老枝榴实坠珊瑚。[1]闲飞花底蜂成蜜，乱噪槐阴雀护雏。
云敛后，露凉初。西风积渐到庭梧。寻常不识人间事，却道秋光胜画图。
注：① 珊瑚：喻石榴实。

（2）花簇香钩浅浣尘。[1]轻风微露石榴裙。[2]金莲自是悭三寸，[3]难载盈盈一段春。
仙已去，事犹存。阳台何处更为云。[4]相思携手游春日，尚带年时草露痕。[5]
注：① 香钩：指绣鞋纤小。② 石榴裙：大红裙。③ 金莲：喻缠足女足。④ 此三句喻楚襄王梦会神女于阳台故事。⑤ 年时：当年。

沈周（明 69）一首　题：春柳。

媚在轻柔袅娜中。几枝斜阳驿亭红。[1]微烟啄雀金犹嫩，细雨藏鸦绿未浓。
攀傍岸，折随风。管人离别有何功。[2]开花更是无聊赖，一朵西飞一朵东。
注：① 驿亭：驿站、邮亭。② 管人离别：古人在离别时往往折柳相赠。

王九思（明 111）一首　题：宛丘道中。[1]

村酿新刍唤客尝。[2]桃花无语笑人忙。衣滋嫩绿莺喉湿，泥带残红燕嘴香。

寒食过，麦风凉△[3]独骑羸马鬓苍苍△宛丘道上春愁客，曾立青云侍玉皇△[4]

注：① 宛丘：今河南淮阳县。② 莤：漉取，指已酿成酒。③ 麦风：东北风。④ 立青云：作者曾官吏部郎中；玉皇：指弘治皇帝。

张綖（明153）二首　题：第一首，春日。

第二首，春游。

（1）寒食清明节尚遥△湖南景物已盈郊△露桃争笑湘娥颊，风柳齐翻楚女腰△

凭画栏，俯兰皋△江山信美转无聊△莺花牵惹芒鞋梦，[1]踏遍珠湖柳下桥△

注：① 芒鞋梦：晋谢安隐居东山，常着芒鞋出游。芒鞋，即草鞋。

（2）柳外吹来袅袅风△玉骢嘶过画桥东△[1]烟中晓色青青去，村里溪流汩汩通△[2]

乘淑景，[3]探芳丛△小桃墙角献新红△多情最是朝来雨，满地流珠泣翠蓬△

注：① 玉骢：指马。② 汩汩：水流貌。③ 淑景：美景。

杨慎（明157）二首　题：第一首，与叶桐冈东城醉归口占。

第二首，壬子（1552年）元夕前，高峣（属云南）海庄，与王云岩等小饮。

（1）窄窄红蕖艳袜罗△[1]盈盈一笑满梨涡△[2]小槽春滴金华酒，[3]纤月风林玉树歌△

香掩冉，影婆娑△戴花归路似东坡△[4]相逢不尽疏狂兴，其奈星星白发何△

注：① 红蕖：红莲，喻小足。② 梨涡：指面颊酒涡。③ 小槽：贮酒之器。李贺诗："小槽酒滴真珠红。"④ 东坡：苏轼号。

（2）淼淼春波碧海边△淹留佳客夜开筵△未临元夕灯先试，虽是贫家月也圆△

歌宛转，舞翩跹△劝郎行乐驻华年△白头未定西归计，[1]愁听箜篌蜀国弦△

注：① 白头：作者时已六十五虚岁；西归：指家乡四川新都，时作者被流放云南永昌已三十年。

黄峨（女）（明168）一首　题：季春。

先是春光似酒浓△时听燕语透帘栊△小桥杨柳飘香絮，山寺绯桃散落红△

莺渐老，蝶西东△春归难觅恨无穷△侵阶草色迷朝雨，满地梨花逐晓风△

孟氏（女）（明186）一首

收拾蚕眠罢采桑△①竹鸡唤雨麦秋凉△②石榴花吐红巾蹙，水荇风牵翠带长△

才立夏，又端阳△蜂愁蝶困惜流光△深闺冷落情如许，六月寒生鬓欲霜△

注：① 蚕眠：蚕三眠后结茧，指蚕事已了。② 竹鸡：形似鹑而较大，喜居竹林；麦秋：指农历四月，因此时麦始熟，如稻之秋收也。

徐渭（明203）一首

试选娥眉几许长△纤纤侵入鬓云黄△①天边夺得初三月，②镜里描来第一双△

真国色，好天香△安排枕席侍君王△越溪多少莲舟女，③老却朱颜不嫁郎△

注：① 鬓云：鬓发。② 初三月：喻蛾眉。③ 越溪：绍兴溪河。

兰陵笑笑生（明213）一首　题意：《金瓶梅》第二十回咏李瓶儿。

淡画眉儿斜插梳△不忻拈弄倩工夫△①云窗雾阁深深许，蕙性兰心款款呼△②

相怜爱，倩人扶△神仙标格世间无△③从今罢却相思调，美满恩情锦不如△

注：① 不忻：不喜欢。② 款款：缓缓。③ 标格：风范、风度。

朱泰玉（女）（明230）一首

连日蜂喧暖气侵△清明过了觉春深△斜推团扇抛残梦，立抱云和拥绣衾△①

邀姐妹，到园林△苍苔扫净坐花阴△共来斗草宜男少，②输却搔头碧玉簪△③

注：① 云和：指琵琶。② 宜男：草名，借喻怀孕。③ 搔头：即簪。

汤显祖（明236）一首　题意：《紫钗记》第九出，李益元宵观灯遇霍小玉，拟托鲍四娘为媒。

好是观灯透玉京△①如魂如梦见飞琼△②留连步障笙歌隐，③仿佛遗钗笑语明△④

春淡淡，玉真真△几时真个作行云△闲来欲思花间手，盼杀行媒月下人△⑤

注：① 玉京：指京都长安（今陕西西安）。② 飞琼：仙女许飞琼，喻霍小玉。③ 步障：立竹张幕为屏障，以遮蔽尘土。④ 遗钗：霍小玉元宵观灯遗钗，被李益拾得。⑤ 月下人：月下老人，主司婚姻，遂为媒人代名词。

翁孺安（女）（明256）一首

三月听莺绿已肥△香车常趁落红归△①道傍蛱蝶能相逐，梦里鸳鸯不肯飞△

惜别去，思依依△②绣床犹剩舞时衣△博山薰透无人语，③院落沉沉冷夕晖△④

注：① 落红：落花。② 依依：依恋。③ 博山：指香炉。④ 夕晖：晚霞。

冯梦龙(明288)二首　题意：第一首,《古今小说》第三十五卷,咏皇甫松妻杨氏。　注：此词与兰陵笑笑生咏李瓶儿词大同小异,姑并录之。

第二首,《警世通言》第八卷,咏孟春景致。

(1) 淡画眉儿斜插梳△不欢拈弄绣工夫△云窗雾阁深深处,静拂云笺学草书△

多艳丽,更清姝△神仙标格世间无△当时只说梅花似,细看梅花却不如△

(2) 山色晴岚景物佳△暖烘回雁起平沙△东郊渐觉花供眼,南陌依稀草吐芽△

堤上柳,未藏鸦△寻芳趁步到山家△垄头几树红梅落,红杏枝头未着花△

黄修娟(女)(明300)一首　题：咏斋中薜荔。

蚀粉墙阴引蔓长△绿云摇曳弄风光△百年虬干留春雨,一树蝉声噪夕阳△

书带草,伴焚香△荷衣同结野人裳△惟怜窗外初生月,影落清辉满竹床△

沈自晋(明313)一首　序：建芳侄邀金陵王四娘酌我诸昆弟……答以小词赠女郎。

带晓梳头带晚妆△半余残枕半留香△嗔云谑雨从髡醉,殢酒粘花任我狂△

歌扇底,引清商△娇喉一啭九回肠△匆匆隔别桃蹊水,掩映仙裾魅阮郎△

杨琰(女)(明374)一首　题：赠别林景清。[①]

郎是闽南第一流△胸罗星斗气横秋△[②]新词宛转歌才毕,又见征鸿下画楼△[③]

开锦囊,[④]上兰舟△[⑤]见郎欢喜别郎忧△妾心好似长江水,尽夜随郎到福州△[⑥]

注：① 林景清：作者恋人。② 胸罗星斗：喻学问渊博。③ 征鸿：喻行人,指林景清。④ 锦囊：喻书信。⑤ 兰舟：舟之美称。⑥ 福州：福建省会,林之家乡。

姑苏女子(女)(明431)一首　题意：古平原村店题壁。[①]

弱质藏闺十八年△娇羞未敢出堂前△眉颦旷道悲新柳,[②]袖卷轻尘拥翠鬟△

肠欲断,意悬悬△北头何处是乡关△[③]临妆莫遣红颜照,收拾菱花把剑弹△

注：① 平原：山东县名,属济南市。② 旷道：空阔道路。③ 北头：北方。

贺贻孙(明433)一首　题：村落。

茅屋斜连雪渐消△屋边枯树瘦犹高△[①]山翁曝背南檐下,[②]尖角青牛斗小桥△

喂瘦犬，抚娇猫△鸡飞亭午上山坳△③冬春历日浑难记，④只记梅枝与柳条△

注：① 瘿：瘤子。② 曝背：晒太阳。③ 亭午：中午。④ 浑：全也。

易震吉（明444）一首　题：春日。

尘外空斋掩夕晖△纸屏八折座间围△新苔径滑青山屐，怒草烟齐白板扉△

尝笋嫩，荐樱肥△桃花落尽柳花飞△江村恰卖鲥鱼酒，醉倒春风燕子矶△

李无尘（女）（明476）一首　题：咏凌霄花。①

袅袅亭亭半碧柯△柔枝百尺挂烟萝△风翻殿角霞裁锦，雨润天心月掷梭△

香雾重，晓烟多△仙云冉冉下嫦娥△却怜未傍蟾宫桂，②空号凌霄奈若何△③

注：① 凌霄花：即紫葳，夏秋间开花。② 蟾宫：指月宫。③ 凌霄：天宫有凌霄宝殿。指出花系凡花，怎能用仙境名号。

魏学洙（明493）一首

轻卷珠帘试晚晴△山烟高起水波平△花多坠粉三分瘦，蝶并游丝一样轻△

春已去，意如酲△①金钱何处卜归程△②黄莺枝上休频唤，人在辽西梦里行△③

注：① 酲：醉得神志不清。② 此句谓以金钱预卜归期。③ 辽西：在东北，喻远。

叶小鸾（女）（明514）一首

野径春来草放齐△碧云天晓乱莺啼△紫笙吹彻缑山上，①清磬敲残鹫岭西△②

红馥馥，③绿萋萋△④桃花杨柳共山溪△遥看一抹烟云处，⑤带雨春帆近日低△

注：① 缑山：缑氏山，在河南偃师县南，相传王子晋七月七日乘白鹤驻山顶，举手谢时人而去。② 鹫岭：灵鹫山，相传在西域。因借用为佛地。③ 馥馥：香气也。④ 萋萋：花草茂盛貌。⑤ 一抹：一带。

余怀（明520）一首　题：初夏郊居。

小院溶溶日未斜△春阴偏恋野人家△半垂露箔闻啼鸟，全掩云屏数落花△

芟竹树，课桑麻△樵歌渔唱起天涯△归来不觉溪山暮，卧听池塘两部蛙△

张纲孙（明556）一首　题：从野堂自述。

十亩闲闲一草庐△四围流水溅阶除△①槐将曲背常低抱，松自修髯不用梳△②

朝荷锸，③暮携锄△老农老圃是吾徒△醉来喜听邻人话，明日东家嫁小姑△

注：① 阶除：阶砌。② 修髯：整理胡子。③ 荷锸：肩负铁锹。

汤传楹（明571）一首

一片伤心花影封△美人初出晓云宫△帘前泥落常憎燕，鬓侧花摇数避风△[1]
钓月翠，晕潮红△倚烟欺雨咒东风△碧纱深掩喁喁处，[2]塞北江南春梦中△
注：① 数：数次、屡次。② 碧纱：指窗户；喁喁：即淳淳，声相应也。

万淑修(女)(明600)一首　题：同表妹游董夫人西园。

花径斜开浅水滨△疏篁深处绝纤尘△[1]漫从洛浦邀神女，[2]试到天台访玉真△[3]
携绿绮，[4]伴佳宾△绕篱小草好相亲△却忧赋就胶东去，[5]日暮还听鸟弄春△
注：① 篁：指竹。② 洛浦：洛水之滨也，在河南；神女：指洛神。③ 天台：浙江天台山；玉真：仙女也。④ 绿绮：琴名。指琴。⑤ 胶东：指山东东北部，入海即所谓蓬莱仙境。

潘端(女)(明607)一首

瑞脑空烧入夜香△[1]轻风吹上我罗裳△倚栏无语看明月，暗觉芭蕉影半窗△
秋寂寞，夜凄凉△偏来愁思恼柔肠△柔肠寸寸因愁绝，断送愁人两鬓霜△[2]
注：① 瑞脑：香名。② 霜：喻白发。

沈贞永(女)(明630)一首　题：咏十姐妹花。

袅娜春风斗丽华△娇姿红白醉流霞△[1]三三两两分浓淡，那得多才配淑嘉△
连理树，并头花△凝香集贤是谁家△昭阳殿里休争宠，[2]飞燕双双让后车△[3]
注：① 流霞：喻仙酒。② 昭阳殿：指汉成帝后赵飞燕寝宫。③ 飞燕双双：指赵飞燕及其妹赵合德；让后车：飞燕姐妹失宠后让位于别人。

魏学渠(清10)二首　题：第一首，春游。
第二首，初夏。

(1) 紫陌寻春走钿车△[1]轻移罗袜倩君遮△浅深绿黛双描岫，[2]明灭红衫一缕霞△[3]
钗衔雀，[4]鬓堆鸦△[5]多情怕拾垄头花△自怜不及携筐女，[6]未解闲愁学种麻△
注：① 紫陌：京都郊野。② 描岫：画眉峰。岫，山峰，喻眉峰。③ 明灭：忽隐忽现；一缕霞：一线光。④ 钗衔雀：雀头钗。⑤ 鬓堆鸦：鬓发乌黑一堆，鸦，喻黑。⑥ 携筐女：采桑女。

(2) 荷叶如钱贴野塘△梧桐新乳晚风凉△[1]口噙红豆无端恨，[2]手摘青梅别样香△
嫌小婢，怨檀郎△[3]低持纨扇尽思量△[4]流萤几点墙头过，树影参差月

半床△⑤

注：① 新乳：桐子初生。② 红豆：又名相思子。喻相思。③ 檀郎：对恋人爱称。④ 纨扇：团扇。⑤ 参差：不齐貌。

陈之遴（清16）一首　题：游虎丘作。①

不暖寒天好拍浮△②半阴晴日荡轻舟△古烟浸润青千顷，③新叶周遭绿一丘△④

携翠伴，访锱流△⑤讲堂聊为酒淹留△痴心自喜顽于石，再起生公不点头△⑥

注：① 虎丘：苏州名胜，在阊门外。② 拍浮：游泳。③ 千顷：形容广阔，一顷折合百亩。④ 周遭：周围；丘：小山，指虎丘。⑤ 锱流：指僧徒。⑥ 生公：虎丘古迹。梁高僧生公，讲经于虎丘，顽石皆为之点头。

李渔（清31）一首　题意：《合锦回文传》第十一卷咏桑梦兰与刘梦蕙。

道韫多才疑未然△①崔徽艳冶恐虚传△②今朝得睹芙蓉面，方信嫦娥下九天△

同袅袅，共娟娟△瑶池洛水两神仙△卿须怜我频携手，我亦怜卿欲并肩△

注：① 道韫：东晋才女谢道韫。② 崔徽：唐河中名妓。

钱陆灿（清41）一首　题：北固晚眺。①

杨柳萧疏水拍天△渔舟收网就人烟△野田一半连鱼扈，②估客相将唤蛋船△③

南郭璞，④北焦先△⑤西风吹到冷枫边△莫将日暮登临感，去听伊家十四弦△⑥

注：① 北固：山名，在镇江长江边。② 扈：鸟名。③ 蛋船：即渔船，以船为家之渔民称蛋户。④ 郭璞：东晋文学家，兼精阴阳、历算等术数。⑤ 焦先：东汉隐士。郭焦两人均旅居于镇江。⑥ 十四弦：乐器名。

宋琬（清49）一首　序：同人约看玄墓梅花，以雨不果，返棹之间阻风。

邓尉梅花二月天△①欲携竹杖醉花边△无端甲子冥冥雨，②不为游人巧作缘△

三泖路，③九峰间△石龙风起缆难牵△④轻帆半幅如飞鸟，羡杀东来鸭嘴船△

注：① 邓尉：山名，在苏州光福镇。② 甲子：是日为甲子日。③ 三泖：水名，源出太湖，流入吴淞江。④ 石龙：石之龙形者。

沈永令（清51）一首　题：赴约。

香气凄迷露气浓△心惊残漏出花丛△不辞纤趾凌霜月，敢惜娇姿避晓风△

须熟记，去时踪△①重添龙饼炷薰笼△②灯前已定宵来约，记取梅花石径东△

注：① 踪：踪迹。② 龙饼：香名；薰笼：有笼子薰炉。

黄永（清59）一首　题：闺咏。

晚掠云鬓上翠楼△腰肢娇小不胜秋△明知无梦挑灯立，暗欲窥人趁月楼△
新解恨，旧无愁△忽惊语笑却回头△原来姐妹偏相惹，[1]说起儿郎满面羞△
注：① 相惹：挑逗。

陆瑶林（清 62）一首　题：春景。

媚景迎人春可怜△踏青何地不芳妍△雏莺巧啭新簧舌，乳燕轻翻细柳烟△
波淡冶，草芊绵△[1]金尊共倒醉花前△[2]红楼十二朱栏绕，年少鸣镳欲围鞭△[3]
注：① 芊绵：草木茂密繁盛。② 金尊：指饮酒。③ 镳：马嚼子。

曹尔堪（清 69）一首　题：雪意。

漠漠垂云足四垂△纸窗风静觉轻吹△水仙怕冻先遮箔，田芋思煨待举卮△
前有句，好吟诗△安排险韵写琼枝△呼童急往前村去，趁此泥干认酒旗△

林子宁（清 78）一首　题：春游。

画阁齐云缥缈开△搴帘争看赛神来△[1]垂肩弹鬓新妆就，短袖鲛绡巧样裁△
停宝扇，整金钗△春光花气衬芳腮△东风吹过行人面，分得余香珍重回△
注：① 赛神：迎神赛会。

宋徵舆（清 79）一首　题：题画。

妆束分明是内家△[1]绿云初绾倚窗纱△[2]水晶帘底倚秋月，云母池中浸碧霞△
红袜小，翠裙遮△微风摇漾一钩斜△[3]无端记得春深浅，独向空庭数落花△
注：① 内家：指宫人。② 绿云：喻美发。③ 一钩：指小足。

龚贤（清 80）一首

江水西来地势斜△高台如卧枕晴沙△[1]风前不见飘帘处，山下谁知卖酒家△
空踯躅，[2]莫嗟呀△秋深满眼是黄花△寒烟摇曳迷宫树，犹带南朝几点鸦△
注：① 晴沙：晴日沙滩。② 踯躅：徘徊不进。

贺裳（清 98）一首　题：红窗。

独坐红窗漏渐深△嘹嘹小犬吠墙阴△[1]青蛾暗解归来速，[2]先取名香熨绣衾△
帘半启，月斜侵△灯前含笑解罗襟△今宵一任帏中坐，不用私怀瞰浴金△[3]
注：① 嘹嘹：犬吠声。② 青蛾：指女子。③ 瞰浴金：汉成帝欲窥婕妤赵合德浴，向侍女行贿紫金故事。

赵维烈（清 99）一首　题：过龙华。[1]

卷雪潮生百步东△烟江鼓楫若乘空△夹衣客立秋风里，布纳僧归落叶中△[2]
龙藏地，梵王宫△[3]白云天半透疏钟△禅房镇日无人扣，[4]曲径松阴暮

霭封△[5]

注：① 龙华：上海西南郊地名。② 布纳：僧衣。③ 梵王宫：喻寺。④ 禅房：僧卧室；镇日：整天。⑤ 暮霭：晚上云气。

孙枝蔚（清103）一首　题：泊舟东沟，[1]步江村△

十月江边柳未衰△舣船先望酒家旗△[2]白鸥飞过黄鸡叫，正遇青裙缟袂儿△[3]

茅盖店，板为扉△渔翁壁上挂蓑衣△村临大道多行客，指点扬鞭与竖桅△[4]

注：① 东沟：镇名，上海、江苏六合、陕西韩城皆有，未知作者指何处。② 舣船：停船。③ 缟袂：白袖。④ 扬鞭：指陆路车马；竖桅：指水路舟船。

吴启思（清122）一首　题：郊行。

紫陌遥遥走钿车△[1]玉箫声里梦还家△人间一夜啼莺老，惊起仙人萼绿华△[2]

云一抹，[3]水三叉△[4]呼童闲立数归鸦△不知曲径谁家女，也捉溪头荠菜花△

注：① 钿车：嵌有金属或蚌壳之妇女乘车。② 萼绿华：古仙人，据《真诰》自言是九疑山中得道女罗郁。③ 一抹：一带。④ 三叉：三条支流。

戈元颖（清126）一首　题：渔父。

野水苍茫侵碧天△细香粘浪过桡前△榆条穿鲤江村卖，城市风波怕转船△

枫树下，荻花边△呼儿吹火手烹鲜△棹歌划破溪痕绿，醉脱蓑衣伴鹭眠△

任绳隗（清133）一首

纤手难扶半亸鬟△晓风吹颤夜飞蝉△[1]牙梳掠鬓云边月，金镜修眉水底山△[2]

愁不语，念闲关△为临南浦一凭栏△卷帘惹得钗儿坠，何处归人叠锦帆△

注：① 飞蝉：蝉形钗。② 山：远山，喻眉峰。

宋实颖（清135）一首　题：新闺。

南浦惊鸿赋洛神△床前银烛照佳人△海棠乍湿胭脂雨，荳蔻轻翻蛱蝶春△

百宝帐，镂金裙△绿杨莺啭画堂曛△合欢罗胜初裁剪，低唤卿卿细不闻△

毛奇龄（清161）一首　题意：《词苑丛谈》杭州女教场在凤凰山麓，宋南渡，妃嫔演武于此，萧山毛大可过之，赋《鹧鸪天》词。

银甲雕戈小队工△[1]内家喧敕教从戎△[2]山萝覆簇萦金绿，野火烧旗闪幔红△

宫月静，阵云空△凤凰山下抱龙弓△珠兜玉靸困营路，[3]小雨寒花何处逢△

注：① 雕戈：雕刻之戈；工：巧也、善其事也。② 内家：宫人。③ 兜：指帽；靸：指鞋。

顾蕙（女）（清166）一首　题：春去。

风送帘开花影浮△晓寒悄悄倚妆楼△容瘦羞窥明月镜，鬓丝懒上绿云油△[1]

檐马外，[2]柳枝头△交飞黄鸟唤春留△[3]纵然淑景堪消遣，[4]难解深闺一种愁△

注：① 绿云：美发。② 檐马：檐角风铃。③ 黄鸟：黄莺。④ 淑景：美景。

徐孝钧（清176）一首　题：松陵江上。[1]

茅店青帘耸酒旗△画桥垂柳闭朱扉△桃花点水流春去，杜宇沿江唤客归△

乡梦薄，落红知△哂侬终是有情痴△[2]一船离恨疏疏雨，莫怪吴娘两桨迟△[3]

注：① 松陵：江苏吴江县城关镇名。② 哂侬：笑我；侬，吴语，即我。③ 吴娘：指船娘，苏州、吴江一带称吴。

吴棠桢（清200）二首　题：第一首，祁奕仪之昆明有赠。[1]

第二首，歌馆。

（1）尊酒西风千点鸦△[2]王孙仗剑远辞家△[3]帆开疏雨江潮急，梦入寒灯驿路斜△

愁作客，怨吹笳△[4]青山送不到天涯△愿分诸葛营前月，[5]来照西施庙口花△

注：① 之：去。② 尊酒：杯酒。③ 王孙：指奕仪。④ 笳：少数民族乐器，借指昆明。⑤ 诸葛：诸葛亮曾战孟获于云南。

（2）九曲溪边翡翠舟△春山黛色入妆楼△樱桃香淡人双笑，杨柳烟轻月一钩△

初握手，再梳头△爱他端正又风流△呼郎先向红床宿，立在灯前半日羞△

韩琬（女）（清220）一首　题：春闺。

分得春光到画堂△相催整顿近时妆△流莺啼到无人处，金缕歌残月正长△[1]

丝管乱，[2]蝶蜂忙△只愁风雨减芳香△东君若肯相怜惜，乞借花铃护海棠△

注：① 金缕：曲名。② 丝：琵琶、琴一类弹拨乐器；管：箫、笛等吹奏乐器。

钟韫（女）（清229）一首　题：寄九妹。

一春愁蹙两蛾眉△花自芳妍人自悲△蛱蝶穿花浑是梦，[1]少年风味杳难追△[2]

频折柳，试穿衣△乱红深处鸟争啼△生憎呢喃双燕子，[3]飞来飞去共差池△[4]

注：① 浑：完全。② 杳：远去无影。③ 生憎：偏恶、最讨厌。④ 差池：不齐貌，指燕双尾。

成都女子（女）（清257）一首　题：送夫。

三月落魄苦经营△[1]月月缝衣送远行△一雁忍分随梦断，双篙架绿趁潮生△

嗟别去，重叮咛△临歧无语独含情△[2]山远水遥音早至，相思万叠暮烟横△

注：① 落魄：不得志之意。② 临歧：相送至歧道（岔路口）分别。

安致远（清277）一首

浅深随意称花容△昨日淡妆今日浓△眉黛全弯杨柳绿，面潮小晕杏花红△

情款曲，[1]意惺忪△[2]夕阳语笑太从容△黄昏归去犹嫌早，记取儿家小寺东△[3]

注：① 款曲：委婉。② 惺忪：动荡不定。③ 儿家：古代妇女自称。

董以宁（清311）二首

（1）荳蔻香含正未笄△[1]三年嫣笑手长携△[2]羽衾熨处分龙脑，[3]罗幞缝成索麝脐△[4]

花并蒂，燕双栖△合欢犹卜紫姑乩△[5]旁人已道成连理，惹得春山翠黛低△

注：① 未笄：指女子尚未成年。② 嫣笑：巧笑。③ 龙脑：香名。④ 幞：男子头巾；麝脐：即麝香。⑤ 紫姑：女厕神。

（2）绣苑晴光尽日佳△更无愁思望天涯△名花结果春前定，小鸟姻缘枝上谐△

缠绵带，脱金钗△秋千架子近香街△彩绳握处开裙衩，多少香风正入怀△

徐长龄（清319）一首　题：闺情。

淡淡遥山初拂成△[1]柳丝摇曳荡春情△流莺婉啭愁春老，蛱蝶蹁跹怯絮轻△[2]

抛绣帖，启帘旌△[3]闲呼女伴看风筝△侍儿频把鹦哥骂，偏是人来唤小名△

注：① 遥山：远山，喻眉峰。② 蹁跹：形容轻疾旋转。③ 帘旌：如旗帘子。

杭锦（女）（清325）一首　题：晓妆。

曈曈晓色映窗纱△[1]脸晕红绡髻绾鸦△[2]侍女笑催临镜去，夜来养得一枝花△

沉水细，[3]远山斜△[4]白玉搔头学内家△[5]小院妆成无个事，[6]碧梧深处煮新茶△

注：① 曈曈：日初出，将明未明貌。② 髻绾鸦：黑发盘成髻。③ 沉水：香名。④ 远山：喻眉峰。⑤ 搔头：即簪；内家：宫人。⑥ 个事：甚事。

宋俊（清349）一首　题：海南漫兴。[1]

雨后云开日未曛△[2]荔枝红透满城闉△[3]风梭细逐鸳鸯队，[4]竹粉横侵翡翠群△

村寨古，界牌新△蔗芒沟畔往来频△[5]山童放犊旋呼侣，[6]溪女迎潮自赛神△

注：① 海南：海南岛。② 曛：落日的余辉。③ 城闉：城内重门。④ 风梭：

喻风往来不断。⑤ 蔗：甘蔗；芒：芒果。⑥ 放犊：牧放小黄牛。

沈榛（女）（清 353）一首　题：渔舟。

烟水苍茫一叶舟△村醪处处独倾瓯△[①]片帆风急从摇曳，双桨波平任泝流△[②]

聊忘世，更无愁△绿蓑作枕睡船头△晚来堤柳寒烟起，倚棹长歌卷钓钩△[③]

注：① 醪：浊酒。② 泝流：即泝游，顺流而下也。③ 棹：船桨。

周清源（清 488）一首　题意：《西湖二集》第十六卷，月下老错配，咏朱淑真。[①]

盈盈秋水鬓堆鸦△[②]面若芙蓉美更佳△十指袖笼春笋锐，[③]双莲簇地印轻沙△[④]

神情丽，体态佳△螓首蛾眉更可夸△[⑤]杨柳舞腰娇比嫩，嫦娥仙子落飞霞△

注：① 朱淑真：女词人，见《词人小传》。② 盈盈秋水：喻眼波轻盈；鬓堆鸦：鬓发乌黑。鸦，乌鸦。③ 春笋：喻十指。④ 双莲：两足如金莲。⑤ 螓首：言美人之额，方广如螓。

王琛（女）（清 509）一首　题：题山园，和东珮君。

地僻林深人迹稀△重阴寂寂掩双扉△竹窗半启炉烟细，残梦初醒酒力微△

云作盖，芰为衣△山容黯淡水光低△鸟啼花落消长昼，小立空阶月到西△

唐元观（女）（清 511）一首　题：和外，[①]咏柳。

叶叶撩人太瘦生△枝枝荡漾最轻盈△长堤驿路随云断，小阁疏帘伴月明△

邀舞燕，住啼莺△风流张绪是多情△[②]几回欲寄回文字，[③]万缕千丝织未成△

注：① 外：指夫。② 张绪：南齐吴郡人，风姿清雅。武帝植蜀柳于灵和殿前尝曰：此柳风流可爱似张绪当年。③ 回文字：前秦窦滔妻苏蕙被夫遗弃，蕙织锦为回文璇玑图赠滔，甚凄惋，终得团圆。

王度（清 532）二首　题：自金华至括苍山行即事。[①]

（1）四月清和麦已秋△[②]桑枝蕉叶绿阴稠△山如剥笋层层出，水似旋螺曲曲流△

松作障，竹为楼△石桥千磴跨沙洲△[③]世间尽有桃源路，只恐秦人不肯留△[④]

注：① 金华：浙江市名；括苍：山名，在浙江临海，接仙居县境。② 清和：四月称清和月；麦已秋：时麦已成熟，对麦来说，已是秋收。③ 千磴：千级。④ 秦人：桃花源内居民乃秦时迁入。

（2）一路看山日渐斜△绳床打叠卧山家△枳篱密护因防虎，柳浪轻翻待宿鸦△

林下笋，雨前茶△青梅如豆藕抽芽△村醪说是金华酒，带倦斟来对月华△

蒋睒(女)(清536)一首

独上高楼怅晓风△无端愁思碧云封△春归那忍芳菲尽，①怕见成仁绿色浓△②

情索莫，意倥偬△③梦回香阁雨声中△知情燕子怜人寂，时向帘前诉落红△

注：①芳菲：花草香美。②成仁：结成果子。③倥偬：愁困。

乔莱(清547)一首

僻处门无剥啄声△①故人何幸款紫荆△②因山架屋苔常满，倒树成桥叶尚生△

新笋迸，午风平△飞花误入煮茶铛△③翛然相对清如水，坐听林间春鸟鸣△

注：①剥啄声：叩门声。②款：叩门也。③铛：音呈，《通俗文》："釜有足曰铛"。

王项龄(清550)一首

垄上风清麦秀齐△秋田渺渺水云低△桑阴少妇提筐立，布谷声迟日乍西△

乘小艇，溯洄溪△棹歌轻唱竹枝归△中流风起菰蒲乱，水国渔村一望迷△

傅燮诇(清558)一首　题：秋日山居。

秋社村村鼓笛声△①赛神散福聚诸朋△坐惟择地无宾主，姓未全知似弟兄△

酒散后，各分行△扶来蹇上眼瞢腾△②儿童拍手笑相指，驴背衰翁醉不醒△

注：①秋社：立秋后第五个戊日为秋社日，祭后土神，祭后村民聚饮。②蹇上：驴背上；瞢腾：醉糊涂。

杨芬若(女)(清584)一首

万顷烟波荡月华△隔江何处响琵琶△花飞似霰愁如海，目断青山未有家△

烟柳碧，晚风斜△孤舟明月听啼鸦△拼他一世如红叶，犹得年年咏落花△

诸匡鼎(清593)一首

人住红桥第几家△春风终日掩窗纱△无缘共宿鸳鸯鸟，有分同开姐妹花△

眉黛敛，鬓云斜△①玉弓却喜绣裙遮△②胜常道罢还羞见，③曲曲银屏照脸霞△

注：①鬓云：鬓发。②玉弓：指缠足女子弓形鞋。③胜常：即万福，古代妇女一种行礼形式。

朱彩(女)(清599)一首　题：写怀。　注：词韵作宽叶。

默默幽怀只自知△罗衫渐觉褪香肌△腰疑杨柳增些瘦，面比黄花减却肥△

无意思，更踟蹰△玉钗敲断恨难舒△何时化作枝头鸟，日逐啼鹃冢上啼△

纪松实(女)(清614)一首　题：杨花，和慈峨韵。

杨白花飞小苑幽△春残绕屋卖风流△来时只有风知信，①滚地颠狂未肯休△
沾泥幌，②点朱楼△纷纷晴雪使人愁△③深闺须发偏相昵，少妇惊心吟白头△④

注：① 风知信：指花信风第二十一番为杨花。② 幌：帐幔。③ 晴雪：喻柳絮。④ 少妇惊心：唐王昌龄《闺怨》诗有“忽见陌头杨柳色”句；吟白头：汉司马相如拟纳妾，妻卓文君作《白头吟》讽之。

张远（清 617）一首

径僻居然似瀼西△①一椽斜抱浣花溪△②庭笼高树重重暗，檐凑新篁恰恰齐△③
窗样小，塔痕低△娇莺穿柳燕等泥△簟清几滑敲棋冷，④竹里班鸠自在啼△

注：① 瀼西：在四川奉节县，杜甫曾居此。② 浣花溪：在四川成都。③ 新篁：新竹。④ 簟：竹席；几：茶几；敲棋：走棋。

孔尚任（清 618）一首

院静厨寒睡起迟△秣陵人老看花时△①城连晓雨枯陵树，②江带春潮坏殿基△
伤往事，写新词△客愁乡梦乱如丝△不知烟水西村舍，燕子今年宿傍谁△

注：① 秣陵：今南京。② 陵：皇帝坟墓。

何月儿（女）（清 631）一首

整束簪环下碧霄△①教人肠断念奴娇△②曲房空剩残香粉，独对潇湘忆翠翘△③
寻别话，酌清醪△④盈盈徐送小红桥△从今不伴烟霞客，⑤爱向风前斗柳腰△

注：① 碧霄：蓝天。② 念奴娇：词牌调名。③ 翠翘：首饰。④ 醪：指酒。⑤ 烟霞客：指仙人。

徐元端（女）（清 645）一首　题：春暮日即事。

宿雨才收暖气侵△①清明过了觉春深△斜推玉簪抛残梦，轻搁犀梳听鸟音△②
邀女伴，到芳林△碧苔净扫坐花阴△闲寻斗草消长日，③输却搔头小玉簪△

注：① 宿雨：夜雨。② 犀梳：犀牛角梳子。③ 斗草：古代妇女一种游戏。

纳兰性德（清 694）一首　题：离恨。

背定盈盈故作羞△手挼梅蕊打肩头△欲将离恨寻郎说，待得郎来恨却休△
云澹澹，水悠悠△一声横笛锁空楼△何时共泛春溪月，断岸垂杨一叶舟△

贺吟凤（女）（清 727）一首　题：接安报。

春日浓浓照绮窗△①细看尺素未成妆△②翠眉蹙损应难画，青鬓愁中易

作霜△[③]

从别后，乱愁肠△腰肢细减怯罗裳△落花深院无人处，独有新莺啭日长△

注：① 绮窗：有文采之窗。② 尺素：即书信。③ 作霜：变白发。

徐旭旦（清 753）一首　题：丽情。

风吹虾须翠幕幽△[①]背人偷觑见人羞△手牵罗带裙拖地，小字轻轻唤莫愁△

颦浅黛，[②]笑凝眸△[③]娇波斜溜乍横秋△[④]问郎昨夜情何骤，明月深深照画楼△

注：① 虾须：帘子。② 浅黛：淡画眉。③ 凝眸：注目而视。④ 波：眼波；秋：秋波。

盛枫（清 772）一首

荠菜花黄柳叶齐△漫天春涨拍长堤△[①]当檐白鹞随风舞，[②]隔岸青帘着雨迷△

烟脉脉，草萋萋△寒鸦声里暮云低△离亭怨杀春归路，别恨绵绵到日西△

注：① 春涨：春水上涨。② 白鹞：指风筝。

张令仪（女）（清 831）二首　注：第二首，《小檀栾室闺秀词》作薛琼著。

（1）晴和风日减绵衣△绿遍池塘草色肥△杨柳浓时莺百啭，海棠低处蝶交飞△

茶灶寂，沉烟微△南华读罢澹忘机△[①]湘帘不下垂钩索，[②]留待花间紫燕归△

注：① 南华：南华经，即《庄子》。② 湘帘：斑竹帘。

（2）五月家园花未疏△葵榴烂漫闲菖蒲△齿拈酸味尝青杏，甲染清香摘紫苏△[①]

耽午梦，[②]懒朝梳△挨延长日做工夫△嗔予无过痴儿女，[③]争系新兴续命符△[④]

注：① 甲：指甲；紫苏：草名，开白花者又称白苏，可作香料。② 耽：入迷、沉溺。③ 嗔予：责怪自己；无过：未超过。④ 续命符：长命符。

林绿（女）（清 866）一首　题：晚春。

抛却银针喜晚晴△遣情无奈独伤情△高低别院秋千影，远近人家笑语声△

黄鸟碎，白萍轻△绿苔春尽点红英△一年好景仍辜负，堪笑嫦娥老此生△

潘谦（清 881）一首　题：窥艳，丙辰（1736 年）作。

卍字栏边亚字墙△倚楼人静恣端相△似矜柳叶分眉翠，欲试梅花点额妆△

情脉脉，态佯佯△轻风徐度绣衣香△不知户外闲蜂蝶，飞去飞来底事忙△

马曰琯（清 894）一首　题：春日山馆晚晴，偕半查（马曰璐）同赋。

辜负韶光不等闲△梅花羞涩杏花悭△雨余帘卷明斜日，风定云开见远山△

初蝶舞，暮禽还△扑人料峭是春寒△安排酒榼诗筒了，同上江南鸭嘴船△

荆人凤（清 918）一首　题：题张天申宅。

柳罩荷塘岸种麻△土垣崩处积薪遮△鸡雏护母阶留粟，蜂乳分王径自花△①

篱引豆，屋牵瓜△太平生活小烟霞△②醉翁植杖携青笠，野水牛亭笑听蛙△

注：① 蜂乳分王：蜂群扩大到一定时候，会产生二个王而分巢。② 烟霞：喻神仙洞府。

徐述夔（清 926）一首　题意：《八洞天》卷二，咏长孙陈与辛端娘新婚和谐。

连理枝栖两凤凰△同心带绾二鸳鸯△花间唱和莺儿匹，梁上徘徊燕子双△

郎爱女，女怜郎△朝朝暮暮共徜徉△天长地久应无变，海誓山盟永不忘△

李调元（清 1026）一首

满园春风锁绿杨△一双娇燕语雕梁△纤纤玉手拈花嫩，步步金莲贴草香△①

匀睡脸，洗残妆△薛笺亲写寄檀郎△②侬家春色深深闭，不许狂蜂过短墙△

注：① 金莲：喻女鞋纤小。② 薛笺：四川成都名妓薛涛自制深红小彩笺，名薛涛笺；檀郎：对恋人爱称。源出美男子潘安，小字檀奴。

徐鸿业（清 1040）一首　题：九日饮邻家。

篱菊新黄媚晚晴△故人欢笑共开酲△惜花每恨看将老，对酒何辞量不胜△

归路曲，小桥横△醉筇扶去软沙平△夕阳才送栖鸦影，月上林梢树几层△

王开沃（清 1063）一首

相识东风又到家△去年天气旧窗纱△万条柳影都随月，千种禽声各为花△

金错落，玉交加△踏青游女竞豪奢△有人深院鸣筝坐，桂木犹红点臂砂△①

注：① 桂木：原注：桂木，守宫别名；点臂砂：古人以为将守宫（壁虎）伴朱砂捣烂点于处女手臂上，以验贞节。

汪韫玉（女）（清 1034）一首　题：听雨。

松籁萧条竹影幽△①雨声和漏到西楼△②金炉香断三更梦，玉簟凉生五月秋△③

人寂寂，夜悠悠△天涯信阻暗凝愁△疏帘到晓檐花落，点碎离心苦未休△

注：① 松籁：松林所发之声。② 漏：滴漏计时。③ 簟：凉席。

刘奎年（清 1102）一首　题：晚晴。

雨过前溪涨晚潮△携筇偶访百花桥△①两行宿鹭明沙嘴，一缕斜阳上柳梢△

微浓皱，薄烟销△依稀螺壳酒船遥△②输他待月谁家女，闲倚纱窗弄玉箫△

注：① 筇：拐杖。② 螺壳：有二种解释：一是吹起海螺壳，以招引顾客。二是船舱嵌有螺壳、蚌壳以代云母片。

王书田（清 1122）一首　题：风情和石巢。

雨秀风娇未饯春△①房栊花竹净无尘△②微闻掩袖轻轻笑，瞥见低鬟浅浅颦△③

眉黛细，口脂匀△掠花雏燕暗窥人△行来稳住乌龙睡，④消受温存一晌亲△

注：① 饯春：送春。② 房栊：房窗。③ 颦：皱眉。④ 乌龙：犬别名。

石韫玉（清 1137）一首　题：稚柳。

学画修蛾尚未成△①翠楼相望已关情△寻花客过将停马，载酒人来欲听莺△

吹玉笛，拨银筝△蛮腰一舞便倾城△②却怜薄命应飘泊，萍是他生絮此生△

注：① 修蛾：长眉。② 蛮腰：小蛮，唐白居易家妓，善舞。

徐裕馨（女）（清 1194）一首　题：芙蓉。

一片霞光映绿萝△美人睡醒艳情多△试妆赢得春风面，十里秋江听踏歌△

烟织绮，月生波△闲将风味语湘娥△今朝颜色还如昨，送别兰棹惯是他△

马汾（清 1201）一首　题：题陶上舍春游图。

野店青帘隔岸招△才听社鼓又饧箫△水村山谷斜阳路，小杜吟魂一例销△

归去也，月初高△背驮花影过溪桥△惜春有客年来甚，独对东风首重搔△

曹言纯（清 1209）一首　题：永兴道中。①

驿树参差石路微△②客程遥指乱山西△明波触动江乡思，野店门前白鹭飞△

重对酒，更沾衣△山窗斜日鹧鸪啼△杨花不管伤飘泊，只与行人绊马蹄△

注：① 永兴：湖南县名。② 驿：来往官吏憩宿、传递公文之所。

许宗彦（清 1217）一首

缓踏芳尘碾玉蹄△春楼近在大堤西△金尊乍递钗声细，檀板才拈鬓影低△

离太早，会嫌迟△曲房何日手重携△相思却似东风柳，一夜搓成千万丝△

吴小贞（女）（清 1224）一首　题：即用题方药堂（方桂）《虹桥春泛图》旧事书寄，见《扬州画舫录》题词。

当年旧事久成空△剩有垂杨乱晚风△才子棹寻烟水外，美人梦破月明中△

悲命薄，泣途穷△青衫红袖略相同△伤心一种天涯客，君是杨花我断蓬△

王倩（女）（清 1235）一首　题：美人春游。

燕促莺催出锦城△赤栏桥上踏青人△卖花声到风生鬓，斗草未齐香满身△

杨柳外，海棠明△昵他小玉酒初斟△坐时不怕春泥滑，索性归家洗绣裙△

汤贻汾（清1313）一首　题：过老龙山。

绿树红亭古驿春△①画船将梦柳花村△②天明便上兰关路，半夜梳头累细君△③

愁晓露，怯游尘△香车骢马不轻分△有谁知是江南客，错认寻芳踏翠人△

注：① 驿：来往官吏憩息、传递公文之所。② 将梦：带梦。③ 细君：妻子。

王丹墀（清1314）一首　题：晓行临平。①

来往沙湖湖上航△野塘看遍野鸳鸯△花红人面娇春色，草绿裙腰系客肠△

山似画，水为乡△霎时朝雨又朝阳△千家妆阁梳云鬓，一路空濛雾亦香△

注：① 临平：镇名，今浙江余杭县治。

屠倬（清1354）一首　题：维舟天津，重五前一日风雨薄寒，对花独醒。　注：调名原作思佳客。

天分南薰一例吹△①漫从画省斗风姿△角飞城外看花处，②丁字沽前听雨时△③

销薄醉，怯生衣△蒲香蒜影小窗迷△依然艾虎欹鬟小，④只怪鲥鱼出网迟△

注：① 天分：天上分付；南薰：南风。② 角飞城：天津海丰镇旧称角飞城。③ 丁字沽：地名，在今天津红桥区，因"河形有如丁字之象"而得名。④ 艾虎：艾扎老虎，端午节佩戴。

周之琦（清1362）一首　注：调名原作思佳客。

检点娇红瘦几分△含情重问可怜春△谁教南浦愁中絮，却化西楼梦里云△

吟翠管，步香尘△小栏花影易黄昏△从来怕见初弦月，才学蛾眉便学颦△

彭蕴章（清1436）一首　题：小楼即景。

漠漠轻阴落晚红△晓莺啼杀画桥东△满庭浓绿春归去，珠箔栏杆尽日风△

闲倚醉，趁抛慵△惜花无语小楼空△轻雷欲送南山雨，一角油云点碧峰△①

注：① 油云：盛云。《孟子·梁惠王上》："天油然作云"。

顾春（女）（清1488）一首　题：上巳同夫子游丰台。①

南郭同游上巳天△小桥流水碧弯环△海棠婀娜低红袖，杨柳轻盈荡绿烟△

花艳艳，柳翩翩△断魂花柳又春残△夕阳影里双飞蝶，相逐东风下菜田△

注：① 夫子：指其夫奕绘；丰台：河北地名。

周诒蘩（女）（清1517）一首　题：秋兴。

澹日微阴八月天△①犹多好景曲池边△白蘋花冷波三面，红藕香残玉一肩△

楼近燕，树间蝉△问渠何事意凄然△②西风吹落梧桐子，满地秋情粒粒圆△

注：① 澹日：恬静之日。② 渠：他也。

吴承勋(清 1547)一首　题：虎丘道中。①

一剪轻阴弱不支△江南五月熟梅时△珍珠灯下嫌风热，翡翠桥心恨月迟△

蝉影薄，蝶魂痴△红玫瑰衬白鲜栀△篷窗偶读闲情赋，愿作吴娘鬓上丝△

注：① 虎丘：山名，苏州名胜，在阊门外。

赵我佩(女)(清 1557)一首

密织鱼鳞百尺蓬△①绿阴阴里小帘栊△②小窗凉透菰蒲雨，③月榭香生菡萏风△④

眉敛翠，颊销红△病余鸾镜掩青铜△⑤晚来谁弄阳关笛，⑥吹出垂阳古苑东△

注：① 鱼鳞：形容密密麻麻。② 帘栊：有帘之窗。③ 菰蒲：即茭白。④ 菡萏：即荷花。⑤ 青铜：青铜镜。⑥ 阳关：送别曲名，关在甘肃敦煌西南。

钱斐仲(女)(清 1575)一首

台榭新晴燕燕飞△①画栏芳草绿萋萋△②自怜多病凋青鬓，可奈闲愁约翠眉△

魂黯黯，梦依依△落花和泪点春衣△情痴枉自伤春去，迢递东皇那得知△③

注：① 榭：台有屋者。② 萋萋：草木茂盛。③ 东皇：司春之神。

丁致龢(清 1590)一首　题：辛未(1871 年)元旦，时客兴化，①年已六十有一矣。

甲子周流得羡余△②风光新又换桃符△③水乡寂寞欢情少，卧听荒庵一磬疏△④

山笑否，燕睇无△⑤辛盘随意杂春蔬△⑥梅花不受朝阳勒，⑦雪里吹香入酒壶△

注：① 兴化：江苏县名。② 甲子：六十年为一甲子。③ 桃符：指春联。④ 磬：打击乐器，念经诵佛时用之。⑤ 睇：目斜视。⑥ 辛盘：元旦蒜韭等和面食之，名辛盘。⑦ 勒：约束。

支机(女)(清 1596)一首

垂柳垂杨满画楼△谁家夫婿觅封侯△水流别恨花飞泪，金铸相思玉琢愁△

春渺渺，梦悠悠△自怜临镜怕梳头△天涯芳草知何处，一点灵犀不自由△①

注：① 灵犀：因犀角通两头。唐李商隐诗："心有灵犀一点通。"

张熙(清 1632)一首　题：邗江道中。①

小队湾头试玉鞭△[2]东风回首十三年△清时破寺仍钟鼓，野寺春灯自管弦△
寒似水，梦如烟△绿杨依旧画桥边△宵来一枕孤篷雨，[3]不是江南一惘然△[4]
注：① 邗江：在江苏扬州境。② 试玉鞭：喻骑马。③ 孤篷：船舱。④ 不是江南：指出邗江在江北。

周翼杶(女)(清1636)一首　题：暮春口占。

仄仄轻寒褪夹衣△[1]清和天气夏来时△[2]雨余新绿连云暗，风过残红满院飞△[3]
焚百和，[4]理金徽△[5]新词自咏送春归△春驹不识韶华去，[6]犹逐余香贴粉衣△
注：① 仄仄：即侧侧，寒貌。② 清和：农历四月为清和月。③ 残红：落花。④ 百和：香名。⑤ 金徽：指琴弦。⑥ 春驹：春天光阴；韶华：春景。

勒方锜(清1639)一首　题：东湖春眺。

杨柳沿堤映画楼△湖心亭子最清幽△湔裙少女拈花立，[1]岸帻闲人载酒游△[2]
梨雨散，杏烟收△小桥斜径一芳洲△落红万点围歌舫，[3]春水多情不肯流△
注：① 湔裙：洗裙、洗裳。② 岸帻闲人：带着头巾闲人。③ 舫：游船。

范锴(清1656)一首　题：山塘纪事。[1]

白石栏杆傍水湄△晚凉轻又到罗衣△兰汤浴罢松蝉鬓，鹊镜妆余晕柳眉△
停桂棹，近瑶扉△相逢莫道定依依△此身已作楼中燕，不逐歌云舞月飞△
注：① 山塘：河名，河旁是街，长七华里，在苏州阊门外，通往名胜地虎丘。

周闲(清1676)一首　题：鸳湖归泊。[1]

一片官旗夕日衔△[2]城湾古闸映青杉△[3]波吟碧䴔闲移棹，[4]亭是红泥刚落帆△[5]
裴岛北，练塘南△渔灯船笛旧曾谙△湖头同买扁舟去，[6]春雨春烟逢钓衫△[7]
注：① 鸳湖：即嘉兴名胜南湖，此处指嘉兴城。② 夕日：夕阳。③ 古闸青杉：指嘉兴名胜古杉青闸。④ 移棹：行船。⑤ 落帆：落帆亭，“杉闸风帆”清嘉兴八景之一。⑥ 买扁舟：雇小船。⑦ 钓衫：指渔人。

周星誉(清1709)四首　序：自奉贤道南桥至叶榭口数十里庐舍幽旷，[1]水木明瑟，慨然有卜居之志。

(1) 路入南桥客思闲△水乡风景画图间△密芦绕屋浑疑海，老树遮门便当山△[2]
波似镜，岸如环△清溪曲折小舟还△归人暗识村前路，逢着垂杨便转弯△

注：① 奉贤：上海市县名；叶榭口：镇名，在上海市松江东南二十华里。

② 山：原注：一路皆无山。

（2）一种陂塘绿可怜△[①]板桥低亚不通船△[②]蘋花浅水初鸣蛤，[③]槐叶浓阴尚等蝉△

人不到，日如年△谁家水阁枕溪烟△蠡窗半拓湖风里，[④]短榻床香正午眠△

注：① 陂塘：池塘；可怜：可爱。② 低亚：低压。③ 蛤：蛙类，即虾蟆。④ 蠡窗：蚌类甲壳镶嵌之窗，半透明如云母片；半拓：半开。

（3）水枕抛书睡味长△[①]溪行半晌少村庄△[②]前湾知有人家近，一径风来豆粥香△

藤蔓瓦，树枝墙△午鸡声里绿阴凉△开门怪底儿童闹，[③]门外枇杷一树黄△

注：① 水枕：即枕水、临水而睡也。② 半晌：片时。③ 怪底：怪得；惊怪。

（4）夏至江村正好嬉△老红生翠一川迷△[①]田娘箬帽分秧去，乡客泥船载草归△[②]

溪犊卧，[③]水禽啼△日斜官路过人稀△一陂野葛花如雪，[④]蚱蜢蜻蜓历乱飞△

注：① 老红：指花；生翠：指叶。② 泥船：罱泥船。③ 溪犊：溪边小黄牛。④ 陂：池塘；葛：植物名，纤维可织夏布。

秦光第（清1714）一首　序：内人亡已一年余矣，[①]念其生具慧根，应还天上，焚词寄之。

独坐缄书泪满怀△[②]思量无计遣悲哀△暂时不见还相忆，一别如何竟不来△

操井臼，[③]赖卿才△[④]廿年家事费安排△恨他梅影楼头月，[⑤]犹自团圆照镜台△

注：① 内人：即妻子。② 缄书：封书。③ 操井臼：取水煮饭。指主持家政。④ 卿：对人之爱称。⑤ 梅影：原注：光第家楼名。

张景祁（清1719）一首　题：寒食湖上修禊。[①]

相逐云軿到寺门△[②]门前修禊水阴昏△丽人已过余花气，新柳初齐尚酒痕△

风急桨，浪湔裙△[③]满湖岚翠掩遥村△明朝怕过西泠路，[④]雨湿棠梨一断魂△

注：① 湖上：指杭州西湖；修禊：采兰渚上，以祓除不祥。源出晋王羲之等上巳兰亭修禊。② 云軿：妇人乘车。③ 湔裙：洗裙。④ 西泠：在西湖

白堤。

李慈铭(清1735)一首　题：王萩畦观察山阴道上图。[1]

春到山阴湖水生△游人争爱镜中行△[2]茶烟杨柳千家雨，燕子桃花十日晴△

兰渚酒，[3]禹祠莺△[4]不堪风景忆承平△[5]画船箫鼓嬉春返，一路楼台直到城△

注：① 观察：官名，道台别称；山阴：今浙江绍兴。② 镜：指鉴湖，水平如镜。③ 兰渚：指名胜地兰亭。④ 禹祠：指古迹禹王庙。⑤ 承平：太平时候。

庄棫(清1740)二首　题：春雨。　注：调名原作思佳客。

(1) 一曲歌成酒一杯△困人天气好亭台△沉沉春昼斜飞雨，寂寂闭门花点苔△

花几簇，锦千堆△落红成阵映香腮△不如却下帘儿坐，自看同心七宝钗△

(2) 无赖今年又晚春△[1]一春风雨倍销魂△梁间归燕空留客，叶底流莺解骂人△[2]

飞絮绕，落花频△佩环摇荡梦中云△[3]闭门已过春三月，莫向青郊问画轮△

注：① 无赖：无可聊赖。② 解：了解。③ 佩环：妇女身上饰物。

朱冠瀛(清1748)一首

淡淡轻阴漠漠尘△疏帘垂地静无人△落花如梦东风懒，燕子衔来一片春△

妆未竟，又重匀△娇鬟堕马斗时新△[1]朱颜镜里韶光妒，画出双蛾总带颦△

注：① 堕马：髻名。

沈景修(清1768)一首

病酒光阴绣幕垂△[1]愁痕深浅翠颦知△[2]伤心花落春三月，照面萍开水一池△

风剪剪，[3]雨丝丝△无人庭院燕双飞△为谁消瘦看衣带，正是台阶小立时△

注：① 病酒：醉酒。② 翠颦：绿眉、即眉。③ 剪剪：风寒貌。

赵国华(清1778)一首

浅醉深愁映玉奁△[1]落花如梦不堪拈△掷残钗背枝枝凤，[2]望尽江头叶叶帆△

子规北，[3]鹧鸪南△[4]朱楼青壁雨廉纤△[5]阶前一是生红豆，三日恹恹未卷帘△

注：① 玉奁：镜奁美称。② 凤：凤头钗。③ 子规：即杜鹃，其啼声似促归。④ 鹧鸪：其鸣声如"行不得也哥哥"。⑤ 廉纤：微雨貌。

吕采芝(女)(清 1803)一首　题：人日游云顶寺。①

淑气回春焕物华△②节逢挑菜兴无涯△骋怀自觉三生幸，礼佛犹嫌赏杏花△

金辔马，碧油车△芳郊人迹密如麻△木鱼点醒黄梁梦，③能识怡情胜辟邪△④

注：① 人日：农历正月初七称人日。② 淑气：温和之气。③ 木鱼：念佛诵经时一种打击乐器；黄梁梦：喻美梦。④ 辟邪：辟除邪秽。

郑文焯(清 1846)一首　题：荷花荡晚泛。

南荡花湾足芰菱△①镜灭红破画船灯△②归去数点催诗雨，细雪双叉醒酒冰△

歌袅袅，梦泠泠△③露房吹粉水香澄△笑拈一瓣凌波影，④画与春人绣屧棱△⑤

注：① 芰菱：即菱。四角称芰，二角称菱。② 镜：喻水平如镜。③ 泠泠：清凉。④ 凌波：美人步履轻盈，即金莲。⑤ 屧棱：鞋棱角。

易顺鼎(清 1854)一首　题：五开道上。①

瘴树无蝉野景幽△②几层云气听钩辀△③山青少见中华店，人黑多居上古楼△

沽酒去，趁墟收△④斜门近港不通舟△清溪锦石行踪断，照见鸳鸯影亦愁△

注：① 五开：今贵州开泰县。② 瘴：南方山林中湿热之气。③ 钩辀：鹧鸪声。④ 墟：集市。

邓邦达(清 1877)一首　题：帘。

寂寂宫槐昼漏长△湘纹不动梦生凉△炉烟上下迷空雾，钩影东西送夕阳△

花片乱，柳丝忙△春风卷起隔年香△归来燕子重相问，可是儿家玳瑁梁△①

注：① 儿：古代女子自称；玳瑁梁：梁间画玳瑁斑纹者。沈佺期诗："卢家少妇郁金香，海燕双栖玳瑁梁。"

洪汝闿(清 1890)一首　题意：金陵怀古。

璧月琼枝夜夜愁△过江人尽感山丘△才传幕府开西邸，①又见降幡出石头△②

残笛步，绣襦游△③新亭涕泪恐难收△④白门烟柳无人问，⑤付与儿童说蒋侯△⑥

注：① 幕府：南京山名，晋元帝过江，王导建邸于此；邸：王侯宅第。② 降幡：降旗。刘禹锡诗："一片降幡出石头"。叙晋武帝命王濬伐东吴，吴军望旗而降；石头：即今南京。③ 襦：短衣。④ 新亭：在南京，一名劳劳亭，东晋初，诸名士每游宴于此。⑤ 白门：南京别名。⑥ 蒋侯：东汉蒋子文，吴时封都中侯，立庙堂于今南京蒋山。

冯江(清 1898)一首　题：有赠。　注：调名原作于中好。

春睡恹恹起夕阳△妆成理遍女儿箱△衫笺新养芙蓉粉，宝袜浓薰荳蔻香△

花淡白，月昏黄△两眉只觉瘦来长△闲开玉盒拈红豆，①斜靠银屏掷玉郎△

注：① 红豆：一名相思子，借喻相思情。

陈漳(清 1899)一首　题：忆家。

细雨霏霏草色萋△①蟹螯已老饱团脐△②最怕月斜风定后，一声清磬数声鸡△③

蝴蝶梦，鹧鸪啼△何须玉鲙与金齑△④记得郫筒家酿熟，⑤阿依旧住锦城西△⑥

注：① 霏霏：甚盛貌；萋：茂盛貌。② 团脐：指雌蟹。③ 磬：诵经念佛时所用打击乐器。此句指夜尽破晓。④ 鲙：指鱼；齑：指切成碎末的蔬菜。⑤ 郫筒：酒名，出自四川郫县，该地有郫筒池，池旁有大竹。⑥ 阿侬：即我；锦城：即成都。郫县在成都以西。

罗振常(清 1912)一首

月洗高梧露点浓△昨宵沉醉太朦胧△金炉乍烬香犹暖，玉漏频催夜已终△

眉翠减，鬓云松△起来但有脸霞红△避人刚背银屏坐，却又相逢在镜中△

沈尹默(现当 14)一首　题：西山道中。　注：调名原作思佳客。

十丈红尘一霎休△偶凭林壑散羁愁△晚风吹帽临官道，小篴催诗记旧游△

云淡淡，意悠悠△乱蝉声里雨初收△柳光岚影知多少，又是新来一段秋△

乔曾劬(现当 21)一首

花窑水融夕鸳催△①美人头上唤春回△红裙阿措浑年小，②不怕塘风送雨来△

山杏谢，海棠开△九门昼时走轻雷△③踏青挑菜谁家子，笑道东君罢寿杯△④

注：① 花窑：种花陶瓷盆。② 阿措：即安石榴也。洪适诗："东家阿措休相妒。"③ 昼时：午时。④ 东君：司春之神。

罗庄(女)(现当 25)二首

(1) 家在山坳水曲中△登高一览尽群峰△杉垣带雨周遭绿，①枫叶明霞断续红△

泉石美，稻粱丰△浮生暂记得从容△②故园庐舍应无恙，竹树知生芽几丛△

注：① 杉垣：原注：日本每植杉编为垣；周遭：周围。② 浮生：喻人生如浮云；暂记：作者时随父避乱于日本。

(2) 睡起搴帏晓色幽△迟迟日影未明楼△①夹衣初试寒犹重，添上轻绵半

臂柔△[②]

啼鸟尽，画帘钩△自移明镜照梳头△淡妆不喜铅华染，[③]腻粉浓脂匣底收△

注：① 迟迟：日徐行貌。② 半臂：短袖或无袖上衣。③ 铅华：白粉。

董巽观（现当29）一首　题：重九过殿基湾。[①]

废殿晴光映翠翘△重来无事不魂销△春明静巷花飞日，鬓闹灯棚细雨宵△

轻乌笠，小风桥△朱门黯淡旧时标△荷花渡口疏疏柳，[②]送尽行人送暮潮△

注：① 殿基湾：嘉兴北门外街名，今并入月河街区中基路。② 荷花渡：对岸为荷花堤。

鲍光豹（现当30）一首

破暖轻寒枕上知△弄晴微雨更霏霏△桥跨远水通莺语，草长郊原听马嘶△

如欲病，未全痴△云山隐隐耐人思△樱桃谢了夭桃放，撷取春光赠与谁△

朱生豪（现当57）一首　题：赠清如词。[①]　注：1932年秋至1933年初夏赠，三首录一。

忆昨秦山初见时△十分娇瘦十分痴△席边款款吴侬语，[②]笔底浅浅稚子诗△

交尚浅，意先移△平生心绪诉君知△飞花逝水初无意，可奈衷情不自持△

注：① 清如：其妻宋清如，见《词人小传》。② 吴侬语：苏州一带语言，柔糯动听。

许白凤（现当58）二首　题：第一首，街东复有小店羊汤应市，追怀张师省庵。注：1980年作。

第二首，街头有见。　注：1985年作，调名原作思佳客。

（1）一个门生一老师△夕阳扶醉每归迟△城南饮罢城中去，同吃羊汤白酒时△

杯底物，[①]杖头资△[②]青帘重见小茅茨△[③]算来四十年前事，只有当垆阿姥知△[④]

注：① 杯底物：指白酒。② 杖头资：古人出行时，拐杖头常挂买酒钱。③ 茅茨：指茅草房屋，即酒店。④ 当垆：酒店卖酒人。

（2）点缀峰前两翼花△乔其双绉薄蝉纱△[①]良工巧剪翻新样，夏令时装斗丽华△

长统袜，半跟鞋△腰围密裥短裙遮△[②]香生云鬓心尤醉，色透冰肌肉

也麻△

注：① 乔其：乔其纱，一种薄如蝉翼织物。② 密裥：指裙上密密皱折。

车乘轨（现当88）五首　题：第一首，诞日悼先父母。　注：1997年5月2日晚上作。

第二首，欢度八十五岁诞辰。　注：2007年5月3日作。

第三首，忆旧邻朱石轩、陆振玉夫妇。　注：2009年4月8日作。

第四首，忆旧邻陈复舜、鲍秀珍夫妇。　注：2009年4月9日作。

第五首，辛卯（2011年）清明兼上巳。　注：2011年4月5日作。

（1）七四年前今日期△黄昏戌初夕阳西△①一家惶急团团转，正是爷忧母难时△②

还记得，听娘词△③阿胶分享膝边依△④春晖寸草惭无报，⑤孝道多亏徒自悲△

注：① 作者生于1923年5月2日（农历3月17日）黄昏戌时。② 爷忧母难：据《湛渊静语》，刘宏济，蜀人，遇诞日必斋沐焚香端坐曰："父忧母难之日也"。③ 听娘词：作者幼时尝依母在客堂间听其唱读《琵琶记》词曲，有"饥咽糟糠赵五娘，淑性温情奉高堂"等句。④ 阿胶分享：时母体弱，以彩绘瓷缸炖食阿胶，作者亦得分享之。⑤ 春晖寸草：唐人孟郊诗，有"谁言寸草心，报得三春晖"句，意思是父母之恩，难报于万一也。

（2）弹指光阴七亥年△①浮生若梦岁时添△②目明耳敏非痴老，③昼夜依然词曲编△

昆曲戏，映联翩△④牡丹亭剧意缠绵△新鲜豆荚甜红枣，美食良辰三月天△

注：① 七亥年：作者出生于癸亥年，是岁为丁亥年，计历七个亥年。② 浮生：飘浮人生。③ 非痴老：作者自言无老年痴呆症。④ 映联翩：作者爱好昆曲，尤喜《牡丹亭》。天意巧合，是日中央电视台两个频道分别播放该戏，为添生日快乐。

（3）作客嘉兴权故乡△[①]寓居春波岁时长△[②]梦牵魂绕当年景，不忘房东朱陆娘△[③]

菩萨性，热诚肠△先人后己好商量△时鲜菱豆烧成饭，[④]碗碗分奉邻友尝△

注：① 作客嘉兴：作者绍兴人，自 1946 年起来嘉兴绢纺厂工作；权故乡：第二故乡意。权，暂且、变通。② 春波：坊名，即西河街（今解放路）。③ 朱陆娘：朱石轩妻陆振玉。④ 菱豆饭：以嘉兴特产南湖菱（去壳）或时鲜豆荚（去外壳）伴粳米、食油烧成之饭，称菱饭或豆饭，乃乡土美食。

（4）秀水春波朱氏家△[①]借居陆金夏陈车△[②]一门六姓和谐住，笑谈风生无过差△

车小静，[③]锦添花△玲珑活泼一稚娃△陈家姥姥多钟爱，[④]暑日辛劳护幼芽△[⑤]

注：① 秀水：即嘉兴；春波：坊名；朱氏：朱石轩，房东。② 陆：陆静芬，朱妻之妹；金：金信安，电厂职员；夏：夏明润，作者之岳父，电厂总工程师；陈：陈复舜，电厂职员；车：即余。③ 车小静：作者女儿。④ 陈家姥姥：苏州人称姥姥为好婆，指陈复舜妻鲍秀珍。⑤ 作者女儿车小静时七足岁，称姥姥为好婆，曾依赖其在苏州陈氏老家度过四十二天暑期。

（5）上巳清明春正芳△[①]百年难逢节成双△骚人曲水流觞乐，[②]国手挥毫墨宝香△[③]

莺燕乱，蜂蝶忙△豆苞吐蕊菜花黄△踏青扫墓人如织，佛号钟声出寺墙△[④]

注：① 上巳：农历三月初三，是年巧逢清明。② 骚人：诗人；曲水流觞：上巳节诗人一种娱乐，以酒杯浮于曲溪上，顺流而下，杯停处傍坐者须吟诗或饮杯中酒。③ 国手：有出色才艺者；挥毫：指书法竞赛，也是上巳一种活动，绍兴兰亭年年举办。④ 后段五句乃作者应节踏青见闻感受，“寺”，指嘉兴古刹精严寺，在七星镇南。

陈范畴（现当 110）一首　题：采茶女。

谷雨茶青叶渐长△村姑结伴上山岗△轻衫短袖鲛绡薄，彩笠花巾蝶翅狂△

歌起伏，笑飞扬△猿攀鹊啄指尖忙△却疑蓦地群仙降，偷向人间抢嫩香△

邹史青(现当 111)一首　题：春游。

杖履山行目力赊△①大樟溪畔万人家△晴风拂野岩泉暖，绿水扬波柳影斜△

环翠竹，绕银沙△②红阳照壁透窗纱△举头山上层层树，移步川边处处花△

注：① 杖：扶着拐杖；履：鞋。步行之意；赊：远也。② 银沙：沙地美称。

丁清赋(现当 116)一首　题：勐养春郊掠影。①

勐养风光春日新△杂花满树草如茵△珍禽异兽经常见，野卉山花遍地生△

环傣寨，②绕园林△波萝芒果绿盈盈△雉鸡孔雀翩跹舞，疑是桃源又一村△③

注：① 勐养：云南县名。② 傣寨：傣族村寨。③ 桃源：晋陶潜笔中世外桃源。

吴阳(现当 119)一首　题：春日口占。

习习清风飘细雨，①双双紫燕带春来△②百花烂漫彩图展，万物峥嵘笑口开△

超画景，胜蓬莱△东皇主宰岂疑猜△是将天上千年艳，翻作人间锦绣台△

注：① 首句不叶韵，于律有误。② 紫燕：即燕子，因其颔下羽紫，故称。

饶敦松(现当 125)一首　题：晓风钩月。

绿水逶迤一叶舟△①晓风钩月映瀛洲△②半湖云树花摇影，一棹烟波月碎流△

烟袅袅，水悠悠△湖天一色绿云浮△孤山吟赏烟霞里，③忘却天涯一雁愁△

注：① 逶迤：弯曲而长貌。② 瀛洲：东海中神山，喻大好河山。③ 孤山：杭州西湖名山。

傅瑞龙(现当 131)一首　题：夏天的烦恼。

又逢七月流火天△热浪滚滚夜眠难△无奈才把空调启，体迈不耐冷风寒△

摇纸扇，除燥烦△安心灯下写诗篇△时光荏苒催人老，①忍看镜中两鬓斑△②

注：① 荏苒：时光不知不觉地过去。② 忍看：怎忍看。

李文卿(现当 139)一首　题：春兴。

布谷声声深树啼△①春光伴我到溪西△蜻蜓点水当荷立，垄上豆胚正茁畦△②

莺婉柳，③燕飞低△前村深巷午间鸡△④桃红柳绿春多少，但见蝶蜂还未归△

注：① 布谷：鸟名。② 茁畦：茁壮生长在畦间。③ 婉柳：疑为婉转之误。④ 午间鸡：指鸡午啼。

吴隆扬(现当 146)一首　题：农村夏夜。

炎夏村翁纳晚风△榕阴品茗话西东△群蛙喜逐萤光转，浣女搓衣两颊红△

风习习，水淙淙△琴歌嘹亮月溶溶△蛩声伴奏悠扬曲，入耳陶情兴不穷△

农子耕(现当 162)一首　题：杭州喜度国庆中秋。

丹桂飘香大地秋△旅游千里到杭州△钱塘江畔金风爽，①西子湖边夜色幽△②

灯灿烂，月如球△碧空一洗暮云收△凭栏注目湖边立，五彩烟花放未休△

注：① 钱塘江：杭州江名；金风：即秋风。② 西子湖：即杭州西湖。

吕星吉（现当173）一首　题：冬韵。

雪霁山明日映墙△纵横阡陌牧牛羊△掠空白鸽匆匆过，倒影疏枝暗溢香△①

离闹市，绕寒塘△鸭儿戏水恁轻狂△②衰翁独钓西河水，沽酒烹鱼醉夕阳△③

注：① 疏影：指梅花。② 恁：如此。③ 沽酒：买酒。

宋首业（现当197）三首

（1）我是农家放牛郎△戏嬉常在放牛冈△晓看明月林梢挂，暮望青山衔落阳△

春草碧，夏苗长△秋来遍地稻花香△吟鞭弄笛千番乐，①对唱山歌百样腔△

注：① 吟鞭：指唱歌牧童牛鞭。

（2）放下牛鞭上学堂△蓦然又是读书郎△诗文有趣常伏案，笔画无力乱画墙△

书卷卷，字行行△蒙童信口背词章△①严师慈母常陪伴，时有寒灯映小窗△

注：① 蒙童：小学生；信口：随口。

（3）说道家乡是水乡△水乡我是打鱼郎△阳春三月鱼肥胖，多少渔郎夜出庄△

轻走走，莫慌张△鱼儿跳水月流光△等闲捕得桃花鲤，①自作羹汤味更香△

注：① 等闲：随便。

权衡（现当213）一首　题：赏春。

陌上垂髫光脚丫△①亩中叱犊响犁耙△②寒林深壑鸣黄雀，芳草横塘唱绿蛙△

迎北斗，③送余霞△④旗亭沽酒有人家△⑤路边杨柳愁风雨，春在溪头野草花△

注：① 垂髫：未成年幼童；光脚丫：不穿袜，光着脚板。② 叱犊：驱牛。犊，小牛也。③ 北斗：星名。④ 余霞：落霞。⑤ 旗亭：指酒店。

周诵明（现当215）一首　题：洪湖湖村即兴。①

野长蔷薇搁岸斜△新栽菱藕满池花△云移形乱知鱼跃，荷动蜓飞觉跳蛙△

晴自雨，雾生霞△小桥流水过村涯△青旗沽酒知何处，只在溪头陌上家△

注：① 洪湖：湖名，在湖北。

丛丹（女）（现当217）一首　题：夜宿小山村。

碧柳烟凝陇上游△黄花摇落一天秋△逐门小径家家竹，荡月清溪片片舟△

灯已暗，梦方幽△晴空掠起对沙鸥△黄鸡白酒朝来醉，辜负山村不久留△

胡吉祥（现当220）一首　题：龙庆峡寻春。

四月寻芳出凤城△①燕山峡谷放船行△②渡头犹有寒冬意，惟见碧波浮水晶△

迎旭日，望新晴△妫河西侧杏花明△③如霞如粉三千顷，占尽春光别有情△

注：① 凤城：即京城，指北京。② 燕山：在北京境。③ 妫河：在河北境。

袁建章（现当222）一首　题：雨中游贵阳红枫湖。　注：调名原作剪朝霞。

画舫轻摇破浪峰△潇潇细雨洒迷蒙△弦歌飘渺烟波隐，螺屿浮沉雾霭笼△

苗寨秀，侗乡雄△龟蛇小岛巧玲珑△人游画意诗情里，诗蕴湖光山色中△

谭世坤（现当223）一首　题：历史文化名城凤凰沙湾荡舟。①

自古沙湾景色幽△名山胜水任遨游△莺飞鹊噪奇峰寺，霞映烟笼吊脚楼△②

寻稚趣，荡轻舟△风光无限眼中收△相逢多是陌生客，着绿披红笑语稠△

注：① 凤凰：湖南县名，旧名芙蓉镇。② 吊脚楼：西南方少数民族住房。

吴世卿（现当231）二首　题：第一首，春。

第二首，洞庭湖上打鱼姑。

（1）旭日临轩黛染空△融融紫气透帘栊△①黄莺巧啭嘤嘤语，翠柳轻摇煦煦风△②

花竞放，鸟争鸣△山川着绿弄新红△穿梭燕剪江南彩，③人在春风得意中△

注：① 帘栊：有帘之窗。② 煦煦：和煦貌。③ 燕剪：燕子尾分歧如剪刀。

（2）细浪粼粼映碧天△①微风轻送打渔船△一篙点破千层浪，双桨划成万道圈△

心意爽，笑声甜△渔歌互答乐怡然△有缘捕尾金丝鲤，②意在陪郎不在钱△

注：① 粼粼：水清澈貌。② 尾：即条，计数也。

徐振洲（现当244）一首　题：过泗张山庄。

杨柳摇风笑语稠△清清溪水绕村流△时隐时现鸭戏水，薄雾轻纱罩小楼△

山唱晚，水荡舟△谁织锦绣挂山头△忽闻四野铁牛叫，①惊落桃花又涨沟△

注：① 铁牛：指农机。

邓细文(女)(现当257)一首　题：押运资江。

夜雨黎明乍转晴△江干岭际绕烟云△桃花汛水滔滔去，[1]逆驶机舟向县城△

船上坐，看山行△鸟翩雀舞低空鸣△家家山水如图画，船却游行在画屏△

注：① 桃花汛水：指三月潮汛。三月水盛也。

五十六字　大运河桥

车乘轫(现当88)一首　题：塘栖广济桥。　注：作者自度曲，仿市桥柳。2006年9月22日作。

广济桥，[1]塘栖镇傍▲横跨大运河上▲五百余年雨风，依然是、胸挺背又壮▲

险遭拆除终无恙▲[2]古文物，留人间，作宝藏▲忆酒楼，品佳肴，[3]凭栏看、波光荡漾▲

注：① 广济桥：在浙江余杭塘栖镇，横跨京杭大运河，拱形七孔，高峻雄伟。始建年月无考，明弘治二年(1489)重建，清乾隆十六年(1751)帝南巡经此，所立御碑，至今尚存。② 险遭拆除：上世纪八十年代起，大运河塘栖段堵航严重，拆除该桥呼声日高，幸赖作者里人严佑轩先生建议政府，在镇北另开一条河道分流，广济桥得以保存下来。③ 品佳肴：作者在1966年10月13日傍晚曾在桥南埦酒楼晚餐，啖名菜鸡、火、虾三丁(鸡丁、火腿丁、虾仁混炒)。

五十六字　玉楼春(又名木兰花、木兰花令、惜春容)　第一体，首句即起仄韵。

韦庄(五代十国1)一首　注：此词《尊前集》作欧阳炯著。

日照玉楼花似锦▲[1]楼上醉和春色寝▲绿杨风送小莺声，残梦不成离玉枕▲

堪爱晚来韶景甚▲[2]宝柱秦筝方再品▲[3]青娥红脸笑来迎，又向海棠花下饮▲

注：① 玉楼：即闺楼。② 韶景：春景。③ 柱：指筝柱；秦筝：即筝，筝系秦人蒙恬创造；品：仔细欣赏之意。

魏承班(五代十国6)一首

寂寂画堂梁上燕▲高卷翠帘横数扇▲一庭春色恼人来，满地落花红几片▲

愁倚锦屏低雪面▲[1]泪滴绣罗金缕线▲[2]好天凉月尽伤心，为是玉郎长不见▲

注：① 雪面：白面，指女郎面白。② 金缕线：指罗衣是金丝线所绣。

李煜(五代十国34)一首

晚妆初了明肌雪▲[1]春殿嫔娥鱼贯列▲[2]笙箫吹断水云闲，重按霓裳歌遍彻▲[3]

临春谁更飘香屑▲醉拍栏杆情味切▲归时休照烛花红，待放马蹄清夜月▲

注：① 肌雪：肌肤雪白。② 鱼贯：依次。③ 霓裳：霓裳羽衣曲，歌舞名，杨贵妃创作。

钱惟演（宋5）一首

城上风光莺语乱▲城下烟波春拍岸▲绿杨芳草几时休，泪眼愁肠先已断▲

情怀渐变成衰晚▲鸾镜朱颜惊暗换▲昔年多病厌芳尊，今日芳尊惟恐浅▲

张先（宋18）二首　题：第一首，邠州（今山西邠县）作。

第二首，乙卯（1075年）吴兴（今浙江湖州）寒食。

（1）青钱贴水萍无数▲[①]临晓西湖春涨雨▲[②]泥新轻燕面前飞，风慢落花衣上住▲

红裙空引烟蛾聚▲云月却能随马去▲明朝何处上高台，回认玉峰山下路▲[③]

注：① 青钱：指萍。② 西湖：邠州湖名。③ 玉峰山：邠州山名。

（2）龙头舴艋吴儿竞▲[①]笋柱秋千游女并▲[②]芳洲拾翠暮忘归，[③]秀野踏青来不定▲

行云去后遥山暝▲已放笙歌池院静▲中庭月色正清明，无数杨花过无影▲

注：① 舴艋：指小舟。② 笋柱：竹杆做的柱子。③ 拾翠：采百草。

宋祁（宋26）一首

东城渐觉风光好▲縠皱波纹迎客棹▲绿杨烟外晓寒轻，红杏枝头春意闹▲

浮生长恨欢娱少▲肯爱千金轻一笑▲为君持酒劝斜阳，且向花间留晚照▲

贾昌朝（宋27）一首　注：调名原作木兰花令。

都城水渌嬉游处▲[①]仙棹往来人笑语▲[②]红随远浪泛桃花，雪散平地飞柳絮▲

东君欲送春归去▲[③]一阵狂风和骤雨▲碧油红旆锦障泥，[④]斜日画桥芳草路▲

注：① 水渌：水清。② 仙棹：船之美称。③ 东君：司春之神。④ 碧油：指油壁女车；旆：镶边之旗；障泥：车上挡泥板。

欧阳修（宋33）一首

阴阴树色笼晴昼▲清淡园林春过后▲杏腮轻粉日催红，池面绿罗风卷皱▲

佳人向晚新妆就▲圆腻歌喉珠欲溜▲当筵莫放酒杯迟，乐事良辰难入手▲

晏几道（宋70）二首

（1）阿茸十五腰肢好▲[①]天与怀春风味早▲画眉匀脸不知愁，殢酒薰香偏称小▲

东城杨柳西城草▲会合难期如意少▲思量心事薄轻云，绿镜台前还自笑▲

注：① 阿茸：歌姬名。

(2) 秋千院落重帘暮▲彩笔闲来题绣户▲墙头丹杏雨余花，门外绿杨风后絮▲

朝云信断知何处▲应作襄王春梦去▲紫骝认得旧游踪，嘶过画楼东畔路▲

苏轼(宋 80)一首　注：调名原作木兰花令。

经旬未识东君信▲①一夕薰风来解愠▲②红绡衣薄麦秋寒，③绿绮韵低梅雨润▲④

瓜头绿染山老嫩▲弄色金桃新传粉▲日高慵卷水晶帘，⑤犹带春醪红玉困▲⑥

注：① 经旬：经过十日；东君：司春之神。② 薰风：南风。③ 麦秋：农历五月麦熟，对麦来说，已是秋收。④ 绿绮：本琴名，借指琴。⑤ 慵：懒。⑥ 醪：酒也；红玉：指美人。

舒亶(宋 88)一首　题：蒋园。

琉璃一片春湖面▲①画船游人帘外见▲水边风嫩柳低眠，花底雨干莺细啭▲

秋千寂寂垂杨岸▲芳草绿随人渐远▲一番乐事又春深，金盏莫醉红袖劝▲②

注：① 琉璃：即釉，喻光滑。② 金盏：指酒杯；红袖：指女子。

黄庭坚(宋 101)一首

黔中士女游晴昼▲①花信轻寒罗绮透▲②争寻穿石道宜男，③更买江鱼双贯柳▲

竹枝歌好移船就▲④依倚风光垂翠袖▲⑤满倾芦酒指摩围，⑥相守与郎如许寿▲

注：① 黔：贵州省简称；晴昼：晴天中午。② 花信：花信风。③ 宜男：草名，借喻怀孕。④ 竹枝：歌曲名。⑤ 依倚：柔弱貌。⑥ 芦酒：高粱酒。

盼盼(女)(宋 110)一首　题：侑涪翁。①　注：调名原作惜花容。

年少看花双鬓绿▲走马章台弦管逐▲②而今老更惜花深，终日看花看不足▲

坐中美女颜如玉▲为我同歌金缕曲▲归时压得檐帽欹，③头上春风红簌簌▲④

注：① 侑：侑酒、陪酒；涪翁：黄庭坚号。② 章台：喻歌舞场所。③ 檐帽：冒出之帽边。④ 簌簌：犹簇簇。元稹诗："风动落花红簌簌。"

尹温仪(女)(宋 111)一首　题：成都郭帅席上。

浣花溪上风光主▲[1]燕夕桃源开幕府▲[2]商岩本是作霖人，[3]也使闲花沾雨露▲

父兄世业传儒素▲[4]何事失身非类侣▲[5]若蒙化笔一吹嘘，免使飘零飞绣户▲

注：① 浣花溪：水名，在四川成都。② 燕夕：即夜宴；桃源：指浣花溪；幕府：以帐幕作行署。③ 商霖：商岩，傅说初版祝于傅宕之野，后被商王武丁举以为相。王命之曰：若岁大旱，用汝作霖雨。事见《尚书》。④ 儒素：读书人操行。指自己出身书香门第。⑤ 失身：指沦落为妓。

王诜（宋 114）一首　题：海棠。

锦城春色花无数▲[1]排比笙歌留客住▲轻暖轻寒夹衣天，乍雨乍晴寒食路▲

花虽不语莺能语▲莫放韶光容易去▲海棠开后月明前，纵有千金无买处▲

注：① 锦城：即锦官城，今四川成都。

贺铸（宋 121）一首

佩环声认腰肢软▲风里麝薰知远近▲此生常羡玉妆台，得见晓来梳画面▲

回廊几步通深院▲一行绣衣帘不卷▲酒阑歌罢欲黄昏，肠断归巢双燕燕▲

晁补之（宋 123）一首　题：遐观楼。[1]　注：调名原作木兰花。

小楼新创堪临远▲一带寒山都入眼▲人间应未觉春归，楼上已先爱柳眼▲[2]

风威自与微阳战▲雪衣不遮残腊换▲[3]少顷文栋燕双归，[4]来看东城花一片▲

注：① 遐观楼：作者书楼。② 柳眼：柳叶初生似眼。③ 残腊：指十二月底。④ 文栋：书楼房栋。

周邦彦（宋 128）一首

玉奁收起新妆了▲[1]鬓畔斜枝红袅袅▲浅颦轻笑百般宜，[2]试着春衫应更好▲

裁金簇翠天机巧▲[3]不称野人簪破帽▲[4]满头聊作片时狂，[5]顿减十年尘土貌▲

注：① 玉奁：镜匣美称。② 颦：皱眉。③ 天机：天性。④ 不称：与美人打扮不相称；野人：作者自称。⑤ 满头：满头簪花。

毛滂（宋 143）一首　题：立春日。

小园半夜东风转▲吹破冰池云母面▲[1]晓披阊阖见朝阳，[2]知向碧阶添几线▲

小烟弄柳晴先暖▲残雪禁梅香尚浅▲殷勤洗拂旧东君，[3]多少韶华聊借看▲

注：① 云母：喻池面浮冰。② 阊阖：皇宫正门。③ 东君：司春之神。

谢逸（宋 144）一首　题：寒食。

弄晴数点梨花雨▲门外画桥寒食路▲杜鹃飞破草间烟，蛱蝶惹残花底雾▲

东君着意怜樊素▲[①]一段韶华天付与▲妆成不管露桃嗔，舞罢从教风柳妒▲

注：① 樊素：唐妓名，善歌，白居易诗："樱桃樊素口。"

王寀(宋 151)一首

秋闺思入江南远▲帘幕低垂帘不卷▲玉珂声断晓屏空，好梦惊回还起懒▲

风轻只觉香烟短▲阴重不知天色晚▲隔窗人语退朝归，旋整宿妆匀睡眼▲

叶梦得(宋 174)一首

花残却似春留恋▲几日余香吹酒面▲湿烟不隔柳条青，小雨池塘初有燕▲

波光纵使明如练▲[①]可奈落红粉似霰▲[②]解将心事诉东风，只有啼莺千种啭▲

注：① 练：白绢。② 霰：水蒸气凝结的小冰粒。

李邴(宋 208)一首　题：美人书字。

沉吟不语晴窗畔▲小字银钩题欲遍▲云情散乱未成篇，花骨欹斜终带软▲[①]

重重说尽情和怨▲珍重提携常在眼▲暂时得近玉纤纤，[②]翻羡镂金红象管▲[③]

注：① 花骨：指字之骨架。② 玉纤纤：喻女子纤指。③ 象管：象牙笔。

向子諲(宋 218)一首　题：宴张子实家，侍人贺金真妙绝一时。

云窗雾阁春风透▲蝶绕蜂围花气漏▲恼人风味恰如梅，倚醉腰肢全是柳▲

细传一曲情偏厚▲淡扫两山缘底皱▲[①]归时好月已沉空，只有真香犹满袖▲

注：① 淡扫两山：淡描两眉。山，喻眉峰；缘底皱：为何皱眉。

侯寘(宋 263)一首

市桥灯火春星碎▲街鼓吹归人未醉▲未嗔还笑眼回波，欲去更留眉敛翠▲

归来短烛余红泪▲月淡天高梅影细▲北风休遣雁南来，断送不成今夜睡▲

绍兴无名氏(宋 302)一首　故事：吴曾《能改斋漫录》："余绍兴戊辰(1148 年)沿檄至信州铅山，见壁有题《玉楼春》，不著姓名。"

东风杨柳门前路▲毕竟雕鞍留不住▲柔情胜似岭头云，别泪多如花上雨▲

青楼画幕无重数▲听得楼边车马去▲若将眉黛染情深，直到丹青难画处▲

周端臣(宋 303)一首

华堂帘幕飘香雾▲一捻楚腰轻束素▲[①]翩跹舞态燕还惊，[②]绰约妆容花尽妒▲[③]

尊前漫咏高唐赋▲[④]巫峡云深留不住▲重来花畔倚栏杆，愁满栏杆无倚处▲

注：① 楚腰：喻腰细。② 翩跹：轻疾飞舞貌。③ 绰约：形容体态柔美。
④ 高唐赋：宋玉著，叙楚襄王会神女于巫山故事。

毛幵（宋 343）一首

日长澹澹光风转▲[1]小尾黄蜂随早燕▲行寻香径不逢人，惟有落红千万片▲

酒成憔悴花成怨▲闲杀羽觞难会面▲[2]可堪春事已无多，[3]新笋遮墙苔满院▲

注：① 澹澹：恬静；光风：谓雨已，日出而风，草木皆有光也。② 羽觞：酒器。③ 可堪：那堪。

辛弃疾（宋 370）一首

三三两两谁家女▲听取鸣禽枝上语▲提壶沽酒已多时，婆饼焦时须早去▲[1]

醉中忘却来时路▲借问行人家住处▲只寻古庙那边行，更过溪南乌柏树▲

注：① 婆饼焦：鸟名，其鸣声如婆饼焦，故名。

朱景文（宋 377）一首　故事：作者任江西新建尉时，委修南昌龙王庙，对龙女像极为重视，凡三、四易，直至明丽艳冶，喜而作《玉楼春》词，书于壁。既而夜梦旌幢羽葆，仪卫甚盛，龙女下车来谒，容颜甚美，与其宴饮寝昵。见《浩然斋雅谈》。

玉阶琼设冰壶帐▲窣地水晶帘不上▲[1]儿家住处隔红尘，[2]云气悠扬风淡荡▲

有时闲把兰舟放▲雾鬓烟鬟乘翠浪▲夜深满载月明归，划破玻璃千万丈▲

注：① 窣地：及地。② 儿家：女郎之家；隔红尘：不在凡间，即龙宫。

赵长卿（宋 389）一首　题：春半。

江村百六春强半▲[1]拍拍池塘春水满▲风团柳絮舞如狂，雨压桃花香不散▲

阴阴巷陌闲庭院▲小立危栏羞燕燕▲不知何事未还乡，除却青春谁作伴▲

注：① 百六：指清明，因冬至至清明为一百零六天；强半：超过一半。

郭应祥（宋 419）一首

匆匆相遇匆匆去▲恰是当初原未遇▲生憎黄土岭头尘，[1]强学章台街里絮▲[2]

雨荒三径云迷路▲总是离人堪恨处▲从今对酒与当歌，空惹离恨千万绪▲

注：① 生憎：最恶。② 章台街：汉长安（今西安）街名。

史达祖（宋 424）一首　题：社前一日。[1]

游人等得春晴也▲处处旗亭闲系马▲[2]雨前红杏尚娉婷，[3]风里残梅无顾藉▲[4]

尽拈针黹还逢社▲[5]斗草赢多裙欲卸▲明朝新燕定归来，叮嘱重帘休放下▲

注：① 社：春社日，在立春后第五个戊日。② 旗亭：市楼，酒楼。③ 娉婷：美貌。④ 顾藉：顾念，爱惜。⑤ 针黹：女工，即活计。

高观国（宋 431）一首　题：宫词。

几双海燕来金屋▲①春隔离宫三十六▲②春风剪草碧纤纤，③春雨浥花红扑扑▲④

卫姬郑女腰如束▲⑤齐唱阳关新制曲▲⑥曲终移宴起笙箫，花下晚寒生翠縠▲⑦

注：① 海燕：即燕子，因来自海外，故称；金屋：宫殿。② 离宫：即行宫，帝出巡外地居所。③ 剪：梳理之意。④ 浥花：湿花。⑤ 卫姬郑女：指帝出巡时外地供奉女子；腰如束：喻细腰。⑥ 阳关：曲名，别离之歌。⑦ 縠：皱纱，指宫女衣裙。

刘镇（宋 437）一首　题：东山探梅。

泠泠水向桥东去▲漠漠云归溪上住▲疏风淡月有来时，流水行云无觅处▲

佳人独立相思苦▲薄袖欺寒修竹暮▲白头空负雪边春，着意问春春不语▲

楼采（宋 466）一首

东风破晓寒成阵▲曲锁沉香簧语嫩▲①凤钗敲枕玉声圆，罗袖拂屏金缕褪▲②

云头雁影占来信▲③歌底眉尖萦浅晕▲淡烟疏柳一帘春，细雨遥山千叠恨▲

注：① 簧语：指莺声。② 屏：屏风；缕：线。③ 占：占卜，预兆也。

吴文英（宋 476）一首　题：京市舞女。

茸茸狸帽遮梅额▲①金蝉罗剪胡衫窄▲②乘肩争看小腰身，倦态强随闲鼓笛▲

问称家住城东陌▲欲买千金应不惜▲归来困顿殢春眠，③犹梦婆娑斜趁拍▲④

注：① 狸帽：狐狸皮帽子；梅额：指梅花妆，源出宋武帝女寿阳宫主，梅花落其额上，成梅花妆。② 胡衫：西北方少数民族服装。③ 殢：困极。④ 趁拍：随着拍板。

严仁（宋 505）一首　注：调名原作木兰花。

春风只在园西畔▲荠菜花繁蝴蝶乱▲冰池晴绿照还空，香径落红吹已断▲

意长翻恨游丝短▲尽日相思罗带缓▲宝奁如月不欺人，明日归来君试看▲

江开（宋 513）一首

风前帘幕沾飞絮▲家在垂杨深处住▲倚楼无语忆郎时，恰是去年今日去▲

帝城箫鼓青春暮▲①应有多情游冶处▲争如日日小栏杆，②望断斜阳青春路▲

注：① 帝城：指临安（今杭州）。② 争如：怎如。

阮郎中（宋 515）一首　故事：有名妓侍宴开府，一士人访之，①相候良久，遂赋《玉楼春》词。开府见词，喜见纤丽，呼士人以妓与之。

东风捻就腰儿细▲系得粉裙儿不起▲看来只惯掌中行，怎教在烛花影里▲
酒红应是铅华褪▲暗蹙损眉峰双翠▲夜深着緉小鞋儿，②靠那个屏风立地▲③
注：①一士人：《豹隐纪谈》作阮郎中，即作者。②緉：鞋两只。③此词上下结句均作三、四句式，稍异。

莫仑（宋571）一首

绿杨芳径莺声小▲帘幕烘香桃杏晓▲余寒犹峭雨疏疏，好梦自惊人悄悄▲
凭君莫问情多少▲门外江流罗带绕▲只饶明日便相逢，已是一春闲过了▲

刘因（元23）一首　注：调名原作木兰花。

未开常探花开未▲又恐才开风雨至▲花开风雨不相妨，为甚不来花下醉▲
今年休作明年计▲明日已非今日事▲春风欲劝坐中人，一片落红当眼坠▲

陈循（明46）一首　题：元宵。

人间佳节逢三五▲①喜气千门帘万户▲②金莲花发九重城，③宝马人游三岛路▲④
乾坤俯仰吾为主▲⑤一统华夷天付与▲⑥元宵佳景万方同，永保山河磐石固▲
注：①三五：指正月十五。②帘：疑为“连”之误。③金莲：金莲烛。源出唐令狐绹事，绹为翰林承旨，夜对禁中，烛尽，命（指帝）以乘舆金莲华炬送还；九重城：京城，指北京。④三岛：指蓬莱、方丈、瀛洲三岛，传系仙人居之。⑤乾坤：天地。⑥华：中华；夷：少数民族。华夷，喻全国。

杨慎（明157）一首

弓鞋一掬凌波迥▲①冉冉盈盈羞顾影▲擎茶步缓乳花凝，斗草归迟苔露冷▲②
雪皱云松倩郎整▲③罗帐灯昏莲瓣瞑▲④掌中无力搦琼枝，⑤渴思半消残酒醒▲
注：①弓鞋：缠足女鞋；一掬：一握；凌波：步履轻盈貌。②斗草：妇女一种赌戏。③云：喻发髻。④莲瓣：金莲小足。⑤搦：握也。

李日华（明289）一首　题：题柳州待别图送刘曜奴。

轻暖轻寒无意绪▲朝来几阵梨花雨▲妆成独自倚栏杆，暗数落红愁不语▲
杜宇一声人欲去▲残云片片依沙渚▲横塘十里柳烟浓，维舟正在烟深处▲

呼举（女）（明346）一首　题：夜坐。

一灯半灭愁无数▲河畔清蟾凉印户▲闲庭露草乱蛩鸣，似共离人分泣露▲
玉楼遥隔湘江浦▲黯黯离魂寻得去▲夜半钟沉落远声，短梦惊回忘去路▲

王尚（女）（明357）一首　题：春去。

何事漫天飞柳絮▲昨夜里送将春去▲连宵中酒下珠帘，万遍伤心日又暮▲

返照残虹收晚雨▲两两归帆来远浦▲高楼弄笛两三声，吹落梅花无着处▲

叶小鸾(女)(明 514)一首　题：春寒。

南园蝴蝶飞无数▲满园春寒帘幕护▲深深人在小楼中，悄悄花开寒食路▲

映阶日色时将午▲添得罗衣窗影暮▲寂寥孤馆闭闲春，但见斜阳窥绣户▲

孙瑶英(女)(明 564)一首　题：闺情。

氤氲绿篆浮香鸭▲[1]睡起午窗开镜匣▲纤纤素手整云鬟，[2]银粉淡香红映颊▲

双峰锁翠眉愁压▲[3]拈得金针还倒捻▲东风肠断少人知，慵看花间飞蛱蝶▲

注：① 氤氲：烟云弥漫貌。② 素手：洁白女手。③ 峰：眉峰。

李元鼎(清 5)一首　题：上巳和韵。[1]

春归未把归期卜▲薄洛津头空碧玉▲[2]轻桡何处泛兰桨，寒食堪堪将百六▲

飘红片片依残绿▲燕蝶劳劳忙不足▲小窗醉酒惜芳辰，梦绕家山山一曲▲

注：① 上巳：古节日名。② 薄洛津：滏阳河支流，在河北境内，汉末袁绍上巳日率宾从禊饮于此津。

魏学渠(清 10)二首　题：第一首，元宵。

第二首，西湖春日。　注：调名原作木兰花令。

(1) 元宵昨夜嬉游路▲今夕还从桥下去▲名香新暖绣罗襦，翠带低垂金线缕▲

回头姐妹多私语▲鱼钥沉沉纤手拄▲[1]钗横鬓亸影参差，一片花光无所处▲

注：① 鱼钥：《芝田录》门钥必以鱼，取其不瞑目。守夜之意。

(2) 钱塘门外多游冶▲[1]红旆碧油芳树下▲[2]夭桃湾水画舸留，垂杨院落秋千打▲

烧香约伴云鬟亚▲[3]三竺六桥多遍也▲[4]同心栀子最关人，船里红妆堤上马▲[5]

注：① 钱塘门：浙江杭州西北门，门外即西湖。② 旆：镶边旗子。③ 亚：压也。④ 三竺：西湖灵隐寺上去有上、中、下三个天竺寺；六桥：西湖苏堤上有六座桥。⑤ 红妆：指女郎；马：指男士。

宋徵舆(清 79)一首　题：燕。

雕梁画栋原无数▲不问主人随意住▲红襟惹尽百花香，翠尾扫开三月雨▲

半年别我归何处▲[1]相见如将离恨诉▲海棠枝上立多时，飞向小桥西畔去▲

注：① 半年别我：燕是候鸟，秋分后往南方越冬，明年春分时再回来。

毛先舒(清104)一首　题：闺晚。

闲庭悄立愁时候▲秋色满阶花似绣▲月明背着陡然惊，不信我真如影瘦▲

嘹嘹孤雁丁丁漏▲[①]又是三冬街鼓后▲露珠珠泪一般多，谁湿银纱衫子袖▲

注：① 嘹嘹：鸟声；丁丁：滴漏声。漏，计时器。

史惟圆(清221)一首　题：同其年、天石、远公诸子宴集原白池亭。[①]

乍晴池馆东风软▲[②]墙外小桃红未展▲时当暮暮复朝朝，人比莺莺和燕燕▲

兰灯影里娇波转▲笑他金觥休放浅▲[③]人间何处有春愁，月上三更帘不卷▲

注：① 其年：陈维崧号；天石：吴本嵩字；远公：史鉴宗，字远公，作者宗亲。均见《词人小传》。② 池馆：花园。③ 觥：古时一种酒器。

朱彝尊(清288)一首　题：妓席。

虫虫本爱穿花径▲改席回廊翻道冷▲歌时小扇拍犹嫌，醉里香肩凭未肯▲

情知并坐无由并▲且喜梅梢远相映▲待他月上烛斜时，压住影儿应不省▲

万树(清316)一首　题：元夕。[①]

辛盘乍撤天光暖▲[②]好个今年正月半▲风知良夜霎时停，月为新春加意满▲

醉来扶上桥头看▲火树谁家调翠管▲[③]灯棚鼓棒逐儿童，一笑浑忘双鬓短▲

注：① 元夕：即元宵。② 辛盘：《风土记》元旦以葱、蒜、韭等杂和面食之，名五辛盘，取迎新之意也。③ 管：指箫、笛类乐器。

曹贞吉(清396)一首　题：春晚。

蘼芜一剪城南路▲[①]弱絮随风乱如雨▲垂鞭常到日斜时，[②]送客每逢肠断处▲

愔愔门巷春将暮▲树底蔫红愁不语▲[③]画梁燕子睡方浓，落尽香泥却飞去▲[④]

注：① 蘼芜：野草名。② 垂鞭：指骑马。③ 蔫红：萎缩了的落花。④ 香泥：指燕巢上泥。

徐元端(女)(清645)一首　题：秋闺。

西风习习生秋扇▲黄菊东篱开欲遍▲画楼近日懒梳妆，闲却钗头双紫燕▲

朦胧昼卧湘纹簟▲欲起沉吟心力倦▲依稀梦冷不多时，疑在芙蓉深小院▲

黄御袍(女)(清791)一首　题：春暮寄外。[①]

韶华欲暮莺声碎▲[②]望远凭栏千里意▲落花满地绣成茵，[③]人在绣茵深处醉▲

羡他飞鸟无双翅▲[④]空想王孙芳草媚▲[⑤]愿为柳絮倩东风，吹向郎边撩乱坠▲

注：① 外：夫也。② 韶华：春光。③ 茵：席、毯之类。④ 无双：最好、无可相比。⑤ 王孙：指其夫。

华文炳(清809)一首

沙棠双桨轻于叶▲①摇出清溪山四碧▲短短疏篱护夕阳，濛濛细雨催寒食▲

踏青挑菜城南陌▲怅望湔裙人独立▲小桃昨夜嫁东风，满面羞红娇欲滴▲

注：① 沙棠：木名，可造船。“叶”字作宽叶。

吴翌凤(清1071)一首

空园数日无芳信▲恻恻残寒犹未定▲柳边疏雨燕归迟，花外小楼帘影静▲

凭栏渐觉春光暝▲怅望碧天帆去尽▲满地芳草不成归，斜日画桥烟水冷▲

沈清瑞(清1144)一首

春城一带垂杨暝▲淡日轻云晴不定▲杏花风细雨丝丝，隔水人家寒食近▲

归来燕燕传芳讯▲斗帐薰炉银叶润▲①今年春事去年心，飞絮多情上帘影▲

注：① 斗帐：覆斗形帐子，即圆顶帐，喻小帐；银叶：喻纸牌；润：光滑。

张惠言(清1170)一首

一春长放秋千静▲风雨和愁都未醒▲裙边余翠掩重帘，钗上落红伤晚镜▲

朝云卷尽雕栏暝▲明月还来照孤凭▲①东风飞过悄无声，却被杨花微送影▲

注：① 凭：依几也。

董士锡(清1359)一首　注：调名原作木兰花。

一秋凉梦催离别▲好与鸳鸯池畔说▲落红愁对镜中鸾，拾翠记分钗上蝶▲

柳丝不作同心结▲风雨连宵都未歇▲玉阶何事最销魂，罗袜沉沉凉浸月▲

许德蘋(女)(清1708)一首　题：冬情。

重帏未下尖风逗▲①独拥薰炉烧炭兽▲②养娘何事太无情，反欲催人勤刺绣▲

几回拈起残针扣▲绣出平原犹未就▲檐冰倒挂玉玲珑，梅蕊争开红结豆▲

注：① 尖风：尖厉之风。② 炭兽：兽形之炭。应为兽炭，因用韵而颠倒。

劳纺(女)(清1883)一首　题：春暮。

画眉百啭枝头语▲零落海棠春欲去▲无边浓绿已盈庭，有限残红尚在树▲

惜花独向花闲步▲紫燕倚人飞又住▲①余霞散绮近黄昏，②澹月微茫云外吐▲③

注：① 紫燕：即燕子。② 绮：锦绣般霞光。③ 澹月：恬静月光。

林思进(现当3)一首　题：和翊方行严韵。

流莺解劝词人住▲啼遍绿杨千万树▲才惊春水咏流红，①又看春衫裁白纻▲②

风光二月浑如故▲寒食清明忍教负▲定知赌酒向旗亭，③数到禁烟刚百五▲

注：① 流红：流水中落花。② 白纻：白麻布。③ 旗亭：市楼，指酒楼。

李澄波(女)(现当43)一首

三月江南春雨霁▲陌上烟村残照里▲东风一箭近清明，[1]绣阁千家临渌水▲

隔浦艳桃红欲坠▲鸾柱莺弦声渐碎▲[2]离愁不断似飞绵，万里归心何处寄▲

注：① 一箭：喻临近。② 柱、弦：指琵琶、琴类。此处喻乐声。

许白凤(现当58)一首　注：1966年作。

拓开老圃宽眉宇▲更有一番生意处▲短墙乱叠不遮山，小树新栽刚着雨▲

晚晴光景知何许▲信步时时寻活计▲[1]谁家燕子啄春泥，飞向亭桥西畔去▲[2]

注：① 信步：随意行走。② 亭桥：桥名，在浙江平湖西大街，作者家在桥畔。

车乘轨(现当88)二首　题：第一首，后园怡情。　注：2001年10月20日作。

第二首，乙丑(2009年)冬雪即事。　注：2009年12月27日作。

(1) 秋光不亚春明媚▲几日晴朗更绮丽▲园中早有五株杉，[1]屋后新栽单本桂▲[2]

木樨绽放香侵鼻▲[3]鹊鸟啁啾语悦耳▲[4]花香鸟语涤尘烦，漫坐墙阴情欲醉▲

注：① 园中：指作者绍兴东双桥西河沿故居后园。五株杉：五株水杉，系作者1985年3月手植。② 单本：一株。③ 木樨：桂花别名。④ 啁啾：鸟声也。

(2) 立冬过后仍秋暖▲十月依然风日软▲[1]朔风宵半袭禾城，[2]瑞雪午前堆街满▲

绵搓路滑翁行战▲[3]积石尿频婆病怨▲[4]雪中送炭女孙贤，灵药飞来情孝现▲[5]

注：① 这两句谓是年立冬以来，一直温暖如秋。十月：指农历。② 朔风：北风；禾：嘉兴简称。③ 绵搓：喻下雪；翁：指作者；行战：走路战战兢兢、小心谨慎意。④ 此句谓作者老妻患脑梗塞后迸发膀胱积石并发炎。⑤ 此两句谓四川产大叶金钱草对排石有奇效，但路远难以问津，后经作者在镇江女儿转委在上海外孙女上网觅购，不数日即从成都购就，快递送到，服后一月，经彩超初检，积石已除。此举可谓“雪中送炭”，并实现了子孙辈亲情孝意。

韩学宽(现当135)一首　题：春情。

春光三月浓于酒▲诗境画图随处有▲云间日丽雨还飘，枝上绿肥红不瘦▲

花开易落人长久▲白发相携寻老友▲忽闻软语叫吱喳，麻雀调情鸣翠柳▲

张维琳(女)(现当192)一首　题：农女采蔬。

东邻窈窕农家女▲理罢晨妆相絮语▲[①]闻传春节货应时，宜采鲜蔬相换取▲

摘来芹菜淋朝露▲又剪韭黄香吐雾▲绿葱青蒜压罗筐，挑担翩翩南市去▲

注：① 絮语：语多也。

刘易(现当228)一首　题：投宿。

酒旗斜飞烟柳雾▲兴起匆匆忙举步▲翠微深处一人家，[①]恰是旧时投宿处▲

几次相呼寻故主▲不料青姑门半露▲细眉颦锁闪秋波，自叙当年刚断乳▲

注：① 翠微：青缥色山气。

五十六字　玉楼春　第二体，同第一体，但后段首句不叶韵。

温庭筠(唐34)一首　注：调名原作木兰花。

家临长信往来道▲[①]乳燕双双拂烟草▲油壁车轻金犊肥，[②]流苏帐晓春鸡早▲[③]

笼中娇鸟暖犹睡，帘外落花闲不扫▲衰桃一树近前池，似惜容颜镜中老▲

注：① 长信：汉宫名，太后所居。此处泛指京城。② 油壁车：妇女乘车；犊：小黄牛，此处指牛拉油壁车。③ 流苏：帐穗。

韩偓(五代十国2)一首　注：调名原作木兰花。

绝代佳人何寂寞▲梨花未发梅花落▲东风吹雨入西园，银线千条度虚阁▲

脸粉难匀蜀酒浓，口脂易印吴绫薄▲娇娆意态不胜羞，愿倚郎肩永相着▲

顾敻(五代十国15)二首

(1) 月照玉楼春漏促▲[①]飒飒风摇庭砌竹▲梦惊鸳被觉来时，何处管丝声断续▲[②]

惆怅少年游冶去，枕上两蛾攒细绿▲晓莺帘外语花枝，背帐犹残红蜡烛▲

注：① 漏：铜壶滴漏，用以计时。② 管：指箫笛类；丝：丝弦类乐器，如琵琶、琴筝。

(2) 柳映玉楼春日晚▲雨细风轻烟草软▲画堂鹦鹉语雕笼，金粉小屏犹半掩▲

香灭绣帏人寂寂，倚栏无语愁思远▲恨郎何处纵疏狂，[①]长使含啼眉不展▲

注：① 纵：放纵。

孟昶（五代十国31）一首　题：夜起避暑摩诃池上作。[①]

冰肌玉骨清无汗▲水殿风来暗香满▲绣帘一点月窥人，攲枕钗横云鬓乱▲

起来琼户启无声，[②]时见疏星度河汉▲[③]屈指西风几时来，[④]只恐流年暗中换▲

注：① 摩诃池：池名，《寰宇记》谓萧摩诃所置，在四川成都，后蜀划入宫苑。② 琼户：玉户、闺房。③ 河汉：银河。④ 屈指：扳着指头记数。

林韫（女）（清306）一首　题：听蛩。[①]　注：调名原作木兰花令。

深院沉沉秋色早▲绕砌吟蛩悲不了▲孤檠独坐夜如何，[②]愁怀展转知多少▲

唤起相思无限泪，催得年华容易老▲良宵好梦竟难成，恨不到、五更天晓▲[③]

注：① 蛩：即蟋蟀。② 檠：烛台。③ 此句用三、四分句，与他作四、三分句不同。

车乘轨（现当88）一首　题：重听弹词《描金凤》。[①]　注：2010年1月29日作。

苏州弹词受人宠▲最爱其中《描金凤》▲媒婆篙翁多侠肠，[②]贫家碧玉偏身重▲[③]

天寒年逼感同受，[④]穿插打浑群起哄▲[⑤]书场枕水古风存，[⑥]男女双档妙音送▲[⑦]

注：① 弹词：苏州弹唱，俗称小书。《描金凤》：传统节目之一，前半部叙市井小民真挚生活，娓娓动听。② 媒婆、篙翁：许媒婆和钱笃篙翁，一对趣人，虽贫却是侠肠。③ 贫家碧玉：指女主角钱玉翠。④ 天寒年逼：书中情节是除夕，现场节气是腊月。⑤ 打浑：笑料也，俗称放噱头；起哄：听众哄笑声。⑥ 书场：珊凤书场；枕水：书场濒河。⑦ 双档：二个演员合作。

五十六字　玉楼春　第三体，前段用仄韵，后段用平韵。

无名女子（女）（元94）四首　故事：至顺中，有王生者居金陵，尝趁租船往松江，泊舟渭塘，入肆沽酒。一女子帘后窥之，姿态独艳，是夕忽梦至肆中，见壁上效东坡体题四时调。后女归生。

（1）春风吹花落红雪▲[①]杨柳阴浓啼百舌▲[②]东家蝴蝶西家飞，前岁樱桃今岁结▲

秋千蹴罢鬓鬖髿△[③]粉汗凝香沁绿纱△侍女亦知心内事，银瓶汲水煮

新茶△

注：① 红雪：指落花如雪。② 百舌：鸟名。③ 鬖髿：发乱貌。

（2）芭蕉叶展青鸾尾▲萱草花衔金凤嘴▲一双乳燕出雕梁，数点新荷浮绿水▲

困人天气日长时△针线慵拈午漏迟△起向石榴阴畔立，戏将梅子打莺儿△

（3）铁马声喧风力紧▲[1]云窗梦破鸳鸯冷▲玉炉薰麝有余香，罗扇扑萤无定影▲

洞箫一曲是谁家△河汉西流月半斜△[2]要染纤纤红指甲，金盆夜捣凤仙花△[3]

注：① 铁马：即屋檐角上风铃。② 河汉：银河。③ 凤仙花：捣碎后色红，可染指甲。

（4）山茶未开梅半吐▲风动帘旌雪花舞▲[1]金盘冒冷塑狻猊，[2]绣幕围春护鹦鹉▲

倩人呵笔画双眉△[3]脂水凝寒上脸迟△妆罢扶头重照镜，凤钗斜亚瑞香枝△[4]

注：① 帘旌：如旗帘子。② 塑：用雪堆造；狻猊：狮别名。③ 呵笔：呵暖气吹冻笔也。④ 亚：压也。

李堂（明108）二首　题：第一首，春。第二首，冬。

（1）和气融融帘半卷▲庭草铺金匀似剪▲粉蝶惊魂梅子酸，雏莺学语东风软▲

悠悠新恨比游丝△牵惹花心挂柳枝△侍儿催起乌云亸，[1]宝鸭香消春睡迟△[2]

注：① 侍儿：婢女；乌云亸：黑发下垂貌。② 宝鸭：鸭形香炉。

（2）天垂帷幕阴云布▲似惜贫寒巧遮护▲千山飞鸟断归踪，六出花飞已成素▲

空床晓起向红炉△白封门径真画图△推窗欲问真消息，墙角暗香疑有无△

五十六字　玉楼春　第四体，前段仄韵，后段换第二种仄韵。

顾若璞（明341）一首　题：晚春三桥看月。

花飞锦带春波起▲残月流辉明水底▲万珠的砾照新妆，[1]故掷嫦娥纤手里▲

柳线牵烟轻重绿▲▲渔灯高下鸳鸯宿▲▲无情花柳送春归，不管离人肠断续▲▲

注：① 的砾：鲜明貌。

车乘轨(现当88)一首　题：父亲节即事。　注：2006年6月18日作。

媒体宣传父亲节▲[1]多数国人初听说▲可怜天下椿萱心，[2]父爱拳拳情更切▲[3]

欲救稚女顽痼疾▲▲甘愿养蜂挨刺螫▲▲[4]镇江余女报亲恩，千里邮包逢节日▲▲[5]

注：① 父亲节：在六月份第三个周日。② 椿萱：即父母。③ 拳拳：恳切周到也。④ 据浙江电视台报道，安吉县报福镇一女孩患关节炎，百医无效。后得偏方，蜂螫有特效，乃父不惜自身被群蜂刺螫，坚持养蜂救女。⑤ 此两句谓作者女儿赶节日寄来邮包。心力竭：即尽心竭力。

五十六字　同心结

吴敬所(明263)一首　题意：《刘生觅莲记》第十一回孙碧莲与刘一春联词。

懒上牙床△懒下牙床△换到黄昏整素妆△有约不来过夜半，念有千遍刘郎△

朝也思量△暮也思量△满拟今宵话一场△人面不知何处去，念有千遍莲娘△

五十六字　步蟾宫(又名夜游宫)

汪存(宋153)一首　题：冬日送侄赴省。[1]

玉京此去春犹浅▲[2]正雪絮、马头零乱▲姮娥剪就绿云袍，[3]待来到、蟾宫与换▲[4]

明年二月桃花岸▲棹双桨、浪平烟暖▲扬州十里小红楼，尽卷上、珠帘一半▲

注：① 省：指省城豫章(今江西南昌)。② 玉京：指京城汴京(今河南开封)。③ 姮娥：即嫦娥。④ 此句谓明春京试蟾宫折桂中进士，换官袍。

章谦亨(宋483)一首

团圞小酌醺醺醉▲厮挨着、没人肯睡▲[1]呼卢直到五更头，[2]便铺了、妆台梳洗▲

庭前鼓吹喧人耳▲蓦忽地、又添一岁▲休嫌不足少年时，有多少、老如我底▲[3]

注：① 厮：相。② 呼卢：掷骰赌戏。③ 底：如何也。

钟过(宋521)一首

东风又送荼蘼信▲早吹得、愁成潘鬓▲花开犹似十年前，人不似、十年前俊▲

水边珠翠香成阵▲也消得、莺窥燕认▲归来沉醉月朦胧，觉花气、满襟犹润▲

易震吉（明444）一首　题：村行。

短墙窄屋营黄土▲凡此地、人心犹古▲山田漠漠水行声，只听得、遥鸡叫午▲

道旁石竹花争吐▲黄蝴蝶、两三飞舞▲苍颜野老饭余时，把藜杖、松间闲拄▲[1]

注：① 藜杖：藜木拐杖。

朱彝尊（清288）一首　题：席上同沈六赠妓。

越罗垂地湘裙匝▲[1]浅露着、鞋帮红狭▲寻常已是不分明，况一点、纱笼残蜡▲

玲珑骰子抛时霎▲[2]遥劝酒、觥船暂压▲[3]月高先自下阶行，又何处、为云巫峡▲[4]

注：① 匝：绕地。② 骰子：粒状赌具。③ 觥船：大酒杯。④ 为云巫峡：指陪寝。

沈岸登（清509）一首

雪花未净侵阶滑▲奈小小、鸦头罗袜▲[1]恼人三五月朦胧，[2]数不定、风鬟十八▲[3]

歌阑才把觥筹撤▲[4]听去也、一声愁煞▲尊前相对且无言，又那得、相思书札▲

注：① 鸦头：指头梳双髻女郎。② 三五：十五，即月半。③ 风鬟：喻发髻蓬松。④ 觥：酒器；筹：行酒令筹码。

史承谦（清951）一首

单衫杏子无尘涴▲[1]更婀娜、合欢花朵▲一生赢得住江南，便占尽、吴中梳裹▲[2]

这边只有销魂我▲盼嫩约、今番须果▲[3]那知暮雨独归时，但怅望、红楼灯火▲

注：① 单衫杏子：即杏子单衫，因用韵而颠倒。② 吴中梳裹：苏州一带妆束。③ 嫩约：浅约。④ 果：有结果。

赵帅（清1066）一首　题：早秋万柳堂览胜。

两渔丝簸城东道▲问万柳、而今多少▲夕阳池馆锁葳蕤，但一簇、秋林红枣▲

门前系马嘶芳草▲又满耳、蝉鸣遮了▲谁家篱落绿茸茸，挂数朵、牵牛花小▲

车乘轨（现当88）一首　题：悼故交沈剑龙君。[1]　注：2006年5月2日作。

中秋诞降清明殁▲[②]去来趁、春秋佳节▲平生坎坷志难扬，好才学、横遭掩没▲[③]
三年聚首匆匆别▲[④]四旬久、分离音绝▲[⑤]年初通话喜安康，却春半、鹤乘长诀▲

注：① 沈剑龙：又名燧初，绍兴人。② 中秋诞降：生于1923年中秋节；清明殁：卒于2006年清明节。③ 好才学：沈君学问渊博，书法精湛，多次在江苏昆山暨张浦镇参展。④ 三年聚首：1941年至1944年间在绍兴与作者交友三年，后沈君去昆山张浦镇振苏砖瓦厂工作，遂告分离。⑤ 四旬：即四十年。十年称一旬。

五十六字　卓牌子

杨无咎（宋254）一首

西楼天将晚▲流素月、寒光正满▲[①]楼上笑揖姮娥，[②]似看罗袜尘生，鬓云风乱▲
珠帘终夕卷▲伴不寝、栏杆凭暖△好在影落清尊，冷侵香幄，欢余未教人散△

注：① 素月：洁白月亮。② 揖：作揖。迎接之意；姮娥：即嫦娥，月也。

五十六字　夜行船（又名明月棹孤舟）　第一体，前后段第一、二、五句均叶仄韵。

杨无咎（宋254）一首　题：周三五。[①]　注：调名原作明月棹孤舟。

宝髻双重烟缕缕▲年纪小、未周三五▲[②]压众精神，出群标格，偏向众中翘楚▲[③]
记得谯门初见处▲[④]禁不定、乱红飞去▲掌托鞋儿，肩拖裙子，悔不做闲男女▲

注：① 周三五：歌妓。② 未周三五：不满十五岁，双关人名。③ 翘楚：特出之人材。④ 谯门：楼门。

王嵎（宋347）一首

曲水溅裙三月二▲[①]马如龙、钿车如水▲风扬游丝，日烘晴昼，人共海棠俱醉▲
客里光阴难可意▲扫芳尘、旧游谁记▲午梦醒来，小窗人静，春在卖花声里▲

注：① 溅裙：即湔裙，洗裳也，古代妇人在三月三日去水溪湔裙，以祓不祥。此处提前一日。

丘崈（宋361）一首　题：越上作。[①]

水满平湖香满路▲绕重城、藕花无数▲[②]小艇红妆，疏帘青盖，烟柳画船斜渡▲

恣乐追凉忘日暮▲箫鼓动、月明人去▲犹有清歌，随风迢递，③声在芰荷深处▲④

注：① 越：浙江绍兴一带。② 重城：复城，即内外城。③ 迢递：即迢遥，喻远。④ 芰荷：芰，应为菱，但古诗词中芰荷即指荷。

史达祖（宋424）一首　题：正月十八，闻卖杏花有感。

不剪春衫愁意态▲过收灯、有些寒在▲①小雨空帘，无人深巷，已早杏花先卖▲

白发潘郎宽沈带▲②怕看山、忆他眉黛▲草色拖裙，烟光染鬓，长忆故园挑菜▲

注：① 收灯：指元宵节后。② 白发潘郎：潘岳少年白头；宽沈带：指身体废损，用沈约典。

卢祖皋（宋445）一首

暖入新梢风又起▲①秋千外、雾萦丝细▲鸠侣寒轻，燕泥香重，人在杏花窗里▲

十二银屏山四倚▲②春醪困、共篝沉水▲③却说当时，柳啼花怨，魂梦为君迢递▲

注：① 梢：树梢。② 银屏：屏风美称。③ 春醪：春酒。④ 篝：炉火。

黄机（宋449）一首　题：京口南园。①

红溅罗裙三月二▲②露桃开、柳绵又起▲百尺游丝，罥莺留燕，判与南国一醉▲③

历历斜阳明野水▲④倚危栏、暮云千里▲说与游人，直须烧烛，早晚绿阴青子▲

注：① 京口：今江苏镇江。② 溅罗裙：即湔裙。见上王嵎词注。③ 判：判断、决定之意。④ 历历：分明貌。

苏道春（元101）一首　题：海棠图。　注：见《金谷怀春》第三回，调名原作明月棹孤舟。

富丽漫夸金谷好▲①芳姿一夜韶光老▲②猛省春风，都来几日，报道海棠开了▲

妃子睡余天乍晓▲③新妆梳、胭脂初扫▲子美无诗，梅花相绕，能有暗香来到▲

注：① 金谷：金谷园，晋人石崇别墅，极华丽。② 韶光：春光。此句按律应

为三字、四字分句，稍有不同。③ 妃子：喻女郎潘拱璧。

郭士璟（清 9）一首　题：晚眺。　注：调名原作明月棹孤舟。

茅屋三层临岸构▲纸窗楞、四边明透▲①凉卷斑帘，②山迷半榻，烟火数家先后▲

目断前溪波点皱▲③听渡口、小船起笱▲④月上纱痕，⑤露香鱼草，风细芦花越厚▲

注：① 窗楞：窗棱角。② 斑帘：斑竹帘。③ 目断：目力判断。④ 笱：音构，竹制渔具。⑤ 纱：指纱窗。

仲恒（清 177）一首　题：漫兴。

怕听檐前鹦鹉唤▲看双鬟、卷帘才半▲百结丁香，怀仁荳蔻，更是撩人肠断▲

蓦见斜阳来一片▲袅晴丝、并刀难剪▲瘦损腰围，愁攒眉黛，那见春宵差短▲①

注：① 差短：苦短。

朱彝尊（清 288）一首　题：枇杷。　注：调名原作明月棹孤舟。

几阵疏疏梅子雨▲①也催得、嫩黄如许▲笑逐金丸，②看携素手，犹带晓来纤露▲

寒叶青青香树树▲记东溪、旧曾游处▲③日影堂阴，雪晴花下，④长见那人窥户▲

注：① 梅子雨：即黄梅雨，在农历五月。② 金丸：喻枇杷金黄色而圆。③ 东溪：原注：白居易诗："况对东溪野枇杷。"④ 雪：枇杷花白；花下：原注：杨巨源诗："枇杷花下闭门居"。

王晫（清 445）一首　题：过访张砥中山庄不值。①　注：调名原作明月棹孤舟。

家近雷峰春意早▲②被风催、野棠开了▲竹里层楼，四时朝暮，领取湖光多少▲

远驾扁舟穿荇藻▲③日将斜、故人初到▲画壁云闲，书帏琴静，愁听隔林啼鸟▲

注：① 张砥中：即张星耀，见《词人小传》；不值：不遇。② 雷峰：雷峰塔，在杭州西湖边。③ 扁舟：小舟；荇藻：荇与藻，均为水生植物。

顾衡文（清 556）一首

饱挂轻帆冲雾去▲月初斜、未分明处▲渔市灯红，雁汀芦白，隔岸微茫人语▲

自是扁舟鲑菜侣▲①甚勾回、十年情绪▲绣被眠香，深杯殢酒，②真个画船听雨▲

注：① 鲑：鱼名，体大呈纺锤形，鳞细而圆，味美。② 殢：困顿也。

郑熙绩（清676）一首　题：锡山（江苏无锡）道中。　注：调名原作明月棹孤舟。

早雾空濛天未晓▲黄鹂故弄、歌声巧▲[1]一幅蒲帆，半篙春水，无限烟波飘渺▲

昨夜东风斜料峭▲片片落花、流不了▲[2]万派潺湲，数声欸乃，催得梁溪将到▲[3]

注：① 此句四字、三字分句与格律三字、四字分句不同。② 此句亦四字、三字分句，与格律不同。③ 梁溪：在江苏无锡。

楼俨（清838）一首

薄雾朦胧双桨去▲趁星光、莫教天曙▲几点渔舟，一丛霜荻，灯火微茫何处▲

记得小楼曾借住▲倚薰笼、夜深频语▲梦不分明，景还依约，肠断天涯羁旅▲

娥川主人（清938）一首　题意：《世无匹》第八回词引。　注：调名原作明月棹孤舟。

过眼骅骝看不足▲香尘起、美人如玉▲俨若飞仙，浑如天女，但见片云垂绿▲

司马高堂刚一宿▲回马处、但存华屋▲笑杀东床，空思南国，何日归盟仍续▲

曹慎仪（女）（清1266）一首　题：送春。

万绪千头谁与语▲忆年时、旧销魂处▲垂柳千丝，斜日一抹，记相送、天下路▲[1]

飞絮依然催暮雨▲更何堪、别情离绪▲芳草连天，东风划地，只梦里、随他去▲

注：① 此句与后段末句均三字、三字分句加顿号，与格律不同。

诸可宝（清1801）一首　题：秋词，用梅溪韵。[1]

折叠衣裳支懒态▲酒边言、耳边亲在▲织锦成诗，拗莲作寸，听到刺菱新卖▲[2]

紫塞书来该雁带▲[3]眼波间、怨珠愁黛▲月照高楼，风吹短棹，[4]难道不思莼菜▲[5]

注：① 梅溪：即史达祖，见《词人小传》。② 刺菱：即菱，因菱角尖刺。③ 紫塞：指边疆；雁：传说雁能传书。④ 棹：船桨。⑤ 莼菜：晋张翰因秋风起，思故乡吴中莼菜羹、鲈鱼脍，竟辞官归乡。

许白凤（现当58）一首　注：1975年作。

晓起上街余倦态▲照行人、月光还在▲压担青蔬，盈筐香芋，都是近乡来卖▲

列队屠门新市带▲[1]看摩肩、[2]俏生蛾黛▲[3]肉食何如，素餐滋味，好办我、田

园蔬▲④

注：① 屠门：谓肉市。② 摩肩：喻人多挨挤。③ 蛾黛：喻女子。④ 此句用三字分句加顿号，与格律稍不同。

车乘轨(现当88)一首　题：忆贺家池受惊。①　注：1997年7月9日作。

饭罢村头天已晚▲②贺家池、小舟如箭▲恨煞艄公，中流胡溺，船体动摇回转▲

黑夜不知方位变▲横直闯、竟无边岸▲波浪滔滔，心惊神丧，离险幸逢灯灿▲③

注：① 贺家池：绍兴东面大湖，面积约四千余亩。相传贺家村一农家谷垛，取之不尽，后村人全力搬运，发现垛底露出一角，初不知为龙角，以斧斫之，龙受惊，遂破土而出，全村淹没成池。② 村头：村名，在贺家池西北，1940年11月，作者与先兄车久珩及章承祖、鲁源甫等雇小划船去东关镇应小学教员甄试，在道墟镇章承祖家晚餐后连夜开船，于村头进入贺家池。③ 灯灿：对岸屯头村善人在湖出口处竖立灯笼，内燃蜡烛，绍兴人称"天灯"，即农家路灯。小船幸赖此灯指点，得脱险境。

五十六字　夜行船　第二体，同第一体，但后段第一句不叶韵，前后段第二句均四字、三字分句。

无名氏(明327)一首

韶光悄悄溶溶处▲半是落花与飞絮▲人静昼长，重门深闭，闲倚疏帘无语▲

画屏春梦正来时，上苑东风又归去▲燕子泥香，游丝日暖，一霎蔷薇红雨▲

五十六字　夜行船　第三体，与第一、二体前段大同小异，但后段大不相同。

杨无咎(宋254)一首

夹岸绮罗欢聚▲①看喧喧、彩舟来去▲晴放湖光，雨添山色，谁识总相宜处▲

输与骚人▲②却知胜趣▲醉临流、细评坡句▲③若把西湖比西子，④这东湖、似东邻女▲⑤

注：① 罗绮：喻妇女。② 骚人：即诗人。③ 坡句：苏东坡诗句。④ 西子：即西施。⑤ 东邻女：指东施效颦。

五十六字　夜游宫

政和无名氏(宋215)一首

是处追寻侣▲灯光散、九衢红雾▲①人在星河繁闹处▲暗相逢，惹天香，飘

满路▲

游困先归去▲奈怨别、相思情绪▲闲傍小桃还独步▲月明寒，撚宜男，[2]无一语▲

注：① 九衢：九面可通达之街。② 宜男：草名。

五十六字　河传

邵亨贞（元86）一首

春昼▲倦绣▲轻揎罗袖▲背倚秋千△杜鹃△年年恼人三月天△锦笺△空将心事传△

小玉偷移筝上雁▲▲弦索断▲▲惊起睡鸳散▲▲粉墙西△△杨柳堤△△马嘶△△谁家游子归△△

叶小鸾（女）（明514）一首　题：秋景。

云散▲风淡▲疏阴凉浅▲碧汉悠悠△[1]玉钩△[2]柳边斜挂西画楼△初秋△井梧先自愁△

小幔轻云澄练绮▲▲[3]清光美▲▲好把镜奁比▲▲倚栏杆△△鞞鬓鬟△△[4]远山△△[5]愁烟点黛弯△△

注：① 汉：即天河。② 玉钩：弦月。③ 此句谓月光皎洁。④ 鞞：下垂貌。⑤ 远山：喻眉峰。

五十六字　金凤钩

郭士璟（清9）一首　题：春游。

小园画舫随系▲[1]听飒飒柳长到地▲[2]布帘开处，见船头城角，都是香风雪腻▲

含羞棹女轻抛戏▲[3]几度把柳花搓细▲香调玉手，面匀花汁，争似唇朱额翠▲

注：① 画舫：游船。② 飒飒：风声。③ 棹女：船女。

五十六字　雨中花

王观（宋76）一首　题：夏。

百尺清泉声陆续▲映潇洒、碧梧翠竹▲面千步回廊，重重帘幕，小枕欹寒玉▲

试展鲛绡看画轴▲见一片、潇湘凝绿▲待玉漏穿花，银河垂地，月上栏杆曲▲

董少玉（女）（明243）一首　题：本意。

丝丝细雨沾林木▲湿透深红、并浅绿▲[1]看小苑池亭，轻风漾荡，片片飞寒玉▲[2]

万水千山云断续▲拂水穿篱、扑短竹▲把玉笛横吹，瑶琴高挂，试奏梅

花曲▲[3]

注：① 此句及后段第二句均以四字、三字分句，与格律三字、四字分句不同。

② 寒玉：指落花。③ 梅花：曲名。

吴敬所(明263)一首　题：夜雨生愁。　注：见《刘生觅莲记》第五回。

烟雨妒春声不歇▲无故把、繁华摧折▲看欹网留春，斜兜花瓣，不放东君别▲

隔槛丁香和恨结▲泪滴处、衣罗凝血▲正冷落佳人，柴门深闭，刚是愁时节▲

汪价(清30)一首　题：闺思。

春起懒将残鬓束▲向镜面、照了还覆▲却裙带轻拈，鞋尖漫点，[1]斜倚栏杆曲▲

风色微熏花气郁▲[2]已做就、一天新绿▲看燕子双双，莺儿对对，只有人儿独▲

注：① 漫点：随意移动。② 熏：暖和。

周季琬(清100)一首　题：海棠。

栏外湿红娇欲滴▲多因睡足、浑无力▲[1]看径草青齐，池纹绿皱，犹有轻寒逼▲

最妒朝霞分艳色▲任暮雨、丝丝如织▲归燕啄余香，留连枝上，去岁曾相识▲

注：① 此句用四字、三字分句，与格律稍异。

钱洁(女)(清258)一首　题：秋海棠。

满砌湿红娇欲滴▲似睡起、浑无气力▲看苔藓笼香，薜萝拥翠，相映幽姿别▲

妒杀晓霞争艳色▲奈暮雨、丝丝如织▲想肠断西风，自怜冷落，未与春相识▲

陆凤池(女)(清888)一首　题：秋思。

满径芙蓉红欲晕▲更交映、桂芳菊润▲听幽砌蛩吟，[1]疏林蝉噪，惹起清秋恨▲

每叹流光容易尽▲记七夕、鹊桥渡稳▲[2]早过了中秋，疏风斜雨，又是重阳近▲

注：① 蛩吟：蟋蟀吟唱。② 七夕：农历七月初七夜，牛郎织女相会于鹊桥。

李荃(清1059)一首　题：春杪即事。[1]

潋滟银塘新水绿▲[2]映几树、碧梧翠竹▲望暮霭村前，[3]夕阳楼外，雨过山如沐▲

春去频添愁万斛▲[4]问谁伴、黄昏幽独▲但新月横帘，残花满院，倚遍栏杆曲▲

注：① 春杪：即暮春。② 潋滟：水波相连貌。③ 霭：云气。④ 万斛：喻量

多。斛，量器，每斛折合五斗。

车乘轨（现当88）一首　题：桂花再度怒放。　注：2009年10月18日作。

雨打公园金桂折▲曾惆怅、赋词一阕▲①但暴雨无常，秋光仍在，再度新芽发▲

连日和风晴转热▲早满树、枝繁花郁▲又色丽迷人，香清扑鼻，引逗双飞蝶▲

注：① 是岁9月30日，作者曾往嘉兴人民公园桂林赏桂，不料无情风雨，桂花已被摧残，归赋《雨中花》一词记恨。

五十六字　美人香

黄幼藻（女）（清876）一首　题：本意。　注：此首用韵多宽叶。

柔肌丽质发芳芬△似贾如荀△①生香岂为时香熏△自是天然日和，捻就轻盈△

东风荡起石榴裙△②散出氤氲△③萧郎几度欲销魂△④一种柔情深处，蜂蝶难争△

注：① 贾：指晋贾充女，盗父之御赐西域奇香与恋人韩寿，世称韩寿偷香；荀：《世说》刘季和尝言"荀令君至人家，坐处常三日香"。② 石榴裙：大红裙也。③ 氤氲：烟云弥漫貌，此处指香气。④ 萧郎：泛指男士。典出汉刘向《列仙传》。

五十六字　南乡子（又名木兰花令）

冯延巳（五代十国26）一首

细雨湿流光△①芳草年年无限长△烟锁凤楼无恨事，②茫茫△鸾镜鸳衾两断肠△

魂梦任悠扬△睡起杨花满绣床△薄倖不来门半掩，③斜阳△负你残春泪几行△

注：① 流光：光彩闪烁意。② 凤楼：闺楼美称。③ 薄倖：负心人，指恋人。

张先（宋18）一首

何处可魂销△京口终朝两信潮△①不管离心千叠恨，滔滔△催促行人动去桡△②

记得旧江皋△③绿杨轻絮几条条△春水一篙残照阔，遥遥△有个多情立画桥△

注：① 京口：今江苏镇江。② 桡：喻舟船。③ 江皋：长江岸边。

荣諲（宋32）一首　题：咏梅

江上野梅芳△粉色盈盈照路傍△闲折一枝和雪嗅，思量△似个人人玉体香△①

特此起愁肠△此恨谁人与寄将△②山馆寂寥天欲暮，凄凉△人转迢迢路转长△

注：① 人人：那个人。② 将：带。

欧阳修（宋33）一首

浅浅画双眉△取次梳妆也便宜△①酒着胭脂红扑面，须知△更有何人得似伊△

宝帐烛残时△好个温柔模样儿△月里仙郎清似玉，相期△些子精神更与谁△[2]

注：① 取次：随意也。② 些子：些子儿，无多也

晏几道（宋71）二首

（1）渌水带春潮△[1]水上朱栏小渡桥△桥上女儿双笑靥，妖娆△倚着栏杆弄柳条△

月夜落花朝△减字偷声按玉箫△[2]柳外行人回首处，迢迢△若比银河路更遥△

注：① 渌水：清水。② 减字、偷声：唐宋以来诗词曲术语，即在一句中减去一字，或改韵。

（2）小蕊爱春风△日日宫花花树中△恰向柳绵撩乱处，[1]相逢△笑靥旁边心事浓△

归路草茸茸△[2]家在秦楼更近东△[3]醒去醉来无限事，谁同△说着西池满面红△

注：① 柳绵：指柳絮；撩乱：纷乱也。② 茸茸：草初生貌。③ 秦楼：楚馆秦楼，指歌舞之所。

苏轼（宋80）二首　题：第一首，送述古。[1]

第二首，春情。

（1）回首乱山横△不见居人只见城△谁似临平山上塔，[2]亭亭△[3]迎客西来送客行△

临路晚风清△一枕初寒梦不成△今夜残灯斜照处，荧荧△秋雨晴时泪不晴△

注：① 送述古：宋宁熙七年（1074）七月，作者送陈襄（即述古）至临平，舟中相别时作。② 临平：镇名，今浙江余杭县治。③ 亭亭：挺立貌。

（2）晚景落琼杯△[1]照眼云山翠作堆△认得岷峨春雪浪，[2]初来△万顷葡萄涨绿醅△[3]

暮雨暗阳台△乱洒高楼湿粉腮△一阵东风来卷地，吹回△落照江天一半开△

注：① 琼杯：美玉酒杯。② 岷、峨：岷山与峨眉山，均在作者故乡四川。③ 醅：酒。

张商英（宋94）一首

向晚出京关△细雨微风拂面寒△杨柳堤边青草岸，堪观△只在人心咫尺间△①
酒饮盏须干△莫道浮生是等闲△②用则逆理天下事，何难△不用云中别有山△
注：① 咫尺：喻极近。② 浮生：飘浮人生；等闲：寻常。

黄庭坚（宋101）三首 题：第一首，重九日涪陵作，示知命弟。 注：涪陵：今四川涪陵。
第二首，重阳日寄怀永康彭道微使君。 注：永康：今浙江永康。
第三首，崇宁四年（1105年）重九，登宜州郡城楼作。
注：宜州：今广西宜山。

（1）落帽晚风回△①又报黄花一番开△②扶杖老人心未老，咍哉△③谩有才情付与谁△
芳意正徘徊△传语西风且慢吹△明日余尊还共倒，④重来△未必秋香与夜衰△
注：① 落帽：源出《晋书》孟嘉为桓温参军，九月九日，温游龙山，僚佐毕集，有风至，吹嘉帽堕落，嘉不之觉，温命孙盛作文嘲嘉。此处点明重阳日。② 黄花：菊花。③ 咍：讥笑也。④ 余尊：余酒也。

（2）卧稻雨余收△处处游人簇远洲△白发人挨红袖醉，戎州△①乱摘黄花插满头△
青眼想风流△画出西楼一灯秋△却忆去年欢意舞，梁州△②塞雁西来特地愁△
注：① 戎州：今四川宜宾。② 梁州：舞曲名。

（3）诸将说封侯△②短笛长吹独倚楼△万事尽随风雨去，休休△戏马台南金络头△③
催酒莫迟留△酒味今秋似去秋△花向老人头上笑，羞羞△白发簪花不解愁△
注：① 说封侯：作者在城楼上听边人相语“今岁当鏖战取封侯”。③ 金络头：指马。

李之仪（宋102）一首
绿水满池塘△点水蜻蜓避燕忙△杏子压枝黄半熟，邻墙△风送荷花几阵香△
角簟衬牙床△①汗透鲛绡昼影长△②点滴芭蕉疏雨过，微凉△画角悠悠送夕阳△

注：① 簟：竹席；牙床：象牙床。② 鲛绡：传说中名贵织品。

秦观（宋116）一首　题：美女半身。

妙手写徽真△①水剪双眸点绛唇△疑自昔年窥宋玉，②东邻△只露墙头一半身△

往事已酸辛△谁记当年翠黛颦△尽道有些堪恨处，无情△任是无情亦动人△

注：① 徽真：识别真容，肖像也。② 窥宋玉：宋玉《登徒子好色赋》："臣里之美者，莫若臣东家之子，然此女登墙窥臣三年矣，臣未之许也。"

贺铸（宋121）一首

秋半雨凉天△望后清蟾未破圆△①二十四桥游冶处，②留连△携手娇娆步步莲△③

眉宇有余妍△初破瓜时正妙年△玉局弹棋无限意，缠绵△肠断吴蚕两三眠△

注：① 望后：农历十六日。望，十五日；清蟾：指月。② 二十四桥：扬州名胜。③ 莲：金莲，喻弓形小足。

陈师道（宋122）一首　题：赠妓曹英英。　注：见《二刻醒世恒言》第十一回。

风絮落东邻△点缀繁枝旋化尘△关锁玉楼巢燕子，冥冥△①桃李摧残不见春△

流转到如今△翡翠生儿翠作衿△②花样腰身宫样立，③婷婷△④困倚栏杆一欠伸△⑤

注：① 冥冥：昏暗。② 衿：衣带。③ 宫样：宫女样子。④ 婷婷：美好。⑤ 欠伸：体倦时稍向上舒身的动作。

周邦彦（宋128）一首　题：晓景。

晨色动妆楼△短烛荧荧悄未收△自在开帘风不定，飕飕△池面冰澌趁水流△①

早起怯梳头△欲绾云鬟又却休△不会沉吟思底事，②凝眸△两点春山满镜愁△③

注：① 冰澌：同冰嘶，冰化之散声也。② 底事：何事。③ 春山：喻眉峰。

谢逸（宋144）一首　题：美人。

浅色染春衣△衣上双双小燕飞△袖卷藕丝寒玉瘦，①弹棋△赢得尊前酒一卮△②

冰雪拂胭脂△绛蜡香融落日西△③唱彻阳关人欲去，④依依△醉眼横波翠黛低△⑤

注：① 寒玉：喻女子手腕。② 尊前：酒席前；一卮：一杯。③ 绛蜡：红烛。④ 阳关：曲名，常用于离别时。⑤ 翠黛：喻眉。

叶梦得(宋174)二首　题：第一首，池亭新成晚步。

第二首，自后圃晚步湖上。

(1) 浅碧蘸鳞鳞△[①]照眼全无一点尘△百草千花都过了，初新△翠竹高槐不占春△

歌啸堕纶巾△[②]午睡醒来尚欠伸△待得月明归去也，青蘋△更有凉风解送人△

注：① 鳞鳞：如鱼鳞般波纹。② 纶巾：青丝绶为巾，诸葛亮所创。

(2) 小院雨新晴△初听黄鹂第一声△满地绿阴人不到，盈盈△一点孤花尚有情△

却傍水边行△叶底跳鱼浪自惊△日暮小舟何处去，斜横△冲破波浪久未平△

向子諲(宋218)一首　题：大雪。

梅与雪争姝△[①]试问春风管得无△除却个人多样态，[②]谁如△细把冰姿比玉肤△

一面倒金壶△既醉仍烦翠袖扶△[③]同向凌风台上看，何如△且与芗林作画图△[④]

注：① 姝：美也。② 个人：那个人。③ 翠袖：指女郎。④ 芗林：即香林。《玉海》："绍兴(宋高宗年号)六年，(帝)书芗林二字，赐两浙漕向子諲。"

韩世忠(宋224)一首　故事：作者自枢密使就第，放浪湖山，一日至湖上(即西湖)，遥望苏仲虎尚书宴客，遂造其席，翌日折简谢，作此词。见《梁溪漫志》。

人有几何般△富贵荣华总是闲△自古英雄都如梦，为官△宝玉妻男宿业缠△

年迈已衰残△鬓发苍浪骨髓干△不道山林有好处，贪欢△只恐痴迷误了贤△

贾奕(宋238)一首　故事：宋徽宗眷恋名妓李师师，作者作词讥之。师师大惊，顺手将此词藏入妆盒。见《宣和遗事》。

闲步小楼前△见个佳人貌类仙△[①]暗想圣情浑是梦，[②]追欢△执手兰房恣意怜△

一夜说盟言△满掬沉檀喷瑞烟△[③]报道早朝归去晚，回銮△[④]留下鲛绡当宿钱△

注：① 佳人：指李师师。② 圣：即皇帝，指宋徽宗；浑：全也。③ 沉檀：香

名。④ 回銮：指帝车回宫。

张浚(宋 249)一首

迟日惠风柔△①桃李成阴绿渐稠△把酒尊前逢盛旦，②凝眸△十里松湖瑞气浮△

功业古难侔△③宜在凌烟更上头△④已向眉间浮喜气，风流△千岁三分万户侯△⑤

注：① 迟日：徐行之太阳；惠风：柔和之风。② 把酒：持酒。③ 侔：相等。④ 凌烟：阁名。专绘功臣图像。⑤ 千岁：指封王；万户侯：官名。

吕渭老(宋 259)一首

燕子唤春归△梦逐杨花满院飞△吹过西家人不见，依依△萍点荷钱又满池△①

屈指数佳期△②何日凭看对展眉△倾尽十分应十醉，迟迟△可惜樱桃杏子时△

注：① 荷钱：荷叶初生似钱。② 屈指：扳着指头计数。

孙道绚(女)(宋 289)一首　题：闺情。

晓日压重檐△斗帐春寒起未忺△①天气困人梳洗懒，眉尖△淡画春山不喜添△②

闲把绣丝挦△③认得金针又倒拈△陌上游人归也未，厌厌△满院杨花不卷帘△

注：① 忺：高兴、适意。② 春山：喻眉峰。③ 挦：拔也。

吴亿(宋 291)一首　题：江上。

江上雪初消△暖日晴烟弄柳条△认得裙腰芳草绿，魂销△曾折梅花过断桥△

蝉鬓为谁凋△长恨含娇那处娇△遥想晚妆呵手罢，无聊△更傍朱唇暖玉箫△

赵彦端(宋 314)一首

浓绿暗芳洲△①春事都随芍药休△②风雨只愁梅子熟，飕飕△却送行人一夜秋△

新月幸如钩△三五还催玉镜浮△③一段离愁溪样远，悠悠△只是溪流浅似愁△

注：① 芳：香也。② 春事：春天景物。③ 三五：指月半十五。

陆游(宋 330)一首

归梦寄吴樯△①水驿江程去路长△想见芳洲初系缆，斜阳△烟树参差认武昌△②

愁鬓点新霜△③曾是朝衣惹御香△④重到故乡交旧少，⑤凄凉△却恐他乡胜故乡△

注：① 吴樯：南方舟船。② 武昌：今湖北武汉市。③ 霜：喻白发。④ 朝

衣：指朝廷为官；御香：皇家香气。⑤ 交旧：应为旧交，因用韵而颠倒。

王炎（宋365）一首

云澹日昽明△①久雨潺潺乍得晴△②社近东皋农务急，③催耕△又见菖蒲出水青△

池面縠纹平△④掠水迎风燕羽轻△⑤试出访寻春色看，相迎△巧笑花枝似有情△

注：① 澹：恬静；昽：明貌。② 潺潺：雨声。③ 社近：春社已近。立春后第五个戊日为春社；皋：泽地。④ 縠纹：波纹。⑤ 掠：斜飞而过。

辛弃疾（宋370）一首

隔户语春莺△才挂帘儿敛袂行△①渐见凌波罗袜步，②盈盈△随笑随颦百媚生△

着意听新声△尽是司空自教成△③今夜酒肠难道窄，多情△莫放纱笼蜡炬明△

注：① 敛袂：拢袖。② 凌波：喻女子步履轻盈。③ 司空：典出唐司空李绅招饮刘禹锡，命妓侑酒，刘郎即席赋诗，有"司空见惯浑闲事"句。

洪咨夔（宋440）一首

风雨过芳晨△多少愁红恨紫尘△①两点眉尖凝远碧，纷纷△又被杨花误一春△

金凤压娇云△②睡起纱窗背欠伸△③心事欲言言不尽，沉沉△乳燕雏莺触拨人△

注：① 尘：尘世，即人间。② 金凤：指首饰金凤钗；娇云：娇美头发。③ 欠伸：体倦向上稍稍活动。

魏了翁（宋443）一首　题：上元马上口占，①呈应提刑懋之。

连夕雨盈畴△先为农家做麦秋△更放年头晴甲子，②知否△应是天公及尔游△

随事与民求△天与随时验乐忧△民气乐时天亦好，休休△为尔簪花插满头△

注：① 上元：正月十五日；口占：随口吟诗。② 甲子：是年为甲子年，即1204年。

吴潜（宋461）一首

去岁牡丹时△①几遍西湖把酒卮△②一种姚黄偏雅韵，③相宜△薄薄梳妆淡淡眉△

回首绿杨堤△依旧黄鹂紫燕飞△④人在天涯春在眼，凄迷△不比巫山尚有期△

注：① 牡丹时：牡丹开时，指春天。② 西湖：杭州名湖；酒卮：酒杯。③ 姚黄：牡丹名。④ 黄鹂：即黄莺；紫燕：即燕子。

潘牥（宋490）一首　题：南剑州妓馆。①

生怕倚栏杆△②阁下溪声阁外山△惟有旧时山共水，依然△暮雨朝云去不还△

应是蹑飞鸾△③月下时日整佩环△月又渐低霜又下，更阑△折得梅花独自看△

注：① 南剑州：今福建南平。② 生怕：最怕。③ 蹑：追随之意；飞鸾：喻仙女。

朱埴（宋529）一首

花柳隔重扃△①送过秋千笑语声△檐鹊也嗔人起晚，天晴△辜负东风趁踏青△

细细砑红绫△②小字相思写不成△心上可人云样远，寒盟△只恐恩情薄似云△

注：① 重扃：一重重关闭的门。② 砑：细细摩擦，使物坚实。

张时（宋548）一首　题：答和谢福娘词。

暖日未斜西△正是迷花殢酒时△①红药雕栏呈冷艳，依稀△花重枝柔压半欹△

相对要猴儿△②一捻幽芳劝酒卮△③魏紫姚黄来觑者，④方知△准拟今宵醉伴妻△

注：① 殢酒：恋酒、困于酒。② 耍猴儿：喻戏耍。③ 酒卮：酒杯。④ 魏紫、姚黄：皆牡丹名。

谢福娘（女）（宋549）一首　题：赠张时。

闲傍芍药西△正是春光三月时△深紫浅红光照眼，依稀△有似西施醉枕欹△

摘放胆瓶儿△①冷艳幽光映酒卮△②曾记古人题品语，袄知△③今夜花王得艳妻△

注：① 胆瓶：小口大肚之瓶。② 酒卮：酒器。③ 袄知：宋时方言，应知。

蒋捷（宋580）一首

泊雁小汀洲△冷淡湔裙水漫秋△①裙上唾花无处觅，②重游△隔柳惟存月半钩△

准拟架层楼△③望得伊家见始休△还怕粉云天畔起，悠悠△化作相思一片愁△

注：① 湔裙：即洗裙。② 唾花：指吐出之绒线头。③ 层楼：高楼。

元好问（金27）一首

一雨浣年芳△①燕燕莺莺满洛阳△梨雪渐空桃李过，②风光△恰到风流睡海棠△

何处最难忘△杨柳高楼近苑墙△唤取分司狂御史，何妨△暂醉佳人锦瑟傍△

注：① 浣：洗也。② 梨雪：梨花白如雪。

刘秉忠（元5）一首

檀板送歌喉△唱到销魂韵转幽△便觉丝簧难比似，风流△一串骊珠不断头△[1]
惟酒可忘忧△况复卢家有莫愁△[2]醉倒不知天早晚，云收△花影侵窗月满楼△

注：① 骊珠：骊龙颔下的宅珠，喻歌声。② 莫愁：梁武帝歌："洛阳女儿名莫愁，十五嫁为卢家妇。"

张弘范（元12）一首　题：赠歌妓。

浅浅汉宫妆△扇底春风玉有香△特地向人歌一曲，非常△纵使无情也断肠△
宝髻绣霓裳△云雨巫山窈窕娘△[1]好着千金携得去，何妨△丝竹东山醉玉觞△[2]

注：① 窈窕娘：美貌女。② 丝：琵琶、琴瑟之类；竹：箫、笛之类；觞：酒器。

刘因（元23）一首　题：张彦通寿。

窗下络车声△[1]窗畔儿童课六经△[2]自种墙东新菜荚，青青△随分杯盘老幼情△[3]
千古董生行△[4]鸡犬升天画不成△[5]应笑东家刘季子，无能△纵饮狂歌不治生△[6]

注：① 络车：绕丝车。② 六经：指诗、书、易、春秋、礼、乐。但以后乐经失传，只余五经。③ 随分：随意。④ 董生行：源出韩愈诗《嗟哉董生行》。董生，名召南，寿州安丰人，隐居行义。⑤ 鸡犬升天：喻合家成仙。⑥ 不治生：不事生产。

赵孟頫（元33）一首　题：歌妓。

云拥髻鬟愁△[1]好在张家燕子楼△[2]稀翠疏红春欲透，温柔△多少闲情不自由△
歌罢锦缠头△[3]山下清波左右流△曲里吴音娇未改，[4]障羞△一朵芙蓉两扇秋△

注：① 云：喻头发。② 燕子楼：妓院名。③ 缠头：赏给歌妓之资称缠头。④ 吴音：江南之音，此处指作者家乡湖州。

曹伯启（元34）一首　题：四川道中作。

蜀道古来难△[1]数日驰驱兴已阑△石栈天梯三百尺，[2]危栏△应被旁人画里看△
两握不曾干△俯瞰飞流过石滩△到晚才知身是我，[3]平安△孤馆青灯夜更寒△

注：① 蜀道：四川道路。② 石栈：即凿石壁成栈道；天梯：高峻石级。③ 此句谓随时都有堕崖危险。

张翥（元 69）一首　题：赏木芙蓉。①

秋色照波明△夹岸芙蓉似锦城△罨画楼台红粉面，②轻盈△未许黄徐写得成△

一舸载扬琼△③共醉花前玉笛声△记得青鸾和月跨，三生△我是仙家石曼卿△④

注：① 木芙蓉：即木莲。② 红粉面：喻女郎。③ 舸：指游船；扬琼：扬州琼花，喻珍贵之花。④ 石曼卿：即石延年，见《词人小传》，号称酒仙。

赵雍（元 70）一首

别久渐生愁△知有音书苦未收△此际多情应盼我，凝眸△带得啼恨上小楼△

举止忒风流△①只在城南绿水头△咫尺蓝桥重欲见，②无由△两地相思甚日休△

注：① 举止：即行动。② 蓝桥：裴航遇云英仙去处，在陕西蓝田县。

谢应芳（明 2）一首　题：过王景逸溪居。

四野接平芜△一曲清溪似画图△燕子日长溪馆静，菰蒲△风洒轩窗暑气无△

林叟话樵苏△①相送东桥日已晡△②啼鸟不知人禁酒，葫芦△教我提来那处沽△

注：① 樵苏：砍柴刈草。② 晡：申时。

瞿祐（明 22）一首　题：嘉兴客馆听陶氏歌。

帘卷水西楼△一曲新腔唱打油△宿雨眠云年少梦，休讴△且尽尊前酒一瓯△

明日又登舟△却指今宵是旧游△同是他乡沦落客，休愁△月子弯弯照几州△

黄淮（明 33）一首　题：七夕嘲牛女。①

一叶井梧飘△玉宇凉生暑渐消△②乞巧佳人传报道，今宵△牛女双星会鹊桥△

银汉夜迢迢△③风露无声湿翠翘△④只恐明朝容易别，何劳△瓜果庭中远见招△⑤

注：① 七夕：七月初七夜里；牛女：牛郎织女。② 玉宇：天空。③ 银汉：银河。④ 翠翘：首饰。⑤ 瓜果：乞巧时庭中所设瓜果。

马洪（明 55）二首　题：第一首，苏堤春晓。

第二首，柳浪闻莺。　注：均见《西湖游览志余》。

（1）烟树带莺啼△催得纱窗月渐低△金锁严城门四扇，开齐△缥缈楼台影尚迷△

已有玉骢嘶△花露香尘踏作泥△可是寻芳人起早，相携△占断风流向此堤△

（2）翠浪涌层层△千树垂杨贴晓晴△两个黄鹂偏得意，和鸣△疑奏鸾箫与

风笙△

金弹莫相惊△正是兰舟送客行△似惜春光如画里，闲情△欲别频啼四五声△

沈周(明69)一首　题：遣兴。辛丑(1481年)作。

天地一痴仙△写画题诗不换钱△画债诗逋忙到老，[1]堪怜△白作人情白作缘△

无兴最今年△浪拍茅堂水侵田△笔砚只宜收拾起，休言△但说移家上钓船△

注：① 逋：逃亡也，引伸为债。

文徵明(明117)二首

(1) 雨过绿阴稠△燕子还来认旧游△日暮重重帘幕闭，悠悠△残梦关心懒下楼△

芳草弄春柔△欲下晴丝不自由△青粉墙西人独立，休休△花自纷飞水自流△

(2) 香暖透春肌△满眼新娇睡起迟△燕子不来三月尽，依依△手撚残花玉一枝△

风袅鬓云垂△无限闲愁隐翠眉△好梦不成春自去，相思△只有青团扇子知△

杨慎(明157)二首　题：第一首，春情。

(1) 官柳动新枝△万里黄金万缕丝△折赠行人千里去，回期△莫待青霜落叶时△

细雨护芳姿△禁住莺翁与燕儿△待得清明好天气，迟迟△花絮飞残水满池△

(2) 芳草被金堤△[1]野烧红余绿正齐△拾翠踏青新雨后，[2]萋萋△[3]裙拂秋千彩架低△

枉渚与回溪△[4]楚雾秦烟望转迷△相伴王孙千里去，[5]东西△蝴蝶成团杜宇飞△

注：① 被：遮覆。② 拾翠：指妇女游春。③ 萋萋：草茂盛貌。④ 枉：曲折也。⑤ 王孙：富贵家子弟。

吴子孝(明162)二首　题：第一首，同友泛北溪。

(1) 画舫却如梭△[1]城下秋光染翠波△齐女门前衰柳暮，[2]烟和△万井人家笑语多△[3]

隔水奏笙歌△来往帆樯载绮罗△[4]最是江南丰乐地，如何△一夜西风老

芰荷△⑤

注：① 画舫：指游船。② 齐女门：即齐门，苏州北门。③ 万井：喻万户。④ 绮罗：指妇女。⑤ 芰荷：芰，本指菱，但古诗词中泛指荷。

(2) 金颗一林黄△桔实累累未着霜△纤手试开秋色里，琼浆△小迸罗衣满袖香△

楼角盼斜阳△帘卷横溪怯晚凉△新月如眉溪水上，弯长△闲客闲情欲断肠△

骆文盛（明163）一首　题：夏日游竹隐寺。

雨洗碧山头△蔼蔼峦光翠欲流△①归骑不妨苔径滑，飕飕△竹下凉生暗入秋△

缓步出林丘△何日重来续胜游△佳思却凭清梦远，悠悠△骑鹤还寻海上洲△②

注：① 蔼蔼：盛也。② 骑鹤：《商芸小说》"腰缠十万贯，骑鹤上扬州"，指妄想也；海上洲：传说中仙岛瀛洲。

江以达（明172）一首　序：野泊扫茂阴，席地而坐，假寐独时。既觉，央人掬涧泉饮之，忽野老自粟田中鞭黄犊而去者，作《南乡子》。

随意泊兰舟△①绿树阴阴席地幽△②假寐忽惊山鸟唤，③悠悠△落日烟横古渡头△

不是恋沙鸥△渴饮泠泠一掬秋△④野老急驱黄犊健，⑤休休△报道山田粟未收△

注：① 兰舟：香舟。舟之美称。② 席地：坐于地。③ 假寐：不脱卸衣帽而睡。④ 泠泠：喻水清凉。⑤ 黄犊：小黄牛。

钱谷（明184）一首　题：闺词倡。

莺语唤香衾△似梦如醒懒绣针△约伴阶前闲斗草，①幽寻△花粉苔痕罗袜侵△

兰麝熏重襟△玉燕轻飘玳瑁簪△②点着春山添着恨，③沉吟△倚遍朝晖和夕阴△

注：① 斗草：古时妇女一种赌戏。② 此句谓头上插着玳瑁燕玉簪。玳瑁，龟类动物，其甲壳可制饰品。③ 春山：喻眉峰。

徐复祚（明255）一首　题：《红梨记》第四出词引。

万籁寂无声△①残角呜呜近五更△②香断灯昏眠未稳，凄清△只有霜华伴月明△③

应是月寒凝△恼得梅花睡不成△我念梅花花念我，关情△独立檐牙倚玉棂△④

注：① 籁：空穴中声音。② 角：守城兵卒号角。③ 霜华：霜光。④ 檐牙：

屋檐；棂：窗格子。

王衡（明267）一首　题：墙外春。

午日晕红椒△①流白天丝任意飘△②酒幕香车东去了，③聊萧△燕子衔泥坐浅巢△

茂苑更春饶△④柳叶芦芽月满桥△席底人人应念道，樱桃△剩得莺残雨又敲△

注：①晕：指光圈。②天丝：蛛丝网。③香车：指妇女车。④春饶：无穷春光。

莫秉清（明323）一首

随意换轻装△乍试冰纨旧日香△①菡萏正舒蝉更语，②池塘△细看鸳鸯立晚凉△

丝雨点回廊△翠尾分红燕乳忙△一片琅玕新绿嫩，③潇湘△好刻相思字几行△

注：①冰纨：指扇。②菡萏：荷花别名。③琅玕：翠竹的美称。白居易诗："剖劈青琅玕，家家盖墙屋。"

沈静专（女）（明344）一首　题：闻笛。

残月下回廊△阵阵飞来叶打窗△小婢背灯偏睡稳，凄凉△欲睡还欹绣枕旁△

何处笛声长△宝鸭频添隔夜香△①那管愁人听不得，商量△黑甜何处破愁肠△②

注：①宝鸭：鸭形香炉。②黑甜：喻熟睡。

江西野人（明358）一首　题意：《昭阳趣史》姑苏主思念冯万金。

月色浸妆楼△短烛荧荧悄未收△两点春山愁未解，①悠悠△望得伊家见始休△②

鸾凤意绸缪△恼杀多情兴未稠△画角声残空怅望，休休△一般离恨向西州△

注：①春山：喻眉峰。②伊家：指冯万金。

顾若群（明359）一首

槛外送斜晖△山静偏宜薄暮时△①隔树断烟青未了，霏霏△②几片闲云带鸟归△

尘事坐来稀△渐有疏钟出翠微△③酒力未深诗力劲，栖迟△我亦长歌学翠微△

注：①薄暮：黄昏时候。②霏霏：盛貌。③翠微：淡青色的山岚。

僧止岩（明380）一首　题：柳絮。

新翠染峰尖△雪到清明尚撒盐△①却忆章台眉黛浅，②纤纤△忽地吴霜点鬓檐△③

入幕复穿帘△撩得春愁似海添△空惹灞陵离客思，④厌厌△和雨和烟满地沾△

注：① 撒盐：喻下雪貌。② 章台：许尧佐有《章台柳传》，叙唐天宝年间韩翃妾柳氏被夺回故事。③ 吴霜：喻柳絮；鬓檐：鬓角。④ 灞陵：在陕西，古人在此离别时有折柳赠别习俗。

陈洪绶（明385）一首

湖上恋多年△①剩水残山更可怜△②重过主人呼燕燕，春天△猿笛鹍弦馆老莲△③

生日桂丛前△白石青松闻此言△归路红巾骑白马，闲钱△置我西泠一钓船△④

注：① 湖上：指杭州西湖。② 剩山残水：指明亡，山河破碎。③ 老莲：作者之号。④ 西泠：桥名，在西湖。

张草（明406）一首

芳草湿烟浓△蕉叶零零夜雨中△无数浮萍风皱转，情同△残梦天涯断远钟△

独立在帘栊△双燕新扶柳岸风△鹧鸪冲寒花事晚，繁红△滴湿胭脂落几丛△

冯鼎位（明407）一首

银蒜押轻帘△①满眼寒光耀玉蟾△②偏是垂杨摇曳处，纤纤△眉黛春深冻不拈△

飞絮满雕檐△半入江河锦浪添△携伴卷帘新酿好，厌厌△莫管东风分外尖△

注：① 银蒜：帘押也。② 玉蟾：喻月光。

吴眉仙（女）（明425）一首　题：流萤。

扑去又还停△笑倚香肩拥翠屏△自分余光难自照，迷冥△摇落天边几树星△

素月上银棂△①野火渔灯远近青△遮莫穿帘窥绣幕，②飘零△柳巷柴门夜不扃△③

注：① 棂：窗格。② 遮莫：尽教。③ 扃：关闭。

蔡道宪（明494）一首　序：己卯（1639年）孟春九日，①亲友集于龙卧处，长者出绢征书。

雨过绿阴稠△燕子飞来特地愁△白晏重重帘幕间，②悠悠△才望关山懒下楼△

芳草弄春柔△欲下时恐不自由△青粉墙西人不见，休休△花自纷飞水自流△

注：① 孟春：农历正月。② 晏：与燕通。白晏，燕子腹白。

李因（女）（明518）二首　题：第一首，暮春。

第二首，闻雁感怀。

（1）睡起晓寒轻△倚遍栏杆独听莺△可惜春光将尽也，伤情△燕子新来认旧庭△

忽听卖花声△惊散鸳鸯过别汀△绣幕香帘无意卷，凄清△香断熏炉冷画屏△

(2) 嘹呖过南楼△①字字横空引起愁△②欲作字书何处寄，谁投△目送孤鸿泪暗流△

忆昔共追游△荻岸渔灯系小舟△又是那年时候也，休休△开到黄花知几秋△③

注：① 嘹呖：即嘹唳，雁鸣。② 字字：喻鸿雁群飞，排成人字形。③ 黄花：菊花；几秋：菊花开时应是晚秋，此处指春秋，即多少年月。

西湖伏雌教主（明535）二首　题意：第一首，《醋葫芦》第十四回，扬州妓馆。

第二首，《醋葫芦》第十四回，咏名妓青萍。

(1) 小径隔红尘△寂寂湘帘昼掩门△歌笑声来香雾里，氤氲△①酷似当年旧避秦△②

朱紫满檐楹△③一滴秋波溜杀人△风澜柳丝丝万缕，牵情△燕子楼头日日春△④

注：① 氤氲：烟云弥漫貌。② 避秦：晋陶潜《桃花源记》言武陵渔人入桃花源，遇秦时避乱人后裔。③ 楹：屋柱。④ 燕子楼：在江苏铜山县，唐名妓盼盼居所。

(2) 顾盼可倾城△①一笑千金百媚生△蝉作鬓鬟鸦作髻，②乌云△③映着庞儿玉作成△

不是薛灵芸△④忒煞当年杨太真△⑤若得琵琶横背上，昭君△⑥不道而今有后身△

注：① 倾城：喻貌美，一笑倾人城。② 蝉：指蝉翼，喻轻薄；鸦：乌鸦，喻发黑。③ 乌云：乌黑头发。④ 薛灵芸：魏文帝宠妃。⑤ 杨太真：唐明皇宠妃杨玉环。⑥ 昭君：汉王昭君，出塞和番，身背琵琶。以上皆古代美人。

李素（女）（明552）一首　题：雨。

千点接江潮△做尽凄凉枕上敲△柳绿多情无力也，轻佻△一样丝丝傍画桥△

听去最魂销△正怕黄昏更寂寥△蝴蝶满园飞不去，心焦△打得梨花似雪飘△

丛禧（女）（明607）一首　题：九日。①

佳节拟登高△一望寒山木未凋△菊酒才斟枫已醉，谁浇△摘叶题诗字有糕△②

风急搅林梢△何处游人帽欲飘△且插茱萸篱下饮，③逍遥△夜静霜钟带月敲△

注：① 九日：农历九月九日，即重阳节。② 题糕：《邵氏闻见后录》刘梦得（即刘禹锡）尝作《九日》诗，欲用糕字，思《六经》中无此字，辍而不为。③ 茱萸：古人有重阳登高、插茱萸风俗。

黄筌（女）（明616）一首　题：斗草。①

晴日漾春霞△柳下帘栊姐妹家△②忔戏相邀芳草斗，③输他△斗了宜男斗杂花△④

纤手玉交加△方送还迎秋水斜△深晕香腮微破齿，⑤赢他△约指金环系臂纱△⑥

注：① 斗草：古代妇女一种赌戏。② 帘栊：挂着帘子窗户。③ 忔：喜也。④ 宜男：草名。⑤ 破齿：喻笑。⑥ 约指：金戒指。

熊文举（清17）一首　题：忆旧。

秋色集帆樯△一带伤心路渺茫△记得邮亭曾系马，斜阳△人在红楼倦晚妆△

往事隔星霜△①门巷愔愔砌草荒△②崔护重来应不改，③凄凉△燕子呢喃话短长△

注：① 星霜：一年也。② 砌草：阶上草。③ 崔护：唐诗人。有“人面不知何处去，桃花依旧笑春风”诗句。

徐灿（女）（清20）一首　题：秋雨。

秋气试初寒△一片乡心点滴间△滴到湘江多是泪，①姗姗△②染得无情竹也斑△③

百和夜香残△④唤起征鸿行路难△梦里江南秋尚好，般般△⑤红蓼黄花次第看△

注：① 湘江：水名，在湖南。② 姗姗：行貌、滴貌。③ 竹也斑：湖南出斑竹。④ 百和：香名。⑤ 般般：众多貌。

梁清远（清23）一首

香满翠萍田△早起看花景更妍△独向新晴亭上立，潺湲△①剩有红芳缀碧荃△②

舣岸钓鱼船△③恰受三人共采莲△我与小奚学荡桨，④蹁跹△嫩柳轻阴醉晓烟△

注：① 潺湲：水流貌。② 荃：古代传说中一种香草。③ 舣：停舟。④ 奚：书僮。

吴伟业(清28)一首　题：新浴。

皓腕约金镮△①艳质生香浸玉盘△曲曲屏山灯近远，②偷看△一树梨花露未干△

扶起意珊珊△③生怕微风漾翠纨△④背立梧桐还避影，更阑△月转回廊半臂寒△⑤

注：① 约金镮：戴金手镯。② 屏山：如山屏风。③ 珊珊：缓慢、懒散。④ 此句《梅村诗余》作“裙衩风来怯是单”。⑤ 半臂：无袖的上衣。

汪价(清30)一首　题：闺情。

芳草绿如袍△天气温暾困柳条△①花片忽零春睡醒，无聊△小啜新茶倦未消△

鹦哥点头招△引我阶前破寂寥△却又欺人轻弄舌，多娇△何事春山懒得描△②

注：① 温暾：暖而不热也。② 春山：喻眉峰。

曹尔堪(清69)一首　题：初夏

浴水燕飞忙△门外长溪碧绕塘△柳暗柴门遮屋角，邻墙△又见梧影过草堂△

风动落花凉△树树新浓罩曲房△中有鸟巢浑不见，①莺藏△为乳双雏觉昼长△②

注：① 浑：全也。② 乳：哺乳。

尤侗(清81)一首　题：闺中元旦。

灯下了妆奁△玳瑁堂前春色添△①万福归来无一字，②憨憨△自揭薰笼换绣衫△③

迎喜出门檐△笑看家家下竹帘△瓜子满阶人莫扫，纤纤△曾带脂香唾舌尖△

注：① 玳瑁堂：厅堂梁上画有玳瑁斑纹者。沈佺期诗：“海燕双栖玳瑁梁。”玳瑁，龟类动物。② 万福：妇女行礼方式。③ 薰笼：有笼罩火炉。

吴刚思(清94)一首　题：花朝乡思。　注：调名原作木兰花令。

风雨一声消△淡日收寒染柳条△又是鹅黄芳草绿，东郊△群鸟衔晴出小桥△

菜麦长新苗△天外风筝声渐飘△犹记故乡游冶处，花朝△杏暖红楼绝样娇△

王荪(女)(清95)一首　题：闺情。

莺语正从容△①杜宇无端叫落红△②倚遍栏杆闲一角，重重△江外千峰与万峰△

锦字泪痕封△③待欲传他没便鸿△④风自掀帘云且住，濛濛△细雨楼头润晚钟△

注：① 从容：不迫貌。② 杜宇：即杜鹃。③ 锦字：指书信。④ 传：传递；

便鸿：传说中鸿能传书。

孙枝蔚(清103)一首

晓起揭帘儿△不怕寒风面上吹△故故回身怀抱里，娇痴△懒整新妆对镜迟△

巧语赛黄鹂△笑我头如白鹭鹚△四十八翁休算老，情知△老在逢君二八时△

黄之柔(女)(清136)一首　题：村望。

恰值暮春天△暖气侵人懒着绵△独倚画楼无任事，[1]花前△卷幔青青草色连△

隔岸酒旗偏△半枕垂杨半枕烟△遥望夕阳红处也，桥边△无数行人争渡喧△

注：① 任事：任何事。

朱中楣(女)(清140)二首　题：忆杜漪兰。[1]

(1) 秋色淡晴光△又听呢喃话别长△随趁莼鲈归去早，[2]称觞△帆曳西风荷芰香△[3]

何日逐归樯△不为惊愁泪染裳△雁足那堪传客信，悲伤△眉黛牵愁酒数行△

注：① 杜漪兰：见《词人小传》。② 莼鲈：晋时吴人张翰因秋风起，思故乡菰菜莼羹鲈鱼脍，竟弃官回乡故事。③ 荷芰：菱也。

(2) 瑟瑟芰荷香△风曳蝉鸣别调长△泪眼看花浑若梦，悠扬△乳燕双双语画梁△

初月钓河舫△点点蜻蜓扣小窗△断续砧声催暑退，清凉△漫选新词付草堂△

丁澎(清145)一首　题：闺情。

柳色半红楼△漫卷湘帘不上钩△故说日长针线懒，羞羞△偷把鸳鸯绣枕头△

约伴踏青游△飞絮流莺信惹愁△归去小姑春未谙，啾啾△冷语幽窗笑不休△

李昌垣(清151)一首　题：秋窗独宿。

风急透疏棂△[1]翠帐香消梦乍惊△独拥寒衾疑是客，凄清△露冷桐花月满庭△

四壁乱蛩鸣△[2]古寺钟声半夜灯△偶忆旧时今夕约，伤情△起弄秦箫曲未成△[3]

注：① 棂：窗格子。② 蛩：蟋蟀。③ 秦箫：即箫，秦为美称，因秦穆公女弄玉跨鸾吹箫仙去。

顾贞立(女)(清159)一首　题：燕。

来去影双双△花雨蘋泥特地忙△[1]最是将雏时候好，[2]栖香△宛转闲闺夜话长△

忍使掷秋光△换却排空雁几行△[3]明岁再来人健否，休忘△记取城东第一梁△

注：① 此句谓筑巢忙。② 将雏：带领小燕。③ 这二句谓秋分时燕去，却换雁来。

仲恒（清177）一首　题：春暮。

春意满汀洲△一夜东风色更幽△到处垂杨开碧眼，凝眸△去水拖蓝浴夜鸥△

日夜向东流△点点杨花水面浮△送尽落花春去也，难留△留得枝枝绿满头△

张芸（女）（清188）一首　题：忆家园。

满径草花香△鸟弄晴晖蜂趁狂△回忆故园春正好，斜阳△薄霭轻烟晕海棠△[1]

徙倚曲栏旁△[2]寂寞天涯客路长△极望云山遮万叠，[3]苍茫△闲看游蜂过粉墙△

注：① 霭：云气。② 徙倚：低徊也。③ 极望：极尽目力而望。

陆进（清198）一首

春水泛兰桡△一路桃花绕画桥△隔浦女儿临水立，妖娆△脸映残红分外娇△

寂寂晚风飘△袅袅腰肢似柳条△手弄绣花罗带子，眉挑△不待传言魂已销△

俞灏（清269）一首

春恨压眉尖△欲绣连枝线懒添△[1]瘦得楚腰裙一捻，[2]纤纤△不敢迎风出户檐△

强自启香奁△待描花钿又倒拈△庭院无人天欲暮，厌厌△苦雨凄风怎卷帘△

注：① 连枝：连理枝，成双之意。② 楚腰：喻细腰。源出楚王好细腰。

赵吉士（清279）二首　题：第一首，有赠。

第二首，今宵。

(1) 柳色上虚檐△[1]薰罢龙诞却待添△[2]听说倚栏人到也，娇憨△软语轻轻出画帘△

浅浅杏黄衫△新样盘龙碧玉簪△[3]花底风微裙影皱，鞋尖△的的红珠小凤衔△[4]

注：① 虚檐：空檐。② 龙诞：香名。③ 碧玉簪：首饰。④ 的的：明貌；红珠小凤衔：衔珠凤头鞋。

(2) 斜月上帘钩△香梦今宵绕翠楼△背坐屏山还障面，偷眸△半是娇痴半是愁△

何处解风流△欲折长条柳尚柔△一点胭脂春透也，含羞△秋水芙蓉笑并头△

朱彝尊(清288)一首　题：游鼓山，①题灵源洞壁。

披雾晓同游△竹杖篮舆各自由△②翠磴红亭三十里，③淹留△行到松门路转幽△

僧饭雨初收△风末钟声树杪楼△④多事山僧曾喝水，⑤桥头△只少飞泉一道流△

注：① 鼓山：在福建福州。② 篮舆：竹轿。③ 蹬：石级。④ 风末：宋玉赋："夫风生于地，起于青蘋之末"。⑤ 山僧喝水：原注：五代时，有高僧喝水，水移他处，遂涸。

陈恭尹(清344)一首　题：葵扇。

万树绿撑天△多在黄云紫水边△谁结青丝裁作月，团团△买得清风不用钱△

声价顿能添△①安石风流久不传△寂寞空斋谁是伴，翩翩△荷叶香来亦偶然△

注：① 声价添：《晋书·谢安传》乡人有里中去宿县者，还诣安，安问其归资，答曰："有蒲葵扇五万。安乃取其中者，京师士庶竟市，价增数倍。"

宋俊(清349)一首　题：西湖柳。①

绿树锁寒烟△十里红桥缆画船△堤上游船楼上女，争看△舞絮游丝二月天△

春事早阑珊△②为问东风几日还△宝马骄嘶芳草滑，停鞭△捻尽长条不忍攀△③

注：① 西湖：浙江杭州名湖。② 阑珊：衰残。③ 长条：指柳丝。

吴兴祚(清361)一首　题：午日次红友韵。①

良会在高堂△一树红蕉满院凉△剪取安期蒲帆斝，②端阳△客兴都忘滞瘴乡△③

鸲鹆语如簧△④帘外声声唤蔗浆△座上谁人能畅饮，朱郎△⑤鬓摘榴花三二行△

注：① 红友：即万树，见《词人小传》；次韵：依此和其韵。② 安期：安期生，号抱朴子，海岛仙翁；斝：酒器。③ 瘴乡：指南方有瘴气的地方。④ 鸲鹆：鸟名，即八哥。⑤ 朱郎：原注：是日席上，朱生大醉。

荆撍(清366)一首　题：清溪道中。①

远树拥余寒△云掩蒲帆夕照间△②犹有杨花粘客袂，③相看△离思重题雪未残△④

野老一开颜△⑤簇簇秧针绿儿湾△我亦临风凭望眼，消闲△指点船头雨复山△

注：① 清溪：水名，在江苏南京境。② 蒲帆：蒲编之船帆。③ 客袂：旅客

衣袖。④ 雪：喻杨花。⑤ 野老：乡野老翁。

华长发(清 386)一首

独自下瑶阶△[1]笑折花枝戴玉钗△帘外红云凝不动,[2]休猜△数树绯桃似雪开△[3]

望远偶登台△何事征人去不回△恼人画梁双燕子,徘徊△又引春愁入院来△

注：① 瑶阶：白石阶砌。② 红云：喻红花。③ 绯桃：红桃。

沈友琴(女)(清 388)二首　题：庚子(1660 年)除夕,和百末词二阕。[1]

(1) 金鸭吐轻烟△[2]酒力频添聊助欢△云鬓岂能常似旧,空言△一任韶华年复年△

彩凤点双钿△为惜残更尚怯眠△爆竹惊开梅蕊破,初圆△逗得春工不费钱△

注：① 百末词：尤侗词集名。② 金鸭：鸭形铜香炉。

(2) 曙色乍侵帘△忙里流光暗里添△新柳渐分眉黛绿,慵憨△[1]百和香生换旧衫△[2]

瑞霭结重檐△[3]风劲虾须落小帘△[4]梅岭遥怜妆额冷,[5]廉纤△斜整金钗露玉尖△

注：① 慵憨：娇懒。② 百和：香名。③ 瑞霭：祥瑞云气。④ 虾须：即帘。⑤ 梅岭：大庾岭,梅乡也;妆额：南朝宋寿阳宫主梅妆故事。

沈御月(女)(清 389)二首　题：第一首,元旦,和百末词。

第二首,元夜和百末词。

(1) 晓起动梳奁△爆竹声随岁月添△宿酒未醒桃颊晕,浓憨△侍女添香着锦衫△

春鸟啭雕檐△频唤韶光入画帘△花比侬颜云比鬓,腰纤△半拂湘裙掩凤尖△[1]

注：① 凤尖：凤头鞋尖。

(2) 梅蕊报春晴△千炬金莲照眼明△[2]灯市争光藏月色,云行△吹落霓裳舞曲声△[3]

谯鼓最无情△[4]断送良宵只几更△半臂自怜妆影瘦,寒轻△斜倚纱窗浅黛横△

注：① 元夜：即正月十五日,元宵夜。② 金莲：喻灯。③ 霓裳：舞曲名。④ 谯：谯楼;鼓：更鼓。

方中通（清395）一首　题：江舟夜月。

天浸入江流△都被玻璃镜里收△寒雁声声穿破去，添愁△影落西风送九秋△①

短发任科头△②洗却豪华事浪游△书卷琴囊横一剑，③孤舟△芦荻萧萧不肯休△

注：① 九秋：九月秋天。② 科头：不戴帽。③ 书卷琴囊：古书生行囊，常以书卷、琴剑随身。

曹贞吉（清396）一首　题：咏燕。

双燕坐雕梁△软语呢喃昼自长△①掠水蹴花飞不定，②过墙△乱剪春芜故故忙△③

新月淡昏黄△柳絮池塘夜未央△④落尽香泥人不见，回翔△错认谁家白玉堂△

注：① 呢喃：燕语声。② 掠水：傍水斜飞而过。③ 芜：乱草；故故：屡屡。④ 夜未央：未过半夜。

沈时栋（清444）一首　题：元旦，叠百末词原韵。

妆罢拂残奁△凤历初惊一岁添△①分得屠苏年最浅，②微憨△偷整侬家金缕衫△

梅影挂廊檐△低唤红儿卷绣帘△两点春山时样否，③秾纤△笑倩檀郎彩笔尖△④

注：① 凤历：岁历，含有历数正朔之意。② 屠苏：酒名，元日饮之，辟不正之气。③ 春山：喻眉峰。④ 檀郎：对恋人昵称。

查容（清448）一首　题：偶题。

妆阁近横塘△①旧燕先归语画梁△倭堕梳成帘额下，②难忘△领字衣薰心字香△③

柔橹正斜阳△几点春山翠黛长△彤管新书飞絮里，④相望△亚字栏低梵字墙△⑤

注：① 横塘：在苏州胥门外，风景绝佳。诗词中常泛指名胜。② 倭堕：髻式样名。③ 字：此句有二个“字”字，系装饰词。④ 彤管：赤管笔。《后汉书》女史彤管，记功书过。⑤ 梵字墙：即卍字墙。

僧原诘（清473）一首　题：春暮。

新水涨晴川△脉脉春寒叫杜鹃△几阵飞花红似雨，门前△沽酒曾同夜泊船△

风景恰依然△柳暗旗亭锁翠烟△今日独来桥上立，愁牵△雨地东风薄暮天△

贺洁（女）（清505）一首　题：夏雨。

炎退暑俄收△①枕簟凉生未是秋△露滚荷盘圆复碎，珠流△翠盖斜风起白鸥△②

萍叶傍阶浮△玉尺抛梭唼水沤△③女伴闲吟消永昼，④抛钩△笑倚轩窗系钓舟△

注：① 俄：顷刻之间。② 翠盖：指荷叶。③ 玉尺抛梭：喻雨点连续；唼水：如鱼吞食貌；沤：起水泡。④ 永昼：长日。

丁瑜（女）（清574）一首　题：闺情。

钗凤似飞鸦△袅袅香罗笼绛纱△妆罢戏将红豆掷，①林哗△无数黄莺闹柳衙△②

蓬岛即伊家△③那得轻乘天上槎△④只恐无情如柳絮，愁他△夜半殷勤诉月华△⑤

注：① 红豆：一名相思子，借喻相思。② 柳衙：指柳行排列如官吏参衙。③ 蓬岛：喻仙境。④ 槎：木筏。⑤ 月华：月光。

余兰硕（清611）一首　题：雨。

千点接红潮△①做尽凄凉枕畔敲△杨柳多情无力也，轻佻△②一样丝丝傍画桥△

听去最魂销△生怕黄昏更寂寥△蝴蝶满园飞不起，心焦△打得梨花似雪飘△

注：① 红潮：指落花。② 轻佻：轻薄。

徐元端（女）（清645）三首　题：第一首，村望。

第二首，春情。

（1）才值暮春天△暖气侵人懒着绵△闲倚妆楼无个事，①移肩△卷帘青青草色鲜△

隔岸酒旗偏△半挽垂杨半枕烟△遥望夕阳红处也，桥边△一对黧黄小犊眠△②

注：① 个事：犹一事。② 黧黄：黑里带黄；犊：小黄牛。

（2）独坐数欢期△花阴重重日影低△无计徘徊思好句，支颐△①除却春愁没个题△

闲倚画楼西△芳草青青失旧堤△②犹记当时人去处，依依△红杏花边一酒旗△③

注：① 支颐：以手托面颊。② 失旧堤：遮盖了旧堤。③ 一酒旗：《国朝词综》作“扬酒旗”。

(3) 残月下回廊△阵阵飞来叶打窗△小婢背灯疑睡稳，凄凉△欲睡还倚绣枕旁△

何处笛声长△那管深闺听者伤△央及西风吹去也，他乡△不信无情不断肠△

姜道顺（女）（清 654）一首　题：寄外。①

屈指数归期△②又过春风春雨时△面上啼痕心上事，沈思△未审君家知不知△

春尽瘦腰肢△多病昏昏妆也迟△无限闲愁难自遣，拈词△手擘吴绫细划丝△③

注：① 外：即丈夫。② 屈指：扳着手指计数。③ 擘：分拆。

汤淑英（女）（清 684）一首　题：春暮。

天气最无凭△乍雨还晴又做阴△时候困人三月也，清明△暗买韶光柳醵金△①

杯酒恣闲吟△寂寞春庭斗草心△②院落黄昏帘幕悄，深深△独坐谯门又起更△③

注：① 醵金：凑集金色。② 斗草：古时妇女一种赌戏。③ 谯门：谯楼、更鼓楼。

居伴芳（女）（清 687）一首　题：咏海棠。

雨后泪零零△①浅晕胭脂睡未醒△斜倚玉阶疑是醉，轻盈△怯向西风弄晚晴△

频唤总无声△欲语含娇更有情△江上芙蓉堪作伴，芳卿△却笑当年带宿酲△②

注：① 零零：徐雨貌。② 酲：酒醉得神志不清。

纳兰性德（清 694）一首　题：飞絮。

飞絮晚悠扬△斜日波纹映画梁△刺绣女儿楼上立，柔肠△爱看晴丝百尺长△①

风定却闻香△吹落残红在绣床△休堕玉钗惊比翼，②双双△共唼蘋花绿满塘△③

注：① 晴丝：晴天游丝。② 比翼：鸟名，常成双作对。③ 唼：鱼类吞食貌。

张大受（清 744）一首　题：采菱女。

岸阔觉潮平△菱叶牵舟舟自横△惟有采菱人独坐，多情△爱看鸳鸯水面行△

渌净照人清△①山远眉低秋水横△②日晚望郎迎接我，分明△唱出芙蓉港口声△

注：① 渌净：水清净。② 秋水：喻眼波。

陈聂恒（清 756）一首　题：己巳（1689 年）重三。①

燕子语喃喃△一片晴霞满画檐△记起常言三月好，初三△荠菜花儿单布衫△②

烟柳石桥南△梅豆才圆笋透尖△③行向水边人尚早，厌厌△可也梳头唤卷帘△

注：① 重三：农历三月初三，古上巳节。② 荠菜：江南地方野菜，味鲜美。③ 梅豆：青梅如豆貌。

谈九叙（清 761）一首　题：春闺。

小立画楼西△瞥见雕梁燕并栖△①无暇商量花底事，香泥△一任芳郊蘸马蹄△

斑管懒频携△②才福从来不易齐△试听东风烟柳外，黄鹂△尽日娇憨著意啼△

注：① 瞥见：暂见、大略看见。② 斑管：指箫笛。

赵执信（清 777）一首　题：题春墅晚归图。

春色满江村△日日江头倒玉尊△①薄酒归来骑马路，②黄昏△浅绿深红染月痕△

钟动野烟繁△楼外青山缭短垣△小犬数声灯隐隐，桃源△③前有渔童为打门△

注：① 倒玉尊：指饮酒。② 薄酒：浅饮。③ 桃源：世外桃源，喻其幽雅。

马福娥（女）（清 780）一首　题：立秋。

凉气逼罘罳△①骤雨蛙声撼晓池△罗帐不堪衾似铁，谁知△秋到梧桐第一枝△

多病起迟迟△莫把菱花照鬓丝△②团扇无言空自感，③凄其△④一半离情付与伊△

注：① 罘罳：古代一种屏风，中有疏格子。② 菱花：指镜。③ 此句谓秋凉后团扇已被抛弃。④ 凄其：言风之寒也。

沈珮（女）（清 782）一首　题：雪夜独坐，得飘字。①

帘外雪初飘△翠幌香凝火未消△②独坐夜寒人欲倦，迢迢△③梦断更残信寂寥△

楼阁偏琼瑶△④庭松纷纷比玉条△林外梅花应放也，萧萧△⑤香过寒溪第几桥△

注：① 得飘字：用飘字韵。② 幌：即帐幔或帘帷。③ 迢迢：远也，指梦。④ 琼瑶：美玉也，指雪。⑤ 萧萧：风雪声。

杜诏（清 805）一首

絮语曲栏边△①小炷金猊窄袖偏△②手约篆丝风不定，③凭肩△一袖香分两袖烟△

几欲卸头眠△④翠被重熏梦不圆△错认柔乡容易住，⑤从前△才着思量便渺然△

注：① 絮语：形容语多。② 炷：燃香；金猊：狮形铜香炉。狻猊，狮子别名。③ 篆丝：曲折之香烟。④ 卸头：卸除头饰。⑤ 柔乡：温柔乡，喻入梦。

秦氏(女)(清825)一首　题：七夕。①

细雨晚来收△绿柳梢头挂玉钩△②几度欲拈团扇子，悠悠△数点流莺度小楼△

回首乍惊秋△深院凉生看女牛△③乞巧穿针无意绪，④添愁△倚遍栏杆不自由△

注：① 七夕：农历七月初七夜。② 玉钩：喻月。③ 女牛：织女、牛郎双星。④ 乞巧穿针：习俗，妇女集庭中，穿针以乞巧。

陈祥裔(清828)二首　题：第一首，己卯(1699年)初四日立春，为妻作生日。第二首，晏起。　注：晏起：贪睡迟起。

(1) 春色压妆台△今日东风特地来△吹扬绣帘香不定，红梅△似为伊家一夜开△

鸳股小双钗△①情满心头酒满杯△负累娇柔万里外，相随△典却朝衣也合该△

注：① 鸳股：指鸳鸯两股。

(2) 日午乍辞床△犹觉新寒压晓妆△呵笑点融螺子黛，①端祥△眉与遥山斗短长△

腰肢不胜裳△倦态欹斜玉镜傍△娇眼微重无气力，嗔郎△今夜休如昨夜狂△

注：① 螺子黛：画眉用料。

张令仪(女)(清831)一首　题：春暮。

又是绿杨遮△柳絮多情点碧纱△①谢却海棠春老去，愁些△寂寞秋千影自斜△

冷淡作生涯△②架底荼蘼梦尚赊△③魏紫姚黄开也未，④堪嗟△⑤深锁朱门富贵花△

注：① 碧纱：碧纱窗。② 生涯：营生。③ 赊：远。④ 魏紫、姚黄：皆牡丹名。⑤ 嗟：叹。

华希闵(清851)一首　题：寒食郊行。

冷节却新晴△花露空濛百鸟鸣△漠漠郊原添嫩绿，闲行△飞絮游丝十里程△

禁火剩虚名△柳外炊烟几缕轻△来日风光应更好，清明△桃李阴中唤卖饧△

李修行(清898)一首　题意：《梦中缘》第十四回词引，水兰英、木舜华、金翠娟三姐妹游园赏梅。　注：此词用二种平声韵混叶，作宽叶。

腊雪报初融△照眼梅花动旧情△姐念妹兮妹念姐，相同△预向花前结后盟△

旅况最凄清△昔日歌姬今又逢△犹恐相逢是梦里，情浓△怕唱阳关第一声△

毛健（清941）一首

蕉绿涨瑶窗△[①]鹦鹉雕笼絮语长△[②]金井汲泉闲沃手，梳妆△虚髻藏花茉莉香△[③]

团扇更悠扬△小钏轻纱浅露黄△削了冰桃兼雪藕，回廊△消受桐风一阵凉△

注：①蕉绿：芭蕉绿叶；涨：遮也。②絮语：语多也。③虚髻：松松髻子。

蒋麟昌（清970）一首　题：宁郡王山后小筑应教。

矮屋背烟岚△[①]屋角天光逗蔚蓝△窗外竹篱篱外柳，毵毵△[②]不是幽人不许探△[③]

小凤贮都篮△[④]一盏旗枪雨后甘△[⑤]名士例须耽曲蘖，[⑥]轻酣△僧院钟声漏点三△[⑦]

注：①烟岚：山气。②毵毵：细长貌。③都篮：放茶具之篮。④小凤：茶名。⑤旗枪：茶名。⑥耽曲蘖：好饮酒。⑦漏点三：三更半夜。

费生（清1042）一首　题：题神女小足。

隐约画帘前△三寸凌波玉笋尖△点地分明莲瓣落，纤纤△再看重台更可怜△

花衬凤头弯△入握应知软似绵△但愿化为蝴蝶去，裙边△一嗅余香死亦甘△

高鹗（清1068）一首　题：戊申（1788年）秋隽喜晤故人。[①]

甘露洒瑶池△[②]洗出新妆换旧姿△今日方教花并蒂，迟迟△终是莲台大士慈△[③]

明月照相思△也得姮娥念我痴△[④]同到花前携手拜，孜孜△[⑤]谢了杨枝谢桂枝△

注：①秋隽：秋深。②瑶池：喻仙境。③莲台：观音宝座；大士：观音菩萨。④姮娥：即嫦娥。⑤孜孜：不倦也。

李澧（清1087）一首　题：题张隐幽篁坐爱图。[①]

三径绕筼筜△[②]笼袖侵衣翠影长△画里分明无六月，阴凉△小坐莓苔到夕阳△

尘事纵堪望△[③]闲作诗狂更酒狂△便拟从君谈夜雨，商量△结个茅亭略彴旁△[④]

注：①篁：即竹。②筼筜：竹名，竹之大者，肌薄而节长。③尘事：世事。④略彴：小木桥。

施用中（清1091）一首　题：舟中作。

寄意水云边△一叶扁舟自往还△满眼秋光谁领略，欣然△月印江心上下圆△

玉宇不生烟△两岸蒹葭漾碧川△有酒盈尊琴在侧，无眠△一曲新词小扣舷△

凌霄（清 1116）一首　题：客茗海。[1]

飘泊海门东△流水行云万虑空△孤馆那禁凉意早，西风△吹得秋花冷淡红△

枯坐听哀蛩△[2]半是愁中半病中△十日不从桥上过，芙蓉△开到溪南第几重△

注：① 茗海：江苏海门地名。② 蛩：蟋蟀。

沈钟（清 1143）一首

底事费思量△[1]半晌沉吟倚绣床△才把虾须帘卷上，[2]刚刚△放出衔泥燕一双△

花信太匆忙△[3]又见新红到海棠△晓梦乍圆谁唤觉，丁当△怪杀风铃撼琐窗△[4]

注：① 底事：何事。② 虾须：即帘。③ 花信：花信风，共二十四番，每番五天，有一花应之。下句海棠，指已到春分时节。④ 琐窗：窗之美称。

刘嗣绾（清 1174）一首

春事已阑珊△[1]一二青蛙倦往还△记得故园风景好，凭栏△荠菜花儿单布衫△[2]

兀自掩柴关△[3]芳草无多忍再删△却借一鞭楼上指，君看△绿遍江南岸岸山△

注：① 阑珊：衰残。② 荠菜：江南野菜名。③ 兀自：还是之意；柴关：柴门。

乐钧（清 1199）一首　题：题水南村舍图。

何处水南村△绿是溪光白是云△飞过一双闲翡翠，[1]柴门△十里桃花不见人△

双桨荡吟魂△[2]来看扬州月二分△冷雨寒风兼小雪，黄昏△一树梅花不算春△

注：① 翡翠：鸟名。② 吟魂：喻诗人意念。

曹慎仪（女）（清 1266）一首

虚幌嫩凉生△[1]庭竹萧疏玉漏清△[2]何处吹来深夜雨，声声△故向芭蕉叶上鸣△[3]

睡鸭袅轻烟△[4]静掩屏山剔短檠△[5]满耳蛩声吟不住，[6]更更△[7]惊破秋窗梦怎成△

注：① 虚幌：空帏幕。② 玉漏：报时更漏。③ 故：屡也。④ 睡鸭：喻鸭形香炉。⑤ 檠：烛台，指灯花。⑥ 蛩：蟋蟀。⑦ 更更：更鼓。

汪初（清 1303）一首

香露湿春衫△风送飞花扑绣帘△记得年时修禊返，[1]初三△月子弯弯映短檐△

心事竟谁谙△银烛光耀冷玉簪△[2]幽梦应随蝴蝶去，江南△碧柳千条水一湾△

注：① 修禊：三月初三，上巳日，采兰水上，以祓除不祥。② 玉簪：首饰。

舒梦兰（清 1364）一首　题：常山舟中。[1]

终夕为君愁△愁到天明也便休△贪看梳头忘早睡，娇羞△满镜芙蓉一笑秋△

五日到衢州△[2]风雨多情阻客舟△闻说随风翻堕泪，难留△浙水缘何不倒流△[3]

注：① 常山：浙江县名。② 衢州：浙江府名。③ 浙水：常山至衢州水域均属浙水。

赵棻（清 1402）一首　题：题戴姬顾蓉娘吹箫图。

蟾魄喜初圆△名士倾城是夙缘△月姐闻声应亦妒，翩翩△未便乘风便上天△

绰约体如仙△徙倚桐阴石磴边△最是宜人风致也，娟娟△手握琼箫更可怜△

唐树义（清 1435）一首　题：夜泊，和孝长子寿。

峰影半江横△几点渔灯近岸明△月淡星稀今夜泊，凄清△怅触关河远恨生△

纤指数征程△三日曾无百里行△且遣寒宵杯酒话，零星△急柝声声已四更△

魏谦升（清 1470）一首　题：雪词，和吴子述。

风急峭寒初△[1]春满梨花买玉壶△折竹小红栏上压，难扶△鹤羽褵褷重不梳△[2]

鸳甃白模糊△[3]谁写冬闺雪艳图△夜半掀帏惊好梦，狸奴△[4]也畏寒深傍兽炉△

注：① 峭寒：寒貌。② 褵褷：羽毛初生貌。③ 鸳甃：双井壁。④ 狸奴：即猫。

奕绘（清 1483）一首　题：寒食郊行。[1]

人面映桃花△[2]麂眼疏篱一桁斜△[3]借问当垆谁氏女，[4]村娃△松拢双鬟插柳芽△

天气略寒些△六幅单裙未换纱△笑指杏林红密处，侬家△鞍马重来路莫差△

注：① 寒食：古节日名。② 此句套崔护诗："人面桃花相映红"。③ 麂眼：麂之眼为斜方形，篱眼相似；桁：编篱横木。④ 当垆：卖酒。

吴藻（女）（清 1484）一首

小立曲廊腰△月地横枝影澹描△除却庭前香雪海，[1]今宵△花外何人吹玉箫△

往事梦迢迢△酒盏诗筒尽日抛△[2]屈指三分春未半，明朝△湖上何人倚画桡△

注：① 香雪海：指梅林。② 诗筒：诗人访友时，将诗放在竹筒内，故名。

唐埙（清1497）一首

春暖一丝浮△飞上蜻蜓分外柔△莫与海棠花斗艳，檐头△送尽斜阳影不留△

昼永下帘钩△①生怕鸦叉舞未休△②认得生娘心上杼，③微抽△随着东风曳旧愁△

注：① 昼永：日长。② 鸦叉：即丫叉，指挂帘叉竿。③ 杼：筘、梭等织具，喻心跳。

戴熙（清1499）一首

瞥见小红楼△①杨柳堤边杜若洲△②湖水漫漫烟漠漠，③凝眸△认得栏杆一点愁△

犹记碧梢头△双燕呢喃絮不休△一夜绿云遮望眼，重游△落尽梨花满院秋△

注：① 瞥见：暂见、大略一见。② 杜若：草名，产于林野阴地。

储慧娥（女）（清1515）一首　题：冬夜即事。①

月色淡银蟾△②阵阵风声到画檐△应是晚来天欲雪，廉纤△③细雨如丝冻不粘△

炉火阁中添△坐拥金貂下绣帘△④满室春温寒不到，红绀△⑤数朵盆花映镜奁△

注：① 即事：就眼前景物而言。② 银蟾：指月。③ 廉纤：微雨貌。④ 金貂：黄色貂皮衣服。⑤ 红绀：红青色。

姚燮（清1529）一首

红日动流莺△江上朱楼照水明△楼上女儿年十五，盈盈△①衫与杨枝一样青△

无那此时情△棹个兰舟欸欸行△②帘影忽沉又忽下，轻轻△才响帘钩响钗声△

注：①盈盈：女貌轻盈。②棹个兰舟：划个小船；欸欸行：缓缓行。

杨尚观（清1546）一首

清露下横塘△荷叶荷花各自香△三十六双同命鸟，鸳鸯△消受湖波瑟瑟凉△

烟柳画微茫△便不秋来也断肠△兰桨一枝帆一片，愁乡△沿路风蝉送夕阳△

吴承勋（清1547）一首　题：雪词。

吹紧玉尘沙△两两三三竹影斜△特地挑灯思好梦，梨花△可惜银屏半面遮△

风急噤归鸦△翠袖疏慵酒力赊△怪底小鬟呼不应，煎茶△约略栏影露髻丫△

查慧（女）（清1548）一首　题：壬寅（1842年）春日，登阳羡凝秀阁。①

箫语唤新晴△小滴珍珠酿欲成△偏是他乡饶节物，②清明△已见筠篮卖紫樱△③

准拟放船行△罨画溪头縠浪生△④争说夕阳红处好，零星△一树梨花一水亭△

注：① 阳羡：今江苏宜兴。② 饶：丰富；节物：节序物候。③ �篮：竹篮。④ 罨画：溪名，风景极佳；縠浪：波纹。

赵我佩（女）（清1557）一首

愁锁郁金堂△①懒对芙蓉晕晚妆△心事怕从眉际露，遮藏△独自寻思暗断肠△

人瘦比花黄△帘卷西风冷夕阳△鹦鹉不知侬意绪，悲凉△红豆偏教啄一双△

注：① 郁金堂：喻女子芳香高雅的居室。

何兆瀛（清1576）一首

春事了残红△闲着栏杆画阁东△数日杜鹃声不断，匆匆△一笛吹春唱懊侬△①

无语下帘栊△苦把春痕忆梦中△雨又不来云又散，濛濛△满院杨花满院风△

注：① 懊侬：曲名。

许宗衡（清1593）一首　题：秋夜歌筵。

秋笛雨中凉△短烛深帘夜未央△①便不何勘悲老大，②衣裳△已是微沾泪数行△

况我鬓边霜△千里关山雁路长△满眼干戈归未得，③茫茫△一度闻歌一断肠△

注：① 夜未央：未到半夜。② 何勘：唐代歌人。刘禹锡诗："旧人惟有何勘在。"③ 干戈：兵器，指太平军战役。

周寿昌（清1625）一首

春影暗帘栊△①铁马敲檐逗远钟△②隔着茜纱窗子望，③朦胧△月照山茶分外红△

曾记倚栏东△如雪花光照玉容△怎地封姨来没信，④匆匆△瘦尽梨花一夜风△

注：① 帘栊：挂着帘子窗户。② 铁马：檐角风铃。③ 茜纱：红纱。④ 封姨：指风。

勒方锜（清1639）一首　题：泰安旅次。①

一簇小山村△红豆花围白板门△茅屋三椽容寄榻，黄昏△淡寂秋灯照酒尊△

惆怅碧天云△酿得凉阴逗十分△欹枕梦回听细雨，销魂△万里骖鸾去国人△

注：① 泰安：山东泰安。

蒋春霖（清1651）一首

寒意剩春纤△①放燕归来又下帘△蝴蝶渐稀人渐懒，厌厌△满地荼蘼午梦甜△

淡日隐重檐△雨气云痕百态兼△睡起却惊无阴暗，眉尖△愁似春阴向晚添△

注：① 春纤：喻女子手指。

吴尚熹（女）（清1654）一首　题：永乐署寄怀湘君四嫂。①

春暖昼添长△欲度金针转自伤△②记得画堂同刺绣，端相△裁罢吴绫玉尺量△

今日雁分行△③闺课琴书久已荒△④独把泪珠穿绣线，凄凉△线短珠多更断肠△

注：① 永乐：陕西城名。② 度金针：指缝纫。③ 雁分行：喻分离。④ 闺课：闺中功课。

吴清莲（女）（清 1686）一首　题：秋夜纳凉。

独坐掰蛮笺△①小院蛩吟雨过天△②秋月纤纤秋汉净，③迟眠△睡鸭香消袅细烟△④

悄倚画栏边△素袂临风雅欲仙△⑤人影娟娟花影瘦，⑥堪怜△赢得新凉又一年△

注：① 蛮笺：即蜀笺。② 蛩吟：蟋蟀鸣唱。③ 汉：银汉，指银河。④ 睡鸭：指鸭形香炉。⑤ 素袂：白绢袖子。⑥ 娟娟：美好貌。

潘钟瑞（清 1692）二首　题：第一首，空楼。

第二首，序：由大云庵至磻溪小筑，春光似绣，曲尘醉人，即景摅词，顿忘城市。

（1）百尺淡烟笼△①绿柳齐檐旧向东△听惯轻声移步屧，②弓弓△③踏上梯云点点红△④

燕子去无踪△此日登临怨晚风△闻道仙山多幻境，重重△十二雕琼缥缈中△⑤

注：① 笼：罩。② 屧：鞋也。③ 弓弓：缠足女鞋。④ 梯云：楼梯高处；红：指红鞋。前段乃回忆旧情。⑤ 雕琼：美玉雕楼。

（2）玉版问禅心△流水声中过午阴△行尽菜花黄十亩，深深△翠箔红墙宛转寻△

柳外避鸣禽△路似羊肠小阁临△绕往画栏蜂蝶闹，沉沉△闲杀山房碧玉琴△

汪淑娟（女）（清 1712）一首　题：喜韵仙归。①

独自理琴弦△睡起慵梳髻半偏△新样初三眉子月，②娟娟△③盼到如今渐渐圆△

此意忒缠绵△背着银釭笑拍肩△④如此风光如此夜，天天△安放痴魂在那边△

注：① 韵仙：即其夫金绳武。② 眉子月：弦月。③ 娟娟：美好貌。

张祖同（清 1777）一首　题：莫愁湖。①

闲步石城西△[2]借问卢家旧路迷△[3]帘外春风堂下月，都非△一片湖阴荡落晖△

艇子莫相催△歌板无声梦也稀△才说莫愁愁便起，凄凄△双燕于今没处栖△[4]

注：① 莫愁湖：在江苏南京水西门。② 石城：石头城，南京别名。③ 卢家：莫愁嫁于卢家。④ 此句套用沈佺期诗："卢家少妇郁金香，海燕双栖玳瑁梁。"

冯煦(清 1793)一首

一叶碧云轻△建邺城西雨又晴△[1]换了罗衣无气力，盈盈△独倚栏杆听晚莺△

何处是归程△脉脉斜晖满旧汀△双桨不来闲梦远，谁迎△自怜萍花住一生△

注：① 建邺：南京别名。

诸可宝(清 1801)一首

十扇茜窗罗△一桁湘帘细细波△[1]闲学心经刚两字，[2]摩诃△急急扶栏教八哥△[3]

红日渐西矬△[4]檐卜开残接曼陀△[5]名已销魂香又耶，如何△人比花枝胜几多△

注：① 桁：屋上横木。② 心经：经名，全名为般若波罗密多心经；两字：即下句摩诃。③ 八哥：鸟名，能学人语。④ 西矬：日西下。⑤ 檐卜：植物名，产西域，花甚香。唐段成式《酉阳杂俎·木篇》："陶真白言：栀子剪花六出，刻房七道，其花甚香，相传即西域檐卜花也。"；曼陀：曼陀罗，花草名。

郑文焯(清 1846)一首　序：昔摩诘能于尺幅杂写四时景物，余戏为小词，每两句作一意，转而四时俱备。

红月小梅妆△花气醺人胜酒香△看到绿阴青子老，池塘△一树垂垂过雨黄△

残暑薄新凉△桂子栏杆近早霜△满院蕉云寒不剪，琤琮△换了蝉纱听雪窗△

程颂万(清 1872)一首

帘幕晚如烟△今夜西南月下弦△[1]别是黄昏深院宇，恹恹△[2]惆怅销魂各一天△[3]

小字写娟娟△研损缭绫半幅笺△[4]荳蔻十三楼十二，翩翩△醉向花前唤小怜△

注：① 月下弦：下半月(农历二十三、四)弦月，即眉月。② 恹恹：病态。③ 惆怅：伤感貌。④ 缭绫：白居易有《缭绫诗》，自注：越中所织也。

徐珂(清 1892)一首

疏雨晚来晴△一带长堤草色青△青到夕阳红尽处，回汀△[①]知是兰桡第几程△[②]

双髻坐调筝△[③]不道朱弦手惯生△柳外东风花里月，清明△容易高楼又晚莺△

注：① 回汀：迂回之汀。② 兰桡：喻船行。③ 双髻：喻女子。

沈以淑(女)(清1922)一首　题：对月。

楹外月团圞△[①]满见墙头数点山△渐渐秋深人欲弃，齐纨△[②]剪烛西窗又夜阑△

花影重上栏△笑对帘前竹万竿△闲共莲枝分雅韵，裁笺△[③]小院微风拂袖寒△

注：① 楹：屋柱。② 齐纨：即纨扇，因秋深被人捐弃。③ 裁笺：写诗作书。

陈洵(现当2)一首　题：己巳(1929年)三月，自郡城归乡，过区园话旧。

不用问田园△十载归来故旧欢△一笑从知春有意，篱边△三两余花向我妍△

哀乐信无端△但觉吾心此处安△谁分去来乡国事，凄然△曾是承平两少年△[①]

注：① 承平：太平时期。

张秀材(现当60)一首　序：东北沦陷期间，女友不以我贫，愿委终身，而伊竟遭其家人之诟詈板笞，迫与我中断情好，且另字异地他人，余神伤数年，得词数首(录一)。

点点晚霞残△新月纤纤隐翠峦△柳岸风微箫韵远，潺潺△碧水门前隔野烟△

浅草软如绵△独立黄昏怯晚寒△遥念他乡人似月，情牵△千里悠悠见已难△

车乘轨(现当88)二首　题：第一首，南湖早秋。　注：1997年8月17日作。

第二首，庚寅倒春寒。　注：2010年4月15日作。

(1) 秋色降禾城△[①]胜地南湖水更清△游客纷纷舟艇渡，波平△烟雨楼前柳叶青△[②]

风景耀晴明△出自天然画不成△特产时新刚上市，湖菱△[③]无角奇鲜负盛名△

注：① 禾：嘉兴简称。② 烟雨楼：在南湖中，四面环水，五代吴越广陵郡王钱元璙首建。③ 湖菱：南湖菱，嘉兴特产。

(2) 四月暮春天△柳绿桃红花正妍△结伴寻芳郊外溜，翩翩△蜂蝶随人醉自然△

忽地朔风旋△苦雨严冰昼夜连△[①]大好韶光强夭折，春寒△[②]农事萧条变了颜△[③]

注：① 严冰：上海出现冰雹。② 春寒：当年自4月13日起北风大作，

雨雪冰雹交加，连续四天，气温骤降7摄氏度，形成近十三年所未见之倒春寒天气。③ 农事萧条：由于严寒水涝，农作物受灾严重，如杭州龙井茶产量大减，价格随之飙升，每公斤高达近万元，出现天价。

饶敦松（现当125）一首　题：秋收。

何处剪秋光△满眼农村稻登场△脱粒机鸣金粟落，飘香△汗洒尘飞笑语扬△

晴翠接垂杨△放鸭红巾戏荷塘△[①]隐隐石桥遮绿影，修篁△[②]一叶扁舟逐夕阳△

注：① 红巾：红领巾，指儿童。② 修篁：长而直之竹。

五十六字　茶瓶儿

李元膺（宋148）一首　题：悼亡。[①]

去年相逢深院宇▲海棠下、曾歌金缕▲[②]歌罢花如雨▲翠罗衫上，点点红无数▲[③]

今岁重寻携手处▲空物是人非春暮▲[④]回首青门路▲[⑤]乱英飞絮▲[⑥]相逐东风去▲

注：① 亡：指妻。② 金缕：曲名。③ 红：指落花。④ 物是人非：谓景物仍在，而妻已逝世。⑤ 青门：本指长安城东南的霸城门，后泛指京城城门。⑥ 乱英：落花。

五十六字　惜双双

孙道绚（女）（宋289）一首　题：梅。

冒雪披风，开数点▲[①]万花压、欺寒探暖▲掩映闲庭院▲月下疏影横斜，幽香远▲

命友开尊，同宴玩▲听丽质、歌声宛转▲[②]对景倒金盏▲任他结实和羹，[③]归仙馆▲

注：① 点：系俭韵借叶。② 丽质：秀丽姿质，喻美女。③ 结实：结成梅子。

五十六字　添字南柯子

何公卓（现当74）一首　题：仲夏月夜。

请出溶溶月，邀来淡淡风△葡萄架下几公公△评说丰年，人人争得脸儿红△

几树桐影下，一坪绿草中△娇娃几个笑声融△你看他们，东奔西跑扑流萤△

五十六字　瑞鹧鸪(又名舞春风)　第一体,首句、末句第二字平声,第四字仄声(前后段同),第二、三句反之。

欧阳修(宋 33)一首

楚王台上一神仙△[①]眼儿相看意已传△见了又休还似梦,坐来虽近远如天△

陇禽有恨犹能说,[②]江月无情也解圆△更被春风送惆怅,落花飞絮两翩翩△

注: ① 楚王台: 喻楚襄王梦会神女于阳台。② 陇禽: 即鹦鹉,因产自陇西。

杜安世(宋 53)一首

夜来风雨损余芳△数片衰红落槛旁△媚景背人容易去,半轩飞絮日空长△

从来不信相思切,及至如今信感伤△独立黄昏绣帘外,可堪新月露圆光△

苏轼(宋 80)二首　题: 第一首,寒食未明至湖上,太守未来,两县令先在。

注: 熙宁六年(1073 年)作。湖上: 杭州西湖。时作者官杭州通判;太守: 指陈襄;两县令: 指周邠、徐畴。

(1) 城头月落尚啼乌△朱舰红船早满湖△鼓吹未容迎五马,[①]水云先已漾双凫△[②]

映山黄帽螭头舫,[③]夹岸青烟雀尾炉△老病逢春只思睡,独求僧榻寄须臾△

注: ① 五马: 指太守。② 双凫: 指两县令。用王乔典。③ 螭头舫: 船头画有螭头的游船。螭,无角之龙。

(2) 碧山影里小红旗△侬是江南踏浪儿△[①]拍手欲嘲山简醉,[②]齐声争唱浪婆词△

西兴渡口帆初落,[③]渔浦山头日未攲△侬送潮回歌底曲,[④]尊前还唱使君诗△[⑤]

注: ① 侬: 吴语,我;踏浪儿: 指渔人。② 山简: 晋人,镇襄阳,常至习氏佳园池游宴,饮必醉。③ 西兴渡: 在浙江萧山。④ 底曲: 何曲。⑤ 使君: 官衔,指作者。

尤袤(宋 345)一首　题: 落梅。

清溪西畔小桥东△落月纷纷水映空△五夜客愁花片里,一年春事角声中△[①]

歌残玉树人何在,舞破山香曲未终△却忆孤山醉归路,[②]马蹄香雪衬东风△

注: ① 角: 城上号角。② 孤山: 在杭州西湖。林逋隐居于此,与梅鹤为伴。

郭世模(宋 489)一首

倾城一笑得人留△[①]舞罢娇娥敛黛愁△[②]明月宝鞲金络背,[③]翠琼花珥碧

搔头△[4]

晴云片雪腰肢袅，晚吹微波眼色秋△清露亭皋芳草绿，[5]轻绡软挂玉帘钩△

注：① 倾城：喻美貌。李延年歌："一顾倾人城"。② 黛：黛眉。③ 韝：臂衣也。④ 琼花珥：玉耳环；搔头：即簪。⑤ 亭皋：水边的平地。

彭元逊(元10)一首

东洲游伴寄兰苕△[1]人日晴时不用招△[2]微雨来看杨柳色，故人相遇浴龙桥△

愁如春水年年涨，老共东风日日消△几欲作笺无可寄，双鱼犹自等归潮△[3]

注：① 苕：苇花也。② 人日：农历正月初七。③ 双鱼：喻书笺，古人以为鱼能传书。

詹正(元27)一首

背人西去一莺啼△拍手还惊百舌飞△[1]浅雨微寒春有思，宿妆残酒欲忺诗△[2]

䴔䴖浪起蒲茸暖，[3]翡翠风来柳絮低△[4]故遣苍头寻杏子，[5]凭肩小语只心知△

注：① 百舌：鸟名，善鸣。② 忺：意所欲也。③ **䴔䴖**：水鸟名，大如凫；蒲茸：蒲初生貌。④ 翡翠：禽名。⑤ 苍头：老仆人。

杨慎(明157)一首

垂杨垂柳管芳年△飞絮飞花媚远天△金茧抱春寒食后，玉蛾翻雪暖风前△

别离河上还江上，抛掷桥边共路边△游子魂销青塞月，美人肠断碧楼烟△

张璧娘(女)(明283)一首　注：调名原作舞春风。

黄销鹅子翠销鸦△[1]簟拂层冰帐九华△[2]裙缕褪来腰束素，[3]钏金松尽臂缠纱△[4]

床前弱带迷新柳，枕上回鬟压落花△不信登墙人似玉，断肠空盼宋家东△[5]

注：① 销：销魂，谓其美。② 九华：华彩饰物。③ 素：白绢。④ 钏金：金手镯。⑤ 此二句源出宋玉《登徒子好色赋》，叙东邻女登墙窥宋三年。

卓人月(明408)一首　题：湖上上元。[1]

城中火树落金钱△城外湖波起碧烟△夜夜夜深歌《子夜》，[2]年年年节度丁年△

玻璃一段湖称圣，[3]琥珀千钟酒号贤△[4]自分懒追儿女队，玉梅花下拾花钿△[5]

注：① 湖上：指杭州西湖。② 子夜：曲名。③ 玻璃：喻湖面平似镜。④ 琥珀：酒名。⑤ 花钿：首饰，指游女拥挤失落。

朱彝尊（清 288）一首　题：春思。　注：此首是蕃锦体，即集前人诗句缀成，每句后括号内即系原作者。

寻春何事却悲凉△（王建）半掩朱门白日长△（韦庄）已恨流莺欺谢客，①（温庭筠）不令仙犬吠刘郎△②（曹唐）

女萝力弱难逢地，③（曹邺）戏蝶飞高始过墙△（姚合）谁与王昌报消息，④（李商隐）银釭斜背解明珰△⑤（裴思谦）

注：① 谢客：东晋谢灵运小字客儿，时称谢客。② 刘郎：东汉刘晨与阮肇同入天台山采药遇二仙女故事。③ 女萝：亦名松萝，藤攀类植物。④ 王昌：即乐府《卢家莫愁》末句"恨不嫁与东家王"。据李商隐诗，东家王，即王昌。⑤ 明珰：用明珠做成的耳饰。

万树（清 316）一首　题：宿田家。

短篱疏竹傍溪沙△老幼团圞野父家△①翁憩门前乌柏树，②女簪阶下凤仙花△

瓦盆旋舀茅柴酒，瓷碗先擎扁豆茶△留宿便于舂臼侧，③棉灯移照挂鱼叉△④

注：① 野父：野老。② 乌舅：即乌臼，树名，籽可作肥皂原料。③ 便：小便；臼：打米之具。④ 棉灯：纱灯，即灯笼。

汪端（女）（清 1438）一首　题：和陈裴之夫君《声声慢》，夜闻络纬，追悼畹君。

萧萧络纬正凉秋△①闲挂金笼近玉钩△梧桐井栏烟欲暝，②豆花篱落雨初收△③

回文旧谱缠绵字，④续命新丝宛转愁△肠断玉人抛锦杼，⑤夜灯斜月小红楼△

注：① 萧萧：本风雨声，喻凄凉；络纬：昆虫名，即纺织娘。② 此句"桐"字与首句"纬"字均平声非仄，稍异。③ 篱落：即篱笆。④ 回文：可以倒读之诗文。⑤ 玉人：指畹君；杼：纺织之具。

车乘轨（现当 88）二首　题：第一首，忆家乡菜。　注：1999 年 3 月 30 日作。
第二首，赞绍兴市禁摩除害。　注：2001 年 9 月 1 日作。

（1）家乡肴馔特殊鲜△①蒸煮清炖少炒煎△腌卤浸鸡烧鲞肉，②走油扎肉熯鱼干△③

千张发酵馋涎滴，④豆腐生霉食欲燃△⑤荤素无论皆美味，至今犹自梦魂牵△

注：① 家乡：指作者家乡浙江绍兴。② 腌卤浸鸡：绍人称虾油鸡；烧鲞肉：黄鱼鲞烧猪肉，冷天汁冻，绍人称鲞冻肉。③ 扎肉：精、肥

搭配扎束的红烧块肉，因走油，有冻，酥而不腻；熯：音罕，绍兴人在饭镬上蒸物叫熯。④ 千张：豆制品，又名百叶，发酵后产生氨基酸，味变鲜，绍人叫霉千张。⑤ 豆腐：霉变加工后成腐乳，绍人称霉豆腐，味极美。有一种名桂花霉豆腐，尤佳。

（2）流行铁骑十余年△[1]尾气生癌心胆寒△直撞横冲人丧命，噪音刺耳夜难眠△

绍兴政府知民苦，坚决治摩去祸患△[2]还我文明城市貌，太平环境乐安全△

注：① 铁骑：指摩托车、助动车。② 治摩：绍兴市从当日起禁止摩托车、助动车白天在城区（包括环城路）行驶。

五十六字　瑞鹧鸪　第二体，首句、末句第二字仄声，第四字平声（前后段同）第二、三句反之。

陈彭年（宋9）一首　题：送申国长公主为尼。[1]

尽出花钿散宝津△[2]云鬟初剪向残春△因鸾风烛难留世，[3]遂作池莲不染身△[4]

贝叶乍翻凝锦轴，[5]梵声才学误梁尘△[6]从此艳质归空后，湘浦应无解佩人△[7]

注：① 长公主：皇帝之姐妹，非女儿。② 此句谓抛却皇家富贵。宝津：宋皇家园林鑫明池有宝津楼。③ 因鸾：指婚姻。④ 池莲：喻洁净，即为尼。⑤ 贝叶：经本。⑥ 梵声：念佛声。⑦ 解佩：郑交甫至汉皋台下，遇二女解佩珠与之。见《列仙传》。

华岳（宋438）一首

挑尽银釭半夜花△[1]拍帘风劲卷龙沙△[2]香传梅福深深意，春在钱塘小小家△[3]

鸳被半闲才子恨，莺簧初啭央君夸△[4]归来醉体娇无力，压尽名园无限花△

注：① 釭：即油盏灯；花：灯花。② 龙沙：龙卷风飞沙。③ 钱塘：即今杭州；小小家：名妓苏小小，家在西湖西泠桥。④ 莺簧：喻女喉清脆。

五十六字　瑞鹧鸪　第三体，同第二体，但前段首句却同第一体。

冯延巳（五代十国26）一首

严妆才罢怨东风△粉墙画壁宋家东△[1]蕙兰有恨枝犹绿，桃李无言花自红△

燕燕巢时罗幕卷，莺莺啼处凤台空△少年薄倖知何处，[2]每夜归来春梦中△

注：① 宋家东：宋玉《登徒子好色赋》：臣里之美者，莫若臣东家之子，然此女登墙窥臣三年矣，臣未之许。② 薄倖：薄情，指恋人。

五十六字　瑞鹧鸪　第四体，用二种仄韵。

苏轼（宋80）一首　题：为郭生作。

乌啼鹊噪昏乔木▲清明寒食谁家哭▲[1]风吹旷野纸钱飞，古墓垒垒春草绿▲
棠梨花映白杨树▲▲尽是死生离别处▲▲冥漠重泉哭不闻，[2]萧萧暮雨人归去▲▲

注：① 寒食：古节日名。② 冥漠：茫茫阴间；重泉：地下深处。

车乘轨（现当88）一首　题：扫墓受阻。　注：2010年4月21日作。

清明谷雨垂杨绿▲家家扫墓沿成俗▲余虽老迈客他乡，岁例谨遵亲涉足▲
今年不幸老妻病▲▲护理乏人难出境▲▲无奈汇钱托管坟，[1]衷心抱疚愧憾永▲▲

注：① 管坟：管坟人章阿耐，即坟亲。

五十六字　虞美人　第一体，后段平仄韵均换第二种。

冯延巳（五代十国26）一首

玉钩鸾柱调鹦鹉▲宛转留春语▲云屏冷落画堂空△薄晚春寒无奈落花风△
搴帘燕子低飞去▲▲拂镜尘鸾舞▲▲不知今夜月眉弯△△谁佩同心双结倚栏杆△△

李煜（五代十国34）二首

（1）春花秋月何时了▲往事知多少▲小楼昨夜又东风△故国不堪回首月明中△
雕栏玉砌应犹在▲▲只是朱颜改▲▲回首能有几多愁△△恰似一江春水向东流△△

（2）风回小院庭芜绿▲柳眼春相续▲[1]凭栏半日独无言△依旧竹声新月似当年△
笙歌未放尊垒在▲▲池面冰初解▲▲烛明香暗画楼深△△满鬓清霜残雪思难禁△△

注：① 柳眼：柳叶初生似眼。

晏几道（宋71）一首

闲敲玉镫隋堤路▲[1]一笑开朱户▲素月凝澹月婵娟△门外鸭头春水木兰船△[2]

吹花拾蕊嬉游惯▲▲天与相逢晚▲▲一声长笛倚楼时△△应恨不题红叶寄相思△△[3]

注：① 闲敲玉镫：指骑马；隋堤：在扬州，隋炀帝时造。② 鸭头：鸭头绿，颜色名。③ 红叶：唐僖宗时御沟中飘叶题诗故事。

苏轼(宋80)一首

深深庭院清明过▲桃李初红破▲柳丝搭在玉栏杆△帘外潇潇微雨做轻寒△
晚晴台榭增明媚▲▲已拚花前醉▲▲更阑又静月侵廊△△独自行来行去好思量△△

秦观(宋116)一首

行行信马横塘畔▲[1]烟水秋平岸▲绿荷多少斜阳中△知为阿谁凝恨背西风△
红妆艇子来何处▲▲荡桨偷相顾▲▲鸳鸯惊起不无愁△△柳外一双飞去却回头△△

注：① 信马：骑马随意而行。

周邦彦(宋128)一首

疏篱曲径田家小▲云树开秋晓▲天寒山色有无中△野外一声钟起送孤篷△[1]
添衣策马寻亭堠▲▲[2]愁抱惟宜酒▲▲[3]菰蒲睡鸭占陂塘△△[4]纵被行人惊散又成双△△

注：① 孤篷：指孤独行船。② 策马：鞭马；堠：土堡。③ 抱：抱怀。④ 菰蒲：即茭白；陂塘：即池塘。

李荐(宋130)一首

玉栏杆外清江浦▲[1]渺渺天涯雨▲好风如扇雨如帘△时见岸花汀草涨绿添△
青林枕上关山路▲▲卧想乘鸾处▲▲碧芜千里思悠悠△△[2]惟有霎时惊梦到南州△△[3]

注：① 清江浦：水名，在江苏北部。② 碧芜：绿色野草。③ 南州：湖北州名，作者曾谒苏轼于湖北黄州。

方千里(宋133)一首

花台响彻歌声暖▲[1]白日林中短▲春心摇荡客魂销△搓粉揉香排比一团娇△
重来犹自寻芳径▲▲吹鬓东风影▲▲步金莲处绿苔封△△[2]不见彩云双袖舞惊鸿△△[3]

注：① 花台：指妓馆。② 金莲：喻小足。③ 惊鸿：喻美人体态轻盈。

毛滂(宋143)一首　题：为宫妓名小者赋。

柳枝却学腰肢袅▲好似江东小▲春风吹绿上眉峰△秀色欲流不断眼波融△

檐前月上灯花堕▲▲风递余香过▲▲小欢云散已难收△△到处冷烟寒雨为伊愁△△

谢逸（宋144）一首

碧梧翠竹交加影▲角簟纱幮冷▲①疏云淡月媚横塘△②一阵荷花风起隔帘香△

雁横天末无消息▲▲③水阔吴山碧▲▲刺桐花上蝶翩翩△△惟有夜深清梦到郎边△△

注：① 纱幮：纱床帐。② 横塘：在苏州胥门外，风景极佳。③ 雁：相传雁能传书。

叶梦得（宋174）一首　题：雨后同干誉、才卿置酒来禽花下作。

落花已作风前舞▲又送黄昏雨▲晓来庭院半残红△惟有游丝千丈罥晴空△

殷勤花下同携手▲▲更尽杯中酒▲▲美人不用敛蛾眉△△我亦多情无奈酒阑时△△

陈克（宋179）一首

小山戢戢盆池浅▲①芳树阴阴转▲红栏杆上刺蔷薇△蝴蝶飞来飞去两三枝△

绣裙斜立腰肢困▲▲翠黛萦新恨▲▲②风流踪迹使人猜△△过了斗鸡时节合归来△△③

注：① 戢戢：众聚貌。② 翠黛：喻眉。③ 斗鸡时节：指春季。《荆楚岁时记》："寒食之节，城市各斗鸡走狗为戏。"

何楠（宋223）一首　　故事：作者初入馆阁，饮于一贵人家，侍儿惠柔者慕何风标，密解手帕为赠，且约牡丹开时再集。何归赋词赠之。

分香帕子揉蓝腻▲欲去殷勤惠▲重来约在牡丹时△只恐花枝相妒故开迟△

别来看尽闲桃李▲▲日日栏杆倚▲▲催花无计问东风△△梦作一双蝴蝶绕芳丛△△

陈与义（宋232）二首　序：第一首，亭下桃花盛开，作长短句咏之。

第二首，予甲寅（1134年）岁自春官出守湖州，秋杪道中荷花无复存者，乙卯（1135年）岁自琐闼以病得请奉祠，卜居青墩。　注：奉祠：宋制：退休官员使任宫观，以食其禄养老。青墩：浙江桐乡镇名，近湖州。

（1）十年花底承朝露▲看到江南树▲洛阳城里又东风△未必桃花得似旧时红△

胭脂睡起春才好▲▲应恨人空老▲▲心情虽在只吟诗△△白发刘郎辜负可怜枝△△①

注：① 白发刘郎：指刘禹锡，刘有诗："玄都观里桃千树，尽是刘郎去后栽"。苏轼诗："刘郎应白发，桃花开不开。"

（2）扁舟三日秋塘路▲平度荷花去▲病夫因病得来游△更值满川微雨洗新秋△

去年长恨拿舟晚▲▲①空见残荷满▲▲今年何以报君恩△△一路繁花相送过青墩△△

注：① 拿舟：把舟、行舟。

赵彦端（宋314）一首

断蝉高柳斜阳处▲①池阁丝丝雨▲绿檀珍簟卷新红△②屈曲杏花蝴蝶小屏风△

春山叠叠秋波漫▲▲③收拾残针线▲▲又成娇困倚檀郎△△④无事更抛莲子打鸳鸯△△

注：① 断蝉：断续蝉声。② 新红：一作猩红。③ 春山：喻眉峰；秋波：喻眼光。④ 檀郎：对恋人爱称。

吴儆（宋328）一首

双眸剪水团香雪▲①云际看新月▲生绡笼粉倚窗纱△②全是瑶池疏影浸梅花△③

金翘翠靥双蛾浅▲▲④敛袂低欹扇▲▲⑤羞红腻脸语声低△△想见流苏帐掩烛明时△△⑥

注：① 雪：指肌肤雪白。② 生绡：指生丝衣裳。③ 瑶池：仙境。④ 金翘：首饰。⑤ 敛：收拢；袂：袖。⑥ 流苏：帐上所垂饰物，即帐穗。

张孝祥（宋357）一首

溪西竹榭溪东路▲①溪上山无数▲小舟却在晚烟中△更看萧萧微雨打疏篷△②

无聊情绪如中酒▲▲③此意君知否▲▲年时曾向此中行△△④有个人人相对坐调筝△△⑤

注：① 竹榭：台上有竹屋者。② 萧萧：风雨声；篷：船窗。③ 中酒：醉酒。

④ 年时：当年。⑤ 人人：指她。

沈端节（宋 385）一首

去年寒食初相见▲花上双飞燕▲今年寒食又花开△垂下重帘不许燕归来△

隔帘听燕呢喃语▲▲似说相思苦▲▲东君都不管闲愁△△一任落花飞絮两悠悠△△

赵长卿（宋 389）一首

雨声破晓催行桨▲拍拍溪流长▲绿杨绕岸水痕斜△恰似画桥西畔那人家△

人家楼阁临江渚▲▲应是停歌舞▲▲珠帘整日不开钩△△目断征帆犹未识归舟△△

陈亮（宋 393）一首

东风荡漾轻云缕▲时送潇潇雨▲水边台榭燕新归△一点香泥湿带落花飞△

海棠糁径铺香绣▲▲依旧成春瘦▲▲黄昏庭院柳啼鸦△△记得那人和月折梨花△△

姜夔（宋 417）一首　题：赋牡丹。

西园曾为梅花醉▲叶剪春云细▲玉笛凉夜隔帘吹△卧看花梢摇动一枝枝△

娉娉袅袅教谁惜▲▲[①]空压纱巾侧▲▲沉香亭北又青苔△△[②]惟有当时蝴蝶自飞来△△

注：① 娉娉：美好貌。② 沉香亭：李白《清平调》“沉香亭北倚栏杆。”

陈深（宋 535）一首　题：题玉环玩书图。[①]

玉搔斜压乌云堕▲[②]欹枕看书卧▲开元天子惜娉婷△[③]一笑嫣然何事便倾城△

马嵬风雨归时路▲▲[④]香骨销黄土▲▲多情谁写画图中△△江水江花千古恨无穷△△

注：① 玉环：杨玉环，即杨贵妃。② 玉搔：玉搔头，即玉簪；乌云：发之美称。③ 开元：唐明皇年号。④ 马嵬：马嵬坡，陕西地名，安禄山反，明皇逃蜀，行至马嵬坡，六军兵变，杨贵妃被缢死于此。

胡文卿（宋 555）一首

香烟绕遍兰堂宴▲[①]香鸭珠帘卷▲[②]香风转后送韶音△[③]香酝佳筵今日庆佳辰△[④]

香山烧尽禽飞放▲▲香袖佳人唱▲▲香醪满满十分斟△△[⑤]香信传时延寿保千春△△

注：① 香：此词八句，每句首皆用香字。② 鸭：鸭形香炉。③ 韶音：美音。④ 辰字作宽叶。⑤ 醪：本浊酒，此处即指酒。

蒋捷（宋580）二首　题：第一首，听雨。
第二首，梳楼。

（1）少年听雨歌楼上▲红烛昏罗帐▲壮年听雨客舟中△江阔云低断雁叫西风△
而今听雨松庐下▲▲鬓已星星也▲▲悲欢离合总无情△△一任阶前点滴到天明△△

（2）丝丝杨柳丝丝雨▲春在冥濛处▲楼儿忒小不藏愁△几度和云飞去觅归舟△
天怜客子乡关远▲▲借与花消遣▲▲海棠红近绿栏杆△△才卷珠帘却又晚风寒△△

王文甫（宋603）一首　题：美人。

黄金嫩柳摇丝软▲永日堂空掩▲①卷帘飞燕未归来△客去醉眠欹枕滞残杯△
眉山浅拂青螺黛▲▲整整垂双带▲▲水沉香熨窄衫轻△△②莹玉碧溪春溜眼波横△△③

注：① 永日：长昼。② 水沉：香名。③ 莹玉：光洁透明的玉，形容美人肌肤晶莹如玉。

李晏（金6）一首

佳人酒晕潮生颊▲①艳艳霞千叠▲雨余红泪湿黄昏△误认当年人面倚朱门△②
飘零又送青春暮▲▲怅望刘郎去▲▲③教人不恨五更风△△只恨马蹄无处避残红△△

注：① 潮生颊：红潮生于颊上。② 人面：指美人。崔护诗："人面桃花相映红。"③ 刘郎：泛指恋人。

赵孟頫（元33）一首

池塘处处生春草▲芳思纷缭绕▲醉中时作短歌行△①无奈夕阳偏傍小窗明△
故园荒径迷行迹▲▲只有山仍碧▲▲及今作乐送春归△△莫待春归去后始知非△△

注：① 短歌行：乐府平调曲，曹操曾对酒当歌。

刘天迪（元50）一首

子规解劝春归去▲①春亦无心住▲江南风景正堪怜△到得而今不去待何年△

无端往事萦心曲▲▲②两鬓先惊绿▲▲蔷薇花发望春归△△谢了蔷薇又见楝花飞△△

注：① 子规：即杜鹃鸟。② 心曲：心中委屈。

刘基(明7)二首

(1) 桃花半折胭脂蕊▲莺语东风里▲坐来檐日转墙阴△时见黄蜂带粉出花心△

长烟不散萋萋草▲▲人与春俱老▲▲知人老去愿春迟△△无奈满庭风絮促春归△△

(2) 秋来日日烟含雨▲不肯收残暑▲小桃错认是春回△尽把枝头红绿向人开△

白云流水春山远▲▲门掩苍苔晚▲▲草间蜂蝶不须忙△△后夜云英和月结成霜△△①

注：① 云英：白而微青也。或疑为云阴之误。

王行(明14)一首　题：顾氏隐居。

黄花翠竹临溪处▲正是幽人住▲①不嫌拄杖破苍苔△便道有时阴雨也须来△

隔帘尘土纷纷起▲▲久厌襄阳市▲▲②若能招我作西邻△△从此一溪春水两家分△△

注：① 幽人：指隐士。② 襄阳：今属湖北。

王直(明43)一首　题：雪霁。

春城日上消残雪▲坐看檐水折▲嫦娥坠下玉搔头△①清泪如珠点点向人流△

时光荏苒频相代▲▲②冷暖须臾改▲▲③昨朝上马苦凄其△△④道是无晴毕竟有晴时△△

注：① 玉搔头：即玉簪，首饰也。② 荏苒：时光不知不觉逝去。③ 须臾：片刻、一霎时。④ 凄其：风寒貌。

马洪(明55)一首　题：湖上。①

草芽柔软花娇婉▲日淡香风暖▲西湖无处不风流△何况松间萧寺柳边楼△②

六桥东畔孤山路▲▲③小小凌波步▲▲④翠裙深掩凤头鞋△△临到登舟双手按金钗△△

注：① 湖上：指杭州西湖。② 萧寺：僧寺寺院，源出梁武帝萧衍造寺，后泛指佛寺。③ 六桥：西湖苏堤上有六座桥；孤山：在西湖白堤旁。④ 小

小：南齐名妓苏小小，住西湖西泠桥。

顾恂(明62)四首　题：第一首，久晴喜雪。

第二首，元夕即景书怀。

第三首，正月十六夜即景。

第四首，戊戌(1478年)二月会延龄诸友。

(1) 久晴不觉春归近▲冬已相将尽▲朝来惊见雪花飘△争看行人来往踏琼瑶△①

穿帘度竹随风卷▲▲顷刻飞扬远▲▲红炉画阁笑声喧△△听唱阳春一曲庆丰年△△②

注：① 琼瑶：美玉，此处指雪。② 阳春：曲名。

(2) 满城灯月风光好▲随处笙歌绕▲星桥火树锦成堆△只见游人来往笑喧豗△①

闲身喜得闲中趣▲▲行乐忘归去▲▲几日乘兴解金貂△△②但愿年年无事贺元宵△△

注：① 喧豗：哄闹声。李白诗："飞湍瀑流争喧豗。"② 金貂：貂皮暖帽。

(3) 鳌山结彩夸奇绝▲①已过元宵节▲晚来还见少年人△几度笑携游伴踏香尘△

鼓声敲断箫声续▲▲更唱升平曲▲▲②恣情行乐夜深回△△尚有满街灯月斗清辉△△

注：① 鳌山：张灯演杂技之台。② 升平曲：太平曲。

(4) 赏花时节春初透▲满路花如绣▲绮罗香里会延龄△更喜小桃红映柳梢青△

太平有象风光好▲▲拚醉蓬莱岛▲▲朦胧月上海棠梢△△一任醉扶归去鼓三敲△△

吴敬所(明263)一首　题意：《钟情丽集》第四回，黎瑜娘赠辜辂定情词。

平生恩爱知多少▲尽在今宵了▲此情之外更无加△顿觉明珠减色玉生瑕△

霎时贱却千金价▲▲生死从今夜▲▲祝君千万莫忘情△△坚如一钩星月带三星△△

成岫(女)(明270)一首　题：春闺雨中。

一春花事多摧挫▲①怪杀连连雨▲梅羞杏泣海棠愁△愁绝桃花含怨放楼头△

嗔他鸠妇相呼闹▲▲[②]睆睆莺声巧▲▲听他溜滴滴栏杆△△滴破阶心只是怯春寒△△

注：① 挫：此字不叶韵，作宽叶。② 鸠妇：《埤雅》天欲雨，鸠逐妇，既雨，鸠呼妇。

沈纫兰（女）（明293）一首　题：雪夜寄黄皆令。[①]

起来怕向妆台倚▲乱挽乌云髻▲归期曾记试灯时△[②]任日恹恹只是恼春迟△

小楼昨夜西风劣▲▲吹落芭蕉叶▲▲侍儿佯笑开帘看△△却又六花飞出扑人寒△△[③]

注：① 黄皆令：即黄媛介，见《词人小传》。②试灯时：指元宵节。③六出：指雪。

吴鼎芳（明310）一首

海棠不碍窗纱影▲鬓亸鸳鸯领▲[①]绣棚吹落唾花红△[②]但见余香一点袅晴风△

柳眠无力轻烟惹▲▲春色撩人也▲▲罗衫闲搭画栏边△△日暖融融好个洗头天△△

注：① 亸：下垂貌。② 唾花红：绣娘有嚼绒线头，然后吐出之习惯。

沈宜修（女）（明329）一首　题：立春。

东风已上堤边柳▲雪意还依旧▲画罗彩胜学裁新△[①]不道闲愁又送一番春△

年华只是侵云鬓▲▲[②]花信何由问▲▲[③]待看双燕几时来△△犹忆杏花长对月徘徊△△

注：① 彩胜：首饰。② 年华：光阴。③ 花信：花信风，春季有花信风，共二十四番，每番五天，有一花应之。

陈子龙（明441）一首　题：桃杏。

夭桃红杏春初半▲总被熏风换▲王孙芳草路迷茫△只有青山依旧对斜阳△

绮罗如在无人到▲▲明月空相照▲▲梦中楼阁水潺潺△△撇下一天星露在江南△△

易震吉（明444）二首　题：第一首，夏景。

第二首，晚村。

（1）鸣蛙两部娱清夏▲睡起帘钩挂▲雨声莫道不分明△听出芭蕉声里杂荷声△

遥天绽破晴霞隙▲▲画槛临澄碧▲▲菱歌何处泛归槎△△只有蜻蜓群戏水红花△△

（2）长堤烟养疏慵柳▲似笑轮蹄走▲忙中领略晚村秋△乍见水牛脊上立沙鸥△

茅庵古道高松倚▲▲我欲行行止▲▲流来涧水出何乡△△为向僧人借取小瓢尝△△

叶小纨（女）（明484）一首　题：秋宫怨。

一帘秋色供憔悴▲昼静人无二▲玉虬清漏又三更△[①]回望昭阳何处五云横△[②]

六铢衣薄寒生早▲▲[③]七月砧先捣▲▲[④]眉颦八字镜中羞△△最是九秋萧瑟十分愁△△

注：① 玉虬清漏：虬形玉滴漏器。② 昭阳：指皇后宫殿；五云：祥云。③ 铢：古衡名，每四十八铢折合一两。④ 砧：捣衣石。

沈士鑛（明512）一首　题：郊望。

江村历乱春无语▲一半桃花雨▲少年鞭影落林西△[①]惟见胭脂染就紫骝归△[②]

垂条烟锁斜阳湿▲▲柳外鱼梁阔▲▲[③]青溪渡口送歌来△△却是满船春酒看花回△△

注：① 鞭影：指骑马人。② 紫骝：紫红马。③ 鱼梁：取鱼之梁。

叶小鸾（女）（明514）一首　题：看花。

看花日日寻春早▲检点春光好▲轻罗香润步青春△可惜对花无酒坐花茵△

昨宵细雨催春骤▲▲枕上惊花瘦▲▲东君为甚最无情△△只见花开不久便飘零△△

韩曾驹（明529）一首

落花不为随春去▲别有闲情绪▲寻花偶过野人家△[①]偏是菜花开尽见桃花△

无情每恨良宵月▲▲圆少翻多缺▲▲上弦数到下弦时△△[②]问有几多明月上花枝△△

注：① 野人家：郊野人家。② 弦：农历初八、初九为上弦月；廿二、廿三为下弦月。

史可程（清19）一首　题：和秦国韵。

锦花岚彩扶筇去▲[①]尚记莺啼处▲风吹弦索送征鸿△[②]都付湘云缥缈驿楼中△[③]

三分风雨催春老▲▲笑汝诗怀好▲▲枝头鶗鴂却清明△△[④]诉尽绿杨芳草一

声声△△

注：① 筇：拐杖。② 征鸿：远行之鸿。③ 缥缈：高远貌；驿楼：馆驿，招待来往官员旅所。④ 鶗鴂：即杜鹃。

李渔（清 31）一首　题意：《合影楼》第一回词引。

世间欲断钟情路▲男女分开住▲掘条深堑在中间△使他终身不度是非关△

堑深又怕能生事▲▲水满情偏炽▲▲绿波惯会做红娘△△[1]不见御沟流出墨痕香△△[2]

注：① 红娘：指媒人。② 御沟：唐僖宗时，于祐与宫人韩夫人在御沟中红叶题诗，后成夫妇故事，见《青琐高议》。

陈世祥（清 53）二首　题：第一首，闺怨。

第二首，黄湖积霖，正理归棹。

(1) 搓成梅子圆如豆▲是处清明凑▲一双蝴蝶过邻家△可是绿阴深处不留他△

看来蜂蝶和花好▲▲百遍随花绕▲▲只教春去任花飞△△怎不蜂蜂蝶蝶也同归△△

(2) 千红万紫刚裁就▲花事家家有▲恼人无奈雨和风△何处杏花深处月照中△

鸣鸠不管人愁绝▲▲㶉鶒频频说▲▲[1]春泥滑刺雨如蓑△△说是风狂行不得哥哥△△[2]

注：① 㶉鶒：水鸟名，又名紫鸳鸯。② 行不得哥哥：鹧鸪鸣叫声。

吴秉仁（清 83）一首　题：日暮。

斜阳红衬东风软▲一抹孤村远▲穿林残月又如钩△映带寒鸦千点送归舟△

可怜离恨黄昏聚▲▲独向灯前絮▲▲判教春尽定还家△△惟有窗前芍药正开花△△

王璋（女）（清 116）一首

无端添了闲烦恼▲魂梦时萦绕▲阶前片落是红花△惹住阿侬衫子一般华△[1]

一从那日分离去▲▲只是廉纤雨▲▲[2]未知何日得逢晴△△月下花前重教宛转行△△

注：① 阿侬：吴语，我也；华：即花。② 廉纤雨：微雨。

张锡怿（清 147）一首　题：旅夜。

四山云拥重飞雪▲古道行人绝▲暂依茅店解征鞍△[1]村酒沽来那敌敝

裘寒△②

半床灯火频倚枕▲▲有梦多难稳▲▲惊栖暮雀噪寒风△△无奈隔溪山寺又鸣钟△△

注：① 征鞍：远行之马鞍。② 沽来：买来；敝裘：旧皮衣。

毛奇龄（清161）一首　题：九日，①同姚庸庵、张德远、左夔友诸君泛湘湖，②登越王城。

平明载酒登高去▲湖畔停船处▲几株乌桕未全红△犹喜黄花开遍小桥东△③

长江一望环如带▲▲④放眼千山外▲▲开尊更上越王城△△⑤多少夕阳江上晚来晴△△

注：① 九日：重阳节。② 湘湖：在浙江萧山，作者家乡。③ 黄花：菊花。④长江：指钱塘江。⑤ 尊：指酒杯；越王城：名胜，在萧山山上。

徐孝钧（清176）二首　题：第一首，舟雨。

（1）昨宵月色篷窗皎▲①梦破星光少▲晓云漠漠雨丝丝△恼杀一湖春水系人思△

画桥垂柳横塘下▲▲茅店青帘挂▲▲②多情燕子绕孤村△△恰是梨花时候不开门△△

注：① 篷窗：船篷。② 青帘：酒旗。

（2）丝丝小雨濛濛絮▲难挽春光住▲而今我也索凭他△①一任杜鹃啼上杜鹃花△②

桑阴两两提筐女▲▲笑问春归去▲▲轻寒做暖困人天△△③怪得吴蚕三浴柳三眠△△④

注：① 也索：只好。② 杜鹃：鸟名；杜鹃花：花名。③ 困人天：指暮春天气。④ 三浴：蚕要以盐水浴其种，以汰弱留强，此处指蚕三眠。柳三眠：旧传汉苑中有柳，状如人形，一日三起三倒。

沈雄（清181）一首　题：拟艳。

红裆乱卸娇无主▲半拒还私语▲眼期心诺被伊猜△何待花阴月下约重来△

横波曲径金钗溜▲▲顿欲和羞走▲▲偶抬素腕挽浓云△△又骂春风吹动石榴裙△△

顾之琼（女）（清185）一首　注：此作品拟十字格。

一帘秋色供憔悴▲昼静人无寐▲二烛清漏又三更△四望昭阳殿里五边灯△①

六铢衣薄寒生早▲▲②七月砧先捣▲▲③眉颦八字镜中羞△△最是九秋萧索十

分愁△△

注：① 昭阳殿：皇后寝宫。② 六铢衣：极薄之衣。③ 砧：捣衣石。

韩纯玉（清199）一首

一帘花影春风夜▲月到蔷薇架▲绮疏一半晚犹开△[1]只为画梁双燕未归来△

挑灯约莫黄昏近▲▲[2]犹自熏香坐▲▲星河耿耿傍栏杆△△[3]留取小窗相对晚妆残△△

注：① 绮疏：窗之美称。② 挑灯：剪挑油盏灯灯花，使其亮一些。③ 星河：银河；耿耿：小明也。

戴陵涛（女）（清236）一首

千林落叶千峰晓▲飒飒秋风早▲隔山何处逗钟声△回首苍茫云树接归程△

寒鸦古木深秋后▲▲枫叶霜初透▲▲停车晚步望山头△△又是一行征雁过秦楼△△

赵吉士（清279）一首　题：甲戌（1694年）都门元夕。[1]

匆匆又是元宵节▲随处银花发▲[2]碧天如水月华明△[3]一片笙箫嘈杂到三更△

九门内外人如海▲▲[4]春色凭谁买▲▲红妆小队半胡同△△[5]笑指秧歌来去一丛丛△△

注：① 都门：指北京。② 随处：到处；银花：火树银花，喻灯火。③ 月华：月光。④ 九门：指北京九座城门，即全北京。⑤ 胡同：即南方里弄。

朱彝尊（清288）一首　题：寒食太原道中。[1]

去年寒食横汾曲▲[2]晓雨平芜绿▲今年寒食尚横汾△又听饧箫吹入杏花村△[3]

古今多少横汾客▲▲饮马台骀泽▲▲[4]并州虽好不如归△△[5]输与一双新燕旧巢飞△△

注：① 太原：山西省城。② 横：东西向行路；汾曲：曲曲汾河。③ 饧箫：古时在清明前后有吹箫卖饧（饴糖）小贩。④ 台骀泽：指汾河。台骀：汾水之神。⑤ 并州：即太原。

钟筠（女）（清322）一首　题：春闺。

一春花信多担阻▲[1]赢得连朝雨▲[2]千丝碧柳万丝愁△几度春风吹不到空楼△

百般小鸟传声巧▲▲红日窥窗早▲▲随他镜里舞孤鸾△△待画春山只怕晓

风寒△△③

注：① 花信：花信风。② 赢得：剩得。③ 春山：喻眉峰。

汤煟（清334）一首

茶蘼架上初香透▲戏蝶惊花瘦▲卷帘不觉日初西△试问隔林好鸟为谁啼△

盈盈剩绿迷前浦▲▲但见流莺过▲▲知心同醉小窗前△△只恐酒醒时候不成眠△△

葛筠（清359）一首　题：三月二十八日珥陵纪事。①

乐游原上香尘起▲②多少人如蚁▲小伶骑马踏长街△③扮个昭君斜抱琵琶来△

儿童妇女皆思去▲▲堕舄遗簪珥▲▲④农夫处处御车忙△△一岁镃基蓑笠在坛场△△⑤

注：① 珥陵：镇名，在江苏丹阳南二十五华里，通金坛要道。② 乐游原：陕西长安（今西安）地名，为汉、唐时游赏处，此借指珥陵。③ 伶：演员。④ 舄：即鞋。⑤ 镃基：农具；坛场：古代设坛举行祭祀、继位、盟会、拜将大典的场所。

朱尔迈（清362）一首

春风吹起愁无数▲南北东西路▲莫因零落笑残花△楚馆吴宫何处问繁华△①

铜驼荆棘寒烟里▲▲②故国留残垒▲▲至今江上月如钩△△长挂无边遗恨照高楼△△

注：① 楚馆：泛指歌舞之所；吴宫：指西施居所馆娃宫，在苏州灵岩上上。② 铜驼：洛阳有铜驼街，谚曰："铜驼陌上集少年。"

张传（女）（清371）一首　题：春晴。

茶蘼架上莺声细▲也道春光丽▲轻暖轻寒养花天△①早又牡丹几种色鲜妍△

晴丝抱逗残红片▲▲兜住垂杨线▲▲游人半为踏青归△△恐怕妒花风雨两相催△△

注：① 养花天：指谷雨时候，在公历四月二十日左右，此时牡丹已开。

柳葵（清418）二首　题：第一首，午睡。

第二首，晚妆。

（1）棠梨都向东风嫁▲①黄鸟枝头骂▲②紫绡帐里独成眠△真个日长无奈困人天△

阳台清梦方才破▲▲③不道金钗堕▲▲起来娇怯倚香篝△△④未整云翘先

去把鞋兜△△[⑤]

注：① 东风嫁：随风而去。② 黄鸟：指黄莺。③ 阳台：指楚襄王梦会神女于巫山阳台。④ 香篝：即烧香熏笼。⑤ 云翘：发饰。

（2）啼残香梦莺无赖▲红玉痕犹在▲[①]起来无力倚妆楼△偏怪双鬟不住唤梳头△[②]

蛇蟠新样青丝腻▲▲[③]拂拂香风细▲▲蜻蜓袅袅上金钗△△剩却远山眉黛等郎来△△

注：① 红玉痕：脸颊红印。② 双鬟：指婢女。③ 此句谓盘蛇式发样。

丁裔沆（清457）一首　题：别思。

矶头月出明如练▲[①]花照春风面▲歌声吹上木兰舟△[②]无奈玉箫金管尽离愁△[③]

征帆却共晴云挂▲▲路转春山罅▲▲[④]归来亭畔柳依依△△[⑤]应记卢家艇子石城西△△[⑥]

注：① 矶：江河中突出石滩，如南京燕子矶。② 木兰舟：香舟，舟之美称也。③ 管：箫、笛类。④ 罅：缝隙。⑤ 依依：柔弱貌。⑥ 卢家：指莫愁。梁武帝歌："洛阳女儿名莫愁，十五嫁为卢家妇"；石城西：南京水西门，有莫愁湖。

吴渊（清496）一首

手垂双钏钗横玉▲[①]年小风流足▲苎萝春暖有谁知△[②]独自灯前月下与花时△

修眉未画天生远▲▲[③]波眼盈盈转▲▲[④]含羞不惯立人前△△解得相思凝眸只无言△△

注：① 钗横玉：发上横插玉钗。② 苎萝：比喻西施，西施家乡在浙江诸暨苎萝村。③ 修眉：喻眉细长。④ 波眼：应为眼波，因用韵而颠倒。

邵笠（女）（清499）一首

金菱密缀桐花凤▲[①]粉澹檀痕重▲半遮团扇眼波斜△多恐养娘偷检守宫砂△[②]

翠眉一霎愁峰锁▲▲[③]挼碎芙蓉朵▲▲问伊底事忽娇嗔△△[④]道是采花掠乱鬓梢云△△[⑤]

注：① 菱：菱花镜。② 养娘：乳母；守宫砂：壁虎捣以殊砂，涂于处女手腕，以验贞节。③ 峰锁：皱眉峰。④ 底事：何事。⑤ 云：发之美称。

龙光（清515）一首　题：秦淮纪事。

我来顿觉秦淮老▲绿褪垂杨杪▲小桥何处笛声寒△多事凉飔吹曲恼凭栏△

无聊况复怜桃叶▲▲古渡横兰楫▲▲星微月暗一登楼△△又是河边萤火向西流△△

蒲松龄（清524）一首　题：夜雨。

雨声巧妒鸳鸯梦▲又被风吹送▲忽飘急阵到窗纱△恰似春江潮水泛桃花△

丝丝滴尽寒灯暮▲▲滴处愁无数▲▲秋虫不管旅人愁△△犹自啾啾唧唧向床头△△

孙致弥（清548）一首

青旛半卷花枝动▲蝶翅酣香重▲曲栏红映绿波中△又是一声莺啭落花风△

海棠午倦眠初足▲▲扶起眉峰蹙▲▲水晶帘下尽思量△△独自倚楼和梦送夕阳△△

王辂（清561）一首

闻说碧桃开满院▲强作寻芳伴▲画栏西畔弄秋千△几叶绣裙飘碎绿杨烟△

秦楼记有萧郎约▲▲春色轻抛却▲▲香鬟不整亸金钗△△知向乱花深处悄归来△△

纪松实（女）（清614）一首

井梧簌簌飘黄叶▲露湿寒蛩泣▲炎天日日盼秋风△怎到秋来萧瑟更愁侬△

凭高几度空怀远▲▲摇落情何限▲▲断篷心事有谁知△△除向天孙相诉有怜时△△[①]

注：① 天孙：织女星。

徐元端（女）（清645）一首

起来慵向妆台倚▲乱绾凌云髻▲归期曾说柳青时△镇日恹恹只是恼春迟△

小园昨夜西风劣▲▲吹落漫天雪▲▲侍儿佯笑卷帘纱△△却道玉梅已放满枝花△△

侯承恩（女）（清646）一首

春过九十余芳草▲门掩经过少▲荼蘼架上暗香消△尚有深深蛱蝶趁风娇△

诗篇废却怜春去▲▲难买流年住▲▲小楼独上觉凄凉△△只见一池荷净浴鸳鸯△△

沈涵（清653）一首

新凉晚透孤衾冷▲谁弄纱窗影▲声声却似子规啼△报道不如归去不如归△

呢喃双燕思离别▲▲别尽江南客▲▲此宵闲梦是谁惊△△最恨西风落叶两

无情△△

蔡灿（清 679）一首

炉烟细细红窗闭▲人睡浓香里▲落花枝上乱莺声△最好采茶天气半晴阴△

潜身半晌银屏侧▲▲[①]收拾双鸳窄▲▲[②]日高犹未到妆楼△△反怪小姑多事唤梳头△△

注：① 半晌：片刻；银屏：银色屏风。② 双鸳：指女子的一双绣鞋。

谈九叙（清 761）一首　题：春思。

杏花微雨街头卖▲门外春如海▲年年懒上翠楼看△只道几番风信尚添寒△

而今料得春来处▲▲更对东风语▲▲晚晴早为拓窗纱△△生怕离情燕子骤归家△△

李媛（女）（清 793）一首　题：春绣。

妆成窗下寻花样▲欲绣还思想▲花枝朵朵不经秋△只恐红颜易老去难留△

描来都是闲花草▲▲只羡鸳鸯好▲▲非关文彩故怜伊△△惟爱双双交颈不分离△△

商彩（女）（清 796）一首　题：赠表妹胡小姐。

芙蓉开遍秋将暮▲邂逅吴山路▲[①]秋兰为佩彩衣新△[②]澹冶风流疑是月中人△[③]

销魂最羡倾城笑▲▲弱柳纤腰袅▲▲绿窗深锁忆娇颜△△连袂何时重说杏花天△△[④]

注：① 邂逅：不期而遇；吴山：杭州山名，又名城隍山。② 佩：身上佩带物。③ 澹冶：恬静冶艳；月中人：指嫦娥。④ 连袂：相偕也。

朱经（清 802）一首　题：苦热，闻友人新辟楼高戏赠。

薰风细细长消受▲[①]暂启纱窗旧▲垂杨拂面袅金丝△[②]正是炎天小阁两相宜△

茶铛酒盏皆安妥▲▲[③]好事偏悭我▲▲矮檐无奈火云流△△[④]也欲临河新盖一间楼△△

注：① 薰风：南风。② 金丝：喻柳丝。③ 铛：浅锅，此处指茶具。④ 火云：热浪。

倪蜕（清 832）一首　题：夜泊。

江波摇碎天边月▲隔岸千山叠▲故园回首乱烟迷△无那一船斜系荻洲西△[①]

年年底事天涯路▲▲[②]总把春光误▲▲黄茅店外绿杨桥△△应是有人梦影逐

兰桡△△③

注：① 荻洲：植有荻草的小岛。② 底事：何事。③ 兰桡：船之美称。

楼俨（清838）一首　题：题画。

纱橱月色明如昼▲①珠汗衫微透▲钗兰几朵两行分△掩映腮边香雪鬓边云△②

试摇纨扇轻风动▲▲惊起巫山梦▲▲低声且唱贺新凉△△③莫负双双枕畔绣鸳鸯△△

注：① 纱橱：即床帐。② 香雪：雪白肌肤。③ 贺新凉：曲名。

冒德娟（女）（清849）一首　题：初夏。

钩帘满院萋萋草▲睆睆流莺好▲亭亭榴叶未舒花△袅袅游丝撩乱逐风斜△

碧栏杆外徘徊久▲▲绿树清阴逗▲▲青阳顿去晓窗空△△拂拂薰风吹尽一庭红△△

袁寒篁（女）（清867）一首　题：春感。

轻寒渐退东风暖▲漫把湘帘卷▲①眼前萱草不忘忧△②偏是一丝杨柳一丝愁△

年年对景增凄切▲▲恨共丁香结▲▲不如掩了碧窗纱△△一任淡烟微雨送韶华△△③

注：① 湘帘：斑竹帘。② 萱草：又名忘忧草。③ 韶华：指春景。

张彦瑗（女）（清890）一首　题：端阳闺词。

云鬟斜颤钗头虎▲①玉腕缠红缕▲②五丝风袅漾轻纱△裙褶轻盈色斗石榴花△

蒲根碎尚群芳剪▲▲细碾丹砂染▲▲光摇琥珀泛香浓△△③共说佳辰莫放酒杯空△△

注：① 虎：艾虎。② 红缕：红丝线。③ 琥珀：本矿石名，此处指琥珀酒。

顾奎光（清965）一首

朝来春色浓于酒▲微倦初停绣▲斜拖翠袖背秋千△辜负风和日丽艳阳天△

啼莺语燕都归也▲▲暮色阴阴下▲▲侍儿贪戏上灯迟△△暗对银屏弹泪有谁知△△

储秘书（清1035）一首

鹁鸪声急丝丝雨▲①细浪摇前浦▲一痕新绿上汀洲△又被东风吹醒去年愁△

丙丁帖子无凭信▲▲②不放晴光稳▲▲春烟幂历隐花枝△△③水郭山村别有画

中诗△△

注：① 鹁鸪：鸟名，将雨时呼声甚急。② 丙丁：火日。③ 幂历：分布覆披貌。

潘奕隽（清 1065）一首　题：咏茉莉。

玉簪未收池荷老▲①露朵筠篮小▲②水晶帘卷月迟迟△③香在乌云浓处半开时△④

金丝纤手重重缀▲▲兰麝真难赛▲▲簟纹如水帐如烟△△凉到青奴无梦忆当年△△⑤

注：① 玉簪：花名。② 筠篮：竹篮。③ 迟迟：徐行貌。④ 乌云：黑发。⑤ 青奴：竹夫人别名，即编竹为笼，以憩手足。

秦瀛（清 1079）一首　题：寄慰槎客悼亡姬。①

弄珠楼上无人倚▲寂寞楼前水▲有人还倚弄珠人△怎奈画中空自唤真真△②

香残粉剩妆台杳▲▲三十年华悄▲▲留将遗墨一行行△△分付东风细雨断人肠△△

注：① 槎客：即吴骞，见《词人小传》。② 真真：画中仙女。见《闻奇录》。

杨伦（清 1107）一首　题：秋夜纳凉。

差池小燕迎风舞▲①拟听梧桐语▲湿云渐敛彩云收△剩得萧萧数点过南楼△②

饮阑官阁清吟夜▲▲冰簟凉生乍▲▲③露华如水滴来轻△△待听农歌处处庆秋成△△

注：① 差池：指燕尾不齐貌。② 萧萧：风雨声。③ 乍：忽然。

袁通（清 1121）一首　题：单家桥小憩见杏花一枝，红亚墙缺。①

谁家繁杏开如许▲②倦眼频惊顾▲几番欲折又逡巡△③要向天涯多剩几枝春△

凝颦似笑红千片▲▲娇映朝霞倩▲▲相看那得不思家△△又负凤凰台畔一村花△△

注：① 亚：即压。② 如许：如此。③ 逡巡：欲前又止。

吴宝书（清 1126）一首

双鬟又报梨花谢▲①清梦阑珊也▲②思量无计可留春△检取折枝新样画罗裙△

分明咫尺蓬山路▲▲③潜把归期数▲▲背人今夜理相思△△翻得浣花笺上旧

题词△△④

注：① 双鬟：婢女。② 阑珊：衰残。③ 咫尺：喻很近；蓬山路：指仙境也，此处指响往处。④ 浣花笺：唐妓薛涛所创，喻精美信笺。

顾皋（清 1177）一首　题：为李湘浦赋。

泥银衫子红罗扇▲①悄倚栏杆畔▲晚凉消得藕丝风△②又看一弯新月上梧桐△

多情自是多愁损▲▲照水怜清影▲▲碧床落叶响飕飕△△可有寄情芳字付东流△△

注：① 泥银衫子：洒银衫。② 藕丝风：轻风。

马汾（清 1201）二首

（1）春波桥外春凫浴▲①风皱三篙绿▲出门也得破愁颜△又恐桃花笑客鬓毛斑△

斜阳未敛新蟾觑▲▲②人倚红栏暮▲▲并肩贪看纸鸢飞△△不道垂杨偏露小楼低△△

注：① 春波桥：在浙江嘉兴东门外。② 新蟾：新月。

（2）落红满地春归去▲害杀啼鹃苦▲苔阶悄立怯衣单△阵阵楝花风紧晚来寒△①

晓梳懒照青铜冷▲▲漫把愁苗省▲▲见时敛笑又回头△△只怕有人故唤上帘钩△△

注：① 楝花风：指暮春时节。

汪初（清 1303）一首

一番离绪还如旧▲春事今年又▲无边江水接天流△镇日教人天际识归舟△

金针倦绣鸳鸯谱▲▲却去调鹦鹉▲▲楼前柳色绿初匀△△莫被东风吹皱小眉痕△△

周樽元（清 1353）一首

酿寒天气疏疏雨▲①蛩絮零星语▲②菊花从不斗春妍△簪向玉人头上便堪怜△

秋云黯黯连朝暮▲▲塞断鸿来路▲▲鬓痕先带二分秋△△那不一番乡思一番愁△△

注：① 酿寒天气：指秋暮。② 蛩絮：蟋蟀不断鸣唱。

顾翰（清 1369）一首

镜塘三月明如玉▲春水晴漪绿▲夕阳江阁嫩凉添△两岸人家齐上水晶帘△

笙歌一队归来早▲▲白袷俱年少▲▲杨花飞作满湖烟△△斜趁东风乱扑酒人船△△

谢昌霖(清1389)一首

绿纱窗外春寒峭▲百啭流莺巧▲起来无语暗魂销△不道一年容易又花朝△①

晓妆初罢云鬟湿▲▲颤风金明灭▲▲②蝶儿还比个人痴△△飞上玉搔头上立多时△△

注：① 花朝：农历二月十二日。② 颤风金：金凤钗受风颤动。此句三、二字分句，稍异。

钱湘(女)(清1414)一首

野禽百啭鸣春晓▲闺梦醒偏早▲杨柳踠地一丝丝△①屈指禁烟才过不多时△②

名园古木参差在▲▲③只是亭台改▲▲绿阴夹岸一溪遥△△记得溪流转处是斜桥△△

注：① 踠地：曲折及地。② 屈指：扳着指头计算；禁烟：古代寒食节禁烟火。③ 参差：长短不齐。

龚自珍(清1431)一首

纱窗晓色低迷绿▲犹未传银烛▲春寒瑟瑟晚来添△①玉钏微闻应是换吴绵△②

金炉香篆愔愔堕▲▲③新月窥人坐▲▲湘帘放下悄含颦△△生怕梨花和月射啼痕△△

注：① 瑟瑟：风声。② 玉钏：玉手镯；吴绵：指棉衣。③ 愔愔：默默貌。

陈珍瑶(女)(清1454)一首　题：春暮。

夜来忽听东风恶▲定把花催落▲忍寒早起卷帘看△喜得海棠依旧未摧残△

红栏十二闲凭遍▲▲懒去拈针线▲▲笑呼女伴话阴晴△△记否去年今日是清明△△

项鸿祚(清1481)一首　题：归自越中。

画船打桨催将去▲愁听乌篷雨▲①越王台上梦迢迢△②人在乱莺声里过花朝△

归来重见东风面▲▲杨柳青如线▲▲碧桃还有几分留△△为我一春湖上不曾游△△

注：① 乌篷：绍兴船名，有黑色篷窗之小船。② 越王台：在绍兴龙山上。

苏穆(女)(清1592)一首

卷帘不负婵娟约▲[①]暝色连高阁▲柳塘还送晚风寒△斜曳绣罗双袖独凭栏△

沉吟不见归来燕▲▲何处寻芳甸▲▲[②]年年此日总花开△△底事而今只遣暗香来△△[③]

注：①婵娟：状人、物美好之辞。孟郊诗："花婵娟。泛春泉……月婵娟，真可怜。"此处指花。②甸：指四野之物。③底事：何事；暗香：指梅花。

陶淑(女)(清1629)一首　题：秋夜共亦琴五妹望月。

长河万里光如洗▲明月飞来矣▲桐阴满地几分寒△又见随风一叶上栏杆△

虾须不卷猊香冷▲▲[①]漏是今宵永▲▲[②]几回呼妹看萤流△△恰喜轻罗小扇未曾收△△

注：①虾须：即帘；猊香：狮形香炉。狮，又名狻猊。②漏：滴漏计时。

周腾虎(清1637)一首

寂寞孤馆人无那▲[①]乳燕穿帘过▲乍晴乍雨易黄昏△芳草萋萋惆怅掩重门△[②]

落花满地无人扫▲▲人共春光老▲▲无聊燕子故差池△△[③]花外楼台惆怅下帘时△△

注：①无那：即无奈。②惆怅：伤感失意貌。③差池：燕尾长短不齐貌。

薛时雨(清1652)一首

兰汤浴罢梳妆懒▲[①]宝髻松松挽▲白罗衫子浅纱裙△闲与知心小婢立斜曛△[②]

桃枝绿扇摇风细▲▲粉汗香融腻▲▲扇头谁写十三行△△[③]仔细猜他笔画似檀郎△△

注：①兰汤：香汤，洗浴水美称。②斜曛：夕阳。③十三行：指题辞。源出晋王羲之《洛神赋》真迹，至宋时仅存十三行。

葛湘(清1657)一首　题：月下过莺脰湖观采菱。[①]

沧波澹曳斜阳去▲鸥外人家暮▲白蘋初逗月婵娟△[②]划出绿杨影里采菱船△

菱丝菱叶牵纤指▲▲罗袖秋风起▲▲裙边低印玉钩尖△△[③]恼杀俏红菱角更纤纤△△

注：①莺脰湖：在江苏省平望镇。②月婵娟：美丽月光。③玉钩：喻采菱女小足。

俞樾（清 1683）四首　序：杭谚云：晴湖不如雨湖，雨湖不如月湖，月湖不如雪湖。余以主讲诂经书舍，晴雨月雪随时领略，各赋小词纪之。

（1）晓烟乍破青山醒▲镜里明妆靓▲①迷离金碧滉楼台△②不信人间此外有蓬莱△③

画船箫鼓时来往▲▲绿水春摇荡▲▲迟迟听彻凤林钟△△④要看斜阳一抹上雷峰△△⑤

注：① 镜：喻湖平似镜。② 迷离：模糊也。③ 蓬莱：喻仙境。④ 凤林钟：山钟。⑤ 雷峰：塔名，在杭州西湖南岸。

（2）乱珠点点抛来疾▲①山气浓于墨▲眼前何处认南屏△②但见空濛远水接天青△

兰桡整日堤边歇▲▲③谁更携游屐▲▲④烟蓑雨笠坐孤篷△△⑤只好红衣画个老渔翁△△

注：① 珠：喻雨点。② 南屏：山名，在西湖南岸，近雷峰塔。③ 兰桡：船之美称。④ 屐：木鞋，喻足迹。⑤ 篷：船篷。

（3）一轮乍透疏林缺▲洗尽人间热▲湖心亭上倚栏杆△①便觉琼楼玉宇在尘寰△②

树阴满地流蘋藻▲▲夜静光愈皎▲▲天心水面两相摩△△时有银刀泼刺跃金波△△③

注：① 湖心亭：在西湖水中央。② 尘寰：尘世。③ 银刀：指鱼；泼刺：鱼跃水声。

（4）青山一夜头都白▲①大地琼瑶积▲②玉龙百万戏长空△③只剩红墙半角是行宫△④

何人载酒来相就▲▲要与严寒斗▲▲堤边几树老槎枒△△⑤误认疏疏落落尽梅花△△

注：① 头：指山头；白：指雪。② 琼瑶：美玉，喻雪。③ 玉龙：喻雪。④ 行宫：西湖白堤边中山公园，曾为清乾隆帝巡杭行宫。⑤ 槎枒：树枝分杈处。

陈嘉（女）（清 1697）一首　题：美人扑蝶图。

云鬟装就娇模样▲罗带风前扬▲手拈花朵卜瑶阶△①引得一双蝴蝶过墙来△

寻香摘艳来还去▲▲欲住何曾住▲▲飞飞飞傍玉搔头△△②好把轻罗小扇向

前兜△△

注：① 瑶阶：阶砌美称。② 玉搔头：玉簪。

沈珂（女）（清 1698）一首　题：题有约不来过夜半图。

凭栏恰恰纤腰娜▲[1]雾鬓云鬟亸▲[2]修眉淡扫远山痕△[3]任是无言我见也销魂△

琐窗一见灯花落▲▲[4]似有秋枰约▲▲[5]闲检玉子意阑珊△△[6]只恐夜深不耐五更寒△△

注：① 恰恰：适当。② 亸：下垂。③ 修眉：细长眉；远山：喻眉峰。④ 琐窗：窗之美称。⑤ 枰：棋盘，指下棋。⑥ 玉子：棋子。

阮绵审（清 1707）一首

桃英飞扑秋千架▲[1]春色浑如画▲[2]叮咛说与柳条知△系着春光莫被燕衔归△

偷抛金线亭前去▲▲[3]芳草留人住▲▲春深未足系幽怀△△花落衫中报道是春来△△

注：① 桃英：桃花。② 浑：全。③ 金线：喻刺绣。

周星誉（清 1709）一首　题：九月十六日夜泊双桥。[1]

扁舟秋入嘉兴路▲梦逐回波去▲断肠名字说双桥△消受单衾孤独又今宵△

松阴暗转篷窗悄▲▲[2]霜重溪风晓▲▲乱虫声紧冻丝丝△△刚是酒醒人睡黄昏时△△

注：① 双桥：在浙江嘉兴北门外二十华里。② 篷窗：船窗。

汪淑娟（女）（清 1712）一首　题：再柬文卿妹。

秋千影落闲庭院▲明月移花转▲几天不挂玉帘钩△难道春来总是不梳头△

绿窗还是摊书好▲▲何苦寻烦恼▲▲自家去验小腰肢△△却比垂杨肥了那丝丝△△

刘履芬（清 1718）二首

(1) 沉沉裹着衾儿睡▲是梦难成寐▲晓禽啼醒海棠魂△惟有有情人解与温存△

芳姿那段堪描画▲▲最好梳妆乍▲▲簸钱年纪束绫歌△△[1]算说千金一刻不曾多△△

注：① 簸钱：掷钱为赌戏，未成年女孩一种游戏。

(2) 弯蛾不似从前蹙▲[1]微响钗头玉▲丝丝垂柳绾春心△只恐郎来没处教

郎寻△

高唐风月巫山雨▲▲②梦也无凭据▲▲梦魂昨在柳梢头△△一角夕阳尽处是红楼△△

注：①蛾：喻眉。②此句谓楚襄王梦会神女于巫山故事。

汪琛（清1723）一首

莺声劝我寻春好▲将近春分了▲便随芳草到城东△却又春烟漠漠雨濛濛△

分明雁字桥边路▲▲是我曾游处▲▲重来不见小桃花△△何况小桃花下那人家△△

钱勖（清1745）一首

莺魂蝶梦凄迷甚▲瘦到梨云影▲一番风雨一番晴△剩有蘼芜绿遍短长亭△

惜花爱傍阻花阴立▲▲花落人知惜▲▲惜无人惜惜花人△△依旧空闺寂寞度芳春△△

杨钟羲（清1839）一首　题：禊集分韵得绿字同孟劬。

藜光桥外春波绿▲曾照人如玉▲流光容易廿年过△长自青青杨柳阅人多△①

只知花赖春阴覆▲▲却得凭高目▲▲清流何处称流觞△△②待与旧时燕子说年芳△△

注：①阅人：与人打交道。阅，经历也。②流觞：曲水流觞。上巳日修禊时一种游戏。

李穆宣（清1860）一首　题：可园观剧。

饧箫历乱莺声啭▲①醉着看花眼▲倡条冶叶怨东风△②争及海棠新睡茜妆红△

朱栏十二霞横绮▲▲鹊报春晴喜▲▲良辰美景奈何天△△且向碧鸡坊里听歌弦△△③

注：①饧箫：古时在清明前后有吹箫卖饧（饴糖）小贩。②倡条冶叶：喻柔嫩之枝叶。③碧鸡坊：坊名，在四川成都。

陈夔（清1873）一首

曈曈霁日烘晴翠▲①檐鹊声声碎▲花香微度入纱窗△瞥见翻飞蝴蝶自成双△

闲庭永昼科头坐▲▲②日色红于火▲▲绿阴时有好风邀△△最爱绕篱一带种芭蕉△△

注：①曈曈：初出之日。②科头：光头不戴帽。

陈增寿（清1919）一首

倾城士女长堤道▲各有情怀好▲梦中池馆画中人△为问连朝罢酒是何因△

东风红了西风水▲▲浓蘸燕支泪▲▲输他渔子不知愁△△偏向落红深处系轻舟△△

许白凤(现当58)四首　题：第一、二、三首,三埭纪游。　注：1975 年作。

第四首,梅雨兼旬,灯下遣怀。　注：1976 年作。

(1) 游程早就安排定▲钟埭先停顿▲[1]田翁相熟半知名△来往一杯茶话几更深△

迂回荻港清流引▲▲撒网多渔艇▲▲老夫五日水乡居△△快意登舟每饭有鲜鱼△△

注：① 钟埭：浙江平湖村名,三埭之一。原注：凯儿家。

(2) 轮船转接经徐埭▲[1]校课钟初罢▲老师家里阿爹来△四野纷纷传语散村孩△

东邻西舍情何好▲▲好在平时搞▲▲筠篮满贮地头鲜△△[2]毛豆芋头分馈到尊前△△[3]

注：① 徐埭：三埭之一。原注：球女家。② 筠篮：竹篮。③ 分馈：分赠。

(3) 步行林埭犹能够▲[1]兄妹欢携手▲中秋月子尽情看△天上人间一样庆团圆△

外甥喜获头胎女▲▲笑索芳名取▲▲娃娃暖裹锦绷中△△抱到面前来见舅公公△△

注：① 林埭：三埭之一。原注：大妹家。

(4) 沉吟贺铸愁边句▲[1]梅子黄时雨▲痴心道是晚开天△一线晴光微透小窗前△

夜来淅淅潇潇响▲▲又在芭蕉上▲▲被儿闷裹睡难成△△索性银灯拨亮起床听△△

注：① 贺铸：著名词人,见《词人小传》。

车乘轨(现当88)一首　题：山阴道上访陆游故里。[1]　注：2000 年 11 月 22 日作。

清盈鉴水西流去▲[2]杏卖画桥路▲[3]塘湾以北是三山△[4]旖旎风光如在画中间△

陆游故里山阴道▲▲千载游人吊▲▲诗翁住宅拟重修△△石像巍峨已矗绿田畴△△

注：① 山阴：今浙江绍兴。② 鉴水：绍兴名湖鉴湖。③ 杏卖：桥名。
④ 三山：地名，因陆游故居周围有行宫、石埝、韩家三山而得名。

张振维(现当 99)一首　题：归梅溪作。①　注：1946 年作。

两三灯火梅溪路▲西去山无数▲东南风好送归桡△②应是半滩春雨水平桥△
相逢莫道明年又▲▲且醉尊前酒▲▲③新词日日咏梅花△△恰到梅花开后又天涯△△

注：① 梅溪：浙江安吉镇名，作者家乡。② 桡：船楫，喻船。③ 尊：酒杯。

胡季武(现当 129)一首　题：题巫山神女峰。①

钟灵毓秀千秋艳▲阅尽沧桑变▲生来卖俏大江滨△惯会迎新送旧最多情△
风流神采今犹在▲▲妩媚娇娆态▲▲云云雨雨笑无常△△梦入阳台岂只楚襄王△△②

注：① 神女峰：巫山十二峰之一。② 楚襄王：梦会神女于巫山阳台。

宋耘(女)(现当 138)一首　题：早春即事。

轻寒薄暖晴方好▲粉蝶双飞绕▲呢喃紫燕又还家△打点香巢重建备泥沙△
书窗慵倦从容起▲▲漫步清阴里▲▲郊原一片绿无涯△△四处氤氲春意袭人来△△

五十六字　虞美人　第二体，同第一体，但后段只换第二种仄韵

杨泽民(宋 132)一首　题：红莲。

小池芳蕊初开遍▲恰似新妆面▲扁舟一叶过吴门△①只向花间高卧度朝昏△②
浮萍点缀因风絮▲▲要共鸳鸯语▲▲花间有女恰如云△不惜一生常作采花人△

注：①扁舟：小舟；吴门：指苏州。②朝昏：朝暮。

张元幹(宋 242)一首

开残桃李春方到▲谁送春风早▲杖藜幽境踏余花△①却对绿云青子问年华△
迢迢云水横清浅▲▲②不遣愁眉展▲▲数竿修竹自横斜△③犹有小窗朱户似侬家△④

注：① 杖藜：扶着拐杖。② 迢迢：远貌。③ 修竹：长而直竹子。④ 侬：吴语，我也，也可指你。

王质(宋 344)一首

翠阴融尽毵毵雪▲①惨淡花明火▲②嫩沙拂拂涨痕添△想见故溪绿到草堂前△

夕阳红透樱桃粒▲▲掩映深沉碧▲▲③成都事事似江南△④只是香衾两处耐春寒△

注：① 毵毵：散乱状貌。② 惨淡：暗淡；明灭：若有若无。③ 掩映：忽隐忽现。④ 成都：今四川省会。

元好问（金27）一首　题：美人图。

槐阴别院宜清昼▲入座春风秀▲美人图纸阿谁留△都是宣和名笔内家收△①

莺莺燕燕分飞后▲▲粉淡梨花瘦▲▲只除苏小不风流△②斜插一枝萱草凤钗头△③

注：① 宣和：宋徽宗年号，此处指宋徽宗；内家：皇宫。② 苏小：杭州名妓苏小小。③ 萱草：又名宜男草；凤钗：首饰。

宋琬（清49）一首　题：看花作。

朱朱粉粉东风面▲①一夜开将遍▲花神料得是针神△绣出枝枝叶叶一番新△

黄鹂似向风姨诉▲▲②莫把花枝妒▲▲赵家姐妹易相嗔△③试看南枝如笑北枝颦△④

注：① 朱朱粉粉：红红白白。② 黄鹂：黄莺；风姨：即风。③ 赵家姐妹：汉成帝后、妃赵飞燕、赵合德。④ 南枝、北枝：指梅。《白帖》："大庾岭上梅，南枝落，北枝开。"

孙云鹤（女）（清1202）一首

绿杨三月成飞絮▲散入闲庭宇▲荼蘼犹未着东风△生怕莺催春老太匆匆△

夜深不寐寒生壁▲▲香烬炉烟息▲▲小窗人定一灯红△无限离绪都在雨声中△

五十六字　虞美人　第三体，同第一体，但后段平仄韵均不换第二种。

周金然（清336）一首　题：元夜。①

昔游故里逢元夜▲火树春无价▲②画栏终夕绕如花△直至玉骢嘶罢月西斜△③

今来旅馆逢元夜▲游冶无心也▲闭关浊酒满壶赊△④遮莫游人争逐七香车△⑤

注：① 元夜：即元宵。② 火树：火树银花，喻灯采。③ 玉骢嘶罢：喻骑马游人归去。④ 赊：欠帐。⑤ 遮莫：尽教也；七香车：指妇女乘车。

张芬（女）（清1181）一首　题：夜坐忆汪媛。

别时愁对经秋柳▲红泪沾衫袖▲今宵却是月圆时△又见霜条霜叶不成丝△

金针彩线余残绣▲忽忽情怀旧▲小春芳信到南枝△试问青山何处寄相思△

杨芸(女)(清1294)一首　题：春日偶成。

海棠花发留春住▲春也无心去▲怪他风雨苦相催△试看乱红万点扑帘来△

春愁脉脉浑无据▲窗外闻莺语▲劝侬把卷暂徘徊△过了清明又有牡丹开△

许德蘋(女)(清1708)一首　题：春日病起。

晓莺啼破愁人梦▲紫燕窥帘缝▲侍儿扶我过楼东△只觉琴床画箧被尘封△

两肩犹觉罗衣重▲瘦与梅花共▲病余不耐诉情衷△忍看花明柳暗一重重△

五十六字　虞美人　第四体，同第一体，但后段只换第二种平韵。

唐祖命(清781)一首　题：夜雨。

晚来委巷门深闭▲[①]凄切愁滋味▲一灯寒雨影微红△窗外黑天筛出雨濛濛△

鸳鸯瓦上声如沸▲[②]滴尽相思泪▲十年离恨到心头△△不道此番流落又扬州△△

注：① 委巷：曲曲小弄。② 鸳鸯瓦：双层瓦。

沈善宝(女)(清1498)一首　题：送春。

问春欲去归何处▲怪底春无语▲商量无计把春留△又见杜鹃啼血蝶含愁△

落花飞絮多情绪▲也欲随春去▲栏杆十二独徘徊△△剩得青春满眼是莓苔△△

柯纫秋(清1701)一首

梦日频听春鸡唱▲[①]催得银屏亮▲搴帏生怕晓寒侵△只觉朝来难撇是鸳衾△

庭前玉树枝相向▲日影雕栏漾▲隔墙风送卖花声△△不道柳丝搓就又清明△△

注：① 梦日：梦见日或梦吞日，吉兆也。

五十六字　寨儿令

许白凤(现当58)一首　题：清明节戴甥重远奉母移舟来上外家坟。　注：1976年作。

小渔艖桨咿哑△[①]娘呼阿儿加紧划△乐趣回家△劳逸安排△趁个农闲暇△

上山头一束鲜花△叙亲情几盏香茶△来时披晓雾，归路带余霞△呀△水茜似轻纱△

注：① 艖：即船。

五十六字　凤衔杯

晏殊(宋20)一首

留花不住怨花飞△向南园、情绪依依△可惜倒红斜白一枝枝△经宿雨，[①]又披离△[②]

凭朱槛，把金卮△[3]对芳丛、惆怅多时△何况旧欢新宠阻心期△满眼是相思△

注：① 宿雨：夜雨。② 披离：枝叶散乱貌。③ 金卮：酒杯美称。

车乘轨（现当88）一首　题：乙丑除夕，重品正宗虾油鸡。[1]　注：2010年2月13日作。

人生眷恋是家乡△最童年、回忆偏长△除夕岁辞肴美乐洋洋△鸡卤浸，特鲜香△

屡模仿，数烹尝△奈无味、圈养禽场△今岁没心栽柳柳成行△[2]再度乐饥肠△

注：① 虾油鸡：绍兴特菜，即鸡汁、黄酒、腌鱼卤浸泡之白鸡。② 此句喻意外收获。谚语："有心栽花花不发，无意插柳柳成行"。

五十六字　蕉叶怨

蒋起荣（女）（清370）一首　题：咏柳。

雨霁晚烟收△嫩绿微黄映小楼△占得妆台新画样，眉头常伴佳人翠黛钩△[1]

青眼为谁投△[2]瘦尽纤腰只带愁△日永三眠浑未起，[3]悠悠△万缕情丝漾钓舟△

注：① 翠黛钩：指眉峰。② 青眼：即重视。③ 日永：日长。

五十六字　锦帐春

丘密（宋361）一首　题：己未（1199年）孟冬乐净见梅英作。[1]

翠竹如屏，浅山如画▲小池面、危桥一跨▲著棕亭临水，宛然郊野▲竹篱茅舍▲

好是天寒，倍添妍雅▲正雪意、垂垂欲下▲更朦胧月影，弄晴初夜▲梅花动也▲

注：① 孟冬：即初冬十月（农历）；乐净：地名；梅英：即梅花。

车乘轨（现当88）一首　题：赞杭州市善待企业退休人员。　注：2010年2月7日作。

一样工人，不同待遇▲[1]看企业、退休清苦▲同在清苦线，又分低举▲[2]嘉低杭举▲

节日酬劳，[3]夏天冷补▲[4]社区里、再沾甘露▲[5]见基金年涨，[6]特殊安抚▲[7]杭风和煦▲

注：① 待遇：指福利。② 低举：低与高。杭州市对企业退休人员，有多种福利补贴，而嘉兴却无。③ 节日酬劳：春节慰问金每人600元，端午、中秋节各500元。④ 夏天冷补：冷饮费补贴每人440元。⑤ 社区生活

补贴每人 852 元。⑥ 医保个人帐户基金每年调高。⑦ 特殊补贴：每月发放物价补贴；对住院治疗病员慰问补贴，作者妻 2009 年度即曾获 1650 元之住院慰问金。

五十六字　临江仙（又名谢新恩）

向子諲（宋 218）一首　题：绍兴庚申（1140 年）老妻生日，①幼女灵照生于是岁，女子亦有弄璋之喜。②

新月低垂帘额，小梅半出檐牙△高堂开宴静无哗△麟孙凤女，学语正咿哑△

宝鼎剩熏沉水，③琼彝烂醉流霞△④芗林同老此生涯△⑤一川风露，总道是仙家△

注：① 绍兴：宋高宗年号。② 弄璋：生子曰弄璋，生女曰弄瓦。③ 沉水：香名。④ 流霞：仙酒。⑤ 芗林：《玉海》："绍兴六年（帝）书芗林二字，赐两浙漕向子諲。"

赵长卿（389）一首　题：怀念去妾，和其词。

破靥盈盈巧笑，举杯滟滟迎逢△慧心端有谢娘风△①烛花香雾，娇困面微红△

别恨彩笺虽寄，清歌浅韵难同△梦回楚馆云雨空△相思春暮，愁满绿芜中△

注：① 谢娘：东晋才女谢道韫。

沈岸登（清 509）一首　题：再过红桥。①

记得停桡柳岸，柁楼斜罥鱼罾△②玉纤无力倦还凭△③绿纱窗护，中有簟如冰△④

罗袜舷深不见，⑤明珠佩解何曾△⑥凉波空自碧千层△水蘋花外，斜照落疏藤△

注：① 红桥：扬州名胜。② 柁楼：船上的操舵之室；鱼罾：方形鱼网。③ 玉纤：喻女手。④ 簟：竹席。⑤ 罗袜：指女足。⑥ 明珠佩解：《列仙传》"郑交甫至汉皋台下，见二女佩两珠……二女解佩与之"。

张宗橚（清 757）一首

林际榆钱渐密，堤边柳线初分△昏鸦归晚奈离群△断云含雨，零乱入孤村△

扫径红留花影，临溪绿带苔痕△朦胧新月又黄昏△小窗无伴，残烛对清尊△

赵我佩（女）（清 1557）一首

挽就松松髻子，描成淡淡蛾儿△销魂最是晚妆时△除他银蜡，心事问谁知△

记得采芳归去，露华凉透罗衣△玉箫声断彩云飞△依依残梦，犹恋画楼西△

车乘轨（现当 88）三首　题：第一首，好人周根花。　注：2004 年 6 月 22 日作。

第二首，谢嘉兴二院财长徐筱红。　注：2010年2月1日作。

第三首，谢嘉兴二院张永革医师。　注：2010年2月26日作。

(1) 着意扶孤助老，生成菩萨心肠△个私得失不思量△帮困为乐，“好人”美名扬△

萍水相逢街市，①热情送上门墙△②可夸可贵是恒常△此恩斯德，铭记永难忘△

注：① 相逢：作者妻上街买菜，与其始交。② 上门：周根花常护送作者妻回家，又上门代为浆洗、做杂务，如同家人。

(2) 怜惜孤残老弱，关心解困扶难△异乡医保报销烦△①款须先垫，巨金怎周旋△

病员急须陪护，家人难上车船△②财长挑起重担肩△代为邮结，③安逸不愁钱△

注：① 异乡：指异地，作者妻医保单位在杭州市萧山区。② 难上车船：喻难以离嘉去萧。③ 结：结帐报销。

(3) 救死扶伤宗旨，助人为乐精神△白衣天使学求恩△片查关把，病痕认真甄△

绢纺厂中同事，①相交远若星辰△旧情虽远却如新△百般关照，词作《谢新恩》△

注：① 同事：张永革医师原为嘉兴绢纺厂厂医，系作者25年前同事，技术精湛，在阅片上认真把关，有独到之处，还经常讲学，培养新苗。

五十六字　翻香令

江珠(女)(清1186)一首　题：暮春偶感。

绿肥红瘦蝶蜂慵△捉花留絮恨匆匆△试倩一帘香雨，几缕茶烟，拦住东风△

有情争似可怜虫△愿消智慧变痴聋△博得酒酣饭饱，好懵腾、归去黑甜中△

五十六字　鹊桥仙

张先(宋18)一首

星桥火树，长安一夜，①开遍红莲万蕊▲②绮罗能解日中春，③风露细、天清似水▲

重城闭月，[④]青楼夸乐，[⑤]人在银潢影里▲[⑥]画屏期约近收灯，归步急、双鸳欲起▲

注：① 长安：唐朝京都，借喻宋都汴京（今开封）。② 红莲：喻灯火。③ 绮罗：喻妇女。④ 重城：指汴京城。⑤ 青楼：妓院。⑥ 银潢：即天河。

杜安世（宋53）一首

日长天气，深深庭院，又是春愁滋味▲池边昨夜雨兼风，战红杏、余香乱坠▲

阴阴庭榭，暝烟轻柳，万缕黄金窣地▲一双新燕却重来，但暗抱、罗巾掩泪▲

苏颂妹（女）（宋67）一首　题：寄季顺妹。

星移斗转，玉蟾西下，[①]渐觉东郊向晓▲马嘶人语隔霜林，望千里、长安古道▲[②]

珠宫姐妹，[③]相逢方信，别后十分瘦了▲上林归去正花时，[④]争奈向、花前又老▲[⑤]

注：① 玉蟾：指月；西下：即凌晨。② 长安：唐朝京都。③ 珠宫：蕊珠宫，仙女所居，喻闺房。④ 上林：上林苑，花园美称。⑤ 争：怎也。

舒亶（宋88）一首　题：饯会。[①]

教来歌舞，接成桃李，尽是使君指顾▲[②]如今装就满城春，忍便拥、双旌归去▲[③]

莺声巧啭，花心争吐，无计可留君住▲两地芳草一江云，早晚是、西楼望处▲

注：① 饯会：饯别会。② 使君：太守级官员。③ 忍：怎忍；旌：旗也。

李之仪（宋102）一首

宿云收尽，[①]纤尘不警，万里银河低挂▲清冥风露不胜寒，无计学、双鸾并驾▲[②]

玉徽声断，[③]宝钗香远，空赋红绫小砑▲[④]庾郎知有几多愁，怎奈向、月明今夜▲

注：① 宿云：夜晚的云气。② 此句谓乘鸾仙去。③ 玉徽：指琵琶。④ 红绫小砑：砑光红绫，指被褥。

秦观（宋116）一首

纤云弄巧，飞星传恨，银汉迢迢暗渡▲[①]金风玉露一相逢，便胜却、人间无数▲

柔情似水，佳期如梦，忍顾鹊桥归路▲[②]两情若是久长时，又岂在、朝朝暮暮▲

注：① 银汉：银河。② 鹊桥：牛郎织女鹊桥相会。

朱淑真（女）（宋140）一首　题：七夕。[①]

巧云弄晚，西风惊暑，小雨翻空月坠▲牵牛织女几经秋，尚多少、离肠恨泪▲

微凉入袂，[2]幽欢生坐，天上人间满意▲何如暮暮与朝朝，更改却、年年岁岁▲

注：① 七夕：七月初七夜，传为牛郎织女一年一度相会期。② 袂：袖也。

谢逸（宋144）一首

蝶飞烟草，莺啼云树，满院垂杨阴绿▲轻风飘散杏梢红，更吹皱、池波如縠▲[1]

珠帘日晚，银屏人散，楼上醉横霜竹▲一春若道不相思，缘底事、红绡褪玉▲[2]

注：① 縠：皱纹。② 底事：何事；玉：喻肌肤，此处指身瘦。

向子諲（宋218）一首

澄江如练，[1]远山横翠，一段风烟如画▲层楼杰阁倚晴空，疑便是、支机石下▲[2]

宝奁琼镜，淡匀轻扫，纤手弄妆初罢▲拟将心事问天公，与牛女、平分今夜▲[3]

注：① 澄：水清；练：白绢，喻江平。② 支机石：《集林》：有人寻河源，见妇人浣纱，问之，曰："此天河也，乃与一石归……此织女支机石也。" ③ 牛女：牛郎织女。

张元干（宋243）一首

靓妆艳态，娇波流盼，双靥横涡半笑▲尊前烛畔粉生光，更低唱、新翻转调▲

花房结子，冰枝清瘦，醉倚香浓寒峭▲雏莺新啭上林声，惊梦断、池塘春早▲

李祁（宋258）一首

春阴淡淡，春波渺渺，帘卷花梢香雾▲小舟维在落梅村，[1]正梦绕、清溪烟雨▲

碧山学士，云房娇小，须要五湖同去▲[2]桃花流水鳜鱼肥，却趁得、江天佳处▲

注：① 维：即系。② 五湖：即太湖。

箕仙（宋315）一首　题：七夕。故事：宋庆之寓永嘉，适逢七夕，学徒醵饮……酒边一士，致仙叩试事，忽箕动……[1]大书《鹊桥仙》一阕云：

鸾舆初驾，[2]牛车齐发，隐隐鹊桥呷轧▲尤云殢雨正欢浓，[3]但只怕、来朝初八▲

霞垂彩幔，月明银烛，馥郁香喷金鸭▲[4]年年此际一相逢，未审是、甚时结煞▲[5]

注：① 箕：即乩，以盘盛沙，上置形如丁字之架，悬锥其端，左右两人扶之，谓仙降能在沙上作书，称扶乩。② 鸾舆：指织女轿子。③ 尤云殢雨：

喻欢会。④ 金鸭：鸭形铜香炉。⑤ 未审：未知；结煞：结束。

陆游（宋 330）一首

一竿风月，一蓑烟雨，家在钓台西住▲卖鱼生怕近城门，况肯到、红尘深处▲[1]

潮生理棹，[2]潮平系缆，潮落浩歌归去▲[3]时人错把比严光，[4]我自是、无名渔父▲

注：① 红尘：喻热闹繁华之处。② 理棹：喻开船。③ 浩歌：高歌。④ 严光：东汉人，字子陵，隐居于浙江富春山，以垂钓为乐。

范成大（宋 338）一首　题：七夕。

双星良夜，[1]耕慵织懒，[2]应被群仙相妒▲娟娟月姐满眉颦，[3]更无奈、风姨吹雨▲[4]

相逢草草，[5]争如休见，重搅别离心绪▲新欢不抵旧愁多，倒添了、新愁归去▲

注：① 双星：指牛郎织女两星。② 慵：懒也。③ 娟娟：美好。④ 风姨：风神。又称封家十八姨。⑤ 草草：简单、匆匆之意。

辛弃疾（宋 370）一首　题：己酉（1189 年）山行书所见。

松冈避暑，茅檐避雨，闲去闲来几度▲醉扶怪石看飞泉，又却是、前日醒处▲

东家娶妇，西家归女，[1]灯火门前笑语▲酿成千顷稻花香，[2]夜夜费、一天风露▲

注：① 归：于归，即出嫁。② 千顷：喻广阔；顷：折合一百亩。

严蕊（女）（宋 395）一首　故事：天台名妓严蕊，尝七夕宴坐，有谢士卿者，豪士也，因命之赋词，以己姓（即谢）为韵。酒方行，而成《鹊桥仙》词。

碧梧初出，桂花才吐，池上水花微谢▲穿针人在合欢楼，[1]正月露、玉盘高泻▲

蛛忙鹊懒，耕慵织倦，[2]空做古今佳话▲人间刚道隔年期，想天上、方才隔夜▲

注：① 穿针：七夕，妇女穿针以乞巧。② 此句喻牛郎、织女已无心耕织。

张镃（宋 410）一首　题：菱。

连汀接溆，[1]荇蒲带藻，万镜香浮光满▲[2]湿烟吹霁木兰轻，[3]照波底、红娇翠婉▲

玉纤采来，[4]银笼携去，一曲山长水远▲[5]彩鸳双惯贴人飞，恨南浦、离多梦短▲

注：① 溆：即浦。② 镜：喻水面平如镜。③ 木兰：喻船。④ 玉纤：喻女手。⑤ 一曲：指采菱曲。

吴潜（宋 461）一首

扁舟乍泊，危亭孤啸，[1]目断闲云千里▲前山急雨过溪来，尽洗却、人间暑气▲暮鸦木末，[2]落凫天际，都是一番秋意▲痴儿骙女贺新凉，[3]也不道、西风又起▲

注：① 危亭：耸立于高处的亭子。② 木末：树梢。③ 骙：痴也，此处为自谦语。

黄升（宋 507）一首

青林雨歇，珠帘风细，人在绿阴庭院▲夜来能有几多寒，已瘦了、梨花一半▲宝钗无据，玉琴难托，合造一襟幽怨▲云窗雾阁事茫茫，试与问、杏梁双燕▲

完颜亮（金 5）一首　题：中秋待月不至。

停杯不举，停歌不发，等候银蟾出海▲片云何处忽飞来，做许大、通天障碍▲愁眉怒目，星移斗转，懊恼剑锋不快▲一挥一断此阴霾，此夜看、嫦娥体态▲

滕宾（元 65）一首

斜阳一抹，青山数点，万里澄江如练▲东风吹落橹声遥，又唤起、寒云片片▲残鸦古渡，瘦驴村店，渐觉楼头人远▲桃花流水小桥东，是那个、柴门半掩▲

许有壬（元 68）一首　题：赠可行弟。[1]

花香满院，花阴满地，夜静月明风细▲南坡一室小如舟，都敛尽、山林清致▲竹帘半卷，柴门不闭，好个暮春天气▲长安多少晓鸡声，[2]管不到、江南春睡▲

注：① 可行弟：即作者弟许有孚。② 长安：今陕西西安，汉唐京都，借喻元都北京。

马洪（明 55）一首　题：中秋。

不寒不暑，无风无雨，秋色平分佳节▲桂花香散夜凉生，小楼上、帘儿高揭▲多愁多病，闲忧闲闷，绿鬓纷纷成雪▲平生不作负恩人，惟负了、今宵明月▲

唐锦（明 125）一首　题：赠东溪。

碧海支流，百曲千湾，汇作一泓寒玉▲扶桑晓日映沙明，[1]见几点、凫飞鹭浴▲春风酒棹，[2]夜月渔舟，到处歌声断续▲看他年变化鱼龙，千层挑、花泛银屋▲

注：① 扶桑：谓海上之桑，此处指作者家乡上海。② 酒棹：指酒船。

郝文珠（女）（明 221）一首

针惜青松，[1]线穿弱柳，绣出莺花满眼▲分红配绿有千般，只费得、春心一点▲雨落轻寒，风吹小暖，最是东君倖短▲[2]频吹莺老与花飞，便春也、抛残针线▲

注：① 惜：疑“借”字之误。② 东君：司春之神；倖：疑为“行”字之误。

项兰贞(女)(明 244)一首　题：七夕，和女冠王修微。[1]

秋叶辞桐，虚庭受月，[2]漫道双星践约▲[3]人间离合总难期，空对景、静占灵鹊▲

遥想停梭，此时相晤，可把别怨诉却▲瑶阶独立且微吟，睹瘦影、薄罗轻绰▲

注：① 女冠：女道士；王修微：见《词人小传》。② 虚庭：空庭。③ 双星：牛郎、织女两星。

沈宜修(女)(明 329)一首　题：七夕。

流萤度影，疏帘卷暮，银汉波横月小▲莺机停织晚妆新，看此候、吹箫人绕▲

湘裙带缓，雾鬓钗坠，总有离怀休告▲人间惆怅负佳期，枉目断、乘槎去杳▲

冒襄(明 467)一首　题：重九日登望江楼，演阳羡万红友《空青石》新剧，[1]老怀怅触，倚声待和。

朴巢已覆，[2]苔岑遥隔，[3]剩有丹枫堪玩▲今朝重上望江楼，怅南北、烟林尽换▲

尊前新谱，[4]曲终雅奏，一字一声低按▲[5]纵然海水远连天，抵不得、闲愁一半▲

注：① 阳羡：今江苏宜兴；万红友：即万树，见《词人小传》。② 朴巢：未成之巢。③ 岑：山小而高也。④ 新谱：指新剧。⑤ 按：击拍。

沈谦(明 573)一首　题：友人纳姬戏赠。

玉帘不卷，翠屏深锁，花气着人如醉▲纷纷蜂蝶太贪春，才一夜、粉黄都退▲

鬓云全倒，眉山轻蹙，楼上日高犹睡▲新欢未审有何愁，看枕上、盈盈珠泪▲

吴伟业(清 28)一首　题：夜景。

园林晚霁，池塘新涨，明月窥人缥缈▲[1]万木阴森穿影过，惊噪起、一群山鸟▲

纤云暗度，银河斜转，露湿桂花香俏▲少年此夜不须眠，把铁笛、横吹到晓▲

注：① 缥缈：高远貌。

汪价(清 30)一首　题：闰七夕。

衣先曝罢，[1]巧才乞过，又整鹊桥来路▲今番何事两回过，却方便、憨娇牛女▲[2]

云鬟重理，香车复驾，望着星河更溯▲[3]只求造历闰年多，再休说、年年一度▲

注：① 曝：晒也，古人在七月初七有晒经书及衣裳习惯，见《四民月令》。② 牛女：指牛郎、织女双星。③ 溯：逆水而进也。

无名氏(清56)一首　题意:《梧桐影》第十一回词引。　注：此词与马洪词大同小异。

不寒不暖,无风无雨,秋色平分佳节▲桂花蕊放夜凉生,小楼上、珠帘高揭▲

多愁多病,闲忧闲闷,绿鬓纷纷成雪▲平生不作负心人,忍辜负、连宵明月▲

丁翊(清154)一首　题：思溪即事。

清溪袅绿,远山环翠,几处柴门昼静▲晚来沽酒小桥西,①盼不断、斜阳荒径▲

金尊初倒,②狂歌欲罢,还剩月来邀影▲风敲槛外梦难成,且慢把、银釭剔尽▲③

注：① 沽酒：买酒。② 金尊：酒杯美称。③ 银釭：油灯盏。

顾贞立(女)(清159)二首　题：第一首,闰六月初七。

(1) 轻飔乍拂,①纤云几点,淡淡玉钩初挂▲②佳期屈指是耶非,③笑几度、钿车欲驾▲④

碧翁相恼,⑤素娥相戏,⑥底事良辰多假▲⑦从今寄语问人间,莫浪说、年年今夜▲

注：① 飔：凉风。② 玉钩：初七弦月。③ 屈指：扳着指头计算。④ 钿车：妇女乘车。⑤ 碧翁：指天公。⑥ 素娥：指月亮。⑦ 底事：何事;多假：明明已进入七月,却被闰六月所占。

(2) 疏帘潇洒,幽窗寂静,旖旎秋光数点▲①抛残彩线与金针,消受个、寄身万卷▲

松风候到,茶烟轻漾,湘榻桃笙半卷▲②拚将数米与量柴,换得个、清闲安宴▲③

注：① 旖旎：柔和美丽。② 湘榻：斑竹榻。③ 宴：安也。

陆进(清198)一首

绮窗鹊噪,①绣帏人起,画得眉山一半▲②检奁忽见去年书,又侧坐、孜孜偷看▲③

冷风入幕,残花满地,欲炷沉香意懒▲回身却顾小青衣,④问云鬟、可曾吹乱▲

注：① 绮窗：窗之美称。② 眉山：眉峰。③ 孜孜：不懈怠。④ 顾：问也;小青衣：小婢。

吴棠桢(清200)一首　题：即事。

樱桃村里,海棠楼下,记起焚香时候▲避人不敢便敲门,但去听、一声咳嗽▲

红亭非远,紫骝何处,月带春风依旧▲分明今夜宿西家,怎忍得、便将侬咒▲

曾灿（清213）一首　题：上元。

龙楼烟霁，①凤城瑞霭，②十里纤尘如烘▲烧灯处处映参差，③露万点、星球齐拥▲

月连灯影，风残香雾，天外鳌山高耸▲④画帘深殿隐晴空，问何处、吹箫引凤▲⑤

注：① 龙楼：指清皇宫天安门。② 凤城：指皇城北京。③ 烧灯：点灯、放灯；参差：不齐貌。④ 鳌山：张灯演杂技之台。⑤ 引凤：秦穆公女弄玉吹箫跨凤仙去故事。

何采（清251）一首　题：七夕，时苦久旱。

每年乞巧，今年乞雨，望断穿针眼角▲①田头无奈陌无桑，梭和轭、一时齐搁▲②

萤辉乱点，蛛丝忙缀，闲杀填桥乌鹊▲双星欲渡但搴裳，③趁此夕、银河水涸▲

注：① 穿针：七夕，妇女穿针乞巧。② 梭：指织女织布用具；轭：指牛郎驾车牛颈上曲木。③ 双星：牛郎、织女两星。

许缵曾（清252）一首　题：七夕。

云疏月淡，乌慵鹊倦，望里双星飘渺▲人间夜夜共罗帏，只可惜、年华易老▲

经秋别恨，霎时欢会，应怯金鸡报晓▲算来若不隔银河，怎见得、相逢更好▲

钱曾（清284）一首

轻匀粉面，斜梳蝉鬓，小阁妆成独坐▲东风几阵漾帘钩，卷无数、杨花飞过▲

闲庭草绿，纱窗人静，只有燕儿和我▲暗将春恨数从头，恰恰被、莺声啼破▲

朱彝尊（清288）二首　题：第一首，十一月八日。

（1）一箱书卷，一盘茶磨，移住早梅花下▲全家刚上五湖舟，恰添了、个人如画▲

月弦新直，霜花乍紧，兰桨中流徐打▲寒威不到小篷窗，渐坐近、越罗裙衩▲

（2）辛夷花落，海棠风起，朝雨一番新过▲狸奴去后绣墩温，①且伴我、日长闲坐▲

笑言也得，欠伸也得，行处丹鞋婀娜▲②簸钱斗草已都输，③问持底、今宵偿我▲④

注：① 狸奴：即猫。② 丹鞋：红鞋；婀娜：柔美貌。③ 簸钱、斗草：皆

女孩一种赌戏。④ 持底：坚持到底，依照原约定。

张星耀（清299）一首　题：轿。

双拖绣带，低垂金蒜，[1]飘散兰香满路▲障檐不住颤东风，[2]却两点、凤尖时露▲[3]

柳丝欲绾，花枝又阻，行处蜂困蝶聚▲分明见了怕销魂，倒不若、湘帘遮住▲

注：① 金蒜：铜帘押。② 障檐：轿帘。③ 凤尖：指小足。

佟世南（清300）一首　题：端阳前一夕，[1]饮顾响中园。

蜀葵似锦，海榴如火，[2]风拂小亭无暑▲菖蒲绿映酒杯红，早知是、明朝重午▲

新题相和，良朋快聚，莫问无边晴雨▲客中有酒可销愁，且随分、钗符艾虎▲[3]

注：① 端阳：即端午。② 海榴：即石榴，因其来自海外。③ 随分：照样；钗符：钗上簪符。

方炳（清331）一首　题：贺友人作赘婿。[1]

佳儿佳妇，吹箫弄玉，[2]占尽人间双美▲新人不必害娇羞，还只在、爷娘家里▲

通家来往，虽然见惯，裁得眉儿画起▲若将年纪问檀郎，[3]多半叫、新人阿姊▲

注：① 赘婿：上门女婿。② 弄玉：秦穆公女，赘婿萧史，后夫妇吹箫跨鸾仙去。③ 檀郎：对丈夫爱称。

邵长蘅（清468）一首　题：春日登楼。

杨花如雪，桃花如雨，帘幕尽教高卷▲芳洲一带草痕齐，早青到、姑苏台畔▲

催归杜宇，重来燕子，惹起乡心历乱▲凭栏千叠暮山稠，刚抵得、春愁一半▲

朱衣（女）（清587）一首　题：七夕初霁。

铜壶漏滴，银河影纪，窗外梧桐雨歇▲鹊桥初驾会双星，[1]共喜是、人间佳节▲

欢娱未已，离愁先说，寄语天孙漫别▲[2]嫦娥今夜应多情，频教巧云、留皓月▲[3]

注：① 双星：牛郎、织女两星。② 天孙：即织女。③ 此句作四三句式，与格律异。

顾彩（清638）一首　题：南湖嘴阻雨。

西风不息，南风又起，甚日东风才可▲[1]长年三老闷相看，[2]只恁把、光阴闲过▲

江城如画，[3]平湖如练，[4]秋水船如天坐▲朝朝暮暮看庐山，[5]还算是、庐山看我▲

注：① 甚日：何日。② 三老：舟师也。杜甫诗："长年三老歌声里。"③ 江

城：江西九江。④ 平湖：鄱阳湖；练：白绢。⑤ 庐山：山名，在江西。

张桓少（女）（清699）一首　题：七夕，忆金沙长姐于夫人。

牛女佳期，[①]银河淡淡，依旧鹊声缭绕▲[②]今宵天上喜相逢，更不信、人间忧悄▲

玉漏频催，[③]金尊懒对，[④]忆共穿针欢笑▲[⑤]傭携小妹上楼看，怕惹起、离愁多少▲

注：① 牛女：牛郎、织女。② 鹊声：喜鹊填桥声喧。③ 漏：滴漏计时。④ 尊：酒杯。⑤ 穿针：七夕妇女穿针乞巧。

查嗣瑮（清662）一首　题：归燕。

香堤绣陌，[①]新泥细草，又是干风湿雨▲知他大厦定谁家，且莫忘、茅檐旧主▲

来寻春社，[②]去辞秋社，[③]草草一年一度▲须知补屋有巢痕，也钩却、湘帘待汝▲

注：① 绣陌：锦绣郊野。② 春社：立春后第五个戊日。③ 秋社：立秋后第五个戊日。

徐逢吉（清698）一首　题：端午。

红榴乍吐，青梅已老，箫鼓画船声兢▲忠魂去了竟难招，[①]又说甚、彩丝续命▲[②]

单衣初试，蒲葵轻握，自有北窗清兴▲一年几度对芳尊，更莫效、古人独醒▲

注：① 忠魂：指楚大夫屈原。② 续命：延寿意。

卓长龄（清741）一首　题：除夕。

流年冉冉，[①]韶光如电，此夕忽逢除夕▲寒鸡不管老人头，又唤醒、东方渐白▲

一杯春酒，数声爆竹，旧历来辞新历▲情知戊午不能留，[②]算相会、再经六十▲[③]

注：① 冉冉：行貌。② 戊午：公元1687年。③ 六十：旧历每六十年为一个甲子。

陈聂恒（清756）一首　题：夜泊虎丘。[①]

阖闾城冷，[②]伍胥潮猛，[③]愁绝不如归去▲片帆和月出山塘，尚听得、阊门更鼓▲

清歌欲断，遗钿堪拾，[④]寂寞可中亭路▲[⑤]人家卖酒一灯红，且醉向、溪山佳处▲

注：① 虎丘：苏州名胜，在阊门外山塘街。② 阖闾城：即苏州。③ 伍胥：

吴国忠臣，传说死后为潮神。④ 遗钿：妇女失落首饰，喻人群拥挤。⑤ 可中亭：在山塘。

孙在中（清 760）一首　题：穿针乞巧。[①]

碧梧斜映，绿蕉刚碎，[②]人在深深庭院▲催陈瓜果侍儿忙，[③]铜壶滴、玉绳低转▲[④]

双双妆罢，拈针引线，香袅博山瓣瓣▲[⑤]待将底事诉穹苍，[⑥]向牛女、平分一半▲

注：① 穿针乞巧：七夕，妇女一种祈福行动。② 碎：指蕉影月照貌。③ 瓜果：庭中陈列瓜果以祭。④ 玉绳：星名，亦指月。⑤ 博山：喻香炉。⑥ 穹苍：苍天。

孟湛（女）（清 783）一首　题：荷花。

一泓清浅，[①]数茎隐见，娇怯还藏半面▲凌波绰约步轻尘，[②]觉风过、香来庭院▲

红妆零乱，[③]翠盖凋残，[④]秋老露珠洒遍▲相思不识心中苦，丝丝断、续情何怨▲

注：① 泓：水清貌。② 凌波：步履轻盈貌；绰约：柔弱貌。③ 红妆：指荷花。④ 翠盖：喻荷叶。

吴巽（清 904）一首　题：花朝。

纱窗雨湿，梅花香细，帘卷晓妆深院▲峭寒特地掩春光，数过了、春光未半▲

佳辰空负，好天谁借，或许画桥人怨▲迷离烟雾几时收，却又误、归来梁燕▲

任曾贻（清 953）一首　题：忆帘。

轻笼绣户，低悬珠阁，一桁垂垂疏影▲[①]樱桃花下最销魂，记相送、春酲未醒▲[②]

吹来柳絮，遮他幽梦，深院无人昼永▲[③]漫将纤手卷东风，爱双燕、栖香正稳▲

注：① 桁：挂帘横木。② 酲：醉酒得神志不清。③ 昼永：日长。

王初桐（清 1015）一首

秧针雨急，[①]楝花风暝，归路几重烟树▲踉跄走入短亭中，[②]早有个、人儿先驻▲[③]

问年不答，问名不答，并坐已知未许▲冲泥小屐又迎归，[④]但迁坐、伊曾坐处▲

注：① 秧针：谓出生的稻秧。② 踉跄：行走急促貌；短亭：五里为短亭，十

里为长亭。③ 人儿：指妇女。④ 此句谓该女已被家人冒雨迎归。

孔继涵（清 1058）一首　题：立夏日寄瘦桐。

凄凉若此，一庭花阴，只伴红襟燕语▲者般已是恼人心，[1]又几点、梨花暮雨▲

零星柳絮，萧疏书榻，都是无情伴侣▲雩门一带碧裙腰，[2]空立尽、斜阳红处▲

注：① 者般：这般。② 雩门：地名。江西雩都县，有雩都峡、雩山、雩水。雩门，疑指雩都峡口。

吴蔚光（清 1076）一首

杏花开过，桃花开过，将近楝花开矣▲分明二十四番风，把无数、暗愁吹起▲

彩毫慵搦，珠帘懒卷，惟有小栏杆泥▲[1]黄昏时节最伤春，看满地、月华如水▲

注：① 泥：读仄声，缠人之意。

李复龄（清 1077）一首　题：送春。

海棠都谢，山樱初熟，几日浓春烟雨▲绿阴庭院悄无人，见点点、扑帘风絮▲

残莺啼倦，乱蛙声闹，好梦惊回何处▲行踪只在落花前，须诉与、落花留住▲

施晋（清 1254）一首

圆冰对罢，真珠卷却，纤手金猊初炷▲[1]柳芽刚吐一些些，正春在、樱桃开处▲

催花风信，养云天气，雨色已浓如许▲路长多分湿春衣，又何苦、匆匆归去▲

注：① 金猊：狮形铜香炉。猊，狻猊，狮子别称。

张兴镛（清 1300）一首　序：王泰楼以小园无杨柳献嘲，戏拈此解。

脂浓粉淡，莺衔燕剪，花信连番不住▲小园已贮十分春，又何用、垂杨一树▲

消魂亭外，灞陵桥畔，分赠离人无数▲怎如不种短长条，免送却、阳春归去▲

龚自珍（清 1431）一首　题：秦淮有访。[1]

昨朝相见，浑如不见，鹦鹉催妆无力▲香消茶熟等多时，才镜槛、回廊一瞥▲

今朝不见，胜如重见，庭院暮寒时节▲城阓灯火促归舟，[2]露帘里、惨红裙褶▲[3]

注：① 秦淮：河名，在江苏南京。② 城阓：城市。③ 惨红：疑是"掺红"之误。

庄梧鸣（清 1444）一首　题：白木香。

心儿紫小，蒂儿青小，越显花儿纯白▲娇娇怯怯倩东风，把一搦、纤腰扶出▲[1]

梨花一半，梅花一半，占尽十分春色▲夜深青女不禁香，[2]只合配、素娥簪得▲[3]

注：① 一搦：一握，形容纤细。② 原注：此句为朱晁咏之句。意谓白花不配青女。③ 素娥：白衣女美名。

严适（清1478）一首

困人天气，[1]瘦人时节，廿四番风多换▲痴心欲倩小东风，留住了、桃花人面▲

花朝过了，清明过了，一种闲情难遣▲帘波窣地没人来，[2]怕不是、断肠庭院▲

注：① 困人天气：指暮春时节。② 窣地：垂地。

唐垻（清1497）一首

莺啼人倦，鹊啼人怨，春老几家庭院▲惜花故意嘱东风，早飞却、残红一半▲

天涯何处，流光先换，扑蝶归来无伴▲隔墙倩影送秋千，料不问、愁长愁短▲

邹汉勋（清1525）一首

鸭放初日，渔归欲暝，新燕恋巢偏晚▲一襟幽恨语重牵，却又怕、晓风吹短▲

憨情淹露，密意沾云，无奈春深墙浅▲狂莺休更妒芳菲，也曾夜月题红怨▲[1]

注：① 此句四三句式，稍异。

黄燮清（清1528）一首　题：七夕。

月斜香儿，露寒瓜席，墙外何人私语▲隔花风递笑声来，却不似、故园儿女▲

有情时节，无情院落，坐对凉阴几树▲卷帘独自数秋星，点点是、离愁来处▲

周闲（清1676）一首

荒庭花落，空堂筝歇，客里正逢秋晚▲金尊便覆酒如泉，浑不信、全无人劝▲

回栏月上，疏衾香冷，鸭噪一天霜满▲辟邪火细夜深寒，[1]浑不信、全无人管▲

注：① 辟邪：异香名。见《杜阳杂编》。

赵友兰（女）（清1746）一首　题：七夕。

一天云彩，一钩新月，[1]银汉红墙遥隔▲[2]盈盈阶下拜双星，[3]看凉露、微侵罗袜▲

瓜果筵开，[4]蜘蛛网织，痴愿恐有人识▲携针独自上针楼，应许是、灵心先得▲

注：① 一钩：七日眉月如钩。② 银汉：银河。③ 双星：牛郎、织女两星。④ 庭中设瓜果祭供双星。

汪增祺（清1811）一首　题：渔妇图。

素衣浣雪，青裙拖水，玉手提篮半露▲篮中有个细鳞儿，[1]偷眼把、花容小觑▲[2]

丝竿斜倚，低头却顾，笑靥盈盈欲语▲绯桃落瓣打腰轻，[3]仍生恐、细腰酸楚▲

注：① 细鳞儿：即鱼。② 花容：指渔妇面孔。③ 绯桃：红桃。

劳纺（女）（清1883）一首　题：端阳忆姐妹。[1]

榴红初绽，梅黄新熟，佳节乍逢重午▲[2]思家情绪正难堪，浑懒系、彩丝长缕▲

遥知此际，琼闺欢聚，[3]同坐绿窗相语▲蒲觞角黍庆天中，[4]料忆及、天边愁苦▲

注：① 端阳：即端午。② 重午：即端午。③ 琼：美玉，美称也。④ 角黍：粽子；天中：五月五日午时为天中节，见《唐类函》。

王亦纯（现当61）一首

桂魄初圆，[1]冰轮乍见，[2]已是清光如练▲[3]搴帘遥见月婵娟，有多少、离情缱绻▲

杨柳长堤，梧桐深院，总是依依照遍▲今宵又是影团圞，却已隔、银河一线▲

注：① 桂魄：指月。② 冰轮：也指月。③ 练：白绢，喻柔和。

郭力（女）（现当62）一首　题：商都月夜。

华灯灿灿，银星闪闪，月色溶溶风逸▲幢幢树影伴游人，水声细、花丛香溢▲

偕行月下，依偎花里，广播凤箫玉笛▲微风送笑语渐低，夜莺唱、桐花露湿▲

车乘轨（现当88）二首　题：第一首，北丽桥桥廊。[1]　注：1998年7月31日作。

第二首，七十八岁有感。　注：2000年1月23日作。

（1）城河两岸，一桥飞架，贯连繁华闹市▲[2]北门锁钥岂寻常，整日里、人龙车水▲[3]

延长路线，加宽街面，改建壮观北丽▲仿模侗寨盖桥廊，[4]避风雨、凭栏休憩▲

注：① 北丽桥：嘉兴北门桥。② 此句谓桥南接建国路，北右转通北京路，皆嘉兴历史闹市。③ 人龙车水：本车水马龙，形容行人众多。④ 仿模侗寨：湖南通道侗族自治县平坦乡，有举世闻名的回龙桥，桥上盖有通廊式阁道，甚为美观、实用。

（2）当前风气，而今心理，数字人皆爱八▲九阳让位有原因，[1]取吉利、谐音能发▲

光阴晋岁，年龄中彩，进入七旬加八▲老翁不想遇财神，但愿得、安康岁月▲

注：① 九阳：为历代吉祥辞。古人以单数为阳，双数为阴。阳为尊，尤其是九，如皇帝称九五之尊。

王莲芬（女）（现当158）一首　题：题白洋淀红荷。[1]

粉香滴露，绿云浮影，[2]朵朵红衣住处▲水乡六月艳骄阳，锦波里、田田

无数▲[3]

华清出浴，[4]霞绯娇面，疑是霓裳起舞▲瑶池宴罢醉星眸，姮娥伴、盈盈笑语▲

注：① 白洋淀：水名，在河北境内。② 绿云：喻荷叶。③ 田田：荷叶浮水貌。④ 华清：池名，在陕西临潼，以杨贵妃出浴成名。

刘生忠（现当186）一首　题：漓江泛舟。[1]

层峦叠彩，清流漱玉，短棹轻歌漫荡▲此身已是画中人，怎禁得、渔歌款唱▲[2]

花明柳暗，参差栉比，[3]夹岸农家在望▲红楼箫管弄黄昏，好一个、人间天上▲

注：① 漓江：水名，在广西桂林。② 款唱：缓唱。③ 栉比：连接貌。

五十六字　恋绣衾

赵汝茪（宋544）一首

柳丝空有万千条△系不住溪头画桡△[1]想今宵、也对明月，过轻寒、何处小桥△

玉箫台榭春多少，溜啼痕盈脸未消△怪别来、燕支重傅，[2]被东风、偷在杏梢△

注：① 画桡：桨之美称，喻船。② 燕支：即胭脂；傅：搽也。

五十七字　小重山

刘景翔（元45）一首

山翠晴岚曲曲隈△[1]红香浮玉醉容颓△不烦人筑避风台△潇湘路，随意自徘徊△

春倦怕频催△琵琶私语近、问谁来△春风那隔锦云堆△梦中蝶、飞去又飞回△

注：① 隈：山弯曲之处。

杨基（明12）一首　题：祁阳道中闻蛙。[1]

累累香云带晚霞△东风吹絮落晴沙△梦魂今夜绕天涯△春暮也，芳草乱鸣蛙△

独自莫咨嗟△[2]青烟飞扬处、有人家△且分新火试新茶△新竹里、无数木兰花△

注：① 祁阳：湖南县名，近衡阳。② 咨嗟：太息也。

五十七字　河传　第一体，以仄声韵为主。

孙光宪（五代十国24）一首

风飐▲波敛▲团荷闪闪▲珠倾露点▲木兰舟上，何处吴娃越艳▲藕花红照脸▲

大堤狂杀襄阳客▲▲烟波隔▲▲渺渺湖光白▲▲身已归△心不归△斜晖△远汀鸂鶒飞△

五十七字　河传　第二体，以平声韵为主，字句组合亦与第一体不同。

胡山（明 585）一首　题：次温飞卿韵。

江上▲凝望▲草萧萧△帆影虹桥△去遥△旧怨新恨浑未消△朝朝△断云随落潮△

燕子依人飞近远▲▲春渐晚▲▲梦也何曾断▲▲过前溪△△村店西△△曲堤△△似闻啼鸟归马嘶△△

五十七字　夜游宫

周邦彦（宋 128）一首

叶下斜阳照水▲卷轻浪、沉沉千里▲桥上酸风射眸子▲[1]立多时，看黄昏，灯火市▲

古屋寒窗底▲听几片、井桐飞坠▲不恋单衾再三起▲有谁知，为萧娘，[2]书一纸▲

注：① 酸风：冷风。② 萧娘：女子泛称。

陆游（宋 328）一首　题：宴席。

宴罢珠帘半卷▲画檐外、蜡香人散▲翠雾霏霏漏声断▲倚香肩，看中庭，花影乱▲

宛是高唐馆▲宝奁炷、麝烟初暖▲璧月何妨夜夜满▲拥芳柔，恨今年，寒尚浅▲

五十七字　梅花引（又名小梅花）　第一体，后段平仄韵均换第二种。

向子諲（宋 218）二首　题：第一首，戏代李师明作。

（1）花如颊▲梅如叶▲小时笑弄阶前月▲最盈盈△最惺惺△闲愁未识，无计定深情△

十年空省春风面▲▲花落花开不相见▲▲要相逢△△得相逢△△须信灵犀，中自有心通△△

（2）同杯勺▲同斟酌▲千愁一醉都推却▲花阴边△柳阴边△几回拟待，偷怜不成怜△

伤春玉瘦慵梳掠▲▲抛掷琵琶闲处着▲▲莫猜疑△△莫嫌迟△△鸳鸯翡翠，终是一双飞△△

蔡松年（金 4）一首

春阴薄▲花冥漠▲金街三月初行乐▲①碧纻春△玉佺人△蝉飞雾鬓，②风前立画裙△

浮花酒浪分余沥▲▲③娇甚春愁生远碧▲▲犀心通△△暖芙蓉△△此时不恨，蓬山千万重△△④

注：① 金街：皇城街道。② 蝉鬓：蝉翼鬓。③ 余沥：剩余少量之酒。④ 蓬山：此句套用李商隐“更隔蓬山一万重”诗句。

王特起（金 25）一首

山之麓▲河之曲▲一湾秀色盘虚谷▲①水溶溶△②雨濛濛△③有人行李，④萧萧落叶中△⑤

人家篱落炊烟湿▲▲⑥天外云峰迷淡碧▲▲野云昏△△失前村△△溪桥路滑，平沙没旧痕△△

注：① 虚谷：空谷。② 溶溶：水盛貌。③ 濛濛：微雨貌。④ 行李：行人所带之物。⑤ 萧萧：风声。⑥ 篱落：篱笆。

彭孙贻（明 504）一首　题：和闺思。

人如月▲花如雪▲风定秋千犹未歇▲绿杨天△闻杜鹃△伤心无那，①忽忽是今年△

春眠泥睡何曾着▲▲②慵起屏山闲掠削▲▲③镜云收△△罢梳头△△侍儿私听，低语絮闲愁△△④

注：① 无那：无奈。② 泥：缠、恋。③ 掠削：梳头。④ 絮：絮语，即语多。

赵吉士（清 279）一首　题：闺情。

空庭静▲皓月浸▲数叶梧桐筛乱影▲秋风凉△秋夜长△画帘半卷，金炉余篆香△

几番唤郎郎乍醒▲▲扶醉起来思斗茗▲▲颦双蛾△△溜秋波△△晚妆已罢，良宵将奈何△△

张粲（女）（清 392）一首　题：怀范雒仙。　注：调名原作小梅花。

秦淮曲▲①香丛宿▲华笙吹彻莲漏促▲小軿车△②玉钩斜△乳莺雏燕，啼上合欢花△

仙姝一向蓬山谪▲▲③兰梦依稀烟雁隔▲▲守空房△△思茫茫△△韶州方褥，④冷叠象牙床△△

注：① 秦淮：河名，在南京，两岸多歌榭舞台，极为繁华。② 軿车：四面有帷幕遮蔽之车，即妇女乘车。③ 谪：贬降。④ 韶州：广东县名。

江辛眉(现当 81)一首　题：乙卯(1975 年)元旦醉书。

鹅儿酒▲[1]麋儿柳▲[2]匆匆送了残年又▲迓新春△[3]喜新晴△天光大赤，分外物华明△

年来丈室维摩病▲▲[4]却是故人夸蔗境▲▲[5]满杯秾△△浅杯红△△老子婆娑，彩笔向东风△△

注：① 鹅儿酒：黄酒。② 麋：通眉。③ 迓：迎也。④ 丈室维摩：即印度净名宅，喻室小。⑤ 蔗境：老来甜之意。

五十七字　梅花引　第二体，用平声韵，只后段第一、二句换仄声韵。

项兰贞(女)(明 244)一首　题：秋闺。

晚云攒△晚风寒△叶落霜飞篱菊残△不堪看△不堪看△依瘦似花，倚栏谁个怜△

哀蛩泣遍衰杨岸▲哀鸿叫遍疏桐院▲恨漫漫△恨漫漫△明月又圆△那人何日还△

齐东野人(明 290)一首　题意：《隋炀帝艳史》第十六回，炀帝临明霞院观杨梅。

红一团△绿一团△上下高低簇锦盘△花攒攒△[1]叶攒攒△焕彩蒸霞，浑如锦一般△[2]

千花万蕊都开遍▲不留一朵藏春艳▲莫浪看△莫浪看△只恐伤残△繁华再继难△

注：① 攒攒：聚集。② 浑如：全如。

朱彝尊(清 288)一首　题：苏小小墓。[1]

小溪澄△小桥横△小小坟前松柏声△碧云停△碧云停△凝想往时，香车油壁轻△[2]

溪流飞遍红襟鸟▲[3]桥头生遍红心草▲[4]雨初晴△雨初晴△寒食落花，[5]青骢不忍行△

注：① 苏小小：南齐杭州名妓。② 油壁车：苏小小出行香车。③ 红襟鸟：指燕子。④ 红心草：即相思草。⑤ 以下此句不叶韵，与前二首不同。

陈维岳(清 429)一首　题：本意。

晓风寒△晚风寒△陇上人稀音信难△[1]小楼边△小栏边△手撚一枝，无聊独自看△

蛤帘帘外玲珑雪▲[2]蛎墙墙角朦胧月▲[3]倚更栏△送更栏△吹笛数声，飞花满碧山△

注：① 陇上：指甘肃。② 蛤帘：蛤壳串成之帘。③ 蛎墙：蛎壳烧成灰，代石灰砌墙。

查慎行(清 639)一首　题：壬寅(1722 年)小除夜，①与德尹分赋。

一方苔△一梢梅△残雪初消花未开△好风来△好风来△腊底春前，②韶光方暗催△③

明朝便是明年节▲自论今夕为何夕▲且衔杯△且衔杯△兄弟劝酬，白头知几回△

注：① 小除夜：除夕前一夜。② 腊底：十二月底，即年底。③ 韶光：光阴。

查嗣瑮(清 662)一首　题：小除夜，①初白预置岁酒，携诸子侄分赋。

立春前△小除天△雪蕊冰花两斗妍△且留连△饯残年△②剩取明宵，两度作团圆△

青山不改当门色▲衰翁似迫穷冬日▲③得随肩△且随肩△白首儿嬉，屠苏我占先△④

注：① 小除夜：即除夕先一夜。② 饯：饯别。③ 衰翁：作者自称。④ 屠苏：酒名，元日饮之，可辟邪气。

车乘轨(现当 88)一首　题：贺嘉兴昆曲学习班成立。　注：2009 年 10 月 25 日作。

晓风侵△夕阳临△玉笛悠扬昆曲寻△有知音△有知音△高女雅男，西施台上吟△①

仙音应是天庭有▲人间那得多回奏▲②水平深△水平深△振兴世遗，③匹夫承重任△

注：① 西施台：昆曲社社址暂设在范蠡湖公园西子妆台。② 此两句套用杜甫“此曲只应天上有，人间那得几回闻”句。③ 世遗：昆曲在 2001 年 5 月 18 日被联合国教科文组织评为“人类口述非物质文化遗产”。

五十七字　荷叶铺水面

康与之(宋 281)一首　题：春游。

春光艳冶，游人踏绿苔△千红万紫竞香开△烟风拂鼻籁，①蓦地暗香透满怀△

荼蘼似锦裁△娇红间嫩白，只怕迅速春回△②误落在尘埃△折向鬓云边，③金凤钗△

注：① 鼻籁：鼻息。② 回：属支、微部，此处借叶。③ 鬓云：鬓发。

五十七字　醉落魄（又名一斛珠、梅梢雪）

李煜（五代十国 34）一首　注：调名原作一斛珠。

晓妆初过▲沈檀轻炷些儿个▲[①]向人微露丁香颗▲[②]一曲清歌，暂引樱桃破▲[③]

罗袖裛残殷色可▲[④]杯深渐被香醪涴▲[⑤]绣床斜凭娇无那▲[⑥]烂嚼红茸，[⑦]笑向檀郎唾▲

注：① 沈檀：香料名。② 丁香颗：喻牙齿。③ 樱桃：喻小口。④ 裛：香袭衣也；殷色：红色。⑤ 涴：弄脏。⑥ 那：音糯。⑦ 红茸：红线头。

张先（宋 18）一首　题：美人吹笛。

云轻柳弱▲内家髻子新梳掠▲[①]生香真色人难学▲横管孤吹，[②]月淡天垂幕▲

朱唇浅破樱桃萼▲[③]倚楼人在栏杆角▲夜寒指冷罗衣薄▲声入霜林，簌簌惊梅落▲[④]

注：① 内家髻子：宫廷式样发髻。② 横管：指笛。③ 樱桃：喻小口。④ 簌簌：梅落声。

欧阳修（宋 33）一首　注：调名原作一斛珠。

今朝祖宴▲可怜明夜孤灯馆▲酒醒明月空林满▲翠被重重，不似香肌暖▲

愁肠却似沉香篆▲千回万转萦还断▲梦中若得相寻见▲却愿春宵，一夜如年远▲

苏轼（宋 79）二首　题：第一首，离京口作。[①]　注：调名原作一斛珠。

（1）轻云微月▲三更酒醒船初发▲孤城回望苍烟合▲公子佳人，不记归时节▲

巾偏扇坠藤床滑▲觉来幽梦无人说▲此生飘荡何时歇▲家在西南，[②]长作东南别▲[③]

注：① 京口：即江苏镇江。② 家在西南：作者家乡在四川眉山。③ 东南别：作者常在江苏、浙江一带为官。

（2）洛城春晓▲[①]垂阳乱掩红楼半▲小池轻浪纹如篆▲[②]烛下花前，曾醉离歌宴▲

自惜风流云雨散▲关山有限情无限▲待君重见寻芳伴▲诉说相思，目断西楼燕▲

注：① 洛城：《花草粹编》作洛阳。洛阳，河南县名。② 如篆：弯曲貌。

汪藻（宋 176）一首　故事：作者尝见画舫有映帘而观者，仅露其额，为之赋词。

小舟帘隙▲佳人半露梅妆额▲①绿云低映花如刻▲却似秋宵，一线银蟾白▲②
髻儿梢朵香红勒▲③钿蝉隐隐摇金碧▲④春山秋水浑无迹▲不露墙头，些子真消息▲⑤

注：① 梅妆额：宋武帝女寿阳宫主，人日（正月初七）卧檐下，梅花落于额上，成梅花妆。② 银蟾：喻月光。③ 香红勒：插朵红花。④ 钿蝉：蝉翼钿饰。⑤ 些子：不多之意。

周紫芝（宋 201）一首　题：重午日过石熙明，出侍儿鸳鸯。

薰风池阁▲小红桥下荷花薄▲沙平水浅山如削▲水上鸳鸯，何处风吹落▲
今朝端午新梳掠▲锦丝围腕花柔弱▲人生只有尊前乐▲前度刘郎，莫负重来约▲

张元幹（宋 243）一首

绿枝红萼▲江南芳信年年约▲竹舆路转溪桥角▲①晴日烘香，的砾疏篱落▲②
玉台粉面铅花薄▲画堂长记深罗幕▲惜花老去情犹着▲客里惊春，生怕东风恶▲

注：① 竹舆：竹轿。② 的砾：鲜明貌；篱落：篱笆。

范成大（宋 338）二首　题：第一首，海棠。

（1）马蹄尘扑▲春风得意笙歌逐▲款门不问谁家竹▲①只拣红妆，高处烧银烛▲
碧鸡坊里花如幄▲②燕王宫下花成谷▲不须悔唱关山曲▲只为海棠，也合东西蜀▲③

注：① 款门：叩门。② 碧鸡坊：地名，在四川成都西南。作者曾帅蜀。③ 此句谓为了海棠，也合住在四川。

（2）栖鸟飞绝▲绛河绿雾星明灭▲①烧香曳簟眠清樾▲②花影吹笙，满地淡黄月▲
好风碎竹声如雪▲韶华三弄临风咽▲鬓丝撩乱纶巾折▲③凉满北窗，休共软红说▲

注：① 绛河：天河别名。② 樾：树荫清凉。③ 纶巾：青丝绶巾。

张孝祥（宋 357）一首

轻黄淡绿▲可人风韵闲装束▲①多情早是眉峰蹙▲一点秋波，闲里觑人毒▲
桃花庭院光阴速▲铜鞮谁唱大堤曲▲②归路想是樱桃熟▲不道秋千，谁伴那人宿▲

注：① 可人：可以赏识之人。② 铜鞮：古曲名。

程垓（宋 368）一首

晚凉时节▲翠梧风定蝉声歇▲有人睡起香浮颊▲倚着栏杆，笑拣青荷叶▲

如今往事愁难说▲曲池依旧闲风月▲田田翠盖香罗叠▲①留得露痕，都是泪珠结▲

注：① 田田翠盖：荷叶浮水貌。

赵长卿（宋 389）一首　题：重午。

淡妆浓抹▲西湖人面两奇绝▲菖蒲角黍家家节▲水戏鱼龙，十里画帘揭▲

凌波无限生尘袜▲冰肌莹彻香罗雪▲游船且莫催归楫▲遮莫黄昏，天外有新月▲

吴文英（宋 476）一首　题：题藕花洲尼扇。

春温红玉▲纤衣学剪娇鸦绿▲夜香烧短银屏烛▲偷掷金钱，重把寸心卜▲①

翠深不碍鸳鸯宿▲采菱谁记当时曲▲青山南畔红云北▲一叶波心，明灭淡妆束▲②

注：① 卜：占卜，卜问未来事情。② 明灭：忽明忽灭。

王沂孙（宋 560）一首

小窗银烛▲轻鬟半拥钗横玉▲数声春调清真曲▲低拂珠帘，残影乱红扑▲①

垂杨学画蛾眉绿▲年年芳草迷金谷▲②如今休把佳期卜▲一掬春情，斜月杏花屋▲

注：① 乱红：指落花。② 金谷：金谷园，晋石崇别墅，风物秀美。

陈继儒（明 251）一首　题：葛实甫见访。①

笋儿初出▲闭门愁见游人入▲是谁剥啄柴门急▲②带水拖泥，花瓣埋双屐▲③

草堂幽静桐阴碧▲定巢燕子曾相识▲酒槽红趁珍珠滴▲④不饮何为，空笑髯如戟▲

注：① 葛实甫：见《词人小传》。② 剥啄：叩门声。③ 屐：木鞋。④ 此句谓为客开槽取酒。⑤ 髯如戟：喻大胡子。葛实甫，人称葛髯。

薛素素（女）（明 295）一首　题：白石榴，和夏孝廉玄成。①

何郎去后▲②恁人忽把琼枝逗▲因谁洗得红妆瘦▲节届梅黄，疏雨滴来骤▲

冰绡淡织轻纨皱▲纱窗斜月皎如昼▲花魂月魄相迎就▲玉燕钗儿，飞去檐前斗▲

注：① 孝廉：即举人。② 何郎：美男子何晏，此处指恋人。

易震吉(明444)一首　题：客过。

佳朋不速▲①堂前来看新栽竹▲主人只把茶经读▲彼此忘怀，可笑庖无肉▲②畦蔬小摘聊充腹▲登楼且纵云山目▲一行白鸟林端逐▲林底孤僧，倚枕斜观瀑▲

注：① 不速：不速客，不待招而至者。② 庖：指厨房。

钱谷(明459)一首　题：春闺风雨阁。

烟深雾浅▲丝丝小雨蕉心转▲朦胧楼角穿针倦▲闲数花须，恼却飞花片▲犀纹细劈罗帏卷▲珊瑚钩落敲银蒜▲①挑灯暗卜阴晴变▲②何处先知，马首行人面▲

注：① 银蒜：银帘押。② 挑灯：挑剪灯花。

顾石城(明610)一首　题意：《吴江雪》第四回，赞吴逸姝。

轻盈绰约▲①从容态度何曾学▲多情秋水涵寥廓▲一缕凝香，恍似天边落▲牡丹怯雨烟为幕▲亭亭仙子初临洛▲②愁人一顾魂销却▲无限幽情，莫使成耽搁▲

注：① 绰约：柔弱貌。② 亭亭：亭亭玉立；洛：苏州洛神桥，吴逸姝住处。

徐灿(女)(清20)一首　题：有怀故园。　注：调名原作一斛珠。

恁般便了▲①元宵过踏歌声杳▲二月燕台犹白草▲②风雨寒闺，何处邀春好▲吴侬只合江南老▲③雪里枝枝红意早▲窗俯碧河云半袅▲绣幕才揽，一枕梅花绕▲

注：① 恁般：如此。② 燕台：指北京，时作者随夫在京。白草：枯草，北方春晚，故云。③ 吴侬：代表苏州，作者系苏州人。

吴秉仁(清83)一首　题：五羊江上。①　注：调名原作一斛珠。

风摇五两▲②杏花疏雨催双桨▲揉蓝水色平如掌▲十幅蒲帆，渺渺春江上▲能消几日槟榔瘴▲③笑听蛋女蛮歌唱▲④避人悄泊鸳鸯港▲椰酒频斟，破被翻红浪▲

注：① 五羊：即广州。② 五两：古代候测风的用具，用鸡毛制成。五两风，喻轻风。③ 槟榔：果实名，生长在广东一带，能助消化；瘴：瘴气，热带山林中的湿热空气。④ 蛋女：广东蜑户家女儿。蛋同蜑。

吴刚思(清84)一首　题：江南春余。

樱桃乍熟▲水浸青芦山几幅▲柔柔剪尽耕黄犊▲①泥燕衔红，②花落今朝速▲帘垂一面添新竹▲黄鹂声里调凉燠▲③淡云阁雨晴难卜▲野岸蔷薇，只解香

茅屋▲

注：① 黄犊：小黄牛。② 泥燕：衔泥燕子；红：落花。③ 凉燠：凉热。

吴绮（清90）一首　题：踏青。注：调名原作一斛珠。

啼莺声唤▲垂杨听得青撩乱▲[1]云烘晓色阴晴半▲正好闲游，油壁西泠畔▲[2]

园亭斗草闲招伴▲藕丝斜露黄金蒜▲[3]踏青鞋子遮人换▲猛避儿郎，错教桃花绊▲

注：① 撩乱：纷乱。② 油壁西泠：南齐名妓苏小小，住西泠桥畔，常乘油壁轻车。③ 黄金蒜：金手镯。

赵进美（清106）一首　题：望月。

木犀小院▲[1]碧云夜静孤轮满▲[2]乱红送影湘裙展▲六曲屏山，[3]翠幕深深卷▲

麹尘袜薄苔痕软▲[4]画楼咫尺清光远▲[5]水沉香静归仍懒▲[6]绣被人寒，不共金凫暖▲[7]

注：① 木犀：桂花别名。② 孤轮：孤月。③ 屏山：屏风。④ 麹尘：淡黄色。⑤ 咫尺：逼近、很近。⑥ 水沉：香名。⑦ 金凫：鸭形铜香炉。

陈维崧（清196）一首　题：春夜微雪。

春闺日暮▲轻寒已着樱桃树▲博山小篆飘香缕▲[1]斜掩青楼，一阵销魂雨▲

夜深珂雪偏难住▲[2]金尊小泛兰陵醑▲[3]酒红渐入香肌去▲懒剔金荷，[4]细对菱花语▲[5]

注：① 博山：香炉；篆：指香烟弯曲如篆字。② 珂雪：洁白之雪。③ 兰陵醑：兰陵美酒。④ 金荷：指灯花。荷，灯台也。⑤ 菱花：指镜。

佟世南（清300）一首　题：欢会。　注：调名原作一斛珠。

画楼灯灭▲轻开绣户帘低揭▲绕阶缓步苍苔滑▲芍药栏边，绾了同心结▲

半覆罗襦松宝袜▲[1]绿莎如绣鸳衾叠▲檀郎频觑羞双颊▲[2]那得轻云，暂掩枝头月▲

注：① 罗襦：罗短衫。② 檀郎：对恋人爱称。

江闿（清497）一首　题：踏青次韵。[1]　注：调名原作一斛珠。

莺儿休唤▲长堤草色和烟乱▲繁红处处青相半▲香屧愁人，[2]小坐溪桥畔▲

扑将粉蝶嘲同伴▲娇憨脱落双金蒜▲[3]惜春长怕春光换▲为叫归迟，路滑将裙绊▲

注：① 次韵：依次和韵。② 屧：即鞋。③ 金蒜：金手镯。

陈玉堪(清 530)一首　题：送春。

晶帘深卷▲郁金堂后荼蘼院▲烟轻雾弱流莺倦▲几树垂杨，斜衬妆台软▲
春来便遣愁相伴▲春归不许愁相绊▲来朝底事心头转▲[1]剪就冰纨，[2]好制新团扇▲

注：① 底事：何事。② 冰纨：传说中一种丝织物，可制纨扇。

徐氏(女)(清 596)一首

柳軃莺娇▲[1]春来爱向花前立▲牡丹睡重娇无力▲草绿烟青，露冷鞋帮湿▲
自从别后音沉绝▲琴尊茗碗成应设▲[2]袅袅游丝牵紫陌▲[3]独眺高楼，望断江南北▲

注：① 軃：下垂貌；娇：此字不叶仄声韵，与格律不符，若改"逸"或"疾"字较妥。② 尊：酒杯；茗碗：茶碗；应设：成摆设，不用之意。③ 紫陌：东郊。

尤珍(清 608)一首　题：旅思，次张子野韵。

花娇柳弱▲流莺乳燕临风掠▲[1]画眉人远无心学▲[2]细雨黄昏，孤馆垂帘幕▲
鼠姑渐吐新红萼▲[3]绿杨斜映高楼角▲踏青女伴春衣薄▲梦入谁家，墙外秋千落▲

注：① 掠：斜飞而过。② 画眉人：指恋人。③ 鼠姑：牡丹别名。

张荣(清 752)一首　题：春闺。　注：调名原作一斛珠。

杏花庭院▲空梁无数衔泥燕▲小娃十五如花面▲蓦地行来，树底深深见▲
一阵东风花欲颤▲流莺又啄花儿咽▲踏青结伴闲消遣▲戏打秋千，墙外人争羡▲

曹去晶(清 931)一首　题意：《姑妄言》第十九卷，咏向小娥。　注：调名原作一斛珠。

晓雾轻笼，晴山淡扫妆虽草▲[1]旧敝衫裙偏觉好▲朱颜既妙，那用梳妆巧▲
海棠梦里醉魂消△柳叶帘前体态娇△桃花脸上含悲悼▲[2]试听纤喉，上苑莺声小▲[3]

注：① 晴山：喻眉峰。② 含悲悼：因小娥家，时正遭难。③ 上苑：上林苑。指花园。另此首前段首句平收不叶韵，后段前两句通叶平韵，与格律异，不单列。

王嵩(清 940)一首　注：调名原作一斛珠。

香销金兽▲[1]绿窗梦破莺啼昼▲玉人微病慵针绣▲[2]睡过花朝，[3]寒食清明候▲[4]

好景轻抛能再否▲风光有几人归后▲傍妆台两娥长皱▲帘里春愁，帘外梨花瘦▲

注：① 金兽：兽形铜香炉。② 慵：懒也。③ 花朝：农历二月十二日。

归懋仪（女）（清 1180）一首　题：送刘春卿公子北上。

片帆烟雨▲送君又送春归去▲水面匆匆刚数语▲渔火星星，[1]回首江天暮▲

闻道才华追七步▲[2]玉骢重踏春明路▲[3]仙子总应天间住▲千里关山，莫厌风和雾▲

注：① 星星：点点。② 七步：曹操三子曹植七步成章。喻才子。③ 玉骢：喻骑马人，即刘春卿。

嵇文炜（清 1302）一首　注：调名原作一斛珠。

珠光钗影▲描花描出花情性▲板桥旧事谁重省▲我也曾经，夜雨歌楼听▲

吴水微波秋来冷▲吴山芳草青如鬓▲文禽双宿愁无准▲[1]天女轮回，十丈飞红紧▲

注：① 文禽：山雉也。

车乘轨（现当 88）二首　题：第一首，古城初夏。[1]　注：2001 年 6 月 14 日作，调名原作一斛珠。

第二首，春雪。　注：2006 年 2 月 18 日作，调名原作梅梢雪。

（1）黄梅虽到▲偏生明媚如春姣▲车行小道风光好▲对岸河房，[2]一派古香貌▲

都泗城墙迤逦绕▲[3]迎恩楼阁凌云造▲[4]水乡郊野繁花袅▲画舫乌篷，[5]舱内游人笑▲

注：① 古城：指浙江绍兴。② 河房：临河无路之房舍。③ 都泗：绍兴东城门，系水门。④ 迎恩：绍兴西城门，有水、旱两门。⑤ 乌篷：绍兴小划船。

（2）西风劲刮▲墨云一夜长空结▲地冻天冷人寒冽▲待到黎明，飘起烂银雪▲

小梅受压枝斜折▲庭飞麻雀傍檐贴▲巷街路滑行人跌▲冰雪低温，好把害虫灭▲

五十七字　临江仙

陶元藻（清 961）一首　题：同李姬桂芬泛舟湖上。[1]

一棹段家桥外去，②白发对红颜△船舱同看水云闲△软玻璃内，③倒映夕阳山△

皎洁冰轮湖岸起，④清光十倍山间△山斋灯火莫招还△有情人好，忍舍蓼花湾△

注：① 湖上：指杭州西湖。② 一棹：一桨，喻船；段家桥：即断桥，在白堤上。③ 软玻璃：喻平静湖面。④ 冰轮：圆月。

五十七字　系裙腰

吴棠桢（清200）一首　题：偶忆。

溪梅花照石桥新△细香乱扑东邻△行来南镇祠边路，①避了游人△求签罢，②缓回身△

玉体倦生红汗湿，曲廊悄换罗裙△风吹衣褶纤腰露，想经消瘦、是前春△

注：① 南镇：绍兴地名，在稽山门外香炉峰麓，是名胜处。② 求签：向神卜问吉凶。

五十八字　七娘子

蔡伸（宋222）一首

天涯触目伤离绪▲登临况值秋光暮▲手撚黄花，①凭谁分付▲雍雍雁落蒹葭浦▲②

凭高目断桃溪路▲屏山楼外青无数▲绿水红桥，琐窗朱户▲③如今总是销魂处▲

注：① 黄花：菊花。② 雍雍：和乐貌。③ 琐窗：镂花纹之窗棂。

屠瑶芳（女）（明629）一首　题：喜晴。

湿云消尽朝阳皎▲庭前绿遍忘忧草▲①玫瑰香浓，紫霞凌晓▲重帘不锁金炉袅▲②

树头梅子青多少▲薰风吹透荷钱小▲③扫却眉山，④忺看林表▲⑤芳菲有恐莺啼早▲

注：① 忘忧草：即萱草。② 不锁：指卷起。③ 荷钱：荷叶初生似钱。⑤ 扫却眉山：即画眉。⑤ 忺：意所欲也。

陈维崧（清196）一首　题：春闺。

红檠斜照人无语▲①圆冰对漾春无绪▲陌上莺啼，梁间燕乳▲梦中怕到销魂处▲

小楼春色留难住▲斜桥春水流将去▲三月时光，一年节序▲水晶帘外廉

纤雨▲

注：① 红檠：烛台。

金烺(清 535)一首　题：村饮，同仲轶、去病。

清明才过春光好▲踏青缓步城南道▲香瓮初开，①酒旗低绕▲棹头豪饮涎流早▲

妖姬侧坐年还少▲②天斜微露红襦小▲③蝉鬓云松，④鸦鬟烟袅▲低声笑指银瓶倒▲⑤

注：① 瓮：酒瓮。② 妖姬：陪酒女郎。③ 夭：原注：应读歪；襦：短衫。④ 云：发之美称。⑤ 银瓶：指酒瓶。

吴焯(清 861)一首　题：灯宵踏月。

天棚万点珠星射▲河桥一道横银泻▲碎语笙簧，乱尘兰麝▲月娥应随千金价▲①

背人夺得蛾儿耍▲②唤人携得蝉儿亚▲③柔软巾韝，④轻松裙衩▲归来故把东风骂▲

注：① 月娥：月里嫦娥，喻美女。② 蛾儿：闹蛾儿，头上插戴饰物。③ 蝉儿：首饰；亚：压也。④ 巾韝：臂衣、披肩。

汪适孙(清 1459)一首

第三株柳来时记▲画船都把闲愁系▲窄径相逢，回廊情避▲一双蝴蝶知人意▲

东风吹过衣香细▲斜阳无语花枝倚▲金缕鞋边，玉丝裙底▲蘼芜寸寸销魂地▲

五十八字　小重山(又名小冲山、小重山令)　第一体，用平声韵。

薛绍蕴(五代十国 4)一首

秋到长门秋草黄△①画梁双燕去、出宫墙△玉箫无复理霓裳△②金蝉坠，③鸾镜掩休妆△

忆昔在昭阳△④舞衣红绶带、绣鸳鸯△至今犹惹玉炉香△魂梦断，愁听漏更长△

注：① 长门：汉宫名，汉武帝后陈阿娇失宠，退居长门宫。喻冷宫之意。② 霓裳：舞曲名。③ 蝉：蝉翼鬓。④ 昭阳：皇后宫殿名。

和凝(五代十国 16)一首

春入神京万木芳△①禁林莺语滑、蝶飞狂△②晓花擎露妒啼妆△红日永，③风

和百花香△

烟锁柳丝长△御沟澄碧水、转池塘△④时时微雨洗月光△天衢远，⑤到处引笙簧△⑥

注：① 神京：皇城。② 禁林：皇宫花园。③ 永：长也。④ 御沟：皇宫内水沟。⑤ 天衢：皇城街道。⑥ 笙簧：喻歌舞。

贺铸(宋 121)一首

飘径梅英雪未融△①芳菲消息到、杏梢红△②隔年欢事水西东△凝思久，不语坐书空△③

回想夹城中△彩山箫鼓沸、绮罗丛△④钿车珠网玉花骢△⑤香陌上，谁与斗春风△

注：① 梅英：梅花。② 芳菲：花草香美。③ 书空：对空写字。源出《晋书·殷浩传》。④ 绮罗：指妇女。⑤ 钿车：有装饰的妇女车乘。

沈蔚(宋 138)一首　题：初夏。

花过园林清荫浓△琅玕新脱笋、绿成丛△①雨声只在小楼东△闲攲枕，敌面芰荷风△②

长日蔽帘栊△③轻尘飞不到、画楼空△一尊今夜与谁同△人如玉，相对月明中△

注：① 琅玕：指白石栏杆外；新脱笋：指笋已成竹。② 敌面：迎面、当面；芰荷：芰，本指菱，但古诗词中一般仍指荷。③ 帘栊：有帘之窗。

赵令畤(宋 141)一首　注：《花草粹编》作赵令畤著，《草堂诗余》作赵德仁著。

楼上风和玉漏迟△①秋千庭院静、落花飞△午窗才起暖金卮△②匀面了，栏畔看春池△

何事苦颦眉△碧云春信断、尽来时△鸳鸯游戏镇相随△③云雾敛，新月挂天西△

注：① 漏：更漏，计时器。② 金卮：指酒杯。③ 镇：镇日，即常日、整日。

僧祖可(宋 147)一首　注：调名原作小冲山。

谁向江头遣恨浓△碧波流不断、楚山重△①烟柳和雨隔疏钟△黄昏后，罗幕更朦胧△

桃李小园空△阿谁犹笑语、拾残红△②珠帘卷尽夜来风△人不见，春在绿芜中△③

注：① 楚山：楚国盛时，包括作者家乡丹阳及定居地江西庐山；重：重复，喻

接连。② 残红：落花。③ 芜：野草。

米友仁(宋160)二首

(1) 醉倚朱栏一解衣△碧云迷望眼、断虹低△近来休说带宽围△人千里，还是燕双飞△

深院日初迟△绮窗帘栊静、恨生眉△不堪虚度是花时△鸿来速，争解寄相思△

(2) 雨过风来午暑清△榴花红照眼、向人明△一枝低映宝钗横△菖蒲酒，玉碗十分斟△

引满听新声△①小轩帘半卷、远山青△②几人闲处见闲情△醒不醉，为趣妙难名△③

注：① 引满：指斟满酒。② 轩：有窗长廊。③ 难名：难以言讲。

曹组(宋170)一首

帘卷东风日射窗△小山庭院静、接回廊△疏疏晴雨弄斜阳△凭栏久，墙外杏花芳△

时节好寻芳△多情怀酒伴、忆欢狂△归鸿应已度潇湘△①音书杳，前事忍思量△②

注：① 鸿：指大雁。作者时在汴京(今河南开封)，属北方，因曰归鸿；潇湘：指湖南。② 忍：怎忍。

王安中(宋172)一首　题：夜宴。

椽烛垂珠清漏长△①酒粘衫袖湿、有余香△红牙双捧旋排行△②将歌处，相向更匀妆△

明月映东墙△海棠花径密、近流光△迟留春笋缓催觞△③兰台静，人已候虚廊△④

注：① 椽烛：如椽之烛，喻粗大。② 红牙：象牙拍板。③ 春笋：喻陪酒女纤细手指；催觞：催饮酒。④ 虚廊：空廊。

汪藻(宋176)一首

月下潮生红蓼汀△残霞都敛尽、四山青△柳梢风急堕流萤△随波去，点点乱寒星△

别语寄丁宁△如今能间隔、几长亭△夜来秋气入银屏△梧桐雨，还恨不同听△

宋丰之(宋184)一首　题：佳人。

花样妖娆柳样柔△眼波流不断、满眶秋△①窥人佯整玉搔头△②娇无力，舞罢

却成羞△

无计与迟留△满怀禁不得、许多愁△一溪春水送行舟△无情月，偏照水东楼△

注：① 秋：如秋水。② 玉搔头：玉簪。

赵佶（宋 200）一首　题：元宵。

罗绮生香娇上春△金莲开陆海、艳都城△①宝舆回望翠峰青△②东风鼓，吹下半天星△

万井贺升平△③行歌花满路、月随人△龙楼一点玉灯明△④箫韶远，⑤高宴在蓬瀛△⑥

注：① 金莲：指灯；陆海：陆地上海洋，喻深广。② 宝舆：皇帝轿辇。③ 万井：万户。④ 龙楼：皇宫午门。⑤ 箫韶：乐曲。⑥ 蓬瀛：喻仙境。

沈晦（宋 206）一首　题：西湖。

湖上秋来莲荡空△年华都付与、木芙蓉△采菱舟子两相逢△双媚靥，一笑与谁浓△

斜日落溟濛△鸳鸯飞起去、水无踪△望湖楼上两三峰△人不见，林外数声钟△

李清照（女）（宋 207）一首

春到长门春草青△①江梅些子破、未开匀△②碧云笼碾玉成尘△留晓梦，惊破一瓯春△

花影压重门△疏帘铺淡月、好黄昏△二年三度负东君△③归来也，着意过今春△④

注：① 长门：汉宫名，喻冷寂。② 些子：一些，少许。③ 东君：司春之神。④ 着意：用心。

李邴（宋 208）一首　题：立春日欲雪。　注：此词《御选历代诗余》作毛滂著，本书据《草堂诗余》及《中兴以来绝妙好词选》，作李邴著。

谁劝东风腊里来△①不知天待雪、恼江梅△东郊寒色尚徘徊△双彩燕，②飞傍鬓云堆△

玉冷晓妆台△宜春金缕字、拂香腮△③红罗先绣踏青鞋△春犹浅，花信更须催△④

注：① 腊里来：指年底十二月立春。② 彩燕：首饰燕，插在鬓发上。③ 宜春金缕字：迎春金线字。④ 花信：花信风，小寒起有二十四番花信风，每番五天，有一花应之。

欧阳澈（宋 241）一首

红叶伤心月午楼△袭人风细细、远烟浮△懵腾醉眼不禁秋△追往事，拍塞一怀愁△①

心绪两悠悠△东阳消瘦损、甚风流△②拟凭仙枕梦中游△无眠久，通夕数更筹△

注：① 拍塞：充斥。② 东阳：沈约，曾任东阳（今浙江金华）太守，晚年消瘦。

吕渭老（宋259）一首　题：七夕病中。

半夜灯残鼠上檠△①小窗风动竹、月微明△梦魂偏寄水西亭△琅玕碧，②花影弄蜻蜓△

千里暮云平△南楼催上烛、晚来晴△酒阑人散斗西倾△③天如水，团扇扑流萤△

注：① 檠：烛台。② 琅玕：玉石。③ 酒阑：酒残；斗西倾：北斗西垂，指夜深。

张生（宋264）一首　题：寄郑云娘。①

杏火无烟烧断肠△织成春恨切、柳丝长△当时谁是种花郎△却不教，柳近杏花傍△

柳道不须忙△春深须是有、絮飞扬△等闲扑着杏腮香△②恁时节，③选甚隔池塘△

注：① 郑云娘：张生恋人。见《词人小传》。② 等闲：随便也。③ 恁：如此。

何大圭（宋271）一首

绿树莺啼春正浓△钗头青杏小、绿成丛△玉船风动酒鳞红△①歌声咽，相见几时重△

车马去匆匆△路随芳草远、恨无穷△相思只在梦魂中△今宵月，偏照小楼东△

注：① 玉船：酒器。见《乾淳起居注》；酒鳞：酒面的微波。

岳飞（宋277）一首

昨夜寒蛩不住鸣△惊回千里梦、已三更△起来独自绕阶行△人悄悄，帘外月胧明△

白首为功名△旧山松竹老、阻归程△欲将心事付瑶琴△知音少，弦断有谁听△

章颖（宋372）一首　注：此词《绝妙好词》作章良能著。

柳暗花明春事深△小栏红芍药、已抽簪△①雨余风软碎鸣琴△②迟迟日，犹带一分阴。

往事莫沉吟△身闲无个事、且登临△③旧游无处不堪寻△无寻处，惟有少年心△

注：① 抽簪：抽芽。② 鸣琴：《绝妙好词》作鸣禽。③ 无个事：无他事。

赵长卿（宋 389）一首　题：杨花。

枝上杨花糁玉尘△晚风扶起处、雪轻盈△扑人点点细无声△谁能惜，撩乱满江城△

忍泪未须倾△十年追往事、叹流莺△晚来雨过转伤情△铺池绿，遗恨寄浮萍△

赵师侠（宋 390）一首

乐岁农家喜夜春△①朝来收宿雾、快新晴△云移日转午风轻△香罗薄，暄暖困游人△

积水满春塍△②绿波翻郁郁、露秧针△幸无离绪苦牵情△烟林外，时听杜鹃声△

注：① 夜春：原注："农家以夜雨晴昼为夜春"。② 塍：田塍。

吴淑姬（女）（宋 396）一首　题：春愁。

谢了荼蘼春事休△无多花片子、缀枝头△庭槐影碎被风揉△莺虽老，声尚带娇羞△

独自倚妆楼△一川烟草浪、衬云浮△①不如归去下帘钩△心儿小，难着许多愁△

注：① 烟草浪：烟和草被风吹动，摇摆如波浪。

韩淲（宋 423）一首

点染烟浓柳色新△小桃红映水、日初匀△露收芳径草铺茵△凝情久，风澹起轻尘△①

梁燕已争春△折花闲伴酒、试濡唇△②流莺何处语声频△栏杆曲，蜂蝶更随人△

注：① 风澹：风恬静。② 濡：沾润。

吴潜（宋 461）一首

溪上秋来晚便宜△①夕阳西下处、碧云堆△谁家舟子采菱归△双白鹭，惊起背人飞△

烟水渐凄迷△②渔灯三数点、乍明时△西风一阵白蘋湄△③凝伫久，心事有谁知△

注：① 便宜：方便、适宜。随意之意。② 凄迷：凄凉迷惘。③ 湄：水滨。

许棐（宋473）一首

正是拈芳采艳时△连朝风雨里、掩朱扉△强排春恨剪新词△词未就，劳唱缕金衣△[1]

云薄弄晴晖△试穿花径去、捡双枝△[2]紫香红腻鬓边宜△簪不尽，[3]瓶里顿将归△[4]

注：① 劳：求人之意。② 穿：穿越。③ 簪：指插戴。④ 顿：安顿。

周容（宋533）一首

谢了梅花恨不禁△小楼羞独倚、暮云平△夕阳微放柳梢明△东风冷，眉岫翠痕生△[1]

无限远山青△重重遮不断、旧离情△伤春还上去年心△怎禁得，时节又烧灯△[2]

注：① 眉岫：眉峰。② 烧灯时节：指元宵。

陈允平（宋556）一首

岸柳黄深绿渐饶△[1]林塘初雨过、涨葡萄△秋千亭榭彩旗交△[2]莺声里，春在杏花梢△

慵整翠云翘△[3]眉间愁两点、倩谁描△斜阳芳草暗魂销△东风远，犹凭赤栏桥△

注：① 饶：丰富。② 榭：台有屋者。③ 云翘：首饰。

蒋捷（宋580）一首

晴浦溶溶明断霞△楼台摇影处、是谁家△银红裙裥皱宫纱△风前坐，闲斗郁金芽△

人散树啼鸦△粉团粘不住、旧繁华△双龙尾上月痕斜△而今照，冷淡白菱花△

束从周（宋608）一首　题：题依绿轩。[1]

杨柳丝丝两岸风△前村溪路远、小桥通△人家依约水西东△舟一叶，移过芦花丛△

清景迥涵空△好山青未了、暮云重△是谁惊起几征鸿△天然趣，都在画图中△

注：① 依绿轩：书斋名。

舒頔（元83）一首　题：端午。

碧艾香蒲处处忙△[1]谁家儿共女、庆端阳△[2]细缠五色臂丝长△空惆怅，[3]谁是吊沅湘△[4]

往事莫论量△千年忠义气、月星光△离骚读罢总堪伤△无人解，树转午阴凉△

注：① 艾蒲：端午节插菖蒲、艾叶以解毒。② 端阳：即端午。③ 惆怅：伤感。④ 沅、湘：湖南水名，喻汨罗江屈原投水处。

马洪（明55）一首　题：湖上。

新水溶溶拍画桥△桥边千树柳、绿丝飘△杏花香艳海棠娇△知人闷，春意故相撩△

湖里木兰桡△湖堤芳草软、玉骢骄△酒旗撩乱隔花招△愁多少，来向此中消△

齐之鸾（明144）一首

清角悲笳响遏云△①平催凉月上、白纷纷△塞垣砧杵小城闻△②心铁石，③谁解叹离群△

银烛水沉薰△④引杯嫌独醉、但微醺△⑤参辰何事各天分△⑥弹铗起，⑦台斗气氤氲△⑧

注：① 角：古代守军中乐器；笳：西北少数民族乐器；响遏云：形容响声可以遏止行云。② 塞垣：边疆城垣；砧杵：喻捣衣。③ 心铁石：心坚硬。④ 水沉：香名。⑤ 醺：醉也。⑥ 参辰：即参、商两星，永不相见。⑦ 铗：即剑。⑧ 氤氲：烟云弥漫貌。

陈铎（明155）一首　题：和赵德麟。①

花竹深深日上迟△小帘初卷处、燕交飞△再乘余兴弄残卮△惊午梦，鹅鸭满芳池△

谁画远山眉△薄情京兆尹、去多时△②伶仃孤影怕相随△双蝴蝶，争舞海棠西△

注：① 赵德麟：即赵令畤，见《词人小传》。② 京兆尹：官名，京城地方官。

裘律（明156）一首　题：湖上春游。

山绕平湖寺绕山△堤边千树柳、绿丝繁△杏花娇倚玉栏杆△秦楼畔，①小鸟语绵蛮△②

红粉试轻纨△③笙歌吹画舫、漾飞鸾△④酒旗撩乱系雕鞍△春色暖，芳草弄晴湾△

注：① 秦楼：歌舞场所。② 绵蛮：鸟声。③ 纨：纨扇。④ 画舫：游船；飞鸾：船头上所画图案。

吴子孝（明163）一首　题：与客游西山，雨作登虎丘。①

江上垂杨绿似烟△杏桃初破萼、斗红鲜△轻风徐引木兰船△罗袂薄，春水碧

浮天△

寒重雨丝悬△西山看咫尺、去无缘△回桡刚听暮钟传△云惨淡，兰叶满春田△

注：① 西山：在太湖中；虎丘：苏州名胜，在阊门外。

王屋（明364）三首　题：第一、二首，闺思。

第三首，课仆种瓜，因书所感。

（1）记得元宵三五前△[①]珍珠帘影下、立神仙△郁金沉炷袅轻烟△[②]人微醉，斜映烛花偏△

瓶响惠山泉△[③]玉纤亲点出、露芽鲜△[④]一杯真不换腰缠△[⑤]扬州鹤，[⑥]私语夜香边△

注：① 三五：指正月十五。② 郁金：香名。③ 惠山泉：无锡惠山泉，号称天下第二泉。④ 点出：指泡茶。⑤ ⑥ 腰缠、扬州鹤：《商芸小说》一人言志曰："腰缠十万贯，骑鹤到扬州。"欲功名、财富兼得。

（2）爱着单衣立晚风△暖香吹不散、蔼融融△[①]一眉新月上帘栊△[②]檐前铁，[③]随意响叮咚△

行过粉垣东△[④]芭蕉三四本、绿丛丛△[⑤]樱桃初熟鸟衔空△无人摘，零落满阶红△

注：① 蔼融融：和蔼融乐。② 帘栊：有帘之窗。③ 檐前铁：檐角风铃。④ 粉垣：白粉墙。⑤ 本：即棵。

（3）绕园添种邵平瓜△[①]一茎和影直、一茎斜△爱他碧叶与黄花△累累实，五色烂秋霞△

朝暮雨抽芽△高低缘竹树、也藏鸦△绵绵千忆正无涯△东陵在，西蜀已无家△

注：① 邵平：秦广陵人，封东陵侯。秦亡后，种瓜长安城东，瓜有五色甚美，世谓之东陵瓜。

胥苓第（女）（明373）一首　题：春愁。

一片江波剪绿蘋△鸳鸯颠倒写、是何人△西归司马蜀江春△[①]琴台下，何处少知音△

怪尔太相侵△[②]三生无限事、泪盈巾△[③]东园错爱柳条新△风摇处，曾拂旧阶尘△

注：① 司马：汉司马相如。② 尔：你也。③ 三生：前生、今生、来生。

纪映淮(女)(明461)一首　题：秋闺。

萧瑟幽闺更漏长△庭前兰桂发、暗飘香△月明露白渐生凉△轻风起，时拂郁金裳△

远雁一行行△相看还伫立、怯空房△幽怀几许总难量△兰釭灺，花影欲窥墙△

金堡(明499)一首　题：得程周量诗即寄。

落落寒云晓不流△是谁能寄语、竹窗幽△远怀如画一天秋△钟徐歇，独自倚层楼△

点点鬓霜稠△十年山水梦、未全收△相期人在别峰头△闲鸥鹭，烟雨又扁舟△

彭孙贻(明504)二首　题：第一首，春去。

第二首，三元阁偶遇。

(1) 窗外余寒剪绿纱△东风吹不尽、一枝花△墙头飞过别人家△①晴丝袅，蛛网罩檐牙△②

春尽闹池蛙△林端喧鼓吹、正平挝△③晚来新月直天街△风林下，三两来栖鸦△

注：① 飞过：指一枝花。② 檐牙：屋檐瓦凹凸如牙。③ 挝：敲打。

(2) 窄袖弓弯翡翠衣△湘裙三尺水、不沾泥△倭蛮髻妥插云犀△①谁家子，儿住若耶溪△②

幽意阿谁知△篆香私自祷、巧音低△万千心事在双眉△登车去，小住尚依依△

注：① 倭蛮髻：髻式样名；云犀：犀骨发簪。② 儿：古代妇女自称；若耶溪：水名，在绍兴。此处泛指水滨。

叶小鸾(女)(明514)一首　题：睡起。

春梦朦胧睡起浓△绿鬟浮腻滑、落香红△妆台人倦思难穷△①斜簪玉，②低照鸾镜中△

徐步出房栊△③闲将罗袖倚、立东风△日高烟尽碧霄空△春如昼，一片杏花丛△

注：① 难穷：难尽。② 斜簪玉：斜插玉簪或玉钗。③ 栊：窗也。

王庭(清21)一首　题：立春。

万户城中帖彩匀△飞云三素影、报康辰△①辛盘柏酒展华裀△②青旆动，③萧鼓赛芒神△④

宫鬓插花新△前驱歌且舞、引朱轮△骈喧踏暖一街尘△⑤城门晚，⑥醉饱看

归人△

注：① 飞云三素：《修真入道秘言》：立春日，清朝北望，有紫、绿、白云为三元君三素飞云也。② 辛盘：《风土记》：元旦以葱蒜韭蓼蒿芥杂和而食之，名五辛盘，取迎新之意也；裀：褥子。③ 旆：镶边之旗。④ 芒神：即勾芒神，主春耕。⑤ 骈：两马相并。⑥ 城门晚：夜里延迟关闭城门。

李雯(清22)一首　题：除夕。

楼上低垂翡翠帘△玉钩红袖内、隐春纤△[①]绣额初教彩燕添△梅信早，检点鬓云边△

香幕水沉烟△[②]灯花凝绛蜡、不成眠△明朝春色上眉尖△须好梦，随意卜金钱△

注：① 春纤：喻女郎纤细手指。② 水沉：香名。

徐籀(清26)一首　题：立春日山中作，乙酉(1645年)腊月生日。

雪满山中暖气回△谁传春信到、看江梅△菟裘藤杖醉扶归△[①]溪路滑，休遣玉山颓△[②]

十指块如槌△宜春新彩胜、插花枝△今年游事莫相亏△风光好，烂醉百花时△

注：① 菟裘：本地名，在山东泗水县北，后称致仕退居之所。见《左传》。② 玉山：喻人之美，延伸为人身。

张戬(清32)一首　题：过瓜步驿。

浪迹年年叹未收△重过瓜步驿、忆同游△垂杨何处系扁舟△长江水，依旧向东流△

寂寞转添愁△闲鸥随浪影、自悠悠△斜阳近处远山浮△西风里，无数蓼花秋△

于成龙(清71)一首

长板桥头碧浪柔△[①]几年江表梦、恰同游△双兰又放小帘钩△[②]流莺熟，嗔唤一低头△

花落后庭秋△蒋陵烟树下、有人愁△[③]玉箫凭倚剩风流△乌衣燕，[④]飞入旧红楼△

注：① 长板桥：南京桥名。② 双兰：指侍女。③ 蒋：蒋山，在南京；陵：指朱元璋明孝陵。④ 乌衣燕：即燕子。隐寓刘禹锡《乌衣巷》诗："旧时王谢堂前燕，飞入寻常百姓家"。

邓汉仪(清73)一首　题：金陵，步芝麓韵。[①]

淮水横拖柳线柔△曾闻箫鼓夜、美人游△一从好事断香钩△西窗月，不肯照梳头△

苦雨更深秋△怎禁桐叶下、一更愁△寒潮依旧绕城流△无人处，私倚阅江楼△

注：① 金陵：即今江苏南京；芝麓：即龚鼎孳，见《词人小传》。

梁清标（清 105）一首　题：清明。

春水溶溶寒食天△王孙芳草绿、上风鸢△深闺帘幕玉钩闲△人何在，一半傍秋千△

堤外打榆钱△酒旗频驻马、杏花烟△莺声啭出画楼前△牢记取，年少有金丸△①

注：① 金丸：弹丸，指打猎。

梁天植（清 110）一首　题：重游虎丘。①

七里山塘碧浪柔△②满空香雾绕、湿兰舟△千人石畔闹清讴△③斜阳里，绿树掩朱楼△

鹤涧俯沧洲△④辘轳双井断、白云浮△旗亭买醉任风流△难消受，名胜此重游△

注：① 虎丘：苏州名胜，在阊门外山塘。② 山塘：河名，长七里，岸有山塘街。③ 千人石：虎丘景点；讴：歌也。④ 鹤涧：虎丘景点。

毛奇龄（清 161）三首　题：第一首，无题。

第二首，秋千词。

第三首，自涿州至琉璃河达京，和同行韵。

（1）麦垅青青菜垅黄△野棠花满路、日初长△谁家女伴斗新妆△蜂来往，刺得口脂香△

三五映垂杨△见人还却步、背方塘△小姑不解断人肠△看花落，又看浴鸳鸯△

（2）绣柱红绳曳彩云△双双悬画板、对斜曛△①风吹袜子小鸦分△②重扶下，低系水罗裙△

天际烘红纹△抛来香带薄、绕氤氲△③空园人散欲黄昏△惊鸿坠，④花落自纷纷△

注：① 斜曛：夕阳。② 小鸦：喻小足。③ 氤氲：烟云弥漫貌。④ 惊鸿坠：喻美人下秋千。

（3）草店鸡鸣酒未醒△马槽听啮粟、渐无声△灯前盥面促装成△车尘起，疑在

雾中行△

渡水石桥平△秋风联辔过、涿州城△①乡关回首暗心惊△遥天尽，愁见一云横△

注：① 联辔：联马，指同行者。

陆进(清198)一首　题：同吴岱观明府饮苕溪酒家。①

上若寻芳春日晴△②绿杨疏影里、啭流莺△当垆少妇自轻盈△③低劝酒，纤手倒银瓶△④

白发笑狂生△高歌频按拍、醉还醒△⑤等闲难寄许多情△⑥回首处，斜日下菰城△⑦

注：① 明府：知府别称；苕溪：指浙江湖州。② 上若：地名。宋韩琦《道卿学士领二浙漕赋得酒》："上若名乡近，长安美价高。"③ 当垆：卖酒。④ 银瓶：酒瓶。⑤ 按拍：打拍子。⑥ 等闲：无端。⑦ 菰城：湖州别称。

韩纯玉(清199)一首

万顷玻璃水接空△①雨蓑烟笠下、一渔翁△荷香断续柳西东△秋光好，两岸插芙蓉△

十里水晶宫△有时随浪去、笑儿童△三秋几阵鲤鱼风△②斜阳外，沉醉荻花中△

注：① 玻璃：喻水面。② 三秋：指九月；鲤鱼风：《提要录》九月鲤鱼风。

姜培颖(清262)一首　题：维扬怀古。①

隋苑春深燕语柔△②柳丝牵凤舸、客来游△③烟花如锦月如钩△笙歌沸，二十四桥头△④

往事已千秋△而今凭眺处、不胜愁△邗沟依旧向东流△⑤人影静，烟草旧迷楼△⑥

注：① 维扬：即江苏扬州。② 隋苑：指隋时炀帝花园，包括迷楼。③ 凤舸：精致游船。④ 二十四桥：扬州名胜。⑤ 邗沟：运河流经扬州的水名。⑥ 迷楼：隋炀帝行宫。

王熙(清278)一首

斗帐香浓怯影单△①珠帘闲不卷、小窗寒△钿蝉银甲罢双弹△②无聊甚，独自倚栏杆△

墙角杏花残△韶光余几许、渐阑珊△③夜来微雨湿轻纨△④因谁瘦，暗觉绣

裙宽△

注：① 斗帐：覆斗形床帐。② 钿蝉：蝉翼形钿，首饰也；银甲：银指甲套，用来弹琴、琵琶。③ 韶光：春光。④ 轻纨：轻纱、轻绸。

蒋会贞（清298）一首

无数游丝袅碧空△飞飞双燕子、入帘栊△桃花如雨夕阳中△风定处，芳草衬残红△

何事最愁侬△留春春不住、小眉峰△轻寒不觉减香筒△人去后，长自倚薰笼△

王修玉（清376）一首

池馆芳菲绿树浓△鹧鸪双浴水、入花丛△湘帘低挂玉堂空△闲凭槛，人在画桥东△

楼上柳茏葱△春山芳草外、两三重△当年春恨与谁同△今依旧，愁锁小眉峰△

胡荣（清382）一首　题：野望。

稂莠芊芊夹岸柔△①斜阳升树杪、水平收△无端沙鸟掠溪头△②□□□，何处系扁舟△

山色半经秋△人家烟柳外、绕长流△无腔村笛两三俦△③多情处，□□自凝眸△

注：① 稂、莠：皆杂草名。② 掠：斜飞而过。③ 无腔：无规则腔调；俦：伴侣。

陆瑶英（女）（清478）一首

独坐明窗午梦遥△落花闲覆地、语莺娇△枕前珠泪湿红绡△云鬓乱，眉梢倩谁描△

日影上芭蕉△离怀无可遣、费推敲△匣中金粉为谁销△人瘦也，寂寞度长宵△

严曾杼（女）（清554）一首　题：暮春。

开尽蔷薇春已休△几颗青杏子、缀枝头△闲庭柳阴漾若柔△莺语老，紫燕掠帘钩△①

独立向高楼△迷离烟树外、簇云浮△②炉灰强拨坐忘忧△还对画，山水自悠悠△③

注：① 紫燕：即燕子；掠：斜飞而过。② 迷离：模糊。③ 悠悠：闲暇貌。

钱来修（清707）一首　题：春闺。

银蒜低垂紫玉钩△①鸳鸯春睡暖、烛光浮△催花风急燕声柔△青鬓乱，斜堕玉搔头△②

密意锁双眸△别离犹未说、泪先流△博山香袅画屏幽△③分手处，楼外晚云稠△④

注：① 银蒜：帘押。② 玉搔头：玉簪。③ 博山：香炉。④ 稠：浓厚。

严怀熊（女）（清728）一首　题：春愁，和姑母严繁韵。

拟学回文却又休△怪他杨柳线、拂楼头△丝丝缕缕被莺揉△心中事，欲语却含羞△

妆罢下层楼△一庭花阴乱、暗香浮△扑帘紫燕响银钩△今春也，还是旧时愁△

徐恪（清748）一首　题：初夏。

日暖烟柔江上村△碧虚清影动、碎苔痕△古槐高柳翠阴繁△薰风过，却扫绿萝门△

竹院晚余暄△新移琴石好、坐篱根△披襟一曲写潺湲△星光闪，峰顶月黄昏△

陈聂恒（清756）一首　题：寄赵侯赤余杭官舍。

缓步东风得共游△洗妆楼下路、乱红稠△①故园何日话闲愁△云溪过，黄叶满东流△

湖水碧于油△孤山疑晚黛、一痕浮△②六桥绝好蓼花秋△③今宵梦，同上木兰舟△④

注：① 乱红稠：落花多。② 孤山：杭州西湖名胜，在白堤北侧。③ 六桥：西湖苏堤上有六座桥。④ 木兰舟：香舟，舟之美称。

高曜（清768）一首　题：夜绣。

月上湘帘烛影移△凝妆还理绣、好花枝△玉肩微亸翠娥低△交枝上，小鸟正双栖△

香烬夜凄迷△回文刚织就、又重题△欲笺情事恐人知△停针处，一一寄相思△

岳骥（女）（清774）一首

古寺寒林缀晚鸦△南溪排雁阵、下平沙△牛羊归去夕阳斜△渔歌缓，短棹没芦花△①

沽酒到西家△朔风初作雪、晕微霞△②忽闻商女拨琵琶△③含情望，江上暮云遮△

注：① 棹：船桨；没：没入。② 朔风：北风；晕：光也。③ 商女：指歌女。

许田（清807）一首

百啭新莺在柳梢△①杏花娇欲语、映轻绡△②银塘东畔赤栏桥△③寻芳去，女伴记曾邀△

扶袖上兰桡△[4]临波争照影、尽妖娆△休将闲事故相嘲△才一笑，双颊上红潮△

注：①百啭：喻莺善鸣。啭，鸟声。②轻绡：指衣裙。③赤栏桥：红栏杆桥。④兰桡：船之美称。桡，船桨也，代表船。

冯体婧（女）（清834）一首　题：湖上。

远近招呼上画船△苏堤行乐地、草芊芊△绿波十里漾红莲△西湖景，初夏最堪怜△

垂柳舞风前△六桥下载酒、荡轻烟△笙歌不歇落梅天△两峰翠，深处听啼鹃△

薛琼（女）（清844）一首　题：晓过山塘。[1]

晓风吹我过山塘△山藏烟霭里、影微茫△红栏翠幕白堤长△轻舟动，人在画中行△[2]

满路斗芬芳△扬篷争早市、卖花忙△家家楼阁试新妆△拈鲜朵，[3]点缀鬓云香△[4]

注：①山塘：在苏州阊门外，长七华里，有街有河。②行：此字不叶韵，或为央字之误。③拈鲜朵：拈一朵鲜花。④云：喻头发。

吴敬梓（清925）一首　题：三山。

云榜凌波拂曙行△回看烟雾里、别江城△点头沙鸟过遥汀△临断岸，绿遍水香棱△

八字估帆轻△连宵春雨过、浪花平△凭舷山影落窗棂△青天外，何处晓霞明△

史承豫（清952）一首

曲录栏杆一径通△[1]秋花垂锦石、态玲珑△夜分香气透帘栊△[2]湘波转，人在木樨风△[3]

欹枕听凉蛩△半枝银烛影、暗消红△合欢幽梦已成空△无情月，还过小池东△

注：①曲录：弯曲。②帘栊：有帘之窗。③木樨：桂花别名。

任曾贻（清953）一首　题：次金粟词韵。

风约闲云雨乍收△[1]柳丝千万缕、系行舟△晚来无绪罢梳头△[2]眉峰蹙，两点黛痕愁△

佳约等闲休△[3]翠梧庭院静、似深秋△画栏十二小红楼△人何处，无语泪空流△

注：①约：约束。②无绪：无情绪。③等闲：无端。

夏宗沂（清992）一首　题：独宿舟中。

垂柳丝丝映小桥△黄昏无伴侣、共春醪△①支离瘦影耐长宵△②寒灯动，点点上渔舠△③

榜客夜喧潮△④旅魂惊不定、月条条△疏钟偏向客船敲△凉月落，芦荻更萧萧△

注：① 醪：浊酒。② 支离：残缺。③ 舠：小船。④ 榜客：船夫。

曹慎仪（女）（清 1266）一首　题：春夜。

门掩梨香小院幽△绿阴青欲滴、雨初收△云波微敛月光浮△心绪懒，独自莫登楼△

好梦也难留△那堪思旧事、惹新愁△湘栏倚遍晚风柔△①花露冷，春影上帘钩△

注：① 湘栏：斑竹栏杆。

龚自珍（清 1431）一首　注：调名原作小重山令。

碧玉寒门产丽华△①误随红叶去、到天涯△②明珠一斛坐陪床△容我见，容我饭胡麻△③

倦返七香车△重寻吴苑柳、石湖花△④今年愁到莫愁家△⑤黄金少，典去玉丫叉△⑥

注：① 碧玉：小家碧玉，指贫家；丽华：喻美人，陈后主有美人张丽华。② 红叶：红叶题诗故事。③ 胡麻：源出刘晨、阮肇误入天台，遇二仙女，食以胡麻，成婚故事。④ 石湖：苏州名胜。⑤ 莫愁家：南京水西门有莫愁湖。⑥ 叉：即钗。

吴承勋（清 1547）一首　序：定生书来述小病状，赋此代缄，时不雨数月矣。

小别光阴迅似飞△朱樱才过了、绿梅肥△罗衣嫌热换纱衣△松风软，怎说病相宜△

香影半倾欹△妆台微祝雨、鹁鸪啼△①手簪兰蕊供安妃△②帘钩下，斜见玉绳低△③

注：① 鹁鸪：鸟名，晴时鸣声和缓，将雨则急。② 簪：插戴。③ 玉绳：星名。

彭君谷（清 1779）一首

一路残红衬马蹄△寻春春已去、惜芳菲△香尘扑面絮沾衣△天涯客，何事意忘归△

高下短长堤△行行刚转过、小桥西△双双蝴蝶逐人飞△沿溪岸，开遍野蔷薇△

汪渊(清 1825)一首

络纬秋啼夜漏长△①玉阶苔尚涴、袜罗香△②一痕灯晕冷摇窗△③窗外竹，又送雨声凉△

旧事暗回肠△胭脂坡下路、月昏黄△④西风转眼露成霜△南去雁，远梦落潇湘△⑤

注：① 络纬：昆虫名，即纺织娘。② 涴：脏。③ 灯晕：灯光。④ 胭脂坡：路名。⑤ 潇湘：指湖南。

林纻(清 1832)一首　题：咏佳丽夫人。①

别业东风万柳丝△②朱楼斜日里、见朱扉△玉箫声向舞筵迟△腰围小，收狭砑罗衣△③

春聚远山眉△重重挑不动、个人痴△④去时追想乍来时△空留得，栏外海云飞△

注：① 佳丽夫人：原注：与安琪拉同是《橡湖仙影》女主角。② 别业：别墅。③ 砑罗衣：砑光罗衣。④ 个人：那个人，即他。

黄侃(现当 17)一首　题：二月二十五日寒食，游高座寺。①　注：调名原作小重山令。

马脑冈头石径微△寂寥高座寺、掩禅扉△种松几度旋成围△人何在，春物镇芳菲△②

青史事多违△梅陵留庙祀、也崔巍△野棠如雪落还飞△南朝梦，一例付斜晖△

注：① 高座寺：在南京中华门外雨花台。② 镇：整日也。

乔曾劬(现当 21)一首

江树成阴岸草齐△楝花开未半、杜鹃啼△伯劳东去燕西飞△①相逢梦，更远更依依△②

杨柳笛中吹△小红亭子外、雨如丝△一天寒色冶春归△③黄昏后，人影度帘衣△

注：① 伯劳：鸣禽名。② 更远：更鼓已远。③ 冶春归：冶艳春天已去。

许白凤(现当 58)一首　题：春盘偶忆。①　注：1982 年作。

破晓村娃街巷兜△吭吭声调转、似歌讴△②满篮新绿出田畴△听叫卖，荠菜马兰头△③

春草亦珍馐△④生香餐秀色、味长留△⑤买来清洗水锅投△撩一把，切细伴麻油△

注：① 春盘：春天盘中菜肴。② 歌讴：歌唱。③ 荠菜、马兰头：均野菜名。④ 珍馐：名菜。⑤ 此句谓色、香、味俱佳。

车乘轨(现当88)一首　题：岁暮即景。　注：2000年1月23日作。

腊月隆冬四九天△[1]乌云深蔽日、雨连绵△寒风吹劲叶蹁跹△[2]怜麻雀，巢失躲檐前△

游子盼过年△[3]风雨拦不住、返心坚△笑余乡俗毅然捐△[4]依书案，昼夜《雅词》编△

注：① 隆冬：严冬；四九天：冬至后第四个九天，为一年中最冷时期。② 蹁跹：旋行飞舞之意。③ 游子：客居在外地者。④ 捐：抛弃也。

五十八字　小重山　第二体，用仄声韵。

刘淑(女)(明570)一首　题：春晓。

山光忽动微风皱▲春咽新烟香、穿花岫▲[1]于今芳草又依旧▲没来由，还把王孙咒▲[2]

浪数芳时候▲[3]叹故园佳节、真迤逗▲[4]海棠错认芙蓉瘦▲劣东风，苦与梨花斗▲

注：① 花岫：花峰。② 王孙：富贵家子弟。③ 浪：放纵。④ 迤逗：挑逗。

五十八字　玉碾萼(又名扫地舞)

蒋捷(宋580)一首　注：调名原作扫地舞。

酥点萼▲玉碾萼▲点时碾时香雪薄▲[1]才折得、春力弱▲半掩朱扉，垂绣幕▲怕吹落▲

撚一晌▲▲嗅一晌▲▲撚时嗅时宿酒忘▲▲[2]春笋上、不忍放▲▲[3]待对菱花，斜插向▲▲宝钗上▲▲

注：① 香雪：喻梅花。② 宿酒：昨夕所饮之酒。③ 春笋：喻女郎手指。

五十八字　折桂令

杨慎(明157)一首　题：高峣夕眺。[1]

占高冈、坐占鸥沙△看晓渡帆樯，晚市鱼虾△红叶园林，杏花篱落，[2]白水蒹葭△[3]

望东寺、双浮佛塔，指高峣、一片人家△稳稳归槎△[4]低岸乌纱△满酌村醪，[5]闲话桑麻△[6]

注：① 高峣：山名，在云南昆明西南，下有作者别墅。② 篱落：篱笆。③ 蒹葭：芦苇也。④ 槎：指船。⑤ 村醪：村酒。⑥ 桑麻：喻农事。

查应光（明279）一首　题：夜望。

日曈昽、东升晓霞△①上高楼敞望，一片平纱△绿水微波，晴峦列翠，满渚苍葭△

望琳宫、②高浮林樾，③沿江浒、几处村家△山放闲花，林拥栖鸦△野老田间，较说桑麻△

注：① 曈昽：日初出，将明未明貌。② 琳宫：即寺院。③ 林樾：树木间交阴之处。

五十八字　杏花天影

姜夔（宋417）一首

绿丝低拂鸳鸯浦▲想桃叶、当时晚渡▲①又将愁眼与春风，待去倚兰桡，②更少驻▲

金陵路，莺吟燕舞▲算潮水、知人最苦▲满汀芳草不成归，日暮更移舟，向甚处▲

注：① 桃叶：东晋王献之爱姬，王献之曾送别桃叶于金陵秦淮河，渡口遂名桃叶渡。② 兰桡：船桨美称。

五十八字　夜行船　第一体，用仄声韵，前、后段末句均六字。

王嵎（宋347）一首

曲水湔裙三月二▲①马如龙、钿车如水▲②风扬游丝，日烘晴昼，人共海棠俱醉▲

客里光阴难可意▲扫芳尘、旧游谁记▲午梦醒来，不觉小窗人静，春在卖花声里▲

注：① 湔裙：洗裳。② 水：流水，喻川流不息。

五十八字　夜行船　第二体，用平、仄两声韵，前、后段末句均七字。

关汉卿（元11）一首　题意：《望江亭》杂剧中谭寄儿骗杨衙内。

花底双双燕莺语▲也胜他、凤只鸾孤△一霎恩情，片时云雨▲关连着、宿缘前注▲①

天保今生为眷属▲但只愿、似水如鱼△冷落江湖，团圞人月，相连着、夜行船去▲

注：① 宿缘：前世缘分。

五十八字　河传

徐昌图（五代十国19）一首

秋光满目▲风清露白，莲红水绿▲何处梦回，弄珠拾翠盈盈，倚兰桡，眉黛蹙▲采莲调稳，吴侣声相续▲倚棹吴江曲▲鹭起暮天，几双交颈鸳鸯，入芦花，深处宿▲

五十八字　芳草渡

魏玩（女）（宋87）一首

灯光耿耿漏迟迟△人别后，夜凉时△西风潇洒梦初回△谁念我，就单枕，皱双眉△

锦屏绣幌与秋期△[1]肠欲断，泪偷垂△月明还到小窗西△我恨你，我忆你，你争知△[2]

注：① 幌：帐幔。③ 争知：怎知。

五十八字　东坡引

单恂（明395）一首　题：席上。

芙蓉匀好面▲[1]腕约嫌金串▲[2]才歌又笑轻遮扇▲珍珠初脱线▲珍珠初脱线▲

凭肩软语，还羞人看▲怕忒煞金尊满▲[3]儿今怯酒红潮遍▲[4]教郎分一半▲教郎分一半▲

注：① 芙蓉：喻面。② 腕约：手镯。③ 金尊：喻酒杯。④ 红潮：面颊泛红。

汪懋麟（清519）一首　题：夏景。

晚凉庭院悄▲流萤上阶草▲枝枝茉莉开何早▲摘来团扇小▲摘来团扇小▲

短衫秃袖，[1]绿云斜绕▲[2]才把兰汤搓了▲[3]染将指甲猩红好▲凤仙花自捣▲[4]凤仙花自捣▲

注：① 秃袖：无袖。② 绿云：发之美称。③ 兰汤：香汤，指洗浴水。④ 这句说将凤仙花捣成红汁。

五十八字　南乡子

赵长卿（宋389）一首

楚楚窄衣裳△[1]腰身占却，多少风光△共说春来春去事，凄凉△懒对菱花晕晓妆△[2]

闲立近红芳△游蜂戏蝶，误采真香△何事不归巫峡去，[3]思量△故来尘世断人肠△

注：① 楚楚：鲜明貌。② 晕：光。③ 巫峡：楚襄王梦会神女于巫山。

五十八字　恨春迟

张先（宋18）一首

好梦才成又断▲因晚起、云髴梳鬟△秀脸拂新红，酒入娇媚眼，薄衣减春寒△

红柱溪桥波平岸▲画栏外、落日西山△不分闲花并蒂，秋藕连根，何事重得双莲△

五十八字　红窗迥

彭孙贻（明507）一首　题：晓妆。

屈指来春一半▲[1]小窗内女伴▲懒听紫山声唤▲风略定停银蒜▲[2]

袅花枝历乱▲易恼性情，生小娇惯▲催掠鬓鬟，不喜梅香偷眼▲[3]使性重洗妆匀面，又掷下金钏▲

注：① 屈指：扳着手指计算。② 银蒜：帘押。③ 梅香：指婢女。

五十八字　惜分钗　第一体，前、后段平、仄两韵均相同，不换第二种。

吕渭老（宋259）一首

春将半▲莺声乱▲柳丝拂马花迎面▲小堂风△暮楼钟△草色连云，暝色连空△重△重△

秋千畔▲可人见▲[1]宝钗斜照春妆浅▲酒霞红△与谁同△试问别来，近日情悰△[2]忡△忡△[3]

注：① 可人：可意人。② 情悰：情怀。③ 忡：忧也。

徐灿（清20）二首　题：第一首，旅怀。

第二首，春闺。

（1）移春槛▲芳菲黯▲咏絮才情浑欲减▲记江南△熟吴蚕△芍药开时，花开澄潭△探△探△

身长泛▲花相赚▲新来渐把闲情忏▲梦魂甘△是烟岚△西子湖头，结个花龛△参△参△[6]

（2）东园恼▲莺声小▲弄春杨柳丝丝袅▲梦留连△见何年△倩个归鸿，一寸香笺△传△传△

花时早▲欢情少▲分钗可惜妆台老▲枕双鸳△几曾眠△且近金笼，鹦鹉能言△前△前△

李渔（清31）一首

天台路▲刘郎误▲[1]芳姿瞥见回人步▲态初妍△发初卷△[2]衣袂无风，自觉飘

然△仙△仙△

相逢处▲秋波注▲一痕逗起愁无数▲纵无缘△亦堪怜△何故教人，目惹情牵△天△天△

注：① 指东晋刘晨入天台山采药遇仙女。② 卷：曲也，先韵平声。

朱彝尊（清 288）一首

云鬟腻▲眉峰细▲小唇秀靥天然媚▲比红儿△更风姿△一捻何人，得似腰肢△师△师△[①]

李波妹▲桃根姐▲[②]横波微露千金意▲玉交卮△乍同持△漏鼓无声，未是归时△迟△迟△

注：① 师师：宋名妓李师师。② 桃根姐：东晋王献之有爱姬桃叶、桃根。

汪灏（清 723）一首　题：采莲曲。

斜阳碎▲波光翠▲莲枝何故偏双蒂▲放兰舟△放兰舟△生怕人疑，欲问还休△羞△羞△

鸳鸯对▲花前睡▲尔应解我心中事▲[②]月如钩△月如钩△招伴归来，懒上层楼△愁△愁△

薛廷文（清 990）一首　题：坐雨。

痴天黑▲莺声默▲柳丝拖雨娇无力▲乱烟消△野花飘△草色蒙茸，[①]绿过溪桥△迢△迢△

愁如织▲频成忆▲红情绿意多离隔▲酒空瓢△有谁招△一点柔情，万种无聊△潇△潇△

注：① 蒙茸：晦暗貌。

郭麐（清 1208）一首　题：有见。

双枝桨▲分流响▲一江春水如天上▲最风流△最娇柔△贪看鸳鸯，忘了回头△羞△羞△

花惆怅▲人模样▲个侬未必全无恙▲[①]说前游△莫闲愁△山外青山，楼外高楼△休△休△

注：① 个侬：那个人；无恙：无病、安好。

曹言纯（清 1209）一首　题：扬州度岁作。

城隅路▲柳门户▲宜春帖子桃符句▲惜年华△似奔蛇△第一风来，又说梅花△家△家△

灯前舞▲围尊俎▲故乡十棒元宵鼓▲问天涯△有何加△鬓上青丝，雪点新

遮△[1]些△些△

注：① 雪点：喻白发。

李贻德(清1367)一首　序：畹芬谢世，[1]已五易寒暑矣！禁烟节近，[2]客怀怆然。

垂花幌▲粘蛛网▲梯桄怕向重楼上▲[3]负前期△算他时△碧海银河，纵许侬依△[4]迟△迟△

人何往▲窗纸飐▲倚窗略记伊模样▲几回痴△几回思△一冢春沙，[5]一树棠棣△悲△悲△

注：① 畹芬：即其妻吴筠，见《词人小传》。② 禁烟节：即寒食。③ 梯桄：即木梯。桄，横木也。④ 侬：我也。⑤ 春沙：墓上沙土。

车乘轨(现当88)一首　题：登香炉峰。[1]　注：2001年11月4日作。

秋光好▲花含笑▲吉日观音曾得道▲[2]人成潮△椅成轿△[3]上岭登山，忙碌香烧△飘△飘△

羊肠峭▲[4]康庄造▲[5]香炉下览群峰小▲石千条△[6]佛千巢△[7]大雄宝殿，[8]直插云霄△高△高△

注：① 香炉峰：在绍兴东南十五华里，海拔354.7米，为佛教名山。② 观音得道：是日农历九月十九，为观音菩萨得道之日。③ 椅成轿：山民以竹椅为轿，招游客上山。④ 羊肠：小道也。峰顶原有里许狭窄山道，人称“瘦牛背”。⑤ 康庄：大道也。近年“瘦牛背”已建成水泥路。⑥ 石千条：上山石级计1660余级。⑦ 佛千巢：大雄宝殿内有千佛灯四座，每座有小佛像1780尊。⑧ 大雄宝殿：系新加坡华侨徐春荣、妻林顺珠偕子徐忠清于1996年重建，高36米，冠于全浙。

五十八字　惜分钗　第二体，后段平、仄两韵均换第二种。

高濂(明223)一首　题：美人。

新妆束▲人如玉▲眼底波圆秋水绿▲立娉婷△[1]步轻盈△风流前世，潇洒今生△莺△莺△

金莲软▲▲[2]香尘浅▲▲燕子身裁花样剪▲▲性儿潜△△意儿甜△△同心比翼，[3]恩爱沾粘△△鹣△△鹣△△[4]

注：① 娉婷：美貌。② 金莲：喻妇女缠足貌。③ 比翼：比翼鸟。喻成双作对。④ 鹣鹣：即比翼鸟。

吴景旭(明468)一首　题：小集分咏作绣鞋。

红帮刺▲轻莲试▲[1]贴地飞来似蜻翅▲露微粘△眼偷觇△一弯月子，[2]分射钩

尖△③纤△纤△

扃金屋▲▲④膏银烛▲▲底样裁时新又缩▲▲近牙床△△⑤照流黄△△⑥依稀幺凤，⑦倒挂收香△△双△△双△△

注：① 莲：金莲，喻妇女所缠小足。② 月子：月亮。③ 钩尖：妇女小足尖。④ 扃：闭。⑤ 牙床：象牙床。⑥ 流黄：玉也，喻足上肌肤。⑦ 幺凤：鸟名，即桐花凤。

方炳（清 331）一首　题：莺梭，和顾谷臣。

春光好▲江南道▲露滴花房红未晓▲梦瑶京△①许飞琼△②把人惊觉，窗外流莺△声△声△

鸣何急▲▲真如织▲▲莫道东风无气力▲▲日迟迟△△③困人时△△为谁机杼，④烟缕杨枝△△丝△△丝△△

注：① 瑶京：指西王母瑶池。② 许飞琼：仙女，西王母侍女。③ 日迟迟：日徐行。④ 机杼：织机杼子。喻黄莺往来飞行如织梭。

五十八字　惜分钗　第三体，后段仄韵换第二种，平韵依前段不换。

徐士俊（明 397）一首　题：戏拈稼轩二妾姓名。①

辛家妾▲风流绝▲佳名偏借平畴列▲养花天△②草芊眠△人在楼台，影在桥边△田△田△

城东路▲▲榆无数▲▲鹅儿眼波蛾眉妒▲▲肉堪怜△好堪穿△撒帐轻抛，③饮马空捐△钱△钱△⑥

注：① 稼轩：指辛弃疾，见《词人小传》，其二妾名田田与钱钱。② 养花天：指牡丹开时，即谷雨时节。③ 撒帐：古婚礼。新郎、新妇就床坐，贺客以金钱、彩果散掷，谓之撒帐。

彭孙贻（明 504）一首　题：春睡。

灯花乳▲飞银雨▲朱楼月向屏山吐▲鬓云生△枕纹横△小字低声△①小要留情△卿△卿△②

侍儿睡▲▲灯儿背▲▲温柔尽够罗衾内▲▲撚残更△没残星△好睡难醒△好杀曾经△惺△惺△

注：① 此首"小字低声""好睡难醒"两句亦叶韵，稍异。

封云山人（明 647）一首　题意：《铁花仙史》第二十四回词引。

情轻撇▲愁如结▲金钗遥忆闺中月▲漫凝眸△付东流△水逐桃花，梦惊回头△休△休△

眉常皱▲▲腰初瘦▲▲黄昏正是愁时候▲▲婿方休△奴难留△雨打风筝，泪滴香篝△悠△悠△

沈钟（清1183）一首

春无迹▲人无力▲东风阵阵愁如结▲倚南楼△望归舟△几点云帆，一派江流△悠△悠△

天将暝▲▲花魂冷▲▲绮窗寂寞黄昏近▲▲数更筹△[1]拥薰篝△[2]风扫疏棂，雨打帘钩△飕△飕△

注：① 数更筹：计数更鼓。② 薰篝：即薰笼，有笼子罩着的香炉。

五十八字　惜分钗　第四体，后段仄韵依前段不换，平韵换第二种。

曹元方（明351）一首　题：闺别。

莺声软▲燕声剪▲韶华欲去愁宛转▲勒花骢△送东风△小窗儿女，泣诉幽衷△喁△喁△[1]

红何浅▲绿轻染▲试问春归觅谁伴▲拾花钿△△写鸾笺△△倚楼凝想，芳菲俨然△△[2]娟△△娟△△[3]

注：① 喁喁：喻低声。② 俨然：依然貌。③ 娟娟：美好貌。

五十八字　喜春来

李昌生（现当176）一首　题：风翥山桃花会。

桃花夹路迎宾笑▲游女傍花偎伴撩△小桥流水落红漂△鱼戏藻▲黄鸟喜啼梢△

连天翠柏春光俏▲映日红桃芳卉娇△环湖金柳画船遥△晴翠袅▲风软纸鸢飘△

五十八字　虞美人（又名鱼美人）　第一体，后段仄、平两韵均换第二种。

毛文锡（五代十国12）一首

鸳鸯对浴银塘暖▲水面蒲梢短▲垂杨低拂曲尘波△蛛丝结网露珠多△滴圆荷△

遥思桃叶吴江碧▲▲便是天河隔▲▲锦鳞红鬣影沉沉△△相传空有梦相寻△△意难任△△

阎选（五代十国14）一首

楚腰蛴领团香玉▲[1]鬓叠深深绿▲月娥星眼笑微频△柳夭桃艳不胜春△晚妆匀△

水纹簟映青纱帐▲▲②雾罩秋波上▲▲③一枝娇卧醉芙蓉△△④良宵不得与君同△△恨忡忡△△⑤

注：① 楚腰：喻细腰。源出楚王好细腰；蛴领：蝤蛴领，喻雪白领。② 簟：竹席。③ 秋波：眼波。④ 醉芙蓉：喻美人。⑤ 忡忡：忧虑不安。

顾敻（五代十国 15）一首

碧梧桐映纱窗晚▲花谢莺声懒▲小屏屈曲掩青山△翠帏香粉玉炉寒△两娥攒△

颠狂年少轻离别▲▲辜负春时节▲▲画罗红袂有啼痕△△魂销无语倚闺门△△欲黄昏△△

许棐（宋 473）一首

杏花窗底人中酒▲①花与人相守▲帘衣不肯护春寒△②一声娇嚏两眉攒△拥衾眠△

明朝又有秋千约▲▲恐未忺梳掠▲▲③倩谁传语画楼风△△略吹丝雨湿春红△△绊游踪△△

注：① 中酒：酒醉。② 帘衣：帘子。③ 忺：意所欲也；梳掠：梳理头发。

沈自炳（明 348）一首　题：春景。

竹篱阵阵飞花雨▲①栖燕衔香语▲孤云细草小溪晴△攀梅拾豆打流莺△短桥横△

杨花一似郎情薄▲▲相见还飘泊▲▲空余三月断肠春△△②万重山外楚江滨△△有行人△△

王庭（清 21）一首　题：忧旱。

桔槔声里千村暮▲①水浅长塘路▲重重壅水戽禾田△②塘中日日断行船△怪今年△

也曾有雨廉纤坠▲▲③少似农夫泪▲▲低田可惜半成焦△△高田昨日焚枯苗△△死何逃△△

注：① 桔槔：汲水器。② 戽：汲水。③ 廉纤：微雨貌。

车乘轨（现当 88）二首　题：第一首，缅怀秋瑾烈士。　注：2001 年 10 月 13 日作。
第二首，冬日悼亡。　注：2014 年 12 月 12 日作。

（1）鉴湖巾帼英雄女▲②义胆忠肝许▲毅然抛弃富豪家△③一心光复汉中华△反清芽△

同盟先烈人相敬▲▲④节日功勋评▲▲大通思念学生军△△⑤秋居祭吊竞

雄魂△△到黄昏△△⑥

注：① 秋瑾：反清烈士，见《词人小传》。② 巾帼英雄：辛亥革命成功后，孙中山总理亲书"巾帼英雄"挽之，称其谓"鉴湖女侠"。③ 富豪家：其夫系湘潭首富。④ 同盟：秋瑾乃孙中山领导的同盟会会员。⑤ 秋瑾曾在绍兴大通学堂编练学生军为光复军。⑥ 秋居：秋瑾故居在和畅堂。

（2）赞夸珍惜东西妇▲①朴素持家务▲一生衣补万针缝△酿金为了弟家丰△自甘穷△

丝绵新被愁污染▲▲③护柜嫌阳艳▲▲④那知人病竟归天△△遗留物品照前鲜△△忒悲怜△△

注：① 东西：口语，即物品；妇：指作者妻黄彩娥。② 此句谓其节衣缩食，购得金戒指四枚（共重约一两）自己不留，分赠四个内侄。③ 此句谓去冬天冷，觉盖棉被二条太重，家中虽有新丝绵被（妻之嫁妆），但顾虑身患尿路感染，好丝绵会遭沾污而拒不使用。④ 此句谓去年搬迁新居，入冬阳光直射卧室，既温暖又有益于人体，但妻怕晒坏大立柜等器物，嘱拉窗帘遮挡。

五十八字　虞美人　第二体，同第一体，但后段平韵依前段，不换第二种。

冯延巳（五代十国 26）一首

金笼莺报天将曙▲惊起分飞处▲夜来潜与玉郎期△多情不觉酒醒迟△失归期△

映花避月遥相送▲▲腻髻偏垂凤▲▲①却回娇步入香闺△倚屏无语撚云篦△②翠眉低△

注：① 凤：指凤头金钗。② 云篦：梳发篦箕。

五十八字　虞美人　第三体，用平韵，但后段换第二种平韵，前后段第四句又不用韵。

无名氏（唐 45）一首　注：调名原作鱼美人。

东风吹绽海棠开△香麝满楼台△①香如红艳一堆堆△又被美人和枝折，坠金钗△

金钗钗上缀芳菲△△②海棠花一枝△△刚被蝴蝶绕人飞△△拂下深深红蕊落，污奴衣△△③

注：① 香麝：应为麝香，因平、仄关系而颠倒。② 芳菲：指花，即下句海棠花。③ 奴：古代妇女自称。

五十八字　摘红英

史达祖（宋424）一首

春愁远▲春梦乱▲凤钗一股轻尘满▲江烟白▲▲江波碧▲▲柳户清明，燕帘寒食▲▲忆▲▲忆▲▲

莺声晚▲箫声短▲落花不许春拘管▲休相失▲▲新相识▲▲翠陌吹衣，画楼横笛▲▲得▲▲得▲▲

五十八字　踏莎行（又名芳心苦）

寇准（宋4）一首　题：春暮。

春色将阑，莺声渐老▲红英落尽青梅小▲画堂人静雨濛濛，屏山半掩余香袅▲

密约沉沉，离情杳杳▲菱花尘满慵将照▲倚楼无语欲销魂，长空黯淡连芳草▲

陈尧佐（宋6）一首　题：燕。

二社良辰，[①]千家庭院▲翩翩又睹双飞燕▲[②]凤凰巢稳许为邻，潇湘烟暝来何晚▲[③]

乱入红楼，低飞绿岸▲画梁轻拂歌尘转▲为谁归去为谁来，主人恩重珠帘卷▲

注：① 二社：春社与秋社，近春分与秋分；良辰：好日子。② 翩翩：轻快飞舞貌。③ 潇湘：本指湖南，此处借喻南方，因燕春分时来自南方。

张先（宋18）一首

衾凤犹温，[①]笼鹦尚睡▲宿妆稀淡眉成字▲[②]映花避月上回廊，珠裙褶褶轻垂地▲[③]

翠幕成波，新荷贴水▲纷纷烟絮低还起▲[④]重墙绕院更重门，春风无路通深意▲

注：① 衾凤：指被上所绣凤凰。② 宿妆：隔夜梳妆。③ 褶褶：裙上皱裥。④ 烟絮：如烟柳絮。

晏殊（宋20）一首

细草愁烟，幽花怯露▲凭栏总是销魂处▲日高深院静无人，对对海燕双飞去▲[①]

带缓罗衣，香残蕙炷▲[②]天长不禁迢迢路▲垂杨只解惹春风，何曾系得行人住▲

注：① 海燕：即燕子。② 蕙：香草名；炷：灯心。

欧阳修（宋 33）三首　注：第三首词《御选历代诗余》作杜安世著。

（1）侯馆梅残，溪桥柳细▲草薰风暖摇征辔▲[1]离愁渐远渐无穷，迢迢不断如春水▲

寸寸愁肠，盈盈粉泪▲楼高莫近危栏倚▲[2]平芜尽处是春山，行人更在春山外▲

注：① 征辔：骑马在旅途。② 危栏：高处的栏干。

（2）雨霁风光，春分天气▲千花百卉争明媚▲画梁新燕一双双，玉笼鹦鹉愁孤睡▲

薜荔依墙，[1]莓苔满地▲青楼几处歌声丽▲[2]蓦然旧事上心来，无言敛皱眉山翠▲[3]

注：① 薜荔：爬墙植物。② 青楼：妓院。③ 眉山：眉峰。

（3）碧藓回廊，绿杨深院▲偷期夜入帘犹卷▲照人无奈月华明，潜身却恨花深浅▲

密约如沉，前欢未便▲看看掷尽金壶箭▲[1]栏杆敲遍不应人，分明帘下闻裁剪▲

注：① 金壶：铜壶滴漏计时；箭：更筹，用以计数，此句喻将夜尽天明。

韩维（宋 47）一首　题：次韵范景仁寄子华。

归雁低空，游蜂趁暖▲凭高目向西云断▲具茨山外夕阳多，[1]展江亭下春波满▲

双桂情深，千花明焕▲良辰谁是同游伴▲辛夷花谢早梅开，[2]应须次第调弦管▲

注：① 具茨山：在河南密县境。② 辛夷：即木兰，又名玉兰。

僧仲殊（宋 89）一首　故事：作者一日造郡中，接坐之间，见庭下有一妇人，投牒立于雨中，太守命作者咏之，口就此词。见《中吴纪闻》。

浓润侵衣，暗香飘砌▲雨中花色添憔悴▲凤鞋湿透立多时，不言不语厌厌地▲

眉上新愁，手中文字▲因何不倩鳞鸿寄▲想伊只诉薄情人，官中谁管闲公事▲

李之仪（宋 102）一首

紫燕衔泥，黄莺唤友▲可人春色喧晴昼▲王孙一去杳无音，断肠最是黄昏后▲

宝髻慵梳，玉钗斜溜▲凭栏目断空回首▲薄情何事不归来，漫教折尽庭前柳▲

秦观（宋 116）一首　题：郴州旅舍。[1]

雾失楼台，月迷津渡▲[2]桃源望断无寻处▲[3]可堪孤馆闭春寒，[4]杜鹃声里斜阳暮▲

驿寄梅花，[5]鱼传尺素▲[6]砌成此恨无重数▲郴江幸自绕郴山，为谁流下潇湘去▲

注：① 郴州：湖南州县名。② 津渡：渡口。③ 桃源：在湖南西部。④ 可堪：何堪。⑤ 驿：接待过境官员住所。⑥ 尺素：书信。

贺铸（宋 121）一首

杨柳回塘，鸳鸯别浦▲绿萍涨断莲舟路▲断无蜂蝶慕幽香，红衣脱尽芳心苦▲

返照迎潮，行云带雨▲依依似与骚人语▲当年不肯嫁东风，无端却被秋风误▲

毛滂（宋 143）三首　题：第一首，早春即事。

第二首，元夕。

第三首，中秋玩月。

（1）阶影红迟，[1]柳苞黄遍▲纤云弄日阴晴半▲重帘不卷篆香横，水花初破春丝浅▲

风绣犹重，鸭炉长暖▲屏山翠入江南远▲醉轻梦短枕闲欹，绿窗窈窕风光转▲

注：① 红迟：日徐行。

（2）拨雪寻春，烧灯续昼▲暗香院落梅开后▲无端夜色欲遮春，天教月上官桥柳▲

花市无尘，朱门如绣▲娇云瑞雾笼星斗▲沉香火冷小妆残，半衾轻梦浓于酒▲

（3）碧树阴圆，绿阶露满▲金波潋滟堆瑶盏▲[1]行云会事不飞来，[2]长空一片琉璃浅▲

玉燕钗寒，[3]藕丝袖短▲只应未倚朱栏遍▲随人全不似婵娟，[4]桂花影里年年见▲[5]

注：① 潋滟：水波相连貌；瑶盏：玉杯。② 会事：懂事。③ 玉燕：首饰。④ 婵娟：美女，指其不含羞避人。⑤ 桂花：点明中秋。

谢逸（宋 144）一首　题：春思。

柳絮风轻，梨花雨细▲春阴院落帘垂地▲碧溪影里小桥横，青帘市上孤烟起▲

镜约关情，琴心破睡▲轻寒漠漠侵鸳被▲酒醒霞散脸边红，梦回山蹙眉间翠▲

宋媛（女）（宋 165）一首　题：闺情。

玉臂宽环，[1]纱衫缓钮▲[2]绣窗针线无心久▲豹头枕冷麝兰轻，[3]虾须帘静尘埃厚▲[4]

紫烟风头，黄梅雨后▲柳条乱拂长江口▲但言幂历柳如烟，[5]谁知摇曳愁如柳▲

注：① 宽环：卸去手镯。② 缓钮：解除钮扣。③ 豹头枕：《唐书·五行志》韦后妹尝为豹头枕以辟邪。④ 虾须：帘也。⑤ 幂历：分布覆被貌。

刘一止（宋177）一首

淡月精神，疏梅风韵▲粉香融脸胭脂润▲袖痕犹带玉虬烟，[1]六朝窄样裁宫锦▲

眉黛分愁，眼波传信▲酒阑画烛交红影▲有期无定却嗔人，索强我早谙伊性▲

注：① 玉虬烟：虬形香炉之烟。虬，龙子带角者。

紫竹（女）（宋195）一首

醉柳迷莺，懒风熨草▲约郎暂会闲门道▲[1]粉墙阴下待郎来，藓痕印得鞋痕小▲

花月移影，帘香失袅▲望郎不到心如捣▲避人愁入倚屏山，断魂还向墙阴绕▲

注：① 郎：指情人方乔，见《词人小传》。

张元幹（宋243）一首　题：别意。　注：此词《词综》作张翥著，题：江上送客。

芳草平沙，斜阳远树▲无情桃叶江头渡▲[1]醉来扶上木兰舟，[2]将愁不去将人去▲[3]

薄劣东风，夭斜飞絮▲明朝重觅吹笙路▲碧云香雨小楼空，春光已到销魂处▲

注：① 桃叶渡：在南京秦淮河，东晋王献之送别爱妾桃叶处。② 木兰舟：香舟，舟之美称。③ 将：带领。

侯寘（宋263）一首　题：壬午（1162年）元宵，戏姜元汝功参议。

元夕风光，[1]中兴时候▲[2]东风着意吹梅柳▲谁家银字小笙簧，倚栏度曲黄昏候▲

拨雪张灯，解衣贳酒▲[3]瓢棱金碧闻依旧▲明年何处看升平，景龙门下灯如昼▲[4]

注：① 元夕：即元宵。② 中兴：是年为宋高宗绍兴三十二年，与金媾和相对稳定，故称中兴时候。③ 贳：赊欠。④ 景龙门：南宋宫门。

石孝友（宋299）一首

沉水销红，[1]屏山总素▲[2]琐窗醉枕惊眠处▲[3]芰荷香里散秋风，芭蕉叶上鸣

秋雨▲

飞阁愁登，倚栏凝伫▲孤鸿影没江天暮▲行云懒寄好音来，断云暗逐斜阳去▲

注：① 沉水：香名。② 屏山：如山屏风；素：白色。③ 琐窗：窗棂之镂花纹者。

洪迈（宋 321）一首

院落深沉，池塘寂静▲帘钩卷上梨花影▲宝筝拈得雁难寻，篆香消尽山空冷▲[①]

钗凤斜欹，鬓蝉不整▲[②]残红立褪慵看镜▲[③]杜鹃啼月一声声，等闲又是三春尽▲[④]

注：① 篆香：弯曲香烟；山：博山，指香炉。② 鬓蝉：蝉翼形鬓发。③ 慵：懒也。④ 等闲：无端；三春：春季三个月。

张孝祥（宋 357）一首

旋葺花园，[①]初开小径▲物华还与东风竞▲[②]曲槛辉辉照落明，[③]高城冉冉孤烟暝▲[④]

柳色金寒，梅花雪静▲道人随处成幽兴▲[⑤]一杯不惜小留连，归期已理沧浪艇▲[⑥]

注：① 旋葺：刚修葺。② 物华：山川草木之风景。③ 落：落霞，即夕阳。④ 冉冉：行貌，指上升。⑤ 道人：作者自称。⑥ 沧浪艇：汉水船。作者时任荆南湖北路安抚使，将任满回京。

辛弃疾（宋 370）一首　题：春日有感。

萱草齐阶，芭蕉弄叶▲乱红点点团香蝶▲[①]过墙一阵海棠风，隔帘几处梨花雪▲

愁满芳心，酒潮红颊▲年年此际伤离别▲不妨横管小楼中，[②]夜阑吹断千山月▲[③]

注：① 乱红：红花。② 横管：吹笛子。③ 夜阑：夜残、夜尽。

刘光祖（宋 373）一首　题：春暮。

扫径花零，闭门春晚▲恨夏无奈东风短▲起来消息探荼蘼，雪条玉蕊都开遍▲

晚月魂清，夕阳香远▲故山别后谁拘管▲[①]多情于此更情多，一枝嗅罢还重撚▲

注：① 拘管：即管理。

李浙（宋 388）一首　题：送新城交代李达善。[①]

红药香残，绿�粉嫩▲[2]春归何处寻春信▲绣鞍初上马蹄轻，举头便觉长安近▲[3]

别酒无情，啼妆有恨▲山城向晚斜阳褪▲清江寂寞带寒烟，锦鳞去后凭谁问▲[4]

注：① 新城：江西县名；李达善：人名。② 筠：竹也。③ 长安：汉、唐京都，此处借喻南宋京都临安(今杭州)。④ 锦鳞：喻书信。

赵师侠(宋 390)一首

白雪开残，红云吹尽▲园林新绿迷芳径▲榆钱不解买青春，[1]随风乱点苍苔晕▲

紫燕飞忙，[2]黄鹂声嫩▲[3]日长烟暖游蜂困▲凭高念远思无穷，那堪宿酒恹恹病▲

注：① 榆钱：指榆荚，因其状如钱。② 紫燕：即燕子。③ 黄鹂：即黄莺。

高观国(宋 431)一首

花染烟香，柳摇风翠▲春工写出清明意▲碧湾还向画船开，粉墙到处骄骢系▲

歌换红裙，酒招青旆▲吟情又许东风醉▲何妨日日烂芳游，今宵先向西城睡▲

吴潜(宋 461)一首

红药将残，绿荷初展▲森森竹里闲庭院▲一炉香烬一瓯茶，隔墙听得黄鹂啭▲

陌上春归，水边人远▲尽将前事思量遍▲流光冉冉为谁忙，小桥伫立斜阳晚▲[7]

杨伯岩(宋 474)一首　题：雪中疏寮借阁帖，[1]更以微露送之。

梅观初花，蕙庭残叶▲当时惯听山阴雪▲[2]东风吹梦到清都，[3]今年雪比前年别▲

重酿宫醪，[4]双钩官帖▲伴翁一笑成三绝▲夜深何用对青藜，窗前一片蓬莱月▲

注：① 寮：小窗；帖：字帖、书帖。② 山阴雪：王徽之雪夜访戴逵鼓事。③ 清都：天帝所居宫阙。④ 醪：浊酒。

杜龙沙(宋 497)一首

波暖芹汀，风香兰圃▲清尘几点茸茸雨▲画船丝竹载梁州，[1]彩旗绳板欢游女▲[2]

修禊初三，[3]禁烟百五▲[4]年华恰到风流处▲一生只当百回春，一回春到休轻负▲

注：① 梁州：曲名。② 彩旗绳板：指秋千。③ 修禊：三月初三，采兰水上，以祓除不祥。④ 百五：冬至起至寒食，约一百另五天。

申二官人（宋516）一首　故事：建康妓李姓，举止轻盈，纤腰一捻，人以燕燕名之，作者作词戏之。

葱草身材，灯心脚手▲闲时与蝶花间走▲有时跌倒屋檐头，蜘蛛网里翻筋斗▲①

水马驰来，②藕丝缠就▲鹅毛般上三杯酒▲等闲试把秤儿称，③平盘分上何曾有▲④

注：① 翻筋斗：翻跟斗。② 水马：水马齿，水草名，生于流水中，叶浮于水面，喻轻。③ 等闲：随便、平常。④ 此句谓轻得秤上不上起点，称不出。

无名氏（宋564）一首

殢酒情怀，恨春时节▲柳丝巷陌黄昏月▲把君团扇卜君来，近墙扑得双蝴蝶▲

笑不成言，喜还生怯▲颠狂绝似前村雪▲夜寒无处着相思，梨花一树人如削▲

王国器（元66）一首　题：绣床凝思。

翠藻文鸳，①交枝连理▲②金针停处浑如醉▲③杨花一点是春心，鹃声啼到人千里▲

唤醒游魂，犹疑梦里▲此情恰似东流水▲云窗雾阁没人知，绡痕挹透红铅泪▲④

注：① 文鸳：指鸳鸯。② 连理：连接上句均喻成双。③ 浑：全也。④ 红铅：胭脂和铅粉。

沈禧（元80）一首　题：金盆沐发，为施以和作。

凤翅烟凝，鸦翎膏腻▲①湘云一片帘前坠▲②频呼小玉灌兰汤，③金盆潋滟轻挼洗▲

翡翠窗前，合欢帐底▲殷勤重把残妆理▲拂奁开镜对青鸾，④芙蓉仿佛临秋水▲

注：① 凤翅、鸦翎：冠（帽）上饰物。② 湘云：指头发。③ 小玉：婢女；兰汤：香汤。④ 青鸾：镜也。李贺诗："铜镜立青鸾。"

倪瓒（元82）一首

春渚芹圃，秋郊梨枣▲东风沃野收红稻▲檐前炙背媚晴阳，①天涯转瞬萋芳草▲

鲁望渔村，②陶朱烟岛▲③高风峻节如今少▲黄鸡啄黍浊醪香，④开门迎笑东

邻老▲

注：① 炙背：晒背。② 鲁望：陆龟蒙字。唐代诗人，隐居淞江，往来江湖之上。③ 陶朱：陶朱公，即范蠡，蠡功成弃官去鲁经商。④ 浊醪：粗酒。

汪斌(元 84)一首　题：雪晴纵步。

踏雪桥边，访梅溪曲▲春风初破梢头玉▲[1]村村茅屋晚炊烟，更寻村酒穿茅屋▲

兔月初眉，[2]瑶峰眩目▲[3]砼筇振屐鸣空谷▲[4]夜深不谓故人来，[5]声声误道风敲竹▲

注：① 玉：喻雪。② 兔：玉兔，即月；初眉：刚眉月，即弦月。③ 瑶峰：玉峰，喻雪峰。④ 砼：敲打石头声；筇：竹杖；屐：木鞋。⑤ 故人：旧交。

贾云华(女)(元 92)一首　故事：作者与魏鹏系指腹婚约，贾父悔约，鹏以母丧归，临别作者赋此《踏莎行》。未几作者郁郁死。二年后借宋子莹女还魂，仍与鹏婚配。录自《艳异编》。

随水落花，离弦飞箭▲今生无处能相见▲长江纵使向西流，也应不尽千年怨▲

盟誓无凭，[1]情缘有限▲愿魂化作衔泥燕▲一年一度一归来，孤雌独入郎庭院▲

注：① 盟誓：指男女双方之母，曾指腹为婚。

刘基(明 7)一首

雨过山明，烟生川媚▲佳人初把罗衫试▲玉骢嘶入柳阴中，[1]濛濛澹日蒸花气▲[2]

帘幕低垂，栏杆独倚▲一池春痕鱼鳞起▲[3]暮寒寂寞掩重门，怕人问道归期未▲

注：① 玉骢：指马；嘶：马鸣。② 澹日：恬静之日。③ 鱼鳞：喻波纹。

杨基(明 12)一首　题：暮春见花。

白皱沾苔，[1]轻红惹絮▲落花堆积无层数▲当时开折赖东风，飘零还是东风妒▲

宿雨初晴，[2]低烟欲暮▲绵绵芳草迢迢路▲[3]绿烟深处听啼莺，[4]莺声更在深深处▲

注：① 白皱：白色落花。② 宿雨：夜雨。③ 绵绵：绵延。④ 绿烟：绿柳含烟。

瞿祐(明 22)一首　题：秋夜。

凉露阶除，①西风台榭▲②葡萄落尽惟空架▲数行烛泪画屏秋，一方月色中庭夜▲

蛩韵凄清，③萤光高下▲畏寒牢裹吴绫帕▲木犀花底立多时，④待他后院烧香罢▲

注：① 阶除：阶沿。② 榭：台有屋者。③ 蛩韵：蟋蟀鸣声。韵，喻其鸣声有节奏似诗韵。④ 木犀：桂花别名。

权贤妃（女）（明 41）一首

时序频移，①韶光难驻▲②柳花飞尽宫前树▲朝来为甚不钩帘，柳花正满帘前路▲

春赏未阑，③春归何遽▲④问春归向何方去▲有情海燕不同归，⑤呢喃独伴春愁住▲

注：① 时序：时间次序。② 韶光：春景。③ 这句谓赏春尚未尽兴。④ 遽：急也。⑤ 海燕：即燕，因其系候鸟，春天来自南海。

祝颢（明 53）一首　题：沈同斋舟中赠小妓彩云。

花屿初分，①兰舟重驻▲②彩云蓦地来何处▲③当筵欲下又悠扬，盈盈似怕人留住▲④

艳似桃花，轻如柳絮▲东风勾引还飞去▲阳台回首杳无踪，⑤多情宋玉空留句▲⑥

注：① 屿：小岛。② 兰舟：香舟，舟之美称。③ 彩云：指小妓。④ 盈盈：轻盈。⑤ 阳台：楚襄王梦会神女于阳台。⑥ 宋玉：著有《高唐赋》，述阳台故事。

金琮（明 91）一首　注：此词据中华书局《全明词》作者为金琮，但《吴中纪闻》作者为僧仲殊，只上段第四句稍有不同。并录备考。

浓润侵衣，暗香飘砌▲雨中花色添憔悴▲枇杷花下立多时，不言不语厌厌地▲

眉上新愁，手中文字▲因何不倩鳞鸿寄▲想伊只诉薄情人，官中谁管闲公事▲

王鸿儒（明 104）一首　题：赏菊。

燕子初归，芙蓉乍老▲苍苔院落桐阴小▲一帘疏雨晚来晴，繁香不断寒花袅▲

著谱人非，餐英事杳▲①风流未必今时少▲且须痛饮读离骚，②灵修岂肯损芳草▲③

注：① 餐英：食落花也。《楚辞》“夕餐秋菊之落英”。② 离骚：书名，屈原著。③ 灵修：谓神明远见，见《离骚》。

唐寅（明115）二首　题：第一首，闺情·秋。

第二首，闺情·冬。

（1）八月中秋，凉飚微逗▲芙蓉却是花时候▲谁家姐妹斗新妆，园林散步频携手▲

折得桂枝，宝瓶随后▲归来赏玩全凭酒▲三杯酩酊破愁城，醒对愁绪应还又▲

（2）寒气萧条，刚风凛洌▲[1]薄情何事轻离别▲[2]经时不去看梅花，[3]窗前一树通开彻▲

急唤双鬟，[4]为奴攀折▲南枝欲寄凭谁达▲[5]对花无语不胜情，天边雁叫添愁绝▲

注：① 刚风：高天强劲之风，即罡风。② 薄情：指恋人。③ 经时：常时。④ 双鬟：婢女。⑤ 南枝：即梅花。

边贡（明128）一首　题：题画。

露湿春莎，[1]草生芳甸▲[2]渔舟迤逦依山转▲[3]斜光明灭照村墟，[4]绿槐深护幽人院▲[5]

小栅鸣鸡，古梁巢燕▲柴门不锁蓬蒿遍▲问渠莫是武陵源，[6]一溪流水桃花乱▲

注：① 莎：草名。② 甸：郊外。③ 迤逦：曲折连绵貌。④ 明灭：忽明忽灭；村墟：乡村集市、村庄。⑤ 幽人：隐士。⑥ 渠：他也；武陵源：武陵桃花源，喻世外桃源。

陈霆（明131）一首　题：晚景。

流水孤村，西风古道▲槎枒老木昏鸦噪▲[1]夕阳倒影射疏林，一时妆点秋容老▲

树暝寒烟，天低衰草▲登楼望绝双眉小▲[2]欲将归信问行人，青山尽处行人少▲

注：① 槎枒：树枝纵横杂出也；昏鸦：黄昏栖鸦。② 眉：喻山峰。

王教（明138）一首

律转寒消，[1]雪晴霜霁▲江梅初放清香细▲美人犹自怯东风，珠帘半卷重门闭▲

凤髻晨妆，罗襦新制▲[2]锦囊悄自填芳蕙▲[3]倚窗无语成娇痴，窗南斜日双鸿唳▲[4]

注：① 律：时律。② 罗襦：罗短衫。③ 此句谓囊袋内安放香料。④ 唳：鸟鸣。

韩邦奇(明 139)一首　题：客中清明。

万点红芳，千条金絮▲韶光烂漫春无际▲愁人抱病在天涯，却如赤叶霜枝坠▲

旧冢笙歌，新坟涕泪▲纷纷冷雨迷烟树▲杏村有酒纵如泉，对觞反着今人醉▲

朱斗儿(女)(明 140)一首

鸦鬓慵梳，[1]粉脂零落▲琴书针线都抛却▲晓来强起对菱花，[2]芳容消减今非昨▲

世事多乖，[3]人情太薄▲青春都为谁耽搁▲生前既不是良缘，红丝何必将人缚▲[4]

注：① 慵：懒也。② 菱花：镜子。③ 乖：不顺利。④ 红丝：古人认为姻缘是月下老人在前生已将红丝系足而定。

杨慎(明 157)一首　题：贵州尾洒驿元夕。[1]

罗甸林中，[2]新盘山下▲村灯社鼓元宵夜▲东风卷地瘴云开，[3]月明满野寒星挂▲

白雪歌声，青钱酒价▲当年乐事凭谁话▲寂寥孤馆坐愁人，[4]小窗横影梅枝亚▲

注：① 尾洒驿：在贵州安南县东北尾洒堡，明时设驿站。② 罗甸：古国名，在贵州安南一带。③ 瘴：山林中湿热空气。④ 愁人：作者自己。

朱柔英(女)(明 210)一首

碧沼新荷，[1]彩檐飞燕▲蔷薇满架都开遍▲丝丝细雨湿苍苔，轻暖乍寒寻芳倦▲

宝鼎氤氲，[2]玉瓯清浅▲[3]好风几阵来庭院▲画桥流水绿阴浓，倚栏厌听黄鹂啭▲

注：① 碧沼：绿色曲池。② 氤氲：烟云弥漫貌。③ 瓯：即杯。

赵燕(女)(明 229)一首

黄蝶交飞，红妆斗丽▲参差十丈雕栏倚▲[1]为看楚楚试新妆，[2]宛似玉环初睡起▲[3]

露滴心中，香迷叶底▲绿阴冉冉空归矣▲[4]良宵独自拨箜篌，[5]博山香袅沉檀水▲[6]

注：① 参差：不齐貌。② 楚楚：鲜明貌。③ 玉环：杨贵妃。④ 冉冉：行

貌，喻移动。⑤ 箜篌：乐器名。⑥ 博山：指香炉；沉水：香名。

王曼容（女）（明 234）一首

银蒜低垂，[①]金钩双控▲[②]朱栏曲曲花摇动▲空余今夜月华明，[③]向着人儿心自捧▲[④]

梧影双摇，笛声三弄▲避愁无计惟寻梦▲夜凉何事不成眠，怪他檐马丁当送▲[⑤]

注：① 银蒜：银帘押。② 金钩：铜帘钩。③ 月华：月光。④ 捧：指捧心。源出西施捧心。⑤ 檐马：檐角风铃。

汪廷讷（明 242）一首　题：夏日漫兴。

百啭黄鹂，[①]双飞紫燕▲无边好景归庭院▲日长有梦到羲皇，[②]藤床百尺铺湘簟▲[③]

墨洒山窗，琴横水殿▲南薰不用蒲葵扇▲[④]棋盘石上夕阳斜，幽居久隔红尘面▲[⑤]

注：① 百啭：喻善鸣；黄鹂：黄莺。② 羲皇：古皇名，即伏羲氏。③ 湘簟：湘，竹席子。④ 南薰：指南风。⑤ 红尘：热闹繁华世界。

徐石麒（明 298）一首　序：陈昆良有豫章之行，[①]先送余过邗沟，[②]书此为别。

久雨初晴，卯天如酒▲[③]恼人春色来江柳▲灞桥折尽又隋堤，[④]纤纤弱缕盈盈手▲

意气恒云，文章春绣▲罗衣锦棹莺花候▲行人翻作送行人，个中滋味君知否▲[⑤]

注：① 豫章：今江西南昌。② 邗沟：在今江苏扬州，作者系扬州人。③ 卯天：卯时天气。④ 灞桥：在陕西西安，古人在此折柳送别。⑤ 个中：其中。

沈宜修（女）（明 329）一首　题：春暮。

雪乱杨花，[①]豆圆梅子▲[②]帘前渐觉消春意▲东风特为送春来，又教春去愁难避▲

迟日窥帘，[③]晴花落地▲游丝拂遍行人袂▲平桥绿水自流红，莺声欲向斜阳醉▲

注：① 此句谓杨花如乱雪。② 此句谓青梅圆似豆。③ 迟日：徐行之日。

杨彻（女）（明 337）一首　题：秋景。

短巷寒砧，孤城画角▲嘹嘹征雁沙头落▲断桥秋思不堪闻，被风吹入深深阁▲

细雨梦回，绿罗衾薄▲夜阑灯晕寒生幕▲重门寂寂掩黄昏，梧桐叶上偏萧索▲

周兰秀(女)(明353)一首　题：秋怀。①　注：① 此词《小檀栾室闺秀词钞》为周兰秀词，一作清张兰词，恐误。

叶落平沙，云迷远树▲山色模糊人唤渡▲芙蓉笑摘上兰桡，轻鸥惊入波心去▲

衰柳含烟，凉蝉咽露▲年年重觅王孙路▲可怜人静玉楼空，满庭芳草家何处▲

吴炳(明365)一首　题意：杂剧《绿牡丹》第四出钱氏上场词引(缀唐寅闺情春词)。

可怪春光，今年偏早▲闺中冷落如何好▲楚梅酸蹙翠尖纤，愁时独自吟芳草▲

雨打梨花，重门清悄▲其间况味侬知道▲①低回恐触少年心，破颜强作迷藏笑▲②

注：① 况味：谓所经事情况及滋味；侬：吴语，我也。② 迷藏笑：躲躲闪闪的笑，即强作笑容。

喻揔(女)(明375)一首　题：偕嫂游湖浦。

画阁妆余，东风正早▲且闲刀尺听黄鸟▲①湖乡十里趁花开，拼游莫惜鞋头小▲

树里人家，堤边芳草▲远山无数横天表▲②频年苦忆故园春，③今年始觉江南好▲

注：① 刀尺：即女工；黄鸟：黄莺。② 天表：天际。③ 频年：常年。

钱棻(明390)一首　题：九日登雨花台。①

碎石依苔，②危沙养树▲雨花却也如风絮▲萧家天子听经来，③而今牧竖登高处▲④

古涧寻声，遥钟引步▲⑤幽人杖入天花路▲⑥孤情延望接荆吴，白门自昔多烽戍▲⑦

注：① 九日：九月九日，重阳节登高；雨花台：山丘名，南京名胜，在中华门外。② 碎石：雨花石，为雨花台特产。③ 萧家天子：南朝梁武帝萧衍，佞佛。④ 牧竖：牧童。⑤ 遥钟：远远钟声。⑥ 幽人：隐士。⑦ 白门：南京别名；烽戍：战争。

王静淑(女)(明427)一首　题：七日写怀。①

片月光寒，孤桐阴折▲栏杆几曲花阴叠▲天花香细透纱橱，②龙涎袅袅鸳衾爇▲③

笑语何来，双鬟悄说▲④针楼乞巧人欢悦▲天孙应笑我无言，⑤耽愁忘却佳时节▲

注：① 七日：指农历七月七日。② 纱幮：床帐。③ 龙涎：香名；爇：燃烧，指烧香。④ 双鬟：指婢女。⑤ 天孙：即织女星。

陈子龙（明 441）一首

墙柳黄深，庭兰红吐▲东风着意吹寒去▲回廊寂寂绣帘垂，残梅落尽青苔路▲

绮阁焚香，闲阶微步▲罗衣料峭莺啼暮▲几番冰雪待春来，春来又是愁人处▲

易震吉（明 444）一首　题：湖堤晚步。

似雨岑遥，如年昼永▲澄湖一泻波千顷▲人家听惯绿蒲声，渔船压碎青山影▲

燕爱红襟，鸟看白颈▲飞来飞去添花景▲夕阳堤上杖藜行，无穷葭苇含风静▲

叶纨纨（女）（明 453）一首　题：暮春。

花落闲庭，春归小院▲沉沉嫩绿莺初啭▲[①]昼长人静掩重门，楞严读罢花阴转▲[②]

清思幽然，尘情尽遣▲一帘幽霭东风晚▲[③]数声啼鸟欲黄昏，满阶月影澄澄见▲[④]

注：① 啭：鸟鸣。② 楞严：经名。③ 霭：云气。④ 澄澄：清彻。

邓氏（女）（明 477）一首

梅落芳林，兰生幽径▲无端愁杀春风病▲红浮翠损不成春，伤心簌簌珍珠迸▲[①]

善病长愁，[②]多情薄命▲天工付与凄凉性▲恹恹经月不梳头，[③]玉台寂寞菱花镜▲

注：① 珍珠：喻眼泪。② 善病：多病。③ 经月：经过一个月，即整月。

叶小鸾（女）（明 514）五首　题：第一、二、三首，过芳雪轩忆昭齐姐。[①]

第四首，早春即事。

第五首，闺情。

（1）芳草雨干，垂杨烟结▲鹃声又过清明节▲[②]空梁燕子不归来，梨花零落如残雪▲

春事阑珊，[③]春愁重叠▲篆烟一缕销金鸭▲[④]凭栏寂寂对东风，十年离恨和天说▲

注：① 昭齐姐：即大姐叶纨纨，见《词人小传》。② 鹃声：杜鹃声。③ 阑珊：衰落。④ 篆烟：弯曲香烟；金鸭：鸭形铜香炉。

（2）萱草缘阶，[①]桐花垂户▲阴阴绿映清凉宇▲[②]轻风摇曳绣帘斜，画屏难掩愁来路▲

世事浮云，人情飞絮▲恹恹愁绪丝千缕▲[3]无聊常自锁窗纱，娇莺百啭知何处▲

注：① 萱草：又名宜男草；缘阶：沿阶。② 宇：屋宇。③ 恹恹：病貌。

(3) 憔悴零愁，清香入绣▲小山丛桂涂黄就▲[1]画楼日影上帘钩，松风一转消清昼▲

片雨凉生，小风波皱▲疏疏碎玉琅玕逗▲断云飞尽碧天长，数枝烟柳斜阳瘦▲

注：① 涂黄就：开放金黄色桂花。

(4) 檐畔梅残，堤边柳细▲暖风先送游人意▲流莺犹未弄歌声，海棠欲点胭脂醉▲

鸟踏风低，烟横云倚▲湘帘常把春寒闭▲无端昨夜梦春阑，丝丝小雨花为泪▲

(5) 昨夜疏风，今朝细雨▲做成满地和烟絮▲花开若使不须春，年年何必春来住▲

楼外烟飞，帘前燕乳▲东君漫把韶光与▲未知春去已多时，向人犹作愁春语▲

万日吉（明 521）一首　题：春寒。

芍药香凝，海棠丝袅▲东风吹透相思草▲绿纱深处自调筝，一弦一柱寒声早▲

苔满阶庭，月留昏晓▲凄迷碧砌残红少▲画梁燕子未归来，黄昏春锁花关小▲

陈璘（女）（明 545）一首　题：题画。

暖翠浮烟，寒泉漱玉▲依稀樵径松阴曲▲白云深处有人家，一声短笛归黄犊▲

远嶂栖霞，晴溪泛绿▲小桥垂柳纶竿独▲柴门半启掩疏篱，落花阵阵飞茅屋▲

范翩（女）（明 565）一首　题：初夏书怀。

绿映纱窗，凉生池馆▲[1]流莺队队枝头转▲婢能解语掩重门，一钩罗袜花阴遍▲

情绪萧然，离愁自遣▲田田菡萏游鱼现▲[2]弓儿初月挂当楼，[3]舞衣摇落胭脂片▲

注：① 池馆：花园。② 田田：荷叶浮水貌。③ 弓儿初月：弓形眉月。

顾石城（明 610）一首　题意：《吴江雪》第十一回，咏王妙娘。

新月为眉，轻云作态▲玉容清冷花难赛▲嫩庞吹落粉痕香，秋波转处人无赖▲

一朵余春，万种情态▲可怜偿尽烟花债▲芳心夜夜度新郎，樱桃卜血疑如海▲

无名氏（明 643）一首　题意：《一片情》第十回，咏丑妇。

两鬓黄丝，一团金面▲乱将脂粉重涂遍▲金莲七寸倒拖跟，白绸衫子如油片▲
未笑牙龇，[1]将言舌卷▲宛如再见鸠盘面▲[2]纵教云雨有深情，灯前怎得人儿恋▲

注：①龇：露牙。②鸠盘：鸠槃茶，恶神名，后用以喻妇人老丑之状。

王铎（清1）一首　题：书斋。

微暑初生，新香乍袅▲枣花开处莺声小▲起来无事意悠悠，[1]山光不管离人老▲

世事茫茫，流年杳杳▲[2]镜中慵把朱颜照▲[3]楼头燕断梦魂迷，故园户外堆芳草▲

注：①悠悠：闲暇貌。②杳杳：远去也。③慵：懒也。

吴朏（女）（清6）一首　题：夏闺，和薄西真。[1]

列日当空，薰风微送▲[2]闲庭萱草栖金凤▲两三娇女荡轻舟，采菱齐唱红衣弄▲[3]

柳外婆娑[4]，天边螮蝀▲[5]栏杆曲曲苔莓重▲倦欹冰簟到华胥，[6]萧萧竹韵惊幽梦▲

注：①薄西真：即薄少君，见《词人小传》。②薰风：南风。③红衣弄：曲名。④婆娑：舞貌。⑤螮蝀：虹之别名。⑥簟：竹席；华胥：喻梦。

梁云构（清15）一首

烟锁朱楼，霜铺白屋▲墙边透出东篱菊▲荷池尚见泻残红，芳郊犹喜堆余绿▲
天外鸿孤，灯前影独▲月明常把金钱卜▲[1]蛩吟错认报佳音，[2]芙蓉笑倚栏杆曲▲

注：①卜：占卜，预测吉凶祸福。②蛩吟：蟋蟀吟唱，即鸣叫。

徐灿（女）（清20）一首　题：初春。

芳草才芽，梨花未雨▲春魂已作天涯絮▲晶帘宛转为谁垂，[1]金衣飞上樱桃树▲[2]

故国茫茫，扁舟何许▲夕阳一片江流去▲碧云犹叠旧山河，月痕休到深深处▲

注：①晶帘：水晶帘。②金衣：《开天遗事》明皇于禁苑中见黄莺，呼为金衣公子。

李渔（清31）一首　题：贺友人并纳双姬。

香外寻香，玉中是玉▲黄金论斗珠论斛▲[1]得来白璧羡双双，神如秋水都堪掬▲[2]

一队笙歌，两行花烛▲和郎引上芙蓉褥▲二乔毕竟数谁先，[3]鸳鸯枕畔须枚卜▲[4]

注：① 斛：量器，古时以十斗为斛，后改五斗。② 掬：两手相捧。③ 二乔：三国时一对姐妹花，喻所纳两姬。④ 枚卜：一一占卜，抽签之意。

曹尔堪（清69）一首　题：春景。

翠染晴岚，[1]蓝拖曲水▲雕鞍且傍垂杨系▲金鱼池上卖花天，探春如雪丁香紫▲[2]

别院搊筝，小亭浮蚁▲[3]画楼歌管云中起▲锦绳高挂粉墙低，[4]落红都在秋千里▲

注：① 岚：山气。② 如雪：指柳絮。③ 蚁：指酒。④ 锦绳：指秋千索。

宋徵舆（清79）一首

锦屋销香，翠屏生雾▲妆成漫倚纱窗住▲一双青雀到空庭，梅花自落无人处▲

回首天涯，归期又误▲罗衣不耐东风舞▲垂杨枝上月华生，可怜独上银床去▲

尤侗（清81）一首　题：客店。

残月在林，晨钟动野▲行人惯听乌啼夜▲一鞭古道又斜阳，[1]村田看尽牛羊下▲

草席泥床，瓦盆茅舍▲东餐西宿何时罢▲孤灯半枕梦江南，隔帘惊起萧萧马▲

注：① 一鞭：指骑马。

赵维烈（清99）一首　题：渡浦。[1]

云散高城，烟收平楚▲[2]南风五两摇柔橹▲[3]几层新绿暗江村，桔槔声里黄梅雨▲[4]

水皱鱼鳞，柳梭莺羽▲尖尖芦笋抽沙渚▲故人家住板桥东，扁舟待指横塘路▲

注：① 浦：指上海黄浦江。② 平楚：犹平野。③ 五两：以鸡羽五两，系于樯尾以候风。楚人呼五两。④ 桔槔：汲水农具。

史鉴宗（清141）一首　题：秋闺。

罗幌寒生，[1]纱窗欲暮▲秋光只与离人住▲纤腰无力倚栏杆，卷帘闲把归鸿数▲

一派蛩吟，数声鸠语▲唤来几阵芭蕉雨▲愁情却似雨丝多，雨丝不比愁无绪▲

注：① 罗幌：罗幕、罗帏。

卓天寅（清180）一首

日映红窗，烟霏碧树▲恹恹长昼浑难度▲晓风和泪卷珠帘，一双燕子花间去▲

底事凝眸，无端独语▲春光欲暮谁为主▲画屏风上认伊家，小桥垂柳江南路▲

沈雄（清181）一首　题：缀唐寅踏莎行·春闺。①

双燕相依，深闺寄语▲钩帘未放衔泥去▲②央伊春晓向天涯，探郎昨夜和谁住▲

桃叶轻风，杏花微雨▲芹香不啄来何遽▲喃喃恼逐絮颠狂，分明薄倖人如许▲③

注：① 缀：连结之意。② 衔泥：指燕。③ 薄倖：即薄情，指恋人。

陆进（清198）一首　题：寄恽正叔索画幛。①

屋傍横桥，门临古岸▲短墙时露青山面▲苍松千尺绕寒烟，②丹枫一带连飞雁▲

泛泛渔舟，萧萧僧院▲微茫村里飘青幔▲桃源佳境自分明，烦君写入鹅溪绢▲③

注：① 恽正叔：即恽格，见《词人小传》。② 千尺：喻高。③ 鹅溪：地名，在四川盐亭县西北八十华里，其地产绢，唐时即为贡品。

吴棠桢（清200）一首　题：采菱曲。

榴夺朱霞，梅肥黄雨▲杜鹃故意催新暑▲未知何事可消遣，不如还采芙蓉去▲

欲上西洲，且寻南浦▲画桥影里摇柔橹▲忽闻风引洞箫声，是谁先入横塘路▲

安致远（清277）一首　题：雨怀。

倦客长天，离人永昼▲①饭铛半熟僧厨后▲②春衣新减几围宽，衫长松脱镂金扣▲③

一阵凄清，一回僝瘦▲④小窗历乱如秋透▲⑤沙弥莫撞晚来钟，⑥声声敲到愁时候▲

注：① 永：长也。② 饭铛：饭锅。③ 镂：雕刻。④ 僝瘦：瘦损意。⑤ 历乱：纷乱，指雨声。⑥ 沙弥：小和尚。

佟世南（清300）一首　题：东墙。

掇柳风轻，林莎细淡▲①微闻香气来天半▲粉香一带是银河，②彩云捧出芙蓉面▲③

惹得蜂迷，顿教蝶恋▲轻轻语笑声将远▲秋千犹自架花丛，残红寂寂飞庭院▲④

注：① 莎：草名。② 银河：喻隔绝。③ 芙蓉面：喻美人娇面，此句谓从秋千上露面。④ 残红：落花。

聂鼎元(清301)一首

老树当门,修萝覆屋▲平芜无复年时绿▲闲来小阁听松涛,倚栏凝断遥天目▲

古戍风凄,野田禾熟▲儿童拍手驱黄犊▲暮烟浓合欲栖鸦,行人犹唱南征曲▲

章有湘(女)(清304)一首　题：秋千。

嫩草铺茵,①长杨穿线▲落红深处闲庭院▲②卷帘高阁度春风,秋千摇曳随花片▲

绣带轻飘,云鬟欲乱▲撚花微露黄金钏▲③凭谁好语谢封姨,④留行莫逐行人断▲

注：① 茵：席子褥子。② 落红：落花。③ 钏：手镯。④ 封姨：风神。

方炳(清331)一首　题：和方靖公。

语燕双飞,垂杨千缕▲清明近也濛濛雨▲东风不肯误游人,青山一夜开眉妩▲

缓辔西郊,移舟南浦▲落花流水春谁主▲相看咫尺如蓬山,杜鹃应解离情苦▲

汤焴(清334)一首

宿雨初收,①日光微透▲遥望渌水明山秀▲②隔墙小杏倚东风,轻盈如绮难教绣▲③

细柳牵衣,落花粘袖▲可喜是清明时候▲④谁家游女过溪头,秋波不似春波皱▲⑤

注：① 宿雨：夜雨。② 渌水：清澈水。③ 绮：美丽丝织品。④ 此句三字、四字分句,与他作四字、三字分句稍异。⑤ 秋波：喻眼波。

彭孙遹(清343)一首　题：春暮。

莺掷金梭,①柳抛翠缕▲②盈盈娇眼慵难举▲落花一夜嫁东风,③无情蜂蝶轻相许▲

尺五楼台,④秋千笑语▲青鞋湿透胭脂雨▲流波千里送春归,棠梨开尽愁无主▲

注：① 此句谓莺来回飞翔如投梭。② 翠缕：指柳丝。③ 嫁：跟随。④ 尺五：距离天一尺五,形容高。

沈栗(女)(清354)一首　题：玫瑰。

日暖蜂喧,群芳开足▲①药栏烂漫非金谷▲②柔条弱刺惹罗衣,摘来蛱蝶犹相逐▲

蕊绽骊珠,③花凝紫玉▲苏台初度霓裳曲▲④香分太乙殿中烟,⑤相公服色新装束▲

注：① 芳：指玫瑰花。② 金谷：晋石崇别墅。崇自序：余有别庐，在金谷涧中，……竹柏药物具备。③ 骊珠：骊龙颔下的宝珠，喻珍贵。④ 霓裳：霓裳羽衣曲，唐杨贵妃始创。⑤ 太乙殿：宋宫殿名，即太一宫。

葛筠（清359）一首　题：太湖道中。

一叶扁舟，数行疏柳，青山茅屋西溪路▲小桥深巷费追寻，飞花片片将人误▲

啃啃啾啾，咬咬嘎嘎，[1]水禽啼遍蒹葭浦▲倦游荡桨恰归来，碧烟几缕斜阳暮▲

注：① 上片柳字、此处嘎字均不叶韵，稍异。啃啃啾啾，咬咬嘎嘎：均为水禽鸣声。

王士禛（清397）一首

风雨清明，莺花上巳▲[1]楼台四百南朝寺▲[2]水边多少丽人行，秦淮帘幕长干市▲[3]

蓦地愁生，干卿甚事▲[4]梁陈故迹销魂死▲[5]禁烟时节落花天，[6]东风芳草含情思▲

注：① 上巳：古节日名。② 四百南朝寺：南朝梁武帝造寺四百余座。③ 秦淮：河名，在南京境；长干：里巷名，在南京中华门外。④ 此句谓与你无关。⑤ 梁、陈：均系南朝国号。⑥ 禁烟：古寒食节禁烟火。

葛宜（女）（清420）一首

花扑重帘，云生远树▲倚楼望断人归路▲却怜槛外雨和风，[1]残红一夜飘无数▲[2]

新燕初飞，乳鸦拂羽▲归来已是芳菲暮▲[3]昼长渐近困人天，[4]春来春去伤心处▲

注：① 槛外：窗槛外。② 残红：落花。③ 芳菲暮：花草已凋零。④ 困人天：指暮春天气。

鲍夔生（清520）一首　题：经钟山过灵谷寺看梅。[1]

草没颓垣，烟迷旧阙▲[2]杜鹃声里人愁绝▲白头宫监倚斜阳，[3]相逢指点闲游客▲

剩水残山，荒碑断碣▲[4]无聊且向招提歇▲[5]如何往事暗伤人，低徊欲对梅花说▲

注：① 钟山：即南京紫金山；灵谷寺：在钟山山麓。② 旧阙：旧宫殿。③ 白头宫监：老太监、老宫女。④ 碣：即石碑。⑤ 招提：即灵谷寺。

金焘(清535)一首　题：观郡中迎神之会，同吴伯憩作。

陌上香飞，街头烟袅▲儿童騕褭春亭小▲笙歌响遏碧霄云，彩幡高矗红球绕▲

鸦髻浓匀，蛾眉淡扫▲窥人瞥向帘中俏▲归来匿笑问檀郎，今朝若个如侬好▲

徐宾(清589)一首　题：友人纳姬。

茂苑花明，苏台春晓▲仙姬乍谪蓬莱岛▲[1]云鬟约略眼波横，镜台画出眉尖小▲

芍药烟笼，柳枝风袅▲红楼初卷珠帘早▲起来含笑倚栏杆，阶前开遍宜男草▲[2]

注：① 谪：下凡之意。② 宜男草：本名萱草，此处借喻怀孕产子。

徐元端(女)(清645)一首　题：秋夜。

绣幕低垂，银钩双控▲栏杆十二花阴重▲空余今夜月华明，[1]画楼寂寞无人共▲

髻乱惊鸦，[2]钗攲金凤▲[3]避愁无计惟寻梦▲几番展转不成眠，谁家玉笛声三弄▲[4]

注：① 月华：月光。② 鸦：乌鸦，喻黑发。③ 金凤：指发上凤钗。④ 三弄：梅花三弄，曲名。

钱凤纶(女)(清650)一首　题：暮秋雨霁，偕柔嘉姐游河渚。

云暗山光，风和竹韵▲晚来庭院寒成阵▲玉纤无力整残妆，倩人花下扶蝉鬓▲[1]

为爱登临，顿消愁闷▲烟霞似与蓬莱近▲昨宵雨过嫩苔生，归来踏得双鸳润▲[2]

注：① 蝉鬓：蝉翼形鬓。② 双鸳：双足。

侯晰(清690)一首　题：舟过新丰。

几点归鸦，一行衰柳▲西风落日蒲帆骤▲秋江景物已销魂，那堪更值重阳后▲

岸峭如山，潮奔欲吼▲十千沽得新丰酒▲篷窗何处拨琵琶，教人暗湿青衫袖▲

吴秉钧(清720)一首　题：采莲曲。

苔绣香阶，花堆粉院▲无穷暑气消团扇▲[1]起来呼婢约邻娥，前溪试把红芳剪▲[2]

悄过蓝桥，[3]还经柳岸▲翠阴侧露微羞面▲橹声摇动被人窥，归来犹带轻轻汗▲

注：① 团扇：圆扇。② 红芳：指红荷花。③ 蓝桥：裴航遇云英处，仙桥也，

此处为桥之美称。

叶宏缃(清 732)二首　题：第一首，秋闺。

第二首，春游。

(1) 寒雁侵吟，篱花伴绣▲萧疏一派秋时候▲曲栏倚遍望天涯，斜阳断处青山瘦▲

屏掩银床，篆喷金兽▲芭蕉影压疏帘皱▲那堪月上又黄昏，声声露滴梧桐漏▲

(2) 丽日蒸霞，薄云散绮▲乍晴天气风光媚▲谁家女伴踏春阳，①游丝低拂轻罗袂▲②

柳线拖金，榆钱叠翠▲③闲行暂向芳园憩▲那堪花外鹧鸪啼，声声只唤游人去▲

注：① 踏春阳：即踏青。② 罗袂：罗袖。③ 榆钱：即榆荚。

刘坊(清 743)一首　题：登石钟(在江西湖口)观音阁。　注：与聂鼎元词略同。

乔木牵云，修萝引屋▲四山落照沉新绿▲倦来小阁坐松涛，倚槛试穷千里目▲

古道秋深，野田禾熟▲儿童拍手遮黄犊▲萧萧烟火欲栖鸦，行人唱彻南征曲▲

徐旭旦(清 753)二首　题：第一首，春游。

第二首，采桑，闻春去了。

(1) 碧水流觞，①青山淬剑▲千村诗酒风流远▲桃花间着李花开，齐纨难掩春容面▲②

新柳莺梭，③晴丝燕剪▲乱红飞过秋千院▲踏青士女醉扶归，犹闻笑语斜阳畔▲

注：① 流觞：曲水流觞。将酒杯放在曲水中，顺流而下，杯停处，岸坐之人须饮此酒。② 齐纨：即纨扇。③ 莺梭：喻莺往复飞行如穿梭。

(2) 春意阑珊，①柔桑渐老▲枝头布谷声声巧▲②美人素手露春纤，薄言采采何妖袅▲③

玉貌盈盈，金莲小小▲花到荼蘼春事了▲相逢恐或是罗敷，④使君归去迷芳草▲

注：① 阑珊：衰残。② 布谷：鸟名。③ 采采：华饰也。《诗》"采采衣服"。④ 罗敷：战国赵邯郸女子，采桑陌上，赵王见而悦之，罗敷弹筝，自明有夫，赵王乃止。

张令仪（女）（清831）二首　题：第一首，金盆沐发。

第二首，芳尘春迹。

（1）玉镜初开，兰汤沃腻▲[①]翠鬟乍解朝来髻▲青丝濯处似临池，墨痕直蘸波心里▲[②]

鸦羽参差，[③]湿云拖地▲[④]临风笑倩檀郎理▲娇柔无力倚栏杆，温泉浴后将无似▲[⑤]

注：① 兰汤：香汤。② 墨痕：喻黑发。③ 鸦羽：也喻黑发；参差：不齐貌。④ 湿云：湿发。⑤ 无似：无比。

（2）斗草闲阶，[①]秋千芳径▲落红软处依稀认▲雨余沙浅露微痕，苍苔翠滑偷尖印▲[②]

檀层铺匀，金莲娇衬▲晚风欲起扶初定▲马嵬人去尚留香，[③]屧廊枉作千秋恨▲[④]

注：① 斗草：古代妇女一种赌戏。② 尖印：缠足足印。③ 马嵬：唐杨贵妃死于陕西马嵬坡。④ 屧廊：苏州灵岩山曾有西施响屧廊。

楼俨（清838）一首

流水三湾，落花千片▲可怜才是春将半▲岭南天气最难凭，[①]嫩寒懒把羊裘换▲[②]

雨意低迷，吟情凄惋▲梦魂频绕江东岸▲一枝杨柳绿毵毵，[③]钓船闲系无人管▲

注：① 岭南：指广东。② 羊裘：指羊皮裳。③ 毵毵：细长貌。

郑燮（清524）一首　题：无题。[①]

中表姻亲，诗人情愫▲[②]十年幼小娇相护▲不须燕子引人行，画堂得到重重户▲

颠倒思量，朦胧劫数▲[③]藕丝不断莲心苦▲分明一见怕销魂，却愁不到销魂处▲

注：① 无题：古人无题诗词，大都寓男女恋情，借以发挥。② 情愫：真心也。③ 劫数：佛家语，厄运、灾难也。

郑方坤（清912）一首

暖日初薰，惠风微扇▲[①]繁红开遍闲庭院▲一年好景数春三，如何春好人偏懒▲

香冷金猊，[②]尘封筝雁▲[③]花阴自向雕栏转▲沉沉帘幕镇长垂，[④]画堂误了归

来燕▲

注：① 惠风：和风。② 金猊：铜狮形香炉。猊，狻猊，狮子别称。③ 筝雁：谓筝柱之徽（即节）作雁形也。④ 镇：常日、整日。

王嵩（清 940）一首

曲径通幽，断堤回步▲[1]任随花柳东西去▲人家一带水光中，旧游记得曾来处▲

蝶趁游丝，莺梢落絮▲东风撩乱春无语▲半醒欲醉弄晴天，断云残雨相思路▲

注：① 回：迂回。

刘纶（清 946）一首　序：同里王荆堂采余诗意补城洼废寺图，因补此阕。

宰木丛边，[1]女墙缺处▲[2]原是旧刹无僧住▲[3]佛头野鸟一巢成，断幡惊舞秋风暮▲

大愿船留，[4]长明灯驻▲[5]泉台莫遣归魂误▲[6]土间重出定时钟，[7]三生乞与声闻路▲

注：① 宰木：即墓木。② 女墙：城堞。③ 刹：即寺。④ 大愿船：《净土文》："菩萨乘大愿船"，指普渡众生之船。⑤ 长明灯：神前所悬油灯，终年不熄。⑥ 泉台：阴间、地下。⑦ 此名谓埋没在土中时钟出土。

任曾贻（清 953）一首

絮影帘栊，[1]莺声门径▲相逢记得清明近▲画栏红袖许双凭，[2]东风也解撩人鬓▲

捣麝成尘，分莲作寸▲[3]春光已尽情难尽▲待将惆怅托宾鸿，[4]书成又怕无凭准▲

注：① 帘栊：有帘之窗。② 红袖：喻女郎。③ 莲：藕也。④ 惆怅：伤感；宾鸿：即鸿，古人以为雁能传书。

过春山（清 981）一首　题：游秦园。

寂寂帘栊，深深院宇▲碧桃花下闻人语▲闲情寻遍小栏杆，东风犹袅余香缕▲

酒外啼莺，鬓边飞絮▲夕阳山色愁如许▲游丝不解系春留，为谁偏逐香车去▲

沈彩（女）（清 1099）一首　题：调婢。

瀹茗分泉，[1]薰香添火▲些须小事安排妥▲相随学绣识之乎，[2]其余不许多言哆▲[3]

抛月先眠，折花迟躲▲从来未遣泥中坐▲若勾浪蝶惹游蜂，苗条笞汝休嗔我▲[4]

注：① 瀹茗：煮茶。② 之乎：之乎者也，喻识字。③ 哆：张口也。④ 苗条：小竹枝；笞：责打；嗔：怒也。

汪世泰（清 1135）一首

斗草初阑，[1]簸钱方倦▲[2]为谁悄步闲庭院▲帘垂银蒜静无人，[3]杏梁栖燕闻微叹▲

慵折檐花，故添炉篆▲[4]依依栏角回身缓▲怪他杨柳枉多情，低迷难把离魂绾▲[5]

注：① 斗草：古时妇女一种赌戏；阑：完、尽。② 簸钱：也是古时妇女一种赌戏。③ 银蒜：帘押也。④ 故：屡也；篆：香烟也。⑤ 绾：喻留住。

丁瀚（清 1139）一首　题：望雨。

瓦雀鸣春，窗鸡报晓▲卷帘薄雾笼幽草▲山家正在望甘霖，[1]鸠啼屋角听来好▲[2]

润叶愁微，沾枝恨小▲东风莫把浓云扫▲年光输与柳条多，依依不觉春将老▲

注：① 甘霖：雨之美称，即及时雨。② 鸠啼：天欲雨时鸠先啼。

沈光熙（清 1152）一首　题：踏青。

迟日园林，暖风帘户▲柔情不奈愁如许▲讨春消息禁烟时，一钩罗袜蘅皋路▲

倦蝶迷花，娇莺选树▲香风拂面人来去▲去年草色又今年，萋萋绿到销魂处▲

沈湘云（女）（清 1167）一首　题：送春。

恰恰莺啼，喃喃燕语▲商量欲倩东君住▲荼蘼架外草青青，绿阴如幄遮来处▲

小梦初醒，斜阳易暮▲微行悄步看他去▲一溪花瓣水声长，谁知即是春归路▲

毛茂清（清 1168）一首

闲里心情，病余诗酒▲匆匆寒食清明后▲柳丝无力绿低迷，花枝有恨红消瘦▲

春晚韶光，暖风吟袖▲炉烟不动湘帘昼▲夕阳天外乱山多，望中又是愁来候▲

刘嗣绾（清 1174）一首　题：柘塘春步。

拾翠天低，踏青路远▲横塘日日春人满▲红泥四面水中亭，绿阴三尺门前缆▲

午梦愁长，花风鬓短▲春游输与春归晚▲当时塘上笑行云，如今更比行云懒▲

马汾（清 1201）一首　题：苔。

色润鹦哥，文沿蝌蚪▲[1]冷清清地何人绣▲一番渐欲上阶来，闭门细雨今年又▲

屐齿留痕，[2]裙腰比瘦▲落花红点风吹后▲阿谁翡翠堕轻钗，碧云满径追寻久▲[3]

注：① 蝌蚪：蛙之幼体，喻字如蝌蚪形。② 屐齿：鞋齿。③ 碧云：喻绿苔。

周鹤立（清1228）一首　题：杨花，和金桐轩韵。

屋角低飞，廊腰细转▲重重帘幕春阴晚▲二分明月一分烟，都应揉作香痕软▲

风子魂销，[1]莺儿梦懒▲东西飘逐游丝绾▲如今流落向天涯，红墙便抵蓬山远▲[2]

注：① 风子：大蛱蝶也。② 此句谓红墙如隔仙山，难以飞越。红墙，喻闺楼。

施晋（清1254）一首

蝶困眠花，莺娇坐树▲东风帘外销魂处▲闲看淡影过秋千，日长深院团飞絮▲

槅展冰纹，[1]屏围翠羽▲炉烟袅尽沉檀炷▲[2]树头一抹敛微云，[3]明蟾逗破黄昏雨▲[4]

注：① 槅：窗也。② 沉檀：香名。③ 一抹：一带。④ 明蟾：明月。

庄盘珠（女）（清1268）二首　题：第一首，春柳。

第二首，青霄里舟中夜归即事。

（1）晓月离亭，[1]斜阳古渡▲有时遮断行人路▲桃花作伴过清明，谁家池馆藏烟雨▲[2]

拂岸千丝，索桥万缕▲影随流水何曾去▲笑他无计绾东风，[3]濛濛吹起漫江絮▲

注：① 离亭：即篱亭。② 池馆：花园。③ 绾：勾系，留住之意。

（2）待放兰桡，重过菊径▲人和凉月同扶病▲轻帆未挂恨行迟，挂时又怕西风劲▲

剪烛嫌频，推篷怯冷▲荒凉野岸三更近▲草梢露重寂无声，孤萤照见秋坟影▲

杨芸（女）（清1294）一首　题：息园。

窣地帘波，绿阴深处▲穿花燕子双飞去▲名园亭榭似江南，白蘋香近红桥路▲[3]

悄背东风，流光暗数▲旧愁新恨浑无据▲连朝细雨落还休，嫩晴屋角春鸠语▲

顾翎（女）（清1312）一首

似雨还晴，乍寒又暖▲困人天气多方换▲静垂帘幕怕东风，恐妨归燕还高卷▲

绕径红稀，沿阶绿浅▲游丝袅遍闲庭院▲怪他春去太无情，痴心拟请杨枝绾▲

冯如璋（清1317）一首　题：闻蝉。

篱落阴边，[1]村墟断处▲[2]数枝倚水无情树▲可怜薄暮欲何依，一声声唤斜阳住▲

吸雨餐霞，谈风说露▲绿榆门巷思前度▲行人去去不堪愁，江南七月吴门路▲[3]

注：① 篱落：篱笆。② 墟：集市。③ 吴门：江苏苏州。

诸廷槐（清 1351）一首

淡日阴阴，轻寒剪剪▲[1]芳郊草色和烟远▲涩苔侵遍旧回廊，[2]鹦笼玉锁都停唤▲[3]

垂柳栏杆，无人庭院▲倚帘吹弄杨花转▲海棠枝上欲黄昏，濛濛细雨双归燕▲

注：① 剪剪：轻寒貌。② 回廊：迂回之廊。③ 鹦笼玉锁：指上锁笼内之鹦鹉。

李贻德（清 1367）一首　题：闺情。

龟甲屏开，[1]虾须帘挂▲[2]重楼略款春光在▲[3]倭㚉镜侧写簪花，[4]画眉笔软难端楷▲[5]

醉蝶醒初，懒莺啼罢▲仙云朵朵缠香海▲歌完子夜问痴郎，[6]欢侬两字何如写▲

注：① 龟甲屏：龟甲纹屏风。② 虾须：即帘。③ 款：款留。④ 倭㚉：镜具；簪花：簪花格，书法之一。⑤ 端：端正；楷：楷书。⑥ 子夜：歌名；痴郎：对夫之昵称。

沈传桂（清 1429）一首　题：春尽作。

细绿迷鸦，疏红醉蝶▲一腔愁倩啼莺说▲东风吹泪过江城，黄昏细雨孤灯灭▲

中酒性情，[1]嫩寒时节▲踏青人又销魂别▲碧烟如梦不开门，门前千点梨花雪▲[2]

注：① 中酒：醉酒也，中字读去声。② 雪：白也，指梨花。

朱紫贵（清 1445）一首

竹影通帘，梅阴隔户▲池塘自碧春无主▲一窗午梦似杨花，和烟飞入红楼去▲

幕外莺啼，梁间燕语▲醒来笺得梨云句▲玉笙吹彻不胜寒，丝丝又下黄昏雨▲

袁绶（女）（清 1451）一首　题：春，寄汪静宜表姐。

香梦慵醒，[1]绿云倦绾▲[2]绮窗睡起晴光满▲垂杨才染几分黄，搓丝无力东风软▲

梁燕双飞，林莺乍啭▲虾须半卷闲庭院▲[3]画屏倚处暗思量，去年此日初

相见▲

注：① 慵：懒、倦也。② 绿云：发之美称；绾：梳。③ 虾须：帘。

戴珊（女）（清1490）一首

绣倦凭栏，槐阴正午▲榴花窗外飘红雨▲[①]闲将彩线绾离愁，[②]谁怜枉结同心缕▲

竹影摇凉，荷风拂暑▲年年此日偏羁旅▲[③]旧时飞燕到帘西，念愁欲对愁人语▲

注：① 红雨：指落花。② 绾：勾系。③ 羁旅：旅居他乡。

沈善宝（女）（清1498）一首　题：题蛱蝶图。

花落花开，春长春短▲游丝袅袅东风软▲美人独立正无聊，往来凤子情偏眷▲[①]

芳草神迷，海棠梦暖▲乱红如雨挥罗扇▲[②]愁他化作彩云归，却教飞入鹅溪绢▲[③]

注：① 凤子：大蛱蝶。② 乱红：落花。③ 鹅溪：地名，在四川盐亭县西北八十华里，其地产绢，唐时已列为贡品。

赵我佩（女）（清1577）一首　题：春草。

径绕苔花，庭飞柳絮▲池塘寂寞清明雨▲西园蝴蝶故依依，东风吹梦来何处▲

别浦魂销，画楼人伫▲离愁三月长亭路▲经年绿遍旧城根，萋萋又送王孙去▲

张曜孙（清1564）一首

一年花开，一番风换▲落红吹遍闲庭院▲[①]流莺不解惜芳菲，[②]飞飞频触金铃颤▲[③]

摘阮心慵，[④]簸钱意懒▲[⑤]恹恹长昼如何遣▲[⑥]无言独倚玉栏杆，[⑦]看他似雪杨花卷▲

注：① 落红：落花。② 芳菲：指花草。③ 金铃：护花之铃。④ 阮：乐器名。⑤ 簸钱：少女一种赌戏。⑥ 遣：遣送。⑦ 玉栏杆：白石栏杆。

许光清（清1578）一首　题：题费子苕背立美人双燕扇。

芳草初齐，斜阳欲暮▲妆成一段寻香路▲衔花双燕正来时，踏青未怕罗裙污▲

弹柳纤腰，[①]回莲细步▲[②]佳人太惜倾城顾▲[③]只应回首易春归，等闲不受东风误▲[④]

注：① 弹柳：垂柳，喻细腰。② 回莲：迂回莲步。莲，金莲，喻小足。③ 佳人：即美人；倾城：喻貌美；顾：回头看。④ 等闲：平常。

丁致龢(清1590)一首

屩碧捞虾,[①]篝青伺蟹▲[②]一声红杏邻东卖▲春迟风雪灞桥深,[③]凤靴犹记人挑菜▲

火冷饧香,[④]花羞鬓改▲新来草色生书带▲[⑤]脱裘沽酒问旗亭,[⑥]吟衫三月余寒在▲

注：① 屩：草鞋也。② 篝：笼也,指装蟹笼篓。③ 灞桥：在陕西西安。④ 饧:饴糖。⑤ 书带：草名,长尺余,叶如韭。⑥ 旗亭：指酒店。

方骏谟(清1638)一首　题：寄三舍弟。

露冷空庭,沙迷远浦▲迢遥目断江乡路▲晓来风雨锁重闱,只凭巢燕深深护▲

泪滴琴尊,愁传尺素▲不堪往事从头数▲东风不驻好春过,落花检点藏幽处▲

金楷(清1644)一首　题：和梅玉屏先生韵。

午梦初回,春愁仍驻▲相思没个安排处▲玉箫吹落隔帘花,送愁不去将春去▲

红满蜂房,翠迷蝶路▲燕儿也作伤春语▲东风偏不解人愁,一天飞絮濛濛雨▲

蒋春霖(清1651)一首　题：癸丑(1853年)三月赋。

叠砌苔深,遮窗松密▲无人小院纤尘隔▲斜阳双燕欲归来,卷帘错放杨花入▲

蝶怨香迟,莺嫌语涩▲老红吹尽春无力▲东风一夜转平芜,可怜愁满江南北▲

陈嘉(女)(清1697)一首　题：花朝。[①]

芳草侵阶,落花辞树▲韶光一半随流去▲[②]杏饧门巷又清明,[③]踏青试约邻家女▲

旅燕初归,流莺欲语▲垂杨绿遍闲庭宇▲二分春色一分阴,一分不定晴和雨▲

注：① 花朝：俗称百花生日,在农历二月十二日。② 韶光：春光。③ 饧：即饴糖,古代清明前后多卖饧者。

胡薇元(清1821)一首

瓜蔓波长,枣花香罢▲踏歌初过栾公社▲[①]陂塘三十六鸳鸯,[②]冰纹笛簟凉如泻▲[③]

取次相招,[④]纱幮曲榭▲江南词客增声价▲阿谁有得此缠绵,暮云落照青山下▲

注：① 栾公社：《汉书·栾布传》"布以功封燕相,燕齐之间,皆为立社,号栾公社。"② 陂塘：即池塘。③ 笛簟：竹席。④ 取次：次第。

陶炳吉(清1828)一首　题：自题美人荡舟采菱图。

浅碧垂条,乱丝飞絮▲新凉恰好才过雨▲小桥一带种莲花,莲花深处侬家住▲

十里银塘，几重香雾▲歌声宛转轻舟渡▲芙蕖采罢夕阳斜，笑呼姐妹同归去▲

劳纺（女）（清 1883）三首　题：第一首，春日偶步园中忆姐妹。
第二首，春暮，怀三妹致文。
第三首，庚子兵戈起，滞留于鲁，时在曲阜孔氏。

（1）细草侵阶，疏藤碍路▲重重遮断苔深处▲晓风吹绵不知寒，浓芳满院春如许▲①

烂漫韶光，②凄凉情绪▲天涯雁影分难聚▲无聊幽境且徘徊，露花数点廉纤雨▲③

注：① 如许：如此。② 韶光：春光。③ 廉纤雨：微雨。

（2）草色青肥，杨丝绿瘦▲落花飞絮重三后▲①风风雨雨送余春，海棠枝上残红有▲

芳事阑珊，②愁心僝僽▲花开明岁知归否▲伤春惜别几番经，别离不似今番久▲

注：① 重三：农历三月初三。② 芳事：春事；阑珊：衰残，指春暮。

（3）玉露才临，金风乍起▲萧萧爽籁疏林里▲轻云澹日嫩初晴，数番雨后苔盈砌▲

榴实垂丹，竹花凝翠▲闲庭已觉生秋意▲匆匆佳节闷中过，无心乞巧陈瓜李▲

罗振常（清 1912）一首

月殿遥开，风帘半卷▲停针斜倚人初倦▲洛阳此日对门居，①楼高赢得朝朝见▲

鬟影云轻，②眉痕黛浅▲回头不觉宫花颤▲相逢便去似无情，谁教惯露芙蓉面▲

注：① 此句套用王维《洛阳女儿行》“洛阳女儿对门居”诗句。② 云：喻发。

钟毓龙（现当 10）一首　题：怀归。　注：1944 年作。

听到茶歌，春光已老▲柳绵飘处青萍小▲①西湖风景近如何，②青青仍否长堤袅▲③

乡思沉沉，归期杳杳▲何时重见雷峰照▲④登高几度觅归途，漫天尽是车前草▲⑤

注：① 柳绵：柳絮。② 西湖：杭州名湖。③ 青青：指柳丝。④ 雷峰：塔名，雷峰夕照，为西湖十景之一。塔毁于 1924 年。⑤ 车前草：草名，可

入药。

庄一拂（现当 53）一首

除夕惊雷，元宵骤雨▲村村尽在迷濛处▲费人斟酌是春寒，一年生计从头数▲

空谷风号，穷天草舞▲长红小白凭谁据▲但知踏橇作泥行，亡羊得鹿俱无补▲

许白凤（现当 58）二首　题：第一首，春郊。

第二首，九日酒次。　注：两首均作于 1964 年。

（1）燕子乍归，杏花微透▲一年又是春时候▲东君着衣暖人心，[1]迎风鼓舞株株柳▲

水电遥飞，渠流竞奏▲田头万绿添新绣▲未来景物更多娇，相思不已拈红豆▲[2]

注：① 东君：司春之神。② 红豆：又名相思子。

（2）佳节重阳，老晴天气▲一钩帘幕诗千里▲碧湖红稻鲤鱼肥，棉田雪浪岷山霁▲[1]

香积盘餐，温存衣被▲拙妻早熟心头计▲[2]黄昏情话举深杯，尖团掰破秋滋味▲[3]

注：① 岷山：山名，在四川松潘县。② 拙妻：妻之谦称。③ 尖团：指蟹，尖脐为雄，团脐为雌。

车乘轨（现当 86）二首　题：第一首，王江泾踏青。[1]　注：2000 年 3 月 25 日作。

第二首：贺嘉兴玉茗曲社成立，次韵徐天佑先生。

注：2010 年 5 月 2 日作。

第三首，范蠡湖公园赏桂。　注：2010 年 10 月 3 日作。

（1）细软风吹，柔和日照▲柳眼舒展晴光好▲早春三月踏青时，王江泾镇萋萋草▲

一宿庵前，[2]长虹桥杪▲[3]公园构筑亭和沼▲老街一里店还存，[4]枕河房舍江南貌▲

注：① 王江泾：镇名，在嘉兴城北十七公里。② 一宿庵：古庵名，传乾隆帝游王江泾，曾在此庵住宿一夜，故名，庵在镇东运河边长虹桥西堍。③ 长虹桥：始建于明万历年间，横跨大运河，全长 72.8 米，桥面宽 4.9 米。三孔，中孔净跨 16.2 米，水平面至桥顶高约 18.8 米，为江南著名古桥。④ 老街：名一里街，全长一华里。

（2）梁燕呢喃，流莺舌细▲清和时节杨花坠▲范园有幸聚名流，[1]昆幽笛雅声

声醉▲

玉茗重来，[2]兴工再试▲[3]游园寄子闲情寄▲[4]仙音古曲永相传，幽兰又向禾城媚▲

注：① 范园：范蠡湖公园。② 玉茗：为昆曲泰斗汤显祖堂名。③ 兴工：嘉兴昆腔唱工。④《游园》、《寄子》：皆昆曲经典折子。

（3）时节中秋，金风拂透▲[1]木犀又是繁荣候▲[2]今年偏遇妒吴刚，[3]滞迟桂子人间溜▲[4]

长空拖兰，园林铺绣▲香风阵阵向人逗▲灿黄金粟缀枝头，[5]欢生愁去忘归嗅▲

注：① 金风：秋风。② 木犀：桂花别名。③ 吴刚：传说中月宫伐桂者；妒：借喻今年桂花迟放。④ 桂子：桂花别名。⑤ 金粟：桂花别名。

李宗宝（现当 112）一首　题：春游。[1]

丽日迟迟，黄莺呖呖▲绿杨阴里芳菲地▲茸茸细草碧连天，亭亭翠柏当风立▲

淡淡幽情，融融野趣▲凝眸似入丹青里▲粼粼春水绕孤村，轻舟欸乃花间去▲

注：① 此词用韵较宽，作宽叶。

何瑞澄（女）（现当 160）一首　题：青山恋。

烟雨迷濛，群峰隐现▲轻纱半掩桃花面▲飘飘玉带笑迎人，依稀往日曾相见▲

神采犹存，丰姿未变▲悠悠江水牵情远▲天涯归客自凝思，千秋留下青山恋▲

杜岳（现当 177）一首　题：春游。

燕剪微云，莺啼弱柳▲横空翠绕千山秀▲眼前景物尽玲珑，写真何用丹青手▲

大地花开，园林锦绣▲桃红李白香初透▲宽怀纵目踏青行，盎然春意浓于酒▲

郭名扬（现当 204）一首　题：山居晚晴。

丘林蔓草，溪畔娇花△飘红摇绿倩影斜△篱边翠竹映桃李，蓬间青藿共桑麻△

残云横空，夕阳西下▲[2]牧童归迟踏寒沙△落照溟濛鸡声晚，暮霭烟霞绕农家△

注：① 此词平仄声通叶，与其他作家用仄声韵不同，因仅此一首，不再分体。
② 下：此字不叶韵，作宽叶。

张淑芝（女）（现当 239）一首　题：觅春。

芳草如茵，繁花妩媚▲柳丝摇曳千枝翠▲蝴蝶飞舞恋春光，春光万种撩人醉▲

颜面桃花，青春华岁▲伊人为我心儿碎▲暮春归去觅无踪，花流刻骨相思泪▲

乐本金（现当251）一首　题：春耕。

油菜翻金，柳枝舞翠▲田畴霞染春光媚▲车肥担料竞穿梭，铁牛奔跑人声沸▲

村里鸡鸣，河边笛脆▲炊烟袅袅斜阳坠▲村姑招手喊哥回，笑容减我三分累▲

徐天佑（现当252）一首　题：步黄浴宇先生《玉茗曲社》原韵，以贺曲社成立。

旧梦魂牵，小园雨细▲多情更怕春红坠▲悠悠昆笛绕长天，鸳鸯湖畔人痴醉▲①

玉茗莺啼，②临川曲试▲③百年余韵凭谁寄▲东风着意暗香来，幽兰还向知音媚▲④

注：① 鸳鸯湖：嘉兴南湖别名。② 玉茗：嘉兴曲社名，亦词学泰斗汤显祖堂名。③ 临川：汤显祖家乡。④ 幽兰：昆曲美称。

五十八字　临江仙（又名庭院深深）　第一体，前后段起句六字，不叶韵。第四句五字。

晏几道（宋71）二首

（1）长爱碧栏杆影，芙蓉秋水开时△脸红凝露学娇啼△霞觞薰冷艳，①云髻袅纤枝△②

烟雨依前时候，霜丛如旧芳菲△与谁同醉采香归△去年花下客，今似蝶分飞△

注：① 霞觞：美酒；冷艳：喻面色。② 云髻：发髻。

（2）浅浅余寒春半，雪消蕙草初长△①烟迷柳岸旧池塘△风吹梅蕊闭，雨细杏花香△

月坠枝头欢意，从前虚梦高唐△②觉来何处放思量△如今不是梦，真个到伊行△③

注：① 蕙草：香草。② 高唐：宋玉有《高唐赋》叙楚襄王梦会神女故事。③ 伊行：指妇女。

陈师道（宋122）一首

曲巷斜街信马，①小桥流水谁家△浅妆深态倚门斜△只缘些子意，②消得百般夸△

粉面初生明月，酒容欲退朝霞△春风还醉染霜华△肯持鸳鸯被，③来伴杜陵花△④

注：① 信马：任马而行。② 些子：一点点。③ 鸳鸯被：合欢被。④ 杜陵：汉宣帝陵墓，在长安乐游原，为游乐胜地。

陆游(宋 330)一首　题：离果州作。①

鸠雨催成新绿，②燕泥收尽残红△③春光还与美人同△论心空眷眷，分袂却匆匆△④

只道真情易写，那知怨句难工△⑤水流云散各西东△半廊花院月，一帽柳桥风△

注：① 果州：古城在今四川南充县北。② 鸠雨：下雨则鸠鸣。③ 燕泥：燕衔泥筑巢。④ 分袂：分手。袂，衣袖也。⑤ 工：完善。

赵长卿(宋 389)二首

(1) 帘幕清风洒洒，①园林绿荫垂垂△楝花开遍麦秋时△②雨深芳草渡，蝴蝶正慵飞△

憔悴三春心事，风流一弄金衣△③韶光老尽起深思△④日长庭院里，徙倚听催归△⑤

注：① 洒洒：连绵不绝貌。② 楝花：谷雨后开花；麦秋：指农历五月，对麦来说，已成熟如稻秋收。③ 金衣：即黄莺。④ 韶光：春光。⑤ 徙倚：低徊也。

(2) 春事犹余十日，吴蚕早已三眠△①多情忍对落花前△②荼蘼飘暖雪，③荷叶媚晴天△

香淡无心浸酒，绿浮可意邀船△④时光堪恨也堪怜△单衣三月暮，歌扇一番圆△

注：① 三眠：蚕要经三眠(即不食不动)才作茧。② 忍对：怎忍相对。③ 雪：指白花。④ 绿浮：指荷叶浮于水面。

刘过(宋 411)一首　题：四景之夏、秋。

半雨半晴模样，乍寒乍暖天时△榴花香逐湿风飞△绿云翻碧浪，水急转前溪△①

谁知清凉意思，珊瑚枕冷先知△秋光预若借些儿△剩催金粟闹，②素魄好扬辉△③

注：① 前段指夏景。② 金粟：桂花别名。③ 素魄：喻皓月；后段指秋景。

史达祖(宋 424)一首

草脚青回细腻，①柳梢绿转条苗△②旧友重到合魂销△棹过春水渡，③人凭赤栏桥△④

归梦有时曾见，新愁未肯相饶△酒香红被夜迢迢△⑤莫教无用月，来照可

怜宵△

注：① 草脚：草根。② 条苗：即苗条，因用韵而颠倒，婀娜也。③ 棹：船桨。④ 赤栏：红色栏杆。⑤ 迢迢：长远。

赵溍（宋 575）一首

堤曲朱桥近远，山明碧瓦高低△好风二十四归期△[①]骄骢穿柳去，文鹢挟春飞△[②]

箫鼓晴雷殷殷，[③]笑歌香雾霏霏△闲情不受酒禁持△断桥无立处，斜日欲归时△

注：① 好风二十四：指春季二十四番花信风，每番五天，有一花应之。② 鹢：古诗词中一种水鸟，多画于船头。③ 雷：喻鼓声；殷殷：盛貌。

王立道（明 189）一首

桃李三春风景，弦歌百里人家△鸣琴欲了日初斜△一官清似水，无事早休衙△

天际舟横野渡，[①]雨余人种桑麻△使君美政总堪夸△恰如春有脚，[②]行处满城花△

注：① 天际：天边。② 春有脚：称颂使官德政。典出五代王仁裕《开元天宝遗事》，言唐宰相宋璟"看民恤物，朝野归美，时人咸谓璟为有脚阳春，言所至之处，如阳春煦物也。"

方汝浩（明 620）一首　题意：《禅真逸史》第五回，咏黎赛玉。

宝髻斜飞珠凤，[①]冰肌薄衬罗裳△风来暗度麝兰芳△缓移莲步稳，[②]笑语玉生香△[③]

微露弓鞋纤小，[④]轻携彩袖飘扬△天然风韵胜王嫱△[⑤]秋波频盼处，佛老也心狂△

注：① 珠凤：指发上珠凤钗。② 莲：金莲，喻小足。③ 玉：指肌肤。④ 弓鞋：弓形小足鞋。⑤ 王嫱：古代四大美人之一王昭君。

朱彝尊（清 288）三首　题：第一首，人日访汪苕文户部，往尧峰山庄不值。[①]

（1）苦忆苕华书屋，别来几度相招△冲泥江郭不辞遥△[②]尧峰春最好，[③]人日酒先挑△[④]

想见青鞋踏处，梅花开遍烟条△东风溪上雪初消△落帆光福寺，[⑤]吹笛虎山桥△[⑥]

注：① 不值：没有遇见。② 冲泥：踏泥。③ 尧峰：山庄名。④ 人日：正月初七。⑤ 光福寺：在苏州光福镇。⑥ 虎山桥：在光福镇。

（2）药甲齐开更敛，①柳绵欲起还沉△②一春闲望费愁吟△酒旗风着力，花事雨惊心△

巷窄猧儿不吠，③楼高燕子难寻△重炉小篆叠重衾△④绿阴犹未满，庭院已深深△

注：① 药：芍药；甲：萌芽。② 柳绵：柳絮。③ 猧：即犬。④ 篆：篆烟，曲折之烟；重衾：两层被子。

（3）隔水濛濛细雨，绕楼短短垂杨△春寒过尽郁金堂△①珍珠帘又卷，帘下试新妆△

金钿双安翡翠，②罗裙宜贴鸳鸯△风摇衣影步生香△舞随飞燕后，梦着落花旁△

注：① 郁金堂：喻华丽之堂。② 钿：首饰；翡翠：鸟名。

爱新觉罗·玄烨（清 691）一首　题：自镇江之江宁。①

一路江边烟景，千般莺哓园林△②夕阳小屋暂容身△松风清习气，麦浪得甘霖△③

夹岸渔歌唱晚，临流按谱行吟△④肩舆遥指石榴阴△⑤怡情援笔录，⑥危坐待知音△

注：① 之：即至；江宁：今南京。② 哓：乱鸣。③ 甘霖：雨之美称。④ 临流：临水。⑤ 肩舆：肩抬轿子。⑥ 援笔录：取笔纪录。

古吴墨浪子（清 854）一首　题意：《西湖佳话》第六卷《西泠韵迹》，咏苏小小油壁车。

毡裹绿云作壁，幔垂白月为门△雕兰凿桂以为轮△舟行非桨力，马走没蹄痕△

望影花娇柳媚，闻声玉软香温△不须窥见已销魂△朝朝松下路，夜夜水边村△

沈清瑞（清 1444）一首

暗水似随镜湿，晚凉却傍衣生△小楼今夜起秋声△星光钗外动，月艳脸边横△

设果庭中私语，结璘案下低盟△①佩声烛影已三更△沉香烟底坐，双髻笑吹笙△

注：① 结璘：《上清紫文》"璘奔月之仙"。喻月光。

李福（清 1264）一首

夜雨着枝红湿，东风卷地香稠△好春无计可攀留△桃花三月浪，杨柳几家楼△

心绪百般懊恼，情怀一味温柔△待吟冷句倩谁酬△①画梁新旧燕，细语浅深愁△

注：① 冷句：冷僻诗句；酬：酬答，即和诗。

车乘轨（现当88）一首　题：被判"死刑"顽症复活记。　注：2010年8月30日作。

一霎遭患脑梗，[①]半身受难疯瘫△医师早早发危言△半年康复限，期外定型残△

限内治瘳无效，[②]期外锻炼难痊△改吞松粉试冲关△惊看奇迹现，喜见趾头牵△

注：① 脑梗：作者妻于2009年5月4日突患脑梗塞。② 治瘳：即治愈。

李幸（现当207）一首　题：湖乡风韵。

水气升腾初夏，犹闻阵阵馨香△荷珠凝聚叶中央△晶莹光闪烁，云净映青阳△

浅底游鳞穿过，飞来白鹭头昂△晚归姑唱嫂帮腔△黄梅新曲调，湖上风韵扬△

钱世明（现当233）一首　题：己未（1979年）。

山下牡丹迎日，湖边杨柳招风△任他春去悄无踪△湖山一片绿，花面两般红△[①]

微喘娇嗔级陡，[②]理簪偷照波融△忽然我傲乐天翁△[③]傍泉樊素影，[④]牵竹小蛮容△[⑤]

注：① 面：指人面，套用崔护"人面桃花相映红"诗句。② 级：指石级。③ 乐天：白居易号。④ 樊素：唐妓名，善歌。⑤ 小蛮：白居易家妓，善舞。

五十八字　临江仙　第二体，同第一体，但上、下段起句均七字，多一字，第四句四字，少一字。

鹿虔扆（五代十国13）一首　题：宫词。

金琐重门荒苑静，[①]绮窗愁对秋空△翠华一去寂无踪△[②]玉楼歌吹，声断已随风△

烟月不知人事改，夜阑还照深宫△[③]藕花相向野塘中△暗伤亡国，[④]清露泣香红△

注：① 金琐重门：喻华丽宫门。② 翠华：帝王仪仗队。③ 夜阑：夜残。④ 亡国：指后蜀帝孟昶在宋乾德三年（965年）降宋，国亡。

尹鹗（五代十国18）一首

一番荷芰生池沼，[①]槛前风送馨香△昔年于此伴萧娘△[②]相偎伫立，[③]牵惹伴衷肠△

时逞香容无限态，还如菡萏争芳△[④]别来虚遣思悠扬△慵窥往事，金锁小兰房△

注：① 芰：原指菱，但古诗词中多作荷解；池沼：圆池曰池，曲池称沼。

② 萧娘：妇女泛称。③ 伫立：久立。④ 菡萏：荷花别名。

毛熙震（五代十国 23）二首

（1）南齐天子宠婵娟，①六宫罗绮三千△②潘妃娇艳独芳妍△③椒房兰洞，④云雨降神仙△

纵态迷欢心不足，风流可惜当年△纤腰婉约步金莲△⑤妖妃倾国，犹自至今传△

注：① 南齐天子：指东昏侯；婵娟：美女也。② 罗绮：指宫女。③ 潘妃：东昏侯妃潘玉儿。④ 椒房：后妃居所。⑤ 步金莲：东昏侯凿地为莲花，令潘妃行于上，曰：步步生莲花。

（2）幽闺欲曙闻莺啭，①红窗月影微明△好风频谢落花声△隔帏残烛，犹照绮屏筝△

绣被锦茵眠玉暖，②炷香斜袅烟轻△澹蛾羞敛不胜情△暗思闲梦，何处逐云行△

注：① 莺啭：莺啼。② 眠玉：睡着美人。

孙光宪（五代十国 24）一首

暮雨凄凄深院闭，灯前凝坐初更△玉钗低压鬓云横△①半垂罗幕，相映烛光明△

终是有心投汉佩，②低头但理秦筝△③燕双鸾偶不胜情△只愁明发，④将逐楚云行△

注：① 鬓云：鬓发。② 汉佩：郑交甫在汉皋台下遇二女佩两珠，二女解佩与之。见《列仙传》。③ 秦筝：即筝，因筝系秦人始造。④ 明发：天亮也。见《诗小苑》。

冯延巳（五代十国 26）一首

南国池馆花如雪，①小塘春水涟漪△夕阳楼上绣帘垂△酒醒无寐，独自倚栏时△

绿杨风静凝闲恨，千言万语黄鹂△旧欢前事杳难追△高唐暮雨，②空只觉相思△③

注：① 池馆：指花园。② 高唐：宋玉《高唐赋》，叙楚襄王梦会神女故事。③ 只：指单独，非双。

李煜（五代十国 34）一首

樱桃落尽春归去，蝶翻金粉双飞△子规啼月小楼西△画帘珠箔，惆怅卷金泥△

门巷寂寥人去后，望残烟草低迷△炉香闲袅凤凰儿△空持罗带，回首恨依依△

欧阳修（宋33）一首

柳外轻雷池上雨，雨声滴碎荷声△小楼西角断虹明△栏杆倚处，待得月华生△[1]

燕子飞来窥画栋，玉钩垂下帘旌△[2]凉波不动簟纹平△[3]水精双枕，[4]傍有堕钗横△

注：① 月华：月光。② 帘旌：如旗帘子。③ 簟：席子。④ 水精：即水晶。

谢逸（宋144）一首　题：重九。[1]

水落江寒秋色晚，飕飕吹帽风轻△丹枫楼外捣衣声△[2]登高怀远，山影雁边横△

露染宫黄庭菊浅，茱萸烟拂红轻△[3]尊前谁整醉冠倾△[4]酒香熏脸，落日断霞明△

注：① 重九：九月九日，即重阳节。② 丹枫：时枫叶已红。③ 茱萸：重阳日登高插茱萸。④ 尊：指酒杯；冠倾：用落帽典。

许庭（宋162）一首　题：柳。

不见昭阳宫内柳，[1]黄金齐撚轻柔△东君昨夜到皇州△[2]玉阶金井，无处不风流△

怅望翠华春欲暮，[3]六宫都锁春愁△暖风吹动绣帘钩△飞花委地，[4]时转玉香球△

注：① 昭阳：宫名，皇后寝宫。② 东君：司春之神；皇州：京城，指汴京（今河南开封）。③ 翠华：帝王仪仗队，喻皇帝。④ 委地：弃地。

李光（宋175）一首　题：甲子（1144年）中秋微雨，闻施君家宴，戏赠。

画栋朱楼凌缥缈，[1]全家住在层城△[2]中秋风露助凄清△香凝燕寝，遮莫下帘旌△[3]

佳节喜逢今夕月，后房重按新声△[4]姮娥端解护娉婷△[5]微云点缀，不放十分明△

注：① 缥缈：高远貌。② 层楼：高楼。③ 遮莫：莫要。④ 新声：新词曲。⑤ 姮娥：即嫦娥；娉婷：指美人。

刘光祖（宋373）一首　题：春思。

小院回廊春寂寂，晚来独自闲行△画帘东畔碧云生△也知无雨，空滴枕边声△

一簇小桃开又落，低头拾取红英△[1]东风相送忘相迎△梨花寒食，[2]到得锦

官城△③

注：① 红英：红花。② 寒食：古节日名。③ 锦官：成都别称。

毛宪(明 112)一首　题：柳词。

不见汶阳阡上柳，①春深浓翠轻柔△千条万条倚村头△熏风逐絮，②飞舞解人愁△

年去年来如旧也，绿阴掩映清流△③田夫野老傍追游△韶华无限，④人生在罗浮△⑤

注：① 汶阳：地名，故城在山东宁阳县北；阡：阡陌，田间小路也。② 熏风：东南风。③ 掩映：忽隐忽现。④ 韶华：春光。⑤ 罗浮：山名，在广东增城，喻仙境。

陈霆(明 131)二首

(1) 落尽樱桃春事浅，小园蜂蝶依依△子规啼罢日沉西△①曲屏向晓，残烛泪空垂△

楼外绿芜千里道，②长亭过骑频嘶△③一春无信慰相思△重门寂寞，风雨过花时△

注：① 子规：即杜鹃。② 芜：乱草。③ 长亭：十里一亭为长亭。

(2) 不见西湖堤畔柳，弄晴十里依依△暖风吹动绿烟丝△似同苏小，①双舞斗腰肢△②

忆昔六桥经凤辇，③花飞欲暗龙池△④画船维处恣游嬉△⑤斜阳烟霭，谁管断肠时△

注：① 苏小：南齐名妓苏小小，住杭州西湖西泠桥堍。② 腰肢：以柳喻细腰。③ 凤辇：后妃乘车。④ 龙池：皇宫池塘。⑤ 维：停泊舟船。

吴子孝(明 162)二首

(1) 乍暖小园开晚宴，单衣初试轻罗△蝶慵蜂懒落花多△珠帘半卷，微月映清波△

云淡烟浓池岛静，梧桐影落高柯△①共瞻霖雨洒松萝△②望穷碧霄，③谁为挽银河△

注：① 柯：树枝。② 霖雨：久下不停之雨。③ 望穷：望至极点；碧霄：即天。

(2) 芳草满庭浑似罽，①鹊来竞报欢声△垂杨雨后绿尤明△湘帘试卷，②风细

晚凉生△

深巷地幽人不到，门前空植双旌△[3]小池鱼静玉波平△朱栏闲凭，天外夏云横△

注：① 罽：毛毡类物品。② 湘帘：斑竹帘。③ 旌：旗也，古代高官宅前竖有旗杆，以示荣耀。

查维宏（明591）一首

庭院深深愁几许，落花妒杀东风△天涯人远思无穷△绿窗梦觉，扶起玉钗松△

漫忆当年行乐处，而今酒懒诗慵△卷帘悄步曲廊东△恼人燕子，飞舞夕阳中△

王枢（清67）一首　题：月夜闻笙。

月照纱㡡明似雪，[1]柳梢暗坠流萤△青团扇子扑还停△玉阶风细，枕簟嫩凉生△[2]

扶倦欲眠眠不得，谁家楼上吹笙△苍苔点点露痕凝△栏杆倚处，楼角看移星△

注：① 纱㡡：纱床帐。② 枕簟：枕席。

金镇（清144）一首　题：寄汪蛟门舍人。[1]

碧玉栏杆花影重，峭风移过帘旌△[2]绿遮庭院少人行△琼楼春远，纤指按秦筝△[3]

手把道书慵自起，[4]暗来小阁闲凭△画图心事忒分明△苍苔红药，[5]仙梦记曾经△

注：① 汪蛟门：即汪懋麟，见《词人小传》；舍人：官名，指内阁中书。② 帘旌：如旗之帘。③ 秦筝：即筝，因筝系秦人所造。④ 把：持也。⑤ 红药：花名，即芍药。

柴静仪（女）（清187）一首　题：孙暮砧小影。

绣阁美人初睡起，玉炉香麝微熏△[1]凝娇才着翠罗裙△重重珠幔，[2]何处不氤氲△[3]

懒唤双鬟同斗草，[4]闲来悄步芳茵△桃花万朵照红云△无端风雨，狼藉夜来馨△[5]

注：① 香麝：本麝香，因用韵而颠倒。② 幔：屋内帐幕。③ 氤氲：烟云弥漫。④ 双鬟：指婢女。⑤ 夜来馨：夜来香，草名。

陆进（清198）一首　题：登韬光庵感旧。[1]

记得当年曾坐此，于今三十三年△重来徙倚小楼前△[2]青山如旧，蔓草锁寒烟△

古寺荒凉风景异，老僧虽在颓然△③流光荏苒鬓毛斑△斜阳影里，寂寞杖藜还△④

注：① 韬光庵：在杭州北高峰上。② 徙倚：低徊。③ 颓然：颓唐，即精神不振。④ 杖藜：扶着拐杖。

徐嘉炎（清345）一首　题：春夜。

榆钱轻薄苔钱嫩，①因何买住春光△朱楼人倦倚残妆△空余纤手，闲自绣鸳鸯△

踏碎帘前花底月，罗衫绕遍回廊△②谁家飞梦过东墙△盈盈楼上，十五嫁王昌△③

注：① 榆钱：即榆荚，因其初生似钱；苔钱：即苔。② 罗衫：喻人。③ 王昌：据《襄阳耆旧传》王昌官散骑常侍，姿仪俊美。唐人王维、李商隐等诗中多用之。

顾衡（清464）一首　题：邗沟泛舟，自红桥至蜀冈。①

绕郭芳堤摇碧柳，红桥画阁临流△满湖箫管日悠悠△约来女伴，都上木兰舟△

谁道江南山色好，不如此地淹留△三分明月是扬州△玉钩斜处，②指点蜀冈头△

注：① 邗沟：连接长江与淮河的古运河；红桥：扬州名胜；蜀冈：扬州地名。② 玉钩斜：扬州地名。

邓裴（清549）一首　题：友人属和资溪诸景，①为赋东华朝霁。

宿雨初收鸡唱晓，②帘栊晴晃朝霞△③三峰霁色见东华△④日高烟敛，飞翠落檐牙△⑤

滑滑春禽啼未歇，⑥春山春树周遮△枳篱门巷小桃花△⑦寻芳人早，连袂过西家△⑧

注：① 资溪：江西县名。② 宿雨：夜雨。③ 帘栊：有帘之窗。④ 霁色：雨过天晴景色。⑤ 檐牙：檐际翘出如牙的部分。⑥ 滑滑：鸟声。⑦ 枳篱：枳编篱笆。枳，落叶灌木，可入药。⑧ 连袂：连袖，接连也。

汪森（清669）一首

长忆里湖芳草畔，①春波曾泛仙槎△②轻衫肌雪透冰纱△③闲停双桨，看杀并头花△④

一瞬韶光容易过，谁怜锦瑟年华△⑤鸳鸯十二浴晴沙△东风依旧，何处觅香车△

注：① 里湖：指杭州西湖北部。② 仙槎：舟之美称。③ 肌雪：雪白肌肤。④ 并头花：一茎生两朵花。⑤ 锦瑟年华：喻妙龄。

侯晰（清690）一首

红药开残惊绿暗，[①]斗茶深院清幽△呢喃双燕语风柔△蝶酣人困，慵自整熏篝△[②]

宿醉未消香梦醒，[③]倚栏闲看梳头△一帘梅雨似新秋△[④]菱花影里，[⑤]斟酌远山愁△[⑥]

注：① 药：指芍药。② 慵：困倦，懒得动。③ 宿醉：隔夜醉酒。④ 梅雨：黄梅成熟时雨。⑤ 菱花：指镜。⑥ 斟酌：考虑；远山：喻眉峰。

施世纶（清754）一首　题：真州△[①]

几树斜阳堤上柳，柳阴下泊孤舟△江云带雨过沙洲△暮山点里，不是六朝秋△

立马渡边风又急，嬲人犹在真州△花枝烂漫酒家楼△疏帘倚遍，听彻采菱讴△

注：① 真州：即今江苏仪征。

张令仪（女）（清831）二首　题：第一首，晚秋月夜。
第二首，己亥（1719年）清明。　注：调名原作庭院深深。

（1）树残不碍当楼月，清光直射疏帘△霜风落叶报秋严△都将愁思，推上两眉尖△

时节不怜衣袖薄，峭寒偏向人添△栖鸦恻恻绕穷檐△[①]高枝宿尽，啼杀夜如年△

注：① 穷檐：茅屋。

（2）前岁清明游兴畅，扁舟西子湖头△[①]六桥烟景望中收△[②]极天歌吹，金粉簇层楼△[③]

今岁石门酬令节，[④]山光树色清幽△暖风轻扬钩丝柔△桃花流水，别自有丹丘△[⑤]

注：① 西子湖：即杭州西湖。② 六桥：西湖苏堤上有六座桥。③ 金粉：喻妇女。④ 石门：清时县名，今为浙江桐乡之镇。⑤ 丹丘：海外神仙境地，昼夜长明。

顾奎光（清965）一首　题：沅州道中。[①]

草绿湖南春色好，桃花红映梨花△江流曲曲抱村斜△半坡侧岸，随意两三家△

试问高城华馆里，何如鸡犬桑麻△纵殊迁客去长沙△[②]池鱼笼鸟，薄宦负

韶华△[3]

注：① 沅州：今湖南芷江县。② 迁客：指汉贾谊，曾官大中大夫，后出为长沙王太傅，世称迁客。③ 宦：宦也；韶华：春景。

顾列星（清 983）一首

短梦半随鸡唱断，依依散尽行云△画楼回首月如银△罗衾已冷，犹有未消魂△

青鸟几传衔远讯，[1]空余蝶化仙裙△悔将杯酒酹东君△[2]东风无赖，吹长旧愁根△

注：① 青鸟：传系西王母使者，专一传信。② 酹：洒酒于地，表示祭奠。

金应瑊（清 1341）一首

篆缕恹恹人悄悄，欹鬟重倚银屏△红儿笑道月华明△海棠枝上，一半碧云横△

坐待归窗窗正梦，一身花影亭亭△隔樯何处又吹笙△帘儿下了，双袖峭寒生△

赵起（清 1421）一首　题：夜泊新丰。[1]

暗数归期还隔夜，倚舷愁对灯红△有人敲断玉玲珑△定知今日，双桨过江东△

舟子不知行客苦，[2]斜阳先舣孤篷△吟魂犹殢一帆风△未能成寐，长听五更钟△

注：① 新丰：江苏丹阳镇名。② 舟子：船夫。

管乐（清 1630）一首

草树蒙茏深院悄，[1]玉阶凉露无声△[2]西风吹雨人三更△芭蕉叶上，点滴到天明△

蟋蟀到秋吟不断，料他得意争鸣△离人只觉乱愁生△是欢是恨，说向阿谁听△[3]

注：① 蒙茏：草木茂盛貌。② 玉阶：白石台阶。③ 阿谁：谁人。

秦云（女）（清 1662）一首　题：自题海棠菱镜画册。

春寒小院刚初起，画帘垂地周遮△妆台浅碧护文纱△海棠带露，红亸凤盘斜△[1]

旧日花对人共语，今朝人去天涯△瘦眉重画鬓欹鸦△[2]恹恹情绪，掩镜懒簪花△[3]

注：① 盘：指发髻。② 鸦：喻黑发。③ 簪花：插花。

鲍淑娟（女）（清 1824）一首　注：与金应瑊词略同。

宝篆烟微香细细，绣余闲倚银屏△郎来带到月华明△海棠枝上，一半碧云横△

相对吟诗诗未稳，窗前花影亭亭△隔墙何处度歌声△帘儿下了，还恐峭寒生△

劳纺（女）（清 1883）一首　题：元日孤坐无聊，[1]有怀姐妹。

爆竹频喧人语闹，风和日暖新晴△梅花零落堕琼英△[2]数声娇鸟，春意到

幽庭△

淑景佳辰真负却，[③]无端终惹愁生△抛书闲向绮疏凭△[④]孤吟谁和，别绪苦牵萦△

注：① 元日：农历大年初一。② 琼英：花之美称。③ 淑景：美景。④ 绮疏：窗之美称。

朱师辙（现当 7）一首

湖光万点金星耀，遥山淡入眉痕△冥濛隐约数家村△木兰舟渺，疑是水云吞△

疏林寒树飘黄叶，悲秋对景销魂△繁华往事不堪论△几番尘影，凉月射朱门△

吴梅（现当 16）一首

短衣羸马边尘紧，[①]五年三渡桑乾△[②]漫天晴雪扑归鞍△邮亭呼酒，[③]黄月大如盘△[④]

苦对南云思旧雨，杏花消息阑珊△新词琢就付双鬟△[⑤]紫箫声里，但看六朝山△[⑥]

注：① 羸马：瘦弱之马。② 桑乾：河名，即永定河，此处指北京。③ 邮亭：指酒店。④ 黄月：北方多黄沙，故曰黄月。⑤ 琢就：琢磨成功。⑥ 六朝：指南京。

五十八字　临江仙　第三体，同第二体，但起句即叶韵。

李珣（五代十国 5）一首

帘卷池心小阁虚△暂凉闲步徐徐△芰荷经雨半凋疏△拂堤垂柳，蝉噪夕阳余△

不语低鬟幽思远，玉钗斜坠双鱼△几回偷看寄来书△离情别恨，相隔欲何如△

牛希济（五代十国 7）一首　题意：咏汉皋神女。[①]

柳带风摇汉水滨△平芜两岸争匀△鸳鸯对浴浪痕新△弄珠游女，微笑自含春△

轻步略移蝉鬓动，罗裙风惹轻尘△水晶宫殿岂无因△空对纤手，解佩赠情人△

注：① 汉皋：即今之汉口。

阎选（五代十国 14）一首

雨停芰荷逗浓香△[①]岸边蝉噪垂杨△物华空有旧池塘△[②]不逢仙子，何处梦襄王△

珍簟对欹鸳枕冷，[③]此来尘暗凄凉△欲凭危槛恨偏长△[④]藕花珠缀，[⑤]犹似汗凝妆△

注：① 芰：本解作菱，但古诗词常作荷解。② 物华：山川草木之风景。③ 簟：席也。④ 危槛：高槛。⑤ 珠缀：雨落荷上，凝聚似珠。

来集之（明421）一首　题：过鉴湖。[1]

八月鉴湖似镜平△画桥撑出香舲△[2]采莲女子忒惺惺△手拈莲蕊，清唱一声声△

遥指越王宫殿处，[3]当年曾贮倾城△[4]鸳鸯睡稳碧波轻△采莲归也，明月满前汀△

注：① 鉴湖：绍兴名湖。② 舲：小船有窗者。③ 越王宫殿：在绍兴府山上。④ 倾城：指西施。

五十八字　系裙腰

欧阳修（宋33）一首

水轩檐幕透熏风△银塘外，柳烟浓△方床遍展鱼鳞簟，碧纱笼△小墀面，对芙蓉△

玉人共处双鸳枕，和娇困，睡朦胧△起来意懒含羞态，汗香融△系裙腰，映酥胸△